中国古代小说版本数字化研究丛书

古代小说数字化二十年
（1999—2019）

上

周文业 著

中州古籍出版社

图书在版编目（CIP）数据

古代小说数字化二十年 / 周文业著.-- 郑州：中州古籍出版社，2020.1
ISBN 978-7-5348-8952-3

Ⅰ.①古… Ⅱ.①周…Ⅲ.①数字技术－应用－古典小说－研究－中国 Ⅳ.①I207.41-39

中国版本图书馆CIP数据核字(2020)第 012147 号

出版社：中州古籍出版社
（地址：郑州市郑东新区祥盛街27号6层 邮政编码：450016）
发行单位：新华书店
承印单位：廊坊飞腾印刷包装有限公司
开本：787 mm × 1092 mm　　1/ 16
字数：2000 千字　　　　　　　　　　印张：100
版次：2020 年 1 月第 1 版　 印次：2020 年 1 月第 1 次印刷

定价(全三册)：120.00 元
本书如有印装质量问题，由承印厂负责调换。

目 录

上 册

前言 1

上编　随笔 5

一、20年研究随笔 7

（一）20年数字化回顾 7
1. 古代小说版本数字化起步 7
2. 中国传统文化数字化研究中心 8
3. 主办中国古代小说戏曲文献暨数字化国际研讨会 10
4. 退休后自费研究、开会、出版 17

（二）古代小说研究随笔 20
1. 绪论 20
2. 学术研究 22
3. 海内外学术研究比较 28
4. 数字化 33
5. 专业和业余 36
6. 中国三国演义学会 39

（三）五大名著版本作者研究随笔 48
1. 《红楼梦》版本问题 48
2. 《金瓶梅》版本问题 62
3. 《红楼梦》作者问题 65
4. 《水浒传》《三国演义》《西游记》作者问题 67
5. 对版本、作者研究的一些看法 69
6. 20年五大名著版本研究文献统计分析 72

二、学人风采 81

（一）学人简介 81
（二）中国学人 82
1. 沈伯俊 82
2. 周　强 86
3. 刘世德 91
4. 陈翔华 95

5. 欧阳健 98
6. 段启明 102
7. 齐裕焜 103
8. 黄　霖 104
9. 王汝梅 106
10. 胡文彬 107
11. 萧相恺 107
12. 胡小伟 112
13. 关四平 113
14. 郑铁生 114
15. 杜贵晨 115
16. 曹炳建 116
17. 傅承洲 117
18. 刘勇强 118
19. 陈文新 119
20. 石　麟 120
21. 苗怀明 121
22. 罗书华 126
23. 纪德君 127
24. 胡　胜 128
25. 雷　勇 129
26. 王前程 130
27. 曹立波 131
28. 段江丽 132
29. 朱　萍 133
30. 涂秀虹 134
31. 刘海燕 135
32. 邓　雷 135
33. 王玉国 136
34. 王益庸 137
35. 李金泉 138
36. 张青松 139
37. 徐志平 140
38. 洪涛、黎必信 142

（三）外国学人 143
1. ［日］中川谕 143
2. ［日］金文京 150
3. ［日］上田望 154

4. [日] 大木康 156
　　5. [日] 上原究一 157
　　6. [日] 松浦智子 158
　　7. [日] 中原理惠 158
　　8. 其他5位日本学者 159
　　9. [法] 陈庆浩 161
　附录 164
　　附录一：周文业先生和他的《三国演义》版本数字化研究 164
　　附录二：初见周文业先生 168

三、20年研讨会随笔 170
　(一) 研讨会随笔 170
　　1. 参加研讨会随笔 170
　　2. 各种研讨会分类 176
　　3. 2017、2018年研讨会和我的研究简介 186
　(二) 中国大陆以外研讨会随笔 190
　　1. 2008年日本古典小说和《三国志》研讨会随笔 191
　　2. 2011年日本古典小说和《三国志》研讨会随笔 198
　　3. 2017年嘉义小说戏曲研讨会随笔 199
　　4. 2019年日本福冈中国古典小说研究会年会等随笔 208
　(三) 《三国演义》研讨会随笔 210
　　1. 2011年东平和清徐的罗贯中与《三国演义》研讨会随笔 211
　　2. 2017年广州明代文学国际学术研讨会暨《三国演义》研究随笔 ... 216
　　3. 2017年山西清徐《三国演义》研讨会随笔 218
　　4. 2018年湖北黄石《三国演义》高端论坛随笔 221
　(四) 《水浒传》研讨会随笔 230
　　1. 2016年盐城《水浒传》研讨会随笔 231
　　2. 2017年泰安《水浒传》研讨会随笔 233
　　3. 2018年首届四大名著与杭州论坛随笔 233
　　4. 2018年临沂"罗学"研讨会随笔 235
　　5. 2018年武汉《水浒传》研讨会随笔 239
　(五) 《西游记》研讨会随笔 243
　　2014年随州《西游记》研讨会随笔 243
　(六) 《金瓶梅》研讨会随笔 246
　　1. 2017年大理《金瓶梅》研讨会随笔 246
　　2. 2018年开封《金瓶梅》研讨会随笔 249
　(七) 《红楼梦》研讨会随笔 253
　　1. 2015年徐州纪念曹雪芹诞辰300周年研讨会随笔 254

        2. 2017年天津京津冀红学高端论坛随笔 266
        3. 2018年湖北蕲春顾景星与《红楼梦》研讨会随笔 267
    （八）其他小说研讨会随笔 275
        1. 2011、2014年吴敬梓和2017年《儒林外史》研讨会随笔 275
        2. 2016年福州冯梦龙论坛随笔 278
        3. 2018年山西大同云冈文化与玄奘文化高层论坛随笔 279
        4. 2018年南京古代小说研讨会随笔 281
        5. 2018年薛时雨研讨会随笔 283

中编　研讨会综述 285

一、20年研讨会综述 287

（一）1999—2019年研讨会统计 287
    1. 1999—2019年研讨会统计 287
    2. 1999—2019年参加研讨会目录表 290
    3. 研讨会论文集 297
（二）五大名著研讨会 298
    1. 《三国演义》研讨会 298
    2. 《水浒传》（山东）研讨会 308
    3. 《水浒传》（浙江、江苏、湖北）研讨会 311
    4. 《金瓶梅》研讨会 313
    5. 《西游记》研讨会 318
    6. 《红楼梦》研讨会 320
（三）其他小说研讨会 323
    1. 《儒林外史》研讨会 323
    2. 古代小说研讨会 325
    3. 地方举办古代小说研讨会 328
    4. 日本中国古典小说研究会 332
    5. 日本三国志学会 341
（四）其他研讨会 344
    1. 古代文学研讨会 344
    2. 明代文学研讨会 349
    3. 历史地理和文学地理研讨会 353
    4. 古籍数字化国际研讨会 356

二、18届中国古代小说戏曲文献暨数字化国际研讨会综述 360

（一）研讨会简介 360
    1. 时间和地点 360
    2. 人数和论文数 363

  3. 论文分类 ... 366
 (二)历届研讨会综述 ... 368
  1. 2001年第一届研讨会（中国北京，中国大陆第一次）... 369
  2. 2003年第二届研讨会（中国北京，中国大陆第二次）... 370
  3. 2004年第三届研讨会（韩国首尔，中国大陆以外第一次）... 373
  4. 2005年第四届研讨会（中国北京，中国大陆第三次）... 375
  5. 2006年第五届研讨会（日本东京，中国大陆以外第二次）... 378
  6. 2007年第六届研讨会（中国北京，中国大陆第四次）... 381
  7. 2008年第七届研讨会（中国澳门，中国大陆以外第三次）... 385
  8. 2009年第八届研讨会（中国北京，中国大陆第五次）... 388
  9. 2010年第九届研讨会（韩国首尔，中国大陆以外第四次）... 395
  10. 2011年第十届研讨会（中国北京，中国大陆第六次）... 402
  11. 2012年第十一届研讨会（中国台湾，中国大陆以外第五次）... 405
  12. 2013年第十二届研讨会（中国上海，中国大陆第七次）... 408
  13. 2014年第十三届研讨会（日本东京，中国大陆以外第六次）... 445
  14. 2015年第十四届研讨会（中国河北廊坊，中国大陆第八次）... 448
  15. 2016年第十五届研讨会（日本东京，中国大陆以外第七次）... 474
  16. 2017年第十六届研讨会（中国北京，中国大陆第九次）... 477
  17. 2018年第十七届研讨会（马来西亚马来亚、德国维藤、奥地利维也纳，中国大陆以外第八次）... 489
  18. 2019年第十八届研讨会（中国湖北黄石，中国大陆第十次）... 514
  附记：2020年第十九届研讨会（德国维藤，中国大陆以外第九次）筹备情况 ... 530

中 册

下编 版本研究 ... 533

一、古代小说版本数字化 ... 535

 (一)中国古代小说版本数字化 ... 535
  1. 五大名著版本简介 ... 535
  2. 五大名著版本数字化和计算机自动比对 ... 539
  3. 古代小说文本数字化统计分析 ... 549
  4. 对古代小说版本研究和数字化的看法 ... 553
 (二)五大名著版本比对本 ... 556
  1. 从计算机比对到纸本比对本 ... 556
  2.《三国演义》版本比对本 ... 562
  3.《水浒传》版本比对本 ... 594

    4. 《西游记》版本比对本 600
    5. 《金瓶梅》版本比对本 604
    6. 《红楼梦》版本比对本 608
    7. 三种比对本和一种校勘本总结 614
  （三）《三国演义》《水浒传》《西游记》插图比对本 617
    1. 《三国演义》上图下文插图比对本 617
    2. 《水浒传》上图下文插图比对本 632
    3. 《西游记》上图下文插图比对本 636

二、《三国演义》版本研究 641

  （一）版本演化专题研究 644
    1. 书名 645
    2. 分则 658
    3. 周静轩诗 661
    4. "伍伯"和"五百人" 667
    5. 糜夫人之死 670
    6. "翼德"和"益德" 674
    7. "庞德"和"庞悳" 677
    8. "不烂之舌"和"拨浪之舌" 679
    9. "普静"和"普净" 682
    10. 关羽之死 686
    11. 关索和花关索 693
    12. 版本演化专题总结 717
  （二）"演义"系列早期版本研究 723
    1. "演义"系列早期版本概述 723
    2. "旧本""古本"研究 726
    3. "嘉靖壬子"研究 727
    4. 上海残叶研究 735
    5. 朝鲜活字本研究 739
    6. 嘉靖壬子本、上海残叶、朝鲜活字本关系研究 742
    7. 夷白堂本研究 744
    8. 嘉靖元年本、周曰校本圈发研究 752
    9. 三种周曰校本关系研究 755
    10. "演义"系列文字差异研究 760
  （三）"志传"繁本研究 771
    1. "志传"繁本概述 771
    2. 新发现瑞士藏叶逢春本散页 784
    3. 叶逢春本和其他繁本文字差异研究 788

  4. 叶逢春本和其他繁本相似度研究 798
  5. 繁本插图研究 802
  6. 种德堂本、余评林本、汤宾尹本研究 821
  7. 繁本演化总结和现存问题 826
  8. 英雄谱本——李卓吾本和"志传"繁本混合本 828
 (四)"志传"简本"志传"小系列研究 831
  1. 简本"志传"小系列版本概述 831
  2. 简本"志传"系列文字差异分析 836
  3. 简本"志传"系列3组内版本关系分析 838
  4. 简本"志传"系列第九十六、九十七则文字缺失分析 850
  5. 刘龙田本——"志传"繁本、简本混合本 860
  6. 九州本研究 882
  7. 简本"志传"系列书名、插图、文字综合分析 897
  8. 简本"志传"系列演化分析 906
  9. "志传"小系列现存问题 911
 (五)"志传"简本"英雄志传"小系列研究 914
  1. 简本"英雄志传"系列新出现版本概述 914
  2. 简本"英雄志传"小系列版本概况 923
  3. "英雄志传"系列主要版本介绍 926
  4. "英雄志传"系列书名、分卷、行款、书坊等研究 944
  5. "英雄志传"系列插图研究 954
  6. "英雄志传"系列简本文字研究 969
  7. "英雄志传"系列先繁后简本文字研究 991
  8. "英雄志传"系列版本演化 1015
  9. 北图藏本——两种"志传"简本混合本 1020
  10. 四种混合本总结 1027
 (六)两种"志传"简本关系研究 1031
  1. 书名、刊刻时间、插图研究 1031
  2. 故事、文字差异分析 1036
  3. 文字差异研究 1051

下 册

三、《三国演义》历史地理研究 1055
 (一)《三国演义》文史对照 1055
  1.《〈三国志通俗演义〉和〈三国志演义〉文史对照本》前言 1056
  2.《三国演义》五合一对照 1059

（二）三国名人墓地 1095
1. 概述 1095
2. 墓地统计表 1096
3. 蜀汉墓地 1112
4. 曹魏墓地 1121
5. 东吴墓地 1130
6. 东汉墓地 1139
7. 西晋墓地 1151

（三）《三国演义》地理错误 1155
1. 《三国演义》地理错误概述 1155
2. 《三国演义》分省地理错误统计 1157
3. 《三国演义》地理错误分析 1171
4. 《三国演义》地理错误案例分析及古迹探访 1180

四、《水浒传》版本研究 1187

（一）《水浒传》版本整体研究 1188
1. 《水浒传》版本分类统计 1188
2. 《水浒传》版本回目研究 1208
3. 《三国演义》《水浒传》同时刊刻统计 1240

（二）《水浒传》上图下文简本研究 1250
1. 《水浒传》上图下文简本插图研究 1250
2. 《水浒传》上图下文简本整体研究 1284
3. 《水浒传》上图下文简本文字差异研究 1294
4. 《水浒传》上图下文本中余呈之死和版本演化研究 1308
5. 《水浒传》上图下文四种嵌图本研究 1321

（三）《水浒传》其他专题研究 1342
1. 《水浒传》"京本忠义传"残叶研究 1342
2. 《水浒传》三十卷本研究 1359
3. 《水浒传》繁本、简本演化研究 13799

五、《金瓶梅》《西游记》版本研究 1387

（一）《金瓶梅》版本研究 1387
1. 《金瓶梅》和《水浒传》版本关系论 1387
2. 论《新刻金瓶梅词话》新刻、序跋和避讳问题 1414
3. 《金瓶梅》东大本研究 1431

（二）《西游记》版本研究 1438
1. 唐僧西游记、杨闽斋本研究 1438
2. 闽斋堂本研究 1449

六、《红楼梦》版本研究 1458
（一）《红楼梦》版本研究专著前言、后记 1458
1. 《一百二十回本〈红楼梦〉版本研究和数字化论文集》前言、跋 1458
2. 《〈红楼梦〉版本数字化研究》前言、后记、目录 1464
（二）《红楼梦》版本专题研究 1470
1. 《红楼梦》版本整理出版简介 1470
2. 《红楼梦》庚辰本、程高本争议琐谈 1483
3. 《红楼梦》庚辰本和戚序本关系论 1493
4. 《红楼梦》"庚寅本"研究 1507
5. 《红楼梦》甲戌本"附条"批语争论 1524
6. 也谈"莲菊两歧"与甲戌本、己卯本、庚辰本三本成立的序次 1549
7. 再谈《红楼梦》中的"移花接木" 1552
8. 论《红楼梦》版本"程前脂后"说 1562

后记 1586

前言

本人从 1999 年开始从事中国古代小说版本数字化研究,到 2019 年已经整整 20 年了。20 年来我曾主办和参与主办了 18 届"中国古代小说戏曲文献暨数字化国际研讨会",参加了海内外很多相关的研讨会,出版了几本专著,写了一些文章。在这些研究工作之余,我也写了一些随笔,以及主办和参加各个研讨会的感受和综述,现将这些随笔、综述和研究汇集成册。

主要内容

本书分为随笔、综述和研究上中下三编。

上编随笔,是我在研究中的一些感受,包括四部分:

一、20 年数字化回顾,是我 1999 年以来从事中国古代小说数字化的回顾。

二、20 年研究随笔,是我对国内外 20 年来中国古代小说研究的一些感想和看法。

三、50 多位学人风采,我在这 20 年研究工作中得到很多中外学者的帮助,这些随笔是我和 50 多位学者交往的感受。

四、20 年研讨会随笔,是我参加各种研讨会后有感而发所写的随笔,实话实说。

中编研讨会综述,是我参加各种研讨会的综述,包括两部分:

一、20 年研讨会综述,是 1999 年至 2019 年我参加各种学术研讨会的综述,及这些研讨会中与小说文献研究有关的论文目录。

二、18 届中国古代小说数字化国际研讨会综述,是我从 2001 年开始到 2019 年主办和参与主办 18 届"中国古代小说戏曲文献暨数字化国际研讨会"的综述。其中大部分综述是本人所写,有几篇是转载他人撰写的。

下编版本研究,是我 20 年来对古代小说版本数字化和五大名著版本研究的总结,包括五部分:

一、古代小说版本数字化。

二、《三国演义》版本研究。

三、《水浒传》版本研究。

四、《金瓶梅》《西游记》版本研究。

五、《红楼梦》版本研究。

在随笔之外，本书还收入 20 年来我对五大名著版本数字化及版本研究的一些论文。由于自己对《三国演义》兴趣更大，因此有关《三国演义》的研究最多，除《三国演义》版本之外，也涉及《三国演义》的文史对照和地理错误等。在《水浒传》《西游记》《金瓶梅》和《红楼梦》版本方面，我对自己有兴趣的问题也做了一些研究，但没有《三国演义》多。

历时 7 年 4 阶段

这本书是我自 1999 年至 2019 年，这 20 年来对中国古代小说数字化的初步总结。

一些随笔初稿写成后，曾在苗怀明主办的"古代小说网"上发表，很受读者欢迎，很多朋友看了认为值得出版，出版社也认为有出版价值。但我一直很犹豫，因为这些都是实话实说，怕得罪朋友，因此一直未敢正式出版，只是自己先打印送人。最后在一些朋友鼓励下，觉得这些研究还是有意义的，因此最后决定出版此书。

此书编写历时 7 年，可分 4 个阶段。

第一阶段（2012 年—2015 年）：在网络发表。

2012 年，我开展古代小说数字化 13 年后，在苗怀明的"古代小说网"上，针对当时新出现的《红楼梦》"庚寅本"发表了第一篇随笔，到 2016 年，据不完全统计，一共在"古代小说网"发表了 63 篇随笔。

此外我还写了一些版本研究文章，有些曾在各种研讨会上发表，有少数曾收入各种论文集。因为现在要在报刊上发文章很费事，我退休了，也没有压力要发文章，且发文章周期很长。因此我很少在正式刊物上发文章，很多文章是在苗怀明的"古代小说网"上发表的，对此十分感谢苗老师为我们提供了这样一个交流的平台。

第二阶段（2016 年—2017 年）：自己编印送人。

2016 年 9 月 4 日—5 日在日本横滨神奈川大学举办"中国古典小说研究三十年的回顾与展望"国际学术研讨会，此会主题是回顾和展望 30 年来中国古典小说研究。我也受邀参加此次盛会。而我这些随笔和综述也是我十几年来从事中国古代小说研究的感受，这些文章既是历史的记录，对于今后研究也有启发意义，很符合此次研讨会的主题。因此我在会前汇编成册，在研讨会上赠送给部分与会的中外学者。

此后，从 2016 年到 2018 年，每年我都参加了十几次各种学术研讨会，在每次会上我都事先把我的随笔结集打印成册送人。苗老师也在其微信公众号内转发了一些篇章，很多人看到了。

第三阶段（2018 年—2019 年）：用香港书号出版。

2019 年是我从事中国古代小说数字化研究整整 20 周年，因此决定 2018 年暂用香港中国国学出版社书号，以《中国古代小说数字化随笔》为名出版我的这些随笔集。

2018年在马来西亚和德国、奥地利小说会及国内一些研讨会上先赠送中国大陆以外学者，征求意见。同时2018年我和中州古籍出版社签订了出版合同，计划在2019年小说数字化20周年时，增补修订后在国内正式出版。

第四阶段（2020年）：正式由中州古籍出版社出版。

2019年是我从事中国古代小说数字化研究20周年，这本书是我1999年至2019年20年来研究中国古代小说数字化的初步总结，因此书名定为《古代小说数字化二十年》，本来希望在2019年年底前由中州古籍出版社正式出版。由于2019年我外出开会很多，书稿又不断修改，此书又推迟到2020年出版。

2015年我曾在中州古籍出版社出版《〈红楼梦〉版本数字化研究》一书，它是我自己设定的《中国古代小说版本数字化研究丛书》中的第一本。5年后的2020年出版的这本书是丛书的第二本，此书是我20年从事古代小说数字化研究的总结和介绍，对20年来的版本研究也做了介绍，因此列入丛书也很合理。

周文业

2020年1月24日

上编 随笔

一、20 年研究随笔

（一）20 年数字化回顾

1. 古代小说版本数字化起步

我本是学计算机出身，1963 年从清华大学自动控制系毕业后，一直从事计算机和网络应用工作。我从 1999 年开始，直到 2020 年，这 20 年来主要从事中国古代小说版本数字化研究，这都是由我个人兴趣所致。

我从小对文学、历史、地理、考古等极有兴趣，尤其是对《三国演义》兴趣最大，但对《红楼梦》却一直提不起兴趣，读了几遍都读不下去。1963 年我从清华附中高中毕业时，学习成绩好的学生都被动员报考清华，对此我印象很深。副校长何东昌亲自在工字厅后厅接见我们，号召我们报考清华大学。在各方动员之下，我就随便报考了清华大学自动控制系，其实当时对自动控制根本不了解。高考后，我顺利被清华大学录取。1968 年从清华大学毕业后分配到太原，一直从事计算机及应用开发，先后担任山西太原无线电六厂副总工程师和太原电子研究所总工程师。1995 年底调到首都师范大学，负责学校信息化建设，任学校数字校园建设中心主任，直到 2005 年满 60 岁退休。

在这期间我一直没有放弃对人文科学的爱好，特别是古代小说版本数字化研究。

我主动和一些学者取得联系，中国三国演义学会常务副会长沈伯俊先生对我的数字化研究很支持，告诉我1999年在山西清徐召开《三国演义》研讨会，于是我就报名参会。会议通知在太原站出站口有人接，到了太原火车站，我一出站果然看到有人举牌接代表。我一个人也不认识，就在与会代表一旁等车。车来上车后，欧阳健先生在车上问我是做什么的（当时我并不认识欧阳先生），我说我是研究数字化的。欧阳先生马上说：数字化很有前途！我当时很奇怪，研究小说的老先生还知道数字化？后来才了解，欧阳先生对计算机十分熟悉，从此我们也成了好友。

我在清徐会上介绍了《三国演义》版本数字化及自动比对的设想，没想到受到与会很多学者，如沈伯俊、欧阳健、胡世厚等的高度评价。会后胡世厚先生编辑会议论文集，来信请我把发言整理成文收入论文集。我没有想到胡先生还记得我的发言，主动来信，我十分感谢。这是我第一次发表论文。这本论文集书名是《三国演义与罗贯中》（中州古籍出版社2004年4月第1版），我的文章《〈三国演义〉数字化工程——利用计算机和网络开展〈三国演义〉研究》是论文集最后一篇。

这次会议大大增强了我对古代小说数字化的信心，计划从《三国演义》起步，并逐步扩展到五大名著等其他小说。以后差不多每次《三国演义》研讨会，以及与古代小说有关的许多研讨会我都参加，从此开始了古代小说版本数字化的研究。我从1999年开始，在学校多次申请科研项目成功，获得一些经费用于数字化的开发。当然，2005年退休后就没有经费支持了，只能自费参加各种研讨会和出书。

到目前为止，我已经完成五大名著合计80多种版本的数字化，并编写了五大名著主要版本纸本比对本，将在下编中介绍。

总结我走上古代小说数字化之路，并取得一些成绩，关键在于两点：

第一，要有兴趣。任何事情可以坚持下去的原因必须是有兴趣，如是没有兴趣，而是当作任务去做，是做不长久的。

第二，要学会跨领域的交叉研究。我做古代小说数字化，实际就是跨领域的交叉研究，既要懂得古代小说版本，又要懂得计算机。只懂得古代小说版本，却不懂计算机，就不知道计算机有何用处。只懂计算机，却不懂古代小说版本，就不知道如何用计算机去解决版本问题。

所以我能走上古代小说数字化之路，以上两个条件缺一不可。

2. 中国传统文化数字化研究中心

我从1999年开始，主要从事两项研究，第一是中国古代小说版本数字化研究，第二是中国历史地理数字化研究。这些研究其实都是由个人兴趣所致。

这些研究至今可分为两个阶段。

从1999年至2005年退休前，我任首都师范大学数字校园建设中心主任6年间，在完成本职工作的业余时间，也从事上述两项研究。我参加过各种和古代小说研究有关的研讨会，并应邀赴日本、美国访问。这些外出的经费当时在学校还可以报销。

2005年3月我年满60岁就退休了，这样我如继续从事这些研究，就必须有个与这些研究相符的机构才名正言顺。学校里各种没有正式编制的学术研究机构很多，设立一个专门研究机构应该不难。于是我就和当时主管科研的副校长刘新成（现任第十三届全国政协副主席、民进中央常务副主席）商议，想成立这样一个学术研究机构，这个设想得到了他的大力支持。

但这个机构起个什么名称才合适呢？我除了研究古代小说数字化外，也研究中国历史地理数字化等，因此最准确的名称应该是"中国古代小说和历史地理数字化研究中心"。这个名称虽然准确，但名字太长了。刘校长是搞世界史的学者，对人文科学很熟悉，他提出：叫"中国传统文化数字化研究中心"如何？我也豁然开朗，想到在武汉大学，陈文新老师的研究机构名称也是"中国传统文化研究中心"。古代小说和历史地理都属于中国传统文化，这样名称很简单。但名称简单也有不利之处，"中国传统文化"范围太大，我不可能都研究，因此不了解的人，只从名称看不出这个机构到底研究什么。事情总是有利有弊。

刘校长确定名称后就起草文件，并事先和其他副校长打了招呼，最后上学校的校长办公会议。我在会上简单介绍中心的情况，各位副校长都表示支持，最后校长杨学礼拍板同意了。由于我在2005年4月就退休了，不宜任主任，学校就任命当时的科研处处长王尚志老师为中心主任，他教数学，了解我从事的交叉学科研究，一直非常支持。我为常务副主任，挂靠在我曾任主任的学校数字校园建设中心，其实中心只有我单枪匹马一个人。2005年7月8日校长办公会议正式通过，并以"校发〔2005〕36号文件"下达。这样我虽然退休了，但有这么个单位，以后开展数字化研究工作也就有个名分。

为便于外出交流、主办会议方便，我想既然学校正式批准了，如刻一个公章办事更方便。于是经学校批准，到北京市教委办理了刻公章的手续，就去指定的刻图章单位去刻公章。哪知刻章单位办事人一看，我的中心挂靠学校数字校园建设中心，就说：你这是挂靠单位，是没有编制的学术研究机构，不能刻公章，只能用挂靠单位公章。我很不满和不解，但也不敢说什么。我曾想私下去刻个公章，这样我办事方便。但考虑私刻公章是违法的，而其实用数字校园建设中心公章也很容易，因为我从学校数字校园建设中心主任退休，和中心人员很熟悉，去盖个图章不难。后来我主办国际会议，买一些内部发行的图书，到国家图书馆看书等需要开介绍信时，都去学校数字校园建设中心盖章。一般人都不注意公章和实际单位名称不符，如有人仔细，提出异议，我再复印一份学校公文就毫无问题了。

有了这样一个正式的学术研究机构，我办事就方便了，可名正言顺地开展研究工作，可以申请经费、外出开会、主办研讨会也方便。否则我退休了，以退休人员名义对内、对外活动，都很不方便。刘校长很支持我的工作，对我不问职称、只从事自己感兴趣的交叉学科研究很赞赏。他当时是民进中央常务副主席，北京市人大常委会副主任、全国人大常委会委员。有一次记者采访他，他以我为例（未点名）

说明，研究要出成果，就要不计名利。他后来还专门把采访的报道拿给我看。他还曾表示，如我经费有困难，可以找他，他可以从校长专用经费中给我批钱。我很感谢他的知遇之恩，但不好意思去找他要钱。我校前任党委书记张雪、前任社科处处长梁景和等领导，都很支持我的交叉学科研究，没有他们的支持，我不可能做到今日的成绩。

我退休后，学校历年成立的没有编制的学术研究机构太多了，需要整顿。因为"中国传统文化数字化研究中心"挂靠在我原单位学校数字校园建设中心，因此中心现任主任（第三任）来电话询问中心现在的情况，我介绍了这些年我做的研究，他如实给学校报告，学校也未提出异议。我在学校里偶尔参加一些学术会议，常遇到校长，他们都知道我多年一直在做数字化，也会和我打招呼，我也尽量向他们介绍我现在的研究。校长们在我退休前就认识，但等他们退休了，再上来一批年轻人怕就根本不认识了。

如前所述，中国传统文化数字化研究中心申报时，我同时在研究古代小说和历史地理数字化，因此定名"中国传统文化数字化研究中心"。但后来由于种种原因，历史地理数字化未继续做下去，目前实际只做中国古代小说数字化研究了，因此现在更准确的名称应该是"中国古代小说数字化研究中心"，但现在也无必要再去改名了。

3. 主办中国古代小说戏曲文献暨数字化国际研讨会

（1）研讨会举办初衷

我从 1999 年开始从事中国古代小说版本数字化研究之后，又从 2001 年开始主办"中国古代小说戏曲文献暨数字化国际研讨会"，除 2002 年没有举办以外，每年都举办一次，至 2019 年已经连续举办了 18 届。

我为什么一定要逐年举办这种研讨会呢？这里面是有道理的。

小说版本数字化研究是个很窄的领域，是个交叉学科研究，也是个新兴的研究领域。以前从事古代小说研究的学者对数字化都不熟悉，年轻学者虽然会用计算机，会上网查资料，但利用计算机比对研究小说版本，还从未有人做过，小说版本数字化研究在小说研究领域内绝对是个开创。既然是开创，就是从无到有，从小到大，就要逐步扩大这个研究的影响，使更多的学者知道小说版本数字化研究。要扩大影响有几个办法。

第一，在各种刊物发表文章，但目前刊物发表文章周期长，而且只发少量文章，影响面还是很有限。

第二，参加各种研讨会，在研讨会上介绍小说版本数字化。这样的宣传虽然比在刊物上发表文章影响大，但由于各种研讨会都有各自的主题，小说版本数字化不可成为研讨会的主题,因此影响也还是有限。

因此我就萌生了自己主办一个专业研讨会的念头,这个研讨会就集中研究讨论小说版本数字化。内容虽然窄,但问题集中,可吸引对此有兴趣的学者来参加,逐步扩大影响。根据这个想法,2001年由我主持,在我校举办了第一届研讨会,很成功,因此就坚持下去,20年来已经连续举办了18届。

在小说版本研究中,我发现中国大陆以外学者研究水平很高,尤其是日本学者。日本有些研究中国大陆学者根本不知道,因此我就自己决定:研讨会一年在中国大陆,一年在中国大陆以外。因为如果只在中国大陆举办,中国大陆以外学者来的很少,中国大陆以外学者的研究,中国大陆学者就很难知道。中国大陆现在有中国知网(即期刊网),中国大陆以外学者只要上网,都可以看到中国大陆学者的研究。而中国大陆以外(如日本)没有这类网站,学者所发表的文章散见于各种期刊,这样中国大陆学者就很难看到。因此,研讨会一年在中国大陆,一年在中国大陆以外,就可促进中国大陆和中国大陆以外学者之间的交流。

(2) 中国大陆举办10次

从2001年至2019年,中国古代小说戏曲文献暨数字化国际研讨会已经举办过18届。其中10次在大陆,2001、2003、2005、2007、2009、2011年6次在北京首都师范大学,包括发会议通知,编辑印刷论文集,联系主办地点等,完全是我一个人主办。前几次开会是在我校书法研究所的会议室,后来人多了,就转到我校附近的紫玉饭店,还要根据人数事先去预订房间。办会另一件大事是征集论文,编辑印刷论文集。通过几年实践,现在我编辑论文集已经很熟练了。还有就是在会场接待与会人员报到,和安排大会发言以及点评人。我为节省时间,开会从不请领导讲话,也不照合影,如学者要拍照就自己拍照,我参加在大陆以外举办的研讨会,发现一般也都不拍合影。

我退休后,再在我校举办就很困难,因此我很想转移到其他学校举办。2013年中国明代文学学会(筹)在复旦大学举行研讨会,研讨会一般分为三个内容,即小说、戏曲、诗文,所以研究明代小说戏曲的许多学者一般都会参加明代文学研讨会。在和复旦大学黄霖老师商议后,这次研讨会就在明代文学研讨会之后,接着在复旦大学举办,这样研究小说戏曲的老师可留下来接着开会,只加一天而已。筹备和开会期间,黄霖老师及秘书柳佳给予很大帮助,我在后面的会议随笔中会有详细介绍。

同样,2015年的研讨会也是在北京明代文学研讨会之后,转移到河北廊坊师范学院举行,这次是许振东老师主动提出来主办。北京明代文学研讨会之后,他们派一辆大巴车,把所有参加小说戏曲文献暨数字化国际研讨会的代表接到廊坊继续开会,会议筹备全部由许老师负责,安排很周到。

2017年研讨会再次在国内举办,但一直没有落实主办单位,我甚至考虑如最后没有单位主办,我就个人在首都师范大学再举办一次。因为我退休了,没有经费,如我个人来办会,就得我自己掏钱。我想可以仿效在日本开会的办法,在日本大东文化大学开会时,他们用学校教室开会不花钱,在学校食堂吃饭,个人付款,论文自己打印带去。如果是我个人办会,仔细算下来,会场也可在学校借用,不用花钱,住宿费学者自己出，需要我出的只是餐费和论文集印刷费。餐费可在我校食堂吃饭，每人每餐约 10 元，几十人也就是几百元。论文集大陆习惯还是要印刷成册，印刷费算下来也是几百元吧，我也可承受。后来还是北京中国传媒大学朱萍老师主动提出他们可主办。但一般国际会议要提前一年申请，他们试试当年去申请，最后批准了。虽然他们是第一次主办大型研讨会，但举办得很成功。

2019 年原计划在广州大学举办，2017 年在北京中国传媒大学举办时，我就和广州大学文学院院长纪德君说好了，他也答应了。后来湖北师范大学景遐东老师希望 2019 年在他们学校举办，我和纪德君老师商议后，他也同意下一次 2021 年再去广州。这样 2019 年就在湖北黄石举办了第十八届研讨会。

（3）大陆以外举办 8 次

除以上 10 次在大陆外，还有 8 次在大陆以外。

2004 年研讨会在韩国首尔祥明大学举行，这是因为当年韩国刚好举办一次国际小说研讨会，就把我们的研讨会作为其中一个分会场一起举办，也很省事。韩国联系人是赵宽熙老师，他参加过前几次在中国大陆的研讨会，这次研讨会主要靠他联系。他以前还常来华访问，但结婚后就很少再来了。2010 年由金文京先生联系，在韩国首尔成均馆大学再次举行了一次研讨会。

2006 年研讨会第一次在日本大东文化大学举行，由中川谕先生主办，刘世德、沈伯俊先生都出席了这次研讨会。2014 年再次在日本东京大东文化大学举行，仍由中川谕先生主办。2016 年在日本东京早稻田大学由冈崎由美先生主办了一次。这样到 2019 年为止，合计在日本举办了 3 次，是在大陆以外举办次数最多的。

2008 年在澳门大学由邓骏捷先生主办了"澳门历史文献整理研究暨数字化国际研讨会"，由于其中有"数字化"，我提出可否合办一次中国古代小说戏曲文献暨数字化国际研讨会，得到邓先生支持，也采取加一个分会场形式召开。

2012 年由徐志平老师出面，在台湾嘉义大学举办了一次研讨会，大陆学者去的很多，会议也十分成功。

2018 年我原计划到德国举办，因为我在此之前曾两次参加德国维藤大学吴漠汀举办的国际学术研讨会，一次是 2015 年《红楼梦》研讨会，一次是 2017 年第一届世界汉学论坛。因为研讨会从未到欧洲举办，因此 2017 年研讨会期间我向吴漠汀提出，2018 年他们在德国举办第二届世界汉学论坛时，插入第十七届中国古代小说文献暨数字化国际研讨会，他很赞同。2017 年在德国世界汉学论坛期间，我又认识了奥地利维也纳大学孔子学院的李夏德先生，我顺便提出，2018 年在德国举行研讨会后，可否再到奥地利维也纳继续开会，他也很支持。这样就初步决定：2018 年先在德国开会，然后移师奥地利维也纳继续开会。

后来在一次研讨会上，我遇到山西师范大学李奎，他认为德国太远，建议在马来西亚开会，并联系马来亚大学王秀娟，得到她大力支持。这样我最后决定，2018 年研讨会分别在马来西亚和德国、奥地利分三站举办，时间在 8 月暑假，先在马来西亚，然后相隔几天再转德国和奥地利，这样一次研讨会分别在三个国家连续举行，估计国际上也很少见吧。这次研讨会最后还是很成功地如期举办,马来西亚参会人较多,德国和奥地利因为距离远,参会的人不太多。

(4) 列表略说 18 次研讨会

表一:按时间顺序排列 18 次中国古代小说戏曲文献暨数字化国际研讨会

时间	次序	地点	主办单位	联系人	论文数
2001	第一届	北京	首都师范大学	周文业	5
2003	第二届	北京	首都师范大学	周文业	11
2004	第三届	(韩国)首尔	祥明大学	赵宽熙	9
2005	第四届	北京	首都师范大学	周文业	13
2006	第五届	(日本)东京	大东文化大学	中川谕	12
2007	第六届	北京	首都师范大学	周文业	10
2008	第七届	澳门	澳门大学	邓骏捷	5
2009	第八届	北京	首都师范大学	周文业	18
2010	第九届	(韩国)首尔	成均馆大学	金文京	42
2011	第十届	北京	首都师范大学	周文业	34
2012	第十一届	嘉义	嘉义大学	徐志平	40
2013	第十二届	上海	复旦大学	黄霖	50
2014	第十三届	(日本)东京	大东文化大学	中川谕	11
2015	第十四届	廊坊	廊坊师范学院	许振东	29
2016	第十五届	(日本)东京	早稻田大学	冈崎由美	16
2017	第十六届	北京	中国传媒大学	朱萍	39
2018	第十七届	(马来西亚)吉隆坡	马来亚大学	王秀娟	48
2018	第十七届	(德国)维藤	维藤大学	吴漠汀	16
2018	第十七届	(奥地利)维也纳	维也纳大学	李夏德	4
2019	第十八届	黄石	湖北师范大学	景遐东	43

表二：按照举办地分类排列18次中国古代小说戏曲文献暨数字化国际研讨会

时间（年）	届次	地点		主办单位	联系人	论文数
2001	第一届	中国北京(7)	北京	首都师范大学	周文业	5
2003	第二届		北京	首都师范大学	周文业	11
2005	第四届		北京	首都师范大学	周文业	13
2007	第六届		北京	首都师范大学	周文业	10
2009	第八届		北京	首都师范大学	周文业	18
2011	第十届		北京	首都师范大学	周文业	34
2017	第十六届		北京	中国传媒大学	朱　萍	39
2013	第十二届	中国上海(1)	上海	复旦大学	黄　霖	50
2015	第十四届	中国河北(1)	廊坊	廊坊师范学院	许振东	29
2019	第十八届	中国湖北(1)	黄石	湖北师范大学	景遐东	43
2006	第五届	日本(3)	日本东京	大东文化大学	中川谕	12
2014	第十三届		日本东京	大东文化大学	中川谕	11
2016	第十五届		日本东京	早稻田大学	冈崎由美	16
2004	第三届	韩国(2)	韩国首尔	祥明大学	赵宽熙	9
2010	第九届		韩国首尔	成均馆大学	金文京	42
2008	第七届	中国澳门(1)	澳门	澳门大学	邓骏捷	5
2012	第十一届	中国台湾(1)	嘉义	嘉义大学	徐志平	40
2018	第十七届	马来西亚 德国 奥地利	吉隆坡	马来亚大学	王秀娟	48
			维藤	维藤大学	吴漠汀	16
			维也纳	维也纳大学	李夏德	4

多年来研讨会一直保持一年在大陆、一年在大陆以外，这对于促进中国古代小说戏曲文献暨数字化的交流和研究起了很好的推动作用。

另外，我从开始就提出研讨会每年都要举办，除2002年没有举办外，每年都坚持举办下来了。很多研讨会都不是每年举办，因为有人觉得每年都要举办，一者太费事，二者不一定每年都有成果。我为何一定要每年都举办呢？主要考虑是利用每年举办研讨会，可促进这个新兴领域的发展。我自己决定每年举办，这对自己的研究也是个压力，每年都要办研讨会，每年我就必须有新成果推出来。另外，虽然不一定每个学者每年都有新成果，但参会看看其他学者的研究，对自己也绝对是个促进。因此虽然每年办会耗费了我很多精力，但我觉得这还是值得的。

（5）研讨会的内容、范围和问题

开始我只是想举办古代小说版本数字化国际研讨会，但第一次研讨会上北京大学刘勇强教授提出，如只局限于版本范围太小，实际上版本属于小说文献范围，小说文献数字化也值得推广。因此我就把"版本"改为"文献"。

后又有老师提出：数字化不止用于小说文献研究，对戏曲也很有用，一般研究小说的学者也常研究戏曲，因此我又把范围扩展到了戏曲。

这样最后研讨会正式名称就成为"中国古代小说戏曲文献暨数字化国际研讨会"。范围包括：

- 小说文献研究
- 戏曲文献研究
- 小说、戏曲文献数字化研究

我每次主办一定严格控制研讨会在上述三个范围内，日本学者主办也很严格。但其他单位主办有时就不是很严格，有些文章明显不属于文献和数字化范围，我对此也未过多去干涉。但日本学者对此有看法，他们希望研讨会还是限定在古代小说、戏曲文献及数字化方面，其他方面论文概不接受。我觉得日本学者意见很好，以后举办研讨会，我想尽力去提醒主办方，还是要注意这一点，这样可以使议题更集中，也节省出时间来充分研讨会议的主题。

研讨会范围扩大是好事，但也有不利之处。我实际只对版本研究有兴趣，范围扩大到戏曲和文献，很多文章我完全不熟悉，也没有兴趣。因此我觉得如果有必要，可以专门再针对某个主题开小型的座谈会，做深入研究。如专门研究版本，甚至是某个小说的版本。日本有一种读书会，在一段时间内，学者们只围绕某个主题，每周定时聚会座谈，这和我的想法很类似。这种读书会在中国似乎也很好，我估计实际操作还有很多困难。

2019年湖北黄石研讨会期间，我就举行了一个《三国演义》版本座谈会，因为近来《三国演义》版本研究中出现很多新问题，我很想借机和日本学者当面再仔细讨论。但实际参加这个座谈会的学者不多，因为对《三国演义》版本有兴趣的人到底很少。但我觉得这种座谈会对于《三国演义》版本研究还是有好处。因为很多问题只有当面讨论才可能深入。

由于研讨会的影响日益扩大，参会人员也逐渐增多，开始是二三十人，时间还算充裕。后来人数增加，一般都在四五十人，这样带来的问题是时间就很紧张了。研讨会一般都是只开一天，尤其是在北京开会，如开两天，第二天很多北京学者怕就不来了。而如果只开一天，每人都要发言，发言时间就很短，只有十分钟左右，往往不能把问题说透。

看来以后再开会，如人多，就只有分两个会场，如一个小说会、一个戏曲会，或延长到一天半。当然如在外地开会，一天半或时间再长也不是问题。

研讨会举办中也还有些其他问题，一个是老学者的参会问题。我主办的几次研讨会都邀请了国内几位著名的版本研究者参会并作为评议人，我未退休前，我有项目经费,可以报销他们的全部交通费和住宿费,这也是办会的惯例。但 2005 年我退休后,没有经费了,在北京办会邀请一些外地著名学者参会,都是我个人支付他们的交通费和住宿费,我也未对外人讲,邀请来参会的学者们也不知道是我个人付费。因为我退休了,没有经费,就尽量由其他学校主办。大陆三次研讨会是 2013 年复旦大学、2015 年廊坊师范学院、2017 年中国传媒大学来主办。其他学校主办时邀请人员我就没有去过问了。有的主办单位邀请了一些老学者,有些主办单位就未再邀请。这样就引起一位曾大力支持数字化的老先生的不满,但他也从未提及此事,而我也一直未意识到这个问题的严重性。后来这位老朋友几乎不再来邮件,我也未多想。直到 2018 年我开会看到一位老学者的文章中提及此事,对此颇有怨言,我这才恍然大悟,这是我考虑不周所致。但事情已经过去了,老先生也过世了,我很后悔,当初如意识到此事,提醒各个办会单位发出邀请,也是可以做到的,但现在也无法补救了。办事总会有差错和遗憾,这也是无奈之事。

(6) 研讨会和学会

我主办了中国古代小说戏曲文献暨数字化国际研讨会后,有人曾提议:既然研讨会很成功,为何不进而成立一个"学会",这样就更正规一些。

说实话我也曾考虑过这个问题,但最后还是否定了。

第一,成立学会有正面促进作用毋庸置疑,可推动中国古代小说戏曲文献和数字化的发展,但也肯定会引起一些副作用。尤其看到中国三国演义学会因为重新登记而闹矛盾的问题后,就更加坚定我的看法,绝对不去搞学会。

第二,成立学会其实最主要活动也就是开会,我现在坚持每年开会,已经基本做到极致了。在目前情况下,大家都认可数字化了,数字化不止在古代小说戏曲文献方面影响越来越大,在人文科学各个领域都越来越被重视,开会已经基本不是什么问题了。在这种情况下,再耗费精力去成立个什么"学会"就毫无必要,而只会引起一些麻烦。

第三,成立学会其实非常困难,现在国家对各类学会掌控很严格,要办理各种登记手续,要严格审批,逐年年检,非常麻烦,必须投入极大精力。与其把精力投入办学会,还不如做其他实事。因此成立学会绝对不是好事。

所以,我的看法是,只要坚持下去,把每年研讨会办好就很好了,根本没有必要再去成立什么"学会"。

总之,不管有多大困难,只要我有精力,一定要把这个研讨会继续坚持办下去的。

4. 退休后自费研究、开会、出版

（1）自费研究

我 2005 年退休后，虽然组建了首都师范大学中国传统文化数字化研究中心，但这是没有编制、没有经费的学术研究机构，我从事古代小说研究，没有经费，所有研究、出版和开会等活动都要自费了。

我退休后从事中国古代小说研究主要包括四项工作，第一是研究工作，第二是出版专著，第三是外出开会，第四是写文章发表。

对于研究工作，我现在主要从事中国古代小说版本数字化研究。在退休前，我曾申报科研经费，完成了五大名著 80 多个版本的数字化和比对，打下了很好基础。退休后确实也遇到一些新的版本要数字化，由于没有学校项目经费，自己去扫描录入太费时间，只有自费去找公司做。因为公司录入费用很高，只能找版本中最重要的部分，自费请录入公司数字化，无法全书全部数字化。

《三国演义》版本方面，由于日本中川谕先生多年来一直有日本文部省科研项目资助的经费，因此他可支付新出现的多种《三国演义》版本数字化的费用，并及时提供给我研究之用，对此我十分感谢。但其他小说数字化由于没有经费也就无法继续了，好在我现在只研究《三国演义》版本，没有精力再顾及其他小说了。

至于版本数字化后的研究，都是我自己在计算机上进行，也就不再需要什么经费了，只要自己有时间，有精力，有兴趣继续去做就是了。

这几年我的研究成果发布主要有三个管道。第一是开会，第二是出版专著，第三是写文章。本来我还在苗怀明的"古代小说网"上写文章，现在苗老师又开辟了微信公众号，也在搜狐网上建了"古代小说网"。虽然我本人没有用微信，但通过电子邮件把文章发给苗老师，由他在微信公众号和搜狐网站上发了几篇文章。

（2）自费开会

我外出开会有两种情况，一个是参加其他单位主办的研讨会，另一个是举办前述的小说数字化国际研讨会。在我没有退休时，办会可用学校经费，我退休后基本由外单位来主办，但我去参加还是和所有与会学者一样要付费的。

对于退休人员参加学术活动，我总结有几种情况。

一种情况是，如果在学术界很有名气、有地位，有单位愿意出钱资助，有单位可报销一切费用，就可以继续开展各种研究和学术活动。可以获得赞助出版，可以外出开会，当然这必须是有一定学术地位的专家。

多数情况是，由于本身的名气不是很大，退休后就没有经费，如愿意自费研究和出书还可以，但自费外出开会就有些困难了。实际不是缺钱，而是自费去开会面子不好看，而主办单位又不可能出路费和住宿费，这样去开会就很尴尬，因此一般人就不再外出开会了。不外出开会，别人不知道你的研究，你也缺少和学术界的交流，不知道别人在做什么研究，时间长了就自然退出这个研究领域了。

我的情况比较特殊，因为我退休以后，不是继续从事我原来本职的计算机、网络应用，而是由于自己有兴趣，转行去做中国古代小说版本研究了。我在这个领域实际是个局外人，也没有什么面子问题，大家都知道我是爱好而已，外出开会，自己出路费、住宿费就没有什么丢面子的问题，也就很自然了。

只要是和自己研究有关的研讨会，我一般都去参加。这是因为，第一，要宣传我的研究，开会介绍最直接，效果较好。第二，要看看其他学者在做什么研究，对自己也是启发。

（3）自费出版

我一般不去刊物发表文章，因为刊物发文章一者慢，二者有名的刊物发文章很困难，在职的年轻人都要发文章、评职称，何必和他们去竞争呢。但有朋友说，如不发表文章，别人无法引用，这也妨碍了研究成果的推广。这话也很有道理，看来以后我还是要考虑在各种刊物上发表文章。

前几年因为《红楼梦》甲戌本附条批语问题，我和沈治钧先生辩论。本来沈治钧的文章是在《红楼梦学刊》上发表的，我的文章也在《红楼梦学刊》发表最好。但我以为沈治钧先生就是《红楼梦学刊》编委，也常在此刊物上发表文章，我的文章怕很难通过评审，就没有向《红楼梦学刊》投稿，也为了尽快让大家看到，文章先在苗怀明老师的网站上发表了。后来遇到《红楼梦学刊》编辑，和她谈及我的文章，她认为可以发给他们看看，我就重写一篇文章《甲戌本附条是周祜昌贴的吗？——与沈治钧先生商榷》发去了，没想到还通过了终审，最后在《红楼梦学刊》2018 年第一辑刊出了。这还是我近年来第一次在公开出版的期刊（不止是《红楼梦学刊》）上发表文章。由此我觉得写文章还是有意义的。

这几年我出版了几本专著，因为我退休了，没有任何资助了，只有自费出书。至今为止，我在古代小说研究方面出版了三部书。

第一部是《一百二十回红楼梦版本研究和数字化论文集》，这是 2011 年我和曹立波老师在我校召开的一次"一百二十回红楼梦版本研究和数字化国际研讨会"的论文集，由我校首都师范大学出版社出版。此书出版时我尚未退休，因此是用学校经费出版的。

第二部是《三国演义文史对照本》丛书。丛书原计划包括三本：嘉靖元年本（《三国志通俗演义文史对照本》）、毛宗岗本（《三国志演义文史对照本》）和叶逢春本（《通俗演义三国志史传文史对照本》）。文史对照的史书部分主要以《三国志》《后汉书》《资治通鉴》和《晋书》为主。这套书是和一位朋友邓宏顺合作完成的，我确定体例、提供文本资料和全部出版经费，主要对照工作由邓宏顺完成。他也是清华大学毕业，和我一样对古典文学有兴趣，我们合作很愉快。此书是我自费出版的，出版后很受欢迎，再版了几次，还有书商专门要求印刷毛边本，我是第一次知道有毛边本。文史对照本原来计划出三本，但目前只出版了嘉靖元年本和毛宗岗本两本，因为叶逢春本文本整理很费事，邓宏顺没有继续做了。我又没有时间，后有个朋友主动表示愿意整理，他后来因为工作调动，搁置了一段时间，现在又开始继续整理，希望 2020 年可以完成。但如何出版又是个难题，到时再说吧。

第三部是《〈红楼梦〉版本数字化研究》。

对于古代小说版本研究，我有个庞大的编写计划，计划编写《中国古代小说版本数字化研究丛书》，包括《三国演义》《水浒传》《西游记》《金瓶梅》和《红楼梦》。本来古代小说研究是从《三国演义》开始，我也写出了初稿《〈三国演义〉版本数字化研究》，在我退休前就曾申请出版后期资助，匿名评审高票通过。但最后开会评审没有通过。后来参加评审的我校老师告诉我，参加评审的多是老学者，对计算机、数字化完全不了解，他和另外一位老师努力解释数字化研究的意义，但最后投票还是没有通过。后来我退休了，也就没有再去申请后期出版资助。到 2018 年，我看到退休人员也可申请后期出版资助，我就申请了《〈红楼梦〉九种主要版本比对本》，此书是利用计算机对《红楼梦》九种主要版本做数字化分栏比对，可清楚看出各种版本之间文字差异。但还是没有通过最后评审，看来这条路我是走不通了。

如前所述，本来我是从《三国演义》版本研究开始，原本也计划先出版一部《〈三国演义〉版本数字化研究》，但 2012 年在天津突然出现一本手抄本《红楼梦》"庚寅本"，学界对此本很有争议，天津学者认为是"古本"，有些学者认为是现代抄本，是根据脂批汇校本抄写的。我对此很有兴趣，就专门去天津，从收藏者王超处得到复印本，马上请公司扫描录入，再用计算机和其他版本比对，很快发现此本批语几乎全部来自 1954 年版俞平伯编《脂砚斋红楼梦辑评》。为此我编写了《〈红楼梦〉版本数字化研究》（上下册），上册是版本研究，下册是版本比对。虽然一些学者对此有异议，仍认为此本是"古本"，他们带原抄本给冯其庸看，他也认为是清代抄本。但我仍然认为我的分析还是正确的。天津红楼梦研究会会长赵建忠虽然和我看法不同，但也几次邀请我到天津出席天津红学会，介绍我的看法，对此我十分感谢。

在"庚寅本"研究中也出现一些不和谐的声音，主要是针对甲戌本"附条"问题。我在下编《红楼梦》版本研究中，专门谈此问题的来历，此处就不赘述了。

2015 年 4 月《〈红楼梦〉版本数字化研究》一书正式由中州古籍出版社出版了。

我考虑今后还要继续研究古代小说版本问题，因此就把此书作为《中国古代小说版本数字化研究丛书》的第一本。本来计划第二本继续写《三国演义》等其他四大名著研究，但后来想先编一本《中国古代小说研究随笔》，以这几年我写的随笔和综述为主，原本只计划收入几篇研究文章。但后来考虑到 2019 年是我从事中国古代小说数字化 20 年，因此把书名改为《古代小说数字化二十年》。既然是 20 年总结，我又想把这些年做的版本研究也一并收入。因为现在出书很困难，不如趁这次出版的机会一次就把研究部分也做介绍。这样本书内容就分三部分：随笔、综述和研究。因为也有研究部分，因此纳入《中国古代小说版本数字化研究丛书》也可以，这样本书最后就变成此丛书的第二本了。

以上是对我这 20 年研究的回顾和看法，下面先介绍我这些年写的一些研究随笔。

（二）古代小说研究随笔

1．绪论

这部分是笔者20年来从事古代小说版本数字化的随笔，这些随笔多是有感而发，也算是命题之作。2012年本人针对2011年参加的十几次研讨会，在苗怀明老师的"古代小说网"上发表了两篇随笔。不料引起很大反响，2011年在四川内江古代小说研讨会开幕式上黄霖老师的开幕词中，特别提到了本人的随笔，并表示赞同。"古代小说网"的负责人苗老师后来每遇到我，都希望我继续写。

2012年我又参加了很多研讨会，也随时想着苗老师的约稿，但一直没有动笔。2012年10月，天津出现了一部《红楼梦》"庚寅本"，我很有兴趣，亲自跑到天津去看书，后来陆续写了十篇文章，在"古代小说网"发表。在研究"庚寅本"的过程中，结合十几年来从事古代小说版本数字化的研究，我有很多感想。因此打算将这些体会写成一文，也是对苗老师多次约稿的响应，也谈谈自己的一些看法，和大家交流。这就是这些随笔写作的由来和初衷。

我本是学计算机出身，但从小对文学、历史、地理、考古等人文科学极有兴趣。1968年从清华大学自动控制系毕业后，我一直从事计算机及应用开发，但也一直没有放弃对人文科学的爱好。直到1999年，我第一次应邀参加在山西清徐召开的《三国演义》研讨会，在会上我介绍了《三国演义》版本数字化及自动比对的设想。没想到受到与会很多学者，如沈伯俊、欧阳健、胡世厚等的高度评价。由此增强了我的信心，就开始从事古代小说版本数字化的研究。20年过去，已经完成五大名著80余种版本的数字化，在古代小说研究领域中也有一些影响。

我从事的另一项研究是中国历史地理数字化。在地理信息系统GIS技术出现后，我就萌发了把GIS技术应用于人文科学研究的设想。为此我拜访了我国历史地理学专家、复旦大学历史地理研究中心主任葛剑雄先生，得到他的大力支持。我在公司的协助下，将谭其骧历史地图集全部向量化，建立了一个中国历史地理数字化应用平台，学者只要建立了有关的数据库，系统就可以自动生成各种历史地图。应傅璇琮先生邀请，我曾在广州唐代文学会上作了介绍，并出席了历次历史地理研讨会，并多次应邀访问美国哈佛大学。学者们一致认为把GIS技术应用于人文科学研究，很有前途，但从未获得实质性的响应。直到2012年，武汉大学王兆鹏教授（现在调入了中南民族大学）找到我，希望合作申报中国文学史编年系地信息平台项目，我们开始正式合作。该项目顺利通过了国家社科重大项目评审，考虑项目工作量巨大，正式下达时将时间改为只限于唐宋文学。2019 年这个项目已经顺利结束了，但这个平台只是展示唐宋文学家的生平行踪，我本希望做一个开放的平台，任何学者都可以把自己资料放上去，自动绘制历史地图，这很可惜。

我在古代小说版本数字化和中国历史地理数字化两方面的研究，引起海内外很多学校的重视，我先后应邀访问美国哈佛大学、马萨诸塞州立大学，日本京都大学、大东文化大学、金泽大学，我国台湾嘉义大学、中正大学等，1999 年以来我参加的国际、国内研讨会 140 多次。经过多年的交往，我在大陆以外，尤其是在日本结识很多朋友，如金文京、中川谕、上田望、大塚秀高、铃木阳一、大木康、笠井直美、上原究一、荒木达雄、伊藤晋太郎、中原理惠等。

我从 2001 年开始主办"中国古代小说戏曲文献暨数字化国际研讨会"，至 2019 年已经举行了 18 届。为促进国际交流，我自己约定，此研讨会一年在大陆召开，一年在大陆以外召开。大陆以外先后在日本大东文化大学和早稻田大学、韩国祥明大学和成均馆大学、澳门大学、台湾嘉义大学、马来西亚马来亚大学、德国维藤大学、奥地利维也纳大学孔子学院等举办过。中国大陆在北京、上海、河北廊坊和湖北黄石举办过。在北京我校举办时，都是我一人操办，没有用任何人帮忙。从发通知、征集论文、打印论文、接待安排食宿、开会、送行等事务，全部由我一人承办。每次都有日本、韩国、中国香港、中国台湾的著名学者与会。我估计这恐怕很少见吧。看到有些国内所谓"国际会议"只有几个大陆以外学者参加，甚至拉些留学生撑门面，我真是觉得很好笑。

2003 年日本京都大学人文科学研究所金文京教授参加了我主办的第二届古代小说会后，主动邀请我去京都大学访问，由他们负担全部费用。当时我对日本情况完全不了解，从未去过日本，因此去请教我校外语学院日语系主任李均洋教授。他一听很吃惊，他告诉我，日本研究中国文化有两个最有名的研究所，一个是东洋文化研究所，一个是京都大学人文科学研究所。能获得京都大学人文科学研究所的邀请是十分不容易的。我和金教授接触只有几次，他就主动邀请我去访问，介绍我的研究。

我想可能我有以下优势：

首先，我是人文学科以外的旁观者，某种意义上还是个业余爱好者，因此视角与专业学者有所不同，看法也会不同。

其次，我多年来和大陆以外学者交流颇多，包括日本、韩国、德国、美国、法国、马来西亚等国和我国台湾、香港、澳门的学者。

再次，我和多数学者都保持较好的关系。众所周知，学界中派阀林立，我尽量和各种派别都保持很好的关系。

最后，多年来苗怀明老师主办的"古代小说网"对我支持很大。此网原是独立网站，后停办，好在他现在又有微信公众号"古代小说网"了，订阅人达数万人，2018 年在搜狐网上建立了"古代小说网"，到 2020 年 1 月有文章 902 篇，阅读量 368 万次。我主办小说数字化国际研讨会，发通知都是通过苗老师的这个网，我发表看法，也多是通过这个网，因此只要苗老师有约稿，我就尽力去做。

2. 学术研究

（1）研究到头，无法前进

目前大陆古代小说文献和版本研究中，很多人认为研究似乎已经到头了，无法再继续前进了，这是一个最大的问题。要挖掘出新的文献、新的版本越来越难，因此很多人似乎对小说文献、版本研究渐渐失去信心。很多研究小说文献、版本的学者，所带的学生中却没有一个是研究文献和版本的。这也情有可原，要研究生闭门研究几年，没有新材料，可能就没有新发现，这样论文如何写？我觉得小说文献、版本研究难度越来越大，这是事物发展的必然，就和体育运动的百米赛跑等竞赛项目一样，要提高成绩是越来越难的，但也不是没有任何提高的余地。

几年前在中国社科院文学所举行了《红楼梦》程乙本座谈会，会上展示了前几年在天津拍卖的一部程乙本，学者一致认为此本和以前的几种程乙本还是有所不同。由于程乙本是活字排印，每次印刷都可以调整字模，导致每次印刷的程乙本文字会有所不同。刘世德先生在《红楼梦学刊》2012年第五辑发表文章，讨论了四种程乙本的差异。我询问胡文彬先生，据他所知，现存的程乙本有20多种，但这些版本是什么关系，至今似乎无人仔细研究过。近年来曹立波老师带一批学生，在逐本研究现存的各种程本，说明这方面绝对还是有研究余地的。不仅是《红楼梦》，就是《三国演义》《水浒传》《西游记》等名著，也还有很多类似的版本问题至今没有解决。

另外，我注意到，由于很多版本关系都基本清楚了，近年来日本学者有的更深入研究同版、不同本子之间的关系，哪个本子是先印的，哪个本子是后印的。这从版上的裂纹、字迹清晰度等可以判断。大陆学者大概不会有人从事这类研究，这类研究把版本研究做到极致，也是有一定意义的。如日本中川谕在逐一研究全世界各图书馆所收藏的、所有的"演义"系列《三国演义》版本。最近又出现了多种以前不知道的《三国演义》版本，本书下编有文介绍。日本中原理惠在逐本研究全世界各图书馆所收藏的《水浒传》的郁郁堂本。这些都是版本的深入研究。

当然，要彻底解决这些问题，也绝非易事，在今日大陆的量化考核体系下，要耐下性子认真去研究版本问题，非常不易。我退休了，没有任何考核的负担，可以根据自己的兴趣去研究版本，但我也很理解在职学者们的压力和无奈！

（2）大胆假设，小心求证

胡适当年提出这个治学理念，是出于希望学者注意创新，不要人云亦云，盲从古人。这本是积极的学术研究态度，无可厚非，理应提倡。我认为，对这个治学理念要从正反两方面对待。

正面的是,很多新理论都是来自"大胆假设,小心求证",这是值得肯定的一面。"大胆假设,小心求证"实际更重要的是后者,就是"小心求证"。而这"小心求证"必须是不戴有色眼镜的、公正的求证。但实际很多场合,在"大胆假设"之下,是戴着有色眼镜去做"小心求证",这样就有问题了。我认为"大胆假设,小心求证"初衷本来不错,但使用不当,会适得其反,这种例证实在太多了。

红学版本研究中有名的"程前脂后"就是一个典型。最早提出此观点的学者是欧阳健先生。当年我提出古代小说版本数字化的设想,他马上给予大力支持,并在多次研讨会上肯定我的研究,对他的大力支持,我至今感激不尽!他在红学中提出"程前脂后"的产生过程,在其发表的回忆录《稗海潮》中有详细介绍。他本来没有研究《红楼梦》,是由于编书,才开始仔细研究。由于他以前没有任何研究,也就不带任何偏见,但一旦进入,突然发现一些与主流红学理论矛盾的现象,由此就萌发了"大胆假设"——"程前脂后",并由此寻找证据。

有这种"大胆假设",马上引发了红学界一场惊天动地的大辩论,至今尚未平息。双方甚至闹到法院打官司。对于"程前脂后",我有自己的分析和看法,在本书"学人风采·欧阳健"一篇中有介绍,此处只举一例。

"程前脂后"理论的一个"铁证"是,现存庚辰本和程本比对有 34 处明显的"同词脱文"。"程前脂后"认为这只可能是程本在前,庚辰本在复制时出现了"同词脱文"。这看来似乎是"程前脂后"的"铁证",但这里疏忽了一个事实:现存的庚辰本实际是过录本,并非庚辰本的原本,因此这 34 处"同词脱文"完全可能是过录时抄写遗漏的,而庚辰本的原本很可能并没有脱文。"程前脂后"有意或无意对此避而不谈。

总之,我觉得这个问题今后必须引起学者的高度重视,否则此类问题还会不断出现。

(3) 有色眼镜,误入歧途

任何做研究者,应该不带任何偏见进行研究,才不至于犯有色眼镜错误。这就和西方法律的"无罪推定"一样。不只在研究问题的开始就应如此,就是在研究过程中,自己有了看法,有了倾向以后,也应该时刻警惕不要落入有色眼镜的歧途,时刻警惕从反方向去寻找证据。

前几年出现的《红楼梦》"庚寅本"是个很复杂的问题,对此不应轻易下结论。有些学者认定此本是造假本,因此从造假角度去分析问题。有些学者认为此本是早期版本,尽力寻找符合早期版本的证据。

本人认为,对此本的分析,要不带任何偏见,从事实出发,逐步分析。结论只能产生于分析之后;而不能先有倾向性意见,再去找证据。在这里要是戴有色眼镜,是极其危险的,会误导学者的研究。对《红楼梦》"庚寅本"我 2015 年已经出版专著《〈红楼梦〉版本数字化研究》,有兴趣的读者可参阅。

(4) 瞎子摸象,缺乏全局

研究问题最忌讳瞎子摸象,摸到大象的大腿,认为大象是个柱子。结果只看到局部，而完没有看到全局，其结论自然是错误的。这类例子在研究中比比皆是。

当然，我们要做到全面看问题有时是非常困难的，因为我们不掌握全部材料，我们有时只掌握大象腿部的资料，这时的判断，也只有认为大象是个柱子。但我们要时刻提醒自己，事物是多方面的，要力图尽量多收集证据，从多个角度看问题。"瞎子摸象"和前述的"戴有色眼镜"、只"大胆假设"，其实有类似之处。

前几年有位先生写文章、出书，说黄正甫本《三国演义》是最早的版本，一时引起轰动。其实，他所举出的证据，只要多看、仔细研究，不值得一驳。章培恒、陈翔华和日本学者中川谕都写文章批驳，他还不服气，不断写文章申辩。2003 年在武汉开《三国演义》研讨会，经我询问才知，他根本没有看过叶逢春本等其他重要的《三国演义》版本，只是比对了少量版本，就妄下结论，认为此本是最早的版本。他的研究可以说是"瞎子摸象""戴有色眼镜""大胆假设"的典型。

（5）只见树木，不见森林；只见森林，不见树木

从细微出发和入手，寻找微观证据的探微方式不错。但要注意，一定防止"只见树木，不见森林"的错误。能注重微观证据，又有宏观判断是最理想的。单一的微观研究，有时会迷失方向，最终导致判断错误。

某著名红学家出版过一本红学探微著作，研究细致、深入，有很深的功力。但他只从个别微观证据来判断版本演化，似乎结论不十分可靠。

"只见树木，不见森林"是错误的，相反，"只见森林，不见树木"有时也是危险的。

前几年研究《红楼梦》"庚寅本"，有学者在研究第一页"旨义"时，从整页字迹判断，似乎第一页的字迹和后续各页的字迹粗细明显不同，因此就得出第一页是另外一个抄手所抄写的。但仔细分析字迹，就会发现其实笔迹是一样的，只是用笔不同，导致笔迹粗细不同。类似的例子也很多。

（6）寻找铁证，才能定论

所有证据可分两类：一类是有反证的一般证据，这些不能由此定论。所谓反证，就是存在与立论相反的情况；或是反过来看，有可能成立。另一类是没有任何反证的证据，就是铁证，就可定论。所谓没有反证，就是反过来就不成立，吴圣昔先生称为"榜眼"，这在考证中是需要特别注意的。找到任何证据，都要从相反方向看看是否可行，有无反过来成立的可能。法院判案，也必须有铁证，才可定罪。

如前几年发现的《红楼梦》"庚寅本"首页中，出现和胡适补字完全相同的情况，有学者就认为，这是此本抄自胡适补字后版本的"铁证"。这看似合理，但仔细分析，此"铁证"并不成立。因为理论上存在多种可能。一种可能是，"庚寅本"所据的底本原来在此处也有两个空格，而"庚寅本"照抄时省略了这两个空格。另一种可能是，"庚寅本"的底本此处有两个字，而抄写者在此处漏抄了这两个字，因此"庚寅本"也就没有这两个字。虽然这两种可能性都极小，但理论上仍存在这两种巧合的可能，因此这个证据就不是铁证。

在版本研究中，找到"铁证"是很困难的，这就是说有容易说无难。但这类例子也有。有时找不到确凿的铁证，只要有反证存在的可能性很小的证据，也可视为铁证考虑，毕竟我们是做学术研究，不是法官判案。

（7）可能之一，无限扩大

一般研究很难找到铁证，找到的多是一般证据，这种一般证据的可能性有多大，就是关键了。

我开会曾碰到这样的例子，有学者考证《西游记》花果山和今日泰山的关系。他从各种文献，把花果山和泰山联系起来，最后结论是：泰山就是花果山的原型。我当场指出，这只是理论上的一种可能，这种可能性并不大。但该学者当场反驳道：我认为这种可能性很大。要辩论哪种可能性更大，就很困难了。

另外一例是《三国演义》版本成书年代，某学者在元代某作家诗文中发现了《三国演义》吕布死前大骂刘备"大耳贼"的记述，而这个记述在其他任何文献中都没有出现过，因此该学者就认定，此作家的记述只能是来自《三国演义》，因此《三国演义》成书于元代。但理论上，古代文献丧失很多，相同记载也可能出现在其他文献中，如元杂剧中就有《白门楼》一出，但失传了。理论上很有可能该作家和《三国演义》作者都看到了此剧，而分别写入各自的作品中。

还有一例，《三国演义》某位副会长曾在某杂志发表论文，论述清代《三国志玉玺传》中有罗贯中原作文字。我看这只是在理论上的可能，实际是完全不可能的。

因此，我们找到任何证据，都要冷静分析，判断其可能性有多大，决不可无限扩大其证据存在的可能性。

（8）尊重事实是讨论的基础

我多年从事古代小说版本数字化及研究，见过各种奇怪的事情，前几年研究《红楼梦》所谓"庚寅本"又遇到一次。"庚寅本"第一页"旨义"中出现了与胡适在甲戌本"凡例"中补字完全相同的现象。主张此本为假的学者认为，这是照抄胡适改字的"铁证"。而主张此本为真的学者，想尽各种方法进行解释。这些解释有些虽然牵强，但理论上不失为一种可能性，尚可讨论。但某位先生为证明此本为真，竟不顾白纸黑字的事实，硬说"多"字是后补，和其他上下字之间有距离。我看后真怀疑自己的眼睛看错了，影印件十分清楚，"多"字的一撇已经几乎连到下一字"红"上，哪里有什么距离？这是不顾事实的典型，如此就无法讨论问题了。虽然这种例证是少之又少，但仍然出现，实在令人唏嘘不止！

（9）标新立异，哗众取宠

这在《红楼梦》研究中最为突出，刘心武就是个典型。他的所谓"研究"只能蒙混那些对学术毫不了解的大众，根本就不值得一驳，这就不必多言了。前几年研究"庚寅本"我对此也领教了。有位学者自以为是，大谈《红楼梦》和《春秋》对应，大谈《红楼梦》的三阶段论、九时段论，把公认的陶洙在20世纪40至50年代抄录的北师大本硬是提前到庚辰本之前，真使人大开眼界！看来在红学界确实什么奇谈怪论都有。

如人云亦云，不会吸引人眼球，无人注意，如抛出各种耸人听闻的新论，才吸引人。这样明眼人一看便知的怪论，使我实在怀疑这些学者是真相信自己的理论呢，还是有另外其他考虑。这真是可悲的"学术研究"，但愿这类研究越来越少！

（10）前人研究，茫然不知

要做研究，先搞清楚前人的研究是前提，这是搞研究的常识，但遇到具体问题往往就很难做到。前几年在"庚寅本"研究中就出现了这样的情况。

在"庚寅本"的批语中出现了陶洙抄录在己卯本上的批语，有位学者不知道此批语来历，遂大发议论："这么多年红学界居然都没有发现这个问题，也是一大奇事。"百年红学研究，要学者都了解前人各种研究是有些困难，但现在很多学术论文都已经上网，只要用心，都可以用各种方式检索到。因此，在从事某项研究之前，把所有前人的研究都彻底搞清楚，还是必须要做到的，否则就会出洋相了。

（11）一意孤行，死钻牛角

这是常见的想象，有些学者观点有明显的错误，其研究根本不符合基本的逻辑推理，但却自以为是，完全听不进别人的意见，钻牛角，令人哭笑不得。

前面提到的主张黄正甫本是最早的《三国演义》版本的学者就是典型。他看到的版本有限，因此他的看法有明显漏洞。但他自己却浑然不知，还自以为真理在自己手中，不断写文章和别人辩论。其实别人指出的很多《三国演义》版本，他根本都没有看过，包括"志传"系列最早的叶逢春本他也没有看过，他却大言不惭地和别人辩论，真是可笑。

前几年关于《红楼梦》"庚寅本"的研究中也出现类似情况，某位先生把此本吹到令人咂舌的地步，声称这是继甲戌本、庚辰本之后最重要的文献。我有时心想，这样的学者，海内外学者看了会大跌眼镜的，真是给学术界丢脸。真心希望这样的学者今后越来越少为好。

（12）明显错误，不肯认错

有些学者观点有明显的错误，但却听不进别人的意见，其中可能有多种原因，前述的自以为是为其中一个原因。我看，还有其他一些原因，如有的学者自己可能知道有错误，但碍于面子，不好承认错误，而会以"这也是一种可能"来搪塞。当然也有些学者确实是看不到自己的错误。我也看到，有些学者一旦看到自己的判断有误，会很快、公开承认错误，这要很大勇气，这很不容易。我也随时提醒自己，一旦发现错误，就要及时纠正。

（13）课题过窄，急功近利

目前年轻学者的研究中有一个现象是急功近利，往往愿意选个别人都不知道的很窄的课题去做，这样容易做，也容易通过。

我觉得选个生僻的小课题去做，也不错。关键是要学会从小课题扩展到大视野。陈寅恪当年研究的柳如是，也是个学术界都不熟悉的小人物，但他从中引申、扩展到对当时社会的研究，把个小人物、小课题，做成一个大课题，影响深远。我们做学问要学会向陈寅恪一样做，那就有高水平了。

（14）中日差异，红楼典型

中日两国对中国古代小说研究，有很多不同之处，前面已经有所提及。其中一个奇特现象是对《红楼梦》的研究。

在中国大陆有关《红楼梦》的研究大大高于其他几部名著，从中国知网发表论文数就可以看出，这是不争的事实，大家都知道。在书店可以看到有关《红楼梦》研究的书是一个书架，是其他小说研究的几倍不止。

但在日本却是相反，《红楼梦》在四大名著研究中是倒数第一的，远远落后于《三国演义》《水浒传》《西游记》。我曾询问日本学者和熟悉日本对中国小说研究的大陆学者，确认这是事实无误。对此我一直很奇怪，找不到合适、准确的答案。如果说《红楼梦》讲的事是家庭、爱情、儿女情长，不如《三国》《水浒》《西游》更符合日本豪迈尚武的性格，因此不吸引日本读者，但日本也有类似的《源氏物语》长篇小说，很受欢迎，为何《红楼梦》在日本就不受欢迎和重视呢？

为此我请教金文京先生，他答复我说：一来日本人不太欣赏《红楼梦》，二来不像《三国》《水浒》，日本国内没有很多版本，对日本文学几乎没有影响。可不是没有研究的人，已故东大教授伊藤漱平先生、九州大学教授合山究先生都是红学专家，毕竟很少。

但为何日本人不欣赏《红楼梦》呢，我还是不明白。从中我又联想到我自己的感受。我从小就对《三国》《水浒》《西游》有兴趣，最有兴趣的是《三国》。后来我母亲说，应该再看看《红楼梦》，我于是也找了一本《红楼梦》来看。说实在话，里面全是儿女情长、家庭琐事，对于习惯看《三国》《水浒》《西游》的我来说，实在无法接受，硬着头皮看，但实在也看不下去，结果没有完整看完一遍。我看到一个统计，现在很多年轻人也和我当年一样，也读不下去《红楼梦》。日本读者是否也是和我一样的感受呢？我至今没有找到合适答案，如哪位先生可以给出合适解答，我将会十分感谢！

至于我现在在做《红楼梦》版本研究，根本不是我对其故事、情节、人物有兴趣，而是我把其作为一个纯文本来研究罢了。

（15）矛盾激化，影响不好

前几年大陆某学会两名领导发生矛盾，情况越演越烈，甲方撤销乙方的学会领导职务，乙方在网络上发公开信，矛盾发展到今日地步，真令人万分遗憾！我和两位学者都很熟悉，并都保持很好关系，我也多次力图缓解矛盾，尽力避免矛盾轮番升级，我做了最大努力，最后也没能化解矛盾，至今我都十分遗憾。

这些矛盾表面看来似乎只是学会领导职位问题，但据我私下了解，这场矛盾和纠纷由来已久，不只是换届换学会领导——这只是导火索而已。矛盾和纠纷实际是学会工作中的一些安排所引起的，事后沟通交流不够，又没有人从中斡旋，最后矛盾逐步升级激化，而无法收拾了。在这场纠纷中，双方都认为自己无错误，是对方有错。我不想去评价谁对谁错，这没有任何意义。我想说的是，两方如果有一方大度一些，先做一些让步，矛盾就可以化解掉。双方都是海内外知名学者，但矛盾闹到如此地步，结果使得双方的声誉都大受影响，真让人遗憾。

希望今后学者们遇到此类事例，一定各让一步，不要总认为自己有理，总想自己如何委屈，而不愿意让步。率先让一步，海阔天空，吃小亏才不用吃大亏，是实话。实际大家对双方矛盾的情况都很清楚，如一方做出让步，不仅不会吃亏，还会显得大度，肯定会得到大家的尊重和敬仰。而都坚持不退让，都认为自己委屈，都不肯吃亏，都认为自己有理而对方无理，这样做的结果是矛盾升级，越发无法退让，只能是亲者痛心，旁人看笑话，反而得不偿失。此事也应该引起大家的深思，以后其他学者再遇到类似情况，希望能从中吸取教训，让这类事情不再重演。

3. 海内外学术研究比较

（1）大陆求大，海外做小

我个人多年来和海内外学者接触很多，对双方的研究方向、研究方法都有所了解。我觉得中国大陆学者和海外学者做研究有很多差异，这大约是环境不同、学术历史不同所造成的。其中一大差异就是，研究方向有差异。大陆研究经常求大求全，动不动就是大工程、丛书、文集，而海外学者很少做这样的大工程，往往是做看似很小的研究课题。

我觉得这和研究环境有很大关系，在大陆有很多学者一起做，可以做大项目。而海外研究的人少，想做大项目也做不了，因此只有做小项目，相得益彰，相互补充，各有利弊。但其中也有研究习惯问题，大陆学者习惯研究宏观大问题，海外学者（尤其是日本学者）喜欢研究微观小问题。

（2）大陆偏虚，海外重实

大陆偏虚，海外重实，这似乎是公认的事实。一位日本学者曾和我说：大陆学者的文章70%是谈虚的，如思想、艺术、人物形象等，只有30%是谈实的，如版本、作者、写作年代等；而在日本是刚好颠倒的，70%是谈实的，只有30%是谈虚的。我细细思索，他说的很对。这也是环境所造成的，无可指责。这也正好可以相互补充，相得益彰。

我只对实证研究有兴趣，因为我推广数字化，数字化也只有在实证研究中有用，对于思想、艺术、人物形象等研究是帮助不大的，因此我和日本等海外学者交流较多。

近来我常去日本参加各种研讨会，看到日本有些学者针对某个很细小的课题所做的实证研究，在中国大陆是没有人想到去做这类细小的课题研究的。这类研究看似价值不大，但仔细想来，很多研究都是从小处出发的。

（3）同行评议，实施困难

近年来我常在大陆和海外参加各种研讨会和活动，对大陆和海外的相关科研情况以及考核制度也有所了解，对此想发表自己的一些看法。大陆目前的考核制度以量化考核为主，各种量化考核标准还在不断变化升级，各级教师苦不堪言。我因为已经退休，对此没有切身体验。由于经常接触各级在职教师，经常听到各种不满议论，我在海外就常常去刻意了解海外的考核制度。结果发现，海外也有各种量化的考核方法，但最主要的考核是同行评议，所占比重极大。我就不解了，既然海外可以用同行评议为主，为何大陆不能仿效呢？

通过多年和大陆高校教授的接触了解，我终于基本搞清楚在大陆为何不能仿效海外的同行评议。其主要差异在于，海外同行评议是货真价实的同行评议，如果考虑情面做出不实评议，以后在学术界就无立足之地了。

而当下在大陆除非是匿名评审，要实施没有任何水分的同行评议已经很难了，这是由于所谓的拉关系和腐败已经侵蚀了学术界。大陆改革开放以后，市场开放，海外人来大陆做生意，首先感到大陆和海外最大差异是，在海外做生意，只谈生意即可，但大陆不行，必须拉关系。在大陆学术界现在也是如此，没有关系是不行的。报项目要拉关系，评职称也要拉关系，同行评议自然也要拉关系。在这种局面下，以同行评议为主的考核方法自然无法实施。

这是我的分析，不知是否符合事实？习近平总书记上任，首先是反腐败，就是要破除私拉关系。但要彻底改变目前的局面，怕还是有待时日，我对此很期待。

（4）大陆公款消费，海外基本自费

大陆和海外各种研讨会和活动接待方式差异很大。

京都大学金文京教授第一次邀请我去京都大学访问时，到京都后给我第一个意外是他们接待吃饭要自费。我从北京出发，航班是到大阪国际机场。我到任何地方喜欢看古迹，我事先查到大阪有座日本天皇墓地，因此事先和金先生说我希望到大阪去参观天皇墓地。到大阪后，金先生请位年轻老师开车接我，但他不熟悉这个墓地，找了半天才找到。不料一看，墓地在一个小湖中心的岛上，不能进去参观，只能在外面看看。然后我又去参观大阪有名的大阪城堡，但由于去墓地耽误时间，城堡已经关门，只能在外面看看，然后他把我送上去京都的火车。到京都火车站，金先生亲自在站台接我，然后领我和一些日本朋友在京都大学附近的饭店聚餐。餐后金先生逐一向各位作陪的老师收餐费，使我大吃一惊。在大陆，邀请海外学者来访，老师作陪接待，绝对是公费支付，不会要每人自费。接待餐竟然要自费，实在无法想象。后来我每年参加日本的中国古典小说研究会年会，学者与会，所有餐费、住宿费等也是全部由学者自己自费。这和大陆差别实在太大。

不过自习近平总书记上任，对公款消费吃喝已经下文禁止，是否过几年会达到日本这样公私分得一清二白的地步呢？我们拭目以待。

（5）海外当官是服务，大陆当官是权利

我第一次应金先生邀请访问京都大学几年后，就听说他当选京都大学人文科学研究所所长，我于是去信祝贺。他马上回信告知，日本的所长和中国大陆的所长有本质不同。我这才知道，都是所长，但完全是两回事。

大陆的所长权利极大，无论是项目、经费等大事，都是所长一人签字即可，当然事先也要征询各方面意见。而日本等海外的所长实际是办事员，只像是大陆的办公室主任。任何大事都要上报教授会议，集体讨论决定，所长只是负责平时一般行政事务，没有任何权利。当然如果出去，还是所长代表研究所出面的。

大陆和海外的这种差异我仔细分析过，各有利弊。大陆的体制所长有大权，自己就可决定，因此决策迅速，办事效率高。但如监管体制不力，很容易滋生腐败。如所长决策失误，也容易出问题。而海外的体制必须集体讨论，一般不会滋生腐败，也不容易出错。但由于是集体讨论，有时意见不一致，办事可能拖延，没有大陆办事效率高。大陆的所长是上级领导考核，上级任命。而海外的所长是民主选举，选上你，你就不能推。我看海外的所长实际只是办公室主任而已，要处理大量的日常事务，往往会耽误自己的研究工作，所以一般人都不愿意做。我的另一位老朋友、曾在大东文化大学任职的中川谕教授当选过他们学科的学科主任，他很烦恼，因为他住在横滨，离东京很远，任学科主任后他必须每天去上班，会耽误他很多研究工作。

（6）海外科研是自己的事

比较中国和日本的体制，在科研上我觉得还是有所不同。在中国，教学、科研并重，都各有一套考核体制。而且一般科研考核更具体，量化后更清晰，而教学考核一般不具体，较难量化（当然我退休多年，据说现在的教学考核也有很大变化）。但我发现，日本和中国的科研考核是完全不同的。在日本的大学里，只考核教学，基本不考核科研。日本的学校认为：学校是培养学生的，我请你来，是负责教学的，科研是你自己的事情，学校一般不去考核（专职的科研人员除外）。这也有一定道理，学校的目标是培养学生，自然要以教学考核为主。

但我每次去日本参加中国古代小说会，都看到很多年轻的教师，仍然自费坚持参加这种学术研讨会。他们有的是非常勤教师，就是不占学校正式编制，收入很低，由于要自费来开会，有的坐不起飞机，甚至坐高铁也是奢侈，要坐最便宜的半夜大巴往返。那么他们为何还要参加这种研讨会呢？我仔细思索后的答案是，如果他们不参加这类研讨会，只埋头教学，时间长了，就会脱离学术圈子，自己不知道别人做什么研究，别人也不知道你在研究什么。这样你教学中就不可能介绍最新的研究成果，从长远来说，对自己的前途是不利的。因此他们就是自费，也要参加各种学术会议。

（7）日本学者出资买古籍无偿捐赠国图

2005年在安徽黄山出现了明刊本汤宾尹本《三国志传》两册，并在嘉德2005年秋季拍卖会上公开拍卖，但因无人竞拍而流拍。会后我和金文京先生提及此事，本来我想他们不会有兴趣，不料他极为感兴趣，他为避免这个重要的《三国演义》版本再次流失，主动联系了中川谕先生（大东文化大学）、上田望先生（金泽大学）、井上泰山先生（关西大学）、二阶堂善弘先生（关西大学）和竹内真彦先生（龙谷大学）等5人出资购买。他们支付的费用折合成人民币还不够，我又添了一些。

汤宾尹本《三国志传》是明代建阳刻本，在《三国演义》版本演化中占有重要地位。中国国家图书馆也藏有此书，二十卷全。经日本和中国学者仔细研究，发现两书个别文字和插图略有不同，证明这两书不是同一版。至于两书的关系，仅根据目前材料，还难以判别。另外，国图本卷一有破损，而黄山本这部分基本没有破损，可以弥补国图本之不足。由于此书是明刊本，属于文物不能出境，只好先暂存我处。日本中川谕先生亲自专程来京将此书全部拍摄了。

左起：周文业、金文京、詹福瑞、中川谕、上田望

2007年金先生利用来北京出席我主办的古代小说数字化国际研讨会期间，主动提出要将此书无偿捐献给国家图书馆，以方便读者和国图藏本比对研究。我听说很吃惊，没有想到日本学者会如此慷慨。立即电话联系国图，并提出这是日本学者出资买中国古籍又无偿捐献给国图，希望他们请媒体报道。但他们答复说，媒体报道都要收费，要我们出这笔费用。我听到觉得日本朋友和我买了书无偿捐献给国家图书馆，报

道还要我们再负担费用，这很不合适。后国图时任馆长詹福瑞得知此事，马上指示要办正式捐献仪式，媒体采访费用他们负担。在捐赠会上，詹馆长说，这是他上任以来第一次遇到无偿捐献古籍给国图，还是日本朋友。

此事刚好发生在"八一五"日本宣布无条件投降纪念日，为此中国很多报刊予以了报道。我想这样日本学者在中国买了古籍，主动捐献给中国图书馆，恐怕到今日也没有第二例吧。

（8）中日交流，有待扩展

在中日学术交流方面，现在日本学者了解中国研究情况比较容易了，因为他们可以订阅各种中文刊物，他们一般都熟悉中文，阅读也没有障碍。而且现在中国各种期刊都上网了，如中国知网等，只要付费，在日本阅读、下载都很方便。但中国学者看日本学者的研究文章，了解日本学者的研究情况，还是有很大的困难。

2012年我收到北京语言大学段江丽教授来信，希望我代为联系金文京教授，以便申请由日本政府资助的赴日访问学者。日本政府每年都出巨资，资助中国学者到日本访问一段时间（段老师是两年）。我和段老师很熟悉，知道她在《红楼梦》等古代小说研究方面有所建树，因此就推荐给金先生。金先生也写了推荐信。没有想到，很快段老师的申请就获得了批准。金先生告知我，他也很吃惊，因为他在此之前曾多次推荐中国学者，但都没有批准，没想到这次一下就批准了。段老师这次赴日也以介绍日本学者的研究为主题，在日本她收集了很多资料，并对一批日本学者进行访谈，这些都得到了金先生的称赞，这对中国学者了解日本学者的研究会有很大帮助。段老师回国后写了很多文章介绍日本学者的研究，对中日学术交流帮助很大。我因为促成此事，也很高兴。

2012年我再次出席日本的中国古代小说会，以前一般中国学者只有我一人，这次复旦大学黄霖老师带了他的一批高足赴会。会议期间我得知，黄霖老师几年来和日本学者交流很多，也希望招一名熟悉日语的博士生，以便更方便随时了解日本的学术研究动向，但可惜多年来这个愿望一直没有实现。段老师这次也向黄老师推荐一名北京语言大学在日本早稻田大学做过短期访学的研究生，但由于她没有学过中国古代文学，不好申报。看来黄老师的设想要实现还是不容易。

（9）海外情况，了解不够

2009年在杭州举办《水浒传》研讨会，李永祜先生发表有关《京本忠义传》的论文，我以前没有研究过《水浒传》版本，因此很有兴趣，上网找到一些有关文章，了解了各种不同看法，并把此事告知了中川谕先生。不料他立即发来他1996年在日本发表的论文。我看后大吃一惊，他提出的看法很有道理，可惜13年来中国学者根本没有看到他的文章。

现在中日学术交流还是不对等。日本学者了解中国研究情况比较顺利，而中国学者了解日本学者的研究则很不顺畅。一者中国学者多不懂日语，二者日本学者的文章散见于日本各种杂志，中国多无法订阅，日本杂志一般没有上网。今后中日学术交流还有待进一步深入，这对于发挥各自优势、促进学术研究提高绝对会有极大帮助。今后如何解决这个问题，我希望如有可能，某个出版社有兴趣，可否分学科、定期翻译出版日本学者（包括其他海外学者）的文章，使得中国学者能及时了解海外学者的研究情况，促进学术研究的提高。

4. 数字化

（1）交叉研究，开辟新路

我是学计算机出身，研究古代小说版本纯粹是兴趣而已。提出古代小说版本数字化，也是一种典型的交叉学科研究方法。我1999年开始提出小说版本数字化研究时，还提心吊胆，不知是否有人支持。经过了这20年，数字化已经被大家认可，在大陆和海外都有一些学者利用数字化在研究古代小说版本数字化，并取得了一定成绩。

在数字化方面，我觉得最有成绩的是日本中川谕先生。他曾说：不用数字化，要研究一个版本，最少要几个月；而现在数字化后，只要十几分钟，就可以搞清楚某个版本的大致情况。我觉得他说的是事实。

数字化大大节约时间后，学者就可以把宝贵的时间用于真正的学术研究，而以前90%的时间都用于人工比对文本了。利用数字化，还可以轻易发现文本中的所有差异。

以前由于是人工研究，一般只要找到几个例子，就下判断、写文章。其实这种研究就如"瞎子摸象"，只见局部而不见全局。而数字化后，即可利用分窗口比对先看出宏观差异，再利用逐行比对看每个字的差异。

当然数字化也不是十全十美，我开始数字化时最担心的是录入文字的可靠性，生怕学者会因为文字录入不可靠而为难我。但出乎预料，基本没有人追究此事。后来我仔细分析，认为主要是学者都很清楚，电子文本永远无法做到百分之百的可靠。我同时提供了图片，学者要引用可以再直接和图片核对，因此就没有必要对文本苛求了。

（2）平板电脑

古代小说版本数字化主要包括两个方面内容：第一，是版本图片和文字的数字化；第二，是版本文字的计算机自动比对，包括分窗口宏观比对和逐行逐字比对。以前数字化主要是使用PC机，后来数字化的一个新发展是平板电脑的应用。

自苹果计算机公司推出平板电脑以来，风靡全球。在古代小说版本研究中，平板电脑也有其用武之地。在这方面使用比较突出的是日本中川谕先生。他充分利用了平板电脑的轻薄、使用方便的优点，把其变成了一部古代小说的数据库。他把各种版本的图像、电子文本都输入平板电脑，也有版本比对功能，还有相关研究文章的PDF文档。这样把平板电脑真正变成了一个丰富的数据库。我看到中川先生在北大图书馆查看《三国演义》周曰校乙本，他随身带了平板电脑，就可以逐页和其他几种周曰校本比对，十分方便，相关研究文章也可随时调出查阅。在 2011 年北京中国古代小说戏曲文献暨数字化研究会上，我特别事先请中川先生在开会时做了主题报告，介绍如何使用平板电脑，对于推动数字化还是起了很大推动作用。

（3）信息化的差异和产生

自从我开展古代小说版本数字化以来，在大陆和大陆以外都陆续有学者使用，但我感觉还是日本学者应用较好。前一节讲述平板电脑，我感觉也是日本学者使用较好。除中川先生外，如上田望先生以及笠井直美女士等，很多日本研究古代小说的学者都可以熟练使用各种计算机软件，有些软件连我这个学计算机出身、从事计算机应用几十年的人也未听说过。我在台湾也有同感，很多人文学者在利用计算机方面都比大陆强。

我也一直在思索为何产生这种情况。我觉得其中一个原因是，中国大陆的中学就开始了文理分科对此是有很大影响的。大陆以前从高中就开始实行文理分科，这可以使学生更早根据自己的爱好选择文科或理工科。由于现代科技发展太快，文理分科，更便于学者及早专注、深入地进行学习，这也是有一定道理的。但这样也有副作用，会使得文科学生对理工科无兴趣，相关知识太少。同样，学习理工科的学生对人文科学也就无兴趣，缺乏一些基本知识。这样导致学习人文学科的学者不了解理工科知识，不知道信息技术对人文学科研究有什么用；而学习理工科的学者也不知道人文科学在研究什么，信息技术对他们有什么用处。现在教育部已经开始彻底改变中学的文理分科，这是个很好的事情。

现在不仅是中学已经开始废止了文理分科，很多大学，大学生一入校也并不立即分科，而是先进行一两年的通识教育，文理工科的课程都可以选修。这样可以把基础知识打得更扎实，这对于学生毕业后不论是从事文科还是理工科，都是有好处的。

（4）数字化的局限

数字化也不是万能的，我宣传数字化，但也时刻保持清醒头脑。数字化只是为研究提供了一种快捷、智能化的手段，但它绝不可能代替学者自己的人工研究。数字化也带来研究的一些新问题。以前人工研究，要找到版本文字差异很困难，因此学者往往找到几个例子就写文章、下结论。现在数字化以后，各种细微差异都一览无余，反而也带来研究的困惑。如何从这些大量的文本差异中，分析出有真正价值的文字差异，就考验学者的研究水平了。

因此，任何事物都有两面性，有其有利的一面，也同时有其不利的一面，就看你如何处理了。对此我也十分清醒，对数字化不要随意拔高，也不要忽视，要学会如何利用这个工具。数字化说到底，毕竟是研究的一个工具和手段而已。版本数字化可以把版本差异逐字显示出来，但计算机人工智能还有限，不可能代替人工研究，最终还是要人工进行分析研究。

另外，如果过于依赖数字化，对研究也有不利的一面。多年前我在一次研讨会上，听一位武汉大学中文系博导介绍，他招收的研究生，前两年不许他们用计算机做研究，必须人工阅读，记到脑子里。这对我震动很大，仔细想来，还是很有道理。用数字化检索，可以迅速得到结果，但这不是经过自己脑子人工研究的结果，在脑子里没有记忆，对于今后研究没有好处。当然现在再不许研究生用电脑怕不行了。

有位研究古代小说版本研究的老学者，对我所开发的数字化文本有兴趣，但不用我开发的数字化比对软件，而是利用我提供的电子文本，老老实实地人工进行比对。我很奇怪，问他：数字化比对软件可以很快得出结果，又快又准，根本不用人工如此麻烦地去比对。他答复我：计算机比对虽然快捷，但没有经过自己脑子，没有记忆，从长远看并不利。而自己人工比对，虽然比对很费时间，但印象就更深，对今后研究会更为有利。

因此，数字化是有利有弊的，要根据情况仔细考虑。

（5）结束语

此文是"古代小说网"苗老师的约稿，因此初稿写好，多次先送他审阅。他两次回信："大作初稿收到并拜读，非常感谢。您说出很多专业学者想说但不敢说的话，为大家提供了一个可以照见自己的镜子，这样的文章实在太少了，学界也是很需要的，这是我屡屡向您约稿的一个重要原因。只是太辛苦您了。您如再多举一些具体的例子，包括国内的和国外的，则更好。""大作收到已拜读，有种在读《儒林外史》的感觉，确实说的都是真心话，但对学界可以起到警示的作用。有不少现象确实得改改了。"

他提及《儒林外史》我是完全没有想到，但回头仔细再看一遍，我谈的都是学术界的事情，而且都是我亲身经历的，实话实说，有些还真如现代的《儒林外史》一般。

说起《儒林外史》还真和我有些关系。《儒林外史》作者吴敬梓是安徽全椒人，我也是全椒人。我父亲出生于全椒农村，1916年全椒小学毕业，考入清华学校中等学部（中学），1924年毕业，留学美国斯坦福大学，学习心理学，回国后任教清华、西南联大、北大等校，曾任清华大学心理系主任，1996年以93岁高龄去世。2013年是我父亲周先庚诞辰110周年，中国心理学会和清华心理系10月在广州召开纪念会。2012年全椒举办纪念吴敬梓和《儒林外史》研讨会，承蒙我校老师告知，我虽然没有仔细研究过《儒林外史》，但是在我故乡举行，我还是十分高兴前往与会。研讨会是在全椒中学举行，我坐在大会会场，突然有老师告诉我，学校里有我父亲的展板。我听了大吃一惊，急忙跑出去一看，果然在学校的校史介绍展板中，我父亲赫然名列第一名。学校校长得知周先庚的儿子出席研讨会，马上出来和我会面，询问我的情况，并摄像采访，合影留念。因为当年全椒只有小学，现在的全椒中学是在原小学基础上发展起来，因此把我父亲列为校友中第一名。2012年10月全椒中学举行建校100周年纪念，再次邀请我出席，可惜我因女儿结婚，无法出席。后来我又曾多次去全椒参加吴敬梓研讨会。

最后，我要再次感谢多年来苗老师主办的"古代小说网"对我的支持，我主办古代小说数字化国际研讨会，发通知都是通过此网，我发表看法，也多是通过此网。"古代小说网"对我的帮助很大，苗老师一再约稿，我也想利用这个机会把这些年的研究做一个回顾。我这些随笔不适宜在其他刊物发表，在"古代小说网"发表最最合适，因此再次感谢苗老师和"古代小说网"。现在原来的"古代小说网"已经关闭了，苗老师又开辟了微信公众号"古代小说网"，和搜狐"古代小说网"，影响都很大，苗老师基本每天都发表一篇新文章，并配有精美插图，十分不易。

5．专业和业余

（1）业余高手

由于我自己只是古代小说的爱好者，因此对非专业爱好者比较注意。在古代小说研究中，大陆也有一批爱好者，他们与专业研究会基本无关系，大陆研讨会也不大邀请业余爱好者参加。有了网络后，这些爱好者纷纷举办了各种网站，宣传他们的见解。我曾浏览过其中部分网站，不得不承认，其中很多确实是业余水平；但也要承认，其中也有一批水平较高的。有时要截然区分专业和业余很难。我除了在古代小说版本研究中认识一批学者外，还认识很多"草根"，即业余爱好者，其中不乏高手。在本书"学人风采"中对两位爱好者李金泉和张青松有介绍，他们都是业余爱好者中的佼佼者。

根据我多年来的接触，举几个例子。

第一个例子是李金泉先生。对他的钻研精神我很佩服，那是从《三国演义》醉耕堂本开始的。几年前我协助日本金文京等几位学者，从民间联合购买了《三国演义》汤宾尹本残本，拍照、研究后，由金文京提议，无偿捐献给了中国国家图书馆。我趁机向国图提出希望复制国图所藏的全部《三国演义》版本。经詹福瑞馆长批准，只收取了我很少的费用，就复制了全部国图的《三国演义》版本。其中包括醉耕堂本毛宗岗批评《三国志演义》。虽然目前书店买的毛宗岗本《三国志演义》排印本，很多底本都是声称根据醉耕堂本整理，但实际醉耕堂本至今尚无影印本出版。我从国图复制醉耕堂本，本意也只是作为一种《三国演义》重要版本，和其他版本比对。李金泉在上海税务所工作，他多年来业余研究《三国演义》版本，他得知我有醉耕堂本全套图片后，希望我复制一套给他。他多年来给我很大帮助，我就复制给他一套。他得到这套醉耕堂本图片后，认真地和中华书局出版、由国内《三国演义》版本研究权威整理的毛宗岗本《三国演义》做了逐字核对，花费了很长时间，发现此整理本有很多明显的错误，如果不是与原书核对，是不可能发现这些错误的。为此，他写了一篇长文分析这些错误。李金泉对《三国演义》多种李卓吾本也做了彻底研究，对冯梦龙"三言"的版本也有很深研究。在版本研究中我十分佩服他的研究水平，几次邀请他来参加古代小说数字化国际研讨会，我可以负担他的费用，但他只来了一次，很可惜。我觉得他是业余爱好者中比较突出的，他对古代小说版本有很深的研究，水平很高，很多研究的内容比专业学者更专业。他的研究被日本学者承认，2011年日本琦玉大学大塚秀高先生曾邀请他赴日本做研究，说明他的研究也获得了日本学者的承认。

第二个例子是张青松,他在中国铁路建设总公司工作,是一位中级领导,他是一位古代小说收藏家,在古代小说研究方面也有很高水平。他发现了最早的《金瓶梅》张评本——《皋鹤堂批评第一奇书金瓶梅》苹华堂本,发现了现藏于国家图书馆的《金瓶梅词话》胶卷。他和作家邱华栋一起推出一本彩色《金瓶梅版本图鉴》,收集了 400 多种版本精美图录,和广陵书社一起影印出版了法国巴黎图书馆藏《锺伯敬先生批评水浒忠义传》和内阁文库藏尚友堂刊本《二刻拍案惊奇》。他还收藏了几种《三国演义》版本,其中的故事插图致和堂本是海内外孤本,对于《三国演义》版本研究价值很大。这些收藏和研究都是他在繁忙工作的业余时间完成的,我很佩服。

第三个例子是我自己,前面谈过我从事数字化的经过。我实际也是一个业余爱好者,本来是学计算机的,毕业几十年也一直从事计算机应用工作。因为我对古代小说版本有兴趣,自己又是学计算机出身,懂得如何在古代小说版本研究中应用计算机。通过这 20 年来的努力,我在古代小说版本研究方面有些成绩,也组织过 18 次中国古代小说戏曲暨数字化国际研讨会,在海内外都有些影响了。

通过以上几例,我觉得业余和专业也不是绝对的,双方应该不断交流,促进学术研究的提高。

但目前专业学者和业余草根之间交流还十分困难。专业学者不愿意和草根同场讨论,他们看不起草根,认为他们水平不行,没有经过专业训练;另外,专业学者也有心理压力,怕被草根当面辩倒,丢了脸面。而有些草根也看不起专业学者,认为他们徒有虚名,实际并没有水平。苗怀明老师对《红楼梦》的网络红学有很深刻的分析,我觉得很准确,可以参考。

2009年我曾参与主办"一百二十回本《红楼梦》版本研究和数字化国际研讨会",专门邀请了一些爱好者参加,会上也险些发生学者和草根的正面冲突。我曾想继续主办学者和草根都参加的研讨会,促进双方交流,但看来十分困难。

(2) 第一次挫折

我自己觉得,业余爱好者中还有很多很有水平的。我自己就是一个爱好者,我的专业是计算机及应用,本不是学文学、历史出身,是地地道道的爱好者。我从 1999 年第一次参加在山西清徐举办的《三国演义》研讨会,开始进入古代小说研究领域。由于我自己多年努力,我从事的古代小说数字化今天已经得到学术界的承认,也算进入了古代小说的研究圈子里,多次获邀参加国内外的各种研讨会。

但由于我是从业余爱好者起步,做跨学科研究,其间曾遭遇过很多挫折。

给我印象较深的有三次。

第一次是我进入古代小说研究领域不久,2006 年我得知在哈尔滨师范大学将举办一次高水平的国际古代小说研讨会,这对我是很好的机会。那时我的古代小说数字化研究刚有一些成绩,我很想了解当时古代小说研究动态,也想借此机会宣传古代小说数字化。刚好我和承办学校负责人关四平认识,就给他发电子邮件,表示希望参加,他要我和主办单位联系。这次是高规格的国际学术研讨会,主办方是北京一家权威的古代小说研究中心,负责此次研讨会的具体操办人我也认识,以前也见过面,他也了解我所做的古代小说数字化工作,但我知道他对数字化无兴趣。果不其然,我与他联系后,他表示不同意我参会,无非我只是业余爱好而已。我不甘心,一再和关四平联系,他最终以学校名义邀请我参加。因此也可不算一次挫折。

这个高规格的小说研讨会每年都举办,有些主办单位和我很熟悉,但怕再给他们添麻烦,我一般就不去参加了。2019 年这个研讨会由北京大学中文系主办,因为许多日本朋友来参加,在北京也很方便,我就去旁听要了一套资料。2020 年这个小说研讨会计划将在福建师大举行,我和福建师大很多老师,包括齐裕焜、涂秀虹、刘海燕、邓雷都很熟悉,我是否再自费去参加还在考虑之中。我参加这个研讨会也是想了解在古代小说领域里,学者们都在研究什么课题。通过这件事让我知道,在学术界还是有专业和业余之分的。

(3) 第二次挫折

第二次挫折是我的古代小说数字化研究项目后期资助评审没有通过。我从 1999 年开始从事古代小说数字化,并对《三国演义》版本做了些深入的研究,于是很想把研究成果正式出版。于是在我未退休前,通过学校社科处将"《三国演义》版本数字化及研究"申报了国家社科后期资助。申报第一步是匿名评审,评审专家都是随机抽取的,都是古代小说研究领域的专家。后来我见到一些评审专家,他们都告诉我曾评审我的申报,而且都一致给予很高评价。我校社科处同志后来告诉我,我的申报书确实匿名通讯评审分数很高,但最后开会评审,投票还是没有通过。

我校参加评审会议的专家和我很熟悉,他事后专门告诉我,我的申报在评审会上争议很大。由于申报涉及哲学社科各个方面,评审专家也是哲学社科各个领域,不只是古代文学的专家。很多学者对古代小说版本研究的意义和复杂性完全不了解。很多老先生对数字化不仅不了解,有些还有抵触情绪。在会上只有我校和北师大两位老师帮我说话,说明我这是跨学科研究,是将现代计算机技术应用于古代文学研究,很有创新价值,应该予以支持。虽然他们大力宣扬(我也相信),但始终未能说动其他学者,最终投票还是未通过。

对此我也很理解,数字化研究前几年在人文科学研究中,还确实不能普遍接受。我作为一名退休、非专业研究的人士,要在非专业领域中获得项目资助确实有困难。由于我的匿名通讯评审分数很高,后来学校社科处多次鼓励我再去继续申报。但我再三考虑,我是一个非专业的人员,还是不要去和年轻的专业教师争饭碗,还是把机会让给他们吧。

(4) 第三次挫折

我第一次申报社科后期资助没有通过后,到 2005 年我也退休了,就再未考虑去申报项目。十多年后到 2018 年,我完成了五大名著主要版本的纸本比对本,先在《红楼梦》和《金瓶梅》研讨会上做了介绍,受到一些好评,我觉得这种比对本对版本研究还是有帮助的,就想是否可以出。刚好在我校网上看到 2018 年社科后期资助申报开始,申报文件说明退休人员也可以申报。我电话咨询我校社科处,答复是退休人员确实可以申报。我又联系我校评审专家，问他的意见。他还记得我当年"《三国演义》版本数字化及研究"最后专家评审会未通过的事情，他认为我当时申报数字化有些早，那时很多老专家还不懂数字化，如现在申请就容易了。对我申报五大名著主要版本比对本，他认为有价值，可以申请，但不可能五本都申请，可先申请《红楼梦》版本比对本试试看。有他鼓励我就开始准备材料，还要两位专家推荐，我这十几年认识很多古代小说领域的老专家，因此这也不难。

我申报的《红楼梦》主要版本比对本有分栏和逐行比对两种，每种 3 大本，A4 纸 700 多页，合计 6 大本约 5000 页，满满一纸盒。申报要求送 6 份，我电话问我校社科处是否 6 份全部要全文，答复说如果全部完成了，6 份全部要全文，这样我送去了 6 大纸箱。学校送到国家社科办公室后，他们看到大吃一惊，专门给我来电话说，我的书篇幅太大，申报可以不送全文；而且我送全文给评审专家后是不回收的，这样知识产权可能外泄，对我可能很不利。但我已经送去，他们建议只送评审专家部分书稿，这样可保护我自己的知识产权，我对社科办同志的仔细认真很感谢，也同意了。但最后公布评审结果，我还是落选了，我也没有再去问为何落选，这是我的第三次挫折。我查评审结果，文学方面我校也只有一位老师评审通过了。

我以前曾看到一篇对项目评审结果的详细分析文章，项目资助一般和学校的排名是一致的，高水平大学项目就多。我们学校属于地方大学中的前列，但在全国高校中，也只属于中上等，这样每年获得资助的项目确实有限。我又是属于跨学科申报，我的项目是在"文学"学科中申报。理论上如我申报成功，势必可能会挤掉我校文学院其他学者的申报。目前很多年轻学者都迫于职称压力，必须申报科研项目。我是退休人员，又不属于文学院编制，我这样跨学科去申报，确实很难成功。

我知道一位老先生写了一本《红楼梦》版本研究专著，出版社也同意出版，作者交稿后拖了很长时间一直未出版。本来出版社要自费出版也可以，因为作者名气大，出版后肯定不会赔本的。但出版社为获得上级经费，还是申请了出版资助。这样就要经过层层审批，虽然时间拖延了，但最后还是通过了，这样虽然出版迟了一些时间，但获得资助出版社就省钱了。

所以对此我也想通了，我没有名气，申请资助很难，以后我还是自费研究和出版吧。

6. 中国三国演义学会

（1）开场白

我的古代小说版本数字化是从《三国演义》开始的，我对古代小说版本研究最深入的也是关于《三国演义》，参加研讨会最多的也是《三国演义》，因此和中国三国演义学会接触最多。这些年来我十分感慨，有很多话想说。但这些话说了很可能会得罪人，因此长期不敢说。这次出版《古代小说数字化二十年》，觉得我不把这些情况说出来，怕以后再没有机会了，也就没有人知道其中一些事实了。

我不敢说我说的是事实全部的真相，我没有记日记，全凭记忆。但我说的绝对是我亲历的事实。当然这些事实未必反映出事情的全部。我觉得即便有日记，那也是个人的记录，未必全面。任何人的记录都不全面，但也可以帮助大家了解一些事实，也是有用的。

（2）2009 年由于匿名举报被民政部约谈

中国三国演义学会成立于 1983 年。我是 1999 年才第一次参加中国三国演义学会年会，对于这以前的一些情况，有人也和我谈过，但这不是我亲身经历的，因此就不谈了，我下面只谈我亲身经历的事情。

从我 1999 年第一次参加山西清徐《三国演义》研讨会，到 2009 年，我先后参加了以下各次研讨会：

- 第十二届《三国演义》研讨会（山西清徐），1999 年 9 月。
- 第十三届《三国演义》研讨会（安徽芜湖），2000 年 5 月。
- 第十四届《三国演义》研讨会（江苏南京），2001 年 11 月。
- 第十五届《三国演义》研讨会暨孙吴文化研讨会（浙江富阳），2002 年 11 月。
- 第十六届《三国演义》年会暨黄鹤楼与三国研讨会（湖北武汉），2003 年 10 月。
- 第十七届《三国演义》研讨会（四川绵阳），2004 年 10 月。
- 第十八届《三国演义》与三国文化研讨会（四川南充），2008 年 4 月。

到 2008 年我参加的各次研讨会都很顺利举行了。2009 年 8 月在北京举行第八届中国古代小说戏曲文献暨数字化国际研讨会时，沈伯俊先生到北京出席这次研讨会。会后刘世德先生说，民政部社团管理司几次给他去电话，因为他是中国三国演义学会会长，请他去当面约谈一些问题。沈先生是学会秘书长，刚好在北京，因此就一起去民政部。我因为也是理事，多一个人去多了解些情况，也便于以后协商如何处理，刘先生就请我和他们一起去。民政部社团管理司并不在民政部里面，而是在故宫东门外一个小楼里。

我们去了后，管理司一位同志很客气地接待了我们，他告知我们，民政部有规定：从前在民政部登记过的社团，现在都要重新登记。中国三国演义学会曾在民政部登记注册过，根据民政部的新规定，也要重新登记。在办理完重新登记手续前，学会不要再公开活动了。我听了很奇怪，没有重新登记的学会很多，为何单独要约谈中国三国演义学会呢？接待人说：这是由于有人匿名举报中国三国演义学会不办理重新登记，但仍在公开活动，这就属于非法活动了。按照国家规定，对于匿名举报，主管部门必须约谈，了解情况，但不需要回复，因为是匿名。但如果是实名举报，主管部门就照章办事并给予回复。我们三人听完就返回了，刘先生和沈先生商议，就照民政部规定，尽快办理重新登记手续吧。

民政部约谈中国三国演义学会领导很合理。民政部审查各个社团，有些社团从事了非法活动，因此被民政部注销了，其中就有中国金瓶梅学会。后来金瓶梅学会又重新登记为中国《金瓶梅》研究会（筹），复旦大学是临时挂靠单位，虽然只是"筹"，还没有民政部正式批准，但也开展活动了。中国明代文学学会也未办妥民政部规定的正式登记手续，因此学会名称后也有个"筹"字。而中国三国演义学会也确实一直没有去重新办理登记手续。

实际上到民政部办理了重新登记的社团并不多，有些社团从来就没有去民政部办理手续。据我所知中国宋代文学学会就没有到民政部去办理登记手续，但照样每年开会，规模还很大。这就叫"民不告，官不究"，没有人举报，不出事，民政部也就不管了。但只要有人举报，即便是匿名举报，民政部也得管，因此民政部由于有人匿名举报而约谈中国三国演义学会领导，也是完全合理的。

到底是谁匿名举报的，我至今不知。但在此前我参加几次《三国演义》研讨会的理事会时，就听到一些声音，对中国三国演义学会领导长期不换届很有意见，认为现在领导早已到任期了，应该换届了。还有人认为：按照民政部规定，70岁以上应退出学会领导，而中国三国演义学会有些领导确实已经大大超过70岁了，应该退下来了。但70岁也不是硬规定。我参加过中国唐代文学学会的研讨会，会长傅璇琮先生大大超过70岁，但一直没有合适的接替人选，因此他又干了好几届才退下来。

对这些议论，中国三国演义学会领导一直没有响应。这次匿名举报我估计可能与这些议论有关：你们不理，我就举报到民政部。

（3）主管部门、挂靠单位

按照民政部的新规定，凡挂名"中国"的民间团体，必须由中央部级的主管部门领导。而中国三国演义学会当初登记时的主管部门是四川社科院，隶属于四川省，和北京的中国社科院是两个系统。有人对此不了解，还以为四川社科院和中国社科院是一个系统。而且四川社科院也不是部级单位，以前作为主管部门还可以，但现在民政部要求凡全国性的学会必须由中央部级主管，这就不合法了。民政部新规定也合理合法，既然是全国性组织，就应该是国家级部门主管，全国性组织，却由地方省级部门管理，确实不合理。

针对中国三国演义学会，只有三个相关部级主管部门可以当主管：

第一是教育部。中国水浒学会在张国光的大力活动下，获得教育部的同意做主管，因此获得民政部批准。

第二是文化部。中国红楼梦学会设在中国艺术研究院，隶属于文化部，因此文化部顺理成章成为主管，也通过民政部审查。

第三是中国社科院，也是部级单位，只要社科院同意做主管就可以。

主管部门确定后，还需要有个挂靠单位具体领导，一旦出问题就要挂靠单位领导负责。而这个挂靠单位一般应该就属于上述主管部门管理。如中国红楼梦学会的挂靠单位是中国艺术研究院，就属于文化部领导。

但中国水浒学会有些特殊，它的主管部门是教育部，但挂靠单位是湖北大学。湖北大学是地方院校，直属于湖北省教育厅主管，并不属于教育部直属管理。为此张国光又四处活动，最后教育部下文，委托湖北省教育厅代管。

同样情况也出现在前几年成立的乐府学会。此学会主管部门也是教育部，但挂靠单位是首都师范大学，为此教育部也下文，委托北京市教育主管部门代管。但学会名字前面不许挂"中国"二字。

总之，现在国家对社团管理极为严格，主要是怕出事，尤其怕出政治问题。

因此，中国三国演义学会要重新登记必须解决主管部门和挂靠单位问题。

三个主管部门中，教育部、文化部和中国三国演义学会从来没有关系，目前的领导和这两个部门也没有任何关系，刘先生在中国社科院，沈先生在四川社科院。因此最简捷的办法就是请中国社科院做主管部门，刘先生也和中国社科院相关部门负责人联系过，他们表示现在申请中国社科院做主管的民间团体特别多，中国社科院也无法马上同意。

至于挂靠单位，既然请中国社科院做主管部门，挂靠单位选中国社科院文学所就是顺理成章了。而刘先生也在文学所，据说他也和文学所领导谈过此事。

要办理重新登记手续，按照常规就需要中国三国演义学会先打报告，而要打报告就要盖章。而中国三国演义学会的图章在秘书长沈先生处。为此，刘先生就联系沈先生，请沈先生把中国三国演义学会图章转交给他。但此事似乎一直没有办成，详情我就不便询问了。

（4）会长、秘书长

一个学会领导最主要的是会长和秘书长。

当时中国三国演义学会的会长是刘先生，秘书长是沈先生。我从1999年参加三国演义学会以来，觉得他们合作得一直很好。

但要重新登记问题就出来了。为便于管理，一般有个不成文的规定：会长、秘书长两人一般都是挂靠单位的人。这很合理，因为挂靠单位要为学会负责，一旦有问题，挂靠单位要能管理会长和秘书长。如两人不属于挂靠单位，则挂靠单位领导恐怕很难管理。

如中国红楼梦学会挂靠中国艺术研究院，会长张庆善、秘书长孙伟科都是中国艺术研究院研究员。中国水浒学会挂靠单位是湖北大学，原会长张国光、后任会长佘大平、张虹（女，原秘书长）都属于湖北大学。

但这不是死规定，现任中国水浒学会会长石麟虽然不在湖北大学工作，但与各方面关系处理得都很好。中国《金瓶梅》研究会（筹）挂靠单位是复旦大学，会长黄霖是复旦大学教授，但秘书长吴敢曾任徐州市文化局局长、徐州教育学院院长兼党委书记，和复旦大学毫无关系。但他们合作得非常好。

因此，会长、秘书长不一定要在一个单位，也不一定非是挂靠单位的人。

当然，为便于工作，会长、秘书长都是挂靠单位的人合作肯定更方便。

（5）2010年镇江研讨会为重新登记更换秘书长

2010年8月在江苏镇江召开第二十届《三国演义》研讨会，主办人是王玉国。

照理，每次《三国演义》研讨会期间都要召开中国三国演义学会理事会。在镇江的理事会上，刘先生汇报了重新登记的情况，说明已经联系了中国社科院和文学所，为便于重新登记，最好会长和秘书长都是中国社科院文学所的人。因此他提出：由文学所竺青代替沈先生任秘书长。竺青原来也是副秘书长，我1999年参加《三国演义》研讨会以后，前几次研讨会他还参加，2000年安徽芜湖第十三届《三国演义》研讨会，先在芜湖开，后转黄山，会后大家登黄山，竺青一直照顾刘先生，无微不至。但后来竺青升任《文学遗产》副主编，《文学遗产》是文学领域的顶尖级刊物，求他的人多的不得了，2003年10月湖北武汉第十六届《三国演义》研讨会后，他就很少参加《三国演义》研讨会了。因此，任命他为中国三国演义学会秘书长虽然合理，但我估计以他现在的地位，他根本不会屈尊去干中国三国演义学会的秘书长。刘先生知道竺青很忙，又提出任命中国社科院文学所夏薇（女）为副秘书长，具体操办重新登记手续。刘先生提出此建议似乎事先并未和各位副会长打招呼，因此在理事会上显得很突然。刘先生提出后立即要求在场的常务理事举手表决。我是理事，不是常务理事，没有表决权。当场有人提出异议，也有人很犹豫。最后表决，多一票通过了。

第二天闭幕式，大会开始了，我看沈先生的位置还是空的，我赶紧跑到他房间，请他来开会，他勉强出席了最后的闭幕会。从此他再也没有参加中国三国演义学会主办的研讨会，包括2011年山西太原、2012年浙江富阳和2015年安徽舒城三次研讨会。在各种场合出现时，各种报道他的身份仍然是中国三国演义学会常务副会长，这也没有错，因为镇江会议虽然免去了沈先生的秘书长，但没有免去他的常务副会长。

不出我所料，竺青虽然被任命为中国三国演义学会秘书长，但他没有再参与任何中国三国演义学会的活动，夏薇也很少参加。事实证明，这次更换秘书长对于重新登记没有起任何作用，反而加深了中国三国演义学会的内部矛盾，也把矛盾公开了，无法挽回了。

（6）2015年舒城研讨会学会更换领导

从2010年更换秘书长后，几年内中国三国演义学会重新登记工作没有任何行动。这期间2011年在山西太原和2012年在浙江富阳先后又召开了两次《三国演义》研讨会，都是由地方三国研究机构主办的。事实证明，各地的三国研究机构热情很高，他们每年都召开一次全国学术会议，如江苏镇江、浙江杭州、浙江建德、浙江富阳、安徽舒城、河南许昌、四川绵阳和山东东平等地。

2015年第二十三届《三国演义》研讨会在安徽舒城召开。这次会议中国三国演义学会领导大换班，刘先生不再担任会长，由关四平接任会长；没有免去竺青的秘书长，但又任命郑铁生为秘书长。这样中国三国演义学会此后主要领导就变成关四平和郑铁生了。而重新登记一事也再不提及了。但要注意：关四平在哈尔滨工作，郑铁生在天津工作，他们分别在两个单位，并不是在同一个单位，而且没有一人在中国社科院文学所工作。

我和关四平、郑铁生关系都很好，2015年中国三国演义学会实际由他们负责以后，我多次和他们讲：新官上任三把火，2016 年最好召开一次《三国演义》研讨会，只要没有人举报，民政部也不会再管了。他们也联系了广州大学文学院院长纪德君——他在舒城研讨会上也被选为副秘书长。但由于广州大学文学院正在换班子，纪德君是否能继续任院长不定，因此他不好答应 2016 年在广州举办《三国演义》研讨会。我趁去广州参加《金瓶梅》研讨会时机，当面询问此事，纪德君确实有难处。

广州研讨会未能举办，我又建议：把 2016 年全国地方三国研究机构绵阳研讨会，升级为全国研讨会，就和 2015 年安徽舒城研讨会一样。但据说有人坚决反对，因此也没有实现。绵阳三国地方研究机构开会时间，我因为要去德国参加《红楼梦》研讨会，很遗憾没能参加绵阳研讨会。据说研讨会很成功，郑铁生等新领导和沈伯俊先生都到会了，大家见面都很高兴。我很奇怪，既然没有什么问题，为何不办一次全国会呢？就这样 2016 年过去了，到底也没有开成一次全国的《三国演义》研讨会，我仍然觉得很遗憾。

2017 年 9 月第二十四届中国《三国演义》研讨会在山西清徐顺利举行，这是中国三国演义学会新领导上任后的第一次全国研讨会，也是山西清徐第三次举办《三国演义》研讨会，他们积极性很高，研讨会最后也很成功，后面有专文介绍。两年后，2019 年第二十五届中国《三国演义》研讨会终于在广州由广州大学文学院纪德君主办，也十分成功。希望今后《三国演义》研讨会能不断坚持举办下去，推动《三国演义》研究继续发展。

（7）希望

从 2009 年由于匿名举报民政部约谈，至 2015 年中国三国演义学会更换领导，这 6 年里中国三国演义学会为重新登记发生一系列事情，令人十分遗憾。这期间我从中不断调和，力图缓和局面，但最后不但没有成效，反而落得两边可能都不讨好。

这一系列事情是否有什么背景情况，我不清楚。我只是如实陈述事实，事实背后是否还有什么隐情我不知道，也不想去猜测了。我觉得我办事没有任何私心，但也可能有些事情处理得不十分得当，也得罪了一些人，这也很遗憾，也很无奈。

中国三国演义学会登记本来是个小事，中国三国演义学会不登记，每年就是开一次研讨会而已，全国不登记开会的学会并不少，也没有出什么问题。因为重新登记而带来一系列问题实在是得不偿失，事情好在已经过去了。

2015 年中国三国演义学会更换领导后基本走入正轨，虽然没有再继续去办理民政部登记手续，但两年后的 2017 年在山西清徐顺利举行了第二十四届中国《三国演义》研讨会，2019 年在广州举办第二十五届研讨会，也再未收到民政部的警告。由此看出，中国三国演义学会还是可以继续活动的，当初为重新登记引发的一系列矛盾，今日看来是没有必要的。希望今后不要再横生枝节吧，使得中国《三国演义》研讨活动能顺利展开。

我和老领导刘先生、沈先生关系都不错。有问题我还常请教刘先生，他也是每次热情解答。我和沈先生近几年没有直接联系，但在 2015 年汉中《三国演义》研讨会和 2016 年广州《金瓶梅》研讨会上都见面，见面大家都很高兴，可惜沈先生在 2018

年 4 月 18 日突然去世了，真是十分遗憾的事情。据说沈先生去世后，有人联系其家属询问中国三国演义学会图章的下落，家属回复说不知道图章在何处。因此至今中国三国演义学会虽然一直在活动，但实际连学会的图章也没有，每次开会都是由主办单位发通知，落款虽然有中国三国演义学会，但没有盖章。好在也没有人再去追究了。

我和现任中国三国演义学会领导关四平、郑铁生二人关系也都很好，不时有联系，我衷心希望他们带领大家把中国三国演义学会办得更好！

以上是我对中国三国演义学会这段历程的回忆，可能有不准确的地方，但我都是实话实说，肯定有的地方叙述得有些片面。如有错误我愿意随时修正，都是为三国演义学会更好地发展。

（8）全国市县级三国文化研究机构

2014 年 10 月 25 日各地三国爱好者在江苏镇江召开研讨会，组建了全国市县级三国文化研究机构，通过了简章。实际我看这就是"地方三国学会"，他们研讨三国文化，而不限于《三国演义》，因此不能称为"地方三国演义学会"，而称为"全国市县级三国文化研究机构"。到 2019 年为止，9 个市县级三国文化研究机构和负责人，以及主办全国市县级三国文化研究机构学术研讨会时间如下：

- 江苏镇江：王玉国，2010 年主办第二十届中国《三国演义》学术研讨会，2014 年主办全国市县级三国文化研究机构学术研讨会；
- 河南许昌：王海升，2015 年主办全国市县级三国文化研究机构学术研讨会；
- 四川绵阳：李德书，2016 年主办全国市县级三国文化研究机构学术研讨会；
- 山西清徐：范光耀，2017 年主办全国市县级三国文化研究机构学术研讨会，同时举办第二十四届中国《三国演义》学术研讨会；
- 浙江杭州：王益庸，2018 年主办全国市县级三国文化研究机构学术研讨会；
- 浙江建德：洪淳生，2019 年主办全国市县级三国文化研究机构学术研讨会；
- 安徽舒城：李卫生，2015 年主办第二十三届中国《三国演义》学术研讨会；
- 山东东平：郭云策，2020 年将主办全国市县级三国文化研究机构学术研讨会；
- 浙江富阳：曹觉民。

全国市县级三国文化研究机构组织机构很特别，不设常任的主席，而是各地机构就按照上述顺序轮流担任主席，主持全国学术会议，这种事先预定顺序开会的我还是第一次见到。

目前这个机构还在扩大，2018 年黄石《三国演义》高层论坛前，中国三国演义学会和部分地方机构领导曾去赤壁市，谈论建立赤壁市三国演义地方学会，得到赤壁市大力支持。

我看地方三国文化研究机构热情很高，他们从 2014 年以来坚持每年都召开一次全国学术研讨会，其中 2017 年在山西清徐，当地三国文化研究机构还同时主办了中国《三国演义》研讨会，都很成功。2018 年王益庸在浙江杭州再次主办了一次全国市县级三国文化研究机构研讨会，邀请我去做了主题报告。2019 年洪淳生在浙江建德主办全国市县级三国文化研究机构研讨会，但由于我没有微信，他们没有通知我，事后王玉国见到我，对此深表遗憾。2020年计划将在山东东平举办三国水浒研讨会，他就事先通知我去参会。

事实证明，地方三国文化研究机构是三国演义研究的一股强大的力量，今后中国三国演义学会和地方三国文化研究机构密切配合，对促进《三国演义》研究的扩展绝对有极大好处。我看今后中国三国演义学会和地方三国文化研究机构可以大力合作，充分发挥地方三国文化研究机构的积极性。今后两年一次的全国《三国演义》学术研讨会可以由中国三国演义学会主办，也可以和地方三国文化研究机构合办。而地方三国文化研究机构可以每年各自独立举办一次地方三国文化学术研讨会。

由中国三国演义学会主办的全国研讨会一般参会者以学者居多，而地方三国文化研究机构组织的研讨会是以三国文化爱好者为主，这样专业和业余结合的方式在中国各个学会中还很少见。日本有个三国志学会，我是其三名中国大陆理事之一（另外两位是刘世德和沈伯俊先生），曾多次赴日参加他们的年会，日本三国志学会也是学者和业余爱好者都有。事实表明，还是两条腿走路更好，希望两条腿走路给《三国演义》研究活动带来新面貌，我十分期待。

（9）其他学会

以上谈了中国三国演义学会情况，由于我研究中国古代小说，因此也常参加其他古代小说的研讨会，对其他古代小说学会情况也有所了解。

中国《金瓶梅》研究会曾被民政部撤销，现在的研究会是筹备会，因此增加了"筹"字。会长黄霖、秘书长吴敢，我都很熟悉。我认为这是我所见到的最团结、最活跃的学会，是值得其他学会认真学习的。学会是否成功主要看学会领导，学会领导一要团结，二要有办事能力，三要有学术水平，这才能服人。黄霖是典型的上海人，十分沉稳，对《金瓶梅》版本研究之深入无人可比。我在临清《金瓶梅》研讨会上第一次见吴敢，闭幕式上他在致闭幕词中，对一些人嘲讽《金瓶梅》作者研究大力抨击，让我大吃一惊。以后我们接触多了才知道，他就是这样直来直去的痛快人，和这样的人打交道很愉快。《金瓶梅》研究会两位领导性格截然相反，但他们合作十分愉快。如果其他学会都有这样团结、精干、有水平的学会领导，那就太好了！

前面说道，中国水浒学会是张国光一手操办的，很遗憾我从未见过张国光，因此无法谈我的看法，但我读过他的一些文章，很有功力，也很有见识。张先生去世后，湖北大学佘大平接任会长，我们在多次研讨会上见过面，他也写了一些《水浒传》研究文章，力挺金圣叹批本，反对百回本，这也算是独树一帜吧。他到70岁马上退下来，由原秘书长湖北大学的张虹（女）接任，再后来又由石麟接任。在我看来，他们办事兢兢业业。中国水浒学会举办的全国大会不多，2018年在湖北大学召开全国《水浒传》学术研讨会，十分成功。另外，山东各地每年都召开与《水浒》有关的各种研讨会。总之，中国水浒学会的活动我看还是很成功的。

中国红楼梦学会历史悠久，但我从未参加过他们的全国大会，因为我研究《红楼梦》版本较晚，只是参加了一些专题会。他们举办的研讨会一般也不通知我，我也就没有机会去参会了。但我和现任会长张庆善，以及胡文彬、段启明、杜春耕、陈熙中、张书才、赵建忠，还有孙玉明、任晓辉、曹立波、段江丽、张云等关系都很好，常在一些其他学术研讨会上见面。

我曾参加过几次《西游记》研讨会，至今《西游记》方面只有一个中国《西游记》文化研究会，会长梅新林我也认识，但我从未收到过会议通知，也就从未参会。2019年12月中国《西游记》文化研究会主办的"2019全国西游记文化和旅游高峰论坛"在北京举行，三峡大学王前程告诉我，我就去旁听，其中学术工作会议只有半天，发表4篇文章，其中一篇关于《西游记》版本文章我当场指出其中有错误。此会规模很大，但我看主要偏旅游，学术性不强。

我是近几年才参加中国儒林外史学会主办的几次研讨会。因为《儒林外史》版本很清楚，我也一直没有专门研究《儒林外史》版本。我参加儒林外史学会，还被选为理事，主要是我父亲是安徽全椒人，和吴敬梓是老乡。中国儒林外史学会前任会长李汉秋是北大中文系毕业，曾任中国农工民主党中央宣传部部长，既是学者，也当过行政领导，在我看来他是所有学会会长中最能干的会长之一。2017年在湖南怀化召开的《儒林外史》研讨会期间，由于李汉秋年事已高，身体不好，辞去了会长一职，由中国人民大学朱万曙老师接任会长。朱老师办事很仔细认真，肯定可以把中国儒林外史学会办得更好。

至于中国聊斋学会我也至今未参加过一次研讨会，《聊斋》版本可能没有很大问题，但参会可了解《聊斋》的研究现状，看看数字化是否有用武之地。2018年11月在山东济南举行《聊斋》研讨会，主办单位山东大学李桂奎来信邀请我去参加。我和李老师很熟悉，他是复旦大学黄霖的博士生，原任上海财经大学教授，他是山东人，最近才调到山东大学。但我11月1日刚好要去云南昆明参加西南联大在昆明建校80周年纪念大会，失去这次参会机会很遗憾。

总之，我觉得学会是否搞得好，关键是学会领导要团结，要有能力，要有学术水平，要热心学会工作。

（三）五大名著版本作者研究随笔

这些年来我主要从事五大名著的版本研究，对五大名著中部分版本做了分析，对作者研究也有兴趣。在研究中我对其中一些问题有些想法和感受，为此写了一些随笔。

1．《红楼梦》版本问题

《红楼梦》版本是五大名著版本中最复杂、争议最多的。我虽然没有仔细研究《红楼梦》版本，但对其中一些问题也有自己的看法，下面针对几个问题谈谈自己的意见。
- 《红楼梦》版本整理出版问题
- 庚辰本问题
- "庚寅本"问题
- 杨藏本、郑藏本问题
- "程前脂后"问题。

下面逐一介绍我的看法。

（1）《红楼梦》版本整理出版问题

1)《红楼梦》整理本出版的三个阶段

新中国成立后，各个出版社出版的《红楼梦》整理本根据所用的底本不同，大体可分为三阶段。

第一阶段（1953年—1957年）：程乙本为主
- 1953年作家出版社的程乙本

1953年作家出版社出版《红楼梦》程乙本的整理本，这是新中国成立后第一次出版的《红楼梦》整理本，其底本就是1927年上海亚东图书馆出版的排印本。
- 1957年人民文学出版社的程乙本

1957年人民文学出版社出版《红楼梦》程乙本的整理本，由周汝昌、周绍良、李易校点,启功注释是此本一大特色。在 1981 年之前,启功注释的《红楼梦》几乎是国内读者研读这部名著的通行读本。1982 年,人民文学出版社开始发行由中国艺术研究院《红楼梦》研究所校注、以庚辰本为主要底本的《红楼梦》新校注本后,原启功注释的程乙本《红楼梦》就停止发行了,此本合计印刷 111.5 万册。

第二阶段(1958 年—1994 年):混合本为主

- 1958 年人民文学出版社的戚序本+程甲本

1958 年人民文学出版社出版《红楼梦八十回校本》,俞平伯校订,王惜时(署名,实为王佩璋)参校。本书是第一个前八十回以脂本为底本整理的本子,前八十回正文以有正书局的戚序本为底本,后四十回以程甲本为底本,并有详细的校字记。此本初版时把前八十回和后四十回分开,后四十回为附录,后 1963 年、1993 年再印,总计 4 万册。2000 年版仍以俞校本为正文,加入启功先生的注释,同时选入"大学生必读"和"中学生课外文学名著必读"等多种丛书发行,后此本再次收入人民文学出版社"中国古典小说藏本"丛书。

- 1982 年人民文学出版社的庚辰本+程甲本

人民文学出版社 1982 年出版由中国艺术研究院《红楼梦》研究所校注的《红楼梦》整理本,此本以庚辰本为底本,后四十回采用程甲本。此本的整理工作由冯其庸任总负责人,先后参与校注工作的有冯其庸、李希凡等 20 余位学者,校注者署名为"中国艺术研究院《红楼梦》研究所"。2008 年第三版作者署名从原来的"曹雪芹、高鹗著",改为"曹雪芹著,无名氏续,程伟元、高鹗整理"。成为新的通行读本,为市场发行量最大的《红楼梦》普及本,到 2008 年总印数达 400 万册。

- 1994 年齐鲁书社的庚辰本+程甲本

此本由黄霖校理,前八十回以庚辰本为底本,后四十回以程甲本为底本,1994 年由齐鲁书社出版。

- 2003 年作家出版社的甲戌本、己卯本、庚辰本+程甲本

此本由郑庆山校理,前八十回以甲戌本、己卯本、庚辰本为底本,后四十回作为附录,以程甲本为底本,1994 年由作家出版社出版。

第三阶段(1987 年至今):混合本、程高本并行

- 1987 年北京师范大学出版社的程甲本

北京师范大学出版社 1987 年出版程甲本的整理本,由启功作序并任顾问,这是第一个以程甲本为底本的整理本。

- 1994 年花城出版社的程甲本

花城出版社 1994 年出版由欧阳健、曲沐等校注的程甲本。欧阳先生因提出"程前脂后"闻名,自然他整理的版本肯定是以程甲本为底本。

- 2013 年商务印书馆的程乙本

商务印书馆 2013 年出版张俊主持评批的《新批校注红楼梦》,此本以程乙本为底本,此书的特色在于其大量的评批,是张俊及其弟子多年研究成果的结晶。

- 2017 年广西师范大学出版社的程乙本

广西师范大学出版社 2017 年推出了台北桂冠图书公司《红楼梦》程乙本校注版,

此本在著名作家白先勇推动下出版，其底本是人民文学出版社 1957 年程乙本。

- 2018 年人民文学出版社的程乙本纪念版

2018 年人民文学出版社为纪念 1953 年《红楼梦》出版 65 周年，在 1957 年该社出版的程乙本基础上，又再次出版第四版，此为纪念版，只印了 5000 本。

此外，周汝昌和冯其庸两位红学权威也各自整理出版了两套《红楼梦》整理本。

- 2004 年周汝昌《石头记会真》

周汝昌（1918—2012），著名红学家，他对程高本后四十回持否定态度，他根据十几种八十回脂本整理出《石头记会真》，2004 年由海燕出版社出版。

- 2005 年冯其庸《瓜饭楼重校评批红楼梦》

冯其庸（1924—2017），著名红学家，在《红楼梦》版本中他力推庚辰本，以庚辰本为前八十回底本，后四十回以程甲本为底本，参校其他十几种版本，整理出《瓜饭楼重校评批红楼梦》，2005 年由辽宁人民出版社出版。

- 2011 年北京大学出版社的程甲本、程乙本混合本

北京大学出版社 2011 年出版由刘勇强评注的程甲本和程乙本的混合本，将两种程高本混合出版这是第一次。

其他脂本的整理出版

除以上一些主要的整理本外，还有一些出版社曾单独出版过一些脂本的整理本。这些整理本有的有校注，有的没有任何校注。

台湾：程乙本—混合本—程乙本

在台湾也经历过从程乙本到庚辰本混合本的过程。

- 程乙本

早年多家出版社印行的《红楼梦》都是亚东版程乙本《红楼梦》的翻版。1983 年桂冠图书公司出版的《红楼梦》以大陆人民文学出版社 1957 年程乙本为底本，并有启功、唐敏等人详细注解，是当时台湾最流行的版本。

- 庚辰本混合本

但 20 世纪 80 年代，中国艺术研究院《红楼梦》研究所的庚辰本混合本《红楼梦》以压倒性声势传入台湾，台湾各出版社亦多采用庚辰本混合本。

- 程乙本

2004 年，桂冠版《红楼梦》程乙本断版，直到 2016 年再由时报出版重新刊印，2017 年广西师范大学出版社出版桂冠版简体字版。

《红楼梦》整理出版总结

从以上介绍可以看出，新中国成立以来《红楼梦》的整理出版很明显地分为三个阶段。

第一个阶段是以程乙本为主，时间主要在 20 世纪 50 年代。

第二个阶段是以混合本为主，从 1958 年俞平伯的戚序本＋程乙本，到 1982 年《红楼梦》研究所的庚辰本＋程乙本，使得这类混合本成为市场主导，完全压倒了程高本。

第三阶段混合本和程高本并行，从 1982 年人民文学出版社出版庚辰本和程甲本混合本后，其他出版社陆续出版各种程高本，形成两种混合本和各出版社的程乙本并

行的局面。

2）俞平伯和冯其庸的两种混合本

所谓混合本是指脂本和程高本的混合本，其实《红楼梦》的混合本不是现在才出现的，《红楼梦》版本中的蒙府本和梦稿本（杨藏本）都是混合本，都是在程高本出现后，前八十回采用脂本，后四十回采用程高本，组成一个混合本。因此这种混合本是有历史渊源的。

不仅在清代出现了两种混合本的抄本，现代也出现了两种脂本和程高本混合本。

新中国成立后，第一个混合本是1957年俞平伯将戚序本和程高本组合的混合本，由启功注释，此本影响很大，1963年增订，1993年三印，2000年再版，至今还在不断以各种形式重印。

晚年的俞平伯曾提出著名的"腰斩有罪"说，称胡适、俞平伯腰斩《红楼梦》有罪，这有两方面含义。第一，胡适和俞平伯把《红楼梦》前八十回和后四十回割裂开了，俞平伯晚年所说的"腰斩有罪"，也可以认为是俞平伯从以前的否定后四十回中醒悟过来了。

第二，"腰斩"还有一层含义，是指俞平伯整理的混合本。俞平伯整理的混合本中把程甲本后四十回作为附录收入，这也就是"腰斩"了一百二十回程甲本。他晚年认为当初这种"腰斩本"是不合理的。

第二种混合本是1982年，在冯其庸的领导下，以中国艺术研究院《红楼梦》研究所的名义，由人民文学出版社推出庚辰本和程甲本的混合本。由于冯其庸的权威和各方面的大力宣传，使得此本成为至今最流行的《红楼梦》版本。

这种整理本前八十回采用了号称最接近曹雪芹原著的庚辰本，又补上程甲本的后四十回，整理者认为这是最合理、最完整的版本。

3）混合本和程高本的文字差异

目前《红楼梦》各种整理本实际主要可分混合本和程高本两类。混合本中又有俞平伯1958年整理的戚序本和程甲本混合本、冯其庸1982年主持整理的庚辰本和程甲本混合本。

混合本整理者的主要理由是，庚辰本或戚序本比程高本更接近曹雪芹原本，因此应该以脂本为底本，而不是以程高本为底本。因为脂本没有后四十回，因此被迫采取程高本后四十回。我觉得这种看法是有道理的一面，但这个看法也有其不足之处。要综合分析才对。

- 庚辰本确实是目前已知《红楼梦》版本中最接近曹雪芹的原本。
- 最接近曹雪芹原本的版本未必是最适合大众读者的版本。
- 对于前八十回，脂本和程高本哪个更合理，在学术界也有不同看法。
- 庚辰本和程高本最大差异是语言文字差异，程高本语言文字肯定比庚辰本更通俗，这是事实。
- 人物形象的差异也是一个重要差异，其中最突出的是尤三姐形象，但不仔细读也不会发现。
- 庚辰本和程高本故事情节差异不多，典型例证是秦可卿之死，但实际差异很少，读者也不会发现。
- 总之庚辰本和程高本的文字差异实际都是文字学范畴内的问题，对于《红楼梦》整体故事、人物的整体形象等，都没有很大的意义。
- 大众读者只关心《红楼梦》整体故事和人物形象，而不在乎和纠结于这些个别文字的差异，因此这种混合本对大众读者意义并不大。

4）针对《红楼梦》三类读者的不同整理本

《红楼梦》读者根据阅读版本的范围和数量，可将读者分为三类：
- 大众粗读者：只选一种版本粗读即可。
- 大众细读者：可选几种版本比对细读。
- 研究精读者：要仔细精读和研究各种版本。

下面逐一分析这三类读者。

- 第一类大众粗读者——只注重故事

绝大多数读者阅读《红楼梦》主要是看主要故事和主要人物，对其中的文字细节根本不会在意，对各种版本更是不关心的，可谓只是粗读而已的大众读者。

大众粗读者中，根据读者兴趣和现有整理本的特点，又可分为几种。

如希望语言简单通俗易懂的，可选语言更为口语化的程乙本。

如希望了解《红楼梦》原本的，可选目前为止最接近曹雪芹原著的庚辰本。

如希望加深了解小说故事背景的，可选人民文学出版社启功注释的戚序本和程甲本混合本。

- 第二类大众细读者——注重内容

这部分读者不只是要了解主要故事和主要人物就行了，还希望仔细阅读文本，注重内容、人物形象等，这些读者阅读十分仔细，可谓是大众读者中的细读者。但这部分读者对《红楼梦》版本演变可能只有一定兴趣，不会仔细认真地去研究版本。

这类读者虽然更注重其文字内容，对版本不十分在意，但还是应该让他们知道《红楼梦》版本的两大体系，即脂本和程高本，因此还是应该同时出版这几种版本的整理本供这类读者选择，包括脂本中的庚辰本、戚序本，和程高本中的程甲本、程乙本。

对以上版本，读者可根据自己喜好选择，也可同时摆开几种版本比对阅读。

- 第三类研究精读者——注重版本

还有极少数读者不只是要细读文字，而且要仔细研究《红楼梦》各种不同版本之间的差异，想了解《红楼梦》各种版本是如何演化的，可谓是研究类的精读。

这是一大批的"红迷"，他们对《红楼梦》各种版本都有兴趣，而不局限于戚序、庚辰和两种程高本。因此应该提供各种不同版本供他们去选择，以便他们各自去研究。

所以对第三类研究型的精读者，就应该把现有的各种《红楼梦》版本逐一整理后，分别出版。

总之，我认为针对三类读者应该整理出版不同的《红楼梦》版本，而《红楼梦》

研究所只整理出版一个混合本是不够的,他们应该全部整理出版《红楼梦》各种版本,供爱好者和研究人员参考,而不是过度宣传一个混合本。

三类读者总结

最后,对以上三类读者选择版本,我个人的看法如下:
- 第一类粗读者:可根据各人爱好选择版本,如注重语言通俗化的可选程乙本,如注重原本,可选庚辰本,如注重注释可选人民文学出版社启功注释本。
- 第二类细读者:可在程高本和混合本两类中仔细比较其文字和注释,选择一种或几种适合自己的版本。
- 第三类精读者:对各种版本肯定都要逐一仔细比对研究,深入去研究这些版本之间的差异和关系,这就要对所有版本都仔细阅读。

以上当然这只是我一个爱好者的看法,我觉得目前《红楼梦》整理出版方面还有一些问题,在此只是谈谈个人看法而已。

5)《红楼梦》中的困惑

《红楼梦》在中国古代小说中有很多奇怪的现象。
- 在多次民间调查最读不下去的古代小说中《红楼梦》都是排名第一。
- 从历年期刊发表的论文统计中,《红楼梦》研究文章是其他古代小说的数倍。
- 在中国艺术研究院下设有唯一的国家事业编制的《红楼梦》研究所。
- 《红楼梦》是少有的存有抄本的古代小说。
- 《红楼梦》版本数量在五大名著中是最少的,但版本之间关系最复杂。
- 《红楼梦》版本整理出版中出现脂本和程高本混合本也是《红楼梦》独有的。
- 《红楼梦》版本中庚辰本和程高本的争议很大,也很少见。
- 在中国《红楼梦》研究排五大名著第一,但在日本刚好相反,排名最后。

对这些反常情况至今没有很合理的解释。

(2)对庚辰本评价过高问题

如前所述,现在书店所卖各种版本的《红楼梦》,前八十回90%是以庚辰本为底本修订。经过冯其庸先生对庚辰本的研究,因为庚辰本各册卷首标明"脂砚斋凡四阅评过",因此可能是作者生前最后一个本子,也就是最接近曹雪芹原稿的版本,是戚序本、蒙府本等版本的祖本。因此红学界一般认为庚辰本是最重要的版本,是抄本中举世无双、最珍贵、最重要的版本。但我把庚辰本和其他版本(主要是戚序本、蒙府本)比对后认为,庚辰本并不是曹雪芹四评本的原本,也就不一定是最接近曹雪芹原稿的版本,目前对庚辰本的评价过高了。

我从事古代小说版本数字化时,开始对《红楼梦》没有深入研究,觉得《红楼梦》版本人工研究已经很透了,数字化未必再有突破,而且红学家中对数字化只有很少几位学者有兴趣。2012年法国陈庆浩来北大短期讲学,我和陈先生本来很熟悉,也有所交流,但一直没有机会就数字化做详细沟通。这次在北大因为时间充裕,我就趁机详细介绍了我的数字化和版本比对。他看后大为赞赏,极力鼓励我做深入研究。于是我就试试用版本比对方法研究《红楼梦》的版本。经过一番数字化比对后，我把研究重点放在戚序本和蒙府本上，仔细和甲戌、庚辰、己卯本做了比对，得出的结果和上述结论有所不同。

根据我的研究，庚辰本中很多文字明显与戚序本、蒙府本不同，因此认为它是戚序本、蒙府本的祖本，不符合事实。经过我用计算机比对庚辰本和戚序本、蒙府本的文字，戚序本、蒙府本有些文字和庚辰本不同，却和甲戌本相同，因此戚序本、蒙府本和庚辰本是远房兄弟关系，庚辰本肯定不是戚序本、蒙府本的祖本。有些学者为解释这个现象，声称这是戚序本、蒙府本的整理者以庚辰本为底本的同时，又根据甲戌本做了修订。理论上这种可能性不是没有，但我看概率是很小的。

因此，戚序本和庚辰本之间的关系，应该是兄弟关系比父子关系可能性更大。即《红楼梦》的四评本原稿演化出两个系统，一个是己卯庚辰系统，一个是戚序蒙府系统。戚序本不是来自庚辰本，而是来自它们共同的底本。

这样，庚辰本就不是曹雪芹生前最后整理的四评本，而是从四评本演化出来的一个版本，现在看到的庚辰本是经过后人修订后的版本，已经不是曹雪芹四评本的原貌了。

因此我认为：目前对现有庚辰本的评价过高，把它推到了不合适的位置。现有的庚辰本并不是曹雪芹生前最后整理四评本的原本，把它拔高到后期版本的祖本是不合适的。其他后出的版本也可能保留曹雪芹原稿的部分文字，这在中国古代小说中是很常见的事实，在《三国演义》版本中就有很多。在我看来，庚辰本是《红楼梦》版本中一个非常重要的版本，多年来把庚辰本举到一个如此之高的位置是不合适的，这好像是真理过头就是谬误一样。我曾与一位著名红学家交流，他也赞同这个看法，认为目前是把庚辰本抬得过高。但当时碍于冯先生的权威，没有人敢站出来提出异议。最新一版《红楼梦大辞典》第 407—408 页仍然认为戚序本、蒙府本的祖本是庚辰本。但我认为，这绝对不是事实。

庚辰本还有一个容易被人疏忽的问题——目前看到的庚辰本实际是个过录本，并非庚辰本的原本。任何抄本再次过录都可能有修改或抄写错误。现存庚辰本的很多问题，很可能是过录时发生的。如甄士隐的女儿，现存所有版本都是"英莲（应可怜）"，只有庚辰本是奇怪的"英菊"。一般认为庚辰本最接近曹雪芹原本，为解释这个问题，很多学者做了很多奇怪而完全不合理的解释。刘世德先生在《红楼梦学刊》2019 年第四辑上发表文章《"莲菊两歧"与甲戌、己卯、庚辰三本成立的序次》[①]，谈及此问题，并引申到甲戌、己卯、庚辰三本成立的序次，他认为：英菊是曹雪芹的初稿，而英莲是改稿，因此甲戌、己卯、庚辰三本的次序就变成：己卯本→庚辰本→甲戌本。对此我有不同意见。我认为，最大可能是曹雪芹原本就是"英莲"，现存庚辰本的抄写者改为"英菊"，而其他版本仍保留了原本的"英莲"。不管三本的次序如何，在"英莲""英菊"问题上，庚辰本的"英菊"肯定不是曹雪芹最后的定稿，这点应该是没有争议的。类似"英莲""英菊"问题，我认为庚辰本里还有不少，限于篇幅这里就

---

① 刘世德：《"莲菊两歧"与甲戌、己卯、庚辰三本成立的序次》，《红楼梦学刊》2019 年第 4 辑，第 77—96 页。

不再分析了。

总之，根据现存庚辰本做研究时一定要小心，时刻记住现存庚辰本是过录本，其中文字有可能被修改过。对此我有详细分析，请见本书下编"《红楼梦》版本研究"部分。

（3）"庚寅本"问题

1）"庚寅本"来历的三种看法

2011年在天津出现一本《红楼梦》手抄本，因为其中有"乾隆庚寅"字样，现一般称为"庚寅本"，也有学者称之为"王超藏本"。

对"庚寅本"的来历有三种看法。

第一种看法认为此本为晚清抄本。天津文物鉴定家、国家文物鉴定委员会委员刘光启先生和著名红学家冯其庸先生都曾对此本做过鉴定。他们都认为此本是光绪时的抄本，纸张是那个年代的。

第二种看法认为此本是现代抄本。本人通过对此本正文、批语两方面众多线索的仔细分析和研究，认为此本的批语肯定来自俞平伯1954年出版的《脂砚斋红楼梦辑评》，其正文的底本应该属于庚辰本系列。抄写时间应该在1954年以后。但此本是否曾参考过其他古本，目前还难以判别。

本人联系了国家图书馆古籍部的专家，2012年10月24日对此本进行了目验。两位专家目验后认为此纸是晚清到民国的竹纸，抄写时间为晚清到民国，最晚有可能到新中国成立初期20世纪50年代。

第三种看法认为此本完全是现代抄本，是书商牟利作假而为。具体抄写时间，有些人认为有可能比1954年更晚。

2）"庚寅本""附条"批语

在研究"庚寅本"的过程中，"附条"批语一直是困扰研究的一个大问题。

"庚寅本"第一回第15页A面有一眉批："写士隐如此豪爽，又全无一些粘皮带骨之气相，愧杀近之读书假道学矣。"后面还有一句批语：

予若能遇士翁这样的朋友，也不至于如此矣，亦不至似雨村之负义也。

但现有甲戌本的影印本都只有前面一句批语，没有后面这条批语。而在俞平伯《脂砚斋红楼梦辑评》1954年版和陶洙己卯本上都有此批语。

周汝昌女儿周伦玲女士证实，此批语乃周汝昌兄弟从甲戌本过录时所抄写的，此批语在周汝昌录副本上记载如下（繁体字从右往左竖写，原文无标点，标点是后加的）：

写士隐如此豪爽，又全无一些粘皮带骨之气相，愧杀近之读书假道学矣。
（附条）
予若能遇士翁这样的朋友，也不至于如此矣，亦不至似雨村之负义也。
此后人笔墨不必存。玉言。

根据周伦玲女士对此的说明,"附条"后的批语"予若能遇……之负义也"是周祐昌所抄,"此后人笔墨不必存。玉言" 是周汝昌写的注,玉言是周汝昌的字号。

项旋在美国国会图书馆看到该馆 20 世纪 50 年代所拍摄的甲戌本胶卷上,也有此"附条",这是此附条存在的铁证。

经我与上海博物馆联系,最后终于在所藏甲戌本原本上发现"附条"批语痕迹,即此批语撕掉后留下的一角,这证明此批语肯定是来自甲戌本一被撕掉的"附条"。

至于甲戌本上此批语的来历,目前还有两种看法。

有人认为此批语是周汝昌兄弟或其父所写,贴到甲戌本上的。但我觉得这种可能性不大。因为周汝昌当初从胡适处借来甲戌本原本时,只是个大学生,他知道此本很珍贵,怎么会随便在上面贴附条批语?虽然后来周汝昌出过很多造假的事情,但不能由此就认为此"附条"批语也是周汝昌所为。至于周祐昌他只是协助周汝昌抄写甲戌本,根本不可能在甲戌本上去贴附条。周汝昌、周祐昌贴条可能性都不大,有人还是不甘心,最近又有人把周汝昌父亲拉进来,说周汝昌父亲曾在甲戌本封面做了题签,因此就可能在甲戌本上贴附条批语,附条可能是"父子三人合作的产物",这种遐想真令人匪夷所思。

我更倾向此"附条"批语在胡适收藏之前就已经存在了,在胡适、俞平伯、浦江清等人的记述中都未提及此批语,是由于此"附条"批语明显是后人所贴,因此就没有提及。而在甲戌本影印前,胡适认为此批语肯定为后人所加,所以就撕掉了。

"庚寅本"还有其他很多问题值得仔细研究。对此本书下编 "《红楼梦》版本研究"部分还有详细分析。

(4)杨藏本、郑藏本问题

1)杨藏本来历问题

我认为"庚寅本"不是"古本",而是 20 世纪 50 年代某个爱好者所抄,由此我觉得在民间还会有类似的爱好者出于个人爱好,自己去抄写《红楼梦》,其实现存的多种《红楼梦》抄本多数都是如此。顺着这个思路,我又联想到《红楼梦》的杨藏本是否也可能是某个爱好者所抄写的。

《红楼梦》杨藏本是《红楼梦》版本中比较奇特的版本,自 1959 年现世以来,红学界对这一版本的来历一直有争议。杨藏本特点是前八十回是以庚辰本为底本,后四十回既有程甲本文字,也有程乙本文字。抄写时还专门预留出空行,以便以后修改。

中央民族大学曹立波老师的博士生杨锦辉(现任教洛阳师范学院)曾就此完成了他的博士论文,并对此发表了综述文章。[①]他对此本的编写有如下看法:其一,版本性质上,主要有"程高稿本"说、"曹雪芹手稿"说、"程本同源"说等。其二,文本来源上,主要有前八十回"以乙改脂"说和"拼凑本"说,后四十回"无名氏续书"说、"高鹗续书"说、"程高修改稿"说、"程本删节稿"说、"曹雪芹残稿修改"说等。其三,成书时间上,有"杨藏本最早"说、"程本之前"说、"程本前后"说、"程本之后"说。

---

① 杨锦辉:《〈红楼梦〉杨藏本研究六十年综述》,《红楼梦学刊》2019 年第 4 辑,第 97—118 页。

从"庚寅本"是爱好者所抄写来看，杨藏本是否可能也是某个爱好者，在程甲本、程乙本出版后，他很有兴趣，想自己在庚辰本和程甲本、程乙本基础上，整理出一个自己满意的手抄本？这就和"庚寅本"的抄写目的一样，杨藏本只是个爱好者所抄，并非"程高稿本""曹雪芹手稿"或"程本同源"。

当然我这只是个设想，我问杨锦辉红学界有没有这种看法，他说还没有，我觉得这就值得研究一番了。但要验证这个设想，就得把杨藏本和庚辰本、程甲本、程乙本做仔细比对，找出其中文字差异，再分析这些差异哪个解释更合理。杨锦辉很慷慨地提供了他的博士论文，对我的研究就很方便了，我只要逐一找出他列举的文字差异，再用我的"爱好者说"看可否解释。但这工作量极大，很费时间。

认为杨藏本是"程高稿本"的主要根据是此本第七十八回末有朱笔写的"兰墅阅过"四字，"兰墅"是高鹗字。因此有人认为此本即为高鹗付印前的稿本，因此也曾称为"梦稿本"。如此本是个爱好者所抄，如何解释这"兰墅阅过"就是个问题了。我考虑，此本抄写者有可能认识高鹗，他抄写后曾送给高鹗征求其意见，因此高鹗题写了"兰墅阅过"。

2）郑藏本问题

另外，《红楼梦》郑藏本也是个有争议的版本，此本只有两回，其中第二十三回结尾和其他版本相比，文字缺失了一大块，有人认为这不是抄写遗漏，而是曹雪芹的原稿。对此我有不同看法，很想写一文章商榷。但此问题很复杂，不止第二十三回末尾有文字缺失，第二十四回末尾文字又有很大修正，要圆满解释这些问题有多种可能。对此我全面整理了这两回各种版本的文字，并用计算机做了逐字比对，想彻底把这个问题说清楚，但这工作量也很大，也很费时间。刘世德先生2019年11月出版了《红楼梦暂本（即郑藏本）研究》一书，对此本做了非常细致的分析，他签名送我一本，我因为忙于《三国演义》新出现的版本研究，还没有仔细拜读。

《红楼梦》版本问题和其他古代小说版本问题一样，由于资料缺乏，理论上各种看法都是"猜测"而已，都有各自的理由。对于杨藏本、郑藏本等都只是我个人的一些想法而已。由于工作量都极大，只好以后有时间有精力再说吧。

（5）"程前脂后"问题

1）"程前脂后"的提出

《红楼梦》版本"程前脂后"问题是欧阳健先生首先提出来的。他在《红楼梦》版本研究中发现了一些问题，就萌发了"程前脂后"的想法，并顺着这个思路去寻找证据，解释脂本中的各种问题，一发而不可收。也得到侯忠义、曲沐、吴国柱，以及著名作家克非的支持，至今还有一些人支持欧阳先生的看法，对此我也谈谈自己的看法。

欧阳先生一直研究明清小说，但以前并未多研究《红楼梦》，他转入《红楼梦》研究纯属偶然。对此欧阳先生在他的回忆录《稗海潮（人生磨难系列之二）》的第十五章《误入白虎堂》中有所介绍。根据他的介绍，我们得知他是如何怀疑现有的红学研究，如何提出"程前脂后"的看法。

1990年夏，侯忠义主编《古代小说评介丛书》，该丛书规模庞大，分9个专辑，最后出版合计76本。其中第三辑为"小说知识类"，即"小说漫话"，原计划下分8本，欧阳先生编写了《古代小说禁书漫话》和《古代小说作家漫话》两本，后来欧阳先生又主动要求增加《古代小说版本漫话》一书，由此引起《红楼梦》版本的"程前脂后"说。欧阳先生自己撰述《古代小说版本漫话》中说，他是迫于论题的需要，始不得不染指《红楼梦》的版本。在他之初衷，不拟参照综合诸家成说以成文，不意稍一涉足，即感诸说凿枘，于理不合，遂发愿细读原典，辨其真伪，考其流变，得出"脂本乃后出之伪本，而程本方为《红楼梦》之真本"的结论。

1991年他的第一篇相关论文发表，以后便一发而不可收，三大红学辨伪名著《红楼新辨》（1994年）、《红学辨伪论》（1996年）、《还原脂砚斋》（2003年第1版，2007年再版）开创了红学辨伪派。《还原脂砚斋》出版后，欧阳先生曾一度声明，以后不再谈"程前脂后"。但实际他并未做到，2014年、2015年、2017年又陆续出版了《红楼诠释》《红谭2014》《红潭犀照录》，仍然是坚持"程前脂后"的看法不变。

仔细分析，欧阳先生怀疑脂本是有一定道理的，脂本中确实存在很多问题无法解释。这些疑问的产生有多种可能，可能是由于多次传抄中出现的问题，也可能是脂本的原本就有问题。欧阳先生认定是原本的问题，并进一步怀疑其中有假，于是就按照他的设想去寻找根据。

从"程前脂后"的产生过程可以看出，"程前脂后"的提出和胡适先生的"大胆假设，小心求证"十分相似。都是先有怀疑，然后大胆假设，最后多方寻找证据来证明假设的合理性。这种分析问题的思路有时是对的，换个思路有时确实会有突破。但也可能会有很大的问题，先有假设再找证据，如不能全面看问题，很可能是只找对假设有利的证据，而对假设不利的证据，要么是不注意，要么是故意不提。这样研究的结论就会出问题。欧阳先生"程前脂后"的根本问题就在于此。《红楼梦》版本中问题是确实存在的，问题出现的原因有多种，"程前脂后"只抓住其中一种可能——"造假"，而没有分析还有其他多种可能，如传抄中也会出现这些问题。这是"程前脂后"错误的根本原因。

但不管"程前脂后"有多大错误，它提出了《红楼梦》中很多尖锐的问题，逼得主流红学去研究，去回答，这就促进了红学研究的进一步深入。从这点来看，"程前脂后"也有其积极的一面。

2）对"程前脂后"的分析

从1991年欧阳先生提出"程前脂后"之后，主流红学家就对此展开激烈反击，老红学家蔡义江连续发出"《史记》抄《汉书》"等三篇反驳欧阳先生的文章。从1993年到1995年发表的反驳文章有十几篇，这是反驳"程前脂后"的第一阶段。1995年后主流红学家觉得再和欧阳先生辩论没有意义，不愿意继续辩论了，《红楼梦学刊》也不再发表欧阳先生的文章，有关"程前脂后"的辩论略有平息。到2005年、2006年，反驳欧阳先生的文章又起，据我不完全统计有6篇之多。我从期刊网上统计，从

1991年以来有关文章总计50多篇，实际上肯定不止这些。

"程前脂后"的争论是脂本和程本之间的关系，它们最原始的共同祖本肯定是曹雪芹的原本。但具体到脂本和程本的关系，广义上讲，有三种看法：

第一种看法认为，脂本在前，程本在后，两者没有直接承继关系，这是目前主流红学的看法。

第二种看法认为，程本在前，脂本在后，脂本来自程本，是故意造假的产物，这是"程前脂后"的看法。

第三种看法认为，现存脂本的祖本肯定在程本之前，但现存脂本确实可能有些出现在程本之后。脂本和程本是两个体系，现存脂本并不是来自程本，更不是故意造假的产物。这是一种折中看法，本人持这种看法。

如前所述，"程前脂后"反对者认为，脂本是造假的看法是错误的，"程前脂后"没有可靠的根据，反驳"程前脂后"的文章有些分析是有道理的。但反驳"程前脂后"的文章有些也有问题。

第一，过录本问题。虽然大家都知道现存的脂本都是过录本，这些脂本的祖本肯定是早于程本的，但现存的绝大多数过录本的具体过录时间不详。因此理论上存在现存的各种脂本过录本中有可能抄录在程本之后。换句话说，"程前脂后"理论上是有可能的。虽然现存脂本有可能晚于程本，但这并非就承认这些过录本是故意造假的产物，就是抄自程本，这个看法是错误的，因此不存在"《史记》抄《汉书》"问题。

各种抄本中只有舒序本有些与众不同，其特殊点不在于它是过录本还是原抄本，而在于它有具体的抄写时间。所谓原抄本是指根据曹雪芹原本直接抄录的抄本，现存所有抄本虽然有些书名有"脂砚斋重抄"字样，但实际都没有证据证明是根据曹雪芹原本抄写的，而是多次过录本。舒序本也是如此，这点不需要辩论。我认为舒序本与众不同之处在于，它是有具体抄写时间的唯一脂本，它抄录的时间是在程本之前。但欧阳先生认为舒序本的抄录时间也有问题，他根据各种痕迹认为此本的抄写时间是假冒的，对此我没有研究，不便随意发表看法。

第二，批语并非都是脂批。现存各种脂本中的批语总数多达8000多条，一般把这些所有批语都称为"脂砚斋批语"，所以各种批语辑评都冠以"脂砚斋批语"，或简称"脂评"。其含义就是这些批语都是脂砚斋批语，虽然"脂评"只是一个代名词，辑评者本身可能并不认为这些评语全部是脂砚斋所写。实际上这些批语并不全是脂砚斋的批语，真正署名脂砚斋的批语，据统计实际只有174条，再考虑有些没有署名的批语也可能出自脂砚斋之手，最多不过200多条吧。还要考虑现存脂本都是过录本，过录时间可能在程本之后，因此这些批语就肯定有很多并非来自脂本的祖本，而是后加的。有些批语出现时间就可能在程本之后了。所以根据这些后人批语是无法断定"程前脂后"的。

对于现存脂批是否全部是脂砚斋所批，还有不同看法。欧阳先生认为："甲戌、己卯、庚辰三本一律题'脂砚斋重评石头记'，其中所有批语（除特别署名者外），皆当视为出自脂砚斋之手。"我认为这种看法是有问题的，如前所述，现存脂本都是过录本，过录中抄写者很可能会随意加批语的，而要区分这些批语哪些是脂砚斋所写，哪些是过录者所写是很困难的,因此不能认为《石头记》书名有"脂砚斋重评"字样,就认为全部批语都是脂砚斋所写,这是很明显的道理。前几年出现的"庚寅本"上也出现了署名"脂砚斋"的新批语,而这些批语不可能真是"脂砚斋"所批。

3)对"程前脂后"的看法

综合以上分析,我对"程前脂后"的基本看法是:

- 由于现存的脂本都是过录本,不是脂本的原本,因此"程前脂后"认为现存脂本晚于程本,是有可能的。
- 由于现存的脂本都是过录本,不是脂本的原本,其中只有极少数批语为脂砚斋等人所写,绝大多数批语可能都是晚期过录时所加的,因此"程前脂后"认为现存脂本晚于程本,也是有可能的。
- 对"程前脂后"的批判多数是有道理的,但没有注意现存的脂本都是过录本,现有批语绝大多数是后人的批语,因此有些批判没有批到"程前脂后"的要害问题。
- 虽然理论上现存脂本有可能晚于程本,但"程前脂后"认为现存脂本都是在程本之后故意造假的,还是没有可靠的根据。

以上就是本人对"程前脂后"辩论的基本看法,可以认为这是折中的看法,即承认现存脂本中有的可能确实晚于程本,但又不认为现存脂本是程本之后的故意造假的产物。

欧阳先生"程前脂后"的论述主要集中在三个方面:

第一是文本,包括同词脱文、避讳和一些文字差异等。

第二是脂砚斋批语,这是脂本的核心,也是欧阳先生"程前脂后"的核心。

第三是史料,包括有关脂砚斋、《春柳堂诗稿》、《枣窗闲笔》等材料的辨析。

我在《〈红楼梦〉版本数字化研究》(中州古籍出版社 2015 年 4 月第 1 版上册第 503—528 页)中针对这三个方面进行了详细分析。

总结"程前脂后",我认为应该从两方面看。

第一,严格地讲,程本肯定不是曹雪芹的原本,而是根据某个或某几个抄本整理的,因此从这个角度看,是脂前程后,而不存在"程前脂后"。

第二,现存脂本由于都是过录本,因此抄写时间确实又有可能是在程本之后。因此从时间(不是版本演化)角度看,又有可能存在所谓的"程前脂后"。

我觉得这才是对"程前脂后"的正确、全面的表述。对此本书下编《红楼梦》版本研究"部分还有详细分析。

(6)舒序本

2017 年欧阳先生又出版一本新书《红潭犀照录》(山西人民出版社 2017 年 9 月第 1 版),第 273 至 280 页中专门回应了我有关"程前脂后"的论述,其中主要谈了两个问题。

第一个问题是舒序本问题。我前面谈及,我认为现存的脂本都是过录本,其过录时间都不知道，因此有可能在程本之后。唯独舒序本是唯一例外，它抄录于乾隆五十四年，即程甲本之前二年。对此欧阳先生提出质疑，限于篇幅此处无法展开讨论，只谈两点。

第一，欧阳先生认为舒序本中文字有低级错误，那个时代的人不可能犯这样低级错误，因此舒序本是造假的。我对古文没有研究，但我认为这又是欧阳先生一贯的辩论手法，仅凭此一例就认为舒序本造假似乎根据不足。

第二，欧阳先生反复论述，说明舒序本是"过录本"，不是"原本"。这里实际完全偏离了讨论的问题，我从未说舒序本是原本，舒序本和其他抄本一样，肯定是过录本，这是没有争议的。但问题不是这些抄本是"原本"，还是"过录本"。所谓"原本"应该是指根据曹雪芹的"原本"直接抄录的过录本，这种"原本"从未流传下来。现存所有抄本（自然包括舒序本）都是过录本，这无须争论。

争论焦点是这些过录本的过录时间，"程前脂后"认为这些过录本都是在程本出现之后的造假本。而舒序本是有准确抄录时间的，是在程本之前的。欧阳先生论述舒序本是过录本完全偏离了讨论的核心问题，如此是无法讨论的。

第二个问题是有关林黛玉眉毛的描写。我举出《红楼梦》各种版本的文字做了比对，欧阳先生指出我引用的程本文字有错误，这是事实，我也承认。但欧阳先生认为此处描写程本是对的，而其他版本抄写都是错误的，认为这又是"程前脂后"的一个根据。

对此我的看法是：根据对错判断版本先后是很困难的，后出的版本确实可能把前面版本问题改正。但也可能后出的版本抄写时，把原本正确的文字改错。因此，既可能是程本文字合理在前，其他抄本抄写时改错了，也可能是抄本在前，抄录时有错，程本在后改对了。

欧阳先生对我分析问题常分析各种可能性很有看法，不止一次提出异议。但我看来这就是理工科学术研究和文科学术研究的差异。对于理工科研究，就要考虑所有的可能性，而文科研究往往只看到某些可能性，而忽视了其他可能性。这也许就是我和欧阳先生分析问题的最大差异吧。

（7）《红楼梦》版本研究

在古代小说版本研究中，《红楼梦》版本是个难题。《三国演义》《水浒传》《西游记》版本演化都比较清楚，唯独《红楼梦》的版本中很多问题可以说是一头雾水，说不清楚。20世纪出现的"程前脂后"几乎推翻了百年红学版本研究的基础，至今虽然在主流红学中赞同的人很少，但在学术界还是有不少人赞同。

至于脂本之间关系，也是众说纷纭，除了几个基本看法分歧不大，如甲戌本是目前所看到的最早的版本（如前所述刘世德先生对此有新看法，认为甲戌本在己卯本、庚辰本之后），庚辰本是经过修订的重要版本，戚序、蒙府本属于同一系列等，其他很多问题都未彻底解决。如杨藏本（即"梦稿本"）是在程本之前还是之后，开始两种看法相持不下，现在多数人倾向杨本是在程本之后。总之《红楼梦》版本中呈现了"你中有我，我中有你"的混乱局面，不要说演化关系不清，就是分类都分歧很大。

前面所谈的，庚辰本是否是戚序本、蒙府本的祖本，也有不同看法。这使得很多学者不愿意去碰《红楼梦》版本问题。

要解决这些纷乱情况，陈庆浩先生赞同"交叉演化"的看法，认为现在看到的版本不是单线演化而来的，是交叉演化而来，换句话来说，某个版本是参考了多个版本抄录而成，因此会出现"你中有我，我中有你"的局面。这种情况在刊刻本中常见，当年市面上有多种刊本流行，某书商参考多种刊本，可以整理出一种新版本，《三国演义》版本中就有多种混合本，这不奇怪。但《红楼梦》脂本基本是手抄流行，手抄本价格很高，要找到很多手抄本，比对后整理出一种新版本，绝非易事。

前几年在天津发现的所谓"庚寅本"也有类似问题。有很多"铁证"似乎证明此本的"旨义"可能是完全照抄了胡适补字后的甲戌本，其文字可能主要以庚辰本为底本，批语可能主要以俞平伯 1954 年出版的《脂砚斋红楼梦辑评》汇集而成。但有学者还声称此本是故意造假的。此本中还有很多问题无法解释，如出现的"松鹤本"以及"乾隆庚寅"来自何处？为何抄写者要抄写在散页上？可以说，"庚寅本"中目前还是有很多无法解释的问题，就如当年的"靖本"一样。因此，可以说《红楼梦》版本研究中，还有很多问题搞不清楚。

日本金文京先生认为，现存的古代小说版本只是当年版本的沧海一粟，要从现存的极少数版本复原版本演化过程几乎是不可能的。对这种悲观论点，我并不完全赞同。版本少，缺乏有力证据的确是事实，但从中仔细分析并不是没有任何线索。当然这些分析必须是客观的，而不是主观臆断的。

《红楼梦》版本研究将走向何处，似无人可以准确预料。

2. 《金瓶梅》版本问题

(1)《金瓶梅》内阁本文字脱落问题

我从事五大名著版本数字化，也完成了《金瓶梅》中词话本、崇祯本（北大本）和张评本的数字化，但一直没有研究《金瓶梅》版本。后来我研究《金瓶梅》版本首先是研究现存于东京大学的"东大本"，即内阁本。通过老朋友李金泉介绍，我在黄霖家得知日本东京大学东洋文库中的《金瓶梅》公开上网了，我立即花费几天时间全部下载，并将此本和已经录入的北大本用计算机比对后，第一次发现东大本和北大本相比，有多处明显的脱文，即整页脱落 2 处，整行脱落 5 处，重抄 1 处。2013 年在五莲《金瓶梅》研讨会上我介绍了我的发现。黄霖老师后来著文称，其实他早就发现了这个问题，并记录在笔记本上，但后来在浙江古籍出版社整理出版内阁本时，忘记了此事。

因为我用计算机将内阁本和北大本文字比对时，全部是内阁本文字有脱落，而北大本都不脱，因此内阁本似乎应该晚于北大本，和金学界一般把北大本称为第一代崇祯本，把内阁本称为第二代崇祯本是一致的。但仔细分析，问题并不如此简单。

理论上它们是什么关系还难以确定。它们可能是父子关系，即内阁本抄自北大本，抄写中有文字脱落；但也存在它们之间可能是兄弟关系，即它们有共同祖本，内阁本不是来自北大本，而是来自一个它们共同的祖本。

（2）《金瓶梅》内阁本和词话本文字相同问题

我在用计算机比对崇祯本系统内阁本和北大本时，也注意过和词话本比对，发现内阁本文字脱落，北大本和词话本都不脱落。但我比对内阁本和北大本时，只比对了其中大段文字脱落的情况，对于个别文字的修改未仔细检查。而内阁本和北大本两本不止有大段文字脱落的差异，王汝梅先生校勘崇祯本时早发现，内阁本中有个别词语与北大本不同，却和词话本相同。对此王汝梅先生的解释是，内阁本文字是根据词话本文字再做了"校勘"，恢复了词话本的文字。

这种分析初看没有任何问题，但我对此有不同看法。仔细分析，这些文字相同都是个别词语相同，书商要对两本进行如此详细的逐字校勘，既费力，又得不偿失，我觉得似乎不太可能。

我认为出现这个现象的根本原因不是内阁本"校勘"恢复词话本文字，而是和前面内阁本文字有脱落问题一样，根本原因是内阁本和北大本有共同祖本。内阁本文字未错，而北大本文字做了修改，导致看似内阁本恢复了词话本的文字，这实际是个假象。

另外，一般认为张评本属于崇祯本，但有人发现张评本有些文字却和词话本相同，和上述内阁本根据词话本"校勘"一样，因此有人也认为这是因为张评本又根据词话本做了"校勘"。这个问题的另一种解释，是否也和上述内阁本、北大本问题一样，是因为张评本和词话本有共同祖本？这还需要再仔细研究，此处限于篇幅就不深入分析了。

（3）《金瓶梅》崇祯本三代版本

上述两个问题，第一个问题是内阁本文字和北大本比有缺失，第二个问题是内阁本文字有些又和词话本相同。这两个问题的共同原因可能是它们有共同祖本，但这个共同祖本是什么版本呢？

我认为北大本和内阁本的共同祖本应该就是崇祯本的初刻本。第一个证据是内阁本有些文字缺失，而北大本不缺失，因此两本文字不同。而第二个证据相反，内阁本和初刻本文字相同，而北大本文字做了修改，因此和内阁本不同。

这个初刻本可能就是王孝慈本，王汝梅先生将其称为第一代崇祯本，而将北大本称为第二代崇祯本，将内阁本称为第三代崇祯本，这种看法是有道理的。但现存王孝慈本只保留了插图，而没有文字。民国时曾影印据说是王孝慈本第一页，书名为《新刻绣像批评金瓶梅》，与其他崇祯本书名相同，但此影印是否就是王孝慈本尚有疑问。

（4）《金瓶梅词话》初刻本问题

一般认为《新刻金瓶梅词话》就是初刻本，主要根据是目前没有看到任何初刻本《金瓶梅词话》，而中国古代小说很多书名中的"新刻"，实际都是初刻本。

而我对"新刻""避讳""序跋"分析后认为：现存《新刻金瓶梅词话》不是初刻本，而是复刻本，这看法和主流金学看法不同。

我认为，因为当时大量书坊翻刻《三国演义》版本都特地在书名中标明是"新刻"，表示是新版不是旧版，这样人们看到书名中"新刻"都知道就是复刻本。因此书商刊刻《新刻金瓶梅词话》如是初刻本，因为书名有"新刻"字样，会让读者误认为是复刻本，书商绝对不会把一本初刻本标明是"新刻"。

至于目前没有看到任何初刻本的《金瓶梅词话》，是因为初刻本印刷很少，因此没有记录。而中国古代小说很多"新刻"本都不是初刻本，而是复刻本，其初刻本也是因为印刷很少，没有流传下来。因此不能因为现在没有看到"初刻本"，就认为"新刻本"就是"初刻本"。

（5）《金瓶梅》词话本避讳问题

《新刻金瓶梅词话》中有一个人物，在第六十一回前名为"花子由"，而第六十二回后却变成了"花子油"，因此鲁歌先生就首先提出："花子由"变成"花子油"是要避讳崇祯皇帝的名讳"朱由检"，并由此判定《新刻金瓶梅词话》成书于崇祯年间。这成为《金瓶梅》研究的定论，被诸多著作引用。但我对此有怀疑，我仔细检查了历代皇帝的避讳，发现皇帝避讳有严格规定，说"由"改为"油"是避讳，不能成立。

第一，避讳说认为，为了避讳把"由"改为"油"，其根据不足。

避讳说认为，因避讳天启帝朱由校，因此把"由"改为"油"。但陈垣先生《史讳举例》中明确指出，避讳"朱由校"的"由"字，一般采用缺末笔，或改为"繇"，而不是把"由"改为"油"。因此把"由"字改为"油"并非是避讳。

第二，如避讳天启帝朱由校，则"校"字应改为"较"字。

根据陈垣先生《史讳举例》，避讳天启帝名讳"由校"，不仅要避讳"由"字，还要避讳"校"字，要把"校"字改为"较"字。查《新刻金瓶梅词话》中带"校"字有："校椅""校尉""学校""校床""校太尉"，共计 22 处。这些"校"字全部没有因为避讳改字。这是避讳说很难解释的。

认为"花子油"是避讳的看法，还注意到词话本第九十五、九十七回中的"吴巡检"没有避崇祯帝朱由检的"检"字讳，因此认为词话本刊刻时间应在崇祯之前。

提出这种看法的人却没有注意，词话本不仅没有避讳崇祯帝朱由检的"检"字，也同样没有避讳天启帝朱由校的"校"字。因此从避讳角度看，词话本既没有避讳崇祯帝朱由检的"检"字，又没有避讳天启帝朱由校的"校"字。有学者就此认为：词话本既不可能刊刻于崇祯年间，也应该不会刊刻在天启年间，只会刊刻在这之前的万历时期，或是之后的清初。这种看法看似有道理，其实问题也很大。不避讳也可能是由于当时避讳不严格。

我在 2015 年徐州研讨会上指出避讳说不成立,当时似乎并未引起人们注意。而且我注意到第二年正式出版的 2015 年研讨会论文集《金瓶梅研究》第十二辑中,并没有收入我的文章,后来了解说是因为出版经费有限,我的文章太长了,因此最后删除了,并不是论文集主编不同意我的看法。

在 2016 年广州研讨会中,我曾会下和最早提出"花子由"改为"花子油"的鲁歌先生讨论避讳问题,当时他还坚持是避讳,但不料在大会闭幕式上,我意外听到鲁歌先生公开承认,过去他认为避讳崇祯帝朱由检的说法是错误的。不知他是看到我前一年的论文,还是会下我和他讨论避讳,使得他改变了看法,总之,我觉得鲁歌在大会上公开承认错误这很难得,也很少见。但 2018 年大理《金瓶梅》研讨会上我注意到仍然有人还认为"花子油"是避讳,看来要改变一个错误观念真不容易。

由于我看到还有人在坚持认为"花子油"是"避讳",而我 2015 年研讨会论文又未收入论文集,因此 2019 年石家庄《金瓶梅》研讨会上我继续发表文章谈了以上问题。但我由于要参加其他会议,未能到会。会后主办方河北师范大学霍现俊老师来信通知我,我的论文这次将收入论文集,我很高兴和感谢。

3. 《红楼梦》作者问题

(1) 曹雪芹生父问题

《红楼梦》作者研究中有很多问题,其中一个问题是曹雪芹身世不明,一般认为他是曹寅孙子,但他父亲是谁不知。2015 年徐州《红楼梦》研讨会上,台湾刘广定先生对曹雪芹的生父和生年有新看法,他认为:
- 曹寅有个"巧儿"幼子。
- 此幼子 16 岁在京逝世,但留有个遗腹子。
- 此遗腹子就是曹雪芹。

我觉得刘先生推理虽然有很多证据,但三个环节似乎还缺乏铁证。
- 曹寅有个"巧儿"幼子——似乎问题不大。
- 此幼子 16 岁在京逝世——似乎也有根据。
- 但此人 16 岁去世就留有个遗腹子似乎根据不足,在曹雪芹生平研究中是发现有个遗腹子,但此子生父是谁一直没有可靠的结论。
- 此遗腹子就是曹雪芹——刘先生是在否定曹寅其他儿子没有遗腹子的前提下,才认定此子为"巧儿"遗腹子,但他似乎并没有直接的证据。

对于曹雪芹的出身有很多不解之谜,由于缺乏历史文献资料,恐怕要找到可靠的证据是很难了,但刘先生的考据还是有新意。

会下我咨询一些大陆学者，多数觉得刘广定考证证据不足。但我看就此问题，恐怕现在谁的考证证据也都不足吧。

（2）《红楼梦》作者顾景星说

很早就有人质疑曹雪芹的著作权，《红楼梦》作者另有其人之说早就层出不穷了，据说已经有100多位了，恐怕超过了《金瓶梅》作者的"备选"人数。其中前几年最热的是洪升说，提出此说的土默热开过几次研讨会，认可的人不多，近来也无声息了。最近又出现冒辟疆等说，而湖北蕲春王巧林提出顾景星说是目前宣传较多的新说。

王巧林认为《红楼梦》作者是顾景星的主要根据有以下几点。

第一，顾景星是曹寅的舅舅，即顾景星的妹妹是曹寅的生母。顾景星曾为曹寅诗集作序。顾景星死后，其子请曹寅帮助刊刻其父文集，他无以为报，就把其父顾景星写的《石头记》草稿送给曹寅。后曹家败落，此书流入社会。曹雪芹只是顾景星的一个托名，根本没有"曹雪芹"这个人，顾景星才是《红楼梦》原作者。

第二，《红楼梦》中有无数例证在顾景星生平中都可找到对应关系，《红楼梦》中很多场景、人名、人物形象、宗教文化、方言、民俗、风物、诗词曲赋等方面，都可以在蕲州顾景星处找到对应。

由此看来，顾景星说克服了曹雪芹说上述两个主要缺陷。第一，他有完整履历和文学历程，具备写作《红楼梦》的条件。第二，顾景星和曹寅有交往，可能将《红楼梦》手稿流入曹家。

（3）顾景星说的问题之一：证据不是唯一的

但顾景星说和曹雪芹写《红楼梦》相比，也有很大不足，此说有几个问题。

所有内容证据都没有唯一性。

一般论据要成立，必须具有唯一性，就是除此之外没有第二例，如还有第二例，这证据就没有唯一性，也就不可靠了。这是科学论证的基本原则。

而王巧林论证顾景星是《红楼梦》作者虽然在场景、人名、人物形象、宗教文化、方言、民俗、风物、诗词曲赋等各个方面，找出了几百个证据，证明《红楼梦》和顾景星有关，但这些证据都不是唯一的。要论述顾景星是《红楼梦》作者，必须找到《红楼梦》中的描写，只有顾景星可以写出来，其他任何人都写不出来才行。但要证明《红楼梦》中的情节、言词等其他人都写不出来，那是非常困难的。不科学和不规范的论证，不止出现在顾景星与《红楼梦》研究中，在其他考证中比比皆是，这是应该引起学者注意的。

（4）顾景星说的问题之二：没有任何历史文献证据

曹雪芹写《红楼梦》有很多历史文献为据（当然有人认为这些证据是假的，另当别论），而与顾景星有关的所有文献，都没有直接说他写了《红楼梦》。

前面介绍王巧林举出很多顾景星写《红楼梦》的内容方面的证据，但没有任何文献证明这点。我认为，如果要证明顾景星是《红楼梦》的作者，必须去查找历史文献，如果找不出相关历史文献，就无法使学术界认可此说。

从目前来看，要找出顾景星写了《红楼梦》的相关历史文献几乎是不可能的。

（5）作家生活经历和作品的关系

按照曹雪芹的岁数，他十三四岁时家道没落，根本没有经历过当年曹家的兴旺时期，有人因此质疑：没有这些经历如何可以写出大观园中奢华的生活场景。

我认为：虽然说后来曹家家道没落，曹雪芹没有经历过曹家的兴旺，但他作为一个没落家族后代，也接触过其他兴旺的家族。而且很多著名作家都写出了他所未经历的伟大作品，如莎士比亚写出他根本未曾经历过的规模宏大的历史剧，肖洛霍夫写出他未曾经历的顿河哥萨克故事，虽然都曾有人质疑他们的著作权，但后来这些反对意见基本都被否定了。至于最近刚去世的现代作家二月河，也写出极为生动的康熙王朝、雍正王朝历史小说，还拍成电视剧获得好评。二月河根本没有经历那个时代，一样写出生动的历史小说。因此认为曹雪芹未经历曹家繁华，就写不出大观园，也不足为据。

总之，关于《红楼梦》作者由于资料不足，还会有争论的。

4．《水浒传》《三国演义》《西游记》作者问题

（1）兴化施耐庵问题

《水浒传》作者施耐庵的籍贯目前有两种看法，一种看法是根据《水浒传》的题署"钱塘施耐庵"，认为施耐庵是杭州人，另一种看法是根据苏北兴化发现大量有关施耐庵的文献记载，认为施耐庵是兴化人。

我觉得施耐庵问题的关键不是兴化是否有个施耐庵，而是兴化施耐庵是否写了《水浒传》。从目前披露的文献来看，证明兴化施耐庵写了《水浒传》的准确文献资料是明代王道生所写的《施耐庵墓志》，其中说施耐庵写了五种小说，但这五种都很有问题。

- 《志余》

此书从未听说过。

- 《三国演义》

问题一，一般《三国演义》署名是罗贯中所作，和施耐庵无关。问题二，明代《三国演义》的书名是嘉靖元年本的《三国志通俗演义》、周曰校本的《三国志传通俗演义》、"志传"系列中叶逢春本的《三国志史传通俗演义》，以及各种《三国志传》，只有周曰校本和部分志传本卷尾的书名中出现过《三国演义》书名，还有个别清人笔记中曾用过《三国演义》书名。真正广泛使用《三国演义》作书名，是在20世纪50年代。

- 《隋唐志传》和《三遂平妖传》

一般署名也是罗贯中，和施耐庵无关。

- 《江湖豪客传》（即《水浒传》）

书名也很奇怪，《水浒传》早期版本的书名是《京本忠义传》，或《忠义水浒》，从未有过《江湖豪客传》的书名。

因此，从这些书名来看，王道生把这些著作归于施耐庵名下，非常可能是道听途说而已。这和兴化当地有关施耐庵的各种传说非常相似，很可能是误传。

我对此的看法如下：《水浒传》出版后署名为钱塘施耐庵，而兴化当地也确实曾有一位施耐庵，因此兴化人就误以为写《水浒传》的施耐庵就是兴化施耐庵，王道生也把这些传说写入了施耐庵墓志。

因此，很多证明施耐庵写了《水浒传》的证据，实际仔细分析，都有问题。

所以，我觉得不排除有两个施耐庵，钱塘施耐庵写了《水浒传》，而兴化施耐庵并没有写《水浒传》，当地的各种有关兴化施耐庵写了《水浒传》的传说和文献，都是误传和误记。

我私下和很多古代小说研究专家交换意见，他们对施耐庵是兴化人都有质疑。我注意到一些权威的文学史中，对杭州和兴化两说一般都并列，并未完全认可兴化说。

（2）罗贯中籍贯问题

目前罗贯中籍贯有山东东平和山西太原两说。以本人看来，两说各有一定根据，但都没有铁证。

山东东平说的关键是嘉靖元年本蒋大器的序和多种明刊本的题署，都是"东原罗贯中"，山东说认为"东原"就是今日东平。东平说的问题是，东原是否是东平？蒋大器的说法来源不明，嘉靖元年本的题署不是"东原罗贯中"，而是"后学罗贯中"。

山西太原说的主要根据是，贾仲明的《录鬼簿续编》中明确记载罗贯中是山西太原人。但山西太原说的问题是：《录鬼簿续编》只提到罗贯中写了三篇戏曲，没有提到他曾写小说。

主张太原说的人还在清徐罗氏家谱中找到一条记录"次子外出"，由此认为此"次子"就是罗贯中。

其实不排除罗贯中生于山西太原，后移居生活写作于山东东原（东平）。或他早期在太原写了以上戏曲，后移居东原，创作了《三国演义》。

杜贵晨提出一种折中说法：罗贯中祖籍是太原人，而其出生和居住地的现籍是东原，就是说罗贯中是祖籍"太原"的"东原"人。但这种新说法说到底也缺乏历史文献支持。

当然还可能有两个罗贯中，一个是山西戏曲家罗贯中，一个是山东小说家罗贯中。

总之罗贯中的籍贯还是要争论下去。本人认为，在没有新的资料之前，山东东平说和山西太原说可以并存，两地都可以宣传，而小说史最好都予以客观地介绍，各种观点都可以在学术层面详细论述。

（3）吴承恩籍贯问题

《西游记》作者吴承恩也有争议。一般认为吴承恩是江苏淮安人，但也有人认为淮安吴承恩所写的《西游记》是篇游记，不是小说《西游记》，因此淮安吴承恩也不是《西游记》的作者。

另外，除江苏淮安吴承恩外，在湖北随州还有一个吴承恩，他曾任河南新野知县，曾来随州旅游，因此写出《西游记》。这个新野知县吴承恩就是写《西游记》的吴承恩。但没有任何文献说新野知县吴承恩曾写过《西游记》。据清康熙五十一年《新野县志》和乾隆十九年《新野县志》记载：吴承恩，贡士，安徽桐城人，嘉靖三十五年任新野知县。《新野县志·名宦卷》有记载。

因此，可能确实是有两个吴承恩，文献都有记载。但目前一般认为，写《西游记》的是江苏淮安吴承恩，而不是曾任新野知县的桐城吴承恩。

5．对版本、作者研究的一些看法

以上是我对五大名著版本、作者方面一些问题的看法，其中有四个问题的产生，我有些感想记述如下。

（1）四个问题

第一，《红楼梦》"程前脂后"问题。
第二，《红楼梦》甲戌本"附条"批语问题。
第三，《水浒传》施耐庵籍贯兴化问题。
第四，《新刻金瓶梅词话》初刻本和避讳问题。
这四个问题有几个共同点：
第一，持这些看法的很多学者都是很有成就的著名学者。
第二，这些看法都有一定依据。
第三，但这些看法都有明显的缺陷。
第四，在有明显问题的情况下，这些学者仍坚持这些看法。
这种情况不止出现在这四个问题上，我觉得在学术研究中类似问题还很多，为何会出现这样问题？很值得深思。

我对此分析如下。

（2）问题的产生

首先，这些问题出发点都是合理的。

《红楼梦》版本中庚辰本等版本确实有问题，如庚辰本和程本相比，有34个"同词脱文"，这看似很可能是庚辰本抄写时因为同词而漏抄了，而程本没有漏抄，因此现存的庚辰本可能在程本之后，这就是"程前脂后"，并不错。

《红楼梦》甲戌本"附条"批语问题，周汝昌在甲戌本上确实没有得到胡适许可，写了跋语，这是事实。因此甲戌本上"附条"批语为周汝昌等所为也确实有可能。

《水浒传》作者施耐庵籍贯兴化问题，在兴化确实有个施耐庵，王道生写的《施耐庵墓志》也确实提及他写了《江湖豪客传》，据说这就是《水浒传》。

《新刻金瓶梅词话》初刻本和避讳问题，到目前为止确实没有发现初刻本《金瓶梅词话》，说"花子由"是避讳崇祯皇帝朱由检而改为"华子油"，看似也很合理。

（3）可能性之一，不是铁证

以上所列举的例证都是事实，但关键在于，这些例证并不是铁证，只是一种可能而已。

《红楼梦》庚辰本和程本相比的 34 个"同词脱文"，也可能是现存的庚辰本是过录本，此本在过录时漏抄了，而庚辰本原本没有漏抄，因此不存在所谓的"程前脂后"。

《红楼梦》甲戌本"附条"批语问题，周汝昌在甲戌本上确实写了跋语，但他（或其兄、其父）进而在甲戌本上贴"附条"批语，可能性不大。而此批语是甲戌本原有的可能性更大。

《水浒传》作者施耐庵籍贯兴化问题，在兴化确实有个施耐庵，但王道生写的《施耐庵墓志》所提及的《江湖豪客传》，还说他写了《三国演义》等小说，更像是道听途说。其实兴化是有个施耐庵，但他实际并未写过《水浒传》。

《新刻金瓶梅词话》初刻本和避讳问题，虽然到目前为止确实没有发现初刻本《金瓶梅词话》，但不能就此认为没有过初刻本《金瓶梅词话》。初刻本《金瓶梅词话》很可能印数少而失传了。而且书名加"新刻"，会使读者根据当时书坊上大批"新刻"《三国演义》是复刻本，而认为《新刻金瓶梅词话》也是复刻本。至于避讳崇祯皇帝朱由检，一般是改"由"作"繇"，或缺笔，而不是把"由"改为"油"。

总之，这四种论述只是一种理论的可能而已，而我认为实际可能性都不大。当然，这些学者肯定还是认为他们的看法才是可能性最大的。

（4）问题产生原因

这些问题的解释在我看来都明显有瑕疵，持这些看法的学者都很有水平，但为何还会坚持这些明显有问题的看法呢？要说他们是"明知故犯"可能性不大。我看主要是因为，他们只愿意从一个角度去分析问题，只看到一种可能性，认为这种可能性最大，而不愿意看到其他可能性，不愿意仔细分析到底哪种可能性更大，因此坚持自己的看法不改。

《红楼梦》"程前脂后"我认为是表面现象，持此看法的学者只看到一些表面的问题，引起"程前脂后"的想法，由此一发不可收，而没有仔细考虑"程前脂后"还有其他的可能性。

《红楼梦》甲戌本"附条"批语问题，在我看来是有些人对周汝昌有偏见（当然他们绝对不会承认的），事先戴了有色眼镜去看这个问题，犹如丢了斧子的人看邻居就像是小偷一样。这种先入为主的看法是非常危险而错误的。

《水浒传》作者施耐庵籍贯兴化问题，我看是因为在兴化确实有个施耐庵，他生活年代、外部环境条件似乎也符合写《水浒传》，由此就认定兴化施耐庵就是《水浒传》作者。而忽视了兴化施耐庵写《水浒传》的证据实际可靠性很差的事实。

《新刻金瓶梅词话》初刻本避讳问题，我觉得是由于目前资料缺乏，认为目前的词话本就是初刻本也不错，但没有看到在当时的书坊刻书"新刻"都是复刻的事实。至于避讳问题是对古代避讳了解不足所致。

我觉得这些问题在很多学术研究中都常见，要他们换个角度看问题，要他们去改变自己的看法也是不可能的，对此我觉得也很无奈。我只是希望大家今后分析问题要尽量客观，要从多角度分析问题，充分考虑多种可能性，仔细分析到底哪种可能性更大，尽量避免这些类似问题的出现。

当然这只是我个人的期望而已，类似问题今后肯定还会不断出现的。

（5）五大名著版本和作者研究比较

以上分析了五大名著版本和作者研究中的一些问题和问题产生的原因，看来这些问题在五大名著中还是有很大差异，仔细分析五大名著在版本和作者研究上的差异，还是很有意思的。

首先在版本方面。

以上分析五大名著中的版本问题中《红楼梦》版本问题最多，从大的方面看有两项，其实还有很多问题没有分析到。我看这是因为《红楼梦》版本数量虽然少，但问题很复杂，争论自然很多。

《金瓶梅》版本主要有三种，我也只指出了其中的几个小问题，实际《金瓶梅》版本中有争议的问题也很多。我看是因为《金瓶梅》在古代也是禁书，因此流传下来的版本少，问题自然就多了。

至于《三国演义》《水浒传》和《西游记》的版本，在我看来和《红楼梦》《金瓶梅》相比，虽然还有一些问题有争议，但不多。我看这是由于《三国演义》《水浒传》和《西游记》版本刊刻多，流传下来也多，问题自然也少。但仔细分析其中还是有些问题的，如《三国演义》有些混合本，大部分混合本的产生过程很清楚，但有的混合本的产生过程还不清楚。

其次，作者方面的问题也很明显。

五大名著的作者都有问题，这是因为古代小说在当时地位远不如诗文地位高，小说在古代一般多在民间流传，不登大雅之堂，《四库全书》就不收小说。这样小说作者的记载自然不全，导致后人就搞不清楚了。

五大名著作者最不清楚的当然是《金瓶梅》的"兰陵笑笑生"了，连名字都没有，可见要研究困难极大，争议也最大。

《红楼梦》作者曹雪芹是目前的主流看法，但其中也有很多问题，导致近来冒出很多新作者。

《水浒传》作者施耐庵最大问题当属是否兴化施耐庵，虽然社会舆论上似乎认可了，但实际学术界还是有很大争议的。

《三国演义》作者是罗贯中没有争议，但其籍贯是山西人，还是山东人，还有很大争议。

《西游记》作者吴承恩也类似，学术界一般认为《西游记》是淮安吴承恩所写，争议虽然不大，但仍有人认为淮安吴承恩写的《西游记》不是小说，而是游记。

以上是我对五大名著版本和作者研究的一些看法，有些是我研究过的问题，有些问题我虽然没有研究过，但我也有些看法。我不是学古代文学出身，而只是个爱好者而已，因为我不在这个圈子里，就没有什么顾忌。把我的看法写成随笔，仍然沿袭了我的一贯传统——实话实说，如随笔有不妥之处也敬请诸位指教。

6. 20年五大名著版本研究文献统计分析

（1）五大名著版本研究文献数量统计

我从1999年开始古代小说版本数字化研究，至今20余年。这20余年五大名著版本研究的情况，我通过中国知网做了统计。统计是选择"中国文学"学科领域，在"文献"类"主题"下分别输入五大名著的书名，在"并含"下输入"版本"，查询统计1999年至2019年这20余年发表的版本研究文献数量，包括期刊文献、博士论文、硕士论文、国内外会议文献。虽然都是过去的文献，但由于中国知网收入的文献还不断补充，新收入文献中也有以前发表的文献，因此数量可能还会不断增加。

以下统计是2020年1月14日统计1999年至2019年底的数据，以后的数据可能还会改变。

- 《三国演义》：121篇，20余年有两个高峰、两个低谷。2005年13篇第一个高峰，2003年3篇、2007年4篇第一个低谷，2012年15篇最高峰，以后就基本逐年下降，2018年第二个低谷只有1篇，2019年只有2篇。

年份	1999	2000	2001	2002	2003	2004	2005	2006	2007	2008	2009
数量	2	2	6	6	3	8	13	5	4	7	6
年份	2010	2011	2012	2013	2014	2015	2016	2017	2018	2019	合计
数量	11	8	15	5	7	5	2	3	1	2	121

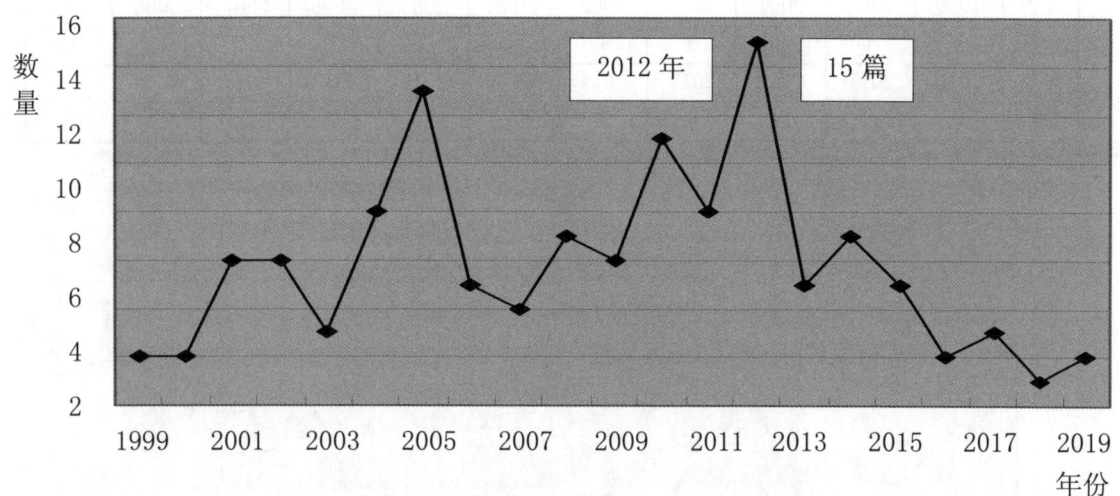

《三国演义》版本研究文献数量变化曲线图

- 《水浒传》：180篇，20余年有两个高峰、一个低谷。2006年16篇第一个高峰，2007年4篇第一个低谷，2009年19篇最高峰，以后就基本逐年下降，2019年只有6篇。

年份	1999	2000	2001	2002	2003	2004	2005	2006	2007	2008	2009
数量	0	1	5	2	2	5	7	16	4	5	19
年份	2010	2011	2012	2013	2014	2015	2016	2017	2018	2019	合计
数量	16	14	13	10	11	15	9	9	11	6	180

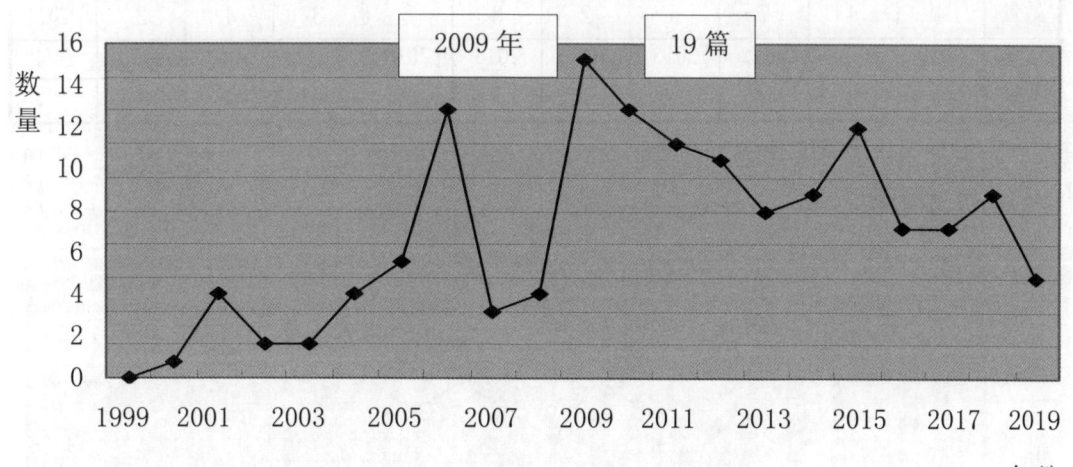

《水浒传》版本研究文献数量变化曲线图

- 《西游记》：131篇，20余年有两个高峰、一个低谷。2003年1篇第一个低谷，2008年12篇最高峰，2011、2012年11篇第二个高峰，以后就基本逐年下降，2019年只有3篇。

年份	1999	2000	2001	2002	2003	2004	2005	2006	2007	2008	2009
数量	5	4	2	3	1	5	7	7	7	12	10
年份	2010	2011	2012	2013	2014	2015	2016	2017	2018	2019	合计
数量	8	11	11	4	7	5	5	7	7	3	131

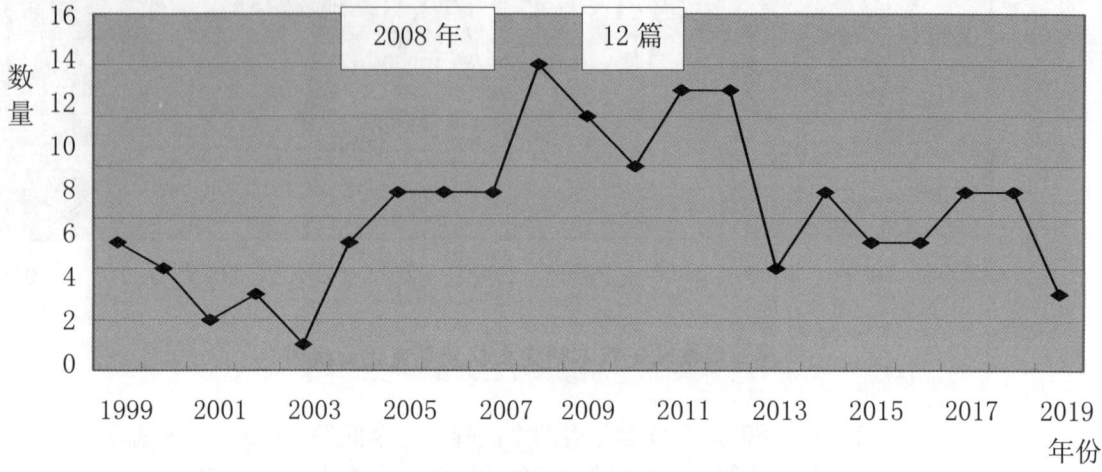

《西游记》版本研究文献数量变化曲线图

- 《金瓶梅》：96 篇，20 余年有三个高峰、两个低谷。2001 年 7 篇第一个高峰，2003、2008 年 2 篇第一个低谷，2013 年 8 篇第二个高峰，2016 年 13 篇最高峰，以后就基本逐年下降，2018 年、2019 年只有 4 篇。

年份	1999	2000	2001	2002	2003	2004	2005	2006	2007	2008	2009
数量	4	4	7	5	2	3	3	3	4	2	3
年份	2010	2011	2012	2013	2014	2015	2016	2017	2018	2019	合计
数量	4	3	4	8	7	5	11	6	4	4	96

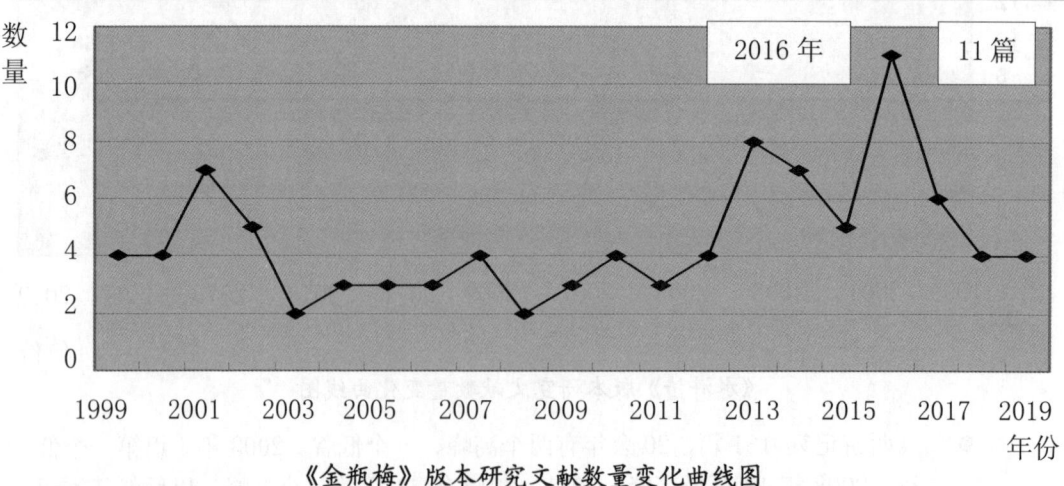

《金瓶梅》版本研究文献数量变化曲线图

- 《红楼梦》：427 篇，20 余年来基本逐年上升，有两个低谷一个高峰。1999、

2004年7篇低谷，2014年43篇最高峰，然后下降，到2016年22篇第二个低谷，然后逐年略有提升。

年份	1999	2000	2001	2002	2003	2004	2005	2006	2007	2008	2009
数量	7	11	10	17	9	7	16	20	21	9	18
年份	2010	2011	2012	2013	2014	2015	2016	2017	2018	2019	合计
数量	22	30	28	25	43	35	22	24	25	28	427

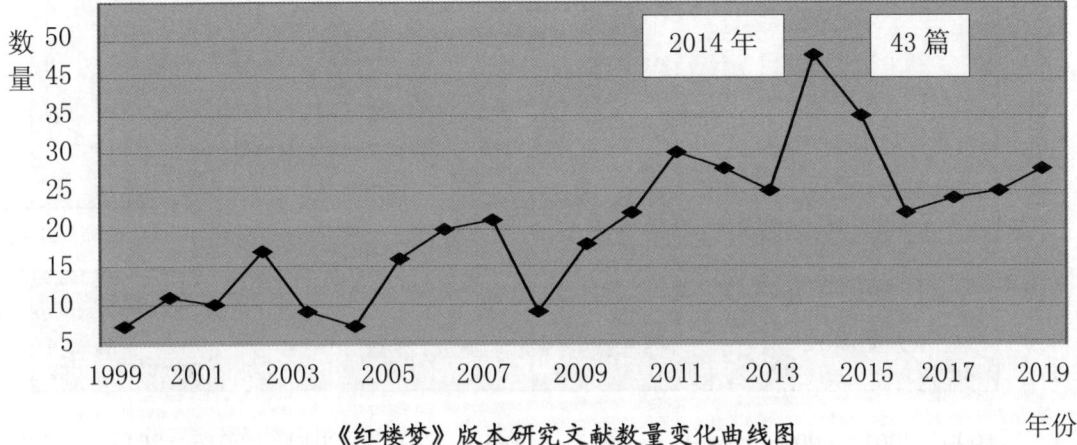

《红楼梦》版本研究文献数量变化曲线图

（2）五大名著版本研究文献统计分析

五大名著20余年版本研究文献数量统计结果分析如下。

- 《三国演义》《水浒传》《西游记》《金瓶梅》20余年版本研究文献总数分别为121、180、131、96篇，《三国演义》121篇、《西游记》131篇居中，《金瓶梅》96篇最少，《水浒传》180篇最多。
- 《红楼梦》427篇最多，为其他四大名著合计528篇的80.9%，说明《红楼梦》版本最热。
- 《三国演义》《水浒传》《西游记》《金瓶梅》20余年版本研究文献平均每年4.6—8.6篇，《红楼梦》约20.3篇，是其他四大名著的2.4—4.4倍。

仔细分析1999—2019年这20余年五大名著每年版本研究文献的数量，注意到其中有一个特点，五大名著版本研究文献数量在20余年中，都有起伏，并不平坦。

- 五大名著版本研究文献数量按照高潮时间顺序排列如下：《西游记》数量最多的是2008年12篇，《水浒传》数量最多的是2009年19篇，《三国演义》数量最多的是2012年15篇，《红楼梦》数量最多的是2014年43篇《金瓶梅》数量最多的是2016年11篇。
- 五大名著中版本研究文献一年内数量最多的依次为：《金瓶梅》11篇，《西游记》12篇，《三国演义》15篇，《水浒传》19篇，《红楼梦》43篇。
- 五大名著版本研究文献数量最多年份都不重合，有先有后，分别为：2008

年《西游记》，2009 年《水浒传》，2012 年《三国演义》，2014 年《红楼梦》，2016 年《金瓶梅》。
- 五大名著版本研究文献数量低谷时间很接近：《三国演义》《水浒传》《金瓶梅》《红楼梦》都曾在 2007 年进入低谷，唯独《西游记》是在 2003 年。

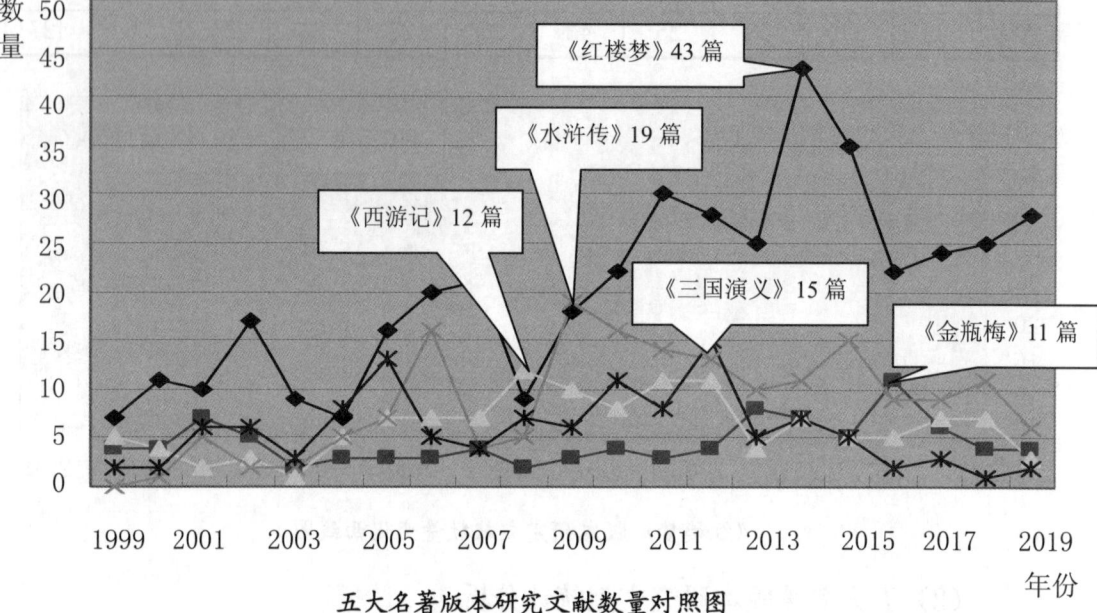

五大名著版本研究文献数量对照图

（3）《三国演义》版本研究文献统计

仔细分析上述版本文献，其中有些是研究综述，真正的版本研究文献以《三国演义》为例，121 篇文献中只有 39 篇是真正的版本研究文献，只占 32.2%。

1）张宗伟《黄正甫刊本〈三国志传〉非今见〈三国演义〉最早刻本——与张志和先生商榷》，《明清小说研究》1999-03-30。

2）沈伯俊《〈三国志宗僚〉考辨》，《文学遗产》1999-09-20。

3）张志和《嘉靖元年本〈三国志通俗演义〉非最早刻本考》，《十堰职业技术学院学报》2000-12-30。

4）张志和《黄正甫刊本〈三国志传〉乃今见〈三国演义〉最早刻本续考——就教于徐朔方先生》，《河南大学学报（社会科学版）》2001-01-30。

5）张志和《再说黄正甫刊本乃〈三国志传〉今见〈三国演义〉最早刻本——答张宗伟同志》，《明清小说研究》，2001-03-15。

6）章培恒《关于〈三国演义〉的黄正甫本》，《上海师范大学学报（哲学社会科学版）》2001-05-15。

7）高桥乃子《关于〈三国演义〉叶逢春刊本的发现及其意义》，《中国文学研究（辑刊）》2001-05-31。

8）韩伟表《二十世纪〈三国演义〉的版本研究——〈三国演义〉文献学研究之

一》,《浙江海洋学院学报(人文科学版)》2002-06-30。

9) 沈伯俊《〈三国演义〉版本研究的新进展》,《中国古代小说戏剧研究丛刊》2004-09-15。

10) 沈伯俊《〈三国演义〉版本研究的新进展》,《社会科学研究》2004-09-28。

11) 张志和《朱鼎臣本〈三国志史传〉探考》,《明清小说研究》2004-12-30。

12) 欧阳健《关索考》,《中华文化论坛》2005-04-30。

13) 欧阳健《数字化与〈三国演义〉版本研究论》,《东南大学学报(哲学社会科学版)》2005-05-20。

14) 欧阳健《关索考辨》,《东南大学学报(哲学社会科学版)》2005-11-20。

15) 郑铁生《论〈三国演义〉不同版本中的周静轩诗》,《厦门教育学院学报》2005-06-30。

16) 郑铁生《周静轩诗在〈三国演义〉版本中的演变和意义》,《明清小说研究》2005-12-30。

17) 梅铮铮《从〈三国演义〉版本流变论关公崇拜》,《成都大学学报(社会科学版)》2005-12-30。

18) 宁稼雨《尘故庵藏〈三国演义〉版本述略》,《明清小说研究》2006-12-30。

19) 庞婧文《〈三国演义〉毛本与嘉靖本校读琐议》,《晋中学院学报》2007-10-25。

20) 颜彦《〈三国演义〉嘉靖本与毛评本比较研究:以人物形象为中心》,北京语言大学,2008-05-01,硕士论文。

21) 黄绮炜《叶逢春刊〈三国志传〉版本价值研究》,福建师范大学,2008-05-01,硕士论文。

22) 中川谕《清代的三国通俗文艺与〈三国演义〉》,《中国文学研究(辑刊)》2008-06-30。

23) 沈伯俊《论〈三国演义〉嘉靖元年本——〈三国志通俗演义〉校注本前言》,《广东技术师范学院学报》2009-01-15。

24) 刘香《〈李卓吾先生批评三国志〉研究》,福建师范大学,2010-06-30,硕士论文。

25) 刘海燕《关于〈三国演义〉评点研究的再思考》,《襄樊学院学报》2010-12-15。

26) 李阳阳《朱鼎臣编纂小说研究》,暨南大学,2011-05-01,硕士论文。

27) 张玉梅、张祝平《明刻〈三国演义〉的插图流变》,《淮海工学院学报(社会科学版)》2011-05-15。

28) 谢江飞《也谈邹梧冈参订〈三国演义〉毛评本的版本价值——与张志和、黎必信二先生商榷》,《龙岩学院学报》2012-02-15。

29) 黄晋《〈三国演义〉版本流传考证》,《学术论坛》2012-03-10。

30) 宋占茹、许振东《〈三国演义〉版本的古今载录及衍变》,《燕赵学术(辑刊)》2012-10-31。

31) 刘璇《〈三国志演义〉序跋集释考论》,陕西师范大学,2014-05-01,硕士论文。

32) 周洪勇《李渔〈三国演义〉评点考析》,牡丹江师范学院,2014-05-17,硕士论文。

33）段江丽《金文京的〈三国演义〉"综合"研究——日本中国古代小说研究系列之一》,《明清小说研究》2014-08-15。

34）聚宝《蒙古国所藏蒙古文〈四大奇书第一种〉研究》,《明清小说研究》2014-11-15。

35）李慧,张祝平《〈官板大字绣像批评三国志〉图赞初探》,《盐城工学院学报(社会科学版)》2015-03-20。

36）段江丽《中川谕的〈三国演义〉版本研究——日本中国古代小说研究系列之二》,《明清小说研究》2015-07-15。

37）张红波《〈三国演义〉成书与传播的接受史解读》,《重庆工商大学学报(社会科学版)》2015-11-11。

38）安忆涵《毛本〈三国演义〉中周静轩诗研究》,《河北北方学院学报(社会科学版)》2016-01-06。

39）王思豪《〈三国演义〉中的赋学史料及其与小说之关联问题》,《中山大学学报(社会科学版)》2017-05-15。

仔细分析,这 39 篇文献并不能代表《三国演义》版本研究的真实水平,还有很多文献是在各种研讨会上发表,尤其是研讨会论文收入不多,日本学者如中川谕先生等文献多收入各种研讨会论文集中,并未在中国各种期刊上发表。

其他四大名著版本研究文献中,仔细统计真正的版本研究文献数量及所占比例如下：

《水浒传》180 篇文献中约有 68 篇是真正的版本研究文献,约占 37.8%。
《西游记》131 篇文献中约有 52 篇是真正的版本研究文献,约占 39.7%。
《金瓶梅》96 篇文献中约有 45 篇是真正的版本研究文献,约占 46.9%。
《红楼梦》427 篇文献中约有 173 篇是真正的版本研究文献,约占 40.5%。

从统计结果看,五大名著中真正的版本研究文献都只占约三分之一到一半。

（4）五大名著版本研究硕士、博士论文统计

下面统计 1999 年—2019 年五大名著版本研究文献硕士、博士论文数量。

1999—2019 年五大名著版本研究文献中硕士、博士论文数量统计

版本	《三国演义》		《水浒传》		《西游记》		《金瓶梅》		《红楼梦》	
论文	硕士	博士	硕士	博士	硕士	博士	硕士	博士	硕士	博士
数量	14	15	25	26	18	23	13	3	26	13
比例	0.93		0.96		0.78		4.33		2.0	
合计	29		51		41		16		39	

注：比例为硕士论文数量与博士论文数量之比。

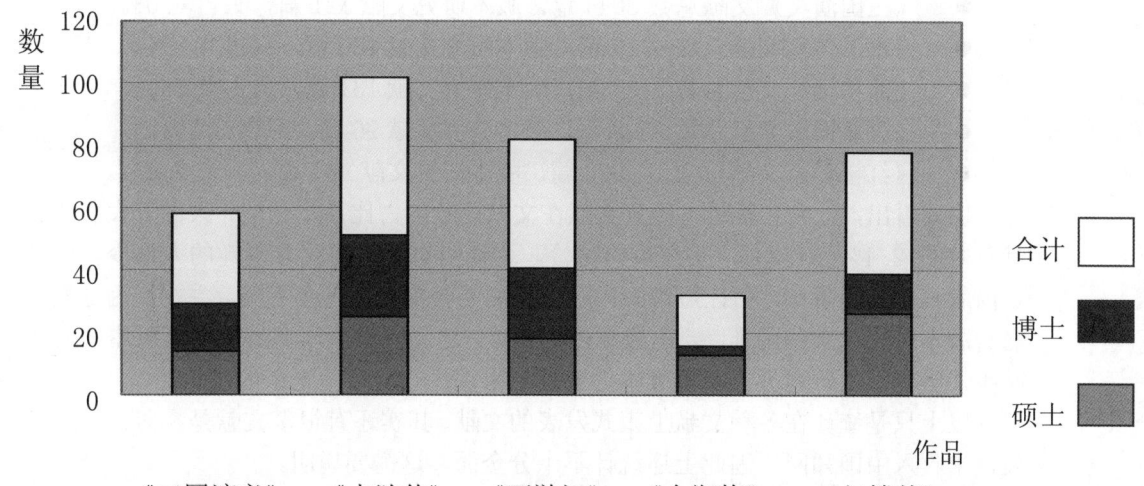

1999—2019 年五大名著版本研究文献中硕士、博士论文数量及合计统计

1999—2019 年 20 余年五大名著版本研究硕士、博士论文数量统计有如下特点：

● 硕士论文数量排序

《红楼梦》26 篇，《水浒传》25 篇，《西游记》18 篇，《三国演义》14 篇，《金瓶梅》13 篇。基本符合五大名著研究情况。

● 博士论文数量排序

《水浒传》26 篇，《西游记》23 篇，《三国演义》15 篇，《红楼梦》13 篇，《金瓶梅》3 篇。其中《金瓶梅》3 篇最少不奇怪，而《红楼梦》只有 13 篇，只是《水浒传》26 篇的一半，比较奇怪。

● 硕士论文数量与博士论文数量之比

硕士论文数量比博士论文少：《水浒传》0.96 倍，《三国演义》0.93 倍，《西游记》0.78 倍。

硕士论文数量比博士论文多：《金瓶梅》4.33 倍，《红楼梦》2.0 倍。

● 硕士、博士论文合计数量排序

《水浒传》51 篇，《西游记》41 篇，《红楼梦》39 篇，《三国演义》29 篇，《金瓶梅》16 篇。基本符合五大名著研究情况。

● 四项统计排序

《水浒传》三项都是第一，《西游记》两项第二、一项第三，《红楼梦》一项第一、一项第三、一项第四，《三国演义》两项第三、一项第四，《金瓶梅》三项全部最后。基本符合五大名著研究情况。

（5）五大名著版本研究文献占比

以上统计了 1999 年至 2019 年 20 余年五大名著版本研究文献数量，下面比较这期间五大名著版本研究文献总数的占比。

- 《三国演义》文献总数 3044 篇，版本研究文献 121 篇，只占 4.0%。
- 《水浒传》文献总数 4310 篇，版本研究文献 180 篇，只占 4.2%。
- 《西游记》文献总数 5187 篇，版本研究文献 131 篇，只占 2.5%。
- 《金瓶梅》文献总数 2568 篇，版本研究文献 96 篇，只占 3.7%。
- 《红楼梦》文献总数 17,022 篇，版本研究文献 407 篇，只占 2.4%。

由此看出，五大名著版本研究文献在文献总数的占比基本相似，只占五大名著文献总数的 2.4%—4.2%，实在少得可怜。这说明对版本研究有兴趣的人很少。这是目前版本研究的事实，估计短时间内这个比例不会提升，只会下降。主要原因是五大名著版本研究越来越困难，要出成绩越来越难，这使得学者研究五大名著版本的人在减少，年轻学生研究五大名著版本的更是越来越少。这也是无奈的事情。

以上只是统计在各种文献上正式发表的文献，其实还有很多文献是在研讨会上发表，未收入中国知网。因此上述统计不十分全面，这需要说明。

二、学人风采

（一）学人简介

　　数字化说到底是为研究服务的，因此数字化必须得到该领域研究者的认可，如没有他们的认可和支持，数字化就无法开展。

　　在我从事中国古代小说数字化研究这 20 年中，和一些研究中国古代小说的学人之间有很多来往，得到他们给予我大力支持和帮助，我很感谢。下面从中选择 52 位接触较多、对我帮助较大的学人，记录我和他们交往的一些感受和印象，从中可以看出他们各自不同的风采。在小说数字化 20 年的征途中，我得到他们无私的帮助，我必须用笔写下这一切，表示我的衷心感谢，也是个历史记录。

　　我把他们称之为"学人"，不称"学者"，因为他们之中有些和我一样，不是专业学者，算是爱好者，因此统称"学人"较好。

　　本篇总计记录了 52 位学人：中国大陆学人 36 位，中国台湾学人 1 位，中国香港学人 2 位，日本学人 12 位，法国学人 1 位。

　　52 位学人完全根据本人 20 年来联系的密切程度选入，有些知名学者很有成就，但和我联系不多，或完全没有联系，因此无法编写，也就无法收入本书。

　　收入《三国演义》研究者最多，因为我这些年来主要研究《三国演义》版本，这个研究领域认识的人最多。

　　《水浒传》《金瓶梅》《红楼梦》的研究者也各自收入一些我熟悉的学人，因为这几年我曾多次参加这三本书的各种研讨会，也认识一些学人。

　　《西游记》研究至今只有一个"中国西游记文化研究会"，我只参加过两次地方上的研讨会，研究《西游记》版本学者中我只认识曹炳建，其他人我完全不熟悉，也就无法收入。

以下按照学人的年纪以及和我交往先后顺序和密切程度分别介绍。

（二）中国学人

1. 沈伯俊

1999 年我开始准备《三国演义》版本数字化研究，首先要收集资料。我最先看到的是中国三国演义学会常务副会长沈伯俊、谭良啸先生合编的《三国演义辞典》（巴蜀书社 1993 年修订版）及他的很多有关版本的文章。于是我就给沈先生去信，介绍我数字化的想法。他很快给我回信，并告知我 1999 年《三国演义》研讨会在太原清徐举行，欢迎我参加。于是我就自费去参加，在会上第一次见到沈先生。

沈先生对数字化非常支持，他把我写的文章修改后，以《〈三国演义〉数字化工程简论》收入沈先生的论文集《三国演义新探》中（四川人民出版社 2002 年 5 月第 1 版，第 451—468 页），并加附记："本文系与首都师范大学计算机系高级工程师周文业、首都师范大学计算机系硕士研究生李东海合作，由周文业写出初稿，本人修改加工并最后定稿。"

沈先生对人十分热情，对《三国演义》有很深的研究，特别是校理了多种《三国演义》版本，修正了其中大量"技术性错误"。他的校理本无论是对一般读者，还是对研究者，都十分有益。我在研究《三国演义》版本时，沈先生的校理本指出《三国演义》中很多"技术性错误"，对我帮助很大。他自己在文章中也曾说道："在我的《三国演义》成果中，最具特色、最富创新意义、最有生命力的，我自己认为是以校理本《三国演义》为代表的几种三国整理本。"

根据沈先生自己统计，其校理本一共有 5 种：

（1）《校理本〈三国演义〉》，江苏古籍出版社 1992 年 2 月第 1 版，凤凰出版社 2009 年 6 月出版的《三国演义》（名家批注图文本）系其修订本；

（2）《毛宗岗本〈三国演义〉整理本》，中州古籍出版社 1992 年 8 月第 1 版；

(3)《嘉靖元年本〈三国志通俗演义〉整理本》,花山文艺出版社1993年5月第1版,文汇出版社2008年4月出版的《三国志通俗演义》校注本系其修订本;

(4)《〈李卓吾先生批评三国志〉整理本》,巴蜀书社1993年11月第1版;

(5)《〈三国演义〉评点本》,山西古籍出版社1995年4月第1版。

这5种校理本实际是三种版本,即嘉靖元年本、李卓吾本和毛宗岗本,这基本是《三国演义》版本历史上最重要的三种版本。这三种版本都属于《三国演义》的"演义"系列,是《三国演义》版本的主流。但从版本发展角度看,建阳刊刻的"志传"系列也很重要,如果再出一种"志传"系列校理本,就更完整了。而且"志传"系列都是上图下文,更吸引人。当然"志传"系列是面向大众的,文字错误较多,校理工作量很大。沈先生没有整理出版《三国演义》"志传"系列版本我看是个遗憾。

在校理方法上,沈先生自己总结采用过三种方法:

第一种,不改原文,书末列出了正误对照表。这是沈先生最初的做法。这种方法对正误兴趣不大的读者最合适,但对于对正误有兴趣的读者及学者来说,由于正误表在最后,比照就不方便了。

第二种,不改原文,本页脚注说明正误,回末再加注释。这对于希望了解正误的读者很有利,本页就可看到正误,详细注释也有。这是沈先生后来的做法。

第三种,直接改动原文,脚注和回末注释同第二种。这对于一般不关心原版的阅读者最合适,可以直接看到修订后的正确文本。如要知道原文,可再看脚注。这是沈先生最后的做法。(以上参阅黄霖主编《我们起跑在20世纪80年代》,沈伯俊《沉潜〈三国〉,探求真知——我的古代小说研究》,复旦大学出版社2016年7月第1版第142—149页)

我是研究版本的,自然最赞同第二种方法,既保持了原文,又看到了注释。

但在我的一些朋友中,对沈先生的校理本有不同看法,尤其是对直接改动原文的做法。因为《三国演义》是传世经典,对经典我们应存敬畏之心,不仅《三国演义》,任何传世经典中都会有各种错误,《水浒传》《金瓶梅》中都有很多"技术性错误"。不止中国古典小说中有"技术性错误",就是莎士比亚各种历史剧中,也有大量历史错误。如都为让读者看到真实的历史,而去直接改动经典原文,那还是莎士比亚戏剧吗?这似乎是不可想象的。

但不管有多少不同意见,沈先生校理《三国演义》中的正误下了极大功夫,无论对研究还是阅读都是有用的,这是不可否认的。

沈先生在整理完校理本后,似乎没有再进一步把这些校理成果整理成书,只停留在校理本水平,虽然有很大影响,但完全可以进一步整理成一部专著,多角度对正误进行研究。因为注释只有几句话,很多正误问题无法展开论述。其实这里面的正误还是很值得下功夫做深入研究的,沈先生只停留于校理,实在可惜了!

另外他与谭良啸合编著的《三国演义辞典》也是研究《三国演义》的必备工具书,包罗万象,十分详尽。从1989年第1版,到1993年修订版,再到2007年《三国演义大辞典》,先后再版3次。沈先生也是下了很大功夫。我放在手头,不时要找出来查阅。

当年中央电视台《百家讲坛》刚开办,首先选定讲《三国》,因为《三国》在民间影响最大。在和沈先生交往中，一次他偶然提及其实《百家讲坛》讲《三国》，先是找了他，而不是易中天。但后来不知什么原因（沈先生没有细谈）最后没有上《百家讲坛》。是和胡小伟一样，试讲后被否决，还是他不愿意去讲了，我也没好意思细问。

沈先生和《百家讲坛》失之交臂后，《百家讲坛》才找到易中天。其实易中天根本没有研究过《三国》，完全是一边学，一边讲的。但他没有研究过三国也有好处，这样就不落俗套，看法角度和传统《三国》研究就不同了，观众听了耳目一新，结果易中天一炮打响，红遍大江南北，《百家讲坛》也因此而走红。当年易中天的热度真是今日难以想象的，排队售书可以排出几百米之长。

但我个人觉得，当年如《百家讲坛》请沈先生去讲，绝对不次于易中天的。沈先生也经常在国内外讲《三国》，每次讲演都是座无虚席。依我看，老实说，沈先生比胡小伟讲得更好，不紧不慢，条理清楚，生动活泼，引人入胜。沈先生在中国台湾、日本等都演讲过，每次演讲都很受欢迎，因此他未上《百家讲坛》实在可惜了。

最近我听一位学术界很知名的中青年学者讲，他因为讲课好，也曾被《百家讲坛》编导请到中央电视台，试讲了两次，一次讲《西游记》，一次讲《红楼梦》。结果编导对他不满意，老是觉得他讲得不够接地气，不够八卦，不够热闹，太学术了。他说：我不可能像刘心武那样乱说。后来谈不到一起去。《百家讲坛》是个人承包制，不对那个负责联系的编导的口味，基本就没戏了，就算了。再后来，另一个编导又想请他，他连理都不理了。

如此看来，我再回忆沈伯俊先生和我谈此事的口气也不是很愉快，看来也是一样，肯定是编导不满意，最后就算了。

虽然沈先生没有上《百家讲坛》，但他还是上过央视的。2016 年中央电视台和中国社科院历史所合拍了一部 100 集的中国历史纪录片，其中《三国》占了三集。这三集三国的两位主讲人是中国社科院历史所的梁满仓先生和沈先生。我仔细看过这三集，我个人觉得沈先生讲得通俗易懂，学术含量很高。但我注意到纪录片在沈先生出现时，字幕介绍他的单位是"四川社科院历史所"，我很奇怪，沈先生一直在四川社科院文学所，何时到了历史所？后来汉中研讨会见到沈先生，我当面问及此事，沈先生说他还未看到此纪录片，不知为何编导搞错了。我后来怀疑，因为此片是央视和中国社科院合拍，三国的另一主讲人是中国社科院历史所的梁满仓，因此央视编导就误以为沈先生也是四川社科院历史所的。片子拍完后他们也没有仔细审查，我后来在央视网站上回看，还是没有改，我觉得这虽然是细节，还是应该改正为好。

前几年沈先生一直活跃在《三国演义》中国第一线上。沈先生在国内外都有很大影响力。国内到处办讲座就不提了，他在日本有很多朋友，多次应日本朋友邀请去日本讲学。我看日本学界在《三国》研究方面，最看重的中国学者非沈先生莫属。

沈先生是海内外知名的《三国》研究专家，受邀去日本访问多次了。日本有个三国志学会（*http://sangokushi.gakkaisv.org/*），2006 年成立时，聘请了三位中国学者为理事，包括沈先生、刘世德先生和我（*http://sangokushi.gakkaisv.org/yakuin.html*）。

沈先生和刘先生都是三国研究专家，我是因为做《三国演义》数字化，因此也被聘为理事，我们三人一起参加了 2006 年日本三国志学会成立大会。后来我多次去日本参加日本三国志学会年会。2019 年日本中川谕先生从日本来上海，日本三国志学会事务局长、早稻田大学教授渡边义浩先生，还专门委托中川先生给我和刘世德先生带来日本三国志学会前会长狩野直祯的纪念文集，和日本三国志学会会刊《三国志研究》第 14 号。可惜沈先生已经去世了。

在我看来，沈先生另一大特点是研讨会的讲评。我曾多次在各种研讨会上听到沈先生的讲评，他讲话很慢，十分有条理，对发言者既肯定成绩，也指出问题，点到为止，恰如其分。点评很不易，一方面要有功底，一方面要会分析问题，最后还得会表述，缺一不可。没有功底，没有学术积累，不可能现场点评。有功底但不会分析问题，说不到点子上也不行。会分析问题但不会表述，也是不行。沈先生三方面都行，评点自然是十分精彩。

我深知沈先生的点评功力，因此 2009 年我主办第八届中国古代小说戏曲文献暨数字化国际研讨会时，就全程请沈先生做点评人，他也很乐意，点评果然十分成功。这是我唯一一次邀请他做点评人，因为我当时已经退休了，没有经费，他来往路费、住宿费等一切费用都是我个人出钱负担的。后来再没有机会请沈先生来参会点评，十分遗憾。

沈先生参加研讨会不仅点评好，会后综述也写得好。凡他参加的研讨会一般都会写一篇综述，因为他对每位参会者发言都认真听，还不停地做记录，因此写出一篇好综述就是很自然的。

我主办的中国古代小说戏曲文献暨数字化国际研讨会，第二、三、四、五、六、八届，合计 6 届研讨会的综述都是沈先生写的，其中第三届署名为沈先生本人，第四届署名为孟杰，其他四届署名为"孟彦"。这些综述都收入了本书，对此我深表感谢。

据我在中国知网上统计，从 1981 年到 2019 年沈先生去世这 38 年间，他总计发表 183 篇文章，平均每年发表近 5 篇，不包括以笔名所写的文章。逐年统计如下：

2019(1)，2018(3)，2017(2)，2016(5)，2015(2)，2014(5)，2013(11)，2012(3)，2011(3)，2010(7)，2009(8)，2008(7)，2007(8)，2006(7)，2005(6)，2004(8)，2003(9)，2002(3)，2001(9)，2000(7)，1999(10)，1998(6)，1997(4)，1996(4)，1995(3)，1994(3)，1993(2)，1991(2)，1990(2)，1988(3)，1987(4)，1986(3)，1985(4)，1984(4)，1983(4)，1982(10)，1981(1)。

沈先生在生活习惯上也很有特点，他一般是通夜写文章，而白天上午睡觉。这习惯他坚持多年。我有体会，晚上确实容易集中精力写作。每人都有自己的生活习惯，我不大熬夜，但也偶尔到凌晨 1 点多才睡觉。而白天无事时中午一定要睡一觉。

后来我和沈先生见面交往和联系都不多了，只在几次研讨会上见到他。一见面他还是那样热情，我真希望沈先生的三国研究更上一层楼！

沈先生前几年还研究过《三国演义》版本，也曾写过一些文章。但这几年他离开中国三国演义学会领导岗位后，似乎没有再看到沈先生继续这方面的研究了，甚至有关《三国演义》的研究也少了，我觉得这实在是可惜了！我看各种报道，沈先生更多的是关注三国历史研究和宣传，各地邀请沈先生去做演讲，我注意到都是三国历史方面的演讲,而没有《三国演义》的学术演讲,更没有《三国演义》版本的演讲。可能大家更关注三国历史吧。但我总觉得以沈先生的学识,没有继续做《三国演义》版本研究是很大遗憾,也是《三国演义》版本研究的一个缺失。

沈先生身体一向很好,什么时候见到他都是精神饱满、意气风发的样子。不料 2018 年 4 月 18 日他在成都突然因为心肌血管破裂,抢救无效去世了。沈先生是 1946 年出生,比我小 1 岁,2018 年刚好 72 岁,是他"本命年"。他 4 月 14 日刚刚过完 72 岁生日,生日当天,他还写下一首诗:

本命年生日有感

生辰仍有寒星伴,书海畅游白发添。
笔下沧桑识治乱,胸中史册辨忠奸。
兴来访友寻三径,神倦赏花品五弦。
公理永存心不老,求真向善度余年。

2018 年 4 月 14 日(72 岁生日)凌晨于锦里诚恒斋

沈先生多年习惯熬夜,他说夜深人静,便于思考写作,这首诗就写于 14 日凌晨。在这首激昂的诗中,他的豪情清晰可见,希望"求真向善度余年",但没想到,这"余年"只有四天,此诗竟然成为他的绝笔。

沈先生多年来一直是游走各处,参加各种活动,举办各种关于三国的演讲。2018 年 3 月底他还应复旦大学黄霖邀请去上海,参加一个项目的论证会,见了王汝梅、齐裕焜、马瑞芳等老朋友。返回成都后,3 月 31 日下午在成都"金沙讲坛"做了题为"三国文化与成都"的讲座。不料半月后就突发心脏病去世,这实在是可惜!老朋友离世,王汝梅、陈翔华、齐裕焜、萧相恺等都给我打来电话,对他去世深感悲痛。我们也曾考虑是否去成都参加他的葬礼,向他致敬。后来得知他家属想后事节俭,很快就下葬了,我们没有见到沈先生最后一面甚为遗憾!

沈先生生前对我的古代小说数字化给予很大支持,可以说,没有他当年的大力支持,古代小说数字化就没有今天,后来由于忙于数字化,对他顾及不够,但对于他的帮助我会永远铭记。

2. 周 强

周强(笔名周兆新)是北大中文系教授,是我接触的所有《三国演义》研究者中待人最真诚的一位老先生。人文学者一般多少都有些脾气,但周先生为人热情、真诚,在人品上、对名利的淡泊上,在我所接触的学者中,绝对没有人可以和他相比。他已经去世了,但他对我的帮助,终生难忘!

我结识周先生是因为他的两部专著。我开始研究《三国演义》版本，除前面提及的沈先生参与编著的《三国演义辞典》外，最先接触的就是周强先生的《三国演义考评》①和《三国演义丛考》②。前者是周先生的个人专著，后者是周先生主编的论文集。

这两本书都是研究《三国演义》的专著。我从小在北大长大，我父亲周先庚是心理系教授，我家住燕东园。中文系教授浦江清、杨晦、游国恩、高名凯等老一辈学者都住在燕东园，我对北大教授还是比较了解，但在此之前我从未听说过周强先生。

周先生的两本书对我影响都很大。《三国演义考评》中有三篇文章我很有兴趣，第一篇是《旧本〈三国演义〉考》。他根据嘉靖元年本中一条注释中有"旧本"一词，认为在嘉靖元年本前肯定有个版本"旧本"。他并进一步和建阳刊本核对，发现建阳刻本和"旧本"文字相同，并做了详细分析，由此认为建阳刻本保留了一些比嘉靖元年本更早的文字记录。此文长达108页，篇幅很大，价值很高，在我看来是国内第一篇详细分析建阳刻本的好文章。

周先生指出很多建阳刻本不错之处，而嘉靖元年本却都出错。另外在有名的"伍伯"问题也是如此，嘉靖元年本也是有明显错误。周先生认为是嘉靖元年本改错了，其底本并不错。但为何刻印如此精致、又是官刻本的嘉靖元年本会出如此多和简单的错误？这种解释似乎不十分合理。也可能是其原本就有这些错误，是建阳刻本做了修改，而嘉靖元年本未修改。对这个问题似乎还是值得继续研究，我准备有时间时再仔细研究这个问题，探讨建阳刻本和嘉靖元年本的关系。

另一篇文章《〈三国演义〉与〈十七史详节〉的关系》，详细论述了嘉靖元年本中的"论赞"是来自《十七史详节》，是分析《三国演义》来源的重要文章。

我觉得周先生的看法是有一定道理的，很值得进一步深入研究。但周先生从不参加《三国演义》研讨会，他的看法也从未在研讨会上介绍，知道的人不多。

《三国演义丛考》书中收入海内外《三国演义》研究专家的文章，包括陈翔华、金文京、上田望、中川谕、沈伯俊、柳存仁、大塚秀高等，都是海内外顶尖的《三国演义》研究专家，每篇文章都很有分量，限于篇幅就不再一一介绍。由此书我知道了这些海内外知名学者，后来基本都和他们建立了联系，而起点就是周先生的这本书。

另外周先生还编了一本小书《铁马金戈话三国》③，主要谈《三国演义》中一些小故事，是本普及读物。

看过这两本专著后，我就给周先生写了一封信，告知我在从事《三国演义》版本数字化研究，希望得到他的指教。我给很多先生去信，留了电话，心想我是无名小卒，不会有人给我回电话的。但信发出后不久，我就接到周先生的电话，并邀请我到他家去深入交流。我发的信很多，但唯一直接给我回电话的，只有周先生一人，使我至今难忘。

周先生家住在蓝旗营北大新建的公寓中。我一进他家里就被大书柜中众多的《三国演义》版本资料所吸引，其中我最感兴趣的是陈翔华主编的一套《三国志演义古版

---

① 周兆新：《三国演义考评》，北京大学出版社1990年12月第1版。
② 周兆新：《三国演义丛考》，北京大学出版社1995年7月第1版。
③ 周兆新：《铁马金戈话三国》，大象出版社1997年4月第1版。

丛刊五种》。要做《三国演义》版本数字化，没有版本资料就是空中楼阁。周先生一眼看出我对这套书有兴趣，马上说：如你有兴趣可随便借去看。我听了大吃一惊。一般学者的藏书都不爱随便借人，我的书一般就不借人。周先生如此大方借书给我，使我深深感到周先生的大度，这在学者中实在少见。

以后我在《三国演义》版本中有问题就去请教周先生，他都会不厌其烦地仔细给我讲解。他的认真使我感动，从中可以看出一位老先生诲人不倦的精神。

我曾计划编辑一套《三国演义版本对照》丛书，其中准备编一本《三国志演义》上图下文插图汇集。我又翻出周先生当年送我的一份《三国志演义》版本资料，这份资料是周先生的日本学生上田望在北大求学时编写的，比魏安的《三国演义版本考》更多。其中我看到有刘兴我本和松盛堂本的记载，这在其他任何资料中都没有著录。当时周先生已经去世了，我问日本中川谕先生，他也不知道这两个版本。后来我询问上田望，才得知是他所编写的。后来我去日本时到名古屋大学看到了《三国演义》刘兴我本，又去沈阳看到了松盛堂本。

周先生多次公派外出教学，一次在澳门他意外遇到日本金文京先生，遂有一段佳话。我后来也有一次在台北重庆路书店一条街上，意外遇到北大中文系的潘建国先生，都是奇遇。

后来由于周先生担任了《中华大典·哲学典》编委及《诸子百家分典》主编，耗费了他很大精力，因此也没有精力再研究《三国演义》版本了。和沈先生一样，周先生也没有继续《三国演义》版本研究，这对于周先生真是太可惜了！对于《三国演义》版本研究，缺失这样一位认真博学的学者，同样是一大损失！

周先生在2010年6月17日因为癌症逝世，终年75岁。在他发病之前，有一次我去他家里看望，发现他十分消瘦，刚好我嫂子前不久因为癌症去世，她在查出癌症前也是一段时间内十分消瘦。因此我提醒周先生是否去检查一下。他说他住在蓝旗营，实际和清华大学就是一墙之隔，他常去清华大学游泳馆游泳，他认为可能是活动量大，因此消瘦了。后来他去医院检查，也未查出消瘦原因。我也以为没事了，不料不久我电话与周先生联系，他电话中说话很困难，他告诉我最后还是查出是癌症，他说他身体不好，就不要来看望了。我也就没有去打搅他。不久在"古代小说网"上看到他去世的讣告，并说尊重他生前遗愿，不举行遗体告别，不开追悼会。我也没有见到周先生最后一面，也是我终生遗憾。

周先生去世后，他的学生编了本文集《周兆新元明清小说戏曲论集》①，收入了上述几本专著和一些散论。还有些回忆录，写得都十分感人。

我给周先生打电话时，一般称为"周老师"，有时是他夫人接电话，接完电话，我听见他夫人招呼他也说"周老师电话"，但明显口气有些异样，我一直不知什么原因。直到他去世后，他的学生编辑出版的上述纪念文集中，我看到刘勇强写的回忆录，篇名是《老师·先生》②，文章开始就对"先生"和"老师"称谓做了说明，我这才

---

① 周兆新：《周兆新元明清小说戏曲论集》，光明日报出版社2012年6月第1版。
② 周兆新：《周兆新元明清小说戏曲论集》，光明日报出版社2012年6月第1版，第391—393页。

知道是怎么回事。原来北大中文系有个不成文的习惯,对于德高望重的老师,一般才尊称为"先生",而对于年轻一些的,比如 50 岁以下的就称为"老师"。周先生是 1957 年北大中文系毕业并留校任教的,当时还只有 22 岁,在中文系老师中绝对是很年轻的,因此学生就习惯称他为"老师"。但后来周先生年纪大了,后来的年轻学生也尊称周先生为"先生"了。但他从前的学生还是沿袭多年的习惯,仍称他为"老师"。我注意到,纪念文集中的回忆录中,也都尊称他为"周老师"。

刘勇强的回忆文章《老师·先生》对周强老师介绍得很详细,文章也不太长,因此转载如下:

> 很长一段时间以来,在大学里,年高望重的老师往往被尊称为"先生",而年轻一些的,比如五十岁以下的,就通称为"老师"了。这种习惯的形成可能有一定的政治性,由于共产党在党内称同志,对党外民主人士称先生。"文化大革命"以前,人们对从民国时期过来的老师,似乎就多称为"先生"。所以,当年的一些"先生",并不一定年龄很大。"文化大革命"开始时,吴组缃先生也就五十出头,但那时,他早已被称为"先生"了。吴先生曾说起过,"文化大革命"受批判时,红卫兵都直呼其名。有一个人却依然称他为"先生"。这遭到了红卫兵的质问:"为什么还把资产阶级学术权威叫先生?"这个人坦然地说:"他教过我,就永远是我的先生。"
>
> 这个人就是周强老师。吴先生在说起这些事时说,周强是真正的共产党员。我只听吴先生这样评价过一个人。
>
> 我 1985 年 9 月入学北京大学中文系,师从吴组缃先生攻读博士学位。由于吴先生年事已高,当时还有两位副导师,一位是赵齐平老师,一位是周强老师。因为赵老师当时已身患重病,周老师便要我们不要去打扰赵老师了。(下略)
>
> 与周老师的接触就多了。说多,其实也并不泛。因为第一次去拜访周老师时,周老师就说:"以后,如果有什么问题可以随时来,但不要作礼节性拜访。"周老师说话很和蔼亲切,他这样说的时候,我一点没有感到拒人千里之外的冷淡,反而觉得是一种超越世俗的情怀和自己在老师面前的轻松。
>
> 不过,我交给吴先生看的读书报告,都先要交给周老师审阅一遍。那时没有电子邮件,一栋学生宿舍也只有楼门口有一部公共电话。所以,我总是写完后,就直接去周老师在燕东园的寓所。过一周后,再去取原稿,听他的意见。这样一来二去,到周老师家去的次数并不少。
>
> 周老师的指点以鼓励居多,如果有什么批评意见,也总是用提醒的口吻说的。我想,这主要是出于对吴先生的尊重。那时中文系刚开始招收博士生不久,一些规章制度还在形成中,我和同门张国风几乎是一入学就开始考虑学位论文的选题。记得我最初提交的计划是《明清通俗小说中的伦理道德问题》,周老师看了我的选题提纲和样章《礼法解体的长镜头》以及为做此课题作的理论准备《文艺伦理学研究的反思》一文后,温和地对我说,选题的想法是不错的,但涉及的作品文体、题材各不相同,礼法的性质也各不相同,恐怕是不便笼统地讨论的。对

于那篇理论性的文章，周老师则要我首先搞清什么是"伦理"、什么是"道德"，在小说的描写中又有什么区别，不要空发议论。我没有多做修改，又冒失地交给了吴先生，结果两篇东西都受到了吴先生的严厉批评。吴先生直斥那篇《文艺伦理学研究的反思》是在"发宣言"，让我感到无地自容，暗自后悔没有认真思考周老师的意见。

那以后，我就变得规矩些了，记得在另一次交的读书报告中，我用红色圆珠笔做了一点修改。周老师看过后，说："你用红笔写字，我这里没关系，但有的老先生可能看不惯。"于是，我立刻拿回来重新抄写了一遍，才交给吴先生。当时没有计算机，稿子要改，往往都要重写一遍。后来的博士论文写作，也是一章要这样手写几遍的。

周老师喜欢戏曲，有一次，刚到周老师家时，他正在欣赏电视里播的名家唱段。见我来了，便说，先把这出戏看完了再说。我便跟着周老师一起看起戏来，等看完了戏，又听他介绍演员、演技、流派，等等。不知不觉中，我竟仿佛是上了一堂戏曲课。

读博期间，到周老师家请教，大多数时候，其实就是这样不拘一格的谈话。现在想起来，收获很大。这种收获可能不只是某一种知识的传授，更是随时随地表现出来的清爽无碍的为人与治学态度。

留校工作以后，与周老师接触的机会更多是在教研室共享的办公室。那时候虽然已经没有早年传说中那么多的政治学习了，但1989年下半年以后的一段时间，教研室一起开会的次数似乎还是比较多的。应名是学习，但上面布置下来的材料顶多是一个由头，很快就转入大家感兴趣的话题，而听周老师畅谈时事，便成为一个热点。周老师一生追求真理、坚持原则，在大是大非面前，敢于发表独立的见解。对现象的洞察和观点的犀利，都足以引发大家的思考。待到周老师退休后，教研室再开会，就好像平淡了许多。听张鸣兄说，他在周老师去世前不久看望他时，周老师说，他现在"看透、放下、清静、自在"了。我相信会是这样的。但又不免想，要让周老师这样的人"看透、放下、清静、自在"，本身该是一个怎样艰难的过程啊。

在日常教学工作中，周老师也是一个一丝不苟的人。论文答辩时，他常常会让学生感到紧张。其实，他并不问些刁钻古怪的艰深问题，而总是追究一些最基本概念的理解，但恰恰在这些概念性的问题中，让学生意识到思维的不严密与漏洞。虽然学生有些怕周老师，但他从来不正言厉色，我只看过一次他真的动了怒。那是在一次期末考试中，有一个学生在考试时耍小心眼儿。大约是中间的难题不会做，他就在交卷时只交了第一页和最后一页，藏下了中间的部分。待分数下来，想借查分为由，称老师丢失了部分答卷，以便蒙混过关。这种不诚实的品格，让周老师十分生气。事实上，诚实也是周老师衡量学生的一个重要标准。我在与周老师一起参加研究生、博士生面试时，不止一次看到，他对朴实的学生印象往往好于那些乖巧的。

算起来，我刚进北大时，周老师50岁，而我现在的年龄也正是他当年的年龄。那时，在经多识广的吴先生面前，我不免惊叹先生在我那时的年龄思想与写作早已十分成熟。而当我现在到了当年周老师的年龄，却又感到没有他那时的稳健。

这些年，陆续也听到人称周老师为周先生了。我想，这大约也不只是年龄的缘故。

周老师生病以后，曾嘱咐我不要声张他的病情。其实，在他走之前，我已很长时间没见到他了。不过，我知道，他还在。二十五年前，为吴先生在外就医时竟然受到了无礼的待遇，周老师曾开玩笑地对我说，他将来就在校医院走。他连这也说到做到了。

我在代系里草拟的周老师的讣告最后，写下了"周强老师永远活在我们心中"，这可能只是讣告中一句套话。但在我，不是，永远不是。

刘老师此文写得十分真挚，和我的亲身感受完全一致。

纪念文集主编井玉贵的文章最后一句话也是："周老师我们永远怀念您！不仅因为您专深的学问，更因为您高尚的人格。"我觉得这些都肯定绝不是"套话"，周先生的人品看来不是我个人的感觉，而是人所共知的。一个人走了，能为后人留下这样的赞誉，怕是很少人才能做到的吧！

周先生生前十分低调，从不参加任何研讨会，但他的为人将永远值得我们纪念！

周强和沈伯俊先生是最早支持我做小说数字化的两位老先生，令人遗憾的是，他们二人近年来先后离我们而去了，我十分感慨，他们对我的支持和帮助我永远不会忘记。回想这两位老先生，他们两人性格迥异，处事态度迥异，人生经历也迥异，但共同点是都值得人们纪念和怀念，我也永远不会忘记他们对我的提携和帮助！

3. 刘世德

刘先生是目前古代小说研究者中年纪最大的学者之一，他生于 1932 年，2019 年他已是 87 岁高龄了。据我所知，比他岁数大的还有宁宗一先生（1931 年，88 岁）、袁世硕先生（1929 年，90 岁）。这些老先生这么大年纪，都还在从事古代小说研究，笔耕不止，很令人敬佩。

因为刘先生住在北京，我有问题常去登门请教。每次刘先生都热情接待，所有问题只要刘先生有看法，都毫不保留地告知，对我帮助很大。这几年刘先生因为年纪大，腿脚不利索，因此很少出门了。

刘先生在古代小说研究中，主要研究《红楼梦》《水浒传》和《三国演义》。开始他主要研究《红楼梦》版本，20 世纪 80 年代他到日本访学，因为很多《水浒传》版本都在日本，因此刘先生在此期间主要研究《水浒传》版本，曾发表一些论文。但后来刘先生发现《水浒传》版本很复杂，很难马上得出可靠结论。因此他回国后又转入了《三国演义》版本研究，又陆续发表一系列文章，并出版了多本研究专著。近年来又转回《红楼梦》版本研究，已经出版眉本（卞藏本）、舒本、暂本（郑藏本）三本研究专著，正在编写甲戌本研究。除研究《红楼梦》《三国演义》《水浒传》外，刘先生对《西游记》《金瓶梅》版本基本没有研究。但目前古代小说研究专家中，同时在《红楼梦》《三国演义》《水浒传》三部名著中都有深入研究的学者几乎没有，刘先生的研究还是十分突出的。

刘先生主要研究版本，他的文章最大特点是分析问题十分细致，特别注意各种细节的考证和研究，这是刘先生的特长，无论是《红楼梦》《水浒传》《三国演义》，都是如此。仔细看刘先生的文章，我最大的感受是，这种考证式研究必须有深厚的功底，是要有多年的积累才行。一般人没有掌握这么多资料，是无法写出这样的考证文章的。

下面就以几个例证来看刘先生的版本研究。

在《红楼梦》版本方面，刘先生曾对卞藏本（刘先生称为"眉本"）做了详细的分析研究。此本是2006年出现在拍卖市场上，被收藏家卞亦文收藏，因此一般称为"卞藏本"。此本一出现就引起极大争议。曹震等红学爱好者认为此本是造假产物，而刘先生从2007年开始，以极快的速度连续发表6篇文章论述此本为真。最后刘先生在一些朋友帮助下，根据卞藏本上的印章，找到此本收藏者的确切证据，最后终于查明此本的来历，否定了此本是造假的看法。刘先生相关专著《红楼梦眉本研究》也于2013年出版。此本刚出现后我也做了数字化，并用计算机和其他版本文字做了比对。但我发现，如只是简单做文字比对，卞藏本和其他版本都有区别，最接近的是圣彼得堡藏本，但无法判断卞藏本的来历，这也是数字化比对的局限性。红学家陈庆浩来北大讲学时，我在他处亲眼看到过卞藏本，从表面看，此本绝对是很老的抄本，根本不可能是现在的造假本。

2018年刘先生出版了一本《红楼梦舒本研究》[①]，有80万字，此书专门研究舒序本（刘先生称为"舒本"，但目前一般还是称为"舒序本"），对舒序本和其他版本文字差异做了逐条详细分析，十分详尽，这是对舒序本最彻底的研究，可以说做到了极致。其中最重要的是对舒序本的独有文字做了仔细研究，认为其中有些文字可能是曹雪芹初稿痕迹。刘先生论述这个问题主要依从两个法则：第一，他认为作家修改其作品的过程是从错误到正确，由劣转优。第二，针对这些舒序本独有问题，刘先生逐一分析了各种可能性，并都一一排除，最后只有一种可能，即这些独有文字是出自曹雪芹笔下。由于本文篇幅所限，无法仔细分析讨论这些例证。我倒是认为，这些舒序本独有文字理论上只有两种可能：第一种可能是舒序本抄写时的修改，可能是其底本就修改了，但其底本并非是曹雪芹原稿，而是一个过录本；而其他版本文字未改，因此舒序本和其他版本文字不同。第二种可能是舒序本文字确实是曹雪芹原稿，而其他版本文字做了修改。《红楼梦》版本问题极为复杂，各种可能性都有，要得出一个被大家都认可的结论很难。但刘先生对舒序本做了彻底的分析比对，还是绝对有价值的。

[①] 刘世德：《红楼梦舒本研究》，社会科学文献出版社，2018年10月第1版。

刘先生此书还有一个遗憾是没有介绍此本的收藏情况。《红楼梦》各种抄本的收藏都是热点问题，据我从其他介绍舒序本的材料和电话咨询刘先生后得知，此本原是吴晓玲先生收藏，吴先生将此书借给刘先生三年，因此刘先生得以仔细研究。此本和吴晓玲先生其他收藏现在都保存在首都图书馆。我觉得刘先生此书对舒序本介绍得如此彻底，此本又承蒙吴先生同意在刘先生处保存三年之久，刘先生肯定知道此本的来历，当年吴先生是如何收藏到此书的，刘先生应该在此书中对其来历和收藏情况做一个详细介绍，因为其他人都没有这个条件。但刘先生在此书中没有介绍此书的来历和收藏，是个很大的遗憾。

2019年刘先生又出版了《红楼梦皙本研究》。皙本即郑藏本。刘先生计划每年出版一部《红楼梦》版本研究专著，目前正在编写甲戌本研究专著。刘先生在《红楼梦学刊》2019年第4辑上发表文章《"莲菊两歧"与甲戌、己卯、庚辰三本成立的序次》[①]，对甲戌本有新看法，打破过去的甲戌—己卯—庚辰三本成立的序次，而认为是己卯—庚辰—甲戌，很复杂。本书下编《红楼梦》版本研究部分有文谈我的看法，此处就不重复了。

在《三国演义》版本方面，韩国朴在渊先生在2009年发现朝鲜翻刻本（即周曰校甲本的翻刻本）后，2010年又发现了朝鲜铜活字本。朴在渊先生对朝鲜铜活字本、周曰校甲本的朝鲜翻刻本和嘉靖元年本，做了逐字认真比对。朴在渊先生因此认为：朝鲜铜活字本是以周曰校甲本为底本，参照嘉靖元年本作了进一步校勘的版本。刘先生也很快对此本进行了研究，2011年在《文学遗产》上发表论文，从书名、作者及出版者署名、分卷、行款、正文、有无静轩诗、避讳等七个方面论证了朝鲜铜活字本的底本不是嘉靖元年本或周曰校甲本，而是某个更早的版本。我利用数字化比对，得出和刘先生基本一致的看法。

在《三国演义》周曰校本方面，刘先生最先把周曰校本分为三种版本，即无图的周甲本（藏于中国社科院文学所）、周乙本（藏于北大）和周丙本（藏于台湾）。刘先生认为无图的周甲本在前，后出现增加插图的周乙本，最后又出现了翻刻的周丙本。而陈翔华先生不同意刘先生的看法，他认为有图的周乙本在前，无图的周甲本是有图周乙本的删节本。刘先生曾两次陪我和日本中川谕、金文京先生现场目验周甲本，金先生特别统计了周甲本上的"圈发"，我也仔细比对了周乙本的圈发，发现周甲本圈发比周乙本更多。由此我觉得似乎应该是圈发多的周甲本在前，周乙本不注意圈发，因此省略了一些。相反圈发由少到多的可能性似乎不大。刘先生还研究过《三国演义》的很多版本，就不一一介绍了。

在《水浒传》版本方面，刘先生曾发表多篇文章，其中对藏于日本的无穷会藏本做了初步研究，2000年在《文学遗产》上发表论文《〈水浒传〉无穷会藏本初论——〈水浒传〉版本探索之一》。同年上海谈陪芳先生也在《中国文学研究》第2辑上发表长篇文章《也谈无穷会藏本——兼及〈水浒传〉版本中的其他问题》，提出和刘先

---

① 刘世德：《"莲菊两歧"与甲戌、己卯、庚辰三本成立的序次》，《红楼梦学刊》2019年第4辑，第77—96页。

生完全不同的看法。我对此很有兴趣，2013 年人民出版社整理出版了《水浒传》无穷会藏本，包括 3 册整理排印本和 7 册影印本，我花了几千元买到，并已经完成了数字化。本计划利用数字化和其他版本进行比对，看看到底谁的看法更合理，后来由于手头事情太多，一直没有开展。

另外，2013 年刘先生曾在《文学遗产》上连续发表两篇有关《水浒传》版本文章，其中第二篇为《〈水浒传〉简本异同考（下）——刘兴我刊本、刘荣吾刊本异同考》，认为两本关系是先有刘兴我刊本，后有刘荣吾刊本。我看到很有兴趣，我也用数字化对这两个版本进行全文的彻底比对，结果发现了前人没有注意到的 12 处刘荣吾本的"同词脱文"，这也证明了确实是刘兴我本在前，刘荣吾本在后，它们和评林本有共同的祖本。

但刘先生认为刘兴我和刘荣吾是同一人，我对此有不同看法。我认为，刘兴我和刘荣吾不止先后刊刻了《水浒传》，还先后各自刊刻了一套《三国演义》，而且版式、文字基本相同。同一人为何要刊刻两次《水浒传》和《三国演义》？要知道刊刻一次要刻几百块木板，要投入大量物力人力，花费大量经费，是完全不值得的。一般来说，如木板有破损也是部分重刻，因此常有二刻、三刻、四刻，绝对不会全部重刻的。除非原来的木板全部坏毁，但这种可能性很小。

邓雷专门研究《水浒传》版本，他原来和刘先生的看法一样，也一直认为刘兴我和刘荣吾是同一人。前不久他在一本古籍中看到，刘兴我名佛旺，号兴我；而刘荣吾名钦恩，号荣吾；其本名分别为刘佛旺和刘钦恩，所以刘兴我和刘荣吾应该是两个人。最近刘先生送我他新出版的《红楼梦舒本研究》一书，我去取书时和他谈及邓雷的新看法，他仍然认为这两对名号：刘佛旺和刘兴我、刘荣吾和刘钦恩，在此文献中还是分别说的，目前还没有文献把这两对名号连在一起，因此还是不能排除刘兴我、刘荣吾和刘佛旺、刘钦恩，这四个名号都是同一人的可能性。理论上刘先生的看法也是对的，要彻底证明这一点看来还是要再找铁证。

从以上几个例证可以看出，刘先生在版本研究方面确实是很有成就的，这在目前古代小说版本研究中是不多的。

刘先生研究版本，而我研究版本数字化，我自然对刘先生的研究很感兴趣，也一向十分敬重。刘先生的研究我一般都会用数字化去做验证。有时也会有不同看法，在我看来，如此细致的研究有些是必要的，有些似乎对版本研究价值不大。我也曾写文章和刘先生讨论版本中的一些问题，刘先生对有些问题有的也有响应。有的问题是我没有完全理解刘先生的原意，造成误会。刘先生在这方面也很大度。

刘先生近来的研究都收入他的几本论文集：

（1）《三国演义作者与版本考论》，中华书局 2010 年 11 月第 1 版；

（2）《红楼梦眉本研究》，社会科学文献出版社 2013 年 5 月第 1 版；

（3）《三国与红楼论集》，中国社会科学出版社 2013 年 1 月第 1 版；

（4）《刘世德话三国》，中华书局 2013 年 7 月第 1 版；

（5）《水浒论集》，社会科学文献出版社 2014 年 7 月第 1 版；

（6）《古代小说论集》，国家图书馆出版社 2017 年 11 月第 1 版；

(7)《红楼梦舒本研究》,社会科学文献出版社 2018 年 10 月第 1 版;
(8)《红楼梦晢本研究》,社会科学文献出版社 2019 年 11 月第 1 版。

由这些书目可以看出,刘先生这几年确实笔耕不辍。我曾问他,是否考虑把这些书集成文集出版,他说曾有出版社联系他出版文集,但他还在继续编写其他专著,主要是《红楼梦》版本研究,因此没有精力去编文集。

刘先生对计算机也很熟悉,用计算机写作很快。

刘先生对版本数字化很支持,但也有不同看法。据说,他自己研究版本从不用计算机比对,而是自己比对,他认为只有自己人工比对才会在脑子里有深刻印象。而数字化确实省事,但没有经过自己的头脑就得出结果,自己印象不深,对研究反而有时不利。武汉大学陈文新教授也有类似看法,他以前曾当面跟我说,他的研究生入学前一两年内他不许他们用计算机,而必须手写,他认为这样才能加深印象。

我觉得他们说的都有一定道理。但也不能绝对,因为全部人工比对耗费时间太多。按照日本中川谕先生的说法,人工比对有时需要几天甚至几个月,而计算机比对只要几分钟就可看出大致结果,然后再人工仔细比对去研究,这样绝对是大大节省时间和精力。总之,任何事物都是有利有弊,关键是如何去处理。数字化在小说版本研究中也是一样,既不能太夸大,也不能完全排斥。

我对《红楼梦》版本没有仔细研究,主要精力在《三国演义》版本研究上。刘先生也曾研究过一些《三国演义》版本,但后来转向《红楼梦》版本了。《红楼梦》版本比《三国演义》版本热度高,出版后影响也更大。《三国演义》近来新出现一些版本,我去请教刘先生,他说他目前集中精力研究《红楼梦》版本,没有时间再研究《三国演义》版本了。这很遗憾,如果刘先生能在《三国演义》版本上投入精力去研究,肯定会大大促进《三国演义》版本研究的进展。

4. 陈翔华

陈先生是我非常敬重的一位老学者,我和陈先生的交往主要是来自他主编的《三国志演义古版丛刊五种》。

要做古代小说版本数字化,首先要有各种版本资料,否则就是空中楼阁、纸上谈兵了,在这方面我以前是毫无所知。前面介绍周强先生时曾提到,我是在周先生家中第一次看到陈先生主编的《三国志演义古版丛刊五种》,这套丛书对我《三国演义》版本数字化研究实在太重要了!我先从周先生处陆续借了几本回来,不敢一次都借出。后来我立项有经费了,又去北京图书馆买了全套。

陈先生先后主编了三套《三国志演义》古版的丛书。

第一次是 1994 年由中华全国图书馆文献缩微复制中心出版的《三国志演义古版丛刊五种》:(1)余象斗本;(2)汤宾尹本;(3)刘龙田本;(4)朱鼎臣本;(5)六

卷本。

第二次是 2005 年由中华全国图书馆文献缩微复制中心出版的《三国志演义古版丛刊续集》七种：(1) 叶逢春本；(2) 上海残叶；(3) 夏振宇本；(4) 周曰校本；(5) 熊清波本；(6) 熊佛贵本；(7) 李卓吾本。

这两套书基本把《三国演义》几个系列的典型版本各选几本出版了：

(1) "演义"系列：夏振宇本、周曰校本、李卓吾本。

(2) "志传"繁本：叶逢春本、余象斗本、汤宾尹本。

(3) "志传"简本：刘龙田本、朱鼎臣本、熊清波本、熊佛贵本、六卷本。

只有最早的嘉靖元年本和最晚的毛宗岗本未出版，可能是这两本比较容易看到。

第三次是 2009 年以来由国家图书馆出版社陆续出版的《三国志演义古版汇集》，这套书实际是前两套的再版，到目前为止已经出版了七种：(1) 叶逢春本；(2) 黄正甫本；(3) 夏振宇本；(4) 汤宾尹本；(5) 余象斗本；(6) 朱鼎臣本；(7) 夷白堂本。

陈先生主编的三套书，每部书名陈先生都很认真，下了很大功夫，一般每个书名包括三部分：藏地，刊刻者，原书名。

如叶逢春本书名为《西班牙藏叶逢春刊本三国志史传》，包含了藏地（西班牙）、刊刻者（叶逢春）和原书名《三国志史传》，这是最完整的书名，最全面地反映出此书的主要特征，陈先生的仔细值得我们学习。

但如仔细研究，其中"双峰堂本"没有采用刊刻者名字"余象斗本"，而用了其堂号，这似乎和其他版本名字不一致，是否也该使用刊刻者名字"余象斗本"？可能是大家都习惯"双峰堂本"了，这也无可非议。

第三套卖得很贵，除第一本叶逢春本是 980 元外，以后几种都卖 1200 元以上。这是因为：第一，这些书都是专业书，价格低了也不见得会增加销路，需要的人，1200 元一套也买，不需要的人，500 元也会嫌贵。第二，这些书的销售对象是各级图书馆，即走"馆配"。对于图书馆来说，只要是有价值的好书，1200 元也不算贵。其实第三次已经出版的几种，前两次都出版过，但都卖完了，但总还有人要，因此才再版。

陈先生还计划出版一些过去没有出版过的版本，如日本庆应义塾大学的夷白堂本。这是一种特殊的"巾箱本"，即开本很小，便于随身携带随时阅读的版本，全世界只有日本庆应义塾大学保存一套。日本朋友曾给我电子版，我也扫描并录入为电子版。他知道我和金文京先生联系很多，而金文京先生是庆应义塾大学毕业的，因此他多次托我联系金文京先生，希望得到庆应大学同意，在中国出版此书影印本。此书因为是小开本，因此每页的页边留得很窄，导致装订之后，一些文字被压住看不到了。如果是一般阅读没有关系，但如正式出版就不行了。因此要正式出版必须把书拆开复印后，再重新装订。开始日本庆应义塾大学对拆开书很犹豫，答复不同意拆开，因此也就没有办成。但最近他们计划 2020 年将此书上网，因此金先生再次和他们联系。2019 年 10 月金先生来北京出席中国古代小说戏曲暨数字化国际研讨会，他和我及陈先生一起去国家图书馆出版社，见到总编殷梦霞，详细讨论了此书的出版事宜。金先生回国后，国图出版社又和日本庆应义塾大学商议出版事宜，最后达成了协议。金先生为此写了序言。

夷白堂本不只是开本特殊，其版本文字也很特殊。此本文字属于"演义"版本系统，但书名和关羽之死等描写却和"志传"系列版本相同。我认为其底本很可能是个早期的版本，很值得仔细研究。

陈先生编辑这套书有几个特点。

第一是陈先生十分认真仔细，真让人敬佩。目前很多复印古籍不重视质量，觉得只要印出来就算了。殊不知这样印得不好的，对于研究来说会出很多问题。陈先生对印刷质量要求很高，每页他都亲自仔细核对。如叶逢春本，此书全世界只保留一套在西班牙一修道院中。他亲自和我说，他手中有几套此书的胶卷，他不是简单选一套交出版社复印出版就算了，而是自己逐页比较，从几套胶卷中，选一个最清楚的图片去复印。因此这套书印刷得很清楚。我去国图出版社和编辑谈及陈先生这套书，他们十分敬佩陈先生的认真。相反，上海古籍出版社也曾出版了一套叶逢春本，是图文对照本，上面是原版图片，下面是同版式的文字，文字是繁体字，未标点。上海古籍出版社出版的叶逢春本的图片质量，比陈先生这套叶逢春本的图片质量差太多了。我有日本出版的这套叶逢春本，图片质量虽然赶不上陈先生这套，但比上海古籍出版社的这套要好得多。古代小说影印出版的质量很重要，而有时出版社不重视，图片印得很多不清楚。当然有些版本因为原本印刷时，已经多次印刷过，图版已经磨损严重，导致印出来的就不清楚，这也是无奈。

陈先生影印古籍最反对修版。古籍因为保存时间久远，图书常有各种污迹和涂抹痕迹。有些出版社编辑为提高图书印刷清晰度，就常对原本进行修补，擦去各种他们认为的污迹，并对不清楚的文字做修补。陈先生对此深恶痛绝，他一再强调影印就要保持原貌，不轻易修补。这方面我有切身体会。我在研究《红楼梦》"庚寅本"时意外发现甲戌本上有条来历不明的附条批语，但在现在所有影印本上都没有此附条批语。最后我请上海图书馆的工作人员两次查验原书，终于发现附条批语被撕掉的痕迹，这可以肯定是在影印甲戌本时，被编辑认为是污迹而涂去了。虽然这条附条批语肯定是后人所批，版本价值不是很高，但由此可以看出，随意对原书修版带来的危害。

陈先生这套书还有一个优点是，每本书前都有一篇详细介绍和分析研究此书的序言。不要小看这篇序言，它不只是简单介绍此书的来历，而且对此本和其他版本的关系，都做了深入研究。编写过程中，陈先生还在不断修改这些序言，直到自己满意为止。由于汇集工作量太大，其中有几篇是福建师大刘海燕执笔的，刘海燕我也很熟悉，她对《三国演义》版本也很有研究，曾出版《明清〈三国志演义〉文本演变和评点研究》一书。

陈先生在《三国演义》版本上有他自己的看法，尤其是目前公认刊刻最早的嘉靖元年本。陈先生并不认为现在看到的嘉靖元年本就是在嘉靖元年刊刻的。他从多角度分析，认为目前看到的是复刻本，而不是嘉靖元年刊刻的。因此他把此本总称为"嘉靖元年序本"，是指此本前有个嘉靖元年的序言，而不是说此本就是刊刻于嘉靖元年。这个问题很复杂，还需要仔细研究。

陈先生在《三国演义》版本上有一系列自己独特的看法，我对陈先生的研究一向极为敬重，他看问题仔细、认真、一丝不苟，每次和他交流，我都受益匪浅，陈先生的治学是绝对值得我们学习的。可惜陈先生年纪大了，他比刘世德先生小两岁，身体也不是很好，近年来没有继续《三国演义》版本研究。

陈先生说，目前他唯一的一件事就是出版《三国志演义古版汇集》。这套书出版十分不易，要找到原版，还要得到收藏者同意，再影印出版。看到陈先生如此大年纪还在为《三国志演义》版本而奔走，我十分感动和敬佩！陈先生这套《三国志演义古版汇集》计划出版 20 多种，目前只影印了 6 种，还差得很多。因为陈先生年纪大了，而工作量很大，我和陈先生谈及此事，他也很无奈。

希望陈先生的这套丛书今后再不断收入新的《三国演义》版本，促进《三国演义》版本的研究。尤其是近来新出现的"英雄志传"系列的版本，如刘兴我本（日本名古屋大学收藏）、杨美生本（日本大谷大学收藏）、郑乔林本（德国柏林州立图书馆收藏）、松盛堂本（辽宁省图书馆收藏）、哈佛本（哈佛大学收藏）及致和堂本（张青松收藏），都各有特点，在《三国演义》版本演化中都很重要，但还不为人所知。要影印出版这些版本的工作量非常大，很多版本在海外，要逐一联系这些收藏单位，签合同。考虑陈先生年纪大了，要完成这么多版本的影印出版怕非常困难。但如果这些版本都能正式出版，对《三国演义》版本研究绝对有很大意义。如果需要，我可尽力协助帮忙，把这项工作继续做下去。

5. 欧阳健

欧阳先生是位特点十分鲜明的学者，在众多研究古代小说的学者中十分少见。

我在前面《古代小说版本数字化起步》中提及，我第一次和欧阳先生会面是 1999 年参加清徐《三国演义》研讨会的车上，他主动问我是研究什么的，我说我是做数字化的，他说数字化很有前途。我很吃惊，研究古代小说学者中还有人知道数字化。后来我才知道，欧阳先生是古代小说学者中用计算机最熟练的一位。欧阳先生开会期间一定随身带一个笔记本电脑，随时在打字写文章。大会发言也会带笔记本电脑上去，看着笔记本电脑发言。他每天都记日记，写文章极快。说他是古代小说学者中使用计算机"第一人"也不为过吧。

从 1999 年认识欧阳先生至今也有 20 年了，我的数字化研究得到欧阳先生一贯的支持，后来欧阳先生多次著文，高度评价了《三国演义》版本数字化，并在多次研讨会中大力支持数字化，这也大大增强了我的信心，成为我坚持走下来的动力。由此我们也成为好友。

欧阳健先生在《数字化与〈三国演义〉版本研究论》一文中对此有所介绍。

我对《三国演义》版本虽然"边缘化"却不曾完全"陌生化"，主要是李金泉先生和周文业先生两位朋友的缘故。

周文业先生是在 1999 年 9 月山西清徐第十二届《三国演义》学术讨论会上

结识的。初次见面，就向我介绍《三国演义》数字化的设想，引起了我浓厚兴趣。2001年9月，我出席"首届中国古典小说数字化国际研讨会"，观看了他的"三国演义电子史料库"的演示。……

数字化带给古代小说版本研究的是革命性贡献。以往的版本比对，靠的是逐行、逐页、逐本翻检的手工操作，辛辛苦苦寻出来的例证，往往带有偶然性、片面性、不确定性甚至主观随意性。有了版本资料多，检索速度快，使用功能新的电子史料库，情况就大为改观了。……检索一个字词，转瞬即得，排比"窜行脱文"，随手便有，研究者不仅从烦琐的手工劳动中解放出来，还能做出前人难以想象的数字统计及量化分析，增强研究成果的科学性，提高研究成果的说服力。[①]

欧阳先生对数字化的大力支持我十分感谢。

当然欧阳先生也对数字化的局限性和实际应用提出过质疑。在我的专著《〈红楼梦〉版本数字化研究》出版后，欧阳先生写了长文响应——《与周文业先生讨论版本数字化——兼论"脂本"的名和实》（《红楼》2015年第3期，欧阳博客：http://qianqizhai.blog.hexun.com/102959718_d.html。文章对数字化和"程前脂后"提出很多看法。但在我看来，欧阳先生的质疑有些完全是只凭自己所知，而不了解数字化的应用情况，我认为欧阳先生的文章还是有欠缺的。小说版本数字化的应用是有目共睹的，当然数字化不是万能的，只是一个手段而已，这无须争论，这样的争论也不会有结果的，因此对欧阳先生的质疑我也就没有再响应了。

本书2018年曾以香港中国国学出版社出版，也送欧阳先生一本。他看后对其中"学人风采"很感兴趣，问我要了电子版，在他的博客《古代小说与人生体验》中选载了14篇

学人印象（预告）周文业，2018-6-19

6月8日在湖北黄冈顾景星与《红楼梦》研讨会上，周文业先生赠以《中国古代小说数字化随笔》（中国国学出版社2018年6月版），其第四章《学人印象》云："在我从事中国古代小说数字化研究的十几年中，和一些研究中国古代小说的学者之间有很多来往，我很荣幸得到他们给予我大力支持和很大帮助，对此我十分感谢，下面从中选择一些接触较多的学者做简单介绍。"如此贴近为当世学人写照，几乎无人做到，所以难能可贵，堪比郑逸梅《艺林散叶》而胜之。周文业先生将电子文本发我，得在博客上转载。邮件中说："言辞中有不妥之处，还望海量。"回复："直抒胸臆，并无不妥。将一字不易，忠实转帖。"

（1）沈伯俊 2018-06-20 07:11

[①] 欧阳健：《数字化与〈三国演义〉版本研究论》，《东南大学学报（哲学社会科学版）》2005年第3期。

　　　　　　　　　　http://qianqizhai.blog.hexun.com/115677457_d.html
　（2）周强 2018-06-21 08:39
　　　　　　　　　　http://qianqizhai.blog.hexun.com/115687612_d.html
　（3）刘世德 2018-06-22 08:28
　　　　　　　　　　http://qianqizhai.blog.hexun.com/115697799_d.html
　（4）陈翔华 2018-06-23 20:58
　　　　　　　　　　http://qianqizhai.blog.hexun.com/115711043_d.html
　（5）欧阳健 2018-06-24 08:04
　　　　　　　　　　http://qianqizhai.blog.hexun.com/115711402_d.html
　（6）段启明 2018-06-25 08:00
　　　　　　　　　　http://qianqizhai.blog.hexun.com/115714498_d.html
　（7）齐裕焜 2018-06-26 06:51
　　　　　　　　　　http://qianqizhai.blog.hexun.com/115724862_d.html
　（8）黄　霖 2018-06-27 06:55
　　　　　　　　　　http://qianqizhai.blog.hexun.com/115734477_d.html
　（9）王汝梅 2018-06-28 07:02
　　　　　　　　　　http://qianqizhai.blog.hexun.com/115745402_d.html
　（10）胡文彬 2018-06-29 06:44
　　　　　　　　　　http://qianqizhai.blog.hexun.com/115756092_d.html
　（11）杜贵晨 2018-06-30 09:01
　　　　　　　　　　http://qianqizhai.blog.hexun.com/115765608_d.html
　（12）曹炳建 2018-07-01 06:48
　　　　　　　　　　http://qianqizhai.blog.hexun.com/115769694_d.html
　（13）苗怀明 2018-07-02 08:22
　　　　　　　　　　http://qianqizhai.blog.hexun.com/115772778_d.html
　（14）徐志平 2018-07-03 06:40
　　　　　　　　　　http://qianqizhai.blog.hexun.com/115781649_d.html

　　欧阳先生几年前联合诸多学者，合编了全套《全清文言小说》，收入清代文言小说275种，约上千万字。他希望我帮助他录入后以便正式出版，他把装书稿的几个纸箱从福州运来，我付了运费。我当时尚未退休，就用我的经费，帮助他完成了庞大的文字录入工作。但由于这套书规模庞大，需要出版资金很多，而市场又不大，因此多年来一直找不到出版社愿意出版。我代为联系过几家出版社，也曾申报过各级的资助，但最后都不知何故没有批准。最后和欧阳先生商议，我再付运费，把这几箱书稿又原物发回福州。没有帮成欧阳先生也是一件憾事。

　　根据我多年和欧阳先生的接触和了解，我觉得欧阳先生有几个特点。

　　首先，欧阳先生做学问很执着、认真，有很深的功底。1990年出版的欧阳先生作为主编之一的《中国通俗小说总目提要》，收录古代白话小说1164种，被称为中国古典小说研究的巨大成果，很有参考价值。

其次，欧阳先生经常有与别人不同的独特视角和看法，他看问题的思路和角度经常与众不同，这在《红楼梦》"程前脂后"中最为突出。这个问题在前一篇中有所介绍，此处就不再重复了。

除"程前脂后"之外，在施耐庵籍贯上，欧阳先生也有类似问题。欧阳先生在苏北兴化找到很多有关施耐庵的文献资料，因此认为施耐庵是兴化人，这也得到一些学者的认可。

除上述"程前脂后"和施耐庵籍贯外，对于《三国演义》和《水浒传》残叶，我和欧阳先生也有分歧。在本书下编中再深入讨论。

欧阳先生对于古代小说研究常有与众不同的看法，我认为：不论这些看法是否合理，这对于学术研究肯定是有好处的。因为要反驳欧阳先生，必然要做更深入的研究，这可大大促进学术研究的深入。假如学术研究中只有一种看法，那就变成一潭死水，对学术发展肯定是不利的。

我和欧阳先生有很多不同看法，但不妨碍我们是好友。我深知这些学术问题争论一时是没有结果的，所以我们开会见面只谈友谊，从不谈学术争论。

我和欧阳先生经常在各种研讨会上见面，2017年我到福州参加冯梦龙研讨会，我先发邮件问他是否参加，他说他没有研究冯梦龙，不参加。我到福州后，又给欧阳先生打电话，想去拜访，他回电话说不方便，我就没有去看望，觉得很遗憾。直到2018年到武汉参加《水浒传》研讨会，他夫人见面才和我说，当时他们两人是在美国参加她女儿大学毕业典礼，因此无法见面，欧阳电话里没有说清楚，我这才知晓是这么回事。

本来2018年欧阳要参加两个研讨会，一个是山东临沂罗学研讨会，一个是武汉《水浒传》研讨会。山东会上他要发表一篇怀念刚去世的沈伯俊的文章，其中也提及我。但最后由于年纪大身体不好，没有去临沂开会。武汉《水浒传》研讨会他参加了，并做了大会发言，是回忆他和张国光的交往。他早年就《水浒传》研究曾和张国光激烈交锋，现在张国光不在了，他回忆这段历史十分感慨。我没有见过张国光，但知道他性格暴躁，爱发脾气，学术上自有一套观点，经常与众不同，我看过他一些文章，对他的研究也有所了解。中国水浒学会就是张先生不辞劳苦，联系教育部办理了重新登记。本来他所在的湖北大学不属于教育部直属，教育部可以不管，但他的执着精神打动了教育部，最后教育部同意作为主管部门，中国水浒学会才得以顺利在民政部重新登记。这点张先生是功不可没的。相反中国三国演义学会就没有办理成功重新登记手续，我看就是缺乏张先生这样执着的人，对此我也很敬佩他。

2018年武汉《水浒传》研讨会上我们又见面了，欧阳先生主动问我，是否有《红潭犀照录》，我说我已经在网上买了一本。他得知我自己买了，也没有继续谈此书中有关我的问题，我也没有主动去谈书中有关我的问题。这些问题当面谈也不会有结果，弄不好还会争论起来，他说服不了我，我也无法说服他，还会影响友情，何苦呢。武汉研讨会上我送欧阳先生一本我编写的《中国古代小说数字化随笔》，即本书2018年由香港中国国学出版社出版的版本。这几年外出开会，凡是老朋友见面我都会送一本。

当时欧阳先生说，这可能是他最后一次外出开会了，因为身体原因今后怕很难再外出了。欧阳先生生于 1941 年，比我大 4 岁，2019 年就 78 岁了。我看他这次出来都要拄拐杖了，身体确实不如以前。他夫人打羽毛球摔了一跤，行走也不如以前了。我听了他此话心中也很遗憾，虽然我们在学术上有不同意见，但从 1999 年山西清徐《三国演义》研讨会第一次见面以来，20 年过去了，我们还是好友，可能就此别过，我还是很难受。今后如有机会再去福州，届时再去拜访老友吧。人总会老的，恐怕我也会有一天和欧阳先生、刘世德先生一样，无法外出开会了，不知这一天何时会到来。

总结这 20 年来我和欧阳先生的交往，我的最大感受是，做学术研究不能人云亦云，要有自己的看法，如果认为自己有道理，就要自始至终坚持自己的看法，而不管外界如何评判，这实在不易，也不是一般人所能做到的。我虽然对欧阳先生的一些看法有歧义，但我对欧阳先生几十年如一日，执着地坚持自己的看法只有钦佩。今后还是希望再看到欧阳先生与众不同、令人眼前一亮的新看法。

6．段启明

段先生是我们首都师范大学中文系退休教授，是我唯一可敞开交流各种看法的学者。我和他交往很密切，主要是下面几个因素。

第一，段先生住的离我最近。我们都住学校宿舍，只要 5 分钟就可见到。这样如我有问题随时可去交流，最方便。

第二，段先生也是研究中国古代戏曲和小说，虽然他不研究版本，但对版本还了解，也有他自己的看法，我和他交流往往并不是版本研究问题，而是在学术研究之外的事情。

首先，我研究小说数字化，但我认识的人很少，尤其是红学中的学者，我主要靠段先生联系。我开小说数字化国际研讨会，很多学者都是段先生出面邀请的。在联系小说研究者方面，段先生帮了我很大忙。

其次，不仅在联系学者方面段先生给予我很大帮助，在处理复杂的人际关系方面，段先生也给予我很大帮助。

在中国大陆搞学术研究的人都知道，大陆学术交流很复杂，我原来也不了解，走进这个圈子才知道事情之复杂。

我因为要宣传小说数字化，因此只要有研讨会我都去参加，去宣传数字化，并会会老朋友，结识新朋友。而一旦遇到一些棘手问题，我首先想到的就是请教段先生。虽然除红学外，他基本不参加任何其他学会的活动，但他待人十分宽厚，看法公平、客观，和各位研究小说戏曲的先生关系都非常好。所以我遇到各种复杂的人际关系问题，首先想到的是向他请教，我和其他任何人说话都要留一些心眼，但我和他可以无话不说，他的意见我最尊重。

段先生的《启明文稿选编》出版了,他送我一套,厚厚两大本,我仔细阅读,印象很深。这是段先生几十年学术研究的总结,由此看出段先生很高的学术水平。

7. 齐裕焜

齐裕焜先生是福建师大的教授,曾是中国三国演义学会副会长。我和他交往多年,对齐先生最敬重的一点是他待人真诚坦荡,在复杂的学术圈子里,我看他处理问题很客观、公正,处理得很好,这很不容易。在学术研究中他也是著作等身,有自己的看法。可惜我们距离太远,无法随时请教,是一大遗憾。

齐先生主要研究《水浒传》,出版了多部专著,虽然他不专门研究版本,但对版本还是很熟悉。2014年出版的《水浒学史》他签名送我一本。我仔细阅读了此书,书中对《水浒传》研究做了全面总结,对作者、版本中很多问题都做了很客观的分析。在五大名著中虽然都陆续出版过研究史,但水平参差不齐,齐先生这本《水浒学史》,我认为肯定是属于高水平的。

他对数字化也十分支持,他曾和我说,他当年在北大读书时,也曾研究过版本,在床上把几种版本摊开来比对,看一会儿就头昏脑涨了。而数字化比对,一点鼠标就完成了,太有用了。

黄霖主编的《我们起跑在20世纪80年代》一书中收有他的《蓦然回首,三十年学术路》一文,他回顾了自己的学术经历,对今后学术发展也做了展望。他写道:

> 古代小说文献研究如何进一步拓展?可以考虑:第一,借鉴陈翔华编印的《三国志演义古版丛刊》和周文业开发小说版本数据库的经验,编印《西游记古版丛刊》《水浒传古版丛刊》等专题丛刊。(复旦大学出版社2016年7月第1版第137页)

他还记得我的版本数字化,还在文章中专门谈及,我很感谢。

要说北京和福州相距很远,但我们不时还是通过网络有所交流。他们福建古典文学会开会,齐先生几次出面邀请我参加,我只是自己负担路费,在福建所有费用他们都负担了,他们接待也十分周到,去福建了解他们的研究课题,对我自己的研究也很有帮助,对此我很感谢齐先生。

2017年齐先生来信说,11月福建江夏学院要主办冯梦龙研讨会,欢迎我参加,由于路途遥远,我又没有研究过冯梦龙,因此是否去参加很犹豫。他们想请日本大木康先生参会,但他们没有大木先生联系方式。我刚去日本开会见过大木先生,我和他不是很熟悉,但也认识,于是就发邮件,询问他是否愿意参加这次冯梦龙研讨会。不料他很快就回信,表示非常愿意参加。因为他从未到过福建,而且他曾研究过郑振铎,而郑振铎是福州长乐人,他很想去长乐看看。我告知组委会福建江夏学院,他们当然非常高兴。这是他们邀请的唯一外国学者。有鉴于此,我也就参加了这次研讨会。我坐火车卧铺到福州当天就去机场接大木先生。在福州我一直陪同他,还去福州长乐郑振铎祖居参观。福州大学的王枝忠老师是长乐人,我和他也很熟悉,他陪我们一起去参观。到郑氏家族纪念馆,看到郑氏家族中还有历史学家郑天挺,大木先生也知道郑天挺,但不知道他和郑振铎是同族。我注意到纪念馆中摆在最显眼位置的不是郑振铎、郑天挺,而是电影导演陈凯歌,原来他也姓郑,看来地方上不重视学术,而重视社会影响。

  2019 年中国三国演义学会第二十五届研讨会在广州举行,齐先生不顾 81 岁高龄还亲自参加,看到齐先生精神矍铄,我很感动,真不知我到他那年纪是否还可参会交流。可惜我由于会议上有各种事务,未去拜访齐先生向他请教,只会后在大堂匆匆一别,后来深感遗憾和后悔。2020 年《文学遗产》和福建师大计划将要在福州联合办小说会,我这次是否去旁听,会会老朋友,到时再看吧。希望以后有机会和齐先生畅谈,再向他请教。

  福建师大还有几位老师和我关系都很好,如涂秀虹老师、刘海燕老师等,都是扎扎实实做学问的,而且功底都很深。

  我和福建师大的老师们交流是很愉快的事情,他们曾请我去做专题报告。在各个省中,我看福建省的中国古代小说研究水平是很高的,当然福建建阳是明清刻书中心也是他们研究的优势。一次开会他们曾专门邀请代表们去建阳参观,我们没有想到古代如此发达的地区,交通实际很不方便。后来他们告诉我,古代人出行不是靠公路,而是靠水路,建阳水路很方便的。后来建阳遭遇一次大火后刻书业就衰落了。我曾整理《三国志演义》上图下文刊本插图,其中多数刊本都是刊刻在福建建阳。这几年涂秀虹老师对建阳刻书业做了深入研究,很有价值。因为我们要研究版本,就常常离不开刻书的书商,是他们把古代刻书业推向了一个高峰。可惜涂老师因为其他事情繁忙,很少出来开会,我每次去福州,都受到他们的热情接待,我很感谢。

8. 黄 霖

  黄霖先生 1942 年生于上海嘉定(比我大 3 岁),黄先生 1964 年毕业于复旦大学中文系,同年考取朱东润先生的研究生,治中国文学批评史。1995 年任复旦大学中国语言文学研究所所长,教授、博士生导师;2003 年兼任教育部重点研究基地复旦大学中国古代文学研究中心主任,2007 年被评为特聘教授,2014 年被评为资深教授。1986 年、1998 年分别去日本创价大学、东京大学做客座研究员各一年。他兼任上海市古典文学学会会长、中国古代文学理论学会副会长、中国近代文学学会名誉会长、中国明代文学学会(筹)会长、中国《金瓶梅》研究会(筹)会长等。黄先生主要从事中国古代文学批评史和文学史的研究工作,就文体而言,侧重在小说;就时段而言,侧重在明代与近代。

黄先生是国际著名《金瓶梅》研究专家,出版了多部《金瓶梅》整理本和专著,他对《金瓶梅》版本的研究非常仔细深入,恐怕没有人能超过他。我认识黄先生就是从《金瓶梅》东京大学藏本开始的。

黄先生在古代小说研究方面很有建树,可以说著作等身,我非常敬重黄先生。由于黄先生在上海,以前我们没有见过面,后来是上海李金泉领我去黄先生家,黄先生随便谈及日本东京大学东洋文化研究所把他们所收藏的一种《金瓶梅》崇祯本数字化后上网了,可随便下载。在此之前,我已经数字化了《金瓶梅》的所有主要版本,包括词话本和北大藏的崇祯本,但没有东京大学藏本。得到这个消息,我立即上网查看,果然看到此本在东京大学东洋文化研究所网站公开,下载速度还可以,我就立即下载,花费几天时间终于把一百回全部下载完,然后立即请公司帮我录入为电子文本,然后用比对软件和其他《金瓶梅》版本比较。计算机比对很容易发现版本之间的文字差异。我把东大本和北大本逐字比较后,发现其中有十几处文字差异,很明显是东大本抄写错误,而北大本不错,因此我认为东大本肯定晚于北大本,而且很可能就出自北大本。黄先生在此前已经整理过东大本并正式出版了,我找来黄先生的整理本,发现这几处文字差异都没有校对出,我很奇怪,就写了一篇文章,在《金瓶梅》研讨会上发表,黄先生看到后告诉我,他回去查了当初的校对笔记,发现当初他也注意到这些文字差异,并记录下来,但整理时忘记了。我的一个朋友张青松后来联系台湾学生书局,正式出版了东大本,并把我的文章放在书的后面。

黄先生还是多个学会的会长,一个学者身兼如此多的学会会长在中国大陆怕是很少的。我在各种研讨会上多次与黄先生接触,黄先生处世稳重,被人敬重。我参加的各种学会举办的研讨会很多,也接触了各种各样的学者,在我看来,有些学者心胸狭窄,对名利看得过重,导致内部矛盾不断。每人脾气不同,有矛盾是常有的事,最主要的是看如何处理。我侧面观察,觉得黄先生处理问题非常得体、谨慎,因此被大家所敬重,所以当选这么多学会会长。在黄先生领导下,这些学会中很少有一些学会中常见的矛盾,大家相处得都很好,这其中最主要的功劳应该属于黄先生。

我主办的中国古代小说戏曲文献暨数字化国际研讨会(以下简称"古代小说会")以前一直在我们学校——首都师范大学举办,老在北京举行也不好,2013 年明代文学研讨会在复旦大学举行,我试探和黄先生谈,可否在明代文学学会后,接着开古代小说会,他非常支持,并指派一位秘书和我联系。上海人办事非常认真仔细,在黄先生的帮助下,古代小说会顺利举行,开会整整一天,中午也不休息,黄先生从开始到结束全程参加,并认真参加讨论。我对黄先生的大力支持表示由衷的感谢。

黄先生曾多次去日本访学,对日本很熟悉。2014 年他带领一批弟子去日本参加日本中国古典小说研究会年会,我和他们都很熟悉,其中有罗书华、许建平、李桂奎、万润保等,他们在会上展开热烈讨论,为研讨会增色不少。

2015 年黄先生申报国家社科重大项目"民国话体文学批评文献整理与研究",把我列入子课题"民国话体文学批评的数据库建设"负责人,我很惶恐。这是因为我这几年一直从事古典小说数字化研究，对于黄先生的信任我很感谢。此项目顺利通过评审，2015 年 11 月在上海召开了项目的启动讨论会，黄先生专门邀请我去参加，会议特地选在上海郊区松江，会后黄先生领我们参观松江区一些古迹，我常去上海，但确实没有去过松江。

总之，黄先生是我十分敬重、很值得大家学习的学者之一。

9．王汝梅

王汝梅先生是吉林大学教授，著名的《金瓶梅》研究专家，出版了多部《金瓶梅》整理本和专著。一般古代小说研究者都是以一种小说研究为主，王先生也是主要研究《金瓶梅》，这样更可以集中精力。我做《金瓶梅》版本数字化主要靠王先生提供版本资料。

王先生是典型的山东人，为人豪爽、实在，待人热情，我很愿意和他交流。他曾有段时间住在北京，我们不时见面。后来他回长春了，我们只有开会才能见面。

在五大名著版本中，《金瓶梅》版本最简单，种类最少。主要就是词话本、崇祯本和张评本。词话本和崇祯本的影印本很多，很好找，而张评本的整理本很多，但影印本却很少。

我做数字化经常要找人要版本，对一些著名学者有时不好开口，但对于王先生我可以随便提要求，他都不在意。他热情邀请我去长春，去他家做客，并借我一套张评本的复印件，我非常感谢。

我把数字化后的古代小说光盘送给黄霖老师，黄老师看到其中的《金瓶梅》张评本，问我是哪个版本。我对张评本没有研究，王老师提供了版本，我就照此本做了数字化，没有问是哪个版本，我只好请黄老师直接再问王老师。我做数字化有很多疏忽，有时不知道一个本子还有不同版本，未详细记录。还有因为我只比对正文，因此序跋、目录等都没有数字化，受到很多学者批评。这也说明我到底不是科班出身，在许多方面还是有所欠缺。

实际张评本也很复杂，翻刻多次，我至今搞不清楚张评本的版本系统。张青松说他发现了一个最早的张评本，并在《金瓶梅》研讨会上展出，李金泉也写了文章介绍。

古代小说中一个版本不断被翻刻的现象非常多，如《三国演义》的李卓吾评本实际就有很多翻刻本，我至今也没有彻底搞清楚。但这些翻刻本文字都大同小异，没有修改，只有个别文字在翻刻时出错。因此我一般只数字化其中的一种，而不是每种都去做数字化。

10. 胡文彬

中国红楼梦学会现任会长张庆善，以及胡文彬、段启明、杜春耕、陈熙中、张书才，还有孙玉明、任晓辉、曹立波、段江丽等我都认识，关系也都很好。其中我觉得胡文彬值得一写。他是个很有个性的学者。

我第一次见胡文彬是2005年我主办的第四届中国古代小说戏曲暨数字化国际研讨会，沈伯俊先生请胡文彬出席，在此前我从未见过胡先生。哪知胡先生到会后侃侃而谈，足有半个小时过去了，我急得如热锅上的蚂蚁，因为开会只有一天，很多学者要发言，时间很紧，胡先生是沈先生请来的客人，我不好打断，只好听他说完。从此我知道胡先生脾气了，开会轻易不敢请他发言。

第二次是2009年我和曹立波主办"一百二十回《红楼梦》版本和数字化国际研讨会"，在我校召开，曹老师请了很多红学家参加，胡先生当然也参加了，端坐主宾席中央，他发言依然是侃侃而谈。不料出现一个突发事件。在《红楼梦》研究中有一批红学爱好者，俗称"草根"。他们之中有些人对《红楼梦》很有研究，但一直没有机会交流。这次我参与主办《红楼梦》版本研讨会，我就想邀请一些红学爱好者参加，提供一个与红学家交流的机会。其中有江苏南通公安局的邱华东（2013年逝世）和国家图书馆的于鹏。于鹏在此前曾协助刘世德研究卞藏本，在国家图书馆发现了重要资料。在胡文彬发言时，于鹏突然站起来对胡先生的发言提出异议（具体什么问题我忘记了），胡先生也不客气，马上大声反驳，于鹏还不依不饶要继续辩论。我一看不妙，赶紧跑去制止了于鹏继续发言。由此我也知道，要草根和红学家一起讨论问题是很危险的。草根们看不起红学家，而红学家们也看不起草根，根本无法在一起讨论问题。

以后开会，可能主办人也知道胡先生的脾气，总让他最后做总结，这样就不至于发生他一发言就止不住的问题。他总结的时间，也要事先提醒胡先生，否则他还会一说就没完的。

后来我在各种《红楼梦》研讨会上常遇到胡先生，我们交谈很愉快，我很愿意和胡先生这样直来直去的学者交往，但像胡先生这样脾气的学者还真不多。

11. 萧相恺

萧相恺先生长期在江苏省社科院文学研究所工作，曾任江苏省社科院文学研究所所长、研究员，他的最大特点是为人谦和、低调，因此在熟人中我们一般称他为"老萧"。他很善于处理人际关系,人缘很好,在学者中威望很高。萧先生和欧阳健先生是同事,但他们两人性格迥异,萧先生是沉稳不露,而欧阳先生是锋芒毕露,虽然他们两人性格完全相反,但长期合作得很好,我看主要是萧先生的大度性格包容了欧阳先生,他们两人多年友谊也是学界一番独特风景吧。萧先生曾长期担任江苏明清小说研究会会长,他曾邀请我参加过几次年会,在会上我对萧先生的威望和领导能力深有体会。

萧先生几十年来孜孜矻矻、辛勤不懈地耕耘,在中国古代小说研究中取得了令人瞩目的研究成果。我看他目前为止最大业绩是出版《中国通俗小说总目提要》,此书主要是由萧先生和欧阳健先生主编,是研究古代小说必备的参考书,1990 年 2 月由中国文联出版公司出版,已译成韩文,韩国蔚山大学出版部出版,1999 年 12 月出齐,全书五卷五册。在萧先生之后陆续出版的类似的图书还有:石昌渝主编《中国古代小说总目》(白话卷、文言卷),山西教育出版社,2004 年 9 月出版;朱一玄、宁稼雨、陈桂声主编《中国古代小说总目提要》,人民文学出版社,2005 年 12 月出版;刘世德主编《中国古代小说百科全书》,中国大百科全书出版社,2006 年 9 月出版。

这些年来我和萧先生接触不是很多,给我印象最深的主要有四件事。

第一件事是古代小说序跋问题。

我从 1999 年开始从事古代小说版本数字化。主要是通过版本文字的数字化比对,研究版本的演化。我开始数字化时,觉得版本差异主要是文字差异,而序跋似乎对版本演化没有什么作用,因此数字化中没有做序跋数字化。萧先生得知后觉得这是很大的疏忽,我也未在意。直到后来发生了《三国演义》版本序言的"嘉靖壬子"问题,我才明白序跋对版本研究也很重要,但为时已晚,再回头去做几十个版本序跋的数字化已经不可能了,这说明到底我还是业余爱好者,这是个惨痛的教训。

第二件事是《三国演义》一篇序言的时间问题。

萧先生近年来主要从事中国古代小说的序跋研究,我主要研究中国古代小说版本,本来对序跋不怎么研究,但在研究《三国演义》版本中,萧先生的序跋研究对我有一次很大的帮助。

在《三国演义》最早的嘉靖元年本中,有一篇修髯子(张尚德)的《三国志通俗演义引》。此引言撰写时间记为"嘉靖壬午",即嘉靖元年(1522 年),因此一般称为嘉靖壬午本,或嘉靖元年本。但在后续的周曰校本(包括周曰校乙本、丙本和朝鲜翻刻本)、夏振宇本等版本中,此序言却全部记为"嘉靖壬子",即嘉靖三十一年(1552 年)。

以前多数学者都认为,因为"午"字和"子"字很接近,因此"壬子"是"壬午"的误刻。

但我对此一直怀有疑问,怎么会这么多版本都同时误刻了,是否可能是版本复刻时把"壬午"改为"壬子",但我一直苦于找不到可靠的证据。

后来我突然想到萧先生专门研究序跋,因此向他请教,他立即帮助我找到了古代小说版本序言修改刊刻时间的两个典型例子,分别是明代《西游记》的陈元之序言,和清代《飞龙全传》的序言。

第一例是《西游记》世德堂本陈元之序言《刊西游记序》,其刊刻时间为万历壬辰，即万历二十年（1592年）。而在《西游记》杨闽斋本中，同样也都有一篇《全像西游记序》，文字完全相同，但其刊刻时间不是世德堂本的"壬辰"，而是"癸卯"，即万历三十一年（1603年）。这肯定是杨闽斋本在万历三十一年刊刻此书时，特意将序言的时间，从"壬辰"改为"癸卯"。这是后出版本修改序言时间的一例铁证。

第二例是清雍正、乾隆时小说《飞龙全传》的世德堂本有两篇序，时间分别为乾隆三十三年（1768年）和三十五年（1770年）。而在《飞龙全传》的芥子园本中，这两序的时间却改为嘉庆二年（1797年）。这又是翻刻时修改序言时间的一例。

以上两个修改序言刊刻时间的例子是毫无争议的，既然有此两例，因此我认为《三国演义》版本中"壬午"改为"壬子"就应该是完全可能的。这样周曰校本（包括周曰校乙本、丙本和朝鲜翻刻本）、夏振宇本等版本就应该有一个"嘉靖壬子本"的共同祖本，因为此本是在嘉靖壬子年刊刻的，因此就把"壬午"改为了"壬子"，这也就可以解释很多相关的版本演化问题，限于篇幅此处就不多谈了。

第三件事是《水浒传》的成书年代问题。

石昌渝先生1999年后陆续发表文章，通过"碎银子、子母炮、腰刀"等证据，认为《水浒传》成书不是在一般认为的元末明初，而是在明嘉靖年间，形成了《水浒传》成书的"嘉靖说"。萧先生看到后，2007年和苗怀明老师一起，对石昌渝先生的看法提出质疑。他们把文章寄给《文学遗产》时要求提前给石先生看，石先生看后，也写了回应文章。《文学遗产》2007年第5期同时发表双方看法对立的文章，这在《文学遗产》中恐怕很少见吧，据说《文学遗产》这次同时发表不同看法的文章，以后还被当作一个正面例子。

我对《水浒传》成书虽然没有研究，但对此很感兴趣，我仔细阅读了双方的文章后，觉得还是萧先生的看法有道理。我认为，《水浒传》中的"子母炮"是作者空想的一个"母炮"带几个"子炮"，与来自荷兰的有炮膛、炮弹的"子母炮"根本不同。《水浒传》中的"子母炮"只是作者的一个设想而已，并非是当时实际真有这样"母炮"带"子炮"发射的"子母炮"，所以石先生所谈的从荷兰进口的"子母炮"，和《水浒传》中的"子母炮"，其实根本是两回事。因此我认为，石先生根据荷兰"子母炮"引进时间，来判断《水浒传》成书时间，出发点就是完全错误的，结论自然也就不能成立了。在学术争论中常有这种情况，双方争论的实际不是一回事。

我看到《文学遗产》同时发表两方截然不同看法后，突然萌发一个想法，想在北京组织一次座谈会，请两方学者来当面讨论，我觉得这比各自写文章讨论更直接深入，可以把这个问题彻底搞清楚。我先问萧先生，如在北京对此问题举行一次座谈会，他是否可来北京参加，他很爽快地答应了。但我和石先生不熟悉，因此托另一位和石先生熟悉的老先生先和石先生联系，而石先生仔细考虑后没有同意，因此此事未办成。看来学者们可以写文章辩论，但要当面讨论却很难进行，其实在我刚提出开座谈会设想时，一位老先生马上告诉我此事不可行，最后验证我的想法也实在太幼稚了。看来我一个业余爱好者对专业学术讨论的复杂性还是了解不够吧。

一年后萧先生和苗怀明老师再次在《文学遗产》2008年第6期上发表文章，又列举了各种证据与石先生讨论此事。而石先生在2009年《文学遗产》第5期也再次发表文章，此文并没有直接回复萧先生的证据，而是举出明初戏剧家朱有炖曾编有以李逵和鲁智深为主角的两种"偷儿传奇"，而此书与《水浒传》相距甚远，并认为如《水浒传》当时已经问世了，朱有炖就不可能不知道《水浒传》，因此所谓《水浒传》成书于元末明初之说，不能成立。我注意到萧先生似乎没有再回应。以我一个业余爱好者来看，朱有炖《水浒传》戏曲不是铁证，朱有炖完全可能看到了小说《水浒传》，但还是去编了这两种《水浒传》戏曲的，这在《三国演义》成书后，三国戏曲仍不断出现就是例证。

古代小说的成书、版本问题非常复杂，一个看法要找到铁证有时非常困难，有些人觉得不值得花费时间精力去研究这些最后可能无解的问题。我觉得即便这些问题最后肯定是无解的，就此止步也不对的。只要有一丝线索，就可以不断去探索。我研究版本也是出自这种想法，最后可能版本问题没有彻底破解，但只要研究有进展，这就是进步。

第四件事是《水浒志传评林》中题署"天海藏"问题。

2019年8月在湖北师范大学举办、我参与协办的第十八届中国古代小说戏曲暨数字化国际研讨会上，萧先生发表了文章《读稗杂记之关于〈西游记〉〈水浒传〉》，谈及《西游记》世德堂本主人唐光禄和《水浒传》评林本中"天海藏"两个问题，其中有关"天海藏"问题很有趣。

《水浒志传评林》本是《水浒传》中十分重要的一个版本，其中一本现藏于日本轮王寺慈眼堂，此书前有一篇《题〈水浒传〉叙》，在慈眼堂本此序下有一题署"天海藏"三字，萧先生认为"天海藏"是此序的作者。

我的上海朋友李金泉很关心会议情况，请我发去有关版本的文章供他参考，我就把萧先生的文章发去。不料李金泉看到后立即告诉我，萧先生文章中对"天海藏"的认识有误，我也马上告诉了萧先生。他又和专门研究《水浒传》版本的邓雷核实，确实他对"天海藏"看法是有误。紧接着他又参加了2019年8月由山东大学主办、山东大学文学院承办的山东威海中国小说论坛国际学术研讨会，但会议论文集已经印出，也刊载了他同样文章，为此他特地写了一纸更正，在会议上散发。

后来萧先生在《江苏第二师范学院学报》2019年第5期再次发表此文时，对此事的前后有详细介绍，我看了很感动，特此转载如下。

> 《水浒志传评林》的《题〈水浒传〉叙》，写刻，题下署"天海藏"。中国古代通俗小说，叙作者的名多署于序末，但也有许多直署于序题之下，比如：上面所举的杨闽斋本《鼎镌京本全像西游记》，首《全像〈西游记〉序》，下署"秣陵陈元之撰"；"全像《西游记》序"题后也署"秣陵陈元之撰"。大约因为这原因，朱一玄、刘毓忱先生所编的《水浒传资料汇编》，将天海藏当作序作者，起初，我也和朱、刘二先生一样，以为天海藏是序作者。
>
> 如果"天海藏"是叙作者，那这个"天海藏"又是谁呢？遍查遍检，不得其解。偶然问及一位日本朋友，说这是日本德川家光发起，日本僧正天海主持，于东睿山宽永寺雕造的一部活字版式佛经名。经凡665函，又称《宽永寺藏》《东

睿山藏》或《倭藏》。收经 1453 部，6323 卷。主持这部佛经刊刻的是天海僧正，属天台宗，活了一百多岁（嘉靖十五年至崇祯十六年）。这"天海藏"既是部规模巨大的佛经丛书名，似又是个藏书的地方，还具有某种书坊的性质。

于是我怀疑，《水浒志传评林》书首《题〈水浒传〉叙》下所署的"天海藏"，会不会与那天海和尚有某种因缘？也就是说，我认为这叙可能是日本的"天海和尚"所作，还做过一番推论：是天海来到中国，慕双峰堂之名，为其刊印的书作叙？还是这种《水浒传》传到日本，因而有了日刊本，于是天海僧正为此刊本写了这篇叙言？抑或这种《水浒传》传到日本，天海自己将其刻印，因而有了这篇叙言？但我的一位朋友李金泉怕我犯错，特地从我的一位朋友周文业处要了我的电话，提醒我，"天海藏"不是人名，而是藏书处，并且说国内有好几个有名学者犯了这个错误，还将此书叙首页的书影发给我，又指出，小说叙作者的姓名都署于序末。叙作者的姓名都署于序末的结论并不正确，再加《叙》为写刻，而"天海藏"三字亦系写刻，因此我对李金泉的观点存疑，于是又向另一位朋友邓雷求证，《水浒志传评林》还有无其他藏本，若有，那些本子有无《题〈水浒传〉叙》，其题署如何？邓雷指出这种《水浒志传评林》本，国内虽无藏本，但梵蒂冈、巴勒天拿、奥地利等处还有藏本，也有此叙，并无"天海藏"署名。李金泉见我不十分相信他的观点，又将马幼垣《水浒论衡》中一篇文章的相关一页发给我，这篇文章我也看过，却一点记忆都没有，人确实老了。他们的观点是对的。鉴于我这篇文章已经印在湖北师范学院（编者注：应该是湖北师范大学）召开的小说数字化国际研讨会的论文集中，怕谬种流传，故又不得不写下上面的文字。当然写这些文字，还为感谢我的这两位朋友，亦想转告跟我一样理解有误或犯过同样错误的学人。

此事实际不怪萧先生，看此序的黑白复印件如不细心，很难看出"天海藏"这三字不是原书原有的，而是后加的。李金泉、邓雷也是我多年好友，他们对版本研究的认真、仔细我也很佩服。

这是萧先生此文的第三次发表，其实他完全可以只修改"天海藏"的错误论述，指出此为日本天海和尚收藏所题写的，而不必说修改的过程就算了，别人也不会知道的。我很吃惊萧先生在此文最后还如此细致地详细叙述了修正错误的全过程，不仅感谢了李金泉、邓雷，还提到了我，实际我对此没有任何研究，只是从中牵线协助了一下而已。由此事可再次看出萧先生待人的真诚，实在值得我们好好学习。

萧先生此文提及的"天海藏"就是指日本天海和尚的藏书。天海和尚是日本佛教天台宗著名的高僧，在日本战国时代和德川家康家族关系很深，他长期生活于日本日光市。日光市是日本教圣地，最有名的是东照宫，是为了纪念江户幕府开创者德川家康，德川家康家族墓地就在日光市。我曾请日本上原究一先生领我专门去日光市游览，一出日光市火车站过一条小河，路口中间所立的就是天海和尚的全身塑像。日光市最有名景点是东照宫，东照宫附近游客如潮，而轮王寺在日光市的一个角落里，一般游客都不去，我和上原先生去看时，里面竟然没有一个游客，我很感慨，这和东照宫附近到处是游客实在差别太大了,天海和尚墓地就在轮王寺最后面,很不引人注目。

轮王寺里面最出名的是慈眼堂,慈眼堂藏书非常丰富,很多是珍品,除了萧先生提及的《水浒志传评林》外,最出名的就是《金瓶梅词话》了。我千里慕名而去看慈眼堂,但实地一看只是个不大的小房子,如不是注意房屋前的说明,我也根本不知道这就是世界著名的慈眼堂。因为怕里面的藏书受潮,整个房屋是高架起来的。但现在慈眼堂藏书已经全部搬走了,藏在什么地方无人知晓,据说可能藏在某个秘密地点,一般人根本无法去看了。我建议如果去日本爱看古迹的朋友,除了可去东京、京都游览古迹外,还可以去日光市看看,感受一下日本传统文化的氛围是有好处的。此文又扯远了,从萧先生又扯到游览日本去了,也是有感而发吧。

我做古代小说数字化 20 年来,和很多学者都有交往,萧先生的坦诚、真挚是十分突出的,对此我非常佩服。学者发表文章有时难免有误,可一些学者在被别人指出后,明知有误仍然会固执己见,不肯修正。而萧先生做学问既认真,又虚心好学,勇于公开改正错误,并详细说明曾帮助过他的人,从此小事又可见萧先生人品的一斑,我觉得这很值得我们尊敬和学习。

这些年来萧先生对我的数字化帮助很大,也在多种场合宣传数字化,对此我十分感谢。希望早日看到萧先生中国古代小说序跋研究项目结题,相关专著也早日问世出版。

12. 胡小伟

胡小伟,1945 年出生于四川成都(与我同岁)。1967 年大学毕业,1978 年考入中国社会科学院研究生院文学系,1981 年获文学硕士,任中国社会科学院文学研究所研究员,2005 年退休。2014 年 1 月 20 日因病在北京逝世,享年 69 岁。

胡小伟是关公研究权威专家之一,我从 1999 年开始中国古代小说的数字化,起初主要是《三国演义》数字化,研究《三国演义》就离不开关公,因此认识了胡小伟。但我们第一次是在哪里见面的,我已经记不清楚了,似乎是他来参加我主办的一次中国古代小说数字化国际研讨会吧。

后来我们成了朋友,他还请我去他家。他家在北京海淀区中关村图书大厦西面旁边的一个高楼里,很好找。我记得他家不大,但离图书大厦很近,走几步就到图书大厦,看书很方便。我去后觉得很奇怪,他在社科院文学所工作,怎么不像我们大学一样,住社科院的宿舍呢?后来我才知道,社科院是没有自己的宿舍的,都要自己在外面买房子,因此胡小伟买了此处的商品楼。我知道社科院文学所另外一位博士生,此人也是研究古代小说版本,我看过他写的一些文章,很有水平。博士毕业后,文学所导师很想留他在文学所工作,但社科院没有房子。而中国传媒大学也邀请他去,还给他分房子,他最后去了中国传媒大学影视文学系,就脱离了中国古代小说研究,十分可惜。

我和胡小伟交往印象最深的是他去央视《百家讲坛》试讲。《百家讲坛》自从播出易中天讲三国后收视率很高。上《百家讲坛》讲演，要先去试讲，试讲地点在木樨地南面路东的国宏宾馆地下一个演播室里。试讲在央视《百家讲坛》网站有预告，谁都可以去旁听，不收费。当年我曾去旁听过好几次。有一次我突然看到《百家讲坛》预告胡小伟讲关公，因为我认识胡小伟，就早早跑去，坐在前排。不料胡小伟一进来就看到我，和我打招呼，在演讲前还特地说：今天首都师大的老朋友周文业也来旁听。我只是个爱好者而已，他开讲前还特地点我名字，我很惊讶和感谢。

胡小伟留着长须，一身中式大褂，风度翩翩，俨然是关公再世。他常在各大学和社会上演讲关公，极受欢迎，因此到《百家讲坛》讲关公，对他是轻而易举的事。但我听他讲完，心中隐隐有些说不清的不安。我觉得在大学和社会上讲关公，和《百家讲坛》讲关公，还是有所不同。《百家讲坛》演讲要求很高，既要有学术，又要兼顾普及。本来胡小伟的演讲就是这个路子，但他的演讲给我个人感觉还是有些随意，夸张的成分略多了一些，条理也不十分清晰。

果不其然，胡小伟演讲录像后，经专家评审没有通过，因此胡小伟也没有上《百家讲坛》，否则他的影响肯定会很大的。

胡小伟研究关公主要是从历史和民间角度，而我研究《三国演义》主要是研究版本，因此我们学术交流不多。但每次见面他都很热情，也是他的真性情。

2014年得知他突然去世，我很震惊，失去这样一位豪爽的朋友十分可惜！

13. 关四平

关四平是我的老朋友，曾任哈尔滨师范大学文学院院长，现在从哈尔滨师范大学退休，在沈阳一民办大学任文学院长，工作十分繁忙。

我第一次和他联系是2006年第三届中国古代小说国际研讨会，我从1999年开始从事中国古代小说版本数字化，希望在古代小说会上介绍。我得知2006年8月第三届中国古代小说国际研讨会由哈尔滨师范大学、中国社科院文学所主办，在哈尔滨师范大学举办，这次研讨会规格较高，参会学者多是小说界的著名学者。我开始也未收到会议邀请，后直接和主办方哈尔滨师范大学关四平联系，多次反复后，终于得到他的邀请，最后得以第一次参加了这次研讨会，并发表论文《〈三国演义〉周静轩诗、关索故事与版本演化研究》。我也由此认识了关四平，并成为好友。他曾多次参加中国古代小说戏曲文献暨数字化国际研讨会。

关四平著作很多，主要是《三国演义》研究方面的专著，我最关注其中两本。

第一本是《三国演义源流研究》，44万字，黑龙江教育出版社2001年11月第1版，2003年10月再版，2009年1月出修订三版。这本书对《三国演义》的源流做了全面梳理，十分详尽，可惜没有论述其中的版本演化。

第二本是周曰校刊本《三国志通俗演义》，这是关四平和刘敬圻先生合作点校的，1994 年由北方文艺出版社出版。刘敬圻（女），1936 年出生，1958 年毕业于北京大学中文系，黑龙江大学中文系教授，我只是在一次研讨会上曾见过，但没有交往。周曰校本是《三国演义》"演义"系列中一个非常重要的版本，关四平和刘先生整理出版的此本很有价值。

关四平长期担任中国三国演义学会副会长，他为人平和，和学会其他各位领导关系都很好。2015 年第二十三届《三国演义》研讨会在安徽舒城召开，这次会议三国演义学会领导大换班，刘世德先生不再担任会长，他提出由关四平接任会长，并顺利通过了。

关四平一向人际关系很好，学会新秘书长是郑铁生，今后关四平和郑铁生合作，我相信他们携手，肯定可以把中国三国演义学会工作推向新高度。

14．郑铁生

郑铁生也是我多年老朋友，他曾任天津外国语学院汉学院院长，是中国红楼梦学会常务理事、中国三国演义学会副会长兼秘书长。他以前在天津任教，我们就常来往。他退休后定居北京，我们联系更多了。

郑铁生著作也很多，主要是《红楼梦》和《三国演义》方面的专著，我最关注以下几本。

第一本是《三国演义叙事艺术》，33 万字，新华出版社 2000 年第 1 版。此书是以叙事学角度分析《三国演义》的叙事艺术，出版后各界评价很高，但我对此完全是外行，无法评论。

第二本是《三国演义诗词鉴赏》，42 万字，北京出版社 1995 年第 1 版；天津古籍出版社 2003 年 1 月修订本。此书对《三国演义》中全部诗词做全面分析，是国内这方面最完整的分析。可惜我对诗词也没有研究，无法评价。郑铁生还曾写过一篇文章分析《三国演义》中的周静轩诗，我很感兴趣。

第三本是《刘心武红学之疑》，20 万字，新华出版社 2006 年版。2005 年刘心武受邀在中央电视台《百家讲坛》栏目主讲《刘心武揭秘〈红楼梦〉》系列节目，一炮蹿红，反响热烈。但其中很多看法完全没有道理，只会糊弄不懂《红楼梦》的人。红学家们虽然对此嗤之以鼻，但没有人愿意出面驳斥刘心武，是郑铁生第一个在很短时间内就写出此书，对刘心武的奇谈怪论做了严厉批判。

郑铁生还担任过几个刊物的主编，很有经验。据我所知，他曾担任《曹雪芹研究》杂志（季刊，一年 4 期）的第一任主编，后来换人了；最近执行主编段江丽因为学校事务繁忙，辞去了执行主编，杂志采取轮值主编，郑铁生担任了 2018 年第 3 期执行主编。此外，他还是《罗学》刊物的主编之一，《罗学》每年只出版一辑，工作量不是很大。

郑铁生还曾长期担任中国三国演义学会副秘书长，协助秘书长沈伯俊先生做了大量工作，得到大家好评。2015年第二十三届《三国演义》研讨会在安徽舒城召开，这次会议三国演义学会领导大换班，刘世德会长提出由郑铁生任秘书长，原秘书长竺青也未免去，这样中国三国演义学会就同时有两位秘书长，由于竺青是《文学遗产》副主编，工作繁忙，三国演义学会实际工作都由郑铁生担任。2018年在黄石召开的中国三国演义学会常务理事扩大会上形成决议，由郑铁生任常务副会长兼秘书长。

郑铁生一向办事仔细认真，他和三国演义学会新会长关四平关系也很好，我看他们肯定可以把三国演义学会的工作做好。

其实三国演义学会的主要工作就是召开全国《三国演义》研讨会，现在确定两年开一次。只要确定主办单位后，研讨会筹备工作就全部委托筹备单位负责了，学会领导事情其实并不多。2019年11月第二十五届《三国演义》研讨会由广州大学纪德君顺利主办，下一届2020年研讨会原计划在哈尔滨由黑龙江大学主办，是否可举办尚未确定。总之，作为三国演义学会新领导，我希望他和会长关四平把两年一次的全国研讨会筹备好，这就是广大会员的最大希望。

15．杜贵晨

杜贵晨和我很熟悉，他1983年初在曲阜师范大学中文系任教，1988年破格晋升副教授，1993年遴选为硕士生导师，1994年晋升教授。2000年调河北大学人文学院，任教授，翌年评定为中国古代文学博士生导师。2002年又调回山东师范大学，任教授，同年评定为文艺学博士生导师。

杜老师出版过很多古代小说专著，其中我印象深刻的是《数理批评与小说考论》[①]，我是学计算机出身的，看到学文学出身的杜老师，能注意到古代小说中的数字，并从数理角度研究古代小说，后来又陆续看到他发表《中国古代文学中的重数传统与数理美》系列文章，对杜老师这种跨学科的研究，我很吃惊和佩服。

杜老师是山东人，关于《三国演义》作者罗贯中的籍贯，山东东平和山西清徐有激烈的争论。杜老师率先巧妙地把两说结合起来，提出罗贯中出身山西，后期活动在山东，杜老师并率先提出"罗学"的概念，已经被学术界所接受了。杜老师经常提出一些新思想、新概念，令人印象深刻。

杜老师是山东古代文学学会和山东水浒学会的会长，每年在山东都要召开很多各类研讨会，他都记着给我发邀请，我很感谢，只要有会议邀请，我有时间都去参加。山东《水浒传》遗迹最多，因此开会多和《水浒传》有关。我开会去过山东的地方有：济南、济宁、梁山、东平、聊城、菏泽、临沂等。

[①] 杜贵晨：《数理批评与小说考论》，齐鲁书社2006年1月第1版。

杜老师思路开放，经常提出一些意想不到的看法。如他根据元中期一作家作品中有吕布被杀前大骂刘备"大耳贼"的描述，认为《三国演义》成书于元中期，因为他查遍其他文献都没有这个记载，只有在《三国演义》中有此记录，因此他认为《三国演义》应该早在元中期就已经成书了。但古代文献流失很多，不能说今日看到文献中没有记载，古代就没有记载。如元代有杂剧《白门楼》，现在失传了，吕布骂刘备很可能就出自元杂剧《白门楼》，因此被写入《三国演义》。

又如他曾论述《西游记》花果山的原型是泰山，这是因为花果山来自太行山，而太行山又出自泰山。这是很奇怪的推理，我当场发言认为这种可能性很小，杜先生立即答复他认为可能性很大，我当场无言以对。

我看杜老师是典型的山东人，有山东人豪爽的性格，谈话直来直去。虽然我们在学术看法上有时有不同意见，但不妨碍我们成为好朋友。

16．曹炳建

曹炳建是河南大学文学院的老师，专门研究《西游记》版本，有很深的功底。国内专门从事《西游记》版本研究的学者很少，我看曹老师的研究最深入，水平最高。我是通过上海李金泉认识了曹老师。曹老师为人很宽厚，他曾多次邀请我去开封（河南大学在开封，不在郑州），游览了开封的名胜古迹。

曹老师研究《西游记》版本多年，也出版了专著《西游记版本源流考》，这是近来对《西游记》版本最全面最深入的研究专著。

曹老师带了很多硕士研究生，但我发现没有一位继续跟他研究《西游记》版本的，我估计是版本研究很辛苦，有时也未必有新成果出现，因此年轻人要去研究版本很难吧。曹老师只有一名女研究生（名字忘记了），考入了中央民族大学，跟曹立波老师读博士，毕业论文是研究程乙本，我在中央民族大学多次看到她，她现在已经毕业回洛阳任教了。

《西游记》版本没有《三国演义》《水浒传》多，看似也没有《三国》《水浒》版本复杂。在五大名著版本中，我看关注度最低的就是《西游记》版本了，但实际要是仔细研究，其中问题还是不少的。

在五大名著版本数字化中，我开始也只是简单地把收集到的几种《西游记》版本数字化了。也找了一些文章看了看，觉得似乎《西游记》版本从最早的世德堂本，到明代删节本，到简本，再到清代各种改写本，演化脉络很清楚，似乎不需要再做深入研究了。

但和曹老师一接触，我发现问题不那样简单。他和我认识不久就提出了明代删节本问题，他希望我用数字化对明代删节本做研究，厘清它们之间的关系，它们和世德堂本之间的关系。

我一听就很有兴趣，数字化是为研究服务的，就是需要研究提出课题，用数字化去解决。为此我利用数字化对世本、唐僧本、杨本做了详细的比对，得出的结论是：唐僧本和杨本有共同的底本的可能性最大。也就是说，唐僧本和杨本是兄弟关系。而各本的改编者又在这个共同底本的基础上，分别各自做了删节。

曹炳建退休后很少参加研讨会，我们也很长时间没有见面，十分遗憾！

17. 傅承洲

傅承洲老师是我的老朋友，他是中央民族大学文学与新闻传播学院教授，博士生导师，他主要从事"三言二拍"和冯梦龙研究。因为"三言二拍"的版本比较清楚，没有必要再做数字化，因此我们在学术上交流并不多。但傅老师的研究也偏文献研究，因此他曾多次参加我主办的中国古代小说戏曲文献暨数字化国际研讨会。

我对傅老师的看法是：他分析问题十分深刻，而且简明扼要，连我这没有学过古典文学的也听得很明白。2013 年中国古代小说戏曲文献暨数字化国际研讨会在上海举行，我知道傅老师学识渊博，因此会前专门请傅老师担任发言点评，他的点评十分到位，我印象深刻。

傅老师待人热情，他看不惯一些歪风邪气，说话也很直爽，和傅老师打交道很痛快。

我和傅老师交往最深的是在日本召开 2014 年第十三届中国古代小说戏曲文献暨数字化国际研讨会期间的一次住宿。这次赴日的中国参会学者多数是由旅行社组团前往，我和曹立波、朱萍和傅承洲四人自由行。自由行就要先预订旅馆，因为在日本东京、京都开会，因此东京、京都的旅馆，我事先请中川谕和金文京帮我们预订好了。京都开会后因为要从大阪关西机场回国，因此我们计划在大阪住一夜。我本以为大阪是大城市，旅馆好订，等到京都再预订也不晚。在东京开会结束，和日本朋友中川谕、金文京、大塚秀高、上原究一等一起晚上聚餐，金文京问起我们行程和住宿，我告诉他东京、京都会议结束，将在大阪住一夜，他问我旅馆是否预订，我说计划到京都再说。他马上说：不行，现在是日本旅游旺季，必须提前预订。他马上请上原究一从网上预订，上原究一立刻用手机查大阪旅馆。因为我们是从京都到大阪，因此希望旅馆在大阪车站附近。上原究一很快帮我们四人预订了两个双人间的旅馆，离车站不远，他告诉我们下车如何走。我们从京都到大阪后，顺利找到旅馆，但到房间一看就傻眼了。这双人间的床是一张大床，而不是两张单人床，中国的大床一般很宽，睡两人也可以。但日本的大床很窄，夫妇睡没有问题，但我们两人睡就很挤，十分不方便，而旅馆里单人床的双人间已经订完了。于是我们半夜到附近去找旅馆，但走了很远也没有找到，只得再回预订的旅馆。我正发愁如何睡，傅老师想出一个主意，把双人席梦思放到地上，因为席梦思下面不是硬板，还有弹簧，因此再拿一个被子当褥子也可以。只是房间太小，双人席梦思无法平放，边上翘起来了，但睡一个人也没有问题。曹老师和朱老师也这样铺开睡了一夜。从此我就知道了，在日本旅馆双人间有两种，一定不能要大床，必须要两个单人床，订房间时一定要注意。

2018年傅老师从中央民族大学退休了，他没有在中央民族大学续聘，而是选择去香港树仁大学任教，以傅老师的学识，我相信他在香港肯定会受到学生欢迎的。据我所知，很多内地学者不时去香港任教，如北大中文系的潘建国也曾在香港短期任教。在香港教书没有语言问题，只要确实有学术水平，香港还是很愿意请内地学者去任教的。

因为现在傅老师去香港任教了，我们见面机会少了，失去向傅老师学习的机会，这很可惜。

18．刘勇强

刘勇强在北京大学获文学博士学位后即留校任教，现为北京大学中文系教授。北京大学中文系在中国古代小说研究中出了几代名师。第一代名师是吴组缃，1949年任清华大学中文系教授、系主任，1952年院系调整后，任北京大学中文系教授，1954年任现代文学教研室主任，主要从事明清小说的研究，曾任《红楼梦》研究会会长。我和几个清华子弟编《清华名师风采》丛书时收入了吴组缃，我联系到他儿子吴葆刚，他提供了很多吴组缃的生活照片，很珍贵。

北大中文系明清小说研究的第二代名师就是周强，前面曾有详细介绍。

北大中文系明清小说研究的第三代名师就是刘勇强了，他是周强的学生，周强去世后，他写了很感人的回忆文章《老师·先生》，前面有介绍。刘老师此文写得十分真挚，和我的亲身感受完全一致。

我和刘老师也很熟悉，他和周强一样，待人十分热情。按说刘老师主要从事中国古代小说理论研究，基本不研究版本，但还是参加了多次我主办的中国古代小说戏曲文献暨数字化国际研讨会。

研讨会现在的名称是根据刘老师的建议修改的，对此我很感谢。

因为我做数字化是从中国古代小说版本开始的，日本学者中川谕、金文京也是研究版本为主，因此研讨会最初名称是"中国古代小说版本暨数字化国际研讨会"。刘老师参加第一次研讨会时就向我指出：第一，古代文学一般"小说"和"戏曲"是一类，因此研讨会名称应该加上"戏曲"。第二，古代小说"版本"只是古代小说"文献"的一部分，因此建议把"版本研讨会"改为"文献研讨会"。

刘老师的建议很专业，我毕竟是业余没有经验。我按照刘老师建议，将研讨会名称修改后一直沿用至今。

刘老师待人热情，我是外行出身，功底不足，有时我会感到被一些学者看不起，不屑一顾。但刘老师从来没有，对他的平易近人我很感谢。

19. 陈文新

陈文新现任武汉大学文学院教授，是年轻一代古代小说研究专家中的佼佼者，也是我的老朋友，我曾多次到武汉大学珞珈山上宾馆参加他主办的各种研讨会。

我认为陈文新的最大特点是论述问题条理清楚，他说明任何问题都是慢条斯理，井井有条，层次分明，不紧不慢。我常说：听陈文新论述问题是个享受，我估计他的学生都爱听他讲课。

他另一个令我吃惊的是对数字化的看法。我第一次见到他是在韩国举行的2010年第九届古代小说戏曲文献暨数字化国际研讨会。他在会上发言称：数字化有优点，也有缺点，数字化检索比人工检索确实功能强大得多，但缺点是这种检索没有通过自己的大脑，没有进入自己的记忆。因此他要求他的研究生第一年不许用计算机，这虽然很极端，但也很有道理。这是多年前的事了，现在计算机、手机如此普及，让学生不许用计算机怕不行了。我认为关键是既要会用计算机，又要自己看书学习，有些学问还是要记到自己脑子里，不能什么都靠计算机。

陈文新曾主编一套多卷本的《中国文学编年史》，规模庞大，资料丰富。但我仔细查看发现有个缺陷，书中记载对历史地理重视不够，相关历史地理资料很多没有提及。因为我研究中国历史地理，也研究中国古代文学，在文学史中，没有详细记录历史地理资料，这是美中不足，很遗憾。

陈文新和韩国学者闵宽东整理出版了好几本韩国藏的中国古代小说目录，陈文新写了很长的序言。闵宽东和我很熟悉，多次参加我主持的中国古代小说戏曲文献暨数字化国际研讨会。这个研讨会曾在韩国开过两次，一次是赵宽熙主办，一次是金文京联系的。我曾希望在韩国再办一次，和闵宽东、崔溶澈等联系，都没有结果，很遗憾。

我现在的学术研究机构名称中国传统文化数字化研究中心，也是受陈文新的研究机构名称的启发。我1999年开始从事古代小说版本数字化研究，后又从事中国历史地理数字化研究。2005年3月年满60岁就退休了，这样我如继续从事这些研究就必须有个与这些研究相符的机构才名正言顺。学校里学术研究机构很多，应该不难。于是我就和当时主管科研的副校长刘新成商议，想成立这样一个学术研究机构，也得到他的支持。

但这个机构起个什么名称才合适呢？如果最准确的名称应该是"中国古代小说和历史地理数字化研究中心"，这个名称虽然准确，但名字太长了。我冥思苦想，突然想到陈文新在武汉大学任中国传统文化研究中心副主任，古代小说和历史地理都属于中国传统文化，这样名称很简洁。这个名称上学校校长办公会议通过了，这样我外出交往办会等就有个名分了。

总之，我很敬重陈文新这样有学识，又很会待人处事的学者，和他交流总是很愉快。但可惜，在我看来像他这样有风度的学者并不多。

20. 石　麟

石麟是湖北师范大学文学院教授，一般人可能以为湖北师范大学应该在武汉，其实它是在黄石，在武汉东面、长江南岸。黄石最有名的古迹是西塞山，和西塞山有关的最有名的是唐代诗人张志和的《渔歌子》："西塞山前白鹭飞，桃花流水鳜鱼肥。青箬笠，绿蓑衣，斜风细雨不须归。"但张志和所说的西塞山到底是在湖北黄石西塞山，还是浙江湖州西面西塞山，目前还存在争议。

石麟是古代小说研究专家，多年来一直支持我的古代小说数字化，几乎参加了历届研讨会，还参加了 2014 年在日本举行的中国古代小说戏曲文献暨数字化国际研讨会。2018 年研讨会在马来西亚和德国、奥地利举行，他本来报名参会，后来因故未能与会，但他的论文《关于〈后西游记〉的两种版本》收入了论文集。研讨会结束后，他来信希望我给他复制论文集中他的论文，我按照他要求扫描后发给他。

石麟先生的儿子石松，子承父业，和他父亲一样从事古代小说研究，现为浙江师范大学（金华）外语学院讲师，扬州大学文学院博士，师从董国炎教授。他和石麟一起参加了 2014 年在日本举行的中国古代小说戏曲文献暨数字化国际研讨会，中国参会者有十几人，石松负责组团的事务工作，十分负责，大家都很满意。

石麟和石松父子于 2015 年合作出版了《石麟文集类编》五册，360 万字，在他这个年纪就能出版如此巨著还是不多的。他也送我一套，此书对中国古代小说做了全面论述，但以小说理论研究为主，基本没有版本研究文章。

石麟，1953 年出生，2018 年已经 65 岁，他办理了退休后又在湖北师范大学返聘，还在带研究生。中国三国演义学会、湖北师范大学文学院联合举办的"2018《三国演义》高端论坛"于 2018 年 6 月 29 日至 7 月 1 日在湖北师范大学召开，石麟带领一批学生负责会务工作，十分认真负责。2019 年 8 月第十八届中国古代小说戏曲文献暨数字化国际研讨会在湖北师大举行，石麟负责会务工作，十分辛苦。

石麟给我印象最深的是他为人直爽，他发言讲话一向直截了当。他有些看法也独辟蹊径。如对于"文武赤壁"之争，现在国家已经承认蒲圻赤壁，并把蒲圻市改为赤壁市。但黄冈"文赤壁"仍不甘心，仍坚持历史上发生的赤壁之战在黄冈。石麟根据《三国演义》中描写的赤壁确实是在黄冈，因此提出了一个折中方案，建议黄冈不必宣传历史赤壁之战在黄冈，而只要宣传《三国演义》中的赤壁在黄冈即可，这样就避免了和赤壁市之争。我看这真是个奇妙的构思，但我估计黄冈不会接受石麟此方案，他们还是要坚持历史上发生的赤壁之战在黄冈。

石麟还是中国三国演义学会的常务理事，我参加过几次理事会，他在会上经常发言直爽,和他脾气一致。中国三国演义学会惯例是每省一个副会长,湖北三国演义副会长原来是湖北大学杨建文,他因为年纪大,已经辞去副会长。2017年在安徽舒城举行的理事会上,曾提议由石麟接替杨建文,但被他婉拒了。2018年黄石《三国演义》高端论坛期间召开理事会,再次提议他出任副会长,这次他没有再推辞。我觉得石麟参加中国三国演义学会领导层,对三国演义学会发展绝对有利。

21. 苗怀明

苗怀明也是我的老朋友,他是北京师范大学张俊先生的博士生,是年轻一代学者中的佼佼者,现为南京大学文学院教授、博士生导师、副院长,古代小说网创办人及主持人。我和苗老师的关系来自"古代小说网",该网站是苗怀明老师一手创办起来的。

他主办的这个古代小说网对我帮助极大!主要有以下几方面。

第一,苗老师网站上与小说研究的消息很多,他每日都会更新,国内各种期刊与古代小说有关的消息很快就会在他的网站上转载。我很奇怪他怎么能这样迅速在各种网站中查到这些信息的。我曾问过他,他说是利用搜索软件,但"百度"类的搜索软件似乎还是不行。这些消息对我很有帮助,我很爱参加各种研讨会,一是去宣传数字化,二是了解学者们都在研究什么,看有什么课题可以用数字化来做。苗老师的会议消息很多,但多数他不写主办单位联系方式,以免给主办方添麻烦。我如要参会,就给苗老师发邮件,他再告诉我联系方式,我再去联系。

第二,我多年来每年都要主办一次中国古代小说戏曲文献暨数字化国际研讨会,都要在苗老师网站上发消息。当然过去曾参会的人有邮件地址可以联系,但还是会有学者没有参加过,在小说网上发消息可扩大会议影响,吸引更多人来参加。

第三,我自己有时写些文章,一般也是在小说网发表。因为我的文章多数不适合在纸本刊物发表,随意性较多。而且在纸本刊物上发表等待时间很长,而我的文章都希望读者很快看到,苗老师网站最合适。一者凡研究古代小说的学者一般都会看他的网站,二者苗老师回复最快,三者苗老师毕竟是科班出身,现在也是博导,我的文章一般也先请苗老师审阅,他会认真提出修改意见。

我的文章经常要反复修改,有时今晚发出,明早又有新想法,又要修改。苗老师一般也知道我的这个习惯,因此每次都是最后确定我不改了,再上传网站。有时已经发表我又发现错误,或想修改,只好再给苗老师发邮件,他每回都再次认真修改。

第四,我觉得苗老师网站比较公允,经常看到他会发表不同意见,也欢迎讨论。这样就给不同看法提供了发表的场合。这很难得。

这几年来,我给苗老师添了很多麻烦,他每日非常忙碌,除教学外,学院事务工作很多,他住老校区,上班一般在新校区,每日往返也很辛苦。我又不断给他添麻烦,我心中实在是过意不去。

我和苗老师联系多的另一个重要的原因是我的任何文章和想法，都首先想听苗老师看法。因为他的看法一般较客观，而且返回意见很快，这样就便于我拿定主意如何修改。因为我毕竟不是学古代文学出身，基本功还是不行。我非常尊重苗老师的意见，一般都按照他的意见修改，只有极少数会坚持我自己的看法。

我仔细统计前几年在苗老师网站我发表的文章，时间由远至近排列，留作一个历史记录吧。由于该网站已经关闭了，因此网址就全部删去了。

2009年（1篇）：

中国古代小说版本数字化之路——《一百二十回本〈红楼梦〉版本研究和数字化论文集》前言二　　　　　　　　　　　点击数：213　更新时间：2009-7-6

2012年（6篇）：

（1）《红楼梦》"庚寅本"初探（初稿）　　点击数：900　更新时间：2012-10-10

（2）《红楼梦》"庚寅本"二探　　　　　　点击数：701　更新时间：2012-10-12

（3）《红楼梦》"庚寅本"三探　　　　　　点击数：321　更新时间：2012-10-24

（4）《红楼梦》"庚寅本"三探答疑　　　　点击数：253　更新时间：2012-10-24

（5）《红楼梦》"庚寅本"四探　　　　　　点击数：701　更新时间：2012-11-2

（6）《红楼梦》"庚寅本"五探　　　　　　点击数：476　更新时间：2012-11-5

2013年（27篇）：

（1）《红楼梦》"庚寅本"六探　　　　　　点击数：398　更新时间：2013-1-18

（2）《红楼梦》"庚寅本"七探——"庚寅本"来历有重大进展

　　　　　　　　　　　　　　　　　　　　点击数：345　更新时间：2013-1-22

（3）《红楼梦》"庚寅本"八探　　　　　　点击数：353　更新时间：2013-1-23

（4）《红楼梦》"庚寅本"九探　　　　　　点击数：338　更新时间：2013-1-24

（5）《红楼梦》"庚寅本"十探　　　　　　点击数：445　更新时间：2013-1-25

（6）《红楼梦》"庚寅本"十一探　　　　　点击数：344　更新时间：2013-1-31

（7）《红楼梦》"庚寅本"十二探　　　　　点击数：410　更新时间：2013-2-6

（8）就北师大本底本响应陈传坤先生　　　点击数：259　更新时间：2013-2-7

（9）《红楼梦》"庚寅本"十三探　　　　　点击数：512　更新时间：2013-2-15

（10）《红楼梦》"庚寅本"十四探　　　　　点击数：363　更新时间：2013-2-21

（11）《红楼梦》"庚寅本"十五探　　　　　点击数：376　更新时间：2013-3-4

（12）《红楼梦》"庚寅本"十六探　　　　　点击数：448　更新时间：2013-3-13

（13）谈新出现的《红楼梦》手抄戚序本　　点击数：497　更新时间：2013-6-6

（14）再谈新出现的《红楼梦》手抄戚序本　点击数：1118　更新时间：2013-6-8

（15）三谈新出现的《红楼梦》手抄戚序本　点击数：275　更新时间：2013-6-11

（16）四谈新出现的《红楼梦》手抄戚序本　点击数：302　更新时间：2013-6-13

（17）《水浒传》刘兴我本和刘荣吾本研究综述

　　　　　　　　　　　　　　　　　　　　点击数：697　更新时间：2013-6-29

（18）从《水浒传》刘兴我本和刘荣吾本看古代小说的版本研究

（19）《水浒传》刘兴我本和刘荣吾本的数字化研究

点击数：492 更新时间：2013-6-29

（20）《红楼梦》"庚寅本"十七探——"庚寅本"中甲戌本（附条）批语再探

点击数：360 更新时间：2013-10-7

（21）上博《红楼梦》甲戌本没有庚寅本（附条）批语

点击数：300 更新时间：2013-12-12

（22）研究"庚寅本"（附条）批语来历意义不大

点击数：262 更新时间：2013-12-13

（23）周汝昌借给陶洙甲戌本录副本考（浓缩版）

点击数：234 更新时间：2013-12-15

（24）周汝昌借给陶洙甲戌本录副本考（上）

点击数：547 更新时间：2013-12-15

（25）周汝昌借给陶洙甲戌本录副本考（下）

点击数：322 更新时间：2013-12-15

（26）《红楼梦》"庚寅本"十八探——"庚寅本"和甲戌本（附条）批语发现始末

点击数：298 更新时间：2013-12-19

（27）甲戌本新发现附条批语与周汝昌借陶洙甲戌本录副本

点击数：208 更新时间：2013-12-30

2014年（10篇）：

（1）《红楼梦》"庚寅本"十九探——"庚寅本"独有批语与"古底本"

点击数：522 更新时间：2014-1-11

（2）关于《水浒全传》袁无涯本、郁郁堂本和杨定见本

点击数：1534 更新时间：2014-7-5

（3）再谈《水浒全传》袁无涯本、郁郁堂本和杨定见本

点击数：526 更新时间：2014-7-9

（4）《红楼梦》甲戌本附条批语和周汝昌录副本图章问题——答沈治钧先生

点击数：485 更新时间：2014-7-27

（5）《红楼梦》甲戌本附条批语是周汝昌所为吗？——再答沈治钧先生

点击数：404 更新时间：2014-7-28

（6）谈欧阳健先生复杂的水浒版本演化论　点击数：375 更新时间：2014-8-16

（7）《红楼梦》"庚寅本"二十探——"庚寅本"真伪论

点击数：646 更新时间：2014-10-30

（8）吴敬梓生平行踪地图　　　　　　　　点击数：201 更新时间：2014-11-4

（9）谈俞平伯和甲戌本附条——三答沈治钧先生

点击数：376 更新时间：2014-12-26

（10）谈周汝昌、胡适和甲戌本附条——四答沈治钧先生

点击数：313 更新时间：2014-12-29

2015 年（10 篇）：

（1）谈"庚寅本"、甲戌本录副本"造假"——五答沈治钧先生

点击数：391 更新时间：2015-1-1

（2）俞平伯、脂批"三千假"和"庚寅本" 点击数：433 更新时间：2015-1-7

（3）《三国演义》书名研究 点击数：962 更新时间：2015-1-16

（4）答复两份质疑 点击数：226 更新时间：2015-7-30

（5）响应《〈红楼梦〉版本数字化研究》第两篇评论

点击数：206 更新时间：2015-8-7

（6）响应《读周文业先生的〈红楼梦版本数字化研究〉（二）》

点击数：125 更新时间：2015-8-17

（7）响应《读周文业先生的〈红楼梦版本数字化研究〉（三）》

点击数：157 更新时间：2015-8-20

（8）响应《读周文业先生的〈红楼梦〉版本数字化研究》（四）》

点击数：140 更新时间：2015-8-26

（9）响应《读周文业先生的〈红楼梦〉版本数字化研究》（五）（六）》

点击数：170 更新时间：2015-9-6

（10）中国古代小说版本的"一本修订"和"多本参校"总论

点击数：183 更新时间：2015-9-8

2016 年（9 篇）：

（1）《红楼梦》甲戌本附条批语研究感言 点击数：305 更新时间：2016-5-30

（2）《红楼梦》甲戌本上贴附条者就是撕去一角上盖图章者

点击数：285 更新时间：2016-6-5

（3）《红楼梦》"庚寅本"批语来自俞平伯 1954 年版《辑评》

——"庚寅本"研究之一（上篇） 点击数：265 更新时间：2016-6-6

（4）《红楼梦》"庚寅本"批语来自俞平伯 1954 年版《辑评》

——"庚寅本"研究之一（下篇） 点击数：200 更新时间：2016-6-6

（5）《红楼梦》"庚寅本"正文主要来自庚辰本

——"庚寅本"研究之二（上篇） 点击数：201 更新时间：2016-6-9

（6）《红楼梦》"庚寅本"正文主要来自庚辰本

——"庚寅本"研究之二（下篇） 点击数：191 更新时间：2016-6-9

（7）《红楼梦》"庚寅本"中"松轩本""鹤轩本"和"庚寅"问题

——"庚寅本"研究之三（上篇） 点击数：194 更新时间：2016-6-15

（8）《红楼梦》"庚寅本"中"松轩本""鹤轩本"和"庚寅"问题

——"庚寅本"研究之三（下篇） 点击数：225 更新时间：2016-6-15

（9）《红楼梦》"庚寅本"装订问题

——"庚寅本"研究之四 点击数：348 更新时间：2016-6-17

以上总计 63 篇，其中最早的是 2009 年发表的《一百二十回本〈红楼梦〉版本研究和数字化论文集》一书的前言。

在此之前我记得还发表过一些文章,但可惜当时网站"学林撷英文章列表"虽然显示有62页1225篇,但实际只显示到第34页第680篇就停止,第35页以后的545篇就无法显示了,现在这个网站已经关闭了,也就无法再查了。

我的文章发表最多的是2013年,因为当时研究《红楼梦》"庚寅本"发了23篇。这些文章涉及《红楼梦》《三国演义》《水浒传》,因为前几年集中研究了《红楼梦》"庚寅本",因此发表的有关《红楼梦》文章最多。文章点击数最高的是《关于〈水浒全传〉袁无涯本、郁郁堂本和杨定见本》,点击数:1534次。可能是大家对《水浒全传》有兴趣,因此点击数较高。其次是《再谈新出现的〈红楼梦〉手抄戚序本》,点击数:118次,这是谈一位朋友发来的一个《红楼梦》手抄本,可能这是个《红楼梦》的稀见版本,因此点击数较高。点击数过1000次就这2篇。1000次在一般网站中并不多。我初步查了一下,小说网点击数更高的文章也有一些,一般点击数都在几百次左右。这些都是已经关闭的小说网的情况。点击数1500多次,这在当时的网站是比较高的。

这期间苗老师网站曾出问题停了一段时间,小说网一停我才真正感到如果没有苗老师的网站会如何不方便,好在不久又修复了。我衷心希望苗老师的网站能坚持办下去,但不幸2017年由于与赞助商有矛盾,古代小说网被迫关闭了,以前网站的文章都没有保存下来,十分遗憾和可惜。

古代小说网站关闭后,2016年10月1日苗老师又开辟了微信公众号,2018年1月4日,他又在搜狐网建立了"古代小说"微信公众号,这样上网也可浏览,很方便。到2020年1月2日发表906篇文章,订阅数有370万人。两者内容基本相同,但搜狐网和微信公众号相比还有一些不足。第一,搜狐网微信公众号建立于2018年1月4日,此前微信公众号的文章都没有转载。第二,微信公众号每篇文章有作者其他文章的链接,查阅方便,而搜狐网没有。

我注意到,"古代小说网"基本每天早上7点左右都会发一篇文章,最出色的是每篇文章都配有精美插图,这十分不易,真不知苗老师保存了多少图片!

我在微信公众号和搜狐网上至今只发表了7篇文章。

(1)周强(学人风范系列之一)　　　　　　　　　　2017-8-20

　　　　　　　　　　　　　　　浏览量1154(2019年2月9日)

(2)陈翔华(学人风范系列之二)　　　　　　　　　　2017-8-26

　　　　　　　　　　　　　　　浏览量597(2019年2月9日)

(3)金文京(学人风范系列之三)　　　　　　　　　　2017-9-9

　　　　　　　　　　　　　　　浏览量2205(2019年2月9日)

(4)2018年湖北黄冈顾景星与《红楼梦》研讨会随笔　2018-06-20 07:03

　http://www.sohu.com/a/236690679_100098090? sec=wd

　　　　　　　　　　　　　　　浏览量1593(2019年2月9日)

(5)湖北黄石《三国演义》高端论坛随笔　　　　　　2018-08-07 07:06

　http://www.sohu.com/a/245623590_100098090? sec=wd

　　　　　　　　　　　　　　　浏览量2038(2019年2月9日)

(6) 中日学术交流感言　　　　　　　　　　2018/10/11 07:03
http://www.sohu.com/a/258740748_100098090?sec=wd
　　　　　　　　　　　　　　　浏览量 3841（2019 年 2 月 9 日）
(7) 2019 年第十八届中国古代小说戏曲文献暨数字化国际研讨会一号通知
http://www.sohu.com/a/293128477_100098090?sec=wd　　2019-02-03 10:41
　　　　　　　　　　　　　　　浏览量 796（2019 年 2 月 9 日）

苗老师为每篇文章都精心配置各种插图，我不爱照相，也很少保留照片，对此我非常感谢。总之，苗老师创办的古代小说网对我帮助极大，我真是不知如何感谢才好！现在是网络时代，离开网络可以说寸步难行。苗老师在繁重的工作之余还把这个网站坚持办了十几年，实在不易，我是由衷感谢苗老师。

2018 年苗老师在南京举办古代小说会，本来报名参会的人很多，但突然《文学遗产》同时在上海开会，很多老师就去上海开会了，只有罗书华等少数老师上海开会开了一半又来南京开会，两边都照顾到了。看来以后开会一定要注意时间，不要和其他研讨会时间冲突了。但有时也实在难免。

22. 罗书华

罗书华是我的老朋友，乃怪人也！请看他在"百度"上的《自撰小传》：

　　江西泰和人，复旦大学教授、博士生导师。住无争楼，居默墨斋，自号四一居民。盖其生命有四一：一为自己，一为家庭，一为师友，一为天下众生；工作有四一：一为玩乐，一为稻粱，一为声名，一为事业神圣。交朋友，以稍解我执、宽平待人、知惧规则界限为声气；教弟子，以友爱、独立、努力、快乐、理性为原则。虽事教学研究之职，惜才薄学浅识短，更在平庸之下，合于不学无术之称。经史子集四部兼通，遑论诗赋古骈琴棋书画；外国语一门不通，何谈东学西学；终年陶然在三尺专业井里，哪管世上还有学术和生活辽阔如海。角落里翻检几本灰尘漫生的弃书，大做学问；用键盘编排一些别人用过或不用的材料，转成大著；走南京过北京进上海戴一顶博士帽儿，一时不知他人是谁；凭人情带运气得几个奖助项目，自认天下数我第一。距文苑儒林知分之列难以道理计，不敢玷辱学者学士居士令声，宜乎称为居民，实非故作谦虚。著有《双凤护珠：红楼梦的结构与叙述》《红楼细细读》《中国叙事之学》等多部学术界重要专著，为平生得意之作；近来以《红楼梦》、散文学史、比较文体学为教研对象，常感教学研究之困。

此个人简介写得极为生动，真奇文也！不需要我再补充什么了！

罗书华是复旦大学黄霖先生的博士生，黄先生为人沉稳，不知怎么收了这样一个怪学生，他博士毕业还留校任教，现在也是博导了！听他在研讨会发言那是妙语连珠，几乎每句话都会引人发笑,我想象他这样给学生上课,那学生肯定会十分欢迎的,大学里怕没有他这样的老师。

我和他接触最多的一次是 2016 年去日本早稻田大学参加第十五届中国古代小说戏曲文献暨数字化国际研讨会。开会地点在东京早稻田大学,但他到日本不住在东京,却独自一人住在淡路岛一自助宾馆,开会再去东京,会后再回淡路岛。我很奇怪,问他为何要住到淡路岛?他说是为休闲,问我去不去一起住,反正他住的房间是标准间,可睡两人。我很好奇,会后就和他一起去了淡路岛。他曾在日本任教,因此对日本很熟悉,这个自助宾馆就是他在国内从网络上查到的。他从网络上预订后,下飞机就自行找到了这个。这宾馆在海边,很清幽,平时无人管理,吃饭也是自己做,他白天就去海边游泳,十分休闲。淡路岛周围景点很多,有著名的鸣门海峡大小漩涡、明石海峡大桥等,还有一座日本天皇墓地,是一位被贬的天皇最后葬于此地。我去日本看过京都、东京很多天皇墓地,在淡路岛发现一座天皇墓地我很奇怪,我们去围着墓地转了一圈。

总之,罗书华是个怪人,也是个快人,是我的好朋友!

23. 纪德君

纪德君现任广州大学文学院院长,我知道他是因为读了他的一篇关于《三国演义》和《资治通鉴》关系的文章。我 1999 年开始从事古代小说数字化研究,首先是从《三国演义》入手,就收集有关《三国演义》的文章。以前我只知道《三国演义》的来源是《三国志》和《后汉书》,看到纪德君 2004 年在《学术研究》第 5 期发表的文章《论〈三国志演义〉与〈通鉴〉〈通鉴纲目〉之关系》,此文详细论述了《三国演义》和《资治通鉴》的关系,使我豁然开朗,原来《三国演义》和《资治通鉴》也有密切关系,《三国演义》很多版本书名中的"按鉴",就是指"按照《资治通鉴》",这对我启发很大,后来我和邓宏顺编写《三国演义文史对照本》,就主要参考《三国志》《后汉书》和《资治通鉴》。其实纪德君早在 1999 年就在《吉林大学社会科学学报》第 2 期上发表类似文章《试论〈资治通鉴〉〈资治通鉴纲目〉与"按鉴"演义小说之关系》,我当时未看到。可惜后来纪德君有关中国古代小说研究偏于理论研究,有关小说文献研究的文章不多了。

2004 年 10 月,绵阳举办中国第十七届《三国演义》学术研讨会,我们第一次见面,纪德君在大会上发言,还当选为中国三国演义学会理事。

2015 年中国三国演义学会领导改选,我建议 2016 年就举办一次全国《三国演义》研讨会,本来想由纪德君在广州大学举办,他开始也答应了,但后来广州大学文学院领导改选,在他未重新当选前无法确认此事。因此 2016 年全国《三国演义》研讨会未能举行,到 2017 年才在山西太原举办了。到 2019 年纪德君再次当选为院长后,才信守承诺,在广州举办了第二十五届中国《三国演义》学术研讨会。

2017 年中国传媒大学举办了第十五届中国古代小说戏曲文献暨数字化国际研讨会,会上我征询纪德君的意见,可否两年后即 2019 年在广州大学举办一次数字化国际研讨会,他很痛快地答应了,我很欣慰。但后来湖北师范大学景遐东想主办 2019 年数字化国际研讨会,我又征询他意见,可否 2019 年先由景遐东主办,再过两年即 2021 年再由他在广州举办,他也很痛快地答应了,并表示只要他在任,随时可以举办,我十分感谢。2019 年 11 月他在广州大学举办中国《三国演义》研讨会,我再次询问 2021 年举办数字化国际研讨会一事,由于日本学者每年只有 8 月放假期间才可出来开会,因此我希望研讨会安排在 8 月,他也很痛快地答应了,对此我非常感谢。

纪德君现任广州大学文学院院长,其间他从我们首都师范大学引进了两位高端人才。一位是吴相洲,曾任我校文学院党委书记、乐府学会会长、中国唐代文学学会副会长、中国王维研究会会长。一位是陶东风,是文艺理论家,中国文艺理论学会副会长、中外文艺理论学会副会长,两位都是博士生导师。纪德君能把这两位大家从首都师大挖到广州大学,说明广州大学文学院还是很有吸引力的。我和我校前任校长很熟悉,2017 年他未到任期结束就辞职了,我在学校里遇到他,问他为何要辞职。他说他办公桌上一大堆请调报告,他很为难,只好请辞。以前是我校从外地挖人,不料现在是被人挖了。现在中央精神不鼓励北京到外地挖人,但对外地到北京挖人不反对。广州大学文学院能从我校挖走吴相洲和陶东风,说明纪德君领导有方。

纪德君 2019 年在广州举办中国《三国演义》研讨会,会上他特别点名称赞我多年来开展的中国古代小说数字化工程,认为这为中国古代小说研究开辟了一个新天地。我开发了五大名著版本数字化,但只有《三国演义》版本数字化在学者中影响最大,《红楼梦》《水浒传》《西游记》《金瓶梅》也有学者在用,但从未有在全国大会上受到表扬。这次在中国《三国演义》研讨会上,数字化受到纪德君的高度称赞我很欣慰,这 20 年的努力得到大家认可我也很高兴。

纪德君另一个令我印象深刻的是他的大会发言。一般研讨会发言者都是在讲台后面规规矩矩地照本宣科。他有几次在研讨会上发言时,却脱离讲台,在大家面前绘声绘色地演讲,更为吸引人。总之,我看纪德君是位既有领导能力,又有学术水平的人才。

24. 胡 胜

胡胜是辽宁大学文学院教授、博导、科研处处长。我们虽然每年见面不多,但也是好朋友。他是个乐观的人,每次见到他总是乐呵呵的,似乎从来没有他发愁的事情。

2017 年我要去辽宁省图书馆查一本未曾被著录的《三国演义》松盛堂本,为此联系胡胜,他找来他一学生、现在沈阳大学任教的赵旭全程陪同我,对此我十分感谢。

胡胜主要研究《西游记》，2017年他获得国家社科重大项目"《西游记》跨文本文献资料整理与研究"，他在申报时把我作为子项目"数字化"的负责人，项目获得了批准，他还分配给我一些经费。我这几年曾几次作为国家社科重大项目的子项目负责人，是由于我在古代小说数字化上起步最早，在国内有些影响，现在申报项目都离不开数字化了，因此很多人申报国家社科重大项目时都会把我列为子项目负责人。按照规定，我每年只能担任一个国家社科重大项目的子项目负责人，因此有时还要考虑加入哪个国家社科重大项目合适。我参加这些国家社科重大项目其实有些只是挂名，顶多协助他们而已。有些项目申报成功后，负责人只是对我感谢一番，说学校不许转移经费，最后也并不提供任何经费，我倒也无所谓。而胡老师申报时就表示，如申报成功，一定支付一些经费给我，我也未当回事。项目经费下达后，他还真按照承诺给我转了一笔经费。胡老师如此认真，说话算话，我十分感谢！

25．雷 勇

雷勇是南开大学原副校长陈洪的博士生，我们认识得很早，他在南开读博士时我们就认识了。南开大学举办几次小说研讨会是他告诉我，我才有幸去参加。他南开毕业时未能留在南开而是返回汉中老家，在陕西理工大学（原陕西理工学院，2016年改称大学）任教，长期担任学院研究生处处长。

他曾邀请我在他们学校做专场报告，介绍我在古代小说数字化和中国历史地理数字化方面的研究，受到师生热烈欢迎，并当场热烈讨论。后来我再去他们学校开会，还有老师记得我上次去做的报告，我对此很欣慰。他也曾主办过多次研讨会，都邀请我去参加。我爱看古迹，汉中古迹很多，如武侯墓、马超墓、古汉台、拜将坛、张良庙、蔡伦墓、古褒斜栈道、石门十三品、灵崖寺摩崖石刻等，他亲自陪同我到处游览。他夫人为人热情，我多次去汉中得到他们夫妇的热情接待，我十分感谢。

雷勇主要研究《隋唐演义》，因为这类小说基本没有什么版本问题，因此我也没有特别关注。

雷勇早在1997年就在汉中举办过第十一届中国《三国演义》研讨会，我是1999年才进入古代小说研究的，因此没有参加这次研讨会。2007年他参与了在天津举办的中国小说史研讨会，邀请我去参加。2011年他在汉中主办中国古代文学与地域文化学术研讨会，也邀请我去参加，2015年他又一次在汉中举办《三国演义》研讨会，我又一次到汉中开会。2018年本来在新疆伊犁举办的文学地理学研讨会因故取消，后改到汉中举行，我未收到会议通知，时间也和其他会议有冲突，我没有去参加。

雷勇办事仔细周到，为人谨慎低调，对事物有自己的看法，但又不轻易外露，我很佩服他的处事和学识。可惜他在汉中，不常出来开会，每次开会我们见面都很开心。

26. 王前程

　　王前程是湖北宜昌三峡大学教授，我和他相识源于三国的夷陵之战。

　　三国时期有三大战役，即赤壁之战、官渡之战和夷陵之战。王前程对夷陵之战的研究主要集中在战役是在长江北岸，还是在长江南岸。

　　王前程在《湖北大学学报（哲学社会科学版）》2011年1月号发表论文《关于吴蜀夷陵之战主战场方位的考辨》，2013年12月在中州古籍出版社出版专著《夷陵之战研究》[①]。

　　夷陵之战的夷陵，确实在长江北岸，但实际战役的具体地点猇亭是在江北，还是在江南，历史上有两种说法。一种说法是在江北，一种说法是在江南。按照《三国志》的描述，夷陵之战是发生在江南，猇亭也是在江南。但清代编纂的《大清一统志》把猇亭定位到江北，出现了混乱。经过王前程的仔细研究，他认为刘备是从江南过三峡进军夷陵，江北黄权只是配合，因此夷陵之战应该发生在江南。

　　我对战争史很有兴趣，因此对王前程的研究很有兴趣，我收集了很多中国古代战争史专著。我仔细检查这些战争史对夷陵之战的描写，发现9本图书中，错误地把猇亭标记在江北的有6本，认为在江南的只有3本，即我在台湾买到的台湾三军大学编著的《中国历代战争史话》、中国人民革命军事博物馆编著的《中国战争史地图集》、郭沫若主编的《中国史稿地图集》。我将这9幅彩色地图都提供给王前程，作为附录收入此书。

　　现在宜昌市的夷陵区是在江北，并设有夷陵之战公园，给人以夷陵之战发生在江北的错觉。2019年在宜昌召开文学地理研讨会，王前程带我们几位老师去游览了所谓的"夷陵之战公园"，实际此公园只是在长江北岸悬崖边的栈道而已，根本不是当年的夷陵之战的战场。

　　《三国演义》描写了三大战役，赤壁之战的地理位置问题更大，历来就有湖北蒲圻的"武赤壁"和湖北黄冈的"文赤壁"。现在主流看法是赤壁之战是发生在蒲圻，因此已经把原来的蒲圻改名为赤壁市。我曾多次去赤壁参观，2019年日本中川谕先生到黄石参加我参与主办的中国古代小说数字化会后，我曾陪他去赤壁游览。

　　但王前程仍然认为赤壁之战发生在黄冈，2017年他发表文章《〈三国演义〉描写赤壁之战战场方位的历史真实性》，对此做了详细分析。他的主要根据是：赤壁之战前曹操集团已经控制了江夏郡（治即今黄冈）江北大部分地区，赤壁之战前刘备集团已经撤至江夏郡东部长江南岸，赤壁之战前孙权集团已控制江夏郡东南诸县，将大战之地"赤壁"确定在江北岸符合原始史料记录。《三国演义》中肯定是把赤壁定位在黄冈，我没有仔细研究赤壁之战，不知他的看法是否有道理。

[①] 王前程：《夷陵之战研究》，中州古籍出版社2013年12月第1版。

至于三大战役的官渡之战是在河南中牟县没有争议,当地也曾投巨资建立了一个官渡之战公园,我也曾去参观,但因为游客很少已经关闭,只留下一个曹操塑像。

中国古代古战场的地点常有争议,不止三国赤壁之战、夷陵之战地点有争议,楚汉相争的关键战役垓下之战的地理位置也有争议。垓下之战的争议关键和夷陵之战很相似,也是古战场是在沱河北岸还是南岸。学术界过去一般认为垓下之战古战场在安徽灵璧县东南沱河北岸的韦集镇垓下村,并设立了国家文物保护牌。但安徽省政府将垓下之战古战场改定在固镇县濠城镇沱河南岸,作为省级重点文物保护单位,还设立了垓下古战场广场。《辞海》每十年要修订一次,2009年第六版也将原版"安徽灵璧县东南沱河北岸"的释文改为"安徽固镇东北沱河南岸"。对此学术界并不认可。2010年6月由中国秦汉史研究会、安徽省历史学会主办的"垓下之战遗址高层论坛"在安徽灵璧召开,论坛上不少学者认为2009年版《辞海》关于垓下地理位置的修订没有反映主流学界的研究成果,也与古代以来文献记载垓下在今灵璧东南、沱河以北的意见相背离。我爱看古迹,看过很多古战场,我对垓下之战两个地点的争议很感兴趣,也曾专门去这两地参观。但我不是历史地理专家无法发表看法,我觉得争议可能是由于古代和现代沱河改道造成的,我去看看也只是想实地了解两地到底是什么情况罢了。

王前程为人十分热情、真诚、豪爽,2019年12月中国《西游记》文化研讨会在北京举行,我未收到邀请,因此不知此会。是王前程告知我北京开会时间和地点。我曾完成了《西游记》主要版本的数字化,对其中一些版本也有所研究,因此也很关心目前《西游记》的研究情况,所以我就去旁听。参会的有很多老朋友,但其中只有王前程如此热情地记得通知我会议召开地点、时间,对此我十分感动和感谢。

27. 曹立波

曹立波(女)毕业于北京师范大学中文系,师从张俊先生,获文学博士学位,现任中央民族大学文学与新闻传播学院教授、博士生导师,中国红楼梦学会常务理事。我第一次见到曹立波是2001年第一届中国古代小说版本数字化国际研讨会,她还在随北师大张俊老师读博士,她当时很年轻,扶着张老师来我校出席研讨会,给我印象很深,因为参会的女同志很少,她似乎是唯一的一位。

多年过去了,她从一个博士生成长为古代小说领域中的知名学者、博士生导师,还上过央视《百家讲坛》等多个节目。重拍《红楼梦》电视剧时她也是主要策划者之一,我曾在电视节目中看到她谈《红楼梦》中人物。

曹立波主要学术成就我看是发现了北师大藏抄本《红楼梦》。她也是偶然在北师大图书馆中查到这本书,此书从未被人注意,她看到后就四处查询其来历,最后确认是陶洙生前亲笔所抄,后卖给中国书店,北师大又从中国书店买回。此本虽然是本现代抄本,但在《红楼梦》版本演化中还有重要意义,也引起人们对陶洙的重视。陶洙生前曾收藏己卯本,并从周汝昌处借来甲戌本的录副本,把其中批语抄写在己卯本上。这些对于《红楼梦》版本研究都很有价值。

曹老师现在是红学领域中年学者中的佼佼者,她从开始就大力支持古代小说版本数字化,她曾邀请我去中央民族大学做讲座。她曾多次在各种研讨会上介绍他们如何利用数字化做《红楼梦》版本研究,她也鼓励她的研究生利用数字化,我看在中国推广古代小说数字化方面,曹老师是最积极的。几乎每次中国古代小说戏曲文献暨数字化国际研讨会她都参加。2014年研讨会在日本举行,我和她以及中央民族大学傅承洲、中国传媒大学朱萍一起赴日参会,一路上都是曹老师代为订旅馆,安排行程,我省了很多事,从这次旅行我也看出她办事十分干练,不愧是后起之秀。

我研究了《红楼梦》中的"庚寅本"之后,对杨藏本也产生了兴趣。曹老师的博士生杨锦辉(现任教洛阳师范学院)曾就此完成了他的博士论文,并对此发表了综述文章[①]。他慷慨地给我提供了他厚厚的论文,可惜我现在忙于《三国演义》版本研究,无暇顾及《红楼梦》版本。

我近来不断在各种媒体上看到有关曹老师的报道,她已经是红学界中年一代中的佼佼者了,我看着她从年轻的博士,走到今天的博导、知名学者,很为她高兴,希望她今后在学术上再有提高。

28. 段江丽

段江丽(女)是北京语言大学文学院教授,我们认识得很早。2011年我收到她来信,希望我代为联系日本金文京教授,以便申请由日本政府资助的赴日访问学者。日本政府每年都出巨资,资助中国学者到日本访问一段时间(段老师是两年)。我和段老师很熟悉,知道她在《红楼梦》等古代小说研究方面有所建树,她的日语也很好,这是必要条件,她儿子也刚好在日本学习,因此我就推荐给金先生。金先生也写了推荐信。没有想到,很快段老师的申请就获得了批准。金先生告知我,他也很吃惊,因为他在此之前曾多次推荐中国学者,但都没有批准,没想到这次一下就批准了。

段老师赴日是以介绍日本学者的研究为主题,她事先已经收集了很多资料,利用去日本的机会再对一批日本学者进行了几次访谈,这些都得到了金先生的称赞,这对中国学者了解日本学者的研究有很大帮助。我因为促成此事,也很高兴。段老师在日本两年做了大量的访谈,对日本的小说研究做了认真考察。我去日本参加日本研讨会,她全程陪我去热海旅游,一路照顾我,我很感谢。

段老师回国后写了一些介绍日本学者研究的文章:
- 《金文京的〈三国演义〉"综合"研究——日本中国古代小说研究系列之一》,《明清小说研究》,2014-08-15。

[①] 杨锦辉:《〈红楼梦〉杨藏本研究六十年综述》,载《红楼梦学刊》2019年第4辑,第97—118页。

- 《中川谕的〈三国演义〉版本研究——日本中国古代小说研究系列之二》，《明清小说研究》，2015-07-15。

这些文章对中国学者了解日本学者的研究帮助很大。

以后每次金先生来北京，段老师都请他到北京语言大学做报告，并告诉我去会面。段老师还曾担任过一段时间《曹雪芹研究》杂志的执行副主编，后来因为学校事情忙，就辞去了。她还在苗怀明"古代小说网"上连续发表《红楼梦》系列文章《红楼人物家庭角色论》。

29. 朱 萍

朱萍（女）是中国传媒大学文学院副教授，北师大张俊的博士，博士学位论文题目为《明清之际通俗小说作家心态研究》，她现在主要从事中国古代小说研究。《曹雪芹研究》杂志最近采取轮值主编，朱萍担任了2018年第4期执行主编。

朱萍多次参加我主办的中国古代小说戏曲文献暨数字化国际研讨会，每次大会发言都会事先制作十分精彩的PPT，发言如同上课一般，条理分明，娓娓道来，论述十分精辟精彩。

2014年我和朱萍、曹立波和傅承洲四人一起，以自由行方式去日本参加第十三届中国古代小说戏曲文献暨数字化国际研讨会，从北海道到东京，再到京都，从大阪回国，朱萍多次出国，很有经验，一路上给予我很大帮助，我很感谢。

我最要感谢她的是，2017年她主办了第十六届中国古代小说戏曲文献暨数字化国际研讨会。我主办的中国古代小说戏曲文献暨数字化国际研讨会采取一年在境外，一年在大陆，2013年第十二届研讨会由上海复旦大学主办，2015年第十四届研讨会由廊坊师范学院主办，到2017年就要转到境内来举行。但到了2017年我还未落实主办单位，我已经准备如果实在无单位愿意主办，我就自己主办。因为我退休了，没有经费，交通住宿费与会人员可自己负担，只有餐费和论文集印刷费要我自己负责。餐费可在我校食堂就餐，我来刷卡。论文集我和校内一复印社很熟悉，他们可以优惠价格帮我印论文集。

朱老师得知当年的研讨会还未落实主办单位，主动提出她可申请试试看。一般举办国际会议要提前一年申请，当年申请不知是否可批准。最后还不错，她的申请被批准了。朱老师立即组织了一个团队，办会人员都十分认真负责，研讨会办得也很成功，对此我十分感谢！研讨会后，朱萍在中国传媒大学又继续主办了中国俗文学研讨会，我也顺便参加了，这是我第一次也是唯一的一次参加中国俗文学研讨会，现任会长是北大教授廖可斌教授，我们也认识，曾在几次研讨会上见过面。

30．涂秀虹

　　涂秀虹是福建师范大学文学院女教授、博士生导师。福建师范大学有一大批研究中国古代小说的学者，老一辈的有齐裕焜和从南京江苏社科院调去的欧阳健，年轻教师有涂秀虹和刘海燕等。我和涂秀虹认识得很早，她待人十分热情，后来我常去福州开会，每次去福州她都仔细安排我的食宿，十分照顾。还多次陪我在福州游览，后来由于她孩子大了，家里事情多，就委托刘海燕来陪我。涂秀虹因为家事多，很少出来开会，我看是一大遗憾。

　　涂秀虹主要研究建阳刻书，目前承接一个国家社科基金项目"建阳刊刻小说与地域文化关系研究"，我看她是国内研究建阳刻书的专家，我遇到有关建阳刻书的问题常请教她，每次她都热情回复。建阳刻书在中国古代小说中地位十分重要，很多刻书家都出自建阳。我曾去武夷山开会，会后组织去建阳参观刻书，但可惜后来建阳刻书衰落，留下的刻书实物资料很少，刻板保存也不多。

　　不久前，日本金文京先生发现建阳刻书小说版本的页眉上常有数码标记，金文京起名为"眉码"。以前大家都未注意，因为此数码在板框之外，复制出版时常常就消除了，如日本井上泰山复印出版的《三国演义》叶逢春本就把所有的眉码涂掉了，只有陈翔华影印出版的叶逢春本保留了。金文京不知此眉码的作用和目的，托我在国内咨询一下。我联系了涂秀虹，她说建阳刻书工艺失传了，目前也没有人了解，他们做建阳小说研究也未注意此眉码。我认为此眉码是书坊为保存刻板的编号，以便在印刷后按照此眉码分别在书架或书箱中保存这些刻板。日本学者研究得很细，这样细小的问题，中国学者从未去注意，这也是中国和日本研究差别的又一个案例。

　　涂秀虹和福建江夏学院的胡小梅也在研究建阳刻书中上图下文的插图，她们希望看一些日本保存的《三国演义》版本，涂秀虹和我联系，并开出书单。我一看很多版本是保存在日本，我也有图像，但都是日本中川谕先生提供的，日本只允许我做研究，不许我外传。因此我联系中川谕先生，他说可以给涂秀虹看，做记录，但不许复印。我和涂秀虹说明，她们答应了，两人亲自为此专门来北京，就近住在我校附近的紫玉饭店。我把她们需要的版本图像复制到活动硬盘中，交给她们，说明只是阅览记录，不要复制。当然我也不可能在酒店监督她们，如果她们复制了，我也不知道，但我相信她们的承诺。她们就在酒店就这些版本图像做了详细记录。胡小梅我也很熟悉，我去福州开会也常见，她待人也十分热情。

31. 刘海燕

刘海燕也是福建师大的年轻女教师，我和她认识得很早。我研究《三国演义》版本是从陈翔华先生主编的《三国志演义古版丛刊》开始的，其中《续集》中的夏振宇本和李卓吾本的序言就是陈先生委托刘海燕写的。陈先生写序言一向十分严谨，在他的严格要求下，刘海燕这两篇序言写得也很有水平，对这两个版本做了详细清楚的介绍。2010年她还出版了一本专著《明清〈三国志演义〉文本演变与评点研究》，专门送我一本。此书从嘉靖元年本到毛宗岗本，对《三国演义》版本演化做了全面分析，是《三国演义》版本研究中很有价值的专著。

我多年接触刘海燕老师，觉得她的最大特点是待人真挚、热情、可靠。从我主办第一届中国古代小说戏曲文献暨数字化国际研讨会开始，她就积极参加。我记得很清楚，一次在紫玉饭店开会，她提着行李刚下火车就赶到会场。每次参会都十分认真发言、讨论，她这样认真参会使我十分感动。

她对我帮助最大的是帮助我复印了梵蒂冈本《水浒传》。我曾想编一套《水浒传上图下文本文字插图比对本》，我收集了所有的《水浒传》上图下文版本，唯独缺少梵蒂冈本，我问邓雷，他也没有。刚好刘海燕在克罗地亚做孔子学院外教，我请她帮助联系梵蒂冈图书馆，她联系后告诉我，北京外国语大学在复印梵蒂冈图书馆藏书，如《水浒传》列入他们复印计划，就可以找他们联系。我联系到北外负责此项目的老师，他也知道梵蒂冈图书馆有此《水浒传》的残本，但他们这次是复印宗教图书，此本不在他们复印范围内。我只好再联系刘海燕，请她帮忙。她又跑了几次梵蒂冈图书馆，终于在她外教结束之前，复印了梵蒂冈本《水浒传》，并扫描后发给我。我对此十分感谢。

刘海燕就是这样一位热心帮忙做实事的人。我去福州参会，她和涂秀虹老师亲自陪我在福州市内游览，她们的热情接待使我十分感动，也是我福气好，到处能遇到这样的好朋友。希望以后有机会再会！

32. 邓 雷

近年来我国研究《水浒传》版本的人很少了，我注意到其中比较认真而且有成绩的是邓雷，他是福建师范大学博士、复旦大学博士后，现任教福建师大。他对我开发的古代小说版本数字化很有兴趣，我们经常通过邮件交流。他原是江西东华理工大学许勇强的硕士生，许勇强和他夫人李蕊芹都曾参加2013年复旦大学的中国古代小说戏曲文献暨数字化国际研讨会，发表论文《〈水浒传〉林九兵卫刊本与袁无涯本比较研究》，2015 年也曾报名参加廊坊研讨会和明代文学研讨会，但我注意到他们的单位改为西安电子科技大学，但最后他们都未出席，可能是临时有事吧。

邓雷硕士在江西东华理工大学师从许勇强，硕士毕业后考入福建师大，随涂秀虹老师读博士。邓雷博士毕业论文是有关《水浒传》简本的研究，我还专门去福州参加他的博士答辩。他博士毕业后又顺利进入复旦大学，师从黄霖做博士后研究《水浒传》繁本。其间曾协助复旦大学黄霖老师编《水浒传》的评语汇编。

邓雷博士后研究《水浒传》繁本也完成了，这样他把《水浒传》简本、繁本都研究完了。2018 年邓雷出版了《水浒传版本知见录》，得到暨南大学程国赋项目资助。这本书是目前记录《水浒传》版本最全的著作，对《水浒传》各种版本介绍得非常仔细，对《水浒传》版本研究很有参考价值。2019 年邓雷博士后出站后，他又返回福建师大任教了，我们常有联系。

我看五大名著版本中，像邓雷这样逐一仔细著录各种版本的书，除《水浒传》外，其他四大名著还都没有。我也曾建议中川谕先生也编一本详细介绍《三国演义》版本的专著，对《三国演义》版本绝对有很大促进作用。但中川先生《三国演义》版本研究项目工作量很大，实在没有时间做这个烦琐的整理工作。我也曾考虑我先来编，然后请中川先生再补充修订，中川先生也同意了。但我自己的研究出版工作量也不断增大，实在没有时间、精力再做这件事，也是十分遗憾。

我在中国知网上查到，邓雷从 2012 年来发表有关《水浒传》的文章有近 30 篇，一个年轻人几年内发表这么多版本研究文章实在不易。可惜邓雷因为工作繁忙，这几年他很少出来参加各种研讨会。

我最近研究《三国演义》日本九州大学藏本，此书题署"三建 书林"，我们都不知"三建"是何意，邓雷告知此是福建三地：建安、建阳和建宁的合称，帮助我解决了一个大问题。

2018 年张青松和广陵书局影印出版了法国巴黎图书馆藏《锺伯敬先生批评水浒忠义传》，请邓雷写了 2 万余言的跋语。

总之，《水浒传》版本还是值得研究的，这几年也有很大进步，但《水浒传》各种版本文字差异很大，学者间也有不同看法，研究起来难度很大。希望邓雷等所有年轻人锲而不舍，完成《水浒传》版本的全面深入研究。

33．王玉国

王玉国是江苏镇江文化局原副局长，现任镇江三国演义学会会长，是全国市县级三国文化研究机构的发起人之一，多年来一直主办《三国文化》刊物，宣传三国文化。

我接触王玉国是多年以前，那时我对三国古迹很有兴趣，利用开会机会到处参观各种三国古迹,为此也收集有关三国古迹的图书。我看到一本黄山书社 1995 年出版的小册子《三国名胜》,完整系统地介绍了全国各地 100 处三国名胜,对我帮助很大,此书就是王玉国编写的。后来他参加《三国演义》研讨会我们认识了,并成为好朋友。

王玉国曾任政府机关领导,因此很有领导能力,他除担任镇江三国演义学会会长外,还是镇江赛珍珠研究会会长。赛珍珠早年随父母生活在庐山,她的庐山故居我也去看过。她一生主要居住在镇江,她在镇江的故居已经开辟成赛珍珠纪念馆,我也去看过。

镇江是三国历史名城,有很多三国遗迹,如北固山、甘露寺、铁瓮城、试剑石、摩崖石刻、太史慈墓、鲁肃墓等。2011 年由王玉国组织在镇江召开了第二十届《三国演义》研讨会,就是在这次研讨会上,解除了沈伯俊先生的中国三国演义学会秘书长的职务,由此引发了三国演义学会领导危机。

我觉得王玉国对三国文化和《三国演义》的最大贡献是发起组织了全国地方三国演义学会联盟,其正式的名称是"全国市县级三国文化研究机构"。以前有关《三国演义》活动主要是中国三国演义学会组织的全国《三国演义》研讨会,各地虽然也有一些地方性的三国演义学会,但由于是各自分散活动,影响不大。是王玉国等人发起组织各地的三国演义学会建立联盟,定期组织地方三国文化研究机构召开研讨会。目前加入这个联盟的有:江苏镇江、浙江富阳、山西清徐、河南许昌、安徽舒城、四川绵阳等,联盟还在不断扩大,成为宣传三国历史和《三国演义》的重要阵地,对此王玉国功不可没。希望王玉国坚持下去,把三国地方文化研究机构的活动办得更好。

王玉国办事沉稳,很会处理各种关系,组织能力极强。全国市县级三国文化研究机构这个组织没有什么会长、主任等负责人,各地的研究机构轮流坐庄办会也很方便。这个机构是民间组织,可调动民间爱好者的积极性,希望这个机构长期坚持办下去,和中国三国演义学会密切配合,推动中国三国文化研究向前发展。

34. 王益庸

王益庸是现任杭州三国水浒学会会长,也是全国市县级三国文化研究机构的发起人之一。他有一大堆头衔:中国水浒学会副会长、杭州三国水浒文化研究会会长、杭州红楼梦文化研究会会长、杭州西游记文化研究会会长、浙江省三国演义学会常务副会长、浙江省孙权研究会常务副会长、富春江名人名胜研究会会长、富阳市中庸书画院院长、富阳市文化交流促进会副会长和书画委员会主任、中国书画艺术家协会常务理事、杭州古都文化研究会书画委员会委员,多得惊人。他自己有公司,主要办书法班,经营书画,他字写得很好,是当地有名的书法家。

王益庸本是浙江富阳人,热爱三国文化,富阳是孙权故里,也是诸葛亮后裔居住地,有名的旅游胜地——八卦村,我也去看过。富阳紧靠富春江,黄公望的《富春山居图》是名画，我曾去他的故居参观过。

王益庸年轻有为干练，组织活动能力极强，2002和2012年曾两次在富阳举办全国《三国演义》研讨会，2009年在富阳、2014年在杭州，他又曾两次参与组织了全国《水浒传》研讨会。这几次研讨会我都参加了，由他出面组织召开的研讨会都很成功。

王益庸开始在富阳活动，现在主要活动移到杭州。他每次办会在会前就正式出版会议论文集，这是一般办会都做不到的，论文集编辑印刷都很精美。他每次大会发言都很精彩，言辞精练，篇篇都很出色，令人印象深刻。他组织能力很强，有一伙小兄弟帮忙，看得出他在当地人缘很好。

他和王玉国是全国市县级三国文化研究机构的主要发起人和组织者，在他们带领下，各地三国文化研究机构发展很快，是宣传三国文化和《三国演义》的一支生力军，希望他们再接再厉，促进三国文化研究的进步和发展。

35．李金泉

李金泉在上海税务局工作，业余爱好研究古代小说版本，研究水平很高。他和我一样，不是科班出身，我们研究小说版本纯属业余爱好。他和中川谕先生等日本学者都很熟悉，中川谕先生对他十分尊重，曾邀请他赴日本研究"三言二拍"版本。日本小说研究专家大塚秀高先生也曾专门邀请他赴日本访学。他曾两次自费去台湾图书馆查阅《三国演义》李卓吾本。

李金泉几年前曾仔细研究各种《三国演义》李卓吾本，还曾研究"三言二拍"的版本。但他很少发表文章。2003年武汉第十六届中国三国演义学会年会上，他发表了长文《叶逢春刊〈三国志通俗演义史传〉版本研究》，在我看来是对叶逢春本最详细的研究。

我从国家图书馆复制了《三国演义》毛本最早的醉耕堂本后，传给他，他对照图片和中华书局整理出版的《三国志演义》（毛本）逐字核对，发现中华书局本有很多错误，并写了一篇长文。他的认真精神我很佩服。

李金泉一般也不愿意参会，我也只有2011年邀请他到北京参加第十届中国古代小说戏曲文献暨数字化国际研讨会，我当时已经退休，但为邀请他参会，以便学者们了解他的研究，我自费负担了他来往路费和住宿费。

李金泉在版本上见识很广，这完全是出于他自己的爱好。我对他很佩服，有版本问题常求教于他，在中国专业版本研究者中，我看超过李金泉的人也不多。前面介绍萧相恺时曾提及，是他首先发现萧相恺文章中的"天海藏"问题，我根本没有注意到，老萧对此也十分感谢。

在古代小说版本研究中，除了一批学者外，还有很多"草根"，即业余爱好者，其中不乏高手。李金泉不是唯一的一例，在《红楼梦》版本研究中，鱼龙混杂，有很多水平实在不敢恭维的爱好者,但也还是有很多高水平的"草根"。如考证卞藏本原藏家刘文介时,曹震提供了宝贵的线索,实在功不可没(但他认为卞藏本是伪书却是错了)。

36. 张青松

张青松和李金泉一样是古代小说的业余爱好者,但他们的爱好有些差别,李金泉主要是研究古代小说版本,而张青松在我看既是收藏家,也对小说版本有很深的研究。我是通过李金泉认识张青松的。

张青松前几年一个重要成果是对《金瓶梅》一种张评本《皋鹤堂批评第一奇书金瓶梅》苹华堂本的研究。《金瓶梅》张评本实际有很多种,哪种是最早的版本以前有争论,张青松和李金泉一起研究了从俄罗斯回流的《皋鹤堂批评第一奇书金瓶梅》苹华堂本,认为这是一种最早的张评本。此书由台湾学生书局影印出版,李金泉写了版本考。他们的研究在 2017 年广州《金瓶梅》研讨会上介绍,引起与会者的高度评价。

张青松对《金瓶梅》研究的另一贡献是对《金瓶梅词话》胶卷的研究。在 20 世纪 40 年代,日军占领北平前,北京图书馆将一批珍贵古籍运往美国保存,在起运前拍了照片保存,这批胶卷现保存在国家图书馆,其中就有《金瓶梅词话》。前几年国家图书馆出版社把这批珍贵古籍影印出版,《金瓶梅词话》因为是禁书,因此没有出版。张青松得知这个情况想去国图看这个胶卷,但国图要介绍信,他不愿意让他单位人知道他在从事古籍收藏,因此找我开介绍信,我很容易地从单位开了介绍信,和他一起去看胶卷。他把胶卷和现保存在台北故宫博物院、已经出版的《金瓶梅词话》影印本做了仔细比对。但国图不让拍照,他只好仔细记录了胶卷和《金瓶梅词话》影印本的差异,后写了文章介绍此胶卷。此胶卷现在也有一套保存在新加坡,新加坡一出版社得知后,计划将其影印出版。

2018 年《金瓶梅》研讨会上,张青松又推出一本彩色《金瓶梅版本图鉴》,收集了 400 多种版本图录,而 2017 年广州大学史小军等编著的《金瓶梅版本知见录》只收入 100 多种,张青松收集的版本是史小军的 4 倍。此书全部彩色印刷,十分精美,可惜采用了 16 开本,不如史小军的 8 开本清楚,是个遗憾。

2018 年张青松还和广陵书局一起影印出版了法国巴黎图书馆藏《锺伯敬先生批评水浒忠义传》。此本是《水浒传》重要的百回本,虽然以前上海古籍出版社《古本小说集成》第二辑、中华书局《古本小说丛刊》第二十四辑,以及台北天一出版社《明清善本小说丛刊》都曾出版过,但质量不好。这次张青松得到了此本清晰的图像,采用了线装本两函影印,对象主要是个人收藏。

张青松自己在孔夫子网上有个书店,名"无邪斋",很出名。他也经常在拍卖网上买书、卖书。张青松收藏很多古籍,我最感兴趣的是他现在收藏的几种《三国演义》

"英雄志传"系列简本,都是在拍卖会上买到的,但可惜都是残本。2018 年金秋嘉德拍卖会上有一套全本的《三国演义》简本三国英雄志传二十卷本拍卖,起拍价只有 0.8 万到 1.5 万,张青松因为工作忙忘记去参加拍卖,很遗憾被别人拍走了。后我上网查看,此本应该是哈佛本,价值不是很大。他现在手上有四五种《三国演义》版本,全部是简本"英雄志传"小系列。其中有一种致和堂本我看价值最高,此本前面有整页故事插图,和明刊李卓吾本很相似。张青松原认为可能是明刊本,我们带此本去国家图书馆请专家审查,专家一眼就看出"刘玄德"的"玄"字缺笔,这肯定是避讳"玄烨",因此肯定是清刊本。另外几本都是残本,也都是清刊本,是在毛本出现后,志传系列书商假借李卓吾本和毛本原本的名义推出,以便和毛本竞争。中川先生都将这些版本拍摄下来了。因为我目前没有经费,无法数字化。2019 年中川先生的项目批准了,有经费了,就可以数字化后进行深入研究了。

张青松的注意力主要在收藏方面,应该说他是位民间收藏家更准确。这几年张青松在古代小说收藏、出版和研究方面都很有建树,他在繁忙工作之余还分出精力从事这些工作,实在是不易,并成果颇丰,我是十分敬佩。

民间小说版本爱好者还有很多,我接触过一些,各有各的特点,水平参差不齐,差距较大,此处只介绍了我认为很有水平且与我交往较多的几位,其他人就不介绍了。

37. 徐志平

徐志平老师是嘉义大学教授,曾任嘉义大学中文系主任、人文艺术学院院长、教务长、副校长。徐老师在中国古典文学、现代文学特别是明清小说研究方面用力甚勤,著述颇丰,在海峡两岸乃至海外学界具有广泛影响。

我和徐老师交往主要是他三次邀请我到台湾。第一次是 2010 年他邀请我到嘉义大学,就我开发的小说版本数字化和历史地理数字化做报告。第二次是他主办了 2012 年第十一届中国古代小说戏曲文献暨数字化国际研讨会,邀请我参会。第三次是 2017 年他邀请我参加第六届中国小说戏曲国际研讨会。

我 2007、2008、2009 和 2010 年连续 4 年应邀参加台湾举行的地理信息研讨会。大约是 2010 年,徐老师时任嘉义大学文学院院长,邀请我到嘉义大学做报告。我介绍了我的两项数字化研究,一项是中国古代小说数字化研究,一项是中国历史地理数字化。除在嘉义大学报告外,徐老师领我去了在嘉义的中正大学,徐老师还亲自开车带我到台南,访问台南成功大学,我第一次见到陈益源、王三庆老师。因为阿里山就在嘉义,因此在嘉义期间我第一次去了阿里山。因为我爱看古迹,徐老师开车到台南专门领我去看了台南的主要古迹。

中国古代小说戏曲文献暨数字化国际研讨会自开办以来,为促进中外学者交流,我自己制定的原则是一年在中国大陆,一年在中国大陆以外。其中 2004 年第三届研讨会在韩国祥明大学是中国大陆以外第一次，2006 年第五届研讨会在日本东京大东文化大学是境外第二次，2008 年第七届研讨会在中国澳门大学是中国大陆以外第三次，2010 年第九届研讨会在韩国成均馆大学是中国大陆以外第四次。我非常希望能到台湾举办一次研讨会，我也知道徐老师曾在嘉义大学举办过多次中国古代小说研讨会，曾邀请大陆很多知名学者参会，因此徐老师办会是很有经验的。我和徐老师商议后，他同意 2012 年第十一届研讨会在嘉义大学举行。我十分高兴，因为这可以促进两岸学者的交流，绝对是件大好事。为此，在开会前，我还利用去台湾参加其他研讨会的机会，专门从台北坐高铁到嘉义，我们两人在嘉义火车站会面，商议办会的一些具体事宜。

研讨会召开前，刚好嘉义大学换了新校长，新校长请徐老师卸任文学院院长后，出任教务长，他因此工作十分繁忙，但还是抽出时间来筹备这次研讨会。

2012 年这次研讨会中国大陆、日本、韩国都有著名学者参加，徐老师印的论文集也十分精美，在嘉义大学开会徐老师安排十分周到细致，大家都十分感谢大会的组织工作。

后来徐老师还参加了在日本东京大东文化大学举行的 2014 年第十三届研讨会（中国大陆以外第六次），并做报告。2015 年第十四届研讨会在河北廊坊举办，因为工作繁忙，徐老师没有参加。2016 年第十五届研讨会在日本早稻田大学举办，因为徐老师上次没有参加廊坊的研讨会，我是用廊坊研讨会的通讯簿发出日本研讨会的通知，就忘记发给徐老师了。这样徐老师不知道 2016 年日本早稻田大学的研讨会，后来他从其他管道得知后，对此很遗憾，我对此也很内疚，这是我工作不细致造成的。

2017 年研讨会再次在中国传媒大学举行，徐老师表示要来参加，虽然他 2017 年 4 月刚刚应中国传媒大学文法学部邀请，到该校做了《〈金瓶梅词话〉中的男性身体》的学术讲座，受到热烈欢迎。徐老师 4 个月后再次来中国传媒大学参会我很感谢。

2017 年嘉义大学举办第六届中国小说戏曲国际研讨会，他再次邀请我与会，详情我另外写文章介绍。这次赴台得到徐老师认真仔细的照顾，我十分感动。

2018 年第十七届研讨会在马来西亚和德国、奥地利举行，我再次事先征求他意见，他和夫人商议后，决定只参加马来西亚会议，因为德国他们刚去过了。马来西亚研讨会徐老师还是以他特有风格做了报告。

我对徐老师印象最深的有两点。

第一，徐老师研究中国古代小说的视野十分宽泛，经常会从我们意想不到的角度研究中国古代小说，如他 2017 年 4 月在中国传媒大学作的《〈金瓶梅词话〉中的男性身体》报告，是借鉴西方身体理论对中国古典小说进行创新研究的一个精彩范例。徐老师以西门庆为主，对其身体描写的隐喻进行了系统的探讨。这种新的学术研究视角是大陆学者根本无法想象的。

第二，徐老师每次报告都有十分精彩的 PPT 演示，制作十分精美、生动，为他的报告增色不少，也使大家更容易理解他报告的内容。

总之，每次徐老师报告无论内容、形式，都是十分精彩的。希望以后还有机会和徐老师交流。

38. 洪涛、黎必信

洪涛和黎必信都是香港中文大学教师，洪涛是文学院翻译系教授，黎必信是中文系讲师、香港中文大学博士，他毕业后先到香港城市大学中文系任教，后又返回香港中文大学。

洪涛主要从事《红楼梦》翻译。我们认识得很早，他曾多次参加中国古代小说戏曲文献暨数字化国际研讨会，有时因故无法参会也会发来论文，都是有关《红楼梦》翻译的。我们现在时常有联系，时常通过网络讨论问题。

中国古代小说戏曲文献暨数字化国际研讨会曾在澳门由邓骏捷主办过一次，但从未到香港举行。日本朋友也希望去香港举办，现在去香港很容易，也很方便，我也曾多次去香港开会，所以我总觉得没有去香港举办这个主题的研讨会是个遗憾。因此多次和洪涛联系，他也曾到系里商议。在香港的大学里，开会等事情不是系主任一人就可决定的，而要由教授委员会审查，因为他们是翻译系，因此未能办成，洪涛因此深表遗憾，我也很谅解，要让翻译系主办中国古代小说戏曲文献暨数字化国际研讨会是不合适。

黎必信主要研究《三国演义》版本，曾发表有关李卓吾评本和毛宗岗本几篇文章，也曾去日本开会。由于中国古代小说戏曲文献暨数字化国际研讨会未曾到香港举行，而黎必信在香港中文大学中文系任教，从学科看，就比洪涛有利。我也曾希望黎必信和香港中文大学中文系商议，可否在香港中文大学举办一次研讨会。香港中文大学中文系曾举办过一次中国古代小说研讨会，内地很多学者去参加，我也去参加了。黎必信也曾去中文系申请，开始通过了，但后来另外一位教授要办会，黎必信只是讲师，研讨会就又被否定了，很可惜。希望以后再找机会去香港办会吧。

以上介绍了中国39位古代小说研究的朋友，下面再介绍日本和其他国家的13位朋友。

（三）外国学人

1．[日] 中川谕

中川谕先生1964年出生于日本福冈，1993年日本东北大学毕业，1995年任教新潟大学，后任东京大东文化大学教授。但他家在横滨，到东京上班路上要两个小时，太费时间，2018年4月他调到立正大学，在东京都品川区，离他家近一些。

中川先生是最早支持古代小说版本数字化的学者。他是第一个报名参加我主办的中国古代小说数字化国际研讨会的日本学者，他多年来大力支持小说数字化，他参加了除韩国以外的历次数字化国际研讨会，他还亲自主办了两次研讨会。中川先生是对中国古代小说版本数字化帮助和贡献最大的学者，如果没有中川先生的努力，中国古代小说版本数字化绝对不可能有今日的成果，对此我由衷地感谢中川先生。

我和日本学者的交流也始于中川先生。2001年我第一次举办中国古代小说数字化国际研讨会，事先知道他在《三国演义》版本研究方面有建树，因此邀请他来与会。我至今记得第一次去机场接他的情景。以后历次他来北京，我都去机场接他。我去日本他也必到机场接我。我一次航班延误，到成田机场很晚了，去东京的大巴已经没有，我们只好在途中住宿宾馆，给中川先生带来很大麻烦。我多次去日本，每次都是中川先生负责接待，他办事极其仔细和认真，从下飞机接站，到返回送到机场，任何细节都考虑得十分周到。中川先生曾邀请我到大东文化大学做报告，还邀请我到他横滨家中小住，日本人很少邀请外人到家里住宿的，可见我们多年的友谊是多么深厚。

在古代小说版本数字化方面，我觉得最有成绩的也是中川先生。他曾说：不用数字化，要研究一个版本，最少要几个月；而现在数字化后，只要十几分钟，我就可以大致搞清楚某个版本的情况。他的很多研究都利用了版本比对软件。我觉得他说的是事实。

中川先生首先在日本古典小说研究会杂志《中国古典小说研究》上介绍我开发的古典小说版本数字化软件，并在日本古典小说研究会年会上介绍这套软件，对中川先生的大力推介我由衷表示感谢。

中川先生在古代小说数字化的使用方面也非常突出。多年来中川先生将现代最新信息技术应用于古代小说研究方面，一直走在最前沿。他不止使用笔记本计算机分析研究版本，还充分利用了平板计算机的轻薄、使用方便的优点，把其变成了一部古代小说的数据库。他把各种版本的图像、电子文本都输入平板计算机，也有版本比对功能，还有相关研究文章的 PDF 文档。这样把平板计算机真正变成了一个丰富的数据库。我看到中川先生在各图书馆查看《三国演义》版本时，永远随身带着平板计算机，可以逐页和其他各种版本进行比对，十分方便，相关研究文章也可随时调出查阅。在历次小说数字化国际研讨会上，我一般都请中川先生第一个做报告。2011 年北京中国古代小说戏曲文献暨数字化研究会上，我特别请他介绍如何使用平板计算机。但很可惜，平板计算机似乎在中国学术研究中应用并不广泛，说实话我自己也没有使用，也是因为我平时很少去图书馆查书，多是在家中用笔记本计算机做研究。

只要有最新型的计算机上市，中川先生马上把自己的计算机在旧货市场上卖出，买进最新样式的计算机，对此我很佩服。他对最新的数字化设备很敏感，2013 年上海研讨会上发表论文《顶置非接触式扫描仪和中国古代小说版本研究》，介绍如何利用富士通公司最新推出的顶置非接触式扫描仪，处理古代小说版本，大大节省了时间和精力，很值得学者们学习。

2013 年 7 月 13 日，日本富士通公司上市了顶置非接触式新型扫描仪 SV600。这台扫描仪扫描方式与一般的平板扫描仪完全不同，不用把书籍直接接触扫描仪，扫描时不用把书籍用力压得平，可避免让贵重的古籍善本被破坏。扫描速度很快，翻页自动扫描很方便。最大优点是可以自动修正书籍形状的歪斜。扫描时用手指压书籍边缘，扫描软件可自动消掉手指的痕迹。顶置非接触式扫描仪对古籍善本的数字化有很多好处，对保存贵重书籍很有用。但可惜因为体积较大，无法携带外出扫描。

中川先生在此扫描仪刚在日本上市就马上买了一台，并立即用于对九州大学《三国演义》新版本的扫描。这款扫描仪当时在中国尚未上市，我马上请富士通研究开发中心有限公司的潘攀等人带扫描仪到上海研讨会上展示。会上潘攀也详细介绍了中川谕先生使用的顶置式扫描仪的特点，可认为是对中川先生的介绍和文章的补充。

中川先生 1998 年出版的《〈三国志演义〉版本研究》一书是在魏安的《三国演义版本考》之后，对《三国演义》版本研究介绍最全面的专著，但一直没有翻译成中文，这样对中国《三国演义》版本研究很不利。看到很多国内学者在不了解《三国演义》版本的情况下发表论文，我就很着急，希望把中川先生的书介绍给国内学者。后来我看到上海古籍出版社有章培恒先生等主编的《光华文史文献研究丛书》，而中川先生曾经是章先生的学生，因此通过上海李金泉代为联系，得到了该丛书的支持。我又通过我校日语系主任李均洋教授联系了日语研究生林妙燕负责翻译，翻译费 5000 元人民币，我先代中川先生垫付。林妙燕翻译的质量还比较好，中川先生再修订后正式出版了。2010 年此书出版后，中川先生从学校获得资助，又返还了我垫付的 5000 元。中川先生的著作得以在中国出版，我很欣慰，这对中国《三国演义》版本研究肯定有帮助。

此书只收入中川先生 1998 年以前的文章，后来中川先生又写了很多《三国演义》版本文章，我建议他把后来发表的论文再结集出版《〈三国志演义〉版本研究续集》，他说他实在太忙,没有时间。这真是很可惜的事情,中川先生这些论文如结集出版对《三国演义》版本研究绝对是有很大帮助的,因为至今没有其他人像中川先生这样深入全面研究《三国演义》版本。

中川先生在《三国演义》版本研究方面可以说是第一人并不为过,他的研究很多,下面选其中几个课题做简单介绍。

第一个是刘龙田本。中川先生在其专著《〈三国志演义〉版本研究》的第四章第一节中,对刘龙田本(以下简称刘本)和其他简本的关系进行了分析,将其和朱鼎臣本分为一类。后中川先生又发表论文《刘龙田本〈三国志传〉和繁本系统版本》,利用我开发的《三国演义》版本比对软件,对刘本全部240则进行了详细分析。从中川先生的分析统计可以明显看出,刘本全书文字可以分为三类:卷一至三是繁本和简本文字混合,卷四至八基本属于繁本,而卷九至二十又基本属于简本。之所以产生这样简本和繁本混合的现象,中川先生认为是由于编辑时的底本不全。繁本底本前一半部分(一至八卷)比较齐全,但后半部分(九至二十卷)不齐全。而简本相反,前一半部分不全,而后一半部分全。因此刘本的编辑者只好分别用繁本和简本两种版本"剪贴"出刘本。

第二个是黄正甫本。张志和曾出版专著,认为黄正甫本是最早的《三国演义》版本,国内很多学者对此进行了反驳。中川先生通过不同版本的文字比较,确认黄正甫本属于二十卷简本系统,其文字是由删略繁本而成;既然如此,黄正甫本就肯定不是最早的《三国演义》版本。他还发现了能够证明黄正甫活跃在万历末年前后的有力证据——日本内阁文库收藏的《兴贤日记故事》,该书卷首题署为"洪都詹应用竹校正/书林黄正甫绣梓",木记则写明"万历辛亥孟夏月/书林黄正甫绣梓"。"万历辛亥"即万历三十九年(1611年),可见黄正甫活跃于万历末年。而黄正甫本序文所署"癸亥"即天启三年(1623年),因此,它应该刊行于天启三年。

第三个是美国耶鲁大学藏书。美国耶鲁大学藏有5种《三国演义》版本,即一种周曰校乙本全本,两种李卓吾本,一种遗香堂本,一种嘉靖元年本。

为此中川先生想去耶鲁大学看书。我利用去美国的机会,请一位住在耶鲁大学附近的清华子弟带我先去耶鲁大学图书馆了解情况。耶鲁大学图书馆在耶鲁大学中心,是个玻璃房子,古香古色,里面看书环境很好,而且拍照不付费,这真是优惠。在日本和中国拍照都要付费,有的还很高。我去辽宁省图书馆查松盛堂本十二卷本《三国英雄志传》,拍一叶要15元,还不开发票,我拍了30多叶花了540元,我自费解决。

我把情况告知中川先生,他后来曾两次去耶鲁大学看书,第一次是一个人去的,第二次是和上原究一先生一同去的。他也邀请我再一起去,但我退休了,没有经费,来往要几万元,所以就没有去。

中川先生在日本文部省立项专门研究"演义"系列的《三国演义》版本。在耶鲁大学的藏本中,中川先生最关注的是遗香堂本。这是一个清刊本,属于"演义"系列,世界各地很多图书馆有藏,其中耶鲁大学图书馆是全本,另外北京大学图书馆、日本京都大学图书馆也有残本。安徽黄山一朋友曾在民间买到一个遗香堂残本,虫蛀十分厉害,后被金文京买去了。中川先生计划逐一核对所有的遗香堂本,但北大图书馆古籍部因为搬家，一直未对外开放。直到 2018 年 9 月开学后才开放，10 月我陪中川谕先生去看了《三国演义》遗香堂本。

其实这些遗香堂本都是同版，我很奇怪，既然是同版，为何还要去看呢？中川先生的答复是，他要再深入研究这些同版的印刷顺序，是否是同一次印刷的，这主要是看版上的裂缝。木板多次印刷后，有些木板会开裂，从开裂的裂缝情况，可以判断是否是同一次印刷的。我问中川先生，如果没有开裂，或裂缝一样又怎样呢？他答复：这就可能是同一批印刷的。这样就把所有藏本的情况彻底查清楚，做到了极致了。日本学者研究版本的认真细致执着，有人可能不理解，但我觉得做事做到极致，是一种精神，值得我们学习。后面介绍日本中原理惠在研究《水浒传》一百二十回繁本也是如此。

在耶鲁大学的藏本中，周曰校乙本价值也很大，周曰校本一共有三种，甲本目前只有中国社科院文学所藏有残本，我和金文京曾去仔细看过，没有插图，金先生发现其中有详细的圈发，很有意思，值得研究。前几年在韩国发现的朝鲜翻刻本被认定是甲本的翻刻本。乙本中国大陆只有北大藏有残本，耶鲁大学是全本，乙本有插图。甲本和乙本的关系目前还有争论，刘世德认为甲本在前，乙本是在甲本基础上增加插图。而陈翔华认为乙本在前，甲本是乙本删去插图而刊刻的。至于藏于台北的丙本肯定是乙本的翻刻本。

耶鲁大学的嘉靖元年本保存不好，中川先生主要考察了其中的关羽之死，发现并未修改过，据说有一种嘉靖元年本的关羽之死是被修改的，但至今没有看到过。

第四个是李卓吾评本。中川先生多年来一直研究各种李卓吾评本，到目前为止，中川先生看到过 13 种李卓吾评本，但还是有些版本他未看到，如日本宫内厅有本很难见到。我问他是否仔细统计过所有的李卓吾评本，他说他尚未仔细统计。魏安统计有 20 多种，我估计存世的李卓吾评本有几十本吧，要把这些都看一遍也不容易。李卓吾评本原来是明刊本，是叶昼假托李卓吾之名评点的。各种李卓吾评本的文字基本没有多大差异，只是插图不同。李金泉曾对李卓吾评本插图做了深入研究，刊载于日本《中国古典小说研究》杂志上。李卓吾评本一般分为四种，即吴观明本、宝翰楼本、黎光堂本和绿荫堂本，但中川先生认为这个分类不科学，他建议仿照周曰校本，分为甲乙丙丁四种。李卓吾评本从明代开始流传，一直到清代，流传时间很长，直到毛宗岗本出现后，还长时期在民间流传。我对李卓吾评本没有研究，因为各种李卓吾评本文字基本没有差异，这样数字化比对就没有太大意义了。但我觉得作为《三国演义》版本历史上一个重要版本，还是值得仔细研究的。中川先生仔细研究了李卓吾评本，在 2015 年廊坊中国古代小说戏曲文献暨数字化国际研讨会上发表，文章很长，但主办方排版时插图和文字搞乱了。我对图文混排有经验，这是因为中川先生原稿和后来排版的版式不同造成的，排版的人还是没有经验。

中川先生目前研究《三国演义》"演义"系列版本是日本文部省项目，2019 年 3 月结束，他又申请了研究《三国演义》简本"英雄志传"系列本，因为最近新出现很多这类版本，多是清刊"英雄志传"系列本。以前学者多研究明刊本，对于清刊本一般不研究。实际清代《三国演义》版本演化还是很值得研究的。现在一般学者认为清代就是毛宗岗本的天下了，但实际在毛宗岗本出现后，各种其他"演义"和"英雄志传"系列版本还流行过一段时间，直到清晚期毛宗岗本才淘汰了其他版本占据了统治地位。因此研究清代《三国演义》"英雄志传"系列版本演化也是有意义的。

中川先生申请的 2019 年日本文部省项目已经获得批准。要研究这些版本必须先数字化，否则人工研究十分吃力。而现在版本录入价格升高了，一般千字要几十元，一部《三国演义》简本要 40 万字，合计几万余元。目前有近 10 本要数字化，就要十几万元，我自费根本做不起。中川先生新项目经费批准后，已经开始陆续做各种"英雄志传"本数字化。

我以前只知道中川先生研究《三国演义》版本，不知他还曾研究《水浒传》版本，后来因为《忠义水浒传》残叶，我才得知他也曾研究过《水浒传》版本。

2009 年在杭州举办《水浒传》研讨会，李永祜先生对《忠义水浒传》上海残叶发表长篇论文，引起我的兴趣，以前欧阳健、刘世德都曾对此发表论文，他们的看法略有不同。我以前虽然也完成了很多《水浒传》版本数字化，但一直没有仔细研究《水浒传》版本，因此很有兴趣。上网找到一些有关文章，了解了各种不同看法，并把此事告知了中川先生。不料他立即发来他 1996 年在日本发表的论文。我看后大吃一惊，他提出的看法很有道理，可惜 13 年来中国大陆学者根本没有看到他的文章。

中川先生告诉我，他早在 1998 年就发表过相关的论文。我请他发来论文电子版后，再请我校日语系老师帮我翻译成中文。我仔细阅读后，发现中川先生的看法和李永祜、刘世德先生又完全不同。到底谁的看法更合理？我先上期刊网下载了全部有关论文，仔细阅读后，又用数字化方式，将上海残叶和我已经数字化的各种版本做了仔细的比对和分析。最终结论是：中川先生的论点比较合理。

中川先生在《三国演义》版本研究中取得的成就有目共睹，我多次在各种会议上介绍他的研究，但国内也有些学者不理解，为此我多次在研讨会上和一些学者发生争执。目前国内在古代小说版本研究方面，除《红楼梦》还比较热以外，很少有人在做小说版本研究了。我看主要是大家觉得版本研究水很深，研究半天很可能没有结果，得不出被学界所认可的结论，谁还愿意从事这没有结果的研究呢？

我有时也不理解，如他研究《三国演义》的遗香堂本，一定要把世界上所有现存的遗香堂本都看到，美国耶鲁大学有本遗香堂本，他一定要坐飞机去看，我问他此本和其他版本有什么差别吗？他说是同版，没有差别。我问既然没有差别，为何还要去看呢？他说要仔细看看和其他遗香堂本哪个先印，哪个后印。因为刻板印刷次数多了会开裂，从裂缝大小长短，可判断版本印刷的先后。我再问：如果刻板也没有任何差异，那有什么意义呢？他说那就证明这些可能是同版。我这明白了，中川先生研究版本就要研究彻底，直到再没有任何值得研究的为止，任何一个藏本都要看到，仔细比较，这样就放心了。我看这就是要把版本研究做到极致。

最近和他讨论版本研究问题，他给我回信谈了他对版本研究的看法。

版本研究目的有几个。当然包含追求原本的面貌。但是实际上，现存资料确实不是明清时代存在的全部。很难追求原貌。那重要目的是什么？我以为：

1.在眼前的版本是什么样的版本？来历怎么样？和其他版本有什么关系？

我最有兴趣的是这个问题。就是版本那个东西的研究。鉴定版本的血统、来历，我觉得很有意思！

2.研究当时的出版情况。明清时代怎样出版很多书，读者们怎样看小说，这也是很有意思的问题。研究当时的出版情况，和研究版本来历，很有关系。

3.校正文字，给一般的文学研究提供正确的文章。文学研究从看书开始。如果看的书文章不正确，文学研究的结果也成为不正确的。所以经过版本研究，给一般文学研究提供正确的文章。然后可以进行文学研究。这就是版本研究的重要任务。

历史研究、古代思想研究等"大雅之堂"的学问，经过清朝考证学的成果，现在可以研究了。考证学的时代，小说不算学问的对象，没有人研究小说。

我们要坚持"替考证学的学者们研究版本"的意识。

中川先生的这种研究精神我很佩服，我认为日本学者如此认真的研究态度，很值得我们去学习。

日本学者从细微之处研究大问题的精神我很佩服，下面再举《三国演义》夏振宇本研究一例。夏振宇本是《三国演义》"演义"系列中一个重要版本，全世界只在日本名古屋蓬左文库保存一孤本。中川谕先生研究认为夏振宇本应该比周曰校本晚[①]，2013年上海第十二届中国古代小说戏曲文献暨数字化国际研讨会上，中川谕先生再发表论文，认为夏振宇本的刊行就在万历十五年到三十年之间。但他认为因为现存资料还不够，所以正确的刊行年代还难决定。等待着新资料的发现，要重新探讨。[②]中川先生的预言在6年后出现了，这次又是日本学者的研究。

日本关西大学博士后陈骏千2019年在日本《中国古典小说研究》第22号发表文章《蓬左文库藏夏振宇本〈三国志演义〉について》[③]，查到《三国演义》卷十"孔明秋夜祭泸水"中"馒头"一词的"考证"为"传至今日出《事物原始》"，而周曰校乙本此"考证"词为"传至今日出《事物纪原》"。《事物纪原》和《事物原始》都有"馒头"一词，周曰校乙本引用的《事物纪原》是宋代高承编撰的类书，夏振宇本引用的《事物原始》是明代徐炬辑《新镌古今事务原始全书》，此书卷首有明代张翰（1510—1593）于万历二十一年（1593年）撰写的序言。这样夏振宇本就肯定刊刻于万历二十一年（1593年）之后。

陈骏千通过一个根本不起眼的"考证"，查出夏振宇本刊刻时间，符合中川谕先生研究的看法，我对夏振宇本也有详细分析，我觉得这个时间也基本可信。由此一小事使我对日本学者的细致认真、博览群书更为佩服。

陈先生此文最后又将陈翔华先生2010年由国家图书馆出版社影印出版的夏振宇

[①] 中川谕：《〈三国志演义〉版本研究》，上海古籍出版社2010年8月第1版，第52页。
[②] 中川谕：《关于夏振宇本〈三国志传通俗演义〉》，载《第十二届中国古代小说戏曲文献暨数字化国际研讨会论文集》，2013年8月23日。
[③] 陈骏千：《蓬左文库藏夏振宇本〈三国志演义〉について》，载《中国古典小说研究》第22号，2019年（平成三十年）3月31日。

本，和日本蓬左文库保存的原件做了仔细核对，查出影印本 80 处错误。我仔细核对这 80 处错误，都是字形出错。我将此事告知陈先生，陈先生说他是根据蓬左文库复印件影印出版，为何会有 80 处错误，他也不知道。陈先生如此仔细认真查出影印本的 80 处错误也是好事，以免这些错误误导读者。

在中川先生联系下，我曾多次去日本参加日本中国古典小说研究会的年会。日本中国古典小说研究会每年都举办一次研讨会。前几年中川先生是会长，他当会长期间，每次都邀请我参加，中国大陆每年几乎都只有我一人参加。只有 2012 年黄霖老师曾率一批弟子徐建平、罗书华等多人参加。在日本办会最大困难是会务工作。日本开会和我个人办会一样，所有的会务工作都是学者自己个人承担。前几年中川先生是会长，每次中川先生负责开会，忙里忙外，安排会场、发言、吃饭，非常辛苦。日本不像中国大陆可以找学生帮忙，会务工作都是学者自己干。2011 年年会是在名古屋举行的，和在京都大学的三国志学会年会略有不同。名古屋大学的笠井直美教授是研究《水浒传》版本的专家，我和她很熟悉，上次我去日本，她和上田望邀请我去金泽大学讲演交流。我以为这次在名古屋开会，她肯定会参与组织工作。但实际去了，向笠井一了解，名古屋大学根本没有参与。虽然在名古屋举行，但不像三国志学会年会那样，在名古屋大学举行，而是在名古屋市内一个会馆举行。笠井直美也只是负责联系会场。其余会务工作都是由作为中国古典小说研究会会长的中川先生负责。我和中川先生合住一个房间，亲眼看到他白天为会议奔忙，晚上还要算账，真是十分辛苦。现在中川先生不是会长了，由京都大谷大学竹内真彦任会长，就没有再邀请我去日本参会。

前几年中川先生曾担任大东文化大学中国学科主任，事务非常繁忙。任期满后他卸任了中国科主任，本想负担减轻了，不料又被选为师范科主任，即分管全校师范生教学，工作量更大了，对此他也是没有办法。

中川先生在中国大陆以外举办中国古代小说戏曲文献暨数字化国际研讨会方面对我帮助很大。他曾亲自在大东文化大学主办了两届研讨会。2015 年第十四届中国古代小说戏曲文献暨数字化国际研讨会在河北廊坊举办之后，按照惯例，第十五届就应在中国大陆以外举办。开始我考虑在香港举行，但可惜没有办成，韩国等也没有联系成功。最后我只好再和中川先生商议，是否可再回日本举行。中川先生和早稻田大学冈崎由美先生商议后，最后确定在早稻田大学举办。冈崎由美先生我很熟悉，她主要研究中国古代戏曲，早稻田大学是日本著名私立大学，能在早稻田大学举办一次研讨会也很荣幸。

中国古代小说戏曲文献暨数字化国际研讨会在确定主办地和时间之前，我都会先去信问中川先生是否参加，只有他同意参加，我才确定主办地和时间。2018 年第十七届研讨会在马来西亚、德国和奥地利举行，我也都事先征求他的意见，他同意参加，我才最后确定 2018 年在这三地连续举行。而其他日本学者如上原究一和松浦智子只参加德国、奥地利研讨会，不参加马来西亚研讨会。中川先生在马来西亚研讨会后，要先返回日本休息一天，然后再去德国开会，因此我也根据他的安排，在两个研讨会期间相隔几天。中川先生和上原究一、松浦智子在维也纳开会结束后，一同再去德国柏林和魏玛看《三国演义》的郑乔林本和魏玛美玉堂本。我因为自费去开会，考虑这些版本可以看到电子版,就没有和他们再去德国看书。

2019 年第十八届中国古代小说戏曲文献暨数字化国际研讨会原计划在广州大学举行,也是事先得到中川先生同意。后来湖北师范大学希望 2019 年改在黄石举行,我又事先征求他的意见,因为黄石交通不十分方便,他起初不太愿意来。后来湖北师范大学文学院院长景遐东表示,他们可以派车直接到武汉天河机场接机,这样日本学者可先到上海,然后转机到武汉,也很方便。黄石研讨会后还可就近参观黄冈"文赤壁"和赤壁市"武赤壁",最后再返回武汉登黄鹤楼,再从武汉天河机场,经上海返回日本。这个安排中川先生也表示同意。2019 年中国古代小说戏曲文献暨数字化研讨会最后决定 8 月在湖北黄石举行,开会的具体日期也和中川先生反复商议后,确定在 8 月 13—16 日。会后我就照上述安排陪中川先生游览,最后一直把他送到天河机场,他对此行很满意。我自己觉得唯一遗憾是没有陪他去鄂州看吴王宫,孙权在定都南京前,曾先在鄂州定都,鄂州就在黄冈对面,我去看过,虽然是复建的建筑,但有历史意义,还是值得一看。但由于时间太紧张了,没有去看,很遗憾。

总之,在中国古代小说版本研究方面,中川先生很有成就,特别是在《三国演义》版本研究方面,是水平最高的,这一点大家有目共睹。在中国古代小说版本数字化和举办中国古代小说戏曲文献暨数字化国际研讨会方面,中川先生帮助也极大,如没有中川先生的参与和帮助,中国古代小说版本数字化很难发展到今天的水平,对此我由衷地感谢中川先生。

2.［日］金文京

金文京先生 1952 年出生于日本东京,1974 年日本庆应义塾大学文学部本科毕业,1976 年京都大学大学院中国语言文学专业硕士毕业,1979 年获京都大学大学院中国语言文学专业博士学位,曾任京都大学人文科学研究所教授、韩国成均馆大学兼职教授、京都大学人文科学研究所所长,退休后现任教横滨鹤见大学。

金先生是日本研究中国古代小说和戏曲方面的著名学者,多年来对中国古代小说版本数字化给予了很大支持。自 2003 年参加第二届中国古代小说数字化国际研讨会以来,我们交往多年,我多次应他邀请访问京都。对金先生的学识和为人,我是非常钦佩。金先生曾就《三国演义》研究和沈伯俊先生进行对话,其中对于古代小说数字化给予了很高评价,也提出一些宝贵意见,对数字化很有帮助。[①]

2003 年我主办的第二届中国古代小说数字化国际研讨会,金文京教授任教于日本京都大学人文科学研究所,他主动来参会。我至今记得在会场第一次见面时,他说:"我是金文京。"他参加了这次研讨会后,很快主动邀请我去京都大学访问,并做专题报告,由他们负担全部费用。我校外语学院日语系主任李均洋教授告诉我,日本研

---

① 沈伯俊、金文京:《中国和日本〈三国演义〉研究的回顾与展望》,载《文艺研究》,2006 年第 4 期。

究中国文化有两个最有名的研究所，一个是东京大学东洋文化研究所，一个是京都大学人文科学研究所。李老师说："你能获得京都大学人文科学研究所提供全部经费的邀请，是非常不容易的。"以后他多次邀请我去日本参加各种研讨会，去京都的次数都数不过来了。金先生第一次邀请我去京都大学访问，我到京都，金先生亲自在站台接我。然后金先生和我及一些日本朋友在京都大学附近的餐厅聚餐。

在京都访问后，我提出希望到东京会一朋友。金先生答复我说，这次他只邀请我来京都访问，没有去东京计划，我要去东京是计划外，因此无法办理。我也理解，这是日本学者公事公办，也有道理。但他随后又说，虽然去东京是计划外，但如果我实在想去，他可联系东京的朋友全程陪同我，因为我是他邀请来的，他要为我在日本的安全负责，但在东京我的全部行程和陪同我的日本朋友的行程费用都要由我负担。这也是日本办事认真之处，也完全合理，我同意了。他就联系了东京的朋友到车站接我，然后一直陪同我在东京观光。陪我的两个日本朋友中一个名叫伊藤晋太郎，是沈伯俊的学生，后来我们也成了好朋友。

金先生现在是国际知名学者，中国大陆各种研讨会都想邀请他参加。他曾和我谈及，有一次中国大陆规格很高的研讨会邀请他与会，但会上学术讨论几乎没有，都是游山玩水，他对此极为反感。他曾几次表示，中国大陆任何研讨会他都可以不参加，但我主办的小说数字化国际研讨会他一定会参加，我想他看重的还是我主办的研讨会的学术水平。

金先生曾研究过汤宾尹，因此对在安徽黄山地区发现的、与中国国家图书馆藏本不同的汤宾尹本非常有兴趣。他动员几位日本学者出资买下此本，又将其捐献给了中国国家图书馆，对此义举我实在佩服。事情的详细经过，我已记述在《海内外学术研究比较》一节中，此处不再复述。

2012年，提供汤宾尹本的黄山书商又征集到一本遗香堂本残本5册，第一册：7回，第一回至七回（第一至六回完整，第七回有10叶），第一回11叶，第二回12叶，第三回12叶，第四回8叶，第五回13叶，第六回9叶，第七回10叶，合计75叶；第二册：7回，第二十一回至二十七回（第二十一至二十六回完整，第二十七回有7叶）；第三册：7回，第六十三回至六十九回（第六十八回叶码部分残破，第六十九回存数叶）；第四册：4回，第七十一回至七十四回（第七十一回前4叶半残，第七十四回存6叶）；第五册：6回，第七十六回至八十一回（完整一册）。总计31回，约300叶。此书十分残破，上拍卖会也不会有人买，他联系我，我又和金先生说，金先生还有兴趣，这次是他个人出资买下。书保存不好，虫蛀很严重，一翻就掉渣，我都不敢动了。金先生请上海复旦大学古籍所的陈广宏重装。

2011年我曾代北京语言大学段江丽教授，联系金先生申请赴日访问学者，很快获批。金先生很吃惊，因为他在此之前曾多次推荐中国大陆学者，但都没有批准，没想到这次一下就批准了。

金先生的研究最大特点是涉猎广泛，中国文学、历史等都有研究，这很令我吃惊。金先生开始是从事《西厢记》研究，后曾研究《花关索传》，又转向《三国演义》版本研究、三国历史研究，曾出版《三国演义世界》（有中译本）、《三国志の世界》（有中译本)、《日本所藏稀见中国戏曲文献丛刊》(第一、二辑),其他著作还有:《花关索传研究》,1989年由汲古书院出版;《敦煌本〈王昭君变文〉校注》,1992年刊于庆应大学语言文化研究所纪要第24号;《〈董解元西厢记诸宫调〉研究》,1998年由汲古书院出版;《〈老乞大〉:朝鲜中世纪的中国语会话读本》,2002年由平凡社出版;《〈邯郸梦记〉校注》,2004年由上海古籍出版社出版;《〈至正条格〉校注本》,2007年由韩国中央研究院出版;《新校订元刊杂剧三十种》,汲古书院陆续出版,目前已出版的有《元刊杂剧的研究(一)——〈三夺槊〉〈气英布〉〈西蜀梦〉〈单刀会〉》(2007年)、《元刊杂剧的研究(二)——〈贬夜郎〉〈介之推〉》(2011年)。

金先生还曾研究李白,2012年在日本岩波书店出版一本李白研究专著《李白》,其中我最感兴趣的是有关李白出生地的部分。李白出生地有多种说法,中国现在一般根据郭沫若的研究,认为李白出生于碎叶,即今托克马克(现今吉尔吉斯斯坦境内)。而金文京认为李白出生于条支,李阳冰曾说李白"嫡居条支",条支在今阿富汗境内,在中国国内持这种看法的人不多,我曾应金先生要求在中国大陆检索赞同"条支"说的文章。金先生送我一本,可惜是日文,我看不大懂。我对李白有兴趣,但没有研究,对金先生的严谨论述还是很佩服的。

金先生对《三国演义》版本也有深入研究,石昌渝主编的《中国古代小说研究总目》中《三国演义》版本条目是金先生所写的,他为此收集了很多资料。此书出版后他觉得他写的条目还是不理想,有些资料没有写入,日本学者做事都十分认真。

金先生和北大周强教授是多年好友。周强主编的《三国演义丛考》中收入了金先生三篇文章,其中《三国演义版本试探——以建安诸本为中心》一文全面论述了《三国演义》版本的演化。我开始接触《三国演义》版本,就是从读周强主编的这本书开始的。金先生对花关索有深入研究,因此他对《三国演义》版本分类也是根据关索、花关索故事来划分。

金先生在《三国演义》版本研究中特别注意以往一直被忽略的现象——"圈发"问题。所谓"圈发",是指用圈点的方式表示字的声调。他注意到嘉靖元年本中某些字有圈发,而《永乐大典》中也多有圈发,明代宫廷出版的所谓内府本中,几乎都有圈发。据此,他认为似乎可以初步肯定嘉靖元年本是内府本。我曾陪金先生去中国社科院图书馆看周曰校甲本,金先生特别统计了周甲本上的圈发。我从前根本不知道圈发,在金先生启发下,我也仔细比对了周甲本和周乙本的圈发,发现周甲本圈发比周乙本更多。由此我觉得似乎应该是圈发多的周甲本在前,周乙本不注意圈发,因此省略了一些。相反圈发由少到多的可能性似乎不大。

除圈发外,不久前金文京先生又发现建阳刻书小说版本的页眉上常有数码标记,金文京起名为"眉码"。以前大家都未注意,因为此数码在板框之外,复制出版时常常就消除了,如日本井上泰山复印出版的《三国演义》叶逢春本就把所有的眉码都涂掉了,只有陈翔华影印出版的叶逢春本保留了。金文京不知此眉码的作用和目的,托我在国内咨询一下。我先联系了福建师大涂秀虹,她有个课题是研究建阳刻书,但她答复建阳古代工艺早已失传了,目前也没有人了解,她们做建阳小说研究也未注意此眉码。我又联系齐裕焜,他也不知道,他告诉我专门研究建阳刻书,曾出版《建阳刻书史》的方寿彦电话,我电话咨询,他也不知晓。我认为此眉码是书坊为保存刻板的编号,以便在印刷后按照此眉码分别在书架或书箱中保存这些刻板。日本学者研究得很细,这样细小的问题,中国学者从未去注意,这也是中国和日本者研究差别的又一个案例。

金文京先生毕业于日本庆应义塾大学,该校藏有一本孤本《三国演义》夷白堂本,此本很有特点,是袖珍巾箱本,尺寸很小,便于学者外出放在书箱中携带方便。夷白堂本一直没有影印出版。陈翔华先生主编《三国志演义古版汇集》计划收入此本,经日本金文京先生的多方努力联系,夷白堂本收藏单位日本庆应义塾大学同意由中国国家图书馆出版社出版夷白堂本的影印本。因为夷白堂本是袖珍巾箱本,书边缘很窄,装订时常压住了最里面一行,为此庆应义塾大学将此本拆开复制,这样就很清楚了。金文京先生为此书出版写了一篇序言《日本藏夷白堂刊本新镌通俗三国演义便览传纪略》,夷白堂本我已经数字化,很容易用计算机比对夷白堂本和嘉靖元年本、周甲本、周丙本、夏振宇本、叶逢春本,对金先生的研究提供了方便,金先生对此也表示了感谢。金先生研究夷白堂本特别注意到此本的卷数和则数,此本和嘉靖元年本一样是二十四卷,每卷应该是 10 则,但实际各卷的则数不规则,有 8、9、11、12 则不等,则目也有 15 处合并,分别 2、3、8 则合并为 1 则,这样导致全书不是 240 则,而是 218 则。日本学者一贯研究仔细的学风在此又是一次展示。

日本中川谕先生对夷白堂本文字做了仔细分析,他认为夷白堂本文字非常接近周曰校本,但有些文字又和嘉靖元年本相同,因此夷白堂本保留了更古老的形态。

中川先生的看法和我的分析是一致的。我对夷白堂本主要是从书名、关羽之死和关索故事三方面做了研究,夷白堂本虽然属于"演义"系列,但是"演义"系列中最接近"志传"系列的版本,其底本是个未知的版本,很值得仔细研究。

这几年金先生基本没有再继续研究《三国演义》版本,而是从事其他研究。据我分析,可能是他认为目前《三国演义》版本要再深入提高有困难,研究余地不多,因此转向了其他领域的研究。

金先生一般认为是日本学者,但他实际还持韩国护照。他是出生在日本东京的韩国人。金先生在日本生活,但他仍保留韩国籍,他因为持韩国护照,因此出国还要办签证,很麻烦。我曾问金先生:为省事,为何不入日本国籍?他说:如要入日本籍就要换日本名字。他不愿意换日本名字,因此还保留韩国名字,还是持韩国护照,但他出国的手续就比较麻烦。

金先生会日本语、韩语、汉语三国语言,而且十分流利,这在日韩学者中间很少见,我们之间相互交流就十分方便。

金先生 2016 年 3 月 31 日从京都大学退休,4 月以后在横滨的鹤见大学任教,鹤见大学在横滨市鹤见区,鹤见区在横滨市的东南边,离中川家不远。他在鹤见大学教日语。

日本学者退休后很多都不再从事学术研究,主要是学者都会有很多图书资料,上班时可放在办公室,一般办公室都被书架挤得满满的,而退休后,这些书就得搬回家。日本家庭一般房间较小,很难放下这么多书。因此日本学者退休后,很多图书就卖给旧书店。在东京神保町旧书店经常可以看到日本学者的藏书,这也是一件奇事。

金先生是我最佩服的日本学者之一,他在新单位教学任务重,但仍然在从事中国古代小说、戏曲研究。2017年9月金先生应邀来北京参加一个翻译研讨会,北京语言大学段江丽老师请金先生来北京语言大学做讲座,分别讲三个题目:

(1) 弘治本《西厢记》探源——兼谈《西厢记》在朝鲜的传播;

(2) 东亚近世文化交流之特征:以朝鲜燕行使为例;

(3) 明代王府刊本传入朝鲜考——朝鲜重刊《释迦佛十地修行记》与《西游记》。

金先生所谈的三个题目我都不熟悉,我听了后很有感触。这些题目都很小,如不深入研究可能都听不懂。我觉得这些题目和金先生以前的研究一样,最大特点是涉及面宽,除涉及小说、戏曲外,还和许多领域有关。这是一般学者难以做到的,对此我很佩服。

2018年12月金先生再次来北京开会,段江丽又再次请他到北京语言大学做报告,我又一次和金先生在北京语言大学相会,十分高兴。金先生说他2019年就要从鹤见大学再次退休,这次退休后金先生就不打算再到其他学校任教了。但他告诉我,在刚结束的日本中国学会大会上,他被选为会长。日本中国学会成立于1949年10月,是日本全国性综合研究学会,它包含文学、语言学、哲学三大部分,现在会员总数超过了2000人,主要从事中国哲学、中国文学、汉语方面的研究。学会还设有"日本中国学会奖",每年评选出两名获奖者,一名是发表哲学方面优秀成果的研究人员,另一名是发表文学、语言学方面优秀成果的研究人员。金先生被选为会长说明他的威望被日本学界所承认,他今后可能会和中国有更密切的联系了。我也为金先生将转入新岗位而高兴,今后他和中国交流会更多了,这样就可能在北京再次相会,聆听他的报告,对此我很期盼。

2019年《文学遗产》编辑部和北京大学中文系联合举办中国古代小说国际研讨会,金先生再次应邀参加,我们又在北京相聚。会后他应邀去中国语言文化大学和中国社科院文学所做报告,我都陪同前往,他在各地都受到了高规格的接待和尊重,但可惜我对金先生所演讲的内容都不熟悉。

总之,金文京和中川谕两位先生是在中国古代小说数字化研究方面对我帮助最大的两位海外朋友,没有他们在海外的协助,小说数字化就无法扩展到海外去,对此我十分感谢他们真诚的帮助。

3.[日]上田望

上田望是我从事古代小说研究遇到的第一位日本学者,那是1999年我第一次参加太原清徐《三国演义》研讨会,上田望带着他年轻的夫人来出席。他是北大周强(周兆新)的学生,他的文章我早在周强主编的《三国演义丛考》一书中看到,分析论述十分详尽,我很佩服。后来我几乎每次去日本参会都遇到上田望,也成为好友。

上田望在北大读书时曾整理过一份打印的《三国演义》版本目录,后周强给我复印了一份。虽然魏安和金文京、中川谕先生也都曾整理过《三国演义》版本目录,在上田望整理的目录中,我还是发现了其中有个其他学者未著录过的《三国演义》版本,即藏于辽宁省图书馆的清代松盛堂本。有关此本的记录不是打印的,而是手写在目录上,是上田望写的还是周强写的不知道。后我给上田望发信询问,他回复说是他写的,但他没有去看过这部书。我请辽宁大学的胡胜帮我查询辽宁省图书馆是否有此书。他查询后确认有此书。此书书名为《新刻按鉴演义京本三国英雄志传》,按照书名此是一种所谓"六卷本",但上田望记录为十二卷二百四十则。为此,2017年6月我专门去辽宁省图书馆查阅此书,终于搞清楚此本确实是六卷本中的一种。但很奇怪,第一卷只有前7则,后续各卷的则数不等,看来编书人不是根据则数分卷,而是根据每卷(每册)页数来分卷,因此分为十二卷。其中有四卷在卷名后有"李卓吾评"四字,说明此书确实是李卓吾评本的删节本,其书名前冠以"毛声山先生原本"似乎也不是虚言。此外此书还有很多细节表明此书很可能是六卷本的原本。我准备将来写一文详细分析此本。

另外,上田望整理的《三国演义》版本目录中还有一本刘兴我本,即忠贤堂本。魏安书和中川谕、金文京书目中都未著录。2016年我趁去日本出席中国古代小说戏曲文献暨数字化国际研讨会机会,和中川谕一起到名古屋大学,在佐野诚子老师帮助下,复制了此书。佐野诚子曾在京都大学学习,我第一次去日本,金文京先生就请她陪我游览了京都和奈良,我至今记忆犹新。刘兴我和刘荣吾都曾刊刻《水浒传》,刘世德曾著文分析,我也曾用计算机做过比对。但大家都不知道刘兴我还刊刻了《三国演义》,这很值得进行研究,我准备对刘兴我、刘荣吾的《三国演义》和《水浒传》四个版本做仔细研究分析。刘世德认为刘兴我、刘荣吾是同一人,陈翔华、金文京先生也认为是同一人。但我觉得同一人分别各两次刊刻《三国演义》和《水浒传》,而且文字、插图很接近,这似乎不合情理。因此我还是觉得这是两个人。邓雷的博士论文中不同意我的看法,也认为是同一人。但2017年8月他来北京开古代小说会,他见到我说,他找到了证据,证明这是两个人,字、号确实不同,我希望他写一篇文章说明,他认为单独为此写文章题目太小,不值得一写。

上田望曾在一次日本中国古典小说研究年会后,亲自开车带我到金泽大学访问,并让我做专题报告,并带我在金泽市游览。

上田望曾在澳门小说会议上发表文章,从对白分析《三国志演义》的写法,进而分析明清小说的语体特点。此文是利用我开发的句分析软件完成的,对于计算机这是很简单的事。他告诉我想分析《三国演义》的语言特点,即句子长短问题,希望我开发一个软件。我回国后就请我学生李东海开发了这个软件,这个软件可在逗号分隔句子的基础上,统计每个句子的长度是几个字,这对于计算机也是很简单的事,但这对于上田望分析《三国演义》和其他小说的语言特点帮助极大。他用此软件分析了多种古代小说,详细统计各种小说的句长,得出很有意思的结论。在所有古代小说中,《三国演义》的句子最短,这很简单,因为《三国演义》的一个重要来源是史书,而这些史书都是用文言文写的,因此句子很短。《三国演义》为便于一般读者阅读,改用了半文半白的语言,因此句子最短。日本学者很注意这些小问题,并想到用数字化计算机来解决,我对日本学者的认真和思路开阔表示敬意。

可惜上田望后来去研究民间说唱,离开了《三国演义》版本研究,十分遗憾!但他每年还出席日本三国学会年会,我去日本参加日本三国学会年会,还见过几次面。

4.[日]大木康

大木康先生,1959 年出生于日本横滨,东京大学文学博士,曾任广岛大学文学部副教授、东京大学文学部副教授、东京大学东洋文化研究所所长,现任东京大学东洋文化研究所教授,专攻中国明清文学、明清江南社会文化史。我和大木先生第一次见面是在东京神保町一书店里,中川先生带我去书店,偶然遇到大木先生,他给我做了介绍。后来在一些研讨会上也曾见到,但一直没有深交。

2016 年在福州江夏学院召开冯梦龙文化高峰论坛,因为大木先生是日本研究冯梦龙的专家,他们想请他参会,但联系不到他。我有他邮件,就和他联系,他很高兴获邀出席这次研讨会,因为他从未到过福州。他曾研究郑振铎,而郑振铎的祖籍是福州长乐,他一直很想去看看,这次刚好是个机会。于是我先坐火车到福州,然后去机场接他,陪他参加了冯梦龙研讨会。会上他做了报告,会后福建师大也请他去做报告,我又陪他去长乐参观了郑振铎的祖居,他很高兴很感谢。在长乐郑氏故居,他一眼看到墙上有郑天挺的相片,他很惊讶,不知郑振铎和郑天挺是同族。而我对于大木先生对郑天挺也熟悉很感吃惊。

大木先生回日本后,我一朋友想复制东京大学的一本《水浒传》插图,我和他联系,他很热情地把东京大学所藏两种版本插图复制了,并快递发给我,我十分感谢。日本学者做事都十分认真,我很佩服和感动。

2018 年中国古代小说戏曲文献暨数字化国际研讨会在马来西亚和德国、奥地利举行,我去信问他是否参加。他表示愿意参加马来西亚研讨会,德国就不去了。原来他女婿在日本驻马来西亚大使馆工作,他女儿现在也住在马来西亚,因此可来马来西亚看看女儿。大木先生和我一样喜欢游览古迹,这次会后他又一人去参观多处马来西亚的古迹,游览各地古迹对他的研究也肯定有所帮助。

2018 年福建再次举办冯梦龙研讨会,想再次请他参加,因为他 2016 年参加过了,这次就没有去。他没有去,我也就没有去福建参加这次冯梦龙研讨会。

5.［日］上原究一

上原究一是我敬佩的日本年轻学者之一，他执着研究中国古代小说文献的精神，不仅在日本，就是在中国也很少见。

上原究一曾两次来中国学习，回国时买的资料就装了一个集装箱。回去后他在东京专门有个书房放书。

我去日本他曾陪我去日光市，参观著名的轮王寺慈眼堂，就是收藏很多古代小说戏曲珍本的藏书楼。当然现在藏书已经不在那里了，到底在何处大家都不知道，一般也不对外开放，不仅中川谕没有看过，就是大塚秀高也没看过。他说他读书时，有一次他的老师长泽规矩也突然提出要带他们去慈眼堂看书，他们都十分兴奋，但突然下雨，就没有去，以后也再没有机会去看了。估计我国更很少有人去过轮王寺慈眼堂看过吧。

上原从东京大学毕业后，先在日本琦玉县山梨大学任教。他是东京大学东洋文化研究所大木康先生的博士生，2017 年博士论文答辩通过了，2018 年又从山梨大学调回东京大学东洋文化研究所，和大木康先生在一起了，这样对他今后研究肯定有很大好处。

上原研究最多的是《西游记》版本，他的博士论文也以《西游记》版本为主。中国研究《西游记》版本最深入的是河南大学的曹炳建老师，曾出版《西游记源流考》一书，是对《西游记》版本最全面最深入的研究专著。我对《西游记》版本研究不多，只是应曹老师之请，研究了明代删节本。曹老师对上原究一也评价极高，我看像上原这样深入研究版本及作者的人极少了。

我建议他出版一本《西游记》版本研究专著，我可以帮他联系翻译，在日本和中国同时出版，因为他的研究极为深入，绝对有学术价值。他说目前还不成熟。

一次我陪中川先生到国家图书馆看书，刚好上原也来看书，我们事先没有联系过，三人能在中国国家图书馆偶遇也是奇事。我陪他一起去首都图书馆看书。他来北京是自费，因此住在崇文门一个小旅馆里。但他复印资料毫不吝啬，他在国家图书馆要复印一大批资料，由于量大要领导批，一时拿不到，他就给我留下 4000 元，届时我代他付账。后来他复印资料有的超过三分之一，又反复和国家图书馆协商，最后确定后我代他付了款。

我最近在研究《三国演义》版本，其中一个刘兴我本藏于日本名古屋大学，中川谕先生给我复制了另一个重要版本郑乔林本，并告诉此本是上原究一从德国柏林州立图书馆网站上下载的，此本很有价值。我不知道上原究一是如何查到柏林州立图书馆把此本上网了。

2018 年中国古代小说戏曲文献暨数字化国际研讨会在马来西亚和德国、奥地利举行，他和中川谕先生、松浦智子女士三人同行去德国、奥地利参会，会后他们三人又去柏林、魏玛看书，收获很大。

总之，虽然上原先生很年轻，但我对上原先生的仔细研究很佩服。

6．[日] 松浦智子

松浦智子女士是早稻田大学博士，她父亲也是早稻田大学著名教授。她一直研究杨家将。她为人热情开朗，我和她关系很好。她从早稻田大学博士毕业后，现在名古屋的名城大学任教。每次在日本举行中国古代小说戏曲文献暨数字化国际研讨会她都参加，并协助中川谕先生做了很多会务工作。她和一般日本女士不同，一般女士都比较内敛，但她却属于外向型，待人热情，乐于助人，你有事请她帮忙，她一定会帮忙帮到底的。

这在 2018 年在马来西亚和德国、奥地利举行的中国古代小说戏曲文献暨数字化国际研讨会期间最明显。她和中川谕先生、上原究一先生三人同行去德国、奥地利参会，我和他们三人先在杜塞尔多夫会面，游览杜塞尔多夫的古迹和莱茵河，然后再一起乘火车去开会地点盖尔斯基兴。我们四人中，松浦智子的英文最好，因此问路、买票等都由她出面，我的英文等于零，中川和上原阅读还可以，但对话就不行了。这次我们出行全靠她联系，她办事很麻利干练，给予我们帮助很大。

在德国研讨会上她还是介绍《杨家将演义》，特别用 PPT 展示了《杨家将演义》中的彩色插图。一般中国古代小说中插图都是黑白的，彩色插图很少，我还是第一次看到如此漂亮的古代小说插图，而且用的颜色是很珍贵的颜料，十分精彩。

奥地利研讨会后，他们三人又掉头回德国，再去柏林、魏玛看书，据说看到很多版本，收获也很大。希望以后有机会再见面。

7．[日] 中原理惠

中原理惠女士是日本京都大学人间环境研究科的博士。我第一次见到她还是在 2015 年廊坊的中国古代小说戏曲文献暨数字化国际研讨会上。那时她是第一次来中国。我见到她时很吃惊，如此弱小、年轻的一位女生怎么会喜欢研究中国古代小说版本呢？后来她作为日本交换生又来北京大学访学一年，我们也曾见过面。她学习的认真执着更是令我惊叹。只要她有问题提出，我都尽最大努力去帮助她，希望她的研究早日出成果。

她目前主要研究一百二十回本《水浒传》。《水浒传》版本记录最早见于 1986 年马蹄疾编写的《水浒书录》，其中一百二十回本只著录了 5 种。邓雷 2017 年编写的《水浒传版本知见录》，著录一百二十回本 4 类 45 种。在北大图书馆她送我 2018 年参加日本中国学会的报告《关于水浒传一百二十回〈忠义水浒全传〉》，著录了一百二十回本有 54 种，比邓雷还多出了 9 种。我没有仔细核对两人著录差异，不知中原理惠比邓雷著录多出了哪几种。因为很多《水浒传》版本在日本，因此中原理惠看的版本可能比邓雷更多。可以肯定的是，中原理惠整理的资料，是目前为止对一百二十回本《水浒传》版本最完整的记录。

一百二十回本《水浒传》中最重要、最早的一般认为是袁无涯本，此本只存世一本在北京大学图书馆，由于是孤本有胶片，一般不让看原本。北京大学图书馆古籍部由于迁移，一直不开放，直到 2018 年 9 月开学后才开放。10 月我陪中川谕先生去看《三国演义》遗香堂本，也只能借出袁无涯本的胶片看。中原理惠一直希望看到原本，她联系了北大中文系的潘建国老师。潘老师现在香港大学讲课，他替她联系了古籍部，同意她去看原本。于是她特地从日本飞来北京，我和她一起去北大图书馆古籍部看袁无涯本。她还要去清华大学图书馆看一本郁郁堂本，本来她还想去中国艺术研究院看一本郁郁堂本，但图书馆不开放，她还要去上海看郁郁堂本。

其实这些郁郁堂本都是同版，但她就是要每本都逐一看到，就和中川谕先生每本《三国演义》遗香堂本都要看到一样。日本学者治学之认真，实在令人吃惊。我也一度很不理解，既然是同版，看一本就可以了，为何所有版本都要看到？最后我也想通了，他们研究版本就要做到极致，不彻底看到所有藏本就不放心，看到了所有藏本，藏本状况也就彻底搞清楚了。这种认真彻底的研究在中国估计现在很少有人愿意做了。对日本学者的认真执着我只有钦佩。

不知是否是巧合，中国邓雷研究了《水浒传》简本，正在研究繁本（包括一百回本和一百二十回本），而日本中原理惠也在研究一百二十回本，他们的研究涵盖了全部《水浒传》的版本。等他们研究结果出来，我想如有可能，举办一次《水浒传》版本座谈会，请他们各自介绍自己的研究成果，对《水浒传》版本研究肯定会有推进作用。

8．其他 5 位日本学者

我做中国古代小说版本研究，和日本学者接触很多，日本有一大批研究中国古代小说的学者，其中除了上述介绍的中川谕、金文京、上田望、大木康、上原究一和松浦智子、中原理惠外，我和其他日本学者也有交往，下面简单介绍其中的 5 位。

（1）大塚秀高

大塚秀高先生 1949 年出生，1979 年日本东京大学博士毕业，曾任琦玉大学教授和日本中国古典小说研究会会长，在日本举行中国古代小说戏曲文献暨数字化国际研讨会他多半都会参加，前几年我们常见面。他现在退休了，好像是被早稻田大学返聘，我们也很少再见面了。

大塚先生最大特点是沉稳，分析问题很精辟，见面话语不多，我很尊敬他。他主要研究"三言二拍"，对此我没有研究，因此我们学术交流不多。

（2）铃木阳一

铃木阳一先生1949年出生，1979年日本东京都立大学硕士，长期任教于神奈川大学，曾任副校长。他主要研究领域为白话小说史（元代至清末民初）。

铃木先生为人最大特点是热情好客，给我印象极为深刻。铃木教授多年来与中国有密切交往，经常访问中国，他还是上海师范大学国家重点学科比较文学与世界文学研究中心特聘教授。

2016年他在神奈川大学组织了一次"中国古典小说研究三十年的回顾与未来展望"高层论坛，参加研讨会的中方学者都是著名教授，包括：孙逊（上海师范大学人文与传播学院）、廖可斌（北京大学中文系）、黄霖（复旦大学中国语言文学研究所）、黄仕忠（中山大学中文系）、许建平（上海交通大学人文学院）、罗书华（复旦大学）、陈文新（武汉大学文学院）、李桂奎（上海财经大学）等。我刚好在此期间在早稻田大学参加第十五届中国古代小说戏曲文献暨数字化国际研讨会，所有代表也就顺便参加了铃木先生主办的这次研讨会。中国学者去日本同时参加两个高水平研讨会也很难得。会后日本还出版了此次研讨会的论文集《中国古典小说研究の未来——21世纪への未来》，我托中川谕先生在日本买了一本。

（3）笠井直美

笠井直美女士是日本名古屋大学教授，主要研究《水浒传》版本。她为人十分热情，为我提供了很多古代小说版本的研究资料。我曾到名古屋出席日本中国古典小说研究会年会，会后她带我游览名古屋古迹，并仔细介绍，我很感谢她。

这几年我和她没有联系了，据说她转去研究中国古代说唱艺术，还去台湾访学。

2018年前面提及的中原理惠参加日本中国学会年会，发表有关《水浒传》一百二十回本的论文，她告诉我评审专家就是笠井直美，可惜我没有去参会，也没有再见到她。

（4）荒木达雄

荒木达雄是日本东京大学博士生，曾在中国台北"中央研究院"中国文哲研究所作为博士候选人研究小说。这个身份是为准备撰写博士论文的博士生提供研究机会的。他曾以东京大学博士生身份，到"中央研究院"，准备撰写向东京大学提交的博士学位论文。

荒木曾多次参加中国古代小说戏曲文献暨数字化国际研讨会，我和他很熟悉，他待人十分热情，我去日本开会，他曾和中川先生一路陪我，我很感谢。一次我到日本参加研讨会，会议结束他坚持把我送到宾馆才离开。另一次在琦玉县召开日本中国古典小说研究会年会，会议结束后，大家都坐火车返回东京，只有他一人骑摩托车返回，我看了很奇怪，他说这样节省费用。

荒木正在研究《水浒传》版本。现在研究《水浒传》版本的人很少，荒木的研究很有价值。

荒木后来曾在中国台湾台南某个大学里教日语，现在日本东京大学附属图书馆工作。我们常在网络上交流，但多年未见面了，希望我们以后有机会再见吧。

（5）伊藤晋太郎

伊藤晋太郎是日本庆应义塾大学博士生，曾在四川大学留学，跟随沈伯俊老师学习三国历史。我第一次去日本从京都去东京看朋友，金文京先生联系伊藤晋太郎和另外一位先生全程陪同我参观，他们非常仔细认真。他为人很低调。在河南发现曹操墓地后，他专程从日本到河南去看曹操墓地，然后到镇江参加《三国演义》研讨会，但不幸得病，就一直在酒店里休息，没有能到会场开会。

他曾长期在日本各大学担任"非常任教师"，现在任东京二松学舍大学文学部教授。我几次到日本二松学舍大学参加日本三国学会年会，他都负责会务工作，工作很繁忙，但他做得很认真。

日本大学生毕业后就业都很难，开始都要担任"非常任教师"，多年后才会有机会任专职教师。日本的"非常任教师"就是没有编制的临时授课老师。因为日本大学中有些课程是临时性的，如每门课都设专职教师，一旦这门课选课学生很少，教师就无法开课。因此日本大学中有大量"非常任教师"临时授课，所拿工资比常任教师少很多，学校也可随时解除聘任。"非常任教师"一般都在很多学校里授课，来回奔走很辛苦。担任"非常任教师"几年后，大学觉得你授课很好，也确实需要，再转为正式编制的常任教师。

9．［法］陈庆浩

陈庆浩曾任法国国家科学研究中心研究员，法国远东学院、巴黎第七大学教授。陈先生在国际红学研究上也有很高建树，他编著的《新编石头记脂砚斋评语辑校》一书，由台北联经出版事业公司 1979 年出版，1986 年又出增订版，北京中国友谊出版公司 1987 年出版增订版，是红学研究的重要参考书。他在中外学术交流上做了大量工作，常在武汉大学、北京师范大学、贵州民族学院、上海师范大学等进行学术交流、讲学，深受国内外学者的关注。

我和他是在上海孙逊主办的一次国际小说研讨会上第一次见面，后来金文京先生邀请我去京都大学访问，他刚好也在京都大学访学。我和他接触最多的是 2015 年他到北京大学做一个月的访问学者。他每周在北大中文系做一次讲座，主要谈《红楼梦》，我每次都去旁听。我向他介绍我做的中国古代小说版本比对软件，他觉得很有用，建议我用于《红楼梦》版本研究。在此前我只用来研究《三国演义》版本，我怕《红楼梦》版本过于复杂，不敢涉入。在陈庆浩先生的鼓励下我开始关注《红楼梦》版本，刚好这时在天津出现一本手抄的"庚寅本"，我马上去天津复制回此本，并立即数字化后和其他版本比对。此本最大特点是有大量批语，在和俞平伯先生的《脂砚斋红楼梦辑评》比对过程中，我也常用陈庆浩先生的《新编石头记脂砚斋评语辑校》做参考，最终出版了《〈红楼梦〉版本数字化研究》专著。这本书实际是在陈庆浩先生鼓励下编写的，我在此书的后记中特别提及了此事。

2017年10月，台湾嘉义大学徐志平先生主办中国古代小说研讨会，请陈庆浩先生来主持，其中一个主题是古代小说的数字化和定本。陈庆浩做了主题发言，介绍他的《红楼梦》定本工程。我听后觉得，类似想法的人很多，冯其庸、周汝昌都做过各自的整理本，也就是他们各自的"定本"。《红楼梦》因为前八十回是抄本，文字细微差异还是很大，做"定本"如何确定采用哪个版本的文字，就是件十分复杂的事情。在这方面肯定是仁者见仁，智者见智。我没有仔细比对冯其庸整理本和周汝昌整理本在文字上有多少差异，我估计肯定不少。陈庆浩主张做"定本"，那又是一种整理本，其工作量极大，最后结果又将出现一种新的整理本，这也会是陈先生多年研究的结晶吧。不知后来这个"定本"进展如何。

陈庆浩先生定居法国，我曾和他谈及，可否在法国举行一次中国古代小说戏曲文献暨数字化国际研讨会。他说他已经退休了，无法开出邀请函，没有邀请函，中国学者就无法去参会，这很遗憾。

2018年我在德国举办第十七届中国古代小说戏曲文献暨数字化国际研讨会，询问陈先生可否参加，他说他身体不好不参加了，但他联系了在法国的中国中山大学女博士刘蕊参会。刘蕊去法国主要考察欧洲的小说戏曲文献，刚好日本朋友会后要到德国看书，刘蕊熟悉德国，陪他们一起去德国，对他们帮助很大。她在瑞士一家图书馆发现了《三国演义》叶逢春本残本，这很有意义。

每年元旦陈庆浩先生都会给我发来新年祝贺的邮件，2019年春节又再次收到陈先生的祝贺春节的邮件"祝己亥年，如意吉祥，诸愿遂心，陈庆浩敬贺戊戌除夕"，言辞不多，十分温馨，希望还有机会再见到陈先生。

有关52位学人风采就写到此吧，其实这20年来我还接触过很多学者，很多学者也值得写，也有些想法，但要真正动笔写就很难，因此就暂时写到此，以后有想法时再写吧。

说明

此栏目原意是记录本人和各位学者的交往感受。最后再附录两篇有关本人的介绍文章。

第一篇是中州古籍出版社副总编马达和编审张弦生所写的《周文业先生和他的〈三国演义〉版本数字化研究》，2015年10月在汉中《三国演义》与三国文化国际学术研讨会上发表。我和他们两人是多年好友，我的很多书都是在他们出版社出版的，他们对我研究的介绍也很中肯，因此附录于此。

第二篇是沈阳赵旭谈及和我初会的感受一文，写得很生动，也附录于此。

2017 年我去沈阳本是要查一本《三国演义》版本,此本是日本上田望先生在他的《三国演义主要版本书目》一文中所记录的,但此本从未有人著录过。我邮件询问上田望先生他是否去查过此本,他回复说未去看过,只是看到有书目介绍。

此本上田望先生记载如下:"书名《新刻按鉴演义京本三国英雄志传》十二卷二百四十则(松盛堂本),(辽宁省图书馆)。"从书名看,此书应该属于《三国演义》"英雄志传"小系列,但此系列一般是六卷本,从未听说有十二卷本。我刚好前不久在日本名古屋大学看到另一本明刊本"英雄志传"小系列的刘兴我本,也是上田望先生曾著录过的,因此我对沈阳这部藏本很有兴趣。

我上网查辽宁省图书馆从市内搬到沈阳郊区,我不知古籍部是否开放,因此联系辽宁大学胡胜老师,他请他一学生、现在沈阳大学任教的赵旭帮我联系。赵旭联系了辽宁省图书馆,确认此书可以看,并发来几张照片。

于是我买了北京—沈阳往返火车票,去沈阳看此书。赵旭全程陪同我,他也没有去过辽宁省图书馆,因为在市郊很远。我们打车到图书馆很费事。赵旭陪同我一天,十分辛苦。没想到他还写一文谈感受,我看了写得很真实,也很感动。

现将这两篇文章附录于此,也可算作"学人风采"的延续吧。

附录

附录一：周文业先生和他的《三国演义》版本数字化研究[①]

马 达　张弦生

一

周文业先生是安徽全椒人，却出生在抗战时期的昆明，这是因为他的父亲周先庚先生是清华大学著名的心理学教授。卢沟桥事变爆发后，他不愿做亡国奴，全家辗转万里，南渡来到云南，在西南联大执教。抗战胜利后，他们一家北归，一直生活在北京。1963年，周文业先生从清华附中高中毕业，因为功课优秀，被动员报考清华大学，入清华自动控制系学习毕业。"文化大革命"中的1968年他先是分配到山西太原市阳曲县农场劳动，接着又分配到太原无线电六厂工作。曾任山西太原无线电六厂副总工程师、太原市电子研究所总工程师，其间被评为高级工程师。1995年调回北京首都师范大学，先后担任该校多媒体技术应用研究所副所长、校园网建设专家委员会主任、现代教育技术中心主任、数字校园建设中心主任，主持学校数字校园的规划和建设组织工作。

周文业先生学的是电子计算机，从事的是计算机及其应用开发，但他从小就有的文史兴趣一直没有放下。1999年他第一次参加在山西清徐举办的《三国演义》研讨会，介绍自己对《三国演义》版本数字化及自动比对的设想，从此开始进入古代小说研究领域。他于2005年4月退休后，2005年7月组建首都师范大学中国传统文化数字化研究中心，担任常务副主任，研究方向为中国古代小说版本和中国历史地理数字化及应用研究。这一工作得到了刘新成校长的有力支持，研究中心的名字也是刘校长起的，为了方便开展工作，他还任命对此项研究也非常热心的科技处处长当主任。有了学校各级领导的坚强后盾，周先生以一发不可收拾之势，取得了一项又一项累累硕果。

[①] 此文是2015年10月汉中《三国演义》与三国文化国际学术研讨会论文，刊于胡世厚、郑铁生主编《罗学（第五辑）》，中州古籍出版社2016年版，第181—185页。

十几年来，周文业先生开创的中国古代小说、戏曲文献版本和中国历史地理数字化及应用研究道路越走越宽广。他完成了《三国演义》《水浒传》《西游记》《红楼梦》《金瓶梅》等五大名著的80种版本的数字化工程，2001年以来，他还组织举办了14次国际性的中国古代小说戏曲文献暨数字化国际研讨会，使这一交叉学科的研究成为引人注目茁壮成长的学科。过去人工比对的版本研究，常常出现只见树木不见森林、盲人摸象式的结论。数字化使学者从烦琐的人工比对中解放出来，减少了研究中的片面性，极大地提高了工作效率。古代小说版本数字化研究不但得到越来越多专家的认可，还有许多专家应用这些成果，取得了可喜的成绩。日本学者中川谕先生说，有了小说的数字化版本，只需十几分钟就能大体上看清某一版本的面貌。由此可窥见数字化应用之一斑。

为了推动中国传统文化数字化研究、搞好中外学者的相关交流，这14次中国古代小说戏曲文献暨数字化国际研讨会，多数是由周文业先生一人主办。他主张中国大陆的学者要多出去走一走，了解中国大陆以外的研究状况。这个研讨会要一年在中国大陆召开，一年在中国大陆以外召开。他也是如此亲自履行的。至今已经先后在日本大东文化大学、韩国成均馆大学、中国澳门大学、中国台湾嘉义大学举办过，大陆曾在北京和上海举办。在北京举办时，从发通知、征集论文、打印论文、接待安排食宿、开会、送行等事务，全部由周先生一人操办。经费也是使用的他个人的科研项目经费。周先生戏称："我估计这不仅在中国大陆，就是在世界怕也再无第二人。"纵观国内各院校及科研单位研究经费中的种种弊端，周先生的学术精神和高风亮节，真使人敬佩。由此，他结识了中国大陆、港台以及日本、韩国、美国、法国等许多中外专家，成为很好的知心朋友。他以一个外行人的姿态向他们学习，切磋学问，使他在中国古代小说版本和中国历史地理数字化及应用研究领域，成为权威专家。

在中国历史地理数字化及应用研究领域，周文业先生的成绩也是有目共睹的。他早就有绘制《三国演义》地图的设想，并且完成了一大部分电子化初稿。当GIS地理信息系统一出现，周先生就有了将之运用于人文科学研究的想法，他去复旦大学拜访了历史地理学专家葛剑雄先生，得到他的赞同和支持。周文业先生将谭其骧老先生的《中国历史地图集》全部向量化，建立起一个数字化应用平台。在广州唐代文学会上他对此做了介绍后，引起许多专家的兴趣。由此，每次全国历史地理研讨会都邀请他到会。他还应邀多次访问美国哈佛大学，进行学术交流。2012年，他和武汉大学王兆鹏教授合作，开展中国文学史编年地理系统的研究开发项目。这一项目已列入国家社科重大项目正在实施中。

二

周文业先生在中国古代小说版本数字化研究是从《三国演义》开始的，这方面的成绩也以对《三国演义》的研究最为突出。20世纪80年代以前，学界对《三国演义》的版本问题不甚在意，以为在四大名著中，是问题较少的一部。1987年1月中国三国演义学会在昆明召开的《三国演义》版本研讨会上，专家们对版本问题进行了热烈讨论，此后，《三国演义》版本存佚和不同版本间的关系问题，越发现越多，越发现越认识到先前研究的不足，这遂成为《三国演义》研究的热门题目。

现在，周先生已经完成了《三国演义》31种明清时期中外版本的数字化工作。其中"演义系列"12种，分别是：嘉靖元年本、朝鲜活字本、朝鲜翻刻本、周曰校丙本、夏振宇本、夷白堂本、李卓吾本、锺伯敬本、李渔本、毛宗岗本、英雄谱本、上海残叶。"志传繁本"7种，分别是：叶逢春本、郑少垣本、余象斗本、余评林本、熊冲宇本、杨闽斋本、汤宾尹本。"志传简本"12种，分别是：黄正甫本、刘龙田本、朱鼎臣本、刘荣吾本、二酉堂本、熊佛贵本、诚德堂本、北京藏本、魏氏刊本、天理图本、杨美生本、费守斋本。可以说几乎囊括了现存的古代《三国演义》刊本，为开展《三国演义》的版本研究提供了极为方便的条件。

周先生在全面占有版本资料的基础上，他和陈翔华先生展开了《三国演义》周曰校本的研究讨论，对中川谕先生的有关夏振宇本的文章也给以探讨，对黄正甫本是否"古本"《三国演义》也做出了论据翔实、说理充分的辨析。

《三国演义》为我国第一部白话长篇小说，也是讲史长篇小说的开山之作。这部将历史加以演义的小说，被清代章学诚称之为"七实三虚"。《三国演义》本称《三国志演义》，似乎仅是据史书《三国志》"演义"而来的，其实《三国演义》所据史书不仅是《三国志》，还有《后汉书》和《资治通鉴》，甚至还有《资治通鉴考异》和《晋书》，毛宗岗本《三国演义》还使用了《世说新语》中的许多三国人物的故事。关于《三国演义》的虚实问题，从小说诞生之日起，就是一个争执不休的题目。在虚实问题上，虽然已有将王大错先生比较《三国演义》和《三国志》的考证文字插入《三国演义》相应段落的《古本考证三国志演义》、盛巽昌先生的《三国演义》（补正本）和张国光先生的《三国演义》（文史对照插图本）的出版，但周文业先生在《三国演义》版本和相关史书数字化基础上，所做的虚实问题的研究还是远远走在了其他研究者的前面。

早在2002年他就和人合作在江苏古籍出版社（现为凤凰出版社）出版了《〈三国演义〉〈三国志〉对照本》（上下册）。2013年又在中州古籍出版社出版了由他主编、邓宏顺编著的《三国演义》文史对照系列书——《三国志演义文史对照本》（上下册）、《三国志通俗演义文史对照本》（上下册），并即将出版这一系列书的《三国志通俗演义史传文史对照本》。

周先生认为："在我看来，《三国演义》'虚实'包括以下两方面：1.《三国演义》中哪些是历史史实，即'实'；哪些是作者虚构，即'虚'。2.在《三国演义》中'虚实'的比例是多少，'虚'占多大比重，'实'占多大比重。""对于'虚实'的这个定义，大家是有共识的。"（周文业：《〈三国演义〉的"虚实"问题和"虚实"研究方法》[1]）

他还说："我研究《三国演义》虚实，是对《三国演义》中的文字逐段、逐字与历史史实进行核对，哪些来自史书，哪些来自作者创作。并进一步量化，做定量研究，

---

[1] 见"古代小说网。"

试图探讨从文字看，虚和实的比例各是多少。而对于编写者如何选取这些素材，虚实问题是如何产生的，从叙述学角度如何分析这些虚实问题，这不在我和大部分虚实问题的研究范畴之内。"（同上）

《三国演义》文史对照系列书——《三国志演义文史对照本》（上下册）、《三国志通俗演义文史对照本》（上下册）就是在这样的学术思想指导下编写出来的。

《三国志演义文史对照本》的底本是根据1975年人民文学出版社影印的明嘉靖元年本的整理本，《三国志通俗演义文史对照本》的底本是根据中国国家图书馆藏清醉耕堂毛宗岗本的整理本。嘉靖元年本和毛宗岗本是《三国演义》最有影响的版本，因此出版这两个本的文史对照本对于《三国演义》的虚实研究也最有意义。

用来对照的史书则主要是《资治通鉴》《三国志》和《后汉书》。此外还把《资治通鉴考异》《晋书》中的相关文字收入。毛宗岗本中涉及《世说新语》的故事也将《世说新语》的相关文字加以比对。全书采用"段落对照"和"句对照"相结合的方式作文史对比。"段落对照"即在小说的一段文字之后，列出各本史书中的相应文字。"句对照"即与史书逐句对比。在这两种方式中，凡是能用句对照的地方尽量用句对照，以求其清楚。在必要之处，编者还插入按语，将小说与史书的差别加以说明。对于几种史书中重复的部分则选取表述最完整的史书文字来比对，其他史书只将卷次或传目注出。由于体例完备、资料翔实准确，因此可以说这两种书是目前最为完善的《三国演义》文史对照本。对解决《三国演义》的虚实问题、故事源流问题等一系列相关研究课题，都提供了极大帮助。

周文业先生在《三国演义》版本研究上所做的贡献还有一件美谈不能不提及。2005年，他和日本学者在黄山发现了一部《三国演义》汤宾尹本的残本。他和日本朋友金文京、中川谕、上田望等七人共同出资3万元，将书买下并捐献给中国国家图书馆。为此，国家图书馆还专门组织了一个捐献仪式，馆长詹福瑞在仪式上讲话称，他来国家图书馆以来，第一次遇到学者出资买下古籍善本，无偿捐献给国家图书馆。许多报纸、电视等予以报道，并传到中国大陆以外，受到称赞。

在取得的巨大成绩面前，周文业先生保持着一贯的谦虚和冷静。他明确指出，数字化就是"量化"。数字化和量化研究不是十全十美的，它只是为学术研究提供了一种快捷、智能化的手段，提供了一些资料，为学者人工研究提供一些研究的基础材料，为某些研究提供量化的资料作支持。但这绝对不能代替学者自己的研究和判断。数字化以后，各种细微差异都一览无余，反而也带来研究的困惑。如何从这些大量的文本差异中分析出有真正价值的差异，就考验学者的研究水平了。

相信凭周文业先生谦和的学风和为人，他的"理科男"的严谨、求实、逻辑思辨的特长，他的锲而不舍的钻研毅力，一定能在中国古代小说、戏曲文献版本和中国历史地理数字化及应用研究方面有更多的建树。

附录二：初见周文业先生

赵 旭

经胡胜老师介绍，我得以结识周文业先生，并于2017年6月9日在沈阳与之初见。

周文业先生来沈阳是要查阅一部藏于辽宁省图书馆的《新刻按鉴演义京本三国英雄志传》，我陪同前往。辽宁省图书馆自迁到市郊莫子山后，交通非常蹩脚，从火车站出发，先要坐十余站地铁，然后乘轻轨，再步行数里地，稍有耽搁就是近两个小时的行程；同时，图书馆中午闭馆，晚上下班也早，而周先生查阅当天就要返回北京，时间特别紧张。为此，我们事先通过电话进行沟通，周先生把行程时间计算到了分钟，其细致精密令我叹服。按照约定，我于9日上午7点35分到沈阳北站接他。之前，我特意在网上查了周先生的照片，并提前10分钟到地铁口，可却一直没接到他。过了一会儿，周先生打来电话，他已经进了地铁站台。唉，真不好意思，初见却要老人家主动找我。我忐忑不安地到了站台，远远看见一袭白衣、身材颀长且笑容可掬的老人。怪不得我没接到，他那么帅气，神采奕奕的，比照片精神多了，哪里像年过七旬的老者呢。

一路乘地铁到了浑南，为了节省时间，我们决定坐出租车，可是没有司机愿意去那里，因为太远，到了地方回来就是空跑，人家觉得不合适，而且说心里话，省图的位置太偏，我这个老沈阳去了也发蒙，导航都未必好使，找不到地方啊。眼看着时间一分一秒地过去，再耽误下去，一上午就过去了。我急得一头汗，可是周先生却笑眯眯地安慰我，不要急，总会有办法的。果然，一位憨厚的年轻司机拉上了我们。但是，我担心的事情还是发生了，明明到了图书馆的大致位置，可就是找不到，看不到，车上的导航也弄不清位置了。司机和我急得不得了，嘴里不断地嘀咕着，到底在哪里呢，可是周先生还是那么稳稳当当地安慰我们，不要急，总会有办法的。他的这句话就像神奇的咒语，果然，转了个弯，省图那高大的建筑就出现在眼前了。

到了图书馆，穿过一座座空旷无人的读书室（的确如此，因为太偏僻，读者特别少），来到古籍阅览室。但还是遇到点小麻烦，本来事先已经预约说好提书，结果中间环节出点小问题，要等好一会儿，已经10点多了，图书馆11点30分午休闭馆。我急得里外走，而周先生还是稳稳当当地坐在那里，告诉我，不要急，总会有办法的。最终，书拿到手了。周先生真的是做足了准备工作，拿出厚厚的笔记和诸多表格，各种版本的《三国演义》复印件摆了一桌子，迅速而无声地进入工作状态。我静静地坐在他对面,看着他工作。老先生就像稳坐中军帐的诸葛亮,有条不紊;又像坐禅的老僧,对周边视若无睹,气定神闲。忽然,他的脸上漾起了笑容,猛抬头望着我小声而愉快地说:"我明白了,我明白了!"此时,时针正好指向11点25分。

午休的时间,我们在图书馆一楼小坐。我略显拘谨地和老人家聊天,请教些人生阅历;老人家则爽朗地跟我讲些学界掌故,还有他的一些经历经验。话里话外其实在点拨我,凡事不要急,总会有办法的。

下午1点30分开馆,继续繁忙的查阅工作。经过上午的整体翻阅,此时周先生心里已经有了谱。铺开他带的各种表格,我看到表格上是多个版本的《三国志传》的文字表述情况。周先生一边比对,一边填表,仔细地把卷则数目一一标清,还忙里偷闲地给我讲解。这部《新刻按鉴演义京本三国英雄志传》,封面题"松盛堂梓行""毛声山先生原本"《绣像三国志传》,之后是"玉屏山人撰"《三国志小引》;目录题为《新刻三国志目录》,共十二卷,第一卷为七则,之后各卷则数不等;目录中第一卷第一则题为《刘关张桃园结义》,而正文中第一卷第一则题为《祭天地桃园结义》;第一卷目题为《新刻按鉴演义京本三国英雄志传卷之一》,卷目下面是"晋平阳陈寿志传 元东原罗贵志演义",罗贵志,而非罗贯中。周先生说,辽宁省图书馆藏的这个版本《新刻按鉴演义京本三国英雄志传》属于六卷本系列;对于各卷则数不同的现象,周先生认为是书商出于营销目的所为,就是说为了每册厚度一致,书商按照篇幅大小分卷,而并不在乎则数;周先生说辽宁省图书馆藏的这个版本最大亮点在于文字精准,可以说,这是六卷本系列中最好的版本。客观地说,我对周文业先生从事的研究内容并不太熟悉,但这个下午,我是受益良多。

和周文业先生分别后,我一直在想,和他相处一天,他说得最多的一句话就是:"不要急,总会有办法的。"这句话能够充分体现出周先生的治学特点。他于1963年考入清华大学自动控制系,在本专业领域取得不少成绩的同时,在业余时间利用自己的专业特长研究古典小说,用理科方式来从事文学研究。万事总有道理规律可遵循,不是感情用事能解决的,必须冷静,踏实,一步步来,用归纳的方式逐渐揭示真相给人看。诚如周先生午休时对我所言,"我通过文献的比对去努力还原事实真相,尽量不卷入意气之争。"理性思维是冷静而理性的,这对文科的感性思维有着很好的补充和借鉴。面对复杂的学术问题,不要急,因为总会有办法的,这是初见周文业先生,这位谦和的长者给我最大的教益。

2017年8月17日
于沈阳

三、20 年研讨会随笔

1999 年至今这 20 年多来，我参加的各种研讨会，包括我主办和参与主办的 18 届中国古代小说戏曲文献暨数字化国际研讨会，总计 142 次。

在参加这些研讨会之余，有时有些感想，随笔写下来，分类汇集如下。

（一）研讨会随笔

1. 参加研讨会随笔

（1）只有交流，没有讨论

现在各种研讨会非常多，参加研讨会无非三个目的：其一是会老朋友、结识新朋友；其二是学术交流，看别人做什么研究，同时向别人介绍自己的研究；其三就是针对某个学术问题进行深入的学术讨论。我主办过 18 届中国古代小说戏曲文献暨数字化国际研讨会，我最看重的是第三个目的。如果研讨会上展开了深入讨论，甚至争论得脸红脖子粗，那研讨会的目的就达到了。但目前中国大陆的研讨会要达到这样的深度还有很大的困难。大陆研讨会一般是学者介绍自己的研究，顶多 10 分钟。好的主持人还可能轻描淡写地评论一番，称赞一番；差的主持人几句话一带而过。学者本人也不希望引起讨论，巴不得一晃而过。而我参加海外的研讨会，一般某学者发言后，除评点人会认真评点,毫不客气地提问,指出问题外,与会者也会纷纷发言,进行深入讨论。问题往往要在深入讨论中才可以搞清楚。大陆的研讨会今后在这方面还需要努力。

(2) 知识面窄,水平下降

导致现在中国大陆很多研讨会上深入讨论很困难的原因,我个人感觉,多数并不是与会者不愿意讨论,而是多数情况下,学者根本不了解别人研究的情况,无法提出意见,也就无法讨论。而导致这种局面的出现,我觉得和现在年轻学者的知识面狭窄有关。在我举办的历届中国古代小说戏曲文献暨数字化国际研讨会上,我注意到一个现象,当某位学者发表论文后,能马上提出问题进行讨论的,多数是老学者。而年轻学者除非刚好他对此事先有研究,一般都无话可说。其根本原因是,现在一般年轻学者的知识面很窄,除自己的研究以外,其他领域都不熟悉。而老学者有很深的学术积淀,这个问题虽然他事先并没有研究过,但凭他多年的积累,他还是可以当场提出问题,并一步一步地联想,进行讨论。看到这种局面,我真很担心,现在的年轻学者什么时候才能达到老学者的水平,去接他们的班,而保证我们的研究水平不下滑?

(3) 新老交流,缺乏场合

我在前面谈到,年轻学者与老学者相比,一般功力不足,因此促进新老学者交流、沟通很有必要,可使年轻学者有机会向老学者学习。促进新老学者交流,最好的方法是参加各种研讨会。但实际操作又有很大困难。现在年轻学者在职,一般都有经费,参加各种研讨会问题不大。但老学者要参加研讨会有多方面困难。老学者一般都退休不在职,没有经费,要与会,要么研讨会支付所有费用,要么就自费与会。主办单位办会一般经费有限,不可能邀请人员太多。老学者其实并不在乎与会的费用,但要他们自费负担交通费、住宿费,有些丢面子,因此多就不参加了。我历年主办中国古代小说戏曲文献暨数字化国际研讨会,尽量邀请北京的老学者参加,并支付车马费。但如在境外举办,除非主办单位邀请、负担费用,否则老学者参加就很困难。这也是无奈之事。

(4) 办会难点,邀请人员

在我多年来的办会中,使最人头疼的是邀请人员问题。我退休前办会全是自己的经费,由于经费限制,我一般都不承担参会人员的费用。就是日本学者,也是他们自己负担来往交通费和住宿费,我只负担餐费,因此我办会很简单。但有些学者弄得我很难办,由于各种原因,要请他自己负担路费、住宿费,我很过意不去,只好全部费用由我负担。按照中国大陆办会的惯例,开会总有一些学者是被邀请来的,主办方要负担全部费用。我分析这里面主要是两类人。第一类是一些知名的老学者,要他们自己负担费用,他们就不会出席了。而没有老学者出席,会议就显得档次不够了,因此有些老学者是必须邀请的。第二类是一些学会的领导,按照大陆惯例,也是必须负担全部费用的,有时甚至还得负担其夫人的费用。算下来这也是一笔不小的开支。最近大陆某学会又增补了几位副会长，在晚宴上，老会长领几位副会长到各桌敬酒致意。我开玩笑地说：这次增补了几位副会长，你们知道谁最为难？全桌的人都茫然不知，我自己答复：是下次主办单位！因为他们要负担你们几个的全部费用了！全桌人大笑。我曾办会，深知办会的苦衷，这既是玩笑，也是事实。但如果是政府办会，经费充足，这就可能不是问题了。

（5）自费开会

2005年我满60岁就退休了，此后这些年来所有研究、开会、出书等费用都是我自己付费，包括多次去日本开会的全部费用也都是我自费。我退休了，身体也好，自费目前对我还不是什么负担。

有些人对我自费开会不理解。其实外出开会主要是宣传我做的各种研究，如果不出去开会，只靠发文章是绝对不行的。发文章很慢，也说不清楚；开会还可了解别人在做什么研究，对自己绝对有启发。开会可认识很多朋友，做研究不能闭门造车。

我自费开会还有一个重要原因：我不是学文学出身，可以说是局外人、业余爱好者，这样自费去开会就很自然。

而一些知名学者退休后，如再自费去开会，会很不自然。会议主办方一般需要一些知名度很高的学者参会提高会议档次，于是负担全部费用；对知名度一般的学者，就不可能再都承担开会费用了。如果这些学者再自费去开会，自己会感到很别扭，脸上挂不住，而别人也会奇怪。因此多数学者退休后，就很少再出来开会了。而我就无所谓，大家也都很理解。

（6）参加研讨会的目的

2005年我退休后，一直从事个人感兴趣的中国古代小说版本和中国历史地理数字化及应用研究。因为退休后事情不多，只要与我的研究有关、我有兴趣、主办单位邀请、时间允许，我都尽量参加。这几年每年多的十几次，平均每月一次，少的也有几次。这主要是由于我退休后，有充裕时间，身体、费用目前也还允许。而在职的学者怕没有我这样充裕的时间来参会。

我热衷于开会，主要目的无非以下几点：

第一，会会老朋友。这几年我从事古代小说数字化，结识了很多朋友，利用开会会朋友，是难得的机会。很多老朋友多年来一直支持我的研究，没有他们的支持，我也不可能做出这些成绩。

第二，了解古代小说研究的现状。我从事古代小说数字化，说到底，还是要为古代小说研究服务。这就要求我随时了解古代小说的研究动态。除从网站、报刊上了解外，开会与学者直接接触是最快、最直接的方式。

第三，宣传我在古代小说数字化方面的成果。我从事的古代小说数字化研究，必须为古代小说研究服务，必须进行宣传。而参加研讨会是最好的宣传方式。

第四，参加研讨会可以到处走走，了解各地的文物、古迹。我对存放在博物馆的文物兴趣不大，而爱看各地的古迹、文物，特别是名人墓地和故居。因此每次参会可以顺路参观各地的古迹和文物。

第五，外出参加研讨会也锻炼了身体。我平时在家完全不锻炼，有时研究、写作一天也不出门。而参加研讨会出门也是锻炼。每次到各地走走、爬山，我都不落后，很多人对我的身体很惊讶，这也是经常参加研讨会的好处。

出于这五个方面的考虑，只要条件允许，我都去开会，可以说我是个开会积极分子。

（7）只写文章不愿讨论，不同意见不愿交锋

现在中国大陆学者很多只写文章，不愿意参与讨论，这对学术研究很不利。前几年，曾有一位著名小说研究者提出，《水浒传》成书年代不是元末明初，而是明中叶，其理由是"使银子"和"子母炮"等。也有学者不同意，仍坚持成书于元末明初的传统观点。《文学遗产》曾同时发表双方观点完全对立的文章。我看到后很感兴趣，希望开一次座谈会，邀请双方到场当面讨论。我先征求持传统观点的一方意见，他们欣然接受。因为我和持明中叶观点的学者不熟悉，因此只好通过其他学者与他联系。但最终他表示不愿意参加这种面对面座谈会。我估计是这位学者很少参加研讨会，另外，我觉得他"子母炮"的观点有明显漏洞，不知他是否因此就不愿意当面辩论，担心如一旦观点被辩倒，会大失颜面。当初我刚有此想法时，一位老学者就指出，这种座谈会肯定无法举行，果然被他言中。我觉得当面讨论可大大促进学术研究的深入，但可惜这种想法在现实很难实行，可惜！

（8）需要争论，注意方式

我近年来经常出席各种研讨会，很少看到研讨会上有学术争论的出现。我觉得主要是大家都希望尽量保持和气，因此避免公开争论，即便有不同意见，多数是在私下议论而已。我前几年出席杭州一次古代小说会，一位中国大陆著名古代小说研究专家做大会主题报告。一般主题报告是不会有人提出异议讨论的，但刚好这位先生论述的问题我也有研究，我觉得他的报告有明显漏洞，于是就立即举手要求发言。主持会议的学者示意我可以发言，于是我就站起来谈了我的看法。不料这位老先生可能没有任何思想准备会有人提问，加之确实听力有些问题，没有听清我的意思，结果所答非所问。我想这是大会主题报告，也不宜再辩论，就算了。会后很多学者见到我，都表示了支持。就是对小说数字化不感兴趣的《文学遗产》副主编，也向我致意，使我很惊讶。虽然我在大会上当面提问，但几年来我和这位老先生仍保持良好的关系，看来只要是学术讨论，一般也不会计较。但另一次在武汉《三国演义》研讨会上，当这位老先生在大会上公开指出某位学者认定黄正甫本《三国演义》是最早的版本是完全错误的，这位学者当时在场，就毫不客气地起立和这位老先生辩论，语气颇有些不敬。我对这种有些出格的争论并不赞同，争论是应该的，但还是要注意方式方法为好。

（9）五大名著以外的小说研讨会

20年来我主要参加了五大名著的研讨会，因为五大名著版本较复杂，可以发挥数字化的作用。而其他小说版本刊刻时间和演化比较清楚，因此版本研究价值不大，

也无法发挥数字化作用。

但我也曾参加了两次五大名著以外的小说研讨会,即《野叟曝言》和《歧路灯》研讨会。2009年11月1日江苏江阴举行海峡两岸夏敬渠、屠绅与中国古代才学小说学术研讨会。夏敬渠(1705—1787),字懋修,号二铭,江苏江阴人,清代小说家,曾著小说《野叟曝言》;屠绅(1744—1801),江苏江阴人,清代小说家,曾著文言长篇神魔小说《蟫史》。2010年8月平顶山学院伏牛山文化圈研究中心主办《歧路灯》研讨会。作者清代文学家李绿园(1707—1790)生于宝丰(今平顶山市湛河区)。会议是平顶山政府提供经费,因此参会者不仅不收费,还免费住宿,报销旅费。我本没有研究过《歧路灯》,但既然不收任何费用,我就去参加了。

两次会议都有台湾学者夫妇参加,他们都长期研究《野叟曝言》和《歧路灯》,这既是巧合,也说明台湾对这类小说很重视。

《野叟曝言》和《歧路灯》是同一类小说,这类五大名著以外的小说实际在大众中影响不大,我事先并未看过。对这类书的评价可以见仁见智,有不少很有影响的学者给以较高的评价,比如,朱自清先生早在1928年就发文评价《歧路灯》说:"若让我估量本书的总价值,我以为只逊于《红楼梦》一筹,与《儒林外史》是可以并驾齐驱的。"郭绍虞先生也在同年发文说:"单从他文艺方面作一估量的标准,则《歧路灯》亦正有足以胜过《红楼梦》与《儒林外史》者在。"虽然这些小说在大众中影响很小,但从研究古代小说和从研究地方文化而言,开这样的会都有必要。会议上很多学者对《歧路灯》评价极高,也是和《红楼梦》《儒林外史》并列。

会上我也谈了自己的看法,认为从一般读者来看,此书缺乏故事性、人物不突出,不吸引读者。一位北京女教师发言中虽然极力推崇此书,但私下她和我交流说,她曾让她儿子读此书,并有奖励,开始儿子很高兴,但看了一段时间后说,他不要奖励也不看了。看来年轻人不爱读这类故事性差、主要是说教型的小说也是不争的事实。《红楼梦》也曾当选"读不下去"的小说之一,也说明确实存在这个问题。当然作为小说研究而言,不能完全以市场为主导。前几年有学者曾提出"搁置五大名著"的看法,曾引起热烈讨论,但据我观察,似乎小说研究效果依然是以五大名著为主。由此也可看出,如何处理五大名著和其他小说的研究,还是要认真考虑。

(10)国际会议,徒有虚名

我2001年以来举办的18届中国古代小说戏曲文献暨数字化国际研讨会,中国大陆以外学者参加的很多,如日本金文京、中川谕、大塚秀高,韩国闵宽东,中国香港洪涛、黎必信,中国台湾徐志平等。由于境外学者注重古代小说的文献、版本等实证研究,因此我每次都极力邀请他们赴会。由于我主办的研讨会有较高的学术水平,与会者可以深入讨论学术问题,因此中国大陆以外学者也都愿意参加,一者可以介绍他们的研究,二者也可以了解中国大陆学者的研究。这几年来,中国大陆举办的国际研讨会日益增多,但我参加的很多所谓"国际研讨会"徒有虚名而已。前几年在山东参加某地方政府举办的"国际研讨会",见到很多韩国人,一介绍才知是从济南拉来的韩国留学生,真是令人尴尬。

（11）小型讨论，值得推广

近年来我常去日本出席各种研讨会，与日本学者有深入的交流。我在日本了解到，他们有定期座谈讨论的习惯。一批志同道合的学者，会围绕一个主题，每周定期开学习座谈会。这种座谈会的优点是，在某个时期内，大家都研究同一问题，定期交流，促进研究。这种方式我觉得对提高学术研究水平极为有利。因为大型研讨会每年举行次数有限，会期很短，很难在会上深入交流。这种小型座谈会的形式简单易行，是提高学术研究水平的非常好的方式。前不久在中国社科院文学所举办了一场小型《红楼梦》程乙本座谈会，到会学者不多，讨论很深入，我收获也很大。希望今后这类小型专题座谈会越多越好。但要找到都对某个议题有兴趣的学者，也不容易。

（12）中国大陆研讨会

比较我参加的日本的学术研讨会、我自己举办的研讨会，和在中国大陆举办的其他研讨会，我深感在学术讨论方面有较大差异，主要是在讨论方面。日本研讨会、古籍数字化国际研讨会，特别注重讨论，主讲人发言后，讨论一般都很热烈。而在中国大陆举办的其他研讨会在讨论方面都较差，有些研讨会还有一些讨论，而有些研讨会基本没有讨论，顶多只有点评人作一些点评。点评水平也因人而异，有些学者学术水平高，点评很有深度。但也有很多点评很一般，多是说些无关痛痒的好话而已。

造成讨论不足的客观原因很多。

第一，日本古籍数字化国际研讨会，人数不多，多是40人上下，因此有充足时间进行深入讨论。而中国大陆举办的其他研讨会一般人数众多，少则六七十人，多则上百人，虽然进行了分组，但时间分配仍很紧张，这样客观上给讨论带来困难。

第二，日本古籍数字化国际研讨会，研究的课题较窄，便于深入讨论。而中国大陆举办的其他研讨会一般主题宽泛，论文涉及的方面很多，也给讨论带来困难。这些都是客观原因。

主观上也有一些问题。

一是主办单位不太重视讨论，很多主办方只是组织学者发言了事，不重视讨论。

二是主持人学术水平有限，无法引导与会者进行深入的学术讨论。

三是很多主持人没有经验，虽然学术水平可能很高，但不知道如何组织学者开展学术讨论。

虽然有多种客观和主观原因，但如果主办单位有经验，组织得好一些，事先考虑得仔细一些，主观上再采取一些措施，是可以解决这些问题的。

为此我提出以下建议，供主办学术研讨会的主办方参考。

第一，研讨会主题尽量缩小范围，尽量选择一些目前学术上热点问题为主题，这样客观上容易引起学者讨论。

第二，即便是较宽泛的主题，主办方在会前也要做好预备工作，注意在此领域内目前有哪些学术热点问题，事先引导学者发表这方面的论文，这样研讨会上也就容易引起讨论。

第三，如果会议规模大、人数多、主题宽泛，则可以分组分得细一些，每组人数少一些，这样可以保证每位发言和讨论的时间可以有二三十分钟。

第四，建议取消固定分组。中国大陆以外研讨会虽然很多会议人数众多，也要分组讨论，但每组只列出发言人的发言题目、点评人，并不对与会人员进行硬性的分组。这样与会学者可以根据自己的兴趣，选择分组参加。这样不固定的分组更有利于学者选择自己感兴趣的小组。既然选择了自己感兴趣的小组，自然也有利于学术讨论。

第五，会议前主办单位一定要落实与会人员。中国大陆参加研讨会的学者很多由于各种原因不能按时参会，但又往往不事先告知主办单位，这样导致研讨会分组讨论时，常常出现发言人没有到会。而小组主持人也往往不注意，直到轮到某学者发言，才知此人未到，这样造成时间安排很不合理，无时间深入讨论。

第六，主持人要注意引导讨论。目前中国大陆研讨会的主持人往往只是点评一下发言即了事，而不注意从发言中发现问题，引导大家去讨论。

没有讨论，研讨会就难以深入，顶多只是了解一些其他学者的研究情况而已。这样的研讨会规模大、声势大，但深度不够。长此以往，会大大阻碍中国大陆的学术发展，主办单位耗费很大人力、物力和资金，但实际效果并不理想。

（13）随笔成书

我 2011 年参加了山东东平和山西清徐两次罗贯中与《三国演义》研讨会，会后颇有感想，随手写下一些想法，提交苗怀明的"古代小说网"发表。不料引起很大反响，很多学者表示，我说的都是实话，是大家想说而没有说的，认为"这种会议点评其实很有意义。您值得继续写下去"。一位中国大陆以外朋友看到后来信称："很痛快！没有利益关系，文章就写得到位、公允，展现真相！一针见血！"在四川内江举办的"文化视野中的中国古代小说国际研讨会"上，黄霖教授在大会开幕词中又特别提到我的随笔，称赞写得很好，使我大感意外！从此我只要有感想就写下来，积攒下来就成就了这本书。

2. 各种研讨会分类

以 2011 年我参加过的国内各种研讨会为例，从主办形式可分为以下两类。

第一类，合办。一般是一个单位（如学会、学术刊物和研究机构）负责学术，一个单位（如政府、学校）负责会务。各自发挥各自特长。

（1）学会和地方政府合办。
- 山东古典文学学会和山东东平县政府在山东东平举办罗贯中与《三国演义》《水浒传》研讨会；
- 中国三国演义学会和山西清徐县政府在山西清徐举办罗贯中与《三国演义》研讨会；

- 安徽全椒县政府和中国儒林外史学会（筹）在全椒举办吴敬梓与《儒林外史》研讨会。

（2）学会和学校合办。
- 宋代文学学会和河南大学联合举办宋代文学研讨会。

（3）学术刊物和学校合办。
- 《明清小说研究》和江西九江学院联合在江西九江和庐山举办庐山与中国文化研讨会；
- 《明清小说研究》和四川内江师范学院联合在四川内江举办文化视野中的中国古代小说研讨会。

（4）研究机构和学校合办。
- 复旦大学中国古代文学研究中心和陕西理工学院联合在陕西汉中举办古代文学与地域文化研讨会。

第二类，单独主办。又可分为两种。

（1）某单位单独主办。
- 《明清小说研究》编委会在江苏南京举办《明清小说研究》百期纪念研讨会；
- 尹小林国学文化有限公司在北京举办第三届古籍数字化国际研讨会。

（2）个人单独主办。
- 本人多年来单独在我所在的首都师范大学举办过几次中国古代小说戏曲文献暨数字化国际研讨会。

以下分类介绍这几种研讨会的组织特点。

（1）学会和地方政府合办

这种研讨会最近日益增多，2011年我曾参加了三次：
- 由山东古典文学学会和山东东平县政府联合，在山东东平举办的罗贯中与《三国演义》《水浒传》研讨会；
- 由中国三国演义学会和山西清徐县政府联合，在山西清徐举办的罗贯中与《三国演义》研讨会；
- 由全椒县政府和中国《儒林外史》学会（筹）在安徽全椒举办的吴敬梓与《儒林外史》研讨会。

以前我还曾参加过的这类研讨会有：
- 在山东临清召开的《金瓶梅》研讨会；
- 在河南平顶山召开的《歧路灯》研讨会；
- 在江苏江阴召开的《野叟曝言》研讨会等都属于这类形式。

我没有参加的山东莘县十字坡和野猪林研讨会也属于此类研讨会。

2012年的《三国演义》研讨会在浙江富阳举行，也是这种形式，由三国演义学会和富阳政府联合主办，因为2012年是孙权诞生1860周年，富阳是孙权故里，他们要隆重纪念，正好同时召开《三国演义》研讨会，也增加些学术气氛，一举两得。

这类研讨会近年来日益增多。主要是地方经济发展了，也希望在文化事业方面有所建树，很多是想利用文化做宣传，扩大影响。也有的是地方出于政绩考虑而举办的。

这种研讨会一般由学会在学术上把关，负责提供与会学者名单，编辑论文集，由地方官方负责接待、会务工作。由于是地方出钱，接待都很好，有些还可以报销来往交通费。此类研讨会如果学会比较负责，学术水平也可能较高。但如果学会不太负责，全交由地方政府主办，地方政府可能对学术研究又不熟悉，兴趣不大，导致接待水平很高，但学术价值不大。有时学者为感谢地方邀请和接待，也可能对作品的评价过高，或突出地方色彩，而不切实际。我参加过这类研讨会，我不是小说研究专家，但深感似乎有逢迎地方接待而有意拔高作品和过度为地方宣传的倾向，很令人遗憾！

（2）宋代文学学会管理模式值得学习

学会和学校合办这类研讨会非常多，是学会办会的主要方式。

我 2011 年参加了在河南开封由宋代文学学会和河南大学联合举办的宋代文学研讨会。参加此研讨会纯属偶然。我近年来除在进行中国古代小说版本数字化外，还在开发中国历史地理数字化应用平台，就是将地理信息系统 GIS 应用于古代文学、历史等学科的研究。我曾多次出席唐代、明代文学研讨会，介绍我的开发，曾引起一些学者的兴趣，但一直没有找到真正愿意合作的学者。2011 年武汉大学王兆鹏教授主动找到我，愿意合作开发中国文学史地理信息系统，为此我们多次在北京、武汉讨论此事。我去日本开会时，在大阪参观大阪城堡时，接待我的藤原幸子女士告知我，9月在开封将举办宋代文学研讨会，我知道王兆鹏是宋代文学学会的秘书长，因此马上与之联系，获准参会。

我是第一次参加宋代文学研讨会，因此除王兆鹏外几乎不认识任何学者，大会论文也不熟悉。会议上由王兆鹏教授对我们合作开发的中国文学史地理信息系统做了宣传，获得好评。

参加宋代文学研讨会有几点感受。

- 没有办理登记手续

我以前完全不了解宋代文学学会，这次才知道宋代文学学会至今没有去民政部办理过任何手续，但多年来也一直照常开会，从未有人来找麻烦。他们目前看来也不计划去办理登记手续。这样省去很多麻烦事，真是明智之举！

- 领导团结。

从会议上看，他们领导层也很团结。会长是复旦大学王水照，国内知名宋代文学研究专家，大会总结很有水平。常务副会长是南京大学莫砺锋，大会发言他的点评令人叫绝。秘书长是武汉大学王兆鹏，学术、为人都很实在。有这样和谐的领导班子真是难得！

- 学会秘书长

我和王兆鹏很熟悉了，按照我对学会秘书长的了解，觉得办会他一定会很忙。但通过参会才知道，他秘书长的工作很简单，办会都是主办单位的事。这与其他学会秘书长大权在握的情况，差异很大。

- 学会印章和办会移交

宋代文学学会虽未登记,但也有学会印章。按照一般学会的管理,学会印章一般由学会秘书长管理。但宋代文学学会的印章却是由下届主办单位保存,每次研讨会会后,本次主办单位都会在大会闭幕式上,将印章转交给下届研讨会主办单位,并举行隆重的接交仪式,和奥运会会旗接交很相似。这既实际,又避免权力争夺,不失为一种好办法。

这些年很多学会内部争权夺利,闹得不可开交,十分令人遗憾。宋代文学学会的管理体制很值得我们参考。

(3)规模庞大的明代文学研讨会

这几年我还多次参加明代文学研讨会,2011 年明代文学研讨会是由明代文学学会和我校文学院合办。此会出席人数很多,估计有近 200 人。由于明代文学研讨会刚好紧接我的中国古代小说戏曲文献暨数字化国际研讨会,很多参加我的国际研讨会学者(包括全部六位日本、中国香港学者)都接着参会。有位我很尊敬、古代小说界很知名的学者,我邀请他参加我主办的古代小说戏曲文献暨数字化国际研讨会,来往交通费和住宿费,都由我负担。他得知随后有明代文学研讨会后,提出希望接着参加明代文学研讨会。他是位很有成就的老学者,一般小说研讨会都经常邀请他参加,并负担全部交通费和住宿费。我觉得应该无问题,凭他的资历和水平,应该是坐主席台的。于是和我校文学院院长联系,本想这事很容易的,不料院长答复说,由于参会人数太多,不好接待。我估计这位院长是从事文学理论研究的,对于小说研究大概不熟悉,不了解这位学者,真是很遗憾!我认为,这对明代文学研讨会是个损失!这位老学者对古代小说研究经常有自己的看法,他如参会,肯定会给明代文学研讨会小说组带来生气。好在这位老先生并不在意,正好他老伴没有来过北京,于是他就陪他老伴逛北京、会朋友,几天下来也很充实。回程火车卧铺票难买,我替他们买了动车票,刚好是那时不久前在温州失事的那次动车。后在内江古代小说会上又见到他们夫妇,他夫人说,动车人不多,还可以躺下休息。是否是大家怕了,不敢坐这趟车?笑谈而已。

明代文学研讨会刚好在我的小说数字化会后召开,但和尹小林国学公司主办第三届古籍数字化国际研讨会时间完全冲突,我只好选择参加古籍数字化国际研讨会。我在古籍数字化会前,先匆忙赶到明代文学研讨会会场,见到文学院院长,他马上指示会务组给了我一套资料,论文集分诗、文、小说三大厚本,真不得了!与会人也真多,大厅坐得满满的,足有 200 多人,人数很多,他们接待也确实有困难,我也理解他们婉拒的原因。

两个会我校领导分别要到会致辞,明代文学研讨会规格很高,是我校刘新成校长亲自到会致辞,他很奇怪我怎么会来参加此会。我解释了我这几年的数字化工作,并将我主办的第十届中国古代小说戏曲文献暨数字化国际研讨会论文集也送他一本,不知道他是否有时间看。刘校长多年来一直非常支持我的工作,我退休后组建的"中国传统文化数字化研究中心"的名字也是他亲自起的。对于刘校长和其他领导的支持,一言难尽,我在前面中国传统文化数字化研究中心一文中有记述。

学会和学校联合主办,谁是主导,各个学会情况可能不同。如前所述,宋代文学学会是完全由主办学校主导,学会只做些辅助工作。但我参加过的三国演义学会、红楼梦学会和学校合办的研讨会,学会主导性更强一些,学校一般只是负责一些会务工作。

(4) 国外学会主办

我 2008 年赴日本出席了两次研讨会,日本这两次研讨会完全是由学会来主办,学校基本不参与。

- 在京都大学由日本三国志学会主办三国志学会年会;
- 在名古屋由日本中国古典小说研究会举办中国古典小说研究会年会。

日本学会办研讨会与中国学会办研讨会,差异还是很大的。

中国学会和学校合办,会务肯定由学校全部承办。但日本却不同,学会主办研讨会,基本是由学会负责一切会务。在学校开会,但学校基本不参与,学校顶多是提供研讨会的会场。

日本三国志学会在京都大学举行三国志学会的年会,实际京都大学并未出面承办任何会务工作,只是由京都大学教授金文京先生联系、使用了京都大学人文科学研究所的会场而已。所有会务工作全部由三国志学会理事、东京大东文化大学渡边义浩先生负责。在京都龙谷大学举行的三国志研讨会,我也参加了。和京都大学很相似,研讨会利用了龙谷大学的会场,龙谷大学竹内真彦副教授做了些协助工作。

日本中国古典小说研究会 2011 年年会,是在名古屋举行的,和在京都大学的三国志学会年会略有不同。名古屋大学笠井直美教授是研究《水浒传》版本的专家,我和她很熟悉,上次我去日本,他和上田望邀请我去金泽大学讲演交流。我以为这次在名古屋开会,她肯定会参与组织工作。但实际去了,向笠井直美一了解,名古屋大学根本没有参与。虽然在名古屋举行,不是在名古屋大学举行,而是在名古屋市内一个会馆举行。笠井直美也只是负责联系会场,其余所有会务工作都是由中国古典小说研究会的会长中川谕先生负责。我和中川谕合住一个房间,亲眼看到他白天为会议奔忙,晚上还要算账,真是十分辛苦。

日本开研讨会基本都是学会来组织。小型学会(如中国古典小说研究会)的会务工作直接由会长负责,大型学会(如三国志学会)的会务工作由常务评议员负责。一般在国外,会长、系主任等都是办事员,为大家服务,没有多少权力。因此会长、主任虽然也是选举产生,但一般学者都不愿意被选上,一旦大家选举你来干,就不能推辞。

我参加的两次日本研讨会都是日本的学会组织的,日本的学校基本没有参与。我不是说日本所有的研讨会都是学会负责,学校不参与。我参加的两次研讨会规模都不太大,三国志学会年会约 50 人,中国古典小说研究会年会约 30 人。这样小规模的研讨会可能学校就不去组织了,因此就由学会自己组织。

前些年日本的中国古典小说研究会主办的研讨会我几乎每年都参加,和中国的研讨会相比,差异还是很大的。

首先,主办方完全不同。我参加的日本研讨会基本都是学者自己主办,学校完全不参与。名古屋小说研究会几乎完全是中川谕先生一个人办,非常辛苦。京都大学的三国志学会年会，金文京找了一些学生帮忙。

其次，费用不同。中国开会，主办方起码要负责餐费。但日本开会，名古屋小说研究会所有费用都是学者自己负担，包括餐费也是自己找地方吃饭，只是最后一个晚餐大家聚餐。

研讨会上最大不同是，日本的研讨会讨论十分深入，学者提问、讨论十分热烈。但中国研讨会一般宣读后讲评人简单点评就算了，讨论得不多。

我很奇怪，日本的研讨会学校一般不予报销，全部要学者自费，而且收费又很高，但还是有人参加。仔细了解后，我感觉，主要是日本学者如长时间不参加研讨会，就不知道其他学者在做什么研究，对自己的学术提高是很不利的。因此，尽管参会要付出很高费用，他们还是要参加。

对日本学者的敬业精神我很钦佩。

（5）学术刊物和学校合办

合办的另一个形式是由某个学术刊物负责学术，由学校负责会务。这也是很好的组合形式。

2011年学术刊物和学校合办的研讨会中，《文学遗产》和广州暨南大学联合举办的古代小说研讨会水平较高，但我没有参加。

在古代小说方面的专业刊物中，《明清小说研究》是影响比较大的。2011年他们与学校合办了两次研讨会：

- 《明清小说研究》和江西九江学院在江西九江和庐山合办的庐山与中国文化研讨会；
- 《明清小说研究》和四川内江师范学院在四川内江合办的文化视野中的中国古代小说研讨会。

这两次我都参加了，举办得都比较成功。《明清小说研究》2011年举办了三次研讨会，除这两次外，还有在南京举办的《明清小说研究》百期纪念研讨会。他们又要办刊物，又要举办研讨会，也够忙的。但这些研讨会给大家提供了交流的机会，也很难得。编委会的人都很实在，做事很认真。常务副主编徐永斌是山东人，讲话地方口音很重。九江研讨会是紧接在南京研讨会之后举行的，他们很忙。结果清早徐永斌从家中赶往汽车站，匆忙中忘记带车票，他就没有参加庐山研讨会。这样他也可以在家中休息几天。

九江研讨会原计划在2010年举行，由于发大水，改在2011年举办。九江学院主办人秦川我很熟悉，她曾参加在韩国成均馆大学举办的第九届中国古代小说文献暨数字化国际研讨会。她办事认真、仔细，据她介绍，这个研讨会前期基本是她一个人负责，只是后期学校才组织一些人协助她。我也多次一个人办会，知道其中的辛苦。因为是研究庐山文化，原计划全部在庐山开，但庐山接待单位临时要接待另一个会议，只好将会议分两段，前期在九江学院开，后期在庐山开。

我这是第二次到九江和庐山。前年我去广东韶关出席历史地理研讨会，会后翻越广东和江西之间唐代张九龄开凿的古道，一路从赣江、南昌到九江。我一个人在九江白居易的浔阳楼参观时，意外遇到南京的萧相恺先生，他刚好到九江学院讲学，来此参观，真是奇遇！这次萧相恺因为要照顾重病在家的老伴，未能出席庐山研讨会，很是遗憾！

我两次到庐山，上次到庐山，我是随旅行团，主要看风景。我对人文景观更有兴趣，但没有更多时间。车子路过白鹿洞书院，也不停。旅行结束时，给很短时间，匆匆在名人别墅看了一眼，天色已晚，是谁住的都没有搞太清楚。

这次到庐山，由于是庐山文化研讨会，又住在庐山，有充裕时间。上庐山前，代表们先去了朱熹的白鹿洞书院，我上次未去成，这次了却了心愿。白鹿洞书院景色幽深，山清水秀，真是埋头做学问的好地方。书院里面还有客房。苗怀明说，今后可以考虑在此地开会，这真是个好建议！我几年前去武夷山开明代文学学会年会，曾去朱熹在武夷山的考亭书院（新建）、故居和墓地参观。我对朱熹的哲学思想无大兴趣，但对其人在中国文化史上的地位还是有所了解，并非常景仰。

庐山有深厚的文化历史底蕴，历史上很多名人到过庐山，近代庐山别墅群也很著名，很多名人曾在此居住，包括诺贝尔文学奖获得者赛珍珠小时也曾和父母住在庐山。我对于名人故居和墓地特别有兴趣。上次时间紧，没有仔细看名人别墅。这次我特地跑到庐山旅游街市，找到书店，专门买了一本带有详细地图的名人别墅介绍。我到任何地方，首要任务就是先买地图。有了庐山地图，我花了半天，根据庐山别墅群地图逐一核对各名人别墅，包括蒋介石和毛主席曾居住的别墅，并特地找到彭德怀在庐山会议期间居住的别墅。"文化大革命"中我在清华大学读书，因为高中在清华附中曾为彭德怀鸣不平，险些被打成反革命，因此这次到庐山，我一定要专门找彭德怀住过的别墅。但别墅不开放，只远远照相留念。参观了这些名人别墅，我深感庐山文化的精深、博大，它和历史交织得如此紧密，在我国各大名山中也是少见的。

我在做中国历史地理数字化及应用研究，因此提交论文是《利用历史地理信息系统 GIS 构建庐山文化史》，可以用 GIS 展示庐山历史上名人行踪和相关作品，包括近代的名人别墅。如做成，将是很生动的庐山文化史介绍，对于研究庐山文化也很有益。九江学院一老师看后，觉得很有新意。在庐山，秦川还专门把我介绍给庐山管理局副局长，我大概介绍了我的构想。但由于该局长对 GIS 不了解，因此没有什么兴趣。我反正是宣传 GIS 在人文科学研究中应用，在人文科学中要推广 GIS，还有很大难度，慢慢来吧！

（6）研究机构和学校合办

这种合办形式也很多。中国社科院文学所中国古代小说研究中心，曾参与主办了几届高规格的中国古代小说国际研讨会，包括在北京香山、黑龙江哈尔滨和浙江杭州、金华等地举办的。本来 2011 年计划再由中心和福建师大在福建合办一次，据我所知，福建师大也开始做了准备。但由于中国社科院前不久整理学术机构，凡不具备条件的，一律撤销。中国古代小说研究本是社科院文学所的强项，有刘世德、石昌渝等著名专家，研究中心主任原是石昌渝，但他岁数大了，已经退休，竺青调到《文学遗产》编委会，夏薇还年轻，因后继无人，中心被迫撤销，这样福建古代小说研讨会也只好停办。

中国古代小说研究中心曾出版《中国古代小说研究》专刊，已经出版四辑，收入的文章都很有水平。我曾写过一篇论文《〈三国演义〉的山东地理错误与罗贯中籍贯的东原说》，收入第一辑。那是因为我做了详细的《三国演义》地图，发现《三国演义》在山东有很多地理错误。至于《水浒传》中山东地理错误更多、更明显。如罗贯中是山东东平人，似乎不应该犯如此明显错误。文章发表后，有学者指出：罗贯中仍可能是山东人，但很小就离开故里，因此对山东地理不熟悉，这也有道理。有些学者以《水浒传》中对杭州地理描写很准确，以此作为施耐庵是钱塘人的证据，也有类似的问题。由于中国古代小说研究中心撤销，《中国古代小说研究》就停刊了，这对中国古代小说研究肯定是个很大损失，研究人员失去一个发表长篇论文的阵地，真是十分遗憾！

2011年我参加了复旦大学中国古代文学研究中心和陕西理工学院在汉中合办的中国古代文学与地域文化研讨会。2009年我曾参加复旦大学中国古代文学研究中心和聊城大学合办的古代文学研讨会。复旦大学中国古代文学研究中心是教育部人文科学重点研究基地，主任黄霖教授还是中国《金瓶梅》研究会（筹）和中国近代文学会的会长，在中国古代小说，特别是《金瓶梅》研究中有很高的造诣。

这次去汉中，最大收获之一是和老朋友雷勇再见。我和他是多年老友，他为人实在，做学问踏实。我几年前曾去过汉中，承蒙他热情接待，并在他们学校做专场报告，介绍我在古代小说数字化和中国历史地理数字化方面的研究，受到师生热烈欢迎，并当场有热烈讨论。这次去，很多老师还记得我上次做的报告，我对此很欣慰。我的研究能够得到学者的承认，是最愉快的事情。这次研讨会是以地域文化为中心，我介绍了我和武汉大学王兆鹏合作开发中国文学史地理信息系统的情况，会上我也有很多收获。

总之，研究机构和学校合办研讨会是很成功的模式，研究机构比学会对学术研究把握得更准确，如果研究机构确实有较高的研究水平，举办这样的学术研讨会在学术水平上一般也较高。我曾参加过的，无论是中国社科院中国古代小说研究中心在哈尔滨、杭州，还是复旦大学中国古代文学研究中心在聊城、汉中，所举办的研讨会都是有很高的学术水平的。

以上所谈的研讨会，都是学校和其他单位合办研讨会，合办的单位包括学会、期刊和研究机构，这种合办形式对双方都有好处。

学会、期刊和研究机构一般人员少、经费紧张，和学校合办，可以摆脱烦琐的会务工作，只专心于自己所长的学术研究方面的把关。而学校有雄厚资源和经费，正好弥补学会、期刊和研究机构的困难。

因此合办对双方都有很大好处。尤其是一些地方院校，应该说限于条件，本身的研究水平有限，自己单独办高水平的研讨会有一定困难。如要宣传本校的学术研究水平，和其他高水平的研究单位合办是个很好的办法。

我2011年参加的这类研讨会都是如此，主办的学校有九江学院、陕西理工学院、内江师范学院等，都是地方学院。他们各自抓住一个自己有基础的课题，主办研讨会。九江学院靠近庐山，因此主办庐山文化研讨会。陕西理工学院有个汉水文化研究中心，因此举办地域文化研讨会。内江师范学院曾良教授多年来对古代小说和文化的关系有深入研究，曾出版多部专著，因此主办小说会。

这些学校抓住自己的特长，和高水平的研究机构合作，就可以举办高水平的研讨会，也扩大了学校的影响和知名度。开研讨会请来众多的学者，各抒己见，本校师生可以大开眼界，对提升学校本身的研究水平也大有益处。

因此这类研讨会，对合办双方都有利。研究机构和学校都可以借此提升各自的科研水平和影响，这是一条很好的办会方式。

当然，一些实力雄厚的大学，本身有很高的研究水平，也有相应的研究机构，自己单独主办研讨会也是完全可以的，我也多次参加这类的研讨会。

（7）某单位单独主办

1）《明清小说研究》百期纪念研讨会

《明清小说研究》百期纪念研讨会全称为"《明清小说研究》百期纪念研讨会暨2011 明清小说金陵学术研讨会"，这次研讨会名义上是由江苏社科院文学所和《明清小说研究》编委会联合举办，但这两个单位实际是一个单位两个牌子，江苏社科院文学所所长和《明清小说研究》编委会主任都是姜建先生。因此这次研讨会实际还是一个单位主办。

《明清小说研究》创刊于 1985 年，开始时一年只出版两辑。1988 年才改为季刊，一年四辑。我是从 1999 年才正式开始古代小说数字化研究，当时主要从事《三国演义》版本研究，因此也就没有订阅《明清小说研究》。直到 2001 年小说数字化从《三国演义》扩展到五大名著，我开始主办每年一届的中国古代小说戏曲文献暨数字化国际研讨会，才开始订阅《明清小说研究》。

说来很有意思，最近我刚从孔夫子网上买了《明清小说研究》第一至第六辑全套，这和研究《水浒传》上海残叶有关。2009 年在杭州《水浒传》研讨会上，李永祜先生对《忠义水浒传》上海残叶发表长篇论文，引起我的兴趣。我以前虽然也完成了很多《水浒传》版本数字化，但一直没有仔细研究《水浒传》版本。李先生的论文主要是针对刘世德先生相关的论文而写的，他们的意见分歧，引起我的兴趣。日本中川谕先生告诉我，他早在 1998 年就发表过相关的论文。我请他发来论文电子版后，再请我校日语系老师帮我翻译成中文。我仔细阅读后，发现中川的看法和李永祜和刘世德又完全不相同。到底谁的看法更合理？我先上期刊网下载了全部有关论文，仔细阅读后，又用数字化比对，将上海残叶和我已经数字化的各种版本做了仔细的比对和分析。最终结论是，中川谕先生的看法比较合理。为此我和欧阳健先生做了交流，他也曾和刘冬先生仔细研究过上海残叶，并发表论文。他告诉我 1985 年《明清小说研究》第一辑曾发表李骞先生论文，要我一定仔细阅读。由于《明清小说研究》第一辑没有上期刊网，我只好从孔夫子网上一口气将《明清小说研究》前六辑全部买来。仔细阅读了李骞的文章后，他认为上海残叶就是《水浒传》唯一的祖本。把他的研究和数字化的研究相比较，我觉得他当初的研究还是很初步的，得出的结论也是完全错误的。但他对于二十卷和《水浒传》祖本的分析，还是对我有启发，上海残叶虽不是《水浒传》的祖本，但肯定是个略有删节的早期版本，很值得重视。由此我深深感到，《明清小说研究》中还是有很多值得重视的论文的。今后如有可能，我将从孔夫子网上把《明清小说研究》历年期刊全部补齐！有些文章可能几年后才发现它的价值。感谢《明清小说研究》对我数字化研究的帮助！

《明清小说研究》历任主编和副主编中，我和主编欧阳健、萧相恺、王长友都是多年的好朋友，他们对我的数字化都给予了很大的支持，我非常感谢！

欧阳健先生几年前联合诸多学者，合编了全套《全清文言小说》，收入清代文言小说275种，约上千万字。我退休前还有经费，就帮助欧阳先生录入了一部分。如能出版将是莫大的好事。

萧相恺先生是我敬仰的学者，做学问非常踏实、认真。从事古代小说研究我完全是外行，有问题时我最相信萧先生的意见和看法。最近看到他的专著出版，虽然我基本不懂，但从中可看出萧先生的功力不浅。

王长友先生也是多年老朋友，他年轻时和章培恒先生讨论《三国演义》版本小字注问题，给我留下深刻印象。可惜近年来他忙于其他事务，不见在小说研究上有新建树。2011年王老师从俄罗斯返回，参加了我主办的小说数字化国际研讨会，购买了全套数字化版本，以便带到俄罗斯去研究，后就安装问题还多次从俄罗斯给我打电话。

《明清小说研究》副主编中，张蕊青为人外向、热情，我因为和她很熟悉，经常和她开玩笑。现在她在复旦大学出版社担任领导。编辑部王学钧虽见面不多，但他为人豪爽、诚恳。吴圣昔先生我以前不认识，近年因为研究《西游记》版本，读了他很多文章，对他的仔细、认真很敬佩。因此我曾请上海李金泉专门引见，亲自去他上海府上拜访。可惜他年纪太大，无法和他就《西游记》版本做仔细、深入的讨论了，很遗憾！他的女婿竺洪波也是研究《西游记》的专家，我曾在2009年杭州《水浒传》研讨会和2011年山西清徐《三国演义》研讨会上见面，但他不研究《西游记》版本，无法和他就版本问题进行交流。

《明清小说研究》现任主编、江苏社科院文学所所长姜建先生和我是在《明清小说研究》百期纪念会上初次见面。后来在内江研讨会上又见面。他是研究现代文学的，他偶然听说我父亲曾在西南联大任教，问我父亲是谁。我说是周先庚，心想一般人都不会知道。不料他很熟悉我父亲，还背得出柳无忌一篇文章中曾记录长沙临大时北大中文系教授容肇祖为每位教授写的一句诗，其中记得给我父亲的一句是："卜得先甲与先庚。"其中点明我父亲的名字"先庚"，来自《周易》中的"先甲"和"先庚"，这我以前根本不知道，深感意外！柳无忌是柳亚子独子，柳亚子夫人郑佩宜是我母亲的亲姑姑，柳无忌后长期在美国教授中文。我前几年曾应美国马萨诸塞州立大学何瞻教授邀请，去该校交流，得知他竟是柳无忌的学生。姜建还问起老清华经济系的萧遽教授，我知道此人。我最近和一些清华子弟在编辑一套《清华名师风采》，以照片形式介绍老清华117位教授的生平，因我们联系不到萧遽的后人，无法征集他的照片，没有收入，很遗憾。最近我在清华《校友文稿资料选编》第十六辑中看到，他现在美国麻州剑桥的儿子萧庆伦，写了回忆他父亲的文章，我们还未与他联系。本来还想再抽时间，与姜先生深入探讨长沙临大和西南联大的历史，但第二天他已经离会了，很是遗憾！

2）国学公司古籍数字化国际研讨会

2011 年我还参加了尹小林国学文化有限公司主办的第三届古籍数字化国际研讨会。

尹小林是我多年好友，我们都是从其他专业转行来搞古籍数字化的。他原来是学电子的，毕业后在二炮工作，我曾去过清河二炮指挥部找他。我是由于要考证奥地利著名作曲家马勒的合唱《大地之歌》中的唐诗而和他开始交往的。《大地之歌》中的唐诗到底都是谁写的，是哪首诗，一直有争论，至今还有一两首没有彻底解决。2011 年北京音乐节演出马勒全部作品，《大地之歌》也再次公演，我没有去看，不知是否逐一说明出处。

后来尹小林的数字化越做越大，因此辞职，办了国学公司、国学网，销售《国学宝典》，在古籍数字化中处于领先地位。我所在的首都师范大学也正式任命他为中国古代文献数字化研究所所长。2007 年他主办第一届古籍数字化国际研讨会，也是在我建议之下举办的。我当时主办的中国古代小说戏曲文献暨数字化国际研讨会已经是第六届了，我和他讲，他在市场上已经成功了，应该进一步提高学术地位，而为此最好的方式是举办研讨会。他接受了我的建议，举办了第一届古籍数字化国际研讨会，以后他的研讨会是两年一次。而我的研讨会是每年一届，他认为每年一届占用时间太多。我考虑，每年一届可以随时交流每年的进步，我又退休了，时间很多。

尹小林的《国学宝典》是用简化字，有分段和标点。这对于普及古籍很有好处。但事物是有利有弊的。简化字、标点便于学者使用，但用简化字不能反映古籍原貌，标点是否合理，也时有争议，多数古籍数字化用繁体字、不标点，各有利弊。

尹小林在每届古籍数字化国际研讨会上，都重点介绍他在古籍数字化方面的进步。上一届他推出了"定本"工程，这次重点是推出"古籍智能辅助标点系统"，成为这次研讨会的亮点，在会议上就引起热烈的讨论。但对此我有不同看法。以后有机会再谈吧！

无论是我个人主办研讨会，还是参加各种研讨会，很多是借助苗怀明的"古代小说网"发布消息和获得消息，对主办此网站的苗怀明老师，我非常感谢！

3．2017、2018 年研讨会和我的研究简介

我从 1999 年开始从事古代小说数字化研究，并参加各种研讨会，从 2008 年开始写参加研讨会的随笔，但不是每年都写。2011 年又写了几篇，直到 2017、2018 年才写得比较详细。为此下面特地列出 2017、2018 年参加的历次研讨会和我做的研究。

（1）2017 年参加的 7 次研讨会和我的两项研究

2017 年我在国内参加了 7 次与中国古代小说有关的研讨会，包括：
- 广州明代文学研讨会；
- 台湾嘉义中国小说和戏曲研讨会；
- 山西清徐《三国演义》研讨会；
- 云南大理《金瓶梅》研讨会；
- 山东泰安《水浒传》研讨会；
- 天津《红楼梦》研讨会；
- 北京中国古代小说戏曲文献暨数字化国际研讨会。

在各次研讨会上我介绍了我 2017 年两项主要研究工作。

第一项研究工作是《三国演义》《水浒传》《金瓶梅》《红楼梦》的简体字分栏和逐行比对本。

《三国演义》四种主要版本比对本包括嘉靖元年本、叶逢春本、黄正甫本和毛宗岗本。

《水浒传》四种主要版本比对本包括一百回繁本容与堂本、一百二十回全传本郁郁堂本、简本评林本和金圣叹删节本。

《金瓶梅》比对本只是词话本和崇祯本的分栏比对本和逐行比对本。

《红楼梦》版本比对初步完成了 9 个版本比对本，即甲戌本、庚辰本、戚序本、列藏本、郑藏本、梦稿本、甲辰本、程甲本和程乙本。胡文彬先生认为这些比对本很有价值，但工作量极大，希望联合一些人合作整理。在天津研讨会上我介绍后，有一些学生围着我表示此比对本有价值，希望早日问世。

《西游记》四种主要版本比对本包括世德堂本、唐僧西游记、朱鼎臣本和《西游证道书》，其中唐僧西游记简体字本尚未整理出来。2017 年没有展示《西游记》版本比对本是因为 2017 年没有《西游记》研讨会，因此暂未完成。

第二项研究工作是对新出现的一些《三国演义》版本的初步研究。

2017 年出现了一些前人没有看到和研究的《三国演义》版本，主要是《三国演义》简本中的"英雄志传"小系列，包括上图下文的郑乔林本（现藏德国柏林州立图书馆）、故事插图的致和堂本（张青松收藏）和人物绣像的松盛堂本（现藏辽宁省图书馆）。

"英雄志传"小系列中有三种明刊嵌图式简本，即刘兴我本、刘荣吾本和杨美生本。以前知道《水浒传》有刘荣吾本和刘兴我本，而《三国演义》只知道有刘荣吾本，不知道也有刘兴我本。根据日本上田望的记载，我和日本中川谕先生一起在名古屋大学复制了全本刘兴我本，并和刘荣吾本、杨美生本做了比对，认定刘兴我本是刘荣吾本的祖本，刘兴我本和杨美生本有共同祖本。刘兴我和刘荣吾是两个书商，他们由于商业竞争，同时刊刻了《三国演义》和《水浒传》。

由这三种明刊简本，又演化出三种清刊先繁简混合本，即郑乔林本、致和堂本和松盛堂本。这些版本的共同特点是文字先繁后简，前 4 则基本是繁本，文字来自李卓吾本，第 6 则以后又转变为简本，基本抄自杨美生本。其中郑乔林本是嵌图本，和三种明刊本一样。致和堂本是整页故事插图本，插图类似李卓吾。松盛堂本是人物绣像本，类似毛本，是各种六卷本的祖本。这些先繁后简的混合本是清代毛本出现后，"志传"版本书商为和毛本竞争而推出的版本，因此有的版本标称为"毛声山原本"，或"李卓吾先生原本"等。根据我初步分析，这三种版本应该有共同底本，而其祖本应该是明刊本杨美生本。

清刊本版本种类繁多，演化复杂。看来《三国演义》版本还有很多问题值得进一步研究。我在一些研讨会上介绍《三国演义》版本，但由于研讨会研究版本的人很少，没有什么人对此课题有兴趣。

（2）2018 年参加的研讨会和我的研究

2018 年我参加了以下 9 次研讨会：
- 6 月 8 日—10 日湖北蕲春顾景星与《红楼梦》会；
- 6 月 25 日—26 日山西大同云冈文化与玄奘文化国际研讨会；
- 6 月 28 日—7 月 1 日湖北黄石《三国演义》高端论坛；
- 8 月 9 日—23 日马来西亚和德国、奥地利中国古代小说戏曲文献暨数字化国际研讨会；
- 9 月 21 日—23 日首届四大名著与杭州论坛暨全国市县三国研究机构第五届学术会议；
- 10 月 12 日—16 日第十四届（开封）《金瓶梅》研讨会；
- 10 月 19 日—21 日"罗学"与沂蒙传统文化国际学术研讨会；
- 10 月 26 日—28 日文化传承视野中的中国古代小说国际学术研讨会；
- 11 月 8 日—11 日武汉全国《水浒传》学术研讨会。

其中：湖北蕲春顾景星与《红楼梦》会、湖北黄石《三国演义》高端论坛和马来西亚和德国、奥地利古代小说会后面有专文介绍，其他 6 次研讨会后面也分类做了介绍。

2018 年参加各种小说研讨会，其中部分研讨会我提供以下两种我近期整理的资料。

一是《中国古代小说数字化随笔（1999—2018）》。

2018 年送出的此书是初稿，书名为《中国古代小说数字化随笔（1999—2018）》。这是因为计划本书 2020 年才正式出版，2018 年先用香港中国国学出版社书号出版。8 月马来西亚、德国会上打印 10 本发出，2018 年国内每次会上也根据参会人名单打印一批，送我比较熟悉的朋友，直到 2018 年结束。

我是从 1999 年开始从事古代小说数字化，因此到 2019 年是我从事中国古代小说数字化整整 20 年，2019 年完整梳理一遍，再把此书名改为《古代小说数字化二十年》，交中州古籍出版社 2020 年正式出版（即本书），也是对自己这 20 年的一个全面总结。

二是五大名著主要版本比对本。

2017 年我先完成除《西游记》以外五大名著主要版本的纸本比对本，2018 年再完成《西游记》主要版本比对本。每种比对本有分栏和逐行两种比对方式，各 2—3

册,每册约 700 页,全套总计 24 册,规模十分庞大。

五大名著主要版本比对本

小说	版本数	比对形式	册数	页数	字数(万)
《红楼梦》	9	分栏	3	2200	579
		逐行	3	2400	622
《三国演义》	4	分栏	3	1400	362
		逐行	3	1800	465
《水浒传》	4	分栏	2	1340	346
		逐行	2	1500	408
《西游记》	4	分栏	2	1190	313
		逐行	2	1500	390
《金瓶梅》	2	分栏	2	1000	210
		逐行	2	1220	254
合计	23		24	15550	3949

2018 年参加的部分研讨会和提供的比对本

时间	地点	会议	比对本
6月28日—7月1日	湖北黄石	《三国演义》研讨会	《三国演义》
8月9日—23日	马来西亚、德国	古代小说研讨会	五大名著
9月21日—23日	浙江杭州	四大名著研讨会	四大名著
10月12日—16日	河南开封	《金瓶梅》研讨会	《金瓶梅》
10月19日—21日	山东临沂	"罗学"研讨会	《三国演义》《水浒传》
10月26日—28日	江苏南京	小说研讨会	五大名著
11月8日—11日	湖北武汉	《水浒传》研讨会	《水浒传》

2018 年我参加了一些研讨会,根据各次研讨会情况,各打印相应的比对本一套带去参会介绍。除马来西亚、德国会上各赠送五大名著各一套外,其余国内 5 次研讨会也打印一套,每次针对开会内容带一批去在会上展示,不送人,这样可轮流使用。但要反复邮寄,也很费事。但要宣传我的研究,不这样做也不行。

- 6月28日—7月1日参加湖北黄石《三国演义》研讨会,展示《三国演义》比对本。
- 9月21日—23日参加杭州四大名著研讨会,把《三国演义》《水浒传》《西游记》《红楼梦》四大名著先运到杭州,会后再把《三国演义》《水浒传》运到山东临沂参加"罗学"研讨会,把《西游记》《红楼梦》运到南京参加古代小说研讨会。
- 10月12日—16日把《金瓶梅》运到开封参加《金瓶梅》研讨会,会后再运到南京参加小说研讨会。
- 10月19日—21日参加山东临沂"罗学"研讨会，先把《三国演义》《水浒传》从杭州运到临沂，会后再运到南京参加小说研讨会。
- 10月26日—28日参加南京小说研讨会，把五大名著比对本全部运到南京，会后再把《水浒传》运到武汉参加《水浒传》研讨会，把《三国演义》《金瓶梅》《红楼梦》运到德州赵新波处，他在德州开了个书店，要这套书。最后还要把《西游记》运回北京。
- 11月8日—11日参加武汉《水浒传》研讨会后，再把《水浒传》也运给德州赵新波。

虽然反复运送，但让与会学者看到这五大名著比对本我也很欣慰。会上也有一些学者需要其中有些比对本，因为后续会议还要用，会上不能给，只有年末武汉研讨会后才可以把这些比对本提供给学者。因为我只打印五大名著各一套比对本，要的人多，我就只有回北京后再打印快递到付发出。

五大名著中四大名著比对本都有人要，但只有《西游记》比对本无人要，说明对《西游记》版本有兴趣的人很少。

（二）中国大陆以外研讨会随笔

这几年我多次去日本参加研讨会，主要是两类：一类是日本中国古典小说研究会的年会，一类是日本三国志学会的年会。日本这些研讨会一般不邀请外国学者参加，我能参加，一是因为我是日本三国志学会三位中国理事之一（另外二位是刘世德和沈伯俊先生），二是中川谕先生是这些学会的负责人之一，他出面邀请我参会。通过参加日本研讨会可以了解日本学者的研究，还是十分有益的。

从2005年到2016年12年中我先后9次赴日，其中1次访学，8次参加相关研讨会。
- 2005年京都大学人文科学研究所访学；
- 2006年日本东京中国古典小说研究会年会、三国志学会年会；
- 2007年日本滋贺县琵琶湖中国古典小说研究会年会；
- 2008年日本横滨、京都中国古典小说研究会年会、三国志学会年会；
- 2009年日本四国中国古典小说研究会年会；

- 2011年日本京都、名古屋中国古典小说研究会年会、三国志学会年会；
- 2012年日本东京、琦玉中国古典小说研究会年会、三国志学会年会；
- 2014年日本中国古典小说研究会年会、三国志学会年会；
- 2016年日本东京中国古典小说研究会年会、横滨中国古典小说研究三十年回顾与展望研讨会、京都三国志学会年会。

其中2008、2011年的两次我写了随笔如下。

1. 2008年日本古典小说和《三国志》研讨会随笔

我从1999年开始从事中国古代小说版本数字化及应用，2001年我组织举办中国古代小说版本暨数字化国际研讨会时，邀请日本学者中川谕和上田望先生参加。第二年金文京先生首次来北京参会。随后他邀请我赴京都大学人文科学研究所访问，全部费用由日方负担。这表明他们是很尊重我的研究。后来我又陆续收到过东京大东文化大学中川谕先生和金泽大学上田望先生的邀请，先后去访问他们的学校。从此我和金文京、中川谕、上田望等先生建立了深厚的友谊。

2005年我第一次一个人应日本京都大学人文科学研究所金文京教授的邀请访问日本，介绍中国历史地理数字化。2006年应日本三国志学会邀请，第二次赴日参加日本三国志学会第一届大会，并参加第五届中国古代小说戏曲文献暨数字化国际研讨会，同行的有刘世德、沈伯俊、关四平、尹小林、曹立波、桑哲、黎必信（香港）等。2007年我一个人第三次应日本中国古典小说研究会的邀请，出席在滋贺县美丽的琵琶湖畔举行的日本中国古典小说研究会年会，介绍中国古代小说版本数字化。2008年9月我接连两次赴日，分别出席日本中国古典小说研究会大会和日本三国志研究会大会，现将有关情况和我的一些感受记述如下，为有关学者提供一些信息。

（1）2008年日本中国古典小说研究会年会

2008年9月2日到6日我一个人再次应日本中国古典小说研究会的邀请访问日本，并出席在横滨举行的日本中国古典小说研究会年会，介绍中国古代小说版本数字化，主要介绍刚完成的影印本数字化，受到日本学者的欢迎。一周后，我又再次赴日本，参加日本三国志学会第三届大会。

2008年度日本中国古典小说研究会年会9月2日到4日在横滨举行，到会的日本学者有：金文京、大塚秀高、中川谕、铃木阳一、笹仓一广、上田望、后藤裕也、竹内真彦、黑田谱美、福永美佳、片仓健博、松浦智子、金永昊、桥本尧、二阶堂善弘、丸山浩明、冈崎由美、仙山知子、铃木弥生、冈本淳子、山本范子、樱木阳子、青木隆、佐佐木睦、伊藤晋太郎、上原究一、植村一树、吉田隆英、田中智行、植村宏之、广泽佑介、马场昭佳，以及在日本的中国学者阎小妹、常雪鹰等。

研究会年会发布论文8篇：

车王府本鼓词《三国志》と《绘图三国志鼓词》·················

后藤裕也（关西大学非常勤讲师）

清代江南における代言体弹词の兴起と戏曲の影响について

　　——《十五贯》を例に···············黑田谱美（金泽大学大学院）

李存孝故事考—元杂剧《哭存孝》を中心に·········福永美佳（九州大学大学院）

《三国志演义》のストーリー成立の考察

　　——杂剧《襄阳会》と《博望烧屯》を中心に······片仓健博（日本大学大学院）

三国志故事における容貌の由来——杂剧穿关を手悬かりに·················

竹内真彦（龙谷大学）

杨家将故事形成史资料考·················松浦智子（早稻田大学大学院）

《剪灯新话》のアジア汉字文化圈における影响の诸相——《翠々伝》の翻案作を中心に·················金永昊（金泽大学大学院）

《剪灯新话》の构成について···············阎小妹（信州大学）

　　日本的中国古典小说研究会坚持每年开会，主办单位不提供任何经费，所有费用由参会学者个人自己负担。这次每人交纳会务费（住宿、餐费等）约3万日元（约合1900元人民币）。会议不组织任何参观，2007年在著名风景区琵琶湖那次年会，也不组织任何参观。勤俭办会是日本的传统，很值得我们学习。

　　我连续2007年和2008年都应邀与会，这次在研讨会发表报告《小说版本和中国历史地理数字化及应用》，受到日本学者欢迎。一般日本学者报告为50分钟，我的报告历时长达两个小时，晚间还专门开会，由中川谕和二阶堂善弘先生介绍我开发的古典小说光盘的使用方法。我在会上还介绍了国学公司尹小林开发的《古代小说典》一书，收入古代小说1000部，也受到日本学者的欢迎。

　　从论文看，日本学者的研究偏文献和资料的整理，这是日本学者的传统研究内容。对于日本学者的认真研究态度我印象深刻。我的数字化研究对于以文献研究为主的日本学者也很有帮助，因此受到他们的重视，多年来得到日本学者金文京、中川谕、上田望等人的真诚帮助，大大促进了数字化的发展。古代小说版本数字化有今日的成果，和日本学者多年的支持分不开，数字化也大大促进了古代小说版本的研究，相互促进而发展。

　　在研讨会期间，我还就中国古代戏曲数字化问题，与日本学者进行了交流，得到日本学者的支持和肯定，因此当时就决定立即启动中国古代戏曲版本数字化工程。古典戏曲版本数字化和古代小说版本数字化方法完全相同，包括：扫描图像，录入文字，进行图文对照、图像对照、文字比对——包括逐行比对和分窗口比对等。当时计划首先从《西厢记》版本数字化开始，先输入弘治本、崇祯本、刘龙田本和金圣叹评本，以后再陆续输入《西厢记》所有其他版本，将来再逐步扩展到需要研究的其他戏曲作品。古代戏曲版本数字化和古代小说版本数字化相比，各有难易之处。古代小说篇幅大，古代戏曲篇幅小；古代小说文字简单，古代戏曲文字复杂；古代小说版本已经影印的较多，比较好找，而古代戏曲影印的不多，寻找困难。古代小说版本数字化已经取得很大成功，用相同方法，古代戏曲版本数字化，我想也应该不会有什么问题。希望古代戏曲版本数字化对于古代戏曲版本研究有帮助，也欢迎有兴趣的学者参与，并提出宝贵意见。在中国古代戏曲数字化方面，后来我与我校汪龙麟老师合作，完成了《西厢记》几十个版本的数字化，但最后戏曲数字化并未再深入开展下去。中山大学黄仕忠曾和我联系，想做古代戏曲版本数字化，后来也没有下文了。

我觉得古代戏曲数字化和古代小说数字化相比，多年来基本没有进展，其根本原因在于古代小说不同版本间文字差异很大，人工研究很费力。而古代戏曲的唱词和对白不同版本间差异不大，因此数字化比对价值不大。所以数字化也不是万能的，也要看研究对象的具体情况而定。

（2）2008年日本三国志学会年会

仅隔一周，2008年9月12日—16日，我又应日本大东文化大学和日本三国志学会邀请，再次赴日本交流访问。

9月13日我先在大东文化大学向日本学者和研究生介绍我目前从事的中国古代小说数字化和中国历史地理数字化情况。与会者对我的研究提出一些有益建议，希望在现有图像对照基础上，开发出精细的图像比对软件，以便精细研究两种几乎完全一样的版本。这种思路我也早有设想。2007年我和日本朋友将《三国演义》汤宾尹本捐献给国家图书馆前，我也曾仔细将我们买的汤宾尹本和国家图书馆现藏的汤宾尹本作仔细对照。这种对照如人工进行，很费力，因为两种版本是翻刻本，差异很小。我曾试图用 *Photoshop* 软件比对这两种版本，但由于 *Photoshop* 不是专用比对软件，要将两种图像人工仔细比对在一起，还是很费力，和人工比对相比并不省力。当时也曾想开发一个专用的精细的图像比对软件，但觉得这种精细比对软件用处不是很大，因此没有下决心。这次交流中，有关学者提出，这种精细比对软件不仅可以研究古代小说版本，对于古代文献版本研究也很有用。文献版本研究中，经常需要仔细比较两种翻刻的版本，两者差异很小，人工比对很困难，如可利用计算机进行自动精细比对，会给文献研究节省很多精力。这些意见对于我今后的开发很有启发。

9月14日我应邀出席在大东文化大学召开的第三届日本三国志学会年会。日本三国志学会（网址：*http://www.daito.ac.jp/sangoku/index.html*）主要包括四个方面的成员：研究三国历史学者、研究建安文学学者、研究魏晋哲学思想学者和研究《三国演义》学者。日本三国志学会成立于2006年，当年举行了第一届大会，并邀请刘世德、沈伯俊、关四平、尹小林、曹立波、桑哲、黎必信（香港）等一批中国学者参加，刘世德先生做大会报告。2007年举行第二届大会，没有邀请中国学者参加；2008年是第三届大会，邀请了沈伯俊先生和我两位中国学者参加，并做大会报告。沈伯俊先生的报告是围绕三国历史中对于诸葛亮的评价问题。我的介绍包括两个部分，一部分是以《三国演义》为例介绍古代小说版本数字化，一部分是以三国历史为例介绍中国历史地理数字化。

日本三国志学会的会员不仅有上述四方面的学者，还有大量的日本三国爱好者。第一届大会参加人员有三四百人，第二届大会我没有参加，据中川谕先生介绍，也有几百人。而这次大会人数明显减少,我估计不到 100 人。原因是前两届都是在 7 月份,日本中小学放假,大量爱好者可以参加。而 2008 年第三届大会为照顾大学教师参加,从 7 月调整到大学放假的 9 月初,因为日本大学一般 9 月底开学。但这样调整时间,中小学师生人数减少了,而大学教生人数没有增加很多,导致参加人数减少。

大会首先由三国志学会会长、日本资深三国研究专家狩野直祯(已 80 多岁)致词,然后有以下 5 个研究报告:

魏における五言诗の流行と西晋における四言诗の盛行について⋯⋯⋯⋯⋯
矢田博士(爱知大学经营学部教授)
史実と民间伝承からみる三国志遗迹⋯⋯⋯⋯⋯⋯⋯⋯⋯⋯⋯⋯⋯⋯⋯⋯⋯
绵谷直之、清水健史(超级三国志遗迹介绍 HP《三刘》管理人)
《三国演义》版本と三国历史地理のデジタル化とその应用⋯⋯⋯⋯⋯⋯⋯
周文业(首都师范大学中国传统文化数字化研究中心常务副主任)
翻译:中川谕 (大东文化大学文学部教授)
满州语《三国志》について⋯⋯⋯⋯⋯⋯⋯早田辉洋(大东文化大学元教授)
诸葛亮をめぐる疑惑を解く⋯⋯⋯⋯⋯⋯⋯⋯⋯⋯⋯⋯⋯⋯⋯⋯⋯⋯⋯⋯⋯
沈伯俊(四川省社会科学院研究员、四川大学文学院教授)
翻译:伊藤晋太郎(二松学舍大学文学部专任讲师)

以上 5 个报告内容涵盖了建安文学、三国历史、三国遗迹和《三国演义》小说。我仍然是介绍古代小说版本数字化和历史地理数字化,这是十天内我第三次介绍这些研究成果,只是对象不同。第一次对象是日本中国古典小说研究者,第二次是大东文化大学的研究生,第三次是日本的三国学者和爱好者。这次除仍提供我开发的古代小说版本数字化光盘外,还带去国学公司开发的 1000 部《古代小说宝典》U 盘,受到日本学者的欢迎。

沈伯俊先生的报告主要针对近年来中国在诸葛亮研究方面的一些反传统观点的新看法,包括三顾茅庐、关羽之死和诸葛亮的军事才能,沈先生对这些新观点逐一进行了分析和批驳。

日本人做报告都是用日语,我听不懂,只能了解大致内容。我对于其中日本三国网站主持人介绍三国遗迹的报告很有兴趣,因为我也游历了大部分三国遗迹。日本对于三国遗迹做了很仔细的考察,逐一作了记录,并上网,十分详细,几乎我去过的地方他们都收入了,使我很惊讶。但也有遗漏,曾在我校进修的日本东京大学在读博士生上原究一指出,其中遗漏洛阳附近的司马懿墓地(沈伯俊《三国演义大辞典》第 493 页),他曾去参观,墓地还没有任何墓碑等标记。报告还仔细比较了三国时期魏蜀吴三国主要人物诸葛亮、司马懿和周瑜,比较非常详细,很有趣。日本出版过很多有关三国遗迹的介绍书,其最大特点是照片、地图十分丰富。而中国的有关读物还是以文字介绍为主,和日本普及读物差距还很大。我每次去日本都选购一些插图、地图非常漂亮的三国普及读物。

（3）2008 年日本两个研讨会感想

通过这几年和日本学者的接触，我对于日本学者的严谨学风和良好的学术道德很有体会。

研究汉学的日本学者由于人员少，不可能像中国那样开展大规模、大面积的研究，因此研究面比较窄，但有些研究（如版本研究）很有深度。现在中国已经很少有年轻人研究版本，因为研究版本很费力，很难出成果。而现在学校对老师有一系列很高的量化指标要求，论文数量不够就很难晋升。这样造成现在古代小说研究中，文献和版本研究的文章很少。如 2008 年我参加在山东临清召开的《金瓶梅》研讨会，研讨会出版了很厚的论文集，但没有一篇严格意义的版本研究论文。而日本却相反，有关版本、文献研究的论文比重很大。这不仅是双方研究方法、关注热点不同，也和双方学校的管理、考评体制有关系。在目前中国的学术考评体制下，对于文献和版本研究是很不利的。我的数字化对于文献和版本研究很有帮助，因此受到日本学者的关注，甚至超过中国，使我非常感慨！

当然也不是说日本的学术研究什么都好，日本学者善于研究一些细节，但有些研究过细，是否有意义，是否有价值，还值得商榷。

我看到中日在三国的研究内容、方法等多方面都呈现互补状态，多年来我又和日本及中国的古代小说研究者都保持了很好的关系，因此在参加日本中国古典小说研究会年会和出席日本三国志学会年会之间，突然萌发了举办中日三国研究交流会的念头，并将此设想写成文字，通过中川谕先生转达给日本三国志学会的组织者、大东文化大学研究三国历史的渡边义浩教授；还通过电子邮件，转达给中国三国演义学会时任常务副会长兼秘书长、我的多年老朋友沈伯俊先生。但在赴日参加三国志学会年会前，沈先生就通过电子邮件，向我表达了不同意见，在日本期间，他又语重心长地向我介绍了目前中国三国演义学会内部的困难；而日本方面也表达了举办这种交流会的困难。这样，我的设想就被否决。但这也是好事，如果真实施，势必要牵扯我很多精力，必然耽误数字化的进程。虽然不举办这种大规模的交流会，但沈先生建议，可以举办小规模的专题交流会。多年来我一直坚持举办的古代小说数字化国际研讨会就是一例，因为研讨会内容已经从古代小说扩展到了古代戏曲，后来的研讨会也就更名为中国古代小说戏曲文献暨数字化国际研讨会。另外，针对中国目前研究一百二十回本《红楼梦》版本的情况，2009 年 12 月 6 日我和中央民族大学在我校联合举办了一次一百二十回本《红楼梦》版本研讨会，同样可能根据研究情况，陆续举办其他古代小说版本的专题研讨会，为推动古代小说和戏曲的数字化研究而努力。

多年来和日本学者的交流，对于日本良好的学术道德，我感慨良多。我做的古代小说版本数字化是为学者版本研究服务的，作为公益事业来做，对光盘没有任何加密。我的开发经费来自学校的支持，不是商业运作，因此也没有公开销售，只是提供给有兴趣的学者作研究，适当收取一些成本费。其很少的收入和投入的几十万经费无法相比，和我十年来消耗的精力更无法相比。在这方面，这几年我的感受颇多。

我多年前早有绘制《三国演义》地图的设想，并完成了部分初稿。后将此想法提供给某人，又无偿向他提供了我多年开发的古代小说光盘。我还提供部分出版资金，两人合作出版过有关《三国演义》的图书。他发现出版《三国演义》地图是个好点子，就抛开我绘制《三国演义》地图，并找多家出版社出版，俨然以"三国地图"专家自居，我对此也不想追究。不料他得寸进尺，一再要求我，允许他无限制使用我的古代小说版本光盘，我由于对他的人品不放心，没有答应。在未得到我允许之下，他就私自复制我的古代小说版本光盘出售，竟然销售到我一朋友处，这位朋友发现后告诉我，我从此再不和这种人来往。

在2006年哈尔滨古代小说研讨会期间，也有一些学者在会议上购买了我的光盘，但也有很多学者马上到学校里的小店复制光盘，我也知道和看到了，也没有追究。我的数字化光盘能为研究服务，我也很满意了。后来我在"古代小说网"上公布了光盘发行消息，就马上在论坛中出现要拷贝、盗版的帖子。在中国学者中拷贝、盗版软件不以为耻，反以为荣，这也是中国学术道德的悲哀！这种情况在日本一般是不会出现的。日本学者以拷贝、盗版为耻，这种学术氛围使大家自觉遵守学术道德。这种道德的缺失也是当时"问题奶粉"事件的产生根源，可见目前道德问题不仅在学术中存在，在许多方面都存在。要扭转这个风气，并非一日之功，但必须为之努力，否则蔓延开来，就会像"问题奶粉"一样，弄不好甚至导致整个奶粉产业走向崩溃，学术研究也是一个道理。

和日本学者多年的交往，遵守学术道德的另一问题是版权问题。中国近年来对于版权意识有所增强，但和日本相比，由于不同的体制和习惯，还是有很大差距。我从事古代小说版本数字化，首先遇到的就是找版本，而许多古代小说的版本都藏在日本各种图书馆，甚至寺庙中。有些版本影印出版了，我复制并数字化，不作为商业出版，只提供给学者研究，日本学者认为是可以的。但更多的版本并没有正式出版，虽然通过各种管道，可以获得一些版本的复印件，有些版本藏书单位也已经在网络公布了图像，如东京大学东洋文化研究所就在其网站上公布了3289部古籍，其中有著名的双红堂古代小说，包括著名的《金瓶梅》本（简称"东大本"，属于崇祯本系列，但版式不同），以及一些《三国演义》《水浒传》和《西游记》的版本。虽然这些版本都在网络公开，可随意下载，但按照日本的规矩，这些版本还是不得制作光盘传播，即便是为研究使用，也必须得到藏书单位许可。中国许多学者不以为然，一再要求我提供一些日本朋友提供的但还没有公开的版本图像。为信守对日本学者的承诺，凡此类版本，未经日本学者允许，绝不提供给第三者。这是一个诚信问题，如不遵守诚信，可以暂时获益，但失去诚信将来就无立足之地。这是目前中国学术界应该特别注意的问题。

2006年我和日本学者金文京、中川谕、上田望等7人合资3万元人民币，购买了在黄山发现的《三国演义》汤宾尹本的另一个版本，经日本学者仔细研究后，我们又将此书捐献给中国国家图书馆。为此，国家图书馆还专门组织了一个捐献仪式，馆长詹福瑞在仪式上讲话称，他来国家图书馆以来，第一次遇到学者出资买下古籍善本，无偿捐献给国家图书馆。捐献者还以日本学者为主，更是难得。为此，各种报纸、电视台等予以报道，并传到日本，视为美谈。这是日本学者良好学术道德的一次具体体现，日本学者这些职业道德真是值得我们学习的，这和我前面提到的那位"朋友"的行径相比，真是天上地下！

日本学者不仅在学术研究上严谨和认真，这种风格也体现在他们的接待工作中，使我十分感动和钦佩。我多次去日本，每次去日本朋友的接待都极其仔细和认真。2008年这次全程是由中川谕先生安排，从下飞机接站，到返回送到机场大巴，任何细节都考虑得十分周到。我也多次办会，多次接待日本和国外学者，自认为做得不错，但和日本朋友的仔细、认真相比，还是有差距。

（4）参观日本古迹日光市和慈眼堂

我对传统文化特别有兴趣，多次去东京，东京的古迹多已参观过。为此，2008年这次去日本前特地了解日本其他的古迹，最后选中日本世界文化遗产日光市。日光市的主要古迹是"一宫二社（寺）"，就是纪念德川家康的东照宫和德川家康墓地、二荒山神社以及轮王寺。德川家康是江户幕府统治日本的第一位将军，在日本历史上地位显赫，家喻户晓。他去世后，其子孙将他安葬在东京西北的日光市，并修造了极其宏伟的东照宫，纪念德川家康。我在国内书店中看到有卖日本历史小说《德川家康》。东照宫和德川家康墓地很明显地保留了中国建筑风格，但又有不同，很值得一看。我去参观那天 9 月 14 日恰是日本敬老节，许多日本年轻人陪同老人一同去参观。东照宫中人很多，但秩序井然，大家排队进殿，非常自觉。

日本的宗教主要是日本本土的神道和中国传去的佛教。神道的场所称为"神社"，而佛教则称为"寺"。在日光市刚好各有一个，神道的是二荒山神社，而佛教的是轮王寺。在这里必须特别指出的是轮王寺。在去日光市前，我知道日光有轮王寺，但没有将它和我研究的古代小说联系起来。陪同的上原究一很熟悉中国古代小说，专门研究《西游记》版本，他说道轮王寺中曾经存有很多中国古代小说珍本，使我猛然想起，《金瓶梅词话》大安本和《水浒传》评林本就藏在轮王寺的慈眼堂，能够拜访慈眼堂的藏书，也不虚此行！

在参观完东照宫、二荒山神社以及轮王寺后，我们两人按照地图，专门找到慈眼堂。慈眼堂虽然属于轮王寺，但实际坐落在寺外，我们又到轮王寺售票处专门买了慈眼堂门票，沿着布满苔藓的盘山小路绕到慈眼堂。眼前情景很令人失望。第一，验票处空无一人，整个慈眼堂竟没有一个游客！这和刚参观的一宫两寺人头攒动相比，真是大相径庭！第二，我原来以为，世界著名的藏书地慈眼堂天海藏书楼，应该是一个宏伟的建筑，不料是一个宽度不过七八米的一层小房。和其他建筑不同的是，为防止藏书受潮，整个建筑是用木支架架空的。但仔细想来，《金瓶梅词话》大安本和《水浒传》评林本等古籍图书并不占很大地方，眼前这个小建筑中，虽然看似不大，但还是可以藏不少书的。国内许多著名的藏书楼我也去过，确实都不大，但比天海藏书楼，还是大很多！第三，眼前的慈眼堂和金碧辉煌的东照宫、二荒山神社和轮王寺相比，就太破旧了！主要是没有维修。可见旅游部门根本不知道慈眼堂在中国古代小说发展史上的地位。当年的天海和尚在慈眼堂收集了大量中国古籍，成为保存中国古籍的一个圣地，号称"天海藏书"，其中最著名的就是前面提到的《金瓶梅词话》大安本和《水浒传》评林本。

慈眼堂背后就是著名的天海和尚的墓地，我在其墓地前静默祈祷，不是当年天海和尚在东土保存下这些珍贵的古籍，我们今天的古代小说研究不知道要困难多少倍！我的数字化也要大大逊色！显然天海藏书现在是不可能还藏在这样破旧的房屋内，不仅陪同我的年轻的上原，就是专门研究古代小说版本的中川谕先生，虽然都很熟悉天海藏书，但也不知道今日天海藏书在何地，只知道已故的日本学者长泽规矩曾对天海藏书做了详细的编目。

这次日本之行，能够拜访慈眼堂天海藏书楼，是一大收获，希望其他研究中国古代小说的学者访问日本，可以不去银座、秋叶原，一定要拜访慈眼堂天海藏书楼，虽然看似破旧，但它在中国古代小说史中地位是无可比拟的。

参观慈眼堂最可惜的是，我带的相机在东照宫、二荒山神社和轮王寺拍了很多照片，到最后拜访慈眼堂时，相机没电了！备用电池又忘记带了，因此没有拍下任何慈眼堂和天海藏书楼的照片。此次日本之行最大收获之一是拜访慈眼堂，但最大遗憾是没有拍下任何照片！

2008 年我连续两次赴日，感受颇多，中日学者的交流还是很有必要。中国古代小说数字化国际研讨会每年举办一次，基本是中国大陆一次，境外一次，2008 年在澳门开，2009 年在北京仍然和第二届中国古籍数字化国际研讨会一起召开。2010 年本想争取到台湾召开，在澳门期间和嘉义大学徐志平老师谈此事，他觉得还有很多困难，主要是台湾研究古代小说的人少。2010 年台湾举办困难，原想争取再次在日本召开，还可组织学者拜谒慈眼堂天海藏书楼。但最后 2010 年经金文京先生联系，去韩国著名的成均馆大学举办了。

2. 2011 年日本古典小说和《三国志》研讨会随笔

日本三国志学会成立时间不久，会长是著名老学者狩野直祯，京都大学金文京教授是第一副会长。他们聘请了三位中国大陆学者为理事，分别是刘世德、沈伯俊和我。刘先生和沈先生都是国内知名的《三国演义》研究专家，我是由于从事《三国演义》等古代小说版本数字化，在日本有一定影响，因此被选为理事。

几年来我曾多次参加日本三国志学会主办的研讨会。我通过了解，觉得它有两大特点。

第一，它是三国历史和《三国演义》小说混合的学会，而我国的三国史学会（即魏晋南北朝史学会）和三国演义学会是分开的。这是由于日本研究三国史和《三国演义》小说的人不多，因此合并为一个学会。

第二，它是有关三国研究的学者和爱好者的混合学会。会上不仅有专门研究三国历史和《三国演义》的学者参加，也有三国爱好者参加。这是由于日本有一大批三国的爱好者。我参加的几次三国志研讨会上，多次有三国爱好者发表讲演，这次也不例外。在中国大陆，学术研讨会大都是专业学者参加，一般不会邀请爱好者参加。

另外，日本中国古典小说研究会是日本专门研究中国古代小说的学会，完全是民间学会，每年开会一次，所有费用全部由会员负担，没有任何单位、学校赞助。餐费都由与会者各自负担。这和中国大陆办会餐费一般都是由主办单位负担完全不同。我几乎每年都参加。因为一是希望了解日本在中国古代小说研究方面的进展，有什么课题可以合作。二是也想向日本学者介绍我在古代小说数字化方面的进展。日本小说会与会人员每次都有三四十人，经常与会的知名日本学者有金文京、大塚秀高、中川谕、上田望等教授，都是我多年的好朋友。中国大陆参加的人很少，这次只有我一人是从中国大陆专门赴会，还有几位在日本学习和工作的中国大陆学者。

3. 2017年嘉义小说戏曲研讨会随笔

这些年来我去台湾开会可分为三阶段。

最初我去台湾参会，主要是参加有关文学地理学的研讨会，其间嘉义大学徐志平老师曾邀请我去嘉义大学做文学历史地理信息系统报告。

2012年嘉义大学徐老师主办第十一届中国古代小说戏曲文献暨数字化国际研讨会，很成功，参见本书《中国古代小说戏曲文献暨数字化国际研讨会·2012年第十一届研讨会》。

2017年我受台湾嘉义大学徐老师的邀请，再次赴台参加第六届中国小说戏曲国际学术研讨会。这是我第三次来嘉义大学了。

徐志平老师我很熟悉，他原任嘉义大学中文系主任，2012年主办中国古代小说戏曲文献暨数字化国际研讨会时，刚升任嘉义大学教务长，这次他又升任嘉义大学副校长，参见本书上编"学人风采"中对他的介绍。

本文主要介绍本人参加2017年嘉义大学举办的第六届中国小说与戏曲国际学术研讨会的情况，并对台湾的中国古代小说研究现状谈谈自己的看法。

（1）台湾的"国立""私立"大学

台湾的大学分"国立"和"私立"两种，嘉义大学是"国立"大学，因此在台湾一般称为"国立嘉义大学"。台湾的国立大学一般都要加"国立"二字，如新竹清华大学一般要称为"国立清华大学"。而没有"国立"二字的一般就是私立大学，如在台北士林区的"中国文化大学"，我曾多次去开会，从大学名称看似乎是国立大学，但其实是私立大学。

台湾大学名称和大陆不同，台湾公办大学叫"国立"大学，而大陆公办大学一般不称"国立"大学，也不加"国立"二字。而私立大学名称也没有"私立"二字，如北京吉利大学就是私立大学，但从名称上看不出是私立大学。

因此大陆大学很难从大学名称上来区分到底是公立还是私立。这是因为新中国成立后，取消了私立大学，所有大学都是公立的，因此也就取消了"国立"二字。但改革开放后,出现了私立大学,再想在公立大学名字前加"公立"或"国立"已经不方便了。

(2) 台湾嘉义大学中国小说戏曲研讨会缘起

嘉义市位于台湾中部,著名的阿里山在嘉义县内。嘉义市和嘉义县互不隶属,嘉义市是台湾省辖市。

嘉义大学主办的第六届中国小说戏曲国际学术研讨会的会议论文集开始介绍了此次研讨会的缘起。此文首先介绍近年来台湾中国小说、戏曲的研究状况,文章认为近年来台湾小说、戏曲研究趋缓,因此有必要举办一次研讨会。

> 在台湾学术界,小说、戏曲研究曾经一度蔚为风潮,《中国古典小说研究专集》一至六集、《小说戏曲研究》一至五集之出版,尤为小说与戏曲研究界之重要成果。然而,近年来相关研究则有逐渐趋缓之势,《小说戏曲研究》第五集于 1995 年出版至今已经超过十年,十余年来虽仍有不少学者默默耕耘,但彼此的交流仍嫌不足,研究成果无法汇集,总体看来,研究成果只能算是差强人意而已。十数年来,新发现或重校新刊之小说戏曲资料不断出现,有必要结合更多研究人才共同努力,小说与戏曲学术研讨会的举办,实有其迫切之需要。

我以前对台湾小说、戏曲研究不了解,台湾出版的《中国古典小说研究专集》一至六集、《小说戏曲研究》一至五集我完全不知。但无论如何,在台湾举办一次小说戏曲研讨会还是好事。

此文对嘉义大学主办的历届中国小说与戏曲国际学术研讨会做了简介。

> 嘉义大学中国文学系在 2002 年 11 月创办"第一届中国小说戏曲学术研讨会",计发表论文十四篇……本系于 2005 年 4 月举办第二届……邀请了法国、日本、韩国……以及中国大陆学者多人与会。"第二届中国小说戏曲(国际)学术研讨会"计发表论文二十三篇,……会后并出版《传播与交融——第二届中国小说戏曲国际学术研讨集》,由里仁书局发行到全世界。

> 经过连续 5 届会议的顺利举行……在经过一年有余的预行筹备下,决定于 2017 年 10 月 27、28 两日举办"第六届中国小说戏曲国际学术研讨会",宣读论文二十五篇。

文章指出此研讨会始于 2002 年,2005 年举办第二届,但未介绍第三、四、五届是何时举办的。至于前几届大陆都是哪些学者参加也未介绍,据我所知,似乎沈伯俊、欧阳健、萧相恺等人都曾应邀参加过。

(3) 参加研讨会经过

我以前从未参加过嘉义大学举办的中国小说戏曲研讨会,2017 年 8 月 27 日中国传媒大学举办的第十六届中国小说戏曲文献暨数字化国际研讨会,徐志平先生也出席了,他和我谈及当年10月27、28两日将要在嘉义大学再主办一次小说戏曲研讨会,但未邀请我参加,我也就没有再多问。

不料,8月29日我突然收到返回台湾后的徐老师邮件,邀请我参会,问我是否愿意,并说明照惯例他们可以补助单程机票,会议期间的食宿也由他们负责。我查我的研讨会安排,10月刚好没有会议,我也退休了,无须去单位申请赴台,因此我立即回信表示愿意参会,并填写了他发来的入台申请书,请他们代为办理入台证。第二天徐老师又来信询问我可否在大陆办理自由行赴台。我立即明白了,如我在大陆办理自由行,嘉义大学就不需要在台湾为我去办理入台证,他们就省事多了。我立即联系大陆旅行社,他们答复可以办理,并不复杂。这样就决定由我来办理自由行,当然所有手续费就得我自己负担了。我退休后所有外出开会都是自费,因此也不在乎这点费用。我前几年曾多次去台湾,最近一次是2012年访问新竹清华大学和参加嘉义大学主办的第十一届中国古代小说戏曲文献暨数字化国际研讨会,因为此后几年未去台湾,原来的台湾通行证已经过期了。于是我立即去办理新的通行证,两周可取,也很简单。经旅行社申请台湾自由行也基本顺利,申请发到台湾后,台湾方面又要我对退休后情况做说明。我再说明后,几天后台湾颁发的入台证就下达了。我立即购买了往返的机票,虽然嘉义大学可以报销单程机票,为节省另一单程机票,我买了最便宜的香港航空公司经停香港到台北的机票。

(4) 先访问台湾新竹清华大学

我在去嘉义大学之前,先去访问了新竹清华大学,赠送我2016年新编的《清华名师风采·增补卷》。

我和一批清华子弟2012年曾出版一套《清华名师风采》丛书,介绍清华历史上各学科的名师和其夫人,包括"文科卷""理科卷""工科卷"和"夫人卷",收入名师117人及79位夫人。2016年又出版"增补卷"收入65人。这样《清华名师风采》丛书目前总计收入清华各个历史时期已经去世的名师182人和79位夫人。

此书出版后,新竹清华大学校长陈力俊先生率团访问北京清华大学,我们向他介绍了这套书,他很感兴趣,2012年他亲自出面邀请我们一批清华子弟访问台湾新竹清华大学。我在陈校长亲自主持的大会上对这套书做了介绍,向陈校长赠送了这套丛书的前四卷。2016年我们又出版了"增补卷",我想趁此机会再次访问新竹清华大学,并赠送新出版的"增补卷"。

在收到嘉义大学邀请后,我立即和新竹清华大学上次接待我们的学校办公室姜乃榕女士联系,说明我想再次访问新竹清华大学,她很快给我回信表示欢迎,并告知新竹清华大学全球事务(即外事)副校长信世昌正率团访问北京清华大学,请我和随行的校长助理孙海珍、尹秀莲女士联系。我马上到清华大学和孙老师见面,上次我们访问新竹清华大学就是孙老师接待的,很熟悉。孙老师十分热情,我们详细商议了访问新竹清华的安排。她说学校可以派车到台北机场接我到新竹清华大学,访问结束再把我送到新竹高铁(台湾叫"捷运")车站,我再去嘉义参加小说会。

我按期顺利到台北后，新竹清华大学派车接我到学校，仍住在上次住的清华宾馆，感觉十分亲切。孙老师带我再次见到上次邀请我们访问、现已经卸任的新竹清华大学前任校长陈力俊。我们再次见面十分高兴，相谈甚欢，陈校长卸任后仍在新竹清华大学任教。

因为 2018 年是西南联大在昆明建校 80 周年，我准备在已经出版的《清华名师风采》丛书基础上编写一套《西南联大中的清华名师》，除收入《清华名师风采》中西南联大的名师外，还将收入未收的一批清华教师，我已经初步确定名单，编出初稿。为此我希望利用这次机会，访问新竹清华大学的档案馆，看看有没有可利用的资料。孙老师领我参观了新竹清华大学档案馆，介绍了他们收集的资料。很可惜新竹清华大学主要保存的是 20 世纪 60 年代在台湾复校后的资料，而我需要 20 世纪 40 年代的资料，他们基本没有，很遗憾。

我们上次访问新竹清华大学时曾赠送新竹清华一套《清华名师风采》，这次访问新竹清华档案馆，看到有些梅贻琦校长的资料，档案馆人员指出我们《清华名师风采》中梅贻琦一张照片注明是"梅贻琦启动清华原子炉"，但实际是梅贻琦生日切蛋糕。我回北京后仔细检查，此照片是来自北京梅贻琦儿子梅祖彦夫人刘自强（注：2019 年 1 月去世）保存的梅祖彦相册，此相册下面确实注明是"梅贻琦启动清华原子炉"。我后来仔细分析，认为并不是梅祖彦写错了，而是梅贻琦生日切蛋糕和启动清华原子炉两件事一起办了。

我在新竹清华大学期间，新竹清华大学新任校长不在学校，未能见到。又一次见到副校长信世昌，我赠送了一整套五卷七册的《清华名师风采》。

在新竹清华大学我又一个人再次在校园内参观了一圈，当然首先再次去拜谒了清华大学校长梅贻琦的墓地。第二天孙老师又开车再次领我在新竹清华园内参观，并参观了梅贻琦当年建立的原子炉。上次我们来新竹清华时未进去参观。晚上孙老师又亲自开车领我在新竹市内游览夜景，吃了台湾小吃。第三天一早，孙老师开车送我到新竹捷运车站，替我买了票，送我上车。新竹清华大学孙老师的热情接待，使我切身感到确实是两岸一家亲，不知何时两岸可以和平统一？那是我们两岸的期盼。希望将来有机会再访问新竹清华。

（5）研讨会参会人员

按照嘉义大学小说戏曲会论文集的名单，参加此会的中外学者有 50 多人，但有一些人未到会，实际到会的有 40 人左右。其中台湾以外学者有 8 人：大陆 4 人（朱萍、赵兴勤、李奎和我），法国 1 人（陈庆浩），日本 2 人（福满正博、佐野诚子），新加坡 1 人（辜美高）。

按照会议论文集名单，大陆学者应该有 6 位，但有 2 位未到会。我估计可能是因为有 2 位大陆学者未能参会，因此徐志平老师才临时请我来参会。

第一位是吴敢，他是大陆《金瓶梅》研究会（筹）秘书长，曾任徐州市文化局局长、徐州教育学院院长兼党委书记。名单上有他，但没有到会。后来 11 月大理《金瓶梅》研讨会他也未参加。

第二位是曾庆雨（女），她是云南民族大学教授，她是因为2017年曾到台湾参加青年《金瓶梅》论坛，因此学校未批准她再来台湾。11月云南大理《金瓶梅》研讨会她是主办人。

首先介绍大陆参会学者。

第一位是中国传媒大学的朱萍（女），她多次参加我主办的中国古代小说戏曲文献暨数字化国际研讨会，曾两次去日本开会，2017年8月在中国传媒大学她主办了第十六届中国古代小说戏曲文献暨数字化国际研讨会。她们学校和嘉义大学有合作关系，因此她代表中国传媒大学参会。

第二位是徐州师范大学教授赵兴勤，他也多次参加我主办的中国古代小说戏曲文献暨数字化国际研讨会，也曾两次去日本开会，我和他很熟悉。

第三位是山西师范大学李奎，在此前我和他不熟悉。但他和台湾学者很熟悉，因此嘉义大学邀请他参会，但学校不批准，他就借机先到香港，然后从香港来台湾开会。嘉义大学给他办理了入台证，这样借道香港来台湾开会也是个办法，但很少见。

我记得前几次嘉义大学的研讨会曾邀请大陆很多知名学者参加，如沈伯俊、欧阳健、萧相恺等，但这次都没有来。按说他们都退休了，和我一样办理自由行来台应该很容易。这次参会大陆学者所在学校大多都是地方学校，学者的知名度都不是很高。

现在大陆对公务赴台确实审查很严，据新竹清华大学副校长信世昌说，他刚访问山东大学，听说2018年山东大学赴台名额又压缩了一半。台湾与大陆现在关系不好，但大陆赴台自由行还没有什么限制。

学者中我最熟悉的除嘉义大学的徐志平以外，就是来自法国、曾任职法国国家科学研究中心的陈庆浩先生。在本书上编"学人风采"中对陈庆浩先生有介绍，此处就不再重复了。据他自己说，这次本来他是要和夫人一起去日本旅游，顺路被徐老师拉来开会。他多年来研究中国古代小说，他的参加给大会增色不少，他也是大会主题座谈"数字化时代中国古代小说戏曲版本、定本问题之展望"的引言人，有关这个座谈我后面再介绍。这次在台湾再次和陈先生见面是我这次台湾行的最大收获，还不知下次何时再见。

中国大陆以外学者中另一位老朋友是新加坡国立大学的辜美高先生，我和他也有多年友谊，多次在各种研讨会上见面，这次我和他同住一个房间，相处很愉快。

这次研讨会有两位日本学者，一位是明知大学的福满正博先生，我以前不认识他，我印象这是第一次见面。另一位是名古屋大学的佐野诚子女士，我对她可有很多话要说了。

2016年我在日本学者上田望的笔记中看到日本名古屋大学有一本《三国演义》刘兴我本，而此本在以前魏安和中川谕先生的著作中都未提及。因此2016年在横滨举行的中国古典小说研究三十年的回顾与展望研讨会中，我请中川谕先生联系到会的名古屋大学老师查查是否有此书。中川谕找到一位老师就是佐野诚子。她当场拿手机查他们系图书馆目录，告知确实有此书，我们约定会后和中川谕一起去名古屋看此书。当我看到佐野诚子女士时感到此人很面熟，不知在哪里见过，一时想不起来。后来猛然想起，2003年我应京都大学金文京先生邀请，第一次访问日本京都大学，金文京先生就派佐野诚子陪我在京都游览一天，第二天又陪我去奈良游览一天。佐野诚子可以说中文，她走路很快，我都跟不上。后来我多次去京都大学，但都没有见到她。这次在横滨偶遇真是太巧了，我和她说起在京都大学一事，她也记得。后来她离开京都大学，现在名古屋大学任教。横滨会后我和中川谕到名古屋大学，在她协助下拍摄了《三国演义》刘兴我全本。日本很多单位藏有多种《三国演义》版本，但复制都很难，对此我很感谢她。没想到我们在台湾又一次见面了，十分高兴。

本来香港梅节先生也要参会，但由于身体不好没有来。我和梅节先生不熟悉，只是开会见到过他，我认识他，但他不认识我。

台湾学者中，我和徐志平老师最熟悉，除此之外就是台南成功大学的王三庆老师了。王三庆老师最具标志性的是他的大胡子，其实他岁数并不很大。他是从研究《红楼梦》开始，后来又研究敦煌学。我以前在日本开会也多次见过他，2017年就已经见到他两次了，一次是他参加《红楼梦》的研讨会，一次是他应我校历史系邀请讲敦煌学，这是第三次见面了。他为人豪爽热情，我们很谈得来。

台湾学者还有：

里仁书局老板徐秀荣先生，我在2016年广州《金瓶梅》研讨会上见过他，他曾出版过词话本《金瓶梅》，我向他介绍我做的《金瓶梅》比对本，他说他们书局在做《红楼梦》，不做《金瓶梅》。这次我带去了两套两种厚厚的《金瓶梅》比对本，本来以为他没有兴趣，不料他一见，马上表示要。我告诉他文字没有仔细校对。他说他很清楚，没关系。看来我这种比对本还是有人有兴趣的。徐先生在整理《红楼梦》版本，我如果带去《红楼梦》的比对本，估计他会更有兴趣。我12月去天津参加红学会时，带去了《红楼梦》的两种比对本，受到了与会者的欢迎。

成功大学的陈益源先生是著名学者，我们多次见面，但不是很熟悉。嘉义大学的汪天成，台湾师范大学李志宏、胡衍南，台北大学王国良先生，他们都是台湾小说戏曲研究专家，但我和他们都不十分熟悉。还有一些台湾学者，我就不一一介绍了。

（6）研讨会介绍

我们住宿在嘉义市一酒店，我2012年参加嘉义中国古代小说戏曲文献暨数字化国际研讨会也住宿在此酒店，因此很亲切。但开会不在此酒店，而在嘉义大学，酒店离嘉义大学开车要十几分钟，不是很远，但也不近。大陆开会一般是学校派车或租大巴车接送代表，而这次研讨会不是嘉义大学租车或派车，而是嘉义大学中文系老师们开私家车接送。虽然外地代表不多，有十几位，但一车只能坐三四人，因此要好几辆车才行。老师们一早从家中开车来酒店接代表，然后送到学校会场，午餐就在大学会场吃盒饭，下午会议结束，还要送代表到酒店。老师们很辛苦，毫无怨言，由此看出老师们都很热心，我们十分感谢。

大会议程中我最重视的是大会主题座谈"数字化时代中国古代小说戏曲版本、定本问题之展望"，座谈由徐志平主持，引言人是陈庆浩先生。他是《红楼梦》研究专家，曾编辑出版《新编石头记脂砚斋评语辑校》。此书是研究《红楼梦》评语的必备参考书，对我研究《红楼梦》版本帮助很大。特约讨论人有：王国良、王三庆、赵兴勤、周文业、徐秀荣、康来新和朱凤玉。陈庆浩先发言，介绍对数字化时代中国古代小说戏曲版本、定本的想法。我也介绍了我多年从事的中国古代小说版本数字化的情况。

中国古代小说戏曲确实有很多版本，这对于研究很不利，因此如开发出"定本"对于研究确实有帮助。如红楼梦研究所整理的《红楼梦》，前八十回以庚辰本为底本，后四十回采用了程甲本，并参校其他版本整理而成，影响很大，发行几百万册，但是否可称为"定本"估计会有疑问。其他出版社纷纷仿效此本出版类似的版本。其他小说戏曲确实也可以仿照《红楼梦》这个模式整理出所谓"定本"。目前市场上《三国演义》一般选嘉靖元年本或毛宗岗本，《水浒传》一般选一百回容与堂本或金批本，《西游记》一般选世德堂本。这些版本一般也会参校其他版本修订。

但我对红楼梦研究所整理的《红楼梦》本有不同看法。我认为这样前八十回庚辰本，后四十回程甲本的《红楼梦》版本实际是个混杂本，这种整理并不是最佳方案。第一，把各种版本混杂在一起，搅浑了版本之间差异，对学者研究其实并不利。第二，对读者来说，只要易读就好，这样的混杂本可能还不如整理完整的版本（如程本）更理想。

在我看来，学者和读者有不同的需求。对学者来说，需要了解各种版本的差异，最佳方案是选择最主要的版本分别整理出版，每个版本文字要保持原貌，错误也不改。而对于广大读者，对于版本差异并不在意，因此可选某个最完整的版本整理出版。

古代小说版本众多，文字修改也很多，如何修订整理出被大家都认可的"定本"，也很不容易。《红楼梦》除红楼梦研究所的版本外，冯其庸和周汝昌也曾整理出版他们各自认定的《红楼梦》版本。陈先生主张整理出一个"定本"，工作量极大且很难。当然这些都是我个人看法，并未在会上发表，在会上我只介绍了小说版本数字化。

我在研讨会上发表的论文为《〈三国演义〉〈金瓶梅〉版本数字化研究》。这是因为我最近研究了几种新发现的《三国演义》版本，因此就介绍了这方面的研究。《三国演义》简本中的"英雄志传"小系列中，有三种明刊嵌图式简本，即刘兴我本、刘荣吾本和杨美生本。根据插图和文本分析，刘兴我本是刘荣吾本和杨美生本的祖本。刘兴我和刘荣吾不是一个人，是两个书商，他们同时刊刻《三国演义》和《水浒传》是商业竞争的结果。此外还介绍了三种文字先繁后简的版本，即郑乔林本、致和堂本和松盛堂本。

另外，我觉得在五大名著中，台湾似乎对《金瓶梅》兴趣最大，因此介绍了我开发的《金瓶梅》词话本和崇祯本的四种数字化文字比对本。一种数字化比对本是分栏比对本，显示两版本文字整体文字差异很清楚，适用于想了解两版本文字的大致差异而不做版本比对研究的人员。另一种是逐行比对本，两版本文字逐行逐字比对，虽然文字整体差异不十分清楚，但文字差异的细节很清楚，适用于研究《金瓶梅》版本的人员。比对本又分为繁体字、简体字两种。这样一共有四种比对本：繁体字分栏比对本，繁体字逐行比对本，简体字分栏比对本，简体字逐行比对本。这些文字比对都是在版本文字数字化基础上，用计算机自动完成的。

文章介绍了四种《金瓶梅》比对本，由于繁体字本中文字未做仔细校对，因此我只带去简体字两种比对本。前面已经介绍过，我带去的《金瓶梅》比对本马上被里仁书局的老板徐秀荣要去了。但有关《三国演义》版本研究没有引起任何反应,我看这是因为台湾研究《三国演义》版本的人几乎没有的缘故吧。

(7) 我对台湾中国小说研究的看法

2012 年我也曾参加过在嘉义大学举办的第十一届中国古代小说戏曲文献暨数字化国际研讨会,这次又再次赴台参加中国小说戏曲研讨会,对台湾的中国古代小说研究有所了解。

前面曾介绍过,此次研讨会论文集前言中曾指出:台湾近年来小说戏曲研究则有逐渐趋缓之势。

根据我的观察,这几年台湾小说研究主要集中在《金瓶梅》和《红楼梦》,而《三国演义》《水浒传》《西游记》研究似乎很少。这次研讨会上,五大名著中徐秀荣一篇关于《红楼梦》的文章《红楼戏中戏》,详细分析了《红楼梦》中的戏曲,我印象很深。此外还有嘉义大学吴盈静一篇《〈红楼梦〉中的老年书写》,其他有关五大名著的文章都是大陆学者所写。其他台湾学者研究的小说多是稀见小说,我完全不熟悉。

这种情况和大陆很相似,大陆近来小说研究中,稀见小说研究较多。我看这是因为五大名著研究余地不多,要有新意很难,而研究某个大家都不知道的稀见小说相对较容易。因此,今后中国古代小说研究如何深入,如何发展,确实是摆在小说研究者面前的一个大问题。

不过要注意,台湾毕竟只是中国的一个省而已,从这次小说戏曲会的规模水平来看,我个人认为,大陆一个省要举办这样一个规模的小说戏曲研讨会也比较难,因此台湾目前小说戏曲的研究还是有较高水平的。

这次研讨会收入有关中国古代小说论文共计 17 篇,分如下四类。

第一类:五大名著 6 篇。

红楼戏中戏……………………………………徐秀荣(佛光大学、里仁书局)
《红楼梦》中的老年书写……………………………吴盈静(嘉义大学)
"热闹"的《山门》——从《水浒传》到《山门》再到《红楼梦》…………
　　　　　　　　　　　　　　　　　　　　　　朱萍(中国传媒大学)
从王孝慈藏 200 幅《金瓶梅图》发现谈王孝慈藏崇祯本………………………
　　　　　　　　　　梅节(香港梦梅馆总编辑,实际是浙江汪炳泉所写)
《金瓶梅》中"性"描写是写给谁看?　　曾庆雨(云南民族大学)
中国古代小说版本数字化研究——以《三国演义》《金瓶梅》为例……………
　　　　　　　　　　　　　　　　　　　　　　周文业(首都师范大学)

第二类:其他名著 2 篇。

《弗蓝肯斯坦》(科学怪人)与《聊斋》"画皮"等故事比较研究……………
　　　　　　　　　　　　　　　　　　　　　辜美高(新加坡国立大学)
文人化的战争书写——论《镜花缘》"四关"的叙事修辞……………………
　　　　　　　　　　　　　　　　　　　　　王松木(高雄师范大学)

第三类：小说通论 4 篇。
 善读：明清通俗小说批评中的阅读美学…………李志宏（台湾师范大学）
 中国古代小说中的袄教书写……………………李奎（山西师范大学）
 明人白话小说猫书写探析………………………林雅玲（高雄师范大学）
 天缘情忏、死生相许——清朝短篇小说凤缘故事的文化想象……………
                简其儒（台东大学）

第四类：稀见小说 5 篇。
 萧瑀《金刚般若经灵验记》研究………………佐野诚子（名古屋大学）
 郑思肖《一百二十图诗》所咏唐人小说考论…邓郁生（中正大学）
 稀见小说《奇见异闻笔坡丛胜》………………张玉明（成功大学）
 《古艳异论》的编辑及其版本源流………………赖信宏（东吴大学）
 日本江户时期唐通事教材《养儿子》取材古典小说之探究………………
                许丽芳（彰化师范大学）

  会后主办方邀请与会学者参观日月潭和台中禅寺，但报名者不多，就改为参观嘉义的南故宫和台南安平古堡。

  参观结束后我离开嘉义北上，应台湾新北市"国立"空中大学人文学系洪文婷老师邀请，到台北与她会面。空中大学是中国台湾以广播、电视、面授、函授等方式对成人实施进修教育的机构。校址在台湾台北县，在全省设 12 个学习指导中心，1983 年开始试播。1986 年正式成立并开始招生。我和她是 2017 年 8 月在德国世界汉学会上认识的。她对我的小说版本比对软件很感兴趣，一起见面的还有她在台中静宜大学中文系任教的朋友邱培超。我原计划把我的版本比对软件直接复制到她计算机中，但复制后无法运行。我分析这是因为大陆和台湾的计算机虽然都是 *Windows* 操作系统，但还是有所不同。在日本也有同样问题，中川谕先生是先把日本计算机退出日文操作系统，进入通用的 *Windows* 操作系统，在此系统下我的版本比对软件就可以使用了，但使用完，还要再返回日文操作系统。但在台湾计算机中，如何退出台湾操作系统，进入通用操作系统，我们都不会，因此我只把版本比对软件复制到洪老师计算机中，并告知她如何处理，如她找到熟悉台湾计算机操作系统的朋友再试试看可否运行。虽然这次复制未成功，但我看到台湾也有学者对我的版本比对软件有兴趣，还是很高兴。

  这次赴台我先后访问新竹清华大学、嘉义大学，会见了洪文婷老师。所有会面的台湾老师对我都很友好，见面如一家人一样，我深感大陆、台湾确实是一家亲，文化上有密不可分的渊源，希望大陆、台湾有一天走向统一。

4. 2019 年日本福冈中国古典小说研究会年会等随笔

我 2019 年 8 月去了一次日本福冈,是因为三件事。

第一件事是参加 2019 年日本中国古典小说研究会福冈年会。

第二件事是参加首届戏单、剧场与二十世纪上半叶的东亚演剧学术研讨会。

第三件事是去考察九州大学所藏的《三国演义》九州本。

2019 年日本中国古典小说研究会年会在福冈举行,由九州大学中里见敬先生主办。我 2017、2018 年未参加日本中国古典小说研究会年会,很想了解日本的中国古典小说研究者在研究什么课题。日本四岛,本州岛的东京、京都、大阪、名古屋、奈良、金泽都去过,北海道也去过,四国曾在高知举办日本中国古典小说研究会年会,只有九州没有去过,九州大学是日本排名仅次于东京大学和京都大学的日本公立大学,有很高水平,因此也很想去看看。

2019 年 3 月中川谕先生来上海,我专门去上海会见他商议去日本参会事宜。他说,日本中国古典小说会一般不邀请外国学者参加,我想去参会他要事先和主办人中里见敬先生联系。中川先生回国后立即与中里见敬先生联系,得到了他同意。我没有去过福冈,开会在九州大学伊都校园,离福冈市内较远,路程也很复杂。我 8 月 27 日上午到福冈,中川先生同时到达,我们在机场会面一起走,这样最好。

会议在 8 月 28—29 日召开,我刚好 8 月 24—26 日去山东威海参加中国古代小说会,26 日返回北京,27 日去日本,时间刚好接上。

有关这次日本中国古典小说会的情况我在另外一文中介绍,收入"研讨会综述"部分,可参阅,此处就不再重复。

在福冈日本中国古典小说会前,中里见敬先生先主办首届戏单、剧场与二十世纪上半叶的东亚演剧学术研讨会,因为我没有研究戏曲就不参加了。此会是研究中国戏剧的戏单,这种专门研究中国戏单的国际会议估计在世界也是第一次,这次研讨会是由日本九州大学和中国人民大学国学院联合主办。九州大学中里见敬先生曾参加我在日本举办的中国古代小说戏曲文献暨数字化国际研讨会,但我记不得了。中国人民大学国学院的老师是谷曙光,他也曾参加我在日本举办的中国古代小说戏曲文献暨数字化国际研讨会。参会者除日本、中国大陆学者,还有中国台湾政治大学的蔡欣欣老师等。

我很吃惊,这样窄的一个课题竟然有这么多学者来参加,研讨会论文集很厚,有 25 篇 365 页,印刷很精美。论文水平都很高,讨论也很热烈,还举办了一个戏单展览会。展示了日本各地收藏的中国戏单,看到居然有这么多日本人喜欢中国戏曲,多年来还收藏了这么多的中国戏单,我根本没有想到。我又想到中国很多古代小说在中国早消失了,但在日本还有收藏。如果没有这些日本收藏本,中国古代小说研究会将会非常困难,因此中日交流是十分可贵的。

我觉得组织这样的专题研讨会也很好，议题集中，讨论可以更深入。我举办中国古代小说数字化国际研讨会初衷也是想集中研究古代小说版本，但后来扩大到小说和戏曲文献，范围宽、参加人多是好事，但议题不集中，讨论就不容易深入了。

我到九州大学还有一件事是去看《三国演义》的九州本。日本九州大学藏有一个《三国演义》版本，简称九州本。中川谕先生2013年曾对此本进行初步研究，认定此本属于简本"志传"小系列，文字最接近诚德堂本。2017年暨南大学程国赋和郑子成发表文章也研究了此本，但他们事先并不知道中川谕先生已经研究过此本，论文有很多看法我不赞同。他们看到我提供的中川先生研究论文后，2019年在《文献》第3期再次发表有关九州本的论文，但此文章在题署、文字和插图等三方面的看法仍没有改变。金文京先生指出，九州本题署"古临"就是朱鼎臣，所以此本肯定是朱鼎臣编辑的，但其中"三建　书林"是否就是乔山堂刘龙田还存疑。我和此文的最大分歧是九州本插图，此文认为九州本插图是"仿照周曰校本"，而我认为九州本插图仍沿袭了"志传"插图的风格，和周曰校本毫无关系。有关此争论可参考本书"《三国演义》版本研究"部分中"九州本研究"一节，此处就不重复了。因为有这些争论，我就很想去九州大学看看原本。

很感谢中里见敬先生在会后领我去九州大学图书馆看了九州本原本，因为此本已经上网，我也曾仔细研究过，因此去看原本主要想了解此本的一些细节，如此本第一页为何缺一角？是否和《红楼梦》甲戌本一样，是收藏者故意撕掉了？还有为何此本是残本？如果是日本朋友喜爱此本，因此从中国带到日本，为何带一个残本？这些问题看到原本后也未解决，中里见敬先生找来图书馆管理员，他查出此本的来源，是某人捐赠的，至于此本为何缺损一角，为何是残本，都没有答案。

这次去福冈十分感谢中里见敬先生的热情接待，我对日本古迹很有兴趣，我去之前就查询到福冈附近有很多城堡和天守阁。我曾去过日本几处有名的城堡和天守阁，如姬路城堡、大阪城堡等，福冈附近的熊本城堡也很有名。中里见敬先生得知我对日本城堡有兴趣，特地事先买了两本有关日本城堡和天守阁的图书，日本图书的最大特点是图文并茂，印刷精美，我是爱不释手，我要付款，中里见敬先生坚决不收。他会后开车亲自带我去看了福冈附近的熊本城堡等几处城堡。熊本城堡在日本排名前三名，可惜在2016年大地震中损坏了很多，我去看时因为内部修复不开放，只是围着城堡转了一圈，其中有些破损处将不再修复，以保存地震破坏的遗迹。我去过日本看过很多古迹，对日本的古代遗迹保护印象深刻。

这次去九州大学还和一位日本学者井口千雪有关。我以前去日本曾买到日本京都府立大学博士井口千雪专著《三国志演义成立史的研究》，因为我一直研究《三国演义》版本，因此对此书很有兴趣，但因为我对日文不熟悉，因此一直未仔细阅读，只是对此书关于关索故事的看法很奇怪。

直到我会后从日本返回北京，才知道井口千雪现任九州大学讲师，开会时就在会场，可惜我们未见面。返回北京后中里见敬先生告知她的电子邮件，我们通过电子邮件进行了交流。

《三国演义》关索问题是目前《三国演义》版本中一个至今未能彻底解决的问题，

关键是为何"演义"系列和"志传"简本都有关索故事,而"志传"繁本却是花关索故事,对此有多种看法。井口千雪认为"演义"本和"志传"简本的共同祖本有关索故事,因此它们各自也都有关索故事,是嘉靖元年本和叶逢春本删除了关索故事。这种看法看似可解释上述问题,但这种看法只从关索故事出发,根据关索故事简单地把"演义"本和"志传"简本分为一个系统,把"志传"繁本和"简本"分为两个系统。这样就完全割裂了"志传"繁本和简本,对此我无法赞同。会后我们通过电子邮件交流,我指出她的问题,但可惜没有能说服她。

总之,这次福冈之行收获很大,十分感谢中里见敬先生的热情接待,希望以后有机会再会。

(三)《三国演义》研讨会随笔

中国三国演义学会成立于 1983 年,中国三国演义学会主办的全国研讨会是五大名著中延续性最好的。

从 1999 年第十二届中国三国演义研讨会开始,我参加了 17 次各种三国演义研讨会:

- 1999 年山西清徐第十二届研讨会(清徐第一次);
- 2000 年安徽芜湖第十三届研讨会;
- 2001 年江苏南京第十四届研讨会;
- 2002 年山西清徐全国研讨会(清徐第二次);
- 2002 年浙江富阳第十五届研讨会(富阳第一次);
- 2003 年湖北武汉第十六届研讨会;
- 2004 年四川绵阳第十七届研讨会;
- 2008 年四川南充第十八届研讨会;
- 2009 年河南许昌第十九届研讨会;
- 2010 年江苏镇江第二十届研讨会;
- 2011 年山西清徐第二十一届研讨会(清徐第三次);
- 2012 年浙江富阳第二十二届研讨会(富阳第二次);
- 2015 年陕西汉中全国研讨会;
- 2015 年安徽舒城第二十三届研讨会;

- 2017 年山西清徐第二十四届研讨会（清徐第四次）；
- 2018 年湖北黄石研讨会；
- 2019 年广东广州第二十五届研讨会。

其中 2011、2017 年两次山西清徐研讨会和 2018 年湖北黄石研讨会，及 2017 年广州明代文学研讨会，我写了 4 篇随笔。

1. 2011 年东平和清徐的罗贯中与《三国演义》研讨会随笔

2011 年 9 月本人连续参加了山东东平和山西清徐的罗贯中与《三国演义》研讨会，同时参加了这两个研讨会的学者不多，为此写下一些感想。

（1）两个《三国演义》研讨会

山西清徐研讨会早在 2010 年镇江《三国演义》研讨会期间就确定了，而山东东平研讨会是后来才确定了开会时间。会前，我多次向主办单位建议：最好两个研讨会在时间上衔接，这样学者出来一次可以连续开两个会。最终山东东平研讨会安排在山西清徐研讨会之前，方便了学者。但我仔细统计后，发现同时参加两个研讨会的学者并不多，包括我在内只有 5 人。

两个研讨会与会人数差不多，似乎山西清徐研讨会学者人数略多一些。但很可惜，由于是各大学开学期间，因此两个研讨会都没有中国大陆以外学者参加，这也影响了研讨会的国际性。

两个研讨会都各请到一位学术前辈来主持。山东东平请到复旦大学的黄霖教授，由于黄老师在北京有会，在开幕式后赶到，在闭幕式上致辞。山西清徐请到中国社科院资深研究员、中国三国演义学会会长刘世德在开幕式上致辞。

两个研讨会都采用大会发言和小组讨论形式。本人曾多次参加国内外各种学术研讨会，此前也曾亲自主办过 10 届中国古代小说戏曲文献暨数字化国际研讨会，对此很有感触。国内研讨会的讨论深度深感不足，尤其是大会发言，有些大会发言后点评人略作点评，有时根本没有任何点评，小组会讨论略好一些。这次两个研讨会大会发言的点评本人感觉都不太到位。国内研讨会出席学者人数多，但如精心安排，无论大会发言还是小组讨论的点评都可以提高。山西清徐研讨会上，本人被委任为小组主持人，为此本人对每位发言人的发言尽自己的了解，予以点评，并引导学者展开热烈讨论，效果很好。

多年来本人曾多次赴日本参加各种研讨会，我深感日本研讨会上讨论比中国大陆更为深入和热烈，在这方面我们还需要向日本学习。

一般研讨会的主要成果是论文集，两个研讨会都各自精心编辑了一套论文集。山东东平论文集收入论文 36 篇，非正式出版物。山西清徐论文集分上下册，合计 94 篇，中国文史出版社正式出版。从篇幅看，明显是山西清徐论文集篇幅更大一些；从编辑质量看，也是山西清徐编辑得更为精心，许多论文很有参考价值。

两个研讨会所在地都各自认为是罗贯中故里，为此也各自打出一个与罗贯中有关的活动。山东东平是建设了规模宏大的罗贯中纪念馆，举行了隆重的开馆仪式。山西清徐是出版了《罗贯中全集》三大厚本，每人赠送一套。应该说各有特色。

山西清徐早在几年前就建成了一个罗贯中纪念馆，是四合院形式，古朴、清幽。而这次山东东平新建的罗贯中纪念馆规模宏大，主体建筑是三层的宫殿式建筑，风格与山西清徐完全不同，占地面积为山西清徐的好几倍，投资巨大。

看到山东东平的罗贯中纪念馆，我立即想起山西清徐多年前建筑的三国城，其建筑规模似乎比山东东平罗贯中纪念馆还大。上次在清徐召开《三国演义》研讨会时，曾组织学者参观。但几年过去，这次清徐研讨会组委会没有再组织学者去参观三国城。据说由于游客很少，日益萧条，已经无法接待参观了。

为扩大影响，两个研讨会都组织了一些其他相关活动。山东东平组织学者参观了东平湖附近新建的水浒城，包括水浒影视城和六工山水浒大寨。新版《水浒传》就是利用这两个影视基地拍摄的，今后还可用于其他影视拍摄之用。我在国内参观过多个影视基地，比较下来，远景看，气势不凡，但细看，做工还是比较粗糙。山东东平借新版《水浒传》引资建成这两个规模宏大的影视基地，很不容易。而山西清徐这次主要组织参观罗氏祖茔，现存三块碑，即明隆庆元年的罗氏纪念碑、清道光四年的罗氏祖茔碑和记载四世罗氏的纪念碑。两个研讨会的活动，相形之下，山东东平的活动规模更庞大一些。

两个研讨会接待差距很大。山东东平不收任何费用，退休人员还报销来往交通费。住宿的水浒度假酒店是新建酒店，设施很好。但我住的房间无法上网，酒店多次来人维修，仍然不通。我希望组委会调整到其他可以上网房间，竟然被组委会严词拒绝，我不愿意给他们添麻烦，也就未再去打搅他们。这样使得我在会议期间终日为上网困扰，为唯一遗憾之事！在山西清徐，收会议费 500 元，免交住宿费，交通费自理。住宿的是县招待所，设施陈旧，与山东东平新建酒店根本无法相比。住宿条件虽差，但上网很顺利。

我在 1999 年曾赴山西清徐参加第十二届《三国演义》研讨会，2006 年曾参加第一届东平罗贯中与《三国演义》研讨会。这次虽在山东东平和山西清徐停留时间都只有三天，时间短暂，但从侧面还是可以看出，这些年来，两地还是各有所发展。相形之下，山东东平的发展似乎更快一些。

（2）莘县野猪林和十字坡研讨会

在山东东平研讨会后，山东莘县又紧接着举办野猪林和十字坡研讨会。据说《水浒传》中的野猪林和十字坡就在山东莘县。据我下面了解，这次研讨会是由于现任莘县领导任期到，希望在文化上有所建树，想借野猪林和十字坡做宣传，因此想借东平研讨会后，接学者接着参加莘县的研讨会。为此事先也请一些学者写了一些野猪林和十字坡的考证文章。我由于要参加山西清徐研讨会，而有些资料在北京，必须回北京取资料，因此没有去莘县参加此研讨会。有些学者表示，对于此研讨会有看法，虽出席,但只听不会发言。因为难以表态,支持吧,明知是附会之说,违心;说实话吧,对主办单位似乎不敬。

山东很多地方保留有与《水浒传》相关的遗迹,算下来有五县:东平县有东平湖、梁山县有梁山、阳谷县有景阳冈、郓城县是宋江故里,今又增加莘县的野猪林和十字坡,前三地我都去过。但山东的水浒文化旅游一直没有开展起来,据了解情况的人告知,主要是五县分属四个地市管理,东平县属于泰安市,梁山县属于济宁市,阳谷县和莘县属于聊城市,因此很难合作。这真是很遗憾之事,放着金饭碗,而无法合作,真是可惜了!

(3) 罗贯中籍贯

这两个研讨会有一个争论焦点,就是罗贯中的籍贯问题。目前罗贯中籍贯有山东东平和山西太原两说。两个研讨会都为此做了大规模的论证。以本人看来,两说各有一定根据,但都没有铁证。东平说的主要证据是嘉靖元年本蒋大器的序和多种明刊本的题署,都是"东原罗贯中",东平说认为"东原"就是今日东平。东平说的问题是,东原是否是东平?蒋大器的说法来源不明,嘉靖元年本的题署不是"东原罗贯中",而是"后学罗贯中"。山西太原说的主要根据是贾仲明的《录鬼簿续编》中明确记载罗贯中是山西太原人。但山西太原说的问题是,《录鬼簿续编》只提到罗贯中写了三篇戏曲,没有提到他曾写小说。因此山东东平说认为有两个罗贯中,一个是戏曲家罗贯中,一个是小说家罗贯中。

杜贵晨最近又把两说合并,认为罗贯中祖籍是山西太原,后移居山东东平。这也是一种可能性。

本人认为,在没有新的资料之前,山东东平说和山西太原说可以并存,两地都可以宣传,而小说史最好都予以客观的介绍,各种观点都可以在学术层面详细论述。

近年来,有关很多作家籍贯问题都闹得沸沸扬扬,尤其以施耐庵的籍贯争论最为热烈。有些讨论似乎超越了学术讨论,而有人身攻击之嫌。这次在山东东平的小组会上,本人对近来一些学者在作家籍贯上一些过激言辞,提出了个人的批评。

(4)《罗贯中全集》和"罗学"

这次山西清徐研讨会上推出一套《罗贯中全集》,全书三卷,分别收入署名罗贯中的六部作品:

- 《三国志通俗演义》,明嘉靖元年本;
- 《水浒传》,明容与堂一百回本,附录一百二十回本目录和一百二十回本的九十至一百一十回;
- 《隋唐两朝志传》,永寿堂复刻本;
- 《残唐五代史演义》,明李卓吾评本;
- 《三遂平妖传》,清嘉庆十七年讲德斋刻本;
- 《宋太祖龙虎风云会》,录自隋树森《元曲选外编》。

对于其中的著作是否都是罗贯中所著,学术界有争论。但其中有些著作似乎没有出版过，这次将这几部书一起印出，可供学者仔细研究，还是很有学术价值的。

在山西清徐研讨会开幕式上，刘世德先生提出开展"罗学"研究的号召。"罗学"最早是山东杜贵晨先生提出的，我原以为"罗学"和"曹学"一样，是专指研究罗贯中本人的学问。这次听刘先生讲解，才知道，所谓"罗学"是包含所有与罗贯中及有关著作的研究，因此不止包括针对罗贯中本人的研究，还包括对其著作的研究，这样就将《三国演义》《水浒传》，以及上述其他几部作品都纳入"罗学"的研究范围。这就和"曹学"是研究曹雪芹和《红楼梦》、国外"莎学"是研究莎士比亚及其所有作品一样。这样我才明白"罗学"的真实含义。从 2012 年开始，山西每年出版一辑《罗学》刊物，到 2018 年第六辑起成为中国三国演义学会会刊。山东也多次主办"罗学"研讨会。

对于"罗学"我觉得要从两个角度分析。

第一，罗贯中是《三国演义》作者，是《水浒传》作者之一，据说也是《三遂平妖传》作者，因此将罗贯中研究作为一门学问"罗学"，其研究内容囊括《三国演义》《水浒传》等罗贯中的所有作品，就和"曹学""莎学"一样，应该没有什么问题。

第二，也要看到，作为一门学问，其涵盖的内容应该有密切关系，但这方面似乎有些问题。罗贯中的主要作品《三国演义》《水浒传》都是古代小说不错，但两本书内容差异很大，《三国演义》是历史小说，而《水浒传》是侠义小说，写作风格差异很大。因此要把这两部书一并纳入"罗学"研究还是有些问题的。

"罗学"是否可以真正成为一门学问，要看发展而定。如"罗学"可以获得众多《三国演义》《水浒传》研究人员的支持，挖掘出这些作品的共性，就可以成为一门学问。如学者们兴趣不大，《三国演义》《水浒传》研究者还是各自研究各自的，无法成为一门统一的学问，那"罗学"只是一个空名词而已。

（5）《三国演义》《水浒传》成书年代

2011 年 9 月山东东平研讨会上遇到多年不见的老朋友吉林李伟实。他提交的论文《〈水浒传〉成书于明朝中叶可以定论》未收入论文集。我最近对《水浒传》的上海残叶和郑振铎藏本略有研究，因此对此有兴趣。我认为：《三国演义》《水浒传》等书成书有四个阶段，即稿本、抄本、民间坊刻本和官刻本。谈到"成书"，必须明确指出是哪个阶段。李先生答复，他说的成书是稿本。这样就可能有问题。因为我的分析表明，上海残叶和郑本都是明嘉靖年间的民间刻本，稿本和民间刻本都几乎同时产生于明中叶似乎有问题。李伟实曾在 2003 年参加我在首都师范大学主办的第二届中国古代小说戏曲文献暨数字化国际研讨会，但 2011 年会面后我再没有见到他。到 2019 年 2 月春节期间，他突然给我来电话，我们谈及以前会面和《三国演义》版本，他的研究一向很朴实，我很佩服，2019 年他已经 79 岁了，今后很难再外出开会了，也无法再讨论问题，我很遗憾。

《水浒传》成书年代前几年曾有激烈争论，《文学遗产》曾同时发表石昌渝和萧相恺、苗怀明完全不同观点的论文；沈伯俊先生也曾发表论文，各自阐述各自观点。我有心主办一次专题研讨会，请各方到场讨论，这样比写文章更容易搞清问题。萧先生欣然同意，但石先生表示不参加这种面对面的讨论，研讨会因此流产，甚为遗憾！

（6）《三国演义》分则问题

《三国演义》嘉靖元年本和各种繁本、简本有 27 处分则不同。上海李金泉早在 2003 年武汉黄鹤楼《三国演义》研讨会上就发表论文，认为第 33—34 则和第 65—66 则分则不同，是由于叶逢春本和郑少垣本刚好在嘉靖元年本分则处发生文字脱落，导致整理者不知该从何处分则，而改变了分则处。我当时也同意他的看法，并在 2008 年杭州小说会上发表论文，讨论分则问题。刘世德先生看到后，立即指出，他不同意此看法，他认为分则不同是因为要追求字数均衡。但刘先生论文一直未发表。这次山西清徐研讨会刘先生就第 33—34 则分则发表论文。他认为嘉靖元年本的分则是罗贯中的原稿，而叶逢春本整理者发现第 33 则中有两封书信，造成"结构畸形"，因此叶本整理者把其中一封长信从第 33 则移动到第 34 则，改变了分则处。但这样造成了第 33、34 则严重的字数不平衡，简本整理者发现后，又做了第二次调整，因此出现了三种分则。

刘先生的论述看似十分严密，但我返京后再仔细研究这两种分析方法，觉得他们都有不足。李金泉发现第 33 则叶本在分则处有脱落是事实，但第 65—66 则分则处，余象斗本没有文字脱落，但和郑少垣本分则一样。因此对于第 65—66 则，似乎不能用文字脱落来解释。我怀疑这两处叶本和余本的文字有严重不平衡，反映的是罗贯中原本面貌。嘉靖元年本整理者发现后，调整了分则处，使得两则文字的字数更为均衡。但我用计算机仔细统计各版本的字数，发现字数不均衡的则很多。为何只调整这两则，而不调整其他则？简本为何有很多则分则与其他版本都不同？这还需要仔细研究。

这次去日本开会，与金文京先生讨论《三国演义》版本，金先生认为，《三国演义》版本散失太多，只根据目前残存的版本，要解释其中很多复杂的问题是不可能的。因此版本研究切勿钻牛角尖，适可而止。金先生看法有一定道理，但我还是希望在现有材料基础上，做尽可能深入的研究。

（7）其他研讨会

在出席山东东平研讨会前，本人先赴河南开封，出席了宋代文学研讨会。10 月份本人参加陕西汉中的古代文学与地域文化研讨会和四川内江文化视野的中国古代小说研讨会。在汉中研讨会介绍用地理信息系统 GIS 构建中国古代文学史和地域文化史地理信息系统。在内江研讨会介绍在古代小说版本数字化和版本研究中一些研究成果。

研讨会总有一些学者似乎对学术讨论无兴趣，而热衷于旅游，因此屡屡发生逃会现象，也是不可避免。

总结两个罗贯中与《三国演义》研讨会，各有特点。山东东平研讨会气势规模大，山西清徐研讨会学术水平较高。

2. 2017年广州明代文学国际学术研讨会暨《三国演义》研究随笔

2017年11月在广州举行明代文学国际学术研讨会暨中国明代文学学会（筹）第十一届年会，由中国明代文学学会（筹）、中国社会科学院《文学遗产》编辑部、暨南大学文学院、暨南大学出版社联合主办，香港浸会大学中文系协办。

此次研讨会的论文中，我最感兴趣的是暨南大学程国赋、郑子成的文章《新见日藏〈考订通俗演义三国志传〉考》。

程国赋是暨南大学文学院院长、长江学者，郑子成是他的博士研究生。本文是国家社科重大项目"中国历代小说刊印文献汇考与研究"的阶段性成果。此文第一作者是程国赋，但实际是由郑子成执笔。

会前我请主办方发来会议论文目录，当看到此文时我非常有兴趣，因为我近年来一直在研究《三国演义》版本。但题目中的版本名称《考订通俗演义三国志传》，我很困惑，因为我查遍所有《三国演义》版本文献，没有看到和此书名完全相同的版本。我问日本《三国演义》版本专家中川谕先生，是否知道有此版本。他答复：没有听见过那样书名的三国版本，他怀疑是日本九州大学藏本，九州本各卷书名都是"《考订按鉴通俗演义三国志传》"，但第六卷书名没有"按鉴"两个字。九州本的照片网上有，就是他扫描的。在2013年复旦大学小说数字化国际研讨会上他曾发表论文《关于九州大学藏两种〈三国志演义〉》。

等到广州参加研讨会拿到论文集一看，此文研究的版本果然是九州本。我仔细翻阅此文后，发现作者确实没有看到中川谕先生的文章，文章的结论和中川谕先生基本一致，但文章还是有一些问题。

第一个问题是书名问题。

此文采用的书名是《考订通俗演义三国志传》。九州本现存第一卷和第六至十卷，查此本各卷首书名略有不同：

第一卷首书名：《考订按鉴通俗演义三国志传》，有"按鉴"二字；

第六卷首书名：《新刻考订通俗演义三国志传》，没有"按鉴"二字，加"新刻"二字；

第七卷首书名：《新刊考订通俗演义三国志传》，也没有"按鉴"二字，但加"新刊"二字。

第八卷首书名：《新刻考订按鉴通俗演义三国志传》，加"新刻"二字；

第九、十卷首书名：《新刊考订按鉴通俗演义三国志传》，加"新刊"二字。

以上各卷首书名有两处不同：

第一是"按鉴"：第一、八、九、十卷有"按鉴"二字。

第二是"新刊"和"新刻"：第一卷无此二字，第六、八卷为"新刻"，第七、九、十卷为"新刊"。

现存第一卷没有内封，第六至第十卷内封有书名，都是《新刻考订通俗演义三国志传》。

《三国演义》刊本各卷书名不同是常有的情况，一般都采用第一卷首书名，因此应该是《考订按鉴通俗演义三国志传》。

此文可能采用了第六至第十卷内封的书名，又省去了"新刻"二字。

由于《三国演义》刊本的书名一般都很长，而且各卷书名又不一致，因此一般采用刊刻者命名，刊刻者不明，再采用现藏地命名，这本刊刻者不明，现藏日本九州大学，因此应称为"九州本"。

看来作者对古代小说版本的命名不十分熟悉。

第二个问题是此本的刊刻者。

此文作者经过文本比对，认为此本和诚德堂本最接近，这和中川先生的分析结果一致。作者又根据卷首残留的"三建书"，认为是"三建书林"，认为有此牌记的均出于乔山堂，即刘龙田，因此作者认为此本是刘龙田的另一刊本。

我认为：其一，仅根据"三建书"就认为是刘龙田本，似乎根据不足。其二，刘龙田已经刊刻一本《三国演义》，为何要再刊刻一本？其三，刘龙田本是繁简混合本，有些回文字是繁本，而有些回是简本。此文作者认为九州本文字比刘龙田本简略。但仔细比较并非如此。如第二则刘龙田本文字很简略，而九州本和诚德堂本一样文字繁复，为何刘龙田要把文字由简再变繁？这都很难解释。因此九州本到底是谁刊刻还要再研究。

此文还比对了九州本和其他版本的插图，这很有意义。上图下文的插图有时和版本演化有关。九州本和诚德堂本一样，都是一则一图，很明显是为节省篇幅。但九州本的插图远比诚德堂本更精细，和其他版本也都不同。而且九州本插图前后也不一致，很可能不是出于一人之手。这些分析都很有道理，但还可以再深入分析。

我在研讨会上也谈了自己的看法，我认为此文对九州本的分析还是有价值的，但有些问题似乎根据不足，分析也有进一步深入的必要。程老师对我的建议表示感谢，并让他学生下面再做深入分析。郑子成表示希望有机会到日本去探访日本现存的各种《三国演义》版本。

3. 2017 年山西清徐《三国演义》研讨会随笔

（1）罗学论坛暨第二十四届中国《三国演义》学术研讨会（山西清徐），2017 年 9 月

2015 年安徽舒城研讨会上改选了中国三国演义学会领导，会后我一再希望第二年，即 2016 年，能举办一次全国《三国演义》研讨会，但未成功。据说原来广州大学纪德君答应 2016 年出面举办一次全国研讨会，他也在舒城研讨会上增补为副秘书长。但由于 2016 年他们文学院改选领导，他是否继续担任学院院长还不知道，因此无法确定能否举办一次全国研讨会。2016 年全国市县三国研究机构学术会议决定在四川绵阳举行，我建议他们同时举办全国研讨会，但有些人反对，主办方也有困难，因此就只举办了一次全国市县三国研究机构学术会议，未举办全国研讨会。

后来全国研讨会就延迟到 2017 年 9 月在山西清徐举办。这是清徐第四次举办《三国演义》研讨会，1999 年清徐第一次举办全国《三国演义》研讨会，我当时也是第一次参加全国《三国演义》研讨会，2002 年第二次举办《三国演义》研讨会，2011 年第三次举办《三国演义》研讨会，我都参加了。这次研讨会是第四次在清徐举办。

这次研讨会老会长刘世德因为身体原因没有到会。老副会长胡世厚、齐裕焜参加了此次研讨会，两人看上去身体还不错，胡会长最后在大会发言中深情表示，因为身体原因他这是最后一次参加了，老人毕竟会逐步退出历史舞台的。以后很难再见到这些老朋友，真是令人遗憾和惋惜。

在这次全国研讨会的同时，也举行了第四次全国市县三国研究机构学术会议。第一次全国市县三国研究机构学术会议是 2014 年在江苏镇江举行的，第二次 2015 年在河南许昌举行，第三次在四川绵阳举行，这次是第四次。我觉得全国《三国演义》研讨会和地方三国研究机构学术会议同时举办是件好事。计划 2018 年全国市县三国研究机构学术会议在浙江杭州举行，我也提出可否同时举行全国研讨会，但主办方觉得同时举办全国研讨会有困难。后来我仔细考虑，全国《三国演义》研讨会两年一次，而地方三国研究机构学术会议每年举行一次，两条腿走路也很好。

这次论文集《罗学论坛暨第二十四届中国三国演义学术研讨会论文集》很厚，有 601 页，由于论文集编辑较早，后来又有学者提交了论文，大会也都逐一打印成文在会上散发了。研讨会一共收到论文 75 篇，据说是历届研讨会最多的。

（2）"罗学"提出

2017 年 9 月在山西清徐召开罗学论坛暨第二十四届中国《三国演义》学术研讨会，这是第一次把"罗学论坛"置于《三国演义》研讨会之前，以突出"罗学"论坛的地位。"罗学"最早是杜贵晨提出，后由清徐三国演义研究会主办《罗学》，后

来作为中国三国演义学会的会刊出版，2012年以来已经出版了5辑，基本上每年出版一辑。主办方力图扩大"罗学"的影响，但我看来，由于罗贯中资料缺乏，这些说法根据都不十分充分。虽然署名"罗贯中"的古典小说很多，除《三国演义》外，《水浒传》《三遂平妖传》《残唐五代史演义传》等都算在罗贯中名下，另外《隋唐两朝志传》《小秦王词话》《说唐传》据说也和罗贯中有关，但证据似乎也不足。因此"罗学"还很难和"红学"比肩，甚至还比不上"金学（金瓶梅学）"，这也是客观事实。

研讨会论文分四部分：罗贯中研究、《三国演义》研究、三国戏曲研究、三国文化研究和三国历史研究及其他。

（3）本人的两篇论文

由于论文集截止时间较早，当时我新论文尚未写出，就提交了一篇旧文《〈三国演义〉地理错误研究》。后来我又提交一篇《〈三国演义〉版本研究——从三种明刊简本到三种清刊先繁后简本》，由于提交晚，篇幅大，因此我自己印了一批带去在会上散发。写此文是因为我会前看到一些前人没有看到和研究的《三国演义》新版本，主要是《三国演义》简本中的"英雄志传"小系列。

多年前，我曾写一文章，谈《三国演义》中山东地理错误。我曾绘制全套《三国演义》地图，把《三国演义》中和地理有关事件全部画出地图。画出地图过程中发现有些历史事件在地图上是完全错误的，而其中很多地理错误都在山东。对这些地理错误除了说明这些地理错误在何处之外，还应该分析这些地理错误产生的原因。

罗贯中籍贯现在有山东东平说和山西太原说，如果罗贯中是山东人，为何会出现这么多山东地理错误呢？我分析其中原因可能很多。

第一，可能罗贯中不是山东人，而是山西人，因此对山东地理不熟悉，所以出错。

第二，可能罗贯中虽然是山东人，但对山东很多地理不熟悉，因此出错。

第三，《三国演义》描写的很多山东地理事件来自古籍记录，古籍记载就有问题，罗贯中未注意，就沿袭了这些错误。

到底是哪个原因导致了这些山东地理错误，目前因为资料缺乏，很难判断了。

（4）赤壁之战和夷陵之战地点问题

山西清徐研讨会上湖北三峡大学王前程老师提交论文《〈三国演义〉描写赤壁之战战场方位的历史真实性》。

我和王老师是多年老朋友，此文谈赤壁之战的战场。目前一般认为赤壁之战在蒲圻，即今日赤壁市，被称为"武赤壁"。但王老师看法相反，他先详细分析了《三国演义》对赤壁之战的描写，他认为赤壁之战的战场在当时的江夏郡东南，即鄂东，也就是今日黄冈，被称为"文赤壁"。他的主要根据是：赤壁之战前曹操集团已经控制了江夏郡江北大部分地区，刘备集团已经撤退到江夏郡东部长江南岸，而孙权集团已经控制了江夏郡东南诸县。因此赤壁之战发生在江夏郡东南，即今日黄州符合当时的军事态势，符合原始史料记录。而蒲圻说既不符合原始史料，也有悖军事常理。

我对赤壁之战的战场没有仔细研究，但我觉得王老师提出的看法有些问题。主要是赤壁之战前曹操是否进军到江夏郡，这是问题的关键，如曹操确实越过了今武汉，进军到江夏郡（今湖北黄冈赤壁），则赤壁之战发生于黄冈赤壁的可能性很大。但如曹操并未进军到江夏郡，赤壁之战就不可能发生于黄冈。仔细阅读王老师的依据，他从古籍只查到：赤壁之战前曹操命降将文聘率军进军江夏郡，并未提及曹操主力进军到江夏郡；因此赤壁之战发生于黄冈的可能性很小。经过历史学家反复考证，蒲圻赤壁说已经是主流，政府也已把蒲圻改为了赤壁市，要再推翻蒲圻说怕很难了。但对王老师的执着我很佩服。

近年来王老师一直在研究夷陵之战的地理问题，2013年曾在中州古籍出版社出版《夷陵之战研究》。因为夷陵之战的地点猇亭即今宜昌，在长江北岸，因此一般介绍夷陵之战都认为战场也是在长江北岸，现在宜昌的夷陵之战公园也在长江北岸。但王老师仔细阅读史籍和实地考察后，认为刘备出三峡后直到进攻夷陵，一直在长江南岸，因此夷陵之战应该在长江南岸。我对此很有兴趣，我帮他收集了八种历史地图；有些历史地图标在长江北岸，包括《中国大百科全书》、军事科学院主编《中国古代战例选编》等；但也有些标在长江南岸，包括郭沫若主编《中国史稿地图集》、军事博物馆主编《中国战争史地图集》、军事科学院主编《中国军事通史》等。我个人觉得王老师分析得有道理，夷陵虽然在长江北岸，但夷陵之战却应该在长江南岸。因为王老师在三峡大学任教，宜昌在长江北岸，因此王老师虽然认为战场在南岸，但在宜昌还不敢宣传，以免和宜昌作对，对宜昌宣传夷陵之战不利。

（5）其他论文

福建江夏学院胡小梅老师提交论文《建阳刊刻小说插图的批评功能探析——以明刊本〈三国演义〉为个案》。胡老师毕业于福建师范大学，我们以前也认识，她一直研究《三国演义》的插图，此文研究《三国演义》的批评，我对批语没有仔细研究，不好评议。

浙江师范大学刘永良教授提交论文《李卓吾、锺伯敬〈三国演义〉总评比较论》。刘老师我也认识，我退休前曾申请国家社科后期资助出版《〈三国演义〉版本数字化研究》，书稿是匿名评审，他是评审专家之一，虽然书稿没有署名，但他一看数字化就知道是我的书稿，他给了我书稿高分。但后来评审会未通过，他后来开会遇到我告知此事，我很感谢他。这篇文章也是谈《三国演义》评语，因为我没有研究过评语，也不好评议。

研讨会还有多篇有关三国戏曲的文章。

4．2018 年湖北黄石《三国演义》高端论坛随笔

（1）论坛简介

由中国三国演义学会、湖北师范大学文学院联合举办的 2018《三国演义》高端论坛于 2018 年 6 月 29 日至 7 月 1 日在湖北师范大学召开。

会议是由湖北师范大学主办，该校不是在湖北省会武汉，而是在黄石市。这种省属师范大学不在省会的很多，如：山西师范大学不在太原，在临汾；浙江师范大学不在杭州，在金华；江苏师范大学不在南京，在徐州，等等。

会议主办负责人是湖北师范大学文学院院长景遐东，他曾参加我所组织的在日本举行的中国古代小说戏曲文献暨数字化国际研讨会。

会议具体承办人是湖北师范大学的教授石麟，我和他很熟悉，我们多次在各种研讨会上见过，2018 年 6 月我们刚在黄石附近的蕲春一起参加了"顾景星与《红楼梦》研讨会"。他曾送我厚厚五卷本的《石麟文集类编》。我很佩服他的学识，他也曾参加我所组织的在日本举行的中国古代小说研讨会。我对他印象最深的是他为人直爽，他是中国三国演义学会常务理事，在理事会上他发言一向直截了当，态度鲜明，给我印象深刻。这次会上我偶然和他聊天谈及藏书。他藏书数万册，被列入黄石市十大藏书家之一，《黄石日报》曾整版报道他的藏书。他已经退休但又返聘，这次办会具体事务都是他带领他弟子们来办理，包括接送和会后文化考察，很辛苦且周到。他儿子石松在浙江师大任教，也曾去日本参加中国古代小说会。

这次参会我熟悉的朋友有：中国三国演义学会会长关四平、秘书长郑铁生，中国三国演义学会副会长、广州大学纪德君，扬州大学董国炎，河南社科院卫绍生，镇江三国演义学会会长王玉国，杭州三国水浒学会会长王益庸，山西清徐罗贯中研究会范光耀，以及中州古籍出版社副总编马达和编审张弦生，江苏第二师范学院冯保善，许昌学院马宝纪，山西清徐罗贯中研究会康守勤及太原师范学院王增斌等。由于是"高层论坛"，因此人不多，只有 20 人左右。

（2）《三国演义》主要版本比对本

会议议题：
- 如何使《三国演义》研究与传承中国传统文化大战略相结合。
- 对《三国演义》蕴含的传统文化方方面面的新阐释。
- 当代制约《三国演义》研究的瓶颈问题。

在当今环境下如何把《三国演义》研究和现实结合是个很好、很大的议题。前两个议题都是文化议题，我根本没有研究，第三个议题"当代制约《三国演义》研究的瓶颈问题"我倒有话可说。

我多年来一直在做《三国演义》版本研究，但近年热心《三国演义》版本研究的学者很少了，年轻人更少了。我看这有多种原因，制约《三国演义》研究的一个瓶颈还是在版本。《三国演义》版本虽然影印很多，但我自己知道，要根据影印本人工去做版本研究还是有很大困难的。

虽然我多年前就完成了《三国演义》大部分版本数字化，并以光盘提供给学者，对学者研究也有促进作用，但电子版也有不利之处，不如纸本使用方便，要看必须打开计算机，且不易看到全书全貌。而纸本比对本相比电子版，使用方便，对版本差异一览无余。纸本和电子版各有千秋。

我最近完成了五大名著主要版本纸本比对本，其中《三国演义》主要版本纸本比对本收入四种版本：

- "演义"系列：嘉靖元年本；
- "志传"系列繁本：叶逢春本；
- "志传"系列简本：黄正甫本；
- "毛宗岗本"系列：醉耕堂本。

每种比对本又有分栏比对和逐行比对两种方式，读者可先利用分栏比对，一目了然地看出这些版本大致差异。发现问题需要仔细研究，再看逐行逐字比对本。至于各个系列内部诸多版本的研究，因为版本数量太大，而文字差异都很小，要做纸本逐字校对，篇幅和工作量也太大，还是利用电子版进行比对方便。

我在此会上介绍了《三国演义》主要版本纸本比对本，论文题目为《〈三国演义〉主要版本比对本——解决〈三国演义〉版本研究瓶颈的有力工具》，我还带去了两套《三国演义》主要版本比对本。比对本有两种：分栏比对三册和逐行比对三册，每册约700页，总计六册约5000页，很厚。我打印后带去在会议上做了展示。

我的文章和比对本得到一些与会人员的肯定，认为我多年来坚持研究版本精神可嘉。但对这个比对本本身似乎反响不大，看来人们对版本还是兴趣不大。

我曾在《金瓶梅》和《红楼梦》研讨会上分别介绍《金瓶梅》《红楼梦》版本比对本，受到王汝梅、黄霖和胡文彬的肯定。2018年有6次五大名著研讨会，每次研讨会前，我事先把打印本邮寄去，然后在会上介绍这五大名著主要版本比对本，会后还得把这比对本邮寄回来，或邮寄到下一个开会地点（10月连着开三个会）。总之我在尽力宣传古代小说数字化。

（3）中州古籍出版社

这次论坛上我因为要送学者我在编的《中国古代小说数字化随笔》，即本书的初稿，因此先问石麟要来与会名单，最初名单中没有中州古籍出版社，后来我得知中州古籍出版社副总编马达和编审张弦生等3人也要参会，我又多打印3本。

我这几年很多书都是在中州古籍出版社出版，和马达、张弦生都很熟悉，这次相会又可商议我下一步编写计划，十分高兴。会议期间我向他们详细介绍我下一步编写计划。

今明两年我主要集中精力编三本书：

- 《西南联大清华教师生平资料汇编》

因为 2018 年是西南联大在昆明建校 80 周年，11 月 1 日在昆明要开大会纪念，此书是为此会所编，收入西南联大期间 500 多位教师简历、年表和生平地图及大量照片等，工作量极大，目前我正在抓紧编写。

- 《中国近代物理学家传略及研究》

我曾出版《中国近代心理学家传略及研究》一书，此书是近代物理学家传略和研究，2019 年在陕西渭南要开中国物理学史研讨会，会前必须出版，我已经有初稿了。

- 《中国古代小说数字化随笔》

即本书，2018 年暂以香港中国国学出版社名义出版。我从 1999 年开始从事古代小说版本数字化，到 2019 年是 20 周年，届时再补充 2018 年参加的各种研讨会随笔文章后，2020 年再由中州古籍出版社正式出版，已经和出版社签订合同，书名也改为今名《古代小说数字化二十年》。这次研讨会我先打印了一批带去赠送与会学者。

除这三本在编写中的书外，还有四种与古代小说版本有关的图书在编：

- 五大名著主要版本比对本

包括《三国演义》《水浒传》《西游记》《金瓶梅》和《红楼梦》，其中《红楼梦》主要版本比对本我申报了 2018 年国家社科资助项目，我多年前曾申报《三国演义版本数字化研究》社科后期资助，匿名评审分数很高，但最后会议评审未通过（此书最后也未通过评审）。

- 《三国演义》上图下文本插图比对本

收入明代《三国演义》上图下文系列的插图，正文为叶逢春本。

- 《三国演义》文史对照本

已经出版了嘉靖元年本和毛宗岗本，计划再编写叶逢春本。

- 《三国演义》地图对照本

对《三国演义》中所有出现的地名都画出地图，包括事件地图、籍贯地图等，底图采用现代地图。

- 《三国演义》版本数字化研究

我曾出版《红楼梦》版本数字化研究，我本来准备把有关《三国演义》版本研究的文章汇集成册，单独出版。后来决定把这些研究文章收入前述的《古代小说数字化二十年》。

中州古籍出版社马达在会上介绍了目前出版界的新情况，中央目前对出版管控更严了，书号也有所压缩，这对我们来说可不是好消息。马达也介绍了他社和古代小说有关的出版情况，也简单提及我的书。这几年我在他们出版社出版了很多书，得到他们大力支持，我十分感谢！但由于上述情况，我这些图书估计出版的困难增大了。

（4）有关文献论文

这次会议主题是《三国演义》文化，论文自然也是以《三国演义》文化为主，和《三国演义》文献有关的我看只有三篇：

- 《三方君主的"疑""信"与鼎足之势形成的多重矛盾——兼论〈三国演

义）"赤壁之战"发生地》（石麟）

会议上石麟并未谈此文前面的主题，而主要谈副题，即赤壁之战发生地。现在赤壁之战都认为是发生在湖北蒲圻，国家也已经把蒲圻市改为"赤壁市"，我也去过多次了。但仔细阅读《三国演义》有关赤壁之战的描写，其实完全是指黄州（即今黄冈）赤壁，而不是蒲圻赤壁。我也曾写文章论述此事，看法和石麟相同。《三国演义》作者毕竟不是历史地理专家，因此他是根据宋代苏东坡的前后《赤壁赋》和元代的《三国志平话》，把赤壁之战写在了黄冈。为此蒲圻、黄冈两派争论不休，石麟认为黄冈不必去和蒲圻争"三国赤壁"，而是只要说《三国演义》赤壁在黄冈就行了，这完全符合《三国演义》的描写。但我觉得，黄冈人就是要争历史赤壁，而不是小说赤壁，要他们让出历史赤壁，而只说《三国演义》赤壁在黄州，他们肯定是不会同意的。一进入黄冈赤壁公园大门，迎面就是三国赤壁之战地图，当然他们是把赤壁之战画在黄冈，地图上根本没有蒲圻赤壁。

- 《比戏说更严重的是学术研究中的小说家思维——评浦玉生先生的〈湖海散人罗贯中传〉》（王增斌）

我对此文也很有兴趣，可惜论文集未收入全文，据作者说曾发给会议主办人，但不知何故遗漏了。浦玉生我很熟悉，他力主施耐庵的籍贯是江苏兴化，曾出版《草泽英雄梦——施耐庵传》，并收入作家出版社的《中国历史文化名人传》丛书。我对此有质疑，我认为兴化是有个施耐庵，但不是写《水浒传》的施耐庵，换句话说：有两个施耐庵，是杭州施耐庵写了《水浒传》，而不是兴化的施耐庵。学术界对兴化施耐庵也有异议。浦玉生在出版施耐庵传后，又到山西、山东考察，写出罗贯中传，并声称完全是根据历史文献写的"传记"。王先生对此提出质疑，认为其中很多记载根本没有历史文献依据。我认为王先生看法是对的，我对浦玉生的施耐庵传和罗贯中传都无兴趣，很多是民间传说而已。这不是历史传记，而是纪实文学，其中很多是作者的编造。目前很多人有意和无意地把历史传记和纪实文学混淆起来，误导读者，这很不应该，尤其在学术界更不应如此。

- 《三国时期书法概论》（王益庸）

此文谈三国时期的书法，从曹操的《衮雪》到陆机的《平复帖》，以及长沙走马楼汉简，内容十分丰富，并附有大量的图片，很生动。我对书法没有研究。此文全面分析了三国书法，也很有价值。作者王益庸是杭州水浒三国学会会长，也是位年轻的书法家，他主持杭州硬笔书法学会，活动很多，影响很大，可谓年轻有为。

（5）《三国演义》研究目前存在的问题

这次论坛中河南社科院卫绍生尖锐指出目前《三国演义》研究面临的几个问题，包括：发掘起用新人问题、草根和专业学者问题、开辟新研究领域问题、提高研究水平问题、新材料问题等。我也即席发言谈了我的看法，并和日本的三国研究做了对比。我看这些问题确实是《三国演义》研究目前面临的很大的棘手问题，也不是几个学者就可解决的问题。不只是《三国演义》有这些问题，其他四大名著都有类似问题，甚至可以说古代文学研究都有这个问题。

中国三国演义学会既然是全国相关的唯一组织团体，可以考虑针对这些问题开展工作，真正促进这些问题的解决。但根据我的观察，以目前学会领导的水平和组织能力，可做到两年开一次全国大会就不错了，要做到上述问题的解决，目前学会领导即便想做，也是心有余而力不足。

另外据我观察，近年发展很快的地方三国研究机构倒可以做一些工作，他们也确实在草根和专业学者结合方面做出了很多成绩。这次会前，郑铁生和王玉国、王益庸还专门先去了湖北赤壁市，和当地文化部门做了沟通，希望赤壁市建立当地的三国研究机构，赤壁市对此很积极。可以看出，地方三国研究机构确实是真心愿意为提高三国研究而努力，我对他们报以很大期盼。

（6）论坛不足：点评和讨论

这次论坛基本是成功的，但这次会议略有不足的是评议、讨论不够。这是中国大陆目前学术会议的通病。

这次会议参会学者有20余人，每人安排发言10分钟，时间很紧，大部分学者也基本遵守这个规定。但说实话，10分钟要说清楚问题还是不易。

时间短还不是大问题，大问题是研讨会基本没有点评和讨论，对此我很有看法。研讨会只一天，上午是彻底没有任何点评和讨论，主持人只是点名发言而已。下午由石麟主持有所改观，他对发言人有所点评，但似乎讨论仍不足。我在一些人发言后举手谈了我的一些看法。

我看导致出现这种情况的原因是：

第一，主持人本身水平有限，不好点评。

第二，发言者没有太多新意，大家对发言也没有什么话可说。

第三，中国研讨会多如此，大家也习惯于研讨会发言就完了，没有点评和讨论也都习惯了。

总之，我觉得点评和讨论不足是中国目前研讨会的通病，几乎是每次研讨会都如此。有的会点评还稍好。

我参加中国以外很多研讨会，尤其是日本的研讨会。他们一般发言时间都在30分钟到45分钟。主办方会事先安排点评人，把论文事先发给点评人，这样点评人事先有所准备。我参加2017年大理《金瓶梅》研讨会曾被主办方定为几篇论文的点评人。我当然就得事先仔细阅读，谈自己的看法。但这样事先就决定并通知点评人的研讨会在中国还不多。

只要我来主办研讨会，一定要大力提倡点评和讨论。

一次我在北京主办中国古代小说文献暨数字化国际研讨会，我特地邀请沈伯俊先生做主持和点评。在我看来沈先生是最好的点评人，他对每位发言的点评都很中肯，既有肯定，也有建议。除沈先生外，我看陈文新、傅承洲、曹立波的点评也是十分精彩的。

点评人除点评外，还要引导大家去讨论，只有充分讨论才会把问题引向深入。这对主持人（点评人）也有很高要求，有时提出问题，比讨论问题更难，更能展示主持人的水平。

我看中国目前研讨会之所以点评讨论不足，其中一个重要原因是现在的年轻学者，和老学者相比，知识面太窄，深度不足，对自己研究领域很熟悉，但对其他领域就了解不足，因此无法点评，也无法讨论，这恐怕是目前中国研讨会点评和讨论不足的根本原因吧。

总之，我希望今后中国的研讨会在点评和讨论上要逐步提高，当然这首先是主办方要考虑的事情，主办研讨会就要注意研讨会的水平，而不是给每人发言 10 分钟就作罢。希望我今后参加的研讨会在点评和讨论上有所改进吧！

（7）三个研讨会

这次会议另外一大收获是确定了三个研讨会的时间地点。

第一个会议是我主办的 2019 年的中国古代小说戏曲文献暨数字化国际研讨会。这个研讨会是一年在中国大陆，一年在中国大陆以外。2018 年在马来西亚、德国和奥地利，2019 年本来确定在广州，由广州大学纪德君主办，我也和他几次沟通过，没有问题，不料这次到黄石后，湖北师大文学院景遐东院长提出，2019 年小说会可否到黄石来开。原来 2019 年他们申报了国际会议，并有经费，不用就作废，而且会影响以后再申请经费。现在各大学开会经费都很充足。要改变会议地点我首先要征求日本学者的意见，因为从 2001 年举办第一届以来，这个国际研讨会之所以坚持下来，主要靠日本学者的大力支持。我马上邮件和日本中川谕先生联系。他开始觉得广州有日本航班直达，方便，而黄石要中转麻烦。我又告诉他：黄石附近有黄冈东坡赤壁、西塞山等名胜，在此开会可参观这些古迹，这次不来此开会，以后再参观这些古迹很难了。至于交通问题，我和景院长商议，他同意派车到武汉天河机场接日本学者，路程两小时，我可以先到黄石，然后随车去机场接日本学者。这样中川谕也就同意 2019 年在黄石开会，我也告知了景院长。至于时间，日本学者还是希望在 8 月，可 8 月湖北很热，但没有办法，好在黄石比武汉温度略低一些。至于会议的具体安排，以后我会再和湖北师大老师们仔细商议的。既然是我主办，要求一定要高，尤其是学术方面，要克服这次会议的一些缺陷。我请景院长在 2018 年 8 月德国小说会结束时，介绍 2019 年 8 月在黄石举办下一届小说会，争取欧洲学者们也来参会。

日本学者中川谕先生刚好 2018 年 7 月 24—26 日来上海图书馆看《三国演义》美玉堂四刻本，因为 8 月中川先生去德国参加小说会后，要再去德国魏玛看美玉堂二刻本，为此他要先仔细记录上海的四刻本，以便比较。我届时也再去上海会见中川先生，可商议 2018 年马来西亚、德国和奥地利小说会，和 2019 年黄石小说会，以及其他事情。

第二个会议是 2019 年的中国三国演义学会年会，即《三国演义》全国大会。上一次大会是 2017 年在山西清徐举行，三国演义学会确定全国大会两年一次，因此 2019 年要再举办一次。这次广州大学文学院院长纪德君也到会，表示他们愿意主办这次大会，时间基本确定在 11 月，那时广州气候较好。

纪德君还提出要恢复出版《三国演义学刊》，这是个好主意。《三国演义学刊》第一辑出版于 1985 年，1986 年出版第二辑，后来就停刊了，2004 年由沈伯俊主编又出版了一辑，后来就再次停刊了。目前由清徐罗贯中研究会从 2012 年开始每年出版一辑《罗学》，即罗贯中研究，包括《三国演义》《水浒传》等。《罗学》从 2018 年第六辑开始定为中国三国演义学会会刊，如果广州也出版《三国演义学刊》，可进一步促进《三国演义》研究。希望纪德君把此事做成，并坚持下去！

第三个会议是 2018 年在杭州举办的首届四大名著与杭州暨全国市县三国研究机构第五届学术会议，这在 2017 年清徐会议上就决定了，时间原来初步定在 9 月下旬。我建议他们利用周六周日，因为 9 月学校开学了，周六周日老师出来开会方便。组织者接受我的建议，决定 9 月 21 日周五报到，22、23 日周六周日开会。我问组织者王益庸，我还是去介绍四大名著的主要版本比对本是否合适？他表示很欢迎，这样我要提前把这四部八本比对本邮寄到杭州，会后再邮寄回来。

（8）中国三国演义学会增补副会长、副秘书长

黄石会议期间还举行了中国三国演义学会常务理事扩大会议，决定了几项人事任命。
- 任命郑铁生为常务副会长。

中国三国演义学会常务副会长沈伯俊先生在 4 月 18 日突然去世，大家对他的逝世表示哀悼。在 2015 年镇江三国演义年会期间免去了沈先生的秘书长，但没有免去他的常务副会长。现在沈先生去世了，需要任命一位常务副会长，因为郑铁生是现任秘书长，接任常务副会长是合理的。
- 增补石麟为中国三国演义学会副会长。

中国三国演义学会的惯例是每省一个副会长，湖北省的中国三国演义学会副会长原来是湖北大学杨建文，他因为年纪大，已经辞去副会长。我记得在上次舒城理事会上曾提议由石麟接替杨建文，但被他婉拒了。这次再次提议他出任副会长，他也没有再推辞。他多年参加了历次三国演义年会，对三国演义学会发展积极提出建议，做出了贡献，他任副会长肯定对三国演义学会发展是有利的。
- 推选安徽舒城李卫生为副秘书长。

李卫生是舒城三国演义学会会长，曾主办 2015 年三国演义年会，就是在这次年会上，关四平代替刘世德任会长。李卫生办事很认真，当副秘书长可促进地方三国演义学会的积极性，是好事。

2015 年中国三国演义学会更换新领导后，新领导很团结，局面有所改观，2017 年主办了清徐研讨会。希望中国三国演义学会今后在三国演义研究方面再发挥促进作用。

（9）黄石西塞山

下面简介黄石附近的名胜古迹，主要是因为 2019 年小说会改在黄石举行，日本和中国大陆以外学者要来参加，我事先要了解黄石附近的名胜古迹，以便计划 2019 年小说会后的游览。

去黄石开会前我就查黄石附近有三个古迹：西塞山、东方山和磁湖。这次由于时间短，只去了西塞山和磁湖。

黄石市在长江南岸，长江在黄石是自北向南流，经过黄石后又转向东流，过西塞山后又折向东南。因此西塞山在黄石东面、长江南岸，长江在此转了几个弯，西塞山的地理位置十分重要，西塞山长江对岸就是散花洲，据说当年周瑜得胜后曾在此散花，因此得名。

西塞山因为扼守长江咽喉，是历代兵家必争之地。历史上在此有战事一百多次。其中三国时期孙策攻黄祖，在西塞山激战获胜。孙策死后，孙权也三次征伐黄祖，使得西塞山狼烟不断。晋灭吴时，晋将军王浚从四川浮江东下，吴人曾在此设置"铁锁横江"重点把守。两军激战于西塞山后，吴军败，晋军继续东下建业，孙皓投降，三国分立局面终结。

关于西塞山美景，苏轼曾有词写道："西塞山边白鹭飞，散花洲外片帆微。"陆游亦有诗句："戏招西塞山前月，来听东林寺里钟。"刘禹锡也有《西塞山怀古》："王浚楼船下益州，金陵王气黯然收。千寻铁锁沉江底，一片降幡出石头。人世几回伤往事，山形依旧枕寒流。今逢四海为家日，故垒萧萧芦荻秋。"

和西塞山有关最有名的是唐代张志和的《渔歌子》："西塞山前白鹭飞，桃花流水鳜鱼肥。青箬笠，绿蓑衣，斜风细雨不须归。"但张志和所说的西塞山到底位于湖北省黄石市西塞山，还是浙江省湖州市西面西塞山，存在很大争议。张志和确实两地都去过，但黄石没有"白鹭"和"鳜鱼"，因此目前一般倾向所写的是浙江湖州西塞山。但黄石西塞山上仍把张志和此词刊刻在石碑上宣传。这种名胜古迹之争很多，文武赤壁之争也是如此。

西塞山主要景点有：北望亭是仿古建筑，位于西塞山北峰山巅，此处登高远望，一览无余，可俯视江涛奔腾东去，江北散花洲和策湖碧绿万顷。该亭建于1998年。西塞山山顶还有炮台，放置了几门古炮。桃花古洞在西塞山北侧临江的陡壁间，传说是唐代诗人张志和隐居钓鱼时休息或避雨躲风的地方。1985年，去古洞必经之险道"一线峡"被拓宽，并安装了铁链护栏，洞下是古钓鱼台，我去时还有人在钓鱼。其他景点还有：摩崖石刻、西塞山铁桩、龙窟寺、道士赋、古钱窖等。

游览西塞山后，我又去市内磁湖游览，磁湖原名张家湖，因为附近张姓居多，后改名磁湖。此湖面积很大，据说比杭州西湖还大，水面曲折纵横，三面环山，风景优美，据说苏轼谪居黄州时曾在此与弟苏辙唱和。

我本想再去东方山看看，东方山上有弘化寺等古迹风景。但此山在黄石西面，和西塞山路线相反，会议组织会后去黄冈东坡赤壁游览，我要去东方山就得自己去，虽然东坡赤壁我去过多次，但考虑再三，还是随多数学者去了东坡赤壁，而没有去东方山，以后再去吧。

（10）黄冈东坡赤壁

这次开会是在黄石市，而著名景点东坡赤壁是在黄冈市，一般人很容易把两市搞混，其实两地虽然相距不远，但黄冈在西，黄石在东，黄冈在长江北岸，黄石在长江南岸。黄石市对面是鄂州市，两市只隔一长江，有桥相连。我曾多次去黄冈和鄂州，这次是故地重游。

我 6 月刚去蕲春参加顾景星与《红楼梦》研讨会，蕲春县属于黄冈市，都在长江北岸。但实际蕲春距长江南岸的黄石，比同在长江北岸的黄冈更近，但行政区划是以长江为界，因此蕲春县属于黄冈市，而不属于黄石市。

东坡赤壁大家都很熟悉了，苏轼在此写下名篇《念奴娇·赤壁怀古》《前赤壁赋》《后赤壁赋》，苏轼认为此地就是三国赤壁之战的古战场，因此一般也称为"文赤壁"，而蒲圻赤壁则称为"武赤壁"。苏轼在黄州时，赤壁矶面临长江，现在长江向南改道，导致现在东坡赤壁离长江很远了。之所以称为"赤壁"，是因为赤壁矶有岩石突出像城壁一般，颜色呈赭红色，所以称之为赤壁。

三国赤壁之战到底在何处，据说有 10 个地点之争。最主要的是三个。

一个是黄冈赤壁，即东坡赤壁，文赤壁。一个是蒲圻赤壁，即武赤壁，现在经国务院正式批准改蒲圻市为赤壁市，也就是承认蒲圻赤壁为三国赤壁之战地。还有一个嘉鱼赤壁，在武汉和蒲圻之前，是郦道元《水经注》标记的赤壁。这三个赤壁我都去参观过。虽然政府承认蒲圻赤壁为赤壁之战所在地，但黄冈仍坚持认为赤壁之战发生于此地。

在赤壁公园我又一次去拜访了王琳祥先生。我们是 2003 年武汉《三国演义》研讨会上认识的，他是东坡赤壁管理处副研究馆员，当然坚持武赤壁说。他为人热情，曾送我一本《赤壁战地考》，我们一见如故，成为好友，我后来几次参观东坡赤壁都要去看望他。这次去又再次相会，十分高兴，本来是周日，我以为他不上班，哪知去他办公室一看，满屋堆满了书，他还在编书不止，并送我几本他刚出版的有关黄州赤壁和东坡赤壁的书。我很钦佩他的刻苦研究精神，无论赤壁在何处不重要，重要的是对学术的认真和执着，我要向他学习。可惜我们是集体行动，有时间限制，无法畅谈，十分遗憾。下次开古代小说会领日本学者参观东坡赤壁，我要请他来讲解，一定十分精彩。

黄冈对岸是鄂州，孙权早期曾在此定都，后迁都建业（今南京），近年在鄂州西山上复建了吴王宫，我曾去游览过，虽然是现代建筑，但气势宏伟，也值得一看。我建议参观完东坡赤壁，开车路过吴王宫看看外貌即可。但会议组织者因为有学者下午要赶火车，怕误点，没有去。实际我们赶到黄石北站后，时间还很富裕，完全可以路过吴王宫的。2019 年小说会时间安排充裕一些，看了东坡赤壁，再看吴王宫吧。

前面提及，赤壁之战有文武赤壁和嘉鱼赤壁等赤壁之争，三个赤壁我都去过，我知道日本学者对三国都十分有兴趣，中川先生专门研究《三国演义》版本，对三国景点兴趣更大，2019 年黄石古代小说会肯定要来东坡赤壁游览，争取再去蒲圻赤壁一游，这样文武赤壁都看到了，一劳永逸。我查地图，如从黄冈赤壁到蒲圻赤壁，开车要 3 小时，再从赤壁市到武汉天河机场要两个半小时，8 月武汉天气很热，怕日本学者吃不消，再和日本学者商议吧。

近来中国大陆开会严禁参观游览，连文化考察也不许，这是因为以前出现以开会名义游山玩水的现象。这种规定本无可厚非，也是合理的。但我看来也有因噎废食之嫌。本来开会期间去参观游览一些名胜古迹，增加一些感性了解，绝对是好事。如在黄石开小说会，去参观西塞山、东坡赤壁，对了解三国历史、《三国演义》都有很大好处。现在不许任何参观游览我觉得不太合适。而实际会议组织者往往还是会组织有关的参观游览,只是不写入会议议程而已,这就是上有政策,下有对策吧,是无奈之举。

(四)《水浒传》研讨会随笔

2006年以来我参加《水浒传》研讨会12次,主要集中在山东和江苏、浙江、湖北:
- 2006年山东东平(东平第一次)、泰安(泰安第一次)研讨会;
- 2009年浙江杭州研讨会(杭州第一次);
- 2010年山东梁山研讨会;
- 2011年山东东平研讨会(东平第二次);
- 2013年山东菏泽研讨会;
- 2014年山东济宁研讨会;
- 2014年浙江杭州、富阳研讨会(杭州第二次);
- 2015年山东泰安(泰安第二次)、东平研讨会(东平第三次);
- 2016年江苏盐城研讨会;
- 2017年山东泰安研讨会(泰安第三次);
- 2018年山东临沂研讨会;
- 2018年浙江杭州四大名著研讨会(杭州第三次)。

其中2016年盐城、2017年泰安、2018年临沂、2018年武汉四次研讨会我写了四篇随笔如下。

1. 2016年盐城《水浒传》研讨会随笔

（1）《水浒》研讨会

这些年来我曾多次参加各种《水浒》研讨会，其中有8次是在山东举办，有4次是在浙江、江苏举办。

2009年10月，中国水浒学会2009年年会暨杭州与《水浒》研讨会在浙江杭州举办，由中国水浒学会和浙江水浒学会联合主办。

2014年11月，第二届杭州与水浒学术研讨会暨中国水浒文化富阳高峰论坛在浙江富阳举行，由中国水浒学会、杭州市人民政府主办，杭州市社科联、富阳市人民政府、杭州三国水浒文化研究会、富春江名人名胜研究会承办。

2016年10月，首届盐城与水浒暨中国水浒文化大丰高层论坛在江苏盐城举行，由中国水浒学会、盐城市水浒学会主办，盐城市水浒文化博物馆、大丰区施耐庵研究会、施耐庵纪念馆承办，江苏大丰海港控股集团协办。

2018年9月，首届四大名著与杭州论坛暨全国市县三国研究机构第五届学术会议在浙江杭州举行，由杭州三国研究机构主办。

我在这几次会上都发表了与《水浒传》版本演化和数字化有关的文章。

（2）《水浒传》作者施耐庵的籍贯问题

在这些研讨会上，最热门的话题自然是《水浒传》作者施耐庵的籍贯问题。

《水浒传》题署本来是"钱塘施耐庵"，也就是说，施耐庵是杭州人。《水浒传》征方腊中对杭州的描写，经一些学者考证，非常准确，这也成为施耐庵是杭州人的证据。

但近年来经过很多学者文章的宣传，又认为施耐庵是江苏兴化人。我对此问题一直很关心，我对此结论一直也有很大怀疑。兴化确实是有个施彦端，但此人是否是施耐庵？此施耐庵是否就是写《水浒传》的作者，我觉得大家的讨论都集中在兴化是否有个施耐庵问题上，如辩论施耐庵是否中进士等，这是完全搞错了方向。在一次研讨会上，石昌渝先生对兴化说提出质疑时，主张兴化说的浦玉生马上说道：我们知道施耐庵住所的门牌号，你们能说出杭州施耐庵住所的门牌号吗？这样的推理令人啼笑皆非。以为只要论证兴化确实曾有过一个"施耐庵"，就肯定这个"施耐庵"就是写了《水浒传》的施耐庵吗？他们显然忽视了兴化施耐庵是否写了《水浒传》这个关键问题。

从目前来看，兴化施耐庵与《水浒传》的证据，主要是当地的各种传说。这些传说是否可靠，是有疑问的。

从目前披露的文献来看，证明兴化施耐庵写了《水浒传》的最准确的文献资料是明代王道生所写的《施耐庵墓志》。先不论此墓志是否真实，只分析其中所说的施耐庵写了五种小说，实际这五种小说都有问题。
- 《志余》。

此书从未听说过。
- 《三国演义》。

其一，署名是罗贯中所作，和施耐庵无关。其二，明代《三国演义》的书名是嘉靖元年本的《三国志通俗演义》，周曰校本的《三国志传通俗演义》，以及"志传"系列中叶逢春本的《三国志史传通俗演义》和各种《三国志传》，清代毛宗岗本书名也是《三国志演义》。只有夷白堂本和部分毛宗岗本，以及个别清人笔记中曾用过《三国演义》书名。真正广泛使用《三国演义》作书名，是在20世纪50年代以后。
- 《隋唐志传》和《三遂平妖传》。

这两本书的署名也是罗贯中，和施耐庵毫无关系。
- 《江湖豪客传》（即《水浒传》）。

此书名也很奇怪，《水浒传》早期版本的书名是《京本忠义传》或《忠义水浒》，从未有过《江湖豪客传》的书名。

因此，从这些书名来看，王道生把这些著作归于施耐庵名下，非常可能是道听途说。这和兴化当地有关施耐庵的各种传说非常相似，很可能是误传。实际连接兴化施耐庵和《水浒传》关系的王道生题写的墓志，只是一个脆弱的独木桥而已，其根据完全不可靠。这是兴化施耐庵无法解开的死结。

我认为《水浒传》出版后署名作者为钱塘施耐庵，即杭州施耐庵。而兴化当地也确实后来出现了一位施耐庵，因此兴化人就误以为写《水浒传》的杭州施耐庵，就是兴化施耐庵，王道生也把这些有关兴化施耐庵的传说，写入了所谓的施耐庵墓志。

因此，很多证明兴化施耐庵写了《水浒传》的证据，仔细分析都有问题。

所以，我觉得不排除有两个施耐庵，一个钱塘施耐庵写了《水浒传》，而兴化施耐庵并没有写《水浒传》，当地的各种有关兴化施耐庵写了《水浒传》的传说和文献，都是误传和误记。

但我觉得这个问题可能也会和《水浒传》版本一样，很难被学术界广泛承认。虽然目前兴化施耐庵似乎被社会承认了，兴化还设立了施耐庵长篇小说奖，浦玉生编写的《草泽英雄梦——施耐庵传》也收入作家出版社出版的第一批《中国历史文化名人传》丛书，其实这只是证明兴化有个施耐庵，但证明此人写了《水浒传》的资料基本是传说，可靠的文献资料很少。据我所了解，对施耐庵的籍贯问题，似乎只是在社会上、作家圈子里，承认兴化施耐庵的居多。而在古典小说专家中，对此态度到底如何，我曾问过不止一位当代著名的古代小说研究专家，他们都对兴化施耐庵是持怀疑态度的，但他们都不愿意写文章出来参加辩论。

我没有仔细统计目前各种中国古代文学史对施耐庵籍贯是如何描述的，在我看来，钱塘说和兴化说，是可以并存的，这才是比较客观的记述。

2. 2017 年泰安《水浒传》研讨会随笔

2017 年 11 月"天下水浒——泰山与水浒文化学术研讨会"在山东泰安举行,山东省水浒研究会、泰山学院文学与传媒学院主办。

研讨会上和版本有关的文章只有聊城大学文学院颜廷亮所写的《朱贵、朱富长幼之序与〈水浒传〉繁简两本的关系》。

此文指出《水浒传》简本称朱富为兄,朱贵为弟,是合理的。首先,朱氏兄弟名字明显来自"富贵"一词,"富"在前,"贵"在后,因此朱富为兄,朱贵为弟。其次,书中描述朱富有家室妻儿,而朱贵还是单身,因此也是朱富为兄,朱贵为弟的。繁本却称朱贵为兄,朱富为弟,应该是错误的。因此文章认为:合理的简本在前,而不合理的繁本改错了。

我当场指出:其实反过来更合理,即繁本在前,不合理。简本在后,发现繁本不合理,因此改正了。

古代小说版本中经常出现错误,但不能根据对错来判断版本先后。一般是错误在前,改错在后,但也不排除原本是对的,后来改错了。因此必须仔细具体分析。

3. 2018 年首届四大名著与杭州论坛随笔

(1) 首届四大名著与杭州论坛暨全国市县三国研究机构第五届学术会议

首届四大名著与杭州论坛暨全国市县三国研究机构第五届学术会议于 2018 年 9 月 21—23 日在杭州举行。

这会议有两个名称:

第一个名称"首届四大名著与杭州论坛",是因为王益庸曾举办过两次《水浒传》与杭州研讨会,即 2009 年杭州与《水浒传》研讨会(浙江杭州)和 2014 年第二届杭州与《水浒传》学术研讨会(浙江富阳)。这次扩大到四大名著,因此命名为"首届四大名著与杭州论坛"。

这次研讨会还有一个名称"全国市县三国研究机构第五届学术会议"。"全国市县级三国文化研究机构"是 2014 年 10 月 25 日在江苏镇江召开会议组建的,9 个市县级三国文化研究机构和负责人及他们主办的全国市县级三国文化研究机构学术研讨会时间如下:

- 江苏镇江:王玉国,2014 年主办全国会议;
- 河南许昌:王海升,2015 年主办全国会议;

- 四川绵阳：李德书，2016 年主办全国会议；
- 山西清徐：范光耀，2017 年主办全国会议，同时举办第二十四届中国《三国演义》研讨会；
- 浙江杭州：王益庸，2018 年主办全国会议；
- 浙江建德：洪淳生，2019 年主办全国会议；
- 安徽舒城：李卫生；
- 山东东平：郭云策；
- 浙江富阳：曹觉民。

全国市县级三国文化研究机构组织机构很特别，不设常任的主席，而是各地机构轮流担任主席，主持全国学术会议，顺序就按照上述顺序。我觉得这是一种很好的组织形式。

在已经举行的 6 次全国市县三国研究机构学术会议中，由于各种原因，我没有参加前三次研讨会，只参加过第四届山西清徐和第五届杭州研讨会。

这次会议组织者是王益庸，他在富阳和杭州曾举办过几次《水浒传》研讨会，我都曾参加过。王益庸活动、组织能力很强，他组建了杭州市三国水浒学会，多次办会，很有经验。这次又从《三国》《水浒》扩展到四大名著，增加《西游》和《红楼》，范围更扩大，也很好。

王益庸办会有个特点，每次研讨会前都正式出版研讨会论文集，一般研讨会很难做到，十分不易。这次研讨会举行时论文集《首届四大名著与杭州论坛暨全国市县三国研究机构第五届学术会议论文集》也同时由中国文联出版社正式出版，每位参会者都可以收到这本论文集，32 开本 634 页，排版很严谨，印刷很精良，由此可看出王益庸办会的严谨。论文集收入 50 篇论文。最后详细列出全国市县三国研究机构 2014 年以来 5 届学术会议的资料，由此也看出王益庸办事的仔细。

（2）论文简介

论文集分为七部分：①三国总论，②吴论，③魏论，④蜀论，⑤三国散论，⑥水浒散论，⑦红楼散论。分类结构很严谨，由此可以看出编者的仔细用心。

我拿到论文集十分意外的是，编者把我的文章《四大名著主要版本数字化比对本丛书》列为第一篇，并列在上述七部分之外，这样似乎把我的文章过于突出了，我很惶恐。可能是这次研讨会名称为"四大名著与杭州"，而我的文章是全部论文中唯一的一篇同时介绍四大名著的文章，和研讨会主题十分符合。我的文章图表很多，很多论文集排版都会出错，而这次王益庸主编的论文集排版基本没有出错误，可见他们编书排版很有经验。

研讨会不止把我的论文列为论文集第一篇，还安排我在大会第一天下午做"主旨演讲"，对大会如此重视我的研究我很感谢。

2018 年我参加的多次小说研讨会发言都是介绍五大名著（四大名著加《金瓶梅》）的主要版本比对本，包括分栏和逐行比对两种，合计 20 多本。这次杭州研讨会我也事先把四大名著比对本运到杭州会场展示。研讨会后我要去山东参加"罗学"与沂蒙传统文化研讨会和南京中国古代小说研讨会，要把《三国演义》《水浒传》运到山东，把《西游记》《红楼梦》运到南京，会议主办单位西溪公园管理处免费替我快递运出，我很感谢。

会议在杭州西溪公园举行，上午会议安排在西溪旁，没有投影机。会议特地安排我下午在一个有投影机的阶梯会场介绍四大名著的比对本，我对主办方的细致安排很感谢。2018年我完成了五大名著主要版本比对本，此会主题是"四大名著与杭州"，因此我也只介绍四大名著的主要版本比对本。

此外，会议上北京现代文学馆于润琦发表文章《与蒙古王府本〈石头记〉相关的北京车郡王府探秘》。于先生也是我的老朋友了，他是北京民俗研究专家，这篇文章虽然短小，但他做的PPT演示图片很多，介绍北京车郡王府，并和《石头记》比较，我看比我介绍《三国演义》版本更吸引人。

另外，西华大学人文学院中文系副教授曾晓娟发表论文《以水浒诗词论〈水浒传〉容与堂本与袁无涯本之关系》，此文曾在2018年8月的德国第十七届中国古代小说戏曲文献暨数字化国际研讨会上介绍过。

4. 2018年临沂"罗学"研讨会随笔

（1）山东临沂"罗学"与沂蒙传统文化国际学术研讨会

"罗学"与沂蒙传统文化国际学术研讨会于2018年10月19—21日在山东临沂举行。

这些年我去山东开《水浒传》会很多，初步统计：东平3次，泰安2次，梁山、菏泽、济宁各1次。这一方面是因为《水浒传》故事主要在山东，另一方面山东水浒学会活动多，会长杜贵晨是我老朋友，有会就通知我，我也是有会就去参加。

这次临沂研讨会不是单纯的水浒会，而是"罗学"会。一般人不知"罗学"为何物，这个名称是杜贵晨创造出来的。因为根据文献记录，罗贯中除写了《三国演义》外，还参与编写了《水浒传》，此外《三遂平妖传》等据说也是他写的。一个作家写这么多小说，就可以单独作为一门学问来研究，如海外研究莎士比亚称为"莎学"，国内研究曹雪芹称为"曹学"，因此杜贵晨就提出"罗学"这个名称。社会科学文献出版社还每年出版一辑《罗学》刊物。因此这次临沂会就不单是《水浒传》研讨会，而为"罗学"研讨会，凡和罗贯中有关的都可研究。

我在研讨会上介绍《三国演义》《水浒传》比对本，被列为大会六个主旨报告第三个，说明大会还比较重视我做的比对本。

（2）温庆新《水浒传》作者研究

这次研讨会上几乎没有关于版本的研究文章，我最看重温庆新的文章《文献传播学视野下的〈水浒〉作者研究》(《中国文化研究》2018年第2期,第123—132页)。

作者温庆新,1987年生,福建泉州人,2008年毕业于贵州大学汉语言文学专业,2014年毕业于华中师范大学获文学博士学位,曾供职于湖南师范大学文学院,2017年6月调入扬州大学文学院文化传承与创新研究院专任科研人员,任副研究员、硕士生导师,主要研究方向为小说史及小说文献、近现代学术史、明清目录学史。

我和温庆新很熟悉,多次在各种研讨会上会面。此文论述的是目前《水浒传》研究中的一个热点问题——作者问题。文章主要研究《水浒传》作者是谁和施耐庵的籍贯这两个问题。

关于第一个问题:《水浒传》作者问题,目前学术界基本有三种说法,一说是施耐庵著,一说是罗贯中著,一说是施、罗合著。

此文首先分析明代文献资料对《水浒传》作者的记录。

> 作为《水浒传》流传早期的重要文献,明代的《水浒传》版本题署、目录学著述、相关族谱与家谱(含墓志铭)、明人札记等文献提及**《水浒传》作者时,或作施耐庵,或作罗贯中,或署施、罗二氏,众说纷纭**。为行文方便,现将相关说法的代表性意见,列表如下(省略——引者注)。表中所列第1条至第9条(合计9条——引者注),认为《水浒传》作者是施耐庵、罗贯中二人;第10条至15条(合计6条——引者注),认为是罗贯中;第16条至19条(合计4条——引者注),认为是施耐庵。

其次,再分析《水浒传》作者诸说的文献载体、信息来源与传播方式。

> 从文献传播的载体形式看,上述三种说法的文献载体含《水浒传》版本题署、目录学著述、明人札记的一种或多种的支撑,难以骤断。可见,**明人札记有关记载的信息来源普遍是"二手"转引**。
>
> 可以说,上述文献载体往往存在互抄甚至随意发挥的情形。前文已述及明人札记有关记载的信息来源普遍是"二手"转引,明代目录学著述亦存在类似情况。这一方面说明明末清初有关《水浒传》作者之说及作者信息,是混乱的乃至相矛盾的;另一方面再次证明时人所言或为罗贯中作或为施耐庵作,多系文献记录者的主观推断,并无多少可靠的文献依据,诸说往往是据此抄彼,互相传袭。
>
> 究其缘由,在于《水浒传》是一部源于民间的"世代累积型"小说,与作品相关的文献资料历来不受重视;即使是在《水浒传》流传的早期,时人已无法弄清作者、作品等信息,甚至对《水浒传》作者的写作行为颇为鄙薄。
>
> 从现存的文献看,对《水浒传》作者的姓名、籍贯、字号及生活年代等的研究,并无彻底解决的可能。近今学界或基于文化旅游的开发,或整理乡邦文献而热衷于此类争论,实在无必要。在现有文献不足的情况下,学界应停止争论《水浒传》作者是施耐庵还是罗贯中,更应停止争论《水浒传》作者施耐庵

是钱塘人还是兴化人(或是其他地区的人)。因为此类研究仅是提供一种不可被证明真伪的"可能",而事实的存在情形却只有一种状态——是与否。"可能"不是"事实",何况还有相反的"可能";除非持此观点的学者能够提供有效的证据或可被证伪的判断,否则在"可能"性上绕圈子,无助于问题的解决。

应该说,将《水浒传》作者或单独归于施耐庵,或单独归于罗贯中,都将有失偏颇。

作者的结论是:《水浒传》作者的三种说法都是二手材料,都不可靠。目前作者到底是谁没有可靠的结论。

对于第二个问题:施耐庵籍贯问题,作者对《施耐庵墓志》《故处士施公墓志铭》《施氏长门谱》等发表了几点意见。

该如何看待王道生《施耐庵墓志》、杨新《故处士施公墓志铭》等文献仅言及《水浒传》作者为施耐庵?对此,学界历来争论不止。有关《施耐庵墓志》的最大问题在于,《墓志》中仅提及的是《江湖豪客传》而非《水浒传》,那么所言《江湖豪客传》是否即是《水浒传》?有学者据此认为《江湖豪客传》系《水浒传》"原名"。然现存的文献资料中,并未发现将《江湖豪客传》与《水浒传》相系的直接或间接(乃至否定的)证据,恐难以服众。即如王道生《施耐庵墓志》为真,"讳子安,字耐庵"的施耐庵也确有其人,但此施耐庵与写作《水浒传》的施耐庵是否是同一人?关于此点,学界争论颇甚。而杨新《故处士施公墓志铭》所言,亦疑窦重重。

明代兴化施氏家族中确有一人叫施耐庵。然而,《施氏长门谱》等所载施彦端及相关记录、传说,并不能十分肯定写作《水浒传》的施耐庵与施彦端是同一人。

1958年出土的施耐庵儿子施让墓"地照"砖,及1978年、1982年初在兴化县、大丰县等地相继发现了《施氏长门谱》《处士施公廷墓志铭》等资料,证明《施氏家簿谱》所载杨新《故处士施公墓志铭》所言可信。明代兴化施氏家族中确有一人叫施耐庵。然而,《施氏长门谱》等所载施彦端及相关记录、传说,并不能十分肯定写作《水浒传》的施耐庵与施彦端是同一人。《施氏长门谱》所载"字耐庵"三字,是旁批小字,有后加嫌疑,多为学者所怀疑。……晚辈(即卑)称呼长辈时可称字但不可称名。可见,即如《施氏长门谱》所加"字耐庵"三字可信,但旁加之举则有违礼制。而"彦"有才学、德行之义,"端"有正之义;"耐"有承受、忍受之义,"庵"有草屋之义。施彦端表字耐庵,其名与字有怎样的关联?此为学界至今又一不解之处。

据此,将《施氏家簿谱》所载施彦端与《水浒传》作者施耐庵相系者,是清代咸丰年间以后,年代已相当靠后,亦不知所加之语的依据,故而相关文献的价值尚须慎重甄辨!20世纪中叶以来,学者多次赴兴化、大丰乃至苏州的施耐庵故居调查时获得的施耐庵生平、"家谱"文献及"故老传说"等材料,只能证明施家在兴化的流传久远及影响巨大，却不能因此证明施耐庵是《水浒传》的唯一作者从而否定罗贯中的著作权；这些传说亦不能说明《施氏长门谱》等所载施彦端与《水浒传》写作者施耐庵有直接的可靠的关联。据此，将《水浒传》作者独归于施耐庵的现存文献，大多缺乏有效勾连文献载体所提的施耐庵与写作《水浒传》的施耐庵二者是同一人的证据链（独归于罗贯中者亦如此），引发争论也就在所难免。因而，王齐洲指出施耐庵是"《水浒传》成书定型过程中的重要编纂者而非唯一的写作者""《水浒传》永远是人民大众的文化创造，是集体智慧的结晶"，甚是。

　　当然，从家谱、族谱、墓志铭、方志等"乡邦文献"中，进一步挖掘兴化施耐庵（彦端）的生平经历，有助于推动相关问题的解决，应当鼓励。唯不可贸然将其比附于《水浒传》作者施耐庵。

作者的结论是：施耐庵是兴化人的材料都不可靠，无法证明兴化施彦端和《水浒传》作者施耐庵是同一人。

我十分赞同温庆新这两个看法，他的看法和我前面多次论述的看法完全相同。

对于《水浒传》作者，目前资料确实是十分匮乏，以致有人认为施耐庵、罗贯中都是托名，并非真正的作者，是书商杜撰出来的。当时的小说不被人重视，因此真实的作者最初并没有留下姓名。书商刊刻时就杜撰了施耐庵和罗贯中。总之，如没有新的史料，这个问题不值得再继续研究。

至于施耐庵的籍贯，近些年来讨论很热烈，也似乎成了定论，认为兴化施耐庵就是《水浒传》作者施耐庵。我多次指出，根据兴化施氏家谱，兴化可能确实有个施彦端。但证明这个施彦端就是写《水浒传》的施耐庵，目前证据还不足，无论是王道生的《墓志》，还是杨新的《墓志铭》，仔细分析其根据都很牵强，似乎是道听途说，而不是第一手材料。

我知道温庆新和欧阳健关系很好，他好像还算是欧阳先生的学生，我也知道他一贯十分尊重欧阳先生，而欧阳先生是兴化说的坚决支持者。我很奇怪他这次并未认同欧阳先生的看法，还写文章和欧阳先生唱反调。我当面问他这个问题，他说虽然他和欧阳先生关系很好，在很多问题也认可欧阳先生看法，但他认为兴化说根据不足，因此还是不认可这个说法。他的冷静思维态度，毫无顾忌地公开谈自己的看法，对此我很佩服，现在人云亦云太多了，需要温庆新这样认真的学者。

5. 2018年武汉《水浒传》研讨会随笔

（1）2018年湖北武汉全国《水浒传》学术研讨会

2018年全国《水浒传》学术研讨会11月8—11日在武汉湖北大学召开。主办单位中国水浒学会、湖北省水浒学会，承办单位湖北大学文学院，协办单位湖北师范大学文学院。

在我看来，目前五大名著的全国学会可分三类：

第一类是《红楼梦》《金瓶梅》的学会，活动频繁，基本每年能开一次全国大会。

第二类是《三国演义》《水浒传》的学会，目前基本是每两年开一次全国大会。

第三类是西游记文化研究会，很少开全国大会。

中国水浒学会是张国光先生一手办起来，经过民政部批准的正式学会。四大名著全国学会只有水浒学会和红楼梦学会是民政部批准的，金瓶梅学会未正式批准，只是"筹备"，三国演义学会尚未办理重新登记手续。但张国光去世后，因为水浒学会挂靠湖北大学，为便于管理，还得湖北大学老师来继续当会长。佘大平继张国光之后，当了几年会长，后因为到70岁，按照民政部规定，超过70岁不再担任学会领导，因此他在2016年盐城会上就自动退下来，由湖北大学老师张虹（女）任会长。张虹为人热情，领导组织学会工作也很负责。在我记忆中，2009年、2014年在杭州，2016年在江苏盐城开了三次全国大会，8年开3次会，基本是三年一次，不算很多。2016年后隔了两年，2018年在武汉又再次召开了全国《水浒传》大会，佘大平、会长张虹都亲自参与接待，服务周到，与会学者对此都很感谢。

（2）大会发言、论文集、赠书

大会本安排我第一场大会第四个发言。第一位是欧阳健发言《缅怀张国光，做磊荦学人》；第二位曹亦冰发言《析金、俞著书之心志——论"腰斩"与"了结"〈水浒全传〉之千秋功过》，但她未到会；第三位中州古籍出版社张弦生发言《用平常话，讲大道理——评石麟先生新作〈施耐庵与《水浒传》〉》；我是第四位发言，介绍《〈水浒传〉四种主要版本比对本和比对研究》。大会安排我在第一场大会发言，我很荣幸。2018年我曾在7次研讨会上介绍五大名著主要比对本。

但我的文章并未收入这次研讨会的论文集《水浒争鸣》第十七辑（景遐东、浦玉生主编，中州古籍出版社2018年8月第1版），大会说是因为篇幅限制，我的文章将收入下一辑，这一辑最后列出第十八辑目录中也确实列入了我的文章。但《水浒争鸣》是两年一辑，第十八辑要两年之后才能出版，那时我的研究虽然不说是过时，但怕再介绍已经不合时宜了。据说就是因为我的文章未收入这次的论文集，大家无法看到，大会为了补偿，而特地安排了我做大会发言。

前面提及这次大会的论文集是《水浒争鸣》第十七辑,《水浒争鸣》是中国水浒学会、湖北省水浒学会主办的中国水浒学会会刊,第一辑出版于 1982 年,至 2018 年 36 年出版了 17 辑,基本是两年一辑,学刊坚持了 36 年这很不容易。相比而言,《三国演义学刊》就没有一直坚持下来。

这次研讨会给每位与会者赠送一本陕西新华出版传媒集团 2016 年 11 月出版的《水浒传》,当时畲大平还担任中国水浒传学会会长,他作序并强力推荐此书,内封上还盖有这次研讨会的纪念图章,可见主办方用心之细致。畲大平一向推荐《水浒传》的金批腰斩本,这次出版的不是七十回金批腰斩本,而是一百回足本,但插入了金批本的回前评。金批本本来还有眉批和夹批,因为此本正文是一百回本,正文和金批本略有不同,因此眉批和夹批就无法插入了。总之,这种百回本正文加金批回前批的组合方式很少见,一般一百回本都采用容与堂本,没有金圣叹批语。此本既采用一百回本保留了《水浒传》的完整故事,又收入部分金圣叹批语,也是一个独创,蛮有新意。

这次研讨会我又见到上海学者周锡山先生,很高兴。我曾和周先生在一次研讨会上合住同一房间,聊得很愉快。周先生曾因为《金圣叹全集》校点侵权问题和南京师大老师陆林打官司。陆林也是我朋友,他曾就此版权问题专门向我请教。后来上海法院判周先生败诉,陆林也已经去世了。我问现在此官司情况,周先生说他不服一审判决,又上诉到最高法院,但还未判决。古籍校点是否侵权是个十分复杂的问题。一般来说,古籍校点如没有大错误,校点结果应该差不多,句号就应该是句号,逗号就应该是逗号。在这种情况下,说后出的校点本就是抄袭,怕不十分合理。一般来说,某古籍第一次校点出版后,其他人再校点出版,也不可能不参考已经出版的校点本。这样后出的点校本是否就是抄袭侵权?这很难判断。如判决后出的校点本侵权,那谁也不敢再校点,任何古籍只能校点一次,这也明显不合理。总之,我看古籍校点目前在法律上是很难处理,没有什么好办法。

(3) 版本和数字化论文

这次研讨会上邓雷的论文《百年〈水浒传〉版本研究述略》介绍了《水浒传》百年研究情况,很全面,很有价值。邓雷多年来一直研究《水浒传》版本,出版了《水浒传版本知见录》,对《水浒传》全部版本做了全面详细的介绍,是研究《水浒传》版本研究的必备参考书。

邓雷在文章中除详细介绍这百年的《水浒传》研究外,特别提及我的古代小说数字化研究,引述如下:

> ……用新的技术研究《水浒传》的版本。
> 随着科学技术日新月异的发展,版本的研究也有了更加便捷的方法,通过计算机对版本进行研究是新世纪以来版本研究非常值得注意的一个方面。而周文业则是这一领域的代表人物以及领军者。从 2001 年开始到 2016 年为止,周文业召集召开的中国古代小说戏曲文献暨数字化国际研讨会已经有 15 届,基本上每年一届。

周文业对中国古典小说七大名著的大部分版本都进行了数字化。其中《水浒传》部分，数字化了15种版本，包括简本：评林本、巴黎本、哥本哈根本、斯图加特本、德莱斯顿本、牛津残叶、上海残叶、刘兴我本、黎光堂本9种；繁本：容与堂本、锺伯敬本、遗香堂本、郑藏残本4种；全传本：郁郁堂本1种；腰斩本：金圣叹本1种。

虽然周文业对于《水浒传》版本的研究和他在《红楼梦》《三国志演义》版本上所下的功夫不可同日而语，但是也取得了一些成果。尤其是利用其自己开发出来的数字化系统进行研究和推广。2009年《〈水浒传〉版本数字化及应用》、2013年《〈水浒传〉刘兴我本和黎光堂本的数字化研究》、2014年《〈水浒传〉的版本和演化》，其中尤其以2013年《〈水浒传〉刘兴我本和黎光堂本的数字化研究》一文，可以窥见数字化在版本研究中所带来的巨大便利。

虽然如此，但是数字化研究依旧存在着一些不足。像这套系统从开发出来到现在已经有相当长的一段时间，但是国内的学者在研究版本之时，并没有多少人尝试去使用，而相反日本的学者用的人反而比较多。这一点可能与数字化系统操作的复杂性以及国人文科研究者对电脑程序不熟悉有一定的关系。由于数字化的录入需要大量的人力、物力，而在没有资金的支持下，数字化的文本还是存在不少的错误，这样的错误虽然现阶段无法避免，但是在写文章之时，能够提供证据的有力性也是一个疑问。不得不说数字化的道路还有一段很长的路要走，而我也希望数字化能够越来越好，给版本研究提供更大的便利。现阶段的数字化仅仅只能给版本研究提供一个参考作用，而并不能完全代表人工的校勘，这一点也是需要注意的。

我觉得，只要不是刻意抹杀，数字化对版本研究的价值是无可否认的，对他的正面评价我无须再重复，在此感谢邓雷对数字化的评介。对邓雷所指出数字化目前存在的问题，我有如下看法。

我多年来宣传古代小说版本数字化，对中日的现状都很了解，邓雷说日本学者使用数字化比中国人多，这是事实。我多次指出，造成这个局面有多种因素。首先，在我看来，两国目前对版本研究现状就有差异。中国由于受量化考核的限制，研究版本费时费力，最后可能没有肯定结果，导致中国目前对古代小说版本做深入研究的人比日本少，这是事实。其次，由于中国多年来从中学开始就采用文理分科，导致做文学研究的中国学者对数字化不熟悉，计算机使用水平都不高，这也就限制了学者们在版本研究中广泛使用数字化。因此我觉得中国要在短期内改变这个现实不太容易。

至于邓雷说目前数字化的文字可靠性不高，这也是事实。但我觉得，第一，要提高文字可靠性需要大量经费，目前估计很难。第二，即便目前文字可靠性不高，但数字化对版本研究还是有很大作用，有时研究无须每个字都可靠，目前的数字化比对后基本还是可看出版本的大致差异。至于文章正式发表时，那肯定需要对文字再仔细校对的。

总之，邓雷文章对数字化的分析确实是事实，今后还需要再继续努力吧。

研讨会论文集《水浒争鸣》第十七辑最后一篇文章是中州古籍出版社许言的文章《中州古籍出版社向古代小说研究出版中心进发》，介绍中州古籍出版社"决定在未来几年内成为我国古代小说出版中心"，提出三项任务中第三项是：

> 三、实施《三国演义》《水浒传》《西游记》《金瓶梅》《红楼梦》等古典名著的版本比对和数字化工程、全清古体小说数字化工程。
>
> 《中国古代小说四大名著版本图文比对数据库》收入中国古代小说四大名著版本共104种，其中繁体字版75种，简体字版29种。共36G，图片13万3000余张，目前已经出版的版本和部分未出版、可以公开的版本全部收入。收入的版本已进行数字化处理，并附相应扫描图片，全部可图文对照和文字比对。
>
> 《全清古体小说》总数逾500部，总字数约3000万，工程浩大，收有许多新发现作品，如《淡墨录》（李调元撰）、《玉鄣于》（吴元枢撰）、《闲居偶录》（徐时作撰）、《坐花志果》（汪道鼎撰）、《沮江随笔》（朱锡绶撰）、《左庵琐语》（李佳继撰）、《只麈谭》（胡承谱撰）、《渔矶漫钞》（汪琇莹撰）、《良贵录》（李受彤撰）、《淞南梦影录》（黄协埙撰）、《凉栅夜话》（方元鹍撰）等80余种；约有300种作品从未曾出版，堪称最完备的清代文言小说总集。目前这两个工程正在立项之中。
>
> 其他关于古代小说文库的数字化工程的项目，也正在论证之中。

此文中提到的两项工作都和我有关。第一项"《三国演义》《水浒传》《西游记》《金瓶梅》《红楼梦》等古典名著的版本比对和数字化工程"是我1999年以来一直从事的工作。第二项《全清古体小说》数字化工程是欧阳健先生提出，我退休前已经初步完成，但因为篇幅巨大，一直未能得到资助出版。

我多年宣传的古代小说数字化得到多方面的认可和支持，我很欣慰！

（4）施耐庵籍贯论文

研讨会论文集《水浒争鸣》第十七辑中有多达6篇文章谈到施耐庵的籍贯问题，这是目前《水浒传》研究中的一个最热门的问题了。

对兴化施耐庵目前有正反两种看法。一般来说，支持兴化说的文章较多，而反对者虽然很多，但一般不爱写文章去辩论。

研讨会论文集《水浒争鸣》第十七辑中有关施耐庵籍贯问题的6篇文章中，正反刚好各3篇。不知这是巧合，还是此书主编有意不偏不倚，让读者自己去阅读分析，看谁说得更有理。

- 支持方3篇：

来自施耐庵故乡的报告……………………………………陈仕祥 仓显
"三种证据法"催生的《施耐庵传》不容否认……………………浦玉生
还原与激活——浦玉生《施耐庵传》读后…………………………王玉琴

- 反对方3篇：

兴化县古白驹场施彦端无关"钱塘施耐庵"著《水浒传》

  ——文物《施让铭》《施让地照》《施廷佐铭》综考·················· 宋伯勤

《疑而难信的传记》续篇

  ——再读《草泽英雄梦——施耐庵传》兼及有关评论················ 马成生

众里寻他千百度 踏破铁鞋无觅处

  ——漫谈《水浒传》作者的研究·· 朱健文

  浦玉生所著《草泽英雄梦——施耐庵传》2014年由作家出版社出版，列入《中国历史文化名人传》丛书。但出版后就引起很多争议，其中反对意见最多的是兴化莫其康和杭州马成生。这次论文集收入马先生一文，马先生是杭州师范大学教授、杭州三国水浒学会会长，也是我的老朋友。2000年我和他参加安徽芜湖第十三届《三国演义》研讨会，为省钱我们都住在顶楼的大通铺，后来马先生多次在杭州举办水浒研讨会。他这些年身体不好，不大出来开会，这次也未到会，但论文收入论文集。我仔细看了他和浦玉生辩论的文章，实际他们还是围绕兴化施耐庵的生平经历辩论，我看马先生就施耐庵生平经历和浦玉生辩论，没有抓住兴化施耐庵的要害问题。我多次指出，施耐庵问题的关键不是兴化是否有个施耐庵，而是兴化施耐庵是否写了《水浒传》。目前两方争论的焦点往往集中在第一个问题，而忽视了问题的关键是第二问题。支持方所举出的证据，如王道生的《墓志》等，实际都不可靠，更像是传说而已。我看6篇文章中，反对方第一篇宋伯勤的文章抓住了这个要害问题，值得一读。

（五）《西游记》研讨会随笔

2014年随州《西游记》研讨会随笔

  如前所述，五大名著中只有《西游记》目前没有全国学会，只有一个"西游记文化研究会"，但活动很少，也不是纯学术学会。因此现在全国《西游记》研讨会也比较少。这几年我只参加过两次研讨会：

- 2009年江苏连云港研讨会；

- 2014 年湖北随州研讨会。

下面介绍 2014 年随州研讨会。

（1）《西游记》作者两个吴承恩问题

目前五大名著的作者籍贯都有争议，《西游记》作者吴承恩也有争议。一般认为吴承恩是江苏淮安人，但也有人认为淮安吴承恩所写的《西游记》是篇游记，不是小说《西游记》。另外，除江苏淮安吴承恩外，在湖北还有一个吴承恩，大概一般人都不知道。

2014 年 8 月我去湖北随州出席《西游记》起源文化研讨会。这个会是由随州市文化体育新闻出版局和随州市外事侨务旅游局联合举办，西游神话世界文化产业有限公司承办。随州人认为随州是《西游记》故事的起源地，曾任新野知县的吴承恩曾来随州旅游，因此写出《西游记》。所以随州认为，这个新野知县吴承恩就是写《西游记》的吴承恩，因此在湖北随州建立了西游记公园。在河南桐柏县桐柏山淮源风景区内还保存有吴承恩草堂，这次研讨会也组织专家们去看了。可笑的是，桐柏山吴承恩草堂中的匾额上题写的是"射阳居士"，这明显是把淮安吴承恩和曾任新野知县的桐城吴承恩搞混了。众所周知，"射阳山人"是淮安吴承恩的名号，而淮安吴承恩从未任过新野知县，没有任何文献说新野知县吴承恩曾写过《西游记》。据清康熙五十一年《新野县志》和乾隆十九年《新野县志》记载：吴承恩，贡士，安徽桐城人，嘉靖三十五年任新野知县。因此，当时实际是至少有两个吴承恩，文献都有记载。但目前一般认为，写《西游记》的是江苏淮安吴承恩，而不是曾任新野知县的桐城吴承恩。当然，还有学者认为淮安吴承恩也不是《西游记》的作者。

我觉得这和《水浒传》作者施耐庵很相似，我认为也有两个施耐庵，兴化施耐庵和钱塘施耐庵，真正写了《水浒传》的不是兴化施耐庵，而是钱塘施耐庵。同样，《三国演义》作者罗贯中也有类似问题，可能也有两个罗贯中，一个是山西太原戏曲家罗贯中，一个是山东东原罗贯中，后者写了小说《三国演义》。

说起《西游记》的起源，实际与会学者事先几乎无一人知道湖北随州也是《西游记》故事的起源。以前一般认为《西游记》起源地有江苏连云港、福建花果山、山东泰山等地，甚至山西太原也曾宣传是花果山原型，并把孟繁仁先生也扯进来了，我和孟先生也是好朋友。这些传说都经不起学术检验。

现在各地都很重视当地的文化发展，特别是当地的文化名人。各地有了钱，就想借用宣传当地的文化名人，扩大影响，并招商引资。如这次随州《西游记》起源文化研讨会就是由随州市文化体育新闻出版局和随州市外事侨务旅游局主办、西游神话世界文化产业有限公司承办。不仅所有费用不用与会人负担，连来往路费也给报销。研讨会上随州市副市长、政协副主席出席讲话，接待规格也很高。

我觉得大部分地方处得还是比较好的，这次随州研讨会也邀请了江苏方面的学者参加，江苏学者在会上也介绍了他们的看法，气氛很和谐，没有发生什么矛盾。有些学者收到邀请，但因为学术上不认可随州与《西游记》的关系，怕去了不好讲话，因此没有参加。但我觉得这种考虑有些多余，参会学者根本不要有顾虑，参会并非就是认可主办方的意见，多参会，正反两方面意见都听一听，也只有好处无坏处。这次参会的多数学者都不赞同随州的《西游记》起源说，在会上也以各自委婉的方式谈了自己的看法，很多讲话很得体，也给主办方留了面子。

（2）名人籍贯和故里之争

由于名人籍贯历史记载不详，名人籍贯之争不断。如罗贯中籍贯的山东东平和山西太原之争，施耐庵籍贯的江苏兴化和浙江杭州之争，吴承恩籍贯的江苏淮安和安徽桐城之争，曹雪芹籍贯的辽宁铁岭和河北丰润之争等。由于历史记载不详，要彻底搞清楚不容易了。

有时不仅是籍贯，就连"故里"也出现了争论。我去随州路上路过湖北安陆，727年，唐代大诗人李白来到安陆，到了安陆不久，经李长使介绍，进入许家。许圉芝是武则天时代的前宰相，有个孙女许紫烟才貌双全，李白求道士胡紫阳介绍，入赘许家与之成亲。李白在安陆居住十年，后携夫人移居山东。安陆因此宣传安陆是李白"故里"，安陆附近山上还有座巨大的李白塑像。结果惹得四川绵阳很不快，认为李白虽然曾在安陆居住过，但安陆不能称为"故里"，为此还差点打起官司来。其实李白虽然确实是在绵阳江油长大，但其出生地由郭沫若考证，现在一般认为是碎叶。还有人认为不是碎叶，而是条支。

由于籍贯时常没有定论，在这种情况下，如何对待籍贯之争呢？我也参加过一些作家籍贯所在地开的研讨会，如山东东平和山西太原的罗贯中和《三国演义》研讨会，浙江杭州的《水浒传》研讨会，和湖北随州的《西游记》起源文化研讨会。我个人觉得，在目前籍贯有争论的情况下，各地可以各自宣传，只要不诋毁对方，不要讲话过头就好。

至于学术方面，更应该平心静气，摆事实，讲道理地讨论。写文章不要挖苦嘲笑，更不要进行人身攻击。我曾看到有些文章言辞激烈，有些话语很不得当，对此我也曾当面给作者指出过。希望大家都心平气和地讨论问题，学术讨论就是要有学者风范。

中国古代小说作者很多至今搞不清楚，可能有两个施耐庵，两个吴承恩，两个罗贯中，几十个"兰陵笑笑生"，几十个曹雪芹。由于资料缺乏，这些问题恐怕永远没有结论，这也是中国古代小说研究中最无奈的事情之一吧！

（六）《金瓶梅》研讨会随笔

2008年以来我参加了7次《金瓶梅》研讨会：
- 2008年山东临清研讨会；
- 2012年台湾研讨会（旁听）；
- 2013年山东五莲研讨会；
- 2015年江苏徐州研讨会；
- 2016年广东广州研讨会；
- 2017年云南大理研讨会；
- 2018年河南开封研讨会；
- 2019年河北石家庄研讨会（只提交论文未到会）。

其中2017年大理研讨会和2018年开封研讨会我写了两篇随笔如下。

1. 2017年大理《金瓶梅》研讨会随笔

2017年11月第十三届（大理）《金瓶梅》国际学术研讨会暨明清小说叙事书写的形态与流变高端论坛在云南大理举行。本来这次研讨会计划由河南大学承办，但云南民族大学多年来一直想申办一次《金瓶梅》研讨会，学校刚批复同意，因此希望2017年研讨会先在云南举行。经金瓶梅研究会讨论通过，2017年《金瓶梅》研讨会改由云南民族大学和大理大学主办，云南民族大学文学与传媒学院曾庆雨具体负责。

我对会议上以下几篇文章有兴趣。

（1）张青松文章《美国国会图书馆摄制〈金瓶梅词话〉介休本胶片初探》

此文介绍美国国会图书馆摄制《金瓶梅词话》介休本的微缩胶卷。抗战期间，为保护一些珍贵古籍，当时的北平图书馆曾把一批古籍运到美国国会图书馆保存，美国国会图书馆为保存这批古籍,拍摄了北平图书馆善本书胶片 1070 卷,收录"演义之属"的小说共计 18 部,均为珍稀善本,其中就有《金瓶梅》词话本,并附有《金瓶梅》崇祯本(王孝慈本)插图 200 幅。其原底片现存美国国会图书馆,国会图书馆赠送中国图书馆三套。据说已售出 200 多套,每套约 6 万美元,由世界各国图书馆收藏。张青松通过在世界范围内的图书馆检索,发现世界各地以下图书馆收藏有此胶卷:

- 台北"中央图书馆"藏北平图书馆善本书胶片。
- 英国剑桥大学图书馆东亚阅览室藏北平图书馆善本书胶片。
- 新加坡中央图书馆缩微胶卷复制部藏美国国会图书馆影前北平图书馆善本。由该馆辜美高、李金生编著的《新加坡国立大学中文图书馆藏中国明清小说书目提要》著录了这个《金瓶梅词话》胶片。

《红楼梦》甲戌本也有《金瓶梅》胶卷类似经历。我在甲戌本上发现,曾有人在甲戌本贴了附条,后可能被胡适撕掉,所有影印本也没有任何痕迹,但现保存在上海博物馆的甲戌本上还留有被撕掉的附条一角。胡适将甲戌本带到美国后,于 1950 年 3 月亦曾委托美国国会图书馆为甲戌本摄制缩微胶片,以防遗失或损毁。在甲戌本胶卷上发现了尚未撕掉的完整的附条批语,从而确认了甲戌本上确实曾贴有此附条批语。

《金瓶梅》此胶卷现保存在中国国家图书馆,2013 年国家图书馆编辑出版《原国立北平图书馆甲库善本丛书》(全 1000 册),收纳了美国国会图书馆拍摄的缩微胶片与国家图书馆典藏的部分甲库善本,共计 2621 一种,双栏四拼页影印,得到国家出版基金的支持。由于《金瓶梅词话》是"禁书",出版还需要单独报批,而未被影印。

但此胶卷一般不对外借阅,我从单位开具介绍信后,和张青松一起去国家图书馆查阅此卷,张青松对胶卷和原本的差异做了一些分析。但限于条件,无法到台湾将胶卷和原本做仔细比对。

(2) 东华大学杨彬论文《台北故宫博物院藏〈金瓶梅词话〉的版本形态及其文献价值——兼论〈金瓶梅〉与〈水浒传〉的关系》

此文谈了两个问题。第一个问题是台北故宫博物院藏《金瓶梅词话》的版本形态及其文献价值,第二个问题是《金瓶梅》与《水浒传》的关系。在我看来这两个问题分析都有问题,我当场就指出,作者也做了答辩。

先分析第一个问题。作者到台北故宫博物院仔细查阅了词话本,特别注意到词话本上有 1000 多处删改和 121 条眉批、夹批。多数眉批第一字被裁剪掉半字。作者称据黄霖老师介绍,台北故宫博物院本和日本慈眼堂本的版面高宽都一致,因此不会是装订后裁剪,只能是未装订前在散页上加上了批语。因为是在装订前的删改,因此使人怀疑这些批改是有依据的,比如是依据《金瓶梅》的原始稿本。因此,可以根据这些删改重新校订词话本,得到更接近原貌和更符合作者本意的文本。

作者认为台北故宫博物院本上现存的删改文字是来自装订前散页,因此是来自词话本的原稿,由此可恢复词话本原貌。作者分析存在的问题是:现有删改是否是装订之前的？只根据台北故宫博物院本和日本慈眼堂本高宽一样，就认为删改是原有的，而不是后人所为，是不可靠的。也可能台北故宫博物院本是经过重装的，因此裁剪了批语。即便是散页时所加的删改，也不一定是根据所谓"原始稿本"。因此这个分析是有问题的。

此文第二个问题是分析《金瓶梅》与《水浒传》的关系。

词话本第二十七回和《水浒传》第十六回"智取生辰纲"中都有一首诗"赤日炎炎似火烧……"，在词话本下有朱笔夹批："诗从《水浒传》中窃来。"实际词话本前十回故事都是从《水浒传》中"窃来"的，词话本前10回中有大量诗词和《水浒传》的诗词是一样的，但词话本中没有任何批语，而到第二十七回"智取生辰纲"时出现的这首诗才加了这条批语。作者由此认为：产生这种现象的原因是——词话本原稿中根本就没有这10回故事，因此也就没有批语。直到这第二十七回，出现和《水浒传》相同的诗，批者才加上这条批语。因此作者大胆设想：在词话本出版时的《水浒传》中并没有"武十回"故事，只有鲁智深故事、林冲故事和宋江故事等，而"武十回"故事是出自《金瓶梅》词话本，而不是《水浒传》。为证明作者的推测，还举出袁宏道的评论作为证据。

其实，这个问题还有很简单的解释。词话本中"武十回"故事确实是来自《水浒传》，而在词话本中批者没有加任何批语，是因为批者认为，《水浒传》中有"武十回"在当时是人人皆知的事，因此没有必要加批语说明是"从《水浒传》中窃来"。而到第二十七回为何要加批语？是因此诗在词话本中是出现在西门庆故事中，读者读到此处，可能不会注意此诗实际是来自《水浒传》的"智取生辰纲"，因此批者觉得在此应提醒读者注意，因此特地加批语"诗从《水浒传》中窃来"。这种解释我觉得更为合理。

总之，作者在此文中分析问题的思路方法是一样的，根据词话本的批语被裁剪，认为批语是来自未装订前原稿，借此觉得可以恢复原本；又根据词话本第二十七回一批语，认为词话本的"武十回"故事不是来自《水浒传》。这些分析可以算是一种可能而已，实际这种可能性不大，对这些问题实际还有其他更大的可能性和解释。

其他版本文章还有赵新波文章《两种崇祯本〈金瓶梅〉批语对比——北大本与天图本前十回眉批及其他对比小识》。

我和赵先生也是老朋友，这次研讨会我和他同住一房间。他和张青松一样也是收藏家，他在山东济南开了个"卧牛城主"书坊，他还收藏有一套《三国演义》清刊本的六卷本，也有版本研究价值。

2. 2018 年开封《金瓶梅》研讨会随笔

（1）第十四届（开封）《金瓶梅》研讨会

由河南大学和中国金瓶梅研究会（筹）主办，由河南大学文学院和《汉语言文学研究》编辑部承办，由《明清小说研究》编辑部、中州古籍出版社协办的第十四届（开封）国际《金瓶梅》学术研讨会于 2018 年 10 月 12—14 日在河南开封举行。

2017 年在《金瓶梅》研讨会上决定 2018 年在河南开封召开《金瓶梅》研讨会，本来河南应该是 2017 年举办，后来被大理抢去了，河南就推后一年在 2018 年举行了。主办人是河南大学文学院张进德，我们也是老朋友了，他待人十分热情。河南大学文学院曹炳建也是我的老朋友，是《西游记》版本研究专家，曾请我去开封做报告，他退休后几乎不出来开会了，我们见面机会也就少了，这次在开封开会他因为不研究《金瓶梅》也未到会，未能见面很遗憾。

（2）研讨会主要论文

这次研讨会收到论文 71 篇，其中与版本文献有关的不到 10 篇。

1）本人介绍《金瓶梅》词话本、崇祯本比对本

2018 年我多次在各种古代小说研讨会上介绍五大名著主要版本比对本，这次《金瓶梅》研讨会我还是再次介绍《金瓶梅》词话本和崇祯本比对本，其实这是我第三次在《金瓶梅》研讨会上介绍比对本了。2016 年广州暨南大学金瓶梅研讨会上，我第一次介绍时，王汝梅看到认为很有价值。2017 年大理会上，我又在小组会上介绍，黄霖对此评价很高。这是第三次介绍了。因为最近对《金瓶梅》版本没有新研究，2018 年我完成全部五大名著主要版本比对本，其中《金瓶梅》只收入词话本和崇祯本两种版本，但插入了整幅插图，还是有新意。

2）叶桂桐文章《〈金瓶梅〉病理切片：第五十三至五十七回》

叶桂桐先生生于 1945 年，和我同岁，1969 年毕业于北京师范大学中文系，1987—1989 年在北京师范大学作为国内访问学者，师从钟敬文、张紫晨二先生，后入中国社会科学院研究生院，师从蒋和森先生学习研究明清小说，以论文《论〈金瓶梅〉》获文学博士学位。曾在莱州市中学及教研室工作十余年，后历任聊城大学文学院、鲁东大学文学院教授，现为山东外事翻译职业学院教授。

叶先生多年来一直研究《金瓶梅》版本，我也只研究版本，因此对叶先生的研究十分关注。我认为在《金瓶梅》版本研究中，他的研究非常认真、仔细，有自己看法，很有价值。但他这次因为身体原因未能到会，无法和他交流，十分遗憾。

叶先生此文主要论述现存《金瓶梅》第五十三至五十七回是后补的，词话本和崇祯本这5回完全不同，经过前人的仔细研究，一致认为崇祯本更接近初刻本，而词话本是较晚补上的。叶先生也依此认为这是词话本晚于崇祯本的铁证。

会上中州古籍出版社马达、张弦生提交论文《金学研究的传世之作——评叶桂桐先生新作〈金瓶梅版本研究枢要〉》，对叶先生此书做了很高评价。马达和张弦生也未带此书到会，说印数很少，我在亚马逊、孔夫子网上都没有看到此书，只有京东网有售。会后张弦生邮寄一本给我，我才得以仔细拜读此书。

此书是叶先生这几十年研究《金瓶梅》版本的全面总结，我对版本有兴趣，但我只研究了《金瓶梅》版本中个别问题，因此无法全面评价此书，只针对我研究过的两个课题做些分析。

我对《金瓶梅》版本研究起于现存于东京大学的东大本，即内阁本。经过我将此本和北大本用计算机仔细比对后，发现东大本和北大本相比，有多处明显的脱文，因此东大本肯定晚于北大本。但它们是什么关系还难以确定，可能是父子关系，也可能是兄弟关系。在这点上，我和叶先生等主流看法是一致的。叶先生此书中对我上述研究在第五章中做了详细介绍。

我从新刻、避讳、序跋，认为现存《新刻金瓶梅词话》不是初刻本，而是复刻本，这看法和叶先生看法也一致，但和黄霖、王汝梅等先生看法不同。叶先生此书对我上述研究在第四章中也做了详细介绍，并注意到我的文章虽然曾在2015年第十一届国际《金瓶梅》学术讨论会（江苏徐州）上发表，但最后并未收入研讨会正式出版的论文集中。

我是个业余《金瓶梅》研究者，叶先生能如此看重我的研究，在此书中能加以详细介绍，我很感谢。在这两个问题上，我和叶先生看法都完全一致。

叶先生此书第七章《〈金瓶梅〉版本研究学案》中介绍了35位学人，我也被收入位列第26位，叶先生采用了我自己写的简介。我只是个业余爱好者，研究也很有限，对此十分荣幸和感谢。

叶先生此书囊括了《金瓶梅》版本研究所有领域，我因为对《金瓶梅》版本研究很局限，又限于篇幅，不可能做详细分析。对叶先生的研究，我对其中个别问题也有不同看法，其一是有关《金瓶梅》版本"校勘"问题。

叶先生根据崇祯本中的内阁本和词话本中有些文字相同，却与北大本不同，认为内阁本文字是根据词话本初刻本文字做了"校勘"。同样，叶先生根据张评本中有些文字和词话本相同，认为张评本也根据词话本做了"校勘"。这种分析初看没有任何问题，但我对此有不同看法。仔细分析，这些文字相同都是个别词语相同，书商要对两本进行如此详细的逐字校勘，既费力，又得不偿失，我觉得似乎不太可能。

我认为出现这个现象的根本原因不是"校勘"，而是它们有共同祖本。内阁本文字和词话本初刻本文字相同，不是做了"校勘"，而是它们有共同祖本，就是崇祯本的初刻本，因此两本文字相同。而北大本文字不同，反而是因为北大本做了修改。张评本文字和词话本相同，也可能不是张评本根据词话本"校勘"，而是张评本和词话本有共同祖本，崇祯本文字做了修改。这个问题很复杂，还需要再做详细分析。

叶先生此书我看也有不足，最突出问题是大量引用他人著作。在自己书中引用他人著作，并加标注是完全可以的。但叶先生此书引用量实在太大了，有些不必要和不妥。以我为例，第 200—214 页引用我的原文占 14 页之多，第 354—361 页又有 8 页。当初叶先生曾向我要我论文的电子版，我以为他只是要仔细阅读，从此书看才知道叶先生是要大量引用我的文章。当然直接引用可使读者看到作者原文，省得再复述。但我觉得一般引用还是只引用主要看法即可，分析也只介绍分析思路即可。如此大篇幅引用，有时又没有自己的分析，似乎不妥。如第三章第二节《崇祯本内在关系考察》，从第 96 页到第 125 页，几乎全部是引用其他学者的原文，只有少量的过渡文字，完全没有自己的分析。虽然叶先生完全赞同其他学者看法，似乎自己无须再多言了，但叶先生最好再加以自己的看法，这样更合适一些。

还有第六章第三节《采用现代化科技手段研究〈金瓶梅〉版本》中，除了介绍我的数字化研究外，还提出两种现代化科技手段研究版本，其目的是要证明内阁本是杭州鲁重民书坊所刻。他建议：第一，利用紫外线光谱分析鲁重民书坊和内阁本用纸，以此判断内阁本是否是那个鲁重民书坊所刻。第二，从内阁本的字体和鲁重民书坊所刻各种图书字体，判断内阁本是否是鲁重民书坊所刻。他还请教了有关专家，他们认为可行。我做版本研究中也接触过一些刻书用纸和字体等问题，但根据我的了解，目前要实现这个要求还是很难的。紫外线光谱分析书坊用纸是可能的，但不同的书坊可能用相同纸，同一书坊不同时期也可能用不同纸。因此要根据用纸来判断是否是同一书坊所刻，我看几乎不可能。至于书写字体更是千变万化，书坊抄书可能有多个抄手，要根据字体判断是否同一书坊所刻也是几乎不可能的。对此问题我记得事先叶先生也曾电子邮件咨询过我，我也提出过我的意见，但看来叶先生可能没有完全理解，因此没有采纳我的意见。现在研究提倡文理交叉，用现代科技手段研究文科课题，这并不错，但文科学者对理科还是了解不够，实际问题是十分复杂的。

总之，叶先生此书虽然有个别问题，但整体是本难得的杰作。

马达、张弦生在推介此书中引用了中国金瓶梅研究会（筹）秘书长吴敢先生对叶先生的学术功力的评价，他说："叶桂桐学力宏富，逻辑严谨，长于考据，勇于思辨，有一种执着劲头，带一丝逼人气势，生来该做学问，偏能卓见成效，是典型的古典派学人。"马达、张弦生文章认为："在《金瓶梅》版本研究方面有不少专家取得成就，有所发现、考证、比勘，能在发现、考证、比勘的基础上，把版本研究升华到理论高度，而有独到见识者，叶先生是杰出的一位。""他谦虚的求学态度、严谨的探讨精神，是这部著作具有高度学术价值的基石。""本书中所汇集的《金瓶梅》版本研究中的各个方面的丰赡资料和文献，对所有《金瓶梅》和明清小说史和古代小说理论的研究，都有很高的参考价值。叶桂桐先生在年事已高、身患眼疾的困难条件下，孜孜矻矻所完成的这部大著，必将是一部传世之作。"

这些高度评价我认为都非虚言，叶先生此书确实难得，此书出版虽然发行量很小，但我在《中华读书报》等报刊上还是看到了对此书的高度评介，叶先生的贡献可谓有目共睹。

3）张青松、邱华栋《金瓶梅版本图鉴》

我另一个关注点是张青松的文章。他是我老朋友，在本书"学人风采"一节中有所介绍。我由于分组缘故未到场聆听其发言。据说实际张青松发言是介绍他和作家邱华栋合著的《金瓶梅版本图鉴》，会后张青松送了我一本。

此书按照《金瓶梅》版本演变史，用近4000幅精美图片介绍了《金瓶梅》出版史上400种出版物。此书是由北京大学出版社有限公司在开封《金瓶梅》研讨会举行时的2018年10月出版。此书制作精美、全彩印制，书中图片丰富多彩，是极好的收藏及欣赏珍品。

邱华栋从2000年左右开始收藏《金瓶梅》各种图版，包括刻本、影印本和排印本，还有海外翻译版，总共搜集了20种语言、120个版本、600多册。张青松也是藏书家，他收藏了很多线装版的《金瓶梅》，此书收入他个人收藏的崇祯本残本。

2016年在广州暨南大学召开的第十二届《金瓶梅》研讨会上，曾展示暨南大学图书馆馆长史小军和罗志欢主编《金瓶梅版本知见录》，印刷也十分精美。史小军等书收入各种《金瓶梅》彩图版近百张，只有张青松等书收入4000张图片的约四十分之一。但史小军等书采用8开本，而张青松等书只是大32开本，幅面小很多，实在是美中不足。史小军等书另一特点是附录收入各种研究资料（专著、论文等）索引，对研究人员很有用。

这两本书不止收入各种《金瓶梅》的古版，还收入了各种复印本等，这也只有《金瓶梅》可以这样做。第一，《金瓶梅》古版很少，包括张评本在内也只有几十种，第二，《金瓶梅》在中国大陆出版要严格审批，因此就是排印的"洁本"也很少。而四大名著本身刻本就多得很，如再包括影印本和排印本，就数不胜数了，根本无法编这样的图版出版。

我注意到这两本书对现藏于台北故宫博物院的《新刻金瓶梅词话》命名不同。张青松等书命名为"介休本"，是因为此本最初发现于山西介休。而史小军等书命名为"原北平图书馆藏本"，采用藏地命名。在张青松等书中，其他刻本全采用藏地命名，只有台北故宫博物院藏词话本采用发现地命名，我曾和张青松指出这样命名不合适，但他还是采用这种命名法。目前各种古本的命名方法不同，给读者有时带来不便。如《三国演义》余象斗本，有时又称为双峰堂本，实际是同一版本。我主张版本名尽量都用刊刻者名字命名，如不知道刊刻者名字，可用其堂号，不知道刊刻者再用藏地命名。

总之，这两本书各有优点，对《金瓶梅》研究者和爱好者，特别是收藏者都很有价值。近来古代小说版本出版对象不止是各种研究者，更多的是广大的收藏爱好者，这是一批庞大的队伍，购买力还极强，值得各种出版社重视。

4）新加坡南洋出版社董玉振文章《介休本〈金瓶梅〉形态及批注时间》

2017年张青松在大理《金瓶梅》研讨会上介绍他新"发现"的国家图书馆藏的《金瓶梅》介休本（即台北故宫博物院藏本）胶卷（前面大理《金瓶梅》研讨会随

笔有介绍），张青松披露：同样胶卷也保存在新加坡中央图书馆、台北"中央图书馆"、英国剑桥大学图书馆等三地。新加坡南洋出版社董玉振得知后，立即到新加坡中央图书馆缩微胶卷复制部找到胶卷，随后董先生亲自带胶卷复印件，去台北故宫博物院，和所保存的介休本做了仔细比较，发现一些过去忽略或与已有认识不一致之处。

我听了董先生的介绍觉得，胶卷和台北故宫博物院本似乎没有本质的差异，没有发现类似《红楼梦》甲戌本胶卷中附条一样的新发现。因此我觉得如根据胶卷再复印出版介休本，没有多大版本研究价值，只有收藏价值。实际目前很多出版社出版各种古代小说影印本，针对的不是学者，而是收藏者，当然这对于出版社确实是一个很大的市场。

（七）《红楼梦》研讨会随笔

2014 年以来我曾参加过 8 次关于《红楼梦》的学术研讨会：
- 2014 年 12 月高鹗与《红楼梦》研讨会（辽宁铁岭）。
- 2015 年 3 月纪念曹雪芹诞辰 300 周年学术研讨会（江苏徐州）。
- 2015 年 11 月第三届《红楼梦》国际研讨会（德国埃森）。
- 2015 年 12 月纪念曹雪芹诞辰 300 周年《红楼寻梦水西庄》及津沽文化学术研讨会（天津）。
- 2016 年 3 月历史回顾与未来展望——《红楼梦》文献学研究高端论坛（河南郑州）。
- 2017 年 5 月历史回顾与未来展望红学学科建设高端论坛（北京）。
- 2017 年 12 月京津冀红学高端论坛（天津）。
- 2018 年 6 月顾景星与《红楼梦》研讨会（湖北蕲春）。

全国红楼梦学会召开的全国大会从未给我发通知，我也就从未参加过全国大会。我所参加的都是地方主办的研讨会。其中 2015 年徐州曹雪芹研讨会、2017 年天津红学高端论坛、2018 年湖北蕲春顾景星研讨会我写了 3 篇随笔如下。

1. 2015年徐州纪念曹雪芹诞辰300周年研讨会随笔

（1）2015年徐州《红楼梦》研讨会议程

2015年3月28—29日我去徐州参加这个红学会，这是我2015年第一次外出参加研讨会。主办单位《中国矿业大学学报》编辑部，协办单位是《河南教育学院学报》编辑部。

这次学术研讨会的核心议题：

红学的历史反思与未来展望

重点研讨课题：学科危机与解决途径，学术史建构

学术研讨会坚持的学术精神：理性、多元、建设

议程分四组：

第一组，关四平主持评议

红学的历史回顾与未来展望……………………乔福锦（邢台师范学院）
略谈20世纪的中国《红楼梦》研究史……………宋广波（中国社科院）
略谈"新红学"的得失与对策………………张书才（中国第一历史档案馆）
试论新中国毛泽东时期的三次红学大潮………董志新（沈阳军区政治部）
红学史"体例"谈……………………………………段江丽（北京语言大学）
红学流派与学术史建构……………………………赵建忠（天津师范大学）

第二组，孙伟科主持评议

当代红学研究的价值危机与我们的责任——重读《红楼梦研究稀见资料汇编》
　　的几点思考……………………………………胡文彬（中国艺术研究院）
关于《红楼梦》学术评价的反思…………………关四平（哈尔滨师范大学）
一位值得尊敬的"红学界的问题人物"——潘重规先生和他的红学研究……
　　　　　　　　　　　　　　　　　　　　　　　　苗怀明（南京大学）
王国维《红楼梦评论》三议…………………………俞晓红（安徽师范大学）
北师大藏《红楼梦》程乙本考辨……………………曹立波（中央民族大学）
论"红学"的研究范畴………………………………樊志斌（北京曹雪芹纪念馆）

第三组，曹立波主持评议

曹学的学术使命………………………………………段启明（首都师范大学）
曹雪芹博物馆在红学上的价值……………………李明新（北京曹雪芹纪念馆）
红学与红楼文化………………………………………孙伟科（中国艺术研究院）
曹雪芹的生年与生父…………………………………刘广定（台湾大学）
走出红学的疑古时代——对《枣窗闲笔》辨伪公案的反思……………………
　　　　　　　　　　　　　　　　　　　　　　　　高树伟（中华书局）

美国红学的学术史反思……………………………………张惠（香港珠海学院）
第四组，乔福锦主持评议，这也是我参加讨论的组
  红学基础工程的坚守、充实、更新与提高…………吕启祥（中国艺术研究院）
  红学的是是非非与红学的发展………………………张庆善（中国艺术研究院）
  从"国学"到"红学"——《红楼梦》研究方法论
                 纪健生（淮北师范大学）
  制约红学发展的瓶颈是研究方法问题…………………郑铁生（天津外国语大学）
  红学史撰述的思考——以《红学学案》为例…………高淮生（中国矿业大学）
  如何开发红学研究新领域——以《百年红学》栏目为例
                 张燕萍（河南教育学院）
  曹雪芹与《红楼梦》在西方的影响 [德国]吴漠汀…………………………
               （意大利罗马第三大学）

系列学术报告：
  第一场：化学人看红楼——我研究《红楼梦》的经验……刘广定（台湾大学教授）
  第二场：风起红楼——百年红学的沉浮………………………………………
      苗怀明（南京大学文学院副院长、教授、博士生导师）
  第三场：是是非非说宝钗……………………………………………………………
     张庆善（中国红楼梦学会会长、博士生导师、中国艺术研究院研究员）

（2）自费参会

由于小说网上没有会议联系方式，我发邮件问苗老师，他给我发来会议通知。于是我给会议主办人高淮生老师发邮件，告知我希望参加。他回信称：

尊敬的周文业先生：
  先生热情关心本次研讨会，作为会议联系人，我很感谢！由于本次大会仅仅围绕学科建设和学术史建构进行研讨，所以，参会者基本是这方面的学者。并且会议规模限定在二十多人，加上老学者作为大会顾问，人数规模也不大。因为学报编辑部经费有限，不能满足更多人参会的要求，实在抱歉！如果自行列席会议，当然欢迎，可以在研讨会期间与学者们交流。祝好！

                    高淮生

我自费参会很多，2014年铁岭高鹗和《红楼梦》研讨会，我也是自费参加。因此决定还是自费去徐州参会。

会议是27日报到，28、29日开会，我如果在27日到，要多支出一夜住宿费，因此决定27日晚从北京坐卧铺，28日早到徐州，上午开会也不耽误。我睡卧铺很习惯。到徐州见到张庆善，听说我睡一夜卧铺来，他说他在火车上根本睡不着。各人习惯不同。

我27日早顺利到徐州，事先在百度地图上查好会议地点和乘车路线，一早坐公交

顺利来到会议开会地点矿大北门中汇国际会议中心。还有房间，标间 198 元一天，我只 28 日住一夜。

一般即便自费参加会议，多数是就餐可以免费。但高老师他们学报开会经费紧张，我就不给他们添麻烦了。好在矿大附近有供学生吃饭的大排档，价格也低，15 元一份也可吃饱。我一个人独自出去吃饭，不料被胡文彬老师注意到。他和我说，看到会后大家都手持饭票在酒店就餐，而我独自一个人外出去吃饭，他很不是滋味。我告诉他，高老师有难处，就不给人家添麻烦了。高老师见到我也一再表示抱歉，经费有限照顾不周，我表示理解。只有 29 日中午散会后集体就餐，主持人乔福锦特地告诉我，可以和大家一起就餐，这是唯一的一次。我办会多年，知道办会不易，对此我很理解。

我向高淮生老师表示，我交通食宿全部自费，但希望提供一份会议资料。他也确实把会议资料给了我一份，我也非常感谢他记着此事。但会议资料中给学者只提供 U 盘，而没有纸本论文集，这是很大缺陷，后面对此我有个人看法。

（3）会议特点：讨论热烈

此次会议最大特点是：讨论热烈，十分难得，值得发扬。

目前国内各种研讨会流于形式，多是一个人发言，主持人点评就完了，没有什么讨论。而此会则大不同，每人发言完，主持人点评后，多数是有热烈的讨论，这样对于学术研究深入极有好处，高老师说这也是他们办会的初衷。我多年主持小说数字化国际研讨会，也极力主张研讨会一定要多讨论。

此次研讨会之所以讨论热烈，我觉得还有一个客观原因是，会议主题比较集中——"红学的历史反思与未来展望"，对此大家也都有话要说，因此非常热烈。

而有些研讨会因为各人研究课题十分分散，不说明代文学这类大型会议，就说我主办多年的小说文献暨数字化会，有人研究的小说很稀见，大家都没有看到过，自然也就无法讨论了。

（4）会议缺点

我个人觉得会议最大缺点是：没有提供纸本文件，而只提供 U 盘电子文本。这似乎是和国际会议"接轨"，现在很多国际会议确实是不提供纸本论文集，只提供电子文本。从几年前的光盘，到今日的 U 盘，确实很方便，但在国内这样做有很大问题。

国际会议不提供纸本有其道理。一者国际会一般都是大型会议，参会人很多，如逐一提供纸本，印刷费很高。二者参加国际会一般人都会自带计算机，因此提供电子版更方便，也有利于学者直接引用，而无须自己再录入（但也给抄袭带来方便——有利有弊）。

但目前国内会议，由于学者一般都不带计算机——这次我注意会场上除我带计算机外，似乎只有曹立波和德国学者带了。当然也可能有人带了，没有带到会场。

由于多数学者没有计算机，无法在会场上一边听发言，一边看文本，只有干听学者发言，这既不利于事先了解发言者的看法，也不利于当场的学术交流，因此我觉得此法不妥。因此我认为，在现有条件下研讨会还是应该提供纸本论文集。

胡文彬在大会总结中指出：会议参加人员中，除主办方徐州以外，上海和江浙一带一个没有，这是个大缺陷。我还没有注意，仔细一看确实如此。我不知上海和江浙一带有谁在研究红学史，起码我知道复旦大学陈维昭写过一本《红学通史》。当然也可能是单位事情多无法参加。我感到中国大陆人文学科南北还是有差异，无论在研究方法和思路上都不完全相同。这次除主办方徐州以外，上海和江浙一带学者一个没有出席，没有听到他们的意见，确实是很大的遗憾。

这次会议的重点是"红学的历史反思与未来展望"，会议的主题应该是两方面：历史和未来。但我觉得，这次研讨会对红学史研究方面讨论很深入，近来在红学历史研究上，确实也有很大进展。但在红学研究上，目前确实面临很大的危机。以我关心的版本而言，似乎没有很大的进展，据说《红楼梦学刊》也面临没有高质量稿件的危机。当然学科发展到一定时期，发展速度就会减慢，上升空间就会缩小，这是不争的事实。因此未来红学研究如何发展，确实值得大家深思。

所以，我觉得今后红学重点不在于总结以前，而在于如何解决这些学术危机，但似乎会议没有提出新的思路和解决办法。

（5）"没有一本像样的红学史"

如前所述，这次会议讨论热烈，我个人对红学学案、红学史本来兴趣不大，但听了一些发言，也还有些想法，记录在此。

宋广波发言《略谈20世纪的中国〈红楼梦〉研究史》，引起第一个讨论热潮。近年来宋广波出版多部有关胡适红学研究资料集，对学者帮助很大。我听过宋广波谈他如何到台湾"中研院"去查找资料，十分不容易。我也多次去台湾，多次去"中研院"，也参观过胡适纪念馆，但都是参观，不像宋广波是去做访问学者，因此没有宋广波那样的条件去收集资料。

宋广波在发言中的一句话引起会议热烈讨论。他声称：目前为止"没有一本像样的红学史"。此言一出，激起千层浪。很多学者发言认为，这种提法不妥，已经出版了很多红学史，虽然可能各有各的缺点，但说"没有一本像样的"，是否过了？有学者还逐一罗列出各种红学史，逐一点评。看来与会学者还真有这方面的专家。

我虽然对红学学案无大兴趣，但对红学史还略有兴趣。我当时回想我买的红学史书，对陈维昭的《红学通史》还略有印象。回家后我翻了翻我买的红学史，除陈维昭一书外，还有刘云春等《百年红学》、刘梦溪《红楼梦与百年中国》和欧阳健等《红学百年风云录》。这几本，除欧阳先生是把他自己的观点"程前脂后"列为三阶段之一，似不太合适外，其他几本各有特点。相对而言，陈维昭一书应该说是比较完整、全面的。

当然宋广波认为这些红学史"没有一本像样的"，也自有他的意见和看法。他在响应大家的批评时，仍然强调：即便将来正式发稿，"没有一本像样的"几个字绝不改！

我个人觉得，这话未免唐突了。我下面又仔细看宋广波的电子版文章，很奇怪，全文并没有"没有一本像样的"几个字，其文末是这样说的：

今日研究红学史,还有一层命意,那就是为当下之《红楼梦》研究提供启示和新思路。当告别极左年代的时候,红学学术界也勃发了生机,产生了一批新成果。但不知什么原因,近些年来,实在是不怎么景气。与民国时期的战乱和改革开放前25年的运动不断相比,我们这个时代是百年间最好的时代了。在这样的时代,我们应该产生更多更好的研究成果,方不辜负这伟大、也是难得的时代。就《红楼梦》研究而言,更是需要产生几部像样的成果来振衰起敝,开辟新章。

我们从100年前梳理红学的历史,就是对这100年的成败得失做一个基本的判断,做一番结账式的盘点,看看哪些是前辈已经发明了,哪些有待进一步用力研究。我们可以充分讨论一下,有哪几部《红楼梦》研究的著作需要产生,我们就集中精力攻坚。

看来"没有一本像样的"只是宋广波发言时即兴所说。

我觉得宋广波之所以语出惊人并坚决不收回,自有他的道理。他多年从事红学文献研究,特别关注胡适的红学文献,自然希望有一本以文献为主的红学史。我回来又大致翻阅了一下陈维昭的《红学通史》,感到他的书基本是分析论述,对文献介绍很少,自然宋广波不会满意了。各人有各人不同看法,这也很自然,完全可以理解。因此宋广波的发言有不足之处,也有其合理成分。

谈到这里,我很庆幸,上述红学史作者一个都没有到场,不知如陈维昭在场,宋广波是否还会如此即兴发言?我和陈维昭只在南充开会见过一面,听过他发言。我认为他是典型的海派学者,发言有条理,温文尔雅,很有风度,完全不像北方学者这样快人快语,不假思索。他给我印象还是不错的。

(6)台湾红学

在讨论红学史时台湾刘广定先生要求发言,他只谈两点:

第一,他认为谈红学史,不能只谈大陆,应该也谈港台、海外。我回想,大陆出版的红学史确实没有谈到大陆以外。只是高淮生的第二部红学学案《港台及海外红学学案》是专门谈大陆以外学者,2021年3月刚出版,但这是学案,而不是红学史。

第二,他不赞同用马克思主义研究红学,他说《红楼梦》诞生于马克思主义前几百年,如何用马克思主义去研究《红楼梦》?

我个人觉得刘先生的意见是值得考虑的。这也体现了中国大陆和大陆以外学者的视角不同。

苗怀明发言《一位值得尊敬的"红学界的问题人物"——潘重规先生和他的红学研究》,反响很大。

潘重规是台湾著名红学家,但先前我对潘重规先生完全不了解。我在做《红楼梦》版本数字化时,由于杨本抄写十分潦草,如找原书录入会非常费力,杜春耕告诉我,潘重规有一本整理本,我就买来一本。这是潘先生带领一些学生花费极大心血整理的,有了这本书,我录入杨本就省事多了。潘先生对红学一大贡献是公布了列藏本。

苗老师主要强调潘先生不止是个红学家,还是著名经学家和敦煌学家,潘先生是红学索隐派的代表人物，索隐派曾和胡适有激烈争论，新红学出现后，大家今日对索隐派似乎研究不够。潘先生和蔡元培作为国学大师，为何坚持索隐派，是值得认真研究的。我觉得苗老师的说法很值得我们重视。

2007年，潘重规教授的女儿潘锦女士和女婿杨克平先生将其存放在香港的图书、手稿等5000余件捐赠南京大学。其中线装书270多种500多册，涉及经史子集四大部类。又有潘先生多种著述的稿本及与各地学者往来的信札，是研究潘重规教授以及中国现代学术思想史的珍贵资料。南京大学于仙林校区杜厦图书馆设置"潘重规教授捐赠图书特藏室"专门陈列。

会上有学者问，潘先生有些书曾公开拍卖一事，苗老师答复，潘先生一些珍贵图书确实没有捐赠给南大，而是公开拍卖了。捐赠的主要是他收藏的公开出版的一般图书。潘先生还有大量日记，在其女儿手中，南大将和她们商议整理出版，估计其中会有很多学术信息。

（7）认识刘广定

我这次一定要去徐州开会，是因为要见刘广定，想见刘广定还有特殊原因。

我近年来和一批清华子弟编写了一套《清华名师风采》，包括文、理、工和夫人四卷五册，总计收入清华名师117人，资料和生活照片主要是家属提供，我们的初衷是为保留一份历史资料。

我在编辑中突然注意到，清华历史系曾有一位主任刘崇鋐，但大陆很难查到他的资料，因为在新中国成立前夕，他和一批著名学者随清华大学校长梅贻琦先生乘机离开北平。他后来应傅斯年邀请长期在台湾大学历史系任教，并任系主任多年，还曾任台大教务长。他完全应该收入清华名师中，但我在"百度"等都查不到他任何生平资料。

同时，我又注意到清华农学院昆虫系有位教授刘崇乐，后曾任中国科学院昆虫所所长。他的资料很好找，他当年的学生郭书田给我提供很多资料，科学院动物所蔡邦华在加拿大的儿子蔡恒胜也替我联系到其在美国的儿子。我这才知道刘崇鋐和刘崇乐是亲兄弟，蔡恒胜告诉我台湾大学化学系刘广定是刘崇鋐侄孙，可能有刘崇鋐资料。

我早知刘广定大名，他有关《红楼梦》的很多文章曾在大陆发表，但他主要研究曹雪芹身世，不研究版本，因此我都没有认真看过。我从我校段启明处得到刘广定的邮件地址，就给他发去一信，说明我的意思。他很快给我回信，邮寄来刘崇鋐的小传，并发来一些珍贵照片。

我根据刘广定提供的资料，根据我们的编辑体例，编写了刘崇鋐小传，开会前发给刘广定。他说可以在徐州见面再谈此事。

到徐州顺利见到刘广定，他是位待人十分恭敬的老学者，他在我的文稿上认真用笔做了修改。我赠送他一本《清华名师风采》文科卷，他很有兴趣。他送我一本《王佩璋与红楼梦》，我早知王佩璋，她曾任俞平伯助手，是位很有成就的《红楼梦》研究者，但大陆没有人整理她的文章，而由台湾刘广定来整理出版，这很奇怪。

我问他为何刘崇鋐会离开大陆，他说刘崇鋐曾对他说：共产党来了，我这一套共产党不会有兴趣，因此选择了离开。刘广定认为他的选择还是对的。留在大陆的学者历经各次政治运动,多数无好结果。也曾长期任清华历史系主任的雷海宗从清华被排挤到南开,打成右派,最后年仅60岁就去世了。而刘崇鋐在台湾活到93岁高龄才故去,比雷海宗多活了30年之久!

这次和刘广定会面是一大收获。

返回北京后,下午又收到刘先生来信:

> 周教授:
>
> 　　很高兴与您会面。清华化学系教授,除萨本铁、高崇熙、李运华外,还有一位黄子卿教授。我没有李、黄两位的详细资料,但2004年写过一有关萨本铁先生的文章,参见附档。自然科学史研究所的张藜研究员2006年有一篇更多关于萨先生的文章,载于《中国科技史》杂志第27卷第4期(2006年)。我手边有一本《高崇熙教授诞辰百周年纪年文集》,您若需要,可复印寄上。
>
> 　　昨日研讨会因我迟到耽误议程,谨此致歉。又因匆匆发表后未聆听指教,乃请不吝指正是幸。
>
> 刘广定 拜上

我立即复信:

> 刘先生:
>
> 　　感谢来信!这次会议结识您十分高兴!
>
> 　　清华化学系我理科卷只收入了三人:张子高、张青莲和黄子卿,见附件。
>
> 　　萨本铁大陆确实资料不多,很感谢提供资料。高崇熙资料如复印邮寄方便也请邮寄来,我只要生平部分,学术评价我们只简单介绍。在百度上查到李运华小传,但不够详细,清华教授名单中确实有他,他是1930年聘为教授,和我父亲周先庚是同一年聘为教授的。
>
> 　　谢谢指教!十分感谢!
>
> 　　我们编辑体例是只记述其生平,尤其注意其任教任职时间,有些资料不详细对我编年表就不利,当然最好有年谱。
>
> 　　附件有《清华名师风采》已经完成和续集全部名单,我自知此工程十分庞大,但慢慢做总可完成。如您有其他人资料可发来,很多人后来去台湾资料难找。
>
> 　　您的发言很有启发,这又是一说,可惜时间关系没有展开讨论。希望以后有机会再听到您的讲演。
>
> 　　谢谢!
>
> 周文业

这些信件都是谈《清华名师风采》,和《红楼梦》无关,但看到刘先生对清华名师如此关心,我很感动,因此附录于此,仅供大家参考。

（8）刘广定关于曹雪芹的生父和生年的新看法

我个人对这次研讨会最有兴趣的是台湾刘广定有关曹雪芹生父和生年的论文，他发言时，很多学者都手持手机拍摄他的 PPT，蔚为壮观，成为会议一景，可见大家对他发言的重视。他发言后很多人围着他要复制 PPT，我因为不研究曹雪芹，就没有去复制。我研究《红楼梦》只研究版本，不研究曹雪芹，但对曹雪芹研究其实也有兴趣。

刘广定先生对曹雪芹的生父和生年有新看法。

首先，他认为以前研究曹雪芹生年是根据其卒年和去世时岁数计算的，他认为这很不可靠。他说的很有理，因为曹雪芹卒年就有争议，其去世时岁数也有争议，两个有疑问的资料合在一起，肯定更不可靠了。

他对曹雪芹出身和生年判定的方法是，先考证其生父，然后再判定其生年。他采用了三段论：

- 曹寅有个"巧儿"幼子；
- 此幼子 16 岁在京逝世，但留有个遗腹子；
- 此遗腹子就是曹雪芹。

根据以上分析判定 2015 年就不是曹雪芹诞生 300 周年，而是 304 周年。

按照现在一般公认曹雪芹生于 1815 年，2015 年是他诞生 300 周年，各地都要开会纪念。而刘广定考证则其生年要早 4 年，但他也说这不妨碍大家纪念他诞生 300 周年，反正这是个约数。

我个人对曹雪芹生平没有研究，刘先生推理十分严密，有充分史料支撑。

但我觉得刘先生推理虽然有很多证据，但三个环节似乎还缺乏铁证。

- 曹寅有个"巧儿"幼子——似乎问题不大。
- 此幼子 16 岁在京逝世——似乎也有根据。
- 但此人 16 岁去世就留有个遗腹子似乎根据不足，在曹雪芹生平研究中是发现有个遗腹子，但此子生父是谁一直没有可靠根据。
- 此遗腹子就是曹雪芹——刘先生是在否定曹寅其他儿子没有遗腹子的前提下，才认定此子为巧儿的遗腹子，但他似乎并没有直接的证据。
- 根据以上分析判定：2015 年不是曹雪芹诞生 300 周年，而是 304 周年——是在前面推论巧儿是 16 岁去世、曹雪芹应该在去世后一年出生——推断出的，似乎也没有直接证据。

对于曹雪芹的出身有很多不解之谜，由于缺乏历史文献资料，恐怕要找到可靠的文献证据是很难了，但刘先生的考据还是有新意。

会下我咨询一些大陆学者，多数觉得刘广定考证证据不足。但我看就此问题，怕谁的考证证据都不足吧。

我觉得 2015 年要纪念曹雪芹诞生 300 周年，应该组织一场曹雪芹生平的专题研讨会，对其生父、生年、卒年，都可以细致研究，大家当场讨论，肯定会非常有意思。我极力主张研讨一定要当场辩论最好。写文章讨论有时不能针锋相对，你说东，他说西。如当场辩论，谁更有理就很清楚了，无理者自然就会败下阵了。希望有人组织一场曹雪芹生平研讨会,我一定会再次自费去参加,虽然我不研究曹雪芹生平。

(9) 曹立波的程本研究

曹立波在研讨会上提交论文《北师大藏〈红楼梦〉程乙本考辨》,并在会上介绍了她率领一批学生研究程本的情况。

回想当年我开始主办古代小说版本数字化国际研讨会时,曹立波还是张俊的研究生,她陪张俊来到我校书法研究所二楼会议室的情景至今我仍历历在目。十几年过去,她已经是知名教授、博导了,陈维昭的《红学通史》中对她的研究也有介绍。

会上她说有人问她最近的写作计划,她说她制定了十年计划,先做研究,不急于出书。她目前重点是程本研究。她的一个女博士生在研究程乙本,此人是河南大学曹炳建的硕士生,我和她认识,做学问很踏实。她另一个学生开始研究程甲本。在学校里就有这个优势,可带学生研究,老师就省去很多事情。

曹老师带她的学生遍访国内所有的程乙本,亲自翻看原本。2014 年在日本开小说数字化会,我曾带她去内阁文库和东京大学东洋文化研究所看书,她还购买了一套日本刚出版的程本,对她的研究帮助很大。

中国大陆学者要找机会多出去看看,很多小说版本保存在中国大陆以外,不亲自去看,只看影印本不行。这方面日本学者比中国大陆强,如日本中川谕先生就曾两次去美国耶鲁大学看《三国演义》等版本,收获很大。

程本是很值得仔细研究的,程本是活字印刷,不像雕版印刷,一般印刷过程很难修改。而活字印刷中可随时调整个别文字。这样造成同是程本,但不同本的文字还略有差异,因此很值得仔细研究。

曹立波发言后,刘广定提出程丙本问题,问曹立波是否去上海看过此本。曹立波答复他看过,但没有仔细研究。

历来一般只知道有程甲本、程乙本,从未听说过程丙本。赵冈先生第一次提出了程丙本的新说,打破了人们对于程刊本的旧观念,但日本伊藤漱平先生和潘重规先生都不承认真有过程丙本。《红楼梦大辞典》也未收入程丙本词条,中国大陆学者一般不承认程丙本。还有人提出程丁本的概念。因此程本还是值得仔细研究的。

总之,古代小说版本在向更深入、更仔细的研究方向发展。

(10) 段江丽和金文京

段江丽提交论文是《红学史"体例"谈》,大家认为这确实是个编写红学史需要认真考虑的问题。

段江丽前不久去日本做访问学者两年,她去日本机会很难得,也很有运气。她日语很好,日本藏有很多中国古代小说,研究水平很高,她很希望去日本做访问学者,但找不到人推荐,她找到我,我和京都大学金文京先生是多年好友,我知道段老师研究古代小说很认真,就推荐给金文京。金文京在日本是知名学者,也曾多次推荐中国大陆学者去日本做访问学者,但很少被批准。这次金先生推荐上去,很快就被批准了,金先生自己也很惊讶。赴日的访问学者费用全部由日本文部省提供,经费非常充裕。

段老师出国前她的教授职称也被批准了，可谓双喜临门。

她在日本两年做了大量的访谈，对日本的小说研究做了认真考察。我去日本参加日本小说会，她全程陪我去热海旅游，一路照顾我，我很感谢。

会上我问段老师关于金先生的近况，因为我好久没有和金先生联系了。她告诉我金先生要从京都大学退休，要到横滨某大学任教。我在徐州刚好收到日本中川谕先生邮件，他希望我帮他做耶鲁大学藏《三国演义》遗香堂本的数字化，以便和李卓吾比对。我顺便问及金先生动向，他告诉我，金文京先生2015年3月31日确实要从京都大学退休。听说4月以后在横滨的鹤见大学任教。鹤见大学在横滨市鹤见区，鹤见区在横滨市的东南边，离中川家不远，我曾去过中川家多次。这几日金先生可能就在搬家。

我从20世纪90年代开始做古代小说数字化，和日本学者交往非常多。他们做研究非常认真、仔细，非常值得我们学习！

（11）《枣窗闲笔》辨伪公案

这次出席会议的中华书局年轻的编辑高树伟提交论文《走出红学的疑古时代——对〈枣窗闲笔〉辨伪公案的反思》，研究《枣窗闲笔》，属于《红楼梦》的史料问题。

熟悉《红楼梦》的人都知道，有关《红楼梦》和曹雪芹的历史资料很少。其中最重要的是敦诚、敦敏兄弟的记述，其次是《春柳堂书稿》中有关曹雪芹的一些注解。而有关"脂砚斋"的文献最重要的就是《枣窗闲笔》。

欧阳健提出"程前脂后"论后，同时对《春柳堂书稿》《枣窗闲笔》提出质疑，认为这都是伪造，是为迎合胡适等人《红楼梦》考证而故意编造的。

欧阳先生的惊天之论引起很大讨论，除少数人外，多数学者认为欧阳先生辨伪的证据不足。

我在编写《〈红楼梦〉版本数字化研究》一书，本来不准备谈"程前脂后"，但后来想，"程前脂后"在红学内还是有影响，虽然欧阳很多分析证据不足，但反驳"程前脂后"的一些诸如"《史记》抄《汉书》"的看法也有不足。反驳"程前脂后"的看法，有时没有注意到，脂本除了舒序本外，都是过录本，而且过录时间都不详，因此不排除这些版本抄写时间很晚，就有可能在程本之后了。这样脂本中的一些同词脱文、避讳、批语都可以解释了。当然"程前脂后"认为脂本都是故意造假肯定是错误的。因此我又在我的专著中新增加一章，谈我对"程前脂后"的看法，但限于篇幅和时间，只能谈看法，而无法展开分析了。

高树伟曾就《枣窗闲笔》发表过文章和欧阳辩论，这次是对此课题的进一步深入阐述。由于我对《枣窗闲笔》完全不了解，无法在此复述评述其文章，但我和与会学者都觉得，高树伟是很年轻的学者，在这方面做了深入考证很不易。

高树伟也来找我，他看了我的《〈红楼梦〉版本数字化研究》一书，很有兴趣，表示很遗憾此书没有在他们中华书局出版。当时找出版社时，由于我是无名之辈，根本不敢奢想中华书局这样老牌出版社，因为和中州古籍出版社张弦生很熟悉，他对出版此书也很积极，因此就交中州古籍出版社了。

高树伟曾听我介绍古代小说版本数字化，他对数字化很有兴趣。他们在以台湾黄一农的"E—考据"为基础，编一套数字化在人文科学中应用的丛书，他向我介绍这套书的编辑思路和整体构想，其中有一本是学者访谈录，他希望邀请我做一次访谈。我对高树伟的数字化丛书也谈了我的看法，我觉得我和黄先生不是一个思路，混在一起似乎不合适，因此婉拒了高树伟的访谈，他后来也再未和我联系。

黄一农先生我从未谋面，只在一些刊物上看到一些他的文章，其中只对他在《曹雪芹研究》2014 年第一期发表的有关《春柳堂书稿》作者考证文章浏览一遍，是因为欧阳先生写了一篇反驳文章，要我提意见，我才看了看黄先生的文章。

我也做数字化，但我是做版本数字化，和黄先生的"E—考据"虽然都是用数字化研究，但其方法、目的是完全不同的。

2017 年我去台湾嘉义大学参加中国古典小说研讨会，先应台湾新竹清华大学邀请访问该校，向他们赠送我主编的《清华名师风采·增补卷》，其间谈及我在做古代小说数字化，新竹清华大学校办告知，黄老师就在该校，可介绍我们认识。但我想我和他虽然都在做数字化，但研究方法、研究范围、研究内容都不同，因此没有去会面。

（12）关于曹雪芹博物馆

北京曹学会秘书长李明新女士提交一篇《曹雪芹博物馆在红学上的价值》，并在会上发言，对比英国的莎士比亚博物馆、俄罗斯的托尔斯泰博物馆等，再和北京的曹雪芹纪念馆对比，她很感慨，无论在博物馆规模、影响上，曹雪芹纪念馆都无法和中国以外这些著名博物馆相比。

曹雪芹纪念馆目前只是北京园林局香山植物园下属的一个小纪念馆，科级编制，虽然游客数量不少，纪念馆也有扩展成曹雪芹博物馆的宏伟计划，资金也不是问题，但在中国大陆任何事情都要政府点头，目前对香山曹雪芹纪念馆本身就有争议，政府就不敢在此问题上拍板了。而没有政府拍板任何事情办不成，不管有多少钱都不行。

而海外博物馆多数是不靠政府支持，而是由基金会来管理。基金会有钱，有土地，只要董事会同意，什么事都可以办成。

在我看来，除了政府支持与否外，曹雪芹博物馆和中国以外其他博物馆相比，还有一个硬伤——曹雪芹本身的资料缺乏。

对于莎士比亚，虽然也有争论，他只是一个剧团中的小人物，但其作品中对于王公贵族描写细致入微，很多人质疑这些作品并非莎士比亚所写。但不管是谁所写，莎士比亚的生平很清楚。托尔斯泰就更不要说了。

但曹雪芹至今连其生父是谁都搞不清楚，其写作《红楼梦》的经历更是资料缺乏。这样如何建曹雪芹博物馆？我看这是曹雪芹博物馆的致命之处。如果在曹雪芹研究上还没有突破，还在争论他的父亲是谁，如何让人信服曹雪芹写了《红楼梦》？我们研究《红楼梦》的学者们扪心自问，是否会感到惭愧呢？

（13）《红楼梦大辞典》修订问题

这次研讨会的高潮出现在最后一天上午吕启祥老师的发言。她的题目是《红学基础工程的坚守、充实、更新与提高》，具体内容其实主要是谈《红楼梦大辞典》的出版问题。

《红楼梦大辞典》怕是每位研究《红楼梦》的必备参考书。1990 年出版第一版，20 年后，2010 年又出版增订本。我都买了，放在手边，经常翻阅。

大辞典的主编两版历来是写冯其庸、李希凡。根据吕老师介绍，其实 1990 年第一版很多工作是吕老师和胡文彬等人在做的。本来计划写吕老师为副主编，后来吕老师自己去掉了。吕老师详细介绍了当年她们主编此书的认真把关，追求质量的编辑思路。

到 2010 年增订本时，新任主编却没有请她看过任何文稿，只是出版后某次开会送她一本。但增订本却在后记中清楚写道：上编由吕启祥负责，下编由张庆善负责。

吕老师仔细看了增订本，最大意见是只增不订。对老词条基本不动一字，只是增加新词条。我回家后翻出两本书仔细核对，很多词条确实一字不改。很多学术研究有新成果，也确实没有写入。

吕老师认为，增订本最大问题是，新增词条不注意和老词条的衔接，其中问题最大的是"红学人物"。她以关四平为例，关四平词条中写到他是博导，但张锦池、刘敬圻等在 1990 年版时可能还不是博导，但到 2010 年也早是博导了，但未提。这样如张老、刘老看到会如何想？别人不清楚，还会认为关四平是博导，张老、刘老不是博导。还有一些已经去世的学者，还写的是"副教授"，实际早是教授了。这类问题很多。

我觉得既然是增订本，而不是增补本，吕老师指出的问题确实是应该在新版中修订的。2010 年版修订时，我估计修订者是为简单省事，就没有仔细修订原词条，那样工作量会极大，图个省事，但这明显不符合学术规范，吕老师意见是对的。

但吕老师觉得既然已经出版了，也无法再改了，此事也就没有继续追究下去了。

增订本原来是由中国艺术研究院下属的文化艺术出版社出版的，可能已经售罄了。于是前不久，主持人又与人民文学出版社联系，想转到人民文学出版社再版，这样既可扩大影响，又可得到可观的版税，当然文字就仍然完全不动，只是重新排版而已。人民文学出版社同意了，两位主编也同意，此事只要签字就可运作了。

不料此事被吕老师得知，提出了自己的意见，希望如果人民文学出版社再版，一定认真修订。吕老师写了封信给人民文学出版社副总编周绚隆，谈了两点意见。

周绚隆看到信后，觉得艺术研究院内部出现分歧，他们夹在中间，不好办事，就终止了出版计划。

此事被目前大辞典新任主编得知后，十分生气，本来一件好事，可得不少版税，被吕老师一封信就搅黄了，十分气愤，就写一封长信给吕老师，对吕老师大加指责，甚至声称要把吕老师告到法院去。吕老师看到后，十分生气，几夜无法入睡。她近 80 岁了，谈到此处心情十分激动，看得出她觉得被人如此攻击，她确实是十分难过。

说道此处，大家就会十分关心写此信为何人。我听吕老师一说，就知此人是谁了，我和此人很熟悉，他脾气火爆，说话经常言辞激烈，而不顾后果，这事他完全可以做出。会场有人不明白，问我这是谁，我告诉她我的猜想。会后我问了知情人，果然不出我的预料。

吕老师发言后，胡文彬发言，他基本支持吕老师，随后张庆善发言，但他没有正面谈及此事。

此事完全出乎大家预料,在研讨会上谈及这类事情,也极为少见。我只在山东一次《水浒传》研讨会开幕式上,听到一位老先生,对另一位已经去世的老先生的一些做法,点名进行了批评。会后引起轩然大波,导致当时水浒学会会长到处散发邮件,指责这位老先生。此事估计业内人士都知道吧。

本人由于从来不参加红学会任何活动,对于此事事先完全不知,估计多数学者事先也完全不知,对于红学内部竟有如此之大矛盾甚为震惊。

我的看法是:这些矛盾都是工作中的矛盾,此事说白了,就是老人希望认真,年轻人希望挣钱。两人分歧很明白,老先生对工作极为认真,希望仔细校订;年轻人急功近利,希望扩大影响,早日再版,多收入版税,得实惠。其实双方都是多年同事,是老熟人,如果双方不要意气用事,坐下来好好谈,应该可以谈妥的。吕老师提出的修订意见也不难,红学所有这么多人,找人整理词条不是难事。新老学者如果平心静气处理好矛盾,问题肯定可以解决,不至于闹到今日地步。

我觉得艺术研究院相关领导对此事也有不可推卸的责任。此事他们应早出面化解矛盾,据说艺术研究院指派一名副院长亲自过问此事,但可能已经晚了。

我觉得既然吕老师在大会上公开讲出来,不仅与会者知道,红学界大家迟早也会知道的,因此在网络上客观地、侧面谈谈我个人看法,也不为过吧,也可促进问题解决。

总之,红学中矛盾不少,今日又新添这一矛盾,真让人难过。此事在我看来本来完全可以避免的。对此我是个局外人,只能深表遗憾了!

(14)我的《〈红楼梦〉版本数字化研究》专著

我去参会主要是想去会会很多老朋友,见见新朋友。

还有,我当时在研究《红楼梦》版本,编写《〈红楼梦〉版本数字化研究》一书,上下册,每册500多页,很厚。当时计划由中州古籍出版社出版,我想再增加"程前脂后"一章,正在修订中,希望会上向有关学者介绍此书,并和大家交流。样书给多人看过后,最后赠与胡文彬先生,我一向很敬重他,在到会的老先生中似乎也只有他曾研究过版本。此书当时我正在补充"程前脂后"部分,尚未正式出版。

2. 2017年天津京津冀红学高端论坛随笔

2017年12月京津冀红学高端论坛在天津举行,中国红楼梦学会、天津师范大学主办,天津市红楼梦研究会承办。

2012年在天津出现了一本"庚寅本",对此本有三种看法:

第一种看法认为此本是清代抄本,是古本。

第二种看法认为此本是现代人伪造的假货。

我持第三种看法,认为此本是20世纪50年代,某个《红楼梦》爱好者,根据

1954年出版的俞平伯《脂砚斋红楼梦辑评》抄录而成。

会上有两篇有关《红楼梦》"庚寅本"的文章，两篇文章都是持第一种看法。

第一篇是"庚寅本"发现人天津市红楼梦研究会理事王超的文章《赵之谦与"庚寅本"版本源流关系》。另一篇是山西省红学会副会长张志坚（女）的文章《简论"庚寅本"前的"红楼梦旨义"》。

前一篇文章认为"庚寅本"是清代著名的书画家、篆刻家赵之谦（1829—1884）在同治二年到四年进京赶考时雇人誊抄的一部脂评本，但未提供任何可靠的证据。

第二篇文章分析了"庚寅本"前的"凡例"，即"红楼梦旨义"，认为此文是原始文本。其实此文根据的是俞平伯《脂砚斋红楼梦辑评》前的"甲戌本凡例"抄写的，我在2015年出版的《〈红楼梦〉版本数字化研究》一书中有详细分析。

此次京津冀红学高端论坛上推出天津市红楼梦研究会赵建忠主编的《红楼梦津沽文化研究》第二辑，此书收入了我的文章《"庚寅本"〈石头记〉鉴定存在的问题》。赵建忠坚定认为"庚寅本"是清代刊本，并请冯其庸先生做了鉴定，冯先生也赞同此看法。我这篇文章就是针对这些鉴定，认为鉴定是不可靠的。我不赞同赵建忠的看法，但主编的论文集还收入了我的文章，这种气魄很令人佩服。在研讨会当晚的宴请中，赵建忠还专门找到我，当面承认，他以前认为"庚寅本"中的"元孙"本来应是"玄孙"，是为避讳康熙的"玄烨"，而改为"元孙"，这个看法是错误的。但他仍认为"庚寅本"是古本。我觉得各人看问题角度不同，看法不同很自然。

3．2018年湖北蕲春顾景星与《红楼梦》研讨会随笔

（1）《红楼梦》作者顾景星说简介

此次研讨会全称是"2018年首届中国黄冈顾景星与《红楼梦》学术研讨会"，是由蕲春政府和黄冈师范学院联合主办，参会的有专业学者，也有业余红学爱好者。从研讨会名称可知，此会是讨论顾景星和《红楼梦》的关系，主要内容是讨论蕲春红学爱好者王巧林提出的：《红楼梦》作者不是曹雪芹，而是蕲春人顾景星。蕲春县在湖北东部，属于黄冈市，因此研讨会名称是"黄冈顾景星"，其实更准确应称为"蕲春顾景星"。研讨会冠以"首届"，其含义这是第一届，以后还会继续开第二届、第三届……

五大名著的作者目前都有问题，至于《红楼梦》作者曹雪芹也有三大问题有争议。

第一，他身世不明，一般认为他是曹寅孙子，但他父亲是谁不知。第二，按照曹雪芹的岁数，他十三四岁时家道没落，根本没有经历过当年曹家的兴旺时期，没有这些经历如何可以写出大观园中奢华的生活场景？第三，文献记载北京西山的"曹雪芹"是否就是写《红楼梦》的曹雪芹也有争论。

很早就有人质疑曹雪芹的著作权，于是《红楼梦》作者另有其人就层出不穷了，

据说已经有 100 多位了，恐怕超过《金瓶梅》作者人数了。其中前几年最热的是洪升说，提出此说的土默热，开过几次研讨会，后来认可人不多，近来也无声息了。最近又出现冒辟疆、傅山等说，湖北蕲春王巧林提出顾景星说是目前宣传较多的新说。

王巧林是蕲春人，和我一样不是研究古代文学的，是业余爱好者，他经过十几年苦心研究，认为《红楼梦》作者是蕲春顾景星，最近由光明日报出版社出版了他的专著《红楼梦作者顾景星》，有 700 多页 75 万字，欧阳健先生在封底为此书的推介中写道："我完全赞同王巧林先生的观点……《红楼梦》作者首选是顾景星。"

我和王巧林认识，多次在各种研讨会上见面，他书出版后来北京各单位送书，我也曾出面帮忙。

《黄冈日报》2017 年 6 月 3 日对此有报道，转录如下：

百年红学争鸣再掀巨澜　黄冈学者揭开谜中之谜
——光明日报出版社推出《红楼梦作者顾景星》

韩进林

《红楼梦》是我国四大古典名著之一，在世界文学史上享有一席之地。其作者究竟是谁的争鸣探究百年不息，举世瞩目。早年创业于深圳的蕲春籍草根学者王巧林，费十余年之心血，在浩如烟海的文献故纸堆里掇要钩沉、博览约取，终于一鸣惊人地发现《红楼梦》作者，乃明末清初的蕲州人顾景星。前不久，光明日报出版社隆重推出了王巧林的《红楼梦作者顾景星》一书。

顾景星（1621—1687），字赤方，亦字黄公，蕲州人，明清之际文学家。八九岁读经史，博闻强记。明崇祯十二年（1639），18 岁的他中副榜。崇祯十六年（1643）随父避难于昆山，居之淀湖。南明王朝福王时，七省流寓贡生在南京会试，他名列前茅，任福建推官。当时马士英擅国政，令人秘密招他附己，被他一口拒绝。清兵至昆山，令他以原职随征，他不从。归蕲州后，闭门不出，结茅而居，名其堂为"白茅"。著《白茅堂集》46 卷，《读史集论》9 卷，《镡池录》18 卷，《顾氏列传》15 卷，《南渡耕集》73 卷，《阮籍咏怀诗注》72 卷，《李贺诗注》4 卷。亦能曲，著有《虎媒记传奇》并传于世。另有《黄公说字》未刊行。《湖北历史人物辞典》依据《四库全书提要》上的记载，对顾景星作了上述介绍。

《红楼梦作者顾景星》一书，用翔实的史料、科学的思辨，揭开了《红楼梦》作者百年争端，千古悬疑中的案中之案、谜中之谜。

其一，颠覆了主流红学关于《红楼梦》作者曹雪芹乃满族旗人曹寅后裔之说。揭示了"曹雪芹"子虚乌有，实为顾景星为避免"文字狱"而用的化名，也隐含着顾景星作为明朝遗老，不仕清廷的决心。

其二，颠覆了主流红学关于以大观园为主体的"贾、史、王、薛"四大家族乃北方满旗仕宦之园，书中人物皆为北方满族贵胄的定论。揭示了《红楼梦》中的大观园乃明朝蕲州荆王府花园所复制，书中人物乃顾景星自己乃其家人家事的缩影。大观园所描写的建筑群如宫殿、牌坊、亭台、楼阁、寺庙道观、河港桥闸、水井泉流、雪洞暗榭等结构布局，皆与文献所记载的蕲州荆王府如出一辙。顾景星的著作《白茅堂集》中皆有详尽记载。

其三，颠覆了主流红学一贯认定《红楼梦》乃"旗人曹寅家族兴亡史"之结论。揭示了《红楼梦》乃"吊明之亡""揭清之失"的民族血泪史的写照。至于书中的楚风蕲俗、蕲楚方言更是不胜枚举。

福建师范大学博导、著名红学家、《明清小说研究》原主编欧阳健给《红楼梦作者顾景星》所作的序中，称此书为"异质思维的硕果"，对王巧林书中的观点，深表赞许。

《红楼梦作者顾景星》出版后，引起了红学界及文学界的高度关注。中国红学学会会长、《红楼梦学刊》主编张庆善，中国红学学会秘书长、著名红学家孙伟科，北京大学教授、著名版本学家姚伯岳，中央民族大学文学与新闻传播学院教授、中国红学学会常务理事曹立波，首都师范大学文学院教授、首都师大出版社社长兼总编辑段启明，天津外国语大学汉学院教授、北京曹雪芹学会副会长郑铁生等资深专家学者郑重建议，在《红楼梦作者顾景星》的诞生地，举办一次大型学术研讨会，让中外红学界、文学界的专家学者对《红楼梦》作者的千古悬疑，各抒己见。

目前，《红楼梦作者顾景星》的学术研讨会已引起相关学界重视，研讨会筹备工作正在紧锣密鼓地进行。

类似报道还有：

http://www.360doc.com/content/15/0604/09/12539266_475536489.shtml

王巧林认为《红楼梦》作者是顾景星的主要根据有以下几点。

第一，顾景星是曹寅的舅舅，即顾景星的妹妹是曹寅的生母。顾景星曾为曹寅诗集作序。顾景星死后，其子请曹寅帮助刊刻其父文集，他无以为报，就把其父顾景星写的《石头记》草稿送给曹寅。后曹家败落，此书流入社会中。曹雪芹只是顾景星的一个托名，其实根本没有"曹雪芹"这个人，顾景星才是《红楼梦》原作者。

第二，《红楼梦》中有无数例证在顾景星生平都可找到对应关系，《红楼梦》中很多场景、人名、人物形象、宗教文化、方言、民俗、风物、诗词曲赋等方面，都可以在蕲州顾景星处找到对应。

由此看来，顾景星说克服了曹雪芹说上述两个主要缺陷。第一，他有完整履历和文学历程，具备写作《红楼梦》的条件。第二，顾景星和曹寅有交往，可能将《红楼梦》手稿流入曹家。

（2）顾景星说的问题之一：证据不是唯一的

但顾景星和曹雪芹写《红楼梦》相比，也有不足，这种论述还有几个问题。

第一，所有内容证据都没有唯一性。

一般论据要成立，必须具有唯一性，就是除此之外没有第二例，如还有第二例，这证据就没有唯一性，也就不可靠了。这是科学论据的基本原则。

而王巧林论证顾景星是《红楼梦》作者，虽然在场景、人名、人物形象、宗教文化、方言、民俗、风物、诗词曲赋等方面，找出几百个证据，证明《红楼梦》和顾景星有关，但这些证据都不是唯一的。比如是语言，会议主持人、黄冈师院文学院院长在会议总结时，很赞同王巧林的语言考证，还让该院老师回去，利用蕲春语料库核对《红楼梦》的语言和顾景星的语言，希望根据用词来证明：顾景星是《红楼梦》作者。但殊不知这有很大问题。首先，即便《红楼梦》和顾景星都使用相同的词语，但很多词语不是只有顾景星和《红楼梦》使用，不是唯一的，因此不能成为证据。会上就有一年轻老师当场指出：王巧林说《红楼梦》和顾景星都用了"嬷嬷"一词，并以此作为顾景星是《红楼梦》作者的证据之一，其实大家都知道，在古代小说中"嬷嬷"使用非常广泛，根本不能作为证据。其他类似问题很多。因此，只在《红楼梦》中找到顾景星使用的相同词语还不行，同样在顾景星其他著作中找到《红楼梦》中有的词语也还不行，还必须查遍所有其他人，和其他方言，都再没有出现类似词语，这样的证据才成立，才可证明《红楼梦》中词语来自顾景星。而要查遍所有其他作品和方言，那几乎是不可能的。因此这种论证是有极大问题的。这就是论证中常遇到的问题——说"有"容易，说"无"难。

此外，王巧林的论证中诗词占篇幅很大，欧阳健先生在发言中，也特别点到王巧林有关诗词的论证，认为王巧林举出120多篇诗词，这就是顾景星为《红楼梦》作者的有力证据。《红楼梦》中有大量诗词，这是其他古代小说中少有的情况，说明作者对诗词很有兴趣，也有水平，因此从诗词入手分析作者是一个重要的领域。诗词确实是有特殊风格的，我曾看到清华大学某计算机教授分析李白诗词的独特风格，并根据这些诗词风格，来验证哪些诗词是李白所写，而且成功率很高，由此也验证从诗词分析作者是一个途径。但这种分析和上述词语分析作者同样有问题。要从诗词分析，不只要找出和顾景星诗词相似之处，还要论述，这些诗词是其他人写不出来的，这样这些证据才是唯一可靠的证据。而要论证《红楼梦》这些诗词别人写不出来，只有顾景星可以写出，这是不可能做到的。因此这种根据诗词来论证顾景星是《红楼梦》作者也是不可靠的。

在这次研讨会上，除王巧林外，对顾景星说最支持的是欧阳健先生。欧阳先生最先支持顾景星说，并为王巧林专著题词称："《红楼梦》作者首选是顾景星。"这次会上他写了一篇文章，并在他博客上发表：《一次特殊的研讨会——在"2018首届中国黄冈顾景星与〈红楼梦〉学术研讨会"的发言》。

http://qianqizhai.blog.hexun.com/115597819_d.html

文章中用一个细节的考证，再来支持王巧林的观点。文章指出：《红楼梦》第十七回"大观园试才题对额"中，宝玉列举出很多草药名称。欧阳先生指出：作为李时珍的乡人与崇拜者，顾景星不仅通读了《本草纲目》，还写了《李时珍传》，赞扬他读书十年，博学无所弗瞡，详尽写他对《本草纲目》谬误的订正。而《红楼梦》中有详细对草药的论述，这就是顾景星写《红楼梦》的证据。

但这个分析同样有上述问题，熟悉草药的恐怕不止顾景星一人，曹雪芹可能也对草药很熟悉，因此不能因为《红楼梦》中详细谈及草药，顾景星也熟悉草药，就认为这是顾景星写《红楼梦》的证据。

类似问题我看到不止一次。前几年曾有位学者在一位代作家的作品中看到有描述吕布骂刘备"大耳贼"，而这个描述也出现在《三国演义》中，而在其他作品中都没有看到。由此他得出结论：《三国演义》的描写就来自这位代作家，并由此推论《三国演义》应该成书于元代。这种错误分析和顾景星说是一样的，现在看不到有其他文献记载吕布骂刘备，并不能保证当年就没有其他文献也曾记录此事。元曲有一出《白门楼》戏，已经失传，很可能明代作家罗贯中写《三国演义》中吕布骂刘备就是根据此剧所创作的。因此这个证据不能证明《三国演义》就一定是成书于元代。

总之，要论述顾景星是《红楼梦》作者，必须找到《红楼梦》中的描写，只有顾景星可以写出来，其他任何人都写不出来才行。但要证明《红楼梦》中的情节、言词等其他人都写不出来，那是非常困难的。

湖北师范大学石麟老师针对王巧林一书事先写了1万字的文章，但会议只给每人8—10分钟发言，因此他无法铺开论述。他在肯定顾景星和《红楼梦》有关"石头"的分析外，也指出顾景星说一些问题，尤其是四次接驾问题。《红楼梦》中说曹家曾四次接驾乾隆皇帝，曹寅确实曾四次接驾，而顾景星一家从未有过接驾记录，而且在曹家第一次接驾后顾景星就去世了。这是顾景星说很难解释的。有人认为《红楼梦》中所写的接驾不是清乾隆下江南，而是南明皇帝的接驾。这又涉及《红楼梦》的成书时间问题。

对于《红楼梦》成书时间，一般学术界认为是成书于乾隆年间，符合曹雪芹的生平。但王巧林认为《红楼梦》是顾景星所写，而顾景星生活于明末清初，到康熙年间，根本没有到乾隆年间。为此王巧林举出一些证据，力图证明《红楼梦》成书于康熙年间，但会上有些学者认为这些证据都不十分可靠。因此认为《红楼梦》成书于乾隆之前的康熙年代，很难得到学术界认可。

这种不科学和不规范的论证，不止出现在顾景星与《红楼梦》研究中，在很多考证中比比皆是，这是应该引起学者们注意的。

（3）顾景星说的问题之二：没有任何历史文献证据

曹雪芹写《红楼梦》有很多历史文献为据（当然有人认为这些证据是假的，另当别论），而与顾景星有关的所有文献，都没有直接说过他写了《红楼梦》。

前面介绍王巧林举出很多顾景星写《红楼梦》的内容方面的证据，但没有任何文献证明这点。

内容证据和历史文献证据，哪个更可靠？

王巧林认为《红楼梦》内容证据比任何文献证据都更可靠，历史文献证据可能误传或造假，而小说内容和人生经历无法造假，因此内容证据才是"铁证"，历史文献证据不是"铁证"。

根据王巧林的分析，顾景星写《红楼梦》有两个关键：

其一，《红楼梦》是顾景星亲笔写的。

其二，顾景星死后他儿子为感谢曹寅出资刊刻顾景星文集，因此把《红楼梦》手稿赠与曹寅，因此后来从曹家流传出来。

但至今没有任何历史文献证据证实这两点。

尽管王巧林认为，他找出很多内证，因此不需要历史文献证据，即便有历史文献证据，那也可能造假。这种一笔抹杀历史文献是完全不科学的论述，如此就不要任何历史文献了，这种否定历史文献肯定是错误的。

因此，如果要顾景星说成立，必须找到历史文献。可以设想，如果《红楼梦》确实是顾景星所写，他要付出极大的精力，肯定会写一些诗文记述写《红楼梦》的艰辛，为何在顾景星的诗文中，没有留下任何有关《红楼梦》的记载呢？这几乎是不可能的。

另外，如果是顾景星的儿子把《红楼梦》赠送给曹寅，这是一部巨著，曹寅肯定会有记载的，为何至今为止曹寅的著作中没有留下任何记载呢？

因此，我认为，如果要证明顾景星是《红楼梦》的作者，必须从上述两方面去查找历史文献，虽然可能性不大，但还是要努力。因为如果找不出这些历史文献，就无法使学术界认可此说，那只有在小范围内流传而已。

（4）作家生活经历和作品的关系

虽然说曹雪芹没有经历过曹家的兴旺，但很多著名作家都写出了他所未经历的伟大作品，如莎士比亚写出他根本未曾经历过规模宏大的历史剧，肖洛霍夫写出他未曾经历的顿河哥萨克故事，虽然都曾有人质疑他们的著作权，但后来这些反对意见基本都被否定了。现代作家二月河写的康熙王朝、雍正王朝等历史小说还拍成电视剧获得好评，二月河根本没有经历哪个时代，一样写出生动的历史小说。

虽然说曹雪芹没有经历过曹家的兴旺，后来曹家家道没落，但他作为一个没落家族后代，也接触过其他兴旺的家族。因此认为曹雪芹未经历曹家繁华，就写不出大观园，也不足为据。

（5）对顾景星说的看法

以上是我对顾景星说的分析和看法，论述得比较直白。当然在研讨会上是不可能这样发言的，我把上述对问题的分析，委婉转化为"建议"提出，受到与会学者的认可，意思到了就行了。

仔细分析王巧林此书，他实际把《红楼梦》几种主要版本都归于顾景星名下，不仅认为一百二十回本全部是顾景星所写，就是甲戌本、庚辰本也是顾景星的初稿，脂砚斋、畸笏叟也是顾景星的托名。这种看法就有些过了，这样，顾景星儿子交给曹寅的不仅有完整的一百二十回本，还有他初稿甲戌本和庚辰本，这就很难想象了。

其实王巧林还有个更合理的做法，不要认为现存的《红楼梦》是顾景星写的，而是认为《红楼梦》初稿是顾景星写的，而后来流传到曹家，曹雪芹又"增删五次，批阅十载"，改编为《红楼梦》。这样很多问题就可解释了，所谓曹家四次接驾就不是顾景星所写的，而是曹雪芹所补。但这样王巧林就要从现在的看法后退一大步，把顾景星认定是《红楼梦》的初稿作者，而不是最后作者，估计王巧林是不干的。

会上有位学者不客气地评论王巧林的顾景星说，说《红楼梦》是顾景星所写，就和丢斧子故事很像。某人丢了斧子，看邻居都像偷斧子的人；后来斧子找到了，再看邻居又都不像了。言外之意是说：王巧林被顾景星说迷住了，看《红楼梦》什么地方都像是顾景星所写。我很赞同他的看法，类似问题在"程前脂后"中也有。

最近我接触了一些业余学者，研究都很痴迷，十分投入和深入，但在我看来研究方法都不科学规范，都很难被学术界承认，这是业余研究的最大问题。

总之，《红楼梦》顾景星说目前看来问题很多，要在学术界承认顾景星说，首先要找到唯一性证据，其次要找到历史文献，证明是顾景星写了《红楼梦》。从目前来看，要做到这两点几乎是不可能的。

因此我在研讨会上建议，在无法突破顾景星写《红楼梦》的情况下，到处去宣传顾景星写了《红楼梦》，不如先研究顾景星本人，先把顾景星树立起来，然后再慢慢在顾景星写《红楼梦》上寻求突破。会议也基本认可我的建议。

我写完此文发给一研究小说的朋友，他看后来信说："大作收到，很有意思，此前王巧林找过我几次，我都婉言拒绝了。与其相信顾景星是《红楼梦》的作者，还不如相信《红楼梦》就是我写的，去年我在某研讨会上已经宣布《红楼梦》和《金瓶梅》都是我写的，而且按照他们的论证思路，《红楼梦》是我写的证据比他们的不知道要过硬多少倍。一笑。"

这次研讨会议题很集中，虽然范围很小，研讨会很成功。但考虑到现在还有上述问题，要学术界认可顾景星是《红楼梦》的作者，还很难。因此在会上我建议，可先从顾景星本人研究入手，成立顾景星学会，出版顾景星文集、顾景星评传，如有可能在蕲春某公园内建立顾景星纪念馆。再继续召开第二届、第三届研讨会。2021年是顾景星诞辰400周年，欧阳先生建议届时可以召开规模较大的研讨会。我建议研讨会最好有一次到北京去召开，因为要请学者到蕲春来不易，如到北京去开，请北京学者就比较容易。但主持人黄冈师范学院文学院院长认为，到北京开会经费不是问题，但要在北京开，就必须在北京找个协作单位，这很难，因此积极性不高。但我认为，如不去北京开，只在蕲春开，最终影响肯定有限。

此次研讨会是地方组织，参会人很杂，除一些学者外，还有一些对《红楼梦》并不熟悉的人。如有一位专家会上介绍他是：中国社科院中外人文研究中心副主任、研究员、著名文史评论家、当代思想家，他自称是"中国战略研究所所长"，看上去来头不小，他发言中提出：国内目前还没有大观园，为扩大影响，他建议在蕲春建立《红楼梦》大观园。我听了很吃惊，北京和河北正定等地早建有《红楼梦》大观园，怎么说国内没有大观园？我下面和王巧林说：此建议不可取，在蕲春建大观园没有人会来看的，类似失败的例子太多了。但王巧林很支持他的建议，他也想在蕲春建一个《红楼梦》主题公园，这样我就不好再说什么了。

另外一位专家据称是北京大学政府管理学院公共经济学系主任，也是蕲春人。他在会上除大力支持蕲春说外，还建议在蕲春建大学，并说在中国每个县都应该建大学，他发言后即离席。主持研讨会的黄冈师范学院文学院院长马上说，他们师范学院想升大学都不行，蕲春只是个县，如何可办大学？

这些奇谈怪论也出现在这次研讨会上，令人惊讶。

（6）会见老朋友

这次会议原请了红学家和知名学者张庆善、胡文彬、孙伟科、应必诚、苗怀明等，后来名单中还有陈洪、雷勇、赵建忠等，但实际到会的知名学者只有张书才、欧阳健、杨建文、石麟四人。据说其他人是因为太忙无法出席。但我估计不参加的可能是对顾景星说不太认可，去了说是不好，说不是也不好，因此不参加为好。我没有研究曹雪芹和顾景星，去听听各种意见也很好。很多都是老朋友，这次难得一见，也很高兴。

欧阳健先生是老朋友了，近来见面很少，这次一见两人都很高兴。欧阳先生身体看来又差了，腿脚也不很利索。这次是因为他很早就认可王巧林的顾景星说，并写了推荐辞，欧阳先生是目前极少数支持王巧林的学者之一，因此他必须来参加。为何欧阳先生支持顾景星说，这和欧阳先生否定《红楼梦》"自传说"的看法是一致的，因为支持顾景星说，对欧阳先生的看法是有利的。欧阳先生认为顾景星是《红楼梦》作者，我不十分赞同，但也没有当面去讨论，这样讨论不会有结果，只会伤害感情。

我问欧阳先生2018年是否还有计划参加其他研讨会？他当时答复我说，因为身体不好，目前没有任何计划再参加任何研讨会。实际后来他参加了11月武汉《水浒传》研讨会，我们又会面了。我告知欧阳先生，11月福州要召开冯梦龙研讨会，我可能再去参会，届时可能去拜访他。前年福州召开冯梦龙研讨会我去参会，并事先给欧阳先生去电话，但欧阳电话中说不便会面，并未做进一步解释，我当时也很奇怪。这次见面，欧阳先生夫人专门对我解释，我前年去福州参加冯梦龙研讨会时，他们刚好在美国，因此抱歉没有能会面。

和欧阳先生谈及沈伯俊先生不久前突然去世，他也很感慨，又少了一位老朋友。我们年纪越来越大，以后见面机会也越来越少了。

这次赴会，我事先向王巧林要了与会人员名单，根据名单我事先打印14本本书初稿《中国古代小说数字化研究随笔》，送给与会的老朋友。但到会才发现很多老朋友都没有来，但有其他老师对此书有兴趣，最后送出12本，还富余2本带回，好在6月底我又要去黄石参加三国研讨会，可再送人。

与会学者中，只有一位黄冈师范学院女博士后，对我这本书很有兴趣。她在做敦煌文献研究，也在利用数字化，因此主动找到我问古籍数字化的做法。我向她介绍了古籍数字化的三阶段，如果数字化工作量大，最好立项后找专业公司去做，自己去做数字化费时费力。如研究中有些特殊要求（如我的版本比对），就要找专业计算机人员或公司去开发。而自己就可集中精力于第三阶段的开发。如果问题较复杂，就需要有人既懂计算机又懂人文研究。

这次研讨会是2018年我第一次外出开会，2018年上半年我有半年没有外出开会，虽然这次研讨会来去只有4天，但回来感觉还是有些累，到底是岁数不饶人呀。恐怕终有一天我会像欧阳先生一样跑不动了，那就只有待在家里不再跑了。

（八）其他小说研讨会随笔

这几年我除参加五大名著研讨会外，还参加了一些古代小说研讨会，现从中选择几次研讨会写下的 5 篇随笔，按照会议时间顺序逐一介绍。

1. 2011、2014 年吴敬梓和 2017 年《儒林外史》研讨会随笔

这几年我主要从事五大名著的版本数字化，五大名著以外的古代小说，如《儒林外史》《聊斋志异》《镜花缘》和"三言二拍"等，都没有做数字化。这是因为这些小说的版本比较少，版本刊刻时间比较清楚，其演化也比较清楚。这些小说数字化后，对于编写论文可直接引用，使用很方便，但对于版本和演化研究基本没有多大帮助。因此我也基本不参加五大名著以外古代小说的研讨会。

但 2011 和 2014 年，我参加了两次吴敬梓研讨会，这是因为吴敬梓是安徽全椒人，我也是全椒人，我父亲周先庚 1916 年从老家全椒考入清华大学，毕业后留美，回国后长期任教清华、北大。但我从未去过全椒。2011 年 11 月，我所在的首都师范大学段启明先生知道我是全椒人，问我是否愿意参加在全椒举行的纪念吴敬梓诞辰 310 周年——中国《儒林外史》高峰论坛。因为我从未回过全椒，机会难得，因此就报名参会。虽然我没有做《儒林外史》版本数字化，但我觉得《儒林外史》也是中国古代小说中的一种，参会学者了解中国古代小说版本数字化也肯定有帮助，因此就提交了论文《中国古代小说版本数字化和计算机自动比对》。在这次研讨会上，正式成立了中国儒林外史学会（筹），李汉秋当选会长，我也被选为理事。

2014 年 11 月，中国儒林外史学会（筹）再次在安徽全椒举行纪念吴敬梓逝世 260 周年暨学术研讨会。我要参会必须再次提交论文。因为我没有研究《儒林外史》版本，无法写版本文章。但我这几年一直在做中国历史地理数字化，即利用地理信息系统 GIS 绘制历史地图，因此萌发了绘制吴敬梓生平行踪地图的想法。

文章从吴敬梓生平活动的地理角度，利用历史地图展示吴敬梓一生的行踪，直观

明了，为研究吴敬梓提供一份资料。

要绘制吴敬梓生平行踪地图，必须先搞清楚吴敬梓的生平行踪。我根据已经出版的几种吴敬梓年谱，整理出吴敬梓的生平行踪表。

吴敬梓生平行踪表（部分）

时间	年龄	活动	地点	事件
一、全椒童年				
1701	1	全椒童年	安徽全椒	出生
?	少年	南京游览	江苏南京	南京游览
二、赣榆生涯				
1714	14	在赣榆	江苏赣榆	嗣父吴霖起任赣榆县学，随嗣父赴赣榆
1716	16	在赣榆	安徽全椒	回乡与陶女结婚，住全椒岳父家
1717	17	在赣榆	江苏赣榆	父亲严命，携夫人返回赣榆
1718	18	回全椒	安徽全椒	岳父病故，只身返回全椒，不久岳母也去世
1718	18	回全椒	江苏赣榆	再回赣榆
1718	18	侍奉生父到去世	江苏南京	侍奉生病的生父吴雯延
1718	18	侍奉生父到去世	安徽滁州	参加乡试
1718	18	侍奉生父到去世	江苏南京	乡试后返回南京，继续侍奉生病的生父吴雯延
1718	18	侍奉生父到去世	安徽全椒	护送病危生父吴雯延回全椒，不久吴雯延病逝
1718	18	侍奉生父到去世	安徽全椒	吴敬梓考取秀才
1718	18	在赣榆	江苏赣榆	生父吴雯延病逝后，妻子将生产，再回赣榆
1719	19	在赣榆	江苏赣榆	儿子吴烺出生
三、全椒乡居				
1722	22	嗣父罢官去世	安徽全椒	嗣父吴霖起获罪罢官回里
1723	23	嗣父罢官去世	安徽全椒	嗣父吴霖起病故
1723	23	南京交游	江苏南京	赴南京交游，南京、全椒往返
1724	24	南京交游	安徽全椒	妻子陶氏去世
1729	29	乡试落榜	安徽滁州	参加乡试预备考试获第一名
1729	29	乡试落榜	安徽滁州	参加乡试落第
1730	30	乡试落榜	安徽全椒	返回全椒
1732	32	乡试落榜	安徽全椒	续娶叶氏

从地理角度看，根据吴敬梓一生的居住地，可分为五个时期：

- 全椒童年，1701—1714 年，1—14 岁，14 年；
- 赣榆生涯，1714—1722 年，14—22 岁，8 年；
- 全椒乡居，1722—1734 年，22—34 岁，12 年；
- 南京定居，1734—1753 年，34—53 岁，19 年；

- 病逝扬州，1754 年，54 岁，1 年。

在每个时期，吴敬梓都曾离开居住地多次外出。因此在以上五个时期内，可再逐一列出吴敬梓到各地的行踪活动。

根据此表可绘制出吴敬梓的生平行踪地图。全套地图分为一张总图和五张分图。下是一张吴敬梓生平总图和一张吴敬梓从全椒乡居到移居南京，再到安庆应试分图。把吴敬梓生平行踪用地图表示出来，使得吴敬梓的生平更为清晰，对于读者了解吴敬梓的生平肯定有帮助。

吴敬梓生平示意图

2017年7月,在湖南怀化又召开《儒林外史》与中国传统文化学术研讨会,由中国儒林外史学会(筹)、怀化学院、全椒县人民政府、凤凰县人民政府联合主办。会议改选了中国儒林外史学会领导,原会长李汉秋因病辞去会长一职,经选举由中国人民大学朱万曙接任会长。我在会上再次介绍了近年来在中国古代小说版本数字化研究方面的进展。

2. 2016年福州冯梦龙论坛随笔

冯梦龙是中国古代著名小说家,名作"三言",即《喻世明言》(又名《古今小说》)《警世通言》《醒世恒言》。但我完全不研究"三言"的版本,因为"三言"版本演化很清楚,不像五大名著版本那样复杂,在我看来似乎没有什么可研究的。当然还是有学者对"三言"版本有兴趣,我的好朋友上海税务局李金泉就专门研究过"三言"版本,日本学者大塚秀高先生还专门请他去日本访学。

我虽然不研究冯梦龙,但2016年曾去福州参加一次冯梦龙研讨会。这是因为冯梦龙是苏州人,但他在福建寿宁曾做过四年知县,在任上为民谋福利,口碑很好。2016年福建江夏学院筹备组织一次冯梦龙研讨会,想联系日本专门研究冯梦龙的学者大木康,但他们没有大木康的联系方式。学校通过福建师大齐裕焜先生找到我,我曾多次去日本开会,和大木康认识,我告知他此事,他很高兴,因为他也知道冯梦龙曾任寿宁知县,也很早就想来福州,一直没有机会。著名学者郑振铎是福州长乐人,他也很想去郑振铎老家看看,他有经费,可以自己负担开会费用,这样福州方面也很高兴。大木康到福州,我去机场接他,还陪同他在福州三坊七巷参观,又陪同他去长乐参观郑振铎故居,最后送他到机场回国,他很高兴。2018年8月马来西亚会上我们又一次见了面,都很高兴。

2018年冯梦龙文化高峰论坛11月底再次在福州举行,由福建省社会科学联合会、福建江夏学院和福建省通俗文艺研究会联合举办。福建江夏学院又请我联系学者,尤其是中国大陆以外学者,日本大木康表示因为2016年参加过了,2018年就不去了。我又联系了中央民族大学的傅承洲老师,据我所知,他是国内研究冯梦龙的顶级专家,他表示可以考虑。其他人我就不熟悉还有谁研究冯梦龙,我请苗怀明在他主办的中国古代小说微信公众号中发出会议消息,看谁有兴趣。我由于2018年参会实在太多,又没有研究冯梦龙,最后还是没有去福州参会。

3. 2018年山西大同云冈文化与玄奘文化高层论坛随笔

(1) 云冈文化和玄奘文化国际高端论坛

2018年6月25日—26日,由山西大同大学、深圳市宗德文化传播有限公司和大同市文化局,在大同联合召开云冈文化和玄奘文化国际高端论坛。我本没有研究云冈和玄奘,但一朋友拉我去开会,我电话和主办人沟通,说明我从事中国传统文化数字化研究,也研究过《西游记》版本,但未研究过玄奘,参会是否合适?他答复说,《西游记》的原型就是描写玄奘西行取经,会议也讨论中国传统文化,因此欢迎我参加。会议组织参观云冈石窟,我刚好没有去过,对云冈、华严寺等古迹也很有兴趣,回来刚好再去黄石开会,时间不冲突,因此决定去参加。

此会议的主要发起和组织者实际是深圳市宗德文化传播有限公司,公司在深圳但主要人员都是台湾人,他们对云冈文化和玄奘文化有兴趣,在大同建立了"大同市传统文化传承中心",此中心的名称和我所属"首都师范大学中国传统文化数字化研究中心",名称相近,仔细分析只有两字之差,我叫"研究中心",他们叫"传承中心"。他们在大同新建的东区显着位置,买了房子挂出两个醒目的招牌"传统文化讲堂"和"大同市传统文化传承中心"。他们计划在此不定期召开介绍中国传统文化的讲座,和大同电视台合作,和央视《百家讲坛》一样上电视。

会议最主要的报告是台湾两位学者的发言:

《云冈石窟图像之科学性——玄奘文化心理解剖与记忆研究之诠释》,台湾文化创意研究者蔡礼政。

《云冈石窟飞天造像的真人禅学——玄奘文化心理解剖与情绪成分之诠释》，台湾学者白志伟、范渭玄。

两文都是从心理学角度对云冈石窟人物和玄奘进行分析，这是十分奇特的角度，把现代心理学和传统文化结合起来研究，利用现代心理解剖的方法去研究玄奘，研究云冈飞天造像，这真是匪夷所思！我因为对心理学完全不熟悉，因此也基本没有听懂，但对他们的研究方法、思路、精神十分钦佩。我也向他们介绍我父亲周先庚，他是中国第一批留学回国的实验心理学家，后长期在清华、北大任教，我向他们介绍我父亲的一些实验心理学研究成果，但看来不在一个研究领域，他们兴趣不大。我不知大陆是否有学者利用心理学研究传统文化。心理学本身就是文科和理科的交叉，再利用心理学研究传统文化是学科交叉的交叉。这种交叉研究和我利用数字化技术研究古代小说版本类似，都属于交叉学科研究，我看这已经成为人文研究的新思路和新方法。

深圳市宗德文化传播有限公司主要人员也是来自台湾，总经理陈介源，他们能投入巨资在大同传播中国传统文化，其精神也十分令人钦佩。

会议还邀请了两位日本学者做报告：

《昙曜与武州山石窟寺——昙曜下台与第6石窟宗教寺说》，东京国立博物馆客座研究员、清泉女子大学讲师石松奈子。

《云冈石窟第5、6窟开凿过程及编年位置》，中国科学技术大学人文素质教学研究部小森阳子。

她们也都是在研究云冈石窟，看来在日本对云冈石窟研究也很深入，对此我也完全不了解。

大同大学下属云冈文化研究中心，主任刘殿祥，以及北魏历史文化研究所所长马志强，他们都是研究云冈文化和北朝历史。他们接待很热情，我们虽然是第一次见面，但一见如故。

此次会议虽然人不多，但议题集中，很有特色。据说2019年大同大学要继续主办北朝文化研讨会，也邀请我参加，只要时间允许，我一定会再去参加学习。

（2）大同古迹游览

我去大同除开会，另一个主要目的是参观大同的古迹和古代建筑。

会议因为是研究云冈石窟，因此开会前先去云冈石窟参观，刚好我也没有去过。但因为上午先开会后参观，参观时间很短，只能简单看看。我未去过云冈，只看过洛阳龙门石窟和天水麦积山石窟，但我觉得从造像和艺术上，这两个石窟无法和云冈石窟相比。可惜时间太短，下次我一定要花一天时间仔细浏览。云冈石窟参观人流中有不少外宾，我从北京坐火车去大同，和从大同返回北京，都看到很多外国背包客，他们都是来看云冈石窟的，看来云冈石窟在中国以外也影响很大。看后我觉得云冈石窟确实名不虚传，值得一看。

研讨会开会一天半，还有半天，会议先组织去大同最有名的华严寺参观，参观完他们要去看一石刻博物馆，我对博物馆无兴趣，就一人按照地图，逐一步行参观大同的著名古迹。好在大同地方不大，按照地图，一下午步行连续看了九个景点，依次是：

华严寺：第一批国家文物保护单位，主殿大雄宝殿是现存辽、金时期最大佛殿，薄伽教藏殿为辽代原建，其中号称"东方维纳斯"的侍女塑像形象优美。塔楼很高，可俯瞰大同全貌。

九龙壁：建于明代洪武末年，是明太祖朱元璋第十三子代王朱桂府前的照壁，是中国现存规模最大、建筑年代最早的一座龙壁，高8米、长45米，而北京北海九龙壁才高6米、长25米，堪称中国九龙壁之首。可惜代王府于崇祯末年毁于兵火，现在复建中尚未完工，规模宏大，气势雄伟。

清真大寺：市级文物保护单位，典型的清真寺风格。

关帝庙：国家文物保护单位，元代建筑，庙前有古戏台，我去参观时正在唱戏。

法华寺：内有法华白塔，虽然比不上北京西四白塔和北海白塔，但也独具一格。

帝君庙：祭祀道教文昌帝君，是典型的道教建筑，是明代建筑。

府文庙：省级文物保护单位，明代洪武年间建筑，是大同现存最大的明代建筑，规模宏大，后面就是帝君庙。

善化寺：国家文物保护单位，我国现存辽金建筑中布局最完整的一座，还有花园庭院，具有南方风格。

永泰门：大同古城墙全部复建，东西南北四门也全部复建，其中规模最宏大的是南门永泰门，并复建了月城等外城，气势宏伟。

山西地面建筑数量、年代之早都是全国之最，确实名不虚传。但我只用半天时间，走马观花看了大同9处古迹，因为回去马上要去黄石参加《三国演义》研讨会，时间紧迫。本来还想去应县木塔、悬空寺、北岳恒山参观，但实在来不及了。2019年大同开北朝文化研讨会时再去参观吧。

这次赴大同开会和游览大同古迹，我的一个深刻感受是大同的旧城改造。前几年大同在当时市长耿彦波领导下开展了旧城改造的庞大工程，核心是把老城中的居民搬迁到大同市东区和南区，把老城内五六层的老住宅全部分期拆除，改造为新型院落。我一路走下来，感到这个思路确实很好，老百姓住新居，旧城也得到改造。当然工程大，资金投入大，这个思路只有在大同这样的小城市可实施，北京城太大，要这样改造几乎不可能。前几年耿彦波调任太原市长后（2019年已经从太原市长退休），老城改造停滞了一段，据说最近在恢复，希望下次来可以看到一个崭新的大同老城。

4. 2018年南京古代小说研讨会随笔

"文化传承视野中的中国古代小说学术研讨会"于2018年10月26日—28日在江苏南京召开。研讨会由江苏省明清小说研究会、江苏省红楼梦学会主办，南京审计大学文学院承办，来自海内外的50多名专家学者参加了此次研讨会。

研讨会议题：

- 中国古代小说与中国文化研究；
- 中国古代小说的传播与接受研究；
- 中国古代小说与其他文体关系研究；
- 中国古代小说研究的回顾与展望；
- 其他相关研究。

此会主要是研究古代小说和文化关系，但也有议题"中国古代小说研究的回顾与展望"，我还是介绍最近完成的五大名著主要版本比对本，版本比对本也算是对古代小说版本研究的回顾和展望。但比对本篇幅十分巨大，我事先打印出一套，同时还打印了一批本书初稿，因为南京研讨会时间晚，因此比对本是其他研讨会后再邮寄到南京的。

可惜这次研讨会和《文学遗产》在上海举办的研讨会时间完全冲突，本来南京会早已确定了时间，《文学遗产》研讨会是后确定的，也未考虑会和南京会时间发生冲突，而南京研讨会要再改时间也来不及了。因为《文学遗产》研讨会规格高，因此很多原来报名参加南京研讨会的学者就没有来南京，而是去上海参会了。只有杨绪容先来南京开会发言后，再赶去上海开会。而罗书华相反，先在上海开会，中途再赶到南京来开会。他在会上发言依然是他海阔天空的老风格，几乎每句话都引起大家的欢笑，有罗书华参会就很热闹。

这次主办人是南京大学苗怀明老师，也是老朋友了，他以前主办古代小说网站，后关闭了，现在他主办的古代小说微信公众号有 5 万读者，影响不小。

这次研讨会论文不少，但我感兴趣的文章不多。我私下和苗老师交流，他自己认为这类研讨会的目的就是学者们会面互通信息，而不是一定非要办一次高水平的学术研讨会。我很赞同苗老师的看法，研讨会的一个目的也是老朋友见见面叙叙旧，互通信息。这次研讨会上我又见到 2008 年主办第七届中国古代小说戏曲文献暨数字化国际研讨会的澳门大学邓骏捷先生，从 2008 年以后我们再未见面，这次重逢很高兴。

本次研讨会共收到学术论文 56 篇，其中有关中国古代小说的成书、作者、版本方面的论文有以下几篇。

赵兴勤《关于〈后西游记〉研究的几点思考》。赵老师常参加各种小说研讨会，此文意在检讨《后西游记》研究中的不足，该文否定了《后西游记》产生于"明末清初"这一常见观点，认为这部小说的成书不会早于康熙初年，不会晚于康熙中叶。

莫其康《周恩来总理关心施耐庵身世调查追怀——为纪念周恩来诞辰 120 周年而作》。莫先生也是老朋友，他反对施耐庵的"大丰"说，认为现在改变了行政区划，把古代兴化划归到大丰了，施耐庵籍贯应为兴化。

陈圣宇《〈醒世姻缘传〉作者蠡测》。此文讨论《醒世姻缘》的作者问题，此问题曾在学界引起广泛讨论，目前学界对于其作者仍是众说纷纭。通过细致的分析考证，在"蒲松龄说""陕西人士说""章丘人士说"等观点之外提出了"周亮工说"，推测合乎情理，可成一家之说。

张春红《终识庐山真面目——日本尊经阁文库藏明刻元文言小说集〈新（重）刊分类江湖纪闻〉考论》。她 2016 年和我一起去日本参加第十五届中国古代小说戏曲文献暨数字化国际研讨会时，就想去尊经阁文库看此书，虽然事先托在日本学生联系过，但去尊经阁文库看书极难，最后还是未看成。后来她终于看到此书，做了细致研究，揭示出这一学界所知有限的刊本多方面的重要文献价值。

刘璇《清怡僖亲王弘晓评本〈平山冷燕〉考——兼论其评点特色与小说史》。作者通过对静寄山房本避讳情况进行考察，确定此本的评点者是清怡僖亲王弘晓。

朱萍《从戏曲词语删改看〈红楼梦〉程乙本对程甲本的修订》。此文以小见大，从18处戏曲词语删改入手，仔细讨论了程甲本与程乙本的优劣问题，并得出结论：从对戏曲词语的运用而言，程乙本对程甲本的改动基本上是改劣为优。

罗兵《西游宗教宝卷考论》。宝卷是中国古代说唱文学的重要形式之一，也是明清时期民间宗教的经典性文本，是一种兼具文学性和宗教性的特殊文体。此文对西游宗教宝卷进行了考察，并推断这批宝卷应该是受到"全真本"《西游记》的影响。

杨绪容《清代题红诗的文学批评价值述论》。此文通过对"题红诗"的考察，认为在程甲本之前《红楼梦》已经存在一个足本。同时，作者对"题红诗"文学批评价值做了深入细致的分析。

孙越《〈金瓶梅〉所引〈警示〉诗真伪考》。此文初稿参考龚逯写的此次综述，2018-11-02 07:01 刊载于搜狐网"古代小说网"。

http://www.sohu.com/a/272743419_100098090?sec=wd

5. 2018年薛时雨研讨会随笔

这几年我曾几次去安徽全椒参加吴敬梓研讨会，因为我是全椒人，我父亲周先庚1916年从全椒考入清华学校，毕业后留美，回国后长期任教清华、北大心理系。2018年12月1日—2日在全椒举行"纪念薛时雨诞辰200周年学术研讨会"，给我发来会议通知。

薛时雨（1818—1885），字慰农，一字澍生，晚号桑根老农，安徽全椒人，晚清著名词家之一。清代咸丰三年（1853）进士，授嘉兴知县。太平军起，参李鸿章军幕，以招抚流亡振兴文教为任。官至杭州知府，兼督粮道，代行布政、按察两司事。为台湾第一巡抚刘铭传亲家。他去官后，主讲杭州崇文书院、江宁尊经书院、惜芳书院等，门生甚众。他一生最大功绩是修复欧阳修的醉翁亭，咸丰三年（1853），林凤祥和李开芳率领两万太平军北伐，途经安徽滁州，在琅琊山与清军大战，"四大名亭"之首醉翁亭成了一片瓦砾。薛时雨经艰难筹资，光绪七年（1881）五月始修醉翁亭。薛时雨为醉翁亭题写"山行六七里亭影不孤，翁去八百载醉乡犹在"等楹联匾额。其手迹"醉翁亭""晴岚叠翠""有亭翼然"等至今犹存。光绪十一年（1885）薛时雨病卒于南京，葬于全椒县青龙冈。

我因为没有研究薛时雨，就仿照参加吴敬梓研讨会，根据薛时雨年谱，编绘了薛时雨生平地图去参会，我的文章收入了研讨会论文集。研讨会主要是由中国儒林外史学会会长、中国人民大学教授朱万曙组织了一批文章。2018 年以来，全椒县与国家图书馆出版社合作，将搜集整理并编纂出版《全椒古代典籍丛书》，《薛时雨集》列入此丛书，由国家图书馆出版社仅用几个月影印出版几十本，在会上展示。

2019 年全椒将继续举办纪念金兆燕、吴烺诞辰 300 周年（1719—2019）学术研讨会，金兆燕是清代著名诗人、戏剧家，吴烺是清代数学家、音韵学家、天文学家、诗人。会前全椒向海内外征集两位先贤的诗、词、文、曲以及生平、家世、交游等研究论文，字数不限，会后将结集正式出版。会议时间为 2019 年 8 月 20 日—21 日。现在各地都重视宣传本地文化和文化名人，这也是好事。

我刚好 2019 年 8 月 13 日—16 日将在湖北黄石举办第十八届中国古代小说戏曲文献暨数字化国际研讨会，但会后 8 月 20 日在南京有一个《世说新语》研讨会，我虽然没有研究《世说新语》，但《世说新语》也是中国古代小说中的名著之一，到时是去南京，还是全椒再议吧。

因为研讨会往往选择周末休息日，因此会议往往会冲突。2018 年南京小说会时间就和《文学遗产》上海会时间冲突，2019 年明代文学学会年会 11 月 8 日—11 日在深圳举行，我又收到通知，第六届全国《镜花缘》学术研讨会同时在连云港举行，我告知主办单位时间冲突，他们在考虑是否更改时间。

这些年我常参加这类我其实并不研究的研讨会，我去参会可以了解一些学术动态，也可以认识一些朋友，还可以浏览一些古迹，也是好事。

中编　研讨会综述

一、20年研讨会综述

（一）1999—2019年研讨会统计

1. 1999—2019年研讨会统计

我1999年第一次参加《三国演义》研讨会，以后历年参加了各种研讨会，下面把1999—2019年20年来我参加的各类研讨会和与小说文献有关的论文逐一列出，然后分类简介。

1999—2019年20年我参加过和计划参加的各种研讨会合计123次，加上我主办和参与主办的18次中国古代小说戏曲文献暨数字化国际研讨会，总计142次。

按照时间排列统计如下。

1999—2019年历年研讨会统计表

年份	1999	2000	2001	2002	2003	2004	2005
次数	1	1	2	3	2	3	4
年份	2006	2007	2008	2009	2010	2011	2012
次数	6	5	5	12	7	14	4
年份	2013	2014	2015	2016	2017	2018	2019
次数	6	10	12	8	14	10	13

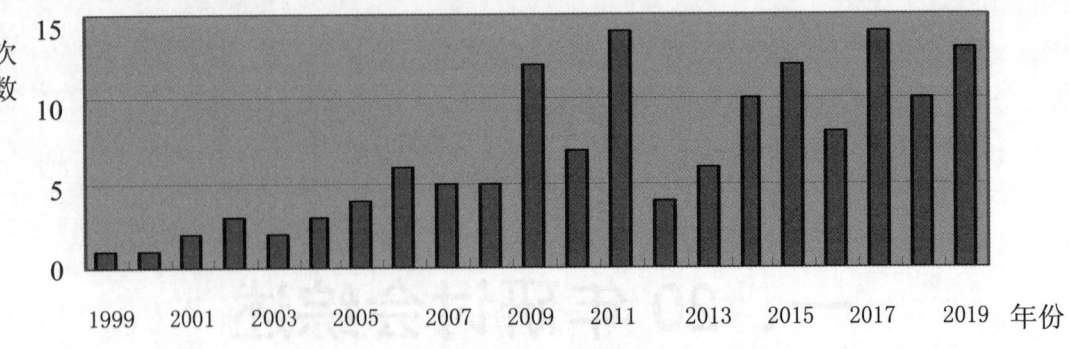

1999—2019年历年参加各种研讨会统计图

1999—2019年参加研讨会分类分时统计表

年份	次数	《三国演义》	《水浒传》	《金瓶梅》	《红楼梦》	《西游记》	《儒林外史》
1999	1	清徐					
2000	1	芜湖					
2001	2	南京					
2002	3	清徐 富阳					
2003	2	武汉					
2004	3	绵阳					
2005	4		大丰				
2006	6		东平 泰安				
2007	5						
2008	5	南充		临清			
2009	12	许昌	杭州			连云港	
2010	7	镇江	梁山				
2011	14	清徐	东平				全椒
2012	4	富阳		台北			
2013	6		菏泽	五莲			
2014	10		济宁 富阳	兰陵	铁岭	随州	全椒
2015	12	舒城 汉中	东平 泰安	徐州	徐州 德国维藤 天津		
2016	8		盐城	广州	郑州		
2017	14	清徐	泰安	大理	北京 天津		怀化
2018	10	黄石 临沂	武汉	开封	蕲春		
2019	13	北京 广州		石家庄		北京	南京
合计次数	142	19	12	9	8	3	4

1999—2019 年参加研讨会分类分时统计表（续）

年份	明代文学	古代小说	地方其他	文学地理	日本小说	古籍数字化	小说数字化
1999							
2000							
2001							北京
2002		上海					
2003							北京
2004	天津						韩国首尔
2005	北京		南京				北京
2006	杭州	哈尔滨		广州	日本东京		日本东京
2007	武夷山		天津		日本琦玉	北京	北京
2008			武汉		日本横滨 日本京都		澳门
2009	湘潭	江阴 金华	聊城 莆田 北京		日本四国	北京	北京
2010			平顶山 济南 北京 龙岩				韩国首尔
2011	北京		九江 南京 开封 汉中 内江 北京		日本京都 日本名古屋	北京	北京
2012					日本东京 日本琦玉		嘉义
2013	上海			南昌		北京	上海
2014			菏泽 丹东		日本东京		日本东京
2015	北京		大连 济南			北京	廊坊
2016			锦州 福州	武汉	日本东京		日本东京
2017	广州		北京 嘉义 德国	北京 西宁		北京	北京
2018		南京	大同 杭州 全椒				马来西亚吉隆坡 德国维藤 奥地利维也纳
2019	深圳	北京	威海 连云港	宜昌	日本福冈	北京	黄石
合计次数	10	6	30	6	12	7	18

2. 1999—2019 年参加研讨会目录表

1999—2019 年参加研讨会目录表

年份		研讨会	地点	时间
1999				
	1	第十二届《三国演义》研讨会	山西清徐	1999.9
2000				
	1	第十三届《三国演义》研讨会	安徽芜湖	2000.5
2001				
	1	第十四届《三国演义》研讨会	江苏南京	2001.11
	2	第一届中国古代小说戏曲文献暨数字化国际研讨会	北京	2001.8
2002				
	1	罗贯中与《三国演义》研讨会	山西清徐	2002.8
	2	第十五届《三国演义》研讨会暨孙吴文化研讨会	浙江富阳	2002.11
	3	第二届中国古代小说国际研讨会	上海	2002.11
2003				
	1	第二届中国古代小说戏曲文献暨数字化国际研讨会	北京	2003.8
	2	第十六届《三国演义》年会暨黄鹤楼与三国研讨会	湖北武汉	2003.10
2004				
	1	明代文学与国际研讨会暨中国明代文学学会第二届年会	天津	2004.8
	2	第三届中国古代小说戏曲文献暨数字化国际研讨会	韩国首尔	2004.8
	3	第十七届《三国演义》研讨会	四川绵阳	2004.10
2005				
	1	明代文学与文化国际研讨会暨中国明代文学学会（筹）第三届年会	北京	2005.8
	2	第四届中国古代小说戏曲文献暨数字化国际研讨会	北京	2005.8
	3	《水浒传》与明清小说研讨会暨大丰市施耐庵研究会成立20周年庆典	江苏大丰	2005.10
	4	海峡两岸明清小说研讨会	江苏南京	2005.11

1999—2019 年参加研讨会目录表（续 1）

年份		研讨会	地点	时间
2006				
	1	东平罗贯中与《三国演义》《水浒传》研讨会	山东东平 山东泰安	2006.8
	2	第三届中国古代小说国际研讨会	黑龙江 哈尔滨	2006.8
	3	中国明代文学学会第四届年会暨明代文学文化国际研讨会	浙江杭州	2006.8
	4	日本中国古典小说研究会年会、日本三国志学会大会	日本东京	2006.8
	5	第五届中国古代小说戏曲文献暨数字化国际研讨会	日本东京	2006.8
	6	南方开发与中外交通——2006 年中国历史地理学国际学术研讨会	广东广州 广东韶关	2006.11
2007				
	1	中国小说史学术研讨会	天津	2007.6
	2	明代文学与文化国际学术研讨会暨中国明代文学学会（筹）第五届年会	福建 武夷山	2007.8
	3	第一届中国古籍数字化国际学术研讨会	北京	2007.8
	4	日本中国古典小说研究会·三国志学会	日本滋贺	2007.8
	5	第六届中国古代小说戏曲文献暨数字化国际研讨会	北京	2007.8
2008				
	1	第十八届《三国演义》与三国文化研讨会	四川南充	2008.4
	2	第六届《金瓶梅》研讨会	山东临清	2008.6
	3	第七届中国古代小说戏曲文献暨数字化国际研讨会	澳门	2008.8
	4	日本中国古典小说研究会年会 日本三国志学会年会	日本横滨 日本东京	2008.9
	5	明代文学与科举文化研讨会	湖北武汉	2008.11
2009				
	1	海峡两岸夏敬渠、屠绅与中国才学小说学术研讨会	江苏江阴	2009.1
	2	第五届全国高校古代文学与古代文论学术研讨会	山东聊城	2009.4
	3	海峡两岸研讨会暨 2009 福建省古代文学学会年会	福建莆田	2009.4
	4	第七届明代文学年会暨明代文学国际学术研讨会	湖南湘潭	2009.8
	5	第二届中国古籍数字化国际学术研讨会	北京	2009.8
	6	第四届中国古代小说国际研讨会	浙江金华	2009.8
	7	第八届中国古代小说戏曲文献暨数字化国际研讨会	北京	2009.8

1999—2019年参加研讨会目录表（续2）

年份	研讨会	地点	时间
8	日本中国古典小说研究会年会	日本四国	2009.9
9	首届曹魏文化暨第十九届《三国演义》研讨会	河南许昌	2009.10
10	中国水浒学会2009年会暨杭州与《水浒》研讨会	浙江杭州	2009.10
11	《西游记》学术暨江苏省明清小说研究会《西游记》分会（筹）成立大会	江苏连云港	2009.10
12	中国文学史学科百年学术研讨会	北京	2009.12
2010			
1	福建中国古代文学学会暨客家文化研究年会	福建龙岩	2010.4
2	首届《歧路灯》海峡两岸学术研讨会	河南平顶山	2010.8
3	东吴文化暨第二十届《三国演义》学术研讨会	江苏镇江	2010.8
4	第九届中国古代小说戏曲文献暨数字化国际研讨会	韩国首尔	2010.8
5	天下水浒论坛	山东梁山	2010.10
6	中国古代文学研究现状与前瞻学术研讨会	山东济南	2010.10
7	中国古代叙事文学国际学术研讨会	北京	2010.11
2011			
1	福建古代文学研讨会	福建龙岩	2011.4
2	庐山与中国文化国际学术研讨会	江西庐山	2011.7
3	《明清小说研究》百期纪念暨明清小说金陵研讨会	江苏南京	2011.7
4	第三届中国古籍数字化国际学术研讨会	北京	2011.8
5	中国明代文学学会（筹）第八届年会暨2011年明代文学与文化国际学术研讨会	北京	2011.8
6	日本中国古典小说研究会年会 日本三国志学会年会	日本京都 日本名古屋	2011.8
7	第十届中国古代小说戏曲文献暨数字化国际研讨会	北京	2011.8
8	第二届东平罗贯中与《三国演义》《水浒传》研讨会	山东东平	2011.9
9	《罗贯中全集》与第二十一届《三国演义》研讨会	山西清徐	2011.9
10	第七届中国宋代文学国际学术研讨会	河南开封	2011.9
11	中国古代文学与地域文化学术研讨会	陕西汉中	2011.10
12	文化视野中的中国古代小说国际学术研讨会	四川内江	2011.11
13	中国古代叙事文学国际学术研讨会	北京	2011.11
14	纪念吴敬梓诞辰310周年——中国《儒林外史》高峰论坛	安徽全椒	2011.11

1999—2019年参加研讨会目录表（续3）

年份		研讨会	地点	时间
2012				
	1	《金瓶梅》国际学术研讨会（第八届《金瓶梅》研讨会）	台湾台北	2012.8
	2	中国古典小说研究会年会 日本三国志学会年会	日本琦玉 日本东京	2012.8 2012.9
	3	第十一届中国古代小说戏曲文献暨数字化国际研讨会	台湾嘉义	2012.8
	4	纪念吴大帝孙权诞辰1830周年暨第二十二届《三国演义》研讨会	浙江富阳	2012.9
2013				
	1	第九届《金瓶梅》研讨会	山东五莲	2013.5
	2	水浒文化研讨会暨山东省水浒研究会年会	山东菏泽	2013.6
	3	明代文学学会（筹）第九届年会暨2013年明代文学与文化国际学术研讨会	上海	2013.8
	4	第四届中国古籍数字化国际学术研讨会暨第六届文学与信息技术国际研讨会	北京	2013.8
	5	第十二届中国古代小说戏曲文献暨数字化国际研讨会	上海	2013.8
	6	中国文学地理学会第三届年会	江西南昌	2013.11
2014				
	1	中国（菏泽）牡丹文化与古代文学学术研讨会	山东菏泽	2014.4
	2	《西游记》起源文化研讨会	湖北随州	2014.8
	3	日本中国古典小说研究会年会 三国志学会年会	日本琦玉 日本东京 日本京都	2014.9
	4	第十三届中国古代小说戏曲文献暨数字化国际研讨会	日本东京	2014.8
	5	全国元明清叙事文学学术研讨会	辽宁丹东	2014.9
	6	《水浒传》与儒家文化全国学术研讨会	山东济宁	2014.10
	7	第二届杭州与《水浒传》学术研讨会暨中国《水浒传》文化富阳高峰论坛	浙江富阳	2014.11
	8	纪念吴敬梓逝世260周年暨学术研讨会	安徽全椒	2014.11
	9	第十届国际《金瓶梅》学术讨论会	山东兰陵	2014.11

1999—2019年参加研讨会目录表(续4)

年份	研讨会	地点	时间
10	铁岭高鹗与《红楼梦》学术研讨会	辽宁铁岭	2014.12
2015			
1	纪念曹雪芹诞辰300周年学术研讨会	江苏徐州	2015.3
2	泰山·水浒与传统文化国际学术研讨会	山东泰安 山东东平	2015.4
3	天下水浒——泰山学术与旅游国际学术研讨会	山东东平	2015.5
4	第十一届国际《金瓶梅》学术讨论会	江苏徐州	2015.8
5	中国明代文学学会(筹)第十届年会	北京	2015.8
6	第十四届中国古代小说戏曲文献暨数字化国际研讨会	河北廊坊	2015.8
7	全国古代文学文化研究研讨会	辽宁大连	2015.9
8	第五届中国古籍数字化国际学术研讨会	北京	2015.9
9	汉中《三国演义》与三国文化国际学术研讨会	陕西汉中	2015.10
10	中国李清照、辛弃疾研究暨刘乃昌先生学术思想研讨会	山东济南	2015.10
11	纪念曹雪芹诞辰300周年:欧洲第三届《红楼梦》国际学术研讨会	德国维藤	2015.11
12	第二届周瑜文化暨第二十三届《三国演义》学术研讨会	安徽舒城	2015.12
13	纪念曹雪芹诞辰300周年《红楼寻梦水西庄》暨津沽文化学术研讨会	天津	2015.12
2016			
1	历史回顾与未来展望——《红楼梦》文献学研究高端论坛	河南郑州	2016.3
2	第二届中国古代文学文化研究研讨会	辽宁锦州	2016.8
3	日本中国古典小说研究会年会 三国志学会年会	日本东京 日本横滨 日本京都	2016.8
4	第十五届中国古代小说戏曲文献暨数字化国际研讨会	日本东京	2016.8
5	第十二届国际《金瓶梅》学术研讨会暨版本展览	广东广州	2016.10
6	文学地理学国际学术研讨会暨中国文学地理学会第六届年会	湖北武汉	2016.10

1999—2019 年参加研讨会目录表（续 5）

年份	研讨会	地点	时间
7	首届盐城与《水浒传》暨中国《水浒传》文化大丰高层论坛	江苏盐城	2016.10
8	冯梦龙文化高峰论坛	福建福州	2016.11
2017			
1	历史回顾与未来展望——红学学科建设高端论坛	北京	2017.5
2	中国文学地理学高层论坛	北京	2017.6
3	《儒林外史》与中国传统文化学术研讨会	湖南怀化	2017.7
4	中国文学地理学会第七届年会暨国际学术研讨会	青海西宁	2017.7
5	首届世界汉学论坛（纪念德中协会成立60周年）暨世界汉学研究会会员代表大会	德国维藤	2017.8
6	数字化时代的中国俗文学研究研讨会	北京	2017.8
7	第十六届中国古代小说戏曲文献暨数字化国际研讨会	北京	2017.8
8	第六届中国古籍数字化国际学术研讨会	北京	2017.9
9	"罗学"论坛暨第二十四届中国《三国演义》研讨会	山西清徐	2017.9
10	第六届中国小说与戏曲国际学术研讨会	台湾嘉义	2017.10
11	明代文学国际学术研讨会暨中国明代文学学会（筹）第十一届年会	广东广州	2017.11
12	第十三届《金瓶梅》国际学术会议暨明清小说叙事书写的形态与流变高端论坛	云南大理	2017.11
13	"天下水浒"——泰山学术与水浒文化学术研讨会	山东泰安	2017.11
14	京津冀红学高端论坛	天津	2017.12
2018			
1	湖北黄冈"顾景星与《红楼梦》"研讨会	湖北蕲春	2018.6
2	山西大同云冈文化与玄奘文化国际研讨会	山西大同	2018.6
3	中国三国演义学会2018黄石高端论坛	湖北黄石	2018.6
4	第十七届中国古代小说戏曲文献暨数字化国际研讨会	马来西亚吉隆坡 德国维藤 奥地利维也纳	2018.8
5	首届四大名著与杭州论坛暨全国市县三国研究机构第五届学术会议	浙江杭州	2018.9
6	第十四届（开封）《金瓶梅》研讨会	河南开封	2018.10
7	"罗学"与沂蒙传统文化国际学术研讨会	山东临沂	2018.10

1999—2019 年参加研讨会目录表（续6）

年份	研讨会	地点	时间
8	文化传承视野中的中国古代小说国际学术研讨会	江苏南京	2018.10
9	全国水浒学术研讨会	湖北武汉	2018.11
10	纪念薛时雨诞辰200周年学术研讨会	安徽全椒	2018.12
2019			
1	第三届中日旅游交流与合作发展国际论坛（2019）——中日《三国演义》研究与三国文化旅游（诸葛亮）	北京	2019.3
2	**中国文学地理学会第九届年会暨第四届硕博论坛**	湖北宜昌	2019.8
3	第十八届中国古代小说戏曲文献暨数字化国际研讨会	湖北黄石	2019.8
4	时空维度与《儒林外史》学术研讨会	江苏南京	2019.8
4	中国小说论坛国际学术研讨会	山东威海	2019.8
5	日本中国古典小说研究会2019年会	日本福冈	2019.8
7	第七届中国古籍数字化国际学术研讨会	北京	2019.9
8	第六届全国《镜花缘》学术研讨会	江苏连云港	2019.10
9	中国古代小说国际研讨会（2019）	北京	2019.10
10	第十五届（石家庄）《金瓶梅》国际学术研讨会	河北石家庄	2019.10
11	明代文学国际学术研讨会暨中国明代文学学会（筹）第十二届年会	深圳	2019.11
12	第二十五届中国《三国演义》学术研讨会	广州	2019.11
13	全国《西游记》学术工作会议、《西游记》与丝绸之路研讨会、全国《西游记》文化和旅游高峰论坛	北京	2019.12

1999—2019 年参加各种研讨会统计如下：

- 1999—2019 年 21 年内总计参会 142 次，平均每年 6.76 次。
- 1999、2000 年最少，各只有 1 次。
- 2001、2003 年各 2 次。
- 2011、2017 年各 14 次，最多。
- 1999 年至 2008 年前 10 年为第一阶段，总计 32 次，平均每年 3.2 次。
- 2009 年至 2019 年后 11 年为第二阶段，总计 109 次，平均每年 9.9 次。

按照次数排列：

- 《三国演义》研讨会 19 次，次数最多。
- 古代小说戏曲暨文献数字化国际研讨会 18 次，次数第二。
- 《水浒传》研讨会 12 次。
- 日本小说会和三国会 12 次。

- 《红楼梦》研讨会 8 次。
- 明代文学学会 8 次。
- 《金瓶梅》研讨会 9 次。
- 古代小说会 6 次。
- 古籍数字化会 7 次。
- 历史地理和文学地理会 6 次。
- 《儒林外史》研讨会 4 次。
- 《西游记》研讨会 3 次。
- 地方主办和其他研讨会 29 次。

2020 年计划中的研讨会有以下 8 次：

- 第四届中日旅游交流与合作发展国际论坛（2019）——中日《三国演义》研究与三国文化旅游，北京，2020.3
- 三国文化研讨会，南充，2020.4
- 中国《三国演义》学术研讨会，哈尔滨，2020.6
- 纪念中国红楼梦学会成立四十周年大会暨全国《红楼梦》学术研讨会，北京，2020.7
- 中国文学地理学会第十届年会暨第五届硕博论坛，大连，2020.8
- 第十九届中国古代小说戏曲文献暨数字化国际研讨会，德国维藤、英国伦敦，2020.8
- 中国东平第三届罗贯中与《三国演义》《水浒传》学术研讨会，东平，2020.9
- 第十六届（上海）国际《金瓶梅》学术研讨会，上海，2020.10

这些研讨会是否可如期举行还不知。

3. 研讨会论文集

各种研讨会的论文集有五种形式。

第一种是在开会前就正式出版了，要提前征稿、编辑、出版，很费事。但开会与会者就可拿到正式出版的论文集，这种形式比较好，但这种形式很少见。

第二种是在开会时提供非正式出版的论文集，这样与会者可看到全部论文，也很好。由于各种原因，会后不再出版正式的论文集，这种情况最多。

第三种是开会时提供非正式出版的论文集，会后再正式出版论文集，这种情况也较多。有时要在下一次研讨会时才提供上一次研讨会的正式出版的论文集。正式出版的论文集一般只收入部分研讨会的论文。

第四种是开会只提供纸本的论文摘要，不提供全文的论文集，这种情况不多。

第五种是开会不提供任何纸本的论文资料，只提供电子光盘或 U 盘。

我参加的历次研讨会的论文集我基本都保存下来了，总数有几十本之多。但我没有注意集中保存，要介绍各次研讨会，要逐一翻检记录，再录入，工作量极大，我犹豫再三，觉得花费时间彻底整理还是有意义的。因此最后还是翻箱倒柜，把这些论文集都尽量翻找出来，把其中有关古代小说文献的论文目录逐一列出。这些论文集多数没有正式出版，但很多论文还是有参考价值，不参加会议就根本不知道有这些论文。因此我虽然辛苦一些，但便于读者查阅了解和参考，也是有意义的。限于篇幅和工作量，对某些印象较深的研讨会做些介绍，每篇论文就不再加以介绍和评议了。

（二）五大名著研讨会

1．《三国演义》研讨会

中国三国演义学会成立于 1983 年，中国三国演义学会主办的全国研讨会是五大名著中延续性最好的。历届《三国演义》研讨会如下：

第一届《三国演义》研讨会 1983 年 4 月在四川成都举；
第二届《三国演义》研讨会 1984 年 4 月在河南洛阳举行；
第三届《三国演义》研讨会 1985 年 10 月在江苏镇江举行；
第四届《三国演义》研讨会 1987 年 10 月在湖北襄樊举行；
第五届《三国演义》研讨会 1988 年 5 月在海南海口举行；
第六届《三国演义》研讨会 1990 年 9 月在四川绵阳举行；
第七届《三国演义》研讨会 1991 年 10 月在湖北江陵举行；
第八届《三国演义》研讨会 1993 年 9 月在河南许昌举行；
第九届《三国演义》研讨会 1994 年 8 月在江苏无锡举行；
第十届《三国演义》研讨会 1995 年 9 月在湖北当阳举行；
第十一届《三国演义》研讨会 1997 年 11 月在陕西汉中举行。
以上这 11 届研讨会我都没有参加，我也没有论文集，因此无法介绍。
从 1999 年第十二届《三国演义》研讨会开始，我参加了历届研讨会和其他研讨会，合计 18 次，以下分别介绍。

（1）第十二届《三国演义》研讨会（山西清徐），1999 年 9 月

中国三国演义学会和山西清徐县政府主办，清徐罗贯中研究会承办。

研讨会论文集《〈三国演义〉与罗贯中》，会后由中州古籍出版社 2000 年 4 月正式出版，胡世厚主编。

清徐有一个三国城，始建于 1995 年，历时 3 年、耗资 6000 多万元，坐落在县城西北清泉湖畔，落成后向游人开放。这次开会组织我们进去参观，给我印象深刻，总体结构为仿明清皇宫式四周封闭合体建筑，其中关圣殿中的关羽座像，塑像之高大，据说是除关公故里外最大的，城墙内有《三国演义》故事人物塑像，是由长春电影制片厂专门设计制作的，从桃园三结义到三国归晋，十分精彩生动。可惜后来由于游客很少被迫关闭了，实在遗憾。

山西清徐和《三国演义》有关是因为《三国演义》作者罗贯中的籍贯一说是山西太原，在清徐还发现一部罗氏家谱，其中记载"次子外出"，山西学者孟繁仁（他是我老朋友）就此认为此人就是罗贯中，但一些学者（陈辽等）对此提出异议。

这是我第一次到清徐参加《三国演义》研讨会，以后曾多次到清徐参加《三国演义》研讨会。我在会上第一次介绍古代小说版本数字化。会后胡世厚主动和我联系，告知论文集将收入我的文章，我十分感谢，这也是我第一次发表有关小说数字化研究的文章，因为数字化当时是全新的概念，因此我的文章在论文集的最后一篇。

以下为会议中与文献、版本有关的论文和作者，其他论文就不列了。以后每次研讨会都如此列出，不再注明。

1)《三国志通俗演义》成书及今本改定年代考…………………杜贵晨
2) 楠木正成与诸葛亮——兼考《三国志通俗演义》成书年代………邱　岭
3)《三国演义》明清出版文化……………………………[日本] 上田望
4) 毛氏父子所称《三国志演义》俗本与古本考…………………李伟实
5) 略论《李卓吾先生批评三国志》………………………………马成生
6) 20 世纪的《三国演义》研究……………………………………胡世厚
7) 面向新世纪的《三国演义》研究………………………………沈伯俊
8)《三国演义》数字化工程——利用计算机和网络开展《三国演义》研究
　………………………………………………………………………周文业

（2）第十三届《三国演义》研讨会（安徽芜湖），2000 年 5 月

安徽师范大学、黄山高等专科学校联合主办。

论文集《皖江侧畔论三国》会后由赵庆元主编，黄山书社 2001 年 10 月出版。

研讨会分两阶段。第一阶段在芜湖安徽师大，负责人是图书馆馆长赵庆元。第二阶段在黄山高等专科学校，负责人是白盾，我看过他写的《红楼梦研究史论》。会后代表们还一起游黄山。他们两人现在都已经去世了，赵庆元于 2005 年去世，白盾于 2008 年去世。

这是我第二次参加《三国演义》研讨会,我和马成生因为回去无法报销,因此不住酒店,而是住在顶层大通铺,房间很空阔也自在。

1)嘉靖元年本、毛本《三国》较读琐议举要……………………………………杨建文
2)比较《姑妄言》和《三国演义》……………………………………………陈 辽

(3)第十四届《三国演义》研讨会(江苏南京),2001年11月

论文集《新世纪三国演义论文集》会后作为《文教资料》增刊于2001年12月正式出版,主编陈辽、廖进。

研讨会负责人陈辽先生是位老干部,但从事古代小说研究很有建树,为人热情,办事认真。山西孟繁仁根据清徐家谱提出罗贯中是太原人,他很仔细地核对家谱,发现其中有漏洞。这次主办年会时他已经70岁高龄了,事无巨细都考虑很周到,实在不易。陈先生2015年84岁高龄去世了。

1)朝鲜《吏文》与《三国》成书年代……………………………………………陈 辽
2)叶逢春本《三国志传》题名"汉谱"说………………………………………杨绪容
3)《三国演义》数字化和计算机研究……………………………………周文业、李东海
4)罗贯中文游举要…………………………………………………………………韩伟表

(4)罗贯中与《三国演义》研讨会(山西清徐),2002年8月

中国三国演义学会和山西清徐县政府主办,清徐罗贯中研究会承办。

论文集《罗贯中与〈三国演义〉论集》会后由刘世德主编,山西清徐罗贯中研究会编辑,2003年8月印行。

此次会议我未收到邀请,因此未参加。

1)《三国志演义》原编撰者及有关问题…………………………………………陈翔华
2)《三国志演义》残叶试论………………………………………………………刘世德
3)罗贯中《三国志通俗演义》与罗贯中《隋唐两朝志传》的异同…………鲁德才

(5)第十五届《三国演义》研讨会暨孙吴文化研讨会(浙江富阳),2002年11月

中国三国演义学会和浙江富阳市政府联合主办。

论文集《富春江畔话三国——第十五届中国〈三国演义〉研讨会论文集》会后由王运祥、蒋增福主编,陕西旅游出版社2003年5月第1版。

这是我第一次到富阳,后来富阳曾多次召开《三国演义》《水浒传》研讨会,我都参加了。

1)明人书目著录《三国志演义》刊本四种考略…………………………………刘世德
2)《三国演义》数字化的现状………………………………………………周文业、许盘清

（6）第十六届《三国演义》研讨会暨黄鹤楼与三国研讨会（湖北武汉），2003年10月

论文集《黄鹤楼前论三国》在会前由俞汝捷、宋克夫主编，长江文艺出版社2003年10月出版。

这次会议的论文集是在会前出版的，这不多见。上海李金泉参加了此次研讨会，他是我多年好友，他在上海税务局工作，但酷爱古代小说版本研究，有很高的水平，日本大塚秀高曾专门请他赴日本访问。但他一般不愿意参加研讨会，很遗憾。这次他发表的有关《三国演义》叶逢春本的论文对叶逢春本做了深入研究，有较高的学术水平。

1）《三国志演义》熊成冶刊本试论……………………………………刘世德
2）略谈嘉靖元年本《三国志通俗演义》以前出现的几种《三国志传》版本…………………………………………………………………………张志和
3）叶逢春刊《三国志通俗演义史传》版本研究…………………… 李金泉
4）满文译本《三国演义》及其作用……………………………… 洪　涛
5）从传播角度看《三国志通俗演义》的成书年代……………… 王　平
6）《三国演义》数字化工程最近进展
　　——全套《三国演义》地图及《三国演义》地理研究…………周文业
7）20世纪《三国演义》文献学述要………………………………… 韩伟表

（7）第十七届《三国演义》研讨会（四川绵阳），2004年10月

中国三国演义学会和绵阳师范学院、绵阳市建设委员会联合主办。
此次研讨会论文集这次没有找到。

（8）第十八届《三国演义》与三国文化研讨会（四川南充），2008年4月

中国三国演义学会和西华师范大学联合主办。
南充是《三国志》作者陈寿的故里，有纪念陈寿的万卷楼等。

1）20世纪《三国演义》文献研究述略……………………………… 苗怀明
2）《三国演义》版本数字化和三国历史地理数字化……………… 周文业
3）宋元时代改写《三国志》之风与《三国演义》本事探讨
………………………………………………………………[澳大利亚] 马兰安

（9）首届曹魏文化暨第十九届《三国演义》研讨会（河南许昌），2009年10月

中国三国演义学会和许昌职业技术学院联合主办。
论文集《曹魏文化与〈三国演义〉研究》，王海升、张兰花主编，河南人民出版社2009年9月出版。

1）《三国志演义》周曰校刊本插增关索考……………………………刘世德
2）《三国演义》版本研究的回顾与反思………………………………周文业

（10）东吴文化暨第二十届《三国演义》研讨会（江苏镇江），2010年8月

中国三国演义学会和镇江市历史文化名城研究会联合主办。

论文集《东吴文化暨第二十届〈三国演义〉学术研讨会论文集》由王玉国主编，安徽大学出版社2010年8月出版。

王玉国是镇江三国演义学会会长，办会很热心，是全国地方三国研究机构的主要组织者之一。王玉国多年来一直主办《三国文化》刊物，很不容易。镇江也有很多三国遗迹，如北固山、甘露寺、铁瓮城、试剑石、摩崖石刻、太史慈墓、鲁肃墓等。因此在镇江开《三国演义》研讨会很合适。

1）韩国新发现的《三国志演义》朝鲜铜活字本试论……………刘世德、夏　薇
2）《三国演义》版本的卷数、则目、分则和静轩诗研究……………周文业
3）黄正甫刊《三国志传》三考………………………………[日本] 中川谕
4）余象斗刊《三国志演义》的评点研究……………………………刘海燕

（11）《罗贯中全集》与第二十一届《三国演义》研讨会（山西清徐），2011年9月

中国三国演义学会和山西清徐罗贯中研究会联合主办。

《第二十一届全国〈三国演义〉学术研讨会论文集》，由胡世厚、郑铁生主编，中国文史出版社2011年8月出版。

这是我第二次到清徐参加《三国演义》研讨会，第一次是1999年我第一次参加古代小说研讨会，在会上第一次介绍古代小说版本数字化。当年在清徐建立了一个三国城，投资千万，规模庞大，1999年在清徐开《三国演义》研讨会时曾组织与会代表去参观，我印象深刻。我本以为这次还要再组织去游览，但组织者并未组织学者再去参观，据说是由于漏雨，泥塑受损了，太可惜了，不知是否会恢复起来。这种新建的"古迹"很多都是如此，我去看河南中牟官渡古战场也是如此，地方投资几百万，最后由于游客太少完全荒废了，十分可惜。

这次会议推出一套《罗贯中全集》，以后还要不定期出版刊物《罗学》，希望把"罗学"提升到和"红学"一样地位。

1）在第33节和第34节之间——《三国演义》版本散论……刘世德、夏　薇
2）《三国演义》版本的学术论域及周曰校本的版本地位………………许并生
3）《花关索》与《三国志演义》版本研究述评……………………………陈丽媛
4）古代小说版本校记的计算机自动生成
　　——以《三国演义》版本为例……………………………………周文业
5）《三国演义》典制举误——兼论《三国演义》必成书于元代………石冬梅
6）"张益德"非"张翼德"浅论……………………………石利萍、杨小平

（12）纪念吴大帝孙权诞辰1830周年暨第二十二届《三国演义》研讨会（浙江富阳），2012年9月

中国三国演义学会、浙江杭州市社科联、富阳市人民政府主办，浙江省孙权研

究会、杭州三国水浒文化研究会、杭州龙门古镇保护与旅游开发管委会、富阳市场口镇人民政府承办。

论文集《孙权故里品三国》，王益庸主编，中国文联出版社 2012 年 9 月出版。

1）研究《三国演义》三十年的回顾……………………………………胡世厚
2）《三国演义》不属于明清小说——语言学考察之一……………石冬梅
3）《三国演义》早期版本研究………………………………………周文业

（13）汉中《三国演义》与三国文化国际学术研讨会（陕西汉中），2015 年 10 月

陕西理工学院三国文化研究所、陕西理工学院汉水文化中心主办。

这是我第二次到汉中参加陕西理工学院雷勇主办的研讨会。

1）周邨先生所藏《三国演义》两种叙考兼及李渔序两种…………萧相恺
2）在建阳刻本文化背景上讨论"三国"小说之三题…………………涂秀虹
3）两种版本《三国演义》中"七擒孟获"的异同及其文化意蕴探析
　　　　　　　　　　　　　　　　　　　　　　　　孟子勋、阎　博
4）《三国演义》版本数字化研究………………………………………周文业
5）周文业先生和他的《三国演义》版本数字化研究…………马　达、张弦生
6）十五年来《三国演义》作者、成书与版本研究述要………………何红梅
7）三国历史地理信息系统及其应用…………………………………周文业

（14）第二届周瑜文化暨第二十三届《三国演义》研讨会（安徽舒城），2015 年 12 月

中国三国演义学会主办，安徽舒城周瑜文化研究会承办。

论文集《周瑜故里论三国》（第二届周瑜文化暨第二十三届《三国演义》学术研讨会论文集），主编王玉国，执行主编李卫生，安徽人民出版社 2016 年 6 月出版。

周瑜是哪里人，有两种说法。一种说法是安徽舒城人，因为史书记载他是庐江郡舒县人。另一种说法是安徽庐江人，在庐江现有其墓地，我以前曾去看过，后来当地政府把墓地扩大成墓园。这次在舒城开会，我自己又特地单独去庐江看了看周瑜墓园。这种由于行政区划改变导致的矛盾，在中国历史人物的故里出现得很多。舒城有周瑜文化研究会，是全国市县三国研究机构之一。

此次研讨会改选了中国三国演义学会领导，刘世德卸任会长，关四平任会长，郑铁生任秘书长。

因为这次研讨会在周瑜故里举行，因此我提交一篇论文《周瑜生平行踪图的两种计算机绘制法》，介绍我用计算机绘制周瑜的生平地图，一种底图是古代三国地图，另一种底图是现代地图。我前几年利用地理信息系统 GIS 开发了中国历史地理信息系统，可自动绘制历史地图，因此绘制周瑜生平地图很容易。

另一篇和古代小说有关文章是福建工程学院赵雅丽《从评点看明代建阳刊本〈三

国志演义〉的读者定位》。

（15）"罗学"论坛暨第二十四届中国《三国演义》研讨会（山西清徐），2017年9月

罗学论坛暨第二十四届中国《三国演义》学术研讨会2017年9月在山西清徐举办。这是清徐第四次举办《三国演义》研讨会。

研讨会一共收到论文75篇，论文分四部分：罗贯中研究、三国演义研究、三国戏曲研究、三国文化研究和三国历史研究及其他。

1）湖北宜昌大学王前程论文《〈三国演义〉描写赤壁之战战场方位的历史真实性》。

2）福建江夏学院胡小梅论文《建阳刊刻小说插图的批评功能探析——以明刊本〈三国演义〉为个案》。

3）浙江师范大学刘永良论文《李卓吾、锺伯敬〈三国演义〉总评比较论》。

4）本人两篇论文。由于论文集截至时间较早，当时我新论文尚未写出，就提交了一篇旧文《〈三国演义〉地理错误研究》。后来我又提交一篇《〈三国演义〉版本研究——从三种明刊简本到三种清刊先繁后简本》。

其他还有多篇有关三国戏曲的文章。

（16）中国三国演义学会2018黄石高端论坛（湖北黄石），2018年6月

2018年6月29日至7月1日，"中国三国演义学会2018黄石高端论坛"在湖北省黄石湖北师范大学文学院举行。参加研讨会的代表来自北京、黑龙江、山西、江苏、河南、浙江、湖北、广东等省市。还有湖北师范大学文学院青年教师、硕士研究生等共计30余人。

会议邀请函中提议三个问题：①如何使《三国演义》研究与传承中国传统文化大战略相结合？②对《三国演义》蕴含的传统文化方方面面的新阐释。③当代制约《三国演义》研究的瓶颈问题。与文献有关的只有4篇文章。

1）会议上介绍了2018年将由复旦大学出版社出版国家重点科研项目八卷十二本精装的《三国戏曲集成》，囊括了元明清三国戏曲，其文献价值是不可估量的。

2）湖北师范大学文学院石麟教授做了题为《三方君主的"疑""信"与鼎足之势形成的多重矛盾——兼论〈三国演义〉"赤壁之战"发生地》的发言，认为三国赤壁之战发生地是在湖北蒲圻，即"武赤壁"。而《三国演义》中描写赤壁之战发生地是在湖北黄冈，即"文赤壁"。他建议以后黄冈不要宣传是历史赤壁之战发生地，而称为"《三国演义》描写的赤壁之战发生地"。

3）太原师范学院文学院王增斌教授做了题为《比"戏说"更严重的，是学术研究中的小说家思维——评浦玉生先生〈湖海散人罗贯中传〉》的发言，对浦玉生的新书《湖海散人罗贯中传》提出质疑。

4）我和在其他研讨会上发言一样，针对会议第三个议题"当代制约《三国演义》研究的瓶颈问题"，做了题为《〈三国演义〉主要版本比对本——解决〈三国演义〉版本研究瓶颈的有力工具》的发言，展示了《三国演义》两种主要版本比对本。

会后主办方组织学者们去黄冈东坡赤壁参观,我去过东坡赤壁很多次了,这次故地重游依然很有兴趣。我还去专门看望了老朋友王琳祥先生。我们是在武汉《三国演义》研讨会上认识的,虽然我对他主张的三国赤壁之战在黄冈并不赞同,但他执着的研究精神我很佩服,我每次去东坡赤壁都一定要去看他。这回再次相聚我们都很高兴,他又送我几本他刚编写出版的书,我很感谢,希望下次去东坡赤壁可以再相会。

(17)第三届中日旅游交流与合作发展国际论坛(2019)—— 中日《三国演义》研究与三国文化旅游(诸葛亮)(北京),2019年3月

孙前进是北京物资学院退休教师,他本专业是物流,曾在日本工作生活了十几年,对日本非常熟悉,现任中日经济技术研究会会长。他退休后主办了北京唐藤中日三国文化旅游研究中心(*http://lylt.bjtangteng.com/*),2017年、2018年,他曾主办了两届中日旅游交流与合作发展国际论坛。2019年第三届主题定为:中日《三国演义》研究与三国文化旅游(诸葛亮)。他找到我,我联系了中国三国演义学会常务副会长兼秘书长郑铁生,一起出席了此会。出席会议并发言的日本友人有:日本政策研究大学院大学特别教授、前副校长,总务省前审议官、前顾问堀江正弘,日本国家旅游局(JNTO)北京办事处所长服部真树,日本国际协力机构(JICA)中华人民共和国事务所所长中里太治等;中国方面有:中国历史研究院古代史所研究员、中国魏晋南北朝史学会荣誉副会长梁满仓,中国驻札幌前总领事李铁民,早稻田大学中国校友会会长、孙平化日本学学术奖励基金委员会代表孙晓燕,著名作家卞毓方,《北京晚报》社评论部前主任苏文洋,北京大学教授贾蕙萱等。河北省涿州市常务副市长王志干在会上介绍了作为《三国演义》的起点涿州三国纪念馆的情况,包括三义庙、张飞井等。

这次会议以诸葛亮为主题,中国诸葛亮纪念馆是三国人物纪念馆中最多的,据不完全统计有14处:山东沂南黄疃(出生)、陕西省勉县(墓地)、四川成都、湖北省襄阳隆中、河南南阳卧龙岗、湖北赤壁、湖北宜昌黄陵庙、重庆奉节白帝城、云南嵩明、云南保山、甘肃礼县祁山、陕西岐山五丈原、浙江兰溪诸葛镇、台湾南投。这次到会的只有陕西省勉县、四川成都、浙江兰溪诸葛镇3处,他们各自介绍了各地纪念馆的情况,对开展中日三国旅游都很支持。上述14处诸葛亮纪念馆我去过其中的8处,即山东沂南黄疃、陕西省勉县、四川成都、湖北省襄阳隆中、河南南阳卧龙岗、湖北赤壁、陕西岐山五丈原、浙江兰溪诸葛镇,希望将来有机会都走遍。中国三国遗迹很多,我对名人墓地最有兴趣,看过很多三国名人墓地。

会上我介绍了古代小说版本数字化、《三国演义》版本研究,以及我对三国遗迹的一些考察,谈我对发展三国旅游的看法,受到与会学者的一致好评。会上我带去在日本买的很多日本出版的三国图书,日本出版的图书图文并茂,印刷精美,而我们出版的图书重文字,而忽视插图,即便有插图印刷也不漂亮,这方面日本很值得我们学习。

孙老师在考虑建立中日三国文化交流与旅游联盟,对此我建议2020年召开联盟

成立大会，事先联系好各地的三国纪念馆。然后再和日本三国志学会建立联系，网址：*http://sangokushi.gakkaisv.org/index.html*，日本三国志学会事务局长为早稻田大学渡边义浩教授，我和他很熟悉，日本三国志学会主要由他负责。日本三国志学会每年9月开大会。我建议2020年9月组织中国各地纪念馆参加日本三国志学会大会，可请日本发邀请函，以便报销。但必须要在此前召开中国三国联盟成立大会，以后每年开一次联盟大会，各地三国纪念馆轮流主办，联盟组织起来就好办了，为此要尽快制定明年活动规划。后来孙老师通过中国历史研究院古代史研究所梁满仓和渡边联系上，邀请他来北京参加原计划2020年3月在北京召开的第四届中日旅游交流与合作发展国际论坛（2020），并请他担任中日三国文化交流与旅游联盟的副会长，渡边先生也同意了。他还邀请了日本已去世的友好人士日本西园寺公一的儿子西园寺一晃先生为联盟副会长，他现任东日本国际大学客座教授、日本国工学院大学孔子学院院长。我建议在联盟成立大会上，中国各地三国纪念馆和日本三国志学会可以签订合作协议，我还帮助孙老师起草了协议文本，请各地纪念馆先审查，领导同意后，各地纪念馆派代表在联盟成立大会上签字生效。这样中日建立有协议的合作，每年中国派代表团去日本出席日本三国志学会年会，日本三国志学会也可组织日本对三国有兴趣的人士来中国访问旅游，把这个渠道打通就好办了。

我问孙老师目前联系了多少个中国三国纪念馆和学会，他说共有37个不同类型大小不一的研究会、博物馆等愿意作为联盟的发起单位共同活动。如浙江南溪诸葛八卦村、山东沂南诸葛亮故里纪念馆、湖北襄阳古隆中、河南南阳卧龙岗武侯祠、重庆奉节白帝城博物馆、白帝城·瞿塘峡景区、奉节夔州博物馆、奉节县诗城博物馆、陕西勉县武侯祠、勉县武侯墓、勉县博物馆、勉县马超墓祠、汉中勉县诸葛景区、河北涿州三义宫、四川大邑县赵子龙墓祠纪念馆、陕西五丈原诸葛小镇。我对各地三国纪念馆很熟悉，还有很多没有联系，包括：四川绵阳富乐山、昭化古城、剑阁剑门关、阆中张飞庙、绵竹双忠祠、罗江庞统祠墓、南充陈寿万卷楼、宜昌猇亭古战场公园、湖北武汉卓刀泉公园、赤壁市赤壁公园、黄冈东坡赤壁公园、鄂州吴王宫、当阳关陵、河南许昌霸陵桥、许昌春秋楼、洛阳关林、安徽亳州古地道、亳州曹氏宗族墓地群、庐江周瑜墓、马鞍山朱然墓、江苏镇江北固山及甘露寺、镇江铁瓮城、山西解州关帝庙、山东东阿曹植墓等25处，合计60多处。孙老师说要逐一联系很麻烦，我建议他直接写信，如对方有兴趣就回信，无兴趣不回信就算了。

另外，我觉得要做三国旅游文化，单靠各地三国纪念馆还不行，还需要靠旅行社把各地联系起来，这方面工作似乎还未行动起来。

孙老师原计划2020年3月在北京召开第四届中日旅游交流与合作发展国际论坛（2020），我最近整理了三国115位名人的144处墓地（本书下册"三国历史、地理研究"部分有介绍），也想在会上介绍。但由于新冠疫情暴发，此会未开成。

总之，我虽然不专门研究三国历史，但对三国文化旅游很有兴趣，对孙老师的活动很支持，也会尽力协助。

（18）第二十五届中国《三国演义》学术研讨会（广东广州），2019年11月

2019年11月15日至17日，中国三国演义学会、广州大学人文学院与《明清小说研究》编辑部联合主办的第二十五届中国《三国演义》学术研讨会在广州召开。来自中国社会科学院、中国人民大学、中国戏曲学院、东北师范大学、山东大学、复旦大学、华东师范大学、江苏省社科院、河南省社科院、中山大学、暨南大学等几十所高校、科研机构的70多名学者参加了本次会议。大会开幕式由中国三国演义学会常务副会长郑铁生主持，广州大学人文学院院长纪德君，中国三国演义学会会长关四平，江苏省社科院文学研究所所长、《明清小说研究》主编徐永斌分别代表三方主办单位致辞。闭幕式上，广州大学人文学院院长纪德君致闭幕词，中国三国演义学会会长关四平进行大会总结。

论文集有论文64篇，其中我感兴趣的有以下几篇：
1）共和国七十年《三国演义》的研究……………………………………郑铁生
2）"七实三虚"还是"三实七虚"——《三国演义》创作方法新证……石钟扬
3）19世纪《三国演义》英译资料研究………………………………………王 燕
4）关于《三国演义》争鸣的再思考………………………………………纪德君
5）接受视野下精英话语与民间话语的分野
　　——以古代小说经典文本的评论与刊刻为中心……………………邓 雷
6）《三国演义》文化应用的轨迹——评《人才与谋略——〈三国演义启示录〉》和《古为今用论三国》………………………………………马 达、张弦生
7）论插图与建阳刊小说的传播与接受……………………………………胡小梅
8）周曰校刊本《三国志演义》在小说版画史上的意义——兼答周文业先生
　　…………………………………………………………………………郑子成
9）评陈辽先生"太原罗某某绝非论"四篇文章…………………………王增斌
10）刘备兵败的马鞍山究竟位于何处
　　——兼谈《三国演义》描写马鞍山之战的误导作用………………王前程
11）镇江北固山"京城"考…………………………………………刘建国、王玉国
12）三国历史战役的说法值得商榷………………………………………赵春阳
13）关于叶逢春本《三国志传》的整理情况……………………………徐 晋
14）《三国演义》简本"志传"系列研究及《三国演义》版本演化……周文业

我的这篇论文分两部分。第一部分介绍日本九州大学藏《三国演义》版本，简称九州本。中川谕先生2013年曾对此本进行初步研究，认定此本属于简本"志传"小系列，文字最接近诚德堂本。2017年暨南大学程国赋和郑子成在明代文学研讨会上曾发表文章也研究了此本，但他们并不知道中川谕先生的研究，论文中也有很多问题。我提供给他们中川先生文章后，2019年他们在《文献》第3期再次发表有关九州本的论文，但此文章仍在插图等方面存在很多问题。文章认为其插图是"仿照周曰校本"

肯定是错误的，其插图肯定是沿袭了"志传"插图的风格。后来我曾在几次小说研讨会上谈及这个争论，并曾用手机短信和程国赋直接辩论。对此争论本书"三国演义版本研究"中"英雄志传研究"部分有详细论述可参看。

这次郑子成在研讨会上也发表文章，再次谈及《三国演义》周曰校本插图和九州本插图问题，文中仍坚持他的看法，还对我进行了无理的嘲讽。他的看法明显是错误的，但他仍坚持错误，我多年从事学术研究还是第一次遇到这样不讲理的情况，对这样的蛮横态度，我觉得不值得再予以答复了。大会安排我第一个在大会第二场做大会学术发言，我也就基本没有再谈这个争执了。

此文第二部分研究"志传"小系列，此版本系列分三类，"志传"系列可分三类。第一类包括诚德堂本、朱鼎臣本、天理图本、费守斋本、忠正堂本。第二类只有刘龙田本（简本部分），是繁本和简本的混合本。第三类包括九州本、黄正甫本，二本文字接近。

广州大学人文学院院长纪德君老师在致闭幕词时，特别提及我的数字化，认为数字化对《三国演义》研究有很好的促进作用，有纪老师这样的公允评价我很满意和感谢，看来还是有人能正确看待我的研究，我也很欣慰。

2. 《水浒传》（山东）研讨会

《水浒传》研讨会主要在山东和江苏、浙江举行，本节介绍 8 次在山东举行的《水浒传》研讨会。下面逐一介绍。

（1）东平罗贯中与《三国演义》《水浒传》研讨会（山东东平、泰安），2006 年 8 月

山东省古典文学学会、东平县人民政府联合主办，研讨会先在东平举行，然后在泰安结束。

论文集《东平罗贯中与〈三国演义〉〈水浒传〉研究》由山东省东平县罗贯中与《三国演义》《水浒传》研讨会领导小组办公室编，中国出版社 2006 年 11 月出版。

这是我第一次到山东参加《水浒》研讨会，山东几乎每年都举办各种《水浒》研讨会，我也多次应邀参加在山东各地举办的《水浒》研讨会。

因为山东认为罗贯中是山东东平人，因此会议包括《三国演义》和《水浒传》。

由于山东水浒的遗迹分布在几个县，如梁山县有梁山，东平县有东平湖（水泊），阳谷县有景阳冈。但实际现在的梁山、东平湖、景阳冈都未必是《水浒传》中所描写的地点，而是现在宣传所致。由于景点分散，梁山有山无水，东平有水无山，没有统一的规划和领导，基本都是各自为政，这对宣传《水浒传》很不利。这些研讨会都是由山东省古典文学学会主办，学会领导杜贵晨是我多年老友，因此只要开会

我都去参加。

以下是研讨会相关论文。

1)《三国演义》与《水浒传》在韩国的传入及版本之考察……［韩国］闵宽东
2)《三国演义》数字化研究……………………………………………周文业
3) 关于故宫珍藏清升平署剧本《鼓词新编绘图三国志》…………于润琦
4) 文征明抄写古本《水浒传》的时间…………………………………李伟实
5)《水浒传》的版本研究与田王二传的作者——与孟繁仁先生商榷…李永祜
6)《水浒传》灵官殿小考——兼及《水浒传》成书时间问题…………王　平

以下论文未收入正式出版的论文集，但收入会议刊行的论文集中。

1)《绘图三国志歌词》（残）的发现……………………………陈　辽、许盘清
2) 尘故庵藏《三国演义》版本述略 ……………………………………宁稼雨
3) 建阳刻本《三国》小说传播衰落原因分析……………………涂秀虹、陈旭东
4) 天书上写的讳字——《天书和泰山》补考……………［日本］大塚秀高

（2）天下水浒论坛（山东梁山），2010 年 10 月

山东梁山县人民政府主办。

这是我第一次到山东梁山参加《水浒传》研讨会，后来还曾来此地开会，多次登山，因此对梁山就很熟悉了。梁山据说就是《水浒传》描写的梁山，但可惜没有水，据说宋代时是有水的。

以下是研讨会相关论文。

1)《水浒传》牛津残叶试论………………………………………………刘世德
2)《水浒传》的成书与两次南北文化交流（论文提纲）………………李永祜
3)《水浒传》不同繁本系统之比较………………………………………齐裕焜
4) 关于上海藏《京本忠义传》……………………………………［日本］中川谕
5)《水浒传》版本数字化及应用…………………………………………周文业
6)"林九兵卫刊本"《忠义水浒传》研究（提纲）……………………夏　薇
7)《水浒传》与说唱词话之关系新证……………………………………纪德君
8) 考证与可能性——与石昌渝先生商榷………………………………张同胜
9) 近十年来《水浒传》作者、成书与版本研究述要……………………何红梅

（3）第二届东平罗贯中与《三国演义》《水浒传》研讨会暨罗贯中纪念馆开馆仪式（山东东平），2011 年 9 月

山东省古典文学学会、东平县人民政府联合主办。

论文集《中国·东平罗贯中与〈三国演义〉〈水浒传〉学术研讨会论文集》，山东省东平县罗贯中与《三国演义》《水浒传》学术研讨会组委会编。

以下是研讨会相关论文。

1) 古代小说同名交错之误及其对策——以《三国演义》《西游记》考证为例

……………………………………………………………………………………………… 杜贵晨
2)《三国志演义》与宋元话本……………………………………………… 程毅中
3) 略说手抄孤本弹词《三国玉玺传》……………………………………… 张弦生
4)《三国演义》《水浒传》早期版本的数字化研究
　　——以上海残叶和郑藏本为核心……………………………… 周文业
5) 十年来《三国演义》作者、成书版本研究述要……………………… 何红梅
6) 新时期以来《水浒传》简本系统研究述略………………… 刘天振、王　辉
7)《水浒传》成书于明朝中叶可以定论………………………………… 李伟实

（4）水浒文化研讨会暨山东省水浒研究会年会（山东菏泽），2013年6月

由山东省水浒研究会与菏泽学院联合主办，山东省十二五社会科学基地——水浒文化研究基地(菏泽学院中文系)承办。

以下是研讨会相关论文。

1) 百年"嘉靖说"学术史的回顾与反思………………………… 许勇强、李蕊芹
2) 明刻《水浒传》插图对梁山受招安事件的诠释…………… 陆　敏、张祝平
3)《水浒传》版本数字化及《京本忠义传》的数字化研究…………… 周文业

（5）《水浒传》与儒家文化全国学术研讨会（山东济宁），2014年10月

山东省社会科学界联合会、山东省水浒研究会主办，济宁学院承办。

以下是研讨会相关论文。

1) 关于王伯沆《红楼梦》评点中的与《水浒传》有关的批语………… 何红梅
2)《水浒传》两种伪李评本考辨……………………………………… 李永祜
3) 谈《水浒传》的版本和演化………………………………………… 周文业

（6）天下水浒——泰山学术与旅游国际学术研讨会（山东泰安、东平），2015年4月

山东省水浒研究会、山东旅游局、泰山景区管委、东平湖景区管委、岱岳区职教中心主办。

以下是研讨会相关论文。

1) 实证主义的困惑——《水浒传》的版本、作者与成书…………… 张国风
2) 谈《水浒传》的版本演化…………………………………………… 周文业
3) 小说序跋与《水浒传》在清代的接受………………… 王军明、史春燕
4)《水浒传》在日本的多样传播……………………………………… 张永平

（7）天下水浒——泰山学术与水浒文化学术研讨会（山东泰安），2017年11月

山东省水浒研究会、泰山学院文学与传媒学院主办。

这几年我多次应山东省水浒研究会会长杜贵晨邀请,到山东参加各种《水浒传》研讨会,2017年11月大理《金瓶梅》研讨会上遇到杜贵晨,他邀请我11月到泰安参加《水浒传》研讨会,这是我第二次到泰安参加《水浒传》研讨会了,上一次是2015年。

以下是研讨会相关论文。

1)朱贵、朱富长幼之序与《水浒传》繁简两本的关系……………颜廷亮
2)《水浒传》版本数字化和文本插图比对丛书………………………周文业

(8)"罗学"与沂蒙传统文化国际学术研讨会(山东临沂),2018年10月

山东省社会科学研究会、山东省水浒研究会、临沂大学主办,临沂大学文学院承办。

山东省水浒研究会会长是杜贵晨教授,副会长是王平教授。杜老师因为有事没有到会,此会主要由副会长王平主持。

此会以"罗学"为名,实际主要是研究《水浒传》,有45篇论文。但除我提交一篇介绍《三国演义》《水浒传》主要版本比对本外,没有任何版本文章。

只有温庆新《文献传播学视野下的〈水浒传〉作者研究》一文值得一读,在本书"研讨会随笔"中有详细介绍,此处不再重复。

3. 《水浒传》(浙江、江苏、湖北)研讨会

2009年以来在浙江、江苏和湖北召开了5次水浒研讨会。下面逐一介绍。

(1)中国水浒学会2009年年会暨杭州与《水浒传》研讨会(浙江杭州),2009年10月

中国水浒学会和浙江水浒学会联合主办。

论文集《水浒争鸣》第十一辑,张虹、马成生、王益庸主编,中央文献出版社2009年10月出版。

以下是研讨会和版本有关论文。

1)《京本忠义传》的断代性与版本研究……………………………李永祜
2)论"《水浒传》成书于嘉靖初年"说之不成立——就教于石昌渝先生
………………………………………………………………………崔茂新
3)《水浒传》版本数字化及应用……………………………………周文业

(2)第二届杭州与《水浒传》学术研讨会暨中国《水浒传》文化富阳高峰论坛(浙江富阳),2014年11月

中国水浒学会、杭州市人民政府主办,浙江杭州市社科联、富阳市人民政府、

杭州三国水浒文化研究会、富春江名人名胜研究会承办。

论文集《孙权故里论水浒》(《水浒争鸣》第十五辑)，张虹、王益庸主编，万卷出版公司2014年10月出版。

以下是研讨会和版本有关论文。

1)《水浒传》的版本演化……………………………………………周文业
2) 袁无涯本与大涤余人序本《水浒传》关系考辨………………邓　雷

(3) 首届盐城与《水浒传》暨中国《水浒传》文化大丰高层论坛（江苏盐城），2016年10月

中国水浒学会、盐城市水浒学会主办。协办单位：盐城市水浒文化博物馆、大丰区施耐庵研究会、施耐庵纪念馆。承办单位：江苏大丰海港控股集团。

此次研讨会原计划在2015年举行，后推后到2016年举行。

目前《水浒传》作者施耐庵的籍贯有两种说法。一种根据《水浒传》的题署"钱塘施耐庵"，因此认为施耐庵是钱塘（杭州）人。另一种说法认为施耐庵是苏北兴化人，因为20世纪50年代在兴化发现很多与施耐庵有关的文献和活动记录，特别是王道生写的《施耐庵墓志铭》。但"兴化说"中的古代兴化现在分为兴化市和盐城大丰区，导致两地都在争施耐庵。现在的纪念馆在大丰区，和兴化只是一河之隔。这次《水浒传》研讨会是由大丰区主办，主要负责人是浦玉生，他在2014年出版了《草泽英雄梦——施耐庵传》。

本书随笔部分中有一文对此做了介绍，此研讨会论文集未找到，暂缺。

(4) 首届四大名著与杭州论坛暨全国市县三国研究机构第五届学术会议（浙江杭州），2018年9月

2018年9月王益庸在浙江杭州举办了"首届四大名著与杭州论坛暨全国市县三国研究机构第五届学术会议"。

这次研讨会举行时论文集《首届四大名著与杭州论坛暨全国市县三国研究机构第五届学术会议论文集》也同时由中国文联出版社正式出版，收入50篇论文。最后详细列出全国市县三国研究机构2014年以来5届学术会议的资料。

论文集分为七部分：一、三国总论；二、吴论；三、魏论；四、蜀论；五、三国散论；六、水浒散论；七、红楼散论。

这次研讨会关于四大名著文献的文章有以下几篇：

1) 四大名著主要版本数字化比对本丛书………………………………周文业
2) 与蒙古王府本《石头记》相关的北京车郡王府探秘…………………于润琦
3) 以水浒诗词论《水浒传》容与堂本与袁无涯本之关系………………曾晓娟

(5) 2018全国水浒学术研讨会（湖北武汉），2018年11月

2018全国水浒学术研讨会11月8日—11日在武汉湖北大学召开。主办单位中国水浒学会、湖北省水浒学会，承办单位湖北大学文学院，协办单位湖北师范大学文学

院。和版本、作者有关论文如下：
1)《水浒传》四种主要版本比对本和比对研究……………………周文业
2) 百年《水浒传》版本研究述略………………………………………邓 雷
3) 来自施耐庵故乡的报告……………………………………陈仕祥、仓 显
4) "三种证据法"催生的《施耐庵传》不容否认……………………浦玉生
5) 还原与激活——浦玉生《施耐庵传》读后………………………王玉琴
6) 兴化古白驹场施彦端无关"钱塘施耐庵"著《水浒传》
　　——文物《施让铭》《施让地照》《施廷佐铭》综考……………宋伯勤
7) 疑而难信的传记续篇
　　——再读《草泽英雄梦——施耐庵传》兼及有关评论……………马成生
8) 众里寻他千百度 踏破铁鞋无觅处
　　——漫谈《水浒传》作者的研究…………………………………朱健文

4．《金瓶梅》研讨会

中国金瓶梅学会（连同其酝酿筹备阶段）和中国金瓶梅研究会（筹），已经成功举办了22次大型学术会议，其中全国会议7次（1985年在徐州，1986年在徐州，1988年在扬州，1990年在临清，1991年在长春，1993年在鄞县，2007年在枣庄），国际会议15次（1989年在徐州，1992年在枣庄，1997年在大同，2000年在五莲，2005年在开封，2008年在临清，2010年在清河，2012年在台北，2013年在五莲，2014年在兰陵，2015年在徐州，2016年在广州，2017年在大理，2018年在开封，2019年在石家庄）。

大型金学会议的召开地点，山东7次，江苏5次，河北、河南各2次，吉林、浙江、山西、台湾、广东、云南（以召开先后为序）各1次。

下面介绍我参加过的8次研讨会。

（1）第六届《金瓶梅》研讨会（山东临清），2008年6月

山东临清市政府、市政协主办。论文集《〈金瓶梅〉与临清》，由黄霖、杜明德主编，齐鲁书社2008年6月出版。

这是我第一次参加《金瓶梅》研讨会，我注意到这次研讨会没有一篇有关《金瓶梅》版本的论文，这很奇怪，也说明这时期对《金瓶梅》版本有兴趣的人不多。

以下是研讨会相关论文。
1)《金瓶梅》研究的悬案与论争……………………………………吴 敢
2)《金瓶梅》研究的现状与面临的问题……………………张翠丽、张进德
3) 20世纪《金瓶梅》文献研究述略………………………………苗怀明

(2)《金瓶梅》国际学术研讨会（第八届《金瓶梅》研讨会）（台湾台北），2012年8月

台湾台南成功大学主办。会议分三个会场，先在台北"国家图书馆"举行，然后移师嘉义中正大学，最后到台南成功大学结束。

我未获此次会议邀请，但此次会议很多学者先参加了在嘉义大学由徐志平主办的第十一届中国古代小说戏曲文献暨数字化国际研讨会，然后移师到台北参加在"国家图书馆"召开的《金瓶梅》研讨会台北会场，我也一起旁听了台北会议，但没有继续再南下嘉义和台南。我在台北"国家图书馆"还帮上海李金泉查看《三国演义》李卓吾本。

我只拿到台北会场的论文集，没有嘉义和台南会场的论文集，因此以下只是台北会场中的论文。

1) 批评本《金瓶梅》初刻时间考……………………………………胡衍南
2) 满文译本《金瓶梅》叙录……………………………………………王汝梅
3) 一样"世情"，两种"演义"
　　——词话本与说散本《金瓶梅》题旨比较……………………李志宏

(3) 第九届《金瓶梅》研讨会（山东五莲），2013年5月

山东省五莲县委、县政府主办。

论文集《〈金瓶梅〉与五莲》，王平主编，中国文史出版社2013年12月出版。

2000年曾在五莲举办第四届《金瓶梅》研讨会，我未参加。在五莲举办是因为有人认为五莲人丁耀亢的父亲丁惟宁是《金瓶梅》的作者，会议组织参观了丁耀亢的故居。

这次会上有关《金瓶梅》版本文章大大增加了，这是个可喜现象，也说明《金瓶梅》版本还是有研究余地的。

我在会上介绍了我对崇祯本系列的日本东京大学藏本的研究。

以下是研讨会相关论文。

1)《金瓶梅》初刊辨伪略记——从"大安本"说起………………黄　霖
2) 读天津图书馆藏《金瓶梅》崇祯本札记……………………………王汝梅
3)《金瓶梅》崇祯本系统东京大学藏本文本数字化比对研究……周文业
4)《金瓶梅》词话本、崇祯本性描写比较研究
　　——以第72回到79回为中心……………………………………胡衍南
5) 新见《金瓶梅》抄引明文言小说素材考略
　　——兼谈周礼《秉烛清谈》《湖海奇闻》的佚文………………杨国玉

(4) 第十届国际《金瓶梅》学术讨论会（山东兰陵），2014年11月

中国《金瓶梅》研究会（筹）和兰陵县共同主办，山东《金瓶梅》研究会协办，兰陵县文广新局具体承办。

论文集《金瓶梅研究》第十一辑(第十一届徐州国际《金瓶梅》学术研讨会专辑),由中国金瓶梅研究会(筹)编,中州古籍出版社 2016 年 1 月出版。会议与版本有关的 4 篇文章如下:

1)国外首部《金瓶梅》全译本的发现与探析·················苗怀明、宋　楠
2)《金瓶梅》绘画···王汝梅
3)《申报》所载晚清民国《金瓶梅》的流播·················赵兴勤、赵　韡
4)从新刻、避讳和序跋论《金瓶梅词话》刊刻时间·················周文业

注:我的这篇文章在正式出版的论文集中并没有收录。

(5)第十一届国际《金瓶梅》学术讨论会(江苏徐州),2015 年 8 月

中国金瓶梅研究会(筹)与徐州工程学院主办,徐州市文化局、徐州市文联、徐州日报社、江苏师范大学文学院协办,徐州工程学院人文学院承办。

论文集《金瓶梅研究》第十二辑(第十届兰陵国际《金瓶梅》学术研讨会专辑),由中国金瓶梅研究会(筹)编,复旦大学出版社 2015 年 7 月出版。会议与版本有关的 4 篇文章如下:

1)吴晓玲先生藏抄本《金瓶梅》在版本史上的意义·················王汝梅、吴　华
2)从谢在杭《金瓶梅跋》说起·····································张惠英
3)关于《金瓶梅词话》校勘问题···································杨玉国
4)用现代化科技手段研究《金瓶梅》版本与作者·················叶桂桐

(6)第十二届国际《金瓶梅》学术研讨会暨版本展览(广东广州),2016 年 10 月

中国金瓶梅研究会(筹)主办,暨南大学文学院、暨南大学图书馆承办,《明清小说研究》《暨南学报》编辑部协办。

这次研讨会最大特点是举办了一次《金瓶梅》版本资料展,展示了各个时期出版的相关著作。要收集全这么多《金瓶梅》研究资料很不易。会议还赠送每位与会者一部主办人暨南大学图书馆馆长史小军和罗志欢主编的《金瓶梅版本知见录》,彩色印刷,十分精美,资料详尽,很有参考价值。

会上我认为最有价值的版本研究是张青松介绍他发现的一种张评本——苹华堂本。张青松在铁路公司工作,但酷爱收藏,特别是古代小说版本方面他个人收藏了很多稀见的版本,在私人收藏中是佼佼者。

在这次研讨会上,最早提出"花子由"改为"花子油"的鲁歌先生在大会闭幕式上公开承认,过去他认为这是"避讳"崇祯皇帝朱由检是错误的。其实我早在 2015 年徐州研讨会上就指出"避讳"说不成立,但我的论文没有引起大家重视,也未收入大会最后出版的论文集。会议与版本有关的 15 篇文章如下:

1)"崇祯本"眉批揭示其是《金瓶梅》祖本的事实·················董玉振
2)一奇书的一个重要版本···································王军明、吴　敢

3)海外汉文报刊中的"金学"相关资料举隅 ………………… 李　奎、郭志刚
4)《金瓶梅词话》是正本 ………………………………………………… 张传生
5)《金瓶梅词话》回前诗留文考论 ……………………… 陈利娟、王齐洲
6)《金瓶梅》卷首[行香子]词源琐考 ………………………………… 杨国玉
7)《金瓶梅》版本数字化研究 ………………………………………… 周文业
8)《金瓶梅词话》校补例举 …………………………………… 李　申、杜　宏
9)加布伦兹译自满文的一百回《金瓶梅》德文译本能否称之为"全译本"？
　　——与苗怀明、宋楠两位商榷 ………………………………… 李士勋
10)解"兰陵笑笑生""笑笑生先生"之谜 ……………………………… 鲁　歌
11)兰陵笑笑生李贽说 …………………………………………………… 方保营
12)论《金瓶梅》崇祯本的两个系统 …………………………………… 汪炳泉
13)苹华堂本《第一奇书金瓶梅》发现记 ……………………………… 张青松
14)日本《金瓶梅》编译本过眼录 ……………………………………… 黄　霖
15)手检目验三十载　历数版本谱华篇 ……………………………… 刘玉林

（7）第十三届《金瓶梅》国际学术研讨会暨明清小说叙事书写的形态与流变高端论坛（云南大理），2017年11月

中国金瓶梅研究会（筹）、云南民族大学、大理大学主办，云南民族大学文学与传媒学院和大理大学文学院承办。会议与版本有关的11篇文章如下：

1)关于内阁本《金瓶梅》 ……………………………………………… 黄　霖
2)南阳出版社影印大安本《金瓶梅词话》序 ………………………… 吴　敢
3)美国国会图书馆摄制《金瓶梅词话》介休本胶片初探 …………… 张青松
4)台北故宫博物院藏《金瓶梅词话》的版本形态及其文献价值
　　——兼论《金瓶梅》与《水浒传》的关系 ……………………… 杨　彬
5)《金瓶梅词话》抄本出售五阶段皆在江苏
　　——时间是万历二十年至四十一年，作者是民间才人 ………… 李鲁歌
6)《金瓶梅词话》对武松杀嫂故事的因袭与补写 …………………… 傅承洲
7)《金瓶梅》崇祯本改写词话本饮食男女细节研究 ………………… 胡衍南
8)2016年《金瓶梅》研究综述 ……………………………… 霍现俊、李姣月
9)铺就阅读和研究的路径
　　——评王平先生新作《兰陵笑笑生与〈金瓶梅〉》（增订本）…… 马　达、张弦生
10)两种崇祯本《金瓶梅》批语对比
　　——北大本与天图本前十回眉批及其他对比小识 ……………… 赵新波
11)《金瓶梅》版本的数字化比对和研究 ……………………………… 周文业

（8）第十四届（开封）《金瓶梅》研讨会（河南开封），2018年10月

由河南大学和中国金瓶梅研究会（筹）主办，由河南大学文学院和《汉语言文学研究》编辑部承办，由《明清小说研究》编辑部、中州古籍出版社协办的第十四

届（开封）《金瓶梅》研讨会，收到论文 71 篇（据会议定稿之论文集电子文本统计），我介绍了《金瓶梅》词话本和崇祯本的比对本，其他和版本、作者等有关的论文 9 篇如下：

1）《金瓶梅》病理切片：第五十三至五十四回……………………………叶桂桐
2）研究金学 壮心不已
　　——评叶桂桐先生的新作《〈金瓶梅〉版本研究枢要》… 马　达、张弦生
3）介休本《金瓶梅》形态及批注时间………………………………………董玉振
4）《金瓶梅》词话本、崇祯本文字比对本…………………………………周文业
5）论《得骃虞》——徐渭戏曲作品的考论之一……………………………胡令毅
6）《清宫珍宝皕美图》流布研究……………………………………………张青松
7）邳州之陈铎乃《金瓶梅》之作者…………………………………………高念清
8）两种崇祯本金瓶梅眉批对比
　　——北大本与内阁本前三十回眉批对比小识……………………赵新波
9）《金瓶梅》俄文译本的历时性考察………………………………………高玉海

本次会议没有提供论文集，只是提供了论文摘要和 U 盘。

（9）第十五届（石家庄）《金瓶梅》研讨会（河北石家庄），2019 年 10 月

由中国金瓶梅研究会（筹）与河北师范大学主办，《明清小说研究》编辑部、高邑县政协协办，河北师范大学文学院、《中国语言文学研究》编辑部联合承办，2019 年 10 月 25 日—29 日在石家庄市河北师范大学召开。参会学者有 103 人，大会论文集收入论文 63 篇，两大厚本。与版本有关的论文有以下 12 篇：

1）新加坡南洋出版社影印北平图书馆购藏本《新刻金瓶梅词话》……王汝梅
2）张评《金瓶梅》大连本是原刊吗？………………………………………黄　霖
3）《金瓶梅》初刻于万历十年前……………………………………………高念清
4）论《新刻金瓶梅词话》新刻、序跋和避讳问题…………………………周文业
5）北大本与内阁本眉批对比小识……………………………………………赵新波
7）《金瓶梅》作者、版本、成书、评点研究………………赵俊杰、赵　辰
8）两种俄译本《金瓶梅》插图比较…………………………………………高玉海
9）美国乔治城大学图书馆中英文版《金瓶梅》知见………………………齐慧源
10）《金瓶梅》书名新探………………………………………………………陈琳静
11）《清宫珍宝皕美图》流布续论……………………………………………张青松
12）《金瓶梅》词话、崇祯本数字化比对本…………………………………周文业

我在会上同时发表两文。本来只发去一文《〈金瓶梅〉词话、崇祯本数字化比对本》，后考虑，我曾在 2015 年徐州研讨会上发表论文《从新刻、避讳和序跋论〈金瓶梅词话〉刊刻时间》，主要指出词话本中没有避讳，但此文并未收入大会最后正式出版的论文集，我以为是编者不赞同我的看法，但据我事后了解，说是因为论文集

文章太多要删节，我的文章篇幅太大因此被删除了。但我后来看到研讨会上还有人对此发表一些错误看法，因此我这次再修改此文，感谢主办人河北师范大学文学院霍现俊同意，另外打印给每位学者一份。会后我又收到霍现俊通知，《论〈新刻金瓶梅词话〉新刻、序跋和避讳问题》将收入会议出版的论文集。此文这次终于收入会议论文集，我十分感谢。

我因为要同时去合肥参加中国科学技术史学会 2019 年度学术年会，无法参会，但想请人代为介绍我的文章。经霍现俊同意，我先到石家庄，带去两大厚本的《金瓶梅》词话、崇祯本数字化比对本，在会上展示，会后就赠送给河北师范大学文学院资料室。霍现俊又找了一位学生代我在会上发言，我将发言 PPT 复制给她，并仔细讲解，然后就坐车去合肥。对霍现俊大力协助我十分感谢！后来也不知会上对我两篇文章有何反响。

下一届《金瓶梅》研讨会将于 2020 年 10 月 30 日至 11 月 1 日在上海复旦大学举行，2019 年 11 月 29 日提前一年我就收到了预邀函，这是我 2019 年收到的第一份 2020 年研讨会通知。

5. 《西游记》研讨会

到目前为止五大名著中只有《西游记》没有全国学术性学会，只有中国西游记文化研究会，但偏文化而不是学术性的学会。因此全国《西游记》研讨会也较少，这几年我只参加过 3 次研讨会。

（1）2009《西游记》学术暨江苏省明清小说研究会西游记分会（筹）成立大会（江苏连云港），2009 年 10 月

连云港淮海工学院主办。

论文集《西游记文化论丛》第 1 辑，由晏维龙、姚东瑞主编，中国矿业大学出版社 2009 年 11 月出版。

江苏省明清小说研究会一直很活跃，会长萧相恺也是我老朋友，我应邀参会介绍《西游记》版本数字化及应用。与版本有关的论文有以下 5 篇：

1）论闽斋堂本《西游记》的底本……………………………………吴胜昔
2）《西游记》原作和改本的演变
　　——读陈元之序和《西游记》作者考论……………………………胡令毅
3）《明刊西游记汇校》举隅………………………李洪甫、李　熙、沈海玲
4）世本《西游记》的最早拥有者"唐光禄"考………………邢慧玲、邢　琎
5）《西游记》版本数字化及应用………………………………………周文业

（2）《西游记》起源文化研讨会（湖北随州），2014 年 8 月

随州市文化体育新闻出版局和随州市外事侨务旅游局联合举办，西游神话世界文化产业有限公司承办。

一般认为吴承恩是江苏淮安人，但湖北随州历史上也有个"吴承恩"，因此随州就认为此"吴承恩"就是写《西游记》的吴承恩，并建立了《西游记》主题公园。

在本书"研讨会随笔"中对此会有介绍，论文集未找到。

（3）2019年全国《西游记》文化和旅游高峰论坛（北京），2019年12月

2019年12月21日—22日，由中国西游记文化研究会主办，此研究会是《西游记》方面唯一的全国性学会，2007年成立，从学会名称加了"文化"二字就可看出，此会是以文化为主的。此次研讨会实际为三个会议。

21日上午为"2019全国《西游记》学术工作会议"，会议总结了2019年的主要工作，介绍了学术研究中心2020年学术工作计划，只有5位代表发言：

1)《西游记》与民国武侠小说西进主题……………………………………王　立
2) 当代领域下的《西游记》学术转型…………………………………竺洪波
3)《西游记》林小发德译本摭谈……………………………………………唐　均
4)《西游记》宝卷与《西游记》的传播……………………………………车　瑞
5) 北大藏《真经宝卷》所载取经故事探考…………………………………左怡兵

由于目前全国没有《西游记》学术研究的专门学会，我近年也很少参加《西游记》的研讨会，但我对《西游记》的版本还有所了解。从这次研讨会的5篇论文看，没有反映出目前《西游记》的学术研究水平。

21日下午为"2019《西游记》与丝绸之路学术研讨会"。

22日上午为"2019全国《西游记》文化和旅游高峰论坛"，此次论坛的主题是"畅想丝路·魅力西游"，来自全国西游记相关景区的代表分别对各自的景区进行了介绍和推介。

22日下午为"西游记景区文化标准与学术研究论坛"。

这3场研讨会都是有关《西游记》的文化、旅游，倒符合目前我国"一带一路"的倡议，参会单位很多，都很积极，在这方面还是很有成绩的。

我并未收到会议邀请，是宜昌三峡大学王前程老师告诉我的。我曾完成了《西游记》主要版本的数字化，对其中一些版本也有所研究，因此我就去旁听，也是想学习了解《西游记》的研究动态。可惜会议虽然规模很大，也遇到很多老朋友，如会长梅新林和王平、竺洪波、曾庆雨等，会议主要是围绕"一带一路"，以旅游为主，学术性不强。

至今全国没有以学术为主的西游记学会，对于《西游记》研究无疑是很不利的。但现在对学术团体审查非常严格，在目前环境下要组织一个学术团体也非常不易。

6. 《红楼梦》研讨会

前文已说过，2014 年以来我曾参加过 8 次《红楼梦》研讨会，我简要介绍一下这 8 次研讨会。

（1）2014 铁岭高鹗与《红楼梦》学术研讨会（辽宁铁岭），2014 年 12 月

《中国矿业大学学报》编辑部主办，《河南教育学院学报》编辑部协办。与版本有关的论文有以下 6 篇：

1) 高鹗与《红楼梦》后四十回……………………………………张书才
2) 高鹗研究与《红楼梦》后四十回研究（草稿）………………张　云
3) 《红楼梦》后四十回中的曹雪芹残稿和程高补笔……………曹立波、曹　明
4) 高鹗续补《红楼梦》后四十回文体学研究叙论………李春强、高淮生
5) 浅谈高鹗修补的《红楼梦稿》…………………………………唐有忠
6) 陈其泰评点中的后四十回《红楼梦》…………………………刘　玄

（2）纪念曹雪芹诞辰 300 周年学术研讨会（2015）（江苏徐州），2015 年 3 月

《中国矿业大学学报》编辑部主办，《河南教育学院学报》编辑部协办。
此会没有论文集，在本书"研讨会随笔"中对此会有一篇随笔介绍。

（3）纪念曹雪芹诞辰 300 周年：欧洲第三届《红楼梦》国际学术研讨会（德国埃森），2015 年 11 月

北京曹雪芹学会与欧洲红楼梦研究协会主办。

此会由德国吴漠汀主办，北京曹雪芹研究会胡德平率队参加，我委托曹学会代为办理了签证。

参会的有欧洲学者，也有美国等地学者，规模不小。我在会上介绍了《红楼梦》版本数字化，因为国外翻译《红楼梦》只是选一个版本翻译，没有研究《红楼梦》版本。我回国后，吴漠汀在北师大做报告，希望得到《红楼梦》版本，我复制了一个 U 盘送他。

2017 年吴漠汀又主办世界汉学大会，邀请我参加。

(4)纪念曹雪芹诞辰 300 周年《红楼寻梦水西庄》暨津沽文化学术研讨会(天津),2015 年 12 月

天津市红楼梦研究会、天津市水西庄研究中心、天津市营宸古建筑公司、天津师范大学主办。

天津曾出现一本《红楼梦》抄本"庚寅本",我对此做了深入研究,因此天津市红楼梦研究会成立时,会长天津师大赵建忠邀请我参会,并做报告。他并不赞同我的看法,但仍邀请我与会并做报告,我很感谢。

(5)历史回顾与未来展望——《红楼梦》文献学研究高端论坛(河南郑州),2016 年 3 月

《河南教育学院学报》编辑部、《中国矿业大学学报》编辑部、河南财政金融学院主办。

这是两个学报继 2015 年 3 月在江苏徐州召开"纪念曹雪芹诞辰 300 周年学术研讨会"后,主办的第二次《红楼梦》文献研究研讨会。与文献有关的论文有以下 10 篇:
1)韩国红学文献的整理与研究(论文提纲)……………………崔溶澈
2)作为文献的《红楼梦》(论文提纲)………………………纪健生、张 云
3)红学文献学论纲(论文提纲)……………………………………张 云
4)周汝昌致梁归智书信笺释——留痕鱼雁证红楼………周汝昌信、梁归智笺
5)基于语料库的《红楼梦汉英文化大辞典》的编纂研究……………刘泽民
6)21 世纪前十多年间红学文献研究的新进展………………………苗怀明
7)"旧时真本"辑考…………………………………………………乔福锦
8)红学中的"悟证"问题——从文献考证的角度出发…………………孙伟科
9)周汝昌先生关于甲戌本的一段不实之言……………………………吴佩林
10)《红楼梦》文献研究与红学学科建设……………………………赵建忠

(6)历史回顾与未来展望——红学学科建设高端论坛(北京),2017 年 5 月

《中国矿业大学学报》编辑部、《河南教育学院学报》编辑部联合主办。

我未收到邀请,是旁听此会。此会没有印刷论文集。

会议主要讨论"红学"作为一门学科的建设问题。台湾成功大学王三庆刚好在北大访学,因此受邀出席此次研讨会。

中国红楼梦学会会长张庆善首先就"红学"和"曹学"发表看法。他认为"曹学"就是"红学"的一部分,是研究《红楼梦》作者问题的学科,没有必要单独列为一个学科。我认为"红学"和"曹学"是从不同角度看同一个问题,从《红楼梦》作品看,"曹学"是"红学"的一部分。而从曹雪芹本身看,又可认为《红楼梦》是曹雪芹的一个作品,"红学"又是"曹学"的一部分。因此,对这个问题要看从

哪个角度看，双方都有道理，没有必要争论。我未收到邀请，又是去旁听，因此也没有发言。

（7）2017 京津冀红学高端论坛（天津），2017 年 12 月

中国红楼梦学会、天津师范大学主办，天津市红楼梦研究会承办。

我受天津师范大学赵建忠邀请参加了论坛，并发言，对此我十分感谢。与版本有关的论文有以下 4 篇：

1）黄小田评点《红楼梦》的起始年限……………………………………宋庆中
2）简论"庚寅本"前的"红楼梦旨义"……………………………………张志坚
3）赵之谦与"庚寅本"版本源流关系………………………………………王　超
4）《红楼梦》版本数字化和文本比对丛书………………………………周文业

（8）2018 湖北蕲春顾景星与《红楼梦》研讨会（湖北蕲春），2018 年 6 月

此次研讨会全称是"2018 年首届中国黄冈顾景星与《红楼梦》学术研讨会"，是蕲春县政府和黄冈师范学院联合主办的，参会的有专业学者，也有业余红学爱好者。从研讨会名称可知，此会是讨论顾景星和《红楼梦》的关系，主要内容是讨论黄冈蕲春当地红学爱好者王巧林提出的：《红楼梦》作者不是曹雪芹，而是顾景星。蕲春县在湖北东部，属于黄冈市，因此研讨会名称是"黄冈顾景星"，其实更准确应称为"蕲春顾景星"。

研讨会上，首先由王巧林介绍了他的研究成果，前《明清小说研究》主编、福建师范大学教授欧阳健，中国第一历史档案馆研究员、中国红楼梦学会常务理事张书才，中国社会科学院中外人文研究中心副主任、研究员丁晓宇等 35 位专家学者就《红楼梦》研究和王巧林的观点进行了交流发言。

研讨会没有论文集，本书"研讨会随笔"中有一文详细介绍可参看。

（三）其他小说研讨会

1. 《儒林外史》研讨会

2011年以来我曾参加过4次《儒林外史》研讨会，下面逐一介绍。

（1）纪念吴敬梓诞辰310周年——中国《儒林外史》高峰论坛（安徽全椒），2011年11月

纪念吴敬梓诞辰310周年活动筹委会主办。

这是我第一次回吴敬梓故里，也是我的老家——安徽全椒，参加《儒林外史》研讨会。并当选中国儒林外史学会（筹）理事。与文献有关的论文有以下5篇：
1) 陈批《儒林外史》校勘得失浅谈……………………………………李延年
2) 胡适批点本《文木山房集》的学士价值研究………………………王思豪
3) 《儒林外史》札记二则…………………………………………………姜 胜
4) 《文木山房集》管窥………………………………………张 铉、王法贵
5) 中国古代小说版本数字化和计算机自动比对………………………周文业

（2）纪念吴敬梓逝世260周年暨学术研讨会（安徽全椒），2014年11月

中国儒林外史学会（筹）主办。

论文集《〈儒林外史〉与中华文化》由李汉秋主编，百花文艺出版社2015年11月出版。与版本有关的论文有以下4篇：
1) 日本江户时代《儒林外史》的传播及其背景……………［日］矶部彰
2) 日本大正昭和初期的汉学家、中国研究专家及社会评论家的《儒林外史》
    ——以森槐南、青木正儿、濑昭三男为例……………［日］矶部佑子
3) 《儒林外史》新证——宁楷的《〈儒林外〉题辞》及其意义…………郑治良

4）吴敬梓生平行踪地图……………………………………………………周文业

（3）《儒林外史》与中国传统文化学术研讨会（湖南怀化），2017年7月

中国儒林外史学会、怀化学院、全椒县人民政府、凤凰县人民政府联合主办。

会议改选了中国儒林外史学会（筹）领导，原会长李汉秋因病辞去会长一职，经选举由中国人民大学朱万曙接任会长。

我因为最近没有研究《儒林外史》，因此把本书初稿《中国古代小说研究回顾、随笔、综述（1999—2017）》打印了20多本，带到会议上赠送给了一些朋友，并在会议的分组会上介绍了这本书。胡胜老师代表我们组在大会上汇报时，还特别对我多年从事的古代小说版本数字化给予了很高评价，并建议大会鼓掌向我致谢，这是我没有想到的，对此我深深感到我十几年的努力没有白费。与文献有关的论文有以下3篇：

1）明代艳情小说以"史""艳"二字命名试析………………………………李小龙
2）新见明代小说集《续耳谭》考论……………………………………………陈国军
3）中国古代小说版本数字化研究……………………………………………周文业

（4）时空维度与《儒林外史》学术研讨会（江苏南京），2019年8月

由中国儒林外史学会（筹）、江苏第二师范学院文学院、江苏省明清小说研究会、《明清小说研究》编辑部主办，江苏第二师范学院文学院承办，"时空维度与《儒林外史》学术研讨会"于2019年8月17日—19日在南京江苏第二师范学院举办。吴敬梓是安徽全椒人，因此前几次都在全椒举行，这次在南京举行是因为吴敬梓后来移居南京，长期在南京生活。

会议开幕式由江苏第二师范学院文学院教授、院长冯保善主持，南京师范大学文学院博士生导师、著名《儒林外史》研究专家陈美林教授，江苏省明清小说研究会会长萧相恺先生、中国儒林外史学会（筹）会长、中国人民大学文学院博士生导师朱万曙教授相继致辞，中国儒林外史学会（筹）原会长李汉秋教授发来贺信。我熟悉的到会专家有萧相恺、徐永斌、苗怀明、杜贵晨、李桂奎、赵兴勤、万润保、乔光辉、唐均等。学者80余人提交了学术论文50余篇，主要围绕《儒林外史》与心理学、诗词、插图、文人生态、理学、地理等相关课题。其中与版本、作者有关的论文只有3篇：

1）弱化的讽刺与缺席的儒家仪式
　　——左海书局《全图儒林外史》小说与插图论……………………赵敬鹏
2）《儒林外史》在欧洲的全本翻译…………………………………………唐　均
3）时空维度与吴敬梓……………………………………………………… 周文业

会议名为"时空维度与《儒林外史》学术研讨会"，因此我提交一篇论文《时空维度与吴敬梓》，此文实际是在2014年论文《吴敬梓生平行踪地图》基础上修改。但实际会议论文中，除我一文是认真讨论时空维度和吴敬梓外，朱万曙一文《诗人

吴敬梓》中对吴敬梓生平做了分析外，基本再没有讨论时空维度和《儒林外史》的文章了。

2. 古代小说研讨会

中国古代小说研究中心原设在中国社科院文学所，中国古代小说国际研讨会是由中国古代小说研究中心主办的高规格的中国古代小说研讨会，该中心还曾编辑出版《中国古代小说研究》辑刊，由人民文学出版社出版，2005 年、2006 年、2008 年、2011 年先后出版了 4 辑。后中国古代小说研究中心撤销，研讨会也不再举办，辑刊也不再出版了。2002 年以来我参加了 4 次，分别介绍如下。

（1）第二届中国古代小说国际研讨会（上海），2002 年 11 月

上海师范大学人文学院、中国社科院文学所中国古代小说研究中心合办。

这是一次规模和水平较高的研讨会。我未受邀参加这次研讨会，而是参加了浙江富阳第十五届《三国演义》研讨会暨孙吴文化研讨会后，和其他学者一起到上海，顺便旁听了这次研讨会。与版本有关的论文有以下 9 篇：

1) 南京图书馆藏《新刻出像京本忠义水浒传》考辨……………………马幼垣
2) 天书与泰山：《宣和遗事》看《水浒传》成书之谜…………[日本] 大塚秀高
3)《三国志演义》周曰校刊本四种试论……………………………………刘世德
4)《三国志》与《三国演义》关系三论……………………………………沈伯俊
5)《红楼梦》版本的流传与北京琉璃厂……………………………张　俊、曹立波
6) 畸笏叟复论………………………………………………………………欧阳健
7) 稀见小说《哈弥野史》研究……………………………………………陈益源
8)《太平广记》的成书及其在两宋的流传…………………………………张国风
9) 朝鲜刻本中国笑话《钟离葫芦》的发现……………………[韩国] 崔溶澈

（2）第三届中国古代小说国际研讨会（黑龙江哈尔滨），2006 年 8 月

哈尔滨师范大学、中国社科院文学所中国古代小说研究中心主办。

这次研讨会规格较高，参会学者多是小说界的著名学者。我开始未收到会议邀请，后直接和主办方哈尔滨师范大学关四平联系，得到他邀请，参加了这次研讨会并发表论文。与版本有关的论文有以下 10 篇：

1)《施公案》考………………………………………………………………苗怀明
2) 古代小说插图方式之演变………………………………………………汪燕岗
3) 从明义"题红楼梦"诗探《红楼梦》的成书时期………………………刘广定
4) 施耐庵"的本"《水浒传》考……………………………………………吴光正

5)《金瓶梅》的流通货币质态与成书年代……………………………………许建平
6)关于费守斋本《三国志传》…………………………………[日本] 矶部璋
7)再论《三国志演义》版本系统与花关索、关索故事之关系…[日本] 金文京
8)《三国演义》周静轩诗、关索故事与版本演化研究……………………周文业
9)施耐庵、施伯雨与《水浒传自序》……………………………………王学钧
10)《三国志演义》嘉庆七年刊本试论……………………………………刘世德

（3）第四届中国古代小说国际研讨会（浙江金华），2009年8月

浙江师范大学主办，主办人梅新林。与版本有关的论文有以下14篇：
1)《三国志演义》朝鲜翻刻本试论…………………………………………刘世德
2)《世说新语》元刻本考……………………………………………………潘建国
3)《燕行录》所见中国古典小说初探…………………………[韩国] 金敏镐
4)小说文献学四论……………………………………………………………苗怀明
5)明清通俗小说识语研究……………………………………………………程国赋
6)明代建阳刊本小说的题材类型……………………………………………涂秀虹
7)《三国演义》版本的卷数、则目和分则研究……………………………周文业
8)关于金陵世德堂本《新刻出像官板大字西游记》四部传本
　　　　　　　　　　　　　　　　　　　　　　　　　　　[日本] 上原究一
9)《红楼梦》桐花凤阁评本后补二十回探蕴……………………………夏　薇
10)国家图书馆所藏两套庚辰本的摄复印件考辨………………曹立波、高文晶
11)关于杨家将《五郎为僧》故事的考察………………………[日本] 松浦智子
12)《续齐谐记》的版本与成书年代考述…………………………………韩洪举
13)《搜神记》考论……………………………………………………………张庆名
14)关于《西游记》世德堂本的底本问题…………………………………刘相雨

（4）中国古代小说国际研讨会（2019）（北京），2019年10月

北京大学中文系与中国社会科学院《文学遗产》编辑部于2019年10月18日—21日在北京大学召开"中国古代小说国际研讨会（2019）"

近年来《文学遗产》编辑部每年举办一次中国古代小说研讨会，2018年是在上海举行，和南京中国古代小说研讨会时间完全重合。

2019年研讨会规格很高，只邀请曾在《文学遗产》上发表文章的学者参加，因此参会的学者水平都很高。我因为从未在《文学遗产》上发表论文，因此也从没有应邀参会。这次研讨会在北京大学举行，我和北大中文系很多老师很熟悉，因此去北大旁听了此会，并索要了一套论文集，以便以后参考。

此次研讨会论文合计54篇，其中和文献、版本、作者有关的论文25篇，虽然不到一半，但这个比例也比较高了。

与版本有关论文

1）张评《金瓶梅》大连本是原刊吗？……………………………… 黄　霖
2）明代的《三国英雄志传》——《三国英雄志传》研究绪论…［日本］中川谕
3）作为文献的《红楼梦》…………………………………………… 张　云
4）澳图书馆藏嘉庆辛未重镌《红楼梦》考辨……………………… 曹立波
5）阿英旧藏熊云滨覆世德堂刊本《西游记》的再发现………［日本］上原究一
6）《金瓶梅》词话本与崇祯本关系之内证………………………… 刘兴陆
7）明代公案小说的文本抽毁和版本流播
　　　——以余象斗《皇明诸司廉明奇案》为例………………… 潘建国

与作者有关论文
1）《〈西游记〉记》作者、批语及价值考论………………………… 郭　健
2）《四库全书总目》子部小说家再审视…………………………… 张庆民

与文献有关论文
1）《金瓶梅》成书之争与模糊判断………………………………… 陈大康
2）在流动中的故事：《聊斋志异》小说地点与来源的地理分布… 安如峦
3）《义激美猴王》的校勘、义理和小说史语境…………………… 李小龙
4）"拟弹词"：清代弹词编创的一种重要类型
　　　——清代南词《绣像金瓶梅传》新探……………………… 纪德君
5）清初孤本话本小说《金粉惜》考论……………………………… 江　曙
6）江户时代对《聊斋志异》的受容…………………………［日本］矶部佑子
7）明代小说招式描写的语言化………………………………［日本］冈崎由美
8）《红楼梦》英译之嚆矢——马礼逊英译《红楼梦》手稿研究…… 王　燕
9）文人笔记俗话视域中的《醉翁谈录》——金盈之《醉翁谈录》与《北里志》、
　　罗烨《醉翁谈录》的关联和比较………………………………… 涂秀虹
10）从"街谈巷语"到"可资谈柄"
　　　——探寻中国古代小说生成特征与功能的另一条草蛇灰线……… 刘勇强
11）高丽汉语课本《朴通识》中的《西游记》故事——兼论朝鲜翻刻明伊王府本
　　《释迦佛十地修行记》的《金牛太子传》……………………［日本］金文京
12）略论韩国中国小说学……………………………………………［韩国］崔溶澈
13）叠加的影像——从宾头卢看玄奘在"西游"世界的变身…… 胡　胜
14）朝鲜文献中的伯夷、叔齐记录研究……………………………［韩国］金敏镐
15）元明讲史演义若干问题再思考………………………………… 刘海燕
16）民国时期古代小说研究管窥
　　　——以首都经贸图书馆藏辅仁大学国文系毕业论文为中心……… 彭利芝

3. 地方举办古代小说研讨会

2005 年以来我参加各地举办的古代小说研讨会 11 次，下面逐一介绍。

（1）海峡两岸明清小说研讨会（江苏南京），2005 年 11 月

江苏省社科院、江苏省海峡两岸关系研究会、台北中央大学主办。与小说文献有关的论文有以下 5 篇：
1) 再论元代至明初小说戏曲中货币的使用 ················· 沈伯俊
2) 中国小说史研究的回顾与展望 ····················· 齐裕焜
3) 从索隐到考证——对胡适一段红学研究历程的考察 ········ 苗怀明
4) 建设《西游记》版本学刍议 ······················· 吴圣昔
5) 未见著录小说 ································· 萧相恺

（2）中国小说史学术研讨会（天津），2007 年 6 月

南开大学文学院、中国思想与社会哲学社会科学创新基地联合主办。与小说文献有关的论文有以下 8 篇：
1) 20 世纪中国小说文献学的酝酿与初创 ················ 苗怀明
2) 《中国古代小说史略》材料评议 ···················· 欧阳健
3) 我看《中国古代小说史略》——《中国古代小说史略平议》序····· 侯忠义
4) 关于《搜神记》《搜神记后记》的辑校 ··············· 李剑国
5) 《新刻绣像批评金瓶梅》（会校本）修订后记 ··········· 王汝梅
6) 《东西晋演义》与《东西两晋志传》关系考 ············· 龚　敏
7) 晚明七种争奇小说的作者和版本 ··················· 潘建国
8) 四种《三侠五义》说唱本与《龙图耳录》的异同辨证 ······· 鲁德才

（3）2009 年海峡两岸夏敬渠、屠绅与中国才学小说学术研讨会（江苏江阴），2009 年 1 月

江苏省江阴市人民政府、江苏省哲学社会科学界联合会、江苏省明清小说研究会联合主办。

夏敬渠(1705—1787)，字懋修，号二铭，江苏江阴人，清代小说家，曾著小说《野叟曝言》，我完成了《野叟曝言》三个版本数字化。屠绅（1744－1801），江苏江阴人，清代小说家，曾著文言长篇神魔小说《蟫史》。我对此没有研究。本次大会是对夏敬渠《野叟曝言》与屠绅《蟫史》为代表的中国古代才学小说一次全面系统的研讨。自鲁迅提出"以小说见才学"观点以后，这样的专题研讨还是第一次。与

小说文献有关的论文有以下 5 篇：
1）《澄江旧话》有关夏敬渠《野叟曝言》的资料……………… 吴新雷
2）夏敬渠著作考论………………………………………………… 王琼玲
3）散论《野叟曝言》兼与《歧路灯》比较………………………… 张弦生
4）关于屠绅几则新资料的介绍与说明…………………………… 萧相恺
5）《野叟曝言》版本数字化及研究………………………………… 周文业

东南大学乔光辉写的会议综述中介绍我的论文称：从研究手段方面来看，此文从数字化角度研讨《野叟曝言》版本数字化以及计算机自动对比对于《野叟曝言》研究的意义，显示出现代科技与传统研究相结合的学术研究动态。

（4）首届《歧路灯》海峡两岸学术研讨会（河南平顶山），2010 年 8 月

平顶山学院伏牛山文化圈研究中心主办。

此会在平顶山举行是因为《歧路灯》作者清代文学家李绿园（1707—1790）生于宝丰（今平顶山市湛河区）。《歧路灯》研究和《野叟曝言》很相似，台湾有一夫妇长期研究《野叟曝言》很出名，这次也有台湾学者高双印、吴秀玉夫妇参会，他们长期研究《歧路灯》和作者李绿园。会议上很多学者对《歧路灯》评价很高，和《红楼梦》《儒林外史》并列。与小说文献有关的论文有以下 2 篇：
1）《歧路灯》栾星校注本献疑…………………………………… 崔晓飞
2）中国古代小说版本和地图数字化……………………………… 周文业

（5）《明清小说研究》百期纪念暨 2011 年明清小说金陵研讨会（江苏南京），2011 年 7 月

《明清小说研究》1985 年创刊，至 2011 年出版百期，由江苏省社会科学院文学所、《明清小说研究》编辑部在南京主办"《明清小说研究》百期纪念暨 2011 年明清小说金陵研讨会"。《明清小说研究》是国内唯一有关明清小说的刊物，欧阳健、萧相恺都曾任此刊物主编，我和现任主编徐永斌、副主编胡莲玉、编辑部主任魏文哲、审读冯宝善都很熟悉，这是国内明清小说研究者的一次聚会，很有价值。

论文集未找到。

（6）文化视野中的中国古代小说国际学术研讨会（四川内江），2011 年 11 月

四川内江师范学院主办。

主办人是内江师范学院文学院院长曾良，我认识他。内江有张大千故居，距离大足石刻不远。到会的有复旦大学黄霖、陈维昭等。黄霖先生我很熟悉，陈维昭我是第一次见面，他写的《红学简史》论述很严谨很值得一读。会上黄霖致开幕词中还提到我对《金瓶梅》东京大学藏本和北京大学藏本的数字化比对。与小说文献有

关的论文有以下 3 篇：
1）重论《金瓶梅》初刻本问世年代"万历末年说" ················· 周钧韬
2）《三国演义》版本的古今载录及演变 ······················ 许振东
3）天一阁博物馆藏《国朝英烈传》与历史小说《皇明英烈传》
·· [日本] 川浩二

（7）2016 年冯梦龙文化高峰论坛（福建福州），2016 年 11 月

中国俗文学学会、北京大学传统文化发展基金会、福建省社会科学联合会、福建江夏学院和福建省通俗文艺研究会联合主办，福建江夏学院承办。

我本没有研究冯梦龙，后因为组织者要邀请日本学者大木康先生，我代为联系了大木康，因此要到福州去接送大木康，因此就自费去参会。与小说文献有关的论文有以下 2 篇：

1）"语—图"互文视域下的明刊"三言"插图研究 ··············· 胡小梅
2）冯梦龙在日本——影响与研究 ······················ [日本] 大木康

（8）第六届中国小说与戏曲国际学术研讨会（台湾嘉义），2017 年 10 月

台湾嘉义大学自 2002 年创办"第一届中国小说与戏曲学术研讨会"以来，我从未参加过，2017 年 10 月举办第六届，主办人嘉义大学副校长徐志平邀请我参加。我顺利办理了赴台自由行赴会。到会代表约有 40 人，其中台湾以外学者有 7 人，大陆有朱萍、赵兴勤、李奎和我 4 人，法国有陈庆浩 1 人，日本有福满正博、佐野诚子 2 人，新加坡有辜美高 1 人。会上我的论文为《〈三国演义〉〈野叟曝言〉〈金瓶梅〉版本数字化研究》。

会议情况本书中编《研讨会随笔》中有一文介绍。

（9）文化传承视野中的中国古代小说国际学术研讨会（江苏南京），2018 年 10 月

文化传承视野中的中国古代小说国际学术研讨会于 2018 年 10 月 26 日—28 日在江苏南京召开。会议由南京审计大学文学院、江苏省明清小说研究会、江苏省红楼梦学会主办，南京审计大学文学院承办，来自海内外的 50 多名专家学者参加了此次会议。本次会议共收到学术论文 56 篇，其中有关中国古代小说的成书、作者、版本方面的论文有以下 9 篇。

1）关于《后西游记》研究的几点思考 ························ 赵兴勤
2）周恩来总理关心施耐庵身世调查追怀
　　——为纪念周恩来诞辰 120 周年而作 ·················· 莫其康
3）《醒世姻缘传》作者为周亮工蠡测 ························ 陈圣宇
4）终识庐山真面目——日本尊经阁文库藏明刻元文言小说集《新（重）刊分类
　　江湖纪闻》 ······································ 张春红

5)清怡僖亲王弘晓评本《平山冷燕》考——兼论其评点特色与小说史⋯刘　璇
6)从戏曲词语删改看《红楼梦》程乙本对程甲本的修订⋯⋯⋯⋯⋯⋯朱　萍
7)"西游"宗教宝卷考论⋯⋯⋯⋯⋯⋯⋯⋯⋯⋯⋯⋯⋯⋯⋯⋯⋯⋯罗　兵
8)清代题红诗的文学批评价值述论⋯⋯⋯⋯⋯⋯⋯⋯⋯⋯⋯⋯⋯⋯杨绪容
9)《金瓶梅》所引《警示诗》真伪考⋯⋯⋯⋯⋯⋯⋯⋯⋯⋯⋯⋯⋯孙　越
会议情况本书中编"研讨会随笔"中有一文介绍。

(10) 2019 中国小说论坛国际学术研讨会（山东威海），2019 年 8 月

2019 中国小说论坛国际学术研讨会由山东大学主办，山东大学文学院承办，2019 年 8 月 25 日—26 日在山东威海举行，会议由山东大学王平主持。来自国内外 72 所高校及科研机构的 140 余名专家学者参会，大会共收到论文 111 篇，论文集分三册及增补的第四册，举办学术报告 8 场，小组讨论 15 场。这次会议参会人数众多，论文数量多，是小说会中十分少见的，论文涉及中国古代小说、近现代小说、当代小说、小说语言、小说翻译、小说文献、小说理论等各个方面，是涵盖面较广、规模较大的一次小说专题学术会议。会上宣布山东大学决定创立《中国小说论坛》季刊，以所收稿件每年分四期出版，出版方为山东大学出版社。山东大学文学院拟每年或来年主办一次"中国小说论坛"，使该刊的出版具有可持续性。

会议有关文献版本文章有 10 篇，占总数 111 篇的 9%。
1)《红楼梦》版本争胜的理性思考⋯⋯⋯⋯⋯⋯⋯⋯⋯⋯⋯⋯⋯⋯袁世硕
2)读稗杂记之关于《西游记》《水浒传》⋯⋯⋯⋯⋯⋯⋯⋯⋯⋯⋯萧相恺
3)北美图书馆藏珍稀中国古典小说经眼录⋯⋯⋯⋯⋯⋯⋯［美国］李国庆
4)新见仇昌祚《西游记序》考论⋯⋯⋯⋯⋯⋯⋯⋯⋯⋯⋯⋯⋯⋯蓝　青
5)袁小修"《金瓶梅》乃从《水浒传》潘金莲演出一支"说献疑⋯⋯⋯杨　彬
6)《太平广记会校》商榷（一）⋯⋯⋯⋯⋯⋯⋯⋯⋯⋯⋯⋯⋯⋯董志翘
7)中国小说西译之嚆矢——梵蒂冈《玉娇龙》手写本的发现⋯陈艺璇、王　燕
8)弱化的讽刺与缺席的儒家仪式
　　——左海书局《全图儒林外史》小说与插图论⋯⋯⋯⋯⋯⋯赵敬鹏
9)李绿园的逸作与逸文⋯⋯⋯⋯⋯⋯⋯⋯⋯⋯⋯⋯⋯⋯⋯⋯⋯⋯张弦生
10)日本九州大学藏朱鼎臣本和《三国演义》简本志传小系列演化⋯⋯周文业
参会的还有老朋友台湾嘉义大学教授徐志平，以及李桂奎、石麟、万晴川、刘天振、王前程、王立、赵兴勤、霍现俊、徐永斌、温庆新、杜贵晨、魏崇新、杨绪容、吴佩林、刘相雨、石松等。

(11) 2019 第六届全国《镜花缘》学术研讨会（江苏连云港），2019 年 10 月

第六届全国《镜花缘》学术研讨会 2019 年 10 月 12 日—13 日在江苏省连云港师范高等专科学校举行。会议由连云港师范高等专科学校、中共连云港市委宣传部、

江苏省明清小说研究会主办，连云港师范高等专科学校文学院、连云港市文化创意发展研究所承办。有 50 多人参会，收到论文 31 篇。我认识的学者有北京大学古文献研究中心曹亦冰、大连大学语言文学研究所王立、扬州大学文学院万晴川与温庆新、东南大学人文学院乔光辉等。会议期间举行了中国镜花缘文化研究中心成立仪式。会后代表们考察了早于敦煌石窟 300 多年的孔望山东汉摩崖造像（石刻）、板浦李汝珍纪念馆。

本人其实对《镜花缘》没有研究，江苏省连云港师范高等专科学校主办人许卫全一再邀请，实在盛情难却，我考虑参会可以了解《镜花缘》研究情况，并介绍中国古代小说版本数字化目前的进展和将来的发展，会见一些老朋友，也是好事，因此前去开会，也很感谢许老师的邀请。

会议论文中和版本有关的只有 2 篇：

1)《镜花缘》清代版本补叙······················李雄飞、顾千岳

李雄飞是北京大学图书馆古籍部副研究馆员，顾千岳是北京百源文化传媒有限公司副总经理。此文以北京大学图书馆馆藏为基础，对《镜花缘》清代版本做了梳理，详细著录并考证了各种版本的版刻特征及其刊刻、收藏的源流，纠正了前人著录中的讹误。

2）中国古代小说版本数字化研究······················周文业

4．日本中国古典小说研究会

这些年我多次去日本参加研讨会，主要是两类：一类是日本中国古典小说研究会的年会，一类是日本三国志学会的年会。日本这些研讨会一般不邀请外国学者参加，我能参加是因为，首先我是日本三国志学会三位中国理事之一，其次我的志同道合的朋友中川谕先生是这些学会的负责人之一，他出面邀请我参会。通过参加日本研讨会可以了解日本学者的研究，是十分有益的。

日本的中国古典小说研究会成立于 1986 年夏，是研究中国清朝以前的古典小说的研究会，大塚秀高 1987 年创刊《中国古典小说研究动态》，1995 年改名为《中国古典小说研究》，作为研究会的会刊。

中川谕先生曾任会长，2019 年大会选出 2019 年 10 月 1 日—2020 年 9 月 30 日任期内负责人：①会长：竹内真彦（龙谷大学），②事务局：上原究一（东京大学）、上原德子（立命馆大学）、加部勇一郎（立命馆大学）、片仓健博（日本大学）、中冢亮（金城学院大学兼任）。③干事：a. 北海道：土屋育子；b. 关东：上原究一；c. 中部：广泽裕介；d. 关西：竹内真彦；e. 四国：川岛优子；f. 九州：井口千雪。

下面介绍我参加过的历届日本中国古典小说研究会和日本三国志学会年会。

(1) 三国志学会第一届大会（日本东京），2006年7—8月

2006年我应日本三国志学会邀请，参加在日本东京大东文化大学举行的三国志学会第一届大会，并参加第五届中国古代小说戏曲文献暨数字化国际研讨会，详见本篇第二部分中国古代小说戏曲文献暨数字化国际研讨会综述。同行的有刘世德、沈伯俊、关四平、尹小林、曹立波、桑哲、黎必信等。

日本三国志学会第一届大会（7月30日），在东京大东文化大学举行，刘世德发表论文《〈三国志演义〉嘉庆七年刊本试论》。

(2) 日本中国古典小说研究会年会（日本滋贺县琵琶湖），2007年8月

2007年8月我应日本中国古典小说研究会的邀请，出席在滋贺县美丽的琵琶湖畔举行的日本中国古典小说研究会2007年年会，介绍中国古代小说版本数字化，当时刚完成排印本简化字版，影印本还未展开。国内就我一人参会。与小说文献有关的论文有以下3篇：

1）中国古代小说版本数字化和计算机自动比对……………………周文业
2）杨美生《三国志传》的数字化研究………………………[日本] 中川谕
3）日本中国古典小说研究数字化应用事例…………………[日本] 伴俊典

(3) 日本中国古典小说研究会年会、三国志学会第三届年会（日本横滨、东京），2008年9月

2008年9月2日到6日我再次应日本中国古典小说研究会的邀请，出席在横滨举行的日本中国古典小说研究会2008年年会，介绍中国古代小说版本数字化，主要介绍刚完成的影印本数字化，受到日本学者的欢迎。国内就我一人参会。

一周后，我再次赴日本，9月12日—16日参加在日本东京大东文化大学举行的三国志学会第三届年会。我和沈伯俊先生在大会做报告。我的题目是《〈三国演义〉版本和三国历史地理数字化及应用》，沈伯俊的题目是《解开围绕诸葛亮的疑团》。我和沈先生的报告后收入日本三国志学会会刊《三国志研究》第四号，2009年9月5日出版。

(4) 日本中国古典小说研究会年会（日本四国高知），2009年9月

2009年9月我一个人第三次应日本中国古典小说研究会的邀请，出席在四国高知县举行的日本中国古典小说研究会2009年年会，介绍中国古代小说版本数字化，主要介绍刚完成的影印本数字化，受到日本学者的欢迎。

(5) 日本三国志学会年会、中国古典小说研究会年会（日本京都、名古屋），2011年8月

2011年8月27日在日本京都大学人文科学研究所参加日本三国志学会第六届年会。这次会议关于版本的论文有金文京先生《关于发现韩国的〈三国演义〉文本

两种》。

2011 年 8 月 30 日在名古屋参加中国古典小说研究会年会。

（6）日本中国古典小说研究会年会、三国志学会年会（日本琦玉、东京），2012 年 8—9 月

2012 年 8 月 29 日—31 日在琦玉县参加中国古典小说研究会 2012 年年会。以前除我之外，国内基本没有学者参加，这次复旦大学黄霖先生率领一批弟子来日本参会，有许建平、罗书华、万润保等人，黄霖曾多次去日本访学，对日本很熟悉。与小说文献有关的论文有以下 8 篇：

1)《秦并六国》故事的变迁……………………………………[日本]田村彩子
2) 张潮与小品作家
　　——《尺牍友声集》与《尺牍偶存》为线索…………[日本] 小冢由博
3) 日本战前认知《金瓶梅》的演变……………………………黄　霖
4) 明至清初小说中的"靖难"书写……………………………万润保
5) 清末民初文言小说的刊印及营销……………………………庄逸云
6) 金溪唐氏和周氏的出版活动和章回小说………………[日本]上原究一
7) 果报与幻灭——毛评本《三国演义》的历史叙事之二……… 段江丽
8) 关于耶鲁大学藏周曰校本《三国志演义》……………[日本] 中川谕

此外，9 月 1 日我还参加了在东京二松学舍大学举行的 2012 年度日本三国志学会一般演讲会，没有与《三国演义》有关的报告。日本三国志学会年会分两种，一种是年度大会，一种是一般演讲会。2012 年日本三国志学会第七届年会 9 月 8 日在京都龙谷大学举行，我未参加。

（7）日本中国古典小说研究会年会、三国志学会年会（日本琦玉、东京、京都），2014 年 9 月

2014 年 9 月我去日本连续参加四个研讨会。

9 月 2 日—4 日，日本的中国古典小说研究会 2014 年年会在琦玉县比企郡岚山町国立女性教育会馆举行。

9 月 5 日，第十三届中国古代小说戏曲文献暨数字化国际研讨会在东京大东文化大学板桥校园举行。中国大陆学者有十多人赴日与会，详见本篇第二部分中国古代小说戏曲文献暨数字化国际研讨会综述。

9 月 6 日，日本三国志学会 2014 年第九届东京大会在东京二松学舍大学举行，没有与《三国演义》有关的报告。

9 月 13 日，日本三国志学会 2014 年第九届京都大会在京都龙谷大学举行。
日本三国志学会年会：
专题讨论会：《三国志演义》是什么？
主持人：竹内真彦，龙谷大学经济学部教授。
报告者：小松谦，京都府立大学文学部教授；后藤裕也，关西大学非常勤讲师；

上原究一，日本学术振兴会特别研究员；井口千雪，日本学术振兴会特别研究员。

（8）日本中国古典小说研究会年会、中国古典小说研究三十年的回顾与展望研讨会、三国志学会年会（日本东京、横滨、京都），2016年8月

2016年9月2日中国古代小说戏曲文献暨数字化国际研讨会在东京早稻田大学举行，中国大陆学者有十多人赴日与会，详见本篇第二部分中国古代小说戏曲文献暨数字化国际研讨会综述。

这次赴日同时参加了在东京举行的日本中国古典小说研究会年会，在横滨神奈川大学举办的中国古典小说研究三十年的回顾与展望研讨会。

还参加了日本三国志学会9月3日在东京二松学舍大学举行的三国志学会东京讲演会，9月10日在京都龙谷大学举行的三国志学会年会。这两次研讨会主题是刚在中国发现的安阳曹操墓地，没有与《三国演义》有关的报告。

一次赴日参加了四个研讨会，这也很少见。

本人近年多次参加日本中国古典小说研究会年会，日本小说会不印刷论文集。

2016年前中川谕先生是日本中国古典小说研究会会长，因此他每次都邀请我参加。但2016年以后，会长换成京都大谷大学的竹内真彦，我也认识他，但他再未向我发出邀请，我就不好再向他提出参会要求。

（9）日本中国古典小说研究会年会（日本福冈），2019年8月

2019年8月28日—29日，日本中国古典小说研究会年会在九州福冈举行，由九州大学中里见敬先生主办。我2017年、2018年未参加日本中国古典小说研究会年会，很想了解日本的中国古典小说在研究什么课题，还想去看看九州大学所藏的一种《三国演义》版本，因此报名参会。

此次研讨会前，九州大学先举办了"首届戏单、剧场与二十世纪上半叶的东亚演剧"学术研讨会，我没有研究戏曲，但也旁听了这次研讨会。

这次日本中国古典小说研究会年会提交的论文总计有以下7篇。

1)《金瓶梅》成立考……………………………………[日本]小松谦
2) 日本近事狐谭中国小说——奢婆と移狐树中心として………[日本]冯超鸿
3)《罗通扫北》の十四回版と十六回版（《说唐小英雄传》）について
　　　　　　　　　　　　　　　　　　　　　　　　[日本] 柴琦公美子
4)《封神演义》周之标序の检讨……………………[日本] 岩琦华奈子
5) 短篇白话小说の"语り物らしさ"……………………[日本] 笠见弥生
6) 特别演讲"夷坚志と南宋社会"………………………[日本] 高津孝
7) 日本九州大学藏朱鼎臣本和《三国演义》简本志传小系列演化………周文业

小松谦先生是京都府立大学教授，是金文京先生的弟子，我们在日本曾多次见面，他中文不是很好，因此交流不多。这次他提交论文是有关《金瓶梅》的初期写作过程的研究，他根据大量资料分析了《金瓶梅》的创作过程，对于热点问题——《金瓶梅》

的作者问题,他分析要创作《金瓶梅》的四个条件,他认为符合这四个条件的唯一人选是王世贞。对这些问题我没有研究,不好评议,但小松先生的文章考证很仔细,是日本学者的特点。

上原究一先生也参会了,但没有发言,他赠送我两篇他最近发表的文章,但可惜对这两篇文章我也没有研究。他已经调入日本东京大学东洋文化研究所,这样对他今后研究会有很大帮助,可喜可贺。

我去九州大学参会的一个原因是想去看看九州大学《三国演义》藏本,因为近期和程国赋、郑子成就此本有争论。会上我主要介绍我对此本的看法和对此本所属的"志传"小系列的研究。日本中川谕先生只参加了此会前半程,后由于有事提前离会了。我的发言由上原究一点评,他点评很到位,点出了此文的要点。因为大家对《三国演义》版本都不熟悉,因此没有展开讨论。

对这次研讨会我写了一篇随笔,可参看本书"研讨会随笔"部分。

(10)《中国古典小说研究》杂志

《中国古典小说研究》杂志,是中国古典小说研究会的机关杂志,每年发行一本。其网址:*http://zgxy.main.jp/zazhi.html*。下面是其中有关版本和我有兴趣、我熟悉的日本学者的文章目录。

第1号:1995年(平成七年)6月30日

《三国志演义》定型化への"空""亡"理论 …………………… 丸山浩明
关于《三国》锺惺与李渔评本两题 …………………… [中国] 黄　霖
隋唐をめぐる讲史小说の展开について …………………… 小松谦
研究前后 …………………… 大塚秀高
俗语考证二则 …………………… 金文京

第2号:1996年(平成八年)7月1日

再谈重新校理《三国演义》的几个问题 …………………… [中国] 沈伯俊
【新刊绍介】排印本《三国演义》のニューフェース——沈伯俊氏の校理本を中心に …………………… 上田望
胡适"新红学"的体系和悲剧 …………………… [中国] 欧阳健
【书评】欧阳健《红楼新办》 …………………… 伊藤洪二
【参考消息】列藏本石头记抄本をめぐって …………………… 大塚秀高
《西洋记》に见える玄天上帝下凡说话 …………………… 二阶堂善弘
大英図书馆所见通俗文学书抄——木鱼书を中心に …………………… 笠井直美
续研究前后 …………………… 大塚秀高
韩国における中国小说研究の现况(1900—1934) …………………… 罗善姬
【学会报告】'96明清小说研讨会 …………………… 大塚秀高

第 3 号：1997 年（平成九年）12 月 20 日

小说与史统……………………………………………………………［中国］石昌渝
《新刊通俗演义三国志史》の性质……………………………………………中川谕
二统研究前后…………………………………………………………………大塚秀高
不登大雅文库剧曲小说目……………………………………………………大塚秀高
1997 年武夷山国际中国小说史研讨会に参加して………………………冈本不二明

第 4 号：1998 年（平成十年）12 月 20 日

《六十家小说》と宋元话本——中里见敬氏の《中国小说の物语论的研究》をき
……………………………………………………………………………大塚秀高
小说の"语り"或いは物语言说に関するノート…………………………铃木阳一
《忠义水浒全传》における"李卓吾先生评"の人物评价について…井上浩一
世德堂刊《新刻出像官板大字西游记》に见える内丹术の读者认识について——
日用类书《五车拔锦》を手挂かりにして…………………………斋藤知广
《南总里见八犬伝》における《三国志》《三国志演义》の影响…［中国］阎　萍
尊经阁文库收藏《古今小说》の成立问题…………………………………广泽裕介
三统研究前后…………………………………………………………………大塚秀高
毛纶、毛宗岗批评《四大奇书三国志演义》版本目录（稿）……………上田望

第 5 号：1999 年（平成十一年）12 月 20 日

《金瓶梅词话》与杭州…………………………………………………［中国］黄　霖
《古今小说》两种の文字异同一览およびその前后问题について(稿)…广泽裕介
四统研究前后…………………………………………………………………大塚秀高
1998 年以来中国古典小说研究综述………………………［中国］杨绪容、史红伟
【书评】中川谕著《三国志版本の研究》…………………………………大塚秀高
【书评】二阶堂善弘著《封神演义の世界——中国の戦う神々》………山下一夫
第 12 回《三国演义》学术讨论会参加记……………………………………上田望

第 6 号：2001 年（平成十三年）3 月 31 日

近代神魔小说试论……………………………………………………［中国］胡　胜
五统研究前后…………………………………………………………………大塚秀高
小松谦氏の《中国历史小说研究》を读んで………………………………大塚秀高
金圣叹研究论文目录…………………………………………………………井上浩一
上海近代小说国际シンポジウム参加记……………………………………铃木阳一

第 7 号：2002 年（平成十四年）3 月 31 日

《绿窗新话》にみる宋代小说话本の特征——"遇"をめぐって—
　　　附：绿窗新话・新话摭粹对照表…………………………………大塚秀高
明清の短编小说における"语り"について
　　　——"三言""二拍"を中心に……………………………………铃木阳一

イカロスの翼——再び《官場現形記》の海賊版をめぐって——……………大塚秀高
小説と风景の关系について
　　——吉田真弓《短编白话小说のなかの杭州城と西湖》を评す——……铃木阳一
中国小说版本学について………………………………………………………大塚秀高
"日本和韩国学者研究中国小说上的问题和观点"学会报告…………………金文京
シンガポール"明代小说国际学术研讨会"报告……………………………金文京
"中国古典小说数字化国际研讨会"报告……………………………………中川谕

第8号：2003年（平成十五年）3月31日

朝鲜时代中国古典小说之出版状况………………………………[韩国] 闵寛东
书目を利用した清平山堂刊行の小说に关する研究のために
　　——刘改之の故事、および《汇刻书目》诸本の异同………………中里见敬
《金瓶梅》骂语考——吴月娘の骂语について——……………………川岛优子
《脂砚斋重评石头记》における石の语りからみた视点について………福永美佳
六续研究前后——《封神演义》と《前汉书平话》をめぐって……… 大塚秀高
中国俗文化国际学术研讨会……………………………………………………上田望
明代文学国际学术研讨会……………………………………………………广沢、森中
第二届中国古代小说国际研讨会……………………………………………川浩二他

第9号：2004年（平成十六年）5月31日

《古今小说》の版本について 数据：《古今小说》眉批对应一览表………大塚秀高
大连图书馆"大谷本"稗史小说について 资料："大谷本"对照一览表
………………………………………………………………………………大塚秀高

第10号：2005年（平成十七年）5月31日

小说文献与小说史国际研讨会参加记……………………………………大塚秀高
第三回中国古代小说数字化国际研讨会参加报告……………………………上田望

第11号：2006年（平成十八年）7月15日

绣像本《金瓶梅》における53回より57回までについて………………荒木猛
《金瓶梅》研究的现状与面临的问题……………………………………[中国]张进德
悼念日下翠女士……………………………………………………………[中国]黄　霖
日下さんの思い出………………………………………………………………大塚秀高
中国の小说は面白いのか？……………………………………………………铃木阳一
九州大学での日下翠先生………………………………………………………中里见敬
追忆……………………………………………………………………………福永美佳

第12号：2007年（平成十九年）7月15日

娄子伯について——《三国志平话》の登场人物に关する考察………菅原尚树
《古今小说》诸版本の成立问题……………………………………………广泽裕介
余怀《王翠翘传》について

——徐学谟「王翘儿」との比較を中心に……………………小冢由博
第三届中国古代小说国际研讨会………………………………矶部佑子
罗贯中与《三国演义》《水浒传》国际学术研讨会……………大塚秀高
三国志学会第一回大会…………………………………………上田望

第 13 号：2008 年（平成二十年）12 月 1 日
《李卓吾先生批评三国志》若干版本问题考辨……………[中国] 李金泉
《新列国志》成立考……………………………………………田村彩子
【书评】陈翔华《三国志演义纵论》……………………………上田望
【訳注】《二刻拍案惊奇》卷 4（上）………………早稲田大学、冈崎研究室

第 14 号：2009 年（平成二十一年）11 月 15 日
《三国志演义》のストーリー形成の
　　　——考察雜剧《襄阳会》と《博望烧屯》を中心に……………片仓健博
読み物としての《絵図三国志鼓词》
　　　——车王府本鼓词《三国志》との比較を通して………………后藤裕也
"三言""二拍"发见者再考………………………………………胜山稔
参加日本古代小说研讨会和三国志研讨会有感……………[中国] 周文业
古籍数字化国际研讨会…………………………………………中川谕
明代文学与科举文化国际学术研讨会…………………………岩田和子

第 15 号：2010 年（平成二十二年）6 月 30 日
《系観世音忘験记》の编纂过程
　　　——取材源の问题について、《宣験记》との比較を中心に………佐野诚子
《南北宋志传》"五郎为僧"故事と"建文帝出亡"伝说………松浦智子
两种"出像"本《水浒传》在百十五回诸本中的位置……………氏冈真士
"三言"の发见及公表の经纬について
　　　——(续)"三言""二拍"发见者再考……………………………胜山稔
【译注】《二刻拍案惊奇》卷 4(下)………………………早稲田大学 冈崎研究室
第八届中国古代小说戏曲文献与数字化国际研讨会……………中川谕
第四届中国古代小说国际研讨会………………………………上原究一
明代文学年会暨明代湖南文学国际学术研讨会………………松浦智子

第 16 号：2011 年（平成二十三年）12 月 21 日
《三国志平话》成立に関する
　　　——考察一白抜きの小题を端绪として…………………………后藤裕也
《三国志演义》中の"双股剑"と刘备の身分の变化……………小林瑞惠
唐氏世德堂と周曰校万卷楼仁寿堂の章回小说刊本の复刻及び后印の事例について
　　………………………………………………………………………上原究一
第十届中国古代小说戏曲文献暨数字化国际研讨会……………中川谕

中国明代文学学会(筹)第八届年会暨 2011 年明代文学与文化国际学术研讨会
....荒木达雄

第 17 号：2012 年（平成二十四年）12 月 31 日
　　第 11 届中国古代小说戏曲文献与数字化国际研讨会..................................中川谕

第 18 号：2014 年（平成二十六年）3 月 31 日
　　果报与幻灭——毛评本《三国演义》的历史叙事之二.............［中国］段江丽
　　《小说粹言》の依拠した白話短篇小説集－不匱堂本《今古奇観》と《小説選言》
　　...大塚秀高、［中国］王　佳
　　明代文学国際学術研討会(2013 年 8 月)..田村彩子

第 19 号：2016 年（平成二十八年）3 月 31 日
　　容与堂本《水滸伝》三種について...氏岡真士
　　萃慶堂の歴代主人について——建阳余氏刻书活动研究（1）——附"书林余氏重
　　修宗谱""书坊文兴公派下世系"第 37 世までの翻刻と校訂.....................上原究一
　　民国石印皋鹤草堂本から見る《金瓶梅》...丸山浩明
　　《红楼梦》日本伝来時期の再検証
　　　　——村上文书"差出帐"の"寅弐番船南京"について.............［中国］宋　丹
　　白話長篇小説版本研究の行方...大塚秀高

第 20 号：2017 年（平成二十九年）3 月 31 日
　　《水浒全书》郁郁堂本について..中原理恵
　　增补中国通俗小说书目（改订试行版）..大塚秀高
　　第 14 届中国古代小说戏曲文献暨数字化国际研讨会、国際シンポジウム "中国
　　古典小説研究 30 年の回顧と展望"..中原理恵
　　近三十年中国古典小说研究新视阈举隅...［中国］孙　逊
　　一路春风，满树花开——近三十年来中国(大陆)古代小说研究掠影
　　..［中国］黄　霖
　　中国古典小説研究 30 年の回顧と展望－个人的な研究状况の绍介を中心に－
　　...大塚秀高

第 21 号：2018 年（平成三十年）3 月 15 日
　　《繋観世音応験記》の構成と観世音応験譚の南北...............................佐野誠子
　　清代の《红楼梦》続书における"姻缘"の枠組み
　　　　——《红楼梦》戏曲との比较から—...渋井君也
　　第 16 届中国古代小说戏曲文献暨数字化国际研讨会...........................中原理恵

第 22 号：2019 年（平成三十一年）3 月 31 日
　　蓬左文库藏夏振宇本《三国志演义》について...................［中国］陈骏千
　　《精镌合刻三国水浒全传》について...中川谕
　　《三国志演义》作中人物导入考

——《平话》から"毛宗岗本"まで……………………………………佐高春音
【研究ノート】ハーバード大学イエンチン图书馆所藏の宝卷について…辻リン
【资料】康生劫略傅惜华旧藏小说·戏曲一览（初稿）………………大塚秀高
嘉义大学第6届中国小说与戏曲国际研讨会…………………………佐野诚子
第17届中国古代小说戏曲文献暨数字化国际研讨会（マレーシア）……中川谕
第2届世界汉学论坛·第17届中国古代小说戏曲文献暨数字化国际研讨会（ドイツ·オーストリア）……………………………………………………上原究一

5. 日本三国志学会

（1）日本三国志学会简介

日本有个三国志学会，2006年成立，网址：*http://sangokushi.gakkaisv.org/*。

日本三国志学会原会长狩野直祯（1929—2017）去世后，驹泽大学教授石井仁为代会长，目前主要是由副会长兼事务局长、早稻田大学教授渡边义浩先生领导，其他负责人我认识的有：编集：竹内真彦（龙谷大学），总务：中川谕（立正大学）、伊藤晋太郎（二松学舍大学），顾问：金文京，理事：井上泰山、大塚秀高、冈崎由美、小松谦、二阶堂善弘，中国有三位理事，除我外还有沈伯俊（已去世）、刘世德，评议员：○伊藤晋太郎、上田望、小冢由博、○竹内真彦、○中川谕、广泽佑介、○渡边义浩（○为事务局成员）。

渡边义浩先生毕业于筑波大学研究生院历史、人类学研究科，获文学博士学位，他原和中川谕先生都在大东文化大学任教，现调到早稻田大学，专长为中国古代史。他多年来一直积极从事《三国志》的相关研究和普及工作，他著有《东汉国家的统治与儒教》《三国政权结构与"名士"》《后汉书全译》《儒教与中国：两千年正统思想的起源》《三国志》等。2006年我去日本东京参加三国志学会第一届年会，他曾签名送我他的著作《诸葛孔明：虚像与实像》，2017年北京联合出版公司翻译出版了他编著的《关羽：神话的〈三国〉》，我曾在日本买了他一本《三国志的舞台》，是介绍三国遗迹的普及书，和日本出版的图书一样，图文并茂，印刷精美，每个三国景点都有详细地图，去游览十分方便。他中文不是很好，可听懂中文，但中文表述不很顺畅，他待人十分热情。

日本三国志学会和中国各种学会最大不同是，日本三国志学会会员专业和业余都有，每次大会我看业余爱好者参会的不少，有些还在大会做报告。

日本三国志学会和中国三国学会另一个不同是，它是历史和文学合一的学会。中国三国历史和文学是两个学会，历史是中国魏晋南北朝学会，文学是中国三国演义学会，完全是两回事，不相干。

日本三国志学会和中国各种学会还有一个不同是，会员每年要交会费2000日元（约合人民币130元），每年免费送一本会刊《三国志研究》。

（2）日本三国志学会年会

日本三国志学会每年开一到两次大会，一般都是在9月，我曾参加过6次年会，前面有所介绍。

日本三国志学会是历史兼文学，大会报告多以历史为主，也有一些《三国演义》的报告，我统计历次年会中有关《三国演义》的发言如下，由此可看出日本《三国演义》的研究情况。

1）2006年第一届年会：刘世德（中国社会科学院教授）翻译伊藤晋太郎（庆应义塾大学讲师）《〈三国志演义〉嘉庆七年刊本试论》。

2）2007年第二届年会：李殷奉（韩国仁川大学国语国文科讲师）翻译金文京（京都大学人文科学研究所所长）《韩国〈三国志演义〉的接受与研究》。

3）2008年第三届年会：周文业（首都师范大学中国传统文化数字化研究中心常务副主任），翻译中川谕（大东文化大学文学部教授）《〈三国演义〉版本和三国历史地理的数字化和应用》。

4）2008年第三届年会：沈伯俊（四川省社会科学院·四川大学文学院教授）翻译伊藤晋太郎（二松学舍大学文学部专任讲师）《解除关于诸葛亮的疑惑》。

5）2010年第五届年会：仙石知子（骏河台大学非常勤讲师）《毛宗岗本〈三国志演义〉中养子的表现》。

6）2011年第六届年会：金文京（京都大学人文科学研究所教授）《韩国发现〈三国志演义〉版本两种》。

7）2012年第七届年会：陈曦子（同志社大学大学院博士）《中国四大名著中日本漫画比较研究——以〈三国演义〉为中心》。

8）2013年第八届年会：仙石知子（日本学术振兴会特别研究员）《关于毛宗岗本〈三国志演义〉中的"关公秉烛达旦"》。

9）2013年第八届年会：伊藤晋太郎（二松学舍大学准教授）《〈关帝圣迹图〉与〈三国志演义〉》。

10）2014年第九届年会：座谈会：《〈三国志演义〉是什么？》

11）2015年第十届年会：沈伯俊（四川省社会科学院）、渡边义浩（早稻田大学文学学术院教授），《最受欢迎的武将——〈三国志演义〉中的赵云像》。

12）2015年第十届年会：沈伯俊（四川省社会科学院）、渡边义浩（早稻田大学文学学术院教授）《明君？枭雄？——〈三国志演义〉中刘备像》。

13）2017年第十二届年会：梁蕴娴（元智大学助理教授）《〈三国志演义〉》和日本的插图书》。

13）2017年第十二届年会：上田望（金泽大学教授）《从地域看〈三国志演义〉》。

14）2018年第十三届年会：中川谕（立正大学教授）《耶鲁大学图书馆藏的〈三国志演义〉》。

15）2018 年第十三届年会：仙石知子氏《毛宗岗批评〈三国志演义〉的研究》（汲古书院、2017 年）。

2006 年至 2019 年 15 届年会中，平均每年有 15 篇关于《三国演义》的报告（有的年会没有，有的年会有 2 篇）。由此可看出日本三国志学会还是以三国历史为主的。

历次研讨会中，有关《三国演义》中国学者报告中，沈伯俊曾报告三次，刘世德先生和我各报告一次。

（3）与日本三国志学会合作

孙前进是北京物资学院退休教师，他退休后主办了北京唐藤中日三国文化旅游研究中心（*http://ly1t.bjtangteng.com/*）。2017 年、2018 年，他曾主办了两届中日旅游交流与合作发展国际论坛。2019 年第三届主题定为：中日《三国演义》研究与三国文化旅游（诸葛亮），我曾受邀参会。孙老师计划建立中日三国文化交流与旅游联盟，原来准备 2020 年 3 月召开联盟成立大会。

为此，我建议他和日本三国志学会建立合作关系，先联系日本三国志学会事务局局长渡边义浩先生。他很赞同我的想法，他通过中国社科院历史所的梁满仓先生，联系上了渡边先生，并邀请他来北京参加原计划 2020 年 3 月在北京召开的第四届中日旅游交流与合作发展国际论坛（2020），并请他担任中日三国文化交流与旅游联盟的副会长，渡边先生也同意了。

我进一步建议，他可事先与中国各地的三国纪念馆联系好，然后在联盟成立大会上，中国各地三国纪念馆和日本三国志学会，在会上签订正式的合作协议书。我还帮助孙老师起草了协议文本，请各地纪念馆先审查，领导同意后，各地纪念馆派代表在联盟成立大会上签字生效。这样中日建立有协议的合作，每年中国派代表团去日本出席日本三国志学会年会，日本三国志学会也可组织日本对三国有兴趣的人士来中国访问旅游，把这个渠道打通就好办了。

但由于新冠病毒爆发，此会未能按计划召开，但孙老师还在不断努力，此事如办成，可大大促进中日两国三国文化的交流，绝对是好事，我一定尽力协助促成此事。

（四）其他研讨会

1. 古代文学研讨会

2009 年以来我参加各种古代文学研讨会 29 次，下面介绍其中 17 次。

（1）第五届全国高校古代文学与古代文论学术研讨会（山东聊城），2009 年 4 月

复旦大学中国古代文学研究中心主办，聊城大学文学院承办。

复旦大学中国古代文学研究中心中心主任黄霖老师没来，由郑利华主持，他办事十分认真、客气，给我印象很深。论文集都是摘要，没有收入全文。与文献有关的论文有以下 2 篇：

1) 论《三国演义》与《三国志》对照之虚实 …………………… 郑铁生
2) 中国历史地理数字化及在中国古代文学研究中的应用 ………… 周文业

（2）海峡两岸学术研讨会暨 2009 福建省古代文学学会年会（福建莆田），2009 年 4 月

福建古代文学学会主办，福建莆田学院汉语言文学系承办。

福建古代文学学会每年都举办一次研讨会，学会的主要领导福建师范大学的齐裕焜、陈庆元、涂秀虹和刘海燕等我都很熟悉。他们多次邀请我参会，我自己负担路费，会议负担食宿，不收任何费用，因此只要他们邀请我都去参加。因为是福建省的年会，发言者都是省内学者，我就没有发言。与文献有关的论文有以下 2 篇：

1) 明清《水浒传》版画插图形态的演变 ……………………………… 胡小梅
2) 建阳《三国志传》版本中的论、赞、评及诗词研究 ……………… 黄绮炜

（3）中国文学史学科百年学术研讨会（北京），2009 年 12 月

北京大学古代诗歌研究中心、古代文体研究中心主办。与文献有关的论文有以

下 2 篇：
1）以地理信息系统构建中国文学史和文学地理学·····················周文业
2）《中国小说史略》"举例"刍议····································· 刘勇强

（4）福建古代文学学会暨客家文化研究年会研讨会（福建龙岩），2010 年 4 月

福建省中国古代文学学会主办，龙岩学院人文与教育学院承办。

这次研讨会在福建龙岩举行，还去古田会议会址参观，也很难得，自己要单独去看古田会议会址也不容易。与文献有关的论文有以下 3 篇：
1）于细微处见精神——《水浒传》不同繁本系统之比较···············齐裕焜
2）"历下琅琊""桑娥石女"考释····································王人恩
3）《儒林外史》人物杜慎卿本事考补——兼论吴敬梓与吴敬之关系······吕贤平

（5）中国古代文学研究现状与前瞻学术研讨会（山东济南），2010 年 10 月

山东大学文学与新闻学院主办。与文献有关的论文只有以下 1 篇：
明代"按鉴"演义的盛行与建阳刊"通鉴"类图书的关系··················涂秀虹

（6）庐山与中国文化国际学术研讨会（江西庐山），2011 年 7 月

九江学院、《明清小说研究》编辑部、中国古代小说网联合主办，《九江学院学报》编辑部、中国语言文学学科组承办。

原定于 2010 年夏季举办的"2010 年庐山与中国文化国际学术研讨会"因洪灾延迟至 2011 年 7 月在庐山九江学院庐山培训中心举行，研讨会改名为"2011 年庐山与中国文化国际学术研讨会"。主办人秦川我很熟悉，她有个儿子在日本神奈川大学跟铃木阳一学习。九江和庐山都是名胜，不用多介绍。我去庐山多次，这次特别注意游览名人故居，我买了带地图的名人故居介绍，逐一对照参观，收获很大。

（7）第七届中国宋代文学国际学术研讨会（河南开封），2011 年 9 月

河南大学主办。

我本来从未参加宋代文学研讨会，只参加明代文学研讨会，因为我研究古代小说，中国古代小说基本出现在元明之际，而宋代基本没有小说，因此我也从未参加宋代文学研讨会。这次参加是因为我 2003 年提出，以地理信息系统 GIS 构建中国文学地理信息平台。2013 年根据我对此平台思想，由武汉大学王兆鹏教授为首的团队申报了国家社会科学基金重大项目"唐宋文学编年系地信息平台建设"，本人参与了总体设计和项目申报工作。该项目已经获得批准并已经开始实施，已经完成初步网站 http://www.sou—yun.com/poetlifemap.html。而王兆鹏是宋代文学学会的秘书长，因此他邀请我参加宋代文学学会。中国宋代文学学会会长是复旦大学资深特聘教授王

水照。参加这次研讨会我才知道中国宋代文学学会尚未在民政部登记批准,但仍每年开研讨会,每次研讨会结束后,主办方就把学会图章转交下届研讨会主办方。

(8) 中国古代文学与地域文化学术研讨会(陕西汉中),2011年10月

复旦大学中国古代文学研究中心、陕西理工学院文学院、陕西理工学院汉水文化研究中心主办,陕西理工学院文学院承办。

这是我第一次到汉中开会。我参加此会有几个原因。第一,如前所述,我2003年就提出设想,以地理信息系统GIS构建中国文学地理信息平台,我也很想把这个平台建设和地域文化研究结合起来。第二,主办方陕西理工学院文学院雷勇是南开大学陈洪的博士,也是从事中国古代小说研究,和我是多年好朋友,他曾请我去学校做报告,并陪我参观汉中古迹,汉中古迹非常多,很值得一游,包括武侯墓、马超墓、古汉台、拜将坛、张良庙、蔡伦墓、古褒斜栈道、石门十三品、灵崖寺摩崖石刻等。与文献有关的论文只有我1篇:

构建中国古代文学史和地域文化史地理信息系统……………………周文业

(9) 中国古代叙事文学国际学术研讨会(北京),2011年11月

中央民族大学文学与新闻学院主办。与文献有关的论文有以下2篇:
1) 杨门女将"宜娘"考——杨家将故事与播州杨氏…………[日本] 松浦智子
2) 程本《红楼》词语校读札记(四)……………………………张　俊

(10) 中国(菏泽)牡丹文化与古代文学学术研讨会(山东菏泽),2014年4月

山东省中华文化促进会与山东省古典文学学会主办,菏泽市中华文化促进会承办。论文集《牡丹与中国古代文学——中国(菏泽)牡丹与古代文学研讨会论文集》,由山东省古典文学学会编,山东人民出版社2015年8月出版。菏泽牡丹和洛阳牡丹齐名,都是国内著名产地,菏泽牡丹栽培始于明代嘉庆年间,至今已有400多年的历史,曾多次在国内外花卉展评中获奖。与文献有关的论文有以下3篇:

1) 中国古代小说五大名著中的牡丹……………………………………周文业
2) 清代《红楼梦》评点论"牡丹"与"宝钗"………………………何红梅
3) 《镜花缘》的"花界"女子…………………………………… 徐永斌

(11) 全国元明清叙事文学学术研讨会(辽宁丹东),2014年9月

辽宁古代文学学会、武汉大学明清文学研究所主办,辽东学院承办。与文献有关的论文有以下4篇:

1)《韩国所藏中国古代小说版本目录》的学术意义和文化意义………… 陈文新
2) 谈《水浒传》版本"繁简交替演化论"………………………………周文业
3) 王世贞小说序跋刍议………………………………………………王　平

4)《说岳全传》成书时间新证 ··· 胡 伟

（12）全国古代文学文化研究研讨会（辽宁大连），2015 年 9 月

辽宁省古代文学学会、中国武侠文学学会、大连大学科技处、大连大学语言文学研究所主办。与文献有关的论文有以下 2 篇：

1)《中国古代小说在韩国研究之综考》序 ··· 陈文新
2)《红楼梦》版本数字化研究 ··· 周文业

（13）中国李清照、辛弃疾研究暨刘乃昌先生学术思想研讨会（山东济南），2015 年 10 月

中国李清照、辛弃疾学会，山东大学主办。

本来我不研究李清照、辛弃疾，因为我与武汉大学王兆鹏合作申报成功了国家社科重大项目"唐宋文学编年系地信息系统"，因此他邀请我参会，我只参加过这一次诗词方面的研讨会，我在会上还是介绍如何从地理信息系统 GIS 构建中国文学地理信息平台。

（14）第二届中国古代文学文化研究研讨会（辽宁锦州），2016 年 8 月

辽宁省古代文学学会、中国武侠文学学会、渤海大学文学院主办。这是继 2015 年丹东会议后的第二届研讨会，主办人是大连大学的王立。辽宁古代文学学会能坚持办会也不容易。与文献有关的论文有以下 2 篇：

1) 略论《三国演义》对草船借箭故事的改造 ································ 卫绍生
2) 以地理信息系统 GIS 构建中国文学地理信息平台 ······················· 周文业

（15）数字化时代的中国俗文学研究研讨会（北京），2017 年 8 月

"数字化时代的中国俗文学研究"学术研讨会由中国俗文学学会、北京大学中文系和中国传媒大学文法学部联合主办，中国传媒大学文法学部承办。此次研讨会紧接着第十六届中国古代小说戏曲文献暨数字化国际研讨会，都是由中国传媒大学主办，都在西藏饭店，这样很多学者可以连续开会，很方便。

中国俗文学学会会长原是北大中文系的陈平原，刚换为北京大学中文系学术委员会主任廖可斌。我和他是在去年横滨神奈川大学举办的"中国古典小说研究三十年的回顾与展望"会上相识的，他待人很热情，我是第一次参加俗文学研讨会。

本次会议聚焦"数字化时代的中国俗文学研究"，围绕各俗文学门类数字化的进程与展望，俗文学数字化的问题与方向，文字、图像、声音与视频等不同手段的数字化及其使用，数字化资料与实物资料的复杂关系，数字化与版权，数字化资料的使用与俗文学研究之新变等分论题展开。

日本中川谕先生从具体例证入手，结合其多年从事《三国志演义》研究的思考，介绍了古代小说版本数字化，中川先生前几年曾在北师大做过同样报告，我觉得内容十分丰富，在古代小说数字化研究方面，中川先生的贡献和作用是巨大的。

罗书华对数字化时代中国古代小说研究的路径、方法、走向等问题提出了一些观点，他计划建立一个全新的中国古代小说研究网站，苗怀明的小说网站关闭后，我很期待罗老师的网站早日开通。罗老师的演讲生动风趣，2016年我曾和他参加日本早稻田大学举办的中国古代小说会和横滨神奈川大学小说会后，同在日本淡路岛休闲了几天，罗老师是性情中人，待人十分热情。

我在会上提出了"构建中国俗文学历史地理信息平台"的宏伟构想，得到了与会学者的积极响应，引发了热烈的讨论。与文献有关的论文有以下3篇：

1）数字化时代的古代小说版本研究……………………［日本］中川谕
2）互联网时代的小说研究………………………………………罗书华
3）构建中国俗文学历史地理信息平台…………………………周文业

（16）首届世界汉学论坛（纪念德中协会成立60周年）暨世界汉学研究会会员代表大会（德国维藤），2017年8月

世界汉学研究会、德中协会、欧洲科学基金会、欧洲红楼梦研究会主办，主办人吴漠汀，地点德国维藤大学。

世界汉学研究会自2016年宣告成立以来，已有来自世界40多个国家和地区的汉学家、学者和作家加盟。为推进汉学的深入发展，促进中国与东西方学界的团结与合作，世界汉学研究会与德中协会联合举办"首届世界汉学论坛（纪念德中协会成立60周年）暨世界汉学研究会会员代表大会"。

我在会上介绍了古代小说版本数字化和历史地理数字化，受到欢迎。

会上我和主办人吴漠汀商议2018年去德国召开第十七届中国古代小说戏曲文献暨数字化国际研讨会，基本达成协定，2018年小说会将在德国维藤大学举行。详见后文中国古代小说戏曲文献暨数字化国际研讨会部分。

（17）山西大同云冈文化与玄奘文化国际高端论坛（山西大同），2018年6月

2018年6月25日—26日，由山西大同大学、深圳市宗德文化传播有限公司和大同市文化局，在大同联合召开云冈文化和玄奘文化国际高端论坛。

会议最主要的报告是台湾2位学者的发言：

1）云冈石窟图像之科学性——玄奘文化心理解剖与记忆研究之诠释……蔡礼政
2）云冈石窟飞天造像的真人禅学——玄奘文化心理解剖与情绪成分之诠释
………………………………………………………………白志伟、范渭玄

会议还邀请了2位日本学者做报告：

1）昙曜与武州山石窟寺——昙曜下台与第6石窟宗教寺说……………
　　　　　　　　［日本］东京国立博物馆客座研究员、清泉女子大学讲师石松奈子
2）云冈石窟第5、6窟开凿过程及编年位置…………………………………
　　　　　　　　［日本］中国科学技术大学人文素质教学研究部小森阳子

本书"20年研讨会随笔"中对此次研讨会有详细介绍可参看。

2. 明代文学研讨会

2004 年以来我曾参加过 10 次明代文学研讨会，下面介绍保存有论文集的 9 次。

（1）2005 明代文学学会（筹）第三届年会（北京），2005 年 8 月

首都师范大学文学院、首都师范大学中国诗歌中心主办。

论文集《2005 明代文学研究国际学术研讨会论文集》由左东岭主编，学苑出版社 2005 年 12 月出版。

中国明代文学学会尚未得到民政部正式批准，因此挂"筹"字。会长是复旦大学章培恒，副会长是首都师大左东岭。明代会人很多，有数百人。一般分为诗文、小说、戏曲三个组。我只要收到邀请，基本每次会都参加，还是介绍小说版本数字化。

我因为同时主办第四届中国古代小说戏曲文献暨数字化国际研讨会，这次研讨会只是开幕时到会场看了看。

以下是和版本有关的 5 篇论文，以后历届研讨会都如此。

1) 世德堂刊《西游记》的版本研究……………………………[日本] 矶部彰
2) 日本天龙寺妙智院藏明正德八年《劝世文茶酒四问》简介…[日本] 金文京
3) 再论元代至明初小说戏曲中货币的使用……………………………沈伯俊
4) 明吴观明本《李卓吾先生批评三国志》涂抹研究…………………黎必信
5) 关于上海图书馆藏《三国英雄志传》两种……………………[日本] 中川谕

（2）中国明代文学学会（筹）第五届年会暨 2007 明代文学与文化国际学术研讨会（福建武夷山），2007 年 8 月

福建师范大学文学院主办。

论文集《明代文学论集》由赵庆元主编，海峡文艺出版社 2009 年 6 月出版。与文献有关的论文有以下 12 篇：

1) 闽斋堂本《西游记》小议……………………………………………胡　胜
2) 20 世纪上半期《三国演义》文献研究述略…………………………苗怀明
3) 论白话章回小说回目中的常见套语"义释"……………………[日本] 上原究一
4) 关于上海图书馆藏《三国演义》残叶…………………………[日本] 中川谕
5) 论日本内阁文库藏清平山堂所刊小说
　　——以版式与刻字特点为视角……………………………[日本] 中里见敬
6)《水浒志传评林》"简"在哪里？………………………………涂秀虹、董　宁
7) 泾河龙转化为何物？……………………………………………[日本] 大塚秀高
8) 民间说唱与《西游记》的生成和传播……………………………………纪德君
9) 试论《征播奏捷传通俗演义》之形成和其背景

　　　　——另一个杨家将故事……………………………［日本］松浦智子
　10）中国古代小说版本数字化和计算机自动比对………………周文业
以下论文未收入正式出版论文集：
　11）《醒世姻缘传》成书年代再考证：与夏薇博士商榷……………段江丽
　12）《天都外臣序》作者考：从词语角度看……………………胡益民

（3）明代文学与科举文化研讨会（湖北武汉），2008 年 11 月

武汉大学中国传统文化研究中心、中国明代文学学会（筹）、武汉大学文学院、黄冈师范学院文学院、武汉大学出版社联合主办。

论文集《明代文学与科举文化国际学术研讨会论文集》，由陈文新、余来明主编，武汉大学出版社 2010 年 7 月出版。与文献有关的论文有以下 7 篇：
　1）中国古代小说版本数字化及应用（摘要）……………………周文业
　2）明清时期《西游记》世德堂本及简本的传播………………徐卓阳
以下论文摘要正式出版时未收入：
　3）论毛氏父子毛纶、毛宗岗与金圣叹小说评点之异同……………黎必信
　4）"杨家将"故事形成史资料考
　　　　——以山西杨忠武祠的文物资料为线索…………［日本］松浦智子
　5）《西游记》中的时代错置、文本互涉及其英译问题………………洪　涛
　6）《临清州志》与《金瓶梅》研究中的几个问题………………许建平
　7）《西游记》版本新发现：以童蒙读物《七宝故事》为中心…………陈国军

（4）第七届明代文学年会暨明代文学国际学术研讨会（湖南湘潭），（2009 年 8 月）

中国明代文学学会(筹)、湘潭大学主办，湘潭大学文学与新闻学院承办。与文献有关的论文有以下 4 篇：
　1）嘉靖元年本《三国志演义》小字注再探……………………刘海燕
　2）世德堂百回本《西游记》的最早拥有者"唐光禄"考……邢慧玲、邢　琲
　3）16—17 世纪南京地区小说刊刻研究……………………张石川
　4）《三国演义》版本研究的回顾与展望……………………周文业

（5）中国明代文学学会（筹）第八届年会暨 2011 年明代文学与文化国际学术研讨会（北京），2011 年 8 月

首都师范大学文学院、《文学遗产》编辑部主办。与文献有关的论文有以下 10 篇：
　1）明代稀见小说集《狐媚丛谈》考索……………………陈国军、龚　敏
　2）唐僧西游故事的缘起、传播和小说文本的成型………………陈　洪
　3）《韩国稀见中国古代小说史料》编写宗旨和主要特点……陈文新、闵宽东
　4）顾元庆新考……………………………………………程国赋、朱因萍
　5）西王母的女儿们——从"遇仙"到"阵前比武招亲"……［日本］大塚秀高

6)《水浒传》李逵杀虎故事形成的背景……………………………[日本] 荒木达雄
7) 重论杭永年与《三国志演义》评点的关系
　　——以《古文快笔贯通解》为线索…………………………………黎必信
8)《三国志平话》对《三国志演义》早期刻本的影响………………… 刘海燕
9)"汉儿"张飞
　　——金末的张飞热及其被称为"燕人"的来历…………[日本] 上原究一
10)《三国志演义》的夷白堂本和周曰校本…………………[日本] 中川谕

（6）明代文学学会（筹）第九届年会暨2013年明代文学国际学术研讨会（上海），2013年8月

复旦大学中国古代文学研究中心、复旦大学古籍整理研究所、复旦大学中文系主办。与文献有关的论文有以下12篇：

1)《警世通言》版本新考……………………………………[日本] 大塚秀高
2) 章回小说补书初探………………………………………………… 傅承洲
3) 台北故宫博物院藏《金瓶梅词话》读后………………………… 黄　霖
4) 弘治本《西厢记》试探（未定稿）………………………[日本] 金文京
5) 浅谈世德堂本《西游记》常见的校注问题……………………… 李天飞
6) 朝鲜出版本中国古典小说之书志学考察…………………[韩国] 闵宽东
7) 明末文言小说中的创作观念之一
　　——以《九钥集》为中心…………………………………[日本] 上原德子
8)《三国志》与《三国演义》关系三论……………………………… 沈伯俊
9)《征播奏捷通俗演义》中的插图与其出版背景………[日本] 松浦智子
10) 秣陵金在衡《西厢记》：一个重要的明刊本…………………… 杨绪容
11) 百年《三国演义》虚实之争的学术走向………………………… 郑铁生
12)《水浒传》刘兴我本和刘荣吾本数字化研究…………………… 周文业

（7）中国明代文学学会（筹）第十届年会（北京），2015年8月

中国明代文学学会（筹）、首都师范大学国学研究与教育协同创新中心、首都师范大学文学院、北京大学中国古文献研究中心与《文学遗产》编辑部联合举办，首都师范大学国学研究与教育协同创新中心、首都师范大学文学院承办，在北京稻香湖景酒店举行。与文献有关的论文有以下14篇：

1) 八卷本《虞初志》的初刻、编者与成书时间……………………… 陈国军
2)《今古奇观》与三言二拍……………………………………[日本] 大塚秀高
3) 论《金瓶梅词话》的"镶嵌"……………………………………… 黄　霖
4)《西汉演义》在韩国的传播与影响…………………………[韩国] 闵宽东
5) 试论白话小说和文言小说之间的改编问题……………[日本] 上原德子
6) 关于唐贞宇刊本《汉寿亭侯志》以及其插图特征………[日本] 上原究一

7) 明代两个宗族六合杨氏、代州杨氏和北房
　　——"杨家将小说"形成的一个背景………………[日本] 松浦智子
8) 中朝日三国明清时期小说戏曲中的"壬辰之乱"记忆………………万晴川
9) "金学"文献概说………………………………………………………吴　敢
10) 作为剧本家的余怀——以交游关系为中心………………[日本] 小冢由博
11) 元代水浒杂剧与《宣和遗事》关系新论……………………许勇强、李蕊芹
12) 晚明天章阁《新刻李卓吾原评西厢记》：一个颇有价值的伪李评本…杨绪容
13) 关于耶鲁大学所藏《三国志演义》……………………………[日本] 中川谕
14)《三国演义》书名研究………………………………………………周文业

（8）明代文学国际学术研讨会暨中国明代文学学会（筹）第十一届年会（广东广州），2017年11月

中国明代文学学会（筹）、中国社会科学院文学所《文学遗产》编辑部、暨南大学文学院、暨南大学出版社联合主办，香港浸会大学中文系协办。与文献有关的论文有以下5篇：

1) 关于内阁本《金瓶梅》……………………………………………………黄　霖
2) 新见日藏《考订通俗演义三国志传》…………………………程国赋、郑子成
3)《永乐大典》所引《西游记平话》试探………………………王进驹、杜治伟
4) 徐朔方先生古典小说研究论要（提纲）………………………………项裕荣
5) 中国古代小说版本数字化研究——以《三国演义》《金瓶梅》为例…周文业

（9）明代文学国际学术研讨会暨中国明代文学学会（筹）第十二届年会（广东深圳），2019年11月

中国明代文学学会（筹）、深圳大学人文学院联合主办。

论文集有三大厚本。诗文两本，论文93篇；小说戏曲一本，论文42篇，只有诗文的一半。而和版本、作者有关的只有3篇，还有1篇是关于古代小说地理信息库。

1) 张评《金瓶梅》大连本是原刊吗？………………………………………黄　霖
2) 从《禹鼎志》到《西游记》——《西游记》作者新证…………………石钟扬
3)《三国演义》版本研究………………………………………………………周文业
4) 中国古代小说地理信息库建设与地图发布……………………………徐永明

以下是我参加的历届明代文学研讨会中和版本有关文章数量的统计表。

2005—2019 年历届明代文学研讨会版本论文数量统计表

年份	2005	2007	2008	2009	2011	2013	2015	2017	2019
数量	5	12	7	4	10	12	14	5	3

由此表可看出历届研讨会中版本研究论文的数量，从 2005 年 5 篇逐年上升，到 2015 年 14 篇最多，然后急剧下降，到 2019 年只有可怜的 3 篇，中国大陆对版本研究越来越不重视是事实。为此在分会场我介绍了日本版本研究的现状，并和中国大陆做了比较，十分感慨，并就此和参会一些学者发生争执。

3．历史地理和文学地理研讨会

2006 年以来我参加了 6 次历史地理和文学地理研讨会，以下分述之。

（1）南方开发与中外交通——2006 年中国历史地理学国际学术研讨会（广东广州、韶关），2006 年 11 月

中国地理学会历史地理专业委员会、暨南大学、韶关市人民政府、韶关学院主办。

会议分两地举行，先在暨南大学举行，然后移师韶关举行。会后参观梅岭古道，这是古代广东和江西之间的要道。我因为要北归，因此参观完梅岭古道后就翻过梅岭到江西，一路北上过赣州、南昌、九江，回北京。

我的论文被安排在大会闭幕的最后一个大会发言。与地理信息系统有关的论文有以下 2 篇：

1）中国人口地理信息系统（CPGIS）······························侯扬方
2）中国历史地理信息系统（CHGIS）应用平台的设想和开发···········周文业

（2）中国文学地理学会第三届年会（江西南昌），2013 年 11 月

江西社科院、江西科技大学、广州大学、中国文学地理学会主办。与历史地理有关的论文有以下 2 篇：

1）《水浒传》中地理风物舛错辨析······························莫其康
2）以地理信息系统 GIS 构建中国文学地理学信息平台·············· 周文业

（3）文学地理学国际学术研讨会暨中国文学地理学会第六届年会（湖北武汉），2016 年 10 月

湖北大学、广州大学、江西省社会科学院和中国文学地理学会（会长曾大兴）主办，由湖北大学文学院承办。

会后组织参观赤壁古战场，我多年前曾去参观，当时古战场就准备改造。这次

一看改造后场面，大吃一惊。进入古战场前先拐来拐去经过一个古战场的主题公园，其中有很多雕塑和介绍，我仔细一看，很多是出自《三国演义》，而不是三国历史，这会严重误导游客。古战场本身并没有很大变化，为游客更方便浏览江岸上"赤壁"二字，新修了阶梯，方便多了。参观完古战场后，有一个圆形的赤壁古战场主题纪念馆，但我去时不开放。从古战场走出去，又是拐来拐去建了一大堆游乐场和商店，但我去时不是旅游旺季，因此游客很少。这样对古迹的改造全国比比皆是，但我觉得改造比较好的很少。与历史地理有关的论文有以下3篇：

1）关于《水浒传》气候、地理描写问题的再思考……………………纪德君
2）《三国演义》地理错误研究……………………………………………周文业
3）文学的误会与成全——湖北境内的两个赤壁……………………曾大兴

（4）中国文学地理高层论坛暨首都师范大学文学地理学研究中心成立会议（北京），2017年6月

首都师范大学文学院、北京语言大学首都国际文化研究基地联合主办。

我校陶礼天教授是研究文学地理学理论的专家，很早就开展这方面研究，为方便今后的研究，经学校批准，成立了首都师范大学文学地理学研究中心。

这次他组织的文学地理学高层论坛，邀请了中国文学地理学学会会长、副会长，陶老师也热情邀请我出席。我在会上最后一个发言，介绍了我开发的中国文学地理开放交互信息平台，受到与会者好评。我原希望和陶老师合作开发中国文学地理开放交互信息平台，但他是研究理论的，不研究实证，无法合作，可惜了。

会议没有印论文集。

（5）中国文学地理学会第七届年会暨国际学术研讨会（青海西宁），2017年7月

中国文学地理学会、广州大学、江西省社科院和青海师范大学共同主办，青海师范大学承办。

此会到会人员有160人之多，文学地理学这几年来得到了快速发展。

我是第一次到青海，会后游览了青海湖、塔尔寺，以及文成公主入藏时翻越的日月山等风景名胜。

我在会上再次介绍以地理信息系统GIS构建中国文学地理学信息平台，受到欢迎。与历史地理有关的论文有以下3篇：

1）大资料时代文学地理学发展方向……………………………………杨　波
2）《金瓶梅》创作的地理背景研究述略………………………………许振东
3）《儿女英雄传》的文学地理特征……………………………………于润琦
4）以地理信息系统GIS构建中国文学地理学信息平台………………周文业

（6）中国文学地理学会第九届年会暨第四届硕博论坛（湖北宜昌），2019年8月

中国文学地理学会第八届年会暨第三届硕博论坛原计划由中国文学地理学会、伊犁师范学院、广州大学、江西省社科院共同主办，伊犁师范学院人文学院承办，2018年7月20日—22日在新疆伊宁召开。后来由于一些客观原因改到陕西汉中召开，因此时间和其他研讨会冲突，我未参加。

中国文学地理学会第九届年会暨第四届硕博论坛由中国文学地理学会、三峡大学、广州大学和江西省社科院主办，三峡大学文学院承办，2019年8月在湖北宜昌举行。

此次研讨会论文集有三大厚本，分古代文学卷和现当代、比较与世界文学卷及"硕博论坛卷"，合计160篇，在我参加的各种研讨会中，这是规模很大的论文集。我感兴趣的论文有以下3篇。

1）建构文学历史场景：从文学地图到文学场景……………… 王兆鹏

用历史地理信息系统GIS构建中国文学史最初的构想是我首先提出的，后武汉大学（现调入中南民族大学）王兆鹏老师到我校找到我，提出和我合作申报国家社科重大项目，2013年在我协助下，此项目以"唐宋文学编年系地信息平台建设"申报国家社科重大项目成功。因为我退休了就没有再具体参加该项目的开发，此项目已经顺利结项，也已经上网。但我觉得还是没有达到我原本预想，此项目只是把唐宋文学家生平行踪用历史地图展示出来。但我原构想是建设一个交互平台，用户可输入自己整理的历史地理数据，根据用户在历史地图上展示出来并下载，就和现在的百度地图和搜狐地图一样，只是它们的底图是现代地图，我的构想是改为历史地图。可惜王兆鹏项目没有实现我的这个设想，而只是一个展示系统。这样系统功能就有很大的局限性，我看这是很大的遗憾。

2）数字文学地图平台研究…………………………………… 刘永志

此文详细介绍了国外数字文学地图平台的开发情况，据不完全统计，国内外有50多个在线数字文学地图平台，此文介绍了中国三个数字文学地图平台，包括台湾元智大学罗凤珠、中南民族大学王兆鹏、浙江大学徐永明和美国哈佛大学包弼德合作开发的平台，这4位老师我都很熟悉。此文对于今后文学地图平台的发展很有参考价值。

3）《三国演义》对于长江古战场的诗意化书写
——以赤壁之战、猇亭之战为例…………………………王前程

王前程老师是我的老朋友，可参看本书"学人风采"中的介绍。他多年来一直研究古战场，我对此也很有兴趣。他曾出版专著《夷陵之战研究》，论证夷陵之战在长江南岸，而不是一般认为的北岸，我曾帮助他查询历史资料和地图。此文是从艺术描写角度分析这两次著名战役。

4）21世纪文学地理文献数量统计研究………………………周文业

如前所述，文学地理学是一门年轻的学科，是文学和地理的交叉学科，从这次论文集就可看出，近年来文学地理学发展非常快，但它在目前学科中的实际地位如何呢？这是我感兴趣的问题。为此本文从文学和地理两个角度分析了文学地理学目前的学科地位。从文学角度看是比较文学地理学和文学史的关系，从地理角度看是比较文学地理学和其他多种地理类交叉学科的关系。两种比较都是利用中国知网刊载 21 世纪 6 项资料（文献、期刊、硕博士论文、期刊、国内国际会议、报纸），分别采用了两个方法进行统计。从统计分析看，文学地理学和文学史比较差距极大，从论文数量看，文学地理学和文学史还无法相比，文学地理学最多的 2017 年 51 篇也只有文学史 879 篇的 5.8%。文学地理学和其他多种地理类交叉学科相比，排名第 6 位，处于中游。文学地理学第一篇论文发表于 2001 年，到 2017 年达到目前最高峰的 51 篇，2018 年下降到 28 篇。文学地理学和数量最多的历史地理和经济地理相比，也还有差距。根据以上分析，虽然文学地理学这几年发展很快，但文学地理学距离其他类似学科，还有很长的路要走。

估计文学地理学者看到此文后会不高兴，但我觉得这是客观数据分析的事实，至于文学地理学今后发展如何，可否保持这个势头，我们就拭目以待吧。

4．古籍数字化国际研讨会

2007 年以来我参加古籍数字化国际研讨会 7 次，以下分别介绍。

（1）第一届中国古籍数字化国际学术研讨会（北京），2007 年 8 月

首都师范大学电子文献研究所、首都师范大学中国诗歌研究中心、首都师范大学中国传统文化数字化研究中心联合主办。

论文集《第一届中国古籍数字化国际学术研讨会论文集》，由尹小林主编，五洲传播出版社 2009 年 8 月出版。

首都师范大学电子文献研究所和北京国学时代文化传播股份有限公司是一个单位两个牌子，所长和总经理尹小林和我是多年朋友。这个研讨会是每两年举办一次，我曾建议他们每年召开，但尹小林觉得每年开会负担太重。会议上国内主要从事古籍数字化的单位公司都介绍各自的进展，很有价值。与古籍数字化有关的论文有以下 3 篇：

1）古籍数字化的使命和前景……………………………………………尹小林
2）借助计算机排序功能研究中国古代小说韵文的一种方法……………刘　耳
3）中国古代小说版本数字化和计算机自动比对………………………周文业

（2）第二届中国古籍数字化国际学术研讨会（北京），2009 年 8 月

首都师范大学电子文献研究所主办。与古籍数字化有关的论文有以下 2 篇：
1）中国历史地理数字化及应用……………………………………周文业
2）古籍数字化在高校古代文学教学中的应用……………………曹立波

（3）第三届中国古籍数字化国际学术研讨会（北京），2011 年 8 月

首都师范大学电子文献研究所主办。

论文集《第三届中国古籍数字化国际学术研讨会论文集》，由尹小林主编，五洲传播出版社 2013 年 8 月出版。

上次 2009 年古籍数字化国际研讨会以来，古籍数字化又有很大进展，如大型古籍全文检索数据库《国学宝典》除了以每年 1 亿—2 亿字的速度继续扩充内容外，近两年更在功能的拓展上进行了不少有益的尝试，其配套的古籍自动标点、古籍自动比对技术取得了突破性进展。与古籍数字化有关的论文有以下 7 篇：
1）利用 GIS 技术提升中国古代文学研究的数字化水平……………王兆鹏
2）古籍数字化背景之下的中国古典文献研究……………………贾继用
3）论版本研究对古籍数字化的学术支撑……………………………赵阳阳
4）试论古籍版本数据库的建设……………………………………葛怀东
5）文献数字化背景下的学术研究——以人文科学为例……………郑永晓
6）信息处理与中国古典文学研究……………………………………单承彬
7）《水浒传》版本数字化与《京本忠义传》的数字化研究…………周文业

（4）第四届中国古籍数字化国际学术研讨会暨第六届文学与信息技术国际研讨会（北京），2013 年 8 月

首都师范大学电子文献研究所主办。与古籍数字化和版本有关的论文有以下 3 篇：
1）明清时期《水浒传》禁毁情况考论………………………………陈卫星
2）中国古典文学数字化进程中的定量研究和争鸣
　　——兼论戴叔伦编年系地信息平台的建设…… 苗贵松、孙钦荣、苗　地
3）《水浒传》刘兴我本和刘荣吾本数字化研究……………………周文业

（5）第五届中国古籍数字化国际学术研讨会（北京），2015 年 9 月

由首都师范大学电子文献研究所、中国诗歌研究中心等单位主办的第五届中国古籍数字化国际学术研讨会在北京召开。来自海内外的 70 余名专家学者，以"古籍数字化实验室建设"为主题，分别就古籍文献数字化保护手段、数字文献学学科建设与人才培养、简繁体转换与古籍数据库字形处理、数据库与网络出版、基于自动排版的古籍个性化出版等前沿课题进行了研讨。

1）国家图书馆原馆长詹福瑞指出，目前的古籍数字化尚未形成严格规范的国家标准，古籍整理还存在许多问题，急需人工智能等技术创新。

2）首都师范大学电子文献研究所所长尹小林对古籍数字化的发展提出了三个方向：一是内容的精细化，二是手段的现代化，三是传播的国家化。

3）河北大学宋史研究中心姜锡东指出，古籍数据库对于研究者来说，最重要的是检索功能。现在，古籍数字化突飞猛进，需求更具个性化、多样化。

4）中国敦煌吐鲁番学会副会长柴剑虹就海外所藏中国敦煌文献数字化问题提出"合作创新模式"是古籍数字化发展的方向。

5）浙江师范大学黄灵庚认为，国学网仍有一些值得改进的地方。

6）上海大学杨逢彬介绍了自己利用古籍数字化产品进行学术研究的心得。

7）复旦大学吴格介绍复旦大学图书馆在古籍数字化方面的成绩。

8）美国辛辛那提大学图书馆馆长王雪茅指出现代学者的治学既要研究传统的人文学知识，也要利用现代技术，只有二者结合，才能进行有效的学术研究。

9）埃及学者穆罕默德·谢赫对埃及现存古代典籍的收藏和保护现状做出了生动说明，并列举了埃及国家图书馆等收藏机构在古籍数字化方面的主要成绩。

10）韩国大真大学李燕对韩国古籍收藏数量靠前的各个机关的电子化发展简史做了梳理与介绍。

与会者还听取了首都师范大学电子文献研究所与北京艺术博物馆联合于2014年创建的数字文献实验室的建设情况。

我的参会论文是《中国古代小说版本数字化与研究和中国历史地理数字化与研究》。

（6）第六届中国古籍数字化国际学术研讨会（北京），2017年9月

首都师范大学电子文献研究所、中国诗歌研究中心主办，主要围绕人工智能时代中文古籍版本和字形识别等课题展开交流探讨。

会议论文只有6篇，本人提交2篇：

1）古籍再生保护背景下"古籍数字化"课程建设与实践教学的开展……葛怀东
2）《屈翁山杂剧》作者版本考……………………………………………王富鹏
3）从钱批本《论衡》用字谈古籍用汉字库……………………………李先耕
4）中国历史地理和中国古代小说版本数字化研究平台………………周文业
5）《金瓶梅》词话本、崇祯本数字化比对本……………………………周文业
6）利用数据库从事联合书目编纂之回顾………………………………吴　格

（7）第七届中国古籍数字化国际学术研讨会（北京），2019年9月

由首都师范大学电子文献研究所、中国诗歌研究中心、清华大学中国古典文献研究中心联合主办的第七届中国古籍数字化国际学术研讨会9月21日—22日在北京召开。来自海内外高校及科研机构、文博系统等的60余名专家学者出席了会议。会议主要围绕人工智能时代中文古籍数字化的现状与未来展开交流探讨。会议由首都师范大学电子文献研究所所长尹小林主持。会议主要论文有：

1）古籍数字化前景展望……………………………………………………尹小林
2）基于大数据技术的古典文学经典文本分析与研究…………………刘　石

3）谈谈日本汉译佛典的数字化……………………………………［日本］本田义央
4）电子信息化是阿拉伯文化传承、发展、交流的重要载体和必然手段
　　………………………………………………………………［突尼斯］阿哈莱姆
5）越南古籍数字化的现状及意义……………………………［越南］易世安
6）中文书籍数字化在马来西亚的运用………………………［马来西亚］刘　勤
7）5G时代海外中国古籍数字化…………………………………………李均洋
8）唐宋文学图谱…………………………………………………………王兆鹏
9）五大名著主要版本数字化比对本丛书………………………………周文业
10）古籍版本异文比对在MOOC建设中的应用………………曹立波、郝林芳
11）传承与超越：数字文献学的未来发展刍议…………………………郑永晓
12）古籍整理与数据建设专题化…………………………………………黄灵庚
13）数字化与古籍整理未来的方向………………………………………姚小鸥
14）对中医古籍知识的评价思考…………………………………………王凤兰
15）简论大数据时代古籍数字化的若干问题……………………………张三夕
16）关于海外中文古籍数字化的几点思考………………………………柴剑虹
17）建设人文景观数据库的价值和方法——以《方舆胜览》为例
　　………………………………………………………………邵大为、陈逸云
18）卷积神经网络在古籍数字化中的应用……李　邦、代牵文、高　峰、刘永革
19）古籍图书出版单位在当前古籍数字化中的探索……………………张　佳
20）中医古籍数字资源的惯例经验谈……………………………丁　侃、张丽君
21）应用AI改进古籍数字化工具初探……………………………………张轴材
22）历代方志所见地名信息整理与规范化研究启示……………………黄劲伟
23）甲骨文文献数字化工作现状和展望…………………………………李　邦

二、18届中国古代小说戏曲文献暨数字化国际研讨会综述

（一）研讨会简介

1. 时间和地点

（1）时间

中国古代小说戏曲文献暨数字化国际研讨会从 2001 年举办第一届以来，至 2019 年第十八届为止，除 2002 年没有举办外，坚持每年举办一次，已经先后举办过 18 届。18 届研讨会与会人数、论文数，按照时间顺序排列见下表。

18届中国古代小说戏曲文献暨数字化国际研讨会(按照时间顺序排列)

时间	次序	地点	主办单位	联系人	人数	论文数
2001	第一届	北京	首都师范大学	周文业	40	5
2003	第二届	北京	首都师范大学	周文业	40	11
2004	第三届	韩国首尔	祥明大学	赵宽熙	20	9
2005	第四届	北京	首都师范大学	周文业	41	13
2006	第五届	日本东京	大东文化大学	中川谕	30	12
2007	第六届	北京	首都师范大学	周文业	40	10
2008	第七届	澳门	澳门大学	邓骏捷	20	5
2009	第八届	北京	首都师范大学	周文业	48	18
2010	第九届	韩国首尔	成均馆大学	金文京	41	43
2011	第十届	北京	首都师范大学	周文业	49	33
2012	第十一届	嘉义	嘉义大学	徐志平	46	40
2013	第十二届	上海	复旦大学	黄霖	46	50
2014	第十三届	日本东京	大东文化大学	中川谕	27	11
2015	第十四届	廊坊	廊坊师范学院	许振东	33	29
2016	第十五届	日本东京	早稻田大学	冈崎由美	21	16
2017	第十六届	北京	中国传媒大学	朱萍	38	39
2018	第十七届	马来西亚吉隆坡	马来亚大学	王秀娟	56	48
		德国维藤	维藤大学	吴漠汀	26	20
		奥地利维也纳	维也纳大学	李夏德		
2019	第十八届	黄石	湖北师范大学	景遐东	52	43

(2) 地点

中国古代小说戏曲文献暨数字化国际研讨会举办 18 届,为促进中外学者相互交流,基本上是一年在中国大陆、一年在中国大陆以外。

18 届研讨会按照举办地点排列见下表。

18届中国古代小说戏曲文献暨数字化国际研讨会（按照举办地排列）

地点		时间	次序	主办单位	联系人	人数	论文数
北京（7）	北京	2001	第一届	首都师范大学	周文业	40	5
	北京	2003	第二届	首都师范大学	周文业	40	11
	北京	2005	第四届	首都师范大学	周文业	41	13
	北京	2007	第六届	首都师范大学	周文业	40	10
	北京	2009	第八届	首都师范大学	周文业	48	18
	北京	2011	第十届	首都师范大学	周文业	49	33
	北京	2017	第十六届	中国传媒大学	朱 萍	38	39
上海（1）	上海	2013	第十二届	复旦大学	黄 霖	46	50
河北（1）	廊坊	2015	第十四届	廊坊师范学院	许振东	33	29
湖北（1）	黄石	2019	第十八届	湖北师范大学	景遐东	52	43
日本（3）	东京	2006	第五届	大东文化大学	中川谕	30	12
	东京	2014	第十三届	大东文化大学	中川谕	27	11
	东京	2016	第十五届	早稻田大学	冈崎由美	21	16
韩国（2）	首尔	2004	第三届	祥明大学	赵宽熙	20	9
	首尔	2010	第九届	成均馆大学	金文京	41	43
澳门（1）	澳门	2008	第七届	澳门大学	邓骏捷	20	5
台湾（1）	嘉义	2012	第十一届	嘉义大学	徐志平	46	40
马来西亚（1）	吉隆坡	2018	第十七届	马来亚大学	王秀娟	56	48
德国（1）	维藤			维藤大学	吴漠汀	26	20
奥地利（1）	维也纳			维也纳大学	李夏德		

- 中国大陆 10 次

2001 年、2003 年、2005 年、2007 年、2009 年、2011 年 6 次在北京首都师范大学；
2013 年在上海复旦大学；
2015 年在河北廊坊师范学院；
2017 年在北京中国传媒大学；
2019 年在黄石湖北师范大学。

- 中国大陆以外 8 次

2004 年在韩国首尔祥明大学；
2006 年、2014 年在日本东京大东文化大学；

2016 年在日本东京早稻田大学；
2008 年在澳门大学；
2010 年在韩国首尔成均馆大学；
2012 年在台湾嘉义大学；
2018 年在马来西亚马来亚大学、德国维藤大学和奥地利维也纳大学。

2．人数和论文数

（1）参会人数

18 届研讨会按照与会人数、论文数排列见下表。

18 届中国古代小说戏曲文献暨数字化国际研讨会（按照人数排列）

人数		时间	次序	地点	主办单位	联系人
50-56	56	2018	第十七届	马来西亚吉隆坡	马来亚大学	王秀娟
	52	2019	第十八届	黄石	湖北师范大学	景遐东
40-49	49	2011	第十届	北京	首都师范大学	周文业
	48	2009	第八届	北京	首都师范大学	周文业
	47	2013	第十二届	上海	复旦大学	黄 霖
	46	2012	第十一届	嘉义	嘉义大学	徐志平
	41	2005	第四届	北京	首都师范大学	周文业
	41	2010	第九届	韩国首尔	成均馆大学	金文京
	40	2001	第一届	北京	首都师范大学	周文业
	40	2003	第二届	北京	首都师范大学	周文业
	40	2007	第六届	北京	首都师范大学	周文业
30-38	38	2017	第十六届	北京	中国传媒大学	朱 萍
	33	2015	第十四届	廊坊	廊坊师范学院	许振东
	30	2006	第五届	日本东京	大东文化大学	中川谕
20-27	27	2014	第十三届	日本东京	大东文化大学	中川谕
	26	2018	第十七届	德国维藤 奥地利维也纳	德国维藤大学 奥地利维也纳大学	吴漠汀 李夏德
	21	2016	第十五届	日本东京	早稻田大学	冈崎由美
	20	2004	第三届	韩国首尔	祥明大学	赵宽熙
	20	2008	第七届	澳门	澳门大学	邓骏捷

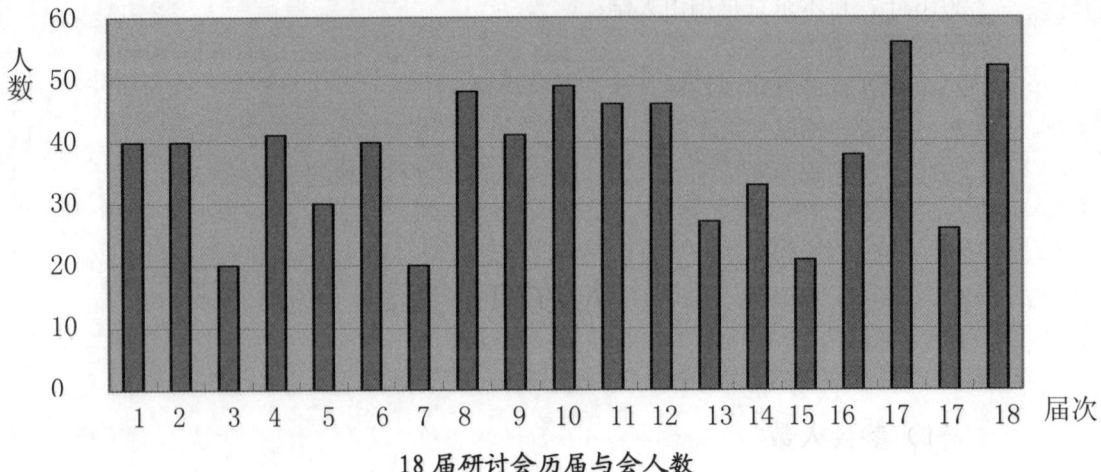

18 届研讨会历届与会人数

- 从参会人数看,从 2001 年到 2019 年期间,虽然有起伏,变化不是太大,基本在 20—50 人之间。
- 人数最多的是第十七届在马来西亚举办的 56 人。
- 其次是第十八届在湖北师范大学举办的 52 人。
- 40—49 人有 9 次。
- 30—39 人有 3 次。
- 30 人以下有 5 次。

（2）论文数

18 届研讨会按照论文数统计分析如下表。

- 从论文数看,从第一届到第八届的前 8 届,论文数在 5—18 篇之间。
- 从第九届到第十八届的 10 届,论文数基本在 30 篇以上,只有第十三届、第十五届在日本举行和第十七届在德国、奥地利举行的 3 次在 20 篇以下。
- 论文数最多的是第十二届上海复旦大学 50 篇,因为此次研讨会在明代文学研讨会后,参加人多,论文数自然多。
- 论文数在 40—49 篇之间有 4 次：第二是第十七届马来亚大学站 48 篇,第三是第十八届湖北师范大学 43 篇,第四是第九届韩国成均馆大学 43 篇,第五是第十一届台湾嘉义大学 40 篇。
- 论文数在 30—39 篇之间有 2 次：第十六届中国传媒大学 39 篇,第十届首都师范大学 34 篇。
- 论文数在 20—29 篇之间有 2 次：第十四届廊坊师范学院 29 篇,第十七届德国维藤大学、奥地利维也纳大学 20 篇。
- 论文数在 10—19 篇之间有 7 次：第八届首都师范大学 18 篇,第十五届日本早稻田大学 16 篇,第四届首都师范大学 13 篇,第五届日本大东文化大学 12 篇,第二届首都师范大学 11 篇,第十三届日本大东文化大学 11 篇,第六届首都师范大学 10 篇。
- 论文数在 9 篇以下有 3 次：第三届韩国祥明大学 9 篇，第一届首都师范大学 5 篇，第七届澳门大学 5 篇。
- 参会人数一般多于论文数，因为有人参会，但未发表论文。
- 也有参会人数少于论文数。2010 年第九届在韩国首尔成均馆大学举行，参会人数 41 人，论文 42 篇，其中王汝梅有 2 篇；2013 年第十二届在上海复旦大学举行，参会人数 46 人，论文数 50 篇；2017 年第十六届在北京中国传媒大学举行，参会人数 38 人，论文数 39 篇，后两次都是由于本人发表了多篇论文。

18 届中国古代小说戏曲文献暨数字化国际研讨会（按照论文数排列）

论文数		时间	次序	地点	主办单位	联系人
51	51	2013	第十二届	上海	复旦大学	黄　霖
40-48	48	2018	第十七届	马来西亚吉隆坡	马来亚大学	王秀娟
	43	2019	第十八届	黄石	湖北师范大学	景遐东
	43	2010	第九届	韩国首尔	成均馆大学	金文京
	40	2012	第十一届	嘉义	嘉义大学	徐志平
33-39	39	2017	第十六届	北京	中国传媒大学	朱　萍
	33	2011	第十届	北京	首都师范大学	周文业
20-29	29	2015	第十四届	廊坊	廊坊师范学院	许振东
	20	2018	第十七届	德国维藤 奥地利维也纳	德国维藤大学 奥地利维也纳大学	吴漠汀 李夏德
10-18	18	2009	第八届	北京	首都师范大学	周文业
	16	2016	第十五届	日本东京	早稻田大学	冈崎由美
	13	2005	第四届	北京	首都师范大学	周文业
	12	2006	第五届	日本东京	大东文化大学	中川谕
	11	2003	第二届	北京	首都师范大学	周文业
	11	2014	第十三届	日本东京	大东文化大学	中川谕
	10	2007	第六届	北京	首都师范大学	周文业
5-9	9	2004	第三届	韩国首尔	祥明大学	赵宽熙
	5	2001	第一届	北京	首都师范大学	周文业
	5	2008	第七届	澳门	澳门大学	邓骏捷

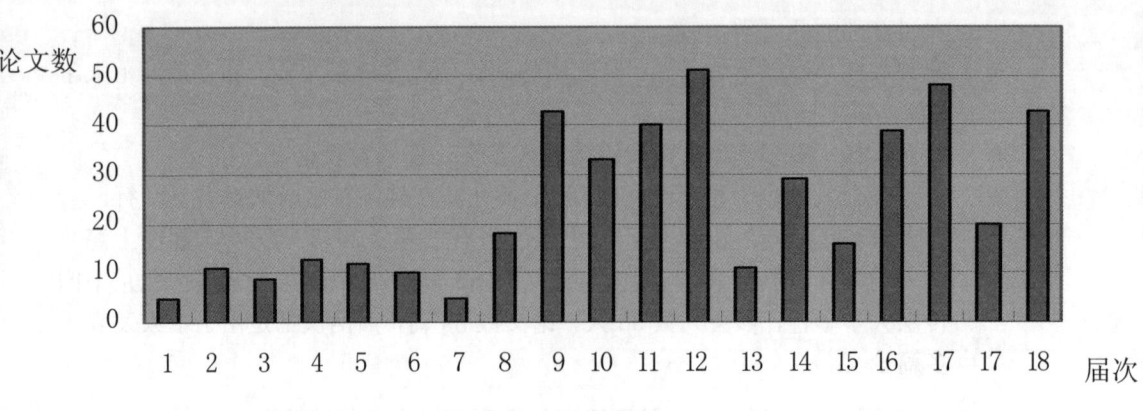

18 届研讨会历届论文数

3. 论文分类

18 届中国古代小说戏曲文献暨数字化国际研讨会，按照论文内容可分以下四类。
1）古代小说版本、作者研究
2）古代小说文献研究
3）古代戏曲文献版本研究
4）古代小说戏曲内容艺术研究

前三类都属于研讨会研究的文献版本类，只有第四类不属于研讨会研究的文献版本类。

中国古代小说戏曲文献暨数字化国际研讨会本来定义范围只是文献和数字化，但有些研讨会未严格控制，也收入一些内容和艺术方面的论文。这样研讨会就不是文献暨数字化的专业研讨会，而变成以文献暨数字化为主的综合研讨会了。

对此日本学者有些意见，希望研讨会可严格控制一下。因为研讨会时间有限，如增加内容和艺术方面的文章，势必要抢占会议一些时间，使得文献暨数字化主题文章发表的时间被迫压缩。

但会议很多是外单位主办，我不好过多干涉，因此有些研讨会内容和艺术方面的文章还是有一些。

下面就分文献版本和内容艺术两类，对 18 届研讨会论文进行统计分析。

- 文献版本论文数最多的是 2013 年在上海复旦大学举办的第十二届，论文数 51 篇，而且没有内容艺术类论文。这是因为此会是在明代文学会之后召开，因此参会人多，论文多，不是文献版本论文也就都不收。
- 文献版本论文数第二位的是 2018 年在马来西亚马来亚大学举办的第十七届，论文数 37 篇。
- 文献版本论文数第三位的是 2010 年在韩国首尔成均馆大学举行的第九届，

论文数 36 篇。其他研讨会文献版本论文数都在 30 篇以下。

18 届中国古代小说戏曲文献暨数字化国际研讨会（论文分类排列）

时间	次序	地点	主办单位	文献版本	内容艺术	比例%
2013	第十二届	上海	复旦大学	51	0	100
2018	第十七届	马来西亚吉隆坡	马来亚大学	37	11	77
2010	第九届	韩国首尔	成均馆大学	36	7	84
2019	第十八届	黄石	湖北师范大学	29	14	67
2012	第十一届	嘉义	嘉义大学	30	10	75
2017	第十六届	北京	中国传媒大学	30	9	77
2011	第十届	北京	首都师范大学	30	3	91
2015	第十四届	廊坊	廊坊师范学院	24	5	83
2018	第十七届	德国维藤 奥地利维也纳	德国维藤大学 奥地利维也纳大学	20	0	100
2009	第八届	北京	首都师范大学	18	0	100
2016	第十五届	日本东京	早稻田大学	16	0	100
2005	第四届	北京	首都师范大学	13	0	100
2006	第五届	日本东京	大东文化大学	12	0	100
2003	第二届	北京	首都师范大学	11	0	100
2014	第十三届	日本东京	大东文化大学	11	0	100
2007	第六届	北京	首都师范大学	10	0	100
2004	第三届	韩国首尔	祥明大学	9	0	100
2001	第一届	北京	首都师范大学	5	0	100
2008	第七届	澳门	澳门大学	4	0	100

- 内容艺术类论文数最多的是 2019 年在湖北师范大学举行的第十八届研讨会 14 篇。
- 18 届研讨会中有 12 届研讨会全部为文献版本论文，没有内容艺术类论文，占总数 18 届的 67%，比例还是很高的。没有内容艺术类论文是主办单位对论文审查控制较好，对此很感谢。
- 18 届研讨会中文献版本论文比例最低的是 2019 年在湖北师范大学举行的第十八届，文献版本论文占全部论文的比例为 67%，即三分之二左右，有三分之一论文不属于文献版本类。

（二）历届研讨会综述

我开始举办中国古代小说戏曲文献暨数字化国际研讨会时，精力主要集中在办会上，根本没有注意会后写综述。

已经举行的 18 届研讨会综述中，第一届研讨会的综述是日本中川谕先生写的，在日本发表，我做了改写。

沈伯俊先生写了他参加过的所有届研讨会的综述，即第二、三、四、五、六、八届，合计 6 届。其中第三届署名为沈先生本人，第四届署名为孟杰，其他四届署名为"孟彦"。这些综述十分全面、客观，都收入了本书，对此我深表感谢。

韩国第九届、廊坊师范学院第十四届和中国传媒大学第十六届研讨会后，都有人写了综述，很全面、客观，也都收入了本书。

第十二届研讨会在上海复旦大学明代文学学会后举行，黄霖老师十分支持，为此我写了较长的综述，详细介绍了研讨会的筹办情况。这次研讨会论文 50 篇也是历届研讨会最多的。和版本有关的论文也很多，很多论文我读后很有感想，为此写了读后感。这篇综述是历届研讨会综述最长的。

第十四届研讨会在廊坊师范学院举行，许振东老师十分支持，组织很好，会后也发表了详细的会议综述，我写了感言，篇幅仅次于上海复旦大学研讨会的综述，篇幅排在第二位。

第十七届研讨会是在马来西亚和德国、奥地利举行的，此次研讨会在境外三地连续举行是从未有的情况，筹备就很费事，最后还比较成功。因为我和主办方付出很大努力，其中有些论文我也很有兴趣，因此我写了综述。这篇综述篇幅排在第三位。

其余几次研讨会都没有详细的综述，只是记录了会议议程而已。

1. 2001年第一届研讨会（中国北京，中国大陆第一次）
（首都师范大学）

2001年9月22日—23日，在首都师范大学举办了第一届中国古代小说数字化国际研讨会。这次会议以北京附近的学者为主，是一个规模比较小的讨论会。

此次与会者一共有40人。从日本来参加的学者一共是2名，一位是大东文化大学的中川谕先生，另一位是当时是庆应义塾大学博士生的伊藤晋太郎先生，他正在四川大学留学，跟随沈伯俊老师学习。另外，还有香港中文大学洪涛先生、韩国祥明大学赵宽熙先生。中国学者20名左右，其中有北京大学周强教授、中国社会科学院刘世德教授、四川省社会科学院沈伯俊教授、江苏省社会科学院王长友教授、福建师范大学欧阳健教授等，《三国演义》研究很有名的学者基本都参加了。另外许多学生也参加了。

22日的研讨会主持人是沈伯俊先生。首先刘世德先生致开幕词，然后几位与会者按次序发表讲话并进行讨论。

- 《三国演义》数字化和计算机研究，首都师范大学，周文业

第一个发言的是周文业，他的报告是《〈三国演义〉数字化和计算机研究》。报告中介绍：《三国演义》版本中，嘉靖元年本、周曰校本、李卓吾本、锺伯敬本、李渔本、毛宗岗本、叶逢春本、黄正甫本的8种版本用简体字（GBK字符码）的电子文本已经输入完毕。介绍了怎样用计算机电子文本的比对软件进行《三国演义》版本研究，介绍了将来古代小说版本研究的展望。

周文业报告后，关于古代小说数字化展开了热烈的讨论。诸如怎样处理小说中的批语、下一步需要做数字化的版本、电子文本的标点、字符码和俗字异体字的问题等等，从各种观点讨论了古代小说数字化的问题。有人指出：明清小说的批语不但对版本研究而且对文学理论研究、民俗学研究也有用，数字化的意义很高。关于要做数字化的版本，有人主张：看到福建建阳刊本的人不多，所以这样的版本应该做数字化。关于标点，数字化的电子文本不是为了一般读者阅读的，是为了研究者研究用的，标点不必要。这样的意见很多。

周文业报告是这次研讨会的主要内容，中午休息后，还继续讨论了古代小说版本数字化问题。

- 《三国演义》研究文献目录稿公开版，日本大东文化大学，中川谕

日本中川谕首先发言，他认为，周文业开发的软件对中国古代小说研究是划时代的，希望继续进行这方面的工作；因为对版本研究中每个字都要正确，所以电子文件应该用繁体字输入。中川先生指出：如果使用日本国内所藏的资料，收藏权和著作权

的问题很重要。特别是如果用版本的图像的话，应该注意一定要得到收藏单位的允许。另外，他介绍了他和上田望先生共同开发的"《〈三国志演义〉研究文献目录稿》公开版"。《〈三国志演义〉研究文献目录稿》在日本《中国古典小说研究动态》1990年第4号，《〈三国志演义〉研究文献目录稿订补》在日本《中国古典小说研究动态》1991年第5号，曾做过介绍，此软件是利用 Microsoft 公司的数据库软件 Access 2000 开发的。

- 韩国中国学研究的情报化现状，韩国祥明大学，赵宽熙

第二位发言的赵先生介绍韩国的中国学研究的情报化还在初步阶段及其原因。然后赵先生提出了几个数字化的具体方策。他主张，中国、日本、韩国三个国家应该合作进行数字化研究，与会者都赞同了赵先生的提议。

- 文献数字化与翻译及文学研究，香港城市大学，洪涛

第三位发言的洪先生介绍了电子数据的检索和它的利用方法。

- 数据库"国学宝典"介绍，北京国学时代文化公司，尹小林

最后尹小林介绍了他所开发的数据库《国学宝典》，它是达到3亿字的大规模文献数据库，在计算机的屏幕上显示了用各种各样的方法检索文献。另外也介绍了该公司的"国学网"网站。

这次研讨会上周文业开发的版本比对软件虽然还在开发中，已经输入的版本也只有8种，但是将来如果《三国演义》的其他版本和《三国演义》以外的古典小说，以及各种各样的中国古典文献，都可以利用这种软件，将来的中国古典学的研究方法可能有很大的变化。

但是，数字化不是意味着完全放弃传统性的研究方法。我们应该看到计算机只是效率更高、很方便的工具而已。使用计算机怎样研究中国古代文学，这是今后很重要的课题。

注：本文参考日本中川谕先生的综述，原载《中国古典小说研究》第7号（2002年，日本中国古典小说研究会），特此致谢。以下凡未署名的综述都是周文业执笔。

2. 2003年第二届研讨会（中国北京，中国大陆第二次）（首都师范大学）

孟 彦

由中国三国演义学会、首都师范大学数字校园建设中心、首都师范大学文学院、北京国学时代文化传播有限公司联合主办的第二届中国古典小说数字化国际研讨会暨第二届《三国演义》版本研讨会，在第一届研讨会2001年后两年，2003年9月23—24日在首都师范大学再次举行。中日学者40余人出席了这次研讨会。

（1）关于中国古典小说数字化

古典小说的数字化，即利用计算机和网络进行研究，与传统的手工操作研究方式相比，它不仅可以大大减少简单的重复性劳动，节省大量人力和时间，而且可以促进思考方式和研究方式的变革，引出新的研究课题，具有十分重要的意义。近年来，部分古典小说研究专家和计算机专家互相合作，在《三国演义》的数字化方面进行了积极的探索。2001年9月，中国三国演义学会、首都师范大学数字校园建设中心和文学院联合主办了首届中国古典小说数字化国际研讨会，着重对《三国演义》数字化工程的工作目标、软件设计进行磋商。

在本次研讨会上，首都师范大学电子文献研究所所长尹小林介绍了中国古典小说数字化的现状和发展趋势，指出近几年来《三国演义》的数字化进展较大，其成绩居于其他古典小说之前。

首都师范大学数字校园建设中心主任周文业具体介绍了《三国演义》数字化的新进展，并现场演示了由周文业主编、北京国学时代文化传播有限公司出版的"三国演义电子史料库"光盘，引起了与会中外学者的很大兴趣。大家认为，《三国演义》数字化所取得的成果，不仅具有相当大的使用价值，而且对整个古典小说的数字化也具有重要的示范作用。

大家还对如何完善"三国演义电子史料库"提出了若干建议，主要有：

胡世厚建议收入历代的研究文献。

张蕊青指出，《容斋随笔》中有关三国时期的重要事件和人物都有论及，涉及面广、信息量大、情节曲折、描写细致，无论在史料的选择方面，还是在思想倾向和历史见解方面，都对《三国演义》的影响很大，应当收入数据光盘。

日本金文京提出，收录《三国演义》版本应该包括各种不同类型，每一种版本均应与原本进行对照检查，做到准确无误，这样用其进行研究才有价值。

陈翔华和日本的中川谕都强调了图像版和图文对照功能的重要性，建议充实这方面的内容。

李伟实建议，《三国演义》中的诗词应当建立检索功能。

宁稼雨建议，在功能的设置上考虑雅俗的不同需要，分为专业版和大众版。

杜贵晨提出，数据光盘的目标应当是：数据最全面，检索起来最方便，对数据应尽量减少主观判断。

（2）关于《三国演义》版本研究

版本问题是《三国演义》研究中的一个非常重要的基础问题。20世纪80年代以来，特别是1987年1月中国三国演义学会在昆明举行首届《三国演义》版本研讨会以来，人们对《三国演义》版本的收藏状况、各种版本之间关系的认识有了长足进步。在此次研讨会上，中外学者着重讨论了以下问题：

1）关于嘉靖壬午本（或称"嘉靖元年本"）《三国志通俗演义》

刘世德将其与叶逢春本《三国志传》进行比较，以"人数变化一百例""人名变化二百例"为论据，坚持认为嘉靖元年本反映了《三国演义》原本面貌，或是更接近原作面貌的版本。

金文京介绍了嘉靖元年本中一个重要的、以往一直被忽略的现象——"圈发"问题。所谓"圈发"，是指用圈点的方式表示字的声调。嘉靖元年本中某些字有圈发，而《永乐大典》也多有圈发，明代宫廷出版的所谓内府本中，几乎都有圈发。据此，"似乎可以初步肯定嘉靖元年本是内府本"。

2）关于黄正甫本《三国志传》

中川谕针对张志和认为黄正甫本是《三国演义》最早版本的看法，通过不同版本的文字比较，认为黄正甫本属于二十卷简本系统，其文字是由删略繁本而成；既然如此，黄正甫本肯定不是最早的《三国演义》版本。他还发现了能够证明黄正甫活跃在万历末年前后的有力证据——日本内阁文库收藏的《兴贤日记故事》乙书卷首题署为"洪都詹应用竹校正／书林黄正甫绣梓"，木记写明"万历辛亥孟夏月／书林黄正甫绣梓"。"万历辛亥"即万历三十九年（1611），可见黄正甫活跃于万历末年。而黄正甫本序文所署"癸亥"即天启三年（1623），因此，它应该刊行于天启三年。

3）关于《三国演义》版本的新信息

刘世德介绍了中国社会科学院文学所图书馆收藏的熊成冶刊本《三国志传》（二十卷），指出它有甲本、乙本之分。甲本刊行于万历元年至二十年之间，地点在建阳；乙本刊行于万历四十二年左右，刊行者是熊成应，地点在南京。

金文京介绍了万历四十八年与耕堂费守斋刊本《新刻京本全像演义三国志传》，题"新刻全像（横刻）／李卓吾先生订／三国志／古吴德聚·文枢堂仝梓"。前有《三国志小引》，为玉屏山人如见子题。

中川谕介绍了日本东京大学东洋文化研究所收藏的继志堂雍正十二年（1734）刊本《三国英雄志传》，指出它属于二十卷简本系统中的"英雄志传"小系列；并强调指出，继志堂本的存在表明，清代初期，各种《三国演义》版本仍在进行激烈的竞争，对此情况，以往学者未予足够注意，今后应加强对清代《三国演义》出版情况的研究。这些信息，引起与会学者的普遍重视。

4）若干值得重视的见解

中国社科院文学所研究员胡小伟提出，研究《三国演义》版本，应该重视它与明代社会政治、宗教、文化的互动关系。

陈翔华指出：《三国演义》上海残叶确是早期版本，但说它是成化刊本，尚缺乏依据。

杜贵晨认为，对《三国演义》版本中的错误，不仅要指出，而且要分析其产生的原因，而产生错误的原因往往有多种，不能一概而论。此外，对罗贯中原作中有无关索故事,两种观点的争论颇为热烈。

沈伯俊在作会议小结时指出:这是一次高层次、高质量的,充分发扬学术民主的研讨会,达到了沟通信息、交流观点、深化思考的预期目标。在《三国演义》版本问题上,大家都承认嘉靖壬午刊本是现存最早的版本,但它是否是最接近罗贯中原作面貌的版本,则还有两种不同观点;大家都承认"通俗演义"与"三国志传"这两大版本系统的并存,而对这两大系统的先后关系,仍然有各种不同见解。因此,需要中外学者在已有的研究成果的基础上,继续广泛收集新的或过去被忽视的资料,深入钻研,平等争鸣,力求取得更大的突破。

作者:孟彦;作者单位:四川大学文学院

(原载《明清小说研究》2003年第4期,第241—243页)

3. 2004年第三届研讨会(韩国首尔,中国大陆以外第一次)(祥明大学)

沈伯俊

由韩国中国小说学会主办的第三届中国古代小说数字化国际研讨会,2004年9月18—19日在韩国首尔祥明大学举行。出席这次研讨会的有韩国、中国和日本的学者。会议讨论了以下两个问题:

(1) 数字化研究的现状与进展

周文业的《〈三国演义〉数字化研究》论文,比较全面地概括了几年来《三国演义》数字化工程取得的明显进展,特别是在版本数字化、版本研究、书名研究、地理研究等方面取得的成果,引起了各国学者的关注。以版本研究为例,不仅将已有排印本的八个重要版本(嘉靖元年本、周曰校本、李卓吾评本、锺伯敬评本、李渔评本、叶逢春本、黄正甫本、毛本)加以数字化,设计了版本比对功能(包括八种版本的逐行比对);而且完成了四种版本(嘉靖元年本、刘龙田本、汤宾尹本、余象斗本)的图像版,设计了图文对照功能;还借鉴英国学者魏安的研究,通过"同词脱文"现象来探讨《三国演义》版本的演化。尽管暂时还无法得出确定性的结论,但比之以往手工劳动式的研究,这种研究不仅效率大大提高,其可靠性也明显增强。

上田望的《明清小说数字化应用研究》报告,介绍了他借助检索系统软件《三国演义》(简称 GPS)和统计处理软件"自己组织化图解",从词汇、语法等角度对《三国演义》的电子文本加以具体分析的情况。GPS 便于检索六种版本,还具有计算各个则目中的词语的出现频率,以及根据此资料而显示图表的功能。借助"自己组织化图解"软件,他研究了下列语词现象:①出现在《三国演义》的特定则目中的宋元时代的词汇;②出现在《三国演义》的特定则目中的明清时代的词汇;③在《三国演义》前后部中出现频率不均等(差异程度很大)的词汇;④在《三国演义》中使用频率高的汉字。通过分析,他发现:"从语言风格来看,《三国演义》在词汇、语法上与元代的《三国志平话》竟有甚多不同,元杂剧的常用词也不多见于《三国演义》。""前半部分与后半部分的语体相差悬殊,后半部分文言使用得多一些,这部分罗贯中自己写的可能性很大。"

洪涛的《〈红楼梦〉的数字化与翻译研究》报告,不仅介绍了《红楼梦》文本数字化、批语数字化的进展情况,而且强调指出:《红楼梦》的数字化对翻译研究也有重要作用。借助数字化文本的检索功能,可以找出同一词语的各种译法,便于解决一些难题,提高翻译的水平。

陈文新的《数字化时代的中国古代小说研究》报告,从三个层面概括了数字化对中国古代小说研究的影响:①管理数字化。一是小说信息资源存储的数字化。二是古典小说及相关文献的综合处理。②传播数字化。③研究手段及视野的数字化。其一,极大地提高了工作效率。其二,有助于打破学术研究精英化的局面。其三,极大地影响研究者的思维方式,促使文学批评方法的更新。

韩国学者李无尽的《中国古典小说数字化在韩国》,介绍了韩国在这方面的研究情况。韩国学者宋盛旭的《数字化技术和韩国古典小说研究》,则介绍了利用数字化技术研究韩国古典小说的情况。

另一位韩国学者李寅浩的《数字化时代的校勘学思考》,提出的如下意见更是极具长远意义:"最好推出世界汉学界所公认的数字善本或足本,这种善本或足本应该采用 Unicode 编码,无论何种语言的窗口系统或平台的处理机上,任选任取,互换无误。"

(2) 对研究深入的思考与展望

刘勇强在题为《网络时代的明清小说》的报告中指出:明清小说的网络传播,为明清小说的接受带来了新的特点。一方面,读者的接受可以与网上讨论同步进行,而这在一定程度上改变了读者的知识背景与接受心理;另一方面,明清小说在网络中的延续,改变了以往以解构和颠覆为主,形成了明清小说传播的富有时代特色的语境。明清小说通过网络传播,还为研究提供了丰富的资源与新的发展契机:不仅可以为明清小说赢得前所未有的传播范围和传播速度,也可以使网络文学乃至网络文化增加厚重感,进而使传统纸质文学在与网络文学的亲密接触中,相得益彰。而如何协调技术性与人文性的矛盾,也将是明清小说研究所面临的新课题。

沈伯俊在题为《关于推进中国古代小说数字化研究的思考》的报告中,就今后的工作提出了五点建议:①古代小说专家和计算机专家必须进一步紧密结合。②各类小说的数字化研究应该彼此打通,互相促进。③大力开发计算机的工具优势。例如,《三国演义》研究涉及元明三国戏,自然应将这些三国戏全部数字化,设计强大而有效的检索功能和比较功能,以利人为的研究。④充分发挥人脑的创造性主导作用。要突出两点:其一,研究者要为计算机提供正确的资料信息,设计良好的程序,提出最佳的要求；其二，利用计算机进行独立的判断和创造性的研究。⑤积极探讨网络的交流互动功能，特别是中、韩、日三国学者的网上讨论，交流互动。

赵宽熙在题为《中国古代小说数字化方案探索》的报告中，提出了一个重大课题："为了迎接信息化社会，韩、中、日三国应如何建立一个中国小说研究数字化的方案。"他认为，建立中国小说研究基础的全部工作原则上必须排除商业性，立足于学术性。这一工作的目标是：①中国小说原著文本的数字化。除了制作古代小说的数字化正本文件，还应收集有关中国古代小说的硕士、博士论文资料，建成电子图书馆。②建立中国小说文本目录数据库。目前，韩国学者正在建立20世纪发表的全世界有关中国小说的论文目录数据库，并在准备数据整理和程序开发。为此，还需准备服务器和网站服务。③最需要的是韩、中、日三国之间形成更紧密的协作体系。目前，三国学者正分别构筑数据库，这必然造成对同一作品的重复作业；但因学术环境不同，要形成协作关系并非易事。因此，三国学者应该在持续召开的国际研讨会上，确认彼此的立场，相互交换意见，以建立相应的方案。

作者：沈伯俊；作者单位：四川省社会科学院文学所
（原载《明清小说研究》2004年第3期，第253—255页）

4．2005年第四届研讨会（中国北京，中国大陆第三次）（首都师范大学）

孟　杰

由首都师范大学中国传统文化数字化研究中心主办的第四届中国古代小说文献暨数字化国际研讨会，2005年8月19日在首都师范大学举行。来自中、日、韩三国的古代小说研究专家40余人出席了本届研讨会。这是继2004年9月在韩国举行的第三届中国古代小说数字化国际研讨会之后，中、日、韩学者的又一次学术交流。

研讨会由沈伯俊教授主持，主要讨论了两个问题：

（1）关于古代小说文献研究

国家图书馆编审陈翔华介绍了由他主编的《〈三国志演义〉古版丛刊》第二辑情况。本辑共收入7种重要的《三国演义》版本：①叶逢春本。②上海残本散叶。③夏振宇本。④周曰校本。⑤熊清波刊本。⑥熊佛贵忠正堂刊本。⑦李卓吾评本。陈先生还谈了三点看法：其一，确有"古本"存在。其二，各版本中"卷"以下的单位，有"节""则""回"等名目，他认为应用"段"。其三，关索是否后来插入的人物。从周曰校本来看，他认为可能是原来就有的。

中国社科院研究员刘世德介绍了他近年研究《三国演义》版本的几点看法：①嘉

靖元年本不止一种。关于"卷"以下的单位，他认为用"节"比较好。②中国社科院文学研究所藏有一种周曰校本，无图，比万历十九年刻本(有图)早，约在万历元年至十年间。周曰校本有四种。其中一种有"仁寿堂"字样，可能是周曰校用其旧版印刷。而仁寿堂本可能早于万历元年。③熊冲宇本有两种。北图藏本有挖改痕迹。④去年在建阳看到"郑氏族谱"，可知郑氏刻过四种《三国演义》版本。郑世容本不是刻于万历三十三年，而是万历三十九年。其子印的又是另一版本。熊冲宇之子熊飞刻《英雄谱》也是如此。⑤嘉靖元年本比叶逢春本更接近罗贯中原作。⑥叶逢春本最早插入周静轩诗。后来的刻本，周静轩诗越来越少；毛本也保留了，只是没用周静轩之名。叶逢春之子名"静轩"，这可能是该本插入静轩诗的一个重要原因(其中多数诗无"周"字)。⑦关索是周曰校本最早加入，其次是余象斗本。原本没有。后来有的本子又增加了关索故事(他称之为"关索A、B")。这是万历年间版本"求全"风气的表现。

北京师范大学教授郭英德分析了"一书各本"现象，认为中国古代通俗小说版本研究的主要任务不是恢复一书问世之初的文本"原貌"，而是致力于恢复一书的不同版本或不同版本系统的文本"原貌"。从历史研究的角度来看，中国古代通俗小说不同版本或版本系统对正文文字内容的不同处理，不仅有其各自的合理性，而且也有其各自的价值。

对上述学者的观点，日本京都大学教授金文京着重谈了两点看法：关于关索，他认为余象斗本插入关索故事比周曰校本早。②对郭英德的观点，他基本赞同。中国部分学者研究小说戏曲时，过分执着于原本，而不太重视通行的版本。这可能是受西方文学观念的影响，认为文学作品都是作家个人的创作。他认为小说戏曲确定作者很困难。因此，不应过分执着于原本。接着，他还宣读了论文《试论〈三国志平话〉的结局》，认为《三国志平话》作者把匈奴族的刘渊父子灭晋复汉作为结局，反映了正统观念与民族观念的混合现象。这种混合现象，正与元代最敏感的政治问题——元朝到底是继宋还是继金——密切相关。

关于嘉靖元年本《三国演义》与叶逢春本的比较。李金泉指出，叶逢春本与嘉靖元年本有许多相近之处。他认为叶逢春本更接近罗贯中的原作，并从词语角度进行分析，认为若干俗语，叶逢春本均更古朴，更接近原作，嘉靖元年本则作了修改。他还指出，对明代人的着录要作分析。不能因为他们没有用《三国志传》的书名，就证明《三国志传》晚出。有时他们明明看的是《三国志传》，却仍用《三国演义》书名。

日本学者中川谕认为，嘉靖元年本更接近罗贯中原作，但叶逢春本也有接近原作的地方。他以嘉靖元年本与叶逢春本中关于董卓欲谋废立一节为例，指出嘉靖元年本中有"彭伯"其人，而叶逢春本没有，文字也大不相同。嘉靖元年本与《资治通鉴》相近，可能是作品原来就有"彭伯"其人，叶逢春本修改时删去了。

沈伯俊主张对作品应该进行综合研究。所谓"综合"，不仅是版本比对中例证的多少，应该是综合作者生平、成书年代、版本比对、时代风气、出版条件等因素，再作结论。

关于周静轩诗，武警学院基础部副教授陈国军指出：周静轩大约在嘉靖四年(1525)去世。静轩诗插入《三国演义》应在正德五年(1510)宦官刘瑾被诛，静轩名声大噪之后。

关于《三国演义》等作品的地理描写。沈伯俊指出，谈地理问题有几点需要注意：其一，古人的地理知识比今人少，且无完善的地图，容易出错。其二，古人的籍贯概念比今人强得多。而某人籍贯在某地，却可能出生、生活在外地，未必熟悉原籍的地理。其三，讨论中提到的"兖州"，汉末三国时期是一级政区，包括8个郡国，80个县，范围比今天的兖州大得多。罗贯中写到"兖州"时，似乎不清楚具体所指的点，因此谈距离时也未必清楚。其四，有些地理错误，是因为要照顾情节需要所致；部分地理错误属于传抄、刊刻之误，与作者本人无关。所以，根据地理描写来考证作者籍贯，必须十分谨慎。

关于《红楼梦》的木刻本。中央民族大学副教授曹立波介绍了所撰《〈红楼梦〉木刻本刍议》一文的主要内容：①《红楼梦》木刻本的种类。她分为三类：依据程甲本翻刻的白文本，东观阁—三让堂系统评点本，王希廉评本。②东观阁本沉寂的原因。③东观阁本评点在《红楼梦》传播史上的位置。④结语：如何看待木刻本在《红楼梦》传播史上的价值。这个发言，正反映了本届研讨会红学家增多的可喜现象。

（2）关于古代小说文献的数字化

首都师范大学周文业介绍了在《三国演义》数字化研究中取得的新进展和在《红楼梦》版本数字化方面取得的初步成果。在《三国演义》数字化研究方面，不仅已经将8种重要版本数字化，而且发挥自己作为计算机专家的优势，通过版本比对和综合各家观点，对《三国演义》版本研究，《三国演义》地理研究，《三国演义》的文史对照、评语研究、插图研究，《三国演义》人物资料库等一系列问题，做了积极的探索，提出了一些颇有价值的思路。在《红楼梦》数字化研究方面，已经将三种重要的《红楼梦》版本数字化，引起了红学界许多同仁的关注，下一步还将作比较深入的研究。

韩国中国小说研究会会长赵宽熙呼吁韩、中、日三国学者共同建设中国古代小说的共享网络（平台），并表示，韩国方面可提供硬件。

中国人民大学教授张国风希望把数字化工作推广到其他小说，比如唐代的一些故事，后代的文学作品中也会出现。如能用计算机检索，那就方便多了。他还强调，建立数据库，一定要用经过校订的善本。对此，周文业回应道：关键是研究者要提出问题。目前计算机检索基本上是"字检索"。真正使用者，需要先分词，这就需要研究者提出需要解决的问题。

南开大学教授宁稼雨指出，目前古代文献数字化工作主要有两种类型：一种是"面"上的，侧重于检索。目前能够检索的主要是一般常见作品。我们更需要的是珍本秘籍。第二种是"点"上的，以单部作品为单元的数字化，也有实际作用。我们几次研讨会，主要讨论的还是后者。而二者是相辅相成的。

作者：孟杰；作者单位：四川省社会科学院文学所
（原载《明清小说研究》2005年第3期，第251—253页）

与会学者名单：合计 41 人，中国 37 人，外国 4 人

中国学者：37 人

沈伯俊（四川社科院文学所）　　刘世德（中国社科院文学所）
陈翔华（国家图书馆）　　　　　段启明（首都师范大学文学院）
侯　会（首都师范大学文学院）　刘勇强（北京大学中文系）
陈熙中（北京大学中文系）　　　郭英德（北京师范大学文学院）
张国风（中国人民大学）　　　　张庆善（中国艺术研究院）
胡文彬（中国艺术研究院）　　　孙玉明（中国艺术研究院）
沈治钧（北京语言大学汉语学院）傅承洲（中央民族大学中文系）
曹立波（中央民族大学中文系）　魏崇新（北京外国语大学国际交流学院）
张洪波（北京外国语大学）　　　白岚玲（中国传媒大学对外汉语教学中心）
吕明涛（中国劳动关系学院文化传播系）厚艳芬（中华书局）
陈湛绮（中华全国图书馆文献微缩复制中心）宋凤娣（中华书局）
宁稼雨（南开大学文学院）　　　郑铁生（天津外国语大学）
陈国军（中国人民武装警察部队学院基础部）许振东（廊坊师范学院）
金凡平（温州大学）　　　　　　王枝忠（福州大学）
王　立（大连大学）　　　　　　刘海燕（福建师范大学文学院）
韩伟表（华东师范大学中文系）　夏　薇（大连理工大学人文学院）
刘相雨（曲阜师范大学文学院）　李金泉（上海黄浦区税务局）
邓宏顺（天津市大陆制氢设备有限公司）易　水（《中国国家地理》杂志社）
洪涛（香港城市大学语文学部）

外国国学者：4 人

日本：金文京（日本京都大学人文科学研究所）
　　　中川谕（日本大东文化大学文学部）　　上田望（日本金泽大学文学部）
韩国：赵宽熙（韩国祥明大学语文大学中语中文学科）

5. 2006 年第五届研讨会（日本东京，中国大陆以外第二次）（大东文化大学）

孟　彦

　　由日本大东文化大学主办的第五届中国古代小说文献暨数字化国际研讨会，2006年7月31日在日本东京举行。来自中日两国的古代小说研究专家约30人出席了本届研讨会。其中，中国学者有刘世德、沈伯俊、周文业、关四平、尹小林、曹立波、桑哲、黎必信等；日本学者有京都大学人文科学研究所所长金文京、琦玉大学教养学部教授

大塚秀高，早稻田大学文学部教授冈崎由美，大东文化大学文学部教授渡边义浩、助教授中川谕，庆应大学教养学部讲师伊藤晋太郎等。日本金泽大学文学部助教授上田望、中国香港城市大学文学博士洪涛临时有事未能到会，也分别提交了论文。

研讨会由沈伯俊教授主持，主要讨论了两个问题：

（1）古代小说文献与数字化的新进展

研讨会首先安排了两个专题报告。

第一个是首都师范大学电子文献研究所所长尹小林的《古代小说数字化》。他着重介绍了新近完成的"国学专题系列光盘"之一《古代小说典》。该光盘共收入中国古典小说549种，其中文言小说39四种，白话小说155种，总字数约8000万字；同时收入以下附录：《敦煌变文集》《清稗类钞》《四库全书总目提要》《中国小说史略》，以及几种小说书目。这些文献都已经数字化，具有这样一些主要功能：①阅读；②查询；③排序和分类；④人名辞典（已有3万多人）；⑤书目辞典。此外，还配备了具有发音功能的联机字典。这些文献和相关功能，将大大方便古代小说的研究与教学工作者，方便广大的爱好者。针对尹小林的报告，中国社科院研究员刘世德提出几点建议：①注意收录作品的版本问题，特别是几部名著的版本。②收录文言小说，唐宋以前宜从宽，唐宋以后应从严。③时代断限，应到1912年。④由于明清小说有时不好截然划分，作品宜按音序编排。

金文京教授认为，《古代小说典》对研究者帮助很大，并提出两点建议：①每种书均应注明版本。②收书宜从宽，多收一点，总有益处。

第二个报告是首都师范大学中国传统文化数字化研究中心常务副主任周文业的《〈三国演义〉数字化研究》。在以往几次专题报告和吸收有关学者研究成果的基础上，介绍了《三国演义》数字化研究目前的主要组成部分：①版本数字化和版本比对。目前已经数字化的仍是8个文字版、4个图像版，下一步准备增加"演义"系列的夏振宇本，"志传"繁本系列的余象斗本、汤宾尹本，"志传"简本系列的刘龙田本、朱鼎臣本；并制作繁体字版，增加版本比对的日文版。②《三国演义》文史对照。包括《三国演义》与《三国志》《后汉书》《资治通鉴》等史书的对照，以及几部史书之间的对照。③《三国演义》地图。包括形势图、事件图、人物行踪图、景点遗迹图。④《三国演义》地理错误。包括两种地理错误（地名错误、方位错误）、四大故事错误（六出祁山、七擒孟获、赤壁之战、关羽过五关）、三大原因（作者缺乏地理知识、沿袭以前错误、情节需要明知故犯）、三大目的（研究成书过程、版本演化、作者）。

对其下一步的工作，刘世德、沈伯俊、金文京、尹小林等分别提出了一些建议。

此外，哈尔滨师范大学教授关四平宣读了论文《试论〈三国演义〉传播环节的数字化》。他指出："文学创作是一个三位一体的动态流动过程，包括作者创作、作品成果、传播接受三个主要环节。""目前，《三国演义》成书环节和文本环节的数字化已经取得了相当的成果，充分体现出化难为易、化繁为简、化粗为细、填补空白等几个方面的优长。相比之下，传播接受这一环节的数字化还有待开发。《三国演义》传播历程长，管道多，版本复杂，文献繁多，如果仅凭人力，很难做穷尽性的梳理。

如果发扬数字化研究这几方面的优长，将所有传播《三国演义》的戏曲、说唱文本以及相关文献全部搜集起来，存入计算机，分类梳理，编排比较，归纳总结，就可以完成这个巨大的工程。"关四平的论文提出了《三国演义》数字化研究的一个重要方面，其思路是正确的，也是具有可操作性的，希望有适当的机构或人员来承担这一重要任务。

香港中文大学博士生黎必信宣读了论文《试论醉耕堂本〈四大奇书第一种〉圈点的版本意义——兼谈〈三国演义〉评点本数字化发展的一些思考》。文章结合自己对毛本《三国演义》的研究，提出："《三国演义》文本已有若干电子文件资源可供利用，但相关评语的电子文件仍付阙如。"针对"评语数字化"这一研究课题，文章提出几点意见：①明清各种《三国演义》评点本正文并不全同，如何选取适当位置植入各本评语，这是涉及研究准确度的问题。②"评语数字化"应更重视其检索功能。③如何决定"评语数字化"的涵盖范围。例如，有的版本中的"小字注"是否应该视同评语，便值得认真考虑。黎必信的上述意见，也颇有学术价值。

中央民族大学教授曹立波做了专题发言《〈三国演义〉数字化研究成果在本科论文指导中的作用》，为大学教师如何利用古代小说数字化研究成果，指导本科生乃至研究生论文提供了生动而有说服力的例证，对从事数字化研究的专家学者是一个鼓舞。

中川谕先生则宣读了论文《使用微软 Access 数据库的明代书目研究》。文章首先介绍使用微软 Access 的明代书目数据库，其中包括晁瑮《宝文堂书目》、高儒《百川书志》、周弘祖《古今书刻》，以及《徐氏家藏书目》；然后介绍借助"全书目资料库"，不仅可以检索各个书目中的书名，而且可以进行四种书目的综合检索。这一论文，介绍了数字化研究中的又一成功例证，帮助到会的中国学者开阔了视野。

针对上述报告和发言，曲阜师范大学《现代语文》杂志社副社长桑哲提出：在下一步的数字化研究中，非常重要的是建立有关的研究著作、论文的数据库，其中要特别重视关键词的筛选和链接。这也是相当中肯的意见。

（2）《三国演义》研究的新开拓与新发现

近年来，许多同行建议创办一个学术性的三国网站，以便为国内外同行提供一个交流平台。经过数年酝酿、数月筹备，由《三国演义》研究专家沈伯俊和周文业合作创办的"沈伯俊周文业三国学术网站"，已于2006年7月6日正式开通。在本届研讨会上，沈伯俊教授介绍了"三国学术网站"的缘起，着重谈了三个问题：①网站宗旨。一是扩大《三国演义》研究的影响，促进中外三国研究界的交流；二是针对"找书难""查阅期刊难"等实际问题，为广大《三国演义》研究者、教学工作者、各个层次的学生和爱好者提供丰富、准确、全面的研究数据和信息；三是努力维护学术规范，以利于《三国演义》研究的健康发展。②原则。突出学术性、平等性、交流性。③内容设计。网站内容暂分三大块："锦里诚恒斋"（公共部分），暂设12个栏目（会后已经增加为18个栏目）；"沈伯俊学术研究"；"周文业学术研究"。目前，已有26位中外学者在这一网站上建立了个人专题。希望更多的专家学者予以关心，经常提供论着，提出意见和建议，帮助办好这个网站，使其为推动《三国演义》和整个中国古代小说研究的发展做出积极的贡献。这一发言，引起了与会学者的兴趣。

与会学者深感兴趣的另一内容,是金文京教授的报告《关于两种汤宾尹本〈三国志传〉和复刻本问题》。他介绍了不久前在安徽黄山地区发现的、与中国国家图书馆藏本不同的一种汤宾尹本《三国志传》(姑称"黄山本"),将其与国家图书馆藏本作了初步的比较。目前,金文京、中川谕、上田望等日本学者正在对"黄山本"进行细致的研究,有关成果将陆续问世,中外《三国演义》研究界对此抱以热切的期待。

自2001年以来,已经成功举行了五届中国古代小说数字化国际研讨会,极大地推动了古代小说的数字化和相关研究,推动了中、日、韩三国学者的交流与合作。在此基础上,本届研讨会又提出了若干新材料、新观点、新信息,进一步增强了学界同行对这一学术工程的关注,必将有力地推动古代小说文献与数字化研究的继续深入。

作者:孟彦;作者单位:四川省社会科学院文学所
(原载《明清小说研究》2006年第3期,第252—255页)

6. 2007年第六届研讨会(中国北京,中国大陆第四次)(首都师范大学)

孟 彦

由首都师范大学中国传统文化数字化研究中心主办的第六届中国古代小说文献暨数字化国际学术研讨会,2007年8月13—14日在北京举行。来自中、日、韩三国的古代小说研究专家约40人出席了本届研讨会。其中,中国学者有刘世德、沈伯俊、陈翔华、陈熙中、刘勇强、郭英德、段启明、王汝梅、赵伯陶、王枝忠、郑铁生、侯会、周文业、尹小林、曹立波等;日本学者有京都大学人文科学研究所所长金文京教授、大东文化大学文学部中川谕教授、金泽大学文学部上田望副教授、南山大学深绿玲子讲师等;韩国学者有庆熙大学校中文系闵宽东教授。

自2001年以来,已经成功举行了五届中国古代小说文献与数字化国际研讨会,其中第一、二、四届在北京举行,第三届在韩国首尔举行,第五届在日本东京举行。这些研讨会,保持了高层次、高质量,极大地推动了古代小说的数字化和相关研究,推动了中、日、韩三国学者的交流与合作。本届研讨会,正体现了这一学术工程的持续发展。

研讨会由沈伯俊教授主持,主要讨论了两个方面的问题:

（1）古代小说数字化的新进展

研讨会首先安排了两个专题报告。

第一个是首都师范大学电子文献研究所所长尹小林的《〈古代小说典〉数据库建设》。《古代小说典》数据库自2006年开始设计开发，一期工程计划2007年底完成，收入作品1093部，其中文言小说874部、白话小说219部，重要作品大多已经收入，字数将近2亿，超过现存全部古代小说总字数的60%。在编排上，《古代小说典》分为《文言小说》《白话小说》两大部分。其中《文言小说》分为五编：唐前、唐五代、宋辽金元、明代、清代至民初；每一编又按"志怪类""志人类""传奇类""谐谑类""杂俎类"分别编排。《白话小说》则分为"宋元卷""明代卷""清代卷"。同时收入以下附录：《敦煌变文集》《清稗类钞》《四库全书总目提要》《中国小说史略》，以及几种有影响的小说书目。这些文献都已经数字化，具有这样一些主要功能：①阅读；②查询；③排序和分类；④人名辞典（已有3万多人）；⑤书目辞典。此外，还配备了具有发音功能的联机字典。这些文献和相关功能，将大大方便古代小说的研究与教学工作者，以及广大的爱好者。对此，与会国内外学者予以充分肯定，并对数据库的内容设计、版本选择、编排方式等提出了一些很有价值的建议。

第二个报告是首都师范大学中国传统文化数字化研究中心常务副主任周文业的《中国古代小说版本数字化及版本比对》。在以往几次专题报告和吸收有关学者研究成果的基础上，他对这一问题作了更加系统的思考，主要介绍了以下内容：①古代小说版本数字化的新进展。目前已经完成五大长篇名著《三国演义》《水浒传》《西游记》《金瓶梅》《红楼梦》21种重要版本的简体字版，包括8种《三国》版本（"演义"系列的嘉靖元年本、周曰校本、李卓吾评本、锺伯敬评本、李渔评本、毛宗岗评改本，"志传"系列的叶逢春本、黄正甫本），4种《水浒传》版本（"简本"系列的《水浒志传评林》、"繁本"系列的容与堂刊本、"全传"系列的袁无涯本、金圣叹删改本），4种《西游记》版本（世德堂本、朱鼎臣本、杨致和本、《西游原旨》），2种《金瓶梅》版本（词话本、崇祯本），3种《红楼梦》版本（甲戌本、庚辰本、程乙本）。②古代小说版本数字化的三种形式：(A)GBK简体字标点整理本。采用GBK简体字进行标点，对原本中的明显错误予以改正，主要用于阅读检索和一般性的版本比对。(B)*Unicode*繁体字原貌版。采用*Unicode*繁体字，文字保持原本面貌，行款也与原本相同，对于错误不作任何修订。目的是尽量保持版本原貌，以便进行比较深入的版本研究。(C)图像版。直接扫描原版生成，完全保持了原版原貌。目的是在需要时进行图文对照，更好地了解版本的细部特征，以利深入研究。③下一步工作计划。如上所述，目前已经完成了21种简体字版，并制作了几种《三国》版本的图像版，繁体字版则刚开始整理。下一步将集中力量完成五大名著所有影印本的繁体字版和图像版，并进一步完善用于版本比对的计算机软件。对此，与会学者予以高度评价，并提出了一些意见和建议。

此外，中国社会科学院文学研究所数字信息室汤俏介绍了该室开发的"19至20世纪《红楼梦》研究数据数据库"。与会学者肯定了这一数据库的价值，建议收录的论文、专著应尽可能丰富一些，以期为研究者提供更多的方便。

(2) 古代小说文献的新发现与新见解

在本届研讨会上,几位学者分别做了专题报告和论文宣读。

其中,最令人关注的是金文京教授的报告《关于两种汤宾尹校正本〈三国志传〉》。他在去年7月东京研讨会上所做报告的基础上,对2005年在安徽黄山地区发现的汤宾尹本《三国志传》(仅存序、姓氏、目录、卷一、卷二,简称"黄山本")与中国国家图书馆收藏的另一部汤宾尹本《三国志传》(三十卷全本,简称"国图本")做了进一步的比较研究,提出几点见解:①关于两个本子的关系。通过对两本的文字、插图进行比较,认为:"黄山本和国图本是属于同一系统的不同版本;不过,它们之间并没有直接的继承关系。黄山本是个很粗糙的复刻本,错字很多,却有些部分具有与国图本不同的特色。也因此,国图本绝不可能是黄山本的底本。两书的关系毋宁说是属于同一系统多种版本当中并行的两种版本。" ②关于"汤宾尹校正"的真伪。认为出自伪托,理由是:(A)汤宾尹是宣城人,而非江夏人;而且他未曾领有"学士"官衔,除此书外,冠以他名字的多种书中没有一个标出"汤学士"的。(B)卷一第一叶的"江夏汤宾尹校正"就在第一回的回目"祭天地桃园结义"之下。按惯例,回目理应改行书写,不应与校订者同行。因此,"江夏汤宾尹校正"这7个字,很可能是后补的。(C)国图本卷一首题,上面"新刻汤学士校正古本"和下面"按鉴演义全像通俗三国志传卷之一",字迹不同,也可能是后补的。③"汤先生"还是"杨先生"?国图本卷二首题仍作"汤先生校正",黄山本却作"杨先生"。既然"汤宾尹校正"出于伪托,则对此只有两种解释:(A)"杨先生"是"汤先生"的误刻。(B)原为"杨先生",后来伪托汤宾尹,在将"杨"改为"汤"时,黄山本或其底本漏改了卷二首题。假如是第二种解释,这位"杨先生"可能是万历三十二年(1604)的会元、状元杨守勤。这些见解,颇有新意。

在讨论中,国家图书馆研究员陈翔华提出两点值得重视的意见:①国图本1958年收购于安徽屯溪(今黄山市),与黄山本同出一地。因此,可考虑从地域文化的角度研究这个问题。②汤宾尹曾任翰林院编修,称"学士"亦无不可。

另一值得注意的报告是中国社科院研究员刘世德的《新发现的〈红楼梦〉版本》,评析了2006年6月出现于某拍卖会上,由收藏家卞亦文购得的《红楼梦》版本(简称"卞藏本")。一年来,对此本的真伪展开了热烈的讨论。针对种种质疑,刘先生从正文和回目中的异文、"梦"字是否简化字、"上元刘氏"图章是否伪造、"眉盒"是否香港人何叔惠等方面予以辨析,认为:"这个本子的的确确是脂本,在《红楼梦》脂本抄本的发现史上是一个重大发现。"

韩国闵宽东教授的报告《朝鲜时代中国古典小说传入、出版、翻译之现状》,在多年研究的基础上,对中国古典小说传入韩国及其出版、翻译情况作了比较全面的介绍。据他调查,流传到韩国的中国古典小说有330余种。其中,明代以前40余种,明代小说100余种,清代小说190余种。在传入韩国的中国古典小说中,被翻译的作品大约59种。其中,大多数作品是通俗小说,相当部分是"演义"类小说。这一报告,为各国同行特别是中国学者研究古代小说的传播和中韩文化交流提供了相当重要的数据。

中川谕教授的论文《清代的三国通俗文艺与〈三国演义〉》,考察了清代流行的三国通俗文艺作品《三国志玉玺传》和《三国志鼓词》,将其与《三国演义》的不同版本进行比对,认为《三国志传》二十卷简本可以分为"志传"小系列和"英雄志传"小系列。成书于乾隆初年的《三国志玉玺传》没有受到毛宗岗本的影响,而与杨美生本(属于"英雄志传"小系列)关系很密切;成书于清末的《三国志鼓词》则深受毛宗岗本的影响。这证明,在毛本康熙初年问世后,清代前期、中期还继续流行着明代以来的《三国演义》版本,毛本直到清代后期才取得了压倒性的优势。这些见解,对于更加准确地认识《三国演义》版本的流传和影响,颇有启示意义。

此外,香港中文大学博士生黎必信的论文《略论毛纶、毛宗岗对〈李卓吾先生批评三国志〉各体书文的修订》,对毛氏父子修订《三国演义》时删削"论赞"的原因予以探讨。认为可从三方面理解:①从其评点动机考虑。部分论赞有悖于毛氏父子的评点意图和观点,故大加删削。②从文本语言的联系考虑。论赞语言与小说行文往往难以融合,故多被删削。③从叙述层面考虑。论赞每每影响文本的叙述,或因其针对的正文内容已经删改,故被删削。对此,上田望指出:毛本之所以删去若干史评,不是因为毛宗岗轻视,而是因为毛本篇幅最大,可能受到书商压力,不得不删去一些资料。

在讨论中,中外学者坦诚相见,既有观点的碰撞,也有彼此的提示和补充,使整个研讨会进行得热烈、紧凑而和谐。

本届研讨会期间,即8月13日下午,在国家图书馆举行了黄山本《汤学士校正三国志传》捐赠仪式。此本最早亮相于2005年秋季嘉德拍卖会上,后由金文京、二阶堂善弘、井上泰山、中川谕、上田望、竹内真彦等六位日本学者,以及中国学者周文业,共同出资5万元购得。为了让更多的学者能够看到此本,并与国图本对照研究,七位学者一致同意将此本无偿捐赠给中国国家图书馆。这一义举,既是《三国演义》版本研究史上的一段佳话,又是中日文化交流史上的一段佳话。而这,也为本届研讨会留下了美好的记忆。

作者:孟彦;作者单位:四川省社会科学院文学所
(原载《明清小说研究》2007年第3期,第316—320页)

与会学者名单:总计40人,中国35人,日本5人

中国35人

沈伯俊(四川社科院文学所)	刘世德(中国社会科学院文学研究所)
陈翔华(国家图书馆)	段启明(首都师范大学文学院)
侯会(首都师范大学文学院)	侯忠义(北京大学图书馆)
陈熙中(北京大学中文系)	刘勇强(北京大学中文系)
潘建国(北京大学中文系)	赵伯陶(中国艺术研究院《文艺研究》编辑部)
厚艳芬(中华书局)	魏崇新(北京外国语大学中国语言文学学院)

沈治钧（北京语言大学汉语学院）　唐　磊（中国社会科学院文献信息中心研究部）
汤　俏（中国社会科学院文学所）　夏　薇（中国社会科学院文学研究所）
程有庆（国家图书馆善本部）　曹立波（中央民族大学文学与新闻传播学院）
萧相恺（江苏省社会科学院）　王枝忠（福州大学中文系）
王增克（北京大学信息科学技术学院）　郑铁生（天津外国语大学）
郭征帆（铜仁学院中文系）　占骁勇（华中科技大学中文系）
王前程（三峡大学文学院）　王汝梅（吉林大学中国文化研究所）
张进德（河南大学文学院）　刘明华（西南大学文学院）
黎必信（香港中文大学中国语言及文学系）　邓骏捷（澳门大学中文系）
邓宏顺（天津市大陆制氢设备有限公司）　桑　哲（曲阜师范大学）
佟瑞坤（中国人民武装警察部队学院基础部）
刘　耳（哈尔滨工业大学人文与社会科学学院）
邱　岭（福建师范大学仓山校区外国语学院）

外国5人
金文京（日本京都大学人文科学研究所）　中川谕（日本大东文化大学文学部）
上田望（日本金泽大学文学部）　上原究一（首都师范大学 日本留学生）
闵宽东（韩国庆熙大学中文系）

7. 2008年第七届研讨会（中国澳门，中国大陆以外第三次）
（澳门大学）

（1）研讨会简介

2008年第八届中国古代小说戏曲文献暨数字化国际研讨会是和澳门文献整理研究暨数字化国际研讨会一起，8月27日—29日在澳门大学图书馆召开的。

会议是由澳门近代文学学会、澳门文献信息学会联合主办，主办人是澳门大学的邓骏捷先生。此会本来主题是澳门文献整理研究暨数字化，和小说数字化关系不大，我和邓先生说：可否和小说数字化会一起办，他也同意了。虽然没有对外公开说是和小说数字化会一起办，但我们是看成一次中国大陆以外小说数字化会的。

会议规模很大，有来自中国大陆和台湾、香港、澳门地区及日本近百位学者参加。

（2）研讨会论文

会议论文有几十篇，从论文看，分为两部分。

第一部分是"澳门文献整理研究暨数字化"，有24篇，即论文集的上册，这部分当然和小说数字化基本无关了。

第二部分是"古典文献整理研究暨数字化",有26篇,即论文的下册,这部分内容也很丰富,和古代小说有关的有5篇,即:

1）刘龙田本《三国志传》和繁本系统版本……………………………［日本］中川谕
2）《三国演义》刘龙田本的"拼凑"和"剪贴"………………………………周文业
3）浅议《三国志演义》的写法——从对白分析明清小说的语体特点…［日本］上田望
4）20世纪90年代以来中国古代小说目录、索引的编制………………………苗怀明
5）数字时代国学研究的四个趋势………………………………………………陈文新

（3）论文简介

下面分别介绍这几篇文章。

日本中川谕和我的文章都分析了《三国演义》的刘龙田本。

刘龙田本（以下简称"刘本"）属于《三国演义》"志传"系列的简本,魏安先生早在《三国演义考》（上海古籍出版社1996年版）中就指出这是一个"拼凑本",卷一至八属于繁本,而卷九至二十属于简本,并从同词脱文进行了分析。至于产生这种"拼凑"的原因,魏安先生认为是由于繁本的底本只有卷一至八,后面卷九至二十就用简本补遗。在演化表中,刘本和朱鼎臣本（以下简称"朱本"）、黄正甫本、诚德堂本分为一类。

日本中川谕先生在其专著《〈三国志演义〉的版本研究》（上海古籍出版社1998年版）中（第四章第一节）,也对刘本和其他简本的关系进行了分析,将其和朱本分为一类。中川先生后来又发表论文《刘龙田本〈三国志传〉和繁本系统版本》,利用笔者开发的《三国演义》版本比对软件,对刘本全部240则进行了详细分析。从中川先生的分析统计可以明显看出,刘本可以分为三类：卷一至三是繁本和简本文字混合,卷四至八基本属于繁本,而卷九至二十又基本属于简本。

刘本之所以产生这样简本和繁本混合的现象,中川谕认为是由于编辑时的底本不全。繁本底本前半部分（卷一至八）比较齐全,但后半部分（卷九至二十）不齐全。而简本相反,前半部分不全,而后半部分全。因此编辑者只好分别用繁本和简本两种版本"剪贴"出刘本。

笔者基本同意魏安和中川先生对刘本的总体分析,刘本确实是一个"拼凑"或"剪贴"而成的版本。本文再从文字、插图等多方面,对刘本进行了更仔细的分析。

从文字看刘本可分为三部分：第一部分卷一至三是混合本,第二部分卷四至八是繁本,第三部分卷九至二十是简本。第二（卷四至八）、第三部分（卷九至二十）都是以卷为分界,比较整齐,剪贴或拼凑的痕迹很明显,中川先生论文以卷八和卷九改则之处为例,说明文字从繁本到简本的明显变化。但第一部分（卷一至三）是混合本,既有繁本,又有简本,情况与第二、三部分完全不同,非常特殊,为何出现这样复杂的情况？需要仔细分析。

第一部分包括卷一至三,即第一至三十六则,其中既有繁本,又有简本。第一则中在桃园结义前,基本是繁本文字。而从第一则后半部分刘备出场,直到第六则董卓

进京为止，文字变成简本。从第七则吕布杀丁建阳开始，到第二十八则吕布夺徐州，基本以繁本为主。从第二十九则孙策下江东开始，到第三十六则赤壁大战的三江口之战为止，又变成简本。因此第一部分是：繁本—简本—繁本—简本。

仔细核对底本，逐页分析，发现繁本和简本转化的分界，很有规律，都恰好在底本的分页处，是以"页"为界，而不像其他两部分是以"卷"为界。这说明第一部分也是"剪贴"或"拼凑"而成，但不是以"则"为单位分界，而是以"页"为单位分界。而第二、三部分是以"卷"为单位，以"卷"为分界。

刘龙田本的繁简混合

原始版本	卷	开始页	结束页	刘本则	开始情节	结束情节
繁本（郑本）	1	1—1	1—2	1	黄巾起义	刘备出场
简本（刘本）	1	1—3	1—13	1—6	桃园结义	董卓进京
繁本（郑本）	1—3	1—18	3—14右	6—29	吕布杀丁建阳	吕布夺徐州
简本（刘本）	3—8	3—14左	8—19	29—36	孙策下江东	三江口之战

但应注意：繁简转换不都是在"卷""则"结束，还出现在一则中的页之间，这就很奇怪了。为何会出现这种情况？当时我和中川谕先生都认为是采用了不同的底本，有的是繁本，有的是简本。这很难解释为何会在"页"之间就换底本？

但我考虑此问题，认为更大可能不是底本问题，而是其他原因。其中一个可能是不同的抄手所致。整理者要制作一个新版本，为加快速度，一般会找多人同时整理。虽然书商给抄手是同一个底本（应该是繁本），但由于书商对整理没有严格要求和考察，有的整理者较认真，基本照抄底本，因此文字和繁本接近。但有的抄写者偷懒，对繁本底本文字做了删节，变成了简本。结果造成新版本中出现繁本和简本"剪贴"的情况。

至于出现"页转换"，即前一页是繁本，后一页却是简本，这可能是由于前一页是一人整理，未整理完就交下一人，而下一人却对底本做了删节，变成简本。我仔细比较这两页的字迹，发现虽然表面看似是一个人的笔迹，但还是略有差异，有可能是两人抄写的。而且抄书人虽然是两个人，但刻书人绝对是一个人，最后刊刻的字形就会很接近了。

一部书整理完了，一般书商也不会再把整理本和底本去逐字核对，结果就出现了繁简"页转换"现象。

此外，还有一种可能是，全书是一个抄手所抄，但他在抄写中在繁本和简本之间摇摆。第一则前半部分是繁本，但后来抄手嫌文字烦琐，对文字做了简化。但后面又转为繁本，不断在繁本和简本之间摇摆，因此导致刘龙田本成为复杂的繁简混合本。

总之，《三国演义》刘龙田本的繁简"剪贴""页转换"有多种可能。

日本上田望是我从事古代小说研究遇到的第一位日本学者，那是1999年我第一次参加太原清徐《三国演义》研讨会，上田望带着他年轻的夫人来出席，他是北大周强的学生，他的文章我早在周强（周兆新）主编的《三国演义丛考》一书中看到，分析论述十分详尽，我很佩服。后来我每次去日本参会都遇到上田望，也成为好友。

他参加澳门会议的文章是从对白分析《三国志演义》的写法，进而分析明清小说的语体特点。此文是利用我开发的句分析软件完成的。上田望先生曾邀请我去金泽大学访问，他告诉我想分析《三国演义》的语言特点，即句子长短问题，希望我开发一个软件。我回国后就请我学生李东海开发了这个软件，这个软件可在逗号分隔句子的基础上，统计每个句子的长度是几个字，这对于计算机是很简单的事，但对于上田望分析《三国演义》和其他小说的语言特点帮助极大。他用此软件分析了多种古代小说，详细统计各种小说的句长，得出很有意思的结论。在所有古代小说中，《三国演义》的句长最短，这很简单，因为《三国演义》的一个重要来源是史书，而这些史书都是用文言文写的，因此句子很短。《三国演义》为便于一般读者阅读，改用了半文半白的语言，因此句子最短。

日本学者很注意这些小问题，并想到用数字化计算机来解决，我对日本学者的认真和思路开阔表示敬意。

可惜上田望后来去研究民间说唱，离开了《三国演义》版本研究，十分遗憾！

8．2009 年第八届研讨会（中国北京，中国大陆第五次）（首都师范大学）

（1）研讨会简介

近年来在古代小说文献、版本和数字化方面又有所进展，首都师范大学中国传统文化数字化研究中心周文业在完成五大名著《三国演义》《水浒传》《西游记》《金瓶梅》和《红楼梦》版本简体字排印本 29 种、繁体字影印本 64 种数字化后，又完成了《聊斋志异》、"三言二拍"、《儒林外史》等若干种版本数字化，并正在根据一些学者的需要，陆续开展《野叟曝言》等其他古代小说版本数字化。目前数字化已从古代小说扩展到古代戏曲，《西厢记》50 种版本数字化已经启动，并将根据学者需要再陆续开展其他古代戏曲版本数字化。数字化的单机版已经基本完成，网络版正在开发中。

周文业在完成古代小说版本数字化的同时，正在实施将版本光盘和版本研究论文集合并出书的计划，使读者既可浏览古代小说版本研究论文，又可见到各种版本的电子文本及图像。第一本《一百二十回本〈红楼梦〉版本研究和数字化（附光盘）论文集》基本编辑完成。《〈三国演义〉版本研究和数字化（附光盘）论文集》编辑工作也接近尾声。

为了进一步促进中国古代小说戏曲文献与数字化的深入研究，周文业考虑到 2009

年 8 月 18 日—20 日将在北京召开第二届古籍数字化国际研讨会，和 20 日—23 日将在杭州和金华召开第四届中国古代小说国际研讨会，为和以上研讨会衔接，因此决定 2009 年 8 月 17 日在北京举办第八届研讨会。考虑到目前数字化已经从古代小说扩展到古代戏曲，因此研讨会也将更名为"第八届中国古代小说戏曲文献暨数字化国际研讨会"。

这次研讨会仍由首都师范大学中国传统文化数字化研究中心主办，地点在北京紫玉饭店。研讨会主题：

- 介绍中国古代小说戏曲文献和版本研究的最新进展和成果；
- 讨论中国古代小说戏曲文献和版本研究的进一步发展；
- 介绍中国古代小说戏曲数字化研究的最新进展和成果；
- 讨论中国古代小说戏曲数字化研究的进一步发展。

（2）研讨会论文（18 篇）

古代小说版本、作者研究（9 篇）

1) 中国古代小说、戏曲版本数字化的最新进展……………………周文业
2) 《三国志演义》朝鲜翻刻本试论——周曰校刊本研究之二………刘世德
3) 《三国演义》版本研究………………………………………………陈翔华
4) 费守斋本《三国志传》研究……………………………[日本] 中川谕
5) 明清传奇小说和《金瓶梅》版本研究………………………………王汝梅
6) 宋元明三代建阳刊小说概况…………………………………………涂秀虹
7) 古籍数字化在高校古代文学教学中的应用…………………………曹立波
8) 《西游记》佚本探踪…………………………………………………曹炳建
9) 《三国演义》文史对照本整理说明…………………………………邓宏顺

古代小说文献研究（3 篇）

10) 《国学宝典》之"古代小说典"介绍…………………………………尹小林
11) 近世中国古典小说在朝鲜的出版………………………[韩国] 朴在渊
12) 近十年来（1999—）台湾中国古代小说研究概况…………………徐志平

古代戏曲文献版本研究（6 篇）

13) 《西厢记》版本研究和数字化规划…………………………………张燕瑾
14) 《西厢记》版本研究和数字化实施计划……………………………汪龙麟
15) 《西厢记》等戏曲版本数字化………………………………………周文业
16) 弘治本《西厢记》探源…………………………………………[日本]金文京
17) 继志斋刊《重校北西厢记》考述……………………………………陈旭耀
18) 九州大学滨一卫文库所藏戏剧资料简介…………………[日本] 中里见敬

(3) 与会者名单：合计48人，中国42人，外国6人

中国学者：42人

沈伯俊（四川社科院文学所）　　刘世德（中国社科院文学所）
陈翔华（国家图书馆）　　　　　欧阳健（福建师范大学文学院）
王汝梅（吉林大学文学院）　　　张　俊（北京师范大学文学院）
段启明（首都师范大学文学院）　侯　会（首都师范大学文学院）
张燕瑾（首都师范大学文学院）　汪龙麟（首都师范大学文学院）
李均洋（首都师范大学外语学院日语系）　宋均芬（首都师范大学文学院）
傅承洲（中央民族大学新闻与传播学院）　刘勇强（北京大学中文系）
曹立波（中央民族大学新闻与传播学院）　陈熙中（北京大学中文系）
郭英德（北京师范大学文学院）　夏　薇（中国社科院文学所）
郑永晓（中国社科院文学所）　　赵伯陶（中国艺术研究院）
常绍民（商务印书馆）　　　　　殷梦霞（国家图书馆出版社）
涂秀虹（福建师范大学文学院）　刘海燕（福建师范大学文学院）
林彬晖（湖南科技大学人文学院）曹炳建（河南大学文学院）
陈旭耀（井冈山大学人文学院）　伏涤修（淮海工学院文学院）
张弦生（中州古籍出版社）　　　王建新（中州古籍出版社）
陈建华（湖北经济学院）　　　　戴　峰（湖北第二师范学院中文系）
李　桃（中国社科院文学所）　　高晓成（中国社科院文学所）
朱　萍（中国传媒大学文学院）　张静灵（中国传媒大学外国语学院）
邓宏顺（天津大陆制氢设备有限公司）　尹小林（北京国学时代文化传播公司）
蔡　云（华夏文化地域多样性传承与保护基金）　常雪鹰（北京教育学院中文系）
王省民（东华理工大学文法与艺术学院）　周文业（首都师范大学）
徐志平（台湾嘉义大学）

外国学者：6人

金文京（日本京都大学人文科学研究所）　中川谕（日本大东文化大学文学部）
中里见敬（日本九州大学文化研究院）　　竹内诚（日本京都外国语大学）
朴在渊（韩国鲜文大学中韩翻译文献研究所）
金雅瑛（韩国鲜文大学中韩翻译文献研究所）

第八届中国古代小说戏曲文献暨数字化国际研讨会综述

孟 彦

由首都师范大学中国传统文化数字化研究中心主办的第八届中国古代小说戏曲文献暨数字化国际研讨会，2009年8月17日在北京紫玉饭店举行。来自中、日、韩三国的古代小说研究专家50余人出席了本届研讨会。其中，中国大陆学者有刘世德、沈伯俊、陈翔华、陈熙中、张俊、刘勇强、郭英德、欧阳健、王汝梅、赵伯陶、张燕瑾、段启明、侯会、周文业、尹小林、傅承洲、涂秀虹、曹立波等；中国台湾学者有嘉义大学教授徐志平；日本学者有京都大学人文科学研究所教授金文京、大东文化大学文学部教授中川谕、九州大学文化研究院准教授中里见敬等；韩国学者有鲜文大学中韩翻译文献研究所教授朴在渊等。

自2001年以来，已经成功举行了七届中国古代小说文献与数字化国际研讨会，其中一、二、四、六届在北京举行，第三届（2004）在韩国首尔举行，第五届（2006）在日本东京举行，第七届（2008）在澳门举行。这些研讨会，保持了高层次、高质量，极大地推动了古代小说的数字化和相关研究，推动了中、日、韩三国学者的交流与合作。本届研讨会，不仅保持了三国学者交流合作的格局，而且把研究范围扩大到戏曲领域，正体现了这一学术工程的提升与扩展。

研讨会由沈伯俊教授主持，主要讨论了三个方面的问题。

（1）古代小说数字化的新进展

研讨会首先安排了两个主题报告：第一个是首都师范大学中国传统文化数字化研究中心常务副主任周文业的《中国古代小说戏曲版本数字化的最新进展》。在以往几次专题报告和吸收有关学者研究成果的基础上，他对古代小说的数字化工作加以系统化，并开始进行古代戏曲的数字化，主要介绍了以下内容：①古代小说版本数字化的现状和应用。目前已经完成《三国演义》《水浒传》《西游记》《金瓶梅》《红楼梦》五大名著主要版本的数字化，正在进行《聊斋志异》、《儒林外史》、"三言二拍"等作品和"全清古体小说"的数字化。②《三国演义》版本研究和数字化丛书。包括：《三国演义》版本研究和数字化论文集，《三国演义》版本研究和数字化专著，《三国演义》版本比对本，《三国演义》文史对照本。③《三国演义》版本研究。包括对书名、分卷、则目字数、关索（花关索）等一系列问题的研究。④文本统计分析。⑤《西厢记》版本数字化。在现在的五十余种明代刊本中，首先将收入《古本戏曲丛刊》的三种数字化，即弘治本、张深之本和刘龙田本。

第二个主题报告是首都师范大学电子文献研究所所长尹小林的《〈国学宝典〉之

《古代小说典》介绍》。《古代小说典》数据库自 2006 年开始设计开发，一期工程已于 2008 年完成，收入作品 1000 余部，重要作品大多已经收入，字数将近 2 亿，超过现存全部古代小说总字数的 60%。在编排上，《古代小说典》分为《文言小说》《白话小说》两大部分。同时收入以下附录：《敦煌变文集》《清稗类钞》《四库全书总目提要》《中国小说史略》以及几种有影响的小说书目。这些文献都已经过数字化，具有这样一些主要功能：①阅读；②查询；③排序和分类；④人名辞典（已有 3 万多人）；⑤书目辞典。此外，还配备了具有发音功能的联机字典。这些文献和相关功能，将大大方便古代小说的研究与教学工作者以及广大的爱好者。

（2）古代小说文献的新发现与新见解

在本届研讨会上，几位学者分别做了专题报告和论文发表。中国社科院研究员刘世德的《〈三国志演义〉朝鲜翻刻本试论——周曰校刊本研究之二》，对其《〈三国志演义〉周曰校刊本四种试论》（载《文学遗产》2002 年第 5 期）一文提出的两点结论：周曰校刊本有四种，周曰校刊本甲本大约刊行于万历十年至十三年（1582—1585）之间予以修正，认为：《三国志演义》周曰校刊本又增加了新的第五种版本（朝鲜翻刻本）；周曰校刊本甲本的刊行年代远在万历之前，周曰校刊本甲本在中国本土的刊行年代应在嘉靖时期的最后几年，其时或在嘉靖四十一年至四十二年（1562—1563）；或在嘉靖四十三年至四十四年（1564—1565）。无论如何，其时必在嘉靖年间。对刘先生的发言，金文京认为很有启示意义，但也提出不同意见：（1）"出来未久"之"出来"，刘先生认为是刻成，也可能是成书不久；（2）"丁卯"可能是隆庆元年（1567），也可能是天启七年（1627）。欧阳健也认为，对"丁卯"的分析，还须再斟酌。

国家图书馆研究员陈翔华的《〈三国志演义〉古版汇集序》指出：①《三国志演义》首刻年代应在修髯子撰《三国志通俗演义引》之时，即嘉靖元年（1522）。②《三国志演义》某些明刻本的注释，提出了当时已经存在的"旧本"（见嘉靖元年序刊本、夏振宇刊本、周曰校刊本）、"古本"（见周曰校刊本）、"新旧本"（见夏振宇刊本、周曰校刊本）问题。③经过多年努力，他主编了《〈三国志演义〉古版汇集》。为避免混淆而易于辨识，对收入《汇集》的版本重新进行统一的命名。新题名通常包括三个部分：收藏地、刊行者、书名（如首卷题名有残缺脱漏则酌参他处）。例如题《西班牙藏叶逢春刊本三国志史传》《北京藏汤宾尹校本三国志传》等。在讨论中，欧阳健指出：研究版本，一定要注意"旧本""古本"问题。不能仅凭今存版本来判断整个情况。陈翔华又补充道：明代很多刻本标示"古本"。过去一概认为是宣传，现在应该仔细辨析，哪些是宣传，哪些确系古本。

日本大东文化大学教授中川谕的《费守斋刊〈三国志传〉的性质》一文，对原藏东京神保町的山本书店，后归东北大学东北亚洲研究中心的费守斋刊《三国志传》作了细致的研究。通过与其他版本的比对，指出：①费守斋本属于二十卷简本系统的"志传小系列"。②费守斋本的文字，与同属二十卷简本系统"志传小系列"的天理图书馆藏本大致相近，但又存在一些差异。这说明二者关系密切，属于同一系统的并列版本。③费守斋本是德聚堂和文枢堂共同协力出版的。德聚堂是万历到崇祯年间在福建建阳活动的一个书肆，文枢堂是万历年间在金陵（南京）活动的一个书肆。尽管费守斋本出版很晚，但对于研究明末清初时期的出版情况、出版文化，却是很重要的资料。在讨论中，金文京表示："费守斋本，我曾经想买而未成，被矶部彰先生买走了。现在他把此书印出来，是一件很好的事。"刘世德指出：①费守斋本封面上的"古吴"，我认为是指苏州，不是南京。②中川谕先生提出建阳和南京书肆有合作倾向，很值得重视。

韩国鲜文大学中韩翻译文献研究所所长朴在渊教授的《近世中国古典小说在朝鲜的出版》一文，全面评介了中国古典小说在朝鲜的出版情况，尤其是比较细致地研究了朝鲜翻刻本《新刊古本大字音释三国志传通俗演义》，认为：《三国志传通俗演义》是周曰校刊本甲本的复刻本。"嘉靖壬子"（1552）很可能是周曰校刊本甲本的刊行年度。朴先生的某些观点与刘世德、陈翔华有所不同，其结语则很值得重视。

台湾嘉义大学教授徐志平的《近十年来（1999—）台湾中国古代小说研究概况》一文，以明晰的统计数字为基础，按期刊论文及学位论文分类，集中介绍了台湾近十年来古代小说研究的概况：以明代四大奇书、清代三大小说名著为主，加上作者比较熟悉的话本小说为范围。文章指出：总体而言，中国古典小说研究在台湾仍受到相当程度欢迎。然而，台湾既欠缺诸如古典小说研究学会之类的组织，相关的学术研讨会亦不多见（目前专以古代小说为主题的国际研讨会，仅嘉义大学中文系每两年主办一次之"中国古典小说与戏曲国际学术研讨会"；此外，台湾师范大学有意发起成立"台湾古典小说研究学会"，预计年底完成初步规划），有待努力之处尚多。对徐先生的介绍，与会学者普遍表示欢迎。沈伯俊建议：文章中提到的论文，最好都注明作者及其所在学校，以便查阅。

福建师范大学教授涂秀虹的《宋元明三代建阳刊小说概况》一文，按时代顺序概述了建阳刊刻小说的情况。她认为：有一定社会地位的文人的倡导，对于普通民众，很有示范作用，这应该也是建阳刻书以小说为重的原因之一。在厘清概况的基础上，文章概括了建阳刊小说的地域特征：首先是语体的倾向；其次是题材的选择。决定建阳刊本小说类型特征的因素很多，但最重要的与建阳地区的教育普及和理学影响有关。在讨论中，陈翔华指出，建阳与南京的关系值得注意，集中体现在"京本"的名目上。欧阳健提出，建阳小说的销售管道值得研究。刘世德建议了解一下建阳刻工的情况，看是否其流失影响了刻书业；并提出，万历末年建阳书坊有与南京合流的趋势，值得注意。金文京指出，建阳书坊的没落与江西很有关系。朱萍（中国传媒大学文学院副教授）提出，技术落后可能也是建阳书坊衰落的一个原因。这些意见，都很有启示意义。

中央民族大学教授曹立波的《古籍数字化在高校古代文学教学中的应用》一文，介绍了她在明清小说的教学中，借助小说数字化软件对各种版本的检索、比对等功能，更有效地实施了教学计划，并在课堂教学和论文指导等方面都收到了较好的效果。曹立波的实践，为大学教师如何利用古代小说数字化研究成果提供了生动而有说服力的例证，对高校教师具有较强的借鉴意义。而中国社科院文学所研究员郑永晓建议从学科发展的角度看待数字化，则从更高的层次展望了古代小说乃至古代文学数字化的广阔前景。

河南大学文学院副教授曹炳建的《〈西游记〉佚本探踪》一文提出：汇集各种典籍和学者们对《西游记》版本的研究可知，《西游记》的佚本主要有以下二十种：1.大典本；2.谚解本；3.销释本；4.礼节传簿本；5.宝卷本；6.孙绪所见本；7.耿定向所闻本；8.鲁府本；9.登州府本；10.盛于斯所读本；11.周邸九十九回抄本；12.周邸一百回刊本；13.熊云滨刊本；14.大略堂古本；15.蔡金注本；16.前世本；17.词话本；18.道教本；19.鲁府本的删节本；20 荆王府抄本。这些版本，有些确实曾在历史的某一阶段流传过，有些可能根本就不是描写唐僧取经的小说《西游记》，有些则出自当今学者的推测。因此，对这些所谓的佚本，需要进行一番甄别和研究。曹炳建的探讨是艰辛而有价值的；不过，学者们在讨论中也指出了一些值得注意之处。朴在渊认为，"谚解本"的提法不恰当。陈翔华提出，应区分西游故事和小说。欧阳健提出，应区分本事考和版本考。

天津大陆制氢设备有限公司高级工程师邓宏顺的《〈三国演义〉文史对照本整理说明》，介绍了正在整理的两种文史对照本：嘉靖元年本《三国志通俗演义》文史对照本和毛宗岗评改本《三国演义》文史对照本。主要就两个问题作了说明：第一，史书的范围和对照的方式；第二，史书文字的选择和编排方式。在讨论中，欧阳健认为，邓先生的发言很有新意，由小说的版本考发展到本事考，对方法考虑得很周到；同时建议，史书文字的编排顺序，还是按史书的成书顺序排。刘世德提出两点值得注意之处：①有的用词应注意，应尊重小说家处理史料的权利。如"颠倒史实"一词，不当。②史书用语简约，要正确理解。

（3）古代戏曲研究及数字化

在古代小说版本数字化取得重大进展之后，古代戏曲的版本数字化工作也已提上了工作日程。在本届研讨会上，这一问题的初步进展，以及对古代戏曲作品和文献资料的研究也成为讨论的一个重要方面。首先，首都师范大学的几位学者介绍了《西厢记》版本研究和数字化的基本情况。张燕瑾教授指出，首都师大中国戏曲研究中心将与国家图书馆合作，把国家图书馆所藏三十多种明刊本《西厢记》加以影印，并出版"三汇本"（汇校、汇评、汇注）。汪龙麟教授简要介绍了《西厢记》版本研究和数字化实施计划。周文业先生介绍了《西厢记》版本数字化的主要功能，并提出了戏曲版本比对中需要考虑的两个特殊问题：①统一分"折（出）"问题；②区分"唱词"和"道白"问题。

然后，中外三位学者就古代戏曲作品和文献资料分别做了专题报告。

日本京都大学人文科学研究所教授金文京的《弘治本〈西厢记〉探原》一文，认为今知《西厢记》最早刊本——弘治十一年（1498）金台（北京）岳家所刊《新刊大字魁本全相参订奇妙注释西厢记》，"有些地方的确保持《西厢记》古老的内容或体制"。并就有关弘治本的两个问题予以探讨：（1）弘治本所用底本为内府经厂本；（2）弘治本中莺莺之父为崔府君崔珏。弘治本所见有关崔珏的情节，其来源应可追溯到元代，有可能是王实甫所加，却不太可能到了明代旋加旋删，这是窥见《西厢记》原来面貌的宝贵资料。对金先生的考辨，发言者均表赞同。

江西井冈山大学讲师陈旭耀的《继志斋刊〈重校北西厢记〉考述》指出，继志斋刊《重校北西厢记》（现藏日本内阁文库）是《西厢记》明刊本中的重要善本之一，是《西厢记》刊刻史上另一重要明刊本——龙洞山农刻本的复刻本，今已失传的龙洞山农刻本可借之予以了解。继志斋刊本的更早源头可以上溯到今存最早的完整刊本——弘治岳刻本，但又与弘治岳刻本存有较大差别，以它为代表的"重校北西厢记"一系刊本，已经构成了明刊《西厢记》中的一大系统。并且它对后来的刊本如凌濛初校刻本、闵遇五校刻"会真六幻"本等均有着重大影响。

日本九州大学准教授中里见敬的《九州大学滨一卫文库所藏戏剧资料简介》，介绍了长期研究中国戏剧史的日本学者滨一卫（1909—1984）的简历、著作概况，并着重介绍了滨一卫文库的概况。本文库收藏1930年代滨一卫在中国亲自搜集的中国戏剧的原始资料，对此，陈翔华提出：资料很好，建议影印出来。

沈伯俊在研讨会总结中，充分肯定了会议一如既往的严谨求实、勇于探索的良好会风。中外学者坦诚相见，既有观点的碰撞，也有彼此的提示和补充，整个研讨会进行得热烈、紧凑而和谐，取得了圆满成功。

原载《明清小说研究》2009年第3期，第310—316页

9. 2010年第九届研讨会（韩国首尔，中国大陆以外第四次）（成均馆大学）

（1）研讨会简介

近年来在中国古代小说文献版本和数字化方面又有所进展。2008年韩国学者发现了《三国演义》周曰校本的朝鲜翻刻本，韩、中两国学者分别做了深入的研究。2010年再次在韩国又发现活字本《三国演义》，对于此活字本在《三国演义》版本中的位置，目前还有不同看法，很值得研究，其研究肯定会大大促进《三国演义》版本研究的深入。

为了进一步促进中国古代小说文献与数字化的深入研究，经与韩国成均馆大学商议，2010年8月10日由韩国成均馆大学主办第九届研讨会，韩国中国小说学会和首都师范大学中国传统文化数字化研究中心协办。这是继2004年在韩国举办之后，再次在韩国举办。研讨会主题：
- 介绍中国古代小说文献和版本研究的最新进展和成果；
- 讨论中国古代小说文献和版本研究的进一步发展；

- 介绍中国古代小说数字化研究的最新进展和成果;
- 讨论中国古代小说数字化研究的进一步发展。

研讨会把近年来在韩国发现的《三国演义》版本作为一个讨论重点,并现场展示了版本原件。

(2) 研讨会论文 (43 篇)

古代小说版本、作者研究 (6 篇)

1) 《三国志演义》朝鲜活字本研究……………………………[韩] 朴在渊
2) 黄正甫刊《三国志传》三考……………………………………[日] 中川谕
3) 试说庸愚子《〈三国志通俗演义〉序》的考据价值……………杜贵晨
4) 试论《三国志演义》建阳刻本的分化——兼论其与江南刻本的关系…刘海燕
5) 《红楼梦》诸版本在十二钗修订中的优化倾向……………………曹立波
6) 化解古代小说版本研究中的"一脉情结"………………………张 杰

古代小说文献研究 (30 篇)

7) 新刻绣像批评《金瓶梅》(崇祯本) 第二十七回校注………………王汝梅
8) 《韩国藏中国稀见珍本小说》前言……………………………………王汝梅
9) 对"文化大革命"时期《水浒传》考察批评的思考……………[韩] 朴春兰
10) 关于《三国志演义》的取材来源——《三国志演义》与《容斋随笔》张蕊青
11) "众声喧哗"与价值建构——《三国演义》成书与传播的解读………张红波
12) 关于毛氏父子《三国志演义》评点本研究的几个问题………………黎必信
13) 《三国演义》的韩国传播和出版情况……………………………[韩] 闵宽东
14) 作者意图与修辞技巧——以毛评本《三国演义》为考察中心………段江丽
15) 从对《三国演义》《水浒传》的聚类分析看罗贯中和《水浒传》的关系 施建军
16) 重视方言小说的研究——以《闽都别记》为例……………………王枝忠
17) 陈天池《如意君传》考述(修订稿)…………………………………常雪鹰
18) 《红楼梦》各版本中的"莲"意象及相关问题研究……………………朱 萍
19) 《红楼梦》数字化、语料库翻译研究的种种疑团………………………洪 涛
20) 《红楼梦》英译本与美国红学的互相接受………………………………张 惠
21) 唐代小说分类的文献学考察——以《太平广记》为中心………………关四平
22) 试论洪迈《夷坚志》的文献价值……………………………………秦 川
23) 佛教倡导与六朝宣佛小说的产生……………………………………刘惠卿
24) 《开元天宝遗事》是伪典小说…………………………………………罗 宁
25) 《庄子》与中国小说起源………………………………………………张应斌
26) 《三国演义》从历史到演义……………………………………………杨绪容
27) 李奎报《开元天宝咏史诗》的小说文献意义——以《玄宗遗录》佚文为重点…严 杰
28) 中国文言小说的传播和接受状态——以《鱼夜谈》为中心…[韩] 信校朔
29) 依纳塔南朝鲜后期文人的中国小说阅读状态……………………[韩] 朴桂华

30）中国小说插图在朝鲜的流传……………………………………[韩国] 崔龙哲
31）朝鲜后期中国公安小说的接受状况………………………………[韩国] 朴素贤
32）《慵斋丛话》材料"消化"文库……………………………………[韩国] 任命杰
33）从创作主体看古代白话小说的演变……………………………………傅承洲
34）孙楷第与中国古典小说文献学之创立…………………………………余来明
35）明清通俗小说凡例的整理与研究………………………………………程国赋
36）《转运汉遇巧洞庭红》本事补正…………………………………………张进德

古代小说戏曲内容艺术研究（7篇）

37）《三国志》裴松之注与《三国演义》人物塑造……………………刘永良
38）《春秋》大义与关羽形象的儒雅化、道德化
　　——《三国志》《三国志平话》与《三国演义》中关羽形象比较…雷会生
39）中日韩大众文化中的沙悟净形象特征…………………………[韩国] 宋正花
40）《醉翁谈录》所见的《三国演义》《水浒传》人物考察………[韩国] 李时灿
41）《聊斋志异》动物引识仙草母题佛经文化溯源……………………………王立
42）关于吴蜀夷陵之战的若干问题的考辨…………………………………王前程
43）《三国演义》所载弓弩战术的成败原因——以界桥之战和官渡之战为例…[韩国] 洪润泽

会后感言

中国古代小说文献暨数字化国际研讨会从2001年开始举办第一届以来，已经先后举办过八次。当初举办此研讨会的初衷，是由于我从1999年开始在中国古代小说版本中利用数字化技术，进行版本比对研究，并取得了一些初步成果，为在中国古代小说研究中宣传和推广数字化技术，介绍数字化的研究结果，以便促进古代小说的研究。由于目前数字化研究主要集中在版本、文字的范畴内，因此第一届定名为"中国古代小说版本暨数字化国际研讨会"。从第二届开始，根据北京大学刘勇强教授的建议，将研讨会名称的"版本"，改为"文献"，以扩大研讨会的研讨范围。

中国古代小说研究方面，不仅在中国大陆有多年的历史和传统，在中国大陆以外，主要是日本和韩国，也有很多学者进行研究，有些取得了很大成就。其中有多种原因。其一是，古代小说在中国古代多被认为是通俗读物，长期不被重视，也不注意保护，损失严重。而中国古代小说由于通俗易懂，常被外国人带到外国，作为学习中文的读物。因此，中国古代小说在外国（特别是日本和韩国），得到很好的保护。很多中国古代小说版本在中国早已失传，但在外国却保留下来。五大名著《三国演义》《水浒传》《西游记》《金瓶梅》以及《红楼梦》，都有这种情况。

中国古代小说研究中有多个方面，包括思想内容、主题、人物形象、故事情节、创作方法、艺术成就、语言、应用、作者、成书过程，以及文献、版本等。在中国大陆，以上课题都有很多学者进行研究，而文献、版本研究，所占比例很小。但在外国，

研究却刚好是颠倒的。外国学者对中国古代小说研究，多集中在文献、版本研究方面，其他方面的研究，所占比例很小。产生这种局面的原因是多方面的。很多小说的版本保存在外国，是其中一个重要原因。

外国研究中国古代小说的学者都可以看懂中文，可以订购各种期刊，可以参加在中国大陆举办的各种有关研讨会。通过这多种渠道，外国学者很容易了解中国大陆在中国古代小说文献、版本研究方面的情况。但对于中国大陆学者来说，由于多数看不懂外文，很难获得有关研究资料，也很少有机会出国参加国际研讨会。因此国内学者对外国学者的研究，多数是不太了解的，这对中国古代小说研究是非常不利的。

出于这种考虑，既然中国古代小说文献暨数字化国际研讨会是以"文献版本"为重点，为促进中外学者的交流，就要力争在中国大陆以外举办研讨会，让中国大陆学者走出去，与国外学者进行面对面的交流。2001年、2003年在首都师范大学举办了第一、二届研讨会，2002年停办一年。2004年趁韩国中国古代小说会举办每年一次研讨会的机会，在韩国首尔祥明大学举办了第三届研讨会。2005年再次在北京首都师范大学举办了第四届，2006年在日本东京大东文化大学举办第五届，2007年首都师范大学举办了第六届，2008年在澳门大学举办了第七届，2009年首都师范大学举办了第八届。这样基本保持了一年在中国大陆、一年在中国大陆以外举办的原则。2009年首都师范大学举办的第八届研讨会上，就下一届在中国大陆以外举办一事，我多方征求各方面意见。没有举办过的中国台湾、香港，由于各种原因，都难以举办。金文京先生同意和韩国成均馆大学联系，再次在韩国举办一次研讨会。经日本金文京教授回国后，反复与韩国成均馆大学商议，最终决定2010年8月10日由韩国成均馆大学主办、韩国中国小说学会协办第九届研讨会。这是继2004年在韩国举办后，再次在韩国举办。对于金先生和成均馆大学，我深深表示谢意！

2010年在韩国举办中国古代小说文献暨数字化国际研讨会，也是非常合适的。近年来韩国学者在中国古代小说文献版本研究方面确实有所进展，2008年韩国学者朴在渊教授发现了《三国演义》周曰校本的朝鲜翻刻本，朴在渊和中国学者刘世德做了深入的研究。2010年朴在渊再次在韩国发现了活字本《三国演义》，2010年3月19日朴在渊教授在南京大学做报告，第一次公开详细介绍了此版本。随后，我在首都师范大学举行了小型座谈会，播放了朴教授报告录像，对活字本进行了初步讨论。对其在《三国演义》版本中的位置，学者中还有不同看法，因此很值得进一步深入研究，其研究肯定会大大促进《三国演义》版本研究的深入。

会议综述

王　立、刘囡妮、陈康泓

（1）关于新发现的朝鲜铜活字本《三国志通俗演义》的源流研究

朝鲜活字本《三国志通俗演义》是韩国鲜文大学朴在渊发现的，他就此出版了校点本。首先他从版本、文本、各本之间关系、价值意义等方面对该版本予以介绍。金文京依照新发现的朝鲜铜活字本《三国志通俗演义》，对《宣宗实录》中奇大升的谏言、柳寿垣《迂书》以及活字本的刊印、体制文字等方面提出几点见解。刘世德、夏薇对朴在渊提出的铜活字本的底本和年代等问题做出响应，并从书名、作者、出版者署名、分卷、行款、正文以及静轩诗有无等方面，深入论证了铜活字本的底本问题。指出铜活字本的底本应该是一个与嘉靖元年本、周曰校刊本甲本同时或更早的版本。周文业以《三国演义》朝鲜翻刻本和活字本为依据，运用数字化手段，进一步考察了《三国演义》早期版本的演化。一方面认为朝鲜翻刻本是周曰校甲本的朝鲜翻刻本，底本可能就是上海残叶。另一方面，判定活字本的底本可能和嘉靖元年本、周曰校本、夏振宇本等演义系列一样，也是演义系列的一种版本，由《三国演义》原本演化而来。崔溶澈通过对《剪灯新话》《金鳌新话》与《三国志通俗演义》刊刻的比较，推测朝鲜活字本《三国志通俗演义》的刊行年代，大体在明宗年间，刊行者可能为尹春年（1514—1567）。闵庚旭、李殷奉分别针对版本和校勘两个方面对朝鲜活字本《三国志演义》残本进行探究，肯定活字本印出时期为 1560 年代初中期，但不排除此本在朝鲜印出的时期早于嘉靖壬午（1522）本的可能。同时针对校勘指出异议，即，活字本的底本是早于嘉靖元年本的现存最早的 AB 系统底本，并非参校二本以上的校勘本。

（2）关于《三国演义》的版本研究

日本学者中川谕通过考证黄正甫刊《三国志传》，一方面发现其比嘉靖元年本、叶逢春本等版本简略，插入关索故事和周静轩诗，另一方面该版本又与其他的简本差别较大，因此，他认为黄正甫本虽是明代天启年间出版的一本版本，却是显示《三国演义》版本变迁过程的一个重要材料。在学界对庸愚子《〈三国志通俗演义〉序》理论意义高度重视之下，杜贵晨针对《序》较少论及的考据价值进行论述。刘海燕比较《三国志演义》繁简两大版本，论述了《三国志演义》建阳刻本的分化及其与江南刻本的关系。张蕊青指出《三国志演义》在史料选择、故事倾向、情节人物等方面借鉴、改造了《容斋随笔》。张红波指出《三国演义》解读的困惑来自于作品本身的"模糊性"，并从"众声喧哗"与价值建构角度，解读了《三国演义》成书与传播。闵宽东详细搜集韩国古典文献记录及目前韩国所藏与《三国演义》有关的版本资料，考证《三国演义》在韩国的传入时期为 1522—1560 年间；同时指出了朝鲜时代的出版及翻译出版情况。

施建军采用聚类分析方法，以《三国演义》和《水浒传》为对象，考察罗贯中和《水浒传》的关系，指出《水浒传》的作者是两个人，分别创作了第二回至第五十一回和第七十五回至一百回。刘永良认为研究《三国演义》人物塑造艺术成就时，不仅关注《三国志》本身，还应重视《三国志》裴松之注，了解小说人物塑造的借鉴与提升。黎必信指出现行《三国志演义》毛批研究主要侧重于理论材料分析，却未细审相关文献材料的可靠性及研究意义，致使研究前提出现偏差。他认为重新审视文献资料，是厘清两种评点本理论材料研究的前提。段江丽以毛评《三国演义》为考察中心，就叙述者控制信息取舍、偏向性批判、控制人物评价以及利用评语引导、控制读者等方面，来分析作者意图与修辞技巧。雷会生以关羽形象为切入点，比较《三国志》《三国志平话》与《三国演义》，分析《春秋》大义影响下关羽形象的儒雅化、道德化塑造。王前程对吴蜀夷陵之战的疑点进行考辨，指出夷陵之战的主战场是长江南岸的猇亭、马鞍山等，大战之地为宜昌地区江南宜都市五眼泉乡和长阳县磨市镇一带。洪润泽以界桥之战与官渡之战为例，详述了《三国演义》所载弓弩战术的成败原因。

（3）明清两代文言小说、白话小说研究

关四平从文献学的角度入手，以《太平广记》为中心，追本溯源，探讨了唐代文言短篇小说的分类问题。王立通过对动物引识仙草母题佛经文化溯源，指出佛经"感恩动物、神草可生子、草药精灵母题"和"一切草药树木尽有神"观念，对《聊斋志异》母题生成有决定性影响。同时参比阿拉伯《一千零一夜》，也可证明这是一个世界性母题。秦川指出《夷坚志》中记述诗词故事 53 个，涉及医药学的故事 62 处，洞窥到该小说巨著文献医药学价值之珍贵。罗宁提出《开元天宝遗事》是北宋中期才出现的"伪典小说"，内容多不可靠。杨绪容指出《三国志演义》事、文、义三者的融合促进了"演义"的正式生成，并规定了"演义"的体式特征，三者的游离和矛盾促进了演义和历史的分化。严杰以《玄宗遗录》佚文为重点，论述了高丽朝文人李奎报《开元天宝咏史诗》的小说文献意义。

王汝梅以北京大学图书馆藏崇祯本《金瓶梅》为底本，强调了《金瓶梅词话》《新刻绣像批评金瓶梅》《张竹坡批评第一奇书金瓶梅》第二十七回有 22 处改动。李时灿探求宋元明时期刊行的话本小说人物形象流变过程和特征，划分出两种形态，一种是继承前代文言小说的描写，另一种带有说话人的口气，认为这是小说打破史传笔法的途径。常雪鹰对清代陈天池《如意君传》版本及成书时间和作者予以考论。朱萍把《红楼梦》中出现的与"莲"意象相关处做全面研究并整理出表格，结论是《红楼梦》中"莲"的意象类别意蕴和出现频率，对研究前八十回和后四十回的区别都有帮助，同时以"莲"意象来命名人物是作者优异的叙事策略之一。香港洪涛探讨《红楼梦》数字化和汉英语料库对应研究的问题，内容主要涵盖冯庆华《母语文化下的译者风格》的相关课题，分三个方面进行：内容、技术、方法语料库建设，文章关注"母语文化"

的真正定义,关注计算机的检索是否做到毫无遗漏、研究者如何诠释统计结果,关注语料库的语料问题。曹立波从金陵十二钗正册中的女子出发,考察了《红楼梦》诸版本异文,并提炼出十二钗修订过程中所反映的优化倾向。程国赋搜集整理了明清通俗小说凡例 42 篇,归纳其整体特征,并从其史料价值、创作方法、回目和读者四个层面加以论述,由此探寻明清通俗小说的创作方法和体制结构。傅承洲从创作主体的角度,将中国古代白话小说大体分为三个阶段,即艺人—艺人+文人—文人的历史过程,同时这也形成了中国古代白话小说独特的演进轨迹与民族特色。

(4) 中国古代小说跨文化传播及中外比较

宋贞和以小说名著中沙悟净为例,分析了中、韩、日现代大众文化中的沙悟净形象,指出了三国对沙悟净存在明显差异,具有与原著不同的成因和意义。朴昭贤对韩国后期中国公案小说的收容进行研究,指出了公案与当时的法律文化之间存在密切的关系,并得出结论:公案体裁巧妙地结合了法律文化和犯罪小说,事实和虚构,专业性和大众性。任明杰对朝鲜前期虚白堂成伣所著《慵斋丛话》所载"笑话"的概念、分类及在文学史上的意义进行了详述,指出了其在韩国文学史上的地位和影响。

王枝忠以《闽都别记》为例提出应重视方言小说研究的观点,从小说本身和文学的角度阐述研究方言小说的重要性。张惠从《红楼梦》英译本与美国红学的相互接受的角度论述了翻译与研究间的关系。二者构成了相互影响的良性循环。申相弼以冯梦龙《喻世明言·蒋兴哥重会珍珠衫》为例,通过朝鲜笔记文学中吸纳的中国文言小说来分析东亚小说史中的相互影响及意义。朴桂花以朝鲜文人俞晚柱《钦英》为例,指出了朝鲜后期文人的中国小说阅读热,以及当时汉文小说书籍的流通状况。

(原载《黄山学院学报》2010年第6期,第72—73页)

与会学者名单:合计 41 人,中国 29 人,外国 12 人

中国学者 29 人

刘世德(中国社科院文学所)	陈翔华(国家图书馆)
王汝梅(吉林大学文学院)	周文业(首都师范大学)
曹立波(中央民族大学新闻与传播学院)	王枝忠(福州大学人文学院中文系)
傅承洲(中央民族大学新闻与传播学院)	常雪鹰(北京教育学院中文系)
刘永良(浙江师范大学文学院)	杨绪容(上海大学文学院中文系)
关四平(哈尔滨师范大学文学院)	段江丽(北京语言大学人文学院)
程国赋(暨南大学文学院)	王 立(大连大学语言文学研究所)
朱 萍(中国传媒大学文学院)	王前程(三峡大学文学与传媒学院)
杜贵晨(山东师范大学文学院)	桑哲(曲阜师范大学文学院)
张红波(北京大学中文系)	刘海燕(福建师范大学文学院)
罗 宁(西南交通大学中文系)	张蕊青(上海金融学院)
雷会生(《辽东学院学报》编辑部)	张 惠(中国社会科学院文学所)

施建军(北京外国语大学、北京日本学研究中心)
秦　川(九江学院中文系)
严　杰(南京大学文学院、韩国远程外国语大学中文系)
洪　涛(香港中文大学文学院翻译系)　　黎必信(香港城市大学)

外国学者 12 人
金文京(日本京都大学)　　　　　中川谕(日本大东文化大学)
朴在渊(韩国鲜文大学)　　　　　李时灿(韩国成均馆大学)
闵宽东(韩国庆熙大学)　　　　　朴春兰(韩国成均馆大学)
信校朔(韩国成均馆大学)　　　　朴素贤(韩国成均馆大学)
任命杰(韩国成均馆大学)　　　　崔龙哲(韩国高丽大学)
宋正花(韩国梨花女子大学)　　　洪润泽(韩国檀国大学)
有些参会的韩国学者未收录此名单。

10. 2011 年第十届研讨会(中国北京,中国大陆第六次)(首都师范大学)

第十届中国古代小说戏曲文献暨数字化国际研讨会由首都师范大学中国传统文化数字化研究中心主办,2011 年 8 月 14 日在北京紫玉饭店举行。

(1) 论文目录(33 篇)

古代小说版本、作者研究(21 篇)

1)《红楼梦》眉盦藏本试论……………………………………………刘世德
2)《红楼梦》眉盦藏本续论……………………………………………刘世德
3) 三论《红楼梦》眉盦藏本……………………………………………刘世德
4) 四论《红楼梦》眉盦藏本……………………………………………刘世德
5) 论《红楼梦》眉盦藏本附记…………………………………………刘世德
6)《莫愁湖志》"上元刘氏"钤印考…………………………………王　鹏
7) 卞藏本和上元刘氏藏印谈屑…………………………………………曹　震
8)《红楼梦》张汝执评本校改文字探析………………………………曹立波
9) 再论高鹗的"后四十回著作权"……………………………………邱华东
10) 关于周曰校刊《三国志演义》……………………………[日本] 中川谕
11) 日本藏夏振宇刊本《三国志传通俗演义》纪略……………………陈翔华
12) 关于两种汤宾尹校正本《三国志传》……………………[日本] 金文京
13)《三国志演义》早期刻本的三个问题………………………………刘海燕

14)《李卓吾先生批评三国志》若干版本问题考辨补……………………李金泉
15)上图下文式插图本《三国志演义》图文相异现象考论……………颜　彦
16)《三国演义》上海残叶研究………………………………………周文业
17)《西游记》版本流变刍议…………………………………………曹炳建
18)关于《李卓吾先生批评西游记》的版本问题………［日本］上原究一
19)《西游记》明代删节本的数字化研究初探………………………周文业
20)《京本忠义传》上海残叶的数字化研究…………………………周文业
21)《金瓶梅》崇祯系统东大本研究…………………………………周文业

小说文献研究（5篇）

22)冈岛冠山《太平记演义》与《水浒传》的关系初探……［日本］荒木达雄
23)历史演义小说图像的渊源……………………………［日本］大塚秀高
24)累积型小说繁简版本形成演化问题新探…………………………李永平
25)《全清古体小说》编辑说明………………………………………欧阳健
26)顾元庆新考…………………………………………………………程国赋

戏曲版本文献研究（1篇）

27)朱石津校订《西厢记》——又一个"前元旧本"的批点本…………杨绪容

古代小说内容艺术研究（3篇）

28)《三国演义》对夷陵之战史实的艺术加工…………………………王前程
29)诸葛亮的四种品格…………………………………………………张红波
30)古代小说的现代传播策略…………………………………………曾耀农

数字化研究（3篇）

31)平板计算机和中国古代小说版本研究………………［日本］中川谕
32)古代小说版本校记的计算机自动生成……………………………周文业
33)关于《红楼梦》多语种译本数字化及网络检索平台建设的几点意见…唐　均

（2）论文简介

刘世德在研讨会上介绍了他近年来对《红楼梦》卞藏本(刘先生称为"眉盦藏本")的研究，为使学者全面了解刘先生的研究，本次研讨会论文集收入了他全部五篇论文，其中只有第五篇《论〈红楼梦〉眉盦藏本附记》是为本次研讨会所写的说明，其余四篇都先后在《红楼梦学刊》上发表过。

为使学者全面了解有关卞藏本的研究情况，本次研讨会论文集还收入了王鹏和曹震的相关论文，王鹏是《莫愁湖志》上"上元刘氏"钤印的发现者，曹震的文章是在刘先生《四论〈红楼梦〉眉盦藏本》后发表的文章。这两篇文章都曾在"古代小说网"上公开发表过。由于无法联系到作者本人，因此无法邀请其到会介绍他们的研究，特此说明。

陈翔华论文《日本藏夏振宇刊本〈三国志传通俗演义〉纪略》本来是上次在韩国成均馆大学举办的第九届中国古代小说戏曲文献暨数字化国际研讨会发表的,但由于工作疏忽,未能收入会议论文集,因此这次再次发表,特别向陈先生致歉。

金文京本要参加此次研讨会,但由于特殊原因,无法到会,论文集收入了他的论文《关于两种汤宾尹校正本〈三国志传〉》,介绍了由金先生牵头购买、并捐献给中国国家图书馆的《三国演义》汤宾尹本的情况。

颜彦是北京师范大学文学院 2008 级中国古典文献学博士研究生,他的论文《上图下文式插图本〈三国志演义〉图文相异现象考论》,原载《中国典籍与文化》2011 年第 1 期,很有新意。

研讨会联系郭英德教授,希望邀请他与会报告他的研究。但他在外地无法与会。论文集收入了其论文,以供与会学者参考。

为了进一步促进中国古代小说戏曲文献与数字化的深入研究,考虑到 2011 年 8 月 15 日至 19 日在北京举办明代文学研讨会,以及第三届古籍数字化国际研讨会,决定于 2011 年 8 月 14 日在北京紫玉饭店举行,仍由首都师范大学中国传统文化数字化研究中心主办。

本次会议到会代表 49 人,有 20 人发表 25 篇论文。论文集中还收入了一些相关论文,合计共 33 篇。其中《红楼梦》版本研究 9 篇,《三国演义》版本研究 9 篇,《西游记》版本研究 3 篇,《水浒传》版本研究 2 篇,《金瓶梅》版本研究 1 篇,其他小说研究 4 篇,戏曲版本研究 1 篇,小说数字化研究 3 篇。

由于特殊原因,沈伯俊和金文京这次不能到会,是很大的遗憾!沈先生和金先生对古代小说数字化一贯给予了大力支持,每次沈先生都到会主持,会后发表文章介绍会议情况;金先生每每在会议上有精彩点评,显示其深厚的学术研究功底,给会议增色不少。

(3) 参会人员名单:合计 49 人,中国 44 人,外国 5 人

中国学者 44 人

刘世德(中国社科院文学所)	陈翔华(国家图书馆)
段启明(首都师范大学)	张 俊(北京师范大学)
欧阳健(福建师范大学)	侯忠义(北京大学)
王汝梅(吉林大学)	李永祜(中国人民大学)
侯 会(首都师大文学院)	刘勇强(北京大学中文系)
郭英德(北京师范大学)	赵伯陶(《文艺研究》编辑部)
程国赋(暨南大学文学院)	傅承洲(中央民族大学)
曹立波(中央民族大学)	段江丽(北京语言大学人文学院)
杨绪容(上海大学)	刘海燕(福建师范大学文学院)
王枝忠(福州大学)	王长友(江苏省社会科学院)
常雪鹰(北京教育学院中文系)	朱 萍(中国传媒大学文学院)

唐　均（西南交通大学外国语学院）	李永平（陕西师范大学）
王前程（三峡大学文学与传媒学院）	曹炳建（河南大学文学院）
陈卫星（重庆三峡学院文学与新闻学院）	桑　哲（曲阜师范大学）
曾耀农（湖南商学院中国语言文学学院）	胡　伟（辽东学院中文系）
马　达（中州古籍出版社）	王建新（中州古籍出版社）
朱大江（华北石油勘探开发研究院）	李金泉（上海黄浦区税务局）
杨　超（河南大学文学院）	谭君华（中央民族大学）
谭　笑（中央民族大学）	薛红娟（中央民族大学）
甘宏伟（河南城建学院基础部）	张红波（四川外语学院）
蔡　云（华夏文化地域多样性传承与保护基金）	邱华东（南通市公安局）
黎必信（香港城市大学）	周文业（首都师范大学）

外国学者 5 人

中川谕（日本大东文化大学）	大塚秀高（日本琦玉大学）
广泽裕介（日本立命馆大学）	上原究一（日本东京大学）
荒木达雄（日本东京大学研究科东亚文化研究专门课程）	

11. 2012 年第十一届研讨会（中国台湾，中国大陆以外第五次）（嘉义大学）

（1）研讨会简介

第十一届中国古代小说戏曲文献暨数字化国际研讨会在台湾嘉义大学举行。由台湾嘉义大学中文系主办，北京首都师范大学中国传统文化数字化研究中心协办。

时间：2012 年 8 月 21 日—24 日，会期 4 天

地点：台湾嘉义大学民雄校区，住宿：台湾嘉义二阶堂商务旅馆

研讨会主题：
- 介绍中国古代小说文献和版本研究的最新进展和成果；
- 讨论中国古代小说文献和版本研究的进一步发展；
- 介绍中国古代小说数字化研究的最新进展和成果；
- 讨论中国古代小说数字化研究的进一步发展。

（2）论文目录（40 篇）

古代小说版本、作者研究（17 篇）

1）朝鲜活字本《三国志演义》再考……………………………………[日本] 金文京
2）耶鲁大学《三国志演义》周曰校本考察 ……………………………[日本] 中川谕

3) 关于唐氏世德堂和周曰校万卷楼仁寿堂的章回小说出版活动……[日本]上原究一
4) 浅谈《水浒传》嘉靖本版本……[日本]荒木达雄
5) 《三国演义》《西游记》《红楼梦》版本研究三例……周文业
6) 《三国演义》叶逢春本研究……桑　哲
7) 《罗贯中全集》的版本考证与体系特色……郑铁生
8) 《西游记》世德堂本与李评本对勘的启示……曹炳建
9) 董说《西游补》的版本、序跋考辨……韩洪举
10) 关于蒙府本后四十回版本特征的几点思考……曹立波
11) 中国古典小说的出版文化之研究
　　　——以朝鲜时代所出版本及出版文化为中心……[韩国]闵宽东
12) 韩国所藏的中国文言小说版本研究……[韩国]刘僖俊
13) 朝鲜时代中国古典小说戏曲的版本与翻译概况……[韩国]金明信
14) 王世贞删定《世说新语补》版本考……郑幸雅
15) 1952、1982年施耐庵身世调查成果的检阅与思考……莫其康
16) 《金瓶梅》作者"徐渭说"的发展——以书画作品作为旁证……全　亮
17) 林兰香创作年代考……聂春艳

古代小说文献研究（5篇）

18) 满文译本《金瓶梅》叙录（上篇）……王汝梅
19) 作为"国礼"的大中华文库本《红楼梦》……洪　涛
20) 《红楼梦》的晚清接受史……黄锦珠
21) 《四库全书总目》著录小说管窥——以唐代小说文献为中心……关四平
22) 冯梦龙《太平广记钞》的删订与评点……傅承洲

戏曲文献版本研究（4篇）

23) 评点画意本：最早问世的徐评《西厢记》真本……杨绪容
24) 关于《玉茗堂批订董西厢》的真伪问题……王　昊
25) 巾箱本《琵琶记》研究……汪天成
26) 关于李渔《无声戏》版本的几个问题……朱　萍

弹词说唱研究（3篇）

27) 韩国所藏的中国弹词版本研究……[韩国]刘承炫
28) 宋代说唱文学的韩国流入样相考……[韩国]郑有善
29) 明清曲牌体散出选本的典藏、出版与研究……黄婉仪

数字化研究（1篇）

30) 数字化时代的中国古典小说研究新发展……张蕊青

古代小说内容艺术研究（10篇）

31）《三国演义》与时事风尚关系研究鸟瞰……………………………………韩伟表
32）韩国所见元代石塔《西游》故事浮雕之重要性试论…………………………谢明勋
33）试论叙事视野中的《金瓶梅》丧葬描写……………………………………李延年
34）小说写法差异及其内在制约
　　——评话小说与其他武打小说"武打"对比研究……………………………董国炎
35）《盐官邑》来源旁证及与同母题同类型作品之比较………………………张　惠
36）《花笺记》语体与中国古代小说的联系……………………………………叶　岗
37）科学与迷信之间：《夷坚志》占验故事……………………………………秦　川
38）论"话本"与"演义"的关系——以《〈古今小说〉叙》为中心的讨论……李志宏
39）"卢太学诗酒傲王侯"的事件、渲染与文化意涵……………………………许建昆
40）参军戏的生成与演化…………………………………………………………赵兴勤

（3）与会人员名单：合计46人，中国37人，外国9人

外国学者9人

日本4人：
金文京（日本京都大学人文科学研究所）　　中川谕（日本东京大东文化大学）
荒木达雄（东京大学研究生院）　　　　　　上原究一（东京大学中文系）

韩国5人：
闵宽东（韩国庆熙大学中文系）　　　　　　金明信（韩国庆熙大学中文系）
刘承炫（韩国庆熙大学比较文化研究所）　　郑有善（韩国祥明大学）
刘僖俊（韩国庆熙大学比较文化研究所）

中国学者37人

周文业（首都师范大学）　　　　　　　　　傅承洲（中央民族大学）
曹立波（中央民族大学新闻与传播学院）　　朱　萍（中国传媒大学文学院）
杨绪容（上海大学）　　　　　　　　　　　张蕊青（上海金融学院）
全　亮（上海师范大学）　　　　　　　　　聂春艳（天津师范大学文学院）
关四平（哈尔滨师范大学文学院）　　　　　郑铁生（天津外国语大学）
王汝梅（吉林大学文学院）　　　　　　　　王　昊（吉林大学文学院）
李延年（河北师范大学文学院）　　　　　　桑　哲（曲阜师范大学）
单承彬（曲阜师范大学）　　　　　　　　　赵兴勤（江苏师范大学文学院）
莫其康（江苏兴化明清小说研究会）　　　　董国炎（扬州大学文学院）
韩洪举（浙江师范大学行知学院）　　　　　秦　川（九江学院）
叶　岗（绍兴文理学院人文学院）　　　　　曹炳建（河南大学文学院）
韩伟表（浙江海洋学院人文学院）　　　　　刘海燕（福建师范大学文学院）
洪　涛（香港中文大学文学院翻译系）　　　黎必信（香港城市大学语文学部）
张　惠（香港浸会大学中国语言文学系）　　徐志平（台湾嘉义大学中文系）

谢明勋（台湾中正大学中文系）　　黄锦珠（台湾中正大学中文系）
郑幸雅（台湾南华大学文学系）　　丁肇琴（台湾世新大学中文系）
黄婉仪（台湾"中央大学"中文系）　李志宏（台湾师范大学国文系）
刘淑娟（台湾吴凤科技大学通识教育中心）　许建昆（台湾东海大学中文系）
汪天成（台湾嘉义大学中文系）

12. 2013年第十二届研讨会（中国上海，中国大陆第七次）（复旦大学）

（1）研讨会筹备

中国古代小说戏曲文献暨数字化国际研讨会2012年是在台湾嘉义大学举行，按照一年在中国大陆、一年在中国大陆以外的惯例，因此2013年研讨会就应在大陆举行了。考虑到2013年8月25日—27日上海复旦大学举办明代文学研讨会，为方便学者一次参加两个研讨会，因此第十二届研讨会于2013年8月28日在上海复旦大学举行，由首都师范大学中国传统文化数字化研究中心主办，复旦大学中国古代文学研究中心协办。以前历次在中国大陆举办的研讨会，都是在北京举办，这次研讨会是首次在北京以外举办。

在上海复旦大学举办这次研讨会，由于复旦大学要同时举办的明代文学研讨会人数众多，有150多人，已经给复旦大学中国古代文学研究中心带来了极大的压力，又要增加古代小说研讨会，复旦大学的困难之大，我是深有体会的。在北京举办的六届研讨会都是我一个人办所有会务工作，因此对中心主任黄霖老师办会的辛苦我是十分了解的。在此次研讨会前，黄老师已经连续主持和参加了三天明代文学学会，我深知主办研讨会之辛苦，事无巨细，都要考虑到，150多人到会，诸多中国大陆以外著名学者的接待，十分辛苦。黄霖老师对此会给予了大力支持，并亲自到会发表有关《金瓶梅》版本论文，我非常感谢！我想黄老师参加此次研讨会只要致辞、发言后，就可休息了。但我注意到，黄老师自始至终，一直在座位端坐，认真听发言，仔细看论文集，还不时参加讨论，中午和晚上都和大家一起吃盒饭，没有任何特殊。直到晚饭结束，才和大家告别回家。我和他分手时，再次感谢他的帮助，他也很客气。黄老师待人接物一贯认真、热情，长者风度，令人敬佩！

复旦大学中国古代文学研究中心这次只有黄霖老师一人参加，我问黄老师，中心目前是否还有其他人研究古代小说。他说以前曾有人研究，但后来转去研究其他领域了，因此目前只有他一人仍从事古代小说的研究。另外复旦大学古籍整理研究所谈蓓芳曾写过《水浒传》映雪草堂本文章，和刘世德商榷，文章写得很细致。当年我为中川谕联系在"光华文史文献出版丛书"中出版他的专著《〈三国志演义〉版本研究》，曾托李金泉与谈蓓芳联系过，但我从未见过她。

这次研讨会的具体会务工作都是复旦大学中国古代文学研究中心秘书柳佳老师负责，由于8月底是会议高峰，住宿安排是最麻烦的事情，因为小说会是28日接着明代文学学会开，28日明代文学学会代表很多没有离开，因此无法利用明代文学学会的住宿宾馆，只有另外再找宾馆住宿。为此柳老师跑遍了复旦大学周边的所有宾馆，终于联系落实了合适的宾馆，虽然稍远一些，但走路十几分钟，也还可以。由于是在复旦大学召开，会场、就餐就在复旦大学校内，相对还比较简单。柳老师办事效率极高，每次我用邮件与她联系，很快就会有回音，对她的工作，我是非常满意和非常感谢！没有复旦大学黄霖、柳佳老师的大力支持，这次研讨会就无法顺利召开。

我为尊重复旦大学黄老师他们的会务准备工作，在会议通知中都写的是"复旦大学中国古代文学研究中心主办、首都师范大学中国传统文化数字化研究中心协办"，论文集也是如此。黄老师由于忙于明代文学学会，并未注意此署名。等论文集印出，黄老师才发现写的是他们主办，我们协办。因此在会前他找到我说，这种提法不对，应该是我们主办，他们协办。沈伯俊老师也说，起码可以说两家主办。黄老师说的是对的，我负责会议组织、登记、论文集编辑，复旦大学负责住宿接待、就餐，因此应该是我们主办，复旦大学协办，我本是好意，但可能会产生误解，这是我的错误，在此向黄老师致歉！

（2）与会学者简介

发来论文的学者47人（包括临时未出席者，不包括参会但无论文者），中国39人，外国8人。

中国39人：

黄　霖（复旦大学）　　　　　　沈伯俊（四川社会科学院）
周文业（首都师范大学）　　　　段江丽（北京语言大学）
苗怀明（南京大学文学院）　　　潘建国（北京大学中文系）
傅承洲（中央民族大学）　　　　张祝平（南通大学）
曹立波（中央民族大学）　　　　戴永新（中央民族大学）
石钟扬（南京财经大学新闻学系）曹炳建（河南大学文学院）
杨绪容（上海大学文学院）　　　涂秀虹（福建师范大学）
齐慧源（徐州工程学院人文学院）罗　宁（西南交通大学中文系）
许勇强（东华理工大学文法学院）李金泉（上海市黄浦区税务局）
邓　雷（东华理工大学文法学院）莫其康（泰州历史文化研究所）
杨林夕（惠州学院中文系）　　　刘　玄（北京语言大学）
张伟丽（国家图书馆）　　　　　全　亮（上海师范大学）
王一卜（北京大学中文系）　　　陈小林（浙江古籍出版社）
苏建新（福建工程学院）　　　　周　琪（甘肃省文化艺术研究所）
周　怡（山东大学威海校区文化传播学院）颜　彦（国家图书馆）
张玉梅（南通大学）　　　　　　钱海鹏（南通大学）

陆　敏（南通大学）	张　鹏（南通大学）
易　静（南通大学）	胡首龙（内蒙古大学）
陈旭东（福建师范大学）	洪晓银（福建师范大学）
潘　攀（富士通研究开发中心有限公司）	

外国8人：

金文京（日本京都大学）	中川谕（日本大东文化大学）
大塚秀高（日本琦玉大学）	上原究一（日本庆应大学）
荒木达雄（台北"中央研究院"中国文哲研究所）	王　佳（日本琦玉大学）
广泽裕介（日本立命馆大学）	闵宽东（庆熙大学中国语学科）

日本从事中国古代小说和戏曲文献研究是有传统的，因此和历次研讨会一样，这次研讨会日本学者来的很多。老朋友金文京先生、大塚秀高先生、中川谕先生几乎每次研讨会都参加，他们对古代小说数字化的支持很大，也大大提升了研讨会的学术水平。

金文京先生、大塚秀高先生本来都要参加25日—27日的明代文学研讨会，但后来金先生25日有事，无法离开日本，只有26日才到。大塚先生后来要参加在终南山举行的西王母娘娘国际文化节，只有26日才到上海。我得知他们都是26日到上海后，曾建议明代会把27日去嘉定考察，改为26日，这样27日开会金先生和大塚先生就可参加了。但黄霖先生答复说，调整议程牵扯太多，不好变动。这样金先生和大塚先生就无法参加明代文学学会的讨论，而只能参加小说会，这也是小说会的幸运。

中川谕先生每次都到会，这次小说会和明代文学学会连起来开，也是中川先生首先提出的，他曾在复旦大学学习一年，后来曾多次来复旦大学交流。

此外广泽裕介先生、上原究一先生、荒木达雄先生也多次参会。这次荒木还联系了一些年轻的日本学生铃木弥生、千贺由佳、佐高春音、笠见弥生等来参加。

韩国学者闵宽东先生近年来参加了历届研讨会，这次又一次出席，我十分感谢。小说会开办初期韩国学者出席较多的是赵宽熙先生，他还曾利用小说会采访很多到会学者。后来赵宽熙结婚后，渐渐淡出了研讨会。到2010年前后，朴在渊先生多次出席，介绍他发现的《三国演义》朝鲜翻刻本和铜活字本，影响很大。

最近几次韩国学者中只有闵宽东先生经常出席，因为他近年来在从事中国古代小说在韩国的传播研究。

香港学者几乎每年都有学者出席，但2013年洪涛有事无法出席，黎必信参加了25日的明代文学研讨会，26日有事返回香港，无法出席小说会。张惠的通行证刚好27日到期，来不及更换，她自己也很遗憾。

台湾学者研究小说文献的人不多，每年参加的人很少。2012年在嘉义举行，徐志平主办，现在他升任嘉义大学教务长，事情繁多。在山东五莲《金瓶梅》研讨会上，他表示无法出席，很遗憾。

大陆本来还有关四平、程国赋、曹立波、郑铁生、雷勇、张进德、叶岗、徐永斌、郑永晓、刘海燕、陈旭耀、张应斌、李奎等学者计划参加，后因8月28日临近大学开学,很多老师已经发来论文,但因学校要迎接开学而无法出席,也很遗憾。

江苏兴化莫其康先生多年来研究施耐庵籍贯问题,此次提交一篇有关施耐庵兴化故里具体地点的文章,他对参会非常认真,多次与我联系,反复修改文章,但临时突然有事,无法出席。

这次由于意外无法出席的还有江苏省南通市公安局的邱华东先生。他和我一样不是科班出身,只是古代小说爱好者。他在《红楼梦》研究方面颇有建树,2010年我曾邀请他参加《红楼梦》版本和数字化国际研讨会。这次他本来也报名参加,并曾给我来电话询问会务事宜。后来我偶然从网络上得知他于5月9日突然去世,真令人震惊!我把相关消息发到古代小说网上,也算对他的一个纪念吧。

刘世德、陈翔华先生每次在北京开会,他们都必到,并一定发表高水平论文,开会时也是积极讨论,发表高见,他们的参加大大提升研讨会的学术水平。这次在上海举办,我与他们联系,他们也很想参加,但终是年纪已高,不便出行,很遗憾缺席了此次研讨会。王汝梅老师也出席了多次研讨会,对这次上海研讨会,他也很关心,曾从长春来电话询问,最终由于和其他研讨会时间接近,考虑要连续出席多个研讨会过于劳累,也无法出席。欧阳健先生也曾出席过2008年和2011年北京研讨会,这次研讨会我力邀他出席,他在无锡也有家,离上海很近,但他这段时间一直在福州,要9月份才到无锡,因此他也无法出席。我深有体会,研讨会有他们这些老学者出席,讨论就会深入、热闹,我主办研讨会,最看重的是讨论,对这批老先生无法出席,我是非常遗憾。

沈伯俊先生对古代小说数字化一贯给予了大力支持,2011年以前历次在大陆举行的研讨会,沈先生都到会。2011年在北京举行第十届研讨会,刚好和成都一重要会议冲突,沈先生没有出席。每次在中国大陆举行的研讨会我都委托沈先生主持点评。而一般研讨会都由多位学者分别主持点评。而沈先生要一人主持一天,几十位学者的论文都要事先仔细阅读,每位学者报告完,都要逐一点评。有些研讨会主持因照顾情面,常常到时不终止发言,以致研讨会往往被迫延时。而沈先生做主持则尽职尽责,很注意控制时间,到时提醒学者,严格控制时间和进度,由沈先生主持我就很放心。沈先生主持时,还认真做记录,这样每次会后,沈先生都会及时发表文章介绍会议的情况,对于宣传研讨会有极大帮助。对于沈先生对古代小说数字化和研讨会的支持,我非常感谢!

福建师范大学教授齐裕焜、涂秀虹都是老朋友,他们因为出席25日在济南召开的袁世硕先生从教六十周年纪念会,刚好赶来参加小说会。齐先生是老朋友,一向对小说数字化给予大力支持,这次只出席了半天,没有发表论文,下午有事离开,我因为办会事多,只和他打了招呼,未能多聊。涂秀虹多年来一直从事小说、戏曲文献研究,这次和别人合作发表两篇有关戏曲的文章。

中央民族大学傅承洲教授是老朋友了,他近年来一直出席小说研讨会,明代文学学会上,我临时请他救驾当评议人,他很爽快答应了,我很感谢他。小说会上他发表了有关李渔戏曲研究的文章。

南京大学苗怀明教授也是老朋友了，他主办的古代小说网对我帮助很大，小说会很多通知都是通过小说网发出，很多新朋友也是在小说网看到会议消息报名的。他暑假很忙，先去北京出席了张俊先生祝寿会，又和大塚先生一样，出席了终南山研讨会后，再赶来参加小说会。

王长友也是老朋友了，他曾任《明清小说研究》主编，近年来一直在俄罗斯追随著名汉学家李福清，整理存于俄罗斯的中国古籍，可惜李福清不久前突然去世。2013年我在北大曾与陈庆浩、陈熙中一起和他见过面，他曾为收集关羽绘画专程到首都师大来找我，但这次见面我问及他，他说他不记得了。王长友说他联系过的人太多，不可能都记得。我当时见李福清，他身体看上去很好，很健谈，但不料后查出有癌症，三个月后就去世了。王长友还在俄罗斯做些生意，但学术研究一直没有停。这次从俄罗回国参加研讨会，老朋友相见，很欣慰。

王玉国先生也是老朋友了，他曾任镇江文化局副局长，2010年曾在镇江主办《三国演义》研讨会，在三国演义学会非常困难的情况下，为促进《三国演义》研究做了很大的努力，我们也由此成为好友。这次他又出席，研讨会最后还发表了热情的即席讲话，对研讨会给予很高评价。

石钟扬教授是第一次出席此研讨会，他是研究《金瓶梅》专家，这次发表一篇有关《西游记》文献的论文。

西南交通大学中文系罗宁教授一直从事古代文言小说研究，很有功力，这次发表论文，对于目前文言小说不如通俗小说研究活跃的零落现状很遗憾。

福建工程学院苏建新教授发表有关林纾研究的文章，我开始觉得林纾的作品属于近代小说，不属于古代小说，后沈先生指出林纾写作时间是从晚清到民国，也可算古代范畴，因此也收入论文集。

其他参会但未发表文章，我比较熟悉的朋友还有：洛阳师范学院教授刘继保、河北师范大学文学院教授李延年、天津师范大学文学院教授聂春艳、复旦大学出版社副总编张蕊青、中州古籍出版社一编室主任王建新等。

其他出席的很多新人因为不熟悉，就不一一介绍了。

（3）论文概况

论文集根据研究对象划分为 8 个方面：
1)《三国演义》研究，收入论文 13 篇。
2)《水浒传》研究，收入论文 5 篇。
3)《西游记》研究，收入论文 8 篇。
4)《金瓶梅》研究，收入 2 篇。
5)《红楼梦》研究，收入 3 篇。
6) 其他古代小说研究，收入 8 篇。
7) 戏曲研究，收入 9 篇。
8) 古代小说数字化，收入 3 篇。

以上收入论文 51 篇。

以上8个方面基本概括了目前中国古代小说和戏曲文献研究的各个领域,是比较全面地对当前中国古代小说和戏曲文献研究热点问题的梳理和总结,对促进今后中国古代小说和戏曲文献的研究,肯定会有很大帮助。

中国古代小说戏曲文献暨数字化国际研讨会举办初期,主要以小说研究为主,这次戏曲论文有9篇,约占五分之一,数量上比前几次有明显增加。

由于大会时间十分紧张,针对很多发言,我本来有很多想法想交流,但怕占用太多时间,因此多数没有谈。

(4) 论文分类目录摘要(51篇)

《三国演义》研究(13篇)

1)周曰校甲本《三国志演义》简介……………………………[日本] 金文京
2)关于九州大学所藏《三国志演义》两种……………………[日本] 中川谕
3)《三国演义》书名研究………………………………………………周文业
4)周曰校刊《三国志通俗演义》的初刻年代问题……………………陈翔华
5)论《三国演义》几种周曰校本的先后问题…………………………周文业
6)关于夏振宇本《三国志传通俗演义》………………………[日本] 中川谕
7)论《三国演义》夏振宇本、周曰校本关系和底本……………………周文业
8)日本、台北所见两种李评本三国志印象记…………………………李金泉
9)金文京先生的《三国演义》"综合"研究………………………………段江丽
10)《三国志》与《三国演义》关系三论…………………………………沈伯俊
11)《三国演义》与三国题材绘画的发展…………………………………沈伯俊
12)从插图看《三国志演义》版本的类型和演变……………………………颜 彦
13)明代《三国演义》插图对文本曹操形象的诠释……………张玉梅、钱海鹏

《水浒传》研究(5篇)

14)《水浒传》石渠阁补刊本初探……………………………[日本] 荒木达雄
15)《水浒传》刘兴我本和刘荣吾本数字化研究…………………………周文业
16)《水浒传》林九兵卫刊本与袁无涯本比较研究……………………许勇强、邓 雷
17)评林本《水浒传》插图对"女祸"思想的阐释……………………陆 敏、张祝平
18)古白驹场及施耐庵籍贯考辨………………………………………莫其康

《西游记》研究(8篇)

19)金陵书坊唐氏世德堂主人考——两位"唐光禄"…………[日本] 上原究一
20)《西游记》浅野世本与台湾世本校勘及其启示………………………曹炳建
21)新见巴黎藏明刊《新刻全像批评西游记》考…………………………潘建国
22)《西游记》闽斋堂本底本探讨…………………………………………周文业
23)虞集《〈西游记序〉》考证………………………………………………石钟扬
24)《西游记》世德堂本与李评本插图对文本阐释的比较……………张 鹏、张祝平

25)《西游记》文本的计算风格学研究 …………………………………… 王一卜
26)文献的细读——浅谈世德堂本《西游记》的校注问题 ……………… 李天飞

《金瓶梅》研究（2篇）

27)《金瓶梅》评点本版本研究述论 ……………………………………… 刘　玄
28)台北故宫博物院藏《金瓶梅词话》读后 ……………………………… 黄　霖

《红楼梦》研究（3篇）

29)从《柳絮词》看《红楼梦》几个抄本的关系 …………………… 戴永新、曹立波
30)《红楼梦》戚序本和庚辰本关系研究 ………………………………… 周文业
31)《红楼梦》后四十回真伪辨 …………………………………………… 全　亮

其他古代小说研究（8篇）

32)《小说粹言》所依据的白话短篇小说集 ……………… ［日］大塚秀高、王　佳
33)《喻世明言》四十卷本考 ……………………………………… ［日］广泽裕介
34)论重编《说郛》的作伪 ………………………………………………… 罗　宁
35)两种文言小说《瞪车志》之比较研究及作者考辨 …………………… 张伟丽
36)北京大学世德堂本《南北宋志传》小考 ……………………………… 陈小林
37)话本小说入话的发展演变 ……………………………………………… 杨林夕
38)中国古典小说在韩国的翻译出版研究 ………………………… ［韩］闵宽东
39)21世纪前十年中国小说文献研究的新进展 …………………………… 苗怀明

古代戏曲研究（9篇）

40)游敬泉刊《西厢记》三槐堂本的底本 ………………………………… 杨绪容
41)李渔话本的戏曲改编 …………………………………………………… 傅承洲
42)明代建阳书坊刊刻戏曲知见录 ………………………………… 陈旭东、涂秀虹
43)嘉靖本《荔镜记》与万历本《荔枝记》版本介绍 …………… 洪晓银、涂秀虹
44)古代戏曲选本研究与数字化 …………………………………………… 齐慧源
45)西北戏曲文献整理与数字化元资料标准建设 ………………………… 周　琪
46)辜鸿铭论戏剧 …………………………………………………………… 周　怡
47)容本、凌本《琵琶记》插图对文本阐释的异与同 …………… 易　静、张祝平
48)《元刊杂剧三十种》百年文献整理述评 ……………………………… 胡首龙

数字化研究（3篇）

49)林纾文化研究数字专题库的建设、不足与期望 ……………………… 苏建新
50)顶置非接触式扫描仪和中国古代小说版本研究 ……………… ［日］中川谕
51)基于顶置式扫描仪的非接触式古籍电子化系统 … 潘　攀、谢术富、何　源、孙　俊

以下分别介绍其中一些论文。

(5) 金文京与《三国演义》周曰校本圈发研究

金文京先生几乎每次都参加研讨会,每次都有新论文发表。他近年因为在韩国成均馆大学做客座教授,日本、韩国两地跑,十分辛苦和忙碌。这次研讨会的论文集我在上海都已经打印好,就差装订时,他从日本打来电话,说论文刚刚发出,我赶快给复印社打电话,让他们不要装订,这样刚好可以来得及把他的论文插入。但因为论文集已经编排好,页码无法改动,刚好他本来就排第一名,因此还是插在第一篇,只是页码和后续论文就不连续了。

金先生论文是有关《三国演义》周曰校本的圈发问题的,虽然只有四页,但内容非常重要,这个课题在《三国演义》版本研究中应该引起注意。

周曰校本是《三国演义》"演义"系列中的重要版本,有甲、乙、丙三种不同的版本。周本在一些多音字的四旁偶尔施加表示声调的圈发,只因数量少,过去罕为人知。我曾陪金先生两次去中国社科院文学所图书馆看无图残本的周甲本,我也知道金先生是去查圈发,因为我当时不懂圈发意义,觉得和版本关系不大,也未予以注意。金先生回国后,可能由于忙,也一直没有写文章。刘世德先生、陈翔华先生对几种周本也都很熟悉,但谁也没有注意圈发问题。

金先生比较周甲本和周丙本的圈发,发现两本加圈发的情况参差不一,周丙本的圈发比周甲本更多,他分析这应该是删除不尽,顾此失彼以至偶然遗存的结果。换句话说,周甲本和周丙本的底本应该如同嘉靖元年本一样,所有的多音字都有圈发的。因此,周本的底本也应该是内府本。

对此我的分析如下。

首先,分析周乙本和嘉靖元年本圈发关系。我用北大周乙本残本和嘉靖元年本、周丙本核对,如"将"字有两个读音,嘉靖元年本全部都有圈发,而周乙本有的字有圈发,有的没有圈发。我估计其他字也如此,这说明周乙本并非全部圈发。现在看来,嘉靖元年本全部圈发,而周乙本有的有圈发,有的不圈发。但周乙本圈发明显又多于周丙本。这样一来,几种版本中:嘉靖元年本全有圈发,三种周本中,周乙本圈发最多,周丙本其次,周甲本最少。

其次,再分析周乙本和周甲本圈发情况,由此再判断两者关系。

由于我只有北大周乙本卷九图像,只有逐一核对卷九中周甲本和周乙本的圈发。金先生查出卷九周甲本有 21 个圈发,其中 14 个周丙本没有圈发。而周乙本只有 1 个没有圈发,其余 20 个全部有圈发。对于周乙本中其他周甲本没有圈发的,我就没有再统计,因为金先生已经统计了,周丙本的圈发比周甲本多,那么周乙本圈发就肯定更多了。

根据以上情况,周甲本和周乙本两者可能无直接关系,它们应该另有共同底本。此共同底本很可能和嘉靖元年本一样,都有圈发。而现有的三种周本都不是初刻本。

夏振宇本没有圈发,因此夏振宇本和周本应该有共同底本,我分析应该是嘉靖壬子本。

由于周本初刻本看来都有圈发,因此如金先生的判断,周本的祖本是内府本可能性很大了。周本和嘉靖元年本都有圈发，内府本应该是它们的共同底本。

至于现在看到的所谓"嘉靖元年本"，实际是后来修改过的版本，主要修改了关羽之死等情节，已经不是真正的嘉靖元年本原貌。

真正的嘉靖元年本就是内府本，也就是现在看到的嘉靖元年本和嘉靖壬子本（周曰校本和夏振宇本的共同底本）的共同底本。

按照上述分析，则"演义"系列演化可能如下图。

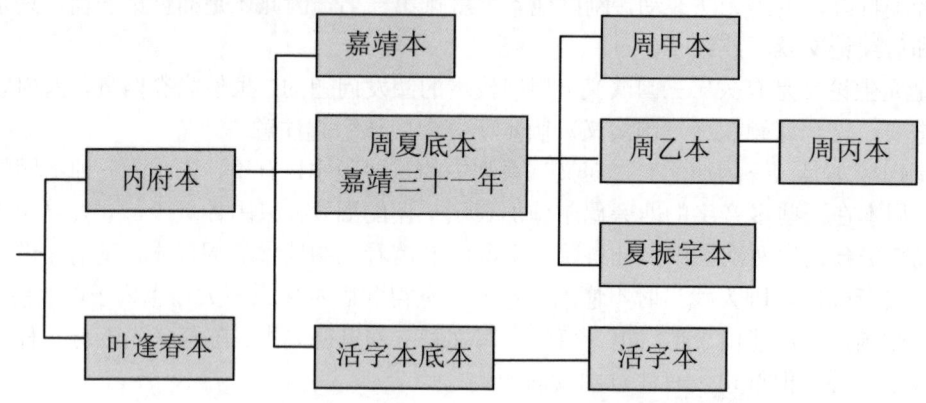

《三国演义》版本演化示意图

当然这是研讨会后我又重新仔细论证后的初步结果，限于篇幅此文无法给出论证过程了。这样研讨会论文集中本人有关周曰校本和夏振宇本的两篇文章也要做大幅度修改，按照此新的思路，论文集中我的文章里的一些问题也可解决了。

从圈发问题我很有感慨，为何其他人都没有发现圈发，只有金先生发现了？从中可以看出，金先生的研究领域宽阔，不仅懂得小说、戏曲，还懂得音韵学。最近金先生还研究李白，在日本出版了一本李白研究专著，其中对李白出生地，他和中国大陆多数学者看法又不同。中国大陆目前基本采信郭沫若看法，认为李白是碎叶人，即在今日吉尔吉斯斯坦境内。但金先生认为是条支人，在今阿富汗。中国大陆也有人持此说，但属于非主流。从此我感到，研究必须要见多识广才行，要知识面宽，才会发现问题。

（6）金文京展示《三国演义》遗香堂本

2005年在黄山出现明刊汤宾尹本《三国志传》两册，并在嘉德2005年秋季拍卖会上公开拍卖，但因无人竞拍而流拍。金文京先生联系了六位日本朋友出资购买下来。他们支付的费用折合成人民币还不够，我又添了一些。汤宾尹本《三国演义》是明代建阳刻本，在《三国演义》版本演化中占有重要地位。中国国家图书馆也藏有此书，二十卷全。经日本和中国学者仔细研究，发现两书个别文字和插图略有不同，证明这两书不是同一版。2007年金先生利用来京出席我主办的古代小说数字化国际研讨会期间，主动提出要将此书无偿捐献给国图，以方便读者和国图藏本比对研究。在捐赠会上，詹福瑞馆长说，他上任以来第一次遇到无偿捐献古籍给国图，还是日本朋友。此事刚好发生在"八一五"抗战胜利纪念日，为此中国大陆很多报刊予以了报道。

最近黄山汤宾尹本的卖书人又发现明崇祯年间刊刻《三国演义》遗香堂残本，主动与我联系，金文京先生又再次出资买下了此残本。遗香堂本美国耶鲁大学有全本，2013年中川谕先生曾去耶鲁大学拍摄周曰校乙本，但没有时间全部拍摄遗香堂本，2014年8月中川先生准备再去耶鲁大学拍摄此本和嘉靖元年本。

此残本残破非常严重，金先生联系了复旦大学古籍整理所重新装裱此本。这次金先生来上海出席研讨会，此本已经装裱完毕，我看效果很不错，但可惜最后装订时不注意，穿线太宽，压住了中缝的很多字，只要再重装订一次即可。

在研讨会上，我请金先生给大家展示了此本。金先生意外在此本上看到后人用朱笔做的圈发，这说明此书原保存者阅读极为仔细，也说明当年圈发使用很普遍。

金先生两次出资购买《三国演义》版本，我开始也不理解，这样残破的书，又不是孤本，为何还要购买？他答复我，如果不买下，就会散失，虽然版本研究价值不高，但是还是有一定价值的，因此只要是在他研究范围内，为保留这些珍贵古籍，他都毫不犹豫出资买下。而在中国大陆却没有人有金先生这样的气魄，也是很遗憾的事情。

论文集还收入了北京语言大学段江丽教授所撰写的文章，介绍了金文京先生的《三国演义》"综合"研究。金先生多年来对《三国演义》研究十分深入，此文十分全面，对于了解《三国演义》研究的最新成果很有帮助，因此我收入了论文集。段老师因在日本两年访学还没有结束，故未能到会，很遗憾。

（7）沈伯俊《三国志》与《三国演义》关系研究

沈伯俊先生是国内《三国演义》研究专家，曾校理出版多种《三国演义》版本，并编撰《三国演义大辞典》，中华书局将再版四大名著，也选定了由沈先生整理《三国演义》。这次研讨会他提供《〈三国志〉与〈三国演义〉关系三论》一文，也同时在明代文学研讨会上发表，此文分三方面介绍了史书《三国志》和《三国演义》的关系。两者之间的关系，历来为《三国演义》研究者所重视。文章通过实证性研究，提出三点见解：其一，《三国志》（包括裴松之注）是《三国演义》最重要的史料来源；其二，《三国志》并未为《三国演义》提供叙事结构框架，承担这一任务的，主要是编年体史书《资治通鉴》；其三，不宜说《三国演义》是"演"《三国志》之"义"。

（8）笔者与《三国演义》书名研究

沈伯俊先生的文章谈及《三国演义》书名，我刚好以前曾仔细研究过《三国演义》书名，因此将以前的文章删节后收入论文集。《三国演义》各种版本书名是由"三国志""（史）传"和"（通俗）演义"三个单词组合而成。所有书名中都包含《三国志》三字，说明《三国演义》的主要根据应该是陈寿的《三国志》。"志传"系列版本书名多是"（通俗)演义"+"三国志传"，"通俗演义"都在"三国志传"之前。早期"演义"版本书名多是"三国志（传）"+"通俗演义"，"通俗演义"都在"三国志传"之后，与"志传"系列正好相反。"志传"系列有些版本书名中的"按鉴"

和"汉谱（后汉）"字样和"三国志"合起来表示了《三国演义》的三个来源——《三国志》《资治通鉴》和《后汉书》。《三国演义》书名很复杂，值得仔细研究。

（9）陈翔华文章和《三国演义》周曰校本研究

陈翔华先生因身体原因未能到会，他2013年在《南开学报》第1期发表论文《周曰校刊〈三国志通俗演义〉的初刻年代问题》，其中主要谈及两个问题：一是初刻版本问题，文章认为周曰校初刻的是万历十九年的插图本（即周曰校乙本），而不是有图本（即周甲本）；三种周曰校本中，有图本在前，无图本在后。陈先生的主要依据是此本前的识语中，即提及周本的六个其他特征，又提到此本有"全像"，因此他认为有图的周乙本应该是初刻本。这是他多年的看法，但一直没有写成文章。二是他认为周曰校从事刻书活动是在万历年间，"嘉靖壬子"不可能是周曰校刊本的初刻年代。我对此也很有兴趣，在征得他同意后，把他的文章收入了论文集。陈先生一直不采用刘世德先生率先采用周甲本、周乙本和周丙本的称谓，也一直没有去中国社科院文学所看过周甲本。

（10）笔者和《三国演义》周曰校本研究

我针对陈先生文章，写了响应文章。我认为，第一个问题，即周曰校初刻本，有三种可能：第一种可能是有图周乙本在前，无图周甲本在后，即陈翔华看法；第二种可能是相反，是无图周甲本在前，有图周乙本在后，其证据是中川先生发现了周乙本有"同词脱文"。结合金先生发现的圈发问题，实际还有第三种可能，就是现有的两种版本都不是初刻本，初刻本是它们的共同底本。如果是这样，结合嘉靖元年本、夏振宇本都无图，则此底本应该是个无图本。第二个问题，我认为，周曰校本初刻时间确实是在万历年间，而嘉靖壬子年不是周曰校本的初刻时间，而是周曰校本和夏振宇本的共同底本的刊刻时间。因此在这点上和陈翔华先生并不矛盾。

这次金先生又提出圈发问题，根据圈发，研讨会后我又重新仔细论证，初步结果在前面已有所介绍，限于篇幅此文无法给出论证过程了。这样研讨会论文集中本人此文，及有关夏振宇本的两篇文章要做大幅度修改，按照此新的思路，此文中一些问题也可解决了。

（11）中川谕和《三国演义》周曰校本、夏振宇本研究

日本中川谕先生是《三国演义》版本研究专家，这次研讨会论文集收入了他三篇文章。一篇是谈《三国演义》新发现的版本，一篇是关于夏振宇本和周曰校本关系的文章，第三篇是有关项置非接触式扫描仪的介绍。

中川先生刚在日本九州大学发现了两种从未著录的《三国演义》版本，一种版本从内容看属于李卓吾评本中的绿荫堂本，这当场得到李金泉先生的赞同。他从插图看，此本和京都大学所藏绿荫堂本完全相同，此书的刻书商署名为嘉兴九思堂。在孙立编著的《中国文献批评学》一书的附录中有此版本的记载，但未说明此本藏于何处。此书本质是李卓吾本，但书名又标有"圣叹外书"字样，圣叹外书是毛本翻刻本的书名，

为何会出现在李卓吾本封面书名中,而内容上又没有任何毛本痕迹,很值得研究。另一种可能属于简本的诚德堂本,此本曾有著录,刘世德先生也曾著文研究过。这些都只是初步结论,还需要继续深入研究。

中川谕先生另一篇论文《关于夏振宇本〈三国志传通俗演义〉》,研究夏振宇本《三国志传通俗演义》与周曰校甲本(朝鲜翻刻本)、周曰校乙本、朝鲜铜活字本的关系,通过 15 个典型例子,探讨了夏振宇本的性质和底本问题。其结论是,夏振宇本的底本一定是在周曰校乙本之前的,底本是周曰校甲本可能性最大,即使不是,也一定是与周曰校甲本有密切关系的版本。几年前发现的朝鲜铜活字本,在二十四卷系统诸本中,与夏振宇本不太接近。夏振宇本是以周曰校甲本为底本的版本可能性最大。而且夏振宇本肯定是在李卓吾批评本之前。周曰校甲本的刊行既然是在万历十五年前后,李卓吾批评本的刊行最早是在万历三十年前后,夏振宇本的刊行就在其间,即万历十五年到三十年。但是因为现存资料还不够,所以正确的刊行年代还难决定。

这次研讨会中川发表了三篇文章,有两篇涉及《三国演义》版本,我和沈先生事先商定,每人 10 分钟介绍,这样中川先生要在 10 分钟内介绍上述两篇文章,时间很紧。我事先未和中川先生沟通,因此前一篇介绍《三国演义》新版本就基本用去了 10 分钟,结果没有时间再仔细介绍夏振宇本了。沈先生执法严明,又不给延长时间,中川只好说说夏振宇本研究的结论,这是我事先的疏忽所致。

此外,中川先生还在明代文学学会上,发表了一篇有关周曰校乙本和丙本关系的文章。这篇文章是从插图角度分析这两种版本,证明周丙本是周乙本的翻刻本。从前面的圈发分析也可看出,周丙本的圈发比周乙本少,周丙本和周乙本的关系已经很清楚了,因此在分析周本的演化中,可以不再考虑周丙本了。此文发表于明代文学学会,但大部分与会学者没有参加明代文学学会,不知道此文,很可惜。

(12) 笔者与《三国演义》夏振宇本研究

我针对中川有关夏振宇本文章也写了论文《论〈三国演义〉夏振宇本、周曰校本关系和底本》,发表了自己的看法。中川通过 15 个例子,认为夏振宇本的底本最可能是周曰校甲本,或与周曰校甲本有密切关系的版本。我认为,周曰校本和夏振宇本两本之间关系有"周曰校甲本底本说"和"共同的底本说"两种说法。我通过对中川先生所举 15 个例子的换个角度再分析,认为这两种可能性都存在,但似乎"共同的底本说"可能性更大。由于两本中的张尚德引言的刊刻时间不是"嘉靖壬午",而是"嘉靖壬子",因此"壬子"可能不是"壬午"的误刻,而是故意修改,它们的共同底本可能就是"嘉靖壬子本"。

(13) 上原究一与世德堂"唐光禄"研究

日本上原究一先生从东京大学博士毕业,但开会时尚未获得博士学位,还在庆应大学斯道文库工作。我去日本,他曾陪我一起去日光市参观,前面曾有介绍。他多年来一直在《西游记》版本研究方面下了很大功夫,水平很高。他也多年来一直参加小说研讨会。

上原这次发表《金陵书坊唐氏世德堂主人考——两位"唐光禄"》认为,《西游记》世德堂本陈元之序中提到的"唐光禄"实际是兄弟二人。这是个很有趣的问题,对此上原先生做了多年极为细致深入的分析研究。他认为,刊刻《西游记》等古代小说的金陵唐氏世德堂主人"唐光禄"是唐廷仁和唐晟、唐昶兄弟。唐氏世德堂是唐廷仁在嘉隆年间所创立,万历二十五到二十七年间改由唐晟兄弟经营,直到天启年间唐晟兄弟结束活动时停业。他怀疑唐廷仁正是唐晟、唐昶兄弟的父亲,但尚未找到直接的证据。他认为,唐晟在承袭世德堂主人身份的同时,也承袭了他父亲的异称"光禄"。"光禄"到底是南京光禄寺的小官,还是历代世德堂主人与官职无关的自称,或者还有其他更合理的解释,他目前难以判断。

上原的文章同时在明代文学学会上发表,我仔细听了他的介绍。对于金陵唐氏世德堂主人是唐廷仁和唐晟、唐昶兄弟的判断,我觉得有一定说服力。明代书商经常子承父业,如刊刻《西游记》的杨闽斋和闽斋堂就是父子。但对于"唐光禄"的论述似乎根据不足,上原虽然也找到鸿胪寺的低级官员也曾称为"某鸿胪",但这毕竟还不是光禄寺。在明代文学学会上,上原发表论文后,有学者会下告知上原,明代确实有光禄寺的低级官员被称为"某光禄"的例子,这可以说是个有力的证据。

金文京先生在讨论时指出,"光禄"有时是个虚衔,不是指某个具体职务。因此"唐光禄"也可能是个尊称而已。当然金先生也不排除"唐光禄"是个实际职务的可能。

总之,世德堂主人这个谜团可以说基本揭开了,但唐廷仁和唐晟、唐昶兄弟是否是父子,"唐光禄"是否是光禄寺低级官员,目前还是推测,虽有间接证据,但还没有直接的证据,希望上原继续努力,如找到直接证据证实这两点为最好。

从"唐光禄"的考证中,可以看出日本学者在文献研究中的特长、细致、执着。目前在中国大陆像上原这样热心于文献考证的年轻人怕很少了。曹炳建先生也很尊重上原的研究。

(14)荒木达雄和《水浒传》版本研究

日本荒木达雄先生也是东京大学博士生,现在台湾"中央研究院"中国文哲研究所作为博士候选人研究小说。这个身份是为准备撰写博士论文的博士生提供研究机会的。他现在还保留东京大学博士生的身份,名义上东京大学派遣他到"中研院",让他准备撰写向东大提交的博士学位论文。实际上,从2013年8月到2014年8月,他属于"中研院",因此以"中研院"博士候选人名义参加研讨会比较合适。他也曾多次参加小说研讨会。他待人热情,我去日本开会,他曾和中川先生一路陪我,我很感谢。他这次除自己参加外,还介绍了四位日本学生参加此次研讨会,扩大了研讨会的影响。

荒木这次提交的文章《〈水浒传〉石渠阁补刊本初探》,对中国国家图书馆藏"天都外臣本"做了初步研究。中国国家图书馆藏一百卷一百回《忠义水浒传》,曾定名为"天都外臣序本",郑振铎20世纪50年代在国内第一次整理出版一百二十回本《水浒全传》时,实际是用多个版本拼凑而成,其中就以此本为主要底本。郑振铎一百二十回本《水浒全传》这种采用多个版本拼凑组合的出版方式,曾受到马幼垣的严厉批评。现在出版的一百二十回本多直接采用完整一百二十回的郁郁堂杨定见本，或袁无涯本，而不用这种拼凑本了。此本并非是明万历年间的天都外臣本的原本，实际是清代石渠阁补刊本，因此荒木先生暂称为"石渠阁补刊本"。因为荒木曾在上次研讨会上介绍《水浒传》嘉靖元年本，为研究石渠阁补刊本在《水浒传》版本系统上位置，他这次将容与堂本、嘉靖元年本作为比较对象，比较范围限于现存的八回嘉靖元年本。嘉靖元年本与容与堂本属于同一个系统，保留《水浒传》早期面貌的部分。对于容与堂本和石渠阁补刊本原底本，这两者的先后关系，他目前采取保留的态度。因为，虽然文字方面石渠阁补刊本稍早于容与堂本，这是由于石渠阁补刊本的抄写时间稍早于容与堂本，还是由于忠实于石渠阁补刊本和容与堂本的共同底本的文字，目前缺乏根据。只好说，石渠阁补刊本和容与堂本关系非常密切，具有共同底本。

现在研究《水浒传》版本的人很少，荒木的研究很有价值。

（15）笔者和《水浒传》刘兴我本刘荣吾本研究

2013年8月小说会前，刘世德先生先后在《文学遗产》2013年第1期和第3期连续发表两篇有关《水浒传》简本的论文，即《〈水浒传〉刘荣吾刊本与双峰堂刊本异同考》和《〈水浒传〉刘兴我刊本与刘荣吾刊本异同考》。两文主要研究《水浒传》简本中的刘兴我本与刘荣吾本，刘先生认为两本关系是先有刘兴我刊本，后有刘荣吾刊本，刘兴我和刘荣吾是同一人。

我查阅了中国大陆有关《水浒传》版本研究的文章和著作，发现以前对这两种版本研究很少。我又查了日本中川谕先生整理的日本有关《水浒传》版本研究的文章，发现日本丸山浩明先生在1988年就曾发表过相关论文《〈水浒传〉简本浅探——刘兴我本·刘荣吾本をめぐって》。我认识丸山先生，在日本中国小说研究会每年的研讨会上，曾多次见过丸山先生。我请中川谕来丸山先生论文，看过后大吃一惊。丸山先生25年前发表的论文，不仅研究方法与刘先生研究方法类似，其研究结论也和刘先生相近，他也认为刘荣吾本是刘兴我本的翻刻。只是他认为刘兴我和刘荣吾不太可能是同一人。因为此文未翻译成中文在中国大陆发表，中国大陆学者都没有看到。

看到中日两学者的研究，引起我很大兴趣，因为我已经完成了刘兴我本与刘荣吾本的数字化，因此马上用数字化对这两个版本进行全文的彻底比对，结果发现了两位先生没有注意到的12处刘荣吾本的"同词脱文"，这也证明了中日两位学者人工研究的结论是正确的，确实是刘兴我本在前，刘荣吾本在后，它们和评林本有共同的祖本。对于刘兴我和刘荣吾是否是同一人，我也做了分析研究，认为刘兴我和刘荣吾可能是同一人，但他们也可能是父子，也可能是毫无关系的两个人，由于资料缺乏，这三种可能性都存在。

中国大陆学者不知道日本学者的研究，这不是唯一的事例。2009年在杭州举办《水浒传》研讨会，李永祜先生发表有关《京本忠义传》的论文，我以前没有研究过《水浒传》版本，因此很有兴趣，上网找到一些有关文章，了解了各种不同看法，并把此事告知了中川谕先生。不料他立即发来他1996年在日本发表的论文。我看后大吃一惊，他提出的看法很有道理，可惜13年来中国大陆学者根本没有看到他的文章。

因此，现在中日学术交流还是不对等。日本学者了解中国大陆研究情况比较顺利，而中国大陆学者了解日本学者的研究则很不顺畅。

（16）莫其康和施耐庵籍贯研究

莫其康《古白驹场及施耐庵籍贯考辨》一文，进一步论述了施耐庵籍贯的兴化说，对施耐庵故里的具体位置做了深入分析研究。他还负责泰州历史文化研究。因临时有事，无法出席宣读论文。

近年来，关于《水浒传》作者施耐庵是江苏兴化人似乎已是定论，2009年开始兴化也设置了施耐庵长篇小说奖，2012年文化部还在兴化召开关于施耐庵身世调查60周年暨《施耐庵文物史料考察报告》发表30周年纪念会。但我认为对于兴化施耐庵是《水浒传》作者的论证似乎还有一个薄弱点，一直没有被人重视。大家注意力都集中在兴化是否有个施耐庵，而没有注意兴化施耐庵与《水浒传》之间的直接证据。据我所知，连接兴化施耐庵与《水浒传》之间的唯一证据，只有王道生的墓志铭，其中说道施耐庵著作时称："先生之著作，有《志余》《三国演义》《隋唐志传》《三遂平妖传》《江湖豪客传》（即《水浒传》）。"这是连接施耐庵和《水浒传》的唯一独木桥！兴化说的人都在努力去证明兴化有个施耐庵，而忽视了这个施耐庵是否就是《水浒传》的作者。

请注意，这里把嘉靖年间人田汝成的《志余》，即《西湖游览志余》，以及《三国演义》《隋唐志传》《三遂平妖传》这些明显和施耐庵无关的小说都归到施耐庵名下，这就很值得怀疑这条记载的真实性。

造成这个错误的原因可能有两个：

第一个可能是，江苏兴化施耐庵确实是《水浒传》的作者，但王道生对施耐庵的真实著作不清楚，因此把本不属于施耐庵的著作都归于他名下，而这不影响江苏兴化施耐庵是《水浒传》的作者。

第二个可能是，江苏兴化确实有个施耐庵，但他并不是《水浒传》的作者。而王道生对施耐庵的真实情况并不清楚，也不清楚《三国演义》《隋唐志传》《三遂平妖传》的作者是谁，因此就把本不属于施耐庵的著作都归于兴化施耐庵名下了，造成了这样的错误。如果这种可能存在，那就是有两个施耐庵了。

因此，现在说《水浒传》作者是江苏兴化施耐庵，这只是一种可能，《水浒传》题署记载他是钱塘人、杭人，这也不是空穴来风。主张兴化施耐庵对此的解释是，施耐庵是寓居杭州，而原籍是兴化人，这也有可能。

总之，我觉得这两种说法应该并存，不要把此事说绝对了。

（17）曹炳建、潘建国与《西游记》版本研究

曹炳建老师是我的老朋友，当年是由于做《西游记》版本数字化，我通过李金泉认识了曹老师。后来我曾多次去开封，曾和上原究一同去，也曾一人去，每次曹老师都热情接待。我以前并未研究过《西游记》版本，是曹老师提出，希望用数字化研究《西游记》明删节本。这是我第一次用数字化研究《西游记》版本，虽然没有得出令

人信服的结论，但也促进了《西游记》版本研究。

曹老师多年从事《西游记》版本研究，其专著《〈西游记〉版本源流考》对《西游记》版本做了全面研究，是对《西游记》版本最全面深入的研究专著。此次研讨会他提交的论文《〈西游记〉浅野世本与台湾世本校勘及其启示》，研究了两种世本，即世德堂本。现存世德堂本分为两个系统：一个是以台湾世本为代表，包括日光世本、天理世本的系统；一个是以浅野世本为代表。曹老师通过对台湾世本和浅野世本的校勘可以看出，二者既有着高度的一致性，但也有诸多的不同，说明两种版本很可能都是复刻本。但是两种版本都不是根据对方复刻的，而是根据一个共同的底本复刻的。这个复刻的共同底本，很有可能就是世德堂本的原本，但也不能完全排除是过渡本的可能性。从文字上来看，台湾世本略优于浅野世本，但浅野世本却更多地保存了原本的原貌。

潘建国也是我的老朋友，他专门从事小说文献研究，仔细认真，很有成就，主要研究《西游记》版本。这次发表论文《新见巴黎藏明刊〈新刻全像批评西游记〉考》一文，介绍了在法国国家图书馆新发现的《西游记》版本。已知存世《西游记》明刊繁本仅有世德堂本和《李卓吾先生批评西游记》两种，这部藏于法国国家图书馆的《新刻全像批评西游记》残卷是第三种。经过从分卷及版式、插图、批语、正文文字四个方面与世本、李本（包括甲、乙、丙三个系统）的详细比勘，推知其底本属于李丙本系统，很有可能为李丙本的早期印本。这一新版本的发现，不仅丰富了《西游记》文本传播的版本链条，有益于《西游记》版本研究，尤其是李卓吾评本的学术研究，也促使研究者重新检讨闽斋堂刊本《新刻增补批评全像西游记》的底本问题。

文章最后谈及《大英博物馆汉籍书目补编》中著录的一部《西游记》残本，他怀疑是与巴黎本同版的《新刻全像批评西游记》。一部书分藏于欧洲多个图书馆很常见，如马幼垣发现的《水浒传》插增本、种德书堂本就是如此。他希望将来有机会去目验此书，如果2014年可以联系到英国学者发邀请，在英国举办一次研讨会，则可满足潘先生的愿望。

近年来《西游记》版本研究有所进展也是得益于上原、曹老师和潘老师等一批学者坚持不懈的共同努力。

（18）笔者与《西游记》闽斋堂本研究

潘老师文章最后谈及《西游记》闽斋堂本底本，我刚好用数字化研究过三种《西游记》删节本，即唐僧本、杨闽斋本和闽斋堂本，于是把其中有关闽斋堂本部分摘录出来，写成《〈西游记〉闽斋堂本底本探讨》一文，深入分析了闽斋堂本的底本问题。

《西游记》闽斋堂本是三种明代删节本之一，我利用计算机数字化比对，对闽斋堂本和杨闽斋本、唐僧本、世德堂本做了逐字比较，总结出五种文字差异。从杨闽斋本、唐僧本有共同底本等看法出发，理论上可以解释上述五种文字差异情况。闽斋堂本的底本问题很复杂，此本是以杨闽斋本为主要底本，再参考世德堂本、唐僧本修订而成，其中只有"八十难"这一部分文字参考李卓吾评本做了修订。因此闽斋堂本的编辑是非常复杂的。闽斋堂如此复杂地编辑一本书，也令人费解，因此对于闽斋堂本的底本还可再进行仔细深入的分析。

（19）石钟扬与《西游记》虞集序

南京财经大学石钟扬老师和我于 2013 年 5 月在山东五莲《金瓶梅》研讨会上曾会面。他提交的《虞集〈西游记序〉考证》一文，主要论述刊于清初《西游证道书》的所谓元人虞集《西游记序》是伪作。

早在 20 世纪 80 年代学界就有人对其真伪进行争议，许多论者对这篇虞序的真实性持怀疑态度，著名《西游记》研究专家吴圣昔 1991 年就刊文论述其伪，而陕西社科院胡义成先生多年来一直坚持认为，吴承恩并非《西游记》作者，今本《西游记》祖本的《西游记平话》，系丘处机门徒史志经弟子在华山所撰，以其教主丘祖名义面世，而虞集序大体为真。他 2009 年还撰文论述此观点。著名学者柳存仁也持类似看法。

石钟扬此文认为，其实虞集序未必伪，只是其所序者既非《长春真人西游记》，也非百回本小说《西游记》。《长春真人西游记》是丘处机西行历程的"报告书"，与唐僧取经故事无涉，而"虞序"则明显提及唐僧取经故事。虞集是元代中叶学者，自然不可能预为明代小说《西游记》作序。虞集所序者当为那深藏在历史帷幕中的《西游记平话》。《西游记平话》历来被学者视为元末明初之物，石钟扬则考定它为宋末元初之作品。

曹炳建老师基本否定虞集序，认为此序也不可能是《西游记平话》的序，因为序中说《西游记》有"数十万言"，而平话本顶多只有十几万字。

石钟扬此文曾发表于《明清小说研究》2007 年第 4 期，我在期刊网上检索到此文，似乎没有做任何修改。此次研讨会一些论文曾在其他期刊发表过，如陈翔华关于《三国演义》周曰校本一文，就曾在 2013 年《南开学报》第 1 期发表。我收入陈文是考虑很多学者可能没有看到，而且此文有些地方值得讨论，因此收入了。石钟扬此文也是讨论目前还有争议的事情，因此收入以引起更深入的讨论也是合适的。可能由于多数学者对于虞集序真伪事先不了解，因此并未引起很深入的讨论。看来，一些有争议的问题必须事先做好预备工作，否则很难展开讨论。

（20）黄霖与慈眼堂本《金瓶梅词话》

感谢这次研讨会协办单位复旦大学中国古代文学研究中心主任黄霖先生提供了一篇文章，介绍他亲自去台北故宫博物院考察《金瓶梅词话》本后的体会，使我们了解中土词话本的本来面貌，十分难得。他的文章核心是强调，要研究版本，一定要尽可能看原本，很多影印本都有失真。但很多原本在中国大陆以外，很难看到。黄老师 11 月还要再去台北故宫博物院看此书。

现在存世的词话本只有三部半：台北故宫博物院、日本日光山轮王寺的慈眼堂与德山市毛利氏家栖息堂各一部，京都大学藏有半部残本。包括黄先生在内，大部分学者都只看过台北和毛利氏家这两部，都没有看过慈眼堂的一部。我问参会的大塚先生，他说他念书时，著名小说收藏家长泽规矩也曾说要带他们去看，后因下雨没有去成。长泽规矩也去世后，日本学者也没有去看过了。中国学者王鲁古曾在 1941 年去看过，近年北大中文系严绍璗教授曾去看过,在网络上有文介绍《日本寺庙藏汉籍珍本书追踪纪实》。

我前几年去日本,专门请上原陪我去日光市参观。日光市最出名的是东照宫、德川家康墓地和二荒山神社,轮王寺也是一处著名景点,但一般游客都不去。我和上原也差点走过。轮王寺门口无人卖票,我们又按照路标指引,退回去买了票。但进去一看,无人收票,整个寺庙无一游客,只有我和上原两人。主持轮王寺的著名天海和尚墓地就在轮王寺大殿后方,十分简朴,他的全身塑像耸立在日光市的入口处,下火车进入日光市都会看到他的这尊塑像,因此慈眼堂藏书一般称为"天海藏书"。慈眼堂在大殿右前方,屋前竖立有"慈眼堂"标牌,是个边长约5米见方的小木屋,为防潮,整个木屋是用木桩支起来的。整个轮王寺和慈眼堂都无人看守,很荒凉。慈眼堂的藏书十分丰富,除《金瓶梅词话》外,还有著名的余象斗《水浒传》评林本、世德堂本《西游记》和安少云尚友堂刊本《拍案惊奇》等。看来如此贵重的图书绝对不会还收藏在此简陋的木屋中。看来慈眼堂把天海藏书秘藏起来了,也不向外公布。

(21) 曹立波和《红楼梦》版本研究

曹立波多年来一直大力支持古代小说数字化,特别是《红楼梦》研究中的数字化。当年第一次研讨会时,她还是学生,陪同张俊老师参加,至今她已经是小说界知名教授、博士生导师了。我和她在2010年曾联合主办了"一百二十回本《红楼梦》版本及数字化国际研讨会",会后出版了论文集,当时我还有些经费,出版费全部是我出了。参加此会前后她们忙于为老师张俊祝寿,非常辛苦,这次研讨会曹立波只发来论文,没有出席。

曹立波等人的论文《从〈柳絮词〉看〈红楼梦〉几个抄本的关系》,分析了《红楼梦》的诗词在不同版本间的差异,为我们了解各种版本之间的关系提供了重要信息。文章从《红楼梦》第七十回的五首《柳絮词》中的异体字、断句、脱文、重复字处理方法等方面入手,探讨己卯本和庚辰本、己卯本和杨藏本、庚辰本和列藏本、蒙府本和戚序本之间的关系。从诗词断句中出现的错误,可推知己卯本应非作者原稿;异体字相似度较高的现象显示,杨藏本第七十回的底本有可能是己卯本;而蒙府本和戚序本的兄弟关系,也可以从《柳絮词》断句和脱文等相同的错误上找到证据。

通过异体字研究《红楼梦》版本,以前还没有人研究,是个新角度,《三国演义》版本中"庞德"就有两种写法,从中可看出《三国演义》版本的演化,此文很有新意。

但也要注意,现存的《红楼梦》脂本都是手抄过录本,异体字、断句、脱文、重复字都是过录中出现的问题,有可能不是其底本原貌。在这点上和刊刻本《三国演义》不同,刊刻本文字都一样,文字不一样就是反映了版本的差异。而《红楼梦》由于可能多次过录,现在看到的本子未必反映其底本原貌。

(22) 全亮和《红楼梦》《金瓶梅》对比研究

全亮是上海师范大学人文与传播学院博士生,他经常提出一些惊人的看法,上次台湾嘉义大学研讨会,他提交论文《〈金瓶梅〉作者"徐渭说"的发展——以书画作品作为旁证》，研究角度很新颖，在随后举行的《金瓶梅》大型研讨会上，他又举手发言，语出惊人，引起我注意。

这次研讨会，他提交论文《〈红楼梦〉后四十回真伪辨》，我读后也是感慨万分。他仔细对比了《红楼梦》和《金瓶梅》后认为：《金瓶梅》是《红楼梦》最重要的参考书，《红楼梦》是《金瓶梅》的倒影，《红楼梦》作者完全是模仿了《金瓶梅》。他的根据是：《红楼梦》脂评本使用"三字动宾短语提前结构"回目的频率普遍接近《金瓶梅》，《红楼梦》程高本约是《金瓶梅》两倍，程高本后四十回约是前八十回的3倍。《红楼梦》的前八十回相似情节吸取《金瓶梅》的频率是后四十回的3倍。二者之间差距很大。前八十回《红楼梦》脂评本和后四十回程高本，在吸取《金瓶梅》的回目、版本等方面存在巨大的差异。前八十回脂评本吸取了《金瓶梅》的力度和精度，远远强于后四十回程高本。二者之间存在巨大的裂痕。后四十回程高本，总体上不可能是曹雪芹的原作。后四十回程高本，在度过了大约十回的低潮期之后，也在奋力学习《金瓶梅》，文学水平有所提高，但是终究不如脂评本。因此，后四十回不可能是曹雪芹的原作。发言中他说，为寻找几个例证，他花费了半年时间，他为此付出的心血可谓实在令人吃惊。

但他的研究方法，以及研究结论，实在无法令人信服，而他自己却振振有词，非常自信。日本金文京教授提问：《红楼梦》作者曾有意模仿《金瓶梅》，你有什么证据？他竟然回答：《红楼梦》作者不仅模仿《金瓶梅》，而且参考了日本《源氏物语》。这真是令人哭笑不得，我看金先生也是一脸无奈，没有再提问，对这样无知而自信的学生，你能怎样说呢？《源氏物语》确实比《红楼梦》早900年，但《红楼梦》作者生前绝对没有看过《源氏物语》，《源氏物语》的正式翻译是20世纪60年代由丰子恺先生开始的。这两部小说确实也有相似之处，也有很多文章比较这两部小说，全亮可能看过这些比较文章，因此冒出《红楼梦》参考《源氏物语》的怪论来。

南京石钟扬老师指出，作者改变写作风格是常有的事，不能根据《红楼梦》前八十回和后四十回的风格可能不同，就判定后四十回不可能是曹雪芹原作。

其他学者也提出很多意见，我也很有看法，但我认为全亮此文不值得讨论，白耽误宝贵时间，因此我就没有发言，我觉得不如把这宝贵时间留给其他文章的讨论。我很了解全亮，知道他很自信，讨论也不会对他有多大作用。因此我前一天晚上事先告知沈先生：全亮的论文不值得讨论，意思请他主持时把握时间，但沈先生可能想鼓励年轻学子，讨论时间还是有些长了。

由全亮的论文，我又有些联想，有些话曾写入随笔，曾在古代小说网发表，但觉得这里再次重申，还是有意义的。

第一，"大胆假设、小心求证"。

我觉得全亮此文就是"大胆假设、小心求证"的典型例证。胡适当年提出这个治学理念，是出于希望学者注意创新，不要人云亦云，盲从古人。这本是积极的学术研究态度，无可厚非，理应提倡。但近来我觉得胡适当初的好心，被很多人错误曲解，从而导致了学术上很坏的风气。在"大胆假设、小心求证"的指导和掩护下，很多奇谈怪论堂而皇之地出现了。由于有《红楼梦》是模仿《金瓶梅》这种预先设定的"大胆假设",因此也就由此出发去寻找对其有利的证据,全亮自己承认花费半年时间求证几个例证,我个人觉得这是"大胆假设、小心求证"的一个典型例证。我认为"大胆假设、小心求证"初衷本来不错,但使用不当,会适得其反,这种例证实在太多了。我觉得今后必须引起学者的高度重视,否则此类问题还会不断出现的。

第二,有色眼镜、误入歧途。

我觉得全亮此文是戴有色眼镜、误入歧途的典型例证。任何做研究者,应该不带任何偏见进行研究,才不至于犯有色眼镜错误。不只在研究问题的开始就应如此,就是在研究过程中,自己有了看法,有了倾向以后,也应该时刻警惕不要落入有色眼镜的歧途。《红楼梦》成书是个很复杂的问题,对此不应轻易下结论。更不宜先入为主,戴着有色眼镜去分析问题。全亮认定《红楼梦》是模仿《金瓶梅》,因此从这个角度去分析问题。尽力寻找符合自己想法的证据。本人认为,对《红楼梦》成书的分析,要不带任何偏见,从事实出发,逐步分析。结论只能产生于分析之后。而不能先有倾向性意见,再去找证据。

第三,研究方法问题。

全亮以《红楼梦》和《金瓶梅》回目"三字动宾短语提前结构"为主要根据,证明《红楼梦》是模仿《金瓶梅》。其实在清代长篇小说中,回目"三字动宾短语提前结构"是常见的形式,《镜花缘》等都是如此,其比例我未做严格统计,我觉得只根据这种回目形式的比例来分析、证明《红楼梦》是模仿《金瓶梅》,其根据是完全不足的。

有色眼镜、大胆假设都是研究方法问题,二者本质都是同样的问题。全亮认定《红楼梦》是模仿《金瓶梅》,甚至说是参考了日本《源氏物语》,然后再找回目"三字动宾短语提前结构",真是"大胆假设、戴有色眼镜错误分析"的典型。在古典小说研究中"大胆假设、小心求证",是极其危险的,会误导学者的研究。我曾指出,有学者以元代诗人的诗句中出现刘备骂吕布的话,就认定《三国演义》成书于元代,和全亮的错误如出一辙。我真心希望今后这样错误的例子不要再出现。

(23) 笔者和《红楼梦》戚序本研究

我曾把古代小说版本数字化,分别用于四大名著《三国演义》《水浒传》《西游记》和《金瓶梅》中,但唯独基本没有用于《红楼梦》版本研究。一次在河南郑州《红楼梦》研讨会上,我曾给冯其庸演示《红楼梦》的版本比对,他无兴趣。后来我看到他用了几年时间先后两次人工整理出版了《红楼梦》十几个版本的比对本,当然对计算机比对就不会有兴趣了。红学会其他知名人物,如张庆善、孙玉明等虽然我也认识,但他们也对数字化毫无兴趣。虽然其他老师,如曹立波等早已在教学、研究中大量使用数字化,但我自己一直没有行动。

直到 2013 年陈庆浩从法国来北大讲学几个月,我每次都去听课,并给他演示《红楼梦》版本比对,他极为有兴趣,认为很有用,鼓励我用数字化研究《红楼梦》。这样我才下定决心研究一下试试。刚好卞藏本新出现,对其底本虽有文章分析,但莫衷一是,于是我就用数字化比对寻找其底本。比对结果不理想,卞藏本和哪个版本都不同。但意外发现戚序本和庚辰本、甲戌本之间有很多共同异文，这引起我兴趣，我试图通过共同异文方法研究《红楼梦》甲戌本、己卯本、庚辰本、蒙府本、戚序本五个早期脂本之间的关系，因为甲戌本只有 16 回，因此用计算机比对这几种版本也只比对了前 16 回。

我仔细阅读了林冠夫等专著，过去红学主流观点一般认为蒙府本、戚序本的底本是庚辰本。而我根据对五个版本几类共同异文的分析，认为蒙府、戚序系列的底本很可能不是庚辰本，蒙府本、戚序本和己卯本、庚辰本有共同的祖本。己卯本、庚辰本并非其他版本的祖本，而只是《红楼梦》版本演化中的一支。蒙府本、戚序本和己卯本、庚辰本不是父子关系，而是兄弟关系。

根据我的研究，庚辰本确实是个经过修订的版本，很多文字是与戚序、蒙府本不同；但认为它是戚序、蒙府本的祖本，似乎不符合事实。戚序、蒙府本和庚辰本是远房兄弟关系，庚辰本肯定不是戚序、蒙府本的祖本，戚序、蒙府本很多地方是更接近甲戌本，而不是庚辰本。有些学者为解释这个现象，声称这是戚序、蒙府本的整理者以庚辰本为底本的同时，又根据甲戌本做了修订。理论上这种可能性不是没有，但我看来是很小的。因此我认为：目前对庚辰本的评价过高，把它推到了不合适的位置，庚辰本是个经过修订的版本，但把它拔高到后期版本的祖本就不合适了。

这个研究只是对《红楼梦》版本的初步研究，今后如有时间，我还想再继续研究下去。

另外，本人近年来对天津出现的"庚寅本"做了深入研究。

对于"庚寅本"目前有三种看法。

第一种看法认为，此本是"古本"，最晚也是晚清的抄本，有很大价值。

第二种截然相反的看法认为，此本是现代人"造假"的"伪作"，毫无价值。

我持第三种中间看法，我认为此本是 1954 年后，某个爱好者出于对《红楼梦》的热爱，看到俞平伯 1954 年出版的《脂砚斋红楼梦辑评》中有很多版本的批语，从而萌发了一个想法，把这些批语汇集抄写在《红楼梦》的正文中，从而整理出一本有完整批语的《红楼梦》。这种想法和现在很多出版社整理出版带所有批语的《红楼梦》的编辑思路，实际是完全相同的。此本正文最接近庚辰本，因此此本的正文底本很可能就是庚辰本。但是是否曾参考过其他"松轩本"和"鹤轩本"等"古本"，目前还难以判别。

由于论文集篇幅所限，我收入自己文章已经 6 篇了，《红楼梦》部分再同时收入 2 篇文章，不合适，因此只好割爱，论文集没有再收入对"庚寅本"的研究。

（24）日本大塚秀高和广泽裕介的小说研究

大塚秀高先生是我多年的老朋友，几乎每次研讨会他都参加。这次本来他要先参加明代文学学会后，接着开小说会，但同期在陕西终南山有个西王母娘娘的国际文化节，他很有兴趣，因此就没有参加明代文学学会的讨论。他提交小说会的论文是研究日本在江户时代，泽田一斋从中国刊行的白话短篇小说集中选出五篇作品，并对其本文加以训点后，由自家书肆风月堂出版的《小说粹言》小说集。大塚先生的论文沿袭日本学者的缜密风格，研究非常细致，但我对此完全不熟悉，也就无法评议。

日本立命馆大学副教授广泽裕介也曾参加过几次古代小说研讨会，这次是研讨会将要举办前才报名参加，他提交论文《〈喻世明言〉四十卷本考》，是研究明末短篇白话小说集之第一集《喻世明言》的版式上存在悬而未决的问题，他认真做了详细的PPT，还做了认真的讲解，但我对此也毫无研究，也无法评议。

（25）罗宁、张伟丽与文言小说研究

西南交通大学中文系教授罗宁曾参加过小说数字化国际研讨会，他的文章历来论述清楚，考证严密，给我留下深刻印象。这次他提交论文《论重编〈说郛〉的作伪》，从清顺治时出现的所谓宛委山堂藏版的重编《说郛》中选取四部小说和传记，证明它们均是伪书。我对此书根本不了解，但罗宁有关文言小说和通俗小说研究现状的一番议论，使我十分感慨。他看到目前通俗小说研究十分热闹，数字化后可以逐字比对，对通俗小说研究推动很大。但文言小说研究就相对比较冷清，研究手段数字化也差得很远，他希望在文言小说研究方面，有朝一日可以像通俗小说研究一样繁盛。

对此我也很有体会，欧阳健先生多年前曾组织编辑了一套《全清文言小说丛书》，收入全清文言小说几百种，我当时尚未退休，就用我的经费，帮助他完成了庞大的文字录入工作。但由于这套书规模庞大，需要出版资金很多，而市场又不大，因此多年来一直找不到出版社愿意出版，后来这几箱书稿我又邮寄给欧阳先生。

国家图书馆副研究馆员张伟丽是第一次参加小说数字化国际研讨会，她很早就报名，论文也几次修改，十分认真。她的论文《两种文言小说〈睽车志〉之比较研究及作者考辨》，是研究文言小说《睽车志》。此书最早出现在陶珽重编的《说郛》中，刚好就是罗宁上述文章所研究的，罗宁看到后很高兴。会上罗宁也针对张伟丽文章，提出自己的一些看法，会下我看到他们还进行了热烈的讨论。研讨会为这些学者提供了一个相互交流的机会，我也很欣慰。

（26）周琪与戏曲数字化的元数据标准问题

甘肃省文化艺术研究所研究员周琪是第一次参加小说数字化国际研讨会，他发表文章《西北戏曲文献整理与数字化元资料标准建设》，在研讨会上，他也做了仔细说明。我对戏曲完全不熟悉，但认真听了他的介绍。他主要谈了两个问题。

第一个问题，他认为中国戏曲文献研究以中国古典文学文献研究附庸的面貌出现，没有凸显戏曲文献本身综合性的特征。重案头文学，轻文献与舞台艺术的结合，重雅部戏曲文献，严重轻视花部民间戏曲文献，导致中国戏曲史研究走向的偏差。西北地区拥有丰厚的戏曲文献资源（特别是地方戏），具有重要的研究价值。

我觉得他的看法是对的，中国古典文学文献研究历来对戏曲文献研究的确重视不足。近年来有些学者也转向研究戏曲了，日本金泽大学上田望是老朋友，他以前研究《三国演义》版本，参加了多次研讨会。但后来转去研究中国民间说唱艺术。日本名古屋大学笠井直美也是老朋友，以前研究《水浒传》版本，近年来也转向研究中国戏曲，曾去台湾"中研院"做研究。我们的研讨会开始也是只研究古代小说，后来根据

一些学者建议,增加了戏曲。这次研讨会戏曲文章也增多了。看来今后对戏曲的研究会越来越重视了。

第二个问题,他谈到戏曲文献数字化的元资料问题,这是大规模文献数字化的基础问题。把基础的元数据做好,对将来数据库建设就打下很好的基础。而元数据的设计又和应用有密切关系,必须了解数据库最终的用途,才可以设计好元资料标准。我听了周先生的介绍,感觉他思路清晰,论述全面,我对戏曲完全不在行,祝他的西北戏曲文献整理和数字化工作成功。

(27) 沈伯俊与《三国演义》绘画研究

古代小说插图研究是近来古代小说研究的一个新视角。这次研讨会有多篇论文涉及此领域。我事先将论文发给沈先生审阅时,他发来一篇他刚写完的有关《三国演义》绘画的文章《〈三国演义〉与三国题材绘画的发展》。文章简要回顾了《三国演义》与三国题材绘画的发展历史,特别介绍了叶毓中先生创作的工笔重彩《全图三国》。我看和这个主题很接近,得到沈先生同意也收入了论文集。

沈先生此文指出,《三国演义》的广泛传播中,绘画便是一种非常重要的传播方式。三国题材的绘画,起源很早,从东晋顾恺之的《洛神赋图》,到唐、宋、元、明、清,三国题材绘画得到了极大的发展。中华人民共和国成立以后,以绘画方式传播三国文化者,首推《三国演义》连环画。不过,"文化大革命"以前,三国题材的个人绘画创作尚不多见。文章特别介绍了叶毓中先生精心创作的工笔重彩《全图三国》,这是三国题材绘画史上前所未有的巨制。对于它的价值和意义,不仅可以从中国画创作艺术和中国美术发展史的角度予以评价,而且可以从三国文化传播史的角度进行观照。

(28) 颜彦和《三国演义》插图研究

颜彦是北师大郭英德的博士生,毕业后曾在陕西工作,现在国家图书馆做博士后。她曾在 2011 年北京第十届中国古代小说戏曲文献暨数字化国际研讨会上发表论文,重点分析研究"上图下文"式刊本插图,这是我很感兴趣的课题。因为"志传"系列《三国演义》的研究,以前都主要是从文本角度进行研究,而插图实际是一个重要内容,从插图的演变,可以看出版本的演变。

这次颜彦再次参加研讨会,发表《从插图看〈三国志演义〉版本的类型和演变》,主要分析研究《三国演义》单页式和绣像系统刊本的插图。文章以插图为切入视角,首先以插图版式形态为依据,梳理《三国志演义》现存诸多版本发展的脉络,进而探讨各刊本在版式演变中的规律和特征。其次以图版来源为依据,对"演义"系列诸版本予以细化分类和横向比较,从图版同源和图版异源两个视角考订版本间的源流关系。

颜彦的研究很认真仔细,希望继续坚持下去,终会有更多成果的。

颜彦发言后,李金泉指出,除颜彦所指出的几种插图外,《三国演义》还有一种圆形的插图。我指出这种圆形插图被称为"月光形",前几年嘉德曾拍卖一本《三国演义》插图就是这种类型,拍卖前的展示会上,我曾亲自去看过,刻印十分精美。拍卖后，有出版商曾有意联系收藏者出版此插图集，但没有下文。

（29）张祝平和插图研究

南通大学张祝平老师我认识不久，他曾从我这里获得古代小说数字化光盘。张老师看到光盘中很多小说的插图，萌发了通过插图研究古代小说的想法。他近年来带领一批研究生一直在从插图角度研究古代小说和戏曲，并获得很好的成绩，有学生曾在江苏省获奖。这次他又和学生一起发表 5 篇论文，分别研究《三国演义》《水浒传》《西游记》和《琵琶记》插图和文本、内容的关系。

1）《〈二刻英雄谱〉图赞研究的几个问题》，南通大学教授张祝平，南通大学硕士生李慧。

此文没有来得及赶上收入论文集。文中主要研究《二刻英雄谱》图赞，并和锺伯敬批本《水浒传》图赞做了比较。但张老师在会上说他没有找到锺伯敬批本《水浒传》图赞，我很奇怪，回来后我查看上海古籍出版社《古本小说集成》中收入的《锺伯敬批评忠义水浒传》，每幅插图都有图赞。看来张老师没有找到《古本小说集成》中收入的《锺伯敬批评忠义水浒传》。

2）《明代〈三国演义〉插图对文本曹操形象的诠释》，南通大学硕士生张玉梅、讲师钱海鹏。

3）《评林本〈水浒传〉插图对"女祸"思想的阐释》，南通大学硕士生陆敏、教授张祝平。

4）《〈西游记〉世德堂本与李评本插图对文本阐释的比较》，南通大学硕士生张鹏、教授张祝平。

5）《容本、凌本〈琵琶记〉插图对文本阐释的异与同》，南通大学硕士生易静、教授张祝平。

张老师的研究和前面颜彦的研究，都是从插图研究古代小说，但还略有不同。颜彦的研究虽然是从插图出发，但基本还属于文献研究范畴，也是我比较感兴趣的。而张老师的研究，也是从插图出发，但研究的最终目标多是对思想、人物形象及对文本阐释等，脱离了文献范畴，是从更高、更宽泛的角度看插图的作用。这类研究也很有意义。

张老师的学生们在介绍自己的研究时，都很沉稳，介绍得都很清楚，时间掌握很好，受到主持人沈先生的表扬。让学生们多参加这类高水平的国际研讨会，可以长见识，了解别人是怎么做学问的，这对他们今后的发展绝对是有好处的。

（30）闵宽东与中国古典小说在韩国的传播研究

韩国学者闵宽东先生这次同时参加了明代文学学会和小说数字化国际研讨会，在明代会期间，我曾意外地当了他发言的评议人。明代会指定我为 26 日下午大会发言的评议人，实在大感意外。因为我是非科班出身，从未坐在大会主席台上当评议人。这场主持是沈伯俊先生，评议人本只有上海外国语大学的陈福康和我两人，我们负责评议的有黄霖先生、金文京先生、大塚秀高先生，和韩国李腾渊、闵宽东，以及台湾

"中研院"的胡晓真和中正大学的毛文芳。可能是研讨会组织者知道我和金文京先生、大塚秀高先生很熟悉，因此请我做评议人。但他们两人因故未到，陈老师提出他和黄老师熟悉，可以评议黄老师发言。我只熟悉闵宽东的发言，李腾渊有关杜十娘的发言我和陈老师都不熟悉，我只好请专门研究冯梦龙的傅承洲老师评议，剩下两位台湾学者由主持沈先生评议。这是我第一次当评议人，好在我熟悉闵宽东的研究，评议很顺利。

闵宽东先生有一个中国古典小说在韩国的传播研究的课题，因此三年来一直从事这方面的研究。2010年曾在中国大陆出版研究专著《中国古典小说在韩国的研究》，2011年出版《韩国所见中国古典小说史料》，由武汉大学出版，由陈文新写说明。我仔细阅读了陈文新的说明，感觉他的说明对不熟悉古代小说的读者有帮助，但从版本角度看，深度似乎不够。

这次小说会闵宽东发表论文《中国古典小说在韩国的翻译出版研究》，以朝鲜及日本殖民时期坊刻本小说为中心，通过对翻译出版的《列女传》《薛仁贵传》《水浒传》《三国志演义》《西游记》《西汉演义》《锦香亭记》《梁山伯传》等作品进行研究，可以得出以下三个结论：第一，《三国志演义》《西游记》《西汉演义》最受读者的欢迎。第二，《西游记》的翻译形式近于意译。第三，《西汉演义》在翻译上译者采取较为任意地增删乃至省略原作中的发语词等多样的翻译方式。

中国古典小说在韩国的研究，不仅对韩国学者有帮助，对中国学者也很有帮助。如前几年朴在渊教授发现的《三国演义》朝鲜翻刻本和铜活字本，就大大促进了《三国演义》版本的研究。

（31）古籍整理官司

苗怀明多年从事中国小说、戏曲研究，他主办的古代小说网影响很大。其论文《21世纪前十年中国小说文献研究的新进展》，以其间出版的相关书籍为例，对21世纪前十年中国小说文献研究做了全面深入细致的梳理，对学者了解这领域的研究情况极有帮助。

苗怀明在发言中实际并未仔细介绍他的文章，而是谈及最近古籍整理的两个案子，即中华书局状告国学公司尹小林《二十四史》版权侵权案，和上海艺术研究院周锡山状告南京师大陆林《金圣叹批〈西厢记〉》版权侵权案。前一个案子北京中院判中华书局胜诉，但尹小林不服，上诉到北京高院，国学网有介绍，此处不多谈。后一个案子，上海中院2013年7月17日刚开庭，当时尚未宣判。网络上有全部庭审记录（*http://old.chinacourt.org/zhibo/zhibo.php?zhibo_id=31148*）。其原委是，原告上海艺术研究院周锡山系《贯华堂第六才子书〈西厢记〉》《金圣叹全集》的著作权人，上述书籍由江苏古籍出版社1985年出版。2009年1月，原告编校完成《金批〈西厢记〉》修订本，并由万卷出版社出版。2011年11月，原告发现由被告南京师大陆林校点、江苏凤凰出版集团有限公司（即原江苏古籍出版社）出版、上海图书公司出售的《金圣叹批评本〈西厢记〉》一书，剽窃了原告1985年版《贯华堂第六才子书〈西厢记〉》《金圣叹全集》中《西厢记》的标点和校勘成果，遂诉至上海二中院，要求被告停止侵权。

　　苗老师对此古籍整理案件很关心，事先也曾和我交换过意见。古籍整理案件的关键是三方面，即底本、分段和标点，原告一般认定主要在这三方面被告侵权。苗老师认为，目前古籍整理官司很难判，是因为底本、分段和标点，无论是谁整理，基本都会一样。这样相似到什么程度就算侵权、抄袭，就很难判定了。加之法官、辩护人都不懂古籍整理，因此法院审理中，法官、辩护人的提问、辩论都不专业。因此他很赞同我的看法，在目前情况下，法院不宜受理此类案件。

　　我事先对此案确实也做了一些研究，在会上发言简单介绍我所了解的情况。在刚结束的由国学公司主办的第四届古籍数字化国际研讨会上，古籍整理的版权纠纷自然也是研讨会的重点，会议花费半天时间专门研究，并请有关法律专家谈看法。他们提出一个方案，仿照德国、中国台湾地区的著作权法附加邻接权和制版权的法律，来解决这个问题。但我仔细和他们交流后发现，这些法律保护的只是表面的版式，如分段标点稍加改动，就不在保护范围内，因此这些办法仍无法解决问题。

　　简单地说，目前的《著作权法》所保护的是"独创性"。但如何认定古籍整理的"独创性"是目前的难题。底本、分段和标点哪些属于"独创性"？分段、标点相同比例多高，就算侵权？目前法律没有实施细则，导致这些都难以判别。

　　从保护劳动成果看，古籍第一次整理者付出劳动很大，其权益应该保护。而后来整理者肯定会参考已出版的书——即便不算抄袭。古籍第一次整理未必是最完善的，应允许古籍的多次整理，以不断提高古籍整理水平。如果为保护首次出版的权益，而不恰当地认定后续整理为抄袭，会形成垄断，妨碍古籍整理进步。因此这类问题的处理关键是要在这两者之间找到平衡点。古籍整理版权保护的关键是对独创性的判别，古籍整理独创性目前没有很好的方法判别，只有根据原告和被告认可的方式对独创性的认可来判案，但原被告要达成共识会很困难，而古籍整理的抄袭判断又不能简单根据数量判别。

　　在以上问题目前法律无法解决的情况下，古籍整理就是法律盲区，或称灰色地带。我认为法院在目前情况下，不宜受理此类案件。

　　基于以上所述的法律现状，我觉得对待这类事件，目前只能在道德法庭上去解决。即如果认定某人是抄袭，可以公开所谓抄袭者的情况，让抄袭者受到舆论和道德的谴责。是否是抄袭，在道德法庭上，相信大家自有公论，目前只有如此。何时可以对古籍整理立法，有详细、完备的司法解释和实施细则，那时才可以用法律手段解决问题。

　　在研讨会上，我也当场咨询金文京先生，在日本是否有类似案件。金先生答复，在日本从未听说有这类案件。我也思考，日本也有古籍整理，但为何日本没有这类官司呢？根据我多年对日本的了解，我觉得可能有两个原因。第一，日本的学术风气很好，从抄袭者角度看，如果是恶意抄袭别人古籍整理的成果，会名誉扫地，在学术上被人鄙视，此人一辈子就抬不起头，这种学术风气导致不太会有人故意去抄袭。第二，从第一次整理者角度看，即便发现有人抄袭自己的整理成果，一般也不会去采取法律手段维权，而是会从道德上指出这个问题，维护自己权利，使得对方名誉扫地。出于这两方面的考虑，因此这类案件在日本根本没有发生过。

我觉得中国大陆这类官司是随着改革开放，在学术领域中出现的新问题，学者们不仅专注于学术研究，也开始注意保护自己的权益，这是对的。但在目前法律还不健全的情况下如何保护？我想还是有很大困难的，还要仔细思考。我想学者们如果对当前的法律问题有了深入了解后，知道这类问题目前在法律还不健全的情况下，还不能指望靠法律来解决，必须另外想办法。希望今后这类古籍整理的官司就和日本一样，大家就不再关注这些侵权问题，这类官司就会慢慢不存在了。

当然，如果法院不适宜地去办理这些投诉，不能秉公执法，而是偏袒一方，造成负面作用，也可能会导致这类官司越来越多。周锡山告陆林官司，明显就是看到北京中院判中华书局胜诉后引发的。因为对这类没有明确法律条文的案件，如果有同类案例，是可以依从同类案例断案的，所以北京中院对中华书局一案的判决对今后古籍整理案件会是有很大影响的。

以上分析主要是针对周锡山告陆林的官司，此官司和中华书局告国学公司尹小林的官司还有很大不同。后者是国有大型出版商和民企之间矛盾，中华书局是要保护大型国有出版社历经几十年、上百位学者整理的成果。国学公司并未出版纸本《二十四史》，其中主要是古籍数字化问题，涉及数字化问题就更为复杂，因此两个案件有相同之处，也有很大不同。限于篇幅，此处不再详细分析了。

附记：陆林先生已于 2016 年 3 月 9 日去世，我 2018 年在武汉水浒会上见到周锡山，问及此事，他说虽然一审他败诉了，但他不服，已经上诉到最高人民法院，尚未判决。虽然陆林不在了，但他还要和江苏古籍出版社（现在是凤凰出版集团有限公司）继续打官司，这场官司会如何结束谁也不知道。

（32）王一卜和《西游记》词频统计研究

王一卜是北京大学中文系古典文献专业本科生，他的《〈西游记〉文本的计算风格学研究》一文利用"计算风格学"，以《西游记》万历二十年（1592）世德堂本为例，通过计算风格学——实际就是字、词频统计，研究《西游记》文本和故事的编写，进而探讨作者问题。

我觉得此文是个很有益的尝试，对此我也很有兴趣。收到此文后，我曾多次和她讨论此问题，不断交换意见和看法，她根据我的意见，对原文也做了局部修改。

我认为，这种词频统计方法用于故事情节和作者研究是有益的探索，在《红楼梦》上已经做了有益的尝试，虽然目前并未被学术界一致认可，但证明这种方法还是有一定道理的。但将此方法如何推广用于《西游记》等其他小说研究，我觉得问题还很大。

我觉得此文有两个方面问题，即算法问题和《西游记》故事问题。

首先，利用词频研究小说作者是早有先例的。《红楼梦》前八十回和后四十回是否是一人所写，早在 20 世纪 80 年代开始就有人利用词频统计进行研究，我在期刊网上统计有 13 篇相关论文，研究方法各有特点。不同学者选择不同的词进行统计，但结果大不相同。有的对前后词频统计很接近，因此认为可能是同一人所写。多数词频统计，认为前后词频不同，因此认为不是同一人所写。

《红楼梦》前后词频统计,与《西游记》词频统计相比,可靠性更高一些。因为前八十回可以认定是同一人所写,这样根据前八十回得出的词频统计相对就比较可靠。

而将词频统计用于《西游记》故事情节和作者研究,和《红楼梦》相比,有致命问题,即所选定的词频无法像《红楼梦》那样,先利用前八十回验证是可靠的。这样利用没有经过验证的、只是想象得来的词频统计算法,去考察《西游记》的文字,其结果就十分不可靠了。

所选定的词频统计并未像《红楼梦》前八十回一样经过检验,对于故事情节来源和作者分析是可靠的,而应用于《西游记》,只是凭感觉而已。这样所选定的词频不可靠,得出的结论就更不可靠了。

也曾有学者先用同样方法,利用《三国演义》和《儿女英雄传》等确认是一个作者所写的小说,来验证这种方法是否确实可靠。如可靠,再应用于《红楼梦》前八十回和后四十回差异分析。如发现前后确实有差异,这样的研究就比较服人。

而作者并未经过以上的验证,就直接用于《西游记》故事分析,其结果可靠性就值得怀疑了。

当然《西游记》中唐僧出身一般认定是清代后加的,因此可以先用唐僧出身和后续故事用词频统计验证这种方法是否可靠。但不知何故,作者并未把唐僧出身故事列入比较范围。即便把唐僧出身故事列入比较,因为此故事情节和后续取经故事差异巨大,结果也难以服人。

其次,此文将词频算法用于《西游记》故事情节和作者研究,是有个前提,即认为《西游记》是"世代累积材料"型小说,是一个最终编订著作者,全面收集聚拢材料,最后编纂而成。《西游记》是"世代累积材料"型小说,最早是徐朔方首先提出,他认为《西游记》,还包括《三国演义》《水浒传》,都是世代累积的作品,现在一般理解"世代累积"只是故事素材的"世代累积",而不是不同作者的"世代累积"。至于侯会老师认为《西游记》其中某些故事是由另一个作者所写,只是主观的分析判断,有学者提出反对意见,未在学术界达成共识。

这样,此文实际是基于《西游记》是世代累积型小说,其素材来源不同,因此想利用词频统计方法,对《西游记》不同故事情节进行词频统计,进而根据词频统计结果,来分析判断《西游记》各个故事是否是同一作者所写。

这个研究只是机械地认定不同来源的故事情节的词频肯定不同,但实际上同一作家,在描述不同的故事情节时,也完全可能采用不同的词频,根据词频判断故事来源和作家是极不可靠的。计算机分析得出的结果与侯会人工分析的结果相同,这只是反映出这几段故事的词频确实不同,但是否就由此判断这几段故事来源不同、作者不同,怕还无法下这样的结论。因此对于其他几段故事词频相近,因此可能来源相同的分析,也同样未必可靠。

曾有学者用分析《红楼梦》的研究方法去分析其他肯定是同一作家的作品,结果发现了也有同样很大的差异,但这些作品肯定是一个作者所编,由此证明所采用的方法是有缺陷的。

不管此文的研究是否可靠，利用词频统计分析小说，还是个新事物，也不应一棍子打死，我觉得，如作者有兴趣，可以继续研究。我建议作者可以用同样方法去检验如"三言二拍"这几本公认是冯梦龙整理的小说集，看看各篇统计的词频是否相同，这虽然不能成为《西游记》研究的证据，但可供参考。作者也曾表示，我的意见对她有很大参考，她会认真考虑，但由于研讨会临近，无法做根本上的修改，今后她可能换个思路继续研究。

由于此文的问题复杂，要说清楚不易，虽然我在会前利用电子邮件和作者多次交流，但在研讨会上我怕耽误时间，并未发言。

（33）两篇文章的问题和启发

研讨会论文中，有两篇文章我个人觉得有基本类似的问题，即全亮的《红楼梦》模仿《金瓶梅》问题，和王一卜利用词频统计研究《西游记》故事来源，进而研究《西游记》作者问题。

首先，这两篇文章的出发点都有问题。

全亮文章首先认定《红楼梦》作者肯定是模仿了《金瓶梅》，在此前提下再去找证据。而这个前提实际是大有疑问的。我们并不否定《红楼梦》作者可能看过《金瓶梅》，但似乎也没有任何铁证，说他刻意去模仿，是否有根据？

王一卜文章首先根据徐朔方和侯会的看法，认定《西游记》不同的故事情节来源不同，因此想利用词频统计去找证据。这和全亮的命题一样，这个前提即《西游记》不同的故事情节来源不同，实际也是大有疑问的。

其次，这两篇文章在前述不可靠的前提下，再利用了不可靠的方法去验证自己先前的不可靠的命题。

全亮在分析《红楼梦》模仿《金瓶梅》时，所采用的方法包括："三字动宾短语提前结构"回目，以及特有情节、语句相似等。这些相似性仔细分析，都不是铁证，根本说明不了什么问题。根据这些看似相似的证据，根本无法证明所谓《红楼梦》模仿《金瓶梅》的看法。

王一卜是试图利用词频统计来证实《西游记》故事来源不同，进而分析《西游记》的作者。但此词频统计方法还不像《红楼梦》的词频统计，是经过了前八十回的验证，在《西游记》中采用这些词频统计，根本没有验证过。根据一个没有验证过的方法，去验证一个不可靠的命题，结果很自然是不可靠的。

虽然我对这两篇文章持怀疑态度，但他们研究提供的资料和结果，还是事实，还是有参考价值的。如《红楼梦》《金瓶梅》回目中"三字动宾短语提前结构"的统计和出现频率，《西游记》中词频出现的统计资料结果，都是事实，虽然这些资料未必可以支持他们的研究结论，但这些资料和结果都可供学者今后研究参考。

这两个实例都是年轻人有益的尝试，开辟了一个新思路。通过这两个实例，我觉得年轻人富于想象是好的，但基本的学术研究方法看来更重要，否则在错误的前提下，做错误的分析，岂不白浪费时间？

当然，我不是科班出身，上述看法也许是错误的，这些意见仅供参考。

（34）古代小说新版本

本次研讨会上也介绍了几种古代小说的新版本。

中川谕先生首次公布了在日本九州大学新发现的两种《三国演义》新版本。一种是嘉兴九思堂本李卓吾本，此本中川先生说未曾著录过，但我在网络上查到孙立编著的《中国文献批评学》一书中的附录中有此版本的记载，但未说明此本藏于何处，看来还需要再研究。另一种是接近诚德堂（熊清波）本的简本，此本曾有著录，诚德堂（熊清波）本刘世德先生也曾著文研究过。

潘建国老师首次公布了一种巴黎藏本《西游记》李卓吾丙本的新版本。

对这些新版本前面我都做了评议。值得注意的是，这三种新版本中，两种都是李卓吾评本，一种是属于《三国演义》李卓吾绿荫堂本，一种是属于《西游记》的李卓吾丙本。这说明李评本在当时社会的影响力很大，值得深入研究。看来今后还有可能再发现新的版本。

（35）其他文章

以上我只是就本人熟悉的领域的部分文章，谈了个人编辑论文集的体会，文集中我看也不乏其他高水平的文章，但我对古代小说和戏曲的这些领域没有任何研究，只好简单介绍如下。

1)《〈水浒传〉林九兵卫刊本与袁无涯本比较研究》，作者东华理工大学文法学院教授许勇强、邓雷。许勇强是沈伯俊先生高足，《水浒传》林九兵卫刊本是现存李卓吾评点本系统中重要而又比较罕见的刊本，但长期以来却没有受到学界应有的重视，迄今亦尚无专文对该刊本进行全面系统的研究。本文补充论证了复旦大学谈蓓芳教授提出的"袁无涯本系统当出于无穷会本系统"的观点。

2)《〈金瓶梅〉评点本版本研究述论》，作者北京语言大学博士生刘玄，她是段江丽先生的学生。此文在前人研究基础上梳理了《金瓶梅》现存评点本的基本情况，并初步厘清了《金瓶梅》评点的发展脉络。她的文章是撰写博士论文前必须要做的综述，前后修改了几次，与会学者，包括《金瓶梅》专家黄霖先生等，对她的文章提出很多有益的建议。

3)《北京大学世德堂本〈南北宋志传〉小考》，作者浙江古籍出版社副编审陈小林。这是作者一篇旧文，作者在会上未做任何介绍。

4)《话本小说入话的发展演变》，作者惠州学院中文系副教授杨林夕。杨老师提交了几篇文章，经沈伯俊审查，选用了此篇。本文梳理了唐话本、宋元话本、明清话本拟话本入话的情况，勾勒了其发展演变的轨迹和发展过程。

5)《游敬泉刊〈西厢记〉三槐堂本的底本》，作者上海大学文学院教授杨绪容。杨老师多次出席研讨会，最近在从事《西厢记》研究，由于最近她身体不好，没有做深入介绍。

6)《李渔话本的戏曲改编》，作者中央民族大学教授傅承洲。傅老师是老朋友，在北京我们常见面,他也多次参加研讨会,一直从事冯梦龙研究,此文是其专著中的一章。

7)《明代建阳书坊刊刻戏曲知见录》,作者福建师范大学研究生陈旭东、教授涂秀虹;《嘉靖本〈荔镜记〉与万历本〈荔枝记〉版本介绍》,作者福建师范大学研究生洪晓银、教授涂秀虹。涂老师也是老朋友,也多次参加研讨会。我曾多次到福州参加各种研讨会,受到涂老师热情接待。她前几年一直从事建阳刻书研究,成绩斐然。这两篇文章也都属于建阳刻书研究。

8)《古代戏曲选本研究与数字化》,作者徐州工程学院人文学院齐慧源老师。我和齐老师多次在各种研讨会上见面,此文介绍了戏曲选本研究和数字化,和研讨会主题很符合。

9)《辜鸿铭论戏剧》,作者山东大学威海校区文化传播学院周怡老师。他因为学校临近开学无法到会。该文介绍辜鸿铭与英租威海卫时期行政长官、汉学家骆克哈特一封关于戏剧问题的通信,可视为中国最早进行中西文学比较的文本之一。此前,这一资料尚未公开发表。

10)《〈元刊杂剧三十种〉百年文献整理述评》,作者内蒙古大学研究生胡首龙。他也是由于学校开学无法到会。

11)《文献的细读——浅谈世德堂本〈西游记〉的校注问题》,作者中华书局李天飞。中华书局准备再版四大名著,《西游记》由李天飞负责整理,文中对一些校注问题做了细致的分析。我曾在连云港《西游记》研讨会上听过李先生的介绍。

我非常感谢各位学者提供了这样多高水平的论文,大部分在研讨会上都有发言,通过交流,我相信与会学者都会有所收获的。

(36)笔者的文章和发言

这次研讨会论文集收入本人文章 6 篇,记录了本人对这些问题的研究。

其中五篇是呼应其他学者的研究:

《〈三国演义〉书名研究》一文是呼应沈伯俊先生文章。

《论〈三国演义〉几种周曰校本的先后问题》一文是呼应陈翔华先生文章。

《论〈三国演义〉夏振宇本、周曰校本关系和底本》一文是呼应中川谕先生文章。

《〈西游记〉闽斋堂本底本探讨》一文是呼应潘建国先生文章。

《〈水浒传〉刘兴我本和刘荣吾本数字化研究》一文是呼应刘世德先生文章。刘先生文章发表于 2013 年第 1 和第 3 期《文学遗产》,刘先生未出席,此文也未收入论文集。

只有《〈红楼梦〉戚序本和庚辰本关系研究》一文与其他学者文章无关。

我的很多研究只是探索性的,抛砖引玉而已,希望与会学者指教。这些文章多是呼应其他学者的研究,原文都很长,限于研讨会论文集的篇幅,上述论文收入时都有所删节。

这次研讨会,为保证大家有充分时间发言、讨论,我把自己发言安排在最后。一般大会主持者的发言都安排在大会第一个发言,但考虑这次会议发言人众多,还是先保证发表论文的学者都有发言，最后再根据时间，安排我自己的发言。当然在其他学者发言后的讨论中，我也曾简单发言谈自己看法。最后我的发言实际是介绍了我这几年来的研究。

近年来我对五大名著版本都有所研究：

《三国演义》主要是在朝鲜翻刻本和铜活字本研究基础上，对周曰校本、夏振宇本和上海残叶进行了研究。

《水浒传》主要研究了上海残叶和刘兴我本、刘荣吾本。

《西游记》主要研究了唐僧西游记、杨闽斋本和闽斋堂本这三种删节本。

《金瓶梅》主要研究了崇祯本系列中的日本东京大学藏本。

《红楼梦》研究了戚序本和庚辰本的关系，以及新出现的所谓"庚寅本"。

（37）研讨会就要深入讨论

现在各种研讨会非常多，开研讨会无非三个目的：其一是会老朋友、结识新朋友；其二是学术交流，看别人做什么研究，同时向别人介绍自己的研究；其三就是针对某个学术问题进行深入的学术讨论。我主办过十几次中国古代小说戏曲文献暨数字化国际研讨会，我最看重的是第三个目的。如果研讨会上展开了深入讨论，甚至争论得脸红脖子粗，那研讨会的目的就达到了。

这次研讨会沿袭了以往注重讨论的传统，但这次迫于文章多，时间紧，很多文章没有能彻底展开讨论，沈先生严格控制时间，迫于时间压力，有时被迫终止了讨论，也是无奈之举，这很遗憾。

（38）论文集编辑

此次研讨会论文集是由我一人编辑而成，全部文章为 51 篇。由于这次是在上海举办，如论文集在北京复印，再运到上海，太费力。复旦大学代我联系了一家复印明代文学学会论文集的复印社，他们开始开价 A4 纸 1 角一页，一本要 50 元。而我校复印社为 5 分，便宜一半，一本只要 24 元。我和他们讨价还价，最后定在 7 分一页，论文集有 475 页，包括装订，60 本合计 2170 元。而如果在北京印，只要 1600 元，加上运费约 1800 元，可节省约 300 元。由于我已经退休，没有经费，这笔费用就得我自己出。但考虑运输麻烦，还是在上海印了。因为要插入金先生论文，我下车第一件事情就是去复印社联系改版，复印社实际在居民楼内，和我校的复印社一样，十分拥挤。他们复印的墨色明显比我在北京复印的浅，这完全是为节省墨粉，还是上海人精明，我也不好和他们计较。

文章发来的版式都不同，我首先要统一版式，这样看起来才舒服。由于在上海印刷，我就得发去 PDF 文件保险，因为 Word 文件格式可能会变化。于是我先用 Word 编辑，然后转成 PDF 文件。但不知为何，在转成 PDF 文件后，发生了一些错误。

1）论文集的目录是 Word 自动生成的，目录的页码在转成 PDF 文件后，不知为何，从 316 页开始增加了一页，316 页在目录中变成 317 页，以后目录页码都增加了一页。怎么转换也不行，为此我只好用 Word 重编了目录，让上海复印社再复印插入。

2）中川谕先生文章中"九州大学"在 Word 编辑中不知为何会自动变成了"九州岛大学"，我没有发现，开会时中川先生一下就发现了，但也无法改了。为何 Word 会出现这种错误，也很奇怪。

3）大塚先生论文中有四个生僻汉字，在一般字库中都没有，我请录入公司在 7 万汉字的方正超大字符集中查找，解决了三个字，只有一个汉字没有找到，只好用偏旁拼出这个汉字（示里）。大塚说日本有个 14 万汉字的字库，可以录入这些汉字。我在第四次古籍数字化国际研讨会上听说，中国大陆正在开发 30 万汉字的字库，主要是收入古籍中大量的异体字和俗体字。字库越来越庞大，也是古籍整理的要求。

4）曹炳建文章中有很多繁体字，转成 PDF 文件后不知为何自动变成简化字，这样有些字的意思就不同了，这我也没有注意到。

5）我数字化古代小说版本的电子文本采用了 7 万汉字的方正超大字符集。这种字符在 Word 中可以使用，但转成 PDF 文件后，就会出现格式错误，怎么弄也不行。这样我只好逐一把所有方正超大字符集中扩充的字符，全部逐一手工转成规范汉字，花费了一天时间。但南通大学有关《水浒传》插图的文章中也引用了我的版本文字，其中也有大量方正超大字符集中的扩展字符，由于工作量太大，我就没有逐一再转换，导致此文中有的文字发生错误，会上有学者很注意，发现了这些错误，我也做了解释。中州古籍出版社王建新告诉我，方正超大字符集不好用，可以换个字库，这样转成 PDF 文件就没有问题了。

开会时，又有学者提交了两篇论文：

1）南通大学张祝平和李慧的《〈二刻英雄谱〉图赞研究的几个问题》；

2）中华书局李天飞的《文献的细读——浅谈世德堂本〈西游记〉的校注问题》。

由于论文集已经复印好无法插入，请他们自己复印在会场散发，也都安排他们在大会发言。

总之，编辑此论文集费了我不少心血和时间，也靠各位学者的支持，最后大体上我还算满意。

（39）中日学术交流

和历届研讨会一样，本次研讨会有很多日本学者参加，包括学生在内总计有 10 多人，这在中国大陆举行的国际会议中是比较突出的，是真正的国际研讨会，其中不乏国际知名学者，如金文京先生、大塚秀高先生、中川谕先生等，也有一批后起之秀，如上原究一先生、荒木达雄先生等。重视文献研究的日本学者的参与对于提高研讨会学术水平有很大的促进。根据我多年在中日之间的来往，我深深感到，现在日本学者很容易看到中国大陆学者的研究，但中国大陆学者一般很难看到日本学者的研究，因此如何促进双方的了解，对学术研究的提高就非常重要。而一年一度的中国古代小说戏曲文献暨数字化国际研讨会，就提供给中日学者一个很好的交流平台。你可以在这个平台展示你的研究成果，你也可以看到对方的最新研究成果，这样的国际研讨会对促进中国古代小说戏曲文献暨数字化研究的作用是不言而喻的。

从这次研讨会可以看出日中学术研究的不同，中国大陆偏虚、中国大陆以外重实，这是公认的事实,一位日本学者曾和我说:中国大陆学者文章 70%是谈虚的,如思想、艺术、人物形象等,只有 30%是谈实的,如版本、作者、写作年代等;而在日本是刚好颠倒的,70%谈实的,只有30%谈虚的。我细细思索,他说得很对。这也是环境所造成的,也无可指责。这也正好可以相互补充,相得益彰。我只对实证研究有兴趣,因为我推广数字化,数字化也只有在实证研究中有用,对于思想、艺术、人物形象等研究是没有多大帮助的,因此我和日本等中国大陆以外学者交流较多。近来我常去日本参加各种研讨会,看到日本有些学者针对某个很细小的课题所做的实证研究,例如这次上原先生所做的"唐光禄"考证,在中国大陆很难有学者愿意去做这类细小的课题研究。

(40)研讨会的难处

2011年第十届研讨会在北京举行,到会学者近50人,这次参会包括未发表论文的合计60多人,人数有所增长。第十届研讨会论文33篇,290页,这次研讨会论文51篇,475页,有很大增长。这说明中国古代小说戏曲文献暨数字化国际研讨会是受到学者们欢迎的,中国古代小说戏曲文献暨数字化研究还是在不断发展之中,对于学者们对本次研讨会的大力支持,在此深表谢意!

这次研讨会最令人担心的是研讨会的时间。这次人多,安排发言费尽脑筋,基本按照每人15分钟,发言10分钟,讨论5分钟。这样计算,上下午时间不够,可能要延长到晚上。经与复旦大学商议,午餐、晚餐送盒饭到会场,以节省时间,如研讨会时间延长,可以在会场用晚餐后,继续在会场开会。但好在有些论文没有讨论,节约了时间,研讨会最终在6点40分结束,没有延长太多时间。

如果下次研讨会发言人数再继续增加,就只有三个办法:

第一个办法,延长到晚上。但开会一天很疲倦,延长到晚上,怕老先生吃不消。

第二个办法,延长一天,一般这类国际研讨会都要两天。但如在北京举行,北京学者占很大比例,两天就要北京学者跑两次,一般第二天很多北京学者就不会来了。

第三个办法就是分组,这也是一般研讨会常用的办法。我们的研讨会的主题是小说和戏曲,因此可以上午全体会,下午分小说组和戏曲组。但很多学者是小说、戏曲都研究,并不分,因此分组讨论也不利。

研讨会结束,黄霖老师也当面向我指出,如果下次人数还是如此众多,必须想办法,如分组来解决。总之,如果人数继续增多,势必要采取措施,至于最终采取哪种办法,还可再议,听取大家的意见。

(41)会务费周折

以前在北京举办的研讨会,实际会务费就是餐费,主办方要负责所有代表的所有餐费,包括报到当日、开会全天,我主办,经费就是从我自己的经费中支出了。

这次是第一次在国内北京以外举办,我事先和复旦大学商议好,餐费从会务费中支出。他们初步计算自助餐每餐 50—60 元,这样每人 150 元应该可以。因为是紧接明代会开,很多代表是参加明代会后参加小说会,肯定有比较。明代会收 500 元三天,我收 150 元一天，相比还可以。

临近开会，再与复旦大学商议餐费时，他们按照明代会标准，要负责报到、开会和结束后早餐，150 元估计不够。我怕给他们增加负担，也没有仔细考虑，就主动提出会务费提高到 300 元，并发出通知。

到上海开明代会时，与代表交流，他们认为 300 元和明代会 500 元比，还是略高，虽然代表们也可以支付，但若与明代会比，会有不平衡之感。我觉得他们所说的有理，就又和复旦商议。会务组请示黄老师，黄老师表示：还是维持 150 元吧，超出部分他们兜底。

对黄老师的大力支持，我是十分感谢！

开会时我注意到，会场上也有很多人是来旁听的，未交会务费，尤其是一些学生。会务组还是只要到会者，都免费提供盒饭，并未查验是否交会务费。对复旦大学的大力支持，我是十分感谢！

（42）从简办会

这次研讨会和历次我主办的研讨会一样，一切从简，不举行开幕式，无领导讲话，无合影，这受到与会学者的一致称赞。

但也有一些不和谐的声音冒出来。这次研讨会采取盒饭方式引起一些与会人员的非议，在开会前就有人给我发来邮件，对送盒饭极为不满，认为吃盒饭是"打发人"。我看到后，既吃惊、生气，又为这些人感到悲哀！我经常出席各种国际研讨会，吃盒饭是常有的事情。但在中国大陆，特别是一些政府举办的研讨会，大吃大喝风气仍存在，因此会出现开会吃盒饭被认为是"打发人"的奇谈怪论。看来中国大陆研讨会一贯大吃大喝的方式要彻底纠正还需时日。

黄霖先生在开会前特地和我谈及吃盒饭问题，说有人向他反映了此事，他因为忙，没有具体过问，他不知休息时没有安排茶叙，因此下午休息时增加了茶叙。黄先生在致开幕词时也特地提及盒饭问题，他也指出，在国际会议上经常吃盒饭，他也赞同开会从简的方针，不照相，没有领导讲话。我对黄老师的理解很感谢。只要是我办会，将坚持这种办会宗旨不变。

造成中国大陆这种不良习惯的根本原因是公款消费。不过自习近平总书记上任，对公款消费已经下文禁止，估计不久就会达到公私分明的一清二白的地步。

（43）四大名著版本问题

这次研讨会中有很多很有新意的论文，四大名著版本都有很多问题值得进一步讨论。

1)《三国演义》版本：
- 三种周曰校本的关系问题；
- 周曰校本和夏振宇本的关系问题；
- "嘉靖壬子"问题；
- 朝鲜活字本问题；

- 新发现的九州大学藏本。

2)《红楼梦》版本：
- "庚寅本"问题；
- 戚序本和庚辰本关系问题；
- 杨藏本、程乙本等问题。

3)《西游记》版本：
- 世德堂主人"唐光禄"问题；
- 新发现的巴黎藏本问题；
- 删节本问题。

4)《水浒传》版本：
- 刘兴我本、刘荣吾本的关系问题；
- 施耐庵籍贯问题。

因此对上述问题，我考虑，我先逐一上门征询老先生们的看法，如大家同意，就在北京再举行一次小型座谈会。这次上海研讨会有些老学者，如刘世德、陈翔华、张俊、段启明等，由于身体等各种原因，没有参加。如开会，这些老先生可以当面商议、深入讨论，问题可以深入。但要组织一次座谈会，会有多少人愿意参加，也有很多问题要考虑。具体如何操作，我将再仔细考虑。也可能会先在古代小说网上发公告，征求大家意见。

（44）古代小说版本数字化

从 1999 年开始的古代小说版本数字化，至今已经十几年，目前五大名著版本数字化完成了 80 种，见下表。

五大名著版本数字化统计表

《三国演义》：31 种		
演义系列	12	嘉靖元年本、朝鲜活字本、朝鲜翻刻本、周曰校丙本、夏振宇本、夷白堂本、李卓吾本、锺伯敬本、李渔本、毛宗岗本、英雄谱本、上海残叶
志传繁本	7	叶逢春本、郑少垣本、余象斗本、余评林本、熊冲宇本、杨闽斋本、汤宾尹本
志传简本	12	黄正甫本、刘龙田本、朱鼎臣本、刘荣吾本、二酉堂本、熊佛贵本、诚德堂本、北京藏本、魏氏刊本、天理图本、杨美生本、费守斋本
《水浒传》：17 种		
文简事繁	9	评林本、巴黎本、哥本哈根本、斯图加特本、德累斯顿本、梵蒂冈本、牛津残叶、刘兴我本、刘荣吾本
文繁事简	5	容与堂本、天都外臣序本、锺伯敬本、遗香堂本、郑藏本
繁简综合	2	郁郁堂本
腰斩删改	1	金圣叹本

五大名著版本数字化统计表（续）

《西游记》：12 种		
繁本	2	世德堂本、李卓吾本
删节本	3	唐僧西游记、杨闽斋本、闽斋堂本
简本	2	朱鼎臣本、杨致和本
清代刊本	5	西游原旨、西游证道书、西游真诠、新说西游记、出身全传
《金瓶梅》：4 种		
崇祯本	2	北大本、东大本
词话本	1	词话本
张评本	1	张评本
《红楼梦》：16 种		
脂评本	11	甲戌本、庚辰本、己卯本、甲辰本、列藏本、戚序本、舒序本、郑藏本、南图本、卞藏本、北师大本
混合本	2	蒙府本、梦稿本
程高本	3	程甲本、程乙本、东观阁本

今后如获得新版本会随时增加。

（45）2014 年研讨会

十多年来，中国古代小说戏曲文献暨数字化国际研讨会为促进古代小说戏曲的研究，做出了一定贡献，只要条件允许，研讨会将继续开办下去，也希望得到各界朋友的大力支持。

按照惯例，2014 年研讨会将再次转移中国大陆以外举办，这次研讨会期间我也初步联系了一些学者，探讨在中国大陆以外举行的可能性。

中国古代小说戏曲文献暨数字化国际研讨会从 2001 年举办第一届以来，能够每年举办一次，坚持十几年，举办过十几次，主要靠大家的支持。试想，如大家对此无兴趣，来的人很少，主办人的积极性也会逐渐下降，研讨会也很难坚持下去。因此，在第十二届研讨会顺利结束之后，我再次对十多年来支持古代小说数字化的中外朋友们表示深深的感谢！

（46）感谢苗老师和小说网

2011 年我曾在古代小说网上发表了 2011 年出席各类研讨会的随笔，很受学者欢迎。2012 年苗怀明老师又多次邀请我再写，盛情难却，我又写了篇《古代小说版本数字化随笔》，再次在古代小说网上发表。这两篇随笔我谈的都是自己的切身体会，我不是古代文学和古代小说的科班出身，做古代小说数字化只是有兴趣，这几年接触了海内外很多学者，出席了各种研讨会，有些感想，随笔而出。我既不是这个圈子里的人，我又退休了，没有什么顾虑和负担，想到什么说什么，看到看不惯的事就发议论，看到我敬佩的事也表示自己的敬意。不料这两篇随笔引起很大反响。后来开会，不时有人提及我的随笔，认为写得好，说出他们心中想说而又不敢说的话。我听到很是欣慰。

再次感谢苗老师提供古代小说网可以发表我的随笔，这次在上海开会，苗老师也参加了。他一向十分健谈，我也很愿意和他交流看法心得，但由于研讨会时间紧张，没有和苗老师就很多问题交换意见，很是遗憾！多年来我是苗老师古代小说网的忠实读者，每天都要上古代小说网看看有什么新动态。我也陆续在古代小说网发表很多文章，包括《红楼梦》"庚寅本"的 16 篇探讨文章。我的这些文章都很难在正式出版刊物发表，主要是我的研究还是业余水平，上不得大雅之堂。而且由于研究进展有时变化很快，即便发表，怕也早已事过境迁了，观点看法可能又有变化。而苗老师提供了这样一个网络阵地，可以随时发表意见，甚至是还不十分成熟的看法，对此我是十分感谢！希望苗老师坚持下去，希望古代小说网兴旺发达，我也会尽最大努力支持古代小说网的工作。再次向苗老师致谢！

13. 2014 年第十三届研讨会（日本东京，中国大陆以外第六次）（大东文化大学）

十多年来，中国古代小说戏曲文献暨数字化国际研讨会的惯例是，一年在中国大陆，一年在中国大陆以外。第十二届研讨会于 2013 年在上海复旦大学举行，因此 2014 年研讨会按照惯例，应该再次转移中国大陆以外举办。

经与日本大东文化大学文学部中川谕教授反复商议后，决定 2014 年第十三届中国古代小说戏曲文献暨数字化国际研讨会，再次由日本大东文化大学文学部中川谕教授主办，2014 年 9 月 5 日在日本东京的大东文化大学板桥校园举行，会期一天。这是 2006 年中川谕在大东文化大学举办第五届研讨会后，第二次举办研讨会，对此我非常感谢！

与本研讨会同期，在日本还有三个与中国古代小说相关的研讨会，一共有四个研讨会，四个会议日程如下：

9 月 2 日—4 日，日本的中国古典小说研究会 2014 年年会在琦玉县比企郡岚山町国立女性教育会馆举行。

9 月 5 日，第十三届中国古代小说戏曲文献暨数字化国际研讨会在东京大东文化大学板桥校园举行。

9 月 6 日，日本三国志学会东京讲演会在东京二松学舍大学举行。

9 月 13 日，日本三国志学会 2014 年年会在京都龙谷大学举行，中间相隔一个星期，要从东京去京都。

（1）第十三届中国古代小说戏曲文献暨数字化国际研讨会

2006 年在日本东京大东文化大学曾举行过第五届中国古代小说戏曲文献暨数字化国际研讨会。此会 2014 年要在中国大陆以外举行，我一时没有落实中国大陆以外举办单位，最后只好请中川谕先生在大东文化大学再次举行。参加这个研讨会是这次赴日最主要的活动，虽然只有一天，但日本著名学者金文京、大塚秀高、中川谕和上原究一、荒木达雄，台湾嘉义大学徐志平老师都到会，介绍他们自己的研究，机会难得。

论文目录（11 篇）

古代小说版本研究（4 篇）

1）介绍耶鲁大学所藏《三国志演义》版本……………………［日本］中川谕
2）《李卓吾先生批评三国志真本》版本小考……………………［日本］上原究一
3）水浒伝と石渠阁……………………………………………［日本］荒木达雄
4）《红楼梦》版本三个问题研究………………………………………周文业

古代小说文献研究（3 篇）

5）从《中国小说绘模本》看中国小说的插图……………………［日本］大塚秀高
6）清代话本序跋考论…………………………………………………徐志平
7）《四库全书总目》"小说家类"匡误…………………………………张进德

古代戏曲文献研究（4 篇）

8）谈《西厢记》插图……………………………………………［日本］金文京
9）清代诗词中散见戏曲史料的学术价值…………………………赵兴勤
10）西班牙藏嘉靖本《风月锦囊》插图与戏曲舞台戏式……………张祝平
11）从《琵琶记》的下场白的比较看明人对戏曲规范化的要求………杨林夕

（2）日本的中国古典小说研究会 2014 年年会

日本中国古典小说研究会成立于 1986 年，2014 年时会长为大东文化大学教授中川谕先生，研究会每年举办一次年会，出版会刊《中国古典小说研究》，到 2014 年已经出版到第 17 号。日本中国古典小说研究会每年年会参加人员三四十人，2014 年的研讨会是 9 月 2 日—4 日，会期 3 天。

这次年会在琦玉县举行，距离东京不远。日本的中国古典小说研究会前几年我几乎每年都参加，每次中国大陆基本只有我一人参会，2014 年参会的中国大陆其他学者都是第一次参加日本的中国古典小说研究会年会，现场聆听日本学者对中国古典小说的研究，大家感觉也很有收获。

（3）日本三国志学会东京讲演会

日本三国志学会成立于 2006 年，现任会长是著名学者狩野直祯，副会长有金文京、大上正美和堀池信夫等，每年举行一次年会和演讲会。2014 年的演讲会 9 月 6 日在东京的二松学舍大学举行，年会是一周后即 9 月 13 日在京都的龙谷大学举行。这两次会场较大，中国学者可以参会旁听。

东京二松学舍大学离中国大陆学者住宿酒店不远。会务负责人是二松学舍大学伊藤晋太郎，是我老朋友，待人谦和礼貌，是沈伯俊的学生。我第一次到日本，去东京游览，他和另一老师全程陪同照顾，我很感谢。后来我每次到日本参加日本三国志学会的年会，他都负责会务工作。他也曾到镇江参加中国三国演义学会研讨会。他大学毕业后曾长期任非常任教师，即没有固定学校编制的教师，后来终于进入二松学舍大学任常任教师。中国学者参会聆听日本各界对三国和《三国演义》的研究，也很有收获。

（4）日本三国志学会 2014 年年会

这是日本三国志学会的年会，在京都龙谷大学举行，龙谷大学是一所成立于 1639 年的一流私立大学，同时也是全日本最古老的综合性大学之一，其前身为日本国京都府西本愿寺内设置的教育学塾，因其有佛教古老背景，故其"建学精神"为"净土真宗的佛学精神"。此外，龙谷大学亦是日本国内最为著名的关西八大私立名门学府之中的一所。学校在国际交流方面，一直都秉持坦诚开放的态度，因此在海内外都享有良好的声誉。我曾多次到该校参加研讨会，它位于京都著名佛教寺庙西本愿寺内，离京都火车站很近，交通很方便。东京二松学舍大学举行的是三国讲演会，而在京都举行的年会，有多人发言。在会场我又遇到金泽大学的上田望先生，我们也是老朋友了。他虽然不再研究《三国演义》版本，但每年日本三国志学会他都到会，我每次也都会见到他。

这次赴日十几天同时参加四个研讨会是前所未有的。从东京到京都，最后从大阪返回中国大陆，这是我多年来组织赴日人数最多的一次，能顺利组织这么多学者参加这么多次研讨会，都非常顺利，我很高兴，今后恐怕很难再组织这么多学者赴日了。

（5）与会学者名单：合计 28 人，中国 23 人，日本 5 人

日本学者 5 人：中川谕、上原究一、大塚秀高、金文京、荒木达雄

中国学者 23 人：

周文业（首都师范大学）	曹立波（中央民族大学）
朱　萍（中国传媒大学）	傅承洲（中央民族大学）
秦　川（九江学院）	秀　云（赤峰学院）
谷曙光（中国人民大学）	韩洪举（浙江师范大学）
王蕾蕾（浙江师范大学）	石　麟（湖北师范学院）
景遐东（湖北师范学院）	石　松（杭州师范大学）
董国炎（扬州大学）	周　怡（山东大学威海校区）
赵兴勤（江苏师范大学）	张祝平（江苏南通大学）
张进德（河南大学）	高益荣（陕西师范大学）
赵望秦（陕西师范大学）	程小青（福建工程学院）

杨林夕（惠州学院）　　　　　齐慧源（徐州工程学院）
徐志平（台湾嘉义大学）

中国大陆学者合计 23 人，其中 18 人由我联系了旅行社，代为办理赴日的全部行程安排，这样比较简单，大家都很满意。我和中央民族大学傅承洲、曹立波和中国传媒大学朱萍 4 人采取自由行方式，这样比较自由。行程曹老师在北京就全部安排好，包括各地的住宿等。一路上我们还比较顺利，只是返回时在大阪住宿，由于我的疏忽，不是很顺利，但也没有出大问题。

14. 2015 年第十四届研讨会（中国河北廊坊，中国大陆第八次）（廊坊师范学院）

2015 年 8 月 22 日，第十四届中国古代小说戏曲文献暨数字化国际研讨会在廊坊师范学院举行，由廊坊师院许振东老师主办。他十分辛苦，会议效果很好，我在此记录自己的一些感受。

（1）廊坊主办本次研讨会

2014 年小说会是在日本大东文化大学举行，由中川谕主办，2015 年就要转到中国大陆举办，因此日本研讨会后，我就开始筹备 2015 年在国内举办的研讨会。

我首先联系了北师大的郭英德，因为他曾表示愿意主办一次研讨会。北师大影响也很大，如由他们主办肯定很有好处。我联络到他后，他表示要和学院商议，后来表示举办有困难，只好放弃。

不久廊坊师范学院院长许振东老师来信表示愿意主办，这当然是好事。在此前我和许老师并不认识，他说他曾开会见过我，但我完全不记得了。

这几年我常出席各种研讨会，也在很多研讨会上介绍数字化，这样很多人认识我，而我却不认识他们。我人老了，这次会上很多人见面打招呼，似乎是见过，但记不得名字了，对此我很抱歉！

许老师是北师大张俊先生的硕士生，南开大学陈洪先生的博士生。张俊、陈洪是北方高校中培养小说研究生最多的两位导师，现在很多在古代小说领域里活跃的学者，多是他们的学生，可以说桃李满天下了。

许老师是廊坊固安人，为人豪爽，办事认真，虽然他们似乎没有办过这样规模的国际研讨会，但这次办下来，还是比较顺利成功。他有事随时和我联系，我也基本尊重他的意见，这次研讨会很成功，许老师是第一大功臣。我十分感谢他和廊坊的同志们！

廊坊师院没有合适的住所，因此借用了北华航天工业学院老校区院内的航天人才培训中心，条件还算不错，大家都很满意。

开会除住宿外，最主要的就是用餐。这次研讨会全部采用自助餐，虽然不十分丰盛，但我看既节俭，也可以吃饱，就可以了。在徐州开《金瓶梅》研讨会，最后的晚宴十分丰富，但我看浪费很大，很可惜。我看办会还是要节俭，开会主要是学术交流，不在乎吃喝。有时主办方觉得自助餐丢面子，要豪华才有排场，这种铺张浪费的陋习我觉得应该改变了。

（2）报名后不参会应通知主办方

我主办过多次研讨会，历次研讨会准备工作的最大问题是，有些学者报名后，由于个人原因不能到会，但又不通知主办方。学者可能觉得，我不去主办方还省事，少一个人还减轻主办方负担，不告知也无所谓吧。这是参会人员的单方面主观想法，他们没有考虑主办方的困难。

我办过会，知道如果报名又不参加，会给主办方带来的困难主要有两个问题。

第一是住宿问题。因为主办方要根据报名人数预订住宿宾馆。如不在旅游旺季还好，空房较多，宾馆不在意，但如果在旅游旺季，住宿又是热点，住宿很紧张，如预订又不来住宿，就会造成宾馆空房，给宾馆带来损失，对想住宿的旅客也很不利。

因此，在中国大陆以外预订宾馆是要支付押金的。如预订又不住宿，宾馆就会扣除押金，以便避免损失。这种做法是合理的，这样最后损失要由主办方来负担。

第二个问题是会议议程安排问题。很多人报名但不参会，导致会议安排时还要把这些人纳入会议议程，但届时又不到会，给会议安排带来不便。

当然如学者临时有事无法参加，也是无奈之举，但也要尽早通知主办方。

这次研讨会也出现这个情况，还是有些学者报名后，又不参加，也不通知主办方。由于住宿宾馆房间有富裕，问题不大。而且由于参会人员减少，反而给会议的进行还减轻了压力，反而变成了好事，后面我再介绍。

（3）开幕式、照相、报告会和讨论会

我参加的各种研讨会，有以下几种形式。

第一种是中国大陆开会的常规形式：要先举行开幕式，设主席台，各级领导在主席台就座，领导讲话，集体合影。然后是大会主题报告，由学术成就较出色的学者作报告，指定点评人，与会者只是在下面听，一般没有提问和交流环节。

这种形式比较正规，但在我看来也有缺点。一是流于形式，领导讲话、集体合影占用时间。二是大会报告一般水平确实较高，但没有讨论不便于深入研究问题。

第二种形式是没有开幕式，不设主席台，没有集体合影，没有主题报告，采取讨论方式，可以设点评人，但主要形式是讨论，因此会场可设为圆桌形式。我办会全部采用圆桌讨论形式，不请领导讲话，不合影。

这次研讨会主办方比较正规，还是设主席台，设开幕式，有领导讲话，集体合影，然后是主题报告，下午改为圆桌讨论方式。

我曾建议主办方取消主题报告，按照文章内容分类，全部采取讨论形式。我还提出分类发言的顺序建议，将所有发言分为小说文献、数字化和戏曲文献三个版块，依

次进行。但这样在开幕式、集体合影后就要改变会场原有的报告形式,为圆桌形式,时间很紧张。因此最后还是尊重主办方意见,上午在开幕式后,还是采取大会报告形式。主办方原把我列为第一报告人,我建议改为日本中川谕为第一报告人,然后是韩国闵宽东,我列第三。主办方同意了此顺序。

我阅读大会报告后,对其中一些文章有自己看法,因此想在大会报告期间,举手提问,但后来怕破坏大会报告的气氛,还是没有举手。这样大会报告后,只是点评人点评后就转入下一位报告。大会报告没有讨论还是有些遗憾。当然下午是圆桌讨论,对问题的研究就很深入了,效果非常好。

（4）论文目录（29篇）

古代小说版本、作者研究（8篇）

1）关于耶鲁大学所藏《三国志演义》……………………………［日本］中川谕
2）两种《水浒传》"再造"一百回本
　　——加州大学伯克莱分校藏本与东京大学文学部藏本…［日本］荒木达雄
3）大涤余人序本《水浒传》四种刊刻年代考辨……………………邓　雷
4）《红楼梦》版本数字化研究……………………………………周文业
5）版本数字化在红学与教学中的应用……………………………曹立波
6）古代小说数字化研究的实践与思考——以《红楼梦》程本研究为中心…张德维
7）《新刊分类江湖纪闻》前后集十二卷本考述
　　——以大连图书馆藏稀见抄本为中心……………………张春红
6）余象斗生平事迹考补——以《刻仰止子参定正传地理统一全书》为中心
　　………………………………………………………………………陈国军

古代小说文献研究（6篇）

9）试说罗贯中续写《水浒传》述评…………………………………莫其康
10）《红楼梦》第五十四回听戏配乐异文考…………………………朱　萍
11）明代两个宗族六合杨氏、代州杨氏和北房
　　——"杨家将小说"形成的一个背景……………［日本］松浦智子
12）稀见小说《金魁星》考略…………………………………………李　奎
13）《新增补相剪灯新话大全》插图与文本的关联…………………张祝平
14）另一个角度看鲁迅、盐谷温"抄袭案"——从"一张贾氏系图"说起……张　真

古代戏曲文献研究（10篇）

15）清毛奇龄论释《西厢记》：又一个里程碑式精本………………杨绪容
16）《缀白裘》《审音鉴古录》选本特点别鉴——以《南西厢》为例……杨秋红
17）中国戏曲剧社在马来西亚的发展素描
　　——以柔佛州麻坡觉侨剧社研究为例……………［马来西亚］沈国明
18）地方戏曲数字化记录的几点思考——以湖南影戏为例……………李跃忠

19)《莆仙戏传统剧目丛书·表演科介》启示……………………………程小青
20)从"性别整体论"视角考察元杂剧繁荣成因…………………………刘笑岩
21)拉魂腔的文献和版本…………………………………………………程　志
22)民国时期潮剧广告之研究……………………………………………欧俊勇
23)数字化技术在甘肃戏曲非物质文化遗产保护传播中的应用研究……王　萍
24)《风月锦囊·西厢记》舞台戏式插图探析……………………………丁　喆

古代小说戏曲内容艺术研究（5篇）

25)《荡寇志》的"器"与"道"………………………………………………毛欣然
26)论《西游记》中佛祖形象……………………………………………姜　明
27)从《金瓶梅》到《醒世姻缘传》：晚明性别话语的变迁…………陈国学
28)古代小说多维研究视角审视——以小说研究经济学视角为例……莎日娜
29)孔平仲《续世说》的编撰思想考论……………………………………齐慧源

（5）研讨会论文总体情况分析

我在参加这次小说戏曲文献数字化国际研讨会之前曾参加《金瓶梅》研讨会和明代文学研讨会。

在《金瓶梅》研讨会上只有我一篇文章谈版本，我十分奇怪。《金瓶梅》版本中有很多问题，不知为何会只有我一篇文章？是没有问题可研究了吗？在我看来，还是有很多问题的，如这次我提出的"新刻"、避讳和序跋，都值得研究。但为何没有人愿意写文章呢？是年轻人不愿意研究版本文献？

在明代文学研讨会中，小说戏曲部分论文51篇。其中据傅承洲老师统计，也只有4篇文章谈版本文献。

我在小组发言也指出这个问题，为何没有人愿意研究版本文献？很多老师提出了各种解释。其中一种解释是：目前去各大图书馆查文献很困难，很多只能看微缩胶卷。复印也很贵，一面6到10元，一本书常常要几千元。当然这是一个原因，但我觉得，更重要的是很多年轻人不愿意在这方面下功夫。

这次廊坊会议后，日本三位年轻学者上原究一、荒木达雄和松浦智子去国家图书馆查资料6天！我很吃惊，中国大陆这样执着研究版本的年轻人很少了。

在中国大陆研究版本的年轻人中，给我印象最深的是福建师大的邓雷，他在研究《水浒传》版本，很下功夫，这次发表论文谈大涤余人序本《水浒传》四种刊刻本，也很有水平。

这次小说戏曲文献暨数字化国际研讨会论文集收入论文29篇。明代文学学会论文是51篇，是其的56.9%。这样看来，小说戏曲文献研究似乎还不必太悲观。

（6）大会报告和发言总体情况

开会前主办方的主要工作有三件事：
第一是准备接待；第二是整理编辑论文集；第三是拟定会议议程。

开会后，主办方的最大问题是如何控制会议进度，按时结束大会。参会学者一般不会注意这个问题，实际这里面不注意会出问题的。

此次研讨会的议程和实际实施之间还是有些变化，主要是前面所说的，有些学者并未参加。

按照研讨会议程，大会报告和发言合计 29 篇。我仔细计算后，觉得如照此议程执行，时间会很紧张。我曾建议许老师，如时间不够，下午可延长，晚些吃饭，反正晚上大家无事，这是最坏考虑。

许老师事先也曾多次建议，可否下午分组讨论。本来小说、戏曲是可以分开两组讨论的，这样可大大节约时间，那样时间就足够了。

但我想，如分组会有人发言别人听不到，这很遗憾，因此尽量不要分组。

而实际执行时，由于有些学者没有到会，据我统计，最终只有 21 人发言（有些临时增加发言，不在议程之内），这样最后还是保证在下午 6 点 30 分结束，按时晚餐。

能够顺利按时完成大会议程，我十分高兴！

我参加的《金瓶梅》研讨会和明代文学研讨会，对发言时间一般都有严格限制，主要是发言人太多，怕时间不够，因此到时主持人会按铃或敲杯子。而我们小说戏曲数字化会，对此没有严格限制，很多讨论很热烈，也没有限制时间，让大家充分发表意见。这是我多年办会的宗旨。

看到小说戏曲文献研究没有减少，还有所发展，我很高兴！但如此发展下去，最终会出现一天时间不够的时候。那时就只有延长到一天半，或分组节省时间。

（7）金文京先生无法出席很遗憾

这次研讨会金文京先生没有出席是一大遗憾。

我觉得金先生和其他日本学者不同之处在于：第一，他中文很好，交流就很容易。第二，他知识丰富，对中国古代戏曲、小说都有很深的研究。第三，他看法经常与众不同，经常会提出一些意想不到的意见，我很尊重他的看法。

金先生 2015 年从京都大学退休，转到横滨鹤见大学任教了。

中川谕建议，如 2016 年小说会实在找不到主办单位，可以考虑请金先生在横滨鹤见大学举办。我想这也是一个办法，如实在没有主办单位，只好如此。

本来我早早告知金先生，2015 年在中国大陆举办研讨会，他也表示一定参加。他以前曾多次表示，很多会他都可推掉，但我的会他会尽量参加。

但临时还是发生了变化。和我的研讨会同时，南京大学也举办了第一届古典文学高端论坛，邀请的都是海内外知名的高层学者，金文京是开幕式主题演讲的唯一的一位日本学者，时间也是 22 日上午，和我们研讨会开幕时间完全重合。

南京大学的地位和盛情邀请，金先生无法拒绝，因此就无法来参加我们的研讨会，他来信表示遗憾，我也很理解。但不料，就在南京会开会前几天，他家中突发变故，导致他无法去南京开会，结果两个会都不能参加，真是遗憾。

但他发来了一篇有关《西厢记》弘治本研究的论文，我没有研究《西厢记》，粗读后，印象很深，值得大家一读。此文收入论文集，排在第一位。

(8) 苗怀明无法出席发来贺信

这次会议时间和南京会完全冲突，还导致南京大学苗怀明老师也无法到会。他本来表示一定来参会，他和许老师还曾是张俊的同门弟子。但南京大学让他负责南京高端论坛会务工作，无法脱身，故无法到会。我们在徐州《金瓶梅》研讨会上曾会面。

苗老师无法与会，但发来一封热情洋溢的祝贺信，对小说文献研讨会给予高度评价，许老师在开幕式上读了一遍。此致辞在苗老师博客中也转载了。

（http://mhming1.blog.163.com/blog/static/1390271102015722102596799/）

致辞不长，转载如下。

祝福2015年第十四届中国古代小说戏曲文献暨数字化国际研讨会

各位同仁、各位朋友：

大家好！

首先请允许我代表会议合作方中国古代小说网祝贺2015年第十四届中国古代小说戏曲文献暨数字化国际研讨会顺利召开，感谢各位的光临。

这次学术研讨会是在中国古代小说戏曲文献数字化研究取得不少重要成就、不断深入的背景下召开的，对推动小说戏曲学科的建设和发展具有重要的意义。众所周知，近些年来，小说戏曲的研究逐渐陷入瓶颈状态，有志之士都在探寻突破之道，而利用数字化技术，不仅可以为相关研究带来生机，相信也是未来的发展趋势，尽管这一领域的研究还存在不少问题。

为办好这次会议，廊坊师范学院的同仁们及周文业先生做了很多努力，非常辛苦，在此向他们表示感谢。

作为会议的合作方，本应积极参加，事实上我也做了准备，撰写论文并约了一些朋友与会。无奈单位恰在这一时间举办第一届古典文学高端论坛，本人受委派负责会务，分身乏术，谨向各位表示歉意。

最后，预祝会议圆满成功。

今天是2015年第十四届中国古代小说戏曲文献暨数字化国际研讨会开幕，第一届中国古典文学高端论坛也在今天举办，分身无术，只好写段话请振东兄代读，表示祝贺和歉意。

苗怀明
2015年8月22日

(9) 中川谕的研究

日本中川谕先生是第一个报名参加我主办的小说数字化国际研讨会的日本学者，多年来大力支持小说数字化国际研讨会，每次都参加，从未缺席，还亲自主办了两次研讨会。中川先生是我最熟悉的日本朋友，他曾邀请我到他横滨家中小住。日本人很少邀请外人到家里住宿吧，这说明我们的友谊是多么深厚。

我曾帮助中川谕先生在中国大陆出版他的专著《〈三国志演义〉版本研究》一书，

我在我校联系研究生帮他翻译。此书很有价值。我建议他把后来发表的论文再结集出版《三国志演义版本研究续集》，他说他太忙，没有时间。

开会时他任大东文化大学中国科主任，相当于我们大学的系主任或院长，事务工作极多。日本大学的主任、院长，实际是办公室主任，许多事务工作都要自己去做，又没有权力，大权在教授委员会。因此谁也不愿意当这个主任，只有大家投票轮流做，不做也得做。他2016年卸任后，负担就减轻了。

中川先生先参加明代文学研讨会，提交的文章安排在大会最后报告，是关于耶鲁大学所藏的几种《三国演义》版本。耶鲁大学藏有5种《三国演义》版本，即一种周曰校乙本全本，两种李卓吾本，一种遗香堂本，一种嘉靖元年本。

为此中川先生两次去耶鲁大学看书，第一次是一个人去的，第二次是和上原究一一起去的。他也邀请我一起去，但我退休了，没有经费，来往要几万元，所以没有去。

耶鲁大学的藏本中周曰校乙本价值很大，周曰校本一共有三种，甲本目前只有中国社科院文学所藏有残本。我和金文京曾去仔细看过，没有插图。金先生发现其中有详细的圈发，很有意思，值得研究。前几年在韩国发现的朝鲜翻刻本被认定是甲本的翻刻本。乙本中国大陆只有北大藏有残本，乙本有插图。甲本和乙本的关系目前还有争论，刘世德认为甲本在前，乙本是在甲本基础上增加插图。而陈翔华认为乙本在前，甲本是乙本删节插图而刊刻的。至于藏于台湾的丙本肯定是乙本的翻刻本。

中国大陆黄山一朋友曾在民间买到一个遗香堂本的残本，虫蛀十分厉害，后被金文京买去了。耶鲁大学遗香堂本我帮助中川先生完成了数字化。

耶鲁大学嘉靖元年本保存不好，中川先生主要考察了其中的关羽之死，发现并未修改过，据说有一种嘉靖元年本的关羽之死是被修改的，但至今没有看到过。

这次廊坊会中川先生提交了关于李卓吾本的文章。到目前为止，他看到过13种李卓吾评本，但还是有些本未看到，如日本宫内厅有本很难见到。我问他是否仔细统计过所有的李卓吾本，他说他尚未仔细统计。魏安统计有二十多种，我估计存世的李卓吾本有几十本吧，要把这些李卓吾本都看一遍也不容易。李卓吾本原来是明刊本，是叶昼假托李卓吾之名评点的。全部李卓吾本的文字基本没有多大差异，只是插图不同。李金泉曾对李卓吾本插图做了深入研究，刊载于日本中国古典小说研究杂志上。李卓吾本一般分为四种，即吴观明本、宝翰楼本、黎光堂本和绿荫堂本，但中川先生认为这个分类不科学，他建议仿照周曰校本，分为甲乙丙丁四种。李卓吾本从明代开始流传，一直到清代，流传时间很长，直到毛本出现后，还长时期在民间流传。我对李卓吾本没有研究，因为各种李卓吾本文字基本没有差异，这样数字化比对就没有太大意义了。但我觉得作为《三国演义》版本历史上一个重要版本，还是值得仔细研究的。中川先生仔细研究了李卓吾本，文章很长，但排版时插图和文字搞乱了，我对图文混排有经验，这是因为中川先生原稿和后来排版的版式不同造成的，排版的人还是没有经验。

（10）上原究一的研究

上原究一是我敬佩的日本年轻学者之一，他执着研究中国古代小说文献的精神，不仅在日本，就是在中国也很少见。

他曾两次来中国学习，我去日本他曾陪我去日光市，参观著名的轮王寺慈眼堂，就是收藏很多古代小说戏曲珍本的藏书楼，当然现在藏书已经不在那里了，到底在何处大家都不知道，一般也不对外开放，不仅中川谕没有看过，就是大塚秀高也没看过，他说他读书时，有一次他的老师长泽规矩也突然提出要带他们去慈眼堂看书，他们都十分兴奋，但突然下雨，就没有去，以后也再没有机会去看了。估计中国很少有人去过轮王寺慈眼堂看过吧？

上原曾在日本琦玉县山梨大学任教，他是东京大学大木康的博士生，2015年开会时博士论文尚未完成，我问他何时可答辩，他说最迟2016年初必须答辩了。

这次他提交明代文学会的论文是有关日本藏《汉寿亭侯志》及插图研究。此书是有关关羽的文献之一，有大量插图，但至今没有人仔细研究过。他仔细研究了此书，对刊刻、插图研究得极为仔细。明代文学会宣读后，点评人对他的研究评价很高。但他未把此文提交小说戏曲文献暨数字化国际研讨会，十分遗憾，他也未在小说戏曲文献暨数字化会上发言。

他还曾研究周曰校的生平，有很长的文章。他研究最多的是《西游记》版本，他博士论文也将以《西游记》版本为主。中国大陆研究《西游记》版本最深入的是河南大学的曹炳建老师，曾出版《西游记源流考》一书，是对《西游记》版本最全面深入的研究专著。我对《西游记》版本研究不多，只是应曹老师之请，研究了明代删节本。曹老师对上原研究也评价极高。我看像他这样深入研究版本及作者的人极少了。

但上原研究我觉得又过于分散，几乎各种小说都研究，这样固然有好处，但不集中。我建议他集中研究《西游记》版本，仿照中川谕先生一样，出版一本《西游记》版本研究专著，我可以帮他联系翻译，在日本和中国大陆同时出版，因为他的研究极为深入，绝对有学术价值。

总之，虽然上原先生很年轻，但我对上原先生的研究很佩服。

（11）荒木达雄的《水浒传》版本研究

荒木达雄也是东京大学大木康的在读博士生，现在台湾"中央研究院"文哲所做访问学员。他为人十分热情，我和他很熟悉，一次我到日本参加研讨会，他曾一路陪同，直到把我送到宾馆。还有一次在琦玉县开日本中国小说研究会，结束后，大家都坐火车返回东京，只有他一人骑摩托车返回，我看了很奇怪。这次一见面他黑了很多，我开玩笑说，是在台湾晒的吧？如果去非洲就会变得更黑了吧？大家一笑。

这次他提交的是有关《水浒传》一百二十回本删节为一百回本的论文。

大家都知道《水浒传》有一百二十回全传本，全传本主要是袁无涯和郁郁堂两种，郁郁堂又分初刻本和复刻本两种。荒木在研究《水浒传》版本中，突然发现两种一百二十回本改造为一百回本的奇怪版本。

第一种是美国加州大学伯克利分校所藏的《忠义水浒全书》，荒木未看到原书，只是看到数字化图像。此书是把郁郁堂一百二十回本中第九十一回到一百一十回删去，即删去了征辽和田王二传，保留了最后十回的征方腊，这样故事就和一百回本基本一致了。

最奇怪处在于，此本是以郁郁堂本的原板片印刷的，因此前九十回和后十回文字完全一样。因为删除了中间二十回，因此前面目录也把这二十回目录挖去了。也就是说，印刷此本的人可能是郁郁堂本的后人，一次得到了郁郁堂本的全部板片。但他却没有照样印刷为一百二十回，而是仿照一百回本，删除了中间二十回后又重新印刷成为一百回。

此人为何要如此改造一百二十回本呢？可能是节约成本，也可能是印刷者觉得中间二十回明显是后加的，因此就删除了这二十回。也可能是一百二十回本推出后销量不好，因此后继者就删除其中二十回，这样就和一百回本基本相同了。这是否有意和一百回本竞争呢？其中原委难以分析了。

第二种一百二十回本改一百回本的是东京大学文学部汉籍研究中心藏《忠义水浒全书》（原本）。此本肯定是郁郁堂本复刻本的删节本。但此本和上一本删节完全不同，此本是把第一百回到一百二十回全部删除，连目录中也删除了。从板刻看，此本和前本一样，绝对是在原板片上做了删节后复刻的。因此这也应该是郁郁堂复刻本的后继人所为。

但此本和前一本不同，此本不是删除征辽和田王二传，而是截至在一百回梁山军打赢一场讨伐后回京奏捷。为何刊刻者要在此处删节？其原因很难分析了。

这两种奇怪的删节本当时刊印很少，我也没有见过。

这两种删节本的出现再次说明，《水浒传》版本是五大名著中版本演变最复杂的。

（12）日本对三大名著版本的研究

前面分别介绍了日本中川谕的《三国演义》版本研究、上原究一的《西游记》版本研究（本次研讨会他未提交论文）和荒木达雄的《水浒传》版本研究。

日本这三位学者分别研究了《三国》《水浒》和《西游》三大名著版本，这可能不是巧合，但这刚好是非常好的分工。三位学者分别在三大名著版本研究中都取得了很大成绩。

相对中国大陆而言，据我所知，在《三国演义》版本方面中国大陆似乎没有和中川谕同水平的研究。在《水浒传》方面，福建师大的博士生邓雷研究得很认真，这次也发表了论文，后面会介绍。在《西游记》版本方面，河南大学曹炳建出版了专著，水平也很高。

但在另外两本名著《红楼梦》《金瓶梅》方面，据我所知，目前日本基本没有人做深入研究。

前年在复旦举办的小说文献数字化国际研讨会上，我曾询问过金文京先生，为何日本现在无人研究《红楼梦》版本？他也没有给出答案。据我所知，日本已经去世的著名《红楼梦》版本研究权威伊藤漱平（1925—2009）在日本有绝对权威，据说当年大塚秀高转载了欧阳健的"程前脂后"文章，曾遭到伊藤的严厉批评。有人说是大家迫于伊藤的权威，导致日本《红楼梦》版本研究一直未能深入展开，我觉得这似乎是个玩笑而已，日本为何没有人研究《红楼梦》版本，看来还要仔细思考。

至于《金瓶梅》，我刚参加徐州《金瓶梅》研讨会，日本学者只有铃木阳一一人参加。我和铃木也是多年好友。从这个情况也可看出，在日本研究《金瓶梅》的学者也不多。

总之，日本在《三国演义》《水浒传》《西游记》版本研究方面，都有学者在研究，但在《红楼梦》《金瓶梅》版本研究方面，似乎没有什么高水平的研究。不知我所说的情况是否属实。

（13）松浦智子的杨家将研究

日本学者松浦智子多年来一直从事杨家将演义的研究，她的父亲是早稻田大学知名教授，她也是早稻田大学博士，开会时在名古屋的名城大学任教。

我和她曾多次在各种研讨会上见过面，和她很熟悉。这次廊坊数字化小说会她本来没有报名，只参加明代文学学会。后她给我来信，表示愿意参加廊坊数字化小说会，我当然欢迎。我告知主办方，主办方也同意她参加。由于她没有其他文章，她仍以明代文学学会的杨家将文章参会，也收入了论文集。虽然大会议程把她也列入发言，但她推辞了没有发言。可能是由于中国大陆研究杨家将的人很少，她发言可能也没有人呼应，但这样也节约了时间。

会议期间我多方联系2016年在中国大陆以外举办小说数字化会，日本朋友私下讨论，一致推荐到松浦所在的名古屋举行，但松浦本人坚决反对。这也可能是玩笑而已。

日本中国古典小说会曾在名古屋举办过一次，我也曾去参加。会后名古屋大学笠井直美女士陪我在名古屋旅游。她十分热情，多年来她一直研究《水浒传》版本，很有成绩。前几年她自费去台湾研究说唱文学，后无消息，松浦也和她无联系。

我在名古屋还有一位北大附小和清华附中初中的日本女同学冈崎初枝。她父亲是北大日语外教，因此她曾长期在中国生活，后返回日本，在名古屋某大学任教。我曾去京都大学出席日本三国志学会，她曾专程从名古屋到京都，自费在京都住酒店，以便陪我参观游览两天。

我接触日本朋友很多，他们对中国大陆学者都十分友好。我看日本民调，对中国大陆不友好的比例极高，但我接触的日本朋友对我们都十分友好，和民调完全不同。这可能是我接触的人群不同罢了。

（14）韩国学者的研究

这几年韩国学者在中国古代小说研究方面有很大进展，很多学者取得了很突出的成绩，其中我较熟悉的学者有以下几位。

赵宽熙是我最早接触的韩国学者。他以前常来中国，曾主办2004年在韩国首尔祥明大学举行的第三届中国古代小说文献暨数字化国际研讨会，这是我第一次去韩国。但这几年很少见他来中国了，据说他结婚后就很少出门了。

另一位韩国学者朴在渊在《三国演义》版本研究方面很有建树。他在韩国先后发现了朝鲜翻刻本和活字本，翻刻本是周曰校甲本的翻刻本，有很大价值。活字本虽然是残本，但这种用金属活字刊刻的小说很少见，其底本到底是什么版本，目前也没有结论。但这两年他没有继续研究古代小说版本，我也很长时间没有看到他了，很遗憾。

崔溶澈是韩国中国古代小说研究会的前任会长，他近年来常来中国，我常在研讨会上见到他。这次他虽然没有参加廊坊小说数字化会，但参加了徐州《金瓶梅》研讨会，我们又一次见面。他也没有参加明代文学学会，但参加了南京大学的古典文学高端论坛。他每次来中国大陆都带着夫人，这很少见。据我所知，中国大陆只有欧阳健和侯忠义每次开会都带夫人，他们也参加了徐州《金瓶梅》研讨会。

在韩国学者中，我近来最常见到的学者是闵宽东。他这几年研究中国古代小说，成就斐然，连续出版了几部巨著：

《中国古典小说在韩国之传播》，学林出版社，1998年。

《中国古典小说在韩国的研究》，学林出版社，2010年。

《韩国所见中国古代小说史料》，武汉大学出版社，2011年。

《韩国所藏中国文言小说版本目录》，武汉大学出版社，2015年。

这几本书对研究中国古代小说很有价值。这次大会安排他在中川谕之后第二个作报告，报告很长，但大家听得都很认真，对闵先生的研究评价都很高。

闵先生最近在武汉大学和陈文新合作，前面几本书中就有和陈文新合作完成的。陈文新也是我的老朋友，他曾在武汉大学主办明代文学研讨会，我应邀参加，后来在多次研讨会上和他相会。陈老师前几年主编了《中国文学编年史》，这是一部巨著，对研究中国文学极有参考价值。但有学者反映定价太高，据他说出版社因此受益颇丰。但此书有一个大缺点——对时间非常重视，但对地理重视不够。我曾开发中国文学历史地理信息系统，想以此书为参考，但其中收入的地理资料不多，十分遗憾。陈老师最大特点是发言一贯条理清楚，不紧不慢，很吸引人，我非常爱听他的发言，那真是享受。他讲的课肯定会最受学生欢迎的。他参加了明代文学学会，他说办会太辛苦，因此他基本不办会，只有选择参加一些研讨会，也算是休息吧。我知道他近年主要研究科举考试，开会时听说他第一阶段基本结束，进入第二阶段。

（15）我的《红楼梦》版本数字化研究

我在本次研讨会上被安排在日韩学者之后第三个作报告，我主要介绍我的新书《〈红楼梦〉版本数字化研究》，2015年4月由中州古籍出版社出版，分上下两册，总计160.8万字。

我的书刚好是在廊坊印刷的，因此请印刷厂带一批书到会场，赠送给有兴趣的学者。

上册主要研究了《红楼梦》版本有关的五个问题，即"庚寅本"问题、甲戌本附条批语问题、戚序本和庚辰本关系问题、周汝昌借给陶洙甲戌本录副本问题、"程前脂后"和"移花接木"问题等。

第一个问题是最近出现的"庚寅本"《石头记》。

目前对"庚寅本"的来历还有争议。一种看法认为"庚寅本"明显是现代抄本，因此认为此本是"造假"，没有研究价值；另一种完全相反的看法认为，此本从纸张、字迹和内容看，是抄写于晚清，甚至是时间更早的"古本"。我利用数字化比对后认为，这两种看法都不全面。此本抄写于20世纪50年代，其批语主要来自俞平伯《脂砚斋红楼梦辑评》1954 年版，其正文来自庚辰本系列的某个版本，但不排除抄录者曾参考某个"古本"的可能性。"庚寅本"虽然抄写时间较晚，但不排除其有个"古本"为底本，因此是值得研究的一个版本。

第二个问题是从"庚寅本"一批语又引出甲戌本上一附条批语问题。

"庚寅本"一批语是以"附条"为名出自周汝昌兄弟的甲戌本录副本。经仔细检查甲戌本原本，发现了此附条批语被撕掉后留下的痕迹，证明此附条批语曾出现在甲戌本上，但对此附条批语的来历还不清楚，还有不同看法。有人认为此事为周汝昌兄弟或陶洙所为，而我经过仔细分析，认为附条应该是甲戌本原有的，是某位收藏者所为。

第三个问题是戚序本和庚辰本关系问题。

目前主流红学一般认为庚辰本是戚序本的祖本，戚序本是来自庚辰本。但我经过数字化全面、详细的文字比对，发现有 100 多例戚序本文字和庚辰本不同，却和甲戌本相同，这很难用戚序本来自庚辰本解释。而用庚辰本和戚序本有共同祖本，则很容易解释这种情况。因此我认为，戚序本和庚辰本有共同祖本的可能性更大。

第四个问题是周汝昌借给陶洙的是甲戌本原本还是录副本。

周汝昌本人说，他借给陶洙的是录副本，而梅节却认为周汝昌借给陶洙的就是甲戌本原本。我经过仔细分析，认为周汝昌借给陶洙的应该是他自己的甲戌本录副本，而不是甲戌本原本。

第五个问题是"程前脂后"和"移花接木"问题。

欧阳健提出"程前脂后"，受到主流红学的批判。现存脂本和程本是什么关系？我认为现存脂本基本都是过录本（除舒序本），因此理论上可能现存脂本中有的版本在程本之后，即"程前脂后"。现存脂本和程本之间最大可能是，它们有共同的祖本，认为现存脂本都是程本之后造假产物的根据基本都不成立。虽然如此，"程前脂后"的讨论对于《红楼梦》版本和版本演化还是起了促进作用。

此外还讨论了《红楼梦》中的"移花接木"问题。

在以上问题的研究中，都大量使用了数字化比对方式，数字化比对可以快速、一字不漏地查出所有的文字差异，为后续的人工分析研究大大节省了时间，打下了很好的基础。对数字化研究方法也做了简单介绍。

《〈红楼梦〉版本数字化研究》的下册主要包括三部分内容，一是"庚寅本"整理本，二是"庚寅本"批语辑评，三是"庚寅本"和甲戌本、己卯本、庚辰本和戚序本比对。整理这些资料的目的是为"庚寅本"等版本的研究，提供一套完整、全面的参考资料。

我还介绍了下一步整理比对本的计划。此书出版后，有朋友看到后认为我下册的比对本，比上册的研究更有价值，动员我整理《红楼梦》比对本。我也初步整理出了《红楼梦》13 个版本的简体字比对本，规模庞大，8 开要 5 本。我整理出《红楼梦》版本简体字比对本后，出版社和一些朋友见了，坚决主张改作繁体字，认为繁体字才可反映出版本原貌，既然是为研究使用，就应该用繁体字。我反复仔细考虑后，觉得还是应该用简体字。因为此比对本还是为一般阅读使用，面对的是一般不研究版本、但想了解各种版本的文字差异的学者,还有广大的红学爱好者。这样简体字本就足够了。目前出版的各种《红楼梦》版本都是简体字,只有个别出版社出版了繁体字版。因此做简体字版本差异更清楚。而如是繁体字,则要保留大量异体字和俗体字,阅读起来不方便,篇幅也会大大增加。我曾实验过,估计要增加一倍的篇幅,投资就太大了。

由于我是安排在大会作报告,除点评人傅承洲老师给予了好评外,没有学者开展讨论,我本来想在会上征求学者意见,没有实现很遗憾。

(16) 中国古代小说版本数字化研究丛书

中国古代小说版本数字化至今已经过去十几年了,从十几年前的一个设想,到今日已经初具规模,由《三国演义》扩展到《水浒传》《西游记》《金瓶梅》和《红楼梦》五大名著,古代小说版本数字化在不断前进。但数字化没有终点,没有止境,今后的路还很长,古代小说数字化还有很大发展空间,还有许多领域和课题可以利用数字化,今后数字化必将更好地为古代小说研究服务。

为总结本人十几年来在中国古代小说版本数字化研究方面的成果,决定出版中国古代小说版本数字化研究丛书。

中国古代小说版本数字化研究是从《三国演义》开始的,我在这方面写的文章也最多。《三国演义》数字化研究之后,又陆续用数字化对《水浒传》《西游记》《金瓶梅》版本中某些课题进行了研究,《红楼梦》版本数字化研究是从"庚寅本"开始的,开展得最晚。

但考虑到《红楼梦》"庚寅本"是新出现的一种《红楼梦》版本,目前对其是否是"古本"也还有争议,因此很有必要向对此有兴趣的读者,介绍本人对此本的数字化研究成果,所以决定把《红楼梦》版本数字化研究作为这个系列丛书中的第一部。此书研究了"庚寅本"和庚辰本、戚序本关系等诸多问题,介绍了如何利用数字化进行版本研究,因此本书名定为《〈红楼梦〉版本数字化研究》。

《三国演义》版本数字化研究开展最早,研究成果也较多。本人2009年就编写了《〈三国演义〉版本研究和数字化》一书初稿,约30万字,但一直没有机会出版。在上述有关《红楼梦》研究专著之后,计划再将《〈三国演义〉版本研究和数字化》一书收入此丛书。《水浒传》《西游记》《金瓶梅》版本数字化研究也写了一些文章,也将陆续编辑出版版本数字化研究专著。

这是当时的计划,后来情况有变,最后决定把《古代小说数字化二十年》作为此丛书的第二本,即本书。

(17) 曹立波的《红楼梦》版本研究

曹立波老师近年来在《红楼梦》版本研究上成绩斐然,开会前她的博士生做程乙本研究,顺利毕业。我听参加博士答辩的老师说,博士论文水平很高,该博士生是河南大学曹炳建的硕士生,我认识,研究很认真,毕业后到洛阳一所大学任教,很不错。

曹老师是中国大陆最早在版本研究和教学中使用数字化的学者,我觉得在中国大陆以外使用数字化研究版本最突出的是中川谕先生《三国演义》版本研究,而在中国大陆使用数字化研究版本最突出的是曹老师的《红楼梦》版本研究。

最近有人说:"有的研究者觉得,周文业先生只提供了版本数字化的软件,却没有提供版本研究的路径、方法,因此至今似乎也没有研究者使用这一软件而获得研究成功的例证。"

这是完全不了解古代小说版本数字化研究的实际情况。

我在光盘中列出了各种比对方式,并曾多次在研讨会上介绍,也写了很多介绍文章。但光盘中确实没有附说明书,因为我觉得只要会用计算机,打开几个图标,使用方法很简单。

研究者使用这一软件而获得研究成功的,据我所知中川谕和曹立波是海内外的两个典型。

日本学者中川谕先生,他第一个应用我的数字化比对的方法。在他的《三国演义》研究中曾大量使用我的方法。他曾说过:以前研究一个版本,要和其他版本比对,起码要几个月时间才有个眉目。而使用数字化比对,只要十几分钟就知道大致结果。他曾写过文章专门介绍我的数字化比对,在小说文献暨数字化国际研讨会上发表过。

国内使用我的数字化比对最成功的就是曹立波。无论是在她本人的《红楼梦》版本研究,还是在她学生的《红楼梦》版本研究中,都大量使用我的方法,相关论文早在 4 年前的 2011 年就收入我和曹老师共同完成的《一百二十回〈红楼梦〉版本研究和数字化论文集》一书中,有兴趣的可找来看看。

曹老师参加此次研讨会提交论文的题目是《版本数字化在红学与教学中的应用》,题目就点明数字化的作用,文章中特别谈道:

> 在教学过程中,为学生展现《红楼梦》的十五个版本实现逐行比对,此项工作得益于首都师范大学古代小说数字化研究中心[应该是"中国传统文化数字化研究中心"——引者注],周文业先生的软件支持,收到良好的教学效果。

我觉得曹老师此处绝非是溢美之词,而是真实的表露。我的研究在《红楼梦》的研究和教学中能发挥作用,我很欣慰,也深表感谢。

曹老师此文主要谈了三个问题:
1)小说回目变化分析;
2)书中韵文差异和诗词修改分析;
3)红楼人物异文分析。

我注意曹老师的 PPT 有 50 多页,如全部展开分析,估计至少要半小时。曹老师很有经验,与其把三部分都概括谈一谈,不如深入分析其中一个问题。

曹老师选择了第一个问题,即回目变化和版本演化的关系。主要分析了第八回和第十七、十八回。其中对第八回的回目分析极为到位,曹老师把 11 个版本分为 5 组,利用一个表格清楚地列出 5 组回目的变化过程,一目了然,十分清楚,且令人信服。第十七、十八回回目的分析也很到位。

《红楼梦》版本研究常以小博大,以细微见长。刘世德的《红楼梦》研究就以"探微"见长,和曹老师殊途同归。

至于第2、3部分的韵文和人物分析由于时间关系,曹老师无法展开,但论文中有详细分析,可仔细阅读。

曹老师报告后,点评人南通大学张祝平做了点评。因为曹老师的报告刚好在我的报告之后,而且都是研究《红楼梦》的版本,因此张老师把两个报告做了对比。他认为我的研究表述不如曹老师清楚和吸引人,他认为曹老师的研究思路清晰,给予了很高评价。这也可能是我只介绍了我研究的结论,未像曹老师这样选择一个课题展开阐述,我今后还是要好好学习如何介绍我的研究。

(18)邓雷和《水浒传》版本研究

福建师大博士生邓雷发表论文《大涤余人序本〈水浒传〉四种刊刻年代考辨》。

众所周知,《水浒传》一百回本最有名的是明万历的容与堂本,以后的版本多认为是出自此本,一百回版本系列中,大涤余人序本是一个重要版本,邓雷又把此本分为四种:

1)三多斋本:以前一般认为是芥子园本的翻刻本。
2)芥子园本:是个曾多次翻刻的版本。
3)原李玄伯藏本:日本笠井直美等很多学者曾做过研究。
4)遗香堂本:遗香堂也曾刊刻《三国演义》,现存耶鲁大学,前面介绍中川谕时提及,笠井直美曾送我此本图像,我也完成了数字化。

邓雷对这四种版本的刊刻年代做了仔细分析,他最后结论是(按照刊刻顺序):

1)原李玄伯藏本:刊刻于清顺治年间。
2)遗香堂本:刊刻于清初。
3)芥子园本:刊刻于清康熙八年至十六年之间。
4)三多斋本:刊刻于清康熙十六年之后。

《水浒传》版本是所有五大名著版本中最复杂的,因为翻刻次数很多,其中故事、文字改动也很大。研究《水浒传》版本最大难度是很多版本看不到。如无穷会本是个著名版本,藏于日本无穷会,当年刘世德去日本讲学,日本学者矶部彰曾亲自陪刘先生去无穷会看过,但由于时间短,刘先生只记录其中几个细节,后写了一篇关于无穷会本的论文。复旦大学谈蓓芳得到了无穷会本复印件,做了深入研究,提出和刘先生不同的看法。

2013年邓雷告诉我无穷会本影印出版了,卖3980元,我买了一套,并请公司完成了数字化。又花费2000元,总计约6000元。因为我已经退休,没有经费,全部是自己出钱。准备有时间时和其他版本仔细比对,看前人的研究结论是否合理。后来因为忙于其他事务,一直没有做下去。

(19)中日研究需要交流

这次研讨会上有两篇文章谈明代小说的出版商,一篇是廊坊武警学院陈国军的

《余象斗生平事迹考补——以〈刻仰止子参定正传地理统一全书〉为中心》,一篇是主办方许振东的《周曰校及其万卷楼刻书活动考述》。由这两篇文章引出了中日学者研究交流的话题,很有意思。

陈国军我们很早就认识,他曾参加过几次小说文献数字化国际研讨会,发表了一些考证文章,他的考证一般都比较严谨。这次他提交的有关余象斗的生平事迹考很重要。大家都知道余象斗生前刊刻了很多古代小说,如《三国演义》《水浒传》等,他的生平自然会引起关注。但我没有研究,因此无法评议陈老师文章的具体内容。

在陈老师发言后,日本上原究一立即发言,告知日本丸山浩明先生和台湾林女士(名字我忘记了)都曾专门研究过余象斗。丸山先生我很熟悉,我去日本出席日本中国古典小说研究会年会,多次遇到他,但我完全不知道他曾研究过余象斗。陈老师也事先根本不知道丸山先生的研究。

另一篇关于出版商的文章是主办方许振东老师有关周曰校的研究。他的文章没有收入论文集,他也未安排自己发言。我看到他的文章很感兴趣,我虽然没有研究过周曰校,但我知道日本上原曾研究过,因此我一再向他表示,希望他也在大会发言,他都以会议时间紧,他未曾准备为由而婉拒了。最后大会全部发言结束了,距6点30分吃饭还有十几分钟,我再次请他发言,他简单介绍了此文的大致情况。他发言后我立即邀请上原先生谈谈他的研究,由于时间关系,上原只大略介绍了他的研究,他的论文很长,有80多页,在日本已经上网,但因为是日文,中国大陆学者怕很难完全看懂。会下许老师又和上原进行了深入的交流。

这两件事都是中日学者分别进行了各自的研究,但都不知道对方的研究。这真是两个值得深思的实例,使我再次深感中日学者交流之必要。

我在会上发言还举出我亲身经历一事,说明中日学者交流之必要。

我曾在杭州参加一次《水浒传》研讨会,李永祜在大会提交一篇关于《水浒传》残叶《京本忠义传》的文章,对刘世德以前研究的结论提出异议。此残叶公布后曾引起热议,欧阳健等人认为此本是《水浒传》最早的版本。

我看到对此本看法有很大的分歧,很有兴趣,立即用数字化进行比对,结果十分清楚,此本与繁本比,文字有很多删节。但和简本比,删节的又不太多。因此从文本看,此本介于繁本和简本之间。我分析后认为,此本绝对不是最早的版本,假设如此,则繁本就要在此本文字基础上再增补很多文字描述,这是极为复杂的事情,书商绝对不会花费此力气。此本也绝对不是简本,因为文字比简本还是详细很多。此本也不是从繁本到简本的过渡本。我认为此本是繁本的删节本,但删节的没有简本多,因此全书篇幅应该比繁本少,比简本多。书商推出这个中间版,本意是争取市场。但实际上,对水浒故事很有兴趣的读者会去看繁本,而只想了解故事大概的读者会去看简本,这种不繁不简的版本实际没有市场,因此推出不久就被淘汰了,因此这种版本流传下来很少。

我把我的文章发给中川谕先生,不料立即收到他回复,原来早在1998年他就研究过《京本忠义传》。他也认为,此本既不是繁本,也不是简本,和我看法一样。而我事先并未看到他的研究。

这又是一个中日学者交流不足的实例。

由余象斗、周曰校的研究可以看出中日学者交流的必要。日本学者多可以看到中国学者的研究，可以看到中国多数期刊，在日本也可以付费进入中国知网下载论文。但中国学者很少有人知道日本学者的研究，除非日本学者文章在中国期刊发表。否则中国学者即便看到，由于不懂日文，也很难彻底读懂。

我近年常去日本出席日本中国古典小说研究会的年会，几乎每次去，中国大陆学者只有我一人。只有一次黄霖先生带了一批他的弟子出席了。由此我萌发一个念头：收集日本学者有关中国古代小说版本研究的文章，我在中国找学生翻译，再请日本学者审阅后，找出版社出版，肯定对版本研究有益处。

顺便多说一些有关《京本忠义传》的研究。欧阳先生至今仍然坚持他的看法，认为此本是早期版本。他主要依据是残叶的用纸和抄写的笔法。他最近在他的博客上说：

> 周文业先生批评我分析《京本忠义传》残页[①]的方法有问题，"只是根据其中一些现象，就认为残页不是简本而是繁本，甚至支持上海残页就是《水浒传》唯一的祖本的看法"，却不知我所据以立论的，恰好是被数字化消解了的字体与用字习惯。明中期前是手书上版，多尚楷体；正德后字体渐趋方正，起落笔较有棱角；万历后字体由方而长，笔画横细竖粗，顾廷龙先生据字体方正，判定《京本忠义传》出于正德、嘉靖书坊，较现存传世最早的"郭勋本"为早，又据皮纸（即棉纸）精印，与明前期多用棉纸、后期多用竹纸相合，都是有充足道理的。我发现残页中"军人每"的"每"字（语言学称词缀，表示复数，同"们"），为元代与明初用字。翟灏《通俗编·语辞》云："《元典章》诏令中云'他每'甚多，余如'省官每''官人每''令史每''秀才每'……凡其'每'字，悉'们'音之转也，元杂剧亦皆用'每'。"而其他《水浒传》版本，如容与堂本、锺伯敬本、天都外臣本、遗香堂本、郁郁堂本、金圣叹本，多已改为"们"字。这些都是残页较早的证据，说是《水浒传》仅存的祖本，正是从版本鉴定角度做出的。

这里又是一个例证，是根据用纸、字迹判断版本可靠，还是根据文本比对判断版本可靠？《红楼梦》"庚寅本"天津学者根据文物鉴定专家对用纸和笔迹的判断，认为此本抄写于清末。我根据批语、文本分析判断此本抄于20世纪50年代初期。

《京本忠义传》又是一个研究方法不同，结论不同的典型实例。我仍认为用纸、字迹判断版本刊刻时间误差很大，而文本分析白纸黑字，分析结论更为可靠。

欧阳先生谈及《京本忠义传》时，对数字化发表如下看法：

> 数字化可以判定有无，却不能判定真假，判定是非，判定美丑。书是人写

[①] "残叶"也可称"残页"，一叶为两页，实际保存的是半叶即一整页，残叶指破损残存的半叶，残页指残存的一页，都可以。欧阳先生用"残页"，本书一般都称为"残叶"。

作的，是人刻印的，是人装订的，是给人阅读的。古代小说版本中许多问题是数字化不能解决的，一切都离不开历史和文化的要素，离不开大的时代背景的把握。如《京本忠义传》属繁本还是简本，就不是数字化出来的百分比能解决的，须在计算机之外来思考。什么叫简本？用胡应麟话说，是"游词余韵、神情寄寓处一概删之"。关键不在字数多少，而在是否保留游词余韵、神情寄寓处。绝不能悬拟一个标准，说一万字是繁本，九千字就是简本，更不能设想会发现一个从一万字删到九千字，八千字，七千字，六千字，五千字，四千字的"修改过程"。《京本忠义传》体现了描写细腻、口语生动的特点，从内容上看是地道的繁本。

这里涉及对数字化研究的基本看法问题。欧阳先生认为：数字化只能判定有无，无法判定真假是非美丑。我对此仍有不同看法。

表面上，数字化确实只是判断文字的有无，但从有无是可以再深入分析其背后的深层次原因的，由此也可进一步判断版本的演变，判别哪种看法更合理些。欧阳先生说："《京本忠义传》体现了描写细腻、口语生动的特点，从内容上看是地道的繁本。"这似乎还是他认为《水浒传》版本是从简到繁、再到简的繁简交替演化论，我曾写文章对此提出异议，认为基本不存在由简到繁的演变。

（20）颜彦的古代小说插图研究

国家图书馆的颜彦多年来一直研究古代小说的插图，曾出版《中国古代四大名著插图研究》一书，对四大名著的插图做了仔细研究。这以前从未有人做如此细致深入的研究，很有价值。我对其中建阳小说图文相异的情况很有兴趣，此书中做了详细分析，很有意义。

这次研讨会颜彦提交了论文《明代建本小说插图"暴力"主题的视觉阐释》。但不知何故，研讨会议程未安排她发言，因此大会只好安排她最后一个发言，她简单介绍了她近年对小说插图的研究，由于时间限制，没有展开说，很遗憾。

会议安排是很麻烦的事情，由于各种原因沟通不够，安排不好也是不可避免的，对此只有抱歉了。

（21）鲁迅和盐谷温"抄袭案"

鲁迅《中国小说史略》中关于《红楼梦》中的"贾氏谱系图"是否抄袭日本盐谷温的"贾氏谱系图"，是个著名的历史公案。

温州大学张真是南京大学苗怀明的刚毕业的博士生。他的论文是近代日本的中国通俗文学研究，专门探讨明治维新到二战之前日本中国通俗文学研究学科的形成与演进。他学的外语是日文，上学期间他到早稻田大学访学，查阅不少资料，所以能有一些新的发现，论文也多用第一手日文资料。此文很有参考价值，由此也可看出，有些课题是需要多学科知识才可完成的。

鲁迅的图肯定参考了盐谷温的图，鲁迅也公开承认了，但鲁迅对盐谷温的图也做了一些改动，这也是事实。任何研究都是在前人基础上进行的，这是毫无疑义的。所以说鲁迅抄袭盐谷温是不合适的。鲁迅出版《中国小说史略》后也赠送了盐谷温一本，盐谷温也很高兴，并未因鲁迅参考了他的图而不满意，因为鲁迅是名人，盐谷温还因此为荣。

张真的研究主要在于盐谷温的图又来自何处。经张真研究，盐谷温的图实际来自他的老师森槐南（1863—1911），森槐南的"贾氏谱系图"是中日两国最早的专题图，张真对两图做了仔细比较，十分细致。根据张真的研究，森槐南的图又是来自清代寿芝所做的图。

从张真的研究我们可以看出古代文学研究的传承性，是篇很有意思的文章，是值得一读的文章。

（22）戏曲文献研究

中国古代小说戏曲文献暨数字化国际研讨会最初只是研究古代小说，后来有学者说小说和戏曲研究实际不分家，很多学者既研究小说，又研究戏曲，因此在研讨会名称中加入了戏曲。

但历次研讨会还是小说文章更多一些。这次论文集29篇文章中，戏曲有11篇。

但在研讨会发言中，戏曲的发言并不比小说发言显得冷落，一样十分热闹，有些发言讨论比小说还深入。我由于完全不懂戏曲，因此无法评议这些戏曲研究的论文。

在戏曲研究数字化方面，我曾应我校汪龙鳞老师邀请，帮助他做明刊本《西厢记》版本数字化。明刊本《西厢记》有几十种版本，很多藏于国家图书馆，他们首先把这批版本影印出版《国家图书馆藏〈西厢记〉善本丛刊（全二十册）》，售价要37000元！一般人根本买不起，只有大图书馆才买得起。

在出版影印本后，他们还计划出版三汇本，即汇校、汇注、汇评。由于版本众多，他们希望利用数字化辅助进行。为此我们帮助他们完成了所有版本的数字化，在此基础上可以用版本比对软件进行文字比对，自动生成文字校记，大大节省人工编写校记的劳动。而汇注、汇评只有人工去逐条加注，逐条汇集评语。但此项目后来不知何故没有进行下去。

（23）小说版本数字化

本来此次研讨会论文集中有三篇涉及数字化：

1）《古代小说数字化研究的实践与思考——以〈红楼梦〉程本研究为中心》，张德维，河北廊坊安次进修学校。

2）《数字化技术在甘肃戏曲非物质文化遗产保护传播中的应用研究》，王萍，甘肃兰州城市学院文学院中国古代小说戏剧研究所。

3）《地方戏曲数字化记录的几点思考——以湖南影戏为例》，李跃忠，湖南科技大学人文学院。

但后两人都未到，文章也只是概括介绍戏曲的数字化保存。只有张德维一文值得研究。我和他有联系，他向我要《〈红楼梦〉版本数字化研究》一书，我也赠送给他一套。

他发言说全场就他一个非专业人士，其实我也是个非专业人士，我本来是学计算机的，从事古代小说数字化也算是交叉学科研究吧。

此文主要谈了两个问题，一个是程本的编排问题，一个是数字化问题。

他首先介绍他多年研究程本的经历。他为研究程本，花费了几年的时间，自己录入，然后不断修改，他的这种执着精神十分令人敬佩。

他在文章中仔细分析了活字排本的过程，他认为用活字排版程本，就必须用"轮转法"摆印，因为活字数量有限，因此排后面的版，必须拆掉前面的版，不可能像雕版那样一直保留所有的板片。这是程本研究中大家都明白的道理。

对于为何程甲本刚发行几个月就又出版程乙本，红学界有各种解释。张先生认为是程甲本尚未印出，订单纷至，而程甲本不可能再加印，因此程伟元就立即决定开始再排版印程乙本，因为是重新排版，因此内容文字有修改。这样在程甲本出售后仅几个月，程乙本也上市了。而且程甲本印刷中有些页有富裕，因此有部分程乙本就使用了部分程甲本的散页，出现了程甲本和程乙本的配本情况。

张先生的解释我觉得基本是有道理的。

在数字化方面，因为张先生自己独自录入过程本，因此有切身体验，他也谈了他自己对数字化的看法。

他曾使用过我开发的《红楼梦》光盘，但发现其中文本错误很多，因此才决定自己录入。他还在我和曹立波合编的《一百二十回本〈红楼梦〉版本及数字化研究》一书中发现，我引用程本几百字，其中就有十几个错字。他认为数字化最困难的是文字的准确，我曾提出想做《红楼梦》版本比对本，他认为如在现在数字化的文本基础上做比对，必须对文字做仔细校对，工作量极大。

对张先生的意见，我也当场做了响应。

我首先说明，我做了80多个古代小说版本数字化，都是由录入公司录入，录入员都是年轻人，根本不懂古汉语，加上古代小说抄写很潦草，因此录入后错误很多是无法避免的。要做到像张先生那样认真地逐字核对，我是没有力量去完成的。我形象地比喻说，我盖大楼，只是盖了一个框架，剩余的细致工作还得使用者再自己去核对，但这也为学者减轻了很多负担。如何使用古代小说版本数字化成果，那要看你用来做什么。如果只是一般了解各个版本文字差异，我的软件基本还是可以的。但如果要仔细研究，就必须自己去逐字和原本核对了，而且我提供了全部图像，还有图文对照，因此在此基础上做修改是可以的。

至于比对本，确实有张先生所说的问题，必须逐字核对。但在版本比对的基础上核对文字也不十分难。因为如果录入错误，比对后文字就会错开，一眼就可以看出来，就可再去和原本核对。只有两个版本文字同时录入错误，比对就看不出来了，就可能发生错误。

对于张先生对数字化的宝贵意见，我十分感谢。

（24）点评人

这次大会主办方安排了一些学者点评，点评人水平都很高，他们的精到点评我很佩服。下面我对一些点评人再做一些点评吧。

中央民族大学的傅承洲老师是我的老朋友了，几乎每次研讨会他都参加。他本来是研究冯梦龙的，但对于古代小说、戏曲都熟悉。他是大会报告的主要点评人，虽然论文他都是到会后才看到，但他的点评都很到位，都能说道点子上。我不是学古代文学出身，经他点评，使我对很多完全不熟悉的作品也有了了解。我认为他是第一流的点评人。

大会另一个点评人是南通大学的张祝平，他是临时顶替韩国的闵宽东的。因为大会不知为何没有收到闵先生的论文，就安排他做大会报告的点评人。闵先生汉语很好，在明代文学学会上，也当过点评人，应该没有问题的。但他到会发现他的论文未收入论文集，大会马上给他复印，并安排他第二个作报告，但这样就不宜再做大会点评人，我建议由张祝平代替。

张祝平参加小说会时间较晚，但每次会都积极发言，当点评人没有问题。果然张老师不仅在大会报告中点评到位，在下午发言中，几乎每个发言者他都做了点评。从点评看，他对古代小说戏曲都十分熟悉，才能做到几乎对每篇论文都可提出看法，这很不容易。

下午小说部分发言的点评人是中国传媒大学的朱萍老师。她是北师大张俊的学生，我们也很熟悉了，她曾多次参加小说会，她对古代小说很熟悉，点评娓娓道来，不紧不慢，都能说道点子上，也是个称职的点评人。

下午戏曲部分发言的点评人是上海大学的杨绪容。她是黄霖的弟子，主要研究古代戏曲。她看上去很柔弱，但点评起来一点都不柔弱。我对戏曲完全不了解，但听到她点评后，对发言者的文章也有了更深层次的了解了。本来戏曲部分点评人是安排中央民族大学的曹立波，但主办方可能仔细考虑后，觉得曹老师主要是研究古代小说，因此换成主要研究戏曲的杨绪容。

另外，下午小说部分的点评人原来安排有河北师范大学文学院的霍现俊，后来天津外语学院郑铁生申请参会，经我和主办方联系同意他参会，考虑他在古代小说研究中很有成就，就安排他做点评人。

以上这些点评人都是我多年好友，通过这几年举办小说会，已经成为一批志同道合的朋友。有了他们的大力支持，才保证小说会多年来顺利举行，每年都能举办一次。对此我非常感谢他们！

（25）筹划2016年研讨会

这次廊坊会议前，我就在考虑2016年到中国大陆以外何处去举办。因为日本学者希望到香港举行，小说数字化国际研讨会曾在澳门举行，但从未在香港举行过。

香港中文大学的周建渝老师曾主办过一届小说研讨会，我本来想和澳门一样，同时举办一次小说数字化国际研讨会，但我和周建渝不熟悉，他们没有同意。

黎必信是香港中文大学的博士，曾多次参加小说数字化国际研讨会，他研究《三国演义》版本很到位，发表很多有关毛本的论文，很有水平。他从香港中文大学毕业后，曾到香港城市大学任教，后又调回香港中文大学。我曾多次和他联络在香港中文大学举办一次小说数字化国际研讨会,他和系里研究后,基本同意了,对于会务安排也有了详细的计划,2015年我曾去香港办事,顺路去中文大学和他商议此事,看来一切顺利。不料不久前他们系里另外一位教授提出2016年想办一次国际研讨会,他目前只是讲师,因此系里最后同意这位老师意见,我们只好放弃了。

这次在《金瓶梅》和明代文学学会上,我都多方和境外学者联系,看可否举办一次小说数字化国际研讨会。

在《金瓶梅》会上有美国学者陆大伟参加。我和他谈及去美国举办,他说他现在不研究中国古代小说,他也只是副教授,估计也很难。

在会上还见到韩国前任中国古代小说会会长崔溶澈,和他谈及再去韩国举办的可能。韩国每年都举办三次中国古代小说研讨会,我建议可和某次会一起套开,反正都是研究中国古代小说,或在韩国小说会后再加一天单独开。他说要回去和会长商议。在廊坊会上我又和闵宽东谈及此事,请他也代为联系。

当然还可以再回日本举行,前面说过,可考虑请金文京在他新任教的横滨鹤见大学举行,这也是一条路。澳门、台湾也还可以考虑,总之,候选地点还很多。

这次廊坊会上我又仔细和中川谕先生商议,我问他在中国大陆以外举办,他首选哪个地点,他仍然主张先考虑香港。他认识香港中文大学日语系一研究中国古代小说的学生,他想通过这位学生联系日语系,看可否由日语系出面举办。我考虑或可让香港中文大学日语系和中文系合办。

总之,2016年的研讨会我们会尽力去联系。如实在联系不到,那就回中国大陆举办,如大陆也无单位愿意办,就我自己来办吧。小说数字化会举办14届了,不能让这个传统中断了,我会尽最大努力办下去的。

至于2017年又要回中国大陆举办,因为后年明代文学学会在广州暨南大学举行,主办方程国赋我很熟悉,届时请他接着开小说会,就和前年黄霖在复旦举办明代会一样,估计问题不大。

有些人不解,认为每年开会太频繁,可能大家也没有什么新的成果出来。我认为不然,从这14届来看,每年都有一些新的研究出现,某个学者不见得每年都有新研究,但不会所有人都没有新成果。其实没有论文也可参会,可了解别人在研究什么课题,对自己也是会有启发的。因此我坚持每年都要开会。

(26)与会学者名单:合计33人,中国29人,外国5人

中国学者29人

许振东(廊坊师范学院)	朱 萍(中国传媒大学)
曹立波(中央民族大学文学与新闻传播学院)	张 真(温州大学)
陈国军(中国武警学院)	张德维(廊坊市安次区进修学校)
邓 雷(福建师范大学文学院)	莎日娜(北京师范大学文学院)
李 奎(山西师范大学文学院)	刘笑岩(西华师范大学)
杨绪容(上海大学文学院)	杨秋红(中国传媒大学文学院)
杨秋红(中国传媒大学文法学部文学院)	程小青(福建工程学院)

齐慧源（徐州工程学院） 程　志（枣庄学院文学院）
王　萍（兰州城市学院文学院） 张春红（西藏民族学院文学院）
陈国学（云南民族大学文学与传播学院） 张祝平（南通大学）
欧俊勇（揭阳职业技术学院科研处） 霍现俊（河北师范大学文学院）
李跃忠（湖南科技大学人文学院） 姜　明（楚雄师范学院文学院）
莫其康（江苏省泰州历史文化研究所） 丁　喆（南通大学）
毛欣然（四川大学文学与新闻学院） 颜　彦（国家图书馆）
周文业（首都师范大学）

外国学者 5 人

[日]中川谕（大东文化大学）　　　　　[日]上原究一（东京大学）
[日]松浦智子（名城大学理工学部）
[日]荒木达雄（台湾"中央研究院"中国文哲研究所）
[韩]闵宽东（庆熙大学）　　　　　　[马来西亚]沈国明（华人民间剧社）

附录：第十四届中国古代小说戏曲文献暨数字化国际研讨会综述

王满新　燕亢生

2015 年 8 月 21 日至 22 日，第十四届中国古代小说戏曲文献暨数字化国际研讨会在廊坊成功召开。本次会议由廊坊师范学院与首都师范大学中国传统文化数字化研究中心联合举办，高等教育出版社文科分社和中国古代小说网协办。莅临本次大会的有来自国内各地和日本、韩国、马来西亚的专家学者五十余人。大会主要围绕古代白话小说、文言小说、戏曲三个方面展开讨论，涉及版本考证、故事考源、作者探溯、数字化研究、主题诠解、传播考探等诸多问题。

（1）关于白话小说

本次会议的中心议题是中国古代小说的版本和数字化研究，因此会上讨论最多、最激烈的也是关于中国古代白话小说和文言小说方面的内容。

1)《红楼梦》

关于《红楼梦》，首都师范大学文学院教授周文业的《〈红楼梦〉版本数字化研究》在详细介绍"庚寅本"的来历、批语、抄录和整理的基础上，又进一步探讨了五个延伸的问题，即甲戌本附条批语问题、戚序本与庚辰本的关系问题、周汝昌借甲戌本录副本给陶洙问题以及《红楼梦》版本中的"程前脂后"和"移花接木"问题。这些对准确厘清《红楼梦》版本的复杂性大有裨益。

中央民族大学曹立波教授以《版本数字化在红学与教学中的应用》为题，从《红楼梦》的回目变化与情节提炼的倾向性、韵文差异与诗词修改的规范性、人物异文与小说构思的精炼化三个方面探讨了不同时期《红楼梦》版本体现出的不同文字面貌。她认为，对《红楼梦》版本的探讨，既要关注作者自己"批阅"和"增删"的10年辛苦，也应重视后来修订者"补遗订讹"与"截长补短"的30年积累。她还提到，在教学过程中，为学生展现《红楼梦》的修订过程，能够客观地呈现这部小说的动态之美。曹立波教授的《红楼梦》版本研究以小博大、以细见长，给与会者以很大启发。

廊坊市安次区进修学校张维德先生的《古代小说数字化研究的实践与思考——以〈红楼梦〉程本研究为中心》，通过他自己长时间的研究和比对指出，萃文书屋摆印程本时采用的是随摆随印的"轮转法"；同时，他还对程甲本和程乙本的异文进行了大量的对比分析，对两本的刻印成因、价值以及数字化的发展趋向做了独到的分析，令人耳目一新。

另外，中国传媒大学文法学部文学院朱萍副教授的《〈红楼梦〉第五十四回听戏配乐异文考》，从乐器使用、配乐描写等细小问题入手而展开研究，也给人们以很大启发，为《红楼梦》版本研究提供了又一关照视角。

2)《三国演义》

关于《三国演义》，日本大东文化大学的中川谕先生通过对十几种版本的《李卓吾先生批评三国志》进行的集中比对与分析，阐述了自己的看法，并提出为不同版本系统进行重新命名的观点。如，他提议仿照周曰校本等《三国志演义》其他版本、《李卓吾先生批评西游记》等其他小说版本的研究方法，《李卓吾先生批评三国志》诸本暂时叫作甲本、乙本、丙本和丁本。中川谕先生的发言具体而细腻。

3)《水浒传》

关于《水浒传》，来自日本东京大学、现在台湾"中央研究院"中国文哲研究所访学的荒木达雄先生，对《水浒传》美国加州大学伯克利分校藏本与日本东京大学文学部藏本——两种《水浒传》"再造"一百回本的差异和相互影响的关系等问题进行了探讨。荒木达雄先生提到的两种《水浒传》"再造"一百回本的出现，再次说明《水浒传》版本是五大名著中版本演变最复杂的一种。福建师范大学文学院博士研究生邓雷，对大涤余人序本《水浒传》的四种刊刻年代进行了考辨，得出原李玄伯藏本《忠义水浒传》刊刻于清代顺治年间、遗香堂刊本《会像水浒传》刊刻于清代初年、芥子园刊本《忠义水浒传》刊刻于清代康熙八年（1669）至康熙十六年（1677）间、三多斋刊本《忠义水浒传》刊印于清代康熙十六年（1677）之后的结论。邓雷的研究，对于今后完成《水浒传》版本及传播问题的廓清具有一定的意义。

另外，江苏泰州历史文化研究所研究员莫其康先生，对吕乃岩先生发表在《北京大学学报》（哲社版）2008年第2期上的《试说罗贯中续〈水浒〉》中，有关《水浒传》作者的观点——"前半为施耐庵原作，后半为罗贯中续作"，给予了充分肯定和赞扬。北京语言大学文学院博士生刘玄，在初步总结前人研究成果的基础上，概述了李卓吾评本《水浒传》版本的研究情况。

(2) 关于文言小说

文言小说讨论在本次会议上是又一个重要话题。

南通大学文学院教授张祝平先生，对明正德本《剪灯新话》插图的特点、作用及反映的几种倾向进行了探讨。他认为，明正德本《新增补相剪灯新话大全》作为目前发现的《剪灯新话》最早的插图本与之前的版本相比，在插图增补方面具有开创性特征和独特的研究价值。张祝平教授对该本插图与文本阐释的研究，让我们进一步了解了明代读者对《剪灯新话》的阅读和接受程度。

徐州工程学院人文学院齐慧源教授，从"发史氏之英华，便学者之观览"的编撰宗旨、尊儒思想指导下的门类设置、"微言大义"的选材编撰观、"信而可信、要言不烦"的编撰风格四个方面，对北宋文学家孔平仲的志人小说《续世说》的编辑思想进行了考论。她认为，孔平仲的《续世说》虽然在体例上对刘义庆的《世说新语》有所模仿，但与《世说新语》有所不同的是，《世说新语》重在突出名士风流，而《续世说》重在表现官吏如何成为忠臣良吏，重在弘扬儒家思想。因此，不管是在门类设置方面，还是在选材、立意方面，孔平仲的《续世说》都体现了不同于前人的思想倾向、审美观念和编撰思想。

西藏民族大学文学院的张春红博士，通过对大连图书馆所藏两种稀见《新刊分类江湖纪闻》前后集十二卷日本钞本和二卷日本节抄本的介绍，揭示了《新刊分类江湖纪闻》十二卷本的真实面貌，并对不同的版本系统进行了比对分析。她认为，在《新刊分类江湖纪闻》的整理与研究中，大连图书馆所藏抄本有着重要的版本价值。

此外，来自韩国庆熙大学的学者闵宽东先生，通过大量的资料收集，为大家展示出中国古典小说在韩、日的出版与分布情况；来自日本早稻田大学古籍研究所的松浦智子先生，对"杨家将小说"的形成背景进行了翔实的探源；中国武警学院的陈国军教授，以《刻仰止子参定正传地理统一全书》为中心，对明代后期著名的书坊主和小说编纂者余象斗的生平事迹进行了考补；河北经贸大学赵素忍博士，对《艳异编》与宋元小说的关系进行了比较分析，肯定了《艳异编》的文学史意义。以上这些对文言小说的讨论都引起了与会者的较大兴趣。

(3) 关于戏曲

此次研讨会，有关戏曲的发言并不比小说发言显得冷清，讨论十分激烈、深入。戏曲讨论主要围绕名著而展开：上海大学文学院杨绪容教授，对清代前期著名经学家毛奇龄论释《西厢记》的渊源进行了探析，同时也比较了毛本与徐渭批点画意本、王骥德本、凌蒙初本等的关系。她认为，毛本直接借鉴了徐渭批点画意本，也直接借鉴了"王伯良本"即王骥德本的《新校注古本西厢记》，更直接借鉴了不少凌蒙初本的正文。在她看来，不论正文还是批语，在今存《西厢记》中，毛本与王骥德本关系最为密切，然后依次是徐渭的批点画意本、凌蒙初本，此外还有容与堂本等。她还认为，毛本评语以前人评点为基础，既博采众长又颇善决断，而毛本中那些自创评语数量更多、价值更大。

中国传媒大学文学院杨秋红副教授，以《南西厢》为例详细勘察了清钱德苍编撰的《缀白裘》与琴隐翁编撰的《审音鉴古录》选本，在插科打诨的尺度、叙事节奏、戏剧场面的紧凑程度、对手戏的呼应频率、人物品性、角色和唱法等方面的差别，更具体地分析了其戏曲史价值，对今天的昆曲传承有一定的意义。

南通大学文学院丁喆的《〈风月锦囊·西厢记〉舞台戏式插图探析》一文，对锦本《西厢记》的插图与舞台表演的关系进行了比对分析。她认为，在戏曲插图的形成过程中，绘者融入了自身对于文本的诠释和理解，由于锦本《西厢记》是舞台本，绘者的绘刻角度多为观众视角，插图舞台化特征十分明显，可能是舞台实景的描摹。

河南大学文学院张进德教授，从《牡丹亭》对"四书五经"戏拟的角度，论析了汤显祖的创作个性。他认为，在《牡丹亭》里，作者通过谐音、读别字、联想、歧义等手段来故意对儒家经典进行戏拟，以达到一种插科打诨的"笑"果，这种现象的出现，既与当时的科举制度有关，也与社会风气相连，同时还取决于汤显祖的创作个性。

此外，浙江传媒学院裴雪莱讲师，对清代前中期苏州昆班、昆伶演剧的空间分布进行了辨析。马来西亚学者沈国明先生，就中国戏曲社在当地的发展进行了可信的考述。还有学者探讨了湖南影戏、民国潮剧、福建莆仙戏、山东拉魂戏等问题，涉及了较为广泛的内容。

（4）其他

会议讨论也涉及一些较新的问题与领域。

廊坊师范学院文学院许振东教授，对周曰校的生平与刻书活动进行了探源，对其白话小说的刊刻特征进行了分析；北京师范大学文学院莎日娜副教授，以经济学的视角来审视《红楼梦》《儒林外史》等作品，对小说有规律性的创作和传播与个性劳动有较新的认识；云南民族大学人文学院陈国学副教授，从性别话语的角度对《金瓶梅》和《醒世姻缘传》进行的探讨也颇有新意；温州大学的张真博士，从"一张贾氏系图"的对比，提出鲁迅的《中国小说史略》有关《红楼梦》的部分曾借鉴盐谷温的成果，而盐谷温对森槐南及他人的成果又有很多的吸纳，这样的看法对学界很有启发。

结语

在这次研讨会上，与会者进行了自由而充分的交流，涉及的方面较多，拓宽了研究领域，深化了研究内容，对今后古代小说戏曲文献暨数字化研究必将起到较大的促进作用。此次学术研讨会是在中国古代小说、戏曲文献数字化研究取得不少重要成就和不断深入的背景下召开的，对推动中国古代小说研究、戏曲学科建设和发展也具有重要意义。

［原载《廊坊师范学院学报（社会科学版）》2015年第5期，第16—18页］

15. 2016年第十五届研讨会（日本东京，中国大陆以外第七次）（早稻田大学）

（1）研讨会简介

2015年廊坊第十四届中国古代小说戏曲文献暨数字化国际研讨会举办期间和举办之后，我就在考虑下一届研讨会在何处举办。

按照惯例，第十四届在中国大陆举办，则第十五届就应在中国大陆以外举办。开始考虑在香港举行，但可惜没有办成，韩国等地也没有联系成功。最后和中川谕商议，是否可再在日本举行。

中川谕和早稻田大学冈崎由美先生商议后，最后确定在早稻田大学举办。冈崎由美先生我很熟悉，她主要研究中国古代戏曲，早稻田大学是日本著名私立大学，能在早稻田大学举办一次研讨会也很荣幸。

2016年第十五届中国古代小说戏曲文献暨数字化国际研讨会于2016年9月2日（周五）在日本东京早稻田大学举行。

主办：早稻田大学综合人文科学研究中心东亚之人文知研究部门冈崎由美先生。共同主办：大东文化大学文学部中国学科中川谕，首都师范大学中国传统文化数字化研究中心周文业。

会议地点：早稻田大学户山校园。

（2）会议论文（16篇）

古代小说版本、作者研究（8篇）

1) 关于遗香堂本《三国志》……………………………………[日本] 中川谕
2) 《三国志演义》版本对照研究丛书简介………………………………周文业
3) 明清时期《西游补》版本流变考论…………………………………朱　萍
4) 《金瓶梅》各版本配图及关联研究……………………………………张祝平
5) 从"四书"相关文本看《红楼梦》杨藏本成书时代及版本性质
　　——兼谈杨藏本、甲辰本之关系……………………………………杨锦辉
6) 《夷坚志》前四志误收他志小说考辨
　　——以日本静嘉堂所藏宋刻元修本补刻叶为线索………………潘　超
7) 《长恨歌传》版本辨析…………………………………………………刘洪强
8) 一部中国古代小说集的稀见抄本
　　——大连馆藏一函五册二十四卷本《新刊分类江湖纪闻》述略…张春红

古代小说文献研究（5篇）

9）论郑振铎先生的古代小说整理与研究 ………………………………… 江　曙
10）京都大学法学部图书室藏《廉明奇判公案》……………［日本］中原理惠
11）《戚南塘剿平倭寇志传》中有关宗臣之章节考论 ………………… 万润保
12）探讨《传奇四十种》所收《杨东来先生批评西游记》的书名改刻问题
　　　………………………………………………………[日本] 上原究一
 13）文学家结社：中国古典戏曲小说文献研究的视域开拓
　　　——从日本学者小野和子《明季党社考》说起 ……………张　涛

古代戏曲文献研究（3篇）

14）弘治本《西厢记》再考 ………………………………[日本] 金文京
15）从"文学地理学"到中国古代戏曲数字地图建设 ……………王　永
16）关于日本的中国戏曲文献的所藏和流传 ……………[日本] 伴俊典

（3）研讨会综述

这些发言内容很多我不熟悉，就只选我熟悉的简单介绍吧。

本人论文《〈三国志演义〉版本对照研究丛书简介》，是想把《三国演义》数字化的主要版本再整理成两种比对本。一种是文字比对本，一种是上图下文插图比对本。文本整理比对不很难，困难是异体字和俗体字，要逐一检查校对工作量极大，因此想只整理几种主要版本的简体字比对本，其余都收入光盘，供学者参考。上图下文是中国古代小说中常见的一种形式，有很多人研究过，但没有人从版本演化角度分析研究上图下文。其实插图的演变有时比文字演变更清楚。这套书除做文字和插图比对外，还要进行一些研究。《三国演义》各种版本有30多种，上图下文也有20多种，计划分成几种做比对，如"演义"系列、"志传"繁本系列和"志传"简本系列。这套书工作量极大，只有慢慢来吧。这两种比对本除《三国演义》外，还计划收入《水浒传》《西游记》。但《水浒传》上图下文版本数量很少，不到10种，而《西游记》就更少，只有5种。

金文京从京都大学退休后，现在横滨鹤见大学任教，日本大学教授退休后一般不会返聘，而是去别的大学任教。他在鹤见大学教日语，教学工作量很大。这次会议介绍他对弘治本《西厢记》的再考。

中川谕一直在研究遗香堂本《三国志演义》，曾两次专程去美国耶鲁大学看耶鲁大学所藏的几种《三国演义》版本。中川先生在日本文部省立项专门研究"演义"系列的《三国演义》版本。以前学者多研究明刊本，对于清刊本一般不研究。实际清代《三国演义》版本演化还是很值得研究的。现在一般学者认为清代就是毛本天下了，但实际在毛本出现后，各种其他演义和志传系列版本还流行过一段时间，到清晚期毛本才淘汰了其他版本占据了统治地位。因此研究清代《三国演义》版本演化也是有意义的。

上原究一多年来一直研究《西游记》版本，我认为他在《西游记》版本研究中做得最深入。他是东京大学大木康先生的博士生，但多年来一直没有答辩，开会时他已经在东京附近的山梨大学任教了，开会后不久他就要答辩了，将获得博士学位。

（4）参会人员：合计21人，中国16人，日本5人

日本学者参会发表论文5人：金文京、中川谕、中原理惠、上原究一、伴俊典。
中国赴日参会的有16人：

周文业（首都师范大学）	罗书华（复旦大学中文系）
杨锦辉（中央民族大学文学与新闻传播学院）	张祝平（江苏南通大学文学院）
王永（中国传媒大学文法学部中文系）	赵兴勤（江苏师范大学文学院）
万润保（浙江工业大学文学院）	万德敬（运城学院）
朱萍（中国传媒大学文法学部文学院）	张涛（河北省社会科学院）
雷勇（陕西理工学院文学院）	张春红（西藏民族大学文学院）
石玲（山东师范大学文学院）	刘洪强（山东师范大学文学院）
江曙（暨南大学文学院，早稻田大学留学）	谷曙光（中国人民大学国学院）

至此我先后3次赴日举办研讨会：
- 第一次是2006年中国大陆有7人参加；
- 第二次是2014年中国大陆有22人参加；
- 第三次是2016年中国大陆有16人参加。

一般人去日本一次，了解日本的情况后就不再去了。三次只有我全部参加过，参加过前两次的有我、曹立波2人，参加过后两次的有我、张祝平、赵兴勤、朱萍4人。

（5）"中国古典小说研究三十年的回顾与未来展望"高层论坛等

研讨会还和日本其他三个与中国古代小说有关的研讨会衔接，包括神奈川大学铃木阳一教授主办的"中国古典小说研究三十年的回顾与展望"（横滨，神奈川大学）、日本三国志学会东京讲演会（东京，二松学舍大学）、日本三国志学会年会（京都，龙谷大学）。

神奈川大学"中国古典小说研究三十年的回顾与未来展望"高层论坛主办人是著名汉学家铃木阳一教授。他曾任神奈川大学副校长，是中国古典文学专家，主要研究领域为白话小说史(元代至清末民初)。铃木教授多年来与中国有密切交往，他还是上海师范大学国家重点学科比较文学与世界文学研究中心特聘教授。这次"中国古典小说研究三十年的回顾与未来展望"是高层次的论坛。

参加研讨会的日方学者有：金文京、大木康、大塚秀高、冈崎由美、中川谕、竹内真彦、广泽裕介、松浦智子等。

中方有：

孙逊（上海师范大学人文与传播学院）	廖可斌（北京大学中文系）
黄霖（复旦大学中国语言文学研究所）	黄仕忠（中山大学中文系）
金健人（浙江大学中文系）	楼含松（浙江大学）

寇振锋（辽宁大学国际教育学院）　　许建平（上海交通大学人文学院）
罗书华（复旦大学）　　　　　　　　陈文新（武汉大学文学院）
李桂奎（上海财经大学）　　　　　　宋莉华（上海师范大学）
詹　丹（上海师范大学）　　　　　　宋丽娟（上海师范大学）
施　晔（上海师范大学）　　　　　　赵维国（上海师范大学）
赵毓龙（辽宁大学）　　　　　　　　孙虎堂（山东理工大学）
朱　洁（南昌大学）　　　　　　　　李　奎（山西师范大学）
刘　倩（中国社会科学院文学研究所）仝婉澄（广州大学人文学院）
李　芳（中国社会科学院文学研究所）

日本三国志学会成立于2006年，现任会长是著名学者狩野直祯，副会长有金文京、大上正美和堀池信夫等，每年举行一次年会和演讲会。2016年日本三国志学会于9月3日在东京二松学舍大学举行三国志学会东京讲演会，9月10日在京都龙谷大学举行三国志学会年会。赴日参加第十五届研讨会的学者们也同时参加了分别在东京和京都举行的这两次研讨会。

因此算下来这次赴日一共参加了四个研讨会：
1）早稻田大学第十五届中国古代小说戏曲文献暨数字化国际研讨会；
2）神奈川大学"中国古典小说研究三十年的回顾与未来展望"高层论坛；
3）东京二松学舍大学三国志学会东京讲演会；
4）京都龙谷大学三国志学会年会。

去日本一次参加四个研讨会也很难得。

16. 2017年第十六届研讨会（中国北京，中国大陆第九次）（中国传媒大学）

（1）研讨会筹备

和每次研讨会一样，2016年日本早稻田大学第十五届中国古代小说戏曲文献暨数字化国际研讨会举办期间和举办之后，我就在考虑下一届研讨会在何处举办。

由于2017年明代文学学会确定在广州暨南大学举行，主办方程国赋我很熟悉，为此我也多次与程老师联系，请他在明代文学学会后接着开小说会，就和前年黄霖在复旦大学举办明代文学学会后接着举办小说会一样。程老师也基本同意了，并开始筹划。

但在时间问题上发生矛盾。程老师考虑暑假期间广州很热，不适合开会，经与黄霖老师商议后，最后决定2017年明代文学研讨会于11月在广州举行。我向日本中川谕报告后，他告知由于11月日本学校是在开学期间，他无法请假，因此无法参加。

我原为省事，想日本学者能来就来，来不了也无所谓。但中川谕提出他还是希望参会，因此还是希望于 8 月在中国大陆举办，具体在何处，他认为除了西藏都可以。

考虑到日本学者多年来对此会的支持，我只好放弃 11 月广州方案。为此我又考虑了三个方案：

1）北京中国传媒大学：朱萍老师多次参加研讨会，对研讨会也很热心，她主动提出，她可以举办一次研讨会。但国际研讨会按照规定必须提前一年申报。当时已经到 2017 年 3 月份，过期了，她要先征得系领导同意后，也得到学校批准，但还要向上级主管部门申请，等待批准。

2）河南郑州中州古籍出版社：我多年来和他们有密切联系，曾在该社出版了几本书，关系良好。他们有个中国古代小说出版中心，主要出版和中国古代小说有关的图书。我和他们联系后，他们也初步同意，如没有单位主办，他们也可考虑。

3）北京我个人来主办：如上述两方案都不成，最后只有我个人亲自来主办了。可用我任常务副主任的"首都师范大学中国传统文化数字化研究中心"为主办单位发通知。但我退休了，无法开发票报销。因此相关的费用，主要是餐费和资料费无法报销，也无法借收会务费来抵消。我仔细考虑，开会无非三件事：

第一，会场。8 月学校放假了，在放假前我事先借好一个会场不难，也不要费用。

第二，餐费。这是无法报销的，日本开会曾要求与会学者自费，但中国大陆如要与会学者自费说不过去。我常在学校食堂吃饭，学校食堂有补贴，因此饭菜都不贵，菜一般在 4.5—6 元，汤 1—2 元，米饭 0.5 元一碗。粗算下来每人一餐约 10 元左右。开会一般在四五十人，这样午餐一顿总费用不过四五百元，我来刷卡很容易。食堂很宽敞，如 8 月开会，学校放假，人不多。

第三，资料费。和餐费一样无法报销。我常在我校附近的复印部复印资料，A4 纸一页 5 分钱。初步考虑论文集一二百页，包括封面装订约 10 元吧，印 50 本总计也是 500 元。

这样餐费和资料费合计 1000 元，我自己还负担得起。当然这是最后的办法了。

最后，中国传媒大学办会申请顺利得到上级部门批准，因此 2017 年第十六届研讨会最后确定在中国传媒大学举办。他们学校有规定，凡举办研讨会不收会务费。而且如学校老师外出参加的研讨会要收会务费，学校都不批准参加。现在研讨会多收会务费，收会务费不许参会，这种规定很少见。

2017 年研讨会最后确定在 8 月 26 日周六举办一天，而第二天中国传媒大学还要举行中国俗文学研讨会，参会学者如有兴趣，刚好可以接着参会。

2017 年研讨会确定由中国传媒大学举办后，我就没有再多参与筹备事项了，主要由中国传媒大学的朱萍和王永老师操办。

朱萍我们认识多年，我们和中央民族大学曹立波、傅承洲老师 4 人 2014 年一起同行去日本参加小说数字化会，相互很熟悉了。她办事很认真、扎实。王永 2014 年也参加了在日本举行的小说数字化会，平时不多说话，但办事很负责。他们办会我也放心。朱萍参加过各种研讨会，虽然可能没有亲自主办过，但办会程序她一定很熟悉了，因此也不用我多干预。

中国传媒大学对这次研讨会很重视,学院领导亲自到会讲话,参与会务的学者虽然没有经验,但都很认真负责。我和他们说,参加一次研讨会的组织工作对他们也是很好的学习机会,以后就知道如何办会了,今后肯定还会遇到类似的研讨会的。

当然最忙的是朱萍和王永了,里里外外上上下下他们都要照顾协调,中国传媒大学在东郊,交通不便,会议顺利圆满完成,我十分感谢!

(2) 会议论文(39篇)

古代小说版本、作者研究(9篇)

1)《李笠翁批阅三国志》再考 ……………………………… [日本] 中川谕
2) 三国演义英雄志传本研究简版 …………………………………… 周文业
3) 新见两种清代《西游补》刻本考论 ………………………………… 朱 萍
4) 日本双红堂所藏张评《金瓶梅》绣像人物和刻本研究 …………… 张祝平
5) 论徐渭的家庭矛盾与《金瓶梅》之关系 …………………………… 全 亮
6)《红楼梦》甲辰本版本研究回顾与思考——《红楼梦》甲辰本简论(一)… 张胜利
7) 从回目中的次要人物看《红楼梦》各版本在修订上的考虑 ……… 杨倩影
8)《红楼梦》卞藏本摭谈(未出席) ………………………………… 张德维
9) 再论脂、程系统中尤三姐形象的变化及对程本修改的评价 ……… 许鎏源

古代小说文献研究(13篇)

10) 全图式《水浒传》插图的分类及源流考 ………………………… 邓 雷
11)《金瓶梅》创作的地理背景研究述论 …………………………… 许振东
12) 数字化辅助《红楼梦》咏月诗错韵现象探究 …………………… 曹立波
13) 重刊本的编创与再生产——《百家公案》与《包公演义》之比较研究… 洪敬清
14) 清初稀见话本小说《金粉惜》考论 ……………………………… 江 曙
15) 数字化文学地图在中国古代小说研究中的应用 ………………… 张袁月
16) 晚清民初作家何海鸣著述考 ……………………………………… 徐志平
17) 凌蒙初著述考 ……………………………………………………… 徐永斌
18) 美国"汉学之父"卫三畏与《三国演义》 ……………………… 王 燕
19) 稀见台湾小说《金魁星》研究 …………………………………… 李 奎
20) 关于《廉明奇判公案》再探究 …………………………… [日本]中原理惠
21) 日本内阁文库藏志怪小说集《缉柳编》考辨 …………………… 张春红
22)《全相平话秦始皇传》与《史记·秦始皇本纪》 ………………… 李月辰

古代戏曲文献研究(8篇)

23) 论汉水流域的水浒戏及其传播意义 ……………………………… 王建科
24) 五种《张四姐大闹东京宝卷》的文本变异及其演述力 ………… 李永平
25) 道光年间月令承应戏研究 ………………………………………… 刘 超
26) 从《中国戏剧研究》和《中国戏剧》看中国戏曲文献在美洲的早期传播与接受… 丁 娜

27）山西地方小戏——临猗地台戏手抄本对中国古代小说的借鉴与传播……吉晓瑞
28）清宫升平署档案之"串头本"探论……………………………………徐建国
29）"僭删改以便当场"——冯梦龙墨憨斋定本传奇的戏曲文献意义……钟　涛
30）对近年来汤显祖佚作搜集整理的总结与思考…………………………苗怀明

古代小说戏曲内容艺术研究（9篇）

31）从一百二十回本《红楼梦》看紫鹃的人物塑造问题……………………杨莹莹
32）论宗教与《红楼梦》中贾府的日常生活…………………………………刘相雨
33）明清通俗小说中的"也先"及"土木之变"………………………………莎日娜
34）明清拟话本小说之江南时空叙事研究——以浙江小说"二拍"为例…韩洪举
35）论古代小说聚焦物与刻板形象呈现——以晚清小说中的"眼镜"为例…赵毓龙
36）明代通俗小说对民间知识体系的建构及影响……………………………纪德君
37）浅析《说苑》中的子路形象………………………………………………胡鑫蓉
38）论诗人笔下的"黄粱梦"故事……………………………………………王　璐
39）宋人"稗说"观的体性之辨与学术价值…………………………………李建军

（3）接中川谕先生来京开会和拍摄张青松收藏的《三国演义》版本

小说会是8月26日开一天，但我8月18日至24日要去德国杜塞尔多夫附近的维藤大学参加首届世界汉学论坛。会议是18日报到，19、20日开两天，21日去慕尼黑，22日参观附近的新天鹅城堡，23日返回杜塞尔多夫附近盖尔斯基兴酒店，24日送至杜塞尔多夫机场。但我25日必须赶回北京接日本学者中川谕，要24日从杜塞尔多夫出发，25日早到北京，但万一飞机晚点就误了。因此我只好自己再买火车票，23日早5点从慕尼黑酒店出发，6点坐高铁，11点到杜塞尔多夫机场，下午2点航班，在莫斯科中转，7小时后24日中午返回北京，第二天25日中午再去机场接中川谕先生。这一路劳顿，从德国赶回北京，还算顺利。

中川谕先生来北京主要是来参加小说数字化会，还有一件事是要拍摄张青松收藏的四本《三国演义》。这四本《三国演义》都是清刊本，其中的致和堂本有20幅整页故事插图，在《三国演义》版本中很特殊，根据我初步分析，此本应该属于《三国演义》简本中"英雄志传"系列。这次中川谕先生来开会一个重要任务就是拍摄致和堂本等四个版本《三国演义》。张青松收藏的其他三个版本，版本归类比较清楚，价值没有致和堂本价值高，但要拍就一次都拍摄下来。中川谕先生拍摄古本很有经验，两天内拍完他认为没有问题。我和张青松把中川谕先生接到会议宾馆内蒙古饭店后，当天中川谕先生就开始拍摄。

利用开小说会，以及接着又开中国俗文学会一天，中川谕先生把四本全部拍摄完了，很辛苦，但很值得，因为这几个版本都未著录，值得研究。

（4）四种新出现的《三国演义》

最近我在研究《三国演义》版本，主要是最近新出现、前人未仔细研究过的一些版本，其中最主要的是四个版本：
1）日本名古屋大学藏刘兴我刊刻忠贤堂明刊本
2）德国柏林州立图书馆藏郑乔林刊刻德馨堂清刊本
3）张青松藏整页故事插图二十卷致和堂清刊本
4）辽宁省图书馆藏十二卷松盛堂清刊本

张青松收藏的致和堂本前面有简介。

嵌图式的刘兴我本是明刊本，日本上田望先生曾著录，2016年我去日本参加小说数字化会，和中川谕先生专门去名古屋大学全本拍摄下来了。根据我初步研究，它是明刊本刘荣吾本和杨美生本的底本（或祖本）。

德国柏林州立图书馆藏郑乔林本和明代杨美生本一样是嵌图本，但文字不同。

辽宁图书馆收藏松盛堂本和其他六卷本一样，有人物绣像图。

张青松收藏的故事插图致和堂本、嵌图郑乔林本和人物绣像的松盛堂本的文字基本相同，都是先繁后简，它们之间肯定有密切关系，但到底是什么关系，还要研究。

这四个版本对研究从明代到清代的简本发展有重要作用。

四种"英雄志传"本简介

版本	刘兴我	郑乔林	致和堂	松盛堂
时代	明崇祯	清康熙	清	清
形式	嵌图本	嵌图本	整页故事插图	人物绣像
收藏	日本名古屋大学	德国柏林州立图书馆	张青松	辽宁图书馆
著录	上田望	上原究一	张青松	上田望

- 四个版本都属于《三国演义》简本"志传"中"英雄志传"小系列。
- 四个版本中有一个明刊本（刘兴我本）和三个清刊本（郑乔林本、致和堂本、松盛堂本）
- 四个版本中有两个嵌图本（刘兴我本、郑乔林本），一个整页故事插图本（致和堂本），一个人物绣像本（松盛堂本）。
- 四个版本中有两个收藏在中国大陆以外：刘兴我本在日本名古屋大学、郑乔林本在德国柏林州立图书馆，两个收藏在中国大陆：致和堂本是张青松收藏，松盛堂本在辽宁省图书馆。
- 四个版本中有两本日本上田望曾著录，一个是日本上原究一从收藏地德国柏林州立图书馆下载，一个是张青松收藏。

下面分别介绍上述四个版本。

1）日本名古屋大学藏《三国演义》刘兴我明刊本

第一个版本是刘兴我本。此本在魏安的《三国演义版本考》、中川谕的《〈三国志演义〉版本研究》和金文京《中国古代小说总目》中都没有著录。上田望先生在他未发表的《三国演义主要版本书目》中有较详细介绍。此本就藏于日本名古屋大学文学院中国文学科研究室，由于此文未发表，可能看到的人不多，上田望的北大老师周强复印后给了我一本。上田望先生也曾在其文章《〈三国演义〉版本试论》（收入周兆新主编《三国演义丛考》，北京大学出版社1995年5月第1版）提及此本，估计学者们多未注意。

2016年我赴日本参加在横滨神奈川大学铃木阳一主办的小说会，请中川谕先生联系名古屋大学的佐野诚子，请她核实此书是否收藏于该校。佐野立即用手机查她校文学院中国文学科研究室资料室，告知此书确实收藏于他们学校。

横滨会议后，我和中川谕还有复旦大学罗书华老师一起去名古屋大学。佐野诚子热情接待我们，并提供了刘兴我本。中川谕先生把刘兴我本全部拍摄下来，我带回国后，也对此本做了部分数字化。

刘兴我本是十分重要的"英雄志传"小系列中的明刊本，经我仔细和另外两种"英雄志传"小系列中的刘荣吾本和杨美生本比对，刘兴我本就是刘荣吾本的底本，和杨美生本有共同祖本。刘世德先生曾著文分析，认为刘兴我本在前，刘荣吾本在后。我用数字化比对后，和刘先生看法相同。但刘先生认为刘兴我、刘荣吾是同一人。但我根据两本的情况，认为同一人刊刻两次《三国演义》和《水浒传》可能性不大，应该是两人。所以应该是刘兴我和刘荣吾先后分别刊刻了《三国演义》和《水浒传》，在这次小说会上，复旦大学博士后邓雷找到两人的名号等资料，证明这确实是两个人。

总之，刘兴我本的研究对搞清楚"英雄志传"小系列明刊本作用很大，是非常重要的版本。

2）德国柏林州立图书馆藏郑乔林刊刻德馨堂清刊本

第二个版本是郑乔林本，此本和刘兴我本一样，在魏安的《三国演义版本考》、中川谕的《〈三国志演义〉版本研究》和金文京《中国古代小说总目》中都没有著录，此前没有任何学者提及过此本。

此本现藏于德国柏林州立图书馆，是日本上原究一发现该馆把此书上网，就下载了，中川谕先生又提供给我。我收到后开始也未注意。此本是清刊本，属于嵌图本，插图和明刊本的刘兴我本、刘荣吾本和杨美生本很接近，但插图明显较粗糙。此本封面标注刊刻于康熙二十三年。经我数字化后仔细核对文本后，证明此本的文字和清刊本六卷本一样，是先繁后简，即前4则文字接近李卓吾本，而5则以后文字接近杨美生本。此本是这类先繁后简的三种清刊本之一，虽然是清刊本，但是很重要的版本。

3）张青松藏整页故事插图二十卷致和堂清刊本

第三个版本是张青松先生收藏的整页故事插图本。张青松是一位古代小说版本收藏家，对很多古代小说版本有深入研究。在他收藏的许多古代小说中有四种《三国演义》版本：

①整页故事插图二十卷致和堂本
②甲本二十卷残本（卷十至二十）
③甲本二十卷残本（卷十八）

④乙本二十卷残本（卷三）

我看其中最有价值的是整页故事插图二十卷致和堂本，此本最大特点是前面有20幅整页故事插图。《三国演义》整页故事插图本很多，其中最典型的是明代李卓吾本，此本每回有两幅插图，全书一百二十回有240幅插图。而致和堂本插图在书的开始，只有20幅，插图形式和李卓吾本也不同。

四本中，其他三本肯定是清刊本，而最重要的有故事插图的致和堂本是清刊本还是明刊本，开始我们不能肯定。在《小说书坊录》一书中，记录致和堂刊刻小说都是清康熙以后。但致和堂在明代也刊刻了《西厢记》六本，是很重要的版本。因此，致和堂刻书应该是从明代到清代都有。

我根据此本的版式、文字观察，和清代建阳刻本很像，都是为下层老百姓阅读的普及读本，而和明代致和堂刊刻的《西厢记》等供文人阅读的版本还是有很大差异。因此我倾向于此本属于清刊本。

为确认此本刊刻年代，我联系了国家图书馆的程有庆（程毅中之子），请他代为联系国家图书馆古籍部的赵前。赵前在鉴定古籍方面很有经验，他曾鉴定过《红楼梦》的卞藏本。我也曾请他鉴定天津出现的《红楼梦》"庚寅本"，他的鉴定一般都认为比较可靠。中川谕先生28日下午乘飞机回日本。本来28日俗文学会还有上午半天，并安排我发言，但中川谕先生只有28日上午有空可去国家图书馆检验此本，所以我就和组委会商议，把我的发言改在27日下午。28日上午我和中川谕先生、张青松一起去国家图书馆，请赵前看致和堂本。

赵前审阅此本一下就发现此本所有"玄"字都避讳了康熙的"玄烨"，"玄"字缺一点。因此马上判断此本肯定是清刊本，而不是明刊本。

古代小说避讳是判断刊刻年代的主要证据。但也不十分严格，如前述刊刻于康熙二十三年的郑乔林本，就全部没有避讳"玄"字。因为在清代小说是给下层老百姓阅读，不像供文人阅读的经典文书一样，一定严格避讳。但如果发现有避讳，一般由此可判断其刊刻年代。

但避讳不一定十分可靠。如山东赵新波藏一本《三国演义》六卷本，此本不避"玄、弘"，不避清讳，而是避明万历帝和崇祯帝的名讳。但此本肯定刊刻于清代，因此可能是抄手根据某个明刊本抄写，明刊本避明万历帝和崇祯帝的名讳，抄手照抄，但实际不是明刊本。

致和堂本的文字和郑乔林本、六卷本一样，是先繁后简，即前4则文字接近李卓吾本，而5则以后文字接近杨美生本。此本也是这类先繁后简的三种清刊本之一。

4）辽宁省图书馆藏十二卷松盛堂清刊本

第四个版本是辽宁省图书馆收藏的松盛堂本。此本也从未有人著录过，也同样记录在上田望的《三国演义主要版本书目》中，但和刘兴我本不同，是手写补录的。此本上田望先生记载如下：书名《新刻按鉴演义京本三国英雄志传》十二卷二百四十则（松盛堂本），辽宁省图书馆。

此书应该属于《三国演义》"英雄志传"小系列，但此系列一般是六卷本，从未听说有十二卷本。我邮件询问上田望先生他是否去查过此本，他回复说未去看过，只是看到有书目介绍。

我对此本很有兴趣，上网查辽宁省图书馆从市内搬到沈阳郊区，我不知古籍部是否开放，因此联系辽宁大学胡胜老师，他请他一学生、现在沈阳大学任教的赵旭帮我联系。赵旭联系了辽宁省图书馆，确认此书可以看，并发来几张照片。从照片可以确认此本名"松盛堂本"，属于六卷本系列。

于是我买了北京—沈阳往返火车票，去沈阳看此书。赵旭全程陪同我，他也没有去过辽宁省图书馆，因为在市郊很远，我们打车到图书馆很费事。赵旭陪同我一天，十分辛苦。

我事先已经判定此本属于六卷本系列，中川谕先生曾著文详细分析他看到的几种六卷本，并详细记录了几处文字差异。我事先把这些文字差异都逐一抄录下来，以便和松盛堂本核对。经与辽宁省图书馆松盛堂本逐一核对，发现其他六卷本出现的文字错误在松盛堂本上都没有错，因此松盛堂本可能是六卷本的翻刻本，修正了原本的文字错误。

松盛堂本的文字和郑乔林本、致和堂本、六卷本一样，是先繁后简，即前4则文字接近李卓吾本，而5则以后文字接近杨美生本。此本也是这类先繁后简的三种清刊本之一。

（5）四种新出现的《三国演义》版本演化研究

这次小说研讨会前我对这四个版本做了初步的研究，如前所述，刘兴我本是刘荣吾本、杨美生本的底本，这是很明显的。

问题主要是先繁后简的三种清刊本：郑乔林本、致和堂本、松盛堂本之间是什么关系？是如何演化而来的？

由于原来帮助我做版本数字化的公司业务很忙，只帮我完成刘兴我本部分文字数字化，没有时间再帮我全部完成三个版本的数字化，我只好自己研究。

由于我已经完成了杨美生本和六卷本的数字化，因此就先比对这两个版本的文字，发现文字差异后，再和郑乔林本、致和堂本、松盛堂本文字比对。这样只可查出杨美生本和六卷本的一些文字差异，若杨美生本和六卷本文字相同，而和郑乔林本、致和堂本、松盛堂本文字不同，就查不出了。

根据我的初步分析，发现杨美生本和六卷本不同的文字，郑乔林本、致和堂本、松盛堂本也都不同。因此这些版本文字很可能来自杨美生本，而郑乔林本和杨美生本一样也是嵌图本，因此我初步判断，郑乔林本可能直接来自杨美生本，而其他几个版本文字又来自郑乔林本。

会前我把研究写成一文，由于篇幅长达70多页，主办方没有收入论文集，而是单独打印成一册，和论文集一起发给与会学者。

我也准备了介绍我研究的PPT演示。由于每人发言只有10分钟，我没有来得及仔细介绍我的研究，很可惜。但有些老师对我的PPT演示有兴趣，会后从演示计算机中复制了我的PPT，我的研究有人有兴趣我也很高兴。

由于这些研究只是基于部分文字数字化比对，并未对三个版本做彻底数字化比对，因此这个研究结论只是初步结论。

　　会后我在网上找了个公司，帮我对郑乔林本和致和堂本前 24 则做了初步数字化。因为要逐字数字化录入价格每页要 20 元，我无法承受。因此我请公司不是逐字录入，而是逐行校对，只有发现有 3 字以上文字差异再核对，对于 2 字以下差异就不再核对，这样工作量大大减小，每页 4 元。核对了郑乔林本和致和堂本前 24 则总计 452 元，我个人支付还可承受。从前 24 则也基本可看出三本的关系了。

　　经过这初步数字化比对，发现我以前的考证有错误。这三本的底本不是郑乔林本，而是三本有共同祖本。严格地说，是郑乔林本和致和堂本有共同祖本，而松盛堂本明显是来自致和堂本。但这个共同祖本到底是什么样子？是和郑乔林本一样的嵌图本？是和致和堂本一样的整页故事插图本？是和松盛堂本一样的人物绣像本？还是一个没有任何插图的版本？目前还是难以判别。

　　为何在清代会出现这样一系列的先繁后简的繁简综合本？我认为主要是和毛评本竞争的结果。清康熙十八年毛评本正式出版，本来毛评本主要的读者是各级文人，不是针对一般老百姓。但一些书商开始大量翻刻毛评本，对占据百姓市场的"志传"系列版本就构成了威胁。

　　为此，这些简本书商就采取一种"混合本"的办法，以便和毛本竞争。文字上采用先繁后简的繁简综合形式，就是开始部分采用李卓吾本文字，使人误以为此本是李卓吾本，而实际后面又改为简本的杨美生本。在插图方面也是五花八门，有的书商沿袭"嵌图本"风格，仍采用上图下文形式，这就是郑乔林本。有些书商不仅文字仿照李卓吾本，插图也用整页故事插图，但没有李卓吾本 240 幅那样多，只有 20 幅，这就是致和堂本。还有书商仿照毛本前面的人物绣像，采用整幅人物绣像插图，这就是松盛堂本。总之，这种混合本的根本目的还是为了和毛本竞争，因此郑乔林本封面标题为"李卓吾先生评"，而松盛堂本封面标题为"毛声山先生原本"，这虽然都是宣传，但也是有根据，因为毛本的底本确实是李卓吾本，而这些版本开始的文字确实是李卓吾本，而第五则以后改为简本的杨美生本。但这些版本最后还是竞争不过毛本，到清代中后期，这些简本就基本消失了，各种毛本占据了文人和百姓的整个市场。

　　我在 2017 年 9 月 27 日在山西清徐召开的《三国演义》研讨会上，按照这个新结论做介绍。但由于并未全部彻底完成三本的数字化，因此这个结论也是初步研究结论，将来如三本文字全部数字化后，研究结论可能还会改变。

　　版本研究很复杂，也很有趣。

（6）中川谕先生目前《三国演义》"演义"系列版本研究

　　中川谕先生是目前对《三国演义》版本研究最深入的学者。他目前在研究《三国演义》中的"演义"系列，即二十四卷本系列。这是日本文部省的课题，要 2019 年才结束。

　　《三国演义》版本分为"演义"系列（日本学者一般称为"二十四卷"系列），和"志传"系列（日本学者一般称为"二十卷"系列）。"演义"系列的读者一般是上层文人，而"志传"系列的读者一般是下层百姓。

"演义"系列版本相对数量不多，而"志传"系列版本很多。"演义"系列版本因为数量不多，演化也比较清楚，研究人员一般不大注意，也研究得不够彻底。

中川谕先生计划先从相对简单的二十四卷本入手，做彻底的研究，然后再转入复杂的二十卷本，为此他前几年申请了文部省的课题并获得批准。

《三国演义》二十四卷本主要版本有：李卓吾本、遗香堂本、锺伯敬本、李渔本。

前几年中川谕先生研究重点是遗香堂本，他两次去美国耶鲁大学复制了全本的遗香堂本，他还看了日本所藏的遗香堂本。2019年9月他又去看了北京大学所藏的遗香堂本。

这次中川谕先生提交的论文是研究二十四卷本中清刊本的李渔本，先研究几种李渔本的关系，然后研究李渔本的演化。

中川先生分析现存的六种李渔本，证明它们都是同版，并搞清楚了它们印刷的先后关系。这是在仔细分析这些版本原件后得出的结论。

中川先生利用数字化，仔细比对了李渔本和李卓吾本、遗香堂本的文字。证明李渔本大部分文字和遗香堂本相同，但第四十三则至第五十则文字却和遗香堂本不同，而与李卓吾本相同。

这种根据两个版本混合的版本在《三国演义》版本中常有出现。前述我分析的"英雄志传"本中的先繁后简的郑乔林本、致和堂本、松盛堂本和六卷本，前面是抄自李卓吾本，后面是抄自简本杨美生本。

中川先生指出，英雄谱本和刘龙田本中都有同样的问题。我也曾仔细分析过刘龙田本，确实是繁本和简本的混合本，甚至上一页是繁本，下一页却是简本。这很令人费解。

我认为这种混合本的出现是抄写错误造成的，有时用了这个版本，有时又用了另一个版本。至于造成这种情况，中川先生认为可能是某个底本缺失了，抄手（或书商）只好用另外版本替换。

我认为，造成这种混合本还有多种可能。

一种可能是，书商把底本给某个抄手时搞错，一部分给了甲本，而另一部分给了乙本，抄手就抄错了。如李渔本，第四十三则至第五十则给抄手是遗香堂本，而其他部分给了李卓吾本，结果造成李渔本成为这两本的混合本。

另一个可能是，书商让几个抄手抄写，分给不同抄手底本时出了错误，把两种不同版本分给不同抄手，造成混合本。

第一种情况，混合本是一个抄手所抄写，字迹相同，底本不同。第二种情况，混合本是几个抄手所抄写，字迹不同，底本不同。

总之，《三国演义》版本很复杂，仔细分析其中还有很多问题没有解决。这也是版本研究的奇妙之处。希望对此有兴趣的学者继续研究下去。

(7) 与会学者名单：合计 40 人，中国 38 人，外国 2 人

中国学者 38 人

朱　萍（中国传媒大学）	白岚玲（中国传媒大学）
曹立波（中央民族大学）	傅承洲（中央民族大学）
苗怀明（南京大学）	徐永斌（江苏省社会科学院文学研究所）
纪德君（广州大学）	胡　胜（辽宁大学）
李　奎（山西师范大学）	邓　雷（复旦大学）
钟　涛（中国传媒大学）	王　燕（中国人民大学）
许振东（廊坊师范学院）	张德维（廊坊市教师进修学校）
江　曙（暨南大学）	张胜利（新乡市园林局）
张袁月（中国石油大学·华东）	莎日娜（北京师范大学）
杨倩影（中央民族大学）	杨莹莹（中央民族大学）
韩洪举（浙江师范大学行知学院）	李建军（台州学院）
张春红（西藏民族大学）	李月辰（陕西师范大学）
全　亮（广东省中山市华侨中学）	胡鑫蓉（山西师范大学）
王　璐（陕西师范大学）	李永平（陕西师范大学）
王建科（陕西理工大学）	刘相雨（曲阜师范大学）
赵毓龙（辽宁大学）	吉晓瑞（运城学院）
徐建国（大同大学）	刘　超（北京师范大学）
丁　娜（南通大学）	许鎏源（中央民族大学）
徐志平（嘉义大学）	洪敬清（台湾政治大学）

外国学者 2 人

中川谕（日本大东文化大学）	中原理惠（日本京都大学）

附录：第十六届中国古代小说戏曲文献暨数字化国际研讨会综述

中国传媒大学　朱　萍

　　2017 年 8 月 26 日，第十六届中国古代小说戏曲文献暨数字化国际学术研讨会在初秋时节的北京召开。会议由中国传媒大学文法学部主办、首都师范大学中国传统文化数字化研究中心协办，来自日本、中国台湾、北京、上海、广州、辽宁、南京等地的 60 多位中外学者汇聚一堂，热烈研讨中国古代小说戏曲文献暨数字化研究的最新进展和发展前景。

　　会议开幕式由中国传媒大学文法学部中文系王永副主任主持，文法学部李怀亮学

部长、研究生院张鸿声院长、中文系陈友军系主任、首都师范大学中国传统文化数字化研究中心周文业先生致辞。李怀亮学部长介绍了文法学部的历史沿革、师资构成、科研实力，欢迎与会学者常来交流，鼓励学部老师多与学界接触，建立良好的互动合作的学术联系。张鸿声院长同时以原文学院院长的身份表达了对文法学部传统学科科研实力的肯定和进一步增强学术地位的殷切希望。陈友军主任代表中文系对大家的到来表示热烈的欢迎，并预祝会议圆满召开。周文业先生介绍了本次会议从筹备到落实的过程。

上午的大会研讨由中央民族大学傅承洲教授和广州大学纪德君教授担任主持人和评议人。日本大东文化大学中川谕教授、台湾嘉义大学徐志平教授、首都师范大学周文业先生、中国传媒大学钟涛教授、南京大学苗怀明教授、中国人民大学王燕副教授等6位专家做了大会报告。

下午的研讨分两组。第一组由徐志平教授、中国传媒大学文法学部副学部长白岚玲教授、江苏省社会科学院文学研究所徐永斌研究员、廊坊师范学院许振东教授担任主持人和评议人，议题围绕中国古代小说文献暨数字化研究展开。第二组由辽宁大学胡胜教授、陕西理工大学王建科教授、曲阜师范大学刘相雨教授、浙江师范大学韩洪举教授担任主持人和评议人，议题围绕中国古代小说、戏曲文献暨数字化研究展开。

由于会议规模限制，本次会议未向学界另发邀请，仅限周文业先生发出"预备通知"之后及时予以回复的人数范围内。会议为期一天，时间紧张，内容充实，收获丰厚，共收到39篇高质量的研究论文，其中22篇为古代小说文献暨数字化研究，17篇为古代戏曲文献暨数字化研究。

本次会议研讨对象时间跨度大，从元代、明代直到晚清民初时期的小说戏曲文献都被纳入研讨范围；内容涉及新见文献、佚作搜集、域外传播、地域传播、作者考辨、版本演变、数字化技术在中国古代小说戏曲研究中的作用等诸多方面；老中青三代学者围绕"中国古代小说戏曲文献研究的最新进展和成果""中国古代小说戏曲文献研究的进一步发展""中国古代小说戏曲数字化研究的最新进展和成果""中国古代小说戏曲数字化研究的进一步发展"等四个中心议题进行热烈深入的探讨，会场气氛活跃，大家畅所欲言，共同切磋相关学术问题。

会议闭幕式由中国传媒大学文法学部李有兵副学部长主持，胡胜教授和许振东教授做两个小组的研讨总结，会议召集人朱萍副教授做大会总结。中国传媒大学文法学部党委孙杰书记致闭幕词。孙杰书记回顾本次会议申办过程，再次感谢各位学者对文法学部工作的支持，宣布会议圆满结束。

17．2018年第十七届研讨会（马来西亚马来亚、德国维藤、奥地利维也纳，中国大陆以外第八次）

（马来亚大学、维藤大学、维也纳大学孔子学院）

2018年研讨会先后在马来西亚、德国和奥地利三地分三站连续举办，这是前所未有的。组织这三地研讨会我费了很大努力，最后还是很成功。为此下面分三部分介绍，先介绍德国、奥地利和马来西亚研讨会的筹备，然后介绍马来西亚研讨会的情况，最后介绍德国、奥地利研讨会的情况。这也算是个"三部曲"吧。

（1）2018年德国、奥地利研讨会的筹备

早在2017年研讨会顺利确定了主办单位为北京中国传媒大学后，我就在考虑2018年在中国大陆以外举办第十七届研讨会的主办单位了。中国大陆以外举办比在国内主办更复杂，必须提前一年多联系主办单位。

2015年11月德国吴漠汀先生曾主办"纪念曹雪芹诞辰300周年欧洲第三届《红楼梦》国际学术研讨会"，会议在德国埃森市富克旺根艺术大学举行。我应邀参加了研讨会，在会上介绍了《红楼梦》版本数字化。后来在北师大我又会见了吴漠汀，他是北师大和南京大学的兼职教授。我详细介绍了我所完成的《红楼梦》版本数字化，并赠送他全套的《红楼梦》版本数字化U盘，包括全部十几种《红楼梦》版本的图像和文本以及比对软件，并谈了我对《红楼梦》版本的看法。吴漠汀以前只是根据中国大陆的人民文学出版社的《红楼梦》翻译，从未考虑过《红楼梦》版本问题。他听了我的介绍很有兴趣。我也趁机提出可否在德国举办一次中国古代小说戏曲文献暨数字化国际研讨会。因为吴漠汀举办过几次国际研讨会，很有经验，因此他当场就同意了。

2017年5月，我突然收到德国吴漠汀发来的"首届世界汉学论坛（纪念德中协会成立60周年）暨世界汉学研究会会员代表大会"正式邀请函。世界汉学研究会自2016年宣告成立以来，已有来自世界40多个国家和地区的汉学家、学者和作家加盟。为推进汉学的深入发展，促进中国与东西方学界的团结与合作，世界汉学研究会与德中协会拟联合举办"首届世界汉学论坛（纪念德中协会成立60周年）暨世界汉学研究会会员代表大会"，会议定于2017年8月18日—24日召开，会议地点是德国维藤大学，位于德国北威州鲁尔区维藤市。德国维藤大学始建于1982年，是德国第一所顶尖私立大学，坐落于德国北威州鲁尔区中心维藤小镇。

这次吴漠汀邀请我再次参加在德国举行的汉学论坛，同时也提出可以当面商议

2018年在德国举行小说数字化国际研讨会事宜。我开始还有些犹豫，因为我只研究古代小说版本数字化，而这次是国际汉学论坛，怕与会学者对此无兴趣，但吴漠汀觉得介绍小说版本数字化与会学者会有兴趣。我又考虑我还在做中国历史地理数字化，这比古代小说版本数字化应用更广泛，到国际汉学论坛去介绍中国历史地理和中国古代小说数字化，机会也很难得，还可认识一些新朋友。

我参加这次论坛还可和吴漠汀先生商议2018年在德国举办小说会，一举两得。我又和日本中川谕先生联系，问他对在德国举办小说会是否有兴趣。中川谕立即回信表示对德国开会很有兴趣，可惜2017年8月开会他因为学校有事无法参加2017年的汉学论坛。这就加强了我2018年在德国举办一次小说会的决心。

2017年5月7日吴漠汀从德国来北师大讲学，带来了亲笔签名的邀请函原件。我持此邀请函顺利办理了德国签证，并定购了8月往返机票。

世界汉学研究会于2016年成立，并在德国、中国澳门注册，设在德国维藤大学。研究会成立时，会长木斋（吉林大学、美国休斯敦大学），执行会长朴宰雨（韩国外国语大学校），常务副会长王兆鹏（中南民族大学），副会长吴漠汀（Martin Woesler, 德国维藤大学），副会长郑炜明（香港大学）。

首届世界汉学论坛2017年8月18日—23日在德国维藤大学举办，共计有70余位世界各地学者参加。这次首届世界汉学论坛收入36篇论文，论文集厚达776页，我的论文为《中国历史地理和中国古代小说版本数字化研究平台》。

会上我和吴漠汀商议2018年在德国举办第十七届小说数字化国际研讨会事宜，刚好世界汉学研究会2018年8月18日—23日将在德国维藤大学继续举办第二届世界汉学论坛，我原想仿照中国大陆明代文学学会模式，在汉学会后加一天开小说数字化会。吴漠汀说，那样太麻烦，不如和世界汉学论坛同时召开，只是多一间会场就行。这个建议很好，2008年第七届研讨会在澳门大学由邓骏捷先生主办，就是和澳门历史文献数字化国际研讨会同时召开，也省事。

会上我又认识了奥地利维也纳孔子学院的院长李夏德先生。他是位十分热心奥中友好的人士，他早年就读北京语言大学学习中文，返回奥地利后一直从事奥中友好事宜，曾多次接待我国国家领导人。他现任维也纳大学孔子学院院长。奥地利有两所孔子学院，还有一所在格拉茨。他很热心音乐，曾是维也纳一合唱团成员，还曾参加过由伯恩斯坦指挥的合唱演出。刚好我也热爱古典音乐，也曾去维也纳看歌剧，听音乐会。我第一次到维也纳看到维也纳歌剧院挂着很长的黑色条幅，一问才知是伯恩斯坦逝世了。我向他谈及我在维也纳歌剧院排队买站票听歌剧的往事，和他交流十分愉快。我灵机一动，又主动向李夏德提出，可否2018年德国小说会后，再去维也纳继续开会。他很赞同，他是维也纳孔子学院院长，孔子学院是中国和当地合办，办会要得到中国孔子学院的批准。他返回维也纳后与各方协商获得同意。

这样就基本确定2018年小说会在德国维藤和奥地利维也纳举行，我立即起草了预备通知，吴漠汀看后同意，他也写了邀请函。后来我在国内参加的几次小说会上，都宣布了此事，并散发了预备通知和邀请函。

一些学者得知由吴漠汀主办研讨会后，提出一些不同的看法，我也认真考虑了。

我觉得不管别人怎么说，我还是要亲自接触后再下结论。我和吴漠汀以前不认识，其实 2015 年徐州《红楼梦》研讨会他也参加了，当时他是在意大利罗马第三大学，报告题目是《曹雪芹与〈红楼梦〉在西方的影响》。这几年我去德国两次都是他接待的，通过这几次接触，我感觉他对人还是很热情的，也举办了几次国际研讨会，有一些经验。这次他出面举办首届国际汉学研讨会，确实很辛苦，但由于他办会经验不足，也出了一些问题。这次中国大陆学者参会人很多事先报名，他统计总计有 100 多人，德国酒店必须交预付款，他就照 100 人支付了预付款。但后来实到只有 70 多人，这样他多支付的预付款酒店也不退，据说他受到了损失。可能也是经费问题，这次研讨会的论文集也未打印出来，直到第二年 2018 年第二届世界汉学论坛才把第一届世界汉学论坛论文集印出提供给与会学者。另外，这次接站、送站中出了一些问题。这都是他办会缺乏经验所致，我觉得也可以理解。我认为办事不可能都十全十美，我办会中也有失误，这不奇怪，吴漠汀为人还是很真诚。

（2）2018 年马来西亚研讨会的筹备

本来此事就这样基本确定了，2018 年去德国、奥地利开会，但 2017 年 11 月在广州明代文学研讨会上，遇到山西师范大学李奎，他听了我 2018 年在德国开会计划后，认为德国路途遥远，去的人肯定不会很多，因此他建议 2018 年在马来西亚举办一次中国古代小说戏曲文献暨数字化国际研讨会，他还马上联系了马来亚大学中文系王秀娟，他们也很支持在马来西亚开会。

马来亚大学是一所文理学科和医学兼有的综合性世界名校，是马来西亚规模最大和最著名的大学之一，也是一所马来西亚历史最悠久的高等教育学府。学校为 QS 五星大学，2018/2019 年 QS 世界大学排名第 87 位，2019 年 QS 世界大学排名亚洲区第 19 位，USNEWS 2018 年世界大学工科排名位居全球第 10 位，是东南亚地区仅次于新加坡国立大学和南洋理工大学排名的大学。1949 年 10 月 8 日马来亚大学成立。1956 年在新加坡和吉隆坡分别设立了两所分院。1960 年由于新、马两国分离的原因，原吉隆坡的分校被马来西亚政府接纳为国家大学，新的马来亚大学于 1962 年 1 月 1 日正式成立。马来亚大学中文系成立于 1963 年，已经培养出 130 多名硕士和 20 多名博士，他们经常举办各种学术活动，请世界各地知名学者来做报告。2017 年曾到该校做过报告、我比较熟悉的有南开大学宁稼雨讲《红楼梦》课程 1 "《红楼梦》的传统文化价值与四大名著关系"、台湾白先勇讲《红楼梦》课程 2 等。马来西亚原交通部长陈广才热爱《红楼梦》，收集了很多《红楼梦》资料，全部捐献给马来亚大学中文系建立了《红楼梦》资料中心，资料主要是中国和海外出版的各种《红楼梦》影印本和书刊，对研究《红楼梦》十分方便。我看中国大陆也没有哪个单位有如此多的《红楼梦》资料。马来亚大学也曾多次主办《红楼梦》研讨会，冯其庸等著名学者都曾到会。

我反复考虑，马来西亚确实比较方便，但如放弃德国也很可惜，如两年后再去德国开会还不知是否可行。权衡利弊，最后决定这届研讨会分三地连续举办。为此我先问日本学者对三地办会意见，中川谕先生答复他可以参加两个会议，只要是 8 月放假期间，两会之间有几日回国休息即可。

这样最后决定 2018 年研讨会分别在马来西亚和德国、奥地利维也纳举行。8 月 10 日—14 日先在马来西亚举行，8 月 17 日—19 日在德国开会，20 日从德国集体坐大巴去奥地利维也纳；21 日、22 日在维也纳开会，23 日离开维也纳。这样从 10 日到 23 日总共 14 天，学者不一定全程参加，可根据自己情况选择参会。至于具体行程，可以先去马来西亚，再回国，然后去德国，这样中间可休息一天，往返机票也便宜。也可以从马来西亚直接去德国，可节约时间，但都是单程，机票较贵。

这样 2018 年研讨会决定分三站，接连在三国举办了，这样的国际研讨会估计很少有吧。研讨会确定后，我立即联系日本学者中川谕先生，问他意见，他对研讨会的安排完全赞同，并立即确定了往返计划和航班。但我很担心中国大陆学者要接连去三个国家开会，不知单位和主管部门是否批准。当然，如有学者单位不批准去德国、奥地利，也可以只去马来西亚开会。德国、奥地利谁批准了谁去，反正是第二届国际汉学会同时开，小说会人少，不影响他们开会，接待也容易，讨论也可更深入。

刚好 2018 年吴漠汀每周都在北师大上课，我们又多次见面仔细商议会议的筹备事宜。

日本朋友中川谕、上原究一和松浦智子都愿意参加，中川谕三地都去，上原究一和松浦智子只参加德国、奥地利研讨会。这样中川先生先到马来西亚开会，然后返回日本休息一天，再和上原、松浦一起直飞德国参会。

我先去马来西亚开会，如会后回国，再去德国时间太紧，因此马来西亚会后我去新加坡游览，20 世纪 80 年代我曾去过新加坡，新加坡也有我清华一同学。然后再从新加坡飞德国。

总之 2018 年研讨会的筹办还算顺利，2018 年研讨会虽然不是我具体负责主办，但我也算是主办一方，就要对参会学者们负责，因此要尽量做好，不要出纰漏才好。好在我去过德国两次了，维也纳也去过两次，都算熟悉了，开会前直到 7 月放暑假，吴漠汀每周一都在北师大讲课，有事我们每周都可以随时商议。

在 8 月开会前，马来亚大学主办人王秀娟刚好有事亲自来到北京，我们在首都师范大学会面仔细商议会务工作。原来她曾在我校读硕士，导师是中文系汪龙麟老师，我们很熟悉。她硕士毕业又到南开大学读博士，因此她对我国十分熟悉。王老师曾主办过几次国际研讨会，办事很利索，我们商议得很愉快，很快把具体会务工作商定，这样我也就很放心了。

为节省马来西亚、德国主办方逐一给参会者邮寄正式邀请函的麻烦，我请他们把填写了参会人姓名的正式邀请函邮寄给我，我再快递到付发给各位参会学者，这样就省去了他们逐一从中国大陆以外邮寄的麻烦。但我国有的单位要求十分严格，邀请函必须用中国大陆以外主办单位信封，这还好办。有的单位要求更严，必须有中国大陆以外邮戳从大陆以外邮寄，不能从中国大陆邮寄。这样我就没有办法代替了，只好请主办单位从中国大陆以外直接邮寄了。

(3) 马来西亚研讨会日程安排

8月9日（周四）	青年学者报到；
8月10日（周五）	青年学者会议/主会议学者报到；
8月11日（周六）	主会议；
8月12日（周日）	分组专题会；
8月13日（周一）	参观马六甲；
8月14日（周二）	参观马来亚大学《红楼梦》研究中心等；
8月15日（周三）	离会。

马来西亚研讨会分三阶段：

第一阶段是青年学者会议，会期一天，有13位青年学者发言。

第二阶段是正式会议，会期两天，有35位学者作报告。

第三阶段是文化考察，第一天先集体去马六甲游览，马六甲市正对马六甲海峡，站在山上古堡可远眺马六甲海峡，马六甲有很多古迹，很值得一看。第二天先去参观马来亚大学中文系的《红楼梦》资料室，资料十分丰富，然后学者们自由活动。我和几个老师去吉隆坡市内游览，主要参观各个古迹，如马来亚王宫等。

马来西亚研讨会这三阶段安排很合理，照顾到各个方面，大家都很满意。因为现在我国出国开会要求很严格，会议通知中必须逐日列出会议每天议程，不许出现参观、文化考察等安排。马来亚大学他们经常主办各种研讨会，对我国规定很熟悉，就把最后两天参观游览也写成了开会。其实学者外出开会，参观游览也可了解当地风土人情，对自己的学术研究也有好处。

(4) 马来西亚研讨会·青年学者场

马来西亚研讨会前先单独安排一天举行青年学者会议。境外研讨会常在正式会议前有青年学者会议，发言者有青年教师、博士、硕士和本科生，我去台湾参加多次研讨会，会前都有类似的青年学者会议。我估计是中国大陆以外大学可能有这样规定，青年学者（包括学生）必须在研讨会上发言，因此各种研讨会前就都安排有青年学者专场。中国大陆以外研讨会青年学者专场一般安排在正式研讨会前，与会老师一般不参加，只有点评老师到会点评。

中国大陆因为学校没有类似规定学生必须在研讨会上发言，因此各种研讨会一般不安排青年学者专场，如有学生发言，也是和老师混在一起的。但最近很多研讨会也采用先开青年论坛了，这也是进步吧。

这次马来西亚研讨会，我虽然不是点评人，但因为我也是会议的主办方之一，因此会前马方还是特地邀请我参加青年学者专场。我想早到一天也可以和马方商议开会事宜，因此也就提前一天到，参加了青年学者专场。实际13个青年学者发言内容我都熟悉，听听也好。

青年学者专场的点评人都是出名学者，我也都很熟悉。他们点评都很到位，青年学者听听这些名师点评,对他们绝对有好处。

青年学者论文

日期:2018 年 8 月 10 日(星期五)
地点:*Dewan Kuliah A, FSSS*, UM 马来亚大学文学院 A 讲堂
讲评人:傅承洲、俞晓红、大木康、曹立波、辜美高、高益荣、唐均、张祝平

《三国演义》研究

1)《三国演义》与《皇越春秋》书写体例的比较研究……………… 王 佩

《红楼梦》研究

2)以"黛玉葬花"谈两岸编剧、剧本改编的方式
　　——以大陆1987版、台湾1996版及大陆2010版为核心………… 张玉明
3)《红楼梦》新校本第三版指瑕…………………………………… 黄翠华

古代小说研究

4)中国古代小说讽刺艺术溯源
　　——论《春秋三传》的"春秋笔法"对《儒林外史》的影响……… 郭师语
5)《庄子》视野下的《红楼梦》之"道论"……………………… 何儒育
6)江户时期中国小说的传入——以《舶载书目》为中心………… 周健强
7)中国古代小说峇峇马来语翻译本在马来西亚理科大学的藏书考察… 陈慧文
8)新见清代传奇两种考论………………………………………… 陈妙丹
9)宋刊残本"《类说》真本"说辨证…………………………… 关 静
10)改写与承衍:《神明公案》残本之研究………………………… 洪敬清

古代戏曲研究等

11)"女驸马类型"戏曲的渊源与演变…………………………… 张桂琼
12)1838到1926年欧美研究中国戏曲的著作概论………………… 丁 娜
13)图像翻译在中国古代印刷图书文字重构中的应用……… 林 莹、施维加

(5)马来西亚研讨会主会议综述

马来西亚研讨会第二阶段是主会议阶段,共计有35人发言。这样加上13位青年学者,马来西亚会议总计有48位学者发言,在已经举行过的17届研讨会中,仅次于上海复旦大学研讨会的51位学者发言,居第二位,说明大家参加马来西亚研讨会还是比较积极的。

研讨会安排我做第一个主题演讲,可能是因为我是这个研讨会的发起人,对此我十分感谢,也做了认真准备。我的论文有133页,论文集合计462页,我的论文就占28.8%。我写文章经常很长,研讨会主办方常对此有意见,这次主办方全文收入,我十分感谢主办方的照顾。由于我的论文图表多,因此排版比较困难,有些部分排版不

很理想，但也是难为他们了。对此论文下面我再单独介绍。

研讨会论文集前对参会的每人都有简单介绍，这对大家相互了解十分有益。这是我参加这么多研讨会第一次看到，可见组织者的认真和用心。

由于参会人多，大会安排两天，但发言时间安排也很紧张，因此分为A、B两个会场同时进行，与会者可根据自己兴趣自由选择会场。当然如感兴趣的两个报告同时在两个会场举行，那就无法同时去参加了。会议基本采取报告形式，报告完有点评人点评，参会者可自由发言。

（6）马来西亚研讨会部分论文目录（37篇）

古代小说版本、作者研究（10篇）

1）关于《三国志演义》二十四卷系统后期刊本诸本……………[日本]中川谕
2）中国古代小说版本数字化——《三国演义》英雄志传简本初探……周文业
3）《三国演义》《水浒传》《西游记》图赞本版本、版式与关联……张祝平
4）以水浒诗词论《水浒传》容与堂本与袁无涯本之关系
　　——以水浒诗词为例……………………………………………曾晓娟
5）澳图书馆嘉庆辛未重镌《红楼梦》考辨…………………………曹立波
6）《北里志》作者和创作考述……………………………王晓鹃、樊　婧
7）民初通俗小说作家江红蕉生平考略………………………………徐志平
8）李清《女世说》成书与版本考论…………………………………朱　萍
9）"作无益事，以悦有涯生"：清代曲家杨恩寿的游幕生活与戏曲写作…[马来西亚]张惠思
10）梅兰芳、程砚秋藏曲来源之一清曲家高岱瞻考…………………钱　成

古代小说文献研究（4篇）

11）马来世界里的中国古代小说——薛仁贵故事的翻译……[马来西亚]王秀娟
12）哀书《金瓶梅》……………………………………………………程小青
13）《海星周刊》中的"红学"资料浅析………………………………李　奎
14）《古老的故事一则（〈红楼梦〉译述）》研究：文献来源与内容特征…任显楷

古代戏曲文献研究（4篇）

15）《玉支矶》校记…………………………………………[新加坡]辜美高
16）《琅嬛记》成书考…………………………………………………赵素忍
17）论十七世纪以来日本长崎唐馆戏曲文献形式及其价值…………林和君
18）论清代笔记中散见戏曲史料的学术价值（未出席）……………赵兴勤

古代小说戏曲内容艺术研究（19篇）

19）从接受美学视域看《金瓶梅》中的"性"书写……………………曾庆雨
20）怡红院中三种鸭形水禽名称及其欧洲语言核译…………………唐　均
21）《红楼梦》与唐诗……………………………………………………董希平

22) 曹雪芹与西洋文明的接触及其意义探考……………………………向　彪
23) 中国古代小说戏曲关系论略……………………………………俞晓红
24) 关于章回小说成熟的几个问题…………………………………傅承洲
25) 晚明通俗文学的兴盛和士大夫之"发现民众"……………［日本］大木康
26) 唐宋道教传奇之差异及原因……………………………………刘明哥
27) 唐代长安传奇小说创作嬗变之空间解读与群体分析……………王　伟
28) 冯梦龙的小说虚构论……………………………………………阙建华
29)《聊斋志异》在德语世界的译介与研究考略……………………何　俊
30) 诗为小说——《夷坚志》诗词故事的小说叙事…………………张　瑾
31) 论《儒林外史》女性的才能………………………………………杨林夕
32) 个性的张扬与性情的抒放
　　——《世说新语》对"情"的自觉与其意义……………［苏丹］符爱萍
33) "曲始于胡元"文化论……………………………………………高益荣
34) 论电视剧中女性个性解放与国家使命之关系
　　——以《穆桂英挂帅》《青春之歌》《那年花开》为例……白军芳
35) 不失时机地推进戏曲文学研究的方法革新与范式转型…………张　涛
36) 大正—昭和前期日本学人所撰"中国文学史"著作叙录…………段江丽
37) 杂谈学校教育的发达与通俗文学普及化的关系…………………赵望秦

（7）研讨会评议

这次研讨会上论文范围很广，我感兴趣的有以下 5 篇：

1) 关于《三国志演义》二十四卷系统后期刊本诸本……………［日本］中川谕

《三国志演义》版本可分为"演义"和"志传"两个系列，日本称为"二十四卷"和"二十卷"系列。"演义"系列又分为早期刊本和后期刊本两个小系列。早期刊本包括嘉靖元年本、周曰校本、夏振宇本和李卓吾本等，后期刊本包括锺伯敬本、英雄谱本、遗香堂本和李渔本等。其中锺伯敬本、英雄谱本、遗香堂本都是从早期刊本李卓吾本中的吴观明本派生出来的。中川先生列举大量例证，论证它们之间的演化过程，这些例证都是用数字化比对完成的。数字化在版本研究中起了关键作用，没有数字化要做版本研究是十分困难的。最后中川先生画出了这些版本的演化图，一目了然。中川先生这篇论文是他在日本文部省的研究项目"《三国志演义》二十四卷系统版本研究"的部分成果。此项目 2019 年结题，他将继续申请新项目"《三国志演义》二十卷系统'英雄'志传小系列研究"，因为这几年陆续出现了一些"英雄"志传小系列的版本，我的大会主题报告中对其中的部分版本做了介绍。

2) 澳图书馆嘉庆辛未重镌《红楼梦》考辨……………………………曹立波

曹立波原申报论文是《〈红楼梦〉东观阁本大陆以外流布版本考辨》，正式参会又改为此题目。曹立波 2004 年就曾出版专著《红楼梦东观阁本研究》（北京图书馆出版社),此书介绍了各种东观阁本,但只简单提及文畬堂本,可能当时未看到此本。^①而最近看到了文畬堂澳洲藏本,做了仔细研究,因此发表此文。

东观阁本是《红楼梦》活字印刷的程本之后的木刻本,流传很广,东观阁先后刊刻了多种《红楼梦》木刻本。

第一种《新镌全部绣像红楼梦》是未加评点的东观阁白文本,刊刻于乾隆末年到嘉庆初年。

第二种《新增批评绣像红楼梦》是嘉庆十六年东观阁刊行评点本,是目前看到最早的木刻评点本,流传很广。此本以天津图书馆藏本为代表,国内曾影印,在英国、美国和国内很多图书馆也都有收藏。

第三种《新增批评绣像红楼梦》即澳大利亚图书馆藏文畬堂嘉庆十六年评点本,澳洲藏本的封面多了"文畬堂藏板"五字,其他文字和嘉靖十六年本完全相同。封面也有"嘉庆辛未重镌"字样。由此曹立波认为,嘉靖十六年同时刊行了两种东观阁本,一种是东观阁自藏本,另一种是东观阁书坊梓行的"文畬堂藏板"。

曹老师认为两本都是在嘉庆十六年刊行的结论,我看是有问题的。虽然两本封面都有"嘉庆辛未重镌"字样,没有"文畬堂藏板"的初刻本肯定是嘉庆十六年刻本,但有"文畬堂藏板"字样的版本实际不是在嘉庆十六年刊印的。对此本曹老师引用陈力先生分析这两本的三种可能:"窃意东观阁嘉庆十六年重刻本与文畬堂本并不能完全画等号,这里有三种可能:一、文畬堂本乃文畬堂借东观阁嘉庆十六年所刻书板印刷者;二、文畬堂本乃东观阁嘉庆十六年本转板后由文畬堂印刷者;三、文畬堂复刻或重刻东观阁嘉庆十六年本,如同治元年宝文堂复刻嘉庆东观阁本题'东观阁梓行,宝文堂藏板'。因未见文畬堂本原书,姑妄言之。"^②

我认为陈先生分析是有道理的。三种可能中,第三种复刻或重刻是不可能的,因为据曹老师考察,两本完全一致,因此不可能是文畬堂复刻或重刻。

我认为第二种可能性最大。可能是东观阁在嘉庆十六年后,由于各种原因,把嘉靖十六年木板转给文畬堂,于是文畬堂在封面加"文畬堂藏板"又印刷一批发行。查文畬堂还曾刊刻《后红楼梦》三十回和《绣像第八才子书》六卷^③。

我认为第一种可能,即文畬堂借东观阁嘉庆十六年所刻书板印刷基本不可能。因为文畬堂本封面明确增补"文畬堂藏板",如是借东观阁板印刷,不应写"藏板",东观阁是不会同意的。

另外,在嘉庆十六年本之后,在嘉庆十九年(甲戌)又出现了第四种东观阁本,经陈力等仔细和嘉庆十六年本逐字比较,证明此本是在嘉庆十六年本木板基础上,删除了评点的新版。

排除第一、三种可能,只可能是文畬堂购买了东观阁本木板,在封面加"文畬堂藏板"字样,其他未做任何改动,在嘉庆十六年到嘉庆十九年之间再次刊行。文畬堂

---

① 曹立波:《红楼梦东观阁本研究》,北京图书馆出版社2004年4月第1版,第50页。
② 曹立波:《〈红楼梦〉东观阁本再考》,《文献》,2003年第1期,第162页。
③ 韩锡铎、牟仁隆、王清源:《小说书坊》,北京图书馆出版社2002年6月第1版,第210页。

本因为刊行时间短,发行量小,因此存世很少。

嘉庆二十三年,道光二年、十年等又出现东观阁本的多种复刻本,这些刻本都是复刻本,没有"文畲堂藏板"字样,也和文畲堂无关了。

书商转移木板的情况在明清都常见。后面德国小说会上,日本上原究一报告中也谈到明末清初商业出版界中异姓书坊间多种合作关系,看来这种情况一直延续到了清代中叶,估计出版界还有类似的情况,很值得仔细研究。

曹立波对《红楼梦》东观阁文畲堂本研究,和日本中川谕对《三国演义》遗香堂本研究很类似,他们不只要研究某一类版本,而且要把这类中现存的每个本子都做彻底研究。一般人可能认为这种研究似乎必要性不大,但在我看来,他们都是把版本研究做到了极致,这就是做事就要做到底的精神。

3)《三国演义》《水浒传》《西游记》图赞本版本、版式与关联…………张祝平

《三国演义》《水浒传》《西游记》很多版本前面都有插图,而很多插图上都有各种"赞语",这类版本就称为"图赞本"。对于小说插图一般人只注意插图,而很少有人去分析上面的赞语。张祝平老师多年来一直致力于研究《三国演义》《水浒传》《西游记》各种图赞本的赞语,并带领他一批研究生分别做研究,成绩斐然。每次研讨会张老师和学生都会发表多篇这类文章,从各个角度对图赞进行研究。图赞本看似是个不引人注意的小地方,但张老师从这细微处入手,做了详尽的分析、比较,在我看来,这是从一个崭新的小角度对古代小说做的又一个极致的研究。由此看出,古代小说文献研究其实还是有很多值得深入研究之处的,我很钦佩张老师这种不弃不舍的研究精神。

4)以水浒诗词论《水浒传》容与堂本与袁无涯本之关系——以水浒诗词为例…曾晓娟

对于《水浒传》容与堂一百回本与一百二十回袁无涯本之关系,经过对文本的仔细比对,一般都认为容与堂本是袁无涯本的底本。曾老师又仔细比较两个版本的诗词,证明袁无涯本的诗词确实来自容与堂本,因此再次证明袁无涯本的底本确实是容与堂本。本来通过文字比对早已得出了这个结论,曾老师再从诗词角度进行仔细分析,得出相同结论,粗看似乎意义不大,但我认为,这又是一个把研究做到极致的例证。这也再次说明,古代小说研究表面看似乎没有什么可再研究的了,但其实不然,换个角度实际还是有很多内容可以研究的。

5)马来世界里的中国古代小说——薛仁贵故事的翻译………………王秀娟

王秀娟老师是本次研讨会的主办人,办会十分辛苦,她十分认真,她自己提交的论文是从薛仁贵故事的翻译,介绍马来世界中的中国古代小说。可能是由于办会事务繁忙,此文并未写完,论文集中只刊出了一页。但王老师在会场用丰富的资料展示了这个课题的研究。所谓"马来世界"实际是包括马来西亚、新加坡、文莱和印度尼西亚等,可称为"马来群岛国家"。在这个世界里中国古代小说流传很广,其中薛仁贵故事在很多小说中都有出现。王老师详细分析了这个故事在各个小说中的翻译情况,

并展示了大量精彩的图片，使我们看到中国古代小说在马来世界中的传播，也是大开了眼界。

研讨会其他论文因为我不熟悉，就不介绍了。总之，这次研讨会论文面广，有深度，是一次高水平的成功的研讨会。

但日本学者对研讨会也有些看法，认为研讨会的名称是"文献暨数字化"，但很多论文虽然也是关于古代小说、戏曲研究，但和文献无关，也和数字化无关。按照研讨会的规定应该不收的，收入并发表就超出了研讨会的范围，占用了研讨会时间。我以前对这点也重视不够，尤其是外单位主办，基本由主办单位决定论文的选择，我从不干预。我很赞同他的意见，我当初举办这个研讨会的目的也是希望集中精力研究版本和数字化。既然我们确定了研讨会的范围，就应该遵守。日本学者对此有意见但很谨慎，只是会下先和我交谈，征询我意见。我觉得他说得很对，在马来西亚研讨会上来不及说了，在德国研讨会上我请他公开谈了这个意见。我也记着此事，写入了下一届研讨会的通知中。我也会请下一届研讨会主办单位在论文上注意把关，如发现有超出范围的文章，可请作者换一篇，这对于研究者来说肯定不是难事。对此我也很感谢日本学者的认真态度，这也是日本学者一贯作风。

总之，马来西亚研讨会十分成功，王秀娟办事很利索干脆。2019 年研讨会将在湖北黄石召开，届时估计王秀娟也会去参加。我在考虑，如在此前没有合适的主办方，见面再和她商议，如马来亚大学有积极性，2020 年可请他们再承办一次。如合作愉快，他们也愿意，甚至可以考虑以后就由他们承办中国大陆以外研讨会，毕竟有个可靠的中国大陆以外办会合作伙伴，我以后就省大事了！

（8）研讨会与会者名单：合计 56 人，中国 44 人，外国 11 人

中国学者 44 人

傅承洲（中央民族大学文学与新闻传播学院）　俞晓红（安徽师范大学文学院）
曹立波（中央民族大学文学与新闻传播学院）　高益荣（陕西师范大学文学院）
李　奎（山西师范大学文学院）　刘明哥（云南艺术学院文华学院）
阙建华（中国地质大学北京分校）　董希平（中国传媒大学中文系）
王晓鹃（陕西师范大学文学院）　樊　婧（陕西师范大学文学院）
唐　均（西南交通大学外国语学院）　黄翠华（首都师范大学文学院）
王　伟（陕西师范大学文学院）　陈妙丹（华东师范大学）
何　俊（西南交通大学外国语学院）　张　瑾（北京语言大学）
曾晓娟（西华大学人文学院中文系）　赵素忍（河北经贸大学）
朱　萍（中国传媒大学文法学部）　钱　成（泰州学院人文学院）
向　彪（怀化学院文学与新闻传播学院）　白军芳（西安工业大学）
张　涛（河北省社会科学院）　段江丽（北京语言大学）
刘　玮［哈尔滨工业大学（威海）分校］　周文业（首都师范大学）
林　莹（华东师范大学中国语言文学系）　赵望秦（陕西师范大学）
任显楷（西南交通大学外国语学院）　程小青（福建工程学院）

曾庆雨（云南民族大学文学与传媒学院）　　杨林夕（惠州学院）
张祝平（南通大学文学院）　　　　　　　　丁　娜（南通大学文学院）
郭师语（云南民族大学文学与传媒学院）　　王　佩（南通大学文学院）
张桂琼（北京语言大学）　　　　　　　　　周健强（北京大学中文系）
关　静（北京大学中国语言文学系）　　　　徐志平（台湾嘉义大学）
林和君（台湾嘉义大学中国文学系）　　　　张玉明（台湾成功大学中国文学系）
何儒育（台北艺术大学通识教育中心）　　　洪敬清（台湾政治大学中国文学系）

外国学者 11 人
王秀娟（马来亚大学中文系）　　　　　　　潘碧华（马来亚大学中文系）
张惠思（马来亚大学中文系）　　　　　　　郑庭和（马来亚大学中文系）
严家建（马来亚大学中文系）　　　　　　　陈慧文（马来西亚理科大学）
中川谕（日本立正大学教授）　　　　　　　大木康（日本东京大学东洋文化研究所）
辜美高（新加坡国立大学中文系）　　　　　符爱萍（苏丹依德理斯教育大学）
施维加（美国 Clarity Solutions Grou 公司）

（9）德国、奥地利研讨会日程安排

世界汉学研究会于 2016 年成立，并在德国、中国澳门注册，研究会设在德国维藤大学。2017 年世界汉学研究会在德国举行了第一次世界汉学论坛，我也参加了。2018 年在德国举行了第二届世界汉学论坛，同时举行了第十七届中国古代小说戏曲文献暨数字化国际研讨会。

德国、奥地利研讨会日程如下：

8 月 17 日报到，8 月 18、19 日德国维藤大学研讨会，8 月 20 日从德国到奥地利维也纳，8 月 21、22 日维也纳大学孔子学院研讨会，8 月 23 日离会。

德国、奥地利研讨会可分两阶段：

第一阶段在德国维藤大学举行，会期两天，和小说戏曲文献暨数字化有关的有 16 位学者作了报告。

第二阶段在奥地利维也纳大学孔子学院举行，会期两天，和小说戏曲文献暨数字化有关的有 4 位学者作了报告。

此会是和第二届世界汉学论坛同时举行，总计有 62 人作了报告，其中和小说戏曲文献暨数字化有关的有 20 人，约占三分之一。

我原来希望我们小说戏曲文献暨数字化单独有个会场，和汉学论坛同时举行，这样讨论的时间更充裕一些。但吴漠汀主张一起开，不分两个会场，这样大家都可听到我们的报告，我们也可听到其他学者的报告。既然主办方如此安排，还是听他们的安排吧。

会议日程安排也有不足，主要是公布的日程全部安排了会议，没有留出参观游览时间。本来主办方以为，学者们可以在会后自己去各地参观，他们不知道中国大陆现在对外出开会卡得很严，不能在会议外时间多停留。马来西亚知道中国大陆规定，因此在会议通知中多安排 2 天，实际是给学者参观游览。而德国主办方不熟悉中国大陆规定，我又忘记提醒德国主办方，等会议通知发出我才想起，已经无法修改了。这样很多学者由于没有来过德国、奥地利，会议又没有安排参观游览时间，只好逃会外出参观，尤其是在维也纳，古迹很多，来一次不看实在可惜。这样导致有的会议只剩下10个人左右。

马来亚大学王秀娟也到德国开会，她全程参加，没有一次逃会。我问她为何不去参观，她说她在会后自己再抽时间去游览。原来马来亚大学对于外出开会的补贴，根据会议情况是固定的，这样她多停留些时间就自费，学校不管，十分灵活，所以她会后自己安排要去捷克等地访友。

这次研讨会先后在马来西亚和德国、奥地利举行，我计算，三地都参加的中国大陆学者只有我、张祝平和日本学者中川谕三人。因为中国大陆很难批准连续参加三地的国际研讨会，因此多数学者都只参加马来西亚研讨会，或只参加德国、奥地利研讨会。

我们三人中，张祝平是从马来西亚直飞德国，中川谕是从马来西亚返回日本，再和日本上原究一、松浦智子一起从日本直飞德国。我是从马来西亚先到新加坡，在新加坡有我清华一同学，他陪我在新加坡参观了两天，主要是看新加坡的各种古迹。然后我再从新加坡直飞德国。

德国开会是在维藤大学，我们住宿的酒店是在德国西北的盖尔斯基兴市，离开会的维藤大学不远，前几次去德国开会都住在此酒店。离盖尔斯基兴最近的机场是杜塞尔多夫，我前几次到杜塞尔多夫后，吴漠汀亲自开车接我直接到酒店，一直没有在杜塞尔多夫游览。这次事先和日本朋友约定，我们几人一起先在杜塞尔多夫游览一天，然后再去酒店报到。我因为不熟悉杜塞尔多夫，因此还是请吴漠汀开车到机场接我和河北社科院的张涛，然后把我们送到日本朋友下榻的酒店。吴漠汀前几天腿受伤打着石膏绷带开车，我十分过意不去。我们五个人在杜塞尔多夫主要游览了几个古迹，包括海涅故居，即他的诞生地，还有耶格霍夫宫，现在是歌德博物馆，在莱茵河畔漫步，然后再坐火车去盖尔斯基兴。我外语等于零，日本松浦智子女士英语很好，买票等都是她出面，我也省了事。

在维藤大学开会两天，我们每天都集体坐大巴从酒店去维藤大学，会后再坐大巴返回酒店。我只是抽空在盖尔斯基兴市内再次转了转，此地不大，是个典型的德国小城市，安静清幽。

德国维藤大学会议后，我曾建议：学者坐大巴去维也纳刚好路过慕尼黑，可去参观新天鹅城堡（上次首届世界汉学论坛曾组织去参观），然后翻越阿尔卑斯山进入奥地利后，又可以路过莫扎特故居萨尔斯堡参观（我曾去过两次），最后再到维也纳。但组织者可能考虑中途下车参观又要花费时间，为节省时间最后是从德国坐双层大巴，用一天时间直接从德国到维也纳，中途没有停留，很遗憾。但沿途看看德国、奥地利风景，还是不虚此行。

在维也纳开会两天，因为我们人多，分住在几个酒店。吴漠汀办事很仔细，每人住宿的酒店都在会议手册中写明了。我们住宿的酒店很小，也是无人看管，自己拿钥匙开门入住，免费提供简单早餐。开会在维也纳大学，维也纳大学在维也纳西北角，从酒店到大学要走十几分钟,沿途也可看看维也纳的风景。

我曾几次随旅行团到过维也纳,主要景点都参观过,也曾到著名的维也纳歌剧院买站票听过威尔第的歌剧《西蒙·波卡涅拉》,但一直没有到金色大厅听过音乐会。这次到维也纳可惜金色大厅休假不开放,歌剧院也休息没有歌剧演出,只是下午在歌剧院听了场莫扎特音乐会。其他我去过的主要古迹圣斯特凡大教堂、施特劳斯塑像、环城大道等又旧地重游,但美泉宫因为远没有去。这次特别去看了贝多芬、莫扎特故居和奥地利皇帝墓地。这个墓地在圣斯特凡大教堂附近一个教堂的地下,摆放着一个个皇帝的金属棺材,茜茜公主的棺材前鲜花很多,这样的地下墓地占地少,还是很少见。

德国和奥地利会议各两天,不像马来西亚会后安排出两天游览时间,吴漠汀原意是学者在会议后自己再去游览。由于我是按照会议通知的日期买的飞机票,再换票很麻烦,我自己因为退休无处报销,所以全部是自费,多住一天多一天花费,而且看了会议议程,其他老师发言我兴趣不大,因此就只参加了开幕式。其他中国大陆老师也一样,由于没有额外时间游览,因此很多老师开会期间就外出游览去了,实际开会的人不多了。这是一次教训,以后开会日程必须额外安排游览时间。

因为这次研讨会是和第二届世界汉学论坛合办,而汉学的范围十分广泛,文史哲都包含在内。因此论文集也很厚,有 536 页。论文集排版十分辛苦,因为想减小成本,8 开本 6 号字,每页采取 46 行,每行 45 字,字很小,全书约 111 万字。据说是吴漠汀先生自己排版的,我每次开会的论文集都是我自己排版,我深知排版的麻烦,因此很了解吴漠汀先生的辛苦。上次第一届世界汉学论坛论文集只印出了样书,没有提供给与会学者,很遗憾。这次又给与会学者免费提供了首届世界汉学论坛的论文集,版式一样,但更厚,有 36 篇,但 774 页,约 155 万字。

德国会议和马来西亚会议一样,采取分组形式,每组一般 3 到 4 人,事先确定点评人,报告后可自由讨论。吴漠汀为分组一事通过邮件事先反复和我商议,由于汉学范围十分广泛,要合理分组很不容易,为此编组改变了多次,吴漠汀十分辛苦。由于研讨会范围太宽,导致很多学者对于报告内容不熟悉,因此大部分讨论并不热烈,这也情有可原。因此我一直主张缩小研讨会范围,使得议题更集中,更便于学者们讨论。

(10) 德国、奥地利研讨会论文目录(23 篇)

据我统计,这次研讨会中实际和中国古代小说戏曲文献暨数字化有关的有 23 篇,占总数 62 篇的三分之一。

古代小说版本、作者研究(3 篇)

1) 关于《精镌合刻三国水浒全传》之《三国志演义》…………[日本] 中川谕
2) 五大名著版本数字化比对丛书——五大名著版本研究的有力工具…… 周文业
3) 关于《后西游记》的两种版本……………………………………… 石　麟

古代小说文献研究(11 篇)

4) 马来世界中的中国古代小说……………………………[马来西亚] 王秀娟

5)早期大陆以外汉学——《红楼梦》书评为例……………[德国] 吴漠汀
6)《红楼梦》的写作构思、成书轨迹及作者新考(摘要)… 皇甫修文、吴秋野
7)质疑文学史上的一些传统分类——以《红楼梦》为例…………木 斋
8)论议者偏见造成的误读:以20世纪之前的《红楼梦》英译本为例… 任显楷
9)袁枚与《红楼梦》相关文献的价值和意义………………………石 玲
10)《穆天子传》(又名《穆王传》《周王传》)中国文学中最早的游记…………
　　　　　　　　　　　　　　　　　　　　　[德国] 曼弗雷德·弗里奥夫
11)中国汉唐之际小说文献的整理与利用………………………景遐东
12)关于日本东洋文库收藏《出像杨文广征蛮传》的初步考察…[日本] 松浦智子
13)略谈中国小说在越南的翻译版本情况……………………[越南] 韩红叶
14)被遮蔽的情节——古代小说中的"兔子引路"………………刘洪强

古代戏曲文献版本研究(9篇)

15)哈佛大学汉和图书馆齐如山专藏《玉娇梨》的文献价值…………梁 苑
16)论明末商业出版界中异姓书坊间的跨地域合作关系之存在…[日本]上原究一
17)葡萄牙东方博物馆所藏戏曲俗曲版本述略……………………刘 蕊
18)赵琦美与抄校本《古今杂剧》新探
　　——纪念赵琦美抄校本《古今杂剧》发现80周年……………徐子方
19)现代学术史格局下的明杂剧研究与反思……………………程华平
20)论明清及近代时期青海民族民间戏剧的多样性………………李玲珑
21)戏曲文献在戏曲传承中的作用:《昆戏集存》的编撰……………刘 玮
22)传统戏曲对中国早期电影对比叙事的影响……………………张芳馨
23)地方戏曲文献的整理数字化保护与传承………………………尚昱辰

(11)德国、奥地利研讨会上日本学者的研究文章

这23篇论文中,我感兴趣的还是三位日本学者的文章。

1)关于《精镌合刻三国水浒全传》之《三国志演义》……………中川谕

中川先生此文分析的版本一般称为"英雄谱本",是《三国》《水浒》合刻本,上栏是《水浒》,下栏是《三国》,这样读者买一本书实际同时买了两本书,很划算,看出书商的用心。

对此本中川先生早在1998年日本出版的《〈三国志演义〉版本研究》中就做了分析,此书经我帮助联系人翻译,2010年由上海古籍出版社出版了中文版。书中有一节(第125—142页)专门分析此版本。文中中川先生在金文京先生等人研究基础上,又做了深入研究,最后结论是:

● 此本大部分是以"演义"系列本(日本学者一般称为"二十四卷本")为底本,部分以"志传"系列繁本(日本学者称为"花关索"系列)为底本,因此是个混合本。

- 中川先生列表说明两底本的情况，大部分文字都是采用了"演义"系列本文字，只有卷一、三、五、九、十五少数几页和卷二十的全部，采用了"志传"系列繁本文字。
- 此本"演义"系列部分接近夏振宇本或李卓吾本系列的吴观明本，到底是哪个版本，当时中川先生无法确定。"志传"系列繁本是哪个版本也无法确定。
- 为何此本要如此复杂地采用两种底本，中川先生认为：编者先挑选了一个"演义"系列版本，但此本不完整，有脱卷和脱页。于是又选了一个"志传"系列繁本，但此本也不完整，因此只好互补编成此本。

这次参加德国研讨会，中川先生在原书基础上又做了补充，主要是通过仔细比对，确定了两个底本分别是"演义"系列的李卓吾本中的吴观明本和"志传"繁本系列的郑少垣本。此本题署注明"明温陵李载贽批点"，所以此本肯定是以李贽（李卓吾）本为主要底本，正文中也确实保留了一些李卓吾本批语。

至于为何要采用两个底本，中川先生看法没有改变，仍然认为是因为两个底本都有破损，不得已只好采用两种底本。

我以前没有研究过"英雄谱本"，中川先生论文引起我的兴趣。我用计算机对英雄谱本、李卓吾本中的吴观明本和郑少垣本三个版本进行了比对研究。研究分两步，第一先用计算机宏观计算三本文字的相似度，第二再用计算机微观逐字进行比对。由于篇幅原因本节不做仔细分析，将在下编《三国演义》研究部分再介绍我的分析结论。

2）论明末商业出版界中异姓书坊间的跨地域合作关系之存在…………上原究一

上原的文章谈的是一个很少被人注意的问题：书商合作出书的问题。

书商出书一般都是自己单独出版，顶多家族合作，很少有异姓，甚至异地合作出书的。上原对此做了详细的统计和分析，有以下几类。

① 合作署名出版
- 名字并列：余象斗（文台）和杨鸣鹍（发吾）名字并列出版。余象斗（文台）是著名书商，曾出版《三国演义》繁本，但杨鸣鹍（发吾）情况不明，不知出版过什么图书，上原也未做介绍。
- 封面、书尾：封面是余成章永庆堂，书尾木记是刘双松安正堂。上原认为此本是余成章永庆堂用刘双松安正堂的木板印刷发行。
- 通婚：上原认为，余象斗和乔山堂、爱日堂的合作出书，可能是基于两家的通婚，这类通婚带来合作关系在建阳书坊中可能很多。

② 复刻支付报酬出版

建阳刻书盗版很多，盗版一般不再注明原刊行者。但建阳余象斗曾复刻金陵唐氏和周氏的书出版，并注明金陵唐氏和周氏是原刊行者。上原由此认为这是双方达成合作协议，金陵唐氏和周氏同意余象斗在建阳复刻，余象斗可能也要支付一些报酬给金陵唐氏和周氏。上原指出，不止建阳余象斗曾复刻金陵唐氏和周氏的书出版，建阳其他余氏书坊都曾大量复刻金陵唐氏和周氏的书出版，他们之间可能存在累代合作关系。此外，上原还介绍了金陵周氏书坊和苏州叶氏书坊、杭州汪氏书坊的合作关系。

总之，明末清初各地书坊除了有竞争关系之外，也有一些跨地域的合作关系，这种关系过去一般不被人重视。由于我对书坊没有研究，无法分析上原的文章。福建师大涂秀虹老师专门研究建阳刻书，不知她是否研究过建阳刻书的合作出版问题。以前对建阳刻书多从出版图书种类、出版历史等角度研究，似乎没有人从跨书坊、跨地域的角度去研究书坊之间的合作关系，我觉得这个问题似乎还有继续深入研究的空间。我对上原的研究很佩服，这些图书并非都是小说，很多是其他古籍，他能在浩瀚古籍中发现书坊合作这类细微的问题，并做深入分析，这是日本学者的特点，很值得我们学习。

3）关于日本东洋文库收藏《出像杨文广征蛮传》的初步考察…………松浦智子

松浦多年一直在研究《杨家将演义》，也曾多次参加小说数字化国际研讨会，我们很熟悉。这次她仍提交一篇有关"杨家将"的文章，是介绍藏于日本东京大学东洋文库中的《出像杨文广征蛮传》。据她介绍，此书还从未有人研究过。此书是残本，缺封面，没有作者、书商和刊刻年代，估计是明刊本。现只存两册，一册主要内容是杨文广的"南蛮征伐"故事，一册主要内容是杨文广儿子们"西霞征伐"故事。这两个故事本身完全没有历史依据，比较荒诞，但最引人注目的是其彩色插图。

松浦在会上展示了其中的彩色插图，令我十分震撼。古代小说中插图很多，但我所见都是黑白插图。据我所知《三国演义》彩色插图 2002 年 4 月 23 日嘉德拍卖曾拍卖一套《绘像三国志》（LOT 1534），拍卖参考价 3.8 万—4.5 万元。另外，清代孙温曾彩绘《红楼梦》绢本图 24 册。孙温，直隶丰润人，画史无记载，画作绘制年代为清同治至光绪年间。图册为工笔设色，每册有 10 页画面，共 230 页。首页为大观园全景图，绘有人物、山水、花鸟、舟车、亭台楼阁等，仅人物就有 3700 余人，十分精美。1959 年入藏旅顺博物馆，有出版社再版了此书。

《出像杨文广征蛮传》的彩色插图是残本，虽然书页有破损，但插图保存很好，颜色鲜明，画工细致。我对古代绘画是外行，但在我看来此插图堪称精品。我认为此书插图很值得仔细研究。我查东京大学东洋文库网站没有此书。到底此书是用什么绘画的，此图和上述《三国演义》《红楼梦》彩色插图相比如何，是否有价值，价值多大，希望有专业研究者看后给出正确结论。

总之，这次德国研讨会三位日本学者的文章各有特色，对我都很有启发，我觉得对中国古代小说研究也很有意义。日本学者对中国古代小说的研究角度新颖，很值得我们学习。我担任这场报告的点评，对三位日本学者的研究也予以高度评价。我觉得他们的研究还有上升空间，中川先生关于英雄谱本的编写过程还值得深入研究，上原关于书坊合作出版还可再找资料丰富证据，松浦先生插图研究还可再深入分析其绘画颜料。从中我们看到古代小说研究的前途，我十分高兴。

（12）日本学者在德国看到《三国演义》版本

德国和奥地利研讨会后，三位日本学者又返回德国去看书，都是《三国演义》简本"英雄志传"小系列清刊本。

一种是德国柏林州立图书馆的郑乔林本，此本德国已经上网，上原发现下载后，中川先生也曾传给我。这是一本重要的版本，是李卓吾本和简本的混合本，我曾做了初步的研究。柏林州立图书馆还藏有刘龙田残本和一本《三国志像》，是故事图像，不是人物图像，但不知是哪个版本的故事插图。

德国魏玛图书馆藏一种美玉堂二刻本，美玉堂本是简本"英雄志传"小系列中一种，和郑乔林本不同，美玉堂本不是混合本，而属于"英雄志传"小系列，和魏氏刊本属于同一系列。陈翔华先生在《诸葛亮形象史研究》一书中曾对此书有介绍，他曾托人从德国拍摄了此书，但后来搬家胶卷找不到了。上海图书馆有美玉堂四刻本，我和中川先生曾去看过，此本其实是二刻、三刻和四刻混合本。美玉堂本以前也没有人研究过，我也做了初步研究。

这次日本学者去德国看书，刚好中山大学历史学系一位女博士刘蕊在法国高等研究实践学院学习，主要考察欧洲的戏曲版本。她和陈庆浩先生很熟悉，陈先生是我老朋友。她来欧洲有一段时间，对德国也熟悉，她同意顺便陪同日本学者在德国看书，日本朋友都是第一次到德国，有刘蕊一路协同，给他们帮助很大，他们很感谢。

刘蕊以前在瑞士看到《三国演义》叶逢春本的一个残本，只有第四卷的一部分，有"长坂坡赵云救主"一节。叶逢春本是目前除嘉靖元年本以外最早的《三国演义》刊本，也是最早的"志传"系列刊本，价值很高，目前只有西班牙爱斯高尔亚尔修道院里藏有一套，但和这本一样也是残本。刘蕊给中川等人看了照片，经中川和上原一起仔细比较，肯定和西班牙本同版，而且比西班牙印刷更漂亮。此本虽然和西班牙同版，不是新版本，但也很有意义。在欧洲不止保留了一些《三国演义》版本，还有一些被马幼垣称为"插增本"的《水浒传》版本。这些版本在中国和日本都没有保留下来，但被带到欧洲保留下来了，说不定在欧洲各地图书馆还有其他版本。

我参加德国、奥地利研讨会后就直接回国了，没有和日本学者一起去德国看书。第一，我退休了没有经费，再去德国又要花费不少。第二，他们看的这几本《三国演义》版本中，郑乔林本上原先生已经下载了我也有，美玉堂本中川先生拍摄了，我以后看电子版也可以，叶逢春本和西班牙本是同版，意义不大。第三，柏林我曾去过，主要景点都看过了。因此这次我就没有和日本学者再去德国，而直接从维也纳回国了。

（13）五大名著主要版本比对

2018年我曾参加十几场各种研讨会，在和小说有关的研讨会上我主要介绍了两项成果：一项是我编辑的五大名著版本比对本，一项是《三国演义》"英雄志传"简本小系列新出现版本的研究。

下面先介绍五大名著主要版本比对本。

我从1999年开始做古代小说版本数字化，都是电子版，基本没有编纸本比对本。因为电子版可随意比对任意版本，而纸本只能选几个版本比对，我觉得对版本研究价值不大。

但后来我发现，电子版实际只对专门研究版本的人有用，如《三国演义》版本研究只有日本中川谕先生使用，一般学者因为不专门研究版本，不会去使用电子版。

而纸本虽然收入版本少,但查阅更方便,对于只想大致了解版本差异,而不是专门研究版本的人,还是纸本更方便。

因此我 2018 年先在几次《金瓶梅》和《红楼梦》研讨会上打印了《金瓶梅》和《红楼梦》的分栏和逐行两种比对本,篇幅巨大,每种比对本分别有两册和三册。没想到会上得到学者们的好评。

因此我决定把五大名著比对本都做出来。五大名著主要版本比对本是在每本书的几个主要系列中,各选一种主要版本进行比对。所有版本比对都分为分栏比对和逐行比对两种方式。五大名著一共是 10 种比对本,每种比对本各有两三册。

五大名著主要版本的比对本已经完成。

1)《三国志演义》:嘉靖元年本、叶逢春本、黄正甫本和毛宗岗本,4 种。
2)《水浒传》:容与堂本、郁郁堂本、评林本和金圣叹本,4 种。
3)《西游记》:世德堂本、《唐僧西游记》、杨致和本和《西游证道书》,4 种。
4)《金瓶梅》:词话本和崇祯本,2 种。
5)《红楼梦》:甲戌本、庚辰本、戚序本、列藏本、甲辰本、郑藏本、杨藏本和程甲本、程乙本,9 种。《红楼梦》主要版本有 12 种,目前先初步完成了以上 9 种。其余 3 种:己卯本、蒙府本、舒序本,将来再继续整理。

五大名著主要版本比对本

小说	版本数	比对形式	册数	页数	字数(万)
《红楼梦》	9	分栏	3	2200	579
		逐行	3	2400	622
《三国演义》	4	分栏	3	1400	362
		逐行	3	1800	465
《水浒传》	4	分栏	2	1340	346
		逐行	2	1500	408
《西游记》	4	分栏	2	1190	313
		逐行	2	1500	390
《金瓶梅》	2	分栏	2	1000	210
		逐行	2	1220	254
合计	23		24	15550	3949

后来在 2018 年参加的各次小说研讨会上,我都带去这五大名著版本比对本,篇幅巨大,每次都摆了一桌子。对于介绍这些纸本比对本最后会有什么结果,我还忐忑不安。因为现在对版本有兴趣的学者不多,限于纸本篇幅,我的比对本只是五大名著中主要版本的比对本,收入版本不多。这样最后可能是真正研究版本的学者,觉得收入版本数量太少而无兴趣,而不研究版本的学者只要大致知道几种版本的主要差异即可,也没有心思仔细研究这些版本差异。2018 年参加各种研讨会下来,除《西游记》

版本无人要外，其他四大名著的纸本比对本还是有少数人要。不管会上学者怎么看，反正我做出来让大家看到计算机比对的结果，也是有意义的吧。

马来西亚、德国两个研讨会，我将五大名著分栏比对和逐行比对各打印一套，合计有 24 本，还要运到开会地点。马来西亚研讨会我先运到广州，马来亚大学经常要从中国大陆采购图书，他们再一并运到马来西亚。而德国研讨会因为吴漠汀先生每周要从德国来北师大上课，我就托他分两次带回德国，书很重，吴先生坐飞机带回德国很辛苦，我十分感谢。

除在研讨会上展示外，2018 年我还把《红楼梦》版本比对本申报了国家社科基金后期出版资助。因为我看到申报说明中特别说明：退休人员可以申请资助。估计是退休人员往往有些专著，但退休后无法申请科研项目。而后期资助可帮助退休人员出版自己的成果。但我的申请最后没有批准，这也无所谓。

因为马来西亚研讨会安排我作大会主题演讲，时间长，参会学者有些人对版本研究也有所了解，因此我在马来西亚研讨会介绍了两个内容：五大名著纸本比对本和《三国演义》"英雄志传"小系列简本新出现版本的初步研究。而德国研讨会我只是小组发言，学者又多不了解版本，因此我只介绍五大名著主要版本纸本比对本。

（14）中国小说戏曲文献暨数字化国际研讨会学者名单

德国、奥地利与会学者名单：合计 26 人，中国 20 人，外国 6 人

中国学者 20 人

木　斋（吉林大学/美国休斯敦大学）　　周文业（首都师范大学）
程华平（华东师范大学中文系）　　景遐东（湖北师范大学）
徐子方（东南大学戏曲小说研究所）　　王天红（吉林大学文学院）
皇甫修文（北华大学）　　吴秋野（中央文史研究馆）
石　玲（山东师范大学文学院）　　刘洪强（山东师范大学文学院）
李玲珑（青海师范大学人文学院）　　林敏洁（南京师范大学）
刘　玮（哈尔滨工业大学威海分校）　　张芳馨（吉林大学）
张祝平（南通大学）　　尚昱辰（三明学院）
刘　蕊（中山大学历史学系/法国高等研究实践学院）
李　俊（香港城市大学）
边小荣（香港 Rehabili 学会，职业健康教育与再培训中心）
梁　苑（香港浸会大学孙少文伉俪人文中国研究所）

外国学者 6 人

吴漠汀（德国维藤大学）　　曼弗雷德·弗里奥夫（德国波鸿大学汉语中心）
中川谕（日本立正大学文学部）　　上原究一（日本东京大学东洋文化研究所）
松浦智子（日本神奈川大学外国语学部）　　王秀娟（马来亚大学中文系）

马来西亚、德国、奥地利与会学者名单：合计 78 人，中国 63 人，外国 15 人

第十七届小说戏曲文献暨数字化国际研讨会分别在马来西亚和德国、奥地利召开。马来西亚研讨会合计人数为 56 人，其中中国学者 45 人，外国学者 11 人。德国、奥地利研讨会合计人数为 26 人，其中中国学者 20 人，外国学者 6 人。

但马来西亚和德国、奥地利参会人数中有 4 人三地研讨会都参加了，即周文业（首都师范大学）、王秀娟（马来亚大学）、张祝平（南通大学）、中川谕（日本立正大学）。

如此计算，第十七届研讨会总计人数为 56＋26－4＝78 人，中国学者为 45＋20-2＝63 人，外国学者为 11＋6－2＝15 人。

（15）2018 年马来西亚、德国和奥地利研讨会的通知

下面是马来西亚和德国、奥地利研讨会通知，通过中国大陆以外会议通知，大家可以了解中国大陆以外是如何办会的，包括会议费用等信息，相信对大家还是有用的。

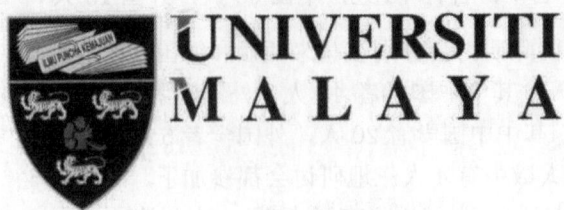

2018年第十七届中国古代小说戏曲文献暨数字化国际研讨会（马来西亚站）邀请函

敬致：_____教授 台鉴

您好！中国古代小说戏曲文献暨数字化国际研讨会从2001年举办第一届以来，已先后举办过16次；9次在中国大陆，即于2001、2003、2005、2007、2009、2011年6次在北京首都师范大学，2013年在上海复旦大学，2015年在河北廊坊师范学院，2017年在北京中国传媒大学；7次在中国大陆以外，即2004年在韩国首尔祥明大学和2010年在韩国首尔成均馆大学、2006与2014年在日本东京大东文化大学、2016年在日本东京早稻田大学、2008年在中国澳门大学、2012年在中国台湾嘉义大学。

2018年第十七届中国古代小说戏曲文献暨数字化国际研讨会（马来西亚站）谨定于2018年8月9日至15日，在马来西亚吉隆坡马来亚大学举行。恭请阁下莅会并发表宏论，共襄盛举。

相关事项，谨列于下：

  主办：一、马来亚大学中文系
      二、首都师范大学中国传统文化数字化研究中心
  马方联办单位：一、马来亚大学马来西亚华人研究中心
          二、马来亚大学中文系毕业生协会
  执行单位：马来亚大学中文系
  日期：2018年8月10日至15日（星期四至星期三）

日程：

日期（星期）	事项
8月9日（星期四）	报到
8月10日（星期五）	报到/青年学者会议
8月11日（星期六）	会议
8月12日（星期日）	分组专题会
8月13日（星期一）	分组专题会
8月14日（星期二）	分组专题会
8月15日（星期三）	会议

地点：吉隆坡马来亚大学文学暨社会科学院
议题：
（1）中国古代小说文献研究新进展；
（2）中国古代戏曲文献研究新进展；
（3）中国古代小说数字化研究新进展；
（4）中国古代戏曲数字化研究新进展；
（5）其他与文献、数字化相关议题研究。
学者报名：2017年12月31日截止（请电邮报名回执予秘书处）。
论文提交：2018年4月30日截止。
论文提交邮址：*xiaoshuoxiqu@hotmail.com*。
费用：本会议国际交通、住宿和文化考察自理，主办方可代预订会场附近住宿。
　　　会务费为马币500元（约人民币900元），会议期间的交通（限会场附近）、膳食等费用由主办方承担。
　　　所代预订的住宿将以马大附近酒店的双人标准间为主，费用每晚约马币250元（约人民币450元）。
联系方式：电话：+603-7967 5688　（王秀娟）
　　　　　电邮：*xiaoshuoxiqu@hotmail.com*　（林汉聪同学或赵佩燕同学）

专此。即颂
　　文祺

第十七届中国古代小说戏曲文献暨数字化国际研讨会筹委会主席
王秀娟（马来亚大学中文系）谨启

2017年12月1日

第二届世界汉学论坛 & 第十七届中国古代小说戏曲文献暨数字化国际研讨会正式邀请函(第4号)

尊敬的 _____ 先生/女士：

世界汉学研究会自2016年宣告成立以来，已有来自世界40多个国家和地区的汉学家、学者和作家加盟。为推进汉学的深入发展，促进中国与东西方学界的团结与合作，世界汉学研究会与德中协会拟联合举办"第二届世界汉学论坛（纪念德中协会成立60周年）暨世界汉学研究会会员代表大会"。素仰阁下于汉学研究造诣精深，论文经审查通过，特函请拨冗与会并发表论文。兹将初拟会议相关事宜通知如后，敬请回复。（会议网站为 *http://china—studies.com*）

一、会议时间

会议定于2018年8月17日至23日召开，8月17日报到，18日至19日下午学术研讨会，20日去奥地利维也纳，21日至22日学术研讨会及闭幕，23日离会。

二、会议地点

德国维藤大学（*Witten University*），位于德国北莱茵州鲁尔区维藤市（*Alfred—Herrhausen—Straße 50, 58455 Witten*）。

最近的机场：杜塞尔多夫（*Dusseldorf*，请提前通知会务组安排接送班车），奥地利维也纳大学孔子学院(*Alserstraße 4, Hof 1, Eingang 1.3, 1090 Wien, Austria*)。

与会者也可以自己从机场火车站坐火车到维藤市站（票价大概20欧元，总共需要90分钟）。

机场：杜塞尔多夫(*Duesseldorf*)，杜塞尔多夫机场到维也纳有大巴。

从维也纳回杜塞尔多夫机场要自己安排。也可以从维也纳直接回国，就要买两个单程的飞机票。

三、会议议题	古代小说戏曲文献暨数字化国际研讨会主要议题：
1. 古今汉学研究的新发现；	中国古代小说戏曲文献研究：
2. 中外汉学的比较与融合；	1. 最新进展和成果；
3. 中外汉学不同范畴的分类研究；	2. 进一步发展；
4. 中国古今文学的翻译与国际传播；	中国古代小说戏曲数字化研究：
5. 中国文学史反思；	3. 最新进展和成果；
6. 世界华文文学专题研究；	4. 进一步发展。
7. 其他相关汉学专题研究。	

四、会议参与方式

1. 个人申请：提交回执后，由筹委会安排。
2. 小组申请：组织4—6人小组(包含单元主题、发表者、讨论者和主持人)，由小组代表向筹委会提出申请。

3. 分会申请：由地域与专业分会会长组织申请，可以包括几个小组。

五、会议使用语言

会议使用中文与英文两种语言，会务组准备同时配备"中←→英"同声传译（待确认）。

六、论文要求

1. 申请参会者需提交规范的学术论文一篇，并就此作简短口头报告。

2. 参会的申请表与演讲题目、论文摘要（500 个汉字，200 英文词）请于 2018 年 3 月 20 日前以电子文本的形式发送到会议学术委员会电子邮箱：wacs@china—studies.com。

3. 论文请于 2018 年 4 月 30 日前以电子文本的形式发送到会议学术委员会电子邮箱：wacs@china—studies.com（4 月 30 日以后会议学术委员会将不再接收会议论文）。

4. 论文语言可以是中文（8000—15000 个汉字）或者英文（10000 词左右）。中文论文须符合规范要求，即请在论文标题之下标明作者姓名及国别、供职单位；如有注释请采用脚注形式，全文注释每页重新编号。英文论文请按国际规范写作。

5. 所有与会者在大会发表论文，会后将择优编辑出版论文集。

七、与会费用

会议收取会务费 120 欧元/人（会员 90 欧元/人），其余会议期间的费用由主办方承担，大巴 90 欧元。交通费、住宿费自理。4 月 30 日前预付住宿费，单人间每晚约 85 欧元，双人房每人约 70 欧元，一共至少预付 500 欧元（有发票）。现场交住宿费预计单人间每晚约 120 欧元，双人房每人约 100 欧元。预付也可以用人民币和微信，如果需要刷大学的卡，也可以先个人付钱，当场会务组退钱，然后刷卡。

酒店英文地址为 *Maritim Hotel Gelsenkirchen, Am Stadtgarten 1, 45879 Gelsenkirchen, Germany, info.sge@maritim.de*，维也纳：*Residenz Pension, Ebendorferstrasse 10, 1010 Wien*。

八、联系方式

吴漠汀，手机：+86 150 1138 8818，+49 178 2073538；

   邮箱：*wacs@china—studies.com*；

李夏德，维也纳大学孔子学院；

周文业，北京，13693141064，负责"中国古代小说戏曲文献暨数字化"会议。

九、会议回执及正式邀请

收到本邀请函后，请您及时填写会议回执，并于 2018 年 3 月 20 日前以电子文本的形式发送到会议学术委员会电子邮箱：*wacs@china—studies.com*（或者更早，因为申请公务护照和签证需要时间，建议 3 月 20 日或以前）。

吴漠汀（*Martin Woesler*，德国召集人） 维滕大学 *Alfred—Herrhausen—St. 50, 58448 Witten*	李夏德（*Richard Trappl*，奥地利召集人） 奥地利维也纳大学孔子学院 *Alserstraße 4, Hof 1, Eingang 1.3, 1090 Wien*	世界汉学研究会 2018 年 2 月 28 日

18. 2019 年第十八届研讨会（中国湖北黄石，中国大陆第十次）（湖北师范大学）

（1）2019 年黄石研讨会筹备

2019 年研讨会要再度返回中国大陆举办，在 2017 年中国传媒大学举办的研讨会上我提出来，希望有单位愿意主办。后来在第二天还是在中国传媒大学举办的中国俗文学会上，广州大学文学院院长纪德君在会上主动表示，2018 年俗文学研讨会由广州大学和暨南大学合办，他们可以在广州接着主办 2019 年小说研讨会，这样他们 2018、2019 年各办一次研讨会。这样就初步决定 2019 年研讨会在广州大学举行。

但 2018 年 6 月 30 日在湖北黄石召开的《三国演义》高端论坛上，湖北师大文学院景遐东院长提出：2019 年小说数字化会可否到黄石来开。原来他们申报了国际会议，并有经费，2019 年不用就要作废，而且会影响以后再申请经费。现在各大学开会经费都很充足。要改变会议地点我首先要征求日本学者的意见，因为从 2001 年举办第一届以来，这个国际研讨会之所以可以坚持下来，主要靠日本学者的大力支持。我马上邮件和日本中川谕先生联系。他开始觉得广州有日本航班直达，方便，而黄石要中转麻烦。我又告诉他：黄石附近有黄冈东坡赤壁、西塞山等名胜，在此开会可参观这些古迹，这次不来此开会，以后再参观这些古迹很难了。至于交通问题，我和景院长商议，他同意派车到武汉天河机场接日本学者，路程两小时，我也可以先到黄石，然后随车去机场接日本学者。这样中川谕也就同意 2019 年在黄石开会，我也告知了景院长。至于时间，日本学者还是希望在 8 月，可 8 月湖北很热，但没有办法，好在黄石比武汉温度略低一些。这样 2018 年就确定了 2019 年在黄石举行小说会，景老师在 8 月德国小说会上也邀请海内外学者参加 2019 年研讨会。

到 2019 年 1 月我开始和景老师商议 8 月开会的具体时间，景老师告知，8 月 20 日在南京要召开小说《世说新语》研讨会，2018 年主办马来西亚研讨会的王秀娟要参加，小说会在 8 月 20 日之前开。我也希望再次见到王老师，商议 2020 年中国大陆以外举办研讨会事宜。我刚起草了会议通知发给景老师，他又告知，韩国朴宰雨 8 月 18 日要在澳门举办研讨会，他希望不要与这次研讨会的时间冲突。于是我征求日本学者意见后，再提前到 8 月 13 日（周二）至 16 日（周五），虽然不是周六周日休息时间，但 8 月学校放假没有影响。

最后确定会议日期后，我又把这几年参加研讨会学者的电子邮件地址发给景老师，请他们群发出去，因为毕竟是他们主办，还是应该由他们发通知，也便于学者以后和他们联系。

我又把会议通知发给苗怀明老师，希望他在微信和搜狐网上发布。2 月 3 日他很顺利发出了。（http://www.sohu.com/a/293128477_100098090? sec=wd）

我特别注意了，通知发出 3 天，到 2 月 16 日浏览量 800 多人。一般苗老师网页浏览量在几千人左右，特别多的上万，此网页浏览量不算很多，毕竟是小说戏曲研讨会，关注人不会很多。

这样 8 月黄石研讨会就步入筹备阶段了，景老师他们主办过多次研讨会，石麟老师虽然退休但又返聘了，2018 年在黄石办《三国演义》高端论坛，石老师带领一批学生负责会务，很成功，所以这次也不会有什么问题，我很放心。

至于下一次 2021 年再去广州开会，纪德君也同意，这样他也正好可集中精力办好 2019 年的全国《三国演义》研讨会。

这样 2019、2021 年在国内的小说数字化会主办单位也都确定了，我心里也踏实了。

（2）会议报道

以下是湖北师范大学网站有关此次研讨会的报道。

8 月 14—15 日，由我校和首都师范大学联合主办的第十八届中国古代小说戏曲文献暨数字化国际研讨会在我校召开，来自中国内地、中国台湾、日本、韩国、马来西亚等地的 60 余名学者参加会议。校党委副书记马列军出席开幕式并致辞，文学院院长景遐东主持会议开幕式。

14 日上午，马列军在开幕式致辞中对各位专家学者的到来表示热烈欢迎，并简要介绍我校历史沿革和办学特色，希望与会专家学者加强交流，建立良好的互动合作学术沟通机制。随后，日本立正大学中川谕先生、首都师范大学周文业教授相继发言。在我校文学院石麟教授主持的学术报告环节中，日本学者中川谕先生、首都师大周文业教授、韩国庆熙大学闵宽东教授、天津师大张正学教授、中国台湾成功大学张玉明博士等 5 位学者代表做了大会报告，分别对德国魏玛所藏《三国英雄志传》、九州朱鼎臣本和"志传"小系列演化、刘向文学作品在韩国的传入与接受、徐批"画意本"非"暨本"考论、以"红楼二尤"谈两岸三部全本《红楼梦》电视剧之改编与接受等进行了探讨交流。

14 日下午，大会进行分会场小组讨论。各小组围绕中国古代小说戏曲的版本与作者研究，艺术与内涵研究，整理、传播及翻译研究等方面展开了深入探讨。

15 日上午，日本黄冬柏先生、华东师大罗争鸣教授、韩国庆熙大学刘承炫教授、南通大学张祝平教授、我校石麟教授先后做主题报告。南开大学博导宁稼雨教授做学术总结，他指出，本次大会呈现出"三新"特征：丰富了学术信息的新领域、扩展与壮大了学术研究的新队伍、涌现出学术研究的新成果。在闭幕式上，景遐东教授表示，本次研讨会圆满成功，中日韩马四国学者的学术交流与相互借鉴，将促进中国古代文学与文化的研究，扩大汉文化海外传播的影响。

http://www.news.hbnu.edu.cn/2019/0821/c2765a85176/page.htm

2019 年 8 月黄石会议总结有如下特点。

黄石会议参会名单有 68 人，除去一些未到会和学生外，实际到会的学者有 52 人。历届研讨会中人数最多的是 2018 年在马来西亚马来亚大学召开的第十七届研讨会，有 56 人，黄石会议参会 52 人居第二位。

黄石会议论文集收入论文 43 篇，历届研讨会中论文数最多的是在上海复旦大学召开的第十二届研讨会有 51 篇，第二位是 2018 年第十七届在马来西亚的马来亚大学举行的 48 篇，黄石研讨会 43 篇居第三位。

因此从参会人数和论文数黄石研讨会都居上游。这和主办方的努力分不开，对此我十分感谢！

（3）会议论文（43 篇）

古代小说版本、作者研究（12 篇）

1）关于德国魏玛所藏《三国英雄志传》……………………［日本］中川谕
2）日本九州大学藏朱鼎臣本和《三国演义》简本志传小系列演化………周文业
3）三十卷本《水浒传》研究——以概况、插图、标目为中心………邓　雷
4）《读稗杂记》之关于《西游记》《水浒传》………………………萧相恺
5）究竟是谁在进行人身攻击？——致朱健文先生…………………莫其康
6）从《禹鼎志》到《西游记》——《西游记》作者新证…………石钟扬
7）《增批警幻仙记图说》考论………………………………………武　迪
8）胡适写作《〈红楼梦〉考证》的历史背景探究
　　——以 20 世纪上半叶古典文学研究尚考据的现象为例………许鎏源
9）朝鲜刊本《刘向新序》之书志………………………………………刘承炫
10）珍本文言小说《双双传》《巫山奇遇》之祖本
　　——《濮阳奇遇》新发现及其版本关系、作者初步考识………胡　龙
11）大连图书馆藏《五凤吟》版本考………………………………刘雪莲
12）《子不语》乾隆戊申本非初刻本原貌……………………………陈琳静

古代小说文献研究（9篇）

13）关于《全汉魏晋南北朝小说辑校笺证》的几点学术思考……………宁稼雨
14）《翊圣保德真君传》的编撰流传与两宋皇权的更迭………………罗争鸣
15）刘向文学作品在韩国的传入与接受………………………［韩国］闵宽东
16）韩国传入的中国世说体小说及接受………………………［韩国］刘僖俊
17）论《万历野获编》是明代金学的奠基石……………………………全　亮
18）中英口头文学物质化的类比研究——以《水浒传》与《亚瑟王之死》为例……石　松
19）跨文化视阈下《红楼梦》俄译本里"茶"的翻译……………………刘名扬
20）王和达《红楼梦》翻译特色论………………………………………唐　均
21）以"红楼二尤"谈两岸三部全本《红楼梦》电视剧之改编与接受…张玉明

古代戏曲文献研究（8篇）

22）日藏《西厢记》孤本考——以少山堂本和忠正堂本为主……［日本］黄冬柏
23）徐批"画意本"非"暨本"考论………………………………………张正学
24）刘太华刊《李卓吾批评合像北西厢记》：陈眉公本的翻刻本………杨绪容
25）明汲古阁刊本《六十种曲》弁语题辞收录整理问题研究……………杨秋红
26）《长生殿》《桃花扇》资料整理、汇编的文献问题及其学理思考……王亚楠
27）祖克《中国戏剧》的参考文献研究……………………………丁　娜、张祝平
28）海宁曲家徐家礼《蛰园曲》剧作考辨…………………………………浦海涅
29）郿鄠戏《张连卖布》中涉及蒲州梆子相关剧目考述…………………吉晓瑞

古代小说内涵研究（8篇）

30）《三国演义》与《三国志》中的曹操对待皇权制度之比较研究……苏文生
31）浅析《水浒传》的尚武精神……………………………………………何求斌
32）论《西游记》渔樵攀话的丰富意蕴……………………………………曾羽霞
33）西游记·玲珑塔·九头鸟：通过《西游记》的历史记忆试探九头鸟的政治内涵
……………………………………………………………………………赵　永
34）论《儒林外史》中周进形象的社会意义………………………………宗　岩
35）张华《博物志》的生态意识……………………………………………胡　旭
36）戏曲小说中的"中山狼"文献述略……………………………………石　麟
37）北宋东京樊楼与古代小说创作探析………………………景遐东、史　悦

古代小说、戏曲艺术研究（6篇）

38）论《杨家府演义》在"家将小说"中的开创之功……………………杨锦辉
39）一穴得气，全脉贯通
　　——《红楼梦》从第卅一回到第卅四回中的"阴阳对话"………连超峰
40）脂批《红楼》的环境描写理论…………………………………………王路成
41）《燕丹子》——杂传小说的典范………………………………………叶　岗

42）文人、民间叙事回环转化与小说雅俗演进——以李娃故事流变为例⋯李建军
43）元杂剧中高利贷角色考论⋯⋯⋯⋯⋯⋯⋯⋯⋯⋯⋯⋯⋯⋯⋯⋯徐芳芳

（4）参会成员：合计52人，中国学者44人，外国学者8人

中国学者44人：

萧相恺（江苏省社科院文学所）	宁稼雨（南开大学文学院）
石钟扬（南京财经大学）	张蕊青（复旦大学）
杨绪容（上海大学）	叶　岗（绍兴文理学院人文学院）
张进德（河南大学文学院）	张正学（天津师范大学文学院）
张祝平（南通大学）	丁　娜（南通大学）
晁成林（宿迁学院）	陈琳静（廊坊师范学院）
胡　龙（六盘水市钟山区人民医院）	胡　旭（厦门大学中文系）
吉晓瑞（运城学院）	李建军（台州学院）
李祖哲（中州古籍出版社）	连超峰（商丘学院）
刘名扬（北京大学、西南交通大学）	刘雪莲（辽宁师范大学文学院）
浦海涅（苏州戏曲博物馆）	齐慧源（徐州工程学院人文学院）
全　亮（广东省中山市华侨中学）	石　松（杭州师范大学）
史　悦（华中科技大学中文系）	宗　岩（商丘学院）
唐　均（西南交通大学外国语学院）	苏文生（江苏航空学院）
武　迪（中央民族大学文学与新闻传播学院）	王亚楠（郑州大学文学院）
许鎏源（中央民族大学文学与新闻传播学院）	徐芳芳（河南大学戏剧系）
杨锦辉（洛阳师范学院文学院）	杨秋红（中国传媒大学人文学院）
罗争鸣（华东师范大学）	赵新波（华夏古籍书店）
赵　永（邯郸市邯山区发展和改革局）	周文业（首都师范大学）
景遐东（湖北师范大学文学院）	石　麟（湖北师范大学文学院）
王路成（湖北师范大学党委统战部）	曾羽霞（湖北师范大学文学院）
郑楚煌（Phase One 市场经理）	张玉明（台湾成功大学）

外国学者8人：

中川谕（日本立正大学）	王秀娟（马来西亚马来亚大学）
黄冬柏（日本九州共立大学）	闵宽东（韩国庆熙大学中文系）
刘承炫（韩国庆熙大学比较文化研究所）	裴玗桯（韩国庆熙大学中文系）
玉　珠（韩国庆熙大学比较文化研究所）	刘僖俊（韩国庆熙大学中文系）

（5）中川谕先生《三国演义》美玉堂本论文

1）中川谕先生考察美玉堂本

研讨会论文中我最感兴趣的自然还是日本中川谕先生的文章《关于德国魏玛所藏

〈三国英雄志传〉》①。此文介绍了现收藏于德国魏玛安娜·阿玛利亚公爵夫人图书馆的《三国演义》美玉堂本。此本魏安《三国演义版本考》②有著录，但称为"魏玛本"。

此本由于收藏于德国，没有影印出版，一般学者也看不到。2018年日本中川谕先生和上原究一、松浦智子等去德国维藤和奥地利维也纳参加第二届世界汉学论坛，和第十七届中国古代小说戏曲暨数字化国际研讨会，会后又从奥地利维也纳返回德国去看德国各地所收藏的《三国演义》版本，其中就包括魏玛的美玉堂本。我也去参会，但因为是自费就没有随日本学者再返回德国去看这些版本，因为他们会复制回来，数字化后再研究也就可以了。

这次中川谕先生等去魏玛查看此本纠正了一个错误，魏安《三国演义版本考》记载此本只有卷六至十，陈翔华先生也称此本只有卷六至十③，我问陈先生此记载的来历，他说是一个朋友从德国拍摄的胶卷，但搬家时不知放在何处了。这次中川谕先生亲自去查阅才发现此本是全本，一至二十卷全。

美玉堂本属于《三国演义》"志传"系列中的"英雄志传"小系列，采用上图下文形式，为二十卷本，和此本类似的版本有：刘兴我本、刘荣吾本、杨美生本、魏氏刊本和继志堂本，都是"英雄志传"上图下文本。和美玉堂本关系最密切的是杨美生本、魏氏刊本。此本还有如下特点。

2）和杨美生本关系

此本卷一书名后有题署"闽 书林 杨美生 梓行"，说明此本的底本就是杨美生本。杨美生本藏于日本大谷大学，学者都很熟悉，也做过深入研究，杨美生本和刘兴我本有共同祖本，是最早的"英雄志传"本。美玉堂本公开注明是来自杨美生本，这在《三国演义》版本中还很少见，说明此本是得到杨美生同意刊行的。实际所有后出的《三国演义》版本肯定都是以某个版本为底本（或主要底本）来编写的，但一般都不标记其底本。像美玉堂本这样公开标注其底本还很少见，估计美玉堂是为省事，但又不侵犯杨美生的版权。

3）书名"二刻"

美玉堂本题署为"杨美生 梓行"，其书名为《二刻按鉴演义全像三国英雄志传》，而杨美生本书名是《新刻按鉴演义全像三国英雄志传》，杨美生本是"新刻"，美玉堂本是"二刻"，中川谕先生在上海还曾发现美玉堂的三刻、四刻本，但一直没有发现美玉堂"初刻"和"新刻"本。是曾有过美玉堂"新刻"本，但流失了，还是美玉堂因为是杨美生本的翻刻本，因此称"二刻"？后者可能性更大，但目前还没有证据。

中川谕先生在上海发现的美玉堂本卷首书名为"四刻"，但版心有"二刻""三刻"，说明此本是有二刻、三刻和四刻，而四刻本是混装本，是四刻时有些混入二刻

---

① 中川谕：《关于德国魏玛所藏〈三国英雄志传〉》，《第十八届中国古代小说戏曲文献暨数字化国际学术研讨会论文集》，湖北黄石，2019年8月。
② 魏安：《〈三国演义〉版本考》，上海古籍出版社1996年5月第1版。
③ 陈翔华：《诸葛亮形象史研究》，浙江古籍出版社1990年12月第1版。

和三刻的页面。这也说明美玉堂本刊行了很长时间,因此才会有二刻、三刻、四刻本。

4) 刊刻年代

美玉堂本没有刊刻年代,也未查到美玉堂刻书时间。由于杨美生本属于明刊本,而且可能和刘兴我本一样刊刻于明崇祯年间,则美玉堂本既然是杨美生本翻刻本,距离杨美生本时间不会太久,因此可能也刊刻于明末,最迟也是清初。其插图还比较精细,比插图粗糙的清刊本要细致得多。

中川谕先生在德国收藏的郑乔林本中查到一个证据,可辅助证实美玉堂本的刊刻时间。他在此文中介绍,他在查阅德国柏林收藏的郑乔林本时,发现此本卷十最后一叶,实际却是美玉堂本卷十的最后一叶,这肯定是郑乔林本装错了。但这也说明郑乔林本和美玉堂本是一个时期的刊本,否则美玉堂本不可能混入郑乔林本。而郑乔林本刊刻于清康熙二十三年,美玉堂本应该在此之前,即清朝初年。

美玉堂本公开注明是来自杨美生本,其刊刻时间应该距离杨美生本不远,杨美生本估计应该刊刻于明崇祯年间。

综合以上两个线索,美玉堂本应该刊刻于明末到清初。

5) 美玉堂本和魏氏刊本关系

中川谕先生此文主要谈美玉堂本,同时也提及和美玉堂本相近的魏某本(即魏氏刊本)。过去一般认为魏氏刊本是杨美生本的翻刻本,但中川先生查找一例反证。

卷一第九则"曹操兴兵杀董卓"

兴:	数骑来迎远看公孙瓒下马瓒视之乃刘玄德也瓒亦下马问曰□弟何故在此玄德曰
魏:	数骑来迎远看公孙瓒下马瓒视之乃刘玄德也瓒亦下马问曰贤弟何故在此玄德曰
生:	数骑来迎远看公孙瓒　　　　视之乃刘玄德也瓒亦下马问曰贤弟何故在此玄德曰
美:	数骑来迎远看公孙瓒　　　　视之乃刘玄德也瓒亦下马问曰贤弟何故在此玄德曰

中川先生指出:此处魏氏刊本和刘兴我本相同,多"下马"二字,而杨美生本和美玉堂本都脱落了"下马瓒"三字。这可能是由于有两个"瓒"字,杨美生本发生了"同词脱文",脱落了"下马瓒"三字。由此他认为,他以前论述过"推测魏某本可能为杨美生本的重刻本"[①],这个说法不一定正确了。

我也发现在魏氏刊本卷一中有两例文字和刘兴我本相同,而和杨美生本不同,可参见本书下编"三国演义版本研究"中有关"英雄志传"小系列的研究部分。更有力的证据是魏氏刊本卷一插图很多和刘兴我本相同,而和杨美生本不同。因此魏氏刊本卷一的底本肯定不会是杨美生本,而是刘兴我本。但中川先生以前的看法也不完全错,因为魏氏刊本卷二以后的文字和插图和杨美生本完全相同,而和刘兴我本不同。因此魏氏刊本有两个底本,卷一底本是刘兴我本,卷二底本是杨美生本,说魏氏刊本是杨美生重刻本也不错。

---

① 中川谕著,林妙燕译:《〈三国志演义〉版本研究》,上海古籍出版社2010年版。参看其中第四章第一节。

至于美玉堂本和魏氏刊本的关系，中川先生认为两本书名相同，文字略有不同，美玉堂本是杨美生本的翻刻本，而魏氏刊本"插图和杨美生本很相似，文章也差异不太多，好像和杨美生本有一定的关系"，因此两本"都可以认为杨美生本的翻刻本"。

这个看法基本是正确的，我仔细比对了三本的插图和文字，美玉堂本题署称其底本的杨美生本，其翻刻杨美生本时文字也有删节，插图全本都和杨美生本相同。而魏氏刊本卷一的底本是刘兴我本，只是从卷二开始是杨美生本翻刻本，魏氏刊本翻刻杨美生本后文字修改非常多。三本关系如下图。

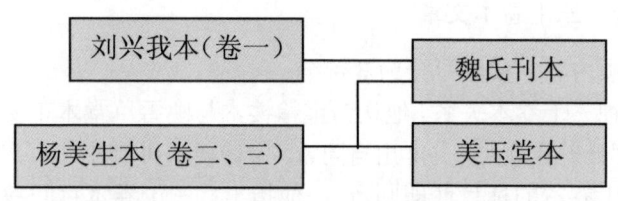

"英雄志传"四本关系示意图

但从插图来看，美玉堂本比魏氏刊本精细得多，因此魏氏刊本应该晚于美玉堂本。可能是美玉堂本销路不错，又刊刻多次，因此魏氏刊本就再次翻刻，但很粗糙。

中川先生还对上海图书馆藏的美玉堂四刻本做了详细分析，上海本既然是美玉堂本的四刻本，而美玉堂二刻本有题署证明是杨美生的翻刻本，则上海美玉堂四刻本就是杨美生本后二辈的翻刻本，这没有任何疑义。

总之，中川谕先生此文秉承他一贯仔细认真的风格，对美玉堂本、杨美生本和魏氏刊本做了深入的研究，对今后有关《三国演义》"英雄志传"小系列的研究起了推动作用，使得《三国演义》版本研究更加深入。

（6）邓雷《水浒传》三十卷本研究

1）邓雷的《水浒传》版本研究

邓雷是年轻学者中研究《水浒传》版本的佼佼者，前面"学人风采"中有介绍。他从复旦大学博士后出站后返回福建师大任教，因为8月要岗前培训，无法参会。我这些年主要集中精力研究《三国演义》版本，对《水浒传》版本虽然没有研究，但还很关心。邓雷未能参会失去当面交流机会很可惜，但我还是仔细阅读了他的论文《三十卷本〈水浒传〉研究——以概况、插图、标目为中心》。他2017年曾出版《水浒传版本知见录》[①]，著录了所有目前已知的《水浒传》版本基本资料，十分详尽，是研究《水浒传》必不可少的工具书，对此我很佩服。

我对邓雷文章有兴趣，主要有两点。

第一是此三十卷本是《水浒传》中的一种特殊版本，是繁本简本的混合删节本；

---

① 邓雷：《水浒传版本知见录》，凤凰出版社2017年10月第1版。

第二是对此本学术界有不同看法,日本天理大学(后任教大阪大学)大内田三郎先生1979 年发表论文,认为三十卷映雪草堂的底本是一百二十回的袁无涯本,此文 1984年在中国翻译发表。①刘世德先生对此有不同看法,他 1984—1985 年先后发表 3 篇文章谈映雪草堂本,他认为三十卷映雪草堂本的底本不是一百二十回本,而是一百回容与堂本。②日本氏冈真士先生 2011 年也发表文章③,基本同意刘世德先生看法,但有补充。而邓雷此文主要是谈三十卷本(包括映雪草堂本和宝翰楼本)。这样比对这些人的文章,可以看看到底哪种看法更合理,这是我最关心的。

2)邓雷《水浒传》三十卷本文章

邓雷此文包括 7 项内容,实际可分为 3 部分:

第一部分是谈两种三十卷本关系。他认为宝翰楼本与映雪草堂本正文部分出自同版,正文之前的附件部分差异颇大,并非出自同版。宝翰楼本刊刻时间早于映雪草堂本。

第二部分是谈三十卷本的标目(即回目)。他指出:三十卷本百回故事部分的标目是以一百二十回本为底本,田虎王庆故事部分的标目是一百二十回本回目与建阳简本插图标目混合而成的。

第三部分是谈三十卷本插图。他指出:三十卷本一百回故事部分的插图是以容与堂本为底本,田虎王庆故事部分的插图是以建阳简本插图为底本,其所依据的建阳简本与现今所存诸简本均不同,其与种德书堂本、插增本关系较疏远,与评林本、郑乔林本关系较亲密,属于较为后期的简本。

3)三十卷本的问题

三十卷本是很奇特而问题很多的版本,主要问题有以下几个。

三十卷本分卷但不分回,这是三十卷本最大特点,此本总目录分卷分回,但正文只分卷不分回。我看这是因为编者在编总目录时,是考虑征辽前基本采用 120 本,因此总目录也相差不多。而田王二传编者觉得一百二十回本不理想,想参考简本,因为尚未开始编写,只是想法,因此在总目录中参考了评林本的插图标题。而编正文时为省事又不分回,这就和总目录完全脱钩了。刘世德、邓雷对总目录的标目进行了非常细致的分析。但田王二传总目录是否就是来自评林本,总目录和正文到底有多大差异,为何会出现如此之大差异,未仔细分析。

三十卷本的底本属于哪个版本,对此有不同看法。日本大内田三郎先生根据三十卷本中和一百二十回本一样也是"倒置阎婆事",认为这类版本来自一百二十回本系统。而刘世德根据对三十卷本正文分析,查出很多文字和一百回容与堂本相同,而和

---

① 大内田三郎:《〈水浒传〉版本考——关于〈文杏堂批评水浒传三十卷本〉》,载《水浒争鸣》1984 年第 3 辑。
② 刘世德:《谈〈水浒传〉映雪草堂刊本的概况、序文和标目》,载《水浒争鸣》1984 年第 3 辑。《〈水浒传〉映雪草堂刊本——简本和删节本》,载《水浒争鸣》1985 年第 4 辑。《谈〈水浒传〉映雪草堂刊本的底本》,载《明清小说研究》1985 年第 2 期。后都收入刘世德《水浒论集》,社会科学文献出版社 2014 年 7 月第 1 版。
③ 氏冈真士:《三十卷本〈水滸伝〉について》,载《日本中国学会报》2011 年第六十三集。

一百二十回袁无涯本不同，因此他认为三十卷本的底本是一百回容与堂本，而不是一百二十回袁无涯本。氏冈真士先生在刘世德先生研究基础上又做了细致研究，查出田王二传部分有些文字和评林本不同，却和种德书堂本相同。三十卷本的底本到底是哪几个版本还要仔细研究。

　　一些学者争论三十卷本的底本到底是哪个版本，其实这是没有意义的。因为三十卷本是个繁简混合删节本，是一百二十回本和一百本及简本三种版本的混合本。此本征辽前和征方腊都和一百回本基本相同，但田王二传目录大量采用评林本插图标题做则目，田王二传正文可能也接近评林本，但也有文字个别接近种德书堂本。因此三十卷本是繁本和简本的混合本，在《三国演义》中也有类似的繁简混合本，如刘龙田本、郑乔林本等。

　　对于三十卷本在本书《水浒传》版本研究部分有专文介绍。

　　我对《水浒传》版本没有深入研究，从三十卷本来看，虽然有很多学者做了研究，但都是人工研究，没有数字化。版本研究不数字化就不能彻底，在这方面《水浒传》版本和《三国演义》版本研究差距很大，《三国演义》版本中川谕先生基本都数字化了，研究用计算机比对很方便也彻底，看来《水浒传》版本研究还有很大发展余地。但在中国要彻底完成《水浒传》版本数字化还有很长的路要走。

（7）萧相恺先生《西游记》《水浒传》杂记

　　萧先生参加本次研讨会提交的论文是《读稗杂记之关于〈西游记〉〈水浒传〉》，萧先生多年来一直研究古代小说的序跋问题，此文谈了《西游记》和《水浒传》的两个序跋问题。

　　第一个是关于《西游记》及陈光禄。《西游记》作者是吴承恩的唯一证据是明天启《淮安府志》"淮贤文目"著录吴承恩《西游记》这条资料，但此记录的吴承恩《西游记》是否就是小说《西游记》现在有争论。萧先生认为：在没有更可靠的资料，诸如吴承恩确实有另一种游记《西游记》之类的资料出现之前，我们还是应该承认吴承恩的通俗小说《西游记》著作权。

　　《西游记》《唐书志传演义》都为唐氏世德堂所刊，萧先生认为：两书序中提到的两个书坊老板——"唐光禄""光禄"，应该是同一个人，即世德堂的老板，唐光禄乃是唐顺德之子，是曾经做过光禄大夫、南京太常寺少卿的唐鹤征。对此日本上原究一先生也做过详细的考证。

　　此文第二个问题是有关《水浒传》评林本序言下有一题署"天海藏"，萧先生查到日本有一天海和尚，因此推测此序言即天海和尚所写。上海李金泉看到此文后，指出此"天海藏"是日本天海和尚藏书的题记，不是其作者。萧先生又和邓雷核实，证明除日本藏评林本有此题署外，其他藏本都无题署。证明李金泉说的是对的。为此萧先生此文后来修改发表时又做了公开修正[①]，对此我在本书"学人风采"介绍萧先生一节中有详细介绍，可参看，此处就不复述。对萧先生这样有错必纠，公开承认错误

[①] 萧相恺：《读稗杂记之关于〈西游记〉〈水浒传〉》，《江苏第二师范学院学报》2019 年第 5 期。

的态度我十分敬佩。

(8) 研讨会本人《三国演义》版本论文

中川谕先生在此次研讨会上介绍了《三国演义》"志传"系列"英雄志传"本的美玉堂本，我在研讨会上介绍"志传"小系列的"志传"本，论文题目为《日本九州大学藏朱鼎臣本和〈三国演义〉简本志传小系列演化》。本文分两部分。

第一部分介绍我和暨南大学程国赋和郑子成有关《三国演义》九州本的争论。日本九州大学藏一部《三国演义》版本，2017、2019年暨南大学程国赋和郑子成两次发表有关九州本的论文，认为其插图是"仿照周曰校本"，对此我有不同看法，几次在各种研讨会上发表文章，对此前面有所介绍，本书《三国演义》版本研究部分也有详细分析，此处就不重复了。

九州本属于《三国演义》"志传"小系列，因此第二部分是接着研究此系列，刚好前面中川谕先生介绍《三国演义》"志传"系列另一个"英雄志传"小系列。

(9)《三国演义》版本座谈会

近来出现了一些《三国演义》新版本，很多问题需要讨论才可深入。这次研讨会中川谕先生也到会，机会难得，因此我会前提出一个建议，开一个小型《三国演义》版本座谈会，就有关《三国演义》版本问题和中川谕先生等讨论。

主办方答应我请求，找了个会议室，我们就《三国演义》版本中一些问题进行了讨论。因为大家对《三国演义》版本兴趣不大，除我和中川谕先生外，只有韩国闵宽东先生带几位韩国学者参加，但我觉得这样的小座谈会还是有意义的。

这次研讨会分为五部分：古代小说版本作者研究、古代小说内涵研究、古代小说艺术研究、古代小说整理传播翻译研究、古代戏曲研究。其中只有版本作者和整理传播翻译两部分属于文献范畴，其他内涵、艺术研究不属于文献研究，也就应该不属于本研讨会的范畴之内。中川谕先生对此多次提出意见，这样就占用了文献研究的时间。但这次研讨会不是我来主办，我基本尊重主办方的意见，也不好对此再提出意见，这也是无奈吧。

附录：第十八届中国古代小说戏曲文献暨数字化国际研讨会综述

钟　闻（湖北师范大学文学院）

作者简介：钟闻，湖北师范大学文学院石麟教授与硕士生陈红艳、李文芳、方宇菲、肖景怡的集体笔名；石麟，男，湖北黄石人，湖北师范大学文学院教授。

2019 年 8 月 13 日至 16 日，第十八届中国古代小说戏曲文献暨数字化国际学术研讨会，在湖北师范大学文学院举行，来自日本、韩国、马来西亚、中国台湾和大陆各省的专家学者 60 余人参加，收到学术论文 43 篇，有 40 人在中心会场或三个分会场发言。现根据这些论文和发言，综述如下。

一、关于古代小说、戏曲的版本和作者研究

日本立正大学中川谕教授的主题发言《关于德国魏玛所藏〈三国英雄志传〉》，以德国魏玛的安娜·阿玛利亚公爵夫人图书馆收藏的《二刻三国英雄志传》即魏玛美玉堂本《三国演义》为研究对象，通过对魏玛美玉堂本、上海美玉堂本、魏某本、刘兴我本、杨美生本、郑乔林本等各版本《三国演义》的细致比较，得出德国魏玛的美玉堂本《三国演义》是由杨美生本翻刻而来，与魏某本没有承继关系，上海图书馆所藏的美玉堂本就是比魏玛美玉堂本晚两辈的翻刻本等结论。同时，中川谕教授指出美玉堂本就是《三国英雄志传》流行的先驱，我们应该认识美玉堂本的重要性。中川谕教授这一成果，对该罕见版本的研究具有重要的开拓性意义。

首都师范大学周文业教授题为《日本九州大学藏朱鼎臣本和〈三国演义〉简本志传小系列演化》的主题发言分为两部分。第一部分从题署、插图、文本等方面分析日本九州大学藏《三国演义》版本（简称九州本），并对中川谕及程国赋、郑子成的相关研究进行历史回顾。第二部分对"志传"小系列 8 种版本文字和版本之间的关系分析，指出《三国演义》版本关系复杂，"志传"小系列仅 8 个版本但关系盘根错节，相互交织，利用数字化技术的计算机比对，可以帮助后续研究的进一步开展。

马来亚大学王秀娟高级讲师作为评议人，对中川谕和周文业的研究成果充分肯定，同时，也提出了一些问题，中川谕和周文业现场予以回应。

此后，周文业教授在分会场就上述问题向中川谕教授提问：（一）美玉堂本是否已经全部数字化？（二）是否将数字化的美玉堂本与数字化的魏某本比对？（三）刘兴我本是否都已数字化？（四）"志传"系列与"英雄志传"有无关系？（五）郑乔林本错卷问题、板孔装订问题。中川谕一一进行了详细解答。周文业教授还就自己的《三国演义》版本数字化研究讲述了若干问题：（一）叶逢春本书名统计。（二）书中第九十六则、第一百则文字缺失的讨论、第九十六则版本演化示意图。（三）诚德堂、九州本、黄正甫本的比较。（四）"志传"和"英雄志传"的关系。（五）《三国演义》版本的专题研究。（六）"旧本""古本"问题。（七）"关羽之死"的演化。（八）"插图"和"圈发"问题。

福建师范大学邓雷博士《三十卷本〈水浒传〉研究——以概况、插图、标目为中心》一文认为：三十卷本《水浒传》是明末江南所刊行的一种简本，此本的卷数颇为特别，其中又分为宝翰楼本和映雪草堂本两种。通过对三十卷本概况、插图以及标目的研究，可以得出以下结论：（一）宝翰楼本与映雪草堂本正文部分出自同版，正文之前的附件部分差异颇大，并非出自同版；（二）宝翰楼本刊刻时间早于映雪草堂本；（三）三十卷本和一百回故事部分的插图是以容与堂本为底本；（四）三十卷本田虎王庆故事部分的插图是以建阳简本插图为底本；（五）三十卷本一百回故事部分的标目是以一百

二十回本为底本;(六)三十卷本田虎王庆故事部分的标目则是合一百二十回本回目与建阳简本插图标目而成;(七)三十卷本所依据的建阳简本与现今所存诸简本均不同,其与种德书堂本、插增本关系较疏远,与评林本、李渔序本关系较亲密,属于较为后期的简本。

  日本九州共立大学黄冬柏教授《日藏〈西厢记〉孤本考——以少山堂本和忠正堂本为主》的发言,通过对日本所藏《西厢记》孤本少山堂本和忠正堂本版式、体制、引文、正文、标目、眉批、杂录、插图的具体考察,阐明了这两种孤本的特征,指出少山堂本《西厢记》是现存最早的《西厢记》评点本,忠正堂本则在《重刻元本题评音释西厢记》系列版本中起到了承前启后的作用,认为蒋星煜"徐士范刊本是最早以不分本不分拆而全剧分成二十出,每出以四字句标目的一个本子。……以《园林午梦》作为附录,是从徐士范刊本开始"以及谭帆"《重刻元本题评音释西厢记》是《西厢记》评点史上的发轫之作"的观点都是不正确的。

  天津师范大学张正学教授就其论文《徐批"画意本"非"暨本"考论》的发言指出,在《西厢记》的版本中,"暨本"表面上看确实与"画意本"有相互吻合之处,但无论是从其"正文"看,抑或是从其眉批、旁批、"正名"甚而是《凡例》看,"画意本"都是"多源"的,和以碧筠斋本为"底本"的"暨本"不相吻合,所以"画意本"不可能是"暨本"。

  上海大学杨绪容教授《刘太华刊〈李卓吾批评合像北西厢记〉:陈眉公本的翻刻本》一文认为:万历间崇文堂刘太华刊《李卓吾批评合像北西厢记》是一个很少为人所提及的孤本。其正文和批语与陈眉公本关系密切,但并非"陈眉公本是据刘太华本刊刻而成",而是刘太华本是陈眉公本的翻刻本,再参考容与堂本而成。"李卓吾批评"显然出于伪托。刘太华本自撰批语条目有限,但对人物性格及故事细节的品评颇有独到之处。刘太华本虽然谈不上"与虎林容与堂本有同样重要的学术价值",但在戏曲传播与批评方面的作用也不容抹杀。

  韩国庆熙大学刘承炫教授就其论文《朝鲜刊本〈刘向新序〉之书志》发言,介绍了《刘向新序》在韩国的传播历程,指出崔致远是最初阅读《新序》的韩国人士。《新序》在1091年以前就已经流传于韩国且深受文人的欢迎。同时,他还分别对朝鲜刊本《刘向新序》上册及下册的特点进行介绍,并指出各版本《刘向新序》的先后关系,确定《刘向新序》至少刊行了三次。

  江苏省社科院萧相恺研究员《读稗杂记之关于〈西游记〉〈水浒传〉》一文通过"关于《西游记》及陈光禄""关于《水浒传》两则"两个方面探讨了《西游记》和《水浒传》的作者和版本问题。

  南京财经大学石钟扬教授《从〈禹鼎志〉到〈西游记〉——〈西游记〉作者新证》一文通过梳理《禹鼎志》所钟情的大禹神话与《西游记》的关系,以及《禹鼎志序》中所言及的《玄怪录》《酉阳杂俎》对《西游记》所产生的影响,从而达到寻找吴承恩创作《西游记》的内证与旁证的目的。

  此外,中央民族大学武迪《〈增批警幻仙记图说〉考论》、六盘水市胡龙《珍本文言小说〈双双传〉〈巫山奇遇〉之祖本——〈濮阳奇遇〉新发现及其版本关系、作者初步考识》、中央民族大学许鎏源《胡适写作〈《红楼梦》考证〉的历史背景探究——以 20 世纪上半叶古典文学研究尚考据的现象为例》、辽宁师范大学刘雪莲《大连图书馆藏〈五凤吟〉版本考》、廊坊师范学院陈琳静《〈子不语〉乾隆戊申本非初刻本原貌》等文章或发言，均就多种小说作品的作者和版本问题各抒己见。

二、关于古代小说、戏曲的文献和文化研究

华东师范大学罗争鸣教授就《〈翊圣保德真君传〉的编撰流传与两宋皇权的更迭》做大会发言，从黑杀神降言传说的生成与流传入手，阐释了黑杀神降言事件的制造者与天心正法派间的密切联系，黑杀神降言事件的传播与两宋皇权更迭间的密切联系，并对《翊圣保德真君传》的道教文学价值进行评估，指出《翊圣保德真君传》从细节安排和文辞修饰上，是一篇相当讲究的综合性长篇传记，且蕴含丰富的历史文化信息，对于认识宋初道教文学的总体成就具有重要意义。湖北师范大学石麟教授参照其论文《戏曲小说中的"中山狼"文献述略》的大会发言，网罗了戏曲小说中涉及"中山狼"的相关文献，梳理了"中山狼"形象自明人马中锡的文言小说《中山狼传》到明代的四本"中山狼"杂剧再到明末传奇的发展与演变线索，指出"中山狼"故事最终成为一个典故屡屡出现在戏曲小说文献资料甚至是现实生活之中，影响深远。同时，石麟教授具体论述了康海等人创作"中山狼"杂剧的直接动因是针对李梦阳的忘恩负义之举的观点，并揭示"中山狼"故事背后的文化背景。

绍兴文理学院叶岗教授在发言中就其论文《〈燕丹子〉——杂传小说的典范》进行阐述。主要涉及三个方面：一是《隋志》中的"杂传"内涵，二是"杂传"与"杂史"之间的关系，三是《燕丹子》的"杂传"特征。最后得出作者没有将小说写成数个人物传记的小集，而是通过精巧的艺术构思，较早地采用了人物类传或合传的方法，从而以单篇的杂传小说的体制赋予《燕丹子》以完满的生命力。评议人罗争鸣教授对此发表评论，认为该文章对杂传和杂史的体例问题、关系问题做了细致分析，指出杂史衍生于史书，记帝王之事，历史较短，以此为参照便于我们更清楚地了解杂传的特征。

台州学院李建军教授发言，就其论文《文人、民间叙事回环转化与小说雅俗演进——以李娃故事流变为例》展开阐述，认为从唐代说话《一枝花话》到传奇《李娃传》，再到宋元话本《郑元和记》，再到明代拟话本《李亚仙记》，李娃故事的小说文本形态丰富，折射出文人与民间叙事的回环转化与雅俗演进。概言之，当文人借鉴和改造民间叙事时，会学习后者的叙事技巧和文体形制，也可能会改变文本主旨，同时一般都能提升叙事的艺术品位，最终实现化俗为雅。当民间借鉴和改造文人叙事时，也会学习后者的文体套路、叙事手法，但改编者的文化认知和审美品位，往往使得改编会转雅成俗，人物塑形上也会变丰富性、复杂性为平面化、类型化。文人与民间叙事回环转化，推动中国叙事文学在雅俗互动中，既能汲取民间的智慧而葆有活力，又能经由文人的熔冶而推陈出新，最终铸就雅俗共赏的经典。

华中科技大学在读博士生史悦就与其硕士导师、湖北师范大学景遐东教授的合作论文《北宋东京樊楼与古代小说创作探析》发言，从"什么是樊楼"入手，先后介绍

了樊楼的名字变迁、地理位置和主要作用,由此来说明樊楼与古代小说创作之间的联系。随后,又从宋元话本小说中的樊楼、明清小说中的樊楼和古代诗词中的樊楼三个方面简要阐述了古代樊楼的概貌。最后,又就樊楼描写的意义及影响进行了简单的说明。评议人叶岗教授认为该文章具有文学地理学的视野,寻找问题的方法值得借鉴。评议人罗争鸣教授认为该文章选取了极佳的角度,拉开了一个广阔的研究领域,在方法论上有重要的学术价值,并且文章中对樊楼的记载梳理也极具价值。南通大学张祝平教授就其与硕士研究生丁娜合著的《祖克〈中国戏剧〉的参考文献研究》一文在大会发言,认为西方对中国古典戏曲介绍的研究、对研究的研究以及对近现代戏曲现象的研究等三方面研究是现今戏曲研究中较为薄弱的环节,值得深入研究。

此外,中国传媒大学杨秋红《明汲古阁刊本〈六十种曲〉弁语题辞收录整理问题研究》、郑州大学王亚楠《〈长生殿〉〈桃花扇〉资料整理、汇编的文献问题及其学理思考》、浦海涅《海宁曲家徐家礼〈蛰园曲〉剧作考辨》、吉晓瑞《郿鄠戏〈张连卖布〉中涉及蒲州梆子相关剧目考述》、曾羽霞《论〈西游记〉中渔樵攀话的丰富意蕴》、赵永《西游记—玲珑塔—九头鸟:通过〈西游记〉的历史记忆试探九头鸟的政治内涵》等论文和发言,也对中国古代小说、戏曲文献和文化的诸多问题进行了深入探讨。

三、关于古代小说、戏曲的整理和传播研究

韩国庆熙大学闵宽东教授题为《刘向文学作品在韩国的传入与接受》的大会发言,介绍了中国古籍在朝鲜、韩国的出版情况,尤其是刘向作品在韩国的传播。其发言主要分为两部分:第一部分以经学家刘向的代表文学著作为中心,对其作品传入韩国的时间、出版情况还有接受及意义进行分析,确定刘向的代表作品《列女传》《新序》《说苑》甚至《楚辞》《战国策》《别录》等均传入韩国,特别是文言小说《新序》《说苑》在高丽时代初期就已传入,对韩国文化的形成和发展做出了相当的贡献,也成为中国书志文献研究的重要资料。第二部分,闵宽东教授具体介绍其三次研究课题的概况,分别是 2010 年至 2013 年期间完成的一次研究课题"在韩国所藏的中国古典小说和戏曲版本之搜集整理及解题", 2016 年至 2019 年期间完成的二次研究课题"在韩国所藏的稀贵本中国古典文献之发掘和复原"以及 2020 年准备申请的三次研究课题"稀贵本朝鲜出版本的发掘和复原"。

南开大学宁稼雨教授就其论文《关于〈全汉魏晋南北朝小说辑校笺证〉的几点学术思考》发表讲话。该文章是在宁稼雨教授领衔的国家社科基金重大招标项目"全汉魏晋南北朝小说辑校笺证"申请调研报告的基础上修订而成的。宁稼雨教授阐明了该项目的选题缘起、研究现状梳理及其提升空间,以及该项目工作基本方案等几个方面问题的基本设想。评议人罗争鸣教授认为该文章体大思精,有重要的示范意义,值得大家认真学习。

韩国庆熙大学刘僖俊研究员题为《韩国传入的中国世说体小说及接受》的发言,结合出版印刷形态的不同,如采用活字还是雕版,采用何种纸张等,为与会代表展现了中国的世说体小说在韩国李朝时期的传播情况。指出在传入韩国的《世说新语》《何氏语林》《世说新语补》《皇明世说新语》《今世说》《宋艳》中,只有《世说新语补》

与《皇明世说新语》被刊行。虽然将已刊行的《世说新语补》重新解开后再次刊为《世说新语姓汇韵分》，但在上述作品中被刊印的只有两部，可见《世说新语姓汇韵分》在当时也不比其他作品显得逊色。

西南交通大学唐均教授在介绍其论文《王和达〈红楼梦〉翻译特色论》时发言认为，捷克汉学家、比较文学家、翻译家、美学家王和达（Oldřich Král）在中国典籍译介到捷克语读者方面成就卓著，本文仅对其《红楼梦》翻译特色进行基于文本的分析考察，从中可以窥见王和达的翻译特色集中体现在态度严谨审慎、语言简洁优美、文化负载词处理灵活精细，从而使得中国古典小说的巅峰之作也迁移成为捷克语文学的一部精品之作，而对王和达《红楼梦》译文中部分失误或未尽之处的考虑，也有助于后来者在中西文化交融和译学理论构建等方面获得有益的启迪。

台湾成功大学博士、广西师范大学教师张玉明大会发言，通过介绍其论文《以"红楼二尤"谈两岸三部全本〈红楼梦〉电视剧之改编与接受》，对两岸三部《红楼梦》电视剧中"二尤"的相关情节的展开比较研究，发现1987版及2010版的尤三姐与1996版的尤三姐的形象差异极大，也各自反映了编剧对尤三姐形象的取材是出自不同的版本来源。1987版、2010版所据为庚辰本，尤三姐形象偏"淫"，而1996版所据乃程乙本，尤三姐形象偏"烈"。三部电视剧"红楼二尤"故事中的凤姐形象也随着时间的演变明显存在着接受差异，台湾版"红楼二尤"故事的整体比重远高于大陆版。

此外，全亮《〈万历野获编〉是明代金学的奠基石》、石松《中英口头文学物质化的类比研究：——以〈水浒传〉与〈亚瑟王之死〉为例》、刘名扬《跨文化视阈下〈红楼梦〉俄译本里"茶"的翻译》等文章和发言，也从不同的角度探讨了中国古代小说在整理、传播、翻译等方面的若干问题。

四、关于古代小说、戏曲的内涵和艺术研究

厦门大学胡旭教授《张华〈博物志〉的生态意识》一文认为：西晋张华的《博物志》分门别类地记载了殊方异物，举凡山川、草木、虫鱼、鸟兽等，无不毕现，一定程度上已经体现出朴素的生态意识。具体表现有三：首先，作者具有明显的众生平等意识，不以己骄人，不以人骄物，注重物性，明达事理，体现出对生态系统和谐、健康的自觉维护。其次，强调生态整体意识。《博物志》中记载万事万物时，比较重视生态的完整、和谐、稳定、平衡、持续。不因人以动物、植物为食，就将人类看作万物中心。再次，是贵生和生态保护意识。《博物志》继承了传统文化中的"贵生"思想，不仅关注人的生命，而且对自然界的其他生命，都表现出同样的关注和爱护。这方面的文章还有：湖北师范大学何求斌《浅析〈水浒传〉的尚武精神》、河南大学徐芳芳《元杂剧中高利贷角色考论》、江苏航空学院苏文生《〈三国演义〉与〈三国志〉中的曹操对待皇权制度之比较研究》、商丘学院宗岩《论〈儒林外史〉中周进形象的社会意义》、洛阳师范学院杨锦辉《论〈杨家府演义〉在"家将小说"中的开创之功》、商丘学院连超峰《一穴得气，全脉贯通——〈红楼梦〉从第卅一回到第卅四回中的"阴阳对话"》、湖北师范大学王路成《脂批〈红楼〉的环境描写理论》等。

南开大学教授宁稼雨在大会闭幕式上做总结报告,要点如下:第一,历年来举办的中国古代小说戏曲文献暨数字化国际学术研讨会与业内一般古籍文献会议相比较呈现出的两个特征:其一,特定文体,仅包括小说、戏曲两大文体。其二,古籍数字化会议在业内屈指可数。第二,充分肯定了历届和本届中国古代小说戏曲文献暨数字化国际学术研讨会的成绩:其一,时间长。作为非官方的民间性质,会议自2001年起在世界各地召开18届,对周文业老师的努力和学术毅力表示由衷敬佩。其二,具有持续性,在业内产生学术效应,中川老师、周老师等能对特定问题不断反复、深入耕耘,具有启发性。其三,具有可持续发展的生命力,会议论文"多样翻新",有诸多新见解,更令人欣慰的是,新面孔不断加入。第三,两点建议:其一,应大力鼓励数字化相关论文,并做两方面工作,即数字库建设和数字化成果的使用。其二,会议论文在一定程度上超出了小说、戏曲文献的范围,应坚守会议既定的属性和特色。

[原载《湖北师范大学学报》(哲学社会科学版),2020年第1期]

附记:2020年第十九届研讨会(德国维藤,中国大陆以外第九次)筹备情况
(维藤大学)

2019年中国大陆湖北黄石小说数字化会后,2020年应该再次移师境外了,我也立即开始考虑去哪里办会,我首先想到的是美国。

2018年在德国举办小说会时,我遇到美国亚利桑那州立大学凌筱峤老师,她是哈佛大学博士,当初她在北京还买过我的小说数字化光盘,但我不记得了。我提出可否请她在亚利桑那举办一次研讨会。她表示由他们办会只要经费能解决,应该问题不大。她也办过几次国际学术会议,基本上由他们学院出邀请函就可以。会议规模在他们那里看来二十几个人的就已经是挺大的会了,她表示具体细节可以再商量。2019年8月黄石研讨会确定后,我再次发信和凌老师联系,不知她是否可以出面主办。她回复说可以在亚利桑那大学办一次小说数字化会。日本学者只有8月有空,但8月亚利桑那气温极高,达到摄氏40度,我怕太热。但日本学者说,东京夏天摄氏35度,且湿热比摄氏40度的干热还难受,这也有道理。我和凌老师还曾考虑是否换个美国凉爽的地方举办。

另一个方案是去欧洲。世界汉学研究会(*World Association for Chinese Studies e. V.*)2016年10月26日在德国波鸿市注册,2018年8月21日,通过会员大会改选,新任会长为德国吴漠汀(*Martin Woesler*)博士/教授(法人代表),副会长、

秘书为奥地利李夏德（Richard Trappl）博士/教授。2018年在德国与世界汉学论坛合办小说数字化会时，我就曾向吴漠汀提出，可否2020年小说数字化会再和汉学论坛在欧洲合办，我后得知2020年世界汉学论坛将在德国和英国举办。

我于是咨询日本朋友和一些学者的意见，是去美国还是去英国。他们表示希望2020年去英国开会，因为英国大英博物馆、牛津大学图书馆等都有《三国演义》版本，也可以调查一些其他古代小说版本。

这样就初步确定2020年小说数字化国际研讨会计划先在德国举办，再去英国举办。通过吴漠汀联系，英国主办单位确定为伦敦大学孔子学院，联系人也确定了。

2020年世界汉学论坛原计划先在德国开会，然后再移师英国。具体时间开始计划安排是8月14日德国报到，8月15、16日在德国开会，8月17日移师英国伦敦，8月17、18日在伦敦开会，8月19、20日和欧洲各国汉学家谈合作事宜，8月21日离会。

因为日本学者2018年去过德国，因此他们考虑就直接去英国。因为2020年日本原计划举办奥运会，机票十分紧张。因此2019年在英国研讨会时间确定后，日本朋友马上预先购买了2020年往返机票。据我初步统计，和我联系计划去欧洲开会的日本学者有中川谕、上原究一、松浦智子、中里见敬、黄冬柏、荒木达雄、上原德子等7人。复旦大学黄霖准备带一些弟子去参会。我统计初步报名参会的有50多人，也不少了。

吴漠汀2019年就此会几次发出了详细的开会计划，以及预付款的要求等。

中国古代小说版本数字化研究丛书

古代小说数字化二十年
（1999—2019）

中

周文业 著

中州古籍出版社

中国古代小说版本校勘研究丛书

古代小说数字化二十年
(1999—2019)

中

周文业 著

中州古籍出版社

下编　版本研究

下编　版本研究

一、古代小说版本数字化

（一）中国古代小说版本数字化

1. 五大名著版本简介

许多中国古代小说都有一个很复杂的创作、出版过程，其版本演化过程往往也非常复杂。许多中国古代小说都产生了多种版本，在《三国演义》《水浒传》《西游记》《金瓶梅》和《红楼梦》等名著中更为突出。研究这些版本有以下三大困难。

第一，版本原貌难见。目前这些版本除《红楼梦》外，《三国演义》《水浒传》等主要版本都藏在国外，近几年国内也曾出版《古本小说丛刊》《古本小说集成》，以及《三国志演义古版丛刊》《水浒传稀见版本汇编》等影印本，但版本数量还不够，且售价都很高，一般学者购买困难。

第二，即便买到这些影印本，每部小说都有十几种，甚至几十种版本，而每种版本又有几十万字，人工去分析、研究这些版本的差异，工作量极大。

第三，即便人工分析出这些版本的差异，要进行更深层的分析研究，难度也很大。这些差异会有多种解释，多种可能性，如何得出令人信服的结论，困难也非常大。

在以上三个困难中，对第一和第二个问题，计算机可以发挥很大作用。

第一，将古代小说版本数字化，输入计算机，制作成光盘，价格低廉，便于传播，学者购买容易。古代小说版本数字化是古代小说版本数字化研究中的一项基础工程，是利用计算机开展古代小说版本研究的前提。

第二，在数字化基础上，可以利用计算机进行版本比对、图文对照、分类检索，以及建立古代小说版本数据库等，大大简化了人工比对的困难。

但对于第三部分工作，即对于版本的分析研究，计算机是无能为力，只有人工进行。

因此，推广古代小说版本数字化可以大大促进古代小说的版本研究。古代小说版本数字化工程包括四项内容，即版本数字化、版本比对、比对结果和版本图文对照。版本数字化是基础，版本比对和图文对照是在版本数字化基础上扩充的功能，比对结果是利用版本比对软件比对所产生的结果。

目前古代小说版本数字化主要集中在五大名著，五大名著版本目前情况如下。

（1）《三国演义》版本

《三国演义》版本是古代小说中版本数量最多的，按照版本的演化发展分为"演义"和"志传"两个系列四类，版本总数有几十种。

"演义"系列可分为无评语的早期本和有评语的后期本。早期"演义"系列版本没有评语，其中嘉靖元年（1522 年）本是目前已知刻印年代最早的版本，版本价值非常高。周曰校本是"演义"系列中较早的一个版本。"演义"系列中各种评本（李卓吾本、锺伯敬本、李渔本、毛宗岗本等）是后期重要版本，有大量评语。

毛宗岗本是目前最普及的版本，包括醉耕堂、芥子园、大魁堂、贯华堂、文英堂、三槐堂等几十种版本。

上图下文的"志传"系列，又有繁本和简本之分。

"志传"系列繁本主要有：叶逢春本、郑少垣本、余象斗本、余评林本、种德堂本、杨闽斋本、汤宾尹本。叶逢春本属于"繁本"类，刊刻于嘉靖二十七年（1548 年），是除嘉靖元年本以外，刻印年代最早的版本，其版本价值非常高。

"简本"系列版本一般认为是"繁本"的删节本，种类非常多，有十几种，一般又可分为"志传"和"英雄志传"两个小系列。"志传"小系列包括：诚德堂本、朱鼎臣本、黄正甫本、刘龙田本、九州本、费守斋本、天理图本、忠正堂本，"英雄志传"小系列包括：刘兴我本、刘荣吾本、杨美生本、二酉堂本、熊佛贵本、北京藏本、种德堂本、魏氏刊本、郑乔林本、美玉堂本、继志堂本、松盛堂本、致和堂本、尚德堂本、哈佛本、嘉庆七年（1802）本等。

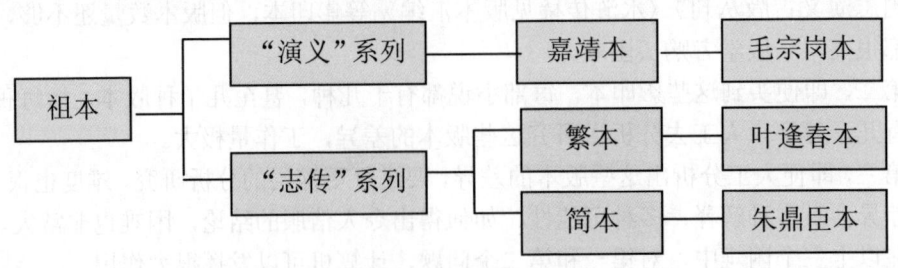

《三国演义》主要版本分类示意图

（2）《水浒传》版本

《水浒传》的版本数量虽然没有《三国演义》多，但其内部关系比《三国演义》更复杂。《水浒传》版本一般分为四类，即文繁事简的繁本、文简事繁的简本、繁简综合的全传本和金圣叹删改的腰斩本。繁本为一百回，简本有一百四回、一百一十回、一百一十五回、一百二十四回几种，全传本为一百二十回，金圣叹本为七十（七十一）回。

文繁事简的一百回繁本文字描述详尽，在梁山聚义后，只有平辽和平方腊，而没有平田虎、王庆。主要版本有：容与堂本、郑振铎藏本、天都外臣序本（即石渠阁补印本）、锺伯敬本、遗香堂本、无穷会本、大涤余人序本和芥子园本。其中最重要的版本是刊刻于明万历三十八年的容与堂本。

文简事繁的简本文字简陋，增加了平田虎、王庆故事。主要版本有：评林本、刘兴我本、黎光堂本（刘荣吾本）、插增本（巴黎本、哥本哈根本、斯图加特本）、种德书堂本（德累斯顿本、梵蒂冈本）、慕尼黑本、郑乔林本（李渔序本）、英雄谱本、德聚堂本、文星堂本、映雪草堂本、宝翰楼本等。简本系列中代表版本是明万历二十二年双峰堂刊刻的《水浒志传评林》，保存在日本轮王寺日光慈眼堂，简称"评林本"。

繁简综合的一百二十回"全传"本综合了繁本和简本，在一百回繁本基础上，增加了简本中的平田虎、王庆，但故事完全不同。主要版本有：袁无涯本、郁郁堂本、宝翰楼本等。全传本最主要的是万历四十二年袁无涯刊刻，有李卓吾序、杨定见小引的袁无涯本。

腰斩删改的金圣叹本将一百回本腰斩为七十回，将第一回改为楔子，删去梁山聚义后的故事，以卢俊义一梦为结束，题名《第五才子书施耐庵水浒传》，简称金批本。腰斩删改本存世甚多，有明崇祯年间的贯华堂刻本等。

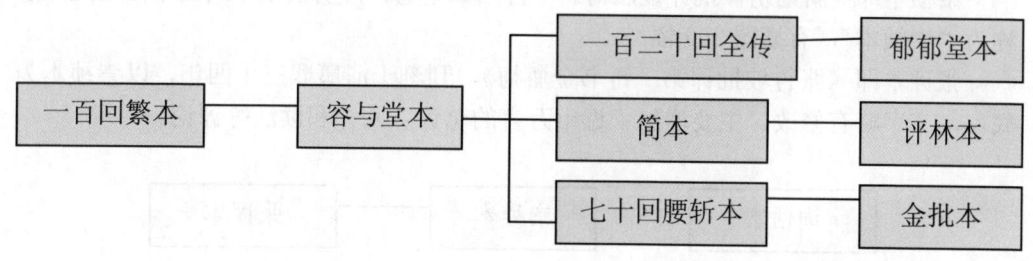

《水浒传》主要版本分类示意图

（3）《西游记》版本

《西游记》版本比《三国演义》和《水浒传》简单。《西游记》版本可分为四个系统。

"繁本"系统目前保存的最早版本是明万历二十年世德堂本，是最重要的版本，目前出版的各种《西游记》多数是以世德堂本为基础修订的。

"简本"系统主要是朱鼎臣本和杨致和本,这些"简本"对世德堂文字做了大量删节。一般认为朱鼎臣本是杨致和本的祖本。

"删节本"系统和世德堂本比,文字做了少量删节,没有简本删节得那样厉害。主要版本有唐僧西游记、杨闽斋本和闽斋堂本等。

"清刊本"是刻印在清代的各种《西游记》版本,与世德堂本相比,对唐僧的出身做了补充。主要版本有《西游证道书》《西游真诠》《新说西游记》、《西游原旨》等。

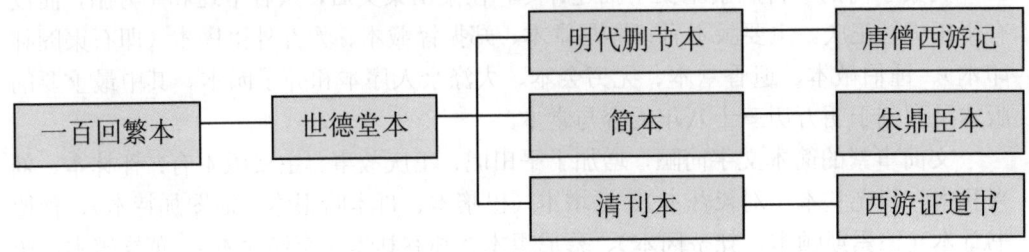

《西游记》主要版本分类示意图

(4)《金瓶梅》版本

《金瓶梅》版本比《三国演义》《水浒传》和《西游记》简单得多,主要有三种,即词话本、崇祯本和张竹坡评本。张竹坡评本以崇祯本为基础加评语,实际属于崇祯本系统,因此《金瓶梅》也可以只分为词话本和崇祯本两个系统。

词话本即《新刻金瓶梅词话》一百回十卷,为明万历年间刻本,因为书名中有"词话"字样,因此一般称为"词话本"。

崇祯本即《新刻绣像批评金瓶梅》一百回二十卷,为明崇祯年间刻本,因此一般称为"崇祯本",有插图 200 幅。

张评本即《张竹坡批评第一奇书金瓶梅》,刊刻于清康熙三十四年,以崇祯本为底本,文字略有修改,主要增加了近十万言的总评、回评和读法等评论。

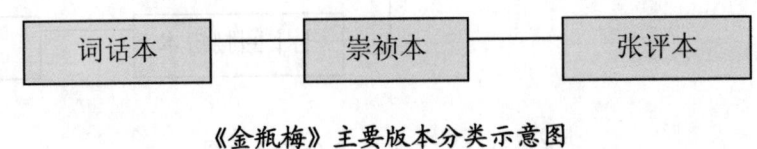

《金瓶梅》主要版本分类示意图

(5)《红楼梦》版本

《红楼梦》版本比较清楚,一般分为脂本和程高本两类;若更为严格地划分,应分为八十回的脂评本、一百二十回的混合本和一百二十回程高本三个系统,合计 13 种。

八十回脂评本多题名"石头记",带有脂砚斋等评语,现存主要 9 种:甲戌本(十六回,1754年)、己卯本(四十一回+两半回,1759年)、庚辰本(七十八回,1760年)、甲辰本(八十回,1784年)、列藏本(七十八回)、戚序本(八十回)、舒序本(四十回)、郑藏本(二回)、卞藏本(十回,2006年发现)。除戚序本为影印本外,其他都为手抄本。

一百二十回的混合本前八十回采用脂本,后四十回属于一百二十回的程高本,包括蒙府本(一百二十回)、梦稿本(一百二十回)两种。均为手抄本。

一百二十回程高本都是排印本,主要有两种:其一是程甲本,1791年由程伟元和高鹗采用活字排印出版;其二是程乙本,是程甲本出版第二年(1792年)由程、高两人对程甲本修订后出版。

以上所有版本都出版了影印本,多数版本都有排印本。

《红楼梦》主要版本分类示意图

2. 五大名著版本数字化和计算机自动比对

五大名著版本数字化开始于1999年,首先从《三国演义》版本开始,逐步扩展到《水浒传》《西游记》《金瓶梅》和《红楼梦》。到目前为止五大名著中已经完成数字化的版本有80多种,见下表。加※号为简体字版。

五大名著版本数字化统计表

《三国演义》:36种		
演义系列	12	※嘉靖元年本、朝鲜活字本、朝鲜翻刻本、※周曰校丙本、夏振宇本、夷白堂本、※李卓吾本、※锺伯敬本、※李渔本、※毛宗岗本、英雄谱本、上海残叶
志传繁本	7	※叶逢春本、郑少垣本、余象斗本、余评林本、种德堂本、杨闽斋本、汤宾尹本
志传简本	17	※黄正甫本、刘龙田本、朱鼎臣本、刘兴我本、刘荣吾本、二酉堂本、熊佛贵本、诚德堂本、北京藏本、魏氏刊本、天理图本、杨美生本、费守斋本、松盛堂本、哈佛本、继志堂本、郑乔林本、致和堂本
《水浒传》:14种		
简本	7	※评林本、插增本、种德书堂本、牛津残叶、刘兴我本、刘荣吾本、上海残叶
繁本	5	※容与堂本、※天都外臣序本、※锺伯敬本、郑藏本、无穷会本

五大名著版本数字化统计表（续）

全传本	1	※郁郁堂本
腰斩本	1	※金圣叹本
《西游记》：12 种		
繁本	2	※世德堂本、※李卓吾本
删节本	3	唐僧西游记、杨闽斋本、闽斋堂本
简本	2	※朱鼎臣本、※杨致和本
清代刊本	5	※西游原旨、※西游证道书、西游真诠、新说西游记、出身全传
《金瓶梅》：4 种		
崇祯本	2	※北大本、东大本
词话本	1	※词话本
张评本	1	张评本
《红楼梦》：17 种		
脂评本	12	※甲戌本、己卯本、※庚辰本、※甲辰本、※列藏本、※戚序本、舒序本、郑藏本、南图本、卞藏本、北师大本、"庚寅"本
混合本	2	蒙府本、※梦稿本
程高本	3	※程甲本、※程乙本、东观阁本

五大名著版本数字化统计

小说	《三国演义》	《水浒传》	《西游记》	《金瓶梅》	《红楼梦》	合计
版本数量	36	14	12	4	17	83

五大名著版本中尚未数字化的版本，《三国演义》只有遗香堂本、美玉堂本2种，《水浒传》还有13种未数字化，《西游记》《金瓶梅》《红楼梦》主要版本已经全部数字化。这里数字化版本不包括行款文字相同的各种翻刻本。

五大名著版本尚未数字化统计表

《三国演义》：2 种		
演义系列	1	遗香堂本
志传简本	1	美玉堂本
《水浒传》：13 种		
繁本	2	大涤余人序本、遗香堂本
全传本	1	袁无涯本
简本	10	初刻英雄谱本、二刻英雄谱本、慕尼黑本、郑乔林本、十卷本、汉宋奇书、征四寇本、八卷本、一百二十四回本、三十卷本

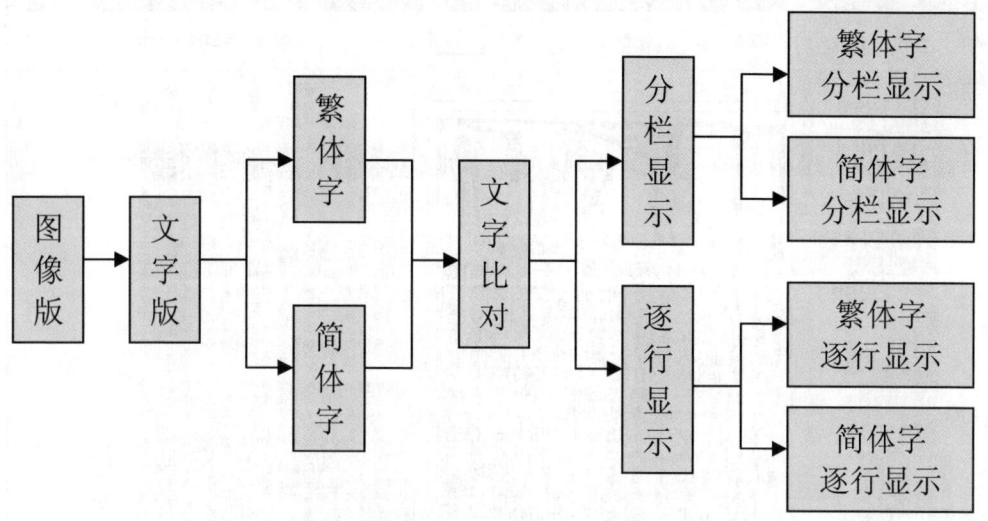

版本数字化比对显示框图

古代小说版本数字化主要包括以下几种功能：

（1）图像版

扫描原版成电子图像版，可看到版本原貌。

（2）文字版

根据图像版录入为电子文字版。

文字版又分为繁体字版和简体字版两种。

繁体字版是根据原版图像直接录入，保持原版原貌，异体字、俗体字都原样保留。但由于录入员不熟悉古汉语，因此录入中错误较多，仅供参考。

简体字版是根据简体排印本录入。排印本有时对原版文字会有修订。

由于版本比对只研究版本文字差异，不研究评语，而各个版本的评语之间关系不大，因此所有版本均未录入评语。

（3）图文对照

利用计算机可同时显示版本图像和文本，还可对文字进行检索。这样可很方便观看版本原貌，并可根据图像核对电子文本。以《三国演义》为例，见下图。

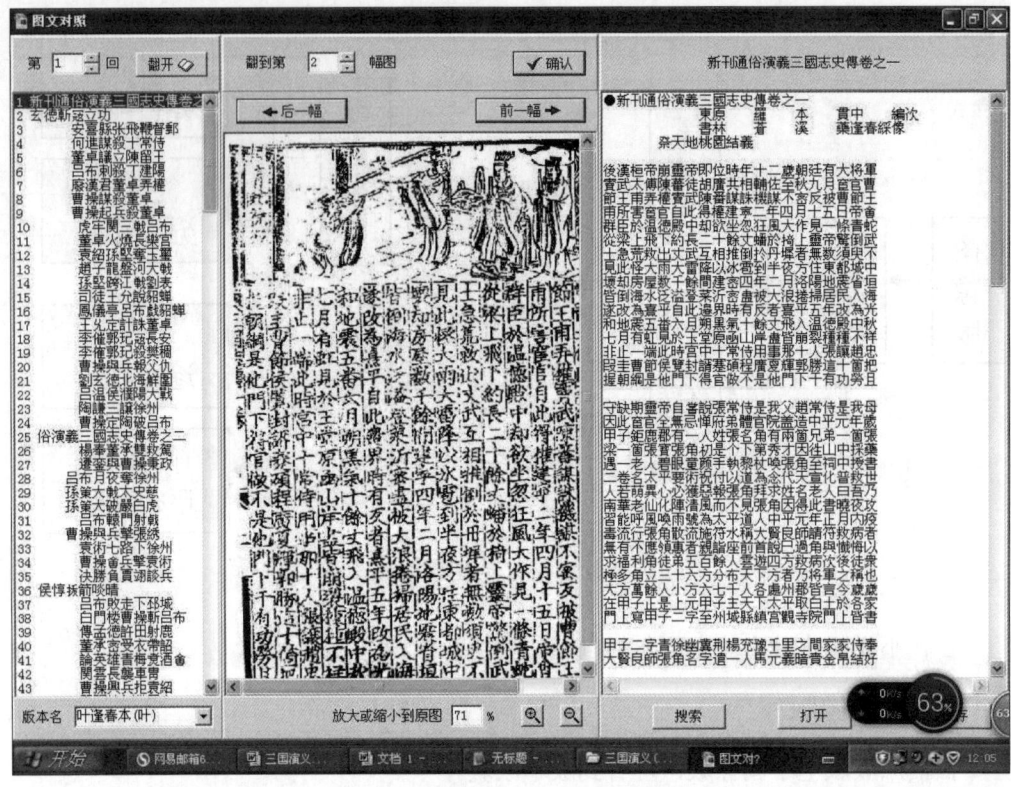

图文对照（《三国演义》叶逢春本第一则）

（4）文字比对计算机显示

利用计算机可以任选前述已经数字化的任意版本进行计算机自动比对。

比对结果不同版本的文字相同的对齐，文字不同的错开。

计算机比对结果有两种显示方式。

- 一种是分栏显示，即一个版本占一栏。
- 一种是逐行逐字显示，即一个版本占一行。

计算机比对有两种结果：分栏显示和逐行显示；而版本录入的文字又有繁体字和简体字两种，因此组合后有四种比对结果。

- 繁体字分栏显示。
- 繁体字逐行显示。
- 简体字分栏显示。
- 简体字逐行显示。

分栏显示和逐行显示两种方式各有优缺点。

分栏显示中，版本文字差异整体情况显示清楚，一眼可看出两版本文字差异的大致情况。但文字差异的细节不明显和清楚。

逐行显示和分栏显示刚好相反，逐行显示文字差异细节清楚，可逐字显示文字差异，但文字整体差异情况不清楚。逐行文字上下比对，可以清楚看出两本文字逐字的差异，但文字差异的整体情况不如分栏比对清楚。

版本文字差异明显可分为两类：
- 大段文字差异，脱落或增补。
- 个别文字差异，个别细微修改。

这两种文字差异刚好在两种比对本清楚展示出来：
- 大段文字脱落（或增补）——在分栏比对中一目了然。
- 个别文字细微修改——在逐行、逐字比对中显示很清楚。

所以两种版本的文字差异，正好用两种比对本中显示得很清楚。因此两种比对本各有优缺点，各有不同用途。

一般研究版本差异时，可先用分栏显示观察版本文字差异的整体情况，寻找问题。通过分栏比对发现问题后，再针对个别问题，用逐行比对显示方式，再逐字比对，仔细研究。

因此对研究版本差异，可采取如下办法。
- 分栏比对本：首先可先用分栏显示观察版本文字差异的整体情况，特别注意大段文字的脱落或增补，至于文字的细微差异在分栏比对本中显示得不清楚。
- 逐行比对本：如要研究其中一些文字的细微差异，可再用逐行比对显示方式，逐字进行比对仔细研究。

总之，用分栏比对本分析版本文字的明显差异，用逐行比对本分析版本文字的细微差异。

对于专业从事古代小说版本研究的学者，就要提供最完整、最详尽的资料，以及最细致、深入、可以逐字比对的研究手段。从目前来看，最好把各种版本都进行比对，这样最合适的手段就是版本数字化的计算机自动比对。

要研究上述五大名著内各个版本的关系，用纸本比对本就不行了，要把这么多版本比对都做纸本也根本不可能，这就要使用计算机自动比对软件。其实这些版本文字差异不大，需要计算机仔细逐字比较才行。

下面以《红楼梦》版本比对为例介绍计算机自动比对结果。《红楼梦》版本一般分为脂本和程本两个系列十多个版本，下面选八个版本，即甲戌本、庚辰本、戚序本、列藏本、舒序本、甲辰本、程甲本和程乙本的文字进行比对。先显示分栏比对结果，再显示逐行比对结果。

以下为《红楼梦》八个版本第一回开始部分文字的两页分栏比对结果。

甲戌本（戌）	庚辰本（庚）	戚序本（戚）	列藏本（列）
此书开卷第一回也	此　开卷第一回也	此　开卷第一回也	此　开卷第一回也
作者自云因曾历过	作者自云因曾历过	作者自云因曾历过	作者自云因曾历过
一番梦幻之后故将	一番梦幻之后故将	一番梦幻之后故将	一番梦幻之后故将
真事隐去而	真事隐去而借通灵	真事隐去而借通灵	真事隐去而借通灵
撰此石头记一	之说撰此石头记一	之说撰此石头记一	之说撰此石头记一
书也故　曰甄士隐	书也故　曰甄士隐	书也故　曰甄士隐	书也故　曰甄士隐
梦幻识通灵	云云	云云	云云
但书中所记何事又	但书中所记何事	但书中所记何事	但书中所记何事
因何　而撰是书哉	何人	何人	何人
自　云今风尘碌	自　又云今风尘碌	自　又云今风尘碌	自　又云今风尘碌
碌一事无成忽念及	碌一事无成忽念及	碌一事无成忽念及	碌一事无成忽念及
当日所有之女子一	当日所有之女子一	当日所有之女子一	当日所有之女子一
一细　推了去觉	一细考较　　去觉	一细考较　　去觉	一细考较　　去觉
其行止见识皆出于	其行止见识皆出于	其行止见识皆出于	其行止见识皆出于
我之上何　堂堂之	我之上何我堂堂	我之上何我堂堂	我之上何我堂堂
须眉诚不若　彼一	须眉诚不若此	须眉诚不若　彼	须眉诚不若　彼
干裙钗　　　　实	裙钗哉　　　　实	裙钗　女子　实	裙钗哉　　　　实
愧则有　余悔则	愧则有　余悔　又	愧则有　余悔　又	愧则有　余悔　又
无益　之大无可	无益　之大无可	无益　是大无可	无益　之大无可
奈　何之日也当此	如何之日也当此	如何之日也当此	如何之日也当此
时则自欲将　　已	则自欲将　已	则自欲将　已	则自欲将　已
往所赖上赖天恩下	往所赖　　天恩	往所赖　　天恩	往所赖　　天恩
承祖德锦衣纨　袴	祖德锦衣纨　袴	祖德锦衣纨　袴	祖德锦衣纨
之时　饫甘	之时　饫甘	之时　饫甘	袴之时　饫甘
餍　美　之日背父	餍肥　　之日背父	餍肥　　之日背父	餍肥　　之日背父
母　教育之恩负师	兄教育之恩负师	兄教育之恩负师	兄教育之恩负师
兄规训　之德已	友　规谈之德	友　规训　之德	友　规谈之德
至　今日一事	以至　今日一　技	以　致今日一　技	以至　今日一　技
无成　半生潦倒之	无成　半生潦倒之	无成　半生潦倒之	无成　半生潦倒之
罪编述一　记以告	罪编述一集　以告	罪编述一集　以告	罪编述一集　以告
普天下人虽　我之	天下人　　　我之	天下人　　　我之	天下人　　　我之
罪固　不能免	罪固　不　免	罪固　不　免	罪固　不　免
然闺阁中本自历历	然闺阁中本自历历	然闺阁中本自历历	然闺阁中本自历历
有人万不可因我之	有人万不可因我之	有人万不可因我之	有人万不可因我之
不肖	不肖自　护己短	不肖自己护　短	不肖自　护己短
一并使其　泯灭也	一并使其　泯灭也	一并使其　泯灭	一并使其泯　灭也

舒序本（舒）	甲辰本（辰）	程甲本（甲）	程乙本（乙）
此开卷第一回也作者自云因曾历过一番梦幻之后故将真事隐去而借通灵之说撰此石头记一书也故云甄士隐云云	此开卷第一回也作者自云因曾历过一番梦幻之后故将真事隐去而借通灵之说撰此石头记一书也故曰甄士隐云云	此开卷第一回也作者自云曾历过一番梦幻之后故将真事隐去而借通灵说此石头记一书也故曰甄士隐云云	此开卷第一回也作者自云曾历过一番梦幻之后故将真事隐去而借通灵说此石头记一书也故曰甄士隐云云
但书中所记何事何人	但书中所记何事何人	但书中所记何事何人	但书中所记何事何人
自又云今风尘碌碌一事无成忽念及当日所有之女子一一细考较去觉其行止见识皆出于我之上何我堂堂须眉诚不若彼裙钗哉实愧则有余悔又无益正无可如何之日也当此则自欲将己往所赖天恩祖德锦衣纨袴之时食甘厌肥之日背父兄教育之恩负师友规谈之德以致今日一技无成半生潦倒之罪编述一集以告天下人我之罪固不免然闺阁中本自历历有人万不可因我之下肖自护己短一并使其泯灭也	自又云今风尘碌碌一事无成忽念及当日所有之女子一一细考较去觉其行止见识皆出于我之上何我堂堂须眉诚不若彼裙钗哉愧则有余悔又无益之大无可如何之日也当此则自欲将已往所赖天恩祖德锦衣纨袴之时饮甘餍饱之日背父兄教育之恩负师友规谈之德以致今日一技无成半生潦倒之罪编述一集以告天下我之罪固所不免然闺阁中自历历有人万不可因我之不肖自护己短一并使其泯灭也	自己又云今风尘碌碌一事无成忽念及当日所有之女子一一细考较去觉其行止见识皆出我之上我堂堂须眉诚不若彼裙钗我实愧则有余悔又无益大无可如何之日也当此日欲将已往所赖天恩祖德锦衣纨裤之时饫甘餍肥之日背父兄教育之恩负师友规训之德以致今日一技无成半生潦倒之罪编述一集以告天下知我之负罪固多然闺阁中历历有人万不可因我之不肖自护己短一并使其泯灭也	自己又云今风尘碌碌一事无成忽念及当日所有之女子一一细考较去觉其行止见识皆出我之上我堂堂须眉诚不若彼裙钗我实愧则有馀悔又无益大无可如何之日也当此日欲将已往所赖天恩祖德锦衣纨袴之时饫甘餍肥之日背父兄教育之恩负师友规训之德以致今日一技无成半生潦倒之罪编述一集以告天下知我之负罪固多然闺阁中历历有人万不可因我之不肖自护己短一并使其泯灭也

下面是《红楼梦》八个版本第一回开始部分文字两页逐行比对结果，文字差异很清楚。

第一回　甄士隐梦幻识通灵　贾雨村风尘怀闺秀

戌：	此书开卷第一回也作者自云因曾历过一番梦幻之后故将真事隐去而
庚：	此　开卷第一回也作者自云因曾历过一番梦幻之后故将真事隐去而借通
戚：	此　开卷第一回也作者自云因曾历过一番梦幻之后故将真事隐去而借通
列：	此　开卷第一回也作者自云因曾历过一番梦幻之后故将真事隐去而借通
舒：	此　开卷第一回也作者自云因曾历过一番梦幻之后故将真事隐去而借通
辰：	此　开卷第一回也作者自云因曾历过一番梦幻之后故将真事隐去而借通
甲：	此　开卷第一回也作者自云　曾历过一番梦幻之后故将真事隐去而借通
乙：	此　开卷第一回也作者自云　曾历过一番梦幻之后故将真事隐去而借通

戌：	撰此石头记一书也故　曰甄士隐　　　梦幻识通灵但书中所记何
庚：	灵之说撰此石头记一书也故　曰甄士隐云云　　　　　但书中所记何
戚：	灵之说撰此石头记一书也故　曰甄士隐云云　　　　　但书中所记何
列：	灵之说撰此石头记一书也故　曰甄士隐云云　　　　　但书中所记何
舒：	灵之说撰此石头记一书也故云　甄士隐云云　　　　　但书中所记何
辰：	灵之说撰此石头记一书也故　曰甄士隐云云　　　　　但书中所记何
甲：	灵　说　此石头记一书也故　曰甄士隐云云　　　　　但书中所记何
乙：	灵　说　此石头记一书也故　曰甄士隐云云　　　　　但书中所记何

戌：	事又因何　而撰是书哉自　云今风尘碌碌一事无成忽念及当日所有之
庚：	事　何人　　　　　自　又云今风尘碌碌一事无成忽念及当日所有之
戚：	事　何人　　　　　自　又云今风尘碌碌一事无成忽念及当日所有之
列：	事　何人　　　　　自　又云今风尘碌碌一事无成忽念及当日所有之
舒：	事　何人　　　　　自　又云今风尘碌碌一事无成忽念及当日所有之
辰：	事　何人　　　　　自　又云今风尘碌碌一事无成忽念及当日所有之
甲：	事　何人　　　　自己又云今风尘碌碌一事无成忽念及当日所有之
乙：	事　何人　　　　自己又云今风尘碌碌一事无成忽念及当日所有之

戌：	女子一一细　推了去觉其行止见识皆出于我之上何　堂堂之须眉诚不
庚：	女子一一细考较　去觉其行止见识皆出于我之上何我堂堂　须眉诚不
戚：	女子一一细考较　去觉其行止见识皆出于我之上何我堂堂　须眉诚不
列：	女子一一细考较　去觉其行止见识皆出于我之上何我堂堂　须眉诚不
舒：	女子一一细考较　去觉其行止见识皆出于我之上何我堂堂　须眉诚不
辰：	女子一一细考较　去觉其行止见识皆出于我之上何我堂堂　须眉诚不
甲：	女子一一细考较　去觉其行止见识皆出　我之上　我堂堂　须眉诚不
乙：	女子一一细考较　去觉其行止见识皆出　我之上　我堂堂　须眉诚不

戌：	若 彼一干裙钗	实愧则有	余悔则	无益		之大无可奈	何
庚：	若此　裙钗哉	实愧则有	余悔	又无益		之大无可	如何
戚：	若彼　裙钗女子	实愧则有	余悔	又无益	是	大无可	如何
列：	若彼　裙钗哉	实愧则有	余悔	又无益		之大无可	如何
舒：	若彼　裙钗哉	实愧则有	余悔	又无益正		无可	如何
辰：	若彼　裙钗哉	愧则有	余悔	又无益		之大无可	如何
甲：	若彼　裙钗	我实愧则有	余悔	又无益		大无可	如何
乙：	若彼　裙钗	我实愧则有馀	悔	又无益		大无可	如何

戌：	之日也当此	时则自欲将	已往所赖上赖天恩下承祖德锦衣纨	袴 之
庚：	之日也当此	则自欲将	已往所赖　　　天恩　　祖德锦衣纨	袴 之
戚：	之日也当此	则自欲将	已往所赖　　　天恩　　祖德锦衣纨	袴 之
列：	之日也当此	则自欲将	已往所赖　　　天恩　　祖德锦衣纨	挎 之
舒：	之日也当此	则自欲己	往所赖　　　天恩　　祖德锦衣纨	袴 之
辰：	之日也当此	则自欲将	已往所赖　　　天恩　　祖德锦衣纨	袴 之
甲：	之日也当此日	欲将	已往所赖　　　天恩　　祖德锦衣纨裤	之
乙：	之日也当此日	欲将	已往所赖　　　天恩　　祖德锦衣纨	袴 之

戌：	时　饫甘餍美	之日背父母	教育之恩负师	兄规训	之德已
庚：	时　饫甘餍肥	之日背父	兄教育之恩负师友	规 谈之德	以
戚：	时　饫甘餍肥	之日背父	兄教育之恩负师友	规训 之德	以
列：	时　饫甘餍肥	之日背父	兄教育之恩负师友	规 谈之德	以
舒：	时 食甘厌肥	之日背父	兄教育之恩负师	谈之德	以
辰：	时饮　甘餍	饱之日背父	兄教育之恩负师友	规 谈之德	以
甲：	时　饫甘餍肥	之日背父	兄教育之恩负师友	规训 之德	以
乙：	时　饫甘餍肥	之日背父	兄教育之恩负师友	规训 之德	以

戌：	至 今日一事	无成	半生潦倒之罪编述一	记以告普天下人虽	我之
庚：	至 今日一	技无成	半生潦倒之罪编述一集	以告 天下人	我之
戚：	致今日一	技无成	半生潦倒之罪编述一集	以告 天下人	我之
列：	至 今日一	技无成	半生潦倒之罪编述一集	以告 天下人	我之
舒：	致今日一	技无 在	半生潦倒之罪编述一集	以告 天下人	我之
辰：	致今日一	技无成	半生潦倒之罪编述一集	以告 天下	我之
甲：	致今日一	技无成	半生潦倒之罪编述一集	以告 天下	知我之
乙：	致今日一	技无成	半生潦倒之罪编述一集	以告 天下	知我之

（5）计算机自动校勘

在自动比对基础上还可自动进行校勘，自动生成校记。

所谓校勘就是以某一种版本文字为底本，加注说明其他版本的文字差异。

利用计算机数字化后，除可对任意版本自动比对外，在版本数字化基础上，还可以自动比对版本文字，自动生成校勘记，从而产生校勘本。

下例是以嘉靖元年本为底本，以叶逢春本校勘，生成校记。

第一则　祭天地桃园结义

后汉桓帝崩，灵帝即位，时年十二岁。朝廷有大将军窦武、太傅陈蕃、司徒胡广共相辅佐。至秋九月，中涓曹节、王甫弄权，[1]窦武、陈蕃预谋诛之，[2]机谋不密，反被曹节、王甫所害。中涓自此得权。[3]

建宁二年四月十五日，帝会群臣于温德殿中。方欲升座，[4]殿角狂风大作，[5]见一条青蛇，从梁上飞下来，约二十余丈长，[6]蟠于椅上。

灵帝惊倒，武士急慌救出，文武互相推拥，[7]倒于丹墀者无数。须臾，[8]不见。[9]片时大雷大雨，[10]降以冰雹，到半夜方住，东都城中坏却房屋数千余间。

建宁四年二月，洛阳地震，省垣皆倒，海水泛溢，登、莱、沂、密尽被大浪卷扫居民入海，遂改年熹平。[11]自此边界时有反者。

熹平五年，改为光和，雌鸡化雄。[12]六月朔，黑气十余丈，飞入温德殿中。秋七月，有虹见于玉堂，五原山岸，[13]尽皆崩裂。种种不祥，非止一端。

于是灵帝忧惧，[14]遂下诏，[15]召光禄大夫杨赐等诣金商门，[16]问以灾异之由及消复之术。[17]赐对曰：臣闻《春秋》谶曰："[18]天投蜺，[19]天下怨，[20]海内乱"。[21]加四百之期，[22]亦复垂及。[23]今妾媵奄尹之徒，[24]共专国朝，[25]欺罔日月，[26]又鸿都门下，[27]招会群小，[28]造作赋税，[29]见宠于时。[30]更相荐说，[31]旬月之间，[32]并各拔擢：乐松处常伯，[33]任芝居纳言，[34]郄俭、梁鹄各受丰爵不次之宠，[35]而令缙绅之徒委伏畎畮，[36]口诵尧、舜之言，[37]身蹈绝俗之行，[38]弃捐沟壑，[39]不见逮及。[40]冠履倒易，[41]陵谷代处。[42]幸赖皇天垂象谴告。《周书》曰："[43]天子见怪则修德，[44]诸侯见怪则修政，[45]卿大夫见怪则修职，[46]士庶人见怪则修身。[47]唯陛下斥远佞巧之臣，[48]速征鹤鸣之士，[49]断绝尺一，[50]抑止盘游。[51]冀上天还威，[52]众变可弭。[53]议郎蔡邕亦对，[54]其略曰：臣伏思诸异，[55]

---

[1]　"中涓曹节、王甫弄权"：叶逢春本作"宦官曹节、王甫弄权"。

[2]　"窦武、陈蕃预谋诛之"：叶逢春本作"窦武、陈蕃谋诛"。

[3]　"中涓自此得权"：叶逢春本作"宦官自此得权"。

[4]　"方欲升座"：叶逢春本作"却欲"。

[5]　"殿角狂风大作"：叶逢春本作"坐，忽狂风大作"。

[6] "约二十余丈长"：叶逢春本作"约长二十余丈"。
[7] "武士急慌救出，文武互相推拥"：叶逢春本作"武士急荒救出，文武互相推"。
[8] "须臾"：叶逢春本作"须臾"。
[9] "不见"：叶逢春本作"不见此怪"。
[10] "片时大雷大雨"：叶逢春本作"大雨大雷"。
[11] "遂改年熹平"：叶逢春本作"遂改为熹平"。
[12] "雌鸡化雄"：叶逢春本作"地震五番"。
[13] "五原山岸"：叶逢春本作"五原巫山岸"
[14] "于是灵帝忧惧……其略曰：臣伏思诸异"：叶逢春本无。

3．古代小说文本数字化统计分析

计算机可以根据研究需要，对小说的文本作以下特殊的统计分析。下面逐一介绍。

（1）文本差异统计分析

利用计算机可以比较两个版本的文字差异，即相似程度。

以《红楼梦》程甲本和程乙本的差异为例，从统计结果看，一百二十回中第六、十五、三十四、一百五回，这四回的差异较大（排印本低于85%，影印本结果相似）。

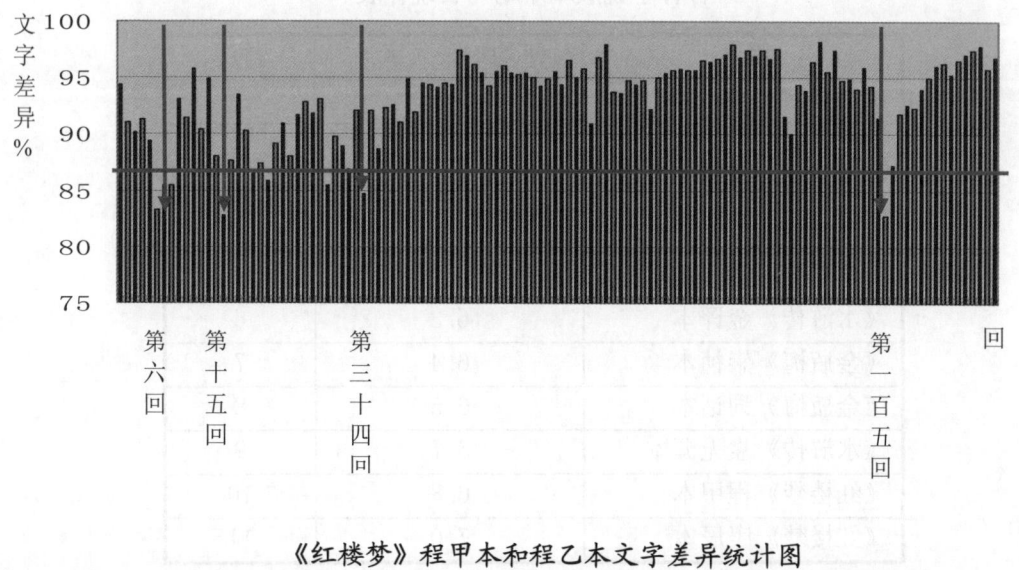

《红楼梦》程甲本和程乙本文字差异统计图

（2）句长分析统计

所谓"句长"就是每句（任意标点符号隔开为一句）的字数，包括对话句长和非对话句长。统计句长有如下意义：

- 小说从文言到白话，句长在逐步增加。
- 一般作家写作在句长方面有一定习惯，有些人习惯写长句，有些人习惯写短句，可以探讨利用句长判断作品的写作者。

但必须注意，影响句长也有一些客观因素：

- 诗、词、赋等会增加或减少句长。
- 整理者标点的习惯不同，会导致同样文字，不同人标点，句长不同。因此一般尽量选用同一版本，排除不同人标点的影响。

古代小说句长统计的结论：

- 从《三国演义》到《红楼梦》句长基本和发展时间一致，早期版本句长短，后期版本句长长。
- 句长排序依次基本是：《三国演义》《西游记》《水浒传》《金瓶梅》《红楼梦》。
- 《水浒传》中一百二十回本的句长6.7字，比《水浒传》金评本句长6.3字更长，排在《金瓶梅》词话本句长6.5字之后，说明一百二十回《水浒传》成书比较晚。
- 平均句长最短的是《三国演义》嘉靖元年本，句长5.7字。
- 平均句长最长的是《红楼梦》庚辰本，句长7.0字。

各种小说版本平均句长统计表

版本	平均句长（字）	排序
《三国演义》嘉靖元年本	5.7	1
《三国演义》毛本	5.7	2
《三国演义》黄正甫本	5.8	3
《西游记》世德堂本	6.0	4
《水浒传》容与堂本	6.1	5
《水浒传》金评本	6.3	6
《金瓶梅》崇祯本	6.4	7
《金瓶梅》词话本	6.5	8
《水浒传》袁无涯本	6.7	9
《红楼梦》程甲本	6.8	10
《红楼梦》庚辰本	7.0	11

（3）对话和叙述比重分析统计

所谓"对话和叙述比重"就是小说中对话部分多少，用对话文字量占总文字量的比重表示。

统计对话比重有如下意义：
- 小说从古代到现代，对话比重在逐步增加。
- 不同作品中对话的比重可能不同。历史演义小说以叙述为主，对话比重小；而言情小说常利用人物对话体现人物形象，对话比重肯定大。

下面是《红楼梦》庚辰本（前八十回）和程甲本（后四十回）的对话比重统计。

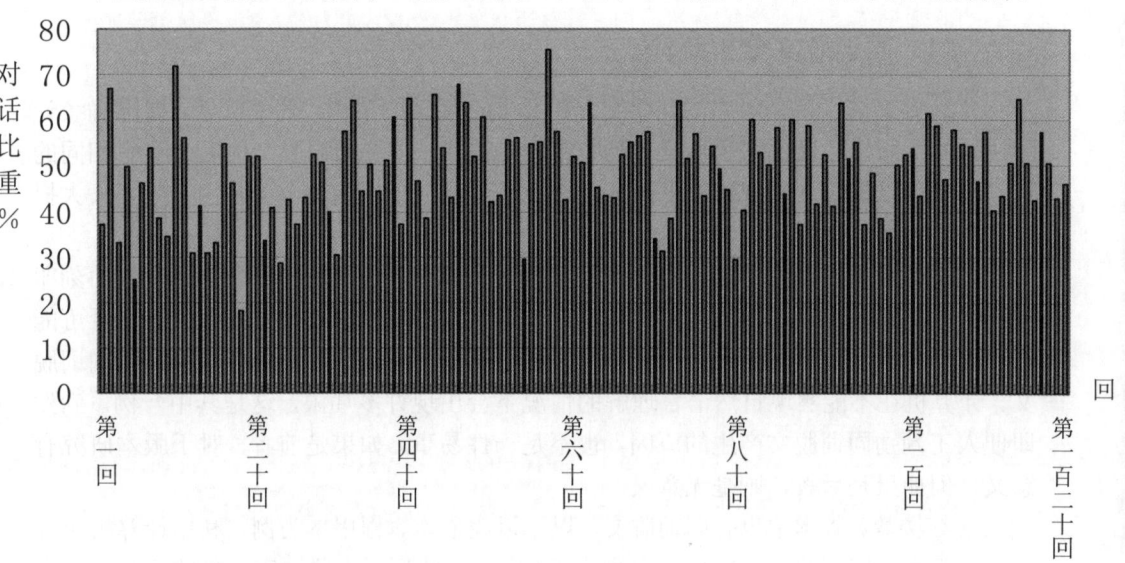

《红楼梦》庚辰本（前80回）和程甲本（后40回）对话比重统计图

从对话比重统计数据看，前八十回和后四十回没有明显的差别。

各种小说的对话比重统计如下。

古代小说对话比重统计表

版本	对话比重（%）	排序
《水浒传》袁无涯本	34.7	1
《三国演义》嘉靖元年本	38.6	2
《三国演义》黄正甫本	41.7	3
《三国演义》毛本	42.4	4
《水浒传》容与堂本	48.2	5
《红楼梦》庚辰本	48.7	6
《红楼梦》程甲本	50.0	7
《水浒传》金评本	52.7	8
《西游记》世德堂本	54.6	9
《金瓶梅》词话本	60.9	10
《金瓶梅》崇祯本	65.1	11

结论：
- 从《三国演义》到《红楼梦》对话比重和发展时间不完全一致。
- 对话比重排序依次基本是：《三国演义》《水浒传》《红楼梦》《西游记》《金瓶梅》。
- 对话比重最大的是《金瓶梅》崇祯本。
- 对话比重最小的是《水浒传》袁无涯本。

（4）同词脱文分析统计

传统人工进行多个版本同词脱文分析是非常烦琐的事情，效率极低，要准确统计和比较两个版本之间的同词脱文，是非常困难的事。由于同词脱文前后必然有相同的词，因此可以按照这个规律，用计算机查找，可以一个不漏地全部找出，效率大大提高，在这方面最能发挥计算机的优势。

利用计算机可以不遗漏地查到所有的同词脱文，但这些是否就全都是真正的刻印中产生的同词脱文，而不是人工的增删，还需要经过人工仔细对照原版分析是否可能产生同词脱文。也不排除人工增删时，恰好出现了同词脱文的情况，这就是假同词脱文。计算机在不能实现自然语言理解的情况下会出现许多局限，这是其中一例。当然即便人工判别同词脱文产生的原因，也不是一件易事。如果是前者，对于版本研究有意义，但如果是后者，则毫无意义。

《红楼梦》版本中也有同词脱文，以下以庚辰本、程甲本为例，利用计算机统计这两种版本的同词脱文。庚辰本每列为30字，因此程甲本脱漏庚辰本的字数应该在30字上下。程甲本每列为24字，因此庚辰本脱漏程甲本的字数应该在24字上下。

利用计算机统计结果：庚辰本对程甲本脱文（24字左右，脱文2字以上）只有一例，而且比较勉强。程甲本对庚辰本脱文（30字左右，脱文2字以上）却有七个之多，都很有说服力。

《红楼梦》庚辰本、程甲本同词脱文统计表

字数	20	21	22	23	24	27	28	29	30	31	33	合计
甲—庚	0	0	0	1	0	0	0	1	0	0	0	1
庚—甲	3	0	1	2	1	1	1	2	0	1	2	7

文字统计分析总结：
版本数字化以后，可以利用计算机对小说版本的文字作以下各种统计分析。
- 根据数字化特点提出问题，如差异统计、句长、对话比重、同词脱文等；
- 设计计算机程序，得出大量数据；
- 人工对这些数据进行分析，看对版本研究是否有价值；
- 这些分析结果可能对版本演化研究有帮助，但也可能无法得出任何结论；
- 即便没有直接的结论，但计算机的统计分析结果毕竟搞清了情况，对今后研究还是会有帮助的。

4. 对古代小说版本研究和数字化的看法

　　五大名著版本数字化后，我提供给日本和国内很多学者，对他们的版本研究帮助很大。曾有学者质疑我完成的版本数字化，说我的数字化没有多大作用，这是其不了解版本数字化的应用情况。在版本数字化应用方面最突出的是日本学者中川谕，他曾说：过去人工研究一个版本要花费几个月时间，版本数字化后，只要十几分钟浏览之后，就大致知道了。国内在版本数字化方面应用较突出的是中央民族大学的曹立波老师，她主要用于《红楼梦》版本研究，不仅她自己使用，她很多学生也大量使用。数字化对版本研究的帮助是毋庸置疑的。

　　多年来有多少单位向我索要五大名著版本光盘我都记不清了，2017年去山东泰安开《水浒传》研讨会，遇到山东菏泽学院老师，见面就说：周老师你的五大名著光盘对我们研究很有用。2018年在德国举办第十七届研讨会，一位在美国亚利桑那大学任教的中国女老师见面也说，她曾买过我的光盘，我也不记得了。最近上海有个博士生研究《三国演义》版本，也找到我希望我提供《三国演义》版本数字化光盘。因此，五大名著版本数字化已经得到广泛应用，这是无可争辩的事实。

　　中国大陆目前版本研究主要集中在五大名著，这是因为：

　　第一，五大名著版本复杂，很多问题不十分清楚，正好发挥数字化研究的特长。而其他古代小说版本数量较少，刊刻时间也比较清楚，研究价值就不大了。

　　第二，由于其他小说版本数量较少，人工直接比对原本，或比对数字化后的图片也很容易，因此数字化比对价值不大了。

　　第三，其他古代小说不止版本少，而且版本之间文本差异很小，似乎只要人工比对就可完成，数字化再比对价值似乎不大。

　　第四，因为这些版本差异不大，文字差异多是翻刻中的少数错误，研究价值也不大，数字化比对的意义也就不大了。

　　北京大学某位老师希望我帮助他进行《野叟曝言》的版本数字化。《野叟曝言》只有三个版本，我买到已经出版的两种，又自费到北大图书馆拍照了第三种版本，然后再自费请公司数字化，并把数字化结果提供给这位老师，但不知这些数字化对他研究有多大帮助。我自己想，因为《野叟曝言》版本少，其实只要找到这些版本，人工比对也不难。

　　虽然有以上原因，但如果把这些版本都数字化，再进行计算机自动比对，肯定比人工研究还是省事的，因此数字化研究这些版本还是有意义的。

　　目前古代小说版本数字化也遇到一些困难，其原因很多。

　　第一，由于版本研究前人做了深入研究，研究空间越来越小。

第二，版本研究枯燥而费力，花费很大努力，最后不一定会得到有价值的成果。

因此现在中国大陆对版本数字化有兴趣的人越来越少了，研究版本的人也越来越少了，这是不争的事实。

当然版本数字化也存在很多问题，主要是文字的可靠性，最大问题是有大量异体字和俗体字，这对于文字比对研究带来极大的麻烦。

第一，由于古代小说刊刻很不仔细、清楚，导致录入有很多错误，校对非常费事。

第二，更大问题是异体字、俗体字问题。

古代小说中有大量异体字、俗体字，字库中也有，因此录入员就照样录入。

优点：保持原貌，有时版本研究中很有用，因为抄手有自己抄写习惯，分析异体字、俗体字可看出是哪个抄手所抄写。

缺点：由于现在录入员都很年轻，没有学过古汉语，只会按照字形录入。有些异体字、俗体字录入的字只是形似，但实际录入的是个错字。

另外，异体字、俗体字即便录入正确，在比对时会自动错开，也会干扰比对。

有时研究时不需要分辨异体字、俗体字，这样需要把所有异体字、俗体字自动转换为正体字，这就需要异体字、俗体字和正体字对照表，但目前中国大陆还没有这种对照表。

第三，大量版本中有个别的错字，这些错字可能是古代抄手录入时随手修改的，有时对版本研究意义不大，可以忽略，只研究文字差异大、整句修改的文字。

但不管数字化有多大问题，它对于版本研究的帮助是无法抹杀的。数字化已经成为时代潮流，在小说版本研究中也是如此。

通过开发古代小说版本数字化，我认识到古代小说版本问题非常复杂。对于古代小说版本研究，我有如下体会。

第一，研究版本首先是要分析文字差异。数字化比对可以快速、一字不漏地查出所有的文字差异，为后续分析打下很好的基础。在数字化比对基础上，还要根据分析的目的，对文字差异进行分类，以便于下一步研究。

第二，要对文字差异进行合理的解释。解释中要特别注意解释的多种可能性，不带任何偏见。大多数问题都存在多种解释，即存在多种可能性。对多种可能性要进一步分析哪种可能性更大。要注意，从不同角度分析，各种可能性的大小会不同。这样问题最终又演变成哪种解释更合理，哪种可能性更大。而这又是仁者见仁、智者见智的问题了，最终恐怕无法得出大家都认可的结论。这也是古代小说版本研究中的难题，很多问题最终都没有结论。

第三，要特别注意研究各种问题的严密推理。在版本研究中，严密的推理非常重要，有些学者的推理根本不合逻辑，和这样的学者讨论问题就非常困难了。

第四，版本研究的复杂性。虽然数字化比对可以做到无一遗漏，但由于资料不足，又有多种解释和可能性，很多问题最终可能还是无法得出令人信服的结论。五大名著版本中的矛盾非常多，这些矛盾是如何产生的，又有多种解释。由于资料不足，要确定到底是什么原因造成这种矛盾现象，是十分困难的，甚至可以说，要彻底破解这些谜团是完全不可能的事情。

第五，研究只要有进展就是进步。对五大名著版本研究只要发现矛盾，进而分析这些矛盾，提出各种解释，分析各种可能性，把研究推向前进，就是有意义的，是值得的。对上述五个问题的研究，虽然可能没有得出令学界所有人都信服的最后结论，但很明显是有所前进的。我认为，只要研究有所推进，提出一些新看法，就值得肯定，就是好事，就应支持。

古代小说版本研究是十分复杂的，深入研究下去，会发现其中矛盾重重。目前很多学者不愿意研究版本。因为版本中矛盾太多，不管如何研究，都无法得出令人信服的结论。与其做这样无结果的研究，不如去做其他实实在在有结果的研究，更有成效。我觉得这种看法虽然有道理，但版本研究也不是就没有前途了。仔细分析版本研究还是有继续研究的余地的，虽然难度很大，越深入难度越大，但还不是就没有任何值得研究的了。我还在坚持研究五大名著的版本，日本也有学者在研究古代小说版本，对此我并不悲观。

当然在古代小说版本研究中也有一些令人悲哀的事情。

其一是奇谈怪论层出不穷，如《红楼梦》土默热的洪升说、陈林的脂本造假说，等等，这些谬论竟然还有一定市场，这真令人悲哀和无奈。

其二是有些明显有问题的说法，没有人敢公开指出来。如冯其庸先生认为庚辰本是曹雪芹生前最后改定的本子，庚辰本是己卯本的过录本，戚序本等后期版本的祖本都是庚辰本，等等。我仔细研究后发现，这些看法都有问题，冯其庸先生似乎把庚辰本抬得太高了。此本在《红楼梦》版本演化中的地位远不应有这样高，它只是一个保存较完整的本子而已，其中很多文字是被后人修改过了。我私下和一些著名红学家探讨，他们也认为庚辰本是个有问题的本子。但碍于冯先生的面子，没有人敢公开说明这一点。

古代小说版本是非常复杂的，对古代小说版本研究应注意以下问题。

1）研究古代小说版本不能只举出几个例子就轻易下结论。因为这些例证基本都不是"铁证"，都可能有多种解释，抓住几个例子就下结论，就犹如瞎子摸象，只看到部分环节就对整体下结论。

2）研究古代小说版本一定要尽可能把证据收集全，以往人工整理、人工比对版本的文字差异，是极其费事的事情，要收集全部证据几乎不可能。现在版本数字化后，版本文字比对就是轻而易举的事，可以做到逐字比对，从而可以对版本做彻底的分析。

3）在全面、彻底分析的基础上，要特别注意分析多种可能。过去很多学者习惯于只找到一种对自己最有利的可能，就下结论，而根本不考虑其他可能。这样的分析和结论都是不可靠的。

4）在多种可能中，要注意研究哪种可能性更大。当然由于角度不同，对哪种可能性更大也会有不同看法。

5）对版本研究也有悲观的看法，认为版本中的各种情况，都有多种解释，即"公说公有理，婆说婆有理"，最后没有结果。事实可能确实如此，但仔细分析，把各种可能都分析透，也是进步。

6）对版本研究的悲观看法还认为，由于不可能找到作者的原本，不可能找到版本演化中的所有版本，因此版本研究是没有前途的，白费力。的确，要找到作者原本和收集全部版本是不可能的，但这不意味着版本研究就没有前途。在新方法（如数字化）出现后，研究还是会有进展的。版本研究只要方法正确，就会有进展，虽然有时这些进展可能是很微小的。

总之，虽然古代小说版本数字化有各种困难，但我觉得数字化对版本研究还是绝对有价值的，虽然其市场不太大，但我还是要坚持下去。

（二）五大名著版本比对本

1. 从计算机比对到纸本比对本

（1）纸本比对本和版本研究的普及及深入

在古代小说版本数字化完成后，多年来一直是用计算机自动比对显示，以光盘形式提供给学者使用。我当时觉得计算机自动比对屏幕显示可实现任意版本比对，又可以多种方式显示，功能十分强大，因此从未考虑出版纸本的比对本。

第一，纸本比对本虽然技术难度不大，但比对本篇幅巨大，印刷成本较高。

第二，开始觉得计算机可实现全部版本的自动比对功能，十分强大，而忽略了计算机显示的不利之处。未考虑到一般学者并不需要仔细了解版本差异，只是对版本文字差异有大致了解即可。因此忽略了这部分学者的需求，因此没有及时做纸本。

纸本和计算机自动比对屏幕显示的关系还可以看作普及和深入的关系。

纸本适于版本研究的普及，而计算机自动比对屏幕显示适用于版本研究的深入。

今日回顾和总结古代小说版本的数字化，可以认为，古代小说版本数字化当初的开发目标是要解决版本研究的深入问题，希望为版本深入研究提供一个更简便的工具，可以深入研究人工难以研究的版本演化中的细节问题，实际也达到了这个目的。典型应用是日本的中川谕先生，我开发的版本比对软件对他帮助极大。因此他在研究新版本时，一定要先委托我完成版本数字化。

由于看到数字化对版本研究起的作用，使我疏忽了数字化对版本普及的重视。因为版本比对的纸本只能收入少量主要的版本，而这些主要版本的关系，对于版本研究人员来说，已经不需要再用数字比对去做仔细分析了。因此我也误以为，纸本意义不大。而未考虑版本纸本对于版本研究的普及作用。

近年来我先后参加了《三国演义》《金瓶梅》《水浒传》和《红楼梦》研讨会，会上我带去了编辑完成的主要版本纸本比对本，请与会专家审阅。虽然他们以前也看到过我的数字化比对，但他们又看到纸本的比对本，一致认为，纸本比对本对版本研究很有价值。由此使我觉得，纸本比对本对于普及版本研究还是有用处的。数字化比对既要有面对专业版本研究人员的计算机显示，也要有面向一般学者的纸本。这归根到底是个普及和深入问题。

有人认为编写这种纸本比对本没有多大意义，现在对版本有兴趣的人不多，有多少人会去买？这也是事实。据我所知，五大名著版本研究现状如下：
- 《红楼梦》版本研究还有不少爱好者。
- 《三国演义》和《水浒传》版本有兴趣的人也有。
- 《金瓶梅》版本有兴趣的不多。
- 《西游记》版本有兴趣的最少。

目前虽然各种版本的影印本和排印本出版很多，但缺乏真正可以使学者很方便地了解版本文字差异的相关资料。要学者们都去逐个比对版本文字差异根本不现实，这是导致对版本有兴趣和研究的人越来越少的根本原因。

但如果出版了这种纸本比对本，对于普及版本肯定有帮助，学者从比对本可以清楚看出版本的文字差异，就会引起对版本研究的兴趣，从而推进版本研究。

但纸本比对本的市场究竟有多大，目前还难以估计，还要看推出后的效果如何。

我想，五大名著版本比对本也是我这些年数字化的一个研究成果，也是一个总结，也是对大家的汇报，也了却自己的一个心愿。

（2）多种数字化比对和用户

数字化比对结果主要有两种使用方式，即计算机自动比对屏幕显示、版本纸本比对本。

- 计算机自动比对屏幕显示。

在计算机自动比对屏幕显示可以根据用户选择全部版本中的任意版本、任意一回进行比对，比对结果在计算机屏幕上自动显示。可以分栏显示，也可以逐行显示。计算机屏幕显示虽然细节差异很清楚，但版本差异的整体情况不清楚。计算机显示的优点是细节清楚，收入和可选版本多。缺点是整体性差。

- 版本纸本比对本。

纸本是以纸本形式显示少数几种版本的分栏比对结果。纸本可以整体、直观地显示少数几个版本的文字整体差异，非常清楚，克服了计算机屏幕显示整体性不清楚的缺点。但由于纸本限制，版本数量有限制，不可能制成任意多个版本的比对纸本，而只能选择几个主要的版本进行比对后，再以纸本形式提供给读者。

纸本与计算机自动比对屏幕显示优缺点刚好相反。纸本的优点是整体性好，阅读方便，缺点是细节不清楚，收入版本少。计算机自动比对屏幕显示文字细节差异很清楚，但阅读不方便，整体性不好。

五大名著纸本比对本的版本选择：

一种是选择几种主要版本进行比对，可了解主要版本之间的文字差异。

一种是只选最早最晚两种版本进行比对，而对于中间演化过程的版本不进行比对。这样可以清楚看出五大名著版本的开始和结束这首尾两种版本的文字差异，而省略去中间复杂的版本演化过程。

而两种纸本比对本也各有优缺点，纸本主要版本比对本可大致看出版本演化过程，而纸本首尾比对本只显示最初版本和最后版本的文字差异，更清楚明了。

这几种比对结果实际是针对三种不同的用户群体。

对五大名著版本有兴趣的人可分为三类。

第一类人是专业从事古代小说版本研究的学者。

对于版本研究的专业学者，要求是"精"和"深"，收入的版本数量越多越好。不仅要大致知道各类版本的文字差异，还要研究各类版本内部的差异的演变，要研究版本细节。例如，对于专门研究《水浒传》版本的学者，不止要看主要的四种版本，即繁本、全传本、简本和金批本，《水浒传》各个系统的所有版本都可能需要涉及或研究。

对这些专业版本研究者，提供的版本资料应该尽量全，比对要尽量细致，最好要做到逐字比对。

第二类人对版本有兴趣，希望了解版本演变的大致情况，但不进行深入研究。

这些人并不专业从事版本研究，只需要对于各种小说的各种版本的差异有个大致了解，只要知道版本分类和演化的大致情况就可以了，不需要了解版本和演化的详细内容和过程。如对于《三国演义》版本只要知道《三国演义》主要版本有四类，每类版本文字之间的大致差异就可以了。而并不需要知道每类版本中又细分几种，它们之间是如何演化的。这是古代小说一般研究人员和学生。

因此对于这部分人，应该提供对应他们要求的版本研究的专门资料，这样的版本资料只要使他们大致了解版本差异即可，不需要进行仔细研究。

第三类人的要求最低，这类人不关心版本的演化过程，只想知道五大名著最初和最后版本之间的文字差异即可。

总之，对不同人员，应该提供不同的版本资料。

对于第一类人，就要提供最完整、最详尽、细致、深入的资料，和可以逐字比对的研究手段。这最好就是用计算机比对。

从目前来看，纸本不可能把所有版本全部收入，因此对这类专业版本研究人员，最合适的手段还是版本数字化的计算机自动比对。计算机自动比对屏幕显示可对任意版本进行逐字比对，非常灵活。最适用于这些专门研究版本的学者，因为他们根据研究需要，希望了解所有版本比对的细节和细微差异，需要比对任意几个版本。

对于第二类人，只要提供五大名著主要版本的纸本比对本。

五大名著主要版本比对本是在每本书的几个主要系列中，各选几种主要版本进行比对，纸本比对本提供了一个全面、概括、清楚的版本简介资料，使得他们可以很方便大致了解版本差异，不需要进行仔细研究。这类人不是专业版本研究人员，他们只希望了解几个主要版本差异的大体情况即可，并不需要详细了解版本之间的细微差异。因此主要版本纸本比对本对他们最合适。

对于第三类人，可提供五大名著首尾两种版本的纸本比对本。

因此，计算机自动比对屏幕显示和两种纸本比对本各有优缺点，应该同时推出，互相补充，取长补短，用户可根据自己需要选用：

这三种比对本质上是两个极端和一个中间，以适应三种用户。

- 版本演化研究——计算机比对：需要对版本进行全面仔细研究的，可用计算机比对，是一个极端。
- 版本演化概况——主要版本纸本比对本：只想了解版本演化的主要过程的，可认为在两个极端之间居中，可用主要版本比对本。
- 版本最早和最晚概况——首尾两种纸本比对本：只关心最初版本和最后版本文字差异的，不关心中间演化过程的是另一个极端，可用首尾版本比对本。

这样用两个极端和一个中间、一个电子比对和两个纸本比对的三种比对方式，可适应三种不同要求的用户，是版本学习和研究最理想的方式。

（3）版本比对本编写方法

五大名著版本比对本根据选择版本多少，可分为两种：

第一种是选择五大名著演化中的主要版本进行比对，基本反映出版本演化的主要过程。五大名著版本中一般选四种。

第二种是只选五大名著演化中最初和最晚两三种版本进行比对，即只显示最初和最后版本的文字差异，而省略了中间版本。

比对方式又有三种：

第一种是标点分句比对，标点分句阅读很方便，但文字差异不清楚。

第二种是分栏比对，文字差异比分句比对明显，但差异细节不清楚。

第三种是逐行比对，文字差异整体不明显，但细节差异最清楚。

下面介绍五大名著纸本版本比对本的编写方法。

1) 分栏、分句和逐行比对

为便于读者比较阅读和比较两版本文字差异情况，分主要版本比对本和首尾版本比对本的纸本，根据情况选择分栏显示、分句显示和逐行显示三种比对。因为三种方式各有优缺点。

2) 简化字和繁体字

古代小说版本数字化文本有简化字和繁体字两种，经考虑最后决定只出版简化字版。这是因为：

第一，纸本是面对一般学者和版本爱好者，因此简化字方便阅读。

第二，繁体字的文本录入中有大量异体字和俗体字，要逐字检查，工作量极大。而简化字相对工作量较小。

3）文字错误和异体字、俗体字

原文本中有时有一些明显的文字错误，多是抄录时发生的错误。这些文字错误有的对版本研究还有参考价值。考虑编辑纸本比对本不是供一般阅读的，而主要是供版本研究参考的，因此对这些抄录中发生的文字错误一般都不改正。

另外，由于古代小说是供一般大众阅读，因此抄写时不十分严谨，有很多异体字、俗体字。在主要版本比对本中，全部改为正体字。但在其他版本比对本中，对于异体字和俗体字，将根据具体情况处理，有些改为正体字，有些就不改了。

4）文字差异大不比对

有些版本某些回目中的文字差异巨大。如《水浒传》中田王二传，全传本和简本故事差异太大，无法比对。因为没有比对，为便于读者阅读，文字就增加了标点符号。但因为故事完全不同，因此文字也就没有分段。

5）故事颠倒

《水浒传》刘唐送书给宋江和宋江见阎婆两故事，在容与堂本、评林本和全传本、金批本完全颠倒了。

在比对本中，为使读者更清楚这两个故事颠倒的情况，比对分两次进行。第一次不改变顺序比对第二十回和第二十一回，这样比对结果会出现大批文字空白。第二次人为改变故事顺序，改变全传本、金批本故事顺序，和繁本一样，再比对一次，这时文字差异就大大缩小了。

6）文字缺失

有些版本中文字有整回文字缺失。如《三国演义》叶逢春本十二卷中缺失二卷，为保持完整，缺失部分用其他版本（如余象斗本）补上，并加注。

7）分回不同

有些版本的分回不同，这又有两种情况。

- 有的是两回合并为一回。如《水浒传》简本的回目差异很大，有一百四回、一百十五回等几种。因为回目不同，因此有些回目就合并了。如评林本一百四回中第七、八两回合并为一回，类似情况还有很多。
- 有的是回目相同，但分回处不同。这在《三国演义》版本中有多处。在《西游记》中《西游证道书》因为补充了唐三藏出身，分回处和其他版本不同。

这样如照样比对，就会出现文字极大差异，对阅读很不利。

为此，对这类问题都做了调整。

- 两回合并为一回的，仍分为两回比对。
- 分回处不同的，选择某个版本为标准，其他版本都照此本分回处来修改。

这些修改都逐一加注说明。

以上这些修改并未改动版本的原文，只是为比对更清楚，而只改动了比对方式而已。

8）电子版和纸本都根据需要制作提供

以上无论是计算机比对还是纸本比对本，因为篇幅巨大，但需求不多，较难正式出版。

因此采取根据学者的不同需要，单独制作后提供。如有人需要，就根据需要制作电子版光盘或 U 盘及纸本，适当收取成本费后，提供给需要者。

五大名著主要版本的比对本已经初步完成。

- 《三国演义》：嘉靖元年本、叶逢春本、黄正甫和毛宗岗本，4 种。
- 《水浒传》：容与堂本、郁郁堂本、评林本和金圣叹本，4 种。
- 《西游记》：世德堂本、《唐僧西游记》、杨致和本和《西游证道书》，4 种。
- 《金瓶梅》：词话本和崇祯本，2 种。
- 《红楼梦》：甲戌本、庚辰本、戚序本、列藏本、甲辰本、郑藏本、杨藏本和程甲本、程乙本 9 种。《红楼梦》主要版本有 12 种，目前先初步完成了以上 9 种。其余 3 种：己卯本、蒙府本、舒序本，将来再继续整理。

五大名著主要版本比对本

小说	版本数	比对形式	册数	页数	字数（万）
《红楼梦》	9	分栏	3	2200	579
		逐行	3	2400	622
《三国演义》	4	分栏	3	1400	362
		逐行	3	1800	465
《水浒传》	4	分栏	2	1340	346
		逐行	2	1500	408
《西游记》	4	分栏	2	1190	313
		逐行	2	1500	390
《金瓶梅》	2	分栏	2	1000	210
		逐行	2	1220	254
合计	23		24	15550	3949

下面分别介绍五大名著的比对本。

2. 《三国演义》版本比对本

《三国演义》版本主要有以下四种：
- 嘉靖元年本：最早的版本。
- 毛宗岗本：最后最流行版本。
- 叶逢春本："志传"繁本系列最早版本。
- 黄正甫本："志传"简本系列典型版本。

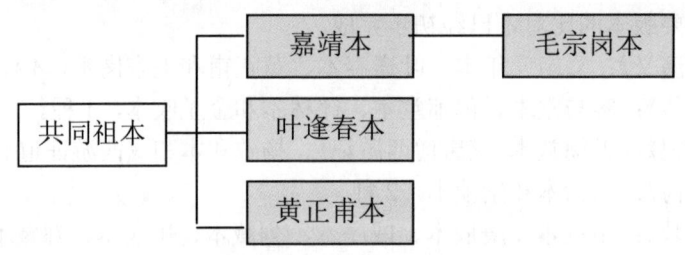

《三国演义》主要版本分类示意图

根据以上《三国演义》四种主要版本编写三种比对本：
- 分句比对本：标点分句，阅读方便，但差异不十分清楚。选嘉靖元年本、叶逢春本两个版本。
- 分栏比对本：差异清楚，但阅读不很方便。选嘉靖元年本、叶逢春本、黄正甫本和毛宗岗本四个版本。
- 逐行比对本：文字差异细节很清楚，但阅读最不方便。选嘉靖元年本、叶逢春本、黄正甫本、毛宗岗本四个版本。

以下《三国演义》三种比对本收入完整第一则文字，使读者完整了解比对本。
《三国演义》嘉靖元年本和叶逢春本分句比对本举例：

第一则　祭天地桃园结义

嘉靖元年本	叶逢春本
	一从混沌分天地，清浊剖辟阴阳气。 开天立教治乾坤，伏羲神农与黄帝。 少昊颛顼及高辛，唐尧虞舜相传继。 夏禹治水定中华，殷汤去纲行仁义。 成周历代八百年，战国纵横分十二。 七雄干戈乱如麻，始皇一统才三世。 高祖谈笑入咸阳，平秦灭楚登龙位。 惠帝懦弱吕后权，文景无为天下治。 聪明汉武学神仙，昭帝芳年弃尘世。 霍光废立昌邑王，孝宣登基喜宁谧。 元帝成帝孝哀帝，王莽篡夺朝廷废。 大哉光武后中兴，明章二帝合天意。 和殇安顺幸清平，冲质两朝皆早逝。 汉家气数致桓灵，炎炎红日将西坠。 献帝迁都社稷危，鼎足初分天地碎。 曹刘孙号魏蜀吴，万古流传三国志。
第一则　祭天地桃园结义 　　后汉桓帝崩，灵帝即位，时年十二岁。朝廷有大将军窦武、太傅陈蕃、司徒胡广共相辅佐。 　　至秋九月，中涓曹节、王甫弄权，窦武、陈蕃预谋诛之，机谋不密，反被曹节、王甫所害。中涓自此得权。 　　建宁二年四月十五日，帝会群臣于温德殿中。方欲升座，殿角狂风大作，见一条青蛇，从梁上飞下来，约二十余丈长，蟠于椅上。 　　灵帝惊倒，武士急慌救出，文武互相推拥，倒于丹墀者无数，须臾不见。 　　片时大雷大雨，降以冰雹，到半夜方住。东都城中，坏却房屋数千余间。 　　建宁四年二月，洛阳地震，省垣皆倒，海水泛溢，登、莱、沂、密，尽被大浪卷扫居民入海，遂改年熹平。自此边界时有反者。 　　熹平五年，改为光和，雌鸡化雄。 　　六月朔，黑气十余丈，飞入温德殿中。	**第一则　祭天地桃园结义** 　　后汉桓帝崩，灵帝即位，时年十二岁。朝廷有大将军窦武、太傅陈蕃、司徒胡广共相辅佐。 　　至秋九月，宦官曹节、王甫弄权，窦武、陈蕃谋诛，机谋不密，反被曹节、王甫所害，宦官自此得权。 　　建宁二年四月十五日，帝会群臣于温德殿中；却欲坐，忽狂风大作，见一条青蛇从梁上飞下，约长二十余丈，蟠于椅上。 　　灵帝惊倒，武士急荒救出，文武互相推倒于丹墀者无数。须臾不见此怪。 　　大雨大雷降以冰雹，到半夜方住，东都城中坏却房屋数千余间。 　　建宁四年二月，洛阳地震，省垣皆倒，海水泛溢，登、莱、沂、密尽被大浪卷扫，居民入海，遂改为熹平。自此边界时有反者。 　　熹平五年改为光和，地震五番。 　　六月朔，黑气十余丈飞入温德殿中。

嘉靖元年本（续1）	叶逢春本（续1）
秋七月，有虹见于玉堂，五原山岸，尽皆崩裂。种种不祥，非止一端。 于是灵帝忧惧，遂下诏，召光禄大夫杨赐等诣金商门，问以灾异之由及消复之术。赐对曰： 臣闻《春秋谶》曰："天投蜺，天下怨，海内乱。"加四百之期，亦复垂及。今妾媵奄尹之徒，共专国朝，欺罔日月，又鸿都门下，招会群小，造作赋税，见宠于时。更相荐说，旬月之间，并各拔擢：乐松处常伯，任芝居纳言，郄俭、梁鹄各受丰爵不次之宠，而令缙绅之徒委伏畎畮，口诵尧、舜之言，身蹈绝俗之行，弃捐沟壑，不见逮及。冠履倒易，陵谷代处。幸赖皇天垂象谴告。《周书》曰："天子见怪则修德，诸侯见怪则修政，卿大夫见怪则修职，士庶人见怪则修身。"唯陛下斥远佞巧之臣，速征鹤鸣之士，断绝尺一，抑止盘游。冀上天还威，众变可弭。 议郎蔡邕亦对，其略曰： 臣伏思诸异，皆亡国之怪也。天于大汉，殷勤不已，故屡出妖变，以当谴责，欲令人君感悟，改危即安。蜺堕鸡化，皆妇人干政之所致也。前者乳母赵娆，贵重天下；永乐门史霍玉，又为奸邪。察其赵、霍，将为国患。张颢、伟璋、赵玹、盖升，并叨时幸，宜念小人在位之咎。伏见郭禧、桥玄、刘宠皆忠实老成，宜为谋主。夫宰相大臣，君之四体，不宜听纳小吏，雕琢大臣也！且选举请托，众莫敢言，臣愿陛下忍而绝之。左右近臣，亦宜从化。人自抑损，以塞咎戒，则天道亏满，鬼神福谦矣！夫君臣不密，上有漏言之戒，下有失身之祸。愿寝臣表，无使尽忠之吏，受怨奸仇。谨奏。 帝览奏而叹息，因起更衣。曹节在后窃视，悉宣告左右，事遂泄露，邕等被罪。中涓吕强怜其才，奏请免罪。 后张让、赵忠、封谞、段珪、曹节、侯览、蹇硕、程旷、夏辉、郭胜这十人执掌朝纲，自此天下桃李，皆出于十常侍门下。朝廷	秋七月，有虹见于玉堂，　　原巫山岸，尽皆崩裂。种种不祥，非止一端。 此时宫中十常侍用事，那十人，张让、赵忠、段珪、曹节、侯览、封谞、蹇硕、程广、夏辉、郭胜。这十个把握朝纲，是他

| 嘉靖元年本（续2） | 叶逢春本（续2） |

嘉靖元年本（续2）：

待十人如师父，由是出入宫闱，稍无忌惮，府第依宫院盖造，不题。

却说中平元年甲子岁，巨鹿郡有一人，姓张，名角。一个兄弟张梁，一个兄弟张宝。

角，初是个不第次秀才，因往山中采药，遇一老人，碧眼童颜，手执藜杖，唤角至洞中，授书三卷，名《太平要术》咒符以道为念："代天宣化，普救世人；若萌异心，必获恶报。"

角拜求姓名，老人曰："吾乃南华老仙。"遂化阵清风不见了。

角得此书，晓夜攻习，能呼风唤雨，号为"太平道人"。

中平元年正月内，疫毒流行，张角散施符水，称"大贤良师"。请符救病者，无有不应。令患者亲诣座前，自说己过，角与忏悔，以致福利。角有徒弟五百余人，云游四方救病，次后徒众极多。

角立三十六方，分布大小方者，乃将军之称也。大方万余人，小方六七千，各立渠帅。

讹言："苍天已死，黄天当立；岁在甲子，天下大吉。"令众以白土，写"甲子"二字，于各家门上；及郡县市镇，宫观寺院门上，亦书"甲子"二字。

青、徐、幽、冀、荆、扬、兖、豫，其八州之人，家家侍奉大贤良师张角名字。

角遣大方马元义，暗赍金帛，结交十常侍封谞、徐奉，以为内应。

角与弟梁、宝商议云："至难得者，民心也。今民心已顺，若不乘势取天下，诚为万代之可惜！"梁云："正合弟机。"面造下黄旗，约会三月初五一齐举事，遣弟子唐州，驰书报封谞。

唐州径赴省中告变，帝召大将军何进调兵。先擒马元义斩之，次收封谞等一干

叶逢春本（续2）：

门下得官做，不是他门下，干有功劳且守缺期。灵帝自尝说："张常侍是我父，赵常侍是我母。"因此宦官全无忌惮，府第体官院盖造。

中平元年，岁甲子，鉅鹿郡有一人姓张名角，有两个兄弟，一个张梁，一个张宝。

张角初是个下第秀才，因往山中采药，遇一老人，碧眼童颜，手执藜杖，唤张角至祠中，授书二卷，名《太平要术》，祝付："以道为念，代天宣化，普救世人，若萌异心，必获恶报。"

张角拜求姓名，老人曰："吾乃南华老仙。"化阵清风而不见。

张角因得此书，晓夜攻习，能呼风唤雨，号为"太平道人"。

中平元年正月内，疫毒流行，张角散流施符水，称"大贤良师"，请符救病者无有不应。领患者亲诣座前，首说己过，角与忏悔，以求福利。角徒弟五百余人，云游四方救病，次后徒众极多。

角立三十六方，分布天下，方者乃将军之称也。大方万余人，小方六七千人。

各处州郡皆言："今岁岁在甲子，正是上元甲子，主天下太平。"取白土，于各家门上写"甲子"二字，至州城、县镇、宫观、寺院门上皆书"甲子"二字。

青、徐、幽、冀、荆、扬、兖、豫千里之间，家家侍奉大贤良师张角名字。

遣一人马元义，暗赍金帛，结好中常侍封谞、徐奉以为内应。

角与弟张宝商议曰："至难得者，民心也。今民心已顺，若不乘势取天下，诚为万代之可惜。"梁云："正合弟机。"一面造下黄旗。张角自号，约会于三月初五日一齐举事；结连封谞以为内应，遣弟子唐周驰书报封谞。

唐周径赴朝中告变。帝急召大将军何进乃何皇后之兄也。进调兵先擒马元义，

嘉靖嘉靖元年本（续3）	叶逢春本（续3）
人下狱。 　　张角闻知事发，星夜起兵。张角自称"天公将军"，弟宝称"地公将军"，弟梁称"人公将军"，召百姓云："今汉运数将终，大圣人出，汝等皆宜顺天从正，以乐太平。" 　　四方百姓，裹黄巾从张角反者四五十万，逢州遇县放火劫人，所在官吏望风逃窜。 　　何进奏帝："火速分头降诏，令各处备御，讨贼立功。"一面差中郎将卢植、皇甫嵩、朱儁各引精兵，分三路讨之。 　　且说张角一军前犯幽、燕界分。校尉邹靖来见幽州太守。太守姓刘，名焉，字均郎，江夏竟陵人也，汉鲁恭王之后。 　　刘焉问邹靖云："黄巾生发，侵及境界，当如之何？"靖曰："既汉天子有明诏，令各处讨贼，明公何不招军以助国用？"焉然其说，随即出榜，各处张挂，招募义兵，量才擢用。 　　时榜文到涿县张挂去，涿县楼桑村引出一个英雄。 　　那人平生不甚乐读书，喜犬马，爱音乐，美衣服；少言语，礼下于人，喜怒不形于色；好交游天下豪杰，素有大志。 　　生得身长七尺五寸，两耳垂肩，双手过膝，目能自顾其耳，面如冠玉，唇若涂朱。 　　中山靖王刘胜之后，汉景帝阁下玄孙，姓刘，名备，表字玄德。昔刘胜之子刘贞，汉武帝元狩六年封为涿郡陆城亭侯，坐酎金失侯，因此这一枝在涿郡。 　　玄德祖刘雄，父刘弘。因刘弘曾举孝廉，亦在州郡为吏。 　　备早丧父，事母至孝；家寒，贩履织席为业。舍东南角上有一桑树，高五丈余，遥望童童如小车盖，往来者皆言此树非凡，相者李定云："此家必出贵人。"玄德年幼时，与乡中小儿戏于树下，曰："我为天子，当乘此羽葆车盖。"叔父责曰："汝勿妄言，灭吾门也！"	斩之；次收封谞等一干人下狱。 　　张角闻知事发，星夜起，召百姓云："今汉运数终，有大圣人出，尔等皆宜顺天从正，以乐太平。" 　　四方百姓裹黄巾从张角，反者四五十万，逢州遇县，放火劫人，所在官吏望风逃窜。 　　何进奏帝："火速分头降诏，令各处备御，讨贼立功。"一面遣中郎将卢植、皇甫嵩、朱隽各引兵五万，分三路讨贼。 　　且说张角一军，前犯幽燕界分，校尉邹靖来见幽州太守。太守姓刘名焉，字君朗，江夏竟陵人也，汉鲁恭王之后。 　　刘焉问邹靖云："黄巾生发，侵及境界，当如之何？"邹靖曰："既汉天子有明诏令各处讨贼，明公何不招军以助国用？"焉然其说，随即出榜，各处张挂，召募义兵，量才擢职。 　　时榜文到涿州张挂去，涿县楼桑村引出一个英雄汉。 　　那人平生不好诗书，只喜犬马，爱音乐，美衣服，少言语，礼下于人，喜怒不形于色，好交游天下豪杰，素有大志。 　　生得身长七尺五寸，两耳垂肩，双手过膝，龙目凤准，其面如冠玉，唇若涂朱。 　　中山靖王刘胜之后，汉景帝阁下玄孙，姓刘名备，表字玄德。昔刘胜之子刘真，汉武帝元狩六年，封为涿县陆城亭侯，因此这一支流落在涿县。 　　玄德祖父刘雄、父刘弘曾举孝廉，亦无世仕，州郡为吏。 　　弘早丧，玄德事母至孝，家寒无可养赡，贩履织席为业。玄德住处，草舍东南角篱内有一株大桑树，高五丈余，枝叶茂盛，远近通望见，重重如车盖，往来之人皆言此树非凡。有相者李定曰："此家必出贵人。"初，玄德幼时，与乡中小儿戏于树下，玄德曰："我为天子，当乘此羽葆盖车。"叔父戒之曰："汝勿妄言，灭吾

嘉靖元年本（续4）	叶逢春本（续4）
	门也。"
年一十五岁，母使行学，与同宗刘德然、辽西公孙瓒为友。玄德叔父刘元起见玄德家贫，常资给之。元起妻曰："各自一家，何能常耳。"元起曰："吾宗中有此儿，非常人也！"	年一十五岁，母使行学，与同宗刘德然、辽西公孙瓒为友。刘德然父刘元起见玄德家贫，常资给之。元起妻云："各自一家，何能常尔？"元起曰："吾宗中有是儿，非常人也。"
中平元年，涿郡招军。此时玄德年二十八岁，立于榜下，长叹一声而回，随后一人厉声言曰："大丈夫不与国家出力，何苦长叹？"	中平元年，涿郡招军时，玄德二十八岁，立于榜下，长叹一声而回，后有一人，厉声而言曰："大丈夫不与国家出力，何故长叹耶？"
玄德回顾，见其人身长八尺，豹头环眼，燕颔虎须，声若巨雷，势如奔马。玄德见此人形貌异常，遂与同入村中，问其姓名。	玄德回头，见其人身长八尺，豹头环眼，燕颔虎须，声若巨雷，势如奔马。玄德见此人形貌异常，遂与同入村，务问其人姓名。
其人曰："吾姓张，名飞，字益德。世居涿郡，颇有庄田，卖酒屠猪，专好结义天下壮士。却才见公看榜，缘何长叹？"	其人云："姓张名飞，字翼德，世家涿郡，颇有庄田，卖酒屠猪，专好结义天下壮士。却才见公看榜，何故长叹？"
玄德曰："我本汉室宗亲，姓刘，名备，字玄德。今闻黄巾贼起，劫掠州县，有心待扫荡中原，匡扶社稷，恨力不能耳！"	玄德曰："我本汉室宗亲，姓刘名备，字玄德，今闻黄巾起，劫掠州县，有心待扫荡中原，匡扶社稷，恨力不能尔！"
飞曰："正合吾机。吾有庄客数人，同举大事，若何？"玄德甚喜。	飞曰："正合吾机，吾有庄客数人，同举大事若何？"玄德甚喜。
留饮酒间，见一大汉推一辆小车，到店门外歇下车子，入来饮酒，坐在桑木凳上，唤酒保："即酾酒来，我待赶入城去充军，怕迟了！"	飞邀玄德入酒店，正饮间，见一大汉推一辆车到店门外，倚下车子，入来饮酒，坐在桑木凳上，唤酒保："疾筛酒来，我待赶入城去充军，怕迟了。"
玄德看其人，身长九尺三寸，髯长一尺八寸，面如重枣，唇若抹朱，丹凤眼，卧蚕眉，相貌堂堂，威风凛凛。玄德就邀同坐，问及姓名。	玄德看其人身长九尺三寸，须长一尺八寸，面如重枣，唇若涂朱，丹凤眼，卧蚕眉，相貌堂堂，威风凛凛。玄德就邀同坐，问其姓名。
其人言曰："吾姓关，名羽，字长生，其后改为云长，乃河东解良人也。因本处豪霸倚势欺人，关某杀之，逃难江湖五六年矣。今闻招募义士破黄巾贼，欲往应募。"玄德遂以己志告之。	其人言曰："吾姓关名羽，字寿长，后改为云长，河东解良人也。因本处豪霸倚势欺人，关某杀之，逃难江湖五六年矣。今闻召募义士破黄巾贼，欲往应募。"玄德以遂以己志告之。
三人大喜，同到张飞庄上，共论天下之事。关、张年纪皆小如玄德，遂欲拜为兄。	三人大喜，同到张飞庄上，共论天下之事。关、张皆小如玄德，欲拜为兄。
飞曰："我庄后有一桃园，开花茂盛，明日可宰白马祭天，杀乌牛祭地，俺兄弟三人结生死之交，如何？"三人大喜。	飞曰："我庄后有一小园，桃花盛开，明日可宰白马祭天，杀乌牛祭地，俺兄弟三人结生死之交，如何？"三人大喜。

嘉靖元年本（续5）	叶逢春本（续5）
次日，于桃园中列下金纸银钱，宰杀乌牛白马，列于地上。 三人焚香再拜，而说誓曰："念刘备、关羽、张飞虽然异姓，结为兄弟，同心协力，救困扶危，上报国家，下安黎庶，不求同年同月同日生，只愿同年同月同日死。皇天后土，以鉴此心，背义忘恩，天人共戮！" 誓毕，共拜玄德为兄，关某次之，张飞为弟。祭罢天地，同拜玄德老母；将祭福物聚乡中英雄之人，得三百有余，就桃园中痛饮一醉。 来日收拾军器，恨无匹马可乘。正思虑间，人报有两客人，引十数伴当，赶一群马，投庄上来。玄德曰："此天佑我等，当成大事。"三人出庄迎接。 为头两个商人，乃中山大商：一个是张世平，一个是苏双，每年往北地贩马，正值寇发，归乡回来。 玄德请二人到庄上，置酒管待，诉及欲与民除害，扶助汉朝。张世平、苏双大喜，愿将良马五十匹送与玄德，又赠金银五百两，镔铁一千斤，以资器用。 玄德求良匠打造双股剑。关某造八十二斤青龙偃月刀，又名"冷艳锯"。张飞造丈八点钢矛。各制全身铠甲。 一齐完备，共聚五百余人，来见邹靖。邹靖引见太守刘焉。 三人参拜已毕，问其姓名。说起宗派，刘焉大喜云："既是汉室宗亲，但有功勋，必当重用。"因此认玄德为侄。整点军马。 人报黄巾贼大方程远志人马五万，哨近涿郡。刘焉差马步校尉邹靖，着引刘玄德为先锋，前去破敌。玄德大喜，即与关、张飞身上马，来干大功。试看怎生取胜？	次日，于桃园中列下金钱纸烛，宰乌牛、白马祭献天地。 三人焚香再拜，而设誓曰："念刘备、关羽、张飞，虽然异姓为兄弟，同心协力，救困扶危，上报国家，下安黎民，不求同年同月同日生，只愿同年同月同日死。皇天后土，以鉴此心，背义忘恩，天神共戮！" 誓毕，共拜玄德为兄，关羽次之，张飞为弟，三人祭罢天地，同拜玄德老母，将福物聚乡中敢勇之人，得三百余人，□处于桃园中痛饮一醉。 来日，收拾军兵，只恨无马匹可乘。正思虑间，人报有二个客人，引十数个伴当，赶一群马，投庄上来。玄德曰："此天佑我等，当成大事。"三人出庄近迎。 马头两个客人，乃中山大商，一个是张世平，一个是苏双。递年往北地贩马，正值寇发，归乡未到。 玄德曰可请二人到庄上，置酒管待，谕说欲与民除害，扶助汉朝。张世平、苏双大喜，愿将良马五十匹送与玄德，又赠金银五百两，镔铁一千斤，以资器用。 玄德求良匠打造双股剑，关羽造八十二斤青龙偃月刀，又名"冷艳锯"，张飞造丈八点钢蛇矛。各制全身铠甲。 一齐完备，共聚五百余人，来见邹靖，邹靖引见太守刘焉。 三人参拜已毕，问其姓名。玄德说起宗派，刘焉大喜，云："既是汉室宗亲，但奏功勋，必当重用。"因此认玄德为侄，整点军马。 人报黄巾贼大方程远志，人马五万哨近涿州，刘焉差马步校尉邹靖，引刘备为先锋，前去破敌。玄德大喜，与关羽、张飞飞身上马，来干大功。怎生取胜？

《三国演义》主要版本分栏比对本举例：
- 嘉靖元年本：祭天地桃园结义
- 叶逢春本：祭天地桃园结义
- 黄正甫本：祭天地桃园结义
- 毛宗岗本：宴桃园豪杰三结义

第一则　祭天地桃园结义

嘉靖元年本	叶逢春本	黄正甫本	毛宗岗本
			话说天下大势分久
			必合合久必分周末
			七国分争并入于秦
			及秦灭之后楚汉分
			争又并入于汉汉朝
			自高祖斩白蛇而起
后汉	后汉	后汉	义一统天下后　来
			光武中兴传至献帝
			遂分为三国推其致
			乱之由殆始于桓灵
			二帝桓帝禁锢善类
桓帝崩	桓帝崩	桓帝崩	崇信宦官及桓帝崩
灵帝即位时年十二	灵帝即位时年十二	灵帝即位　年十二	灵帝即位
岁朝廷有大将军窦	岁朝廷有大将军窦	岁　　　大将军窦	大将军窦
武太傅陈蕃司徒胡	武太傅陈蕃　徒胡	武太傅陈蕃司徒胡	武太傅陈蕃
广共相辅佐　至	广共相辅佐　至	广共相辅佐　至	共相辅佐时有
秋九　月　中涓	秋九　月宦官	秋九日　宦官	宦官
曹节王甫　弄权窦	曹节王甫　弄权窦	曹节王甫　弄权窦	曹节　等弄权窦
武陈蕃预谋诛之机	武陈蕃　谋诛　机	武　　　　　　机	武陈蕃　谋诛之机
谋不密反被曹节	谋不密反被曹节	谋不密反被曹节	事　不密反
王甫　所害中涓	王甫　所害　宦	王甫　所害　宦	为所害中涓
自此得权　建	官自此得权　建	官自此得权　建	自此　愈横建
宁二年四月　十五	宁二年四月　十五	宁二年四月　十五	宁二年四月望
日帝会群臣于　温	日帝会群臣于　温	日帝会群臣于　温	日帝　　　御温
德殿中　方欲升座	德殿中却　欲	德殿	德殿　方　升座
殿角　狂风大作	坐忽狂风大作	忽狂风大作	殿角　狂风
见一条　青	见一条　青	见一条　青	骤起只见一条大青
蛇从梁上飞　下来	蛇从梁上飞　下	蛇从梁上飞　下	蛇从梁上飞将下来
约　二十余丈长蟠	约长二十余丈　蟠	约长二十余丈　蟠	蟠
于椅上灵帝惊倒	于椅上灵帝惊倒	于椅上灵帝惊倒	于椅上　帝惊倒左
武士急　慌救出	武士急荒　救出	武士　　救	右　急　救
文武互相推拥倒	文武互相推　倒	起文武互相推　倒	
于丹墀者无数	于丹墀者无数	于丹墀	入宫

第一则　祭天地桃园结义（续1）

嘉靖元年本	叶逢春本	黄正甫本	毛宗岗本
须臾	须臾	须臾	百官俱奔避须臾蛇
不见　　片时	不见　此怪	不见降下	不见
大雷大雨	大雨	雷　雨	了忽然大雷大雨加
降以冰雹	大雷降以冰　雹	水雹	以冰　雹落
到半夜方　住东都	到半夜方　住东都	半夜方止　东都	到半夜方止
城　中坏却房屋	城　中坏却房屋	城境　坏　屋	坏却房屋无
数千余间　建宁四	数千余间　建宁四	数千　　所建宁四	数　　　　建宁四
年二月洛阳地震	年二月洛阳地震	年二月洛阳地震	年二月洛阳地震又
省垣皆倒海水泛溢	省垣皆倒海水泛溢	省垣皆倒海水泛溢	海水泛溢
登莱沂密	登莱沂密		沿海居民
尽被大浪卷扫居民	尽被大浪卷扫居民	大浪卷扫居民	尽被大浪卷
入海遂改　年熹	入海遂改　为　熹	入海遂改元　熹	入海
平自此　边界时有	平自此　边界时有	平　　时边界	
反者　　熹平五年	反者　　熹平五年	反者极多熹平五年	
改为　光和　雌	改为　光和	改为　光和	中光和元年雌
鸡化雄　　　　六	地震五番六	地震五番六	鸡化雄　　　　六
月朔黑气十余丈飞	月朔黑气十余丈飞	月　黑气十余丈	月朔黑气十余丈飞
入温　德殿中秋七	入温　德殿中秋七	入温　德殿　　七	入温雄　殿中秋七
月有虹　见于	月有虹　见于	月　虹　见于王室	月有虹现　于
玉堂五原　　山岸	玉堂　原巫　山岸	五原　函山岸	玉堂五原　　山岸
尽皆崩裂种种不祥	尽皆崩裂种种不祥	尽皆崩裂	尽皆崩裂种种不祥
非止一端　于是灵	非止一端此	非止一端	非止一端
帝忧惧遂下诏召光			帝　　　下诏
禄大夫杨赐等诣金			
商门问　以灾异			问群臣以灾异
之由及消复之术赐			之由
对曰臣闻春秋谶曰			
天投蜺天下怨海内			
乱加四百之期亦复			
垂及今妾媵奄尹之			
徒共专国朝欺罔日			
月又鸿都门下招会			
群小造作赋税见宠			
于时更相荐说旬月	时	时	
之间并各拔擢乐松			
处　　常伯任芝	宫中十常	宫中十常	
居纳言郄俭梁鹄各			
受丰爵不次之宠而			
令缙绅之徒委伏畎			
晦口诵尧舜之言身			

第一则　祭天地桃园结义（续2）

嘉靖元年本	叶逢春本	黄正甫本	毛宗岗本
蹈绝俗之行弃捐沟			
壑不见逮及冠履倒			
易陵谷代处幸赖皇			
天垂象谴告周书曰			
天子见怪则修德诸			
侯见怪则修政卿大			
夫见怪则修职士庶			
人见怪则修身唯陛			
下斥远佞巧之臣速			
征鹤鸣之士断绝尺			
一抑止盘游冀上天			
还威众变可弭议郎			议郎
蔡邕　亦对其略			蔡邕上疏
曰臣伏思诸异皆亡			
国之怪也天于大汉			
殷勤不已故屡出妖			
变以当谴责欲令人			以
君感悟改危即安霓			
堕鸡化　皆妇			为蜺堕鸡化乃　妇
人　干政之所致也			寺干政之所致
前者乳母赵娆贵重			
天下永乐门史霍玉			
又为奸邪察其赵霍			
将为国患张颢伟璋			
赵玹盖升并叨时幸			
宜念小人在位之咎			
伏见郭禧桥玄刘宠			
皆忠实老成宜为谋			
主夫宰相大臣君之			
四体不宜听纳小吏			
雕琢大臣也且选举			
请托众莫敢言臣愿			
陛下忍而绝之左右			
近臣亦宜从化	侍用	侍用	
人自抑损以	事那十人	事	
塞咎戒则天道亏满			
鬼神福谦矣夫君臣			
不密上有漏言之戒			言
下有失身之祸愿寝			
臣表无使尽忠之吏			

第一则　祭天地桃园结义（续3）

嘉靖元年本	叶逢春本	黄正甫本	毛宗岗本
受怨奸仇谨奏			颇切
帝览奏而叹息因			直帝览奏　叹息因
起更衣曹节在后窃			起更衣曹节在后窃
视悉宣告左右			视悉宣告左右遂以
事遂泄露　邕等			他事　　　陷邕
被罪中涓吕强怜其			
才奏请免　罪			于罪放归
后张让赵忠封	张让赵忠	张让赵忠	田里后张让赵忠封
谞段珪　曹节侯览	段　圭曹节侯览	段珪　曹节侯览	谞段珪　曹节侯览
蹇硕程旷　夏	封谞蹇硕程　广夏	封谞蹇硕　　夏	蹇硕程旷　夏
辉　郭胜这十	辉　郭胜这十个把	辉　郭胜　　把	恽郭胜　十
人	握	握	人朋比为奸号为
			十常侍帝尊信张让
执掌朝纲	朝纲	朝	呼为阿父　朝
自此	是他门		政日非
天下桃李皆出	下		以致天下
于十	得官做不　是	钢是	
	他门下	他门下封官赐爵不	
	干有功劳	是门下虽　有功劳	
	且守缺期	不得升官	
	灵帝自尝说　张	灵帝　　常言张	
	常侍是我父赵常侍	常侍是我父赵常侍	
门下朝廷待十人			人心
	如		思乱盗贼蜂起时
师父由是出入宫闱	是	是	
稍	我母因此宦官全	我母因此宦官全	
无忌惮府第　依	无忌惮府第体官	无忌惮	
宫院盖造不题却说	院盖造		
中平元年　甲子岁	中平元年岁甲子	中平元年岁甲子	
巨　鹿郡有一人姓	钜鹿郡有一人姓	钜鹿郡　一人姓	巨　鹿郡有
张名角　　一个	张名角　有两　个	张名角二	
兄弟　　张梁	兄弟　　一个张梁	弟　　张梁	兄弟三人
一个兄弟张宝	一个　张宝张	张宝张	一　　　名张
角初	角初	角初	角　一名张宝一名
是个	是个	是	张梁那张角本是个
不　第秀才因　往	下第秀才因　往	秀才因　往	不　第秀才因入
山中采药遇一老人	山中采药遇一老人	山中采药遇一老人	山　采药遇一老人
碧眼童颜手执藜杖	碧眼童颜手执藜杖	碧眼童颜手执藜杖	碧眼童颜手执藜杖
唤　角至　洞　中	唤张角至　　祠中	唤张角	唤　角至一洞　中
授　书三卷	授　书　二卷	授　书　三卷	以天书三　卷授

第一则 祭天地桃园结义（续4）

嘉靖元年本	叶逢春本	黄正甫本	毛宗岗本
名太平要术	名太平要术	名太平要术	之曰此名太平要术
咒符　　　以	祝付　　　以	嘱　付角曰以	
道为念	道为念	此道	汝得之当
代天宣化普救世人	代天宣化普救世人	普救世人	代天宣化普救世人
若萌异心必获恶报	若萌异心必获恶报	若萌异心必获恶报	若萌异心必获恶报
角拜求　姓名老	张角拜求　姓名老	张角拜求　姓名老	角拜　问姓名老
人曰吾乃南华老仙	人曰吾乃南华老仙	人曰吾乃南华老仙	人曰吾乃南华老仙
遂化阵清风	化阵清风	言讫　化阵清风	也言讫　化阵清风
不见　了角	而　不见张　角因	而去　　　角	而去　　　角
得此书晓夜攻习能	得此书晓夜攻习能	得此书　　　能	得此书晓夜攻习能
呼风唤雨号为太平	呼风唤雨号为太平	呼风唤雨号为太平	呼风唤雨号为太平
道人中平元年正月	道人中平元年正月	道人中平元年正月	道人中平元年正月
内疫　毒流行张角	内疫　毒流行张角	疫　毒流行张角	内疫气　流行张角
散　施符水	散流　施符水	遍施符水	散　施符水为人
称大贤良师	称大贤良师	称大贤良师	治病自称大贤良师
请符救病者无有不	请符救病者无有不	请符救病者无有不	
应　令患者亲	应领惠　者亲	验	
诣座前自　说己过	诣座前　首说己过		
角与忏悔以　致福	角与忏悔以求　福	角　忏悔以求　福	
利角有徒弟五百余	利角　徒弟五百余	利　　徒弟五百余	角有徒弟五百余
人云游四方	人云游四方	人云游四方	人云游四方皆能书
救病次后徒	救病次后徒		符念咒　次后徒
众　极多角　立	众　极多角　立	角　立下	众曰　多角乃立
三十六方分布	三十六方分布天下	三十六方分布天下	三十六方
大小方者乃将军之	方者乃将军之		
称也大方万余人小	称也大方万余人小	大方万余人小	大方万余人小
方六七千　各立渠	方六七千人各	方六七千人各	方六七千　各立渠
帅　　　讹	处州	处州	帅称为将军讹
言苍天已死黄	郡皆言	郡皆言	言苍天已死黄
天当立　岁在甲	今岁岁在甲	今岁　甲	天当立　岁在甲
子	子正是上元甲子主	子正是上元甲子主	子
天下　　大吉令	天下太平取	天下太平取	天下　　大吉令
众以白土	白土于各	白土	人各　以白土
写甲子二字	家门上写甲子二字		
于各家门上	至州城	至州	
及郡县市　镇宫观	县　　镇宫观	具镇宫观	
寺院　　门上	寺院　　门上	寺院并民家口　上	
亦　书甲子二字	皆书甲子二字	皆书甲子二字	书甲子二字于
青　徐	青　徐	青　徐	家中大门上青幽徐
幽　冀荆扬充　豫	幽　冀荆扬充　豫	幽豫　荆扬充冀	冀荆扬充　豫

第一则　祭天地桃园结义（续5）

嘉靖元年本	叶逢春本	黄正甫本	毛宗岗本
其八州之人	千里之间	千里之间	八州之人
家家侍奉大贤良师	家家侍奉大贤良师	家家侍奉大贤良师	家家侍奉大贤良师
张角名字角遣	张角名字　遣	张角名字角	张角名字角遣其党
大方　马元义暗	一人马元义暗		马元义暗
赍金帛结交十	赍金帛结　好中		赍金帛结交　中
常侍　封谞徐奉以	常侍　封谞徐奉以		涓封谞　以
为内应角与　弟	为内应角与　弟张	与　弟张	为内应角与二弟
梁宝商议云　至难	宝商议　曰至难	宝商议　曰至难	商议　曰至难
得者民心也今民心	得者民心也今民心	得者民心也今民心	得者民心也今民心
已顺若不乘势取天	已顺若不乘势取天	已顺若不乘势取天	已顺若不乘势取天
下诚为万代之可惜	下诚为万代之可惜	下诚为万代之可惜	下诚为　　可惜
梁云正合弟机	梁云正合弟机	宝曰　正合弟	
			遂一面私造黄旗约
一面造	一面造	意遂造	期举事一面
下黄旗	下黄旗　张角自	下黄旗写张角　字	
约会　三月初五	号约会于三月初五	号约会于三月初五	
一齐举事	日一齐举事	日一齐举事先遣马	
	结连	元义暗赍金帛结连	
封谞以	十常侍封谞徐奉以		
遣弟子	为内应遣弟子	为内应后遣弟	使弟子
唐州驰书报封	唐周驰书报封	唐周驰书报封	唐周驰书报封
谞唐州径赴省	谞唐周径赴	谞	谞唐周乃径赴省
中告变帝	朝中告变帝急	朝中激交帝	中告变帝
召大将军何	召大将军何进乃何	召	召大将军何进
进调	皇后之兄也进调	皇后兄何进	调
兵先擒马元义斩之	兵先擒马元义斩之	先擒马元义斩之	兵擒马元义斩之
次收封谞等一干	次收封谞等一干	又收封谞等一	次收封谞等一干
人下狱张角闻知	人下狱张角闻知	十人下狱张角知	人下狱张角闻知
事发星夜起兵	事发星夜起	事发星夜	事露星夜举兵
张角自称天公将军			自称天公将军
弟宝称地公将军			张宝称地公将军
弟梁称人公将军			张梁称人公将军
召百姓云	召百姓云	召百姓	申言于众
今汉运数将终	今汉运数　终有	曰今汉运数　终有	曰今汉运　将终
大圣人出汝等	大圣人出　尔等	大圣人出你　等	大圣人出汝等
皆宜顺天从正	皆宜顺天从正	皆顺天八正从正	皆宜顺天从正
以乐太	以乐太	以取富贵于是	以乐太
平四方百姓裹黄	平四方百姓裹黄	百姓皆裹黄	平四方百姓裹黄
巾从张角反者四五	巾从张角反者四五	巾从张角反者四五	巾从张角反者四五
十万逢州	十万逢州	十万逢州	十万贼势浩大

第一则　祭天地桃园结义（续6）

嘉靖元年本	叶逢春本	黄正甫本	毛宗岗本
遇县放火劫人所在官吏　望风逃窜　何进奏帝火速分头降诏令各处备御讨贼立功一面差中郎将卢植皇甫嵩朱　隽各引精兵　分三路讨之　且说张角一军前　犯幽燕　界分校尉邹靖来见幽州太守太守姓刘名焉字均郎　江夏竟陵人也　汉鲁恭王之后	遇县放火劫人所在官吏　望风逃窜　何进奏帝火速分投　降诏令各处备御讨贼立功一面遣　中郎将卢植皇甫嵩朱　隽各引兵五万分三路讨贼且说张角一军前　犯幽燕　界分校尉邹靖来见幽州太守太守姓刘名焉字　君朗　江夏竟陵人也　汉鲁恭王之后	遇县放火劫人所在官吏　望风逃窜　何进奏帝火速　降诏令各处御备　讨贼立功遣　中郎将卢植皇甫嵩朱　隽各引兵五万分三路讨贼　张角兵犯幽燕　界校尉邹靖来见　州太守　　刘　焉字　君朗　江夏竟陵人　汉鲁恭王之后	官军望风　而靡何进奏帝火速降诏令各处备御讨贼立功一面遣　中郎将卢植皇甫朱俊　各引精兵　分三路讨之　且说张角一军前　犯幽　州界分　　　　　幽州太守　　刘　焉乃江夏竟陵人　氏汉鲁恭王之后也当时闻得贼兵将至召校尉邹靖计议
刘焉问邹靖云黄巾生发侵及境界当如之何　靖曰既汉天子有明诏令各处讨贼　明公　何不招军以助国用焉然其说随即出榜各处张挂　招募义兵量才擢　用时榜文　到涿县张挂去涿县楼桑村引出　　一个英雄	刘焉问邹靖云黄巾生发侵及境界当如之何　靖曰既汉天子有明诏令各处讨贼　明公　何不招军以助国用焉然其说随即出榜各处张挂召　募义兵量才擢职　时榜文　到涿　州张挂去涿县楼桑村引出　　一个英雄	焉问校尉邹靖曰黄巾生发如　何除邹靖曰　天子　明诏令各处讨贼　明公　何不招军以助国用焉　即出榜各处张挂　招募义兵　　　　时　　　涿　州涿县楼桑村　　一个英雄	贼兵众我兵寡明公宜作速招军　应敌刘焉然其说随即出榜　　招募义兵　　　出涿县中一个英雄
那人平生不甚乐读书喜犬马爱音乐美衣服　少言语礼下于人喜怒不形于色好交游天下豪杰素有大志　　生得身长七尺五寸两耳垂肩双手过膝目能自顾　其耳	汉那人平生不好诗　书只喜犬马爱音乐美衣服　少言语礼下于人喜怒不形于色好交游天下豪杰素有大志　　生得身长七尺五寸两耳垂肩双手过膝龙目　凤准其	爱　　　　　　　　　音乐美　服饰少言语礼下于人　　　　好交游天下豪杰素有大志　　生得身长七尺五寸两耳垂肩双手过膝龙眉凤目	那人　不甚好　读书性宽和寡　言语　喜怒不形于色　　　于色素有大志专好结交天下豪杰生得身长七尺五寸两耳垂肩双手过膝目能自顾　其耳

第一则　祭天地桃园结义（续7）

嘉靖元年本	叶逢春本	黄正甫本	毛宗岗本
面如冠玉唇若涂朱	面如冠玉唇若涂朱	面如冠玉唇若涂朱	面如冠玉唇若涂
中山靖王刘	中山靖王刘	乃　中山靖王刘	脂中山靖王刘
胜之后汉景帝阁下	胜之后汉景帝阁下	胜之后汉景帝	胜之后汉景帝阁下
玄孙姓刘名备表字	玄孙姓刘名备表字	玄孙姓刘名备　字	玄孙姓刘名备　字
玄德昔刘胜之子刘	玄德昔刘胜之子刘	玄德昔刘胜之子刘	玄德昔刘胜之子刘
贞　汉武帝元	真　　汉武帝元	直汉武帝元	贞　汉武时
狩六年封为涿　郡	狩六年封为涿县	狩六年封为涿县	封　涿
陆城　亭侯　坐酎	陆城　亭	陆城　亭侯	鹿亭侯后坐酎
金失侯因此　这一	侯因此　这一	因此　　一	金失侯因此遗这一
枝在涿郡	支流落　在涿　县	支流落　在涿　县	枝在涿　县
玄德祖　刘雄父刘	玄德祖父刘雄父	玄德祖　刘雄父	玄德祖　刘雄父刘
弘因刘弘曾举孝廉	刘弘曾举孝廉	刘弘曾举孝廉	弘　　弘曾举孝廉
亦　　　　在州	亦　　无世仕　州	州	亦尝作
郡为吏　备早丧父	郡为吏弘　早丧	郡为吏弘　早丧	吏　　早丧
事母至孝	玄德　　事母至孝	玄德　事母至孝	玄德幼孤事母至孝
家　寒　　　贩	家　寒无可养赡贩	家	家贫　　　　贩
履　织席为业	履　织席为业	贫编履　织席为业	履织席为业
舍	玄德住处草舍	玄德　　草舍	家　住　　　本
东	东		县楼桑村其家之东
南角　　上有一	南角篱内　有一株	有　株	南　　　　有一
桑树高五丈余	大桑树高五丈余枝	桑树高五丈余枝	大桑树高五丈余
遥望	叶茂盛远近通　望	叶茂盛	遥望
童童　　如小	见重重如	重重如	之童童　　如
车盖往来者　皆	车盖往来　之人皆	车盖　　　人皆	车盖
言此树非凡　相	言此树非凡有相	言此树非凡有相士	相
者李定云　此家必	者李定　曰此家必	李定　曰此家必	者　云　此家必
出贵人　玄德年幼	出贵人初玄德　幼	出贵人　玄德　幼	出贵人　玄德　幼
时与乡中小儿戏于	时与乡中小儿戏于	时与乡中小儿戏于	时与乡中小儿戏于
树下　　曰我为天	树下玄德曰我为天	树下　　曰我为天	树下　　曰我为天
子当乘此羽葆　车	子当乘此羽葆盖车	子当乘此羽葆盖车	子当乘此　　　车
盖叔父责　曰汝	叔父　戒之曰汝	叔父　戒之曰汝	盖叔父
勿妄言灭吾门也年	勿妄言灭吾门也年	勿妄言灭吾门也年	
一十五岁母使行学	一十五岁母使行学	一十五岁	
与同宗刘德然辽西	与同宗刘德然辽西	与同宗刘德然辽西	
公孙　瓒为友　玄	公孙　瓒为友刘	公孙瓒　为友	
德叔　父刘元起	德　然父刘元起	德　然父刘元起	刘元起奇
			其言曰此儿非常人
见玄德家贫常	见玄德家贫常	见玄德家贫常	也因见玄德家贫
资给之元起妻　曰	资给之元起妻云	资给之元起妻　曰	资给之
各自一家何能	各自一家何能	各自一家何能济他	

第一则　祭天地桃园结义（续8）

嘉靖元年本	叶逢春本	黄正甫本	毛宗岗本
常耳　元起曰吾宗中有此　儿非常人也中平元年涿郡	常　尔元起曰吾宗中有　是儿非常人也中平元年涿郡	元起曰　宗中　此　儿非常人也中平元年涿郡	年　十五岁母使游学尝师事郑玄卢植与公孙瓒等为友及刘焉发
招军此时玄德年二十八岁	招军　时玄德二十八岁	招军　时玄德二十八岁	榜招军　时玄德年已二十八岁矣当日
立于榜下长叹一声而回随后　一人厉声　言	立于榜下长叹一声而回后有一人厉声而言	立于榜下　　叹　声而回后有一人厉声　言	见了　榜　文慨然长叹　　　随后　一人厉声　言
曰大丈夫不与国家出力何　苦长叹	曰大丈夫不与国家出力何故　长叹耶	曰大丈夫不与国家出力何故　长叹耶	曰大丈夫不与国家出力何故　长叹
玄德回顾　见其人　　　身长八尺豹头环眼燕颔虎须声若巨雷势如奔马玄德　见此人	玄德回　头见其人　　　身长八尺豹头环眼燕颔虎须声若巨雷势如奔马玄德　见此人	玄德回　头见其人形貌非常身长八尺豹头环眼燕颔虎须声若巨雷势如奔马玄德与　此人	玄德回视　　其人　　　身长八尺豹头环眼燕颔虎须声若巨雷势如奔马玄德　见　他
形貌异常遂与同入村　中问其　姓名	形貌异常遂与同入村务　问其人姓名	同入村　中问其　姓名	形貌异常　　　　　问其　姓名
其人　曰吾　姓张名飞字　益德世居　涿郡颇有庄田卖酒屠猪专好结义天下壮士却才见公看榜　缘何　长叹	其人　　云　姓张名飞字翼　德世家涿郡颇有庄田卖酒屠猪专好结义天下壮士却才见公看榜　何故长叹	其人答曰　　姓张名飞字翼　德世家涿郡颇有庄田卖酒屠猪　好结　天下壮士　　见公看榜何故长叹	其人　曰　某姓张名飞字翼　德世居　涿郡颇有庄田卖酒屠猪专好结交　天下　豪杰恰才见公看榜而叹故此相问
玄德曰我本　汉室宗亲姓刘名备字玄德今闻黄巾贼起劫掠州　县有心待扫荡中原匡扶社稷恨　力不能　耳　飞曰正合吾　机吾有庄客数人　同举大事若何玄德甚喜	玄德曰我本　汉室宗亲姓刘名备字玄德今闻黄巾　起劫掠州　县有心待扫荡中原匡扶社稷恨　力不能　尔　飞曰正合吾　机吾有庄客数人　同举大事若何玄德甚喜飞邀玄德入酒店	玄德曰　吾乃汉室宗亲姓刘名备字玄德今闻黄巾　贼　劫掠州具　　　　　恨独力不能扫除耳　飞曰正合吾　机　　　同举大事若何玄德甚喜	玄德曰我本　汉室宗亲姓刘名备　今闻黄巾倡乱有志欲破贼　　　安民恨　力不能故长叹耳　飞曰吾颇有　资财当招募乡勇与公同举大事　如何玄德甚喜遂与同入　村店

第一则　祭天地桃园结义（续9）

嘉靖元年本	叶逢春本	黄正甫本	毛宗岗本
留　　饮酒	正　　　饮	正　坐　饮酒	中饮酒正饮
间见一大汉　推	间见一大汉　推	见一大汉来	间见一大汉　推着
一辆小车　到店门	一辆　车　到店门	店门	一辆　车子到店门
外歇　下车子	外　倚下车子	外　　　下车	首　歇了
入来饮酒坐在桑木	入来饮酒坐在桑木	入	入
凳上　　唤酒	凳上　　　唤酒	店　　唤酒	店坐下便唤酒
保　即酾	保　　疾筛	保快　将	保快擡
酒来　我　待赶入	酒来　我　待赶入	酒来　我好　赶入	酒来吃我　待赶入
城去　充军怕迟	城去　充军怕迟	城投　　军	城去投军
了玄德看其人身长	了玄德看其人身长	玄德看其人身长	玄德看其人身长
九尺三寸　髯长	九尺三寸须　长	九尺三寸须　长	九尺　　髯长二
一尺八寸面如重枣	一尺八寸面如重枣	一尺八寸面如重枣	尺　　面如重枣
唇若抹朱	唇若　涂朱	唇　如涂朱	唇若　涂脂
丹凤眼卧蚕眉相貌	丹凤眼卧蚕眉相貌	丹凤眼卧蚕眉相貌	丹凤眼卧蚕眉相貌
堂堂威风凛凛玄德	堂堂威风凛凛玄德	堂　威风凛凛	堂堂威风凛凛玄德
就邀　同坐　问	就邀　同坐　问其	就邀　同坐　问其	就邀他同坐叩　其
及姓名其人言曰吾	姓名其人言曰吾	姓名其人　曰	姓名其人　曰吾
姓关名羽字　长生	姓关名羽字寿长	姓关名羽字	姓关名羽字　长生
其后改为云长乃河	后改为云长　河	云长　河	后改　云长　河
东解良　人也因本	东解良　人也因本	东解　梁人也因本	东解良　人也因本
处　豪霸倚势　欺	处　豪霸倚势　欺	处　豪霸倚势　欺	处势豪　倚势凌
人　关某杀之	人　关某杀之	人被　某杀之	人被吾　杀了
逃难江湖五六年矣	逃难江湖五六年矣	逃难江湖　六年	逃难江湖五六年矣
今闻　　招募	今闻　　召募	今闻　　招募勇	今闻此处　招
义士　破黄巾贼欲	义士　破黄巾贼欲	士　　　欲	军破　贼
往　应募玄德遂	往　应募	往　应募	特来应募玄德遂
以　己志　告之	以遂己志　告之	以遂己志玄德	以　己志　告之
三人大喜	三人大喜	大喜三人	云长　大喜
同到张飞庄上共	同到张飞庄上共	同到张飞庄上共议	同到张飞庄上共议
论天下之事关张	论天下之事关张	天下之事关张	大　　事
年纪皆小如玄德	皆小如玄德	拜　　玄德	
遂欲拜为兄飞曰我	欲拜为兄飞曰我	为兄飞曰我	飞曰
庄后有一　桃园	庄后有一小　园	庄后有一　桃园	吾庄后有一　桃园
开花茂盛	桃花　盛开	桃花　开盛	花　开正盛
明日　　可宰	明日　　可宰	明日　　可宰	明日当于园中
白马祭　天杀乌牛	白马祭　天杀乌牛	白马祭　天　乌牛	祭告天
祭地俺兄弟　三人	祭地俺兄弟　三人	祭地　　　三人	地　　我三人
结	结	结	结为兄弟协力同心
生死之交	生死之交	生死之交	然后可图
如何三人大喜	如何三人大喜		大　事玄

第一则　祭天地桃园结义（续10）

嘉靖元年本	叶逢春本	黄正甫本	毛宗岗本
			德云长齐声应曰如
次日于桃园	次日于桃园	次日　桃园	此甚好次日于桃园
中　列下　金	中　列下　金钱	列下香灯	中备　下
纸银钱　宰杀乌牛	纸　烛宰　乌牛	纸钱　宰　乌牛	乌牛
白马　　　列于地	白马祭献天　　地	白马祭献天　　地	白马祭
上　　　三人焚香	三人焚香	三人焚香	礼等项三人焚香
再拜而说　誓曰念	再拜而　设誓曰念	再拜　　　誓曰念	再拜而说　誓曰念
刘备关羽张飞虽然	刘备关羽张飞虽然	刘备关羽张飞虽然	刘备关羽张飞虽然
异姓　结为兄弟	异姓　　为兄弟	异姓　结为兄弟	异姓既结为兄弟则
同心协力救困扶危	同心协力救困扶危	同心协力救困扶危	同心协力救困扶危
上报国家下安黎庶	上报国家下安黎	上报国家下安黎庶	上报国家下安黎庶
不求同年同月同	民不求同年同月同	不求　　　　同	不求同年同月同
日生只愿同年同月	日生只愿同年同月	日生只愿	日生只愿同年同月
同日死皇天后土	同日死皇天后土	同日死皇天后土	同日死皇天后土实
以鉴此心　背义忘	以鉴此心　背义忘	以鉴此心皆　义忘	鉴此心　背义忘
恩天　　人共戮誓	恩天　神　共戮誓	恩天地　　共戮	恩天　　人共戮誓
毕共拜玄德为兄关	毕共拜玄德为兄关	玄德为兄关	毕　拜玄德为兄关
某次之张飞	羽　次之张飞	羽　次之张飞末之	羽　次之张飞
为弟　　祭罢天地	为弟三人祭罢天地	祭罢	为弟　　祭罢天地
同拜玄	同拜玄	同拜玄	复宰牛设酒
德老母将祭福物	德老母将　福物	德老母将　福物资	
聚乡中　英雄	聚乡中敢勇	财聚乡中　勇	聚乡中　勇
之人　得　三百有	之人　得　三百	汉三百	士得　三百
余就　　　桃园	余　人处于　桃园	余　人　于　桃园	余　人　　就桃园
中痛饮一醉来日收	中痛饮一醉来日收	痛饮一醉来日收	中痛饮一醉来日收
拾军　　器　恨无	拾军兵只　　恨无	拾军兵只　　恨无	拾军　　器但恨无
匹马　　可乘正思	马匹　可乘正思	马匹忽	马匹　可乘正思
虑间人　报　有	虑间人　报　有二	人来报知有二	虑间人　报　有
两客　人引十	个　客　人引十	客各	两个　客　人引
数　　　伴当赶	数个　　伴当赶	赶马	一伙伴当赶
一群马投庄上来玄	一群马投庄上来玄	一群　投庄　来玄	一群马投庄上来玄
德曰此天　佑我等	德曰此天佑　我等	德曰此天佑　我等	德曰此天佑　我
当成大事　三人出	当成大事　三人出	当成大事　三人出	也三人出
庄　迎接	庄近迎	在　迎	庄　迎接原来二
为　头两个商　人	马头两个　客人	马　　　客	客
乃中山大商一　个	乃中山大商一　个	乃中山大商	乃中山大商一名
是张世平一　个是	是张世平一　个是	张世平	张世平一名
苏双递　年往北地	苏双递　年往北地	苏双递　年往北	苏双　每年往北
贩马　　　正值寇	贩马　　　正值寇	平贩马　　正值寇	贩马近因　　寇
发　归乡	发　归乡未到	发　归乡未到	发而　　　　回

第一则　祭天地桃园结义（续11）

嘉靖元年本	叶逢春本	黄正甫本	毛宗岗本
玄德请二人到庄上置酒管待诉及欲与民除害扶助汉朝张世平苏双大喜愿将良马五十匹送与玄德又赠金银五百两镔铁一千斤以资器用玄德求良匠打造双股剑关某造八十二斤青龙偃月刀又名冷艳锯张飞造丈八点钢矛各制全身铠甲一齐完备共聚五百余人来见邹靖邹靖引见太守刘焉三人参拜已毕问其姓名说起宗派刘焉大喜云既是汉室宗亲但有功勋必当重用因此认玄德为侄整点军马人报黄巾贼大方程远志人马五万哨近涿郡刘焉差马步校尉邹靖着引刘玄德为先锋前去破敌玄德大喜即与关张飞身上马来干大功试看怎生取胜	玄德曰可请二人到庄上置酒管待谕说欲与民除害扶助汉朝张世平苏双大喜愿将良马五十匹送与玄德又赠金银五百两宾铁一千斤以资器用玄德求良匠打造双股剑关羽造八十二斤青龙偃月刀又名冷艳锯张飞造丈八点钢蛇矛各制全身铠甲一齐完备共聚五百余人来见邹靖邹靖引见太守刘焉三人参拜已毕问其姓名玄德说起宗派刘焉大喜云既是汉室宗亲但有奏功勋必当重用因此认玄德为侄整点军马人报黄巾贼大方程远志人马五万哨近涿州刘焉差马校尉邹靖引刘备为先锋前去破敌玄德大喜与关羽张飞飞身上马来干大功怎生取胜	玄德曰可请二人到庄置酒管待谕说与民除害扶助汉世平苏双大喜愿将良马五十匹金银五百两镔铁一千斤以资器用玄德感谢遂求良匠打造双股剑失羽造八十二斤青龙偃月刀张飞造丈八点钢蛇矛各制全身铠甲聚五百余人求见太尉邹靖引见太守刘焉三人参拜玄德说起宗派刘焉既是汉室宗亲但有奏功勋必当重用因此认玄德为侄整点军马人报黄巾贼程远志带来人马五万哨近涿州却说刘焉即差邹靖引刘备为先锋前去破敌玄德与关羽张飞即忙披挂上马前去建立大功生取胜	玄德请二人到庄置酒管待诉说欲讨贼安民之意二客大喜愿将良马五十匹相送又赠金银五百两镔铁一千斤以资器用玄德谢别二客便命良匠打造双股剑云长造青龙偃月刀又名冷艳锯重八十二斤张飞造丈八点钢矛各置全身铠甲共聚乡勇五百余人来见邹靖邹靖引见太守刘焉三人参见毕各通姓名玄德说起宗派刘焉大喜遂认玄德为侄不数日人报黄巾贼将程远志统兵五万来犯涿郡刘焉令邹靖引玄德等三人统兵五百前去破敌玄德等欣然领军前进

《三国演义》版本逐行比对本举例：

下面是《三国演义》嘉靖元年本、叶逢春本、黄正甫本、毛宗岗本四种主要版本逐行比对本第一则比对结果。

- 嘉靖元年本（嘉）：祭天地桃园结义
- 叶逢春本（叶）：祭天地桃园结义
- 黄正甫本（黄）：祭天地桃园结义
- 毛宗岗本（毛）：宴桃园豪杰三结义

第一则　祭天地桃园结义

```
嘉：
叶：
黄：
毛：话说天下大势分久必合合久必分周末七国分争并入于秦及秦灭之后楚汉分争又并
————————————————————————————————
嘉：                              后汉
叶：                              后汉
黄：                              后汉
毛：入于汉汉朝自高祖斩白蛇而起义一统天下后  来光武中兴传至献帝遂分为三国推
————————————————————————————————
嘉：                      桓帝崩灵帝即位时年十二岁
叶：                      桓帝崩灵帝即位时年十二岁
黄：                      桓帝崩灵帝即位　年十二岁
毛：其致乱之由殆始于桓灵二帝桓帝禁锢善类崇信宦官及桓帝崩灵帝即位
————————————————————————————————
嘉：朝廷有大将军窦武太傅陈蕃司徒胡广共相辅佐    至秋九 月    中涓曹节王甫
叶：朝廷有大将军窦武太傅陈蕃司徒胡广共相辅佐    至秋九 月宦官   曹节王甫
黄：    大将军窦武太傅陈蕃司徒胡广共相辅佐    至秋九日 宦官    曹节王甫
毛：    大将军窦武太傅陈蕃          共相辅佐时有    宦官     曹节
————————————————————————————————
嘉：  弄权窦武陈蕃预谋诛之机   谋不密反被曹节王甫  所害中涓   自此得权
叶：  弄权窦武陈蕃 谋诛 机   谋不密反被曹节王甫  所害 宦官自此得权
黄：  弄权窦武       机   谋不密反被曹节王甫  所害 宦官自此得权
毛：等弄权窦武陈蕃  谋诛之机事  不密反       为所害中涓   自此   愈横
————————————————————————————————
嘉：建宁二年四月 十五日帝会群臣于  温德殿中   方欲升座殿角   狂风大作
叶：建宁二年四月 十五日帝会群臣于  温德殿中却  欲        坐忽狂风大作
黄：建宁二年四月 十五日帝会群臣于  温德殿              忽狂风大作
毛：建宁二年四月望   日帝      御温德殿   方 升座殿角   狂风   骤
————————————————————————————————
嘉：见一条 青蛇从梁上飞 下来约 二十余丈长蟠于椅上灵帝惊倒     武士急
叶：见一条 青蛇从梁上飞 下 约长二十余丈 蟠于椅上灵帝惊倒     武士急
```

黄:		见一条	青蛇从梁上飞	下	约长二十余丈	蟠于椅上灵帝惊倒		武士
毛:		起只见一条大青蛇从梁上飞将下来				蟠于椅上	帝惊倒左右	急

嘉:	慌救出	文武互相推拥倒于丹墀者无数			须臾	不见		片
叶:	荒 救出	文武互相推	倒于丹墀者无数		须臾	不见		此怪
黄:	救	起文武互相推	倒于丹墀		须臾	不见降下		
毛:	救			入宫百官俱奔避须臾蛇不见				

嘉:	时	大雷大雨	降以冰	雹	到半夜方	住东都城	中坏却房屋	数千
叶:		大雨	大雷降以冰	雹	到半夜方	住东都城	中坏却房屋	数千
黄:		雷雨	水雹		半夜方止	东都城境	坏 屋	数千
毛:	了忽然大雷大雨加		以冰	雹落到半夜方止			坏却房屋无数	

嘉:	余间	建宁四年二月洛阳地震	省垣皆倒海水泛溢登莱沂密		尽被大浪卷
叶:	余间	建宁四年二月洛阳地震	省垣皆倒海水泛溢登莱沂密		尽被大浪卷
黄:	所	建宁四年二月洛阳地震	省垣皆倒海水泛溢		大浪卷
毛:		建宁四年二月洛阳地震又	海水泛溢	沿海居民尽被大浪卷	

嘉:	扫居民入海遂改	年熹平自此	边界时有反者	熹平五年改为	光和	雌
叶:	扫居民入海遂改	为 熹平自此	边界时有反者	熹平五年改为	光和	
黄:	扫居民入海遂改元	熹平	时边界 反者极多熹平五年改为		光和	
毛:	入海				中光和元年雌	

嘉:	鸡化雄	六月朔黑气十余丈飞入温	德殿中秋七月有虹	见于	玉堂五
叶:		地震五番六月朔黑气十余丈飞入温	德殿中秋七月有虹	见于	玉堂
黄:		地震五番六月 黑气十余丈 入温	德殿	七月 虹	见于王室
毛:	鸡化雄	六月朔黑气十余丈飞入温雄	殿中秋七月有虹现	于	玉堂五

嘉:	原	山岸尽皆崩裂种种不祥非止一端	于是灵帝忧惧遂下诏召光禄大夫杨赐等
叶:	原巫	山岸尽皆崩裂种种不祥非止一端此	
黄:	原 函山岸尽皆崩裂	非止一端	
毛:	原	山岸尽皆崩裂种种不祥非止一端	帝 下诏

嘉:	诣金商门问	以灾异之由及消复之术赐对曰臣闻春秋谶曰天投蜺天下怨海内乱
叶:		
黄:		
毛:		问群臣以灾异之由

嘉:	加四百之期亦复垂及今妾媵奄尹之徒共专国朝欺罔日月又鸿都门下招会群小造作
叶:	
黄:	
毛:	

嘉:	赋税见宠于时更相荐说旬月之间并各拔擢乐松处　　常伯任芝居纳言郄俭梁鹄
叶:	时　　　　　　　　　　　　　　　　宫中十常
黄:	时　　　　　　　　　　　　　　　　宫中十常
毛:	

―――――――――――――――――――――――――――――――

嘉:	各受丰爵不次之宠而令缙绅之徒委伏畎晦口诵尧舜之言身蹈绝俗之行弃捐沟壑不
叶:	
黄:	
毛:	

―――――――――――――――――――――――――――――――

嘉:	见逮及冠履倒易陵谷代处幸赖皇天垂象谴告周书曰天子见怪则修德诸侯见怪则修
叶:	
黄:	
毛:	

―――――――――――――――――――――――――――――――

嘉:	政卿大夫见怪则修职士庶人见怪则修身唯陛下斥远佞巧之臣速征鹤鸣之士断绝尺
叶:	
黄:	
毛:	

―――――――――――――――――――――――――――――――

嘉:	一抑止盘游冀上天还威众变可弭议郎蔡邕　　亦对其略曰臣伏思诸异皆亡国之怪
叶:	
黄:	
毛:	议郎蔡邕上疏

―――――――――――――――――――――――――――――――

嘉:	也天于大汉殷勤不已故屡出妖变以当谴责欲令人君感悟改危即安　蜕堕鸡化　皆
叶:	
黄:	
毛:	以　　　　　　　　　　为蜕堕鸡化乃

―――――――――――――――――――――――――――――――

嘉:	妇人　干政之所致也前者乳母赵娆贵重天下永乐门史霍玉又为奸邪察其赵霍将为
叶:	
黄:	
毛:	妇　寺干政之所致

―――――――――――――――――――――――――――――――

嘉:	国患张颢伟璋赵玹盖升并叨时幸宜念小人在位之咎伏见郭禧桥玄刘宠皆忠实老成
叶:	
黄:	
毛:	

―――――――――――――――――――――――――――――――

嘉:	宜为谋主夫宰相大臣君之四体不宜听纳小吏雕琢大臣也且选举请托众莫敢言臣愿
叶:	
黄:	

毛：	
嘉：	陛下忍而绝之左右近臣亦宜从化　　　　　　人自抑损以塞咎戒则天道亏满鬼神福
叶：	侍用事那十人
黄：	侍用事
毛：	
嘉：	谦矣夫君臣不密上有漏言之戒下有失身之祸愿寝臣表无使尽忠之吏受怨奸仇谨奏
叶：	
黄：	言
毛：	
嘉：	帝览奏而叹息因起更衣曹节在后窃视悉宣告左右　　　事遂泄露　邕等被
叶：	
黄：	
毛：	颇切直帝览奏　叹息因起更衣曹节在后窃视悉宣告左右遂以他事　　陷邕
嘉：	罪中涓吕强怜其才奏请免　罪　　　后张让赵忠封谞段珪　曹节侯览　蹇硕
叶：	张让赵忠　　段　圭曹节侯览封谞蹇硕
黄：	张让赵忠　　段珪　曹节侯览封谞蹇硕
毛：	于罪放归田里后张让赵忠封谞段珪　曹节侯览　蹇硕
嘉：	程旷　夏辉　郭胜这十　　人　　　　　　　　　　　　　执掌朝
叶：	程　广夏辉　郭胜这十个把握　　　　　　　　　　　　　　　　朝
黄：	夏辉　郭胜　　　把握　　　　　　　　　　　　　　　　朝
毛：	程旷　夏恽郭胜　十　　人朋比为奸号为十常侍帝尊信张让呼为阿父　　朝
嘉：	纲　　自此　　　天下桃李皆出于十
叶：	纲是他门　　　下　　　得官做不　是他门下
黄：	钢是他门下封官赐爵不是门
毛：	政日非以致天下
嘉：	常侍门下朝廷待
叶：	干有功劳　　且守缺期灵帝自尝说　张常侍是我父赵常侍
黄：	下虽　有功劳不得升官　　灵帝　常言张常侍是我父赵常侍
毛：	
嘉：	十人　　　　　　如师父由是出入宫闱稍　　　无忌惮府第　依
叶：	是　　我母因此宦官全无忌惮府第体官
黄：	是　　我母因此宦官全无忌惮
毛：	人心思乱盗贼蜂起时
嘉：	宫院盖造不题却说中平元年　甲子岁巨　鹿郡有一人姓张名角　　一个兄弟

叶：	院盖造	中平元年岁甲子	钜鹿郡有一人姓张名角	有两	个兄弟
黄：		中平元年岁甲子	钜鹿郡 一人姓张名角二		弟
毛：			巨 鹿郡有		兄弟三

嘉：	张梁一个兄弟张宝	角初		是个不 第秀才因
叶：	一个张梁一个 张宝	张角初		是个 下第秀才因
黄：	张梁 张宝	张角初		是 秀才因
毛：	人 一 名张角	一名张宝一名张梁那张角本是个不 第秀才因

嘉：	往山中采药遇一老人碧眼童颜手执藜杖唤 角至 洞 中授 书三 卷
叶：	往山中采药遇一老人碧眼童颜手执藜杖唤张角至 祠中授 书 二卷
黄：	往山中采药遇一老人碧眼童颜手执藜杖唤张角 授 书三 卷
毛：	入 山 采药遇一老人碧眼童颜手执藜杖唤 角至一洞 中 以天书三 卷授之

嘉：	名太平要术 咒符 以 道为念 代天宣化普救世人若萌异心
叶：	名太平要术 祝付 以 道为念 代天宣化普救世人若萌异心
黄：	名太平要术嘱 付角曰以此道 普救世人若萌异心
毛：	曰此名太平要术 汝得之当代天宣化普救世人若萌异心

嘉：	必获恶报 角拜求 姓名老人曰吾乃南华老仙 遂化阵清风 不见 了角
叶：	必获恶报张角拜求 姓名老人曰吾乃南华老仙 化阵清风而 不见张 角
黄：	必获恶报张角拜求 姓名老人曰吾乃南华老仙 言讫 化阵清风而去 角
毛：	必获恶报 角拜 问姓名老人曰吾乃南华老仙也言讫 化阵清风而去 角

嘉：	得此书晓夜攻习能呼风唤雨号为太平道人中平元年正月内疫 毒流行张角散
叶：	因得此书晓夜攻习能呼风唤雨号为太平道人中平元年正月内疫 毒流行张角散流
黄：	得此书 能呼风唤雨号为太平道人中平元年正月 疫 毒流行张角
毛：	得此书晓夜攻习能呼风唤雨号为太平道人中平元年正月内疫气 流行张角散

嘉：	施符水 称大贤良师请符救病者无有不 应 令患者亲诣座前自
叶：	施符水 称大贤良师请符救病者无有不 应领惠 者亲诣座前 首
黄：	遍施符水 称大贤良师请符救病者无有不验
毛：	施符水为人治病自称大贤良师

嘉：	说己过角与忏悔以 致福利角有徒弟五百余人云游四方 救病次后徒
叶：	说己过角与忏悔以求 福利角 徒弟五百余人云游四方 救病次后徒
黄：	角 忏悔以求 福利 徒弟五百余人云游四方
毛：	角有徒弟五百余人云游四方皆能书符念咒 次后徒

嘉：	众 极多角 立 三十六方分布 大小方者乃将军之称也大方万余人小方六七
叶：	众 极多角 立 三十六方分布天下 方者乃将军之称也大方万余人小方六七
黄：	角 立下三十六方分布天下 大方万余人小方六七
毛：	众日 多角乃立 三十六方 大方万余人小方六七

嘉：	千	各立渠帅		讹	言苍天已死黄天当立		岁在甲子	
叶：	千人各			处州郡皆言			今岁岁在甲子正是上元甲	
黄：	千人各			处州郡皆言			今岁　甲子正是上元甲	
毛：	千　各立渠帅称为将军讹				言苍天已死黄天当立		岁在甲子	

嘉：	天下	大吉令	众以白土	写甲子二字	于各家门上及	
叶：	子主天下太平取		白土于各家门上写甲子二字至州城			
黄：	子主天下太平取		白土		至州	
毛：	天下	大吉令人各	以白土			

嘉：	郡县市	镇宫观寺院	门上亦	书甲子二字	青　徐幽　冀荆	
叶：	县	镇宫观寺院	门上	皆书甲子二字	青　徐幽　冀荆	
黄：		具镇宫观寺院并民家口	上	皆书甲子二字	青　徐幽豫　荆	
毛：				书甲子二字于家中大门上青幽徐　冀荆		

嘉：	扬兖　豫	其八州之人	家家侍奉大贤良师张角名字角遣	大方	马元义	
叶：	扬兖　豫千里	之　间家家侍奉大贤良师张角名字　遣			一人马元义	
黄：	扬兖冀　千里	之　间家家侍奉大贤良师张角名字角				
毛：	扬兖　豫	八州之人	家家侍奉大贤良师张角名字角遣其党		马元义	

嘉：	暗赍金帛结交十	常侍	封谞徐奉以为内应角与	弟	梁宝商议云	至难得者
叶：	暗赍金帛结	好中常侍	封谞徐奉以为内应角与	弟张	宝商议	曰至难得者
黄：				与	弟张　宝商议	曰至难得者
毛：	暗赍金帛结交　中	涓封谞	以为内应角与二弟		商议	曰至难得者

嘉：	民心也今民心已顺若不乘势取天下诚为万代之可惜	梁云正合弟机	
叶：	民心也今民心已顺若不乘势取天下诚为万代之可惜	梁云正合弟机	
黄：	民心也今民心已顺若不乘势取天下诚为万代之可惜宝曰	正合弟	
毛：	民心也今民心已顺若不乘势取天下诚为　可惜		遂一面私造

嘉：	一面	造下黄旗		约会	三月初五	一齐举事
叶：	一面	造下黄旗	张角自	号约会于三月初五日一齐举事		
黄：		意遂造下黄旗写张角　字号约会于三月初五日一齐举事先遣马				
毛：	黄旗约期举事一面					

嘉：				遣　弟子唐州　驰	书报封谞唐	
叶：		结连	封谞	以为内应　遣　弟子唐　周驰	书报封谞唐周	
黄：	元义暗赍金帛结连十常侍封谞徐奉以为内应后遣　弟　唐　周　弛书报封谞					
毛：				使弟子唐　周驰	书报封谞唐周	

嘉：	州径赴省　中	告变帝	召大将军何		进调兵先擒马元义
叶：	径赴　朝中	告变帝急召大将军何进乃何皇后之兄			也进调兵先擒马元义

黄：		朝中激交	帝 召		皇后 兄何 进		先擒马元义	
毛：	乃 径赴省 中	告变帝	召大将军何进			调兵	擒马元义	

嘉：	斩之 次收封谞等一 千	人下狱张角闻知事	发星夜	起兵张角自称天公将军
叶：	斩之 次收封谞等一干	人下狱张角闻知事	发星夜	起
黄：	斩之又 收封谞等一	十人下狱张角 知事	发星夜	
毛：	斩之 次收封谞等一干	人下狱张角闻知事露	星夜举 兵	自称天公将军

嘉：	弟 宝称地公将军弟 梁称人公将军		召百姓云	今汉运数将终	大圣人
叶：			召百姓云	今汉运数	终有大圣人
黄：			召百姓 曰今汉运数		终有大圣人
毛：	张宝称地公将军 张梁称人公将军申言于众		曰今汉运	将终	大圣人

嘉：	出 汝 等皆宜顺天	从正以		乐太平四方百姓	裹黄巾从张角反者
叶：	出 尔等皆宜顺天	从正以		乐太平四方百姓	裹黄巾从张角反者
黄：	出你 等皆 顺天八正从正以取富贵于是				百姓皆裹黄巾从张角
毛：	出 汝 等皆宜顺天	从正以		乐太平四方百姓	裹黄巾从张角反者

嘉：	四五十万	逢州遇县放火劫人所在官吏	望风逃窜	何进奏帝火速分头
叶：	四五十万	逢州遇县放火劫人所在官吏	望风逃窜	何进奏帝火速分头
黄：	四五十万	逢州遇县放火劫人所在官吏	望风逃窜	何进奏帝火速
毛：	四五十万贼势浩大		官 军望风 而靡何进奏帝火速

嘉：	降诏令各处	备御讨贼立功一面	差中郎将卢植皇甫嵩朱	隽各引精兵	分
叶：	降诏令各处	备御讨贼立功一面遣	中郎将卢植皇甫嵩朱	隽各引 兵五万分
黄：	降诏令各处御备	讨贼立功	遣 中郎将卢植皇甫嵩朱	隽引 兵五万分
毛：	降诏令各处	备御讨贼立功一面遣	中郎将卢植皇甫嵩朱俊	各引精兵	分

嘉：	三路讨之 且说张角一军前	犯幽燕	界分校尉邹靖来见幽州太守太守姓刘名焉
叶：	三路讨 贼且说张角一军前	犯幽燕	界分校尉邹靖来见幽州太守太守姓刘名焉
黄：	三路讨 贼 张角 兵犯幽燕 界	校尉邹靖来见	州太守 刘 焉
毛：	三路讨之 且说张角一军前	犯幽 州界分	幽州太守 刘 焉

嘉：	字均郎	江夏竟陵人也	汉鲁恭王之后		刘焉问 邹
叶：	字 君朗	江夏竟陵人也	汉鲁恭王之后		刘焉问 邹
黄：	字 君朗	江夏竟陵人	汉鲁恭王之后		焉问校尉邹
毛：	乃江夏竟陵人	氏汉鲁恭王之后也当时闻得贼兵将至召			校尉邹

嘉：	靖 云 黄巾生发侵及境界当如之何		靖曰既汉天子有明诏令各处讨贼
叶：	靖 云 黄巾生发侵及境界当如之何		邹靖曰既汉天子有明诏令各处讨贼
黄：	靖 曰黄巾生发	如 何除邹靖曰	天子 明诏令各处讨贼
毛：	靖计议	靖曰	贼兵众

嘉:	明公	何不招军以助国用		焉然其说随即出榜各处张挂	招募义	
叶:	明公	何不招军以助国用		焉然其说随即出榜各处张挂召	募义	
黄:	明公	何不招军以助国用		焉 即出榜各处张挂	招募义	
毛:	我兵寡明公宜作速	招军		应敌刘焉然其说随即出榜	招募义	

嘉:	兵量才擢	用时榜文	到涿县	张挂去涿县楼桑村引出	一个英雄	那人
叶:	兵量才擢职	时榜文	到涿州	张挂去涿县楼桑村引出	一个英雄	汉那人
黄:	兵	时	涿州	涿县楼桑村	一个英雄爱	
毛:	兵	榜文行到涿县		引出涿县中一个英雄		那人

嘉:	平生不	甚乐读书	喜犬马爱音乐美衣服	少言语礼下于人喜怒不	
叶:	平生不	好诗 书	只喜犬马爱音乐美衣服	少言语礼下于人喜怒不	
黄:			音乐美 服饰少言语礼下于人		
毛:	不甚好	读书性宽和寡	言语	喜怒不	

嘉:	形于色好交游天下豪杰素有大志		生得身长七尺五寸两耳垂肩双	
叶:	形于色好交游天下豪杰素有大志		生得身长七尺五寸两耳垂肩双	
黄:	好交游天下豪杰素有大志		生得身长七尺五寸两耳垂肩双	
毛:	形于色	素有大志专好结交天下豪杰生得身长七尺五寸两耳垂肩双		

嘉:	手过膝	目能自顾	其耳面如冠玉唇若涂朱	中山靖王刘胜之后汉景	
叶:	手过膝龙	目	凤准其	面如冠玉唇若涂朱	中山靖王刘胜之后汉景
黄:	手过膝龙眉凤目		面如冠玉唇若涂朱乃	中山靖王刘胜之后汉景	
毛:	手过膝	目能自顾	其耳面如冠玉唇若涂	脂中山靖王刘胜之后汉景	

嘉:	帝阁下玄孙姓刘名备表字玄德昔刘胜之子刘	贞	汉武	帝元狩六年封为涿	郡
叶:	帝阁下玄孙姓刘名备表字玄德昔刘胜之子刘真		汉武	帝元狩六年封为涿县	
黄:	帝 玄孙姓刘名备 字玄德昔刘胜之子刘		直汉武	帝元狩六年封为涿县	
毛:	帝阁下玄孙姓刘名备 字玄德昔刘胜之子刘	贞	汉武时	封 涿	

嘉:	陆城 亭侯	坐酎金失侯因此	这一	枝在涿郡	玄德祖	刘雄父刘弘因刘
叶:	陆城 亭	侯因此	这一支流落	在涿 县玄德祖父刘雄父		刘
黄:	陆城 亭侯	因此	一支流落	在涿 县玄德祖	刘雄父刘弘	刘
毛:	鹿亭侯后坐酎金失侯因此遗这一		枝在涿 县玄德祖	刘雄父刘弘		

嘉:	弘曾举孝廉亦	在州郡为吏	备早丧父	事母至孝家	寒
叶:	弘曾举孝廉亦	无世仕 州郡为吏弘	早丧 玄德	事母至孝家	寒无可养
黄:	弘曾举孝廉	州郡为吏弘	早丧 玄德	事母至孝家	
毛:	弘曾举孝廉亦尝作	吏	早丧 玄德幼孤事母至孝家贫		

嘉:	贩 履	织席为业	舍	东南角	上有一
叶:	赡贩 履	织席为业	玄德住处草舍	东南角篱内	有一株大
黄:	贫编履	织席为业	玄德 草舍	有	株

毛:	贩　　　屦织席为业家　　　住　　本县楼桑村其家之东南　　　　有一　大

嘉:	桑树高五丈余　　　　　　　　　遥望　童童　　如小车盖往来者　皆言此树非
叶:	桑树高五丈余枝叶茂盛远近通　望　　见重重如　车盖往来　之人皆言此树非
黄:	桑树高五丈余枝叶茂盛　　　　　　　重重如　车盖　　　　人皆言此树非
毛:	桑树高五丈余　　　　　　　遥望之童童　　如　车盖

嘉:	凡　相　者李定云　此家必出贵人　玄德年幼时与乡中小儿戏于树下　　曰我为
叶:	凡有相　者李定　曰此家必出贵人初玄德　幼时与乡中小儿戏于树下玄德曰我为
黄:	凡有相士　李定　曰此家必出贵人　玄德　幼时与乡中小儿戏于树下　　曰我为
毛:	相　者　　云　此家必出贵人　玄德　幼时与乡中小儿戏于树下　　曰我为

嘉:	天子当乘此羽葆　车盖叔父责　曰汝勿妄言灭吾门也年一十五岁母使行学与同
叶:	天子当乘此羽葆盖车　叔父　戒之曰汝勿妄言灭吾门也年一十五岁母使行学与同
黄:	天子当乘此羽葆盖车　叔父　戒之曰汝勿妄言灭吾门也年一十五岁　　　　与同
毛:	天子当乘此　　　车盖叔父

嘉:	宗刘德然辽西公孙　瓒为友　玄德叔　父刘元起　　　　　　　　　　　见玄德
叶:	宗刘德然辽西公孙　瓒为友刘　德　然父刘元起　　　　　　　　　　　见玄德
黄:	宗刘德然辽西公孙　瓒为友　　　德　然父刘元起　　　　　　　　　　　见玄德
毛:	刘元起奇其言曰此儿非常人也因见玄德

嘉:	家贫常资给之元起妻　曰各自一家何能　　常耳　元起曰吾宗中有此　儿非常人
叶:	家贫常资给之元起妻云　各自一家何能　　常　尔元起曰吾宗中有　是儿非常人
黄:	家贫常资给之元起妻　曰各自一家何能济他　元起曰　宗中　此　儿非常人
毛:	家贫常资给之

嘉:	也中平元年涿郡　　　　　　　　　　　　　　　　　　　　　　　　　　招军
叶:	也中平元年涿郡　　　　　　　　　　　　　　　　　　　　　　　　　　招军
黄:	也中平元年涿郡　　　　　　　　　　　　　　　　　　　　　　　　　　招军
毛:	年　　十五岁母使游学尝师事郑玄卢植与公孙瓒等为友及刘焉发榜招军

嘉:	此时玄德年　二十八岁　　　　立于榜下　　长叹一声而回随后　一人厉声
叶:	时玄德　　二十八岁　　　　立于榜下　　长叹一声而回　后有一人厉声
黄:	时玄德　　二十八岁　　　　立于榜下　　　叹　声而回　后有一人厉声
毛:	时玄德年已二十八岁矣当日见了　榜文慨然长叹　　　随后　一人厉声

嘉:	言曰大丈夫不与国家出力若何　长叹　玄德回　顾　见其人　　　　　身长八
叶:	而言曰大丈夫不与国家出力　何故长叹耶玄德回　头见其人　　　　　身长八
黄:	言曰大丈夫不与国家出力　何故长叹耶玄德回　头见其人形貌非异常身长八
毛:	言曰大丈夫不与国家出力　何故长叹　玄德回视　　其人　　　　　身长八

嘉:	尺豹头环眼燕颔虎须声若巨雷势如奔马玄德　见此人　形貌异常遂与同入　　中

叶：	尺豹头环眼燕颔虎须声若巨雷势如奔马玄德　见此人　形貌异常遂与同入村务	
黄：	尺豹头环眼燕颔虎须声若巨雷势如奔马玄德与　此人　　　　　　同入村　中	
毛：	尺豹头环眼燕颔虎须声若巨雷势如奔马玄德　见　他形貌异常	

嘉：	问其　姓名其人　曰吾　　姓张名飞字　益德世居　涿郡颇有庄田卖酒屠猪专好
叶：	问其人姓名其人　云　　姓张名飞字翼　德世　家涿郡颇有庄田卖酒屠猪专好
黄：	问其　姓名其人答曰　　姓张名飞字翼　德世　家涿郡颇有庄田卖酒屠猪　好
毛：	问其　姓名其人　曰　　某姓张名飞字翼　德世居　涿郡颇有庄田卖酒屠猪专好

嘉：	结　义天下壮士却　　　才见公看榜　缘何　长叹　　　玄德曰我本　　汉室
叶：	结　义天下壮士却　　　才见公看榜　何故长叹　　　玄德曰我本　　汉室
黄：	结　天下壮士　　　　见公看榜　何故长叹　　　玄德曰　吾乃汉室
毛：	结交　天下　　豪杰恰才见公看榜而　叹故此相问玄德曰我本　　汉室

嘉：	宗亲姓刘名备字玄德今闻黄巾　　　　贼起劫掠州　县有心待扫荡中原匡扶
叶：	宗亲姓刘名备字玄德今闻黄巾　　　　　起劫掠州　县有心待扫荡中原匡扶
黄：	宗亲姓刘名备字玄德今闻黄巾　　　　贼　劫掠州县
毛：	宗亲姓刘名备　　　今闻黄巾倡乱有志欲破贼

嘉：	社稷　恨　力不能　　　　耳　飞曰正合吾　机吾有庄客数人
叶：	社稷　恨　力不能　　　　尔飞曰正合吾　机吾有庄客数人
黄：	恨独力不能　扫除耳　飞曰正合吾　机
毛：	安民恨　力不能故长叹　耳　飞曰　吾颇　有　　　资财当招募乡

嘉：	同举大事若　何玄德甚喜　　　　　　　　留　饮酒　　间见
叶：	同举大事若　何玄德甚喜　　　　飞邀玄德入酒　店正　饮　　间见
黄：	正坐　饮酒　　见
毛：	勇与公同举大事　如何玄德甚喜遂与同　　　入　村店　中饮酒正饮间见

嘉：	一大汉　推　一辆小车　到店门　外歇　　下车子入来饮酒坐在桑木凳上
叶：	一大汉　推　一辆　车　到店门　外　倚下车子入来饮酒坐在桑木凳上
黄：	一大汉来　　　　　　　店门　外　　下车　入　　　　　　　　店
毛：	一大汉　推着一辆　车子到店门首　歇了　　入　　　　　　　　店坐下

嘉：	唤酒保　　　即酾　酒来　我　待赶入城　去　充军怕迟了玄德看其人身长
叶：	唤酒保　　　疾筛酒来　我　待赶入城　去　充军怕迟了玄德看其人身长
黄：	唤酒保快　将　　酒来　我好　赶入城投　　军　　　　玄德看其人身长
毛：	便唤酒保快斟　　酒来吃我　待赶入城　去投　军　　　玄德看其人身长

嘉：	九尺三寸　髯长　一尺八寸面如重枣唇若抹朱　　丹凤眼卧蚕眉相貌堂堂威
叶：	九尺三寸须　长　一尺八寸面如重枣唇若　　涂朱　丹凤眼卧蚕眉相貌堂堂威
黄：	九尺三寸须　长　一尺八寸面如重枣唇　　　如涂朱　丹凤眼卧蚕眉相貌堂堂威
毛：	九尺　髯长二　尺　　面如重枣唇若　　　涂　脂丹凤眼卧蚕眉相貌堂堂威

嘉：	风凛凛玄德就邀　同坐　问　　及姓名其人言曰吾姓关名羽字　长生其后改为云长
叶：	风凛凛玄德就邀　同坐　问其　姓名其人言曰吾姓关名羽字寿长　　后改为云长
黄：	风凛凛　　就邀　同坐　问其　姓名其人　曰　姓关名羽字　　　　　　云长
毛：	风凛凛玄德就邀他同坐叩　其　姓名其人　曰吾姓关名羽字　长生　后改　云长

嘉：	乃河东解良　人也因本处　豪霸倚势　欺人　　关某杀之　逃难江湖五六年矣今
叶：	河东解良　人也因本处　豪霸倚势　欺人　　关某杀之　逃难江湖五六年矣今
黄：	河东解梁人也因本处　豪霸倚势　欺人被　某杀之　逃难江湖　六年　今
毛：	河东解良　人也因本处势豪　倚势凌　人被吾　　杀　了逃难江湖五六年矣今

嘉：	闻　　招募　义士破黄巾贼欲往　　应募玄德　遂以己志　　告之　　三人
叶：	闻　　召募　义士破黄巾贼欲往　　应募玄德以遂以己志　　告之　　三人
黄：	闻　　招募勇　士　　　　欲往　　应募　以遂　己志玄德
毛：	闻此处　招　　　军破　贼　　特来应募玄德　遂以己志　　告之云长

嘉：	大喜　　同到张飞庄上共　论天下之事关张　年纪皆小如玄德遂欲拜为兄飞曰
叶：	大喜　　同到张飞庄上共　论天下之事关张　　皆小如玄德　欲拜为兄飞曰
黄：	大喜三人同到张飞庄上共议　天下之事关张拜　　　玄德　　为兄飞曰
毛：	大喜　　同到张飞庄上共议大　　事　　　　　　　　　　　　　　　飞曰

嘉：	我　庄后有一　桃园　开花茂盛　　明日　　可宰白马祭　天杀乌牛祭地
叶：	我　庄后有一小　园桃　花　盛开　明日　　可宰白马祭　天杀乌牛祭地
黄：	我　庄后有一　桃园桃　花　开　盛明日　　可宰白马祭　天　乌牛祭地
毛：	吾庄后有一　桃园　花　　开正盛明日当于园中　　　祭告天　　　　地

嘉：	俺兄弟　三人结　　　　　生死之交如何三人大喜
叶：	俺兄弟　三人结　　　　　生死之交如何三人大喜
黄：	三人结　　　　　生死之交
毛：	我三人结为兄弟协力同心然后可图　　　大　事玄德云长齐声

嘉：	次日于桃园中　列下　　金　纸银钱　宰杀乌牛白马　　列于地
叶：	次日于桃园中　列下　　金钱纸　烛宰　乌牛白马祭献天　　地
黄：	次日　桃园　列下香灯　纸　钱　宰　乌牛白马祭献天　　地
毛：	应曰如此甚好次日于桃园中备　下　　　　　　乌牛白马祭

嘉：	上　三人焚香再拜而说　誓曰念刘备关羽张飞虽然异姓　结为兄弟　同心协
叶：	三人焚香再拜而　设誓曰念刘备关羽张飞虽然异姓　为兄弟　同心协
黄：	三人焚香再拜　　誓曰念刘备关羽张飞虽然异姓　结为兄弟　同心协
毛：	礼等项三人焚香再拜而说　誓曰念刘备关羽张飞虽然异姓既结为兄弟则同心协

嘉：	力救困扶危上报国家下安黎庶　不求同年同月同日生只愿同年同月同日死皇天后
叶：	力救困扶危上报国家下安黎　民不求同年同月同日生只愿同年同月同日死皇天后

黄：	力救困扶危上报国家下安黎庶		不求		同日生只愿		同日死皇天后
毛：	力救困扶危上报国家下安黎庶		不求同年同月同日生只愿同年同月同日死皇天后				

嘉：	土	以鉴此心背义忘恩天		人共戮誓毕共拜玄德为兄关	某次之张飞		为弟
叶：	土	以鉴此心背义忘恩天	神	共戮誓毕共拜玄德为兄关羽	次之张飞		为弟
黄：	土	以鉴此心背义忘恩天地		共戮	玄德为兄关羽	次之张飞末之	
毛：	土实	鉴此心背义忘恩天		人共戮誓毕 拜玄德为兄关羽		次之张飞	为弟

嘉：	祭罢天地		同拜玄德老母将祭福物	聚乡中	英雄之人	得
叶：	三人祭罢天地		同拜玄德老母将 福物	聚乡中敢勇	之人	得
黄：	祭罢		同拜玄德老母将 福物资财聚乡中		勇	汉
毛：	祭罢天地复宰牛设酒			聚乡中	勇	士得

嘉：	三百有余就		桃园中痛饮一醉来日收拾军	器	恨无匹马	可乘正
叶：	三百 余 人口处于		桃园中痛饮一醉来日收拾军兵只		恨无 马匹	可乘正
黄：	三百 余 人 于		桃园 痛饮一醉来日收拾军兵只		恨无 马匹忽	
毛：	三百 余 人	就桃园中痛饮一醉来日收拾军		器但恨无 马匹		可乘正

嘉：	思虑间人 报 有	两客	人引十数	伴当赶	一群马投庄上来玄德曰	
叶：	思虑间人 报 有二	个 客	人引十数个	伴当赶	一群马投庄上来玄德曰	
黄：	人来报知有二	客各		赶马一群	投庄 来玄德曰	
毛：	思虑间人 报 有 两个 客		人引	一伙伴当赶	一群马投庄上来玄德曰	

嘉：	此天佑我等当成大事	三人出 庄	迎接		为 头两个商	人乃中山大商
叶：	此天佑我等当成大事	三人出 庄近迎			马头两个	客人乃中山大商
黄：	此天佑我等当成大事	三人出在	迎		马	客 乃中山大商
毛：	此天佑我	也三人出 庄	迎接原来二		客	乃中山大商

嘉：	一 个是张世平一	个是苏双	每年往北地 贩马		正值寇发	归乡	回来
叶：	一 个是张世平一	个是苏双递	年往北地 贩马		正值寇发	归乡未到
黄：	张世平	苏双递	年往北 平贩马		正值寇发	归乡未到
毛：	一名 张世平一名	苏双	每年往北 贩马近因		寇发而	回

嘉：	玄德 请二人到庄上置酒管待诉及		欲	与民除害扶助汉朝张世平苏双	
叶：	玄德曰可请二人到庄上置酒管待		谕说欲	与民除害扶助汉朝张世平苏双	
黄：	玄德曰可请二人到庄 置酒管待		谕说	与民除害扶助汉朝 世平苏双	
毛：	玄德 请二人到庄 置酒管待诉		说欲讨贼安 民		

嘉：	大喜愿将良马五十匹	送与玄德又赠金银五百两镔铁一千斤以资器用玄		
叶：	大喜愿将良马五十匹	送与玄德又赠金银五百两镔铁一千斤以资器用玄		
黄：	大喜愿将良马五十匹		金银五百两镔铁一千斤以资器用玄	
毛：	之意二客大喜愿将良马五十匹相送		又赠金银五百两镔铁一千斤以资器用玄	

嘉：	德	求	良匠打造双股剑	关	羽造八十二斤青龙偃月刀又名冷
叶：	德	求	良匠打造双股剑	关	羽造八十二斤青龙偃月刀又名冷
黄：	德感谢遂求		良匠打造双股剑	失	羽造八十二斤青龙偃月刀
毛：	德 谢	别二客便命	良匠打造双股剑云长	造	青龙偃月刀又名冷

嘉：	艳锯	张飞造丈八点钢	矛各制	全身铠甲一齐完备共聚	五百余人
叶：	艳锯	张飞造丈八点钢蛇矛各制	全身铠甲一齐完备共聚	五百余人
黄：		张飞造丈八点钢蛇矛各制	全身铠甲	聚	五百余人
毛：	艳锯重八十二斤张飞造丈八点钢	矛各 置全身铠甲	共聚乡勇五百余人

嘉：	来见	邹靖邹靖引见太守刘焉三人参	拜已毕问其	姓名	说起宗派刘
叶：	来见	邹靖邹靖引见太守刘焉三人参	拜已毕问其	姓名玄德说起宗派刘
黄：	求	见太尉邹靖 靖引见太守刘焉三人参	拜	玄德说起宗派刘
毛：	来见	邹靖邹靖引见太守刘焉三人参见	毕 各通姓名玄德说起宗派刘

嘉：	焉大喜	云既是汉室宗亲但有	功勋必当重用因此认玄德为侄整点军马	人
叶：	焉大喜	云既是汉室宗亲但	奏功勋必当重用因此认玄德为侄整点军马	人
黄：	焉大喜	既是汉室宗亲但	奏功勋必当重用因此认玄德为侄整点军马	人
毛：	焉大喜遂		认玄德为侄	不数日人

嘉：	报黄巾贼	大方程远志	人马五万	哨近涿	郡刘焉	差马步校
叶：	报黄巾贼	大方程远志	人马五万	哨近涿州	刘焉	差马步校
黄：	报黄巾贼	程远志 带来人马五万	哨近涿州却说	刘焉	即差
毛：	报黄巾贼将	程远志统兵	五万来犯	涿	郡刘焉令

嘉：	尉邹靖着引刘玄德	为先锋	前去破敌玄德	大喜即与关 张
叶：	尉邹靖 引刘	备为先锋	前去破敌玄德	大喜 与关羽张
黄：	邹靖 引刘	备为先锋	前去破敌玄德	与关羽张
毛：	邹靖 引 玄德	等三人统兵五百前去破敌玄德等欣然

嘉：		飞身上马来干	大功试看怎生取胜
叶：	飞	飞身上马来干	大功	怎生取胜
黄：	飞即忙披挂	上马	前去建立大功	怎生取胜
毛：			领军前进

3. 《水浒传》版本比对本

《水浒传》版本有多种分类方法。
- 只根据文字繁简可分繁本和简本两种。
- 繁本根据故事内容不同，可分为三种：一百回文繁事简的繁本、一百二十回文繁事繁的全传本、七十一（七十）回腰斩本，再包括简本的评林本，《水浒传》版本又可分为四种。
- 一百回繁本根据是否"后置阎婆惜"故事，又可分为甲本和乙本两种。
- 简本根据插图可分为三种：无插图、整幅插图和上图下文。

以上版本中最主要的是以下四种：
- 容与堂本（容）：最早的一百回本；
- 金圣叹本（金）：最后最流行的七十回腰斩本；
- 郁郁堂本（杨）：最流行的一百二十回本；
- 评林本（评）：最流行的简本。

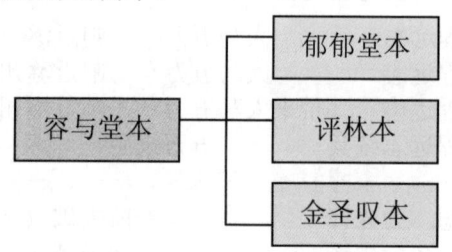

《水浒传》主要版本分类示意图

根据以上四种主要版本编写《水浒传》三种比对本：
- 分句比对本：标点分句，阅读方便，但差异不十分清楚。选容与堂本、金圣叹本两个版本。
- 分栏比对本：差异清楚，但阅读不方便。选容与堂本、郁郁堂本、评林本、金圣叹本四个版本。
- 逐行比对本：文字差异细节很清楚，但阅读最不方便。选容与堂本、郁郁堂本、评林本、金圣叹本四个版本。

下面是《水浒传》上述四种版本第一回比对本。
- 容与堂本：第一回　张天师祈禳瘟疫　洪太尉误走妖魔
- 郁郁堂本：第一回　张天师祈禳瘟疫　洪太尉误走妖魔
- 评林本：第一回　张天师祈攘瘟疫　洪太尉误走妖魔
- 金圣叹本：楔子　张天师祈禳瘟疫　洪太尉误走妖魔

《水浒传》容与堂本和金圣叹本第一回分句比对结果（部分）

容与堂本	金圣叹本
嘉佑三年三月三日五更三点，天子驾坐紫宸殿，受百官朝贺。但见： 　　祥云迷凤阁，瑞气罩龙楼。含烟御柳拂旌旗，带露宫花　迎剑戟。天香影里，玉簪珠履聚丹墀。仙乐声中，绣袄锦　衣扶御驾。珍珠帘卷，黄金殿上现金舆。凤尾扇开，白玉　阶前停宝辇。隐隐净鞭三下响，层层文武两班齐。 　　当有殿头官喝道："有事出班早奏，无事卷帘退朝。" 　　只见班部丛中，宰相赵哲，参政文彦博，出班奏曰："目今京师瘟疫盛行，民不聊生，伤损军民多矣。伏望陛下释罪宽恩，省刑薄税，以禳天灾，救济万民。" 　　天子听奏，急敕翰林院随即草诏，一面降赦天下罪囚，应有民间税赋，悉皆赦免；一面命在京宫观寺院，修设好事禳灾。不料其年瘟疫转盛。 　　仁宗天子闻知，龙体不安。复会百官。众皆计议。向那班部中，有一大臣，越班启奏。 　　天子看时，乃是参知政事范仲淹。拜罢起居，奏曰："目今天灾盛行，军民涂炭，日夕不能聊生，人遭缧绁之厄。以臣愚意，要禳此灾，可宣嗣汉天师星夜临朝，就京师禁院，修设三千六百分罗天大醮，奏闻上帝，可以禳保民间瘟疫。" 　　仁宗天子准奏。急令翰林学士草诏一道，天子御笔亲书，并降御香一炷，钦差内外提点殿前太尉洪信为天使，前往江西信州龙虎山，宣请嗣汉天师张真人，星夜临朝，祈禳瘟疫。 　　就金殿上焚起御香，亲将丹诏付与洪太尉为使，即便登程前去。	嘉佑三年三月三日，五更三点，天子驾坐紫宸殿，受百官朝贺已毕。 　　当有殿头官喝道："有事出班早奏，无事卷帘退朝。" 　　只见班部丛中，宰相赵哲、参政文彦博，出班奏曰："目今京师瘟疫盛行，伤损军民甚多。伏望陛下，释罪宽恩，省刑薄税，祈禳天灾，救济万民。" 　　天子听奏，急敕翰林院随即草诏，一面降赦天下罪囚，应有民间税赋悉皆赦免；一面命在京宫观寺院修设好事禳灾。不料其年瘟疫转盛。 　　仁宗天子闻知，龙体不安，复会百官计议。向那班部中，有一大臣，越班启奏。 　　天子看时，乃是参知政事范仲淹。拜罢起居，奏曰："目今天灾盛行，军民涂炭，日夕不能聊生。以臣愚意：要禳此灾，可宣嗣汉天师星夜临朝，就京禁院，修设三千六百分罗天大醮，奏闻上帝，可以禳保民间瘟疫。" 　　仁宗天子准奏。急令翰林学士草诏一道，天子御笔亲书，并降御香一柱，钦差内外提点殿前太尉洪信为天使，前往江西信州龙虎山，宣请嗣汉天师张真人星夜来朝祈禳瘟疫。 　　就金殿上焚起御香，亲将丹诏付与洪太尉，即便登程前去。

容与堂本（续1）	金圣叹本（续1）
洪信领了圣敕，辞别天子，不敢久停。从人背了诏书，金盒子盛了御香，带了数十人，上了铺马，一行部从，离了东京，取路径投信州贵溪县来。 　　于路上但见：遥山叠翠，远水澄清。奇花绽锦绣铺林，嫩柳舞金丝拂地。风和日暖，时过野店山村。路直沙平，夜宿邮亭驿馆。罗衣荡漾红尘内，骏马驱驰紫陌中。且说太尉洪信赍擎御书丹诏，一行人从上了路途。夜宿邮亭，朝行驿站，远程近接，渴饮饥餐。 　　不止一日，来到江西信州。大小官员，出郭迎接。随即差人报知龙虎山上清宫住持道众，准备接诏。 　　次日，众位官同送太尉到于龙虎山下。只见上清宫许多道众，鸣钟击鼓，香花灯烛，幢幡宝盖，一派仙乐，都下山来迎接丹诏，直至上清宫前下马。 　　太尉看那宫殿时，端的是好座上清宫！但见：　青松屈曲，翠柏阴森。门悬敕额金书，户列灵符玉篆。虚皇坛畔，依稀垂柳名花；炼药炉边，掩映苍松老桧。左壁　厢天丁力士，参随着太乙真君；右势下玉女金童，簇捧定紫微大帝。披发仗剑，北方真武踏龟蛇；靸履顶冠，南极老人伏龙虎。前排二十八宿星君，后列三十二帝天子。阶砌下流水潺谖，墙院后好山环绕。鹤生丹顶，龟长绿毛，树梢头献果苍猿，莎草内衔芝白鹿。三清殿上，鸣　金钟道士步虚；四圣堂前，敲玉磬真人礼斗。献香台砌，彩霞光射碧琉璃；召将瑶坛，赤日影摇红玛瑙。早来门外祥云现，疑是天师送老君。 　　当下上至住持真人，下及道童侍从，前迎后引，接至三清殿上，请将诏书居中	洪信领了圣敕，辞别天子，背了诏书，盛了御香，带了数十人，上了铺马，一行部从，离了东京，取路径投信州贵溪县来。 　　不止一日，来到江西信州。大小官员出郭迎接。随即差人报知龙虎山上清宫住持道众，准备接诏。 　　次日，众位官同送太尉到于龙虎山下。只见上清宫许多道众，鸣钟击鼓，香花灯烛，幢幡宝盖，一派仙乐，都下山来迎接丹诏，直至上清宫前下马。 　　当下上至住持真人，下及道童侍从，前迎后引，接至三清殿上，请将诏书居中

容与堂本（续2）	金圣叹本（续2）
供养着。 　　洪太尉便问监宫真人道："天师今在何处？"住持真人向前禀道："好教太尉得知：这代祖师，号曰虚靖天师，性好清高，倦于迎送，自向龙虎山顶，结一茅庵，修真养性。因此不住本宫。"太尉道："目今天子宣诏，如何得见？" 　　真人答道："容禀：诏敕权供在殿上。贫道等亦不敢开读。且请太尉到方丈献茶，再烦计议。" 　　当时将丹诏供养在三清殿上，与众官都到方丈。 　　太尉居中坐下，执事人等献茶，就进斋供，水陆俱备。 　　斋罢，太尉再问真人道："既然天师在山顶庵中，何不着人请将下来相见，开宣丹诏？" 　　真人禀道："太尉，这代祖师，虽在山顶，其实道行非常，清高自在，倦惹凡尘。能驾雾兴云，踪迹不定，未尝下山。贫道等如常亦难得见。怎生教人请得下来？" 　　太尉道："似此如何得见！目今京师瘟疫盛行，今上天子特遣下官为使，赍捧御书丹诏，亲奉龙香，来请天师，要做三千六百分罗天大本醮，以禳天灾，救济万民。似此怎生奈何？" 　　真人禀道："朝廷天子，要救万民，只除是太尉办一点志诚心，斋戒沐浴，更换布衣，休带从人，自背诏书，焚烧御香，步行上山礼拜，叩请天师，方许得见。如若心不志诚，空走一遭，亦难得见。" 　　太尉听说，便道："俺入京师食素到此，如何心不志诚，依着你说，明日绝早上山。"	供养着。 　　洪太尉便问监宫真人道："天师今在何处？"住持真人向前禀道："好教太尉得知：这代祖师号曰虚靖天师，性好清高，倦于迎送；自向龙虎山顶结一茅庵，修真养性；因此不住本宫。"太尉道："目今天子宣诏，如何得见真人？" 　　真人答道："容禀：诏敕权供在殿上，贫道等亦不敢开读。且请太尉到方丈献茶，再烦计议。" 　　当时将丹诏供养在三清殿上，与众官都到方丈。 　　太尉居中坐下，执事人等献茶，就进斋供，水陆俱备。 　　斋罢，太尉再问真人道："既然天师在山顶庵中，何不着人请将下来相见，开宣丹诏？" 　　真人禀道："这代祖师虽在山顶，其实道行非常：能驾雾兴云，踪迹不定。贫道等时常亦难得见，怎生教人请得下来？" 　　太尉道："似此如何得见？目今京师瘟疫盛行，今上天子特遣下官赍捧御书丹诏，亲捧龙香，来请天师，要做三千六百分罗天大醮以禳天灾，救济万民。似此怎生奈何？" 　　真人禀道："天子要救万民，只除是太尉办一点志诚心，斋戒沐浴，更换布衣，休带从人，自背诏书，焚烧御香，步行上山，礼拜叩请天师，方许得见。如若心不志诚，空走一遭，亦难得见。" 　　太尉听说，便道："俺从京师食素到此，如何心不志诚？既然恁地，依着你说，明日绝早上山。"

《水浒传》容与堂本、郁郁堂本、评林本、金圣叹本第一回分栏比对结果（部分）

容与堂本	全传本	评林本	金圣叹本
（前略）			
佑三年	佑三年	佑三年	天子是日嘉佑三年
三月三日五更三点	三月三日五更三点	三月三日	三月三日五更三点
天子驾坐紫宸殿受	天子驾坐紫宸殿受	驾坐紫宸殿受	天子驾坐紫宸殿受
百官朝贺但见祥云	百官朝贺但见祥云	百官朝贺但见祥云	百官朝贺
迷凤阁瑞气罩龙楼	迷凤阁瑞气罩龙楼	迷凤阁瑞气罩龙楼	
含烟御柳拂旌旗带	含烟御柳拂旌旗带	含烟御柳拂旌旗带	
露宫花迎剑戟天香	露宫花迎剑戟天香	露宫花迎剑戟天香	
影里玉簪珠履聚丹	影里玉簪珠履聚丹	影里玉簪珠履聚丹	
墀仙乐声中绣袄锦	墀仙乐声中绣袄锦	墀仙乐声中绣袄锦	
衣扶御驾珍珠帘卷	衣扶御驾珍珠帘卷	衣扶御驾珍珠帘卷	
黄金殿上现金　舆	黄金殿上现金　舆	黄金殿上现金章	
凤　尾扇开白玉阶	凤羽　扇开白玉阶	凤羽　扇开白玉阶	
前停宝辇隐隐净鞭	前停宝辇隐隐净鞭	前停宝辇隐隐净鞭	
三下响层层文武两	三下响层层文武两	三下响层层文武两	
班齐　　当有殿	班齐　　　当有殿	班齐时　　有	已毕当有殿
头官喝道有事出班	头官喝道有事出班		头官喝道有事出班
早奏无事卷帘退朝	早奏无事卷帘退朝		早奏无事卷帘退朝
只见班部丛中宰相	只见班部丛中宰相	宰相	只见班部丛中宰相
赵哲参政文彦博出	赵哲参政文彦博出	赵哲参政文彦博出	赵哲参政文彦博出
班奏　曰目今京师	班奏　曰目今京师	班奏　曰目今京师	班奏道　目今京师
瘟疫盛行民不聊生	瘟疫盛行	瘟疫盛行民不聊生	瘟疫盛行
伤损军民　多矣伏	伤损军民甚多　伏	伏	伤损军民甚多　伏
望陛下释　罪宽恩	望陛下释　罪宽恩	望陛下　什罪宽恩	望陛下释　罪宽恩
省刑薄税以　禳天	省刑薄税　祈禳天	省刑薄税以　禳天	省刑薄税　祈禳天
灾救济万民天子听	灾救济万民天子听	灾救济万民天子听	灾救济万民天子听
奏急敕翰林院随即	奏急敕翰林院随即	奏急敕翰林院	奏急敕翰林院随即
草诏一面降赦天下	草诏一面降赦天下	草诏一面降赦天下	草诏一面降赦天下
罪囚应有民间税赋	罪囚应有民间税赋	罪囚应有民间税赋	罪囚应有民间税赋
悉皆赦免一面命在	悉皆赦免一面命在	悉皆赦免　　命在	悉皆赦免一面命在
京宫观寺院修设好	京宫观寺院修设好	京宫观寺院修设好	京宫观寺院修设好
事禳灾不料其年瘟	事禳灾不料其年瘟	事禳灾不料其年瘟	事禳灾不料其年瘟
疫转盛仁宗天子闻	疫转盛仁宗天子闻	疫转盛仁宗	疫转盛仁宗天子闻

《水浒传》容与堂本、郁郁堂本、评林本和金圣叹本第一回逐行比对结果（部分）

容：	子驾坐紫宸殿受百官朝贺但见祥云迷凤阁瑞气罩龙楼含烟御柳拂旌旗带露
杨：	子驾坐紫宸殿受百官朝贺但见祥云迷凤阁瑞气罩龙楼含烟御柳拂旌旗带露
评：	驾坐紫宸殿受百官朝贺但见祥云迷凤阁瑞气罩龙楼含烟御柳拂旌旗带露
金：	子驾坐紫宸殿受百官朝贺
———	———
容：	宫花迎剑戟天香影里玉簪珠履聚丹墀仙乐声中绣袄锦衣扶御驾珍珠帘卷黄
杨：	宫花迎剑戟天香影里玉簪珠履聚丹墀仙乐声中绣袄锦衣扶御驾珍珠帘卷黄
评：	宫花迎剑戟天香影里玉簪珠履聚丹墀仙乐声中绣袄锦衣扶御驾珍珠帘卷黄
金：	
———	———
容：	金殿上现金　舆凤　尾扇开白玉阶前停宝辇隐隐净鞭三下响层层文武两班
杨：	金殿上现金　舆凤羽　扇开白玉阶前停宝辇隐隐净鞭三下响层层文武两班
评：	金殿上现金章　凤羽　扇开白玉阶前停宝辇隐隐净鞭三下响层层文武两班
金：	
———	———
容：	齐　　　当有殿头官喝道有事出班早奏无事卷帘退朝只见班部丛中宰相赵
杨：	齐　　　当有殿头官喝道有事出班早奏无事卷帘退朝只见班部丛中宰相赵
评：	齐时　　有　　　　　　　　　　　　　　　　　　　　　　　　宰相赵
金：	已毕当有殿头官喝道有事出班早奏无事卷帘退朝只见班部丛中宰相赵
———	———
容：	哲参政文彦博出班奏曰目今京师瘟疫盛行民不聊生伤损军民　多矣伏望陛
杨：	哲参政文彦博出班奏曰目今京师瘟疫盛行　　　　伤损军民甚多　伏望陛
评：	哲参政文彦博出班奏曰目今京师瘟疫盛行民不聊生　　　　　　　伏望陛
金：	哲参政文彦博出班奏曰目今京师瘟疫盛行　　　　伤损军民甚多　伏望陛
———	———
容：	下释　罪宽恩省刑薄税以　禳天灾救济万民天子听奏急敕翰林院随即草诏
杨：	下释　罪宽恩省刑薄税　祈禳天灾救济万民天子听奏急敕翰林院随即草诏
评：	下　什罪宽恩省刑薄税以　禳天灾救济万民天子听奏急敕翰林院　　草诏
金：	下释　罪宽恩省刑薄税　祈禳天灾救济万民天子听奏急敕翰林院随即草诏
———	———
容：	一面降赦天下罪囚应有民间税赋悉皆赦免一面命在京宫观寺院修设好事禳
杨：	一面降赦天下罪囚应有民间税赋悉皆赦免一面命在京宫观寺院修设好事禳
评：	一面降赦天下罪囚应有民间税赋悉皆赦免　　　命在京宫观寺院修设好事禳
金：	一面降赦天下罪囚应有民间税赋悉皆赦免一面命在京宫观寺院修设好事禳

4. 《西游记》版本比对本

《西游记》版本现在一般分为四类：
- 繁本：世德堂本、李卓吾本等。
- 删节本：唐僧西游记、杨闽斋本、闽斋堂本等。
- 简本：朱鼎臣本、杨致和本等。
- 清刊本：《西游证道书》、《西游真诠》、《西游原旨》、《新说西游记》等。

以上最主要的是四种版本：
- 世德堂本：最早最典型的一百回本。
- 唐僧西游记：最典型的明代删节本。
- 朱鼎臣本：最典型的简本。
- 西游证道书：清代最流行的版本。

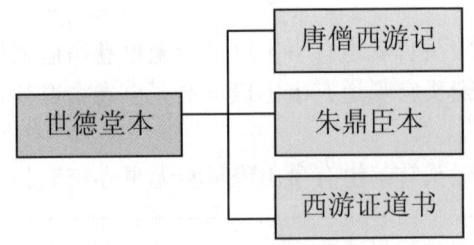

《西游记》主要版本分类示意图

《西游记》根据这四种版本组成三种比对本：
- 分句比对本：标点分句，阅读方便，但差异不十分清楚。选世德堂本、西游证道书两个版本。
- 分栏比对本：差异清楚，但阅读不方便。选世德堂本、唐僧西游记、朱鼎臣本和西游证道书四个版本。
- 逐行比对本：文字差异细节很清楚，但阅读最不方便。选世德堂本、唐僧西游记、朱鼎臣本和西游证道书四个版本。

下面是《西游记》世德堂本、唐僧西游记、朱鼎臣本和西游证道书四个主要版本第一回开始部分文字的三种比对结果。
- 世德堂本（世）：第一回　灵根育孕源流出　心性修持大道生
- 唐僧西游记（唐）：第一回　灵根育孕源流出　心性修持大道生
- 朱鼎臣本（朱）：灵根育生源流出
- 西游证道书（证）：第一回　灵根孕育源流出　心性修持大道生

《西游记》世德堂本和西游证道书第一回标点、分句比对结果（部分文字）

世德堂本	西游证道书
那座山，正当顶上，有一块仙石。其石有三丈六尺五寸高，有二丈四尺围圆。三丈六尺五寸高，按周天三百六十五度；二丈四尺围圆，按政历二十四气。上有九窍八孔，按九宫八卦。 　　四面更无树木遮阴，左右倒有芝兰相衬。盖自开辟以来，每受天真地秀，日精月华，感之既久，遂有灵通之意。 　　内育仙胞，一日迸裂，产一石卵，似圆球样大。因见风，化作一个石猴，五官俱备，四肢皆全。便就学爬学走，拜了四方。目运两道金光，射冲斗府。 　　惊动高天上圣大慈仁者玉皇大天尊玄穹高上帝，驾座金阙云宫灵宵宝殿，聚集仙卿，见有金光焰焰，即命千里眼、顺风耳开南天门观看。 　　二将果奉旨出门外，看的真，听的明。须臾回报道："臣奉旨观听金光之处，乃东胜神洲海东傲来小国之界，有一座花果山，山上有一仙石，石产一卵，见风化一石猴，在那里拜四方，眼运金光，射冲斗府。如今服饵水食，金光将潜息矣。" 　　玉帝垂赐恩慈曰："下方之物，乃天地精华所生，不足为异。" 　　那猴在山中，却会行走跳跃，食草木，饮涧泉，采山花，觅树果；与狼虫为伴，虎豹为群，獐鹿为友，猕猿为亲；夜宿石崖之下，朝游峰洞之中。真是"山中无甲子，寒尽不知年"。 　　一朝天气炎热，与群猴避暑，都在松阴之下顽耍。 　　你看他一个个：跳树攀枝，采花觅果；抛弹子，邷么儿；跑沙窝，砌宝塔；赶蜻	那山顶上有一块仙石。其石有三丈六尺五寸高，按周天三百六十五度；有二丈四尺围圆，按政历二十四气；上有九窍八孔，按九宫八卦。 　　自开辟以来，每受天真地秀，日精月华，感之既久，遂直灵通之意。 　　内育仙胎，一日迸裂，产一石卵，似圆球样大。因见风化作一个石猴，五官俱备，四肢皆全。便就学爬学走，拜了四方，目运两道金光，射冲斗府。 　　惊动高天上圣玉皇大帝，驾座金阙云宫灵霄宝殿，聚集仙卿，见有金光焰焰，即命千里眼、顺风耳开南天门观看。 　　二将须臾回报道："金光之处，乃东胜神洲傲来国花果山，山上有一仙石，石产一卵，见风化一石猴，在那里拜四方，眼运金光，射冲斗府。如今服饵水食，金光将潜息矣。" 　　玉帝垂恩曰："下方之物，乃天地精华所生，不足为异。" 　　那猴在山中，却会行走跳跃，食草木，饮涧泉，采山花，觅树果，与猿鹤为伴、麋鹿为群，夜宿石崖，朝游峰洞，真是"山中无甲子，寒尽不知年"。 　　一朝天气炎热，与群猴避暑，都在松阴之下。

《西游记》世德堂本、唐僧西游记、朱鼎臣本、西游证道书
无标点、分栏比对结果（第一回部分文字）

世德堂本	唐僧西游记	朱鼎臣本	西游证道书
单表东胜神洲海外	单表东胜神洲海外	单表东胜神洲海外	单表东胜神洲海外
有一国土名曰傲来	有一国土名曰傲来	有一国土名曰傲来	有一国　名曰傲来
国国近大海海中有	国国近大海海中有	国国近大海海中有	国国近大海海中有
一座　山唤为花果	一座名山唤为花果	一座　山唤为花果	一座名山唤为花果
山此山乃十洲之祖	山此山乃十洲之祖	山此山乃十洲之祖	山此山乃十洲之祖
脉三岛之来龙自开	脉三岛之来龙自开	脉三岛之来龙自开	脉三岛之来龙
清浊而立鸿蒙判后	清浊而立鸿蒙判后	清浊而立鸿蒙判后	
而成真个　好山	而成真个　好山	而成真个一座好山	
有词	有词	四时有　不谢之花	
		八节有长春之景有	
赋为证赋曰势　镇	赋为证赋曰势镇	赋为证　　势　镇	
汪洋威宁　瑶海势	汪洋威　灵瑶海势	汪洋威宁　瑶海势	
镇　汪洋潮涌银山	镇汪洋潮涌银山	镇　汪洋潮涌银山	
鱼入穴威　宁　瑶	鱼入穴威　　　灵瑶	鱼入穴威灵宁　瑶	
海波翻雪浪蜃离渊	海波翻雪浪蜃离渊	海波翻雪浪蜃离渊	
木　火方隅高积土	木　火方隅高积土	水火方隅高积土	
东海之处耸崇　巅	东海之处耸崇巅	东海之处耸崇　巅	
丹崖怪石削壁奇峰	丹崖怪石削壁奇峰	丹崖怪石削壁奇峰	
丹崖上彩凤双鸣削	丹崖上彩凤双　削	丹崖上彩凤双鸣削	
壁前麒麟独卧峰头	壁　麒麟独卧峰头	壁前麒麟独卧峰头	
时听锦鸡鸣石窟每	时听锦鸡鸣石窟每	时听锦鸡鸣石窟每	
观龙出入林中有寿	观龙出入林中有寿	观龙出入林中有寿	
鹿仙狐树上有灵禽	鹿仙狐树上有灵禽	鹿仙狐树上有灵禽	
玄鹤瑶草奇花不谢	玄鹤瑶草奇花不谢	玄鹤瑶草奇花不谢	
青松翠柏长春仙桃	青松翠柏长春仙桃	青松翠柏长春仙桃	
常结果修竹每留云	常结果修竹每留云	常结果修竹每留云	
一条涧壑藤萝密四	一条涧壑藤萝密四	一条涧壑藤萝密四	
面原堤草色新正是	面原堤草色新正是	面原堤草色新正是	
百川会处擎天柱万	百川会处擎天柱万	百川会处擎天柱万	
劫　无移大地根那	劫无移大地根那	劫　无移大地根那	那
座山正当顶上有一	座山正当顶上有一	座山正当顶上有一	山　　顶上有一
块仙石其石有三丈	块仙石其石有三丈	块仙石其石有三丈	块仙石其石有三丈

《西游记》世德堂本、唐僧西游记、朱鼎臣本和西游证道书
无标点、逐行比对结果（第一回部分文字）

世：	辟三皇治世五帝定伦世界之间遂分为四大部洲曰东胜神洲曰西牛贺洲曰南
唐：	辟三皇治世五帝定伦世界之间遂分为四大部洲曰东胜神洲曰西牛贺洲曰南瞻
朱：	辟三皇治世五帝定伦世界之间遂分为四大部洲　东胜神洲曰西牛贺洲　南
证：	辟三皇治世五帝定伦世界之间遂分为四大部洲曰东胜神洲曰西牛贺洲曰南

世：	赡部洲曰北　俱芦洲这部书　单表东胜神洲海外有一国土名曰傲来国国
唐：	部洲曰北　俱芦洲这部书　单表东胜神洲海外有一国土名曰傲来国国
朱：	膳赡部洲　北极俱芦洲这　本传单表东胜神洲海外有一国土名曰傲来国国
证：	赡部洲曰北　俱芦洲这部书　单表东胜神洲海外有一国　名曰傲来国国

世：	近大海海中有一座　山唤为花果山此山乃十洲之祖脉三岛之来龙自开清浊而
唐：	近大海海中有一座名山唤为花果山此山乃十洲之祖脉三岛之来龙自开清浊而
朱：	近大海海中有一座　山唤为花果山此山乃十洲之祖脉三岛之来龙自开清浊而
证：	近大海海中有一座名山唤为花果山此山乃十洲之祖脉三岛之来龙

世：	立鸿蒙判后而成真个　好山　有词　　　赋为证赋
唐：	立鸿蒙判后而成真个　好山　有词　　　赋为证赋
朱：	立鸿蒙判后而成真个一座好山四时有　不谢之花八节有长春之景有赋为证
证：	

世：	曰势　镇汪洋威宁　瑶海势镇　汪洋潮涌银山鱼入穴威　宁　瑶海波翻雪浪
唐：	曰势镇　汪洋威　灵瑶海势　镇汪洋潮涌银山鱼入穴威　　灵瑶海波翻雪浪
朱：	势　镇汪洋威宁　瑶海势镇　汪洋潮涌银山鱼入穴威灵宁　瑶海波翻雪浪
证：	

世：	蜃离渊木　火方隅高积土东海之处耸崇　巅丹崖怪石削壁奇峰丹崖上彩凤双
唐：	蜃离渊木　火方隅高积土东海之处耸崇　巅丹崖怪石削壁奇峰丹崖上彩凤双
朱：	蜃离渊　水火方隅高积土东海之处耸崇　巅丹崖怪石削壁奇峰丹崖上彩凤双
证：	

世：	鸣削壁前麒麟独卧峰头时听锦鸡鸣石窟每观龙出入林中有寿鹿仙狐树上有灵
唐：	削壁　麒麟独卧峰头时听锦鸡鸣石窟每观龙出入林中有寿鹿仙狐树上有灵
朱：	鸣削壁前麒麟独卧峰头时听锦鸡鸣石窟每观龙出入林中有寿鹿仙狐树上有灵
证：	

5. 《金瓶梅》版本比对本

《金瓶梅》版本分词话本、崇祯本和张评本三种，其中张评本和崇祯本正文基本相同，因此只比对词话本和崇祯本。

《金瓶梅》主要版本分类示意图

- 分句比对本：标点分句，阅读方便，但差异不十分清楚。
- 分栏比对本：差异清楚，但阅读不方便。
- 逐行比对本：文字差异细节很清楚，但阅读最不方便。

下面是《金瓶梅》词话本和崇祯本第四回部分文字比对结果。

- 词话本：第四回　淫妇背武大偷奸　郓哥不愤闹茶肆
- 崇祯本：第四回　赴巫山潘氏幽欢　闹茶坊郓哥义愤

《金瓶梅》词话本和崇祯本第四回标点、分句比对结果（部分文字）

词话本	崇祯本
却说西门庆在房里，把眼看那妇人，云鬟半蝉鬖，酥胸微露，粉面上显出红白来。一径把壶来斟酒，劝那妇人酒。 一回推害热，脱了身上绿纱褶子，"央烦娘子，替我搭在干娘护炕上"。 那妇人连忙用手接了过去，搭放停当。这西门庆故意把袖子在桌上一拂，将那双箸拂落在地下来。 一来也是缘法凑巧，那双箸正落在妇人脚边。这西门庆连忙将身下去拾箸，只见妇人尖尖趫趫刚三寸恰半扠一对小小金莲，正趫在箸边。 西门庆且不拾箸，便去他绣花鞋头上只一捏，那妇人笑将起来，说道："官人休要啰唣！你有心，奴亦有意。你真个勾搭我？" 西门庆便双膝跪下说道："娘子，作成小人则个！" 那妇人便把西门庆搂将起来说："只怕干娘来撞见。" 西门庆道："不妨。干娘知道。" 当下两个就在王婆房里，脱衣解带，共枕同欢。	却说西门庆口里娘子长娘子短，只顾白嘈。这妇人一面低着头弄裙子儿，又一回咬着衫袖口儿，咬得袖口儿格格驳驳的响，要便斜溜他一眼儿。 只见这西门庆推害热，脱了上面绿纱褶子道："央烦娘子替我搭在干娘护炕上。" 这妇人只顾咬着袖儿别转着，不接他的，低声笑道："自手又不折，怎的支使人！"西门庆笑着道："娘子不与小人安放，小人偏要自己安放。"一面伸手隔桌子搭到床炕上去，却故意把桌上一拂，拂落一只箸来。 却也是姻缘凑着，那只箸儿刚落在金莲裙下。西门庆一面斟酒劝那妇人，妇人笑着不理他。他却又待拿起箸子起来，让他吃菜儿。寻来寻去不见了一只。这金莲一面低着头，把脚尖儿踢着，笑道："这不是你的箸儿！" 西门庆听说，走过金莲这边来道："原来在此。"蹲下身去，且不拾箸，便去他绣花鞋头上只一捏。那妇人笑将起来，说道："怎这的罗唣！我要叫了起来哩！" 西门庆便双膝跪下说道："娘子可怜小人则个！"一面说着，一面便摸他裤子。 妇人叉开手道："你这歪厮缠人，我却要大耳刮子打的呢！" 西门庆笑道："娘子打死了小人，也得个好处。" 于是不由分说，抱到王婆床炕上，脱衣解带，共枕同欢。

《金瓶梅》词话本和崇祯本第四回开始部分文字分栏比对结果

词话本	崇祯本
绩着 绪 说西门庆　在房里把眼看那 　　　　妇人　云鬓半蝉䥱酥胸微 露粉面上显出红白来一径把壶来斟酒劝 那妇人酒　　　　　一回 　　　　　　　推害热脱了身 上　绿纱褶子　央烦娘子替我搭在干娘 护炕上　那妇人 连忙用手接了过去搭放停当这 　　　　　　　　　　西门庆 　　　　　　　　　　故意把 袖子在桌上一拂将那双箸拂落在地下来 一　　来　也是　缘法凑　巧那　双箸 正　落在妇人脚边这　　　西门庆 　　　　连忙将身下去拾箸只 见妇人 　　　　　　　　尖尖趫趫 刚三寸恰半扠一对小小　　金莲 　　　　　　　　　　正趫 在箸边　西门庆 　　　　　且不拾箸便去他绣花 鞋头上只一捏那妇人笑将起来说道 　　官人休要啰唣你有心奴亦有意 你真个勾搭我　　　西门庆便双膝	头又别转着笑着低声说道你耳朵又不聋 西门庆笑道吥忘了正是姓武只是俺清河 县姓武的却少只有县前一个卖炊饼的三 寸丁姓武叫做武大郎敢是娘子一族么妇 人听得此言便把脸通红了一面低着头微 笑道便是奴的丈夫西门庆听了半日不做 声呆了脸假意失声道屈妇人一面笑　着 　又斜瞅了他一眼低声说道你又没冤枉 事怎的叫屈西门庆道我替娘子叫哩却 说西门庆口　　里　　　娘子长娘子 短只顾白嘈这妇人一 　面 　　　　低着头弄裙子儿又一回咬着衫 袖口儿咬得袖口儿格格驳驳的响要便斜 溜他一眼儿只见这西门庆推害热脱了 上面绿纱褶子道央烦娘子替我搭在干娘 护炕上这　妇人只顾咬着袖儿别转着不 接　　　　　　　　他的低声 笑道自手又不折怎的支使人西门庆笑着 道娘子不与小人安放小人偏要自己安放 一面伸手隔桌子搭到床炕上去却故意把 桌上一拂　　　拂落 一只箸来却也是姻缘　凑着　那只　箸 儿刚落在　　　　金莲裙下西门庆 一面斟酒劝那妇人 　　妇人笑着不理他他却又待拿起箸子起 来让他吃菜儿寻来寻去不见了 　　　　　　　　一　只这金莲一面低 着头把脚尖儿踢着笑道这不是你的 　　箸　儿西门庆听说走过金莲这边来道 原来在此蹲下身去且不拾箸便去他绣花 鞋头上只一捏那妇人笑将起来说道怎这 的罗唣我　　　　要 　　　　叫了起来哩西门庆便双膝

《金瓶梅》词话本和崇祯本第四回逐行比对结果（部分文字）

词：　　　　　　　　　　　　　　　却说西门庆　在房里把眼看那
崇：事怎的叫屈西门庆道我替娘子叫屈哩却说西门庆口　　里　　　　娘子长娘子

词：　　　　　　　妇人　云鬓半蝉弹酥胸微露粉面上显出红白来一径把壶来斟酒劝
崇：短只顾白嘈这妇人一　　　　　　　面

词：那妇人酒　　　　　　　　一回
崇：　　　低着头弄裙子儿又一回咬着衫袖口儿咬得袖口儿格格驳驳的响要便斜

词：　　　　　　　　　　推害热脱了身上　绿纱褶子　央烦娘子替我搭在干娘
崇：溜他一眼儿只见这西门庆推害热脱了　上面绿纱褶子道央烦娘子替我搭在干娘

词：护炕上　那妇人　　　　　　　连忙用手接了过去搭放停当这
崇：护炕上这　妇人只顾咬着袖儿别转着不　　　接　　　　　　他的低声

词：　　　　　　　　　西门庆
崇：笑道自手又不折怎的支使人西门庆笑着道娘子不与小人安放小人偏要自己安放

词：　　　　　　　　　　故意把袖子在桌上一拂将那双箸拂落在地下来
崇：一面伸手隔桌子搭到床炕上去却故意把　桌上一拂　　拂落

词：一　　来　也是　缘法凑　巧那　双箸正　　落在妇人脚边这　　　　西门庆
崇：一只箸来却也是姻缘　凑着　那只　箸　儿刚落在　　金莲裙下西门庆

词：　　　　　连忙将身下去拾箸只见妇人
崇：一面斟酒劝那妇人　　　　　　妇人笑着不理他他却又待拿起箸子起

词：　　　　　　　尖尖趫趫刚三寸恰半扠一对小小　　金莲
崇：来让他吃菜儿寻来寻去不见了　　　一　　　只这金莲一面低

词：　　　　　　　　　正趫在箸边　西门庆
崇：着头把脚尖儿踢着笑道这不是你的　　箸　儿西门庆听说走过金莲这边来道

词：　　　　　　　且不拾箸便去他绣花鞋头上只一捏那妇人笑将起来说道
崇：原来在此蹲下身去且不拾箸便去他绣花鞋头上只一捏那妇人笑将起来说道怎这

词：　　官人休要啰唣你有心奴亦有意你真个勾搭我　　　　　西门庆便双膝
崇：的罗唣我　　要　　　　　　　　　　叫了起来哩西门庆便双膝

6. 《红楼梦》版本比对本

《红楼梦》版本分脂本和程本两类。

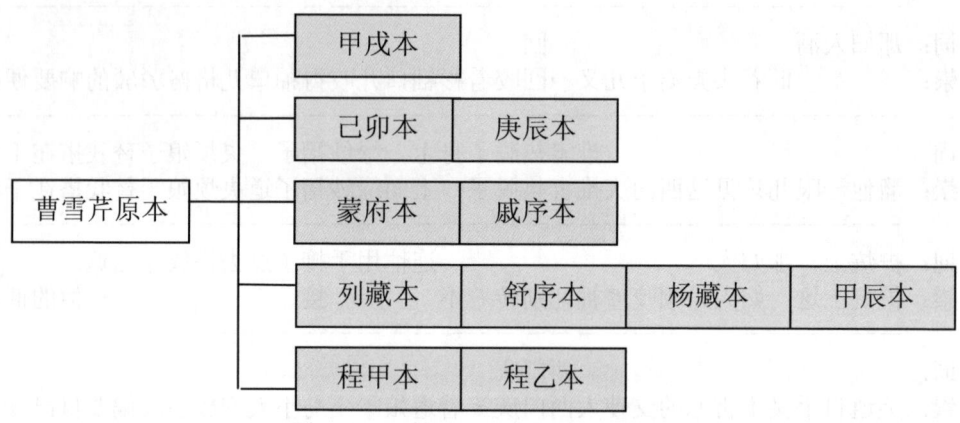

《红楼梦》主要版本分类示意图

《红楼梦》比对本：

- 分句比对本：标点分句，阅读方便，但差异不十分清楚。选甲戌本、庚辰本、程乙本三个版本。
- 分栏比对本：差异清楚，但阅读不方便。选甲戌本、庚辰本、程乙本三个版本。
- 逐行比对本：文字差异细节很清楚，但阅读最不方便。选甲戌本、庚辰本、己卯本、戚序本、蒙府本、列藏本、舒序本、杨藏本、甲辰本、程甲本、程乙本 11 个版本。

《红楼梦》主要版本有十几种，但分句和分栏版本比对受开本限制，只选三个主要版本比对。逐行比对不受开本限制，选择了 11 个版本。

下面是《红楼梦》第一回"甄士隐梦幻识通灵　贾雨村风尘怀闺秀"三种方式部分文字的比对结果，显示差异很明显，各有优缺点。

《红楼梦》甲戌本、庚辰本、程乙本三个主要版本标点分句比对结果（第一回部分文字）

甲戌本	庚辰本	程乙本
将一块大石登时变成，一块鲜明莹洁的美玉，且又缩成扇坠大小的可佩可拿。 　　那僧托于掌上，笑道："形体到也是个宝物了！还只没有实在的好处须得在镌上数字，使人一见便知是奇物方妙。然后好携你到那昌明隆盛之邦，诗礼簪之族，花柳繁华地，温柔富贵乡去安身乐业。" 　　石头听了，喜不能禁，乃问："不知赐了弟子那几件奇处，又不知携了弟子到何地方？望乞明示，使弟子不惑。" 　　那僧笑道："你且莫问，日后自然明白的。"说着，便袖了这石，同那道人飘然而去，竟不知投奔何方何舍。 　　后来，不知又过了几世几劫，因有个空空道人访道求仙，忽从这大荒山无稽崖青埂峰下经过，忽见一大石上字迹分明，编述历历。 　　空空道人乃从头一看，原来就是无材补天，幻形入世，蒙茫茫大士，渺渺真人携入红尘，历尽离合悲欢炎凉世态的一段故事。	见一块鲜明莹洁的美玉，且又缩成扇坠大小的可佩可拿。 　　那僧托于掌上，笑道："形体到也是个宝物了！还只没有实在的好处须得再镌上数字，使人一见便知是奇物方妙。然后携你到那昌明隆盛之邦，诗礼簪缨之族，花柳繁华地，温柔富贵乡去安身乐业。" 　　石头听了，喜不能尽，乃问："不知赐了弟子那几件奇处，又不知携了弟子到何地方？望乞明示，使弟子不惑。" 　　那僧笑道："你且莫问，日后自然明白的。"说着，便袖了这石，同那道人飘然而去，竟不知投奔何方何舍。 　　后来，又不知过了几世几劫，因有个空空道人访道求仙，忽从这大荒山无稽崖青埂峰下径过，忽见一大块石上字迹分明，编述历历。 　　空空道人乃从头一看，原来就是无材补天，幻形入世，蒙茫茫大士，渺渺真人携入红尘，历尽离合悲欢炎凉世态的一段故事。	见着这块鲜莹明洁的石头，且又缩成扇坠一般，甚属可爱。 　　那僧托于掌上，笑道："形体倒也是个灵物了，只是没有实在的好处。须得再镌上几个字。使人人见了便知你是件奇物，然后携你到那昌明隆盛之邦、诗礼簪缨之族、花柳繁华地、温柔富贵乡那里去走一遭。" 　　石头听了大喜，因问："不知可镌何字？携到何方？望乞明示。" 　　那僧笑道："你且莫问，日后自然明白。"说毕，便袖了，同那道人飘然而去，竟不知投向何方。 　　又不知过了几世几劫，因有个空空道人访道求仙，从这大荒山无稽崖青埂峰下经过。忽见一块大石，上面字迹分明，编述历历。 　　空空道人乃从头一看。原来是无才补天、幻形入世，被那茫茫大士、渺渺真人携入红尘、引登彼岸的一块顽石；上面叙着堕落之乡，投胎之处，以及家庭琐事、闺阁闲情、诗词谜语，倒还全备。只是朝代年纪，失落无

《红楼梦》甲戌本、庚辰本、程乙本三个主要版本标点分句比对结果（第一回部分文字）（续1）

甲戌本	庚辰本	程乙本
后面又有一首偈云：无材可去补苍天，枉入红尘若许年。此系身前身后事，倩谁记去作奇传？ 诗后便是此石堕落之乡，投胎之处，亲自经历的一段陈迹故事。 其中家庭闺阁琐事，以及闲情诗词到还全备，或可适趣解闷，然朝代年纪，地舆邦国，却反失落无考。 空空道人遂向石头说道："石兄，你这一段故事，据你自己说有些趣味，故编写在此，意欲问世传奇。 据我看来，第一件，无朝代年纪可考，第二件，并无大贤大忠理朝廷治风俗的善政，其中只不过几个异样的女子，或情或痴，或小才微善，亦无班姑，蔡女之德能。我纵抄去，恐世人不爱看呢。" 石头笑答道："我师何太痴也！若云无朝代可考，今我师竟假借汉唐等年纪添缀，又有何难？ 但我想，历来野史，皆蹈一辙，莫如我这不借此套者，反到新奇别致，不过只取其事体情理罢了，又何必	后面又有一首偈云：无材可去补苍天，枉入红尘若许年。此系身前身后事，倩谁记去作奇传？ 诗后便是此石坠落之乡，投胎之处，亲自经历的一段陈迹故事。 其中家庭闺阁琐事，以及闺情诗词到还全备，或可适趣解闷，然朝代年纪，地舆邦国，却反失落无考。 空空道人遂向石头说道："石兄，你这一段故事，据你自己说有些趣味，故偏写在此，意欲问世传奇。 据我看来，第一件，无朝代年纪可考，第二件，并无大贤大忠理朝廷治风俗的善政，其中只不过几个异样女子，或情或痴，或小才微善，亦无班姑，蔡女之德能。我纵抄去，恐世人不爱看呢。" 石头笑答道："我师何太痴耶！若云无朝代可考，今我师竟假借汉唐等年纪添缀，又有何难？ 但我想，历来野史，皆蹈一辙，莫如我这不借此套者，反到新奇别致，不过只取其事体情理罢了，又何必	考。 后面又有一偈云：无才可去补苍天，枉入红尘若许年。此系身前身后事，倩谁记去作奇传？ 空空道人看了一回，晓得这石头有些来历，遂向石头说道："石兄，你这一段故事，据你自己说来，有些趣味，故镌写在此，意欲闻世传奇。 据我看来：第一件，无朝代年纪可考；第二件，并无大贤大忠、理朝廷、治风俗的善政，其中只不过几个异样女子，或情或痴，或小才微善。我纵然抄去，也算不得一种奇书。" 石头果然答道："我师何必太痴！ 我想历来野史的朝代，无非假借汉、唐的名色；莫如我这石头所记，不借此

《红楼梦》甲戌本、庚辰本、程乙本三个主要版本分栏比对结果（第一回部分文字）

甲戌本	庚辰本	程乙本
成　　　　　一块鲜	坐长谈见　　一块鲜	坐　谈见着这　块鲜莹
明莹　洁的美玉　　且又	明　莹洁的美玉　　且又	明　　洁的　　石头且又
缩成扇坠　　　大小的	缩成扇坠　　　大小的	缩成扇坠一般甚属
可佩可拿　那僧托于掌上	可佩可拿　那僧托于掌上	可　爱那僧托于掌上
笑道形体　到也是个　宝	笑道形体　到也是个　宝	笑道形体倒　也是个灵
物了还只　没有实在的好	物了还只　没有实在的好	物了　只是没有实在的好
处须得　在镌上数　　字	处须得再　镌上数　　字	处须得再　镌上　几个字
使人　一见　便知　是	使人　一见　便知　是	使人人　见了便知你是件
奇物方妙然后好携你到那	奇物方妙然后　携你到那	奇物　　然后　携你到那
昌明隆盛之邦诗礼簪	昌明隆盛之邦诗礼簪　缨	昌明隆盛之邦诗礼簪缨
之族花柳繁华地温柔富贵	之族花柳繁华地温柔富贵	之族花柳繁华地温柔富贵
乡　　去安身乐业	乡　　去安身乐业	乡那里去　　　　走一遭
石头听了　喜不能禁　乃	石头听了　喜不能　尽乃	石头听了大喜
问不知　　　　赐了弟	问不知　　　　赐了弟	因问不知可镌何字
子那几件奇处又不知携了	子那几件奇处又不知携了	携
弟子到何地方望乞明示使	弟子到何地方望乞明示使	到何　方望乞明示
弟子不惑那僧笑道你且莫	弟子不惑那僧笑道你且莫	那僧笑道你且莫
问日后自然明白的说着	问日后自然明白的说着	问日后自然明白　说　毕
便袖了这石同那道人飘然	便袖了这石同那道人飘然	便袖了　　同那道人飘然
而去竟不知投　奔何方何	而去竟不知投　奔何方何	而去竟不知投向　何方
舍后来　不知又过了几世	舍后来又不知　过了几世	又不知　过了几世
几劫因有个空空道人访道	几劫因有个空空道人访道	几劫因有个空空道人访道
求仙忽从这大荒山无稽崖	求仙忽从这大荒山无稽崖	求仙　从这大荒山无稽崖
青埂峰下　经过忽见一	青埂峰下径　过忽见一	青埂峰下　经过忽见一块
大　石上　字迹分明编述	大块石上　字迹分明编述	大　石上面字迹分明编述
历历空空道人乃从头一看	历历空空道人乃从头一看	历历空空道人乃从头一看
原来就是无材　补天幻形	原来就是无材　补天幻形	原来　是无　才补天幻形
入世蒙　茫茫大士渺渺	入世蒙　茫茫大士渺渺	入世　被那茫茫大士渺渺
真人携入红尘　　　历	真人携入红尘　　　历	真人携入红尘引登彼岸
尽离合悲欢炎凉世态的一	尽离合悲欢炎凉世态的一	的一
段故	段故	块顽石上面叙着堕落之乡
		投胎之处以及家庭琐
事	事	事闺阁闲情诗词谜语倒还
		全备只是朝代年纪失落无
后面又有一首偈云无材	后面又有一首偈云无材	考后面又有一　偈云无
可去补苍天柱入红尘若	可去补苍天柱入红尘若	才可去补苍天柱入红尘若
许年此系身前身后事情谁	许年此系身前身后事情谁	许年此系身前身后事情谁
记去作奇传诗后便是此石	记去作奇传诗后便是此石	记去作奇传
堕落之乡投胎之处亲自	坠　落之乡投胎之处亲自	

《红楼梦》11 个版本文字逐行比对结果（第一回部分文字）

戌：	得久延岁月后来既受天地精华复得　雨露滋养遂得脱　却草胎　木质　　得换
庚：	得久延岁月后来既受天地精华复得　雨露滋养遂得脱　却草胎　木质　　得换
己：	得久延岁月后来既受天地精华复得　雨露滋养遂得脱　却草胎　木质　　得换
戚：	得久延岁月后来既受天地精华复得　雨露滋养遂得脱　却草胎　木质　　得换
蒙：	得久延岁月后来既受天地精华复得　雨露滋养遂得脱　却草胎本　质　　得换
列：	得久延岁月后来既受天地精华复得　雨露滋养遂得脱　却草胎　木质　　得换
舒：	得久延岁月后来既受天地精华复得　雨露滋养遂得脱　却草胎　木植　　得换
梦：	得久延岁月后来既受天地精华复得　雨露滋养遂得脱　却草胎　木质　　得换
辰：	得久延岁月后来既受天地精华复得　雨露滋养遂得脱　却草胎　木质　　得换
甲：	得久延岁月后来既受天地精华复得甘　露滋养遂　脱了　草　　木　　之胎得换
乙：	得久延岁月后来既受天地精华复得甘　露滋养遂　脱了　草　　木　　之胎

戌：	人形仅　　修成个女体终日　游于离恨天外饥　　　则食　密青果　　为膳
庚：	人形仅　　修成个女体终日　游于离恨天外饥　　　则食蜜　青果　　为膳
己：	人形仅　　修成个女体终日游　于离恨天外饥　　　则食蜜　青菓　　为膳
戚：	人形仅　　修成个女体终日　游于离恨天外饥　　　则食蜜　青果　　为膳
蒙：	人形仅　　修成个女体终日　游于离恨天外饥　　　则食　密青果　　为膳
列：	人形仅　　修成　女体终日　游于离恨天外饥　　　则食蜜　青果　　为膳
舒：	人形仅　　修成个女体终日　游于离恨天外饥　　　则食蜜　青　菜为膳
梦：	人形仅　　修成个女体终日　游于离恨天外饥　　　则食蜜　青果　　为膳
辰：	人形　　竟修成个女体终日　游于离恨天外饥　　　则食蜜　青果　　为膳
甲：	人形仅仅　修成　女体终日　游于离恨天外饥餐秘情　　　　果
乙：	幻化人形仅仅　修成　女体终日　游于离恨天外饥餐秘情　　　　果

戌：	渴则饮灌愁海水为汤只因尚未酬报灌溉之德故　　　其　五衷　便郁　结着
庚：	渴则饮灌愁海水为汤只因尚未酬报灌溉之德故甚至　五　内便郁　结着
己：	渴则饮灌愁海水为汤只因　未酬报灌溉之德故甚至　五　内便郁　结着
戚：	渴则饮灌愁海水为汤只因尚未酬报灌溉之德故　　其在五　内便郁　结　成
蒙：	渴则饮灌愁海水为汤只因尚未酬报灌溉之德故　　其在五　内便郁　结　成
列：	渴则饮灌愁海水为汤只因尚未酬报灌溉之德故　　　其　五　内便郁　结着
舒：	渴则饮灌　海水为汤只因尚未酬报灌溉之德故甚至　五　内　梗郁结　　这
梦：	渴则饮灌愁海水为汤只因尚未酬报灌溉之德故　　　其　五　内便郁　结着
辰：	渴则饮灌愁海水为汤只因尚未酬报灌溉之德故　　　其　五　内便郁　结着
甲：	渴　饮灌愁　水　　只因尚未酬报灌溉之德故甚至　五　内　郁　结着
乙：	渴　饮灌愁　水　　只因尚未酬报灌溉之德故甚至　五　内　郁　结着

戌：	一段缠绵不　尽之意	恰近日　神　瑛侍	者凡心偶炽	乘此昌明太平
庚：	一段缠绵不　尽之意	恰近日这神　瑛侍	者凡心偶炽	乘此昌明太平
己：	一段缠绵不　尽之意	恰近日这神　瑛侍	者凡心偶炽	乘此昌明太平
戚：	一段缠绵不舒　之意	近日这神　瑛　使	者凡心偶炽	乘此昌明太平
蒙：	一段缠绵不舒　之意	近日这神　瑛侍	者凡心偶炽	乘此昌明太平
列：	一段缠绵不　尽之意	恰近日这神　瑛侍	者凡心偶炽	乘此昌明太平
舒：	一段缠绵不　尽之意	恰近日这神英　侍	者凡心偶炽弃	此昌明太平
梦：	一段缠绵不　尽之意	恰近日这神　瑛侍	者凡心偶炽	乘此昌明太平
辰：	一段缠绵不　尽之意	恰近日这神　瑛侍	者凡心偶炽	乘此昌明太平
甲：	一段缠绵不　尽之意常说自己受			
乙：	一段缠绵不　尽之意常说自己受			

―――――――――――――――――――――――――――――

戌：	朝世意欲下凡造历幻缘已在警幻仙子案前挂了号警	幻亦曾问及灌溉之情未偿
庚：	朝世意欲下凡造历幻缘已在警幻仙子案前挂了号警	幻亦曾问及灌溉之情未偿
己：	盛　世意欲下凡造历幻缘已在警幻仙子案前挂了号警	幻亦曾问及灌溉之情未偿
戚：	朝世意欲下凡造历幻缘已在警幻仙子案前挂了号警	幻亦曾问及灌溉之情未偿
蒙：	朝世意欲下凡造历幻缘已在警幻仙子案前挂了号　惊	亦曾问及灌溉之情未偿
列：	朝世意欲下凡造历幻缘已在警幻仙子案前挂了号警	幻亦曾问及灌溉之情未偿
舒：	朝世意欲下凡造历幻缘已在警幻仙子案前挂了号警	幻亦曾问及灌溉之情未偿
梦：	朝世意欲下凡造历幻缘已在警幻仙子案前挂了号警	幻亦曾问及灌溉之情未偿
辰：	朝世意欲下凡造历幻缘已在警幻仙子案前挂了号警	幻亦曾问及灌溉之情未偿
甲：		
乙：		

―――――――――――――――――――――――――――――

戌：	趁此到　可了结的那绛珠仙子道他是甘	露之惠我并	无此水可还他既	下世为
庚：	趁此到　可了结的那绛珠仙子道他是甘	露之惠我并	无此水可还他既	下世为
己：	趁此到　可了结　那绛珠仙子道他是甘	露之惠我并	无此水可还他既	下世为
戚：	趁此到　可了结的那绛珠仙子道他是甘	露之惠我并	无　水可还他既	下世为
蒙：	趁此到　可了结的那绛珠仙子道他是甘	露之惠我并	无　水可还他既	下世为
列：	趁此　倒可了结的那绛珠仙子道他是甘	露之惠我并	无此水可还他既	下世为
舒：	趁此到　可了结的那绛珠仙子道他是甘	露之惠我并	无此水可还他既	下世为
梦：	趁此　倒可了结的那绛珠仙子道他是甘	露之惠我并	无此水可还他既	下世为
辰：	趁此　倒可了结的那绛珠仙子道他是甘	露之惠我本	无此水可还他既	下世为
甲：	了	他　雨露之惠我并	无此水可还他	若下世为
乙：	了	他　雨露之惠我并	无此水可还他	若下世为

7. 三种比对本和一种校勘本总结

以上介绍了三种比对本和一种校勘本。下面以《三国演义》嘉靖元年本和叶逢春本第一则为例,对这三种比对本和一种校勘本总结如下。

(1) 标点、分段、分栏比对本

编写方法:
- 文字标点、分段。
- 分栏显示,便于比对。
- 分段进行比对,每段内文字不再比对。

优点:
- 标点、分段便于读者阅读。
- 分段比对可以粗略看出两本文字大致差异。

缺点:
- 文字段落上差异明显,但每段内文字差异不明显。
- 由于标点、分段,所占篇幅较大。

适用:希望阅读方便,而对文字差异不需要深入了解的读者。

第一则　祭天地桃园结义

嘉靖元年本	叶逢春本
后汉桓帝崩,灵帝即位,时年十二岁。朝廷有大将军窦武、太傅陈蕃、司徒胡广共相辅佐。	后汉桓帝崩,灵帝即位,时年十二岁。朝廷有大将军窦武、太傅陈蕃、司徒胡广共相辅佐。
至秋九月,中涓曹节、王甫弄权,窦武、陈蕃预谋诛之,机谋不密,反被曹节、王甫所害。中涓自此得权。	至秋九月,宦官曹节、王甫弄权,窦武、陈蕃谋诛,机谋不密,反被曹节、王甫所害,宦官自此得权。

(2) 无标点、不分段、分栏比对本

编写方法:
- 文字不标点、不分段。
- 分栏显示,便于比对。
- 文字逐字比对,文字不同加空格。

优点:
- 文字差异比前一种明显。

- 无标点、不分段，节约篇幅。

缺点：
- 无标点、不分段对阅读不利。
- 文字差异不十分明显，具体字差异不清楚，不如下面逐行比每个字差异都很清楚。

适用：对阅读要求不高，只想了解两本大致的文字差异即可，无须了解逐字差异。

第一则　祭天地桃园结义

嘉靖元年本	叶逢春本
后汉桓帝崩灵帝即位时年十二岁朝廷有	后汉桓帝崩灵帝即位时年十二岁朝廷有
大将军窦武太傅陈蕃司徒胡广共相辅佐	大将军窦武太傅陈蕃司徒胡广共相辅佐
至秋九月　　中涓曹节王甫弄权窦武陈	至秋九月宦官　　曹节王甫弄权窦武陈
蕃预谋诛之机谋不密反被曹节王甫所害	蕃　谋诛　机谋不密反被曹节王甫所害
中涓　　自此得权建宁二年四月十五日	宦官自此得权建宁二年四月十五日
帝会群臣于温德殿中　方欲升座殿角	帝会群臣于温德殿中却　欲　　　坐
狂风大作见一条青蛇从梁上飞下来约	忽狂风大作见一条青蛇从梁上飞下　约
二十余丈长蟠于椅上灵帝惊倒武士急	长二十余丈　蟠于椅上灵帝惊倒武士急
慌救出文武互相推拥倒于丹墀者无数	荒　救出文武互相推　倒于丹墀者无数
须臾不见　片时大雷大雨　　降以冰	须臾不见此怪　　　　大雨大雷降以冰

（3）无标点、不分段逐行比对本

编写方法：
- 文字不标点、不分段。
- 分上下几行显示。
- 文字逐字比对，文字不同加空格。

优点：
- 文字差异上下比对更明显。
- 文字差异逐字显示，最清楚。

缺点：
- 每个版本文字不连续，对阅读最不利。
- 每两段文字之间加一个空格行，导致篇幅较大。

适用：对阅读要求不高，希望了解文字细微差异到每个字的读者。

第一则　祭天地桃园结义

嘉：	后汉桓帝崩灵帝即位时年十二岁朝廷有大将军窦武太傅陈蕃司徒胡广共相辅佐至
叶：	后汉桓帝崩灵帝即位时年十二岁朝廷有大将军窦武太傅陈蕃司徒胡广共相辅佐至
嘉：	秋九月　　中涓曹节王甫弄权窦武陈蕃预谋诛之机谋不密反被曹节王甫所害中涓
叶：	秋九月宦官　　曹节王甫弄权窦武陈蕃　谋诛　机谋不密反被曹节王甫所害
嘉：	自此得权建宁二年四月十五日帝会群臣于温德殿中　方欲升座殿角　　狂风
叶：	宦官自此得权建宁二年四月十五日帝会群臣于温德殿中却　欲　　　　坐忽狂风
嘉：	大作见一条青蛇从梁上飞下来约　二十余丈长蟠于椅上灵帝惊倒武士急　慌救出
叶：	大作见一条青蛇从梁上飞下　约长二十余丈　蟠于椅上灵帝惊倒武士急荒　救出

（4）标点、分段校勘本

编写方法：

- 底本文字标点、分段。
- 以某个版本文字为底本，用其他版本校勘，文字差异加注说明。
- 文字有差异时，一般在一句话之后加注。
- 如大段文字不同，逐句说明有些烦琐，可只在大段文字首尾加注，可大大节约文字篇幅。

优点：

- 以某个版本为底本，文字较完整，便于阅读。
- 文字差异加注说明，不破坏底本的文字。

缺点：

- 版本文字差异最不明显，最不清楚。
- 此法适用于文字差异不大的版本，文字差异较大不建议采用此法，效果不好。

适用：希望底本文字完整，便于阅读，而对文字差异要求不高的读者。

第一则　祭天地桃园结义

　　后汉桓帝崩，灵帝即位，时年十二岁。朝廷有大将军窦武、太傅陈蕃、司徒胡广共相辅佐。至秋九月，中涓曹节、王甫弄权，[1]窦武、陈蕃预谋诛之，[2]机谋不密，反被曹节、王甫所害。中涓自此得权。[3]

　　建宁二年四月十五日，帝会群臣于温德殿中。方欲升座，[4]殿角狂风大作，[5]见一条青蛇，从梁上飞下来，约二十余丈长，[6]蟠于椅上。

---

[1] "中涓曹节、王甫弄权"：叶逢春本作"宦官曹节、王甫弄权"。
[2] "窦武、陈蕃预谋诛之"：叶逢春本作"窦武、陈蕃谋诛"。

> [3]"中涓自此得权":叶逢春本作"宦官自此得权"。
> [4]"方欲升座":叶逢春本作"却欲"。
> [5]"殿角狂风大作":叶逢春本作"坐,忽狂风大作"。
> [6]"约二十余丈长":叶逢春本作"约长二十余丈"。

以上介绍了三种比对本和一种校勘本,四种方法各有优缺点,各适应不同读者的需要。

(三)《三国演义》《水浒传》《西游记》插图比对本

1. 《三国演义》上图下文插图比对本

(1)《三国演义》上图下文刊本分类介绍

编写上图下文插图比对本有两个目的。第一是整体展示《三国演义》简本中上图下文本的全貌,包括插图和文字,并做比对。第二是通过插图比对研究版本的演化。

《三国演义》版本粗略统计约有30种,这些版本分类方法主要有以下几种:

- 根据文字繁简分类:分为"演义""志传"系列,"志传"系列又可分为"繁本"和"简本","简本"系列又可分为"志传"和"英雄志传"。
- 根据故事内容有无"关索"分类,可分为"无关索""关索"和"花关索"三个系列。
- 根据章节分类,可分为"二十四卷"和"二十卷(含十卷)"两大类。

本书是按照插图分类,可分为以下几类:

- 无插图:5种。
- 单幅插图:9种。

- 上图下文插图：23 种。

《三国演义》插图分类表

序号	无图 5 种			单幅 9 种			上图下文 23 种		
		版本	书商		版本	书商		版本	书商
1	演义系列5种	嘉靖元年本		演义系列6种	周曰校乙本		志传繁本7种	叶逢春本	
2		周曰校甲本			郑以祯本	宝善堂		余象斗本	双峰堂
3		夏振宇本			李卓吾本	吴观明等		余评林本	双峰堂
4		夷白堂本	夷白堂		遗香堂本	遗香堂		郑少垣本	联辉堂
5		锺伯敬本			李渔本			杨闽斋本	
6					毛宗岗本			汤宾尹本	
7								种德堂本	种德堂
8				简本3种	英雄谱本		简本单页4种	刘龙田本	乔山堂
9					六卷本	聚贤山房		朱鼎臣本	
10					松盛堂本	松盛堂		黄正甫本	
11								诚德堂本	诚德堂
12							简本两页3种	忠正堂本	熊佛贵
13								费守斋本	与畊堂
14								天理图本	
15							英雄志传9种	杨美生本	
16								刘荣吾本	
17								刘兴我本	忠贤堂
18								北图藏本	
19								上图藏本	
20								郑乔林本	德馨堂
21								继志堂本	继志堂
22								美玉堂本	美玉堂
23								魏氏刊本	

同类版本不再细分，如李卓吾本又分明刊本、明吴观明本、明黎光楼本、明宝翰

楼本、清绿荫堂本等，但插图差异不大。①

但据朝鲜翻刻本，周曰校本甲本无图，乙本和丙本有图，因此分两种。

（2）《三国演义》上图下文本分类统计表

上图下文形式是古代小说中常见的一种版式。

《三国演义》上图下文本分类统计表

分类	序号	版本	刊行者	书商	刊印时间	卷数	保存卷	插图	插图数量
繁本	1	叶逢春本	叶逢春		嘉靖	10	缺3、10	单页	1543
	2	余象斗本	余象斗	双峰堂	万历	20	1—12 19—20	单页	1030
	3	余评林本	余象斗	双峰堂	万历	20	1—8 13—18	单页	1005
	4	郑少垣本	郑少垣	联辉堂	万历	20	全	单页	1582
	5	杨闽斋本	杨闽斋		万历	20	全	单页	1541
	6	汤宾尹本	汤宾尹		明	20	全	单页	1437
	7	种德堂本	熊冲宇	种德堂	万历	20	1—2	单页	165
简本单页	1	刘龙田本	刘龙田	乔山堂		20	全	单页	1344
	2	朱鼎臣本	朱鼎臣		明	20	全	单页	1361
	3	黄正甫本	黄正甫		天启	20	全	单页	1103
	4	诚德堂本	熊清波	诚德堂	万历	20	1—2	单页	147
简本两页	1	熊佛贵本	熊佛贵	忠正堂	万历	20	1—5 11—20	两页	441
	2	费守斋本	费守斋	与畊堂	清	20	全	两页	547
	3	天理图本				20	1—20	两页	495
英雄志传	1	刘兴我本	刘兴我	忠贤堂	明	20	全	单页	1200
	2	杨美生本	杨美生		明	20	全	单页	900
	3	刘荣吾本	刘荣吾		明	20	全	单页	883
	4	北图藏本			明	20	5—7	单页	164
	5	上图藏本					5—6 18—20	单页	160
	6	郑乔林本	郑乔林	德馨堂	康熙	20	全	单页	800
	7	继志堂本	陈以润	继志堂	雍正	20	全	单页	901
	8	美玉堂本		美玉堂	清	20	1—10	单页	360
	9	魏氏刊本	魏氏			20	1—3	单页	?

---

① 李金泉：《〈李卓吾先生批评三国志〉若干版本问题考辨》，载日本《中国古典小说研究》第13号，2008年12月1日，中国古典小说研究会编。

目前看到最早的是元代的《三国志平话》和《三分事略》,《三国演义》有 20 多种上图下文版本,最早的上图下文本是嘉靖二十七年的叶逢春本,《三国演义》繁简本都有上图下文本。《水浒传》只有简本有 5 种上图下文本,繁本没有上图下文本。《西游记》有 4 种上图下文本,而《金瓶梅》和《红楼梦》都没有上图下文本。

(3)《三国演义》上图下文本分卷保存情况表

《三国演义》上图下文本分卷保存情况表

卷	1	2	3	4	5	6	7	8	9	10	11	12	13	14	15	16	17	18	19	20
繁本 7 种																				
叶逢春本	1		2		3缺		4		5		6		7		8		9		10缺	
余象斗本	1	2	3	4	5	6	7	8	9	10	11	12	13—18缺						19	20
余评林本	1	2	3	4	5	6	7	8	9—12缺				13	14	15	16	17	18	19—20	
郑少垣本	1	2	3	4	5	6	7	8	9	10	11	12	13	14	15	16	17	18	19	20
杨闽斋本	1	2	3	4	5	6	7	8	9	10	11	12	13	14	15	16	17	18	19	20
汤宾尹本	1	2	3	4	5	6	7	8	9	10	11	12	13	14	15	16	17	18	19	20
种德堂本	1	2	3	4	5	6	7	8	9	10	11	12	13	14	15	16	17	18	19	20
志传简本单页 4 种																				
刘龙田本	1	2	3	4	5	6	7	8	9	10	11	12	13	14	15	16	17	18	19	20
朱鼎臣本	1	2	3	4	5	6	7	8	9	10	11	12	13	14	15	16	17	18	19	20
黄正甫本	1	2	3	4	5	6	7	8	9	10	11	12	13	14	15	16	17	18	19	20
诚德堂本	1	2	3—20缺																	
志传简本两页 3 种																				
忠正堂本	1	2	3	4	5	6—10缺					11	12	13	14	15	16	17	18	19	20
费守斋本	1	2	3	4	5	6	7	8	9	10	11	12	13	14	15	16	17	18	19	20
天理图本	1	2	3	4	5	6	7	8	9	10	11	12	13	14	15	16	17	18	19	20
英雄志传本 9 种																				
刘兴我本	1	2	3	4	5	6	7	8	9	10	11	12	13	14	15	16	17	18	19	20
刘荣吾本	1	2	3	4	5	6	7	8	9	10	11	12	13	14	15	16	17	18	19	20
杨美生本	1	2	3	4	5	6	7	8	9	10	11	12	13	14	15	16	17	18	19	20
郑乔林本	1	2	3	4	5	6	7	8	9	10	11	12	13	14	15	16	17	18	19	20
继志堂本	1	2	3	4	5	6	7	8	9	10	11	12	13	14	15	16	17	18	19	20
美玉堂本	1	2	3	4	5	6	7	8	9	10	11—20缺									
北图本	1—4缺				5	6	7	8—20缺												
上图本	1—4缺				5	6	7—17缺											18	19	20
魏氏刊本	1	2	3	4—20缺																

以下为《三国演义》上图下文本的正文、插图对照本,正文采用叶逢春本。

第一则　祭天地桃园结义

1-1. 灵帝即位，青蛇绕殿

后汉桓帝崩，灵帝即位，时年十二岁。朝廷有大将军窦武、太傅陈蕃、徒胡广共相辅佐。至秋九月，宦官曹节、王甫弄权，窦武、陈蕃谋诛，机谋不密，反被曹节、王甫所害，宦官自此得权。

建宁二年四月十五日，帝会群臣于温德殿中；却欲坐，忽狂风大作，见一条青蛇从梁上飞下，约长二十余丈，蟠于椅上。灵帝惊倒，武士急荒救出，文武互相推倒于丹墀者无数。须臾不见此怪。大雨大雷降以冰雹，到半夜方住，东都城中坏却房屋数千余间。

建宁四年二月，洛阳地震，省垣皆倒，海水泛溢，登、莱、沂、密尽被大浪卷扫，居民入海，遂改为熹平。自此边界时有反者。熹平五年改为光和，地震五番。六月朔，黑气十余丈飞入温德殿中。秋七月，有虹见于玉堂，原巫山岸尽皆崩裂。种种不祥，非止一端。

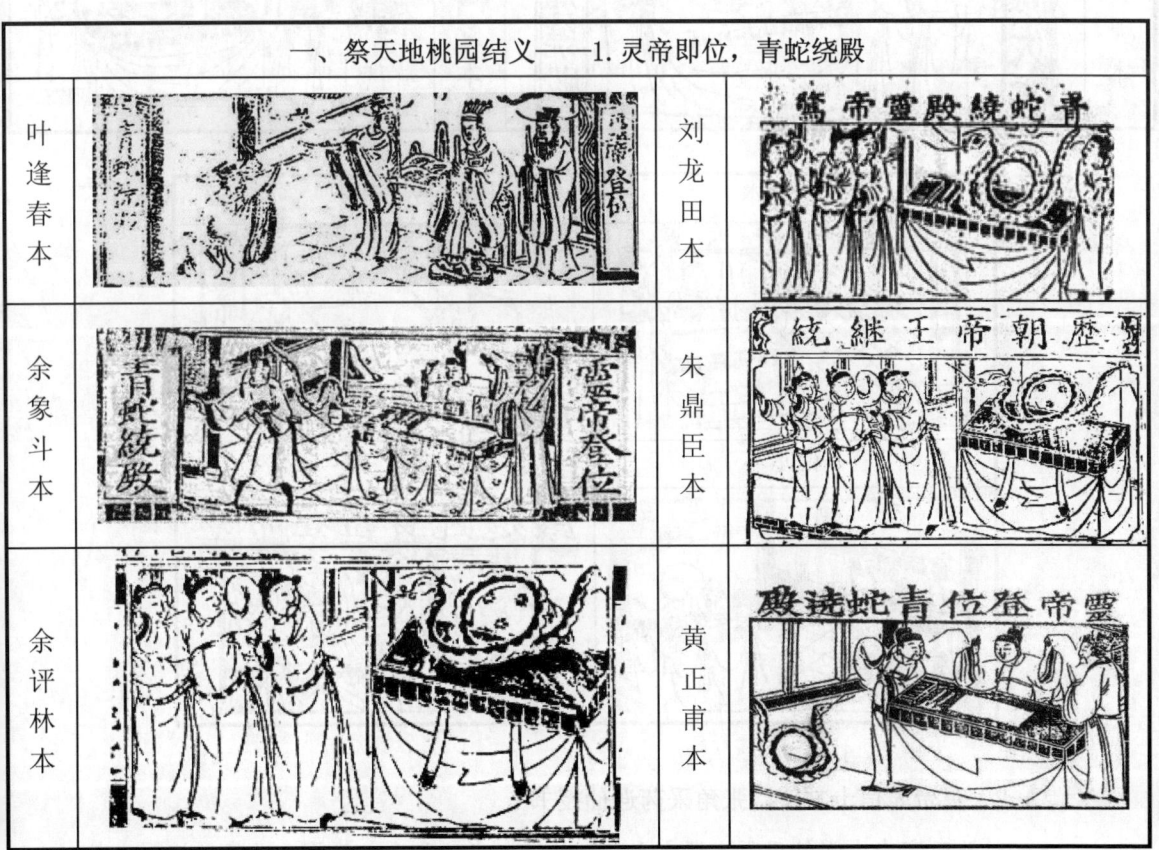

一、祭天地桃园结义——1.灵帝即位，青蛇绕殿

郑少垣本		刘荣吾本	
杨闽斋本		郑乔林本	
汤宾尹本		种德堂本	

忠正堂本	费守斋本
诚德堂本	继志堂本

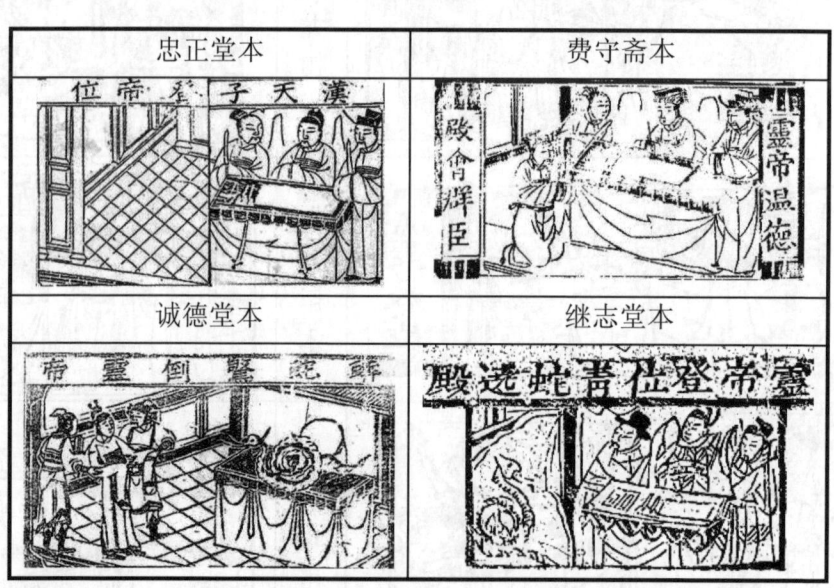

1-2．灵帝宠信十常侍，张角采药遇仙授书

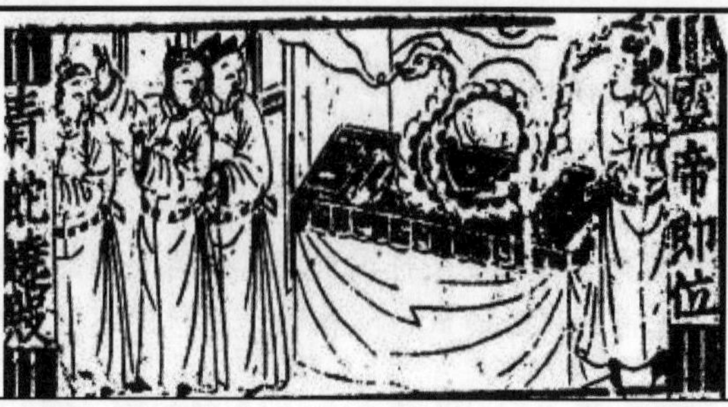

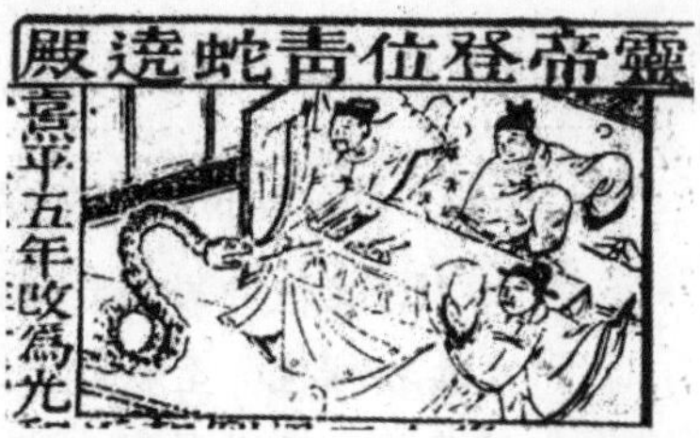

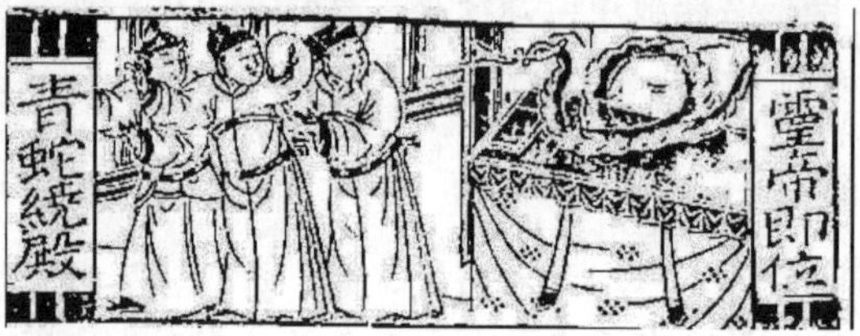

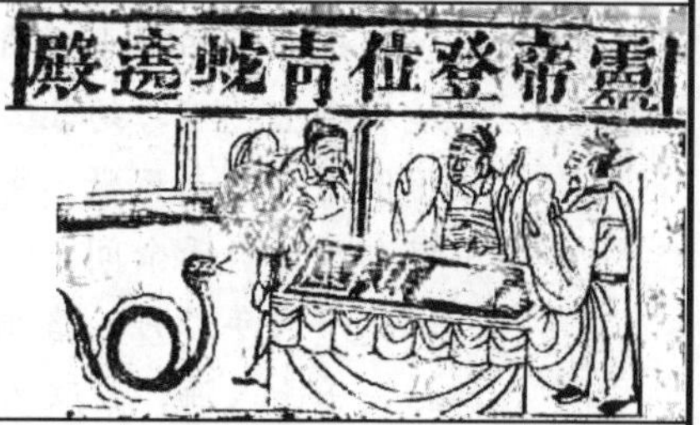

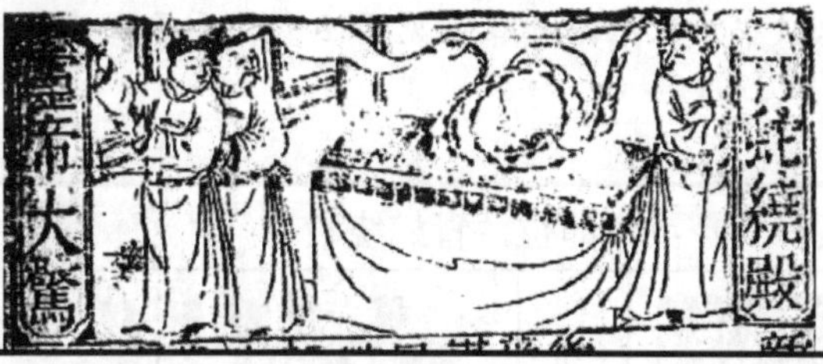

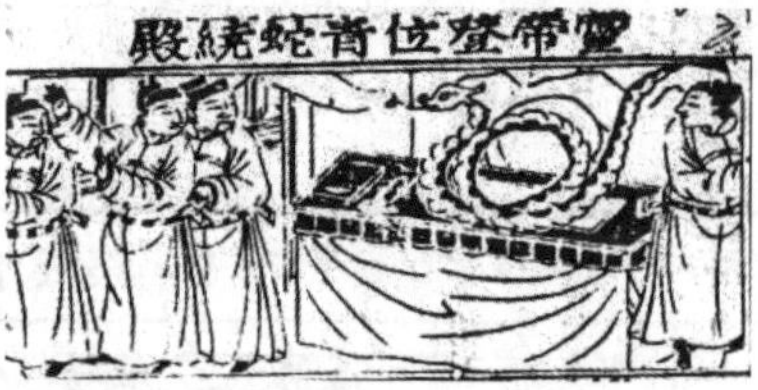

此时宫中十常侍用事，那十人，张让、赵忠、段圭、曹节、侯览、封谞、蹇硕、程广、夏辉、郭胜。这十个把握朝纲，是他门下得官做，不是他门下，干有

功劳且守缺期。灵帝自尝说："张常侍是我父,赵常侍是我母。"因此宦官全无忌惮,府第体官院盖造。

中平元年,岁甲子,钜鹿郡有一人姓张名角,有两个兄弟,一个张梁,一个张宝。张角初是个下第秀才,因往山中采药,遇一老人,碧眼童颜,手执藜杖,唤张角至祠中,授书二卷,名《太平要术》,祝付:"以道为念,代天宣化,普救世人,若萌异心,必获恶报。"张角拜求姓名,老人曰:"吾乃南华老仙。"化阵清风而不见。张角因得此书,晓夜攻习,能呼风唤雨,号为"太平道人"。

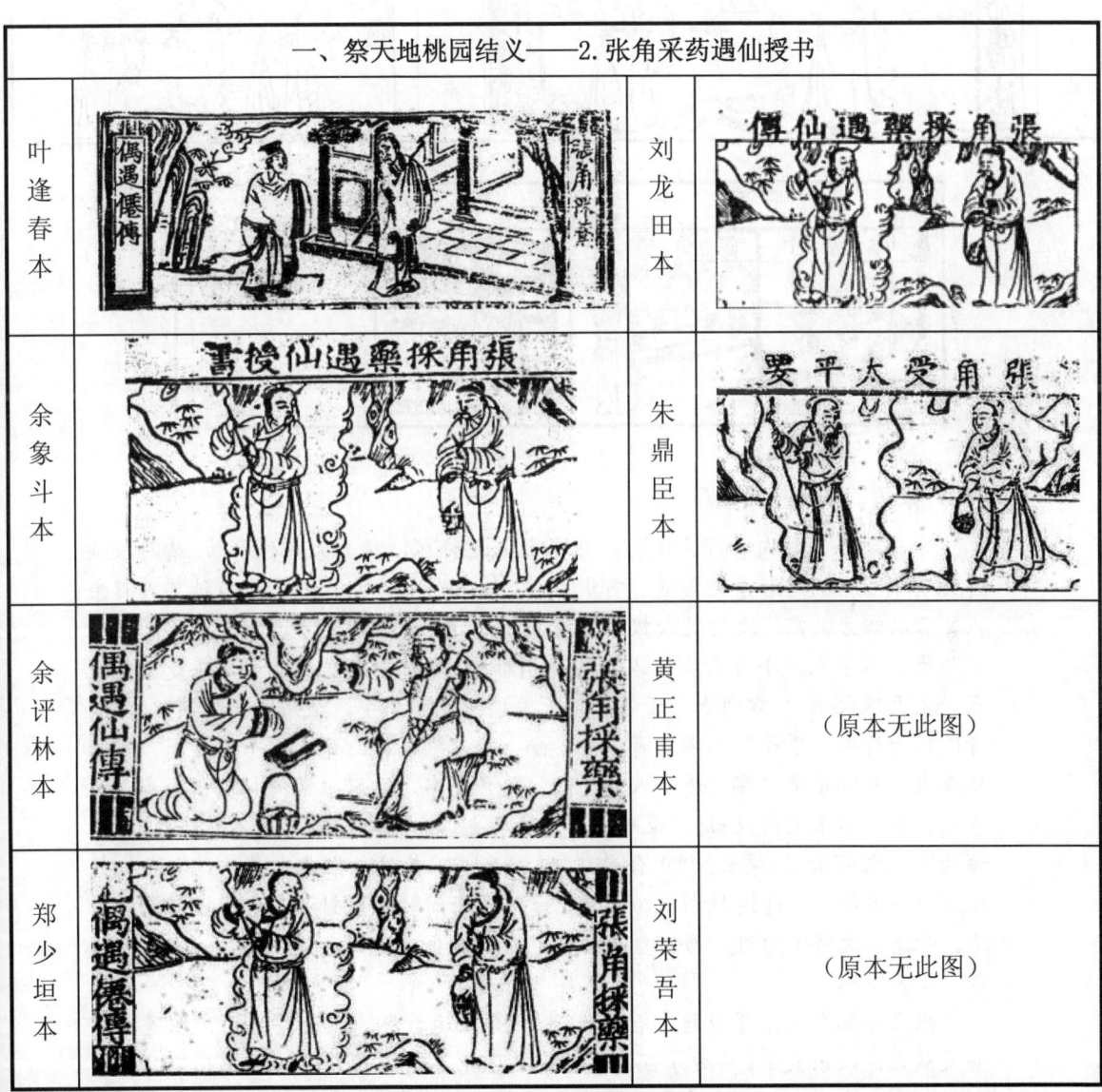

1-3. 张角、张宝起义造反

中平元年正月内，疫毒流行，张角散流施符水，称"大贤良师"，请符救病者无有不应。领惠者亲诣座前，首说己过，角与忏悔，以求福利。角徒弟五百余人，云游四方救病，次后徒众极多。角立三十六方，分布天下，方者乃将军之称也。大方万余人，小方六七千人。各处州郡皆言："今岁岁在甲子，正是上元甲子，主天下太平。"取白土，于各家门上写"甲子"二字，至州城、县镇、宫观、寺院门上皆书"甲子"二字。青、徐、幽、冀、荆、扬、兖、豫千里之间，家家侍奉大贤良师张角名字。遣一人马元义，暗赍金帛，结好中常侍封谞、徐奉以为内应。角与弟张宝商议曰："至难得者，民心也。今民心已顺，若不乘势取天下，诚为万代之可惜。"梁云："正合弟机。"一面造下黄旗。张角自号，约会于三月初五日一齐举事；结连封谞以为内应，遣弟子唐周驰书报封谞。唐周径赴朝中告变。帝急召大将军何进，乃何皇后之兄也。进调兵先擒马元义，斩之；次收封谞等一千人下狱。

张角闻知事发，星夜起，召百姓云："今汉运数终，有大圣人出，尔等皆宜顺天从正，以乐太平。"四方百姓裹黄巾从张角，反者四五十万，逢州遇县，放火劫人，所在官吏望风逃窜。何进奏帝："火速分投降诏，令各处备御，讨贼立功。"一面遣中郎将卢植、皇甫嵩、朱隽各引兵五万，分三路讨贼。

一、祭天地桃园结义——3.张角、张宝起义造反

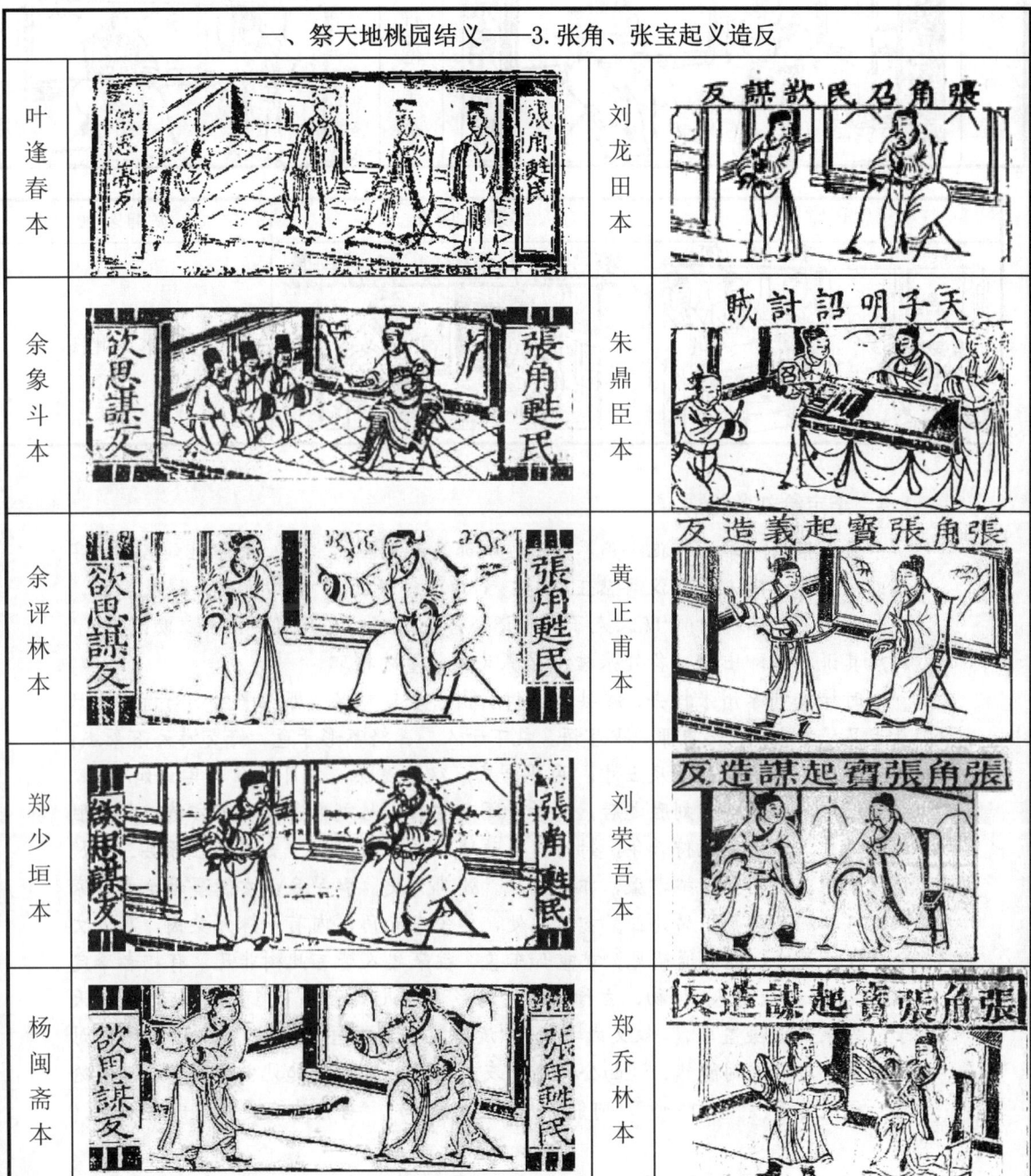

1-4. 李定给刘备相面

且说张角一军，前犯幽燕界分，校尉邹靖来见幽州太守。太守姓刘名焉，字君朗，江夏竟陵人也，汉鲁恭王之后。刘焉问邹靖云："黄巾生发，侵及境界，当如之何？"邹靖曰："既汉天子有明诏令各处讨贼，明公何不招军以助国用？"焉然其说，随即出榜，各处张挂，召募义兵，量才擢职。

时榜文到涿州张挂去，涿县楼桑村引出一个英雄汉。那人平生不好诗书，只喜犬马，爱音乐，美衣服，少言语，礼下于人，喜怒不形于色，好交游天下豪杰，素有大志，生得身长七尺五寸，两耳垂肩，双手过膝，龙目凤准，其面如冠玉，唇若涂朱，中山靖王刘胜之后，汉景帝阁下玄孙，姓刘名备，表字玄德。昔刘胜之子刘真，汉武帝元狩六年，封为涿县陆城亭侯，因此这一支流落在涿县。玄德祖父刘雄、父刘弘曾举孝廉，亦无世仕，州郡为吏。弘早丧，玄德事母至孝，家寒无可养赡，贩履织席为业。玄德住处，草舍东南角篱内有一株大桑树，高五丈余，枝叶茂盛，远近通望见，重重如车盖，往来之人皆言此树非凡。有相者李定曰："此家必出贵人。"初，玄德幼时，与乡中小儿戏于树下，玄德曰："我为天子，当乘此羽葆盖车。"叔父戒之曰："汝勿妄言，灭吾门也。"年一十五岁，母使行学，与同宗刘德然、辽西公孙瓒为友。刘德然父刘元起见玄德家贫，常资给之。元起妻云："各自一家，何能常尔？"元起曰："吾宗中有是儿，非常人也。"

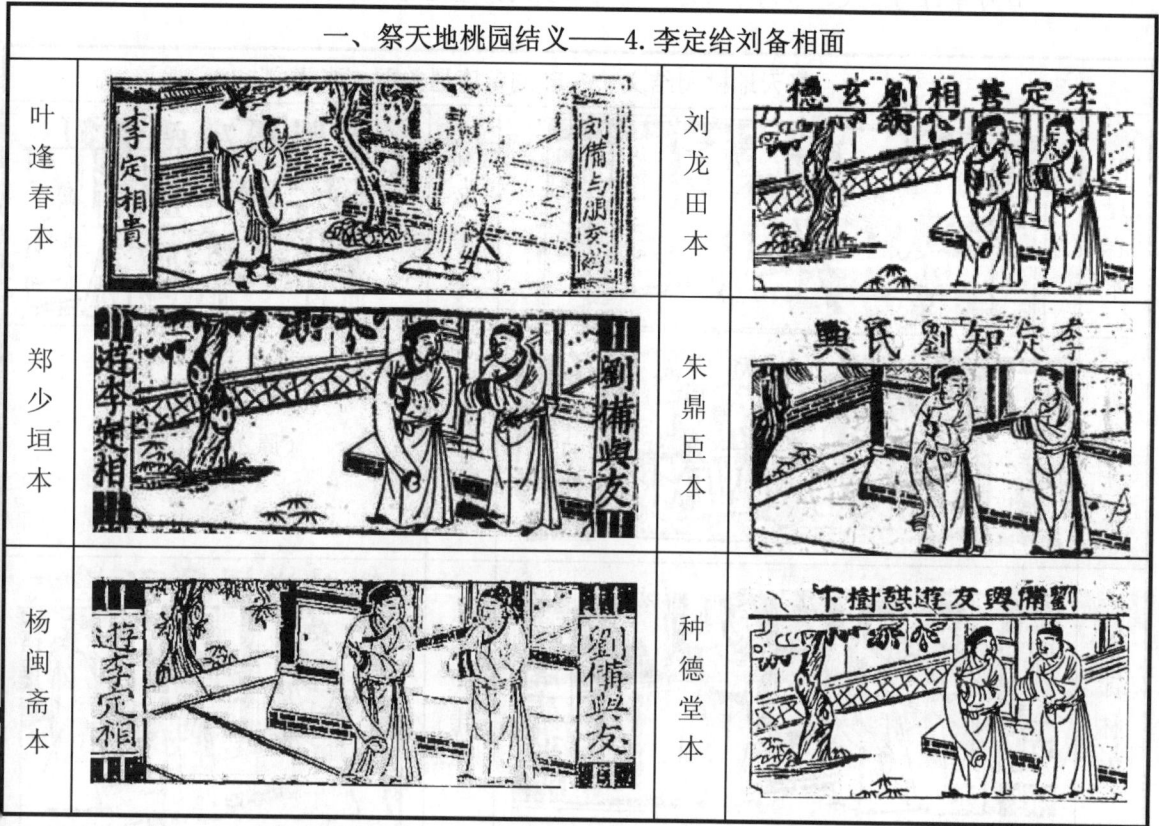

1-5. 刘备店遇关羽、张飞

中平元年，涿郡招军时，玄德二十八岁，立于榜下，长叹一声而回，后有一人，厉声而言曰："大丈夫不与国家出力，何故长叹耶？"玄德回头，见其人身长八尺，豹头环眼，燕颔虎须，声若巨雷，势如奔马。玄德见此人形貌异常，遂与同入村，务问其人姓名。其人云："姓张名飞，字翼德，世家涿郡，颇有庄田，卖酒屠猪，专好结义天下壮士。却才见公看榜，何故长叹？"玄德曰："我本汉室宗亲，姓刘名备，字玄德，今闻黄巾起，劫掠州县，有心待扫荡中原，匡扶社稷，恨力不能尔！"飞曰："正合吾机，吾有庄客数人，同举大事若何？"玄德甚喜，飞邀玄德入酒店。

正饮间，见一大汉推一辆车到店门外，倚下车子，入来饮酒，坐在桑木凳上，唤酒保："疾筛酒来，我待赶入城去充军，怕迟了。"玄德看其人身长九尺三寸，须长一尺八寸，面如重枣，唇若涂朱，丹凤眼，卧蚕眉，相貌堂堂，威风凛凛。玄德就邀同坐，问其姓名，其人言曰："吾姓关名羽，字寿长，后改为云长，河东解良人也。因本处豪霸倚势欺人，关某杀之，逃难江湖五六年矣。今闻召募义士破黄巾贼，欲往应募。"以遂己志告之，三人大喜，同到张飞庄上，共论天下之事。关、张皆小如玄德，欲拜为兄。飞曰："我庄后有一小园，桃花盛开，明日可宰白马祭天,杀乌牛祭地,俺兄弟三人结生死之交,如何?"三人大喜。

一、祭天地桃园结义——5.刘备店遇关羽、张飞

叶逢春本		刘龙田本	
余象斗本		朱鼎臣本	(原本无此图)
余评林本		黄正甫本	
郑少垣本		刘荣吾本	
杨闽斋本		郑乔林本	

| 汤宾尹本 |  | 种德堂本 |  |

1-6. 刘关张桃园结义

次日，于桃园中列下金钱纸烛，宰乌牛、白马祭献天地。三人焚香再拜，而设誓曰："念刘备、关羽、张飞，虽然异姓为兄弟，同心协力，救困扶危，上报国家，下安黎民，不求同年同月同日生，只愿同年同月同日死。皇天后土，以鉴此心，背义忘恩，天神共戮！"誓毕，共拜玄德为兄，关羽次之，张飞为弟。三人祭罢天地，同拜玄德老母，将福物聚乡中敢勇之人，得三百余人，处于桃园中痛饮一醉。

一、祭天地桃园结义——6.刘关张桃园结义

余象斗本		朱鼎臣本	
余评林本		黄正甫本	（原本无此图）
汤宾尹本		种德堂本	（原本无此图）

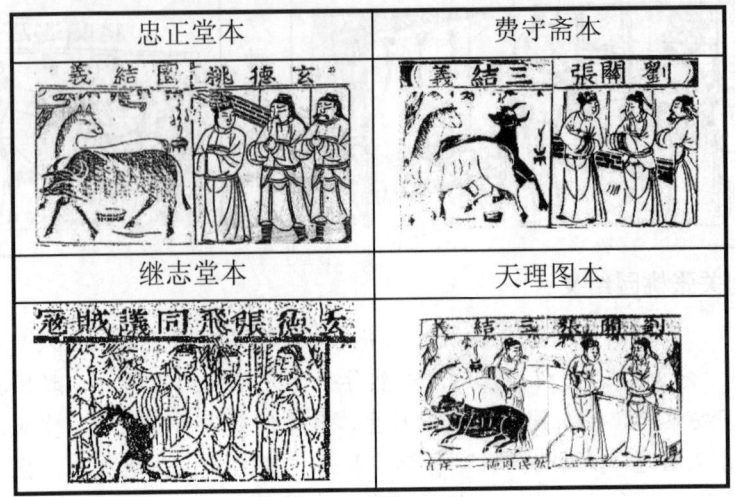

1-7. 张世平赠玄德马匹

　　来日，收拾军兵，只恨无马匹可乘。正思虑间，人报有二个客人，引十数个伴当，赶一群马，投庄上来。玄德曰："此天佑我等，当成大事。"三人出庄近迎，马头两个客人，乃中山大商，一个是张世平，一个是苏双。递年往北地贩马，正值寇发，归乡未到。玄德曰可请二人到庄上，置酒管待，谕说欲与民除害，扶助汉朝。张世平、苏双大喜，愿将良马五十匹送与玄德，又赠金银五百两，宾铁一千斤，以资器用。玄德求良匠打造双股剑，关羽造八十二斤青龙偃月刀，又名"冷艳锯"，张飞造丈八点钢蛇矛。各制全身铠甲，一齐完备，共聚五百余人，来见邹靖，邹靖引见太守刘焉。

　　三人参拜已毕，问其姓名。玄德说起宗派，刘焉大喜，云："既是汉室宗亲，但奏功勋，必当重用。"因此认玄德为侄，整点军马。人报黄巾贼大方程远志，人马五万哨近涿州。

　　刘焉差马校尉邹靖，引刘备为先锋，前去破敌。玄德大喜，与关羽、张飞飞身上马，来干大功。怎生取胜？

一、祭天地桃园结义——7.张世平赠玄德马匹

叶逢春本

刘龙田本

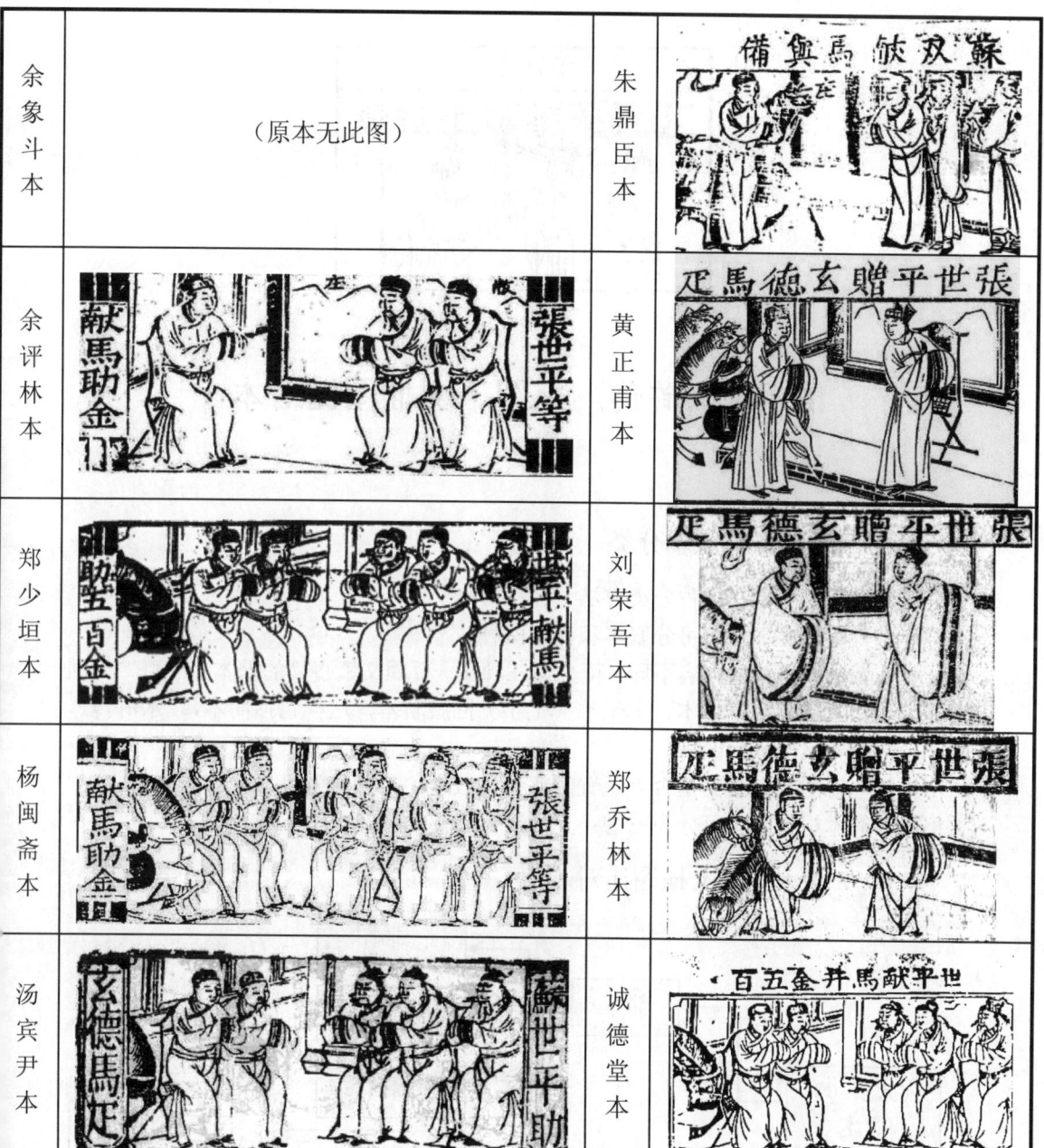

继志堂本

2. 《水浒传》上图下文插图比对本

(1)《水浒传》版本分类

《水浒传》版本有多种分类方法。
- 只根据文字繁简可分繁本和简本两种。
- 繁本根据故事内容不同,可分为三种:一百回文繁事简的繁本、一百二十回文繁事繁的全传本、七十一(七十)回腰斩本,这样包括简本,《水浒传》版本又可分为四种。
- 一百回繁本根据是否"后置阎婆惜"故事,又可分为甲本和乙本两种。
- 简本根据插图可分为三种:无插图、整幅插图和上图下文。

(2) 5种上图下文插图比对本

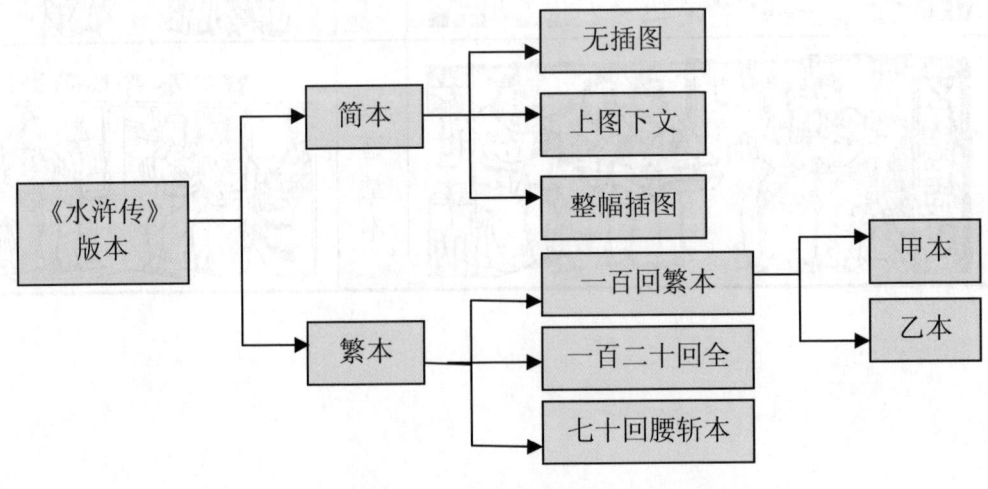

《水浒传》主要版本分类示意图

《水浒传》插图有两种。一种是在每回前两幅整版插图，另一种是每页上图下文。

《水浒传》繁本插图都是整版插图。简本中有的有插图，有的没有插图。简本明刊本插图都是上图下文，而清刊本有上图下文，也有整幅插图。

《水浒传》简本主要特点是：第一，文字简略；第二，在招安后插增了征田虎、王庆，但和全传本内容又完全不同。

《水浒传》简本有五种上图下文，繁本没有上图下文本。

《水浒传》简本上图下文的明刊本目前已知有六种，即：

1）评林本，全本；
2）刘兴我本，全本；
3）刘荣吾本（藜光堂本），全本；
4）郑乔林本（李渔序本），全本；
5）插增本（插增甲本）：残本，包括斯图加特本、艾氏藏本、哥本哈根本、巴黎本和牛津残叶；
6）种德堂本（插增乙本）：残本，包括德莱斯顿本、梵蒂冈本。

《水浒传》这六种明刊本又可分为三类：评林本为一类，刘兴我本、刘荣吾本、郑乔林本为一类，两个插增本为一类。

《水浒传》上图下文插图比对本采用插图和文本对照形式。

文本采用评林本，插图包括上述六种版本插图。

第一回　张天师祈禳瘟疫　洪太尉误走妖魔

1-1. 仁宗升殿，众官朝贺

绛帻鸡人报晓筹，尚衣方进紫云裘。
九天阊阖开宫殿，万国衣冠拜冕旒。
日色才临仙掌动，香烟欲傍衮龙浮。
朝罢须裁五色诏，佩声归向凤池头。

话说太宗、仁宗在位，加佑三年三月三日，驾坐紫宸殿，受百官朝贺。但见：祥云迷凤阁，瑞气罩龙楼。含烟御柳拂旌旗，带露宫花迎剑戟。天香影里，玉簪珠履聚丹墀；仙乐声中，绣袄锦衣扶御驾。珍珠帘卷，黄金殿上现金章；凤羽扇开，白玉阶前停宝辇。隐隐净鞭三下响，层层文武两班齐。

时有宰相赵哲、参政文彦博出班奏曰："目今京师瘟疫盛行，民不聊生。伏望陛下什罪宽恩，省刑薄税，以禳天灾，救济万民。"天子听奏，急敕翰林院草诏，一面降赦天下罪囚，应有民间税赋，悉皆赦免；命在京宫观寺院，修设好事禳灾。不料其年瘟疫转盛，仁宗复会百官计议。

参知事范仲淹奏曰："目今灾行未悉，民不聊生。以臣愚见，可宣嗣汉天师临朝，修设三十六百罗天大醮，可保民间瘟疫。"仁宗准奏，急令翰林学士章诏一道，御笔亲书，并降御香一炷，钦差内外提点殿前太尉洪信为使，前往江西信州龙虎山，请天师张真人星夜临朝。

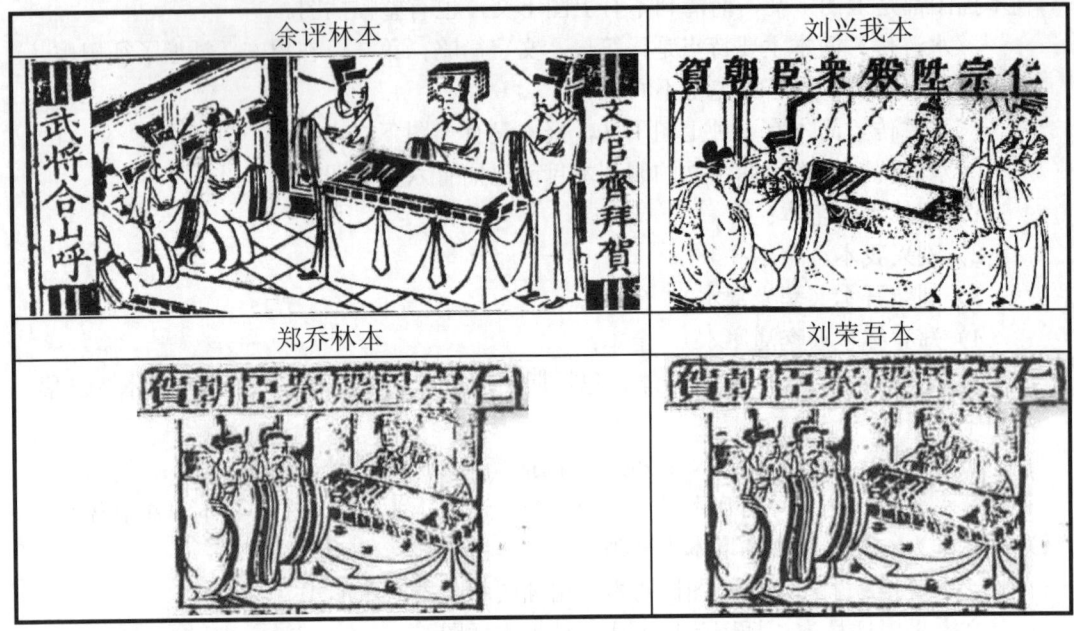

1-2. 洪信往龙虎山

洪信领了圣敕，辞别天子，带了诏书、御香、与数十人上马离京，径投信州贵溪县来，于路上但看见：

遥山迭翠，远水汀清。奇花绽绵绣铺，嫩柳垂金丝拂地。和风日暖，时过野店山村；路直沙平，夜宿邮亭驿馆。罗衣荡漾红尘内，骏马驱驰紫陌中。

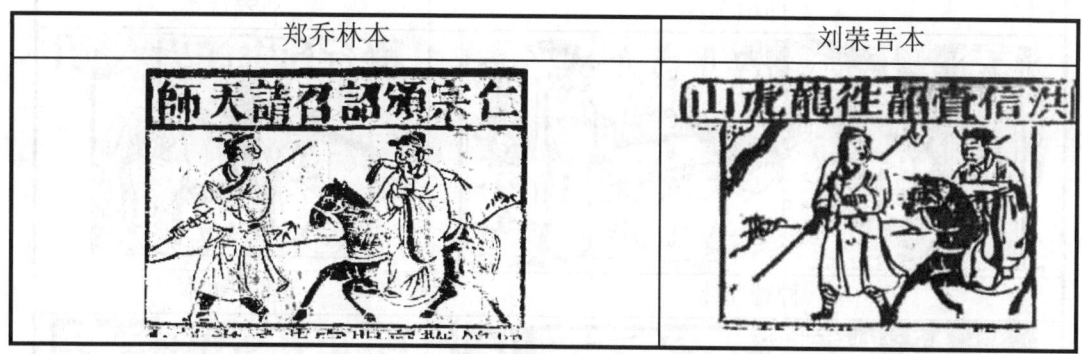

第七十二回　宋公明奉诏破大辽　陈桥驿泪滴斩小卒

72-1. 宿元景出班奏宋主

却说当年有大辽国主，起兵侵占山后九州边界，兵分四路而入，劫虏山东、山西，抢掠河南、河北，各处申奏，请求救兵，先经枢密院，然后得到御前。枢密童贯、太尉蔡京、高俅、杨戬，纳下表章不奏。四个贼臣定计。宿元景奏道："归降百单八人恩同手足，死不相离，今又要害他。倘或泄露翻变，将何解救？见今辽国兴兵侵占山后九州所近县治，各处申表求救，屡次调兵征剿，折兵损将，瞒着圣上不奏。以臣小见，正好差宋江等收伏辽国之贼，实有便。"

天子听罢，龙颜大喜，深责童贯等匿奏之罪，亲书诏敕加宋江为破辽都先锋，其余诸将待建功封爵，就差宿元景亲赍诏敕去宋江军前。

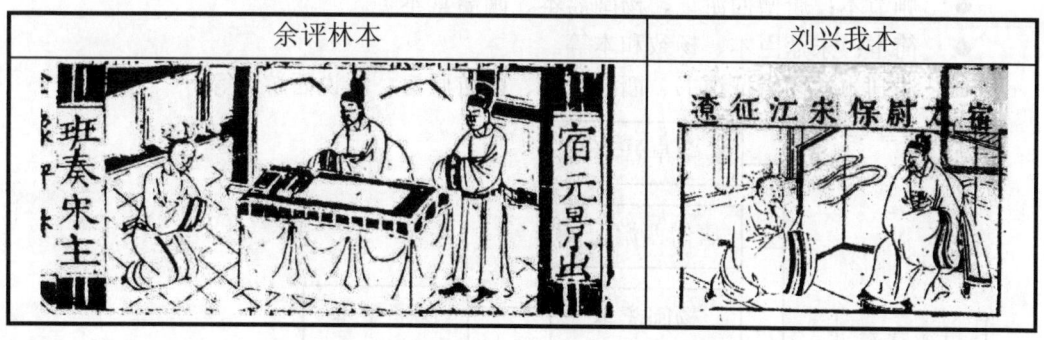

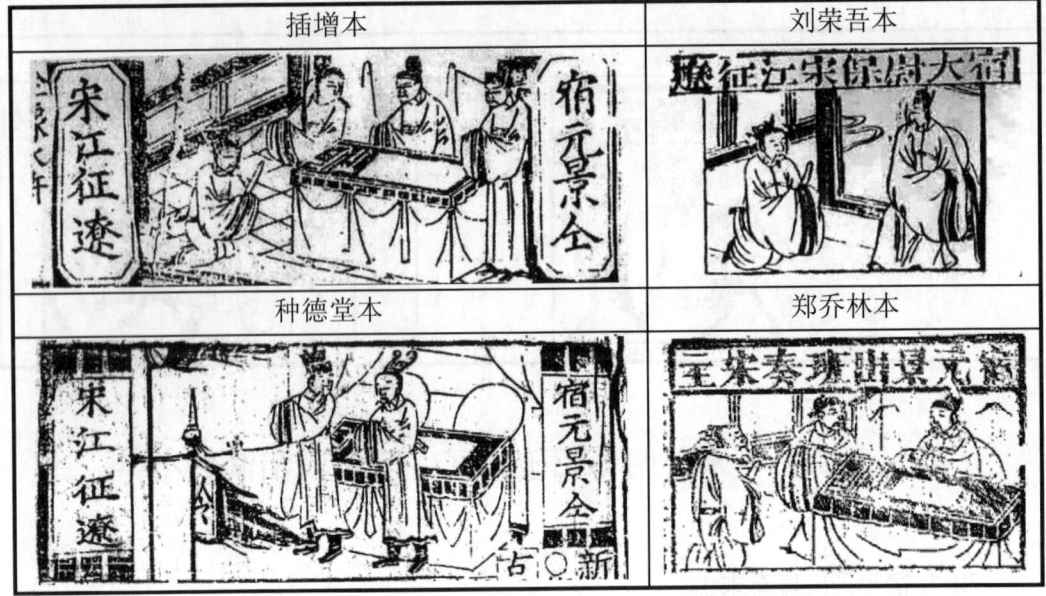

3. 《西游记》上图下文插图比对本

(1)《西游记》版本分类

《西游记》版本现在一般分为四类：
- 繁本：世德堂本、李卓吾本等。
- 删节本：唐僧西游记、杨闽斋本、闽斋堂本等。
- 简本：朱鼎臣本、杨致和本等。
- 清刊本：西游证道书、西游真诠、西游原旨、新说西游记等。

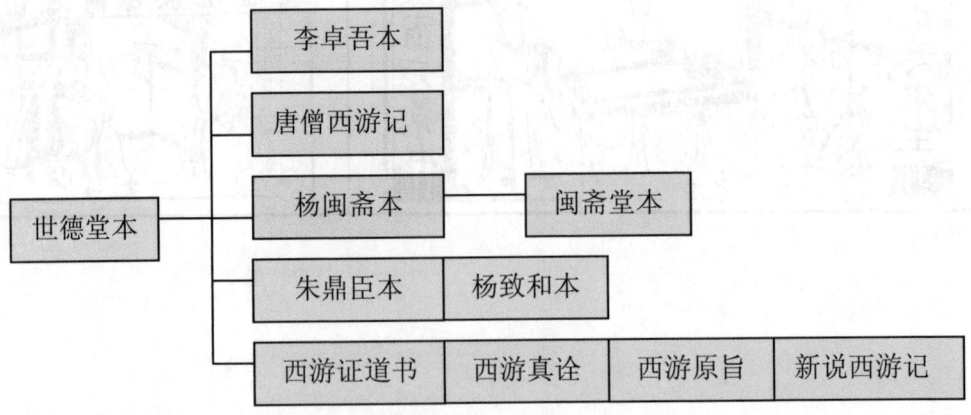

《西游记》版本演化示意图

（2）四种上图下文插图比对本

《西游记》上图下文本只有四种，即：
- 删节本：杨闽斋本、闽斋堂本。
- 简本：朱鼎臣本、杨致和本。

插图比对本有两个目的。

《西游记》上图下文插图比对本采用插图和文本对照形式。

因为是上图下文对照本，因此文本也应该采用上图下文本的文字。因此文本未采用世德堂本，而采用了上图下文的杨闽斋本，插图收入上述四种版本的插图。

第一回　灵根育孕源流出　心性修持大道生

1-1. 天地混沌，鸿蒙初开

诗曰：

混沌未分天地乱，茫茫渺渺无人见。自从盘古破鸿蒙，开辟从兹清浊辨。
覆载群生仰至仁，发明万物皆成善。欲知造化会元功，须看西游释厄传。

盖闻天地之数，有十三万九千六百岁为一元。将一元分为十二会，乃子、丑、寅、卯、辰、巳、午、未、申、酉、戌、亥之十二支也。每会该一万八百岁。且就一日而论：子时得阳气，而丑则鸡鸣；寅不通光，而卯则日出；辰时食后，而巳则挨排；日午天中，而未则西蹉；申时晡而日落酉；戌黄昏而人定亥。譬于大数，若到戌会之终，则天地昏蒙而万物否矣。

再去五千四百岁，交亥会之初，则当黑暗，而两间人物俱无矣，故曰混沌。又五千四百岁，亥会将终，贞下起元，近子之会，而复逐渐开明。邵康节曰："冬至子之半，天心无改移。一阳初动处，万物未生时。"到此，天始有根。再五千四百岁，正当子会，轻清上腾，有日，有月，有星，有辰。日、月、星、辰，谓之四象。

故曰，天开于子。又经五千四百岁，子会将终，近丑之会，而逐渐坚实。易曰："大哉乾元！至哉坤元！万物资生，乃顺承天。"至此，地始凝结。再五千四百岁，正当丑会，重浊下凝，有水，有火，有山，有石，有土。水、火、山、石、土谓之五行。故曰，地辟于丑。又经五千四百岁，丑会终而寅会之初，发生万物。历曰："天气下降，地气上升；天地交合，群物皆生。"至此，天清地爽，阴阳交合。再五千四百岁，正当寅会，生人，生兽，生禽，正谓天地人，三才定位。故曰，人生于寅。

1—2. 东胜神洲，花果山境

感盘古开辟，三界治世，五帝定伦，世界之间，遂分为四大部洲：曰东胜神洲，曰西牛贺洲，曰南赡部洲，曰北俱芦洲。这部书单表东胜神洲。海外有一国土，名曰傲来国。国近大海，海中有一座名山，唤为花果山。此山乃十洲之祖脉，三岛之来龙，自开清浊而立，鸿蒙判后而成。真个好山！有词赋为证。赋曰：

势镇汪洋，威灵瑶海。势镇汪洋，潮涌银山鱼入穴；威宁瑶海，波翻雪浪鼋离渊。水火方隅高积土，东海之处耸崇巅。丹崖怪石，削壁奇峰。丹崖上，彩凤双鸣；削壁前，麒麟独卧。峰头持听锦鸡鸣，石窟每观龙出入。林中有寿鹿仙狐，树上有灵禽玄鹤。瑶草奇花不谢，青松翠柏长春。仙桃常结果，修竹每留云。一条涧壑藤萝密，四面原堤草色新。正是百川会处擎天柱，万劫无移大地根。

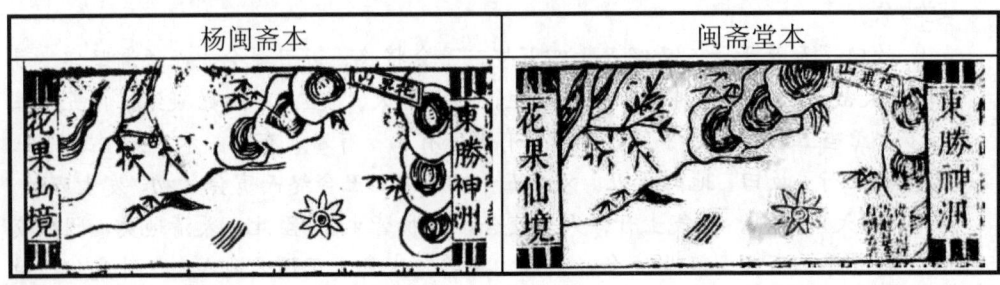

朱鼎臣本	杨致和本
	（原本无此图）

1-3. 仙石产猴，二将观看

那山顶上有一块仙石。其石有三丈六尺五寸高，有二丈四尺围圆。三丈六尺五寸高。盖自开辟以来，每受天真地秀，日精月华，感之既久，遂有灵通之意。内育仙胞，一日迸裂，产一石卵，似圆球样大。因见风，化作一个石猴，五官俱备，四肢皆全。便就学爬学走，拜了四方。目运两道金光，射冲斗府。

惊动高天上圣玉皇大上帝，驾座金阙云宫灵霄宝殿，聚集仙卿，见有金光焰焰，即命千里眼、顺风耳开南天门观看。二将奉旨出门外听。

须臾回报道："臣奉旨观听金光之处，乃东胜神洲海东傲来小国之界，有一座花果山，山上有一仙石，石产一卵，见风化一石猴，在那里拜四方，眼运金光，射冲斗府。如今服饵水食，金光将潜息矣。"玉帝垂赐恩慈曰："下方之物，乃天地精华所生，不足为异。"遂退朝不题。

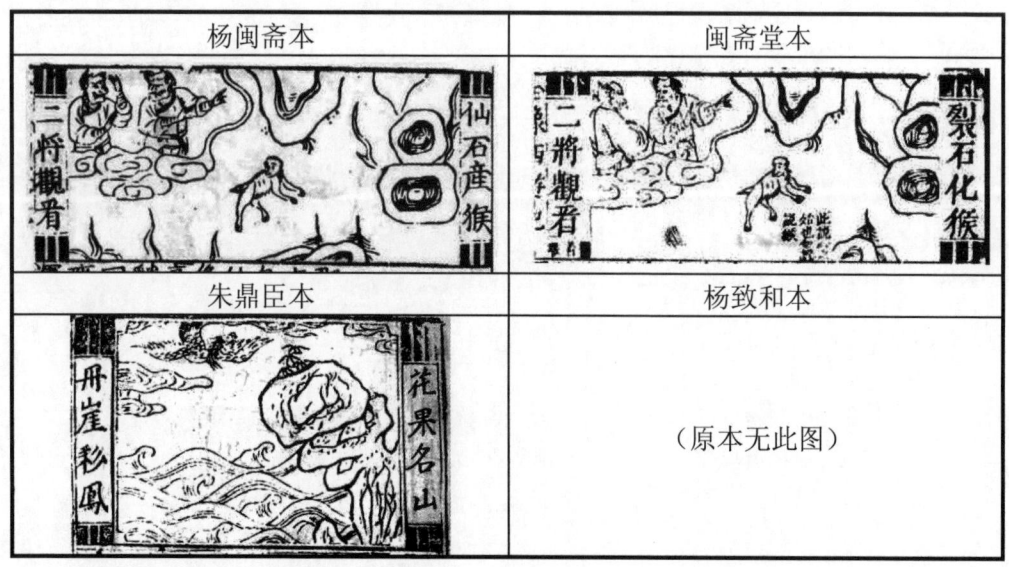

杨闽斋本	闽斋堂本
朱鼎臣本	杨致和本
	（原本无此图）

1-4. 青松阴下，众猴玩戏

那猴在山中，却为行走跳跃，食草木，饮涧泉，采山花，觅树果；与狼虫为伴，虎豹为群，獐鹿为友，猕猿为亲；夜宿石崖之下，朝游峰洞之中。真是"山中无甲子，寒尽不知年。"一朝天气炎热，与群猴避暑，都在松阴之下顽耍。一个个：跳树攀枝，采花觅果；抛弹子，耶么儿；桃砂窝，砌宝塔；赶蜻蜓，扑蚱蜡；参老天，拜菩萨；扯葛藤，编草袜；捉虱子，咬又掐；理毛衣，剔指甲；挨的挨，擦的擦；推的推，压的压；扯的扯，拉的拉。青松林下任他顽，绿水涧边随洗濯。

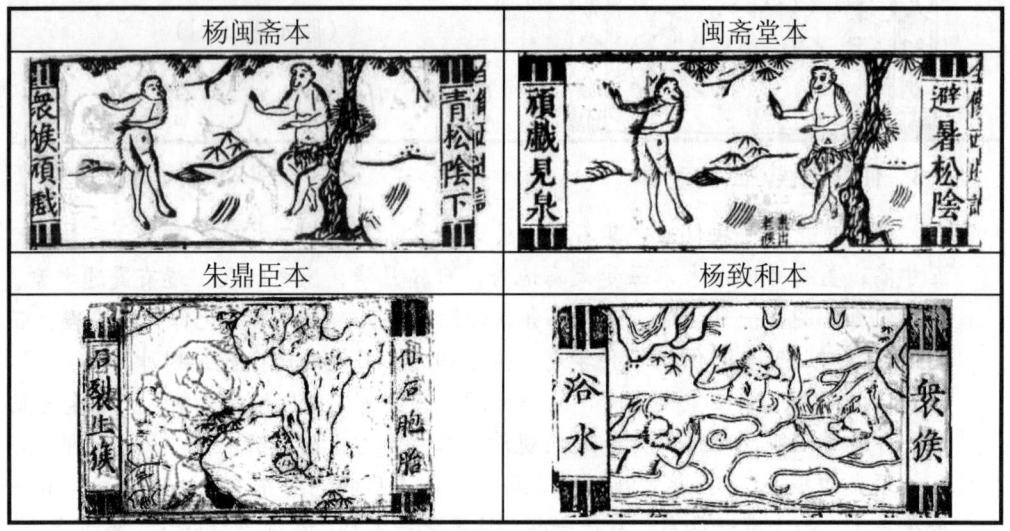

二、《三国演义》版本研究

20年来我在完成古代小说版本数字化的同时,也利用数字化对五大名著版本做了一些研究。研究主要集中在《三国演义》版本,其他四大名著版本研究不多,《红楼梦》主要研究了"庚寅本",《水浒传》研究了京本忠义传残叶,《西游记》研究了明代删节本,《金瓶梅》研究了崇祯本系列的东京大学藏本。

本章是对上述研究的简介,已经出版的专著序跋和正式发表的文章收入全文,其他研究就只做简介,使读者对此有所了解。

《三国演义》版本一般分为两个系列,即"演义"系列(日本称二十四卷)和"志传"系列(日本称二十卷),"志传"系列又可分为繁本和简本两类,而简本下又可分为"志传"小系列和"英雄志传"小系列。

这样,《三国演义》版本整体看可分为四类:
- "演义"系列。
- "志传"系列繁本。
- "志传"系列简本"志传"小系列。
- "志传"系列简本"英雄志传"小系列。

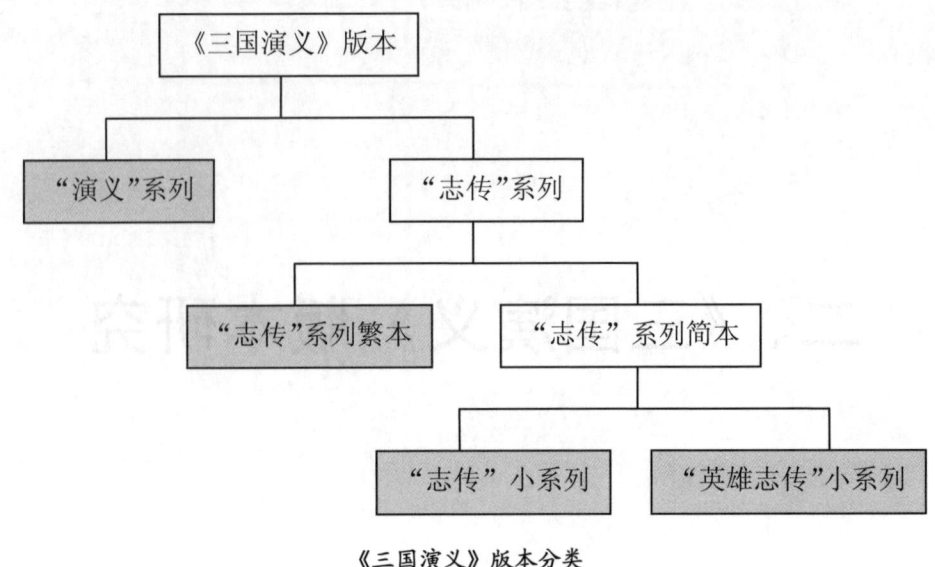

《三国演义》版本分类

以上四类中的版本列表如下。

《三国演义》版本分类统计

序号	"演义"系列	"志传"系列繁本	"志传"系列简本	
			"志传"小系列	"英雄志传"小系列
1	嘉靖元年本	叶逢春本	诚德堂（熊清波）本	刘兴我（忠贤堂）本
2	周曰校本	余象斗（双峰堂）本	九州本	刘荣吾（藜光堂）本
3	夏振宇本	余评林本	黄正甫本	杨美生本
4	夷白堂本	郑少垣（联辉堂）本	刘龙田（乔山堂）本	郑乔林（德馨堂）本
5	李卓吾本	杨闽斋本	朱鼎臣本	美玉堂本
6	李渔本	种德堂（熊冲宇）本	费守斋（与畊堂）本	松盛堂本
7	锺伯敬本	汤宾尹本	天理图本	致和堂本
8	遗香堂本		熊佛贵（忠正堂）本	继志堂本
9	毛宗岗本			二酉堂（宝华楼）本
10				嘉庆七年本
11				尚德堂本
12				上图藏本
13				北图藏本
14				英雄谱本

此外还有张青松藏本等版本。

《三国演义》版本名称有时用堂号，有时用堂主名字，如下表。

《三国演义》版本堂号和堂主姓名表

堂号	双峰堂	联辉堂	种德堂	诚德堂	忠正堂
堂主	余象斗	郑少垣	熊冲宇	熊清波	熊佛贵
堂号	与畊堂	德馨堂	乔山堂	忠贤堂	藜光堂
堂主	费守斋	郑乔林	刘龙田	刘兴我	刘荣吾

古代书坊的堂号可能使用时间很长，同一堂号可能有多个堂主使用过。如乔山堂使用者有刘龙田，还有其兄弟刘玉田、刘龙田子侄刘孔年、刘玉田之孙刘舜臣等，都曾以乔山堂为堂号，除《三国演义》外，这些书坊还刻过其他书籍。

还有很多版本没有堂号，只有堂主姓名，如周曰校、夏振宇、叶逢春、朱鼎臣、黄正甫、汤宾尹等。而又有些版本只有堂号而没有堂主姓名，如美玉堂、松盛堂、遗香堂、继志堂、致和堂、二酉堂等。

版本应该采用堂号还是堂主姓名，并无定论，各有优缺点。

一个书坊可能有多个堂主，如采用堂号，有时不知是指哪个堂主。因此采用堂主姓名似乎更准确。

但在中国古代谈及书坊，一般都使用堂号，而不用堂主姓名，这是中国出版史的约定俗成和习惯。破坏这个习惯，改用堂主姓名也会带来混乱，读者不容易把其他图书中的堂号和堂主姓名对应，对读者也不方便。

本书综合各种因素，决定根据具体情况采用哪种。一般根据约定俗成，多数人习惯用哪个，就采用哪个，有时用堂号，有时用堂主姓名。

对以上版本的研究分为以下五个部分：
- "演义"和"志传"系列版本关系研究。
- "演义"系列早期版本研究，即嘉靖壬子本、上海残叶和朝鲜活字本。
- "志传"繁本系列研究。
- "志传"简本"志传"小系列研究。
- "志传"简本"英雄志传"小系列版本研究。

每部分研究侧重于：
- 版本之间关系和演化；
- 一些未研究过的小问题，从小问题研究版本中的大问题。

（一）版本演化专题研究

《三国演义》版本研究分专题研究和分系统研究两大部分。

首先研究所有版本上共有的一些专题问题，合计有四类 11 个问题，然后再分 5 个系统进行分系统研究，5 个系统包括："演义"系列、"志传"繁本、"志传"简本中的"志传"小系列和"英雄志传"小系列，及几种系统的混合本。

本节介绍《三国演义》版本中"演义"系列和"志传"系列版本演化的一些专题研究，并介绍本人对这些专题的观点。

这些专题研究合计有一种，有不同分类方法。

（1）文字内容：两类

第一类是书名、分则和"静轩诗"三种。

第二类是其余 8 种文字差异，包括："伍伯"和"五百人"、糜夫人之死、"翼德"和"益德"、"庞德"和"庞惠"、"不烂之舌"和"拨浪之舌"、"普静"和"普净"、关羽之死、关索和花关索。

（2）版本系统：四类

第一类，"志传"本不同，"演义"本不同。
1）书名，2）分则，3）"静轩诗"，4）关索、花关索。
第二类，"志传"本相同，"演义"本不同。
1）"翼德"和"益德"，2）"庞德"和"庞惠"，3）"不烂之舌"和"拨浪之舌"，4）"普静"和"普净"，5）关羽之死。
第三类，"志传"本不同，"演义"本相同。
糜夫人之死。
第四类，"志传"本相同，"演义"本相同。
"伍伯"和"五百人"。

（3）问题复杂程度：四类

第一类，问题单一。
1）书名，2）分则，3）"静轩诗"，4）"翼德"和"益德"，5）"庞德"和"庞惠"，

6)"不烂之舌"和"拨浪之舌",7)"伍伯"和"五百人",8)糜夫人之死。

第二类,问题较复杂。

1)"普静"和"普净",2)关羽之死,3)关索和花关索。

这些专题研究都涉及两个系列的演化关系问题,本文做了详细分析,但目前还都没有肯定的结论,今后有必要再做深入仔细的研究。

1. 书名

五大名著的书名中《三国演义》书名最复杂。之所以如此复杂的根本原因是书商在反复刊刻中,总要在书名上和旧版有所区别,因此把书名越搞越复杂了。

现存《三国演义》版本分类如下图。

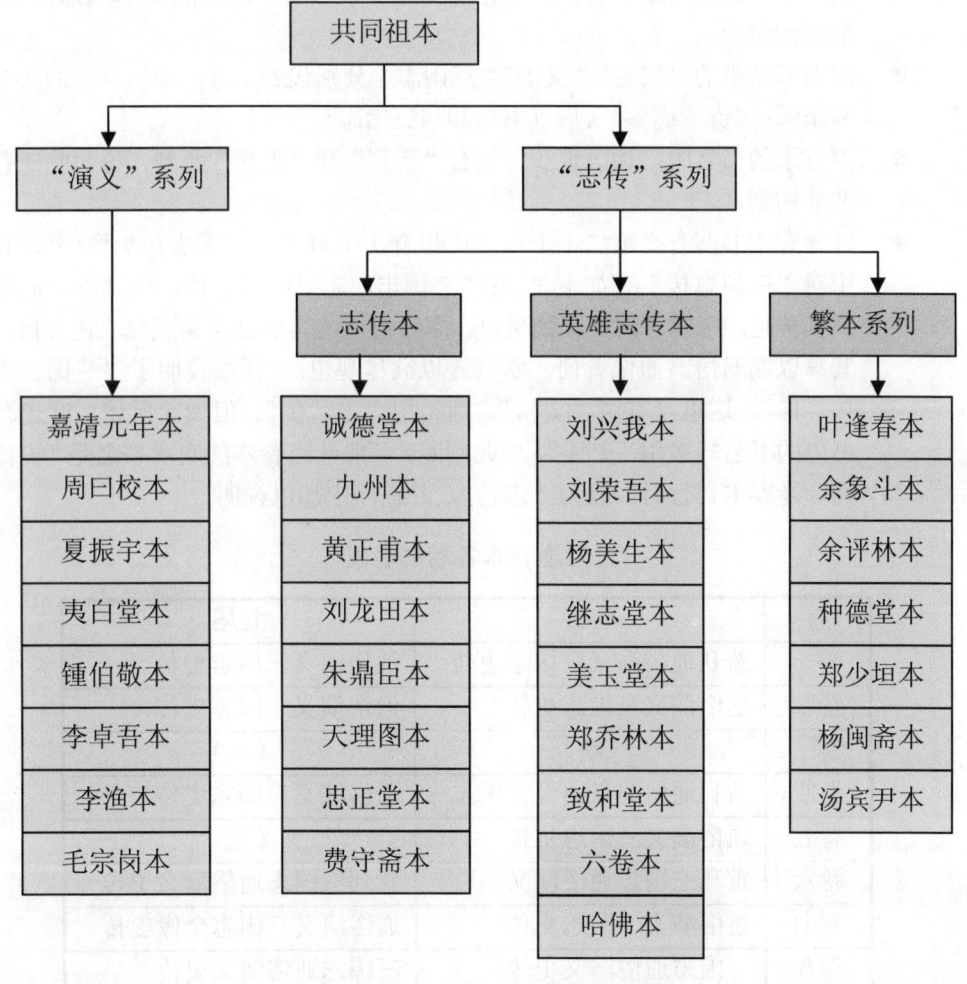

《三国演义》版本分类演化示意图

仔细分析这些书名之间还是有些规律可循，这些书名肯定有来历，有个演变过程，后出的书名一般总是在前面书名基础上做修改，因此根据现有书名资料，可以探讨书名和版本的演化过程。虽然书名的演化可能永远无法彻底搞清楚，但可以慢慢探索，逐步深入研究，逐渐逼近真相。

下面分别对两个系列的书名进行分析。

由于"志传"系列书名复杂，"演义"系列书名简单，"演义"系列书名也可能是来自"志传"系列，因此先分析"志传"系列书名，再分析"演义"系列书名。

（1）叶逢春本书名

叶逢春本书名有如下特点：

- 叶逢春本是所有《三国演义》版本中书名最混乱的两个版本之一。
- 叶逢春本主要有两种书名《通俗演义三国志史传》和《三国志通俗演义史传》。
- 叶逢春本是所有《三国演义》版本中唯一同时有两种主要书名的版本。
- 两种书名最后都是"史传"，只是前面是两个书名《三国志》和《通俗演义》的颠倒组合。
- 封面书名中的"按鉴""汉谱""三国志"分别代表了《三国演义》的三个史料来源：《资治通鉴》《后汉书》和《三国志》。
- 卷首末的书名中附加语很少，只有"新刊"和"重刊"两种，说明叶逢春本并非初刻本。
- 叶逢春本书前有嘉靖二十七年（1548年）元峰子《三国志传加像序》，其文中对"三国志传"有如下说明："三国志，志三国也。传，传其志，而像，像其传也。三国者何，汉魏吴也。志者何，述其事以为劝戒也。传者何，易其辞以期遍悟。而像者何，状其迹以欲尽观也。"详细说明了"三国、志、传、像"。这里没有用"史传"，而是用"志、传"。但如前所述，叶逢春本书内的书名却多用"史传"，由此判断，可能叶逢春本的底本书名是"史传"，而叶逢春本刊行时，改为"志传"，并在序中加以说明。

叶逢春本各卷书名表

卷	卷首	卷尾
卷一	新刊通俗演义三国志史传	通俗演义三国志史传
卷二	通俗演义三国志史传	通俗演义三国志史传
卷三	（缺）	（缺）
卷四	新刊通俗演义出像三国志	通俗演义三国志史传
卷五	通俗演义三国志史传	（无）
卷六	重刊三国志通俗演义	新刊三国志通俗演义史传
卷七	通俗演义三国志史传	通俗演义三国志全像史传
卷八	三国志通俗演义史传	三国志通俗演义史传

叶逢春本各卷书名表（续）

卷九	三国志通俗演义史传	三国志通俗演义史传
卷十	（缺）	（缺）

叶逢春本各卷书名分类表

	书名	卷	数量	比重
1	通俗演义＋三国志＋史传	一，二，五，七	4	4/10
2	通俗演义＋三国志	四	1	1/10
3	三国志＋通俗演义＋史传	八，九	2	2/10
4	三国志＋通俗演义	六	1	1/10

叶逢春本两种书名混乱的原因有以下几种可能。

● 编写者改变。

叶逢春本书名的混乱，可能反映出叶逢春本是《三国演义》创作初期的版本，可能是作者有意为之，来回改变书名，反映了原本的原貌，所以才会出现各卷书名如此混乱。前半部书名基本是"通俗演义三国志史传"，即"演""三国志史传"之"义"。后半部将"通俗演义"和"三国志史传"颠倒，成为"三国志通俗演义史传"，这样就导致前后书名不一致。而以后的版本经过仔细整理，所以各卷的书名比较一致。

● 抄录自不同版本

各卷书名混乱的另一个可能是由于各卷抄录自不同版本。如卷一、四卷首和卷六末的书名含有"新刊"，而卷六首有"重刊"，这说明各卷可能来自不同的版本。而各版本的书名可能本来就不相同，所以各卷的书名因此不同。这反映了版本演化过程，也说明叶逢春本绝非初刻本。

● 抄手修改

一般书商为加快抄写速度，会同时找几个抄手抄写。仔细分析叶逢春本笔迹，可以认为此本也是两名抄手所抄。

抄手甲抄写卷一、二、四、五、七卷（缺卷三），书名主要是"通俗演义三国志史传"，"通俗演义"在前，"三国志史传"在后。

抄手乙抄写卷六、八、九，书名为"三国志通俗演义"或"三国志通俗演义史传"，"三国志"在前，"通俗演义"在后。

(2) "志传"系列书名统计

● 叶逢春本有两种主要的书名：第一种是"通俗演义"在前、"三国志史传"在后，第二种是"三国志"在前、"通俗演义"在后。"志传"系列版本的各种书名都与叶逢春本第一种书名一致，即"通俗演义"在前、"三国志史传"在后。所有"志传"系列版本的各种书名如此一致，而且与叶逢春本两种书名中的第一种书名也一致，说明所有"志传"系列版本的书名，很可能来源于叶逢春本或其祖本的第一种书名。
- "志传"系列最多的书名是"通俗演义＋三国志传"。
- "通俗演义"都在"三国志传"之前。
- "志传"系列其他书名都是从"通俗演义三国志史传"简化或转化而来的。
- "志传"系列少数版本采用了叶逢春本的"三国志史传",多数版本采用了简化的"三国志传"。
- 只有朱鼎臣本和熊佛贵本(忠正堂)的"卷一"(而不是在其他卷中)各出现了一次"三国志史传"的书名。这也说明,"三国志史传"是原来的书名,而"三国志传"是后来简化的书名。
- "志传"系列繁本书名可分为两类,"通俗演义三国志传"(或"演义通俗三国志传"),有郑少垣本、杨闽斋本、汤宾尹本、种德堂本,"演义三国志传"有余象斗本、余评林本。
- "志传"系列简本"志传"小系列书名有三种,"通俗演义三国全传"有诚德堂本、刘龙田本、黄正甫本,"演义三国志史传"有朱鼎臣本和熊佛贵本,"演义三国志传"有天理图本、费守斋本。
- "志传"系列简本"英雄志传"小系列书名有两种,"演义三国志传"有刘兴我本、刘荣吾本,"演义三国英雄志传"很多,包括杨美生本、三余堂本、聚贤山房本、嘉庆七年本、魏某本、郑乔林本、致和堂本、美玉堂本、继志堂本、松盛堂本、宝华楼等六卷本等。

以下统计"志传"本书名,各卷书名可能不同,都收入。

"志传"系列书名统计

分类	版本		书名(主要)	刊刻时间	
一	繁本	叶逢春本	通俗演义三国志史传 通俗演义三国志 三国志通俗演义史传 三国志通俗演义	1548 年	嘉靖二十七年
二	繁本	郑少垣本	通俗演义三国志传	1605 年	万历三十三年
		杨闽斋本	通俗演义三国志传	1610 年	万历三十八年
		汤宾尹本	演义通俗三国志传		
		种德堂本	演义三国志传 通俗演义三国志传		
	简本	诚德堂本	通俗演义三国全传 三国志全传 三国志传	1596 年	万历二十四年
		刘龙田本	通俗演义三国志传	1609 年	万历三十七年
		黄正甫本	通俗演义三国志传		崇祯
		笈邮斋本	通俗演义三国志传		

"志传"系列书名统计（续）

分类	版本	书名（主要）	刊刻时间	
三	简本	朱鼎臣本	演义三国志史传 演义三国志传		
		忠正堂本	演义三国志史传 演义三国志传 三国演义志传 三国志史传	1603年	万历三十一年
四	繁本	余象斗本	演义三国志传	1592年	万历二十年
		余评林本	演义三国志传评林		万历
	简本	刘兴我本	演义三国志传		崇祯
		刘荣吾本	三国志传 演义三国志传		崇祯
		天理图本	演义三国志传		
		费守斋本	演义三国志传		
		北图藏本	演义三国志传		
五	简本	杨美生本	演义三国英雄志传		
		三余堂本	演义三国英雄志传		
		聚贤山房本	演义三国英雄志传		
		哈佛本	演义三国英雄志传	1802年	嘉庆七年
		魏某本	演义三国英雄志传		
		郑乔林本	演义三国英雄志传		
		致和堂本	演义三国英雄志传		
		美玉堂本	演义三国英雄志传		
		继志堂本	演义三国英雄志传		
		松盛堂本	演义三国英雄志传		
		宝华楼本	演义三国英雄志传		

以下为《三国演义》"志传"系列版本书名分类示意图，个别版本有多种书名，只选主要书名。

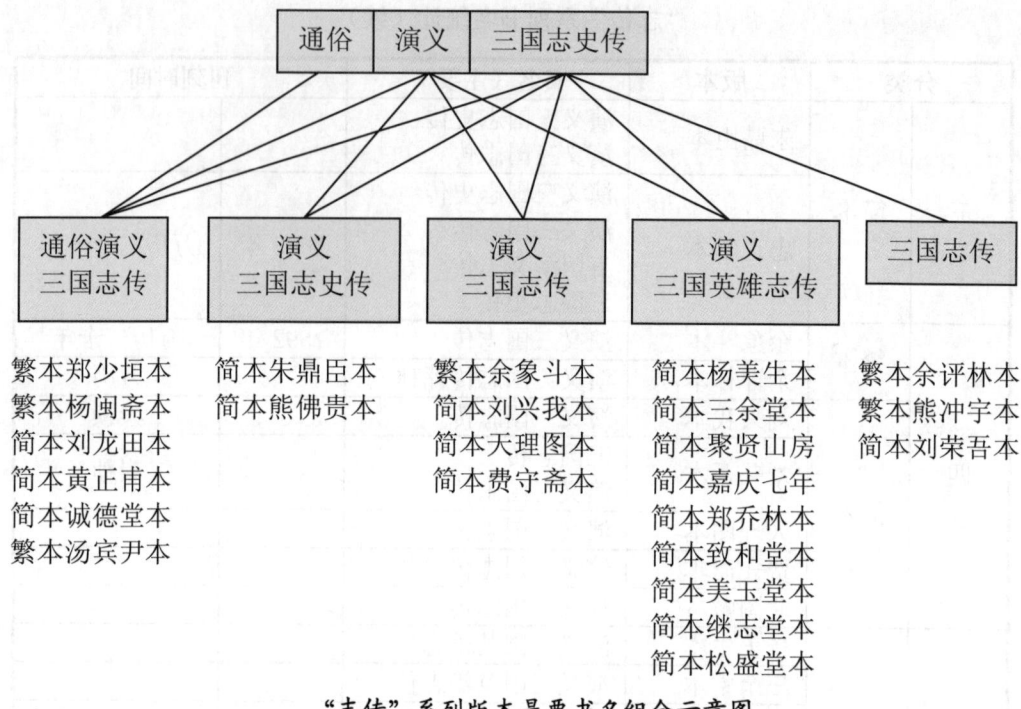

"志传"系列版本主要书名组合示意图

(3)"演义"系列书名

"演义"系列各种版本的书名一般都只有一两种,书名总的种类也比较少,没有"志传"系列那样复杂和混乱。可能是因为"演义"系列版本经过仔细的修订,因此书名修订后比较统一。

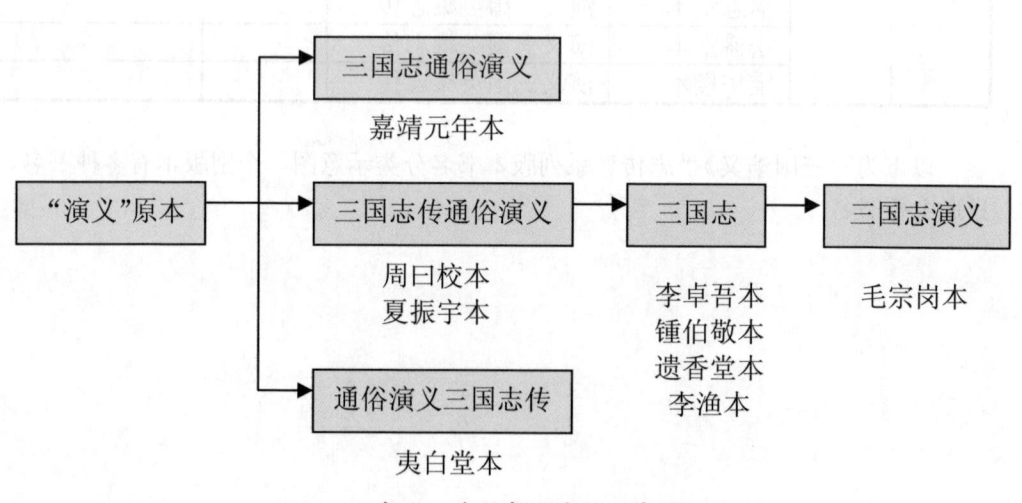

"演义"系列书名演化示意图

"演义"系列各种版本的书名:

- 嘉靖元年本：《三国志通俗演义》。
- 周曰校本、夏振宇本：《三国志传通俗演义》。
- 夷白堂本：《通俗演义三国志传》。
- 李卓吾本：《李卓吾先生批评三国志》。
- 遗香堂本：《三国志》。
- 锺伯敬本：《锺伯敬先生批评三国志》。
- 李渔本：《李笠翁批评三国志》。
- 毛宗岗本：《四大奇书第一种》。

"演义"系列书名统计表

分类	版本	书名（主要）	刊刻时间	
一	嘉靖元年本	三国志通俗演义	1522年	嘉靖元年
二	周曰校本	三国志通俗演义 三国志传通俗演义	1591年	万历十九年
	夏振宇本	三国志传通俗演义		
三	夷白堂本	通俗演义三国志传 通俗三国演义便览 通俗演义三国志便览 通俗演义三国便览 三国志传通俗演义	1602年	万历三十年
四	李卓吾本	三国志 三国志传		
	锺伯敬本	三国志		天启
	遗香堂本	三国志		
	李渔本	三国志		
五	郑以祯本	三国志演义		
	毛宗岗本	三国志演义		清康熙

"演义"系列主要版本书名演化可分为四类。

- 第一类嘉靖元年本书名为《三国志通俗演义》。
- 第二类周曰校本、夏振宇本主要书名为《三国志传通俗演义》。
- 第三类夷白堂本主要书名为《通俗演义三国志传》。
- 李卓吾本、锺伯敬本、遗香堂本、李渔本主要书名为《三国志》，其中李卓吾本还有书名《三国志传》。这类版本多带评语。
- 第四类毛宗岗本书名为《三国志演义》，是清代后期最流行版本。

"演义"系列版本书名主要特点：

- 各种版本的书名一般都只有一两种，书名总的种类也比较少，没有"志传"系列书名那样复杂和混乱，比较简单。
- "演义"系列的书名基本比较一致，最多的书名是《三国志通俗演义》《三国志传通俗演义》和《三国志》。

- 嘉靖元年本书名《三国志通俗演义》与周曰校本等书名《三国志传通俗演义》只差一字。两种版本的关系一般认为是兄弟，《三国志通俗演义》书名可能来自《三国志传通俗演义》。
- 叶逢春本有两种主要的书名：第一种是"通俗演义"在前、"三国志史传"在后，第二种是"三国志"在前、"通俗演义"在后。"演义"系列版本各种书名大多与叶逢春本第二种书名一致，即"三国志"在前、"通俗演义"在后，二者正好相反。
- "演义"系列有些版本书名中出现"志传"系列书名"三国志传"，如周曰校本和夏振宇本书名《三国志传通俗演义》，可能来源于"演义""志传"共同祖本书名。
- "演义"系列所有版本都没有采用叶逢春本的"三国志史传"，而采用了简化的"三国志传"。

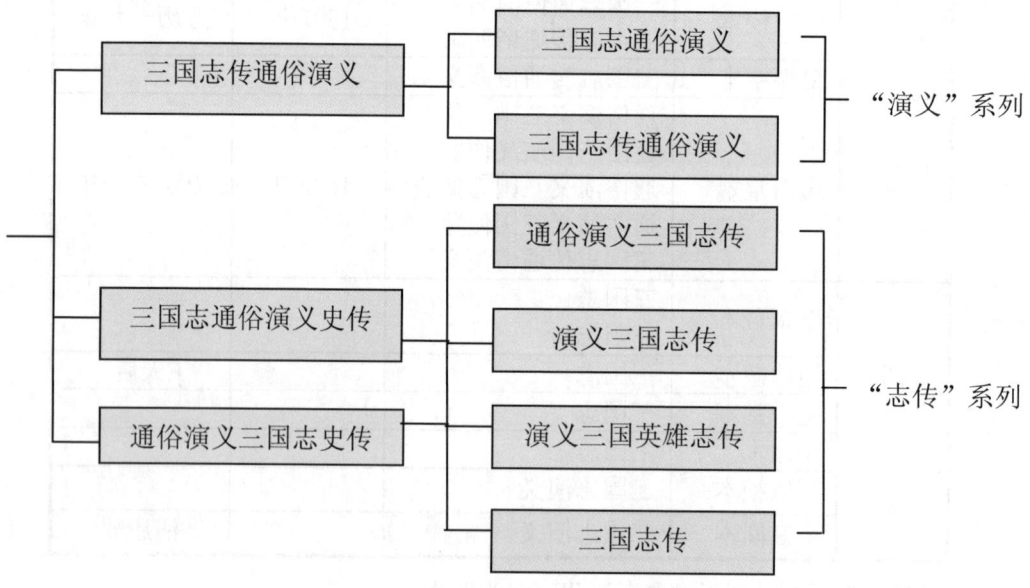

《三国演义》书名分类示意图

按照时间顺序排列，现存的各种《三国演义》版本书名演变如下表。

《三国演义》书名演变表

年代		"演义"系列	"志传"繁本	"志传"简本
公元	年号			
1522	嘉靖元年	三国志通俗演义		
1548	嘉靖二十七年		通俗演义三国志史传 三国志通俗演义史传	
1591	万历十九年	三国志通俗演义 三国志传通俗演义		
1592	万历二十年		演义三国志传	
1595	万历二十三年		演义通俗三国志传	
1596	万历二十四年			通俗演义三国全传
1602	万历三十年	通俗演义三国志传		
1603	万历三十一年			三国志史传
1605	万历三十三年		通俗演义三国志传	
1610	万历三十八年		通俗演义三国志传	
1611			通俗演义三国志传	
1611后	万历三十九年			演义通俗三国志传
	万历	三国志演义		
	万历			通俗演义三国志传

（4）祖本书名

最早两种版本嘉靖元年本和叶逢春本书名差异很大，这两个书名中哪个书名接近其祖本书名，有两种可能。

第一种可能是，原本的书名是复杂而混乱的，而后的出版商为统一和简化，书名就演化变得简单且统一。如果是这样，则叶逢春本书名接近原本书名。

第二种可能是，原本的书名比较简单且统一，而后来的出版商觉得简单的书名表达得不清楚，因此就不断更改，使得书名变得复杂而混乱。如果是这样，则嘉靖元年本书名接近原本书名。

所以书名的演变只有两种可能性：一种是从复杂、混乱走向简单、统一，另一种是从简单、统一走向复杂、混乱。从现有资料看，两种可能性都存在，还很难判断哪个说法更正确。

（5）"三国志传"和"三国志史传"

《三国演义》书名中另一个重要问题，是对"三国志传"书名的分析。"三国志传"有两种理解。第一种理解是认为，"三国志传"是"三国"＋"志"＋"传"；第二种理解是认为，"三国志传"是"三国志"＋"史传"的缩写。

第一种理解最有力的依据是叶逢春本书前嘉靖二十七年（1548年）元峰子的《三国志传加像序》，其文中对"三国志传"书名中的"志"和"传"有如下非常清楚的

说明:

> 三国志,志三国也。传,传其志。……三国者何,汉魏吴也。志者何?述其事以为劝戒也。传者何,易其辞以期遍悟。

这篇序非常清楚、明确说明"三国志传"是"三国志"+"传",对"志"和"传"的含义也作了明确的说明。

第二种理解是认为,"三国志传"是"三国志"+"史传"的演变。所谓"三国志传",其实是"三国志史传"的简化。所以分析"志传"这个名词是没有意义的。但许多学者没有仔细研究"三国志传"这个书名的演变过程,只看到多数"志传"系列的《三国演义》都采用的是"三国志传"这个书名,就认为"三国志传"是这个系列的统一书名,并详细去考证分析"志传"这个名词的由来,而实际这种研究是无意义的。

"三国志传"是"三国志史传"演化的证据是各种版本的书名和题署。从各种版本的主要书名和题署中可以看出,叶逢春本和朱鼎臣本、熊佛贵本的书名为"史传",其他版本都是"志传"。多数版本早期的题署都为"史传",而后期变为"志传"。这充分说明《三国演义》书名本来应是"三国史志传",后期版本将其简化为"三国志传"。

但叶逢春本书前《三国志传加像序》中明确说明"志、传"的含义,并没有用"史传",而是用"志传"。而叶逢春本书内的书名却多用"史传",如何解释这个矛盾呢?对此一种解释是,可能叶逢春本的底本书名是"史传",而叶逢春本刊行时,改为"志传",并在序中加以说明。但叶逢春本的刊行者修改得不彻底,在书名和题署中仍保留了很多处以"史传"为书名。

(6)"三国志演义"和"三国志传"

另外,对"三国志演义"和"三国志传"哪个是原书名问题,很多学者都认为《三国志演义》是原书名,而"三国志传"是后出的书名。

这种看法的一个重要证据是,明人书目著录书目、笔记中统称"三国志演义"或"三国志通俗演义",没有一种称"三国志传"。这确是事实,但也要注意到,明人记载多是名士所写,他们看到的肯定是像嘉靖元年本一样刻印精美、供上层文人阅读的版本。而"志传"系列明显是民间刻印、为大众阅读的版本。这两种版本可能都来自罗贯中原本。不能说明人著录的版本没有称为"三国志传",就否认当时民间可能流传的"三国志传"系列版本。叶逢春本和嘉靖元年本只隔27年,很明显,叶逢春本之前应该还有一个没有插图的底本,从以上各种分析都可以看出,这个底本绝不是嘉靖元年本。因此,仅根据现在看到明人著录中没有"三国志传",就肯定"三国志传"是后出的,似乎还有疑问。当然,平心而论,从这个证据出发,"三国志传"后出可能性大,但也不应否认相反的可能性。总之,这个证据还不是"铁证"。

这种看法的另一个证据是,几乎所有以"志传"命名的本子,书名都含有"演义"字样,因此"三国志传"后出。

这个观点看似正确,但实际仍经不起仔细推敲。这只是一种可能,这个论据能否成立，关键是看反之是否成立，如果反之不成立，则这是"铁证"，其结论就成立。但实际反之也是可能的，即《三国演义》原本可能同时含有"志传"（史传）和"演义"两种书名，"志传"系列版本一直保留了这两种书名。嘉靖元年本的改编者觉得这些书名太复杂，而将"志传"的书名全部删去，而只保留了简单的"演义"类书名。周曰校本和夏振宇本的书名中几乎都含有"志传"书名，这也说明，罗贯中原本的书名完全可能含有"志传"（史传）字样。也就是说，反过来的可能性也是完全有的，因此"演义"是原本的书名就不是"铁证"。

因此，除嘉靖元年本外，几乎所有早期"演义"系列版本（如周曰校本和夏振宇本）书名中都含有"志传"书名。这样有另外一种可能，原本书名就有"志传"（史传）字样，只有嘉靖元年本删去了"志传"的字样，其他版本都保留了下来。在这样的逻辑下，"志传"（史传）系列书名也可能最接近原本书名。

所以，根据几乎所有以"志传"命名的本子书名都含有"演义"字样，或几乎所有以"演义"命名的本子书名都含有"志传"字样，都很难判别哪种版本书名是原本书名。

一般认为嘉靖元年本和周曰校本有共同祖本。周曰校本、夏振宇本书名《三国志传通俗演义》和嘉靖元年本《三国志通俗演义》只有"传"一字之差，两个书名是什么关系？

"演义"系列书名中出现了和"志传"书名相同的"三国志传"，如周曰校本、夏振宇本《三国志传通俗演义》，李卓吾本部分书名中也出现"三国志传"。"演义"系列"三国志传"书名是否来自"志传"系列的书名？还是来自其祖本书名？是否原本书名就有"志传"字样，是嘉靖元年本删去了"传"字，周曰校本、夏振宇本都保留了"传"字，在这样的推理下，"志传"系列书名就可能最接近原本书名。

（7）夷白堂本书名问题

夷白堂本属于"演义"系列，但其书名既有"志传"字样，又有"演义"字样，很有规律和特点。其书名《通俗演义三国志传》和"演义"系列书名"三国志传通俗演义"不同，却和"志传"系列中繁本郑少垣本、杨闽斋本和繁简混合刘龙田本、简本黄正甫本的书名相同。

- "通俗演义三国志传"：卷二（缺卷一）开始的"志传"系列书名。
- "通俗三国演义便览"：卷四开始合计9卷的书名，"演义"和"三国"颠倒，"志传"改"便览"，突出袖珍本，是夷白堂本中最多的书名。
- "通俗演义三国志便览"：卷七、八，第一书名"志传"改"便览"。
- "通俗演义三国便览"，卷十六、二十、二十一，与前一书名比少"志"字。
- "三国志传通俗演义"：卷十九出现一次"演义"系列书名。

为何会出现这样奇怪的书名？

一个可能是夷白堂本参考"志传"书名做了修改，因为夷白堂本刊刻于万历三十年，和其他"志传"本的刊刻时间接近。虽然夷白堂本文字绝对属于"演义"系列，是否其编者觉得"演义"系列书名"三国志传通俗演义"，不如"志传"系列书名"通俗演义三国志传"更合适？这种解释还比较牵强。

另一种可能是"演义"系列周曰校本、夏振宇本等版本共同祖本的书名本来就不是周曰校本和夏振宇本的书名"三国志传通俗演义"，而是"志传"本的书名"通俗演义三国志传"，不是夷白堂本修改了书名，而是周曰校本、夏振宇本等修改了书名。

这个书名问题就和关索问题相似。"演义"本和"志传"简本都有关索故事，这可能是简本根据"演义"本增补的，但也可能是它们有共同祖本，此祖本就有关索故事，是嘉靖元年本和叶逢春本删除了关索故事。

和关索故事一样，夷白堂本和"志传"本的书名"通俗演义三国志传"可能就是它们共同祖本的书名，夷白堂本没有改，反而是嘉靖元年本和周曰校本、夏振宇本将此书名修改为"三国志（传）通俗演义"。这样"志传"本书名"通俗演义三国志传"可能是"演义"和"志传"本祖本的书名，也是《三国演义》原本的书名。

总之，夷白堂本书名的两种解释都有疑问，夷白堂书名是《三国演义》书名中一个未解和值得仔细研究的问题。

（8）一个版本多种书名问题

《三国演义》很多版本中各卷的书名不同。

- 书名最多的是 5 种书名的夷白堂本，夷白堂本书名各卷书名不同，既有"志传"书名，又有"演义"书名，很有规律和特点。夷白堂本开始书名"通俗演义三国志传"是其底本书名，和"志传"系列书名相同。卷四开始改为"通俗三国演义便览"，"演义"和"三国"颠倒，"志传"改"便览"，突出袖珍本，是夷白堂本最多的书名。卷七、八再改"通俗演义三国志便览"，第一书名"志传"改"便览"。卷十六、二十、二十一"通俗演义三国便览"与前一书名比少"志"字。卷十九"三国志传通俗演义"出现一次"演义"系列书名。
- 叶逢春本有四种书名，是其祖本的书名就未定，还是叶逢春本抄写时随意修改？
- 周曰校本各卷有两种书名，卷一书名和嘉靖元年本一样也是"三国志通俗演义"，可能是其底本书名。而后几卷都是"三国志传通俗演义"，虽然只是增加一个"传"字，是否又参考"志传"本书名做了修改？

为何会出现各卷书名不同的现象，可能有以下原因。

第一，一般一本书在编写过程中，卷一的书名应该是其底本书名，因此从卷一书名可能看出版本的演化。

第二，卷一以后各卷，编写者可能不断根据各种原因，有意修改书名，值得仔细研究。

第三，有些卷书名修改没有特别原因，只是随意删节而已，就不值得研究。

《三国演义》各卷书名不同统计表

数量	分类	版本	书名（主要）	刊刻时间	
5	演义	夷白堂本	通俗演义三国志传 通俗三国演义便览 通俗演义三国志便览 通俗演义三国便览 三国志传通俗演义	1602 年	万历三十年
4	繁本	叶逢春本	通俗演义三国志史传 通俗演义三国志 三国志通俗演义史传 三国志通俗演义	1548 年	嘉靖二十七年
	简本	忠正堂本	演义三国志史传 演义三国志传 三国演义志传 三国志史传	1603 年	万历三十一年
3	简本	诚德堂本	通俗演义三国全传 三国志全传 三国志传	1596 年	万历二十四年
2	繁本	种德堂本	演义三国志传 通俗演义三国志传		
	简本	朱鼎臣本	演义三国志史传 演义三国志传		
	简本	刘荣吾本	三国志传 演义三国志传		崇祯
	演义	周曰校本	三国志通俗演义 三国志传通俗演义	1591 年	万历十九年
	演义	李卓吾本	三国志 三国志传		

总之，《三国演义》版本书名有三大特点：
- 《三国演义》书名十分复杂；
- 《三国演义》书名分类脉络基本清楚；
- 《三国演义》书名中还有一些细节问题不清楚。

2. 分则

(1) 各种版本分则不同处统计

《三国演义》"演义"系列和"志传"系列很多则的分则处不同。其中"演义"系列内各种版本分则处都相同,而"志传"系列内各种版本分则处各有不同。因此下面列出"演义"系列嘉靖元年本与"志传"相同各种版本相比,31 个分则不同之处。

分则处不同统计表

序号	则	则目	演义	繁本				简本		
			嘉	叶	余	郑	汤	刘	朱	黄
1	33—34	曹操会兵击袁术	A	B	B	B	B	C	C	C
2	65—66	郭嘉遗计定辽东	A	×	B	B	B	B	C	C
3	231—232	姜维大战剑门关	A	×	A	A	B	C	C	C
4	26—27	迁銮舆曹操秉政	A	A	A	A	C	A	C	C
5	42—43	曹公分兵拒袁绍	A	A	A	A	A	A	A	C
6	9—10	虎牢关三战吕布	A	A	A	A	A	A	C	C
7	11—12	袁绍孙坚夺玉玺	A	A	A	A	A	A	C	C
8	13—14	孙坚跨江战刘表	A	A	A	A	A	A	C	C
9	20—21	刘玄德北海解围	A	A	A	A	A	A	C	C
10	40—41	青梅煮酒论英雄	A	A	A	A	A	A	C	C
11	53—54	关云长五关斩将	A	A	A	A	A	A	C	C
12	54—55	云长擂鼓斩蔡阳	A	A	A	A	A	A	C	C
13	60—61	曹操仓亭破袁绍	A	×	A	A	A	A	C	C
14	77—78	诸葛亮博望烧屯	A	×	A	A	A	A	C	C
15	38—39	曹孟德许田射鹿	A	A	A	A	A	A	C	C
16	66—67	刘玄德襄阳赴会	A	×	A	A	A	A	C	C
17	89—90	群英会瑜智蒋干	A	A	A	A	A	A	C	C
18	98—99	曹操败走华容道	A	A	A	A	A	C	C	C
19	105—106	孙仲谋合淝大战	A	A	A	A	A	C	C	C
20	113—114	耒阳张飞荐凤雏	A	A	A	A	A	C	C	C
21	131—132	曹操杖杀伏皇后	A	A	A	A	A	C	C	C
22	135—136	魏王宫左慈掷杯	A	A	A	A	A	C	C	C

分则处不同统计表（续）

序号	则	则目	演义	繁本				简本		
			嘉	叶	余	郑	汤	刘	朱	黄
23	136—137	曹操试神卜管辂	A	A	A	A	A	○	○	○
24	137—138	耿纪韦晃讨曹操	A	A	A	A	A	C	C	C
25	144—145	刘备进位汉中王	A	A	A	A	A	C	C	C
26	155—156	魏太子曹丕秉政	A	A	A	A	A	C	C	C
27	175—176	诸葛亮三擒孟获	A	A	A	A	A	C	C	C
28	176—177	诸葛亮四擒孟获	A	A	A	A	A	C	C	C
29	184—185	孔明以智伏姜维	A	A	A	A	A	C	C	C
30	207—208	死诸葛走生仲达	A	A	A	A	A	C	C	C
31	230—231	锺会邓艾取汉中	A	×	A	A	A	C	C	C

注① 嘉：嘉靖元年本，叶：叶逢春本，余：余象斗本，郑：郑少垣本，汤：汤宾尹本，刘：刘兴我本，朱：朱鼎臣本，黄：黄正甫本。

注② A、B、C：三种分则，×：缺少该则，○：无分则。

（2）和嘉靖元年本分则不同处分析

嘉靖元年本和"志传"其他版本共有 31 则的分则位置不同，分则不同处非常复杂，31 则可分为以下几类：

- 第三十三至三十四则：叶逢春本等所有繁本及各种简本和嘉靖元年本分则不同。
- 第六十五至六十六则：繁本中的余象斗本、余评林本、郑少垣本、汤宾尹本，和简本中的刘龙田本、朱鼎臣本、黄正甫本，分则处都与嘉靖元年本不同。叶逢春本缺失，无法判断，估计分则也和嘉靖元年本不同。
- 汤宾尹本除以上两则外，另外还有三则（第六十至六十一、二百三十一至二百三十二、二十六至二十七）和嘉靖元年本不同。
- 简本31则全部和嘉靖元年本不同，十分混乱。
- 刘龙田本的分则，有的和繁本相同，有的和简本相同。
- 第一百三十七则全部简本都缺少则目，没有分则处。

嘉靖元年本和叶逢春本各则字数虽然差异很大，但同一则嘉靖元年本和叶逢春本的字数一般差异很小。

只有第三十三、三十四和六十五、六十六则嘉靖元年本和叶逢春本字数差异很大。

第三十三、三十四则：

- 嘉靖元年本字数差异不大，都是2000多字。
- 叶逢春和余象斗本字数差异很大，两本的第三十三、六十六则只有1600多字，而第三十四、六十六则有3000多字，字数相差近一倍。

下表为嘉靖元年本和叶逢春本各则字数比较。

嘉靖元年本、叶逢春本各则字数统计

则	1	2	3	4	5	6	7	8	9	10
嘉靖元年本	2807	2142	3035	2192	3473	2078	2130	1497	3972	1702
叶逢春	2279	1978	2958	2191	3271	2037	2150	1430	3825	1621

则	31	32	33	34	35	36	37	38	39	40
嘉靖元年本	2883	3412	2992	2188	1372	2676	2298	3569	2001	2172
叶逢春	2798	3299	1613	3327	1344	2573	2281	3435	1812	2021

则	61	62	63	64	65	66	67	68	69	70
嘉靖元年本	2551	2461	2795	2612	2744	2146	5298	4157	4435	4203
余象斗	2358	2409	2627	2537	3647	1020	5019	4217	4408	4092

分则不同的原因可能是：嘉靖元年本和叶逢春本有共同祖本，此本文字和叶逢春本相同，第三十三、三十四则和第六十五、六十六则字数差异太大。嘉靖元年本看到原本字数差异太大，因此移动了第三十四、六十六则的分则处，使得两则字数接近。这种解释同时可以解释这两处分则移动，如此解释就是认为叶逢春本文字比嘉靖元年本文字更接近祖本。

（3）其他版本分则不同处分析

1）汤宾尹本

繁本中汤宾尹本的分则有特殊之处。除上述第三十四、六十六则两则分则不同外，还有2则分则不同。

第二十七则"迁銮舆曹操秉政"：汤宾尹本和繁本不同，却和简本相同。

第二百三十二则"姜维大战剑门关"：汤宾尹本和繁本、简本都不相同。

汤宾尹本4处分则不同统计表

序号	则	则目	演义	繁本				简本		
			嘉	叶	余	郑	汤	刘	朱	黄
1	33—34	曹操会兵击袁术	A	B	B	B	B	C	C	C
2	65—66	郭嘉遗计定辽东	A	×	B	B	B	B	C	C
3	231—232	姜维大战剑门关	A	×	A	A	B	C	C	C
4	26—27	迁銮舆曹操秉政	A	A	A	A	C	A	C	C

第二十七、二百三十二两则应该是汤宾尹本做了修改。

2）刘龙田本

刘龙田本是很特殊的繁简混合本，其分则也比较特殊，有的和繁本相同，有的和简本相同。由于刘龙田本前 8 卷（第一至九十六则）是繁简混合本，第九卷到结束（第九十七至二百四十则）是简本，因此导致文字是繁本的分则和繁本一致，文字是简本的分则和简本一致。

3）朱鼎臣本

朱鼎臣本属于简本"志传"小系列，但第四十三则"曹公分兵拒袁绍"分则却和其他简本不同，而和繁本一致，还未找到合理的解释。

4）其他简本分则

简本和繁本相比有大量分则不同。

这些修改肯定是简本从繁本简化中所做的修改，但为何简本要做这样修改，还未找到合理的解释。

（4）分则结论

根据以上例证，可以得出有关分则的如下结论：
- 第三十三、三十四则和第六十五、六十六则叶逢春本和余象斗本分则和嘉靖元年本不同，其原因目前不明，有多种可能。
- 汤宾尹本、刘龙田本和朱鼎臣本有几处特殊的分则，应该是这些版本单独修改了分则处。
- 简本和繁本相比，有大量分则不同，这些分则肯定是简本做的修改，为何简本要对分则做这样大量的修改，还需要研究。

各种版本的分则非常复杂，也是研究版本演化的重要线索，还有很多问题没有合理的解释，很值得再进一步研究。如彻底解决以上问题，对于嘉靖元年本和"志传"系列繁本、简本的演化，以及各种版本的版式的研究都很有价值。

3. 周静轩诗

（1）"静轩诗"分类概述

周静轩诗简称"静轩诗"，各种版本中署名"静轩诗"分布如下。
- 所有版本中曾出现的署名"静轩诗"一共有 85 首；
- 最早出现"静轩诗"的是嘉靖二十七年的叶逢春本；
- 叶逢春本有明确署名的有 45 首，余象斗本另有 25 首，合计 70 首；
- 嘉靖元年本没有任何署名"静轩诗"；

所有85首"静轩诗"可分为四类：

第一类，嘉靖元年本中有12首其他版本中署名"静轩诗"，但在嘉靖元年本中无署名。

嘉靖元年本中没有，但在"演义"系列和"志传"系列繁本中署名"静轩诗"的有73首，又可分为以下三类。

第二类，73首署名"静轩诗"中有24首在"演义"系列和"志传"系列中状态整齐，基本都有。

第三类，73首署名"静轩诗"中有42首，在"演义"系列和"志传"系列繁本中状态一致，都署名为"静轩诗"，但在汤宾尹本和"志传"简本中混乱，有的版本有署名，有的版本没有署名。

第四类，73首署名"静轩诗"中有7首在"演义"系列和"志传"系列中状态混乱。

汤宾尹本和其他"志传"简本中的"静轩诗"整体状态十分混乱。

"静轩诗"状态表

版本		嘉靖元年本	周曰校本、多数繁本	汤宾尹本	简本
12首		无	有，无署名	情况混乱 署名随意	情况混乱 署名随意
73首	24首	无	全部有署名，基本整齐		
	42首		全部有署名，基本整齐	情况混乱，署名随意	
	7首		情况混乱，署名随意		

（2）各种版本中的"静轩诗"

下面分析各种版本中的"静轩诗"。

1）叶逢春本

- "静轩诗"叶逢春本和周曰校本一样最多；
- 由于叶逢春之子号"静轩"，因此不排除"静轩诗"实际是叶逢春冒名，而并非周静轩所作。

2）嘉靖元年本

- 嘉靖元年本中没有署名，而其他版本中署名的12首所谓的"静轩诗"，并不是"静轩诗"；
- "演义"系列和"志传"系列繁本中署名"静轩诗"有73首，而嘉靖元年本都没有。

3）周曰校本、夏振宇本等"演义"系列版本

- 周曰校本和叶逢春本一样数量最多；
- 夏振宇本绝大部分"静轩诗"都有，只有一首夏振宇本未署名；
- 周曰校本、夏振宇本"静轩诗"不太可能来自叶逢春本；

- 周曰校本、夏振宇本"静轩诗"最大可能是来自和叶逢春本的共同祖本。

4)"志传"本
- "志传"系列繁本基本根据叶逢春本,很整齐地插入"静轩诗";
- 汤宾尹本和其他"志传"简本中混乱的"静轩诗"是改编者随意署名而造成。

(3) 嘉靖元年本没有"静轩诗"

嘉靖元年本中有12首在其他版本中署名为"静轩诗"。

根据以上分析,嘉靖元年本中应该是没有"静轩诗"的,但为何有些学者会认为嘉靖元年本中有"静轩诗"呢?关键是嘉靖元年本中有12首在其他版本中被署名为"静轩诗",这12首是否是真的"静轩诗"?

主张不是"静轩诗"的认为,原来就没有署名,所以不是"静轩诗"。而主张是"静轩诗"的认为,原来的署名被删除了,实际是"静轩诗"。这里再次出现了署名"有无"问题。

如果只看嘉靖元年本是无法判别署名"有无"的。但如果综合其他版本统一分析,可以看出,这12首在其他"演义"系列和"志传"系列繁本中,都没有署名,而只在汤宾尹本和其他"志传"简本中有署名。一般认为汤宾尹本和其他"志传"简本都是后出的版本,而这些署名在这些版本中又十分混乱,因此这些署名肯定是后加的。

另外,如果这12首诗的署名是被删除的,则要在全部"演义"系列和"志传"系列繁本几十种版本中都逐一、没有例外地被删除,这几乎是不可能的。

因此结论就很明显了,嘉靖元年本中绝没有"静轩诗","静轩诗"是从叶逢春本开始插入的,而不是从嘉靖元年本开始插入的。

(4)"静轩诗"来源

如前所述,嘉靖元年本没有"静轩诗","静轩诗"从哪个版本插入的?

一般认为"静轩诗"最早是叶逢春本插入的,有学者指出:由于叶逢春之子号"静轩",因此不排除"静轩诗"实际是叶逢春冒名。因为目前看到有"静轩诗"最早版本确实是嘉靖二十七年的叶逢春本。周曰校本"静轩诗"和叶逢春本一样最多,夏振宇本也只有一首未署名,而周曰校乙本刊刻于万历年间,大大晚于叶逢春本,因此这种看法似乎很有道理。但仔细分析其中还有问题。

要注意,周曰校本的文字和叶逢春本差异很大,和嘉靖元年本很接近。因此周曰校本和嘉靖元年本的关系比叶逢春本更密切。如周曰校本的"静轩诗"来自叶逢春本,则周曰校本在编写时就要仔细核对叶逢春本,才可能把诸多"静轩诗"插入文字中,这样做难度极大,而且毫无必要。

因此,最大可能是叶逢春本和周曰校本、夏振宇本的"静轩诗"都来自它们的共同底本。后面分析可以看出,周曰校本、夏振宇本很可能有个共同底本嘉靖壬子本,即嘉靖三十一年本,只比叶逢春本晚四年。这样周曰校本、夏振宇本的"静轩诗"就来自其共同底本嘉靖壬子本。

而嘉靖壬子本和叶逢春本又可能还有一个共同底本,其"静轩诗"就来自这个共同底本。但这个底本是什么样版本，此本和嘉靖元年本是什么关系，目前还不得而知。

13种版本中"静轩诗"统计表（李金泉、周文业整理）

说明：√："静轩诗"，×：没有此诗，△：未标"静轩诗"，□：缺页

序号	序号	则	版本 静轩诗	演义3			繁本6						简本4			
				嘉靖本	周曰校	夏振宇	叶逢春	余象斗	余评林	郑少垣	杨春元	汤宾尹	黄正甫	朱鼎臣	刘龙田	刘荣吾
嘉靖元年本未标"静轩诗"（12首）																
1	1	27	血流芒砀白蛇亡	△	△	△	△	△	△	△	△	△	√	△	△	√
2	2	51	誓把功勋建	△	△	△	□	△	△	△	△	△	√	√	△	△
3	3	52	月缺不改光	△	△	△	□	△	△	△	△	△	√	△	△	△
4	4	56	当时手足似瓜分	△	△	△	△	△	△	△	△	△	△	△	△	△
5	5	56	玄德关张离散后	△	△	△	△	△	△	△	△	×	√	△	△	△
6	6	61	昨朝祖授军中死	△	△	△	△	△	△	△	△	×	×	△	△	△
7	7	94	赤壁鏖兵用火攻	△	△	△	△	△	△	△	△	√	△	△	△	△
8	8	153	当年父子震荆襄	△	△	△	△	△	△	△	△	×	△	△	√	□
9	9	167	主将谈兵按六韬	△	△	△	△	△	△	△	△	×	△	△	△	△
10	10	209	诸葛先明识魏延	△	△	△	△	△	△	△	△	△	△	△	△	△
11	11	227	司马当时命贾充	△	△	√	□	△	△	△	△	△	△	△	△	△
12	12	234	后主昏迷汉祚颠	△	△	△	△	△	△	△	△	△	√	△	△	△
各版本都标"静轩诗"（24首）																
13	1	7	董贼潜怀废立图	×	√	√	√	√	√	√	√	√	√	√	√	√
14	2	8	夜深喜识故人容	×	√	√	√	√	√	√	√	√	√	√	√	√
15	3	18	董卓专权肆不仁	×	√	√	√	√	√	√	√	√	√	√	√	√
16	4	20	曹操奸雄世所夸	×	√	√	√	√	√	√	√	√	√	√	√	√
17	5	38	奸雄曹操并中原	×	√	√	√	√	√	√	√	√	√	√	√	√
18	6	47	讨逆无成祸已招	×	√	√	√	√	√	√	√	√	√	√	√	√
19	7	81	疏贤信佞欲偷生	×	√	√	√	√	√	√	√	√	√	√	√	√
20	8	91	叠叠岚光盛	×	√	√	√	√	√	√	√	√	√	√	√	√
21	9	97	一火能烧百万兵	×	√	√	√	√	□	√	√	√	√	√	√	√
22	10	132	报国忠臣多横死	×	√	√	√	√	√	√	√	√	√	√	√	□
23	11	133	妨贤卖主逞奇功	×	√	√	√	√	√	√	√	√	√	√	√	√
24	12	138	韦耿徒怀辅汉忠	×	√	√	√	√	√	√	√	√	√	√	√	□
25	13	159	奸究专权汉室亡	×	√	√	√	□	√	√	√	√	√	√	√	√
26	14	181	相国兴师入不毛	×	√	√	√	□	□	√	√	√	√	√	√	√

13种版本中"静轩诗"统计表（李金泉、周文业整理）（续1）

序号	序号	则	版本 静轩诗	演义3			繁本6						简本4			
				嘉靖本	周曰校	夏振宇	叶逢春	余象斗	余评林	郑少垣	杨春元	汤宾尹	黄正甫	朱鼎臣	刘龙田	刘荣吾
27	15	198	屈死张苞末建功	×	✓	✓	✓	□	✓	✓	✓	✓	✓	✓	✓	✓
28	16	208	六出祁山吊伐勤	×	✓	✓	✓	□	□	✓	✓	✓	✓	✓	✓	✓
29	17	212	极欲穷奢总是非	×	✓	✓	✓	□	□	✓	✓	✓	✓	✓	✓	✓
30	18	50	威倾三国着英豪	×	✓	✓	□	✓	✓	✓	✓	✓	✓	✓	✓	✓
31	19	62	凶暴横行仁义殃	×	✓	✓	□	✓	✓	✓	✓	×	✓	✓	✓	✓
32	20	221	堪叹姜维继武侯	×	✓	✓	✓	□	□	✓	✓	✓	✓	✓	✓	✓
33	21	229	君闇臣娇嬖幸多	×	✓	✓	✓	□	□	✓	✓	✓	✓	✓	✓	✓
34	22	231	魏国先兴入寇图	×	✓	✓	✓	□	□	✓	✓	✓	✓	✓	✓	✓
35	23	232	数万阴兵绕定军	×	✓	✓	□	✓	□	✓	✓	✓	✓	✓	✓	✓
36	24	235	魏兵数万入川来	×	✓	✓	□	✓	□	✓	✓	✓	✓	✓	✓	✓
叶逢春、余象斗、郑少垣本全有，其他版本有的没有（42首）																
37	1	34	十万貔貅十万心	×	✓	✓	✓	✓	✓	✓	✓	✓	✓	✓	✓	△
38	2	218	昔日曹瞒相汉时	×	✓	✓	✓	□	✓	✓	✓	✓	✓	✓	✓	△
39	3	230	阉宦专权从古有	×	✓	✓	✓	✓	✓	✓	✓	✓	✓	✓	✓	△
40	4	234	马邈先怀背逆图	×	✓	✓	✓	✓	✓	✓	✓	✓	✓	✓	✓	△
41	5	234	蜀邦将灭凭董皓	×	✓	✓	✓	✓	✓	✓	✓	✓	✓	✓	✓	△
42	6	238	魏吞汉室晋吞曹	×	✓	✓	✓	✓	✓	✓	✓	✓	✓	✓	✓	△
43	7	240	孙皓荒淫社稷休	×	✓	✓	✓	✓	✓	✓	✓	✓	✓	✓	✓	△
44	8	99	山高月小水茫茫	×	✓	✓	✓	✓	✓	✓	✓	✓	△	△	✓	
45	9	195	鏖战祁山经几秋	×	✓	✓	✓	□	✓	✓	✓	✓	△	△	△	
46	10	238	追欢作乐笑颜开	×	✓	✓	✓	✓	✓	✓	✓	✓	△	△	△	
47	11	232	魏将西驱十万兵	×	✓	✓	✓	✓	✓	✓	✓	✓	△	✓	✓	
48	12	235	后主庸才信浅谋	×	✓	✓	✓	□	✓	✓	✓	✓	✓	✓	✓	×
49	13	25	光武中兴兴汉世		✓	✓	✓	✓	✓	✓	✓	✓	✓	✓	✓	×
50	14	217	妙算姜维不等闲	×	✓	✓	✓	✓	✓	✓	✓	□	✓	△	△	✓
51	15	127	昭烈乘危一骑行	×	✓	✓	✓	✓	□	✓	✓	×	✓	✓	✓	✓
52	16	203	生死人常理	×	✓	✓	✓	□	✓	✓	✓	✓	✓	✓	✓	✓
53	17	206	兴师伐魏报先王	×	✓	✓	✓	□	✓	✓	✓	×	✓	✓	✓	✓
54	18	88	诸葛神机天下少	×	✓	✓	✓	✓	✓	✓	✓	×	✓	✓	✓	✓

13种版本中"静轩诗"统计表（李金泉、周文业整理）（续2）

序号	序号	则	版本 / 静轩诗	演义3			繁本6						简本4			
				嘉靖本	周曰校	夏振宇	叶逢春	余象斗	余评林	郑少垣	杨春元	汤宾尹	黄正甫	朱鼎臣	刘龙田	刘荣吾
55	19	90	曹操奸雄不可当	×	√	√	√	√	√	√	√	×	√	√	√	√
56	20	135	鏖战曹兵血刃红	×	√	√	√	□	√	√	√	×	√	√	√	□
57	21	145	照烈兴师取汉中	×	√	√	√	□	√	√	√	×	√	√	√	□
58	22	149	江东寤寐索荆州	×	√	√	□	√	√	√	×	√	√	√	□	□
59	23	152	关公义勇孰能俦	×	√	√	□	√	√	√	√	×	√	√	√	√
60	24	166	符坚恃众曾亡晋	×	√	√	√	√	√	√	√	×	√	√	√	√
61	25	169	降吴不可却降曹	×	√	√	√	√	√	√	√	×	√	√	√	√
62	26	178	为国平蛮帅大兵	×	√	√	√	□	√	√	√	×	√	√	√	√
63	27	47	跋扈权奸震王威	×	√	√	√	□	√	√	√	△	√	√	√	√
64	28	79	天下纷纷逐鹿晨	×	√	√	√	√	√	√	√	△	√	√	√	√
65	29	122	王佐才华天下闻	×	√	√	√	√	√	√	√	√	√	√	△	△
66	30	48	仁心帝胄势孤穷	×	√	√	√	√	√	√	√	△	√	△	△	△
67	31	112	周郎决策取荆州	×	√	√	√	√	√	√	√	√	×	√	√	√
68	32	114	苗泽因私害荩臣	×	√	√	√	√	√	√	△	×	√	△	△	△
69	33	120	荆州兵已入疆场	×	√	√	√	√	√	√	√	□	√	√	√	√
70	34	151	从来仁义感人深	×	√	√	□	√	√	√	√	×	×	□	√	√
71	35	151	陆逊青年未有名	×	√	√	□	√	√	√	√	×	×	□	√	√
72	36	190	仲达深谋善用兵	×	√	√	□	√	√	√	√	√	√	√	△	△
73	37	216	积善之家庆有余	×	√	√	□	√	√	√	√	△	△	△	×	×
74	38	57	孙郎智勇冠江湄	×	√	√	√	√	√	√	△	√	√	△	△	△
75	39	60	逆耳忠言反见冤	×	√	√	√	√	√	√	√	△	△	√	√	√
76	40	223	报国心坚不顾家	×	√	√	□	√	√	√	√	×	√	√	√	√
77	41	226	乐毅破齐遭坚阻	×	√	√	□	√	√	√	×	△	△	△	△	△
78	42	239	吴运将终社稷荒	×	√	√	□	□	√	√	×	△	△	△	×	×
有的本有，有的本没有（7首）																
79	1	156	三马同槽事可疑	×	√	△	√	□	√	√	√	√	√	√	√	□
80	2	68	范增定计伤高祖	×	√	√	√	√	△	△	×	√	√	△	√	△
81	3	237	大胆姜维智勇全	×	×	×	□	□	√	√	√	△	△	△	△	△
82	4	240	忠勇张丞相	×	×	×	□	□	□	√	√	×	×	×	×	√

13 种版本中"静轩诗"统计表（李金泉、周文业整理）（续3）

序号	序号	则	版本 静轩诗	演义3			繁本6						简本4			
				嘉靖本	周曰校	夏振宇	叶逢春	余象斗	余评林	郑少垣	杨春元	汤宾尹	黄正甫	朱鼎臣	刘龙田	刘荣吾
83	5	229	大胆姜维妙算长	×	△	△	□	□	△	△	✓	△	△	△	△	
84	6	240	颠危国祚势难支	×	✓	✓	□	□	×	×	×	✓	✓	✓	✓	
85	7	240	胜败兵家未可期	×	✓	✓	□	□	×	×	×	✓	✓	✓	✓	

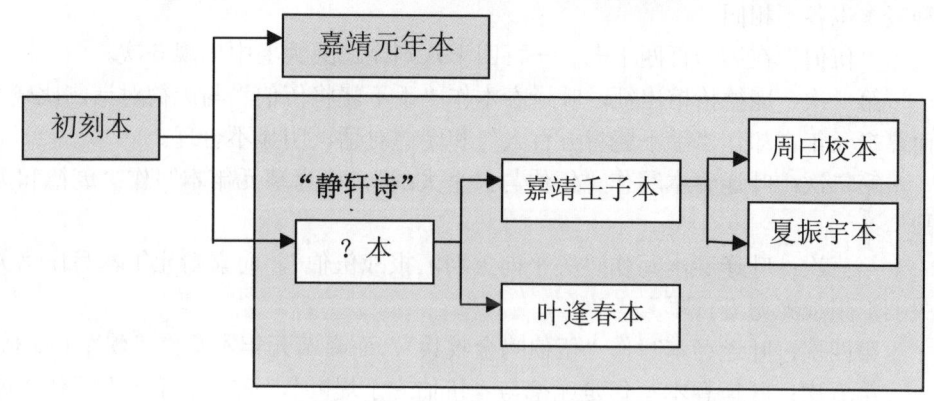

"静轩诗"和版本演化示意图

4．"伍伯"和"五百人"

以上介绍了《三国演义》各种版本在书名、分则和"静轩诗"上的差异，下面分析各种版本的 8 项文字差异。《三国演义》各种版本的文字差异很多，多数是没有规律、没有研究价值的随意改动，下面这 8 项文字差异都是有规律的，对版本研究有价值的文字差异。

这 8 项分别是：
- "伍伯"和"五百人"
- 糜夫人之死
- "庞德"和"庞惪"
- "翼德"和"益德"
- "不烂之舌"和"拨浪之舌"
- "普静"和"普净"

- 关羽之死
- 关索和花关索

《三国演义》各种版本中有规律的文字差异实际不止这8项，暂时选出这8项逐一分析，最后再做总结。首先分析"伍伯"和"五百人"。

（1）嘉靖元年本和叶逢春本"伍伯"不同描写

《三国演义》嘉靖元年本和叶逢春本正文之间的文字和故事情节不同的事例很多，"伍伯"和"五百人"是比较突出的问题。

在嘉靖元年本和其他"演义"系列版本中，"伍伯"被写成了"五百人"，而在叶逢春本和其他"志传"系列版本中，"伍伯"是一个人名。有关"伍伯"的描写两种版本也各不相同。

"伍伯"在第一百四十七、一百四十八则庞德战关羽中出现6次。

第一次：庞德抬棺出征，叶逢春本作"手下骁将伍伯"与庞德对话，比较合理；而嘉靖元年本却作"手下骁将五百人"和庞德对话，明显不合理。

第二次：叶逢春本写作"伍伯与关平大战"，而嘉靖元年本写作"庞德和关平大战"。

第三次：叶逢春本写作"关平向关羽汇报战伍伯"，而嘉靖元年本写作"关平向关羽汇报战庞德五百军"。

第四次：叶逢春本写作"伍伯鸣金收兵"，而嘉靖元年本写作"魏军鸣金收兵"。

第五次：叶逢春本写作是庞德与"伍伯立于堤畔"，而嘉靖元年本写作"庞德和五百人尚无百十立在堤上"。

第六次：叶逢春本写作"庞德与伍伯二人力战"，战不利二人驾小舟逃跑，比较合理；而嘉靖元年本却写作"被降军五百人皆上舡"，由于前面称"荆州数百军，驾小舟近堤来捉庞德"，这样"小舟"可能有很多，因此庞德和五百人同上小舟还勉强说得过去。

嘉靖元年本"五百人"和叶逢春本"伍伯"

	嘉靖元年本	叶逢春本
1	手下骁将**五百人**	手下骁将**伍伯**
2	**庞德**和关平大战	**伍伯**与关平大战
3	关平向关羽汇报战**庞德五百军**	关平向关羽汇报战**伍伯**
4	**魏**军鸣金收兵	**伍伯**鸣金收兵
5	庞德和**五百人**尚无百十立在堤上	庞德与**伍伯**立于堤畔
6	被降军**五百人**皆上舡	庞德与**伍伯**二人力战

（2）"伍伯"问题分析

"伍伯"问题主要分为几个方面：

- 《三国志》中是如何描写的？哪个版本更接近史书？

《三国志》卷十八《庞德传》中与此有关的文字很少，只有相当于《三国演义》中第六段的描写。《三国志》的记载是："德与麾下将一人，五伯二人，弯弓傅矢，乘小船欲还仁营。水盛船覆，失弓矢，独抱船覆水中，为羽所得，立而不跪。"根据一些研究此处"五伯"是个官职。

《三国演义》两种版本中，嘉靖元年本为"五百人"，而叶逢春本为"伍伯"是人名。因此和史书比较，叶逢春本作"伍伯"是人名基本是对的，而嘉靖元年本作"五百人"是错的。

- 从《三国演义》描述前后看，哪个版本的描写更合理？

"伍伯"的描写在两种版本中是否合理呢？在上述6处描写中，叶逢春本的描写都比较合理。而分析嘉靖元年本，6处之中，第二、三、四、五处都还比较合理，而第一、六处描写明显有不合理之处。

- 《三国演义》原本是如何描写的？哪种版本更接近《三国演义》原本？

理论上有两种可能。

叶逢春本第一百四十八则"关云长水淹七军"插图

郑少垣本第一百四十八则"关云长水淹七军"插图

第一种可能是原本和嘉靖元年本一样，是错误的"五百人"，嘉靖元年本未发现原本的这个错误，而叶逢春本整理者和《三国志》对照，发现错误，遂改正为"伍伯"。

第二种可能是原本和叶逢春本一样为"伍伯"，不错。但后在版本流传中，"演义"系列底本在抄写中，"伍佰"中的"佰"字错误抄成了"百人"，结果"伍佰"就错成了"五百人"。而嘉靖元年本的校订者没有注意到其底本"五百人"的不合理，沿袭了这个错误。"演义"系列其他版本也未注意这个问题，依然沿袭了这个错误。

仔细分析叶逢春本，我认为第一种可能性较大。

如前所述，庞德水战关羽，嘉靖元年本写作"被降军五百人皆上舡"，叶逢春本写作"庞德与伍伯二人力战"，战不利二人驾小舟逃跑。叶逢春插图画的庞德所乘是两边有桨的大船，明显和叶逢春本文字不同。由于叶逢春本是第一个加插图的版本，因此插图绘制者可能是根据其底本绘制插图，其底本可能和嘉靖元年本一样，是五百人，因此插图也画成大船。而叶逢春本文字整理者觉得不对，参照史书，改为"五伯"，而插图未改。查其他《三国演义》"志传"系列版本插图，庞德所乘都是小船了。

我认为，《三国演义》原本把"五伯"误为"五百人"，而叶逢春本文字做了修改。这是伍伯和五百人问题较合理的解释。

5. 糜夫人之死

（1）糜夫人之死问题

《三国演义》"志传"和"演义"本文字和故事情节不同的事例，除前述的"伍伯"和"五百人"问题外，比较突出的还有糜夫人之死问题。

《三国演义》第八十二则"长坂赵云救主"中写糜夫人之死，各种版本描写不同，可分为两种，一种是"头撞墙而死"，一种是"投井而死"。统计如下：

1)"头撞墙而死"："志传"繁本和"英雄志传"简本。
2)"投井而死"："演义"系列、"志传"简本。

这里有两个问题。

（2）"头撞墙而死"和"投井而死"哪个是原本？

糜夫人之死第一个问题是，"头撞墙而死"和"投井而死"哪个是原本的文字？

李伟实先生在1998年第1期《明清小说研究》中发表论文《〈三国志演义〉版本中若干问题探讨》，其中分析了糜夫人之死的这两种描写。论文查找了有关史籍，没有发现有关糜夫人之死的记录。只有宋元时期的《三国志平话》中描写了糜夫人之死的过程："夫人言毕，南至墙下，辞了赵云、阿斗，于墙下身死。赵云推倒墙，盖其尸。"（在《三国志平话》中是甘夫人）在《三国志平话》中虽没有直接说糜夫人是撞墙而死，但糜夫人"于墙下身死"和"志传"系列中的撞墙而死是比较接近的。后来"赵云推倒墙，盖其尸"与"志传"系列中的描写也是一样的。论文认为，《三国演义》原本是参考过《三国志平话》的，因此《三国演义》原本继承了《三国志平话》的撞墙而死，"志传"系列没有修改，保留了这种描写。而"演义"系列可能考虑撞墙而死血肉模糊不雅致，推墙掩盖尸体也会使尸体再被压得更加血肉模糊，因此就改为投井而死,赵云推墙掩盖井口,则可长久保存全尸,犹如坟墓一般。这种解释比较合理。而相反,如原作是投井而死,"志传"系列发现与《三国志平话》不同,遂改为和《三国志平话》一样的撞墙而死。这种解释的不合理之处和其他"伍伯"等问题一样,"志传"系列是普及本,书商没有必要去仔细核对其来源,做这种得不偿失的修订。因此,论文断定,《三国演义》原本中,糜夫人是撞墙而死。

张宗伟先生的论文《前嘉靖本时代〈三国演义〉版本探考》(《文献》2001年第1期)中也对糜夫人之死作了论述,观点和李伟实先生基本相同。

李伟实和张宗伟先生的分析都很有道理,从死亡描写来看,"头撞墙而死"现场比较血腥,而"投井而死"现场没有痕迹,比较隐晦一些。因此应该是"志传"繁本惨烈的"头撞墙而死"在前,"演义"系列觉得这个血腥场面读者看了会不舒服,因此改为"投井而死"。

"演义"系列和"志传"系列对糜夫人之死的描写,和对关羽之死的描写完全相同。"志传"系列对关羽之死的描写都不恭敬,采用了"首级"等名词。而"演义"系列明显做了修改,将"首级"改为了"英灵"。因此,原本是"头撞墙而死","演义"改为"投井而死"较合理。

(3)糜夫人之死两种简本描写不同问题

糜夫人之死第二个问题是,为何两个"志传"简本描写不同?

前面指出,两种"志传"简本对糜夫人之死描写不同,"英雄志传"简本(刘兴我本、刘荣吾本、杨美生本、郑乔林本等)和"志传"繁本相同,是"头撞墙而死"。而"志传"简本(诚德堂本、朱鼎臣本、黄正甫本、天理图本)却和"演义"本一样是"投井而死"。

只有刘龙田本是个特例,此本一般属于"志传"简本,应该是"投井而死",但刘龙田本却和"志传"繁本一样,也是"头撞墙而死"。这是因为刘龙田本前八卷是繁简混合本,因此糜夫人之死就和"志传"繁本相同了,是"投井而死"。刘龙田本直到第九卷以后才改为简本,属于"志传"简本。

下面举例4个版本有关糜夫人之死的描写比对。其中,"周"是"演义"本周曰校乙本,"诚"是"志传"简本诚德堂本,"兴"是"英雄志传"简本刘兴我本,"郑"是繁本郑少垣本。

第八十二则"长坂赵云救主"

周:	只	见一个人家被火烧坏矮	墙	糜夫人	抱着三岁幼子坐	地上而哭赵云慌
诚:				寻糜夫人大		哭
兴:						
郑:	只有	一个人家被火烧坏矮上墙内糜夫人			抱着三岁幼子子坐在地上而哭赵云

周:	忙	下马入见糜夫人夫人曰妾	身得见将军此子有命矣望将军可怜	他
诚:		曰妾	见将军此子有命矣望将军可	念他

兴：	见糜夫人夫人曰妾今幸　得见将军此子有命矣　将军可　念他
郑：	看见下马入见糜夫人夫人曰妾今幸　得见将军此子有命矣望将军可怜　他的

周：	父亲飘　荡半世　只　有这点骨肉　　将军可　护持此子　教　他得　见父
诚：	父亲　　半　生只　有这点骨肉　　　可扶　持　　　　　他　　见父
兴：	父亲　　半　生只　有这点骨血　　　可　　　　　　救他　去见父一
郑：	父亲飘流　半　生　止有这点　血脉将军可　护持此子交　他　　见父一

周：	面妾死无恨矣赵云　曰夫人受难是　　云之罪也不必多言请夫人上马　云自
诚：	面妾死无恨矣赵云泣曰夫人受　　罪　乃云之罪也　　　请夫人上马赵
兴：	面妾死无恨　　云泣曰夫人受　　害乃云之罪　　　　请夫人上马赵云
郑：	面妾死无恨矣赵云　曰　　　　　　乃云之罪也不必多言请夫人上马赵云

周：	步行　　遇敌军必　当死战糜　夫人曰不然将军若弃　　此马　此子亦　失矣
诚：	步　随但遇敌军必　当死战糜　夫人曰
兴：	步行　但遇敌军　心当死战糜氏　　曰
郑：	步　随但遇敌军必　当死战糜　夫人曰不然将军　　不乘此马则此子亦死　矣

周：	妾已　重伤死何　惜哉望将军　　速抱此子去勿以妾为累　也云曰　喊声又近
诚：	妾　带重伤死何　惜哉望将军　　速抱此子去勿以妾为累　也云曰曹
兴：	妾　带重伤死何足惜　望将军　　速抱此子　勿以妾为累　云曰曹
郑：	妾　带重伤死何　惜哉望将军可怜速抱此子去勿以妾为累可也云曰　喊声又近

周：	兵又来到速请夫人上马　　糜氏将阿斗递　与赵云曰此子性命　在将军身上
诚：	兵又　到速请夫人上马　　糜氏将阿斗递　与赵云曰此子性命全在将军身上
兴：	兵又　到　请夫人上马夫人将　阿斗　付与赵云曰此子性命全在将军身上
郑：	贼兵又　到速请夫人上马　　糜氏将阿斗递　与赵云曰此子性命全在将军

周：	妾身委实不　去　也　休得两　误赵云三回五次请夫人上马夫人不肯上马四
诚：	妾　　不能去　　实休得两　误赵云三回五次请夫人　　　　不肯上马
兴：	妾　实不能去　　休得　而　误赵云三回五次请夫人　　　　不肯上马
郑：	妾　委实不　去真也　休得　耽误赵云三回五次请夫人　　　　不肯上马四

周：	边喊声　又起云大　　喝曰如此不听吾言后军来也　　　糜
诚：	云　　　喝曰如此不听吾言后军　　杀来不便糜
兴：	云　　　喝曰如此不听吾言后军　　杀来不便糜夫人见云相逼
郑：	边喊声大举　　云　思无奈喝曰如此不听吾言　　　　　　糜

周：	氏听得弃阿斗于地上　投枯井　　　而死

诚：	氏	弃阿斗于地上遂投	井			而死
兴：				遂	触	墙而死
郑：	氏	弃阿斗于地	遂		将头	撞墙而死

仔细比对这四个版本文字可以看出：

- 虽然周曰校乙本和诚德堂本关于糜夫人之死相同，都是"投井而死"，但其他文字并不十分相同。如果诚德堂本来自周曰校乙本，则其他文字也应该和周曰校乙本相近。
- 诚德堂本和刘兴我本糜夫人之死描写不同，但它们都是简本，是繁本删节而成，因此很多文字删节都一致，而和周曰校乙本、郑少垣本文字不同。
- 周曰校乙本和郑少垣本糜夫人之死描写不同，但比较其他文字很接近，因为它们都是从共同祖本演化出来的。

"英雄志传"简本和繁本相同，是"头撞墙而死"，而"志传"简本却和"演义"本一样，是"投井而死"。根据以上文字差异分析，糜夫人之死演化过程可能如下。

"志传"繁本"头撞墙而死"可能是最早原本的描写。

"英雄志传"简本可能是来自"志传"繁本，因此都是"头撞墙而死"，未改。而"演义"本觉得原本的"头撞墙而死"不好，改为"投井而死"。

关键是"志传"简本和"英雄志传"简本一样，也属于"志传"系列，应该也是"头撞墙而死"。但"志传"简本却和"演义"本一样是"投井而死"，这有多种可能。

但要注意，"志传"简本和"演义"本都有关索故事，一般认为"志传"简本的关索故事是来自"演义"本的关索故事。这样糜夫人之死可能也是如此。

"志传"本是"头撞墙而死"，而"演义"本是"投井而死"。"英雄志传"简本和"志传"繁本相同，也是"头撞墙而死"。

而"志传"本虽然肯定是以"志传"本为底本的，但既然插入了关索故事，也肯定会参考"演义"本，因此可能注意到"演义"本将糜夫人之死改为了"投井而死"。因此"志传"简本可能觉得"演义"本"投井而死"比"头撞墙而死"更隐晦一些，因此就把"志传"本的"头撞墙而死"改为"投井而死"。

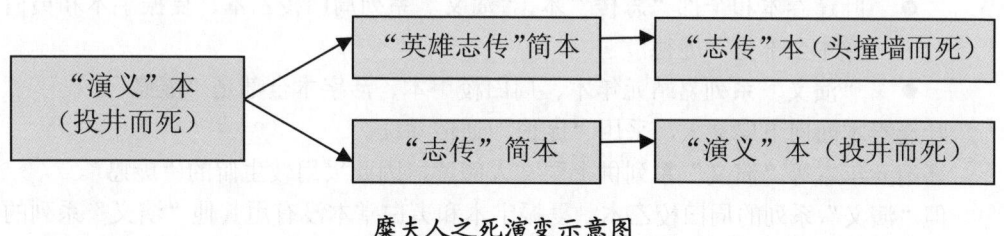

糜夫人之死演变示意图

但此说也有问题。其一，"志传"简本一般是文字删节，不会注意糜夫人之死这样的细节修改。其二，增加关索故事是在后面诸葛亮南征时，为何"志传"简本在前面糜夫人之死就注意到"演义"本和"志传"本的文字差异。

《三国演义》版本中类似例子还有很多，都是"志传"简本和"演义"本相同，而和"志传"繁本不同，糜夫人之死和下一节的关索故事都是如此，其原因是否相同还要仔细分析。

6. "翼德"和"益德"

（1）不同版本人名差异介绍

《三国演义》各种版本中有些人名，在不同版本也不同，其中最突出的是张飞、庞德和玉泉山禅师三人的名字。

《三国志》等史书中，张飞字益德，但《三国演义》中，有的版本是益德，有的版本是翼德。从字面看，"飞"字和"翼"字对应，因此可能原本是益德，后有人觉得翼德更合适，因此改为翼德。

1）张飞字"翼德"和"益德"：三类，略复杂

《三国演义》各种版本中有的版本用"益德"，有的版本用"翼德"，很复杂。
- 叶逢春本和全部"志传"本，以及周曰校乙本、夏振宇本、夷白堂本全部是"翼德"。
- "演义"系列周曰校甲本开始是"翼德"，后面改为"益德"。
- 嘉靖元年本、活字本全部是"益德"。

嘉靖元年本等"演义"系列供上层文人阅读，因此采用史书的"益德"。

"演义"系列周曰校甲本开始是"翼德"，后改为"益德"，值得研究。

"演义"系列的周曰校乙本、夏振宇本和夷白堂本没有用其他"演义"系列的"益德"，而是"志传"系列的"翼德"，和"庞德"一样，也值得仔细研究。

2）"庞惪"和"庞德"：两类，简单

- 叶逢春本和全部"志传"本，"演义"系列周曰校乙本、夏振宇本和夷白堂本全部是"庞德"。
- "演义"系列嘉靖元年本、周曰校甲本、活字本全部是"庞惪"。

叶逢春本面向下层文人，采用"庞德"通俗易读。

嘉靖元年本等"演义"系列供上层文人阅读，因此采用较生僻的"庞惪"。

但"演义"系列的周曰校乙本、夏振宇本和夷白堂本没有用其他"演义"系列的"庞惪"，而是"志传"系列的"庞德"，值得仔细研究。

3）玉泉山禅师名"普静"和"普净"：五类，最复杂

- "志传"繁本和"英雄志传"小系列全部是"普静"。
- "志传"小系列天理图本、诚德堂本和朱鼎臣三个版本，几乎全部"普静"

改为了"普净",只有天理图本有一个"普静"。
- "演义"系列周曰校乙本、夏振宇本和夷白堂本为"普净"。
- "演义"系列周曰校甲本、活字本前面"普静",但后面改为"普净"。
- 嘉靖元年本全部是"普净"。

(2)"翼德"和"益德"问题

下面首先分析"翼德"和"益德"问题。

张飞的字在不同版本中有"翼德"和"益德"两类。
- 叶逢春本和"志传"本全部是"翼德"。
- "演义"系列嘉靖元年本和活字本都是"益德"。
- "演义"系列周甲本开始是"翼德",后改为"益德"。
- "演义"系列周曰校乙本、夏振宇本、夷白堂本,和叶逢春本相同,都是"翼德"。
- 周曰校甲本和乙本文字应该相同,但在此处两本却不同。
- 各种"志传"本和"演义"系列夏振宇本和周曰校乙本、夷白堂本文字相同。
- 史书多用"益德","翼德"很少见。
- "翼德"横跨两个系统,既有全部的"志传"系列版本,包括叶逢春本及其他各种繁本和简本,也有"演义"系列周曰校乙本、周曰校丙本、夏振宇本、夷白堂本等。

"益德"和"翼德"统计表

版本	嘉靖本	铜活字	周甲本	夏振宇	周乙本	夷白堂	志传本
益德 翼德	益德	益德	翼德 益德	翼德	翼德	翼德	翼德

"翼德"和"益德"示意图

嘉靖元年本、活字本等"演义"系列供上层文人阅读,因此采用史书的"益德"。

"演义"系列的周曰校乙本、夏振宇本和夷白堂本没有用其他"演义"系列的"益德",而是"志传"系列的"翼德"。

同是"演义"系列的周曰校甲本和周曰校乙本、夏振宇本不同,周曰校甲本开始是"翼德",后改为"益德",这就很值得研究。

周曰校甲本开始第一则"祭天地桃园结义"中采用的是"翼德",直到第二十八则"吕布月夜夺徐州"开始转为"益德",以后第八十三则"张益德据水断桥"、第一百二十六则"张益德义释严颜"、第一百五十四则"汉中王痛哭关公",都改为"益德"了。

(3)"翼德"和"益德"演化问题

"翼德"和"益德"的修订过程分析如下。

嘉靖元年本刻印精美,读者是上层文人,因此使用了史书使用的"益德",这和读者群是很吻合的,是符合编写规律的。

朝鲜铜活字本和嘉靖元年本一样,也都采用了"益德"。

因为罗贯中原本是参考各种民间传说汇编,因此叶逢春本和其他"志传"本采用了通俗的"翼德"。

"演义"系列的周曰校乙本、夏振宇本和夷白堂本没有用"演义"系列嘉靖元年本的"益德",而是"志传"系列的"翼德"。

尤其是周曰校甲本,开始是"翼德",后来是"益德",这说明其底本应该是"翼德",以后可能参考嘉靖元年本等,改为了"益德"。

因此周曰校甲本、乙本和夏振宇本、夷白堂本的共同祖本,即后面分析的嘉靖壬子本应该是"翼德",而不是"益德"。周曰校乙本和夏振宇本就是"翼德",而周曰校甲本开始也是"翼德",后面可能参考嘉靖元年本,改为"益德"。

这样,"翼德"和"益德"的修订过程清楚了,至于"演义"系列和"志传"系列的共同祖本是"翼德",还是"益德",有两种可能性。

可能共同祖本参考民间流传说法,和叶逢春本一样是"翼德",后嘉靖元年本参考史书,改为"益德"。

也可能共同祖本和史书一样是"益德",而叶逢春本和嘉靖壬子本改为"翼德"。

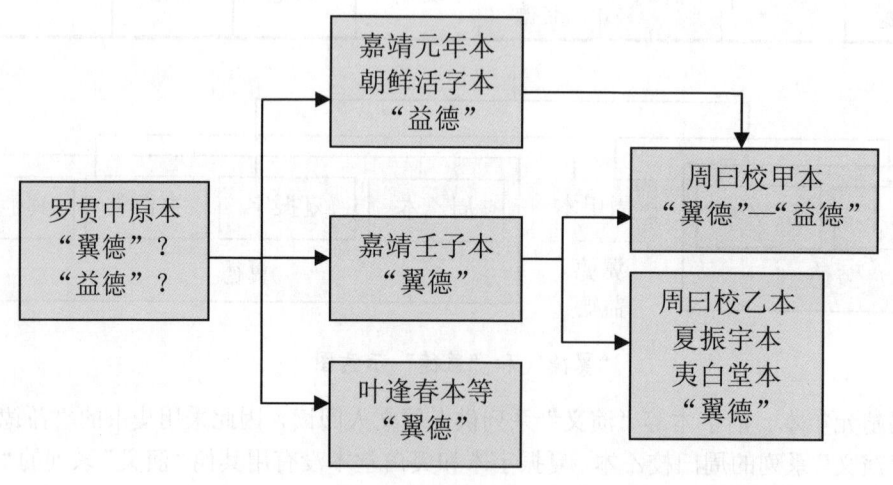

"翼德"和"益德"演化示意图

由于原始版本资料缺乏,两种可能性都有。

但不管共同祖本是"翼德"还是"益德",都不影响前面对各种版本"翼德"和"益德"的分析。

7. "庞德"和"庞悳"

(1) "庞德"和"庞悳"问题

关羽和庞德大战,"庞德"的姓名在有些版本中,记载为"庞悳"。这看似是个小问题,但各种版本中的名字是很有规律的、固定的,因此肯定是整理者有心所为,很值得研究。

"庞悳"和"庞德"不同版本可分两类,但比"翼德"和"益德"简单。

"庞悳""庞德"统计表

版本	嘉靖本	铜活字	周甲本	夏振宇	周乙本	夷白堂	志传本
庞悳庞德	庞悳	庞悳	庞悳	庞德	庞德	庞德	庞德

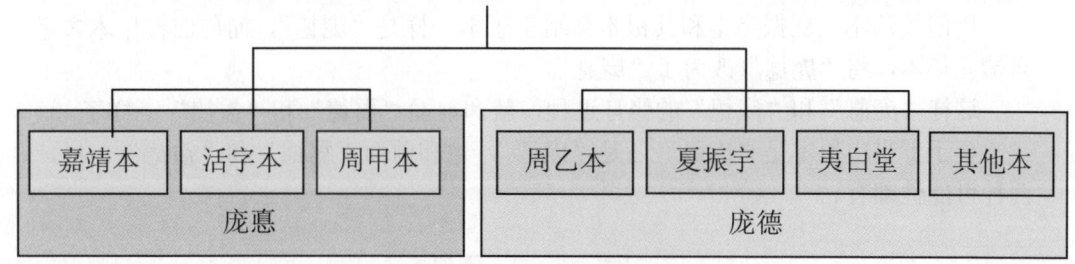

"庞悳"和"庞德"分类示意图

此例有如下特点:
- 叶逢春本和"志传"本全部是"庞德"。
- "演义"系列嘉靖元年本和周曰校甲本、活字本都是少见的"庞悳"。
- "演义"系列周曰校乙本、夏振宇本、夷白堂本,和叶逢春本相同,都是"庞德"。
- 周曰校甲本和乙本文字应该相同,但在此处两本却不同。
- 周曰校甲本"翼德"和"益德"都有,但此处周曰校甲本都是"庞悳",而没有"庞德",这点和前面不同。
- 各种"志传"本和"演义"系列夏振宇本和周曰校乙本、夷白堂本文字相同。

- 从文字分析,"庞德"常用,"庞悳"很少见。
- "庞德"横跨两个系统,既有全部的"志传"系列版本,包括叶逢春本及其他各种繁本和简本,也有"演义"系列周曰校乙本、周曰校丙本、夏振宇本、夷白堂本等。

(2)"庞德"和"庞悳"演化

"庞德"和"庞悳"的演化和前面"翼德"和"益德"的演化基本相同。

叶逢春本等"志传"本是面向下层文人,觉得"庞悳"用字生僻,因此采用了通用的"庞德"。

嘉靖元年本刻印精美,读者是上层文人,因此使用了不常用的、生僻字"庞悳",这和读者群是很吻合的,是符合编写规律的。周曰校甲本、朝鲜铜活字本和嘉靖元年本一样,也都采用了"庞悳"。

这种解释的问题是,为何"演义"系列的周曰校乙本、夏振宇本和夷白堂本没有用其他"演义"系列的"庞悳",而是"志传"系列的"庞德"。

根据后面分析,周曰校甲本、乙本和夏振宇本应该有共同祖本嘉靖壬子本,但此处周曰校甲本、乙本和夏振宇本却分别使用了"庞德"和"庞悳",对此如何解释?

前面分析周曰校甲本时,曾指出周曰校甲本开始是"翼德",后改为"益德",由此推论,周曰校甲本、乙本和夏振宇本的共同祖本嘉靖壬子本,应该和叶逢春本一样,也是"庞德",而不是和嘉靖元年本一样,是"庞悳"。

周曰校乙本、夏振宇本和其祖本嘉靖壬子本一样是"庞德",而周曰校甲本参考嘉靖元年本,将"庞德"改为了"庞悳"。

这样"庞悳"和"庞德"的修订过程,就和前面"翼德"和"益德"一样了。

至于罗贯中原本是"庞悳"还是"庞德",也和前面"翼德"和"益德"一样,两种可能性都有。

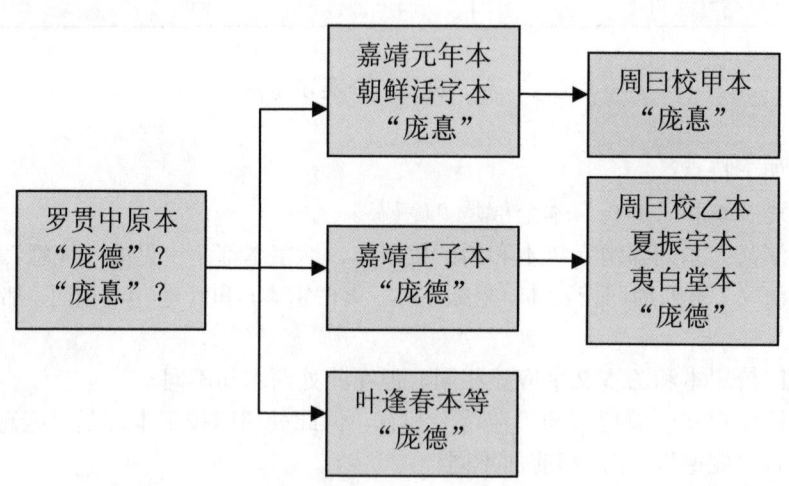

"庞德"和"庞悳"演化示意图

8. "不烂之舌"和"拨浪之舌"

(1) "不烂之舌"和"拨浪之舌"问题

上述"庞悳""庞德"和"翼德""益德"问题,基本都是"演义"系列嘉靖元年本、周曰校甲本和朝鲜活字本相同,而"演义"系列的夏振宇本、周曰校乙本和夷白堂本和"志传"系列相同。类似问题还有"不烂之舌"和"拨浪之舌",由此可见,这种情况绝非偶然,很值得仔细研究其来历。

第一百五十则"吕蒙用计智取荆州",孙权要取荆州,计议先夺取傅士仁把守的公安,为此虞翻提出他去劝降傅士仁。

- 叶逢春本和全部"志传"本,"演义"系列周曰校乙本、夏振宇本和夷白堂本全部是通俗易读的"不烂之舌"。
- "演义"系列嘉靖元年本、周曰校甲本、活字本全部是较生僻的"拨浪之舌"。

此处的问题是,"演义"系列的周曰校乙本、夏振宇本和夷白堂本,为何没有用其他"演义"系列的"拨浪之舌",而是"志传"系列的"不烂之舌"?

例1 第一百五十则"吕蒙用计智取荆州"

嘉:	某凭	三寸拨浪	之舌	说 傅士仁来降可乎
活:	某凭	三寸拨浪	之舌	说公安傅士仁来降可乎
甲:	某凭	三寸拨浪	之舌	说公安傅士仁来降可乎
乙:	某凭	三寸	不烂之舌	说公安傅士仁来降可乎
夏:	某凭	三寸	不烂之舌	说公安傅士仁来降可乎
夷:	凭某三寸		不烂之舌	说公安傅士仁来降可乎
卓:	某凭	三寸		说公安傅士仁来降可乎
渔:	某凭	三寸	不烂之舌	说公安傅士仁来降可乎
钟:	某凭	三寸		说公安傅士仁来降可乎
叶:	某凭	三寸	不烂之舌去说公安傅士仁来降可乎
杨:	某凭	三寸	不烂之舌去说公安傅士仁来降可乎
汤:	某凭	三寸	不烂之舌去说公安傅士仁来降可乎
郑:	某凭	三寸	不烂之舌去说公安傅士仁来降可乎

此例和前面"翼德""益德"和"庞德""庞悳"完全相同,也有如下特点:
- 嘉靖元年本和周曰校甲本、活字本文字相同。
- 周曰校甲本和乙本文字应该相同,但在此处两本却不同。
- 夏振宇本和周曰校乙本文字相同。

- 各种"志传"本和夏振宇本、周曰校乙本、夷白堂本文字相同。
- 从文字分析,"不烂之舌"常用,"拨浪之舌"很少见。
- "不烂之舌"横跨两个系统,既有"演义"系列稍晚一点的周曰校乙本、周曰校丙本、夏振宇本、夷白堂本,以及晚期的李卓吾本等,以及全部的"志传"系列版本,包括叶逢春本及其他各种繁本和简本。
- "拨浪之舌"只有"演义"系列嘉靖元年本、朝鲜活字本和周曰校甲本。

"拨浪之舌""不烂之舌"统计表

版本	嘉靖本	活字本	周甲本	夏振宇	周乙本	夷白堂	其他本
拨浪之舌 不烂之舌	拨浪之舌	拨浪之舌	拨浪之舌	不烂之舌	不烂之舌	不烂之舌	不烂之舌

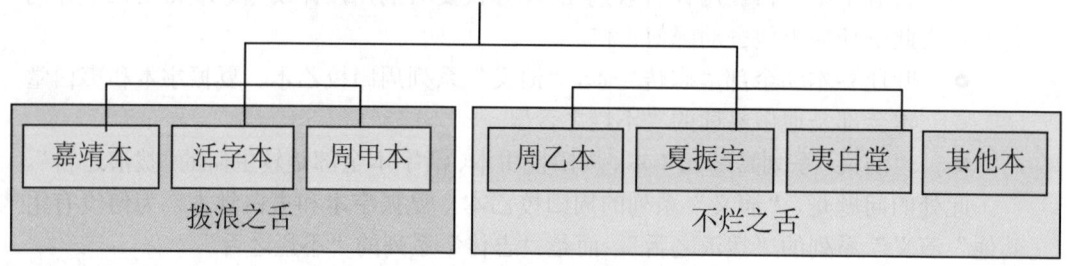

"不烂之舌"和"拨浪之舌"示意图

(2)"不烂之舌"和"拨浪之舌"分析

"不烂之舌"和"拨浪之舌"的演化和前面"翼德""益德"和"庞德""庞憙"的演化基本相同。

叶逢春本等"志传"本是面向下层文人,因此采用了通俗的"不烂之舌"。

嘉靖元年本刻印精美,读者是上层文人,因此使用了不常用、较生僻的"拨浪之舌",这和读者群是很吻合的。周曰校甲本、朝鲜铜活字本和嘉靖元年本一样,也都采用了"拨浪之舌"。

这种解释的问题是,为何"演义"系列的周曰校乙本、夏振宇本和夷白堂本没有用其他"演义"系列的"拨浪之舌",而是"志传"系列的"不烂之舌"。

根据后面分析,周曰校甲本、乙本和夏振宇本应该有共同祖本"嘉靖壬子本",但此处周曰校甲本、乙本和夏振宇本却分别使用了"不烂之舌"和"拨浪之舌",对此如何解释?

前面分析周曰校甲本时,曾指出周曰校甲本开始是"翼德",后改为"益德",由此推论,周曰校甲本、乙本和夏振宇本的共同祖本嘉靖壬子本,应该和叶逢春本一样,也是"不烂之舌",而不是和嘉靖元年本一样,是"拨浪之舌"。

由此推断,此处周曰校甲本、乙本和夏振宇本的共同祖本嘉靖壬子本,也应该和叶逢春本一样,是"不烂之舌",而不是和嘉靖元年本一样,是"拨浪之舌"。

周曰校乙本、夏振宇本和其祖本嘉靖壬子本一样是"不烂之舌",而周曰校甲本参考嘉靖元年本,将"不烂之舌"改为了"拨浪之舌"。

对此只有这一种合理的解释。

这样"拨浪之舌"和"不烂之舌"的修订过程,就和前面"翼德""益德"和"庞德""庞悳"一样了。

至于罗贯中原本是"拨浪之舌"还是"不烂之舌",也和前面"翼德""益德"和"庞德""庞悳"一样,两种可能性都有。

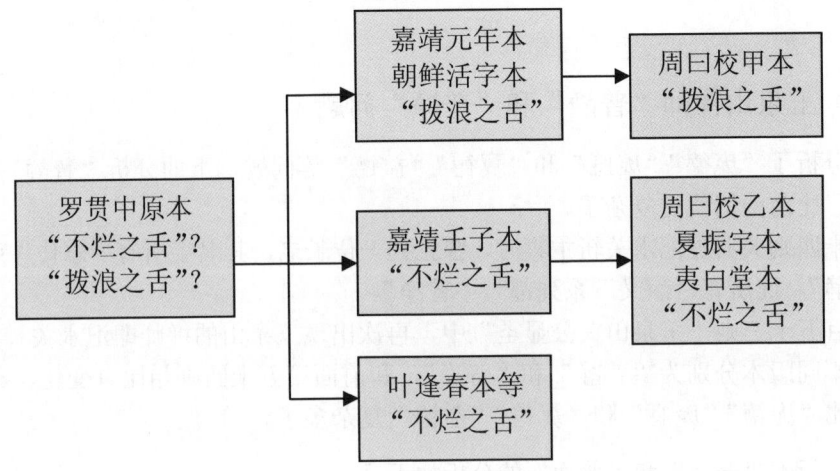

"不烂之舌"和"拨浪之舌"演化示意图

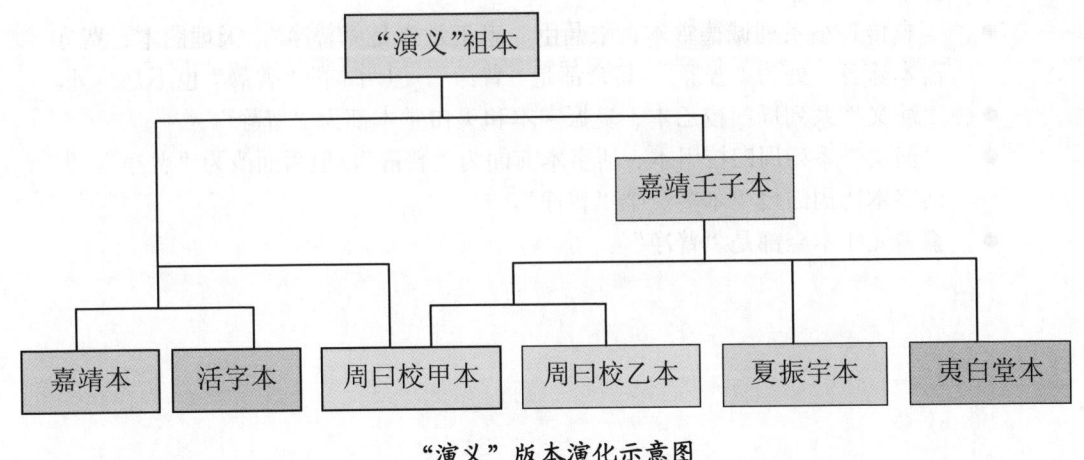

"演义"版本演化示意图

前例"庞悳""庞德"和"益德""翼德",及此例"不烂之舌""拨浪之舌"问题相似,这就绝非偶然巧合,估计类似的例子可能还有,以后有时间精力再查找分析吧。根据以上分析,这3例必然有相同的演化过程。

"演义"系列中,嘉靖元年本和活字本属于一组,周曰校乙本和夏振宇本、夷白堂本属于嘉靖壬子本一组。

只有周曰校甲本比较特殊,其文字是属于嘉靖壬子本一组的,但其中有些文字还参考嘉靖元年本一组版本做了修改。由于周曰校甲本文字有修改,因此它不可能是周曰校乙本的底本,它们最大可能是有共同祖本,即嘉靖壬子本。

9. "普静"和"普净"

(1) 玉泉山禅师"普静"和"普净"问题

以上分析了"庞德""庞惪"和"翼德""益德"等问题,下面分析"普静""普净"问题,比前两例就更复杂了。

第五十四则关羽过汜水关斩卞喜时,曾见到一位长老,其名字所有"志传"系列都为"普静",而所有"演义"系列都为"普净"。

第一百五十三则"玉泉山关公显圣"中,再次出现玉泉山的禅师即汜水关长老,但其名字不同版本分别为"普静"和"普净",和前面第五十四则相比有变化,共分为五类,比"庞德""庞惪"和"翼德""益德"复杂多了。

对各种版本"普静"和"普净"的分析如下。
- "志传"繁本和"志传"小系列刘龙田本、黄正甫本和"英雄志传"小系列全部是"普静"。
- "志传"小系列诚德堂本、朱鼎臣、忠正堂本是"普净",天理图本、费守斋本除各一处为"普静",其余都是"普净"。但两本的"普静"也不是一处。
- "演义"系列周曰校乙本、夏振宇本和夷白堂本都为"普静"。
- "演义"系列周曰校甲本、活字本前面为"普静",但后面改为"普净"。但活字本比周曰校甲本多一个"普净"。
- 嘉靖元年本全部是"普净"。

"志传"第一百五十三则"泉山关公显圣"各种版本"普静""普净"分类汇总表

序号	版本	繁本	英雄	志传小系列		
				刘、黄	天理图	费守斋	诚、朱、忠
1	一僧人名普静	普静	普静	普静	普净	普净	普净
2	镇国寺长老普净	静	普	普静	普净	普净	普净
3	正当三更普静	静	普	普静			
4	普静仰面观之	静	普	普静	普净	普净	普净
5	普静见是云长	静	普	普静			
6	骑马到庵前普净喝到		静	普静	普净	普静	普净
7	愿求清号静	静	静	静	净	净	净
8	不识普静耶	普静	普静	普静	普净	普净	普净
9	愿闻其教静曰	静	静	静	净	净	净
10	拜王泉山普静为师	静	静	普静	净	净	净
数量		普静9	普静10	普静10	普静1 普净7	普静1 普净7	普净8

说明：英雄："英雄"小系列，刘：刘龙田本，黄：黄正甫本，诚：诚德堂本，朱：朱鼎臣本，忠：忠正堂本。

"演义"第一百五十三则"玉泉山关公显圣"各种版本"普静""普净"分类汇总表

序号	版本	夷白堂	周乙夏振	周甲	活字	嘉靖
1	一僧人名普静	普静	普静	普静	普静	普净
2	镇国寺长老普净	普静	普静	普静	普静	
3	正当三更普静	普静	普静	普静	普静	净
4	普静仰面观之	普静	普静	普静	普净	普净
5	普静见是云长	普静	普静	普静		
6	骑马到庵前普净喝到					
7	愿求清号静	静	静	净	净	
8	不识普静耶	普静	普静	普净	普净	普静
9	愿闻其教静曰	静	静	净	净	
10	拜王泉山普静为师	静	静	普净	普净	普净
数量		普静9	普静9	普静5 普净4	普静3 普净5	普净5

说明：夷白堂：夷白堂本，周乙：周曰校乙本，夏振：夏振宇本，周甲：周曰校甲本，活字：活字本，嘉靖：嘉靖元年本。

总结所有版本"普静"和"普净"可分为三类:
- 叶逢春本:是一个极端,全部都是"普静"。
- 嘉靖元年本:是另一个极端,全部都是"普净"。
- 其他"志传"本和"演义"本:介于上述两者之间,有的是"普静",有的是"普净"。

(2)"志传""演义"版本"普静""普净"的交叉

第五十四则到第一百五十三则,各版本的"普静"和"普净"发生了很大的变化。

本来第五十四则关羽过汜水关斩卞喜时,所有"志传"系列都为"普静"。但到第一百五十三则"玉泉山关公显圣"中发生如下变化:
- "普静"没有改变:"志传"繁本和"志传"小系列刘龙田本、黄正甫本和"英雄志传"小系列。
- 改为"普净":"志传"小系列诚德堂本、朱鼎臣本、忠正堂本,其中天理图本、费守斋本各有一处为"普静",其余都改为"普净"。

总结:
- "志传"本是从"普静"改为"普净",向"演义"本转化。
- "演义"本相反,是从"普净"改为"普静",向"志传"本转化。

为什么"志传"和"演义"系列会发生奇怪的相反改变?表面看,似乎是相互参考所致。

"志传"本参考"演义"本,出现了"普净"。

"演义"本参考"志传"本,出现了"普静"。

最终是什么原因很难解释。

(3)"志传"小系列"普静""普净"问题

"志传"系列中,"英雄志传"小系列和繁本一样,都是"普静",但"志传"小系列很复杂,有"普静",也有"普净"。

"志传"小系列根据文本可分三组。
- 刘龙田本、朱鼎臣本属于一组。
- 黄正甫本、诚德堂本、九州本(缺关羽之死)属于一组。
- 天理图本、忠正堂本、费守斋本属于一组。

"志传"小系列根据"普静""普净",也分为三类,但和文本分类不同。
- 全部是"普静":刘龙田本、黄正甫本。
- 全部是"普净":诚德堂本、朱鼎臣本、忠正堂本。
- 大部分"普净"、一处"普静":天理图本、费守斋本,两本"普静"不是一处。

这样,"志传"小系列中,根据文本分类和根据"普静""普净"分类不同。

"志传"小系列"普静""普净"分类表

分组	第一组		第二组		第三组		
版本	诚德堂	黄正甫	刘龙田	朱鼎臣	天理图	费守斋	忠正堂
普静普净	普净 8	普静 10	普静 10	普净 8	普静 1 普净 7	普静 1 普净 7	普净 8

此处出现这种复杂情况,应该不是偶然,而是有原因的。

根据下面分析,"普静"应该是原本,而"普净"是后修改的。各种版本编写中,有的修改了,有的没有修改,导致出现如此复杂的情况。

刘龙田本、黄正甫本全部保留了"普静",诚德堂本、朱鼎臣本和忠正堂本全部修改为"普净",而天理图本和费守斋本大部分修改为"普净",但各自也保留了一个"普静"。

刘龙田本和朱鼎臣本文本分类属于同一组,但刘龙田本是"普静",朱鼎臣本是"普净"。

刘龙田本虽然属于简本,但前八卷是繁简混合本,第九卷本以后为简本,"普静"在第十三卷,应属于简本"志传"小系列为"普净"。可能因为此本是直接从繁本删节而来,或其底本就是"普静",因此刘龙田本仍为"普静",而同组的朱鼎臣本改为了"普净"。

诚德堂本和黄正甫本文本分类属于同一组,但诚德堂本是"普净",而黄正甫本是"普静"。

黄正甫本是"志传"小系列版本中较晚的版本,但其做过仔细修订,其同组的诚德堂本改为"普净",因为黄正甫本和诚德堂本有共同祖本,此祖本是"普静",因此黄正甫本可能也保留了原本的"普静"。

以上只是初步分析,其根本原因还有待进一步仔细分析。

(4)"普静""普净"演化

"普静"和"普净"的演化有两种可能:

第一种可能是,从嘉靖元年本的"普净"到叶逢春本的"普静"。

从嘉靖元年本到叶逢春本,这是因为嘉靖元年本刊刻时间嘉靖元年最早,然后逐渐从文人版到庶民的变化。

第二种可能是相反,从叶逢春本的"普静"到嘉靖元年本的"普净"。

罗贯中原本是史书和民间传说的结合,嘉靖元年本虽然刊刻时间最早,但实际是经过修订的版本,且修改仔细最彻底。

这两种可能其实和"庞德""庞悳"和"翼德""益德"一样的,道理也基本相同。

前面"庞德""庞悳"和"翼德""益德"的分析都是倾向第二种可能,因此就是从"普静"到"普净",各种版本演化如下。

1)"志传"本演化可分两阶段：
- 叶逢春本、"志传"繁本、简本"英雄志传"本和"志传"本中的刘龙田本、黄正甫本全部是"普静"。
- "志传"本分为三类：
  刘龙田本、黄正甫本全部是"普静"。
  诚德堂本、朱鼎臣本、忠正堂本都是"普净"。
  天理图本、费守斋本各只有一个"普静"，其余都是"普净"。
  为何都是"志传"本有三种情况，原因还不明。

2)"演义"本演化可分三阶段：
- 夷白堂本、周曰校乙本和夏振宇本，都是"普静"。
- 周曰校甲本、活字本前面是"普静"，后来改为"普净"。
- 修订后官刻的嘉靖元年本，"普静"全部改为"普净"。

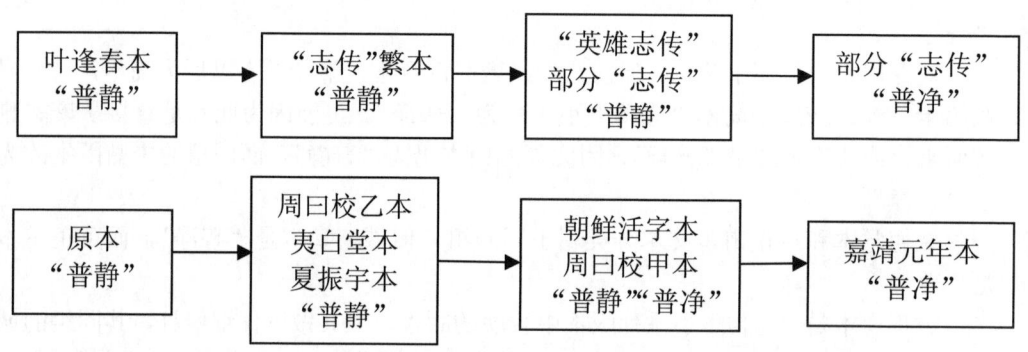

"普静""普净"的演化过程示意图

总之，无论是"志传"本，还是"演义"本，都是从"普静"逐步过渡到"普净"。对此的修改也是逐步过渡，从少量的修改，过渡到修改逐步增加，最后到嘉靖元年本做了彻底修改。

因此从"普静"和"普净"可看出各种《三国演义》版本的演化过程，这个过程和从其他方面分析的版本分类基本一致。

10. 关羽之死

（1）关羽之死五类版本文字差异介绍

前一节分析了关羽之死后所见禅师的名字"普静"和"普净"，在不同版本中的差异，其实在此前的对于关羽之死的描写，各种不同版本的文字差异也很大、很复杂。

《三国演义》关于"关羽之死"的描述共计 12 处，主要集中在第一百五十三则"玉泉山关公显圣"6 处，第一百五十四则"汉中王痛哭关公"5 处，第一百五十五则"曹操杀神医华佗"1 处。

"志传"系列和"演义"系列关于"关羽之死"的描述差异很大，"志传"系列描述基本相同，都对关羽用词不敬地称为"首级""而死"等，而"演义"系列明显对关羽用词有所敬畏，有些改称为"英灵""归神"等。

《三国演义》原本和哪个版本相同有两种可能。一种可能是从不敬的"志传"系列到有敬畏的"演义"系列，另一种可能是相反，从有敬畏的"演义"系列到不敬的"志传"系列。

似乎应该是前者可能性更大，下面就依据此看法分析。

下表是"志传"本"关羽之死"文字差异分类汇总表。其中版本名为：英雄："英雄"小系列，叶：叶逢春本，汤：汤宾尹本，郑：郑少垣本，杨：杨闽斋本，刘：刘龙田本，杨：杨美生本，郑：郑乔林本，黄：黄正甫本，天：天理图本，费：费守斋本，诚：诚德堂本，刘：刘荣吾本，朱：朱鼎臣本，忠：忠正堂本。

"志传"本"关羽之死"各种版本文字差异分类汇总表

序号	版本分类	繁本		英雄	志传小系列		
	版本	叶、汤	郑、杨	刘、杨、郑	黄	天、费	诚、刘、朱、忠
	玉泉山关公显圣						
1	关公关平一时被害	被害	被害	而死	而死	而死	而死
2	父子首级招安	首级	首级	首级	首级	首级	首级
3	大呼还我头来	还我头来	还我头来	还我头来	还我头来	还我头来	哭取首级
4	颜良何在	颜良安在	颜良何在	颜良安在	颜良安在	颜良安在	颜良何在
5	关公归天之后	归天	归天		归天	归天	归天
6	云长父子首级招安	首级	首级		首级	首级	首级
	汉中王痛哭关公						
7	首级星夜送与曹操	首级	首级	首级	首级	首级	首级
8	使送关公首级至	首级	首级	头	首级	首级	首级
9	将首级献上使刘备	首级	首级	首级	首级	首级	首级
10	关公首级刻以香木	之首	首级	首级	首级	首级	首级
11	云长首级启匣视之	首级	首级	首级	首级	首级	首级
	曹操杀神医华佗						
12	将关公首级献曹操	首级	首级	首级	首级	首级	首级
	数量	12	12	10	10	11	11

"演义"本"关羽之死"各种版本文字差异分类汇总表

序号	版本分类	演义系列					
	版本	夷白	周乙	夏振	周甲	活字	嘉靖
	玉泉山关公显圣						
1	关公关平一时遇害	遇害	遇害	遇害	遇害	被害	归神
2	父子首级招安	首级	首级	首级	首级	首级	刀马
3	大呼还我头来	还我头来	还我头来	还我头来	还我头来	还我头来	主人何在
4	颜良何在	颜良安在	颜良安在	云长安在	云长安在	云长安在	颜良安在
5	关公归神之后		归神	归神	归神	归神	归神
6	云长父子信息招安	信息	信息	信息	信息	信息	信息
	汉中王痛哭关公						
7	公神星夜送与曹操		公神	公神	公神	公神	英灵
8	使送关公首级至	首级	首级	首级	首级	英灵	英灵
9	将首级献上使刘备	首级	首级	首级	首级	英灵	英灵
10	关公英灵刻以香木	英灵	英灵	英灵	英灵	英灵	英灵
11	云长首级启匣视之						
	曹操杀神医华佗						
12	将关公英灵献曹操	英灵	英灵	英灵	英灵	英灵	英灵

上表是"演义"本"关羽之死"文字差异分类汇总表。其中版本名为：夷白：夷白堂本，周乙：周曰校乙本，夏振：夏振宇本，周甲：周曰校甲本，活字：朝鲜铜活字本，嘉靖：嘉靖元年本。

因为"志传"系列关于"关羽之死"的描述基本相同，下面重新列表，只选择"志传"系列叶逢春本和"演义"系列各种版本，分类比较。

"志传"和"演义"本"关羽之死"各种版本文字差异分类汇总表

序号	则	文字	志传	夷白	周乙	夏振	周甲	活字	嘉靖
1	153	父子首级招安	首级	首级	首级	首级	首级	首级	刀马
2	153	大呼还我头来	还我头来	还我头来	还我头来	还我头来	还我头来	还我头来	主人何在
3	153	关公关平一时遇害	被害	遇害	遇害	遇害	遇害	被害	归神
4	154	使送关公首级至	首级	首级	首级	首级	首级	英灵	英灵
5	154	将首级献上使刘备	首级	首级	首级	首级	首级	英灵	英灵

"志传"和"演义"本"关羽之死"各种版本文字差异分类汇总表(续)

序号	则	文字	志传	夷白	周乙	夏振	周甲	活字	嘉靖
6	153	颜良何在	颜良安在	颜良安在	颜良安在	云长安在	云长安在	云长安在	颜良安在
7	153	关公归神之后	归天		归神	归神	归神	归神	归神
8	154	公神星夜送与曹操	首级		公神	公神	公神	公神	英灵
9	155	将关公英灵献曹操	首级	英灵	英灵	英灵	英灵	英灵	英灵
10	153	云长父子信息招安	首级	信息	信息	信息	信息	信息	信息
11	154	关公英灵刻以香木	之首	英灵	英灵	英灵	英灵	英灵	英灵
分类统计		不敬	7	6	6	5	5	3	1
		尊敬	0	3	5	6	6	8	10

(2)"关羽之死"五类版本文字差异介绍

下面分别介绍"志传"本和"演义"本用词的 6 类情况。

1)全部"志传"本:全部"首级"。

第一类包括全部"志传"本用词不敬,全部是"首级"等。

2)"演义"系列夷白堂本:6"首级"3"英灵"。

第二类为夷白堂本将 3 处"首级"改为"英灵",说明这些版本注意到"首级"对关羽的不敬,因此做了修改,但未彻底改动,仍保留了部分"首级"。

夷白堂本最接近第一类的"志传"系列,其书名《通俗演义三国志传》也和"志传"系列相同。

3)"演义"系列周乙本:6"首级"5"英灵"。

第三类为"演义"系列周曰校乙本,比夷白堂本增加了 2 处"归神""公神"。

4)"演义"系列周甲本、夏振宇本:5"首级"6"英灵"。

第四类为"演义"系列周曰校甲本和夏振宇本,比周乙本增加了 1 处"云长安在"。需要特别注意的是,一般周曰校甲本和乙本文字基本相同,但在关羽之死上,两本却分属于两类,说明它们之间文字还是有差异。周曰校乙本文字更原始一些,但这并不意味是周曰校乙本在前,它们可能有共同底本,只是周曰校乙本文字更接近其共同底本而已。

5)"演义"系列活字本:3"首级"8"英灵"。

第五类为"演义"系列活字本,比周曰校甲本和夏振宇本又增加 2 处"英灵"。

6)"演义"系列嘉靖元年本：1 处"颜良安在"，10 处"英灵"。

第六类只有嘉靖元年本一种。

此本将全部"首级"改为"英灵"，只保留 1 处"颜良安在"。

嘉靖元年本和其他"演义"版本差异很多，但嘉靖元年本应该是最早的版本，为何有这么多文字修改？这再次证明：现在看到的嘉靖元年本已经不是其原本，而是官刻时做了大量的修改。

（3）"首级""英灵"和版本演化

从"首级"改为"英灵"可以看出版本演化过程。

"志传"本 11 个全部是"首级"。

"演义"本演化可分四阶段：

1）夷白堂本、周曰校乙本的"首级"数量比"英灵"多，"首级"都是 6 个，"英灵"分别是 3 个和 5 个。

2）周曰校甲本、夏振宇本"首级"比"英灵"少，"首级"6 个，"英灵"6 个。

3）活字本"首级"比"英灵"多很多，"首级"只有 3 个，而"英灵"有 8 个。

4）修订后官刻的嘉靖元年本，将"首级"全部改为"英灵"。

总结所有版本对关羽之死的描写可分为三种：

叶逢春本：是一个极端，全部都是"首级"，没有注意对关羽的不敬。

嘉靖元年本：是另一个极端，全部"首级"都改为"英灵"，修改仔细彻底。这说明此本虽然刊刻时间最早，但实际是经过修订的版本。

其他"志传"系列和"演义"系列：介于上述两者之间，有的是"首级"，有的改为"英灵"。

（4）"关羽之死"对话差异分析

各种版本除上述用词差异外，关羽到玉泉山和禅师还有两段对话，各种版本的差异也很大，可分四类。

● "还我头来—颜良安在"

叶逢春本和多数"志传"系列，以及"演义"系列的夷白堂本、周曰校乙本，关羽呼叫"还我头来"，而禅师回应"颜良安在"。只有郑少垣本和杨闽斋本为"颜良何在"，只差一字。其含义是：关羽埋怨他头不在了，希望把头还给他，而禅师回应"颜良安在"，意思是当年被他砍头的颜良的头又在何处呢，此回应意味深长。这样的描述似乎应该是原本最初的描述。

● "哭取首级—颜良安在"

"志传"系列中诚德堂本、刘龙田本、朱鼎臣本、忠正堂本将"还我头来"，改为"哭取首级"，禅师回应"颜良安在"未改。"还我头来"和"哭取首级"意思差不多。

- "还我头来—云长安在"

"演义"系列中活字本、周曰校甲本、夏振宇本中,关羽呼叫仍为"还我头来",而禅师回应从"颜良安在",改为"云长安在"。可能是修订者发现了第一种描述较隐晦,读者不易理解,因此做了修订。

- "主人何在—颜良安在"

嘉靖元年本觉得关羽大呼"还我头来"是对关羽的不敬,因此只对第一句话做了修正,改为"主人何在",而对后一句"颜良安在"觉得还合理,也就没有修订。

其他还有些文字差异,影响不大就不仔细分析了。

(5)"志传"系列文字差异描写和版本演化分析

以上分别从"首级""英灵"和对话两方面,对各个版本"关羽之死"文字差异进行了分析,下面对"志传"系列总结如下。

"志传"系列全部是"首级",但对话不同。

- 黄正甫本、天理图本、费守斋本和其他"志传"系列相同,是"还我头来"。
- 诚德堂本、刘龙田本、朱鼎臣本、忠正堂本改为"哭取首级"。

"志传"系列"还我头来"和"哭取首级"的分类,和"志传"系列的文字分类不完全相同。

"志传"小系列"哭取首级""还我头来"分类表

文字分组	第一组		第二组		第三组		
版本	诚德堂	黄正甫	刘龙田	朱鼎臣	天理图	费守斋	忠正堂
还我头来 哭取首级	哭取首级	还我头来	哭取首级	哭取首级	还我头来	还我头来	哭取首级

"还我头来"应该是原本,而"哭取首级"是后修改的。各种版本编写中,有的修改了,有的没有修改,情况很复杂。这种语句修改完全相同,肯定不是偶然的,而是有原因的。

根据文字分组的 3 组中,只有刘龙田本、朱鼎臣本文字分组属于同一组,此处也都是"哭取首级"。

但其他两组文本分组和"还我头来""哭取首级"分组,都有不对应的情况。

诚德堂本和黄正甫本文字分组同属于一组,诚德堂本在前,黄正甫本在后,但诚德堂本却是修改后的"哭取首级",而黄正甫本是原来的"还我头来"。

天理图本、费守斋本、忠正堂本文字分属于同一组,但天理图本、费守斋本是"还我头来",忠正堂本改为"哭取首级"。

4 个改为"哭取首级"的版本应该有一个是先改的,其他三个版本应该是参照此本再修改。诚德堂本、刘龙田本、朱鼎臣本、忠正堂本 4 个版本中,应该是诚德堂本最早,刘龙田本、朱鼎臣本、忠正堂本参照诚德堂本修改。当然这也是猜测而已。

（6）"演义"系列文字差异描写和版本演化分析

- 夷白堂本：最接近"志传"本，6处"首级"、3处"英灵"。对话和"志传"本相同，都是"还我头来""颜良安在"。
- 周曰校乙本：6处"首级"、5处"英灵"，比夷白堂本多2处"归神""公神"。对话也和"志传"本、夷白堂本相同，都是"还我头来""颜良安在"。
- 周曰校甲本和夏振宇本：5处"首级"、6处"英灵"，比周曰校乙本少1处"首级"，多1处"英灵"。对话"还我头来"和"志传"本、夷白堂本、周曰校乙本相同，但"颜良安在"改为"云长安在"。
- 活字本：3处"首级"、8处"英灵"，比周曰校甲本和夏振宇本再少2处"首级"，多3处"英灵"。对话"还我头来"和"志传"本、夷白堂本、周曰校乙本、周曰校甲本和夏振宇本相同，但"颜良安在"和周曰校甲本和夏振宇本一样，改为"云长安在"。
- 嘉靖元年本，将"首级"全部改为"英灵"，对话"还我头来"改为"主人何在"，"颜良安在"保留和叶逢春本相同，没有和其他"演义"本改为"云长安在"。

各种版本"关羽之死"差异汇总

版本	叶逢春	夷白堂	周乙本	周甲本 夏振宇	活字本	嘉靖元年
首级	11	6	6	5	3	1
英灵	0	3	5	6	8	10
还我头来 主人何在	还我 头来	还我 头来	还我 头来	还我 头来	还我 头来	主人 何在
颜良安在 云长安在	颜良 安在	颜良 安在	颜良 安在	云长 安在	云长 安在	颜良 安在

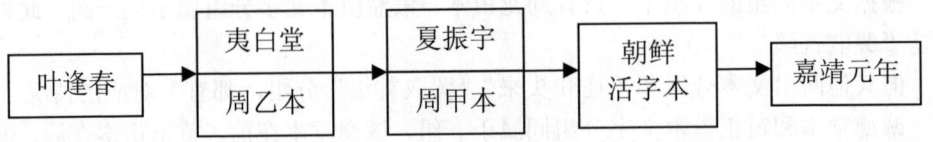

"关羽之死"文字差异演化示意图

总之，无论是"志传"系列，还是"演义"系列，在"关羽之死"中都是从对关羽的不敬，逐步过渡到彻底消除各种对关羽的不敬。对此的修改也是从少量的修改，过渡到修改逐步增加，最后到嘉靖元年本做了彻底修改。

因此从"关羽之死"，也可看出各种《三国演义》版本的演化过程，这个过程和从其他方面分析的版本分类基本一致。

11. 关索和花关索

　　以上介绍了《三国演义》不同版本的文字差异，《三国演义》不同版本的故事情节差异更大，最突出的事例是关索和花关索故事。关索和花关索故事内容和来历都有很大差异，这个故事是原有的，还是后插入的，在各种《三国演义》版本中是如何演变的，至今仍还没有很好的解释，成为目前《三国演义》版本中未解决的最大问题。

　　下面先分别介绍这两个故事，然后再从版本内容和刊刻时间两方面进行分析。

（1）关索、花关索故事

1）花关索故事

　　《三国演义》"志传"繁本卷十第一百五则"关索荆州认父"中，在诸葛亮一气周瑜之后，突然有一自称是关羽之子的花关索来荆州投奔关羽，之后随刘备出征四川，多次参战，卷十二第一百三十九则"张飞关索取阆中"关索曾协助张飞夺取阆中，卷十三第一百四十五则"刘玄德进位汉中"关索被命镇守云南，卷十三第一百四十八则"关云长水淹七军"关索曾来省亲（其他繁本记述是关兴来省亲），卷十四第一百六十二则"刘先主兴兵伐吴"中，关羽死后关兴奔丧，刘备问及关索，关兴告知关索已病死云南。对关索在云南镇守没有任何描写。书中除其出场自称花关索外，其余皆称其为关索。

　　此外，上述和花关索故事有关的两则标题也不同。第一百五则其他版本为"黄忠魏延献长沙"繁本为"关索荆州认父"，第一百三十九则其他版本为"瓦口张飞战张合"繁本为"张飞关索取阆中"。除则标题修改增加了关索之外，在繁本"人物表"中也增加了关索。

　　花关索故事在所有版本中，只在"志传"繁本（叶逢春本除外）中出现，其他版本包括所有"演义"版本和"志传"简本中都没有。

　　对于花关索故事是否是原有的，以前有争议。现在多数学者都认为花关索故事是后加的。对此刘世德、金文京先生近来都有详细分析论证，在此就不再重复了。

　　至于花关索故事和后面南征中的关索故事的关系，将在最后再分析。

2）关索故事

　　《三国演义》版本中除"志传"繁本中出现上述"荆州认父"花关索外，在"演义"本和"志传"简本中，并没有繁本上述的关索故事，而在卷十五第一百七十三则"孔明兴兵征孟获"中，出现了一个和上述"花关索"不同的"关索"。诸葛亮南征时突然有自称关羽三子的关索来投奔，之后他随诸葛亮南征孟获，多次出战，到一百八十则"孔明七擒孟获"之后，关索又无缘无故消失了，只是周曰校本加注说明关索下落外，其他版本对其下落没有任何交代。这点和花关索不同，花关索在繁本中比较完整，最后病死云南也通过关兴之口有所交代。

3）不同版本花关索和关索

总结各种不同版本对花关索和关索的描写，可分为四类。

第一类，没有花关索，也没有关索的嘉靖元年本和叶逢春本。

第二类，有花关索的"志传"系列各种繁本（余象斗本、郑少垣本、杨闽斋本等），只有花关索，没有关索。

第三类，有关索的"演义"系列周曰校本、夏振宇本等，和"志传"系列中各种简本。这几种版本的关索描写略有差异，但大体上基本相同。关索故事的来历比花关索故事要复杂得多，需要仔细分析。

第四类，同时有花关索和关索的"英雄谱"本，即熊飞刊刻《精镌合刻三国水浒全传》，上栏为《水浒传》，下栏为《三国演义》。此本同时有"志传"繁本郑少垣本花关索文字，又有"演义"系列李卓吾本关索文字，因此就同时出现花关索和关索。

（2）关索和花关索故事研究史

最早提出关索问题的是日本小川环树先生，1965 年小川先生发表论文《关索的传说和其他》[①]，他认为关索故事是后加入的。小川先生关于关索的研究现在看来还有些问题，但其开创性不可否认。

澳大利亚学者马兰安先生 1985 年在欧洲《通报》上发表论文《〈花关索说唱词话〉与〈三国志演义〉版本演变探索》[②]，对小川先生的研究提出反对意见，认为《三国演义》原本中就有花关索故事，嘉靖元年本删除了花关索故事。而"志传"繁本保留了花关索故事。

周兆新先生 1990 年出版论文集《三国演义考评》，其中长篇论文《旧本〈三国演义〉考》[③]，也认为《三国演义》旧本中曾经有关索，是嘉靖元年本把关索删掉了。

马兰安和周兆新研究基本是 20 世纪 80 年代比较早期的研究成果。

陈翔华先生是《三国演义》版本研究专家，1994 年和 2005 年两次出版了《三国志演义古版丛刊五种》，其中 1994 年出版的《国志演义古版丛刊五种》中为余象斗本写的前言[④]，和 2005 年《三国志演义古版丛刊续辑》中为周曰校本写的前言[⑤]，都谈及关索故事。陈先生的看法和马兰安接近，都倾向关索故事是原本就有的。

认为原本有关索故事的学者不多，多数学者如金文京、魏安、刘世德、李伟实、

---

① [日]小川环树：《关索的传说和其他》，《三国志》岩波书店，1964 年第 8 册，《中国小说史的研究》岩波书店，1968 年。
② [澳]马兰安：《〈花关索说唱词话〉与〈三国志演义〉版本演变探索》，《三国演义丛考》，北京大学出版社1995 年 7 月第 1 版。
③ 周兆新：《旧本〈三国演义〉考》，《三国演义考评》，北京大学出版社 1990 年 8 月第 1 版。
④ 陈翔华：《略论余象斗与其批评三国志传》，《三国志演义古版丛刊五种》（一），1994 年 3 月第 1 版，载《明清小说研究》1995 年 3 月第 1 版。
⑤ 陈翔华：《北平旧藏周曰校刊本三国志通俗演义》，《三国志演义古版丛刊续辑》（六），2005 年 7 月第 1 版。

欧阳健等,还是认为关索故事是后插入的。

谭良啸先生 1983 年在成都召开的首届《三国演义》研讨会上,发表论文《〈花关索传〉对〈三国演义〉研究的启示》①,认为罗贯中编撰《三国演义》时没有关索故事,郑少垣本中的花关索故事源于《花关索传》。

李伟实先生在 1994 年发表论文《花关索故事非〈三国志演义〉原本所有》②,也认为关索故事是后插增的。

魏安先生 1996 年出版的《三国演义版本考》认为,嘉靖元年本和叶逢春本都没有关索故事,说明原本中没有关索故事。"志传"简本中关索故事比"演义"本详细,因此关索故事是先插入"志传"简本,后被"演义"本引用。

刘世德先生2002年发表论文《〈三国志演义〉周曰校刊本四种试论》③,论文认为关索故事是后插入的,关索插入《三国演义》以周曰校刊本为最早,出现两个关索是为争奇斗胜,周曰校本插增了关索,余象斗本就插增花关索。

欧阳健先生 2005 年发表两篇论文《关索索考》④和《关索考辨》⑤,认为《三国演义》原本中肯定没有关索故事。

金文京先生是研究关索问题最突出的学者,1989 年出版专著《花关索传研究》(日本汲古书院),1989 年发表论文《〈三国志演义〉版本试探——以建安诸本为中心》⑥,1990 年发表论文《〈三国志演义〉与〈花关索传〉》⑦,2006 年发表论文《再论〈三国志演义〉版本系统与花关索、关索故事之关系》⑧,多次论述关索故事是后插增的,并倾向"演义"本在先,"志传"简本在后。至于花关索和关索故事的关系,金先生认为有多种可能。

(3) 不同版本关索故事分析

1) 不同版本关索故事举例

花关索故事只出现在"志传"繁本一种版本之中,对花关索研究很多,一般认为是繁本后加的,因此就不再多谈了。

而关索故事却同时出现在"演义"和"志传"简本两种版本之中,远比花关索故事复杂得多,下面只研究关索问题,首先分析关索故事在"演义"本和"志传"简本

---

① 谭良啸:《〈花关索传〉对〈三国演义〉研究的启示》,《〈三国演义〉研究集》,四川社会科学院出版社,1983 年 3 月第 1 版。
② 李伟实:《花关索故事非〈三国志演义〉原本所有》,载《明清小说研究》1994 年第 4 期。
③ 刘世德:《〈三国志演义〉周曰校刊本四种试论》,载《文学遗产》2002 年第 5 期。
④ 欧阳健:《关索索考》,载《中华文化论坛》2005 年第 2 期。
⑤ 欧阳健:《关索考辨》,载《东南大学学报》(哲学社会科学)2005 年第 6 期。
⑥ [日]金文京、陈西中:《〈三国志演义〉版本试探——以建安诸本为中心》,载《明清小说研究》1992 年 2 月,《三国演义丛考》,北京大学出版社 1995 年;金文京、陈西中:《〈三国志演义〉版本试探(续完)——以建安诸本为中心》,《三国演义丛考》,北京大学出版社 1995 年 7 月第 1 版。
⑦ [日]金文京《〈三国志演义〉与〈花关索传〉》,《三国演义丛考》,北京大学出版社 1995 年 7 月第 1 版。
⑧ [日]金文京:《再论〈三国志演义〉版本系统与花关索、关索故事之关系》,载《中国古代小说研究第二辑》,人民文学出版社 2006 年 7 月第 1 版。

两种版本中的描写。

下面是"演义"本和两种"志传"简本，在第一百七十三则"孔明兴兵征孟获"中关索出场的描写。其中"周"为"演义"系列周曰校乙本、"诚"为简本"志传"小系列最早的诚德堂本、"兴"为"英雄志传"小系列中最早的刘兴我本。

此处描写"演义""志传""英雄志传"三种版本有关关索出场情节基本相同，"志传""英雄志传"文字基本相同，但和"演义"本描述略有不同。

"演义"和"志传"简本第一百七十三则"孔明兴兵征孟获"关索出场描写

```
周：忽  有
诚：忽报有一少年   将单骑来到不知   为谁孔明
兴：忽报有一少年将军单骑来到不知是   谁孔明召入少年将军入见拜曰某乃云长
─────────────────────────────
周：      关公第   三子关索   入军来见孔明曰自因荆州失陷赴   难在鲍
诚：  今人探是关公第三子关索也求       见孔明曰自因荆州失陷   逃难在鲍
兴：            第三子关索也              自因荆州失陷   逃难在鲍
─────────────────────────────
周：家庄养病每要赴川   见先主    报仇   疮痕未合不能起行近日   安痊   打
诚：家庄养病每要赴川来见先主      报仇   疮痕未合不能起行近日   安痊正
兴：家庄养病每要赴川来见先主为父报仇奈疮痕未合不能起行近日得   痊
─────────────────────────────
周：探得东吴仇人已雪径来西川见帝恰在途中遇见征南之兵特来投见   孔明闻
诚：            来西川见帝                    投见   孔明问
兴：                                  特来   见帝孔明闻
─────────────────────────────
周：之嗟呀     不已一面遣   人申报朝廷就令关索充为前部先锋     一同征南
诚：之    感叹不已     差人申报朝廷   令关索   为前部先锋三军
兴：    知感叹不已     差人申报朝廷   令关索   为   先锋三军
```

2）不同版本关索故事统计

比较"演义"和"志传"两种版本关索的描述有以下的不同之处。

"志传"本关索故事数量统计：最早诚德堂本和天理图本、忠正堂本、费守斋本18次，以下依次是："志传"本朱鼎臣本17次、刘龙田本16次、黄正甫本16次，"英雄志传"刘兴我本等15次，"演义"本最少只有10次，少了8次。

"演义"版本关索故事描写一般都简略，"志传"系列却比较详细。

总之，"演义"本比"志传"简本关索故事少，描写也简单，一般"演义"本文字应该比"志传"简本详细，这里的反常现象很奇怪，下面再仔细分析。

各种"演义"版本，包括三种周曰校本、夏振宇本、夷白堂本，以及晚期的李卓吾本等，关索故事基本相同，都比诚德堂本少8处。

各种"志传"简本中关索故事的描写还有差异，基本和其分类一致，但也有以下不同之处。

"志传"小系列诚德堂本、费守斋本和天理图本关索故事基本相同,都有 18 处之多,其中诚德堂本是简本中目前看到最早的刊本,刊刻于万历二十四年(1596 年)。

"志传"小系列其他版本都比诚德堂本数量少,"志传"小系列朱鼎臣本少 1 处,刘龙田本和黄正甫本少 2 处。"英雄志传"小系列刘兴我本、杨美生本、郑乔林本和六卷本等都少 3 处。这些版本肯定是在诚德堂本基础上做了删节,或抄写中脱落。

简本关索故事数量肯定是早期版本数量多,晚期版本数量少,随着刊刻时间从早到晚,从多到少逐步减少的。

"演义"和"志传"简本各种版本中的关索故事统计如下表。其中"诚"为诚德堂本,相同的还有天理图本、忠正堂本和费守斋本;"朱"为朱鼎臣本;"龙"为刘龙田本;"黄"为黄正甫本;"兴"为刘兴我本,相同的还有杨美生本、郑乔林本和宝华楼(二酉堂)本等;"周"为周曰校乙本。版本缩写下数字为各个版本中关索故事数量统计,诚德堂本为 0,朱鼎臣本为 1,即比诚德堂本少 1 次,其他类似。

各种版本关索故事统计表

序号	则	原文摘要	志传				英雄	演义
			诚 0	朱 1	龙 2	黄 2	兴 3	周 8
1	173	关索投军南征	有	有	有	有	有	有
2	174	孔明以赵魏出帐唤关索曰汝可引军……关索欣然去	有	有	有	有	有	无
3	174	孔明令关索以兵接应	有	有	有	有	有	有
4	174	孔明唤王平关索同引一军	有	有	有	有	有	有
5	174	周:关索战之 诚:关索迎战	有	有	有	有	有	有
6	174	周:王平关索复兵杀回 诚:关索王平引兵杀回	有	有	有	有	有	有
7	175	周:张嶷张翼关索各守一寨 诚:关索张嶷张翼各守一寨	有	有	有	有	有	有
8	176	周:孔明又唤王平马忠关索 诚:孔明先唤赵云魏延关索马岱王平马忠等入帐	有	有	有	有	有	有
9	176	周:王平关索擒诸洞酋长至 诚:赵云关索解孟优至	有	有	无	无	无	有
10	177	周:众将又曰 诚:关索进曰中国之士非不	有	有	有	有	无	无
11	177	只教关索护车	有	有	有	有	有	有

各种版本关索故事统计表（续）

序号	则	原文摘要	志传				英雄	演义
			诚 0	朱 1	龙 2	黄 2	兴 3	周 8
12	177	周：陷坑之中转出魏延 诚：坑之中转出关索魏延	有	有	有	有	有	无
13	179	夫人出马与关索张嶷交马	有	有	有	有	有	无
14	179	夫人回马便走关索赶	有	有	有	有	有	无
15	179	周：蛮兵将张嶷关索执缚去 诚：蛮兵赶出将关索捉将去	有	有	有	有	有	有
16	179	张嶷马忠听得关索被擒	有	有	有	无	无	无
17	180	孔明笑谓关索曰汝宜谨靠吾身之边今要全功	有	有	有	有	有	无
18	180	关索欣然领命而去	有	无	无	有	有	无
数量			18	17	16	16	15	10

注：诚 0：诚德堂本 18 次全，朱 1：朱鼎臣本比诚德堂本少 1 次，龙 2：刘龙田本少 2 次，黄 2：黄正甫本少 2 次，兴 3：刘兴我本少 3 次，周 8：周曰校本少 8 次。

3）不同版本关索故事分析

对"演义"和"志传"简本的描写差异，刘世德和金文京先生都有非常详细的分析，此处以第一百七十九则"诸葛亮六擒孟获"为例。

下表是"演义"和"志传"简本关索故事差异最大的第一百七十九则"诸葛亮六擒孟获"中，5 种版本文字的比对结果。其中，"诚"为简本诚德堂本，"刘"为简本刘龙田本，"郑"为繁本郑少垣本，"夷"为"演义"夷白堂本，"周"为"演义"周曰校乙本。

第一百七十九则"诸葛亮六擒孟获"5 种版本文字比对结果

诚：	与 关索	张嶷		交马	不数合夫人回
刘：	与 关索	张嶷		交	战不数合夫人回
郑：	与	张嶷		交马	不数合夫人回
夷：	坐下卷毛赤兔马张嶷见之暗暗称奇二人骤		马交锋战不数合夫人		拨
周：	坐下卷毛赤兔马张嶷见之暗暗称奇二人骤		马交锋战不数合夫人		拨
诚：	马便走	关索赶去	被一 刀飞	耒急	用手隔之正中左臂翻身
刘：	马便走	关索赶	被一 刀飞	来急	用手隔之正中左臂翻身
郑：	马便走张嶷	赶去	被一 飞刀来急		用手隔之正中左臂翻身
夷：	马便走张嶷	赶去空中	一把 飞刀	落下嶷急用手隔	正中左臂翻身

周:	马便走张嶷	赶去空中	一把	飞刀	落下嶷急用手隔		正中左臂翻身	
诚:	落马被蛮兵			捉将		去了马忠	张嶷	
刘:	落马 蛮兵	赶出将 关索		捉将		去了	张嶷	
郑:	落马 蛮兵	赶出将	张嶷捉将			去了马忠听得张嶷		
夷:	落马 蛮兵一声喊处将		张嶷	用 索 执缚去了马忠听得 张嶷等				
周:	落马 蛮兵一声喊处将		张嶷	关索 执缚去了马忠听得 张嶷等				

诚:	听得 关索 被捉	急出救时	被蛮兵	围住	望见祝融夫人	
刘:	马忠听得 关索 被	擒急出救时	被蛮兵	围住	望见祝融夫人	
郑:		被 擒急出救时	被蛮兵	围住在乱军中望见祝 夫人		
夷:		被 擒急出救时早被蛮兵困		住	望见祝融夫人挺标立	
周:		被 擒急出救时早被蛮兵困		住	望见祝融夫人挺标	

诚:		荒去捉 时	坐下马	倒亦被	捉了都解入洞	来
刘:		慌去 擒时	坐下马	倒亦被擒	了都解入洞	来
郑:		荒去 擒时	坐下马	倒亦被擒之拿	入洞	来
夷:	马而立忠忿怒向前 去		战坐下马绊倒亦被擒		了都解入洞	
周:	勒马而立忠忿怒向前 去		战坐下马绊倒亦被擒		了都解入洞中来	

诚:	换 三 将	孟获		大喜即放 三将 还	
刘:	换 三 将	孟获		大喜即放 三将	
郑:	换 二将	孟获	欣然送出二	将	
夷:	换 二将 使命入洞与孟获答话已毕获			大喜即放	出 张嶷马忠
周:	换 二将 使命入洞与孟获答话已毕获			大喜即放	出 张嶷马忠

此例是关索故事中的特例，简本、周曰校本和夷白堂本三本描写都不同。

- 各种简本描写：关索先出战，被祝融夫人飞刀击落马下，马忠、张嶷听得关索被擒出马相救，也被擒。因此是三人出战都被擒。后祝融夫人被擒后，三将都被放，故事中对关索的描写都很合理。

- 周曰校本等描写：不是关索先出战，而是张嶷先出战，他被祝融夫人飞刀击落马下，张嶷、关索被擒，这里关索未出战也被擒，不合理。马忠听得张嶷等被擒出马相救，也被擒。但后来释放时只有张嶷、马忠，而没有关索，又明显不合理。

- 夷白堂本描写：张嶷首先出战和周曰校本相同，但他不是和"关索"同时被擒，而被蛮兵"用索"执缚去了。而马忠听得张嶷等被擒，出马相救后也被擒。后来释放时也只有张嶷、马忠，关索没有出战，没有被擒，因此释放人中没有关索，很合理。

三本描写合理性分析：

- 简本描写三人出战、三人被擒、三人释放，简本是三本中描写最合理的。

- 周曰校本开始只是张嶷一人出战，但后面却是关索、张嶷二人被擒，关索未出战却被擒不合理。结果变成三人被擒，但最后又二人释放，又一次不合理。周曰校本是三本中描写最不合理的。
- 夷白堂本描写关索未出战、未被擒、未释放，都很合理。张嶷一人出战"用索"被擒，马忠出救也被擒，因此被擒是二人。关索未出战，最后释放也只有二人，很合理。但夷白堂本描写只有张嶷一人被擒，后面又称"张嶷等"被擒，加"等"字不合理。夷白堂本合理性在三本中居中。

总体来看，简本中的关索都很合理，没有任何问题。夷白堂本没有关索也基本合理，只有"张嶷等"一处小瑕疵。而周曰校本问题最多。

有些文章认为，此处周曰校本对于关索描写有错误[①]，但"志传"系列基本没有错。仔细分析此例，"志传"简本写关索、张嶷出战祝融夫人，关索先中刀落马被擒，后张嶷、马忠出救也被擒，三将陆续被擒，后祝融夫人被擒后，三将都被放，故事中有关索，但很合理（刘龙田本比诚德堂本多一个"关索"，本质相同）。因此"志传"简本此例是有关索的。

本来"演义"本和"志传"繁本是一样的，都没有关索。按照夷白堂本的描述：是张嶷出战，中刀落马，被蛮兵"用索执缚去了"，后马忠来救也被擒。但周曰校本刊刻出错，将"用索"误为"关索"，变成关索未出战却被擒，而后来释放时，只有张嶷、马忠，没有关索，明显不合理了。当然，理论上不排除周曰校本的错误是原本，而夷白堂本发现后纠正了，因为后续李渔本、毛本也没有关索。但这种可能性很小，因为夷白堂本在书名、关羽之死等处保留了一些原本痕迹，因此夷白堂本没有关索应该是原本。

周曰校本、夷白堂本关索故事的关系有两种可能。第一种可能，周曰校本在前，夷白堂本在后，是夷白堂本改正了周曰校本错误。第二种可能，夷白堂本在前，周曰校本在后，是周曰校本插入了关索。周曰校本和夷白堂本的关系，这两种情况都有可能，不好判断。

夷白堂本属于"演义"系列的"巾箱"本，文字做了删节，但它在很多处保留了《三国演义》原本的痕迹。如书名《通俗演义三国志传》，和"演义"系列书名《三国志传通俗演义》不同，而和"志传"本相同。再如关羽之死，"志传"本多称"首级"，"演义"本多将"首级"改为"英灵"，而夷白堂本却和"志传"本一样，多为"首级"。因此，夷白堂本是值得仔细研究的版本，后面对夷白堂本有仔细分析。

（4）从故事内容分析关索故事演化

1）关索故事演化的四种看法

不同版本关索故事的演化，比花关索复杂很多。花关索只有"志传"系列繁本中

[①] 刘世德：《〈三国志演义〉嘉庆七年刊本考论》，《〈三国志演义〉作者与版本考论》，中华书局2010年11月第1版，第284页；《〈三国志演义〉周曰校刊本插增关索考》，《〈三国志演义〉作者与版本考论》，中华书局2010年11月第1版，第162页。

有，一般认为是繁本后加的，对此现在基本没有争议。

但关索故事同时在"演义"本和"志传"简本这两种版本中都有，且"志传"简本对关索描写和"演义"系列基本相同，而"志传"简本却没有"志传"繁本中花关索故事，这是个奇怪现象。"志传"简本一般认为是来自"志传"繁本，为何简本关索故事却和繁本不同，而和"演义"本相同，这就值得仔细分析了。

关索故事为何会同时出现在"演义"系列和"志传"系列简本这两种不同系统的版本中，其演化十分复杂，需要仔细分析。理论上有四种看法。

前两种看法是基于目前看到的两种版本"演义"本和"志传"简本。

第一种看法认为，关索故事是"志传"简本先插入，"演义"本参考"志传"简本，再插入。

第二种看法相反，认为关索故事是"演义"本先插入，"志传"简本参考"演义"系列，再插入。

后两种看法增加了一些未知版本，包括"志传"繁本和共同祖本。

第三种看法认为，关索故事是"演义"本先插入，一种未知的"志传"繁本参照"演义"本关索故事，插入了关索故事，即关索繁本，而关索繁本删节后，成为现在看到的有关索故事简本。

第四种看法认为，关索故事是原有的，不是后加的。在"演义"本和"志传"本的共同祖本中就有关索故事，"演义"系列和"志传"系列的关索故事都来自它们的共同祖本。

对关索故事的演化，刘世德、金文京先生通过对关索故事的仔细分析，认为有些情节由于插入关索故事，出现了矛盾，因此关索故事和花关索故事一样，也肯定是后插入的，而不是原有的。

刘世德和金文京先生还仔细分析了"演义"本和"志传"简本各自插入关索故事的合理性，都一致倾向于是"演义"系列先插入关索故事，"志传"系列简本参考"演义"系列再插入关索故事。

下面从版本内容和刊刻时间两方面仔细分析这四种可能性。

2)"演义"本和"志传"简本先插入关索故事

关索故事演化有以上四种看法，仔细分析各自有各自的道理，粗看似乎各自都是合理的。但实际仔细深入分析，其中各自还是都有问题的。

关索故事演化要从两方面分析，既要从版本内容分析，也要注意从版本刊刻时间分析。

下面先从目前看到的两种版本"演义"本和"志传"简本关索故事的内容出发进行分析。

第一种看法认为，是"志传"简本先插入关索故事，"演义"本根据简本再插入关索故事。如前所述，简本中最早版本诚德堂本的关索故事有18处，后期简本中关索故事都有减少。而"演义"本的关索故事也少了7处。因为简本编写主导思想是简略，不太可能再增补关索故事。因此有可能是关索故事最全的简本在前，"演义"本在后做了删节。

但再仔细分析，简本的编写是为下层文人阅读的，其主要指导思想是尽量减小篇幅，降低成本，以降低价格，读者买简本也是只要看主要的三国故事。而关索只出现在诸葛亮南征中，即便在这些故事中，关索也是并不突出、可有可无的人物。所以，简本编者根本没有必要再插入无足轻重的关索故事。关索故事出现在诸葛亮七擒孟获中，各则标题都是七擒孟获，因此简本编者也不可能像花关索繁本那样去修改则标题。而"演义"系列是针对上层文人阅读刊刻的，不太可能再参考供下层文人阅读的简本，而去补充关系不大的关索故事。因此一般都认为简本先插入的可能性不大。

第二种看法认为，"演义"本先插入关索故事，简本根据"演义"本再插入关索故事，刘世德、金文京先生都赞同此看法。周曰校本也确实插入了11个历史故事，因此也可能同时插入了关索故事。而简本看到"演义"本的关索故事觉得有道理，于是也插入关索故事，这也有道理。

但再仔细分析，其中还有问题。首先，周曰校本插入的历史故事都有历史文献为依据。而关索故事历史文献无记载，是平话类的民间传说。"演义"系列是针对上层文人阅读修改刊刻的，书商完全没有必要再去根据民间传说再插入关索故事。

其次，如前所述，简本的编写是尽量减小篇幅，降低成本，以降低价格，关索是个可有可无的人物。简本编者似乎完全没有必要再去参考"演义"本，插入无足轻重的关索故事。

因此无论是简本先插入，还是"演义"先插入都有些问题，其实还有另外两种可能。

3）"志传"繁本插入关索故事

以上只从现有版本分析，但历史上肯定有很多版本没有流传下来，因此只从现有版本分析有局限性。下面再增加一些未知版本，包括"志传"繁本和共同祖本进行分析。

第三种看法是，关索故事是"演义"本先插入，而一种"志传"繁本参照"演义"本关索故事，插入了关索故事，即关索繁本，然后关索繁本删节后，就成为现在看到的有关索故事的简本。

第二种看法和第三种看法相同的是，都认为是"演义"本先插入关索故事，第二种看法认为有关索故事的简本直接来自"演义"本，但简本是删节本，不太可能再去增加并不突出的关索故事。因此有第三种看法，即简本关索故事并不是来自"演义"本，而是来自一个有关索故事的繁本。

这种看法的关键是认为有一个现在未知有关索故事的繁本。现在看到的繁本是插入花关索的繁本，既然"演义"本插入了关索故事，就很有可能有一个繁本也随之插入关索故事，这就是关索繁本。

如前所述，最早的"演义"系列嘉靖元年本和"志传"系列叶逢春本都没有关索故事，后来到嘉靖壬子本才插入了关索故事。很自然，"志传"繁本编者也可能参照"演义"本插入了南征的关索故事，并做了增补，把"演义"本中11个关索故事增加到18个。

出现了"志传"关索繁本后，自然就会出现"志传"关索简本，即在"志传"关索繁本基础上，保持原有的关索故事，再对文字进行删节，就是目前看到的大量有关索故事的"志传"简本。

这样，第二种看法认为是简本把关索故事增补的不合理性问题就解决了，在此简本仍然只是对关索繁本做了删节而已，没有做增补。

如此关索故事演化如下：
- "演义"本先加关索，但较简略。
- "志传"繁本原本是无关索和花关索故事。
- 一种"志传"繁本见"演义"本加了关索，就加花关索，改则标题，突出花关索，和演义竞争，这就是目前看到的大量"志传"花关索繁本。
- 另一种"志传"繁本参照"演义"本，增加南征关索，并增补了7处，达到18处，这可能是为和"志传"花关索繁本竞争。余象斗本前言《三国辨》称：此前《三国演义》版本有几十种，全像有四种，可见当时"志传"繁本竞争激烈，可能有加花关索的，也有加关索的。
- "志传"关索繁本出现后，有书坊在其基础上再删节文字，保留南征关索故事，就是现在看到大量的"志传"关索简本。这种"志传"关索简本中关索故事未改，基本和关索繁本相同，比"演义"系列多7处。
- "志传"关索简本出来后占据很大市场，因此没有书坊再去删节"志传"花关索繁本，再出"志传"花关索简本了。

以上介绍此说的主要看法，下面说明此看法带来的几个问题。

第一个问题是，"演义"系列一般文字比"志传"系列详尽，但此处关索描写却相反，是"演义"系列关索故事少而文字简略。其中的原因可能是，"演义"系列在插入关索等11个故事时，关索只是其中一个故事，因此"演义"系列并未多描述。

而"志传"系列另一种繁本在插入关索时，要根据"演义"系列关索，一个一个插入繁本文字中，改名字或加关索，这样逐个加关索是很麻烦的。

第二个问题是，为何这种"志传"关索繁本没有流传下来？目前看到的"志传"繁本全部是花关索繁本，并没有关索繁本，原因何在？

我认为这是因为，"演义"系列加关索是嘉靖三十一年的嘉靖壬子本，即周曰校本和夏振宇本的共同祖本。此本出现后，"志传"繁本书商觉得，"演义"本加南征关索有道理，因此"志传"繁本书商立即也刊刻了加关索的"志传"关索繁本。而"志传"简本书商在"志传"关索繁本出现后，很快删节出了"志传"关索简本，市场也很受欢迎，占据了简本市场，就是现在各种"志传"简本。由于"志传"关索简本适合只看故事情节的读者，这批读者其实对于是否有关索不注意，因此"志传"关索简本就把价格高的"志传"关索繁本排挤出市场，也没有书商愿意再翻刻"志传"关索繁本了。

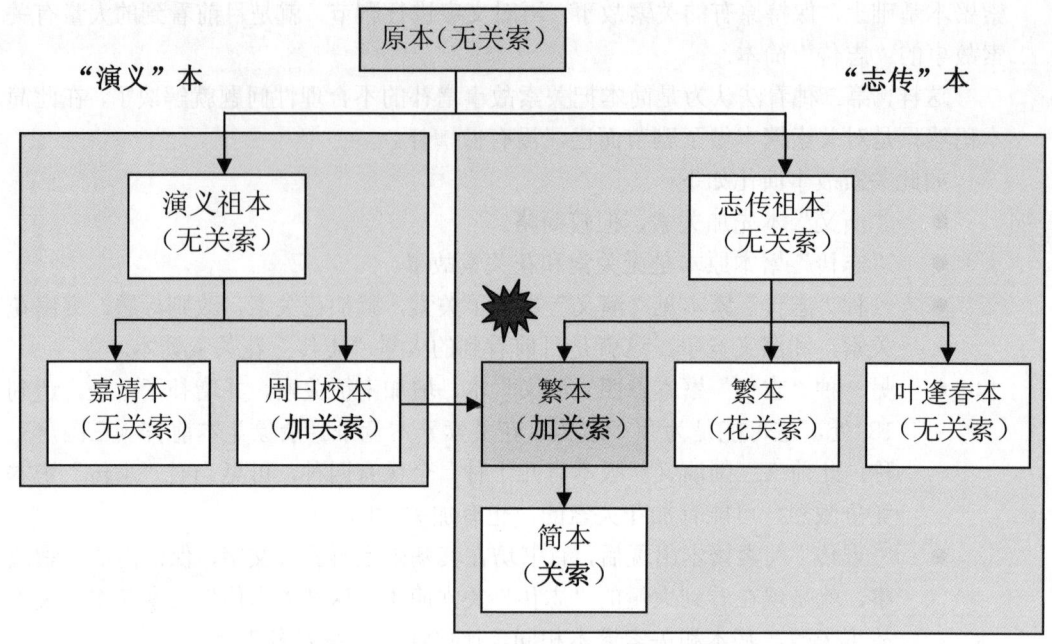

《三国演义》关索故事演化示意图

除"志传"关索繁本外,还有书商根据《花关索传》插入花关索,"志传"花关索繁本修改了两处则标题,在人物表中也增加关索,远比"志传"关索繁本更引人注目,这也导致了"志传"关索繁本逐步退出市场。

由于这些原因,书商们都翻刻"志传"花关索繁本和关索简本,没有书商愿意再翻刻"志传"关索繁本,由于关索繁本印数很少,没有市场就很快流失了,因此也就没有流传下来。最后就形成了"志传"花关索繁本和关索简本的两种版本市场了。

但可惜目前没有看到这种"志传"关索繁本,没有版本证据,但实际是可能存在这种版本的。

"志传"关索繁本没有流传下来的另一个原因,可能这是个无图本。余象斗本前言曾说,当时有几十家出版《三国演义》,但只有4家是全图本,换句话说——当时多数是无图本。

目前看到最早的"志传"简本是万历二十四年诚德堂本,此本插图是几页才一幅插图,插图也十分粗糙,版式为每页有标题,和"演义"系列夏振宇本极为相似,而夏振宇本也是无图本。

因此最早的"志传"关索繁本也可能是无图本,这样成本低,出版也快,但缺点是无图不吸引人。

因此当上图下文的"志传"花关索繁本出现后,无图的"志传"关索繁本根本无法和上图下文的"志传"花关索繁本竞争了,也没有书商愿意再绘制有图的"志传"关索繁本,最后"志传"关索繁本就消失了。

而"志传"关索繁本的删节本,即"志传"简本开始也可能是无图本,到万历二十四年诚德堂本才几页有一幅插图,到天理图本是几页才有两页的合页插图,再到费守斋本是每页都是合页插图,最后到朱鼎臣、刘龙田本才采用上图下文本。

第三个问题是,既然有"志传"关索简本,为何没有"志传"花关索简本?这可能是市场所决定的。如前所述:先有"志传"关索繁本,后有"志传"花关索繁本,再有"志传"关索简本。"志传"关索简本流行开来,"志传"简本书商都去翻刻"志传"关索简本,就没有人再愿意去把"志传"花关索繁本删节编出一本"志传"花关索简本。因为即便宣传有花关索,因为已经有了"志传"关索简本,读者对加花关索也不会有多大兴趣了,因此就没有"志传"花关索简本了。

另外,"志传"简本走的是简化之路,所以一般它不会主动增加故事情节。在"志传"繁本增加了花关索故事后,"志传"简本可能觉得繁本插入的花关索荆州认父和参加夺取益州战斗,还不如关索南征故事在民间流传更广,南征关索故事比荆州认父花关索故事影响更大。因此"志传"简本没有选择"志传"繁本的花关索故事,而是把"演义"的关索故事加以补充修订后插入"志传"简本之中。

这就是从无图的"志传"关索繁本,到"志传"关索简本的演变。由于开始的"志传"关索繁本是无图本,因此流传不多,很快被上图下文的"志传"花关索繁本取代。相比之下当然是上图下文的"志传"花关索繁本更吸引人。

当然这些关于"志传"关索繁本的设想还是猜想,目前还没有版本依据。

总之,前两种看法中,"志传"简本先插入、"演义"本再插入是不太可能的,而"演义"本先插入、"志传"简本再插入可能性虽然大一些,但要"志传"简本去增补关索故事似乎可能性不大。而第三种看法,"演义"本先插入关索,然后出现同样的"志传"关索繁本,最后出现"志传"关索繁本的删节本,即现在看到的大量"志传"关索简本,这种可能就比前两种可能性更大。

4)原本就有关索故事的共同祖本说

除前面三种看法外,还有第四种看法认为关索故事是原有的,是来源于"演义"系列和"志传"简本的共同祖本,即共同祖本说。

原本有关索故事的共同祖本演化过程如下图所示。

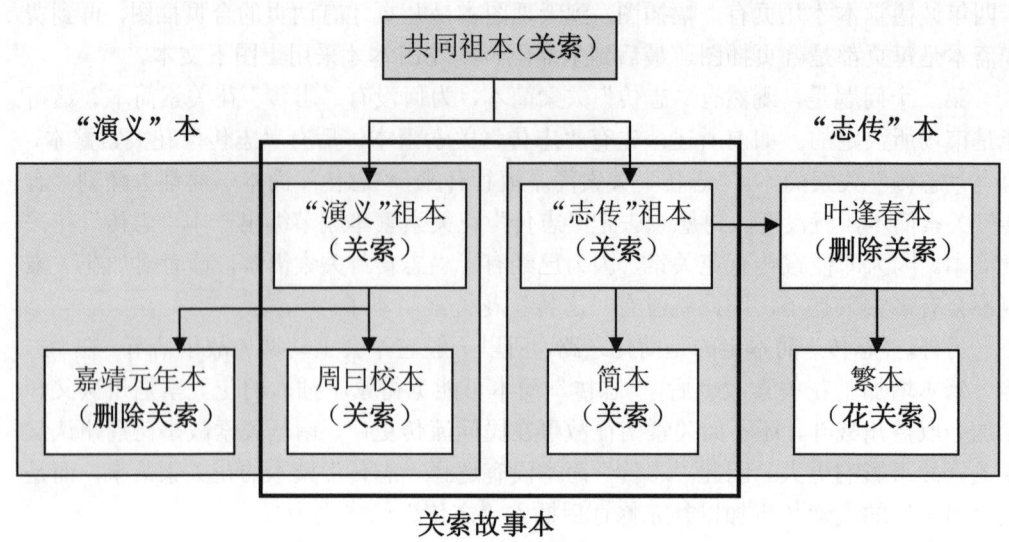

《三国演义》原本有关索故事演化示意图

这种看法也有其道理。

前面认为关索故事不是原有的，而是后加的一个根据是，有些关索故事有错误，因此是后加的。但此看法并不全面。

首先，认为关索从荆州去西川却遇到南征诸葛亮，地理方位有错误。其实《三国演义》中地理错误很多，不能因为关索路线有问题就认为是后加的，原稿就有错误是可能的。

其次，关索南征故事中确实有一些矛盾之处，有些问题是版本刊刻问题，如第一百七十九则周曰校本中的关索其实是刊刻错误。而简本诚德堂本中并没有这些矛盾。再说《三国演义》中描写矛盾之处很多，因为故事有矛盾就认定是后加的，根据不足。

认为关索故事是后加的还有一个根据是，四种主要版本中，最早的两种版本嘉靖元年本和叶逢春本都没有关索故事，"志传"繁本也没有关索故事，却有花关索故事；而"演义"和"志传"简本没有花关索，但有关索故事。既然花关索故事明显是后加的，则关索故事顺理成章也可能是后加的。这种分析看似很合理，但理论上也存在原本就有关索故事的可能。

关索故事是原有的一个根据是，关索故事早在《三国演义》成书前就出现了。在元代的《三国志平话》中就提及关索，但只有简单一句话。在明代成化年间就有《花关索传》。《三国演义》的很多素材取自各种平话和民间传说，而关索故事在云南一带很流传，因此《三国演义》原本中就有关索随诸葛亮南征的故事是完全有可能的。陈翔华先生很早就指出这种可能性，并一直坚持，但陈先生没有对此做深入分析。

原本就有关索的看法再仔细分析，又有两种看法。

第一种看法认为，"演义"系列和"志传"简本可能有共同祖本，此共同祖本中本来就有关索故事，因此"演义"和"志传"简本也就都保留了关索故事。嘉靖元年本和叶逢春本各自删除了关索。而花关索故事是繁本叶逢春本删除关索故事后，其他

"志传"繁本后插入的。这个分析关索故事和花关索故事演化的看法看似是有可能的。

关索是原有的还有第二种看法。日本京都府立大学博士、九州大学讲师井口千雪2016年曾以其博士论文为基础，在日本汲古书院出版《三国志演义成立史的研究》，就持此看法。此书第439页有演化图，现简化如下。

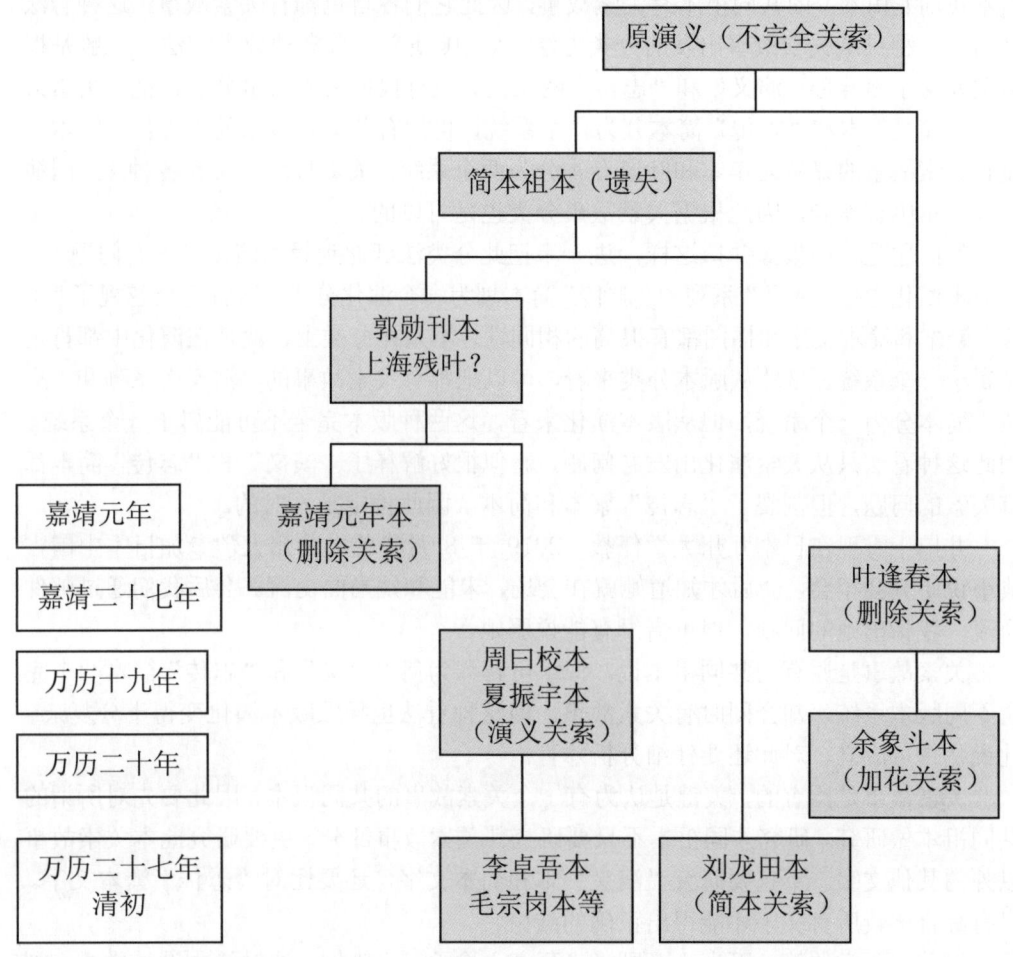

[日]井口千雪：关索故事演化示意图（简化）

此看法关键是：
- 原本就有关索
- 嘉靖元年本和叶逢春本删除了关索
- 周曰校本、夏振宇本和简本刘龙田本有共同祖本——简本祖本
- 周曰校本、夏振宇本插入关索
- 刘龙田本简化关索
- 余象斗本插入花关索

关索是原有的两种看法的不同处在于，第一种看法仍认为"志传"繁本和简本属于同一个系统，其共同祖本有关索故事，繁本删除关索故事，加入花关索故事，而简本保留了关索故事。

而第二种井口千雪的看法完全只以关索故事为线索，认为"演义"本和"志传"简本（刘龙田本）的共同祖本有关索故事，因此它们各自也都有关索故事。这种看法是出自一种只从关索故事出发的分类方法。《三国演义》有多种分类方法。一般是根据主要文字差异分"演义"和"志传"两大类。也有根据关索故事分类，把有关索故事的"演义"本和"志传"简本分为一个系统，再把有花关索故事的"志传"繁本和没有关索故事的嘉靖元年本和叶逢春本分为两个系统。关索故事确实在各种《三国演义》版本中有差异，因此根据关索故事分类也是可以的。

但问题是，如果像井口这样，进一步把此分类法延伸到版本演化，就有问题了。在版本演化中把"演义"系列和"志传"简本划为一个演化分支，这就完全忽视了"志传"繁本和简本文字和插图都有很高的相同性，不只在分类上，就是在演化中都肯定是属于一个系统。虽然从版本分类来看，可以把都有关索故事的"演义"系列和"志传"简本分为一个系统，但从版本演化来看，这两种版本完全不可能属于一个系统。因此这种看法只从关索演化出发看问题，看似很好解释了"演义"和"志传"简本都有关索的问题，但割裂了"志传"繁本和简本，因此肯定是不对的。

井口千雪现在日本九州大学任教，2019年8月我曾去九州大学参加日本中国古典小说研究会年会，会后才知道她就在会场，未能和她当面交流。会后我们通过邮件交流，我指出她的问题，但可惜没有能说服她。

关索故事是原有的共同祖本说，似乎可解释为何"演义"和"志传"简本两个完全不同版本系统，却会同时有关索故事。但这种看法也导致版本演化变得十分复杂。此说是否可成立，对此还要仔细分析才行。

关索故事是原有的，关键是认为有一个关索故事的共同祖本，因此要先对所谓的共同祖本做研究。研究共同祖本不只要研究其关索故事部分，更要研究此本关索故事以外的其他文字。不只要研究"演义"本和简本文字，还要比对"志传"繁本文字。只有综合比较所有文字才能得出正确的结论。

以前面所举的第一百七十九则"诸葛亮六擒孟获"为例。通过简本诚德堂本、刘龙田本，繁本郑少垣本，"演义"系列周曰校本、夷白堂本，这5种版本文字比对，很明显，简本诚德堂本和刘龙田本的文字和繁本郑少垣本基本相同，只是简本多出"关索"。而"志传"本文字和"演义"本的周曰校本、夷白堂本文本完全不同。凡出现关索故事的简本，其主要文本都和繁本接近，而和"演义"本不同。

因此，从版本比对看，在很多故事中，简本实际只是在"志传"本文字基础上，增加了关索（或用关索替换其他人名）的名字而已。

所谓"志传"简本和"演义"本共同祖本问题是，共同祖本的文本属于哪个版本系统呢？"演义"和"志传"是两个系统，文字差异很大，两个系统确实会有个共同祖本，这个共同祖本的文字理论上有三种可能。

第一种可能是共同祖本文字接近"演义"本，如这样，则"志传"繁本文字就要做较大修改,而简本又在繁本基础上再做删节。第二种可能是共同祖本文字接近"志传"繁本,简本在繁本基础上再删节,而"演义"本文字要做较大修改。第三种可能是共同祖本文字介于"志传"繁本和"演义"本之间,"志传"繁本和"演义"本在此共同祖本基础上,分别再做修订。

不管哪种情况,"志传"简本和"演义"本都会在此共同祖本基础上再修改,各自保留了关索故事,而"志传"繁本叶逢春本和"演义"系列嘉靖元年本则从共同祖本中删除了关索故事。

根据以上分析,这个有关索故事的共同祖本在理论上是可能存在的,从这个共同祖本理论上也可能演化出有关索故事的其他"演义"系列和"志传"系列。因为此共同祖本中本来就有关索故事,因此"演义"系列和"志传"简本都保留了关索故事,只有繁本叶逢春本和"演义"系列嘉靖元年本删除了关索故事。

以上是共同祖本理论上存在的可能性,但此说也有问题。

目前看到最早的嘉靖元年本和叶逢春本其实都没有关索故事。按照共同祖本说,嘉靖元年本没有关索故事可能是因为嘉靖元年本是官刻本,对原本做了大量的增删,而关索是平话传说故事中的人物,历史文献中并没有关索,因此嘉靖元年本改编者就删除了。

但"志传"系列目前看到最早的叶逢春本同样也没有关索故事,而叶逢春本保留了很多原始的民间素材,说叶逢春本可能也是考虑关索只是民间流传人物,因此删除了比较勉强。而认为这两个版本原来就没有关索故事则比较合理。

因此认为关索故事是原有的,"演义"系列和"志传"系列共同祖本就有关索故事,理论上可能成立,但其中也有一些问题。

此说从版本内容看是可能的,但其最主要的问题是,繁本叶逢春本和"演义"系列嘉靖元年本同时删除了关索故事,这可能性不大,因此"演义"系列和"志传"简本的关索故事是从一个共同祖本演化出来的可能性很小。

(5) 从刊刻时间分析关索故事演化

1) 各种关索故事刊刻时间

前面从关索故事版本内容分析,有些问题无法得出结论。而从刊刻时间分析这些问题,结果就更清楚了。

下面首先介绍"演义"本、"志传"繁本和"志传"简本三种版本的刊刻时间。

"演义"本:最早的版本是嘉靖元年本(1522年),但此本没有任何关索故事。目前看到有关索故事"演义"本最早的是周曰校本刊刻于万历十九年(1591年),但要注意,周曰校本、夏振宇本、夷白堂本等本都有关索故事,因此是它们共同祖本先插入了关索故事。因为周曰校本和夏振宇本都有嘉靖壬子序,因此我认为"壬子"不是"壬午"的误刻,而是在壬子年复刻,因此将"壬午"改为"壬子"。所以它们的共同祖本很可能是嘉靖壬子三十一年(1552年)本。

"志传"繁本:目前最早的是嘉靖二十七年(1548年)叶逢春本,但此本和嘉靖元年本一样也没有任何关索故事。目前"志传"繁本有花关索故事最早的是刊刻于万历二十年（1592年）的余象斗本。但在余象斗本前言中称，在此本之前《三国演义》刻本有几十家，但全像本（即上图下文本）只有四种，即宗文堂本、种德堂本、仁和堂本、爱日堂本。可惜这四种版本只有种德堂本保留了一部可能在万历四十一年的复刻本[①]，其余三家刻本都未保留下来。因此最早有花关索故事繁本的刊刻时间，应该在嘉靖二十七年（1548年）到万历二十年（1592年）之间。

"志传"简本：目前看到有关索故事最早的"志传"简本是刊刻于万历二十四年（1596年）的诚德堂本，简本应该是在没有花关索故事的繁本基础上插入关索故事，因此最早有关索故事的简本刊刻时间应该在嘉靖二十七年（1548年）到万历二十四年（1596年）之间。繁本和简本的时间基本重合，这说明简本很可能是在繁本出现后很快就出现了。

但仔细分析，实际有关索故事"志传"简本的底本是什么版本还有两种可能。

一般根据文本比对，"志传"简本肯定是"志传"繁本的删节本。一种可能是"志传"简本的底本是万历二十年前后的大量有花关索的"志传"繁本，"志传"简本从"志传"花关索繁本中删除花关索后，再插入关索故事。但花关索在夺取益州战斗中多次出现，要逐一删除这些花关索是很麻烦的事。

另一种更简单的可能是，有关索的"志传"简本其实可能是来自某个未知有关索的"志传"繁本。此"志传"繁本在"演义"本插入关索故事后，也随之插入了关索故事，但这种"志传"关索繁本至今还未发现。而"志传"简本实际只要对此"志传"关索繁本做简单文字删节即可，这样的改编比较简单。

从"志传"关索繁本到"志传"关索简本的过程如下。"演义"本插入关索是嘉靖三十一年（1552年）嘉靖壬子本，"志传"关索繁本应该是在嘉靖壬子本出现后不久就出现了，可能在嘉靖末年，或万历初年。"演义"系列周曰校本刊刻于万历十九年（1591年），"志传"花关索余象斗本刊刻于万历二十年（1592年），这个"志传"关索繁本可能和周曰校本和余象斗本基本同期。

从嘉靖三十一年（1552年）到万历十九年（1591年）这39年间，插入了关索故事的"演义"本肯定在翻刻中，"志传"繁本在嘉靖二十七年（1548年）的叶逢春本之后也不会停止。因此在这段几十年空白时间内，可能就出现了"志传"关索繁本。

可惜在这段时间的"演义"本和"志传"繁本都没有流传下来，可能是早期刊本印数不多，后期刊本印刷多流传下来了。不知在海外是否还有这期间的关索繁本，可以证实这个演变？但如果像前面分析的，关索繁本是无图本，则外国人一般不会带无图只有汉字的版本回国的。

[①] 刘世德：《〈三国志演义〉熊成冶刊本考论》，《三国志演义作者与版本考论》，中华书局2010年11月第1版，第164—176页。

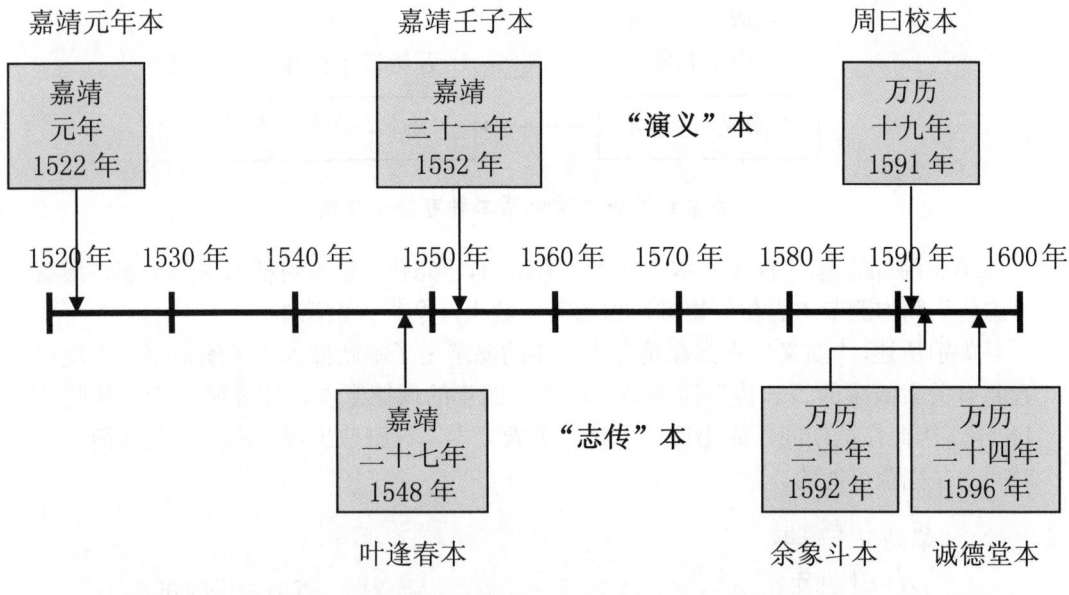

《三国演义》早期刊本刊刻时间示意图

2) 从刊刻时间分析关索故事演化

下面再从刊刻时间分析以上四种可能。

第一种可能是,"志传"简本先插入,"演义"本再插入。

从时间看,"演义"本有关索故事最早的可能是刊刻于嘉靖三十一年的嘉靖壬子本(即周曰校本、夏振宇本的共同祖本),最迟也是万历十九年的周曰校乙本。而"志传"简本现有关索故事最早的诚德堂本刊刻于万历二十四年,比嘉靖壬子本晚了44年之久。因此后出的"志传"简本,却在先出的"演义"本之前就先插入关索故事,这种可能性很小。

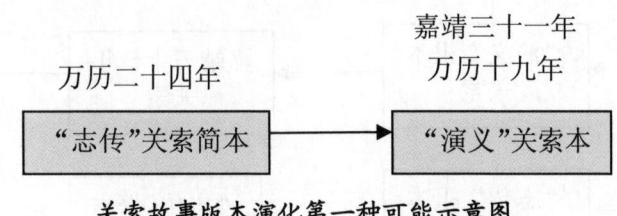

关索故事版本演化第一种可能示意图

第二种可能是,"演义"本先插入,"志传"简本再插入。

如前所述,因为"演义"本有关索故事的可能是嘉靖壬子本,比"志传"简本有关索故事的诚德堂本早44年,因此"演义"本先插入关索故事是有可能的。

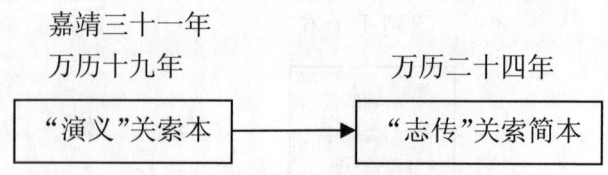

关索故事版本演化第二种可能示意图

第三种可能是,"演义"本先插入关索故事,"志传"繁本再插入关索故事,最后"志传"简本删节"志传"繁本,保留关索故事,产生关索简本。

如前所述,"演义"本到嘉靖三十一年的嘉靖壬子本就插入了关索故事,而现在看到有关索故事的"志传"简本是万历二十四年的诚德堂本,比嘉靖三十一年晚了44年。因此在这期间,先出现"志传"关索繁本,再删节出现"志传"关索简本,时间上是完全可能的。

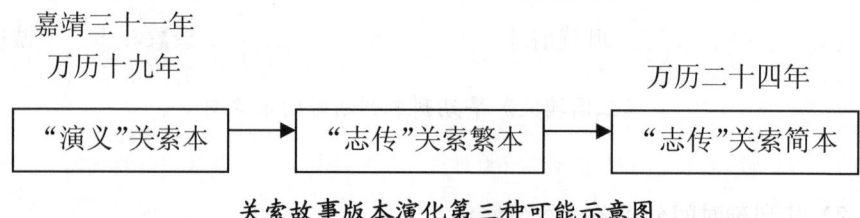

关索故事版本演化第三种可能示意图

第四种可能是,关索故事是原有的,"演义"本和"志传"本的共同祖本中就有关索故事,"演义"系列和"志传"简本保留了关索故事,而嘉靖元年本和叶逢春本删除了关索故事。

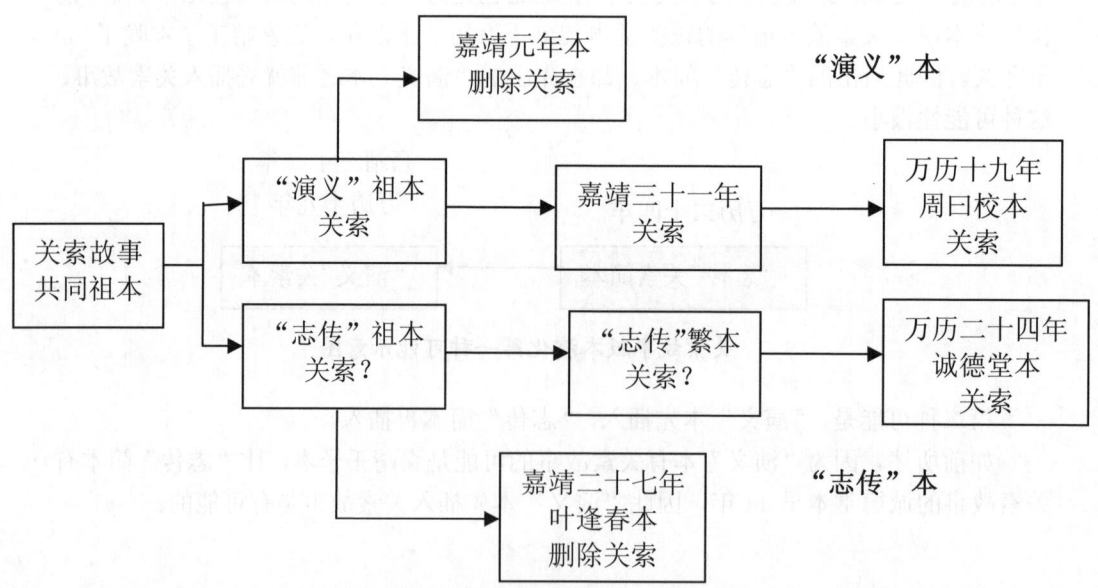

关索故事版本演化第四种可能——共同祖本示意图

下面从刊刻时间分析这种可能性是否存在。

如前所述,"演义"本最早的是嘉靖元年本,"志传"本最早的是嘉靖二十七年叶逢春本,它们既然都删除了关索故事,则有关索故事的共同祖本就应该在嘉靖元年之前。"演义"本最迟到嘉靖三十一年的嘉靖壬子本就插入了关索故事,而现在看到有关索故事的"志传"简本是万历二十四年的诚德堂本,"志传"简本应该来自"志传"繁本,因此就和前一种可能一样,在此前也应该曾出现过有关索故事的"志传"繁本,然后再删节出关索故事的"志传"简本(诚德堂本)。

关键还是中间环节的关索繁本,至今没有看到这种版本,当然,历史上很多版本都流失了,理论上也不排除曾出版过关索故事的"志传"繁本。

总之,关索故事的四种可能都有其合理性和各自的问题,综合以上分析的结论如下:

第一种可能,简本先插入的可能性最小,因为简本刊刻时间很晚,不可能简本先插入关索,然后"演义"本再插入关索故事。

第二种可能,"演义"本先加关索故事,"志传"简本参照"演义"本插入并增补了关索故事,这不需要增加新假设的版本,也有可能。问题是,简本一般只对文字做删节,要简本去增补关索故事,似乎不太合理。

第三种可能,"演义"本先加关索故事,"志传"繁本参照"演义"本插入并增补了关索故事,最后"志传"简本对关索繁本文字做删节,产生"志传"关索简本,这种可能性较合理。但需要一种假设的"志传"关索繁本。

第四种可能,原本就有关索故事,"演义"本和简本有共同祖本,这样就和前一种情况一样,需要中间有一种假设的关索繁本,再删节出关索简本。这还要求嘉靖元年本和叶逢春本要同时删除关索。这种可能假设太多,因此这种可能性不大。

(6) 关索、花关索故事演变的三种可能

"演义"系列和"志传"简本有关索故事,而"志传"繁本有花关索故事,现存一共有三种版本:
- "演义"关索本:周曰校本(万历十九年)
- "志传"关索简本:诚德堂本(万历二十四年)
- "志传"花关索繁本:余象斗本(万历二十年)

关索故事和花关索故事之间是什么关系,问题十分复杂。

关索故事演变最大可能是:"演义"本关索故事—"志传"关索简本,这样"志传"花关索繁本只能插入以上关索故事演变的三个节点之中。

关索、花关索版本演化按照"志传"关索繁本插入关索故事时间这三个节点先后排列,有如下三种可能性。

① "志传"花关索繁本在前,其后是"演义"关索本,最后是"志传"关索简本。
② "演义"关索本在前,其后是"志传"花关索繁本,最后是"志传"关索简本。
③ "演义"关索本在前,其后是"志传"关索简本,最后是"志传"花关索繁本。

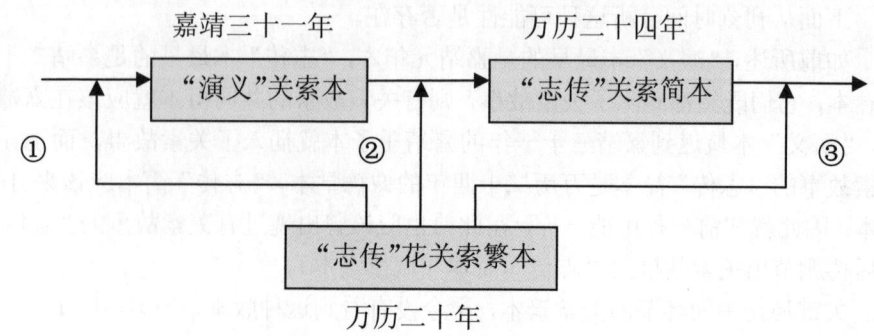

关索、花关索版本演化三种可能示意图

以下分析这三种可能性。

第一种可能是,"志传"繁本最先插入了花关索故事,然后"演义"关索本先插入了关索故事,最后"志传"简本插入关索故事。

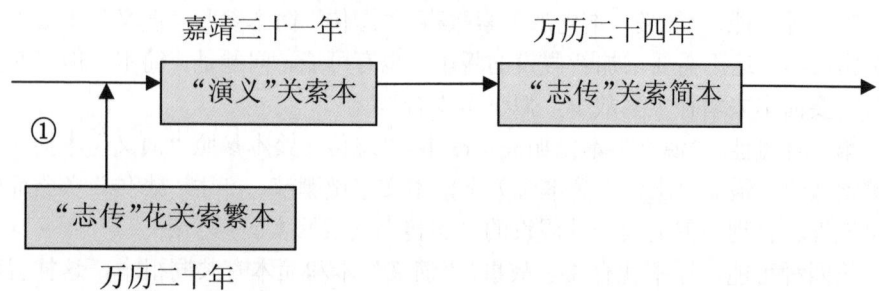

关索、花关索版本演化第一种可能示意图

从上海嘉定县曾出土成化年间的《花关索传》看,《三国演义》作者应该知道花关索故事。但关索在历史文献上并无记录,关索最后也未收入《三国演义》原本。"志传"本是为大众服务,趋向通俗化,因此有可能"志传"繁本考虑在民间很早就有花关索的传说故事,但《三国演义》未写入,因此"志传"繁本首先将花关索故事插入其中。

但实际这种可能性很小,因为"演义"关索本可能出现在嘉靖壬子三十一年,"志传"花关索繁本只能在"志传"繁本没有关索的嘉靖二十七年叶逢春本之后,否则叶逢春本要删除花关索故事不太可能。这样,花关索繁本要在嘉靖二十七年(1548年)叶逢春本之后,又要在嘉靖三十一年(1552年)"演义"关索本之前,就只能在嘉靖二十七年(1548年)至嘉靖三十一年(1552年)之间这3年内。而目前看到最早的"志传"关索繁本是万历二十年(1592年)的余象斗本,这样从最早的"志传"花关索繁本到现在看到的"志传"花关索繁本,时间差距44年太大了,虽然可能很多版本散失了,但似乎可能性还是不大。

第二种可能是,"志传"花关索繁本在"演义"关索本和"志传"关索简本之间。这样是"演义"本在插入11个历史故事的同时,先插入了关索故事。"志传"繁本插入了花关索故事,成为花关索繁本。然后"志传"简本随"演义"关索本也插入了关索故事。

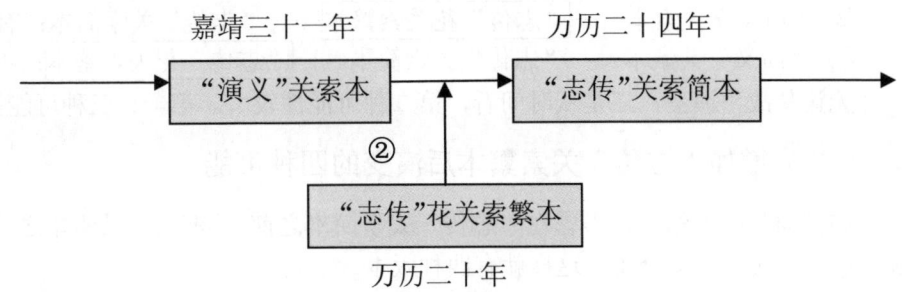

关索、花关索版本演化第二种可能示意图

日本学者中川谕发现周曰校本最先插入了 11 个故事[①]，其中就包含关索故事。周曰校本等"演义"本是为上层文人读者服务的，趋向是偏向历史，所以根据史书增补了一些史实，关索故事与花关索故事相比，更偏重历史，所以可能周曰校本祖本嘉靖壬子本最先将关索故事和其他 10 个故事一同插入，这是很有可能并且合理的。

"志传"繁本看到"演义"本插入了关索故事，就根据《花关索传》插入了花关索故事，成为"志传"花关索繁本。

最后"志传"简本为和"志传"花关索繁本竞争，又根据"演义"本也插入了关索故事，并做补充修改。

第三种可能是，"演义"本首先插入 11 个历史故事的同时，也插入了关索故事。然后"志传"简本随"演义"本插入了关索故事。"志传"繁本为和"演义"和"志传"的关索简本竞争，最后又插入了花关索故事。

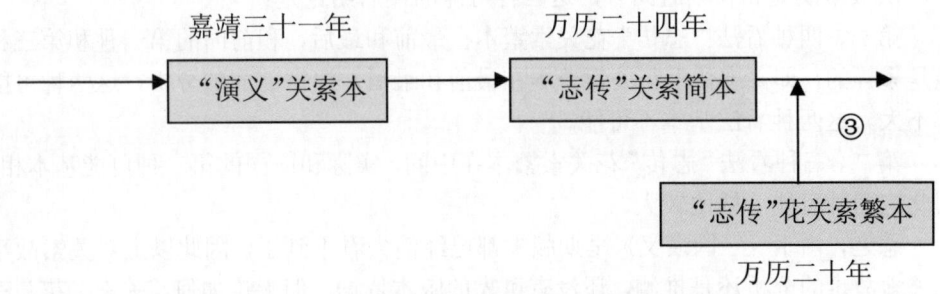

关索、花关索版本演化第三种可能示意图

理论上有这种可能性，但从时间看，目前最早的"志传"花关索繁本余象斗本刊刻于万历二十年，而最早的"志传"关索简本是晚其 4 年的万历二十四年的诚德堂本。因此先有"志传"简本，后有"志传"繁本，"志传"繁本比"志传"简本还晚，似乎不可能。

总结三种版本和两种关索故事的相互关系有三种看法：

---

① [日]中川谕《〈三国志演义〉版本研究》，上海古籍出版社 2010 年 8 月第 1 版。

① "志传"花关索繁本——"演义"关索本——"志传"关索简本：不可能。
② "演义"关索本——"志传"花关索繁本——"志传"关索简本：有可能。
③ "演义"关索本——"志传"关索简本——"志传"花关索繁本：不可能。

无论从故事演变，还是从时间看，第二种可能性较大。第一、三种可能性不大。

（7）增加"志传"关索繁本后演变的四种可能

如前面分析的结果，考虑在"志传"关索简本之前，"演义"关索本之后，再增加一种"志传"关索繁本，这样就有四种版本。

而"志传"花关索繁本就只能插入以上关索故事演变的4个节点之中，这四种版本就有四种演化可能了。

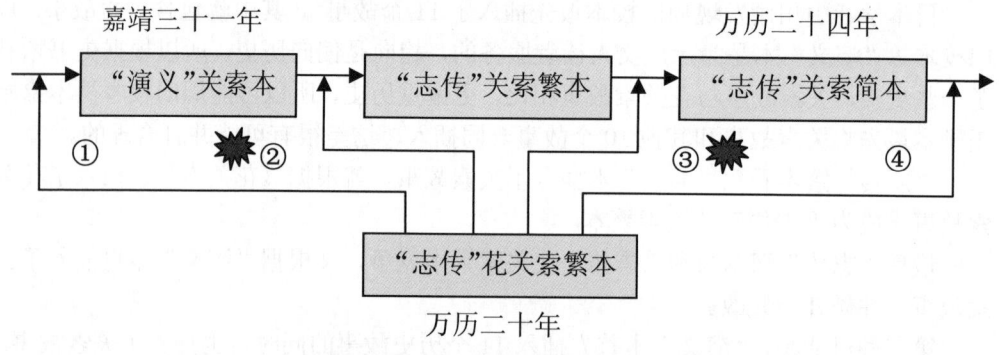

关索、花关索版本演化四种可能示意图

从故事演变和刊刻时间看，这四种可能的最后结论是：

第一、四种看法"志传"花关索繁本在最前和最后，和前面的第一种和第三种可能是一样的，即"志传"花关索繁本在最前和最后，根据前面的分析，这两种可能性都不大。这两种看法基本不可能。

第二、三种看法"志传"花关索繁本在中间，实际和前面的第二种可能基本相似，因此这两种可能一样比较大。

总之，由于《三国演义》早期版本都已经消失看不到了，因此以上对关索故事和花关索故事的分析还是推测，还没有可靠的版本依据。但无论如何，关索、花关索故事的演变一定是有版本依据的，只是我们没有可靠的版本资料罢了。

《三国演义》中的关索和花关索故事在"演义"本、"志传"简本和"志传"繁本三种版本中分别出现，各不相同，十分复杂。

以上先对关索故事进行了详细分析，然后又对关索和花关索故事进行了分析，主要是研究关索和花关索故事是如何在三种版本中出现和演变的。虽然分析了各种复杂的可能性，但到目前还没有完全令人信服的解释，这反映了《三国演义》版本演化的复杂性。

正如金文京先生所言："笔者认为以上所说的花关索故事和关索故事以及两种关索故事之间的先后关系，乃为目前在《三国演义》版本系统的讨论当中尚待解决的唯一的重大问题。"

12. 版本演化专题总结

（1）文字差异项目汇总

以上介绍的《三国演义》"志传"本和"演义"本文字差异，可分为以下 8 项：

1）"伍伯"和"五百人"

"志传"本和"演义"本不同。

- 伍伯："志传"本。
- 五百人："演义"本。

2）糜夫人之死

"志传"系列中"志传"小系列和"演义"系列相同，值得仔细研究。

- 头撞墙而死：叶逢春本、"志传"繁本、"英雄志传"小系列。
- 投井而死："志传"小系列、"演义"系列。

3）"庞德"和"庞悳"

"演义"系列中 3 本和"志传"系列相同，值得仔细研究。

- 庞德：全部"志传"系列，"演义"系列夷白堂本、周曰校乙本、夏振宇本。
- 庞悳："演义"系列周曰校甲本、活字本、嘉靖元年本。

4）"翼德"和"益德"

"演义"系列中有的版本和"志传"系列相同，值得仔细研究。

- 翼德：全部"志传"系列，"演义"系列夷白堂本、周曰校乙本、夏振宇本。
- 翼德、益德："演义"系列周曰校甲本。
- 益德："演义"系列活字本、嘉靖元年本。

5）"不烂之舌"和"拨浪之舌"

和"庞德""庞悳"相同，"演义"系列中 3 本和"志传"系列相同，值得仔细研究。

- 不烂之舌：全部"志传"系列，"演义"系列夷白堂本、周曰校乙本、夏振宇本。
- 拨浪之舌："演义"系列周曰校甲本、活字本、嘉靖元年本。

"演义"和"志传"版本文字差异统计表

分类	版本	伍伯五百	不烂拨浪	庞惪庞德	益德翼德	普静普净	关羽之死	糜夫人死	关索故事
繁本	叶逢春	伍伯	不烂	庞德	翼德	普静9	首级12	撞墙	无
	繁本	伍伯	不烂	庞德	翼德	普静9	首级12	撞墙	花关索
英雄志传		伍伯	不烂	庞德	翼德	普静10	首级10	撞墙	关索15
志传	刘龙田	伍伯	不烂	庞德	翼德	普静10	首级10	投井	关索16
	黄正甫	伍伯	不烂	庞德	翼德	普静10	首级10	投井	关索16
	诚德堂	伍伯	不烂	庞德	翼德	普净8	首级11	投井	关索18
	朱鼎臣	伍伯	不烂	庞德	翼德	普净8	首级11	投井	关索17
	忠正堂	伍伯	不烂	庞德	翼德	普净8	首级11	投井	关索18
	费守斋	伍伯	不烂	庞德	翼德	普静7 普净1	首级11	投井	关索18
	天理图	伍伯	不烂	庞德	翼德	普静7 普净1	首级11	投井	关索18
演义	夷白堂	五百	不烂	庞德	翼德	普静9	首级6 英灵3	投井	关索10
	周乙本	五百	不烂	庞德	翼德	普静9	首级6 英灵5	投井	关索10
	夏振宇	五百	不烂	庞德	翼德	普静9	首级5 英灵6	投井	关索10
	周甲本	五百	拨浪	庞惪	翼德 益德	普静5 普净4	首级5 英灵6	投井	关索10
	活字本	五百	拨浪	庞惪	益德	普静3 普净5	首级3 英灵8	投井	关索10
	嘉靖本	五百	拨浪	庞惪	益德	普净5	首级1 英灵10	投井	无

6)"普静"和"普净"

"演义"和"志传"系列混乱,值得仔细研究。

- 普静:"志传"系列全部繁本、全部"英雄志传"和"志传"小系列的刘龙田本和黄正甫本,及"演义"系列夷白堂本、周曰校乙本、夏振宇本(和"翼德"相同)。
- 普静、普净:"志传"系列费守斋本、天理图本,和"演义"系列周曰校甲本、活字本。

- 普净："志传"系列诚德堂本、朱鼎臣本、忠正堂本，"演义"系列嘉靖元年本。

7）关羽之死

- "首级"等对关羽不敬：全部"志传"系列。
- "首级""英灵"等对关羽有不敬，有尊敬："演义"系列除嘉靖元年本以外全部版本。
- "英灵"等对关羽尊敬："演义"系列嘉靖元年本。

8）关索故事

"演义"和"志传"简本都有关索，值得仔细研究。
- 无关索、花关索：叶逢春本、嘉靖元年本。
- 关索："演义"系列除嘉靖元年本外全部版本、"志传"系列简本，但各种版本的关索故事次数还略有不同。
- 花关索："志传"系列繁本。

《三国演义》版本有规律的文字差异除以上 8 项之外，可能还有其他项目，将来有机会再仔细分析。

（2）文字差异项目分类

以上介绍了《三国演义》各种版本的 8 项文字差异，这些文字差异根据在各种版本中是否有规律，可分为以下几类。

1）"演义""志传"系列完全不同——1 项

8 项文字差异中，"演义"系列和"志传"系列完全不同只有一项："伍伯"和"五百人"。"演义"系列都是"五百人"，"志传"系列都是"伍伯"。

2）"演义"系列 4 本和"志传"系列相同——6 项

8 项文字差异中，"演义"系列的 4 本（夷白堂本、周曰校乙本、夏振宇本、周曰校甲本）和"志传"系列相同的有 3 项：
- "庞德"和"庞悳"
- "翼德"和"益德"（周曰校甲本略不同）
- "不烂之舌"和"拨浪之舌"

3）"演义""志传"系列差异大——3 项

8 项文字差异中，"演义"系列和"志传"系列差异较大的有 3 项：
- 关羽之死
- 麋夫人之死
- 关索、花关索

4)"演义""志传"系列无规律——1项

8项文字差异中,"演义"系列和"志传"系列差异基本没有规律的只有1项:"普静"和"普净"。

(3) 各版本文字差异总结

以上介绍了各种版本中8个项目的差异,根据这8个项目,可对"演义"系列和"志传"系列做如下分类。

1)"志传"系列分4组

① 叶逢春本。

单独一组,和其他版本都不同。此本属于"志传"繁本,但没有任何关索、花关索故事,这点和嘉靖元年本相同。

② "志传"繁本。

除叶逢春本以外所有"志传"繁本都相同。主要特点是有花关索故事。

③ "英雄志传"小系列。

此系列版本都相同,最大特点是糜夫人之死和叶逢春本、"志传"繁本相同,三种都是"头撞墙而死"的,和"志传"小系列、"演义"系列"投井而死"不同。

④ "志传"小系列。

"志传"小系列分类表

分组	第一组		第二组		第三组		
版本	诚德堂	黄正甫	刘龙田	朱鼎臣	天理图	费守斋	忠正堂
普静 普净	普净8	普静10	普静10	普净8	普静1 普净7	普静1 普净7	普净8
还我头来 哭取首级	哭取首级	还我头来	哭取首级	哭取首级	还我头来	还我头来	哭取首级
关索故事	18	16	16	17	18	18	18

"志传"小系列情况非常复杂,总计有3处不同。

● "普静"和"普净"不同。
● "还我头来"和"哭取首级"不同。
● 关索故事出现次数不同。

这些差异和"志传"小系列文字分组还不同,这应该不是偶然的,而是有原因的,需要仔细分析。

2)"演义"系列分4组

① 夷白堂本、周曰校乙本、夏振宇本。

"庞德"和"翼德","普静"和"不烂之舌",10个关索故事,都相同。

② 周曰校甲本。

"庞德"改为"庞憙",先是"翼德"后改"益德",先是5个"普静"后改4个"普净",5个"首级"6个"英灵","不烂之舌"改为"拨浪之舌",10个关索故事。

③ 活字本。

"庞德"改为"庞憙",全部"益德",先是3个"普静"后改5个"普净",3个"首级"8个"英灵","不烂之舌"改为"拨浪之舌",10个关索故事。

④ 嘉靖元年本。

"庞德"改为"庞憙",全部是"益德",全部是"普净",1个"首级"10个"英灵","不烂之舌"改为"拨浪之舌",没有关索故事。

根据以上文字差异分析,"演义"系列的文字改变（不是版本演化）也很清楚:

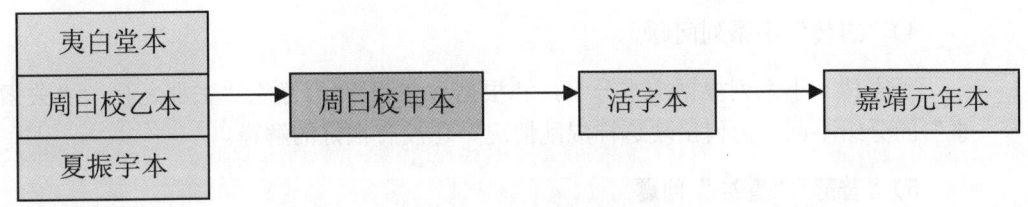

"演义"系列文字改变示意图

（4）版本演化现存问题

以上分析了"演义"系列和"志传"系列两种版本中的8个项目,其中存在以下问题。

1）嘉靖元年本问题

现有的嘉靖元年本是经过修订的版本,还是嘉靖元年本的原本,对此有不同看法。

根据以上对"演义"系列版本和嘉靖元年本的分析,现有的嘉靖元年本应该是经过修订的版本,而并不是嘉靖元年本的原本。

当然也有很多学者认为现在的嘉靖元年本就是嘉靖元年刊刻的原本,虽然这在理论上是可能的。

这两种说法都没有可靠的证据。但从各个角度分析,现有的嘉靖元年本是经过修订版本的可能性更大。

2）"演义"本祖本问题

"演义"系列中嘉靖元年本,和有些"演义"系列版本（周曰校乙本、夏振宇本和夷白堂本）文字不同,如"益德""翼德"和"庞德""庞憙",以及"不烂之舌""拨浪之舌"。

"演义"系列的共同祖本是接近哪个版本?是嘉靖元年本,还是周曰校乙本等?从关羽之死看,如"演义"系列的共同祖本接近嘉靖元年本,其他版本就要从对关羽尊敬，改为不尊敬，这似乎是不太可能的。而相反，如"演义"系列的共同祖本接近其他版本，嘉靖元年本就要从对关羽不尊敬，改为尊敬，这似乎可能性更大。

因此最大可能还是认为现有的嘉靖元年本是经过修订的版本，并不是嘉靖元年本的原本。"演义"系列的共同祖本在这些文字差异上，更接近其他版本，也就是说，其他"演义"本的描述可能是"演义"本共同祖本的文字。

3）"演义"本周曰校本问题

"演义"系列中周曰校甲本、周曰校乙本、夏振宇本和夷白堂本有些文字不同，如"益德""翼德"和"庞德""庞惪"，以及"不烂之舌""拨浪之舌"中，周曰校乙本、夏振宇本和夷白堂本和"演义"本不同，却和"志传"本相同。为何同属"演义"本，有些文字却和"志传"本相同，甚至同属周曰校本的周曰校甲本和乙本也有不同？

4）"志传"小系列问题

"志传"小系列根据文本分组，和根据"普静""普净"、"关羽之死"、"关索故事"的分组不同，为何出现这样混乱情况？还没有很好的解释。

5）"普静""普净"问题

"普静"和"普净"在"英雄志传"小系列和周曰校甲本、活字本中有所不同，为何会出现这些差异？罗贯中原本是"普静"还是"普净"？还没有很好的解释。

6）"关羽之死"问题

"关羽之死"在"志传"和"演义"系列中差异很大，"志传"系列一般用词都对关羽不敬，而嘉靖元年本都很尊敬，"演义"系列其他版本有的不敬，有的尊敬，为何出现这样混乱情况？还没有很好的解释。

7）"糜夫人之死"问题

"糜夫人之死"在"志传"繁本和"英雄志传"小系列中是"头撞墙而死"，而"志传"小系列却和"演义"系列一样，是"投井而死"。为何会有两种写法？为何"志传"小系列和"志传"其他本不同？却和"演义"系列相同？还没有很好的解释。

8）"关索""花关索"问题

在"演义"系列和"志传"简本中出现关索故事，而在"志传"繁本中是"花关索故事"，在叶逢春本和嘉靖元年本中没有任何关索故事，为何会出现这种复杂的情况？还没有很好的解释。

总之，由于一些版本缺失，很多问题无法得到圆满解释，这也不奇怪。虽然没有解决这些问题，但逐一揭示了这些问题还是有益的。

(二)"演义"系列早期版本研究

1. "演义"系列早期版本概述

"演义"系列早期版本包括:嘉靖元年本、周曰校本(甲本、乙本、丙本)、夏振宇本、朝鲜活字本、夷白堂本。

这些版本有共同特点,也有些差异,这些版本之间是什么关系,很值得仔细研究。本节首先概括介绍对这些版本演化的主要看法,然后再逐项仔细分析。

(1) 坊刻和官刻两种嘉靖元年本

目前看到最早的《三国演义》版本是嘉靖元年本。很多人因此认为现存的嘉靖元年本就是最早的《三国演义》版本。但实际这是个错误的认识。

现存的所谓嘉靖元年本并不是真正的嘉靖元年本,而是修改过的官刻版本。这就和《红楼梦》版本中大量的"脂本"如甲戌本、庚辰本、己卯本等情况相似,并非是其原本,而是过录本,即多次抄写后的版本,在过录中文字肯定有所修改,已不是原貌。陈翔华先生曾多次指出,因此他称现在看到的嘉靖元年本为"嘉靖元年序本",意思是指此本有个嘉靖元年序,但并非刊刻在嘉靖元年。

根据中国古典小说发展历程,最早的小说一般先是以抄本形式流传,后才有书坊刊刻出版。最后官府觉得小说对其统治有利,才出现了官刻本。这就是中国古代小说发展的三阶段:手抄本——坊刻本——官刻本。

《三国演义》版本也有这三阶段。现存嘉靖元年本很明显是官刻本,是在原民间书坊刻本的基础上,根据官方需要修改后的版本。所以我们现在看到的嘉靖元年本已经不是真正的嘉靖元年本,有很多处文字做了修改。

其中最大修改是,现存的嘉靖元年本中有大量的后人所加的论、赞,因为现存的嘉靖元年本是明显的官刻本,官方刊刻时插入大量的论、赞,在其原本中肯定是没有的。

现存嘉靖元年本的另一处明显修改是对关羽之死的修改。原本和"志传"系列版本一样，在关羽之死描写中有很多对关羽不敬的记述。到官刻本将这些不敬的文字，逐字做了修改，如"首级"改为"英灵"等，将和尚"普静"改为"普净"等。

证明现存的嘉靖元年本不是最早的刊本还有一个证据。此本第二十卷第九则（总第一百十九则）"张永年反难杨修"中正文"扯碎其书烧之"下有注："旧本'书'作'板'"。此注表明在此本之前确实有个"旧本"，此处作"板"。

因此我们在研究嘉靖元年本时，一定要时刻注意，现存的嘉靖元年本已经不是真正的嘉靖元年本了。至于古本嘉靖元年本的文字原貌，已经无法考证了，只能做一些推测性的分析。

（2）嘉靖壬子本

如前所述，"演义"系列中除最早的嘉靖元年本外，还有一些版本，包括三种周曰校本、朝鲜翻刻本、朝鲜活字本、夏振宇本、夷白堂本等。这些版本中，周曰校本刊刻在明万历年间，其他版本刊刻时间不详。这些版本肯定是有个共同的祖本，一般很容易认为这些版本祖本就是嘉靖元年本。但如前所述，嘉靖元年本分古本和现存本两种，这些版本的祖本是哪个嘉靖元年本？

仔细对比分析这些版本的文字和现存的嘉靖元年本后，可以肯定：这些版本的祖本绝对不是现存的嘉靖元年本。最主要的证据还是关羽之死。如前所述，现存的嘉靖元年本对关羽之死做了彻底的修改，所有对关羽不敬的文字，一处不漏地全部修改了。

但查这些版本，在关羽之死描写中，有的修改了，有的没有修改。由此可以肯定，这些版本的祖本肯定在关羽之死的描写中都没有修改。因此才会出现有的文字修改，有的文字没有修改的混乱局面。如果这些版本的祖本都修改过，这些版本就根本没有必要再改回去。

这些版本的祖本是关羽之死未修改的版本，又有两种可能。一种可能是这些版本的祖本就是未修改的古本嘉靖元年本，另一种可能是，这些版本的祖本是另一个版本。

因为周曰校本和夏振宇本的"嘉靖壬午"被改为"嘉靖壬子"，因此这些版本的祖本就可能是嘉靖壬子本，而这个嘉靖壬子本就出自古本嘉靖元年本，非现存的嘉靖元年本。

证明周曰校本有祖本的另一个证据和证明嘉靖元年本有祖本的证据相似。在第四卷第十三则（总第七十四则）"玄德风雪访孔明"中，在黄承彦口颂《梁父吟》一诗后有【考证】"古本作'盛感皇天佑'"。这是指此诗中一句"岂惧皇天漏"，在"古本"中为"盛感皇天佑"，周曰校本改为"岂惧皇天漏"。这说明周曰校本之前确实有个"古本"。

所以这个"古本"应该是指周曰校本的祖本，按照后面分析，可能就是嘉靖壬子本。

（3）"演义"系列早期版本演化

按照上述分析，"演义"系列早期版本的演化过程如下。

- **坊刻嘉靖元年本**："演义"系列最早的版本是古本嘉靖元年本，但不是现存的官刻嘉靖元年本，而是书坊刊刻本。其中关羽之死文字中有很多对关羽不敬的描述。

- **官刻嘉靖元年本**：官府在古本嘉靖元年本基础上修改，出版了大字内府本，即现在看到的嘉靖元年本。其中对关羽之死文字中对关羽不敬的描述全部做了修改。
- **嘉靖壬子本**：在古本嘉靖元年本基础上，又出现了嘉靖壬子本，将"嘉靖壬午"改为"嘉靖壬子"，此本成为以后各种早期"演义"系列版本的祖本。其中关羽之死文字对关羽不敬的描述基本未改。
- **周曰校本**：周曰校本分为甲乙丙三种，周甲本是残本，只存于中国社科院文学所，朝鲜翻刻本经考证其底本是周甲本，下面为叙述方便，凡提及周甲本实际是指朝鲜翻刻本，当然由于翻刻有些文字可能有修改。周乙本文字和周甲本略有不同，周甲本无插图，周乙本有插图。周丙本是周乙本的翻刻本，文字基本相同，插图删去刻工名字。
- **夏振宇本**：文字和周曰校本接近，无插图，每页上有一标题。
- **朝鲜活字本**：朝鲜在嘉靖壬子本基础上又刊刻了朝鲜活字本。
- **文字不同程度的修改**：这些早期"演义"系列版本在各自刊刻时，又参照嘉靖元年本，对文字（主要是关羽之死）又各自做了不同的修改。如夷白堂本、夏振宇本对关羽之死文字中对关羽不敬的描述都未改，而三种周曰校本和朝鲜活字本都做了不同的修改。

根据以上介绍，"演义"系列早期版本演化示意图如下。

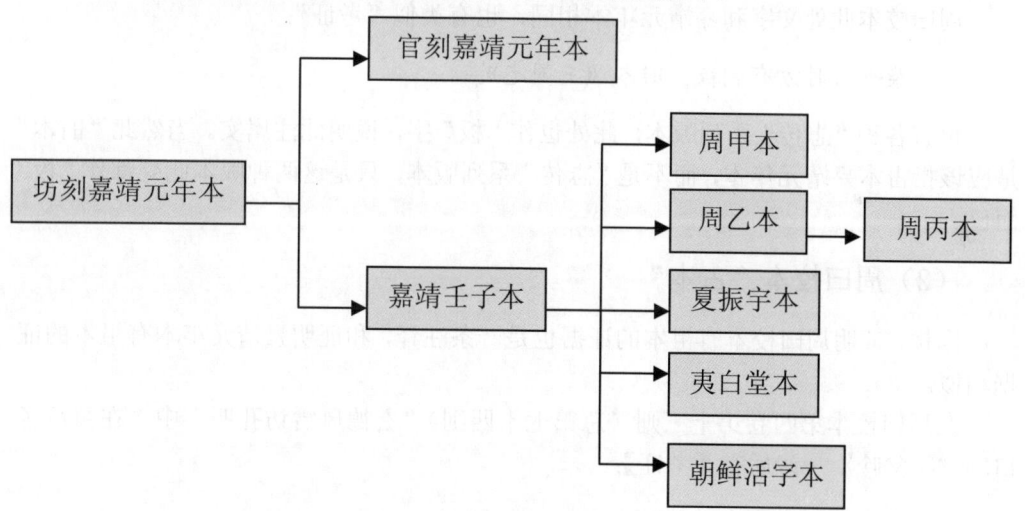

"演义"系列早期版本演化示意图

下面分析"演义"系列早期版本的一些问题，包括：
- "旧本"和"古本"
- 嘉靖壬子本
- 上海残叶
- 朝鲜活字本

- 嘉靖壬子本、上海残叶、朝鲜活字本
- 嘉靖元年本、周曰校本圈发
- 三种周曰校本的关系

2. "旧本""古本"研究

（1）嘉靖元年本、周曰校本"旧本"

证明现存嘉靖元年本之前还有古本嘉靖元年本的证据之一是现存嘉靖元年本的一条注释。

周强（周兆新）先生早就指出[①]：证明现存的嘉靖元年本不是最早的刊本有一个证据。此本第二十卷第九则（总第一百十九则）"张永年反难杨修"中，描写张松背诵《孟德新书》，杨松告知曹操，曹操"遂令扯碎其书烧之"。在此正文下有注：

> 武世宗时方刊板。旧本"书"作"板"，差亦。今《孙武子》只有魏武帝注。

此注表明在此本之前确实有个"旧本"，此处作"板"。

周曰校本此处文字和嘉靖元年本相同，也有类似"考证"：

> 柴世宗时方有刊板。旧本《三国志》。

再查各种"志传"系列版本，此处也作"板"字，说明此注属实。当然此"旧本"是应该指古本嘉靖元年本，而不是"志传"系列版本，只是这两种版本此处都作"板"而已。

（2）周曰校本"古本"

同样，证明周曰校本有祖本的证据也是一条注释，和证明嘉靖元年本有祖本的证据相似。

在周曰校本第四卷第十三则（总第七十四则）"玄德风雪访孔明"中，在黄承彦口颂《梁父吟》一诗后有【考证】：

> 古本作"盛感皇天佑"。

这是指此诗中一句"岂惧皇天（佑）漏"，在"古本"中为"盛感皇天佑"，周曰校本甲本改为"岂惧皇天漏"，周曰校乙本为"岂惧皇天佑"。这说明周曰校本之前确实有个"古本"。"佑"即"佑"，但周曰校甲本和乙本不同。

查现存嘉靖元年本此处和周曰校甲本一样，也是"岂惧皇天漏"，说明现存嘉靖元年本也和周曰校甲本一样做了修改。在后面有关关羽之死描写中，周曰校甲本也是

[①] 周兆新：《三国演义考评》，北京大学出版社1990年第1版，第199—202页。

很多处和嘉靖元年本相同。

夷白堂本和周曰校乙本为"岂惧皇天佑",而夏振宇本为"尽感皇天佑",都很接近古本的"盛感皇天佑"。

"志传"系列中,叶逢春本、余象斗本和古本一样,是"盛感皇天佑"。郑少垣本、杨闽斋本和简本是"深感皇天佑"。

由此看出,这句话有四种写法:
- "盛感皇天佑":古本。
- "尽感皇天佑":夏振宇本。
- "岂惧皇天佑":夷白堂本和周曰校乙本。
- "岂惧皇天漏":嘉靖元年本和周曰校甲本。

此句话的修改是:
- "古本"中为"盛感皇天佑";
- 夏振宇本"盛"改为"尽",只改一字;
- 夷白堂本和周曰校乙本将"盛感"改为"岂惧",改二字。"佑"即"佑"。
- 嘉靖元年和周曰校甲本也将"盛感"改为"岂惧",又将"佑"改"漏",改三字,修改最多。

只从文字修改很难判别版本的先后,表面看各自修改的可能性较大。

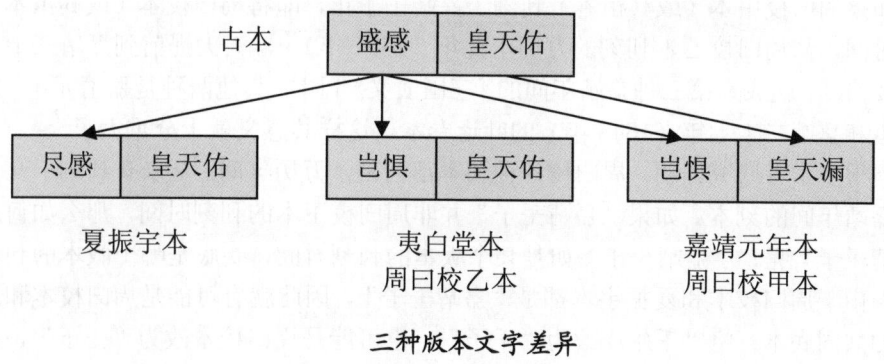

三种版本文字差异

3. "嘉靖壬子"研究

(1)《三国演义》引言中"嘉靖壬午"和"嘉靖壬子"问题

在《三国演义》"演义"系列的早期版本中,有一篇修髯子(张尚德)的《三国志通俗演义引》。此引言的撰写时间,不同版本的记载完全不同。在嘉靖元年本中记为"嘉靖壬午",即嘉靖元年(1522年),因此一般称为嘉靖壬午本,或嘉靖元年本。

但在周曰校本、夏振宇本等版本中,却记为"嘉靖壬子",即嘉靖三十一年(1552

年)。二者相差 30 年。如何解释这种问题?

因为嘉靖元年本刻印十分精美,一般都认为嘉靖元年本的"壬午"不会出错。这样如何解释周曰校等版本的"嘉靖壬子"就成为关键。以前一般学者都认为,因为"午"字和"子"很接近,因此"壬子"是"壬午"的误刻。

由于不仅所有周曰校本是"嘉靖壬子",夏振宇本也是"嘉靖壬子",这样不得不仔细考虑,"壬子"是否真是"壬午"的误刻。

周曰校本现存三种版本。其中周曰校甲本只在中国社科院文学所图书馆保存唯一的一部残本,但无第一卷,因此无法知道其中张尚德引言的题署时间是"嘉靖壬午"还是"嘉靖壬子"。而周曰校乙本和丙本只是插图不同,文字相同,都写为"嘉靖壬子"。2008 年韩国学者朴在渊先生发现了朝鲜翻刻本《三国演义》,经比对,发现此本文字与保存在中国社科院文学所的周曰校甲本文字完全一样,因此证明朝鲜翻刻本的底本肯定是周曰校甲本。其第一卷的修髯子(张尚德)引言的题署时间,和周曰校乙本、丙本一样,也是"嘉靖壬子",而不是"嘉靖壬午"。由此肯定,周曰校甲本的题署时间也是"嘉靖壬子"。

2010 年,韩国学者朴在渊先生在发现《三国演义》朝鲜活字本后,首先提出:"嘉靖壬子"不是"嘉靖壬午"的误刻,而就是周曰校甲本(或其祖本)的刊刻时间。刘世德先生随后也同意了朴在渊先生的看法。并做了进一步的引申论述。

如果周曰校甲本(或其祖本)刊刻于嘉靖壬子年,即将周曰校本(或其祖本)的刊刻时间,从周曰校乙本刊刻的万历十九年(1591 年),大大提前到嘉靖三十一年(1552 年),就成为第三种嘉靖年间的《三国演义》刊本。其他两种是嘉靖元年(1522 年)本和嘉靖二十七年(1548 年)的叶逢春本。这样其意义就十分重大了。

但很多学者研究证明,周曰校各种刊本都刊刻于万历年间,从未有刊刻于几十年前的嘉靖年间的刻本。如果"嘉靖壬子"并非周曰校甲本的刊刻时间,那么如何解释"嘉靖壬子"呢?"嘉靖壬子"如是某个版本的刊刻时间,到底是哪个版本的刊刻时间呢?由于周曰校本和夏振宇本都是"嘉靖壬子",因此就有可能是周曰校本和夏振宇本的共同底本,将"壬午"改为"壬子";也可能是周曰校本改为"壬子",而周曰校本是夏振宇本的底本,因此夏振宇本也是"壬子"。

另外,夷白堂本是残本,没有第一卷,不知其是否也有此序言,序言是否也是"嘉靖壬子"。但仔细比对夷白堂本文字和周乙本十分接近,因此夷白堂本也可能属于嘉靖壬子本系列。

这样嘉靖壬子本包括三种版本:
- 周曰校本(甲乙丙本)
- 夏振宇本
- 夷白堂本

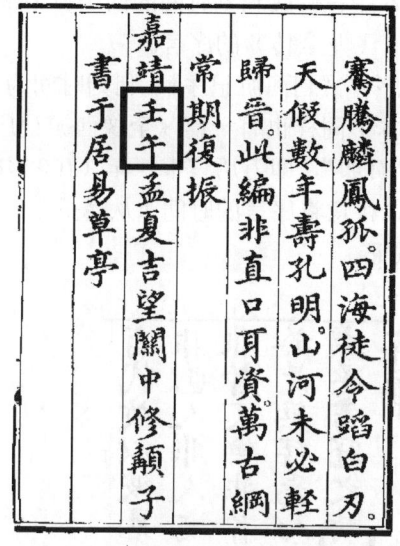
嘉靖壬午本（壬午）

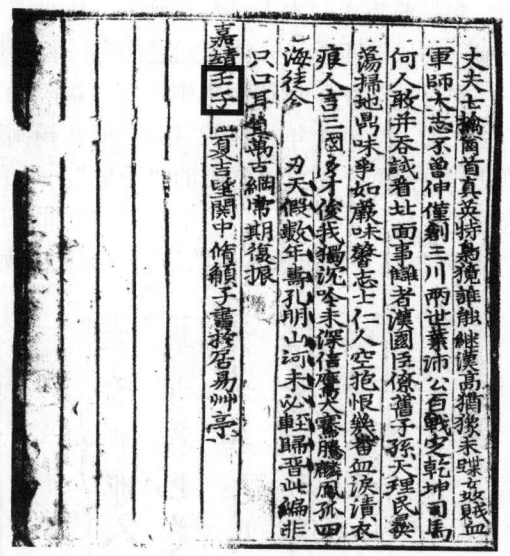
朝鲜翻刻本（周曰校甲本）（壬子）

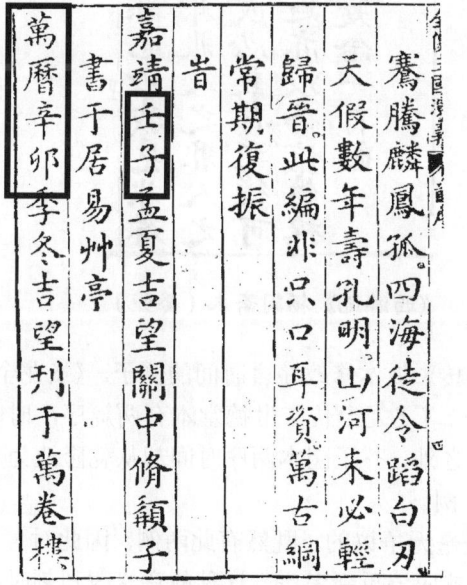
周曰校乙、丙本（壬子）

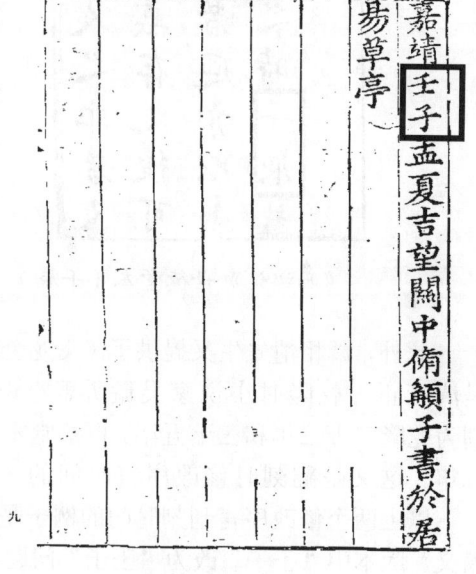
夏振宇本（壬子）

（2）古代小说序言刊刻时间改变的实例

但仍有很多学者坚持认为"壬子"是"壬午"的误刻。理由是，一般古代小说的刊刻时间，都单独说明，如周曰校刊本乙本的张尚德引言后，题有一行字："万历辛卯季冬吉望，刊于万卷楼"，辛卯，即万历十九年（1591年）。也有版本将刊刻时间标记在书末尾。而修改原引言或序言时间，改为该版本的刊刻时间，似乎不太合理。

到目前为止，本人已经找到了古代小说版本序言修改刊刻时间的两个典型例子，分别是明代《西游记》的陈元之序言，和清代《飞龙全传》的序言。

在《西游记》世德堂本中，有一篇陈元之序言《刊西游记序》，刊刻时间为万历壬辰，即万历二十年（1592年）。而在杨闽斋本中同样也有一篇《全像西游记序》，但其刊刻时间不是世德堂本的"壬辰"，而是"癸卯"，即万历三十一年（1603年）。这肯定是杨闽斋本在万历三十一年刊刻此书时，特意将序言的时间，从"壬辰"改为"癸卯"。这是后出版本修改序言时间的一例铁证。

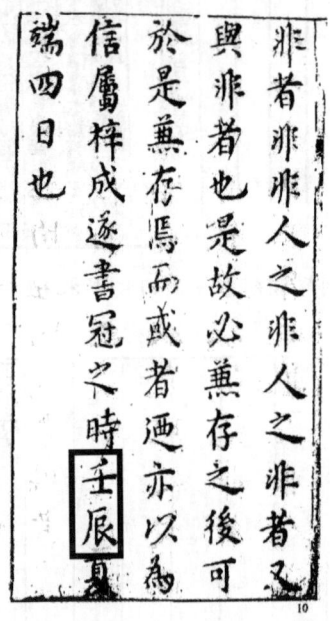 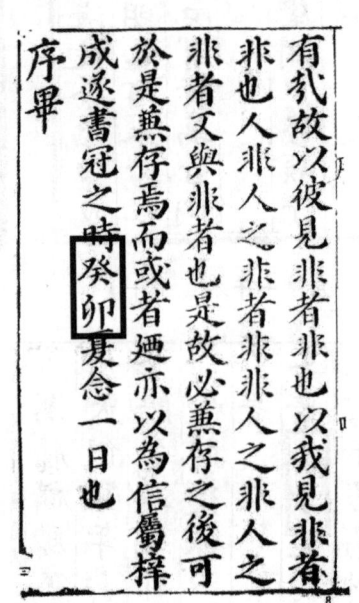

《西游记》世德堂本（壬辰）　　《西游记》杨闽斋本（癸卯）

此外，萧相恺先生又提供了《飞龙全传》版本修改序言时间的例子。《飞龙全传》是清雍正、乾隆时小说家吴璇所著小说。《飞龙全传》世德堂本有两篇序，时间分别为乾隆三十三年和三十五年。世德堂本之外，芥子园本两序时间却从乾隆改为嘉庆二年。这又是翻刻时修改序言时间的一例。

以上两个修改序言刊刻时间的例子是毫无争议的，既然有此两例，因此对《三国演义》版本中"壬午"改为"壬子"问题就应该重新考虑，这种故意修改刊刻时间就应该是完全可能的。

（3）嘉靖壬子年版

既然有《西游记》杨闽斋本和《飞龙全传》修改序言刊刻时间的例子，说明现存《三国演义》周曰校本和夏振宇本张尚德引言的时间，就有可能是从嘉靖"壬午"，改为嘉靖"壬子"。由于现存的周曰校本和夏振宇本的引言都是"壬子"，如果"壬子"是"壬午"的修改，则这个修改可能出现在周曰校本和夏振宇本的共同底本，也可能是周曰校本修改后，夏振宇本跟着修改了。

这里要特别强调，这里的"嘉靖壬子"可能是周曰校本和夏振宇本共同底本的刊刻年代。这是因为周曰校本和夏振宇本，与嘉靖元年本相比，有很多共同点，因此一般都认为它们或是有共同的底本。

因此，周曰校本和夏振宇本共同底本的刊刻时间，就应该是嘉靖壬子的嘉靖三十一年（1552年），比周曰校乙本的万历十九年（1591年）早39年。这就填补了"演义"系列从嘉靖元年到万历十九年之间70年的空白。

周曰校乙本有准确的刊刻时间是万历十九年（1591年），中川谕先生研究周曰校甲本刊刻于万历十五年（1587年）[①]。

（4）夏振宇本刊刻时间

周曰校本刊刻时间确定了，但和周曰校本有密切关系的夏振宇本的刊刻时间一直没有可靠证据。

中川谕先生研究认为夏振宇本应该比周曰校本晚[②]，并认为夏振宇本是以周曰校甲本为底本的版本可能性最大。而且夏振宇本是在李卓吾批评本之前[③]。周曰校甲本的刊行既然是万历十五年前后，李卓吾批评本的刊行最早是万历三十年前后[④]，夏振宇本的刊行就在其间，即万历十五年到三十年之间。但是因为现存资料还不够，所以正确的刊行年代还难决定。等待着新资料的发现，要重新探讨。[⑤]

日本关西大学博士后陈骏千在2019年3月31日出版的《中国古典小说研究》第22号发表文章《蓬左文库藏夏振宇本〈三国志演义〉について》，查到《三国演义》卷十第一则"孔明秋夜祭泸水"中"馒头"一词的"考证"为"传至今日出《事物原始》"，而周曰校乙本此"考证"词为"传至今日出《事物纪原》"。周曰校乙本引用《事物纪原》是宋代高承撰编的类书，《四库全书·总目提要》载：《事物纪原》十卷，明正统（1436—1449）间南昌简敬所刊。前有敬序云：作者佚其姓名。此书刊刻于嘉靖壬子年（1552年）和万历十五年（1587年）周曰校甲本和万历十九年（1591年）之前，因此周曰校本引用此书完全可以。

而夏振宇本引用的《事物原始》和《事物纪原》同样也有"馒头"一词，夏振宇本引用的《事物原始》是明代张炬辑《新镌古今事务原始全书》，此书卷首有明代张翰（1510—1593）于万历二十一年（1593年）撰写的序言。这样夏振宇本就肯定刊刻于万历二十一年（1593年）之后。陈骏千的考证基本可信。

我查周曰校本只此一例是考证馒头出处的《事物纪原》，看来周曰校很认真做了考证。而夏振宇更仔细，其实《事物纪原》和《事物原始》注释差不多，后者更简略，夏振宇根本无须改变周曰校本的考证。是否夏振宇手边有《事物原始》，就查了一下，

---

① 中川谕：《周曰校刊〈三国志演义〉について》，《东北大学中国语学文学论集》，第16号，2011年。
② 中川谕：《〈三国志演义〉版本研究》，上海古籍出版社2010年8月第1版，第52页。
③ 中川谕：《〈三国志演义〉版本研究》，上海古籍出版社2010年8月第1版，第二章第二节。
④ 中川谕：《〈三国志演义〉版本研究》，上海古籍出版社2010年8月第1版，第二章第二节。
⑤ 中川谕：《关于夏振宇本〈三国志传通俗演义〉》，《第十二届中国古代小说戏曲文献暨数字化国际研讨会论文集》，2013年8月23日。

改变了周曰校本的考证。

由此一例可看出《事物纪原》和《事物原始》当时这种类书很流行，文人可能就当作百科全书常翻阅，否则周曰校和夏振宇不会去考证馒头。由此也可看出周曰校和夏振宇的仔细和认真了。

（5）"演义"系列早期刊本演化

这样，《三国演义》有确切刊刻时间的早期版本，按照时间顺序排列（不是版本演化前后）如下。

"演义"系列：
- 嘉靖壬午年，即嘉靖元年本（1522年）；
- 嘉靖壬子年，即嘉靖三十一年（1552年）周曰校本和夏振宇本共同底本，距嘉靖元年本30年；
- 万历十五年（1587年）的周曰校甲本，距嘉靖壬子本35年。
- 万历十九年（1591年）的周曰校乙本，距嘉靖壬子本39年。
- 万历二十一年（1593年）以后的夏振宇本，距嘉靖壬子本41年以后。

"志传"系列：
- 嘉靖二十七年（1548年）年叶逢春本，距嘉靖壬午本26年；
- 万历二十年（1592年）的余象斗本，距叶逢春本44年。

从以上分析可以看出，每种新版本的出现，相距30—40年，这可能也是一般版本更新的时间。

"演义"系列版本演化示意图如下。

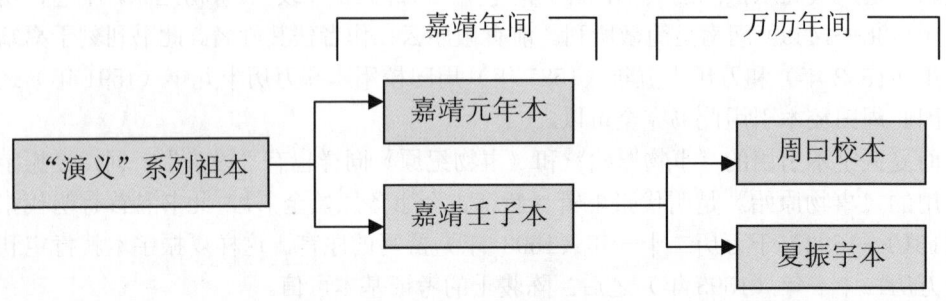

"演义"系列版本演化示意图

《三国演义》早期"演义"和"志传"系列版本演化示意图如下。

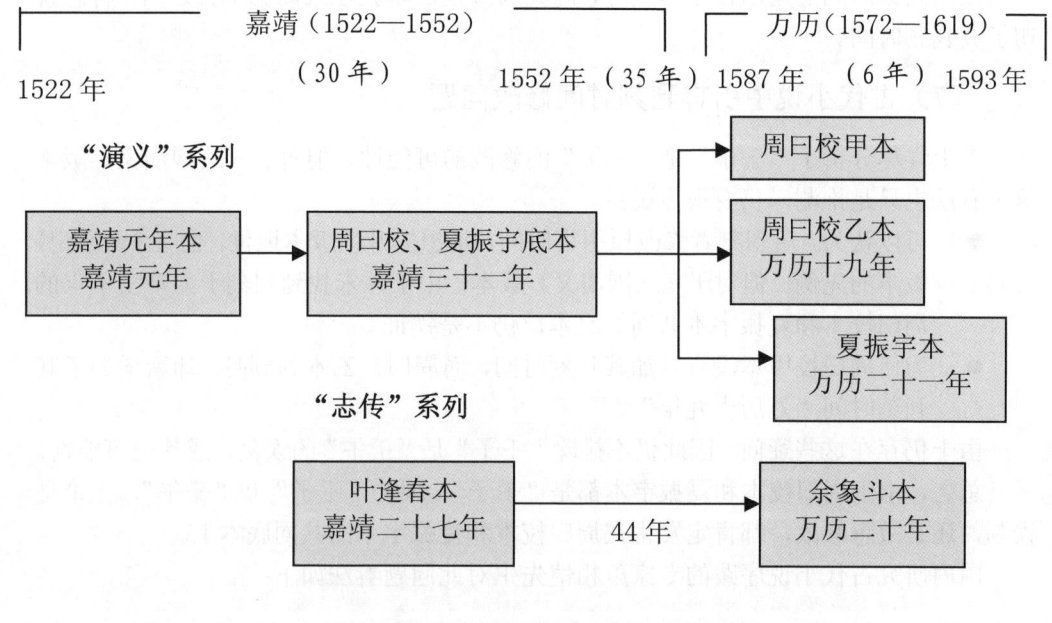

《三国演义》早期版本演化示意图

(6)《三国演义》周曰校本序言和引言次序颠倒等问题

以上分析了周曰校本和夏振宇本的底本可能刊刻于嘉靖壬子年（1552年），由此还可以解释一些其他版本现象。

● 周曰校等版本的序言和引言次序颠倒问题

在嘉靖元年本中，按照时间顺序排列，是弘治甲寅的蒋大器序言在前，嘉靖壬午的张尚德引言在后。但在周曰校本和夏振宇本中，次序却是相反。时间早的弘治甲寅蒋大器序言却在后，而时间晚的"嘉靖壬子"张尚德引言却反而在前面。这样的次序颠倒不太可能是无意的，而肯定是刊刻者故意为之，但为何要做这样的颠倒？过去很难解释。

但如果认定，周曰校本和夏振宇本的底本刊刻于嘉靖壬子，因此修改了张尚德引言的刊刻时间，则很容易解释。这是刊刻者故意而为之，将"壬午"改为"壬子"，以提示读者此本的刊刻时间。因此把张尚德引言放在前面，而把弘治甲寅的蒋大器序言改在后面。如前所述，《飞龙全传》也有颠倒两序的前后顺序现象，说明这和修改刊刻时间一样，是有相同例证的。

这是目前为止唯一一种合理的解释。

● 周曰校乙本引言后增加刊刻年代问题

如前所述，周曰校甲本没有注明其刊刻时间，但仍采用了其底本嘉靖壬子的写法。

但周曰校乙本在嘉靖壬子年之后，又增加一行字：万历辛卯季冬吉望刊于万卷楼。这说明周曰校乙本刊刻于万历十九年，这个说明可能是周曰校乙本刊刻者，为了与没有特别注明刊刻时间的周曰校甲本区分，因此周曰校乙本就在张尚德引言之后，特意说明了其刊刻时间。

（7）古代小说中引言刊刻时间修改问题

以上详尽分析了"壬子"是"壬午"的修改的可能性，但对于《三国演义》版本这个看法也只是推测，仍有很多疑点。

- 可以认为，后刊刻者修改原引言时间，是想提升该版本地位，也有《西游记》版本的先例，但对于《三国演义》版本，由于并未找到刊刻于嘉靖壬子年的周曰校本和夏振宇本共同的底本，仍不是铁证。
- 为何周曰校甲本没有增加其刊刻时间，而周曰校乙本刊刻时，却新增加了其刊刻时间"万历十九年"？

由于仍存在这些疑问，因此仍不排除"壬子"是"壬午"的误刻，或其他可能性。

总之，由于周曰校本和夏振宇本都是"壬子"，因此"壬子"和"壬午"，无论是误刻，还是故意修改，都肯定发生在周曰校本和夏振宇本的共同底本上。

国内研究古代小说序跋的专家萧相恺先生对此问题看法如下：

> 在古小说中，后刻的版本在序言的署年方面，存在如下几种情况：1.与初刻的署年相同，这种情况自然是正常的；2.与初刻所署时间不同，又分几种情况：刊刻时序作者仍然在世；刊刻时序作者已经去世，甚至去世很长时间了。这样的例子，除《三国演义》《西游记》外，还有清《飞龙全传》。至于调整序言的次序，这亦不乏其例，如清《飞龙全传》嘉庆年间重刻就改变了两篇序言的顺序。具体到《三国演义》序言的署年"壬子"是否"壬午"的误刻，这就难说了。说它是据刊刻年代改署，有这种可能。可以负责任地说，上述的《西游记》《飞龙全传》例证，说明这绝不是孤证。但"误刻"的可能也存在，要证明非误刻，得有其他过硬的证据。

萧先生的分析很全面，对这个问题可以得出如下结论：中国古代小说中有修改序言刊刻时间的现象，目前发现至少有三例。

因此对此问题有如下结论：

- 明嘉靖年间刻印的《三国演义》周曰校本和夏振宇本中，张尚德引言末尾的题署时间"嘉靖壬子"，可能并非"嘉靖壬午"的误刻，而是其共同底本（古本）的刊刻时间，即嘉靖三十一年（1552年），晚于嘉靖元年30年。由于周曰校本和夏振宇本引言都是"壬子"，因此将"壬午"改为"壬子"可能是周曰校本和夏振宇本共同的底本所为。
- 明万历年间刊刻《西游记》杨闽斋本和二刻唐僧西游记在万历三十一年刊刻此书时，也出现将陈元之序言的时间从壬辰改为癸卯的现象。

- 清《飞龙全传》在嘉庆年间重新刊刻时，也出现将原刊刻时间从乾隆改为嘉庆的现象。
- 除修改刊刻时间外，在《三国演义》周曰校本和夏振宇本，以及《飞龙全传》刊本中，都出现颠倒原刊本序言顺序的情况。

从明嘉靖、万历，到清乾隆、嘉庆，古代小说中多次出现引言刊刻时间修改现象，说明这不是孤证，而是一个多次出现的现象。至于书商改变刊刻时间的目的，很可能是书商故意作伪，使读者误以为此序言就是为此刊本所写，从而提升此版本的地位。

总结：周曰校本和夏振宇本是《三国演义》"演义"系列早期重要版本，由于周曰校本和夏振宇本两本中的张尚德引言的刊刻时间都不是"嘉靖壬午"，而是"嘉靖壬子"，因此"壬子"可能不是"壬午"的误刻，而是在它们的共同底本中故意修改的，所以周曰校本和夏振宇本的共同底本可能就是"嘉靖壬子本"。

4. 上海残叶①研究

（1）对上海残叶的研究

上海残叶保存于上海图书馆藏《陶渊明集》周显宗刊本之中。此书分八卷，共两册，其前后衬页恰恰是《三国演义》某个版本的残叶。对上海残叶，刘世德、陈翔华和日本中川谕先生先后分别进行了仔细研究。

刘世德先生认为：该残叶刊行于成化、弘治年间，将残叶和嘉靖元年本、叶逢春本、周曰校本、余象斗本做了比较，认为残叶在文字上接近于嘉靖元年本，与周曰校乙本文字虽有出入，毕竟是细微的，而疏于叶逢春本、余象斗本。

按照刘先生的分析，上海残叶和"演义"系列的其他版本是兄弟关系，而不是父子关系。②

陈翔华先生认为：在找到确切的依据以前，无法认定残叶刊刻于成化、弘治年间，而当是在嘉靖元年以后。不过，从款式、字体等方面来看，原刻时间也不会太晚，仍属于《三国演义》早期刊刻的某本则是无可置疑的。文章将上海残叶和叶逢春本、余象斗本、夏振宇本做了初步比较，未深入分析。③

中川谕先生在刘先生和陈先生之后，对上海残叶又做了更为深入的分析，他将残叶与嘉靖元年本、周曰校丙本、夏振宇本和李卓吾评本做了逐字的仔细比较，得出结论：残叶可能是与周曰校本很接近的一本版本。至于残叶和嘉靖元年本、周曰校本及

---

① "残叶"也可称"残页"，一叶为两页，实际保存的是半叶一整页，残叶指破损残存的半叶，残页指残存的一页，都可以。本书《三国演义》和《水浒传》都称为"残叶。"
② 刘世德：《〈三国志演义〉残叶试论》，载《南京师范大学文学院学报》2002 年第 3 期。
③ 陈翔华：《上海残存早期刊本散叶》，《三国志演义古版丛刊续辑》二，中华全国图书馆文献缩微复制中心，2005 年。

夏振宇本的具体关系，因为缺乏考察的材料，不能判断。①

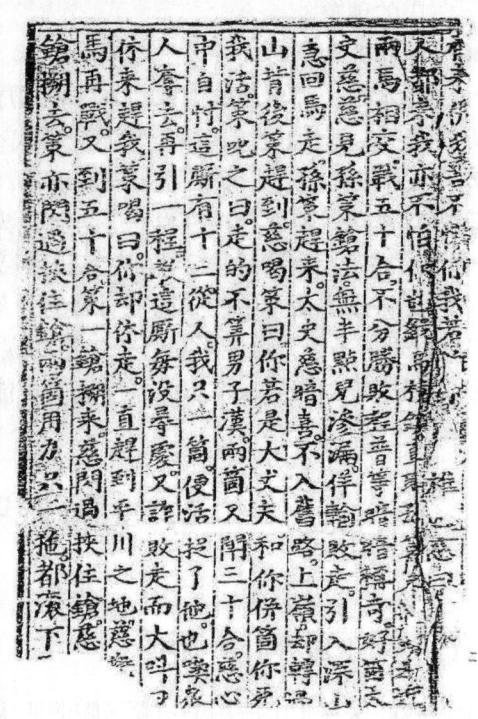

《三国演义》上海残叶

总结以上三位学者的研究，中川先生的研究最晚，也最深入和合理。但由于材料所限，他也只是判断出残叶与周曰校本最接近。由于周曰校本有多种刊本，中川先生只是比较了周曰校丙本，而周曰校甲本由于没有残叶部分的文字，因此无法比较。对于残叶成书时间虽有争论，但认为它是嘉靖年前后的早期版本是没有争论的。

2008年韩国学者朴在渊教授宣布，发现了《三国演义》周曰校本的朝鲜翻刻本，经韩国学者朴在渊②和中国学者刘世德③的研究，朝鲜翻刻本在《三国演义》版本演化中的最大意义在于，发现该版本的文字和周曰校甲本、上海残叶完全相同。

首先，经朴在渊教授仔细比对，发现朝鲜翻刻本和现存中国社科院的周曰校甲本的文字完全一致。后者只残存卷六、七、九，要深入研究很困难。而朝鲜翻刻本是基本完整的，这样基本可以用朝鲜翻刻本代替周曰校甲本进行研究。

---

④ 中川谕：《关于上海图书馆藏〈三国演义〉残叶》，陈庆元主编《明代文学论集》，海峡文艺出版社2009年9月。
② 朴在渊：《近世中国古典小说在朝鲜之出版》，矶部彰编《東北アジア出版文化研究 ほしづくよ》，日本学术振兴会亚洲·非洲学术基盘形成事业"东亚出版文化国际研究基地形成及亚洲研究者培养事业"，2010年3月。
③ 刘世德：《〈三国志演义〉朝鲜翻刻本试论》，载《文学遗产》2010年第1期。

其次，经朴在渊教授仔细比对，发现朝鲜翻刻本和现存上海图书馆的上海残叶的文字完全一致。而后者虽然被公认是嘉靖年间刊刻，但因为只残存第二十九则的两个半叶，无法进行深入的研究。

因此，朝鲜翻刻本对于《三国演义》早期版本的深入研究有极大的帮助。下面仔细分析朝鲜翻刻本和上海残叶的关系。

（2）上海残叶文字差异研究

下面仔细分析上海残叶和其他版本的差异，进而以此为例，分析《三国演义》版本的演化，为此整理上海残叶的文字如下。

- 周曰校本有一处不同，最少；
- 嘉靖元年本有四处不同；
- 夏振宇本也有四处不同。

从以上几种版本的修订中，可以明显看出，版本的修订分为两类。第一类修订是很随意的，残叶中绝大多数修订都是如此。包括嘉靖元年本为"众皆大笑"，而其他版本却为"众将皆笑"，可以认为是随意的修订。

第二类修订是经过认真考虑的，最突出的例子就是"十二从人"和"十三从人"。对此刘世德先生做了详细分析。①

上海残叶为"十二从人"，但和旁边的"三十合"比较，"二"字明显是挖去了最上面一横，原来应该是"十三从人"。而嘉靖元年本的"十三从人"，则相反，和旁边的"三十合"比较，"三"字明显是增加了中间的一横，将原来的"二"字变成了"三"字。

从上下文分析，应该是"十二从人"，而不是"十三从人"。因此，"十二从人"和"十三从人"的演变似乎是这样的：

《三国演义》原本即上海残叶的底本是"十三从人"。上海残叶的整理者发现错误，应该是"十二从人"，而不是"十三从人"。因此挖去一横，变成"十二从人"。以后的各种版本（周曰校本、夏振宇本等）都采用了"十二从人"。嘉靖元年本的整理者认为"十二从人"是错误的，因此在"二"字中加一横，变成了错误的"十三从人"。

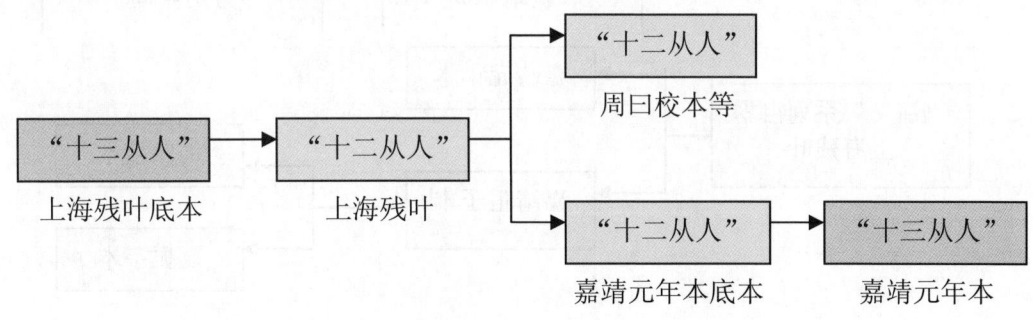

"十二从人""十三从人"演变示意图

---

④ 刘世德：《〈三国志演义〉残叶试论》，载《南京师范大学文学院学报》2002 年第 3 期。

从上海残叶的文字比对可以明显看出,大量的随意性修改,对版本研究是意义不大的。只有刻意的修改,如上述的"十二从人""十三从人"才有研究价值。但要从中判别版本先后,也非易事。

虽然上海残叶只有一叶(两个半叶),对于研究版本来说,资料还是太少了。但只这一叶,还是提供了很多线索,对于《三国演义》早期版本研究还是很有帮助。

(3)上海残叶在《三国演义》版本演化中的位置

经过几位学者的仔细研究,上海残叶绝对是嘉靖年前后的早期版本。而对周曰校本的研究证明,周曰校本的底本是不同于嘉靖元年本的一个早期版本,一些学者对其底本也做了很多推测和分析。经过上述分析,可以进一步推论:上海残叶很可能就是周曰校本的底本,即嘉靖壬子本。这样,《三国演义》早期版本演化图就要改变如下图。

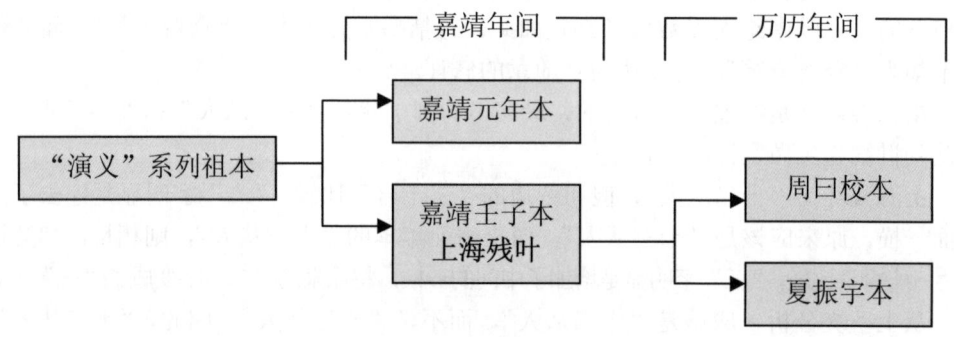

《三国演义》版本演化示意图一(上海残叶)

根据"十二从人""十三从人"的分析,上海残叶甚至可能是嘉靖元年本和周曰校本的共同底本:

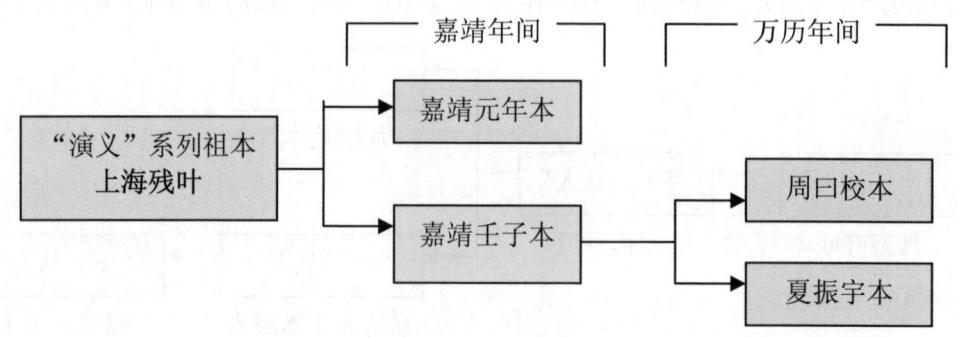

《三国演义》版本演化示意图二(上海残叶)

由于上海残叶是被当作《陶渊明集》的衬页使用的,说明当时文人是看不起《三国演义》这类通俗小说的。这也就说明,《三国演义》早期刊刻是从民间开始的,开始是作为下层读物刊行。流行以后，才逐步被文人接受。这也再次说明，面向一般读者的"志传"系列的祖本，可能早于面向人文学者的嘉靖元年本的祖本。嘉靖元年本这样刻印精良的版本，应该是在上海残叶这类民间坊刻本之后才出现的。嘉靖元年本的文字中，有大量加工、修改的痕迹，也证明了这一点。

由此我们可以看出，由于朝鲜翻刻本的发现，使我们得以看到周曰校甲本的全貌。由于上海残叶与周曰校甲本的文字完全一致，而上海残叶明显是早期版本，由此可以推断，上海残叶很可能就是周曰校甲本的底本，即嘉靖壬子本，甚至可能是嘉靖元年本和周曰校本的共同底本。因此，朝鲜翻刻本的发现，对于早期《三国演义》版本演化的研究，有极大的帮助。

5．朝鲜活字本研究

朴在渊先生在发现朝鲜翻刻本后，又发现了朝鲜活字本，这个新发现有两方面的意义。第一，为研究《三国演义》在朝鲜的流传，提供了新的线索。第二，为《三国演义》早期版本的演化，提供了新的线索。下面还是针对后者，做一些深入的分析。

（1）书名、题署、分卷研究

书名：朝鲜活字本卷首的书名、版心的书名为《三国志通俗演义》，与嘉靖元年本相同，而与周曰校本书名《三国志传通俗演义》不同。

题署：朝鲜活字本和嘉靖元年本完全一致，没有周曰校本"明书林周曰校刊行"字样，表明活字本和嘉靖元年本有密切关系，而和周曰校本等版本的关系较远。

分卷：朝鲜活字本为十二卷，每卷分为上、下两部分。嘉靖元年本为二十四卷，周曰校、夏振宇本为十二卷。朝鲜活字本十二卷分上、下是因为页数关系。

嘉靖元年本每页153字，字数少，因此分二十四卷，即24册，每册约166页。

周曰校甲本每页312字，因为每页字数多，分十二卷，即12册，每册170页。

而朝鲜活字本每页220字，介于两者之间，因此虽然和周曰校本一样分十二卷，但每卷再分上下2册，每册197页，这样每卷（册）不太厚。

（2）朝鲜活字本文字差异情况

朴在渊先生对活字本、周曰校甲本（朝鲜翻刻本）和嘉靖元年本做了逐字的认真比对。活字本正文里，与嘉靖元年本不同、而与周曰校甲本相同的，有500余字；与周曰校甲本不同，而与嘉靖元年本相同的，则只有200余字。

本人利用计算机，将活字本和几种《三国演义》版本的文字做了比对，由于版本数字化中保留了大量异体字和俗体字，因此比对结果并不完全可靠，只供参考。

从比较结果来看，和活字本文字最接近的，确实是周曰校甲本，全部在80%以上。其次是周乙本和嘉靖元年本，四段中有三段在80%以上。这和朴在渊的统计结果是完全一致的。夏振宇本也很接近，四段中有一段在 80%以上，其他三段也接近 80%。夷白堂本也属于"演义"系列，其文字自然也接近活字本，但由于它是"巾箱本"，为便于携带，开本很小，文字也做了删节，因此和其他"演义"系列版本相比，差异就比较大了。而叶逢春本属于"志传"系列，文字差异自然更大了。

《三国演义》活字本和其他版本文字异同比较统计表（%）

则	活字本	周甲本	周乙本	嘉靖本	夏振宇	夷白堂	叶逢春
151—152	100	82	82	80	79	73	44
153—154	100	81	77	77	77	57	51
155—156	100	85	83	84	81	58	46
157—158	100	84	82	82	78	60	48
平均	100	83	81	80.75	78.75	62	47.25

活字本和周曰校本描述相同的统计

	则	文字	嘉靖本	活字本	周甲本	周乙本
1	153	吴兵在城下将关公父子首级招安	刀马	首级	首级	首级
2	153	一座山名为玉泉山山上一僧名普静	普净	普静	普静	普静
3	153	其子关平一时被害	归神	被害	遇害	遇害
4	153	忽闻空中有人大呼还我头来	主人何在	还我头来	还我头来	还我头来
5	153	遂以手中尘尾击其户曰云长安在也	颜良安在	云长安在	云长安在	云长安在
6	154	将公神恭敬不敢怠慢令使星夜送与曹操	英灵	公神	公神	公神

活字本和嘉靖元年本相同描述的统计

	则	文字	嘉靖本	活字本	周甲本	周乙本
1	153	普净见是关公	普净	普净	普静	普静
2	153	吾师何人愿求清号净曰	净	净	净	静
3	153	今日何不识普净也	净	净	净	静
4	153	净曰昔非今日	净	净	净	静
5	153	即拜玉泉山普净长老为师	净	净	净	静
6	154	先遣人将关公父子英灵转送与曹操	英灵	英灵	首级	首级

此外，嘉靖元年本和周曰校本在关羽之死的有些描述不同。活字本和周曰校本相同的有 6 处，而和嘉靖元年本相同的也有 6 处。

总之，活字本和嘉靖元年本、周曰校本文字差异差不多。

（3）"两本校勘"和"一本修订"

下面分析产生上述活字本和嘉靖元年本、周曰校本差异的原因。

古代小说版本的修订和演化，有两种方法。

第一种整理方法是"一本修订"，只根据一个底本进行修订，不参考其他版本。

第二种整理方法是"多本校勘"，即根据多种版本进行校勘，选择合理部分，修订出一个新的版本。

对于活字本的演化过程，也有两种可能性。

第一种看法是"两本校勘"。朴先生认为，活字本是"两本校勘"而成的。其根据就是，经过仔细比对，活字本正文里，与嘉靖元年本不同、而与周曰校甲本相同的，有500余字；与周曰校甲本不同，而与嘉靖元年本相同的，只有200余字。朝鲜活字本中既有嘉靖元年本文字，又有周曰校本文字。

因此朴先生认为：活字本的底本是以周曰校本为底本，参照嘉靖元年本做了进一步校勘的版本，即"两本校勘"。它们之间是父子关系，周曰校本和嘉靖元年本是"父"，而活字本是"子"。

活字本的"两本校勘"示意图

因此，朝鲜活字本有些文字和嘉靖元年本相同，而有些文字又和周曰校本相同。这看似很合理地解释了朝鲜活字本有200余字同嘉靖元年本，又有500余字同周曰校本。

"两本校勘"在《三国演义》和古代小说演化中确实存在过，但这种方法费时费力，一般书商不会采用。

第二种看法是"一本修订"。此看法认为活字本不是根据这两个版本校勘而成，而是根据某个我们目前未知的底本直接翻刻而成的。

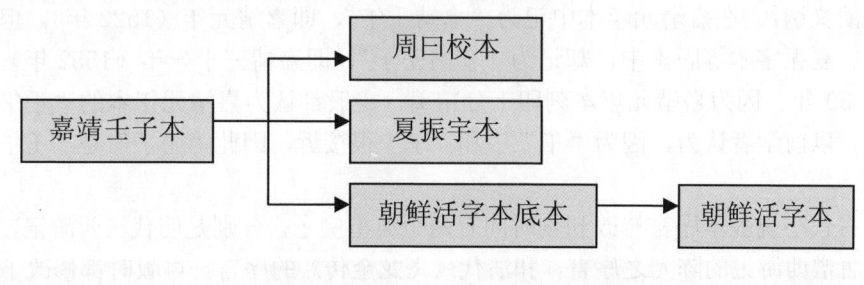

活字本的"一本修订"示意图

如前分析，朝鲜活字本的底本很可能就是嘉靖壬子本，也是周曰校本、夏振宇本的共同底本。这些版本在嘉靖壬子本基础上各自做了不同的修改。以关羽之死为例，夏振宇本修改最少，周曰校本修改略多，朝鲜活字底本修改最多。这些版本和嘉靖壬子本是父子关系，而它们相互之间是兄弟关系，没有直接的继承关系。

"一本修订"比"两本校勘"操作简单得多，多数书商都采用这种方法。

按照"一本修订"法，朝鲜活字本有 200 余字和嘉靖元年本相同，而和周曰校本不同，这很好解释，这是因为这些文字在朝鲜活字本底本，即嘉靖壬子本中没有修改，因此和嘉靖元年本相同，而到周曰校本才做了修改。

至于朝鲜活字本中还有 500 余字和嘉靖元年本不同，而和周曰校本相同，这不是周曰校本做的修改，而是嘉靖壬子本先做了修改，朝鲜活字本底本和周曰校本都出自嘉靖壬子本，因此朝鲜活字本和周曰校本有 500 余字相同。

这种解释同时合理地解释了朝鲜活字本有 200 余字同嘉靖元年本，又有 500 字同周曰校本。

总之，朝鲜活字本底本和周曰校本、夏振宇本有共同底本，可能就是嘉靖壬子本。

6. 嘉靖壬子本、上海残叶、朝鲜活字本关系研究

以上研究了三种"演义"系列早期版本：
- 嘉靖壬子本："嘉靖壬午"改为"嘉靖壬子"，可能是周曰校本、夏振宇本等版本的共同祖本。
- 上海残叶：可能是"演义"系列的一个早期版本。
- 朝鲜活字本：此本的底本可能出自嘉靖元年本，后再演化为周曰校本。

（1）嘉靖壬子本

在《三国演义》"演义"系列的早期版本中，有一篇修髯子（张尚德）的《三国志通俗演义引》。在嘉靖元年本中记为"嘉靖壬午"，即嘉靖元年（1522 年）。但在周曰校本、夏振宇本等版本中，却记为"嘉靖壬子"，即嘉靖三十一年（1552 年）。二者相差 30 年。因为嘉靖元年本刻印十分精美，一般都认为嘉靖元年本的"壬午"不会出错。以前学者认为，因为"午"字和"子"很接近，因此"壬子"是"壬午"的误刻。

但古代小说版本序言修改刊刻时间有两个典型例子，分别是明代《西游记》杨闽斋本、唐僧西游记的陈元之序言，和清代《飞龙全传》的序言，再版时都修改了序言刊刻时间。

因此现存《三国演义》周曰校本和夏振宇本张尚德引言的时间，就有可能是从嘉靖"壬午"，改为嘉靖"壬子"。"嘉靖壬子本"可能是周曰校初刻本（可能是周甲

本）的刊刻年代，也可能是周曰校本和夏振宇本共同底本的刊刻年代。

这样《三国演义》"演义"系列演化过程为：

1）嘉靖壬午本，即嘉靖元年本（1522 年）。

2）嘉靖壬子本，即嘉靖三十一年（1552 年）本，可能是周曰校初刻本，或周曰校本和夏振宇本共同底本，距嘉靖元年本 30 年。

3）万历十九年（1591 年）周乙本，距嘉靖三十一年 39 年。

"演义"系列早期版本演化示意图

（2）上海残叶

上海残叶是保存于上海图书馆藏《陶渊明集》周显宗刊本的前后衬页，是《三国演义》某个版本的残叶。上海残叶文字和朝鲜翻刻本完全一致，朝鲜翻刻本和现存中国社科院的周甲本的文字又完全一致，朝鲜翻刻本可能是周甲本的翻刻本。上海残叶和周丙本有一处不同，和嘉靖元年本、夏振宇本各有四处不同。因此，上海残叶很可能就是周甲本的底本，进而就是周曰校本的底本，也可能就是嘉靖壬子本。

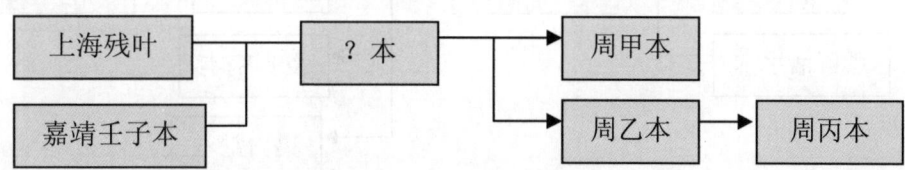

上海残叶与周曰校本演化示意图

（3）朝鲜活字本

韩国朴在渊先生 2008 年在发现朝鲜翻刻本后，2010 年又发现了朝鲜活字本残本，只保存第一百五十一至一百五十八则。活字本文字有 500 余字和周曰校本相同，有 200 余字和嘉靖元年本相同。活字本的底本可能是介于嘉靖元年本和周曰校本之间的过渡本。

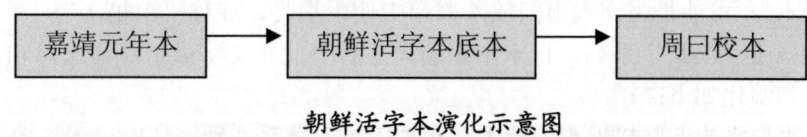

朝鲜活字本演化示意图

（4）嘉靖壬子本、上海残叶、朝鲜活字本可能是同一版本

以上介绍了"演义"系列早期三种版本，这三种版本都是"演义"系列早期版本，

可能介于嘉靖元年本和周曰校本之间,可能是周曰校本、夏振宇本等版本的共同底本,因此它们也有可能是同一个版本。

目前掌握此本的主要特点如下:
- 嘉靖元年本的"嘉靖壬午"改为"嘉靖壬子"。
- 书名和周曰校本、夏振宇本相同,为《三国志传通俗演义》,和嘉靖元年本《三国志通俗演义》不同,和叶逢春本的一个书名相同。
- 关羽之死和"志传"系列描写相同,对关羽不敬的描述未改动。
- 字字有圈发,因为三种周曰校本圈发不同,其共同底本很可能和嘉靖元年本一样,字字有圈发。
- 刘备探访诸葛亮遇到黄承彦吟诗中一句为"盛感皇天佑",而不是"岂惧皇天漏"。
- 增加了"花关索"等11个故事。

由于嘉靖壬子本没有正文,上海残叶和朝鲜活字本都是残本,文本不同,无法比较;朝鲜活字本又是翻刻本,不是原本。因此这三种版本是否是同一个版本目前只是推测,还缺乏直接证据,还难以判别。

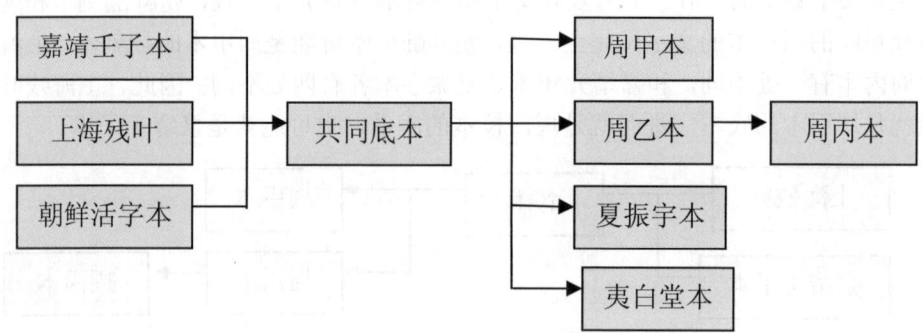

"演义"系列早期版本演化示意图

7. 夷白堂本研究

夷白堂本是《三国演义》版本中很特殊的版本,它最大特点是版本尺寸很小,可谓"袖珍本",可能是为文人出门放入书箱中便于携带,或称"巾箱本"。

此本属于"演义"系列,日本中川谕先生曾对此本文字做了仔细比对和分析①,主要结论和演化如下:
- 夷白堂本非常接近周曰校本,和周曰校本关系特别密切。
- 夷白堂本的成书时间晚于周曰校本,但比起周曰校本,夷白堂本更接近嘉靖

---

① 中川谕:《〈三国志演义〉版本研究》,上海古籍出版社2010年8月第1版,第96—107页。

元年本，形态更为古老。
- 夷白堂本不是以周曰校本为底本，有可能是周曰校本和夷白堂本以相同的底本为基础各自成书。
- 夷白堂本所属系统为"演义"系列较古老的版本。

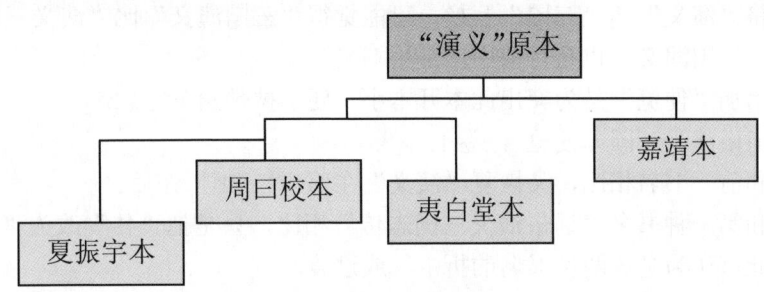

"演义"系统演化示意图

本文研究证明中川先生看法是正确的，夷白堂本是属于"演义"系列，文字接近周曰校乙本，但有些地方又和"志传"系列接近，因此是个很值得研究的版本。下面对此本几个主要特点做简单分析。

（1）书名

前一节曾详细分析了《三国演义》书名，其中"志传"系列最早刊本叶逢春本书名有两种，即《通俗演义三国志史传》和《三国志通俗演义史传》。这两种书名的区别是：第一种是"通俗演义"在前，"三国志（史）传"在后，是多数"志传"系列书名；第二种是"三国志通俗演义（史传）"，接近多数"演义"系列书名。

而夷白堂本书名各卷不同，统计下来一共有5种，每卷的书名如下，省略了前面的"新镌"二字。

夷白堂本各卷书名

卷	书名	卷	书名	卷	书名
2	通俗演义三国志传	11	通俗三国演义便览	21	通俗演义三国便览
4	通俗三国演义便览	16	通俗演义三国便览	22	通俗三国演义便览
5	通俗三国演义便览	17	通俗演义三国便览	23	通俗三国演义便览
7	通俗演义三国志便览	18	通俗三国演义便览	24	通俗三国演义便览
8	通俗演义三国志便览	19	三国志传通俗演义		
10	通俗三国演义便览	20	通俗演义三国便览		

1)"通俗演义三国志传"，卷二。
- 缺卷一，可能与此相同，应该是此本最初的书名。
- 可能是其底本的书名。
- "通俗演义"在前，"三国志传"在后，和"志传"系列书名相同。

- 此书名只此一例，以后就做修改，改用"便览"。

2)"通俗三国演义便览"，卷四、五、十、十一、十七、十八、二十二、二十三、二十四。
- 有9卷采用此书名，是使用最多的书名。
- 将"演义"和"三国"互换，可能觉得"三国演义"比"演义三国"更顺。
- "三国演义"也是目前中国常用书名。
- 增加"便览"是为突出此本开本小，便于携带阅览之意。

3)"通俗演义三国志便览"，卷七、八。
- 和前一书名相比，又恢复"演义"在前，"三国"在后。
- 和第一种书名"通俗演义三国志传"相比，只是把"传"改为"便览"，因此可认为是这两种书名的折中，或过渡。

4)"通俗演义三国便览"，卷十六、二十、二十一。
- 和前一书名"通俗演义三国志便览"相比，少一个"志"字。
- 可认为是编写时疏忽遗漏了"志"字。

5)"三国志传通俗演义"，卷十九。
- 是5个书名中唯一"三国志传"在前，"通俗演义"在后的书名。
- 和"演义"系列周曰校本等书名完全相同。

由以上分析可以认为夷白堂书名转变过程如下：

1) 开始卷二书名"通俗演义三国志传"和"志传"系列书名相同，开始书名一般抄写者不会改变，因此可能就是其底本书名。

2) 卷四开始为突出此本便于携带阅览，将"志传"改为"便览"，再把"演义"和"三国"互换，成"通俗三国演义便览"，为全书使用最多的书名。

3) 卷七是前两种书名的综合，先恢复了卷二开始的书名，但把"传"改为"便览"，成"通俗演义三国志便览"。

4) 卷十九又出现了"演义"系列常用的书名"三国志传通俗演义"。

从夷白堂书名的演变看，很有规律和特点：
- 卷二开始是"志传"书名的"通俗演义三国志传"。
- 卷四开始改为"便览"，成最多的书名"通俗三国演义便览"。
- 卷十九又出现"演义"系列书名"三国志传通俗演义"。

（2）关羽之死

前面曾详细分析指出《三国演义》各种版本对于关羽之死描写有很大差异。

关羽之死的描写差异主要在于用词，有的版本用词对关羽不敬，称为"首级"等，有些版本明显用词有所敬畏，改称"英灵""归神"等。

根据各种版本上述词语差异，这些版本可分为三类。

第一类"志传"全部繁本，用词不敬，全部是"首级"等，是一个极端。

第二类只有嘉靖元年本一种，用词全部十分敬畏，全部"首级"都改为"英灵""归神"。

第三类是介于上述两类之间，用词有所敬畏，部分"首级"改为"英灵"。

夷白堂本属于第三类。

关羽之死各种版本的文字差异总共有 22 项，其中有些夷白堂本没有，夷白堂本有以下 9 项。

夷白堂本关羽之死描写有如下特点。

9 项统计中夷白堂本和叶逢春本相同，对关羽不敬的有 5 项，占一半多。

根据这 9 项统计，"演义"本可分为四类：

1）夷白堂本和周曰校乙本完全相同，最接近叶逢春本。
2）夏振宇本和周曰校甲本完全相同，属于中间一类。
3）朝鲜活字本最接近嘉靖元年本，单独一类。
4）嘉靖元年本彻底修改，单独一类。

关羽之死各种版本文字差异分类汇总表

序号	版本	志传	演义					
		叶本	夷本	周乙	夏本	周甲	活字	嘉靖
	第一百五十三则　玉泉山关公显圣							
1	关公关平一时遇害	被害	遇害	遇害	遇害	遇害	被害	归神
2	父子首级招安	首级	首级	首级	首级	首级	首级	刀马
3	大呼还我头来	还我头来	还我头来	还我头来	还我头来	还我头来	还我头来	主人何在
4	颜良何在	颜良安在	颜良安在	颜良安在	云长安在	云长安在	云长安在	颜良安在
5	云长父子信息招安	首级	信息	信息	信息	信息	信息	信息
	第一百五十四则　汉中王痛哭关公							
6	使送关公首级至	首级	首级	首级	首级	首级	英灵	英灵
7	将首级献上使刘备	首级	首级	首级	首级	首级	英灵	英灵
8	关公英灵刻以香木	之首	英灵	英灵	英灵	英灵	英灵	英灵
	第一百五十五则　曹操杀神医华佗							
9	将关公英灵献曹操	首级	英灵	英灵	英灵	英灵	英灵	英灵

从版本演化来看，各种版本的演化如下：

- 肯定是全部对关羽不敬的"志传"系列叶逢春本在前。
- 全部修正了对关羽不敬的嘉靖元年本应该在最后。
- 而对关羽有的不敬、有的修正的各种版本居中。
- 其中夷白堂本和周曰校乙本最接近叶逢春本，也是修正最少的版本，应该是"演义"系列中的早期刊本。

（3）关索故事描写

前面曾分析了《三国演义》的"演义"系列（除嘉靖元年本外）和"志传"系列简本在诸葛亮南征插入的关索故事，其中夷白堂本描写基本和其他"演义"系列相同，但第一百七十九则"诸葛亮六擒孟获"中略有不同。

这段描写是写祝融夫人和蜀军将领作战，各种版本这段描写可分以下三类。

1）各种简本描写：关索先出战，被祝融夫人飞刀击落马下，马忠、张嶷听得关索被擒出马相救，也被擒。因此是三人出战都被擒。后祝融夫人被擒后，三将都被放，故事中对关索的描写都很合理。

2）周曰校本等描写：不是关索先出战，而是张嶷先出战，他被祝融夫人飞刀击落马下，张嶷、关索被擒，这里关索未出战也被擒，不合理。马忠听得张嶷等被擒出马相救，也被擒。但后来释放时只有张嶷、马忠，而没有关索，又明显不合理。

3）夷白堂本描写：张嶷首先出战和周曰校本相同，但他不是和"关索"同时被擒，而被蛮兵"用索"执缚去了。而马忠听得张嶷等被擒，出马相救后也被擒。后来释放时也只有张嶷、马忠，关索从始至终都没有出战，也没有被擒，因此释放人中也就没有关索，这很合理。

三种版本描写差异列表如下。

第一百七十九则"诸葛亮六擒孟获"关索描写

版本	首先出战	首先被擒	被擒人员	释放人员
简本	关索	关索	马忠、张嶷	三人
周曰校本	张嶷	张嶷、关索	张嶷等	二人
夷白堂本	张嶷	张嶷"用索"	张嶷等	二人

三本描写差异：

- 首先出战：简本先出战的是关索，而周曰校本和夷白堂本先出战的是张嶷。
- 首先被擒：简本描写先是关索被擒，周曰校本是张嶷、关索同时被擒，夷白堂本只是张嶷"用索"被擒，没有关索。
- 后被擒人员：简本关索被擒后，马忠、张嶷也被擒。周曰校本是马忠听得张嶷等被擒，去救也被擒。夷白堂本是张嶷被擒后，马忠出救也被擒，而关索没有出战，也就没有被擒。
- 被擒和释放人数：简本被擒是三人，释放也是三人，很合理。周曰校本被擒是三人，但释放是二人，不合理。夷白堂本被擒是马忠、张嶷二人，没有关索，释放也是二人，也很合理。

三本描写差异分析：

- 简本描写都很合理，关索先出战被擒，马忠、张嶷相救也被擒，三人被擒，三人释放。
- 周曰校本、夷白堂本不是关索出战，而是张嶷出战，这也可以。但周曰校本写张嶷、关索二人被擒，关索未出战也被擒，明显不合理。夷白堂本写张嶷"用索"被擒，关索未出战也未被擒，也很合理。
- 简本写马忠出马相救，马忠和张嶷一起被擒。周曰校本和夷白堂本都是马忠听得"张嶷等"被擒。周曰校本因为前面是写张嶷、关索二人被擒，因此后面称"张嶷等"被擒，"等"是指这二人还合理。但夷白堂本只有张嶷"用索"被擒，但后面又称"张嶷等"被擒，"等"字就不合理了。

因此三本描写合理性分析：
- 简本描写是三人出战、三人被擒、三人释放，都很合理。
- 周曰校本开始只是张嶷一人出战，但后面却是关索、张嶷二人被擒，关索冒出来明显不合理。后来马忠也被擒，因此被擒是三人，但最后释放只有二人，明显不合理。
- 夷白堂本描写也是张嶷一人出战，张嶷"用索"被擒，马忠出救也被擒，因此被擒是二人，关索未出战，最后释放也只有二人，很合理。但夷白堂本描写只有张嶷一人被擒，后面又称"张嶷等"被擒，加"等"字不合理。

从合理性总结：
- 简本描写三人出战、三人被俘、三人释放，简本是三本中描写最合理的。
- 周曰校本描写关索未出战却被擒不合理，结果变成三人被擒，但最后又二人释放，又一次不合理。周曰校本是三本中描写最不合理的。
- 夷白堂本描写关索未出战、未被擒、未释放，都很合理。张嶷"用索"被擒也很合理。只有"张嶷等"被擒，加"等"字唯一不太合理。夷白堂本合理性在三本中居中。

周曰校本、夷白堂本关索故事的关系有两种可能。一种可能是它们是兄弟关系，有共同祖本，各自从共同祖本演化而来。另一种可能是它们是父子关系，一本在前，一本在后。

第一种可能，周曰校本在前，夷白堂本在后，或它们有共同祖本各自演化。周曰校本（或共同祖本）描写是张嶷一人出战，但是关索、张嶷二人被擒，明显不合理。夷白堂本发现周曰校本（或共同祖本）不合理后，将"关索"改为"用索"就合理了。但夷白堂本后面称"张嶷等"被擒就不合理了，可能是夷白堂本只改了前面的"用索"，没有注意后面的"张嶷等"，因此未改。

第二种可能，夷白堂本在前，周曰校本在后，或它们有共同祖本各自演化。夷白堂本（或共同祖本）是张嶷一人出战，后"用索"被擒很合理，没有关索，但后来称"张嶷等"被擒明显不合理。周曰校本修改了夷白堂本（或共同祖本），增加了关索，改为张嶷、关索二人被擒，后面"张嶷等"被擒就合理了。但周曰校本前面是张嶷一人出战，后面是张嶷、关索二人被擒，就明显不合理了。可能是周曰校本想在此处插入关索，但没有注意前面是张嶷一人出战，而后面却写成了张嶷、关索二人被擒，结果加马忠就成三人被擒，但最后又写成二人释放。因此周曰校本是一错再错，出现了矛盾。

总体来看，简本有关索都合理，没有任何问题。夷白堂本没有关索也基本合理，只有"张嶷等"一处小瑕疵。而周曰校本问题最多。

周曰校本和夷白堂本关系，是夷白堂本改正了周曰校本错误，还是周曰校本想插入关索，但编写不仔细，结果出了很多错误。这两种情况都有可能，不好判断。

至于简本和周曰校本、夷白堂本关系，哪个在前，哪个在后，还是有共同祖本，也不好判断。

表面看，周曰校本、夷白堂本文字都各有不合理处，而简本都很合理。因此可能是周曰校本、夷白堂本在前，简本在后，简本发现周曰校本和夷白堂本各有错误，做了修改，最完整。

但一般来说，简本是删节本，不会对文字做如此认真地修改。

但如简本在前，周曰校本、夷白堂本在后，本来简本描写很合理，为何周曰校本、夷白堂本要各自做不同修改？还各自都有不同的错误，是否是修改中发生的错误？这也不好解释。

对各种版本中关索故事的统计，总共有18处关索故事，其中简本18处全部都有，周曰校本少5处。是原本有18处，周曰校本删除了5处，还是原本只有13处，是简本增加了5处，还很难判断。

《三国演义》版本编写和演化很复杂，很多问题至今无法圆满解释，关索故事只是其中的一例，关索故事是《三国演义》版本至今没有很好解释的问题之一。

（4）文字接近周曰校本

日本中川谕先生对夷白堂本文字做了仔细分析。经日本中川谕先生对夷白堂本文字比对[①]，夷白堂本文字非常接近周曰校本，但有些文字又和嘉靖元年本相同，因此中川谕先生看法是：比起早先发行的周曰校本、夏振宇本，夷白堂本保留了更古老的形态。所以尽管夷白堂本与周曰校本关系密切，但是夷白堂本应该不是以周曰校本为底本。有可能是周曰校本和以相同的底本为基础各自成书的。

通过以下的文字比对分析，夷白堂本的文字最接近的是周曰校乙本。

前面分析，周曰校本和夏振宇本的修髯子（张尚德）《三国志通俗演义引》撰写时间都是"嘉靖壬子"，因此可以认为它们有共同祖本即嘉靖壬子本。

而夷白堂本文字很多和周曰校本相同，第一章版本整体专题分析中也指出，夷白堂本在7个项目中都和周曰校本、夏振宇本相同。虽然夷白堂本因为缺卷首和卷一，无法判断是否有《三国志通俗演义引》，即此引言的撰写时间。但根据以上文字分析，夷白堂本很可能和周曰校本、夏振宇本属于同一类，其祖本也是嘉靖壬子本。

[①] 中川谕：《〈三国志演义〉版本研究》，上海古籍出版社2010年8月第1版，第96—107页。

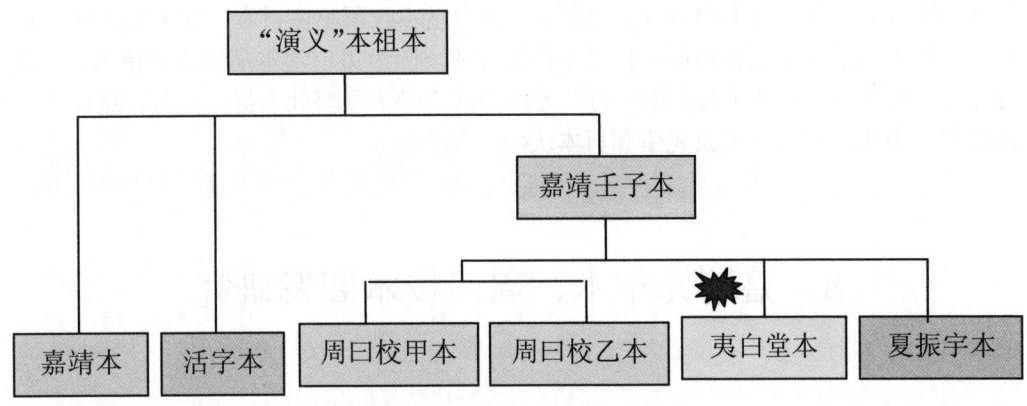

夷白堂本在"演义"版本中的位置

（5）夷白堂本总结

夷白堂本属于"演义"系列的袖珍"巾箱本"，文字做了很多删节，但它在很多处和其他"演义"本不同，此处分析了其中的三个问题。

第一是书名，夷白堂本书名各卷不同，其中卷二的书名"通俗演义三国志传"，和"演义"系列书名"三国志（传）通俗演义"不同，而和"志传"本相同。

第二是关羽之死，"志传"本叶逢春本对于关羽之死全部称"首级"，"演义"嘉靖元年本将"首级"全部改为"英灵"，而夷白堂本有一半和"志传"本一样，保留为"首级"，在"演义"系列里最接近叶逢春本。

第三是关索故事，在"诸葛亮六擒孟获"中，夷白堂本只是张嶷"用索"被擒，关索并未出现。而周曰校本是张嶷一人出战，但却和关索二人被擒。

另外，经文字比对，夷白堂本在关羽之死等文字中最接近周曰校本，可能和周曰校本、夏振宇本属于同一类，其祖本也是嘉靖壬子本。

但在第一百七十九则"诸葛亮六擒孟获"的关索故事中，夷白堂本文字和周曰校本不同，理论上可能是夷白堂本对周曰校本文字做修改，但也可能是周曰校本对夷白堂本文字做修改。

最关键是夷白堂本书名和现有"演义"版本书名都不同，尤其是现存开始卷二书名"通俗演义三国志传"和"志传"系列书名相同。如此本底本是现有"演义"系列书名，就没有必要去改变。

综上所述，夷白堂本从整体上看肯定属于"演义"系列，它和其他各种"演义"系列版本肯定有共同祖本。但夷白堂本和其他"演义"系列的版本又有一些不同之处，这些都说明夷白堂本不是"演义"系列中简单的删节本，还有其特殊性，它是"演义"系列中最接近"志传"系列的版本，其底本不是目前所知的任何"演义"系列版本，是个未知的版本，此本很可能保留了一些"演义"系列祖本的形态，其版本价值就在于此，因此很值得仔细研究。

夷白堂本一直没有影印出版。陈翔华先生主编《三国志演义古版汇集》计划收入此本，经日本金文京先生的多方努力联系，夷白堂本收藏单位日本庆应义塾大学同意由中国国家图书馆出版社出版夷白堂本的影印本。因为夷白堂本是袖珍巾箱本，书边缘很窄，装订时常压住了最里面一行，为此庆应义塾大学将此本拆开复制，这样就很清楚了。为此要感谢金文京先生和日本庆应义塾大学。

8. 嘉靖元年本、周曰校本圈发研究

（1）周甲本、周丙本圈发情况

圈发是我国古代使用的一种特殊的标识符号，它采用在汉字的四角加圈或点的方式来注明汉字的声调。古代汉语中用同一个字表示的字，有时由于字义变化，读音会有所不同。这在古书里叫作"破读"。而破读的注音方式就称为"圈发"。圈发标注方法的好处：一是它提醒人这个字有特别的复式用法，二是它不增加总字数，不增加认、写学习上的负担。

嘉靖元年本每个破读字都有圈发。而周曰校本在一些破读字的四角，偶尔也有表示声调的圈发，只因数量少，过去罕为人知。周曰校甲本（以下简称"周甲本"）中的"圈发"是日本金文京先生首先发现的，我曾两次陪他到社科院图书馆考察此本，他每次都做了详细的记录，2013 年 8 月在上海举办的第十二届中国古代小说、戏曲文献暨数字化国际研讨会上，金先生对周甲本和周丙本的圈发情况做了详细的统计和分析。

（2）各种版本圈发情况

金先生比较了卷六、七、九周甲本和周丙本圈发，我又比较了卷九前 6 回（第 161—166 回）嘉靖元年本、周甲本（利用金先生统计结果）、周乙本和周丙本四种版本的圈发，结果如下：

嘉靖元年本、周曰校本圈发统计表

圈发	嘉靖元年本	周甲本	周乙本	周丙本
嘉靖本、甲本、乙本、丙本都有	6	6	6	6
嘉靖本、甲本、乙本有，丙本无	6	6	6	0
嘉靖本、甲本有，乙本、丙本无	8	8	0	0
嘉靖本、乙本、丙本有，甲本无	52	0	52	52
嘉靖本、乙本有，甲本、丙本无	83	0	83	0
嘉靖本有，甲本、乙本、丙本无	68	0	0	0
合计	223	20	147	58

以下统计为卷九前 6 回（第一百六十一至一百六十六回）。

1）嘉靖元年本
- 每字都有圈发，圈发最多；
- 共计有 223 个圈发。

2）周甲本
- 圈发最少；
- 只有 20 个，占嘉靖元年本 223 个的 9%；
- 周甲本有，周乙本、周丙本无的 8 个。

3）周乙本
- 圈发较多，仅次于嘉靖元年本；
- 共有 147 个，占嘉靖元年本 223 个的 65.9%；
- 周甲本有，周乙本必有；
- 周甲本无，周乙本有的 147 个。

4）周丙本
- 圈发较多，比周乙本少，比周甲本多；
- 共有 52 个，占嘉靖元年本 223 个的 23.3%；
- 嘉靖元年本、周乙本、周丙本有，周甲本无有的 52 个。

圈发按照数量排队：卷九前 6 回（第一百六十一至一百六十六回）嘉靖元年本有圈发最多有 223 个，三种周本圈发都少于嘉靖元年本，其中，周乙本圈发最多 147 个，周丙本其次 52 个，周甲本最少 20 个。圈发数量多少排序为：

嘉靖元年本—周乙本—周丙本—周甲本

各版本圈发相互关系：
- 嘉靖元年本和其他版本相比：圈发最全，只要该有圈发的，几乎全部都有，即所有其他版本圈发，嘉靖元年本几乎都有。只有一例嘉靖元年本 16b4"分"无圈发，而周甲、乙、丙本都有圈发。
- 周甲本有，周乙本、周丙本无的 8 个。
- 周乙本有，周甲本无的 135 个。

圈发是非常仔细的事，要特别注意加以标记，刻工要在字上刻圆圈，也非常费事。从目前情况看，圈发只可能是原本比较完整，翻刻本越翻刻越不注意，因此越来越少，而不会是越来越多。因此一般来说，应该是圈发多的版本在前，圈发少的版本在后。

（3）从圈发看三种周曰校本之间关系

周乙本圈发多，周丙本圈发少。中川先生从插图分析，也是周乙本插图精细，有画工姓名，而周丙本插图粗糙，没有画工姓名。因此周丙本肯定是周乙本的翻刻本。

关键是周甲本和周乙本之间的关系。

周乙本的圈发多，周甲本的圈发最少，而且周乙本有 135 个圈发周甲本无，如果按照上述情况，圈发是翻刻版本圈发少，似乎可能是周乙本在前，周甲本在后。

但是要注意，金先生发现卷九中，也出现 8 例。周甲本有圈发，而周乙本、周丙本无圈发。这样，如果是周乙本在前，周甲本在后，就只可能是周甲本既减少了一些字的圈发，又增加了 8 个字的圈发，这种可能性不大。

因此，周甲本有 8 个圈发周乙本无，而周乙本又有 135 个圈发周甲本无。这矛盾情况有三种可能。

第一种可能是，周甲本在前，周乙本要在周甲本基础上，再根据共同底本补充 135 个圈发，这似乎不太可能。

从圈发推测"演义"系列演化示意图一

第二种可能是，周乙本在前，周甲本要删除周乙本 135 个圈发，再补充了 8 个圈发，这似乎也不太可能。

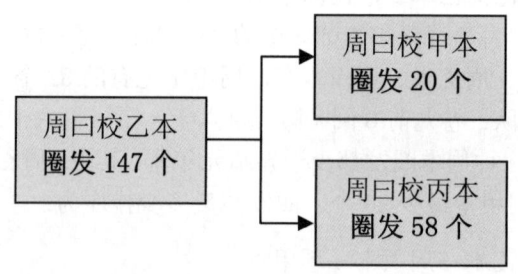

从圈发推测"演义"系列演化示意图二

第三种可能是，周甲本和周乙本之间并没有关系，它们都不是初刻本，它们都是从一个共同底本翻刻而来的，就是说它们有共同的底本，即金文京先生所说内府本，也就是后面所说的嘉靖壬子本。

至于此共同底本的圈发又有两种可能。

一种可能是此共同底本和嘉靖元年本一样，每个破读的字都有圈发。如是这样，卷九前 6 回（第一百六十一至一百六十六回）周甲本只保留了 20 个圈发，而周乙本保留了 147 个圈发，周丙本只保留 58 个圈发。

另一种可能是此共同底本根本没有圈发，各种周本各自加圈发，所加的不同，导致各本圈发不同。因为虽然嘉靖元年本每个破读字都有圈发，因此共同底本可能根据嘉靖元年本加圈发。但嘉靖元年本是官刻本，现在看到的嘉靖元年本未必是真正的嘉靖元年刻本。陈翔华先生就一直认为现在的嘉靖元年本是复刻的，因此做了很多修改。我仔细分析关羽之死，发现嘉靖元年本对关羽之死修改最彻底，所有"首级"全部改为"英灵"，而周曰校本等版本则有的改，有的没有改。因此真正嘉靖元年本可能也没有圈发,是官刻时破读字逐字加圈发。这样各种周曰校本共同底本也可能没有圈发,是各种周曰校本各自加了圈发。

理论上两种可能都存在,目前资料还是无法判断。

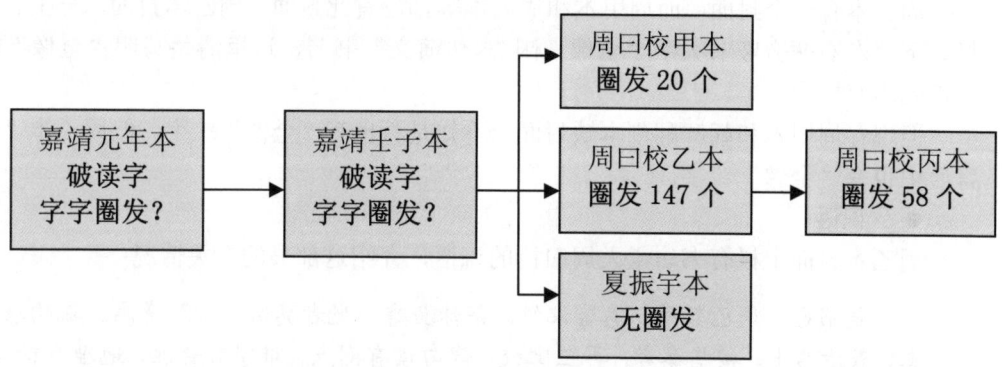

从圈发推测"演义"系列演化示意图三

无论周曰校本底本是否有圈发,因为周甲本和周乙本圈发不同,因此它们就肯定不是一个书商所刊刻,因为一个书商毫无必要刊刻两次不同圈发的周曰校本。

9. 三种周曰校本关系研究

(1) 三种周曰校本

周曰校本现存有三种:
- 无图的周曰校甲本

目前只有社科院文学所保留一部残本。2008年韩国发现一部朝鲜翻刻本,据韩国朴在渊先生2010年研究,此本和社科院文学所保留的周曰校甲本残本,文字完全相同。在没有发现全本的周曰校甲本之前,可以暂以朝鲜翻刻本代替周曰校甲本进行研究。但不能保证两本文字完全相同,因此研究中也必须予以注意。
- 有图的周曰校乙本

耶鲁大学保留一部完整的周乙本,中川谕先生2012年曾亲自去耶鲁大学考察,完整复制了此本。除此之外,北京大学图书馆、国家图书馆各保存一部残本。
- 有图的周曰校丙本

原北平图书馆藏本(今存台北故宫博物院),日本内阁文库、蓬左文库都各保留一部完整的周曰校丙本。丙本和乙本有几乎相同的插图,很明显是复制乙本。其文字也基本和乙本相同,只有个别文字不同。

三种版本中,周曰校丙本是周曰校乙本的翻刻本,一般没有异议。但周甲本和周乙本是什么关系就有争议了。

周甲本和周乙本有如下几处不同。

- 封面

周乙本有一个封面,而周甲本和周丙本等都没有此封面。周乙本封面,分上、下栏。下栏左右两旁竖书大字"全像三国/志传演义"书名,这里清楚写明"全像"就是指此本有插图。

但现存周甲本和朝鲜翻刻本缺封面,不知是否也有"全像"二字。但周乙本"引言"中也有"全像"二字。

- 识语

周乙本封面上栏有书坊主人周曰校的识语,介绍这部书的有关情况:

> 是书也,刻已数种,悉皆讹舛,茫昧鱼鲁,观者莫辨。予深感焉。辄购求古本,敦请名士,按鉴参考,再三雠校,俾句读有圈点,难字有音注,地理有释义,典故有考证,缺略有增补,节目有全像,如牖之启明,标之示准。此编之传,士君子抚卷,心目俱融,自无留难,诚与诸刻大不侔矣。览者顾諟书而求诸,斯为奇货之可居。
>
> 万历辛卯秋月,周曰校谨识。

周乙本此识语中最关键的话是:"俾句读有圈点,难字有音注,地理有释义,典故有考证,缺略有增补,节目有全像。"这里同时说道此书的六大特点,即圈点、音注、释义、考证、增补和全像,这六个特点是一并列出的,"全像(插图)"列为最后一项。前五项在周甲本中都有,唯独周甲本没有插图,是否是周乙本增加了插图不得而知。

无图周甲本唯一的残本缺封面,朝鲜翻刻本也没有封面。

- 引言标题

在《三国演义》"演义"系列的早期版本中,有一篇修髯子(张尚德)的《三国志通俗演义引》。此引言的标题在几种版本和几种周曰校本中是不同的。

在嘉靖元年本、夏振宇本、朝鲜翻刻本(周甲本)中,引言的标题都是"三国志通俗演义引",只有周乙本和周丙本增加了"全像"二字,为《全像三国志通俗演义引》。

- 题署"音释"

周曰校三种版本的题署也略有不同,朝鲜翻刻本(即周曰校甲本)题署增加了一行"晚学庐陵叶才音释",这是其他周曰校本所没有的。这表明完成"音释"的是庐陵(今江西吉安)人叶才。但可惜我查遍吉安县志,在明代没有查到"叶才"此人,否则可以根据其生平判断其增加"音释"的时间。所有周曰校本和夏振宇本都有双行小字的注音,即"音释"。

但为何只有周甲本有此行题署,而周乙本、周丙本和夏振宇本等其他版本都没有?既然周曰校本和夏振宇本都有音释,音释就应该是它们共同底本就有的,即嘉靖壬子本就有。周甲本保留了,而周乙本不知为何删除了此题署。

（2）两种周曰校本关系——共同祖本可能性最大

三种周曰校本中，周丙本肯定是翻刻周乙本，主要问题是周甲本和周乙本之间关系。理论上有三种可能。

第一种可能是，周甲本在前，周乙本在后。

第二种可能是，周乙本在前，周甲本在后。

第三种可能是，周甲本和周乙本有共同的底本。

下面从多角度分析，两本有共同祖本可能性最大。

1）插图——无法判别

周甲本无图，周乙本有图。

第一种可能是：无图周甲本在前，周乙本插图是后加的。

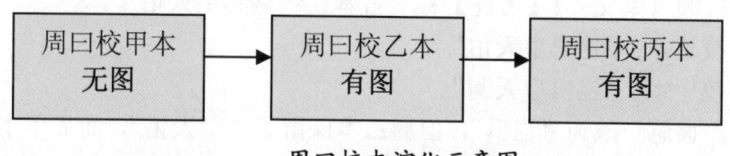

周曰校本演化示意图一

第二种可能是：有图周乙本在前，周甲本删除周乙本插图。

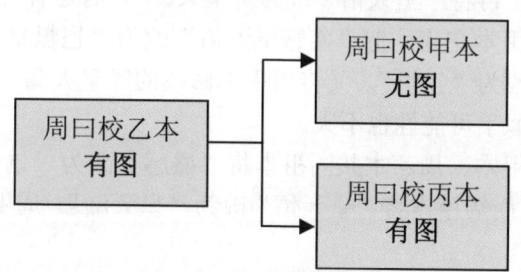

周曰校本演化示意图二

第三种可能是：周甲本和周乙本之间并没有关系，它们都不是初刻本，它们都是从一个共同底本翻刻而来的，就是说它们有共同的底本，即金文京先生所说内府本，也就是嘉靖壬子本。而此共同底本很可能和嘉靖元年本一样，没有插图。周甲本没有插图，周乙本补充了插图。

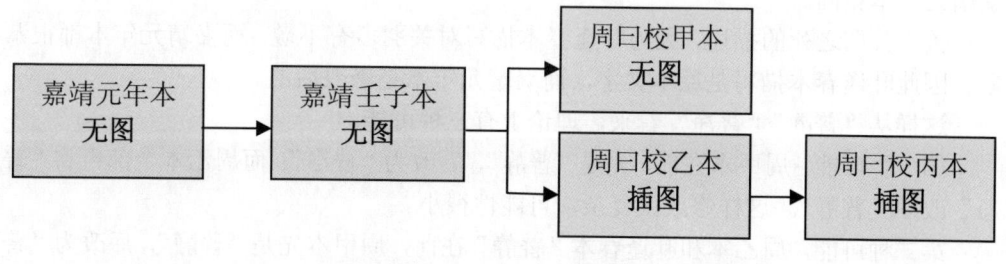

从插图推测"演义"系列演化示意图

三种可能都存在，只从插图无法判别其关系。

2）圈发——共同祖本

前面介绍过：
- 周甲本：有 20 个圈发，其中 8 个圈发周乙本无。
- 周乙本：有 147 个圈发，其中 135 个圈发周甲本无。

因此，从圈发看，周甲本、周乙本相互没有关系，不是父子关系，而是兄弟关系，它们有共同底本可能性最大。

3）黄承彦诗——共同祖本

前面介绍过，周曰校乙本第四卷第十三则（总第七十四则）"玄德风雪访孔明"中，在黄承彦口颂《梁父吟》【考证】称"古本作'盛感皇天佑'"。
- 周曰校乙本："岂惧皇天佑"
- 周曰校甲本："岂惧皇天漏"

两本都将"盛感"改为"岂惧"，但周乙本保留了"皇天佑"，而周甲本将"皇天佑"改为"皇天漏"。

第一种可能：周乙本在前，保留了"皇天佑"，将"盛感"改为"岂惧"。周甲本在周乙本修改基础上，再将"皇天佑"改为"皇天漏"，有这种可能。

第二种可能：周甲本在前，把"盛感皇天佑"改为"岂惧皇天漏"。周乙本保留了周甲本将"盛感"改为"岂惧"，又将周甲本修改的"皇天漏"恢复为"皇天佑"，这要恢复原本文字，似乎可能性也不大。

第三种可能：周甲本、周乙本共同祖本将"盛感"改为"岂惧"，周乙本保留了共同祖本"皇天佑"，而周甲本将"皇天佑"改为"皇天漏"。周甲本、周乙本分别修改，可能性较大。

4）"普静""普净"——共同祖本或周乙本在前

第一百五十三则"玉泉山关公显圣"关羽死后来到玉泉山，见到一个禅师，此人的姓名周甲本和周乙本略有不同。

周乙本从始至终都是"普静"，和叶逢春本相同，和嘉靖元年本的"普净"不同。

周甲本开始和周乙本、叶逢春本相同，也是"普静"，但后面又改为"普净"，和嘉靖元年本相同。

关于关羽之死的描述，因为叶逢春本描写对关羽多有不敬，而嘉靖元年本都很恭敬。因此叶逢春本描写是原本文字，而嘉靖元年本是修改后的。

这样从"普静""普净"看来，理论上有三种可能。

第一种可能，周甲本在前，先是"普静"，后改为"普净"；而周乙本全部再将"普净"改回"普静"。这样修改太复杂，可能性很小。

第二种可能，周乙本和叶逢春本"普静"在前，周甲本先是"普静"，后改为"普净"在后。这种可能性也存在。

第三种可能,周甲本、周乙本没有承继关系,而有共同祖本,始终是"普静",周乙本也如此,而周甲本开始是"普静",后改为"普净"。这种可能性最大。

5)"颜良安在""云长安在"——无法判别

关羽死后来到玉泉山,与禅师普静有一对话,关羽先称"还我头来",周乙本中禅师回应为"颜良安在",而周甲本禅师回应为"云长安在"。

周甲本、周乙本两种回应都有道理,无法判别两本先后。

6)4处同词脱文——共同祖本或周甲本在前

经韩国朴在渊研究,周甲本(朝鲜活字本)和周乙本文字比对,有4处周乙本出现"同词脱文"[①]。

例1. 第一百八十五则"孔明以智伏姜维",脱21字

周: 初到之日激励	三军不可失此机会
夷: 初到之日激励	三军不可失此机会
甲: 初到之日激励三军鼓噪直上若候日久急难破矣汝等诸将当激励三军不可失此机会	
夏: 初到之日激励三军鼓噪直上若候日久急难破矣汝等诸将当激励三军不可失此机会	

此处周乙本、夷白堂本和周甲本、夏振宇本比较,"激励三军"出现同词脱文21字。其他3例为:第一百九十六则"诸葛亮三出祁山"脱24字,第一百七十三则"孔明兴兵征孟获"脱25字,第二百二十一则"邓艾段谷破姜维"脱27字。

此4例显示,周乙本有脱文因此不可能在前,只有周甲本在前,或两本有共同祖本。

周甲本、周乙本差异和版本先后

差异项目	插图	颜良安在 云长安在	普静 普净	同词脱文	圈发	黄承彦诗
可能性	无法判别	无法判别	周乙本 共同祖本	周甲本 共同祖本	共同祖本	共同祖本

以上6个项目比较,2个项目无法判别先后,1个项目周甲本可能在前,1个项目周乙本可能在前,4个项目共同祖本可能性大。尤其是"圈发",只有共同祖本最可能。

因此周甲本和周乙本很可能都来自一个共同的底本,此本很可能就是嘉靖壬子本,此本应该是:

- 插图:无图本。
- 圈发:逐字圈发,或无圈发。
- 黄承彦诗:岂惧皇天佑。

---

① [韩] 朴在渊:《三国志通俗演义》(下),韩国学古房2008年6月,第1035—1036页。

- 禅师名：普静。
- 关羽、普静对话："颜良安在"和"云长安在"都可能。
- 4处都没有"同词脱文"。

10. "演义"系列文字差异研究

(1) "演义"系列版本关系简介

《三国演义》"演义"系列早期版本现存的主要有四种：嘉靖元年本、周曰校本、夏振宇本和 2011 年在朝鲜新发现的铜活字本。学术界一般认为，四本中周曰校本和夏振宇本关系密切，而和嘉靖元年本关系较远。但周曰校本和夏振宇本是什么关系，一直没有定论。到目前为止，有两种说法。

中川谕先生在《〈三国志演义〉版本研究》一书中认为：

> 嘉靖本、周曰校本、夏振宇本虽然属于同一个系统，但它们不属于纵向的相互关系，而是以某个文本为祖本，从中分化衍生出来的三个版本。
>
> 上田望先生曾经对这两者的关系作了考察。……上田先生认为夏振宇本继承了较为古老的文字表现。……演变流传方式不可能是"夏振宇本到周曰校本"。所以，上田先生得出夏振宇本和周曰校本是异本的结论。他所指的"异本"是指两者都不可能是对方的底本。
>
> 对于上田先生的结论，笔者没有异议。……参考上田望的考察后，笔者认为嘉靖本、周曰校本、夏振宇本的关系，不是其中一个版本是另一个版本的底本的关系，而是横向并列的关系。另外，周曰校本与夏振宇本关系更密切，而相对于周曰校本，夏振宇是比较晚出现的版本。①

2013 年 8 月中川谕先生提交上海第十二届中国古代小说文献暨数字化国际研讨会论文《夏振宇本〈三国志传通俗演义〉研究》一文，对于夏振宇本又做了深入研究，其中举出了 15 个例子，最后的结论是：

> 夏振宇本的底本是周曰校甲本，这可能性最大，也有几个证据。但是，一方面也有小小的反证。即使不是，也一定与周曰校甲本有密切关系的版本。
>
> 夏振宇本与嘉靖本等一样，确实是属于二十四卷系统的一本。而其文章中还留下了比周曰校乙本更古老的样子，所以可以说，它的底本一定是在周曰校乙本之前的，可能是周曰校甲本或者与甲本很接近的版本。又，几年前发现的朝鲜铜活字本，在二十四卷系统诸本中，与夏振宇本不太接近。

下面根据中川先生所举的各种例子，分析"演义"系列各种版本之间关系。

---

① 中川谕：《三国志演义研究》，上海古籍出版社 2010 年第 1 版，第 50—52 页。

（2）"演义"系列版本关系的研究方法

要研究"演义"系列各种版本的关系，必须首先说明这些版本目前的情况。

夏振宇本：目前只有孤本一套，存于日本蓬左文库。

周曰校本有三种：甲本、乙本和丙本，它们肯定是有密切关系，或者有共同底本，或其中某个版本是其他两个的底本。

周曰校甲本：一般认为是周曰校本的初刻本，但目前只有社科院文学所保留一部残本。2010年朝鲜发现一部朝鲜翻刻本，据朴在渊先生研究，此本和社科院文学所保留的周曰校甲本残本，文字完全相同。在没有发现全本的周曰校甲本之前，可以暂以朝鲜翻刻本代替周曰校甲本进行研究。但不能保证两本文字完全相同，因此研究中也必须予以注意。

周曰校乙本：一般认为是甲本的复刻本，耶鲁大学保留一部完整的乙本，北京大学图书馆、国家图书馆各保存一部残本。由于这两部周乙本都是残本，因此一直无法做全面研究，都是以周丙本代替周乙本做研究。中川谕先生2012年专门亲自赴美国耶鲁大学，全部复制全本的周乙本，第一次对周乙本做了全面考察。

周曰校丙本：一般认为是乙本的复刻本，台北故宫博物院、日本内阁文库、蓬左文库都各保留一部完整的周曰校丙本。丙本文字基本和乙本相同，但也有个别文字不同。

铜活字本：此本是韩国朴在渊先生在韩国发现的，是朝鲜时期用铜活字刊刻的《三国演义》残版本，属于"演义"系列，但其底本是哪个版本还不清楚。

以下研究"演义"系列上述版本之间的关系，由于周曰校甲本没有全本，常以朝鲜翻刻本来代替。周曰校丙本因为是周曰校乙本的复刻本，因此下面研究省略了周曰校丙本。

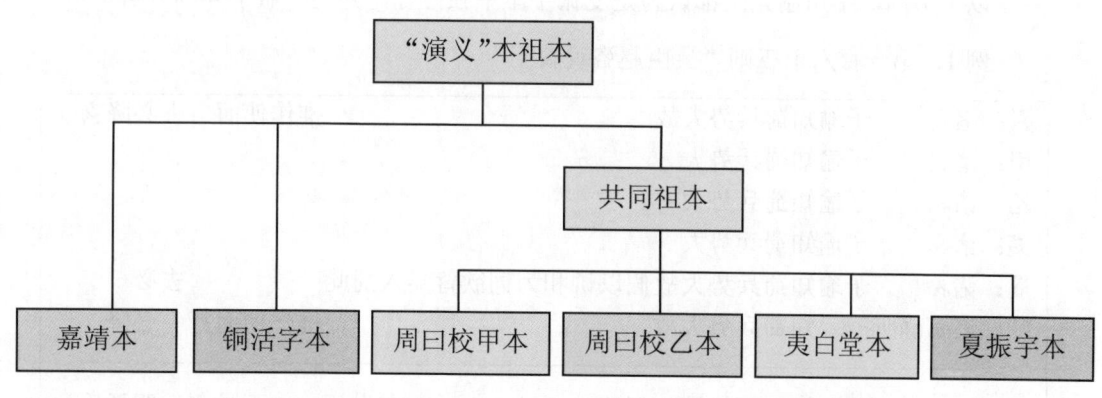

"演义"系列版本关系示意图

中川谕先生通过仔细比对"演义"系列版本，举出了"演义"系列版本文字差异的15个例子，下面在中川先生研究的基础上，对"演义"系列各种版本的15个文字差异例子，从文本修订角度，再分为五类：

1) 夏振宇本单独修订、其他版本相同未修订。
2) 周曰校乙本和夷白堂本修订、其他版本相同未修订。
3) 周曰校甲本单独修订、其他版本相同未修订。
4) 铜活字本单独修订、其他版本相同未修订。
5) 夏振宇本和周曰校本及夷白堂本修订、其他版本相同未修订。

"演义"系列部分版本关系研究方法

	文字修订	活字本	朝鲜翻刻	周曰校乙	夏振宇	夷白堂
1	夏振宇本				修订	
2	周曰校乙本 夷白堂本			修订		修订
3	周曰校甲本		修订			
4	铜活字本	修订				
5	夏振宇本 周曰校本 夷白堂本			修订	修订	修订

对每种情况和每个例证，首先介绍中川先生的看法，然后分析这些例证中文字差异情况，最后分析各种"演义"系列版本之间的关系。

中川先生分析时没有分析夷白堂本，此本也是"演义"系列重要版本，为此将此本也加入比对。

（3）夏振宇本单独修订、其他版本基本相同没有修订

以下 7 例，中川谕先生都认为是夏振宇本单独修订，并逐一做了详细分析。

例 1. 第一百六十三则"吴臣赵咨说曹丕"

嘉:	诸葛	子瑜知蜀兵势大故		推作使而	去必降玄	
甲:	诸葛	子瑜知蜀兵势大				
乙:	诸葛	子瑜知蜀兵势大				
夷:	诸葛	子瑜知蜀兵势大				
夏:	诸葛	子瑜知蜀兵势大故假以讲和为词欲背吴入蜀此			去必	
叶:	诸葛瑾听	知蜀兵势大故		推作使而行	必降	
嘉:	德	矣权曰不然孤与子瑜		有生死	不易之	盟子瑜
甲:				有生死	不易之	盟子瑜
乙:				有生死	不易之	盟子瑜
夷:				有生死	不易之	盟子瑜
夏:	不回	矣权曰	孤与子瑜	有生死	不易之	盟子瑜

| 叶： | 刘备矣权曰 | 子瑜决不负孤彼与孤有生死之交不易之誓 | 子瑜 |

中川先生认为：此例夏振宇本有明显文字增补。

例2. 第六十三则"袁谭袁尚争冀州"

嘉：	安纳上印绶谭问动静纪言袁将军在遗言令袁显甫为主加主公车骑将军
甲：	安纳上印绶谭问动静纪言袁将军在遗言令袁显甫为主加主公车骑将军
乙：	安纳上印绶谭问动静纪言袁将军在遗言令袁显甫为主加主公车骑将军
夷：	安纳上印绶谭问动静纪言袁将军在遗言令袁显甫为主加主公车骑将军
夏：	安纳上印绶

嘉：	今上印绶谭大怒欲斩逢纪郭图谏曰此父命不可违也遂免之郭图密与谭曰
甲：	今上印绶谭大怒欲斩逢纪郭图谏曰此父命不可违也遂免之郭图密与谭曰
乙：	今上印绶谭大怒欲斩逢纪郭图谏曰此父命不可违也遂免之郭图密与谭曰
夏：	谭大怒欲斩逢纪郭图谏曰此父命不可违也遂免之郭图密与谭曰

中川先生认为：此例夏振宇本有明显词语"印绶"的"同词脱文"。

例3. 第一百二十四则"黄忠魏延大争功"

嘉：	玄德曰老将军亲率本部人马	如取得	营寨
甲：	玄德曰老将军亲率本部人马	如取得	营寨
乙：	玄德曰老将军亲率本部人马	如取得	营栅
夏：	玄德曰老将军亲率本部人马前至雒城如取得泠苞邓贤营寨

嘉：	必当重赏黄忠大喜	谢了要行	帐下
甲：	必当重赏黄忠大喜	谢了要行	帐下
乙：	必当重赏黄忠大喜	谢了要行	帐下
夏：	必当重赏黄忠大喜即领本部兵马谢了要行忽帐下

中川先生认为：此例夏振宇本有明显文字增补。

例4. 第四十一则"青梅煮酒论英雄"

嘉：	方今天下	惟使君与操耳	言未毕	玄德以手中匙筋尽落
甲：	方今天下	惟使君与操耳	言未毕	备	以手中匙筋尽落
乙：	方今天下	惟使君与操耳	言未毕	备	以手中匙筋尽落
夷：	方今天下	惟使君与操耳	言未毕	备	以手中匙筋尽落
夏：	今天下英雄惟使君与操耳	言未毕霹雳雷声大雨骤至备	以手中匙筋尽落
叶：	今天下英雄惟使君与操耳方	未毕

| 嘉： | 于地霹雳雷声大雨骤至操见玄德失 | 便问曰为何 | 失筋玄德答曰 |
| 甲： | 于地霹雳雷声大雨骤至操见玄德失 | 筋 | 便问曰为何 | 失筋玄德答曰 |

乙：	于地霹雳雷声大雨骤至操见玄德失	筋	便问曰为何	夫筋玄德答曰
夷：	于地霹雳雷声大雨骤至操见玄德失	筋	便问曰为何	夫筋玄德答曰
夏：	于地	操见玄德失	筋	便问曰为何	夫筋玄德答曰
叶：		玄德	匙筋失坠便问曰	何为矢却匙	筋玄德 曰

中川先生认为：此例夏振宇本有明显文字修订。

例5. 第一百四十八则"关云长水淹七军"

嘉：	上 头一将撑一大船	而至将小舡撞翻
甲：	上流头一将撑一大船	而至将小船撞翻
乙：	上流头一将撑一大船	而至将小船撞翻
夏：	上流有一将撑 船持大筏而至将小船撞翻	
活：	上流头一将撑一大船	而至将小船撞翻

中川先生认为：此例夏振宇本有明显文字修订。

例6. 第一百五十五则"曹操杀神医华陀"

嘉：	有神人居其上下伏	潭中老龙王	伐之必生祸也
甲：	有神人居其上下伏	潭中老龙王	伐之必生祸也
乙：	有神人居其上下伏	潭中老龙王	伐之必生祸也
夷：	有神人居其上下伏	潭中老龙王	伐之必生祸也
夏：	有神人居其上下 老龙依潭中 王		伐之必王祸也
活：	有神人居其上下伏	潭中老龙王若伐之必生祸也	

中川先生认为：此例夏振宇本有明显文字修订。
这种例子很多，我又选择朝鲜铜活字本部分文字比对举例。

例7. 第一百四十七则"庞德抬棺战关公"

嘉：	吾喜庞 惪之壮哉诩曰王上差矣	血气之勇去斗关将他是	赤身
甲：	吾喜庞 惪之壮哉诩曰王上差矣	血气之勇去斗关将他是	赤身
乙：	吾喜庞德 之壮哉诩曰王上差矣	血气之勇去斗关将他是	赤身
活：	吾喜庞 惪之壮哉诩曰王上差矣	血气之勇去斗关将他是	赤身
夏：	吾喜庞德 之壮哉诩曰主上差矣 庞德恃血气之勇去斗关将		如以赤身而
叶：	喜庞德 之壮哉翊曰王上差矣倚	血气之勇	

中川先生认为：此例也是夏振宇本有明显文字增补。

例8. 第一百四十七则"庞德抬棺战关公"

嘉：	某 智勇双全之将切不可	用力斗之	可取则取不可取则	谨守
甲：	某知 勇双全之将切不可	用力斗之	可取则取不可取则	宜谨守
乙：	关某知 勇双全之将切不可	用力斗之	可取则取不可取则	宜谨守

活：	某 智勇双全之将切不可	用力斗之	可取则取不可取则		宜谨守
夏：	智勇双全 切不可		轻敌可取则取不可取则		宜谨守
叶：	智勇双全 切	勿用力斗之	可取则取不可取则宜守之务宜	谨	

中川先生认为：此例也是夏振宇本有明显文字修订。

以上 8 个例子都是夏振宇本文字和其他版本文字不同，夏振宇本这种文字修订比比皆是，非常多，说明夏振宇本曾对文字做了大量的修订。

以上 8 个例子夏振宇本文字和其他版本文字完全不同，而其他版本文字都相同。因此夏振宇本不可能是其他版本的底本，夏振宇本只可能来自其他某个版本，或和其他版本有共同祖本。

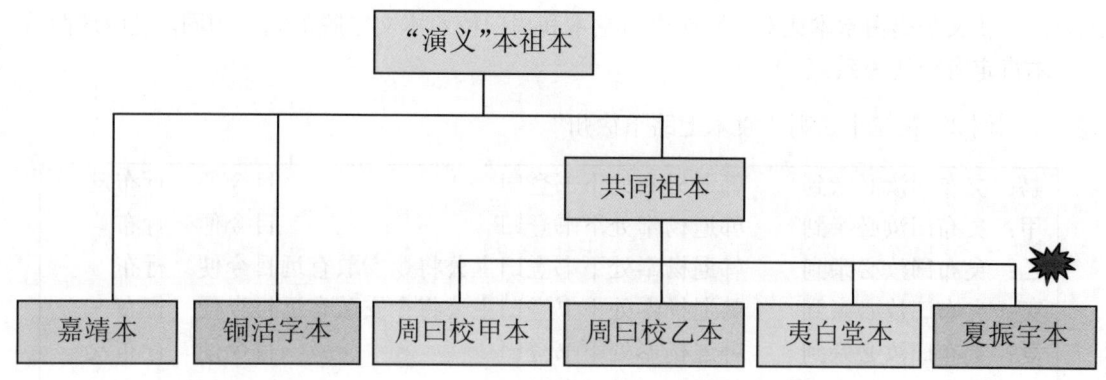

夏振宇本单独修订、其他版本基本相同没有修订示意图

（4）周曰校乙本和夷白堂本修订、其他版本基本相同没有修订

以下 3 例，中川谕先生都认为是周曰校乙本单独修订，并逐一做了详细分析。

例 1. 第三则"安喜县张飞鞭督邮"

嘉：	黄巾将士索	金帛不从者奏罢职	皇甫嵩朱隽皆不肯与		赵忠等奏帝
甲：	黄巾将士索	金帛不从者奏罢职	皇甫嵩朱隽皆不肯与		赵忠等奏帝
乙：	黄巾将士索	金帛	嵩 隽 不 与		奏 称
夏：	黄巾将士索	金帛不从者奏罢职	皇甫嵩朱隽皆不肯与		赵忠等奏帝
叶：	黄巾将士索要金帛不从者奏罢		官皇甫嵩朱隽皆不	从	赵忠等奏帝

中川先生认为：此例周曰校乙本有明显文字脱落。夷白堂本缺此则无法比对。

例 2. 第二百二十一则"邓艾段谷破姜维"

嘉：	守至　三更欲回山上鼓角又鸣维移兵下山屯札比及令军搬
甲：	守至二　更欲回山上鼓角又鸣维移兵下山屯札比及令军搬

乙：	守至　三更欲回山上鼓
夷：	守至　三更欲回山上鼓
夏：	守至　三更欲回山上鼓角又鸣维移兵下山屯札比及令军搬
————	————————————————————
嘉：	运木石方欲竖立为寨山上鼓角又鸣魏兵骤至蜀兵大乱自相
甲：	运木石方欲竖立为寨山上鼓角又鸣魏兵骤至蜀兵大乱自相
乙：	角又鸣魏兵骤至蜀兵大乱自相
夷：	角又鸣魏兵骤至蜀兵大乱自相
夏：	运木石方欲竖立为寨山上鼓角又鸣魏兵骤至蜀兵大乱自相

中川先生认为：此例周曰校乙本有明显文字脱落。

我又加夷白堂本比对，发现夷白堂本和周曰校乙本文字脱落完全相同，说明这两本肯定有密切关系。

例3. 第三十三则"袁术七路下徐州"

嘉：	矣布曰汝必亲到	韩暹杨奉处下书登曰	目今便	行布发
甲：	矣布曰汝必亲到	韩暹杨奉处下书登曰	目今便	行布
乙：	矣布曰汝必亲到	韩暹杨奉处下书登曰主公将令安敢有远	目今便	行布
夷：	矣布曰汝必亲到	韩暹杨奉处下书登曰主公将令安敢有远	目今便	行布
夏：	矣布曰汝必亲到	韩暹杨奉处下书登曰	目今便	行布发
叶：	矣布曰汝必亲到杨奉韩暹	处下书登		便请行布发
————	————	————	————	————
嘉：		表上	许都致书与豫州然后令陈登引数骑先于下邳道上	
甲：	修	表上	许都致书与豫州然后令陈登引数骑先于下邳道上	
乙：	书付登且一面发表上		许都致书与豫州然后令陈登引数骑先于下邳道上	
夷：	书付登且一面发表上		许都致书与豫州然后令陈登引数骑先于下邳道上	
夏：		表上	许都致书与豫州然后令陈登引数骑先于下邳道上	
叶：	人	上表许都致书	豫州然后令陈登引数骑先于下邳道上	

以上三个例子，第1例夷白堂本缺此则无法比对，其他2例都是周曰校乙本和夷白堂本文字有相同修订所致，而其他版本文字基本相同。因此周曰校乙本、夷白堂本和夏振宇本一样，也不可能是其他版本的底本，周曰校乙本、夷白堂本也只可能来自其他某个版本，或和其他版本有共同祖本。

至于周曰校乙本和夷白堂本的关系，另外再研究。

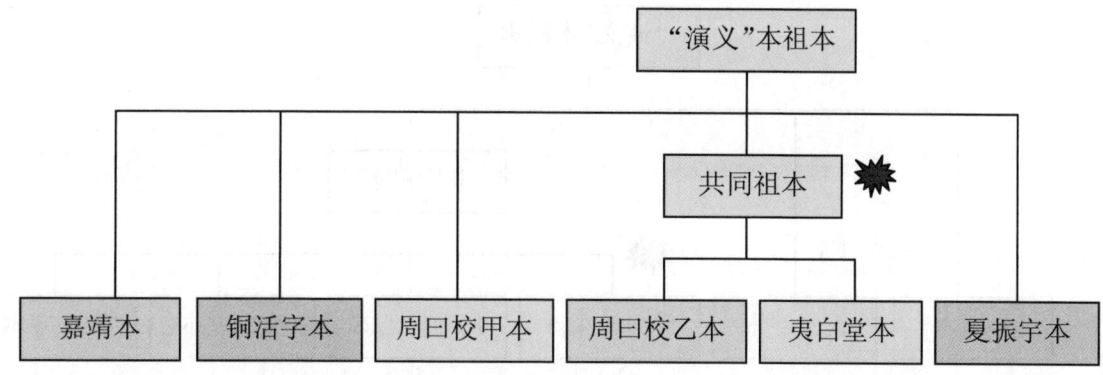

周曰校乙本、夷白堂本共同祖本修订、其他版本基本相同没有修订示意图

（5）周曰校甲本单独修订、其他版本基本相同没有修订

以下2例，中川谕先生认为是周曰校甲本单独修订，并逐一做了详细分析。

例1．第二则"刘玄德斩寇立功"

> 嘉：当头来到截住去路，为首闪　出一个好英雄
> 甲：当头来到截住去路，为首　引出一个好英雄
> 乙：当头来到截住去路，为首闪　出一个好英雄
> 夏：当头来到截住去路，为首闪　出一个好英雄

例2．第二则"刘玄德斩寇立功"

> 嘉：今上差小　黄门左丰，前来体探，问我要贿赂
> 甲：今上差　送黄门左丰，前来体探，问我要贿赂
> 乙：今上差小　黄门左丰，前来体探，问我要贿赂
> 夏：今上差小　黄门左丰，前来体探，问我要贿赂

以上两个例子都是周曰校甲本文字修订，而其他版本文字未修订。因此周曰校甲本也不可能是其他版本的底本，周曰校甲本也只可能来自其他某个版本，或和其他版本有共同祖本。

夷白堂本缺此则无法比对。

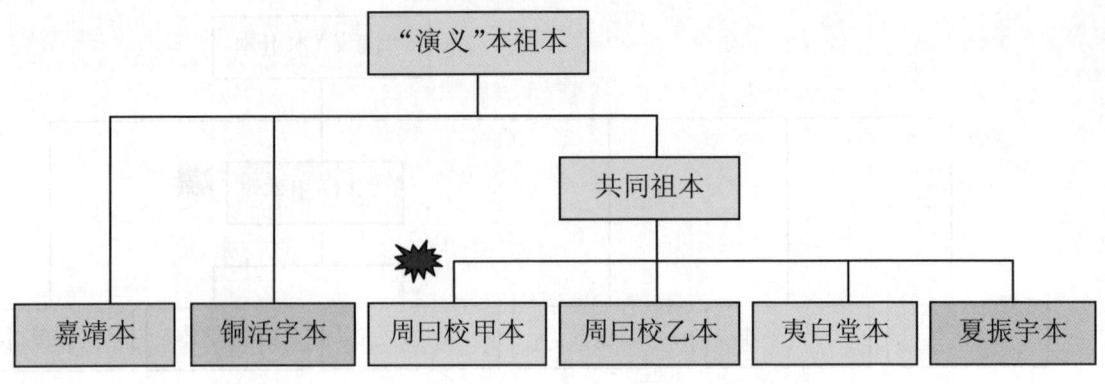

周曰校甲本单独修订、其他版本基本相同没有修订示意图

（6）铜活字本单独修订、其他版本基本相同没有修订

以下1例，中川谕先生认为是铜活字本做修订，并做了详细分析。

例如，第一百五十五则"曹操杀神医华陀"

嘉：	操曰	莫非江东医周泰	者乎
甲：	操曰乃是	江东医周泰	者乎
乙：	操曰乃是	江东医周泰	者乎
夷：	操曰乃是	江东医周泰	者乎
夏：	操曰乃是	江东医周泰	者乎
活：	操曰乃是	江东医	华陀者乎

此例明显是活字本发生错误，而其他版本文字都不错。

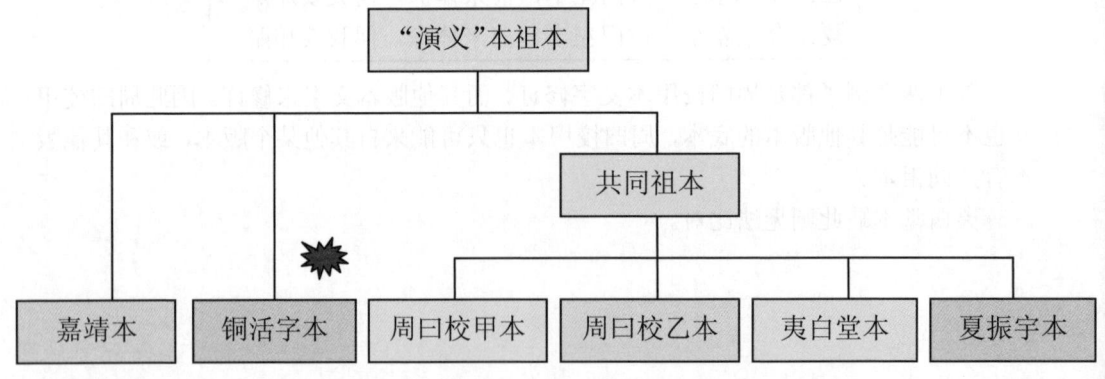

铜活字本单独修订、其他版本基本相同没有修订示意图

朝鲜铜活字本、周曰校本和嘉靖元年本三种版本的文字差异有多种情况，除上述一种情况外，还有以下几种情况：

1）朝鲜铜活字本文字和周曰校本一样，而和嘉靖元年本不同——嘉靖元年本文字修订。

2）朝鲜铜活字本文字和周曰校本不同，而和嘉靖元年本相同——多种可能。

3）朝鲜活字本和叶逢春本有相同的独有文字，和嘉靖元年本等其他版本都不同——目前很难圆满解释的问题。

通过对朝鲜铜活字本和周曰校本及嘉靖元年本文字比较，可以得出如下结论：

- 铜活字本文字更接近周曰校本，而不是嘉靖元年本。
- 铜活字本文字更接近周曰校本，而不是嘉靖元年本的原因，是由于嘉靖元年本对文字做了多处较大幅度的修订，而朝鲜铜活字本和周曰校本文字未修订，因此铜活字本文字就更接近周曰校本。
- 铜活字本还有些文字不同于周曰校本，而与嘉靖元年本相同，其原因有多种可能，目前难以分析解释。

朝鲜活字本和嘉靖元年本、周曰校本关系密切，朝鲜活字本的底本可能和嘉靖元年本、周曰校本、夏振宇本等"演义"系列一样，也是"演义"系列中的一种版本，也是从《三国演义》原本演化出来的一个版本。由于本文不是专门研究朝鲜铜活字本，因此就不再做进一步的深入分析。

（7）夏振宇本和周曰校本及夷白堂本修订、其他版本相同没有修订

以下2例，中川谕先生认为是夏振宇本和周曰校甲、乙本都做修订，并做了分析。我又加夷白堂本比对，发现夷白堂本和夏振宇本、周曰校甲、乙本文字完全相同。

例1. 第一百五十一则"关云长大战徐晃"

嘉：晃自引精兵五百循沔水投小路去　取偃城之后
甲：晃自引精兵五百循沔水　　　　去袭　偃城之后
乙：晃自引精兵五百循沔水　　　　去袭　偃城之后
夷：晃自引精兵五百循沔水　　　　去袭　偃城之后
夏：晃自引精兵五百循沔水　　　　去袭　偃城之后
活：晃自引精兵五百循沔水投小路去袭　偃城之后

例2. 第一百五十四则"汉中王痛哭关公"

嘉：不如先遣人将关公父子　　　　英灵　送与曹操
甲：不如先遣人将关公父子首级　　转送与曹操
乙：不如先遣人将关公父子首级　　转送与曹操
夷：不如先遣人将关公父子首级　　转送与曹操
夏：不如先遣人将关公父子首级　　转送与曹操
活：不如先遣人将关公父子　　　　英灵转送与曹操

由于夏振宇本、夷白堂本和周曰校甲、乙本文字有相同的修订，而嘉靖元年本和活字本文字未修订。因此夏振宇本、夷白堂本和周曰校甲、乙本应该有共同底本。

根据前面"壬午"和"壬子"的分析，周曰校本和夏振宇本"小引"的时间从嘉靖元年本的"壬午"改为"壬子"，此"壬子"本应该就是周曰校本和夏振宇本、夷白堂本的共同祖本。

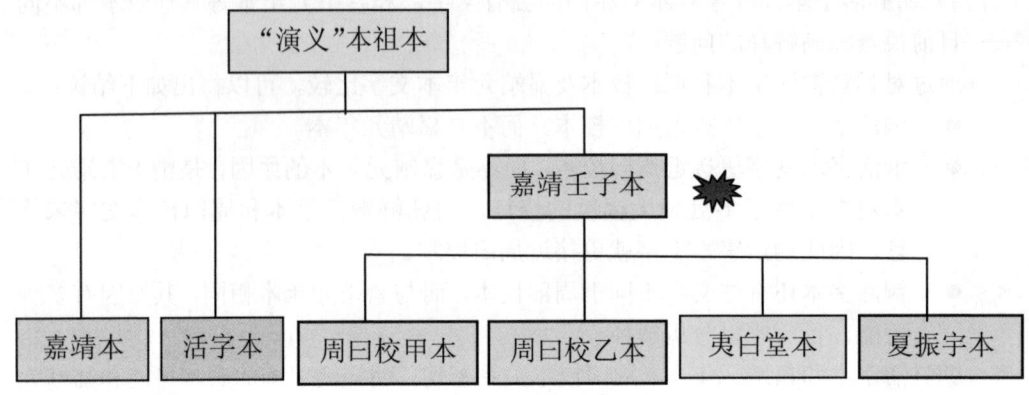

夏振宇本和周曰校本及夷白堂本修订、其他版本基本相同没有修订示意图

（8）"演义"系列版本关系

根据以上分析，"演义"系列中的夏振宇本、周曰校甲本、周曰校乙本和铜活字本都各自有单独的文字脱落、增补和修订，因此它们每个版本都不可能是其他版本的底本，这样最后就只有一种可能：这些"演义"本有共同祖本。

"演义"系列版本关系如下：

- 周曰校甲本和乙本肯定是有共同祖本。
- 夏振宇本和周曰校本有共同祖本。
- 嘉靖元年本和铜活字本可能也有共同祖本。
- 周曰校甲本个别文字还曾参考嘉靖元年本或铜活字本做了修改。
- 夷白堂本最接近周曰校乙本。

另外，在本篇前面版本整体专题研究中，通过 8 个文字差异项目（"翼德"和"益德"、"庞德"和"庞惪"、"普静"和"普净"、"不烂之舌"和"拨浪之舌"、"伍伯"和"五百人"、糜夫人之死、关羽之死、关索和花关索）的仔细分析，得出的结论和此处分析结果完全相同。

又，经文字比对，夷白堂本在关羽之死等文字中最接近周曰校乙本，可能和周曰校本、夏振宇本属于同一组，其祖本也是嘉靖壬子本。

(三)"志传"繁本研究

1. "志传"繁本概述

(1)"志传"繁本简介

《三国演义》版本分为"演义"系列和"志传"系列两大类。"志传"系列又分为"繁本"和"简本"两类。

"志传"繁本目前一共有7种。

1) 叶逢春本

此本其书名很复杂,主要有两种,卷一为《新刊通俗演义三国志史传》,卷八、九为《三国志通俗演义史传》。此本刊刻于嘉靖二十七年(1548年)。"志传"系列一般为二十卷,只有此本为10卷,存卷一至二,四至九,缺卷三、十。卷首题署"东原罗本 贯中 编次/书林 仓溪 叶逢春采像"上图下文,插图通栏,标题在插图两侧,每页16行20字。西班牙爱斯高里亚尔修道院藏残本,魏安、中川谕先生皆有著录[1]。瑞士日内瓦马丁博德默基金图书馆(La Bibliothèque de la Fondation Martin Bodmer)新发现有叶逢春残本散页,和西班牙本是同版。

---

[1] 魏安:《〈三国演义〉版本考》,上海古籍出版社1996年6月第1版,第36页。中川谕:《〈三国志演义〉版本研究》,上海古籍出版社2010年8月第1版,第177—189页。

"志传"繁本版本信息

序号	版本名	堂号	刊刻者	存卷	存则	插图	藏地
1	叶逢春本		叶逢春	1—2 4—9	1—48 73—216	上图下文	西班牙爱斯高里亚尔修道院 瑞士日内瓦马丁博德默基金图书馆
2	余象斗本	双峰堂	余象斗	1—12 19—20	1—142 217—240	上图下文	日本建仁寺两足院 英国剑桥大学图书馆、牛津大学图书馆、大英博物馆 德国符腾堡州立图书馆
3	余评林本	双峰堂	余象斗	1—8 11—12 19—20	1—96 121—142 217—240	上图下文	日本早稻田大学
4	种德堂本	熊冲宇	熊成冶	1—6 19—20	1—72 217—240	嵌图	中国国家图书馆 中国社科院文学所
5	郑少垣本	联辉堂	郑少垣	20	1—240	上图下文	日本国立公文书馆、蓬左文库、尊经阁文库、御茶之水图书馆簠堂文库
6	杨闽斋本		杨闽斋	20	1—240	上图下文	日本国立公文书馆、京都大学文学部
7	汤宾尹本		汤宾尹	20	1—240	上图下文	中国国家图书馆

2）余象斗本（双峰堂本）

卷一书名《音释补遗按鉴演义全像批评三国志传》，二十卷，只存卷一至十二、十九至二十。卷首题署"东原 贯中 罗道本编次/书坊 仰止 余象乌 批评/书林 文台 余象斗 绣梓"。牌记为"万历壬辰仲夏月/书林余氏双峰堂"，即万历二十年（1592年）。上图下文，插图标题在插图两侧，插图上方有评语，每页16行27字。日本建仁寺两足院（卷一至八、十九、二十）、英国剑桥大学图书馆（卷七、八）、德国符腾堡州立图书馆（卷九、十）、牛津大学图书馆（卷十一至十二）、大英博物馆（卷十九、二十）。魏安、中川谕先生皆有著录。

3）余评林本

书名《新刊京本校正演义全像三国志传评林》，余象斗刊行，二十卷，存卷一至八、十一至十二、十九至二十。卷首题署"晋 平阳 陈寿 志传/闽 文台 余象斗 校梓"。上图下文，插图标题在插图两侧，插图上方有评语，每页15行22字。魏安、中川谕先生皆有著录。

4）种德堂本（熊冲宇本）

书名《新锲京本校正按鉴演义全像三国志传》，熊冲宇种德堂刊，卷首题署"东原 贯中 罗本 编次/书林 冲宇 熊成冶 梓行"，卷二题署"书林 种德堂 熊冲宇 梓行"。魏安认为现存种德堂本不是余象斗本序言所言的"种德堂本"，而是后刊的版本①。刘世德先生认为此本分甲、乙两种，乙本是在甲本上增加了封面，题"刻卓吾先生订正三国志/金陵万卷楼藏版"②，此本"卓吾先生订正"和新增李贽序均为后补的。刘先生认为：甲本应该就是余象斗本所题的"种德堂本"③。因此现存种德堂本不是甲本，而是乙本，对此后面有详细分析。此本卷一至二中国国家图书馆藏，卷三至六、十九至二十中国社科院文学所图书馆藏。上图下文，嵌图式，插图标题在插图上方，每页15行，两边各1行34字，图下方13行26字。魏安、中川谕先生皆有著录。

5）郑少垣本（联辉堂本）

书名《新锲京本校正通俗演义按鉴三国志传》，郑少垣联辉堂刊，二十卷全。卷首题署"东原 贯中 罗本 编次/书林 少垣 联辉堂 梓行"。牌记为"万历乙巳孟岁月/闽建书林郑少垣梓"，即万历三十三年（1605年）。上图下文，插图标题在插图两侧，每页15行27字。日本国立公文书馆（内阁文库）、蓬左文库、尊经阁文库、御茶之水图书馆篑堂文库藏。魏安、中川谕先生皆有著录。

另有郑云林本，卷首题署"东原 贯中 罗本 编次/书林 云林 郑世容 梓行"。牌记为"万历辛亥孟秋月/闽建书林郑云林梓"。日本京都大学、高冈市立中央图书馆藏。此书各卷首有挖补痕迹，可能是郑少垣把书版转给郑云林，郑云林挖改书坊名重印。因和郑少垣本同版，不单列。

6）杨闽斋本

书名《重刻京本通俗演义按鉴三国志传》，杨春元闽斋刊行，二十卷全。卷首题署"晋 平阳 陈寿 史传/明 闽斋 杨春元 校梓"。牌记为"万历庚戌岁孟秋月/闽建书林杨闽斋梓"，即万历三十八年（1610年）。上图下文，插图标题在插图两侧，每页15行28字。日本国立公文书馆（内阁文库）、京都大学文学部藏。魏安、中川谕先生皆有著录。

---

① 魏安：《〈三国演义〉版本考》，上海古籍出版社1996年6月第1版，第41页。
② 金陵万卷楼为周曰校的书坊名，熊冲宇为福建建阳书坊，此处为何出现"万卷楼"不明。
③ 刘世德：《〈三国志演义〉作者和版本考论》，中华书局2010年11月第1版，第164—176页。

7) 汤宾尹本

书名《新刻汤学士校正按鉴演义全像通俗三国志传》，二十卷全。卷首题署"晋 平阳 陈寿 史传/东原 罗贯中 编次/江夏 汤宾尹 校正"。因为书名中有"汤学士"，刊刻时间应该在万历二十三至三十八年汤宾尹任翰林院学士期间。上图下文，插图标题在插图两侧，每页 15 行 25 字。中国国家图书馆藏。魏安、中川谕先生皆有著录。

（2）书名研究

繁本书名分类统计

分类	版本	书名（主要）		刊刻时间
1	叶逢春本	通俗演义三国志史传 三国志通俗演义史传	1548	嘉靖二十七年
2	郑少垣本	通俗演义三国志传	1605	万历三十三年
2	杨闽斋本	通俗演义三国志传	1610	万历三十八年
2	汤宾尹本	演义通俗三国志传		
3	余象斗本	演义三国志传	1592	万历二十年
3	余评林本	演义三国志传		万历年间
3	种德堂本	演义三国志传		

- 叶逢春本主要有两种书名"通俗演义三国志史传"和"三国志通俗演义史传"。
- 叶逢春本是所有《三国演义》版本中唯一同时有两种主要书名的版本。
- 叶逢春本两个书名最后都是"史传"，只是前两个书名"三国志"和"通俗演义"的颠倒组合。
- 繁本书名"通俗演义"都在"三国志传"之前。
- 繁本书名都是从叶逢春本"通俗演义三国志史传"简化而来的。
- 繁本书名全部没有用叶逢春本的"三国志史传"，而采用简化的"三国志传"。
- 7 种繁本书名分三种，和版本分类基本一致。
- 余象斗本、余评林本和种德堂本书名为"演义三国志传"。
- 郑少垣本、杨闽斋本和汤宾尹本书名为"通俗演义三国志传"。

以上是根据主要书名分类分析，下面再根据版本分类分析。

繁本可分为四类：①叶逢春本；②余象斗、余评林本；③种德堂本、郑少垣本、杨闽斋本；④汤宾尹本。四类各个版本特点如下。

- 叶逢春本封面书名中的"按鉴""汉谱""三国志"分别代表了《三国演义》的三个史料来源：《资治通鉴》《后汉书》和《三国志》。
- 其他六个繁本书名中，除余评林本外，只有"按鉴""三国志"，没有"汉谱"。
- 其他六个繁本书名中，除余象斗本外，都有"新刻"或"重刻"字样。
- 余象斗本书名突出"音释补遗""全像批评"，以突出是此本特点。
- 余评林本是余象斗本的复刻，因此增加"新刊京本校正""评林"，也是要突出此本特点。

- 种德堂本书名和余评林本书名十分相似,它们是竞争关系。
- 郑少垣本书名和种德堂本书名十分接近,说明它们确实属于一类版本。
- 杨闽斋本书名和郑少垣本书名十分接近,说明它们属于同一类,但杨闽斋本刊刻时间在郑少垣本之后,因此把"新刻"改为"重刻"。
- 汤宾尹本书名加"汤学士校正",以假借汤宾尹的名气。

繁本版本分类书名统计

分类	版本	主要书名	完整书名
1	叶逢春本	通俗演义三国志史传 三国志通俗演义史传	新刊通俗演义三国志史传 重刊三国志通俗演义
2	余象斗本	演义三国志传	音释补遗按鉴演义全像批评三国志传
2	余评林本	演义三国志传	新刊京本校正演义全像三国志传评林
3	种德堂本	演义三国志传	新锲京本校正按鉴演义全像三国志传
3	郑少垣本	通俗演义三国志传	新锲京本校正通俗演义按鉴三国志传
3	杨闽斋本	通俗演义三国志传	重刻京本通俗演义按鉴三国志传
4	汤宾尹本	演义通俗三国志传	新刻汤学士校正按鉴演义全像通俗三国志传

(3) 起止时间分析

《三国演义》有些版本在每卷首第 2 行标注此卷起止时间,"志传"繁本标注起止时间的只有叶逢春本(卷六第一百二十一则、卷七第一百四十五则、卷八第一百六十九则、卷九第一百九十三则)。"志传"简本卷十一第二百十七则也有起止时间,但叶逢春本缺卷十,估计也有起止时间。

其余"志传"繁本(郑少垣本、余象斗本、余评林本、杨闽斋本、汤宾尹本、种德堂本)都没有标记起止时间。

(4) "志传"繁本刊刻时间

繁本现知最早的版本是嘉靖二十七年(1548 年)的叶逢春本。在此本之后已知最早的刊本是万历二十年的余象斗本。在叶逢春本和余象斗本之间目前还没有看到有可靠刊刻时间的版本。

在余象斗本中有一序言《三国辨》,对当时《三国演义》版本刊刻情况作了介绍,很有价值,全文如下。

> 坊间所梓《三国》,何止数十家矣。全像者,止刘、郑、熊、黄四姓。宗文堂人物丑陋,字亦错讹,久不行矣。种德堂其书板欠陋,字亦不好。仁和堂纸板

虽新，内则人名、诗词去其一分。惟爱日堂者，其板虽无差讹，士子观之乐然。今板已朦，不便其览矣。本堂以诸名公批评、圈点、校正无差，人物、字画各无省陋，以便海内士子览之。下顾者可认双峰堂为记。

此文提及当时只有四个书坊刊刻上图下文的《三国演义》，即：
- 刘氏爱日堂

此本未留存。万历十六年爱日堂继葵刘世忠、余氏克勤斋文台世眷刊《东汉志传》（日本蓬左文库）。刘氏是建阳刻书大家，除此爱日堂外，还有乔山堂刘龙田、忠贤堂刘兴我、藜光堂刘荣吾等都曾刊刻过《三国演义》。
- 郑氏宗文堂

此本未留存。明正统八年（1443年）到万历三十四年（1606年）间宗文堂刻书164年，万历年间主人为郑世豪、郑世魁。郑氏还有郑少垣、郑以桢、郑世容等都曾刊刻过《三国演义》。
- 熊氏种德堂

此处所谈的种德堂本不是现存的种德堂本，而是一个早期刊本，后面有详细分析。熊氏除熊冲宇种德堂外，还有熊清波诚德堂万历二十四年、熊佛贵忠正堂万历三十一年刊刻了两种《三国演义》"志传"系列简本"英雄志传"本。
- 黄氏仁和堂

此本未留存。天顺二年（1458年）仁和堂曾刊《四书大全》。黄氏还有天启年间黄正甫也曾刊刻《三国演义》黄正甫本。

此处未提及叶逢春本，估计因为叶逢春本刊刻于嘉靖年间，到万历年间早已在市场消失了。

这四种《三国演义》版本都没有流传下来，现存熊冲宇种德堂本是个晚期刊本，不是余象斗所言的早期刊本。

叶逢春本刊刻于嘉靖二十七年，余象斗本刊刻于万历二十年，郑少垣本刊刻于万历三十三年，杨闽斋本刊刻于万历三十八年。这4本有准确刊刻时间。

现存种德堂本是复刻本，因为种德堂刻书最迟是万历三十九年，此本刊刻时间可能在此之前。

余评林本刊刻时间不明，此本是余象斗本的复刻本，可能是要和种德堂等本竞争，因此大约也在万历三十九年之前。

汤宾尹本是假托汤宾尹名义，因此刊刻时间应该在万历三十九年汤宾尹被免职之前。

从叶逢春本到汤宾尹本，繁本刊刻时间见下表。

"志传"繁本刊刻时间表

公元	1540	1550	1560	1570	1580	1590	1600	1610
版本时间	嘉靖二十七年 1548					万历二十年 1592	万历三十三年 1605	万历三十八年 1610
版本	叶逢春					余象斗	郑少垣	杨闽斋

如上表所示，《三国演义》版本"志传"系列目前所知最早的是嘉靖二十七年（1548年）叶逢春本，其次就是万历二十年（1592年）的余象斗本。之间有约40年空白。但《三国演义》版本不可能是空白，正如余象斗本序言所言，其间有"数十家"书坊刊刻《三国演义》，其中有4个书坊刊刻上图下文，即刘氏爱日堂、郑氏宗文堂、熊氏种德堂、黄氏仁和堂。可惜除熊氏种德堂外，其余3本都没有流传下来。

到目前为止看到的繁本都刊刻于明代嘉靖、万历年间，最迟的可能在万历三十九年（1611年）前后，没有发现清刊本的繁本。而简本"志传"小系列黄正甫刊刻于天启三年（1623年），简本"英雄志传"小系列美玉堂本、郑乔林本、继志堂本等都刊刻于清代，因此繁本在简本出现后就逐渐退出了市场，到清代就是简本的天下了。

（5）《三国演义》和《水浒传》《西游记》上图下文本同时刊刻情况

有些书坊同时刊刻上图下文的《三国演义》《水浒传》《西游记》。

● 双峰堂

余象斗双峰堂刊刻了两次《三国演义》繁本，还刊刻了一次《水浒传》评林本，属于《水浒传》简本系列，全本保存于日本日光市轮王寺慈眼堂，根据题署此书刊刻于万历二十二年（1594年），在《三国演义》双峰堂本万历二十年（1592年）之后两年。

● 种德堂本（熊冲宇）

熊冲宇的种德堂也刊刻了两次《三国演义》本。余象斗《三国演义》序言中提及在其刊刻《三国演义》之前，种德堂就已经刊刻过《三国演义》。而现存的种德堂本《三国演义》据分析并非余象斗本所提及的版本，因此种德堂本应该也刊刻了两次《三国演义》。此外种德堂本还刊刻了两次《水浒传》，属于《水浒传》简本系列，现存残本保存于德国德累斯顿和梵蒂冈，梵蒂冈本书末有牌记称"万历仲冬之吉种德堂重刊"，说明种德堂刊刻《水浒传》和其刊刻《三国演义》一样，也刊刻了两次。此"重刊"本刊刻时间肯定是万历年间，但具体时间不明。可能在《水浒传》评林本万历二十二年（1594年）之后。而种德堂本《三国演义》根据以上分析应该在郑少垣本万历三十三年之后，万历三十九年之前。总之，余象斗和种德堂同时先后刊刻了繁本《三国演义》和《水浒传》，他们之间肯定存在激烈竞争。

● 刘兴我

刘兴我曾同时刊刻了简本《三国演义》和《水浒传》，约在明万历年间。

● 刘荣吾

刘荣吾也曾同时刊刻简本《三国演义》和《水浒传》，他和刘兴我是两人，他刊刻《三国演义》《水浒传》应该在刘兴我之后，也可能在明万历年间。

以上4个书商：

种德堂刊刻《三国演义》和《水浒传》各两次，最多。

双峰堂刊刻《三国演义》两次，《水浒传》一次。

刘兴我、刘荣吾刊刻《三国演义》《水浒传》各一次。

以上4个书商在万历年间都曾同时刊刻了《三国演义》《水浒传》多次，说明当时书坊竞争很激烈。

● 杨闽斋本

杨闽斋除刊刻繁本《三国演义》之外，还刊刻了《西游记》，属于明代删节本之一，题署有"清白堂杨闽斋梓"字样（但《三国演义》杨闽斋本无"清白堂"堂号），现存日本内阁文库和奥野信太郎收藏。《三国演义》杨闽斋本刊刻于万历三十八年，杨闽斋本《西游记》刊刻时间不明，但肯定在万历年间。清白堂还曾刊刻《全汉志传》（万历十六年）、《二十四尊得道罗汉传》（万历三十二年）。

以上有四家同时刊刻了《三国演义》和《水浒传》，只有一家同时刊刻《三国演义》和《西游记》。

但至今没有发现一家同时刊刻《三国演义》《水浒传》和《西游记》，是财力不足，还是有其他原因？值得分析。

至于还有大量书商刊刻李卓吾评本的《三国演义》《水浒传》和《西游记》，这些版本不属于上图下文本，而属于整幅插图、评本系列，就不在此分析了。

（6）"志传"繁本版本保存情况

这7种版本中三个版本保存基本完整，即郑少垣本、杨闽斋本和汤宾尹本，其余4本都是残本，即：

叶逢春本：存卷一—二，四—九（10卷）；

余象斗本：存一—十二，十九—二十；

余评林本：存一—八，十一—十二，十九—二十；

种德堂本：存一—六，十九—二十。

"志传"繁本7版本现存情况

卷	1	2	3	4	5	6	7	8	9	10	11	12	13	14	15	16	17	18	19	20
叶逢春本	1—4						7—18													
余象斗本	1—12																		19—20	
余评林本	1—8										11—12								19—20	
郑少垣本	1—20																			
杨闽斋本	1—20																			
种德堂本	1—6																		19—20	
汤宾尹本	1—20																			

7个版本中按卷统计都完整的只有：卷一至四。

卷五至六：叶逢春本缺。

卷七：叶逢春、种德堂本缺。

卷八：种德堂本缺。

卷九至十：余评林本、种德堂本缺。

卷十一至十二：种德堂本缺。

卷十三至十八：余象斗本、余评林本、种德堂本缺。

卷十九至二十：缺叶逢春本。

另外，有些版本还缺个别则，如叶逢春本卷六缺第一百二十四——一百二十五则。余评林本卷十二缺第一百二十九则。还有版本有缺页。

（7）对"志传"繁本版本的研究

对"志传"繁本前人研究比较突出的是英国魏安、日本中川谕和刘世德先生。下面介绍三位先生《三国演义》版本专著中有关"志传"繁本的论述。

第一本是英国魏安先生《三国演义版本考》，魏安先生1989年开始研究《三国演义》版本，1993年完成论文。此书的中文版1996年出版[①]，此书著录了繁本7个版本，并利用"串行脱文"对版本之间关系做了研究，得出了繁本之间的演化图。此书至今仍经常被人引用。

第二本是日本中川谕先生《〈三国志演义〉版本研究》，日文版1988年出版，中文版2010年出版[②]。中川先生不仅著录了7种繁本，对7种繁本关系也做了初步的研究，也画出了繁本之间的演化图。中川先生研究是在数字化之前完成的，20年后利用数字化再对繁本进行深入研究，证明中川先生20年前研究结论基本正确。

第三本是刘世德先生《〈三国志演义〉作者和版本考论》[③]，此书虽然没有像魏安、中川先生那样对7种繁本做全面研究，但对其中一些版本做了非常深入的研究，主要集中在叶逢春本和种德堂本和四种郑刊本，特别是他看到了魏安和中川先生未看到的藏于社科院文学所的种德堂本卷三—六、十九—二十，对种德堂本做了深入的研究。

这三位先生对繁本的研究为后续研究打下了很好的基础，另外陈翔华[④]，日本金文京[⑤]、上田望[⑥]先生也曾发表文章对部分繁本做了研究。

本文试图在数字化基础上，对7种繁本再做深入的研究。

---

① 魏安：《〈三国演义〉版本考》，上海古籍出版社1996年6月第1版。
② 中川谕：《〈三国志演义〉版本研究》，上海古籍出版社2010年8月第1版。
③ 刘世德：《〈三国志演义〉作者和版本考论》，中华书局2010年11月第1版。
④ 陈翔华：《略论余象斗与其批评三国志传》，《明清小说研究》1995年第3期。
⑤ 金文京、陈西中：《〈三国演义〉版本试探——以建安诸本为中心》，载《明清小说研究》1992年第2期。金文京、陈西中：《〈三国演义〉版本试探（续完）——以建安诸本为中心》，《明清小说研究》1992年第1期。
⑥ 上田望：《〈三国志演义〉版本试论——关于通俗小说版本演变的考察》，《三国演义丛考》，北京大学出版社1995年7月第1版，第55—102页。

(8)"志传"繁本版本研究问题和方法

繁本 7 个版本除叶逢春本刊刻于嘉靖年间外,其余 6 个版本大约都是万历期间刊刻的版本。文本研究集中在两个问题。

第一个问题是研究叶逢春本和其余 6 个版本之间的关系。7 个繁本中叶逢春本刊刻于嘉靖二十七年,是目前看到最早的繁本,通过对其余 6 个版本文字比对,可以看出这 6 个版本有大量文字完全相同,因此这 6 个版本肯定有共同祖本。第一个问题就是研究叶逢春本和其余 6 个版本之间的文字差异。

第二个问题是研究其余 6 个万历年间版本之间的关系。其余 6 个版本通过文字比对,可分三组,即余象斗和余评林本为一组,种德堂、郑少垣、杨闽斋本为一组,汤宾尹本单独为一组。

研究方法过程如下。

- 数字化。首先对 7 个版本数字化。目前除种德堂本卷三至六、十九至二十外,其余文本已经全部数字化。
- 比对。在数字化基础上,做全面彻底的比对,比对结果达 A4 纸 2000 多页。
- 统计差异。整理比对结果,统计版本文本的所有差异,包括:单本文字差异、多本文字差异。文字差异包括:文字脱落、文字增补、文字修订等。
- 分析研究。根据文字差异统计,做详细分析研究,针对上述问题,寻找其中的规律。

数字化比对结果(第一则"祭天地桃园结义"部分)

叶:	难得者民心也今民心已	顺若不乘势取天下诚为万代之可惜梁云正合弟机一面造
余:	难得者民心也今民心已	顺若不乘势取天下诚为万代之可惜梁云正合弟机一面造
评:	难得者民心也今民心已	顺若不乘势取天下诚为万代之可惜梁云正合弟机一面造
郑:	难得者民心也今民心	也顺若不乘势取天下诚为万代之可惜梁云正合弟机一面造
杨:	难得者民心也今民心已	顺若不乘势取天下诚为万代之可惜梁云正合弟机一面造
种:	难得者民心也今民心已	顺若不乘势取天下诚为万代之可惜梁云正合弟机一面造
汤:	难得者民心 今民心已	顺若不乘势取天下诚为万代之可惜梁云正合弟机一面造

叶:	下黄旗张角	自号约会于三月初五日一齐举事结连封谞以为内应遣弟子唐周驰书
余:	下黄旗张角旗	号约会于三月初五日一齐举事结连封谞以为内应遣弟子唐周驰书
评:	下黄旗张角	自号约会于三月初五日一齐举事结连封谞以为内应遣弟子唐周驰书
郑:	下黄旗张角	自号约会于三月初五日一齐举事结连封谞以为内应遣弟子唐周驰书
杨:	下黄旗张角	自号约会于三月初五日一齐举事结连封谞以为内应遣弟子唐周驰书
种:	下黄旗张角	自号约会于三月初五日一齐举事结连封谞以为内应遣弟子唐周驰书
汤:	下黄旗	约会 三月初五 一齐举事 遣弟子唐周驰书

叶:	报封谞唐周径赴朝中告变帝急召大将军何进乃何皇后之兄也进调兵先擒马元义斩
余:	报封谞唐周径赴朝中告变帝急召大将军何进乃何皇后之兄也进调兵先擒马元义斩
评:	报封谞唐周径赴朝中告变帝急召大将军何进乃何皇后之兄也进调兵先擒马元义斩

叶：报封谞唐周径赴朝中告变帝急召大将军何进乃何皇后之兄也进调兵先擒马元义斩
杨：报封谞唐周径赴朝中告变帝急召大将军何进乃何皇后之兄也进调兵先擒马元义斩
种：报封谞唐周径赴朝中告变帝急召大将军何进乃何皇后之兄也进调兵先擒马元义斩
汤：报封谞唐周径赴朝中告变帝急召大将军何进　　　　　　　调兵先擒马元义斩

叶：之次收封谞等一千人下狱张角闻知事发星夜起
余：之次收封谞等一千人下狱张角闻知事发星夜起
评：之次收封谞等一千人下狱张角闻知事发星夜起
郑：之次收封谞等一千人下狱张角闻知事发星夜起
杨：之次收封谞等一千人下狱张角闻知事发星夜起
种：之次收封谞等一千人下狱张角闻知事发星夜起
汤：之次收封谞等一千人下狱张角闻知事发星夜起兵自称天公将事玮实称地公将军梁

叶：　　　　　召百姓云今汉运数　终有大圣人出　尔等皆宜顺天从正以乐太平四方
余：　　　　　召百姓云今汉运数　终有大圣人出　尔等皆宜顺天从正以乐太平四方
评：　　　　　召百姓云今汉运数　终有大圣人出　尔等皆宜顺天从正以乐太平四方
郑：　　　　　召百姓云今汉运数　终有大圣人出　尔等皆宜顺天从正以乐太平四方
杨：　　　　　召百姓云今汉运数　终有大圣人出汝　等皆宜顺天从正以乐太平四方
种：　　　　　召百姓云今汉运数　终有大圣人出　尔等皆宜顺天从正以乐太平四方
汤：称人公将军召百姓云今汉运数将终有大圣人出汝　等皆宜顺天从正以乐太平四方

叶：百姓裹黄巾从张角反者四五十万逢州遇县放火劫人所在官吏望风逃窜何进奏帝火
余：百姓裹黄巾从张角反者四五十万逢州遇县放火刧人所在官吏望风逃窜何进奏帝火
评：百姓裹黄巾从张角反者四五十万逢州遇县放火劫人所在官吏望风逃窜何进奏帝火
郑：百姓裹黄巾从张角反者四五十万逢州遇县放火劫人所在官吏望风逃窜何进奏帝火
杨：百姓裹黄巾从张角反者四五十万逢州遇县放火劫人所在官吏望风逃窜何进奏帝火
种：百姓裹黄巾从张角反者四五十万逢州遇县放火劫人所在官吏望风逃窜何进奏帝火
汤：百姓裹黄巾从张角反者四五十万逢州遇县放火劫人所在官吏望风逃窜何进奏帝火

叶：速分投降诏令各处备御讨贼立功　　一面　　遣中郎将卢植皇甫嵩朱隽各引兵五万
余：速分投降诏令各处备御讨贼立功　　一面　　遣中郎将卢植皇甫嵩朱隽各引兵五万
评：速分投降诏令各处备御讨贼立功　　一面　　遣中郎将卢植皇甫嵩朱隽各引兵五万
郑：速分投降诏令各处备御讨贼立功　　　　升赏遣中郎将卢植皇甫嵩朱隽各引兵五万
杨：速分投降诏令各处备御讨贼立功　　　　升赏遣中郎将卢植皇甫嵩朱隽各引兵五万
种：速分投降诏令各处备御讨贼立功陛　　　赏遣中郎将卢植皇甫嵩朱隽各引兵五万
汤：速　降诏令各处备御讨贼立功　　一面　　遣中郎将卢植皇甫嵩朱隽各引兵五万

叶：分三路　讨　贼　且说张角一军前犯幽燕界分校尉邹靖来见幽州太守太守姓刘名
余：分三路　讨　贼却　说张角一军前犯幽燕界分校尉邹靖来见幽州太守太守姓刘名
评：分三路　讨　贼　且说张角一军前犯幽燕界分校尉邹靖来见幽州太守太守姓刘名
郑：分三路去讨　贼却　说张角一军前犯幽燕界分校尉邹靖来见幽州太守太守姓刘名
杨：分三路去讨　贼却　说张角一军前犯幽燕界分校尉邹靖来见幽州太守太守姓刘名
种：分三路　讨　贼却　说张角一军前犯幽燕界分校尉邹靖来见幽州太守太守姓刘名

汤：分三路　讨之　却　说张角一军前犯幽燕界分校尉邹靖来见幽州太守　　刘

根据中川谕先生对繁本的研究[①]，以及通过对这些版本文字的全面彻底的数字化比对（后面有详细分析论述），可以看出 6 个版本可分为 3 组，即：

- 余象斗本、余评林本：两本都是余象斗刊刻，余象斗本在前，余评林本在后。
- 郑少垣本、杨闽斋本、种德堂本：郑少垣本、杨闽斋本有共同祖本，此本又和种德堂本可能是兄弟关系，它们有共同的祖本。
- 汤宾尹本：此本文字和其他版本差异很大，是独立的一组。

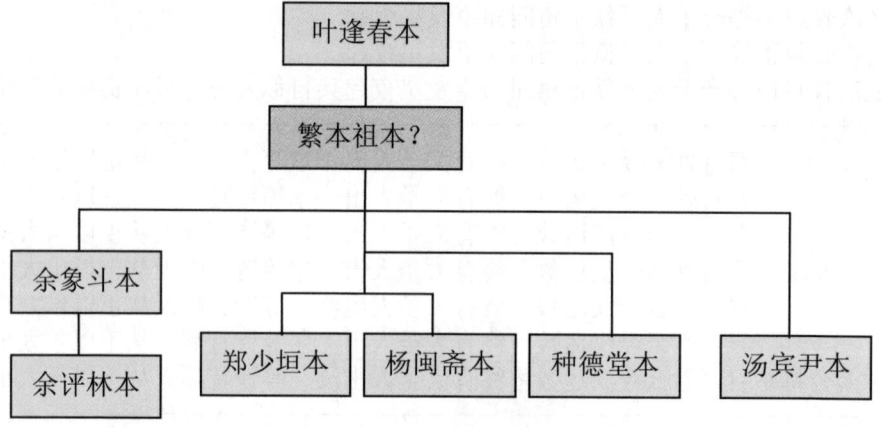

繁本分类演化示意图

（9）"志传"繁本版本差异统计

要研究繁本必须先统计这些版本之间的文字差异。

如前所述，7 个繁本可分为单本和组合 3 类：

- 组合：余象斗本、余评林本；
- 组合：种德堂本、郑少垣本、杨闽斋本；
- 单本：汤宾尹本。

文字差异统计分为两部分。

第一部分，统计 7 个版本中每个版本和其他版本文字不同之处。

这类统计又包括三种情况：

- 多：此本文字比其他版本文字多。
- 少：此本文字比其他版本文字少。
- 改：此本文字和其他版本相比有修改。

第二部分，分组统计各个版本之间的文字差异。

可分为两个组合：

- 余象斗本、余评林本。
- 种德堂本、郑少垣本、杨闽斋本。

[①] 中川谕：《〈三国志演义〉版本研究》，上海古籍出版社 2010 年第 1 版，第 177—189 页。

以下为文字差异统计结果，数字为文字差异的数量。

第一部分，单本文字差异统计——514 处。

- 叶逢春本——261 处。多——210 处，少——30 处，改——21 处。
- 余象斗本——65 处。多——0 处，少——8 处，改——57 处。
- 余评林本——70 处。多——11 处，少——14 处，改——45 处。
- 郑少垣本——39 处。多——10 处，少——10 处，改——19 处。
- 杨闽斋本——53 处。多——14 处，少——28 处，改——11 处。
- 种德堂本——26 处。多——1 处，少——5 处，改——20。
- 汤宾尹本，因为差异太大，数量太多，不做统计。

以上单本文字差异合计 514 处。

第二部分：版本差异分组统计——258 处。

1）叶逢春本和余象斗本、余评林本、郑少垣本、杨闽斋本——104 处。

- 叶逢春本同余象斗本、余评林本——100 处。
- 叶逢春本同郑少垣本、杨闽斋本——4 处。

2）余象斗本、余评林本和郑少垣本、杨闽斋本——134 处。

- 余象斗本、余评林本少，郑少垣本、杨闽斋本多——44 处。
- 余象斗本、余评林本多，郑少垣本、杨闽斋本少——67 处。
- 余象斗本、余评林本和郑少垣本、杨闽斋本改——23 处。

3）种德堂本和其他繁本——20 处。

- 同叶逢春本——11 处。
- 同郑少垣本——7 处。
- 同杨闽斋本——2 处。

以上分类文字差异统计总共有 258 处。

以上统计需要说明：

- 残本。7 个版本中只有 3 个版本是全本（郑少垣本、杨闽斋本和汤宾尹本），而其他 4 个版本都是残本（叶逢春本、余象斗本、余评林本、种德堂本），因此统计数据是不完整的。
- 数据不十分可靠。以上统计是计算机自动比对后人工进行的统计，统计数据不十分可靠，仅供参考，但不会偏差太大。

（10）"志传"繁本的共同祖本

《三国演义》繁本最早的是嘉靖二十七年（1548 年）叶逢春本，目前看到的其他繁本都刊刻在万历期间，目前有确定时间的是万历二十年（1592 年）的余象斗本，相差 44 年。

由于目前看到的除叶逢春本外所有繁本的文字差异很小，因此它们肯定应该有共同的祖本。而目前现存的繁本都不可能是繁本的共同祖本，有以下两个原因。

第一，繁本的祖本和现存繁本文字相比，应该没有任何增补、删节和修订。因为如某个繁本有和其他现存繁本文字有差异，而又是这些繁本的共同祖本，则其他繁本都要同时做出修订，其他繁本文字才可能完全相同，这在理论上几乎不可能。而目前现存的繁本根据前面的差异统计可以看出，每个繁本或多或少都有增补、删节和修订，种德堂本（只2卷）26处、郑少垣本39处、杨闽斋本53处、余象斗本65处、余评林本70处。因此现存繁本肯定都不是繁本的共同祖本。

第二，目前有确切刊刻时间的余象斗本（万历二十年）序言中提及："坊间所梓《三国》，何止数十家矣。全像者，止刘、郑、熊、黄四姓。"因此在万历二十年前曾有数十家书坊曾刊刻《三国演义》，现在看到的所有繁本都刊刻在万历年间，因此不可能是繁本的共同祖本。

虽然现存的繁本都不是繁本的共同祖本，但通过对这些繁本的文字差异分析，可以还原出繁本共同祖本的原貌。

只要找出现存繁本的共同文字，就应该是繁本共同祖本的文字。但如果现存繁本文字有差异，就要选出保存版本较多、文字较合理的文字为共同祖本的文字。根据这个原则，比对6个繁本第一则文字，尝试找出共同文字恢复繁本共同祖本如下。这只是供参考而已。

繁本共同祖本第一则"刘关张桃园结义"部分文字

难得者民心也今民心已顺若不乘势取天下诚为万代之可惜梁云正合弟机一面造下黄旗张角自号约会于三月初五日一齐举事结连封谞以为内应遣弟子唐周驰书之次收封谞等一千人下狱张角闻知事发星夜起召百姓云今汉运数终有大圣人出尔等皆宜顺天从正以乐太平四方百姓裹黄巾从张角反者四五十万逢州遇县放火劫人所在官吏望风逃窜何进奏帝火速分投降诏令各处备御讨贼立功一面遣中郎将卢植皇甫嵩朱隽各引兵五万分三路讨贼且说张角一军前犯幽燕界分校尉邹靖来见幽州太守太守姓刘名

2. 新发现瑞士藏叶逢春本散页

（1）瑞士藏叶逢春本散页发现经过

叶逢春本刊刻于嘉靖二十七年（1548年），刊刻时间是至今为止仅次于嘉靖元年（1522年）本的版本，是非常重要的版本，以前全世界只有西班牙爱斯高里亚尔修道院藏一残本。2018年日本中川谕和上原究一、松浦智子先生在参加完第三届世界汉学论坛后，到德国各图书馆看所藏《三国演义》版本，陪同他们去看书的在巴黎做博士后研究的中山大学刘蕊博士告诉他们，她在瑞士日内瓦马丁博德默基金图书馆（La Bibliothèque de la Fondation Martin Bodmer）发现了《三国演义》叶逢春本的一些散页。中川谕和上原究一先生马上和西班牙藏本比较，认定这是同版，这是世界上第二个叶逢春本残本,虽然是同版,但还是很有价值。

(2) 瑞士藏叶逢春本散页现状

瑞士藏叶逢春本只有第四卷第八十一至八十七则中的 44 页,是单页保存,每页是把按照边框裁剪下来,再逐页贴在一张大纸上,保存在一个夹子里面。同时还附有 3 页说明。

一页说明是写在大英博物馆的信笺上,英文原文和翻译如下:

Department of OrientalPrinted Books and MSS.
British Museum,
London, W.C.1. (以上为印刷信笺)

Dear Sirs,
Your Chinese book   or rather, leaves cut out of a Chinese Book- is Ch. 4 of San Kuo Chih Chuan, "The Story of the Three Kingdoms". It appears to be an abbreviated version of the long novel San Kuo Chih yen-i which was translated into English by C. H. Brewitt-Taylor and published by Kelly & Walsh, Shanghai.

There is no date, of course on these leaves, but the printing seems to be of the 17 century, if not earlier.

Yours faithfully,
Signature of this letter
Giles, the Keeper of this kind of Book

东方(资料)部
印刷书籍和其他出版物
大英博物馆
伦敦 W.C.1   (以上为印刷信笺)

1939 年 5 月 25 日
亲爱的先生们,
　　您的中文书——或者更确切地说,是中文书《三国志》(即《三国故事》)第 4 卷的几张残页。该书似乎是长篇小说《三国演义》的简写版。这部长篇小说被 C.H.Brewitt-Taylor(泰勒 1857—1938)翻译成英文版,由上海凯利沃尔什出版社出版。
　　当然,这些残页上没有日期,但似乎应该印刷于 17 世纪,甚至更早。
　　您忠诚的,
　　信件作者签名

收藏者藏书登记记录

书刊索引卡
Erweiterte Geschichte der Drei Reiche 4. Kapitel. China, ca. 1650.

三国演义,第4卷,中国1650年
中国文学,三国演义,第4卷,中国,1650年

44 Bl.: 190: 234mm. eines Chinese. Blockbuches ausgeschnitten und auf weisse Bl. aufgeklebt. Maroquin-bd. d. ca. 1800

三国演义. 三个疆域的扩展历史,
44 Bl.: 190: 234 毫米. (估计是纸的尺寸) 中国,
剪出的活页簿,放在白色 Bl 上。粘上。
Maroquin-bd. d. ca. 1800 (估计是一种纸的材料规格)

Chinese Lit. T IV
Erweiterte Geschichte der Drei Reiche 4. Kapitel. China, ca. 1650.

中国文学,三国演义,第4章,中国,约1650年

(3) 瑞士藏叶逢春本散页研究

《三国演义》叶逢春本散页收藏的图书馆是一位藏书家的私人收藏,他的收藏里包括几种敦煌卷子。他的大部分书都是自己购买的。具体到这部《三国演义》散页是如何流传到瑞士的,目前没有详细的信息。

发现此书的刘蕊认为,一些欧洲人收藏中国古代小说、戏曲,有时是对版画的偏爱。这种上图下文的小说,更具趣味。刘蕊这个分析很有道理。看来欧洲一些私人图书馆中还可能保留一些中国古籍。

西班牙藏叶逢春本第八十四则第4页(即附图)有很大裂隙,图像模糊;但瑞士本没有裂隙,图像清晰,这说明瑞士本印刷在西班牙本之前。瑞士本各页插图也都比西班牙本清晰,这可能也是收藏家之所以看重此本的原因。

考虑到叶逢春本前言中称此本是《三国演义》版本中第一个插图(可能指上图下文本)本,而明万历以后这类上图下文本很多了,插图质量也提高了,所以此散页有可能是在叶逢春刊刻的嘉靖二十七年(1548年)之后,到万历二十年(1592年)余象斗本之前这40年之间来访中国的学者带回欧洲的。

另外,在欧洲很多图书馆都分别保存《水浒传》万历年间评林本、种德堂本、插

增本的散页，有的是一个版本分别保存在不同的图书馆中，保存形式有些和瑞士叶逢春本散页一样，也是裁剪下来保存的。2007 年艾俊川在英国一个购物网站上还买到 23 张《水浒传》散页，即马幼垣所称的插增甲本中的散页。而瑞士图书馆保存的叶逢春本的散页是目前所知唯一的《三国演义》版本散页，因此其价值就很大了。不排除和《水浒传》插增本一样，在欧洲其他图书馆中还保留着类似的《三国演义》版本散页。

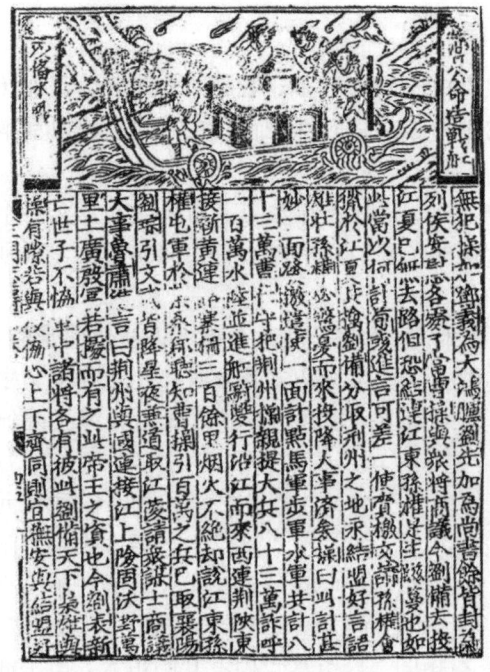 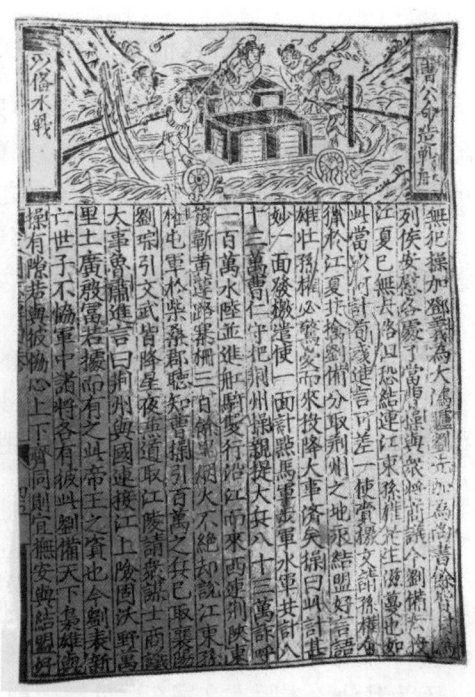

西班牙藏叶逢春本第八十四则第 4 页　　瑞士藏叶逢春本散页第八十四则第 4 页

此本第 84 则第 2 页的页眉上原本有"十三"字样，但被裁剪去了。这很不应该，日本井上泰山影印叶逢春本时，也犯了同样错误。只有陈翔华先生两次影印都保留了。此眉码数字是日本金文京先生第一次发现并起名的，眉码数字和卷数等无关。我认为眉码是为保存刻板而编的码数。刻板每次刻印完肯定要保存起来，如按照卷数保存刻板，因为每卷的页数不同，刻板数量不同，保存在货架上，或打包成箱，高度不同，对保存很不利。因此要重新编码，以保证每个编码下的刻板数量相同。根据金先生的统计，叶逢春本每个眉码下页数从 24—26 页不等。各个版本的眉码下页数也不同，如余象斗本 20—24 页不等，余评林本是 13—19 页不等，黄正甫本是 12—17 页不等。我认为可能是各书坊货架或书箱的高度不等。

金先生常注意眉码这样的版本细节问题，如他注意到《三国演义》"演义"系列嘉靖元年本和周曰校本的"圈发"问题，并对此做了细致的研究。对海外学者（特别是日本学者）注重对微观细节的研究，我十分佩服。相对而言中国学者一般注重宏观研究，也是各有各的传统和特色吧。

3. 叶逢春本和其他繁本文字差异研究

（1）叶逢春本和其他繁本祖本关系

《三国演义》繁本总计有7种，其中只有叶逢春本刊刻于嘉靖二十七年，其他6个版本余象斗本（余）、余评林本（评）、郑少垣本（郑）、杨闽斋本（杨）、种德堂本（种）、汤宾尹（汤）都刊刻于万历年或之后。

但仔细比对叶逢春本和其他繁本的文字发现，凡叶逢春本文字和其他繁本文字不同之处，其他繁本的文字几乎完全相同，这说明：其他几个繁本有共同的祖本，否则不会出现这样文字相同的巧合。

换句话说，其他繁本必然有一个共同的祖本，繁本都是从这个祖本再演化而来的。

以第一则"刘关张桃园结义"为例，其中有段文字介绍刘备出身。叶逢春本文字叙述很完整，即："刘备表字玄德，昔刘胜之子刘真，汉武帝元狩六年封为涿县陆城亭侯，因此这一支流落在涿县。"

而其他繁本文字都有缺失，变为："刘备表字玄德，昔刘胜之子刘真，汉武帝元狩六年封为涿县。"很明显这里出现了"同词脱文"，第一个"涿县"之后本来是"陆城亭侯，因此这一支流落在涿县"，而其他繁本的祖本在第一个涿县后紧接到第二个"涿县"，脱落了中间"陆城亭侯，因此这一支流落在"，文字"封为涿县"也不通了。

因为其他繁本版本文字在此处缺失都完全相同，肯定是它们有共同祖本，由于此祖本在此文字脱落，以后其他繁本就跟着都脱落了。类似例子很多。

例1. 第一则"祭天地桃园结义"，叶逢春本文字完整，其他繁本文字脱落。

叶：	刘备表字玄德昔刘胜之子刘真汉武帝元狩六年封为涿县陆城亭侯因此这
余：	刘备表字玄德昔刘胜之子刘真汉武帝元狩六年封为
评：	刘备表字玄德昔刘胜之子刘真汉武帝元狩六年封为
郑：	刘备表字玄德昔刘胜之子刘真汉武帝元狩六年封为
杨：	刘备表字玄德昔刘胜之子刘真汉武帝元狩六年封为
种：	刘备表字玄德昔刘胜之子刘真汉武帝元狩六年封为
叶：	一支流落在涿县玄德祖父刘雄父刘弘曾举孝廉亦无世仕州郡为吏弘早丧
余：	涿县玄德祖父刘雄父刘弘曾举孝廉亦无世仕州郡为吏弘早丧
评：	涿县玄德祖父刘雄父刘弘曾举孝廉亦无世仕州郡为吏弘早丧
郑：	涿县玄德祖父刘雄父刘弘曾举孝廉亦无世仕州郡为吏弘早丧
杨：	涿县玄德祖父刘雄父刘弘曾举孝廉亦无世仕州郡为吏弘早丧
种：	涿县玄德祖父刘雄父刘弘曾举孝廉亦无世仕州郡为吏弘早丧

此处由于汤宾尹本文字有缺损，无法比对。汤宾尹本和其他5版本差异较大，因此很难比对，因此以下比对多省略汤宾尹本，不再注明。对汤宾尹本有单独一节分析。

（2）从叶逢春本到其他繁本的演变

- 叶逢春本和其他繁本文字差异统计。

上节只举出叶逢春本和其他繁本文字差异的一个例子，据统计，叶逢春本和其他繁本文字不同的例子有 261 处之多。

叶逢春本是残本，现存 15 卷 178 则（其中缺第一百二十四、一百二十五则），这样平均每则叶逢春本和其他繁本不同的例子就有 1.47 处之多，即每则都有 1 处半，比例是很高的。说明其他繁本的共同祖本对叶逢春本还是有很多修改的。下面再仔细分析这些修改。

- 其他繁本对叶逢春本文字做了删节统计。

据统计，叶逢春本和其他繁本文字不同的例子有 261 处，其中叶逢春本文字多，也就是其他繁本对叶逢春本文字做了删节之处有 201 处，占总数 261 处的 77%。如前述例 1。

- 其他繁本对叶逢春本文字做了补充统计。

叶逢春本文字少，即其他版本文字做了补充的只有 30 处，只有总数 261 处的 11.5%。

此外其他版本最大的补充就是著名的"花关索"故事 9 处，即第一百五则"关索荆州认父"，描写赤壁之战后，关羽之子"花关索"突然从山西老家来荆州认父的故事。其他 6 个繁本都有这个故事，言辞明显是其他版本共同祖本补充的。对此问题已经有很多人做了仔细分析，此处不再复述。

此外，除"花关索"外，其他繁本也还有很多处对叶逢春本做了补充。

例 2. 第八十二则"长坂坡赵云救主"，其他繁本对叶逢春本文字做了补充。

```
叶：却说赵云是日身抱后主            砍死
余：却说赵云是日身抱后主在怀杀透重围砍  倒旗三面夺搠三条前后枪刺
评：却说赵云是日身抱后主在怀杀透重围砍  倒旗三面夺搠三条前后枪刺
郑：却说赵云是日身抱后主在怀杀透重围砍  倒旗三面夺搠三条前后枪刺
杨：却说赵云是日身抱后主在怀杀透重围砍  倒旗三面夺搠三条前后枪刺
─────────────────────────────────
叶：    曹军名将五十余人          后  史官有诗为证
余：剑砍  曹军名将五十余人  其余士卒不计其数后来史官有诗为证
评：剑砍  曹军名将五十余人  其余士卒不计其数后  史官有诗为证
郑：剑砍死曹军名将五十余人  其余士卒不计其数后  史官有诗为证
杨：剑砍死曹军名将五十余 员其余士卒不讨其数后  史官有诗为证
```

此例是其他繁本对叶逢春本的描写做了一些补充，把赵云大战曹军的经过描写得更为生动细致。类似例子有 30 处。

- 其他繁本对叶逢春本文字做了修改统计。

以上是其他繁本对叶逢春本做删节和增补，此外还有其他繁本对叶逢春本文字做了修改，合计只有 21 处，只有总数 261 处的 8.0%。

例 3．第一百五则"黄忠魏延献长沙"，其他版本修改了叶逢春本文字。

```
叶：云长振怒
余：云长振怒要提刀出阵索忙出曰此小将不须父亲待儿去擒来献功拍马挺枪直取杨
郑：云长振怒要提刀出阵索忙出曰此小将不须父亲待儿去擒来献功拍马挺枪直取杨
杨：云长振怒要提刀出阵索忙出曰此小将不须父亲待儿去擒来献功拍马挺枪直取杨
─────────────────────────────────────
叶：  杨龄更不打话         飞马直临阵前杨龄
余：龄杨龄更不打话两下厮杀战不数合   杨龄料敌不过拨回马便走索飞
郑：龄杨龄更不打话两下厮杀战不数合   杨龄料敌不过拨回马便走索飞
杨：龄杨龄更不打话两下厮杀战不数合   杨龄料敌不过拨回马便走索飞
─────────────────────────────────────
叶：  挺枪来迎云长手起刀落砍为两半    追杀败军直至城下
余：马赶上一  枪           刺杨龄于马下追杀败军直至城下方回
郑：马赶上一  枪           刺杨龄于马下追杀败军直至城下方回
杨：马赶上一  枪           刺杨龄于马下追杀败军直至城下方回
```

此处叶逢春本描写是关羽杀死杨龄，而其他版本因为在此前已经插入了花关索故事，因此就改为关索出战杀死杨龄。

以上统计的几乎全部繁本（除汤宾尹本外）和叶逢春本文字都不同，这说明其他繁本肯定有一个共同祖本，否则不会出现其他繁本文字和叶逢春本文字的不同之处，竟然完全相同。

总结，以上分析繁本祖本和叶逢春本文字差异有 261 处，主要有以下四类：

- 繁本祖本对叶逢春本文字做删节有 201 处，占总数 261 处的 77%。
- 繁本祖本对叶逢春本文字有增补 30 处，只占总数 261 处的 14.9%。
- "花关索"故事是繁本祖本对叶逢春本文字增补最主要的情节，有 9 处，占总数 261 处的 3.4%。
- 繁本祖本对叶逢春本文字做修改有 21 处，只有总数 261 处的 8.0%。

以上对繁本祖本和叶逢春本的文字差异做了统计，下面分三组研究 5 种繁本和叶逢春的文字差异。

- 余象斗本和余评林本
- 郑少垣本和杨闽斋本
- 种德堂本

至于汤宾尹本由于和叶逢春文字差异太大，将单独一节讨论。下面先分析叶逢春本和余象斗本、余评林本组，以及郑少垣本、杨闽斋本组的文字差异。

（3）叶逢春本和余象斗本、余评林本和郑少垣本、杨闽斋本文字差异统计分析

对叶逢春本和余象斗本、余评林本，以及和郑少垣本、杨闽斋本，这两组文字差

异进行了详细统计,结果如下。

- 叶逢春本和余象斗本、余评林本文字基本相同,而和郑少垣本、杨闽斋本不同的文字有 100 处之多。
- 叶逢春本和余象斗本、余评林本不同,而和郑少垣本、杨闽斋本基本相同的文字只有 4 处。

下面逐一分析。

- 叶逢春本和余象斗本、余评林本文字相同,而和郑少垣本、杨闽斋本不同 100 处。

例 1. 第八十二则"长坂桥赵云救主"

叶:	应言罢绰枪上马早有	二将引军一队围定土墙	云乃拍马挺枪杀出墙
余:	应言罢绰枪上马早有	二将引军一队围定土墙	云乃拍马挺枪杀出墙
评:	应言罢绰枪上马早有	二将引军一队围定土墙	云乃拍马挺枪杀出墙
郑:	应言罢绰枪上马早有曹洪部将晏明	引军 围定土墙赵云	拍马挺枪杀出
杨:	应言罢绰枪上马早有曹洪部将晏明	引军 围定土墙赵云	拍马挺枪杀出
叶:	外拦路的乃曹洪手下副将晏明也手持尖刀来迎不二合云一枪刺晏明		于马下
余:	外拦路的乃曹洪手下副将晏明也手持尖刀来迎不二合云一枪刺晏明		于马下
评:	外拦路的乃曹洪手下副将晏明也手持尖刀来迎不二合云一枪刺晏明		于马下
郑:			晏明被云刺于马下
杨:			晏明被云刺于马下
叶:	杀 散 余军冲开一条路正走之间前面又一枝军马摆开为首一大将旗号分明乃河
余:	冲开一条路正走之间前面又一枝军马摆开为首一大将 乃河
评:	冲开一条路正走之间前面又一枝军马摆开为首一大将 乃河
郑:	杀退 众 军冲开一条路正走之间前面
杨:	杀退 众 军冲开一条路正走之间前面
叶:	间府张合也	赵云更不打话来战	张合约斗	十余合赵云料道不能胜
余:	间府张合也	赵云更不打话来战	张合约斗	十余合赵云料道不能胜
评:	间府张合也	赵云更不打话来战	张合约斗	十余合赵云料道不能胜
郑:	张合 引军摆开赵云	挺枪与张合约斗数 合 料 不能胜
杨:	张合 引军摆开赵云	挺枪与张合约斗数 合 料 不能胜

由此例可以看出,叶逢春本和余象斗本、余评林本文字基本相同,而和郑少垣本、杨闽斋本文字很不同,郑少垣本、杨闽斋本对叶逢春本文字有修改,而余象斗本、余评林本文字未修改。类似例子有 100 处之多。

- 叶逢春本和余象斗本、余评林本不同,而和郑少垣本、杨闽斋本相同 4 处。

例 2. 第八十三则"张冀德拒水断桥"

叶:	翼德之名飞马望西而走冠簪尽落披发逃生听 后背后人马赶来惊得魂不着体
余:	翼德之名飞马望西而走冠簪尽落
评:	闻翼德之名飞马望西而走冠簪尽落

| 郑： | 翼德之名 | 望西而走冠簪尽落披发逃生听得背后 | 人马赶来惊得魂不着体 |
| 杨： | 翼德之名 | 望西而走冠簪尽落披发逃生听得背后 | 人马赶来惊得魂不着体 |

叶：	张辽许褚	二将赶上扯住马前环辔曹操仓皇	失惊张辽曰料张飞一人何足惧哉
余：	张辽许褚	二将赶上扯住马前环辔	曰料张飞一人何足惧哉
评：	张辽许褚	二将赶上扯住马前环辔	曰料张飞一人何足惧哉
郑：	许褚张辽	二将赶上扯住马前环辔曹操仓皇大	惊张辽曰料张飞一人何足惧哉
杨：	许褚张辽	二将赶上扯住马前环辔曹操仓皇大	惊张辽曰料张飞一人何足惧哉

此例是叶逢春本和郑少垣本、杨闽斋本文字基本相同,而和余象斗本、余评林本文字不同。这是由于余象斗本、余评林本对叶逢春本文字有删节,而郑少垣本、杨闽斋本文字未删节。类似例子只有 4 处。

以上分析说明,余象斗本、余评林本和郑少垣本、杨闽斋本各自分别对叶逢春本(根据前面分析,应该是对它们的共同祖本)文字做了修改,二者没有承继关系,是并列的兄弟关系。

因此,叶逢春本和余象斗本、余评林本文字更接近,而和郑少垣本、杨闽斋本文字差异更大。换句话说,余象斗本、余评林本文字修改少,而郑少垣本、杨闽斋本文字修改多。

(4) 余象斗本、余评林本和郑少垣本、杨闽斋本文字差异统计分析

以上对叶逢春本和余象斗本、余评林本,以及郑少垣本、杨闽斋本这两组文字差异进行了详细统计,下面再分析余象斗本、余评林本和郑少垣本、杨闽斋本两组的文字差异。

- 余象斗本、余评林本文字脱落,郑少垣本、杨闽斋本不脱落的例子有 44 例。

例 1. 第八十二则"长坂坡赵云救主"

叶：	先去报知主人	我上天入地好歹寻主母如不见拼死在沙场矣云又引军	前进
余：	先去报知		云又引军 前进
评：	先去报知		云又引军进前
郑：	先去报知主人	我上天入地好歹寻主母如不见拼死在沙场矣云又引军	前进
杨：	先去报知主	令我上天入地好歹寻主母如不见拼死在沙场矣云又引军	前进

此例余象斗本、余评林本文字脱落,郑少垣本、杨闽斋本不脱落。

- 郑少垣本、杨闽斋本文字脱落,余象斗本、余评林本不脱落的例子有 67 例。

例 2. 第十四则"孙坚跨江战刘表"

叶：	于百里	外再拜奉诏各请居营寨次日诏移书告瓒曰天子差官与俺两
余：	于百里	外再拜奉诏各请居营寨次日诏移书告瓒曰天子差官与俺两
评：	于百里	外再拜奉诏各请居营寨次日诏移书告瓒曰天子差官与俺两
郑：	于百里之外再拜奉	诏移书告瓒曰天子差官与俺两
杨：	于百里之外再拜奉	诏移书告瓒曰天子差官与俺两

此例郑少垣本、杨闽斋本文字同词"诏"字脱落,余象斗本、余评林本不脱落。

- 余象斗本、余评林本和郑少垣本、杨闽斋本文字修改有 23 例。

这个统计说明，余象斗本、余评林本和郑少垣本、杨闽斋本有共同祖本，余象斗本、余评林本比郑少垣本、杨闽斋本更接近这个共同祖本。

（5）种德堂本文字差异统计分析

以上对叶逢春本和余象斗本、余评林本，以及郑少垣本、杨闽斋本这两组文字差异进行了详细统计，下面再分析种德堂本和叶逢春本、郑少垣本和杨闽斋本文字差异分析。

● 种德堂本和叶逢春本相同，和郑少垣本和杨闽斋本不同。
例1. 第十四则"赵子龙盘河大战"

叶：	百里　　外再拜奉诏各请居营寨次日绍移书告瓒曰天子差官与俺两家和
余：	百里　　外再拜奉诏各请居营寨次日诏移书告瓒曰天子差官与俺两家和
评：	百里　　外再拜奉诏各请居营寨次日诏移书告瓒曰天子差官与俺两家和
种：	百里　　外再拜奉诏各请居营寨次日诏移书告瓒曰天子差官与俺两家和
郑：	百里　　外再拜奉诏　　　　　　　　　　移书告瓒曰天子差官与俺两家和
杨：	百里之外再拜奉诏　　　　　　　　　　移书告瓒曰天子差官与俺两家和

此例种德堂本和叶逢春本、余象斗本和余评林本文字相同，而和郑少垣本、杨闽斋本不同，郑少垣本、杨闽斋本文字有缺失。统计种德堂本前24则，如此相同例子有11例。

● 种德堂本和郑少垣本基本相同，和叶逢春本等其他版本都不同。
例2. 第五则"董卓议立陈留王"

叶：	王允太尉祖彪左军校尉淳于琼右军校尉赵萌后军校尉鲍信中军校尉袁绍一行人众
种：	王允太尉祖彪左军校尉淳于　　　　　　　　　　　　　　信中军校尉袁绍一行人众
郑：	王允太尉祖彪左军校尉淳　　　　　　　　　　　　　　　　信中军校尉袁绍一行人众
杨：	王允太尉祖彪左军校尉淳于琼右军校尉赵萌后军校尉鲍信中军校尉袁绍一行
余：	王允太尉祖彪左军校尉淳于琼右军校尉赵萌后军校尉鲍信中军校尉袁绍一行
评：	王允太尉祖彪左军校尉淳于琼右军校尉赵萌后军校尉鲍信中军校尉袁绍一行

此例种德堂本和郑少垣本基本相同，文字有缺失，而叶逢春本、余象斗本、余评林本、杨闽斋本文字不缺。统计种德堂本前24则，如此相同例子有8例。

● 种德堂本和杨闽斋本基本相同，和叶逢春本等其他版本都不同。
例3. 第五则"董卓议立陈留王"

叶：	太后乃降手诏我等有何祸焉太后宣　　进入宫议事进得诏便行主簿陈琳谏曰太后此
种：	太后乃降手诏　　　　　　　　　　宣　　进入宫议事进得诏便行主簿陈琳谏曰太后此
郑：	太后乃降手诏我等有何祸焉太后宣　　进入宫议事进得诏便行主簿陈琳谏曰太后此
杨：	太后乃降手诏　　　　　　　　　　　　宣何进入宫议事进得诏便行主簿陈琳谏曰太后此
余：	太后乃降手诏我等有何祸焉太后宣　　进入宫议事进得诏便行主簿陈琳谏曰太后此
评：	太后乃降手诏我荨有向祸焉太后宣　　进入宫议事进得诏便行主簿陈琳谏曰太后此

此例种德堂本和杨闽斋本基本相同，文字有缺失，而和叶逢春本、余象斗本、余评林本、郑少垣本不同。统计种德堂本前24则，如此相同例子只有2例。

● 种德堂本独有文字。

文字缺失 5 处，增补 1 处，修改 15 处。

例 4. 文字缺失，第六则"吕布刺杀丁建阳"

叶：	布曰　贤弟别来无恙布半晌寻思不起	问曰足下果何人也李肃曰乡中故人何故
种：	布曰乡	中故人何故
郑：	布曰　贤弟别来无恙布半晌寻思	乃出问曰足下果何人也李肃曰乡中故人何故
杨：	布曰　贤弟别来无恙布半晌寻思不	出问曰足下果何人也李肃曰乡中故人何故
余：	布曰　贤弟别来无恙布半晌寻思不	出问曰足下果何人也李肃曰乡中故人何故
评：	布曰　贤弟别来无恙布半晌寻思不	出问曰足下果何人也李肃曰乡中故人何故

此例独有种德堂本文字有缺失，统计种德堂本前 24 则，独有种德堂本文字有缺失例子有 5 例。

例 5. 文字增补，第三则"安喜县张飞鞭督邮"

叶：	隽班师还京	车骑将军河南尹隽保孙坚刘备等功
余：	隽班师还京	车骑将军河南尹隽保孙坚刘备等功
郑：	隽班师还京	车骑将军河南尹隽保孙坚刘备等功
杨：	隽班师还京	车骑将军河南尹隽保孙坚刘备等功
种：	隽班师还京朝廷加隽车骑将军河南尹隽保孙坚刘备等功	

此例为独有种德堂本文字有增补，统计种德堂本前 24 则，种德堂本文字独有增补例子只有此 1 例。

总结以上种德堂本前 24 则和叶逢春本、郑少垣本和杨闽斋本文字差异。

● 种德堂本和叶逢春本基本相同，而和郑少垣本、杨闽斋本不同，有 11 例。
● 种德堂本有的文字和郑少垣本有相同缺失，有 8 例；有的文字却又和杨闽斋本有相同缺失，有 2 例。

这样，由于种德堂本文字和叶逢春本相同，而郑少垣本、杨闽斋本文字有缺失，因此种德堂本不可能来自郑少垣、杨闽斋本。它们之间关系只有两种可能，种德堂本和郑少垣、杨闽斋本或是兄弟关系，或种德堂本是郑少垣本、杨闽斋本的底本。

种德堂本有的文字又分别各自和郑少垣本、杨闽斋本相同，因此种德堂本就不可能是郑少垣本、杨闽斋本的底本。

这样种德堂本和郑少垣本、杨闽斋本只有一种可能：它们是兄弟关系，它们有共同的祖本。

种德堂本和郑少垣本、杨闽斋本有共同祖本，但从文字和插图综合分析可看出，种德堂本最接近的是郑少垣本。

（6）汤宾尹本文字差异统计分析

汤宾尹本和其他繁本文字差异十分复杂，下面分类介绍。

● 汤宾尹本单独修改

对于汤宾尹和其繁本文字差异，中川谕先生做了详细分析[①]，认为"汤宾尹本的

---

① 中川谕：《〈三国志演义〉版本研究》，上海古籍出版社 2010 年第 1 版，第 169—176 页。

特点可以说是编者对正文进行了简化和修改",本人同意中川先生的分析,见下例。

例1. 第三则"安喜县张飞鞭督邮"

叶:	宝杀败退	见朱隽隽曰此妖术也来日可宰猪羊血	令军士伏于山头候
余:	宝杀败退	见朱隽隽曰此妖术也来日可宰猪羊血	令军士伏于山头候
郑:	宝杀败退	见朱隽隽曰此妖术也来日可宰猪羊血	令军士伏于山头候
杨:	宝杀败退	见朱隽隽曰此妖术也来日可宰猪羊血	令军士伏于山头候
评:	宝杀败退	见朱隽隽曰此妖术也来日可宰猪羊血	令军士伏于山头候
种:	宝杀败退	见朱隽隽曰此妖术也来日可宰猪羊血	令军士伏于山头候
汤:	宝杀败 一阵玄德来见朱隽隽曰此妖术也来曰可宰猪羊血以解		
叶:	贼赶来高坡上泼之其法	可解玄德听令已毕拨关羽张飞各	
余:	贼赶来高坡上泼之其法	可解玄德听令已毕拨关羽张飞各	
郑:	贼赶来高坡上泼之其法	可解玄德听令已毕拨关羽张飞各	
杨:	贼赶来高坡上泼之其法	可解玄德听令已毕拨关羽张飞各	
评:	贼赶来高坡上溪之其法	可解玄德听令已毕揆关羽张飞各	
种:	贼赶来高坡上泼之其法	可解玄德听令已毕拨关羽张飞各	
汤:	其法次日		张宝摇旗擂鼓引军挑
叶:		引军 一千伏于山后两山之 上差军 五百	盛猪羊血并秽
余:		引军 一千伏于山后两山之 上差军 五百	盛猪羊血并秽
郑:		引 兵一千伏于山后两山之 上差 兵 五百	盛猪羊血并秽
杨:		引军 一千伏于山后两山之 上差军 五百	盛猪羊血并秽
评:		引军 一千伏于山后两山之 上差军 五百	盛猪羊血并秽
种:		引军 一千伏于山后两山之 上差军 五百	盛猪羊血并秽
汤:	战玄德令关张引军 伏于 两山 山上	令五百军准备	猪羊血并秽

由此例可清楚看出,汤宾尹本确实做了大量的修改。这类修改在汤宾尹本中比比皆是,举不胜举,此处就不再多举例了。

● 汤宾尹本和叶逢春本基本相同

例2. 第一百二十六则"张翼德义释严颜"

叶:	却说严颜引十数骑禅将下马伏于林中看时约三更以后远	望 张飞
余:	却说严颜	远远 望见张飞
郑:	却说严颜	远远 望见张飞
杨:	却说严颜	远远 望见张飞
汤:	却说严颜引十数骑禅将下马伏于林中看时约三更以后	遥望张飞

此例汤宾尹本文字和叶逢春本基本相同,而和其他繁本都不同。类似例子有4处。

● 汤宾尹本和余象斗本、余评林本基本相同

例3. 第五则"董卓议立陈留王"

叶:	簪尽落披发逃生听后 背后人马赶来惊得魂不着体张辽许褚
余:	簪尽落 张辽许褚
评:	簪尽落 张辽许褚
郑:	簪尽落披发逃生听 得背后人马赶来惊得魂不着体 许褚张辽

杨：簪尽落披发逃生听	得背后人马赶来惊得魂不着体	许褚张辽
汤：　　尽落		张辽许褚
叶：二将赶上　扯住马前环辔曹操仓皇		失惊张辽曰料张
余：二将赶上　扯住马前环辔		曰料张
评：二将赶上　扯住马前环辔		曰料
郑：二将赶上　扯住马前环辔曹操仓皇大		惊张辽曰料张
杨：二将赶上　扯住马前环辔曹操仓皇大		惊张辽曰料张
汤：二将赶　　来		曰料张

此例汤宾尹本文字和余象斗本、余评林本有相同的文字缺失。类似例子有 6 处。

- 汤宾尹本和郑少垣本、杨闽斋本基本相同

例 4. 第五则 "董卓议立陈留王"

叶：权怒曰	别有商议权将檄文以示之肃曰操遣使赍文
余：权怒曰	别有商议权将檄文以禾之肃曰操遣使赍文
评：权怒曰	别有商议权将檄文以示之肃曰操遣使赍文
郑：权怒曰汝去干甚事肃曰别有商议权	曰操遣使赍又
杨：权怒曰汝去干甚事肃曰别有商议权	曰操遣使赍文
汤：权　　曰汝去干甚事肃曰别有商议权	曰操遣使赍文

此例汤宾尹本文字和郑少垣本、杨闽斋本有相同的修改，而和其他繁本都不同。类似例子有 4 处。

- 汤宾尹本和杨闽斋本、种德堂本基本相同

例 5. 第五则 "董卓议立陈留王"

叶：太后乃降手诏我等有何祸焉太后宣	进入宫议事进得诏便行
余：太后乃降手诏我等有何祸焉太后宣	进入宫议事进得诏便行
郑：太后乃降手诏我等有何祸焉太后宣	进入宫议事进得诏便行
杨：太后乃降手诏	宣何进入宫议事进浔诏便行
评：太后乃降手诏我等有向祸焉太后宣	进入宫议事进得诏便行
种：太后乃降手诏	宣　进入宫议事进得诏便行
汤：太后乃降　诏	宣　进入宫议事进得诏便行

此例汤宾尹本文字和杨闽斋、种德堂本有一样的文字缺失。类似例子有 3 处。

- 汤宾尹本和杨闽斋、余评林本基本相同

例 6. 第二十一则 "刘玄德北海解围"

叶：慈亦无颜见老母矣　愿决死战融曰此去不远吾闻	刘玄德乃当世英雄
余：慈亦无颜见老母矣　愿决死战融曰此去不远吾闻	刘玄德乃当世英雄
郑：慈亦无颜见老母矣　愿决死战融曰此去不远吾闻	刘玄德乃当世英雄
杨：慈亦无颜见老母矣　愿决死战融曰　　　　吾闻	刘玄德乃当世英雄此去不远
评：慈亦无颜见老母矣　愿决死战融曰　　　　吾闻	刘玄德乃当世英雄此去不远
种：慈亦无颜见老母　亲　决死战融曰此去不远吾闻	刘玄德乃当世英雄
汤：慈亦无颜见　母矣　愿决□战融曰　　　　吾闻平原	刘玄德乃当世英雄

此例汤宾尹本文字和杨闽斋、余评林本有一样的文字缺失。类似例子有 2 处。

- 汤宾尹本和种德堂本、余评林本基本相同

例 7. 第十七则"王允定计诛董卓"

叶：	直到如　今骂不休
余：	直到如　今骂不休
郑：	直到　于今骂不休
杨：	直到如　今骂不休
评：	直到如　今骂不休又一绝句　诗云　董卓欺君自古无岂知天意有荣枯宫门搠
种：	直到如　今骂不休又　　　诗　曰董卓欺君自古无岂知天意有荣枯宫门搠
汤：	直到如　今骂不休又一绝句叹诗云　董卓□□自古无岂知天意有荣枯宫门□

叶：	
余：	
郑：	
杨：	宋邵康节先生有诗叹曰董卓无知擅大权焚烧宫阙废
评：	透方天戟万姓歌欢满道途宋邵康节先生有诗叹曰董卓无知擅大权焚烧宫阙废
种：	透方天戟万姓歌欢满道途宋　康节先生有诗叹曰董卓无知擅大权焚烧宫阙废
汤：	□方天戟万姓歌欢满道途　　康节先生有诗叹曰董卓无知擅大权焚烧宫阙废

此例汤宾尹本和种德堂本、余评林本一样，比其他繁本增加了一首诗。只此 1 例。

通过以上分析可以看出汤宾尹本有与众不同的特点：

- 汤宾尹本文字修改非常多。

这是汤宾尹本单独做了修改，如此多的修改，在所有繁本中绝无仅有。

- 汤宾尹本和所有繁本都有不同的文字。

汤宾尹本为何出现如此复杂的情况，还没有很好的解释。造成如此复杂的原因是，现存的版本只是历史上曾出现过版本中很少的一部分，因此要利用这很少的版本去解释如此复杂的现象是有困难的。这样如此复杂的情况在所有繁本中也是绝无仅有的。

所以，汤宾尹本是个十分特别、和其他任何繁本都不同的版本。

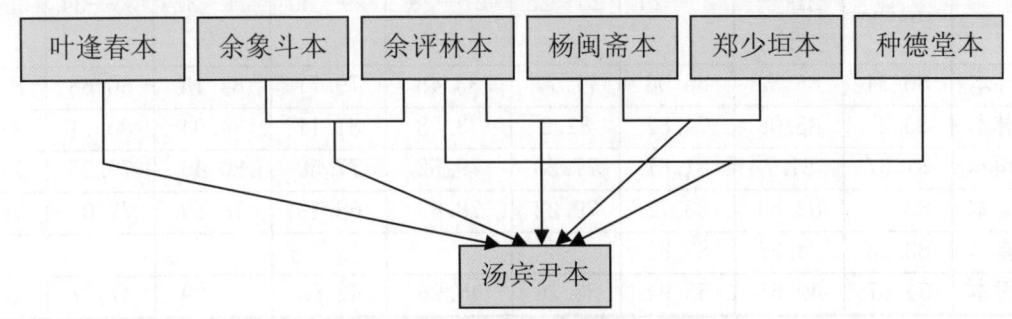

汤宾尹本和其他繁本文字差异示意图

4. 叶逢春本和其他繁本相似度研究

（1）叶逢春本和其他繁本相似度统计

以上分析了《三国演义》叶逢春本和其他繁本的文字差异，下面利用数字化，统计叶逢春本和其他繁本的文字的相似度，验证上述分析是否正确，研究叶逢春本和哪些版本最接近。

所谓"相似度"就是将版本数字化后，用计算机逐字比较几个版本，如文字完全相同，则相似度为100%，如100字有90字相同，有10字不同，则相似度为90%。

需要说明的是，版本数字化的结果中有大量的异体字和俗体字，在统计相似度时都作为不同文字处理，这不十分合理。但要把所有异体字、俗体字全部改为正体字，工作量极大，因此目前只能按照已经数字化的文字计算相似度，仅供版本研究参考。

叶逢春本和其他现存繁本相似度统计（%）

则	1—2	3—4	5—6	7—8	9—10	11—12	13—14	15—16	17—18
余象斗本	85.46	84.75	82.3	83.85	85.00	80.21	84.25	82.70	82.58
余评林本	83.36	74.41	84.38	85.04	84.89	81.52	83.64	81.01	83.15
郑少垣本	83.45	83.32	79.22	82.54	83.37	77.5	81.60	78.60	78.67
杨闽斋本	82.19	84.53	82.45	83.31	83.22	75.62	81.10	79.48	78.40
种德堂本	82.00	83.89	81.87	81.93	83.68	78.60	83.23	81.78	82.16
汤宾尹本	42.69[①]	31.93	28.28	41.10	62.32	67.08	52.78	51.63	60.37

则	19—20	21—22	23—24	25—26	27—28	29—30	31—32	33—34	35—36
余象斗本	86.24	88.32	85.98	77.77	83.48	79.71	84.18	80.68	81.11
余评林本	85.25	85.08	74.82	82.2	73.38	81.11	84.04	80.71	81.75
郑少垣本	81.37	81.7	81.81	77.28	79.52	77.58	80.46	79.25	77.69
杨闽斋本	83.73	82.55	83.72	79.22	78.83	68.19	78.69	77.01	76.20
种德堂本	83.23	84.97	83.88						
汤宾尹本	51.07	49.65	55.94	53.26	45.96	42.63	51.29	47.77	47.69

---

① 汤宾尹本第1—8则原本有破损。

则	37—38	39—40	41—42	43—44	45—66	47—48	73—74	75—76	77—78
余象斗本	78.91	75.08	81.88	82.09	80.49	77.56	79.18	78.76	79.79
余评林本	68.11			66.72	71.59	59.15	81.61	79.51	81.89
郑少垣本	74.21	76.09	76.85	77.46	76.37	74.11	77.61	76.02	78.74
杨闽斋本	74.02	74.93	77.42	76.29	76.43	72.72	73.58	77.36	80.24
种德堂本	46.92	51.88	48.8	46.03	53.37	41.11①	53.27	52.23	60.12
汤宾尹本									

则	79—80	81—82	83—84	85—86	87—88	89—90	91—92	93—94	97—98
余象斗本	80,00	78.02	73.16	80.44	80.79	81.74	80.93	81.16	72.84
余评林本	81.63	79.25		83.47	82.48	83.52	83.94	67.75	
郑少垣本	78.53	73.01	73.83	73.84	71.68	80.57	81.47	78.74	76.92
杨闽斋本	80.79	73.73	73.31	76.24	75.82	79.14	79.79	77.05	75.39
汤宾尹本	63.99	60.38	57.46	65.91	62.99	54.63	58.76	46.86	66.77

则	99—100	101—102	103—104	105—106	107—108	109—110	111—112
余象斗本	80.18	79.81	74.50	59.09	75.03	73.83	76.31
郑少垣本	77.87	80.16	72.44	58.99	75.22	71.93	75.15
杨闽斋本	76.29	78.01	68.66	55.58	71.00	71.45	74.79
汤宾尹本	67.24	68.45	65.06	49.43	64.48	62.26	62.26

则	113—114	115—116	117—118	119—120	121—122	127—128	129—130
余象斗本	78.49	78.42	77.77			71.13	73.33
余评林本						69.72	68.56
郑少垣本	74.48	58.24	63.87	60.25	78.26	78.85	
杨闽斋本	72.82	65.6	64.68	61.59	77.50	77.87	76.12
汤宾尹本	61.43	52.18	59.01	51.73	59.13	60.20	60.36

则	131—132	133—134	135—136	137—138	139—140	141—142	143—144
余象斗本	72.85	75.06	76.05	72.39	59.02		
余评林本	68.00	73.14	73.62	69.89			
郑少垣本	83.31	75.69	64.01	77.76	76.88	78.28	71.34
杨闽斋本	80.15	78.25	77.39	79.66		80.27	69.86
汤宾尹本	66.19	72.84	70.45	69.04	68.73	72.13	66.48

① 汤宾尹本第 48 则原本有破损。

则	145—146	147—148	149—150	151—152	153—154	155—156	157—158
郑少垣本	77.68	75.03	78.93	80.95	80.43	80.26	76.35
杨闽斋本	77.13	75.82	76.80	80.17	77.69	76.41	78.93
汤宾尹本	58.00	51.55	71.02	72.66	62.01	63.55	53.96

则	159—160	161—162	163—164	165—166	167—168	169—170	171—172
郑少垣本	75.26	75.93	77.32	78.12	77.23	74.71	74.95
杨闽斋本	75.17	75.09	75.25	76.69	75.88	77.79	80.28
汤宾尹本	59.26	58.75	65.05	63.86	56.26	66.79	64.54

则	173—174	175—176	177—178	179—180	181—182	183—184	185—186
郑少垣本	77.05	75.74	71.49	76.10	75.58	78.25	77.12
杨闽斋本	80.25	76.84	74.02	74.06	75.27	72.14	75.35
汤宾尹本	64.92	65.15	61.37	65.97	58.38	52.99	56.58

则	187—188	189—190	191—192	193—194	195—196	197—198	199—200
郑少垣本	75.16	64.60	76.85	74.31	80.54	70.44	72.65
杨闽斋本	76.50	64.30	75.85	72.11	77.44	70.00	75.97
汤宾尹本	57.54	54.47	56.95	60.09	67.15	67.48	54.42

则	201—202	203—204	205—206	207—208	209—210	211—212	213—214
郑少垣本	73.33	78.96	79.22	64.77	73.90	77.33	75.60
杨闽斋本	77.79	78.17	80.07	64.12	72.38	72.71	71.49
汤宾尹本	55.01	57.08	66.12	31.22	54.25	57.72	58.19

(2) 叶逢春本和其他繁本相似度结果分析

以上对《三国演义》叶逢春本和其他繁本的文字差异，利用数字化统计了叶逢春本和其他繁本的文字的相似度，以求研究叶逢春本和哪些版本最接近。

统计结果分两部分进行分析。

1) 现存版本相似度统计结果

《三国演义》繁本现存有 3 个是全本，有 4 个是残本。以下为对现存版本的全部相似度统计结果，和前 2 卷 24 则相似度统计结果。

叶逢春本和其他繁本现存全部版本相似度统计结果（%）

版本	种德堂	余象斗	余评林	杨闽斋	郑少垣	汤宾尹
则数	12	53	38	90	90	90
相似度	82.60	78.77	77.98	76.74	72.84	58.83
排序	1	2	3	4	5	6

叶逢春本和其他繁本前2卷24则版本相似度统计结果（%）

版本	余象斗	种德堂	余评林	杨闽斋	郑少垣	汤宾尹
则数	1—24	1—24	1—24	1—24	1—24	1—24
相似度	84.30	82.60	82.21	81.69	81.10	49.57
排序	1	2	3	4	5	6

2）现存版本相似度统计结果分析

以上两个统计结果有两个排序，略有不同。

第一种排序是对现存六个版本所有文本和叶逢春本计算相似度，再排序，结果如下：
1种德堂本，2余象斗本，3余评林本，4杨闽斋本，5郑少垣本，6汤宾尹本。

第二种排序是选择相同的章节相同，因为种德堂本只有前24则，因此只对6个版本的前24则计算相似度，结果如下：
1余象斗本，2种德堂本，3余评林本，4杨闽斋本，5郑少垣本，6汤宾尹本。

两种排序各有优缺点。

第一种排序因为各版本的章节不同，如种德堂本只有2卷24则，而郑少垣本、杨闽斋本和汤宾尹本有20卷240则全，这样不同章节来比较相似度，似乎有些不十分合理。

而第二种排序，只对前24则比较相似度，这样的计算结果似乎比第一种合理。但从另一个角度看，第二种只局限于前24则，只占十分之一，而其余十分之九的相似度有可能有变化，这种计算就没有考虑这个情况。

因此两种计算各有优缺点。从两个结果看：

- 第一和第二计算结果有所不同，全部版本比较，种德堂本第一，余象斗本第二。
- 而只比较前24则，结果相反，余象斗本第一，种德堂本第二。
- 第三到第六，两种方法计算结果完全相同，即3余评林本，4杨闽斋本，5郑少垣本，6汤宾尹本，说明这个计算方法还是可靠的。
- 总之，叶逢春本之外6个繁本和叶逢春本的相似度可分三组，三组中排序如下：

第一组：1余象斗本，3余评林本；
第二组：2种德堂本，4杨闽斋本，5郑少垣本；

第三组：6 汤宾尹本。

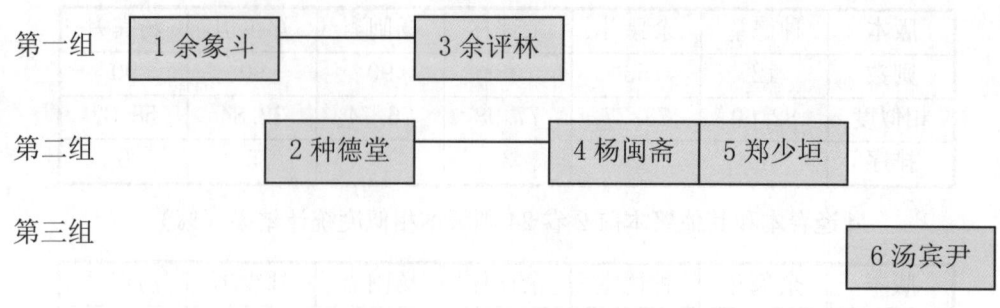

6 种繁本和叶逢春本相似度分组示意图

以上分别从文字差异和相似度对叶逢春本和其他繁本做了分析，两种分析结果基本相同。

- 最接近叶逢春本的是余象斗本和种德堂本。这很容易理解，这两个版本可能是这两组版本最早的版本。
- 余象斗本、余评林本比郑少垣本、杨闽斋本、种德堂本更接近叶逢春本，也就是说，余象斗本、余评林本比郑少垣本、杨闽斋本、种德堂本文字修改的少一些。
- 余评林本和郑少垣本、杨闽斋本文字修改多一些。
- 杨闽斋本刊刻时间比郑少垣本晚，但文字更接近叶逢春本。
- 汤宾尹本文字修改最多。

5. 繁本插图研究

《三国演义》版本上图下文的插图很值得研究，有时插图可透露出文本没有的信息。版本复刻时文字可能很接近，难以判别版本之间关系。但复刻的版本插图往往会沿袭其底本的插图，因此根据插图也可分析版本之间的关系和演化。

繁本插图研究包括上述 7 本，再加繁简混合本刘龙田本，合计 8 本。

选择第一至第七则全部插图比对及分析如下。

为便于比对，每个版本在表中位置固定，缺插图版本即空白，不再加注。

（1）第一则插图比对研究

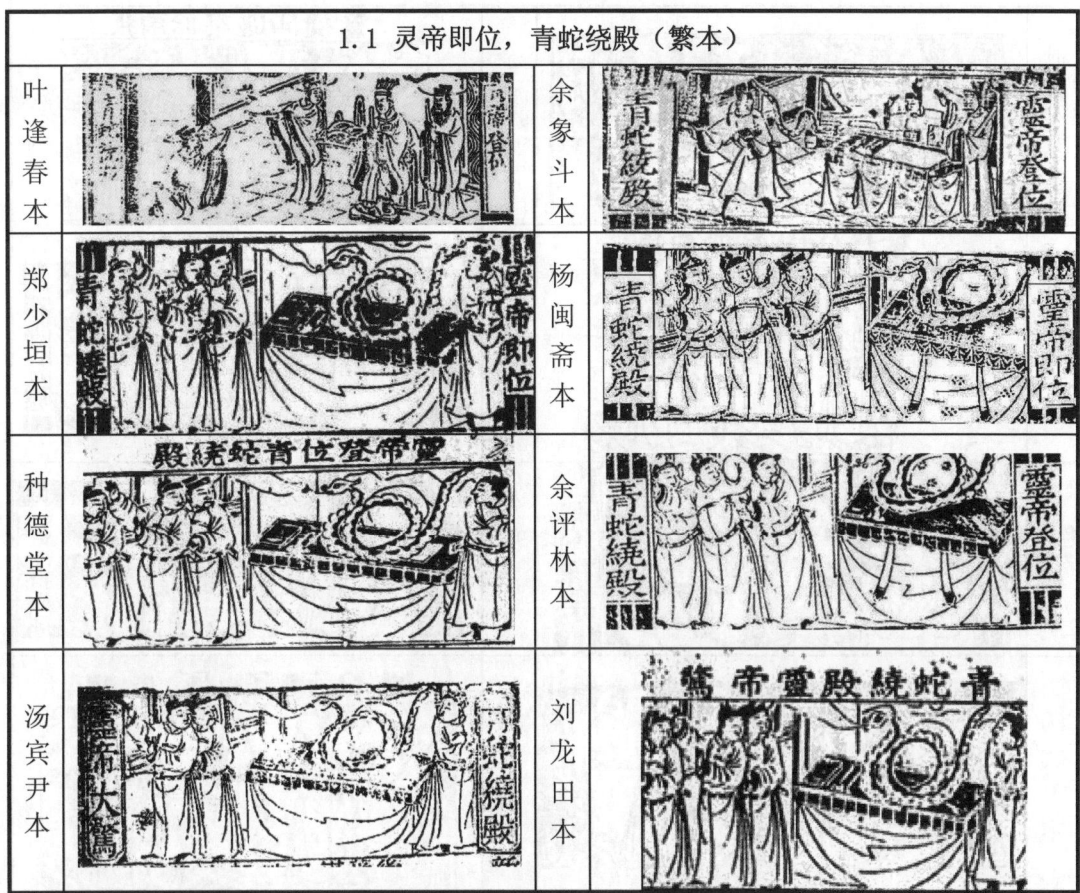

第一则第 1 幅各个版本插图的关系：

- 叶逢春本刊刻时间早，因此插图和其他版本都不同。
- 余象斗本插图和其他版本也不同，此本刊刻时间也较早，因此和其他版本不同。
- 种德堂本、郑少垣本、刘龙田本插图相似，左边 3 人，右边 1 人，这和文字分析一致。
- 杨闽斋本和余评林本插图类似，只左边 3 人。但两本分属二组，为何插图却相同？肯定是一本参考了另一本，是余评林本参考杨闽斋本，还是杨闽斋本参考余评林本待考。
- 汤宾尹本插图和其他繁本都不相同，左边 2 人，右边 1 人，这和文字分析相同。

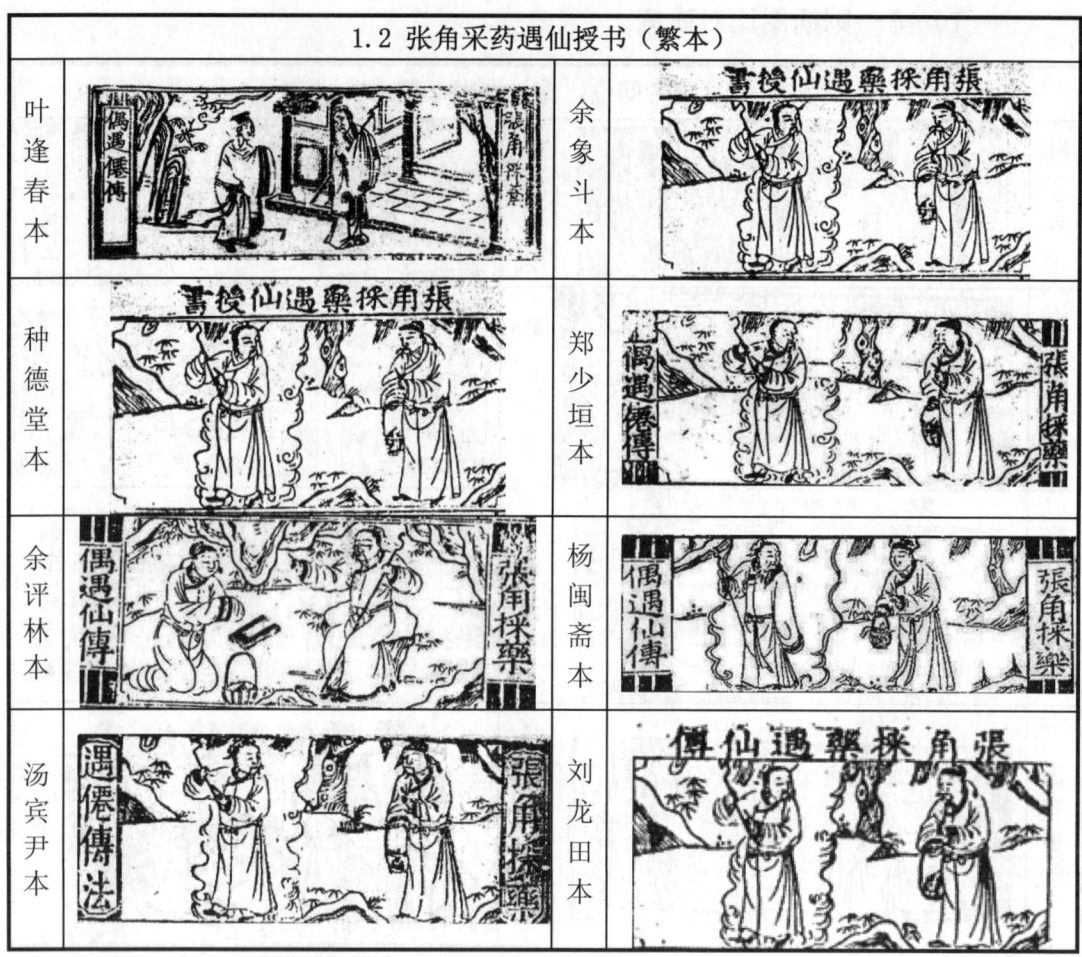

第一则第 2 幅各个版本插图的关系：

- 叶逢春本刊刻时间早，因此插图和其他版本都不同。
- 余象斗本插图和种德堂本、郑少垣本、汤宾尹本、刘龙田本 5 本插图完全相同，和杨闽斋本基本相同。这 6 本分属几组，但插图基本相同。由于这几本中余象斗本刊刻最早，因此其他版本插图可能都是来自余象斗本。
- 余评林本插图背景和其他版本插图都不同，可能是余评林本为了和种德堂本竞争而做了修改，因此与众不同。

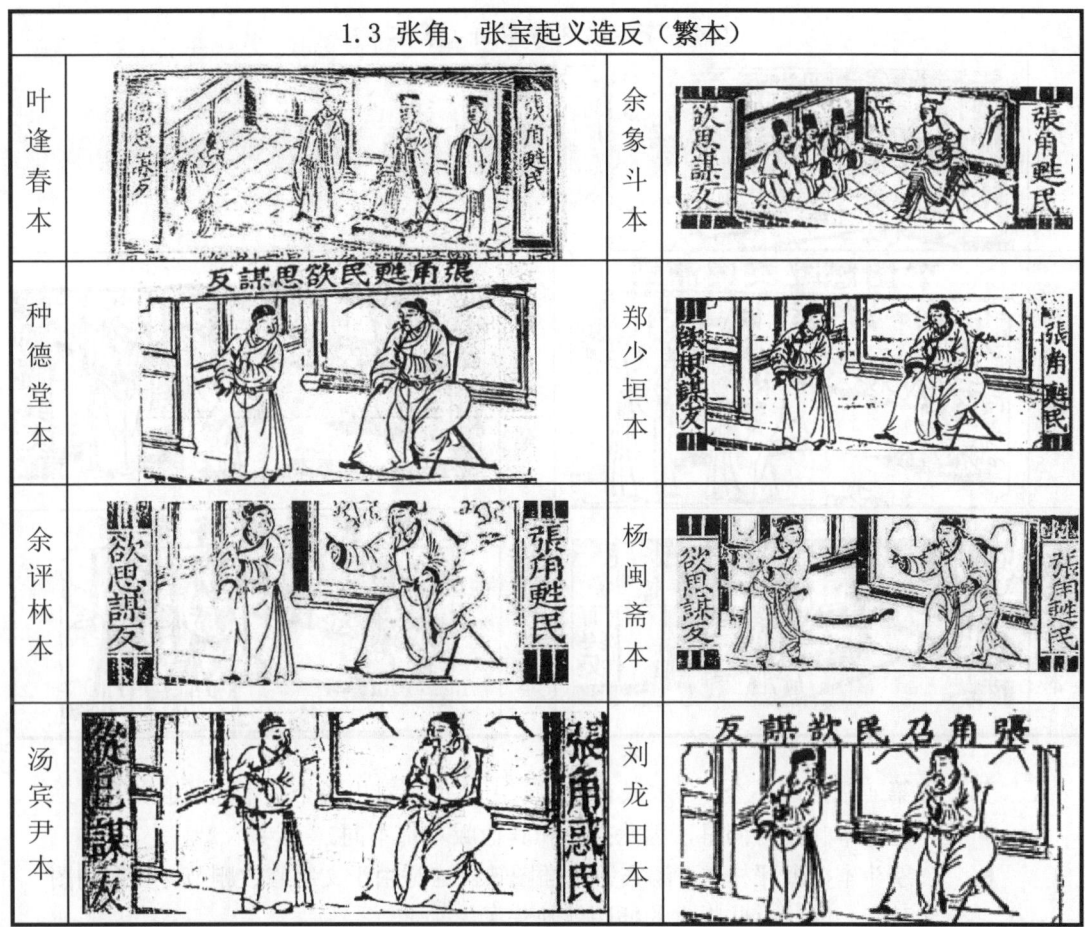

第一则第3幅各个版本插图的关系:
- 叶逢春本刊刻时间早,因此插图和其他版本都不同。
- 余象斗本插图和叶逢春本有些类似,但和其他版本不同,此本刊刻时间也较早,因此和其他版本不同。
- 种德堂本、郑少垣本、汤宾尹本、刘龙田本插图相似,这和文字分析基本一致。
- 杨闽斋本和余评林本插图类似,只是左边人物手势不同。和第1图一样,这两本分属二组,为何插图却相同?肯定是一本参考了另一本,是余评林本参考杨闽斋本,还是杨闽斋本参考余评林本待考。

1.4 李定给刘备相面（繁本）

叶逢春本	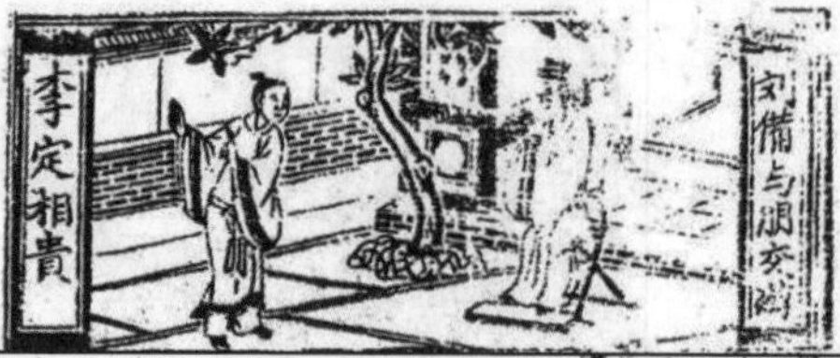	余象斗本	
种德堂本	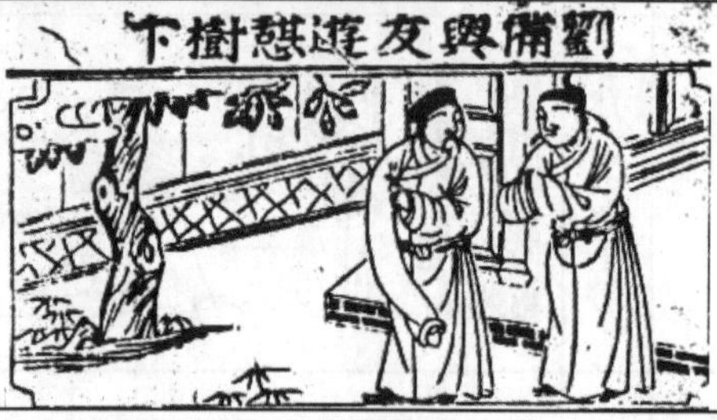	郑少垣本	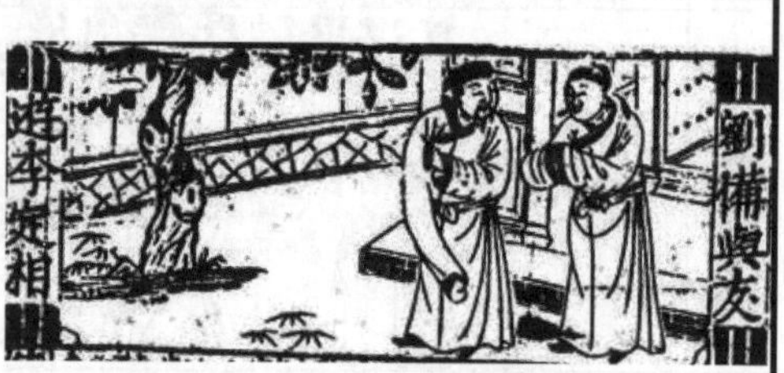
杨闽斋本	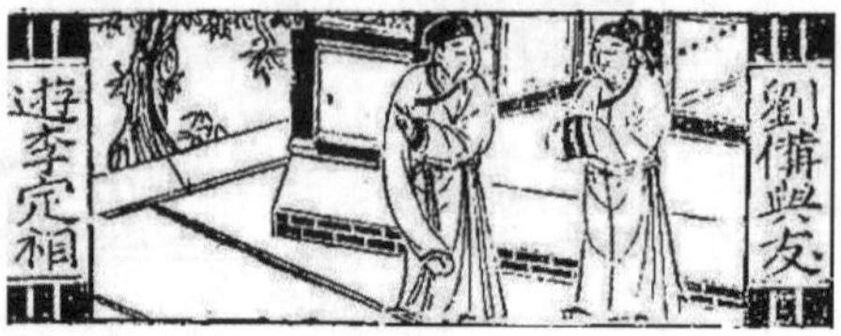	刘龙田本	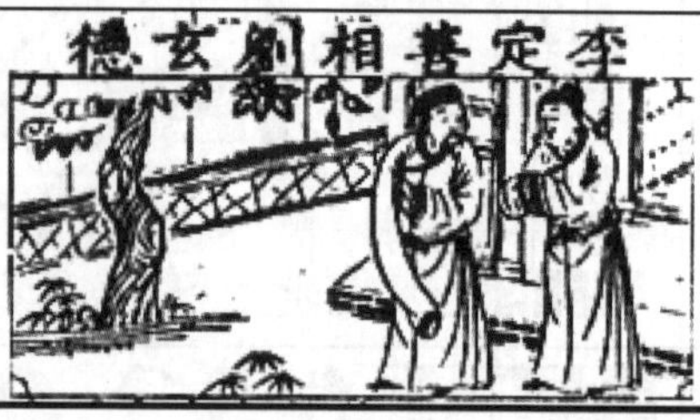

第一则第 4 幅插图不全，8 本只有 5 本，由此也可看出各个版本插图的关系：

- 叶逢春本刊刻时间早，因此插图和其他版本都不同。
- 余象斗本、余评林本、汤宾尹本插图缺。这是由于文字修改删节，要做到图文对应，因此有些版本的插图就缺失了。
- 种德堂本、郑少垣本、杨闽斋本、刘龙田本插图相似，说明可能来自一个共同底本，可能是种德堂本，也可能是郑少垣本。

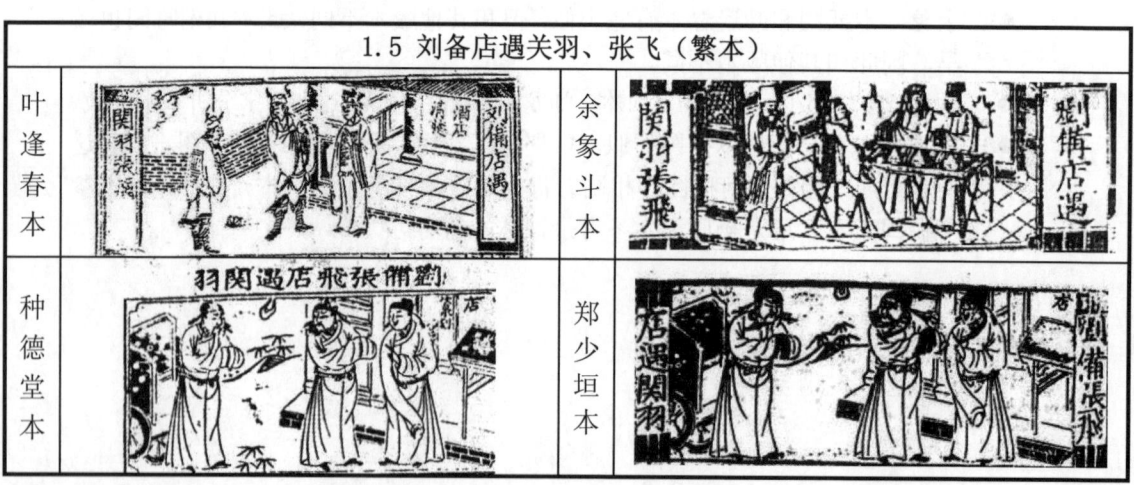

1.5 刘备店遇关羽、张飞（繁本）

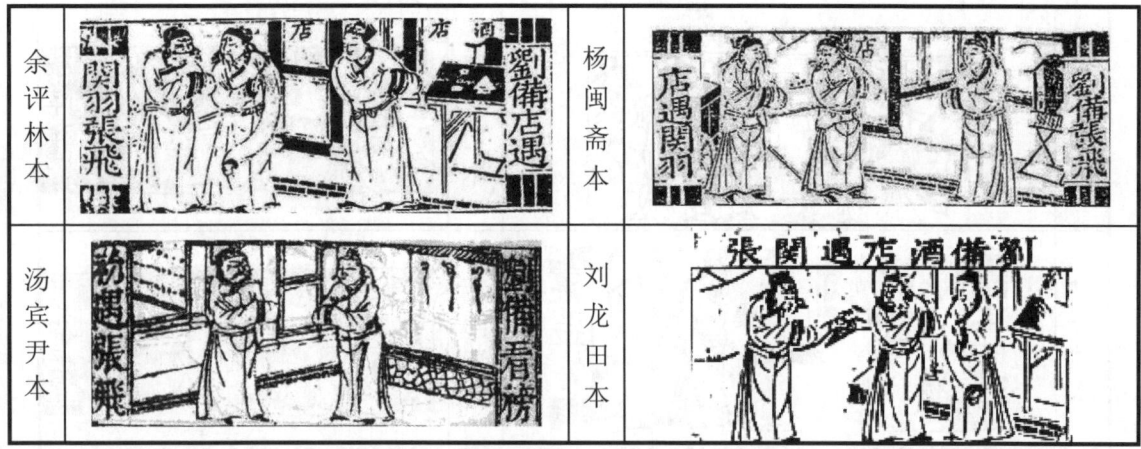

第一则第 5 幅各个版本插图的关系：
- 叶逢春本、余象斗本两本刊刻时间早，插图和其他版本都不同。
- 种德堂本、郑少垣本和刘龙田本插图十分相似，与前例相同。
- 余评林本、杨闽斋本有些相似。
- 汤宾尹本只有两人，完全不同。

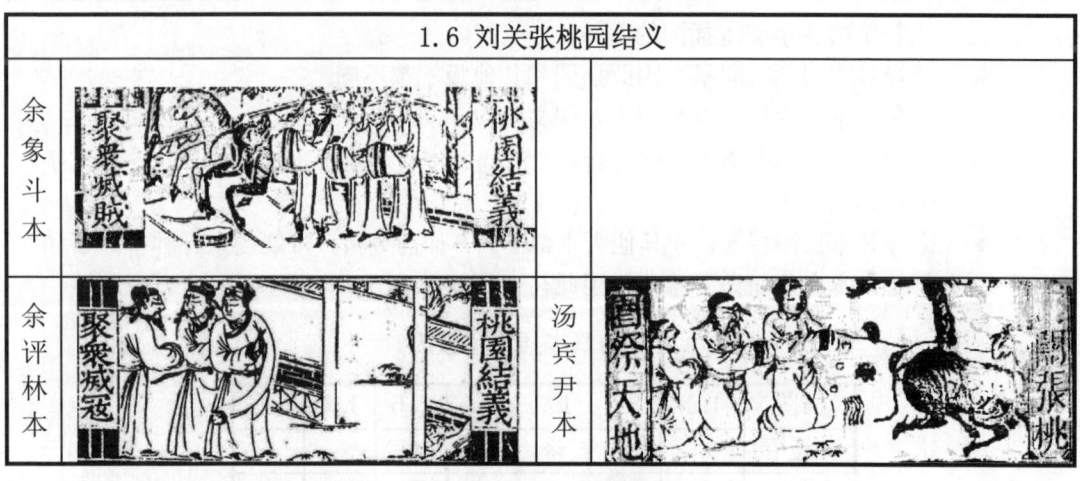

第一则第 6 幅插图不全，8 本只有 3 本有插图，其关系如下：
- 叶逢春本刊刻时间早，因此插图和其他版本都不同。
- 余评林本、汤宾尹本插图各自不同。

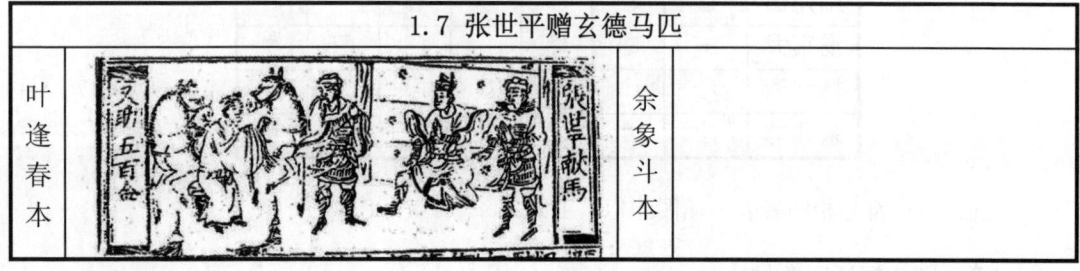

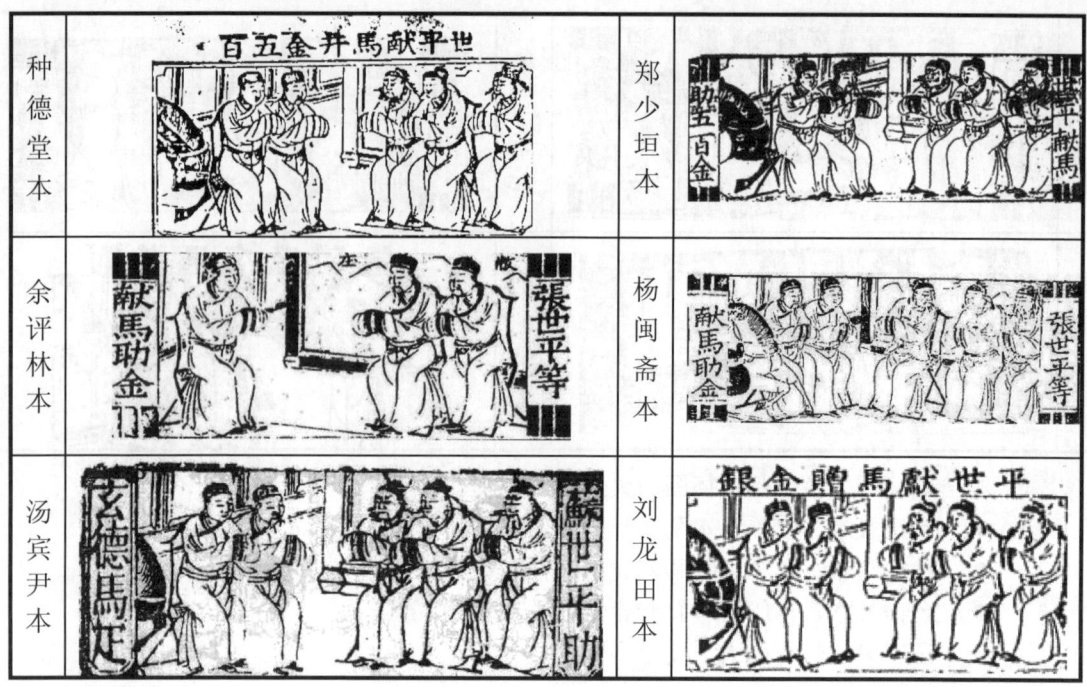

第一则第 7 幅各个版本插图的关系：

- 叶逢春本刊刻时间早，因此插图和其他版本都不同。
- 余象斗本插图缺，也是因为要图文对应。
- 种德堂本、郑少垣本、杨闽斋本、汤宾尹本、刘龙田本插图相似，这和文字分析基本一致。
- 余评林本插图特殊，和其他版本都不同，如前分析，可能是余评林本为了和种德堂本竞争而做了修改，因此与众不同。

第一则繁本插图比较表

插图	1.1	1.2	1.3	1.4	1.5	1.6	1.7
叶逢春	※	※	※	※	※		※
余象斗	#	◎	#		#	#	
郑少垣	◎	◎	◎	◎	◎		◎
种德堂	◎	◎	◎	◎	◎		◎
刘龙田	◎	◎	◎	◎			◎
汤宾尹	＋	◎	◎		□	□	◎
杨闽斋	○	◎	◎	◎	◎		◎
余评林	○	#	○		○	○	#

注：表中符号相同者表示插图相似，下同。

第一则 7 幅插图总结

- 叶逢春本插图：此本因为刊刻时间很早，因此插图和其他版本都不同。
- 余象斗本插图：因为刊刻时间早，因此只有第2幅插图和种德堂本、郑少垣本、杨闽斋本、汤宾尹本、刘龙田本相同，其余插图都和其他版本不同。
- 种德堂本、郑少垣本插图：6幅全部相同，说明两本有密切关系，可能是一本仿照另一本，或有共同祖本。
- 杨闽斋本插图：只有2幅和种德堂本、郑少垣本、汤宾尹本、刘龙田本插图相似，其余3幅都和余评林本相同。
- 余评林本插图：4幅和杨闽斋本相同，其余2幅和其他版本都不同。可能是余评林本为了和种德堂本竞争而做了修改。
- 汤宾尹本插图：4幅和种德堂本、郑少垣本相同，其余2幅和其他版本都不同。
- 刘龙田本插图：6幅全部和种德堂本、郑少垣本相同。
- 有些版本因为图文对照，编排时少插图，不再逐一说明，下同。

限于篇幅，以下第二则至第七则只选出每则的一幅插图做比较。

（2）第二则插图比对研究

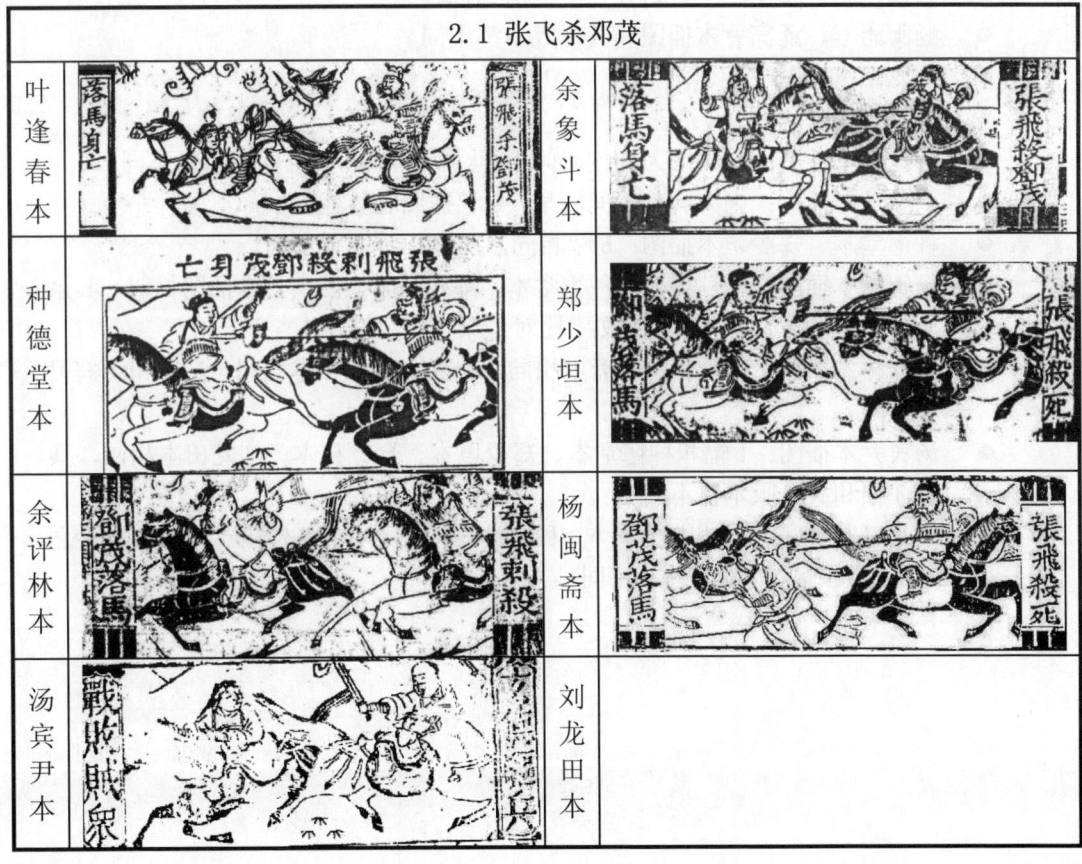

2.1 张飞杀邓茂

第二则繁本插图比较表

插图	2.1	2.2	2.3	2.4	2.5	2.6	2.7
叶逢春	※	※	※	※	※	※	※
余象斗	#	#	#	#		#	#
郑少垣	◎	◎	◎	◎		◎	○
种德堂	◎	◎	◎	◎		◎	
余评林	◎	◎	◎	◎	#	#	◎
杨闽斋	○	◎		◎		○	□
刘龙田		○	◎	◎			○
汤宾尹	□		◎			□	◎

第二则第 1 幅各个版本插图的关系：

- 叶逢春本刊刻时间早，因此插图和其他版本都不同。
- 余象斗本插图和其他版本都不同。
- 种德堂本、郑少垣本、余评林本插图相似。
- 杨闽斋本、汤宾尹本插图和其他版本都不同。
- 刘龙田本插图缺。

第二则 7 幅插图总结：

- 叶逢春本插图：此本因为刊刻时间很早，因此插图和其他版本都不同。
- 余象斗本插图：因为刊刻时间较早，6 幅插图和其他版本都不同。
- 种德堂本、郑少垣本插图：5 幅相同，郑少垣本 1 幅不同。
- 杨闽斋本插图：只有 2 幅和种德堂本、郑少垣本、汤宾尹本插图相似，其余 3 幅和其他版本不同。这和文字比对结果不同。
- 余评林本插图：4 幅和杨闽斋本相同，1 幅和余象斗本相同，1 幅和汤宾尹本相同。
- 汤宾尹本插图：1 幅和种德堂本、郑少垣本、余评林本、刘龙田本相同，其余 3 幅和其他版本都不同。
- 刘龙田本插图：2 幅和郑少垣本、种德堂本、余评林本基本相同，1 幅和郑少垣本相同，1 幅和其他版本都不同。

（3）第三则插图比对研究

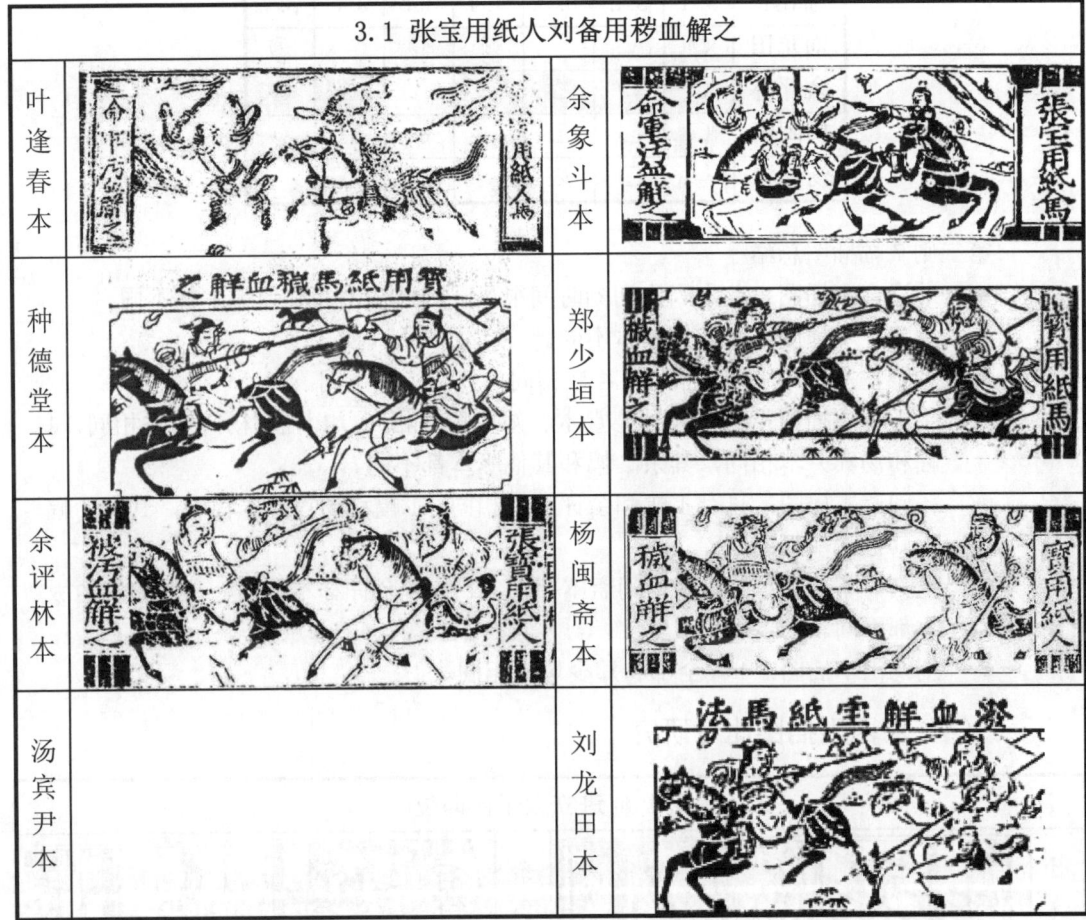

3.1 张宝用纸人刘备用秽血解之

第三则第1幅各个版本插图的关系：
- 叶逢春本刊刻时间早，因此插图和其他版本都不同。
- 余象斗本插图和其他版本都不同。
- 种德堂本、郑少垣本、刘龙田本插图相似。
- 杨闽斋本、余评林本插图相似。
- 汤宾尹本无此插图。

第三则繁本插图比较表

插图	3.1	3.2	3.3	3.4	3.5	3.6	3.7
叶逢春	※	※	※	※	※	※	※
余象斗	#		#	#	#	#	
郑少垣	◎	◎		◎	◎		○
种德堂	◎	◎		◎	◎		□

第三则繁本插图比较表（续）

插图	3.1	3.2	3.3	3.4	3.5	3.6	3.7
刘龙田	◎			◎	◎		○
余评林	◎	◎	◎	○		◎	○
杨闽斋	○	□	□		○	□	◎
汤宾尹		□	※			◎	

第三则 7 幅插图总结：

- 叶逢春本插图：此本因为刊刻时间很早，因此插图和其他版本都不同。
- 余象斗本插图：和其他版本不同。
- 种德堂本、郑少垣本插图：4 幅相同，只有 1 幅不同。
- 余评林本插图：2 幅和种德堂本、郑少垣本相同，1 幅和杨闽斋本相同，1 幅和汤宾尹本相同，其余 2 幅和其他版本都不同。
- 杨闽斋本插图：只有 1 幅和余评林本相同，1 幅和汤宾尹本相同，其余 4 幅和其他版本都不同。
- 汤宾尹本插图：1 幅和杨闽斋本相同，1 幅和余评林本相同，1 幅和其他版本都不同。
- 刘龙田本插图：4 幅全部和郑少垣本相同。

（4）第四则插图比对研究

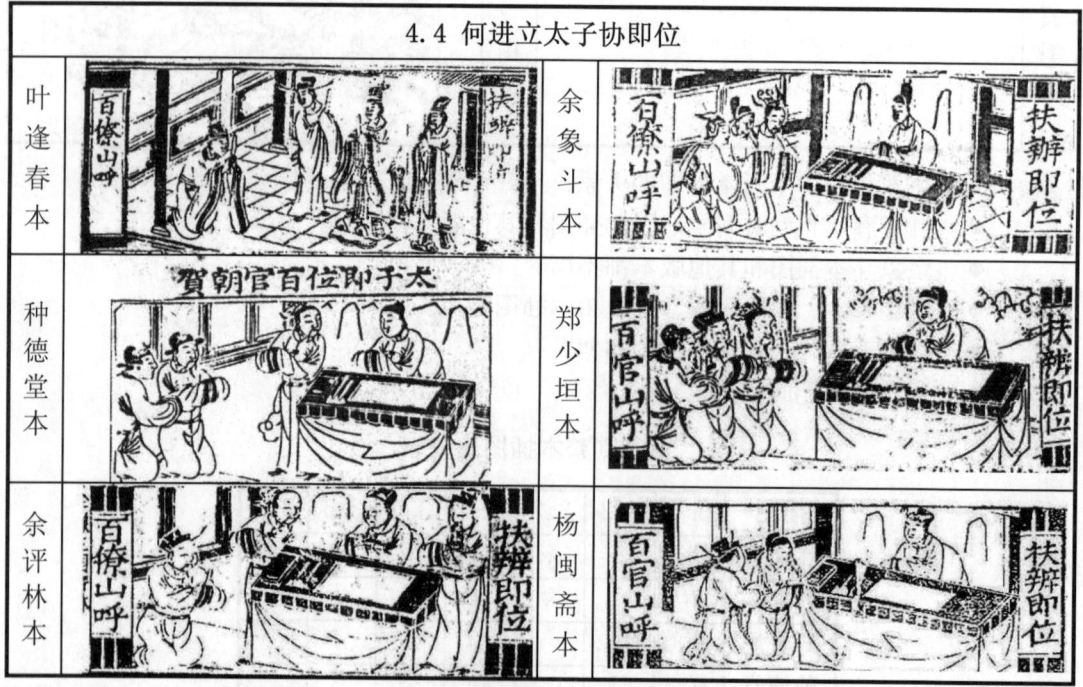

4.4 何进立太子协即位

第四则第 4 幅各个版本插图的关系：
- 叶逢春本刊刻时间早，因此插图和其他版本都不同。
- 余象斗本插图和其他版本相似，但也不同。
- 种德堂本、刘龙田本插图相同。
- 郑少垣本、杨闽斋本、汤宾尹本、余评林本插图都很特殊，和其他版本都不同。

第四则繁本插图比较表

插图	4.1	4.2	4.3	4.4	4.5	4.6	4.7	4.8
叶逢春	※	※		※	※	※	※	※
余象斗	◎	◎		◎	#	◎		○
郑少垣	◎	◎	◎	◎			◎	
余评林	◎	◎	◎	+	◎	◎	◎	○
汤宾尹			◎	◎		○	×	
杨闽斋	○			×	◎		◎	□
种德堂			◎	□		○	□	◎
刘龙田	◎	○		□		○		◎

第四则 8 幅插图总结：
- 叶逢春本插图：此本因为刊刻时间很早，因此插图和其他版本都不同。
- 其余 7 种版本插图：没有任何规律，各个版本插图差异很大。

（5）第五则插图比对研究

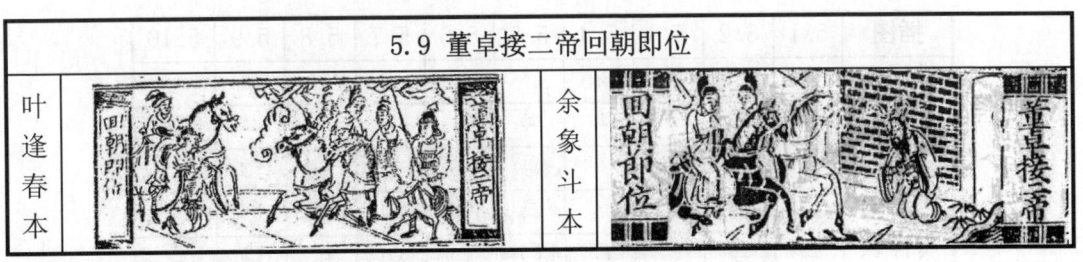

5.9 董卓接二帝回朝即位

种德堂本					郑少垣本					
余评林本					杨闽斋本					
汤宾尹本					刘龙田本					

第五则第9幅各个版本插图的关系：

- 叶逢春本刊刻时间早，因此插图和其他版本都不同。
- 余象斗本插图和其他版本都不同。
- 其他版本插图几乎都相似。
- 只有汤宾尹本插图背景略有不同。

第五则10幅插图总结：

- 叶逢春本插图：此本因为刊刻时间很早，因此插图和其他版本都不同。
- 余象斗本插图：只有1幅插图和叶逢春本相同，1幅和余评林本相同，其他插图和其他版本都不同。
- 种德堂本、郑少垣本插图：8幅完全相同。
- 其余版本插图都不同，没有规律。

第五则繁本插图比较表

插图	5.1	5.2	5.3	5.4	5.5	5.6	5.7	5.8	5.9	5.10
叶逢春	※	※	※	※		※	※		※	
余象斗	○	※		#	#	#	#		#	◎
郑少垣	◎	◎	◎		◎	◎	◎	◎	◎	
种德堂	◎	◎	◎		◎	◎	◎	◎	◎	
余评林	◎	○	◎		◎	○	○	◎	◎	◎
杨闽斋	◎	◎	□	◎		◎	◎	◎	◎	
刘龙田		○	◎		◎		◎		◎	
汤宾尹	□	○	◎		◎			□	◎	

（6）第六则插图比对研究

第六则第 4 幅各个版本插图的关系：
- 叶逢春本刊刻时间早，因此插图和其他版本都不同。
- 余象斗本、种德堂本、郑少垣本、汤宾尹本和刘龙田本 5 本插图基本相同。
- 杨闽斋本插图和其他 5 本相似，但此本吕布、李肃是站着，而其他 5 本是坐着。
- 余评林本插图和其他版本都不同。

第六则繁本插图比较表

插图	6.1	6.2	6.3	6.4	6.5	6.6	6.7	6.8
叶逢春	※	※	※	※		※	※	※
余象斗	#		◎	◎		#	#	
郑少垣	◎		◎	◎		◎	◎	◎
种德堂	◎		◎	◎		◎	◎	◎
余评林	○	○				◎	◎	◎
汤宾尹	□		◎	◎		◎		◎

第六则繁本插图比较表(续)

插图	6.1	6.2	6.3	6.4	6.5	6.6	6.7	6.8
刘龙田	◎		◎	◎		◎		◎
杨闽斋	×		◎	□	◎			○

第六则 8 幅插图总结:
- 叶逢春本插图:此本因为刊刻时间很早,因此插图和其他版本都不同。
- 余象斗本插图:有 2 幅和种德堂本、郑少垣本、汤宾尹本和刘龙田本相同,其余 3 幅和其他版本都不同。
- 种德堂本、郑少垣本插图:5 幅相同,只有 1 幅不同。
- 余评林本插图:3 幅和种德堂本相同,其余 3 幅和其他版本都不同。
- 杨闽斋本插图:1 幅和余象斗、种德堂本、郑少垣本、汤宾尹本和刘龙田本相同,其余 4 幅和其他版本都不同。
- 汤宾尹本和刘龙田本插图:4 幅相同,只 1 幅不同。

(7)第七则插图比对研究

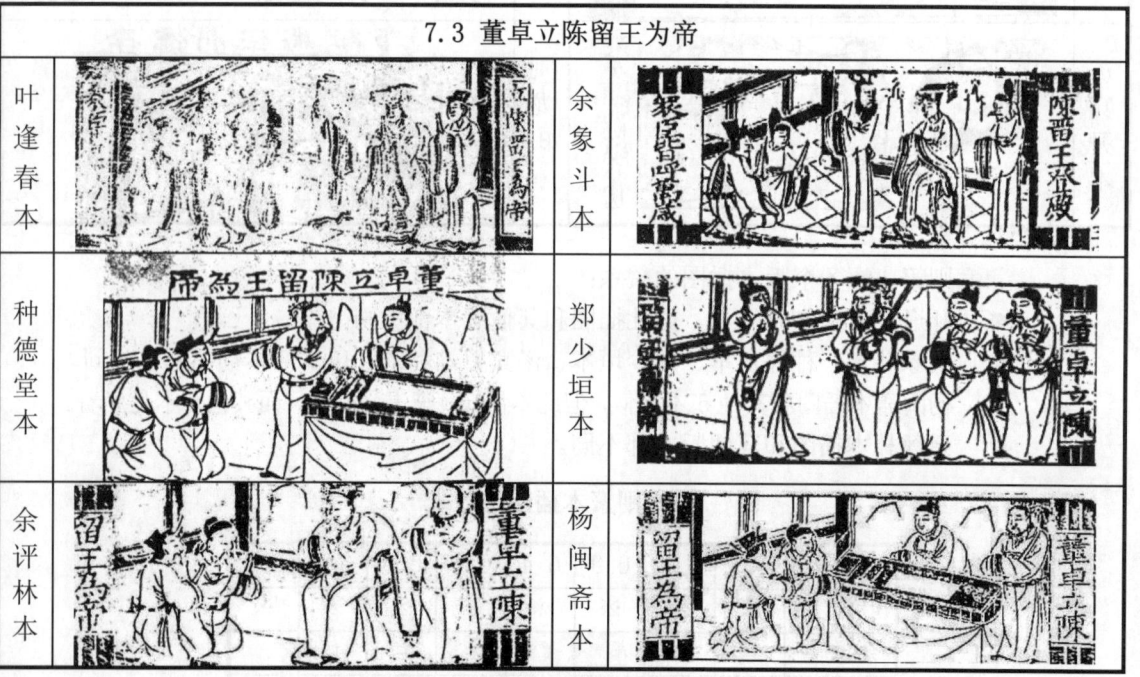

第七则第 3 幅各个版本插图的关系：
- 叶逢春本、余象斗本插图相似，和其他版本都不同。余象斗本是 6 种后期繁本中最早的刊本，因此和叶逢春本插图相似有一定道理。
- 种德堂本、汤宾尹本和刘龙田本插图十分相似。
- 郑少垣本插图和其他版本插图都不同。
- 杨闽斋本、余评林本插图相似。

第七则繁本插图比较表

插图	7.1	7.2	7.3	7.4	7.5	7.6	7.7	7.8
叶逢春	※		※	※	※	※	※	※
余象斗			※	#		#	#	#
郑少垣	◎		○	◎	◎	○		
刘龙田	◎		◎	◎		◎		◎
汤宾尹			◎	◎	◎		□	◎
种德堂	○		◎					◎
余评林		◎	□		○	◎	○	
杨闽斋	○	○	□		○	◎	○	

第七则 8 幅插图总结：
- 叶逢春本插图：此本因为刊刻时间很早，只有 1 幅插图和余象斗本相同，其他 6 幅插图都不同。
- 余象斗本插图：有 1 幅插图和叶逢春本相同，其他插图都不同。
- 种德堂本、汤宾尹本和刘龙田本 8 幅中有 3 幅相同。
- 余评林本、郑少垣本、汤宾尹本三种版本插图：没有任何规律，各个版本插图差异很大。

（8）繁本前 7 则插图相同版本统计和演化

总结前 7 则插图相似度，黑体字的插图基本相同，如下表：

前7则插图比较表

第1则	第2则	第3则	第4则	第5则	第6则	第7则
叶逢春	叶逢春	叶逢春	叶逢春	叶逢春	叶逢春	叶逢春
余象斗	余象斗	余象斗	余象斗	余象斗	余象斗	余象斗
郑少垣	郑少垣	郑少垣	郑少垣	郑少垣	郑少垣	郑少垣
种德堂	种德堂	种德堂	余评林	种德堂	种德堂	刘龙田
刘龙田	余评林	刘龙田	汤宾尹	余评林	余评林	汤宾尹
汤宾尹	杨闽斋	余评林	杨闽斋	杨闽斋	汤宾尹	种德堂
杨闽斋	刘龙田	杨闽斋	种德堂	刘龙田	刘龙田	余评林
余评林	汤宾尹	汤宾尹	刘龙田	汤宾尹	杨闽斋	杨闽斋

7则插图可明显分为以下几组：
- 叶逢春本：单独一组。
- 余象斗本：单独一组。
- 郑少垣本、种德堂本：基本一组，7则中有5则（1、2、3、5、6）接近。
- 杨闽斋本、余评林本：基本一组，7则中有5则（1、2、3、5、7）接近。
- 汤宾尹本、刘龙田本：基本一组，7则中有5则（1、2、5、6、7）接近。

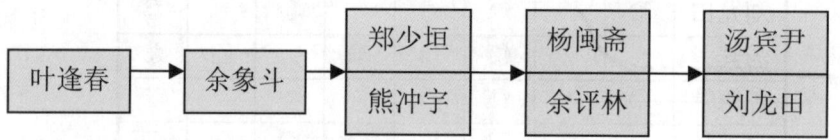

繁本演化顺序示意图

根据插图分析繁本相近的有以下5组：
- 最早的是叶逢春本。
- 其次是余象斗本。
- 郑少垣本和种德堂本插图接近，这和文字分析相同。
- 余评林本和杨闽斋本插图接近，这和文字分析不同，文字是余评林本和余象斗本接近，杨闽斋本和郑少垣本接近。
- 汤宾尹本和刘龙田本插图接近。汤宾尹本文字有很多修改，而刘龙田本文字是繁简混合本。

（9）繁本前7则插图相同数量统计

总结前7则插图规律：第一、二、三、六这4则各版本的插图有规律，而第四、五、七这3则的插图没有规律。

下面对前7则插图数量较多的38组中，插图相同的数量进行统计，由此可看出这38组插图的整体情况。

- 6幅和5幅插图相同各有7组，各占38组18.4%。
- 4幅插图相同有11组，占28.9%。
- 3幅插图相同有8组，占21.1%。
- 2幅插图相同有5组，占13.2%。

繁本前7则插图规律总结

则	第1则	第2则	第3则	第4则	第5则	第6则	第7则
规律	有	有	有	无	无	有	无

繁本插图相同数量统计表

序号	1	2	3	4	5	6	7	8	9	10	11	12
数量	6							5				
插图	4.2	6.4	1.2	6.3	1.3	2.3	5.9	7.4	2.4	6.6	6.8	1.7
叶逢春本	※	※	※	※	※	※	※	※	※	※	※	※
余象斗本	◎	◎	◎	◎	#	#	#	◎	#	○		
余评林本	◎	◎	#	◎	◎	◎	◎		◎	◎	◎	#
郑少垣本	◎	◎	◎	◎	◎	◎	◎	◎	◎	◎	◎	◎
种德堂本	◎	◎	◎	◎	◎	◎	◎	◎	◎	◎	◎	◎
杨闽斋本	◎	◎	◎	◎	◎	◎	◎	◎	◎	◎	○	◎
汤宾尹本	◎	◎	◎	◎	◎	◎	◎	◎	◎	◎	◎	◎
刘龙田本	○	◎	◎	◎	◎	◎	◎	◎	◎	◎	◎	◎

序号	13	14	15	16	17	18	19	20	21	22	23	24	25	26
数量	5	4												3
插图	4.1	7.5	7.6	8.1	2.2	3.1	5.1	5.2	8.2	1.1	5.3	5.7	7.9	1.5
叶逢春本	※	※	※	※	※	※	※	※	※	※	※	※		※
余象斗本	◎		◎	◎	#	#	○	※		#		#		#
余评林本	◎	◎	◎	◎	◎	◎	◎	◎	◎	○	○	○	○	○
郑少垣本	◎	◎	○	◎	◎	◎	◎	◎	◎	◎	◎	◎	◎	◎
种德堂本		◎		◎	◎	◎	◎	◎	◎	◎	◎	◎	◎	◎
杨闽斋本	○	◎	◎	□	◎	○	◎	◎	◎	◎	◎	□	◎	◎
汤宾尹本		◎		○			□	◎	◎	◎	◎	◎	◎	□
刘龙田本	◎	◎	◎	◎	□	◎	○	○	◎	◎	◎	◎	◎	◎

序号	27	28	29	30	31	32	33	34	35	36	37	38
数量	3							2				
插图	2.1	3.2	3.4	4.8	6.1	7.3	8.4	4.4	4.6	2.7	3.7	4.7
叶逢春本	※	※	※	※	※	※	※	※	※	※	※	※
余象斗本	#		#	○	#	※	○	◎	◎	#		
余评林本	◎	◎	○	○	○	×	◎	◎	◎	◎	◎	◎
郑少垣本	◎	◎	◎	◎	◎	□	◎	◎	○	○	◎	◎
种德堂本	◎	◎	◎	◎	◎			□	◎	◎	□	□
杨闽斋本	○	□		□	×	○		×		□	◎	◎
汤宾尹本	□	□			□	◎	◎		◎	◎		×
刘龙田本			◎	◎	◎	◎	◎	□	○	○		

（10）繁本文本、插图研究总结

- 叶逢春本：叶逢春本刊刻于嘉靖二十七年，是繁本刊刻时间最早的版本，因此文字、插图都基本和其他版本不同。

- 余象斗本：刊刻于万历二十年，是繁本中刊刻较早的，因此大部分插图和其他版本不同，只有个别插图和叶逢春本插图相同。

- 种德堂本、郑少垣本：现存种德堂本有"李卓吾校订"字样，因此应刊刻于万历二十年余象斗本之后。从文字分析和插图综合分析，种德堂本和郑少垣本都很接近，说明二本是密切关系。种德堂本是为和余象斗本竞争而复刻。郑少垣本刊刻于万历三十三年，种德堂本最后刊刻图书是万历三十九年，插图是种德堂本参考郑少垣本，还是郑少垣本参考种德堂本，难以判断。

- 余评林本和杨闽斋本：从文字分析，余评林本和余象斗本接近，杨闽斋本和郑少垣本接近。但插图分析，余评林本和杨闽斋本接近。余评林本和杨闽斋本分在两组，为何会出现插图接近现象？余评林本可能是为种德堂本竞争而刊刻，因为都是余象斗刊刻，余评林本文字肯定沿袭了余象斗本，这很自然。但余象斗本插图很粗糙，因此余评林本就另画。种德堂本刊刻时间在万历三十三年到三十八年之间，杨闽斋本刊刻于万历三十八年，是杨闽斋本插图参考了余评林本，还是相反，难以判别。

- 汤宾尹本和刘龙田本：汤宾尹本文字有很多修改，而刘龙田本文字是繁简混合本。而两本插图比较接近。这两本应该是繁本中的晚期版本，因此插图做了很多修改。

6. 种德堂本、余评林本、汤宾尹本研究

《三国演义》志传繁本 7 种中，种德堂本、余评林本和汤宾尹本有些问题需要专门研究。

（1）两种种德堂本

《三国演义》种德堂本据刘世德先生考证分为两种：先出为甲本，为熊冲宇所刻；乙本后出，是熊冲宇堂侄熊成建所刻。

种德堂和种德书堂都是福建书坊熊氏家族的书坊，种德堂书坊主人为熊成治，字冲宇，其长子熊飞有雄飞馆，曾刊刻英雄谱本，即三国、水浒合刻本。

种德书堂是熊冲宇胞哥熊成建所开书坊，曾刊刻《水浒传》种德堂书本，即插增乙本。

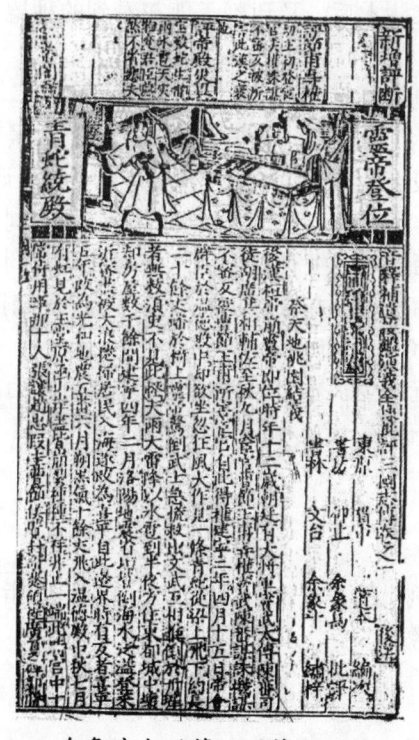

余象斗本（第一则第 1 面）

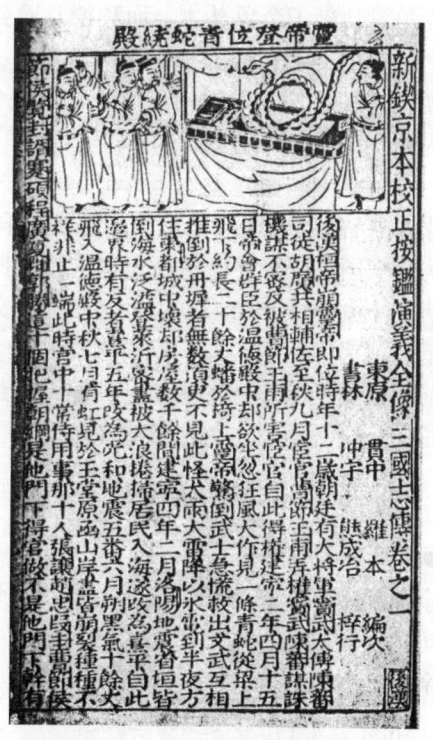

种德堂乙本（第一则第 1 面）

《三国演义》种德堂本即熊冲宇刊行版本，魏安认为现存种德堂本有"卓吾先生校订"，还有伪李贽序，因此是李卓吾评本问世后出版本，不是余象斗本序言所言的

"种德堂本",而是后刊的版本[①]。刘世德先生考证[②],此本分甲、乙两种,乙本是在甲本上增加了封面,题"刻卓吾先生订正三国志/金陵万卷楼藏版[③]",此处"卓吾先生订正"和新增李贽序均为后补的。但甲乙两本正文基本相同,因此刘世德先生认为:甲本应该就是余象斗本所题的"种德堂本"。现在看到的种德堂本是乙本。

余象斗本中序言《三国辨》中称在此前有数十家书坊刊刻《三国演义》,其中有全像插图只刘、郑、熊、黄4家,即爱日堂、宗文堂、种德堂、仁和堂,4家目前只存种德堂本。余象斗评价"种德堂其书板欠陋,字亦不好"。而现存种德堂本字和插图都比余象斗本更好。以两本第一则第1面比较,可以明显看出:余象斗本的字和插图都明显不如种德堂本,完全不是余象斗本所言"种德堂其书板欠陋,字亦不好"。而是相反,余象斗本"其书板欠陋,字亦不好"。

因此余象斗本序言所言的"种德堂本"不是现存的种德堂本,而是更老的版本。现存的种德堂本应该是重刻的版本。现存的种德堂本不是"甲本",而是"乙本"。

余象斗本和种德堂本是"一坊二刻"的两例。

余象斗本和种德堂本的演化应该是:在现存的余象斗本之前,有一个"书板欠陋,字亦不好"的种德堂本,即"甲本",但此本已经失传。余象斗本为了和种德堂本等版本竞争,刊刻了余象斗本。而种德堂看到余象斗本后,又刊刻了现在看到的种德堂乙本,乙本的文字和插图都有很大改进。

现存的种德堂乙本刊刻于何时?刘先生对此进行了考证。

因为种德堂乙本假托"李卓吾订正",而《三国演义》有很多李卓吾本,如吴观明本、绿荫堂本和藜光堂本等,但这些版本都没有刊刻时间。《水浒传》和《西游记》也有李卓吾评本,《水浒传》李卓吾评本刊刻于万历四十二年(1614年),因此刘先生认为《三国演义》种德堂乙本也应该在此之后。刘先生查种德堂本最迟的刊本刊刻于万历三十九年(1611年),而《三国演义》种德堂乙本既然也题署为种德堂刊刻,因此笔者认为,此本应该刊刻于万历三十九年(1611年)之前。

前面根据文字和插图分析,种德堂本最接近郑少垣本,因为郑少垣本刊刻于万历三十三年,则种德堂本就应该刊刻在万历三十三至三十九年之间。

(2) 余象斗本和余评林本

● "一坊二刻"

余象斗本和余评林本一般被称为"一坊二刻"的典型。所谓"一坊二刻"是指一个书坊二次刊刻同一本书。二书题署都有"余象斗"。

余象斗本题署为:

东原　贯中　罗道本　编次
书坊　仰止　余象乌　批评
书林　文台　余象斗　绣梓

[①] 魏安:《〈三国演义〉版本考》,上海古籍出版社1996年6月第1版,第41页。
[②] 刘世德:《〈三国志演义〉作者和版本考论》,中华书局2010年11月第1版,第164—176页。
[③] 金陵万卷楼为周曰校的书坊名,熊冲宇为福建建阳书坊,二者关系不明。

余评林本题署为：
　　晋　平阳　陈　寿　史传
　　闽　文台　余象斗　校梓
据此，一般认为二书都是余象斗所刊刻。但为何余象斗书坊要刊刻二次呢？
● 余象斗本和余评林本差异

余象斗本刊刻于万历二十年，是目前已知准确刊刻年代第二早的繁本，而余评林本刊刻时间不明，但一般认为其刊刻时间肯定晚于余象斗本。

余评林本文字接近余象斗本，余评林本肯定晚于余象斗本。如是"一坊二刻"，为何余象斗要二次刊刻工作量如此大的新版本？这对书坊似乎是完全不合算的，经济上似乎也没有任何价值。这其实是市场竞争的结果。

下面从文字差异和插图差异两方面分析。

文字差异：统计余象斗本和余评林本的相似度，前 20 则见下表，除个别则以外，都在 80%以上。其余各则也是如此。说明二本文字相似度极高。

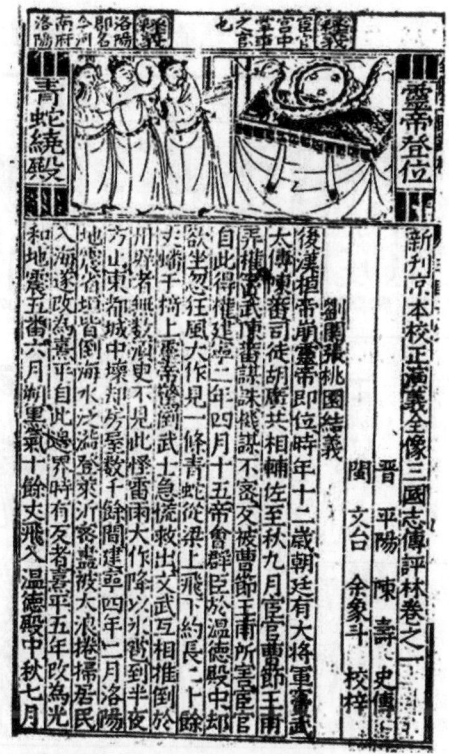

余评林本（第一则第 1 面）

余象斗本、余评林本前 20 则相似度统计（%）

则	1—2	3—4	5—6	7—8	9—10
相似度	84.2	74.2	82.2	85.0	84.4

则	11—12	13—14	15—16	17—18	19—20
相似度	80.0	85.6	84.8	83.3	85.6

插图差异：余象斗为了和他所谓"书板欠陋，字亦不好"的种德堂甲本等四种上图下文版本竞争，刊刻了余象斗本。而种德堂看到余象斗甲本后，又刊刻了现在看到的种德堂乙本，乙本可能主要在插图上有很大改进。余象斗看到改进的种德堂乙本确实比余象斗本更好后，为了和种德堂本竞争，就被迫再刊刻了余评林本，在插图上做了很大改进，如下图示，也不差于种德堂乙本。

余象斗本、种德堂本和余评林本插图比较

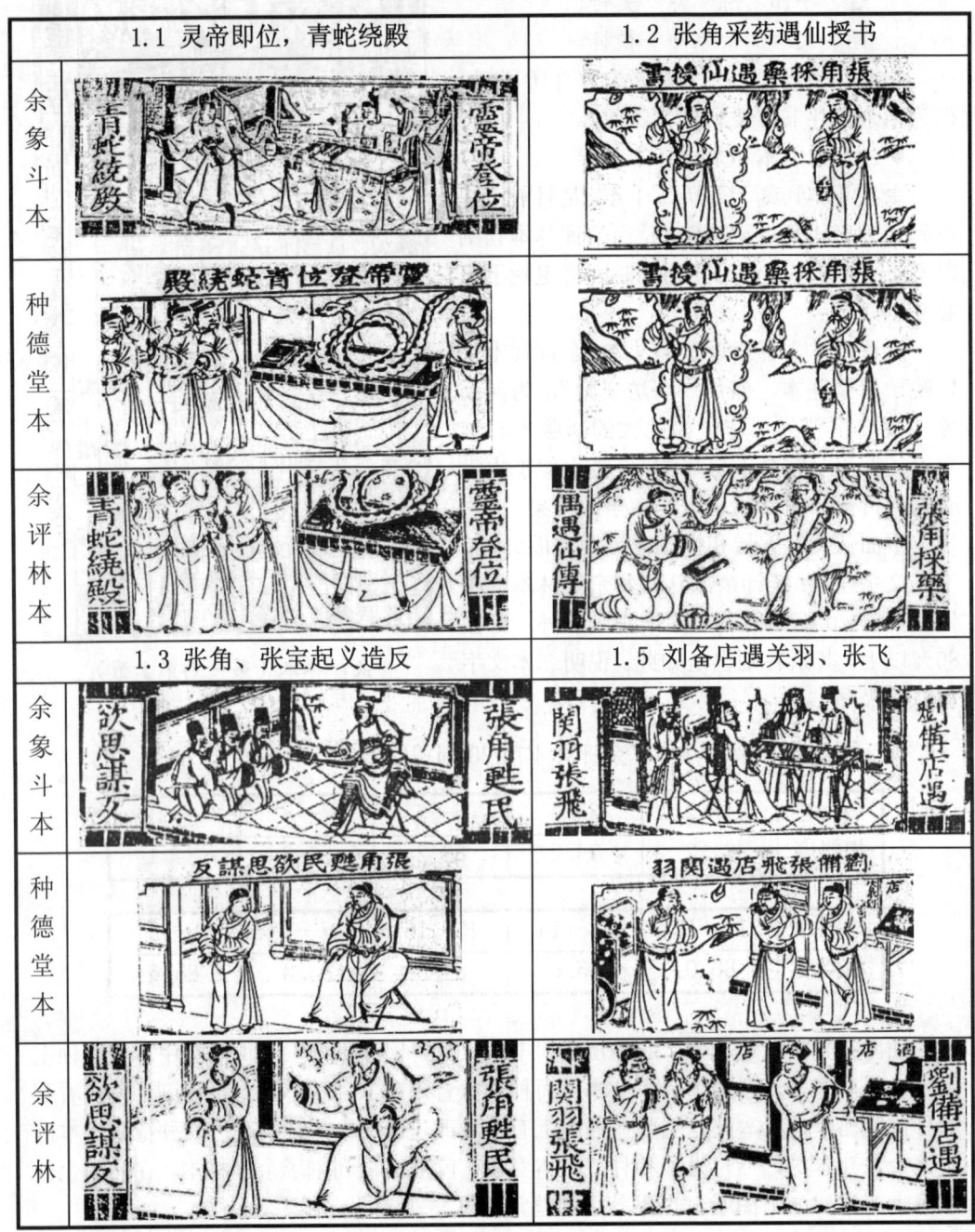

这样,余象斗和种德堂两组繁本的演化过程为:

种德堂甲本(万历二十年前)——余象斗本(万历二十年)——种德堂乙本(万历三十三至三十九年)——余评林本(万历三十三至三十九年之后)。

通过以上分析可以看出,余象斗本和种德堂本是"一坊二刻"市场竞争的典型案例。

(3) 汤宾尹本研究

7 种繁本除叶逢春本外 6 种版本之中,最特殊的是汤宾尹本,此本文字和其他繁本文字差异很大。

从前面相似度分析可以看出,现存文本其他繁本和叶逢春本相似度都在 70%以上,而只有汤宾尹本只有 58.83%。而前 2 卷文字其他繁本和叶逢春本相似度都在 80%以上,而只有汤宾尹本只有 49.57%。最低第二十九至三十则相似度只有 42.63%。最高的是第一百三十三至一百三十四则的 72.84%。说明汤宾尹本文字做了很大修改。

汤宾尹本插图比较复杂,部分接近种德堂和郑少垣本,没有明显规律。此本是繁本中的晚期版本,因此插图做了很多修改。

汤宾尹出生于安徽宣州,明万历二十三年(1595 年)榜眼及第,授翰林院编修,内外制书诏令多出其手,号称得体,常受到明神宗赞赏。万历三十四年,汤宾尹迁右春坊右中允,三十六年为左春坊左谕德,三十八年会试为同考官;后进南京国子监祭酒。时朝中结朋党之风极重,朝野文士多结为朋党,以东林党、宣党、昆党为最盛;各党均是己非人,互攻不止。宣党首领即为汤宾尹。汤宾尹好励人才,广收门徒,士子质疑问难殆无虚日;他在党局中树赤帜 20 年,世号之"汤宣城"。汤宾尹与督学御史熊廷弼友善,熊廷弼后任辽东经略,屡破后金,为一代儒将。万历三十九年(1611年)汤宾尹在与方植党争斗中失败罢归,宣党犹力庇之,明思宗崇祯初年(1628 年后)朝臣荐之起复,未及而卒。

汤宾尹本刊刻时间不明。考虑其书名《新刻汤学士校正按鉴演义全像通俗三国志传》,中有"汤学士",刊刻时间应该在万历二十三至三十八年汤宾尹任职翰林院期间,万历三十八年后任南京国子监祭酒,应称汤太史,不应称汤学士。

汤宾尹本原本只有中国国家图书馆收藏一套,前面还有破损。2005 年在黄山出现了明刊汤宾尹本《三国志传》两册,在嘉德 2005 年秋季拍卖会上公开拍卖,但因无人竞拍而流拍。2007 年金文京先生动员几位日本学者出资买下此本,又将其捐献给了中国国家图书馆,对此义举我实在佩服。经日本和中国学者仔细研究,发现两书个别文字和插图略有不同,证明这两书不是同一版。至于两书的关系,仅根据目前材料,还难以判别。另外,国图本卷 1 有破损,而黄山本这部分基本没有破损,可以弥补国图本之不足。本书上编"学人风采·金文京"一节中对此有介绍。

此本应该是冒用汤宾尹名义刊刻,应该在其被免职之前,即万历三十九年汤宾尹免职之前。

根据以上分析,种德堂乙本、余评林本、汤宾尹本刊刻时间如下:
- 种德堂乙本:刊刻时间在万历三十三至三十九年之间。
- 余评林本:为和种德堂乙本竞争,余象斗推出余评林本,应该在种德堂乙本之后,即万历三十三至三十九年之后。
- 汤宾尹本:刊刻时间应该在万历二十三至三十八年汤宾尹任职翰林院期间。

7. 繁本演化总结和现存问题

以上从文字和插图对《三国演义》"志传"类繁本进行了细致研究，繁本目前现存 7 种（外加繁简混合本刘龙田本），这 7 种版本之间的关系和演化基本清楚。但由于繁本是为下层文人阅读的版本，因此保存不好，7 种版本只是历史上几十种繁本中很少的一部分，要从这 7 种版本中彻底搞清楚这些版本之间的关系和演化还很困难。

（1）繁本演化的五组七阶段

1）五组

- 叶逢春本。
- 余象斗本、余评林本：都是余象斗所刻，余象斗本在前，余评林本在后。
- 种德堂本：种德堂曾刊刻甲乙两个个版本，现存的是复刻乙本，甲本不存。
- 郑少垣本、杨闽斋本：从文字、插图看应该属于一组。
- 汤宾尹本：汤宾尹本和繁本文字都不同，应该单独一组。

2）七个阶段

- 第一阶段是叶逢春本（嘉靖二十七年）。

叶逢春本刊刻于嘉靖二十七年，是目前现存最早的繁本。此本采用了上图下文形式，序言称此本是首次"加以图像"，因此在叶逢春本之前，应该还有无图的版本，但可惜没有流传下来。叶逢春本和后续版本在文字和插图上都有很大差异。

- 第二阶段是现存繁本的共同祖本。

叶逢春本文字和现存版本差异很大，因此叶逢春本肯定不是现存繁本的祖本。

现存除叶逢春本以外的 6 种繁本文字都极为接近，因此它们肯定有一共同祖本。此祖本对叶逢春本做了修改，应该刊刻于叶逢春本之后，余象斗本之前。

- 第三阶段是从繁本共同祖本到余象斗本之前的繁本初期阶段。

根据余象斗本序言称，在此本之前"坊间所梓《三国》，何止数十家矣。全像者，止刘、郑、熊、黄四姓"，包括爱日堂、宗文堂、种德堂、仁和堂。此四种上图下文本目前都已经失传（现存种德堂本为复刻的乙本）。因此从嘉靖二十七年（1548 年）叶逢春本到万历二十年（1592 年）余象斗本，其间相隔约 40 余年间，曾出现四种上图下文繁本。

- 第四阶段是余象斗本（万历二十年）。

现存余象斗本（万历二十年）是较早的有明确刊刻时间的版本，根据其序言所述，在此前有 4 个书坊曾刊刻上图下文本，其中他对爱日堂评价最高，因此余象斗本很可能以此本为底本。

- 第五阶段是郑少垣本（万历三十三年）、杨闽斋本（万历三十八年）。

这两本文字、插图都接近，肯定属于一组，它们可能是兄弟关系，至于其祖本是哪个版本目前无法判断。

- 第六阶段是余评林本、种德堂乙本，刊刻时间不明。

7 种繁本中有两个版本是同一书坊所刻，即余象斗本和余评林本，以及种德堂甲乙本。这 4 个版本的刊刻很可能是市场竞争所致，其过程如下：

种德堂甲本—余象斗本—种德堂乙本—余评林本。

- 第七阶段是汤宾尹本。汤宾尹本文字做了很大修改，可能是较晚的繁本，可能在万历二十三年至三十八年之间，具体时间无法判断了。

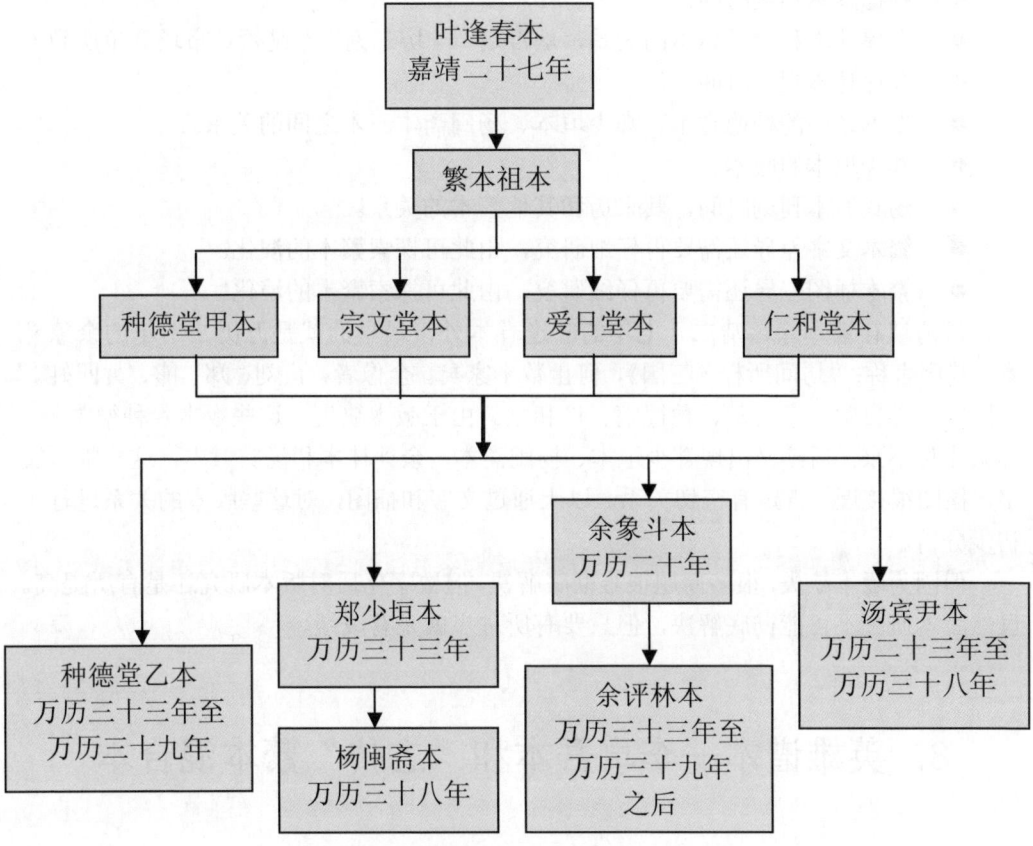

繁本刊刻时间示意图

这 6 种繁本都刊刻于万历年间，这是繁本刊刻兴旺时期。

此外，刘龙田本是繁简混合本，可视为介于繁本和简本之间的过渡版本。

到目前为止看到的繁本都刊刻于明代嘉靖、万历年间，而简本"志传"小系列黄正甫本刊刻于天启三年（1623 年），简本"英雄志传"小系列最早的是明崇祯年间刘兴我本和刘荣吾本，美玉堂本、郑乔林本、继志堂本等都刊刻于清代，因此繁本在简本出现后就逐渐退出了市场，到清代就是简本的天下了。

（2）繁本研究目前存在的问题和前途

目前繁本还有一些问题待解。
- 叶逢春本前无插图的繁本最早版本目前未见。
- 叶逢春本之后现存繁本的共同祖本目前未见。
- 余象斗本序言称，在此本之前上图下文的刘、郑、熊、黄四姓，即爱日堂、宗文堂、种德堂、仁和堂未见。
- 余象斗本序言称的"种德堂"本是否就是现存的种德堂本？
- 种德堂本刊刻时间。
- 余象斗本和余评林本的关系，是否是"一坊二刻"？是否是市场竞争所致？
- 余评林本刊刻时间。
- 繁本之中的种德堂本、郑少垣本、杨闽斋本三本之间的关系。
- 郑少垣本的底本。
- 汤宾尹本刊刻时间，其来历和其他繁本的关系。
- 繁本文字差异还需要再仔细研究，由此可探索繁本的演化。
- 繁本插图差异还需要再仔细研究，由此可探索繁本的演化。

目前现存繁本除嘉靖二十七年的叶逢春本外，最早的就是万历二十年的余象斗本，其序言称："坊间所梓《三国》，何止数十家矣。全像者，止刘、郑、熊、黄四姓。"这四家即爱日堂、宗文堂、种德堂、仁和堂。由于版本缺失，这些版本除种德堂外，都未流传下来。后续又出现郑少垣本、杨闽斋本、余评林本和汤宾尹本，这些版本文字、插图很接近，肯定有密切关系。以上通过文字和插图，对这些版本的关系进行了初步分析。

但因为版本缺失，很多问题很难彻底解决，但数字化后对版本研究还是有所提高。虽然版本研究不可能彻底解决，但只要有所进步就是有成绩。

8. 英雄谱本—李卓吾本和"志传"繁本混合本

"英雄谱本"是《三国》《水浒传》合刻本，上栏是《水浒传》，下栏是《三国》，这样读者买一本书实际同时买了两本书，很划算，看出书商的用心。

中川谕先生对此本有深入研究，最后结论是：
- 此本是"演义"系列本李卓吾本中吴观明本和"志传"繁本郑少垣本的混合本。
- 此本大部分文字都采用了李卓吾本，只有卷一、三、五、九、十五少数几页和卷二十的全部，采用了郑少垣本。
- 为何此本要如此复杂地采用两种底本，中川先生认为是：编者先挑选了一个

"演义"系列版本,但此本不完整,有脱卷和脱页。于是又选了一个"志传"系列繁本,但此本也不完整,因此只好互补编成此本。

英雄谱本刊刻者为熊飞,其父也是著名书商熊冲宇,曾刊刻《三国演义》种德堂本。但此本文字和种德堂不同,熊飞为何不采用父亲熊冲宇本为底本不明。

我用计算机对英雄谱本、李卓吾本中的吴观明本和郑少垣本三个版本进行了比对研究。研究分两步,第一先用计算机宏观计算三本文字的相似度,第二再用计算机微观逐字进行比对。由于篇幅原因本文不可能仔细分析过程,只介绍分析结论。

(1) 英雄谱本主要依据李卓吾本

这点十分明显,因为英雄谱本题署中明确写明"明温陵李载贽批点"。

但要注意,二十卷并不是每卷题署都有此记录,只有单数卷,即卷一、三、五、七、九、十一、十三、十五、十七、十九卷题署有此记录,而双数卷,即卷二、四、六、八、十、十二、十四、十六、十八、二十卷无此记录。另外,第十七卷此记录只有"批点"二字,前面"明温陵李载贽"空白,可能是底本缺此几个字。为何有单双数差异?仔细分析字迹可以看出,这是因为此本是两个抄手所抄。单数卷一个抄手,双数卷一个抄手。为何双数卷没有抄此题署?一个可能是抄手疏忽,一个可能是李卓吾底本本来就如此。

(2) 英雄谱本采用二十卷

这是因为英雄谱本上栏是《水浒传》,而《水浒传》是一百二十回二十卷,《三国演义》李卓吾本不分卷一百二十回,英雄谱本为了和《水浒传》分卷一致,《三国演义》也采用了《水浒传》的二十卷,12 回为 1 卷,即和《三国演义》郑少垣本二十卷一致。

(3) 十八路诸侯问题同郑少垣本

英雄谱本有些文字明显和李卓吾本不同,和郑少垣本相同。如第九回十八路诸侯讨董卓中,第二、三路诸侯的顺序,英雄谱本和李卓吾本不同,却和郑少垣本相同。李卓吾本第二路诸侯是冀州刺史韩馥,第三路是豫州刺史孔伷,而英雄谱本却和郑少垣本一样,顺序相反,第二路是孔伷,第三路是韩馥,其他"志传"繁本都和郑少垣本相同。

为何此处会出现顺序颠倒?查李卓吾本,第二路韩馥是在这一页最后一行,而孔伷是在下一页第 1 行,因此不会出现抄写者看错行问题。英雄谱本抄写者特意根据郑少垣本修改顺序也似乎毫无必要。

查第九回文字,英雄谱本文字基本和李卓吾本相同,但也有些文字和郑少垣本相同。对此目前很难解释。

（4）"花关索"故事同郑少垣本

英雄谱本第五十三回文字明显主要依据李卓吾本，但却出现了李卓吾本没有、郑少垣本中出现的"花关索"故事。很可能是英雄谱本编者看中了"花关索"故事，就根据郑少垣本插入了英雄谱本，本来李卓吾本是没有的。编者手中肯定有郑少垣本（第十五、二十卷主要依据郑少垣本），李卓吾本第五十三回的回目应该是"黄忠魏延献长沙"，而郑少垣本第五十三回的回目是"关索荆州认父"，英雄谱本将此回目也改为"花关索荆州认父"。

英雄谱本之所以插入花关索故事，是因为此故事很突出，郑少垣本回目中也点名"关索荆州认父"，整理者认为花关索故事还是很重要，因此就照郑少垣本插入了花关索故事。

但要注意，英雄谱本只是在第五十三回开始，参照郑少垣本插入了花关索故事，其实郑少垣本在此之后，还有3处描写花关索，但英雄谱本整理者没有注意，没有抄录这3处文字。这也说明，英雄谱本花关索故事确实来自郑少垣本。

（5）两卷采用郑少垣本

英雄谱本的底本主要是李卓吾本，本人用计算机对三本文字相似度按照一百二十回计算，大部分英雄谱本是接近李卓吾本，但二十卷中有完整两卷文字接近郑少垣本：

- 二十卷的第十五卷，第八十五至九十回；
- 二十卷的第二十卷，第一百十五至一百二十回。

请注意，这刚好是完整的两卷与郑少垣本相同，按照前面分析此书由两人抄写，这两卷刚好分别是两人抄写的。

由此可以认为，这两卷之所以采用郑少垣本，就是由于抄写的缘故。因为此本分两人抄写，每人各先持李卓吾本的一册开始抄。但单数抄手抄完第十三卷要抄第十五卷时，底本刚好在另一双数抄手手中但未抄完。如等此抄手抄完又耽误时间，为不耽误抄写时间，书商就把第十五卷换成郑少垣本让单数抄手抄写。第二十卷也是同样原因，不过发生在另一个双数抄手身上。

（6）英雄谱本少数文字同郑少垣本

英雄谱本题署标明来自李卓吾本，其整体文字也确实和李卓吾本接近，但仍有少数文字不同于李卓吾本，却接近郑少垣本。除上述文字差异外，其中第一回前4页中有的文字与李卓吾本相同，但有些文字却又和郑少垣本相同。为何英雄谱本会出现这种情况目前还难以判别。

为何英雄谱本要采用两种底本？中川先生认为是李卓吾本有缺卷（第二十四卷）和缺页，郑少垣本也有缺卷和缺页，这样整理者不得已采用两本。

对此我有不同看法。李卓吾本在当时并不是稀缺版本，即便一本有缺损，再找一本也应该不难。至于郑少垣本可能市场上比李卓吾本略少，但也肯定不是稀缺版本。因此认为是底本不完整的说法，我觉得不太可能。

对于第十五、二十卷采用郑少垣本，用抄写中底本周转不开解释，比"底本"不全的解释更为合理。

（7）其他情节同李卓吾本

李卓吾本还有很多情节和郑少垣本不同，如第七十四回庞德战关羽中"伍伯"，第七十七回关羽之死描写，第八十七回"诸葛亮一擒孟获"中"关索"等，这些情节英雄谱本都和李卓吾本相同，而和郑少垣本不同。

总之，英雄谱本主要是以李卓吾本为底本，部分文字改为以郑少垣本为底本。有些情况，如花关索、第十五卷、第二十卷，可以解释，但英雄谱本还有很多文字不同于郑少垣本，而和李卓吾本相同，目前还无法解释为何会出现如此复杂情况。

（四）"志传"简本"志传"小系列研究

1. 简本"志传"小系列版本概述

（1）"志传"小系列版本简介

《三国演义》版本分为"演义"系列和"志传"系列两大类。"志传"系列又分为"繁本"和"简本"两类。"简本"中又可再分为"志传"小系列和"英雄志传"小系列两种。

简本"志传"小系列目前一共有8种版本。

1）诚德堂本（熊清波本）

书名《新刻京本补遗通俗三国全传》，二十卷二百四十则，题署"东原 罗本 贯中 编次/书林 诚德堂熊清波 锓行"，万历二十四年（1596年）刊行。每三四页一幅上图下文插图，无图页14行每行28字，有图页14行19字，插图标题在插图上方。

台北故宫博物院和日本御茶之水图书馆篑堂文库藏。魏安、中川谕先生皆有著录[①]。

"志传"小系列版本信息

	版本名	堂号	刊刻者	存卷	存则	插图	藏地
1	诚德堂本	诚德堂	熊清波	20	1—240	几页通栏上图下文	台北故宫博物院等
2	九州本		朱鼎臣	1,6,8,10	1—12,61—72 84—100 109—120	几页通栏上图下文	日本九州大学
3	黄正甫本		黄正甫	20	1—240	通栏上图下文	中国国家图书馆
4	刘龙田本	乔山堂	刘龙田	20	1—240	嵌图上图下文	英国牛津大学
5	朱鼎臣本		朱鼎臣	20	1—240	嵌图上图下文	美国哈佛大学 英国伦敦博物馆
6	忠正堂本	忠正堂	熊佛贵	1—5 11—20	1—60 121—240	每两页合图上图下文	日本叡山文库
7	天理图本			20	1—240	每两页合图上图下文	日本天理大学
8	费守斋本	与畊堂	费守斋	1—6 11—20	1—70 121—240	每两页合图上图下文	日本东北大学

2）九州本

卷一书名《考订按鉴通俗演义三国志传》（卷六以后缺"按鉴"二字），二十卷，但只存卷一、六、八、十。卷一题署有三行字，但由于第一页缺损，只看到：第一行："东原"，第二行"古临"，第三行"三建 书"。基本每则有一幅插图，每卷插图8、10幅不等。插图方式和诚德堂本类似，即几页一幅通栏上图下文插图，标题在插图两侧。日本九州大学藏。魏安、中川谕先生未著录。

3）黄正甫本

书名《新刻考订按鉴通俗演义全像三国志传》，二十卷全，题署"书林 黄正甫 梓行"，有天启三年（1623年）序，估计刊刻于此年。上图下文，嵌图式插图，标题

[①] 魏安：《〈三国演义〉版本考》，上海古籍出版社1996年6月第1版，第44—49页。中川谕：《〈三国志演义〉版本研究》，上海古籍出版社2010年第1版，第20—22页。

在插图上方，插图两边各 2 行，每行 34 字，插图下 11 行每行 26 字。中国国家图书馆藏。魏安、中川谕先生皆有著录。

4）刘龙田本（乔山堂本）

书名《新锲全像大字通俗演义三国志传》，二十卷全，题署"书林 乔山堂 梓行"，牌记"闽书林乔山堂梓行"，上图下文，嵌图式插图，标题在插图上方，插图两边各 1 行，每行 35 字，插图下 13 行每行 25 字。繁简混合本。魏安、中川谕先生皆有著录。刘龙田本有万历"屠维"序，"屠维"即天干中的"己"，所以可能为万历己亥（万历二十七年）、万历己酉（万历三十七年）或万历己未（万历四十七年）。刘龙田本前 8 卷为繁简混合本，插图和郑少垣本基本相同。郑少垣本刊刻于万历三十三年，因此刘龙田本不可能在郑少垣本万历三十三年之前的万历二十七年。刘龙田本是繁简混合本，万历四十七年太晚也不可能，所以此序在万历三十七年可能性较大。

另有笈邮斋本，因为和刘龙田本同版，可能是乔山堂把版木转给笈邮斋，笈邮斋挖改了封面和书坊名重印，因此不单列。

5）朱鼎臣本

卷一书名《新刻音释旁训评林演义三国志史传》，卷二以后书名中的"三国志史传"改"三国志传"，二十卷全，卷十三题署"古临 冲怀 朱鼎臣 辑"，十四卷题署"羊城 冲怀 朱鼎臣 编辑"，书坊名只存"书名（空格）梓"，似被挖去。上图下文，嵌图式插图，标题在插图上方，插图两边各 1 行，每行 32 字，插图下 12 行每行 24 字。美国哈佛大学燕京图书馆、英国伦敦博物馆图书馆藏。魏安、中川谕先生皆有著录。

6）忠正堂本（熊佛贵本）

卷一书名《新锲音释评本演义合相三国志史传》，卷二以后书名改"三国志传"，二十卷，卷六至十缺，题署"翰林 九我 李廷机 校正/书林 东涧 熊佛贵 梓行"，万历三十一年（1603 年）刊行。上图下文，插图在两页中间，即"合像"，插图两边 7 行，每行 30 字，插图下 7 行每行 20 字。正文和插图上有评语。日本叡山文库藏。魏安、中川谕先生皆有著录。

7）天理图本

书名《新刻京本按鉴演义合像三国志传》，二十卷全，但卷首、卷一第 1 叶、卷二十第 22 叶以后缺，出版刊刻者不详。上图下文，插图在两页中间，即"合像"，插图两边 7 行，每行 32 字，插图下 8 行每行 22 字。日本天理大学图书馆藏。魏安、中川谕先生皆有著录。

8）费守斋本（与畊堂本）

卷一书名《新刻京本全像演义三国志传》，二十卷，卷七至十缺，题署"云间 木天馆张瀛海 阅/书林 与畊堂 费守斋 梓"，万历四十八年（1620 年）刊行。上图下文，插图在两页中间，即"合像"，插图两边 7 行，每行 33 字，插图下 7 行每行 23 字。日本东北大学藏，矶部璋先生 2008 年在日本东北大学影印出版。魏安先生未著录。中川谕先生曾做初步研究。[①]

（2）"志传"小系列版本保存情况

这 8 种版本中有 5 个版本是全本，即诚德堂本、黄正甫本、刘龙田本、朱鼎臣本和天理图本。有 3 个版本是残本，九州本存卷一、六、八、十，忠正堂本存卷一至五、十一至二十，费守斋本存卷一至六、十一至二十。

8 个版本中按卷统计，都完整的只有卷一。九州本缺卷二至五、卷七、卷九、卷十一至二十，忠正堂本缺卷六至十，费守斋本缺卷七至十。

另外，有些版本还缺个别则，如黄正甫本卷全，但缺第一百五十六则大部分，其他几则也有缺文。

"志传"小系列 8 个版本现存情况

卷	1	2	3	4	5	6	7	8	9	10	11	12	13	14	15	16	17	18	19	20
诚德堂本	1—20																			
九州本本	1					6		8		10										
黄正甫本	1—20																			
天理图本	1—20																			
忠正堂本	1—5										11—20									
费守斋本	1—6										11—20									
刘龙田本	1—20																			
朱鼎臣本	1—20																			

刘龙田本虽然完整，但是繁简混合本，只有卷三第三十至三十六则和卷九至二十是简本，其他有些是混合本，有些是繁本。比对时必须繁简分开比对。

刘龙田本繁简文字统计表

卷	1				2		3		4—8	9—20
则	1	2—5	6	7—12	13—24	25—28	29	30—36	37—96	97—240
则数	1	4	1	4	6	7	1	7	60	144
文本	混合	简本	混合	繁本	繁本删节		混合	简本	繁本	简本

因此要同时比对 8 个版本只有卷一，其他各卷比对都不完整，无法完整比对很可惜。

另外，需要说明，版本研究最好是数字化后进行数字化比对，就可以很快分析各种版本之间的关系。"志传"小系列的 7 个版本都已经数字化，比对很容易。但九州本目前只卷一完成数字化，因此比对分析有一定局限性。

---

① 中川谕：《〈三国志演义〉版本研究》，上海古籍出版社 2010 年 8 月第 1 版，第 229—234 页。

(3)"志传"小系列版本刊刻时间

"志传"小系列 8 个版本刊刻时间可分三类。

"志传"小系列 8 个版本的刊刻时间

版本	诚德堂本	忠正堂本	刘龙田本	朱鼎臣本	费守斋本	黄正甫本	天理图本	九州本
年号	万历二十四年	万历三十一年	万历三十七年	万历	万历四十八年	天启三年	?	?
公元	1596	1603	1609		1620	1623	?	?

```
     1595年    1600年    1605年    1610年    1615年    1620年    1625年
      1596              1603年                           1620年 1623年
     诚德堂             忠正堂                           费守斋 黄正甫
```

"志传"系列版本刊刻时间示意图

第一,有刊刻时间的两种早期版本。
- 诚德堂本万历二十四年(1596 年),是目前已知刊刻时间最早。
- 忠正堂本万历三十一年(1603 年)。

第二,有刊刻时间的两种晚期刊本。
- 费守斋本万历四十八年(1620 年)。
- 黄正甫本天启七年(1623 年),8 种版本中最晚的版本,比最早的诚德堂本晚 27 年。

第三,未知刊刻时间四种:
- 刘龙田本:可能刊刻于万历二十七年(1599 年)、万历三十七年(1619 年)或万历四十七年(1629 年),根据其插图和万历三十三年郑少垣本相同,此本是繁简混合本,因此刊刻于万历三十七年可能性大。
- 朱鼎臣本:约刊刻于万历年间。
- 九州本:和诚德堂本、黄正甫本同属一组,刊刻时间可能在两本之间。
- 天理图本:可能晚于忠正堂本,与费守斋本接近。

下面分三部分研究以上 8 种"志传"小系列版本。

2. 简本"志传"系列文字差异分析

(1) "志传"小系列 8 种版本文本分析方法

文本分析方法是对文本进行比对，然后分析文字差异。
- 个别文字不同意义不大，因为无法判别是哪个版本文字做了修订，很难判别先后。
- 主要查大段文字缺失。
- 有大段文字缺失的版本一般后出，文字不脱版本一般在前。
- 如文字缺失版本在前，后出的版本必须根据其他版本增补这些文字，是非常困难的。
- 有相同文字缺失的版本属于同一类。
- 两版本互有文字缺失，即都有不同的文字缺失，最大可能是兄弟关系，即它们有共同的祖本。
- 版本比对可以比对两个版本，也可同时比对多个版本。
- 两版本比对可以清楚看出两版本文字差异。
- 只比对两个版本虽然可清楚看出两版本差异，但和其他版本差异不知，对版本关系研究不利。
- 多版本比对可以看出多个版本文字差异，便于分析版本之间关系。
- 因此要综合比对，两本比对和多版本比对交叉进行。
- 可先多版本比对，找出各版本文字大致差异，再仔细比对两个版本的文字差异。
- 也可先比对两个版本，找到差异，再做多版本比对，看各个版本之间关系。

(2) "志传"小系列 8 种版本文本差异分类

8 种"志传"小系列版本文字分析分为 4 部分。
- 首先根据文字差异将 8 种版本分为 3 组。
- 对 3 组版本内部版本关系做分析。
- 然后再根据第九十六、一百则两个大段文字缺失，分为两组。
- 根据这两种差异对 8 种版本演化做综合分析。

下面先根据 2 例的文字差异对 8 种版本进行分组。

注：诚（诚德堂本）、九（九州本）、黄（黄正甫本）、忠（忠正堂本）、费（费守斋本）、天（天理图本）、朱（朱鼎臣本）、龙（刘龙田本）。

例 1. 卷一第五则"董卓议立陈留王"（8 种）

诚：	庄跪进饮食二帝隐于庄上	关贡赶拿	段珪问	天子何在珪言半路弃之不
九：	庄跪进饮食二帝隐于庄上	关贡赶拿	段珪问	天子何在珪言半路弃之不
黄：	庄跪进饮食二帝隐于庄上	关贡赶拿	珪问	天子何在珪言半路弃之不
费：	庄跪进饮食	却说关贡	拿住段珪问	天子何在珪言半路弃之不
天：	庄跪进饮食	却说关贡	拿住段珪问	天子何在珪言半路弃之不
忠：	庄跪进饮食	关贡	拿 段珪问	天子何在珪言半路弃之不
朱：	庄	关贡	拿住段珪问帝	何在珪言半路弃之不
龙：	庄	关贡	拿住段珪问帝	何在珪言半路弃之不

例 2. 卷十一第一百二十四则"黄忠魏延大争功"（7 种，九州本缺）

诚：	军士　三更造饭　三更便行			要到邓贤寨	
黄：	军士　三更造饭四　更便行			要到邓贤寨	
费：	军士二　更造饭　三更	结束比及天	明	要到邓贤寨前原来两个	
天：	军士二　更造饭　三更	结束比及天	明	要到邓贤寨前原来两个	
忠：	军士二　更造饭　三更		要行平明便　到邓贤寨		
龙：	军士二　更造饭　三更	结束	起　行平明	要到邓贤寨	原来两个
朱：	军士二　更造饭　三更	结束	起　行平明	要到邓贤寨	原来两个

诚：	边黄忠打冷苞寨魏延攻　邓贤寨	远
黄：	边黄忠打冷苞寨魏延攻　邓贤寨	
费：	分定　黄忠打冷苞寨魏延　打邓贤寨	
天：	分定　黄忠打冷苞寨魏延　打邓贤寨	
忠：	黄忠打冷苞寨魏延攻　邓贤寨	
龙：	分定　黄忠打冷苞寨魏延　打邓贤寨黄魏二人的寨俱在涪城外屯札相隔六七里远	
朱：	分定　黄忠打冷苞寨魏延　打邓贤寨黄魏二人的寨俱在涪城外屯札相隔六七里远	

诚：	有　金鼓之声皆不听得当夜魏延交　军士悄悄　将饭饱食	卷
黄：	有　金鼓之声皆不听得当夜魏延　令军士	饱食　掩
费：	当夜魏延　令军士　将饭饱食	卷
天：	当夜魏延　令军士　将饭饱食	卷
忠：	当夜魏延　令军士　将饭饱食	卷
龙：	不闻金鼓之声　当夜魏延　令军士悄　地将饭饱　吃马摘铃人对枚卷	
朱：	不闻金鼓之声　当夜魏延　令军士悄　地将饭饱食　马摘铃人衔枚卷	

诚：	旗	劫寨三更前到	半路魏延马上寻思只去打邓贤
黄：	旗息鼓	劫寨三更前到	半路魏延马上寻思只去打邓贤

费：	旗息鼓卸马摘铃悄地劫寨三更前到		半路魏延马上寻思只去打邓贤
天：	旗息鼓 马摘铃悄地劫寨三更前到		半路魏延马上寻思只去打邓贤
忠：	旗息鼓 马摘铃悄地劫寨三更前到		半路魏延马上寻思只去打邓贤
龙：	旗息鼓	三更	离寨行至半路魏延马上寻思只去打邓贤
朱：	旗息鼓	三更	离寨行至半路魏延马上寻思只去打邓贤

由此2例明显看出，8种版本分为3组：
- 第1组3本：诚德堂本、九州本、黄正甫本。
- 第2组3本：天理图本、费守斋本、忠正堂本。
- 第3组两本：刘龙田本、朱鼎臣本。

这和中川谕先生的分析基本一致[①]。

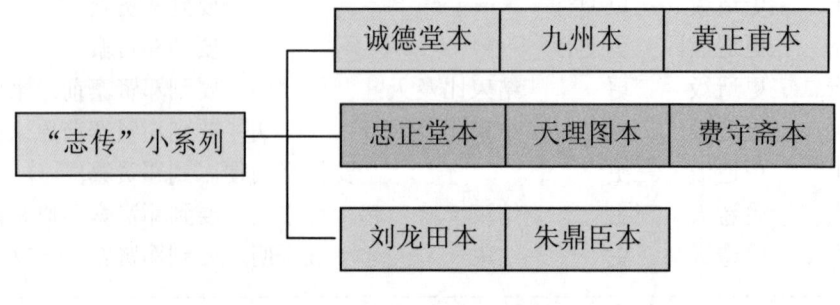

"志传"小系列分类示意图

3. 简本"志传"系列3组内版本关系分析

如前所述，简本"志传"小系列可分为3组，下面分析每组内各个版本之间的关系。主要还是利用文字比对，找出各个版本文字差异，特别注意文字缺失，因为文字缺失的版本一般肯定是后出的版本。

（1）"志传"小系列版本关系之一：诚德堂本、九州本和黄正甫本关系

根据文字整体差异，诚德堂本、九州本和黄正甫本属于一组，下面分析这组中3本之间的文字差异如何，3本是什么关系。

---

① 中川谕：《〈三国志演义〉版本研究》，上海古籍出版社2010年8月第1版，第190-234页。

1）诚德堂本、九州本关系

根据中川谕先生分析，九州本最接近诚德堂本，和黄正甫本不同。但九州本和诚德堂本到底是什么关系？是兄弟关系，有共同祖本，还是父子关系，一本是另一本的底本？要仔细对比文字，进行分析。

诚德堂本、九州本和黄正甫本3版本是一组，但如果只比对这3种版本有时会有错误，为此再和第3组刘龙田本、朱鼎臣本一起比对。

九州本只有4卷，即卷一、四、六、十，因此只能比对这4卷。

诚德堂本、九州本文字差异有4种情况。

- 九州本缺失，约32处。
- 九州本增补，约13处。
- 诚德堂本缺失，约5处。
- 诚德堂本增补，约1处。

第一种情况是九州本文字缺失，黄正甫本也基本相同缺失，而诚德堂本、刘龙田本、朱鼎臣本文字不缺。合计约有32处。

例1．第六十四则"曹操决水淹冀州"

诚：	琅琊卞氏所生	卞氏本娼家也曹操纳为妻后生此子打破冀州	曹丕	随
九：	卞氏所生随父		打破冀州	不
黄：	卞氏所生随父		打 冀州	不
龙：	琅琊卞氏所生	卞氏本娼家也曹操纳为妻后生此子打破冀州时曹		不随父
朱：	琅琊卞氏所生	卞氏本娼家也曹操纳为妻后生此子打破冀州	曹	

类似例子多达32处，是4种文字差异中最多的，不再一一举例。

第二种情况是九州本文字增补，黄正甫本也增补，而诚德堂本、刘龙田本和朱鼎臣本文字不增补。合计有13处，也比较多。

例2．第七十一则"徐庶定计取樊城"

诚：	玄德曰昔		备在水镜庄上
九：	备　曰	莫非水镜先生所言伏龙凤雏乎庶曰　是也	备在水镜庄上
黄：	玄德曰	莫非水镜先生所言伏龙凤雏乎庶曰然　也玄德曰	备在水镜庄上
龙：	玄德曰昔		备在水镜庄上
朱：	玄德曰昔日		在水镜庄上

第三种情况是诚德堂本文字缺失，而九州本、黄正甫本、刘龙田本文字不缺失，合计只有5处，比较少。但这5处朱鼎臣本也缺失，查诚德堂本和朱鼎臣本文字差异较大，因此这5处不知是否是巧合。

例3. 第七十一则"徐庶定计取樊城"

诚：	唾手　　而得也玄德				大喜依计而行
九：	唾手　　而得也玄德问计福附耳低言如		如此此玄德		依计而行
黄：	唾手　　而得也玄德问计福附耳低言如此如		此玄德		依计而行
龙：	唾手　　而得也玄德问计福附耳低	言如	此玄德大喜		
朱：	唾手可　得也				玄德大喜依计而行

第四种情况是诚德堂本文字增补，而九州本、黄正甫本、刘龙田本和朱鼎臣本文字都不增补。合计只有1处，非常少。

例4. 第一百十六则"马超渭桥大战"

诚：	操令诸将于　　甬道二　　　傍诱之角道乃垣墙之类庞　先　　领铁骑　　　而来
九：	操令诸将于各　道二　处　诱之　　　　　　　　　庞德先　领铁骑　　　而来
黄：	曹操令诸将于各　道二　处　诱之　　　　　　　　　庞德先　领铁骑　　　而来
龙：	操令诸将于　　甬道　两　傍诱之　　　　　　　　　庞德先引　铁骑冲突而
朱：	操令诸将于　　甬道　两　傍诱之　　　　　　　　　庞德先引　铁骑冲突而来

根据以上分析，九州本和诚德堂本文字各有缺失，如两本是父子关系，其中一本要根据其他版本补上另一本缺失的文字，这很难。因此两本不会是相互承继关系，即不是父子关系，两本应该是兄弟关系，即九州本和诚德堂本有共同祖本，文字各自有缺失，也有所修改。

因为九州本缺失32处，诚德堂本缺失5处，九州本比诚德堂本文字缺失更多，似乎九州本应该比诚德堂本更晚一些。

2）黄正甫本和九州本、诚德堂本关系

下面从两方面分析黄正甫本和九州本、诚德堂本关系。

● 黄正甫本和九州本、诚德堂本相比，文字有大量的修改。

首先，黄正甫本文字增补。

例1. 第九十六则"曹操三江调水军"

诚：	韩当周泰截江夹攻　　　　　　　　　　　　　抵敌不任　败走　　周泰
九：	韩当周泰截江夹攻　　　　　　　　　　　　　抵敌不任　败走　　周泰
黄：	韩当周泰截江　　相持文聘与韩当周泰尽力而战文聘抵敌不住而　走韩当周泰

诚：	恐　入重地便将白旗招　　　转鸣金　　　　　　　文聘
九：	恐　入重地便将白旗招　　　转鸣金　　　　　　　文聘
黄：	当催舡赶周瑜恐深入重地便将白旗招飐令众　鸣金韩当周泰遂挥棹而回文聘

例2. 第一百则"关云长义释曹操"

诚：	操曰荆州襄阳汝领之夏侯惇守合肥乃是紧要之地吾今				令张辽为主
九：	操曰荆州襄阳汝领	夏侯惇守合肥乃是紧要之地吾今			令张辽为主
黄：	操曰	汝领	夏侯惇守		荆州襄阳令张辽为主
诚：	将乐进李典为副将保守		此地曹仁遣		曹洪把守
九：	将乐进李典为副将保守		此地曹仁 令		曹洪把守
黄：	将乐进李典为副将		守合肥此地	乃紧要之所务宜仔细令曹洪把守	

其次，黄正甫本文字缺失。

例3. 第九十七则"七星坛诸葛祭风"

诚：	见在帐外欲求医治瑜命请入乃令人扶起坐于床榻之上孔明			曰数日
九：	见在帐外欲求医治瑜命请入乃令人扶起坐于床榻之上孔明			曰数日
黄：	求医治见在帐外	瑜命请入		孔明入见曰数日

● 黄正甫本和九州本相同。

根据前面诚德堂本、九州本、黄正甫本文字比对，三本文字不同之处，无论是文字缺失，还是文字增补，黄正甫本文字都和九州本文字相同，而和诚德堂本文字不同。没有出现相反情况，即黄正甫本和诚德堂本文字相同，而和九州本不同。

而此节中，黄正甫本和诚德堂本、九州本相比，诚德堂本、九州本文字相同，而黄正甫本文字有删节和增补。

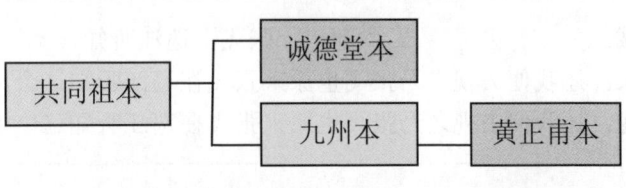

九州本、诚德堂本、黄正甫本关系示意图

另外，诚德堂本刊刻于万历二十四年，九州本可能刊刻于万历三十七年，而黄正甫本刊刻于天启三年，因此黄正甫本肯定晚于诚德堂本和九州本。

黄正甫本是"志传"小系列版本中较晚的版本，但在第一百五十三、一百五十四则"关羽之死"中玉泉山禅师的姓名，同组的诚德堂本为"普净"，而黄正甫本和诚德堂本同属于一组，但黄正甫本为"普静"。这可能是因为它们有共同祖本，此祖本是"普静"，因此黄正甫本可能也保留了原本的"普静"。九州本缺这两则无法判断。

综合以上情况，因为黄正甫本文字很多和九州本相同，而和诚德堂本不同，而黄正甫本文字又有单独的删节和增补，因此可以认为：黄正甫本是来自九州本，又做了很多修改。

(2)"志传"小系列版本关系之二：刘龙田本和朱鼎臣本关系

根据文字整体差异，朱鼎臣本和刘龙田本属于一组，要分析这组中二本之间的文字差异，必须首先注意：刘龙田本是繁简混合本，有些章节是繁本，有些章节却是简本。而朱鼎臣本全本是简本。因此必须分别分析繁本和简本。

首先分析两本的简本部分。前面详细列出刘龙田本的繁简情况，刘龙田本第九十六则之前有繁有简，而第九十七则以后全部是简本。因此以下只比对两本第九十七则以后的简本文字。

1) 朱鼎臣本和刘龙田本文字多处相同

例，第一百二十一则"赵子龙截江夺幼主"

诚：	出船头　欲要行凶又碍道理进退无计赵云一手抱定阿斗　一手仗剑　　人不敢近周
朱：	出船头来　　　　　　　　　　　　　　　　　　　　　　　一手仗剑乱砍人不敢近周
龙：	出船头　　　　　　　　　　　　　　　　　　　　　　　来一手仗剑乱砍人不敢近周

诚：	善在
朱：	善在后稍只管放船下去赵云无计上岸忽下流头江内使出十数船来船上麾旗擂鼓赵云
龙：	善在后稍只管放船下去赵云无计上岸忽下流头江内使出十数船来船上麾旗擂鼓赵云

诚：	后将船放
朱：	自思这番中了东吴之计正慌间忽那船头上一员大将　　　手　执长矛大叫把侄儿
龙：	自思这番中了东吴之计正慌间忽那船头上一员大将　　　的执长矛大叫把侄儿

诚：	去　　　幸遇　张飞　巡江听知　　慌忙赶来截住吴
朱：	还我便去视之乃张飞也原来张飞在巡江听知这个消息慌忙赶来截住吴船弃矛仗剑
龙：	还我便去视之乃张飞也原来张飞在巡江听知这个消息慌忙赶来截住吴船弃矛仗剑

诚：	兵见张飞提刀跳上船来周善提刀来迎　战张飞一　刀砍倒提头　于夫人面前夫人
朱：	跳上船来周善提刀来迎被　飞一剑　砍　头掷于夫人面前夫人
龙：	跳上船来周善提刀来迎被　飞一剑　砍　头掷于夫人面前夫人

朱鼎臣本和刘龙田本简本文字基本一致，和诚德堂本不同。

类似例子很多，第一百四十四则"关公玉泉山显圣"中也出现大段文字朱鼎臣本和刘龙田本相同，而和其他版本不同。可以认为：朱鼎臣本和刘龙田本属于同一组。

2) 刘龙田本文字缺失

比对刘龙田本和朱鼎臣本简本文字，刘龙田本文字有缺失，而朱鼎臣本和诚德堂本都不缺，刘龙田本简本部分第九十七则以后文字脱落有 5 例，下面举出 2 例。

例 1. 第一百十五则"马超兴兵犯潼关"

龙：	发书到　荆州与　　　　　　　　　　　　　　　　玄德求救
朱：	发书到　荆州　会　玄德同力拒操　　　孙权依计而行　鲁肃发书与玄德求救
诚：	发书　过荆州　　使玄德同力拒操何足虑也　权依计而行令鲁肃发书与玄德求救

此例是"同词脱文",刘龙田本脱落了两个"与"之间的文字,而朱鼎臣本和诚德堂本未脱落。

例2. 第一百五十三则"关公玉泉山显圣"

龙:	张昭曰主公勿忧		
朱:	张昭曰主公勿忧昭有一计令蜀兵不来荆州有盘石之安		权问其计
郑:	张昭曰主公勿忧昭有一计令蜀兵不来荆州	安若盘石权问其计如何	

龙:	今 操拥 百万之众虎视华夏	若刘备	报仇必归怨
朱:	张昭今 操拥 百万之众虎视华夏	若刘备	报仇必
郑:	张昭曰今曹操 引百万之众虎视华夏久思汉上之地矣若刘备急欲报仇必归		

此例也是"同词脱文",刘龙田本脱落了两个"张昭曰"之间的文字,而朱鼎臣本和郑少垣本都未脱落。

以上两例刘龙田本文字都有缺失,而朱鼎臣本、诚德堂本和郑少垣本都不缺。

3)刘龙田本文字修改

刘龙田本文字和朱鼎臣本、诚德堂本文字相比有增补和修改,第九十七则以后有4例,下面是其中两例。

例1. 第一百五十五则"曹操杀神医华佗"

龙:	仇也叱左右拿下拷掠问其故贾诩谏曰似此良医世之罕有望主上有罪不可废也
朱:	仇也叱左右拿下拷 问其故贾诩谏曰似此良医世之罕有 不可废也
诚:	仇也叱左右拿下拷 问其故贾诩谏曰似此良医世之罕有 不可废也

龙:	操 曰天下无鼠辈又且何妨佗被拷打痛楚受刑不过只得屈招监在牢
朱:	操 曰天下无鼠辈又且何妨佗被拷打 不过只得屈招监在牢
诚:	操怒曰天下无鼠辈又且何妨佗被拷打 不过只得屈抱监在 狱

例2. 第一百七十九则"孔明六擒孟获"

龙:	下余者皆弃城孟获说	朵思大王身死失了三江城
朱:	下余者皆弃城	
郑:	下 城 而走蜀军得了三江城乱军杀死朵思大王	

龙:	孟获大惊正闷间忽报蜀兵走朵思死于乱军之中所得城中宝贝尽赏 诸军
朱:	走朵思死于乱军之中所得城中宝贝尽赏 诸军
郑:	所得城中宝贝尽赏三 军败

龙:	蛮兵逃回 见		
朱:	蛮兵逃回 见孟获 说朵思大王身死失了三江城	孟获	大
郑:	残士卒 逃回来见孟获且说朵思大王身死 三江城已失孟获闻知大		

```
龙：                        已渡三江见在洞口下寨孟获大慌忽有孟获之妻祝融
朱： 惊孟    闷间忽报蜀兵已渡三江见在洞口下寨孟获大慌忽有孟获之妻祝融
郑： 惊    正愁闷间忽报蜀兵已渡三江见在洞口下寨
```

此两例刘龙田本文字有增补或修改，而朱鼎臣本、诚德堂本和郑少垣本文字相同。类似例子有 4 处。

刘龙田本在第一百五十三、一百五十四则"关羽之死"中玉泉山禅师的姓名，刘龙田本为"普静"，和繁本相同。而同组的诚德堂本、朱鼎臣本为"普净"，和"演义"本相同。刘龙田本此处虽然属于简本，但前 8 卷是繁简混合本，第九卷本以后为简本，关羽之死在第十三卷，应属于简本，但刘龙田本可能也会保留了繁本的文字，因此是"普静"，而不是诚德堂本、朱鼎臣本的"普净"。

4) 朱鼎臣本文字没有缺失

仔细比对刘龙田本简本和朱鼎臣本简本第九十七则以后的文字，发现刘龙田本文字缺失例子很多，而没有发现朱鼎臣本文字缺失。

要特别说明的是，以上所说都是第九十七则以后的简本情况。朱鼎臣本和刘龙田本全本比较，也出现朱鼎臣本文字脱落的情况，这样两本似乎都有文字脱落，两本就可能有共同祖本[①]。

但再仔细检查，朱鼎臣本文字脱落的情况都出现在刘龙田本的繁本和混合本部分，因为刘龙田本是繁本简本的混合本，而朱鼎臣本是简本，因此朱鼎臣本文字有缺失很正常。

刘龙田本繁本不可能是简本朱鼎臣本增补而来。刘龙田本简本文字有很多缺失，而朱鼎臣本文字不缺。因此，朱鼎臣本不可能是刘龙田本删节而来。

这样，两本在刘龙田繁本部分文字没有任何关系，因此刘龙田本繁本文字部分对应的朱鼎臣本有脱落很正常。

所以，刘龙田本简本文字有脱落，而朱鼎臣本简本文字没有出现脱落。

5) 刘龙田本和朱鼎臣本文字关系

综合以上分析，朱鼎臣本和刘龙田本文字接近，理论上有三种可能：

- 刘龙田本来自朱鼎臣本。
- 朱鼎臣本来自刘龙田本。
- 刘龙田本和朱鼎臣本有共同祖本

首先，刘龙田本的繁本部分，肯定是来自某个繁本，不可能是简本朱鼎臣本的增补。

其次，刘龙田本简本也可能从某个繁本删节而成，如果刘龙田本是直接删节自某个繁本，而朱鼎臣本文字又和刘龙田本文字非常接近，如此推理，则朱鼎臣本就可能来自刘龙田本。

但刘龙田本简本文字有很多脱落，如果朱鼎臣本也有文字脱落，它们就肯定有共

[①] 中川谕：《〈三国志演义〉版本研究》，上海古籍出版社 2010 年 8 月第 1 版，第 201 页。

同祖本。但查朱鼎臣本却没有文字脱落。

因此，没有文字脱落的朱鼎臣本，就不可能来自有文字脱落的刘龙田本。朱鼎臣本不可能来自刘龙田本，而是来自另一个简本。

这样，刘龙田本简本文字应该不是自己删节而来，而是来自某个简本。即刘龙田本应该有繁本和简本两个底本。

由于朱鼎臣本不可能来自刘龙田本，就只有两种可能：朱鼎臣本和刘龙田本两本有共同祖本，或刘龙田本简本文字部分来自朱鼎臣本。

另外，朱鼎臣本是简本，而刘龙田本是繁简混合本，刘龙田本之所以采用繁简混合本，不是由于底本缺失，在当时各种《三国演义》版本发行量很大，不可能会出现底本缺失的情况。

刘龙田本文字开始是繁本，后来有时是繁本，有时又是简本，直到第九十七则以后彻底转为简本。刘龙田本之所以采用繁简混合本，可能是整理者本来是想做一个繁本，但后来又想简化文字，于是就在繁本和简本之间摇摆。刘龙田本可以认为是繁本到简本的过渡本。这样刘龙田本就可能有两个底本，一个是繁本底本，一个是简本底本。但这两个底本是什么版本目前还无法判断。

因此刘龙田本应该是个早期刊本，后来篇幅小、价格低的简本大量出现，刘龙田本这样繁简混合本就没有市场了。

总结以上分析，刘龙田本和朱鼎臣本关系如下：
- 刘龙田本和朱鼎臣本肯定属于同一组版本。
- 繁简混合本的刘龙田本有繁本和简本两个底本。
- 刘龙田本简本的底本的一种可能是朱鼎臣本，它们可能是父子关系。
- 刘龙田本简本和朱鼎臣本也可能有共同祖本，它们之间也可能是兄弟关系。
- 由于材料不足，哪种可能性更大目前无法判别。

(3)"志传"小系列版本关系之三：两个朱鼎臣本关系

九州本和朱鼎臣本题署都是朱鼎臣，这样就有两个朱鼎臣本，它们是什么关系？
前面曾介绍，两本的题署字迹，"古临 冲"几个字几乎完全相同，看似是一个书坊所刊刻。

但根据后面分析，九州本和黄正甫本、刘龙田本第九十六则没有删节，为一类。而朱鼎臣本和诚德堂本、刘龙田本（简本部分）第九十六则有大段文字删节，是另一类。比对两本文字有很大差异。

1) 朱鼎臣本文字缺失

例，第十二则"袁绍孙坚夺玉玺"

```
九：亦拔剑来斩孙坚坚挥剑迎之绍背后颜良交丑俱拔剑迎之坚背后程普黄盖
朱：亦拔剑来斩孙坚坚挥剑迎之
```

```
九：韩当各引刀相助众诸侯拦住曰昔登坛杀盟歃血共举大义岂可自相并耶众人
朱：            众诸侯拦住曰昔登坛杀盟歃血共举大义岂可自相并耶众人
------------------------------------------------------------
九：劝开孙坚上马离洛阳而去绍怒写书一封差心腹人连夜往荆州  送与
朱：劝开 坚上马离洛阳而去绍怒写书    差   人    往荆州见
------------------------------------------------------------
九：刘表  教起军途中不截      玉玺印信 人报曹操追董卓到荥阳败回
朱：刘表路      截孙坚夺玉玺   忽人报曹操追董卓到荥阳败回
------------------------------------------------------------
九：绍令人迎接置酒   与操解闷操于席上曰吾与大义为国除贼诸君既仗  义
朱：绍令     置酒迎接 操   于席上曰吾与大义与国除贼诸君既仗大义
```

朱鼎臣本文字缺失此例子很多，都是朱鼎臣本和九州本相比，有大量文字缺失，也有少量文字修改。

2）九州本文字缺失

例，第十二则"袁绍孙坚夺玉玺"

```
九：越曰汝既是                   汉臣如何盗传
朱：越曰汝既是兴义兵以除汉贼为汉之忠臣何为盗玉玺而归以为汉
------------------------------------------------------------
九：国玉玺而耶     即忙退下坚怒令黄盖出马与蔡瑁战数合瑁拨回马走孙坚
朱：    之反贼即      坚怒令黄盖出马与蔡瑁战数合瑁拨回马走孙坚
```

九州本文字缺失例子很多，不再一一例举。

3）九州本、朱鼎臣本文字修改

九州本、朱鼎臣本文字除各有缺失外，还各有修改。

例1，第一则"祭天地桃园结义"

```
九：帝会群臣于温德殿       忽狂风大作见一条青蛇从梁上飞下约长二十余丈
朱：帝会群臣于温德殿中正欲坐间忽狂风大作见一条青蛇从梁上飞下  长二十余丈
------------------------------------------------------------
九：蟠于椅上灵帝 惊倒武士  救    起文武互相推倒于丹墀须臾不见  降下
朱：蟠于椅上灵帝大惊 武士荒急救出此蛇                须臾不见大
------------------------------------------------------------
九：雷雨  水雹 半夜方止东都城    境环屋数千所    建宁四年二月洛阳地
朱：雷大雨降以水雹至半夜方止东都城中房   屋    倾圯建宁四年二月洛阳地
```

例2，第五则"董卓议立陈留王"

```
九：兵寻觅少帝张让段珪从者    二十余人从后宰门连夜奔走北邙山      天色昏
朱：兵寻觅少帝张让段珪从者数    十  人              奔  北邙山而走天色昏
─────────────────────────────────────────────
九：黑二更时分后面喊声     追赶当见河南椽史闵贡大叫张让休走段珪
朱：黑二更时分后面喊声大扼       河南椽吏闵贡大叫张让休走段珪
─────────────────────────────────────────────
九：落荒而逃张让辞帝投河而死与陈留王不敢高声伏于河边乱草之中露湿
朱：落荒而逊张让     投河而死  陈留王      伏于    乱草之中
─────────────────────────────────────────────
九：衣襟腹中饥馁相抱而哭       陈留王曰此不宜久恋  去寻乡村安身与帝以衣
朱：               少帝与陈留王曰此不宜久恋可  寻乡村安身
```

九州本、朱鼎臣本文字各有修改例子也很多，不再一一例举。

总之，从文字差异看，九州本和朱鼎臣本文字各有脱落和修改，相对而言朱鼎臣本脱落较多。因此两本不可能是父子关系，而是兄弟关系。

除文字外，现存朱鼎臣本插图粗糙，而九州本插图精细，一般是插图精细的版本在前。

另外，现存朱鼎臣本卷一无题署，直到卷十三、十四才出现"朱鼎臣编"题署。因此朱鼎臣本很可能是复刻的，或刻板转换书坊，因此前几卷删除了"朱鼎臣编"题署，第十三、十四卷忘记删除了。

综合以上对文字分析可以认为：虽然朱鼎臣本和九州本题署相同，刊刻字迹相同，但相互没有关系。九州本插图精细，可能是早期刊本。而朱鼎臣本文字有大量缺失，插图粗糙，应该是晚期刊本。

（4）"志传"小系列版本关系之四：天理图本、费守斋本和忠正堂本关系

下面分析"志传"小系列三种插图在两页中间的合图本：忠正堂本、天理图本和费守斋本之间的关系。

- 忠正堂本即熊佛贵本，刊刻于万历三十一年（1603年），二十卷，残本，存卷一至五、卷十一至卷二十，藏日本叡山文库。魏安、中川谕先生都曾著录研究。
- 天理图本，二十卷全，藏日本天理大学。魏安、中川谕先生都曾著录研究。
- 费守斋本，刊刻于万历四十八年（1620年），二十卷，残本，存卷一至六，卷十一至卷二十，藏日本东北大学。魏安专著未曾著录，矶部璋先生2008年在日本东北大学影印出版。中川谕先生曾做初步研究。[①]

这三个版本最大特点是插图在两页之间，文字也接近。

[①] 中川谕：《〈三国志演义〉版本研究》，上海古籍出版社2010年8月第1版，第229—234页。

中川谕先生对忠正堂本、天理图本、费守斋本做了研究，认为它们之间没有承继关系，而有共同祖本。

矶部璋先生认为费守斋本和忠正堂本、天理图本有密切关系，但也有不同，有些文字比天理图本多。

从刊刻时间看，最早的是万历三十一年（1603年）忠正堂本，其次是万历四十八年（1620年）费守斋本，天理图本刊刻时间不明。

研究这3个版本关系最好办法是数字化比对，由于3本都已经数字化，因此比对就很容易了。由于忠正堂本和费守斋本是残本，因此只能比对卷一至卷五（第一至六十则）、卷十一至卷二十（第一百二十一至二百四十则）。通过比对找出三本文字差异的一些规律。

例，第一百四十八则"关云长水淹七军"

```
费：上流头去却                                    被周仓驱大筏
天：上流头去却                                    被周仓驱大筏
忠：上流头去却被周仓驱大筏而来当头一冲把小舟冲翻庞德伍伯　周仓
------------------------------------------------
费：而来当头一冲把小　舟　冲翻庞德伍伯落于水中　周仓深知水性自筏上跳下
天：而来当头一冲把小　舟　冲翻庞德伍伯落于水中　周仓深知水性自筏上跳下
忠：　　　　　　　　　舡　冲翻庞德伍伯落于水中周仓深知水性自筏上跳下来
------------------------------------------------
费：水生擒庞德上筏伍伯甲重沉于水底而
天：水生擒庞德上筏伍伯甲重沉于水底而
忠：水生擒庞德上筏伍伯甲重沉　水底
```

从文字可以看出，费守斋本和天理图本文字基本相同，而忠正堂本文字和这两本文字略有差别。

类似例子极多，都是天理图本和费守斋本文字相同，有时和忠正堂本不同。

第一百五十三、一百五十四则"关羽之死"中玉泉山禅师的姓名，忠正堂本、费守斋本都是"普净"，天理图本只有一个"普静"，其余都是"普净"。

通过比对，三本情况如下：

● 费守斋本和天理图本文字十分接近。
● 忠正堂本文字大部分和费守斋本和天理图本相同，但也有少数文字不同。

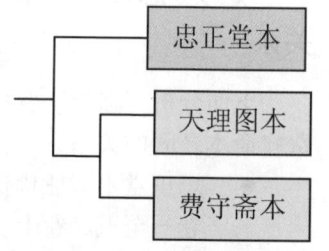

忠正堂本等3本关系示意图

中川谕先生在《〈三国志演义〉版本研究》一书中也指出："天理图本与忠正堂本之间关系密切，但它们并不是先后的继承关系，而是由共同底本派生出来的版本""与畊堂（即费守斋）与天理图本关系密切"[①]。

---

① 中川谕：《〈三国志演义〉版本研究》，上海古籍出版社2010年8月第1版第216—234页。

（5）"志传"小系列版本关系之五："普静"和"普净"

第五十四则关羽过五关的汜水关时遇到一禅师，在"志传"系列中名"普静"，在"演义"系列中为"普净"。

第一百五十三则"关公玉泉山显圣"中又出现此禅师，其名字在"志传"系列中，繁本和"英雄志传"小系列都是"普静"，但在"志传"小系列中有"普静"，也有"普净"，可分四类。

在"志传"小系列中既有全部"普静"和"普净"，又有一处为"普静"，其余为"普净"。

1）刘龙田本、黄正甫本：全部是"普静"。

2）天理图本、费守斋本：除一处为"普静"，其余都是"普净"。但两本的"普静"也不是一处。

3）诚德堂本、朱鼎臣、忠正堂本：全部是"普净"。

"志传"小系列"普静"和"普净"统计表

序号	版本	繁本	英雄	志传		
				刘、黄	天	费	诚、朱、忠
1	一僧人名普静	普静	普静	普静	普净	普净	普净
2	镇国寺长老普净	静	普静	普静	普净	普净	普净
3	正当三更普静	静	普静	普静			
4	普静仰面观之	静	普静	普静	普静	普净	普净
5	普静见是云长	静	普静	普静			
6	骑马到庵前普净喝到		静	普静	普净	普静	普净
7	愿求清号静	静	静	普静	净	净	净
8	不识普静耶	普静	普静	普静	普净	普净	普净
9	愿闻其教静曰	静	静	静	净	净	净
10	拜玉泉山普静为师	静	静	普静	净	净	净
数量		普静9	普静10	普静10	普静1 普净7	普静1 普净7	普净8

而且"普静""普净"和"志传"小系列文字分组还不同。

第一百五十三则"关公玉泉山显圣"关羽见普静时大呼，不同版本也有两种说法：

1）黄正甫本、天理图本、费守斋本和其他"志传"本相同，是"还我头来"。

2）诚德堂本、刘龙田本、朱鼎臣本、忠正堂本为"哭取首级"。

"志传"小系列"普静""普净"等分类表

分组	第一组		第二组		第三组		
版本	诚德堂本	黄正甫本	刘龙田本	朱鼎臣本	天理图本	费守斋本	忠正堂本
普静 普净	普净 8	普静 10	普静 10	普净 8	普静 1 普净 7	普静 1 普净 7	普净 8
还我头来 哭取首级	哭取 首级	还我 头来	哭取 首级	哭取 首级	还我 头来	还我 头来	哭取 首级

此处出现根据文本分组，和根据"普静""普净"及"还我头来""哭取首级"分组不对应的复杂情况，应该不是偶然，而是有原因的。

"普静"和"还我头来"（只有黄正甫本）应该是原本，而"普净"和"哭取首级"是后修改的。各种版本编写中，有的修改了，有的没有修改，导致出现如此复杂的情况。如刘龙田本保留了"普静"，但改为"哭取首级"。诚德堂本、朱鼎臣本和忠正堂本全部修改，天理图本和费守斋本各自保留了一个"普静"。

4. 简本"志传"系列第九十六、九十七则文字缺失分析

（1）"志传"小系列第九十六则 6 个版本大段文字缺失

1）第九十六则 6 个版本文字缺失情况

对 8 个版本文字比对，发现第九十六、一百则有两处大段文字缺失。

第一个非常明显的大段文字缺失是卷八第九十六则"曹操三江调水军"。此例缺失文字的内容是：赤壁之战中，曹操将战船连起来后，谋臣提出异议，曹操却不以为然，荆州降将焦触、张南主动出战，被吴军韩当、周泰所杀。

因为 8 个版本中费守斋本和忠正堂本缺此则，无法比较，其余 6 本中：黄正甫本、刘龙田本两本文字未缺失，而诚德堂本、九州本、朱鼎臣本、天理图本 4 本缺失。查简本"英雄志传"刘兴我本、繁本余象斗本及各种繁本也都有这段文字，但略有不同。

此例缺失文字达 392 字，而且前后文字不连贯。从"曹操大笑曰"后文字缺失，直到周瑜立于山顶观战。中间缺失曹操派荆州降将出战，被吴军大败，很明显这不是文字故意删除，而是抄写时无意缺失的。

此例中 4 个版本诚德堂本、九州本、朱鼎臣本、天理图本文字缺失，2 个版本黄正甫本、刘龙田本未缺失。缺失文字为 392 字，而诚德堂本一页刚好也是 392 字，朱鼎臣本为 352 字，天理图本 480 字，九州本为 448 字和 322 字（插图）；未缺失本刘龙田本为 391 字，黄正甫本为 422 字。但诚德堂本、九州本、朱鼎臣本和天理图本文

字删除文字开始处都在一行文字中间，而不在一页开始。这说明抄手是在抄写一页中间发生了缺失的。

另外，比较其他版本此处文字都未缺失，证明此处确实是出现了诚德堂本、九州本、朱鼎臣本、天理图本文字缺失。

另外，费守斋本和忠正堂本缺此则，无法判断，但一般这两本文字和天理图本很接近，天理图本删节，估计这两个版本也会缺失。

因此卷八第九十六则"曹操三江调水军"证明是诚德堂本、九州本、朱鼎臣本、天理图本、费守斋本和忠正堂本 6 个版本文字有缺失，而黄正甫本、刘龙田本 2 本文字没有缺失。

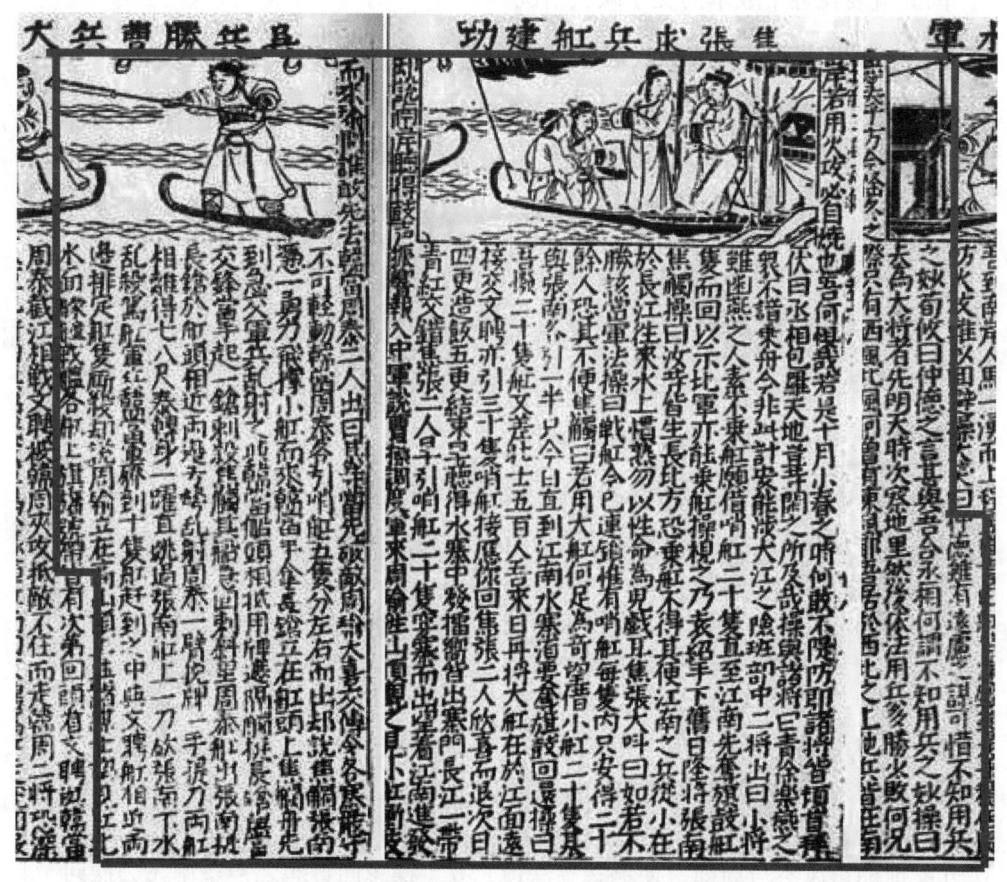

刘龙田本第九十六则文字不缺失

因为 6 个版本文字缺失完全相同，而缺失文字又十分不合理，因此这些文字缺失绝非故意删除，而是无意中漏抄所致。

而未缺失的黄正甫本和刘龙田本肯定和这 6 个版本无关，因此保留了这 6 个版本缺失的文字。

2）第九十六则文字缺失 6 个版本关系分析

6 个版本第九十六则文字同时出现反常的大段文字缺失，肯定是来自某个共同底本，此祖本文字缺失，这 6 个版本未注意，沿袭了这个缺失。这个共同底本可能是上述 6 个版本之一，也可能是 6 个版本之外的某个版本，下面对此有分析，6 个版本似乎都不太可能是底本，可能还是另外有个共同的祖本。

为此比较 4 个版本的文字，查找其中文字差异进行分析。

如果某版本是这 4 个版本的底本，则此本应该没有任何文字缺失才行。因为如果底本文字有缺失，其他版本就要根据别的版本来修补，这是几乎不可能的。

因此就要找各个版本的文字缺失情况。

例 1．第九十九则"曹操败走华容道"

诚：	虽山川险峻仰天大笑诸□问曰丞相何故大笑操曰单笑周瑜无谋诸葛少智若
九：	山川险峻仰天大笑诸将问曰丞相何故大笑操曰单笑周瑜无谋诸葛少智若
朱：	虽山川险峻仰天大笑　　　　　　　　　　　　操曰单笑周瑜无谋诸葛少智若
天：	虽山川险峻仰天大笑　　　　　　　　　　　　操曰单笑周瑜无谋诸葛少智若
黄：	山川险峻仰天大笑诸将问曰丞相何故大笑操曰　笑周瑜无谋诸葛少智若

此例中，诚德堂本、九州本和黄正甫本相同文字没有缺失，而朱鼎臣本和天理图本文字都有缺失。因此朱鼎臣本和天理图本不可能为祖本。

例 2．第九十五则"曹孟德横槊赋诗"

诚：	曹操亦有此意　　　故后来杜牧有诗　　曰折戟沉沙铁未消自将磨洗认
朱：	曹操亦有此意　　　故后来杜牧有诗言曰折戟沉沙铁未消自将磨洗认
天：	曹操亦有此意当时
九：	后来杜牧有诗　　曰折戟沉沙铁未消自将磨洗认
黄：	后来杜牧有诗　　曰折戟沉沙铁未消自将磨洗认
	——————————————————————————
诚：	前朝东风不与周郎面　铜雀春深锁二乔曹操忽闻群鸦之声望南飞去操问
朱：	前朝东风不与周郎面　铜雀春深锁二乔□□□群鸦之声望南飞去操
天：	曹操忽闻群鸦之声望南飞去操问
九：	前朝东风不与周郎　便铜雀春深锁二乔　操忽闻群鸦之声望南飞去操问
黄：	前朝东风不与周郎　便铜雀春深锁二乔　操忽闻群鸦之声望南飞去操问

此例中，诚德堂本、九州本、黄正甫本、朱鼎臣本文字基本相同没有缺失，而天理图本文字有缺失。因此天理图本不可能为祖本。

例 3．第九十七则"七星坛诸葛祭风"

诚：	大喜　　　　　　　　　　　　　依令而行布列台借　风孔明

九：	大喜	依令而行布列台借	风孔明
朱：	大喜即差五百杜军筑坛拨一百二十人执旗守坛听候使	令	孔明
天：	大喜即差五百壮军筑坛拨一百二十人执旗守坛听候使	令	孔明
黄：	大喜	依令而行 列台	祭风孔明

此例中，诚德堂本、九州本、黄正甫本文字有缺失，而朱鼎臣本和天理图本文字没有缺失。类似例子很多。因此诚德堂本、九州本、黄正甫本不可能为祖本。

结合三例看，诚德堂本、九州本、黄正甫本、天理图本和朱鼎臣本文字都互有缺失，没有一个版本文字没有任何缺失。

因此诚德堂、九州本、朱鼎臣本和天理图本之间应该没有相互继承关系，它们应该有共同祖本。

所以，诚德堂本、九州本、朱鼎臣本和天理图本第九十六则的文字删节并不是来自这四个版本，而是来自它们的共同祖本。但这个版本是什么版本目前还不得而知。

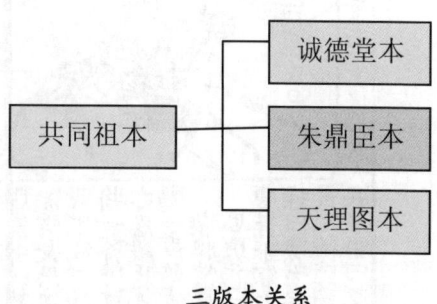

三版本关系

由于缺失文字是392字，因此第一次缺失版本一叶应该也是392字。查诚德堂本一叶是392字，但其缺失不是在一叶的开始，而是在一叶的中间，因此缺失不太会是从诚德堂本开始的。

查其他各种繁本，此处文字都未删节，因此第九十六则文字删节并非来自某个繁本。

中川谕先生在《〈三国志演义〉版本研究》一书中也指出："诚德堂本和天理图本并非继承关系，而是从同一个祖本派生出来的横向并列关系。"①

3）第九十六则两个版本文字不缺失原因分析

"志传"8个版本中第九十六则6个版本大段文字缺失，不缺失的只有2个版本，即刘龙田本和黄正甫本，为何其他6个版本文字缺失，而这2个版本文字却不缺失？

一种可能是这2个版本有共同祖本，此本未缺失。

还有一种可能是这2个版本这些文字不缺失各有各自原因。

第一是刘龙田本，要注意刘龙田本是繁简混合本，是个很特殊的版本，说明此本编写的底本之一肯定有繁本，而第九十六则是卷八最后一则，是繁本，卷九第九十七则开始变为简本，因此刘龙田本第九十六则是繁本，因此这部分文字就未缺失。

第二是黄正甫本，此本是"志传"小系列中刊刻最晚的版本，文字修改很多，因此也不排除黄正甫本第九十六则是编者发现其底本缺失文字后文字很不连贯，因此根据其他未缺失文字的版本，恢复了其底本缺失的这部分文字。

总之，第九十六则文字缺失和不缺失的原因很复杂，还要仔细研究。

---

① 中川谕：《〈三国志演义〉版本研究》，上海古籍出版社2010年8月第1版，第196—199页。

（2）"志传"小系列第一百则 3 个版本大段文字缺失

除上述第九十六则出现大段文字缺失外，卷九第一百则"关云长义释曹操"中，又出现另一例大段文字缺失，这是赤壁之战后，在华容道曹操被关羽拦截，曹操引春秋一故事劝关羽放行，后面有大段文字缺失。

此处缺失的有九州本、黄正甫本、刘龙田本 3 本，其中九州本前例也出现文字缺失，而黄正甫本、刘龙田本前例文字未缺失。前例第九十六则有文字缺失的诚德堂本、朱鼎臣本、天理图本 3 本，在第一百则文字却没有缺失。此处缺失文字 308 字。

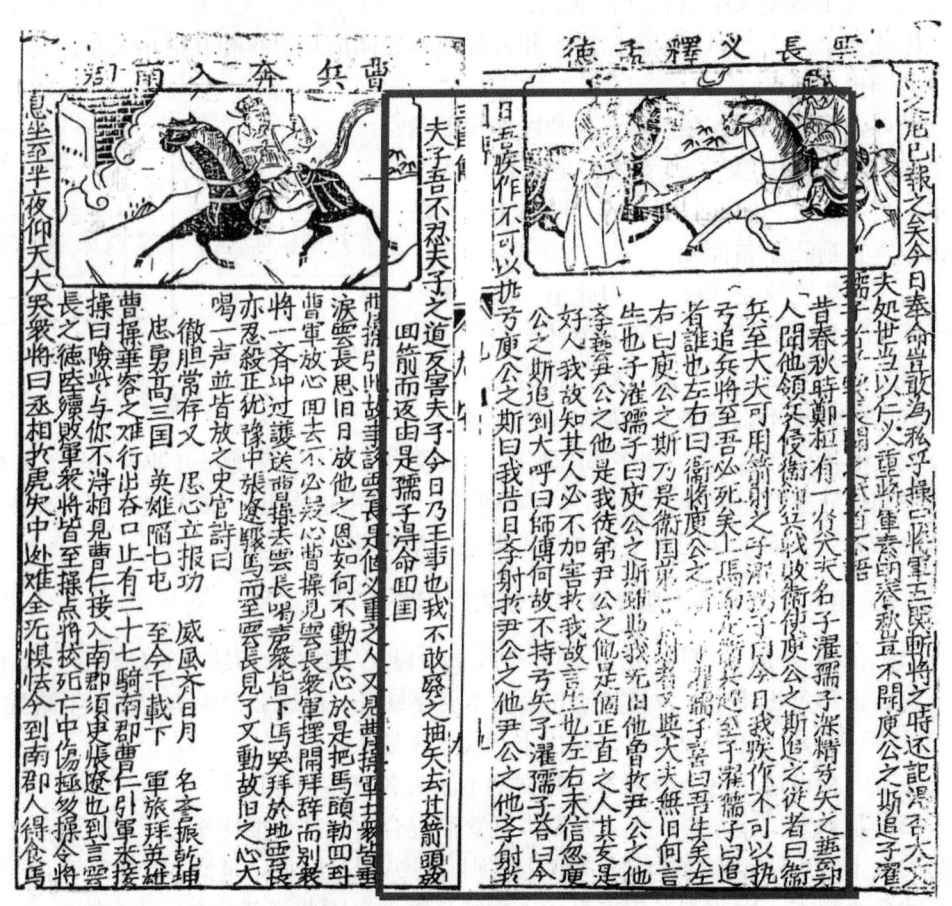

朱鼎臣本第一百则文字不缺失

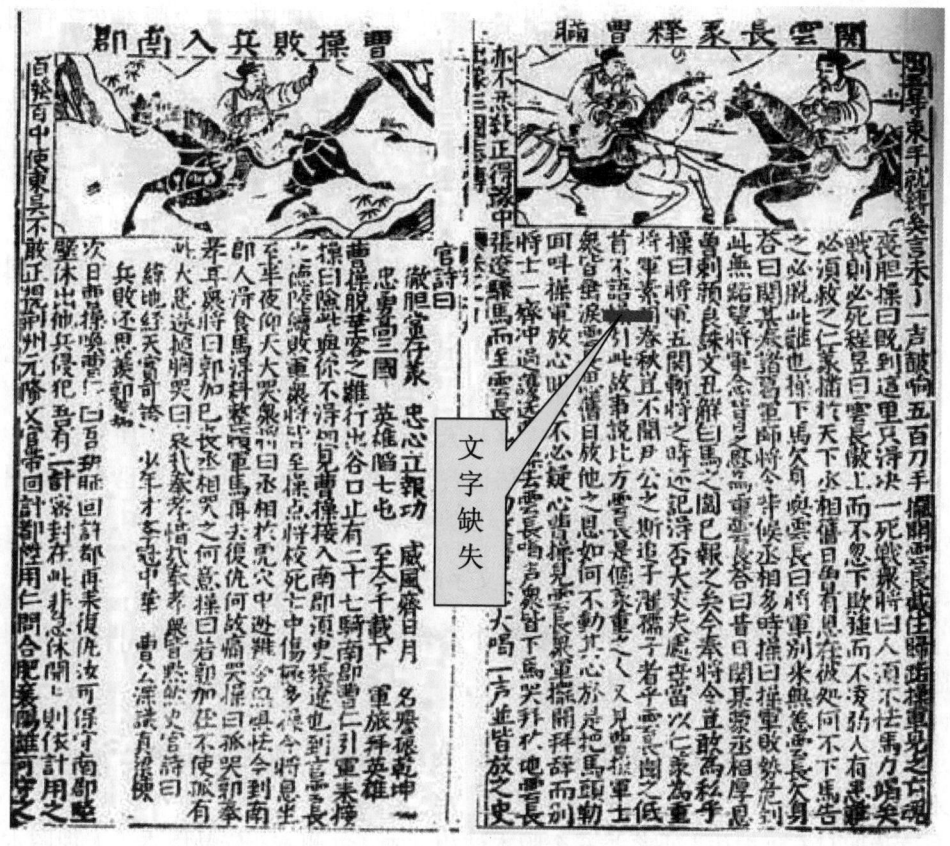

刘龙田本第一百则缺失

（3）"志传"小系列两处文字缺失总结

1）第九十六、一百则文字缺失统计

两个例证文字缺失统计如下：

第九十六、一百则文字缺失统计表

第九十六则		第一百则	
缺失	不缺失	缺失	不缺失
诚德堂本	刘龙田本	九州本	诚德堂本
九州本	黄正甫本	黄正甫本	朱鼎臣本
朱鼎臣本		刘龙田本	天理图本
天理图本			费守斋本
费守斋本			忠正堂本
忠正堂本			

- 第九十六则：诚德堂本、九州本、朱鼎臣本、天理图本4个版本文字有明显缺失，黄正甫本和刘龙田本两个版本没有缺失。
- 第一百则：九州本、黄正甫本和刘龙田本3个版本文字有明显删节，而诚德堂本、朱鼎臣本、天理图本3个版本不删。

这两例证明"志传"小系列根据这两段的文字缺失可分为3组。

- 九州本：两例全缺失，是特例，也说明此本不可能是文字缺失的底本。
- 黄正甫本、刘龙田本两本：第九十六则未缺失，第一百则缺失，明显属同于一组。
- 诚德堂本、朱鼎臣本、天理图本3本：和黄正甫本、刘龙田本相反，第九十六则文字有缺失，第一百则未缺失，明显属于另一组。
- 费守斋本、忠正堂本2本：文字和天理图本文字十分接近，但费守斋本、忠正堂本缺这两则，无法比较。估计费守斋本、忠正堂本这两则也和天理图一样，第九十六则也有缺失，第一百则没有缺失。

2）第九十六、一百则其他版本段文字缺失情况

以上介绍第九十六、一百则"志传"小系列8个版本文字缺失情况，下面介绍其他版本在这两则中的情况。

- 第九十六则：

统计全部其他各种《三国演义》版本，包括"演义"系列、"志传"系列繁本和简本"英雄志传"小系列，全部没有缺失。

这说明只有"志传"小系类6个版本诚德堂本、九州本、朱鼎臣本、天理图本和费守斋本、忠正堂本有缺失。

- 第一百则：

统计全部其他各种《三国演义》版本，第一百则文字有缺失：

① "志传"小系列3个缺失版本：九州本、黄正甫本和刘龙田本。

② "志传"系列简本"英雄志传"小系列缺失版本：刘兴我本、刘荣吾本、杨美生本、郑乔林本等。

根据第九十六、一百则文字缺失，《三国演义》"志传"和"英雄志传"两个小系列总结如下图。

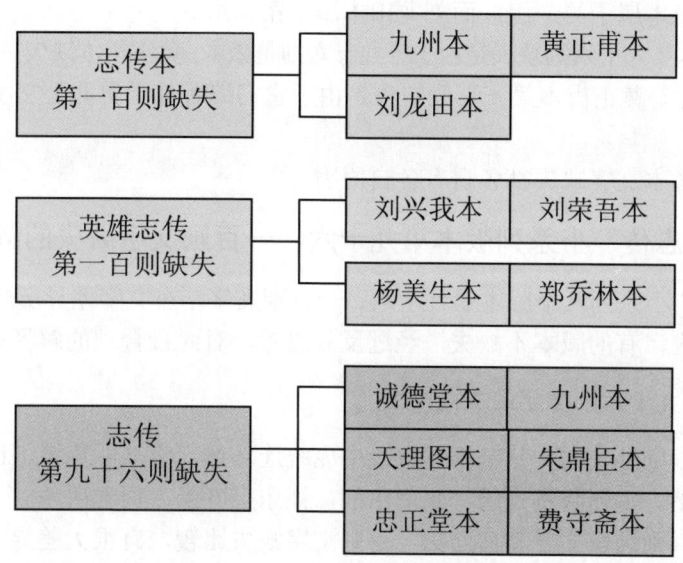

第九十六、一百则版本缺失分类示意图

（4）"志传"系列文字差异和第九十六、一百则文字缺失的矛盾

"志传"小系列 8 个版本根据文字差异和第九十六、一百则文字缺失分组不同，文字差异分三组，第九十六、一百则文字缺失分两组。

根据前面分析，每组内版本都是兄弟关系，都各自有共同祖本。

下面分析这两类不同分组之间的关系。

1）两种分组方式相同

文字相同，第九十六、一百则文字缺失相同：
- 诚德堂本、九州本文字差异相同，第九十六则文字都缺失。
- 天理图本、费守斋本和忠正堂本文字差异相同，第九十六则文字都缺失。

2）两种分组方式矛盾

文字差异和第九十六、一百则文字缺失有两组有矛盾：诚德堂本和黄正甫本，朱鼎臣本、刘龙田。

- 诚德堂本和黄正甫本

诚德堂本和黄正甫本文字差异相同，应有共同祖本。但诚德堂本第九十六则文字缺失，黄正甫本不缺。而黄正甫本第一百则文字缺失，诚德堂本不缺。分析原因：第九十六则黄正甫本不缺可能是后补的。而黄正甫本第一百则缺可能是编者觉得这部分文字多余因此删除了。

- 黄正甫本和刘龙田本

黄正甫本和刘龙田本第九十六、一百则文字缺失完全相同，但根据前面文字差异分析，黄正甫本属于第一组，而刘龙田本属于第二组。

刘龙田本第九十六则缺失是由于第九十六则是繁本，黄正甫本缺失是其祖本就缺失。

刘龙田本、黄正甫本第一百则缺失是由于它们编者都觉得此处文字多余，因此删除了。

总之，各本文字缺失都各自有各自原因。

（5）"志传"小系列版本第九十六、一百则文字缺失的解释

"志传"小系列八个版本第九十六、一百则文字，在文字差异所分的三组中，有的版本有缺失，有的版本不缺失，经过反复思考，对此最合理的解释如下。

1）第九十六则文字缺失的演变

第九十六则缺失的文字是描述曹操中庞统连环计，将战船连锁，谋臣提出异议，曹操不以为然。荆州降将焦触、张南出战，被东吴韩当、周泰所杀。

第九十六则这段文字和前面第一百则文字缺失比较，有很大差异：

- 这段文字和前后所叙述故事密不可分。
- 缺失文字从"曹操大笑曰"开始，到"皆有次第"，前后文字完全不衔接。
- 这段8个版本中有6个版本缺失此段文字，只有两个版本即刘龙田本和黄正甫本不缺。

根据这个原则，第九十六则文字缺失可能和第一百则完全不同，不可能各个版本刚好在文字同一处分别缺失了相同的文字。而只可能是：

- 有个共同祖本开始缺失这段文字。
- 后面版本沿袭这个错误。
- 有些版本发现这个错误，又根据其他版本恢复了这段文字。

由此设想第九十六则版本演化如下。

第九十六则这段文字缺失也可分为两阶段。

第一阶段是8个版本有一共同祖本，此祖本第九十六则已经缺失了这段文字。

第二阶段是8个版本文字各自有不同修订，分为三组：

- 第一组3本：诚德堂本、九州本、黄正甫本。

诚德堂本、九州本和共同祖本一样缺失这段文字。

黄正甫本是晚期版本，其编者发现第九十六则文字缺失造成不连贯，又根据其他版本恢复了这段文字。

- 第二组2本：朱鼎臣本、刘龙田本。

朱鼎臣本和共同祖本一样缺失这段文字。

刘龙田本第九十六则文字不缺失，是因为刘龙田本是繁简混合本，而第九十六则为卷八最后一则，属于繁本，因此这段文字没有缺失。

- 第三组3本：天理图本、费守斋本和忠正堂本。

3个版本和共同祖本一样，缺失这段文字。

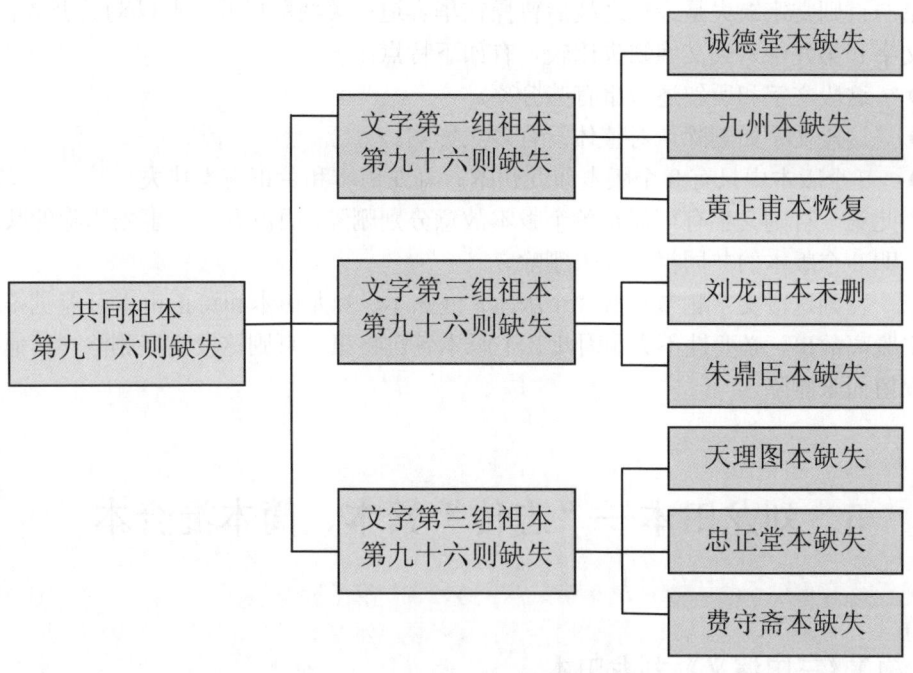

第九十六则版本演化示意图

2) 第一百则三个版本文字缺失解释

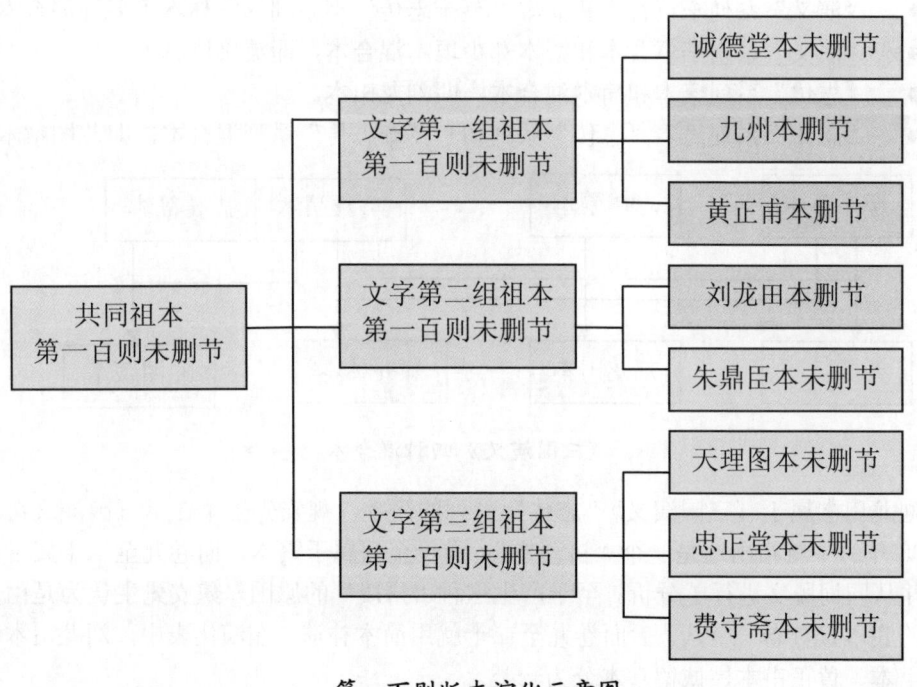

第一百则版本演化示意图

第一百则文字缺失是赤壁之战后曹操在华容道被关羽所拦截，曹操劝关羽放行，这段文字和第九十六则文字缺失比较，有如下特点：

- 这段文字和所叙述故事有些分离。
- 这段文字如删除，对整体没有多大影响。
- 8个版本中只有3个版本即九州本、刘龙田本和黄正甫本缺失。

因此第一百则文字有可能是各个版本故意分别删除，而没有一个事先删除的共同祖本，即8个版本的共同祖本并未删除。

第一百则这段文字删节只有3个版本，九州本、刘龙田本和黄正甫本可能觉得这段文字脱离故事，必要性不大，因此3个版本各自将第一百则这段文字删除，其他版本都保留而未删除。

5．刘龙田本—"志传"繁本、简本混合本

（1）《三国演义》刘龙田本

《三国演义》版本中混合本一共有四种。

《三国演义》版本一般分为"演义"和"志传"繁本、"志传"简本三个系列，三系列之间都有混合本：

- "演义"系列李卓吾本和简本"英雄志传"小系列郑乔林本等多种混合本。
- "演义"系列李卓吾本和繁本郑少垣本混合本，即英雄谱本。
- "志传"系列繁本和简本混合本，即刘龙田本。
- "志传"系列简本"志传"系列和"英雄志传"系列混合本，即北图藏本。

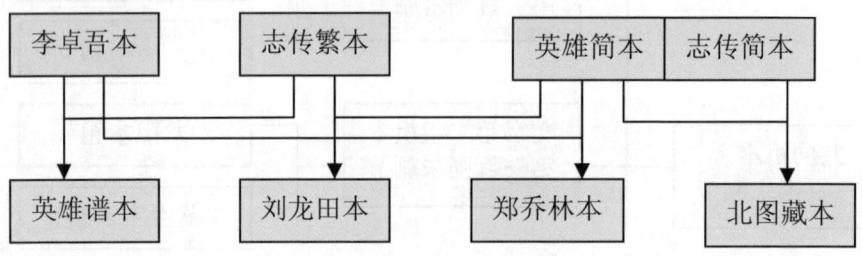

《三国演义》四种混合本

刘龙田本属于《三国演义》"志传"系列的简本，魏安先生早在《三国演义考》（1996年）中就指出这是一个"拼凑本"，卷一至八属于繁本，而卷九至二十属于简本，并从同词脱文进行了分析。至于产生这种"拼凑"的原因，魏安先生认为是由于繁本的底本只有卷一至八，后面卷九至二十就用简本补遗。在演化表中，刘龙田本和朱鼎臣本、黄正甫本、诚德堂本分为一类。

日本中川谕先生在其专著《〈三国志演义〉版本研究》（1998 年出版）中（第四章第一节），也对刘龙田本和其他简本的关系进行了分析，将其和朱鼎臣本分为一类。2008 年中川先生又发表论文《刘龙田本〈三国志传〉和繁本系统版本》[①]，利用笔者开发的《三国演义》版本比对软件，对刘龙田本全部 240 则进行了详细分析。从中川先生的分析统计可以明显看出，刘龙田本卷一至八是以繁本为主，卷九以后基本属于简本。中川先生也认为刘龙田本简本和繁本混合的现象，是由于编辑时的底本不全。繁本底本前半部分（卷一至八）比较齐全，但后半部分（卷九至二十）不齐全。而简本相反，前半部分不全，而后半部分全。因此编辑者只好分别用繁本和简本两种版本"剪贴"出刘龙田本。

刘世德先生对此提出另一种解释。整理者要制作一个新版本，为加快速度，一般会找多人同时整理。由于书商对底本没有严格要求和考察，不同的整理者由于各自喜好，分别采用了不同的底本，结果造成新版本中出现繁本和简本"剪贴"的情况。

笔者利用本人开发的古代小说版本比对软件，对刘龙田本再进行了详细的分析，证明魏安和中川先生的意见是正确的，该本确实是一个繁简混合本。但为何会如此复杂地用繁本和简本两种版本"拼凑"或"剪贴"成一种新版本，本人有不同看法[②]。

刘龙田本表面确实像魏安和中川先生、刘世德先生的分析，似乎确实是一个"拼凑"或"剪贴"混编而成的混合本。但为何会出现这样的混合本，不是因为底本不全等原因，而是整理者开始是采用繁本，但抄写者在抄写中又觉得繁本文字烦琐，对繁本做了简化，成为了用简本。后来又认为繁本描写好，采用了繁本。因此出现繁简混合，但第九卷（第九十七则）以后最终还是采用了简本，因此形成了繁简混合本。

此外，暨南大学李阳阳硕士论文认为：刘龙田本是抄袭朱鼎臣本[③]，其根据是刘龙田本很多文字和朱鼎臣本相同，特别是两本都把"朱隽"刊刻为"朱鼎"，因此认为这是刘龙田本抄自朱鼎臣本的"铁证"。对此笔者也有不同看法，因为这两个版本的"朱鼎"相同，除刘龙田本来自朱鼎臣本的一种可能性外，完全还可能两本"朱鼎"都来自一个未知的共同祖本的"朱鼎"，必须找到可以否定这个共同祖本的根据才行。

（2）刘龙田本目录分析

下面先对于刘龙田本的目录进行仔细分析。

"志传"繁本和简本的一个重要差异是关索和花关索故事。繁本除叶逢春本以外其他版本采用了花关索故事，即第一百五则为"关索荆州认父"，描写刘备占据荆州后，关索从老家来荆州认父关羽；第一百三十九则"张飞关索取阆中"，描写关索协助张飞夺取阆中。而叶逢春本和其他简本没有这些关索故事，上述两则为"黄忠魏延献长沙"和"瓦口张飞战张合"。

---

① 中川谕：《刘龙田本〈三国志传〉和繁本系统版本》，澳门近代文学会《文献整理研究暨数字化论文集》下册，第 160—175 页。
② 周文业：《〈三国演义〉刘龙田本的"拼凑"和"剪贴"》，澳门近代文学会《文献整理研究暨数字化论文集》下册，第 176—202 页。
③ 李阳阳：《朱鼎臣编纂小说研究》，暨南大学中国古代文学 2011 年硕士论文，导师程国赋。

刘龙田本目录也和繁本花关索相同，而和简本不同。

但实际正文中，刘龙田本第一百五则和第一百三十九则又和其他简本相同，没有关索名字，而和繁本不同。

总之，刘龙田本目录全部是繁本目录，有关索，但实际内容第一百五、一百三十九则则目和文字又都没有关索，和简本相同。所以，刘龙田本目录抄自繁本，则其开始抄写时的底本肯定是个繁本，后来对文字删改成了简本。下面先从文本进行分析。

（3）刘龙田本文本分析

下面利用本人开发的版本比对软件，对刘龙田本 240 则的文字进行仔细分析。

下表是刘龙田本繁简文字和插图、抄手对照表。

刘龙田本文字、插图、抄手统计表

卷	1				2		3	
则	1	2—5	6	7—12	13—24	25—28	29	30—36
则数	1	4	1	6	12	4	1	7
文本	混合	简本	混合	繁本	繁本删节		混合	简本
抄手	甲（12）				乙(12)		甲（12）	

卷	4	5	6—8	9—10	11—13	14—17	18	19—20
则	37—48	49—60	61—96	97—120	121—156	157—204	205—216	217—240
则数	12	12	36	24	26	48	12	24
繁简	繁本			简本				
抄手	甲(12)	乙(12)	甲(36)	乙（24）	甲（26）	乙（48）	甲（12）	乙（24）

通过上表可明显看出，刘龙田本文字从整体看，二十卷可分两部分：
- 卷一至八为繁简混合本。
- 细分卷一至三（合计 3 卷）文字有繁本，有简本，也有混合本和删节本。
- 卷四至八（合计 5 卷）为繁本。
- 卷九至二十（合计 12 卷）为简本。

从文字形式看，刘龙田本可分为四类：
- 繁本：包括第七至十二则和第三十七至九十六则，合计 66 则，占 240 则的 27.5%。
- 删节本：文字基本是繁本，但有删节，介于繁本和简本之间，包括第十三至二十八则，合计 16 则，占 240 则的 6.7%。
- 混合本：繁简交替，先繁后简，或先简后繁，包括第一、六、二十九则，合计 3 则，只占 240 则的 1.25%。
- 简本：包括第二至五则、第三十至三十六则和第九十七至二百四十则，合计 155 则，占 240 则的 64.6%。

下面举例介绍。

- 繁本：刘龙田本第一则前 4 页文字为繁本（郑少垣本），即"同入村中"之前，刘龙田本文字明显和繁本文字接近，和简本（朱鼎臣本）文字差异很大。
- 简本：刘龙田本从第一则第 5 页以后，即"问其姓名"之后，文字明显从繁本转为简本，文字和繁本文字差异很大，而和简本文字接近。
- 混合本：如前所述，刘龙田本第一则前 4 页为繁本，而第 5 页后为简本，因此第一则为先繁后简的混合本。

例，第一则"祭天地桃园结义"

郑：招军时玄德二十八岁立于榜下长叹一声而回后有一人厉声而言曰大丈夫不与国
龙：招军时玄德二十八岁立于榜下长叹一声而回后有一人厉声而言曰大丈夫不与国
朱：招军时玄德二十八岁立于榜下　叹　声而回后有一人厉声　言曰大丈夫不与国

郑：家出力何故长叹耶玄德回头见其人　　　　身长八尺豹头环眼燕颔虎须
龙：家出力何故长叹耶玄德回头见其人　　　　身长八尺豹头环眼燕颔虎
朱：家出力何故长叹耶玄德回头见其人品非常形貌炯别身长八尺豹头环眼燕颔虎须

郑：声若巨雷势如奔马玄德　见此人形貌异常遂与同入村　务道问其人姓名其人云
龙：声若巨雷势如奔马玄德　见此人形貌异常遂与同入村中　　问其　姓名其人
朱：声若臣雷势如奔马玄德与　此人　　　　　同入村中　　问其　姓名其人

郑：　　姓张名飞　字翼德世家涿郡颇有庄田卖酒屠猪专好结义天下壮士却说见公
龙：答曰姓张名飞表字翼德世家涿郡颇有庄田卖酒屠猪　　　　天下壮士　　见公
朱：答曰姓张名飞表字翼德世家涿郡颇有庄田卖酒屠猪　　　　天下壮士　　见公

郑：看榜何故长叹玄德曰我本　汉室宗亲　姓刘名备字玄德今闻黄巾　起劫掠州县
龙：看榜何故长叹玄德曰我本是汉室　亲宗姓刘名备字玄德今闻黄巾贼　劫掠州县
朱：看榜何故长叹玄德曰我本是汉室　亲宗姓刘名备字玄德今闻黄巾贼　劫掠州县

郑：有心要扫荡中原匡扶社稷恨寡不能尔　飞曰正合吾机　　吾有庄客数人同举
龙：　　　　　　　　　　　　恨　不能　耳飞曰正合吾机正坐饮
朱：　　　　　　　　　　　　恨　不能　耳飞曰正合吾机正坐饮

郑：大事若何玄德甚喜飞激玄德入酒店正饮间见一大汉推一辆车到店门外倚下车子
龙：　　　　　　　　　　　酒　　　见一大汉　　　　店门外　下
朱：　　　　　　　　　　　酒　　　见一大汉　　　　店门外　下

郑：入来饮酒坐在桑木凳上　唤酒保疾筛　酒来待我　赶入城　去充军怕迟了
龙：马入　　　　　店唤　　快将酒来　我要赶入城投　军
朱：马入　　　　　店唤　　快将酒来　我要赶入城投　军

郑：玄德看其人身长九尺三寸须长一尺八寸面如重枣唇若涂朱丹凤眼卧蚕眉相貌堂

龙:	玄德看其	身长九尺	须长一尺八寸面如重枣		丹凤眼卧蚕眉相貌
朱:	玄德看其	身长九尺	须长一尺八寸面如重		丹凤眼卧蚕眉相貌

郑:	堂威风凛凛玄德	就邀同坐问其姓名其人言曰吾姓关名羽字寿长后改为云长
龙:		魁伟就邀同坐问其姓名其人	曰	姓关名羽字	云长
朱:		魁伟就邀同坐问其姓名其人	曰	姓关名羽字	云长

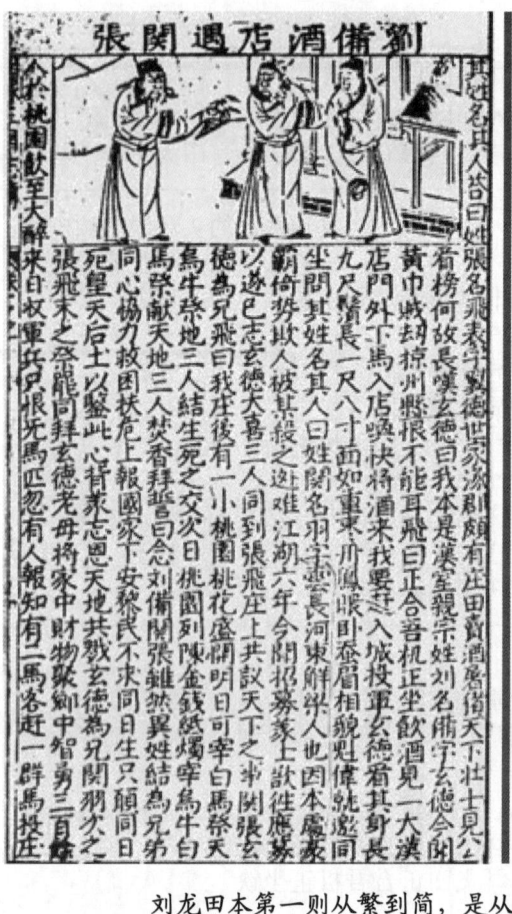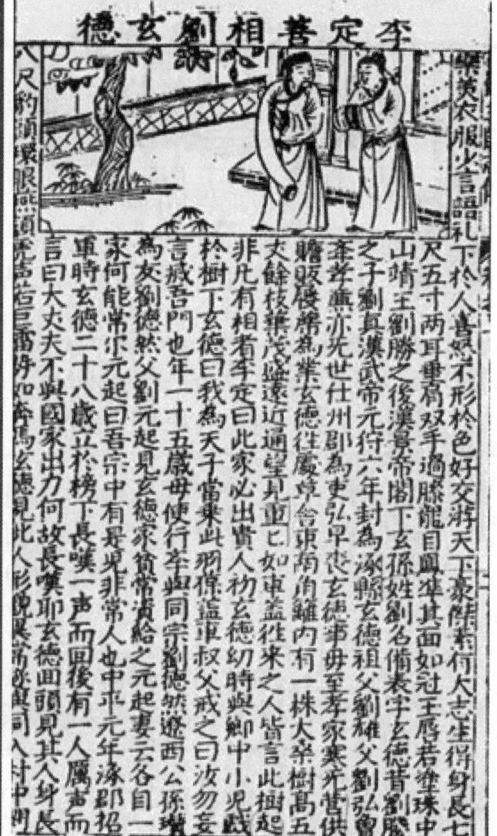

刘龙田本第一则从繁到简，是从第4页（右）到第5页（左）

刘龙田本类似情况在一则内出现繁简混合文本，还有第六则先简后繁，和第二十九则先繁后简。

● 删节本

刘龙田本第十三至二十八则文字既不同于繁本，又不同于简本，有繁有简，明显是繁本文字删节而成的混合本。

例，第十三则"赵子龙盘河大战"

郑:	于此天地间耶袁绍大怒	曰谁可擒之言未毕文丑纵	马挺枪直杀上桥	公孙瓒
龙:	此 间耶 绍大怒令		文丑 策马挺枪直杀	公孙瓒

```
朱：            绍  怒 令      之      丑          杀上桥来公孙瓒
——————————————————————————————————————————
郑：遂与文丑交锋战到十合瓒抵当不住拨回马便走文丑乘势追赶过桥瓒走入阵中文
龙：        战到十合瓒抵当不住拨  马便走文丑乘 势追赶    瓒走入阵中文
朱： 与文丑  战 十合      拨 马便走文丑    赶    入阵中
——————————————————————————————————————————
郑：丑跑马径入阵中军不敢当如入无人之境文丑不放公孙瓒往来在阵中追赶瓒手
龙：丑跑马径入阵中                                  瓒手
朱：                                              手丰
——————————————————————————————————————————
郑：下健将四员齐战被文丑一枪刺一将下马三将奔走文丑直  赶公孙瓒透
龙：下健将四员齐战坡文丑一枪刺一将下马三将奔走
朱：下健将四员齐战被文丑一枪刺一将下马三将奔走文丑直将  公孙瓒  对
——————————————————————————————————————————
郑：出阵后瓒望山谷而逃文丑骤马在后     大叫曰快疾下马受降瓒慌弓箭尽落头
龙：    瓒望山谷而逃文丑骤马在后厉声高 叫  快疾下马受降瓒
朱：出阵后瓒望山谷而逃文丑骤马在后厉声高 叫  快疾下马受降瓒  弓箭尽落头
——————————————————————————————————————————
郑：盔坠地披发纵马却转草坡其马前    失瓒翻身  落马 文丑急捻  枪来看
龙：                      翻身坠于 马下文丑急捻  枪来看
朱：盔坠地披发纵马却转草坡其马前蹄掀失 翻身坠  马 文丑急 挺枪来看
——————————————————————————————————————————
郑：看至近草坡左侧转出一将马上身无铠甲捻铁枪直取文丑两马  两交花锦相似
龙：看至近草坡左侧转出一将马上身无铠甲捻铁枪直取文丑两马相 交
朱：看至近草坡左侧转出一将          捻 枪直取文丑
——————————————————————————————————————————
郑：公孙瓒扒上坡去看那  个少年大战文丑五六十合胜负未分瓒部下救军到文
龙：              大战    五六十合胜负未分瓒部下救军到文
朱：公孙瓒扒上坡去看那将   大战文丑 六十合胜负未分瓒部下救军到文
——————————————————————————————————————————
郑：丑拨马去了那  少年也不去赶公孙瓒忙下坡问少年将军姓甚名谁
龙：丑拨马去了          公孙瓒忙下坡问   将军姓甚名谁
朱：丑拨马去了那将    也不去赶公孙瓒忙下坡问少年将军姓其名谁
——————————————————————————————————————————
郑：其人身长八尺浓眉大眼童颜相貌堂堂威风凛凛     常山真定人也
龙：其人身长八尺浓眉大眼  相貌堂堂威风凛凛     常山真定人也
朱：其人                         答曰吾乃常山真定人
```

（4）刘龙田本繁本分析

刘龙田本有些文字是繁本，目前已知繁本有七种，最接近哪个繁本？可能以哪个繁本为底本？

繁本主要分为余象斗本、余评林本和郑少垣本、杨闽斋本两组。下面2例刘龙田本分别和这两组各有相同的文字。

例1. 第八十二则"长坂坡赵云救主"

叶：	云乃拍马挺枪杀出墙外拦路的乃曹洪手下副将晏明也手持尖刀来　迎不二合云
余：	云乃拍马挺枪杀出墙外拦路的乃曹洪手下副将晏明也手持尖刀来　迎不二合云
评：	云乃拍马挺枪杀出墙外拦路的乃曹洪手下副将晏明也手持尖刀来　迎不二合云
郑：	赵云　拍马挺枪杀出
杨：	赵云　拍马挺枪杀出
龙：	云乃拍马挺枪杀出墙外拦路的　曹洪手下副将晏明　手持尖刀　而迎不二合云
———	———————————————————————————
叶：	一枪刺　晏明　　　　于马下杀　散余军冲开一条路正走之间前面又一枝军
余：	一枪刺　晏明　　　　于马下　　　冲开一条路正走之间前面又一枝军
评：	一枪刺　晏明　　　　于马下　　　冲开一条路正走之间前面又一枝军
郑：	晏明　被云刺于马下杀退众　军冲开一条路正走之间前面
杨：	晏明　被云刺于马下杀退众　军冲开一条路正走之间前面
龙：	一枪刺死晏明落　　　马　　　　　冲开一条路正走之间前面又一枝军
———	———————————————————————————
叶：	马摆开为首一大将旗号分明乃河间府张合也　　赵云更　不打话来战
余：	马摆开为首一大将　　　乃河间府张合也　　　赵云更　不打话来战
评：	马摆开为首一大将　　　乃河间府张合也　　　赵云更　不打话来战
郑：	张合　引军摆开赵云　　　　　挺枪与
杨：	张合　引军摆开赵云　　　　　挺枪与
龙：	马摆开为首一□□　　　乃河间府张合也　　　赵云　使不打话来战

此例很明显，刘龙田本文字和余象斗本、余评林本相同，而和郑少垣本、杨闽斋本不同。

例2. 第八十二则"长坂坡赵云救主"

叶：	出土坑张合大惊　而退赵云又走　背后　　　　二将大叫赵云休走前面又
余：	出土坑张合大惊　而退赵云又走　背后　　　　二将大叫赵云休走前面又
评：	出土坑张合大惊　而退赵云又走　背后　　　　二将大叫赵云休走前面又
郑：	出土坑张合大惊　而退赵云又走　背后马延张铠　　大叫赵云休走　　又
杨：	出土坑张合大惊　而退赵云又走　背后马延张铠　　大叫赵云休走　　又
龙：	张合大　骂而退赵云又走见背后马延张铠赶
———	———————————————————————————
叶：	有二将四般军器来到背后的是马延张　　铠前面的是张尚墨触
余：	有二将四般军器　　　背后的是马延张　　铠前面的是张尚墨触
评：	有二将四般军器来到背后的是马延张　　铠前面的是张尚墨触
郑：	有　　　　　　　　　　张南焦　　　　触拦路
杨：	有　　　　　　　　　　张南焦　　　　触拦路

| 龙： | | 来 | | 前面 | 张尚墨触拦 | 挡 |

此例很明显，刘龙田本文字和郑少垣本、杨闽斋本相同，而和余象斗本、余评林本不同。

这 2 例都出自第八十二则，但很奇怪，一例和余象斗本、余评林本相同，而和郑少垣本、杨闽斋本不同；另一例相反，和郑少垣本、杨闽斋本相同，而和余象斗本、余评林本不同。

初步统计，这两类例子各半，即刘龙田本一半和余象斗本、余评林本相同，而一半却和郑少垣本、杨闽斋本相同。

因此，刘龙田本繁本部分文字，可能和余象斗本、余评林本、郑少垣本、杨闽斋本有共同祖本，只从文字还无法分析刘龙田本繁本和哪个版本最接近。

但后面分析插图就可清楚看出，刘龙田本插图和郑少垣本最接近。

（5）刘龙田本简本分析

刘龙田本第九卷开始从繁简混合本转为简本，其中典型文字是第一百三十九则，繁本花关索为"张飞关索取阆中"，有关索协助张飞夺取阆中描写。而简本第一百三十九则为"瓦口张飞战张合"，文字中并没有关索。

前面分析"志传"系列"英雄志传"小系列时，通过文字比对，刘龙田本和朱鼎臣本属于一组。下面分析两本的关系。

为此需要仔细比对两本文字。因为刘龙田本是繁简混合本，而朱鼎臣本是简本，繁本部分文字无法比对，只能比对简本部分文字。考虑第九十七则至二百四十则两本都是简本，而其他部分有的刘龙田本是繁本或混合本，不好比对，因此只比对第九十七至二百四十则，统计每则内刘龙田本和朱鼎臣本文字脱落和增补数量。

对刘龙田本和朱鼎臣本第九十七则至二百四十则文字差异，在前一节"简本'志传'系列 3 组内版本关系分析"中曾举例说明。

两本文字差异有以下四种情况，下面做仔细分析。

● 刘龙田本文字脱落 5 例。

经与朱鼎臣本和郑少垣本比对，朱鼎臣本和郑少垣本都没有脱落，因此这 5 例肯定是刘龙田本脱落，而不是朱鼎臣本增补。

● 刘龙田本文字改写 4 例。

第一百三十则"玄德平定益州"，其中描写刘备自领益州牧后列出诸将名单，刘龙田本将领名单顺序和朱鼎臣本不同，朱鼎臣本似有脱落。但仔细和郑少垣本比对，发现朱鼎臣本和郑少垣本基本相同，和刘龙田本不同。实际是刘龙田本可能觉得郑少垣本名单不好做了修改，而不是朱鼎臣本有脱落。

第一百七十三则"玉泉山云长显圣"，关公被杀后魂灵来到玉泉山，遇到一位禅师，其姓名在多数"志传"本（诚德堂本、朱鼎臣本、天理图本、熊佛贵本）中为"普净"，而刘龙田本、黄正甫本为"普静"。查叶逢春本和各种繁本都是"普静"，为何刘龙田本、黄正甫本是原始的"普静"，而包括朱鼎臣本的其他"志传"本却是修改的"普净"？

仔细分析，刘龙田本虽然属于简本，但前 8 卷是繁简混合本，第九卷以后为简本，关羽之死在第十三卷，应属于简本为"普净"。可能因为刘龙田本是直接从繁本删节而来，或其底本就是"普静"，因此刘龙田本仍为"普静"，而同组的朱鼎臣本改为了"普净"。

其他几例也明显是刘龙田本文字做了修改。

● 刘龙田本文字增补 1 例。

第二百九则"武侯遗计斩魏延"刘龙田本增补一句"真神策也静轩先生"，而朱鼎臣本、郑少垣本都没有此句话，因此这肯定是刘龙田本增补的，而不可能是朱鼎臣本脱落。

● 朱鼎臣本文字增补或刘龙田本删除 2 例。

刘龙田本和朱鼎臣本有 2 例文字不同，再和郑少垣本文字比对，发现是朱鼎臣本文字有增补，理论上也可能是刘龙田本删除，无法判断。

根据以上分析，刘龙田本简本文字脱落、改写、增补 10 例，朱鼎臣本文字增补 2 例，而未发现朱鼎臣本文字脱落。

因此，朱鼎臣本不可能出自刘龙田本，因为如朱鼎臣本出自刘龙田本，而刘龙田本文字有脱落、改写、增补，朱鼎臣本就要根据其他版本恢复刘龙田本脱落、改写、增补的文字，这几乎是不可能的。

因此，刘龙田本和朱鼎臣本只有两种可能：

● 兄弟关系：它们有共同祖本，两本文字分别出现脱落、增补和改写。
● 父子关系：因为刘龙田本文字有脱落，而朱鼎臣本没有脱落，因此只可能是刘龙田本在朱鼎臣本基础上编写，而不可能是朱鼎臣本在刘龙田本基础上改编。

（6）第九十六、一百则文字缺失

前面分析"英雄志传"系列第九十六则和第一百则有些版本文字有缺失。

第九十六则是赤壁之战中，荆州降将焦触、张南主动出战，被吴军韩当、周泰所杀。所有版本中只有刘龙田本和黄正甫本未缺失。刘龙田本是繁简混合本，第九十七则前为繁本，以后为简本，第九十六则刚好是繁本最后一则，因此文字未缺失。

第一百则文字缺失是赤壁之战后曹操在华容道被关羽所拦截，曹操劝关羽放行后举了一段历史故事。这段文字缺失只有九州本、刘龙田本和黄正甫本三个版本。刘龙田本此处为简本，编写者可能觉得这段文字和所叙述故事有些分离，这段文字如删除，对整体没有多大影响，因此就故意删除了。

总之，刘龙田本第九十六则、第一百则文字缺失与否都有合理的解释。

（7）刘龙田本文字编写过程

刘龙田本从文字看十分复杂，其文字编写过程也十分复杂，可分为以下几个阶段：

● 开始繁本：第一则开始前 4 页都是繁本。
● 繁本转简本：从第一则第五页开始，文字突然转为简本，直到第五则。

- 简本再转繁本：从第六则开始，又从简本转为繁本，直到第十二则。
- 繁本删节本：从第十三则开始，文字基本是繁本，但有删节，比简本还是详细一些。混合本到第二十八则为止。
- 繁本转简本：从第二十九则第 3 页开始，又突然再次从从繁本删节本转为简本，直到第三十六则为止。
- 繁本：从第三十七则开始，又从简本转为繁本，直到第九十六则为止。
- 繁简混合本：从第一则到第九十六则（前 8 卷）可视为繁简混合本。
- 简本：从第九十七则（卷九）开始，彻底转为简本，直到第二百四十则（第二十卷）全书结束。

因此刘龙田本全书文字转化过程十分复杂，如下：

繁本（前 4 页）—简本（4 则）—繁本（7 则）—繁本删节本（16 则）—简本（8 则）—繁本（60 则）—简本（144 则）。

为何整理者在繁本、简本之间如此毫无规律地来回转换？是否是底本不全所致？下面再详细分析。

（8）抄手和繁简转换关系

刘龙田本从文字看是混合本，有繁本，有简本，仔细分析其抄写也是两个抄手所抄，最突出的是两人所写的"义"字不同。

- 抄手甲：卷一、三、四、六、七、八、十一、十二、十三、十八，合计 10 卷。
- 抄手乙：卷二、五、九、十、十四、十五、十六、十七、十九、二十，合计 10 卷。

甲、乙两抄手各自抄写了 10 卷，很有规律。

仔细比对，两抄手和文字繁简之间有一定的联系。

- 抄手甲抄写卷一中出现了几次繁简转换。
- 抄手乙抄写卷二时一直采取繁本删节方式，没有繁简转换。
- 抄手甲抄写卷三、四时再次出现繁简转化。
- 抄手乙抄写卷五时都为繁本。
- 抄手甲抄写卷六、七、八时都是繁本。
- 抄手乙开始抄写卷九时采取了简本，从此开始和甲抄手交替抄写到卷二十结束，全部采用了简本。

由此看出：繁简转换都出现在抄手甲，而抄手乙抄写时没有出现繁简转换。

（9）插图分析

版本分析除文字外，插图也是一个重要的分析手段。版本之间差异文字分析很精细，但版本文字的修改有随意性，所以只根据文字有时很难判别版本的关系和先后。而插图分析就有其优势了。新版本修改文字很容易，但重新绘画插图需要一定创意，很多新版本图省事，就以原底本插图为基础重画。如刘龙田本前八卷底本是哪个繁本，从文字很难判断。而插图的差异就更清楚明显。

利用插图分析版本也有两重性。
- 版本插图相似肯定有密切关系。
- 但插图不同,不见得版本就肯定没有关系。

编写一个新版本,一般会选择一个底本,先编文字,再根据新编写的文字绘制插图。下面分三种情况举例说明从文字编写到插图的三种情况:
- 基本复制底本插图:文字变化不大,就基本复制插图。
- 部分复制底本插图:由于版本文字有改变,要做到图文对照,插图有时必须修改。
- 全部重画:文字如有大改变,如从繁本删节为简本,插图就会重画。但有时文字未改,但绘画者出于某种考虑也会全部重画。

总之,文字和插图的编辑过程应该是先编写文字,再根据文字内容配插图。如修改后文字和底本插图差距不大,就基本复制。如文字有删节,插图对应也会删节。如文字删节较多,插图可能重新绘制。

为此,对刘龙田本和郑少垣本、朱鼎臣本全部插图逐一做了仔细比对,以下列出部分比对结果,表内数字是和刘龙田本插图相同的插图数量。

刘龙田本、郑少垣本、朱鼎臣本插图比较表(部分)

则	1	2	3	4	5	6	7	8	9	10	11	12
郑少垣本	6	4	6	3	4	5	0	7	10	6	6	6
朱鼎臣本	3	0	0	0	0	1	0	0	4	1	0	1

则	13	14	15	16	17	18	19	20	21	22	23	24
郑少垣本	4	6	6	3	7	5	5	2	5	7	5	3
朱鼎臣本	0	0	0	1	1	1	0	0	1	1	0	0

则	25	26	27	28	29	30	31	32	33	34	35	36
郑少垣本	6	1	1	1	3	3	6	0	3	1	0	0
朱鼎臣本	1	1	0	0	0	0	1	0	1	0	0	0

则	37	38	39	40	41	42	43	44	45	46	47	48
郑少垣本	6	10	5	3	4	3	4	4	6	5	4	4
朱鼎臣本	0	0	1	1	0	0	0	1	1	0	0	0

则	85	86	87	88	89	90	91	92	93	94	95	96
郑少垣本	6	3	6	4	0	5	4	1	2	3	2	0
朱鼎臣本	1	0	0	0	0	1	0	0	0	1	1	0

则	97	98	99	100	101	102	103	104	105	106	107	108
郑少垣本	1	1	0	1	1	0	0	1	1	0	1	0
朱鼎臣本	0	1	0	1	0	1	0	0	0	0	0	0

下面逐一举例说明。

● 基本复制

刘龙田本第一则开始是繁本，但从第一则后面至第六则文字改为简本。但第一则到第六则插图基本和繁本郑少垣本相同，可能是文字虽然改为简本，但底本是郑少垣本，插图就没有改。朱鼎臣本插图只有极少数相同。

第一卷第二则插图比较：刘龙田本5幅插图，郑少垣本4幅相同，朱鼎臣本都不同

郑少垣本	刘龙田本	朱鼎臣本

- 完全不同

第七至二十九则刘龙田本文字为繁本和混合本，刘龙田本插图也多数和郑少垣本相同，只有第七、二十、二十四、二十六、二十七、二十八则、八十九则插图有所不同。其中第二十六则插图三本只一幅接近，是最极端的例子。而前一则第二十五则插图刘龙田本和郑少垣本又完全相同。为何文字和插图不同，原因还不明。

第一卷第二十六则插图比较：刘龙田本 7 幅插图，郑少垣本、朱鼎臣本各 1 幅相同

郑少垣本	刘龙田本	朱鼎臣本

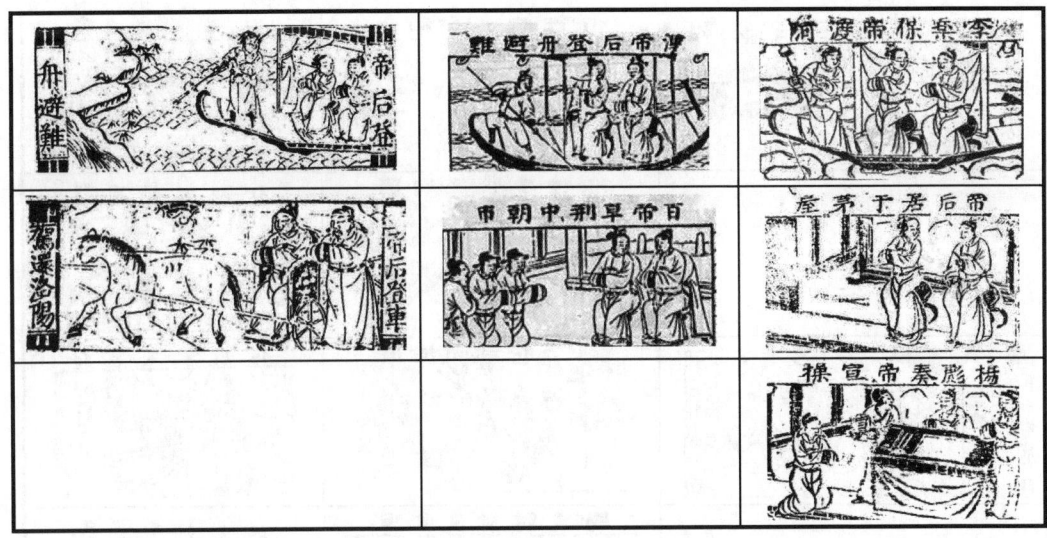

- 部分复制

第三十至三十六则刘龙田本文字为简本，插图除第三十一、三十三则接近繁本郑少垣本外，其余5则插图都和郑少垣本有差异。

- 基本相同

第三十七至九十六则刘龙田本文字为繁本，插图除第八十九则外，也基本和繁本郑少垣本相近。

- 基本不同

第九十七至二百四十则刘龙田本文字改为简本，插图和繁本郑少垣本和简本朱鼎臣本除少数相似外，大多数都不同。

第九卷第九十八则插图比较：刘龙田本6幅插图，郑少垣本、朱鼎臣本1幅相同

郑少垣本	刘龙田本	朱鼎臣本

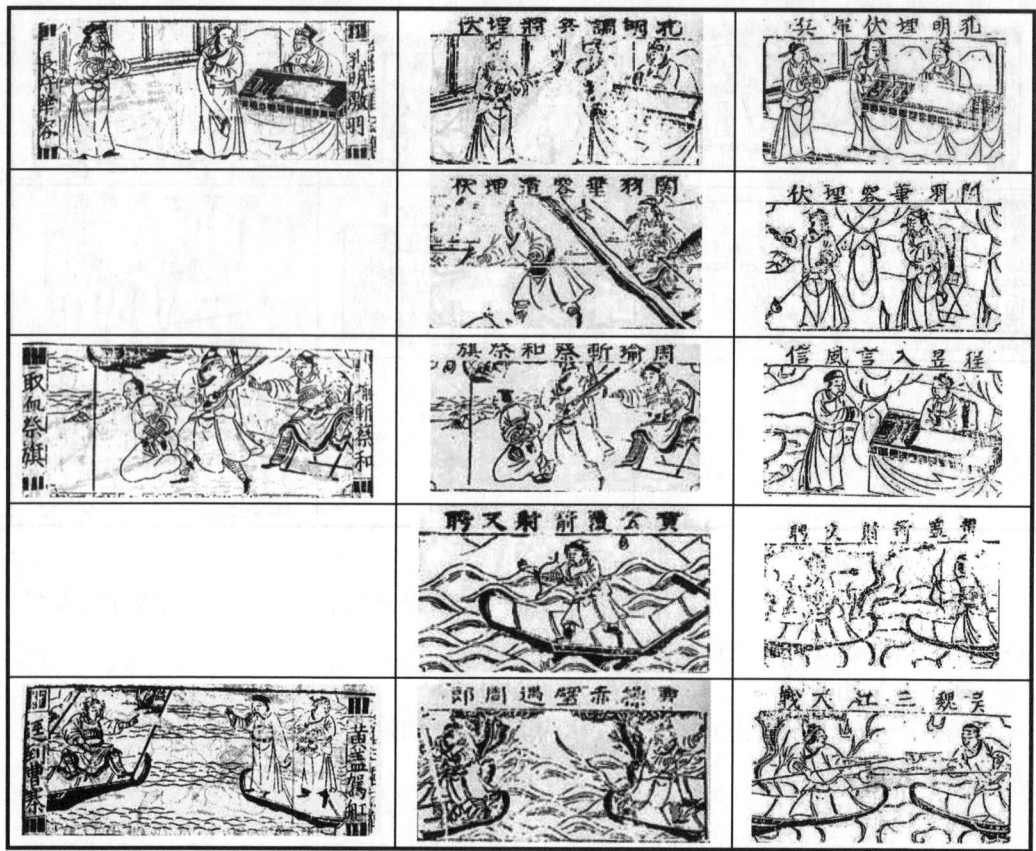

插图从整体看，二十卷可分两部分：

- 卷一至八（合计 8 卷）刘龙田本文字有繁有简，有繁本、简本、混合本，但插图基本和繁本郑少垣本插图相同。
- 卷九至二十（合计 12 卷）刘龙田本文字都为简本，插图除开始的第九十七则还接近繁本郑少垣本，后面各则的插图和郑少垣本、朱鼎臣本都不相同。

插图分析的结果说明，刘龙田本插图分两类。

- 第一类插图属于繁本，和郑少垣本很接近，总计 84 则。
- 第二类插图属于简本，但和朱鼎臣本不同，也和现有任何版本插图都不同，可能是刘龙田本所绘制，或和某个简本接近，总计 156 则。

（10）文字、插图比较

以上对刘龙田本插图进行了分析，前一节对其文字进行了分析，再比对刘龙田本的文字和插图。

从上表比较可以看出，文字和插图整体划分比较一致。

整体看，文字和插图繁简划分可分三段：

- 第一至三十六则：繁简混合交替，以繁本（郑少垣本，下同）为主。
- 第三十七至九十六则：基本是繁本。

- 第九十七至二百四十则：基本是简本。

刘龙田本文字、插图繁简统计表

则	1	2—5	6—7	8—12	13—28	29	30—36	37—96	97—240
则数	1	4	1	5	16	1	7	60	144
文	混	简	混	繁	繁删	混	简	繁	简
	混	简	繁				简	繁	简

则	1—6	7	8—19	20	21—25	26—28	29—31
则数	6	1	12	1	5	3	3
图	繁	简	繁	简	繁	简	繁

则	32—36	37—88	89	90—91	92—240
则数	5	52	1	2	149
图	简	繁	简	繁	简

但细节也有差异：

- 文字第一则是繁简混合，而插图是繁本。
- 文字第二至五则是简本，而插图都是繁本。
- 插图第七则是简本，而文字是混合本。
- 插图第二十则是简本，而文字是繁本删节本。
- 插图第二十六至二十八则是简本，而文字是繁本删节本。
- 文字第三十至三十六则是简本，而插图是第三十至三十一则是繁本。
- 文字第三十七至九十六则是繁本，而插图第三十七至八十八则是繁本，第八十九则是简本，第九十至九十一则是繁本，第九十二至九十六则是简本。
- 文字从第九十七至二百四十则为简本，而插图是从第九十二至二百四十则为简本。

一般是先抄文字，后补插图。上述文字和插图有个别处有矛盾：

- 有个别文字是简本，而插图是繁本（或繁本删节），如第二至五（4则）、三十至三十一（2则）、九十二至九十六则（5则），合计11则。这可能是抄手文字从繁本变为简本了，但插图绘制者未注意，或不想改，就仍然用繁本插图。
- 有个别文字是繁本（或繁本删节），而插图却是简本，如第七（1则）、二十（1则）、二十六至二十八（3则），合计5则。这部分文字仍然是繁本，但不知为何插图并没有采用繁本插图，而是采用了别的插图。

总之，文字和插图有两种情况：第一是文字从繁本改为简本，插图未改，仍采用了繁本插图。第二是繁本文字未改，而插图不知为何却做了修改。

（11）文字、插图编辑过程

根据以上对刘龙田本文字、插图分析可以看出，其编辑过程十分复杂，可分为以下几个阶段：

- 文字、插图开始是繁本

刘龙田本第一则开始 4 页是繁本，文字和插图都和郑少垣本基本相同。

- 文字繁本转简本，插图仍然是繁本插图

刘龙田本从第一则第五页开始，文字突然转为简本，和朱鼎臣本文字接近，直到第五则。因为文字虽改变，但内容本质未变，因此插图仍然是郑少垣本的插图。

- 文字从简本再转繁本，插图基本仍是繁本插图

刘龙田本从第六则开始，又从简本转为繁本，直到第十二则。插图也仍然是郑少垣本的插图。

- 文字繁本删节本

刘龙田本从第十三则开始，文字基本是繁本，但有删节，比简本还是详细一些。但有时刘龙田本文字删节后比朱鼎臣本还简略。由此可证明，刘龙田本不可能是朱鼎臣本的祖本，朱鼎臣本可能是直接从繁本删节而来的。混合本到第二十八则为止。插图从第十三则到第二十五则基本和郑少垣本相同，但第二十六、二十七、二十八则插图和郑少垣本又有所不同。

- 文字从删节本转为简本，插图很复杂

刘龙田本从第二十九则第三页开始，又突然再次从繁本删节本转为简本，直到第三十六则为止。插图前几则接近繁本，后几则和繁本又不同。

- 文字繁本，插图繁本

从第三十七则开始，刘龙田本再次转为繁本，直到第九十六则为止。插图也基本和郑少垣本相同。

- 文字简本，插图简本

从第九十七则（即卷九）开始，刘龙田本彻底转为简本，直到第二百四十则全书结束。插图也和繁本郑少垣本完全不同，但和简本朱鼎臣本也不同。

总之，刘龙田本文字和插图变化很大，前 8 卷文字、插图都是混合本，而后 12 卷基本都是简本。

（12）刘龙田本采用繁简混合本的原因

刘龙田本为何要如此复杂地编一本混合本？有三种解释。

- 魏安、中川先生都认为，刘龙田本采用两种版本是底本不全所致。

这种解释对后 12 卷简本可能成立，但对前 8 卷繁简混合本这种解释就有问题。如前分析，前 8 卷虽然文字是繁简交替，但插图都和繁本郑少垣本相同，因此前 8 卷的底本肯定都是郑少垣本。

而且一般书商要制作一个新版本，肯定要在市场上选择一个版本为底本，或参考。在明清《三国演义》版本流传很广，前 8 卷底本肯定是郑少垣本，书商找到郑少垣本

很容易。因此说书商可能没有找齐底本，因此只好用两种版本"拼凑"。这种解释可能性很小。

另外，第一部分文字有繁本、有简本，如果这是底本不全造成的，则两种底本破损很严重，不会出现如此复杂的文字繁简转换。而且第一部分的插图全部都是根据郑少垣本绘制的，这说明整理者手中应该有第一部分完整的郑少垣本。这样为何会出现第一部分文字采用简本、插图采用郑少垣繁本的怪现象？虽然还可以用上面插图完整，下面文字破损勉强来解释，但这种可能性实在很小。

因此，刘龙田本最初底本肯定是郑少垣本，根据对文字和插图分析，刘龙田本之所以出现如此复杂的繁简转换，不是郑少垣本底本不全，而是抄写者有意所为。

● 刘世德先生认为是不同抄手选择底本不同所致。

前面仔细分析了刘龙田本的两个抄手抄写情况，可以看出两抄手是轮流抄写，采用的肯定是同一个底本，不存在抄手选不同底本问题。

● 本人认为刘龙田本如此复杂的繁简交替不是底本不全，或抄手采用不同底本，而是整理者开始想再编一本繁本，后又想简化，因此前8卷在繁本和简本之间摇摆，直到第九卷以后才全部采用了简本。

刘龙田本编写过程如下。

● 刘龙田本开始是采用了繁本为底本，因此第一则开始文字和郑少垣本相同。但抄写了前4页，抄写者想简化一下文字，因此从第五页开始对原本文字做了删节。

● 第一至第八卷文字一直在繁本和简本之间摇摆，有时是繁本，有时又是简本，其实这是抄写者（抄手甲）在繁本和简本之间摇摆。有时觉得繁本文字很好，就照抄了。有时又觉得繁本文字可以简化，因此做了删节。如前所述，因为这8卷插图基本和繁本郑少垣本相同，因此刘龙田本肯定是以繁本郑少垣本为底本，而没有底本缺损和更换底本问题。

● 从第九卷开始，直到最后第二十卷，整理者全部彻底采用了简本，插图和文字都是简本。其原因可能是书商（或抄写者）为节省成本，最终后面11卷还是全部改为简本。至于插图目前看来和任何版本都不同，是参考某未知版本，还是绘图者自己绘制还难以判别。

根据前面对甲乙两个抄手分析还可看出，刘龙田本文字有繁有简，全部是抄手甲在繁本和简本之间摇摆，而抄手乙全部是简本，没有出现繁简转化现象。

从插图看，前8卷插图基本和繁本相同。直到第九卷以下的后半部分文字全部是从繁本删节而来的简本，插图也全部重画。

刘龙田本之所以出现繁简混合的复杂现象，从根本上分析，可能是当时市场上在繁本之后，又出现了诚德堂本之类的简本。书商因此想整理出一种新版本，看似是繁本，但其实内容篇幅又小于繁本，价格比繁本低，以此来争夺市场。

从下表可看出：郑少垣本有1586页，朱鼎臣本也有1467页，而刘龙田本只有1346页，是郑少垣本的84.9%，是朱鼎臣本的91.8%。因此价格比郑少垣本和朱鼎臣本都低。

当然此后出现的"英雄志传"系列刘兴我本、刘荣吾本、杨美生本页数更少,价格也就更低了。

虽然刘龙田本严格地说是繁简混合本,但考虑其二十卷中有 11 卷为简本,因此将刘龙田本归入简本也还合理。

繁本、简本篇幅比较表

版本	郑少垣	朱鼎臣	刘龙田	诚德堂	刘兴我	刘荣吾	杨美生
页数	1586	1467	1346	1203	986	941	822
比例(%)	100	92.5	84.9	75.9	62.2	59.3	51.8
每页字数	405	352	391	392(266)	437	345	398
字数(万字)	64.2	51.6	52.6	47.2	43.1	32.5	32.7

(12)刘龙田本是繁简过渡本

根据以上分析,刘龙田本从文字看是繁简混合本,而从版本演化看,可以看作繁简过渡本。

刘龙田本本来可能是想刊刻一部繁本,但编写中又想节约成本,简化文字,因此在繁本和简本之间摇摆,一会儿是繁本,一会儿又是简本,最后终于采用了简本,因此刘龙田本也可视为从繁本到简本的繁简过渡本。

由于刘龙田本是繁简过渡本,就不会是晚期刊本,晚期简本大规模流行开来,再编写这样的繁简混合本,对书坊来说就是劳民伤财毫无意义了。因此刘龙田本肯定是简本初期的版本。

类似现象在《水浒传》中也出现过,《水浒传》版本也分为繁本和简本两类,《水浒传》有一残叶,其文字也是介于繁本和简本之间,本书《水浒传》研究部分有专文分析。此残叶的文字是繁简混合,从演化角度看,此残叶和《三国演义》刘龙田本一样,也应该是从繁本到简本的繁简过渡本。

《三国演义》和《水浒传》版本演化中有很多相似问题,这是中国古代小说发展演化中的共通问题。

(14)刘龙田本刊刻时间

刘龙田(1560—1625),其书坊刊图书现有记录的是从万历二十六年(1598 年)至万历四十三年(1615 年)。刘龙田本《三国演义》序言写于"屠维"年,即"己"年,则其刊刻时间可能为万历二十七年(1599 年)、三十七年(1609 年)、四十七年(1619 年)。刘修业和陈翔华先生认为刘龙田本刊刻于万历三十七年可能性较大。[①]

分析刘龙田本刊刻时间有几个线索:

---

① 陈翔华:《乔山堂本(三国志传序)言》,《三国志演义古版丛刊五种》,中华全国图书馆文献缩微复制中心 1994 年 12 月。

1）插图：根据对刘龙田本插图分析，此本繁本部分插图肯定是根据郑少垣本复刻的，而郑少垣本刊刻于万历三十三年（1605年），因此刘龙田本肯定在万历三十三年（1605年）之后。

2）其他版本时间：刘龙田本属于"志传"小系列，此系列中已知刊刻时间的有：
- 诚德堂本（熊清波）万历二十四年（1596年）刊行
- 忠正堂本（熊佛贵）万历三十一年（1603年）刊行

根据以上两线索，刘龙田本的三个时间中：
- 万历二十七年（1599年）在郑少垣本万历三十三年（1605年）之前，不可能。
- 万历四十七年（1619年）比繁本郑少垣本晚14年，简本已经大量流行，刘龙田再刊刻繁简混合本可能性不大。
- 万历三十七年（1609年）比繁本郑少垣本只晚4年，比"志传"小系列忠正堂本晚6年，比诚德堂本晚13年。可能性最大，和刘修业和陈翔华先生分析一样。

（15）刘龙田本和朱鼎臣本关系

根据前面文字比对和插图分析，刘龙田本可能出自朱鼎臣本，是父子关系；也可能有共同的祖本，是兄弟关系。

暨南大学李阳阳硕士论文认为：刘龙田本抄袭朱鼎臣本（以下称"李文"）[①]，其根据是刘龙田本很多文字和朱鼎臣本相同，特别是两本都把"朱隽"刊刻为"朱鼎"，因此认为这是刘龙田抄自朱鼎臣本的"铁证"。这种分析其实是有问题的。

刘龙田本和朱鼎臣本"朱鼎"等文字相同，理论上它们的关系可能有三种可能性：
- 朱鼎臣本在前，刘龙田本在后。
- 刘龙田本在前，朱鼎臣本在后。
- 两本没有前后关系，都是出自一个共同祖本。

这三种可能性中都会出现两本文字相同，因此只根据两本文字相同是无法判断两个版本先后的。这是很简单的道理。

要判断属于哪种关系，可从文字和插图两方面分析。

1）文字脱落

分析文字最可靠的办法是查找文字脱落，如一个版本文字有脱落，而另一个版本文字没有脱落，则脱落文字版本肯定后出。因为如文字脱落的版本在前，则文字没有脱落的版本就必须根据其他版本校对，再补上这些脱落的文字，这是很困难的，几乎是不可能的。

但如果两个版本互有文字脱落，则两个版本就没有前后关系，而是出自一个共同祖本，各自出现了文字脱落。

如前所述，刘龙田本分繁本和简本两部分，前8卷基本是繁本和繁简混合本，第

---

① 李阳阳：《朱鼎臣编纂小说研究》，暨南大学中国古代文学2011年硕士论文，导师程国赋。

九卷第九十七则以后是简本。

在前 8 卷中，刘龙田本和朱鼎臣本有很多文字相同，也互有文字脱落。

如第九十六则曹操横槊赋诗一段文字，朱鼎臣本有脱落，而刘龙田本未脱落。相反，第一百则关羽放曹操一段文字，刘龙田本有删节，而朱鼎臣本未删节。

由于刘龙田本前 8 卷是繁简混合本，既有繁本文字，也有简本文字。如第七卷第八十二则"长坂坡赵云救主"中写糜夫人之死，繁本和简本"英雄志传"本糜夫人是"头撞墙而死"，而简本"志传"是"投井而死"，刘龙田本虽然属于简本"志传"，应该和朱鼎臣本一样是"投井而死"，但此处刘龙田本却和繁本一样，也是"头撞墙而死"。这是因为刘龙田本前 8 卷是繁简混合本，因此糜夫人之死就和繁本相同。

前 8 卷刘龙田本中繁本文字和插图都肯定出自郑少垣本。而朱鼎臣本是彻底的简本。如刘龙田本前 8 卷抄自朱鼎臣本，就要再根据其他繁本补写，这是非常复杂而毫无必要的事。

另外，刘龙田本繁本部分底本肯定是郑少垣本，但其简本部分是否可能以朱鼎臣本为底本？

刘龙田本简本部分文字有三种可能：
- 可能来自某个简本，和朱鼎臣本有共同祖本。
- 也可能是刘龙田本自己改写。
- 也可能来自朱鼎臣本。

但前面分析"志传"本文字差异时，经过文字比对，刘龙田本简本文字有很多脱落，如果朱鼎臣本也有文字脱落，它们就肯定有共同祖本。但查朱鼎臣本却没有文字脱落。

因此，没有文字脱落的朱鼎臣本，就不可能来自有文字脱落的刘龙田本。朱鼎臣本不可能来自刘龙田本，而是来自另一个简本。

这样，刘龙田本简本文字应该不是自己删节而来，而是来自某个简本。即刘龙田本应该有繁本和简本两个底本。

由于朱鼎臣本不可能来自刘龙田本，就只有两种可能：朱鼎臣本和刘龙田本两本有共同祖本，或刘龙田本简本文字部分来自朱鼎臣本。

只从文字本身分析，刘龙田本简本部分文字是来自朱鼎臣本，还是其他简本，还是刘龙田本自己删节，目前难以判断。

2）插图分析

根据前面对刘龙田本、郑少垣本和朱鼎臣本插图分析，在前 8 卷，刘龙田本插图基本和郑少垣本插图相同，而第九卷以后刘龙田本插图和任何版本插图都不同，刘龙田本插图全书都和朱鼎臣本不同。刘龙田本繁本部分插图是来自郑少垣本，说明此本插图绘制为省事没有再自己绘制。

既然刘龙田本繁本部分插图明显复制郑少垣本，则为省事，其简本部分插图也应该仿照其底本的版本。如果刘龙田本简本部分来自朱鼎臣本，其插图也应该复制朱鼎臣本，但实际刘龙田本插图和朱鼎臣本完全不同，因此刘龙田本出自朱鼎臣本可能性不大，应该来自另外一个和朱鼎臣本共同的底本。

根据以上对文字、插图的综合分析，刘龙田本和朱鼎臣本关系最大可能是：两本有共同祖本。

3）刊刻时间

认为刘龙田本抄袭朱鼎臣本的论文认为：刘龙田本可能刊刻于万历三十七年，而朱鼎臣本可能刊刻于万历二十年至万历四十七年之间。由此也还是无法分辨两本的前后。所以，李文认为刘龙田本抄袭朱鼎臣本的看法可能性很小。

（16）刘龙田本总结

刘龙田本肯定是个繁简混合本。刘龙田本和朱鼎臣本属于"志传"小系列其中同一组。

刘龙田本根据文字和插图分析，明显分为前8卷和后12卷（第九卷到第二十卷）两部分。

前8卷根据文字和插图分析，其插图底本肯定是繁本郑少垣本，其文字可能是从郑少垣本删节而来，也可能来自另一个简本，但绝对不是朱鼎臣本。

而第九卷以后，刘龙田本和郑少垣本、朱鼎臣本插图完全不同，但文字和朱鼎臣本文字十分相近。而刘龙田本文字有脱落，朱鼎臣本文字没有脱落。因此可能是刘龙田本抄自朱鼎臣本，也可能是它们有共同祖本。

但插图分析，刘龙田本和朱鼎臣本插图完全不同，因此刘龙田本抄自朱鼎臣可能性不大，而是两本有共同祖本可能性更大。

刘龙田本之所以如此复杂，并不是底本不全，也不是不同抄手所致。而可能是整理者开始想整理一个繁本，但有时又对繁本文字做删节，结果前8卷就不断在繁本和简本之间摇摆，而插图就直接仿制郑少垣本。最后到第九卷以后，就彻底抛弃了繁本，而完全采用了简本文字，插图也和任何版本不同，第九卷以后刘龙田本文字是和朱鼎臣来自一个共同祖本，还是刘龙田本直接来自朱鼎臣本，目前不明。

总之，刘龙田本繁本文字和插图都主要来自郑少垣本，刘龙田本简本从文字看，可能和朱鼎臣本有共同祖本，也可能是来自另一个未知的简本。但从插图看，刘龙田本简本插图和朱鼎臣本完全不同，因此从插图看，刘龙田本不太可能来自朱鼎臣本，而是可能和朱鼎臣本有共同祖本。

刘龙田本很复杂，目前仍有些问题未解决：

1）刘龙田本前8卷底本肯定是郑少垣本，但前8卷中有些则文字有删节，这是参考其他本删节，还是刘龙田自己删节不明。因为这部分简本文字刘龙田本和朱鼎臣本都有脱落，因此这部分刘龙田本肯定和朱鼎臣本无关。

2）刘龙田本第九卷以后肯定是简本，和朱鼎臣本文字几乎一样。但两本是兄弟关系，有共同祖本，还是父子关系，刘龙田本出自朱鼎臣本，目前难以确定。但两本插图完全不同，因此兄弟关系可能性更大。

目前研究只到此为止了，再深入有困难。

（17）刘龙田本和其他版本关系

关于朱鼎臣本和忠正堂本（熊佛贵本）的关系，李文指出两个版本各有不同的文字脱落，这和本文对刘龙田本和朱鼎臣本的分析方法一样，李文最后得出结论：朱鼎臣本和忠正堂本有共同祖本。这和本文前面分析的结论是相同的。本文前面对"志传"小系列的分析，朱鼎臣本和忠正堂本分属于"志传"小系列中三个系统中的两个小组。朱鼎臣本和刘龙田本属于一组，忠正堂本和天理图本、费守斋本属于一组。

李文分析朱鼎臣本和忠正堂本的关系时，找出两本各有文字脱落，因此分析结论是正确的。但李文分析刘龙田本和朱鼎臣本关系时，只看到两本有很多相同文字，就认为刘龙田本抄袭朱鼎臣本，而没有像分析朱鼎臣本和忠正堂本关系那样，去仔细查找两本的文字脱落情况，这样最后得出的结论就有问题了。

和刘龙田本关系密切的还有笈邮斋本，此本封面是"全像英雄三国志传，笈邮斋藏版"。牌记"闽书林笈邮斋梓行"。此本和刘龙田本完全同版，各卷卷头书肆名也是乔山堂。

估计是在刘龙田本之后，又出现了一些"英雄志传"系列简本，即文字又全部做了全部删节，如刘兴我本、刘荣吾本、杨美生本等，其篇幅就比刘龙田本更小，价格也更低。刘龙田乔山堂看此本市场不大了，就干脆把全部版木转给笈邮斋，笈邮斋就挖改了封面和书肆名又重新刊印。

6．九州本研究

（1）对九州本的研究

"志传"系列 8 个版本中 7 个版本的刊刻情况基本都没有问题，只有九州本有很大问题。

日本九州大学有一种《三国演义》藏本，以前从未被著录和研究，直到 2013 年中川谕先生在九州大学中央图书馆发现了此本。2019 年我应日本九州大学中里见敬先生邀请到福冈出席日本中国古典小说研究会年会，到九州大学亲自看到了九州本。

九州大学藏本一书名为《考订按鉴通俗演义三国志传》（卷六以后缺"按鉴"二字），此本为二十卷，但只存卷一、卷六至十。卷一题署有三行字，但由于第 1 页缺损，只看到：第 1 行"东原"，第 2 行"古临"，第 3 行"三建　书"。

此本每三四页有一幅插图，每卷插图数 8、10 幅不等。插图方式和诚德堂本类似，即几页一幅通栏上图下文插图，标题在插图两侧。

此本九州大学已经上网：

http://catalog.lib.kyushu-u.ac.jp/recordID/1445933。

2013 年复旦大学小说数字化会年会前，中川谕先生只用两星期的时间写了一文简单介绍了此本，由于时间不够，没有深入研究，收入研讨会论文集。

中川谕先生对九州本（引文称"九大二十卷本"）和其他版本文字比对后，认定此本属于"英雄志传"小系列：

> 九大二十卷本一定是很接近于诚德堂本的一本。而且，九大二十卷本的插图方式与诚德堂本很相似，因此，可以说，九大二十卷本与诚德堂本有较近的关系。

> 那么，诚德堂本和九大二十卷本，哪本在先，哪本在后呢？现在还剩下这个问题。关于这个问题，继续深入研究后，打算重新论述。

九州大学藏本和卷一题署

2017年在暨南大学举行的明代文学研讨会上，有两位老师就九州本发表了一篇文章（以下简称"此文"）。明代文学研讨会前我请主办方发来会议论文目录，当看到此文时我非常有兴趣，因为我近年来一直在研究《三国演义》版本。但此文题目中的版本名称为《考订通俗演义三国志传》，我很困惑，因为我查编所有《三国演义》版本文献，没有看到和此书名完全相同的版本。我问中川谕先生，是否知道有此版本。他答复：没有听见过那样书名的《三国演义》版本，他怀疑就是上述的日本九州大学藏本，但如前所述，九州本书名是《考订按鉴通俗演义三国志传》，多了"按鉴"两字。到广州参会后确认此文研究的版本就是九州本。作者以重装封面的书名来命名，而实际其卷一书名还有"按鉴"二字。而且此文作者事先没有看到中川谕先生的文章，虽然此文有关此本文字的结论和中川谕先生基本一致，但文章还是有一些问题。我觉得如我在会上不指出中川谕先生早在4年前就研究过此本，大家就都不知道，会以为此文是首次研究，并相信此文的研究结论。于是我在得到中川谕先生同意后,在会上当场指出此文的错误,并打印了中川先生论文供他们参考。

2019 年他们又在国内某权威期刊再次就九州本刊出论文。此文简单介绍了中川先生的研究,并在 2017 年文章基础上,对此本做了更深入的研究。

此文的研究可分为三部分:一是题署研究,二是文本研究,三是插图研究。三部分研究中,除文本研究和中川先生研究结论一样,但深度不如中川先生文章,其他两部分研究都有些问题。

(2)编者"古临""朱鼎臣"问题

由于九州本的第 1 页缺损,3 行题署不全,只存:第 1 行"东原",第 2 行"古临",第 3 行"三建 书"。

第 1 行"东原"肯定是"东原 罗贯中",各种版本都如此,没有异议。

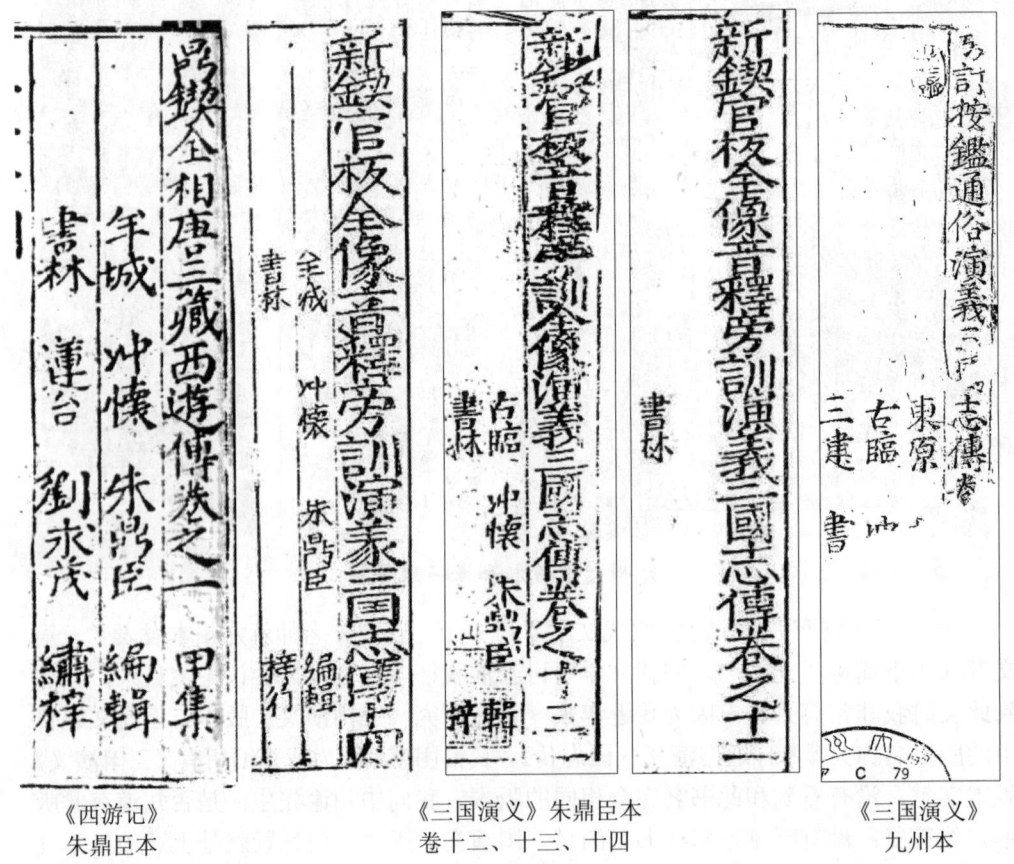

《西游记》　　　《三国演义》朱鼎臣本　　《三国演义》
朱鼎臣本　　　　卷十二、十三、十四　　　九州本

第 2 行"古临",中川先生和此文都未提及。日本金文京先生在看到此文后,立即给我发邮件,告知"古临"是"古临 冲怀 朱鼎臣",因为《三国演义》朱鼎臣本卷十三的题署就是如此,但卷十四是"羊城 冲怀 朱鼎臣"。邓雷也告知,《西游记》朱鼎臣本的题署也是"羊城 冲怀 朱鼎臣"。陈翔华先生对朱鼎臣有仔细研究,他指出:朱鼎臣字冲怀,江西临川人,临川又称"古临",至于"羊城"有学者认为是指

广州。陈翔华先生指出:"羊城"实际还是指临川,因为临川有羊角山,故也称"羊城"。据考证,朱鼎臣生活于明万历年间。

由此可确认:九州本的编辑就是朱鼎臣。他同时编辑了《三国演义》和《西游记》,这在明代很常见,杨闽斋也同时编辑了这两本书。

这样就出现了两种朱鼎臣本《三国演义》,一本藏于美国哈佛大学燕京图书馆和英国伦敦博物馆,一本藏于日本九州大学图书馆。它们之间是什么关系呢?经过文字比对,发现哈佛朱鼎臣本文字有多处缺失,而九州本文字没有缺失,再仔细分析文字差异。因此可以肯定,九州本在前,哈佛朱鼎臣本在后,但两本文字差异很大,似乎并没有直接的关系。

哈佛朱鼎臣本卷一至卷十二都没有题署,只有卷十三、十四署名"朱鼎臣",中川谕先生认为这是因为哈佛本复刻时,有意从卷一开始就删除了第1行的"朱鼎臣 编辑",只保留第2行"书林"二字。但到卷十三、十四时,抄手疏忽了,照其原本又抄写了"朱鼎臣 编辑"。

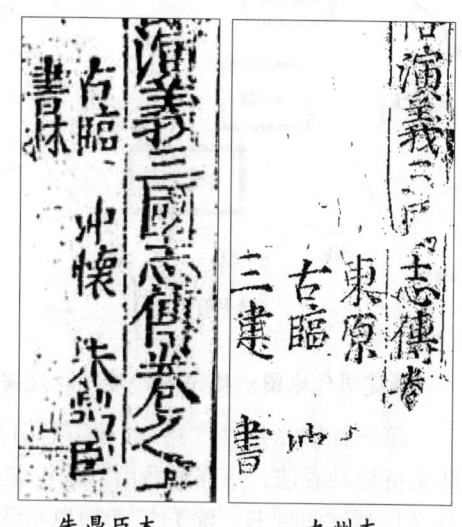

朱鼎臣本　　　　九州本

两本题署"古临 冲"三字的字迹十分相似,很可能是一个书坊所刊刻。

这样又带来命名问题。虽然哈佛朱鼎臣本是复刻本,但也属于朱鼎臣本。现在大家习惯称哈佛本为朱鼎臣本,如改名为哈佛本,哈佛还有一种嘉庆七年本,已经被称为哈佛本了。一种办法是在朱鼎臣前加藏地,即"哈佛朱鼎臣本""九州朱鼎臣本"。但这样又过于复杂了。因此简单办法是,哈佛朱鼎臣本约定俗成,还是称"朱鼎臣本",而日本九州大学藏本就称"九州本",但大家心中清楚,九州本是早期刻本,哈佛本是晚期刻本就是了。对《三国演义》书名的命名并不一定非常严格。

(3) "三建 书林"

此本题署的第3行"三建 书"问题就复杂了。

按照第1、2行"东原、古临"都是地名,则"三建"也应该是地名。邓雷告知,福建确实有"三建"的称呼,是指福建在明代建宁府(今建瓯市)下属建阳(今建阳市)、建安(今建瓯市)二县,一府两县有三名,因此有时统称"三建"。

"三建"问题解决了,空格后是"书"字,对此一般认为是"书林",即"三建 书林"。

关键是"三建 书林"下面缺损的书坊名字是什么?这又有几种不同解释。

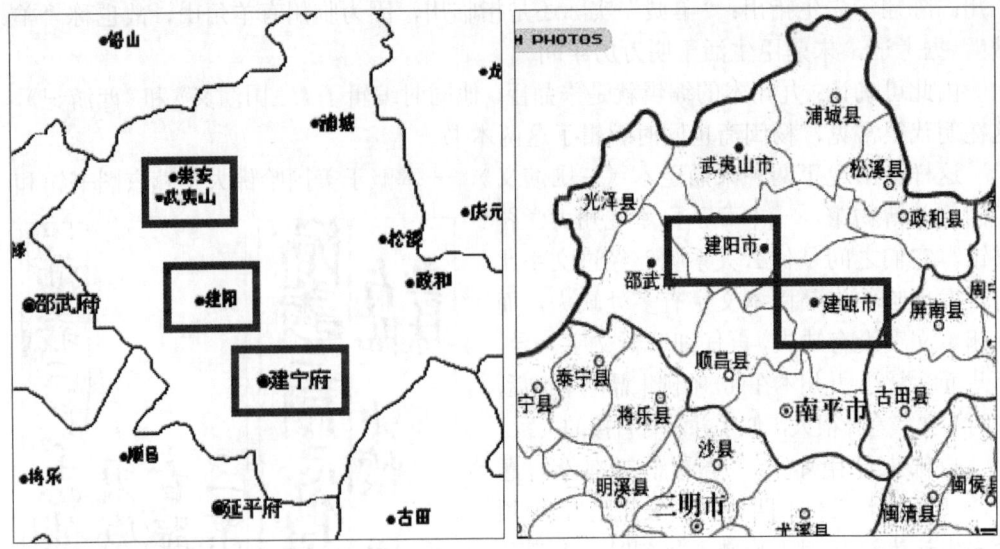

福建明代地图：建宁府、建阳、建安　　福建现在地图：建阳、建瓯

第一种解释是"三建 书林"后面是"乔山堂"，此文持这种看法，并查到乔山堂确实曾以"三建书林"名义刊刻过两种书。涂秀虹老师也帮我查到这两种书的详细情况，《新刻京本句解消砂经节图雪心赋》五卷中《寻龙经诀法》一卷，明万历二十九年三建书林刘龙田刻本（《浙江图书古籍善本书录》），《续文章轨范百家评注》七卷，明万历二十九年三建书林乔山堂刻本（安徽省图书馆藏）。日本上原究一先生在日本也查到题"三建书林乔山堂"刊刻的《刻回澜先生集百家评注文章轨范》七卷中《续文章轨范百家评注》七卷，见附图。上原先生告知，还有广岛市立图书馆浅野文库所藏的《刻五车会览切要不求人》二十五卷，题"三建书林乔山堂刘／氏龙田考正新绣"。

请注意这几本书"三建书林乔山堂"是牌记，"三建书林"都是连续书写的，中间都没有空格。实际其含义是"三建＋书林＋乔山堂"（刘龙田），意思是说乔山堂是三建地区的一个书坊，此处的"三建书林"并非乔山堂的书坊名，"乔山堂"本身就是书坊名了，"三建书林"只是"乔山堂"的说明而已。

而九州本的"三建 书林"是题署，"三建"和"书林"之间有空格，其实意思也相同，都是指"三建"地区的"书林"。"三建书林"在牌记和文章中是连续书写，在题署中也可能中间加空格。无论是否有空格本质还是相同的，都是指"三建"地区书坊的统称，但不一定是

《刻回澜先生集百家评注文章轨范》七卷中《续文章轨范百家评注》七卷（万历戊申三建书林乔山堂刊本）日本国立公文书馆内阁文库藏

单指乔山堂。

上述"三建书林"后有题"刘龙田刻本",有题"乔山堂刻本"。金文京先生提醒:乔山堂不一定是刘龙田,还有兄弟刘玉田等。上原先生指出:据谢水顺、李珽《福建古代刻书》一书,刘玉田是刘龙田哥哥。该书又指出,刘孔年(应是龙田子侄)、刘舜臣(玉田之孙)等人也曾以乔山堂为号刻过书籍,参见该书第276—278页。

总之,"三建书林乔山堂(刘龙田)"是一种解释。

还有第二种解释,是和《西游记》朱鼎臣本一样,"三建 书林"之后是"莲台 刘永茂",刘永茂是建阳刘氏中刻书历史最长、数量最多的书坊。但刘永茂一般称"莲台 刘永茂",是否有称"三建书林刘永茂",还要考察。

上原先生指出:刊过"朱鼎臣编"本的书坊除了刘莲台之外还有几家,比如:日本国立公文书馆内阁文库藏《新锲阁老台山叶先生订释龙头切韵海篇星镜》十九卷,卷首题"古临 冲怀 朱鼎臣 辑/书林 诚斋 杨春时梓";国立公文书馆内阁文库藏《新锲鳌头金丝万应膏徐氏针灸全书》一卷、《新锲鳌头加减十三方铜人针灸全书》二卷、《海上儒方徐氏针灸全书》二卷(三种书合刊),封面题"三槐堂王敬乔梓",卷首题"豫章 古临 冲怀 朱鼎臣 编/闽建 书林 三槐 王 佑 发行";国立公文书馆内阁文库藏《鼎刻痰火颛门》四卷,卷首题"羊城 朱鼎臣 誊辑/少江余世珌刊";东京大学东洋文化研究所所藏《新刻邺架新裁万宝全书》三十四卷,卷1-1A上层题"潭邑书林对山熊氏梓",卷1-1B下层题"羊城 冲怀(3格)编辑/书林 对山(3格)绣梓"等。

由此可知,建阳多家书坊都曾刊刻过朱鼎臣所编图书,所以"三建 书"之下所题,如是书坊名,除乔山堂刘龙田外,还有莲台刘永茂等多种可能性。可惜九州本由于缺损看不到了。

上述两种解释都是认为"三建 书林"后有一个书坊名,九州本、朱鼎臣本可能是某个书坊所刊刻的。

最后,还有第三种解释。"三建 书林"之后本来就根本没有任何书坊名字。如前面介绍的哈佛朱鼎臣本《三国演义》"书林"下就全部是空白。这可能是书商复刻如此,故意不留名字。也可能是原来有书商名字,但复刻时被挖去了。

总之,此本是朱鼎臣编辑,但刊刻者目前还难以确定,几种可能性都有,哪种可能性更大也难说。

(4)两个朱鼎臣本和两个刘龙田本

此文认为九州本是乔山堂刘龙田所刻,刘龙田还曾刊刻一种《三国演义》,因此认为这又是"一坊二刻"。

刘龙田确实曾刊刻了一种上图下文的繁简混合本(即拼凑本),但此本由于部分是繁本,因此篇幅很大,据不完全统计此混合本有673叶。而九州本是完全的简本,文字简略,插图也减少到几页一幅,因此篇幅大大减小。由于九州本是残本,粗统计每卷23—27叶不定,粗算每卷25叶,二十卷仅500叶,只有刘龙田本的四分之三。如刘龙田再次刊刻完全简本《三国演义》,应该在刘龙田本基础上,保留原简本文字,再把繁本简化即可。但根据后面的文本研究可知,现有的九州本和刘龙田本不属于一组，文字有差异。由此看刘龙田"一坊二刻"似乎不太可能。九州本是刘龙田所刊刻的可能性似乎也很小。

但因为有两个朱鼎臣本，也有可能有两个刘龙田本。前面分析九州本的"古临冲"可能是"古临 冲怀 朱鼎臣"，

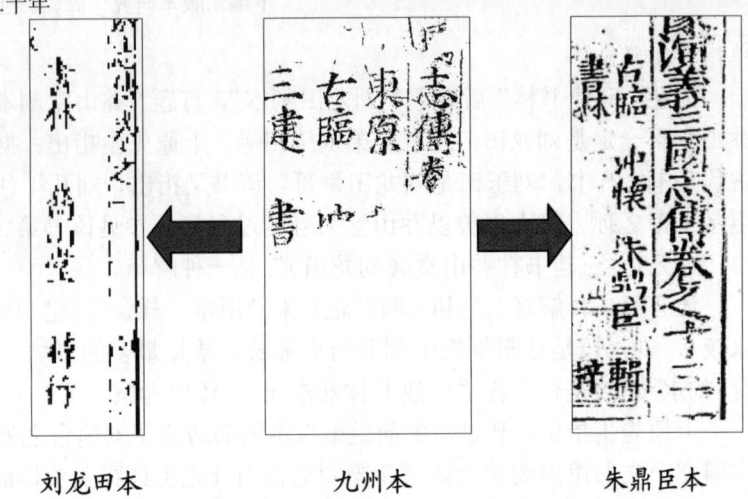

刘龙田本　　　　　九州本　　　　　朱鼎臣本

则九州本也是朱鼎臣所刊刻，因为已经有一个朱鼎臣本《三国演义》简本，这样就有两个朱鼎臣本。文字比对证明，这两个朱鼎臣本文本差异很大。由此可以认为，也可能有两个文字差异很大的刘龙田本。版本是很复杂的，任何情况都有可能。

（5）九州本文字

此文利用魏安的"串行脱文"方法，对比魏安查出的"串行脱文"，看在九州本是否也有相同的"串行脱文"。由此认定此本属于魏安分类的 D1 类，即中川谕先生分类的简本"志传"小系列。这个看法，中川先生 2013 年就提出过了，此文和中川先生看法相同。但他们采用的方法和结论还是有差异的。

此文实际并没有仔细把九州本和其他《三国演义》版本文字做直接的仔细比对，而是借助魏安的"串行脱文"分析结果，把九州本文字和魏安分析的各种系列版本"串行脱文"比对，查出和魏安分类的 D1 类相同，这种方法避免烦琐的文字比对，分析起来相对容易些。但要再深入分析，此本和"志传"小系列中哪个版本更接近，这种方法就无能为力了，因为这些"志传"小系列版本之间并不存在"串行脱文"。因此，此文最后也只是说此本"与朱鼎臣本、诚德堂本、忠正堂本、乔山堂本、天理图本以及黄正甫本关系密切"，但此本到底和其中哪个版本更接近呢？此文没有回答，这是因为他们采用的方法过于简单，只能判断出九州本属于"志传"小系列，无法再深入分析了。

而中川先生是直接利用版本文字比对，不止比对了九州本和繁本中余象斗本、简本"英雄志传"小系列杨美生本，还仔细比对了"志传"小系列中的诚德堂本、天理图本和黄正甫本。最后认定：九州本文字最接近"志传"小系列中的诚德堂本。这种方法比对工作量大，但比对更精确，结果更准确。

中川先生经过文字比对，认为九州本接近诚德堂本，而从题署看，九州本可能和朱鼎臣（古临 冲）或刘龙田（三建 书）有关。这样九州本就可能和三个版本即诚德堂本、朱鼎臣本和刘龙田本有关。

前面"志传"本文字差异分析得出的结论是：九州本和诚德堂本为一组，而刘龙

田本和朱鼎臣本为一组。下面再次用文字比对来研究这四个版本之间的关系。但要注意，刘龙田本是繁简混合本，其他三本都是简本，因此只能比对简本文字。还有九州本是残本，只能比对九州本有的文字。

为此经过详细比对，找到以下三例。

例1. 第五则"董卓议立陈留王"

九：	百官皆散董卓按剑立扵园门外意欲伤害百官忽见吕布跃马　持戟于园门外往来
诚：	百官皆散董卓按剑立于园门外意欲伤害百官忽见吕布跃马　持戟于园门外往来
朱：	百官皆散董卓按剑立于园门外意欲　害百官忽见吕布跃马于　　　园门外往来
龙：	百官皆散董卓按剑立　　　　　　　　　　　　　　　　　　于　　　园门外往来

例2. 第一百十五则"马超兴兵取潼关"

九：	发书过荆州　使玄德同力拒　操何足虑也　权依计而行鲁肃发书与玄德求救
诚：	发书过荆州　使玄德同力拒曹　何足虑也　　权依计而行鲁肃发书与玄德求救
朱：	发书到荆州会　玄德同力拒　操　　　　　孙权依计而行鲁肃发书与玄德求救
龙：	发书到荆州会　　　　　　　　　　　　　　　　　　　　　　　　玄德求救

例1、2都是刘龙田本文字有脱落，而九州本、诚德堂本和朱鼎臣本都不脱。由此可以肯定，第一，九州本最接近诚德堂本和朱鼎臣本；第二，刘龙田本文字有脱落，九州本不脱，因此九州本不可能来自刘龙田本。

例3. 第一百十三则"诸葛亮吊丧周瑜"

九：	诗曰赤壁功成一阵劳威名实可镇刘曹蛟龙不是池中物三复周郎远虑高
诚：	诗曰赤壁功成一阵劳威名实可镇刘曹蛟龙不是池中物三复周郎远虑高
朱：	诗曰赤壁功成一阵劳威名实可镇刘曹蛟龙不是池中物三复周郎远虑高又诗曰师
龙：	诗曰　　　　　　　　　　　　　　　　　　　　　　　　　　　　　　　师

九：	周郎　死于巴丘
诚：	周郎　死于巴丘
朱：	行赤壁拒曹公战舰无非用火攻刘备置吴功盖世小乔风月试诗翁周郎丧　于巴丘
龙：	行赤壁拒曹公战舰无非用火攻刘备置吴功盖世小乔风月试诗翁周郎丧　于巴丘

此例和前两例不同，第一，九州本和诚德堂本文字完全相同；第二，刘龙田本和朱鼎臣本有文字相同，说明这两本有密切关系；第三，刘龙田本文字有脱落，而朱鼎臣本和九州本、诚德堂本都没有脱落。

总结以上例证，对九州本可得出如下结论：

第一，九州本文字最接近诚德堂本。

第二，在朱鼎臣本和刘龙田本中，九州本最接近朱鼎臣本，而不是刘龙田本。

因此和九州本文字接近的应该依次是：诚德堂本——朱鼎臣本——刘龙田本。

这和前面题署分析结果是一样的，九州本题署的"古临　冲"是"古临　冲怀　朱鼎臣"，而"三建　书"可能是"三建　书林"的某个书坊，但不太可能是"三建　书林　乔山堂"。

此文作者2019年11月在广州第二十五届中国《三国演义》研讨会上再次发文，

对我的几篇质疑文章做出答复，称"九州本为乔山堂刘龙田刊刻的可能性最大"，但此文又没有提出任何实质的证据。而本文用文字比对查到的例子，证明九州本和刘龙田本差异最大，这是不可否认的铁证。

（6）插图分析

此文对九州本的插图做了详细分析，但其中问题更大。

首先是有关九州本的"插图方式"问题，此文完全误解了中川先生文章的含义。

中川先生文中称"九大二十卷本的插图方式与诚德堂本很相似"，对此此文提出异议，认为："九大二十卷本与诚德堂本的插图虽在数量上相似，而具体内容则差别很大。""中川谕谓'九大二十卷本的插图方式与诚德堂本很相似'的说法并不准确。"这其实完全是对中川先生看法的误解。

众所周知，《三国演义》版本插图方式有以下6种：

1）通栏上图下文：每页都有插图，插图横贯半页通栏，全部繁本和部分简本。

2）嵌图上图下文：也是每页都有插图，但插图不是通栏，插图两边还有几行文字，多数简本。

3）多页上图下文：不是每页都有插图，而是几页一幅通栏插图，简本"志传"小系列诚德堂本、九州本等。

4）横跨两页插图：简称"合像"，插图一半在前页，一半在下页，嵌图式，简本"志传"小系列天理图本、忠正堂本和费守斋本。

5）整幅故事插图：插图占整页，描绘某个故事，"演义"系列周曰校本、李卓吾本等。

6）整幅人物插图：插图占整页，描绘某个人物，毛本和六卷本等。

中川先生文章谈及插图只有一句话，即"九大二十卷本的插图方式与诚德堂本很相似"，是指这两本都采取了第三种，即多页上图下文方式。此处只是说插图和文字关系，根本不涉及插图的数量、内容，中川先生文章因为时间短，根本没有对插图再做任何深入分析。

而此文却批评中川先生对插图方式的看法。此文先详细列出两本插图数量和标题，还特别用黑字指出两本相同的插图，认为："九大二十卷本的图题与则目虽文字略有出入，但文意相通，而诚德堂本的图题每卷仅有一两则与则目文意相通。"然后再仔细把诚德堂本插图和其他简本以及周曰校本插图比较，最后认定：中川先生认为"九大二十卷本的插图方式与诚德堂本很相似"的说法并不准确。这其实是对中川先生文章的很大曲解。

中川先生所谓的"插图方式"只是指几页一幅插图的方式，九州本和诚德堂本确实很相似，并没有"不准确"，中川先生文章只谈"插图方式"，根本没有涉及插图的内容和数量。此文在此处是误解了中川先生所谓的"插图方式"，以为中川先生谈的"插图方式"就是指"插图数量和内容"。

后面举例比较九州本和其他版本插图，九州本插图确实和诚德堂本插图差异很大，但这是另外一个问题，不是中川先生所谈的问题。

其次，此文认为"该刊本的插图方式仿效周曰校本"，这是完全错误的。

此文比对了九州本和其他"志传"系列版本的插图，这很有意义。上图下文的插图有时和版本演化有关。九州本和诚德堂本一样，都是几则一图，很明显是为节省篇幅。但九州本的插图远比诚德堂本更精细，和其他版本也都不同，这确实是事实。这些分析都很有道理。

此文以卷一第三则"张飞怒鞭督邮"为例，详细比对了九州本和评林本、联辉堂本和黄正甫本，认为九州本"超越诸多建本"。九州本插图很精细，确实在上图下文本中很突出。

但此文进一步却认为："九大二十卷本此图之所以能超越诸多建本，应是取法周曰校本的插图以及围绕则目内容绘制插图的方式"，认为："虽然九大二十卷本的插图艺术水准比不上周曰校本，在造景、人物刻画方面达不到那般精细，但整体构思却是一致的。"这是完全错误的分析和判断。

十分明显，九州本是上图下文插图，而周曰校本是整幅插图，因此两种插图无法"整体构思一致"。以此文所举的"张飞怒鞭督邮"为例，比对"志传"系列 16 种插图。

以"张飞怒鞭督邮"为例，"志传"本 16 种版本可分为五类：

第一类以九州本为代表，图中督邮站立着被张飞绑在树上鞭打，刘备和关羽在旁劝阻。类似只有费守斋本，但构图完全不同。

第二类是督邮被绑在树上，张飞鞭打，有余象斗本、余评林本、杨闽斋本、朱鼎臣本、忠正堂本。

第三类是督邮站立着被张飞鞭打，有黄正甫本、刘荣吾本。

第四类是张飞把督邮打倒在地鞭打，有叶逢春本、郑少垣本、刘龙田本。

第五类是督邮在座椅前被鞭打，有刘兴我本、杨美生本、种德堂本。

由此看出，上图下文插图构思有些差异，但九州本插图中张飞的姿势明显和余象斗本、余评林本、杨闽斋本、朱鼎臣本、忠正堂本十分相似。

版本改编时文字有时差不多，而插图绘制一般为省事常会模仿，因此根据插图也可以看出版本的关系和演化。如此例，九州本题署是朱鼎臣，还是刘龙田有争议。但从"张飞怒鞭督邮"插图看，九州本插图肯定是接近朱鼎臣本，而不是刘龙田本。

"志传"本"张飞怒鞭督邮"插图

九州本	费守斋本	朱鼎臣本
杨闽斋本	余评林本	忠正堂本
余象斗本	黄正甫本	刘荣吾本
郑少垣本	刘龙田本	叶逢春本
杨美生本	刘兴我本	种德堂本

　　再看周曰校本插图,是张飞把督邮打倒在地鞭打,和叶逢春本、郑少垣本、刘龙田本类似,但绝对和九州本不同,因为九州本督邮是站立着被张飞绑在树上鞭打。周曰校本和九州本唯一相似的是,旁边都有刘备和关羽。但九州本二人都对着张飞在劝阻,而周曰校本二人是在相对交谈,没有任何劝阻的意思。

　　仔细比较这些插图,可以明显看出,九州本插图的构图还是和很多"志传"本插图很相似，只是线条十分精细而已。而这些插图和周曰校本插图还是完全不同的。

从以上分析可以看出，此文所谓九州本插图"取法周曰校本的插图""整体构思却是一致的"，根本不成立，这是明显的事实。"演义"系列和"志传"系列毕竟是两个大系列，文字差异很大，插图从版式、构图等都差异很大，这是很简单的道理。

我还仔细逐一比对了九州本和周曰校本的所有插图，九州本和诚德堂本插图内容相同的还有四幅，即第六十八则"刘备马跃檀溪"、第七十四则"刘备见诸葛均"、第八十七则"诸葛亮说周瑜"和第九十七则"诸葛亮七星台祭风"。下面再逐一比较。

周曰校本"张飞怒鞭督邮"插图

第六十八则"刘备马跃檀溪"中九州本刘备回头的姿势和朱鼎臣本、刘龙田本、杨闽斋本完全相同，而周曰校本和诚德堂本、黄正甫本刘备是向前看，和九州本不同。九州本、周曰校本相同，而和其他版本唯一不同的是，两本后面都有城墙，但城墙方向不同，而其他版本插图都没有城墙。周曰校本后面还有追兵，也是"志传"本都没有的。整体上九州本和周曰校本完全不同。

第六十八则"刘备马跃檀溪"插图

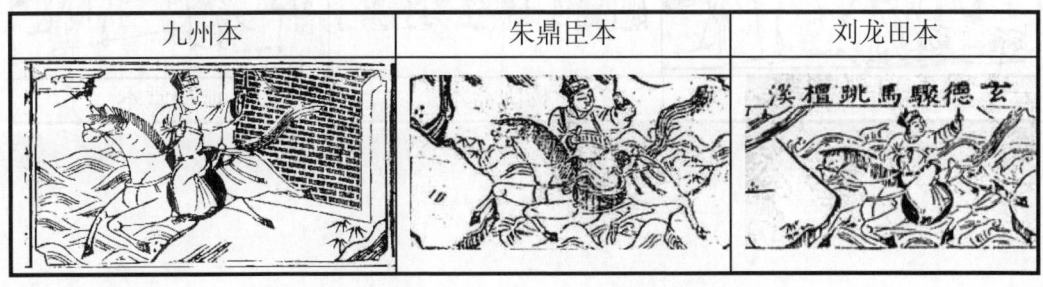

| 九州本 | 朱鼎臣本 | 刘龙田本 |

杨闽斋本	诚德堂本	黄正甫本

周曰校本"刘备马跃檀溪"插图　　　　周曰校本"刘备遇黄承彦"插图

第七十四则"刘备见诸葛均",九州本和其他"志传"本刘备和诸葛均都是坐着,九州本和郑少垣本中,关羽、张飞站在刘备身后,朱鼎臣本、杨闽斋本只有关羽一人站在刘备身后,黄正甫本刘备身后无人。而诚德堂本四人都盘腿坐着,构图和其他版本完全不同。至于周曰校本根本就没有刘备见诸葛均插图,只有刘备见诸葛均后,遇到诸葛亮岳父黄承彦的插图,与九州本无法比较。

第七十四则"刘备见诸葛均"插图

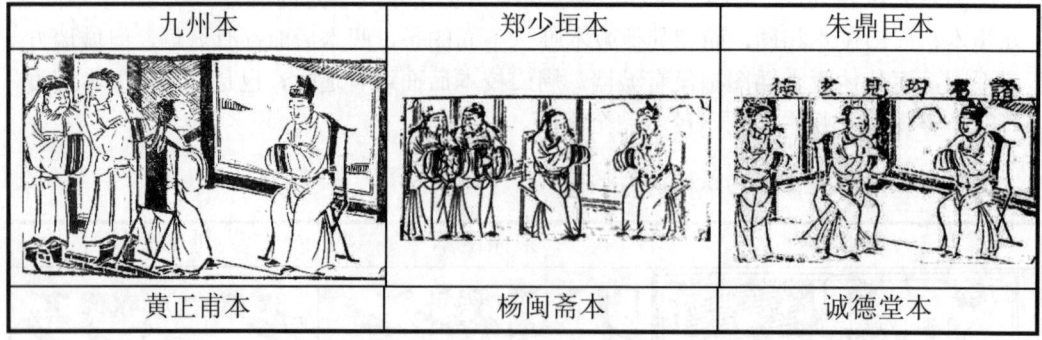

九州本	郑少垣本	朱鼎臣本
黄正甫本	杨闽斋本	诚德堂本

第八十七则"诸葛亮说周瑜",九州本和郑少垣本最接近,是诸葛亮、周瑜、鲁肃三人坐着,朱鼎臣本是诸葛亮、周瑜两人坐着,诚德堂本是诸葛亮、周瑜两人坐着,中间鲁肃一人站着,黄正甫本是鲁肃领诸葛亮见周瑜,三人都站着,杨闽斋本只有鲁肃和诸葛亮两人站着。"志传"本的构图基本相似,只是人物姿势不同而已。而周曰校本构图和"志传"本完全不同,是诸葛亮、周瑜、鲁肃三人站着,外面还有两员吴将,与九州本完全无可比性。

第八十七则"诸葛亮说周瑜"插图

周曰校本"诸葛亮说周瑜"插图　　　　周曰校本"诸葛亮七星台祭风"插图

比较第九十七则"诸葛亮祭东风"插图，九州本和朱鼎臣本诸葛亮站立姿势、祭桌摆放等都极为相似，而黄正甫本、杨闽斋本、刘龙田本诸葛亮站立姿势、祭桌摆放等方向完全相反，诚德堂本没有祭桌，构图完全不同。因此九州本应该接近朱鼎臣本，不是刘龙田本。而周曰校本整体构图和"志传"本完全不同，诸葛亮是坐着，不是站着，其他人物众多，也完全没有可比性。

第九十七则"诸葛亮祭东风"插图

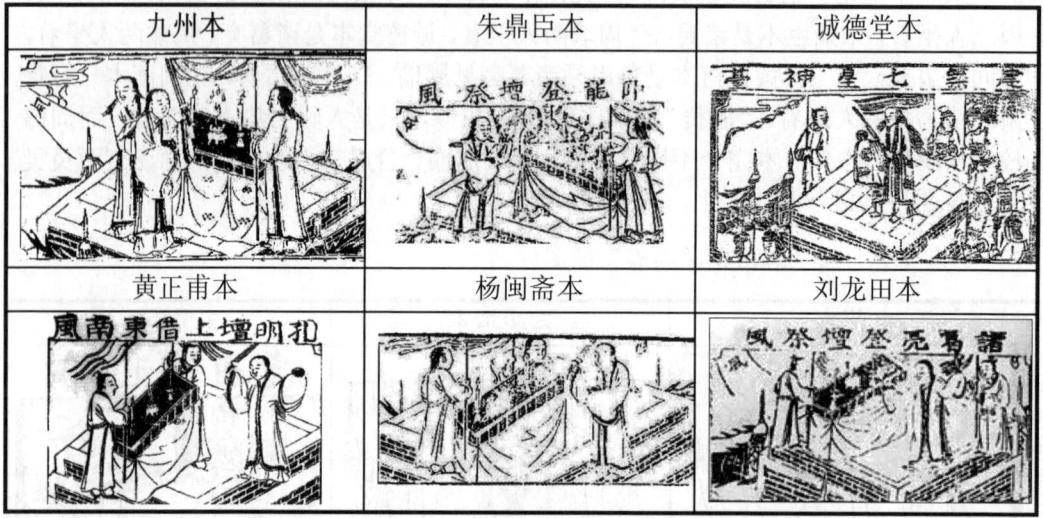

仔细比较周曰校本和"志传"系列九州本、朱鼎臣本、刘龙田本等版本插图，可以明显看出，九州本插图是上图下文本，其构图和很多"志传"本插图很相似，只是细节不同。而"志传"本所有插图和周曰校本整幅插图的构图、画法都差异极大，两者没有任何关系，是完全不同的。

从以上对九州本和周曰校本插图的仔细分析可以看出，此文所谓九州本插图"取法周曰校本的插图""整体构思却是一致的"，根本不成立，这是明显的事实。"演义"系列和"志传"系列毕竟是两个大系列，文字差异很大，插图从版式、构图等都差异很大，这是很简单的道理。

以上从题署、文本和插图三方面对此文进行了分析。在题署上，此文认为九州本是刘龙田刊刻，但"三建 书林"是否就是刘龙田，还有疑问。在文本上，此文只分析到九州本属于简本"志传"小系列，而在此系列中九州本更接近哪个版本未做任何分析。而中川先生文章指出九州本文字更接近诚德堂本。在插图上，中川先生因为时间有限，认为九州本插图"与诚德堂本很相似"，是指它们都是几页一幅通栏插图，未对插图数量和内容做任何分析。而此文却认为"中川谕谓'九大二十卷本的插图方式与诚德堂本很相似'的说法并不准确"，这其实是对中川先生文章的很大曲解。而此文认为："九大二十卷本……应是取法周曰校本的插图以及围绕则目内容绘制插图的方式"，认为"虽然九大二十卷本的插图艺术水准比不上周曰校本，在造景、人物刻画方面达不到那般精细，但整体构思却是一致的。"很明显这是完全错误的分析和判断。

在我指出此文的问题后，对方不但不认错，还在另一次研讨会上，再次发表文章辩解称两本插图"即便画幅形式有差异，也不影响两者整体构思的相似，只要具备基本常识的人，都能明白这个道理"。请看我举出的几个例证，是我不"具备基本常识"，还是对方不"具备基本常识"？大家看看这些插图自有公论，还需要我再解释吗？

这么多年来我研究古代小说版本，也常和一些学者发生争论，本书就介绍了几次争论。这些争论有时也很激烈。有些老学者一旦有错，立即改正，如本书上册"学人风采"中谈及萧相恺先生对《水浒传》评林本序言中"天海藏"解释有误，李金泉指出后，他立即改正，并写文章叙述经过，令人敬佩。我从未遇到在如此明显的事实面前，还如此不讲理而不承认错误的现象。我觉得这次争论只是个案，但如果中国古代小说研究让这种风气延续下去，那就是中国古代小说研究的悲哀。因此我在此还是不得不将这次争论说清楚。

7. 简本"志传"系列书名、插图、文字综合分析

（1）书名分析

8种"志传"小系列版本书名可分为两类。

第一类：诚德堂本、九州本、黄正甫本和刘龙田本，书名基本是"通俗演义三国志传"，或"通俗演义三国志全传"。和叶逢春本第一类书名"通俗演义三国志史传"基本相同。此书名在"志传"小系列三类中最完整，因此可能是最初的书名。

第二类：朱鼎臣本、忠正堂本和天理图本和费守斋本，书名"演义三国志传"，可以认为是删除第一类前面的"通俗"二字。其中朱鼎臣本、忠正堂本第一卷为"演义三国志史传"，多一个"史"字，和叶逢春本相同。

"志传"小系列8版本书名统计表

序号	版本	主要书名
1	诚德堂本	通俗演义三国志（全）传
2	九州本	
3	黄正甫本	
4	刘龙田本	
5	朱鼎臣本	演义三国志（史）传
6	忠正堂本	
7	天理图本	
8	费守斋本	

根据书名分析"志传"小系列8版本的书名演化图如下，需要强调这只是书名演

化过程,并非版本演化过程。

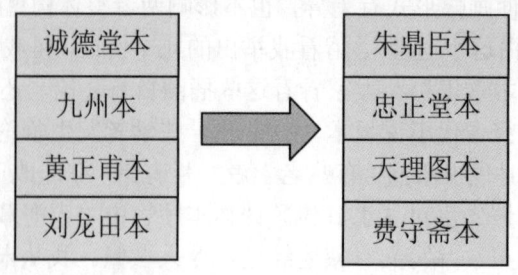

"通俗演义三国志(全)传"　　"演义三国志(史)传"

(2) 起止时间分析

《三国演义》有些版本在每卷首第 2 行标注此卷起止时间,"志传"简本全部标注起止时间。

- 天理图本(卷三第二十五则、卷七第七十三则、卷十一第一百二十一则)
- 诚德堂本(卷三第二十五则、卷七第七十三则、卷十一第一百二十一则)
- 黄正甫本(卷三第二十五则、卷七第七十三则简略、卷十一第一百二十一则)
- 费守斋本(卷三第二十五则、缺卷七、卷十一第一百二十一则)
- 忠正堂本(卷三第二十五则)
- 刘龙田本(卷十一第一百二十一则)
- 朱鼎臣本(卷十一第一百二十一则)
- 九州本不全,缺卷三、七、十一,无法判断是否有起止时间,估计也有。

(3)"志传"小系列插图分类

"志传"小系列版本插图按照构图形式分两类。

1) 半页上图下文插图,即插图占上半页,有 5 种。这类又可分为两类:
- 逐页通栏一种:朱鼎臣本,每页都有通栏插图,插图标题在插图上方。这是"志传"简本中常见的方式。
- 逐页嵌图两种:黄正甫本和刘龙田本。和逐页通栏一样,也是每页都有插图,但插图不是通栏的,而是插图两则还有 1 行文字(刘龙田本)和 2 行文字(黄正甫本)。这也是"志传"简本中常见的插图方式。
- 多页通栏:诚德堂本和九州本两种。几页才有一幅通栏的插图,两种的差异是,诚德堂本标题在页上方,和"演义"系列的夏振宇本十分相似,而九州本标题在插图的两侧。

朱鼎臣本

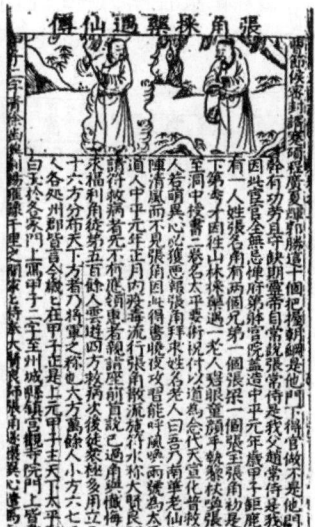
黄正甫本

刘龙田本

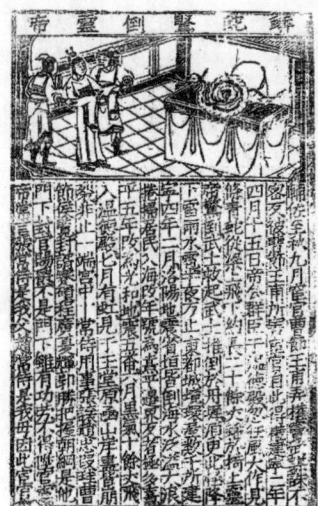
诚德堂本

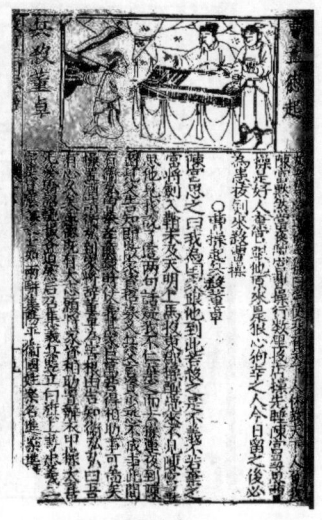
九州本

2）二页合图三种：忠正堂本、费守斋本和天理图本。插图分在两页，合为一图，即"合图（合像）"式。

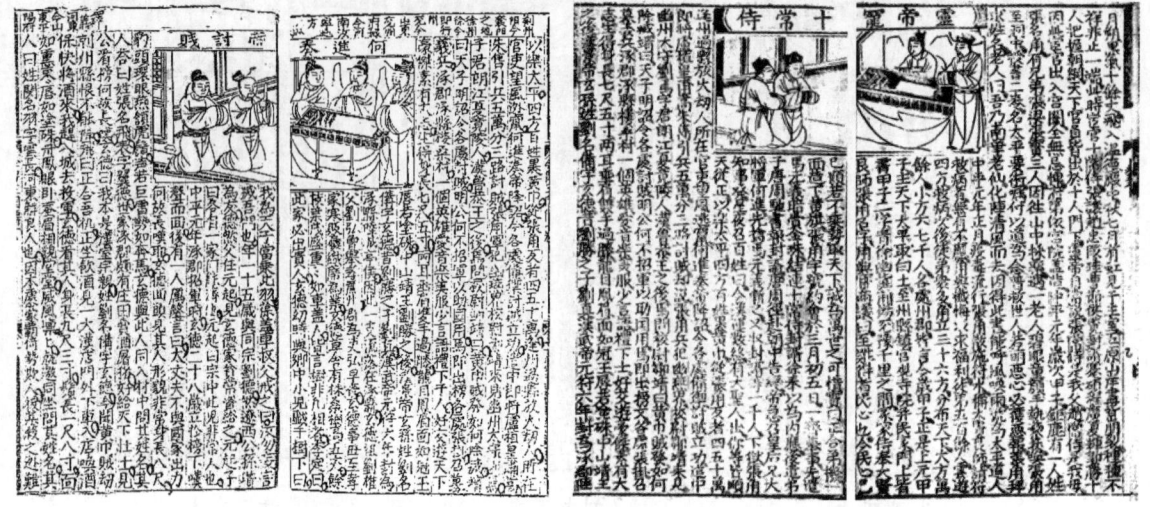

忠正堂本　　　　　　　　　　　　　　　费守斋本

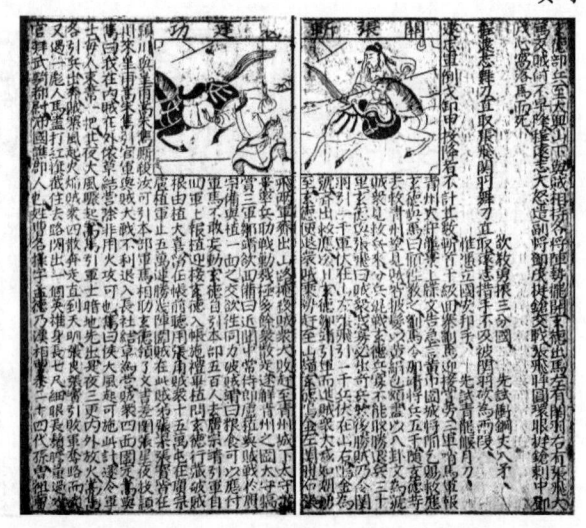

天理图本

（4）"志传"小系列插图内容分析

《三国演义》版本上图下文的插图很值得研究，有时插图可透露出文本没有的信息。版本复刻时文字可能很接近，难以判别版本之间关系。但复刻的版本插图往往会沿袭其底本的插图，因此根据插图可分析版本之间的关系和演化。

下面分析"志传"系列的插图，从而研究版本之间的关系和演化。由于二页合图每则只有几幅插图，因此只能选多数版本都有的版本比对。

例1. 卷一第三则"张飞怒鞭督邮"

8个版本缺诚德堂本、天理图两本，其余 6 本插图可分四类。

第一类：九州本、费守斋本两本，张飞把督邮站立绑在树上鞭打，旁边有刘备和关羽（费守斋本无关羽）在旁劝阻。

第二类：朱鼎臣本和忠正堂本两本，张飞把督邮站立绑在树上鞭打，旁无人劝阻。

第三类：黄正甫本一本，张飞把督邮绑起来站立着鞭打。

第四类：刘龙田本一本，张飞把督邮打倒在地。

例 2. 卷六第六十八则"刘备马跃檀溪"

九州本	黄正甫本	
诚德堂本	朱鼎臣本	刘龙田本
天理图本	费守斋本	

例 2 缺忠正堂本，只比对 7 种版本，插图可分为四类：

第一类：九州本、黄正甫本两本，马前面是河水波涛，黄正甫本和诚德堂本中刘备都是面前，九州本面向后。诚德堂本插图较粗糙。

第二类：诚德堂一本，刘备骑马在河上面，两边有河岸，刘备面向前，右面有追兵。

第三类：朱鼎臣本和刘龙田本两本，刘备也骑马在河上面，两边有河岸，但刘备面向后，右面无追兵。

第四类：天理图本和费守斋本两本，都是两图拼凑而成，只是拼凑方式相反。天理图本刘备和马在左，河岸在右，刘备已经跃过了檀溪。而费守斋本刘备和马在右，河岸在左，刘备还未跃过檀溪。但刘备和马的画法完全相同，刘备面也都向后。

例 3. 卷七第七十四则 "刘备见诸葛均"

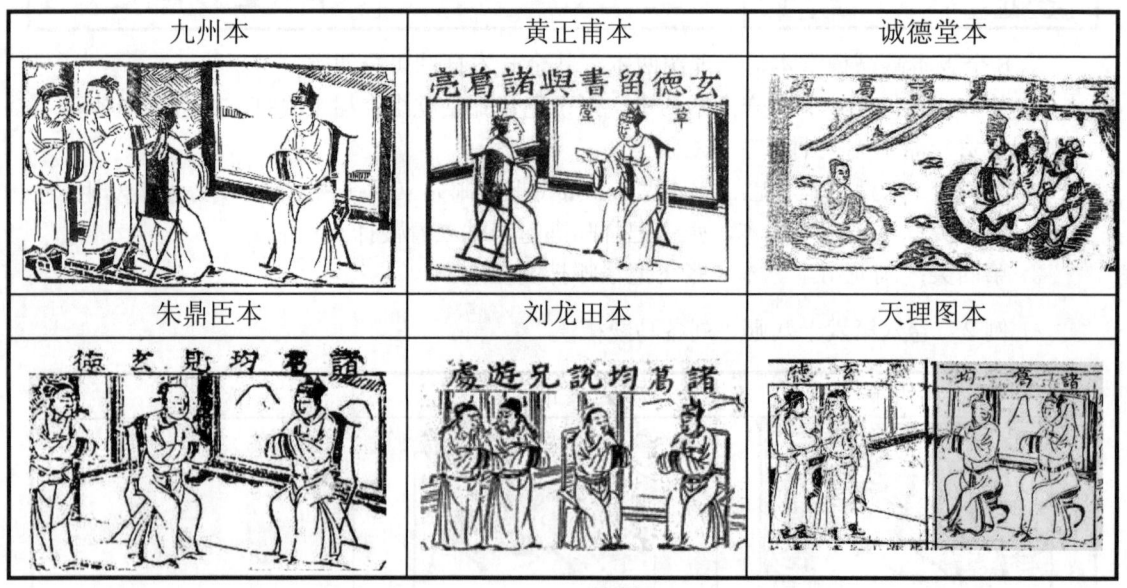

例 3 因为缺忠正堂本、费守斋本，只比对 6 种版本。6 种版本可分为四类：

第一类：诚德堂一本，插图和其他所有版本插图都不同。

第二类：九州本、黄正甫本两本，刘备和诸葛均相对而坐，刘备是背影。九州本关、张在左侧站立。

第三类：朱鼎臣本和刘龙田本两本，刘备和诸葛均也是相对而坐，但二人都是正面。刘龙田本是关、张在左侧站立，朱鼎臣本只有一人在左侧站立。

第四类：天理图一本，两图拼凑，刘备和诸葛均并排而坐，关、张在左侧站立。

例 4. 卷八第八十七则 "诸葛亮说周瑜"

九州本	黄正甫本	诚德堂本
朱鼎臣本	刘龙田本	天理图本

例 4 因为缺忠正堂本、费守斋本，只比对 6 种版本，可分为五类。

第一类：九州本和刘龙田本两本，3 人并列而坐。

第二类：黄正甫一本，3 人都站立。

第三类：诚德堂一本，2 人坐，中间 1 人站立。

第四类：朱鼎臣一本，2 人对坐。

第五类：天理图一本，2 人对坐，右侧 1 人站立。

例 5. 卷九第九十七则 "诸葛亮七星台祭风"

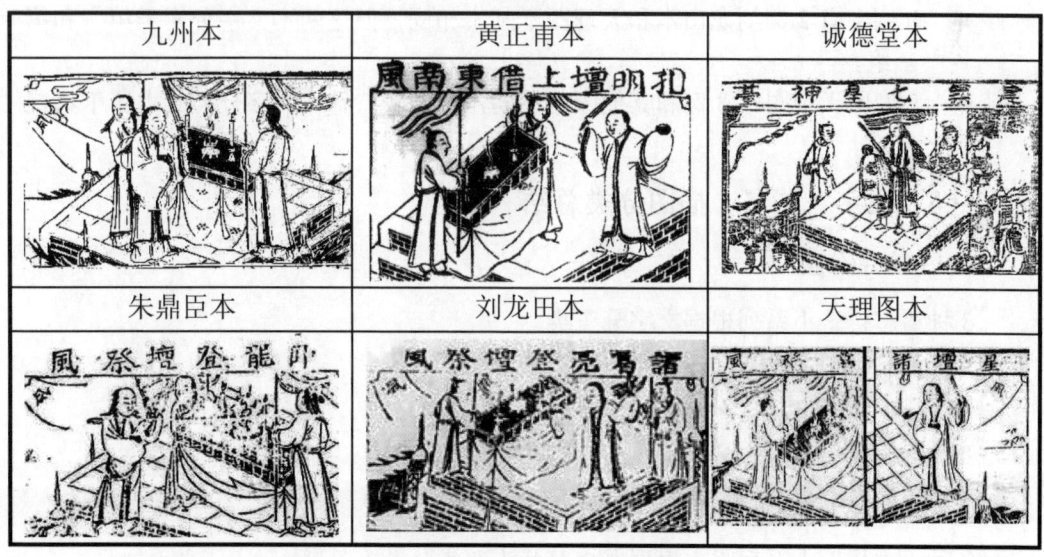

例 5 因为缺忠正堂本、费守斋本，只比对 6 种版本。

这6幅插图构图相近,都是描绘诸葛亮在四方神台之上,可分为三类。
第一类:九州本和朱鼎臣本两本,诸葛亮都站在神台左侧。
第二类:黄正甫本、刘龙田本、天理图本三本,诸葛亮站在神台右侧。
第三类:诚德堂本一本,较特殊,诸葛亮站在神台中间,没有祭桌。

插图内容比较表

版本分类	第一组			第二组		第三组
插图则	诚德堂本	刘龙田本	九州本	黄正甫本	朱鼎臣本	天理图本
3		□	◎	□	+	
68	※	+	◎	◎	+	×
74	※	+	◎	◎	+	×
87	※	◎	◎	□	□	×
97	※	□	◎	□	◎	□

注:表中各种符号表示插图的分类,符号相同表示插图基本相同,符号不同表示插图基本不同。

总结以上5幅插图内容的共性是:

- 诚德堂本插图全部比较特殊,和其他插图都不同,诚德堂本是"志传"小系列早期版本。
- 5例中有2例九州本和黄正甫本相同,说明这两本关系密切,文字分类两本都属于第一组。
- 5例中有2例朱鼎臣和刘龙田本相同,说明这两本关系密切,文字分类两本都属于第二组。
- 5例中有2例刘龙田本和天理图本基本相同,但这两本文字分属于第二和第三组。
- 5例中天理图本3例和其他版本不同,也比较特殊,文字分类此本属于第三组。

(5) 文字、书名、插图分类总结

1) 文字分类

8种"志传"小系列根据文字分三类。

第一类:诚德堂本、九州本、黄正甫本。
第二类:刘龙田本、朱鼎臣本。
第三类:忠正堂本、天理图本、费守斋本。

2) 书名分类

8种"志传"小系列版本根据书名可分为两类。

第一类:诚德堂本、九州本、黄正甫本和刘龙田本,书名基本是"通俗演义三国志传"。

第二类：朱鼎臣本、忠正堂本、天理图本和费守斋本，书名简化为"演义三国志传"。

3）插图分类

8种"志传"小系列版本根据插图也可分为三类。

第一类：逐页上图下文5种，包括通栏的朱鼎臣本，和嵌图的刘龙田本、黄正甫本。

第二类：多页一幅上图下文两种，包括诚德堂本、九州本。

第三类：二页合图三种，包括忠正堂本、天理图本和费守斋本。

（6）文字、书名、插图分类总结

1）文字和书名分类关系

- 文字第一组的诚德堂本书名"通俗演义三国全传"，和其他7种版本都不同，其他7种版本书名中为"志传"，唯独诚德堂本为"全传"。
- 文字第一组的九州本、黄正甫本和第二组刘龙田本书名都为"通俗演义三国志传"。
- 文字第二组的朱鼎臣本书名和刘龙田本书名不同，却和第三组书名相同，都没有"通俗"二字，只是"演义三国志传"，可能是属于晚期版本书名简化。
- 文字第三组的三本（忠正堂本、天理图本和费守斋本）书名相同，都是"演义三国志传"，可以看成是第一、二组书名"通俗演义三国志传"的简化，应该是晚期版本。

2）文字和插图分类关系

- 文字第一组和第二组插图都是上图下文。
- 文字第一组的诚德堂本和九州本都是早期版本，是多页一幅的上图下文。
- 文字第一组的黄正甫本和前两本不同，为晚期版本，改为逐页一幅上图下文。
- 文字第二组的刘龙田本和朱鼎臣本插图都是嵌图逐页上图下文。
- 文字第三组的三本插图都是二页合图。

3）书名和插图分类关系

书名、插图可分三类。

- 第一类诚德堂本、九州本：书名都是第一种"通俗演义三国志（全）传"，插图都属于多页通栏上图下文。
- 第二类黄正甫本、刘龙田本：书名都属于第一种"通俗演义三国志传"，插图属于嵌图上图下文。
- 诚德堂本、九州本、黄正甫本和刘龙田本：书名都属于第一类"通俗演义三国志（全）传"，插图也是早期"上图下文"式。
- 第三类费守斋本、天理图本和忠正堂本：书名都属于第二类简化的"演义三国志传"，删除了"通俗"两字，插图也简化为逐页合图形式。

- 忠正堂本、天理图本、费守斋本：书名都属于"演义三国志传"，插图都属于第二类二页合图。
- 唯一特殊的是朱鼎臣本：8个版本中，7个版本分类比较一致清楚，只有朱鼎臣本比较特殊。按照文字、插图分类，朱鼎臣本属于第二组和上图下文，但书名"演义三国志传"删除了"通俗"两字，却和第三组忠正堂本、天理图本和费守斋本属于同一类。因此可以认为朱鼎臣本文字、插图沿袭了早期上图下文形式，但书名做了简化，属于第二类。

文字、书名、插图关系如下表。

文字、书名、插图分类表

序号	版本名	文字分类	书名	插图	
1	诚德堂本	第一组	通俗演义三国全传	上图下文	多页一幅
2	九州本		通俗演义三国志传		
3	黄正甫本				嵌图逐页
4	刘龙田本	第二组			
5	朱鼎臣本	第二组		上图下文	通栏逐页
6	忠正堂本	第三组	演义三国志传	二页合图	
7	天理图本				
8	费守斋本				

8. 简本"志传"系列演化分析

（1）"志传"小系列初刻本和演化

根据以上分析，8个版本中文字又有不同修改，再分为3组。

- 诚德堂本、九州本、黄正甫本：诚德堂本刊刻于万历二十四年（1596年），"志传"小系列最早刊本；黄正甫本刊刻于天启七年（1627），最晚刊本。
- 刘龙田本、朱鼎臣本：刘龙田本可能刊刻于万历三十七年（1609年），比忠正堂本晚6年，比诚德堂本晚13年。
- 忠正堂本、天理图本、费守斋本：忠正堂本刊刻于万历三十一年（1603年），介于诚德堂本和刘龙田本之间，费守斋本刊刻于万历四十八年（1620年）。

| 诚德堂本（万历二十四年）——————————黄正甫本（天启七年） |
| 忠正堂本（万历三十一年）——————费守斋本（万历四十八年） |
| 刘龙田本（万历三十七年） |

"志传"版本演化示意图

（2）"志传"小系列第九十六、一百则演化问题

"志传"小系列初刻本，即共同祖本应该是：

- 第一百则文字未缺失。
- 第九十六则文字缺失。

根据以上分析，"志传"小系列第九十六、一百则文字演化中，多数版本比较一致，只有三个版本比较特殊。

- 九州本：第九十六、一百则文字全部缺失，8个版本只此一本。可能是第九十六则其底本删除了，因此九州本也删除了。第一百则是编者认为这段文字意义不大，删节了。
- 黄正甫本：第九十六则不缺，第一百则缺，和其他多数版本不同。考虑黄正甫本刊刻于天启三年，最晚，因此可能对版本做了修订。第九十六则不缺是因为刊刻者发现此处文字不连贯，因此修补。而第一百则其他多数版本不缺，而此本缺失，是因为此本觉得曹操言语之后的典故有些离题，因此删除。
- 刘龙田本：和黄正甫本相同，第九十六则不缺，第一百则缺，也和其他多数版本不同。刘龙田本第九十六则缺失是因为刘龙田本是繁简混合本，而第九十六则是繁本因此没有缺失。而第一百则其他多数版本不缺，而刘龙田本缺失，可能和黄正甫本一样，是因为觉得此典故离题，因此删除。

（3）"志传"小系列两种分类方式

综合两种分类及版本刊刻时间，8个版本演化如下。

"志传"小系列8个版本有两种分类方式。

1）根据文字差异分3组，每组各自有共同祖本

- 第一组3本：诚德堂本、九州本、黄正甫本。
- 第二组2本：朱鼎臣本、刘龙田本。
- 第三组3本：天理图本、费守斋本和忠正堂本。

2）根据第九十六、一百则文字缺失分两组

- 第九十六则文字缺失6本：诚德堂本、九州本、朱鼎臣本、天理图本、忠正堂本、费守斋本。
- 第一百则文字缺失3本：九州本、刘龙田本、黄正甫本。

其中第九十六、一百则都缺失1本：九州本。

（4）"志传"系列简本"志传"和"英雄志传"两小系列版本关系

"志传"和"英雄志传"两小系列第一百则都有文字缺失，由此分析两系列的关系有三种可能：
- 两系列有共同祖本。
- "志传"在前，"英雄志传"小系列在后，出自"志传"小系列。
- "英雄志传"在前，"志传"小系列在后，出自"英雄志传"小系列。

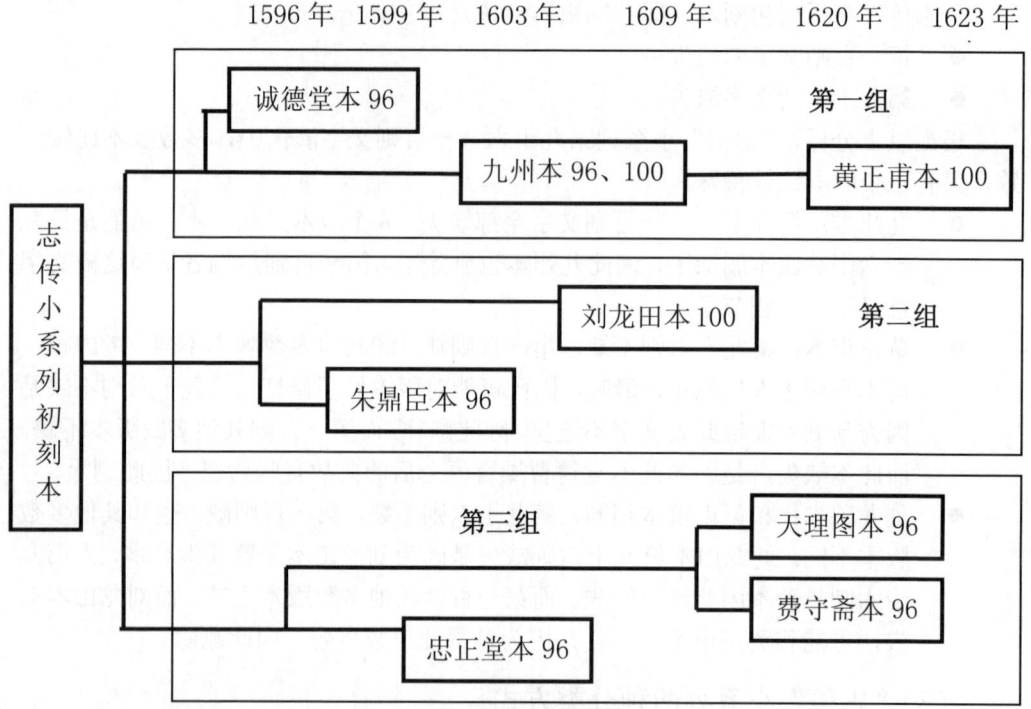

"志传"小系列8个版本关系示意图（版本后数字表示该则有文字缺失）

根据前面的介绍，判断两个版本先后关系，要看两本文字缺失情况。如果两版本分别各自都有文字缺失，则两本没有先后关系，因为如文字没有缺失的版本在后，就要根据其他版本修订，增补缺失的文字，这种可能性很小。

查两本都出现文字缺失情况，见下面两例。

例1. 第一百则"关云长义释曹操"

诚：	操曰赶到荆州将息未迟又行	数里操	又笑
兴：	只好少歇操曰赶到荆州将息未迟又行不	数里操	
郑：	只好少歇操曰赶到荆州将息未迟又行不到数里操在马上大	笑众将问丞相笑者	

| 诚： | 曰人皆言周瑜诸葛足智多谋料他| 无能为也今此一败 | 是吾欺敌太 |

兴：	曰	今此一败 此是吾 敌 之
郑：	何故操曰人皆言周瑜诸葛足智多谋	吾笑其无能为也今此一败自 是吾欺敌 之

此例"英雄志传"系列刘兴我本文字和郑少垣本相比，有缺失，而"志传"系列诚德堂本没有缺失。

例2. 第九十九则"曹操败走华容道"

诚：	冒火而走	天色微
兴：	冒火而走子龙寻思归师莫掩穷寇勿 追因此不来追赶只顾夺马	天色
郑：	冒火而走子龙寻思归师莫掩穷寇 莫追因此不来追赶只顾夺马降兵曹操得脱天色微	

此例"志传"系列诚德堂本文字和繁本郑少垣本相比，有缺失，而"英雄志传"系列刘兴我本没有缺失。

另外如前所述，第九十六则"志传"小系列8个版本中有6个版本文字缺失，而"英雄志传"小系列全部不缺失。因此，"英雄志传"小系列不可能来自"志传"小系列版本，因为那要"英雄志传"小系列再根据其他版本增补第九十六则缺失的文字，是非常费力的。

还要注意两系统的刊刻时间。"志传"小系列最早刊本诚德堂本刊刻于万历二十四年（1596年），而"英雄志传"小系列最早刊本刘兴我本刊刻于崇祯元年（1628年）。比诚德堂本晚32年。因此不排除"英雄志传"本是根据某个未知的"志传"系列版本编写的可能性。

从以上各种情况来看，两个小系列不可能是父子关系，只可能是兄弟关系，即它们有共同祖本。

中川谕先生在《〈三国志演义〉版本研究》一书中也指出："'志传小系列'和'英雄志传'小系列存在共同的祖本……这个祖本派生出了两个类别。"[①]

（5）"志传"小系列版本关系小结

综合以上版本文字分析，对各种版本分析如下：

1）诚德堂本（熊清波本）

- 刊刻于万历二十四年，即1596年，是已知刊刻时间5个版本中最早的版本。
- 第九十六则和天理图本、朱鼎臣本一样有相同的缺失。
- 第一百则文字不缺失。

2）九州本

- 刊刻时间不明。
- 第九十六、一百则文字都有缺失。
- 文字接近诚德堂本、黄正甫本，三本有共同祖本。

---

① 中川谕：《〈三国志演义〉版本研究》，上海古籍出版社2010年8月第1版，第211—215页。

3）黄正甫本

- 刊刻于天启三年，即 1623 年，是已知刊刻时间 5 个版本中最晚的刊本。
- 第九十六则文字不缺失，是编者发现文字缺失后修补的。
- 第一百则和九州本、黄正甫本一样文字有缺失，可能是编者觉得这段文字离题远，因此删除了。
- 文字接近九州本，可能来自九州本。

4）刘龙田本

- 刊刻时间可能在万历三十七年，即 1609 年。
- 繁本和简本混合本，因此应该是早期刊本。
- 第九十六则属于繁本，因此第九十六则文字未缺失。
- 第一百则文字缺失，是编者觉得这段文字离题较远，因此删除了。
- 文字和朱鼎臣本接近，和朱鼎臣本可能有共同祖本。

5）朱鼎臣本

- 刊刻时间可能在万历年间。
- 和诚德堂本一样，第九十六则有文字缺失，是因为其祖本缺失。
- 第一百则文字未缺失。
- 文字和刘龙田本接近，和刘龙田本可能有共同祖本。

6）忠正堂本（熊佛贵本）

- 刊刻时间在万历三十一年，即 1603 年。
- 文字和费守斋本、天理图本接近，但也有个别处不同。
- 缺第九十六则，不知是否和诚德堂本、天理图本一样有文字缺失。
- 第一百则文字未缺失。

7）天理图本

- 刊刻时间不明。
- 文字接近费守斋本。
- 和诚德堂本一样，第九十六则有文字缺失，是因为其祖本缺失。
- 第一百则文字未缺失。

8）费守斋本

- 刊刻时间万历四十八年，即 1620 年。
- 文字接近天理图本。
- 缺第九十六则，不知是否和诚德堂本、天理图本一样有文字缺失。
- 第一百则文字未缺失。

9. "志传"小系列现存问题

以上对《三国演义》简本中"志传"小系列版本关系做了初步研究。由于时间关系，8 个版本中目前尚未把九州本全部数字化，也无法做彻底比对。上述分析只是初步结论，待九州本全部数字化后，有时间再对"志传"小系列做深入分析。目前现存如下问题待解。

（1）九州本问题

- 九州本（第九十六、第一百则缺失）、诚德堂本（第九十七则缺失、第一百则不缺失）关系？

九州本和诚德堂本文字卷一十分接近，但九州本第九十六、第一百则文字都缺失，而诚德堂本第九十六则缺失，第一百则不缺失。九州本第九十六则缺失可能是后修改的。

- 九州本文字和诚德堂本文字互有缺失。

九州本和诚德堂本文字差异相同，属于同一组，但九州本和诚德堂本文字又互有缺失，因此不太可能是父子关系，而是兄弟关系，即它们可能有共同祖本。

- 九州本和黄正甫本关系？

九州本卷一文字和诚德堂本接近，但卷六之后却和黄正甫本接近。它们第九十六则文字都没有删节，黄正甫本刊刻较晚，九州本可能是黄正甫本的底本。

（2）诚德堂本问题

- 诚德堂本等 3 个版本第九十六则文字缺失从哪个版本开始？

现存 8 个"志传"小系列版本中，诚德堂本、朱鼎臣和天理图本 3 个版本第九十六则文字都有删节。由于这 3 个版本中文字各有缺失，因此它们之间关系很可能是并列的，都来自一个共同的祖本，第九十六则文字缺失是从共同祖本开始的。

- 诚德堂本刊刻时间早，插图粗糙？

诚德堂本刊刻于万历二十四年，即 1596 年，是已知刊刻时间 5 个版本中最早的版本。由于是早期刊本，因此其插图在这些版本中显得很粗糙。插图粗糙有两种可能，早期刊本可能插图粗糙，晚期刊本偷工减料也可能插图粗糙，要具体分析。

（3）刘龙田本问题

- 奇怪的繁简混合本

刘龙田本是个奇怪的繁简混合本，前 8 卷是繁简混合本，后 12 卷是简本。编者为何要采用如此复杂的混合本？

- 刘龙田本和朱鼎臣本关系？

刘龙田本和朱鼎臣本文字十分接近，应该属于同一组。刘龙田简本文字有脱落，而朱鼎臣本没有脱落。因此它们关系可能是有共同祖本,也可能刘龙田本出自朱鼎臣本。

- 刘龙田本底本

刘龙田本是个繁简混合的特殊版本,有繁本有简本,从插图看,繁本底本肯定是郑少垣本。但简本是刘龙田本自身从繁本删节而来,还是另有一个简本的底本,目前难以判断。

总之,8个版本中刘龙田本问题最多、最大。

(4) 朱鼎臣本问题

- 两个朱鼎臣本(九州本)关系?

九州本和朱鼎臣本题署都是"朱鼎臣编辑",题署字迹也相同,但两本文字差异很大,九州本第九十六则文字没有删节,而朱鼎臣本有删节。因此两本虽然题署相同,但似乎没有关系。

- 朱鼎臣本底本问题。

朱鼎臣本具备诚德堂本和刘龙田本各自不同的特点,可以看作诚德堂本和刘龙田本的组合。它是如何编写的?它的底本是哪个版本?目前还不得而知。

(5) 黄正甫本问题

- 黄正甫本和诚德堂本、九州本关系。

黄正甫本和诚德堂本、九州本文字接近,它们之间是什么关系?是有共同祖本,还是有继承关系?

- 黄正甫本第九十六、一百则与众不同。

黄正甫本和刘龙田本一样是个特殊版本,第九十六则其他6版本都缺失,而黄正甫本和刘龙田本未缺失;第一百则其他5版本都不缺,而黄正甫本和刘龙田本却缺失。为何如此?是否是因为黄正甫本刊刻时间晚,做了修订。

(6) 天理图本、费守斋本、忠正堂本问题

- 天理图本、费守斋本、忠正堂本之间关系?

天理图本、费守斋本、忠正堂本文字接近,插图方式相同,它们之间是什么关系?从文字看,忠正堂本文字和前二本不同,而费守斋本刊刻时间较晚。总之它们可能有共同祖本。

- 费守斋本、忠正堂本文字是否增补?

天理图本和九州本、刘龙田本第九十六则文字无删节,费守斋本、忠正堂本由于缺损不知是否也无删节?

(7) "志传"小系列初刻本和演化

"志传"小系列现存8个版本,如根据第九十六、一百则文字删节分为两类,两类各自在第九十六和第一百则中有删节,"志传"小系列的初刻本,即共同祖本应该是:第一百则文字未缺失,第九十六则文字缺失。初刻本之后8个版本的文字又做不

同修改，再分为三组：诚德堂本、九州本、黄正甫本，刘龙田本、朱鼎臣本、天理图本、忠正堂本、费守斋本。每组内个别版本的第九十六、一百则文字又有修改。

（8）分组矛盾问题

"志传"小系列8个版本根据文字差异分为三组，根据第九十六、一百则文字缺失分为两组。但8个版本在上述两种分组中有两对版本，即诚德堂本和黄正甫本，及刘龙田本和黄正甫本，两种分组和其他版本不一致，出现矛盾。主要集中在刘龙田本和黄正甫本，刘龙田本是繁简混合本，黄正甫本刊刻较晚，这可能是导致分组矛盾的原因。但这种解释还不十分理想，还是有问题。这是目前"志传"小系列8个版本演化中最难解释的问题。

（9）"志传"小系列演化问题

"志传"小系列属于"志传"系列简本中的一种，"志传"系列还有一种"英雄志传"小系列。这两个系列之间是什么关系？它们和"志传"系列繁本是什么关系？它们是如何演化的？后面有关《三国演义》版本演化部分将回答这些问题。

（五）"志传"简本"英雄志传"小系列研究

1. 简本"英雄志传"系列新出现版本概述
——从刘兴我本到辉县本

（1）"英雄志传"小系列原有版本简介

《三国演义》版本分为"演义"系列和"志传"系列两大类。"志传"系列又分为"繁本"和"简本"两类。"简本"中又可再分为"志传"小系列和"英雄志传"小系列两种。另外，"英雄志传"和"志传"小系列还有一种"混合本"。

魏安《三国演义版本考》将"英雄志传"小系列版本命名为 D1a 系列，包括 7 种版本[①]：

1）刘荣吾刊刻藜光堂本，二十卷上图下文简本，大英博物馆藏
2）杨美生本，二十卷上图下文简本，日本大谷大学藏
3）魏氏刊本（魏某本），二十卷上图下文简本，国家图书馆藏
4）魏玛本（美玉堂二刻本），二十卷上图下文简本，德国魏玛图书馆藏
5）二酉堂本（宝华楼、三余堂、聚贤山房本）等六卷本，六卷人物绣像、先繁后简本，北京大学等藏
6）哈佛本（嘉庆七年本），二十卷人物绣像先繁后简本，哈佛大学、首都图书馆等藏
7）北图藏本，二十卷上图下文混合本，中国国家图书馆藏

中川谕《〈三国志演义〉版本研究》著录了其中 5 种，即刘荣吾本、聚贤山房本、杨美生本、魏氏刊本和北图藏本，未著录两种，即魏玛本（美玉堂二刻本）、哈佛本

---

① 魏安：《〈三国演义〉版本考》，上海古籍出版社 1996 年 6 月第 1 版，第 125 页。

（嘉庆七年本），并画出演化图[①]。

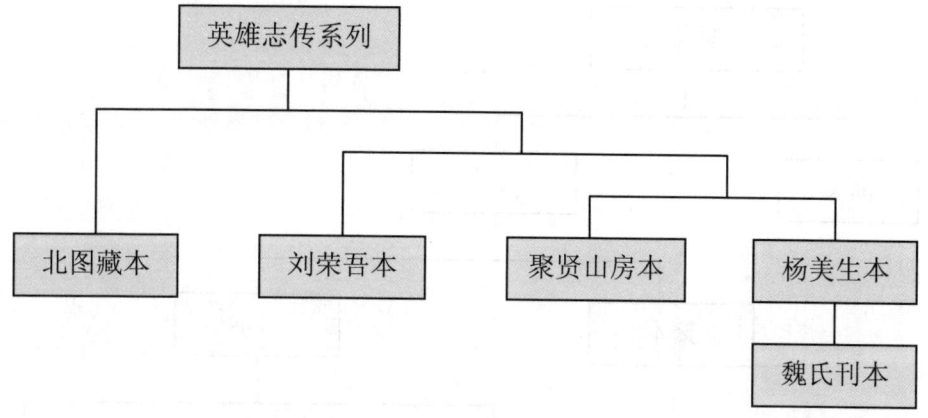

"英雄志传"系列演化示意图（中川谕）

（2）"英雄志传"小系列新出现版本

"英雄志传"小系列近期又出现了一些新版本。
1）刘兴我刊刻忠贤堂本，二十卷上图下文简本，日本名古屋大学藏
2）美玉堂二刻本，二十卷上图下文简本，德国魏玛图书馆藏
3）美玉堂四刻本，二十卷上图下文简本，上海图书馆藏
4）陈以润刊刻继志堂本，二十卷上图下文简本，日本东京大学东洋文化研究所藏
5）郑乔林刊刻德馨堂本，二十卷上图下文先繁后简本，德国柏林州立图书馆藏
6）松盛堂本，十二卷人物绣像先繁后简本，辽宁省图书馆藏
7）哈佛本，二十卷人物绣像先繁后简本，哈佛大学藏
8）辉县本，二十卷人物绣像先繁后简本，河南辉县藏
9）致和堂本，二十卷故事插图先繁后简本，张青松藏
10）介休本，二十卷故事插图先繁后简本，山西介休开明书厮藏
11）大文堂本，人物绣像六卷本，上海图书馆藏
12）三让本，人物绣像六卷本，张青松藏
13）张青松藏本，分二十卷甲本、乙本、丙本、丁本、戊本和六卷本

这10多种版本可分为四类：
1）根据插图分3类：上图下文5种、故事插图2种、人物绣像5种
2）根据卷数分3类：二十卷13种、十二卷1种、六卷2种
3）根据文本分2类：简本4种、先繁后简本12种
4）根据刊刻时间分3类：明刊本1种、清刊本16种

这样再加上前述的7种，"英雄志传"小系列版本就有20多种了，十分复杂，其

[①] 中川谕：《〈三国志演义〉版本研究》，上海古籍出版社2010年8月第1版，第216页。

出现的过程也很有趣,下面逐一简介。

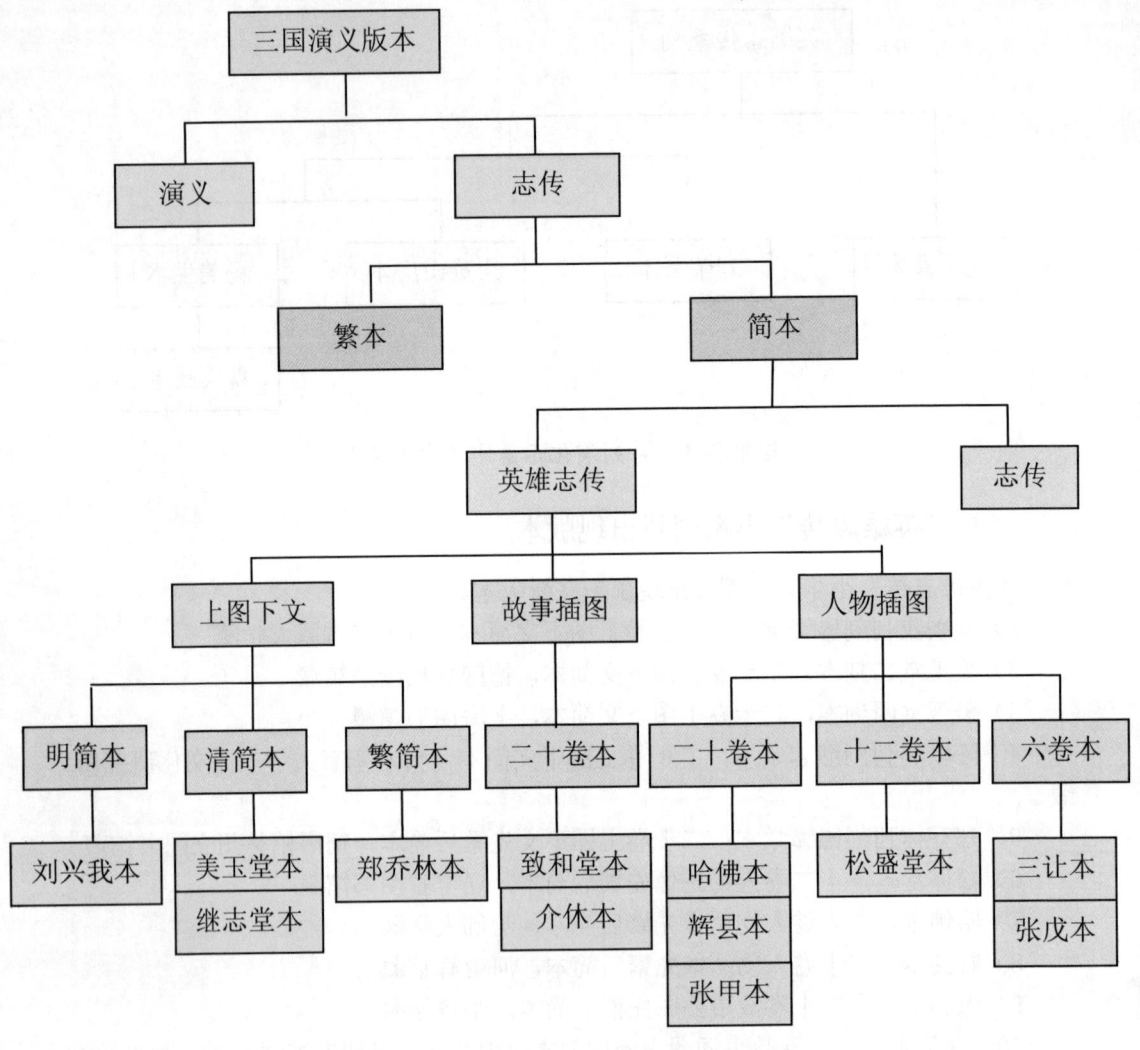

新出现《三国演义》"英雄志传"主要版本分类示意图

(3) 刘兴我本——明刊二十卷上图下文简本

《三国演义》"英雄志传"本中有个刘荣吾本,而《水浒传》版本中除有刘荣吾本外,还有一个刘兴我本,刘世德先生 2013 年曾在《文学遗产》第 3 期上发表文章《〈水浒传〉刘兴我刊本与黎光堂刊本异同考》,专门研究这两个版本,并认为刘荣吾和刘兴我是同一个人。

日本上田望先生在周兆新主编的《三国演义丛考》中,和他编写的《三国演义》版本汇编中,都介绍《三国演义》也有一个刘兴我本,藏于日本名古屋大学。但魏安和中川谕先生都未著录,也一直未引起学者的重视。2009 年我在日本神奈川大学开中国古代小说论坛,遇到名古屋大学的佐野诚子女士,我 2003 年应日本京都大学金文京之邀第一次访问日本时，她正在京都大学学习，金文京先生曾派她带我在京都游览。中川谕先生向她问及此本，她当场用手机查她们系资料室，果然有此本。于是会后我和中川先生立即去名古屋大学复制了全本。

刘兴我本是"英雄志传"本到目前为止所知最早的刊本，由此本向后延伸出一系列的"英雄志传"版本，所以此本价值很高。

《三国演义》和《水浒传》的刘兴我本和刘荣吾本经过研究，肯定是刘兴我本在前，而刘荣吾本在后。《三国演义》刘兴我本的发现，证明刘兴我和刘荣吾确实同时刊刻了《三国演义》和《水浒传》，这样刘兴我和刘荣吾两人的关系又再次提上桌面来了。刘世德先生文章认为刘兴我和刘荣吾本是同一人，但我根据两本的情况，认为同一人同时去刊刻《三国演义》和《水浒传》的可能性不大，刘兴我和刘荣吾应该是两人，但我一直找不到证据。

后来福建师大邓雷找到刘兴我的名号等资料，证明这确实是两个人。但刘先生仍认为，古代一个人可能有多个名号，因此还有多种可能，理论上仍不能肯定是同一人。

刘兴我本、刘荣吾本和杨美生本是"英雄志传"仅有的三种明刊本，刘兴我本在前，刘荣吾本在后，而刘兴我本和杨美生本又是什么关系呢？

刘兴我本出现后，我把刘兴我本部分数字化后，再和杨美生本比对，发现杨美生本文字有脱落，而刘兴我本文字不脱，因此我认为杨美生本应该出自刘兴我本。但这时我只对刘兴我本做了部分数字化，并没全部数字化。

后来中川先生将刘兴我本全部数字化后，又发现有杨美生本文字不脱，而刘兴我本文字脱落的例子，这就是铁证，证明不可能杨美生本出自刘兴我本，而是它们有共同祖本，各自有脱落。

由此看出版本研究的复杂性，找到例证说"有"一般很容易，但要找到例证说"无"很难。这就必须要全书逐字核对，人工很难做到，这就必须全部数字化后计算机比对才行了。由此可以看出数字化对版本研究的重要性。我对中川先生的仔细认真也再次深表敬意。

（4）美玉堂本——清刊二十卷上图下文简本

上述刘兴我本、刘荣吾本和杨美生本都是"英雄志传"中简本的明刊本，这类简本一直延续到清代，还有很多，如美玉堂本、继志堂本、魏氏刊本等。其中美玉堂本的研究也很有趣。

此本在魏安的《三国演义版本考》中称为"魏玛藏本"，藏于德国魏玛，未说明其书坊名，只说其书名为《二刻按鉴演义全像三国志传》，是残本，只有卷 6—10。陈翔华先生《诸葛亮形象史》一书中也提及此本[①]，我电话问陈先生此本情况，他说是托人从德国拍摄了胶卷，但搬家找不到了。

日本中川谕和上原究一、松浦智子先生等人 2018 年去德国、奥地利参国际加汉学论坛后，又返回德国专门去魏玛的安娜·阿玛利亚公爵夫人图书馆看此书，发现魏

---

① 陈翔华：《诸葛亮形象史》，浙江古籍出版社 1990 年 12 月第 1 版，第 278 页。

安和陈翔华记录有误,此书不是残本,而是全本,看来魏安实际并没有去看过,是误记。我也去德国、奥地利开会,但由于我是自费,再返回德国费用较高,就没有和中川先生等去德国看此本。

日本中川谕先生又在上海图书馆发现了此本的四刻本,但可惜是残本。此本和魏玛二刻本不同版。中川先生很仔细,注意到此本各卷版心的书名不同,有的为"二刻",有的为"三刻"和"四刻",应该是魏玛本的翻刻本。

此外同属二十卷上图下文简本还有魏氏刊本(魏某本)等,魏安和中川谕先生的专著都曾著录,刘世德和中川谕先生也做过研究,此处就不再复述了。

(5)继志堂本——清刊二十卷上图下文简本

"英雄志传"系列二十卷上图下文清刊简本除上述美玉堂外,还有一种陈以润刊刻的继志堂本,日本东京大学东洋文化研究所藏。清雍正甲寅(十二)年(1734年)刊刻,是目前已知最晚的上图下文本。

此本书名为《鼎刻按鉴演义古本全像三国英雄志传》,书名和美玉堂本基本相同,只多了"古本"一词。此本插图比较粗糙,比美玉堂本更差,是已知上图下文本中插图最差的版本,一般后出的版本插图都是越翻刻越粗糙了。

中川谕先生曾对此本进行了初步研究,认为"继志堂本不是以杨美生本为底本而成立的,也不是以聚贤山房本为底本而成立的。也可以说,杨、聚、继这三本的关系不是互为影响的关系。这三本版本都是以同一个、现在不存在的'英雄志传'小系列的版本为底本,从此底本派生而成立的并排关系"①。

(6)郑乔林本——清刊二十卷上图下文先繁后简本

以前魏安、中川谕先生所记录的几种"英雄志传"本实际分为两类。一类是二十卷上图下文的简本,包括刘荣吾本、杨美生本和魏氏刊本等,另一类是六卷人物绣像的先繁后简本,主要是二酉堂等各种六卷本。这两类版本各方面都不同,卷数一个是二十卷,一个是六卷。插图一个是上图下文,一个是人物绣像。文字一个简本,一个是先繁后简本。似乎这两类版本之间没有任何关系。

直到郑乔林本出现,打破了这两类版本之间的鸿沟,填补了这两类版本之间的空间。郑乔林本是二十卷上图下文本,和刘兴我等版本相同,但它文字又是先繁后简,又和各种六卷本相同。因此,郑乔林本应该是这两类版本之间的过渡本。它从二十卷上图下文简本,过渡到二十卷上图下文先繁后简,然后再发展到六卷的人物绣像本。

此本藏于德国柏林州立图书馆,前述日本上田望先生整理的《三国演义》版本资料中也收入了此本,标记为德馨堂刊本,没有书坊主郑乔林的名字。该馆近年把此本数字化后上网了,是日本上原究一先生看到后下载,我们才看到这个重要版本的真面貌。

欧洲藏有很多中国古代小说版本,2018年日本学者中川谕、上原究一和松浦智子去德国开会后,特地去柏林看了此本。

---

① 中川谕:《关于继志堂刊〈三国英雄志传〉——兼论清代的〈三国演义〉出版情况》,第二届《三国演义》版本暨第二届中国古典小说数字化国际研讨会,2003年9月23至24日,首都师范大学。

（7）松盛堂本——清刊十二卷人物绣像先繁后简本

继 2009 年我在日本上田望先生的《三国演义》版本汇编介绍中查到刘兴我本，又在此资料中看到他手写的一条有关藏于辽宁图书馆十二卷松盛堂本的记载，而此本从未被人著录过，上田望将此本分类在简本内，书名为《新刻按鉴演义京本三国志传》，这是标准的六卷本书名，但从未听说六卷本中有十二卷本，我问中川谕先生，他也不知此本。我电子邮件问上田望，他告诉我此本是他在辽宁图书馆藏书目录中查到，但他也未去看过。看来这是个从未著录的新版本，因此我很好奇此本到底是什么版本。

2017 年我想去辽宁省图书馆查看此本，为此我先联系一老朋友，辽宁大学科研处处长胡胜老师，他找来他一学生、现在沈阳大学任教的赵旭帮忙。赵旭先去辽宁省图书馆核实了此书，发来图片。从图片我确认此书就是六卷本后，我买了火车票到沈阳，赵旭到车站接我，然后全程陪同我去辽宁省图书馆看书，对此我十分感谢，他后来还写了一文介绍此行的经过。

我去看此本之前，先仔细阅读了中川先生一篇有关六卷本的文章，详细记录了文章中列出的各种六卷本的文字差异和错误。到辽宁省图书馆后，我再和此本逐字核对，发现其他版本文字错误处，此本都没有错误。我又在几卷的卷首看到有"李卓吾先生评"的字样，但实际此本中没有任何李卓吾评语。六卷本是先繁后简本，前 4 则是繁本文字，接近李卓吾本。由此我认为此本应以某种李卓吾本为底本抄写的，抄写者只抄了"李卓吾先生评"几个字，而未抄李卓吾评语。如此这个十二卷本应该早于其他六卷本。

我由于当时已经退休没有经费，因此只复印了其中几页。后来中川先生付费请辽宁省图书馆全部扫描此书。中川先生很仔细，他看到此书最后第十二卷末题写为"第六卷终"，因此认定此本的底本不是李卓吾评本，而是六卷本。至于为何会出现"李卓吾先生批评"字样，是因为此本从六卷改为十二卷，但还要保持和六卷本行款一致，而被迫增加了空行，在空行上增加了"李卓吾先生批评"字样，实际此本和李卓吾本无任何关系。中川先生的分析十分有道理，由此又可看出日本学者研究版本的仔细和认真，我十分佩服。松盛堂本是目前为止"英雄志传"本中唯一的十二卷本，我认为书坊将六卷本改为十二卷，是因为想找多人同时抄写，节省时间，为此我仔细核对了十二卷的卷首书名的字迹，证实此本可能是由 10 人分别抄写的。

松盛堂本的发现和研究过程也很有趣，版本研究有时并不枯燥，只要用心还是会不断有新的发现的，成绩永远属于不懈努力的人。

（8）致和堂残本——清刊二十卷故事插图先繁后简本

以前"英雄志传"本插图只有上图下文和人物绣像两种，前几年在我一朋友张青松藏书中看到有一本致和堂本是整幅故事插图本。此本是张青松在拍卖会上拍得的。二十卷缺卷九、十，版心有"致和堂"字样。

此本文字也是先繁后简，其最大特点是全书前有 20 幅故事插图，在此前从未看到类似版本。此本插图和李卓吾本插图核对，全部插图的构图和李卓吾本基本相同，只是细节略有不同,因此从插图看此本应该出自李卓吾本。

我们开始不知此本刊刻于哪个时期,张青松怀疑此本是明刊本。我们带此本去国家图书馆古籍部,请曾鉴定过《红楼梦》卞藏本和"庚寅本"的古籍鉴定专家查看,他一眼看到"玄德"的"玄"字缺一点,这肯定是为避讳玄烨的玄字,因此肯定是清刊本。我很后悔,我以前未注意《三国演义》的避讳问题,再查清康熙及以后刊本,"玄"字都不缺点,看来清代小说避讳不是很严格的。查致和堂刊刻图书是从康熙十七年(1678年)到道光十年(1830年)。

(9) 介休残本——清刊二十卷故事插图先繁后简本

"英雄志传"二十卷故事插图本除致和堂本外,还有一些版本,其中一个是山西介休开门书肆所收藏的一个版本,此本在孔夫子网上出售,售价4.5万元,因为售价太高,还无人购买。

此本是残本,只有3册,卷一至卷八,卷十七至二十。此本书名和致和堂本相同,也是《新刻按鉴演义京本三国英雄志传》,有玉屏山人《三国志小引》一文,插图12幅,构图和致和堂本接近。此本行款为15行每行26字,和致和堂本14行每行37字不同。

另外,孔夫子网还曾出售过一本和介休本行款完全相同的本子,但只有第三卷。我粗看两本行款字迹完全相同,因此认定是同版。但中川谕先生很仔细,看到此拍卖本第一页一个"将"是简体字,而拍卖本的"将"是繁体字,因此两本肯定不是同版。我再放大仔细看两本字迹,虽然十分相似,但还是有区别,因此简体字的介休本可能是繁体字拍卖本的复刻本。由此可以看出对版本研究要十分仔细,马虎不得。

(10) 哈佛本——清刊二十卷人物绣像先繁后简本

"英雄志传"人物绣像本大部分是六卷本,但也有少数的二十卷本,哈佛本就是其中的一个较特殊的版本。此本刊刻于嘉庆七年(1802年),因此也称嘉庆七年本。魏安《三国演义版本考》有著录,本来不是新出现版本,但它和下面介绍的辉县本有密切关系,为了解辉县本必须先要介绍哈佛本。

哈佛本明显和多数六卷本多处相同,第一文字都是先繁后简,第二插图都是人物绣像。因为哈佛本刊刻于嘉庆七年,晚于多数六卷本,因此哈佛本肯定出自六卷本。

但哈佛本和多数六卷本也有几处差异。第一不是六卷而是二十卷。第二人物绣像不是24人,而是12人。第三没有玉屏山人的《三国志小引》,而是吴翼登的《序三国志传》。第四封面题写不是"毛声山先生原本",而是《金圣叹先生批定》。因为哈佛本晚于六卷本,因此它肯定是在六卷本基础上再做了如上的修订。

刘世德先生曾对此本(他称为"嘉庆七年刊本")做过研究[①],认为此本和杨美生本、黄一鹗(黄正甫)本有密切的关系,此看法并不准确。杨美生本全本是简本,而此本属于先繁后简本,前5则文字为繁本,增加了刘备、曹操和孙坚的出身,完全不

---

① 刘世德:《〈三国志演义〉嘉庆七年刊本试论》,《文学遗产》2007年第1期,收入《〈三国志演义〉作者与版本考论》,中华书局2010年11月第1版。

同。此本第 6 则以后为简本，其文字和杨美生本也有不同，而和其他先繁后简本基本相同。由于哈佛本尚未全部数字化，因此其底本还有待数字化后再进一步研究。至于黄正甫本属于"志传"系列，和"英雄志传"的哈佛本差异很大。因此哈佛本从插图、文字都更接近六卷本，而不是杨美生本。

由于哈佛本还未全部数字化，无法彻底比对，只有全部数字化仔细比对后才会有结论。

首都图书馆也藏有一本哈佛本，我一朋友也收藏一本哈佛本，张丁本也可能也属于哈佛本。

（11）辉县残本——清刊二十卷人物绣像先繁后简本

二十卷人物绣像先繁后简本除哈佛本外，最近又发现几个版本，辉县本就是其中一个重要版本。日本中川谕先生在网上查到河南辉县博物馆有个《三国演义》藏本。

此本书名为《新刻按鉴演义三国英雄志传》，二十卷，清道光元年（1821年）刻本，存卷一至四。

但网络上不知辉县本的具体情况，我托朋友辗转联系到辉县博物馆，请他们去看此书前是人物绣像还是故事插图，他们看后告知此本前有人物绣像。二十卷人物绣像本只有哈佛本，于是我发去哈佛本的刘备像和第 1 页，请他们核实。他们核实后告知此本和哈佛本是同版，绣像和行款文字完全相同。我觉得有时版本看似同版，但实际是翻刻本而不同版，因此我请他们再仔细看刘备绣像的线条是否完全相同，他们看后告知线条不同，这就可以肯定此本和哈佛本不同。

辉县本刊刻于道光元年（1821年），比哈佛本嘉庆七年（1802年）晚 19 年，比上图下文雍正十二年（1734年）的继志堂本晚 87 年，是目前所知最晚的"英雄志传"本。这就有很大意义了，说明在康熙年间出现毛本后，"英雄志传"本还在不断翻刻，一直延续到道光年间。

日本中川谕先生原计划去辉县看此本，我联系辉县博物馆问可否复印或提供电子版，但博物馆不是图书馆，不对外开放，也不能提供复印件或电子版，必须要领导批准，这样只好再找人联系了。

（12）三让本——清刊人物绣像先繁后简六卷本

清代有一大批六卷本，都是人物绣像本，较有名的宝华楼本、聚贤山房本、大文堂本、尚德堂本等。张青松收藏一本六卷本，缺卷二、卷三。此本封面为"李卓吾先生评/绣像三国志演义全像/三让梓行"。其中的"三让"是哪个书坊不明。三让堂是清代江西著名书坊，但从未有记录其刊刻过《三国演义》。所以此本可能不是三让堂刊刻，刊刻者只是以"三让"为名而已。因此可称"三让本"。

六卷本封面题写多数是"毛声山先生原本"，只有此本和三余堂本封面是"李卓吾先生评"。

三让本和其他六卷本书名一样，都是《新刻按鉴演义京本三国英雄志传》。

三让本作者题署为罗贵志，三字错了两字，和此本相同的有宝华楼本、大文堂本、聚贤山房本和齐鲁本 4 本。玉屏山人《三国志小引》，此本和宝华楼本、大文堂本的行款都是 8 行 16 字。

六卷本人物插图中一些人物画法很不同。三让本刘备、孙权衣袍没有绣花。三让本张飞没有持矛。糜夫人、姜维、周瑜、邓艾面朝向也不同。

文字方面，经仔细核对正文的字形，三让本和宝华楼本的字形最接近。但还有个别文字不同。

因此，三让本最大可能是宝华楼本的复刻本。

（13）张青松各种藏本

我有一朋友张青松收藏很多古代小说版本，除前面介绍的致和堂故事插图本和三让人物绣像六卷本外，还有 5 种《三国演义》残本，中川谕先生命名为甲、乙、丙、丁、戊本，总计有 7 种。

这 5 种残本因为缺卷一，分类归属不明，暂可分为 3 类。

1) 哈佛本：张甲本、乙本、丁本

张甲本和乙本实际同版，两本虽然行款、文字和二十卷人物绣像哈佛本完全相同，但刻字不同，因此和哈佛本不同版。辉县本出现后，张青松甲、乙本和辉县本是否同版，还无法判断。因为辉县本存卷一至四，而张青松甲、乙本存卷十一至二十，不同卷就无法比较。我把张青松甲、乙本图片发给辉县，希望他们和辉县本比较字迹，但他们认为文字不同，无法比较。这样张青松甲、乙本和辉县本有两种可能，一种可能都是同版，这样二十卷人物绣像本就有两种。另一种可能是不同版，则就有三种二十卷人物绣像本。

张丁本，书名《新刊按鉴演义三国英雄志传》，二十卷，存卷六至十，行款为 16 每行 36 字。经文字比对此本文字基本同人物绣像哈佛本，但行款不同，此本因为缺卷一，不知是否也是人物绣像。

2) 致和堂本：张丙本

张丙本，书名《新刊按鉴演义京本三国英雄志传》，二十卷，存卷三，行款 14 行每行 30 字，有起止时间。经文字比对此本文字基本同故事插图致和堂本，但行款不同，此本缺卷一，不知是否也是故事插图。

3) 六卷本：张戊本

张戊本，书名《三国志》，六卷本，存卷三，行款 15 行每行 32 字。此本和上图藏尚德堂本同版，很可能也是人物绣像六卷本，但由于缺第一卷也无法判断。

从以上分析看，张青松所藏这 5 种版本都和已知的版本大致相同，可惜其中还没有未知的版本类型。张青松元的分类大致清楚了，但由于张青松元还未全部数字化，无法彻底比对，只有全部数字化仔细比对后才会有最后的结论。

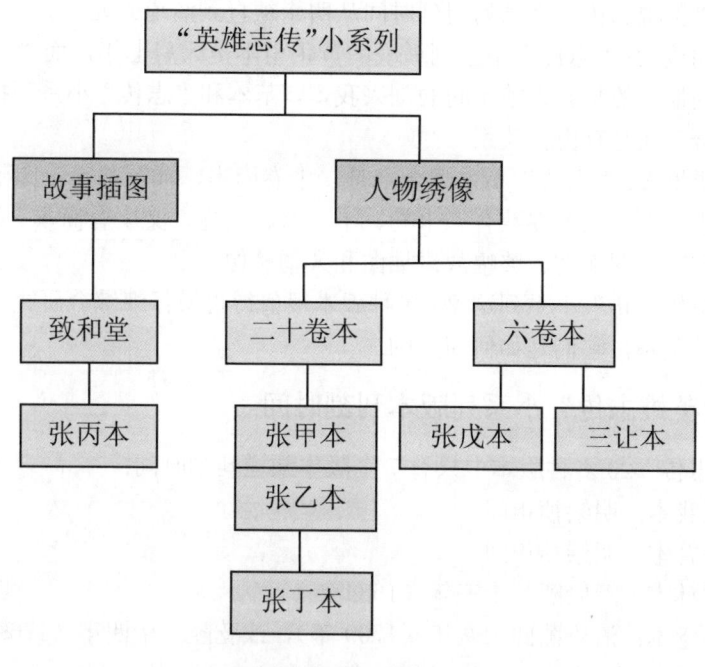

张青松藏本分类示意图

这几年在嘉德、孔夫子网等拍卖市场上陆续出现类似《三国演义》残本出售和拍卖，流入民间收藏，这很值得我们重视。

以上介绍了十几种新出现的《三国演义》"英雄志传"版本，说明《三国演义》版本还有一些不为人知的版本。这十几种版本中很多刊刻于康熙年间毛本出现之后，说明毛本出现后，建阳刊本并未消失，从康熙十八年（1679 年）到道光元年（1821 年），又延续了 142 年以上，这类"英雄志传"版本翻刻还很多，也说明这类版本还是很有市场，但流传下来很少。这期间《三国演义》版本的刊刻情况很值得我们重视和研究。

2. 简本"英雄志传"小系列版本概况

（1）"英雄志传"小系列版本简介

《三国演义》"英雄志传"小系列和"志传"小系列相比，主要有以下特点。

- 数量多："志传"小系列只有 8 个版本，而"英雄志传"小系列目前已有 20 多个版本。
- 延续时间长："志传"小系列都刊刻于明代，最晚的黄正甫本是天启七年，而"英雄志传"小系列刊刻时间从明崇祯直到清道光元年。

- 时间接续:"志传"小系列最晚的黄正甫本是天启七年,而"英雄志传"小系列最早的是明崇祯年间的刘兴我本,基本和"志传"小系列接续,不知是巧合,还是有内在关系。
- 种类繁多:"志传"小系列全部是二十卷简本,插图都是上图下文。而"英雄志传"小系列卷数有二十卷、十二卷、六卷,文字有简本、繁简混合本,插图有上图下文、整幅故事插图和人物绣像。

因此"英雄志传"小系列这 20 多种版本很值得再做仔细综合研究,主要研究这些版本之间的关系,它们是如何演变的。

(2)"英雄志传"小系列版本刊刻时间

"英雄志传" 20 多种版本中只有 7 个版本知道刊刻时间:

1)刘兴我本:明崇祯年间
2)刘荣吾本:明崇祯年间
3)郑乔林本:清康熙二十三年(1684 年)
4)二酉堂本:清康熙四十八年(1709 年),或乾隆三十四年(1769 年)
6)继志堂本:清雍正十二年(1734 年)
5)哈佛藏本:清嘉庆七年(1802 年)
7)辉县本:清道光元年(1821 年)

(3)"英雄志传"小系列版本保存情况

"英雄志传"小系列版本现存情况

卷	1	2	3	4	5	6	7	8	9	10	11	12	13	14	15	16	17	18	19	20
刘兴我								1—20												
刘荣吾					1—11											16—20				
杨美生								1—20												
上图本					5—6													18—20		
北京图					5—7															
魏氏刊	1—3																			
辉县本	1—4																			
介休本			1—8													17—20				
致和堂			1—8								11—20									
哈佛本							1—20													
郑乔林							1—20													
松盛堂							1—20													
美玉堂							1—20													
继志堂							1—20													
二酉堂							1—20													
尚德堂							1—20													

"英雄志传"20多种版本中有7个版本保存完整,即刘兴我本、哈佛藏本(嘉庆七年本)、杨美生本、郑乔林本、美玉堂本、松盛堂本、二酉堂本等,其余几本都是残本,即:

1)刘荣吾本:存卷一至十一,十六至二十
2)魏氏刊本:存卷一至三
3)上图本:存卷五至六,十八至二十
4)北图藏本:存卷五至七
5)致和堂本:存卷一至八,十一至二十
6)介休本:存卷一至八,十七至二十
7)辉县本:存卷一至四

20多个版本中按卷统计,没有一卷所有藏本都完整。

- 卷一至三:缺北图藏本、上图本两本
- 卷五至七:缺魏氏刊本、辉县本两本
- 其余各卷都缺三个以上版本

(4)"英雄志传"小系列分类

"英雄志传"小系列20多个版本中的卷数、文字、插图和刊刻时间不同,因此有四种分类法。

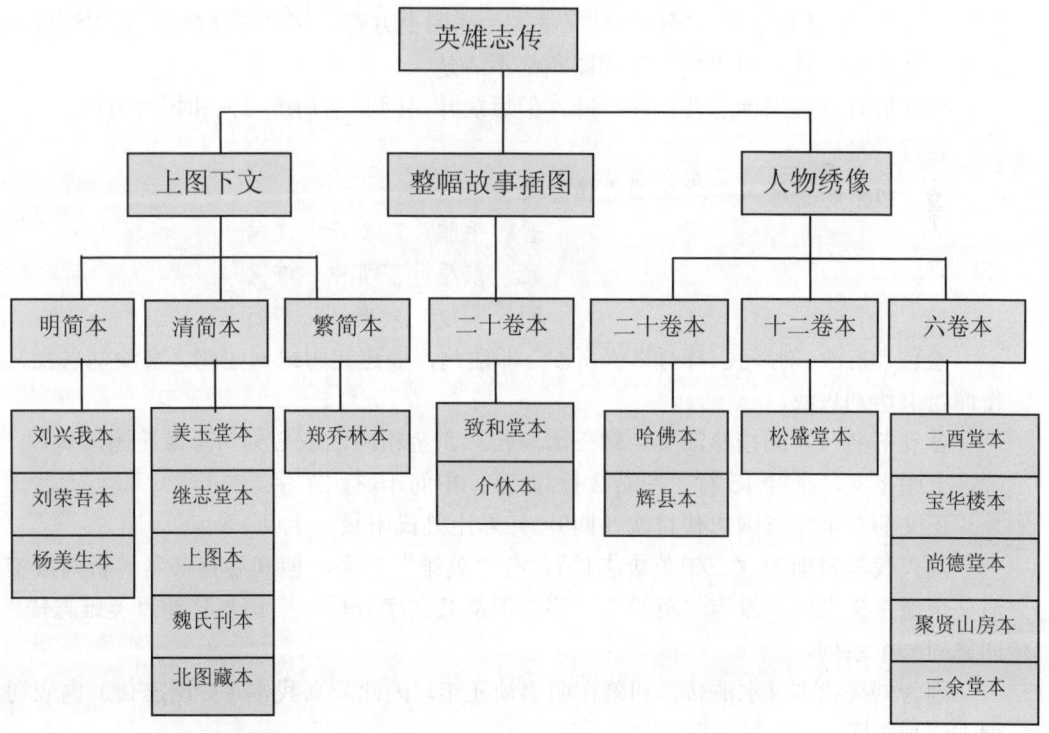

"英雄志传"系列主要版本分类示意图

1) 根据插图分类三种：上图下文、整幅故事插图、人物绣像
2) 根据卷数分类三种：二十卷、十二卷、六卷
3) 根据文本分类两种：简本、先繁后简本
4) 根据刊刻时间分类三种：明刊本、清刊本

下面逐一介绍其中主要版本情况。

3. "英雄志传"系列主要版本介绍

《三国演义》"志传"简本中的"英雄志传"小系列版本很复杂，下面先分为7类做介绍。

（1）上图下文简本——刘兴我、刘荣吾、杨美生、美玉堂、继志堂等8种

1) 刘兴我本——上图下文明刊简本

《新刻按鉴演义全像三国志传》，二十卷二百四十则，刘兴我（忠贤堂）刊本。

刘兴我本封面题《三国英雄志传》，6个大字分左右两行，中间夹一行小字"忠贤堂梓行"。封面上方有一幅桃园结义插图，插图上方有红字"三分鼎足 万古颂桃园翼登"及图章一枚，但"翼"字和图章都不清楚。

封面后有《叙三国志传》序一叶，但后缺叶，因此不知撰写人和撰写时间。

卷首刊刻：

　　　　新刻按鉴演义全像三国志传卷之一
　　　　　　　　晋　平阳　陈　寿　志传
　　　　　　　　元　东原　罗贯中　演义
　　　　　　　　明　富沙　刘兴我　梓行

卷首"富沙 刘兴我 梓行"，"富沙"即建州，福建建阳隶属建州。富沙刘兴我又作谭邑书坊刘兴我。

各卷书名《新刻按鉴演义全像三国志传》完全相同。版心刻《全像三国志传》。

上图下文，半叶15行，左右2行35字，中间15行27字。

正文前有全像三国志传目次（四叶），君臣姓氏附录（七叶）。

刘兴我本封面题《三国英雄志传》，有"英雄"二字，但其卷首书名《新刻按鉴演义全像三国志传》没有"英雄"二字。但从其文字分析，应该与其他"英雄志传"同属同一个系列。

因为刘兴我本《水浒传》刊刻在明崇祯元年，因此刘兴我本《三国志传》也应刊刻于崇祯年间。

刘兴我本现藏于日本名古屋大学中国文学研究室，以前魏安先生《三国演义版本

考》和中川谕先生《〈三国志演义〉版本研究》都未曾著录，只有日本上田望在《三国演义主要版本书目》（未刊稿）中曾著录，并曾做简单比对研究。[①]

刘兴我除刊刻此本《三国英雄志传》之外，还曾刊刻两种《新刻全像水浒传》25卷一百十五回，此本有崇祯元年（1628年）序，由此可认定刊刻于崇祯年间，藏于日本东京大学东洋文化研究所；《新刻李赞廷先生增补四民便用济用全书》22卷，明李光裕撰，题谭邑书坊刘兴我刊，藏日本。

忠贤堂，又名忠贤世家，刻书两种：《唾红记》2卷，明史盘撰，崇祯年间刊刻；《鼎刻李先生增补四民便用济用全书》32卷，版式分上下两栏。

2）刘荣吾本——上图下文明刊简本

书名《精镌按鉴全像鼎峙三国志传》二十卷240则，刘荣吾（藜光堂）刊本。
封面失。
卷首刊刻：

精镌按鉴演义全像鼎峙三国志传一卷
晋　平阳　陈　寿　志传
元　东原　罗贯中　演义
明　富沙　刘荣吾　梓行

刘钦恩字荣吾，题富沙刘荣吾藜光堂，或书林刘荣吾藜光堂。
其他各卷书名：
《新刻演义全像三国志传》：卷二、四、五、七至十、十六至二十。
《新刻按鉴演义全像三国志传》：卷三。
版心刻《三国志传》，下方刻"藜光堂"或"藜光阁"。
上图下文，半叶15行，左右3行34字，中间9行27字。
正文前有全像三国志传目次（4叶），君臣姓氏附录（7叶）和桃园结义图一幅。
此书书名和刘兴我本一样也并无"英雄"二字，但从其文字分析，此本和刘兴我本一样，也应该属于"英雄志传"系列。
因为刘荣吾本《水浒传》刊刻在崇祯年间，因此刘荣吾本《三国志传》估计也应刊刻于崇祯年间。
刘荣吾（藜光堂）本现藏于英国大英博物馆，只存卷一至十一、卷十六至二十，缺卷十二至卷十五。
魏安《三国演义版本考》[②]和中川谕《〈三国志演义〉版本研究》[③]都曾著录。中华书局1989年《古本小说丛刊》第35辑收入。
刘荣吾刻书除《三国志传》外，还有两种：《鼎刻全像水浒忠义传》25卷，藏日本东京大学总合图书馆，有明郑大郁《水浒忠义传叙》，郑大郁为明崇祯年间人；《篆

[①] 上田望：《〈三国志演义〉版本试论——关于通俗小说版本演变的考察》，周兆新主编《三国演义丛考》，北京大学出版社1995年7月第1版，第59页。
[②] 魏安：《〈三国演义〉版本考》，上海古籍出版社1996年6月第1版，第49页。
[③] 中川谕：《〈三国志演义〉版本研究》，上海古籍出版社2010年8月第1版，第23页。

林肆考》15卷，是一部字书，明郑大郁篡。

题藜光堂刘钦恩，或潭阳书林刘钦恩刻书两种：《忠经孝合刊》丛书4卷；《新刻吴氏家传养生必要仙制药性全备食物本草》4卷，吴文炳辑，医书。

3）杨美生本——上图下文明刊简本

书名《新刻按鉴演义全像三国英雄志传》二十卷240则，杨美生本。

卷首刊刻：

新刻按鉴演义全像三国英雄志传卷之一
晋　平阳　陈　寿　志传
元　东原　罗贯中　演义
闽　书林　杨美生　梓行

杨美生本封面题《新镌全像三国演义》，8个大字分左右两行，中间夹一行小字"书林　杨美生　梓行"。封面上方有一幅插图。此封面版式和刘兴我本很相似，由此也可判定两本应该有密切关系。和刘兴我本一样，杨美生本封面后也有《叙三国志传》序一叶，题名相同，但内容文字不同，署名："闽西桃溪吴翼登书"。

杨美生本版心刻《新刻三国志传》，卷首有全像三国志传目次（3叶）。

杨美生本各卷书名完全相同。

杨美生本上图下文，半叶16行，左右3行36字，中间10行29字。

杨美生本现藏于日本大谷大学图书馆神田文库（神田喜一郎藏本），十二卷全。

刘兴我本封面

杨美生本封面

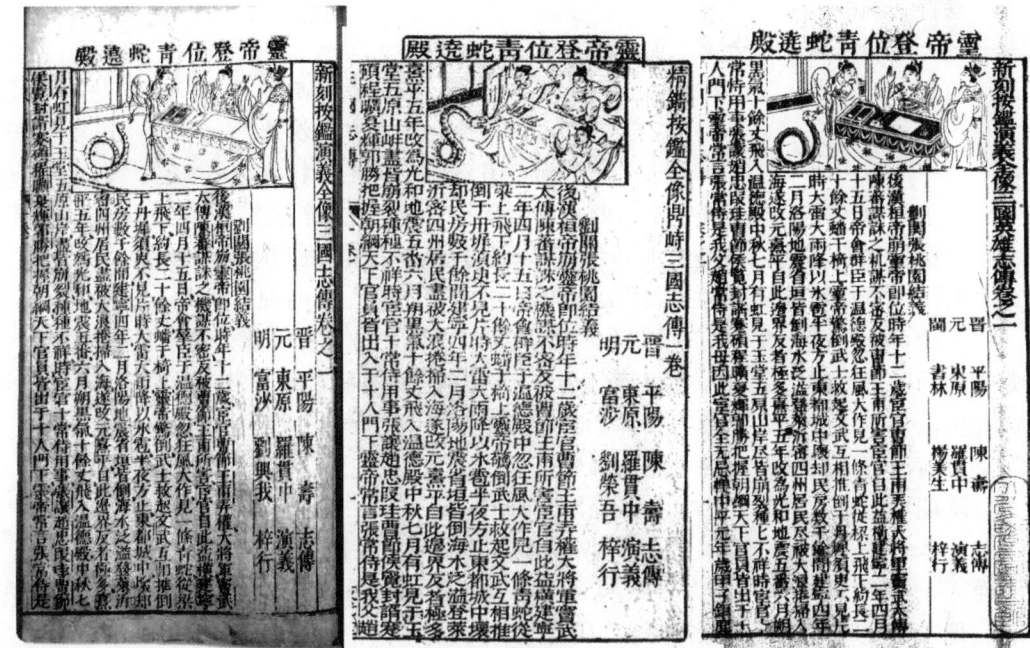

刘兴我本第1则第1页　　刘荣吾本第1则第1页　　杨美生本第1则第1页

  杨美生本《三国志传》刊刻时间不明，有人认为其刊刻于万历年间[①]，但根据后面分析，杨美生本基本和刘兴我本刊刻于同一时期，因此杨美生本不太可能刊刻于万历年间，因为刘兴我本刊刻于崇祯年间，所以杨美生本应刊刻于明末。因此杨美生本属于明刊本是没有异议的。

  魏安先生《三国演义版本考》[②]和中川谕先生《〈三国志演义〉版本研究》[③]都曾著录杨美生本。

4）美玉堂二刻本——上图下文清刊简本

  《二刻按鉴演义全像三国英雄志传》二十卷240则，魏玛（美玉堂）本。

  德国魏玛图书馆藏，魏安先生《三国演义版本考》著录称此本为"魏玛藏本"[④]，称只存卷6至10。但经中川谕先生实地查看，此本实际是二十卷全本。

  卷首书名《二刻按鉴演义全像三国英雄志传》，美玉堂刊行。

  版心刻《二刻三国志传》，下有"美玉堂"。

  上图下文，此本行款很特殊，右半叶17行，图右边4行左边3行；左半叶也是17行，但是图右边3行，左边4行。图左右边每行各37字，中间10行30字。

[①] 方彦寿：《建阳刻书史》，中国社会出版社2003年4月第1版，第334页。王清源《小说书坊录》，北京图书馆出版社2002年4月第1版，第8页。

[②] 魏安：《〈三国演义〉考》，上海古籍出版社1996年6月第1版，第51—52页。

[③] 中川谕：《〈三国志演义〉版本研究》，上海古籍出版社2010年8月第1版，第22—23页。

[④] 魏安：《〈三国演义〉版本考》，上海古籍出版社1996年6月第1版，第52—53页。

卷首刊刻：

二刻按鉴演义全像三国英雄志传卷之一
晋　平阳　陈　寿　志传
元　东原　罗贯中　演义
闽　书林　杨美生　梓行

美玉堂本肯定出自杨美生本，两本题署都是"杨美生 梓行"，但美玉堂本行款、文字和杨美生本不同。杨美生本书名为《新刻按鉴演义全像三国英雄志传》，美玉堂本书名《二刻按鉴演义全像三国英雄志传》中的"二刻"有两种可能性。

一种可能是美玉堂本有"初刻本"，但至今未见。另一种可能是美玉堂"二刻"是接续杨美生本的"新刻"，因为美玉堂本卷一的题署写明"闽 书林 杨美生 梓行"，因此美玉堂本肯定是来自杨美生本，这样美玉堂本可能实际并没有"新刻"或"初刻"本。目前没有证据证明两种可能性哪种可能性更大些。

陈翔华先生《诸葛亮形象史研究》[①]对此本有介绍。

此本是美玉堂本二刻本，上海图书馆藏美玉堂本四刻本，其中也有二刻、三刻的页面。

魏安先生《三国演义版本考》[②]认为此本为明刊本，但查不到美玉堂刊刻图书的时间。中川谕先生查到德国柏林收藏的郑乔林本卷10最后一叶实际是美玉堂本卷10的最后一叶，这肯定是郑乔林本装错了[③]。这也说明郑乔林本和美玉堂本是一个时期的刊本，否则郑乔林本不可能混入美玉堂本。而郑乔林本刊刻于清康熙二十三年，美玉堂本应该在此之前，即清朝初年。

5）美玉堂四刻本——上图下文清刊简本

《四刻按鉴全像三国英雄志传》二十卷二百四十则，上图（美玉堂）本。

此本上海图书馆藏。残破，缺封面，只存卷一至卷十，卷1缺失前2则，从第二则最后一页开始，装订为一册。

卷九、十书名为"二刻"，卷二、三、四、五、六、七为"四刻"。版心有"二刻""三刻"。说明此本是混装本，是四刻时有些混入二刻和三刻的页面。这也说明美玉堂本刊行了很长时间，因此才会有二刻、三刻、四刻本。

此本为上图下文，行款和二刻本相同，也是右半叶17行，右边4行左边3行；左半叶也是17行，但是右边3行，左边4行。左右边每行各37字，中间10行30字。

魏安、中川谕先生都未著录，中川先生在上海图书馆发现，并全部复制。

6）继志堂本-——上图下文清刊简本

《鼎刻按鉴演义古本全像三国英雄志传》二十卷二百四十则，陈以润刊刻，继志

---

① 陈翔华：《诸葛亮形象史研究》，浙江古籍出版社1990年12月第1版，第278—279页。
② 魏安：《〈三国演义〉版本考》，上海古籍出版社1996年6月第1版，第53页。
③ 中川谕《关于德国魏玛所藏〈三国英雄志传〉》，《第十八届中国古代小说戏曲文献暨数字化国际学术研讨会论文集》，湖北黄石，2019年8月。

堂本。日本东京大学藏，一至二十卷。

封面：
雍正甲寅（十二）年（1734年）新刊（横写）
全像古本并无删省（竖写）
按鉴三国志传（竖写大字居中）
书林继志堂梓行（竖写）

卷首刊刻：
鼎刻按鉴演义古本全像三国英雄志传卷一
　　　　晋　平阳　陈　寿　志传
　　　　元　东原　罗贯中　演义
　　　　书林　陈以润　男播千　仝订正

上图下文，半叶17行，左右3行38字，中间9行32字。

版心刻《全像三国志传》。各卷书名同此。

继志堂本是目前所知上图下文本刊刻时间最晚（雍正十二年）的版本。

中川谕先生曾对此本进行了初步研究，他认为："继志堂本不是以杨美生本为底本而成立的，也不是以聚贤山房本为底本而成立的。也可以说，杨、聚、继这三本的关系不是互为影响的关系。这三本版本都是以同一个、现在不存在的'英雄志传'小系列的版本为底本，从此底本派生而成立的并排关系。"①

7）魏氏刊本——上图下文简本

《二刻按鉴演义全像三国英雄志传》二十卷二百四十则，魏氏刊本（中川谕先生称"魏某本"）。

此本国家图书馆（原北京图书馆）藏，只存卷一、二、三，但第一至三则残缺。

卷首破损，只看出：
　　　　晋　平阳　陈　□　志传
　　　　元　东原　罗贯□　□□
　　　　□　□林　魏□□　□林

由此只知此本刊刻者姓"魏"，名字不清，因此称"魏氏"或"魏某"。

卷二、三卷首有书名《二刻按鉴演义全像三国英雄志传卷之二》。

上图下文，半叶15行，左右3行35字，中间9行28字。

魏安先生《三国演义版本考》②曾著录，认为此本为明刊本，但此本插图粗糙，不太可能是明刊本，应该是清刊本。

中川谕和刘世德先生都曾对此本进行了分析，一致认为此本是杨美生本翻刻本。但本人将此本和杨美生本、刘兴我本仔细比对，发现其卷一插图和刘兴我本基本相同，而和杨美生本不同。但卷二以后文字、插图都和杨美生本相同。因此魏氏刊本

---

① 中川谕《关于继志堂刊〈三国英雄志传〉——兼论清代的〈三国演义〉出版情况》，第二届《三国演义》版本暨第二届中国古典小说数字化国际研讨会，2003.9.23—24，首都师范大学。
② 魏安：《〈三国演义〉版本考》，上海古籍出版社1996年6月第1版，第53页。

卷一底本应该是刘兴我本,而卷二以后改为杨美生本。因此魏氏刊本有两个底本。对于其书名"二刻"是来自杨美生本,还是来自刘兴我本,也有两种可能,参见后续分析。

8)上图本——上图下文清刊简本

残本,无封面,存卷五至六,十八至二十,但缺第二百三十七至二百四十则。

卷首书名《三国志》,版心刻《三国志》。

上图下文,此本半叶17行,左右一边3行一边4行,各37字,中间10行30字。

上海图书馆藏。

此本文字和杨美生本基本相同,而和郑乔林本不同,因此上图藏本应该是简本,而不是郑乔林本的繁简混合本。

以上8种都是上图下文的简本,下面介绍上图下文的先繁后简本。

(2)上图下文先繁后简清刊本——郑乔林本

《新刻全像演义三国志传》二十卷二百四十则,郑乔林刊刻,德馨堂本。

德国柏林州立图书馆藏,一至二十卷全。

封面:

  康熙二十三年(1684年)新刻(横写)

  李卓吾先生评(竖写)

  全像古本三国志传(竖写大字居中)

  德馨堂藏版(竖写)

卷首刊刻:

  新刻全像演义三国志传卷一

    晋 平阳 陈 寿 志传

    元 东原 罗贯中 演义

      书林 郑乔林 梓行

上图下文,半叶17行,左右3行37字,中间11行30字。

版心刻《新刻三国志传》。

卷首有署名李渔的《三国志序》一篇,全像三国志传目录(二叶半)。

各卷书名完全相同。

又:郑乔林还曾刊刻简本《水浒传》,即一般所称为"李渔序本"的《新刻全像忠义水浒传》。藏德国柏林国立普鲁士文化基金会图书馆,存25卷一百十五回。

郑乔林本《水浒传》也有李渔序一篇,署名字体和《三国演义》完全相同,一般认为此序为伪托李渔之名所作,其文字来源于英雄谱中熊飞序及锺伯敬本序。

题署

  元 东原 罗贯中编辑

  闽 书林 郑乔林梓行

也是上图下文本,半叶17行,左右3行37字,中间11行30字。

题署、行款和上述郑乔林本《三国演义》完全相同。

因此，刘兴我、刘荣吾和郑乔林三书商都曾刊刻上图下文的《三国演义》和《水浒传》。

（3）整页插图故事清刊本——致和堂本和介休本

1）致和堂本——整页插图故事本

《新刻按鉴演义京本三国英雄志传》二十卷240则。

原本10册，每册2卷，合计二十卷，存9册，卷1—8，11—20，缺第5册卷9、10。封面缺失。

正文前有三叶目录，第三叶缺半叶。

此本中的"玄"缺一点，因此肯定刊刻于清代，是清康熙及以后刊本唯一避讳的刊本。查致和堂刊刻图书从康熙十七年（1678年）到道光十年（1830年）。

目录后有整页故事插图，10叶20幅，很多插图构图和李卓吾本相似，可能是受其影响。

卷首刊刻：

新刻按鉴演义京本三国英雄志传卷之一
晋　平阳　陈　寿　志传
元　东原　罗贯中　演义

各卷书名完全相同。版心刻《三国志》，下有"致和堂"字样。

半叶15行37字。

张青松收藏。

2）介休本——整页故事插图本

《新刻按鉴演义京本三国英雄志传》二十卷240则。

存卷1—8，17—20，3册。15行26字。

有玉屏山人《三国志小引》，目录7页，整幅故事插图12幅，版心刻《三国志》。山西晋中市介休市"开门书肆"藏，孔夫子网有其网站。

网址：http://book.kongfz.com/13412/930635764/

另外孔夫子网曾拍卖过和此本几乎完全相同的版本，但只有第三卷。此拍卖本第一页最后一行"请将军受之"的"将"字，介休本是"将"，是简体字，而拍卖本"將"，是繁体字。不止此繁简字不同，仔细比对还有很多字看似相近，实际字迹还是不同，拍卖本比介休本刻字更规整。因此两本肯定不是同版，介休本可能是拍卖本的复刻本。由此可看出清代这类版本翻刻很多，也说明这类版本还是很有市场，但流传下来很少。

3）张青松丙本

《新刻按鉴演义京本三国英雄志传》二十卷二百四十则。

二十卷，残本1册，只存卷三，14行30字，每卷标注起止时间。保存稍好。

经文字比对此本文字同致和堂本，但缺卷一，不知是否是故事插图。

张青松收藏。

(4) 二十卷人物绣像清刊本——哈佛藏本、辉县本和张青松甲本、乙本

1) 哈佛藏本——二十卷人物绣像清刊本

书名《新刻按鉴演义三国英雄志传》(卷1—9, 11—16, 19—20),《新刻按鉴演义三国志传》(卷10, 17—18),二十卷240则。16行每行41字。

哈佛藏本明显和多数六卷本相同,第一文字都是先繁后简,第二都是人物绣像。

但哈佛藏本和多数六卷本也有几处差异。第一,不是六卷而是二十卷。第二,人物绣像不是24人,而是12人。六卷本24人如下,其中括号内是哈佛本所缺的12人。刘备、(关羽、)张飞、(糜夫人、)诸葛亮、(马超、)赵云、(黄忠、)姜维、曹操、(夏侯惇、)张辽、(荀彧、典韦、)许褚、(邓艾、)吴大帝、(太史慈、)周瑜、鲁肃、(吕蒙、甘宁、黄盖、)司马懿。第三,没有玉屏山人的《三国志小引》,而是吴翼登的《序三国志传》。第四,封面题写"金圣叹先生批定 绣像三国志全传 大清嘉庆七年新刻",其中不是"李卓吾先生批评"(郑乔林本),或"毛声山先生原本"(六卷本宝华楼等和十二卷松盛堂本),而是"金圣叹先生批定"。第四,六卷本和其他先繁后简本一样,在卷四有起止日期,但哈佛本没有。

哈佛本藏本在重装后加了一篇李花盛于己卯年写的序,称此本"似从明闽书林杨美生刻本出",又称:"此本之外仅见马隅所旧藏三余堂复明本,然彼书只分六卷又与此不同。"哈佛本是齐如山在哈佛大学的藏书之一,此序估计是1939年(己卯年)此本重装时所写,但此序有些问题。首先此序称此本是"从杨美生刻本出"不准确,此本是先繁后简本,前4则是繁本,以后为简本,此本属于六卷本的晚期刊本,六卷本来自上图下文的郑乔林本,郑乔林本又出自简本杨美生本,因此说此本从杨美生本出不准确,更准确说法应该是此本出自六卷本,即此序后面提及的三余堂本等版本。

刘世德先生也对此本(他称为"嘉庆七年刊本")做过研究[1],此文仔细比对了此本和杨美生本、黄一鹗(黄正甫)本,认为此本和这两个版本有密切的关系,此看法和前面李花盛序一样并不准确,此本属于先繁后简本,刘先生文章未注意此本前4则和简本杨美生本完全不同,而和先繁后简的郑乔林本相同,但此文2007年发表时郑乔林本还未公布。但更重要的他未将此本和六卷本比对。此文还只发现哈佛本人物绣像中没有关羽,而实际上此本人物绣像不只是没有关羽,而是将六卷本的24人绣像减少到12人,关羽只是被删除的12人之一。

此本除哈佛大学有收藏外,首都图书馆和某业余收藏家也有收藏,且都是同版。

2) 辉县本——二十卷人物绣像清刊本

《新刻按鉴演义三国英雄志传》二十卷240则。

残本1册,存卷一至四。半叶16行41字,同哈佛本,文字也相同,但不同版。

辉县本封面残,仅剩书签部分"绣像三国志"。牌记为"大清道光元年新镌/金圣叹先生拟定/绣像三国志/全传"。

---

[1] 刘世德:《〈三国志演义〉嘉庆七年刊本试论》,《文学遗产》2007年第1期,收入《〈三国志演义〉作者与版本考论》,中华书局2010年11月第1版。

此本人物绣像和哈佛本相同，也只有 12 人，绣像也基本相同。但人物绣像线条不同，因此辉县本和哈佛本肯定不是同版。

因为辉县本刊刻于道光元年（1821年），而哈佛本刊刻于嘉庆七年（1802年），辉县本比哈佛本晚 19 年，因此辉县本是目前已知最晚的"英雄志传"本。

3）张青松甲本——同二十卷哈佛本

《新刻按鉴演义三国英雄志传》二十卷二百四十则。

残本 1 册，为全书的后半部，即卷十一至二十，最后第二百三十九则以后缺，较残破。

后补封面题写"绣像三国志"，估计有人物绣像。

半叶 16 行 41 字。

比较张青松甲本和哈佛藏本的文字，行款和每页文字张青松甲本文字完全和哈佛藏本完全相同，但不是同版。

4）张青松乙本——同二十卷哈佛本

《新刻按鉴演义三国英雄志传》二十卷二百四十则。

残本 1 册，只存卷十八至二十，半叶 16 行 41 字。

张青松甲本和乙本完全同版，但与哈佛本不同版。

张青松收藏。

5）张青松丁本

《新刻按鉴演义三国英雄志传》二十卷二百四十则。

残本 1 册，只存卷六至十，半叶 16 行 36 字。

文字同二十卷哈佛本，但行款不同，缺卷一，不知是否也是故事插图。

张青松收藏。

（5）十二卷人物绣像清刊本——松盛堂本

松盛堂本藏于辽宁省图书馆，曾著录[①]，但无人研究过。

此本封面有"松盛堂梓行"，应为松盛堂刊刻。松盛堂刊本图书从清代乾隆至道光年间。

封面版式和其他六卷本相同，书名为《绣像三国志传》。

封面"毛声山先生原本"肯定是在毛本之后出现，只是宣传语而已。

卷一书名《新刻按鉴演义京本三国英雄志传》与"志传英雄"小系列基本相同。

卷二以后书名简化为《三国志》，与李卓吾本相同。

松盛堂本半叶 15 行 32 字，和其他六卷本版式相同。

此本为十二卷，而其他六卷本都是六卷。此本最后卷十二却题署为"卷六终"，

---

① 《辽宁省图书馆馆藏目录》，王清泉《小说书坊录》，北京图书出版社 2002 年 4 月第 1 版，第 212 页。

说明此本的底本肯定是六卷本,此本刊刻于六卷本之后。

这种十二卷本人物绣像本目前只有松盛堂本一本。大量是下述的六卷本。

(6) 六卷本——六卷人物绣像清刊本

六卷本是清代最流行的版本,种类很多,也很复杂。

主要特点是:

- 都是六卷。
- 都有玉屏山人撰写的《三国志小引》。
- 有 24 个人物绣像,包括:刘备、关羽、张飞、糜夫人、诸葛亮、马超、赵云、黄忠、姜维、曹操、夏侯惇、张辽、荀彧、典韦、许褚、邓艾、孙权、太史慈、周瑜、鲁肃、吕蒙、甘宁、黄盖、司马懿。

以下根据魏安[①]和中川谕先生统计[②],主要有以下几种,版式完全相同,只是个别插图、文字不同。

- 二酉堂本,中国社科院文学所藏
- 三余堂本,马廉藏
- 宝华楼本,中国国家图书馆藏(旧郑振铎藏)
- 聚贤山房本,日本东京大学、复旦大学、北京大学藏
- 尚德堂本,上海图书馆藏
- 大文堂本,上海图书馆藏
- 三让本,张青松藏
- 齐鲁本,藏地不明

此外还有一些翻刻本。

以宝华楼、聚贤山房六卷本为例简介。

书名《新刻按鉴演义京本三国英雄志传》二十卷 240 则。

封面有的版本称"毛声山先生原本",有的版本称"李卓吾先生评"。

宝华楼封面是"毛声山先生原本 绣像三国志传 宝华楼藏板"。

聚贤山房封面是"己丑年新刻 毛声山先生原本 绣像三国志传 聚贤山房藏板"。

三余堂封面是"李卓吾先生评 绣像三国志全传 三余堂梓行"[③]。

正文前都有玉屏山人撰写的《三国志小引》,各种版本"小引"行款不同,"小引"之后为 3 叶目录。

目录后有整页人物绣像,12 叶 24 幅,各种六卷本人物绣像有差异。

宝华楼卷首刊刻:

新刻按鉴演义京本三国英雄志传卷之一

晋 平阳 陈 寿 志传

[①] 魏安:《〈三国演义〉版本考》,上海古籍出版社 1996 年 6 月第 1 版,第 50 页。
[②] 中川谕:《关于六卷本〈三国英雄志传〉》,《中国古代小说研究》第三辑,人民文学出版社 2008 年 12 月第 1 版,第 262—276 页。
[③] 魏安:《〈三国演义〉版本考》,上海古籍出版社 1996 年 6 月第 1 版,第 50 页。

元　东原　罗贵志　演义

各卷书名完全相同。

半叶 15 行 32 字。

宝华楼本版心有"二酉堂""文光堂"等。

聚贤山房本版心有"竹秀山房""二酉堂"等。

山东某书商也曾藏有一部六卷本，以下简称"齐鲁本"。此本先在河南省焦作市一居民家中发现，后在拍卖会上被人拍得，后辗转收藏，现藏地不明。此本特点：因为缺失封面，不知刊刻书商。版式、文字和前述六卷本基本相同。但人物绣像、按语和其他六卷本明显不同。

这说明这些六卷本都是反复翻刻本，都不是同版。这也说明清代康熙年间毛本出现后，书商们为和毛本争夺市场，仍大量翻刻这类六卷本。

区分这些六卷本有几个标志：

1）罗贯中：罗贵志、罗贯志、罗贯忠。

2）玉屏山人小引行款：8 行 16 字，8 行 15 字（第 1 行）、8 行 14 字。

3）刘备、孙权衣袍：是否绣花。

4）刘备图赞：楷书、草书。

5）人物造型：糜夫人、姜维、周瑜、邓艾、张飞朝向，张飞是否持矛等。

六卷本区分标志

版本	宝华楼	三让本	大文堂	尚德堂	聚贤山房 齐鲁本
罗贯中	罗贵志	罗贵志	罗贯忠	罗贯志	罗贵志
小引行款	8 行 16 字	8 行 16 字	8 行 16 字	？	8 行 15 字 8 行 14 字
刘备像绣花	绣花	不绣花	绣花	？	不绣花
刘备图赞	楷书	草书	楷书	？	草书
人物造型	张飞持矛向右 糜夫人向左 姜维向右 邓艾向右 周瑜向右	？	张飞持矛向右 糜夫人向左 姜维向右 邓艾向左 周瑜向右	？	张飞无矛向左 糜夫人向右 姜维向左 邓艾向右 周瑜向？

（7）人物绣像先繁后简六卷清刊本——三让本

三让本是新出现的一种六卷本，需要单独介绍。此本是张青松购得并收藏的残本，六卷中缺卷二、三。

此本封面为"李卓吾先生评 / 绣像三国志演义全像 / 三让梓行"，已知的六卷本中没有这样的封面。

此处"三让"是哪个书坊不明。有个三让堂是清代江西著名书坊,在清代嘉庆到光绪年间曾刊刻很多古代小说,以《绣像批点红楼梦》最出名,此本是继东观阁本之后最流行的绣像《红楼梦》版本,但从未有记录其刊刻过《三国演义》。因此此本可能不是三让堂刊刻,刊刻者只是以"三让"为名而已。因此可称"三让本"。

六卷本封面的题写有两种,多数是"毛声山先生原本",只有三余堂本和三让本封面是"李卓吾先生评"。

三让本封面题写中出现"演义"二字,也是其他六卷本所没有的。

三让本和其他六卷本书名一样,都是《新刻按鉴演义京本三国英雄志传》。

六卷本的作者题署不同,有罗贯忠、罗贯志、罗贵志三种。这三种题署演化应该是:罗贯中——罗贯忠("中"改"忠",同音)——罗贯志("忠"改"志",形似)——罗贵志("贯"改"贵",形似)。

三让本为罗贵志,三字错了两字,根据以上分析此本应该是最晚的题署。和此本相同的有宝华楼本、大文堂本、聚贤山房本和齐鲁本 4 本,其他 2 本名字"罗贯忠"和"罗贯志"都只有一本。

玉屏山人《三国志小引》行款有两种,此本和宝华楼本、大文堂本都是 8 行 16 字,只有聚贤山房本和齐鲁本是第 1 行是 8 行 15 字,其余都是 8 行 14 字。

六卷本人物插图中一些人物画法和图赞的字体差异很大。

刘备、孙权衣袍是否绣花:三让本和聚贤山房本、齐鲁本一样,没有绣花。

张飞面向、是否持矛:宝华楼、大文堂本向右持矛,聚贤山房、齐鲁本向左无矛,三让本不明。

糜夫人、姜维、周瑜、邓艾面朝向也不同,三让本不明。

插图上方图赞文字都相同,但字体各版本差异极大。如刘备图赞,三让本是草书,和齐鲁本极为相似,而宝华楼本为楷书,和三让本完全不同。

文字方面,经仔细核对正文的字形,三让本和宝华楼的字形最接近。但还有个别文字不同,如刘备插图"昭烈帝"的"帝"字三让本缺一竖;卷一末页宝华楼本"展土",三让本误刻为"展上"。

因此,三让本目前无一版本接近。文字接近宝华楼本,但插图和宝华楼本差异很大。插图最接近齐鲁本,但"小引"行款又完全不同。

总之,此本和现存所有六卷本都不同,有可能是个新版本。

以上介绍了 7 类《三国演义》"志传"简本中的"英雄志传"小系列,下面再分析这些版本之间的关系。

(8) 从六卷本到十二卷本

先繁后简人物绣像本中分六卷、十二卷,其中六卷本很多,而十二卷本只有松盛堂本一种。前面介绍,中川谕先生发现,十二卷本松盛堂本最后一卷末尾却误题写为"三国志卷之六终",这说明十二卷松盛堂本从六卷本改编而来的。松盛堂本十二卷中偶数卷分卷处很特别,也说明十二卷松盛堂本是从六卷改为十二卷。

松盛堂本是十二卷,从分卷看,此本奇数卷,即第一、三、五、七、九、十一的分卷和其他六卷本分卷处相同，只是偶数卷，即第二、四、六、八、十、十二卷分卷处不规则。十二卷二百四十则应该是每卷 40 则，但此本不是均匀划分。松盛堂本的十二卷每卷的则数不等，查每卷的页数也不等。

六卷本和十二卷松盛堂本分卷表

六卷	1	2	3	4	5	6
则	1—36	37—83	84—120	121—156	157—204	205—240
则数	36	37	37	36	38	36
叶数	69	84	63	73	72	61

十二卷	1	2	3	4	5	6	7	8	9	10	11	12
则	1-7	8-36	37-60	61-83	84-103	104-120	121-146	147-165	166-183	184-204	205-223	224-240
则数	7	29	24	23	20	17	26	19	18	21	19	17
叶数	36	52	44	41	34	30	53	35	34	39	34	28
抄手	1	2		3	4	5	6	7	8		9	6

松盛堂本卷四加"李卓吾评"

六卷本宝华楼本卷四

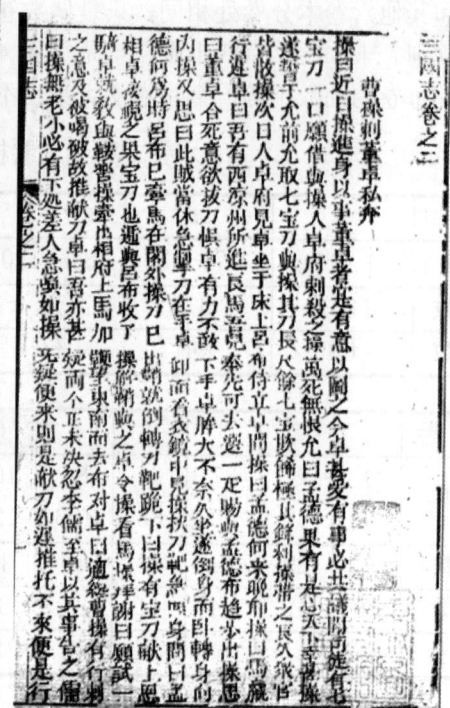

松盛堂本卷八（左）卷二（右）没有空行没有加"李卓吾评"

六卷本每卷基本是 36—38 则，而十二卷松盛堂本的每卷中的则数从 7—29 则不等。为何十二卷本每卷则数差异如此之大，可能和分卷的卷首有关。和六卷本比，松盛堂本十二卷的分页行款和每行字都和六卷本完全相同。因此在六卷中再分为十二卷时，为抄书方便，还要保持每页的版式和字都完全相同，这样最好增加的分卷处刚好是在一页的开始处，这样可保持每页和六卷本每页文字都相同。

这样第二卷就不在第十八则时分卷，而改在第八则分卷，第一卷就只有 7 则了。

松盛堂本卷四、六、十、十二在书名《三国志》后加一行"李卓吾评"，但实际根本没有任何李卓吾批评文字。这恰好是将六卷分为十二卷处，因此这是把原六卷再分为十二卷中间的卷四、六、十、十二，每卷插入了"李卓吾评"，而原六卷分卷处就没有加"李卓吾评"。

和六卷本比，松盛堂本十二卷的行款分页都和六卷本完全相同。因此在六卷中再分为十二卷时，为抄书方便，还要保持每页的版式完全相同，这样其中增加的分卷处就会出现空行，为填补这些空行，就仿造李卓吾评本，插入"李卓吾评"几个字，而实际松盛堂本根本和李卓吾本无关。

至于第二、八卷分卷处没有加"李卓吾评"，是因为第二、八卷卷的首没有空行，不需要加"李卓吾评"。

以上是中川谕先生的分析，是有道理的。

至于为何松盛堂本要从六卷本转为十二卷，仔细分析发现是因为书商采用多人同时抄写之故。要改多人抄写估计是书商为尽快出版上市。这点从笔迹可以看得很清楚。

从笔迹分析,特别是"国""卷""之"字看,此书是由9个抄手分别所抄。

第一卷、第二和三卷、第四卷、第五卷、第六卷、第七和十二卷("国"为简化字)、第八卷、第九和十卷、第十一卷分别由9个不同的抄手所抄。

对于松盛堂本和其他六卷本的关系,中川谕先生指出:松盛堂本卷十二最后有"三国志卷之六终"文字,这肯定是原来是六卷本,改为十二卷本时忘记修改了。再结合前面分析松盛堂本十二卷中间卷的分卷处并非是 40 则一卷,因此松盛堂本的底本肯定是个六卷本。

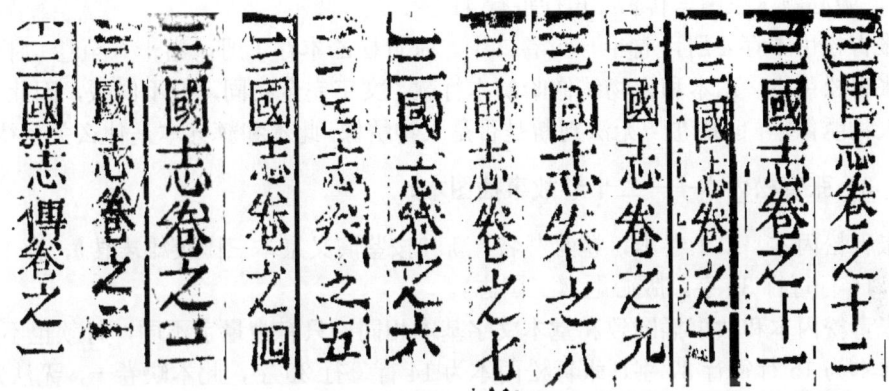

松盛堂本各卷名的字迹比对

(9) 张青松藏本

1)张青松藏本简介

以上曾介绍过几种张青松藏本,他除收藏二十卷整幅故事插图致和堂本外,还收藏了5种二十卷"英雄志传"本,2种六卷本,全部是残本,是否有插图不明,为此再做集中介绍。

张青松收藏 7 种版本

序	版本	刊刻	卷	存卷	行款	书名
1	张甲本	清	20	11-20	16×41	新刊按鉴演义三国英雄志传
2	张乙本	清	20	18-20	16×41	新刊按鉴演义三国英雄志传
3	张丙本	清	20	3	14×30	新刊按鉴演义京本三国英雄志传
4	张丁本	清	20	6-10	16×36	新刊按鉴演义三国英雄志传
5	张戊本	清	6	3	15×32	三国志
6	三让本	清	6	缺 3	15×32	新刊按鉴演义京本三国英雄志传
7	致和堂	清	20	缺 9、10	15×37	新刻按鉴演义京本三国英雄志传

- 7 本除张戊本、三让本是六卷本外,其余 5 种都是二十卷本。
- 7 本中张青松甲本、乙本同版,张戊本、三让本可能同版,其余行款都不同。

- 书名基本都是"新刊（刻）按鉴演义京本三国英雄志传"，只有张丁本无"京本"，张戊本简化书名是"三国志"。
- 致和堂是整幅故事插图。
- 三让本是人物绣像插图。
- 其他5本都是残本，缺第1卷，不知是否有插图，插图是什么插图，无法确定。

2）张青松甲本、乙本——二十卷人物绣像本？

张青松甲本、乙本（同版），二十卷本，卷前书名《新刊按鉴演义京本三国英雄志传》，版心题《三国志传》，16行每行41字。

张青松甲本存4册，卷十一至卷二十。张青松乙本存1册，卷十八至卷二十。

张青松甲本、乙本和人物绣像哈佛本行款、文字完全相同，但不同版，因此应该也是人物绣像本，但缺卷一无法判断是否是人物绣像，此本和辉县本是什么关系待查。

3）张青松丙本——二十卷故事插图本？

张青松丙本，二十卷本，卷前书名《新刊按鉴演义京本三国英雄志传》，存1册，卷三，14行每行30字。版心题《三国志》。

张青松丙本和故事插图致和堂本文字基本相同，只有少量字不同，行款也不同，致和堂本为15行每行37字，张青松丙本为14行每行30字，此本缺卷一，无法判断是否是故事插图。

4）张青松丁本——二十卷人物绣像本？

张青松丁本，二十卷本，卷前书名《新刊按鉴演义三国英雄志传》，无"京本"二字。存1册，卷三至卷六，16行每行36字。版心题《三国志》。

张青松丁本和人物绣像哈佛本文字基本相同，但行款不同，哈佛本为16行每行41字，张青松丁本为16行每行36字，此本缺卷一，无法判断是否是人物绣像。

5）张青松戊本——六卷人物绣像六卷本？

张青松戊本，六卷本，卷前书名《三国志》，最简单。存1册，卷三，15行每行32字。版心题《三国志》。

张青松戊本为六卷人物绣像本，经中川谕先生比对，此本和人物绣像六卷本中上海图书馆所藏的尚德堂本同版，行款、文字完全相同。

6）张青松藏本总结

总结7种张青松元，分属3种版本，即二十卷故事插图本、二十卷人物绣像本、六卷人物绣像本。

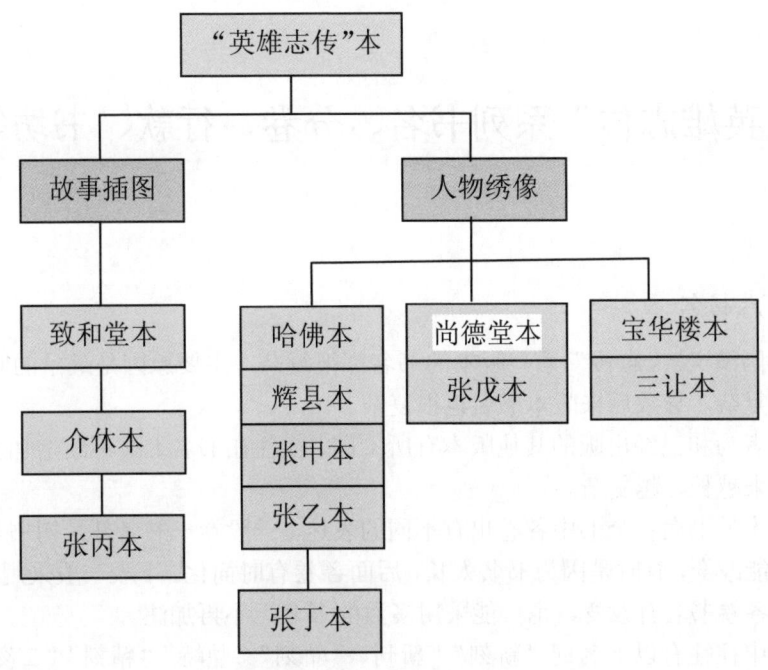

6 种张青松元分类示意图

- 张青松甲、乙本：二十卷人物绣像本？——同哈佛本？行款相同，不同版。
- 张青松丙本：二十卷故事插图本？——同致和堂本？行款不同，不同版。
- 张青松丁本：二十卷人物绣像本？——同哈佛本？行款不同，不同版。
- 张青松戊本——六卷人物绣像本？——同尚德堂本，同版。
- 三让本——六卷人物绣像本——新版。
- 致和堂本——二十卷故事插图本——新版。

张青松收藏的几个"英雄志传"残本，看似貌不惊人，但分属3个版本系统，可惜都是残本，除三让本外，无法判别其插图形式。这些都是清代，主要是毛本出现后，"志传"系列书商要和毛本竞争，推出各种形式的版本，很值得仔细研究。

近年来在嘉德、孔夫子网等古籍拍卖市场上陆续出现很多"英雄志传"本，其中多数是六卷本，但也有二十卷本，这些版本是否还有新的未知版本还不知道。

4. "英雄志传"系列书名、分卷、行款、书坊等研究

(1) 书名

《三国演义》"志传"系列版本的书名都很复杂，主要原因是最早的叶逢春本书名就十分复杂，导致后来版本书名也很复杂。

翻刻者为和已经出版的其他版本有所不同，往往在书名上又不断增加新名词，导致书名越来越长，越复杂。

各版本的书名在全书中各卷也有不同的表达。一般卷一书名是最初书名，但后面各卷也可能改变，有时是因为书名太长，后面各卷有时简化。下表一般采用卷1书名，但如后面各卷书名有改变，也可能采用多数的书名，不再加注。

书名中往往有以下名词"新刻""新刊""鼎刻""鼎峙""精刻""二刻"等，为分析清楚都予以省略。

"英雄志传"书名分类：
- 首先分为"志传"和"英雄志传"两类。
- "英雄志传"下再分"全像"和"京本"，及没有"全像""京本"几类。

整体看，各版本书名都很有规律，书名的确定都是有一定考虑的，值得仔细分析。

1）演义

- 叶逢春本书名主要有两种：《通俗演义三国志传》和《三国志通俗演义》，书名是由"通俗演义"和"三国志（传）"两组词组成。"志传"本书名都是"（通俗）演义"在前，"三国志传"在后。"演义"本则相反。
- 以上所有版本书名中，都有"演义"二字，而且都在"三国志传"之前。

"英雄志传"书名统计

	分类		书名	版本	插图	文字	刊刻	卷
1	志传	全像	全像演义三国志传	郑乔林本	上图	繁简	清	20
2			全像演义三国志传	北图藏本	上图	混合	清	20
3			按鉴演义全像三国志传	刘兴我本	上图	简本	崇祯	20
4			按鉴演义全像三国志传	刘荣吾本	上图	简本	崇祯	20
5	英雄志传	无	按鉴演义三国英雄志传	哈佛本	人物	繁简	清	
6			按鉴演义三国英雄志传	辉县本	人物	繁简	清	20
7			按鉴演义三国英雄志传	张甲本	?	繁简	清	
8			按鉴演义三国英雄志传	张乙本	?	繁简	清	20
9			按鉴演义三国英雄志传	张丁本	?	繁简	清	
11		全像	按鉴演义全像三国英雄志传	杨美生本	上图	简本	明	20
12			按鉴演义全像三国英雄志传	美玉堂本	上图	简本	明清	20
13			按鉴演义全像三国英雄志传	魏氏刊本	上图	简本	清	
16			按鉴演义古本全像三国英雄志传	继志堂本	上图	简本	清	20
17		京本	按鉴演义京本三国英雄志传	致和堂本	故事	繁简	清	20
18			按鉴演义京本三国英雄志传	介休本	故事	繁简	清	20
19			按鉴演义京本三国英雄志传	松盛堂本	人物	繁简	清	12
20			按鉴演义京本三国英雄志传	二酉堂本	人物	繁简	清	6
21			按鉴演义京本三国英雄志传	聚贤山房本	人物	繁简	清	6
22			按鉴演义京本三国英雄志传	宝华楼本	人物	繁简	清	6
23			按鉴演义京本三国英雄志传	三余堂本	人物	繁简	清	6
24			按鉴演义京本三国英雄志传	尚德堂本	人物	繁简	清	6
25			按鉴演义京本三国英雄志传	三让本	人物	繁简	清	6
26			按鉴演义京本三国英雄志传	张丙本	?	繁简	清	20
27		无	三国志	上图本	上图	简本	清	20
28			三国志	张戊本	?	繁简	清	6

2）三国志传

- 28 种版本中书名中主要书名是《三国志传》和《三国英雄志传》两种。只有上图本和张戊本简化为《三国志》。
- 只有刘兴我本、刘荣吾本、郑乔林本和北图藏本四种书名是《三国志传》，没有"英雄"二字。
- 刘兴我本和刘荣吾本主要书名完全一致，说明它们有密切关系，后面文字分析证明：刘荣吾本是来自刘兴我本。

3）英雄

- 28 种版本书名中，多数都有"英雄"二字，只有刘兴我本、刘荣吾本、郑乔林本、北图藏本、上图本、张戊本 6 种没有。但刘兴我本封面题《三国英雄志传》，也有"英雄"二字。
- 各卷书名有"英雄"字样版本最早的是明刊本杨美生本，此本是"英雄志传"系列的开端版本之一，是重要的承上启下的版本。
- 和杨美生本同为明刊本的刘兴我本和刘荣吾本没有"英雄"二字，由此可以认为《三国志传》是这类版本开始的书名，而加"英雄"二字的《三国英雄志传》是后来的书名。

4）按鉴

- "按鉴"是指按照《资治通鉴》编写，以突出其历史性。
- 28 种版本中，除郑乔林本、北图藏本和上图本和张青松戊本以外，都有"按鉴"二字。

5）全像、京本

- "全像"和"京本"也是书名中重要的词语。
- 28 种版本书名中，只有 5 种既没有"京本"，也没有"全像"，即哈佛本、辉县本、上图本、张丁本和张戊本。其中前 3 本都是整幅插图的晚期版本，本应该有"京本"，可能是为简略删除了"京本"

6）全像

- 28 种版本书名中，有 8 种有"全像"二字，占 28.6%，全部是上图下文版本，是为突出此特点。

7）京本

- 28 种版本书名中，有 10 种有"京本"二字，占 35.7%，全部是整幅的故事和人物插图本。
- 书名中"京本"和"全像"没有并存，有"京本"就没有"全像"。这是因为两词各代表两种插图方式，"京本"是整幅插图，"全像"是上图下文。
- 这些版本加"京本"，是因为这些版本仿照"演义"整幅故事插图和毛本整幅人物插图，为了和建阳上图下文本区分开，用"京本"标榜这些版本是南京本。但其实这些繁简混合本都是建阳刻本，标榜"京本"，只是宣传而已。

8）文字

- 28 种版本文字不同，可分简本和繁简混合本。如前所述，书名主要和插图有关。书名和文字基本无关，很多版本文字不同，但书名却相同。

（2）封面

"英雄志传"本有的有封面，有的没有封面。

郑乔林本封面有刊刻时间康熙二十三年，有"李卓吾先生评"字样，但实际并没有李卓吾评，只是文字为先繁后简，前4则为繁本文字，接近李卓吾本。

六卷本宝华楼和十二卷松盛堂本封面书名相同，题都是："毛声山先生原本 绣像三国志传"。两本只是刊刻者署名不同，分别为"宝华楼藏板"和"松盛堂梓行"。

六卷本聚贤山房封面增加"己丑年新刻"字样。

六卷本三余堂封面不是"毛声山先生原本"，而是"李卓吾先生评 绣像三国志全传 三余堂梓行"①。

六卷本三让本和三余堂接近，为"李卓吾先生评 绣像三国志演义全传 三让梓行"，比三余堂多"演义"二字。

二十卷哈佛本封面题为"金圣叹先生批定 绣像三国志全传 大清嘉庆七年新刻"。

二十卷辉县本封面残，仅剩书签部分"绣像三国志"。牌记为"大清道光元年新镌/金圣叹先生批定/绣像三国志/全传"。

六卷三让本封面

 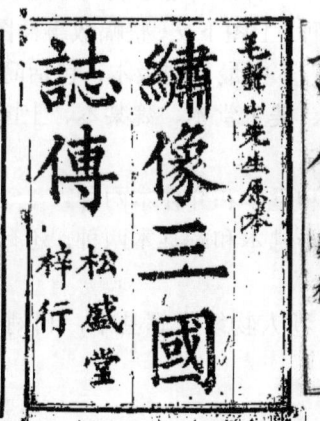  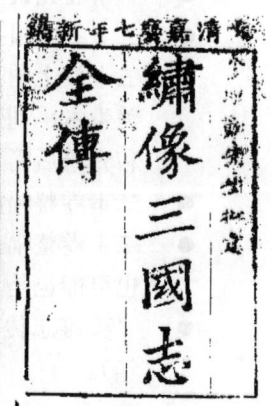

郑乔林本封面　十二卷松盛堂本封面　六卷本宝华楼封面　20卷哈佛本封面

"英雄志传"本封面谈及此本的来源有三种：

● 李卓吾先生批评：郑乔林本、六卷本三余堂翻刻本、三让本。

文字为先繁后简，繁本文字和李卓吾本基本相同，因此称"李卓吾先生批评"，其实没有任何李卓吾批评。

● 毛声山先生原本：六卷本宝华楼本等和十二卷松盛堂本。

---

① 魏安：《〈三国演义〉版本考》，上海古籍出版社1996年6月第1版，第50页。

在康熙年间毛本出现后，"英雄志传"本为和毛本竞争，采用了毛本的人物绣像形式，其实和毛本无任何关系。

- 金圣叹先生批定：二十卷哈佛本、辉县本。

六卷和十二卷本都称是"毛声山先生原本"，而二十卷哈佛本、辉县本称"金圣叹先生批定"，可能是此类版本觉得毛宗岗的号召力还不足，又抬出毛宗岗之前的金圣叹，实际金圣叹只批评《水浒传》和《西厢记》，根本和《三国演义》无关，这完全是宣传而已。

（3）卷数

"英雄志传"各种版本的卷数不同，可分二十卷、十二卷、六卷三类。

"英雄志传"最早、最多的是二十卷本，六卷本来自二十卷本，而十二卷本又来自六卷本。

1）二十卷

- 二十卷本文字又分简本和先繁后简本。
- "英雄志传"简本是从"志传"繁本删节而来，"志传"繁本是二十卷，因此"英雄志传"也多数是二十卷。20多种版本中有17种是二十卷，约占80%。
- 二十卷先繁后简本只有郑乔林本一种，可能出自二十卷简本的杨美生本。
- 二十卷中根据插图又可分为三种：上图下文、整幅故事插图和整幅人物插图。
- 二十卷上图下文是"英雄志传"本中最早的版本，包括简本的刘兴我本、杨美生本、刘荣吾本、继志堂本、美玉堂本、魏某本、上图本、北图藏本等，和先繁后简郑乔林本。
- 二十卷整幅故事插图本只有致和堂本和介休本两种。
- 二十卷整幅人物绣像插图本有哈佛本和辉县本两种，还有张青松甲本、乙本也可能也是人物绣像插图本。
- "英雄志传"最晚版本是二十卷人物绣像辉县本，刊刻于道光元年（1821年）。

2）六卷

- 六卷本全部是整幅人物插图本。
- 六卷本最多最流行，翻刻数量很大，包括二酉堂、聚贤山房、宝华楼、三余堂、尚德堂等。
- 六卷本文字是先繁后简，先繁后简本最初是二十卷上图下文郑乔林本，所以六卷本应该来自二十卷本。
- 六卷本最早刊本二酉堂本刊刻于清康熙四十八年（1709年），或乾隆三十四年（1769年）。

3）十二卷

十二卷本中只有一种整幅人物插图的松盛堂本。

十二卷本最后第十二卷题写"三国志卷之六终",说明其底本是个六卷本。

后面再仔细分析六卷本和十二卷本之间的关系。

4）二十卷—六卷—十二卷—二十卷

"英雄志传"卷数演变过程是:

- 二十卷:最早的"英雄志传"本包括上图下文刘兴我本、刘荣吾本、杨美生本等简本,再到二十卷上图下文郑乔林先繁后简本,然后是二十卷故事插图致和堂本和介休本。
- 六卷本:六卷人物绣像本出自前述的二十卷本,目前最早的是清康熙四十八年(1709年),或乾隆三十四年(1769年)的二酉堂本。
- 十二卷本:十二卷人物绣像松盛堂本肯定是出自六卷本。
- 二十卷本:二十卷人物绣像本最晚的是嘉庆七年哈佛本、道光元年辉县本。二十卷人物绣像本和人物绣像六卷本从文字比对看,各有文字脱落,因此它们可能有共同祖本,是兄弟关系。

（4）序和小引

"英雄志传"各种版本前面各有两种序言和小引,按照版本刊刻时间排序如下。

1)《叙三国志传》

二十卷上图下文刘兴我本、杨美生本、郑乔林本等,在封面后都有《叙三国志传》一篇,署名"闽闵西桃溪吴翼登"。

2)《三国志小引》

二十卷故事插图介休本和各种六卷本、十二卷松盛堂本等版本,在封面后都有《三国志小引》一篇,署名"玉屏山人撰"。不同六卷本翻刻"小引"略有不同。

"志传"本的朱鼎臣本(英国伦敦博物院藏)也有《三国志小引》,署名为"玉屏山人如见子撰",多"如见子"三字。"英雄志传"本的"小引"是否来自朱鼎臣本待考。

3)《叙三国志传》

同为人物绣像二十卷的哈佛本刊刻于嘉庆七年较晚,此本可能不满意其他各种六卷本、十二卷本人物绣像本的《三国志小引》,而觉得各种简本和先繁后简郑乔林本的《叙三国志传》更合适,因此就放弃了《三国志小引》,而采用了《叙三国志传》。

（5）题署作者

"英雄志传"各版本的题署中的作者名字也略有不同。

1）罗贯中

二十卷上图下文刘兴我本等和二十卷故事插图致和堂本等版本，题署都为"晋 平阳 陈寿 志传/元 东原 罗贯中 演义"。序言都是《叙三国志传》。

2）罗贯忠

六卷本大文堂本、二十卷故事插图介休本题署将"中"字误为"忠"，可能是音同，成为"罗贯忠"。介休本序言也改为《三国志小引》。

3）罗贯志

六卷本尚德堂本题署将前面"罗贯忠"的"忠"字误为"志"，可能是字形相似，成了"罗贯志"。序言也都是《三国志小引》。

4）罗贵志

六卷本的宝华楼、聚贤山房本、三让本、齐鲁本和十二卷松盛堂本题署又将前面的"贯志"误为"贵志"，也可能还是字形相似，成了"罗贵志"。序言也都是《三国志小引》。

5）罗贯中

二十卷人物绣像哈佛本、嘉庆七年本发现各种六卷本"罗贯中"的上述错误，又改回"罗贯中"。序言也用《叙三国志传》。

因此"罗贯中"的演变过程是：

罗贯中（原名字）—罗贯忠（"中"变"忠"，同音）—罗贯志（"忠"变"志"，形似）—罗贵志（"贯"变"贵"形似）—罗贯中（复原）。

（6）版式、行款、总页数

"英雄志传"版本的版式分两种：上图下文和整页文字。上图下文都是嵌图式，即插图两侧还有文字，两侧文字的行数一般都相同，如3行等，也有不同的，有的页一边3行一边4行，如美玉堂本、上图本等。

一般早期版本每页（半叶）字数少，如明刊本魏氏刊本、刘兴我本、刘荣吾本和杨美生本，每页都在506字以下。而后期版本每页字数越来越多，基本都在480字以上。每页字数多，总页数就少，可减少成本。

每页字数最少的是介休本，只有390字，最多的是哈佛本，每页656字，是张青松丙本的1.68倍。

总页数一般在700—1000页之间，每页字数越多，总页数也就越少。如哈佛本每页字数最多为656字，页数也最少，只有约700页。六卷本每页字数较少，只有480字，总页数就最多，约1090页。

版式、行款、每页字数、总页数排序

版式		字数	总页数	版本	行	字
上图下文		462		魏氏刊本	15	3×35×2, 9×28
		474	1000	刘兴我本	16	3×34×2, 10×27
		474	940	刘荣吾本	16	3×34×2, 10×27
		506	900	杨美生本	16	3×36×2, 10×29
		552	800	郑乔林本	17	3×37×2, 11×30
		559	764	美玉堂本	17	3、4×37, 10×30
		522	764	上图本	16	3×37×2, 10×30
		559			17	3、4×37, 10×30
		592	900	继志堂本	17	4×38×2, 9×32
整页文字	故事	390		介休本	15	26
	?	420		张丙本	14	30
	人物	480	1090	六卷本①	15	32
	人物	480	870	松盛堂本	15	32
	故事	555	900	致和堂本	15	37
	?	576		张丁本	16	36
	人物	656	700	哈佛本②	16	41

注：3×35×2，9×28 表示插图的两边 3 行每行 35 字，中间 9 行每行 28 字。

（7）版心

"英雄志传"本版心的书名很统一，都题为"三国志"。

二十卷致和堂本版心统一为"致和堂"。

十二卷松盛堂本版心没有书商名。

但其他六卷本版心中书商署名很混乱。

- 宝华楼本

  版心书商名有：

  文光堂：卷五 35、36 叶、卷六 13、14 叶，17—20 叶、25 叶、46 叶。

  二酉堂：卷六 37、38 叶。

- 聚贤山房本

  版心书商名有：

  竹秀山房：小引版心。

  二酉堂：卷五 21 叶。

---

① 有多种版本，版式相同，绣像略有不同。
② 包括辉县本、张青松甲本和乙本，张青松两种版本完全同版。

- 三余堂本

  版心书商名有：二酉堂。

其中"二酉堂"刻板在多种刊本中出现，没有仔细检查这些版本是否是同版。

版心书商署名会出现如此混乱，是由于书商之间转让刻板所致。刻板经常在书商中转让，某书商刊刻一段时间后，可能因为刻板部分损坏，再补刻又费事，就把剩余的刻板出售。买下这些刻板的，再补刻后出版发行。而旧板版心中原书商名有的被剔除，但有时并没有剔除干净，因此出现版心中书商署名混乱的情况。

（8）起止时间

《三国演义》有些版本在卷首第 2 行标注此卷起止时间，"英雄志传"本标注起止时间的有：

- 上图下文杨美生本、刘兴我本、刘荣吾本（卷三第二十五则、卷十一第一百二十一则）、魏氏刊本、郑乔林本（卷三第二十五则）。
- 二十卷故事插图致和堂本（卷三第二十五则）。
- 人物绣像六卷本（卷四第一百二十一则）、10 卷松盛堂本（卷七第一百二十一则）、张青松丙本（卷三第二十五则）等。

各本都只在卷三第二十五则和卷十一第一百二十一则这两卷标注了此卷的起止时间。

"英雄志传"本标注起止时间的版本较多，都是早期版本。

只有哈佛本等晚期刊本没有标记起止时间。

《三国演义》各种版本标注起止时间的情况如下：

- "志传"繁本只有叶逢春本有起止时间，其他繁本都没有任何起止时间。
- "志传"本全部有起止时间。
- "英雄志传"大部分版本都有起止时间，只有最晚的哈佛本没有起止时间。

《三国演义》各种版本标注起止时间的位置不同。

- "志传"繁本叶逢春本 4 卷：卷六第一百二十一则、卷七第一百四十五则、卷八第一百六十九则、卷九第一百九十三则。
- "志传"本 3 卷：卷三第二十五则、卷七第七十三则、卷十一第一百二十一则。
- "英雄志传"本 2 卷：卷三第二十五则、卷十一第一百二十一则。

三种版本起止时间标注相同和不同处：

- 繁本叶逢春本和两种简本起止时间标注合计有 6 处，即第二十五则、第七十三则、第一百二十一则、第一百四十五则、第一百六十九则、第一百九十三则。
- 繁本叶逢春本和两种简本起止时间标注相同的只有第一百二十一则。
- 繁本叶逢春本起止时间标注 4 卷都在第一百二十一则以后的第一百四十五则、第一百六十九则、第一百九十三则。
- "志传"和"英雄志传"标注起止时间 3 卷都在第一百二十一则之前的第二十五、第七十三则。

- 繁本叶逢春本和两种简本起止时间标注分别在第一百二十一则之后和之前，不知这是巧合还是另有原因。
- "志传"和"英雄志传"起止时间标注相同的只有第二十五则、第一百二十一则，比叶逢春本多1处，即第二十五则。
- "志传"比"英雄志传"起止时间标注多1处，即第七十三则。

由此可认为："志传"和"英雄志传"的起止时间不是来自叶逢春本，而是来自某个未知的"志传"版本。

（9）书坊

刊刻过"英雄志传"本的各书坊刻书情况如下。①

刘兴我（忠贤堂）：崇祯《新刻全像水浒传》《新镌李贽廷先生增补四民便用积玉全书》《唾红记》。

刘荣吾（藜光堂）：崇祯《篆林四考》《鼎镌全像水浒忠义志传》。

竹秀山房：明崇祯《寓意草》《新增伤寒集注》。

致和堂：康熙十七年《新刻陈眉公批点按鉴参补出像南宋志传》、康熙十八年《前后七国演义》、嘉庆五年《反唐演义传》、嘉庆十年《豆棚闲话》、道光十年《绣像四游全传》《东周列国全志》《绣像京本云合奇踪玉铭堂英烈全传》。

松盛堂：清乾隆至道光年间书坊。《新刻后续绣像五虎平南狄青演传》《春秋左传杜林》《文成字汇》《新增详注辨字摘要》《唐诗三百首注疏》等。

文光堂：乾隆四十一年《岳武穆精忠传》《新刻粉妆楼传记》《东周列国志》《玉娇梨》《好球传》《金石缘全传》《半山冷燕》《征西全传》《残唐五代史演义传》等。

三余堂：乾隆四十八年《驻春园小史》、乾隆五十年《东周列国全志》、道光十二年《新刊五美缘全传》等。

宝华楼：嘉庆二年《粉妆楼全传》、道光十年《异说征西演义全传》、道光二十六年《绣像双凤奇缘全传》、道光二十八年《大汉三合明珠宝剑全传》《新刻按鉴编辑二十四帝演义全汉志传》《玉娇梨》、咸丰《周礼精华》等。

二酉堂（维扬）：道光二十一年《双凤奇缘传》《丹溪心法》等。

尚德堂：《五虎平西前传平南后传》等。

聚贤山房、美玉堂：未查到其出版的书刊。

（10）版本收藏和数字化

这次集中研究"英雄志传"系列十几个版本，其中有7个版本藏于海外，即：

1）日本名古屋大学藏刘兴我刊刻忠贤堂本
2）日本大谷大学藏杨美生本
3）日本东京大学东洋文化研究所藏陈以润刊刻继志堂本

---

① 王清源：《小说书坊录》，北京图书馆出版社2002年4月第1版。方彦寿：《建阳刻书史》，中国社会科学出版社2003年4月第1版。

4）日本东京大学、复旦大学藏聚贤山房六卷本
5）德国魏玛藏美玉堂二刻本
6）德国柏林州立图书馆藏郑乔林刊刻德馨堂本
7）大英博物馆藏刘荣吾刊刻藜光堂本

其中三个明刊本刘兴我本（日本藏）、刘荣吾本（英国藏）和杨美生本（日本藏）和清刊本中很重要的郑乔林本（德国）都藏于海外。这是由于国内战乱不断，这类《三国演义》版本都是普及类版本，不是学者研究类版本，因此不注意保存，因此国内很少见。而这些版本带到海外后，都视为宝物，很注意保存，因此可保留至今。在海外是否还有图书馆保存有《三国演义》古本也未可知。

至于清刊本由于时间较晚，因此国内还有保存，如张青松藏致和堂本、辽宁省图书馆藏松盛堂本等，对于研究清刊本还是很有帮助。

这次对"英雄志传"系列的研究，是由于新出现了一些版本，在日本中川谕先生的大力协助下，这些版本至今都已经全部数字化，对今后研究这些版本有极大帮助，也能促使研究更为深入。

5. "英雄志传"系列插图研究

（1）"英雄志传"小系列按照插图分类

"英雄志传"本最明显差异是插图不同，按照插图可以分几类。

1）上图下文明刊本二十卷本 3 种
- 刘兴我刊刻忠贤堂本，日本名古屋大学藏
- 刘荣吾刊刻藜光堂本，大英博物馆藏
- 杨美生本，日本大谷大学藏

2）上图下文清刊本二十卷本 7 种
- 郑乔林刊刻德馨堂本，德国柏林州立图书馆藏
- 陈以润刊刻继志堂本，日本东京大学东洋文化研究所藏
- 北图藏本，中国国家图书馆藏
- 魏氏刊本（魏某本），中国国家图书馆藏
- 美玉堂二刻本，德国魏玛藏
- 美玉堂四刻本，上海图书馆藏
- 上图本，上海图书馆藏

3）整幅故事插图二十卷清刊本 2 种
- 二十卷致和堂本，张青松藏
- 二十卷本，山西介休开明书厮藏

4）整幅人物插图六卷清刊本 6 种
- 聚贤山房六卷本，日本东京大学、复旦大学藏
- 宝华楼六卷本，中国国家图书馆藏
- 尚德堂六卷本，上海图书馆藏
- 六卷本，上海图书馆藏
- 六卷本，山东济南"卧牛城主"藏
- 张青松戊本，残本，同尚德堂本

5）整幅人物插图十二卷清刊本 1 种
- 十二卷松盛堂本，辽宁图书馆藏

6）整幅人物插图二十卷清刊本 2 种
- 嘉庆七年本，哈佛藏本
- 道光元年本，辉县藏本

7）插图不明清刊二十卷本 4 种
- 张青松甲本，二十卷，文字同哈佛藏本，缺插图
- 张青松乙本，张青松甲本同版，缺插图
- 张青松丙本，二十卷，文字同致和堂本，缺插图
- 张青松丁本，二十卷，文字同郑乔林本，缺插图

（2）"英雄志传"本上图下文插图分析

确定"英雄志传"版本关系的一个根据是文字，另一个根据是插图。

这些版本都是上图下文本，插图也是一个研究的重要手段。版本翻刻时，绘图者为省事，经常照抄原本的插图，因此从插图可以明显看出版本之间的关系。

以下收入 7 种上图下文版本插图：
- 明刊本 3 种：刘兴我本、杨美生本、刘荣吾本
- 清刊本 4 种：郑乔林本、美玉堂本、继志堂本、魏氏刊本

限于篇幅只收入开始第一至五则和结尾第二百四十则的插图，但由此也可基本看出各个版本的插图关系。

"英雄志传"系列插图分类表

序号	刊刻	书坊	时期	藏地	著录	研究
一	上图下文					
1	刘兴我	忠贤堂	明	日本名古屋大学	无	无
2	刘荣吾	藜光堂	明	英国大英博物馆	魏安、中川谕	有
3	杨美生		明	日本大谷大学	魏安、中川谕	有
4			明	国家图书馆	魏安、中川谕	有
5	魏氏刊本		清	国家图书馆	魏安、中川谕	有
6		美玉堂二刻	清	德国魏玛图书馆	魏安、中川谕	无
7		美玉堂四刻	清	上海图书馆	无	无
8			清	上海图书馆	无	无
9	陈以润	继志堂	清	日本东京大学	无	无
10	郑乔林	德馨堂	清	德国柏林州立图书馆	无	无
二	故事插图					
1	二十卷	致和堂	清	张青松藏	无	无
2	二十卷		清	山西介休	无	无
三	人物插图					
1	二十卷		清	美国哈佛大学	魏安、中川谕	有
2	二十卷		清	河南辉县博物馆	无	无
3	十二卷	松盛堂	清	辽宁图书馆	无	无
4	六卷	聚贤山房	清	日本东京大学	魏安、中川谕	有
5	六卷	宝华楼	清	国家图书馆	魏安、中川谕	有
6	六卷	尚德堂	清	上海图书馆	无	有
7	六卷		清	上海图书馆	无	有
8	六卷		清	张青松戊本	无	无
9	六卷		清	山东卧牛城主	无	无
四	插图不明					
1	二十卷		清	张青松甲本	无	无
2	二十卷		清	张青松乙本	无	无
3	二十卷		清	张青松丙本	无	无
4	二十卷		清	张青松丁本	无	无
5	六卷		清	张青松戊本	无	无

"英雄志传"系列上图下文插图比较表(第一则)

	1-1 灵帝即位,青蛇绕殿	1-2 张角、张宝起谋造反	1-3 玄德、张飞同议贼寇
刘兴我本			
杨美生本			
美玉堂本			
郑乔林本			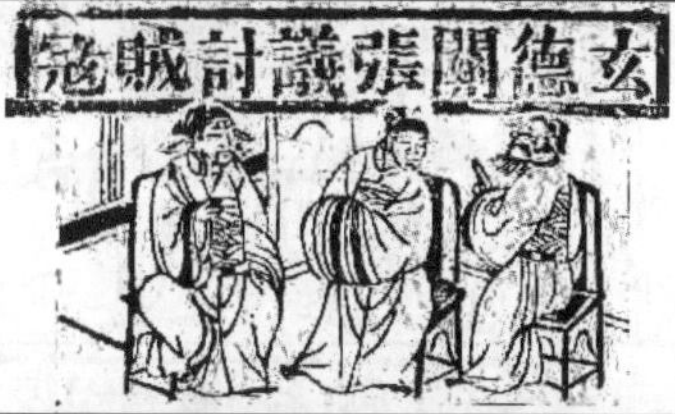
刘荣吾本			
魏氏刊本			
继志堂本			

"英雄志传"系列上图下文插图比较表(第一则续、第二则、第三则)

	1-4 张世平赠玄德马匹	2-6 曹操大败张梁、张宝	3-7 张飞大怒鞭打督邮
刘兴我本			
杨美生本			
美玉堂本			
郑乔林本			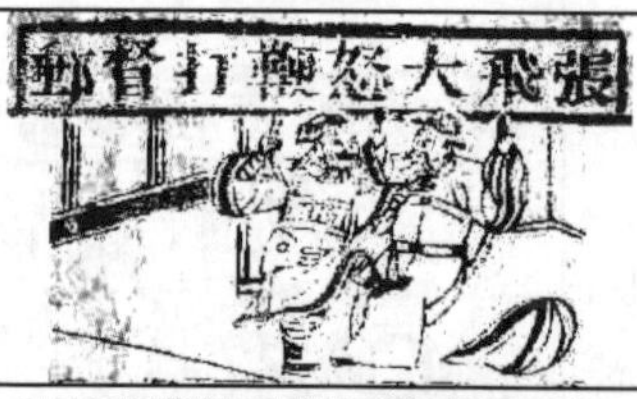
刘荣吾本			
魏氏刊本			
继志堂本			

下编　版本研究　二、《三国演义》版本研究　959

"英雄志传"系列上图下文插图比较表（第四则、第五则）

	4-1 陈耽谏帝遭贬下狱	5-1 使命赍诏调兵入京	5-2 袁绍放火烧翠花楼
刘兴我本			
杨美生本			
美玉堂本			
郑乔林本			
刘荣吾本			
魏氏刊本			
继志堂本			

"英雄志传"上图下文本插图比对(第五则续)

	5-3 萤火飞照二帝而行	5-4 董卓引兵迎见二帝	5-5 董卓会百官议废帝
刘兴我本			
杨美生本			
美玉堂本			
郑乔林本			
刘荣吾本			
魏氏刊本			
继志堂本			

"英雄志传"系列上图下文插图比较表（第二百四十则）

	240-1 帝命杜预领兵伐吴	240-2 杜预领兵征伐吴国	240-3 张悌沈莹死于国难
刘兴我本	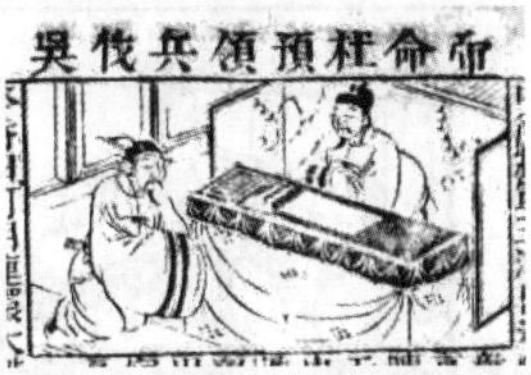 命杜预领兵伐吴	 杜预领兵征伐吴国	 张悌沈莹死于国难
杨美生本	 伐兵领预杜	 杜预领兵征伐吴国	 张悌沈莹死于国难
美玉堂本	 伐兵领预杜命	 杜预领兵征伐吴	 悌沈莹死于国难
郑乔林本	 吴伐兵领预杜命	 杜预领兵征伐吴	
刘荣吾本	 国吴伐征	 吴作铁锁铁链难伦	 张悌沈莹死于国难
魏氏刊本			
继志堂本		 杜预领兵征伐吴国	 张悌沈莹死于国难

"英雄志传"系列上图下文插图比较表(第二百四十则续)

	240-4 孙皓群臣出降晋兵	240-5 晋帝设宴款待孙皓	240-6 晋国一统天下平
刘兴我本			
杨美生本			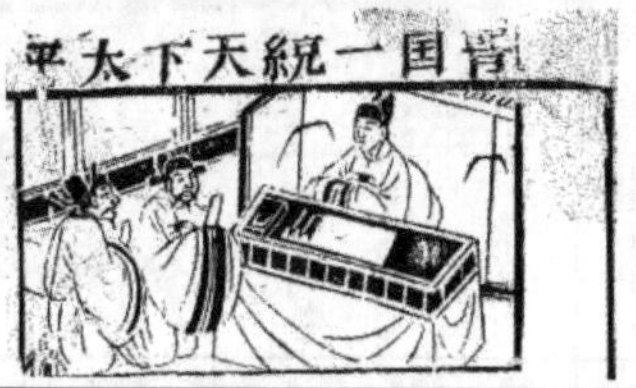
美玉堂本			
郑乔林本			
刘荣吾本			
魏氏刊本			
继志堂本			

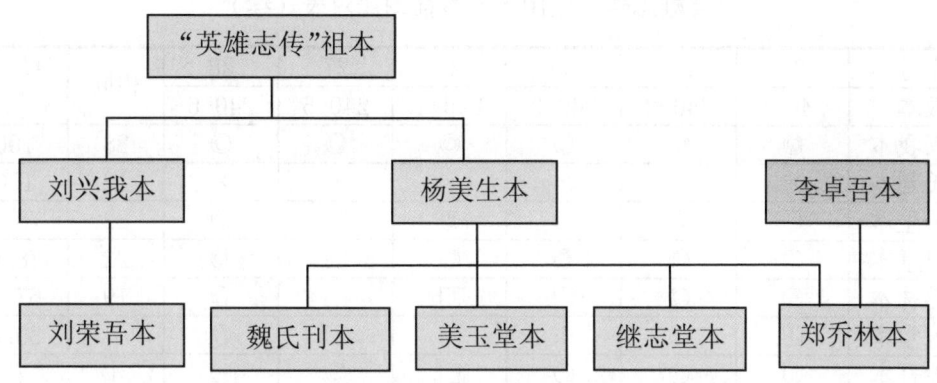

明清上图下文本关系示意图

"英雄志传"上图下文本插图比对表

序号	1	2	3	4	5	6	7	8	9	10	11	12
插图	1-1	1-2	1-3	1-4	2-1	2-2	2-3	3-1	3-2	3-3	3-4	3-5
刘兴我本	◎	◎	◎	◎	◎	◎	◎	◎	◎	◎	◎	◎
杨美生本	◎	◎	◯	◯	◎	◯	◯	◎	□	◎	◯	◎
美玉堂本	◎	◎	◯	◯	◎	◯	◎	◎	◎	◎	◯	◎
魏氏刊本	×	×	×	×	×	×	×	×	×	×	◎	◎
郑乔林本	◎	◎	◯	◎	◯	◎	◎	◎	□	◎	◎	◎
继志堂本	◎	◎	※	※	◎	※	※	□	□	※	※	◎
刘荣吾本	◯	◯	◎	◎	◯	◯	◯	◯	◯	◯	◯	◯

序号	13	14	15	16	17	18	19	19	21	22
版本	4-1	4-2	4-3	4-4	5-1	5-2	5-3	5-4	5-5	6-1
刘兴我本	◎	◎	◎	◎	◎	◎	◎	◎	◎	◎
魏氏刊本	◎	◎	◎	◎	◎	◎	◎	◎	◎	◎
杨美生本	◯	◎	◎	◎	◎	□	※	◎	◎	◎
美玉堂本	◯	◎	◎	◎	◎	□	※	◎	◎	◎
郑乔林本	◯	◎	◎	◎	◎	□	※	◎	◎	◎
继志堂本	+	※	※	※	◎	□	□	□	※	□
刘荣吾本	◯	◯	◯	◯	◯	※	◯	◯	◯	◯

"英雄志传"上图下文本插图比对表（续）

序号	23	24	25	26	27	28	相同	统计%
版本	240-1	240-2	240-3	240-4	240-5	240-6		
刘兴我本	◎	◎	◎	◎	◎	◎	28	100
魏氏刊本	×	×	×	×	×	×	12	100
杨美生本	○	◎	◎	◎	□	◎	22	78.6
美玉堂本	○	◎	◎	◎	□	◎	22	78.6
郑乔林本	○	◎	□	□	□	◎	19	67.9
继志堂本	□	◎	※	□	□	◎	7	25.0
刘荣吾本	○	○	□	◎	○	□	4	14.3

说明：

- 插图不同用不同符号 ◎○※＋ 表示。
- ×表示原本插图缺损，□表示此本无此图，但并非缺损。

7种版本根据插图可分为5类。

3种早期明刊本插图刊刻都十分精细，而4种晚期清刊本插图就明显粗糙得多。以下是其他版本插图和刘兴我本插图比较分类统计表。

"英雄志传"系列上图下文本插图分类统计表

序号	版本	分类	相似度(%)	刊刻	插图质量
1	刘兴我本	一	100	明	高
4	魏氏刊本		100	清	差
2	杨美生本	二	78.6	明	高
3	美玉堂本		78.6	清	中
5	郑乔林本	三	67.9	清	差
6	继志堂本	四	25.0	清	差
7	刘荣吾本	五	14.3	明	高

"英雄志传"上图下文插图可分为以下五类。

第一类：刘兴我本、魏氏刊本

- 刘兴我本是"英雄志传"本中最早明刊本，插图也最精细。
- 魏氏刊本插图粗糙，破损严重。但可比较的12插图与刘兴我本完全相同。
- 魏氏刊本和杨美生本相比，可比较的12插图中有3幅不同，即相同度只有25％。

第二类：杨美生本、美玉堂本

- 杨美生本、美玉堂本接近刘兴我本，相同度为78.6％，较高。
- 杨美生本、美玉堂本插图完全相同，美玉堂本题署为"杨美生 梓行"，说明美玉堂本就是根据杨美生本复刻，只是行款不同。

第三类：郑乔林本
- 郑乔林本刊刻于清康熙年间，插图较粗糙。
- 郑乔林本插图接近杨美生本，前22幅插图中，只少1幅，最后6幅中3幅相同，缺3幅。
- 说明郑乔林本插图参考过杨美生本，但又略有不同。
- 郑乔林本是繁简混合本，而杨美生本是简本，郑乔林本前4则是参照李卓吾本，增加了刘备和曹操出身介绍，文字增加很多。但前4则两本插图差不多，这是因为郑乔林本每页字数多，因此虽然文字增加，但插图还差不多。

第四类：继志堂本
- 继志堂本刊刻于雍正年间，插图粗糙。
- 继志堂本插图和其他版本插图都不同，可能是绘画者重新绘制的。

第五类：刘荣吾本
- 刘荣吾本插图精细，肯定是明刊本。
- 刘荣吾本文字接近刘兴我本，但插图和刘兴我本差异很大。
- 刘荣吾本文字编写时肯定参照了刘兴我本，但插图并没有仿照刘兴我本。

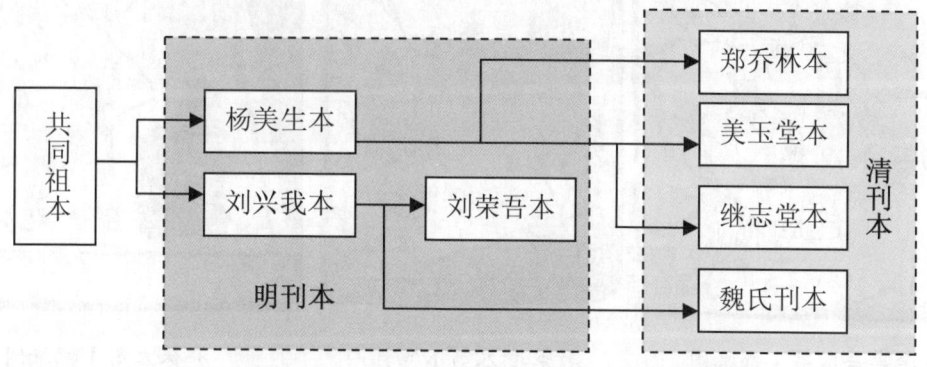

"英雄志传"系列上图下文插图本演化示意图

以上分析了"英雄志传"系列上图下文本中插图，与下面文本分析比较，各有优点。插图可以直观、清楚看出版本的刊刻时间和版本之间的差异、和版本之间的关系，远比文字更明显得多。

因此研究上图下文的版本，应该先分析插图，大致可了解版本的差异，然后再研究文字，文字可以更细致地分析版本的关系和演化。

上图下文"英雄志传"本，根据文字可再分为两类。

第一类文字是纯正的简本，包括刘兴我本、刘荣吾本、杨美生本、魏氏刊本、美玉堂本、继志堂本。

第二类文字是繁简混合本，即"英雄志传"和李卓吾混合本，只有郑乔林本。

（3）"英雄志传"小系列整幅故事插图混合本

"英雄志传"系列按照插图划分，除上图下文本外，还有一种二十卷整幅故事插图本，采取了李卓吾本整幅故事插图形式，但内容不同。

目前看到的有张青松藏致和堂本和山西介休开门书厮藏本两种。张青松另外收藏的三种残本，但缺开始部分，无法判断属于哪种版本。

二十卷致和堂本插图是整页故事插图，10 叶 20 幅，很多插图构图和李卓吾本相似。但李卓吾本是一回 2 幅，一百二十回 240 幅。而致和堂本只有 20 幅。

二十卷介休本也是整幅故事插图，只有 12 幅，与致和堂本不同。

致和堂刊刻图书从康熙十七年（1678 年）到道光十年（1830 年），介休本也可能刊刻于清代，但从插图看有可能受李卓吾本插图的影响。

以第 1 幅"桃园结义"插图为例。

李卓吾本第 1 幅插图　　　致和堂本第 1 幅插图　　　介休本第 1 幅插图

李卓吾本右下方刘备、关羽、张飞 3 人的姿势和致和堂本、介休本基本相似，刘备向前看，关羽回头看张飞，而张飞则手扶着腰刀也向前看，致和堂本、介休本此处的构图和人物设计绝对受李卓吾本影响。上图杀牲畜祭祀，致和堂本、介休本和李卓吾本构图方向相反，李卓吾本人物和刘关张三人方向一致，而致和堂本、介休本人物方向相反。总体上 3 本插图大体相同。

致和堂本 20 幅插图和李卓吾本插图比较，基本和第 1 幅插图类似，构图基本相同，只是细节略有差别。因此致和堂本插图肯定参考了李卓吾本插图。从插图来看，致和堂本很可能来自李卓吾本。

（4）"英雄志传"小系列整幅人物绣像插图本

"英雄志传"系列按照插图划分，除上图下文、整幅故事插图外，还有第三种整幅人物绣像插图本，采取了毛本整幅人物绣像插图形式，和毛本类似，可能是受毛本影响。

这类版本又分二十卷本、十二卷和六卷本三种。

目前看到二十卷本有哈佛藏本（嘉庆七年本）和辉县本两种，十二卷也只有松盛堂本一种，而六卷本就很多了，包括二酉堂本、聚贤山房本、宝华楼本、尚德堂本、大文堂本、齐鲁本、三让本等。

六卷本大文堂本
刘备衣袍有绣花

六卷本大文堂本
张飞持矛面向右

六卷本齐鲁本
周瑜面朝左

六卷本聚贤山房本
刘备衣袍无绣花

六卷本齐鲁本
张飞无矛面向左

六卷本大文堂本
周瑜面朝右

人物绣像数量也有不同,六卷本和十二卷松盛堂本是 24 人,而二十卷哈佛本和辉县本是 12 人。24 人如下,其中括号内是哈佛本和辉县本缺的 12 人。刘备、(关羽、)张飞、(糜夫人、)诸葛亮、(马超、)赵云、(黄忠、)姜维、曹操、(夏侯惇、)张辽、(荀彧、典韦、)许褚、(邓艾、)吴大帝、(太史慈、)周瑜、鲁肃、(吕蒙、甘宁、黄盖、)司马懿。

仔细分析这些六卷本的人物插图,多数版本插图很相似,但仔细比较还是有所不同。如刘备、孙权衣袍是否绣花,张飞是否持矛,糜夫人、姜维、周瑜、邓艾面朝向等。

这种版本的文字和上图下文、整幅故事插图本一样,都是"英雄志传"和李卓吾本的繁简混合本。

(5)"英雄志传"小系列三种插图本演化分析

"英雄志传"系列按照插图划分为三种,即上图下文本、整幅故事插图本和人物绣像插图本。

- 上图下文本出现在明代,肯定是三种插图中最早的。
- 故事插图本肯定是参照李卓吾本。
- 人物绣像本的人物绣像肯定是参照毛宗岗本。
- 因为李卓吾本肯定早于毛宗岗本,因此有可能李卓吾本在前,人物绣像本在后。

因此"英雄志传"本中三种插图本的演变比较清楚:

- 最早出现的还是上图下文明刊本,目前有 7 种。
- 其次出现的是整幅故事插图清刊本,目前只有 2 种。
- 最后出现的是人物绣像清刊本,目前有多种。

1) 上图下文

"英雄志传"本中最早的插图本,因为"志传"系列版本都是上图下文本。

7 种上图下文版本中,有 3 种刘兴我本、刘荣吾本和杨美生本是明刊本,有 4 种魏氏刊本、美玉堂本、继志堂本和上图本都是清刊本。

最早的刘兴我本刊刻于明崇祯年间,最晚的继志堂本刊刻于清雍正十二年(1734 年),因此上图下文本从明朝末期一直延续到清朝中期。在康熙年间毛本出现后,"英雄志传"本仍在刊刻。

2) 整幅故事插图本

"英雄志传"故事插图只有两种,即致和堂本和介休本。致和堂刊刻图书从康熙十七年(1678 年)到道光十年(1830 年),介休本估计也是在清代。它们之所以采用和李卓吾本相类似的整幅故事插图,可能是为和李卓吾本竞争,因为"英雄志传"本篇幅小,成本低,价格肯定比同样插图的李卓吾本低。

但这种整幅故事插图本目前只看到 2 种,比上图下文本和人物绣像本都少,说明这种版本销售不好。这是因为整幅故事插图不如上图下文插图更形象,而插图数量和文字又不如李卓吾本完整,因此低端客户去买上图下文本,高端客户去买李卓吾本,这种"英雄志传"本整幅故事插图本就没有市场了。

3）人物绣像插图本

"英雄志传"本中人物绣像本的插图明显仿照毛本，很多版本封面也题写"毛声山先生原本"，哈佛本题为"金圣叹批定"，标榜是毛本的原本，或经金圣叹批定，说明这类版本是在毛本出现后，宣传是毛本的"原本"或"金圣叹批定"来吸引读者。而实际属于"英雄志传"的繁简混合本，和毛本文字差异很大，比毛本文字简略。

从刊刻时间看，人物绣像本中已知最早的二酉堂本可能刊刻于清康熙四十八年（1709年），或乾隆三十四年（1769年），比康熙年间出现的毛本晚。较晚的哈佛本刊刻于嘉庆七年（1802年），最晚的辉县本刊刻于道光元年（1821年），都是人物绣像本，比上图下文本中雍正十二年（1734年）的继志堂本还晚。在此后可能这种"英雄志传"人物绣像本就退出历史舞台了，彻底被毛本取代了。

人物绣像本又可分为六卷、十二卷、二十卷三种。六卷本最多，十二卷本只有松盛堂本一种，二十卷本有哈佛本等几种。六卷本最早，十二卷本出自六卷本，二十卷本也出自六卷本。

下图表示三种插图本的演化时间序列：

- 第一行上图下文：刘兴我本（明崇祯）、郑乔林本（1684年）、继志堂本（1734年）
- 第二行故事插图：致和堂本（1678年？）
- 第三行人物绣像：二酉堂本（1709年）、哈佛藏本（1802年）、辉县本（1821年）

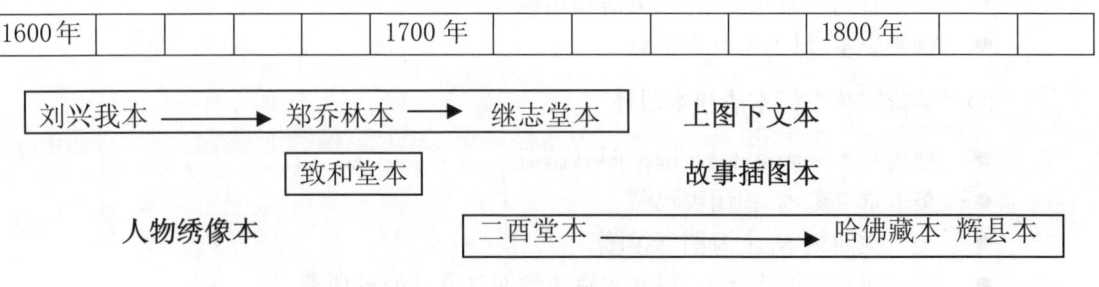

"英雄志传"三种插图本演化示意图

6．"英雄志传"系列简本文字研究

（1）"英雄志传"本按照插图和文本分类

"英雄志传"版本根据插图可分为三类：上图下文、故事插图和人物绣像。
"英雄志传"版本根据文字又可分为两类：简本、先繁后简本。

这两类之间的关系如下图所示。

从插图看：
- 上图下文本：简本、先繁后简本都有。
- 故事插图、人物绣像本：只有先繁后简本。

从文字看：
- 简本：全部是上图下文本。
- 先繁后简本：上图下文、故事插图和人物绣像本都有。

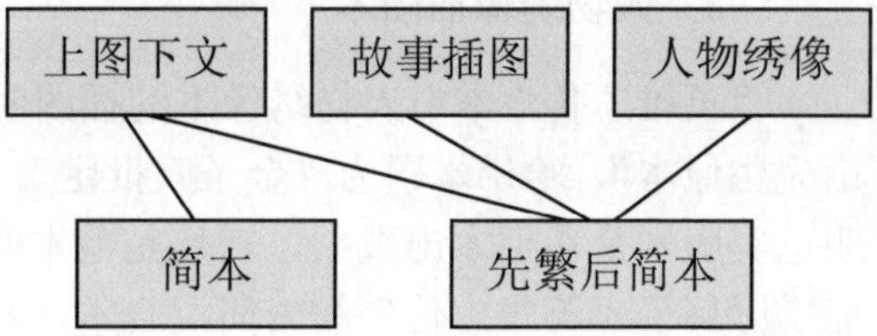

"英雄志传"本插图和文字关系示意图

（2）"英雄志传"本按照文本分类

"英雄志传"版本根据文本又可分为两类：
1）简本：完全是简本文字。
2）先繁后简：前4则为李卓吾本，后为简本。

第一类，简本

1）"英雄志传"简本明刊本三种
- 刘兴我刊刻忠贤堂本，日本名古屋大学藏
- 刘荣吾刊刻藜光堂本，大英博物馆藏
- 杨美生本，日本大谷大学藏

2）"英雄志传"简本清刊本四种
- 魏氏刊本（魏某本），国家图书馆藏
- 美玉堂二刻本，德国魏玛藏
- 美玉堂四刻本，上海图书馆藏
- 陈以润刊刻继志堂本，日本东京大学东洋文化研究所藏

第二类，繁简混合本

1）上图下文混合本一种
- 郑乔林刊刻德馨堂本，德国柏林州立图书馆藏

2）故事插图二十卷混合本两种
- 二十卷致和堂本，张青松藏
- 二十卷介休本

3）人物绣像十二卷混合本一种
- 十二卷松盛堂本，辽宁图书馆藏

4) 人物绣像二十卷混合本两种
- 二十卷嘉庆七年哈佛本,美国哈佛大学、首都图书馆等藏
- 二十卷辉县本,辉县博物馆藏

5) 人物绣像六卷本多种
- 聚贤山房六卷本,日本东京大学、复旦大学藏
- 宝华楼(二酉堂)六卷本,国家图书馆藏
- 尚德堂六卷本,上海图书馆藏
- 三余堂本,北京大学图书馆藏
- 六卷本,上海图书馆藏
- 六卷本,张青松戊本,同尚德堂本
- 六卷本,山东济南"卧牛城主"藏

6) 插图不明清刊本 5 种
- 二十卷张青松甲本
- 张青松乙本(张青松甲本同版)
- 张青松丙本(无图,二十卷,文字同致和堂本)
- 张青松丁本(无图,二十卷,文字同郑乔林本)

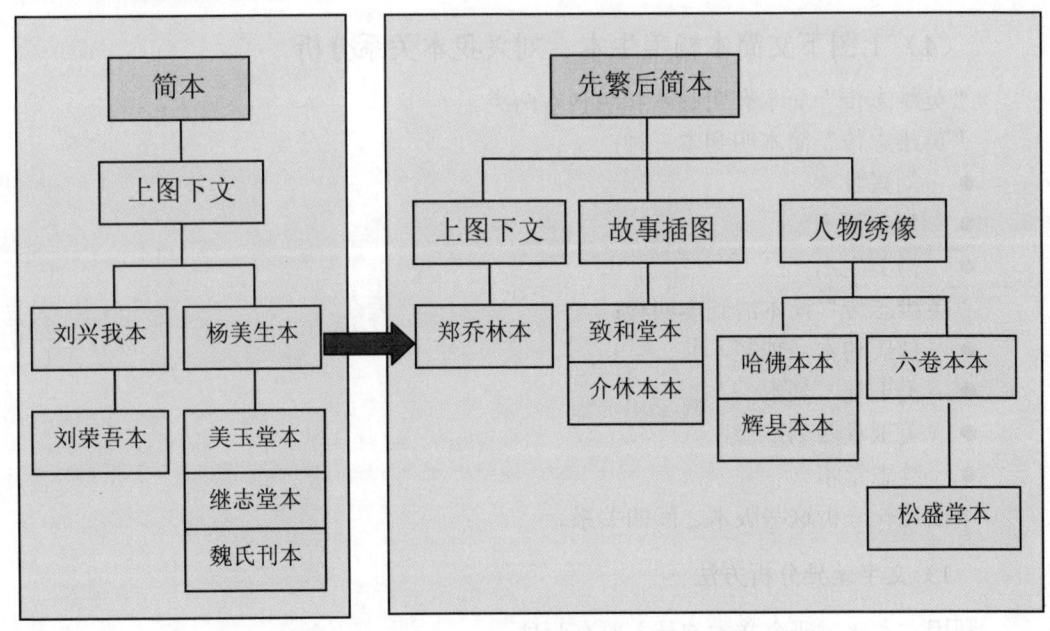

"英雄志传"本文字插图分类示意图

(3)"英雄志传"三种版本关系分析

分析"英雄志传"版本文字,可将"英雄志传"本分为三种版本进行分析:
- 上图下文简本

- 上图下文先繁后简本
- 故事插图和人物绣像先繁后简本

其中第二种上图下文先繁后简本，是第一种上图下文简本和第三种故事插图、人物绣像先繁后简本的中间过渡本。

文字分析分三部分进行。

1) 上图下文简本，又分两部分

- 三种明刊本关系分析
- 三种清刊本和明刊本关系分析

2) 上图下文先繁后简本，又分两部分

- 上图下文先繁后简本和上图下文简本关系分析
- 上图下文先繁后简本和故事插图、人物绣像先繁后简本关系分析

3) 故事插图和人物绣像先繁后简本

- 二十卷故事插图本
- 六卷、十二卷人物绣像本
- 二十卷人物绣像本

（4）上图下文简本杨美生本、刘兴我本关系分析

"英雄志传"简本有明刊本和清刊本两类。

"英雄志传"简本明刊本三种：

- 刘兴我本
- 刘荣吾本
- 杨美生本

"英雄志传"简本清刊本四种：

- 魏氏刊本（魏某本）
- 美玉堂二刻本
- 美玉堂四刻本
- 继志堂本

下面逐一分析这些版本之间的关系。

1) 文字差异分析方法

利用文本比对研究文本差异主要有两种：

第一是少数文字修改，但从这种少数文字修改很难判别版本的先后。无论是删节、增补和改动，要判断出版本相互关系都有困难。

第二是大段文字脱落或增补，根据文字脱落和增补，分析版本之间的关系。

几个版本文字有差异时有多种情况：

- 某个（或几个）版本文字脱落，其他版本未脱落。

- 某个（或几个）版本文字增补，其他版本未增补。为此要判断是脱落还是增补。一般有大段文字脱落的版本都是后出的版本。
- 某个（或几个）版本文字修改。

根据以上原则分析刘兴我本、刘荣吾本和杨美生本这三个"英雄志传"明刊本。

2）三个版本文字基本相同有共同祖本

从刘兴我本、刘荣吾本和杨美生本三个版本整体看，文字差异很小，十分明显，这三个版本肯定属于同一组版本，一定有共同祖本。

但共同祖本是哪个版本？是否是三个版本中一个版本？还是另有一个共同祖本？三个版本之间是什么关系，是兄弟关系，还是父子关系？都要仔细分析。

由于三个版本文字差异很小，对三个版本分析绝对不能只查出一个或几个例子就下结论，必须对三个版本全文做彻底比对和分析，最后综合判断三个版本是什么关系。

由于这 3 本都已经数字化，用计算机对比就很清楚了。

下面逐一仔细分析三个版本文字脱落和增补情况，由此再进一步分析这三个版本之间的关系。

3）杨美生本单独文字脱落

杨美生本有很多大段单独文字脱落，而刘兴我本和刘荣吾本都不脱，仔细对比其他繁本（如余象斗本、郑少垣本），文字也不脱。因此这是杨美生本单独的文字脱落，只是杨美生本在抄写中发生了文字脱落，和刘兴我本等无关。

例 1．第十三则"赵子龙盘河大战"

兴：	会　　于盘河之上绍军于盘河桥　　东布阵瓒　军于桥西布阵瓒横搠立马
荣：	会　　于盘河之上绍军于盘河桥　　东布阵瓒　军于桥西布阵瓒横搠立马
美：	会　　于盘河之上　　　　　　　　　　　　　　　　　　　瓒横搠立马
郑：	会合于盘河之上绍军于盘河　之东布阵瓒兵　于桥西布阵　横搠立马

杨美生本和刘兴我本、刘荣吾本等其他版本相比有明显的文字脱落。类似杨美生本文字脱落的例子有 21 处之多。

4）杨美生本单独的文字增补

以上说杨美生本文字有单独的脱落，此外杨美生本还有单独的增补，而刘兴我本、刘荣吾本等其他版本都没有增补，这很明显是杨美生本单独增补，类似例子有 5 例。

例 1．第一百十八则"马超步战五将"

兴：	主公　欲为反臣乎遂曰	谁可去	通消息
荣：	主公　欲为反臣乎遂曰	谁可去	通消息
美：	主公亦欲为反臣乎遂曰　孙子之言莫如归操之为美今	谁可去	通消息
诚：	主公　欲为反臣乎遂曰	谁可	通消息
余：	主公　欲为反臣乎遂曰欲投	谁可	以通消息
郑：	主公　欲为反臣乎遂曰欲投曹公	谁可	以通消息

以上都是杨美生本文字单独的脱落和增补,很好解释。

5)刘兴我本、刘荣吾本脱落,杨美生本不脱

以上所说杨美生本单独的文字增补,而刘兴我本、刘荣吾本和其他版本都没有增补。但也有刘兴我本、刘荣吾本文字脱落,杨美生本和其他版本没有脱落。这种情况十分特殊,值得仔细分析。这类例子全书比对一共只有4例。

例1. 第二十则"曹操兴兵报父仇"

兴:	陶谦乃仁人君子	中间必有缘故且州县之民	与
荣:	陶谦乃仁人君子	中间必有缘故且州县之民	与
美:	陶谦乃仁人君子非刚强好杀 之辈	中间必有缘故且州县之民皆大汉百姓	与
龙:	陶谦乃仁人君子非刚强好 利之辈	中间必有缘故且州县之民皆大汉百姓	典
余:	陶谦乃仁人君子非刚强好 利之辈	中间必有缘故且州县之民皆大汉百姓	与
郑:	陶谦乃仁人君子非刚强好 利之徒	中间必有缘故且州县之民皆大汉百姓	与
兴:	明公 何仇 杀之不祥	操 怒曰汝昔日	弃我而去
荣:	明公 何仇 杀之不祥	操 怒曰汝昔日	弃我而去
美:	明公 何仇 杀之不祥望三思 行之幸甚大怒曰汝昔	弃我而去
龙:	明公有何仇恶杀之不祥望三思 后行 幸甚操 怒曰	时弃我而去
余:	明公有何仇恶杀之不祥望三思然后行之幸甚操大怒曰汝昔	时弃我而去
郑:	明公有何仇恶杀之不祥望三思然后行之幸甚操大怒曰汝昔	时弃我而去

此例杨美生本和繁本(余象斗本、郑少垣本)及繁简混合本刘龙田本文字相同,没有脱落,而刘兴我本、刘荣吾本文字脱落了"非刚强好利之辈""皆大汉百姓"和"望三思行之幸甚"。

例2. 第十三则"赵子龙盘河大战"

兴:	荀谌曰公孙瓒	率兵而来	兼 刘备关张之助
荣:	荀谌曰公孙瓒	率兵而来	兼 刘备关张之助
美:	谌曰公孙瓒 燕代之众长驱	而来 锋不可当兼	刘备关张之助
郑:	荀谌曰公孙瓒率燕代之众长驱	而来其锋不可当兼有	刘备关张之助
余:	荀谌曰公孙瓒率燕代之众长驱	而来其锋不可当兼有	刘备关张之助

例3. 第十三则"赵子龙盘河大战"

兴:	长史耿武谏曰袁绍乃孤	军穷客正	如婴儿 在股掌之上绝其乳
荣:	长史耿武谏曰袁绍乃孤	军穷客正	如婴儿 在股掌之上绝其乳
美:	长史耿武谏曰袁绍乃孤客穷军	仰我旧 恩譬如婴儿	在股掌之上绝其乳
郑:	长史耿武谏曰袁绍乃孤客穷军	仰我 鼻恩譬如婴 孩在股掌之上绝其乳
余:	长史耿武谏曰袁绍乃孤客穷军	仰我 鼻恩譬如婴 孩在股掌之上绝其乳

这两例也是刘兴我本、刘荣吾本文字有脱落,而杨美生本文字和前述繁本文字相同,没有脱落。

例4. 第十三则"赵子龙盘河大战"

兴：	因此白马		多绍		
荣：	因此白马		多绍		
美：	因此白马		甚多绍见退军二十里扎住		
郑：	白马二千疋哨到界	桥	绍	退	二十里扎住瓒引大队步兵二万余众
余：	白马二千疋哨到界头		绍	退	二十里扎住瓒引大队步兵二万余众

此例刘兴我本、刘荣吾本文字有脱落，杨美生本文字也有脱落，但比刘兴我本、刘荣吾本少脱一句"退军二十里扎住"。

以上虽然只有4例，都是刘兴我本和刘荣吾本文字有脱落，而杨美生本和繁本等版本文字相同不脱。杨美生本再根据繁本增补这些文字几乎不可能。

因此只有一种可能：刘兴我本和杨美生本是兄弟关系，它们有共同祖本，刘兴我本和杨美生本的共同祖本抄写时有脱落，而杨美生本没有脱落。

6）杨美生本和刘兴我本是兄弟关系

根据以上对杨美生本和刘兴我本文字的比较，有两种情况。

第一种情况是，杨美生本有单独的文字脱落和增补，而刘兴我本等其他版本都没有脱落和增补，因此这些文字脱落和增补是杨美生本抄写时独自修改的，和刘兴我本无关，和杨美生本和刘兴我本关系也无关。这类脱落和增补合计有20多处。

第二种情况是，刘兴我本、刘荣吾本出现了4例文字脱落，而杨美生本和其他繁本一样，也没有脱落。

根据以上分析，杨美生本文字有脱落，而刘兴我本文字也有脱落。这样，杨美生本和刘兴我本、刘荣吾本的关系就不可能是"父子"承继关系，而只能是"兄弟"并列关系，它们有共同祖本。

只有这样才会出现杨美生本和刘兴我本各自出现了文字脱落的现象，兄弟关系是两本的唯一合理解释。

至于这个共同祖本目前尚未发现。历史上出现消失未流传到现在的版本很多，不足为奇。

由于杨美生本脱落有20多处，而刘兴我本脱落只有4处。因此，刘兴我本更接近其共同祖本，也就是说，刘兴我本文字抄写时修改少；而杨美生本文字抄写时修改多，和祖本文字差距比刘兴我本更大。

刘兴我本和杨美生本关系搞清楚了，下面再分析刘兴我本和刘荣吾本的关系。

（5）刘兴我本、刘荣吾本关系分析

1）刘荣吾本文字脱落

刘荣吾本和刘兴我本、杨美生本相比，有多例大段文字脱落。这些例子中刘兴我本、杨美生本都不脱落，这只可能是刘荣吾本发生了文字脱落。

例，第九十五则"曹孟德横槊赋诗"

兴：	可惜江南八十一州百姓　　俱是你　　送了庶曰此间八十三万人马性命如何		
荣：	可惜江南八十一州百姓　　俱是你葬　了		
美：	可惜江南八十一州百姓　　俱是你　　送了庶曰此间八十三万人马性命如何		
郑：	可惜江南八十一州百姓皆　是你　　送了庶曰此间八十三万人马性命如何		
兴：	救解统　　曰吾若怕死不来江北庶曰　某感刘皇叔之恩未尝忘　　报		
荣：	庶曰　某感刘皇叔之恩未尝忘　　报		
美：	救解统　　曰吾若怕死不来江北庶曰　某感刘皇叔之恩未尝忘　　报		
郑：	统曰吾若怕死不来江北庶曰吾　感刘皇叔之恩未尝忘　　报		

刘荣吾本在"庶曰"处有单独的"同词脱文"文字脱落，而其他版本文字有两个"庶曰"，文字都未脱落。类似刘荣吾本文字脱落的例子有 31 处之多。

2）刘荣吾本文字增补

下例是刘荣吾本单独的文字增补，而其他版本都没有增补，这很明显是刘荣吾本单独增补，类似增补词语只有 3 例。

例，第一百十八则"马超步战五将"

兴：	虽然捉不得曹操　　　　　　　　　翼德这场料应不善张飞领计去了
荣：	虽然捉不得曹操也杀他大半军马时　　　　　　张飞领计去了
美：	虽然捉不得曹操　　　　　　　　　翼德这场料应不善张飞领计去了
余：	虽然捉不得曹操　　　　　　　　　翼德这场料应不善张飞领计去了
郑：	虽然捉不淂曹操　　　　　　　　　翼德这场料应不善张飞领计去了

以上是刘荣吾本文字单独增补，刘兴我本、杨美生本等其他版本（包括其他繁本）都没有增补，这很明显是刘荣吾本在编写时单独的增补，很容易理解。

3）刘荣吾本文字修改

但刘荣吾本中也有一个特例。刘荣吾本第二百四则有大段文字和刘兴我本、杨美生本完全不同，却与繁本中郑少垣本和杨闽斋本相同，这和刘荣吾本文字单独修改完全不同。为何会出现这个现象，要仔细分析。

例，第二百四则"孔明运木牛流马"

兴：	依　　　　样所造　　　　　　　　　　二千余　　只往来
美：	依　　　　样所造　　　　　　　　　　二千余　　只往来
荣：	依　　　　样所造　果然一般懿令造木牛流马各二千余匹搬
郑：	依其尺寸厚薄　造之果然一般懿交造木牛流马各二千余匹搬
兴：	一般运　粮　赴寨却说高翔回　　　　　见孔明告知　　　抢去
美：	一般运　粮　赴寨却说高翔回　　　　　见孔明告知　　　抢去
荣：	运　粮米赴寨却说高翔　被抢去木牛流马来　　告知　孔明
郑：	运军粮　赴寨却说高翔　被抢了木牛流马来见孔明告　之

兴：	木牛孔明曰吾正欲他抢去　　　　　数日后人报　魏兵　亦
美：	木牛孔明曰吾正欲他抢去救　　　　日后人报　魏兵　亦
荣：	孔明曰吾正欲他抢去　必然劾吾之法也数日后　报　魏　人　亦
郑：	孔明曰吾正欲他抢去　必然效吾之法也数日后　报来魏　人也

兴：	造有木牛流马于陇右　　　　运粮　孔明曰不出吾之所料也唤王平　分付
美：	造有木牛流马于陇右　　　　运粮　孔明曰不出吾之所料也唤王平　分付
荣：	造　木牛流马于陇右地面　　运粮　孔明曰不出吾之所料　唤王平　分付
郑：	造　木牛流马于陇右地面搬运粮食孔明曰不出吾之所料　唤王平至分付

兴：	曰汝引兵　　一千星夜　　扮作魏兵　　　偷过北原只道　运粮径到运
美：	曰汝引兵　　一千星夜　　扮作魏兵　　　偷过北原只道　运粮径到运
荣：	汝　可将一千　兵　扮作魏　人星夜偷过北原　　　　径到运
郑：	汝　可将一千　军扮作魏　人星夜偷过北原　　　　径到运

兴：	道之上将　　　魏兵　杀散尽
美：	道之上将　　　魏兵　杀散尽将　　木牛
荣：	道　上将彼运粮之　兵尽皆杀散　　驱木牛流马而回径到北原寨口
郑：	粮道之上将彼运粮之　兵尽皆杀　退驱木牛流马而回径到北原寨口

兴：	将木牛带回魏兵来夺时汝等将木牛　　口内舌
美：	带回魏兵来夺时汝等将木牛　　口内舌
荣：	必有人来夺汝等但见兵至将木牛　　　　　　　流马口内舌
郑：	必有人来夺汝等但见兵至　　　　　　　　将木牛流马口内舌

兴：	扭转便不会　行动尽弃于后且战且走待彼兵驱之　　不动
美：	扭转便不会　行动尽弃于后且战且走待彼兵驱之　　不动
荣：	扭转便不　能行动尽弃于后且战且走　彼　　扛抬不动撞打不去之时
郑：	扭转便不　能行动尽弃于后且战且走　彼　　扛抬不动撞打不去之时

兴：	吾再有兵到　即　复扭转其舌自然能行魏人以为神异必　不敢追王平
美：	吾再有兵到　即　复扭转其舌自然能行魏人以为神异必　不敢追王平
荣：	吾再有兵到汝即引兵复扭转其舌自然能行魏人以为神异必　不敢追王平
郑：	吾再有兵到汝即引兵复扭转其舌自然能行魏人以为神异　决不敢追王平

兴：	引兵去了又唤张翼　　引五千　玄甲兵　各打神　旗带
美：	引兵去了又唤张翼　　引五千　玄甲兵　各打神　旗带
荣：	领计　去了又唤张翼汝　可引五　百玄甲　军各打神师旗　号是鬼头
郑：	领计　去了又唤张翼　你可引五　百玄甲　军各打神　□□号是鬼头

兴：	兽面穿虎皮怪异之物以　　　吓魏兵　夜则各用彩色涂面以葫芦内
美：	兽面穿虎皮怪异之物以　　　吓魏兵　夜则各用彩色涂面以葫芦内
荣：	兽面　　怪异之物以疑其　心　　夜则各用彩色涂面　葫芦内

郑：	兽面	怪异之物以疑其军心		也夜则各用彩色涂面	葫芦内
兴：	藏烟火	药料伏于山	侧护送木牛	魏兵 以为神异 必	不敢追
美：	藏烟火	药料伏于山	侧护送木牛	魏兵 以为神异 必	不敢追
荣：	藏烟火等药	伏于山谷	护送木牛流马魏	人 以为神 兵必	不敢追
郑：	藏烟火等物	伏于山	侧护送木牛流马魏兵	以为神 兵	决不敢追
兴：	张翼受计领兵	去了又唤姜维魏延	分付	曰引兵五千	
美：	张翼受计领兵	去了又唤姜维魏延	分付	曰引兵五千	
荣：	张翼	领 计去了又唤	魏延姜维分付你二人领	五千人马	
郑：	张翼	领 计去了又唤	魏延姜维分付你二人领	五千人马	
兴：	至北原寨口去接木牛流马以		防拒敌又唤张嶷廖化分付曰汝二		
美：	至北原寨口去接木牛流马以		防拒敌又唤张嶷廖化分付曰汝二		
荣：	直至北原寨口去接木牛流马以备战斗		又唤张嶷廖化		
郑：	直至北原寨口去接木牛流马以备战斗		又唤张嶷廖化		
兴：	人引马军五千		截住司马懿来路又令马忠去渭南寨		搦战
美：	人引马军五千		截住司马懿来路又令马忠去渭南寨		搦战
荣：	引 五 百 步兵	截住司马懿来路又令马忠去渭南寨口搦战			
郑：	引 五 百马步 军	截住司马懿来路又令马忠去渭南寨口搦战尽			
兴：		却说司马懿 令	岑威管押军粮回寨正行	间忽	
美：		却说司马懿 令	岑威管押军粮回寨正行	间忽	
荣：	分拨已定	却说司马懿	令镇远将军岑威营押军粮回寨正行之间忽		
郑：	皆分拨	去了却说司马懿差	镇远将军岑威管押军粮回寨正行之间忽		
兴：		遇王平交战教合被平斩岑威			落
美：		遇王平交战教合被平斩岑威			落
荣：	见一处 军马来		岑威向前近之被王平 斩		
郑：	见一 彪军 来		岑威向前迎之被王平一刀斩 于		
兴：	马	王平	尽驱 牛 马而回败兵		
美：	马	王平	尽驱 牛 马而回败兵		
荣：	之 押粮军士皆走王平		驱木牛流马而回败		
郑：	马 下押粮军士皆走王平领蜀兵尽驱木牛流马而回败				

此例刘荣吾本文字有大篇幅的增补和修改，不仅刘兴我本、杨美生本没有增补修改，尤其特殊的是——刘荣吾增补修改文字竟然和郑少垣本、杨闽斋本文字相同。

这种刘荣吾本增补修改和刘兴我本、杨美生本文字不同，却和繁本相同的例子只有此一例。其他刘荣吾本文字和刘兴我本、杨美生本不同，文字有增补修改的例子，都是刘荣吾本单独增补修改的，和郑少垣本不同。

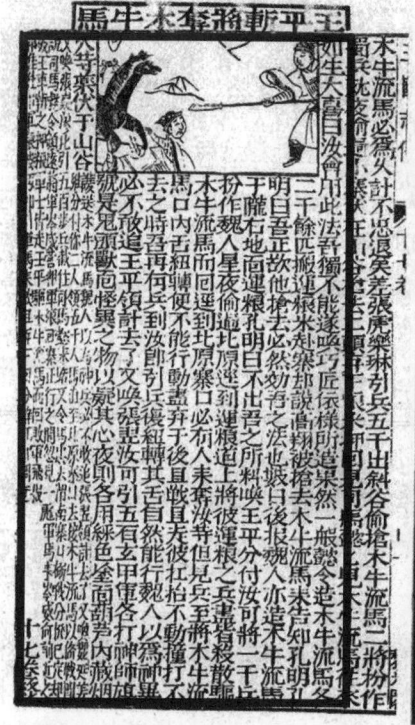
刘荣吾本

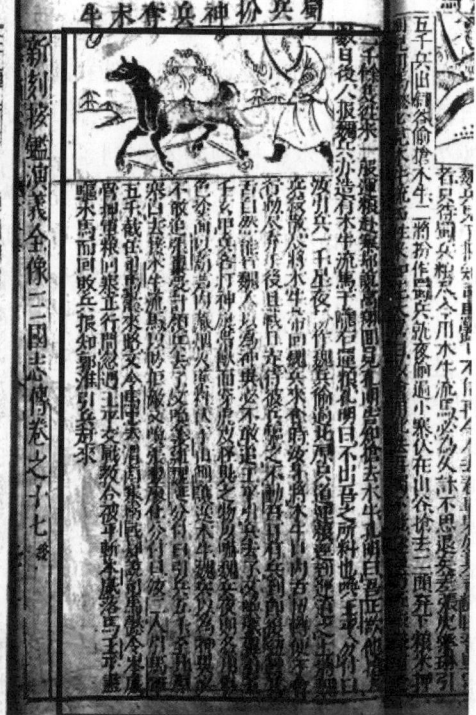
刘兴我本

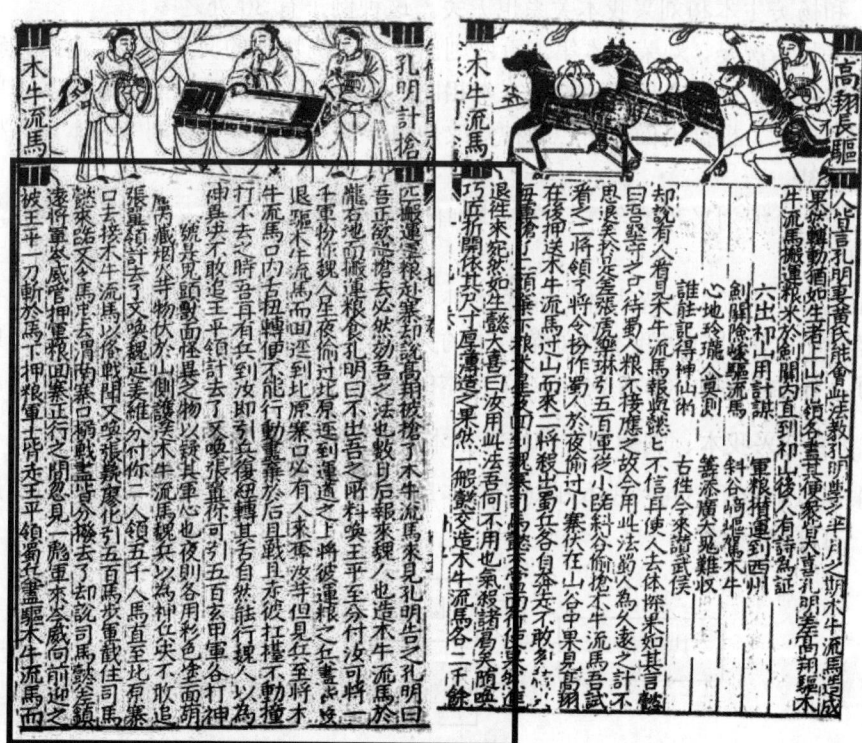
郑少垣本

仔细查看刘兴我本发现问题。刘荣吾本本来和刘兴我本文字相同，但自刘兴我本第二百四则最后一页"依样所造"之后的文字开始，刘荣吾本和刘兴我本文字开始不同，改为和郑少垣本、杨闽斋本相同了。

由此可以判断：刘荣吾本是以刘兴我本为底本，但刘兴我本第二百四则最后一页丢失了。可能是底本保存不好缺损，也可能是装订时遗漏了，这在古代小说中常见。刘荣吾本抄手不得已，只好找来一本郑少垣本（或杨闽斋本）为底本，结果造成刘荣吾本第二百四则最后部分和刘兴我本不同，而和郑少垣本（或杨闽斋本）相似了。

上述分析是根据文字分析，但还有疑问。由于刘荣吾本、郑少垣本和杨美生本都是上图下文本，如刘荣吾本因为底本刘兴我本最后一页丢失，只好根据郑少垣本（或杨闽斋本）编写，不止文字应该相似，插图也会接近。但仔细比对三本插图，完全不同。是刘荣吾本不愿意参考郑少垣本（或杨闽斋本）插图，还是其底本并非郑少垣本（或杨闽斋本），或是另有其他版本？还有待进一步研究。

4) 刘荣吾本和刘兴我本是父子关系

和杨美生本一样，根据以上对刘荣吾本和刘兴我本文字的比较，也有两种情况。

第一种情况是，刘荣吾本有单独的文字脱落和增补，而刘兴我本等其他版本都没有脱落和增补，因此这些文字脱落和增补是刘荣吾本抄写时独自修改的，和刘兴我本无关，和杨美生本和刘兴我本关系也无关。这种例子有30处之多。

第二种情况是，刘荣吾本第二百四则出现了1例特殊的文字修改，而刘兴我本却没有修改，但其他繁本也有和刘荣吾本相同的修改。这种情况和前面刘荣吾本单独的文字增补不同，根据上面分析，这种修改是由于刘兴我本缺损，刘荣吾本只好根据繁本做了增补。

此外，查编刘兴我本全本，再未找到任何刘兴我本和刘荣吾本相比单独脱落和增补的例子。

根据以上分析，刘荣吾本有单独增补，和刘兴我本无关，而刘兴我本又没有单独的脱落增补，因此刘兴我本和刘荣吾本的关系不可能是"兄弟"并列关系，而只能是"父子"承继关系，刘兴我本是刘荣吾本的底本。

5) 刘兴我本、刘荣吾本和杨美生本关系

根据以上分析，刘兴我本和刘荣吾本是父子关系，而杨美生本和刘兴我本是兄弟关系，有共同祖本。

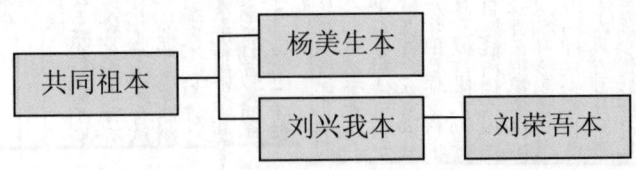

刘兴我本、杨美生本和刘荣吾本关系示意图

（6）刘兴我、刘荣吾关系

1）刘兴我、刘荣吾同时刊刻《水浒传》

刘兴我和刘荣吾不仅同时刊刻了《三国演义》，还同时刊刻了《水浒传》。

刘世德先生在2013年《文学遗产》第3期上发表文章《〈水浒传〉刘兴我刊本与藜光堂刊本异同考》，认为两本关系是先有刘兴我刊本，后有藜光堂（即刘荣吾）刊本。

本人用数字化对这两个版本进行全文的彻底比对，结果发现了前人没有注意到的12处刘荣吾本的"同词脱文"，这也证明了确实是刘兴我本在前，刘荣吾本在后。

刘荣吾本和刘兴我本《水浒传》文字差异有如下几类：同词脱文12例。一般脱文5例。文字修改9例。文字颠倒4例。文字增加3例。回末删节3例。

由文本比对可以看出，《水浒传》刘荣吾本肯定是以刘兴我本为底本的。这和《三国演义》版本中刘荣吾本也是来自刘兴我本是完全一致的。

从插图比较可以看出，刘荣吾本和刘兴我本有的插图相似，也有插图不同。从插图来看，可能是刘荣吾本曾参考刘兴我本。

根据《三国演义》和《水浒传》文字、插图分析，可以肯定都是刘兴我本在前，刘荣吾本在后，刘兴我本是刘荣吾本的底本。

2）刘兴我和刘荣吾关系的三种可能

刘兴我和刘荣吾都是建阳书商，都在崇祯时期刊行了《三国演义》和《水浒传》简本，其生活时期基本相同，这没有疑问。因此刘兴我和刘荣吾两个人是同时、同地、同姓都刊行了《三国演义》和《水浒传》简本。

刘兴我和刘荣吾的关系，理论上有三种可能：

- 两人是同一人。刘世德先生等认为刘兴我和刘荣吾同一人，"兴"与"荣"对应，"我"与"吾"对应。刘兴我和刘荣吾是刘钦恩的两个字。
- 两人是父子，刘兴我是刘荣吾的父亲。父亲给儿子取名，和自己名字相近，似乎也不是不可以。父亲刘兴我是书商，刊刻了《三国演义》和《水浒传》简本，希望儿子继承自己的事业，继续刻书，因此父亲刘兴我给儿子取名为"荣吾"，意思是以自己为荣之意，结果和自己的名字"兴我"相近。
- 两人是同时期的两人，没有关系，名字相近只是巧合而已。

3）刘兴我和刘荣吾名号分析

刘荣吾名刘钦恩，字刘荣吾，有各种文献为据。而刘兴我是名字还是号，以前不清楚。

福建师大邓雷老师查出：刘兴我是号，名刘佛旺。依据是《新刻司台订正万用迪吉通书大成》，一书首卷上题有两个并排的书商姓名：

书林　兴我　刘佛旺　绣梓
鳌峰　道轩　熊宗立　大全

熊宗立是明代有名的刻书家以及医学家,"鳌峰"是熊宗立之祖熊秘所建的鳌峰书院,"道轩"是熊宗立的号,"熊宗立"就是本名。

书院名刘兴我"书林",对熊宗立"鳌峰"。

"兴我"对"道轩",是号。

"刘佛旺"对"熊宗立",是名。

所以刘佛旺应该是本名,而"兴我"应该是刘佛旺的号。

因此刘佛旺为名,号兴我;刘钦恩为名,字荣吾。他们是两个人。

但刘先生仍认为刘兴我和刘荣吾还有可能是一个人,他有两个号(字),一个是"兴旺",一个是"容吾"。古代一个人有两个字号也很多。

4) 刘兴我和刘荣吾同时刊刻《三国演义》《水浒传》可能性不大

刘兴我和刘荣吾都是建阳书商,在崇祯时期各自刊刻了一些图书。

刘兴我和刘荣吾除刊刻《水浒传》《三国演义》外,刘兴我书坊名潭邑书坊,还刻书2种;刘荣吾书坊名刘荣吾,还刻书5种。他们各自有不同书坊,各自刊刻了不同的书,因此他们是同一人的可能性不大。

根据目前资料,刘兴我和刘荣吾同时刊刻《三国演义》《水浒传》,但通过以上对《三国演义》《水浒传》刘兴我本和刘荣吾本的文字、插图等详细分析,可以看出两本是极为相似的,两者之间虽然有差异,但都不是本质性的差异。

因此,如刘兴我和刘荣吾是同一人,则他就刊刻了两次《三国演义》和《水浒传》简本,而这两种简本基本没有什么差别。据统计,一部《三国演义》《水浒传》要刻几百个木版,其工作量非常巨大。同一书商为何要花费巨大人力、物力,刊刻两次几乎完全相同的《三国演义》《水浒传》?这种可能性实在不大。

而如果刘兴我和刘荣吾是两人,两个书商为市场竞争而分别刊刻了两本《三国演义》《水浒传》版本,这种可能性就很大了。

5) 余象斗双峰堂刊刻两种《三国演义》版本

刘世德先生为证明刘兴我和刘荣吾为同一人,举出了余象斗双峰堂也曾刊刻过两种《三国演义》版本,即双峰堂本和评林本。

余象斗双峰堂确实刊刻过两种《三国演义》版本,但我们要仔细分析这两种版本,就可以看出,这两种版本虽然和刘兴我本、刘荣吾本很相似,两本的文字几乎完全相同,但如前面分析,余象斗对之前出版的诚德堂甲本等四种插图本不满意,为此刊刻了余象斗本。诚德堂为此又刊刻了改进插图的乙本,而余评林本为和诚德堂乙本竞争,又复刻了余评林本,余评林本插图比余象斗本有很大改进。

而《三国演义》《水浒传》的刘兴我本和刘荣吾本,就没有这样的差异,后出的刘荣吾本文字、插图都反而不如早出的刘兴我本。一个书商为何要复刻二次,且文字插图都更差了,这很难理解。

6）刘兴我和刘荣吾是父子

刘兴我和刘荣吾还有第三种可能，他们是父子，父亲刘兴我刊刻了《三国演义》《水浒传》，到儿子刘荣吾时，由于原版已经损坏（或烧毁），因此就以刘荣吾名再次刊刻了《三国演义》《水浒传》简本，这种可能也有。

《西游记》杨闽斋本刊刻者为杨春元，其子杨居谦，字懋卿，子承父业，其书肆称为闽斋堂，又刻有闽斋堂本《西游记》。

杨闽斋本和闽斋堂本都是上图下文，从插图看，两本插图极为接近，因此闽斋堂本肯定是仿照杨闽斋本翻刻的，因此闽斋堂本的主要底本肯定是杨闽斋本。

福建建阳刻书子承父业非常多，父亲也多要儿子继承书坊。因此，刘兴我为父亲，刘荣吾为儿子，子承父业继续刊刻《水浒传》也是有可能的。

总之，通过从多角度分析可以看出，刘兴我和刘荣吾应该是两个人。

（7）魏氏刊本、美玉堂本、继志堂本和杨美生本关系

杨美生本和刘兴我本、刘荣吾本、魏氏刊本、美玉堂本、继志堂本都是"英雄志传"简本，下面根据文字脱落和增补，分析它们之间的关系。

第1组，杨美生本和魏氏刊本、美玉堂本、继志堂本有相同文字脱落。

例1. 第十三则"赵子龙盘河大战"

兴：	领一军出二军	会于盘河之上绍军于盘河桥东布阵瓒军于桥西布阵瓒横搠
荣：	领一军出	会于盘河之上绍军于盘河桥东布阵瓒军于桥西布阵瓒横搠
生：	领　军出	会于盘河之上	瓒横搠
魏：	领　军出	会于盘河之上	瓒横搠
美：	领　军出	会于盘河之上	瓒横搠
继：	领　军出	会于盘河之上	瓒横搠

例2. 第十三则"赵子龙盘河大战"

兴：	赵云归寨整顿军马	分作两队马五千余匹其中大半	皆是白马按瓒前
荣：	赵云归寨整顿军马	分作两队马五千余匹其中大半	皆是白马按瓒前
生：	赵云归寨整顿军马次日分作两队		杀出皆是白马按瓒前
魏：	赵云归寨整顿军马次日分作两队		杀出皆是白马按瓒前
美：	赵云归寨整顿军马次日分作两队		杀出皆是白马按瓒前
继：	赵云归寨整顿军马次日分作两队		杀出皆是白马按瓒前

例3. 第十五则"司徒王允说貂蝉"

兴：	面去允谓貂蝉曰天下百姓之福也早晚请太师汝却以歌舞事之貂蝉应诺次日
荣：	而去允谓貂蝉曰天下百姓之福也早晚请太师汝却以歌舞事之貂蝉应诺次日
生：	而去	次日
魏：	而去	次日
美：	而去	次日
继：	而去	次日

例4. 第九十五则"曹孟德横槊赋诗"

```
兴：立于舡头上取酒    酒于江中自蒲饮三爵横槊与诸将曰吾持此槊破黄巾
荣：立于舡头上取酒临  于江中自蒲饮三爵横槊与诸将曰吾持此槊破黄巾
生：立于舡头
美：立于舡头
————————————————————————————————
兴：擒吕布灭袁   术收袁绍   深入北寒直抵辽东纵横天下乃大丈夫之志也
荣：擒吕布灭袁绍  收袁 术深入北寒直抵辽东纵横天下乃大丈夫之志也
生：                       入北塞直抵辽东纵横天下乃大丈夫之志也
美：                       入北塞直抵辽东纵横天下乃大丈夫之志也
```

以上4例是杨美生本和魏氏刊本、美玉堂本、继志堂本文字都有脱落，而刘兴我本、刘荣吾本没有脱落，从此4例看，杨美生本和魏氏刊本、美玉堂本、继志堂本为同一组。但魏氏刊本也有反例，后面介绍。

第二组，刘兴我本、刘荣吾本文字有脱落，而杨美生本和魏氏刊本、美玉堂本、继志堂本文字没有脱落。

例1. 第十三则"赵子龙盘河大战"

```
兴：荀谌曰公孙瓒              率兵而来      兼刘备关张之助冀州指日休
荣：荀谌曰公孙瓒              率兵而来      兼刘备关张之助冀州指日休
生：  谌曰公孙瓒燕代之众长驱  而来锋不可当兼刘备关张之助冀州指日休
魏：  谌曰公孙瓒燕代之众长驱  而来锋不可当兼刘备关张之助冀州指日休
美：  谌曰公孙瓒燕代之众长驱  而来锋不可当兼刘备关张之助冀州指日休
继：  谌曰公孙瓒燕代之众长驱  而来锋不可当兼刘备关张之助冀州指日休
```

例2. 第十三则"赵子龙盘河大战"

```
兴：但见白马皆走因此白马    多绍                  令颜良文丑为先锋
荣：但见白马皆走因此白马    多绍                  令颜良文丑为先锋
生：  见白马皆走因此白马甚多绍见退军二十里扎住再令颜良文丑为先锋
魏：但见白马皆走因此白马    多绍见退军二十里扎住再令颜良文丑为先锋
美：但见白马皆走因此白马    多绍见退军二十里扎住再令颜良文丑为先锋
继：                        绍见退军二十里扎住再令颜良文丑为先锋
```

例3. 第二十则"曹操兴兵报父仇"

```
兴：陶谦乃仁人君子            中间必有缘故且州县之民
荣：陶谦乃仁人君子            中间必有缘故且州县之民
生：陶谦乃仁人君子非刚强好杀之辈中间必有缘故且州县之民
魏：陶谦乃仁人君子非刚强好杀之辈中间必有缘故且州县之民
美：陶谦乃仁人君子非刚强好杀之辈中间必有缘故且州县之民
继：陶谦乃仁人君子非刚强好杀之辈中间必有缘故且州县之民
```

兴：	与明公何仇杀之不祥	操	怒曰汝昔日弃我
荣：	与明公何仇杀之不祥	操	怒曰汝昔日弃我
生：皆大汉百姓与明公何仇杀之不祥望三思行之幸甚操大怒曰汝昔			弃我
魏：皆大汉百姓与明公何仇杀之不祥望三思行之幸甚操大怒曰汝昔			弃我
美：皆大汉百姓与明公何仇杀之不祥望三思行之幸甚操大怒曰汝昔			弃我
继：皆大汉百姓与明公何仇杀之不祥望三思行之幸甚操大怒曰汝昔			弃我

此例在前面分析杨美生本一节中曾引用。

以上几例都是刘兴我本、刘荣吾本文字有脱落，而杨美生本和魏氏刊本、美玉堂本、继志堂本文字没有脱落，因此从此例说明，杨美生本和魏氏刊本、美玉堂本、继志堂本为同一组。

从以上分析可以看出，多数文字脱落，还是表面的文字增补（实际是刘兴我本、刘荣吾本文字脱落），杨美生本、魏氏刊本、美玉堂本、继志堂本文字都相同。这些例子证明：杨美生本应该是魏氏刊本、美玉堂本、继志堂本的祖本，即魏氏刊本、美玉堂、继志堂本可能都是来自杨美生本。

刘兴我本的出现揭开了"志传"系列祖本的面貌，也勾画出《三国演义》版本演化的过程。

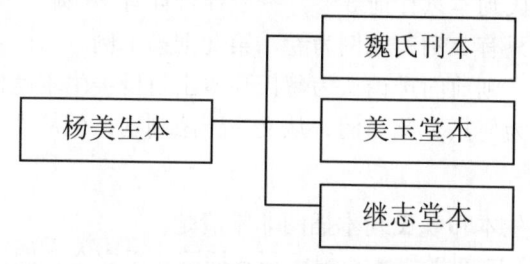

"英雄志传"三本关系示意图

（8）魏氏刊本底本问题

根据以上分析，在发现刘兴我本之前，通过文字比对，一般认为魏氏刊本来自杨美生本。比较新发现刘兴我本和魏氏刊本、杨美生本的文字，发现三本文字基本差不多。比较插图，发现卷一刘兴我本和魏氏刊本插图完全相同，而魏氏刊本卷一插图有四分之三和杨美生本不同。而从卷二开始，魏氏刊本文字、插图就完全和杨美生本相同了，而和刘兴我本完全不同。

这奇怪现象证明，魏氏刊本卷一文字、插图是以刘兴我本为底本，而卷二开始文字、插图才转用杨美生本。

下面分别从文字和插图分析这个问题。

1）文字分析

前面介绍魏氏刊本和杨美生本等版本的文字差异，很多是魏氏刊本和杨美生本都有脱落，而刘兴我本等没有脱落，因此认为魏氏刊本出自杨美生本。

但也有很少个相反的例子，是魏氏刊本和刘兴我本相同，而和杨美生本不同，下面是其中卷一第九则中的一例。

例，第九则"曹操兴兵杀董卓"

兴：	杀	雄		来饮出帐提刀飞身上马众诸侯听得寨外鼓声大震喊声大举正欲令	人
荣：	杀	雄		来饮出帐提刀飞身上马众诸侯听得寨外鼓声大震喊声大举正欲令	人
生：	杀	雄头	来饮出帐提刀飞身上马众诸侯听得寨外鼓声大	举正欲	命人
魏：	杀	雄		来饮出帐提刀飞身上马众诸侯听得寨外鼓声大震喊声大举正欲令	人
美：	杀华雄头来饮出帐提刀飞身上马众诸侯听得寨外鼓声大	举正欲	命人
继：	杀华雄头来饮出帐提刀飞身上马众诸侯听得寨外鼓声大震	正欲	命人

此例和前面介绍的例子相反，前面介绍的例子都是杨美生本和魏氏刊本等文字都有脱落，而刘兴我本等没有脱落。但此例相反，是魏氏刊本和刘兴我本、刘荣吾本没有脱落，而杨美生本、美玉堂本、继志堂本有脱落。

再仔细分析，这两种例子其中还有差别。

前面杨美生本、魏氏刊本脱落，刘兴我本不脱落的例子都是卷二第十三则以后的例子，这种例子很多，魏氏刊本只存前3卷，据统计合计有18例。

而此例相反，前3卷只有2例，此例为卷一第九则第1例。

由于有这样例子出现，则前面推论认为魏氏刊本出自杨美生本就值得怀疑了。

但此例是否是孤证？为何只有此2例？从文字无法判别，但从插图就很清楚了。

2）插图分析

比较刘兴我本、杨美生本和魏氏刊本插图非常清楚。

卷一（第一至十二则）中刘兴我本和魏氏刊本插图几乎完全相同，而杨美生本和刘兴我本、魏氏刊本插图构图相似，但画法不同的插图，合计有6幅：

- 卷1-4-1：刘兴我和魏氏刊本是2人对坐，而杨美生本是1人独坐。
- 卷1-5-2：刘兴我和魏氏刊本是2人交谈，而杨美生本是1人放火。
- 卷1-5-3：刘兴我和魏氏刊本是2人坐，1人站，而杨美生本是2人坐。
- 卷1-7-2：刘兴我和魏氏刊本是3人，而杨美生本是2人。
- 卷1-9-5：刘兴我本和魏氏刊本是把人砍下马，而杨美生本只砍下头。
- 卷1-9-7：刘兴我本和魏氏刊本是骑马人砍下人头，而杨美生本是站立人砍下人头。
- 卷1-9-8：刘兴我、魏氏刊本和杨美生本3本插图都不同。
- 卷二第十三则开始，魏氏刊本插图和杨美生本完全相同，和刘兴我本根本不同。
- 比较以上插图，很明显杨美生本插图比刘兴我本和魏氏刊本都要简略。

下编 版本研究 二、《三国演义》版本研究 987

刘兴我本、魏氏刊本、杨美生本卷一、二插图比较

	卷 1-4-1	卷 1-5-2	卷 1-5-3
刘兴我本	陈耽谏帝遭贬下狱	袁绍放火烧翠花楼	萤火照飞二帝而行
魏氏刊本	耽谏帝遭	绍放火烧	火飞二帝而
杨美生本	陈耽谏帝遭贬下狱	袁绍放火烧翠花楼	萤火照飞二帝而行
	卷 1-7-2	卷 1-9-5	卷 1-9-7
刘兴我本	太后少帝观燕作辞	程普斩胡轸于马下	华雄立斩俞涉潘凤
魏氏刊本	后少帝观燕作	普斩胡轸于马	雄立斩俞涉潘
杨美生本	太后少帝观燕作辞	普斩胡轸于马下	雄立斩俞涉潘

刘兴我本、魏氏刊本、杨美生本卷1、2插图比较（续）

	卷1-9-8	卷2-13-1	卷2-13-2
刘兴我本			
魏氏刊本			
杨美生本			

2）魏氏刊本两种底本分析

从文字和插图分析，魏氏刊本卷一是以刘兴我本为底本，杨美生本和刘兴我本有共同祖本，因此卷一的3本文字几乎都相同。只有前面所举的1例是魏氏刊本和杨美生本相同，而和刘兴我本不同。

单从文字只1例很难判别版本之间的关系，最可靠的还是插图。如上分析，魏氏刊本插图有6幅和刘兴我本相同，而和杨美生本不同。

因此从插图看，卷一魏氏刊本的底本肯定不是杨美生本，而是刘兴我本。

但从卷二开始明显反转。

文字上大量出现刘兴我本文字和杨美生本、魏氏刊本不同，而杨美生本和魏氏刊本文字相同，其中有些是刘兴我本文字脱落。因此从文字看，卷二以后魏氏刊本的底本肯定是从刘兴我本改为了杨美生本。

插图也是一样，卷二以后魏氏刊本和杨美生本插图完全相同，而和刘兴我本完全不同。

因此可以断定：卷一魏氏刊本的底本是刘兴我本，而卷二改为杨美生本，直到最后。第三十六则以后魏氏刊本缺失无法比较。

至于为何魏氏刊本要更换底本，目前还难以判断。

另外，魏氏刊本卷一缺，其书名未知。卷二书名为《二刻按鉴演义全像三国英雄志传》，此书名和杨美生书名相比，只是把杨美生本书名中的"新刻"，改为"二刻"。再考虑卷二以后魏氏刊本和杨美生本文字、插图都十分接近，因此一般认为魏氏刊本的"二刻"很可能是翻刻杨美生本的"新刻"。而刘兴我本的书名是《新刻按鉴演义全像三国志传》,和杨美生本、魏氏刊本不同,缺"英雄"二字,这似乎也证明魏氏刊本的底本应该是杨美生本。

但如前面分析,魏氏刊本卷一缺失,因此不排除魏氏刊本卷一书名就和刘兴我本相同,也没有"英雄"二字。而是从卷二开始,魏氏刊本文字、插图都和杨美生本相同,魏氏刊本卷二的书名自然就和杨美生本相同了。

在《三国演义》版本中,卷一书名和以后各卷书名不同很常见。一般卷一书名是其底本的书名,而以后各卷书名可能因为各种原因改变。魏氏刊本卷一缺失不知卷1书名,但根据文字、插图分析其底本是刘兴我本,因此书名可能就和刘兴我本相同。而卷二以后改用杨美生本为底本,因此书名就和杨美生本相同。当然由于魏氏刊本卷一缺失,对卷一书名只是根据其文字和插图的推论而已。

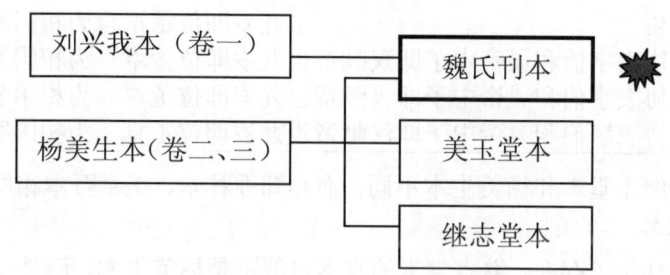

"英雄志传"三本关系示意图

魏氏刊本这样在同一系统使用两种不同版本为底本的情况,在《三国演义》版本中不是第一次出现,还有几例。刘龙田本是"志传"繁简混合本,下面介绍的郑乔林本是先繁后简本也是前面是李卓吾本,后面改为简本。但为何书商要采用两种底本,这三种情况都很复杂,各有不同原因,还要逐一仔细分析。

另外,刘兴我本和杨美生本肯定明刊本,魏安认为魏氏刊本是明刊本,但没有证据。从插图看,魏氏刊本插图比杨美生本粗糙很多,一般明刊本插图都比较精细,因此不排除魏氏刊本是清刊本。

(9)继志堂本问题

除魏氏刊本有反例外,继志堂本也有相反的例子,文字和杨美生本不同,却和郑乔林本、李卓吾本相同,如下例。

例,第七则"废汉帝董卓弄权"

兴:妃于永安宫			
荣:妃于永安宫			
生:妃于永安宫			
美:妃于永安宫			
魏:妃于永安宫			
继:妃于永安宫	诸臣无	得擅	入违者

```
乔：妃于永安宫              诸臣      毋得擅    入违者
卓：妃       及宫女二人月给食粮诸臣 下毋得    辄入违者灭
————————————————————————————
兴：                                    立陈留王
荣：                                    立陈留王
美：                                    立陈留王
魏：                                    立陈留王
继：夷三族可怜少帝四月登基      九月被  卓废之卓所立陈留王
乔：夷三族      少帝四月登基      九月    废之卓所立陈留王
卓：   三族可怜少帝四月登基至于九月被董卓废之卓所立陈留王
————————————————————————————
生：协                        九岁即位董卓自为相国赞拜
美：协                        九岁即位董卓自为相国赞拜
魏：协                        九岁即位董卓自为相国赞拜
继：协表字佰和灵帝中子即汉献帝也九岁即位董卓 为相国赞拜
乔：协表字伯和灵帝中子即汉献帝也九岁即位董卓 为相国赞拜
卓：协表字伯和灵帝中子即汉献帝也九岁即位董卓 为相国赞拜
```

虽然上例继志堂本和杨美生本不同，而和郑乔林本、李卓吾本相同，这类例子还有几处，但不多。

由于有这样例子存在，继志堂本的底本可能不是杨美生本，而是一个未知的和杨美生本极为接近的版本，但肯定不是郑乔林本，因为郑乔林本前4则文字来自李卓吾本，和杨美生本、继志堂本都完全不同。

从以下前30则统计继志堂本和杨美生本、郑乔林本的相似度看，继志堂本也是更接近杨美生本，而不是郑乔林本。这是因为如下面对郑乔林本介绍，郑乔林本增补修改的文字实在太多。

杨美生本和魏氏刊本、美玉堂本、继志堂本相似度统计（%）

则	1-2	3-4	5-6	7-8	9-10	11-12	13-14	15-16
美玉堂本	94.1	95.5	94.6	92.8	92.2	88.0	89.1	91.0
继志堂本	95.1	94.0	93.3	87.3	93.1	88.9	94.3	93.4
魏氏刊本	—	—	66.0	73.5	75.8	71.6	77.3	74.9
郑乔林本	45.1	55.0	93.0	75.0	70.7	78.3	76.7	75.2

则	17-18	19-20	21-22	23-24	25-26	27-28	29-30	平均
美玉堂本	91.4	91.5	90.6	92.0	95.6	91.7	92.0	92.1
继志堂本	89.1	93.4	88.5	92.0	92.6	92.1	89.1	85.8
魏氏刊本	79.5	76.4	75.6	76.3	76.5	67.4	72.5	74.1
郑乔林本	69.9	63.6	49.2	78.5	74.1	74.0	78.8	70.5

根据以上统计，和杨美生本相似度排列顺序如下：

1美玉堂本、2继志堂本、3魏氏刊本、4郑乔林本。

目前所知,上图下文本在郑乔林本之后,只有陈以润在雍正十二年刊刻了继志堂本,以后再没有看到上图下文本了。

7. "英雄志传"系列先繁后简本文字研究

(1) 先繁后简本分类

"英雄志传"系列根据文字繁简程度可分两大类,除简本之外,还有一类先繁后简的版本,这是指文字都是先繁后简,基本相同。

这些版本都是清刊本,没有明刊本,但卷数、插图差异很大。

从卷数看页可分为以下5种:

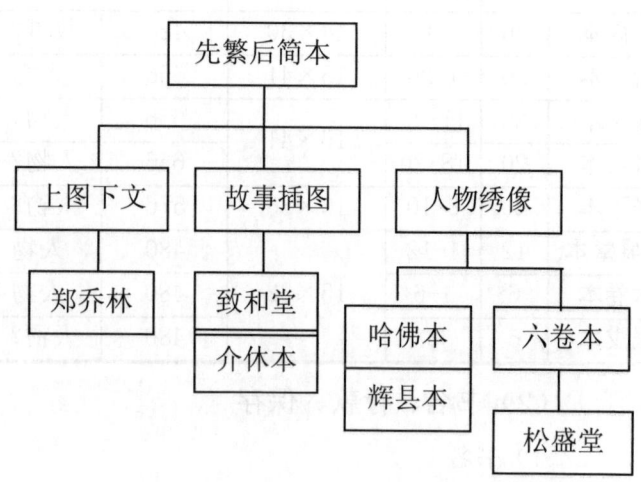

"英雄志传"上图下文本分类示意图

1) 二十卷上图下文本:一种

- 郑乔林刊刻德馨堂本,德国柏林州立图书馆藏

2) 二十卷整页故事插图本:两种

- 致和堂本,张青松藏
- 介休本,山西介休开门书厮藏

3) 二十卷整页人物绣像本:两种

- 哈佛藏本(嘉庆七年本),美国哈佛大学、首都图书馆等藏
- 辉县本,辉县博物馆藏

4) 十二卷人物绣像本:一种

- 松盛堂本一种,辽宁图书馆藏

5) 六卷人物绣像本:多种

- 宝华楼本、聚贤山房本、尚德堂本、大文堂本等多种

先繁后简本分类

版本	卷	存卷	行款	页字数	插图	书名
郑乔林本	20	20	3×37×2 11×30	552	上图下文	新刻全像演义三国志传
致和堂本	20	1-8 11-20	14×37	518	故事	新刻按鉴演义京本三国英雄志传
介休本本	20	1-8 17-20	15×26	390	故事	新刻按鉴演义京本三国英雄志传
张丙本	20	3	14×30	420	故事？	新刊按鉴演义京本三国英雄志传
哈佛本	20	1-20	16×41	656	人物	新刻按鉴演义三国英雄志传
张甲本	20	11-20	16×41	656	人物？	新刊按鉴演义京本三国英雄志传
张乙本	20	18-20		656	人物？	新刊按鉴演义京本三国英雄志传
张丁本	20	6-10	16×36	576	人物？	新刊按鉴演义三国英雄志传
松盛堂本	12	1-12	15×32	480	人物	新刻按鉴演义京本三国英雄志传
六卷本	6	1-6		480	人物	新刻按鉴演义京本三国英雄志传
张戊本	6	3		480	人物？	三国志

（2）书名、行款、保存

1）书名

以上一种先繁后简本的书名差异很大，除去"新刻"词语外，从简单到复杂，可分以下几类：

- 三国志

只有张青松戊本一种，是最简化的书名。

- 全像演义三国志传

只有郑乔林本一种，基本是"志传"系列书名"通俗演义三国志传"的改写，将"通俗"二字替换为"全像"，可能是为突出上图下文的插图形式。

- 按鉴演义三国英雄志传

只有哈佛本和张青松丁本两种。

和郑乔林本书名相比，因为插图不是上图下文，而是整页人物绣像，因此不能称"全像"，而换成"按鉴"。

- 按鉴演义京本三国英雄志传

最多，除前三种的4本外，其余7本都是此名。

和前一种书名相比，增加"京本"二字。因为早期"志传"版本多在福建建阳刊刻，而"英雄志传"本很多是在南京刊刻，因此称为"京本"。

2）行款

以上一种先繁后简本的行款差异也很大。

从每页（半叶）字数看，最少的是介休本每页只有 390 字，最多的是哈佛本 656 字，是介休本的 1.68 倍。

3) 保存

以上 11 种先繁后简本的保存情况如下：

全本只有 3 种，即郑乔林本、哈佛本和各种六卷本。

其余 8 种都是残本。

下面分两步分析这些版本之间关系：

- 先从相似度宏观分析这些版本之间的关系；
- 再从文本差异微观分析这些版本之间的关系。

（3）简本杨美生本和各种先繁后简本相似度分析

本节先从相似度宏观分析简本杨美生本和各种先繁后简本的关系。

简本杨美生本和各种先繁后简本比较，有如下特点：

- 简本杨美生本全书都是简本。
- 简本杨美生本的第一至四则接近"演义"系列李卓吾本。
- 简本杨美生本第五则以后，基本和"志传"简本杨美生本接近，即"先繁后简"。
- 简本杨美生本有大段文字删除，最典型的是刘备、曹操和孙坚的出场，各种先繁后简本和李卓吾本都有详细描述，而杨美生本都删除了。
- 简本杨美生本还有多处文字明显比各种先繁后简本简略。

下表为简本杨美生本（100%）和各种先繁后简本、李卓吾本及各种先繁后简本文本相似度比较结果。此结果只是计算机粗略比对，因为录入文字有大量异体字和俗体字，相似度只是参考数据。

杨美生本（100%）、李卓吾本、郑乔林本、宝华楼本、松盛堂本、致和堂本、哈佛本相似度比较（%）

则	1-2	3-4	5-6	7-8	9-10	11-12	13-14	15-16	17-18	19-20	平均
李卓吾本	32.6	45.1	45.2	48.2	39.8	42.8	46.7	45.5	43.0	33.0	42.2
郑乔林本	45.1	55.0	93.0	75.0	70.7	78.3	76.7	75.2	69.9	63.6	70.2
宝华楼本	40.9	48.0	58.3	71.2	64.5	64.6	77.5	74.2	74.3	75.8	64.9
松盛堂本	41.5	48.2	59.1	70.6	66.1	65.7	77.6	76.0	76.6	78.8	66.0
致和堂本	41.6	47.6	58.6	70.6	65.1	63.9	74.8	73.2	72.3	75.8	64.3
哈佛本	42.8	49.6	61.6	68.8	67.0	68.1	76.1	73.0	70.4	75.8	65.3

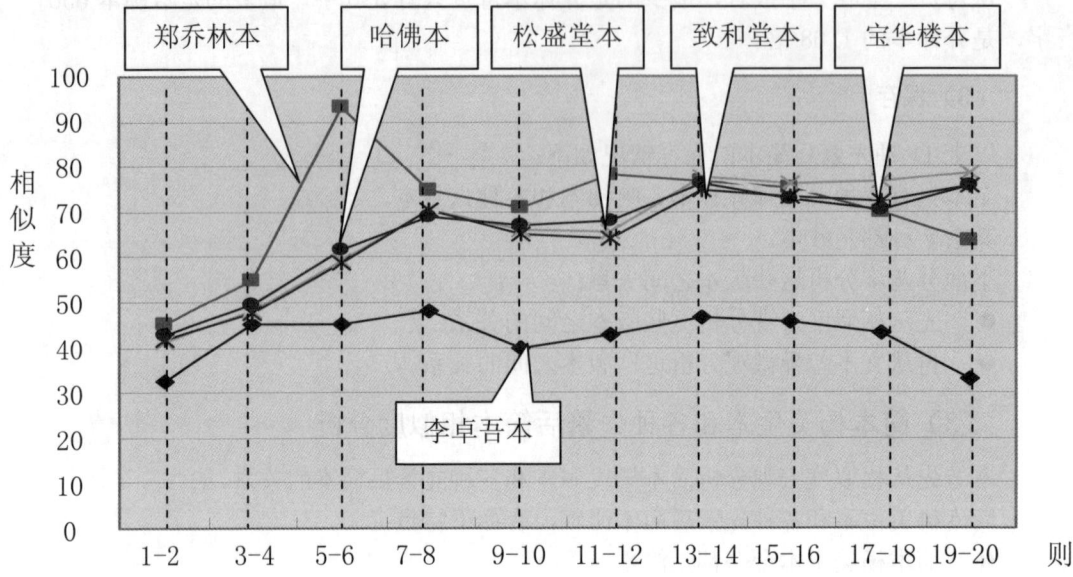

杨美生本文字和李卓吾本、郑乔林本、宝华楼本、致和堂本、哈佛本文本
相似度比较示意图

各个版本之间关系：

第一至四则：郑乔林本、宝华楼本、松盛堂本、致和堂本、哈佛本文字接近李卓吾本，和简本杨美生本差异很大。

第五则以后：情况相反，第五则以后郑乔林本、宝华楼本、松盛堂本、致和堂本、哈佛本接近简本杨美生本，和李卓吾本差异很大。

从以上文字比对可以看出先繁后简本如下特点：
- 第五则以前，先繁后简本文字是繁本。
- 第五则以后，先繁后简本文字是简本。
- 先繁后简本中可分两组。
- 宝华楼本、松盛堂本、致和堂本、哈佛本 4 版本文字很接近。
- 郑乔林本最接近杨美生本。
- 郑乔林本封面明确刊刻"李卓吾先生评"，说明郑乔林本确实是以李卓吾本为底本。
- 宝华楼本封面刊刻"毛声山先生原本"，毛本的原本也是李卓吾本，因此宝华楼本也可能确实是以李卓吾本为底本。

先繁后简本文字为何会出现奇怪的"先繁后简"？

在"志传"简本的刘龙田本中也出现过繁简混合的现象，但有两点不同。

第一，刘龙田本全书都是繁简交替，而郑乔林本在第五则之前是繁本，第 6 则直到结尾，全部转为简本。

第二，刘龙田本繁简混合只是在"志传"系列中的繁本和简本文字混合，而郑乔林本"先繁后简"是"跨界"混合，是横跨"志传"和"演义"两个系列的混合。

先繁后简本文字出现奇怪的"先繁后简"的原因可能是出版商之间的竞争。

李卓吾本出现后，对于建阳上图下文本市场压力很大，建阳书坊为了和李卓吾本竞争，郑乔林本于是宣传此本是"李卓吾评本"，因此开始前4则确实是以李卓吾本为底本编写的，包括刘备出身等都和李卓吾本文字相同。但书商为节省成本，实际第五则以后就改以简本的杨美生本为底本。读者如不仔细核对，很难发现编写者的改变。六卷本宣传是来自"李卓吾本"和"毛声山原本"。

因此"先繁后简"是出版商出于市场考虑，想尽量使文字简略而节约成本。

（4）先繁后简本刊刻时间和插图分析

清刊上图下文郑乔林本和整幅故事插图致和堂本、介休本，整幅人物绣像六卷本、哈佛本文字都是"先繁后简"，而且文字几乎相同，前4则是繁本，第五则以后是简本。

这些先繁后简本文字几乎相同不可能是巧合，它们之间是什么关系，需要仔细分析。下面先分别从刊刻时间和插图分析，后面再从文字比对分析。

1）刊刻时间分析

先繁后简本中的上图下文郑乔林本刊刻时间是康熙二十三年。

二十卷故事插图致和堂本刊刻的图书和时间[①]：康熙十七年刻《新刻陈眉公批点按鉴参补出像南宋志传》，康熙十七年刻《前后七国演义》（下略）。

六卷本中其他版本刊刻时间：

聚贤山房、尚德堂本刊刻时间为康熙四十七年。

宝华楼[②]：嘉庆二年刻《列国志传》十六卷二百十九则（下略）。

二酉堂[③]：道光二十一年刻《双凤奇缘》八卷八十回。

文光堂[④]：乾隆四十一年刻《岳武穆精忠传》六卷五十八回（下略）。

总结以上刊刻时间：

● 致和堂刊刻图书时间是康熙十七年，但致和堂本《三国演义》是在什么时间刊刻没有记录。
● 郑乔林本刊刻时间是康熙二十三年，比致和堂本刊刻图书晚6年。
● 六卷本刊刻时间在康熙四十七年以后。

因此从刊刻时间看，无法判别哪个版本在前。

2）插图分析版本演化

先繁后简本插图有3种。

[①] 王清源等：《小说书坊录》，北京图书馆出版社2002年4月第1版，第23页。
[②] 王清源等：《小说书坊录》，北京图书馆出版社2002年4月第1版，第50页。
[③] 王清源等：《小说书坊录》，北京图书馆出版社2002年4月第1版，第72页。
[④] 王清源等：《小说书坊录》，北京图书馆出版社2002年4月第1版，第39页。

"英雄志传"的早期刊本刘兴我本、刘荣吾本和杨美生本都是上图下文本，因此上图下文本的先繁后简本郑乔林本有可能是先出的版本。

整幅故事插图致和堂本文字前4则接近李卓吾本，插图也是模仿李卓吾本，封面也题写"李卓吾先生评"，因此肯定是模仿李卓吾本。似乎应该晚于上图下文的郑乔林本。

整幅人物绣像六卷本明显是仿照毛本的人物绣像，封面也题写"毛声山先生原本"，毛本出现最晚，因此整幅人物插图六卷本肯定刊刻较晚。

二十卷人物绣像哈佛本刊刻于嘉靖七年，辉县本刊刻于道光元年，是最晚的先繁后简本。

因此，几种先繁后简本中，上图下文本和整幅故事插图本应该在前，至于这两个本的先后难以判别。而整幅人物绣像的各种六卷本和哈佛本、辉县本肯定在后。

（5）先繁后简本：前4则为繁本第五则以后为简本

下面比对"英雄志传"系列先繁后简本和其他简本、繁本的文字，以说明它们之间的关系。

- 简本包括：刘兴我本、刘荣吾本、美玉堂本、继志堂本、杨美生本。
- 先繁后简本包括：郑乔林本、致和堂本、宝华楼本、哈佛本。
- 繁本包括：李卓吾本、周曰校本、郑少垣本。

1）前4则文字：先繁后简本同李卓吾本，而和简本、繁本不同

例1. 第一则"祭天地桃园结义"

兴：招募义兵	时涿州		涿	郡楼桑村	一个英雄	
荣：招募义兵	时涿州		涿	郡楼桑川有	个英雄	
美：招募义兵	时涿州		涿县	楼桑村	一个英雄	
继：招募义兵	时涿州		涿县	楼桑村	一个英雄	
美：招募义兵	时涿州		涿县	楼桑村	一个英雄	
乔：招募义兵 取才擢用时	榜文到涿县	张挂去涿县	楼桑村	出一个英雄	那
致：招募义兵量 才擢用时	榜文到涿县	张挂去涿县	楼桑村	出一个英雄	那
宝：招募义兵量 才擢用时	榜文到涿县	张挂去涿县	楼桑村	出一个英雄	那
松：招募义兵量 才擢用时	榜文到涿县	张挂去涿县	楼桑村	出一个英雄	那
哈：招募义兵量 才权用时	榜文到涿县	张挂去涿县	楼桑村	出一个英雄	那
卓：招募义兵量 才擢用时	榜文到涿县	张挂去涿县	楼桑村引出一个英雄	那
周：招募义兵量 才擢用时	榜文到涿县	张挂去涿县	楼桑村引出一个英雄	那
郑：招募义兵量 才擢职时	榜文到涿	州张挂去涿县	楼桑村引出一个英雄汉	那

兴：

荣：

美：

继：

```
美：
乔：人生平不甚乐      读书    喜是      马爱音乐美衣服少言语礼下于人喜怒不形于色
致：人生平不甚乐      读书    喜 走     马爱音乐美衣服少言语礼下于人喜怒不形于色
宝：人生平不甚乐      读书    喜 走     马爱音乐美衣服少言语礼下于人喜怒不形于色
松：人生平不甚乐      读书    喜 走     马爱音乐美衣服少言语礼下于人喜怒不形于色
哈：人生平不甚乐      读书    喜是      马爱音乐美衣服少言语礼下于人喜怒不形于色
卓：人    不甚乐      读书    喜       犬马爱音乐美衣服少言语礼下于人喜怒不形于色
周：人平生不甚乐      读书    喜       犬马爱音乐美衣服少言语礼下于人喜怒不形于色
郑：人平生不       好诗 书只喜 走      马爱音乐美衣服少言语礼下于人喜怒不形于色
——————————————————————————————————
兴：                  生得身长七尺五寸两耳垂肩双手过膝
荣：                  生得身长七尺五寸两耳垂肩双手过膝
美：                  生得身长七尺五寸两耳垂肩双手过膝
继：                  生得身长七尺五寸两耳垂肩双手过膝
美：                  生得身长七尺五寸两耳垂肩双手过膝
乔：好交游乃是天下豪杰素有大志生得身长七尺五寸两耳垂肩双手过膝自能自顾其耳
致：好交游乃是天下豪杰素有大志生得身长七尺五寸两耳垂肩双手过膝目能自顾其耳
宝：好交游    天下豪杰素有大志生得身长七尺五寸两耳垂肩双手过膝目能自顾其耳
松：好交游    天下豪杰素有大志生得身长七尺五寸两耳垂肩双手过膝目能自顾其耳
哈：好交游    天下豪杰素有大志生得身长七尺五寸两耳垂肩双手过膝自能自顾其耳
卓：好交游    天下豪杰素有大志生得身长七尺五寸两耳垂肩双手过膝目能自顾其耳
周：好交游    天下豪杰素有大志生得身长七尺五寸两耳垂肩双手过膝目能自顾其耳
郑：好交游    天下豪杰素有大志生得身长七尺五寸两耳垂肩双手过膝
```

此例很明显，先繁后简本和繁本文字相同，而和其他简本完全不同。从第一则到第五则，先繁后简本和其他简本不同，而和繁本接近。

由于繁本有三种："演义"系列李卓吾本、"演义"系列周曰校本和"志传"系列郑少垣本，还要确定先繁后简本和哪个版本最接近。

第一，前面介绍，先繁后简本中封面谈及此本的来源有三种：

- 李卓吾先生批评：郑乔林本、六卷本三余堂翻刻本，松盛堂本有些卷名后也有"李卓吾先生评"。
- 毛声山先生原本：六卷本宝华楼等和十二卷松盛堂本。
- 金圣叹先生批定：二十卷哈佛本、辉县本。

其实这些版本中并没有李卓吾评，声称"毛声山""金圣叹"也是宣传而已。但由此可以认为这些先繁后简本的底本很可能是李卓吾本。

第二，先繁后简本中致和堂本和介休本采用的故事插图明显参考李卓吾本，和周曰校本不同，和上图下文本更完全不同。

由以上两点可以认为先繁后简本前4则繁本的底本应该是李卓吾本，而不是周曰校本和郑少垣本。

从下例看明显看出，先繁后简郑乔林本、致和堂本文字同李卓吾本和周曰校本，和郑少垣本完全不同，因此"志传"繁本不可能是先繁后简本的底本。

例2. 第一则"祭天地桃园结义"

乔：	自此天　下桃李皆出于十人		
致：	自此天　下桃李皆出于十人		
卓：	自此天　下桃李皆出于十		常
周：	自此天　下桃李皆出于十		常
郑：	门下	得官做不是他门下干有功劳且守缺期灵帝自常说张常	

乔：	门下朝廷侍十人如师父由是		出入宫闱稍无忌惮
致：	门下朝廷侍十人如师父由是		出入宫闱稍无忌惮
卓：	侍门下朝廷侍十人如师父由是		出入宫闱稍无忌惮
周：	侍门下朝廷侍十人如师父由是		出入宫闱稍无忌惮
郑：	侍	是我父赵常侍是我母因此宦官全	无忌惮

至于李卓吾本和周曰校本，在前4则中两本文字几乎完全相同，只有很少差异，如下例，周曰校本文字有缺失，而李卓吾本和郑乔林本、致和堂本不缺。

例3. 第三则"安喜张飞鞭督邮"

乔：	索金帛嵩隽不从	奏	称皇甫	嵩朱隽皆是
致：	索金帛	皇甫嵩朱隽皆不肯与	奏　称皇甫嵩朱隽皆是	
卓：	索金帛	不从者奏罢职	皇甫嵩朱隽皆不肯与赵忠等奏帝	皇甫嵩朱隽皆是
周：	索金帛	嵩　隽不与	奏　称皇甫嵩朱隽皆是	

但也有郑乔林本、致和堂本和李卓吾本不同，而和周曰校本相同的例子，如下例，郑乔林本、致和堂本文字和李卓吾本不同，而和周曰校本、郑少垣本相同。

例4. 第三则"安喜张飞鞭督邮"

乔：	陈留王曰	汝来劫驾耶	保驾耶	卓　曰特来保驾	王曰
致：	陈留王曰尔	来劫驾耶	来保驾耶	卓应曰特来保驾陈留王曰	
郑：	陈晋王曰	汝来刼驾耶汝来保驾耶		卓应曰特来保驾陈留王曰	
周：	陈留王曰	汝来刼驾耶汝来保驾耶		卓应曰特来保驾陈留王曰	
卓：	陈留王曰	汝来	保驾耶汝来劫驾耶卓应曰特来保驾陈留王曰		

但结合封面题署和插图，先繁后简本的底本还应该是李卓吾本，而不是周曰校本和郑少垣本。

2) 第五则开始：先繁后简本文字同简本

从第五则开始，情况反转，先繁后简本和简本文字相同，文字简略，而和李卓吾本文字繁复完全不同，见下例。

例1. 第五则"董卓议立陈留王"

兴：	第四路西凉州刺史董卓身长八　丈腰大十　围肌肥肉　胖　　面润口方
荣：	第四路西凉州刺史董卓身长八　丈腰大十　围肌肥肉　胖　　面润口方
美：	第四路西凉州刺史董卓身长八尺　腰大　数围肌肥肉　胖　　面阔口方
继：	苐四路西凉州刺史董卓身长八尺　腰大十　围肌肥肉　胖　　面阔口方
美：	第四路西凉州刺史董卓身长八尺　腰大十　围肌肥肉　胖　　面阔口方
乔：	**第四路西凉州刺史董卓身长八尺　腰大十　围肌肥肉　胖　　面阔口方**
致：	第四路　凉州刺史董卓身长八尺　腰大十　围肌　肉肥　　重面阔口方手绰飞燕
宝：	第四路　凉州刺史董卓身长八尺　腰大十　围肌　肉肥　　重面阔口方手绰飞燕
松：	第四路　凉州刺史董卓身长八尺　腰大十　围肌　肉肥　　重面阔口方手绰飞燕
哈：	第四路西凉州刺史董卓身长八尺　腰大十　围肌　肉肥　　重面阔山方手绰飞燕
卓：	第四路　　　　　　　身长八尺　腰大十　围肌肥肉　　　重面阔口方手绰飞燕
周：	第四路　　　　　　　身长八尺　腰大十　围肌肥肉　　　重面阔口方手口飞燕
郑：	第四路　　　　　　　身长八尺　腰大十　围　肥　　胖内重面阔口方手绰飞燕

兴：	
荣：	
美：	
继：	
美：	
乔：	
致：	走　　　及奔马
宝：	走　　　及奔马
松：	走　　　及奔马
哈：	走　　　及
卓：	走　　　及奔马见任前将军鳌乡侯领西凉　刺史陇西临洮人也姓董名卓字仲颖先为
周：	走　　　及奔马见任前将军鳌乡侯领西凉　刺史陇西临洮人也姓董名卓字仲颖先为
郑：	走如飞　　马见任前将军鳌乡　领西凉州刺史陇西临洮人也姓董名卓字仲颖先为

兴：	因破黄巾无功欲议治罪　　贿赂十常侍因得　幸免　又以金珠结好朝廷遂任显官
荣：	因破黄巾无功欲议治罪　　贿赂十常侍因得　幸免　又以金珠结好朝廷遂任显官
美：	因　黄巾无功欲议治罪　　贿赂十常侍因得　幸免　又以金珠结好朝廷遂任显官
继：	因　黄巾无功欲议治罪　　贿赂十常侍因得　幸免　又以金珠结好朝廷遂任显官
美：	因破黄巾无功欲议治罪　　贿赂十常侍因得　幸免　又以金珠结好朝廷遂任显官
乔：	**因破黄巾无功欲议治罪　　贿赂十常侍因得　幸免　又以金珠结好朝廷遂任显官**
致：	因破黄巾无功欲议治罪卓贿赂十常侍因　内幸免后　以金珠结托朝廷遂任显官
宝：	因破黄巾无功欲议治罪卓贿赂十常侍因　内幸免后　以金珠结托朝廷遂任显官
松：	因破黄巾无功欲议治罪卓贿赂十常侍因　内幸免后　以金珠结托朝廷遂任显官
哈：	因破黄巾无功欲议治罪卓贿赂十常侍因此　幸免后　以金珠结托朝廷遂任显官
卓：	破黄巾无功欲议治罪卓贿赂十常侍因此　幸免后　以金珠结托朝廷遂任显官

```
周： 破黄巾无功欲议治罪卓贿赂十常侍因此   幸免后   以金珠结托朝廷遂任显官
郑： 破黄巾无功欲议治罪卓贿赂十常侍因此   幸免后   以金珠结托朝廷遂任显官
```

因此，从第五则此例开始，先繁后简本文字发生改变，和李卓吾本文字不同，而和其他简本相同。

但先繁后简本（郑乔林本）也有个别文字和李卓吾本不同，而和周曰校本、郑少垣本相同，如例2。

例2．第五则"董卓议立陈留王"

```
乔：陈留王曰  汝来劫驾耶   保驾耶            卓 曰特来保驾     王曰既来
致：陈留王曰尔  来劫驾耶   来保驾耶          卓应曰特来保驾陈留王曰既来
卓：陈留王曰  汝来           保驾耶汝来劫驾耶卓应曰特来保驾陈留王曰既来
郑：陈晋王曰  汝来劫驾耶汝来保驾耶           卓应曰特来保驾陈留王曰既来
周：陈留王曰  汝来劫驾耶汝来保驾耶           卓应曰特来保驾陈留王曰既来
```

但这是个别文字。如前所述，郑乔林本封面题"李卓吾先生评"，致和堂本插图肯定是仿照李卓吾本，而绝不是周曰校本和郑少垣本。因此先繁后简本的底本还应该是李卓吾本。这种个别例子和整体文本出现矛盾的情况在版本中很常见。

3）第五则以后：先繁后简本的简本文字同杨美生本

先繁后简本（郑乔林本）文字和三种明刊简本相比，和杨美生本最接近，和刘兴我本、刘荣吾本不同，请看下例。

例1．第十三则"赵子龙盘河大战"

```
美：领  军出      会于盘河之上                              攒横搠立马
乔：领一军出      会于盘河之上                              攒横搠立马
兴：领一军出二军会于盘河之上绍军于盘河桥东布阵攒军于桥西布阵攒横搠立马
荣：领一军出      会于盘河之上绍军于盘河桥东布阵攒军于桥西布阵攒横搠立马
```

第五则以后先繁后简本文字基本同简本，但也出现一些先繁后简本和李卓吾本文字相同，和简本不同之处，如前面分析继志堂本时所举第七则"废汉帝董卓弄权"的例子，以及下面第十九则"李傕郭汜杀樊稠"的例子。

例2．第七则"废汉帝董卓弄权"

```
兴：弘农王    唐贵妃于永安宫
美：弘农王    唐贵妃于永安宫
乔：弘农王    唐贵妃于永安宫                              诸臣  毋得擅
卓：弘农王于         永安宫随侍又有唐妃及及宫女二人月给食粮诸臣下毋得  辄

兴：                                                        立陈留王协
美：                                                        立陈留王协
乔：入违者   夷三族     少帝四月登基      九月      废之卓所立陈留王协表字伯
卓：入违者灭  三族可怜少帝四月登基至于九月被董卓废之卓所立陈留王协表字伯
```

兴：	九岁即位董卓自为相国赞拜不名入朝不趋带剑　　上殿
美：	九岁即位董卓自为相国赞拜不名入朝不趋带剑　　上殿
乔：	和灵帝中子即汉献帝也九岁即位董卓　为相国赞拜不名入朝不趋带剑　　上殿
卓：	和灵帝中子即汉献帝也九岁即位董卓　为相国赞拜不名入朝不趋　剑履上殿

例3. 第十九则"李傕郭汜杀樊稠"

兴：	韩遂曰
美：	遂曰
乔：	遂曰天翻地　复未可知也吾此来为国家也吾与汝同州之人今虽小失
卓：	韩遂曰天　地反复未可知也吾此来为国家　吾与汝同州之人今虽小失

兴：	后　　　会　　还　　　　　可相见乎　稠　回心拍马向前与韩遂
美：	后　　　会　　还　　　　　可相见乎　稠乃回心拍马向前与韩遂
乔：	后当图大会万一　有不如意时还可相见乎樊稠　回心拍马向前与韩遂
卓：	后　　图大会万一　有不如意时还可相见乎樊稠　回心拍马向前与韩遂

但这类先繁后简郑乔林本和简本杨美生本、刘兴我本不同，仍和李卓吾本相同的例子不多，每则只几例。

本来第五则以后郑乔林本文字已经基本上和李卓吾本不同，和杨美生本相同，但为何还会出现一些和李卓吾本相同的例子，最大可能是郑乔林本的底本并不是杨美生本，而是另外的版本。下面介绍杨美生本文字有删节脱落，而郑乔林本等没有删节脱落，因此郑乔林本等先繁后简本的底本基本肯定不是杨美生本，因此才会出现第五则以后郑乔林本文字和李卓吾本相同，而和杨美生本不同。虽然郑乔林本第五则以后的底本并非杨美生本，但底本文字和杨美生本十分接近，因此从整体上看，郑乔林本从第五则以后，还是更接近现存的简本杨美生本。

（6）文字差异分析方法：删节脱落、增补、修改

上述分析了各种先繁后简本的文本情况、刊刻时间和插图演化，这些分析只是大致介绍各种先繁后简本的情况，要确定它们之间的关系还必须进行仔细的分析。

下面根据文本差异分析版本之间关系。

利用文本比对研究文本差异主要有两种：

第一是少数文字修改，但从这种少数文字修改很难判别版本的先后。无论是删节、增补和改动，要判断出版本相互关系都有困难。

第二是大段文字脱落或增补，可以根据文字脱落和增补，分析版本之间的关系。

几个版本文字有差异时有多种情况：

● 删节或脱落：某个（或几个）版本文字有删节或脱落，其他版本未删节或脱落。
● 增补：某个（或几个）版本文字有增补，其他版本未增补。
● 脱落和增补：脱落和增补都是相对的，某个（或几个）版本文字的删节或脱落，可能是其他版本增补。为此可以和繁本比较，因为简本都是来自繁本。和繁本比较就可判断出简本是此本脱落，还是其他版本增补。

- 文字修改：某个（或几个）版本文字不同，既不是脱落，也不是增补，而是文字有修改。

利用文本差异分析主要看大段文字删节脱落或增补，如果某个（或几个）版本文字删节脱落或增补，其他版本未删节脱落或增补，肯定是这个（或这几个）版本单独的删节脱落或增补，这样的版本肯定是后出的版本，不可能是其他没有删节脱落或增补的版本的底本。因为如文字删节脱落或增补版本在前，其他版本就要同时增补或删除这些删节脱落或增补的文字，这几乎是不可能的。

因此寻找单独的文字删节脱落或增补是分析版本演化的关键。

下面根据这个原则，逐一比对各个版本，分析它们之间的关系。

文本比对是同时比对 5 组版本：

1）二十卷上图下文简本杨美生本
2）二十卷上图下文郑乔林本
3）二十卷整幅故事插图致和堂本
4）六卷人物绣像宝华楼本等六卷本、十二卷整幅人物插图松盛堂本
5）二十卷人物绣像哈佛本和辉县本。

（7）文字差异之一：杨美生本

先比对二十卷简本杨美生本和其他先繁后简本。

杨美生本和郑乔林本文字接近，但也有杨美生本文字删节脱落，而郑乔林本和其他先繁后简本文字不删节脱落的例子。

例1. 第五则"吕布刺杀丁建阳"

兴：	丁建阳纵		马	出阵	以鞭	指卓	骂曰汝	
美：	丁建阳纵		马	出	陈以鞭	指卓	骂曰汝	
乔：	丁建阳纵		马	出	陈以鞭	指卓	骂曰汝	天下不幸阉官弄权以致万
致：	丁建阳纵		马	出	陈以鞭	指卓	骂曰	汉天下不幸阉官弄权以致万
松：	丁建阳纵		马	出	陈以鞭	指卓	骂曰	汉天下不幸阉官弄权以致万
宝：	丁建阳纵		马	出	陈以鞭	指卓	骂曰	汉天下不幸阉官弄权以致万
哈：	丁建阳纵		马	出	陈以鞭	指卓	骂曰	汉天下不幸阉官弄权以致万
卓：	丁建阳	于阵中纵马直出			亦指卓而骂曰			汉天下不幸阉官弄权以致万

兴：			乃外	州刺史	于国无寸	功焉敢	擅自废立侮慢朝廷	寔
美：			乃外	州刺史	于国无寸	功焉敢	擅自废立侮慢朝廷	寔
乔：	民	涂炭	汝乃外	州刺史	于国无寸	功焉敢	擅自废立侮慢朝廷	寔
致：	民	涂炭	汝乃外	州刺史	于国无寸	功焉敢	擅自废立侮慢朝廷	寔
松：	民	涂炭	汝乃外	州刺史	于国无寸	功焉敢	擅自废立侮慢朝廷	寔
宝：	民	涂炭	汝乃外	州刺史	于国无寸	功焉敢	擅自废立侮慢朝廷	寔
卓：	民受于涂炭尔		乃	凉州刺史相国	无寸箭之功焉敢乱言		废立侮慢朝廷将	

例2. 第八则"曹操刺董卓私奔"

兴:	其模样	徧行文书捉拿此贼拿住	者千金赏	万户侯
美:	其模样	徧行文书捉拿此贼拿住	者千金赏	万户侯
乔:	其模样	徧行文书捉拿此贼拿住	者千金赏	万户侯儒曰必有同　谋
致:	其模样	徧行文书捉拿此贼拿	获者千金赏	万户侯儒曰必有同　谋
宝:	其模样	徧行文书捉拿此贼拿	获者千金赏	万户侯儒曰必有同　谋
松:	其模样	徧行文书捉拿此贼拿住	者千金赏	万户侯儒曰必有同　谋
哈:	其模样	徧行文书捉拿此贼拿住	者千金赏	万户侯儒曰必有同　谋
卓:	其模样画影图形星夜	捉拿此贼拿住	者千金赏封万户侯儒曰必有同设谋

兴:		却说曹操	往谯郡而行	路经中牟县
美:		却说曹操	往谁郡而行	路经中牟县
乔:	者拿住曹操可知矣	却说曹操	往谯郡而行	路经中牟县
致:	者拿住曹操可知矣	却说曹操	往谯郡而行	路经中牟县
宝:	者拿住曹操可知矣	却说曹操	往谯郡而行	路经中牟县
松:	者拿住曹操可知矣	却说曹操	往谯郡而行	路经中牟县
哈:	者拿住曹操可知矣	却说曹操	往谯郡而行	路经中牟县
卓:	者拿住曹操可知矣文书晓夜行	曹操曰	行夜住奔谯郡来路经中牟县

以上2例可分三类：
- 杨美生本、刘兴我本文字最简略。
- 郑乔林本和其他先繁后简本文字略详细。
- 李卓吾本文字最详细。

因此肯定是杨美生本、刘兴我本文字有删节脱落，而不会是其他版本增补。以下版本也一样，就不再逐一比对李卓吾本。

下例比较特殊，只有杨美生本、刘兴我本有删节脱落，郑乔林本部分删节脱落，其他版本都不脱。

例3. 第六十五则"曹操引军渡壶关"

兴:	再拜而哭甚哀				
美:	再拜而哭甚哀				
乔:	再拜而哭甚哀	之吾	与本初共起	时本初云吾南据河北阻燕	粮戎
致:	再拜而哭甚哀与众官曰	吾昔日与本初共起兵时本初云吾南据河北阻燕兼	戎
宝:	再拜□哭甚哀与众官曰	吾昔日与本初共起兵时本初云吾南据河北阻燕兼	戎
松:	再拜而哭甚哀与众官曰	吾昔日与本初共起兵时本初云吾南据河北阻燕兼	戎

兴:	
美:	
乔:	狄之　众以争天下庶可济乎吾曰吾任天下之力以道御之无所不可今
致:	狄之次　以争天下庶可济乎吾曰吾任天下之力以道御之无所不可今本初已丧吾
宝:	狄之次　以争天下庶可济乎吾曰吾任天下之力以道御之无所不可今本初已丧吾

松：	狄之次　　以争天下庶可济乎吾曰吾任天下之力以道御之无所不可今本初已丧吾	
兴：		
美：		
乔：	想此言不觉流涕众皆　　眼其高见	
致：	想此言不觉流涕众皆服　　其高见操赐金帛粮斛安绍妻刘氏之心仍下令曰河北居	
宝：	想此言不觉流涕众皆服　　其高见操赐金帛粮斛安绍妻刘氏之心仍下令曰河北居	
松：	想此言不觉流涕众皆服　　其高见操赐金帛粮斛安绍妻刘氏之心仍下令曰河北居	
兴：		写表申朝　　操自领冀州牧次日许褚跃
美：		写表申朝　　操自领冀州牧次日许褚跃
乔：		于是写表申朝　　操自领冀州牧次日许褚跃
致：	民遭兵革之难尽免今年赋税大事已定	写表申　　奏操自领冀州牧次日许褚跃
宝：	民遭兵革之难尽免今年赋税大事已定	写表申　　奏操自领冀州牧次日许褚跃
松：	民遭兵革之难尽免今年赋税大事已定	写表申　　奏操自领冀州牧次日许褚跃

上例杨美生本、刘兴我本有大段文字删节脱落，郑乔林本也有删节脱落，但比杨美生本少，而其他致和堂本、宝华楼本和松盛堂本都没有删节脱落。

这类杨美生本文字删节脱落的例子还很多。

如前分析，杨美生本和郑乔林本的插图很相似，它们之间肯定有密切关系。由于出现杨美生本文字删节脱落，而郑乔林本文字不删节脱落（或少脱）的情况，因此杨美生本不可能是郑乔林本的底本，它们应该有共同的底本。因为杨美生本和郑乔林本的插图很接近，因此它们的共同底本也应该是和杨美生本、郑乔林本插图接近的上图下文本。

但此本目前还未发现，这也很容易理解，郑乔林本藏于德国柏林州立图书馆，以前不知此本存在，最近才被学界所知。既然郑乔林本有这种情况，未知的版本肯定还很多。

（8）文字差异之二：郑乔林本

上节谈杨美生本文字单独删节脱落，下面再分析郑乔林本文字删节脱落，而杨美生本和其他版本文字没有删节脱落，这种例子不很多。

例1. 第三十一则"吕布辕门射戟"

乔：	援共图　伯　　王之业	幸甚幸甚吕布看毕谓高顺曰吾有一计
美：	援共图王伯　　之业愿赐片言以决去就幸甚	吕布看毕谓高顺曰吾有一计
松：	援共图王伯　　之业　赐片言以决去就幸甚	吕布看毕谓高顺曰吾有一计
致：	援共图王　霸　之业愿赐片言以决去就幸甚	吕布看毕谓高顺曰吾有一计
西：	援共图王　霸　之业　赐片言以决去就幸甚	吕布看毕谓高顺曰吾有一计
哈：	援共图王　霸　之业　赐片言以决去就幸甚	吕布看毕谓高顺曰吾有一计

以上是郑乔林本文字单独删节脱落例子，更多的是郑乔林本文字增补，而杨美生本和其他版本文字没有增补的例子，如下例子。

例2．第三十二则"曹操兴兵征张绣"

乔：	为用饱则飞某问谁为狐鬼操曰孙策袁绍刘表刘璋张曾未除故也	布掷剑曰
美：	为用饱则飞	去 布掷剑曰
致：	为用饱则飞	去吕布掷剑曰
宝：	为用饱则飞	去吕布掷剑曰
松：	为用饱则飞	去吕布掷剑曰
哈：	为用饱则飞	去吕布掷剑曰

此例明显郑乔林本文字比其他先繁后简本文字有大段的增补，这种例子很多。

由于郑乔林本文字单独有删节脱落、增补，而杨美生本和其他先繁后简本文字没有删节脱落和增补，这种例子很多。

而下面杨美生本和郑乔林本同时文字有删节脱落的例子也很多。

由此也可证明，郑乔林本和杨美生本一样，都不可能是其他先繁后简本的底本。

（9）文字差异之三：杨美生本、郑乔林本

比较杨美生本、郑乔林本和其他先繁后简本可以看出，这两本文字十分接近，而且多处和其他版本文字不同。前二节是杨美生本、郑乔林本文字各自单独删节脱落、增补的例子，下面再分析杨美生本、郑乔林本文字同时删节脱落和增补，而其他版本文字没有删节脱落和增补，这种例子也很多。

例1．第五则"董卓议立陈留王"

兴：	董卓身长八丈　腰大十围肌　肥肉胖　面阔口方	因破黄巾无功
美：	董卓身长八　尺腰大十围肌　肥肉胖　面阔口方	因破黄巾无功
乔：	董卓身长八　尺腰大十围肌　肥肉胖　面阔口方	因破黄巾无功
宝：	董卓身长八　尺腰大十围肌肉肥　重面阔口方手绰飞燕走及奔马因破黄巾无功	
致：	董卓身长八　尺腰大十围肌肉肥　重面阔口方手绰飞燕走及奔马因破黄巾无功	
哈：	董卓身长八　尺腰大十围肌肉肥　重面阔山方手绰飞燕走及奔马因破黄巾无功	
兴：	欲议治罪　贿赂十常侍因　　得幸免又　以金珠结　好朝廷　遂任显官	
美：	欲议治罪　贿赂十常侍因　　得幸免又　以金珠结　好朝廷　遂任显官	
乔：	欲议治罪　贿赂十常侍因　　得幸免又　以金珠结　好朝廷　遂任显官	
宝：	欲议治罪卓贿赂十常侍因　内　幸免　后以金珠结托　朝　贵遂任显官手下统	
致：	欲议治罪卓贿赂十常侍因　内　幸免　后以金珠结托　朝　贵遂任显官手下统	
哈：	欲议治罪卓贿赂十常侍因此　　幸免　后以金珠结托　朝　贵遂任显官手下统	
兴：	当日卓领诏书即命婿	
美：	当日卓领诏书即命婿	
乔：	当日卓领诏书即命婿	
宝：	西州大军二十万常有不仁之心是时得　　　诏　　　大喜点起军马人不	

致：	西州大军二十万常有不仁之心是时得	诏	大喜点起军马		陆
哈：	西州大军二十万常有不仁之心是时得	诏	天喜点起军马		陆

兴：	中郎将牛辅镇守	陕西自领首将	李催郭汜张济樊稠等引兵二
美：	中郎将牛辅镇守	陕西自领首将	李催郭汜张济樊稠等引兵二
乔：	中郎将牛辅镇守	陕西自领首将	李催郭汜张济樊稠等引兵二
宝：	便行卓女婿中郎将牛辅	守住陕西	卓带李催郭汜张济樊稠等引兵二
致：	续便行卓女婿中郎将牛辅	守住陕西	卓带李催郭汜张济樊稠等引兵二
哈：	续便行卓女婿中郎将牛辅	守住陕西自	带李催郭汜张济樊稠等引兵二

兴：	十万望洛阳来卓	谋士李儒曰今虽奉诏中间多有暗昧何不差人上	表
美：	十万望洛阳来卓	谋士李儒曰今虽奉诏中间多有暗昧何不差人上	表
乔：	十万望洛阳来卓	谋士李儒曰今虽奉诏中间多有暗昧何不差人上	表
宝：	十万望洛阳来卓女壻中郎谋士李儒曰今虽奉诏中间多有暗昧何不差人上通表章
致：	十万望洛阳来卓女壻中郎谋士李儒曰今虽奉诏中间多有暗昧何不差人上通表章
哈：	十万望洛阳来卓女壻中郎谋士李儒曰今虽奉诏中间多有暗昧何不差人上通表章

上例中有几处杨美生本、刘兴我本和郑乔林本文字有删节脱落和增补，而其他先繁后简本（人物绣像六卷本、二十卷故事插图致和堂本与二十卷人物绣像哈佛本）的文字并没有删节脱落和增补。这种例子还很多，下面也是一例。

例2. 第五则"董卓议立陈留王"

兴：	董卓	面善心狠一惹入	禁庭必	生祸乱
美：	董卓	面善心狠一惹入	禁庭必	生祸乱
乔：	董卓	面善心狠一惹入	禁庭必	生祸乱
宝：	植知董卓为人面善心狠一惹入境	庭必	生	乱若立雨朝定
致：	植知董卓为人面善心狠一惹入境	庭必	生	乱	阶于国无益于民有
哈：	植知董卓为人面善心狠一惹入	禁庭必先	乱	阶于国无益于民有

兴：		不如	遣	回西凉庶免篡夺之患进叱之曰	汝等皆无志之
美：		不如	遣	回西凉庶免篡夺之患进叱之曰	汝等皆无志之
乔：		不如	遣	回西凉庶免篡夺之患进叱之曰	汝等皆无志之
宝：	有不臣之心不如早遣	令回	庶免篡夺之患进叱之曰尔	等皆无志之
致：	伤	不如早遣人令回	庶免篡夺之患进叱之曰尔	等皆无志之
哈：	伤	不如早遣人令回	庶免篡夺之患进叱之曰尔	等皆无志之

兴：	士枉食君禄 泰		出密谓植曰何	公不可辅也
美：	士枉食君禄 泰		出密谓植曰何	公不可辅也
乔：	士枉食君禄 泰		出密谓植曰何	公不可辅也
宝：	士枉食君禄郑泰卢植皆弃官而去泰问曰此去如何	植曰 此公 辅也
致：	士枉食君禄郑泰卢植皆弃官而去泰问曰此去如何	植曰 此公不可辅也

哈：	士枉食君禄郑泰卢植皆弃官而去泰问曰此去如何	植曰	此公不可辅也
兴：	祸在即目　矣遂与植弃职归乡荀攸亦告闲	大半进使人出接董	卓于渑池
美：	祸在即目　矣遂与植弃职归乡荀攸亦告闲	大半进使人出接董	卓于渑池
乔：	祸在即目　矣遂与植弃职归乡荀攸亦告闲	大半进使人出接董	卓于渑池
宝：	祸在　目前	荀攸亦告闲居朝廷大半进使人	迎卓于渑池
致：	祸在　目前矣	荀攸亦告闲居朝廷大半进使人	迎卓于渑池
哈：	祸在　目前矣	荀攸亦告闲居朝廷大半达使人	迎卓于渑池

例3. 第一百二十七则"孔明定计擒张任"

兴：	魏延攻打东	南二门	是山路北门是水路	不围
美：	魏延攻打东	南二门	是山路北门是水路	不围
乔：	魏延攻打东	南二门	是山路北门是水路	不围
哈：	魏延攻打东门	南　门	是山路北门是水路	不围
致：	魏延攻打东门留南门北门放军行走南	门一带是山路北门是水路因此不围		
宝：	魏延攻打东门留南门北门放军行走南	门一带是山路北门是水路因此不围		

此例杨美生本、刘兴我本、郑乔林本、哈佛本文字有删节脱落，而致和堂本、六卷本宝华楼本文字没有删节脱落。

例4. 第二百三十八则"司马炎复夺受禅台"

兴：	抚　大臣又奏	晋王宜戴十二冠冕建天子旌旗出警入跸乘金银车备六马进王妃
美：	抚　大臣又奏	晋王宜戴十二冠冕建天子旌旗出警入跸乘金银车备六马进王妃
乔：	抚军大臣又奏	晋王宜戴十二冠冕建天子旌旗出警入跸乘金银车备六马进王妃
哈：	抚军大臣又奏	晋王宜戴十二冠冕建天子旌旗出警入跸乘金银车备六马□王妃
致：	抚军大臣又奏曰	
宝：	无军大臣又奏曰	

兴：	为后当年	长武县奏曰当日正午从天降下大神	身长	三丈余脚迹长	尺二
美：	为后当年	长武县奏曰当日正午从天降下大神	身长	三丈余脚迹长	尺二
乔：	为后当年	长武县奏曰当日正午从天降下大神	身长	三丈余脚迹长	尺二
哈：	为后当年	长武县奏曰当日正午从天降下大神	身长	三丈余脚迹长	尺二
致：	当年襄	武县　曰当　正午　天降下	一人身长	三丈　脚迹	三尺二
宝：	当年襄	武县　日当　正午　天降	一人身长二	丈　脚迹	三尺二

兴：	白发苍须	戴黄巾着黄裳		柱藜杖口称	吾乃民王
美：	白发苍髯	戴　巾着黄裳		柱藜杖口称	吾乃民王
乔：	白发苍髯	戴　着黄裳		柱藜杖口称	吾乃民王
哈：	白发苍髯	戴巾着黄　武	执	藜杖口称	吾乃民王
致：	寸白发苍髯有黄单衣裹			黄巾柱藜杖　自称	吾乃民王
宝：	寸白发苍髯	着黄　单衣裹		黄巾柱藜杖	自称曰吾乃民王

兴	今来报汝天下换主立见太平	自此地中	徒行三日忽然不见
美	今来报汝天下换主立见太平	自此地中	徒行三日忽然不见
乔	今来报汝天下换主立见太平	自此地中	徒行三日忽然不见
哈	今来报汝天下换主立见太平	自在市中游	行三日忽然不见
致	也今来报汝天下换主立见太平在市		徒行三日忽然不见似此乃王上之
宝	也今来报汝天下换主立见太平在市	游	行三日忽然不见似此乃王上之

兴		是时秋八月司马
美		秋八月司马
乔		秋八月司马
哈		秋八月司马
致	端也主上可戴十二旒冠冕建天子旌施出警入押乘金根车备六	马进王妃
宝	瑞也王上可戴十二旒冠冕建天子旌施出警入押乘金根车备六	马进王妃

兴		昭在朝堂听知此事	回到宫中正	饮	宴忽然中风不能言
美		昭在朝堂听知此事	回到宫中正	饮	宴忽然中风不能言
乔		昭在朝堂听知此事	回到宫中正	饮	宴忽然中风不能言
哈		昭在朝堂听知	暗喜回到宫中正	饮	宴忽然中风不能言
致	为太　后立世子为太子昭		暗喜回到宫中正欲饮食	忽	中风不
宝	为　王后立世子为太子昭		暗喜回到宫中正欲饮食	忽	中风不

此例和前例相同，杨美生本、刘兴我本、郑乔林本、哈佛本文字和致和堂本、宝华楼本文字相比，有修改。

前例都是杨美生本、郑乔林本文字相同，和其他版本文字不同。但也有杨美生本和郑乔林本文字不同的例子，多是郑乔林本文字有修改。如下例。

例5．第十三则"赵子龙盘河大战"

美	分作两队杀出皆是白马按瓒		前与羌胡战尽选白马为先锋号为白马将军
乔	分作两队杀击皆是白马		
酉	分作两队杀出皆是白马	瓒昔战胜	羌胡　选白马为先锋
松	分作两队杀出皆是白马	瓒昔战胜	羌胡　选白马为先锋
致	分作两队杀出皆是白马	瓒昔战胜	羌胡　选白马为先锋
哈	分作两队杀出皆是白马	瓒昔战胜	羌胡　选白马为先锋

美	羌胡见白马皆走因此白马甚多绍见退军二十里扎住再令颜良文丑为先锋各引
乔	绍见退军二十里扎住再令颜良文丑为先锋各引
酉	因此白马　多绍见退军二十里扎住再令颜良文丑为先锋各引
松	因此白马　多绍见退军二十里扎住再令颜良文丑为先锋各引
致	因此白马　多绍见退军二十里扎住再令颜良文丑为先锋各引
哈	因此白马　多绍见退军二十里扎住再令颜良文丑为先锋各引

此例杨美生本文字比其他版本增补,其实是小字双行小字注。而郑乔林本删除了这些注释。其他版本把杨美生本的注释改为正文,并做了修改。由此可看出,郑乔林本是在杨美生本基础上做了删节,而其他版本文字比郑乔林本有增补,因此其他版本肯定不是出自郑乔林本。

另外,郑乔林本和杨美生本相比,还有很多文字做了修改,有些和其他版本也不同,限于篇幅不再例举。

因此虽然杨美生本、郑乔林本和六卷本、致和堂本和哈佛本等各种先繁后简本,大部分文字是相同的,但也有很多文字杨美生本、郑乔林本相同(或不同),而和各种先繁后简本文字不同。因此,虽然郑乔林本和六卷本、致和堂本和哈佛本等,都是先繁后简本,但郑乔林本肯定不是六卷本、致和堂本和哈佛本等先繁后简本的底本。

先繁后简本大部分文字都相同,因此肯定有共同底本。由于杨美生本和郑乔林本都各自有文字脱落和增补,因此这个共同底本肯定不是杨美生本和郑乔林本,而是另一个先繁后简本。但这种版本还未发现。《三国演义》版本流失很多,这并不奇怪。

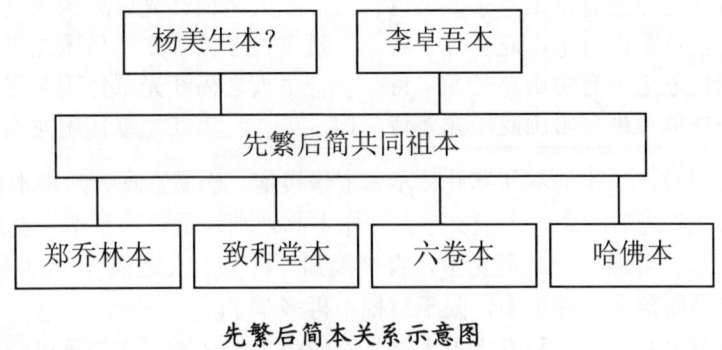

先繁后简本关系示意图

(10) 文字差异之四:致和堂本

二十卷故事插图致和堂本文字删节脱落不多,相比六卷本少很多。下面是其中1例。

例1. 第八十二则"长坂坡赵云救主"

致:子龙怀内抱真龙
乔:子龙怀内抱真龙张合见了大惊而退背后张铠马延赶来前有张南焦触拦住赵云力战
宝:子龙怀内抱真龙张合见了大惊而退背后张铠马延赶来前有张南焦触拦住赵云力战
松:子龙怀内抱真龙张合见了大惊而退背后张铠马延赶来前有张南焦触拦住赵云力战
哈:子龙怀内抱真龙张合见了大惊而退背后张铠马延赶来前有张南焦触拦住赵云力战

致:
乔:四将杀开重围操见子龙曰世之虎将也吾得此人何愁天下不定传令各处如子龙到处
宝:四将杀开重围操见子龙曰世之虎将也吾得此人何愁天下不定传令各处如子龙到处
松:四将杀开重围操见子龙曰世之虎将也吾得此人何愁天下不定传令各处如子龙到处
哈:四将杀开重围操见子龙曰世之虎将也吾得此人何愁天下不定传令各处如子龙到处

```
致：
乔： 不可放冷箭只要活捉因此子龙得脱重围乃玄德之洪福也云杀出　重围砍倒旗三
宝： 不可放冷箭只要活捉因此子龙得脱重围乃玄德之洪福也云杀　也重围砍倒旗　二
松： 不可放冷箭只要活捉因此子龙得脱重围乃玄德之洪福也云杀　也重围砍倒旗　二
哈： 不可放冷箭只要活捉因此子龙得脱重围乃玄德之洪福也云杀出　重围砍倒旗三

致：
乔： 面夺搠三条前后杀曹名将五十　员　　诗曰血染征袍透甲红当阳谁敢与争锋古
宝： 面夺搠三条前后杀曹名将五十余员史官有诗曰血染征袍透甲红当阳谁敢与争锋古
松： 面夺搠三条前后杀曹名将五十余员史官有诗曰血染征袍透甲红当阳谁敢与争锋古
哈： 面夺搠三条前后杀曹名将五十　员　　诗曰血染征袍透甲红当阳谁敢与争锋古

致：　　　　　　　　　　　　　　　　诗　　赞主人之福红光罩体困龙飞征马冲开长坂
乔： 来冲阵扶危主惟有常山赵子龙又诗言　　主人之福红光罩体困龙飞征马冲开长坂
宝： 来冲阵扶危主惟有常山赵子龙　诗　　赞主人之福红光罩体困龙飞征马冲开长坂
松： 来冲阵扶危主惟有常山赵子龙　诗　　赞主人之福红光罩体困龙飞征马冲开长坂
哈： 来冲阵扶危主惟有常山赵子龙　诗　曰　　　　　红光罩体困龙飞征马冲开长坂
```

此例很明显，致和堂本和郑乔林本、宝华楼本、松盛堂本、哈佛本相比，在"子龙怀内抱真龙"之后缺失一大段文字，查原本此处刚好是致和堂本一页末尾，抄书人换页时，疏忽，看漏了一大段文字，直接接到"诗赞主人之福"。类似删节脱落还有几处，但删节脱落文字都不多，限于篇幅不再多举了。

由此也可以断定：致和堂本不可能是其他版本的底本，它们不可能是父子关系，只可能是兄弟关系，它们有共同的底本。

（11）文字差异之五：各种六卷本、十二卷松盛堂本

各种人物绣像六卷本和十二卷人物绣像松盛堂本的文字删节脱落数量很多，全书240则粗略统计约有25处，平均约10则1处。

例1. 第六则"吕布刺杀丁建阳"

```
生： 忽一人跃马持戟于园门外往来卓问李儒此何人也儒曰此丁原义儿吕布
乔： 忽一人跃马持戟于园门　　往来卓问李儒此何人也儒曰此丁原义儿吕布
致： 忽一人跃马持戟于园门外往来卓问李儒此何人也儒曰此丁原义儿吕布
哈： 见　一人跃马持戟于园门　　往来卓问李儒此何人出儒曰此丁原义儿吕布
松： 忽一人跃马持戟于园门　　往来卓问李儒　　　　　曰此丁原义儿吕布
宝： 忽一人跃马持戟于园门　　往来卓问李儒　　　　　曰此丁原义儿吕布
```

此例杨美生本、郑乔林本、致和堂本、哈佛本文字基本相同，没有删节脱落，而六卷本宝华楼本和十二卷松盛堂本文字都有删节脱落。

例2. 第六十一则"曹操仓亭破袁绍"

乔：	各分五队左一队夏侯惇左二队张辽左三队李典左四队乐进左五队　　夏侯渊右一队
致：	各分五队左一队夏侯惇左二队张辽左三队李典左四队乐进左五队　　夏侯渊右一队
哈：	各分五队左一队夏侯惇左二队张辽左三队李典左四队乐进左五队　　夏侯渊右一队
松：	各分五队左一队夏侯惇左二队张辽左三队李典左四队乐进左五队
宝：	各分五队左一队夏侯惇左二队张辽左三队李典左四队乐进左五　坠

乔：	曹洪右二队张合右三队徐晃右四队于禁右五队高览中　军许褚为先锋次日十队先
致：	曹洪右二队张合右三队徐晃右四队于禁右五队高览中　军许褚为先锋次日十队先
哈：	曹洪右二队张合右三队徐晃右四队于禁右五队高览中　军许褚为先锋次日十队先
松：	高览　山军许褚为先锋次日十队先
宝：	高览中　军许褚为先锋次日十队先

此例中二十卷上图下文郑乔林本和二十卷故事插图致和堂本以及二十卷人物绣像哈佛本文字都没有删节脱落，人物绣像六卷本宝华楼本和十二卷松盛堂本都缺失了右一队至右五队，是明显的文字删节脱落，六卷本还把"队"字误刻为"坠"字。

一般凡六卷本文字和其他版本不同的文字，松盛堂本都和六卷本相同。前面分析松盛堂本时指出，十二卷松盛堂本是出自六卷本，因此两本文字完全相同。但此处六卷本把"队"字误刻为"坠"字，而十二卷松盛堂本没有错，可能是"坠"字错误很明显，松盛堂本发现了六卷本的错误做了修改。

类似例子很多，限于篇幅不再多举了。

由此例可以认为，人物绣像六卷本肯定不是其他版本的底本，因为如果人物绣像六卷本是其他版本的底本，其他版本还要再根据别的版本补上人物绣像六卷本删节脱落的文字，这是很难的。

（12）文字差异之六：哈佛本

由于二十卷人物绣像哈佛本数字化只完成了 24 则，只有十分之一，因此无法和其他版本做全面彻底的仔细比对。目前看哈佛本文字删节脱落数量最少，相比其他版本少很多。下面是其中 1 例。

例 1．第三则"安喜张飞鞭督邮"

哈：	差人掘张角棺椁枭首送往京师降者五十　万杀戮不可胜数朝廷加皇甫嵩为车骑将军
乔：	差人掘张角棺椁枭首送往京师降者　十五万杀戮不可胜数朝廷加皇甫嵩为车骑将军
致：	差人掘张角棺椁枭首送往京师降者　十五万杀戮不可胜数朝廷加皇甫嵩为车骑将军
宝：	差人掘张角棺椁枭首送往京师降者　十五万杀戮不可胜数朝廷加皇甫嵩为车骑将军
松：	差人掘张角棺椁枭首送往京师降者　十五万杀戮不可胜数朝廷加皇甫嵩为车骑将军

此例其他版本都是"十五万"，只有哈佛本是"五十万"，很明显这是哈佛本做了修改。

例 2．第三则"安喜张飞鞭督邮"

美：	谁知　今日提戟入来欲行强　　淫污妾奔　后园躲　避这厮直赶至凤仪亭边

乔：	谁知	今日提戟	来欲	强行	淫污妾	逃后园躲	避这厮直赶至凤仪亭边
酉：	谁	想今日提戟入来欲行强			淫污妾奔	后园躲	避这厮直赶至凤仪亭边
松：	谁	想今日提戟入来欲行强			淫污妾奔	后园躲	避这厮直赶至凤仪亭边
致：	谁	想今日提戟入来欲行强			淫污妾奔	后园躲	避这厮直赶至凤仪亭边
哈：	谁	想今日提戟入来欲行强	淮满少		奔	后园	专避这厮直赶至凤仪亭边

此例明显哈佛本"淮满少"三字刊刻错误，而其他版本都不错。

本来哈佛本刊刻于嘉庆七年，就比较晚。由此也可以断定：哈佛本不可能是其他版本的底本，它们只可能是兄弟关系，或哈佛本出自其中某个版本。

（13）文字差异之七：杨美生本、郑乔林本和致和堂本、六卷本两组文字相同

以上各自版本中，杨美生本、郑乔林本一组文字相同，致和堂本、六卷本一组文字相同的例子很多，是两组版本文字各有修改。

例1. 第二十五则"李傕郭汜乱长安"

生：	飞拔剑叱曰我哥哥汉室皇叔	你是三姓家奴敢言贤弟玄德令关羽
乔：	飞拔剑叱曰我哥哥汉室皇叔	你是三姓家奴敢言贤弟玄德令关羽
哈：	飞拔剑叱曰我哥哥汉室　　宗亲	你是三姓家奴敢言贤弟玄德令关羽
致：	飞拔剑叱曰我哥哥	金枝玉叶你是三姓家奴敢言贤弟玄德令关羽
宝：	飞拔剑叱曰我哥哥	金枝玉叶你是三姓家奴敢言贤弟玄德令关羽

此例杨美生本、郑乔林本文字和致和堂本、六卷本宝华楼本文字相比也有修改。还有致和堂本和六卷本宝华楼本同时有文字删节脱落。

例2. 第二百三十九则"羊佑病重荐杜预"

生：	晋咸宁二年十月征南大将军羊祜上表伐吴晋武帝见表欲从之贾兑
乔：	晋咸宁二年十月征南大将军羊祜上表伐吴晋武帝见表欲从之贾兑
哈：	晋咸宁二年十月征南大将军羊祜上表伐吴晋武帝见表欲从之贾兑
致：	晋咸宁二年十月征南大将军
宝：	晋咸宁二年十月征南大将军
————————————————————
生：	冯紞等深为未可乃寝不行至咸宁四年羊佑入朝辞帝归乡养老
乔：	冯紞等深为未可乃寝不行至咸宁四年羊佑入朝辞帝归乡养老
哈：	冯紞等深为未可乃寝不行至咸宁四年羊佑入朝辞帝归乡养老
致：	羊佑入朝辞帝归乡养老
宝：	羊佑入朝辞帝归乡养老

此例是杨美生本、郑乔林本、哈佛本文字没有删节脱落，而致和堂本、宝华楼本文字有删节脱落，可能是致和堂本、宝华楼本出现了"羊佑"同词脱文。

以上两例都是杨美生本、郑乔林本、哈佛本文字相同，而致和堂本、文字相同，因此它们两组可能各自分别有共同祖本。

至于哈佛本此2例都是和杨美生本、郑乔林本为一组，但前面也有几例哈佛本是

和郑乔林本、致和堂本为一组，还有和致和堂本、六卷本为一组，哈佛本情况比较复杂，它基本不属于任何一组，是单独为一组。

（14）先繁后简本演化过程

1）插图分析

- 上图下文本肯定是参照杨美生本。
- 故事插图本肯定是参照李卓吾本。
- 人物绣像本肯定是参照毛宗岗本。
- 上图下文本最早。
- 因为李卓吾本早于毛宗岗本，因此有可能故事插图本在前，人物绣像本在后。

2）文字差异分析

比对下来以上几种版本的文字删节脱落情况如下：

- 上图下文郑乔林本：最多。
- 人物绣像六卷本和十二卷松盛堂本：很多。
- 二十卷故事插图本致和堂本：很少。
- 二十卷人物绣像本哈佛本：最少。

根据以上分析，先繁后简版本的演化过程大致如下。

在明末《三国演义》版本市场上流行的基本是两种版本系统。一种是建阳的上图下文"志传"系列，一种是文字详尽、整幅故事插图的李卓吾本系列。两个系列各有特点，李卓吾本翻刻很多，市场影响很大，文字详尽，但成本高，售价高。而上图下文本有故事插图生动，图文并茂，也吸引人，但文字简略。

于是建阳某书商就萌生一个想法，结合两系统特点，编出一种先繁后简的混合本。因为李卓吾本影响大，因此有的书商在封面还特别标明"李卓吾先生评"，而实际内部根本没有任何李卓吾评语。

这个新版本的文字实际是"先繁后简"，前4则基本和李卓吾本文字相同，文字比较详细，包括简本删除的刘备出身等文字都保留。但从第五则开始，文字大大简化，基本和"英雄志传"系列简本一致。读者不会仔细一则一则比对，因此也不知道第五则以后其实是简本，而不是李卓吾本了。

这个新系统的插图又有两种形式。一种沿袭了建阳的上图下文形式，就是现存的郑乔林本，实际可能当时不止郑乔林一家。

另一种书商删除了上图下文的插图，仿照李卓吾本绘制了插图，编出了二十卷的致和堂本。

以后又有书商参考毛本的人物绣像插图，声称是"毛声山原本"，又发展出聚贤山房等多种人物插图的六卷本，六卷本到嘉庆道光时期有多个书商翻刻，从六卷本又发展出十二卷松盛堂本。此外，到嘉庆七年还出现了二十卷哈佛本等人物绣像本。

（15）先繁后简本共同祖本

以上分析了先繁后简本的大致演化过程，下面具体分析到底哪个版本有可能是最早出现的先繁后简本。

① 二十卷人物绣像哈佛本：人物绣像本应该是参照毛本，其刊刻于嘉庆七年，时间较晚，因此不可能是最早出现的版本。

② 各种六卷本：同样也是人物绣像本，文字和其他版本差异很大，因此也不可能是最早出现的版本。

③ 故事插图致和堂本：故事插图是参照李卓吾本，应该比人物绣像本早。但应该晚于上图下文本，因为从上图下文本转为故事插图容易，只要改插图即可。但要从整页故事插图再还原为上图下文，排版很麻烦。因此故事插图本应该晚于上图下文本。

④ 上图下文郑乔林本：可能性最大，因为上图下文简本在明代很流行，从上图下文改为故事插图和人物绣像很容易。而且郑乔林本插图明显和简本杨美生本相似，很可能来自杨美生本。

但郑乔林本最大问题是有很多文字和杨美生本相同，和其他先繁后简本不同，而这些先繁后简本文字都基本相同。这些版本要统一都同时去修改文字几乎不可能。因此上图下文的郑乔林本看似最可能是最早的先繁后简本，但实际是不可能的。

如此，最早的先繁后简本只有一种可能——是一个目前未知的上图下文本。此本插图仍然采用上图下文形式，郑乔林本文字在此本基础上做了修改，而其他先繁后简本文字都出于此本，因此文字很接近。其他先繁后简本文字又各自做了修改。

这个未知的先繁后简本的祖本和现有版本的关系有两种可能。

第一种可能，所有先繁后简本都有一个共同祖本，所有先繁后简本都出自此本，郑乔林本也出自此本。

第二种可能，先繁后简本演化是先有郑乔林本，然后再演化出其他先繁后简本的共同祖本，其他先繁后简本不是出自郑乔林本，而是出自此本。

这两种解释最大差异是郑乔林本和其他先繁后简本的关系。第一种解释郑乔林本和所有先繁后简本都是兄弟关系。第二种解释，郑乔林本和其他先繁后简本是父子关系。

这两种解释对于郑乔林本以外版本都相同，这些版本都是出自此共同祖本。关键是郑乔林本位置不同了。

第一种解释：杨美生本——共同祖本——郑乔林本等所有版本。

第二种解释：杨美生本——郑乔林本——共同祖本——其他版本。

第一种解释对文字差异解释最合理，杨美生本文字和郑乔林本文字极为接近，和其他版本不同。但此解释的难点是要在杨美生本和郑乔林本之间再插入一个共同祖本。

第二种解释从杨美生本到郑乔林本演化很合理，但要从郑乔林本之后再演化出一个其他版本的共同祖本是难点。

总之，两种解释都有合理处和不合理处，由于版本缺失，至今没有发现这种先繁后简本的共同祖本，因此目前无法判断哪个可能性更大些。

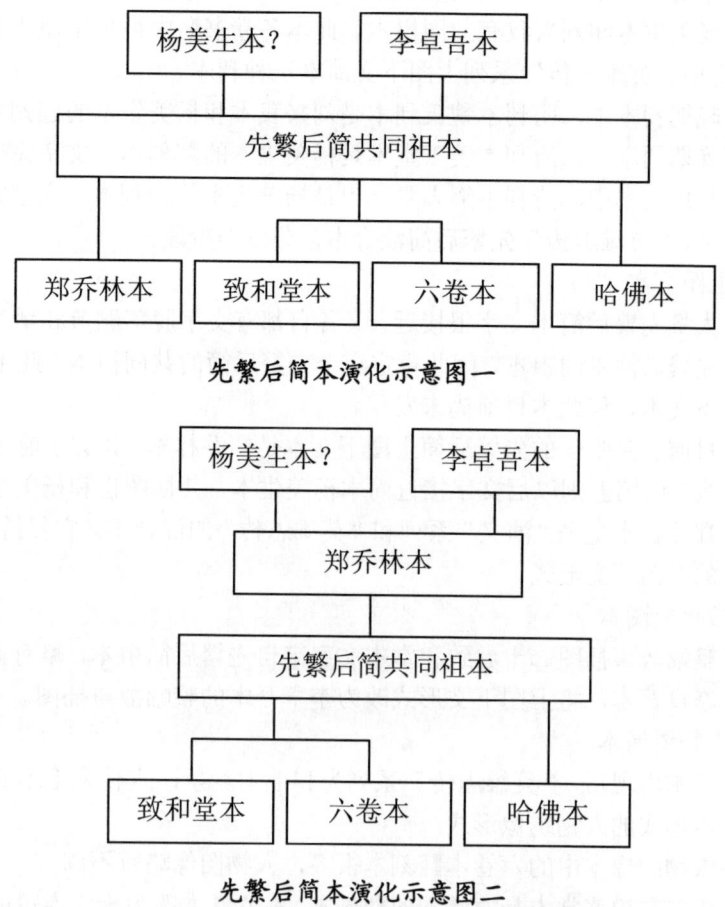

先繁后简本演化示意图一

先繁后简本演化示意图二

8. "英雄志传"系列版本演化

(1) "英雄志传"系列版本演化

"英雄志传"系列简本和先繁后简两类版本的演化过程可分为以下几个阶段。
第一类,"英雄志传"系列上图下文简本,分两个阶段。
① 早期"英雄志传"系列简本上图下文三种明刊本。
● 早期三种"英雄志传"系列上图下文简本中,刘兴我本是较早的刊本。
● 由刘兴我本演化出刘荣吾本,刘兴我本封面书名为"三国英雄志传",但这两本各卷书名都还没有"英雄"字样,说明它们是从"志传"系列演化来最早的"英雄志传"系列版本。
- 杨美生本和刘兴我有共同祖本。此本各卷书名中最早出现"英雄"字样。

② 晚期"英雄志传"系列上图下文简本三种刊本
- 晚期刊本中，明刊本魏氏刊本是刘兴我本和杨美生本的翻刻本。
- 晚期刊本中，清刊本美玉堂本是杨美生本的翻刻本，文字完全相同。
- 晚期刊本中，清刊本继志堂本也是杨美生本的翻刻本，文字完全相同。

第二类，"英雄志传"先繁后简混合本，分三个阶段。

① 上图下本
- 大量先繁后简本文字很接近，又各自都有文字脱落删节和增补，都不可能是先繁后简本的祖本，因此肯定有个先繁后简的共同祖本。此本应该也是上图下文本，但此本目前尚未发现。
- 目前看到唯一的先繁后简上图下文本是郑乔林本，其文字前4则接近李卓吾本，而第五则以后文字接近简本杨美生本，其插图也和杨美生本相似，因此郑乔林本是个"演义"系列和"英雄志传"的混合本。它保持了"英雄志传"的上图下文形式。

② 故事插图本
- 整幅故事插图二十卷致和堂本文字来自先繁后简祖本，略有修改。插图仿照李卓吾本，将上图下文形式改为李卓吾本的整幅故事插图。

③ 人物绣像本
- 毛本出现后，"英雄志传"系列为和毛本竞争，宣传是毛本底本，采用了毛本形式的人物绣像形式。
- 人物绣像本中的六卷本翻刻本很多，人物图像略有不同。
- 十二卷松盛堂本是六卷本的翻刻本，将六卷本改为十二卷可能是书坊为节省时间，请了几人同时各自抄写，每卷一册因此六卷本就变成十二卷。
- 人物绣像本中还有二十卷哈佛藏本（嘉庆七年本）和辉县本等。

"英雄志传"系列版本演化主要阶段是：

① 上图下文"英雄志传"简本系列
- 早期明刊本：刘兴我本、刘荣吾本、杨美生本
- 晚期清刊本：魏氏刊本、美玉堂、继志堂本

② 先繁后简混合本系列
- 上图下文：二十卷郑乔林本
- 故事插图：二十卷致和堂本
- 人物绣像：六卷本——十二卷松盛堂本
- 人物绣像：二十卷哈佛本、辉县本

"英雄志传"系列版本从明刊本一直延续到清刊本，毛本出现后它还和毛本竞争，最后竞争不过毛本而退出历史舞台。

以上对"英雄志传"版本研究中，新发现的几个版本解决了一些关键问题。

第一，刘兴我本。

在发现刘兴我本之前，只知道刘荣吾本和杨美生本，中川先生也发现了这两个版本之间是并列关系，但这两个版本是如何演化出来的不清楚。

新发现的刘兴我本再和刘荣吾本、杨美生本仔细比对，它们的演化就很清楚了。文本比对显示是刘兴我本、杨美生本在前，刘荣吾是由刘兴我本演化出来的。

这就解决了上图下文明刊本的演化问题。

第二，魏氏刊本。

通过文字和插图比对，证明魏氏刊本卷一是以刘兴我本为底本，卷二开始才转用杨美生本。这种以两种版本为底本的情况，在《三国演义》版本中还有几例。刘龙田本是"志传"繁简混合本，下面介绍的郑乔林本是先繁后简本。但魏氏刊本这样在同一系统使用两种不同版本为底本还是第一次出现。

第三，郑乔林本。

郑乔林本是"英雄志传"系列上图下文的先繁后简本，其文字前4则和李卓吾本接近，第五则以后和杨美生本接近。郑乔林本是上图下文系列中唯一的先繁后简本。

第四，致和堂本。

以前简本多是上图下文本，这次新发现故事插图二十卷致和堂本，这很明显是仿照故事插图的李卓吾本，此本文本也是先繁后简，前4则是李卓吾本，第五则以后又变成简本，和上图下文的郑乔林本相似。

第五，松盛堂本。

十二卷松盛堂本是从六卷本演化而来的，都是人物绣像类晚期版本。

这次新发现的几本"英雄志传"解决了"英雄志传"系列版本演化中的关键问题，在前人研究的基础上大大前进了一步。

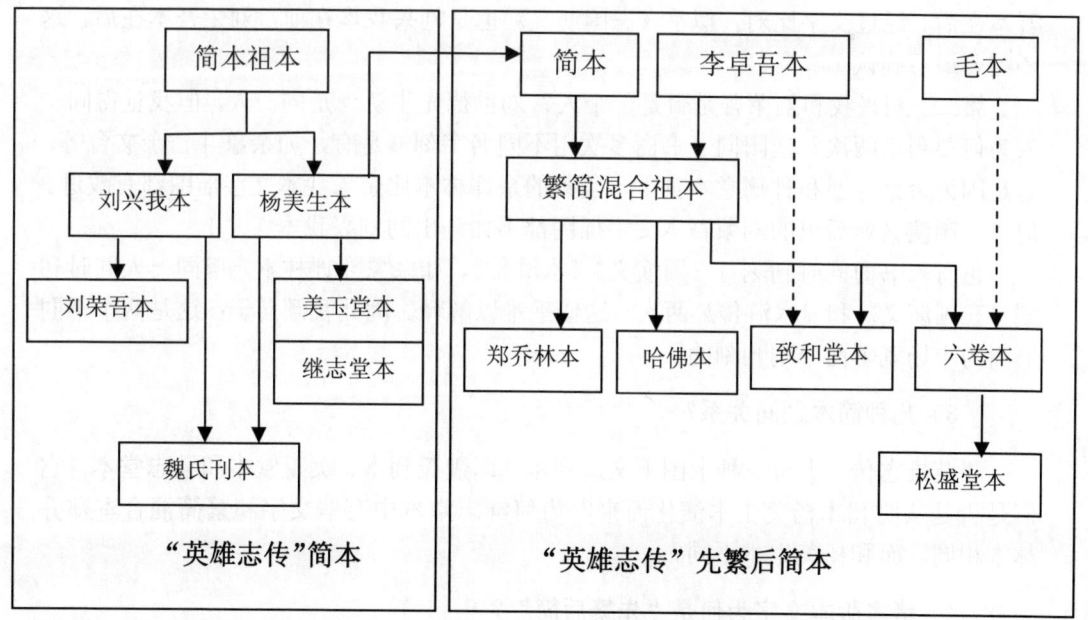

"英雄志传"系列演化示意图

由于"英雄志传"系列十个版本演化十分复杂，其研究可分以下 4 部分：

① 三种早期明刊简本刘兴我本、刘荣吾本和杨美生本；
② 三种清刊简本魏氏刊本、两种美玉堂本和继志堂本；
③ 先繁后简上图下文郑乔林本；
④ 先繁后简故事插图二十卷致和堂本、多种人物绣像六卷本和人物绣像十二卷松盛堂本。

由于"英雄志传"系列十几个版本演化十分复杂，目前只是初步研究结果。要彻底研究，必须把所有版本彻底数字化，再进一步仔细比对研究。

（2）存在问题

以上研究解决了"英雄志传"本的一些问题，但又有新问题出现。

1）四个明刊本的关系？

目前"英雄志传"系列上图下文明刊本有 4 个版本：刘兴我本、刘荣吾本、杨美生和魏氏刊本。从文本分析看，刘兴我本应该是刘荣吾本的底本，刘兴我本和杨美生本可能是兄弟关系，都出自一个共同祖本，而魏氏刊本卷一底本是刘兴我本，卷二以后为杨美生本。这 4 个版本到底是什么关系，还需要再仔细研究。

2）刘荣吾和刘兴我是否是同一人？

发现刘兴我本刊刻的《三国演义》后，证明刘荣吾和刘兴我同时刊刻了《三国演义》和《水浒传》。其中还有些问题值得研究。

第一，比较刘兴我和刘荣吾刊刻的《水浒传》，可以肯定是刘兴我本在前，刘荣吾本在后。经过文字比对，似乎《三国演义》也是刘兴我本在前，刘荣吾本在后。这还需要最后确认。

第二，刘兴我和刘荣吾是否是一个人？刘世德先生认为是同一人，但我觉得同一人为何要刊刻两次？建阳同一书商多次用不同名字刻书是有，如余象斗、余文台等，这是因为余象斗要和种德堂本竞争，复刻的余评林本比余象斗本文字插图都有改进。但《三国演义》后出的刘荣吾本文字插图都不如先出的刘兴我本。

也有一书商同时刊刻《三国演义》《水浒传》，如余象斗评林本。但同一人同时刊刻《三国演义》和《水浒传》两次，这似乎难以解释。因此我倾向于：这是两个不同书商为市场竞争而分别刊刻的。

3）几种简本之间关系？

"英雄志传"中有三种上图下文清刊本，即魏氏刊本、美玉堂本和继志堂本，它们是否是从明刊本杨美生本演化而来？为何继志堂本中有些文字和繁简混合本郑乔林本相同，而和杨美生本不同？

4）诸多版本文字为何是"先繁后简"？

诸多清刊本都是先繁后简本，其文字十分奇怪，前 4 则接近李卓吾本，而后文字接近杨美生本,因此出现先繁后简现象,等于是"演义"系列和"志传"系列的混合本。为何这些版本前几则要采用李卓吾本,而后面却改变为简本文字?这些版本的文字是如何抄写而成的?

5)先繁后简本文字差异是如何形成的?

"英雄志传"中上图下文郑乔林本、二十卷故事插图致和堂本、众多人物绣像插图六卷本、十二卷人物绣像松盛堂本、二十卷人物绣像哈佛本的文字基本相同,但也有差异。这些文字差异是如何形成的?

6)郑乔林本是如何演化的?

郑乔林本是目前看到唯一一个上图下文的先繁后简本,它是如何产生的?其繁本文字是否是李卓吾本?其简本文字底本是否就是杨美生本?还是另一个未知的先繁后简本?

7)先繁后简本是如何演化的?哪个在前,哪个在后?

先繁后简本有三种形式,上图下文郑乔林本,故事插图致和堂本,人物绣像诸多六卷本、十二卷松盛堂本和二十卷哈佛本。它们之间是什么关系?是如何演化的?是否有共同祖本?是各自演化,还是有先有后?

8)为何十二卷松盛堂本有4卷首出现"李卓吾评"字样?

十二卷松盛堂本在卷四、六、十和十二卷首都有"李卓吾先生批评"字样。此字样出现是否因为要和六卷本排版相同而插入?是否此本和某个李卓吾评本有关?

9)为何"英雄志传"本除哈佛本外,卷首都有起止时间?

"英雄志传"本除哈佛本外,其他版本在有些卷名后有起止时间,这些起止时间是否来自杨美生本?为何"英雄志传"本起止时间和"志传"简本、"志传"叶逢春本不同?

以上这些问题目前都还无法解答,关键是目前看到的版本有限。版本看到的越少,问题也越少。以前只知道有几种人物绣像的六卷本,分析起来也简单。而最近新出现了多种先繁后简本,包括上图下郑乔林本、故事插图致和堂本,人物绣像六卷本、松盛堂本和哈佛本,随之冒出很多问题。但目前看到的版本还是有限,历史上缺失的版本还有很多。因此要根据现有版本解决所有问题是不可能的。

但根据现有版本还是可以找出一些线索进行分析,只要还有研究余地,就应该锲而不舍地研究下去。

(3)研究启发

对"英雄志传"系列的研究有如下启发。

第一,这次"英雄志传"系列研究关键是有十几种新出现的版本,这说明还有可能再发现一些新版本。

第二，根据这些新出现版本的研究，很多以前不清楚的问题都有很大进展，因此《三国演义》版本还是有研究的空间。

第三，这些版本研究方法主要是依据版本的文字比对，认真仔细比对各个版本的文字，再找出文字差异，再仔细分析，一步一步仔细研究，在此基础上就可以看出这些版本是如何演化的。

第四，这次新出现的版本由于各种原因未能全部数字化，这对版本研究很不利。特别是清刊本版本多，文字差异小，没有数字化比对，人工查找文字差异十分费力。给研究带来困难，研究结果可靠性也会有疑问。将来如可能把这些版本都数字化，肯定对这些版本研究会有极大帮助。

第五，《三国演义》明刊本因为版本少，"英雄志传"系列只有刘兴我本、刘荣吾本、杨美生本三个版本，改动不大，需仔细分析。

第六，《三国演义》清刊本版本因为不断翻刻，版本很多，"英雄志传"系列目前已知就有十几个。这些版本因为多次翻刻，文字细微差异很大，研究很困难。要彻底搞清楚版本演化很难。

第七，版本研究中还有一些版本问题无法解释，这也很容易理解，因为现在看到的版本只是曾经出现的版本之中很少的一部分，要根据这些有限版本就把复杂的版本演化搞清楚是很困难的。

第八，《三国演义》版本可分为两种，有些版本是供上层文人阅读的，刻印精良，多数"演义"系列都是如此，如嘉靖元年本、周曰校本、李卓吾本、李渔本等。但还有一大批是为下层文人阅读的，明代多是建阳刻本，这些刻本刻印一般较粗糙，一般读者阅读后也不注意保存，流失很多。这就造成版本中有大量缺失的环节，给今天再研究版本就带来很大困难。这是古代小说版本研究的难点。但从"英雄志传"新出现版本研究也可看出，虽然我们无法还原所有版本的演化，但随着一些新版本出现，随着研究的深入，版本研究还是有所进步的。

所以，由于版本缺失，版本研究虽然目标永远不可及，但只要努力，还是会有前进，哪怕是先找出问题，再慢慢解决，只要前进很小也是值得的。

9．北图藏本—两种"志传"简本混合本

（1）北图藏本简介

北图藏本[①]书名《新刻全像演义三国志传》，二十卷240则。此本为残本，只存卷五、六、七（第四十九至八十三则），封面及卷一至四缺失，因此刊刻者、书坊不明。上图下文，半叶15行，左右3行36字，中间9行29字。版心《原本三国志传》。国

[①] 北图藏本藏原北京图书馆，现为国家图书馆，但"北图藏本"使用广泛，因此就不改名了。

家图书馆（原北京图书馆）藏。魏安先生《〈三国演义〉版本考》①和中川谕先生《〈三国志演义〉版本研究》②都曾著录。

此书名中并没有"英雄"字样。没有"英雄"字样的书名还有：
- 刘兴我本《新刻按鉴全像三国志传》。
- 刘荣吾本《新刻演义全像三国志传》。

刘荣吾本书名几乎和北图藏本一样，只是"全像"和"演义"互换了先后次序而已。从书名看，北图藏本和刘荣吾本最接近，后面文字分析也证明这一点。

北图藏本分析包括以下几方面：
- 文字分析；
- 插图分析；
- 整体看此本应属于哪个系列；
- 为何此本要如此编写。

（2）北图藏本文字最接近刘荣吾本

中川谕先生对比了北图藏本和朱鼎臣本和杨美生本的文字，认为：

> 在北图藏本全书（残存卷五至卷七）有的部分接近杨美生本，有的部分接近朱鼎臣本。也就是说，北图藏本有时候让人感觉属于"志传"小系列。所以可以推测北图藏本是"英雄志传"小系列中，比杨美生本、刘荣吾本的版本再早一些阶段派生出来的③。

中川先生分析很有道理，用数字化比对全部文字，可以看出北图藏本文字有如下特点：

1）此残本第四十九则文字是混合本。

此本只存第四十九至八十三则，第四十九则"张辽义取关云长"中文字有如下特点：
- 大部分文字和刘荣吾本相同；
- 但也有部分文字和朱鼎臣本相同；
- 北图藏本与刘荣吾本的相似程度为：67.99%；
- 北图藏本与朱鼎臣本的相似程度为：48.8%；
- 此本和其他版本相比还有部分文字删节；
- 整体看此则文字肯定是个混合本。

以下为第四十九则北图藏本（北）、朱鼎臣本（朱）和刘荣吾本（刘）部分比对结果，由此可以清楚看出，北图藏本文字明显和朱鼎臣本相同，而和刘荣吾本不同。类似例子还有十几处，限于篇幅不再一一举例。

---

② 魏安：《〈三国演义〉版本考》，上海古籍出版社1996年6月第1版，第53页。
③ 中川谕：《〈三国志演义〉版本研究》，上海古籍出版社2010年8月第1版，第23、206—207页。
④ 中川谕：《〈三国志演义〉版本研究》，上海古籍出版社2010年8月第1版，第207页。

例1. 第四十九则"张辽议说关云长"

```
北：曹操问程昱　取下邳之计程昱曰　　　　　　　　云长有
朱：曹操问程昱　取下邳之计程昱曰　　　　　　　　云长有
荣：　　程昱献　　　计　曰目今旧兵皆已投降其中亦　有刘备新招
　　————————————————————————
北：　　万人之　敌更与玄德义气深重非智谋不　能取之　可暗地遣一心
朱：　　万人之力　更与玄德义气深重非智谋不可　取之　　暗地遣一心
荣：徐州等处　之　　　　　　　　　　　　　　　人可暗地遣　心
```

2) 此残本第五十至九十三则文字全部接近刘荣吾本。

- 相似度：从第五十则开始北图藏本文字更接近刘荣吾本，相似度都在 70% 以上（其中第六十一则刘荣吾本残损相似度无法计算）。
- "同词脱文"：此为北图藏本文字分析的关键。第六十四则"曹操决水淹冀州"中，北图藏本和刘荣吾本同有大段"同词脱文"文字，同词为"吕旷吕翔"，而刘兴我本和杨美生本都不脱。由此证明北图藏本和刘荣吾本在刘兴我本和杨美生本之后，而不会在其之前。因此北图藏本不是早期刊本，是晚期刊本。

例2. 第六十四则"曹操决水淹冀州"

```
北：教谭且归平原
荣：教谭且归平原
兴：教谭且归平原带吕旷吕翔退军回黎阳屯住郭图谓谭曰
美：教谭且归平原带吕旷吕翔退军回黎阳屯住郭图谓谭曰
　　——————————————————
北：　　　　　　　　　　　吕旷吕翔去皆封列侯此是牢笼
荣：　　　　　　　　　　　吕旷吕翔去皆封列侯此是牢笼
兴：操以女许嫁恐是虚意又带吕旷吕翔去皆封列侯此是牢笼
美：操以女许嫁恐是虚意又带吕旷吕翔去皆封列侯此是牢笼
```

可惜北图藏本目前是残本，和朱鼎臣本文字相同只有第四十九则，在此之前的文字是否也和朱鼎臣本相同，目前不得而知，这对于分析此本来历增加了困难。

（3）北图藏本文字晚于刘荣吾本

因为北图藏本和刘荣吾本有相同的"同词脱文"，这绝对不是巧合，它们不可能是兄弟关系，而只可能是父子关系。但哪个版本在前，哪个版本在后？

比较刘兴我本和刘荣吾本、北图藏本的文字，发现北图藏本中有很多文字不同于刘兴我本，而没有发现刘荣吾本文字不同于刘兴我本和北图藏本。如下例中，北图藏本和其他版本相比，删除了"用其谋选精兵七十余人"。

例3. 第四十九则"张辽议说关云长"

北：然后用说可矣曹操	依计而行令	徐州降
荣：然后用说可矣曹操用其谋选精兵七　十余人	令引诱徐州降	
美：然后用说可矣曹操用其谋选精兵七千　余人	令引诱徐州降	
兴：然后用说可矣曹操用其谋选精兵七　十余人	令引诱徐州降	

类似例子在北图藏本中很多。这只可能是北图藏本晚于其他版本，包括其底本刘荣吾本。因为如北图藏本早于刘荣吾本，北图藏本文字删节，刘荣吾本就要根据其他版本再恢复这些文字，这几乎不可能。

根据以上对文字的分析，北图藏本的文字肯定来自刘荣吾本，但肯定晚于刘荣吾本。

（4）两个抄手

一般书商为加快编写速度，会同时找几个抄手同时抄写。北图藏本现存卷五、六、七，仔细分析其字迹，可以看出是两个抄手。

- 抄手一抄写第五、七卷，卷数抄写为"五卷""七卷"。
- 抄手二抄写第六卷，卷数抄写为"卷六"。

（5）插图比对分析

从插图看北图藏本最接近杨美生本。

北图藏本、杨美生本、刘荣吾本、刘兴我本插图比较表

则	插图	则	插图	则	插图
49—1	杨美生本	50—1	杨美生本 刘荣吾本	64—1	刘荣吾本
49—2	杨美生本	50—2	杨美生本	64—2	杨美生本
49—3	杨美生本	50—3	（缺）	64—3	杨美生本 刘荣吾本
49—4	杨美生本 刘荣吾本 刘兴我本	50—4	刘荣吾本	64—4	（缺）
				64—5	杨美生本

北图藏本、刘荣吾本、杨美生本插图比较（第四十九、五十、六十四则）

则	北图藏本	杨美生本	刘荣吾本	刘兴我本
49-1	云长出城战夏侯惇	关羽出城战夏侯惇	云长出城战夏侯惇	关羽出城战夏侯惇
49-2	张辽以言词说关羽	张辽上山说义长云	张辽上山说义关羽	张辽上山说义关侯
49-3	云长见嫂说降曹事	关羽见嫂说降曹事	关羽见嫂说降曹事	关羽见嫂说降曹事
49-4	曹操设宴款待云长	曹操设宴款待云长	曹操设宴款待云长	曹操设宴款待云长
50-1	曹操赐马长云拜受	曹操赐马谢长云拜	曹操赐马长云拜受	曹操赐马长云拜谢
50-2	操命张辽探访云长	操命张辽探访云长	操命张辽探访云长	操命张辽探访云长
50-3		颜良立阵斩宋宪继	颜良阵斩宋宪继	刘良斩宋宪继观
50-4	关云长定马刺颜良		关云长定马刺颜良	关云长定马斩颜良
64-1	操曹觉此降云见曹操		辛毗觉此降曹见操	辛毗觉此降曹见操

则	北图藏本	杨美生本	刘荣吾本	刘兴我本
64-2				
64-3				
64-4				
64-5				

另外，版本先后还可从版本插图的精细做判断，一般先刻的插图比较精细，而晚出的插图比较粗糙（当然也有晚出版本为市场竞争插图更精细）。从三个版本插图比对来看，北图藏本插图最粗糙，而杨美生本和刘荣吾本插图都比较精细。这和文本分析结果是一致的。

由此3例插图可看出，北图藏本插图十分复杂。北图藏本只和杨美生本相同的有5幅，只和刘荣吾本相同的有3幅，没有和刘兴我本相同的。因此从插图看，北图藏本的插图更接近杨美生本。

虽然北图藏本第四十九则文字有些和朱鼎臣本相同，但比对插图，两本插图完全没有任何相同之处。由此可以看出，北图藏本插图根本没有参考朱鼎臣本。

（6）北图藏本总结

总结北图本有如下特点。

1）混合本

北图藏本是一个混合本，是"志传"和"英雄志传"两系列的混合本。
但整体还是属于"英雄志传"系列。

2）文字

北图藏本第四十九则文字开始少量文字接近"志传"系列朱鼎臣本。
北图藏本第五十则以后文字基本和刘荣吾本相同，其中有一例和刘荣吾本有相同的"同词脱文"，而北图藏本和刘荣吾本、刘兴我本相比，还有一些独有文字，因此北图藏本肯定在刘荣吾本之后，而不可能在其之前。

3）插图

北图藏本插图和刘荣吾、杨美生本有相同的插图，插图更接近杨美生本。

4）来历

北图藏本文字和插图都十分复杂，文字最接近刘荣吾本，但也有和朱鼎臣本相同文字。插图分别和杨美生本、刘荣吾本相同，更接近杨美生本。

包括北图藏本的"英雄志传"系列版本演化示意图如下。

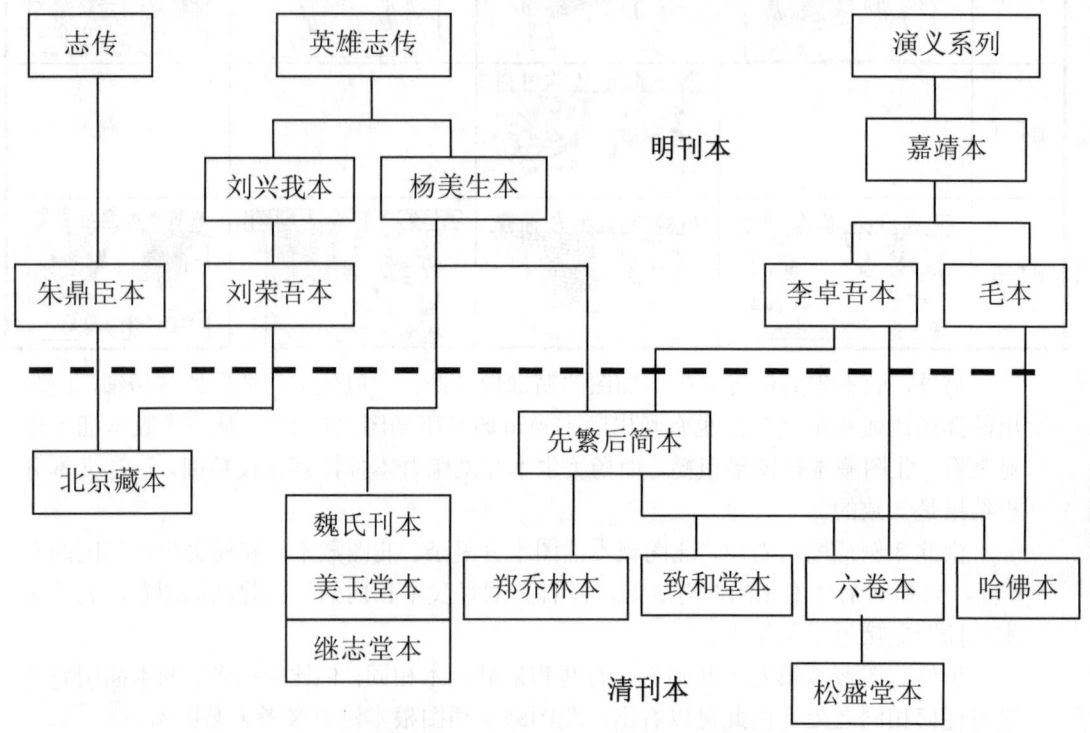

"英雄志传"系列版本演化示意图

（7）北图藏本现存问题

目前北图藏本现存问题还很多。

- 编写、底本：如此复杂的版本是如何编写绘制的？北图藏本底本到底是哪个版本？
- "同词脱文"：此本和刘荣吾本有相同的"同词脱文"，因此应该是晚出的版本。
- 文字混合：为何此本第四十九则文字会出现刘荣吾本和朱鼎臣本的混合？
- 第四十九则之前：目前只看到第四十九则，在此之前此本文字是否也是刘荣吾本和朱鼎臣本混合？
- 插图来源：此本插图同时和刘荣吾本和杨美生本相同，为何会同时和两个版本接近？

由于北图藏本是个残本,只根据目前资料还难以解释以上问题。

《三国演义》版本复杂,虽然分为几个系列,但跨系列的混合本也很多:
- 刘龙田本是"志传"系列"繁本"和"简本"混合本。
- 郑乔林本和六卷本是"演义"系列和"简本英雄志传"系列的混合本。
- 北图藏本是"志传"和"英雄志传"系列的混合本。
- 英雄谱本是"演义""志传"混合本。

这种复杂的混合本反映出《三国演义》版本复杂的演化过程。

10. 四种混合本总结

(1) 四种混合本

《三国演义》版本中有以下四种混合本。

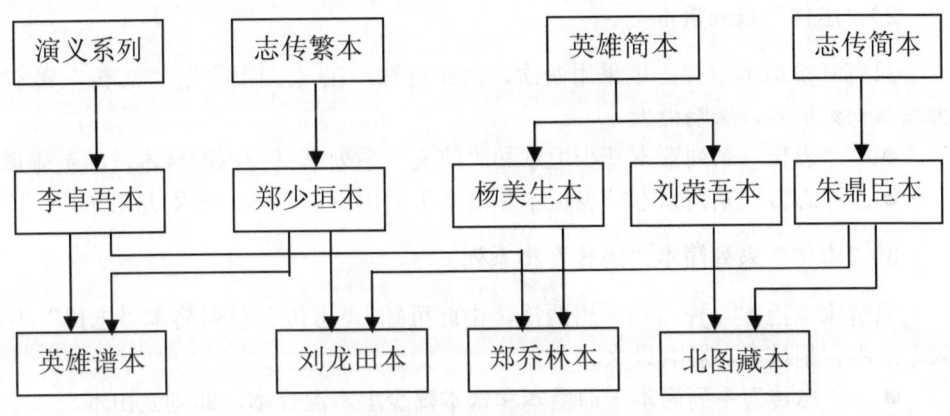

《三国演义》四种混合本示意图

1) 先繁后简混合本

"英雄志传"本中的先繁后简混合本,即郑乔林本,前4则是繁本,第五则以后是简本。可能是"演义"系列李卓吾本和"志传"简本"英雄志传"小系列杨美生本的混合本,包括上图下文郑乔林本、故事插图致和堂本、人物插图六卷本和松盛堂本等多种混合本。

2) 繁简混合本

"志传"系列繁本郑少垣本和简本朱鼎臣混合本,即刘龙田本。

3)"志传""英雄志传"混合本

"志传"小系列朱鼎臣本和"英雄志传"小系列刘荣吾本混合本,即北图藏本。

4)"演义""志传"混合本

"演义"系列李卓吾本和"志传"系列繁本郑少垣本混合本,即英雄谱本。

(2) 混合本中采用的版本

《三国演义》四种版本系统中,每个系统中采用的版本如下:

1)"演义"系列

只有李卓吾本一种,被采用两次,这是因为"演义"系列中李卓吾本刊刻最多,影响最大。

- "演义"系列李卓吾本和简本"英雄志传"小系列郑乔林本等多种混合本。
- "演义"系列李卓吾本和繁本郑少垣本混合本,即英雄谱本。

2)"志传"系列繁本

只有郑少垣本一种,被采用两次,由此可知,在《三国演义》"志传"繁本中郑少垣本刊刻最多,影响最大。

- "志传"系列繁本郑少垣本和"演义"系列李卓吾本混合本,即英雄谱本。
- "志传"系列繁本郑少垣本和简本朱鼎臣本混合本,即刘龙田本。

3)"志传"系列简本"志传"小系列

只有朱鼎臣本一种,被采用两次,由此可知,"志传"系列简本"志传"小系列朱鼎臣本刊刻最多,影响最大。

- "志传"系列简本朱鼎臣本和繁本郑少垣本混合本,即刘龙田本。
- "志传"系列简本"志传"小系列朱鼎臣本和"英雄志传"小系列刘荣吾本混合本,即北图藏本。

4)"志传"系列简本"英雄志传"小系列

有杨美生本、刘荣吾本两种,各采用了一次。

- 简本"英雄志传"小系列杨美生本和"演义"系列李卓吾本等多种混合本。
- "英雄志传"小系列刘荣吾本和"志传"系列简本"志传"小系列朱鼎臣本混合本,即北图藏本。

(3) 编写方式

以上《三国演义》版本中四种混合本的编写方式有以下几种:

1）开始一个版本，后再转其他版本

"英雄志传"混合本文字是先繁后简，开始文字基本是李卓吾本，但从第五则开始，从李卓吾本转为简本。

2）两种版本混合本

"志传"系列简本刘龙田本，前8卷是繁简混合本，第九卷以后全部是简本。

北图藏本是残本，现存第四十九则是朱鼎臣本和刘荣吾本的混合，第五十则以后全部转刘荣吾本。

3）以某个版本为主，插入另一版本

英雄谱本是以李卓吾本为主，插入"志传"繁本郑少垣本的花关索故事，第15、二十卷为郑少垣本。

（4）编写目的

以上《三国演义》版本四种混合本的目的有主动和被动两种。

1）主动

"英雄志传"混合本是为和毛本竞争而编写的版本，宣传是"李卓吾本原本"，因此开始文字确实是李卓吾本，但为节省篇幅，从第五则开始，从李卓吾本转为简本。

英雄谱本是以李卓吾本为主，但编者觉得"志传"繁本花关索故事很有特点，因此主动插入了郑少垣本的花关索故事。

2）被动

英雄谱本是以李卓吾本为主，但由于由两个抄手分别抄写，而底本李卓吾本周转不开，第十五、二十卷被迫分别采用了郑少垣本。

英雄谱本的混合既有主动，也有被动。

（5）混合本解释的合理性

如何解释《三国演义》版本这四种复杂的混合本，有多种解释，这些解释是否合理？

1）较合理解释。

- 先繁后简本

即"演义"系列李卓吾本和"志传"简本"英雄志传"小系列杨美生本的混合本，包括上图下文郑乔林本、故事插图致和堂本、人物插图松盛堂本和六卷本等多种混合本。这些版本文字都是先繁后简，它们的出现都是为了和李卓吾本和毛本竞争。这种解释很合理，也很令人信服。

- 刘龙田本

刘龙田本是"志传"系列繁本郑少垣本和简本朱鼎臣混合本。

刘龙田本是繁简混合十分复杂的版本,第一则开始文字和郑少垣本相同。但抄写了4页,从第5页开始文字有删节。第一至八卷文字一直在繁本和简本之间摇摆,有时是繁本,有时又是简本。从第九卷开始,直到最后第二十卷,整理者最后全部彻底采用了简本,插图和文字都是简本。

本人认为刘龙田本如此复杂的繁简交替不是底本不全,或抄手采用不同底本而是书商开始是根据一个繁本来抄写的,但抄写中抄手有时想省事,对文字做了简化,因此有时是繁本,有时是简本。因此前8卷在繁本和简本之间摇摆,直到第九卷以后才全部采用了简本。这种解释基本合理。

2)解释不完整。

四种混合本中除前两种解释较完整外,其他两种版本的来源目前解释都不十分完整,令人不十分满意。

- 英雄谱本

英雄谱本是"演义"系列李卓吾本和"志传"系列繁本郑少垣本的混合本。

英雄谱本主要是以李卓吾本为底本,部分文字改为以郑少垣本为底本。有些情况,采用了郑少垣本,如花关索故事是编写者觉得此故事值得收入;第十五、二十卷换郑少垣本可能是两个抄写者同时抄写,底本周转不过来。

但英雄谱本中还有很多文字不同于李卓吾本,而和郑少垣本相同,目前还无法解释为何会出现如此复杂情况。

- 北图藏本

北图藏本是"志传"系列简本"志传"小系列朱鼎臣本和"英雄志传"小系列刘荣吾本的混合本。

目前北图藏本现存问题还很多。包括:

为何此本第四十九则文字会出现刘荣吾本和朱鼎臣本的混合?

第四十九则之前此本文字是否也是刘荣吾本和朱鼎臣本混合?

此本插图为何分别和刘荣吾本和杨美生本相同?

绘图者为何要同时参考两个版本?

是否是因为文字抄写者在抄写刘荣吾本时,绘图者无法参考刘荣吾本,只好参考杨美生本?

这复杂的版本是如何编写绘制的?

北图藏本底本到底是哪个版本?

由于北图藏本是个残本,只根据目前资料还难以解释以上问题。

（六）两种"志传"简本关系研究

1. 书名、刊刻时间、插图研究

（1）两种"志传"简本分析方法

以上分析了"志传"简本和"英雄志传"简本，下面分析这两种之间的关系。主要从以下几方面分析。

- 书名。
- 刊刻时间。
- 插图。
- 文字差异一，两种简本文字差异。
- 文字差异二，两种简本和繁本文字差异。
- 文字差异三，两种简本和"演义"本"志传"繁本文字差异。
- 版本演化，包括两种简本之间关系，两种简本和其他"演义""志传"本的关系等。

（2）书名

《三国演义》书名很复杂，书名主要是两个词"通俗演义"和"三国志传"的组合。"演义"和"志传"书名有一定规律，"演义"书名是"三国志传"在前，"通俗演义"在后，即《三国志（传）通俗演义》。而"志传"书名相反，是"通俗演义"在前，"三国志传"在后，如《通俗演义三国志传》。

"志传"系列书名非常混乱，主要有三点。

第一，书名本身混乱。"志传"本书名主要是《通俗演义三国志传》，但也有些变化，包括"通俗演义三国全传""演义三国志史传""演义三国志传""演义三国英雄志传"等。

第二，书名的附加词混乱，如"新刻""考订""按鉴""全像""大字""京本""补遗"等，为比较方便下面省略了这些附加词语。

第三，各卷书名混乱，只有很少的版本各卷书名都一致，一般各卷书名还有差异，下表只选其中最主要的书名。

"志传"简本和"英雄志传"简本的主要书名见下表。

两种简本"志传"书名统计

分类		版本	书名（主要）	刊刻时间	
志传	通俗演义三国全（志）传	诚德堂本	通俗演义三国全传	1596年	万历二十四年
		刘龙田本	通俗演义三国志传	1609年	万历三十七年
		黄正甫本	通俗演义三国志传		崇祯
	演义三国志史传	朱鼎臣本	演义三国志史传		
		熊佛贵本	演义三国志史传	1603年	万历三十一年
	演义三国志传	天理图本	演义三国志传		
		费守斋本	演义三国志传		
英雄志传		刘兴我本	演义三国志传		崇祯
		刘荣吾本	演义三国志传		崇祯
	演义三国英雄志传	杨美生本	演义三国英雄志传		
		三余堂本	演义三国英雄志传		
		聚贤山房本	演义三国英雄志传		
		嘉庆七年本	演义三国英雄志传	1802年	嘉庆七年
		魏某本	演义三国英雄志传		
		郑乔林本	演义三国英雄志传		
		致和堂本	演义三国英雄志传		
		美玉堂本	演义三国英雄志传		
		继志堂本	演义三国英雄志传		
		松盛堂本	演义三国英雄志传		
		宝华楼本	演义三国英雄志传		

"志传"简本书名有三种：

- "通俗演义三国全（志）传"有诚德堂本、刘龙田本、黄正甫本，其中目前看到最早的诚德堂本书名中是"全传"，而其他都是"志传"。
- "演义三国志史传"有朱鼎臣本和熊佛贵本，比前一种少了"通俗"二字。
- "演义三国志传"有天理图本、费守斋本，"史传"改为"志传"。

"英雄志传"简本书名有两种：

- "演义三国志传"有刘兴我本、刘荣吾本，这两本属于"英雄志传"本，但书名和"志传"本天理图本、费守斋本书名相同，刘兴我本是"英雄志传"本目前看到最早的版本，说明"英雄志传"书名开始是和"志传"本书名相同，后加"英雄"二字。
- "演义三国英雄志传"很多，包括这类中最早的杨美生本，以后的三余堂本、聚贤山房本、嘉庆七年本、魏某本、郑乔林本、致和堂本、美玉堂本、继志堂本、松盛堂本、宝华楼等六卷本。

（3）刊刻时间

以下分析两种简本"志传"本，即"志传"简本和"英雄志传"简本的刊刻时间。

"志传"简本全部刊刻于明代，而"英雄志传"简本刊刻时间从明末延伸到清代。为比较清楚，省略了"英雄志传"简本的清刊本，只比较其明刊本。

"志传"简本和"英雄志传"简本刊刻时间

版本	"志传"简本						"英雄志传"简本	
	诚德堂本	忠正堂本	刘龙田本	朱鼎臣本	费守斋本	黄正甫本	刘兴我本	刘荣吾本
年号	万历二十四	万历三十一	万历三十七	万历	万历四十八	天启七	崇祯	崇祯
公元	1596	1603	1609		1620	1627		

从刊刻时间看：

"志传"简本最早是万历二十四年诚德堂本，最晚是天启七年黄正甫本，中间延续了31年。

"志传"简本都在天启七年之前，而最早的"英雄志传"本也在崇祯年间，崇祯元年就是天启七年，因此"英雄志传"简本基本和"志传"简本连接在一起，但"英雄志传"简本比"志传"简本要晚。

"志传"简本和"英雄志传"简本从刊刻时间看，两者没有时间重叠，基本是"志传"简本消失后，"英雄志传"本才出现的。因此有可能"英雄志传"简本来自"志传"简本。

这只是从目前看到的版本的刊刻时间分析，下面再从插图和文字分析。

（4）插图差异

分析两种简本"志传"的关系有两个方法，一个是比较文字差异，一个是比较插图差异。插图差异很明显，文字差异很复杂。下面先分析简单的插图，然后再分析复杂的文字差异。

要从插图研究"志传"简本和"英雄志传"简本的关系，就要从最早的"英雄志传"简本插图开始，查找和其最接近的"志传"简本插图。本章第二节曾研究过"英雄志传"三种明刊本刘兴我本、刘荣吾本和杨美生本的插图，经过对几种"英雄志传"简本和"志传"简本插图比较，发现和最早的"英雄志传"简本刘兴我本插图最接近的，刚好是"英雄志传"简本中最晚的黄正甫本。

从第一则开始到第二百四十则为止，对两本的每幅插图逐一比较，证明两本的插图从头到尾都很接近。刘兴我插图比黄正甫插图数量略少一些。

下面以第一则和第二百四十则为例，列出"志传"简本黄正甫本和"英雄志传"

简本刘兴我本两个版本的插图,可上下比对。

两种《志传》简本插图比较(第一、二百四十则)

	1-1	1-2	1-3
黄正甫本	灵帝登位青蛇遶殿	张角张宝起义造反	玄德张飞同议讨贼
刘兴我本	灵帝登位青蛇遶殿	张角张宝起义造反	玄德张飞同议寇贼
	1-4	2-1	2-2
黄正甫本	张世平赠玄德马疋	关羽张飞斩贼建功	玄德鄒靖青州解围
刘兴我本	张世平赠玄德马疋	关羽张飞斩贼建功	玄德鄒靖青州解围
	240-1	240-2	240-3
黄正甫本	柱領兵大敗吳兵	王濬駕樅燒斷鐵索	张悌沈莹戰死軍中

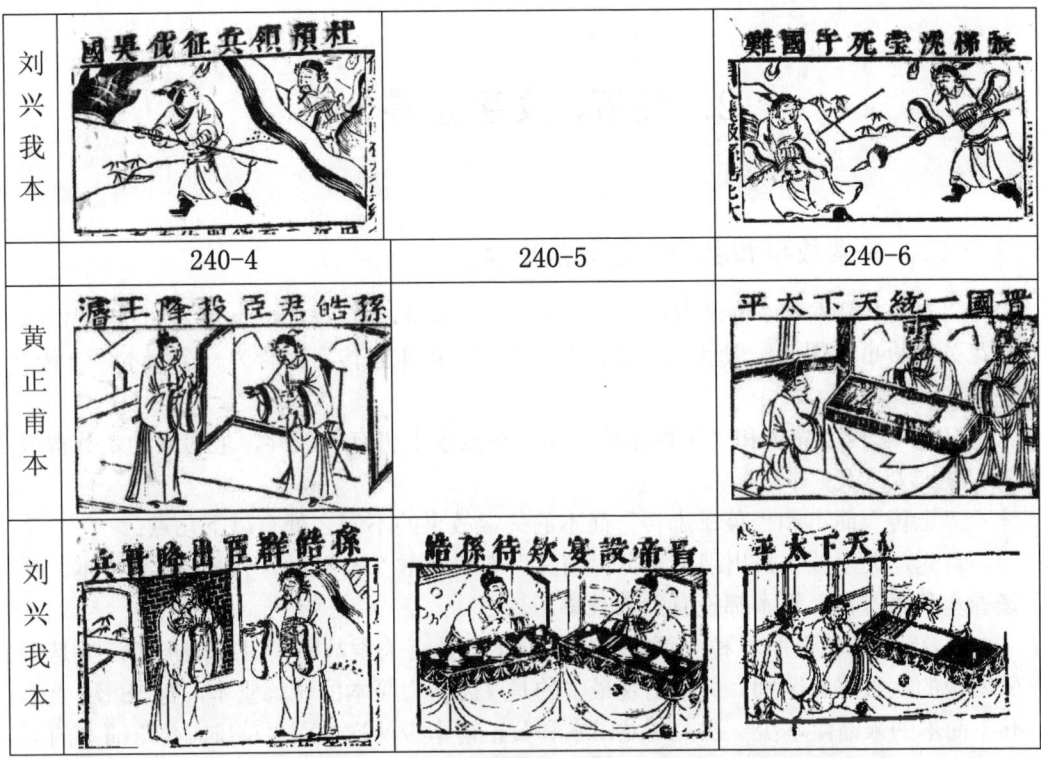

比较黄正甫本和刘兴我本第一至二则的 6 幅插图，可以看出两本插图几乎完全相同。只有第 3 幅插图中间刘备和左面关羽抱拳的方向略有不同，第 4 幅插图刘备背后黄正甫本有把椅子，而刘兴我本没有。两本插图上标题也完全相同。

比较黄正甫本和刘兴我本第二百四十则 6 幅插图中，第 1、3、6 幅 3 幅插图构图基本相同，但画法还是有差异。黄正甫本缺和刘兴我本对应的第 2 幅插图，刘兴我本缺和黄正甫本对应的第 5 幅插图。第 4 幅插图两本差异较大。两本插图上标题略有不同。

比较黄正甫本和刘兴我本插图，全书前半部分插图十分接近，中间部分有些插图不同，后半部分也有些差异。

导致插图有变化的根本原因是文字有变化。两本都是上图下文式，刘兴我本整体上文字删节、改写很多，这样导致刘兴我本就无法完全参照黄正甫本绘制插图，有些插图要和修改后的文字对应，就只好修改插图，或删除插图。这样就导致两本的插图不同。

从插图精细程度看，两本都很精细，很难判断先后。

黄正甫本和刘兴我本关系只有两种可能。因为黄正甫本刊刻于天启七年，而刘兴我本刊刻于崇祯年间，而两本插图如此接近，最大可能是父子关系，即刘兴我本翻刻黄正甫本。但也不排除它们是兄弟关系，有共同祖本，但如只从插图分析，存在这第三种共同祖本插图本的可能性不大。

总之，只从插图很难判断黄正甫本和刘兴我本的关系。

2. 故事、文字差异分析

（1）关索故事和糜夫人之死故事差异

"志传"简本和"英雄志传"简本都有关索故事，而"志传"繁本没有关索故事，有花关索故事。因此一般就把"志传"简本和"英雄志传"本合为一个简本"志传"系列。

但"志传"简本和"英雄志传"简本在故事上也有些差异，最明显的是关索故事和糜夫人之死。

"志传"简本和"英雄志传"简本的关索故事的不同之处有以下几点：

首先，关索故事只出现在部分"演义"本和简本"志传"本中，嘉靖元年本、叶逢春本和"志传"繁本都没有关索故事。

其次，"志传"简本和"英雄志传"简本中都有关索故事，且差别不大，但是关索出现的次数略有区别。关索出现最多的是"志传"简本的诚德堂本，有 18 次，"志传"简本的朱鼎臣本少一次，刘龙田本和黄正甫本少两次，而"英雄志传"简本的刘兴我本、刘荣吾本和杨美生本少 3 次。

这和它们刊刻时间也一致，刊刻时间早的关索出现次数多，刊刻时间晚的有所删节，次数就少。如刊刻最早的"志传"简本诚德堂本关索故事最多有 18 次，而刊刻晚的版本关索出现次数逐步减少，到"英雄志传"三个简本最少。

关索故事在各种不同版本中，有的版本有，有的版本没有，而糜夫人之死故事在所有版本中都有。

但糜夫人之死故事比关索故事在两种"志传"简本中的差异更大。

第八十二则"长坂坡赵云救主"中糜夫人之死，两个简本描写完全不同：
- "志传"简本文字和"演义"本相同，糜夫人是投井而死。
- "英雄志传"简本文字却和"志传"繁本相同，糜夫人是撞墙而死。

为什么都属于"志传"本，但"志传"简本却和"英雄志传"简本完全不同，根本原因还不清楚。

一般认为《三国演义》原本是撞墙而死，"演义"本改为投井而死。因此可能是"英雄志传"简本沿袭了"志传"繁本的撞墙而死。而"志传"简本参考"演义"本，也改为投井而死。

当然，也可能《三国演义》原本是投井而死，"志传"简本沿袭了"演义"本的投井而死，而"志传"本改为撞墙而死，因而"英雄志传"简本也随"志传"本改为撞墙而死。

(2) 文字差异分析方法

两种简本"志传"文字也有很大差异,分析文字差异的关键是思路必须清楚。根据以上分类,可分三层次进行分析。

第一是底层两种简本比较,第二是中层两种简本和"志传"繁本三种版本比较,最后是两种简本和"演义"本、"志传"繁本的全面四版本比较。

这样层层递进,对两种简本的文字做彻底比对。

- 底层两种版本:比较"志传"简本之间的文字差异,选择"志传"简本最晚的黄正甫本,和"英雄志传"简本最早的刘兴我本,比较两本的文字差异。
- 中层三种版本:比较两种"志传"简本,和"志传"繁本中叶逢春本和花关索繁本(余象斗本、郑少垣本等)之间文字差异。
- 全面四种版本:两种"志传"简本和"演义"本(周曰校本)、"志传"花关索繁本,这四种版本的文字差异。

最后根据以各种版本的差异,再分析这些版本之间关系和演化过程。

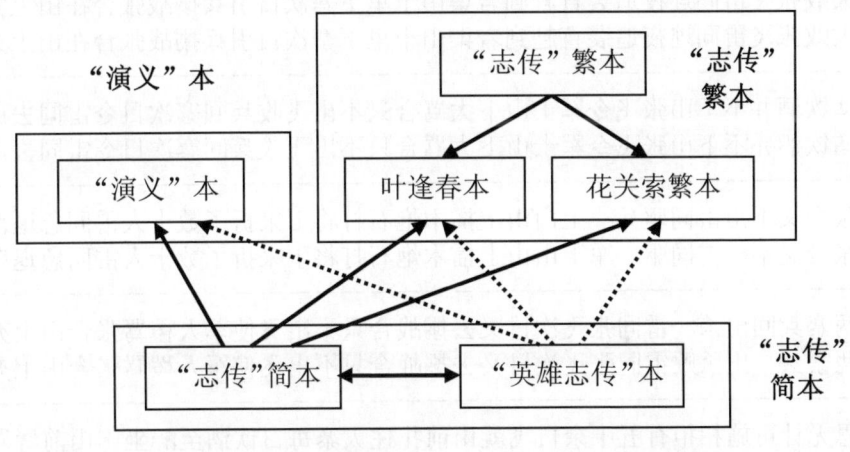

"志传"简本、"英雄志传"简本三种文字差异分析

(3) 两种"志传"简本关系分析

首先分析两种"志传"简本的文字差异情况。因为从刊刻时间看,"志传"简本都在"英雄志传"简本之前,因此选取"志传"简本最晚的黄正甫本(黄),和"英雄志传"简本最早的刘兴我本(兴)两本进行比较。

利用计算机对两本全部文字做计算机仔细比对后看出,两本文字差异有大有小。差异小的文字几乎完全相同,差异大的两本文字改动极大。

下面是其中三例。

第一例是差异最小的第一百三十九则"瓦口关张飞战张合",两本几乎完全相同,只有个别字不同。

第二例是第一则"刘关张桃园结义",刘兴我本文字略有修改,并删除了刘备出身的大段介绍。

第三例是文字差异最大的第二百二十四则"忠义士于铨守节",两本文字差异极大。

例1. 文字差异最小,第一百三十九则"瓦口关张飞战张合"

兴:张合所屯兵三万分为三寨一名岩渠二名蒙头三名荡石三寨人马各分一半取巴西留
黄:张合所屯兵三万分为三寨一名宕渠二名蒙头三名荡石三寨人马各分一半取巴西留

兴:一半守寨栅张飞在巴西阆中守城知张合兵来即　唤雷同商议同曰　阆中地面
黄:一半守寨栅张飞在巴西阆中守城知张合兵来　飞即唤雷同商议同曰关　中地面

兴:山路险阻可以埋伏将军出战我出奇兵必擒张合矣张飞　精兵五千与雷同飞自引
黄:山路险阻可以埋伏将军出战我出奇兵必擒张合矣　飞拨精兵五千与雷同飞自引兵

兴:万余离阆中三十里与张合兵相遇战到二十余合背后雷同从山中杀出两下夹攻合兵
黄:万余离阆中三十里与张合兵相遇战到二十余合背后雷同从山中杀出两下夹攻合兵

兴:大败张飞雷同连夜追袭直赶到宕渠山十里下寨次日引兵搦战张合在山上大吹大
黄:大败张飞雷同连夜追袭直赶到宕渠山十里下寨次日引兵搦战张合在山上大吹大

兴:擂饮酒并不下山张飞令军士山下大骂合只不出飞收兵回寨次日令雷同去山下搦战
黄:擂饮酒并不下山张飞令军士山下大骂合只不出飞收兵回寨次日令雷同去山下搦战

兴:张合又不出雷同驱兵　上山山上擂木炮石打将下来折了数十人雷同急退荡石蒙头
黄:张合又不出雷同驱　军上山山上擂木炮石打将下来折了数十人雷同急退荡石蒙头

兴:两寨兵回出杀　雷同张飞次日又去搦战合只不出飞使军人秽骂张合山上亦骂飞寻
黄:两寨兵　出杀败雷同张飞次日又去搦战合只不出飞使军人秽骂张合山上亦骂飞寻

兴:思无计可施相拒有五十余日飞就山前扎住大寨每日饮酒至醉坐　山前辱骂张合玄
黄:思无计可施相拒　五十余日飞就山前扎住大寨每日饮酒至醉坐于山前辱骂张合玄

兴:德差人军前犒劳见张飞饮酒回见玄德说飞饮酒恐失军务玄德大惊乃问孔明孔明笑
黄:德差人军前犒劳见张飞饮酒回见玄德说飞饮酒恐失军务玄德大惊乃问孔明孔明笑

兴:曰原来如此军前恐无好酒成都佳酿又多可将五十瓮装作三车送至军前与张将军饮
黄:曰原来如此军前恐无好酒成都佳酿又多可将五十瓮装作三车送至军前与张将军饮

兴:之玄德曰吾弟自来饮酒误事军师何故返送许多好酒　他　饮醉必被张合所害孔明
黄:之玄德曰吾弟自来饮酒误事军师何故返送许多好酒与他倘饮醉必被张合所害孔明

兴:笑曰主公与翼德许多年为兄弟尚不知其心也翼德性虽刚强收川之时义释严颜此非
黄:笑曰主公与翼德许多年为兄弟尚不知其心也翼德性虽刚强收川之时义释严颜此非

兴：	勇夫所为也今在宕渠与张合相拒五十余日近闻饮酒醉时只在山前秽骂非是贪杯乃
黄：	勇夫所为也今在宕渠与张合相拒五十余日近闻饮酒醉时只在山前秽骂非是贪杯乃

兴：	赚张合之计也玄德曰虽然如此未见真实可使魏延助之孔明令魏延押酒至军前车上
黄：	赚张合之计也玄德曰虽然如此未见真实可使魏延助之孔明令魏延押酒至军前车上

兴：	各插白旗大书军前公用好酒魏延解到寨中飞问此酒来历延答曰乃主公赐将军所饮
黄：	各插白旗大书军前公用好酒魏延解到寨中飞问此酒来历延答曰乃主公赐将军所饮

兴：	飞拜受讫分付魏延雷同各引一枝军马以为左右翼只看军中红旗起便各进兵飞令将
黄：	飞拜受讫分付魏延雷同各引一枝军马以为左右翼只看军中红旗起便各进兵飞令将

例 2. 第一则"刘关张桃园结义",刘兴我本和黄正甫本相比,文字略有修改,并删除了刘备出身的大段介绍,后面曹操和孙坚出身的介绍也删除了。

兴：	且说张角兵犯幽燕界　　　　　　幽州太守刘焉
黄：	张角兵犯幽燕界校尉邹靖来见幽州太守刘焉字君朗江夏竟陵人汉鲁恭王之后

兴：	召校尉邹靖问曰黄巾生发如之何　邹靖曰天子明诏令各处讨贼明公何不招军
黄：	焉问　校尉邹靖　曰黄巾生发如　何除邹靖曰天子明诏令各处讨贼明公何不招军

兴：	以助　国威焉然其言即出榜各处张挂召募义兵时涿州涿郡　楼桑村一个英雄
黄：	以助国用　　焉　即出榜各处张挂召募义兵时涿州涿　县楼桑村一个英雄

兴：	生得身长七尺五寸两耳垂
黄：	爱音乐美服饰少言语礼下于人好交游天下豪杰素有大志生得身长七尺五寸两耳垂

兴：	肩双手过膝龙眉凤　眼面如冠玉唇若涂朱乃中山靖王刘胜之后汉景帝玄孙姓刘名
黄：	肩双手过膝龙眉凤目　面如冠玉唇若涂朱乃中山靖王刘胜之后汉景帝玄孙姓刘名

兴：	备字玄
黄：	备字玄德昔刘胜之子刘贞汉武帝元狩六年封为涿县陆城亭侯因此一支流落在涿县

兴：	
黄：	玄德祖刘雄父刘弘鲁举孝廉州郡为吏弘早丧玄德事母至孝家贫编履织席为业玄德

兴：	
黄：	草舍有株桑树高五丈余枝叶茂盛重重如车盖人皆言此树非凡有相士李定曰此家必

兴：	
黄：	出贵人玄德幼时与乡中小儿戏于树下曰我为天子当秉此羽葆盖车叔父戒之曰汝勿

兴：	
黄：	妄言灭吾门也年一十五岁与同宗刘德然辽西公孙瓒为友德然父刘元起见玄德家贫

兴:	德年
黄:	常资给之元起妻曰各自一家何能济他元起曰宗中此儿非常人也中平元　年涿郡招

兴:	二十八岁立于榜下长叹一声而回后有一人厉声言曰大丈夫不与国家出力
黄:	军时玄德二十八岁立于榜下　叹　声而回后有一人厉声言曰大丈夫不与国家出力

兴:	何故长叹耶玄德回头见其人形貌非常　长身八尺豹头环眼燕颔虎须声若巨雷势如
黄:	何故长叹耶玄德回头见其人形貌非常身长　八尺豹头环眼燕颔虎须声若巨雷势如

兴:	奔马遂　与此人同入村中问其姓名其人答曰姓张名飞字翼德世　居涿郡颇有庄
黄:	奔马　玄德与此人同入村中问其姓名其人答曰姓张名飞字翼德世家　涿郡颇有庄

兴:	田卖酒屠猪好结天下壮士见公看榜何故长叹玄德曰吾乃汉室宗亲姓刘名备字玄德
黄:	田卖酒屠猪好结天下壮士见公看榜何故长叹玄德曰吾乃汉室宗亲姓刘名备字玄德

兴:	今闻黄巾贼劫掠州县恨独力不能扫除耳飞曰正合吾机　　遂邀玄德入店饮酒正饮
黄:	今闻黄巾贼劫掠州县恨独力不能扫除耳飞曰正合吾机正坐　　　　　饮酒

兴:	间见一大汉　　　　下车入店唤酒保快将酒来我好赶入城投军玄德看其人身长九
黄:	见一大汉来店门外下车入店唤酒保快将酒来我好赶入城投军玄德看其人身长九

例3. 文字差异最大, 第二百二十四则"忠义士于铨守节"。

兴:	骡装载　赏军之物四面聚　积于阵后是　日诸葛诞　　令吴将朱异　　　在
黄:	骡　　及赏军之物四面聚集　　　　当日诸葛诞同文钦　　朱异等三路军

兴:	左文钦在右只见魏阵中人马　　不整诞更不打　话乃大驱士马径进成倅
黄:	马杀来便不　　　答话　　　　　　成倅所领军

兴:	引兵　　　　退去诞　掩杀过来忽一声
黄:	马皆老弱之　兵抵当不住望后便走　诞率大军掩杀　　　魏兵大乱司马昭

兴:	炮响两路兵杀来左有石苞右有陈骞诞大惊急欲退时
黄:	令军中放起炮来石苞陈泰听得炮响

兴:	王基陈骞引　兵杀到淮南兵大败　　　　司马昭　引
黄:	引军一齐　杀　　　出势如山倒司马昭又引生力军冲杀诸葛诞之

兴:	兵接应　　诞引败兵　奔入寿春　闭门坚守　　　昭令兵四面困定
黄:	兵　四面受敌诞引败兵冲出奔入寿春城内坚闭　　不出司马昭

兴:	并力　　攻城　此时吴兵屯于　安丰魏主车驾驻于项城锺会　　曰今诸葛
黄:	驱军围城攻　打此时吴兵　　退入安丰魏主车驾驻于项城锺会与昭曰今诸葛

```
兴：诞      岁败入城粮草尚多况           有吴兵屯于安丰为犄角之势今  四面围定
黄：诞之兵岁败入城         屯住不出更有吴兵屯于安丰为犄角之势  若四面围定

兴：  缓则坚守不出急则  必然死战  倘吴兵  复来    夹攻       如之奈何不如
黄：太         急  贼必  死战矣  吴兵若  来内外夹攻吾兵无益        不如

兴：只攻三门留南门容贼自走若走而击之                            可不战
黄：只攻三门留南门容贼自走      贼出必然带粮不多吾以轻骑抄掠其后可不战

兴：而自破矣昭           笑曰吾今得  子房也遂    令王基  退南  面之兵
黄：而自破矣昭闻锺会之谋乃大喜  曰吾    之子房也  于是令王基彻退南门  之兵

兴：        筑起土城以      为久    计原来淮水      泛滥土城一
黄：只攻东西北三门各筑  起    土石坡为久攻之计原来淮水长发将坡

兴：冲便倒寿春城上军士望  之大笑不止却说吴兵屯于安丰孙綝唤朱异等责曰一寿春
黄：冲  倒    城上军士望见  大笑    却说吴兵屯于安丰孙綝唤朱异  责曰一寿春

兴：尚不能  救安能并得中原再若不胜必斩汝首朱异等回寨商议牙将于铨进曰城中
黄：尚不能取何    能并得中原再若不胜必斩汝首朱异等回寨商议  于铨进曰城中
```

从以上 3 例可得出如下结论：
- 例 1 两本文字几乎相同。
- 例 2 刘兴我本对刘备出身做了删节，类似删节处很多。
- 例 3 两本文字差异很大，改写很严重，各有增补和删节，类似例子很多。

由此来看，刘兴我本或出自黄正甫本，或它们有共同祖本，仅从文字难以判别。

（4）"志传"简本和"志传"繁本的文字差异

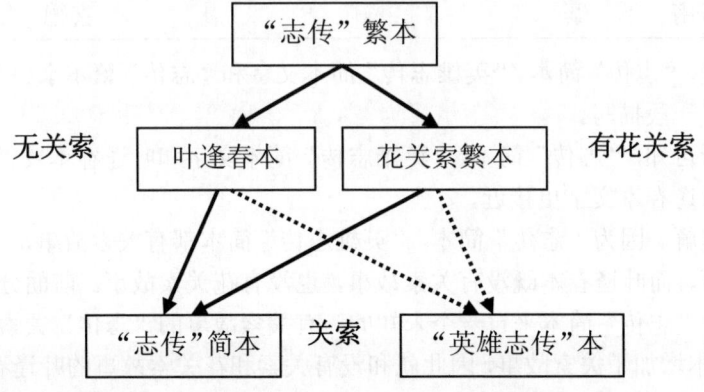

"志传"简本、"英雄志传"简本和"志传"繁本文字差异示意图

"志传"系列分简本和繁本两个系列,一般认为简本是繁本的删节本。但简本是如何从繁本删节出来的,"志传"繁本又分没有任何关索的叶逢春本和有花关索的繁本两种,"志传"简本是从哪种繁本删节出来的,都需要研究。

例1. 第一则"祭天地桃园结义"

余:	汉武帝元狩六年封为涿　　　　　　　　　　　县玄德祖父刘雄父刘弘
叶:	汉武帝元狩六年封为涿县陆城亭侯因此这一支流落在涿县玄德祖父刘雄父刘弘
熊:	汉武帝□□六年封为涿县陆城亭侯因此　一支流落在涿县玄德祖　刘雄父刘弘
黄:	汉武帝元狩六年封为涿县陆城亭侯因此　一支流落在涿县玄德祖　刘雄父刘弘

此例很清楚,"志传"简本和"英雄志传"简本文字都和叶逢春本相同,而和"志传"繁本余象斗本不同。

例2. 第五则"董卓议立陈留王"

余:	
叶:	曹仙有诗　曰腐草为萤尚按时也曾　照夜向庭帏莫嫌　微物相轻贱曾与君王指路迷
熊:	曹仙　　诗曰腐草为萤尚按时也　会照夜向庭幢莫嫌　微物相轻贱鲁与君王指路迷
黄:	曹仙　　诗曰腐草为萤尚按时也鲁　照夜向庭帏莫　言微物相轻贱鲁与君王指路迷

此例也很清楚,"志传"简本、"英雄志传"简本文字都和叶逢春本相同,都有一首诗,而"志传"繁本余象斗本缺这首诗。

以上都是"志传"简本、"英雄志传"简本文字和叶逢春本相同,而"志传"繁本不同,这类例子最多。

但也有相反的例子,"志传"简本、"英雄志传"简本文字和"志传"繁本相同,而和叶逢春本不同,但这类例子不多。

例3. 第三十一则"吕布辕门射戟"

余:	已到沛县于东南□　住寨棚　　　　　　　　　　　玄德县中止有
叶:	已到沛县　东南　下住寨棚日间旗帜遮敌山川夜间火皷鸣动天地玄德县中止有
熊:	已沛县　东南　下　寨　　　　　　　　　　　　　玄德
黄:	已　　　东南　下　寨　　　　　　　　　　　　　玄德

此例很清楚,"志传"简本、"英雄志传"简本文字和"志传"繁本余象斗本相同,而叶逢春本多了一段描写。

由以上分析可知,"志传"简本、"英雄志传"简本文字和叶逢春本及"志传"繁本都不同,和叶逢春本文字更接近。

这也很好理解。因为"志传"简本、"英雄志传"简本都有关索故事,"志传"繁本有花关索故事,而叶逢春本既没有关索故事,也没有花关索故事。前面分析关索故事时指出,两种"志传"简本来自一个未知的、有关索故事的"志传"关索繁本,此本参照"演义"本增加了关索故事,因此就和没有关索和花关索故事的叶逢春本接近。而"志传"繁本增加了花关索故事,因此就和增加关索故事的"志传"简本文字差别要大一些。

再结合第一种情况,"志传"简本、"英雄志传"简本都有关索故事,因此可能有一个关索繁本为简本的共同祖本。

以上分析符合"树状"的演化过程。

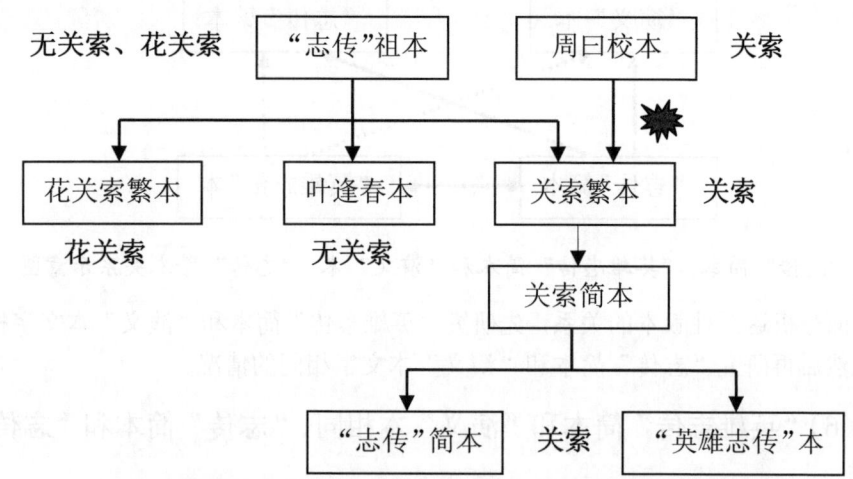

"志传"简本、"英雄志传"简本和"志传"繁本演化示意图

以上对两种"志传"简本的书名、刊刻时间、插图和两种文字差异进行了介绍和分析,基本都可以解释。但下面介绍的四种版本文字差异解释就困难了。

(5) 四种版本的文字差异

以上比较了两种"志传"简本的文字,和两种"志传"简本和"志传"繁本三种版本文字,下面比较两种"志传"简本和"演义"本、"志传"繁本这四种版本。

"志传"简本、"英雄志传"简本、"演义"本和"志传"繁本四种版本比对,一共有多种情况。

- 某个版本单独修改文字,这类情况很多,很常见,无须分析。
- 两个版本同时修改文字,两种"志传"简本文字相同比较简单,如前面介绍例1就是两本文字相同,同时修改。
- 两种特殊情况,即两种简本"志传"本分别和"演义"本和"志传"繁本文字相同。

这两种情况从"志传"简本和"英雄志传"简本看:

- "志传"简本文字和"演义"本文字相同,"英雄志传"简本文字和"志传"繁本相同。
- "志传"简本文字和"志传"繁本文字相同,"英雄志传"简本文字和"演义"本文字相同。

这两种情况从"演义"本和"志传"繁本看:

- "演义"本文字和"志传"简本文字相同,"志传"繁本和"英雄志传"简本文字相同。

- "演义"本文字和"英雄志传"简本文字相同,"志传"繁本文字和"志传"简本文字相同。

这四种版本关系十分复杂,如下图所示。

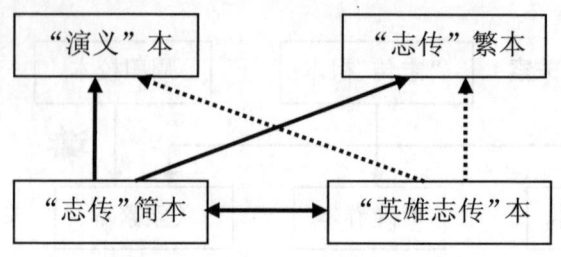

"志传"简本、"英雄志传"简本和"演义"本、"志传"繁本关系示意图

下面分析这四种版本的关系,先研究"英雄志传"简本和"演义"本文字相同的情况,然后再研究"志传"简本和"演义"本文字相同的情况。

(6)"英雄志传"简本和"演义"本相同、"志传"简本和"志传"繁本相同

先研究"英雄志传"简本和"演义"本文字相同,而"志传"简本和"志传"繁本文字相同的情况。

中川谕先生2019年8月19日在中国古代小说国际研讨会(2019)发表论文《"明代的〈三国英雄志传〉——〈三国英雄志传〉研究绪论》一文,指出一种奇怪的现象,即"英雄志传"简本和"演义"本文字相同,而"志传"简本文字和"志传"繁本相同。对此,中川谕先生认为:"这是很难解决的问题,要深入研究。在这儿,只指出这个问题,改稿而继续探索。"下面是中川先生所举的例子。

例1. 第六则"吕布刺杀丁建阳"

```
周: 素不曾 参      国政又无伊尹霍光  之大才何   敢强主废立之事圣  人
兴: 素不曾 参预     国政又无伊尹霍   公之大才何故  强主废立之事   昔人
诚:         未参 议 国政
叶: 素不曾 参      愿国政又
————————————————————————
周: 有云有伊尹之志则可无伊尹之志则篡也汝莫  不待    篡汉天下耶董卓大怒
兴: 有云有伊尹之志则可无伊尹之志则篡也汝莫非     要篡汉天下耶董卓大怒
诚:                            汝莫非     要篡汉天下耶董卓大怒
叶:             无伊尹之志则篡也汝莫非  待   篡汉天下耶董卓大怒
————————————————————————
周: 拔剑向前欲杀   植侍中蔡邕议郎彭伯谏曰卢尚书海内大儒人之望也今先
兴: 拔剑向前欲杀卢植侍中蔡邕议郎彭伯谏曰卢尚书海内大儒人之望也今先
诚:       欲杀卢植
```

下编　版本研究　二、《三国演义》版本研究　1045

```
叶：拔剑向前欲杀卢植
———————————————————————
周：害之                                          天下
兴：害之                                          天下
诚：　百官　　　　告免植曰我非篡爵禄　久恋洛阳　不忍汉天下到此废矣
叶：　百官皆拜于地而告免植曰我非慕爵禄而久恋洛阳乃不忍汉天下到此废矣
———————————————————————
周：　　震　怖卓乃止但免植官　　遂逃难而　隐　上　谷司徒王允出曰废立之事
兴：　　惶怖卓乃止但免植官植遂逃难　　隐于上　谷
诚：长叹　　　　　　　　　　　　而去隐于　山谷司徒王允　曰废立之事
叶：长叹　　　　　　　　　　　逃难而去隐于　山谷司徒王允出曰废立之事
```

此例特点：

- "英雄志传"小系列刘兴我本文字和"演义"系列周曰校本相同，文字分别有的删节脱落，有的不删节脱落。
- "志传"小系列诚德堂本文字又和繁本叶逢春本相同，与"英雄志传"刚好相反，"英雄志传"删节脱落的"志传"不删节脱落，而"英雄志传"不删节脱落的，"志传"删节脱落。

除此例外，"英雄志传"本和"演义"本文字相同，而"志传"本却和繁本文字相同，类似例子还很多。

这种情况在全书前半部分很少，但最后第二百十七至二百二十八则中突然大量增加。下面一例是此类例子较多的第二百二十三则"忠义士诠死节"中一例。

例2. 第二百二十三则"忠义士诠死节"

```
周：从之遂催兵　攻围　　　　　全　祎感　昭　恩　　德乃修
兴：从之遂催　军攻围　　　　　全　祎感　昭　恩　　德及修
郑：　　　　兵　围合四面　　却说全辉　感司马昭之恩遂写
诚：　　　　兵　　　四面围合　　全辉　感司马昭之恩遂写
———————————————————————
周：家书与父全端叔全怪言孙琳不仁再若无功尽诛老小以书射入城中
兴：　书与父全端叔全怪言孙琳不仁再若无功尽诛老少以书射入城中
郑：家　　　　　　　　　　　　　　　　　　　　　　书射入城中
诚：家　　　　　　　　　　　　　　　　　　　　　　书射入城中
———————————————————————
周：
兴：
郑：言孙琳不仁责我等慢功尽要诛戮　　今口传降魏以保全身命全
诚：言孙琳不仁看我等慢功尽要诛戮不若　　降魏以保　身命全
———————————————————————
周：怪得祎　　书遂　　　　　引数千人　　　开门　降魏
兴：怪得祎　　书遂　　　　　引数千　骑　　开门　降魏
```

郑：	择	收了子书		与长子全端引		本部兵开门出降	
诚：	怪	收了		大惊与长子全端引		本部兵	出降魏

此例很明显，"英雄志传"简本刘兴我本文字和"演义"周曰校本相同，而"志传"简本诚德堂本文字和"志传"繁本郑少垣本相同。

（7）文字相同数统计

为彻底搞清楚"英雄志传"本和"演义"本文字相同的问题，下面对文字相同的数量进行统计。"英雄志传"本选刘兴我本，"演义"本选周曰校本。文字相同数量统计每2则内刘兴我本和周曰校本大段文字相同，而和"志传"简本、繁本不同的数量。列出"英雄志传"刘兴我本和"演义"周曰校本全书的文字相同数统计结果。

刘兴我本和周曰校本文字相同数量分则统计表

卷则	1 2	1 2	3 4	5 6	7 8	9 10	11 12	13 14	15 16	17 18	19 20	21 22	23 24
相同	周	0	2	2	0	1	0	1	0	0	0	0	0

卷则	3 4	25 26	27 28	29 30	31 32	33 34	35 36	37 38	39 40	41 42	43 44	45 46	47 48
相同	周	0	0	0	0	1	1	0	0	0	0	1	2

卷则	5 6	49 50	51 52	53 54	55 56	57 58	59 60	61 62	63 64	65 66	67 68	69 70	71 72
相同	周	1	0	0	0	0	0	0	0	0	0	0	0

卷则	7 8	73 74	75 76	77 78	79 80	81 82	83 84	85 86	87 88	89 90	91 92	93 94	95 96
相同	周	0	0	0	0	0	0	0	0	1	0	0	0

卷则	9 10	97 98	99 100	101 102	103 104	105 106	107 108	109 110	111 112	113 114	115 116	117 118	119 120
相同	周	0	0	0	0	0	0	0	0	0	0	0	1

卷则	11 12	121 122	123 124	125 126	127 128	129 130	131 132	133 134	135 136	137 138	139 140	141 142	143 144
相同	周	0	0	0	0	3	4	1	6	0	0	0	0

卷则	13 14	145 146	147 148	149 150	151 152	153 154	155 156	157 158	159 160	161 162	163 164	165 166	167 168
相同	周	0	0	0	1	0	1	0	1	1	0	3

卷则	15 16	169 170	171 172	173 174	175 176	177 178	179 180	181 182	183 184	185 186	187 188	189 190	191 192
相同	周	0	0	0	0	0	0	1	3	0	4	2	0

卷则	17 18	193 194	195 196	197 198	199 200	201 202	203 204	205 206	207 208	209 210	211 212	213 214	215 216
相同	周	0	1	0	1	0	2	4	1	4	0	1	0

卷则	19 20	217 218	219 220	221 222	223 224	225 226	227 228	229 230	231 232	233 234	235 236	237 238	239 240
相同	周	27	17	11	20	12	22	1	0	0	0	0	0

刘兴我本和周曰校本文字相同数分卷统计表

卷	1	2	3	4	5	6	7	8	9	10
相同数	5	1	2	5	1	0	0	1	0	1

卷	11	12	13	14	15	16	17	18	19	20
相同数	8	6	2	5	0	10	4	10	109	0

(8) 文字差异分析

统计刘兴我本和周曰校本文字相同处,全书可分为以下三部分。

- 第一部分是前 18 卷:每 2 则文字相同例子最多有 10 例,合计 61 例。
- 第二部分是第十九卷:第二百十七则至第二百二十八则 12 则中,每 2 则文字相同例子大增,最多第二百十七、二百十八则有 27 例,合计有 109 例,平均每则 9 例。
- 第三部分第二十卷:文字相同例子为 0。

总结以上分析,在以上三部分中,第一、三部分中,"英雄志传"简本比较正常,但最关键的第二部分第十九卷很反常,其他各卷都在 10 例以下,但第十九卷增大到 102 例,扩大到 10 倍。为何文字会出现各卷不同的情况,说是巧合怕很难解释。

"英雄志传"简本从书名、文字简略、上图下文插图形式等多方面看,都应该是"志传"繁本的删节本,"英雄志传"简本文字应该和"志传"繁本接近。但根据以上统计,这样同属于简本"志传"系列的"英雄志传"简本中,尤其是第二部分,却出现了"英雄志传"简本文字分别和"志传"繁本和"演义"本文字相同的相反情况。这很奇怪,绝对不是巧合,必然有其原因。

(9)"志传"简本和"演义"本相同、"英雄志传"简本和"志传"繁本相同

以上分析了"英雄志传"简本和"演义"本文字相同、"志传"简本和"志传"繁本相同的情况,下面再分析相反的情况,即"志传"简本和"演义"本相同、"英雄志传"简本和"志传"繁本文字相同的情况。

这类最典型的例子是前面介绍的糜夫人之死。第八十二则"长坂坡赵云救主"中糜夫人之死,两个简本描写完全不同:

- "志传"简本文字和"演义"本相同,糜夫人是投井而死。
- "英雄志传"简本文字却和"志传"繁本相同,糜夫人是撞墙而死。

这类文字相同的例子全书合计有 40 余处,在全书中分布和前面"英雄志传"简本相似,也是前 235 则每则只有几处,合计约 10 处,而最后 5 则第二百三十六至二百四十则,类似例子合计有 45 处。

全书 240 则中前 235 则中约有 10 处,平均约 24 则才有 1 处,举例如下:

例1. 第五十六则"刘玄德古城聚义"

周:	绍笑曰吾实爱之故戏言耳汝可使人召之玄德曰　即遣孙干　去召之绍大喜
诚:	绍　曰吾实爱之故戏言耳汝可使人召之玄德曰可　遣孙干前去　　绍喜
兴:	绍笑曰吾　　　戏　耳　　　　　玄德
余:	绍笑曰吾实爱之故戏言耳
	————————————————————————
周:	玄德出　　　简雍曰　刘玄德此去　必不回矣绍曰当如之
诚:	即令干先行玄德　辞绍往荆州简雍曰　　玄德此去又　不回矣
兴:	出　　　简雍曰恐　玄德此去　　不
余:	玄德出　　　简雍曰　刘玄德此去　必不回矣绍曰当如之

例2. 第三十则"孙策大破严白虎"

周:	伏　　其军　离城二十五里　　　　　太史慈　到那里人因马乏
诚:	伏　兵　　　　五十里守　之若　史慈杀到　人困马乏
兴:	伏　兵　　　　五十里　外守之若　　慈杀到　人困马泛
叶:	伏一　　军万　　五十里　外
	————————————————————————
周:	必然捉他原来　　　太史慈所招　　　大半是山越之　民不
诚:	必然捉他原来　　　　太史慈所招精壮三千大半是山越　人民不
兴:	必　　　　能擒矣孙策度量太史慈
叶:	策度量太史慈
	————————————————————————
周:	在县内闻孙策忽至　措手不及兵已三面困县太史慈　引兵急冲　　乱
诚:	在县内闻　策　兵至措手不及　　　　史慈领　兵　冲出被　乱
兴:	引兵　冲出　将乱
叶:	引兵　冲出　乱

这两例基本一样,有两个特点:
- "志传"简本诚德堂本和"演义"本周曰校本文字相同。
- "英雄志传"简本刘兴我本和"志传"繁本叶逢春本文字相同。

因此,"志传"简本和"英雄志传"简本分别和"演义"本和"志传"繁本文字基本相同。

这种情况和"志传"简本一样很反常,"志传"简本应该和"志传"繁本文字相同,和"演义"本不属于一个系列,文字应该不同。但在此处刚好相反。

这种情况在前 235 则中数量很少,约有 10 例,这些例子都是个别例子,不是大段文字差异,因此这种情况可能只是偶然巧合等原因,此处不再举例说明了。

(10) 最后 4 则"志传"简本和"演义"本相同,"英雄志传"简本和"志传"繁本相同

仔细比对"志传"和"演义"系列版本文字差异,在前 235 则中,"志传"简本和"演义"本相同、"英雄志传"简本和"志传"繁本文字相同例子很少,约有 10 例,平均每 24 则有 1 例。

但和"英雄志传"简本一样,"志传"简本在第二十卷最后 5 则(第二百三十六至二百四十则),这种情况突然大量增加到 45 例,平均每则约有 9 例。前面 235 则合计只有 10 例,平均每则为 0.04255 例,而最后 5 则平均每则有 9 例,是前面的 211 倍之多。

- 第二百三十六则"锺会邓艾大争功"有 7 例。
- 第二百三十七则"姜维一计害三贤"有 14 例。
- 第二百三十八则"司马复夺受禅台"有 13 例。
- 第二百三十九则"羊祜病中保杜预"有 3 例。
- 第二百四十则"王濬智取石头城"有 8 例。

例 1. 第二百三十八则"司马复夺受禅台"

```
周：赐住宅月给            请受赐    绢万疋奴婢百人子刘瑶及群臣樊建谯周郄正等皆
诚：赐住宅月给俸米              绵帛  万 奴婢百人子刘瑶及群臣樊建谯周郄正等皆
兴：赐住宅月给俸米随行                                           郄正等皆
余：赐住宅月给俸米随行                                           郄正等皆
----------------------------------------------------------------
周：封    侯爵后主谢恩出内昭因   黄皓蠹国害民令武
诚：封    侯爵后主谢恩      昭曰   黄皓蠹国害民令武
兴：封  列侯              宦官黄皓蠹国害民    处斩于市曹后主拜谢而
余：封为列侯              宦官黄皓蠹国害民    处斩于市曹后主拜谢而
----------------------------------------------------------------
周：士押出市曹凌迟处死次日后主亲诣  司马昭府  下拜谢  昭     设宴  款待先
诚：士押出    凌迟处死次日后主亲   到司马昭府    拜谢  昭     设宴饮  待先
兴：   出           次日后主     到司马昭府中  拜谢昭请入后堂设宴   待
余：   出           次日后主     到司马昭府中  拜谢昭请入后堂设宴   待
----------------------------------------------------------------
周：以    魏    乐舞戏于前蜀官      伤感  独后主喜之        昭令蜀人扮
诚：以    魏    乐舞戏于前蜀官尽皆  感伤独后主喜之         昭令蜀人扮
```

兴	之	命	乐舞			奉酒时		昭
余：	之令魏	般乐舞戏于前				酒	至半酣昭	

周：	蜀	乐		于前蜀		官尽皆堕泪
诚：	蜀	乐		口戏于前蜀		官尽皆堕泪
兴：	命所房蜀	乐入奉	作川中百戏	蜀中所降文武	含	泪
余：	命 房蜀之音乐入奏蜀乐作川中百戏			蜀中所降文武莫不伤感含		泪

周：	后主喜笑自乐酒至半酣昭与	蜀官曰人之无情乃 至于	此虽使诸葛亮在亦
诚：	后主喜笑自乐酒至半酣昭与众	官曰人之无情 以至	如此虽使诸葛
兴：	而		
余：			

周：	不		能辅之久	全何况姜维乎乃问后主曰
诚：	不		能	保全何况姜维乎乃问后主曰
兴：	不敢哭惟安乐公谈笑自如	并无忧色昭		问　曰
余：	而不敢哭惟安乐公谈笑自	若并无忧色昭		问　曰

周：	颇思蜀否	后主曰此间乐	不思蜀也		
诚：	颇思蜀否	后主曰此间乐	不思蜀也		
兴：	颇思蜀否禅	曰此间	快活不思蜀也昭	曰人之无情乃至于此虽诸葛	
余：	颇思蜀否禅	曰此间	快活不思蜀也昭视贾充而言曰人之无情乃至拎此虽诸葛		

周：	
诚：	
兴：	不能辅　　何况姜维乎　　史官诗　曰喜闻　作乐笑颜开不念　亡危
余：	不能辅其久全何况姜维乎静轩先生　诗叹曰　　追欢作乐笑颜开不念危亡

周：		须臾	后主	起身更衣郤正	跟	至 厢下
诚：			后主	起身更衣郤正	跟	至 厢下
兴：	半点哀快活异乡忘故国方知后主是庸才须臾	后主禅起	更衣郤正随		至廊 下	
余：	半点哀快活异点忘故国方知后主是庸才须	曳	禅起	更衣郤正	赶至廊 下	

　　此例很明显，"志传"简本诚德堂本文字和"演义"周曰校本基本相同，而"英雄志传"简本刘兴我本文字和"志传"繁本余象斗本基本相同。这类情况在第二十卷最后5则（第二百三十六至二百四十则），有45例，平均每则约有9例，不可能是巧合。

　　以上"英雄志传"和"志传"简本和"演义"本文字相同的情况，在全书各处都有零星出现，但大多数都是在全书最后部分出现。可是两种情况的位置和数量还略有不同：
- "英雄志传"简本和"演义"本相同是在全书最后第二百一十七至二百二十八则这 12 则之中，有 109 例，平均每则 9 例。
- "志传"简本和"演义"本相同是在全书最后第二百三十六至二百四十则这 5 则之中，有 45 例，平均每则也是 9 例。

两种情况平均每则都有 9 例，这说明这种情况出现的概率差不多。

3. 文字差异研究

（1）文字相同可解释的情况

以上介绍了两种"志传"简本和"演义"本、"志传"繁本的三种情况。

第一是两种简本比较，第二是两种简本和"志传"繁本三种版本比较，最后是两种简本和"演义"本、"志传"繁本四版本比较。

前两种情况用树状演化图基本可以解释，但第三种情况比前两种复杂，不是树状演化，而是交叉演化。即两种"志传"简本文字分别交叉和"演义"本和"志传"繁本文字相同，这样用树状演化就很难解释了。

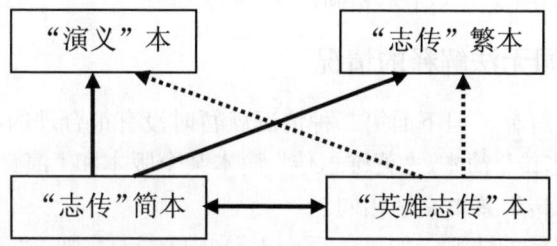

"志传"简本、"英雄志传"简本和"演义"本、"志传"繁本关系示意图

第一，"志传"简本、"英雄志传"简本每个版本在全书中都各自和"演义"本、"志传"繁本文字相同。

第二，"志传"简本、"英雄志传"简本某个版本和"演义"本文字相同时，另一个版本却和"志传"繁本另一个版本相同。

这种情况试用前面的树状演化图来解释。

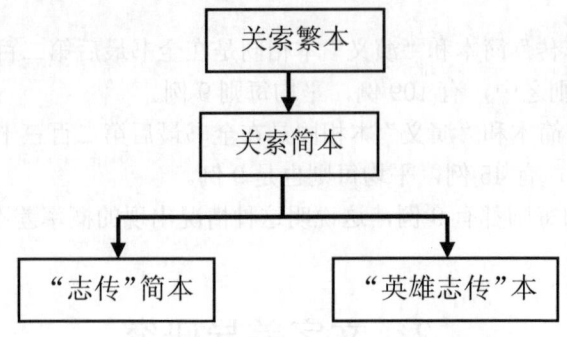

两种"志传"简本树状演化示意图

在前面的树状演化图中,设想"志传"简本、"英雄志传"简本都来自一个关索故事简本,而此关索简本又是一个关索繁本的删节本。

下面分析"志传"简本、"英雄志传"简本这两种情况。

第一种情况是,"志传"简本、"英雄志传"简本每个版本在全书中都各自和"演义"本、"志传"繁本文字相同。

在上述演化图中,两个"志传"简本共同祖本的关索繁本,在全书不同文字分别和两种简本文字相同,是可能的。即第二百十七至二百二十八则,关索繁本和"英雄志传"简本、"演义"本文字相同,而在最后第二百三十六至二百四十则,关索繁本又和"志传"简本、"演义"文字本相同。

(2) 文字相同无法解释的情况

上述情况基本可解释,但下面第二种情况就暂时没有很合理的解释。

这种情况是,"志传"简本、"英雄志传"简本某个版本和"演义"本文字相同时,另一个版本却和"志传"繁本文字相同。

这是目前最难解释的情况。如第二百十七至二百二十八则,"英雄志传"简本和"演义"本文字相同,而"志传"简本文字却和"志传"繁本文字相同。而它们又有共同祖本关索繁本,则此本文字到底是"演义"本,还是"志传"繁本呢?最后第二百三十六至二百四十则也有相同问题。

"英雄志传"简本(或"志传"简本)应该属于"志传"本系统,但此处文字却和"演义"本文字相同。要解决这个问题,只有两个解释。

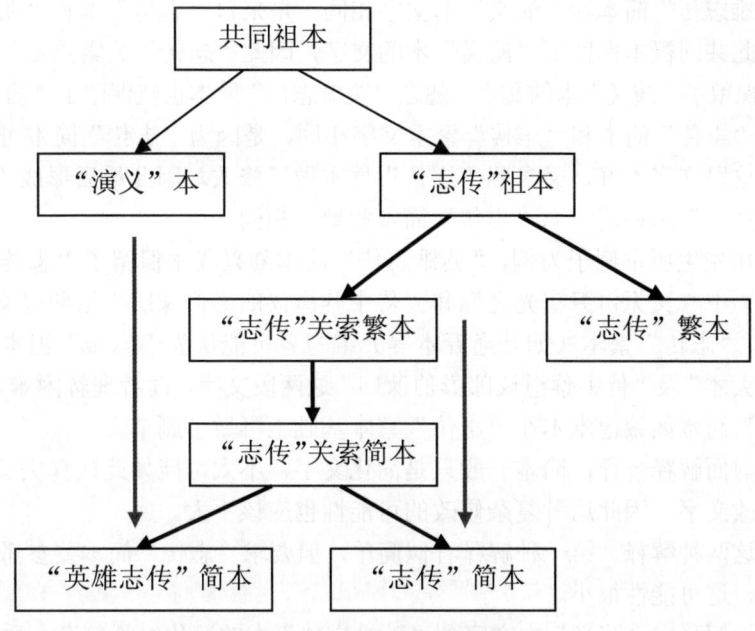

两种"志传"简本演化示意图一

但简本一般只是简化文字,不太可能如此认真去参考"演义"本修改文字。因此这种复杂修改的可能性应该不大。

另一个解释也认为"英雄志传"简本来自"演义"本,但演化方式不同。

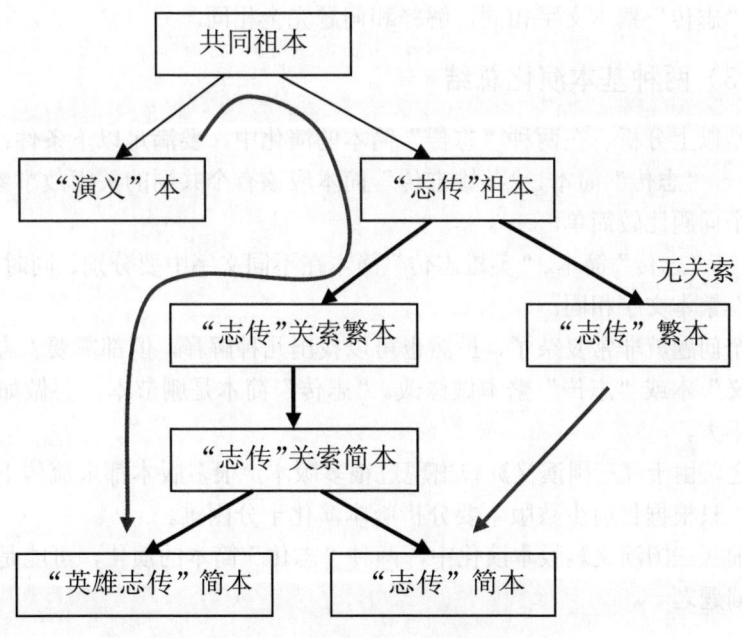

两种"志传"简本演化示意图二

"英雄志传"简本和"演义"本文字相同,是来自"志传"本和"演义"本的共同祖本,此共同祖本保留了"演义"本的文字,因此"志传"关索繁本和"志传"关索简本也保留了"演义"本的文字,随之"英雄志传"简本也就保留了"演义"本文字。

至于"志传"简本和"志传"繁本文字相同,是因为"志传"简本可能觉得"演义"本的这段文字不好,又参照"志传"繁本做了修改。因此最后形成"英雄志传"简本和"演义"本相同,而"志传"简本和繁本相同。

以中川先生所举例子为例,"英雄志传"简本刘兴我本保留了"志传"祖本(即周曰校本)中"又无伊尹霍光之"和"侍中蔡邕议郎彭伯谏曰"这两段文字。

相反,"志传"繁本(如叶逢春本等)编写者可能认为"志传"祖本中"又无伊尹霍光之大才"及"侍中蔡邕议郎彭伯谏曰"这两段文字,读者理解困难,就删除了。而"志传"简本如诚德堂本在"志传"繁本基础上再做了删节。

但和前面解释一样,简本一般只是简化文字,不太可能如此认真去参考"志传"繁本去修改文字。因此这种复杂修改的可能性也应该不大。

比较这两种解释。第一种解释看似简单,但要求"志传"简本要参考"演义"本修改文字,这可能性很小。

第二种解释中"演义"本文字到"英雄志传"本的演化过于复杂,看似可能性不大。且要求"志传"简本不是依据其和"英雄志传"的共同底本"志传"关索简本做修改,反而去参考没有关索故事的"志传"繁本去做修改,这似乎可能性也不大。

以上分析了"英雄志传"简本和"演义"本文字相同,"志传"简本和"志传"繁本文字相同的情况,相反情况即"志传"简本和"演义"本文字相同,"英雄志传"简本和"志传"繁本文字相同,解释和问题完全相同。

(3) 两种基本演化总结

总结以上分析,在两种"志传"简本的演化中,要满足以下条件:

第一,"志传"简本、"英雄志传"简本应该有个共同的关索故事繁本。

这个问题比较简单。

第二,"志传"简本、"英雄志传"简本在不同文字中要分别、同时和"演义"本、"志传"繁本文字相同。

这个问题就非常复杂了,虽然也可以找出几种解释,但都需要"志传"简本再根据"演义"本或"志传"繁本做修改。"志传"简本是删节本,要做如此复杂的修改可能性不大。

总之,由于《三国演义》曾出现过很多版本,很多版本都未流传下来,其演化十分复杂,只根据目前少数版本要分析版本演化十分困难。

目前《三国演义》版本演化中,两种"志传"简本的演化,可能是最复杂、最难解释的问题之一。

中国古代小说版本数字化研究丛书

古代小说数字化二十年
（1999—2019）

下

周文业 著

中州古籍出版社

当代小说流变史二十年
（1999—2019）

下

陈思广

巴蜀书社

三、《三国演义》历史地理研究

（一）《三国演义》文史对照

《三国演义》是历史小说，实际涉及小说、历史、地理三个学科。我除对《三国演义》版本有兴趣，做了很深入的研究之外，对三国历史和地理也有兴趣。

在三国历史方面，我和邓宏顺合作出版了两本《三国演义文史对照本》，即嘉靖元年本和叶逢春本，正在和朋友徐晋整理叶逢春本。

在正式出版的文史对照本基础上，我又编了《三国演义》文本、历史、地理五合一对照本，即版本对照、文史对照、插图对照、地图对照和墓地对照五种对照。

我对《三国演义》中的地理错误也很有兴趣，对此也做了一些研究。

我还整理了三国名人墓地，收入三国时期125人174处墓地，对墓主人和墓地情况做了简介和统计分析。

以下分别介绍上述研究。

1. 《〈三国志通俗演义〉和〈三国志演义〉文史对照本》前言[①]

《三国演义》文史对照本是《三国演义》文本和史书《三国志》《后汉书》《资治通鉴》文本的详细对照本。是本人和邓宏顺合作完成的。

《三国演义》版本分为嘉靖元年本和毛宗岗本两种。原计划编写的叶逢春本当时尚未编出。

下面是本人所写的此书前言。

前言

《三国演义》是历史演义小说的开山之作,历史演义小说是以历史为底本,加以各种传说、故事,演义为小说。《三国演义》是历史演义小说,而不是史书,清代学者章学诚先生称之"七实三虚"。《三国演义》中许多人物和事件属于作者虚构,许多人物和事件与史籍有矛盾。

一般认为,《三国演义》是根据陈寿的《三国志》编写的,其正式书名《三国志演义》可以认为是对《三国志》的"演义"。但根据有关学者的研究,《三国演义》的依据除《三国志》外,还有《后汉书》和《资治通鉴》。这可以从目前存世最早的版本之一的叶逢春本的书名中清楚看出。该书在不同的地方,有不同的书名。目录前的书名最长、最完整,其全文为《新刊按鉴汉谱三国志传绘像足本大全》。书名中的"按鉴"就是"按照《资治通鉴》"的意思,"汉谱"是指《后汉书》,而《三国志》就是指史书《三国志》。这清楚地说明了《三国演义》的三个史书来源。

《三国演义》与三国历史之间虚虚实实,错综复杂,作者如何根据历史演义为小说,它们之间的关系如何,如何演化,都很值得研究。自从《三国演义》诞生以来,就有许多人详细地比较对照小说和历史。

《三国演义》文史对照就是将小说中的事件、人物,与历史上实际的事件和人物进行对照。自从《三国演义》诞生以来,就有许多人详细地比较对照《三国演义》和《三国志》《后汉书》《资治通鉴》等史书。1935年上海大众书局出版了《古本考证

[①] 周文业主编、邓宏顺编著:《〈三国志通俗演义〉文史对照本》,《〈三国志演义〉文史对照本》,中州古籍出版社2013年6月第1版。

〈三国志演义〉》，收入了王大错先生比较《三国演义》和《三国志》后写出的考证文字，将其插入《三国演义》相应的段落之后。2000 年长江文艺出版社出版了《〈三国演义〉文史对照插图本》，张国光先生将王大错的考证从文本中移至每回前，重新排版，并写了长篇前言予以说明。1995 年盛巽昌先生针对《三国演义》中所叙述的事件的虚实，进行了全面的补正，由上海画报出版社出版了《〈三国演义〉补正本》。近年来随着三国热的升温，2007 年盛巽昌先生又做了新的修订，改名《三国演义补证本》。

《三国演义》有诸多版本，一般分为"通俗演义"系列、"三国志传"系列和毛本系列。要仔细研究《三国演义》与《三国志》等史书的关系，应该选取不同时期的版本进行全面的对照。包括"通俗演义"系列明嘉靖元年（1522 年）刻印的嘉靖元年本，"三国志传"系列的明嘉靖二十七年（1548 年）刻印的叶逢春本等，以及清康熙年间刊刻的毛宗岗评本。

嘉靖元年本是目前已知刊行年代最早的版本，叶逢春本是"三国志传"系列最早的版本，有学者认为它比嘉靖元年本更接近罗贯中《三国演义》的原本。根据嘉靖元年本、叶逢春本和三部史书之间的对照，可以看出《三国演义》成书初期的文本和史书之间的差异。毛宗岗本是一个经过多处加工、修改后，到目前为止最流行的版本，根据毛宗岗本和三部史书之间的对照，可以看出毛宗岗本根据史书又作了哪些进一步的修订。

为此，我们计划编辑出版《三国演义》文史对照系列丛书，分别选取嘉靖元年本、毛宗岗本和叶逢春本与史书进行对照。考虑整理工作量较大，暂先整理出版嘉靖元年本和毛宗岗本的文史对照本，叶逢春本的文史对照本将在以后推出。

文史对照的排版方式有两种。

① 段落对照：按照"段落"进行对照，《三国志》中原文和裴注对照就采用"段落对照"方式。

② 句对照：逐"句"进行对照。

这两种对照方式，以嘉靖元年本开始部分举例如下。

① 段落对照：文字连贯，排版方便，但比对不太清楚。

后汉桓帝崩，灵帝即位，时年十二岁。朝廷有大将军窦武、太傅陈蕃、司徒胡广共相辅佐。至秋九月，中涓曹节、王甫弄权，窦武、陈蕃预谋诛之，机谋不密，反被曹节、王甫所害。中涓自此得权。

  据《资治通鉴》卷五十六：宏者，河间孝王之曾孙也，……时年十二。建宁元年春正月壬午，以城门校尉窦武为大将军。前太尉陈蕃为太傅，与武及司徒胡广参录尚书事。……庚子，即皇帝位，改元。

  据《后汉书·灵帝纪》：孝灵皇帝讳宏，肃宗玄孙也。……桓帝崩，无子，皇太后与父城门校尉窦武定策禁中，使守光禄大夫刘儵持节，将左右羽林至河间奉迎。建宁元年春正月壬午，城门校尉窦武为大将军。……庚子，即皇帝位，年十二。改元建宁。以前太尉陈蕃为太傅，与窦武及司徒胡广参录尚书事。

据《后汉书·灵帝纪》:（建宁元年秋）九月辛亥,中常侍曹节矫诏诛太傅陈蕃、大将军窦武及尚书令尹勋、侍中刘瑜、屯骑校尉冯述,皆夷其族。

② 句对照:文字不太连贯,但比对清楚,排版也方便。

后汉桓帝崩,灵帝即位,时年十二岁。朝廷有大将军窦武、太傅陈蕃、司徒胡广共相辅佐。

据《资治通鉴》卷五十六:宏者,河间孝王之曾孙也,……时年十二。建宁元年春正月壬午,以城门校尉窦武为大将军。前太尉陈蕃为太傅,与武及司徒胡广参录尚书事。……庚子,即皇帝位,改元。

据《后汉书·灵帝纪》:孝灵皇帝讳宏,肃宗玄孙也。……桓帝崩,无子,皇太后与父城门校尉窦武定策禁中,使守光禄大夫刘儵持节,将左右羽林至河间奉迎。建宁元年春正月壬午,城门校尉窦武为大将军。……庚子,即皇帝位,年十二。改元建宁。以前太尉陈蕃为太傅,与窦武及司徒胡广参录尚书事。

至秋九月,中涓曹节、王甫弄权,窦武、陈蕃预谋诛之,机谋不密,反被曹节、王甫所害。中涓自此得权。

据《后汉书·灵帝纪》:（建宁元年秋）九月辛亥,中常侍曹节矫诏诛太傅陈蕃、大将军窦武及尚书令尹勋、侍中刘瑜、屯骑校尉冯述,皆夷其族。

我们采用"段落对照"和"句对照"相结合的方式进行文史对照。

"段落对照"方式,类似于裴松之注《三国志》所采用的方式,即在需要对照的小说的一段文字之后,列出史书文字。

"句对照"方式,即逐"句"进行对照。这种对照方式的主要优点是比对清楚。

两种对照方式的选择,我们遵循以下原则:凡能使用句对照方式的地方,我们尽量采用句对照方式,以求比对清楚。当小说文字和史书记事不一致而无法采用句对照方式时,或采用句对照方式反而会割裂史书文字,损害语意完整性的地方,我们就采用段落对照方式。

本书除逐一列出所有与小说描述有关的史书文字外,还对某些文史对照问题插入了按语,对小说与史书的差异做了简单说明。主要是考虑只列出史书的记述,读者可能还不清楚小说和史实之间的差异。

对《三国演义》小说和历史的差异,即《三国演义》的"虚实"问题,很早就有人开始研究,以至成为《三国演义》研究中的一个热点问题,相关的著作、论文很多。本书的说明曾参考很多前人的研究,限于篇幅,这类说明尽量简略,只说明小说和史书的差异,不加任何分析和判断。

《资治通鉴》和《后汉书》对三国史的记述,与《三国志》和裴松之注大体是重复的;而《三国志》所包括的《魏书》《蜀书》《吴书》三个部分,对同一件史实往往也有相近的表述。对史书中这些重复的记述,我们一般仅从这三部史书中选取表述最完整的一段文字与《三国演义》对照,同时,将载有与这段文字雷同的其他史书的卷次或传目,注于所选取的史书文字之后。

《三国演义》文史对照工作由周文业、邓宏顺合作完成，周文业负责整体策划，邓宏顺负责史书文字的采集、整理和按语编写。

本书是将《三国演义》与史书全面对照的首次尝试，一定会存在许多错误与不足之处，我们诚恳地期待着专家、读者的批评指正。

2.《三国演义》五合一对照

（1）5种对照简介

《三国演义》五合一对照包括：版本对照、文史对照、插图对照、地图对照和墓地对照5种对照。

- 版本对照：四种版本（嘉靖元年本、叶逢春本、黄正甫本和毛宗岗本）文本标点分句对照。
- 文史对照：四种版本和三种史书《三国志》《后汉书》《资治通鉴》等文本对照。
- 插图对照："志传"本上图下文插图和四种版本文本对照。
- 地图对照：《三国演义》历史地图和四种版本文本对照。
- 墓地对照：《三国演义》中去世人物墓地和四种版本文本对照。

1）版本文字对照

《三国演义》版本主要有四种：明刊本分"演义""志传"繁本和"志传"简本三个系列，清代则有经毛纶、毛宗岗父子修订过、最流行的毛本。本书的版本对照部分包括这四种典型版本的文字对照，《三国演义》的主要版本都予以收入。

- 嘉靖元年本：刊刻时间最早版本
- 叶逢春本：最早"志传"繁本
- 黄正甫本：印刷最精美的"志传"简本
- 毛宗岗本：最流行版本

四种版本中的叶逢春本是一个重要的明刊本，刊行年代仅次于嘉靖元年本，嘉靖元年本40年前早已经校点出版，而叶逢春本则从未校点出版过，此次出版具有重要意义。所以，本书的末尾将附录有关叶逢春本的主要研究论文。

四种版本分4栏对照，排列顺序是根据版本刊刻年代排列如下。

嘉靖元年本	叶逢春本	黄正甫本	毛宗岗本

嘉靖元年本：前有明嘉靖元年序，但从内容文字看，此本是官刻本，经过修订，是否刊刻于嘉靖元年存疑。

叶逢春本：刊刻于明嘉靖二十七年，将其排列在第2行，这样便于和左面嘉靖元年本和右面黄正甫本比对。

黄正甫本：刊刻于明天启三年。

毛宗岗本：刊刻于清康熙十八年，毛本翻刻很多，最早刻本为醉耕堂本。

版本对照采用分句分段标点对照，加标点，分句对照，每一句为一段。这种分句对照，两本文字差异不十分明显，但由于分句、分段、标点，对阅读很方便。

2）文史对照

文史对照就是将《三国演义》四种版本，和几部史书《三国志》《后汉书》《资治通鉴》做文字对照，把史书文字插入《三国演义》四种版本的文本中，使得读者清楚知道《三国演义》各种版本的描写和史书的差别。对于希望了解《三国演义》各种版本和历史背景关系的读者很有用。

3）插图对照

《三国演义》的插图大致有三种：一种是清代毛本系列的插图，即卷首的几十幅人物绣像；一种是"演义"系列的插图，一般是每一回两幅故事插图，共240幅，有艺术价值，但版本研究价值不大；还有一种是"志传"系列（包括繁本和简本）的插图，多数采用上图下文形式，即每一面或每两面有一幅，数量很多，类似于连环画，其插图对于研究版本演化很有价值。

《三国演义》"志传"系列按照插图形式又可分为繁本和简本两类。

- 繁本 7 种：叶逢春本、余象斗本（双峰堂本）、余评林本、郑少垣本（联辉堂本）、杨闽斋本、汤宾尹本、种德堂本（熊冲宇本）。
- 简本"志传"小系列单页插图 5 种：刘龙田本（乔山堂本）、朱鼎臣本、黄正甫本、诚德堂本（熊清波本）、九州本。
- 简本两页插图三种：忠正堂本、熊佛贵本、费守斋本（与畊堂本）、天理图本。
- "英雄志传"小系列 9 种：杨美生本、刘荣吾本、刘兴我本（忠贤堂本）、郑乔林本（德馨堂本）、继志堂本（陈以润本）、美玉堂本、魏氏刊本、北图藏本、上图藏本。

本书的插图对照即指"志传"系列上图下文的插图对照，计划尽可能收入不涉及版权问题的所有插图，成为"志传"本插图大全。

《三国演义》上图下文刊本分类统计表

分类	序号	版本名称	书商	刊印时间	卷	保存	插图数量	插图质量
繁本	1	叶逢春本		嘉靖二十七年	10	缺3、10	1543	中
繁本	2	余象斗本	双峰堂	万历二十	20	1—2 19,20	1030	差
繁本	3	余评林本	双峰堂	万历	20	1—8 13—18	1005	中
繁本	4	郑少垣本	联辉堂	万历三十三年	20	全	1582	高
繁本	5	杨闽斋本		万历三十八年	20	全	1541	高
繁本	6	汤宾尹本		万历	20	全	1437	中
繁本	7	种德堂本	熊冲宇	万历	20	1、2	165	中
简本	1	刘龙田本	乔山堂	明	20	全	1344	中
简本	2	刘兴我本		明	20	全	1200	高
简本	4	刘荣吾本		明	20	全	941	中
简本	5	杨美生本		明	20	全	900	中
简本	6	朱鼎臣本		明	20	全	1361	差
简本	7	黄正甫本		天启三年	20	全	1103	高
简本	8	郑乔林本		康熙二十三年	20	全	800	中

4）地图对照

本书收入《三国演义》中三类地图。包括：

- 一幅全部事件彩色全图。
- 十几幅主要事件彩色地图。
- 每个事件详细地图。
- 所有提及的地名地图。

地图的底图采用古代地图和现代地图对照方式。读者一般对古代地图不熟悉，对现代地图比较熟悉。而古代地图更符合历史实际，可加深读者对历史地理的了解，更有学术价值。因此采用古今地图两种地图对照方式，但篇幅增加很多。

5）墓地对照

本书还收入《三国演义》名人墓地资料。凡去世人物，知道其墓地的，都在《三国演义》文本记述人物去世的文字后面，对每个人物和其墓地情况做简单介绍。如《三国演义》中未提及此人去世，则在其最后出场文字后介绍。

三国时期名人墓地初步统计有125人和174处墓地。包括蜀29人，魏29人，吴20人，东汉32人，西晋6人。墓地分省统计，河南53处，四川29处，江苏18处，安徽16处，山东12处，湖北10处，陕西10处，河北9处，甘肃3处，湖南4处，甘肃4处，江西2处，浙江3处，重庆2处，山西2处，上海1处。

三国墓地125人在《三国演义》中并未都出现，墓地对照只收入《三国演义》中出现的人物墓地介绍。

（2）编写计划

《三国演义》版本文史插图地图墓地对照本包括 5 种对照，5 种对照合为一本。这套书规模庞大，工作量也极大，但基础工作多半已完成了。

- 版本对照：4 种版本只有叶逢春本在整理中，其他 3 种都整理完，用计算机比对很快。
- 文史对照：4 种版本只有叶逢春本在整理中，其他 3 种都整理完，加史书也很容易。
- 插图对照：上图下文版本的插图多半已经从原书截出来了。
- 地图对照：工作量最大，但慢慢编绘也不是难事。
- 墓地对照：三国 125 人墓地简介初稿已经完成，还需要仔细核实。

篇幅估计：5 种比对估计每则约 27 页，240 则总计约 6500 多页，约 850 万字，650 页 1 册，也要分为约十册，规模十分庞大。此篇幅是估算的，不十分准确。

总之，此书虽然工作量巨大，但这样 5 种比对从未有过，多方位、多角度展示《三国演义》的版本、文史、插图、地图、墓地，对《三国演义》研究绝对有意义。

以下先收入《三国演义》事件图一幅，然后是第一幅事件图"刘备战黄巾"，其后以第一则为例，介绍版本、文史、插图、地图、墓地和《三国演义》文字对照。

《三国演义》事件总图

《三国演义》事件图

《三国演义》事件图 1. 刘备战黄巾

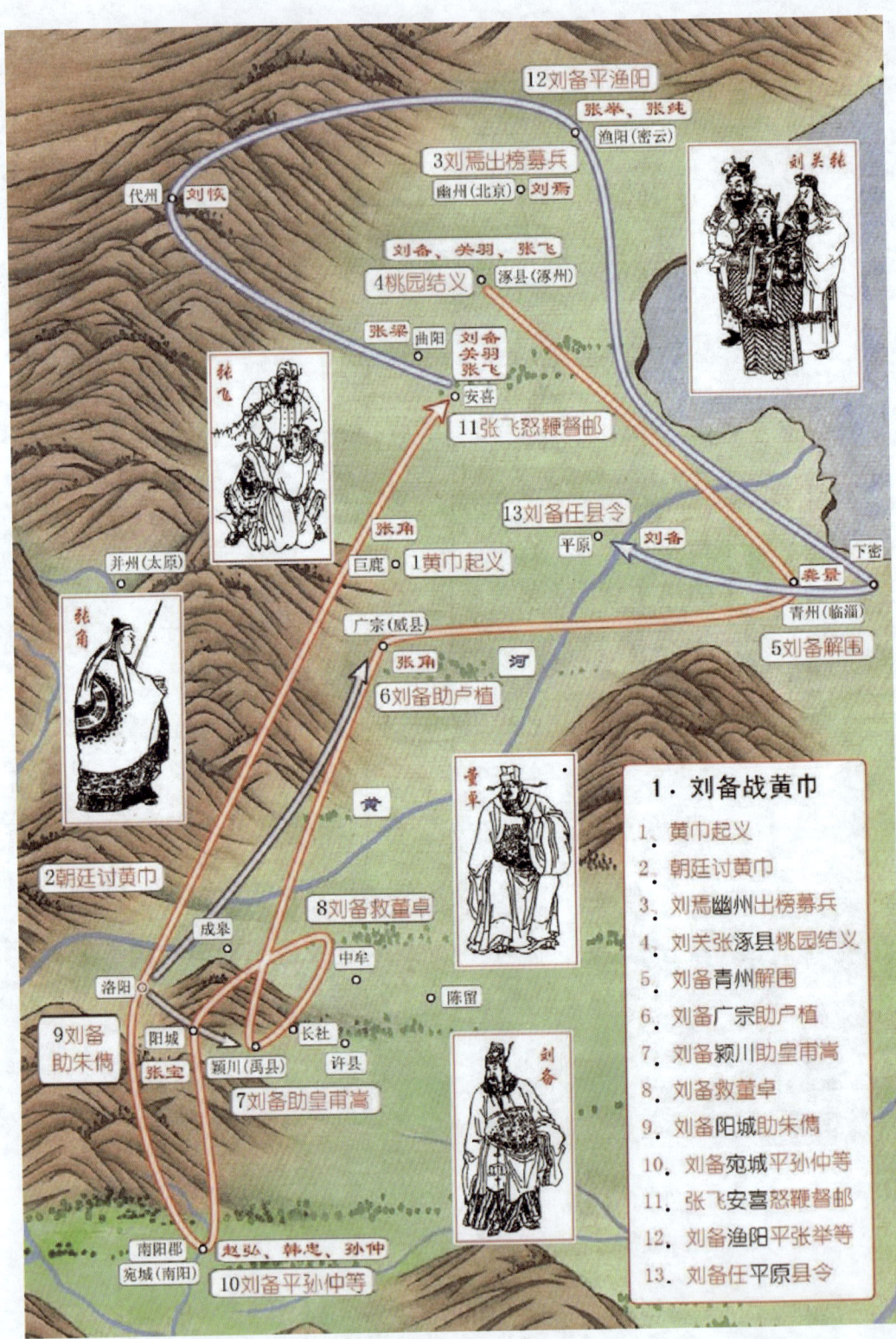

《三国演义》版本、文史、插图、地图、墓地五合一对照本

嘉靖元年本	叶逢春本	黄正甫本	毛宗岗本
三国志通俗演义	通俗演义 三国志史传	通俗演义 三国志传	三国志演义
第一则 祭天地桃园结义	第一则 祭天地桃园结义	第一则 祭天地桃园结义	第一回 宴桃园豪杰三结义
后汉桓帝崩,灵帝即位,时年十二岁。朝廷有大将军窦武、太傅陈蕃、司徒胡广共相辅佐。	后汉桓帝崩,灵帝即位,时年十二岁。朝廷有大将军窦武、太傅陈蕃、司徒胡广共相辅佐。	后汉桓帝崩,灵帝即位,年十二岁。大将军窦武、太傅陈蕃、司徒胡广共相辅佐。	及桓帝崩,灵帝即位,大将军窦武、太傅陈蕃,共相辅佐。
据《资治通鉴》卷五十六:宏者,河间孝王之曾孙也,……时年十二。建宁元年春正月壬午,以城门校尉窦武为大将军。前太尉陈蕃为太傅,与武及司徒胡广参录尚书事。……庚子,即皇帝位,改元。(参见《后汉书·灵帝纪》)			
至秋九月,中涓曹节、王甫弄权,窦武、陈蕃预谋诛之,机谋不密,反被曹节、王甫所害。中涓自此得权。	至秋九月,宦官曹节、王甫弄权,窦武、陈蕃谋诛,机谋不密,反被曹节、王甫所害,宦官自此得权。	至秋九日,宦官曹节、王甫弄权,窦武机谋不密,反被曹节、王甫所害。宦官自此得权。	时有宦官曹节等弄权,窦武、陈蕃谋诛之,机事不密,反为所害,中涓自此愈横。
据《后汉书·灵帝纪》:(建宁元年秋)九月辛亥,中常侍曹节矫诏诛太傅陈蕃、大将军窦武及尚书令尹勋、侍中刘瑜、屯骑校尉冯述,皆夷其族。			
建宁二年四月十五日,帝会群臣于温德殿中。方欲升座,殿角狂风大作,见一条青蛇,从梁上飞下来,约二十余丈长,蟠于椅上。 灵帝惊倒,武士急慌救出,文武互相推拥,倒于丹墀者无数,须臾不见。 片时大雷大	建宁二年四月十五日,帝会群臣于温德殿中;却欲坐,忽狂风大作,见一条青蛇从梁上飞下,约长二十余丈,蟠于椅上。 灵帝惊倒,武士急荒救出,文武互相推倒于丹墀者无数。须臾不见此怪。 大雨大雷降以冰雹,到半夜方住,	建宁二年四月十五日,帝会群臣于温德殿。忽狂风大作,见一条青蛇从梁上飞下,约长二十余丈,蟠于椅上。 灵帝惊倒,武士救起,文武互相推倒于丹墀。须臾不见。 降下雷雨水	建宁二年四月望日,帝御温德殿。方升座,殿角狂风骤起。只见一条大青蛇,从梁上飞将下来,蟠于椅上。 帝惊倒,左右急救入宫,百官俱奔避。须臾,蛇不见了。 忽然大雷大雨,加以冰雹,落

雨，降以冰雹，到半夜方住。东都城中，坏却房屋数千余间。	东都城中坏却房屋数千余间。	雹，半夜方止。东都城境，坏屋数千所。	到半夜方止，坏却房屋无数。

据《资治通鉴》卷五十六：（建宁二年）夏四月壬辰，有青蛇见于御坐上。癸巳，大风，雨雹，霹雳，拔大木百余。（参见《后汉书·灵帝纪》）

建宁四年二月，洛阳地震，省垣皆倒，海水泛溢，登、莱、沂、密，尽被大浪卷扫居民入海，遂改年熹平。自此边界时有反者。	建宁四年二月，洛阳地震，省垣皆倒，海水泛溢，登、莱、沂、密尽被大浪卷扫，居民入海，遂改为熹平。自此边界时有反者。	建宁四年二月，洛阳地震，省垣皆倒；海水泛溢，大浪卷扫居民入海。遂改元熹平，时边界反者极多。	建宁四年二月，洛阳地震；又海水泛溢，沿海居民，尽被大浪卷入海中。

据《后汉书·灵帝纪》：（建宁四年）二月癸卯，地震，海水溢，河水清。（参见《资治通鉴》卷五十六）

洛阳：刘邦建立西汉后定都长安，东汉刘秀迁都洛阳，称为"东都"，今河南洛阳。

熹平五年，改为光和，雌鸡化雄。六月朔，黑气十余丈，飞入温德殿中。秋七月，有虹见于玉堂，五原山岸，尽皆崩裂。种种不祥，非止一端。	熹平五年改为光和，地震五番。六月朔，黑气十余丈飞入温德殿中。秋七月，有虹见于玉堂，五原呕山岸，尽皆崩裂。种种不祥，非止一端。	熹平五年，改为光和。地震五番，六月，黑气十余丈入温德殿。七月，虹见于王室，原函山岸尽皆崩裂，非止一端。	光和元年，雌鸡化雄。六月朔，黑气十余丈，飞入温雄殿中。秋七月，有虹现于玉堂；五原山岸，尽皆崩裂。种种不祥，非止一端。

据《后汉书·灵帝纪》《资治通鉴》卷五十七：（光和元年）夏四月丙辰，地震。侍中寺雌鸡化为雄。

据《资治通鉴》卷五十七：（光和元年）六月丁丑，有黑气堕帝所御温德殿东庭中，长十余丈，似龙。秋七月壬子，青虹见玉堂后殿庭中。诏召光禄大夫杨赐等诣金商门，问以灾异及消复之术。（参见《后汉书·杨震传附杨赐传》及《后汉书·灵帝纪》）

据《后汉书·灵帝纪》：（光和六年）秋，金城河水溢。五原山岸崩。

下编 版本研究 三、《三国演义》历史地理研究 1067

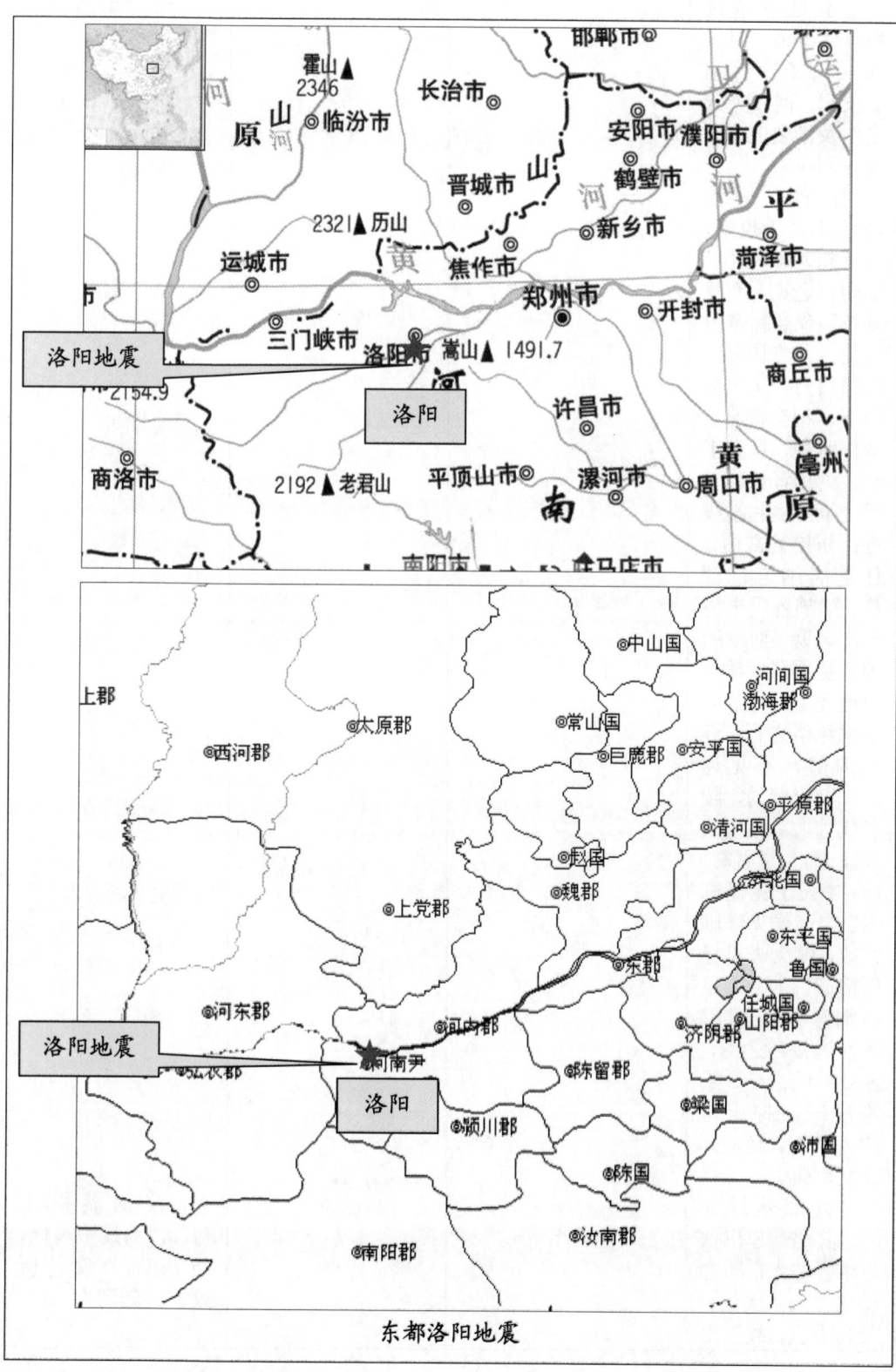

东都洛阳地震

于是灵帝忧惧，遂下诏，召光禄大夫杨赐等诣金商门，问以灾异之由及消复之术。赐对曰： 　　臣闻《春秋谶》曰："天投蜺，天下怨，海内乱。"加四百之期，亦复垂及。今妾媵尹之徒，共专国朝，欺罔日月，又鸿都门下，招会群小，造作赋税，见宠于时。更相荐说，旬月之间，并各拔擢：乐松处常伯，任芝居纳言，郄俭、梁鹄各受丰爵不次之宠，而令缙绅之徒委伏畎畝，口诵尧、舜之言，身蹈绝俗之行，弃捐沟壑，不见逮及。冠履倒易，陵谷代处。幸赖皇天垂象谴告。《周书》曰："天子见怪则修德，诸侯见怪则修政，卿大夫见怪则修职，士庶人见怪则修身。"唯陛下斥远佞巧之臣，速征鹤鸣之士，断绝尺一，抑止盘游。冀上天还威，众变可弭。 　　议郎蔡邕亦对，其略曰：臣伏思诸异，皆亡国之怪也。天于大汉，殷勤不已，故屡出			帝下诏问群臣以灾异之由。 　　议郎蔡邕上疏，以为蜺堕鸡化，乃妇寺干政之所致，言颇切直。

妖变，以当谴责，欲令人君感悟，改危即安。蜺堕鸡化，皆妇人干政之所致也。前者乳母赵娆，贵重天下；永乐门史霍玉，又为奸邪。察其赵、霍，将为国患。张颢、伟璋、赵玹、盖升，并叨时幸，宜念小人在位之咎。伏见郭禧、桥玄、刘宠皆忠实老成，宜为谋主。夫宰相大臣，君之四体，不宜听纳小吏，雕琢大臣也！且选举请托，众莫敢言，臣愿陛下忍而绝之。左右近臣，亦宜从化。人自抑损，以塞咎戒，则天道亏满，鬼神福谦矣！夫君臣不密，上有漏言之戒，下有失身之祸。愿寝臣表，无使尽忠之吏，受怨奸仇。谨奏。 帝览奏而叹息，因起更衣。曹节在后窃视，悉宣告左右，事遂泄露，邕等被罪。中涓吕强怜其才，奏请免罪。 后张让、赵忠、封谞、段珪、曹节、侯览、蹇硕、程旷、夏辉、郭胜这十人执掌朝纲，自此天下桃李，皆			
	此时宫中十常侍用事，哪十人？张让、赵忠、段圭、曹节、侯览、封谞、蹇硕、程广、夏辉、郭胜。这十个把握朝纲，是	时宫中十常侍用事，张让、赵忠、段珪、曹节、侯览、封谞、蹇硕、夏辉、郭胜把握朝钢。是他门下，封官赐爵；	后张让、赵忠、封谞、段珪、曹节、侯览、蹇硕、程旷、夏恽、郭胜十人朋比为奸，号为"十常侍。"

出于十常侍门下。	他门下得官做，不是他门下，干有功劳且守缺期。	不是门下，虽有功劳，不得升官。	
朝廷待十人如师父，由是出入宫闱，稍无忌惮，府第依宫院盖造，不题。	灵帝自尝说："张常侍是我父，赵常侍是我母。"因此宦官全无忌惮，府第体官院盖造。	灵帝常言：张常侍是我父，赵常侍是我母。因此宦官全无忌惮。	帝尊信张让，呼为"阿父"。朝政日非，以致天下人心思乱，盗贼蜂起。

据《后汉书·宦者传·张让传》：是时，让、忠及夏恽、郭胜、孙璋、毕岚、栗嵩、段珪、高望、张恭、韩悝、宋典十二人，皆为中常侍，封侯贵宠，父兄子弟布列州郡，所在贪贱，为人蠹害。……帝……常云："张常侍是我公，赵常侍是我母。"宦者得志，无所惮畏，并起第宅，拟则宫室。（参见《资治通鉴》卷五十八）

按：据《后汉书·宦者传》，十常侍为十二人。《演义》删去了孙璋、毕岚、栗嵩、高望、张恭、韩悝、宋典等七人，增加了封谞、曹节、侯览、蹇硕、程旷等五人，使十常侍正好为十人。据《后汉书·宦者传》，侯览和曹节两人，已分别卒于熹平元年（172）和光和四年（181）。

一、祭天地桃园结义——1. 灵帝即位，青蛇绕殿

叶逢春本	(图)	刘龙田本	(图)
余象斗本	(图)	朱鼎臣本	(图)
余评林本	(图)	黄正甫本	(图)

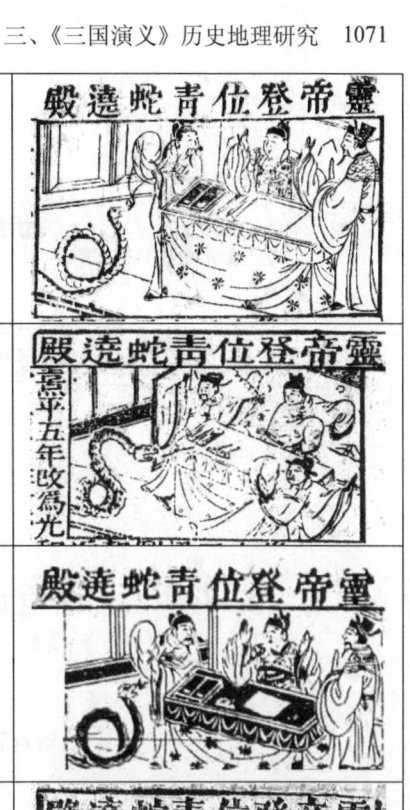

郑少垣本		刘兴我本	
杨闽斋本		刘荣吾本	
种德堂本		杨美生本	
汤宾尹本		郑乔林本	
却说中平元年甲子岁，巨鹿郡有一人，姓张，名角。一个兄弟张梁，一个兄弟张宝。	中平元年，岁甲子，钜鹿郡有一人姓张名角，有两个兄弟，一个张梁，一个张宝。	中平元年岁甲子，钜鹿郡一人，姓张名角。二弟梁、宝。	时巨鹿郡有兄弟三人，一名张角，一名张宝，一名张梁。

按：钜鹿郡（巨鹿郡）属于冀州，今河北省平乡以北及晋州一带。

鉅鹿：张角故里

| 角，初是个不第次秀才，因往山中采药，遇一老人，碧眼童颜，手执藜杖，唤角至洞中，授书三卷。 | 张角初是个下第秀才，因往山中采药，遇一老人，碧眼童颜，手执藜杖，唤张角至祠中，授书二卷。 | 张角初是秀才，因往山中采药，遇一老人，碧眼童颜，手执藜杖，唤张角授书三卷。 | 那张角本是个不第秀才，因入山采药，遇一老人，碧眼童颜，手执藜杖，唤角至一洞中，以天书三卷授之。 |

名《太平要术》。咒符以道为念："代天宣化，普救世人；若萌异心，必获恶报。" 角拜求姓名，老人曰："吾乃南华老仙。"遂化阵清风不见了。 角得此书，晓夜攻习，能呼风唤雨，号为"太平道人"。 中平元年正月内，疫毒流行，张角散施符水，称"大贤良师"。 请符救病者，无有不应。令患者亲诣座前，自说己过，角与忏悔，以致福利。 角有徒弟五百余人，云游四方救病，次后徒众极多。 角立三十六方，分布大小方者，乃将军之称也。大方万余人，小方六七千，各立渠帅。 讹言："苍天已死，黄天当立；岁在甲子，天下大吉。"令众以白土，写"甲子"二字。 青、徐、幽、冀、荆、扬、兖、豫，其八州之人，家家侍奉大贤良师	名《太平要术》，祝付："以道为念，代天宣化，普救世人，若萌异心，必获恶报。" 张角拜求姓名，老人曰："吾乃南华老仙。"化阵清风而不见。 张角因得此书，晓夜攻习，能呼风唤雨，号为"太平道人"。 中平元年正月内，疫毒流行，张角散（流）施符水，称"大贤良师"。 请符救病者无有不应。领惠者亲诣座前，首说己过，角与忏悔，以求福利。 角徒弟五百余人，云游四方救病，次后徒众极多。 角立三十六方，分布天下，方者乃将军之称也。大方万余人，小方六七千人。 各处州郡皆言："今岁岁在甲子，正是上元甲子，主天下太平。"取白土，于各家门上写"甲子"二字。 青、徐、幽、冀、荆、扬、兖、豫千里之间，家家侍奉大贤良师张角	名《太平要术》，嘱付角曰："以此道普救世人。若萌异心，必获恶报。" 张角拜求姓名，老人曰："吾乃南华老仙。"言讫，化阵清风而去。 角得此书，能呼风唤雨，号为"太平道人"。 中平元年正月，疫毒流行，张角遍施符水，称"大贤良师"。 请符救病者无有不验。角忏悔以求福利。 徒弟五百余人，云游四方。 角立下三十六方，分布天下，大方万余人，小方六七千人。 各处州郡皆言：今岁甲子，正是上元甲子，主天下太平。取白土至州、县、镇、宫观、寺院并民家口上皆书"甲子"二字。 青、徐、幽、豫、荆、扬、兖、冀，千里之间，家家侍奉大贤良师张	曰："此名《太平要术》，汝得之，当代天宣化，普救世人；若萌异心，必获恶报。" 角拜问姓名。老人曰："吾乃南华老仙也。"言讫，化阵清风而去。 角得此书，晓夜攻习，能呼风唤雨，号为"太平道人"。 中平元年正月内，疫气流行，张角散施符水，为人治病，自称"大贤良师"。 角有徒弟五百余人，云游四方，皆能书符念咒。次后徒众日多。 角乃立三十六方，大方万余人，小方六七千，各立渠帅，称为将军。 讹言："苍天已死，黄天当立；岁在甲子，天下大吉。"令人各以白土，书"甲子"二字于家中大门上。 青、幽、徐、冀、荆、扬、兖、豫八州之人，家家侍奉大贤良师张角

| 张角名字。 | 名字。 | 角名字。 | 名字。 |

据《资治通鉴》卷五十八：巨鹿张角奉事黄、老，以妖术教授，号"太平道"。咒符水以疗病，令病者跪拜首过，或时病愈，众共神而信之。角分遣弟子周行四方，转相诳诱，十余年间，徒众数十万，自青、徐、幽、冀、荆、扬、兖、豫八州之人，莫不毕应。或弃卖财产，流移奔赴，填塞道路，未至病死者亦以万数。郡县不解其意，反言角以善道教化，为民所归。……角遂置三十六方，方，犹将军也。大方万余人，小方六七千，各立渠帅，讹言："苍天已死，黄天当立；岁在甲子，天下大吉。"以白土书京城寺门及州郡官府，皆作"甲子"字。（参见《后汉书·皇甫嵩传》）

青、幽、徐、冀、荆、扬、兖、豫：即东汉八州。东汉共有十三州，此处提及其中八个州。未提及的四州为：司州（主要在今河南）、并州（主要在今山西）、益州（主要在今四川）、凉州（主要在今甘肃）。

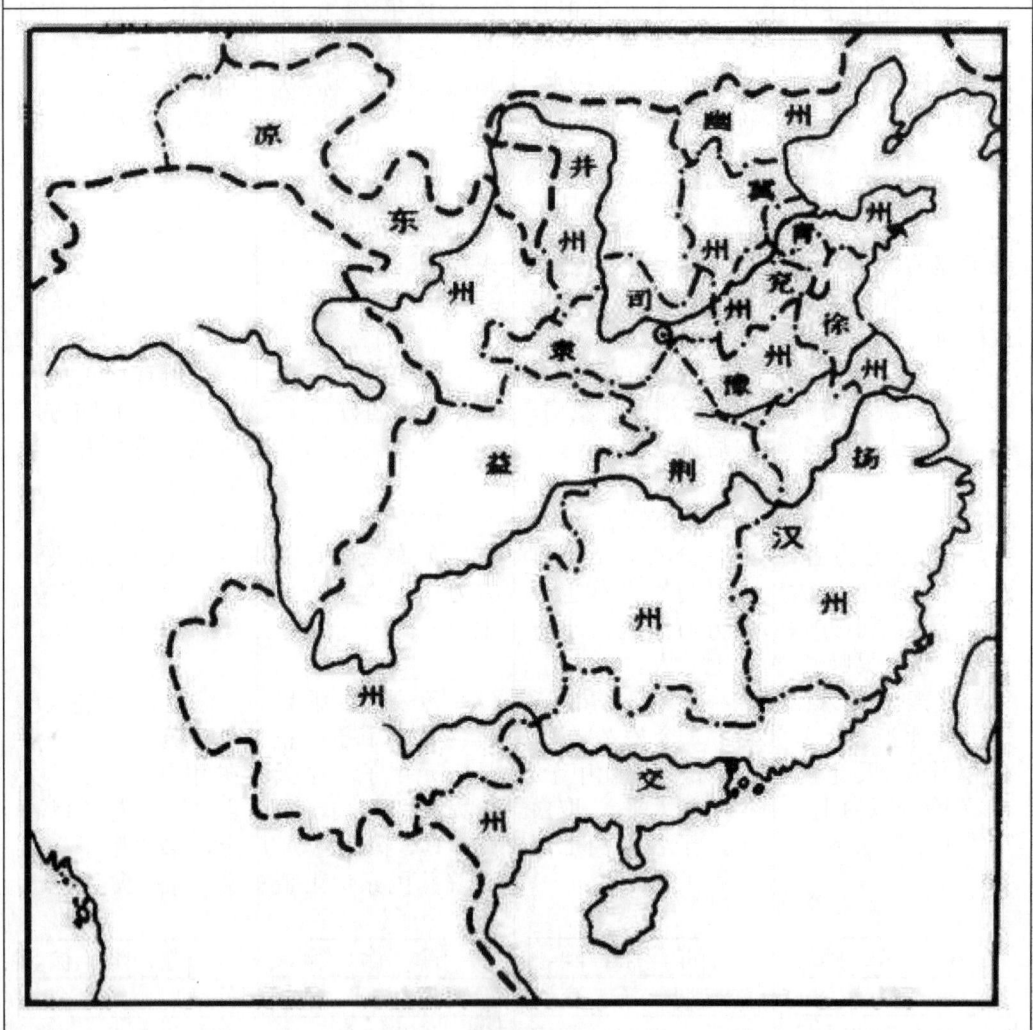

东汉十三州

青：即青州，辖境主要在今山东省北部。州治临淄，在今山东省淄博市临淄。下辖六个郡、国，即济南国、平原郡、齐国、乐安国、北海国、东莱郡。

幽：即幽州，辖境主要在今北京市、河北北部，以及辽宁南部及朝鲜西北部。州治蓟县，在今北京大兴县西南。下辖10个郡、国，即代郡、上古郡、广阳郡、渔阳郡、涿郡、右北平郡、辽西郡、辽东郡（领辽东属国）、玄菟郡、乐浪郡。

徐：即徐州，辖境主要在今江苏长江以北及山东南部地区。州治郯县，即在今山东郯城县；汉末移治下邳，在今江苏睢宁县古邳镇；三国曹魏移治彭城，即今江苏徐州。下辖5个郡、国，即彭城国、琅琊国、东海郡、下邳国、广陵郡。

冀：即冀州，辖境主要在今河北中部和南部，及山东西部、河南北部。州治在常山国高邑县，即今河北高邑县；三国曹魏移治信都县，在今河北冀县。下辖9个郡、国，即中山国、常山国、河间国、渤海郡、安平国、清河国、魏郡、赵国、巨鹿郡。

荆：即荆州，辖境主要在今湖北、湖南大部，及河南、贵州、广东、广西等省的一小部分。荆州治所汉寿县，在今湖南汉寿县北；汉末移治襄阳县，在今湖北襄阳市。辖7郡，即南郡、南阳郡、江夏郡、长沙郡、零陵郡、武陵郡、桂阳郡。

扬：即扬州，辖境主要在今安徽淮河和江苏长江以南，及江西、浙江、福建三省，湖北东部、河南东南部。州治在历阳，在今安徽和县；汉末移治寿春，在今安徽寿县。辖6郡，即九江郡、庐山郡、丹阳郡、吴郡、会稽郡、豫章郡。

兖：即兖州，辖境主要在今山东西南及河南东部。州治所昌邑县，在今山东金乡西北。下辖8郡，即陈留郡、济阴郡、山阳郡、任城国、东平国、东郡、泰山郡、济北国。

豫：即豫州，辖境主要在今河南东部及安徽北部。州治谯县，在今安徽亳州。下辖6郡、国，即陈国、沛国、梁国、鲁国、汝南郡、颍川郡。

一、祭天地桃园结义——2.张角采药遇仙授书

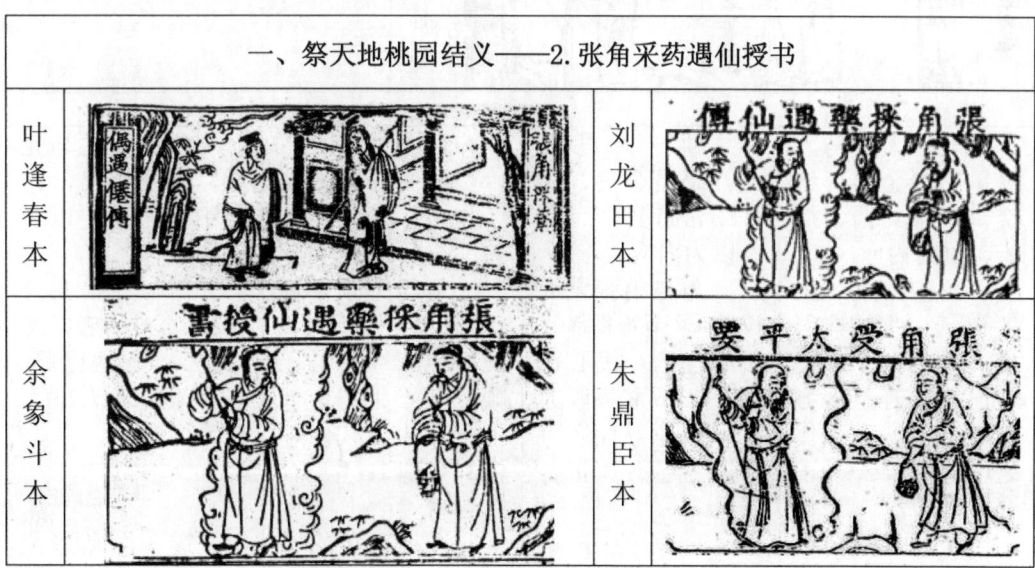

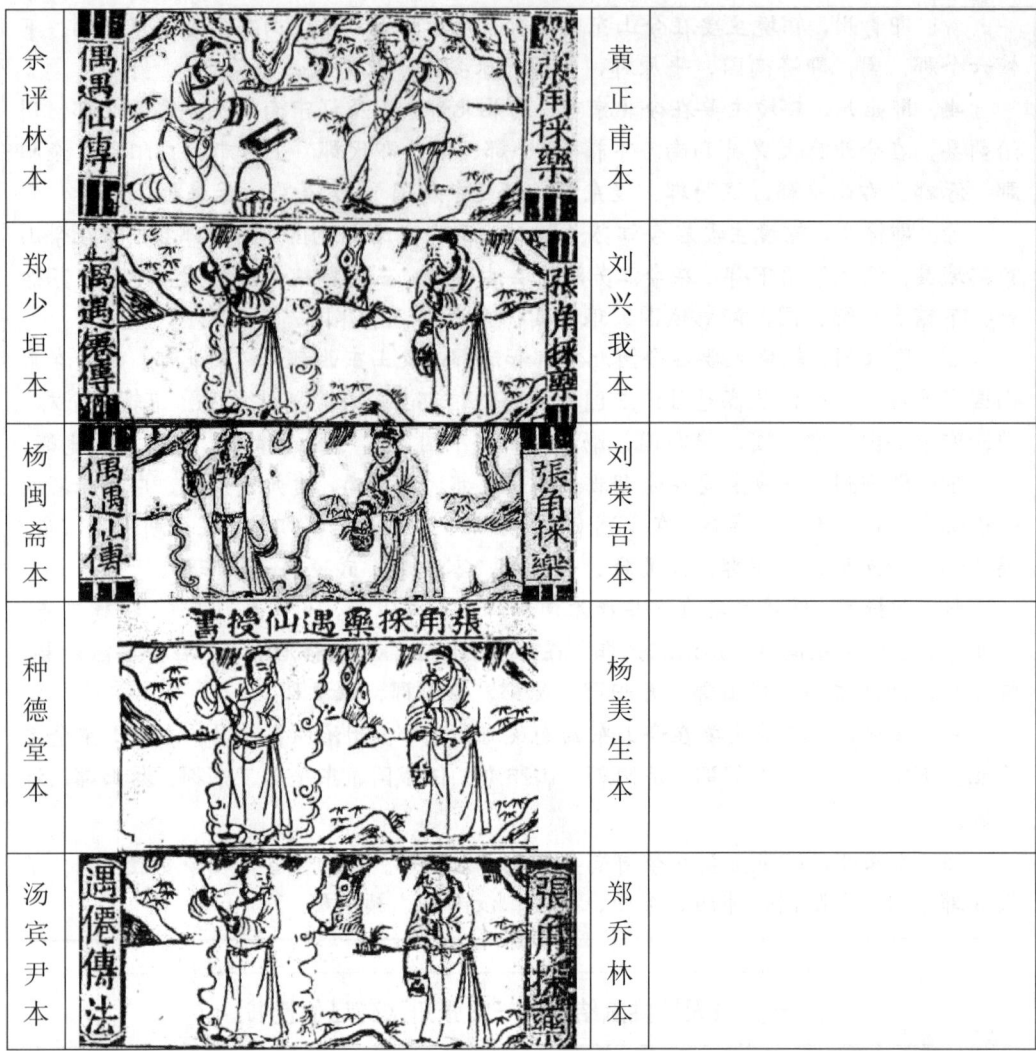

角遣大方马元义，暗赍金帛，结交十常侍封谞、徐奉，以为内应。	遣一人马元义，暗赍金帛，结好中常侍封谞、徐奉以为内应。		角遣其党马元义，暗赍金帛，结交中涓封谞，以为内应。
角与弟梁、宝商议云："至难得者，民心也。今民心已顺，若不乘势取天下，诚为万代之可惜！"梁云："正合弟机。"	角与弟张宝商议曰："至难得者，民心也。今民心已顺，若不乘势取天下，诚为万代之可惜。"梁云："正合弟机。"	角与弟张宝商议曰："至难得者，民心也。今民心已顺，若不乘势取天下，诚为万代之可惜！"宝曰："正合弟意。"	角与二弟商议曰："至难得者，民心也。今民心已顺，若不乘势取天下，诚为可惜。"
一面造下黄旗，约会三月初五一齐举事。	一面造下黄旗。张角自号，约会于三月初五日一	遂造下黄旗，写张角字号。约会于三月初五日，	遂一面私造黄旗，约期举事。

	齐举事。 结连封谞以为内应。 遣弟子唐周驰书报封谞。	齐举事。 先遣马元义暗赍金帛结连十常侍,封谞、徐奉以为内应。 后遣弟唐周驰书报封谞。	一面使弟子唐周,驰书报封谞。
遣弟子唐州,驰书报封谞。			
帝召大将军何进调兵,先擒马元义斩之,次收封谞等一干人下狱。	帝急召大将军何进,乃何皇后之兄也。进调兵先擒马元义,斩之;次收封谞等一干人下狱。	朝中激交。帝召皇后兄何进先擒马元义斩之,又收封谞等一十人下狱。	帝召大将军何进调兵擒马元义,斩之;次收封谞等一干人下狱。
张角闻知事发,星夜起兵。张角自称"天公将军",弟宝称"地公将军",弟梁称"人公将军",召百姓云:"今汉运数将终,大圣人出,汝等皆宜顺天从正,以乐太平。"	张角闻之事发,星夜起,召百姓云:"今汉运数终,有大圣人出,尔等皆宜顺天从正,以乐太平。"	张角知事发,星夜召百姓曰:"今汉运数终,有大圣人出。你等皆顺天八正从正,以取富贵。"	张角闻知事露,星夜举兵,自称"天公将军",张宝称"地公将军",张梁称"人公将军"。申言于众曰:"今汉运将终,大圣人出。汝等皆宜顺天从正,以乐太平。"
四方百姓,裹黄巾从张角反者四五十万,逢州遇县放火劫人,所在官吏望风逃窜。 何进奏帝:"火速分头降诏,令各处备御,讨贼立功。"一面差中郎将卢植、皇甫嵩、朱儁各引精兵,分三路讨之。	四方百姓裹黄巾从张角,反者四五十万。逢州过县,放火劫人,所在官吏望风逃窜。 何进奏帝,火速分投,降诏令各处备御讨贼立功。一面遣中郎将卢植、皇甫嵩、朱儁各引兵五万,分三路讨贼。	于是百姓皆裹黄巾,从张角反者四五十万。逢州遇县,放火劫人。所在官吏,望风逃窜。 何进奏帝火速降诏,令各处御备,讨贼立功;遣中郎将卢植、皇甫嵩、朱儁,引兵五万,分三路讨贼。	四方百姓,裹黄巾从张角反者四五十万。贼势浩大,官军望风而靡。 何进奏帝火速降诏,令各处备御,讨贼立功。一面遣中郎将卢植、皇甫嵩、朱儁,各引精兵、分三路讨之。

据《资治通鉴》卷五十八:大方马元义等先收荆、扬数万人,期会发于邺。元义数往来京师,以中常侍封谞、徐奉等为内应,约以三月五日内外俱起。中平元年春,角弟子济南唐周上书告之。于是收马元义,车裂于雒阳。诏三公、司隶案验宫省直卫及百姓有事角道者,诛杀千余人;下冀州逐捕角等。角等知事已露,晨夜驰敕诸方,一时俱起,皆着黄巾以为标帜,故时人谓之"黄巾贼"。二月,角自称天公将军,角弟宝称地公将军,宝弟梁称人公将军,所在燔烧官府,劫略聚邑,州郡失据,长吏多

逃亡；旬月之间，天下响应，京师震动。安平、甘陵人各执其王应贼。三月戊申，以河南尹何进为大将军，封慎侯，率左右羽林、五营营士屯都亭，修理器械，以镇京师；置函谷、太谷、广成、伊阙、辕辕、旋门、孟津、小平津八关都尉。……发天下精兵，遣北中郎将卢植讨张角，左中郎将皇甫嵩、右中郎将朱俊讨颖川黄巾。（参见《后汉书·皇甫嵩传》《灵帝纪》《何进传》）

且说张角一军，前犯幽、燕界分，校尉邹靖来见幽州太守。太守姓刘，名焉。字均郎，江夏竟陵人也，汉鲁恭王之后。	且说张角一军，前犯幽、燕界分。校尉邹靖来见幽州太守，太守姓刘名焉字君朗，江夏竟陵人也，汉鲁恭王之后。	张角兵犯幽、燕界，校尉邹靖来见州太守刘焉，字君朗，江夏竟陵人，汉鲁恭王之后。	且说张角一军，前犯幽州界分。幽州太守刘焉，乃江夏竟陵人氏，汉鲁恭王之后也。

据《后汉书·刘虞传》：虞初举孝廉，稍迁幽州刺史。……中平初，黄巾作乱，攻破冀州诸郡，拜虞甘陵相……迁宗正。……明年，复拜幽州牧。

据《后汉书·灵帝纪》：广阳黄巾杀幽州刺史郭勋及太守刘卫。

据《三国志·蜀书·刘焉传》：刘焉字君郎，江夏竟陵人也，汉鲁恭王之后裔。……焉少仕州郡，以宗室拜中郎，……历雒阳令、冀州刺史、南阳太守、宗正、太常。（参见《后汉书·刘焉传》）

按：据上述史书记载，刘虞曾任幽州刺史，但中平元年（184）黄巾起义时，他已被调离；当时的幽州刺史是郭勋。刘焉未曾任幽州长官，他于中平五年（188）出任益州牧。据《后汉书·百官志》，州长官名为"刺史"或"牧"，郡长官方为"太守"。

江夏：郡名，即荆州江夏郡，郡治西陵，今湖北新洲西。

竟陵，即江夏郡竟陵县，县治在今湖北潜江西北。

刘焉问邹靖云："黄巾生发，侵及境界，当如之何？"靖曰："既汉天子有明诏，令各处讨贼，明公何不招军以助国用？"焉然其说，随即出榜，各处张挂，招募义兵，量才擢用。	刘焉问邹靖云："黄巾生发，侵及境界，当如之何？"邹靖曰："既汉天子有明诏，令各处讨贼，明公何不招军以助国用？"焉然其说，随即出榜各处张挂，召募义兵，量才擢职。	焉问校尉邹靖曰："黄巾生发，如何除？"邹靖曰："天子明诏，令各处讨贼。明公何不招军以助国用！"焉即出榜，各处张挂，招募义兵。	当时闻得贼兵将至，召校尉邹靖计议。靖曰："贼兵众，我兵寡，明公宜作速招军应敌。"刘焉然其说，随即出榜招募义兵。

下编　版本研究　三、《三国演义》历史地理研究　1079

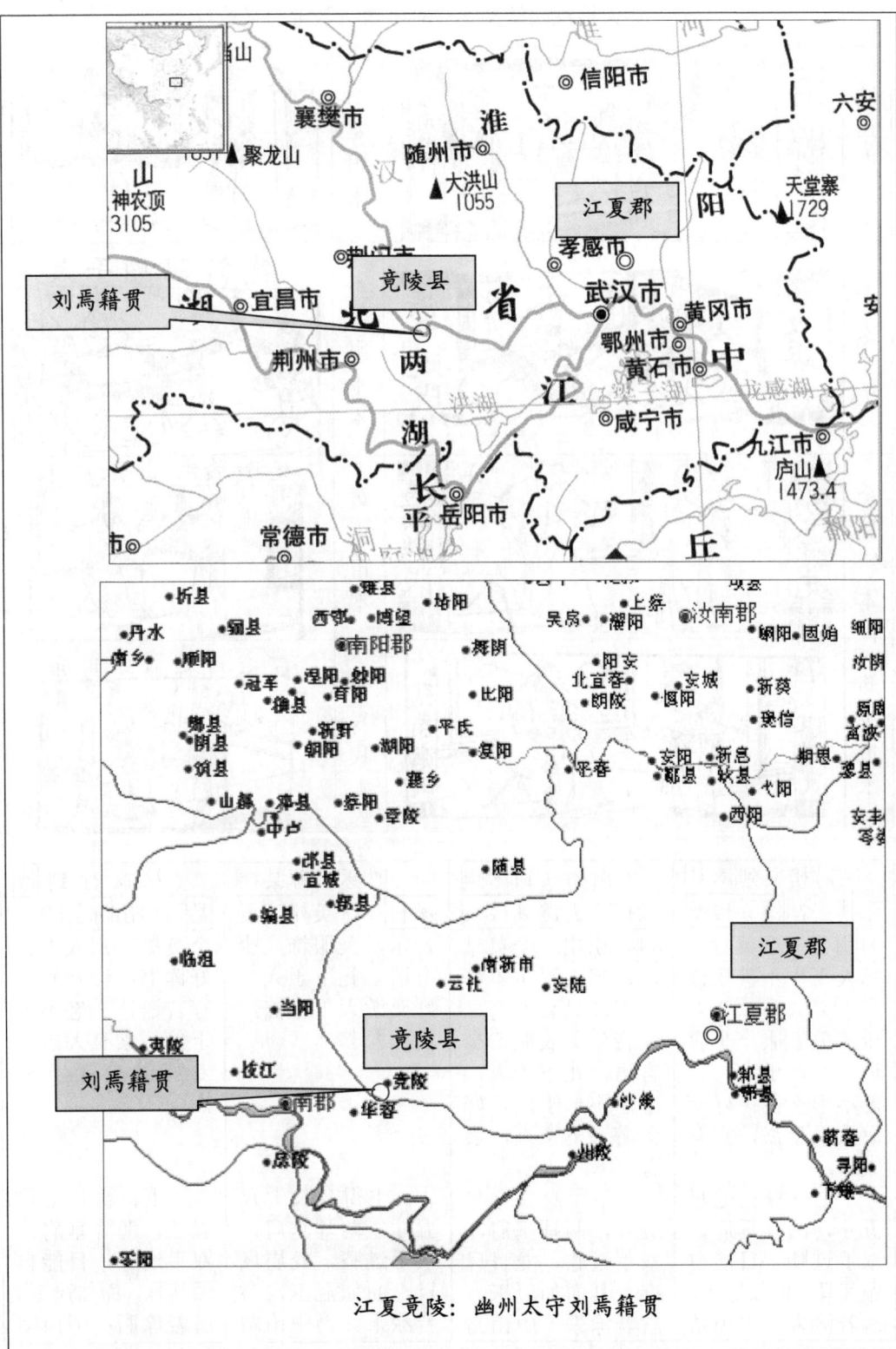

江夏竟陵：幽州太守刘焉籍贯

一、祭天地桃园结义——3.张角、张宝起义造反

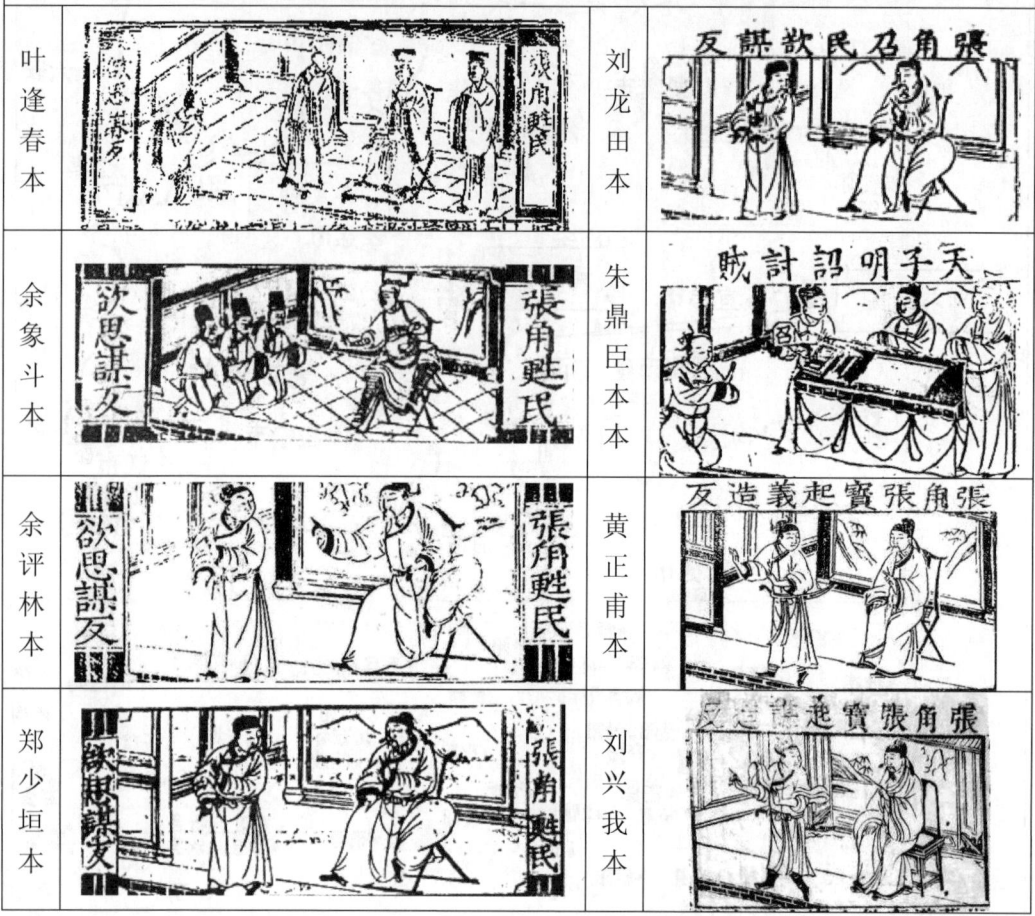

| 时榜文到涿县张挂去，涿县楼桑村引出一个英雄。那人平生不甚乐读书，喜犬马，爱音乐，美衣服；少言语，礼下于人，喜怒不形于色；好交游天下豪杰，素有大志。生得身长七尺五寸，两耳垂肩，双手过膝，目能自顾其耳，面如冠玉，唇若涂朱。中山靖 | 时榜文到涿州张挂，去涿县楼桑村，引出一个英雄汉。那人平生不好诗书，只喜犬马，爱音乐美衣服，少言语，礼下于人，喜怒不形于色，好交游天下豪杰，素有大志。生得身长七尺五寸，两耳垂肩，双手过膝，龙目凤准，其面如冠玉，唇若涂朱，中山靖 | 时涿州涿县楼桑村一个英雄，爱音乐，美服饰，少言语，礼下于人。好交游天下豪杰，素有大志。生得身长七尺五寸，两耳垂肩，双手过膝，龙眉凤目，面如冠玉，唇若涂朱。乃中山靖 | 榜文行到涿县，引出涿县中一个英雄。那人不甚好读书；性宽和，寡言语，喜怒不形于色；素有大志，专好结交天下豪杰。生得身长七尺五寸，两耳垂肩，双手过膝，目能自顾其耳，面如冠玉，唇若涂脂；中山靖 |

王刘胜之后，汉景帝阁下玄孙，姓刘，名备，表字玄德。昔刘胜之子刘贞，汉武帝元狩六年封为涿郡陆城亭侯，坐酎金失侯，因此这一枝在涿郡。 玄德祖刘雄，父刘弘。因刘弘曾举孝廉，亦在州郡为吏。备早丧父，事母至孝；家寒，贩履织席为业。舍东南角上有一桑树，高五丈余，遥望童童如小车盖，往来者皆言此树非凡，相者李定云："此家必出贵人。"玄德年幼时，与乡中小儿戏于树下，曰："我为天子，当乘此羽葆车盖。"叔父责曰："汝勿妄言，灭吾门也！" 年一十五岁，母使行学，与同宗刘德然、辽西公孙瓒为友。 玄德叔父刘元起见玄德家贫，常资给之。元起妻曰："各自一家，何能常耳。"元起曰："吾宗中有此儿，非常人也！"	王刘胜之后，汉景帝阁下玄孙，姓刘，名备，表字玄德。昔刘胜之子刘真，汉武帝元狩六年，封为涿县陆城亭侯，因此这一支流落在涿县。 玄德祖父刘雄、父刘弘曾举孝廉，亦无世仕州郡为吏。弘早丧，玄德事母至孝，家寒无可养赡，贩履织席为业。玄德住处草舍东南角篱内有一株大桑树，高五丈余，枝叶茂盛，远近通望，见重重如车盖，往来之人皆言此树非凡。有相者李定曰："此家必出贵人。"初，玄德幼时，与乡中小儿戏于树下，玄德曰："我为天子，当乘此羽葆盖车。"叔父戒之曰："汝勿妄言，灭吾门也。" 年一十五岁，母使行学，与同宗刘德然、辽西公孙瓒为友。 刘德然父刘元起见玄德家贫，常资给之。元起妻云："各自一家，何能常尔。"元起曰："吾宗中有是儿，非常人也。"	王刘胜之后，汉景帝玄孙。姓刘，名备，字玄德。昔刘胜之子刘直，汉武帝元狩六年，封为涿县陆城亭侯，因此一支流落在涿县。 玄德祖刘雄，父刘弘，曾举孝廉，州郡为吏。弘早丧，玄德事母至孝。家贫，编履织席为业。玄德草舍有株桑树，高五丈余，枝叶茂盛，重重如车盖。人皆言此树非凡。有相士李定曰："此家必出贵人。"玄德幼时，与乡中小儿戏于树下，曰："我为天子，当乘此羽葆盖车。"叔父戒之曰："汝勿妄言，灭吾门也。" 年一十五岁，与同宗刘德然、辽西公孙瓒为友。 德然父刘元起见玄德家贫，常资给之。元起妻曰："各自一家，何能济他！"元起曰："宗中此儿非常人也。"	王刘胜之后，汉景帝阁下玄孙，姓刘，名备，字玄德。昔刘胜之子刘贞，汉武时封涿鹿亭侯，后坐酎金失侯，因此遗这一枝在涿县。 玄德祖刘雄，父刘弘。弘曾举孝廉，亦尝作吏，早丧。玄德幼孤，事母至孝；家贫，贩履织席为业。家住本县楼桑村。其家之东南，有一大桑树，高五丈余，遥望之，童童如车盖。相者云："此家必出贵人。"玄德幼时，与乡中小儿戏于树下，曰："我为天子，当乘此车盖。"叔父刘元起奇其言，曰："此儿非常人也！"因见玄德家贫，常资给之。 年十五岁，母使游学，尝师事郑玄、卢植，与公孙瓒等为友。

据《三国志·蜀书·先主传》：先主姓刘，讳备，字玄德，涿郡涿县人，汉景帝子中山靖王胜之后也。胜子贞，元狩六年封涿县陆城亭侯。坐酎金失侯，因家焉。先主

祖雄，父弘，世仕州郡。雄举孝廉，官至东郡范令。先主少孤，与母贩履织席为业。舍东南角篱上有桑树生高五丈余，遥望见童童如小车盖，往来者皆怪此树非凡，或谓当出贵人。先主少时，与宗中诸小儿于树下戏，言："吾必当乘此羽葆盖车。"叔父子敬谓曰："汝勿妄语，灭吾门也！"年十五，母使行学，与同宗刘德然、辽西公孙瓒俱事故九江太守同郡卢植。德然父元起常资给先主，与德然等。元起妻曰："各自一家，何能常尔邪！"起曰："吾宗中有此儿，非常人也。"而瓒深与先主相友。瓒年长，先主以兄事之。先主不甚乐读书，喜狗马、音乐、美衣服。身长七尺五寸，垂手下膝，顾自见其耳。少语言，善下人，喜怒不形于色。好交结豪侠，年少争附之。（参见《资治通鉴》卷六十）

涿县：县名，即幽州涿郡涿县，县治在今河北涿州。

一、祭天地桃园结义——4.李定给刘备相面

叶逢春本	刘龙田本
郑少垣本	朱鼎臣本
杨闽斋本	种德堂本

| 中平元年，涿郡招军。此时玄德年二十八岁。 | 中平元年，涿郡招军时，玄德二十八岁。 | 中平元年，涿郡招军，时玄德二十八岁。 | 及刘焉发榜招军时，玄德年已二十八岁矣。 |

按：据《三国志·蜀书·先主传》推算，刘备生于161年，此时（184）应为二十四岁（虚岁）。

涿郡：郡名，即幽州涿郡，郡治在今河北涿州。

| 立于榜下，长叹一声而回，随后一人厉声言曰："大 | 立于榜下长叹一声而回，后有一人，厉声而言： | 立于榜下，叹声而回。后有一人，厉声言曰："大丈夫 | 当日见了榜文，慨然长叹。随后一人厉声言曰： |

丈夫不与国家出力，何苦长叹？" 玄德回顾，见其人身长八尺，豹头环眼，燕颔虎须。声若巨雷，势如奔马。	"大丈夫不与国家出力，何故长叹耶？" 玄德回头，见其人身长八尺，豹头环眼，燕颔虎须，声若巨雷，势如奔马。	不与国家出力，何故长叹耶？" 玄德回头，见其人形貌非（异）常，身长八尺，豹头环眼，燕颔虎须，声若巨雷，势如奔马。	"大丈夫不与国家出力，何故长叹耶？" 玄德回视其人，身长八尺，豹头环眼，燕颔虎须，声若巨雷，势如奔马。
按：张飞的相貌，不见于史。			
玄德见此人形貌异常，遂与同入村中，问其姓名。其人曰："吾姓张，名飞，字益德。世居涿郡，颇有庄田，卖酒屠猪，专好结义天下壮士。却才见公看榜，缘何长叹？"	玄德见此人形貌异常，遂与同入村，务问其人姓名。其人云："姓张名飞，字翼德，世家涿郡，颇有庄田，卖酒屠猪，专好结义天下壮士。却才见公看榜，何故长叹？"	玄德与此人同入村中，问其姓名。其人答曰："姓张，名飞，字翼德。世家涿郡，颇有庄田，卖酒屠猪，好结天下壮士。见公看榜，何故长叹？"	玄德见他形貌异常，问其姓名。其人曰："某姓张，名飞，字翼德。世居涿郡，颇有庄田，卖酒屠猪，专好结交天下豪杰。恰才见公看榜而叹，故此相问。"
据《三国志·蜀书·张飞传》：张飞字益德，涿郡人也。			
玄德曰："我本汉室宗亲，姓刘，名备，字玄德。今闻黄巾贼起，劫掠州县，有心待扫荡中原，匡扶社稷，恨力不能耳！"飞曰："正合吾机。吾有庄客数人，同举大事，若何？"玄德甚喜。 留饮酒间，见一大汉推一辆小车，到店门外歇下车子，入来饮酒，坐在桑木凳上，唤酒保："即醖酒来，我待赶入城去充军，怕迟了！"	玄德曰："我本汉室宗亲，姓刘名备，字玄德，今闻黄巾起，劫掠州县，有心待扫荡中原，匡扶社稷恨力不能尔！"飞曰："正合吾机，吾有庄客数人，同举大事若何？" 玄德甚喜。飞邀玄德入酒店，正饮间，见一大汉推一辆车到店门外，倚下车子，入来饮酒，坐在桑木凳上，唤酒保："疾筛酒来，我待赶入城去充军，怕迟了。"	玄德曰："吾乃汉室宗亲，姓刘，名备，字玄德。今闻黄巾贼劫掠州县，恨独力不能扫除耳！"飞曰："正合吾机！" 正坐饮酒，见一大汉来店门外，下车入店，唤酒保："快将酒来，我好赶入城投军！"	玄德曰："我本汉室宗亲，姓刘，名备。今闻黄巾倡乱，有志欲破贼安民，恨力不能，故长叹耳。"飞曰："吾颇有资财，当招募乡勇，与公同举大事，如何？"玄德甚喜，遂与同入村店中饮酒。 正饮间，见一大汉，推着一辆车子，到店门首歇了，入店坐下，便唤酒保："快斟酒来吃，我待赶入城去投军。"

玄德看其人，身长九尺三寸，髯长一尺八寸，面如重枣，唇若抹朱，丹凤眼，卧蚕眉，相貌堂堂，威风凛凛。	玄德看其人身长九尺三寸，须长一尺八寸，面如重枣唇，若涂朱丹，凤眼卧蚕眉，相貌堂堂，威风凛凛。	玄德看其人，身长九尺三寸，须长一尺八寸，面如重枣，唇如涂朱，丹凤眼，卧蚕眉，相貌堂堂，威风凛凛。	玄德看其人：身长九尺，髯长二尺；面如重枣，唇若涂脂；丹凤眼，卧蚕眉，相貌堂堂，威风凛凛。

据《三国志·蜀书·关羽传》：羽美须髯，故亮谓之髯。

玄德就邀同坐，问及姓名。其人言曰："吾姓关，名羽，字长生，其后改为云长，乃河东解良人也。因本处豪霸倚势欺人，关某杀之，逃难江湖五六年矣。今闻招募义士破黄巾贼，欲往应募。"	玄德就邀同坐，问其姓名，其人言曰："吾姓关名羽，字寿长，后改为云长，河东解良人也。因本处豪霸倚势欺人，关某杀之，逃难江湖五六年矣，今闻招募义士破黄巾贼，欲往应募以遂己志。"	就邀同坐。问其姓名，其人曰："姓关，名羽，字云长，河东解梁人也。因本处豪霸倚势欺人，被某杀之，逃难江湖六年。今闻招募勇士，欲往应募，以遂己志。"	玄德就邀他同坐，叩其姓名。其人曰："吾姓关，名羽，字长生，后改云长，河东解良人也。因本处势豪倚势凌人，被吾杀了，逃难江湖，五六年矣。今闻此处招军破贼，特来应募。"

据《三国志·蜀书·关羽传》：关羽字云长，本字长生，河东解人也。亡命奔涿郡。先主于乡里合徒众，而羽与张飞为之御侮。

河东：即黄河以东。

解良：古称解梁，属司州河东郡解县，今山西运城市盐湖区西南解州镇，有全国现存最大的关帝庙，俗称解州关帝庙。

玄德遂以己志告之。三人大喜，同到张飞庄上，共论天下之事。 关、张年纪皆小如玄德，遂欲拜为兄。 飞曰："我庄后有一桃园，开花茂盛，明日可宰白马祭天，杀乌牛祭地，俺兄弟三人结生死之交，如何？"三人大喜。	告之，三人大喜，同到张飞庄上，共论天下之事。 关张皆小如玄德，欲拜为兄。 飞曰："我庄后有一小园，桃花盛开，明日可宰白马祭天，杀乌牛祭地，俺兄弟三人结生死之交，如何？"三人大喜。	玄德大喜。三人同到张飞庄上，共议天下之事。 关、张拜玄德为兄。 飞曰："我庄后有一桃园，桃花开盛，明日可宰白马祭天，乌牛祭地，三人结生死之交。"	玄德遂以己志告之，云长大喜。同到张飞庄上，共议大事。 飞曰："吾庄后有一桃园，花开正盛；明日当于园中祭告天地，我三人结为兄弟，协力同心，然后可图大事。"玄德、云长齐声应曰："如此甚好。"

按：家居涿郡涿县的刘备、张飞与亡命来奔的关羽相聚，事在黄巾起义之前。

一、祭天地桃园结义——5.刘备店遇关羽、张飞

叶逢春本		刘龙田本	
余象斗本		朱鼎臣本	
余评林本		黄正甫本	
郑少垣本		刘兴我本	
杨闽斋本		刘荣吾本	
种德堂本		杨美生本	

汤宾尹本  郑乔林本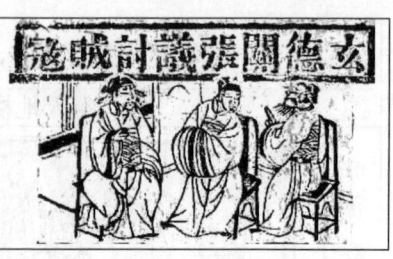

次日，于桃园中列下金纸银钱，宰杀乌牛白马，列于地上。三人焚香再拜，而说誓曰："念刘备、关羽、张飞虽然异姓，结为兄弟，同心协力，救困扶危，上报国家，下安黎庶，不求同年同月同日生，只愿同年同月同日死。皇天后土，以鉴此心，背义忘恩，天人共戮！" 誓毕，共拜玄德为兄，关某次之，张飞为弟。 祭罢天地，同拜玄德老母；将祭福物聚乡中英雄之人，得三百有余，就桃园中痛饮一醉。	次日，于桃园中列下金钱纸烛，宰乌牛、白马祭献天地。三人焚香再拜，而设誓曰："念刘备、关羽、张飞虽然异姓为兄弟，同心协力，救困扶危，上报国家，下安黎民，不求同年同月同日生，只愿同年同月同日死，皇天后土，以鉴此心，背义忘恩，天神共戮！" 誓毕，共拜玄德为兄，关羽次之，张飞为弟。 三人祭罢天地，同拜玄德老母，将福物聚乡中敢勇之人，得三百余人，一处于桃园中痛饮一醉。	次日，桃园列下香灯纸钱，宰乌牛白马祭献天地。三人焚香再拜，誓曰："念刘备、关羽、张飞，虽然异姓，结为兄弟，同心协力，救困扶危，上报国家，下安黎庶；不求同日生，只愿同日死。皇天后土，以鉴此心；背义忘恩，天地共戮！" 玄德为兄，关羽次之，张飞末之。 祭罢，同拜玄德老母，将福物资财，聚乡中勇汉三百余人，于桃园痛饮一醉。	次日，于桃园中，备下乌牛白马祭礼等项，三人焚香再拜而说誓曰："念刘备、关羽、张飞，虽然异姓，既结为兄弟，则同心协力，救困扶危，上报国家，下安黎庶。不求同年同月同日生，只愿同年同月同日死。皇天后土，实鉴此心，背义忘恩，天人共戮！" 誓毕，拜玄德为兄，关羽次之，张飞为弟。 祭罢天地，复宰牛设酒，聚乡中勇士，得三百余人，就桃园中痛饮一醉。

据《资治通鉴》卷六十三：操壮关羽之为人，而察其心神无久留之意，使张辽以其情问之，羽叹曰："吾极知曹公待我厚；然吾受刘将军恩，誓以共死，不可背之。吾终不留，要当立效以报曹公乃去耳。"（参见《三国志·蜀书·关羽传》）

据《三国志·蜀书·关羽传》：先主与二人寝则同床，恩若兄弟。而稠人广坐，侍立终日，随先主周旋，不避艰险。（参见《资治通鉴》卷六十）

据《三国志·蜀书·张飞传》：少与关羽俱事先主。羽年长数岁，飞兄事之。

据《三国志·魏书·刘晔传》：关羽与备，义为君臣，恩犹父子。

按：史书只是说刘、关、张三人"恩若兄弟"，并没有结拜为兄弟的记载。

一、祭天地桃园结义——6.刘关张桃园结义

余象斗本	(图：聚众贼 桃园结义)	朱鼎臣本	(图：义结桃园)
余评林本	(图：聚众贼寇 桃园结义)		
汤宾尹本	(图：祭天地 关张桃)		
来日收拾军器，恨无匹马可乘。正思虑间，人报有两客人，引十数伴当，赶一群马，投庄上来。玄德曰："此天佑我等，当成大事。" 三人出庄迎接。为头两个商人，乃中山大商：一个是张世平，一个是苏双，递年往北地贩马，正值寇发，归乡回来。	来日，收拾军兵，只恨无马匹可乘，正思虑间，人报有二个客人引十数个伴当，赶一群马投庄上来。玄德曰："此天佑我等，当成大事。" 三人出庄近迎，马头两个客人，乃中山大商，一个是张世平，一个是苏双递。年往北地贩马，正值寇发，归乡来到。	来日收拾军兵，只恨无马匹。忽人来报知，有二客各赶马一群投庄来。玄德曰："此天佑我等，当成大事！" 三人出在迎马客，乃中山大商张世平、苏双，递年往北平贩马，正值寇发，归乡未到。	来日收拾军器，但恨无马匹可乘。正思虑间，人报有两个客人，引一伙伴当，赶一群马，投庄上来。玄德曰："此天佑我也！" 三人出庄迎接。原来二客乃中山大商：一名张世平，一名苏双，每年往北贩马，近因寇发而回。

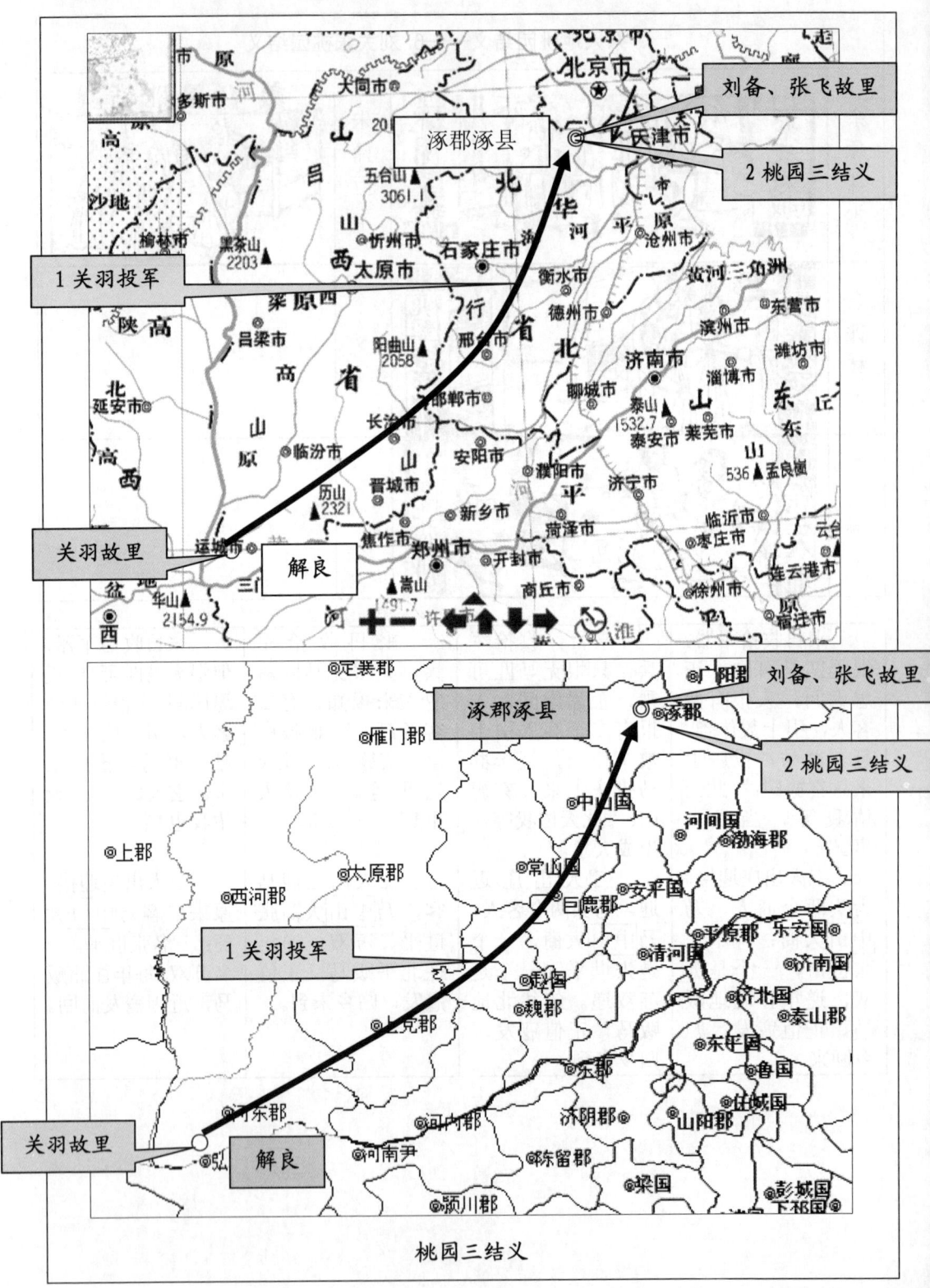

桃园三结义

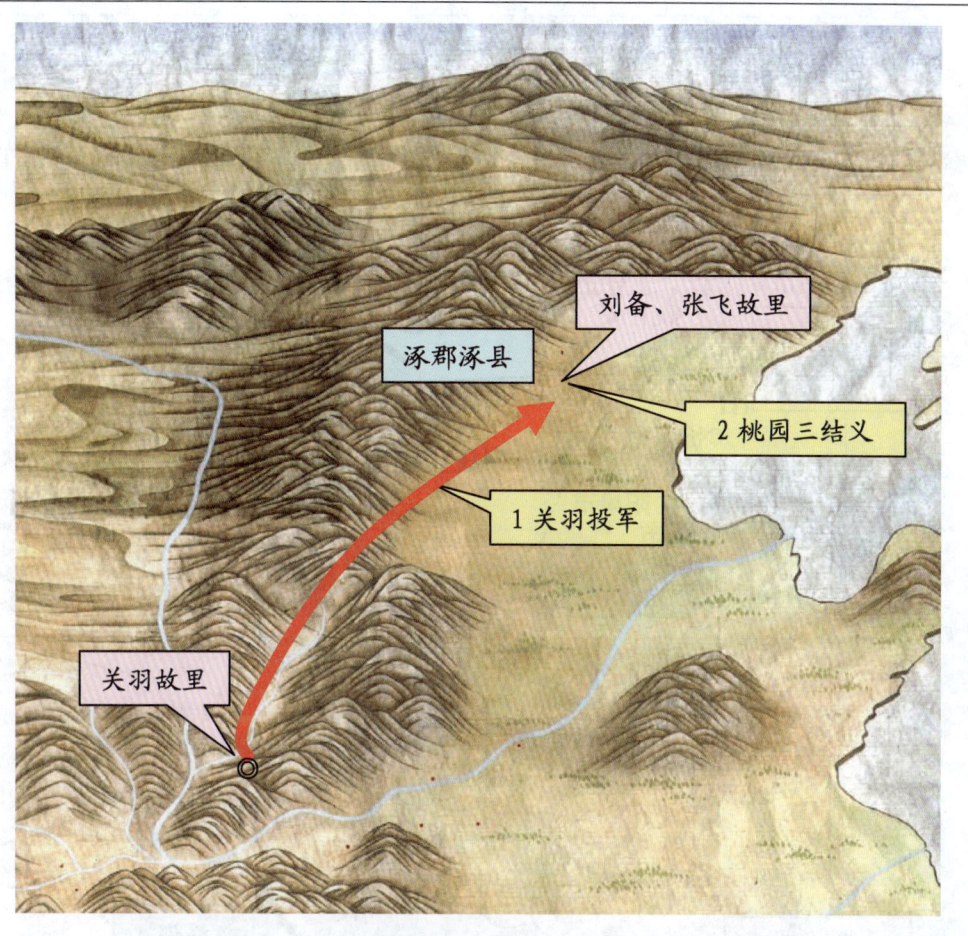

桃园三结义

中山：国名，即冀州中山国，治所在卢汉，今河北定州。

玄德请二人到庄上，置酒管待，诉及欲与民除害，扶助汉朝。 张世平、苏双大喜，愿将良马五十匹送与玄德，又赠金银五百两，镔铁一千斤，以资器用。	玄德曰："可请二人到庄上，置酒管待，谕说欲与民除害，扶助汉朝。" 张世平、苏双大喜，愿将良马五十匹送与玄德，又赠金银五百两，镔铁一千斤以资器用。	玄德曰："可请二人到庄，置酒管待，谕说与民除害，扶助汉朝。" 世平、苏双大喜，愿将良马五十匹、金银五百两、镔铁一千斤以资器用。	玄德请二人到庄，置酒管待，诉说欲讨贼安民之意。 二客大喜，愿将良马五十匹相送；又赠金银五百两，镔铁一千斤，以资器用。

据《三国志·蜀书·先主传》：中山大商张世平、苏双等赀累千金，贩马周旋于涿郡，见而异之，乃多与之金财。先主由是得用合徒众。

按：张世平、苏双资助刘备，事在黄巾起义之前。

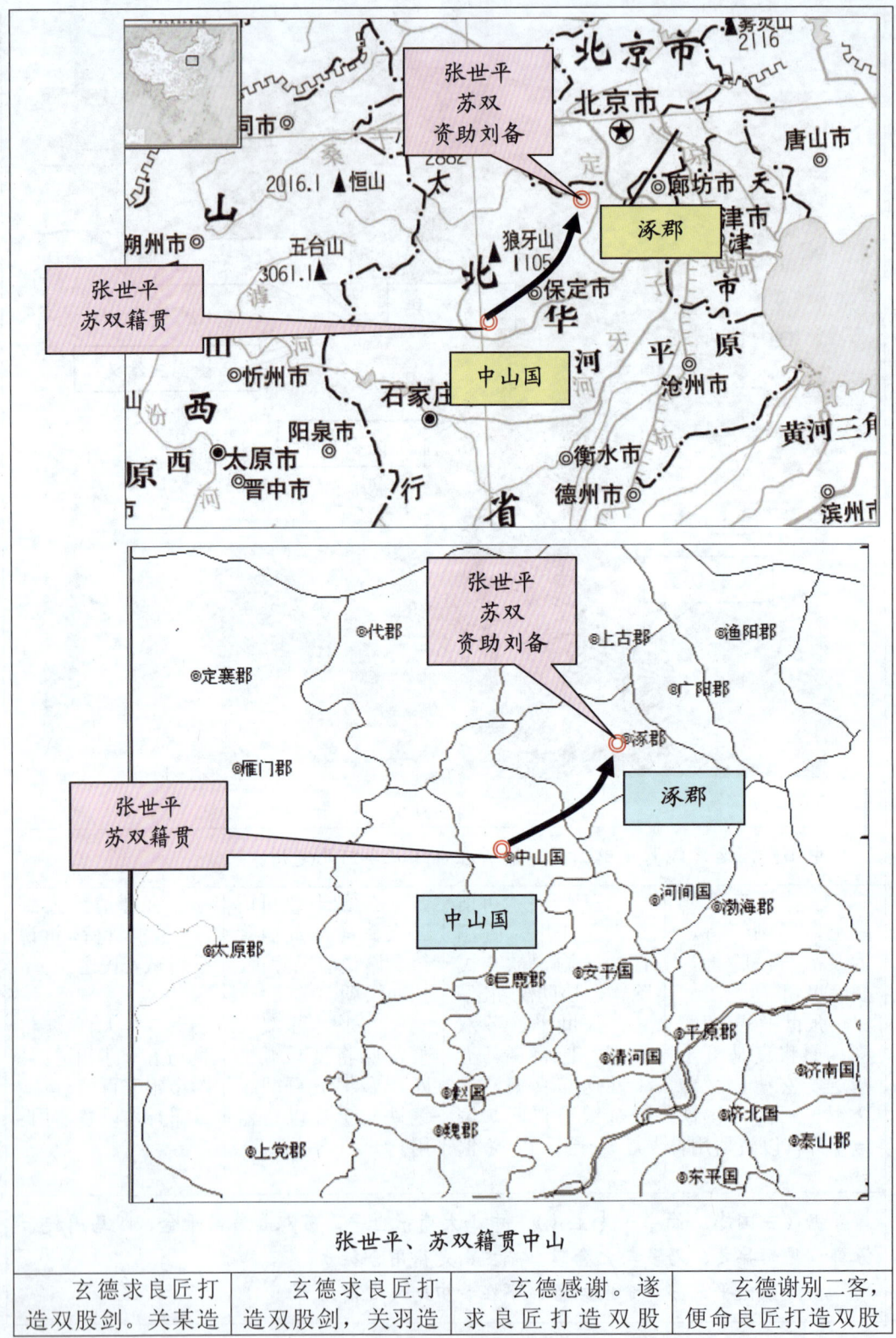

张世平、苏双籍贯中山

| 玄德求良匠打造双股剑。关某造 | 玄德求良匠打造双股剑,关羽造 | 玄德感谢。遂求良匠打造双股 | 玄德谢别二客,便命良匠打造双股 |

八十二斤青龙偃月刀，又名"冷艳锯"。	八十二斤青龙偃月刀，又名冷艳锯。	剑；失羽造八十二斤青龙偃月刀。	剑。云长造青龙偃月刀，又名"冷艳锯"，重八十二斤。

按：三国时还没有出现长杆大刀。《三国志·蜀书·关羽传》写关羽杀颜良时说"策马刺良于万众之中"，其动作为"刺。"当时流行的长兵器是矛或戟。关羽的马上兵器，应是其中之一。

张飞造丈八点钢矛。	张飞造丈八点钢蛇矛。	张飞造丈八点钢蛇矛。	张飞造丈八点钢矛。

按：张飞持矛，于史有据。据《三国志》本传记载，张飞在当阳长坂"据水断桥，瞋目横矛"。

各制全身铠甲。一齐完备，共聚五百余人，来见邹靖。邹靖引见太守刘焉。 三人参拜已毕，问其姓名。说起宗派，刘焉大喜云："既是汉室宗亲，但有功勋，必当重用。"因此认玄德为侄。整点军马。 人报黄巾贼大方程远志人马五万，哨近涿郡。 刘焉差马步校尉邹靖，着引刘玄德为先锋，前去破敌。玄德大喜，即与关、张飞身上马，来干大功。试看怎生取胜？	各制全身铠甲，一齐完备，共聚五百余人，来见邹靖。邹靖引见太守刘焉。 三人参拜已毕，问其姓名。玄德说起宗派，刘焉大喜，云："既是汉室宗亲，但奏功勋，必当重用。"因此认玄德为侄，整点军马。 人报黄巾贼大方程远志人马五万哨近涿州。 刘焉差马校尉邹靖，引刘备为先锋前去破敌。玄德大喜，与关羽、张飞飞身上马，来干大功。怎生取胜？	各制全身铠甲。聚五百余人，求见太尉邹靖。靖引见太守刘焉。 三人参拜。玄德说起宗派，刘焉大喜："既是汉室宗亲，但奏功勋，必当重用。"因此认玄德为侄，整点军马。 人报黄巾贼程远志带来人马五万，哨近涿州。 却说刘焉即差邹靖引刘备为先锋，前去破敌。玄德与关羽、张飞即忙披挂，上马前去，建立大功。怎生取胜？	各置全身铠甲。共聚乡勇五百余人，来见邹靖。邹靖引见太守刘焉。 三人参见毕，各通姓名。玄德说起宗派，刘焉大喜，遂认玄德为侄。 不数日，人报黄巾贼将程远志统兵五万来犯涿郡。 刘焉令邹靖引玄德等三人，统兵五百，前去破敌。

据《三国志·蜀书·先主传》：灵帝末，黄巾起，州郡各举义兵，先主率其属从校尉邹靖讨黄巾贼有功，除安喜尉。

一、祭天地桃园结义——7.张世平赠玄德马匹

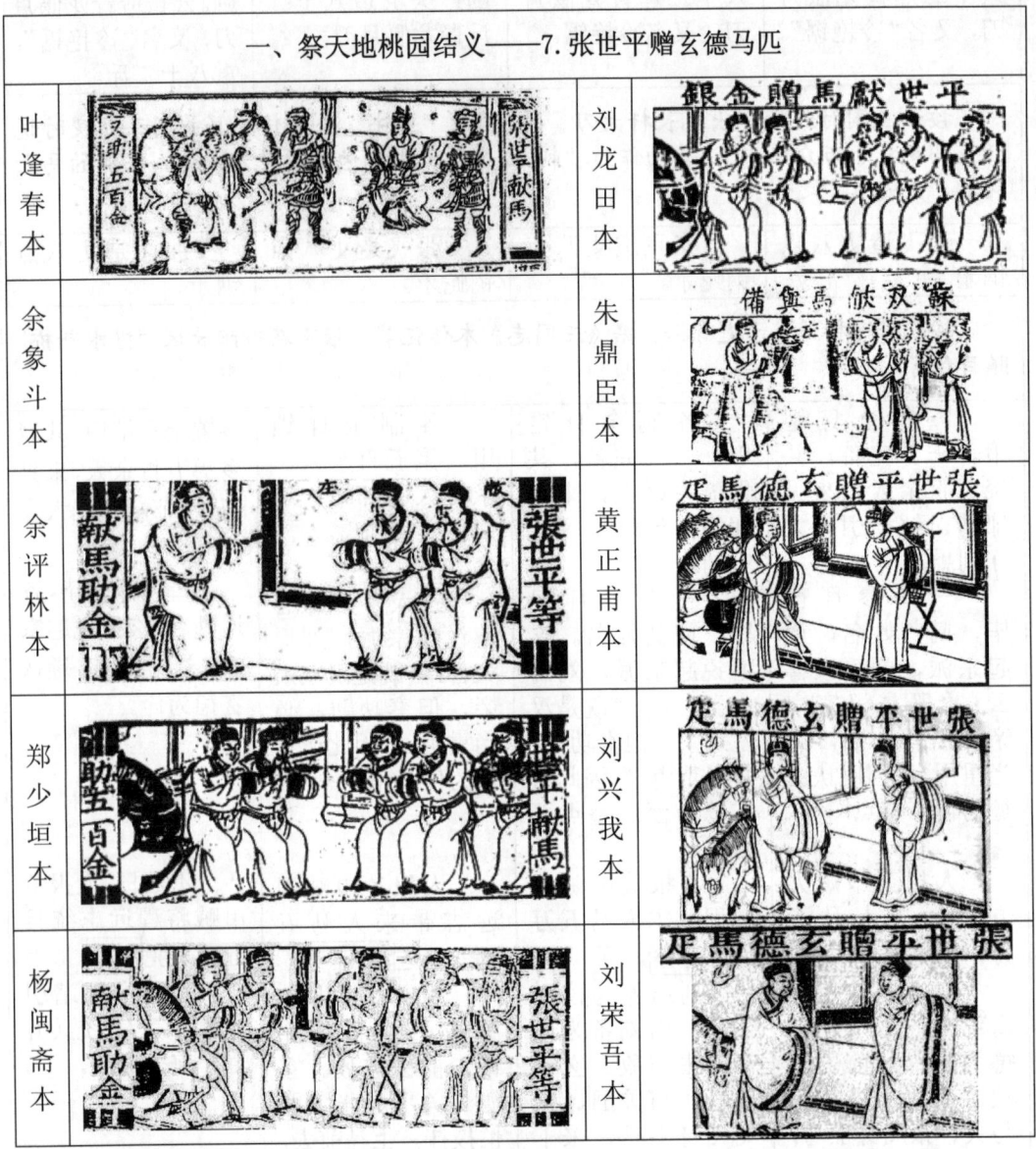

（下略）

第三则　安喜张飞鞭督邮

嘉靖元年本 三国志通俗演义	叶逢春本 通俗演义 三国志史传	黄正甫本 通俗演义 三国志传	毛宗岗本 三国志演义
第三则 安喜张飞鞭督邮	第三则 安喜县张飞鞭督邮	第三则 安喜县张飞鞭督邮	第三回 张翼德怒鞭督邮
人回报说："皇甫嵩大获胜捷。"张角连败数阵，朝廷差皇甫嵩伐之。 时张角已死，弟张梁用王者衣冠葬之。 皇甫嵩连赢七阵，斩张梁于曲阳之下，发掘张角棺椁，枭首送往京师。	人回报说："皇甫嵩大获胜捷。"董卓连败数阵，差皇甫嵩代之。 嵩到时张角已死，弟张梁用王者衣冠葬之。 皇甫嵩连赢七阵，斩张梁于曲阳之下，差人掘张角棺椁，枭首送往京师。	人回报说："皇甫嵩大胜。"董卓连败数阵，差皇甫嵩代之。 嵩到时，张角已死。弟张梁用王者衣冠葬之。 皇甫嵩胜贼七阵，斩张梁于曲阳之下。差人掘张角尸首，枭首送往京师。	探子回报，具说："皇甫嵩大获胜捷。"朝廷以董卓屡败，命嵩代之。 嵩到时，张角已死；张梁统其众，与我军相拒。 被皇甫嵩连胜七阵，斩张梁于曲阳。发张角之棺，戮尸枭首，送往京师。

　　张角（？—184），钜鹿（秦治今河北平乡、东汉治今河北宁晋）人。东汉末年农民起义军"黄巾军"的领袖，太平道的创始人。他约于灵帝建宁（168-172）初传道。中平元年（184），张角以"苍天已死，黄天当立，岁在甲子，天下大吉"为口号，自称"天公将军"，率领群众发动起义，史称"黄巾起义"。不久张角病死，起义军也很快被汉朝所镇压。

　　张角墓，位于河北省定州市（即东汉曲阳县）子位镇七级村南端，在息冢以东偏南20公里。本有张氏三兄弟墓，现仅存张角墓一座。面积7000平方米。据传，该村为黄巾农民起义军领袖张角的故里。黄巾起义军失败后，张角兄弟被害，其尸体被当地农民偷回故里安葬。张角的墓穴已不存在，据张家后人介绍，这片老坟地原先大约7000平方米，抗日战争时期，日本鬼子的炮楼曾修在高地上面；"文化大革命"期间，将高地的土拉去一小部分。是张家后人据理力争才保存下来，几十年来周围将坟地蚕食了不少，要不是有张家后人的保护，这片坟地早已成了宅基地。

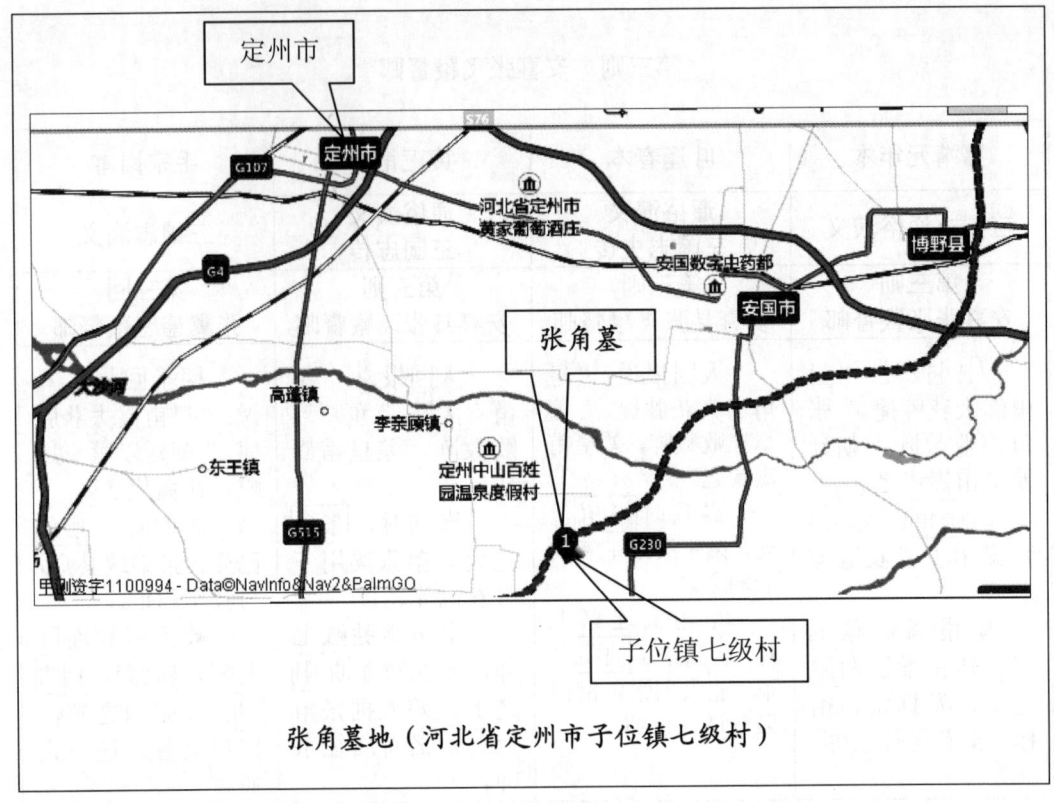

张角墓地（河北省定州市子位镇七级村）

（二）三国名人墓地

1. 概述

《三国演义》是小说，还涉及历史、地理学科。而三国名人墓地是这三个学科的结合，是三国历史人物和《三国演义》小说人物的最后归宿。至今没有人彻底整理过三国名人墓地，因此将三国名人墓地做全面梳理、统计、分析是有价值的，为三国和《三国演义》研究和爱好者提供一份资料，也是有意义的。

现将三国时期 125 位名人 174 处墓地介绍如下。

（1）历史时期

历史上的"三国"含义分狭义、广义两种。

狭义三国是指公元 220 年曹魏建立，到公元 265 年西晋建立的 45 年。公元 220 年，曹丕篡汉称帝，国号"魏"，史称曹魏，三国历史正式开始。次年刘备称帝，国号"汉"，史称蜀汉（刘汉）。公元 229 年孙权称帝，国号"吴"，史称东吴（孙吴），至此三国正式成立。公元 263 年，魏灭蜀，公元 265 年司马炎废魏元帝建国，史称西晋。280 年，西晋灭东吴，至此三国时期彻底结束，中国统一，进入晋朝时期。

广义三国始于东汉末年，公元 168 年汉桓帝去世，汉灵帝即位，灵帝末年爆发黄巾起义，公元 189 年董卓进京，军阀混战，直至魏蜀吴三国各自立国。《三国演义》一书也是从桓帝崩、灵帝即位开始，直到公元 280 年晋灭吴全国统一为主，前后共 112 年。

本文时间范围采用广义"三国"，包括东汉末年、曹魏、蜀汉、东吴和西晋初年。收入这时期的名人墓地。

名为"三国名人墓地"，实际即包括三国历史人物，也包括《三国演义》小说中人物。有些历史人物在《三国演义》中未出现，但也收入，如魏国大臣管宁、孙权之女孙鲁育等。也收入一些《三国演义》中虚构人物，如貂蝉、周仓等。

（2）墓地分类

三国名人墓地可按照真假分为以下三类：
- 真墓：有历史文献记载或考古证实是真墓。
- 不确定：有文献记载，或有墓碑，但无可靠证据证明是真墓。
- 假墓：纪念性墓地、衣冠冢等假墓。

三国名人墓地按照型式可分为以下几类：
- 墓地有土冢、墓碑和历史文献记载，一般是真墓。
- 墓地有土冢、墓碑，有传说，但无历史文献记载，真假难辨。
- 墓地有土冢，无墓碑，有历史记载，但是不是真墓无可靠证据。
- 墓地无土冢，有墓碑，真假难辨。
- 墓地无土冢、无墓碑，但有历史记载，真假难辨。

本书原则是只要有线索，就暂时都收入。因为线索真假难辨，还是暂时保留为宜。

墓地可根据其墓主人分以下几类统计：
- 按照三国分类统计，蜀汉 29 人，曹魏 29 人，孙吴 22 人，东汉 38 人，西晋 7 人，总计 125 人。
- 按照地点分省统计，125 人共计 174 处墓地，最多河南 53 处，四川 29 处。
- 按照墓主人卒年排序，107 人从公元 184 年到公元 302 年。

2．墓地统计表

（1）墓地历史分类（125 人 174 处）

三国时期名人墓地总计有 125 人。

墓地历史统计总表

时期	蜀汉	曹魏	东吴	东汉	西晋	合计
人数	29	29	22	38	7	125
比例%	23.2	23.2	17.6	30.4	5.6	100

125 人历史分类：
- 蜀汉 29 人，占总数 125 人的 23.2%。
- 曹魏 29 人，占总数 125 人的 23.2%。
- 东吴 22 人，占总数 125 人的 17.6%。
- 东汉 38 人，占总数 125 人的 30.4%。
- 西晋 7 人，占总数 125 人的 5.6%。

个人墓地数量统计表

墓地数	人数	姓名						
4	5	姜维	曹植	蔡邕	华佗	貂蝉		
3	7	严颜	郭嘉	蔡阳	孙休	周瑜	鲁肃	小乔
2	19	关羽	马超	周仓	马岱	曹彰	甄皇后	徐庶	张辽
		孙坚	孙亮	孙皓	黄盖	丁奉	汉献帝	张燕	王允
		邓艾	李典	陈琳					

墓地历史分国统计表

	姓名	省	市	县		姓名	省	市	县
	蜀汉	**29人**			17	费祎	四川	广元	
1	诸葛亮	陕西	汉中	勉县	18	邓芝	四川	德阳	广汉
2	刘备	四川	成都		19	马岱	四川	成都	新都
3	刘禅	河南	洛阳	孟津			四川	成都	崇州
4	关羽	河南	洛阳		20	王平	四川	南充	高坪
		湖北	宜昌	当阳	21	马良	山东	淄博	
5	张飞	四川	南充	阆中	22	向宠	四川	成都	
6	赵云	四川	成都	大邑	23	李严	四川	绵阳	梓潼
7	马超	陕西	汉中	勉县	24	张嶷	陕西	汉中	南郑
		四川	成都	新都	25	孟达	陕西	安康	旬阳
8	黄忠	四川	成都		26	诸葛瞻	四川	绵竹	
9	庞统	四川	德阳	罗江	27	诸葛尚	四川	绵竹	
10	糜竺	江苏	连云港	海州	28	鲍三娘	四川	广元	昭化
11	姜维	四川	广元	剑阁	29	马邈夫人	四川	绵阳	平武
		四川	雅安	芦山		**曹魏**	**29人**		
		甘肃	天水	甘谷	1	曹操	河南	安阳	
		甘肃	天水	秦州	2	曹丕	河南	三门峡	渑池
12	周仓	湖北	宜昌	当阳	3	曹植	山东	聊城	东阿
		山东	泰安	宁阳			河南	周口	淮阳
13	魏延	陕西	汉中	南郑			河南	开封	通许
14	严颜	四川	重庆	忠县			安徽	合肥	肥东
		四川	南充	蓬安	4	曹彰	河南	许昌	鄢陵
		四川	巴中				河南	洛阳	
15	蒋琬	四川	绵阳		5	曹叡	河南	洛阳	
16	谯周	四川	南充		6	曹髦	河南	洛阳	

墓地历史分国统计表（续1）

	姓名	省	市	县		姓名	省	市	县
7	曹奂	河北	邯郸	临漳		孙吴	22人		
8	曹休	河南	洛阳		1	孙权	江苏	南京	
9	曹操宗族	安徽	亳州		2	孙坚	江苏	镇江	丹阳
10	甄皇后	河南	安阳				江苏	镇江	丹徒
		河北	邯郸	磁县	3	孙策	江苏	苏州	
11	荀彧	安徽	淮南	寿县	4	孙亮	江苏	南京	江宁
12	荀攸	安徽	淮南	西寿			湖北	鄂州	
13	郭嘉	河南	许昌	襄城	5	孙休	江苏	南京	
		河南	许昌	禹州			安徽	马鞍山	当涂
		河北	保定	易县			安徽	马鞍山	
14	贾诩	河南	许昌		6	孙鲁育	浙江	嘉兴	海宁
15	毛玠	河南	许昌		7	孙邻	湖北	鄂州	
16	杨修	陕西	渭南	华阴	8	孙皓	浙江	湖州	吴兴
17	徐庶	河南	许昌				河南	洛阳	
		河南	焦作				江苏	南京	
18	徐母	河南	许昌		9	周瑜	安徽	合肥	庐江
19	夏侯渊	河南	许昌				湖南	岳阳	
20	夏侯惇	河南	许昌		10	鲁肃	湖北	武汉	
21	张辽	河南	许昌				湖南	岳阳	
		安徽	合肥				江苏	镇江	
22	徐晃	河南	许昌		11	诸葛瑾	江苏	常州	武进
23	李典	安徽	合肥		12	吕蒙	江西	南昌	
		山东	菏泽	巨野	13	陆逊	湖北	鄂州	
24	庞德	甘肃	天水	武山	14	顾雍	江苏	苏州	
25	蔡阳	湖北	襄阳	枣阳	15	太史慈	江苏	镇江	
		河南	驻马店	驿城	16	黄盖	安徽	芜湖	
		河南	鹤壁	浚县			江西	南昌	
26	邓艾	四川	广元	剑阁	17	丁奉	安徽	合肥	庐江
		陕西	渭南	蒲城			上海	闵行	
27	邓忠	四川	广元	剑阁	18	甘宁	湖北	黄石	阳新
28	钟会	河南	许昌	长葛			重庆	万州	甘宁
29	管宁	山东	潍坊	安丘	19	凌统	江苏	无锡	
					20	朱然	安徽	马鞍山	

墓地历史分国统计表（续2）

	姓名	省	市	县		姓名	省	市	县
21	吕岱	江苏	南通	如皋	26	郗虑	河南	许昌	
22	小乔	安徽	合肥	庐江	27	张松	四川	成都	彭州
		湖南	岳阳		28	张任	四川	广汉	
		安徽	合肥	南陵	29	司马徽	河南	许昌	禹州
东汉		**38人**			30	陈琳	江苏	扬州	
1	汉灵帝	河南	洛阳				江苏	盐城	
2	汉献帝	河南	焦作		31	蔡邕	河南	许昌	禹州
3	伏皇后	河南	许昌				河南	开封	开封
		河南	许昌				河南	开封	尉氏
4	董贵妃	河南	许昌				江苏	常州	
5	董卓	山东	泰安	肥城	32	吴子兰	山东	济南	历城
6	袁绍	河北	沧州	沧县	33	弥衡	湖北	武汉	
7	袁术	安徽	合肥	长丰	34	王修	山东	潍坊	安丘
8	刘表	湖北	襄阳		35	华佗	河南	许昌	
9	陶谦	安徽	宿州	萧县			江苏	徐州	
10	张燕	河北	邢台				河南	沈丘	
10	张燕	河南	周口				陕西	渭南	
11	鲍信	山东	济宁	泗水	36	蔡文姬	陕西	西安	蓝田
12	吕布	河南	焦作	修武	37	貂蝉	山西	忻州	祁府
13	颜良	河南	鹤壁	浚县			甘肃	临洮	
14	文丑	河南	许昌	禹州			四川	成都	
15	张角	河北	保定	定州			河北	邯郸	永年
16	卢植	河北	保定	涿州	38	张鲁之女	陕西	汉中	勉县
17	王允	河南	许昌		**西晋**		**7人**		
		山西	晋中	祁县	1	司马祖茔	河南	洛阳	偃师
18	马腾	河南	许昌		2	司马懿	河南	洛阳	偃师
19	张鲁	河北	邯郸		3	司马师	河南	洛阳	偃师
20	韩玄	湖南	长沙		4	司马昭	河南	洛阳	偃师
21	孔融	山东	淄博		5	司马炎	河南	洛阳	偃师
22	华歆	山东	聊城	高唐	6	杜预	河南	洛阳	偃师
23	黄祖	四川	巴中		7	王浚	河南	三门峡	灵宝
24	郑玄	山东	潍坊	高密					
25	锺繇	河南	许昌	长葛					

（2）墓地地点分类（125人174处，15省市）

- 河南53处，占总数174处的30.5%。
- 四川29处，占总数174处的16.7%。两省合计占总数174处的47.2%，约一半。
- 江苏18处，占总数174处的10.3%。
- 安徽16处，占总数174处的9.2%。
- 山东12处，占总数174处的6.9%。
- 湖北、陕西10人，占总数174处的5.7%。
- 其他8省市都在10处以下，各占总数174处的5.2%以下。

墓地分省市统计总表

省市	河南	四川	江苏	安徽	山东	陕西	湖北	河北
数量	53	29	18	16	12	10	10	9
比例%	30.5	16.7	10.3	9.2	6.9	5.7	5.7	5.2
省市	甘肃	湖南	江西	浙江	重庆	山西	上海	合计
数量	4	4	2	2	2	2	1	174
比例%	2.3	2.3	1.1	1.1	1.1	1.1	0.6	100

墓地分省市统计表

	姓名	省	市	县		姓名	省	市	县
	河南	53			16	文丑	河南16	许昌	禹州
1	曹彰	河南1	许昌	鄢陵	17	王允	河南17	许昌	
2	郭嘉	河南2	许昌	襄城	18	马腾	河南18	许昌	
3	郭嘉	河南3	许昌	禹州	19	锺繇	河南19	许昌	长葛
4	贾诩	河南4	许昌		20	郗虑	河南20	许昌	
5	毛玠	河南5	许昌		21	司马徽	河南21	许昌	禹州
6	徐庶	河南6	许昌		22	蔡邕	河南22	许昌	禹州
7	徐母	河南7	许昌		23	华佗	河南23	许昌	
8	夏侯渊	河南8	许昌		24	刘禅	河南24	洛阳	孟津
9	夏侯惇	河南9	许昌		25	关羽	河南25	洛阳	
10	张辽	河南10	许昌		36	司马炎	河南36	洛阳	偃师
11	徐晃	河南11	许昌		37	杜预	河南37	洛阳	偃师
12	锺会	河南12	许昌	长葛	38	曹植	河南38	开封	通许
13	汉献帝	河南13	许昌		39	蔡邕	河南39	开封	开封
14	伏皇后	河南14	许昌		40	蔡邕	河南40	开封	尉氏
15	董贵妃	河南15	许昌		41	徐庶	河南41	焦作	

墓地分省市统计表（续1）

	姓名	省	市	县		姓名	省	市	县
42	汉献帝	河南42	焦作		74	马邈夫人	四川21	绵阳	平武
43	吕布	河南43	焦作	修武	75	严颜	四川22	巴中	
44	曹操	河南44	安阳		76	黄祖	四川23	巴中	
45	甄皇后	河南45	安阳		77	庞统	四川24	德阳	罗江
46	蔡阳	河南46	鹤壁	浚县	78	邓芝	四川25	德阳	广汉
47	颜良	河南47	鹤壁	浚县	79	诸葛瞻	四川26	绵竹	
48	曹丕	河南48	三门峡	渑池	80	诸葛尚	四川27	绵竹	
49	王浚	河南49	三门峡	灵宝	81	张任	四川28	广汉	
50	曹植	河南50	周口	淮阳	82	姜维	四川29	雅安	芦山
51	张燕	河南51	周口			江苏	18		
52	蔡阳	河南52	驻马店	驿城	83	孙权	江苏1	南京	
53	华佗	河南53	沈丘		84	孙亮	江苏2	南京	江宁
	四川	29			85	孙休	江苏3	南京	
54	刘备	四川1	成都		86	孙皓	江苏4	南京	
55	赵云	四川2	成都	大邑	87	孙坚	江苏5	镇江	丹阳
56	马超	四川3	成都	新都	88	孙坚	江苏6	镇江	丹徒
57	黄忠	四川4	成都		89	鲁肃	江苏7	镇江	
58	马岱	四川5	成都	新都	90	太史慈	江苏8	镇江	
59	马岱	四川6	成都	崇州	91	孙策	江苏9	苏州	
60	向宠	四川7	成都		92	顾雍	江苏10	苏州	
61	张松	四川8	成都	彭州	93	诸葛瑾	江苏11	常州	武进
62	貂蝉	四川9	成都		94	蔡邕	江苏12	常州	
63	姜维	四川10	广元	剑阁	95	糜竺	江苏13	连云港	海州
64	费祎	四川11	广元		96	吕岱	江苏14	南通	如皋
65	鲍三娘	四川12	广元	昭化	97	凌统	江苏15	无锡	
66	邓艾	四川13	广元	剑阁	98	华佗	江苏16	徐州	
67	邓忠	四川14	广元	剑阁	99	陈琳	江苏17	盐城	
68	张飞	四川15	南充	阆中	100	陈琳	江苏18	扬州	
69	严颜	四川16	南充	蓬安		安徽	16		
70	谯周	四川17	南充		101	曹植	安徽1	合肥	肥东
71	王平	四川18	南充	高坪	102	张辽	安徽2	合肥	
72	蒋琬	四川19	绵阳		103	李典	安徽3	合肥	
73	李严	四川20	绵阳	梓潼	104	周瑜	安徽4	合肥	庐江

墓地分省市统计表（续2）

	姓名	省	市	县		姓名	省	市	县
105	丁奉	安徽5	合肥	庐江	136	华佗	陕西8	渭南	
106	小乔	安徽6	合肥	庐江	137	蔡文姬	陕西9	西安	蓝田
107	小乔	安徽7	合肥	南陵	138	孟达	陕西10	安康	旬阳
108	袁术	安徽8	合肥	长丰		湖北	10		
109	孙休	安徽9	马鞍山	当涂	139	孙亮	湖北1	鄂州	
110	孙休	安徽10	马鞍山		140	孙邻	湖北2	鄂州	
111	朱然	安徽11	马鞍山		141	陆逊	湖北3	鄂州	
112	荀彧	安徽12	淮南	寿县	142	鲁肃	湖北4	武汉	
113	荀攸	安徽13	淮南	西寿	143	弥衡	湖北5	武汉	
114	曹操宗族	安徽14	亳州		144	蔡阳	湖北6	襄阳	枣阳
115	陶谦	安徽15	宿州	萧县	145	刘表	湖北7	襄阳	
116	黄盖	安徽16	芜湖		146	关羽	湖北8	宜昌	当阳
	山东	12			147	周仓	湖北9	宜昌	当阳
117	管宁	山东1	潍坊	安丘	148	甘宁	湖北10	黄石	阳新
118	郑玄	山东2	潍坊	高密		河北	9		
119	王修	山东3	潍坊	安丘	149	曹奂	河北1	邯郸	临漳
120	周仓	山东4	泰安	宁阳	150	甄皇后	河北2	邯郸	磁县
121	董卓	山东5	泰安	肥城	151	张鲁	河北3	邯郸	
122	曹植	山东6	聊城	东阿	152	貂蝉	河北4	邯郸	永年
123	华歆	山东7	聊城	高唐	153	郭嘉	河北5	保定	易县
124	马良	山东8	淄博		154	张角	河北6	保定	定州
125	孔融	山东9	淄博		155	卢植	河北7	保定	涿州
126	李典	山东10	菏泽	巨野	156	袁绍	河北8	沧州	沧县
127	吴子兰	山东11	济南	历城	157	张燕	河北9	邢台	
128	鲍信	山东12	济宁	泗水		湖南	4		
	陕西	10			158	周瑜	湖南1	岳阳	
129	诸葛亮	陕西1	汉中	勉县	159	鲁肃	湖南2	岳阳	
130	马超	陕西2	汉中	勉县	160	小乔	湖南3	岳阳	
131	魏延	陕西3	汉中	南郑	161	韩玄	湖南4	长沙	
132	张嶷	陕西4	汉中	南郑		甘肃	4		
133	张鲁之女	陕西5	汉中	勉县	162	姜维	甘肃1	天水	甘谷
134	杨修	陕西6	渭南	华阴	163	姜维	甘肃2	天水	秦州
135	邓艾	陕西7	渭南	蒲城	164	庞德	甘肃3	天水	武山

墓地分省市统计表（续3）

	姓名	省	市	县		姓名	省	市	县
165	貂蝉	甘肃4	定西	临洮		山西	2		
	江西	2			170	王允	山西1	晋中	祁县
166	吕蒙	江西1	南昌		171	貂蝉	山西2	忻州	祈府
167	黄盖	江西2	南昌			重庆	2		
	浙江	2			172	严颜	重庆1	忠县	
168	孙皓	浙江1	湖州	吴兴	173	甘宁	重庆2	万州	甘宁
169	孙鲁育	浙江2	嘉兴	海宁		上海	1		
					174	丁奉	上海1	闵行	

（3）墓地分省地图（15省市）

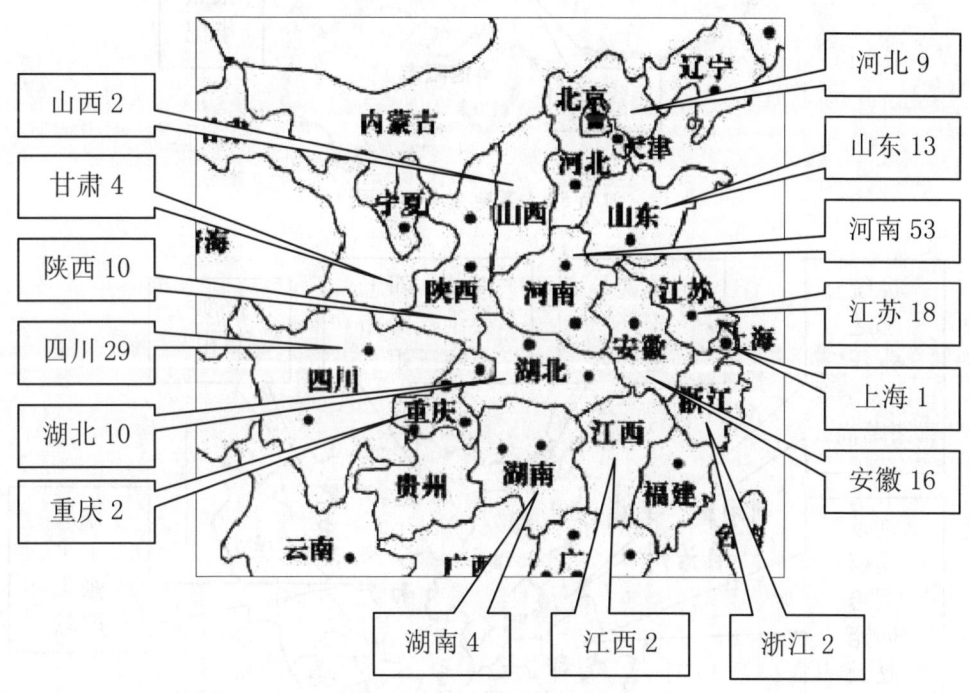

全国各省市墓地数量分布示意图

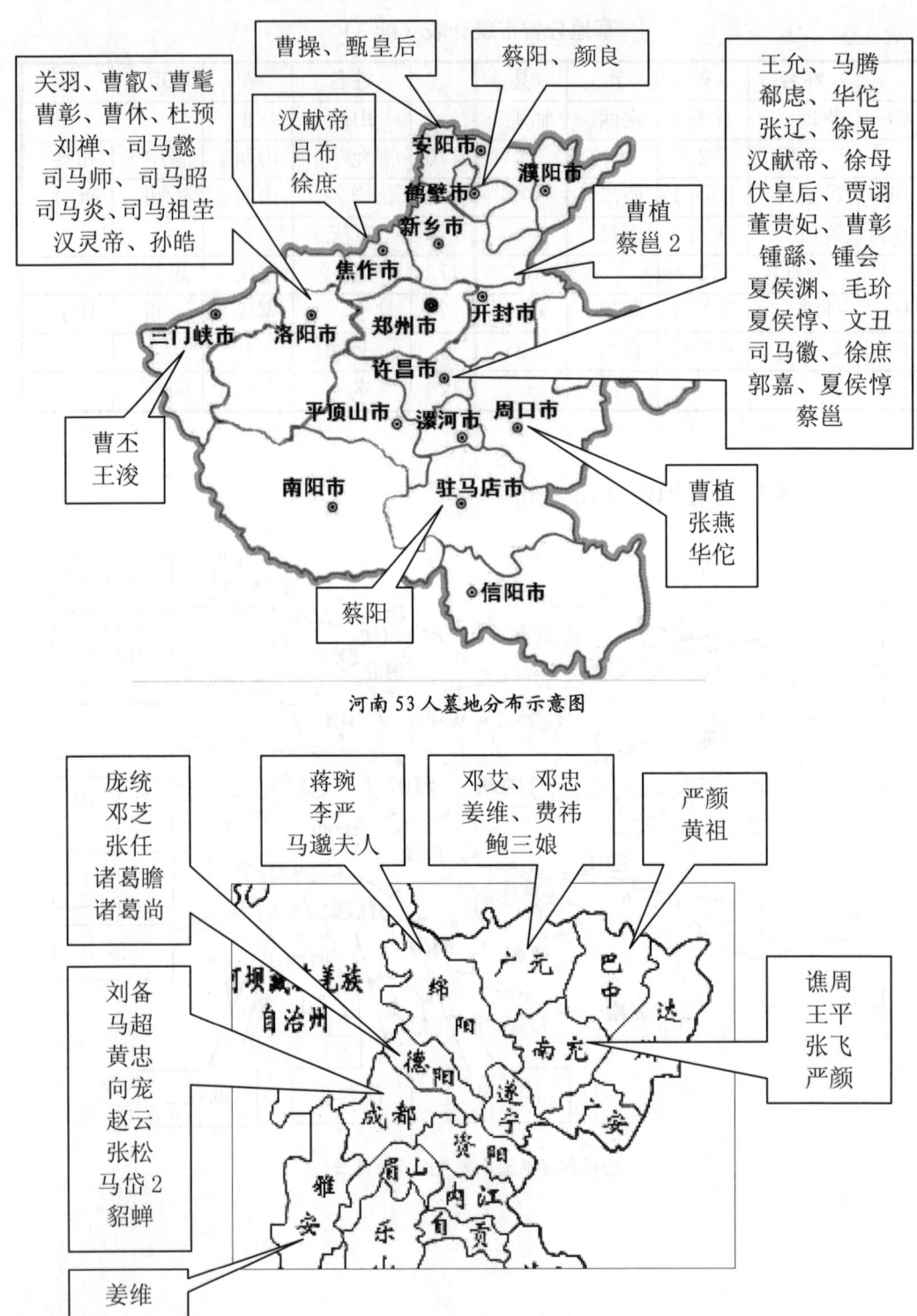

河南 53 人墓地分布示意图

四川 29 人墓地分布示意图

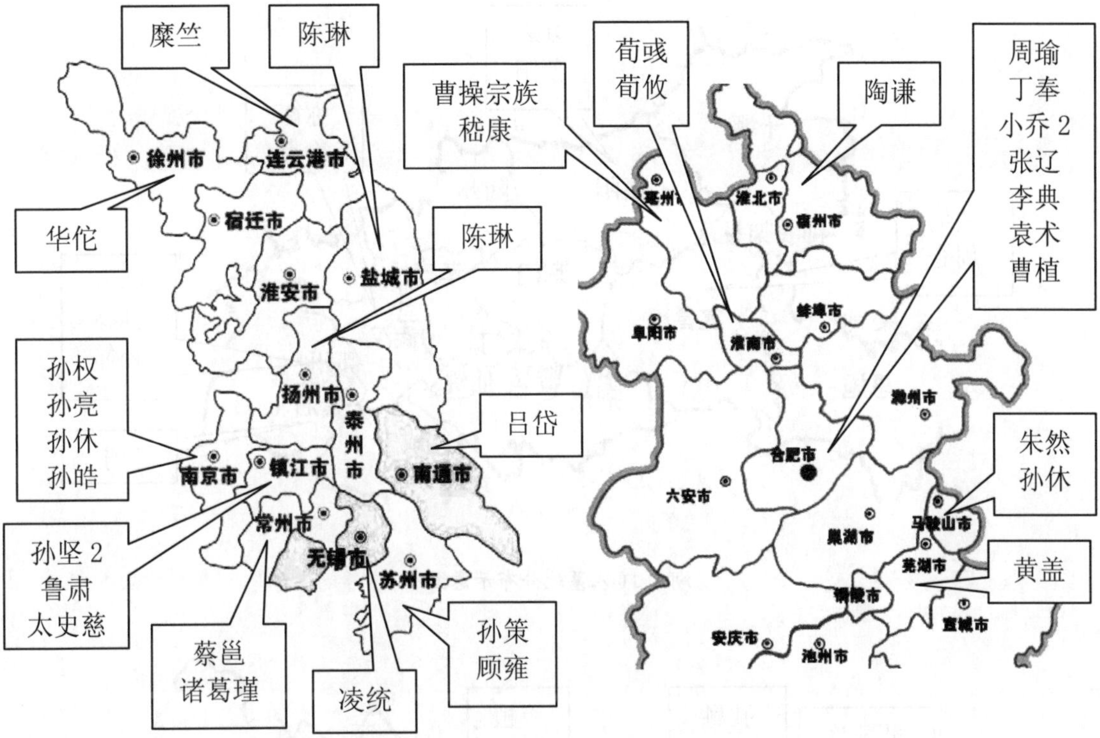

江苏 18 人（左）、安徽 16 人（右）墓地分布示意图

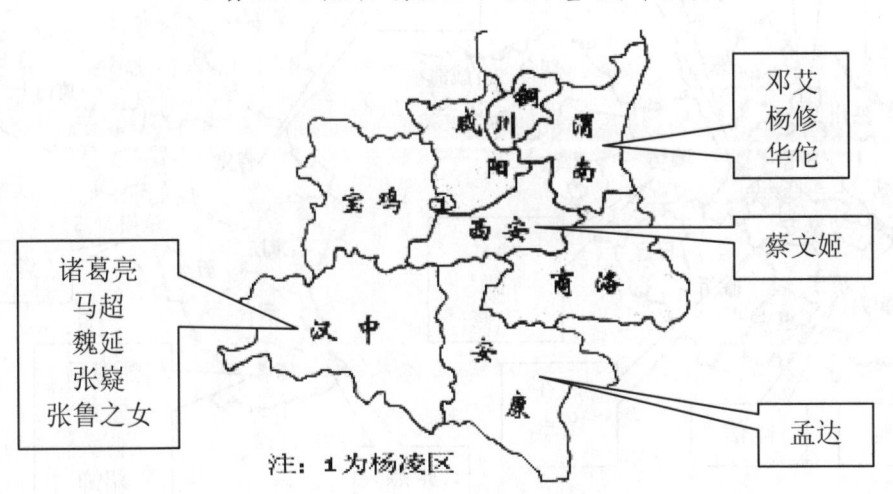

陕西 10 人墓地分布示意图

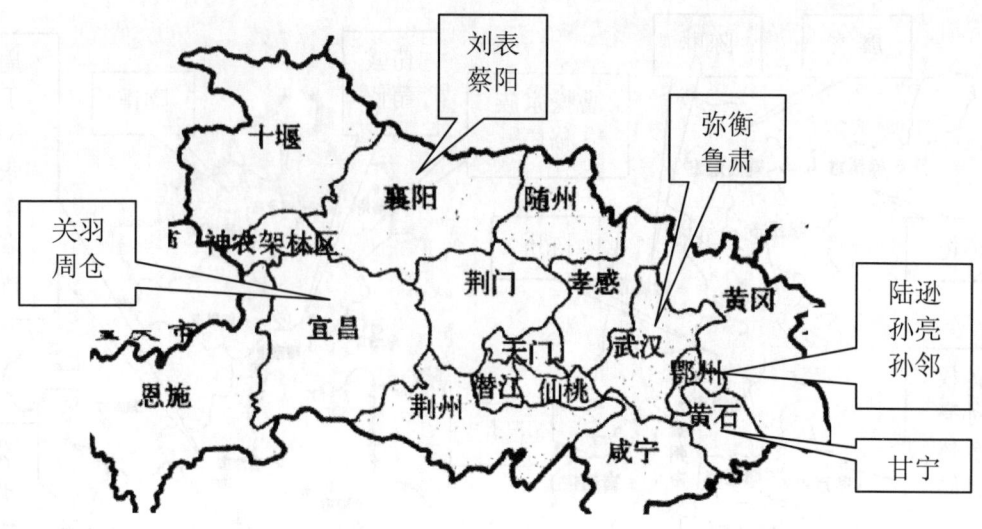

湖北 10 人墓地分布示意图

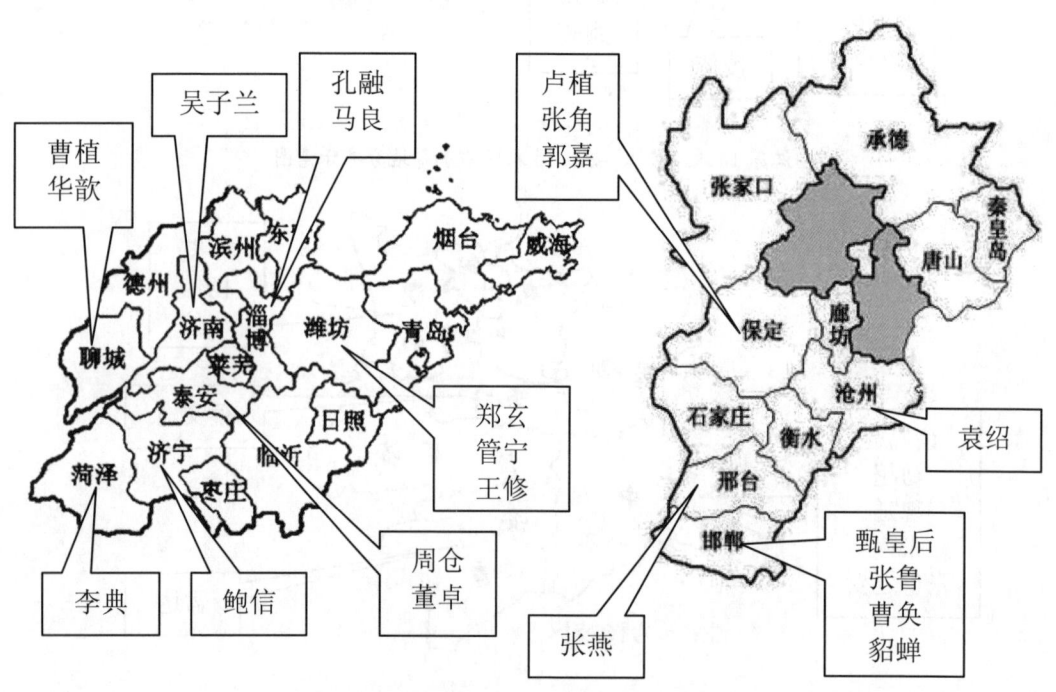

山东 12 人（右）、河北 9 人（左）墓地分布示意图

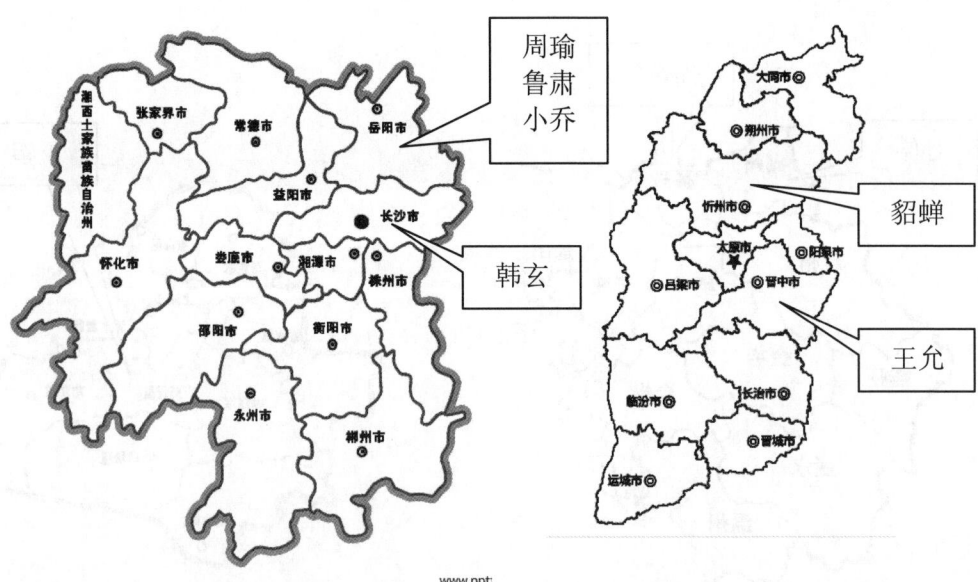

湖南4人（左）、山西2人（右）墓地分布示意图

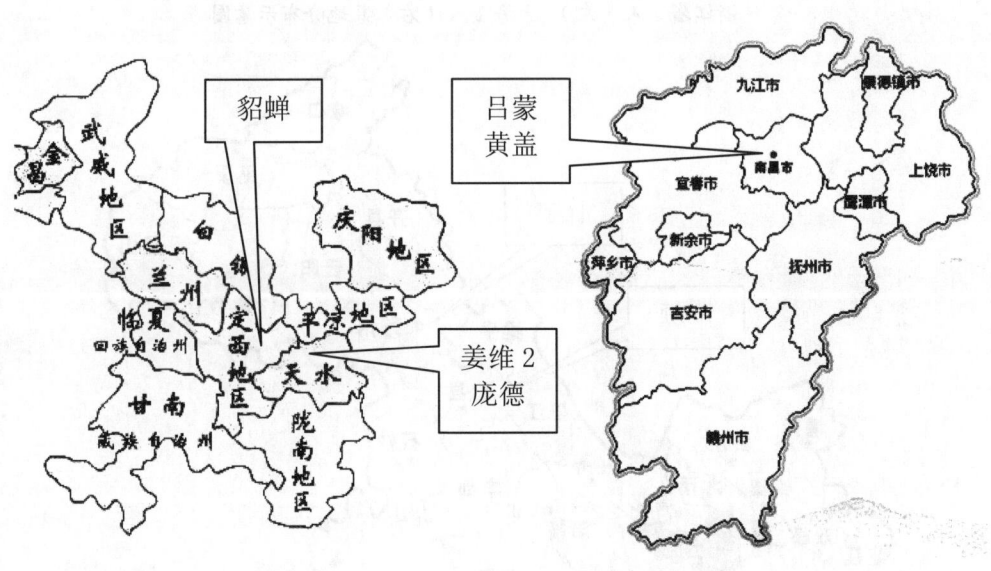

甘肃3人（左）、江西2人（右）墓地分布示意图

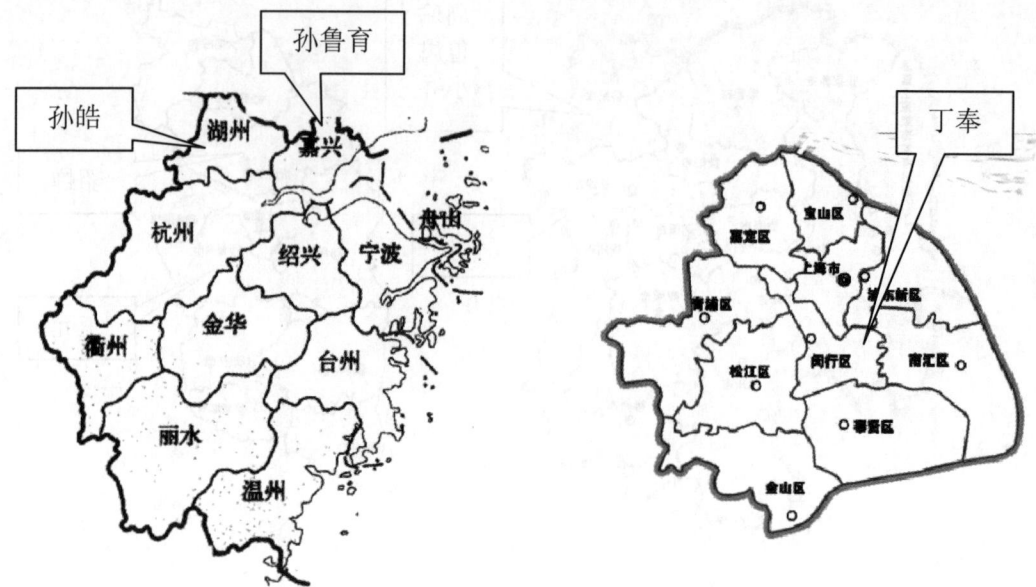

浙江省2人（左）、上海1人（右）墓地分布示意图

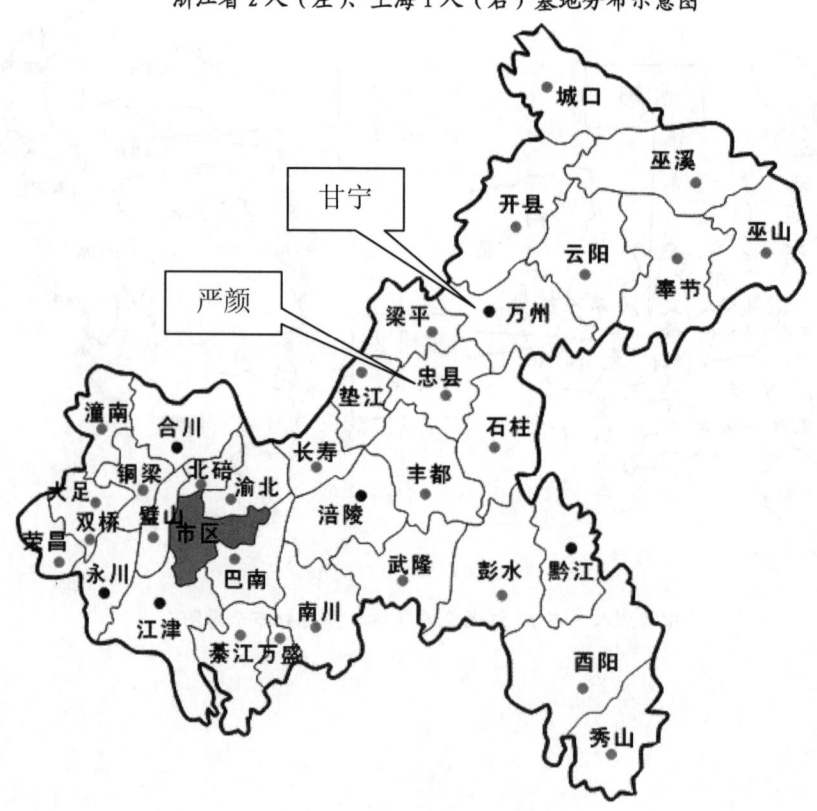

重庆2人墓地分布示意图

（4）墓主人卒年排序（107人）

墓主人卒年排序表

卒年	蜀汉	曹魏	东吴	东汉		西晋
184				张角		

189				汉灵帝		
190						
191						
192			孙坚	卢植	王允	
				蔡邕	董卓	
193				鲍信		
194				陶谦		

198				祢衡		
199				吕布	袁术	
200			孙策	颜良	文丑	
				郑玄	董贵妃	
				吴子兰		
201		蔡阳				
202				袁绍		

206			太史慈			
207		郭嘉				
208				孔融	黄祖	
				司马徽	华佗	
				刘表		
209						
210			周瑜			
211						
212		荀彧		张松		
213				张任		
214	庞统	荀攸		伏皇后		
215			甘宁1			
216		毛玠		张鲁1		
217			鲁肃	凌统	陈琳	张鲁女

墓主人卒年排序表（续1）

卒年	蜀汉		曹魏		东吴		东汉	西晋
218			夏侯渊					
219			杨修	庞德				
220	关羽 糜竺	黄忠	曹操		吕蒙	甘宁2	郗虑	
221	张飞		甄皇后					
222	马超	马良	张辽					
223	刘备		曹彰	贾诩				
224								
225								
226			曹丕					
227			徐晃					
228	孟达		曹休					
229	赵云							
230							锺繇	
231							华歆	
232			曹植					
233								
234	诸葛亮 李严	魏延					汉献帝	
...								
239			曹叡					
240	向宠							
241			管宁		诸葛瑾			
242								
243					顾雍			
244								
245					陆逊		张鲁2	
246	蒋琬							
247								
248	王平							
249					朱然	孙邻		
250								
251	邓芝							司马懿

墓主人卒年排序表（续2）

卒年	蜀汉		曹魏		东吴	东汉	西晋
252					孙权		
253	费祎						
254							
255	张嶷				孙鲁育		司马师
256					吕岱		

260			曹髦		孙亮		
261							
262	诸葛瞻	诸葛尚					
263							
264	姜维		邓艾	邓忠	孙休		
			锺会				
265							司马昭

271	刘禅	谯周			丁奉		

284					孙皓		
285							杜预
286							王浚

302			曹奂				司马炎

每年去世人数排列：

- 7人，220年关羽、黄忠、糜竺、曹操、吕蒙、甘宁、郗虑。
- 6人，200年孙策、颜良、文丑、郑玄、董贵妃、吴子兰。
- 5人：192年孙坚、卢植、王允、蔡邕、董卓，264年姜维、锺会、邓艾、邓忠、孙休。
- 4人：208年孔融、黄祖、司马徽、华佗，217年鲁肃、凌统、陈琳、张鲁女，234年汉献帝、诸葛亮、魏延、李严。
- 其余年份都在3人以下。

3. 蜀汉墓地

(1) 诸葛亮墓（陕西汉中勉县）

诸葛亮（181—234），字孔明，号卧龙，琅琊阳都（今山东沂南）人。诸葛亮早年随叔父诸葛玄到荆州，诸葛玄死后，诸葛亮就在隆中隐居。后刘备三顾茅庐请出诸葛亮，联合东吴孙权于赤壁之战大败曹军。形成三国鼎足之势，又夺占荆州。建安十六年（211年），攻取益州。继又击败曹军，夺得汉中。蜀章武元年（221年），刘备在成都建立蜀汉政权，诸葛亮被任命为丞相，主持朝政。后主刘禅继位，诸葛亮被封为武乡侯，领益州牧。前后五次北伐中原（《三国演义》称"六处祁山"是错误的），终因积劳成疾，于蜀建兴十二年（234年）病逝于五丈原（今陕西宝鸡岐山境内），享年54岁。刘禅追封其为忠武侯，后世常以武侯尊称诸葛亮。

按照其生前遗言，诸葛亮归葬于陕西汉中市勉县的定军山脚下，因诸葛亮曾获封武乡侯而得名武侯墓。1996年，诸葛亮墓被列为全国重点文物保护单位。

诸葛亮死前就留遗言安葬在定军山，为何诸葛亮不安葬于成都呢？史书中无记载，对此历来有多种分析。第一，他北伐未成，未完成刘备遗志，遗憾终生，可能觉得无颜回成都。第二，227年诸葛亮上《出师表》北伐进驻汉中，直到234年去世，后期主要活动是五次北伐，都是从汉中出发，实际他大半时间都在汉中筹备北伐，在成都时间不多，因此他对汉中很有感情。第三，他还可能考虑，将灵柩从陕西五丈原运回成都路途，先过秦岭，再过大巴山，路途实在遥远，劳民伤财，尸体也会腐烂。因此他自己综合考虑，最后留下遗言归葬汉中定军山下。

请注意，诸葛亮墓即武侯墓，和武侯祠是两个地方。武侯祠是纪念诸葛亮的祠堂，就在108国道旁，马超墓就在武侯祠马路斜对面。而武侯墓在武侯祠后面定军山下，和武侯祠有6公里，开车也要十几分钟。武侯祠面积很小，只有武侯墓的几分之一，武侯墓从大门进去要走很长一段路。

(2) 刘备墓（四川成都）

刘备（161—223），字玄德，涿郡涿县（今河北涿州）人，西汉中山靖王刘胜之后，蜀汉开国皇帝，221年—223年在位。刘备少年时拜卢植为师，而后参与镇压黄巾起义、讨伐董卓等活动，先后依附公孙瓒、陶谦、曹操、袁绍、刘表等多个诸侯。刘备于赤壁之战后，先后拿下荆州、益州，建立了蜀汉政权。而后因为关羽被东吴所害，刘备发动对吴国的战争，结果兵败夷陵，最终于章武三年（223年）病逝于白帝城，终年63岁，谥号昭烈皇帝，庙号烈祖，葬惠陵。

刘备墓即惠陵，位于四川成都武侯祠内，此地虽名为"武侯祠"，但实际即是祭祀诸葛亮之地，也是刘备的墓地。刘备与甘夫人和穆皇后、吴氏先后合葬于此，为夫妻三人合葬墓。墓地位于武侯祠诸葛亮殿西南侧，与武侯祠主体建筑相平行，是三国时期唯一保存着的帝陵。按照陈寿《三国志》记载，刘备于公元223年四月病逝于白帝城后，运回成都安葬。

但对于刘备墓是否在成都有争议。有人认为刘备死于农历四月，是气温极高的夏天，当时交通不方便，从白帝城（今奉节）到成都全是逆行而上的水路和崎岖的山路，仅单行也得30多天时间。这么长时间刘备尸体可能会腐烂。因此有人认为刘备可能就地葬于奉节，也有人认为葬在四川眉山的牧马山、彭山脚下莲花村，而成都武侯祠只是刘备的"衣冠冢"。但主流看法认为否定成都武侯祠只是猜测，根据不足。

（3）刘禅墓（河南孟津）

刘禅（207—271），又称后主，字公嗣，小名阿斗。汉昭烈帝刘备之子，母亲是昭烈皇后甘氏，蜀汉末代皇帝，223年—263年在位40年。刘禅出生于荆州，幼年时多遭难，幸得大将赵云两次相救，刘备定益州后入蜀，蜀汉建立后被立为太子。于蜀汉章武三年（223年）继位为帝，改元建兴，拜诸葛亮为相父，并支持其北伐，后又支持姜维北伐，后期宠信黄皓，致使蜀汉逐渐走向衰弱。景耀六年（263年），魏将邓艾从阴平入，克绵竹，杀诸葛瞻父子，刘禅投降。蜀汉灭亡后，刘禅及一些蜀汉大臣被迁往洛阳居住，受封为安乐公，西晋泰始七年（271年）在洛阳去世，享年64岁。谥号思公。西晋末年，刘渊起事之后，追谥刘禅为孝怀皇帝。

刘禅墓在河南孟津平乐镇翟泉村东，20世纪60年代，刘禅的墓地还有高约7米、直径15米的大塚，而如今刘禅墓几被夷为平地，地面已无明显陵墓封土的痕迹，刘禅墓几不可寻。

一说刘禅墓（阿斗墓）在河南省鹤壁市鹤山区的"阿斗寨"附近。当地相传阿斗寨是刘禅被司马昭父子秘密羁押之地。

又说洛阳邙山埋葬着4位亡国之君：蜀汉后主刘禅、南朝陈后主陈叔宝、后蜀后主孟昶、南唐后主李煜。

（4）关羽墓（河南洛阳、湖北当阳）

关羽（？—220），本字长生，后改字云长，河东郡解县（在今山西运城）人，雅号"美髯公"。关羽和刘备、张飞情同兄弟，曾投降曹操受厚待，但仍借机离开曹操，去追随刘备。赤壁之战后，关羽助刘备、周瑜攻打曹仁所驻守南郡，后长期镇守荆州。建安二十四年（219年），关羽围襄阳，攻樊城，水淹七军，将于禁全军覆没，进而包围樊城。关羽威震华夏。后东吴孙权派遣吕蒙、陆逊偷袭荆州，占据江陵，关羽退至麦城，后弃城而走，于临沮被吴军擒杀。

孙权恐刘备兴师问罪，于是将关羽首级献给曹操，又按诸侯之礼葬其尸骸于当阳境内，称"关陵"。

曹操识破东吴计谋，也以诸侯之礼将关羽头颅葬于洛阳南门外，称"关林"，因此人称关羽"身卧当阳，头枕洛阳"。

此外关羽故里山西解州有关羽衣冠冢，称为关庙。

(5) 张飞墓（四川阆中）

张飞（165—221），字益德（《华阳国志》等书作翼德），幽州涿郡（今河北涿州市）人。张飞与关羽、刘备结拜兄弟，208年刘备于长坂坡败退时，张飞仅率二十骑断后，曹军无人敢逼近，刘备因此得以免难。刘备入蜀后，张飞与诸葛亮、赵云进军西川，义释刘璋巴郡太守严颜，巴西之战击败魏国名将张合。刘备称帝后，张飞晋升为车骑将军、领司隶校尉，封西乡侯。后任巴西太守，领军驻守阆中，达七年之久。公元221年，为替关羽报仇，刘备起兵攻伐东吴，张飞在阆中也准备挂孝伐吴，命部将范疆、张达在三日内赶制白盔白甲，范、张二人心怀不满，密谋杀害了张飞，张飞死时只有55岁。

张飞头被带到东吴，其尸体躯干被埋葬在阆中，即张桓侯祠。

(6) 赵云墓（四川大邑）

赵云（？—229），字子龙，常山真定（今河北省正定）人。赵云早年加入白马将军公孙瓒。后追随刘备近三十年，先后参加过博望坡之战、长坂坡之战、江南平定战，独自指挥过入川之战、汉水之战、箕谷之战，先后以偏将军任桂阳太守，以留营司马留守公安，以翊军将军督江州。刘备死后随诸葛亮攻汉中，曾分兵拒曹真，因兵力悬殊，退守汉中。建兴七年（公元229年），赵云病逝于成都，享年76岁，被追谥为"顺平侯"。

因赵云曾在四川大邑戎兵防羌，故后主敕葬大邑县城东1公里银屏山下，冢如小丘，依山而建，气势雄伟，四周有石砌女墙，古柏森森。

(7) 马超墓（陕西汉中勉县、四川成都）

马超（176—222），字孟起，扶风茂陵（今陕西兴平县）人。伏波将军马援之后，卫尉马腾长子。马腾入朝成为卫尉后，拜为偏将军、都亭侯，马超接管马腾军队。建安十六年（211年），马超联合韩遂一同抵抗曹操，参加潼关之战，为曹操离间计所败。攻打陇上诸郡失败，依附汉中太守张鲁。刘备攻打刘璋时，率众投降，合兵包围成都。参加汉中之战，上表尊封刘备为汉中王，迁左将军。蜀汉建立后，拜为骠骑将军、凉州牧，封为斄乡侯，镇守阳平关（即现勉县老城），章武二年（222年）病逝，终年47岁。谥号威侯，一女嫁于安平王刘理。

马超墓又称马超庙、马公祠，在陕西汉中勉县城西两公里处武侯镇继光村，马超墓在108国道路北，武侯祠在路南，相距约1公里。公元227年，诸葛亮上表北伐曹魏，经马超墓，令其弟马岱挂孝，亮亲诣墓致祭。马超墓祠整体分为前后院，后院与前院被汉惠渠隔开，中间有石板桥通往两边，被命名为"风雨桥"，后院就是马超所葬的墓地。

又，四川成都新都区还有一个马超墓，位于城南三里处桂林乡马超村。曾为县文物保护点。明代在马超墓立碑、华表。"文化大革命"期间，马超墓遭到彻底破坏，墓石全被取空，仅存墓后环状土丘及碑刻两通。马超祠改为马超村小学，土冢高4米，尚在祠后。

(8) 黄忠墓（四川成都）

黄忠（？—220），字汉升（一作汉叔），南阳郡南阳（今属河南）人。黄忠本为刘表部下中郎将，后归刘备，并助刘备攻破益州刘璋。建安二十四年（219年），定军山之战中，黄忠阵斩曹操部下名将夏侯渊，拜征西将军。刘备称汉中王后，加封后将军，赐关内侯。次年，黄忠病逝，追谥刚侯。

黄忠公元220年去世后安葬何处，《三国志》没有说明。

清道光五年（1825年）成都西郊营门口乡黄忠村农民耕地时发现一块书有"黄刚侯讳汉升之墓"的墓碑，几根人骨、一把剑和一块玉，大概是唐宋以后人们为黄忠修坟时所立，此处应该就是当年黄忠安葬之地。于是，捐资修复黄忠墓，墓旁新建黄忠祠。"文化大革命"中黄忠祠、墓被毁。

(9) 庞统墓（四川罗江）

庞统（179—214），字士元，号凤雏，汉时荆州襄阳（今属湖北）人。庞统为刘备帐下重要谋士，与诸葛亮同拜为军师中郎将。与刘备一同入川，进围雒县时，庞统率众攻城，被张任兵将射死，年仅36岁，追赐统为关内侯，谥曰靖侯。

庞统死，刘备非常痛惜，将庞统厚葬于四川德阳市罗江县鹿头山白马关，东距县城5公里。庞统祠墓又叫"落凤坡"，在当地又称"白马寺"。庞统祠是有围墙小院，墓北约3公里为庞统墓，因庞统穿戴的血衣就地收葬，故又称"血坟"。祠墓在自秦入蜀的古驿道旁，全部由石板砌成，车辙、马蹄印清晰可见，是古代交通大道，在罗江县境内约4.7公里。2006年，庞统祠墓成为全国重点文物保护单位。

(10) 糜竺墓（江苏连云港）

糜竺（？—220），又读作麋竺，字子仲，东海朐县（江苏连云港西南）人。糜竺原为徐州富商，后被徐州牧陶谦辟为别驾从事。陶谦病死后，糜竺奉其遗命迎接刘备；与其弟糜芳拒绝曹操的任命而跟随刘备。建安十九年（214年），刘备入主益州后，拜糜竺为安汉将军，地位在诸葛亮之上，为刘备手下众臣之最。吕蒙袭取荆州，糜芳举城投降，导致关羽兵败身亡，糜竺面缚请罪，刘备劝慰糜竺，对他待遇如初，不久后糜竺因惭恨病死。

糜竺墓在江苏省连云港市海州区石棚山景区，糜竺去世后，就安葬在石棚山，现有墓冢、墓碑。

(11) 姜维墓（四川剑阁、四川芦山、甘肃甘谷、甘肃天水）

姜维（202—264），字伯约，天水郡冀县（今甘肃甘谷县）人。姜维曾任中郎将。诸葛亮北伐中原时，受到猜忌，不得已投降蜀汉，得到蜀相诸葛亮重用。诸葛亮去世后，开始崭露头角。费祎死后，拜大将军，独掌军权，继续北伐事业，大战曹魏名将邓艾、陈泰、郭淮等，互有胜负。后主反对姜维北伐，遂前往沓中屯田避祸。景耀七年，魏国三路伐蜀时，姜维退守剑阁，阻挡锺会进军。邓艾阴平偷袭成都，后主刘禅投降。姜维志存光复，假意投降，勾结锺会反叛，事败被杀。享年62岁。

姜维墓有四个，分别在四川剑阁县、芦山县，甘肃天水市、甘谷县。

四川剑阁姜维墓位于四川省广元市剑阁县剑门关景区内。因为姜维曾在剑门关据守，因此剑门关有个姜维衣冠冢平襄侯祠，始建于明正德年间，经过几次搬迁，姜维墓现在景区南门附近，称平襄侯祠，又称姜维祠，分前后两院，前院名武圣宫，后院有姜维墓。此墓是广元市第一批重点文物保护单位，此姜维墓是。

四川芦山姜维墓位于城东龙尾山上。所以姜维墓又称"胆墓"。墓冢为圆形，四周围条石加以围砌，墓前立有"汉大将军平襄侯姜讳维墓"。芦山县城北街的县主祠内长期供奉着姜维妹妹的塑像，传说姜维死后其妹来到芦山，带领百姓继续完成其兄未完之事业。芦山县仍然保留着为纪念姜维而建的姜庆楼，该楼为歇山式 3 层建筑，通高 14 米，外观壮丽，重建于 1445 年。

甘肃甘谷姜维墓为姜维衣冠冢，位于甘肃甘谷县六峰镇姜家庄村南将军岭靴子坪上，距县城东 5 公里，占地面积 6000 平方米。1997 年甘谷县人民政府公布为县级文物保护单位。传说姜维兵变被杀后，暴尸原野，魏派专人监视，不得掩葬。随从设法偷得衣冠靴子，背回故里，家乡人民非常悲愤，依南山筑衣冠冢，靴子别葬冢旁，南山也就有了靴子坪之称。杨成武将军亲笔题写"姜维故里"碑，还有日本友人题词。

甘肃天水关姜维墓坐落在天水市秦城区城南 35 公里天水镇东北的黄家坪山顶，左面为石家峡，右面为铁堂峡。铁堂峡不仅是汉水上游的流经之地，也是由陇入川的古道和军事要塞。姜维墓山脚下的三角形川道里，是抚夷将军姜叙曾经镇守过的历城，正前方便是赫赫有名的祁山。姜维古墓原为直径约十米的土冢，在此远眺，天水关尽收眼底，乃天水镇的八景之一，现姜维坟也已成为平地，了无踪影。

（12）周仓墓（湖北当阳、山东宁阳）

周仓，正史无字，野史记载字符福，一说是山西省平陆县人，一说是兖州（今山东宁阳县）人。周仓是历史小说《三国演义》中的人物，在《山西通志》中也有记载，但是在《三国志》中无记载。周仓本是黄巾军出身，关羽千里寻兄之时请求跟随，自此对关羽忠心不二；在听说关羽兵败被杀后，周仓也自刎而死。

周仓墓有两个。一个在其后期活动地点湖北当阳，一个在其故里山东宁阳。

湖北当阳周仓墓在县东 15 公里，麦城遗址西 2 公里，墓在田中，略大于一般土冢，圆形条石砌墓。墓碑上刻"汉武烈侯周将军讳仓之墓"。

山东宁阳周仓墓位于宁阳县城西 15 公里东疏镇赵家黄茂村西北、卧牛山之阳的五龙口，现移到胡家黄茂村南。光绪《宁阳续志》载："仓本村人，随汉亭侯殉节麦城，此期葬衣冠处。"现封土无存，尚有清光绪二十四年墓碑一通，镌刻"汉周将军讳仓（下残）"，碑前原有周仓庙遗址，现不存。另有卧牛山西北一带土岗连亘数里，俗称"周仓寨"。《三国演义》称周仓在卧牛山占山为王，后被关羽受降。而宁阳也确有卧牛山，因此误传此为周仓墓地。

（13）魏延墓（四川南郑）

魏延（？—234），字文长，义阳平氏（今河南桐柏县）人。刘备入川时，魏延因数有战功,升为牙门将军。刘备攻下汉中,拔为镇远将军、汉中太守,镇守汉中十年。刘备即位后,拜镇北将军。随同诸葛亮北伐,拜凉州刺史,封都亭侯,曾在阳溪大破费瑶和郭淮。魏延打算亲率兵马由子午道袭取关中,遭到谨慎的诸葛亮反对。魏延与长史杨仪不和。诸葛亮死后,两人矛盾激化,魏延争斗落败,为马岱所追斩,夷灭三族。

据说一些魏延手下的士卒冒着生命危险为他收尸,葬在南郑城外的荒野之中,即现陕西省汉中市北门外2公里石马乡。相传蒋琬任蜀相后,以魏延前期有功,为之礼葬建墓,墓前有两个下跪石马,指害死魏延的两个人杨仪、马岱。石马乡因此得名,今墓不存,存二石马,一残破,一完整。于1973年移至汉中市博物馆保存。

(14) 严颜墓(四川忠县、蓬安、巴中)

严颜初为益州牧刘璋巴郡太守,镇江州(今重庆市渝中区)。公元213年,刘备与刘璋决裂,军师庞统中流矢身亡。张飞、诸葛亮、赵云等领荆州兵入川增援。大军到达江州,江州守将严颜据守不降,张飞将其攻破,占领江州,并生擒严颜。之后的事迹不在正史中出现。他是怎么死的,历史并无记载。

严颜死后葬于何处,三国历史文献无载。但至迟到宋朝,巴蜀地区先后出现了三座严颜坟墓:一在忠州(今重庆忠县),一在巴州(今四川巴中市),一在蓬州(今四川蓬安县或仪陇县)。

(15) 蒋琬墓(四川绵阳)

蒋琬(?—246),字公琰。零陵郡湘乡县人。蒋琬最初随刘备入蜀,为广都县长。后累官丞相长史兼抚军将军。建兴十二年(234年),诸葛亮去世,蒋琬继其执政,拜尚书令,又加行都护、假节,领益州刺史,再迁大将军,录尚书事,封安阳亭侯。延熙元年(238年),受命开府,加大司马,总揽蜀汉军政。延熙九年(246年),蒋琬病逝,葬于涪城,谥号"恭"。与诸葛亮、董允、费祎合称"蜀汉四相"。

蒋琬墓位于四川绵阳市西山凤凰山上。该墓曾一度荒废。清道光、光绪年间先后作了修葺。"文化大革命"中,蒋琬墓地难逃其难,遭到严重破坏,墓道两侧原有石翁仲和石马、石麒麟各二,毁于1967年。1981年被绵阳市人民政府公布为市级文物保护单位,1984年扩建。蒋琬墓、祠规模在三国墓地中是比较大的,经过历代扩建现已成为绵阳市西山公园一处重要景观。

(16) 马岱墓(四川新都、四川崇州)

马岱(生卒年不详),扶风茂陵(今陕西兴平)人,马超从弟。马岱早年追随马超大战曹操,反攻陇上,围攻成都,参加汉中之战等。后在诸葛亮病逝后受杨仪派遣斩杀了蜀将魏延。曾率领军队出师北伐,被魏将牛金击败而退还。官至平北将军,陈仓侯。

马岱墓位于四川省新都县(今成都市新都区)军屯镇与弥牟镇交合之处。墓前有石桌祭台、石碑,碑高约2米,碑上刻有"汉平北将军马公讳岱之墓"。墓室依山坡而建,封土高约3米。20世纪50年代曾于封土下发现花边砖,砖上隶书"马岱之墓"

字样。

据说成都市崇州市怀远镇太平山有马岱墓遗址。

（17）马良墓（山东淄博）

马良（187—222），字季常，襄阳宜城（今湖北宜城南）人，马谡之兄，因眉毛中有白毛，人称白眉马良。公元209年，刘备担任荆州牧，征召马良为州从事。刘备称帝，建立蜀汉政权，任命马良为侍中。公元222年，刘备东征东吴，刘备在夷陵之战中兵败，马良也遇害身亡。

马良墓位于山东省淄博市永流乡永流村西北，墓高17米，东西80米，南北32米，保存一般。故老相传，马良就葬在这个镇子的西头。20世纪60年代这里修公路的时候，在老人说的"马良坟"位置挖出了一些墓砖，这可能就是马良墓。墓中除了青砖尚在，其他一切均已没有了痕迹。

（18）向宠墓（四川成都）

向宠（？—240），向朗胞弟之子。刘备时，向宠历任牙门将（保护牙城的武官）、中领军，封都亭侯。公元240年，向宠南征汉嘉郡（今四川雅安北）少数民族"蛮夷"时遇害。相传他待士卒宽厚，死时士卒奋力抢回尸体，运至成都安葬。

向宠墓在四川成都郫都区城北生态湿地公园内。清代末年尚存墓冢，墓碑。今仅见土冢在园内东北角。

（19）李严墓（四川梓潼）

李严（？—234），字正方。刘备伐蜀其间，李严率领部队投降刘备，是历任犍为太守中成绩最好的一位。后任尚书令。与诸葛亮同为辅命大臣，任中都护，留镇永安。诸葛亮北伐而代管丞相府事务，督运粮草。但办事不力，致使蜀军北伐被迫停止，被罢官流放梓潼郡。李严闻知诸葛亮逝世，认为后人不会给予起用他的机会，于是气愤病死。

李严墓位于四川省梓潼县城东南，蜀汉建兴元年（223年）李严被谪贬梓潼为民，在梓潼住了三年，死后葬于梓潼。有碑表，"文化大革命"时墓遭毁坏，墓碑已失。

（20）王平墓（四川南充）

王平（？—248），字子均，巴西宕渠（今四川省渠县东北）人。王平原属曹操，曹操与刘备争汉中，得以投降刘备。诸葛亮第一次北伐时与马谡一同守街亭，之后多次随诸葛亮北伐。诸葛亮死后，拜前监军、镇北大将军，镇守汉中，累封安汉侯。延熙十一年，王平去世，其子王训继承了爵位。

王平墓位于四川省南充市高坪区永安乡临江村凤凰山。为长方形土冢墓，原有一碑，上书"汉将军王平之墓"，于1959年修公路时拆毁。后在南充市内一公园再建王平墓，1981年被定为县级文物保持单位。

(21) 邓芝墓（四川广汉）

邓芝（178—251），字伯苗。义阳郡新野县（今属河南）人，东汉名将邓禹之后。邓芝被刘备任为郫令，升迁为广汉太守，后入朝为尚书。刘备逝世后，奉命出使吴国，成功修复两国关系。建兴六年（228 年），丞相诸葛亮策划北伐，命邓芝与大将赵云佯攻郿城。建兴十二年（234 年），迁前军师、前将军，领兖州刺史，封阳武亭侯，不久督领江州。延熙六年（243 年），迁车骑将军，后授假节。又率军平定涪陵叛乱。延熙十四年（251 年），邓芝病逝。

据说邓芝墓位于四川广汉市向阳镇境内。

(22) 费祎墓（四川广元）

费祎（186—253），字文伟，江夏（今河南信阳市罗山县）人。费祎与诸葛亮、蒋琬、董允并称为蜀汉四相。费祎屡次出使东吴，孙权非常惊异于他的才能，加以礼遇。是诸葛亮出师前为阿斗推荐的贤臣之一，北伐时为中护军，又转为司马。诸葛亮死后，初为后军师，再为尚书令，官至大将军，封成乡侯。蒋琬去世后主持蜀汉军政事务，后为魏降将郭循（一作郭修）行刺身死。

费祎墓位于昭化古城西门一公里处的路边一农舍旁，现存土墓一座及石碑二块，一题"汉尚书令费公敬侯墓"，一题"蜀汉大将军录尚书事成乡敬侯费祎之墓"。

(23) 张嶷墓（陕西南郑）

张嶷（194—255），字伯岐，巴郡南充国（今四川南充市）人。张嶷初为县功曹，诸葛亮预备北伐时，张嶷任命牙门将，随马忠多次平定南蛮叛乱，因功封为越嶲太守。后被征召回成都，官至荡寇将军，封关内侯。延熙十七年（254 年），随姜维北伐中于陇西作战时，战死狄道（今甘肃临洮），运回汉中安葬。

张嶷墓葬于汉中褒城驿，今汉中市汉台区龙江镇柏花村街道中部北侧民居之中。20 世纪 70 年代尚存高大的墓冢及民国十年重立墓碑，碑文"汉荡寇将军张嶷之墓"。刻建于 1922 年。墓碑现在汉中市博物馆保存。今墓冢被村民修房造屋拓土填了房基，村民在挖房基时曾挖出鱼鳞纹砖墓道，经考证为张嶷墓无疑。张嶷墓现为县级重点文物保护单位。

(24) 诸葛瞻、诸葛尚墓（四川绵竹）

诸葛瞻（227—263），诸葛亮长子，诸葛亮 46 岁时诸葛瞻出生，17 岁娶蜀汉公主为妻，授为骑都尉，诸葛亮病死，袭爵武乡侯，后任平尚书事，统领中央事务。蜀汉后主炎兴元年（263 年）冬，魏将邓艾偷渡阴平攻入蜀，诸葛瞻及其子诸葛尚（244—263）与邓艾大战于绵竹关，二人均战败殉国，就地安葬在今四川绵竹市大西门外。

诸葛瞻父子墓祠（又名诸葛双忠祠）在德阳市绵竹市茶盘街，墓前石碑正中阴刻"后汉行都护卫将军平尚书事诸葛瞻子尚之墓"。与成都武侯祠遥遥相对，前殿祀诸葛瞻父子，启圣殿祀诸葛亮，是县级文保单位。

(25) 谯周墓（四川南充）

谯周（201—271），字允南，巴西西充国人，为蜀地大儒之一，陈寿为其学生。谯周曾任劝学从事，诸葛亮死后，任太子仆、中散大夫、光禄大夫。公元263年，魏国三路伐蜀，谯周因劝刘禅投降，封阳城亭侯，迁骑都尉，散骑常侍。司马炎称帝后，征召谯周入洛阳为官，谯周无奈之下带病前赴洛阳，不久病死，终年70岁。

谯周曾在安汉（今四川南充市）居住过，故宅在今顺庆区五里店谯贤铺，其子谯熙遵父嘱言，将灵柩运回原籍安葬。谯周墓多次迁葬，明嘉靖三十八年（1559年），被迁到城西十里，嘉靖四十三年（1564年），又迎归葬于县署。万历初，复移葬县署西北隅（今南充市工人文化宫大门内）。"文化大革命"中，谯周墓被损毁。1988年，原南充市人民政府拨款修复，墓地移入工人文化宫后院大花园中。2007年在西山风景区万卷楼景区谯公祠后山迁建了谯周新墓。新墓将"汉谯周墓"更名为"蜀汉光禄大夫谯周之墓"。《三国志》作者陈寿墓也在南充。

(26) 孟达墓（陕西旬阳）

孟达（？—228），字子敬，扶风人。孟达本为刘璋属下，后降刘备。关羽围樊城、襄阳时因不发兵救关羽而触怒刘备，于是投奔曹魏，在魏官至散骑常侍、建武将军，封平阳亭侯。此后又欲反曹魏而归蜀汉，事败在新城（上庸今湖北竹山县）被魏司马懿所斩。

孟达墓在陕西省旬阳县城东庙岭乡王家山上。传蜀军东下救孟达受阻，在此地闻之孟达被斩，遂筑衣冠冢纪念他。墓高据于山巅，呈覆斗形，封土高约3米，周长约10米。旁有一清代所建之砖塔，已残破。1957年陕西省公布为第二批省级文物保护单位。

(27) 鲍三娘墓（四川广元昭化）

鲍三娘为关索妻，关索是古代民间传说人物、关羽第三子，有平话《花关索传》。《三国演义》两种版本中分别提及关索，"志传"系统繁本描述"花关索"是关羽杀人在外之时出生，后逃难到夔州鲍家庄，与鲍三娘结婚，刘备占据荆州后，他和母亲胡氏前来荆州投奔父亲关羽。"演义"系列周曰校本、夏振宇本等和"志传"系列各种简本描述不同，诸葛亮南征时突然有自称关羽三子的关索来投奔，之后随诸葛亮南征孟获，多次出战，《三国演义》后再无关索记载。至今云南仍有"关索岭""关索戏"。据传公元227年，关索带伤由成都北上屯兵汉寿（今昭化古城），鲍三娘随后请命前往一同镇守葭萌关。传锺会伐蜀，兵临葭萌关下，姜维命关索、鲍三娘出战而死，战后人们便将鲍三娘安葬在她身前操练兵马的曲回坝上。

鲍三娘墓在四川省广元市昭化古城北5公里四川省广元市昭化区曲回坝鸭浮村，是被盗后的残墓，墓碑残存，为"汉将军索妻鲍夫人之墓"。1914年被法国人色伽兰发掘，盗走额骨及汉代画像砖等。墓冢今仍保存完好。四川省人民政府于1996年公布为省级文物保护单位。

(28) 马邈夫人墓（四川平武）

马邈为蜀汉江油守将，公元 263 年，司马昭派人大举进攻蜀汉，邓艾率军偷渡阴平攻江油（今四川平武东南南坝镇），马邈率军伏击被击败而后投降。《三国演义》描述，马邈听闻邓艾率军至，打算投降，被妻子李氏训斥，后李氏因丈夫投降而自尽。

传说邓艾敬其贤德，备棺安葬。其墓在清代尚存，今又修复。

一说马邈夫人墓在四川江油县武都镇清代建墓，人称李夫人祠，现已不存。

4. 曹魏墓地

（1）曹操墓（河南安阳）

曹操（155—220），本名吉利，字孟德，小名阿瞒，沛国谯县（今安徽亳州）人。东汉末年，天下大乱，曹操以汉朝天子刘协的名义征讨四方，对内消灭二袁、吕布、刘表、马超、韩遂等割据势力，对外降服南匈奴、乌桓、鲜卑等，统一了中国北方，建安十八年（213 年），曹操获封魏公，建立魏公国，定都河北邺城，即今河北省临漳县西南和河南安阳市北郊一带，而后进爵魏王。公元 220 年卒于洛阳。去世后，其子曹丕称帝，追尊曹操为武皇帝，庙号太祖。

曹操死前一年多《终令》称："西门豹祠西原上为寿陵，因高为基，不封不树。"临终前《遗令》中更是明确了要穿着平时衣服入葬，不要珠宝陪葬。他的儿子曹丕、曹植都有文记述其葬在邺城之西，西门豹祠以西丘陵中，没有封土建陵，没有随葬金玉器物，也没有建设高大坚固的祭殿。曹操其实并没有秘葬，更未设疑冢，只不过是主张丧葬从简，数百年后，墓葬简单的曹操墓不知所踪。七十二疑冢等说法在民间传说和文学作品中广为传布，不少人信以为真。

曹操墓即高陵，位于河南省安阳市安丰乡西高穴村南，在曹操王都邺城西 12 公里处，此墓曾多次被盗。2009 年挖掘发现的最重要的随葬物品中极为珍贵的一共有 8 件，"魏武王常所用"石牌，分别刻有"魏武王常所用格虎大戟""魏武王常所用格虎短矛"等铭文。在追缴该墓被盗出土的一件石枕上刻有"魏武王常所用慰项石"铭文，这些出土的文字材料为研究确定墓主身份提供了重要的、最直接的历史依据。在墓室清理当中发现有人头骨、肢骨等部分遗骨，专家初步鉴定为一男两女三个个体，其中墓主人为男性，专家认定年龄在 60 岁左右，与曹操终年 66 岁吻合，是曹操的遗骨。根据出土"魏武王常所用挌虎大戟"的石牌、鲁潜墓志记载，鲁潜是葬在曹操墓的西北角西门豹祠位置，经过考古专家充分论证，考古学界最终确定安阳市西高穴村就是曹操墓所在地。曹操墓发现和确认的消息传出后，在各专业人士以及普通百姓之间均引起了质疑。

2009 年 12 月 27 日，经中国考古学界一致确认，国家文物局最终认定，经考古发掘位于河南省安阳市安丰乡西高穴村南的高陵墓主为曹操。2010年6月11日，安阳曹操高陵入选"2009年度全国十大考古新发现"之首。2013年5月，曹操高陵成为第七批全国重点文物保护单位。

（2）曹丕墓（河南偃师）

曹丕（187—226），魏文帝，字子桓，沛国谯县（今安徽亳州）人。曹魏开国皇帝，220年—226年在位。魏武帝曹操次子，与正室卞夫人的嫡长子。建安二十二年（217年），曹丕击败了其弟曹植，被立为魏王世子。建安二十五年（220年），曹操逝世，曹丕继任丞相、魏王。同年，受禅登基，以魏代汉，结束了汉朝400多年的统治，建立了魏国。黄初七年（226年），曹丕病逝于洛阳，时年40岁。谥号文帝，庙号高祖。

曹丕墓为首阳陵，曹丕34岁当皇帝，36岁即在首阳山东选寿陵。位置大概今河南偃师市西北15公里首阳山南麓，汉魏洛阳城以东，邙岭乡南蔡庄村以东的地区。即西晋皇陵区以东，靠近邙山下，其具体地点待考。文德郭皇后及其他后妃葬于首阳陵涧西。其父曹操倡导薄葬，死后葬礼就很简单，墓内"无藏金玉珍宝"。曹丕是简殡薄葬的倡导者、实行者。首阳陵构造极为简单，依山为体，不封不树，不与妻妾合葬，也不建陵寝园地、神道等，地表没有任何痕迹。致使后人无法知道他的墓的确切地点。

（3）甄皇后墓（河南安阳、河北磁县）

甄皇后（183—221），中山无极（今属河北省）人，是魏文帝曹丕王后，魏明帝曹叡母亲。甄皇后原为袁绍子袁熙的妻子，曹操平冀州，曹丕纳为夫人，生魏明帝曹叡、东乡公主。曹丕建魏后为郭后所谮，文帝赐死，据传殡葬时披发覆面，以糠塞口，葬于邺城。其子魏明帝曹叡继位后，追谥为文昭皇后，迁葬朝阳陵。曹植的名篇《洛神赋》就是以甄氏为题材的作品。

甄皇后陵在今河南与河北交界的河南安阳县柏庄镇灵芝村，原封土很大，20世纪大跃进时，平整土地，村民取土导致封土面积减小、高度不断降低，现封土仅存高两米有余，墓室应为穹庐顶砖室，如今墓冢周围还散落很多碎砖，据说该墓在2009年进行过考古发掘。残余封土上有一通向墓室的地洞，但此洞不到半米的深处即被掩埋堵死。

另有一说甄皇后陵在河北磁县西南。

（4）曹植墓（山东东阿、河南淮阳、河南通许、合肥肥东）

曹植（192—232），字子建，是曹操与武宣卞皇后所生第三子。229年，38岁的曹植徙封东阿，232年曹植改封陈王，当年在忧郁中病逝，时年41岁，遵照遗愿，将其葬于东阿鱼山。后人称之为"陈王"或"陈思王"。

曹植墓有四个。

第一个曹植墓位于山东聊城市东阿县鱼山镇鱼山村，依山而建，曹植曾被封为东阿王，在东阿时常登鱼山游览，有安寝于此的愿望，死后其子遵嘱将其葬于此。曹植墓坐落在鱼山西麓，依山营穴，封土为冢，东南两侧有黄河和小清河萦绕，风景优美。1951年山东省文物管理委员会曾清理出土文物132件，1998年山东省文物局对曹植墓进行了修建，建成了现在的陵园。1996年曹植墓被国务院公布为全国重点文物保护单位。

第二个曹植墓位于河南淮阳城南三里，名"八斗陵"，或"思陵冢"。曹植晚年以陈四县被封为陈王，食邑3500户。当年即死在这里。

第三个曹植墓位于河南省开封市通许县城东的长智乡后七步村，曹植曾封为雍丘王，在杞县一带活动过。杞县曹植墓为其衣冠冢。明成化八年（1472年），夏季发大水，墓被大水冲刷，出现一穴，遂发现一石碑，上书"三国魏陈思王之墓"。曹植墓碑原立于后七步村陈思王陵祠内，此地现为学校。碑题名为"通许县创建陈思王陵祠记"，为明代万历八年（1580年）通许知县王乔英撰文，碑文记载了墓的位置。1982年曹植墓列为通许县重点文物保护单位。

第四个曹植墓是衣冠冢，位于安徽省合肥市肥东县八斗镇。

（5）曹彰墓（河南洛阳、河南鄢陵）

曹彰（189—223），字子文。沛国谯县（安徽亳州）人。魏武帝曹操与武宣卞皇后所生第二子、魏文帝曹丕之弟、陈王曹植之兄。曹彰胡须黄色，被曹操称为"黄须儿"。建安二十一年（216年），封鄢陵侯。建安二十三年（218年），曹彰受封为北中郎将、行骁骑将军，率军征讨乌桓，又降服辽东鲜卑大人轲比能。曹丕即位后，黄初二年（221年）进爵为公。次年被封为任城王。黄初四年（223年），曹彰到洛阳朝见，因病逝于府邸。死后谥号为"威"，故亦称为任城威王。

曹彰墓位于河南洛阳西朱村，洛阳市东南万安山（大石山）北坡平缓地带，其东侧405米的墓地很可能为魏明帝曹叡高平陵，所在方位属于曹魏帝陵南兆域范围，很可能为曹魏皇室成员，但随葬品低于曹操高陵。墓葬规模和形制介于曹操墓和曹休墓之间。推测墓主可能为曹操次子曹彰。

另一说曹彰墓位于河南许昌市鄢陵县鄢汴公路东侧，现墓冢破坏严重，如今只留三四米高荒冢和一墓碑。

（6）曹叡墓（河南洛阳）

曹叡（204—239），魏明帝，曹魏第二位皇帝，226年—239年在位。魏文帝曹丕长子，母为文昭甄皇后。239年，曹叡病逝于洛阳，时年36岁，葬于高平陵。

曹叡墓位于河南省洛阳市汝阳县大安茹店村，在村北偏右有一不自然土山横于田前，据人们说为曹丕墓，后来经过考古学家证实，为魏明帝曹叡之墓。

（7）曹髦墓（河南洛阳）

曹髦（241—260），字彦士，沛国谯县（今安徽亳州）人。魏文帝曹丕之孙，东海定王曹霖之子，曹魏第四位皇帝，254年—260年在位。正始五年（244年），曹髦封为高贵乡公。嘉平五年（254年），大将军司马师废除齐王曹芳后，拥立为帝，年号正元。他不满司马氏专权秉政。甘露五年（260年），亲自讨伐司马昭，为太子舍人成济所弑，年仅20岁，以王礼葬于洛阳西北。

习凿齿《汉魏春秋》称："葬高贵乡公于洛阳西北三十里瀍涧之滨"，有人认为在洛阳市洛龙区李楼乡白碛村。

（8）曹奂墓（河南临漳）

曹奂（246—302），魏元帝，本名曹璜，字景明，沛国谯县（今安徽亳州）人，魏武帝曹操之孙，燕王曹宇之子，曹魏末代皇帝，260—265年在位。甘露三年（258年），曹奂封常道乡公。甘露五年（260年），魏帝高贵乡公曹髦被成济弑杀，司马昭与众臣商议，立曹奂为帝。曹奂虽名为皇帝，但实为司马氏的傀儡。咸熙二年（265年），司马昭死后，其子司马炎嗣位晋王，篡夺魏国政权，魏国灭亡，曹奂被降封为陈留王。太安元年（302年），曹奂死于邺，享年58岁，谥号为元皇帝。

曹奂墓为王原陵，位于河北省邯郸市临漳县以西，现具体位置已无可考证。临漳县习文乡赵彭城村的"曹奂墓"并非王原陵，而是东魏北齐时期的皇家寺院遗址。

（9）曹休墓（河南洛阳）

曹休（？—228），字文烈，沛国谯县（今安徽亳州）人，曹操族子。曹休于曹操起兵讨伐董卓时前往投奔，被称为"千里驹"。曹操对他如同亲子，并使他领虎豹骑宿卫。汉中之战时，曹休识破张飞计谋，大败吴兰。曹魏建立后，镇守曹魏东线，多次击破吴军，诱降吴将。官至大司马，封长平侯。太和二年（228年），曹休在魏吴石亭之战中大败，不久因背上毒疮发作而去世。

2010年5月17日，河南省文物管理局在洛阳发布，曹操族子曹休墓在河南洛阳孟津县宋庄乡三十里铺村洛阳服务区。该墓葬位于邙山陵墓群大汉冢东汉帝陵陵园的东侧，该墓葬出土的特点是没有封土，墓下有槽沟，这些都是曹魏时期墓葬的特点。墓葬形制为长斜坡墓道、砖券多室墓。墓葬东西长50.6米，南北21.1米，深10.5米，墓内发现散乱人骨，经鉴定为1男1女，男性50岁左右，女性40岁左右，墓内还发现1枚铜印和一枚古岫岩玉蝉扇坠，铜印2厘米见方，瓦钮，篆书白文"曹休"二字。这方铜印和玉蝉的发现，为探寻墓主人的身份提供了确切的证据。

（10）曹操宗族墓（安徽亳州）

曹操宗族墓群，位于亳州市魏武大道两侧，2001年被国务院公布为全国重点文物保护单位。据《水经注》记载：亳州城南有曹操的祖父曹腾、曹腾的哥哥曹褒、曹操的父亲曹嵩、曹操从弟（曹仁）的父亲曹炽、曹炽的弟弟曹胤等人的墓。考古发掘证实，亳州城南还有吴郡太守曹鼎墓、永昌郡太守曹鸾墓、山阳太守曹勋墓、豫州刺史曹水墓、曹操长女曹宪墓以及许多不知名的墓。可见曹氏家族，自曹腾发迹后，形成一个庞大的官僚家族，其宗族墓地既广且众。

曹操宗族墓的形制基本相同，均为砖石结构的多室墓，规模都很大，一般具有前室、中室、后室以及数量不等的耳室或偏室,其中最具代表性的是石结构的曹腾墓和砖结构的曹嵩墓。曹操宗族墓葬,建筑规模之宏大,雕饰彩绘之精美,历史文物之繁博,令人惊叹。各墓殉葬品尽管大都被盗,从仅剩下的银缕玉衣、铜缕玉衣,精致的象牙雕刻、玉石雕刻,精美的琥珀珍宝、鎏金车饰、青瓷陶器等等,反映出东汉以来上层社会盛行奢侈糜费的崇厚葬之风。

(11) 荀彧墓(安徽寿县)

荀彧(163—212),字文若,颍川郡颍阴县(今河南许昌)人。荀彧是曹操统一北方的首席谋臣和功臣。荀彧早年初举孝廉,任守宫令。后弃官归乡,又被袁绍待为上宾。其后投奔曹操。官至侍中,守尚书令,封万岁亭侯。后因反对曹操称魏公而为其所忌,调离中枢,在寿春忧郁成病而亡(一说服毒自尽),年50岁。获谥为"敬",后追赠太尉。

荀彧寿终于安徽寿县,但墓地至今难觅踪迹。荀彧墓俗传在州南门外南关坊,但具体位置并没有标注。在今寿县南关大转盘寿霍路以东500米处。20世纪六七十年代还能看见垒土,但因兴修水利、农田基建已被夷为平地。荀彧墓在民国前有一墓碑刻着"汉荀彧墓",墓碑是由清代安徽布政司吴坤修竖立,因历史原因被砸毁。另有一块墓碑是在民国二十六年所立。现移至寿县报恩寺。荀彧墓除了这块墓碑外,至今未找到安葬的具体位置,这有待考古验证。

(12) 荀攸墓(安徽淮南)

荀攸(157—214),字公达,颍川颍阴(今河南许昌)人。荀彧之侄,曹操的五谋臣之一,被曹操称为"谋主"。荀攸官至尚书令。正始五年(244年)被追谥为敬侯。

荀攸墓位于安徽省淮南市西寿县境内。

(13) 郭嘉墓(河南许昌、河南禹州、河北易县)

郭嘉(170—207),字奉孝,颍川阳翟(今河南禹州)人。郭嘉原为袁绍部下,后转投曹操,官至军师祭酒,封洧阳亭侯。在随同曹操北征乌桓的战争中,因气候恶劣、水土不服、加之劳累过度,在军营中病逝,年仅38岁。谥曰贞侯。曹操悲痛异常,将郭嘉的灵柩运回许都埋葬。

一说郭嘉墓在河南省许昌市襄城县,是主流观点。具体位置在今天河南省许昌市襄城县范湖乡城上村的村边。

一说郭氏世居河南许昌市禹州市郭连镇,距城东8公里,北有具茨河,南行事靠琅城岗。岗上有郭嘉墓,墓冢高耸,松柏森森,但毁于1958年大炼钢铁之时。现在墓冢与岗丘浑然一体,难辩遗迹。

一说郭嘉墓2005年在河北保定市易县易州镇发现,一处工地挖掘机挖掘中发现了很多不寻常的墓砖,经过确认下面就是一座古墓,而且很可能是东汉时期的墓葬,墓室早就坍塌了,而且也有被盗的痕迹,考古队找到一块很大的墓碑,上面清楚写着曹操写给奉孝的题文,这也说明了这里就是郭嘉的墓地。但是郭嘉墓其他的有价值的东西却没有找到,看来已经被盗了。

(14)贾诩墓(河南许昌)

贾诩(147—223),字文和,武威姑臧(今甘肃武威)人。贾诩原为董卓部将,董卓死后,献计李傕、郭汜反攻长安。李傕等人失败后,辗转成为张绣的谋士。劝张绣归降曹操。曹丕称帝,拜其为太尉,封魏寿乡侯。黄初四年(223年),贾诩去世,享年77岁,谥曰肃侯。

贾诩墓位于许昌市北10公里尚集乡岗王村东。墓室后被破坏,出土的陶器也被砸毁,双虎铺首衔环画像石墓门、墓楣现藏于许昌博物馆。现今墓已不存,仅有一小土堆。1958年村民平整土地,挖土拆墓。墓中发现尸骨,骨骼很长,说明墓主人生前个子很高。墓室西南角壁砖上有洞,说明墓在以前曾被盗过。墓室内有瓦器、瓦楼房、碗盆坛、护心镜、五铢钱等。从汉砖、五铢钱可证是三国汉代墓葬,从瓦楼房、瓦用器可证是三国魏时墓葬。

(15)毛玠墓(河南许昌)

毛玠(?—216),字孝先,原籍陈留平丘(今河南封丘县)人。毛玠先后任治中从事、墓府功曹、丞相府东曹掾、右军师、魏王府尚书仆射等职,曾向曹操进迎献帝之策。后被免官,卒于家。

毛玠墓位于许昌市东16公里的五女店镇毛王村金龟岗上,又称毛承相墓。

(16)杨修墓(陕西华阴)

杨修(175—219),字德祖,弘农华阴人,汉太尉杨震五世孙。杨修曾为曹操主簿,因才华过人,又是袁术外甥,曹操虑为后患,遂遭杀害。

杨修墓在今华阴市河湾村南的战国魏长城遗址侧。华阴杨氏较大的茔地有三处,即五方杨氏先茔、吊桥杨震墓地、凤凰岭观王墓地等。杨修死时,杨氏先茔和杨震墓地已经存在,可杨修葬在魏长城侧。可能一:杨修是被曹操罗织罪名而杀,在当时叛逆罪臣是不能进入家族墓地的。可能二:杨修作为曹魏臣子,尽管魏长城早于曹魏时代500年,但长眠在魏长城之下,对杨修来说也许是最大的安慰了。杨修的墓地也堪称风水宝地,南望华山主峰,北瞰黄渭东去,有古长城遮风避雨,听长涧河水波如琴。

(17)徐庶墓(河南许昌、河南焦作)

徐庶(生卒年不详),字符直,颍川(治今河南禹州)人。徐庶本名单福,后因为友杀人而逃难,改名徐庶,自此遍访名师,与司马徽、诸葛亮等人为友。先曾仕官于新野的刘备,后因曹操囚禁其母而不得不弃备投操,临行前向刘备推荐诸葛亮之才。此后徐庶仕魏,官至右中郎将、御史中丞。

一说徐庶墓位于河南许昌县境内,因为徐庶将母亲安葬在许昌南原,但具体地点不明。

一说徐庶墓在河南焦作。考古学者在当地县志中发现了徐庶墓记载,墓地在焦作武陟县龙源镇。1976年,考古学者在龙源镇发现徐庶墓所在地世代称为"小徐岗",

墓地正处于一块土坡高岗上，已然荒草杂生，罕有人至。彼时徐庶墓的墓冢尚且高6米，冢前已没有任何遗存，墓碑也无处可寻。但学者经过仔细对比记载，确定小徐岗上的墓冢就是徐庶墓，试探发掘墓冢封土检测，确实为汉末时期。墓冢3米下存在砖瓦垒砌的墓室，墓室周围并未发现盗洞，学者没有深入发掘，墓冢原样封存保护。

（18）徐母墓（河南许昌）

徐庶母亲本姓不详，曹操招揽时为刘备军师的徐庶，而用程昱之计，诈称徐母被监禁于许昌，徐庶得信后遂别刘备而去，临行前向刘备举荐诸葛亮。徐母一向以曹操为汉贼，得知徐庶弃明投暗后自缢而亡。

徐母墓今位于许昌县蒋李集镇歇马店村（一说黄杨庄村），为县级文物保护单位。

（19）夏侯渊、夏侯惇墓（河南许昌）

夏侯惇（？—220），字符让，沛国谯（今安徽亳州）人，西汉开国元勋夏侯婴的后代。曹操起兵，夏侯惇是其最早的将领之一，历任折冲校尉、济阴太守、建武将军，官至大将军，封高安乡侯，追谥忠侯。

夏侯渊（？—218），字妙才，沛国谯（今安徽亳州市）人，长年随曹操征战，官至征西将军，封博昌亭侯。张鲁降曹操后，夏侯渊留守汉中，与刘备相拒逾年，在定军山被刘备部将黄忠所袭，战死，谥曰愍侯。

夏侯渊墓位于河南省许昌市魏都区城西7公里西环北路西侧河街乡贺庄北（今市石油库院内），原为并立的东西二墓。东墓夏侯惇墓已毁，西墓夏侯渊墓尚存，有石阶小径可达墓顶。此为衣冠冢。

（20）张辽墓（河南许昌、安徽合肥）

张辽（169—222），字文远，雁门马邑（今山西朔州市）人。张辽先后跟随丁原、何进、董卓、吕布，吕布败亡后，张辽归属曹操。长期镇守合肥。215年，合肥之战，大破孙权，威震江东。进封晋阳侯。222年病逝于江都，谥刚侯。

张辽墓史籍中记载在今河南许昌长葛县董村镇张湾村，据说还曾发掘过，证明确是汉墓，只是没有出土能佐证张辽身份的东西。长葛张辽墓距许都很近，魏国重臣徐晃等，也均是归葬河南许昌，张辽墓附近有张湾村，据说就是张辽后人聚族成村。

张辽衣冠冢在安徽合肥内有两座。一座位于逍遥津公园内湖中岛上，为衣冠冢，存墓冢，张辽陈列馆、逍遥阁和渡津桥。后在逍遥津公园内又再建一张辽墓，包括建碑亭、墓丘、亭廊、三国故事瓯塑，公园门内有一铜质张辽塑像。这两个墓地都是纪念性的衣冠冢。

（21）徐晃墓（河南许昌）

徐晃（？—227），字公明，河东杨（今山西洪洞东南）人。徐晃本为杨奉帐下骑都尉，杨奉被曹操击败后转投曹操，在曹操手下多立功勋，参与徐州之战、官渡之战、冀州征伐、白狼山之战、南郡之战、关中征伐、夏侯渊平凉州之战、汉中之战等几次重大战役。在樊城之战中，徐晃率军击退关羽，解除了樊城之围。曹丕称帝后，徐晃被加封为右将军。227年病逝，谥曰壮侯。

徐晃墓位于许昌市东20公里张潘镇城角徐村东北1公里处，是1995年农民耕地时发现，2012年许昌县政府立墓碑于耕地中，无任何标志，是县级文保单位。据当地人描述，徐晃墓经常被盗，频繁时期盗洞有数十个。如今盗洞多被填平，无坟无冢，只有一节碑文。

（22）李典墓（山东巨野、安徽合肥）

李典（生卒年不详），字曼成，山阳郡钜野县（今山东巨野）人。李典曾在博望坡之战识破刘备的伪遁之计，救下了夏侯惇、于禁。又参与了逍遥津之战。官至破虏将军、都亭侯，36岁时因病去世，追谥为愍侯。

山东省巨野县昌邑乡1992年发现古墓一座，初步推考可能为李典墓。现已原样移建菏泽博物馆一层大厅内。

安徽省合肥市肥西县紫蓬山国家森林公园里有所谓的李典墓一座。此墓原为汉代侯爵的墓地，规模很大，后为纪念李典重修，为保护森林资源有意缩小规模，墓前没有设立墓碑，只有一介绍牌记。

（23）庞德墓（甘肃武山）

庞德（181—219），字令明，南安郡豲道县人，今甘肃省武山县四门镇新庄村人。献帝初年庞德随凉州马腾击羌氐，屡立战功，升校尉、中郎将，封都亭侯。后随马超到汉中，投奔张鲁。曹操定汉中，庞德降曹，授立义将军，封关门亭侯。关羽攻樊城，庞德做先锋救援，战至只剩一人，落水被擒。擒后死而不降后殉节。

庞德墓在今甘肃天水武山县四门镇新庄村，为衣冠冢。庞德死后，家人以其衣冠为冢，葬于故里。今四门乡仍有庞家花园、庞德上马石等遗迹，供人瞻仰。武山县除庞德墓外，还有铁笼山三国古战场。

（24）蔡阳墓（湖北枣阳、河南浚县、河南驻马店）

蔡阳（？—201），又作蔡扬，曹操部下武将，汝南太守。201年，蔡阳奉曹操之命攻击与刘备联合的汝南贼龚都等人，兵败被刘备所杀。《三国演义》描写：蔡阳因其外甥秦琪被关羽所杀而率兵追袭关羽至古城，被关羽三通鼓所斩。

蔡阳墓有3处：

一说，湖北枣阳市蔡阳乡，现存墓冢封土，高约2.5米，底径16米，保存完好，为县级文物保护单位。

二说，河南鹤壁市浚县化肥厂北有两个大塚，据说一个是蔡阳坟，一个是他的坐骑"马坟"。封土堆上长满了杂草荆棘，十分荒芜，没有墓碑。

三说，关羽斩蔡阳发生在河南驻马店，在驿城区古城乡北门1500米处，至今仍存有"关帝庙""蔡阳墓"和葬蔡阳坐骑"马坟"。

(25) 邓艾、邓忠墓（四川剑阁、陕西蒲城）

邓艾（197—264），字士载，义阳棘阳（今河南新野）人。邓艾初为司马懿掾属，后为魏国镇西大将军，与蜀将姜维相拒。263 年，同钟会分军攻蜀，偷渡阴平，率先进入成都，蜀汉投降，后为钟会所诬，与其子邓忠一起被卫瓘派遣武将田续所杀害。

邓艾死后葬于何处，有四川剑阁邓艾墓和陕西蒲城两个，哪个是真墓，哪个是衣冠墓，目前尚有争议。

四川剑阁北庙乡邓艾墓碑书"魏征西将军邓艾墓"。墓侧还有"彰顺王庙"，邓艾和子邓忠两墓并列，墓室 20 世纪 70 年代遭到破坏，1988 年立为县文保单位。

陕西渭南市蒲城邓艾墓在洛滨镇后阿村附近，墓前曾有祠堂一座（现无），墓冢上留有碑石两个，1970 年移至西安碑林博物馆保存（墓冢上现仅留碑石底座）；一为大金所建（由于字迹剥蚀，年号不确），现仍立墓上。祠后封土即为邓艾墓。1983 年被公布为蒲城县级重点文物保护单位。

(26) 钟会墓（河南长葛）

钟会（225—264），字士季，颍川长社（今河南长葛）人，太傅钟繇幼子、青州刺史钟毓之弟。钟会曹魏时期累拜司隶校尉、镇西将军、假节、都督关中诸军事，主持伐蜀事宜。魏灭蜀之战中，配合邓艾分兵进取，最终灭亡蜀汉。拜司徒，封县侯。功成之后，萌生不臣之心，勾结蜀将姜维，图谋据蜀自立，打压太尉邓艾。又以郭太后遗命之名，矫诏讨伐司马昭，为部将胡烈所害，死于乱军，时年 40 岁。

钟繇墓位于河南省许昌长葛市钟里路增福庙乡孟庄村，旁有其子钟会墓。墓曾于晋时被盗。原先是政府立了"钟繇故里"和"钟繇墓"的纪念碑，之后台湾的钟氏宗亲又在田庄修建了钟繇墓和钟会墓。

(27) 管宁墓（山东潍坊）

管宁（158—241），字幼安，北海郡朱虚（今山东省安丘、临朐东南）人。管宁是春秋时期齐国名相管仲的后代，与华歆、邴原并称为"一龙"。东汉末年天下大乱时，与邴原及王烈等人一起到辽东避乱。他在当地只谈经典而不问世事，开始做讲解《诗经》《书经》，谈祭礼，整治威仪，陈明礼让等教化工作，曹魏几代帝王数次征召管宁，他都没有应命。后人称他为一代"高士"，管宁故乡的人们为怀念他，褒扬他的高风亮节，特建管宁祠，筑管宁冢，邻近五村无不以"管公"名村。正始二年（241 年），管宁病故，时年 84 岁。

管宁墓在山东省潍坊市安丘市管公镇。墓碑主体由青砖砌成，石质碑体上书"三国管公幼安之墓"八个大字，碑额有管宁头像，两侧有管宁的介绍碑文，低矮的坟头上芜草丛生，长满了一些不知名的灌木，缺乏管理显得杂乱无章。

5. 东吴墓地

（1）孙权墓（江苏南京）

吴太祖大皇帝孙权(182—252)，字仲谋，吴国开国皇帝，229—252 年在位。孙策遇刺身亡，孙权继之，成为一方诸侯，208 年，与刘备建立孙刘联盟，并于赤壁之战中击败曹操。219 年，孙权派吕蒙成功袭取刘备的荆州，222 年，孙权被册封为吴王，建立吴国。229 年，孙权正式称帝。252 年病逝，享年 71 岁，在位 24 年，谥号大皇帝，庙号太祖，葬于蒋陵。

孙权墓名蒋陵，又名孙陵、吴王坟，也称孙陵岗，位于南京市明孝陵景区内，钟山之南的小山上，是山遂名孙陵岗，即今之梅花山，是南京地区最早的一座六朝陵墓。孙陵岗还葬有孙权的皇后步氏和潘氏，宣明太子孙登也葬在孙陵附近。蒋陵遗址在明孝陵的梅花山内，明孝陵正南 300 米，朱元璋建造孝陵时，保留了孙陵岗，仅将蒋陵前的一对石麒麟迁移，迁往何处无考。现仅存一个石碑，一座石桥，一个注释牌，一座石像。1957 年蒋陵被南京市人民政府公布为江苏省文物保护单位。

但孙权是否真的就葬在梅花山，学术界尚无定论。为了破解这桩历史悬案，"江苏六朝帝王陵综合调查与研究"课题组从史料文献入手，经过一年多的调查勘测，初步摸清了孙权陵墓的具体位置和大致规模。由于没有对文物本体展开考古发掘，根据现有勘测结果，尚不能断定梅花山西坡地下的"异常空间"就是蒋陵。

（2）孙坚墓（江苏镇江）

孙坚（155—191），因官至破虏将军，又称"孙破虏"。孙坚曾参与讨伐黄巾军的战役以及讨伐董卓的战役，192 年，孙坚在讨伐刘表，追击刘表大将黄祖时，中了黄祖的埋伏，被士兵乱箭射死，享年 37 岁。孙坚死后，儿子孙策和孙权等埋葬了孙坚，其子孙权即为孙吴的开国皇帝。孙权建国后，追谥孙坚为武烈皇帝。

孙坚墓又名高陵和大坟，在镇江市丹阳县西一片宽敞的田间。在孙坚墓东面有一条名为五龙河的溪流。据说，宋代年间有人曾对孙坚墓进行了开盗。如今孙坚墓呈现出长方形，表面都有灰色的石头建成。在孙坚墓碑文的两侧，各有一只大石狮子。

孙坚墓一说在镇江市丹徒县司徒镇大坟村。

（3）孙策墓（江苏苏州）

孙策（175—200），字伯符，吴郡富春（今浙江富阳）人，孙坚之子，孙权长兄。绰号"小霸王"。孙策为继承父亲孙坚的遗业而屈事袁术，后统一江东。200 年，因被刺客刺伤后身亡，年仅 26 岁。其弟孙权称帝后，追谥他为长沙桓王。

孙策墓现在位于今江苏省苏州盘门外染丝厂内，当地人称孙将军坟。其楣石于新中国成立后发掘出土,虽经岁月剥蚀,仍可分辨出正面浮雕的龙、虎、人等形象。

(4) 孙亮墓(江苏江宁、湖北鄂州)

孙亮(243—260),字子明,吴国第二位皇帝,吴大帝孙权与潘皇后的第七个儿子,252 年孙权去世后孙亮继位,时年 10 岁。258 年,孙亮被权臣孙綝废为会稽王,改立孙休为帝。后孙亮被贬为候官侯(候官即今福建省闽侯县),途中死去。孙亮可能是自杀,也可能是被孙休派人毒死。孙亮在位 6 年,死时只有 18 岁。

一说孙亮墓在今江苏江宁县西南赖乡。

一说孙亮墓在湖北鄂州城区西南约 3 公里的杜山镇程操湾南侧的一处丘陵岗上,虽然目前尚不能确定墓主身份,但其身份应与鄂城东吴孙邻墓的墓主人身份相当,为孙吴宗室重要成员或相当于将军级别的显赫人物。

(5) 孙休墓(江苏南京、安徽当涂、安徽马鞍山)

孙休(235—264),字子烈,吴国的第三位皇帝吴景帝,大帝孙权的第六子。孙休 18 岁时,受封为琅琊王。258 年,孙綝发动政变,罢黜孙亮为会稽王,迎立孙休为帝,264 年孙休去世,时年 30 岁,谥号为吴太宗景皇帝。葬定陵。

《三国志》未言孙休定陵的葬地。关于吴景帝孙休定陵有三种说法:

其一南京说,有人认为孙休定陵在南京市旧城东 25 公里处。

其二安徽马鞍山市当涂县东 25 里姑孰镇工业集中区内"天子坟"说,此观点主要来源于地理志书的记载与早期研究者的著述。"文化大革命"期间,曾有村民顺隧道挖此墓,墓主不详。该墓早年被盗,现墓室顶部遗留一直径约 90 厘米的盗洞。现墓葬保护完好,为马鞍山市重点文物保护单位。1994 年经安徽省滁州市文物保护研究所电磁勘探,该墓规模较小,与宋山东吴大墓比,级别亦低,甚至不及同位于马鞍山的东吴大贵族朱然及朱然家族墓。有观点认为这座墓的墓主应为长沙桓王孙策,存疑。

其三安徽马鞍山雨山乡宋山村窑厂说,此墓 1987 年清理发掘,虽被盗严重,从出土物可断,墓葬属东吴晚期。墓砖和朱然墓砖同。宋山东吴墓的墓主人身份,一般认为,这座墓的规模与级别要高于附近相邻的朱然墓和朱然家族墓,宋山东吴墓的墓主即极有可能是东吴的某位孙姓王侯或者皇帝。

(6) 孙鲁育墓(浙江嘉兴)

孙鲁育(216 年前后—255 年),字小虎,吴大帝孙权和步皇后幼女,吴景帝姐姐兼岳母,与胞姐全公主被称为"大主"相对,被称作"小公主"。黄龙元年(229 年),孙鲁育下嫁左将军朱据,自此又被称作"朱公主",育有一女朱皇后,赤乌十三年(250 年)朱据去世后,改嫁车骑将军刘纂。五凤二年(255 年),被其胞姐全公主诬陷谋反,因此被杀。永安元年(258 年),吴景帝为其平反。

孙鲁育墓在浙江省嘉兴市海宁市长安镇海宁中学,即三女堆,原名"三女墩",宋《咸淳临安志》已载其名,即画像石墓,为东汉晚期至三国时期的古墓葬。墓之所在地原有一小土堆,相传为三国吴大帝第三女孙鲁育迁葬处。《海宁州志稿》卷八有载:"三女堆,……相传孙权第三女也,墓高三丈,周二亩。"

(7) 孙邻墓(湖北鄂州)

孙邻(202—249),字公达,吴郡富春(今浙江富阳)人,孙坚长兄孙羌之孙,豫章太守、都亭侯孙贲长子,孙策和孙权的堂侄。建安二十四年(219年),孙贲去世,孙邻继承其爵位。孙邻九岁时,代理豫章太守,进封都乡侯。后升任夏口、沔中督,威远将军。赤乌十二年(249年),孙邻去世,其子孙苗袭爵。

孙邻墓即湖北鄂州市鄂城区鄂钢饮料厂一号墓。该墓出土刻"将军孙邻弩一张"铭文弩机,知墓主极有可能为《三国志·吴书·宗室传》中记载的孙邻。

(8) 孙皓墓(河南洛阳、江苏南京、浙江吴兴)

孙皓(242—284),字符宗(一说字符景),一名彭祖,字皓宗,吴国末代皇帝,264年—280年在位。甘露元年(265年),孙皓迁都武昌(今湖北鄂城)。宝鼎元年(266年)又还都建业(今江苏南京)。天纪四年(280年)晋将王浚围建业,孙皓投降称臣,封归命侯。吴国灭亡。四年后,病故。

一说孙皓墓位于河南洛阳县凤台乡凤台里,即今河南省洛阳市孟津县送庄镇镇凤凰台村北。20世纪90年代航空调查时尚存封土,今墓封土已平。与吴末帝孙皓俱葬凤凰台村北的还有南陈后主陈叔宝和古朝鲜百济国王扶余义慈等亡国之君。陈叔宝、孙皓与朝鲜百济国王扶余义慈俱葬一处,孙皓墓在北,陈叔宝墓在南,扶余义慈墓位于二墓中间或中间偏东的位置。

一说孙皓墓是上坊孙吴大墓,位于南京市江宁区东山街道上坊,2005年发掘,为全国重点文物保护单位。墓主身份未知,但上坊孙吴墓是新中国成立以来六朝大墓考古发现之最,是中国当时发现的规模最大、结构最复杂、出土瓷器最多的孙吴墓葬,其规模(砖室长20.16米)超过了湖北鄂州孙将军墓(长9.03米)、孙邻墓(长14.5米)、朱然墓(长8.7米)、马鞍山宋山大墓(17.68米)。对这座大墓的排水沟进行清理时,发现两块墓砖上分别刻着"孙"和"浩",专家由此推断,墓主极有可能是孙皓。早在1500年前,同音字互用是非常普遍的现象,特别在一些六朝墓葬里,摆放一两块铭文砖,或放一块墓志,这是六朝一种葬俗。

一说孙皓墓在浙江吴兴县西凉山。

(9) 周瑜墓(安徽庐江、湖南岳阳)

周瑜(175—210),字公瑾,庐江舒人。周瑜出身庐江周氏,少与孙策交好,自21岁起随孙策平定江东,后孙策遇刺身亡,孙权继任,周瑜以中护军的身份与长史张昭共掌众事。建安十三年(208年),周瑜率军与刘备联合,于赤壁之战中大败曹操,由此奠定了三分天下的基础。后又率军大破曹仁,拜偏将军领南郡太守。建安十五年(210年)病逝于巴丘,年仅36岁。

周瑜墓位于安徽省合肥市庐江县庐城镇,墓建于东汉建安十五年(210年)。有封无表,平地起坟,以3厘米×6厘米×12厘米小车纹汉代大砖砌成,墓门向东,墓周围绕以石刻栏杆,旁建木质六角"谈笑亭"。历经千年,冢塌亭倒,石栏毁灭无存。1989 年安徽省人民政府将其定为省重点文物保护单位,1993 年,庐江县委、县政府决定,拆迁墓附近 26 户村民住房;2002 年,庐江县文化旅游局对周瑜墓冢进行了重新修复,将墓冢改向朝南。2005 年,在周围建三国文物陈列馆、享堂、碑廊等附属仿古建筑。

湖南省岳阳市金鹗公园内也有一周瑜墓。

(10) 鲁肃墓(湖南岳阳、湖北武汉、江苏镇江)

鲁肃(172—217),字子敬,临淮郡东城县(今安徽定远)人。建安五年(200 年),鲁肃率领部属投奔孙权,为其提出鼎足江东的战略规划,因此得到孙权的赏识。建安十三年(208 年),曹操率大军南下。孙权部下多主降,而鲁肃与周瑜力排众议,坚决主战。结果,孙刘联军大败曹军于赤壁,从此,奠定了三国鼎立格局。赤壁大战后,孙权专门为鲁肃而设立赞军校尉一职。周瑜逝世后,孙权令鲁肃代周瑜职务领兵,任命鲁肃为汉昌太守,授偏将军。鲁肃随从孙权破皖城后,被授为横江将军,守陆口。后东吴夺取荆州三郡,鲁肃率兵抵御关羽,并邀荆州守将关羽相见,而关羽不敢相逼。建安二十二年(217 年),鲁肃去世,终年 46 岁,孙权亲自为鲁肃发丧,诸葛亮亦为其发哀。

鲁肃墓一般认为有三处,一处是湖南省岳阳市,一处是江苏省镇江市,一处是湖北省武汉市。

湖南岳阳鲁肃墓位于湖南省岳阳市湖南橡胶总厂(3517 厂)内南侧,北距岳阳楼约 200 米,占地面积 800 多平方米,封土高 8 米,直径 32 米。墓周环行道边砌花岗石护栏,南、北两面有石级可登墓顶,墓顶建红柱黄瓦六方小亭,墓前有清光绪十五年(1889)巴陵知县周至德刊立的"吴大夫鲁公肃墓"碑。1956 年被列为湖南省文物保护单位。原鲁肃墓朝东正面竖有一幅大石枋门,墓和亭均毁于"文化大革命"初期,鲁肃墓于 1985 年重修,规模按民国初年所拍鲁肃墓的照片恢复旧制,重修改西面为正门,增设牌坊,朝洞庭湖,岳阳鲁肃墓是迁葬墓的遗留。

武汉鲁肃墓,原在龟山南麓,1955 年因建长江大桥而移至山南腰,拆迁中发现墓坑中有咸丰年间的残碑和同治六年的墓碑,不见尸骨,为衣冠冢。墓地占地面积 800 平方米,高 8 米,建筑年代无考。志书仅载清嘉庆年间(1796—1820)汉阳知县裘行恕重修,咸丰初毁于兵乱,不久重修。同治六年(1867 年)邑人汪立政立石,光绪二十六年(1900 年)知府余肇庆再修。传说此墓葬是鲁肃之子鲁淑所建。鲁肃遗腹子鲁淑历任昭武将军、都亭侯、武昌督、假节、夏口督。吴永安年间曾驻守此地,为其父建衣冠冢,以纪念其父。

镇江鲁肃墓位于镇江市北固山,与东吴猛将太史慈墓相毗邻。此墓原在镇江东郊京口区大学士山上(原镇江一中,现外国语学校校园内),大学士山因鲁肃而得名。此墓为鲁肃的衣冠墓。清乾隆间,镇江著名诗人鲍皋展拜鲁墓时,曾有诗。墓前原有"后汉东吴鲁大夫墓"碑石一座,新中国成立初期尚存,后校园屡经变革,墓及碑石俱渐次湮没。1993 年秋,镇江市文管会为集中三国景点,移建墓址于北固山麓,致使鲁墓原址荡然无所指认。

镇江还有一处传说为鲁肃墓。根据新中国成立后的新发掘以及清康熙、光绪年间的地方志记载，鲁肃墓在谏壁苦竹村的小渎山（今新区大港新竹村）。此碑为民国初年所立。鲁肃墓位于小渎山方竹里竹园，背依青龙山，横枕万里长江，面对凤凰山，是有山有水有龙有凤的风水宝地。

鲁肃墓除以上三说外，还有"江宁说""句容说""丹徒说"。

江宁，即今江苏省南京市江宁区；句容，即今江苏省镇江市句容市。明代的《江宁县志》和《句容县志》中，都有鲁肃葬身于该县的记载，大致位置在江宁县东和句容县西的两县交界处。但是，由于清代中期江水泛滥，鲁肃墓及遗迹已经被冲刷得一干二净。有学者考证过，鲁淑的儿子鲁睦曾于吴国末期在附近定居，他是否将鲁肃的墓葬迁至于此，无从得知。

丹徒，即今江苏省镇江市丹徒区。此说最早史料记载于宋代《太平寰宇记》转引《续搜神记》。该书记载，京口（今镇江市）有鲁肃墓。而明代的《丹徒县志》载，鲁肃墓在镇江东边的长江边上。不过，此处墓葬也在清代江水泛滥时被冲刷得荡然无存。所以，此处的鲁肃墓也有待考证。

（11）诸葛瑾墓（江苏常州）

诸葛瑾（174—241），字子瑜，汉族，琅琊阳都（今山东沂南）人，诸葛亮之兄，诸葛恪之父。吕蒙病逝，诸葛瑾代吕蒙领南郡太守，驻守公安。孙权称帝后，诸葛瑾官至大将军，领豫州牧。241年，孙权分兵四路攻魏，大将军诸葛瑾攻柤中（今湖北南漳蛮河流域），同年，诸葛瑾去世，享年68岁。

诸葛瑾墓位于常州武进区湟里镇（前皇里）河南村塘墩的常州神马药业有限公司厂区内。在厂区东南角落有一池塘，池塘中央一常年高出水平面1米半左右的圆球型土墩，附近的村民都认为这就是诸葛瑾墓。

另据了解，诸葛瑾在常州市连江桥下塘还有印、剑墓。墓为土墩，占地约5亩。高4—5米，墓前原分左右两墩，一为印墩，一为剑墩，清道光年间，曾在墩下锄得篆文"诸葛子瑜之墓"小玉碑，出土汉代玉锁、玉猪及铜镜、陶瓷器皿等。今墓已不存，土地后为北港某砖瓦厂使用。北港砖瓦厂也于2003年拆迁，土地为一家彩钢厂使用。

（12）吕蒙墓（江西南昌）

吕蒙（178—220），字子明，汝南富陂人（今安徽阜南吕家岗）。吕蒙少年时依附姊夫邓当，随孙策为将，邓当死后，吕蒙统领其部众，拜别部司马。孙权统事后，吕蒙破黄祖作先登，封横野中郎将。从破曹仁于南郡，破朱光于皖城，累功拜庐江太守。进占荆州南部三郡，以功除左护军、虎威将军。鲁肃去世后，吕蒙代守陆口。袭取荆州西部三郡，彻底击败蜀汉名将关羽，拜南郡太守，封孱陵侯，受勋殊隆。建安二十四年（219年）的年末（220年初），因病去世，享年32岁。

吕蒙墓位于江西省南昌市南昌县麻丘镇广安村吕蒙岗(亦称吕墓岗)，此墓已废。

黄盖墓位于吕蒙墓西约 2.5 公里，该地俗称"黄盖嘴"。位于麻丘乡广福孙家村东南 1.5 公里的吕墓岗，东临大包圩堤，抚河故道紧临遗坛东南边缘。原岗约四五米高，因历年修堤取土夷平。吕墓岗、黄盖嘴（又称黄墓嘴）地名的存在，证明了吕蒙、黄盖的葬处。但史书上并无吕蒙墓的记载。

（13）陆逊墓（湖北鄂州）

陆逊(183—245)，本名陆议，字伯言，吴郡吴县（今江苏苏州）人。陆逊官至丞相、荆州牧、右都护。建安八年（203 年），陆逊入孙权幕府，历任海昌屯田都尉、定威校尉、帐下右部督。建安二十四年（219 年），陆逊参与袭取荆州。章武二年（222 年），孙权以陆逊为大都督，在夷陵击败刘备所率蜀汉军，一战成名。黄武七年（228 年），陆逊又取得石亭之战的胜利。黄武元年（229 年）孙权称帝后，以陆逊为上大将军、辅佐太子孙登并掌管陪都武昌事宜。陆逊统领吴国军政十余年，赤乌七年（244 年）拜为丞相，后卷入立嗣之争于次年去世。终年 63 岁，追谥昭侯。

陆逊墓有几说，一说在武昌（今湖北鄂州市）以东的地区。一说在建业（今江苏省南京市），一说在吴县（今江苏省苏州市），在苏州娄门外五里许有个陆墓乡，据说是因为埋葬陆逊而得名，其实陆墓是陆黄门陆云公之墓，而不是陆逊墓。据说在赤壁市北边有一个三国陆逊营，在此重修了陆逊墓。

（14）顾雍墓（江苏苏州）

顾雍（168—243），字符叹。吴郡吴县（今江苏苏州）人。顾雍少时受学于蔡邕，弱冠即任合肥县长，历任娄、曲阿、上虞县长，后任会稽郡丞，代行太守事，数年后，入孙权幕府为左司马。后迁大理、奉常，又领尚书令，封阳遂乡侯。黄武四年（225 年），改任太常。同年升任丞相、平尚书事，进封醴陵侯。他为相 19 年，多有匡弼辅正之词。赤乌六年（243 年），顾雍去世，终年 76 岁。孙权素服临吊，赐谥"肃"。《唐会要》将顾雍等八人评为"魏晋八君子"。

顾雍墓在江苏苏州吴中区藏书镇穹窿小王山，为顾贵、顾雍、顾烜三贤墓。顾墓，始建于汉，历经吴、梁、陈、隋、唐、宋、元、明、清至今，墓前立有三块墓碑。镌有："汉驰义侯顾氏迁吴始祖贵，吴丞相醴陵侯顾雍，梁建安令赠侯爵顾烜之墓。"落款为："嘉庆丙子岁初冬裔孙顾锡周、尚耀、卿云、震云敬立。"左右二块又为顾毓琇书立。右碑立于顾彦成、顾禧父子墓前。此地称为"顾氏三贤"墓。

（15）太史慈墓（江苏镇江）

太史慈（166—206），字子义，东莱黄县（今山东龙口东黄城集）人。太史慈曾为救孔融而单骑突围向刘备求援。原为刘繇部下，后被孙策收降，孙权统事后，先后任折冲中郎将，建昌都尉。建安十一年（206 年）赤壁之战前病死，死前说道："丈夫生世，当带三尺之剑，以升天子之阶。今所志未从，奈何而死乎！"言讫而亡，年 41 岁。

太史慈墓位于江苏镇江市北固山中峰南麓，墓高 1.7 米，直径约 3 米，建于长

6.7 米、宽 7.4 米的石平台上，北面挡土墙长 6.8 米，高 2 米左右，墓前有高 1.43 米、宽约 0.7 米的大理石碑，上面刻着 7 个大字"东来太史慈之墓"。太史慈墓早已不见，1872 年修筑城墙时发现，后屡次修治。抗战前，曾修葺一新。新中国成立初，因塌山被埋没。现墓于 1985 年重建。原墓前有一块碑简要记述了他的生平事迹，已无存，为市级文保单位。

（16）黄盖墓（安徽芜湖、江西南昌）

黄盖（生卒年不详），字公覆，零陵泉陵（今湖南省永州市零陵区）人。黄盖早年为郡吏，后追随孙坚走南闯北。孙权即位，迁丹杨都尉。建安十三年（208 年）赤壁之战时，黄盖前往曹营诈降，并趁机以火攻大破曹操的军队，是赤壁之战主要功臣之一，以功拜武锋中郎将，后官至偏将军、武陵太守。有一子黄柄。

黄盖墓具体位置不可考。

一说位于安徽省芜湖市南陵县黄墓镇老街东 200 米之王家屯村，清康熙五十年（1711 年），宋庭佐在南陵知县任上，曾重修黄盖墓，并于墓前立碑撰《黄将军墓碑记》。1972 年，人们在挖水渠时发现了黄盖墓室。专家清理后发现墓室内有数个盗洞，进行了抢救性发掘，在墓室一角，发现了一个残留的头骨，整个墓室清理完成之后，通过对墓室的形制规模以及出土文物的多方考证，据说有专家确定这是黄盖墓。只可惜已经遭到盗掘，损失了许多有价值的文物，现为南陵县文物保护单位。

一说位于江西省南昌市高新区麻丘镇。在旧《南昌县志》上也查看到相关记载："吕蒙墓位于广安村孙姓村左的吕蒙岗（亦称吕墓岗），此墓已废。……黄盖墓位于吕蒙墓西约 2.5 公里，该地俗称'黄盖嘴'。"

（17）丁奉墓（安徽庐江、上海闵行）

丁奉（？—271），字承渊。庐江郡安丰县（今安徽省霍邱县）人。丁奉年少时以骁勇为小将，太元二年（252 年）的东兴之战中"雪中奋短兵"，大破进犯的魏军。吴景帝孙休在位时，丁奉计除权臣孙綝，累拜大将军、徐州牧。后又扶立乌程侯孙皓为帝，升为右大司马、左军师。宝鼎三年（268 年）至建衡二年（270 年）间，丁奉数次北征，战果不利。建衡三年（271 年），丁奉去世。

丁奉墓位于安徽庐江县西门外龙子口，1953 年发现。墓冢占地 160 多平方米，高 5 米多，墓室为卷拱形，高 3 米多，宽 2 米，长 5 米，均系古钱纹和几何图案的青砖砌成。

丁奉墓一说在上海市上海县（今闵行区）莘庄镇西，清嘉庆八年（1803 年）曾出土"大将军丁奉墓"石碑，现已湮灭。

（18）甘宁墓（湖北阳新、重庆万州）

甘宁（？—215？220？存疑），字兴霸，巴郡临江（今重庆忠县）人。甘宁曾任蜀郡丞，后历仕于刘表和黄祖麾下，未受重用。建安十三年（208 年），甘宁率部投奔孙权，曾随周瑜攻曹仁夺取夷陵，随鲁肃镇益阳对峙关羽，随孙权攻皖城擒获朱光，率百余人夜袭曹营。在逍遥津之战，他保护孙权蹴马趋津，死里逃生。官至西陵太守、折冲将军，领阳新、下雉两县，吴黄武元年（222年），与蜀军作战，不幸阵亡。

甘宁墓位于湖北黄石市阳新县富池镇半壁山，临江而立，背倚军山，东西南三面环山。甘宁墓"文化大革命"期间被毁。1985年，富池镇政府兴建甘宁公园，占地66.7公顷，其中森林面积53.36公顷，并将甘宁墓迁至园内，墓高2米，周长6米。

一说甘宁墓在重庆万州区甘宁镇万州大瀑布景区内。

（19）凌统墓（江苏无锡）

凌统（189—217，一说189—237），字公绩，吴郡余杭（今浙江杭州市余杭区）人，凌操之子。凌统少有盛名，为别部司马，行破贼校尉。建安十三年（208年），任为承烈都尉。之后，随周瑜在乌林大败曹操，攻打曹仁所在的江陵，使曹仁退走。升迁为校尉。建安二十年（215年），升为荡寇中郎将，领沛相。又随吕蒙取长沙、零陵、桂阳三郡，任右部督。从益阳回来后，跟随孙权攻打合肥。孙权未能攻下合肥而撤军，凌统身受重伤，依然亲自斩杀数十敌兵。直到孙权彻底安全后才退还。拜为偏将军。建安二十二年（217年）病卒，时年29岁。

凌统墓在江苏省无锡市江阴市青阳镇悟空村寺西，江阴霞客大道东侧。曾有"吴都督凌承烈都尉统之墓"墓碑，今无存。墓基占地面积1789平方米，直径569米，坐北朝南，弧形小河绕于前，原有石人、石马，今仅剩石柱两根。石柱高7米，间隔4.35米，周长约1米，柱北并列3座土丘，即墓穴所在，人称"石柱坟"。江阴博物馆曾在2004年对该墓考察，准备申报省级文物保护单位。

（20）朱然墓（安徽马鞍山）

朱然（182—249），原名施然，字义封，丹阳故鄣（今浙江安吉）人，毗陵侯朱治的外甥。朱然早年被朱治收为养子，孙权统事后，朱然历任余姚长、山阴令、临川太守，加折冲校尉，率军平定山贼。曾随吕蒙擒杀关羽，以功迁昭武将军，封西安乡侯。吕蒙死后，朱然代替吕蒙镇守江陵。夷陵之战中，与陆逊合力大破刘备，拜征北将军，封永安侯。最后官至左大司马、右军师。赤乌十二年（249年），朱然病逝，年68岁。孙权为其素服举哀。

朱然墓位于安徽省马鞍山雨山乡（现雨山区），1984年发掘，为双室砖墓，全长8.7米。墓砖上模印"富且贵，至万世"等篆书吉语及钱文。朱然墓是长江中下游地区有关三国时期考古的一项重要发现，也是已发掘300多座东吴墓葬中墓主身份最高、墓葬规模大、时间最早的一座大墓，对研究东吴的埋葬制度甚有价值，被列为20世纪80年代中国考古十大发现之一。墓室虽早年被盗，但许多随葬的精美漆器幸免劫难。在140余件出土文物中，有部分被列为国家一级珍品。1986年，朱然墓被列为安徽省重点文物保护单位，朱然墓文物陈列馆以墓体为基础，馆内大厅中央部分是墓穴，穴中置棺木一尊。四周陈列有墓中出土的文物和有关朱然墓研究资料等。

(21) 吕岱墓（江苏如皋）

吕岱（161—256），字定公，广陵海陵（今江苏南通市如皋市）人。吕岱本为郡县吏，因避乱而南渡。受孙权赏识，遂仕于孙氏政权。先后任督军校尉、昭信中郎将、庐陵太守、交州刺史、安南将军、假节，封爵都乡侯，后封番禺侯。任交州刺史时，吕岱多次派官员"南宣国化"，出使"西南大海洲上"（南洋群岛）以及今东南亚一带众多国家，使扶南、林邑、堂明等国纷纷遣使至吴朝贡。陆逊去世后升任大将军。废帝孙亮登基后，吕岱升任大司马。太平元年（256 年），吕岱去世，终年 96 岁。

吕岱墓位于江苏古高阳荡，即今江苏省如皋市林梓镇，"文化大革命"中该墓被毁，仅剩墓前赤眼石兽两座。

(22) 小乔墓（湖南岳阳、安徽庐江、安徽南陵）

小乔（？—223？），本姓桥（小乔为后世误传）。庐江皖县（今安徽潜山）人。桥公的次女。建安四年（199 年）12 月，周瑜随从孙策攻取庐江的皖城。破城后获得了桥公的两个女儿，都是绝色美女。次女小乔被周瑜所纳，长女大乔嫁孙策。210 年，周瑜 36 岁英年早逝，厚葬于庐江东门横街朝墓巷，小乔住在庐江，抚养遗孤。223 年，小乔病卒，享年 47 岁，

小乔墓现有安徽庐江、安徽南陵和湖南岳阳三个。

安徽庐江小乔墓，旧称乔夫人墓，俗名瑜婆墩，原在县城大西门，真武观西百步，庐江县城新汽车站东侧。原平地起坟，墓有封无表，汉砖结构，墓前有碑，拜台、列台屏石供，墓门向东，明崇祯时毁于兵乱，仅存一座土冢，与城东周瑜墓遥遥相望。直至 20 世纪 50 年代初，尚有土冢荒丘，残碑断石。1969 年"文化大革命"浩劫后，庐江小乔墓亦已是仅存遗址，别无他物了。在 2001 年被庐江县人民政府公布为县级重点文物保护单位。2001 年，小乔墓被庐江县人民政府确定为县级重点文物保护单位，但不过目前只有遗址。

安徽南陵小乔墓，在皖南青弋江上游的南陵县境文化馆内，中山公园边上。据《南陵县志》，此墓建于乾隆四十四年（1779 年）。起因是当时知县高怡梦见小乔，诉说她的墓在香油寺侧，遂令典史江鲲在香油寺西苑重建小乔墓。周瑜曾经做过春谷（南陵）长，小乔死后葬在南陵，也就有了依据。南陵小乔墓前有一块巨碑，阳刻"东吴大都督周公瑾配乔夫人之墓"，石碑已经破成几段，现移存南陵县文化馆内保存。

湖南岳阳小乔墓，又名二乔墓，在岳阳楼北面。小乔墓地一带，传为三国周瑜军府。墓府为当时军府花园。墓冢为圆形封土堆，墓顶植女贞二株。坟前墓碑高约一米，上书"小乔之墓"。清嘉庆前，墓内修葺情况没有记载。20 世纪 70 年代，小乔墓和岳阳楼一起被国家认定为国家级重点文物保护单位，属于国家第一批重点文物保护单位。1993 年又于墓南侧增建小乔墓庐，四周建有围墙。

另外还有江苏南京小乔墓，据不可靠史料记载，小乔葬于周瑜都督府内一处小山丘，现位于南京市第一中学内，但学校在夷平小山时未发现墓葬。

6. 东汉墓地

（1）汉灵帝墓（河南孟津）

汉灵帝刘宏（157，一作 156—189），生于冀州河间国（今河北深州）。汉章帝刘炟的玄孙。世袭解渎亭侯，父刘苌早逝，母董氏。永康元年（167 年）汉桓帝刘志逝世后，刘宏被外戚窦氏挑选为皇位继承人，于建宁元年（168 年）正月即位。刘宏是东汉乃至中国历史上都大名鼎鼎的昏君，在位期间，大部分时间施行党锢及宦官政治，在位晚期爆发了黄巾起义，而凉州等地也陷入持续动乱之中。中平六年（189 年），刘宏去世，谥号孝灵皇帝，葬于文陵。

汉灵帝刘宏文陵位于河南洛阳市孟津县刘家井村西北，当地人称为"刘家井大塚"。现存封土呈平顶圆丘形，长 116.1 米，东西宽 105.9 米，高近 20 米，墓碑破坏严重，东南已被民房侵占，墓顶中央有一个长方形土坑，南北长 24 米，东西长 21.2 米。陵南有南北长 57 米，东西宽 50 米，高 1.2 米的陵寝建筑台基和大量的砖瓦。关于刘家井大塚的墓葬归属和汉灵帝文陵的具体位置，众说纷纭。新中国成立以后，关于刘家井大塚墓主及汉灵帝文陵方位的探讨著述颇多。有人认为河南省洛阳市孟津县送庄镇刘家井村西北大塚为汉灵帝文陵的可能性较大。

（2）汉献帝墓（河南修武、河南许昌）

汉献帝刘协（181—234），字伯和，河南洛阳人，东汉王朝末代皇帝，189—220 年在位，汉灵帝刘宏次子，汉少帝刘辩异母弟，母为灵怀皇后王荣。刘协幼时被董太后抚养，汉少帝即位时，被封为渤海王。宦官之乱后改封陈留王。中平六年（189 年），他即位为帝。建安元年（196 年），依附于兖州牧曹操，迁都许昌。建安二十五年（220 年），曹操去世后，他被迫退位禅让，降为山阳郡公，保留天子礼仪，居于浊鹿城（今五里源李固村南），以二女嫁于曹丕。青龙二年（234 年），汉献帝去世，年 54 岁，葬于禅陵，谥号孝献皇帝。

汉献帝陵位于河南焦作市修武县七贤镇古汉村南，是豫北地区唯一的一座保存完好的帝王陵墓，是省级重点文物保护单位。现有汉献帝禅陵建筑群由三部分建筑组成，一是西面古汉山的汉献帝禅陵区，二是东面古汉山的献帝庙、竹林七贤祠、玉帝庙、纪念塔区，三是 20 世纪 90 年代修建的庙宇区。汉献帝禅陵由汉献帝刘协陵墓、刘康墓、刘瑾墓、汉献帝陵寝碑、汉禅陵基址碑记、汉献帝飨堂、献帝庙遗址组成。陵区原占地约 135 亩。陵高 2 丈，周 420 步。陵旁有汉献帝享堂，汉献帝庙，竹林七贤祠，石阙寺等建筑群体。1963 年修武县公布为重点文物保护单位。

据介绍，河南省许昌市建安区张潘乡惠民农机合作社院内也有一个献帝陵，称为"愍帝陵"，是个衣冠冢。刘协因曾居许昌 25 年，后人为表纪念而建陵，今仅存一长方形土台，是市级文保单位。

（3）伏皇后墓（河南许昌）

伏皇后（？—214），名伏寿，汉献帝皇后，徐州琅琊郡东武县（今山东诸城）人，西汉大司徒伏湛八世孙，父亲是学者伏完，嫡母为阳安长公主刘华。伏皇后在汉献帝兴平二年（195年）被立为皇后，建安十九年（214年）怨恨曹操诛董承，与父伏完密谋曹操，事情泄露，曹操将伏后禁闭冷宫逼其自缢，二皇子亦被鸩杀。伏后死后，曹操宣称其暴病而死，仍按皇后礼仪厚葬。

伏皇后墓位于许昌市南15公里的许昌县蒋李集镇冢刘村东北隅，墓高10米，占地1730平方米，冢前有两小墓，为二皇子墓。

（4）董贵妃墓（河南许昌）

董贵妃（181—220），车骑将军董承之女，献帝刘协的宠妃，其地位仅次于皇后。董贵妃实际是董贵人，按照汉制，皇后之下是贵人，没有妃子之说，"董贵妃"是民间对她的称谓。196年，献帝刘协被曹操迎到许都，刘协不满曹操揽权，便密制"衣带诏"，受于董承，后事情不幸败露，参与者均被处死，董贵人也因此被缢死，曹操以礼将其厚葬。

董贵妃墓于河南许昌市魏都区魏文路与八一路交会处西北，董贵妃墓高10米，原来董贵妃墓规模比较大，因未加以有效保护，年久失修，更有附近居民挖墓取土，造成规模逐渐缩小。据说，1995年除夕，此墓曾被盗贼打开，墓门朝东，墓室全部用汉砖拱圈，内有两道浮雕画像墓门，整个墓室构筑精致，墓砖完好，至今未风化。现依托董贵妃墓而建成三国文化主题休闲游园，整修的董贵妃墓基用砖石砌成，周围皆以白色大理石作护栏，占地面积50多亩。

（5）董卓墓（山东肥城）

董卓（？—192），字仲颖，陇西郡临洮县（今甘肃岷县）人。中平六年（189年），董卓受大将军何进、司隶校尉袁绍所召，率军进京讨伐十常侍。董卓进京后便掌权。又招揽吕布杀掉丁原，废少帝，立刘协即位（是为汉献帝），且不久就弑害了少帝及何太后。献帝初平元年（190年），袁绍联合关东各地刺史、太守，爆发董卓讨伐战。初平二年（191年），董卓被孙坚击败，退守长安。司徒王允设反间计，初平三年（192年），董卓为其亲信吕布所杀。

史书记载李傕、郭汜杀王允为董卓报仇后葬董卓于郿坞（今陕西眉县东北），具体地点不详。明嘉靖《山东通志》记载山东肥城县南二十五里紫榆山前有董卓墓，但《肥城县志》对此存疑，为何要移葬千里之外。

（6）袁绍墓（河北沧县）

袁绍（？—202），字本初，汝南汝阳（今河南周口市商水县袁老乡袁老村）人，司空袁逢之子。袁绍出身东汉名门"汝南袁氏"，自袁绍曾祖父起，袁氏四代有五人位居三公，他自己也居三公之上，其家族也因此有"四世三公"之称。袁绍早年任中军校尉、司隶校尉，曾指挥诛杀宦官。初平元年（190 年），与董卓对立，被推举为关东联军首领。在汉末群雄割据的过程中，袁绍先占据冀州，又先后夺青、并二州，并于建安四年（199 年）的易京之战中击败了割据幽州的公孙瓒，统一河北，势力达到顶点。但在建安五年（200 年）的官渡之战中大败于曹操。建安七年（202 年），袁绍在平定冀州叛乱之后病逝。

袁绍墓位于河北沧州市西南沧县高川乡前高龙华村东北 700 米处。以村命名为高龙华古墓（当地人按其堆土形状，称之为"大疙瘩"）。该墓为典型的汉墓，封土高大，封土为椭圆形，高 8 米，东西径 52 米，南北径 36 米，占地 1510 平方米。

此处原有古墓大小两座，现存者为大墓。小墓在 1956 年塌陷后，生产队及个人取土挖掉了。现存大墓 1993 年被河北省政府公布为第三批省级文物保护单位。

该墓主体上原来长满各种树木，如榆树、杨树、柏树等，后来随着气候变化及人为砍伐，现墓顶已没有树木存在。墓的四周，亦满植柏树，古墓的四角存有小片柏树群。墓顶原来有一深洞，下到洞底，可以见到侧面的青砖垒砌的拱形门。2009 年后，墓地数次被盗，封土层遭严重破坏。

（7）袁术墓（安徽长丰）

袁术（？—199），袁绍异母弟（一说为堂弟）。袁术初任虎贲中郎将，曾协助其兄袁绍诛杀宦官，董卓入京后封其为后将军。袁术为避祸逃奔南阳，曾参加关东讨董集团，后与袁绍、曹操交恶，兵败后逃奔寿春，割据扬州一带。197 年，袁术在寿春僭号称帝，遂成为众矢之的，先后被吕布、曹操击败，两年后病死于江亭。

袁术墓一说在今安徽长丰县杨公庙镇西南 3 公里处的孤堆，回族乡蔡圩村阎家小集，也名袁氏孤堆。并为清朝经学大家刘宝楠考订为实。但已被专家考证为非。

（8）刘表墓（湖北襄阳）

刘表（142—208），字景升，山阳郡高平县（今山东微山）人。西汉鲁恭王刘余之后。刘表名列"八俊"之一，光和七年（184 年），出任北军中侯。后代王睿为荆州刺史，用蒯氏兄弟、蔡瑁等人为辅。李傕等入长安，任镇南将军、荆州牧、假节，封成武侯。他远交袁绍，近结张绣，内纳刘备，先杀孙坚，后又常抗曹操。后更宠溺后妻蔡氏，使妻族蔡瑁等得权。建安十三年（208 年），刘表病逝。蔡瑁等人废长立幼，奉表次子刘琮为主；曹操南征，刘琮举州投降，荆州遂没。

刘表墓位于湖北省襄樊市东，1993 年 5 月至 1994 年 4 月，考古人员在襄阳城东街新华书店院内建综合楼时发掘一座大型残砖墓，经研究确认为东汉末年荆州刺史刘表墓。

（9）陶谦墓（安徽萧县）

陶谦（132—194），字恭祖。丹阳郡丹阳县（今安徽当涂东北）人。陶谦历任舒、卢二县令、幽州刺史、议郎、扬武校尉，188 年任徐州刺史，击破徐州黄巾。董卓被杀后，各路军阀陷入混战，陶谦加入了袁术、公孙瓒的阵营，对抗袁绍、曹操。尔后拜安东将军、徐州牧，封溧阳侯。晚年因战事上为曹操大败，忧劳而逝，享年63岁。

陶谦墓位于安徽省萧县城南45里陶墟山下官桥镇陶墟村。当时，在徐州西南远郊同时修建陶墓10余处，均为假墓。

（10）张燕墓（河北邢台、河南周口）

张燕（生卒年不详），本姓褚，常山真定（今河北正定）人。184年黄巾起义爆发，张燕率贫苦农民万余人积极响应黄巾起义，不久合并入黄巾军。张角病故，其弟张梁、张宝也在战斗中牺牲，张燕被推为首领，他以矫捷善战着称，人称"飞燕将军"，号称"黑山军"。先后在颍川、南阳失败，张燕部降东汉，任平难中郎将，官渡之战时归顺曹操，任平北将军，安国亭侯。死后其子张方袭爵。

一说张燕墓位于河北邢台市内邱县鹊山下的吴村。墓前有俗称四不象，后经战乱，现在两尊收藏于美国费城大学博物馆，一尊收藏于法国巴黎吉米特博物馆。一尊被当地人藏于地下；战乱时军阀多次挖掘均没找到。1999年在搬迁十方村过程中，挖到这个稀世珍宝。内邱县人民政府将这座国宝，移到扁鹊庙内作为镇庙之宝。

一说张燕墓位于河南周口市区东南角，周项公路南侧。墓为圆形土冢，高约4米，墓顶东西宽7.2米，南北长6米，墓底东西宽18米，南北长20米。墓室用青石构筑，墓葬原有相当规模的陵园院落，后屡经战乱均被拆毁。1958年驻豫某雷达部队一连长曾带领战士进行挖掘，出土金盘一盏、剑一把、玉蝉一只及五铢钱数枚，墓为石板墓。2002年为周口市第一批文物保护单位。

（11）鲍信墓（河南修武）

鲍信（151—192），字允诚（仅见《三国志通俗演义》，正史无记载），泰山平阳（今山东新泰）人。东汉末年鲍信为济北相，是讨伐董卓的诸路人马之一。鲍信受何进征召在外募兵，回到洛阳时适逢董卓进京，鲍信劝袁绍除掉董卓，袁绍不同意。后袁绍、曹操等人起兵对抗董卓，鲍信也起兵响应。后联盟破裂，鲍信劝戒曹操静观其变。青州黄巾军进攻兖州，刺史刘岱不听鲍信所劝贸然出战，兵败战死。鲍信把曹操迎为兖州牧。在与黄巾军交战期间，鲍信为救曹操战死，曹操后来追记功绩，赐封其子。

鲍信墓，俗称鲍王坟，位于山东济宁市泗水县东鲍村，现存有一封土堆。据《泗水县志》载，原墓南北长30米，东西宽25米，高8米，夯筑而成，墓前有翁仲石兽。现在地上除封土外，其他建筑都已无存且东南角破坏尤甚，露出楔形砖券顶，后又被回填。据王廷赞《泗志钩沉》讲其乃济北相鲍信墓，墓旁的鲍王庄村也因其得名。

（12）吕布墓（河南修武）

吕布（？—199），字奉先，五原郡九原县（今内蒙古包头市九原区麻池镇西北）人。原为丁原部将，被唆使杀害丁原归附董卓，与董卓誓为父子，后又被司徒王允唆使诛杀董卓。旋即被董卓旧部李傕等击败，依附袁绍，又被袁绍猜忌，依附张杨。兴平元年（194年），吕布趁曹操攻打陶谦时与陈宫等联络而进入兖州，占据濮阳，与曹操血战两年，曾使曹操数战不利，但最终被曹操击败转而去依附徐州刘备。又趁刘备与袁术作战时袭取了徐州，与刘备时而和好，时而相互攻伐。期间，以辕门射戟化解刘备与纪灵的争斗。建安三年（198年），吕布先后击败刘备与夏侯惇后，曹操亲自出马征讨吕布，水淹下邳。吕布被部下叛变，199年城破被俘，被处死。

吕布死后葬于今河南修武县郇封乡兰封村，是一座南北长约18米、东西宽约6米的孤冢，位于该村西北角田野里。吕布冢保护状况极差，冢上杂草丛生，周边垃圾遍地，环境显得异常破败。

（13）张角墓（河北定州）

张角（？—184），鉅鹿（今河北宁晋）人。东汉末年农民起义军"黄巾军"的领袖，太平道的创始人。张角约于灵帝建宁（168—172）初传道。中平元年（184年），张角以"苍天已死，黄天当立，岁在甲子，天下大吉"为口号，自称"天公将军"，率领群众发动起义，史称"黄巾起义"。不久张角病死，起义军也很快被汉朝所镇压。

张角墓，位于河北定州市子位镇七级村南端，在息冢以东偏南20公里。本有张氏三兄弟墓，现仅存张角墓一座。据传，该村为黄巾农民起义军领袖张角的故里。黄巾起义军失败后，张角兄弟被害，其尸体被当地农民偷回故里安葬。张角的墓穴已不存在，据张家后人介绍，这片老坟地原先大约7000平方米，抗日战争时期，日本鬼子炮楼曾修在高地上面。"文化大革命"期间，将高地的土拉去一小部分，是张家后人据理力争才保存下来，几十年来周围将坟地蚕食了不少，要不是有张家后人的保护，这片坟地早已成了宅基地。

（14）卢植墓（河北涿州）

卢植（？—192），字子干，涿郡涿县（今河北涿州）人。卢植师从太尉陈球、大儒马融等，为郑玄、管宁、华歆的同门师兄。曾先后担任九江、庐江太守，黄巾起义时为北中郎将，率军与张角交战，后被诬陷下狱。皇甫嵩平定黄巾后，力救卢植，于是复任为尚书。又因上谏激怒董卓被免官，隐居上谷军都山，后被袁绍请为军师。初平三年（192年），卢植去世。公孙瓒以及刘备皆为卢植门下弟子。范阳卢氏后来也成为著名的家族。据网传韩国卢武铉、卢泰愚均为卢植后代。

卢植墓在河北保定市涿州城清凉寺办事处东卢家泝附近。卢植老家今村名为卢家场，卢家场村北，于2001年建起一处占地约十亩的范阳卢氏宗祠。据涿州档案局长文章介绍，卢植墓竣工后，韩国前总统卢泰愚曾派代表参加了揭幕仪式。

（15）王允墓（河南许昌、山西祁县）

王允（137—192），字子师，太原祁县（今山西祁县）人。王允曾任侍御史、豫州刺史。斗争中常侍张让失败后，去官隐居。中平六年（189年），大将军何进掌权之后，辟为从事中郎，迁河南尹。董卓拥立汉献帝即位后，代替杨彪，拜太仆、尚书令、司徒，密谋刺死董卓，联合吕布共同执政。初平三年（192年），董卓余党李傕、郭汜、樊稠等攻破长安。王允兵败处死，时年56岁。

王允墓位于河南许昌市魏都区丁庄办事处洪山庙社区李庄村东清潩河西岸，是一座汉代古冢。现存墓冢高约 5 米，占地 176 平方米，墓顶有一株苍劲挺拔的古柏，是区级文保单位。

王允墓一说位于山西晋中市祁县城赵镇修善村，是县级文保单位。

（16）吴子兰墓（山东济南历城）

吴子兰（？—200），山东历城人，汉末时车骑将军董承接受皇帝衣带诏，与刘备及长水校尉种辑、将军吴子兰、王子服等，密谋除掉曹操，计划泄露，董承、王子服、吴子兰皆被屠灭三族。

据《历城县志》等史料记载，山东济南历城南完备山西玉函山下有吴子兰墓。

（17）马腾墓（河南许昌）

马腾（？—212），汉伏波将军马援的后代，汉西凉太守，"十八路诸侯反董卓"中的一路诸侯。李傕、郭汜等人乱政之际，马腾受汉献帝密诏，封征西将军，联合韩遂讨伐李傕，后被击败，退回西凉。汉献帝被曹操劫往许都，马腾入朝，参与董承的"衣带诏计划"，回西凉准备兵马，密谋反曹。不久，董承等人事泄被杀，马腾就继续割据西凉。曹操以汉献帝的名义招马腾进京，马腾密谋征讨曹操，计划泄露，兵败被杀。其子马超欲为父报仇，遂起兵与曹操交战，后辗转入蜀归顺刘备，被封为"五虎上将"。

马腾墓位于河南许昌市建安区北 10 公里的苏桥镇中许村，占地面积半亩。

（18）孔融墓（山东淄博）

孔融（153—208），字文举。鲁国（今山东曲阜）人。"建安七子"之一，孔子的二十世孙、太山都尉孔宙之子。汉献帝即位后，孔融任北军中侯、虎贲中郎将、北海相，时称孔北海。后兼领青州刺史。建安元年（196 年），袁谭攻北海，孔融与其激战数月，最终败逃山东。不久，被朝廷征为将作大匠，迁少府，又任太中大夫。后因触怒曹操而被杀。

孔融墓位于今山东淄博市临淄区稷下街道办范家村北半里许，济青高速公路南侧。墓高约 12 米，南北长约 13 米，东西长约 18 米。周边的土已被村民使用挖去了不少，墓壁削为陡峭，已失其原貌。

（19）张鲁墓（河北邯郸）

张鲁（？—216，一说 245），字公祺，祖籍沛国丰县（今属江苏）。张鲁据传是西汉留侯张良的十世孙、天师道（五斗米道）教祖张陵之孙。张鲁为五斗米道的第三代天师（称系师），于东汉末年相继袭杀汉中太守苏固、别部司马张修后割据汉中，并在此传播五斗米道，并自称"师君"。他雄据汉中近 30 年，后投降曹操，官拜镇南将军，封阆中侯，食邑万户。建安二十一年（216 年），张鲁去世，谥号"原"。

张鲁墓在河北邯郸张庄桥，1970—1972 年发掘两座汉墓，两墓一前一后，长幼有序。一号墓在前，考为张鲁墓，二号墓在后，考为其第三子张盛之墓。张鲁墓长

20 余米，分前、中、后室，附三个耳室，出土文物 162 件，铺地五铢钱 5 万枚，墓中残留玉衣片，可知张鲁以金缕玉衣安葬，属诸侯王级别。张鲁墓出土文物展示了张天师显赫的家世，证明了张天师世系确实是留侯张良的直系子孙，解决了张天师世系近两千年来的身世之疑。

（20）韩玄墓（湖南长沙）

韩玄，在东汉末年担任荆州的长沙太守。据《三国志·蜀书六》记载，刘备在赤壁之战后，推荐刘琦担任荆州刺史，又南征荆州四郡。武陵太守金旋、长沙太守韩玄、桂阳太守赵范、零陵太守刘度都望风而降。后来韩玄仍然担任长沙太守，但受讨虏将军黄忠管辖，成为蜀汉的官员。

韩玄墓位于湖南省长沙市城南学府坪的现长郡中学内运动场旁"澄池"后，占地不大，仅 10 平方米左右，全墓以麻石将土堆收拢，墓前有"汉忠臣韩玄之墓"麻石碑，很质朴。现为省级文物保护单位。

（21）华歆墓（山东高唐）

华歆（157—231），字子鱼，高唐县涸河大华庄（今属山东）人。华歆东汉末举孝廉，授郎中职。汉灵帝死，大将军何进辅政，征诏华歆为尚书郎，后汉献帝诏华歆为豫章太守，支持孙策占据江东。汉建安五年（200 年）曹操以汉献帝的名义诏华歆到朝内做官，为尚书令。汉献帝延康元年（220 年）曹丕称帝，华歆拜为相国，加封安乐乡侯，后改为司徒。226 年曹睿即位，华歆任太尉，封博平候。231 年病故，终年 75 岁。

华歆墓位于山东高唐县城东涸河镇大华村北 200 米处，距县城 20 公里，为聊城市重点文物保护单位。墓封土高 3 米，直径 7 米。墓室顶部有 1 平方米的洞。从顶部洞口能看清墓室。此墓为砖室结构，上为圆形拱顶，底部呈八边形。据当地群众历代相传，此墓为华庄华姓祖坟。华姓人经常维护，故古墓至今保存完整。

（22）颜良墓（河北定州、河南郑州）

颜良（？—200），字公骥，安平郡堂阳县（今河北新河县）人。东汉建安 5 年（200 年）袁绍率兵讨伐曹操，袁屯兵白马（今河南滑县东），在黎阳（今河南浚县城东）摆开战场，袁绍派大将颜良出战，连斩曹操多员大将，曹操依荀攸言，派关羽迎战，在延津白马坡（今河南延津僧固乡梁僧固村东南角石家大坑）斩颜良于马下，曹兵大胜。

颜良墓在河北定州僧固乡梁僧固村西头，其墓成南北向长方形大土丘，墓高 3 米。清康熙十年（1671 年），浚县知县刘德新建碑一通，上刻"汉将军颜良之墓"。碑后被浚县博物馆收藏。1973 年村民拉土垫地，将墓冢夷平，今已不存。

颜良墓一说在郑州市巩义市鲁庄镇颜良寨村。

(23) 文丑墓（河南禹州）

文丑（？—200），字叔恶，安平国南宫县（今河北南宫县）人。建安五年（200年），文丑带领左将军刘备进驻延津，误中曹操军师荀攸的"饵敌"之计，其麾下"五六千骑"惨败于"不满六百"的曹军骑兵。文丑本人也死于乱军之中。

文丑墓位于河南禹州市，箕山余脉过蓝河是三峰山的西峰。西峰西南有寨子贾村。村南有文丑冢，为一硕大土冢，村东有文丑庙，村北有兴国寺。文丑墓村东头有文丑庙，仅有瓦房两间，碑亭一座。村舍扩建，庙房已圈至村内，内设村办面粉厂。村东有大坡，号称"白马坡"。传说为东汉末年关羽大战文丑处。文丑后裔在此筑寨定居，村名文家寨。明朝末年，文姓式微。贾姓从郏县贾楼迁来多户，村名易称寨子贾。

(24) 黄祖墓（四川巴中）

黄祖（？—208），出生四川巴中市南江县，东汉末年荆州牧刘表部下的江夏太守。黄祖在与长沙太守孙坚交战时其部下将孙坚射死，因此与孙家结下仇怨。之后黄祖在208年与孙权的交战中败北，被杀。

黄祖墓位于四川省巴中市南江县沙河镇联盟村，碑刻"江夏黄祖之墓"。

又，湖北鄂州城西南有鹦鹉洲，传说黄祖在此杀害祢衡，洲上有祢衡墓、黄祖墓。

(25) 锺繇墓（河南长葛）

锺繇（151—230），字符常。豫州颍川郡长社县（今河南许昌长葛东）人。锺繇历任尚书郎、黄门侍郎等职，助汉献帝东归有功，封东武亭侯。后被曹操委以重任，为司隶校尉，镇守关中，以功累迁前军师。魏国建立，任大理，又升为相国。曹魏建立后，历任廷尉、太尉、太傅等职，累封定陵侯。在魏文帝时期，与华歆、王朗并为三公。太和四年（230年），锺繇去世，谥号"成"。锺繇擅篆、隶、真、行、草多种书体，在书法方面颇有造诣，被后世尊为"楷书鼻祖"。锺繇对后世书法影响深远，王羲之等人都曾经潜心钻研其书法。与东晋书法家王羲之并称为"钟王"。

锺繇墓位于河南省许昌长葛市钟里路增福庙乡孟庄村，台湾钟氏宗亲其故里田庄修建锺繇墓和锺会墓。沿着锺繇广场自西向东步行2公里左右，便可到其墓。旁有其子锺会墓。墓曾于晋时被盗。

(26) 郗虑墓（河南许昌）

郗虑（？—220），字鸿豫，兖州山阳郡高平（今山东金乡县）人。东汉建安初年，郗虑拜侍中，守光禄勋，迁御史大夫。参与构陷少府孔融，持节册封曹操为魏公，软禁伏皇后。后来，图谋曹操，事泄被杀。

郗虑墓位于许昌市建安区东20公里张潘乡郗庄，南与张潘故城相望，现保存完整，是县级文保单位。村中郗姓皆其后裔。

(27) 郑玄墓（山东高密）

郑玄（127—200），字康成。北海郡高密（今属山东）人。郑玄聚徒授课，弟子有数千人，家贫好学，终为大儒、经学大师。党锢之祸起，郑玄遭禁锢，杜门注疏，潜心著述。晚年守节不仕，东汉建安五年（200年）春，袁绍命其子袁谭逼郑玄随军，行至元城（今河北大名东）病故，年74岁。

郑玄墓位于山东省高密市阚家镇双羊社区后店村西，又称郑公墓。初葬剧东（今青州市郑母镇）。后因墓坏，归葬故里。原封土高6米，郑公祠始建于唐贞观年间，有通德门、享殿、配殿等，规模颇大。后几经毁坏倒塌，历代多次重修重建。新中国成立后，于1987年重修，1993年修缮，筑院墙环绕。

（28）张松墓（四川彭州）

张松（？—212），字子乔，（字永年为《三国演义》混淆，实为蜀中另一位名臣彭羕的字），蜀郡成都（今属四川）人。建安十三年（208年），张松为益州牧刘璋别驾从事，被派遣至曹操处而不为其所存录，因而怀怨恨。回蜀后，劝刘璋与曹操断绝关系，并说刘璋连好刘备。其后，又说刘璋迎刘备以击张鲁，皆为刘璋所采纳。建安十七年（212年），暗助刘备，为其兄张肃所告发，刘璋怒而将他斩杀。

张松墓在其故里今四川省彭州城西北关口镇4公里的双松树。土冢高2米，周长约20米，墓上长有松树杂草。无墓志，一残碑卧伏土中，碑文剥蚀。

（29）张任墓（四川广汉）

张任（？—213），益州蜀郡（治今四川成都市）人。张任为东汉末年益州牧刘璋的属下，官至益州从事。建安十八年（213年），在刘备进攻刘璋的战争中，张任率军迎战刘备，战败被杀。

张任墓原址位于四川广汉市北外乡桅杆村（现为广汉市北区公园），距金雁湖公园北半里许。原墓园较大，古木参天。清嘉庆十四年知州德勋立碑，碑文镌刻隶书"汉将军张公任之墓"。1954年土改时被挖掉部分封土，出土有"元康六年八月造"的年号砖，证明西晋元康六年（296年）曾为张任墓营造过墓园。现存封土高约2米，墓碑早年散失，1990年为广汉市文物保护单位。

（30）司马徽墓（河南禹州）

司马徽（173—208），字德操，颍川阳翟（今河南禹州）人。司马徽为东汉末年隐士，精通道学、奇门、兵法、经学，有"水镜先生"之称。司马徽为人清雅，学识广博，有知人之明，并向刘备推荐了诸葛亮、庞统等人，受到世人的敬重。死后葬于阳翟。

司马徽墓位于河南省禹州市褚河乡余王村潘庄的东侧。墓前原先立有石碑一通，碑上刻有"汉司马徽先生之墓"八个大字"。文化大革命"中此碑佚失，现已找到，存放在潘庄。

（31）祢衡墓（湖北武汉）

祢衡（173—198），字正平，平原郡（今山东德州临邑德平镇）人。祢衡个性恃才傲物，和孔融交好。孔融向曹操推荐祢衡，但是祢衡称病不肯去，曹操封他为鼓手，想要羞辱祢衡，反被祢衡裸身击鼓而羞辱。后来祢衡骂曹操，曹操就把他遣送给刘表，祢衡对刘表也很轻慢，刘表又把他送去给江夏太守黄祖，最后因为和黄祖言语冲突而被杀，时年 26 岁。黄祖对杀害祢衡一事十分后悔，便将其加以厚葬于古鹦鹉洲边。

祢衡墓位于武汉市汉阳龟山南麓园丁园西侧的小路边，这座古墓于"文化大革命"期间被损，所幸墓碑尚存，后于现址新建衣冠冢。1983 年，该墓被列为武汉市文物保护单位。由武汉市和汉阳区文化部门于 2000 年重建。祢衡墓在武汉长江大桥汉阳段引桥下。

（32）陈琳墓（江苏扬州、江苏盐城）

陈琳（？—217），字孔璋，广陵射阳（今江苏淮安东南）人，"建安七子"之一。陈琳生年无确考，唯知在"建安七子"中比较年长，约与孔融相当。汉灵帝末年，陈琳任大将军何进主簿。何进为诛宦官而召四方边将入京城洛阳，陈琳曾谏阻，但何进不纳，终于事败，何进被杀。董卓肆恶洛阳，陈琳避难至冀州，入袁绍幕府。袁绍去世后，陈琳跟随袁尚。邺城失守，陈琳为曹军俘获。曹操爱其才而不咎，署为司空军师祭酒，使与阮瑀同管记室。后又徙为丞相门下督。建安二十二年（217 年），与刘桢、应场、徐干等同染疫疾而亡。

陈琳墓一说位于江苏扬州市宝应县射阳湖镇赵家村大纵湖边，此范围内，墓墩数以千计，若悬盂覆釜。这里曾出土"汉铜虎""千斤镫""双鱼铜洗"等汉代以来的铜器、陶器、玉器、铁器珍贵文物数百件。

陈琳墓一说位于江苏盐城市盐都区大纵湖风景区。

（33）蔡邕墓（河南开封、河南尉氏、河南禹州、江苏常州）

蔡邕（133—192），字伯喈。陈留郡圉县（今河南杞县南）人，才女蔡文姬之父。蔡邕为东汉书法家，以隶书著称。蔡邕被征辟为司徒掾属，任河平长、郎中、议郎等职，后因罪被流放朔方，几经周折，避难江南 12 年。董卓掌权时，强召蔡邕为祭酒。三日之内，历任侍御史、治书侍御史、尚书、侍中、左中郎将等职，封高阳乡侯，世称"蔡中郎"。董卓被诛杀后，蔡邕因在王允座上感叹而被下狱，不久便死于狱中，年 60 岁。

蔡邕墓目前统计有四说。

一说蔡邕墓位于河南开封县陈留镇三里桃花洞村。尚有墓冢一个，墓前立有墓碑两通，都立于一个碑楼之中。1986 年由开封县公布为县级文物保护单位。

一说蔡邕墓位于河南开封市尉氏县南 22 公里的蔡庄镇大朱村（另一说法在杞县），是县级文物保护单位。蔡邕墓坐北朝南，明、清县志记载是尉氏县八景之一，墓冢占地 1.2 亩，高 10 余丈，站在墓顶可看到邻县鄢陵县城的文峰塔，家族坟地占地 10 亩，方圆 5.4 顷皆是墓产，殿堂庭院，碑廊松柏，牌坊官道，高大的墓冢已变成高丈余，围 2 丈余的荒丘，墓前神道上的松柏也所剩无几。墓园在"文化大革命"时期被毁，而后在墓园里建起了村小学，现小学已破败废弃。

一说蔡邕墓位于河南禹州市，箕山入禹境之第一峰为逍遥岭，其阴有汉中郎将蔡邕墓。岭上有摩崖石碑一通，上刻汉隶体字，字大二寸，为蔡邕亲书。此碑曾坠入颍河，现为白沙杨氏获之。其东为白沙镇，其北为白沙水库。

一说蔡邕墓位于江苏常州市武进区湟里镇东安社区西安村夏庄自然村村北，第五村民小组的住宅旁。据说，新中国成立前蔡邕墓很高很大，占地面积估计有一两亩，至少有五六米高。只是在解放战争时期国民党军队修建战壕取土平了一些，"文化大革命"中，当地生产队平整部分土地作社场，墩的西面、北面新建了几座房屋，致使墩基缩小，墩高只剩2米。后来，由于村民新建房屋，现在，墩也看不见了。

（34）蔡文姬墓（陕西蓝田）

蔡琰，字文姬，别字昭姬，陈留郡圉县（今河南杞县）人，文学家蔡邕之女。蔡琰文姬博学多才，擅长文学、音乐、书法。初嫁于卫仲道，丈夫死后回家。南匈奴入侵时，为匈奴左贤王所掳，生育两个孩子。曹操统一北方后，花费重金赎回，嫁给董祀。蔡文姬和董祀生有一儿一女，女儿嫁给了司马懿的儿子司马师为妻。蔡文姬一生三嫁，命运坎坷，著作多已失传，只有《悲愤诗》二首和《胡笳十八拍》。文姬归汉的故事，广为流传。

蔡文姬墓位于陕西省蓝田县三里镇乡蔡王庄村西北约100米处，属陕西省级重点文物保护单位。此墓很可能是后人根据《三国演义》第七十一回的情节建造的假冢。1991年建立蔡文姬纪念馆。

（35）王修墓（山东潍坊）

王修，字叔治，本名为王修，北海郡营陵人。初平年间，孔融召王修为主簿、高密县县令，后为胶东县令。袁谭出任青州期间，封王修为治中从事，后再被袁绍封为即墨县令，后再为袁谭别驾。建安十年（205年），曹操封王修为司空掾，行司金中郎将，迁魏郡太守。建安十八年（213年），王修被封为大司农郎中令。后病死。

王修墓在山东潍坊安丘市慈埠店子村东400米处。墓封土高2.5米，直径21米。墓正东50米有一古墓，形状与王修墓同，传为王修母墓。

（36）华佗墓（河南许昌、河南沈丘、江苏徐州、陕西渭南）

华佗（约145—208），字符化，一名旉，沛国谯县人，与董奉、张仲景并称为"建安三神医"。华佗少时曾在外游学，行医足迹遍及安徽、河南、山东、江苏等地，钻研医术而不求仕途。他医术全面，尤其擅长外科，精于手术，首创世界手术麻醉药"麻沸散"。并精通内、妇、儿、针灸各科。晚年因遭曹操怀疑，下狱被拷问致死。华佗被后人称为"外科圣手""外科鼻祖"。被后人多用神医华佗称呼他，又以"华佗再世""元化重生"称誉有杰出医术的医师。

华佗墓现有四处：河南许昌、河南周口沈丘、江苏徐州和陕西渭南。

一说河南许昌华佗墓，位于许昌城北15公里苏桥镇石寨村南石梁河西岸，墓高4米，占地360平方米。墓呈椭圆形，前有清乾隆十七年（1752年）立石碑一通，楷书"汉神医华公墓"。冢前树一碑楼新近复修，高约2米，碑上镌刻着正楷书写的"神医华公之墓"。1993年，华佗墓成为许昌市市级文物保护单位。

一说河南周口市沈丘县华佗墓，在沈丘槐店西南角，沙颍河南岸，沈项公路北侧有一个像山包的大土堆。据传说，这个大土堆是华佗的坟墓。这里的人们为祭祀华佗，又在其坟墓南边不远处的地方，建了一个华佗寺。

一说徐州华佗墓，位于江苏徐州市彭城路华祖庙侧，明永乐初年，徐州知州杨仲节取华祖庙之土代替衣冠建冢，并深坑埋冢筑墓，其后战乱频仍，兼之黄河多次决口改道，兵火地震，墓遂迷失。十年动乱中，华佗庙、墓却遭空前劫难。1967年春，一群戴红袖章的青年闯入庙内抢砸，敲碎华佗墓前侍立石人，掘开坟墓，仅见一仰卧石像，头向西南，足向东北，颈项斜断，身首不连。1984年华佗庙存大殿3间，坐西朝东，是一座青砖黑瓦的明清式建筑。但其时已破败不堪。古墓被平，碑碣折损，庙内一部分被云龙区保健所占用，一部分为居民住房，华佗铜像则被市中医院收藏。

一说在渭南市华阴市华山玉泉院。

（37）貂蝉墓（山西忻州、甘肃临洮、四川成都、河北邯郸）

貂蝉是历史小说《三国演义》中的人物，中国古代四大美女之一。《三国演义》描写她因十常侍之乱，避难出宫，被司徒王允收留为歌女，后为了报答义父王允的恩情，甘愿献身完成连环计。王允将貂蝉收为义女，定下连环美人计，离间董卓与养子吕布的关系。王允先把貂蝉暗地里许配给吕布，再明着把貂蝉献给董卓做妾。貂蝉和吕布相约来到凤仪亭相会，正巧被董卓回府撞见，吕布飞身逃走。王允便说服吕布，铲除了董卓。后吕布被曹操围困于下邳，被擒杀。而貂蝉不知所终。

貂蝉有四座墓。

第一座墓在今天山西忻州祈府区木芝村，有貂蝉墓、貂蝉戏台等建筑，不过现在都已经成了废墟，但是貂蝉墓一直还在。据说貂蝉是忻州寒燕木耳村人氏，然而在忻州的地方文献上并没有找到貂蝉的记录。

第二座墓位于甘肃定西市临洮梁家村，但是在东汉时期，当时的临洮却是今天的四川岷县，所以此墓可能性不大。

第三座墓在四川成都北郊的青龙乡，1971年铁路局的工程队在修路的时候挖到了一个很大的墓穴，并且出土了两块墓碑，其中的文字包括："夫人乃貂蝉之长女也，随先夫人入蜀"以及"貂蝉，王允歌伎也，是因董卓猖獗，为国捐躯……随炎帝（指刘备）入蜀"等文字，但是由于当时中国处于动乱时期，墓碑已经流失，但是墓穴应该就在当地。

第四座墓在河北邯郸市永年县，据说貂蝉是河北永年县人，在当地出土了一件唐代墓志，上面写着"貂蝉里"，以及"永年县貂蝉村木匠都料马谊"等字样。一件八棱形宋代石刻，高60厘米，重约半吨，竖刻文字41行，每行文字不等，约有千字左右。在这件石刻文字中，提到"干兴元年（1022年）八月一日戊戌时立"，其中还有"永年县貂蝉村木匠都料马谊"等工匠的名字，明确提到了永年县貂蝉村的地名。

(38) 张鲁之女墓（陕西勉县）

张鲁之女，即张琪瑛（196—217），汉末五斗米教第三代传人张鲁之女，张鲁一生共五子一女，其女张琪瑛，年幼聪慧丽质。马超投张鲁后，张鲁以女许配为妻，后听谗言而未果。曹操征张鲁平汉中后，张鲁又将其女许配曹操庶子曹宇（彭祖）。张琪瑛怀念马超而痛恶曹魏，故不随父从夫，独身留居沔阳（勉县），在今观子山习传五斗米教，远近驰名，死后就地葬之。

张鲁女墓，亦名女郎祠，又名女郎庙。在勉县东南约 10 公里处的温泉镇光明村的观子山顶上，至新中国成立初女郎墓有庙 36 间，有五层砖塔一座。1958 年大跃进时，庙宇及塔均被拆毁，碑碣无存。1985 年，勉县人民政府把张鲁之女墓定为县级文物遗迹保护单位。1987 年在政府支持下，重建一小祠。1996 年，重修女郎庙 5 间。2000 年，汉中市政府将张鲁女墓确定为市级第一批重点文物保护单位。2001 年，勉县温泉镇政府、勉县博物馆在女郎山顶建墓亭，立墓碑，碑正中为"汉五斗米教首张鲁之女琪瑛之墓"，上款为"生于汉建安元年七月十二日，卒于汉建安二十二年三月二十日，享年二十二岁"。

7. 西晋墓地

(1) 司马氏祖茔（河南偃师）

司马懿的高祖父司马钧为汉安帝时的征西将军，曾祖父司马量为豫章（今江西南昌）太守，祖父司马儁为颍川（今河南禹州）太守，父亲司马防为京兆尹。司马懿是司马防的次子。

司马氏祖茔在河南焦作市温县城西 22 公里处的番田镇三陵村，有三座高大的陵墓，为司马氏祖茔，该村因此得名。陵区长宽各为 100 米，外貌均呈方形。三座陵墓分据南、北、东，布局成"品"字形。南冢长宽各 32 米，高 7.5 米；北冢长宽各 25.7 米，高 6 米；东冢长宽各 20.6 米，高 3 米有余。各冢封土完好，四周围有土墙。《晋书帝纪第四》所载永兴元年八月，惠帝所谒之陵，就是此司马祖茔。近代，在三陵村附近先后发现了司马氏后代北魏时期司马景和其妻的墓志、司马元兴墓志、司马悦墓志等重要的历史遗物。司马景和其妻的墓志为全国书法界所推崇，是北魏墓志中的精品。由此也证实了此为司马祖墓无疑。司马懿弟司马孚曾任当时河内郡典农（管农田水利的官职）。他两次在济水上游改道，使允水在三陵西北分流，入沁河以防水患殃及司马祖茔及下游司马故里。

(2) 司马懿墓（河南偃师）

司马懿（179—251），字仲达，河内郡温县孝敬里（今河南焦作市温县）人。建安十三年（208年），曹操任丞相后，辟司马懿为文学掾。曹操封魏王后，以司马懿为太子中庶子以佐助曹丕，帮助曹丕在储位之争中获得胜利。曹丕临终时，令司马懿与曹真等为辅政大臣，辅佐魏明帝曹叡。明帝时，司马懿屡迁抚军大将军、大将军、太尉等重职。明帝崩，托孤幼帝曹芳于司马懿和曹爽。曹芳继位后，司马懿遭到曹爽排挤，升官为无实权的太傅。正始十年（249年），司马懿趁曹爽陪曹芳离洛阳至高平陵祭陵，起兵政变并控制京都洛阳。自此，曹魏的军政权力落入司马氏手中，史称高平陵事变。司马懿曾率军擒斩孟达，两次率大军成功抵御诸葛亮北伐，远征平定辽东。嘉平三年（251年），司马懿病逝，享年73岁，葬于首阳山，谥号宣文。其次子司马昭封晋王后，追谥司马懿为宣王；其孙司马炎称帝后，追尊司马懿为宣皇帝，庙号高祖。

司马懿墓即高原陵，位于今洛阳市偃师县北邙首阳山。司马懿生前就在首阳山预造寿陵，选好陵址，组织建造，不坟不树，不封墓冢，不建陵寝，地表不留任何痕迹。

西晋君主陵墓：
- 晋宣帝司马懿　高原陵　河南偃师首阳山南蔡庄
- 晋景帝司马师　峻平陵　河南偃师首阳山南蔡庄
- 晋文帝司马昭　崇阳陵　河南偃师枕头山
- 晋武帝司马炎　峻阳陵　河南偃师首阳山南蔡庄
- 晋惠帝司马衷　太阳陵　河南偃师首阳山南蔡庄
- 晋愍帝司马邺　山西省临汾

（3）司马师墓（河南偃师）

司马师（208—255），字子元，河内温县（今河南温县西）人。司马师是司马懿与张春华的长子，司马昭的兄长，西晋开国皇帝司马炎的伯父。司马师与其父司马懿谋划诛杀曹爽，以功封长平乡侯食邑千户，旋加卫将军。司马懿死后，以抚军大将军辅政，独揽朝廷大权。曾用计击溃吴国诸葛恪的大军。254年，魏帝曹芳与中书令李丰等密谋除司马师，事情泄露，司马师杀死参与者，迫郭太后废掉魏帝曹芳，从太后命以高贵乡公曹髦为帝。次年，司马师亲率兵平定毌丘俭、文钦之乱，途中病死于许昌，时年48岁。晋朝建立后，追尊为景皇帝，庙号世宗。

峻平陵是晋景帝司马师的陵墓，位于宣帝高原陵西侧、洛阳邙山陵墓群。

司马师墓位置大约为河南偃师市南蔡庄（一说位于河南孟津县平乐镇西北，曹凹、郭坟两村东北）一带。祔葬其父宣帝司马懿的高原陵，当位于高原陵以西，现具体墓址已无迹可考。首阳山西麓北山上，有三座帝陵，中为晋宣帝司马懿高原陵；东为魏文帝曹丕首阳陵；西为晋景帝司马师峻平陵。

（4）司马昭墓（河南偃师）

司马昭（211—265），字子上（小说《三国演义》为子尚），河内温县（今河南温县）人，为晋宣帝司马懿与宣穆皇后张春华次子、晋景帝司马师之弟、晋武帝司马炎之父。司马昭官洛阳典农中郎将，封新城乡侯。正元二年（255年），继兄司马师为大将军，专揽国政。甘露五年（260年），魏帝曹髦被弑杀，司马昭立曹奂为帝。景元四年（263

年），分兵派遣锺会、邓艾、诸葛绪三路灭亡蜀汉，受封晋公。次年，进爵晋王。咸熙二年（265年），司马昭病逝，时年55岁，葬于崇阳陵。数月后，其子司马炎代魏称帝，建立晋朝，追尊司马昭为文帝，庙号太祖。

司马昭墓崇阳陵，位于河南洛阳偃师市城关镇前杜楼村以北的枕头山，该墓地在杜村北1.5公里一座无名山丘的南坡。共探出墓葬5座。其中，东部一座2号墓是枕头山墓地中规模最大，规格最高的一座，墓道长46米，宽11米，墓室长4.5米，宽3.7米，高2.5米。它位于墓地的东部，居于尊位，估计就是司马昭的崇阳陵。其余四墓分排两列，与大墓相距约50米。墓地周围残存着陵垣及建筑遗迹。东陵垣长约384米，北、西陵垣均长约330米，未见南陵垣。陵区内的建筑遗迹有两处：一处位于东垣最北端，居墓地东北角，为一长方形夯土台；另一处位于西垣南侧，由三块夯土基址组成，都与陵区守卫有关。

（5）司马炎墓（河南偃师）

晋武帝司马炎（236—290），字安世，河内郡温县（今河南温县）人，晋朝开国皇帝，265—290年在位，晋宣帝司马懿之孙、晋景帝司马师之侄、晋文帝司马昭嫡长子，晋元帝司马睿从父，母为文明皇后王元姬。司马炎初以父勋，封北平亭侯。迎立常道乡公曹奂，迁中抚军，进封新昌乡侯，拜为抚军大将军、晋国世子。咸熙二年（265年），拜为相国，袭封晋王。逼迫魏元帝曹奂禅位，建立晋朝，建都洛阳，年号泰始。史称"太康之治"。咸宁五年（279年），命令杜预、王浚发动晋灭吴之战，实现全国统一。太熙元年（290年），病逝，时年55岁，谥号武皇帝，庙号世祖，葬于峻阳陵。

司马炎墓峻阳陵，位于今河南偃师南蔡庄北一座山坡上，背倚鏊子山，面临平坦广阔的伊洛平原。实地勘探，发现此地有大墓23座。其中，东部一座古墓地位最尊，规模最大，这便是峻阳陵。峻阳陵墓道前宽后窄，长36米，宽10.05米；墓室长5.5米，宽3米，高2米。陵墓坐北朝南，地表没有封土，也没有任何陵园痕迹。该陵背靠鏊子山，巍峨的伏牛山瞻于前，邙山主脉障其后，地理形势蔚为壮观。鏊子山山顶平坦，东西长约200米，由南望去，兀立如屏。鏊子山两端，各有一独立山头，它们分别向南伸出一条较为平缓的山梁，对墓地形成三面环抱之势，实为一风水宝地。

（6）杜预墓（河南偃师）

杜预（222—285），字符凯，京兆郡杜陵县（今陕西西安）人，曹魏散骑常侍杜恕之子。杜预初仕曹魏，授尚书郎，成为司马昭高级幕僚，封为丰乐亭侯。西晋建立后，历任河南尹、安西军司、秦州刺史、度支尚书。迁镇南大将军，成为晋灭吴之战的统帅之一，封为当阳县侯，入为司隶校尉。太康五年（285年）逝世，终年63岁，追赠征南大将军、开府仪同三司，谥号为"成"。

杜预墓位于河南洛阳市偃师县首阳山镇杜楼村北城关三中，如今仅保存下来一座墓碑，书"晋当阳侯杜预之墓"。其南有杜预后世子孙唐朝大诗人杜甫之墓。

(7) 王浚墓（陕西灵宝）

王浚（206—286），字士治，小字阿童。弘农湖县（今河南灵宝）人。王浚初任河东从事。西晋泰始八年（272年），初任广汉太守、益州刺史。后入朝为右卫将军、大司农。后镇益州，做攻吴准备。280年，王浚自成都出发，率水陆军顺流而下。率先进入建业西石头城，接受末帝孙皓投降，实现西晋统一大业。战后，王浚拜为辅国大将军、步兵校尉，封襄阳县侯。此后，累官抚军大将军、开府仪同三司、散骑常侍、后军将军等。太康六年十二月（286年1月），王浚去世，年80岁。葬于柏谷山，谥号为"武"。

王浚墓在河南灵宝市西闫乡大字营村东北1.5公里处。此处古称柏谷山，现称北岭。墓冢高约5米，占地数亩，位于村北500米处，1956年被灵宝县人民委员会公布为文物保护单位。在阌乡县南城门楼上，赫然镶嵌着一块巨大的青石匾额，上刻"晋龙骧将军王浚故里"。故城东关有王浚旧居，明清时期规制依然恢弘无比，"王浚故居"被誉为阌乡县十二景之一。20世纪50年代还保留着部分院墙、石砌地面和两棵数人合抱的古槐树等。王浚的墓冢原本很大，农业学大寨时村里平整土地，就把它彻底平掉了。前几年，墓冢周围就发现过盗洞，只有几米深，下面全是沙子，盗墓者根本就挖不开，这就是考古学上说的流沙墓。

以上介绍了三国时期115人148处墓地，其中我曾去过其中约30处墓地，包括：四川成都刘备墓，河南洛阳、湖北当阳关羽墓，陕西汉中诸葛亮墓和马超墓，四川阆中张飞墓，四川罗江庞统祠墓，四川绵阳蒋琬墓，四川广元费祎墓，四川绵竹诸葛瞻、诸葛尚墓，四川剑阁姜维、邓艾、邓忠墓，甘肃甘谷姜维墓，安徽亳州曹操宗族墓群，安徽合肥张辽墓，山东东阿曹植墓，河南许昌夏侯渊墓、王允墓和董贵妃墓，江苏南京孙权墓，江苏镇江太史慈墓，安徽庐江周瑜墓，安徽马鞍山朱然墓，湖南岳阳、湖北武汉、江苏镇江鲁肃墓，湖南岳阳小乔墓等。

（三）《三国演义》地理错误

1. 《三国演义》地理错误概述

（1）导论

《三国演义》在地理方面有多种错误，本文分三方面对这些地理错误进行研究。
- 地理错误分析：分析《三国演义》中各种地理错误。
- 地理错误原因分析：分析这些地理错误产生的原因。
- 地理错误和成书及版本演化分析：通过分析研究《三国演义》的地理错误，深入研究作家创作过程中和作品流传版本演化中的某些问题。

《三国演义》地理错误主要有两类：第一类是政区、地名错误等，第二类是地理方位和位置错误。第一类是政区、地名错误就是名字错误，很简单。第二类错误表面从文字和故事情节看，似乎并没有明显的问题，但如果按照历史地理，仔细画出地图，就会发现地理方位和位置上有明显的不合理之处。这些错误不画出地图，一般很不容易被发现，也很少有人对此进行深入、全面的研究。

对《三国演义》地理描写的总体评价有两点。

其一，《三国演义》地理描述总体上基本是正确的。《三国演义》虽然是历史小说，但罗贯中在地理上也是非常认真、严肃的。大多数故事的地理方位并没有错误，发生错误的地理只是少数。和历史虚实问题的"七实三虚"一样，《三国演义》的地理也基本是"七实三虚"。

其二，《三国演义》在某些方面的地理错误很严重，这是由于当时的条件所限，编写者缺乏相关的历史地理知识，也没有今天这样很详细的地图，要作者对《三国演义》所描述的各个地点的地理都很了解，是不可能的。因此，当时作者创作中遇到地理问题，只有两个解决办法。一个是根据各种文献，二是根据自己亲身经历的见闻。这两种手段都有局限性，当时地理文献缺乏，作者又无法游历了全部地点再创作。因此，在《三国演义》中发生各种地理错误就不足为奇了。

地理错误研究包括以下几个方面。

① 地理错误分布区域研究。从分析地理错误分布区域，到探讨作者生活区域，再进一步探讨是否可以从中分析罗贯中的籍贯。把《三国演义》中的事件绘成地图，就可以看出《三国演义》地理错误的分布是很有规律的，地理错误在各个省份分布很不平均。有些省份（如江苏、浙江等）地理错误很少，但也有些省份（如山东、河南、陕西、甘肃等）又很多。造成这种现象的原因是多方面的。首先地理错误多的这些地区是《三国演义》中发生事件多的地区，事件多，错误出现概率自然就大。其次，可能是由于作者长期生活在江浙一带，因此作者对江浙的地理比较熟悉，地理错误也就很少。而作者对山东、河南、陕西、甘肃的地理不太熟悉，因此错误就很多。由此对罗贯中是东原（山东东平）人的说法提出疑问。

② 成书过程研究。《三国演义》的地理错误和《三国演义》的成书一样，有个复杂的演化过程。通过对地理错误的分析，可以深入探讨《三国演义》的成书过程，探讨《三国演义》作者是如何巧妙地利用各种素材，包括历史史实，以及民间传说、平话、戏曲、杂剧等，并加入自己的创作，综合在一起，最后完成了这部构思宏伟的巨著。

③ 版本演化研究。《三国演义》成书后，几百年来又出现了几十种版本。通过对《三国演义》不同版本中地理错误的统计分析，可以深入探讨《三国演义》版本的演化过程。《三国演义》版本演化还有许多问题没有解决，这是个非常复杂的问题，不可能只根据几个线索、几个例子，就对《三国演义》版本演化下结论。必须进行全面、多角度、多线索的分析。其中，《三国演义》各种版本在地理上的错误，也是分析版本演化的线索之一。

（2）地理错误分布区域研究

以下按照《三国演义》中事件发生的地域和叙事的时间顺序，对《三国演义》中的地理错误进行分析。

为了分析地理问题方便，本文讨论的地理问题均按照现在的行政区划。如"山东"是指现在行政区划的山东省。在东汉末年和三国时期，今日山东省包括青州的大部、兖州的大部、徐州的北部。

《三国演义》中地理错误主要集中在河南、山东、四川、甘肃等地。

① 河南地理错误：《三国演义》开始的事件多发生在中州河南，如董卓专权、十八路诸侯讨董卓等，其中地理错误很多。

② 山东地理错误：从曹操兴兵报父仇开始，在山东境内发生了一系列事件，其中地理错误也很多。

③ 湖北地理错误：湖北境内曾发生三国历史上三大战役中的两大战役，即赤壁之战和夷陵之战，《三国演义》对这两大战役的描述都有错误。

④ 四川地理错误：赤壁之战后，刘备入川，终成魏蜀吴三分天下，直到诸葛亮治蜀，期间在四川发生了一系列历史事件，其中地理错误也很多。

⑤ 甘肃地理错误：《三国演义》后期最重大的历史事件是所谓的诸葛亮"六出祁

山",期间的地理错误也最严重。

以下按照上述顺序,分地域介绍在各个省份发生的地理错误。由于篇幅限制,对地理错误的分析不可能太详尽,有关《三国演义》中的描述,以及历史的真实史实,很多细节都略去了,只介绍主要的结论。

2. 《三国演义》分省地理错误统计

(1)河南地理错误分析

作为中原腹地的河南发生了很多处重大错误,这说明作者很不熟悉河南地理,这令人没有想到。

《三国演义》河南地理错误表

序号	地点	故事	地理错误
1	中牟	陈宫捉放曹	中牟、成皋方位与故事矛盾
2	成皋	曹操杀吕伯奢	
3	梁县东	孙坚战华雄	汜水关、梁县东位置不对
4	汜水关	关羽斩华雄	
5	荥阳	曹操被徐荣击败	荥阳、洛阳位置与故事矛盾
6	虎牢关	关羽斩华雄、三英战吕布	汜水关、虎牢关实际为同一关口
7	许昌—河北	关羽过五关斩六将	从许昌到河北,关羽路线不合理
8	南阳、穰城	贾诩计败曹操	南阳、穰城位置混乱

1)中牟陈宫义释曹操和成皋曹操杀吕伯奢

中牟陈宫义释曹操和成皋曹操杀吕伯奢,是《三国演义》中重大事件,但《三国演义》的描写在地理上有重大错误。曹操谋刺董卓失败后仓皇出逃,直奔故乡谯县。从地理看,应先路过成皋,到中牟,再奔谯县。而《三国演义》中却写成:曹操先到中牟,陈宫义释曹操,二人奔谯县,路过成皋,曹操杀吕伯奢。画出地图后就可以明显看出其中的地理错误。曹操从洛阳出发去谯县,是向东行。到中牟获释后,去谯县(或陈留,其父已避祸到陈留),都应该继续向东行。而《三国演义》描写,曹操与陈宫从中牟掉转180度,反向西行,走到成皋,杀吕伯奢后,再次掉转180度,向东行,到陈留。这样出现了二次莫名其妙的180度掉转,走了奇怪的"之"字。

据历史记载:"中牟曹操获释"和"成皋曹操杀吕伯奢",本是二件事,又刚好分别记载于不同的史书中。中牟曹操获释记载于《三国志·魏书·武帝纪》,但义释曹操的是某"亭长",而不是陈宫,而且从历史记载分析,也不可能是陈宫。曹操"得解"后就回到陈留,未言路过成皋,更未言曹操杀吕伯奢。而曹操杀吕伯奢记载于裴松之注,转载其他史书,包括王沈的《魏书》、郭颁的《世语》和孙盛的《杂记》,但可惜这些记载中没有明确记载曹操杀吕伯奢的具体地点,也均未提到中牟曹操获释。

这个错误的原因在于,作者错误地以为杀吕伯奢的地点为成皋,是在中牟之东,因此写曹操先到中牟,再到成皋,从而导致出现地理上的错误。地理错误的根本原因,可能是作者对中牟、成皋的地理位置缺乏了解,搞错了中牟、成皋的地理位置。

2)孙坚战华雄

《三国演义》描写的十八路诸侯讨董卓中有许多精彩的故事,如三英战吕布等,但许多精彩的故事实际都是作者虚构的。历史上并没有十八路诸侯,只有十四路,其中公孙瓒、孔融、马腾、陶谦等四人其实没有参与讨董卓。历史上只有孙坚和曹操二路出兵与董卓作战,而《三国演义》对这二路作战的描述也有重大地理错误。

《三国演义》描写孙坚对董卓军的作战中出现了重大地理错误。《三国演义》描写,孙坚先在汜水关战董卓军,程普杀胡轸。华雄退到关上。孙坚屯兵梁东。华雄趁夜下关偷袭孙坚,杀祖茂,大破孙坚。历史上孙坚确实进兵到梁东,大战董卓军,孙坚让祖茂换戴其帽,才得以脱身。孙坚再在阳人大战华雄,杀之。

《三国演义》为遵从历史,写孙坚屯兵梁东,与祖茂换帽。然后,又再返回汜水关,被关羽所杀。情节上似乎没有大问题,但实际画出地图,就会发现其中有重大地理错误。

从以上描述可知,《三国演义》作者认为梁东就在汜水关下。但实际梁东在汜水关西南百里以外。这是《三国演义》出现错误的原因。如果严格按照《三国演义》描写画出地图,孙坚首战获胜后,莫名其妙地退到百里之外的梁东屯兵。而华雄也从汜水关追击到梁东,杀祖茂。又返回汜水关,被关羽所杀。

所以出现这一系列地理上矛盾的事件,是由于作者既想遵从历史,又编造了一些新的故事情节。作者不了解当地地理,导致二者之间发生地理错误。

3)汜水关和虎牢关

虎牢关,又名汜水关,这两个关口实际是一个关口。为何在《三国演义》被分为两个关呢?这是因为故事情节的需要。罗贯中在十八路诸侯讨董卓中虚构了"斩华雄"和"战吕布"两个故事,而两场战役不可能发生在一个地点,所以只好将本来的一个关口变成了两个。

4)曹操荥阳战徐荣

《三国演义》描写曹操追击董卓,在荥阳被徐荣击败也有重大地理错误。

历史上曹操确实在荥阳被徐荣击败,但这是在董卓撤出洛阳之前。《三国演义》如实记载了"徐荣击败曹操"事件,没有改变地点,但作者搞错了荥阳和洛阳的位置,又改变了时间。这二个错误造成地理上无法解释的矛盾。按照《三国演义》的描述,曹操在董卓西迁之后去追击。董卓西迁行至荥阳,布置徐荣阻击曹操。按照《三国演义》的描述,荥阳应该在洛阳之西,而实际荥阳是在洛阳之东。由于地理上无法改变这个错误，造成地图上明显的不合理。

5) 关羽过五关斩六将

《三国演义》中第五十四则"关云长五关斩将"中描写：关羽降曹后斩颜良、诛文丑，立了两大功劳报答曹操，后得到刘备的书信，就挂印封金，拜书告辞，千里迢迢地去投奔刘备。一路过五关斩六将：东岭关斩孔秀，洛阳斩孟坦、韩福，沂水关斩卞喜，荥阳斩王植，滑州黄河渡口斩秦琪。

关羽离开曹操的具体时间及所走的路线，史书上并无记载。但可以肯定，他是不会走过小说所列的那五关的。当时，曹操的大本营在今河南中部的许昌一带，袁绍控制的北方黄河渡口基本在其正北方，直线距离不过四百华里左右，而且其间地势平坦，并无高山大关。关羽如从许昌出发，可谓一马平川。但关羽所过五关，地理位置非常古怪。

第一关东岭关。此关究竟位于何处，无人能够查考。为与第二关洛阳衔接，假设此关位于许昌西北方。第二关洛阳，在许昌西北二三百里处，即在东岭关的西北。关羽过东岭关后，继续向西北，直奔黄河，到洛阳。第三关沂水关。嘉靖元年本、黄正甫本为"沂水关"，而其他绝大多数版本均为"氾水关"。"沂水"应为"氾水"之误。关羽过洛阳后，立即折向东，经过氾水关。第四关荥阳。在氾水之东，关羽继续向东。第五关滑州、黄河渡口。滑州在氾水之东，方位不错，黄河渡口在三国时为白马，即前不久关羽斩颜良处。

据《三国志》中的《武帝纪》及《关羽传》，200年二月，曹操在白马、延津两战获胜后，便退守官渡，与前进到阳武一线的袁绍大军对峙，两军相持不过几十华里。就在这时，关羽逃离曹营，去袁绍军中投归刘备了。在两军相距不过几十里路的情况下，关羽怎么会自讨苦吃，向西绕上这么一个千里大圈呢？

造成这种地理失误的原因，并不是罗贯中因为缺乏实地考察，在地理方位上犯了错误。而是关羽过五关的故事来源于民间传说，而早期三国故事的说书人不清楚，当时曹操已经以许昌为临时首都，而还以为曹操仍在长安。因此元代《三国志平话》里将关羽辞曹的起点写成长安。并按照长安城外的灞陵桥，虚构了"灞陵挑袍"。这样关羽从长安出发，一路东行，过洛阳、氾水关、荥阳、黄河渡口，地理完全合理，没有任何错误。

而罗贯中在写《三国演义》时，发现了关羽从长安出发是个明显的错误，就按照历史，将关羽辞曹的起点从长安改成许昌，但仍然保留了"灞陵挑袍"的故事。罗贯中虽然改变了关羽的出发地点，但无法改变关羽的出行路线，仍保留了洛阳、氾水关、荥阳、黄河渡口这四个关口，这样关羽就莫名其妙地转了一个大圈子。

现在登封市东南七十里处与禹州市交界的王村乡有"东岭关"，传说这就是关羽斩孔秀之地。这里恰是许昌到洛阳的中点，但没有任何三国遗迹。查遍各种《历史地名大词典》，均没有"东岭关"这个地名，这充分说明"东岭关"完全是罗贯中所虚构的。

由"东岭关"往西北，关羽在洛阳关杀了守将孟坦、韩福，又拐了个90度大弯，东行到了汜水关,其实这里就是"三英战吕布"虎牢关的别名,斩了卞喜。再继续东行,在荥阳杀守将王植。然后经过曾经斩颜良的滑州(白马)关,最后在黄河渡口杀了秦琪,最后渡过黄河。

关羽"过五关斩六将"的地理错误很可能是罗贯中"明知故犯",他明知这样描写有重大地理错误,但他舍不得放弃"过五关斩六将"这样出色的故事,而从许昌向北,又无法编造出另外五个关口。因此只好保留了洛阳、汜水关、荥阳、黄河渡口这四个关口。而为了衔接许昌和洛阳,作者又在许昌和洛阳之间,编造出一个"东岭关"。而"过五关斩六将"原型故事中的第一关,很可能是潼关,或函谷关,这都是陕西、河南之间的重要关口,而罗贯中将其改变为了"东岭关"。

(2) 山东地理错误分析

《三国演义》山东地理错误表

序号	事件	年代	山东地点	虚实	地理错误
1	袁绍、公孙瓒界桥大战	191	平原、盘河	史实+虚构	盘河、界桥
2	曹操收"青州兵"	192	兖州、寿张、济北	史实	
3	曹嵩之死	193	琅琊、华县、费县、兖州、泰山	史实	
4	曹操伐陶谦	193	兖州、东阿、范县、甄城	史实	
5	刘备救陶谦	193	兖州、东阿、范县、甄城、青州、北海、平原	虚构刘备救援	
6	吕布破兖州	194	兖州、东阿、范县、甄城	史实	
7	吕布濮阳破曹操	194	兖州、东阿、范县、甄城、滕县、泰山	史实	泰山
8	曹操濮阳大破吕布	195	兖州、东阿、范县、甄城、定陶	史实	
9	袁术七路下徐州	197	琅琊、沂都、碣石、浚山	史实+部分地点虚构	琅琊、沂都、碣石、浚山
10	吕布攻刘备、夏侯惇拔矢啖睛	198	济北	部分地点虚构	济北
11	曹操灭吕布	198	济北	部分虚构	济北
12	曹操徐州破刘备	200	青州、平原	基本史实	
13	仓亭之战	201	青州	基本史实	
14	曹操破袁尚、袁谭,袁绍之死	203	青州	基本史实	

《三国演义》在山东发生的事件很多，其中的虚实和错误情况见上表。此表只标明了事件的主要地点，省略了其中许多不太重要的地点。

根据统计，《三国演义》在山东发生的大事件有 14 个，主要集中在曹操消灭吕布的过程中。曹操消灭了吕布以后，山东境内基本没有再发生大事件。这 14 个事件中，有 5 个发生了地理错误。其余事件由于基本是复述历史，没有作者的再创作，因此也没有发生较大的地理错误。下面分析其中比较明显和主要的几个地理错误。

1）盘河与界桥关系错误

《三国演义》中"赵子龙盘河大战"一则中描述了袁绍与公孙瓒在盘河，以及盘河上的界桥大战。这一段故事基本来源于《三国志》的《袁绍传》和《公孙瓒传》。按照史书描述，公孙瓒之弟公孙越战死，公孙瓒移怨于袁绍，因此出军屯盘河。袁绍遂出兵攻公孙瓒，双方大战于界桥，公孙瓒大败。

盘河发源于今山东平原，从西南流向东北，流经乐陵入渤海。盘河的流域基本在今山东境内，而界桥在盘河的西偏南约 300 里，在今河北境内。界桥绝不在盘河之上，而是在清河之上。①

无论《三国志》还是《后汉书》，都没有明确说明界桥和盘河的关系，没有说明界桥是否就在盘河之上。按照历史，公孙瓒是先屯兵在盘河，然后与袁绍大战于界桥。

但《三国演义》"赵子龙盘河大战"一则中，没有描述公孙瓒先屯军盘河，然后袁绍出兵攻公孙瓒，双方大战于界桥。按照《三国演义》的描述，界桥是在盘河之上。罗贯中发生这个错误的原因可能是他没有仔细阅读《三国志》，又不了解当地的地理，所以想当然地认为，"桥"就应该在"河"上。因此就认为，界桥就在盘河之上。这里，罗贯中在山东境内又犯了一个地理错误。

2）泰山地理位置错误

《三国演义》（以下均指嘉靖元年本，不再注明）中"吕温侯濮阳大战"一则描写了曹操为报杀父仇，兴兵讨伐徐州陶谦，而吕布趁机夺取了兖州，曹操被迫从徐州回兵进攻兖州。按照《三国志》的描述，吕布如果东出占据东平，可卡住亢父、泰山路线，阻止曹操从徐州回师兖州。而吕布却向西退守濮阳，结果使曹操得以先占鄄城，再攻濮阳。关于曹操回师进军路线，按照《资治通鉴》的描述，曹操是先下鄄城，再攻濮阳。而《三国演义》没有描写曹操回军鄄城，而是过泰山直接进攻濮阳。②

《三国演义》的描写基本是根据《三国志》的记载，但与《三国志》不同之处在于，罗贯中又利用陈宫之口明确指出：泰山在兖州"正南一百八十里"。这是完全错误的。如前所述，东平、泰山、亢父都在兖州的东面和东北面，泰山绝不会在其"正

---

① 谭其骧：《中国历史地图集》，中国地图出版社 1982 年版，第 47—48 页，冀州刺史部中画出了磐河，即从冀州平原县流向东北，流经乐陵入海，但图中并没有标注出"磐河"字样。另外可参见《三国志辞典》，山东教育出版社 1992 年版，第 600 页"磐河"，《后汉书辞典》，山东教育出版社 1994 年版，第 571 页"槃河"，《历代郡县地名考》，北京图书馆出版社 2002 年第 1009 页。有关磐河的地理位置得到张靖龙和李金泉指教，特此致谢。
② 台北"三军大学"《中国历代战争史》第四册附图 4—38。

南一百八十里"。泰山是山东乃至全国最重要的名山，几乎无人不晓，作为一个对历史和地理都很熟悉的大作家，罗贯中竟然搞错了泰山的位置，说明他对山东的地理很不了解。

《三国演义》中除曹操进攻吕布时出现泰山外，还有四处出现泰山。
- 曹操占据兖州后，派泰山太守应劭，往琅琊郡，取父曹嵩。
- 袁术遣纪灵进攻小沛，刘备向吕布求救。吕布与陈宫计议曰："吾想玄德屯军小沛，未必遂能为我害；若袁术并了玄德，则北连泰山诸将以图我，我不能安枕矣，不若救玄德。"
- 曹操兴兵伐吕布，吕布使陈宫、臧霸，结连泰山寇孙观、吴敦、尹礼、昌豨，东取山东兖州诸郡。
- 曹操亲提大军，与玄德来战吕布。前至山东，路近萧关（即萧县，在徐州附近），正遇泰山寇孙观、吴敦、尹礼、昌豨领兵三万余拦住去路。

第一例中，由于《三国演义》完全是复述陈寿《三国志·魏书·武帝纪》，正确地指出，泰山在琅琊郡附近，所以没有发生错误。第二、三、四例中的情节不见于史书，故为作者创作。这三例中，作者虽然没有像前例那样，明确说明泰山在兖州"正南一百八十里"，但从描写中可看出，作者是认为泰山在小沛、徐州、萧关附近。这三例对泰山位置的描述，与前面所说的泰山在兖州"正南一百八十里"很接近，即作者认为泰山在徐州附近。而泰山实际在徐州以北500里，接近第一例中的琅琊郡。由这三例充分说明，作者确实完全不了解泰山的具体位置。

3）沂都、浚山、碣石三地位置不明

《三国演义》"袁术七路下徐州"一则描述袁术从淮南分兵七路进攻徐州吕布。据《后汉书》和《资治通鉴》记载，袁术确实曾分七道攻下邳，但没有说明是哪七路，如何分兵。而《三国演义》作者要描述这次战役，就不能简单地只说"袁术分兵七路"进攻吕布，还必须说明这七路兵的攻击地点。但由于作者不熟悉山东地理，有几路还比较正确，但有几路是编造出来的，结果出现了错误。

第一个错误在琅琊、沂都、碣石、浚山四个地点。袁术七路进攻的主要目标当然是被吕布所占据的下邳、小沛、徐州三地。但为清楚地说明这七路兵，除这三个地点外，作者还必须另外增加四个地点。由于作者不了解山东地理，结果错误地加入了琅琊、沂都、碣石、浚山四个地点。

下邳、小沛、徐州三地当时确实为吕布所占，这三个地点在《三国演义》中故事很多，方位没有大问题。

琅琊：按照历史地理，其在下邳、小沛、徐州三个地点东北方向数百里。但作者错误地认为琅琊在徐州附近，说明作者不清楚琅琊的具体地理位置。

沂都：在东汉、三国时期并无"沂都"。但东汉时期徐州琅琊郡有临沂县，在琅琊西北方向不远。《三国演义》中几次将琅琊、沂都连在一起。这都说明作者认为沂

都在琅琊附近，因此"沂都"可能就是临沂。①

浚山：东汉、三国时期无"浚山"。可能是浚水附近之山，浚水源出今山东费县，于临沂汇于沂河。由此可见，沂都、浚山都在琅琊、临沂附近。②

碣石：曹操《观沧海》诗"东临碣石"中提到"碣石"。但这里曹操所到的碣石在河北，而袁术七路下徐州不可能进攻到河北。在山东出现"碣石"的原因可能有两个：一个原因是，作者对山东地理不熟悉，无法再编造出第七个地名，只好"明知故犯"，将碣石从河北移到山东来。另一个原因可能是，作者完全不了解河北和山东的地理，误以为河北的碣石就在山东。无论哪个原因，都说明作者不了解山东地理。

将以上七个地点的地理位置画出地图，就可以发现，袁术从淮南寿春进攻吕布据守的下邳、小沛、徐州，是从西南向东北进攻。下邳、小沛、徐州为一线，而琅琊、沂都、碣石、浚山四地点均在下邳、小沛、徐州背后的东北数百里以外。也就是说，袁军不可能越过下邳、小沛、徐州一线，去进攻三地背后的琅琊、沂都、碣石、浚山四地。地理错误的根本原因在于，作者错误地认为琅琊、沂都、碣石、浚山四地就在徐州附近，明显是搞错了琅琊等地的地理位置。③

第二个错误在于，上述七路目标地点的相对位置与《三国演义》描述矛盾。按照《三国演义》描述，几个城市从左（西）到右（东）的排列位置为：下邳、小沛、徐州。也就是说，按照《三国演义》的描述，小沛在下邳和徐州之间，但实际是徐州（彭城）在小沛和下邳之间。因此《三国演义》所描述的这三个地点的相对位置也是错误的。

造成以上错误的原因可能是：作者完全不熟悉这一带的山东地理，对徐州、下邳、小沛比较熟悉，对徐州以北的地理不熟悉。为符合"七路下徐州"，作者只好编造出"沂都、浚山、碣石"三个地名。其中"沂都、浚山"两个地名可能是从"临沂、浚县"演化而来。而"碣石"可能是作者有意或无意将河北的碣石搬到山东来了。

4）济北位置不合理

《三国演义》"夏侯惇拔矢啖睛"一则描述了曹操在消灭吕布的过程中，夏侯惇受伤后退到济北。

《三国志·夏侯惇传》中关于夏侯惇伤左目的描写很简单，没有具体地点，《三国演义》中"夏侯惇拔矢啖睛"一则中描写比较详细。曹操起兵攻吕布，先派夏侯惇进攻据守小沛的高顺，夏侯惇失利，拔矢啖睛，然后"退去<u>济北</u>下寨"。后曹操起兵，后曹"军行至<u>济北</u>，夏侯渊等迎接操入寨"。从地图看，济北在小沛以北近 400 里之远，夏侯惇攻高顺失利，就一下退到如此之远，很不合理，完全不可能。④

---

① 谭其骧：《中国历史地图集·第二册》，中国地图出版社 1982 年版，第 44—46 页。
② 关于沂都、碣石、浚山三个地点，可参看沈伯俊、谭良啸编著的《三国演义辞典》第 347 页。关于浚山，有两个说法。《三国演义辞典》称其在临沂附近。而韩湘亭编著《历代郡县地名考》（北京图书馆出版社 2002 年）第 602 页称在今江苏宿迁县东南有"浚县"，谭其骧主编《中国历史地图集·第二册》（1982 年）标注该地为"淩县。"从《三国演义》描述看，《三国演义辞典》关于浚山（以及沂都、碣石）的说法比较合理。
③ 谭其骧：《中国历史地图集·第二册》，中国地图出版社 1982 年版，第 44—46 页。
④ 谭其骧：《中国历史地图集·第二册》，中国地图出版社 1982 年版，第 44—46 页。

这表明作者完全不了解济北的地理位置,他认为济北就在小沛附近,因此发生如此明显的地理错误。

(3) 四川地理错误分析

根据统计,《三国演义》在四川发生的大事件主要集中在刘备入蜀和魏灭蜀的过程中。在其他时期,四川境内基本没有再发生大事件。而这些事件中,只有在刘备入蜀中发生了以下几处地理错误。

1) 刘备入川中涪水关和白水关之误

按照《三国演义》"玄德斩杨怀高沛"一则的描述,刘备北到葭萌关,刘璋派白水都督杨怀、高沛把守涪水关,以防玄德兵变。后刘备听从庞统之计,回军涪江,擒杀杨怀、高沛,占据涪城。而按照《三国志》《资治通鉴》的描述,白水军督杨怀、高沛把守的是"白水关",不是"涪水关"。刘备是在白水关擒杀杨怀、高沛,之后才占据涪城。作者在这里混淆了"白水关"和"涪水关",即混淆了"白水"与"涪水"。"涪水"和"白水"是今嘉陵江的两个支流,涪水关和白水关分别是涪水和白水流经的两个不同的城镇。杨怀、高沛后确实是占据白水关并被杀,而不是占据涪水关,阻挡刘备而被杀。

罗贯中错误描写成"杨怀、高沛占据涪水关阻挡刘备而被杀"的原因,可能有以下两种:

第一种可能是,罗贯中没有仔细阅读史书,又不了解四川地理,罗贯中是无意中犯的错误。第二种可能是,罗贯中"明知故犯",故意为之。罗贯中也可能明知史书中,杨怀、高沛确是占据白水关,以防备张鲁。但为故事情节通顺,故意改动为:"杨怀、高沛占据涪水关阻挡刘备。"因为从故事情节发展来看,刘备、刘璋涪城聚会后,刘备北上葭萌关防张鲁,刘璋派杨怀、高沛占据涪水关,以防备刘备南下,也完全合乎情理。

2) 庞统之死、雒城之战、诸葛亮入川的顺序

《三国演义》描写刘备入川夺取益州的整个过程与史书相比,事件的先后顺序有很大的错误。

《三国演义》的描述	历史史实
(1) 庞统身亡	(1) 刘备擒杀张任
(2) 诸葛亮入川	(2) 诸葛亮入川
(3) 诸葛亮擒杀张任	(3) 张飞、赵云分兵
(4) 张飞、赵云分兵	(4) 庞统身亡
(5) 进攻成都	(5) 进攻成都

● **庞统之死**:庞统确实是在雒城之战中流矢身亡,但时间是在擒杀张任、诸葛亮入川之后,《三国演义》完全颠倒了庞统之死、擒杀张任和诸葛亮入川的顺序。另

外,《三国演义》描述庞统死于"落凤坡"的地名也是虚构的。

● **诸葛亮入川**：诸葛亮是由于刘备久攻雒城不克,应刘备之招入川的。诸葛亮在庞统身死之前就已率兵入川,并非是《三国演义》所描述的,是因为庞统身死才入川。

● **赵云、张飞分兵**：诸葛亮分兵张飞、赵云,是在入川占据江州之后,而不是《三国演义》所描述的,是在攻雒城之后。诸葛亮并未参加和指挥雒城之战。

● **围困雒城、雁桥破张任、擒杀张任**：这些事件都是刘备和庞统所指挥,没有史书记载诸葛亮参与和指挥了此次战役。

《三国演义》作者应该很清楚史书所记载的历史史实,罗贯中之所以做这样的修改,完全是出于人物塑造的需要。为突出《三国演义》的主要人物诸葛亮的形象,将庞统身死改在诸葛亮入川之前,将擒杀张任、攻克雒城的指挥者从刘备、庞统改变成诸葛亮,这种为突出主要人物而移花接木的手法,在《三国演义》中屡见不鲜。

但这些修改,对这段历史没有太大和根本性的改变。

3）雒城之战、绵竹之战的顺序

《三国演义》第127则"孔明定计捉张任"至130则"刘玄德平定益州"描述,雒城之战后,刘备进行了绵竹之战,最后攻克成都。

刘备葭萌关起兵后进军成都路线

路线	1	2	3	4	5	6
三国演义	葭萌关		涪城	雒城	绵竹	成都
史书	葭萌关	白水关	涪城	绵竹	雒城	成都

从上表可以清楚地看出,刘备葭萌关起兵后进军成都的路线,《三国演义》与史书的错误主要有两点：

● 白水关问题,前面已经详细分析过。
● 雒城、绵竹顺序颠倒问题。

按照《三国演义》描述,先有雒城之战,后有绵竹之战。而历史实际是,先有绵竹之战,后有雒城之战。从地理位置看,绵竹在雒城的东北,所以先有绵竹之战、后有雒城之战是合理和正确的。

为何出现这样的地理错误？在《三国志》和《资治通鉴》都叙述得非常清楚,《三国演义》作者对《三国志》和《资治通鉴》读得非常仔细、认真,为何还会发生这样的错误？仔细分析《三国演义》的地理错误,有以下三个原因。

● 作者为故事需要而做的"明知故犯",明知地理有错误,而仍为之。这类例子在《三国演义》中曾经出现。但从刘备进军成都的过程看,这种可能性不存在,作者完全没有必要将雒城、绵竹顺序颠倒。
● 故事并非来源于史书,也不来源于作者创作,而是来源于其他渠道,如民间传说、平话等。作者虽发现错误,但无法改变,只好将错就错。但从刘备进军成都的过程看，不是这种原因。
- 作者不了解四川地理所至。从其他地理错误看，完全可能，这种解释在其他解释都不成立的情况下，是唯一较合理的解释。但为何作者不相信史书的描述，硬要颠倒绵竹、雒城之战的顺序？对此还很难理解。

4）剑阁问题

剑阁是《三国演义》四川地理错误中非常严重的地理错误。剑阁为川北门户，号称"蜀北屏障、秦川咽喉"，是从汉中南下四川平原和从四川平原北上汉中的交通要道，地理位置非常重要。剑阁在《三国演义》中有三个名称：剑阁、剑门关和剑关，剑阁在三国蜀汉时期属于梓潼郡汉德县。而剑门关和剑关实际是同一个关隘，在剑阁之北60里。

仔细分析剑阁在《三国演义》中的出现，可以发现，剑阁（剑门关、剑关）主要出现在以下两个部分，诸葛亮六出祁山和姜维三伐中原之后到魏灭蜀。在第一部分中剑阁地理错误非常严重，而在第二部分中剑阁地理错误很少，基本正确。

《三国演义》诸葛亮六出祁山中对于剑阁的描述是不统一的，这在《三国演义》的地理描述中是非常少见的。大部分例子都说明，罗贯中认定剑阁是在汉中与祁山之间。但实际剑阁是在汉中与四川平原之间，在汉中西南，而不是在汉中与祁山之间。这里作者完全搞错了剑阁的地理位置。

剑阁的地理错误的产生原因完全是作者不了解剑阁的地理位置，在六出祁山中的地理错误百出，剑阁错误就不足为奇了。导致这些错误的根本原因也很明显，剑阁本来是汉中盆地与四川平原之间的交通要道，而《三国演义》作者错误地认为，剑阁是汉中盆地与关中平原（或陇右高原）之间的交通要道。由于《三国演义》作者这个地理错误，导致上述一系列的错误描述。

《三国演义》在姜维三伐中原之后到魏灭蜀，还出现了24次剑阁，但地理位置基本都没有发生错误。这可能是由于在魏灭蜀的过程中，由于主要人物已经故去，作者基本是在复述历史，所有有关剑阁的叙述都基本是来源于各种史书，只是改写史书，基本没有作者的再创作，所以也就没有发生地理错误。但为何前后两部分（诸葛亮六出祁山、姜维三伐中原之后到魏灭蜀），前面地理错误严重，而后面又不错，仅用复述历史解释似乎还不够彻底。

《三国演义》在四川发生的地理错误在《三国演义》的地理错误中，并不突出，都发生在刘备入蜀中。和山东地理错误一样，其原因在于：这个时期还是《三国演义》描写的重点，主要故事和人物（如诸葛亮、刘备）还很突出，作者为使主要人物更鲜明，除可选用的历史素材外，还需要进行补充历史素材的不足，进行创作和发挥，而作者地理知识有限，这样就很容易出现地理错误。

（4）湖北地理错误——赤壁之战、夷陵之战地理错误分析

湖北境内曾发生三国历史上三大战役中的两大战役，即赤壁之战和夷陵之战，《三国演义》对这两大战役的描述都有错误。

1) 赤壁之战地理错误

赤壁之战是三国三大战役之首,《三国演义》描写在湖北发生的赤壁之战,有重大的地理错误。

《三国演义》叙述赤壁之战实际分为两个阶段,第一阶段是三江口之战,第二阶段是赤壁、乌林之战,三江口和赤壁是两个地方。《三国演义》把三江口与赤壁描述在一起,这是一个错误。长江沿岸有三个"三江口",一个在今湖北黄冈西,一个在今湖北鄂州西,一个在今湖南岳阳北。如果三江口在黄冈,则《三国演义》所记述的二段亦可以看作,第一段是黄冈赤壁之战,第二段是蒲圻赤壁之战。但历史上赤壁之战只有第二段的赤壁、乌林之战,并没有第一段的三江口之战。

赤壁之战的具体地点,在地理上在何处?一直有三种说法:

- 黄冈赤壁:即武汉东面的黄冈(黄州),以苏轼的前后"赤壁赋"而出名。实际这是完全错误的,曹操进兵根本未到达黄冈。
- 嘉鱼赤壁:在武汉西南,郦道元《水经注》持此看法,很多历史地理方面的论著也沿袭此看法。如谭其骧主编的《中国历史地图集》就把赤壁明确标记在嘉鱼。
- 蒲圻赤壁:在嘉鱼西南面的蒲圻,这是目前比较一致的看法。现在已经把原来的蒲圻改名为赤壁市。

赤壁之战曹操曾横槊赋诗称"东视柴桑,西观夏口,南望樊山,北觑乌林",这是矛盾的叙述。从前三句看,赤壁在柴桑之西、夏口之东,应该是黄冈赤壁。但按照第四句,对面是乌林,则应为蒲圻赤壁。

另外,赤壁之战中,刘备屯兵在樊口。按照《三国演义》的描写,樊口就在赤壁附近,这也是错误的。

从以上描写可以看出,《三国演义》对赤壁之战的地理描写有一系列的地理错误,作者搞混了黄冈赤壁和蒲圻赤壁。可能是苏轼的《赤壁赋》太有名了,因此作者就沿袭了黄冈说。按照《三国演义》的描写,赤壁之战的地点应在黄冈,其中三江口、樊口、夏口的位置都与历史地理不符。由于《三国演义》的作者不是历史地理学家,连著名历史地理专家郦道元也搞错了赤壁之战地点,《三国演义》作者写错赤壁之战地点就不足为奇了。

2) 夷陵之战地理错误

《三国演义》三大战役中另一大战役夷陵之战也发生在湖北,即今宜昌附近。《三国演义》对夷陵之战的描述,也有一些地理错误。

夷陵之战的夷陵,确实在长江北岸,但实际战役的具体地点猇亭是在江北,还是在江南,历史上有两种说法。一种说法是在江北,一种说法是在江南。按照《三国志》的描述,夷陵之战是发生在江南,猇亭也是在江南。但清代编纂的《大清一统志》把猇亭定位到江北,出现了混乱,至今有的历史地图还是错误地把猇亭标记在江北。现在宜昌市的夷陵区是在江北,并设有夷陵之战公园,给人以夷陵之战发生在江北的感觉。经过学者的仔细研究，夷陵之战应该发生在江南。[①]

《三国演义》中根据《三国志》的记述，把夷陵之战写在江南，这没有错误。但在一些细节上，《三国演义》仍有一些地理错误。主要体现在以下几点：

- 混淆了"夷陵"和"夷道"。夷陵之战前刘备击败孙桓，按照《三国演义》的描述，孙桓退守江北的"夷陵"，但实际根据《三国志》，孙桓是退守江南的"夷道"，而不是江北的"夷陵"，这里《三国演义》搞混了江北的"夷陵"和江南的"夷道"。
- "富池口"错误。《三国演义》中记述吴将甘宁死于夷陵富池口。但实际夷陵没有富池口，甘宁死于夷陵之战之前，并未参加夷陵之战。富池口在今黄石市，而不在夷陵。《三国演义》之所以把甘宁写在死于夷陵，可能是甘宁曾任西陵太守，而富池口在西陵下属的阳新县。类似这种移动地名的情况，在《三国演义》中很多。
- 夷陵长江两岸地形不准确。《三国演义》描述刘备出川后，兵分两路，沿长江南北两岸同时进军，关兴在江北，张苞在江南，与陆逊在江北、江南大战。这实际是完全错误的，夷陵附近长江北岸群山相连，无法作战，实际战场都在江南。

总之，《三国演义》有关夷陵之战的描写，大体是正确的，但仍有小错误。

《三国演义》描写三大战役，赤壁之战问题最大，完全搞错了赤壁的位置。夷陵之战主体没有大问题，但仍有一些小错误。而官渡之战由于是完全复述史书，因此错误最少。

（5）《三国演义》最突出的地理错误——诸葛亮六出祁山

《三国演义》在地理上错误最突出的是发生在现在甘肃的诸葛亮六出祁山。

《三国演义》描述诸葛亮曾六次在祁山作战，历史上诸葛亮确实曾六次对魏作战。但这六次作战中，第四次是魏军进攻，诸葛亮主要是防守，所以诸葛亮实际只有五次北伐，不能说六次北伐。而诸葛亮五次北伐中，实际只有二次在祁山作战，即第一次和第五次，其他四次（第二、三、四、六次）并未到达祁山。在二次祁山战役中，第一次是马谡失街亭，第五次是诸葛亮在上邽割麦。这二次战役地理错误相对其他四次，错误较少。六次对魏作战中，其他四次实际未到达祁山。第二次诸葛亮攻陈仓未果。第三次诸葛亮夺取武都、阴平二郡。第四次曹真、司马懿、张合进攻，诸葛亮防守。第六次诸葛亮出兵五丈原。这四次本未到达祁山，作者为凑六出祁山，硬在每次作战中都增加祁山作战。加之作者又搞错了祁山和斜谷地理位置，导致地理上出现一系列错误和混乱。

[①] 王前程：《夷陵之战研究》，中州古籍出版社 2013 年 12 月第 1 版。

诸葛亮六出祁山虚实对照表

序号	时间	诸葛亮作战 历史	诸葛亮作战 小说	作战地点 历史	作战地点 小说	主要战役	与史实相符	虚构
一	228年春	北伐	北伐	祁山	祁山	街亭之战	以赵云为疑兵 南安、安定降蜀 张合出兵街亭 马谡失街亭 赵云箕谷被曹真击败 诸葛亮斩马谡	斩韩德 大破夏侯楙 骂死王朗 破羌兵 空城计
二	228年8月	北伐	北伐	陈仓	陈仓 祁山	陈仓攻城战	诸葛亮无法夺取陈仓 诸葛亮粮尽退军 王双追击被杀	祁山破曹真
三	229年	北伐	北伐	武都阴平	武都阴平 祁山	夺取武都阴平	诸葛亮夺取建威 郭淮退军 诸葛亮占武都、阴平	祁山大破司马懿
四	230年	防守	北伐	汉中	汉中陈仓 祁山	雨中防守战	曹真斜谷子午谷出兵 司马懿从西城出兵 曹真、司马懿雨退军	祁山气死曹真 祁山斗阵破司马懿
五	231年	北伐	北伐	祁山木门	祁山木门	上邽割麦射死张合	诸葛亮兵发祁山 诸葛亮到上邽割麦 李严运粮失误 诸葛亮退军 张合在木门被射死	击败雍、凉军
六	234年	北伐	北伐	五丈原	五丈原 祁山	病逝五丈原	诸葛亮出兵五丈原 诸葛亮攻北原受阻 诸葛亮联络孙权攻魏 司马懿坚守不出战 诸葛亮病逝五丈原 魏延烧毁栈道，拦截 魏延兵败被马岱追杀	诸葛亮退回祁山 诸葛亮造木牛流马 上方谷火烧司马懿

所以，六出祁山的地理错误都发生在作者所增加的祁山作战中。历史上诸葛亮六次北伐其中四次并未到祁山，但《三国演义》却把诸葛亮五次北伐，写成"六出祁山"的主要目的是，作者希望在《三国演义》中分别出现"三、六、九"，即诸葛亮的三气周瑜、六出祁山和姜维的九伐中原。所以作者就故意让诸葛亮六次北伐都到达祁山，

硬增加了在祁山的一些战斗。结果导致诸葛亮不合理地往返奔走,使得地理非常混乱。

总之,《三国演义》在陕西、甘肃的错误非常严重,许多错误都是影响故事情节的重大错误。产生这些错误的原因,可能是由于陕西、甘肃离中原比较远,作者完全不熟悉所致。

(6) 行政区划地理错误

《三国演义》在行政区划方面也有很多错误,最典型的是行政区划和治所的错误。

东汉、三国都采用三级行政区划,即州、郡、县。每级行政区长官所在地称为治所,简称"治",州为"州治",郡为"郡治",县为"县治"。

东汉末年全国分十三州。

司州亦称司隶校尉部,其辖境相当于今河北南部、河南北部、山西南部及陕西渭河平原。治所在洛阳县,在今河南洛阳东北。

荆州辖境主要在今湖北、湖南大部,及河南、贵州、广东、广西等省区的一小部分。荆州治所汉寿县,在今湖南汉寿县北;汉末刘表时移治襄阳县,在今湖北襄阳市。刘备取荆州后以江陵为治所,在今荆州。

豫州辖境主要在今河南东部及安徽北部。州治谯县,在今安徽亳州。

徐州辖境主要在今江苏长江以北及山东南部地区。州治郯县,即在今山东郯城县;汉末移治下邳,在今江苏睢宁县古邳镇;三国曹魏移治彭城,即今江苏徐州。

兖州辖境主要在今山东西南及河南东部。州治所昌邑县,在今山东金乡西北。

青州辖境主要在今山东省北部。州治临淄,在今山东省淄博市临淄。

冀州辖境主要在今河北中部和南部,及山东西部、河南北部。州治在常山国高邑县,即今河北高邑县;三国曹魏移治信都县,在今河北冀县。

扬州辖境主要在今安徽淮河和江苏长江以南,及江西、浙江、福建三省,湖北东部、河南东南部。州治在历阳,在今安徽和县;汉末移治寿春,在今安徽寿县。

幽州辖境主要在今北京市、河北北部,以及辽宁南部及朝鲜西北部。州治蓟县,在今北京大兴县西南。

并州辖境相当于今山西、内蒙古自治区、河北、陕西的部分地区。治所晋阳,在今山西太原西南。

益州辖境相当于今四川、重庆、云南、贵州大部,及陕西、甘肃、湖北的一小部分。治所雒县,在今四川广汉。汉末移治成都,在今四川成都。

凉州,东汉先设雍州,治姑臧,不久撤销。后设凉州,辖境相当于今甘肃、宁夏和青海湟水流域,及陕西西部。治所姑臧,在今甘肃省武威市。

交州辖境相当于今广东、广西的大部分,及越南的一部分地区。治所龙编,在今越南河内以北,三国孙吴移治番禺,在今广东广州。

《三国演义》有个错误观念,总以为每个行政单位的治所就在同名的城市,如荆州的治所就是在"荆州城",即南郡。其实汉末荆州的治所是在襄阳,但把襄阳称为"荆州"这种说法也不合理。《三国演义》修订一般都把书中"荆州"改为襄阳。但如果同时出现"荆州城"和襄阳,这就难处理了。一般不熟悉历史地理的人常和《三国演义》一样犯这样的错误,因为今天确实有个荆州城,因此一般人也就误以为三国时期也是一样有个"荆州城",以为荆州的治所就是在今日的荆州。实际三国时期没有单独的"荆州城",所谓的"荆州城"应该是襄阳。

徐州和其治所下邳也有同样问题。徐州其州治开始是在郯县,即在今山东郯城县;汉末移治下邳,在今江苏睢宁县古邳镇;三国曹魏移治彭城,即今江苏徐州。下邳是徐州下属一城,也是徐州下属一国,即下邳国(即郡),下邳也曾为徐州的州治。

因此徐州和其州治很容易搞混乱,有些人未仔细研究,画《三国演义》地图,把徐州的州治画到山东郯县,这是错误的。到东汉末年,徐州的州治已经改到下邳了。因此徐州地方长官徐州牧从陶谦开始就是在下邳,不是在郯县,也不是在三国曹魏时的彭城,即今日徐州。

东汉末年徐州州治在下邳,但《三国演义》作者认为还有一个"徐州城",因此在下邳之外,还不断出现"徐州城"这个错误概念。其实东汉末年并没有一个单独的"徐州城",《三国演义》中所谓的"徐州城",其实就是下邳。

沈伯俊先生校理《三国演义》时也注意到这个问题,他保留了《三国演义》中所有的下邳,而把《三国演义》中所有的"徐州城",都改为"彭城",即三国曹魏时期的徐州的州治,也就是今日的徐州市。这也是一个处理办法。

3. 《三国演义》地理错误分析

(1)地理错误产生原因分析

1)从《三国演义》的来源分析地理错误产生原因

《三国演义》一般认为有三个来源:史书、平话和戏曲及作者创作。仔细分析《三国演义》的地理错误,可以发现三个来源都可能发生地理错误。

- 史书:《三国演义》完全抄自史书的故事,一般地理上应该基本不错。但如果作者在史书基础上增加一些情节,而作者又不了解当地地理,就可能发生错误。
- 平话、戏曲:《三国演义》中许多故事来源于平话、戏曲等其他来源的故事,由于平话、戏曲多为民间艺人创作,都没有很深的地理知识,因此来源于平话、戏曲的故事在地理上很容易出错误。
- 创作:在《三国演义》中,如果作者只是复述历史,必然没有趣味性,不会吸引人。因此,作者必须再创作。当作者熟悉当地地理,一般不会出错。但如果作者不熟悉当地地理,就很容易出错。

下面以《三国演义》山东境内的地理错误为例,分析错误产生的原因,看属于以上三种中的哪一种。

- 泰山位置错误：《三国演义》描写曹操回师战吕布，增加"泰山在兖州正南一百八十里"的错误说明，说明作者不了解泰山方位，因此犯了错误。这个地理错误产生的原因属于作者创作中想补充史料不足，但不熟悉泰山的地理位置所致。
- 沂都、碣石、浚山三地位置不明：《三国演义》描述袁术七路攻徐州，作者错误地加入了琅琊、沂都、碣石、浚山四个地点。这个地理错误产生的原因和泰山错误原因相同，也是作者在创作中想补充史料不足，但又不熟悉当地的地理所致。
- 济北位置错误：历史并没有夏侯惇受伤后退到济北的记载，这也是作者的创作。作者增加这个情节是为了保持故事的完整。错误的原因和前两个完全一样，是作者在创作中想补充史料不足，但又不熟悉济北的地理位置所致。
- 盘河与界桥关系：《三国演义》描写袁绍和公孙瓒的界桥大战基本符合史实。但作者搞错了它们之间的关系，作者错误地认为界桥就在盘河之上，但实际界桥在清河之上。错误原因是作者不熟悉当地地理。

总之，根据以上实例可以看出，《三国演义》在山东的地理错误并非发生在作者创作的故事中，而大都发生在作者根据史书编写的情节中。作者为使小说的描写更为丰富和具体，在历史史实之外想补充一些细节描写，但由于作者不了解当地地理，结果发生地理上的一系列错误。

2）"明知故犯"

《三国演义》地理错误产生的原因，从理论上讲，除由于作者不清楚当地地理，产生地理错误之外，还有另一种可能性，可以俗称"明知故犯"。即作者很清楚当地地理，明明知道这样描写会产生地理错误，但由于故事情节的需要，作者"明知故犯"，而不再考虑地理上是否合理。理论上，这也是产生地理错误的一种可能性。即地理错误的原因，存在有意和无意两重可能性。如果前面山东地理错误产生的原因都是有意明知故犯，那么前面对山东地理错误的全部分析就完全没有意义了。

但笔者仔细分析以上的地理错误，在山东的地理错误大部分不可能是故意所写。

- 盘河与界桥关系：这个例子与前三个不同。作者明明知道界桥不在盘河之上，但为简化故事情节的需要，"明知故犯"，故意将界桥安排在盘河之上，应该讲这种可能性还是存在的。
- 泰山位置错误：作者"明知故犯"，故意增加"泰山在兖州正南一百八十里"的错误说明是完全不合理和不可能的。
- 沂都、碣石、浚山三地位置不明：如果作者确切知道袁术七路攻徐州的地点，完全没有必要"明知故犯"，错误地加入了琅琊、沂都、碣石、浚山四个地点。但碣石也有可能作者明知在河北，但"明知故犯"，故意移到山东来。
- 济北位置错误：作者明知济北位置，但"明知故犯"编造出夏侯惇受伤后一下就退到400里以外的济北，基本是不可能的。

通过以上分析，可以看出，"明知故犯"的地理错误在山东的地理错误上可能性不大，但在《三国演义》一书的其他地理错误中，可能性很大。如曹操和徐荣在荥阳大战、关羽过五关斩六将的地理错误，都很可能由于种种原因而形成"明知故犯"的地理错误，这将在以后的章节中再做详细分析。

3）传抄和刊刻之误

导致地理错误的原因除以上几点外，在《三国演义》传抄和刊刻中也非常容易发生错误，对此必须予以特别注意，否则分析就会发生错误。如后面分析的"寿张""寿阳"就是一个典型的由于传抄和刻印错误产生的地理错误。

但在山东发生的其他几个错误，如泰山、沂都、碣石、浚山、济北、盘河与界桥，不太可能是由于传抄和刊刻造成的。

（2）三种地名错误和版本演化

1）地名错误

通过分析一些固定的单词（地名、人名、职官名、数量词）去分析版本演化是一条可以考虑的途径。一些学者探讨通过人名、数字，研究《三国演义》的版本演化，并取得一些成绩[①]。本节试图从"地名"探讨《三国演义》版本的演化。

《三国演义》的地名错误也是分析版本演化的一个线索。分析不同版本的地名错误，分析地名错误产生的原因和过程，可以根据地名错误探讨版本演化，探讨原本面貌，分析哪个版本最可能接近原本。其思路方法如下：

- 找出《三国演义》的地名错误；
- 找出各种版本的不同记录；
- 根据不同记录，推测原本的几种可能性；
- 从不同版本演化到原本，哪种可能性大；
- 在这一点上，哪种版本最可能接近原本。

2）三种地名错误

《三国演义》在地名上的错误，根据出现次数和出现规律，可分三种。

第一种，只出现一两次的地名错误。

这类错误比较多，往往地名上比较接近，如"寿阳""寿张"。这类错误多数是抄写、刻印造成的，而不是故意修改。所以，这些一两次出现的地名错误，不能作为分析版本的根据。

第二种，出现多次，但没有任何规律的地名错误。这类错误也很多，多是传抄中发生的错误，如"长安（西都）""许都"等。和只出现一两次的地名错误一样，也不能作为分析版本的根据。

---

① 刘世德：《关于〈三国志演义〉嘉靖刊本的几点思考》，《长江大学学报（社会科学版）》2004年2月。

第三种：多次出现，而且与版本有关的地名错误。这类错误一般绝对不会是抄写或刻印错误所致。这类地名错误对于《三国演义》版本研究可能有意义。这类错误中有两个最为典型，即"氾水关"和"沂水关"，"剑阁"和"剑关"。

下面分别分析以上这三种地名错误，即只出现一次的地名错误"寿阳"和"寿张"，出现多次但无规律的地名错误"长安（西都）"和"许都"，以及出现多次而有规律的地名错误"氾水关"和"沂水关"、"剑阁"和"剑关"，并进而深入研究《三国演义》的版本演化。

3）出现一次的地名错误——"寿阳""寿张"

"寿阳""寿张"和其他许多地名错误一样，只出现了一次，但这个错误很特殊，需要做仔细分析。

在《三国演义》的"曹操兴兵报父仇"一则中描述了曹操与济北相鲍信兴兵讨山东黄巾，在"寿阳"战黄巾，鲍信被害。但据《三国志·魏书·武帝纪》，鲍信战死地点不是"寿阳"，而应该是"寿张"。《三国演义》这里发生的"寿阳""寿张"错误，与前述的山东地区内发生的错误有本质不同。上述山东地区内发生的错误与版本无关，所有版本全部出错。但"寿阳""寿张"错误和版本有关，事情更为复杂，有可能这不是一个地理错误。

经李金泉先生仔细检查《三国演义》各种版本，发现各种版本有三种记载，很有规律。"演义"系列（包括毛本）都作"寿阳"，即嘉靖元年本、周曰校本、汤宾尹本和李卓吾本、毛本等。只有"志传"系列最早的版本叶逢春本一种，作"寿张"。"志传"系列其他版本都作"寿春"，初步统计有九种：余象斗本、评林本、联辉堂本（郑云林本）、杨闽斋本、乔山堂本（笈邮斋本）、朱鼎臣本、黎光堂本（刘荣吾本）、六卷本（宝华楼本）、二刻英雄谱本（内阁文库、京都大学）等，"志传"系列中只有汤宾尹本记载为"寿阳"，和"演义"系列一样。

因此，只有叶逢春本正确地记载为"寿张"，其他版本都错误地记载为"寿阳"或"寿春"。巧合的是，寿张在山东，和罗贯中籍贯"东原说"的东平非常接近。而寿阳远在山西太原附近，而寿春远在安徽。这样三个地点分在三个省。

如何解释这些版本的错误？罗贯中原本是如何记载的？只有三种可能性：

第一种可能：罗贯中原本正确地记为"寿张"，只有叶逢春本没有发生错误，而其他版本在以后的传抄、刻印中全部发生了错误，分别误为"寿阳"和"寿春"。特别是毛本，毛宗岗父子在整理《三国演义》时，对于以前版本的错误做了仔细认真的梳理，改正了许多错误，但也没有发现这个错误。如果是这样，罗贯中原作并没有错，只有叶逢春本与罗贯中原作一致。由于这个错误只出现了一次，和其他类似只出现一次的错误一样，造成"寿张""寿阳""寿春"这些错误的原因，最大可能是抄写、刻印发生的错误。

第二种可能：罗贯中原作误为"寿阳"，嘉靖元年本在这一点上与罗贯中原作一致。后来叶逢春本刊刻时发现错误，将错误纠正为"寿张"。而其他版本刊刻者不知道有"寿张"，又从"寿张"误刻为"寿春"。毛本也没有发现这个错误，仍保留了错误的"寿阳"。

汤宾尹本是"志传"系列繁本系列,按理应作"寿张"或"寿春"的,但此本刻印为"寿阳"。这可能是由于汤宾尹本刻印时参考过嘉靖元年本系统的本子,做了修改,所以有些文句同嘉本而异于叶、双、联、杨等本。如果是这样,正确的嘉靖元年本最接近罗贯中原作。

第三种可能:罗贯中原作误为"寿春",这样也作"寿春"的"志传"系列其他九个版本接近罗贯中原作。但叶逢春本刻印在嘉靖二十七年(1548年),其他版本都在万历年间(1572—1620年),在叶逢春本三十年之后。这些版本接近罗贯中原作的可能性非常小。

仔细分析以上三种可能,很明显,第一种可能性最大,第二、三种可能性都很小。

但由于"寿张""寿阳""寿春"都只出现了一次,因此传抄中误刻的可能性很大,由此来分析版本演化就很不可靠了。

需要注意的是,"寿阳"与"寿春"可能是指同一地点"寿春"。因为历史上东晋孝武帝时为避讳简文郑太后"春"名讳,曾将寿春改称"寿阳"。北魏时恢复为寿春。因此后世也有人将寿春称为"寿阳"。典型的例子是唐代大诗人李白曾有诗作《送张遥之寿阳幕府》,从诗的内容看,李白诗中所称的"寿阳"绝对是安徽的寿春,而绝非山西的"寿阳"。所以,罗贯中也可能将"寿春"写为"寿阳"。如果是这样,实际就只有"寿张"和"寿春(寿阳)"两种说法。

4)出现多次但无规律的地名错误——"长安(西都)""许都"

"长安"是《三国演义》中出现次数非常多的地名,据不完全统计,在嘉靖元年本中,出现"长安"120次,叶逢春本(缺两卷)中,出现"长安"105次。此外,《三国演义》中"长安"还有另外一个称呼为"西都",在嘉靖元年本、叶逢春本等多种版本中都曾出现过,约有6例。

《三国演义》中绝大多数的"长安"地理上都没有错误,但粗略统计,各种版本也出现了8次"长安(西都)"地理错误,历史上应该是"洛阳",但《三国演义》误为"许都"或"长安(西都)",占7%。这8次错误分别发生在"刘备进位汉中王""关羽水淹七军""吕蒙夺取荆州""司马师讨毌丘俭"这几个事件中,前三个事件实际是相连接的,而第四个事件是孤立的。

仔细分析14个"许都""长安""西都"的例子,其中有8个例子是错误的,有6个例子是正确的。

总结以上的差异情况:有关"许都""长安""西都"的地理错误非常复杂。错误主要集中在曹操夺取汉中失败后,关羽失荆州之中。这段时间曹操已从长安至洛阳,但《三国演义》的作者和各种版本的修订者显然没有注意这个细节。结果都发生了错误。有的版本认为曹操这时还停留在长安(西都),有的版本更是错误地认为曹操在"许都",实际曹操自南下出征汉中后,就再未返回许都。

这两种错误中,认为曹操在"长安(西都)"还接近历史事实的"洛阳",而认为在"许都"就和历史史实距离太远了。

从以上可以清楚看出,"长安(西都)""许都"的地理错误情况非常复杂。
以下就按照这个认识,分析嘉靖元年本、叶逢春本和黄正甫本三种版本的对和错。

- 这些版本中都确实发生了"长安""许都"错误,不太可能是抄写造成的。
- 三个版本都有错误,没有版本全对。
- 三个版本对和错的总数差别不大。仔细分析,嘉靖元年本的错误仅少一次,还有 3 处没有记录,如果也算对,则嘉靖元年本有 13 次对和 4 次错,比叶逢春本、黄正甫本错误率低。
- 从这个错误看,《三国演义》原本就有错误,而后来的修订者发现有错误,但都没有修订对。
- 从有差别的 8 个例子分析:

嘉靖元年本 8 个中有 7 个为"许都",1 个为"长安";

叶逢春本 8 个中除缺 1 个外,其余只有 1 个为"许都",其他 6 个都是"长安(西都)"。刚好与嘉靖元年本相反;

黄正甫本 8 个中有 5 个为"长安",三个为"许都",介于嘉靖元年本和叶逢春本之间。

根据以上分析,《三国演义》原本有两种可能性:

第一,《三国演义》原本误为"许都",以后版本进行了修正,改为"长安(西都)"。

第二,《三国演义》原本误为"长安(西都)",以后版本修订为"许都"。

两种可能性哪种可能性更大,即哪种版本更接近原本?嘉靖元年本刻印精美,显然是经过仔细修订的,出错可能性较小。由此分析,《三国演义》原本很可能是"长安(西都)",嘉靖元年本认为不合理,改为"许都",但没有改彻底,仍保留了一个错误。而叶逢春本基本保留了《三国演义》原本面貌。黄正甫本是比较晚的版本,它也修订了 3 个"许都",但仍保留了 5 个"长安"。

5)出现多次,而且与版本有关的地名错误之一——"氾水关""沂水关"

"寿阳""寿张"是只出现一次的地名错误,最大可能是传抄错误,意义不大。"长安(西都)""许都"的地理错误出现次数很多,但无很明显规律,对于深入分析有困难。

下面分析的"氾水关""沂水关"和"剑阁""剑关"两个错误都出现了多次,且与版本有关,很有规律,因此很有研究价值。

"氾水关""沂水关"是《三国演义》中一个典型的地名错误。"氾水关""沂水关"在《三国演义》中两个重要事件中出现了多次:

- 第九则"曹操起兵伐董卓":十八路诸侯在此与董卓部将华雄大战,最后关羽温酒斩之。
- 第五十四则"关云长五关斩将":关羽过五关斩六将,此关为第三关,关羽杀卞喜过关。

"氾水关""沂水关"地名错误有如下特点:

- 多次出现:"氾水关""沂水关"在"曹操起兵伐董卓"中出现了六次,在"关云长五关斩将"中出现了两次,因此这绝不是"寿张""寿阳"那样的抄写、刻印的错误,而是刻意的修改,因此就很值得仔细分析。

● 历史:历史上各路诸侯讨董卓只在虎牢关发生激战,没有"汜水关"之战。《三国志平话》中也只有虎牢关之战,而没有"汜水关"之战。

历史上华雄不是在"汜水关"被关羽所杀,而是在梁县阳人(在汜水关西南)被孙坚所杀。

《三国演义》增加"汜水关"之战完全是为突出关羽。

● 地理:历史地理上确有虎牢关,是历史上名关,在今河南荥阳汜水镇西。汜水关有两种说法,一种认为后汉和三国时期没有汜水关,汜水关就是虎牢关。另一种说法是,历史地理中也有汜水关,《读史方舆纪要》卷四十七中记载,汜水关在汜水县,在成皋西北。

汜水在河南荥阳,为黄河支流,北流入黄河,虎牢关在汜水之西,汜水关在汜水之东。

沂水发源于今山东东南,南流,流经江苏北部,过下邳,入淮河。曹操围攻吕布于下邳,曾决沂、泗水破城,斩吕布。

史书《三国志》《后汉书》《资治通鉴》都没有"汜水关""沂水关"的记录,说明"汜水关""沂水关"都是作者的创造。

从地理上分析,汜水关在河南,"汜水关"更符合当时的地理。而沂水在山东,是明显的地理错误。

● 版本:嘉靖元年本两处都为"沂水关"。

周曰校本、夏振宇本在"曹操起兵伐董卓"为"汜水关",有"释义":"一统志云:汜水关,三国魏复古县,今开封府汜水县是也。"

周曰校本、夏振宇本在"关云长五关斩将"中却为"沂水关",有"释义":"沂水关,春秋时为郑严邑,汉置成皋县东,汉废县为关,今开封府沂水县是也。"

周曰校本、夏振宇本关于"汜水关"和"沂水关"的释义实际是相同的,都是说在"今开封府",而"今开封府"不可能同时有"汜水关"和"沂水关"两个关口,"释义"所记不确。

叶逢春本两处都为"汜水关"。

其他"志传"系列中,朱鼎臣本"曹操起兵伐董卓"是"沂水关",而"关云长五关斩将"为"汜水关"。但也有部分"志传"系列版本是"沂水关"。

毛本两处均为"汜水关"。

根据历史,"汜水关"是合理的,而"沂水关"是错误的。因为"汜水关""沂水关"历史上都不存在,但汜水在河南,而沂水在山东,所以肯定"汜水关"是合理的,而"沂水关"是错误的。

总结以上关于"汜水关""沂水关"的记载,一共可分为4种,如下表。

各种版本中的"汜水关""沂水关"

版本	曹操起兵伐董卓	关云长五关斩将
嘉靖元年本	沂水关	
周曰校本、夏振宇本	汜水关	沂水关
朱鼎臣本、黄正甫本	沂水关	汜水关
叶逢春本、其他"志传"系列本、毛本	汜水关	

总结上表可以看出,嘉靖元年本和叶逢春本分别是"沂水关"和"汜水关",而"演义"系列的周曰校本、夏振宇本,和"志传"系列版本,两种都有,又刚好相反。

《三国演义》原作是"汜水关"还是"沂水关"?各种版本是如何演化的?这将和后面的"剑阁""剑关"地名错误一起分析。

6)出现多次,而且与版本有关的地名错误之二——"剑阁""剑关"

"剑阁""剑关"是另一个典型的多次出现的地名错误。《三国演义》在四川有四个主要的地理错误,其中只有一个错误"剑阁"和"剑关"与版本有关,各种版本的记载也不同。现将各种版本与"剑阁"有关的记载列表总结如下。

各种版本中的"剑阁"和"剑关"

版本	记录
嘉靖元年本	剑阁
周曰校本、夏振宇本	剑阁、剑关
叶逢春本等"志传"系列	剑关
郑少垣本、郑世容本、汤宾尹本	栈道、剑关
朱鼎臣本、黄正甫本、宝华楼本	剑阁、剑关

- 剑阁错误都发生在诸葛亮北伐中,而在其后魏灭蜀中,姜维坚守剑阁,所有版本都正确记载为"剑阁",没有发生错误。
- 嘉靖元年本在诸葛亮北伐和姜维坚守剑阁,地名基本一致,都记为"剑阁"。只有一例为"剑关"。
- 周曰校本和夏振宇本多数为"剑阁",少数为"剑关"。
- 叶逢春本在诸葛亮北伐中,全部无例外都记载为"剑关"。
- "志传"系列版本绝大多数版本在诸葛亮北伐中,都记载为"剑关"。
- 黄正甫本、宝华楼本有"剑阁",也有"剑关"。

《三国演义》原作是"剑阁"还是"剑关"?各种版本是如何演化的?下面和"汜水关""沂水关"错误一起分析。

7)地名错误与《三国演义》版本演化

总结以上"沂水关""汜水关"和"剑阁""剑关"两个地名错误分析,可以看出其中有明显的共同点，都与版本有关。在各种《三国演义》版本中，这两个例子都可分为三类：

- 嘉靖元年本：都是"沂水关"和"剑阁"。
- 叶逢春本：刚好与嘉靖元年本相反，都是"汜水关"和"剑关"。
- 周曰校本、夏振宇本：刚好介于嘉靖元年本和叶逢春本之间，既有嘉靖元年本的"沂水关"和"剑阁"，也有叶逢春本"汜水关"和"剑关"。
- "志传"系列其他版本：比较混乱，"沂水关""汜水关"和"剑阁""剑关"都有。

除地名"沂水关""汜水关"和"剑阁""剑关"外，在《三国演义》人名中也有类似案例。关羽在玉泉山遇见一禅师的名字在不同版本中，有"普净"和"普静"两种。人名在不同版本中的分布，和地名"沂水关""汜水关"和"剑阁""剑关"，基本一致。也是嘉靖元年本和叶逢春本完全不同，周曰校本、夏振宇本和"志传"系列其他版本也介于嘉靖元年本和叶逢春本之间。限于篇幅，本文无法详细分析这些人名的变化，与版本之间的关系，本人另有文章对此进行详细的分析和研究。

地名、人名错误统计表

地名	汜水关、沂水关	剑阁、剑关	普净、普静
嘉靖元年	沂水关	剑阁	普净
叶逢春本	汜水关	剑关	普静
周曰校本、夏振宇本	汜水关、沂水关	剑阁、剑关	普净、普静
"志传"其他版本	沂水关、汜水关	剑阁、剑关、栈道	普静

这些地名和人名，在《三国演义》原本中的原貌是怎样的？各种版本中这些地名和人名是如何演化的？

由于"志传"系列其他版本出现得较晚，因此其混乱的地名和人名很可能是在多次翻刻中产生的，不可能是原貌，可以排除在外。

这样，其他三种《三国演义》版本中，都可能是原本的地名和人名。

第一种可能是，嘉靖元年本是原本的原貌。

第二种可能是，叶逢春本是原本的原貌。

第三种可能是，周曰校本、夏振宇本的混乱情况是原本的原貌。

三种可能中，哪种可能性最大？

第一种可能是，嘉靖元年本是原本的原貌。

支持这种看法的理由是，嘉靖元年本是目前有刊刻年代中最早的版本，因此一般都认为是最接近《三国演义》原本的版本。

而反对这种看法的理由是，嘉靖元年本中有明显的后期修订痕迹，不仅有其他版本都没有的"论、赞"，而且在地名、人名上非常统一，这也存在后期修订的可能。因此现在看到的嘉靖元年本，要么已不是嘉靖元年本的本来面貌，要么就是在此之前还存在过，比嘉靖元年本更早期的《三国演义》原本。

第二种可能是，叶逢春本是原本的原貌。

支持这种看法的理由是，叶逢春本中保留很多比嘉靖元年本更原始的文字，因此从柳存仁开始，很多海外学者都认为叶逢春本更接近《三国演义》原本。而在地名、人名上，叶逢春本的"剑关"，比嘉靖元年本的"剑阁"更通俗，似乎也更接近《三国演义》原本的面貌。

而反对这种看法的理由是，叶逢春本出现于嘉靖三十一年，比嘉靖元年本晚出，其文字更通俗，可能是为适应大众读者而做了通俗化的修订。

第三种可能是，周曰校本、夏振宇本的混乱情况是原本的原貌。

支持这种看法的理由是，《三国演义》晚出的版本，把原来很统一的地名、人名，改得混乱，可能性似乎不大。周曰校本、夏振宇本中地名、人名的混乱，可能是来自其共同祖本，而此祖本的地名、人名由于是初稿，因此比较混乱。而叶逢春本、嘉靖元年本对地名、人名做了统一的修订。

反对这种看法的理由是，周曰校本、夏振宇本出现很晚，在地名、人名上很混乱，可能是后出的版本在翻刻时做了修改，而改得不彻底，结果在地名、人名上很混乱。

综合分析以上这三种可能，很难判断哪种可能性更大。但有一点必须明确：不是刊刻时间最早的版本（如嘉靖元年本），就肯定是最接近原本。刊刻早的版本（如嘉靖元年本）的文字有可能做了修改，而晚出的版本（如嘉靖二十七年的叶逢春本，以及万历年间的周曰校本、夏振宇本），有可能来自同一祖本，但晚出的版本没有修改，反而比早的版本（如嘉靖元年本）保留了祖本的一些文字。

换句话说，各种版本中都可能保留一些原本的文字。《三国演义》是长篇历史小说，各种版本在不断翻刻中，都可能做了修改。所以，有可能某些版本对某些文字做了修改，而其他版本刚好没有修改，因此保留了原本的原貌。

本文对《三国演义》的地理错误进行了深入的分析研究，是文学和地理的综合研究。本文首先对《三国演义》中地理错误的分布情况进行了分析和研究，其次对这些地理错误的产生原因做了初步的探讨，最后再对这些地理错误和版本演化之间的关系作了深入的分析研究。地理错误本是《三国演义》诸多错误中的一个方面，对其做深入分析研究，不只是仅停留在错误本身，而是进一步深入分析《三国演义》的产生过程，以及各种版本的演化过程。

4.《三国演义》地理错误案例分析及古迹探访

（1）《三国演义》曹操"东有表、绣之患"地理错误

《三国演义》中曹操在下邳灭吕布时有一句话"东有表、绣之患"，其中也有明

显的地理错误,杨威威曾对此做了分析①。此例虽然只是一字之差,但值得仔细分析。

《三国演义》第三十八则"白门曹操斩吕布"(毛本第十九回"下邳城曹操鏖兵,白门楼吕布殒命")中,曹操围攻吕布于下邳两月不下,曹操聚众将称:

> 吾围两月,不克下邳,北有西凉之忧,东有表、绣之患,使吾食无甘味。幸尔张杨自灭、吾欲舍布还都,暂且息战。(嘉靖元年本)

此处所称的"东有表、绣之患"有明显的地理错误。

先看《三国演义》其他版本的各种不同记述。

"演义"系列周曰校本、夏振宇本、李卓吾本等与嘉靖元年本相同,也是"北有西凉之忧,东有表、绣之患"。

"志传"系列繁本叶逢春本、余象斗本、郑少垣本、杨闽斋本等都是"北有西凉之忧,东有绣、表之患,袁绍、袁术",嘉靖元年本的"表、绣"此处为"绣、表",之后又多了"袁绍、袁术",插入此二人后,语句似乎不太通顺。因为加"袁绍、袁术"后语句不通,因此最大可能"袁绍、袁术"是叶逢春本后加的,《三国演义》原本和嘉靖元年本一样,只有"东有绣、表之患",并无"袁绍、袁术"。而实际袁绍、袁术对曹操的威胁远大于张绣、刘表和西凉马腾。因此叶逢春本就未改原文,而直接增加了"袁绍、袁术",造成了语句不通。

由此可以看出,在此处嘉靖元年本文字可能接近原本,但这只是嘉靖元年本文字更接近原本的一例而已。也还有很多处文字叶逢春本比嘉靖元年本更接近原本,尤其是嘉靖元年本增补的多处"论赞"肯定是原本没有的。因此不能笼统地说哪个版本更接近原本,一定要具体问题具体分析,这才是正确的分析方法。这又扯到版本演化,扯远了。

"志传"系列繁本汤宾尹本为"北有马腾之忧,东有绣、表之患,袁绍、袁术",汤宾尹本是晚期繁本,编者注意到前面"西凉"是地名,后面"表、绣"是人名,不对应,因此将"西凉"改为"马腾",以便前后都是人名,其实本质是相同的。而"袁绍、袁术"未改。

毛本为"北有袁绍之忧,东有表、绣之患",毛本肯定发现袁绍对曹操威胁更大,因此改"西凉"为"袁绍",删除了袁术,这样语句也就通顺了。

以上各种后续版本做了各种修改,但没有任何一个版本注意"东有表、绣之患"的方位问题,这很奇怪,是都认为此处没有错误,还是都疏忽了这个问题,不清楚。

下面分析"东有表、绣之患"地理错误的来源。

(2)《三国演义》曹操"东有表、绣之患"地理错误分析

下面首先分析"东有表、绣之患"中所说的"东",是以何处为中心而言,即曹操到底是从哪个角度来说"东有表、绣之患"的。

此地点有三种可能,即下邳、许昌、长安。

---

① 杨威威:《〈三国演义〉曹操"东有表、绣之患"错误探源》,"古代小说网"2020年6月27日。

第一种可能是曹操讲此话是以当时所在的下邳为中心，"东"就是指下邳之东。以讲话地点为中心论方位这很自然。但方位很明显是完全不合理的，下邳之东是东海，刘表所在的襄阳，张绣所在的宛城（今河南南阳），都在下邳之西略偏南，绝对不是之东。

第二种可能曹操是以许昌为中心讲此话。因为曹操虽然是在下邳称"东有表、绣之患"，下面又说"吾欲舍布还都（即许昌）"，说他有些想放弃围剿吕布返回许昌。因此"东有表、绣之患"，也可能并不是指下邳之"东有表、绣之患"，而是指许昌"东有表、绣之患"。

但问题随之又来了，当时刘表据湖北襄阳，张绣据河南宛城，都在许昌的西南，为何此处说"东有表、绣之患"？这也完全不合理。

第三种可能曹操是以长安为中心讲此话。曹操征下邳灭吕布，在《三国志平话》中也有叙述称：曹操将吕布困于下邳城，开沂泗两水，困了下邳城，活捉吕布后斩首。曹操引关公、张飞、刘备军西行数日，到长安。无三日，见帝，奏斩吕布于下邳。

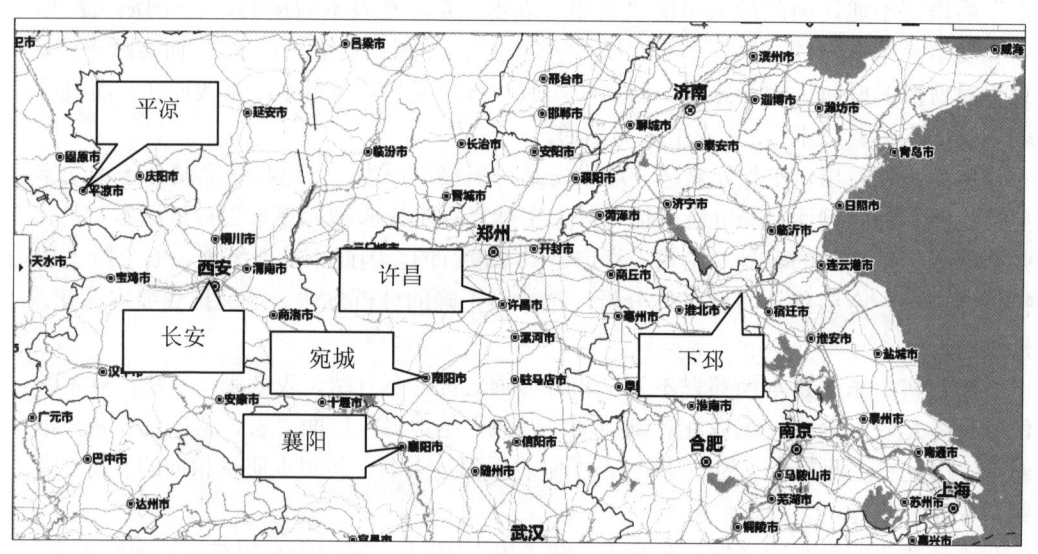

下邳地图

按照《三国志平话》的叙述，曹操当时定都不是许昌，而是长安，因此他是以长安来说"东有表、绣之患"。

这种解释的另一个证据是关羽过五关斩六将。关羽过五关斩六将的故事也是来自《三国志平话》，而《三国志平话》也误以为曹操当时还在长安，因此就编造关羽从长安灞陵桥出发，过洛阳、沂水关、荥阳，到滑州渡黄河北上。罗贯中也知道这个地理错误，但又不好修改，因此就只好沿袭了《三国志平话》的地理错误，使得关羽先北上，再东行，结果绕了一个大圈子才渡过黄河，北上与刘备相会于河北。

此处如果也是以曹操在长安为都，则"东有表、绣之患"还可以说得过去。因为荆州、宛城都在长安的东偏南。因为此处《三国演义》先说"北有西凉之忧"，西凉确实在长安之北，此处"北"只一字。这样下面一句说荆州、宛城，因为要对应，不好说"东南有表、绣之患"。因为荆州、宛城在长安东偏南,如只一字还是"东"合适。这样理解"东有表、绣之患"的出处似乎就比较合理了。

如果是这样,则"东有表、绣之患"是否和关羽过五关斩六将一样,也是罗贯中照抄了《三国志平话》呢?仔细分析这是不可能的。

虽然《三国志平话》中确实记述曹操是从长安出发灭吕布返回长安,但《三国志平话》中记录曹操灭吕布的经过中,并没有曹操称"北有西凉之忧,东有表、绣之患"的记录。因此《三国演义》中曹操此话肯定不是出自《三国志平话》。

这样出现第四种可能,曹操此话是否有可能出自其他材料,罗贯中引用到《三国演义》中,未仔细审查,照抄下来结果出错。

《三国演义》是罗贯中根据各种史料、平话、杂剧和民间传说所编,其中一个重要来源就是元杂剧。在元杂剧中有一出《白门楼》就是描写曹操斩吕布于下邳白门楼,但可惜此剧失传了。但我们可以推理,曹操称"北有西凉之忧,东有表、绣之患"可能就是出自此剧中曹操的原话。《白门楼》杂剧和《三国志平话》一样都是元代作品,两本书可能都误以为曹操当时在长安,而不是已经移都许昌了,因此两本书都犯下了相同的地理错误。关羽过五关斩六将罗贯中不好再修改了,而此处"东有表、绣之患"不用改,因此罗贯中抄写时未注意,而照抄《白门楼》的话到《三国演义》中,结果就出了错误。

总之,"东有表、绣之患"要解释有两个问题。

第一个问题是以哪里为中心讲此话"东有表、绣之患"。

第二个问题是"东有表、绣之患"的方位问题。

以上四种看法对这两个问题的解释各有优缺点。

第一种解释认为,曹操是以当时所在的下邳为中心说此话。但作者编写时疏忽,把"西有表、绣之患",误写为"东有表、绣之患"。

第二种解释认为,曹操是以当时定都的许昌为中心说此话。但刘表据湖北襄阳,张绣据河南宛城,都在许昌的西南,也不合理。

第三种解释认为,此话和关羽过五关斩六将一样,是以长安为中心,这是来自《三国志平话》,平话误以为当时东汉首都还在长安,而刘表据湖北襄阳,张绣据河南宛城,都在长安东偏南。但查《三国志平话》中并没有曹操此话。

第四种解释认为,此话不是出自《三国志平话》,而是出自《白门楼》等类似的元杂剧。但此剧后来失传了。罗贯中引用此话时,未注意到此话中的方位错误,以后各种版本修订也未注意此错误。

以上四种解释都有一定道理,也都有一些问题。

第一种解释以曹操当时所在的下邳为中心,比较合理,其方位错误可能是作者疏忽而致。

第二、三、四种解释都要改变"东有表、绣之患"的中心地点,曹操在下邳讲话,话中却以其他地点为中心。这三种解释不符合说话的习惯,似乎不太合理,听话的人怕也不好理解。

第二种解释是以许昌为中心，但地理方位也不对，最不合理。

第三、四种说法是以长安为中心，地理方位虽然合理，但在下邳讲话，却以长安为中心看地理方位，也很不合理。

此问题四种解释都各自有合理处也有不合理处。由于原始资料缺乏，对此地理错误的来源出处，可能永远没有可靠的答案，版本研究常如此也是无奈。

（3）《三国演义》的校理

《三国演义》历史上的各种版本对"东有表、绣之患"都有小修改，但都没有发现这个地理错误。

据杨威威统计，《三国演义》现代修订本改"东有表、绣之患"为"西有表、绣之患"的3本书均为沈伯俊先生校注，改为"南有表、绣之患"有4本。总之，现代修订者还是注意到这个问题了，也都各自做了不同的修改。

沈伯俊先生改为"西有表、绣之患"看来还是前述的第一种修改，是以下邳为中心。而改为"南有表、绣之患"，可能是以长安为中心了。看来还是各有各的看法。

谈到这里，就要谈及校理《三国演义》的错误问题了。

在《三国演义》校理方法上，沈先生自己总结采用过三种方法：

第一种，不改原文，书末列出了正误对照表。这是沈先生最初的做法。这种方法对正误兴趣不大的读者最合适，但对于正误有兴趣的读者及学者来说，由于正误表在最后，比照就不方便了。

第二种，不改原文，本页脚注说明正误，回末再加注释。这对于希望了解正误的读者很有利，本页就可看到正误，详细注释也有。这是沈先生后来的做法。

第三种，直接改动原文，脚注和回末注释同第二种。这对于一般不关心原版的阅读者最合适，可以直接看到修订后的正确文本。如要知道原文，可再看脚注。这是沈先生最后的做法。

我是研究版本的，自然最赞同第二种方法，既保持了原文，又看到了注释。

但在我的一些朋友中，对沈先生的校理本有不同看法，尤其是对直接改动原文的做法。他们认为，因为《三国演义》是传世经典，对经典我们应存敬畏之心，不仅《三国演义》，任何传世经典中都会有各种错误，《水浒传》《金瓶梅》中都有很多"技术性错误"，这些错误有些几乎是无法修改的。如诸葛亮六出祁山，由于罗贯中完全不了解祁山的地理，错误一大堆，导致无法修改。不止中国古典小说中有"技术性错误"，就是莎士比亚各种历史剧中，也有大量历史错误。如都为让读者看到真实的历史，而去直接改动经典原文，那还是莎士比亚戏曲吗？这似乎是不可想象的。

但不管有多少不同意见，沈先生校理《三国演义》中的正误下了极大功夫，无论对研究还是阅读都是有用的，这是不可否认的。

（4）探访古下邳城遗址

以上分析了曹操在下邳灭吕布时所说的一句话，古下邳城今日已经不存了。那是在清康熙七年六月十七日（1668年7月24日）山东郯城县发生8.5级强烈地震，地震使黄河大堤从邳州花山坝（古下邳城西十余里）决口，黄水吞没古下邳城，城址成为湖荡。后来朝廷在古下邳城以南新建邳州城，即今江苏省睢宁县古邳镇。注意，古下邳在今江苏徐州东面邳州的南面，但不属于邳州市，而属于徐州市睢宁县。

我爱好探访古迹，尤其对三国遗迹有兴趣。一次去徐州开会，我特地从徐州去探访了古下邳城，探访经过也很有趣。

我从徐州坐火车到了邳州，出了火车站一群出租车司机围上来，问我去哪里，我说要去看古下邳城。一个司机一把拉住我说："我知道，我带你去。"我于是跟着他上了他的出租车。其实我去邳州前已经仔细查过地图，知道古下邳城在邳州正南。但出租司机出了车站却向右转，我一看方向不对，马上问他古下邳城怎么走。他没有回答我，而是立即停车后马上打电话问。我一看说："你不认路，我不坐你的车了。"

于是我马上下车，刚好一个出租车开来停下，司机问我去哪里，我说要去看古下邳城，他说带我去。我问他怎么走，他说的路线和我早调查的路线一致，于是我上了车，他一路向南行。拐了好几个弯后走上了小土路。我一眼看到不远农田里一个仿古的小院落，我问司机这是何地。他说他上次来还没有，我说那看完古下邳城转去看看，他说没有问题。

最后出租车开到一个水渠旁停下来，司机说到了。我说这里什么也没有呀。他领我到一个水闸旁，指着水渠旁立的一个石碑说，你看。我仔细一看，石碑上刻着"古下邳城遗址"，是当地文物保护部门所立。除此石碑外，别无旁物。

我常去探访古迹，很多古迹都是如此。如我去看过湖北华容道遗址，也是只在一农舍旁立着石碑一座。我去看过安徽项羽、刘邦垓下大战遗址，在一片农田中也只有一国家文物保护单位的石碑而已。顺便说一下垓下之战的地点现在还有争论，有固镇说和灵璧说两种说法，两地我都亲去看过，我不是历史地理专家，也不知哪种说法更可靠。

看完古下邳遗址，我们又拐去看那个仿古院落。开到院落门口，我下车进去一看，没有人，院落不大，只有一间北房，进去一看，正面墙壁上是一幅巨大的壁画。我仔细一看，原来是西汉张良拾履图。

张良祖先是韩国人，秦国灭了韩国后，他在搏浪沙刺杀秦始皇未遂，隐姓埋名逃亡到了下邳。一天，张良正在下邳一座桥上散步，一位老者故意把他的鞋子扔到桥下，要张良把鞋拾上来。张良下去将鞋取上来并屈膝给他穿上。老者对张良说："你五天后天亮在此地等我。"五天后天亮张良来到桥上，老者生气地说："怎么能来得这么晚，五天后还是在天亮时来见我。"五天后张良在鸡鸣时分便来到桥上，但老者又已经等候在此了，老者又发怒道："又来晚了，五天以后再过来见我。"五天后，张良在夜半便到了，老者送他一部《太公兵法》，此老人即黄石公。张良得此兵书后跟随刘邦创立了大汉朝。

房屋左右两面墙壁上书写的是司马迁《史记》中张良拾履的记载。

原来这个院落是当地人为纪念张良在下邳拾履故事而建。

张良庙很多，最有名的是汉中留坝的张良庙，据说张良辅佐刘邦建立汉朝后，深知刘邦只可共患难不能同安乐，所以西汉立国后张良就隐居于此。我也参观过。

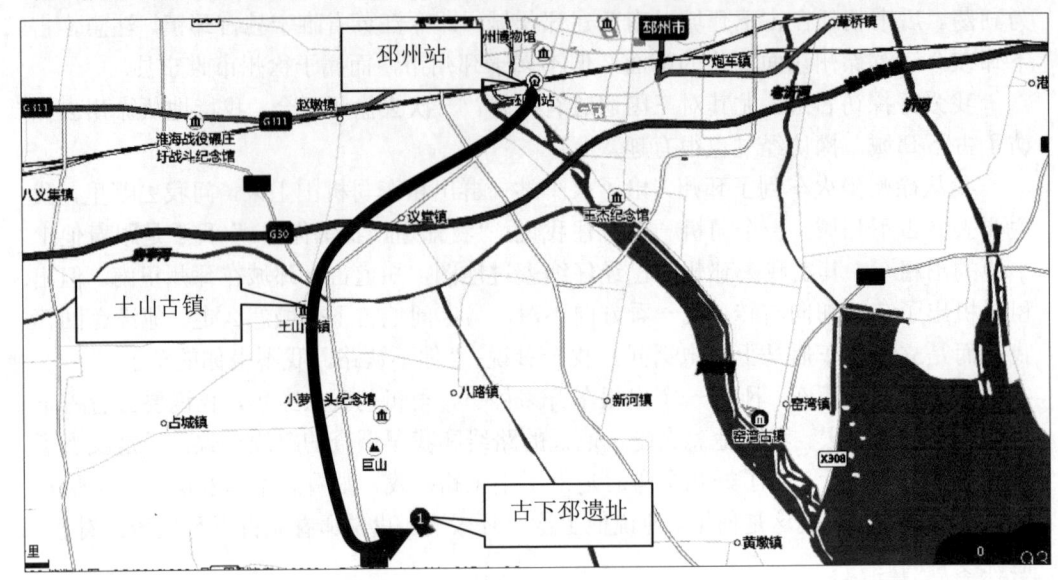

古下邳遗址和土山古镇

离开张良庙后在返回邳州的路上，司机问我想不想去看关羽屯土山的遗迹，不远顺路，我说当然有兴趣。他又开车带我拐到土山古镇的一古庙前，我下车一看，一批工人在维修一个古庙，就是土山镇关帝庙，司机说土山镇小学原借用此庙办学，因此"文化大革命"中此庙才没有被拆毁，现在小学盖了新校舍，因此在重新维修此关帝庙。我很奇怪，从前面看根本没有"土山"。绕到庙后面才知，此庙是建在一个土坡上，庙背后的土坡也只有几米高。土山关帝庙始建于明朝天顺三年（1460年），先后于崇祯、雍正、道光、民国进行四次大型修复，为全国第四大关帝庙，江苏省第一大关帝庙，素有"北有文圣孔府，南有武圣关庙"之称。土山的山顶为马迹亭，关公兵屯土山时之拴马处，亭周有马蹄印、拴马桩、磨刀石等历史古迹，可惜司机没有指引我去看。土山关帝庙是江苏省面积最大、保存最为完好的古建筑群，为江苏省历史文物重点保护单位。当然《三国演义》"屯土山关公约三事"只是传说而已。

离开土山镇，司机就把我送回邳州火车站，我坐上火车当天就返回了徐州，结束了这次对古下邳遗址的探访。这次探访了下邳城遗址，还参观了张良庙、土山关帝庙，一举三得，类似的探访我经历过很多次，每次探访几乎都有些有趣的故事，将来有机会再逐一记述这些探访经过也是很有意思的。

四、《水浒传》版本研究

在编写此书之前我主要研究《三国演义》版本，对于《水浒传》版本只研究过《京本忠义传》和刘兴我本、黎光堂本，因为这几本学术界有争议，因此我用数字化作了仔细比对。以后因为集中精力去研究《三国演义》版本，未再研究《水浒传》版本。

在编写此书中 2019 年黄石古代小说戏曲暨数字化国际研讨会综述时，我仔细阅读了邓雷编写的有关《水浒传》三十卷本的文章，又阅读了刘世德先生以前的研究文章，通过日本金文京先生又联系到日本曾对此本研究过的氏冈真士先生。他们的研究引起我对此本的兴趣，我很想亲自研究验证一下他们的结论。我联系到三十卷本中的映雪草堂本藏地的东京大学综合图书馆的荒木达雄先生，他告知此本的网址。但从中国下载速度很慢，我请日本老朋友中川谕先生在日本下载后，再传到网上，我再下载。虽然此本没有数字化，无法逐字比对，但我先比对其他版本，找出问题，再和映雪草堂本比对，还是很有进步。版本研究不数字化，只靠人工研究，一者速度很慢，二者也不全面可靠。但数字化需要大笔经费，现在申请版本研究项目很难。

在研究三十卷本后，我对简本早期的上图下文本中的评林本、种德书堂本、插增本、刘兴我本之间的关系发生兴趣。有学者曾对此做过研究，这些版本除郑乔林本外，其他版本都已经数字化，因此很容易做数字化比对。通过比对，对这几个版本之间的关系我做了一些研究，主要是根据插图、余呈之死和叶孔目改余孔目，我认为这些版本有共同祖本，种德书堂本和插增本有共同祖本，评林本和刘兴我本有共同祖本。至于余呈之死的修改，我倾向于是评林本和刘兴我本的共同祖本修改的，评林本的底本是三槐堂本，至于余呈之死是否就是三槐堂本所改目前难以判断。

对于上图下文的四种嵌图本，即刘兴我本、黎光堂本、郑乔林本和慕尼黑本，我之前只研究过刘兴我本和黎光堂本，经过数字化比对证明，黎光堂本肯定出自刘兴我本。而对于郑乔林本、慕尼黑本因为我没有资料未研究过。邓雷告知德国郑乔林本上网的网址后，我请日本上原究一先生协助，从网络下载了郑乔林全本，但由于没有经费未做数字化。而慕尼黑本我还是没有。因此我参考邓雷的研究,对郑乔林本和慕尼黑本又做了研究。我认为郑乔林本《水浒传》和郑乔林本《三国演义》一样,也是出自刘兴我本,而慕尼黑本很可能是出自郑乔林本。

《水浒传》版本十分复杂,为此我对《水浒传》版本做了全面的梳理,从多个角度进行了统计分析。特别对各种版本的回目和各种上图下文本的插图做了整理。因为《水浒传》版本回目十分混乱,而要做版本数字化比对,就要统一回目。而整理全部版本的各种不同的回目和上图下文本的插图都十分费力,但这整理不止可为数字化研究打下基础,而且对各种版本回目和上图下文本插图做统计分析是前人从未做过的,对于以后版本研究也有用处。

(一)《水浒传》版本整体研究

1. 《水浒传》版本分类统计

(1)《水浒传》版本分类

《水浒传》的版本非常复杂,不是专业研究者恐怕都搞不清楚,就是专门介绍《水浒传》版本的图书,有的记录也不一致,为此还是需要专门加以说明。

《水浒传》版本众多,有多种分类方法。第一种根据是文字的繁简,第二种是根据故事的繁简,既有无田虎、王庆故事,又可根据卷数、回数、插图等分类。

第一种分类法是只根据文字的繁简,可分为两类。
- 繁本:文字繁复,包括一百回本、一百二十回本和七十回本三种。
- 简本:文字简略,包括一百四回、一百一十回、一百十五回、一百二十四回等几种。

第二种分类法是只根据故事的繁简,也可分为两类。
- 繁本:故事繁复,插入了田虎、王庆故事,包括各种文字简略的简本和一百二十回的全传本。
- 简本:故事简略,没有田虎、王庆故事,包括一百回的文繁本和七十回的金圣叹腰斩本。

第三种分类法是综合文字的繁简和故事的繁简，可分为四类。
- 文简事繁本：文字简略，但故事繁复，有田虎、王庆故事，包括一百四回、一百一十回、一百十五回、一百二十四回等几种。
- 文繁事简本：文字繁复，但没有田虎、王庆故事，都是一百回本。
- 繁简综合本：即全传本，文字繁复，也有田虎、王庆故事，都是一百二十回本。
- 腰斩本：金圣叹腰斩删改本，止于梁山聚义，都是七十回本。

还有一种繁简混合本，都是三十卷不分回本，一般归入简本，如单列一类，就有5类。

其他还可根据卷数、回数分类。

根据卷数分类有：一百卷、七十五卷、三十卷、二十五卷、二十四卷、二十卷、十二卷、十卷、八卷等。

根据回数分类有：一百二十四回、一百二十回、一百十五回、一百一十回、一百四回、一百回、七十回等。

还可根据插图分类，可分为上图下文本、整幅故事插图本、人物绣像本和无图本四种。

关于《水浒传》版本系统，中国学者和日本学者采取了不同的分类方法。

日本学者一般只根据文字的繁简，将《水浒传》版本只分为文繁本和文简本两大系统。和上述第一种分类方法相同，简本包括一百四回、一百一十回、一百十五回、一百二十四回等几种，繁本包括一百二十回"全传本"、一百回"繁本"和七十回"腰斩本"。

日本学者将繁本又分为"分卷"和"不分卷"两类。日本学者特别重视分卷，不仅在《水浒传》版本上如此，在《三国演义》版本中也如此。中国学者所谓的"演义"系列版本，由于都是二十四卷，因此日本学者一般称为"二十四卷"系列。而中国学者所谓的"志传"系列，无论是繁本还是简本，多数都是二十卷，因此日本学者一般称为"二十卷"系统。但"志传"系列中的叶逢春本是十卷，不是二十卷。

中日两国学者各采取不同的分类方法，实际是各自从不同角度看问题，各有侧重。

（2）《水浒传》版本命名方法

《水浒传》版本命名也十分混乱。《三国演义》版本命名一般是以书坊名或书坊主人名字命名，很有规律也清楚。

《水浒传》版本命名有以下7种方法：
- 书坊或主人名字17种：容与堂本、石渠阁补印本、锺伯敬本、遗香堂本、芥子园本、袁无涯本、宝翰楼本、郁郁堂本、贯华堂金批本、种德书堂本、刘兴我本、藜光堂本、刘荣吾本、郑乔林本、宝翰楼本、文杏堂本、映雪草堂本。
- 刊刻时间1种：嘉靖残本。
- 序言3种：天都外臣序本、大涤余人序本、李渔序本。

- 收藏地 4 种：无穷会本、李玄伯本、上图残叶、慕尼黑本。
- 版本特征 5 种：三大寇本、插增本、国图出像本、南图出像本、征四寇本。
- 版本书名 3 种：评林本、英雄谱、汉宋奇书。
- 版本卷回数 4 种：十卷本、八卷本、三十卷本、一百二十四回本。

书名的记录也比较混乱，记录书名应该依据两点。

第一，可以采用封面的书名。

第二，也可以用正文前第一行的书名为准。如天都外臣序本（石渠阁补印本）封面书名为《李卓吾先生评水浒全传》，正文第一行书名为"忠义水浒传"，则其正式书名可以是前者，也可以用后者。

以下本着此原则，首先采用封面书名，没有封面则以正文第一行书名为准。各卷书名不同时，采用第一卷或最前一卷的书名。

（3）《水浒传》5 类主要版本简介

《水浒传》版本如只按照文字分类过于简单，没有体现出各种版本的特点，因此本文综合根据文字和故事繁简分为 5 类，即一百回繁本、一百四至一百二十四回简本、一百二十回全传本、七十回金圣叹腰斩本及三十卷繁简混合删节本。

1) 一百回繁本

一百回繁本，即文繁事简本。文繁是指文字叙述较详细，事简是指故事较简略，即在征辽之后直接征方腊，没有田王二传。

- **嘉靖残本（郑振铎藏本）**

书名《忠义水浒传》，残本，存第四十七至四十九回，第五十一至五十五回，总共 8 回。以前称为郑振铎藏本，但郑振铎原只收藏其中 5 回。

郑振铎先生认为此本是明代嘉靖年间刊刻，但有争议。

此本现藏国家图书馆。

- **容与堂本**

书名《李卓吾先生批评忠义水浒传》，刊刻于明万历三十八年（1610 年）。一百卷一百回。容与堂本是一百回繁本中最重要的版本。

此本现存 4 套全本，3 套残本。国家图书馆一百回全本，日本国立公文书馆（原称日本内阁文库）一百回全本，日本天理图书馆一百回全本，北京大学图书馆一百回全本，国家图书馆八十回残本，中国社会科学院文学研究所四十回残本，上海图书馆五回残本。

- **天都外臣序本（石渠阁补印本）**

书名《忠义水浒传》，一百回，书前有天都外臣序因此得名。一般认为此本的原本刊刻于明万历十七年（1589 年），但目前看到的版本为清康熙五年（1666 年）石渠阁补修本，因此也称石渠阁补印本。一百卷一百回。此本文字、插图都和容与堂本略有不同。

此本存世只一套，现藏国家图书馆。

- 锺伯敬本

书名《锺伯敬先生批评忠义水浒传》刊刻于明天启四年至五年（1624—1625）之间。一百卷一百回。

锺惺（1574—1624），字伯敬，湖广竟陵（今湖北天门）人，为明末著名文学批评家，"竟陵派"创始人。由于李卓吾和锺伯敬两人在明末享有盛名，因此很多书商以"李卓吾先生批评"和"锺伯敬先生批评"为名，实际未必是他们两人所评。

锺伯敬本是容与堂本的翻刻本，正文文字和容与堂本文字极为接近。

锺伯敬也曾刊刻《三国演义》版本。

此本存世有3部全本，巴黎法国国家图书馆一百回全本，日本东京大学总合图书馆（神山闰次藏本）一百回全本，日本京都大学附属图书馆一百回全本。

- 无穷会本（三大寇本）

书名《忠义水浒传》，又称三大寇本、织田藏本。不分卷一百回。明刻清印本。

无穷会本也称三大寇本，是因为其中的"四大寇"，变成了"三大寇"。在所有一百回繁本中，第七十二回"柴进簪花入禁院 李逵元夜闹东京"，屏风上都是四大寇：山东宋江、淮西王庆、河北田虎、江南方腊。只有此本屏风上变为三大寇：山东宋江、蓟北辽国、江南方腊。

此本存世1套全本，2套残本。日本东京町田市无穷会图书馆藏一百回全本，国家图书馆藏、原郑振铎藏六十六回残本，日本天理图书馆藏残本，存第一至二十回、第三十八至九十一回、共计74回。

- 大涤余人序本

书名《忠义水浒传》，大涤余人序本因书前有署名"大涤余人识"序言，故而称之为大涤余人序本。又称李玄伯（即李宗侗）藏本。不分卷一百回。残本，存第一至四十四回。清顺治至康熙初年刊刻。此本现藏国家图书馆。

- 遗香堂本

书名《忠义水浒传》，不分卷一百回。属于大涤余人序本系列。

此本现藏日本佐贺县多久市乡土资料馆。

遗香堂也曾刊刻《三国演义》版本。

- 芥子园本

书名《忠义水浒传》，不分卷一百回，清康熙至乾隆年间刊刻。属于大涤余人序本系列。

此本现存主要一百回全本有：国家图书馆藏一百回全本，日本国会图书馆藏一百回全本，北京大学图书馆藏一百回全本，又称三多斋本。

2）一百二十回全传本

一百二十回全传本即繁简综合本，综合了繁本和简本的两个特征。和繁本一样文字较详细，但故事和简本一样，在征辽之后增加了田王二传（但故事情节和简本完全不同），然后才是征方腊。

- 袁无涯本

书名《忠义水浒全传》，一百二十回全传本，明崇祯年间或之后刊刻。袁无涯本是一百二十回全传本中最重要的版本。

此本现藏北京大学图书馆，一百二十回全。

- 郁郁堂本

书名《忠义水浒全书》，一百二十回全传本，与袁无涯本有少数文字不同。刊刻于明崇祯之后。另有郁郁堂挖印本。

郁郁堂本是一百二十回全传本中最流行的版本，此本在世界各地收藏很多，国家图书馆藏，首都图书馆藏，清华大学图书馆藏，天津图书馆藏，南京图书馆藏，上海图书馆藏，吉林大学图书馆藏，日本京都大学人文科学研究所藏，日本国立公文书馆（原内阁文库）藏，英国伦敦大学亚非学院藏。

- 宝翰楼本

一百二十回全传本，基本同袁无涯本。刊刻于明崇祯之后。

宝翰楼还刊刻三十卷繁简混合删节本。

宝翰楼也曾刊刻《三国演义》版本，即李卓吾本。

此本现藏日本宫内厅书陵部。

3）七十回腰斩本

书名《第五才子书施耐庵水浒传》，七十回腰斩删改本，即金圣叹评本，梁山大聚义后内容全部删节，第一回变成楔子，共计七十一回。崇祯十四年（1641年）后刊刻。

七十回腰斩删改本存世甚多，故不再介绍藏处。

4）一百四、一百十五、一百二十四回简本

简本即文简事繁本，文字比繁本简略，但故事在征辽之后，增加了田王二传，情节和全传本完全不同。简本有一百四回、一百十五回、一百二十四回等多种。有上图下文、故事插图、人物绣像和无图等四种。

简本按照刊刻时间和插图形式，可分早期版本，包括上海残叶、评林本、种德书堂本、插增本、刘兴我本、刘荣吾本、郑乔林本、慕尼黑本等，都是上图下文本。晚期版本包括英雄谱本、八卷本、十卷本、汉宋奇书、征四寇本、一百二十四回本等，都是故事插图、人物绣像或无图本。

- 上海残叶（京本忠义传）

书名《京本忠义传》，存2残叶，为卷十第17叶上半叶3行及下半叶，和卷十第36叶上半叶3行及下半叶。刊刻时间可能在嘉靖前后，有争议，为繁本删节本。

此残叶现藏上海图书馆。

- 评林本（余象斗本）

书名《京本增补校正全像忠义水浒志传评林》，二十五卷一百四回。双峰堂余文台（余象斗）万历二十二年（1594年）刊刻。

双峰堂也曾刊刻 2 部《三国演义》版本。

此本日本日光市轮王寺慈眼堂藏二十五卷全本，日本国立公文书馆（原称日本内阁文库）残本，存卷八至卷二十五，共 18 卷。

此本的残本有梵蒂冈藏本、巴勒天拿藏本、奥地利藏本、哥廷根藏本四部残本，残存的部分并不重合，很有可能是从同一部书籍中拆开而零售至各地，情况和种德书堂本、插增本相似。

- **种德书堂本（插增乙本）**

书名有《新刊通俗增演忠义出像水浒传》等多种书名，和一般一叶两幅插图不同，一叶只有一幅插图，一般称为"偏图式"。刊刻较早，可能在一叶两幅插图的评林本之前，和插增本有密切关系。马幼垣先生命名为"插增乙本"。

第二十五卷末有一张牌记，上书"万历仲冬之吉/种德书堂重刊"。所以这本亦称为种德书堂刊本。

另外，《三国演义》也有一种种德堂本，据刘世德先生考证，《三国演义》种德堂本分两种，先出为甲本，为熊成冶（冲宇）所刻，乙本后出，是熊成冶堂侄熊成应所刻。

种德堂和种德书堂都是福建书坊熊氏家族的书坊，种德堂书坊主人为熊成冶，字冲宇，其长子熊飞有雄飞馆，曾刊刻英雄谱本，即《三国演义》《水浒传》合刻本。

种德书堂是熊冲宇胞哥熊成建所开书坊。

此本根据收藏地分为以下几本：

德累斯顿本：德国德累斯顿邦立萨克森图书馆或称德国德累斯顿萨克森州立图书馆兼德莱斯顿大学图书馆藏，存卷十七至卷二十，共计 4 卷 18 回。

梵蒂冈本：梵蒂冈教廷图书馆藏，存卷二十一至二十五，共计 5 卷 21 回。

德累斯顿本和梵蒂冈本是从同一套书中拆出来的两本，梵蒂冈本是全书最后的一部分，至第二十五卷终结。

- **插增本（插增甲本）**

书名《京本全像插增田虎王庆忠义水浒全传》，和种德书堂一叶一幅插图不同，此本是一叶两幅插图。马幼垣先生命名为"插增甲本"。

马幼垣先生推算此本可能刊刻于万历二十五年之前。

此本可能出自种德书堂本，或与种德书堂本有共同祖本。

此本根据收藏地分为以下几本，是从一套书里拆出来的。

斯图加特本：德国斯图加特市邦立瓦敦堡图书馆或称德国斯图加特巴登一符腾堡州立图书馆藏，存卷三至卷七，外加卷二两半叶，共计 21 回 90 叶。

艾俊川藏残叶：艾俊川 2007 年购得残叶，其实就是斯图加特本的一部分，斯图加特藏本现存 90 叶，其中有残缺。而艾俊川藏残叶 23 张，就是斯图加特藏本的缺叶。

哥本哈根本：哥本哈根丹麦皇家图书馆藏，存卷十五至卷十九，共计 18 回 95 叶半。

巴黎本：巴黎法国国家图书馆藏，存卷二十、二十一前 4 叶，共计 6 回 33 叶。

牛津残叶：英国牛津大学卜德林图书馆或称英国牛津大学博德利图书馆藏，仅存卷二十二第 14 叶一纸残叶。

- **刘兴我本**

书名《新刻全像水浒传》，二十五卷一百十五回，崇祯元年（1628年）前后刊刻。

刘兴我书坊名忠贤堂（据《三国演义》刘兴我本），也曾刊刻简本《三国演义》。

此本现藏日本东京大学东洋文化研究所双红堂文库，一百十五回全本。

- **藜光堂本（刘荣吾本）**

书名《新刻全像忠义水浒志传》（卷一），二十五卷一百十五回。刘钦恩，字荣吾，书坊为藜光堂。此本刊刻于明崇祯年间。

刘荣吾也曾刊刻《三国演义》简本。

此本现藏日本东京大学总合图书馆鸥外文库，二十五卷一百十五回全。

- **慕尼黑本**

书名《新刻绘像忠义水浒全传》，残本，存第十七回后半，至第二十四回前半，共计21叶半。刊刻于清初。

此本现藏德国慕尼黑巴伐利亚国家图书馆，或称德国慕尼黑巴威略国家图书馆。

- **郑乔林本（李渔序本）**

书名《新刻全像忠义水浒传》，二十五卷一百十五回，系清代郑乔林刊刻。卷首题署"郑乔林梓行"。此文有署名李渔的序言，因此又称李渔序本。

郑乔林书坊名为忠贤堂，康熙二十二年曾刊行《三国演义》简本。

此本和郑乔林本《三国演义》现都藏于德国柏林国立普鲁士文化基金会图书馆。

- **英雄谱本**

书名《名公批点合刻三国水浒全传英雄谱》，雄飞馆刊刻，二十卷一百一十回。

英雄谱本分初刻本和二刻本，二刻本是初刻本的翻刻本。

此本为《水浒传》《三国演义》合刻本，上栏为《水浒传》，下栏为《三国演义》。初刻本无图，二刻本有整幅故事插图。

初刻本现藏日本筑波大学，二刻英雄谱本藏于日本国立公文书馆、日本京都大学、日本尊经阁文库等地。

- **十卷本（国图出像本）**

书名《新刻出像京本忠义水浒传》，十卷一百十五回全本，又称德聚堂、文星堂本。马幼垣先生命名为"国图出像本"。此本有整幅故事插图。一般认为此本系清代康熙或之后的刊本。

此本由齐如山原藏，现国家图书馆收藏，山东蓬莱慕湘藏书楼也有收藏。

- **汉宋奇书（英雄谱本）**

书名《金圣叹批点合刻三国水浒全传》，学术界之前也称为"英雄谱本"。二十卷一百十五回。

此本和"英雄谱"本相同，也是《水浒传》和《三国演义》合刻本，上栏为《水浒传》，下栏为《三国演义》。此本有整幅故事插图。

但此本文字不同于英雄谱本，而接近刘兴我本，因此称为"汉宋奇书"。

此书收藏地甚多。

- 征四寇本

书名《后续水浒征四寇传》，目录十卷一百十五回，但只存后 49 回，删除了聚义前内容，只保留聚义后故事及征辽、田虎、王庆、方腊，因此简称"征四寇"。此本实际是因为清代金批本删除聚义后内容，编者为使读者了解梁山大聚会后的故事而编。

此本为清乾隆刊本，有近文堂、锦奎堂、中胜堂、振贤堂等刊刻。无插图。

此书收藏地甚多。

- 八卷本（南图出像本）

书名《第五才子书》，八卷一百十五回，清代后期刊本。此本有整幅故事插图。马幼垣先生命名为"南图出像本"。

此本收藏于南京图书馆等多地。

- 一百二十四回本（第五才子书）

书名《第五才子书》和《金圣叹先生批评重订水浒全传》，十二卷一百二十四回，清代后期刊本。

一百二十四回是《水浒传》版本中回数最多的版本，比一百二十回全传本还多 4 回，回目全部为 7 字很整齐。

此本藏地很多。

5）三十卷繁简混合本

此类版本正文三十卷不分回。一百回部分为繁本容与堂本的删节本，田王二传部分为简本的删节本，因此是繁简混合删节本。一般归入简本，但文字和简本不同，因此也可单独列为一类。

- 宝翰楼本（文杏堂本）

书名《李卓吾原评忠义水浒全传》，三十卷不分回。此本插图为几幅故事插图组合而成。刊刻时间可能在明末清初。

宝翰楼还刊刻一百二十回全传本。

此本存 6 卷，法国国家图书馆藏。

- 映雪草堂本

书名《李卓吾先生评水浒全传》，三十卷不分回。正文与宝翰楼本同版，但序言等有删节。刊刻时间可能在明末清初。

此本插图、正文和宝翰楼本相同，也是繁简混合删节本。

此本存三十卷，日本东京大学总和图书馆藏。

（4）5 个系统内容差异分析

以上介绍了《水浒传》5 个版本系统，5 个系统内容差异很大。

《水浒传》5 种主要版本内容比较

版本	梁山泊英雄排座次 1—70 回（七十回）	三败高太尉征辽 71—90 回（20 回）	田王二传 91—110 回（20 回）	征方腊 111—120 回（10 回）
一百回繁本	有	有	无	有
简本	有	有	有，内容不同	有
一百二十回全传本	有	有	有，内容不同	有
三十卷繁简混合本	有	有	同简本	有
七十回金批本	有	无	无	无

- 梁山泊英雄排座次

金批腰斩本只到七十回梁山泊英雄排座次，以后故事全部删除。

- 三败高太尉、征辽

繁本、全传本、简本、繁简混合本四种版本，聚义后还有三败高太尉、征辽。

- 田王二传

简本、全传本和繁简混合本在征辽后，加田虎、王庆二传，简称田王二传，繁本没有田王二传，在征辽后就直接征方腊。

- 征方腊

繁本、简本、全传本和繁简混合本在田王二传之后都加征方腊。

- 故事内容不同

有的故事内容虽然看似好像一致，但实际文字差异很大。如《水浒传》中 120 全传本和简本、繁简混合本都有田王二传，但两种版本的故事完全不同。

- 倒置阎婆事

刘唐送书给宋江和宋江见阎婆两故事，在繁本、简本和全传本、金批本是颠倒的。第二十回"梁山泊义士尊晁盖　郓城县月夜走刘唐"（郁郁堂本改为"林冲水寨大并火　晁盖梁山小夺泊"），第二十一回"虔婆醉打唐牛儿　宋江怒杀阎婆惜"，这两回写了刘唐送书给宋江，和宋江见阎婆两个故事。但容与堂、评林本和郁郁堂本、金批本这两个故事先后顺序完全颠倒了。容与堂本、评林本是宋江先见刘唐，后见阎婆。而郁郁堂本、金批本相反，是宋江先见阎婆，后见刘唐。

繁本、简本：　宋江见刘唐 → 宋江见阎婆 → 宋江杀阎婆惜

全传本、金批本：宋江见阎婆 → 宋江见刘唐 → 宋江杀阎婆惜

刘唐送书和宋江见阎婆两个故事看似简单，实际如何安排先后很有讲究。

繁本和简本是刘唐先给宋江送书，宋江后给阎婆惜父亲买棺材，阎婆为此感恩宋江，送阎婆惜给宋江作外室，这看似很合理。但这样却割裂了宋江见刘唐和杀阎婆惜两个故事，这样刘唐书在宋江处放了很长时间，才被阎婆惜发现，很不合理。而宋江

见刘唐和杀阎婆惜这两个故事是有直接因果关系的。宋江之所以杀阎婆惜，是因为阎婆惜发现了刘唐送来的书信，要去告官，使得宋江被迫杀了阎婆惜。

因此，全传本、金批本就改为把宋江见阎婆在前，刘唐送书后，宋江直接去见阎婆，刘唐书被发现后，宋江就此杀了阎婆惜，这样两个有因果关系两故事连在一起了，这样的改动是更合理的。

繁本中早期明刊本中的容与堂本、天都外臣序本、遗香堂本、锺伯敬本和简本是一类，是宋江先见刘唐，后见阎婆。而繁本中晚期清刊本的大涤余人序本、无穷会本和芥子园本，以及全传本、金批本是一类，是宋江先见阎婆，后见刘唐。

（5）5 系统之间关系

以上《水浒传》5 个版本系统的相互关系如下。

- 繁本：出现最早，这是肯定的。
- 简本和全传本：是在繁本基础上修订而产生的。简本是在繁本基础上对文字做了删节，增加了田王二传。全传本也是在繁本基础上新增和简本不同的田王二传。
- 金批本：在梁山泊英雄排座次就结束了，此后的三败高太尉、征辽、田王二传和征方腊等文字全部删除了。金批本不是来自繁本，而是来自全传本。因为第二十回中，繁本的容与堂本和全传本，在刘唐送书和宋江见阎婆惜两个故事刚好颠倒了。而金批本文字几乎一字不差完全和全传本相同。虽然繁本中的大涤余人序本、无穷会本和芥子园本两故事也颠倒了，但金批本的批语很多来自全传本，而不是大涤余人序本、无穷会本和芥子园本。因此金批本不是直接来自繁本，而是来自全传本。

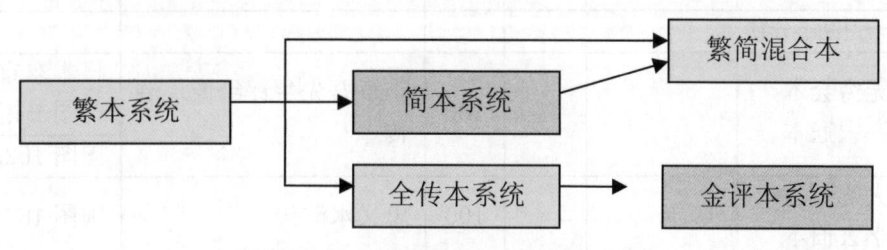

《水浒传》五种版本系统演化示意图

- 简本：其中的倒置阎婆事和繁本相同，因此简本肯定是来自繁本，而不是来自全传本。
- 繁简混合本：一百回部分来自繁本，而田王二传部分来自简本，因此是繁本和简本的混合本，文字有删节。

至于 5 个系统内各种版本的演化关系就比较复杂了，很多问题尚未彻底搞清楚。

(6)《水浒传》版本统计

为使读者对《水浒传》有全面了解，下面列表统计目前已知的《水浒传》版本。以下版本统计主要是依据邓雷《〈水浒传〉版本知见录》[①]。

存世较多版本的藏地只收入全本，残本就省略了。

《水浒传》版本分类统计表

序号	简称	书坊	卷	回	书名	藏地
繁本	一百回分卷					
1	嘉靖残本				忠义水浒传	国图 12433
2	容与堂本	容与堂	100	100	李卓吾先生批评忠义水浒传	国图 17358
						国图 05263
						日本国立公文书馆
						社科院文学所
						北京大学图书馆
						日本天理图书馆
3	天都外臣序本 石渠阁补印本	石渠阁	100	100	李卓吾先生评水浒全传	国图 10708
4	锺伯敬本	积庆堂	100	100	锺伯敬先生批评水浒忠义传	日本京都大学
						日本神山润次
						日本天理图书馆
						法国巴黎国家图书馆
繁本	一百回不分卷					
1	无穷会本 三大寇本			100	李卓吾先生评绘像水浒传	日本东京无穷会门图书馆
						国图 16294
2	大涤余人序本 李玄伯本			100	忠义水浒传	国图 16733
3	遗香堂本	遗香堂		100	遗香堂绘像水浒传	日本多久乡土资料馆

[①] 邓雷：《〈水浒传〉版本知见录》，凤凰出版社 2017 年 10 月第 1 版。

《水浒传》版本分类统计表（续1）

序号	简称	书坊	卷	回	书名	藏地
4	芥子园本	芥子园		100	忠义水浒传	国图 18159
					忠义水浒传	美国加州大学伯克利分校
					忠义水浒传	日本国会图书馆
					李卓吾评忠义水浒传	北京大学图书馆
全传	一百二十回					
1	袁无涯本	袁无涯		120	忠义水浒全传	北京大学图书馆
2	宝翰楼本	宝翰楼		120	李卓吾先生评水浒书	日本宫内厅
3	郁郁堂本	郁郁堂		120	绣像藏板水浒四传全书	国图 18218
						首都图书馆
						清华大学图书馆
						南京图书馆
						天津图书馆
						上海图书馆
						吉林大学图书馆
						日本京都大学
						日本国立公文书馆
						美国耶鲁大学
						国图 t2994
3续	郁郁堂本（续）	郁郁堂（续）		120续	绣像藏板水浒四传全书（续）	台湾傅斯年图书馆
						日本早稻田大学
						日本东京大学
						美国加州大学伯克利分校
						美国国会图书馆
						美国哈佛大学
腰斩						
1	贯华堂金批本	贯华堂	75	70	施耐庵水浒传第五才子书	日本东京大学
					王望如先生评论五才子水浒传	国图 14144
						清华大学图书馆
						日本九州大学
						北京大学图书馆
					绣像第五才子书水浒传	美国国会图书馆
						日本庆应义塾大学

《水浒传》版本分类统计表（续2）

序号	简称	书坊	卷	回	书名	藏地
简本						
1	上图残叶				京本忠义传	上海图书馆
2	种德书堂本 插增乙本	种德书堂	25	120	新刊通俗增演忠义出像水浒传	德国德累斯顿 梵蒂冈教廷图书馆
3	插增本 插增甲本		24	120	京本全像插增田虎王庆忠义水浒全传	德国斯图加特 艾氏藏本 丹麦哥本哈根 法国巴黎国家图书馆 英国牛津大学
4	评林本	双峰堂 （余象斗）	25	104	京本增补校正全像忠义水浒志传评林	日本日光山轮王寺慈眼堂 日本国立公文书馆 意大利巴勒天拿 奥地利维也纳国立图书馆 德国哥廷根大学 梵蒂冈教廷图书馆
5	刘兴我本	忠贤堂	25	115	新刻全像水浒传	日本东京大学
6	刘荣吾本 藜光堂本	刘荣吾	25	115	新刻全像忠义水浒志传	日本东京大学 德国柏林普鲁士文化基金会图书馆
7	慕尼黑本				新刻绘像忠义水浒全传	德国慕尼黑巴伐利亚国家图书馆
8	郑乔林本 李渔序本	亲贤堂 （郑乔林）	25	115	新刻全像忠义水浒传	德国柏林普鲁士文化基金会书馆
9	初刻英雄谱	雄飞馆	20	110	名公批点合刻三国水浒全传英雄谱	日本筑波大学
10	二刻英雄谱	雄飞馆	20	110	名公批点合刻三国水浒全传英雄谱	日本国立公文书馆 日本京都大学 日本尊经阁文库
11	十卷本 国图出像本	德聚堂 文星堂	10	115	新刻出像京本忠义水浒传	国图 18219 山东蓬莱慕湘藏书楼

《水浒传》版本分类统计表（续3）

序号	简称	书坊	卷	回	书名	藏地
12	汉宋奇书	文元堂 圣德堂	20	115	金圣叹批点合刻三国水浒全传	国图 14350
						天津图书馆
						傅惜华原藏本
						英国伦敦大学
						日本佐贺大学
					金圣叹先生批点绣像汉宋奇书	国图 112220
						北京大学图书馆
						首都图书馆
						厦门大学图书馆
						南开大学图书馆
						郑州大学图书馆
						日本东京大学
						法国国家图书馆
13	征四寇	近文堂 锦奎堂 中胜堂 振贤堂	10	115	后续水浒征四寇传	国图 XD4818
						北京大学图书馆
						中国人民大学
						郑州大学图书馆
						辽宁大学图书馆
						中山大学图书馆
						法国国家图书馆
14	八卷本 南图出像本	德聚堂 文星堂	8	115	第五才子书	国图 XD4760
						北京大学图书馆
						北京师范大学
						中国人民大学
						南京图书馆
						天津师范大学

《水浒传》版本分类统计表（续4）

序号	简称	书坊	卷	回	书名	藏地
15	一百二十四回本	大道堂 映雪堂	12	124	第五才子书	国图 151873
					金圣叹先生批评重订水浒全传	国图 87731
						首都图书馆
						北京大学图书馆
						北京师范大学
						吉林大学
						张青松无邪斋
					金圣叹先生批评重订水浒全传	国图 XD7271
						社科院文学所
						辽宁大学图书馆
						河南大学图书馆
混合	繁简混合					
16	宝翰楼本	宝翰楼 文杏堂		30	李卓吾原评忠义水浒全传	法国巴黎国家图书馆
17	映雪草堂本	映雪草堂		30	李卓吾先生评水浒全传	日本东京大学

（7）《水浒传》版本插图统计

《水浒传》版本插图有几种形式：
- 整幅故事插图
- 整幅人物绣像插图
- 上图下文：通栏插图、嵌图
- 无图。

《水浒传》版本插图统计表

序号	简称	插图	形式	插图数量
繁本	一百回分卷			
1	嘉靖残本	不明		
2	容与堂本	故事	整幅	200
3	天都外臣序本	故事	整幅	96
4	锺伯敬本	故事	整幅	39
繁本	一百回不分卷			
1	无穷会本	故事	整幅	200
2	大涤余人序本	故事	整幅	97

《水浒传》版本插图统计表（续）

序号	简称	插图	形式	插图数量
3	遗香堂本	故事	整幅	100
4	芥子园本	故事	整幅	100
全传	一百二十回			
1	袁无涯本	故事	整幅	120
2	宝翰楼本	故事	整幅	120
3	郁郁堂本	故事	整幅	120
腰斩	七十回			
1	贯华堂金批本	人物绣像		40
简本				
1	上图残叶	不明		
2	种德书堂本	上图下文	通栏	每叶一幅
3	插增本	上图下文	通栏	每页一幅
4	评林本	上图下文	通栏	每页一幅
5	刘兴我本	上图下文	嵌图	每页一幅
6	刘荣吾本	上图下文	嵌图	每页一幅
7	慕尼黑本	上图下文	嵌图	每页一幅
8	郑乔林本	上图下文	嵌图	每页一幅
9	初刻英雄谱	无图		
10	二刻英雄谱	故事	整幅	100
11	十卷本	故事	整幅	20
12	汉宋奇书	无图		
13	征四寇	无图		
14	八卷本	无图		
15	一百二十四回本	人物绣像		20
混合	繁简混合			
16	宝翰楼本	故事	拼图	46
17	映雪草堂本	故事	拼图	40

《水浒传》版本插图分类统计表

插图分类	形式	版本			
故事 14	整幅 12	容与堂本	天都外臣序本	锺伯敬本	无穷会本
		大涤余人序本	遗香堂本	芥子园本	袁无涯本
		宝翰楼本	郁郁堂本	二刻英雄谱	十卷本
	故事拼图 2	宝翰楼本	映雪草堂本		
人物绣像 2		金批本	一百二十四回本		
上图下文 7	通栏 3	评林本	插增本	种德书堂本	
	嵌图 4	刘兴我本	刘荣吾本	慕尼黑本	郑乔林本
无图 4		汉宋奇书	征四寇	八卷本	初刻英雄谱
不明 2		上图残叶	嘉靖残本		

《水浒传》《三国演义》简本插图比较表

插图分类	小说	版本			
上图下文	水浒传	评林本	刘兴我本	刘荣吾本	郑乔林本
		插增本	种德书堂本	慕尼黑本	
	三国演义	评林本	刘兴我本	刘荣吾本	郑乔林本
故事插图	水浒传	二刻英雄谱	十卷本		
	三国演义	致和堂本	介休本		
人物绣像	水浒传	一百二十四回本			
	三国演义	六卷本	哈佛本	松盛堂本	辉县本

《水浒传》插图和《三国演义》插图十分相似,说明这两部小说有相似发展过程。

- 繁本:《水浒传》繁本(容与堂本、袁无涯本等)和《三国演义》"演义"本插图相似,都是整幅故事插图。
- 腰斩本:《水浒传》金圣叹批本和《三国演义》毛宗岗批本插图都是人物绣像,也很类似。
- 简本上图下文:《水浒传》简本插图多数是以上图下文为主,主要有 7 种版本,包括种德书堂本、插增本、评林本、刘兴我本、刘荣吾本(藜光堂本)、郑乔林本(李渔序本)、慕尼黑本。其中种德书堂本、评林本、刘兴我本、刘荣吾本、郑乔林本 6 种《水浒传》,都有同一书坊刊刻的上图下文本《三国演义》。
- 简本故事插图:《水浒传》有英雄谱本、十卷本两种,而《三国演义》目前也有致和堂本、介休本两种。
- 简本人物绣像:《水浒传》只有一百二十四回本一种,而《三国演义》有六卷本、哈佛本、松盛堂本、辉县本等很多本。

(8)《水浒传》版本刊刻时间统计

《水浒传》版本刊刻时间统计表

分类	明中期	明末	清初	清中期	清后期
繁本8种	嘉靖本				
	容与堂本				
	天都外臣本	锺伯敬本			
		无穷会本	大涤余人本		
			遗香堂本		
			芥子园本		
全传3种		袁无涯本			
		宝翰楼本			
		郁郁堂本			
简本14种	上图残叶				
	种德书堂本				
	插增本				
	评林本				
		英雄谱			
		刘兴我本			
		刘荣吾本			
		慕尼黑本			
			郑乔林本		
			十卷本		
			汉宋奇书		
				征四寇	
					八卷本
					一百二十四回
混合本两种			宝翰楼本		
			映雪草堂本		
统计	7种	9种	8种	一种	两种

《水浒传》版本刊刻时间可分为5个时期,每个时期刊刻的数量起伏很明显。

● 明中期开始刊刻7种。
● 明末9种达到高峰。
● 清初下降到8种。

- 清中期再下降到一种。
- 清后期只有两种。

(9)《水浒传》全本、残本统计

现存《水浒传》版本有的是完整的全本，也有的没有任何全本，全部是残本，下面对现存全本、残本统计。

现存《水浒传》版本中，全本23种，残本6种，残本占总数的约五分之一。

《水浒传》版本现存版本全本、残本统计表

分类	版本				
全本 23	容与堂本	天都外臣序本	锺伯敬本	无穷会本	遗香堂本
	芥子园本	袁无涯本	郁郁堂本	宝翰楼本	金批本
	评林本	初刻英雄谱	二刻英雄谱	刘兴我本	藜光堂本
	宝翰楼本	映雪草堂本	一百二十四回本	汉宋奇书	郑乔林本
	征四寇本	八卷本	十卷本		
残本 6	上图残叶	嘉靖残本	大涤余人序本	种德书堂本	插增本
	慕尼黑本				

(10)《水浒传》藏地统计

《水浒传》版本有很多藏地只在境外，下面列表统计分藏于境外、境内和境内外的《水浒传》版本。

可看出境内7种，境外1种，境内外8种，三种数量基本差不多，境外最多。

《水浒传》版本藏地统计

收藏	数量	版本
境内	8	嘉靖残本、天都外臣序本、大涤余人序本、袁无涯本、上图残叶 十卷本、八卷本、一百二十四回本
境外	11	锺伯敬本、遗香堂本、宝翰楼本、种德书堂本、插增本 评林本、英雄谱、刘兴我本、刘荣吾本、慕尼黑本、郑乔林本
境内外	7	容与堂本、无穷会本、芥子园本、郁郁堂本、金批本、汉宋奇书 征四寇

特别要指出的是，7种上图下文本：种德书堂本、插增本、评林本、刘兴我本、藜光堂本、慕尼黑本、郑乔林本，全部藏于国外。这可能是由于这种上图下文的形式外国人看了很新奇，因此带到了国外保存下来。而国内这种上图下文本很多，大家都不注意保存，因此都流失了。今天我们只能在海外图书馆看到这些版本，也十分遗憾。如果不是国外保存下来这些版本，我们今天要研究《水浒传》版本演化就十分困难了。

(11)《水浒传》版本数字化

五大名著版本数字化中,《水浒传》版本数字化最差,未数字化版本最多。

《水浒传》版本不到 30 种,大约是《三国演义》版本的一半,但《三国演义》版本数字化在日本中川谕先生多年努力下除极少数版本外,基本都已经数字化。《西游记》《金瓶梅》《红楼梦》版本也基本都数字化了。而《水浒传》版本数字化只有 13 种,还不到一半。

版本数字化包括两方面,第一是图像数字化,第二是文本数字化。首先要图像数字化,但图像只能供人工研究,更重要的是文本数字化,只有数字化文本才可以进行计算机自动比对。

下面是《水浒传》版本文本数字化的情况,加※的是有整理排印文本。

《水浒传》版本已经数字化统计表(13 种)

分类	数量	版本
繁本	5	※容与堂本、※天都外臣序本、※锺伯敬本、郑藏本、无穷会本
简本	6	※评林本、插增本、种德书堂本、刘兴我本、刘荣吾本、上海残叶
全传本	1	※郁郁堂本
腰斩本	1	※金圣叹本

《水浒传》版本尚未数字化统计表(15 种)

分类	数量	版本
繁本	3	大涤余人序本、遗香堂本、芥子园本
全传本	2	袁无涯本、宝翰楼本
简本	10	郑乔林本、初刻英雄谱本、二刻英雄谱本、慕尼黑本、十卷本、汉宋奇书、征四寇本、八卷本、一百二十四回本、三十卷本

造成《水浒传》版本数字化最差的原因有几点。

第一,原本获取难。《水浒传》很多版本很少见,尚未公开,有些版本藏地在境外,获取很困难。有些即便在国内,由于种种原因也未公开。无法获得版本就无法数字化。

第二,经费困难。数字化需要经费,尤其是录入成电子文本。由于古代小说刊刻很粗糙,无法使用计算机自动识别,只有人工录入,一般一千字要几十元,一个版本几十万字就要几万元。没有经费就很难实现数字化。

第三,研究者少。目前国内对版本研究普遍重视不够,研究《水浒传》版本的学者较少,而知名学者更少,因此申请立项经费很难。

第四,后期版本多。尚未数字化的 15 种版本中,袁无涯本虽然是最重要的繁本,但其翻刻本郁郁堂本已经数字化。其他未数字化的版本多数是后期版本,版本文字差异较小，因此一般都不在意做数字化。

第五，重视程度不够。国内目前仍有些学者认为版本数字化意义不大，觉得人工研究基本就可以确定版本的情况，数字化可以再提高，但提升空间有限。这种思想也妨碍了《水浒传》版本的数字化。

从目前情况看，要实现《水浒传》版本全部数字化，短期内恐怕还十分困难。对此只有表示很遗憾。

2. 《水浒传》版本回目研究

（1）《水浒传》版本回目比对

《水浒传》版本的分卷和回目十分混乱，根据分卷和分回，可分为以下 3 类：分卷分回，分回不分卷，分卷不分回。

《水浒传》繁本都是一百回，全传本都是一百二十回，回目比较整齐简单。

但《水浒传》简本回目比较复杂，分一百四回、一百十回、一百十五回、一百二十回、一百二十四回。

《水浒传》回目混乱需要说明以下几点：
- 各版本的目录回目和正文标题实际回目经常不同。
- 各版本正文回目很多不连续，非常混乱。
- 本文记录的是正文标题的回目，不是目录的回目。
- 正文标题回目数和实际统计回目数也经常不同。
- 此处是实际统计回目，不是版本上各回所标注的回目数。
- 回目中常有文字错误，下列表中一般都予以改正。

这些回目的比较看似很简单，但从中可以看出各种版本的编写情况，各种版本之间的关系，以及各种版本之间的演化，因此回目的统计和分析还是很有价值的。

整理《水浒传》版本回目还有一个重要目的是要做数字化比对。要数字化比对各种版本的文字，各种版本必须有统一的回目，否则因为各种版本回目不同，就无法按照各自的回目数比对。这也是必须统一整理《水浒传》版本回目的一个重要原因。

回目比对整理本应同时比对繁本、全传本、简本、金圣叹本，但由于本书开本限制，只好分两次比对。先比对四种主要版本回目，再比对 6 种简本回目。

以下先比对一百回繁本容与堂本、一百三回（目录是一百四回，实际是一百三回）简本评林本、一百二十回全传本郁郁堂本和七十回金圣叹本的回目。

《水浒传》四种主要版本回目比较表

回目	回目	容与堂本 一百回繁本	回目	评林本 一百三回简本	回目	郁郁堂本 一百二十回	回目	金圣叹本 七十回
1	1	张天师祈禳瘟疫 洪太尉误走妖魔	1	张天师祈攘瘟疫 洪太尉误走妖魔	1	张天师祈禳瘟疫 洪太尉误走妖魔	楔子	张天师祈禳瘟疫 洪太尉误走妖魔
2	2	王教头私走延安府 九纹龙大闹史家村	2	王教头私走延安府 九纹龙大闹史家村	2	王教头私走延安府 九纹龙大闹史家村	1	王教头私走延安府 九纹龙大闹史家村
3	3	史大郎夜走华阴县 鲁提辖拳打镇关西	3	大郎走华阴县 智深打镇关西	3	史大郎夜走华阴县 鲁提辖拳打镇关西	2	史大郎夜走华阴县 鲁提辖拳打镇关西
4	4	赵员外重修文殊院 鲁智深大闹五台山	4	赵员外重修文殊院 鲁智深大闹五台山	4	赵员外重修文殊院 鲁智深大闹五台山	3	赵员外重修文殊院 鲁智深大闹五台山
5	5	小霸王醉入销金帐 花和尚大闹桃花村	5	小霸王醉入销金帐 花和尚大闹桃花村	5	小霸王醉入销金帐 花和尚大闹桃花村	4	小霸王醉入销金帐 花和尚大闹桃花村
6	6	九纹龙剪径赤松林 鲁智深火烧瓦罐寺	6	九纹龙剪径赤松林 鲁智深火烧瓦罐寺	6	九纹龙剪径赤松林 鲁智深火烧瓦罐寺	5	九纹龙剪径赤松林 鲁智深火烧瓦官寺
7	7	花和尚倒拔垂杨柳 豹子头误入白虎堂	7	花和尚倒拔垂杨柳 豹子头误入白虎堂	7	花和尚倒拔垂杨柳 豹子头误入白虎堂	6	花和尚倒拔垂杨柳 豹子头误入白虎堂
8	8	林教头刺配沧州道 鲁智深大闹野猪林			8	林教头刺配沧州道 鲁智深大闹野猪林	7	林教头刺配沧州道 鲁智深大闹野猪林
9	9	柴进门招天下客 林冲棒打洪教头	8	柴进门招天下客 林冲棒打洪教头	9	柴进门招天下客 林冲棒打洪教头	8	柴进门招天下客 林冲棒打洪教头
10	10	林教头风雪山神庙 陆虞候火烧草料场			10	林教头风雪山神庙 陆虞候火烧草料场	9	林教头风雪山神庙 陆虞候火烧草料场
11	11	朱贵水亭施号箭 林冲雪夜上梁山	9	朱贵水亭施号箭 林冲雪夜上梁山	11	朱贵水亭施号箭 林冲雪夜上梁山	10	朱贵水亭施号箭 林冲雪夜上梁山
12	12	梁山泊林冲落草 汴京城杨志卖刀	10	梁山(泊)林冲落草 汴梁城杨志卖刀	12	梁山泊林冲落草 汴京城杨志卖刀	11	梁山泊林冲落草 汴京城杨志卖刀
13	13	急先锋东郭争功 青面兽北京斗武	11	急先锋东廓争功 青面兽北京斗武	13	急先锋东郭争功 青面兽北京斗武	12	青面兽北京斗武 急先锋东郭争功
14	14	赤发鬼醉卧灵官殿 晁天王认义东溪村	12	赤发鬼醉卧灵官殿 晁天王举义东溪村	14	赤发鬼醉卧灵官殿 晁天王认义东溪村	13	赤发鬼醉卧灵官殿 晁天王认义东溪村
15	15	吴学究说三阮撞筹 公孙胜应七星聚义	13	吴学究说三阮撞筹 公孙胜应七星聚义	15	吴学究说三阮撞筹 公孙胜应七星聚义	14	吴学究说三阮撞筹 公孙胜应七星聚义
16	16	杨志押送金银担 吴用智取生辰纲	14	杨志押送金银担 吴用智取生辰杠	16	杨志押送金银担 吴用智取生辰纲	15	杨志押送金银担 吴用智取生辰纲
17	17	花和尚单打二龙山 青面兽双夺宝珠寺	15	花和尚单打二龙山 青面兽双夺宝珠寺	17	花和尚单打二龙山 青面兽双夺宝珠寺	16	花和尚单打二龙山 青面兽双夺宝珠寺
18	18	美髯公智稳插翅虎 宋公明私放晁天王	16	美须公赚插翅虎 宋公明私放晁天王	18	美髯公智稳插翅虎 宋公明私放晁天王	17	美髯公智稳插翅虎 宋公明私放晁天王
19	19	林冲水寨大并火 晁盖梁山小夺泊	17	林冲山寨大并火 晁盖梁山尊为主	19	林冲水寨大并火 晁盖梁山小夺泊	18	林冲水寨大并火 晁盖梁山小夺泊
20	20	梁山泊义士尊晁盖 郓城县月夜走刘唐	18	梁山泊义士尊晁盖 郓城县月夜走刘唐	20	梁山泊义士尊晁盖 郓城县月夜走刘唐	19	梁山泊义士尊晁盖 郓城县月夜走刘唐
21	21	虔婆醉打唐牛儿 宋江怒杀阎婆惜	19	虔婆醉打唐牛儿 宋江怒杀阎婆惜	21	虔婆醉打唐牛儿 宋江怒杀阎婆惜	20	虔婆醉打唐牛儿 宋江怒杀阎婆惜
22	22	阎婆大闹郓城县 朱全义释宋公明	20	阎婆闹郓城县 朱全义释宋江	22	阎婆大闹郓城县 朱全义释宋公明	21	阎婆大闹郓城县 朱仝义释宋公明
23	23	横海郡柴进留宾 景阳冈武松打虎	21	横海郡柴进留宾 景阳冈武松打虎	23	横海郡柴进留宾 景阳冈武松打虎	22	横海郡柴进留宾 景阳冈武松打虎

《水浒传》四种主要版本回目比较表（续1）

回目	回目	容与堂本 一百回繁本	回目	评林本 一百三回简本	回目	郁郁堂本 一百二十回	回目	金圣叹本 七十回
24	24	王婆贪贿说风情 郓哥不忿闹茶肆	22	王婆贪贿说风情 郓哥不忿闹茶肆	24	王婆贪贿说风情 郓哥不忿闹茶肆	23	王婆贪贿说风情 郓哥不忿闹茶肆
25	25	王婆计啜西门庆 淫妇药鸩武大郎	23	王婆计啜西门庆 淫妇药鸩武大郎	25	王婆计啜西门庆 淫妇药鸩武大郎	24	王婆计啜西门庆 淫妇药鸩武大郎
26	26	郓哥大闹授官厅 武松斗杀西门庆	24	郓哥报知武松 武松杀西门庆	26	偷骨殖何九叔送丧 供人头武二郎设祭	25	偷骨殖何九送丧 供人头武二设祭
27	27	母夜叉孟州道卖人肉 武都头十字坡遇张青	25	母夜坡前卖淋酒 武松遇救骨张青	27	母夜叉孟州道卖人肉 武都头十字坡遇张青	26	母夜叉孟州道卖人肉 武都头十字坡遇张青
28	28	武松威镇安平寨 施恩义夺快活林	26	武松威镇安平寨 施恩义夺快活林	28	武松威镇安平寨 施恩义夺快活林	27	武松威震平安寨 施恩义夺快活林
29	29	施恩重霸孟州道 武松醉打蒋门神	27	施恩重霸孟州道 武松醉打蒋门神	29	施恩重霸孟州道 武松醉打蒋门神	28	施恩重霸孟州道 武松醉打蒋门神
30	30	施恩三人死囚牢 武松大闹飞云浦	28	施恩三进死囚牢 武松大闹飞云浦	30	施恩三入死囚牢 武松大闹飞云浦	29	施恩三入死囚牢 武松大闹飞云浦
31	31	张都监血溅鸳鸯楼 武行者夜走蜈蚣岭	29	都监血溅鸳鸯楼 武行者夜走蜈蚣岭	31	张都监血溅鸳鸯楼 武行者夜走蜈蚣岭	30	张都监血溅鸳鸯楼 武行者夜走蜈蚣岭
32	32	武行者醉打孔亮 锦毛虎义释宋江			32	武行者醉打孔亮 锦毛虎义释宋江	31	武行者醉打孔亮 锦毛虎义释宋江
33	33	宋江夜看小鳌山 花荣大闹清风寨	30	宋江夜看小鳌山 花荣大闹清风寨	33	宋江夜看小鳌山 花荣大闹清风寨	32	宋江夜看小鳌山 花荣大闹清风寨
34	34	镇三山大闹青州道 霹雳火夜走瓦砾场	31	镇三山大闹青州道 霹雳火走瓦砾场	34	镇三山大闹青州道 霹雳火夜走瓦砾场	33	镇三山大闹青州道 霹雳火夜走瓦砾场
35	35	石将军村店寄书 小李广梁山射雁			35	石将军村店寄书 小李广梁山射雁	34	石将军村店寄书 小李广梁山射雁
36	36	梁山泊吴用举戴宗 揭阳岭宋江逢李俊	32	梁山泊吴用举戴宗 揭阳岭宋江逢李俊	36	梁山泊吴用举戴宗 揭阳岭宋江逢李俊	35	梁山泊吴用举戴宗 揭阳岭宋江逢李俊
37	37	没遮拦追赶及时雨 船火儿夜闹浔阳江			37	没遮拦追赶及时雨 船火儿大闹浔阳江	36	没遮拦追赶及时雨 船火儿夜闹浔阳江
38	38	及时雨会神行太保 黑旋风斗浪里白跳	33	及时雨会神行太保 黑旋风斗浪里白跳	38	及时雨会神行太保 黑旋风斗浪里白跳	37	及时雨会神行太保 黑旋风斗浪里白条
39	39	浔阳楼宋江吟反诗 梁山泊戴宗传假信	34	浔阳楼宋江吟反诗 梁山泊戴宗传假信	39	浔阳楼宋江吟反诗 梁山泊戴宗传假信	38	浔阳楼宋江吟反诗 梁山泊戴宗传假信
40	40	梁山泊好汉劫法场 白龙庙英雄小聚义			40	梁山泊好汉劫法场 白龙庙英雄小聚义	39	梁山泊好汉劫法场 白龙庙英雄小聚义
41	41	宋江智取无为军 张顺活捉黄文炳	35	宋江智取无为军 张顺活捉黄文炳	41	宋江智取无为军 张顺活捉黄文炳	40	宋江智取无为军 张顺活捉黄文炳
42	42	还道村受三卷天书 宋公明遇九天玄女			42	还道村受三卷天书 宋公明遇九天玄女	41	还道村受三卷天书 宋公明遇九天玄女
43	43	假李逵剪径劫单人 黑旋风沂岭杀四虎	36	假李逵剪径劫单人 黑旋风沂岭杀四虎	43	假李逵剪径劫单人 黑旋风沂岭杀四虎	42	假李逵径劫单身 黑旋风沂岭杀四虎
44	44	锦豹子小径逢戴宗 病关索长街遇石秀	37	锦豹子径逢戴宗 病关索街遇石秀	44	锦豹子小径逢戴宗 病关索长街遇石秀	43	锦豹子小径逢戴宗 病关索长街遇石秀
45	45	杨雄醉骂潘巧云 石秀智杀裴如海	38	杨雄醉骂潘巧云 石秀智杀裴如海	45	杨雄醉骂潘巧云 石秀智杀裴如海	44	杨雄醉骂潘巧云 石秀智杀裴如海
46	46	病关索大闹翠屏山 拼命三火烧祝家店	39	杨雄大闹翠屏山 石秀火烧祝家店	46	病关索大闹翠屏山 拼命三火烧祝家店	45	病关索大闹翠屏山 拼命三火烧祝家店

《水浒传》四种主要版本回目比较表（续2）

回目	回目	容与堂本 一百回繁本	回目	评林本 一百三回简本	回目	郁郁堂本 一百二十回	回目	金圣叹本 七十回
47	47	扑天雕双修生死书 宋公明一打祝家庄			47	扑天雕双修生死书 宋公明一打祝家庄	46	扑天雕两修生死书 宋公明一打祝家庄
48	48	一丈青单捉王矮虎 宋公明两打祝家庄			48	一丈青单捉王矮虎 宋公明两打祝家庄	47	一丈青单捉王矮虎 宋公明二打祝家庄
49	49	解珍解宝双越狱 孙立孙新大劫牢	40	解珍解宝双越狱 孙立孙新大劫牢	49	解珍解宝双越狱 孙立孙新大劫牢	48	解珍解宝双越狱 孙立孙新大劫牢
50	50	吴学究双用连环计 宋公明三打祝家庄	41	吴用双用连环计 宋江三打祝家庄	50	吴学究双用连环计 宋公明三打祝家庄	49	吴学究双掌连环计 宋公明三打祝家庄
51	51	插翅虎枷打白秀英 美髯公误失小衙内	42	插翅虎枷打白秀英 美髯公误失小衙内	51	插翅虎枷打白秀英 美髯公误失小衙内	50	插翅虎枷打白秀英 美髯公误失小衙内
52	52	李逵打死殷天锡 柴进失陷高唐州			52	李逵打死殷天锡 柴进失陷高唐州	51	李逵打死殷天赐 柴进失陷高唐州
53	53	戴宗智取公孙胜 李逵斧劈罗真人	43	戴宗智取公孙胜 李逵斧劈罗真人	53	戴宗智取公孙胜 李逵斧劈罗真人	52	戴宗二取公孙胜 李逵独劈罗真人
54	54	入云龙关法破高廉 黑旋风探穴救柴进	44	入云龙法破高廉 黑旋风探救柴进	54	入云龙斗法破高廉 黑旋风探穴救柴进	53	入云龙斗法破高廉 黑旋风下井救柴进
55	55	高太尉三兴路兵 呼延灼摆布连环马	45	高太尉兴三路兵 呼延灼摆布连环马	55	高太尉大兴三路兵 呼延灼摆布连环马	54	高太尉大兴三路兵 呼延灼摆布连环马
56	56	吴用使时迁盗甲 汤隆赚徐宁上山	46	吴用使时迁盗甲 汤隆赚徐宁上山	56	吴用使时迁盗甲 汤隆赚徐宁上山	55	吴用使时迁偷甲 汤隆赚徐宁上山
57	57	徐宁教使钩镰枪 宋江大破连环马			57	徐宁教使钩镰枪 宋江大破连环马	56	徐宁教使钩镰枪 宋江大破连环马
58	58	三山聚义打青州 众虎同心归水泊	47	三山聚义打青州 众虎同心归水泊	58	三山聚义打青州 众虎同心归水泊	57	三山聚义打青州 众虎同心归水泊
59	59	吴用赚金铃吊挂 宋江闹西岳华山	48	吴用赚金铃吊挂 宋江闹西岳华山	59	吴用赚金铃吊挂 宋江闹西岳华山	58	吴用赚金铃吊挂 宋江闹西岳华山
60	60	公孙胜芒砀山降魔 晁天王曾头市中箭	49	公孙胜芒砀降魔 晁天王曾头中箭	60	公孙胜芒砀山降魔 晁天王曾头市中箭	59	公孙胜芒砀山降魔 晁天王曾头市中箭
61	61	吴用智赚玉麒麟 张顺夜闹金沙渡	50	吴用智赚玉麒麟 张顺夜闹金沙渡	61	吴用智赚玉麒麟 张顺夜闹金沙渡	60	吴用智赚玉麒麟 张顺夜闹金沙渡
62	62	放冷箭燕青救主 劫法场石秀跳楼	51	放冷箭燕青救主 劫法场石秀跳楼	62	放冷箭燕青救主 劫法场石秀跳楼	61	放冷箭燕青救主 劫法场石秀跳楼
63	63	宋江兵打北京城 关胜议取梁山泊	52	宋江兵打北京城 关胜议取梁山泊	63	宋江兵打北京城 关胜议取梁山泊	62	宋江兵打大名城 关胜议取梁山泊
64	64	呼延灼夜月赚关胜 宋公明雪天擒索超	53	胡延灼计赚关胜 宋公明智擒索超	64	呼延灼月夜赚关胜 宋公明雪天擒索超	63	呼延灼月夜赚关胜 宋公明雪天擒索超
65	65	托塔天王梦中显圣 浪里白跳水上报冤	54	晁天王梦中显圣 浪里白跳水报冤	65	托塔天王梦中显圣 浪里白跳水上报冤	64	托塔天王梦中显圣 浪里白条水上报冤
66	66	时迁火烧翠云楼 吴用智取大名府	55	时迁火烧翠云楼 吴用智取大名府	66	时迁火烧翠云楼 吴用智取大名府	65	时迁火烧翠云楼 吴用智取大名府
67	67	宋江赏马步三军 关胜降水火二将	56	宋江赏马步三军 关胜降水火二将	67	宋江赏马步三军 关胜降水火二将	66	宋江赏马步三军 关胜降水火二将
68	68	宋公明夜打曾头市 卢俊义活捉史文恭			68	宋公明夜打曾头市 卢俊义活捉史文恭	67	宋公明夜打曾头市 卢俊义活捉史文恭
69	69	东平府误陷九纹龙 宋公明义释双枪将	57	东平误陷九纹龙 宋江义释双枪将	69	东平府误陷九纹龙 宋公明义释双枪将	68	东平府误陷九纹龙 宋公明义释双枪将

《水浒传》四种主要版本回目比较表（续3）

回目	回目	容与堂本 一百回繁本	回目	评林本 一百三回简本	回目	郁郁堂本 一百二十回	回目	金圣叹本 七十回
70	70	没羽箭飞石打英雄 宋公明弃粮擒壮士	58	羽箭飞石打英雄 宋江弃粮擒壮士	70	没羽箭飞石打英雄 宋公明弃粮擒壮士	69	没羽箭飞石打英雄 宋公明弃粮擒壮士
71	71	忠义堂石碣受天文 梁山泊英雄排座次	59	忠义堂石碣受天文 梁山泊英雄排座次	71	忠义堂石碣受天文 梁山泊英雄排座次	70	忠义堂石碣受天文 梁山泊英雄惊恶梦
72	72	柴进簪花入禁院 李逵元夜闹东京	60	柴进簪花入禁院 李逵元夜闹东京	72	柴进簪花入禁苑 李逵元夜闹东京		
73	73	黑旋风乔捉鬼 梁山泊双献头	61	黑旋风杀死王小二 四柳村除奸斩淫妇	73	黑旋风乔捉鬼 梁山泊双献头		
74	74	燕青智扑擎天柱 李逵寿张乔坐衙	62	燕青智扑擎天柱 李逵寿张乔坐衙	74	燕青智扑擎天柱 李逵寿张乔坐衙		
75	75	活阎罗倒船偷御酒 黑旋风扯诏谤徽宗	63	小七倒船偷御酒 李逵扯诏谤朝廷	75	活阎罗倒船偷御酒 黑旋风扯诏骂钦差		
76	76	吴加亮布四斗五方旗 宋公明排九宫八卦阵	64	吴加亮布四方旗 宋公明排八卦阵	76	吴加亮布四斗五方旗 宋公明排九宫八卦阵		
77	77	梁山泊十面埋伏 宋公明两赢童贯	65	梁山泊十面埋伏 宋公明两赢童贯	77	梁山泊十面埋伏 宋公明两赢童贯		
78	78	十节议取梁山泊 宋公明一败高太尉	66	宋公明一败高太尉 十节度议收梁山泊	78	十节度议取梁山泊 宋公明一败高太尉		
79	79	刘唐放烧战船 宋江两败高太尉	67	刘唐放火烧战舡 宋江两败高太尉	79	刘唐放火烧战船 宋江两败高太尉		
80	80	张顺凿漏海鳅船 宋江三败高太尉	68	张顺凿漏海鳅船 宋江三败高太尉	80	张顺凿漏海鳅船 宋江三败高太尉		
81	81	燕青月夜遇道君 戴宗定计赚萧让	69	燕青月夜遇道君 戴宗定计赚萧让	81	燕青月夜遇道君 戴宗定计出乐和		
82	82	梁山泊分金大买市 宋公明全伙受招安	70	梁山泊分金大买市 宋公明全伙受招安	82	梁山泊分金大买市 宋公明全伙受招安		
83	83	宋公明奉诏破大辽 陈桥驿滴泪斩小卒	71	宋公明奉诏破大辽 陈桥驿泪滴斩小卒	83	宋公明奉诏破大辽 陈桥驿滴泪斩小卒		
84	84	宋公明兵打蓟州城 卢俊义大战玉田县	72	宋江兵打蓟州城 卢俊义大战玉田县	84	宋公明兵打蓟州城 卢俊义大战玉田县		
85	85	宋公明夜度益津关 吴学究智取文安县			85	宋公明夜度益津关 吴学究智取文安县		
86	86	宋公明大战独鹿山 卢俊义兵陷青石峪	73	宋公明大战独鹿山 卢俊义兵陷青石峪	86	宋公明大战独鹿山 卢俊义兵陷青石峪		
87	87	宋公明大战幽州 呼延灼力擒番将			87	宋公明大战幽州 呼延灼力擒番将		
88	88	颜统军阵列混天像 宋公明梦授玄女法	74	颜统军阵列混天像 宋公明梦授玄女法	88	颜统军阵列混天象 宋公明梦授玄女法		
89	89	宋公明破阵成功 宿太尉颁恩降诏	75	宋公明破阵成功 宿太尉颁恩降诏	89	宋公明破阵成功 宿太尉颁恩降诏		
90	90	五台山宋江参禅 双林镇燕青遇故	76	五台山宋江参禅 双林渡燕青射雁	90	五台山宋江参禅 双林镇燕青遇故		
91			77	宿太尉保举宋江 卢俊义分兵征讨	91	宋公明兵渡黄河 卢俊义赚城黑夜		
92			78	盛提辖举义投降 元仲良愤激出家	92	振军威小李广神箭 打盖郡智多星密筹		

《水浒传》四种主要版本回目比较表（续4）

回目	回目	容与堂本 一百回繁本	回目	评林本 一百三回简本	回目	郁郁堂本 一百二十回	回目	金圣叹本 七十回
93			79	众英雄大会唐斌 琼郡主配合张清	93	李逵梦闹天池 宋江兵分两路		
94			80	公孙胜再访罗真人 没羽箭智伏乔道清	94	关胜义降三将 李逵芥陷众人		
95			81	宋江兵会苏林岭 孙安大战白虎关	95	宋公明忠感后土 乔道清术败宋兵		
96			82	魏州城宋江祭诸将 石羊关孙安擒勇士	96	幻魔君术窘五龙山 入云龙兵围百谷岭		
97			83	卢俊义计破狮子关 段景柱暗认玉栏楼	97	陈瓘谏官升安抚 琼英处女做先锋		
98			84	及时雨梦中朝大圣 黑旋风异境遇仙翁	98	张清缘配琼英 吴用计鸩邬梨		
99			85	卞祥卖阵平河北 宋江得胜转东京	99	花和尚解脱缘缠井 混江龙水灌太原城		
100			86	徽宗降敕安河北 宋江奉命讨淮西	100	张清琼英双建功 陈瓘宋江同奏捷		
101					101	谋坟地阴险产逆 蹈春阳妖艳生奸		
102			87	高俅恩报柳世雄 王庆被陷配淮西	102	王庆因奸吃官司 龚端被打师军犯		
103			88	王庆打死张太尉 夜走永州遇李杰	103	张管营因妾弟丧身 范节级为表兄医脸		
104			89	快活林王庆使枪棒 段三娘招赘王庆	104	段家庄重招新女婿 房山寨双并旧强人		
105			90	宋公明兵度吕梁关 公孙胜法取石祁城	105	宋公明避暑疗军兵 乔道清回风烧贼寇		
106			91	李逵受困于骆谷 宋江智取洮阳城	106	书生谈笑却强敌 水军汩没破坚城		
107			92	宋公明游夜玩景 吴学究打帐谈兵	107	宋江大胜纪山军 朱武打破六花阵		
108			93	孙安病死九湾河 李俊雪天渡越水	108	乔道清兴雾取城 小旋风藏炮击贼		
109			94	公孙胜马而山请神 宋公明东鹜岭灭妖	109	王庆渡江被捉 宋江剿寇成功		
110			95	公孙胜辞别归乡 宋江领敕征方腊	110	燕青秋林渡射雁 宋江东京城献俘		
111	91	张顺夜伏金山寺 宋江智取润州城	96	张顺夜伏金山寺 宋江智取润州城	111	张顺夜伏金山寺 宋江智取润州城		
112	92	卢俊义分兵歙州道 宋公明大战毗陵郡	97	卢俊义分兵宣州道 宋公明大战毗陵郡	112	卢俊义分兵宣州道 宋公明大战毗陵郡		
113	93	混江龙太湖小结义 宋公明苏州大会垓			113	混江龙太湖小结义 宋公明苏州大会垓		
114	94	宁海军宋江吊孝 涌金门张顺归神	98	宁海军宋江吊孝 涌金门张顺归神	114	宁海军宋江吊孝 涌金门张顺归神		
115	95	张顺魂捉方天定 宋江智取宁海军	99	张顺魂捉方天定 宋江智取宁海军	115	张顺魂捉方天定 宋江智取宁海军		

《水浒传》四种主要版本回目比较表（续5）

回目	回目	容与堂本 一百回繁本	回目	评林本 一百三回简本	回目	郁郁堂本 一百二十回	回目	金圣叹本 七十回
116	96	卢俊义分兵歙州道 宋公明大战乌龙岭	100	卢俊义分兵歙州道 宋公明大战乌龙岭	116	卢俊义分兵歙州道 宋公明大战乌龙岭		
117	97	睦州城箭射邓元觉 乌龙岭神助宋公明	101	睦州城箭射邓元觉 乌龙岭神助宋公明	117	睦州城箭射邓元觉 乌龙岭神助宋公明		
118	98	卢俊义大战昱岭关 宋公胆智取清溪洞			118	卢俊义大战昱岭关 宋公明智取清溪洞		
119	99	鲁智深浙江坐化 宋公明衣锦还乡	102	鲁智深杭州坐化 宋公明衣锦还乡	119	鲁智深浙江坐化 宋公明衣锦还乡		
120	100	宋公明神聚蓼儿洼 徽宗帝梦游梁山泊	103	宋公明神聚蓼儿洼 徽宗帝梦游梁山泊	120	宋公明神聚蓼儿洼 徽宗帝梦游梁山泊		

（2）《水浒传》四种主要版本回目分析

以上比对了《水浒传》四种主要版本回目，繁本都是一百回，全传本都是一百二十回。简本回目比较混乱，有一百四（实际一百三回）、一百十、一百十五、一百二十、一百二十四等回，腰斩本有七十回。这四种版本回目基本相同，主要差异有以下两点。

1) 评林本少 16 个回目

评林本和一百回繁本相比，少了 16 个回目，即：

- 8　林教头刺配沧州道　鲁智深大闹野猪林
- 10　林教头风雪山神庙　陆虞候火烧草料场
- 32　武行者醉打孔亮　锦毛虎义释宋江
- 35　石将军村店寄书　小李广梁山射雁
- 37　没遮拦追赶及时雨　船火儿夜闹浔阳江
- 40　梁山泊好汉劫法场　白龙庙英雄小聚义
- 42　还道村受三卷天书　宋公明遇九天玄女
- 47　扑天雕双修生死书　宋公明一打祝家庄
- 48　一丈青单捉王矮虎　宋公明两打祝家庄
- 52　李逵打死殷天锡　柴进失陷高唐州
- 57　徐宁教使钩镰枪　宋江大破连环马
- 68　宋公明夜打曾头市　卢俊义活捉史文恭
- 85　宋公明夜度益津关　吴学究智取文安县
- 87　宋公明大战幽州　呼延灼力擒番将
- 113　混江龙太湖小结义　宋公明苏州大会垓
- 118　卢俊义大战昱岭关　宋公明智取清溪洞

因为繁本有这 16 个回目，而评林本是来自繁本的简本，因此这 16 个回目肯定是评林本缺失删节的，而不是繁本等版本增补的。至于评林本缺少这 16 个回目的原因最大可能是编者为了简略而故意删节了，但也可能是编者疏忽而遗漏了。

2）两个回目不同

四种主要版本回目不同的只有 2 回。

- 第十三回，繁本、简本和全传本都是"急先锋东郭争功　青面兽北京斗武"。而腰斩本把回目先后顺序改变为"青面兽北京斗武　急先锋东郭争功"。
- 第二十六回，4 版本回目不同，分别是：

繁本：　　郓哥大闹授官厅　　武松斗杀西门庆
简本：　　郓哥报知武松　　　武松杀西门庆
全传本：　偷骨殖何九叔送丧　供人头武二郎设祭
腰斩本：　偷骨殖何九丧　　　供人头武二设祭

繁本和简本相同，而全传本和腰斩本基本相同。
这也说明，简本来自繁本，而腰斩本来自全传本。
下面是《水浒传》六个简本的回目比对，由于开本限制，分左右两页对照比对。

(3)《水浒传》简本回目统计

《水浒传》简本的编写一般都比较粗糙，因此导致简本的回目都很混乱，各种版本的回目有增有减，差异很大。

《水浒传》简本有 12 种，可分为以下 5 类。

- 一百四回：评林本[①]。
- 一百十五回：刘兴我本、刘荣吾本、郑乔林本（李渔序本）、十卷本、汉宋奇书、八卷本。
- 一百十回：初刻英雄谱本、二刻英雄谱本[②]。
- 一百二十回：种德书堂本、插增本。
- 一百二十四回：第五才子书。

以下列表比对其中 6 种简本的回目：评林本、刘兴我本、初刻英雄谱本、插增本、种德书堂本、第五才子书。

因为 6 种版本无法在同一页比对，因此分两页比对。

[①] 评林本缺第九回的回目，实际只有 103 回。
[②] 初刻英雄谱本和二刻英雄谱本的回目数量统计有三种，按照实际回目统计为 108 回，正文中缺第 75 回，变成 109 回，按照编目统计为 110 回。

《水浒传》六种简本回目比较表

回目	评林本 一百三回简本	回目	刘兴我本 一百十五回	回目	初刻英雄谱 108 回
1	张天师祈禳瘟疫 洪太尉误走妖魔	1	张天师祈禳瘟疫 洪太尉误走妖魔	1	张天师祈禳瘟疫 洪太尉误走妖魔
2	王教头私走延安府 九纹龙大闹史家村	2	王教头私走延安府 九纹龙大闹史家村	2	王教头走延安府 九纹龙闹史家村
3	大郎走华阴县 智深打镇关西	3	史大郎走华阴县 鲁提辖打镇关西	3	大郎走华阴县 智深打镇关西
4	赵员外重修文殊院 鲁智深大闹五台山	4	赵员外重修文殊院 鲁智深大闹五台山	4	赵员外重修文殊院 鲁智深大闹五台山
5	小霸王醉入销金帐 花和尚大闹桃花村	5	小霸王醉入销金帐 花和尚大闹桃花村	5	小霸王醉入销金帐 花和尚大闹桃花村
6	九纹龙剪径赤松林 鲁智深火烧瓦罐寺	6	九纹龙剪径赤松林 鲁智深火烧瓦罐寺	6	九纹龙剪径赤松林 鲁智深火烧瓦罐寺
7	花和尚倒拔垂杨柳 豹子头误入白虎堂	7	花和尚倒拔垂杨柳 豹子头误入白开堂	7	花和尚倒拔垂杨柳 豹子头误入白开堂
8	柴进门招天下客 林冲棒打洪教头	8	柴进门招天下客 林冲棒打洪教头	8	柴进门招天下客 林冲捧打洪教头
9	朱贵水亭施号箭 林冲雪夜上梁山	10	朱贵水亭施号箭 林冲雪夜上梁山	9	朱贵水亭施号箭 林冲雪夜上梁山
10	梁山泊林冲落草 汴梁城杨志卖刀	11	梁山泊林冲落草 汴梁城杨志卖刀	10	梁山泊林冲落草 汴梁城杨志卖刀
11	急先锋东廓争功 青面兽北京斗武	12	急先锋东廓争功 青面兽北京演武	11	急先锋东廓争功 青面兽北京斗武
12	赤发鬼醉卧灵官殿 晁天王举义东溪村	13	赤发鬼夜卧灵官殿 晁天王举议东溪村	12	刘唐夜卧灵官殿 晁盖举义东溪村
13	吴学究说三阮撞筹 公孙胜应七星聚义	14	吴学究说三阮撞筹 公孙胜应七星聚义	13	吴学究说三阮撞筹 公孙胜应七星聚义
14	杨志押送金银担 吴用智取生辰杠	15	杨志押送金银担 吴用智取生辰杠	14	杨志押送金银担 吴用智取生辰杠
15	花和尚单打二龙山 青面兽双夺宝珠寺	16	花和尚单打二龙山 青面兽双夺宝珠寺	15	花和尚单打二龙山 青面兽双夺宝珠寺
16	美须公智赚插翅虎 宋公明私放晁天王	17	美髯公智赚插翅虎 宋公明私放晁天王	16	美髯公智赚插翅虎 宋公明私放晁天王
17	林冲山寨大并火 晁盖梁山尊为主	18	林冲山寨大并伙 晁盖梁山尊为王	17	林冲山寨大并伙 晁盖梁山尊为主

《水浒传》六种简本回目比较表（续1）

回目	插增本 一百二十回简本	回目	种德书堂本 一百二十回简本	回目	第五才子书 一百二十四回
1				1	张天师祈禳瘟疫 洪太尉误走妖魔
2				2	王教头走延安府 九纹龙闹史家村
3				3	史大郎走华阴县 鲁提辖打镇关西
4				4	赵员外上文殊院 鲁智深闹五台山
5				5	小霸王入销金帐 花和尚闹桃花村
6				6	史进剪径赤松林 智深火烧瓦罐寺
7				7	智深倒拔垂杨树 林冲误入白虎堂
8				8	豹子头断配沧州 花和尚林中救友
9	（缺目录）			9	柴进门招天下客 林冲棒打洪教头
				10	差拨放火烧草场 林冲冒雪投茅屋
10	朱贵水亭施号箭 林冲雪夜上梁山			11	朱贵水亭施号箭 林冲雪夜上梁山
11	梁山泊林冲落草 汴梁城杨志买刀			12	梁山泊林冲落草 汴梁城杨志卖刀
12	（缺目录）			13	急先锋东郭争功 青面兽北京演武
13	（缺目录）			14	刘唐夜卧灵官殿 晁盖举义东溪村
14	吴用道说三阮撞筹 公孙胜应七星聚义			15	吴学究往说三阮 公孙胜投庄聚会
15	杨志押送金银担 吴用智取生辰杠			16	杨志押送金银担 吴用智取生辰杠
16	花和尚单打二龙 青面兽双赶夺宝珠寺			17	智深单打二龙山 杨志双夺宝珠寺
17	美髯公智赚插翅虎 宋公明私放晁天王			18	宋江私放晁天王 朱仝智赚插翅虎
18	林冲山寨大并火 晁盖梁山尊为主			19	何涛湖泊丧全军 林冲水寨大并伙

《水浒传》六种简本回目比较表(续2)

回目	评林本 一百三回简本	回目	刘兴我本 一百十五回	回目	初刻英雄谱 108回
18	梁山泊义士尊晁盖 郓城县月夜走刘唐	19	梁山泊义士尊晁盖 郓城县月夜走刘唐	18	梁山泊义士尊晁盖 郓城县月夜走刘唐
19	虔婆醉打唐牛儿 宋江怒杀阎婆惜	20	虔婆醉打唐牛儿 宋江怒杀阎婆惜	19	虔婆醉打唐牛儿 宋江怒杀阎婆惜
20	阎婆闹郓城县 朱仝义释宋江	21	阎婆大闹郓城县 朱仝义释宋公明	20	阎婆闹郓城县 朱仝义释宋江
21	横海郡柴进留宾 景阳冈武松打虎	22	横海郡柴进留宾 景阳冈武松打虎	21	横海郡柴进留宾 景阳岗武松打虎
22	王婆贪贿说风情 郓哥不忿闹茶肆	23	王婆贪贿说风情 郓哥不仇闹茶肆	22	王婆贪贿说风情 郓哥不忿闹茶肆
23	王婆计啜西门庆 淫妇药鸩武大郎	24	王婆计赚西门庆 淫妇药鸩武大郎	23	王婆计啜西门庆 淫妇药鸩武大郎
24	郓哥报知武松 武松杀西门庆	25	郓哥报知武松 武松杀西门庆	24	郓哥报知武松 武松杀西门庆
25	母夜叉坡前卖淋酒 武松遇救得张青	26	母夜叉坡前卖淋酒 武松遇救得张青	25	母夜叉坡前卖淋酒 武都头遇救得张青
26	武松威镇安平寨 施恩义夺快活林	27	武松威镇安平寨 施恩义夺快活林	26	武松威镇平安寨 施恩义夺快活林
27	施恩重霸孟州道 武松醉打蒋门神	28	施恩重霸孟州道 武松醉打蒋门醉	27	施恩重霸孟州道 武松醉打蒋门神
28	施恩三进死囚牢 武松大闹飞云浦	29	施恩三进死囚牢 武松大闹飞云浦	28	施恩三进死囚牢 武松大闹飞云浦
29	都监血溅鸳鸯楼 武行者夜走蜈蚣岭	30	张都监血溅鸳鸯楼 武行者夜走蜈蚣岭	29	都监血溅鸳鸯楼 武松夜走蜈蚣岭
		31	孔家庄宋江救武松 清风山燕顺释宋江		
30	宋江夜看小鳌山 花荣大闹清风寨	32	宋江夜看小鳌山 花荣大闹清风寨	30	宋江夜看小鳌山 花荣大闹清风寨
31	镇三山闹青州道 霹雳火走瓦砾场	33	镇三山闹青州道 霹雳火走尾砾场	31	镇三山闹青州道 霹雳火走瓦砾场
32	梁山泊吴用举戴宗 揭阳岭宋江逢李俊	34	梁山泊吴用举戴宗 揭阳岭宋江逢李俊	32	梁山泊吴用举戴宗 揭阳岭宋江逢李俊
33	及时雨会神行太保 黑旋风斗浪里白跳	35	及时两会神行太保 黑旋风斗浪里白跳	33	及时雨会神行太保 黑旋风斗浪里白跳
34	浔阳楼宋江吟反诗 梁山泊戴宗传假信	36	浔阳楼宋江吟反诗 梁山泊戴宗传假名	34	浔阳楼宋江吟反诗 梁山泊戴宗传假信

《水浒传》六种简本回目比较表（续3）

回目	插增本 一百二十回简本	回目	种德书堂本 一百二十回简本	回目	第五才子书本 一百二十四回
19	梁山泊义士尊晁盖 郓城县月夜走刘唐			20	梁山义士尊晁盖 郓城月夜走刘唐
20	虔婆醉打唐牛儿 宋江怒杀阎婆惜			21	阎婆醉打唐牛儿 宋江怒杀阎婆惜
21	虔婆大闹郓城县 朱仝义释宋公明			22	阎婆大闹郓城县 朱仝义释宋公明
22	横海郡柴进留宾 景阳冈武松打虎			23	横海郡柴进留宾 景阳冈武松打虎
23	王婆贪贿说风情 郓哥不忿闹茶肆			24	王婆贪贿说风情 郓哥忿恨闹茶肆
24	王婆计啜西门庆 淫妇药鸩武大郎			25	王婆计赚西门庆 淫妇药鸩武大郎
25	郓歌报知武大冤 武松闹杀西门庆			26	郓哥知报武都头 武松怒杀西门庆
26	母夜叉坡前卖淋酒 武松遇救得张清			27	夜叉坡前卖药酒 武松遇救得张青
27	武松威镇安平寨 施恩义夺快活林			28	武松威镇安平寨 施恩义夺快活林
28	施恩重霸孟州道 武松醉打蒋门神			29	武松醉打蒋门神 施恩重霸孟州道
29	施恩三进死囚牢 武松大闹飞云浦			30	施恩三次入囚牢 武松大闹飞云浦
30	张都监血溅鸳鸯楼 武行者夜走蜈蚣岭			31	都监血溅鸳鸯楼 武松夜走蜈蚣岭
31	武行者醉打孔亮 锦毛虎义释宋江			32	孔家庄武松遇救 清风山宋江得释
				33	上坟墓恭人被获 宋江看鳌山遭捉
32	宋江夜看小鳌山 花荣大闹清风寨			34	花荣大闹清风寨 黄信败退青州道
33	镇三山闹青州道 霹雳火走瓦砾场			35	秦明走回瓦砾场 宋江议投梁山泊
				36	吴用寄书与戴宗 宋江店中逢李俊
				37	宋江会神行太尉 李逵斗浪里白跳
				38	宋江楼上题反诗 戴宗奉命传假信

《水浒传》六种简本回目比较表（续4）

回目	评林本 一百三回简本	回目	刘兴我本 一百十五回	回目	初刻英雄谱 108回
		37	梁山泊好汉劫法场 白龙庙英雄小聚义		
35	宋江智取无为军 张顺活捉黄文炳	38	宋江智取无为军 张顺活捉黄文炳	35	宋江智取无为军 张顺活捉黄文炳
		39	还道村受三卷书 宋江遇九天玄女	36	宋江投庙梦见玄女 娘娘传授宋江天书
36	假李逵剪径劫单人 黑旋风沂岭杀四虎	40	假李逵剪径劫单人 黑旋风沂岭杀四虎	37	假李逵打劫单人 黑旋风怒杀四虎
37	锦豹子径逢戴宗 病关索街遇石秀	41	锦豹子径逢戴宗 病关索街遇石秀	38	锦豹子径逢戴宗 病关索街遇石秀
38	杨雄醉骂潘巧云 石秀智杀裴如海	42	杨雄醉骂潘巧云 石秀智杀裴如海	39	杨雄醉骂潘巧云 石秀智杀裴如海
39	杨雄大闹翠屏山 石秀火烧祝家店	43	杨雄大闹翠屏山 石秀火烧祝家庄	40	杨雄大闹翠屏山 石秀火烧祝家庄
		44	杨雄石秀投晁盖 宋江一打祝家庄		
40	解珍解宝双越狱 孙立孙新大劫牢	45	解珍解宝双越狱 孙立孙新大劫牢	41	解珍解宝双越狱 孙立孙新大劫牢
41	吴用双用连环计 宋江三打祝家庄	46	吴用双用连环计 宋江三打祝家庄	42	吴用双用连环计 宋江三打祝家庄
42	插翅虎枊打白秀英 美髯公误失小衙内	47	雷横枊打白秀英 朱仝吴失小衙内	43	插翅虎枊打白秀英 美髯公误失小衙内
		48	李逵拳打殷天锡 柴进失陷高唐州		
43	戴宗智取公孙胜 李逵斧劈罗具人	49	戴宗智取公孙胜 李逵斧劈罗真人	44	戴宗智取公孙胜 李逵斧劈罗真人
44	入云龙法破高廉 黑旋风探救柴进	50	入云龙法破高廉 黑旋风探救柴进	45	入云龙法破高廉 黑旋风探救柴进
45	高太尉兴三路兵 呼延灼摆连环马	51	高太尉兴三路兵 呼延灼摆连环马	46	高太尉兴三路兵 胡延灼摆连环马
46	吴用使时迁盗甲 汤隆赚徐宁上山	52	吴用使时迁盗甲 汤隆赚徐宁上山	47	吴用使时迁盗甲 汤隆赚徐宁上山
46	三山聚义打青州 众虎同心归水泊	53	二山聚义打青州 众虎同心归水泊	48	二山聚义打青州 众虎同心归水泊

《水浒传》六种简本回目比较表（续5）

回目	插增本 一百二十回简本	回目	种德书堂本 一百二十回简本	回目	第五才子书 一百二十四回
				39	梁山好汉劫法场 庙中英雄小聚义
				40	宋江智取无为军 张顺活捉黄文炳
				41	古庙中梦见玄女 还道村拜收天书
				42	假李逵打劫单人 黑旋风怒杀四虎
				43	锦豹子径逢戴宗 病关索街遇石秀
				44	杨雄醉骂潘巧云 石秀智杀裴如海
				45	杨雄大闹翠屏山 石迁放火烧酒店
				46	二士投上梁山泊 宋江一打祝家庄
				47	宋江二打祝家庄 林冲活捉扈三娘
				48	解珍解宝双越狱 孙立孙新大劫牢
				49	吴用双用连环计 宋江三打祝家庄
				50	雷横枷打白秀英 朱仝误失小衙内
				51	李逵拳打殷天锡 柴进陷陷高唐州
				52	戴宗智取公孙胜 李逵斧劈罗真人
				53	入云龙法破高廉 黑旋风探救柴进
				54	高太尉兴三路兵 呼延灼摆连环马
				55	吴用使时迁盗甲 汤隆赚徐宁上山
				56	徐宁大破连环马 李忠求救宝珠寺
				57	三山聚义打青州 众虎同心归水泊

《水浒传》六种简本回目比较表（续6）

回目	评林本 一百三回简本	回目	刘兴我本 一百十五回	回目	初刻英雄谱 108回
48	吴用赚金铃吊挂 宋江闹西岳华山	54	吴用赚金铃吊挂 宋江闹西岳华山	49	吴用赚金铃吊挂 宋江闹西岳华山
49	公孙胜芒砀降魔 晁天王曾头中箭	55	公孙胜芒砀降魔 晁天王曾头中箭	50	公孙胜芒砀降魔 晁天王曾头中箭
50	吴用智赚玉麒麟 张顺夜闹金沙渡	56	吴用智赚玉麒麟 张顺夜闹金沙滩	51	吴用智赚玉麒麟 张顺夜闹金沙滩
51	放冷箭燕青救主 劫法场石秀跳楼	57	放冷箭燕青救主 劫法场石秀跳楼	52	放冷箭燕青救主 劫法场石秀跳楼
52	宋江兵打北京城 关胜议取梁山泊	58	宋江兵打北京城 关胜议取梁山泊	53	宋江兵打北京城 关胜议取梁山泊
53	胡延灼计赚关胜 宋公明智擒索超	59	呼延灼计赚关胜 宋公明智擒索超	54	胡延灼计赚关胜 宋公明智擒索超
54	晁天王梦中显圣 浪里白跳水报冤	60	晁天王梦中显圣 浪里白跳水里报冤	55	晁天王梦中显圣 浪里白跳水里报冤
55	时迁火烧翠云楼 吴用智取大名府	61	时迁火烧翠云楼 吴用智取大名府	56	时迁火烧翠云 吴用智取大名府
56	宋江赏马步三军 关胜降水火二将	62	宋江赏马步三军 关胜降水火二将	57	宋江赏马步三军 关胜降水火二将
		63	宋江平伏曾头市 晁盖显圣捉文恭		
57	东平误陷九纹龙 宋江义释双枪将	64	东平误陷九纹龙 宋江义释双枪将	58	东平误陷九纹龙 宋江义释双枪将
58	羽箭飞石打英雄 宋江弃粮擒壮士	65	张清飞石打英雄 宋江弃粮擒壮士	59	没羽箭飞石打英雄 宋公明弃粮擒壮士
59	忠义堂石碣受天文 梁山泊英雄排座次	66	忠义堂石碣受天文 梁山泊英雄排坐次	60	忠义堂石碣受天文 梁山泊英雄排坐次
60	柴进簪花入禁院 李逵元夜闹东京	67	柴进簪花入禁院 李逵元夜闹东京	61	柴进簪花入禁院 李逵元夜闹东京
61	黑旋风杀死王小二 四柳村除奸斩淫妇	68	黑旋风杀死黄小二 四柳村除奸斩淫妇	62	黑旋风杀死王小二 四柳村除奸斩淫妇
62	燕青智扑擎天柱 李逵寿张乔坐衙	69	燕青智扑擎天柱 李逵寿张乔坐衙	63	燕青智扑擎天柱 李逵寿张乔坐衙
63	小七倒船偷御酒 李逵扯诏谤朝廷	70	小七倒船偷御酒 李逵扯诏谤朝廷	64	小七倒船偷御酒 李逵扯诏谤朝廷
64	吴加亮布四方旗 宋公明排八卦阵	71	吴加亮布五方旗 宋公明排八卦阵	65	吴加亮布四方旗 宋公明排八卦阵
65	梁山泊十面埋伏 宋公明两赢童贯	72	梁山泊十面埋伏 宋公明两赢童贯	66	梁山泊十面埋伏 宋公明两赢童贯

《水浒传》六种简本回目比较表（续7）

回目	插增本 一百二十回简本	回目	种德书堂本 一百二十回简本	回目	第五才子书 一百二十四回
				58	吴用赚金铃吊挂 宋江闹西岳华山
				59	公孙胜芒砀降魔 晁天王曾头中箭
				60	吴用智赚玉麒麟 张顺夜闹金沙滩
				61	放冷箭燕青救主 劫法场石秀跳楼
				62	宋江兵打北京城 关胜议取梁山泊
				63	呼延灼计赚关胜 宋公明智擒索超
				64	晁天王梦中显圣 勇张顺水里报冤
				65	时迁火烧翠云楼 吴用智取大名府
				66	宋江赏马步三军 关胜降水火二将
				67	宋江平伏曾头市 晁盖显圣捉文恭
				68	东平误陷九纹龙 宋江义释双枪将
				69	张清飞石打英雄 宋江弃粮擒壮士
				70	山上石碣受天文 堂中英雄定坐次
72	柴进簪花入禁苑 李逵元夜闹东京			71	柴进簪花入禁院 李逵元夜闹东京
73	黑旋风乔捉鬼 梁山泊双献头			72	四柳村除斩奸淫 三对证表见英雄
74	燕青智扑擎天柱 李逵寿张乔坐衙			73	燕青智朴擎天柱 李逵寿张乔坐衙
75	小七倒船偷御酒 李逵扯诏谤朝廷			74	小七倒船偷御酒 李逵扯诏谤朝廷
76	吴加亮布五方旗 宋公明排八卦阵			75	吴加亮布五方旗 宋公明排八卦阵
				76	梁山泊十面埋伏 宋公明两赢童贯

《水浒传》六种简本回目比较表（续8）

回目	评林本 一百三回简本	回目	刘兴我本 一百十五回	回目	初刻英雄谱 108回
66	宋公明一败高太尉 十节度议收梁山泊	73	十节度议收梁山泊 宋公明一败高太尉	67	十节度议收梁山泊 宋公明一败高太尉
67	刘唐放火烧战舡 宋江两败高太尉	74	刘唐放火烧战舡 宋江两败高太尉	68	刘唐放火烧战舡 宋江两败高太尉
68	张顺凿漏海鳅船 宋江三败高太尉	75	张顺凿漏海鳅舡 宋江三败高太尉	69	张顺凿漏海鳅舡 宋江三败高太尉
69	燕青月夜遇道君 戴宗定计赚萧让	76	燕青月夜遇道君 戴宗定义赚萧让	70	燕青月夜遇道君 戴宗定义赚萧让
70	梁山泊分金大买市 宋公明全伙受招安	77	梁山泊分金大买市 宋江全伙受招安	71	梁山泊分金大买市 宋江全伙受招安
71	宋公明奉诏破大辽 陈桥驿泪滴斩小卒	78	宋公明奉诏破大辽 陈桥驿滴泪斩小卒	72	宋公明奉诏破大辽 陈桥驿滴泪斩小卒
72	宋江兵打蓟州城 卢俊义大战玉田县	79	宋江兵打苏州城 俊义大战玉田县	73	宋江兵打蓟州城 卢俊义大战玉田县
73	宋公明大战独鹿山 卢俊义兵陷青石峪	80	宋公明大战独鹿山 卢俊义兵陷青石峪	74	宋公明大战独鹿山 卢俊义兵陷青石峪
				75	宋公明大战幽州 呼延灼力擒番将
74	颜统军阵列混天像 宋公明梦授玄女法	81	兀颜光数组浑天像 宋公明梦授玄女法	76	颜统军阵列混天像 宋公明梦授玄女法
75	宋公明破阵成功 宿太尉颁恩降诏	82	宋公明被阵成功 宿太尉颁恩降诏	77	宋公明破阵成功 宿太尉颁恩降诏
76	五台山宋江参禅 双林渡燕青射雁	83	五台山宋江参禅 双林渡燕青射雁	78	五台山宋江参禅 双林渡燕青射雁
77	宿太尉保举宋江 卢俊义分兵征讨	84	宿太尉保举宋江 卢俊义分兵征讨	79	卢俊义分兵征讨 宋公明打大同关
78	盛提辖举义投降 元仲良愤激出家	85	盛提辖举义投降 元仲良愤激出家	80	盛提辖举义投降 元仲良愤激出家
79	众英雄大会唐斌 琼郡主配合张清	86	众英雄大会唐斌 琼郡主配合张清	81	众英雄大会唐斌 琼郡主配合张清
80	公孙胜再访罗真人 没羽箭智伏乔道清	87	公孙胜再访罗真人 没羽箭智伏乔道清	82	公孙胜再访罗真人 没羽箭智伏乔道清
81	宋江兵会苏林岭 孙安大战白虎关	88	宋江兵会苏林岭 孙安大战白虎关	83	宋江兵会苏林岭 孙安大战白虎关

《水浒传》六种简本回目比较表（续 9）

回目	插增本 一百二十回简本	回目	种德书堂本 一百二十回简本	回目	第五才子书 一百二十四回
78	宋公明大胜高太尉 十节度议收梁山泊			77	众官议收梁山泊 宋江一败高太尉
79	刘唐放火烧战舡 宋江两败高太尉			78	秦明双夺韩存保 宋江两败高太尉
80	张顺凿漏海鳅船 宋江三败高太尉			79	张顺凿漏海鳅舡 宋江三败高太尉
81	燕青月夜遇道君 戴宗定计赚萧让			80	燕青月夜遇道君 戴宗定计赚萧让
82	梁山泊分金大买市 宋公明全伙受招安			81	梁山分金大买市 宋江全伙受招安
83	宋公明奉诏破大辽 陈桥驿泪滴斩小卒	83	宋公明奉诏破大辽 陈桥驿泪滴斩小卒	82	宋江奉诏破大辽 驿中滴泪斩小卒
84	宋江兵打苏州城 卢俊义大战玉田	84	宋江兵打苏州城 卢俊义大战玉田县	83	宋江用计取檀州 俊义大战玉田县
				84	众好汉蓟州得胜 大辽主降敕招安
				85	罗真人题赠法语 宋公明诈降取城
85	宋公明大战独鹿山 卢俊义兵陷青石峪	85	宋公明大战独鹿山 卢俊义兵陷青石峪	86	宋江大战独鹿山 俊义兵陷青石峪
86	宋公明大战辽兵 胡延灼力擒番将	86	宋公明大战幽州 胡延灼力擒番将	87	宋江兴兵夺幽州 延寿领军斗阵法
87	颜统军阵列混天像 宋公明梦授玄女法	87	颜统军阵列混天像 宋公明梦授玄女法	88	统军阵列混天像 宋江梦授玄女法
88	宋公明破阵成功 宿太尉颁恩降诏	88	宋公明破阵成功 宿太尉颁恩降诏	89	宋公明被阵成功 宿太尉颁恩降诏
89	五台山宋江参禅 双林渡燕青射雁	89	五台山宋江参禅 双林渡燕青射雁	90	五台山宋江参禅 双林渡燕青射雁
90	宿太尉保举宋江 卢俊义分兵征讨	90	宿太尉保举宋江 卢俊义分兵征讨	91	宿太尉保举宋江 卢俊义分兵征讨
91	盛提辖举义投降 元仲良愤激出家	91	盛提辖举义投降 元仲良愤激出家	92	盛提辖举义投降 元仲良愤激出家
		92	不英雄大会唐斌 琼郡主配合张清	93	众英雄大会唐斌 琼郡主配合张清
		93	公孙胜再访罗真人 没羽箭智伏乔道清	94	公孙胜再访真人 没羽箭智伏道清
		94	宋江兵会苏林岭 孙安大战白虎关	95	宋江兵会苏林岭 孙安大战白虎关

《水浒传》六种简本回目比较表（续10）

回目	评林本 一百三回简本	回目	刘兴我本 一百十五回	回目	初刻英雄谱 108回
82	魏州城宋江祭诸将 石羊关孙安擒勇士	89	魏州城宋江祭诸将 石羊国孙安擒勇王	84	魏州城宋江祭诸将 石羊关孙安擒勇士
83	卢俊义计破狮子关 段景柱暗认玉栏楼	90	卢俊义计攻狮子关 段景住暗认玉栏楼	85	卢俊义计破狮子关 段景柱暗认玉栏楼
84	及时雨梦中朝大圣 黑旋风异境遇仙翁	91	宋江梦中朝大圣 李逵异境遇仙翁	86	及时雨梦中朝大圣 黑旋风异境遇仙翁
		92	乔道清法迷五千兵 宋公明义释十八将	87	乔道清法迷五千兵 宋公明义释十八将
85	卞祥卖阵平河北 宋江得胜转东京	93	卞祥卖阵平河北 宋江得胜转东京	88	卞祥卖阵平河北 宋江得胜转东京
86	徽宗降敕安河北 宋江奉命讨淮西	94	徽宗降敕安河北 宋江承命讨淮西	89	宋江奉敕安河北 宋江承诏讨淮西
87	高俅恩报柳世雄 王庆被陷配淮西	95	高俅恩报柳世雄 王庆被陷配淮西	90	高俅恩报柳世雄 王庆被陷配淮西
		96	王庆遇龚十五郎 满村嫌王达闹场	91	王庆遇龚十五郎 满村嫌黄达闹场
88	王庆打死张太尉 夜走永州遇李杰	97	王庆打死张太尉 夜走永州遇李杰	92	王庆打死张太尉 夜走永州遇李杰
89	快活林王庆使枪棒 段三娘招赘王庆	98	快活林王庆使棒 段三娘招赘王庆	93	快活林王庆使枪棒 段三娘招赘王庆
90	宋公明兵度吕梁关 公孙胜法取石祁城	99	宋公明兵渡吕梁关 公孙胜法取石祁城	94	宋公明兵度吕梁关 公孙胜法取石祁城
91	李逵受困于骆谷 宋江智取洮阳城	100	李逵受困于骆谷 宋江智取洮阳城	95	李逵受困于骆谷 宋江智取洮阳城
92	宋公明游夜玩景 吴学究帐帷谈兵	101	宋公明夜游玩景 吴学究帷幄谈兵	96	宋公明闲游玩景 吴学究帷幄谈兵
		102	燕青潜入越江城 李戎智取白牛镇		
93	孙安病死九湾河 李俊雪天渡越水	103	孙安病死九湾河 李俊雪天渡越水	97	孙安病死九湾河 李俊雪天渡越水
94	公孙胜马而山请神 宋公明东鹫岭灭妖	104	公孙胜马耳山请神 宋公明东鹫山灭妖	98	公孙胜马而山请神 宋公明东鹫岭灭妖
		105	宋江火攻秦州城 王庆战败走胡朔		
95	公孙胜辞别归乡 宋江领敕征方腊	106	公孙胜辞别居乡 宋公明敕征方猎	99	公孙胜辞别居乡 宋江领敕征方腊

《水浒传》六种简本回目比较表（续11）

回目	插增本 一百二十回简本	回目	种德书堂本 一百二十回简本	回目	第五才子书 一百二十四回
		95	魏州城宋江祭诸将 石羊关孙安擒勇士	96	祭诸将宋江大哭 擒立度琼英劝降
		96	卢俊义计破狮子关 段景柱暗认玉栏楼	97	俊义计攻狮子关 景住暗认玉栏楼
		97	及时雨梦中朝大圣 黑旋风异境遇仙翁	98	宋江梦中朝大圣 李逵异境遇仙翁
		98	乔道清法迷五千兵 宋公明义释十八将	99	道清法迷五千兵 宋江义释十八将
99	卞祥卖阵平河北 宋江得胜转东京	99	卞祥卖阵平河北 宋江得胜转东京	100	卞祥卖阵平河北 宋江得胜转东京
		100	徽宗降敕安河北 宋江奉命讨淮西	101	徽宗降敕安河北 宋江承命讨淮西
101	高俅恩报柳世雄 王庆被陷配淮西	101	高俅恩报柳世雄 王庆被陷配淮西	102	高俅恩报柳世雄 王庆被陷配淮西
102	王庆遇龚十五郎 满村嫌黄达闹场	102	王庆过龚十五郎 满村嫌黄达闹场	103	王庆遇龚十五郎 满村嫌黄达闹场
103	王庆打死张太尉 夜走永州遇李杰	103	王庆打死张太尉 夜走永州遇李杰	104	王庆打死张世开 夜走永州遇李杰
104	快活林王庆使枪棒 段三娘招赘王庆	104	快活林王庆使枪棒 三娘子招王庆入赘	105	快活林王庆使棒 扈三娘招赘王庆
				106	林子前庞元被杀 红桃山王庆称王
105	宋公明兵度吕梁关 公孙胜法取石祁城	105	宋公明兵度吕梁关 公孙胜法取石神	107	宋公明渡吕梁关 公孙胜取石祁城
106	李逵受困于骆谷 宋江智取洮阳城	106	（缺回目）	108	李逵受困于骆谷 宋江智取洮阳城
		107	宋公明渡江玩景 吴学究帐屋谈兵	109	宋公明闲游玩景 吴学究帷幄谈兵
		108	燕青潜入越江城 卞祥智取白牛镇	110	燕青潜入越江城 李雄败死白牛镇
		109	孙安病死九湾河 李俊雪天渡越水	111	孙安病死九湾河 李俊冒雪渡越江
		110	公孙腾马耳山请神 宋公明东鹫岭灭妖	112	东鹫山宋江逢妖 马耳山一清请神
		111	宋江火攻秦州城 王庆战败走胡朔	113	宋江攻打秦州城 王庆战败走胡胡
		112	公孙胜辞别归乡 宋江领敕征方腊	114	公孙胜辞归养亲 宋公明敕征方猎

《水浒传》六种简本回目比较表（续12）

回目	评林本 一百三回简本	回目	刘兴我本 一百十五回	回目	初刻英雄谱 108回
96	张顺夜伏金山寺 宋江智取润州城	107	张顺夜伏金山寺 宋江智取润州城	100	张顺夜伏金山寺 宋公明智取润州城
97	卢俊义分兵宣州道 宋公明大战毗陵郡	108	卢俊义分兵宣州道 宋公明大战毗陵郡	101	卢俊义分兵宣州道 宋公明大战毗陵郡
98	宁海军宋江吊孝 涌金门张顺归神	109	宁海郡宋江吊孝 涌金门张顺归神	102	宁海郡宋江吊孝 涌金门张顺归神
99	张顺魂捉方天定 宋江智取宁海军	110	张顺魂捉方天定 宋江智取宁海军	103	张顺魂捉方天定 宋江智取宁海军
100	卢俊义分兵歙州道 宋公明大战乌龙岭	111	卢俊义分兵歙州道 宋公明大战乌龙岭	104	卢俊义分兵歙州道 宋公明大战乌龙岭
101	睦州城箭射邓元觉 乌龙岭神助宋公明	112	睦州城箭射邓元觉 乌龙岭神助宋公明	105	睦州城箭射邓元觉 乌龙岭神助宋公明
		113	卢俊义大战昱岭关 宋公明智取清溪洞	106	卢俊义大战昱岭关 宋公明智取清溪洞
102	鲁智深杭州坐化 宋公明衣锦还乡	114	鲁智深杭州坐化 宋公明衣锦还乡	107	鲁智深杭州坐化 宋公明衣锦还乡
103	宋公明神聚蓼儿洼 徽宗帝梦游梁山泊	115	宋公明神聚蓼儿洼 徽宗帝梦游梁山泊	108	宋公明神聚蓼儿洼 徽宗帝梦游梁山泊

《水浒传》六种简本回目比较表（续13）

回目	插增本 一百二十回简本	回目	种德书堂本 一百二十回简本	回目	第五才子书 一百二十四回
		113	张顺夜伏金山寺 宋江智取润州城	115	张顺夜伏金山寺 宋江智取润州城
		114	卢俊义分兵宣州道 宋公明大战毗陵郡	116	俊义分兵宣州道 宋江大战毗陵郡
			混江龙大湖小聚义 宋公明苏州大会垓	117	揄柳庄李俊被捉 苏州城方貌伏诛
		115	宁海军宋江吊孝 涌金门张顺归神	118	涌金门张顺归神 西陵桥宋江吊孝
		116	张顺魂捉方天定 宋江智取宁海军	119	宋江智取宁海军 张顺魂捉方天定
		117	卢俊义分兵歙州道 宋公明大战乌龙岭	120	俊义分兵歙州道 宋江大战乌龙岭
		118	睦州城箭射邓元觉 乌龙岭神助宋公明	121	睦州城箭射元觉 乌龙岭神助宋江
				122	俊义大战昱岭关 宋江智取清溪县
		119	鲁智深杭州坐化 宋公明衣锦还乡	123	鲁智深杭州坐化 宋公明衣锦还乡
		120	宋公明神聚蓼儿洼 徽宗帝梦游梁山泊	124	宋江神聚蓼儿洼 徽宗梦游梁山泊

（4）简本回目缺失统计

简本根据回目可分为 5 类 12 种：
- 一百四回：评林本。
- 一百十回：英雄谱本。
- 一百十五回：刘兴我本、刘荣吾本、郑乔林本、八卷本、汉宋奇书、征四寇本、十卷本。
- 一百二十回：种德书堂本、插增本。
- 一百二十四回：第五才子书。

以下列出 12 种简本回目缺失情况，先按照回目排列。

简本缺失回目顺序排列比较表（●有○缺）

回目	分类	1	2	3	4						5	6
	序号 版本	1 评林本	2 英雄谱本	3 插增本	4 种德书堂本	5 刘兴我本	6 刘荣吾本	7 郑乔林本	8 八卷本	9 汉宋奇书	10 征四寇本	11 十卷本	12 百二四回本
8	豹子头断配沧州 花和尚林中救友	○	○			○	○	○	○	○		○	●
10	差拨放火烧草场 林冲冒雪投茅屋	○	○			○	○	○	○	○		●	●
32	武行者醉打孔亮 锦毛虎义释宋江	○	○	●		●	●	●	●	●		●	●
33	上坟墓恭人被获 宋江看鳌山遭捉	○	○	○		●	●	●	●	●		●	●
40	梁山泊好汉劫法场 白龙庙英雄小聚义	○	○			●	●	●	●	●		●	●
42	还道村受三卷天书 宋公明遇九天玄女	○	●			●	●	●	●	●		●	●
44	杨雄石秀投晁盖 宋江一打祝家庄	○	○			●	●	●	●	●		●	●
47	宋江二打祝家庄 林冲活捉扈三娘	○	○			●	●	●	●	●		●	●
52	李逵打死殷天锡 柴进失陷高唐州	○	○			●	●	●	●	●		●	●
56	徐宁大破连环马 李忠求救宝珠寺	○	○			●	●	●	●	●		●	●
68	宋公明夜打曾头市 卢俊义活捉史文恭	○	○			●	●	●	●	●		●	●
84	众好汉蓟州得胜 大辽主降敕招安	○	○	○	○	○	○	○	○	○	○	○	●
85	罗真人题赠法语 宋公明诈降取城	○	○			○	○	○	○	○		○	●
86	宋公明大战幽州 呼延灼力擒番将	○	●	●		●	●	●	●	●		●	●
98	乔道清法迷五千兵 宋公明义释十八将	○	●		●	●	●	●	●	●		●	●
102	王庆遇龚十五郎 满村嫌王达闹场	○	●	●	●	●	●	●	●	●		●	●

简本缺失回目顺序排列比较表（●有○缺）（续1）

回目	版本	分类 序号	1 1 评林本	2 2 英雄谱本	3 3 插增本	4 种德书堂本	5 刘兴我本	6 刘荣吾本	7 郑乔林本	8 八卷本	9 汉宋奇书	10 征四寇本	5 11 十卷本	6 12 百二四回本
106	林子前庞元被杀 红桃山王庆称王		○	○	○	○	○	○	○	○	○	○	○	●
108	燕青潜入越江城 李戎智取白牛镇		○	○			●	●	●	●	●	●	●	●
111	宋江火攻秦州城 王庆战败走胡朔		○	○	●	●	●	●	●	●	●	●	●	●
117	揄柳庄李俊被捉 苏州城方貌伏诛		○	○	○	○	○	○	○	○	○	○	○	●
	混江龙太湖小聚义 宋公明苏州大会垓					●								
118	卢俊义大战昱岭关 宋公明智取清溪洞		○	●			●	●	●	●	●	●	●	●

以上一共列出 12 个简本中 21 个缺失的回目，以下从版本分析这些缺失回目特点。12 个简本根据缺失回目情况可分为 6 类。

- 评林本
- 英雄谱本
- 插增本、种德书堂本
- 刘兴我本、刘荣吾本和郑乔林本、汉宋奇书、征四寇本、八卷本
- 十卷本
- 一百二十四回本

这个分类和版本演化分类基本一致，说明回目缺失也是版本演化的一个因素。

简本缺失回目分类排列比较表（●有○缺）

缺失回目	回目	分类 序号 版本	1 1 评林本	2 2 英雄谱本	3 3 插增本	4 4 种德书堂本	4 5 刘兴我本	4 6 刘荣吾本	4 7 郑乔林本	4 8 八卷本	4 9 汉宋奇书	4 10 征四寇本	5 11 十卷本	6 12 百二四回本
1(3)	102	王庆遇龚十五郎 满村嫌王达闹场	○	●	●	●	●	●	●	●	●	●	●	●
	98	乔道清法迷五千兵 宋公明义释十八将	○	●			●	●	●	●	●	●	●	●
	42	还道村受三卷天书 宋公明遇九天玄女	○	●			●	●	●	●	●	●	●	●
2(1)	118	卢俊义大战昱岭关 宋公明智取清溪洞	○	●			●	●	○	●	●	●	●	●
2(7)	32	武行者醉打孔亮 锦毛虎义释宋江	○	○	●		●	●	●	●	●	●	●	●
	111	宋江火攻秦州城 王庆战败走胡朔	○	○			●	●	●	●	●	●	●	●
	40	梁山泊好汉劫法场 白龙庙英雄小聚义	○	○			●	●	●	●	●	●	●	●
	44	杨雄石秀投晁盖 宋江一打祝家庄	○	○			●	●	●	●	●	●	●	●
	52	李逵打死殷天锡 柴进失陷高唐州	○	○			●	●	●	●	●	●	●	●
	68	宋公明夜打曾头市 卢俊义活捉史文恭	○	○			●	●	●	●	●	●	●	●
	108	燕青潜入越江城 李戎智取白牛镇	○	○			●	●	●	●	●	●	●	●
7(1)	10	差拨放火烧草场 林冲冒雪投茅屋	○	○			○	○	○	○	○	○	●	●
8(1)	86	宋公明大战幽州 呼延灼力擒番将	○	●	●	●	○	○	○	○	○	○	○	●
10(2)	117	揄柳庄李俊被捉 苏州城方貌伏诛 混江龙太湖小聚义 宋公明苏州大会垓	○	○	○	●	○	○	○	○	○	○	●	●

简本缺失回目分类排列比较表（●有○缺）（续）

分类			1	2	3	4						5	6
		序号	1	2	3	4	5	6	7	8	9	10	11	12
缺失回目	回目	版本	评林本	英雄谱	插增本	种德书堂	刘兴我本	刘荣吾本	郑乔林本	八卷本	汉宋奇书	征四寇本	十卷本	百二四回本
11(7)	8	豹子头断配沧州 花和尚林中救友	○	○			○	○	○		○		○	●
	33	上坟墓恭人被获 宋江看鳌山遭捉	○	○	○		○	○	○				○	●
	47	宋江二打祝家庄 林冲活捉扈三娘	○	○			○	○	○	○	○		○	●
	56	徐宁大破连环马 李忠求救宝珠寺	○	○		○	○	○	○	○	○	○	○	●
	84	众好汉蓟州得胜 大辽主降敕招安	○	○	○	○	○	○	○	○	○	○	○	●
	85	罗真人题赠法语 宋公明诈降取城	○		○	○	○	○	○	○	○	○	○	●
	106	林子前庞元被杀 红桃山王庆称王	○	○	○	○	○	○	○	○	○	○	○	●
数量			21	16	5+	4+	10	10	10	9	9	5+	9	0

21个简本按照缺失回目情况总结如下：

- 回目缺失最多的是评林本，21个回目全部缺失。评林本一般认为是早期版本，但回目缺失很多，可能是编写者疏忽或有意删节。
- 回目缺失第二多的是英雄谱本，21个例证中缺失16个，占76.2%。一般认为英雄谱本和评林本属于一类版本，缺失回目都较多，但英雄谱本缺失回目比评林本少5个。
- 回目缺失第三多的是刘兴我本、刘荣吾本、郑乔林本、汉宋奇书和八卷本5个版本，21个例证中缺失10个，占47.6%。这5个版本都是一百十五回，属于同一类。
- 回目缺失第四多的是十卷本，21个例证中缺失9个，占42.9%。此本和刘兴我本、刘荣吾本、郑乔林本、汉宋奇书和八卷本都是一百十五回，但比前5本少缺失1个回目，即第十回"差拨放火烧草场 林冲冒雪投茅屋"。
- 回目缺失最少的是一百二十四回本，21个例证全部都不缺失。一百二十四回本是简本中最晚的版本，对回目进行了认真整理，回目字数统一为7字，并增加了其他版本没有的8个回目。
- 其他插增本、种德书堂本和征四寇本三个版本因为版本不全，21个例证中只缺失了 4、5 个。

21 个简本按照缺失回目可分为以下几类：
- 只有评林本一本缺失 4 个回目。
- 评林本和英雄谱本两本同时缺失 7 个回目。
- 十卷本缺失 9 个回目。
- 评林本、刘兴我本、刘荣吾本、郑乔林本、汉宋奇书和八卷本六个版本都缺失 10 个回目。
- 插增本、种德书堂本和征四寇版本不全，无法核实到底缺失多少回目。
- 第一百十回目比较特殊，只有种德书堂本和一百二十四回本有此回目，但 2 版本回目还不同，种德书堂本采用了全传本第 113 回目"混江龙大（太）湖小聚义，宋公明苏州大会垓"，一百二十四回本回目为"揄柳庄李俊被捉　苏州城方貌伏诛"。而其他 10 个版本都无此回目。
- 除一百二十四回本以外 11 版本都缺失了 7 个回目，实际是一百二十四回本增加了这 7 个回目。

（5）各简本主要缺失回目分析

1）第八回目"林教头风雪山神庙，陆虞候火烧草料场"
- 繁本和全传本中第八回目为"林教头风雪山神庙　陆虞候火烧草料场"，而 12 个简本中评林本、英雄谱本、刘兴我本、刘荣吾本、郑乔林本、汉宋奇书、八卷本 7 个简本没有此回目。第七回"智深倒拔垂杨树　林冲误入白虎堂"回目后，直接就是第九回回目"柴进门招天下客　林冲棒打洪教头"。
- 十卷本有第八回，回目为"豹子头刺陆谦富安　林冲投五庄客向火"。
- 后诸多清初刻本的正文中第八回也都采用此回目。
- 一百二十四回第五才子书增补了第八回，但改变了回目文字成"豹子头断配沧州　花和尚林中救友"。

2）第八十六回目"宋公明大战幽州　呼延灼力擒番将"
- 第八十六回目只有英雄谱本和两个插增本保留，而评林本、刘兴我本、刘荣吾本、郑乔林本、十卷本、汉宋奇书、征四寇、八卷本都无此回目。
- 插增本为"宋公明大战辽兵　胡延灼力擒番将"，英雄谱本和种德书堂本为"宋公明大战幽州　呼延灼力擒番将"，第五才子书为"宋江兴兵夺幽州　延寿领军斗阵法"。
- 从此回目看，英雄谱本和种德书堂本、插增本保留了简本原貌，而评林本、刘兴我本、刘荣吾本、郑乔林本、十卷本、汉宋奇书、征四寇、八卷本有缺失，第五才子书又有修补。

3）第九十二回目"李逵受困于骆谷　宋江智取洮阳城"
- 第九十二回目其他版本和插增本都保留，而只有种德书堂本没有。
- 这说明肯定是种德书堂本在抄录时有遗漏。

- 从文字看，种德书堂本文字比较完整，而插增本文字有多处明显脱落。因此从文字分析看，种德书堂本肯定不可能来自插增本。而插增本可能来自种德书堂本。
- 但种德书堂本脱落了此回目，而插增本却有此回目，这就有两种可能。一种可能是插增本又根据其他版本补上此回目，此事不难。
- 还有一种可能是，插增本和种德书堂本有共同祖本，这也可以解释上述两个问题。只从回目看无法判断，还需要对文本做仔细比对。

4）第一百十四回目"混江龙太湖小聚义　宋公明苏州大会垓"

- 只有种德书堂本保留了繁本和全传本的此回目，而插增本和其他简本都没有此回目。
- 简本一百二十四回本也有此回，但回目不同，为"揄柳庄李俊被捉　苏州城方貌伏诛"。
- 种德书堂本恢复或保留了一些繁本和全传本的回目，而插增本和其他简本和种德书堂本都不同。这说明种德书堂本不是插增本和其他简本的祖本，它们应该有共同祖本，是兄弟关系。

5）第一百十七回目"卢俊义大战昱岭关　宋公明智取清溪洞"

- 只有刘兴我本、刘荣吾本、郑乔林本、英雄谱本、十卷本、汉宋奇书、征四寇本、八卷本保留了繁本和全传本的此回目。
- 其他评林本和种德书堂本（插增本缺此回）都没有此回目。
- 由于这两本似乎没有直接关系，因此可能是各自遗漏或删节了此回目。
- 此例和前面2例相同，都是种德书堂本和插增本回目不同，理论上可能是插增本做了修改，但更大可能是插增本和种德书堂本有共同祖本，这就可以解释上述多个问题。只从回目看还无法判断，还需要对文本再做仔细比对。

《水浒传》简本主要缺失回目总结

回码	回目	缺失版本	保留版本	分析
9	林教头风雪山神庙 陆虞候火烧草料场	其他版本	十卷本 一百二十四本	十卷本 一百二十四回本增补
86	宋公明大战辽兵 胡延灼力擒番将	其他版本	英雄谱本 两个插增本	英雄谱和插增本有共同祖本
114	混江龙太湖小聚义 宋公明苏州大会垓	其他版本	种德书堂本	种德书堂本保留原本回目，其他版本都无
92	李逵受困于骆谷 宋江智取洮阳城	种德书堂本	其他版本	插增本有共同祖本 插增本不会来自种德书堂本
117	卢俊义大战昱岭关 宋公明智取清溪洞	评林本 种德书堂本	其他版本	评林本、种德书堂本可能各自独立脱落

（6）简本回目分类分析

12 个简本回目缺失可分为以下 7 类：
- 评林本
- 英雄谱本
- 插增本
- 种德书堂本
- 刘兴我本、刘荣吾本、郑乔林本、汉宋奇书、征四寇本、八卷本
- 十卷本
- 一百二十四回本

下面逐一分析这 7 类版本回目特点。

1）评林本回目分析

- 评林本从第五十一回"吴用智赚玉麒麟　张顺夜闹金沙渡"开始，不再标记回码，因此最后一回是第几回也没有标记。
- 评林本和其他简本一样，与容与堂本相比，缺少第八回的回目"林教头风雪山神庙，陆虞候火烧草料场"，直接跳到了第九回"朱贵水亭施号箭　林冲雪夜上梁山"。
- 评林本因为缺第八回，因此评林本实际统计回目是 103 回。
- 但从回目看，虽然实际没有第八回，但第七回后是第九回，因此从回目数看还是一百四回。
- 评林本回码分三类，而且很有规律：第一至三十回的回码是原抄的，第三十一至五十回的回码是后补的，而第五十一回至结束都没有回码。
- 这个现象很奇怪，第三十回是卷七的开始的第一回，还有回码，但第三十一回就没有写回码了，从字迹看是同一个人所抄写。对此唯一解释是，抄写者从第三十一回开始漏抄回码，后来补上了。补到第五十回（回码是第四十八回）是卷十二的最后一回，从卷十三的第一回（即第四十九回）开始就懒得再补了。
- 评林本和全传本相比，总计缺 17 回的回目，第一至三十回中只缺第八、十回 2 回的回目，第三十一至五十回中缺第三十一、三十五、三十六、三十九、四十一、四十六、四十七总计 7 回的回目，而第五十一回至结束中缺五十一、五十六、六十七、八十五、八十七、一百一、一百十三、一百十八总计 8 回的回目。

2）英雄谱本回目分析

- 英雄谱本缺失回目数量和评林本接近，评林本比英雄谱本多 5 个缺失回目。
- 英雄谱本比评林本和刘兴我本多一个回目，即第七十五回"宋公明大战幽州呼延灼力擒番将"。插增本和种德书堂本都有此回目。
- 英雄谱本目录和正文回目不同，正文目录计算也有错误，正文最后是第一百

十回，实际只有 108 回。

3）刘兴我本、刘荣吾本、郑乔林本、汉宋奇书、征四寇本、八卷本回目分析

- 6 本回目都是一百十五回，基本相同，应该属于同一类。
- 6 本最后一回的回码为一百十五回。
- 6 本和评林本一样，也缺少第八回的回目，直接跳到了第九回。
- 6 本和评林本一样，虽然总数回目是一百十五回，但实际只有 114 回。
- 6 本和评林本相比，只缺 3 回的回目，大大减少。
- 其中征四寇本缺失前 66 回。

4）插增本回目

- 插增本现存的文本中，没有缺失任何回目。
- 插增本现存只有第九至三十四、七十二至九十二、一百二至一百六回，合计约 49 回，不全。
- 插增本和其他版本一样，正文中回码实际非常混乱。现存是从艾俊川藏本开始，但其第十回"朱贵水亭施号箭　林冲雪夜上梁山"，在艾俊川藏本正文中标记为第十一回。后面回码错误也非常多。

5）种德书堂本回目分析

- 种德书堂本缺失了第九十二回目"李逵受困于骆谷　宋江智取洮阳城"，而插增本和其他版本有此回目。
- 种德书堂本也不全，只有八十三至一百二十二回，合计约 39 回。
- 种德书堂本现存是从第八十三回开始，到第一百二十回结束，按照回目为一百二十回，实际统计也是一百二十回。
- 种德书堂本和其他版本一样，正文中回码实际非常混乱，如第 119 回"鲁智深杭州坐化　宋公明衣锦还乡"，在正文中标记为第一百十五回。类似错误非常多。
- 种德书堂本现存文本中，只缺 2 回的回目，即第一百回"李逵受困于骆谷　宋江智取洮阳城"，第一百十七回"卢俊义大战昱岭关　宋公明智取清溪洞"。
- 种德书堂本和其他版本相比，增加了繁本和全传本第 113 回（实际统计为 114 回，正文回目没有标注回码）的回目"混江龙大（太）湖小聚义　宋公明苏州大会垓"，一百二十四回本为"揄柳庄李俊被捉　苏州城方貌伏诛"，而其他简本都没有此回目。

6）十卷本回目分析

- 此本是一百十五回，回目数和前面刘兴我本、刘荣吾本、郑乔林本、汉宋奇书、征四寇本、八卷本相同。
- 此本和前几本回目相比，前几本都缺失繁本和全传本第九回"林教头风雪山

神庙　陆虞候火烧草料场"，但改为"豹子头刺陆谦富安　林冲投五庄客向火"。其他缺失回目完全相同。

7) 一百二十四回第五才子书回目分析

- 第五才子书有 124 回，是所有《水浒传》版本中回目最多的版本。
- 第五才子书 124 回比评林本 103 回多 11 回。
- 第五才子书 124 回比刘兴我本等 115 回多 9 回。
- 第五才子书 124 回比英雄谱本 109 回多 15 回。
- 第五才子书 124 回比插增本 120 回多 4 回。
- 第五才子书 124 回比全传本 120 回多以下 3 回：
  　　第三十三回　　上坟墓恭人被获　宋江看鳌山遭捉
  　　第一百六回　　林子前庞元被杀　红桃山王庆称王
  　　第一百十七回　揄柳庄李俊被捉　苏州城方貌伏诛
- 一百二十回全传本中的第八十五回"宋公明夜度益津关　吴学究智取文安县"

在一百二十四回第五才子书中变成以下 2 回：
　　第八十四回　众好汉蓟州得胜　大辽主降敕招安
　　第八十五回　罗真人题赠法语　宋公明诈降取城
因此，第五才子书一百二十四回比全传本一百二十回总计多了 4 回。

- 一百二十回全传本中的第九回"林教头风雪山神庙　陆虞候火烧草料场"，改为"差拨放火烧草场　林冲冒雪投茅屋"。
- 第五才子书回目全部是 7 字，十分整齐，而其余简本回目字数多少不等。

（7）从回目看简本分类

根据以上从回目缺失，可将简本分为以下 7 类，这 7 类之间的关系如下：

1) 评林本和英雄谱本

从回目缺失看评林本和英雄谱本回目缺失接近，评林本回目缺失比英雄谱多 5 个。但评林本刊刻于明代万历年间，而英雄谱本刊刻于明崇祯十五年（1642 年）到清顺治三年（1646 年）之间，这样两本就只可能有共同祖本，是兄弟关系。

2) 插增本和种德书堂本

从回目缺失看插增本和种德书堂本回目缺失接近，插增本回目没有缺失，而种德书堂本回目有缺失和增补，它们之间是兄弟关系，还是父子关系，只从回目缺失看，似乎兄弟关系可能性大，但也不排除是父子关系。

但如从文字看，和回目缺失相反，是插增本文字有缺失，而种德书堂本文字没有缺失。因此这两本到底是什么关系，还需要仔细分析。

3）刘兴我本、刘荣吾本、郑乔林本、汉宋奇书、征四寇本、八卷本

从回目缺失看刘兴我本、刘荣吾本、郑乔林本、汉宋奇书、征四寇本、八卷本回目缺失完全相同。

再从刊刻时间看，刘兴我本序言写于明崇祯元年（1628年），此本应刊刻此时之后。刘荣吾本也刊刻于明崇祯年间。从文字比对，刘荣吾本文字有缺失，肯定来自刘兴我本。

而郑乔林本虽然没有具体刊刻时间，但此本刊刻者郑乔林还曾刊刻过《三国演义》，此本刊刻于康熙二十三年（1684年），肯定晚于刘兴我本和刘荣吾本。

汉宋奇书刊刻于清初，征四寇本刊刻于清中期，八卷本刊刻于清晚期，都较晚。这些版本应该有共同祖本，之间是兄弟关系，还是父子关系，还需要仔细分析文字。

4）十卷本

十卷本和前面版本都是一百十五回，但前面几本为二十五卷，此本改为十卷，增加了第八回目，并改为"豹子头刺陆谦富安　林冲投五庄客向火"。十卷本刊刻于清初，可能是此本根据繁本、全传本增补了此回。

5）一百二十四回本

从回目看，其回目文字整齐，并增补了一些回目，所以此本是经过仔细修订的晚期版本。

以上只是根据回目缺失的粗略分析，要仔细分析还得对文字做数字化比对。

这些版本之间的演化关系如下图所示。

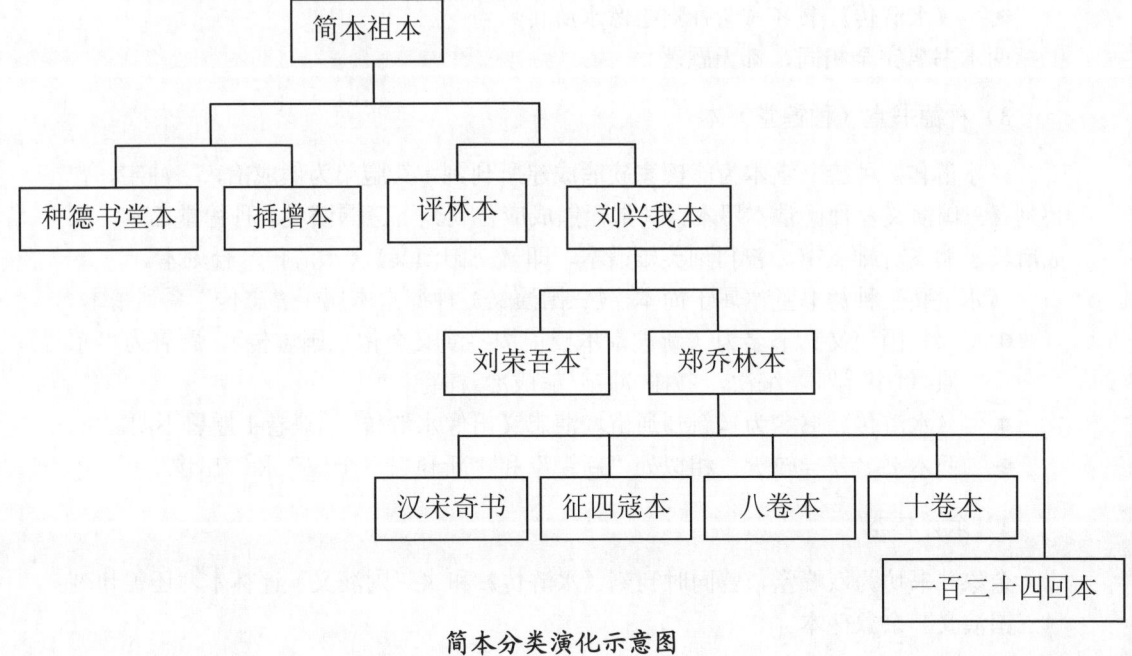

简本分类演化示意图

3. 《三国演义》《水浒传》同时刊刻统计

（1）《水浒传》《三国演义》刊刻统计

《水浒传》和《三国演义》是明清时期最流行的古代小说，因此有很多书坊同时刊刻这两种小说，初步统计有 9 种。

1) 锺伯敬本

锺伯敬本书坊名积庆堂，此本实为假托锺伯敬所评，刊刻于明代天启年间。《水浒传》锺伯敬本属于繁本，《三国演义》锺伯敬本属于"演义"系列。

- 《三国演义》书名《锺伯敬先生批评三国志》，题署"竟陵钟 惺伯敬父批评，长洲陈 仁锡明卿父较阅"。
- 《水浒传》书名《锺伯敬先生批评水浒传》，题署"竟陵钟 惺伯敬父批评"两本书名、题署完全相同。

2) 遗香堂本

遗香堂为清代徽州书商，《水浒传》遗香堂本属于繁本，《三国演义》遗香堂本属于"演义"系列。

- 《三国演义》书名《遗香堂绘像三国志》
- 《水浒传》书名《遗香堂绘像水浒传》

两本书名完全相同，都无题署。

3) 种德书堂（种德堂）本

《水浒传》种德书堂本为熊氏家族熊成建所刊刻。其胞弟为熊成冶，字冲宇，曾刊刻《三国演义》种德堂本甲本，其堂侄熊成应曾刊刻《三国演义》种德堂乙本。熊成冶长子熊飞有雄飞馆，曾刊刻英雄谱本，即《三国演义》《水浒传》合刻本。

《水浒传》种德书堂本属于简本，《三国演义》种德堂本属于"志传"系列繁本。

- 《三国演义》书名为《新锲京本校正按鉴演义全像三国志传》，题署为"东原 贯中 罗本 编次，书林 冲宇 熊成冶 梓行"
- 《水浒传》书名为《新刊通俗增演忠义出像水浒传》，缺卷 1 题署不明。
- 两本书名差异较大，相似处"新锲"和"新刊"、"全像"和"出像"。

4) 余评林本

余象斗书坊为双峰堂，曾同时刊刻《水浒传》和《三国演义》评林本，还曾刊刻《三国演义》余象斗本。

《水浒传》评林本属于简本，《三国演义》评林本属于"志传"系列繁本。
- 《三国演义》书名《新刊京本校正演义全像三国志传评林》，题署"晋 平阳 陈寿史传，闽 文台 余象斗梓行"。
- 《水浒传》书名《"京本增补校正全像忠义水浒志传评林》，题署"中原 贯中 罗道本 名卿父编集，后学 仰止 余宗下 云登父评校，书林 文台 余象斗 子高父补梓"。
- 《三国演义》《水浒传》书名十分相似，相同处"京本""校正""全像""志传评林"。
- 《三国演义》书名不同处"新刊""演义"。
- 《水浒传》书名不同处"增补（指田王二传）"。
- 《三国演义》《水浒传》题署相同处"文台 余象斗"。
- 《水浒传》题署中"后学 仰止 余宗下 云登父评校"的"余宗"即"仰止"，就是余象斗，"余宗"后有小字"下"不知何意。余宗在此本批语中也出现。

5）刘兴我本

刘兴我书坊为忠贤堂，曾同时刊刻《水浒传》和《三国演义》，都属于简本。
- 《三国演义》书名《新刻按鉴演义全像三国志传》，题署"晋 平阳 陈寿 志传，元 东原 罗贯中 演义，明 富沙 刘兴我 梓行"。
- 《水浒传》书名《新刻全像水浒传》，题署"钱塘 施耐庵 编辑，富沙 刘兴我 梓行"。
- 《三国演义》《水浒传》书名相同处"新刻""全像"。
- 《三国演义》《水浒传》题署相同处"富沙 刘兴我 梓行"。

6）刘荣吾本（藜光堂本）

刘荣吾书坊为藜光堂，也曾同时刊刻《水浒传》和《三国演义》，也都属于简本。
- 《三国演义》书名《精镌按鉴全像鼎峙三国志传》，题署"晋 平阳 陈 寿 志传，元 东原 罗贯中 演义，明 富沙 刘荣吾 梓行"。
- 《水浒传》书名《新刻全像忠义水浒志传》，题署"清源 姚宗镇 国藩父 编，武荣 郑国扬 文甫父 全校，书林 刘钦恩 荣吾 梓行"。
- 《三国演义》《水浒传》书名相同处"全像""志传"。
- 《三国演义》《水浒传》书坊主人题署不同，《三国演义》"刘荣吾"，《水浒传》"刘钦恩 荣吾"，据邓雷研究，刘钦恩为名，字荣吾。

7）郑乔林本（李渔序本）

郑乔林书坊名亲贤堂，为清康熙年间书坊，其刊刻的《水浒传》前有李渔序，因此又称李渔序本。郑乔林康熙二十三年（1684年）曾刊刻《三国演义》。现在《水浒传》《三国演义》郑乔林本都藏于德国柏林同一图书馆中，可能是某个德国人到了中国，觉得同一书坊同时刊刻上图下文《水浒传》《三国演义》很有趣，因此一并带回德国，是目前现存的孤本。

《水浒传》和《三国演义》郑乔林本都属于简本。

- 《三国演义》书名《新刻全像演义三国志传》，题署"晋 平阳 陈 寿传，元 东原 罗贯中演义，书林 郑乔林梓行"。
- 《水浒传》书名《新刻全像忠义水浒传》，题署"元 东原 罗贯中编辑，书林 郑乔林梓行"。
- 《三国演义》《水浒传》书名相同处"新刻""全像"。
- 《三国演义》《水浒传》书坊主人题署相同"书林 郑乔林梓行"。

郑乔林本、刘兴我本、刘荣吾本关系

《水浒传》和《三国演义》刘兴我本、刘荣吾本是明刊本，而郑乔林本是清刊本。无论是文字分析，还是从插图分析，《水浒传》《三国演义》这三本之间的关系也都相同，都是刘兴我本在前，刘荣吾本、郑乔林本分别出自刘兴我本。

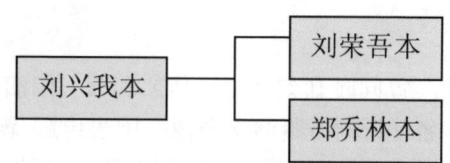

刘兴我本、刘荣吾本、郑乔林本关系示意图

8）宝翰楼本

明代苏州书商，《水浒传》宝翰楼本有一百二十回全传本和三十卷繁简混合本，《三国演义》宝翰楼本属于"演义"系列李卓吾评本。

- 《三国演义》书名《李卓吾先生评新刊三国志》。
- 《水浒传》书名《李卓吾原评忠义水浒全传》。
- 《三国演义》《水浒传》书名相同处"李卓吾评"。

9）英雄谱本

熊成冶长子熊飞书坊为雄飞馆，曾刊刻英雄谱本，英雄谱本是《三国演义》和《水浒传》的合刻本，此书上栏为《水浒传》，下栏为《三国演义》。一本书同时收入《三国演义》和《水浒传》，读者买一本书等于买两本书，很合算。此书又分为初刻本和二刻本，两本内容基本相同，只是排版略有不同。

英雄谱本书名《精镌合刻三国水浒全传》，题署"晋 平阳 陈 寿 史传，元 东原 罗贯中 演义，明 温陵 李载贽 批点"。

以上同时刊刻《三国演义》和《水浒传》合计 9 家书坊，统计列表如下：

《水浒传》《三国演义》刊刻统计表

		锺伯敬	遗香堂	种德堂	宝翰楼	余评林	刘兴我	刘荣吾	郑乔林	英雄谱
水浒	繁本	●	●							
	全传				●					
	简本			●		●	●	●	●	●
三国	演义	●	●			●				●
	繁本			●		●				●
	简本						●	●	●	

同时刊刻《三国演义》《水浒传》的版本有如下特点：

- 《水浒传》《三国演义》有 6 种版本形式，即《水浒传》的繁本、全传本和简本，《三国演义》的"演义"本、繁本、简本。
- 《水浒传》简本 7 种最多，《水浒传》繁本两种最少，《三国演义》繁本三种其次。
- 两种都是简本的有三种，即刘兴我本、刘荣吾本、郑乔林本。
- 两种都是繁本和"演义"本的有两种，即锺伯敬本、遗香堂本。
- 种德堂（种德书堂）刊刻《水浒传》简本一种、《三国演义》繁本两种，余象斗也刊刻《水浒传》简本一种、《三国演义》繁本两种。两书坊各刊刻《水浒传》《三国演义》简本一种和繁本两种。
- 英雄谱本本身是《三国演义》和《水浒传》的合刻本，其中《三国演义》部分又是"演义"和繁本的混合本。

（2）余象斗本《三国辨》和《水浒辨》

在同时刊刻《三国演义》《水浒传》的书坊之中，余象斗双峰堂和熊氏种德堂（种德书堂）两个书坊最出名。

《三国演义》和《水浒传》书前的《三国辨》和《水浒辨》是十分重要的资料。《三国演义》余象斗本序言上方页眉处有《三国辨》一文。

> 坊间所梓《三国》，何止数十家矣。全像者，止刘、郑、熊、黄四姓。宗文堂人物丑陋，字亦差讹，久不行矣。种德堂其书板欠陋，字亦不好。仁和堂纸板虽新，内则人名、诗词去其一分。惟爱日堂者，其板虽无差讹，士子观之乐然。今板已朦，不便其览矣。本堂以诸名公批评、圈点、校证无差，人物、字画各无省陋，以便海内士子览之。下顾者可认双峰堂为记。

《三国演义》余象斗评林本缺序言页，不知是否也有《三国辨》一文。

《水浒传》余评林本序言上方页眉处也有《水浒辨》一文。

> 坊间梓者纷纷，偏像者十余幅，全像者止一家。前像板字中差讹，其板象旧，惟三槐堂一副，省诗去词，不便馆诵。今双峰堂余子改正增评，有不便览者芟之，有漏者删之。内有失韵诗词，欲削去，恐观者言其省漏，皆记上层。前后二十余

卷，一画一句，并无差错。士子买者，可认双峰堂为记。

《三国辨》和《水浒辨》对当时《三国演义》和《水浒传》刊刻情况都作了介绍。
《三国辨》的要点是：
- 当时刊刻《三国演义》的有数十家，但全像本只有刘、郑、熊、黄四家。
- 宗文堂：插图、文字都差，发行时间不久。
- 种德堂：书板简陋，字也不好。
- 仁和堂：纸板虽新，但省略一些人名、诗词也不好。
- 爱日堂：其板无差错，但板已不清楚，不便阅读了。
- 余象斗双峰堂：自称"以诸名公批评、圈点，校证无差，人物、字画各无省陋，以便海内士子览之"。

这5家《三国演义》版本流传下来的只有种德堂本和双峰堂本。
《水浒辨》的要点是：
- 偏像本：当时《水浒传》"偏像"本有十余家，但未点名，其中应该也包括种德书堂。
- 全像本：当时只有一家，后介绍了三槐堂，称其"省诗去词，不便馆诵"，此本已经失传。
- 双峰堂：增加批语，删去失韵的诗词，一画一句。

相对而言，《三国辨》介绍详细，称全像本除余象斗本外还有4家，现存余象斗本和种德堂本两家。而《水浒辨》则较简单，称全像本只有一家；不知为何和《三国辨》不同，未提及种德书堂本，是当时种德书堂本尚未出版，还是其他原因。

下面仔细介绍同时刊刻《三国演义》《水浒传》的种德堂本（种德书堂本）和双峰堂余象斗本。

（3）《三国演义》种德堂和《水浒传》种德书堂

种德堂和种德书堂都是福建建阳著名出版商熊氏家族的书坊。

熊成冶，字崇宇。种德堂是熊氏家族几代的书坊，熊成冶刊刻有记载的图书有30多种，其中有刊刻时间的有12种，最早的是万历元年的《周易》和戏曲《重订元本评林点板琵琶记》等，最晚的是万历四十年《历朝纪要纲鉴》。因此他刻书时间在万历元年至万历四十年之间，据刘世德先生考证，他可能在万历四十一年64岁去世。

熊成冶刊刻的种德堂本《三国演义》现称为种德堂甲本，其堂侄熊成应，后也用种德堂名刊刻了另一本《三国演义》，称为种德堂乙本。这两本的刊刻时间不明。

熊成建是熊成冶胞兄，他曾以种德书堂为名，在万历年间刊刻了《水浒传》，但具体年代不明。他还曾在万历二十九年刊刻《精摘古史粹语举业前茅》等书。其书坊比种德堂多一"书"字。

"种德堂"和"种德书堂"是一个书坊，还是两个书坊，有不同看法。日本上原究一先生认为，"种德堂"和"种德书堂"这两个名号在成化以来，经常在同一个人所刊同一个书里同时出现的，所以这两种堂号是同一书坊，根本没有区别。郑氏书坊也有同一个人,有时称"宗文堂",有时又称"宗文书堂"的情况,"堂"和"书堂"没有区别。刘龙田也有类似问题,他的书坊有时候称"乔山堂",又称"乔木山堂",但应该还是同一个书坊。因此上原先生认为熊成建、熊成冶这两个人,是同一个时期参与同一个书坊的刻书工作(跟世德堂的唐晟、唐昶一样)。但是,他们俩之间可能有某些分工,编辑方针也可能有所不同。

我未查到熊成建刊刻的其他图书是用种德堂还是种德书堂,但我觉得上原先生所说"堂"和"书堂"不分可能是事实,而具体到熊成冶和熊成建,两人分用种德堂和种德书堂也还是有可能的。

我个人觉得撇开堂号问题,因为《三国演义》和《水浒传》是两部巨著,他们兄弟二人分工刊刻是完全可能的。熊成冶负责刊刻《三国演义》,由于《三国演义》市场大于《水浒传》,因此熊氏家族先后刊刻了两次《三国演义》,据刘世德先生考证,熊成冶刊刻了《三国演义》甲本,其堂侄熊成应刊刻了乙本。

而熊成建也在万历年间刊刻了种德书堂本的《水浒传》。

因此,熊氏家族在三国、水浒上分工,避免竞争,先后分别刊刻了《三国演义》和《水浒传》。种德书堂本《水浒传》刊刻时间为"万历仲冬",但刊刻的具体时间不清楚。

另外需要注意的是,种德书堂本《水浒传》书名有"新刊"字样,其牌记有"重刊"字样,因此不排除种德堂本《水浒传》和《三国演义》一样,也刊刻了两次。由于版本流失目前无法确定。

(4)余象斗刊刻《三国演义》《水浒传》版本

和种德堂刊刻了《三国演义》和《水浒传》一样,余象斗也分别先后刊刻了《三国演义》和《水浒传》。所不同的是,种德堂的《三国演义》和《水浒传》是熊氏的熊成冶和熊成建两人分别刊刻的。而余象斗《三国演义》和《水浒传》都是余象斗一人所刻。目前流传下来的《三国演义》种德堂本和余象斗本都有两本,而《水浒传》都只有一本。

余象斗(1560?—1637?)是建阳著名书坊余氏家族中重要一员,余象斗刻书时所用的别名很多,如余仰止、余世腾、余君召、余元素、余象乌等,这些都是余象斗一人的化名,但也有数个名字到底指的是余象斗本人,还是余氏家族其他成员至今争议较大。现代一般认为"仰止"是余象斗的字,一说其名"文台",字"象斗","三台山人"是他的号。双峰堂、三台馆都是他的书坊名,他常自称"三台馆主人",其中"双峰堂"可能继承自他的父亲余孟和。

余象斗是建阳余氏第三十四世。他的父亲名为余孟和,号双峰。在正式从事刻书业前,余象斗受家族影响,已经有过数次参与刻书的经历,如在万历十六年(1588年),他以余世腾的化名与他人共同刊刻了熊大木的小说《全汉志传》。但对此书是否是余象斗原版有争议,日本大塚秀高先生推测此本并不是余象斗万历十六年制版印刷出版的,而是万历十六年他得到已经刻过的版木,改写了序末的年记和名字而印出来的。

万历十九年(1591年),余象斗正式放弃学业,全身心地从事刻书事业,根据现存资料可知，仅在万历十九年一年，余象斗就刊刻了十几种科举应试类书籍，同时还有一些小说一类的杂书。余象斗也积极与其他地区的刻书业界建立联系，万历十九年时，他已经开始对一些金陵（南京）版书籍进行重刻了，因此书名常冠以"京本"字样。

余象斗先后刊刻了两本《三国演义》和一本《水浒传》。万历二十年（1592年），余象斗刊刻了《音释补遗按鉴演义全像批评三国志传》，即余象斗本，万历二十二年刊刻《京本增补校正全像忠义水浒志传评林》，即评林本，其后又刊刻了《新刊京本校正演义全像三国志传评林》，即余评本。

余象斗的逝世年份不见记载，推断他去世于1637年之后，享寿有八九十岁。他的刻书和古典小说编撰生涯跨越了半个世纪。

（5）种德堂、双峰堂刊刻《水浒传》《三国演义》

前面介绍种德堂和双峰堂两个书坊因为竞争，在同一时期先后刊刻了两部《水浒传》和四部《三国演义》，这很值得仔细介绍一下。

下面按照这些版本的刊刻时间，逐一介绍这两个书坊先后刊刻的这四部《三国演义》版本和两部《水浒传》版本。

1)《三国演义》种德堂甲本

《三国演义》余象斗本序言《三国辨》中称，在此前有数十家书坊刊刻《三国演义》，其中全像插图本只有刘、郑、熊、黄4家，即宗文堂、种德堂、仁和堂和爱日堂，这4家刊刻的《三国演义》目前只存种德堂本。余象斗评价"种德堂其书板欠陋，字亦不好"。但此本已经看不到了。

2)《三国演义》双峰堂本

就如《三国演义》余象斗本序言《三国辨》中所言，余象斗对种德堂本《三国演义》不满意，因此在万历二十年刊刻了余象斗本《三国演义》，此本为上图下文本，每页有一插图，并在页眉有很多评语。

3)《三国演义》种德堂乙本

目前看到有一本种德堂本《三国演义》，但现存种德堂本字和插图都比余象斗本更好，完全不是余象斗本所言"种德堂其书板欠陋，字亦不好"，而是相反，余象斗本"其书板欠陋，字亦不好"。因此余象斗本序言所言的"种德堂本"不是现存的种德堂本，而是更老的版本，现存的种德堂本应该是重刻的版本。为区分这两种《三国演义》种德堂本，已经流失的种德堂本命名为"甲本"，而现存的种德堂本命名为"乙本"。乙本可能是种德堂看到余象斗刊刻了一部《三国演义》后，又再次刊刻的一部《三国演义》。

刘世德先生考证，《三国演义》种德堂本最迟刊刻于万历三十九年，则种德堂乙本应该刊刻于万历三十九年之前。

4)《三国演义》双峰堂评林本

在种德堂刊刻了乙本之后,双峰堂还不甘心,又再次刊刻了一部《三国演义》,一般称为余评林本。此本图像比余象斗本更好,和余象斗本一样,在页眉增加了很多评语。此本很明显是为和种德堂乙本竞争而刊刻的。

因此双峰堂、种德堂为竞争,先后刊刻了四部《三国演义》,顺序依次为:

种德堂甲本 —— 双峰堂余象斗本 —— 种德堂乙本 —— 双峰堂余评林本

种德堂和双峰堂因为市场竞争,除先后刊刻了四部《三国演义》外,还先后刊刻了两部《水浒传》。

5)《水浒传》种德书堂本

《水浒传》有一部种德书堂本,注意此本比"种德堂"多一"书"字,不是同一书坊,种德书堂为种德堂熊冲宇的胞哥熊成建的书坊。此本现分两地藏于德国德累斯顿和梵蒂冈,马幼垣称为"插增乙本"。

熊成建的种德书堂在万历二十九年曾刊刻《精摘古史粹语举业前茅》和《四书集注》。此本《水浒传》牌记题为"万历仲冬之吉/种德书堂重刊"。这说明此本也刊刻于万历年间,但具体年代不清。"重刊"意思是否和《三国演义》种德堂本一样,是刊刻了两次,也不得而知。

此本也是上图下文,但和种德堂《三国演义》每页都有插图不同,而是两页(一整叶)一幅。这是由于这两种版本虽然都是种德堂家族书坊刊刻,但毕竟还是兄弟两个书坊所刻,因此插图形式还是不同。种德书堂本《水浒传》的两页一幅插图本,似乎应该早于种德堂本《三国演义》每页都有插图的形式。

6)《水浒传》双峰堂评林本

《水浒传》双峰堂评林本刊刻于万历二十二年,即在双峰堂万历二十年刊刻《三国演义》余象斗本之后两年。

此本和种德书堂本《水浒传》一样,也是上图下文本,但和种德书堂本《水浒传》两页(一整叶)一幅插图不同,而是每页都有插图。这是双峰堂本《三国演义》版本的传统。因为《水浒传》评林本每页都有插图,而种德书堂本两页一幅插图,因此余象斗《水浒传》文字比种德书堂本更简略。也有个别处文字,如讨伐王庆中的余呈之死,评林本和种德书堂本不同。

余象斗本和种德书堂本《水浒传》的关系还不十分清楚,最大可能是两本都来自一个共同祖本。

7)《三国演义》《水浒传》余象斗和种德堂竞争总结

以上介绍了余象斗和种德堂先后各自刊刻了两本《三国演义》,又各自刊刻了一本《水浒传》。仔细分析两书坊刊刻的不同《三国演义》《水浒传》版本,其出发点分别在于插图和文字。

先看《三国演义》版本,余象斗在《三国辨》中说得很清楚,种德堂本(即甲本)

在余象斗本之前，但余象斗认为"其书板欠陋，字亦不好"，因此刊刻了有评语的余象斗本《三国演义》。而后种德堂又刊刻了种德堂乙本，图像文字有很大提高。为和种德堂乙本竞争，余象斗再次刊刻了余评林本，在保持批语基础上，主要提高了插图质量。

而《水浒传》版本竞争也类似。其实余象斗评林本和种德书堂本页数差不多，但评林本是每页一图的全像本，比种德书堂本两页一图的偏像本，更吸引读者。但加插图就要减少文字，因此余象斗评林本就大幅度删节文字，而读者是看故事不看细节的，因此在篇幅基本相同的情况下，余象斗评林本更符合读者喜好，发行也就更多了，占据了主要市场。一些不了解评林本具体情况的人，认为评林本是现存最早的、完整的简本《水浒传》版本，也是最早的一种评点本《水浒传》，甚至是所有《水浒传》现存较完整版本中，最早的一种。其实评林本的前言《水浒辨》说得很清楚，在评林本之前还有三槐堂本全像本《水浒传》。再仔细比对评林本和其他《水浒传》简本，其文字有脱落、删节，马幼垣先生对评林本就评价很低。

总之，余象斗两个《三国演义》文字基本相同，两本比种德堂本主要提高是增加批语、提高插图质量。而余象斗评林本《水浒传》和种德书堂本相比，也是在删节文字、增加批语和提高到每页都有插图。

（6）《水浒传》版本研究

以上介绍了同时刊刻《水浒传》《三国演义》版本的情况，下面介绍对《水浒传》版本的研究。

如前所述，《水浒传》版本分繁本和简本两大类。其中繁本各种版本之间的文字差异，除全传本增加田王二传外，差异不是很大，相互关系也比较清楚。研究余地不大了。

《水浒传》简本根据发展过程，可分早期刊本和晚期刊本两类。早期刊本主要是上图下文本，包括明刊本的种德书堂本、插增本、评林本、刘兴我本、藜光堂本、英雄谱本，清刊本的郑乔林本、慕尼黑本，以及不分回的三十卷本等。这些版本之间文字虽然基本相同，但其演化过程比较复杂，历史上很多版本未流传下来，给研究带来麻烦。但是从另一个角度看，因为问题多、复杂，也就值得深入研究。

《水浒传》简本的后期版本包括十卷本、汉宋奇书本、征四寇本、八卷本、一百二十四回本等，这些版本之间差异不大，在版本演化史上作用也不大，研究价值也不高。

根据以上情况，下面主要研究以上三类中的简本早期版本，这些版本又分为三部分研究。

首先研究早期上图下文的通栏插图本，主要包括种德书堂本、插增本、评林本。其次研究上图下文本中的嵌图本，包括刘兴我本、藜光堂本、郑乔林本、慕尼黑本。最后研究比较特殊的不分回的三十卷本。

《水浒传》版本研究和其他古代小说版本研究一样，由于历史上流失的版本太多，要完整复原版本演化十分困难，因此有些人认为版本演化不值得再仔细研究了。

但我觉得版本是否值得继续研究，主要看是否还有研究余地。现在人工研究确实很困难了，因此马幼垣先生也放弃了，似乎就没有继续研究的余地和空间了。

但根据我多年数字化研究的实践和经验，包括下面对《水浒传》简本的研究，证明数字化后还是有研究空间的，无论对《水浒传》简本上图下文本，还是嵌图本，都证明数字化后，还有进一步研究的余地，还可把研究更深入。因此我觉得对版本研究没有必要丧失信心。

（二）《水浒传》上图下文简本研究

1. 《水浒传》上图下文简本插图研究

（1）《水浒传》上图下文简本简介

1）《水浒传》上图下文简本插图概述

分析版本关系一般是从文字分析，但书坊刊刻版本时，有时文字基本是根据底本抄写，修改不多，很难判别版本关系。

而书坊刊刻版本时，有时插图为省事，基本是复制底本的插图。因此可以根据插图分析版本之间关系，比文字分析更简单可靠，如版本插图相似，肯定版本相互之间有关系。

插图研究只是版本研究的一个方面，翻刻时可能插图相近，也可能插图较远。插图研究结果可做版本研究参考。

分析插图只分析内容基本相同的插图，内容相似和不同的插图，就不统计分析。

《水浒传》上图下文本现存只有7种，其中5种明刊本两种清刊本。

- 种德书堂本（插增乙本），残本，明万历刊本
- 插增本（插增甲本），残本，明刊本
- 评林本，全本，明万历二十二年刊本
- 刘兴我本，全本，明崇祯元年刊本
- 藜光堂本（刘荣吾本），全本，明崇祯刊本
- 郑乔林本《李渔序本》，全本，清康熙刊本
- 慕尼黑本，残本，清刊本

这些版本中，插图形式不同：

- 种德书堂本是唯一的一叶（两页）一幅"偏图（偏像）"式插图，其余6本都是一叶两幅插图（每页一幅插图）。

- 种德书堂本、插增本、评林本插图是通栏式，标题在插图两侧。
- 刘兴我本、藜光堂本、郑乔林本插图是嵌图式，标题在插图上方。

一般认为，三种插图中：
- 偏图式是较早的形式。
- 通栏式晚于偏图式，但早于嵌图式。
- 嵌图式是最晚的形式。

7 个版本中，只有评林本是三栏，上栏是评语，中栏是插图，下栏是文字。其他 6 种都是两栏式，上栏是插图，下栏是文字。

7 个版本中目前缺慕尼黑本，因此只能统计分析其他 6 个版本插图。

统计以明刊本为主，因此清刊本郑乔林本只统计部分插图。

统计采用两种方法。

一种是对现有版本全部统计插图相同数量。但插增本、种德书堂本是残本，和其他全本的版本插图数量相比肯定要减少，这样统计的插图相同的数量，各个版本之间可比性就很差。

为此再统计相同回目的插图数量。查 6 本中插图完整的回目只有以下 10 回：
- 第七十三回　宋江兵打蓟州城　卢俊义大战玉田县
- 第七十四回　宋公明大战独鹿山　卢俊义兵陷青石峪
- 第七十七回　五台山宋江参禅　双林渡燕青射雁
- 第七十八回　宿太尉保举宋江　卢俊义分兵征讨
- 第七十九回　盛提辖举义投降　元仲良愤激出家
- 第八十八回　高俅恩报柳世雄　王庆被陷配淮西
- 第八十九回　王庆遇龚十五郎　满村嫌黄达闹场
- 第九十回　王庆打死张太尉　夜走永州遇李杰
- 第九十一回　快活林王庆使棒　段三娘招赘王庆
- 第九十二回　宋公明兵渡吕梁关　公孙胜法取石祁城

虽然这 10 回只占全书的约十分之一，但也有一定参考价值。

下面先以各版本都有的第八十八回前 13 组插图为例，展示 6 个上图下文本插图的版式。

然后再展示、比对和统计现有 6 版本的全部插图（郑乔林本是部分插图）。

在其后的统计分析时，就只统计六个版本插图完整的回目的 10 回中，插图相同的数量，以便比较分析。

因此插图相同的数量，有插增本和种德书堂本时，有 2 组数字，一组数字是全部插图相同的数量，一组是插图完整 10 回中插图相同的数量。

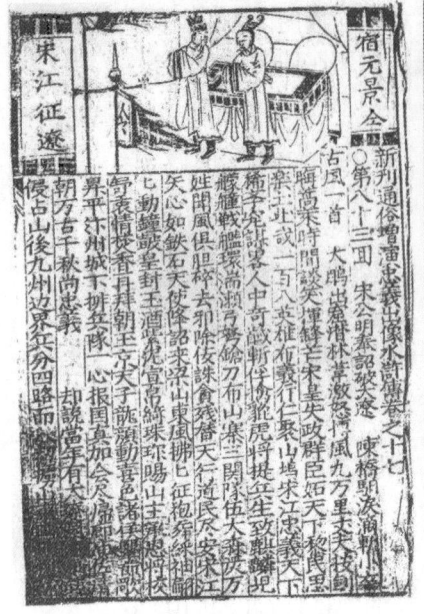
种德书堂本第八十三回
第1页每页一幅通栏插图

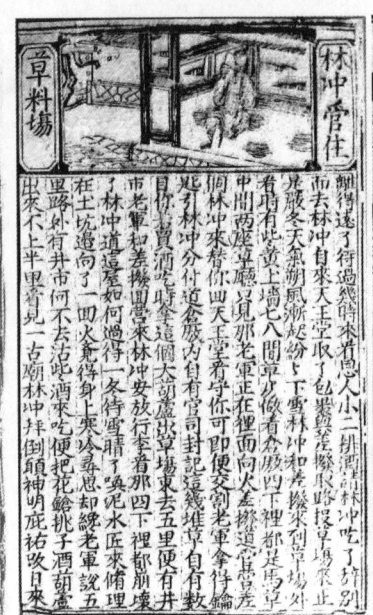
插增本第八回
每页1幅通栏插图

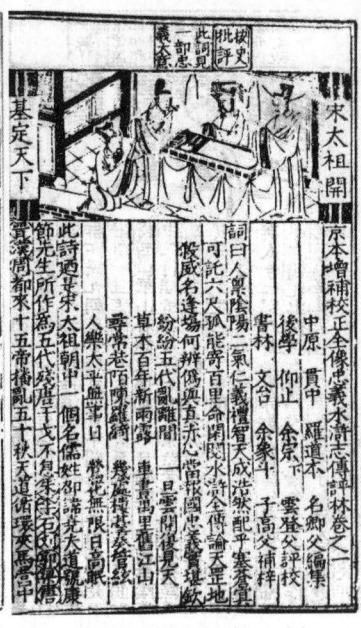
评林本第八回第1页
每页1幅通栏插图，上栏评语

刘兴我本第一回第1页
每页1幅嵌图插图

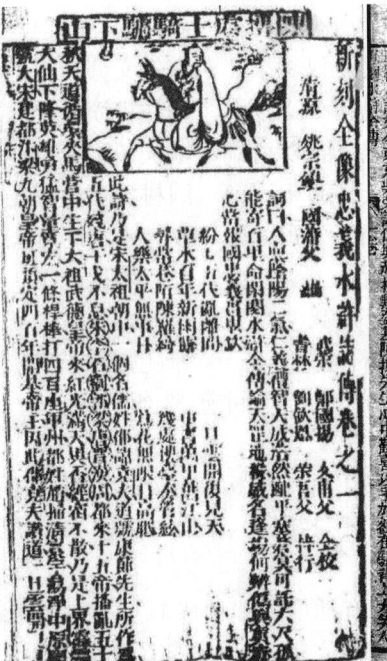
黎光堂本第一回第1页
每页1幅嵌图插图

郑乔林本第一回第1页
每页1幅嵌图插图

《水浒传》6种上图下文本

2)《水浒传》上图下文简本插图比较

第八十八回　高俅恩报柳世雄　王庆被陷配淮西（前13组插图）

1. 柳世雄参见高太尉

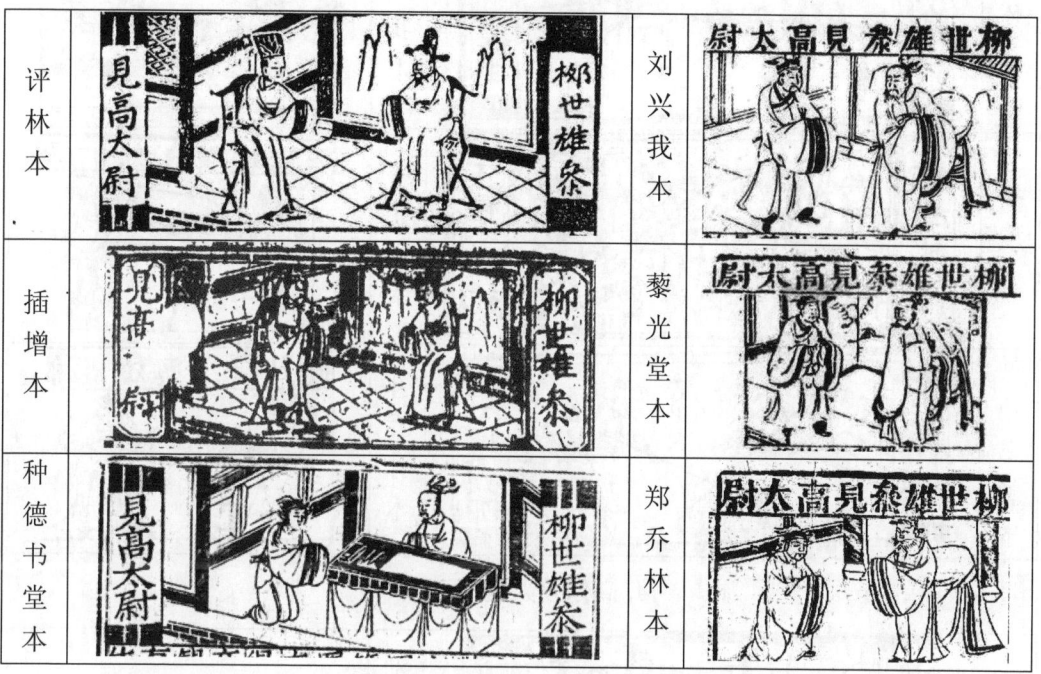

2. 高俅与张斌议报恩，王庆来见高太尉

3. 柳世雄与王庆比枪法

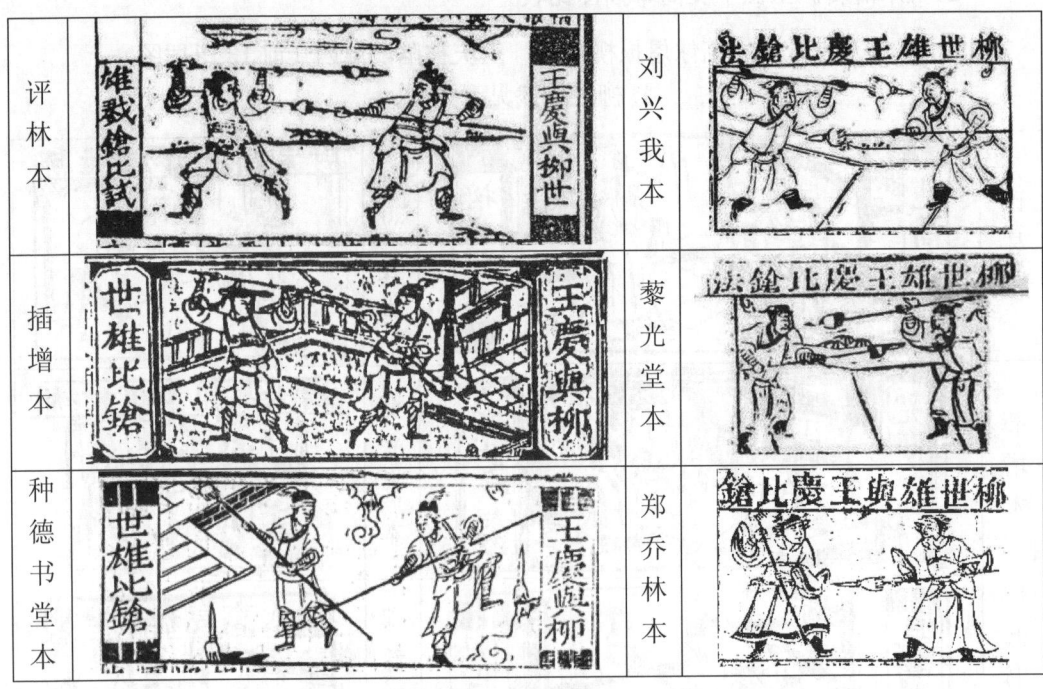

4. 高俅差人巡视王庆

5. 王庆问李杰买卦

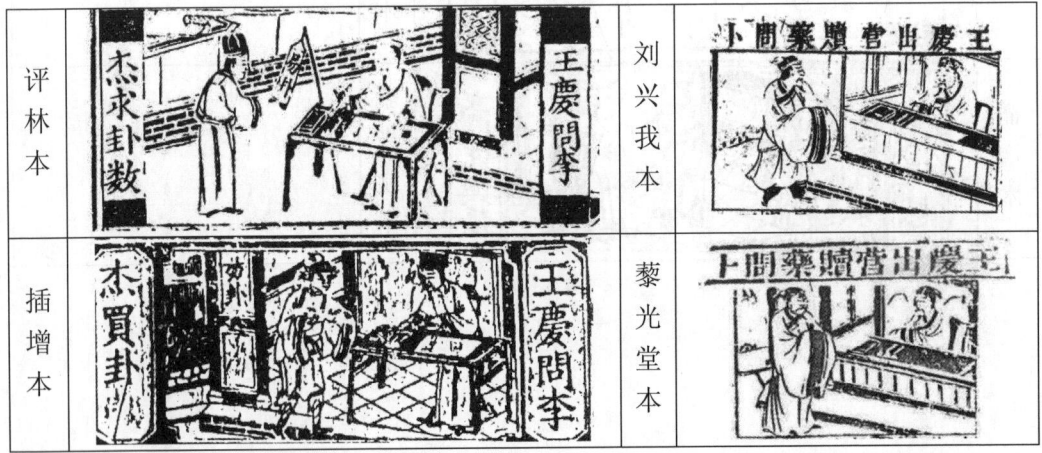

6. 高俅勘问王庆

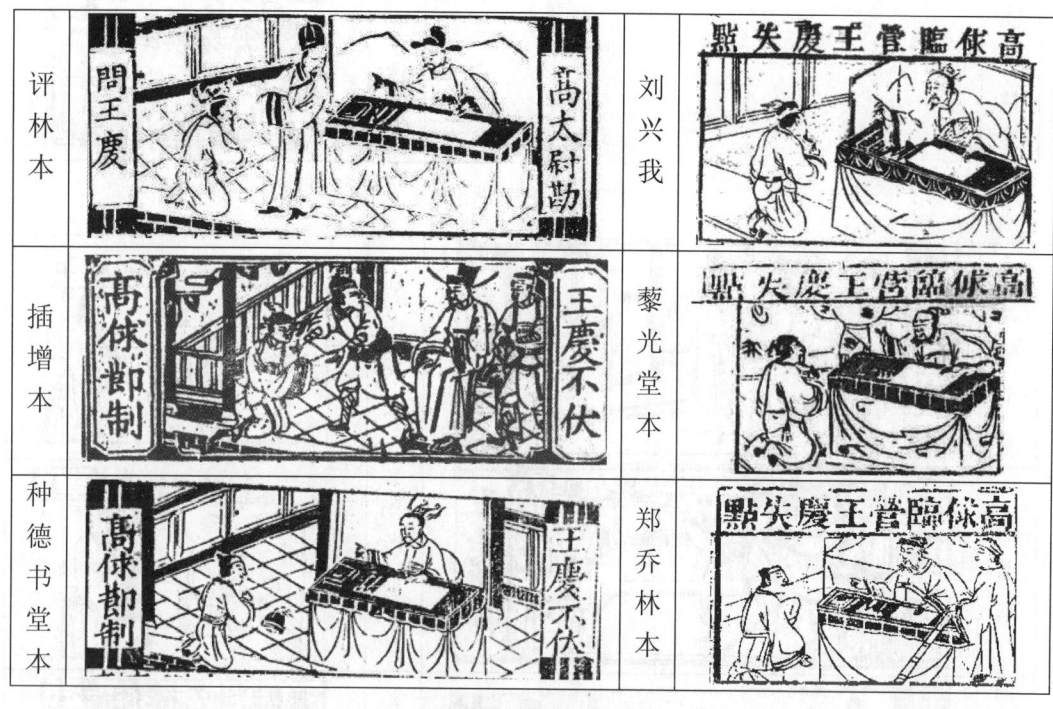

7. 开封府尹问王庆杖罪

8. 王庆辞妻眷刺配淮西李州

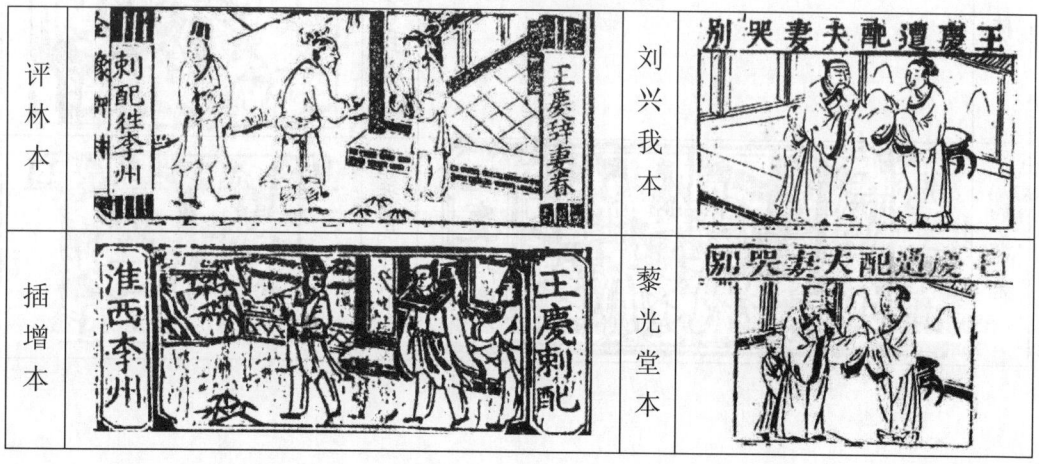

种德书堂本		郑乔林本	

9. 王庆使棒遇龚端

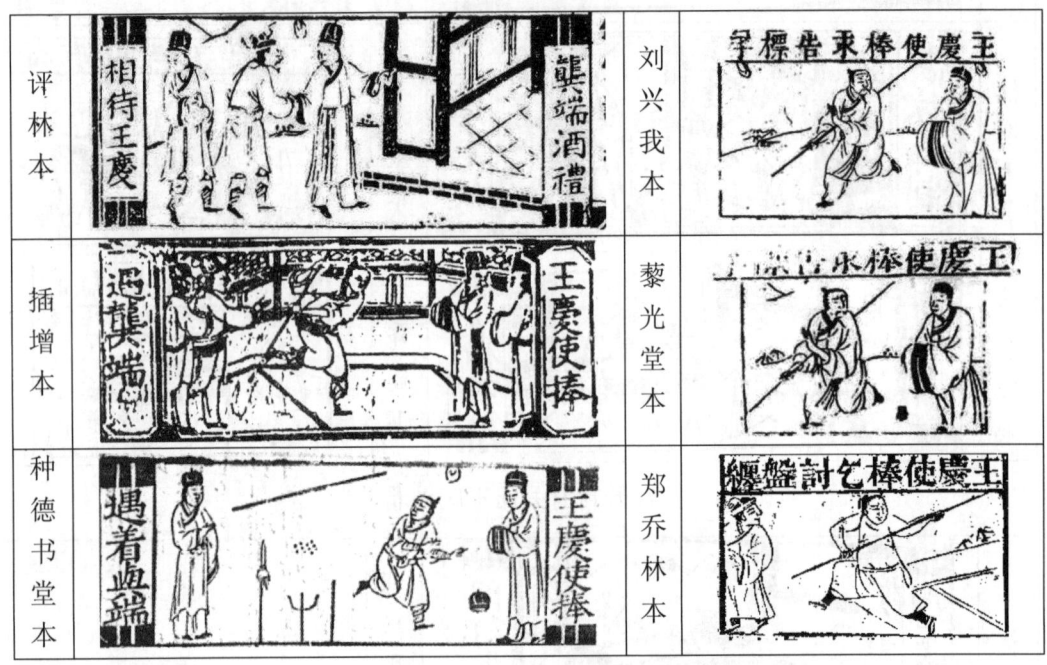

10. 王庆又遇李杰卜卦

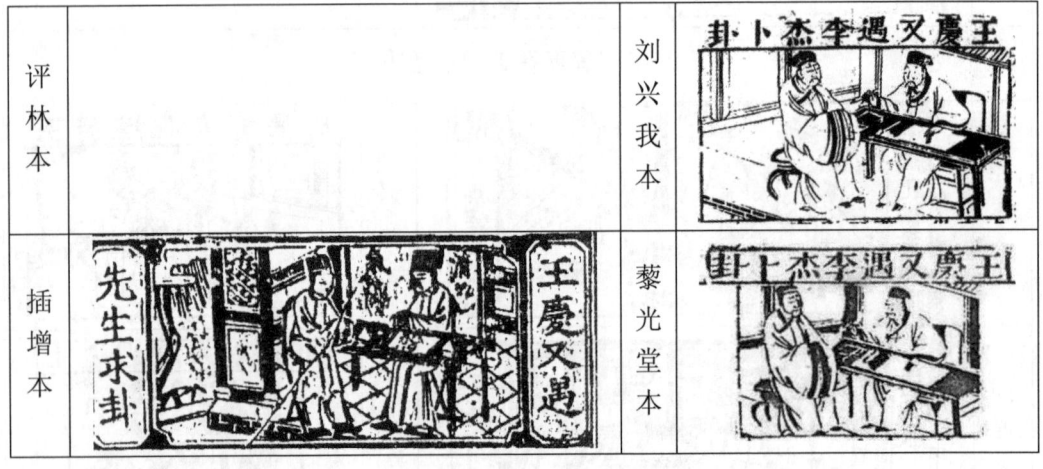

11. 王庆拜识龚十五郎

12. 龚正置酒，王庆使棒展示，龚正请邻居赠钱

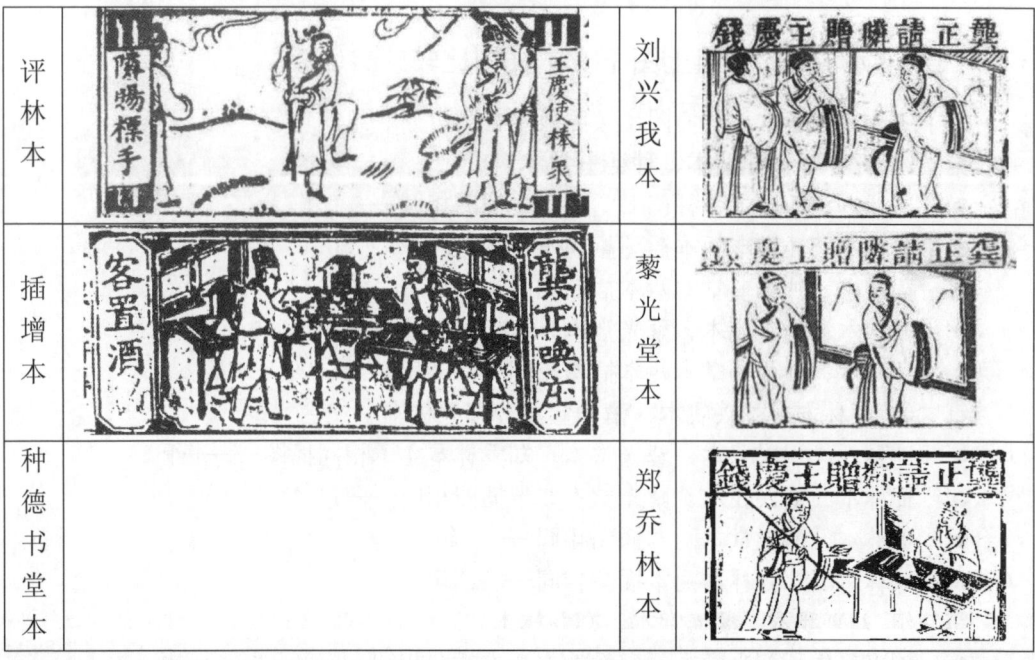

13. 王庆与黄达斗抢

（以下略）

（2）《水浒传》3组上图下文本插图比较

以下统计6种版本相同插图，按照版本分类可分3组。

第一组 评林本、插增本、种德书堂本
- 评林本、插增本、种德书堂本3本插图相同——1组
- 评林本、插增本两本插图相同——59组
- 插增本、种德书堂本两本插图相同——10组
- 插增本、刘兴我本、藜光堂本3本相同插图——3组
- 评林本、种德书堂本两本插图相同——5组

第二组 评林本、刘兴我本、藜光堂本、郑乔林本
- 评林本、刘兴我本、藜光堂本、郑乔林本4本相同插图——4组
- 评林本、刘兴我本、藜光堂本3本插图相同——14组
- 评林本、藜光堂本两本插图相同——1组
- 评林本、郑乔林本两本插图相同——2组

第三组 刘兴我本、藜光堂本、郑乔林本
- 刘兴我本、藜光堂本、郑乔林本3本插图相同——3组
- 刘兴我本、藜光堂本两本插图相同——57组
- 刘兴我本、郑乔林本两本插图相同——4组

下面分 3 组分别介绍。

1）评林本、插增本、种德书堂本插图比较

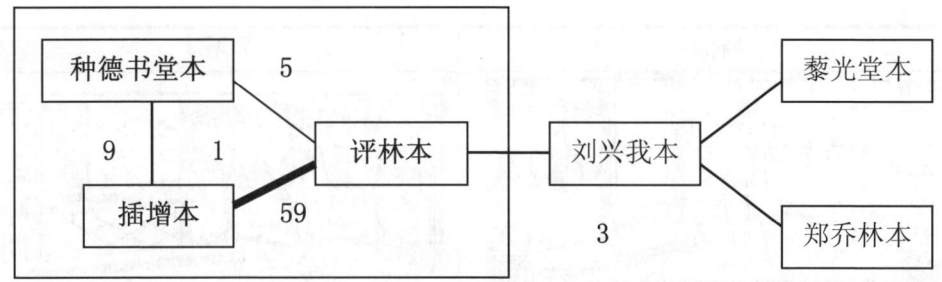

第一组评林本、种德书堂本、插增本插图比较示意图

这组插图是以插增本、种德书堂本为核心，和评林本等版本比较。

① 评林本、插增本、种德书堂本 3 本插图相同——1 组

评林本、插增本、种德书堂本 3 本插图相同的，目前查到的只有这 1 组，由于插增本、种德书堂本都是残本。这 1 组插图相同绝非巧合和偶然，这 3 本相同插图实际应该还有很多。3 本插图相同说明 3 本应该有共同祖本，相同插图是来自此共同祖本。

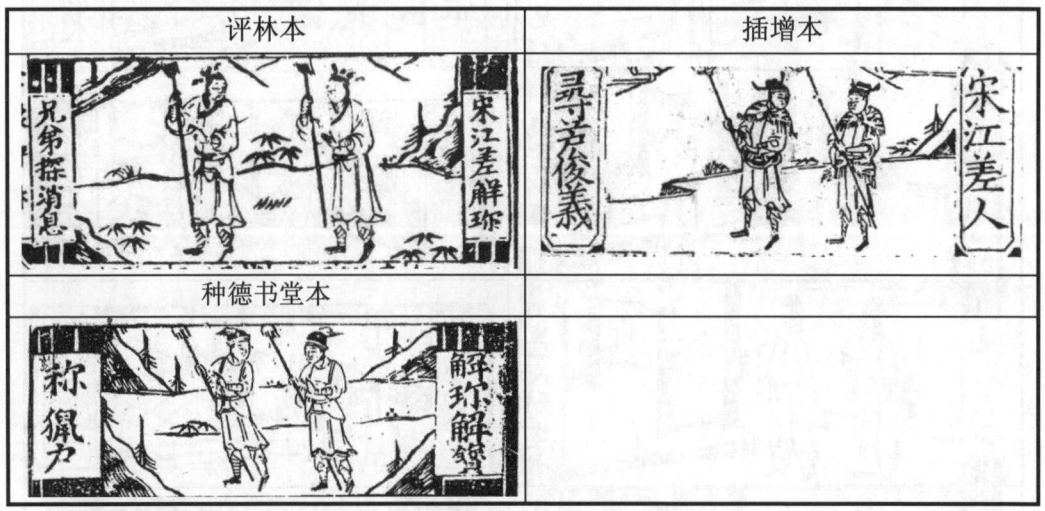

② 评林本、插增本两本插图相同——59 组

评林本和插增本都保留下来的有 51 回，其中插图相同的有 59 组，平均 1 回 1 幅插图相同。如只比对 6 个版本都有的 10 回插图，就只有 9 组插图相同，也是平均 1 回 1 幅插图相同，和 51 回比较结果相同。评林本和插增本插图相同的 10 回中，评林本、插增本插图相同数量 9 组属于第二多，仅次于刘兴我本和黎光堂本的 57 组。

评林本、插增本插图相同较多，基本是 1 回有 1 幅插图相同，说明评林本和插增

本两本关系密切，但它们没有承继关系，因此是有共同祖本。文字分析也是评林本和插增本文字接近，两种方法的结果是相同的。

评林本、插增本两本插图相同 59 组（1—6）

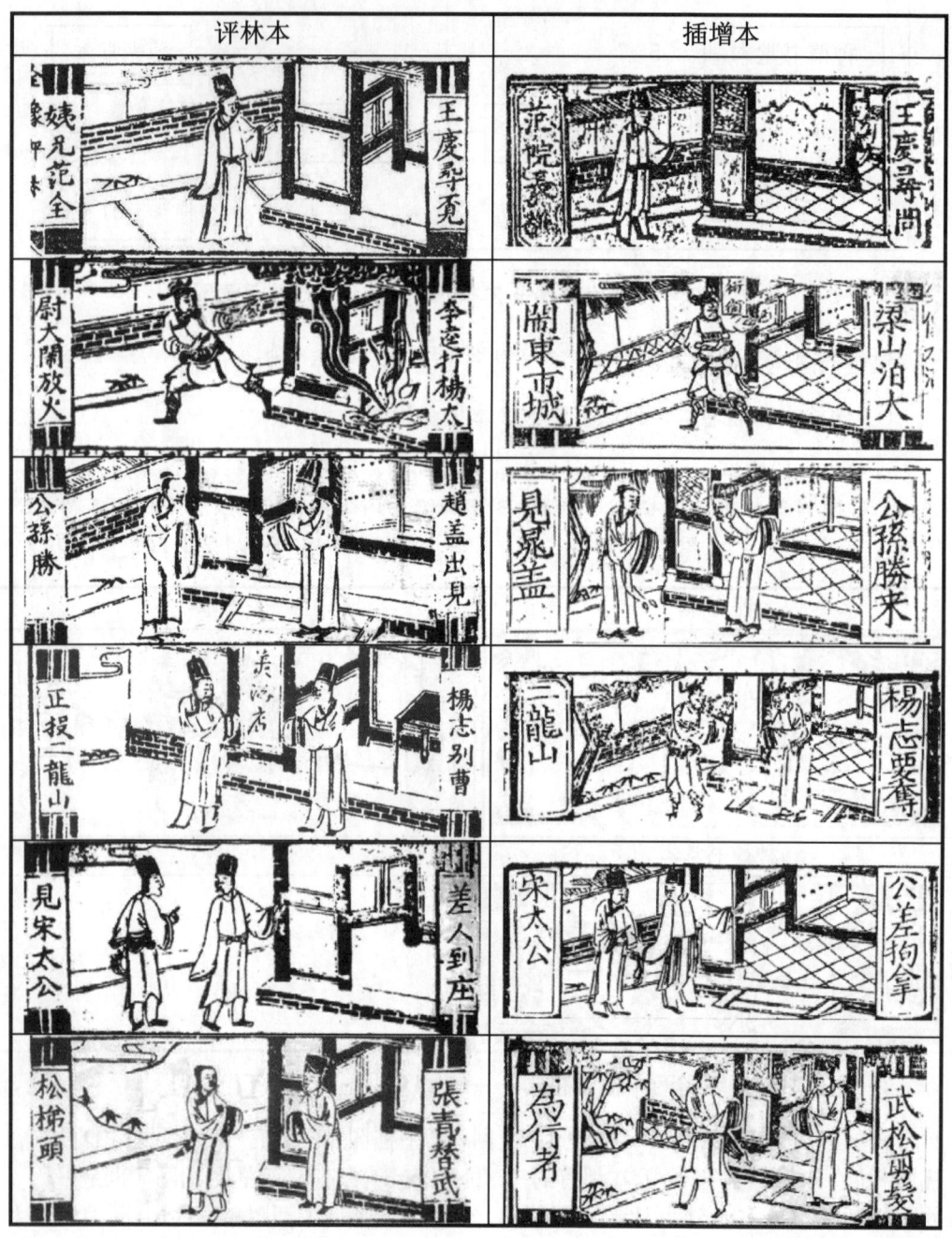

评林本、插增本两本插图相同 59 组（7—13）

评林本	插增本
飞天蜈蚣 / 武松怒杀	蜈蚣岭 / 武松夜闹
孔明 / 武松怒打	打孔亮 / 武行者怒
见武松 / 施恩路上	松盘缠 / 施恩送武
店内妇人 / 武松抱倒	松救妻 / 张青拜武
用见晁盖 / 三阮同吴	见晁盖 / 阮小二接
武大家 / 王婆来到	武大妻 / 王婆计意
报知林冲 / 小二夫妻	遇林冲 / 小二报知

评林本、插增本两本插图相同 59 组（14—20）

评林本	插增本
银与王婆／西门庆取 茶坊	王婆店／西门庆投
子敕武松／老管营命	救武松／施恩商议
见武松／施恩入牢 牢监	见武松／施恩进牢
裡被捉／武松黑影	松是贼／军汉绑武
田勸武松／妇人丈夫	青叙话 店／武松同张
高歇計／黄信與劉	定計策／劉高黃信
见高太尉／栁世雄参 全像評林	見高／柳世雄参

评林本、插增本两本插图相同 59 组（21—27）

评林本	插增本
青夫妻 / 武松见张	张青夫妇 / 武松夜遇
赘王庆 / 段三娘招	王庆成亲 / 段三娘招
醉后题诗 / 冲在酒店	题叹诗 / 林冲酒店
妻用毒药 / 武大病倒	药毒死 / 武大楼妻
调戏武松 / 潘氏以言	同饮酒 / 武松见嫂
中书来文 / 太师观梁	见中书 / 官军取京
道君皇帝 / 燕青面见	道君皇帝 / 燕青夜遇

评林本、插增本两本插图相同59组（28—34）

评林本	插增本
收责上枷／武松当堂	往恩州／判断武松
县坐衙断事／李逵父寿张	远判公事／寿张县李
班奏宋主／宿元景出	宋江征途／宿元景公
启奏道君／中书省官	兵敕命官／奏宋江部
何涛捉贼／府尹发写	缉拿贼／河涛领旨
见管营／武松解到	武松免枷／小管营女
亲勤泊贼／高俅奏帝	征梁山泊／高俅领旨

评林本、插增本两本插图相同 59 组（35—41）

评林本	插增本
童贯奏事／道君登殿	登文德殿／道君皇帝
奏主退兵／欧阳侍郎	退宋兵／侍郎献计
田虎作乱／蔡京入朝奏	河北作乱／蔡太师奏
擎宋公明／宿太尉保	伐河北／太尉奏征
认走了晁盖／朱仝与雷横	见知县／捉获僚舍
荣叙衷情／宋江典花	侍宋江／花荣置酒
酒待武松／太公父子	酒待武松／宋太公置

评林本、插增本两本插图相同 59 组（42—48）

评林本	插增本
场换老军／林冲入草	草料场／林冲管住
门讨酒吃／杨志入店	入酒店／杨志南行
人情由／武松问来	待武松／施恩使人
解下林冲／柴进喝退	遇柴进／林冲被捉
谢嫂去京／武松拜辞	相辞别／武松幽兄
计议抢夺／刘以救仲宝	言捉拿逐／黄仲宝定
下祥书／宋江观览	小华光寺／宋公明塞

下编　版本研究　四、《水浒传》版本研究　　1267

评林本、插增本两本插图相同 59 组（49—55）

评林本	插增本
上卖宝刀／杨志在街	卖宝刀／杨志在京
蜈蚣岭／武松夜走	烧坟庵／行者放火
引人赌博／王庆开场	林开赌场／王庆快活
见杨志／鲁智深会	鲁智深／杨志得遇
蒙酒醉倒／众军皆被	生辰纲／众贼劫去
乱抢酒吃／卖枣客人	麻药酒／官军争卖
招安宋江芈／侍即领勅	招安宋江／辽主遣使

评林本、插增本两本插图相同 59 组（56—59）

评林本	插增本
保两军大战 / 呼延灼韩存	城边搦战 / 宋江军马
济州听诏 / 宋江等起	听诏书 / 济州城外
赚取洮阳城 / 光孙缚李逵	取洮阳 / 解李逵计
杀奔梁山 / 黄安带兵	战阮贼 / 黄安引兵

③ 插增本、种德书堂本两本插图相同——9 组

插增本和种德书堂本插图相同的有 9 组，考虑插增本、种德书堂本都是残本，此处统计 10 回有 9 组相同，基本是 1 回 1 幅插图相同，和前述评林本和插增本统计结果基本相同。说明这两本关系很密切。

插增本、种德书堂本两本插图相同 9 组（1）

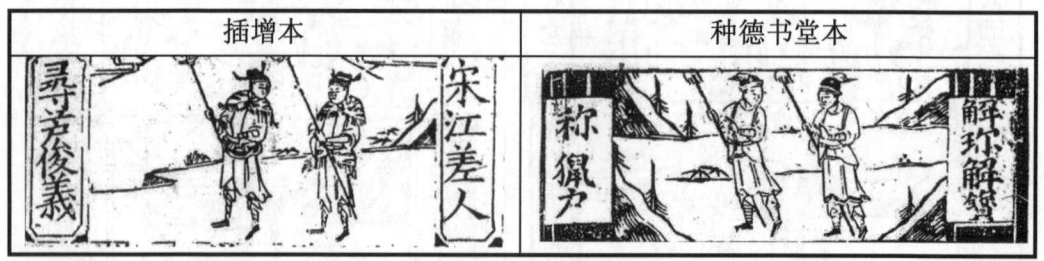

下编　版本研究　四、《水浒传》版本研究　1269

插增本、种德书堂本两本插图相同9组（2—8）

插增本	种德书堂本
 真人法语／宋江拜求	 真人法语／宋江拜求
 洞仙侍卽／宋江宴待	 洞仙侍卽／宋江宴待
 兵敌宋江／兀统军分	 兵敌宋江／兀统军分
 真人法语／宋江拜求	 真人法语／宋江拜求
 诏徃過／宿太尉奉	 語徃遮廷／宿太尉奉
 取霸州城／宋江詐降	 取懶州城／宋江詐降
 兵敌宋江／兀统军分	 兵敌宋江／兀统军分

插增本、种德书堂本两本插图相同 9 组（9）

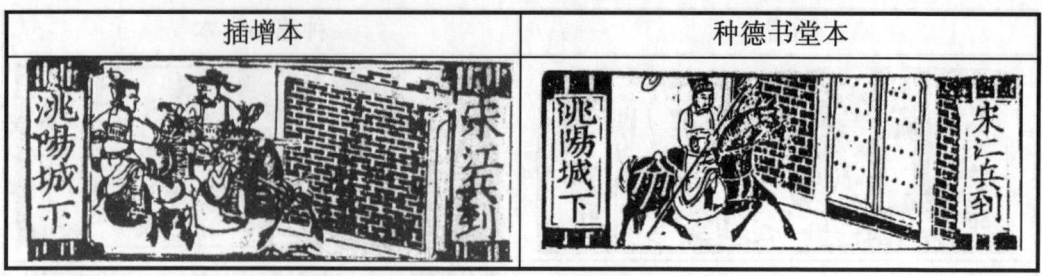

④ 插增本、刘兴我本、藜光堂本 3 本相同插图——3 组

插增本、刘兴我本、藜光堂本插图相同只有 3 组，由于插增本是残本，实际相同插图还应该有。3 组插图相同说明这 3 本关系较远。但还有 3 组插图相同，也绝非巧合，应该是来自它们共同祖本的插图。

插增本、刘兴我本、藜光堂本 3 本相同插图 3 组

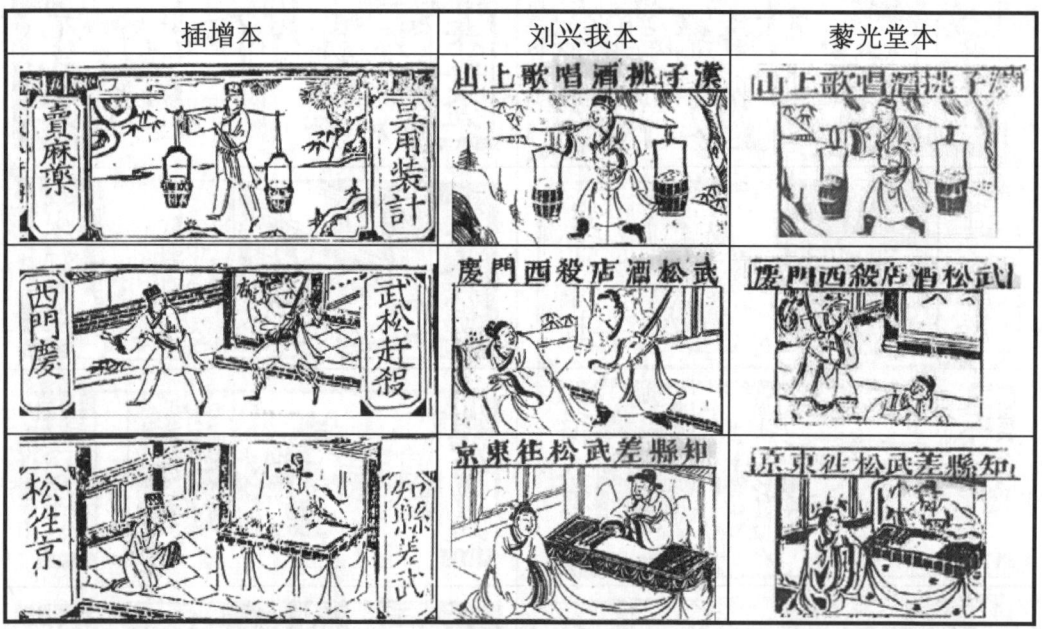

⑤ 评林本、种德书堂本两本插图相同——5 组

评林本、种德书堂本插图相同的有 5 组，其中 6 种版本都有的 10 回中插图相同的只有 1 组。这说明这两本有一定关系。考虑种德书堂本是残本，实际插图相同数量更多。两本有 5 组插图相同，也绝非巧合，这也应该是来自它们共同祖本的插图。

评林本、种德书堂本两本插图相同 5 组

评林本	种德书堂本

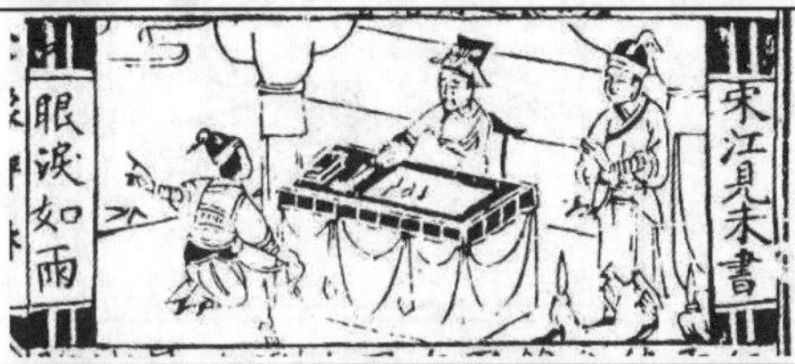

2）评林本、刘兴我本、黎光堂本、郑乔林本

第二组插图是以评林本为核心，和刘兴我本、黎光堂本、郑乔林本比较。

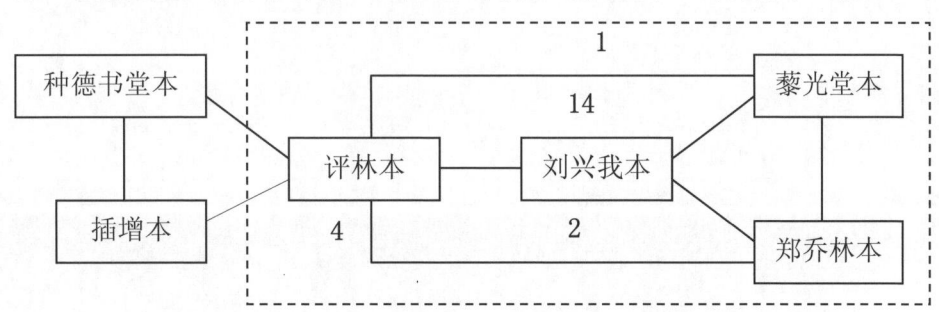

第二组评林本、刘兴我本、黎光堂本、郑乔林本插图比较示意图

① 评林本、刘兴我本、藜光堂本、郑乔林本 4 本相同插图——4 组

评林本、刘兴我本、藜光堂本、郑乔林本插图相同只有 4 组，由于郑乔林本插图未全部统计，最终数量可能更大。这 4 本有 4 组插图相同，也绝非巧合，应该是来自它们共同祖本的插图。

评林本、刘兴我本、藜光堂本、郑乔林本 4 本相同插图 4 组（1—2）

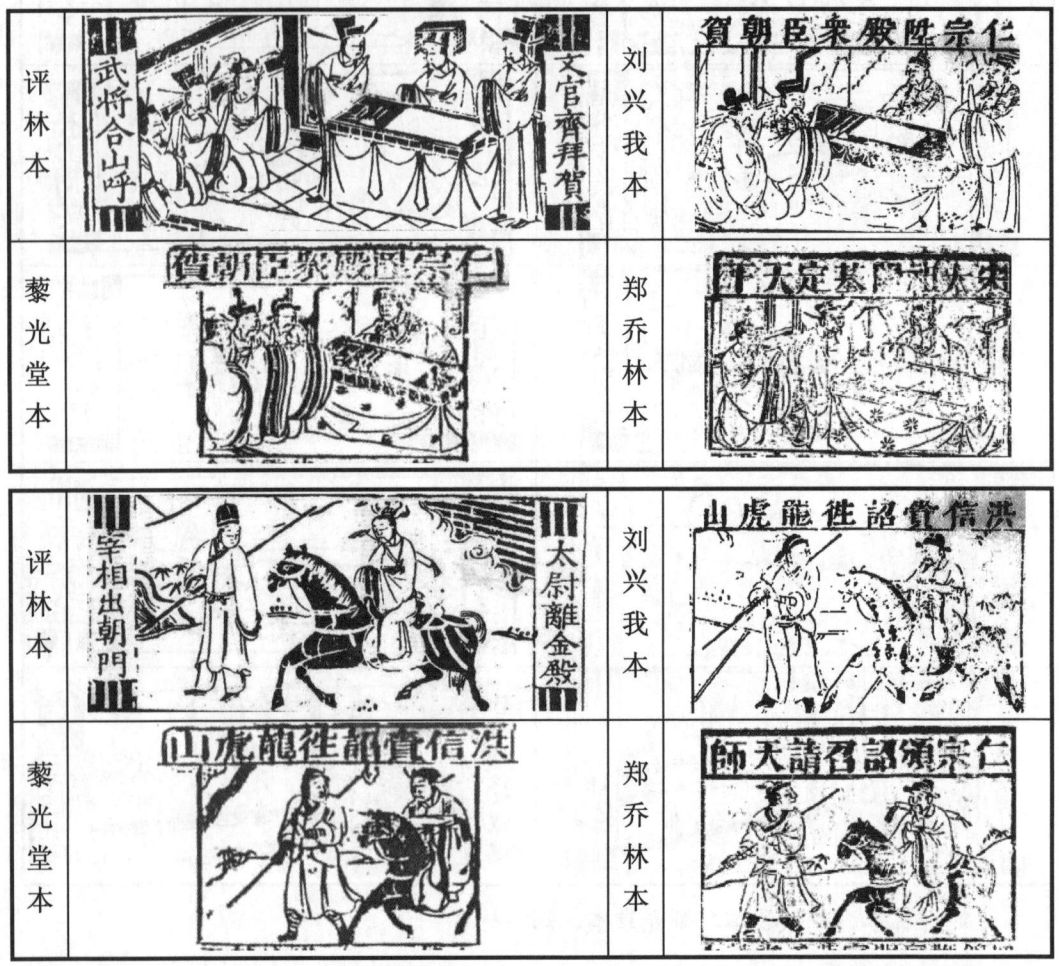

评林本、刘兴我本、藜光堂本、郑乔林本 4 本相同插图 4 组（3—4）

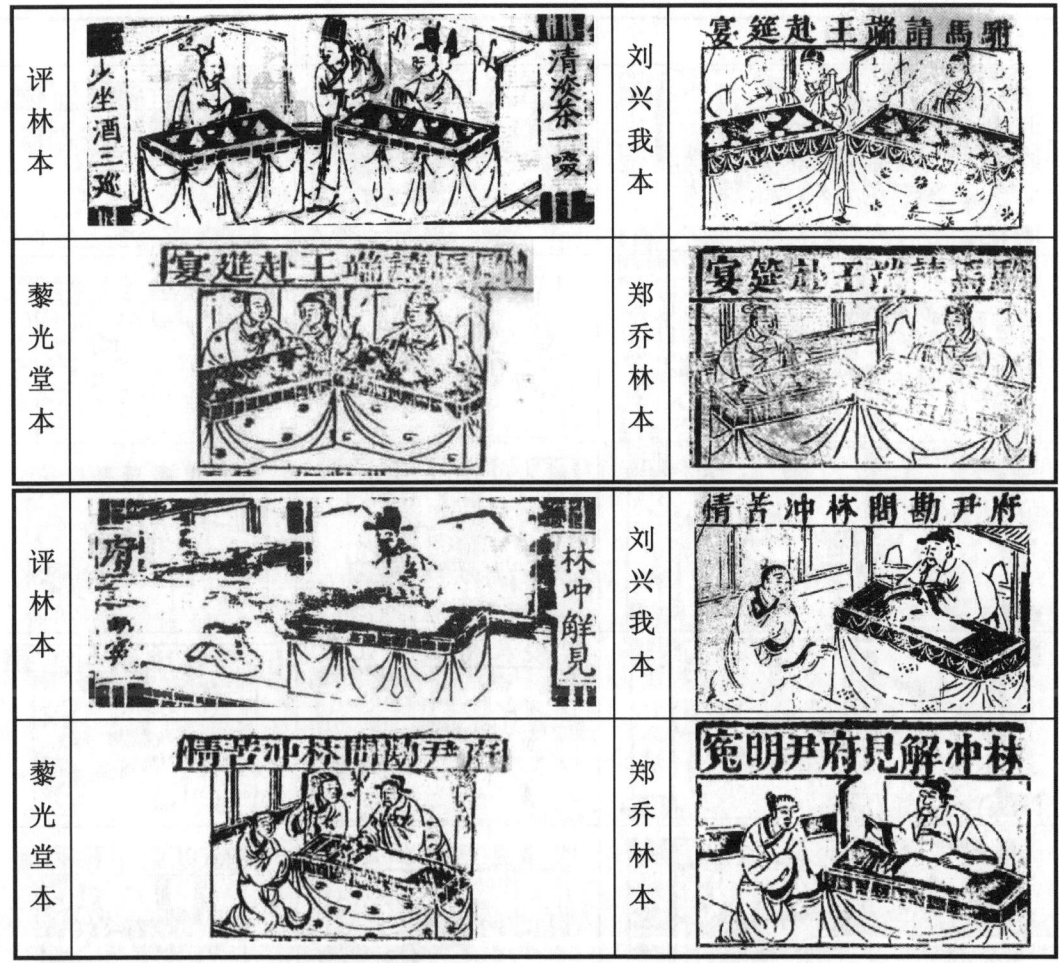

② 评林本、刘兴我本、藜光堂本 3 本插图相同——14 组

统计 6 种版本都有的 10 回，评林本、刘兴我本、藜光堂本 3 本插图相同的有 14 组，平均每回 1.5 组插图相同，比较多，说明这 3 本关系很密切。

评林本、刘兴我本、藜光堂本 3 本插图相同 14 组（1）

1274 古代小说数字化二十年

评林本、刘兴我本、藜光堂本 3 本插图相同 14 组（2—8）

评林本	刘兴我本	藜光堂本
宋江被刘高拷打	明公宋打拷塞知刘	明公宋打拷塞知刘
公去见知府众跌舍抶王	府知见公王扭鄉衆	府知见公王扭鄉衆
廉使進表徽宗升殿	章表使進降准宗徽	章表使進降准宗徽
安撫百姓宋江入城	民安榜出城入江宋	民安榜出城入江宋
扭兒見知縣牛兒婆子	縣知見兒牛扯婆閒	縣知見兒牛扯婆閒
兵攻取各處宋江枯閻谷	將隊撥分義俊江宋	將隊撥分義俊江宋
宴侍宋江梁中青設	明公宋待宴書中梁	公明宋待宴書中梁

评林本、刘兴我本、藜光堂本 3 本插图相同 14 组（9—14）

评林本	刘兴我本	藜光堂本
肝挂在树上 / 杨雄割妻心	肝心云巧割雄杨	肝心云巧割雄杨
死史进	进史射箭乱风岭昱	进史射箭乱风岭
众民心内欢 / 陈生驴上笑	山下驴骑士虚博陈	山下驴骑士虚陈
作法大战 / 高廉马上	兵江采败法妖廉高	兵江采败法妖廉高
欧鹏下马 / 廷玉挝打	马落鹏欧打挝玉廷	马落鹏欧打挝玉廷
领兵前进 / 兀颜传令	敌迎将军点光颜兀	敌迎将军点光颜兀

③ 评林本、藜光堂本两本插图相同——1 组

统计 6 种版本都有的 10 回，评林本和藜光堂本两本插图相同的只有 1 组，这似乎说明这两本关系较远。

评林本、黎光堂本两本插图相同 1 组

④ 评林本、郑乔林本两本插图相同——2 组

统计 6 种版本都有的 10 回，评林本和郑乔林本插图相同的只有 2 组，由于郑乔林本插图未全部统计，因此数量不多。但这说明这两本关系较远。郑乔林本刊刻于清代，和评林本关系确实较远。

评林本、郑乔林本 2 本插图相同 2 组

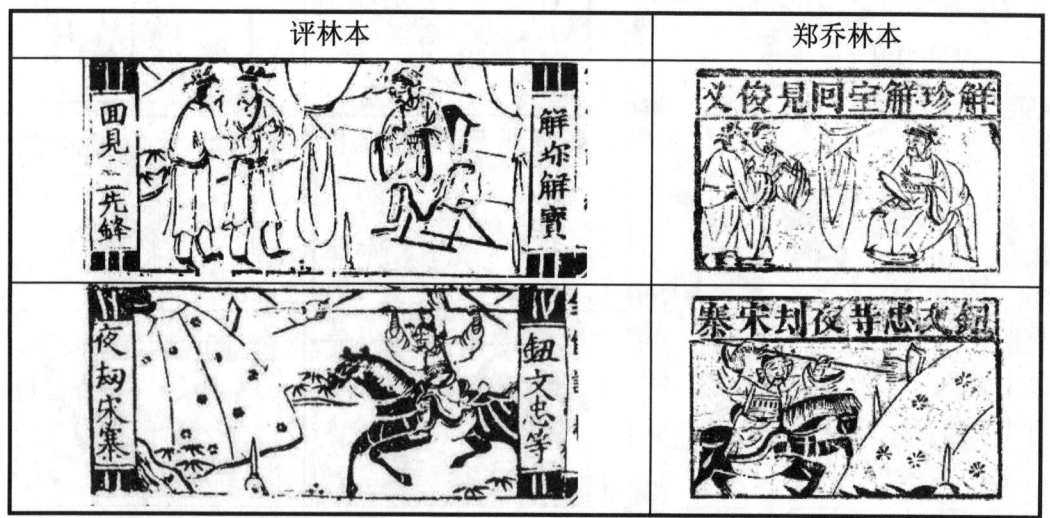

3）刘兴我本、黎光堂本、郑乔林本

第三组插图是刘兴我本、黎光堂本、郑乔林本 3 本的比较。

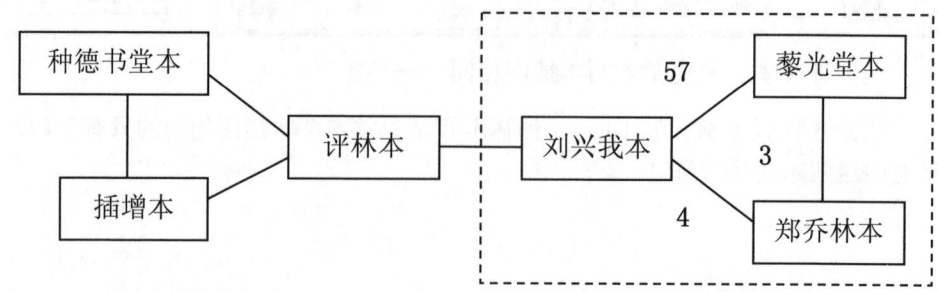

第三组刘兴我本、黎光堂本、郑乔林本插图比较示意图

① 刘兴我本、黎光堂本、郑乔林本 3 本插图相同——3 组

统计 6 种版本都有的 10 回，刘兴我本、黎光堂本、郑乔林本 3 本插图相同的只有 3 组，由于郑乔林本插图未全部统计，因此数量不多。实际这 3 本关系应该较密切。

刘兴我本、黎光堂本、郑乔林本 3 本插图相同 3 组

刘兴我本	黎光堂本	郑乔林本

② 刘兴我本、黎光堂本两本插图相同——57 组

刘兴我本、黎光堂本相同插图极多，只统计了 10 回就有 57 组，每回 5—6 组，一般每回 10 多幅插图，也就是每回有一半插图相同。全书估计总数有 10 倍，即有 500 多幅插图相同。说明这两本关系极为密切。后面分析刘兴我本和黎光堂本文字可知，黎光堂本来自刘兴我本。

刘兴我本、黎光堂本两本插图相同 57 组（1—4）

刘兴我本	黎光堂本	刘兴我本	黎光堂本

刘兴我本、黎光堂本两本插图相同 57 组（5—20）

刘兴我本	黎光堂本	刘兴我本	黎光堂本

下编　版本研究　四、《水浒传》版本研究　1279

刘兴我本、藜光堂本两本插图相同 57 组（21—36）

刘兴我本	藜光堂本	刘兴我本	藜光堂本
敌迎将军点光颜元	敌迎将军点光颜元	真智参同深宿江宋	真智参同深宿江宋
腊方征去兵点贯童	腊方征去兵点贯童	虎田征徃诏受江宋	虎田征徃诏受江宋
延来宛砍刀一湄韩	延来宛砍刀一湄韩	胜关接迎守太州凌	胜关接迎守太州凌
小间寨烟营出庆王	下间药赡营出庆王	亭大祜打石飞满张	亭大祜打石飞满张
马落良仲打雠隆汤	马落良仲打雠隆汤	尉太高见蔡雄世柳	尉太高见蔡雄世柳
公太玉吴见杀庆王	公太玉吴见杀庆王	点失庆王营临俅高	点失庆王营临俅高
别哭妻夫配遭庆王	别哭妻夫配遭庆王	字标告求棒使庆王	字标告求棒使庆王
卦卜杰李遇叉庆王	卦卜杰李遇叉庆王	棒使庆王看观人众	棒使庆王看观人众

刘兴我本、黎光堂本两本插图相同57组（37—52）

刘兴我本	黎光堂本	刘兴我本	黎光堂本

刘兴我本、黎光堂本两本插图相同 57 组（53—57）

刘兴我本	黎光堂本	刘兴我本	黎光堂本

③ 刘兴我本、郑乔林本两本插图相同——4 组

统计 6 种版本都有的 10 回，刘兴我本、郑乔林本插图相同的只有 4 组，由于郑乔林本插图未全部统计，因此数量不多。实际这两本关系应该较密切。

刘兴我本、郑乔林本两本插图相同 4 组

刘兴我本	郑乔林本	刘兴我本	郑乔林本

（3）《水浒传》3 组上图下文本插图分析

以下根据以上 6 种版本插图相同的统计结果进行分析。

根据 6 个版本之间根据插图相同数量可分四组，括号内为相同回目 10 回的相同数量。

第一组，插图相同数量 50 组以上

- 刘兴我本和藜光堂本 59 组（57）

6 个版本都有的 10 回插图比较，相同插图最多的是刘兴我本、藜光堂本，合计有 59 组，平均每回约 5.9 组插图相同。刘兴我本一百十五回插图总计 843 幅，平均每回有 7.3 幅插图。藜光堂本一百十五回插图总计 857 幅，平均每回有 7.5 幅插图。也就是 2 版本每回有约 80%插图相同。说明这两本关系极为密切。后面分析刘兴我本和藜光堂本文字可知，藜光堂本来自刘兴我本。

- 评林本和插增本 57 组（9）

6 个版本相同插图数量第二多的是评林本和插增本。插增本是残本，只存 51 回，插图相同有 57 组，平均每回约 1 幅插图相同。统计 2 版本都有的 10 回，有 9 组插图相同，也是平均 1 回约 1 幅插图相同。评林本有 1370 幅插图，一百四回平均每回 13 幅插图，2 版本插图相同每回约 1 幅，即占 1/13，评林本和插增本相同插图占评林本总数的 7.7%。这说明这两本比较密切。

以下都是只统计六个版本 10 回的相同插图。

第二组，插图相同数量 10—14 组

- 评林本、刘兴我本、藜光堂本 3 本 14 组（1）

3 本全书插图相同有 15 组，相同 10 回只有 1 组插图相同，平均 10 回有 1 幅插图相同，比较少，说明 3 本关系比较远。

- 插增本、种德书堂本总计 10 组（4）

插增本、种德书堂本是残本，16 回中有 10 组插图相同，平均 1.6 回 1 幅插图相同。插图完整的 10 回中，有 4 幅插图相同，平均 2.5 回 1 幅相同。说明两本有一定的关系。

第三组，插图相同数量 4—5 组

- 评林本、刘兴我本、藜光堂本、郑乔林本 4 本相同插图 5 组（4）
- 评林本、种德书堂本两本插图相同 5 组（1）
- 刘兴我本、郑乔林本两本插图相同 4 组（4）

以上 3 组版本，每组版本统计相同插图有 4—5 组。相同的 10 回有 1—4 组插图相同，平均 2 回约 1 幅插图相同，比较少。说明这些版本关系比较远。

第四组，插图相同数量 1—3 组

- 插增本、刘兴我本、藜光堂本 3 本相同插图 3 组（0）
- 评林本、藜光堂本两本插图相同 1 组（1）
- 评林本、郑乔林本两本插图相同 2 组（2）

以上 5 组版本，统计 10 回只有 0—2 组插图相同，平均 3—10 回才有 1 幅插图相同，比较少。说明这些版本关系比较远。

第四组虽然插图相同数量较少，但还是有插图相同，就绝非偶然，还是来自它们共同祖本。

以下为 6 本都有的 10 回中插图相同数量的比较示意图，图中连接线的粗细表示插图数量多少，数量 1 线条最细，数量 57 线条最粗。

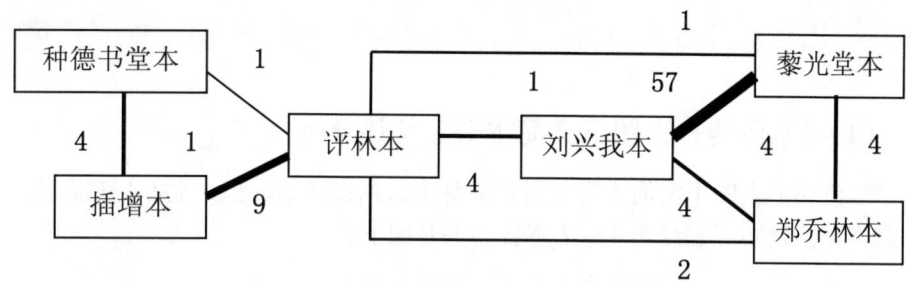

6 版本 10 回插图相同数量统计示意图

总结 6 种版本上图下文插图有如下特点：

- 6 种版本根据插图相同可明显分为 2 组，评林本、插增本、种德书堂本为一组，评林本、刘兴我本、藜光堂本、郑乔林本为另一组。
- 评林本是横跨两组版本，是唯一和其他 5 个版本都有联系的版本。
- 插图最接近的版本是刘兴我本和藜光堂本，每 1 回约 5.9 组插图相同。
- 插图第二接近的是评林本和插增本，每 1 回约 1 组插图相同。
- 插图第三接近的是插增本和种德书堂本，约每 2 回有 1 组插图相同。
- 其他版本之间相同插图数量都不多。
- 但几乎所有版本之间都有个别插图相同，虽然相同插图数量很少，有的只有 1 幅，但这 1 幅插图相同也不是巧合，而是有共同祖本。

插图标题分析

以上对插图的分析都是从插图本身的图画分析，没有考虑插图的标题。有些学者曾仔细分析了这些上图下文本插图标题。根据他们分析结果，插图标题相同的很少，只有刘兴我本和藜光堂本插图标题十分接近，而这两本的插图也十分接近。

因此，插图标题不是一个分析插图的有效办法，翻刻时绘制插图很可能会模仿，而标题则会修改，因此只根据插图标题来分析版本演化有很大局限性。因此本书也就没有仔细比对统计插图的标题，而只分析插图本身。

总结 6 种版本上图下文插图可以看出，插图和文字相比，有时显示文字差异更清楚。但细节有时很难判断。因此插图研究对版本演化研究绝对有价值，但更深入的研究还要靠文字分析。

2. 《水浒传》上图下文简本整体研究

(1)《水浒传》上图下文简本书名统计分析

《水浒传》上图下文简本有 7 种：评林本、刘兴我本、藜光堂本、郑乔林本、种德书堂本、插增本、慕尼黑本。7 本各卷书名如下表。

《水浒传》7 种上图下文简本各卷书名

种类		卷名	卷	卷数
评林本				
	1	京本增补校正全像忠义水浒志传评林	1—10，13—15，17，22—25	18
	2	京本增补全像田虎王庆出身忠义水浒志传	11	1
	3	京本全像增补忠义水浒志传评林	12	1
	4	京本增补全像忠义水浒志传	15	1
	5	京本增补全像演义评林水浒志传	18	1
	6	京本增补全像忠义水浒志传评林	19、20	2
	7	京本增补演义评林水浒志传	21	1
种德书堂本（残本）				
	1	新刊通俗增演忠义出像水浒传	17	1
	2	新刻京本全像忠义水浒传	18，23	2
	3	新刊全相忠义水浒传	19，20，24	3
	4	新刊全相增淮西王庆出身水浒传	21	1
	5	新刻全本插增田虎王庆忠义水浒志传	22	1
	6	新刻全本忠义水浒传	25	1
插增本（残本）				
	1	京本全像插增田虎王庆忠义水浒全传	3—7，16	6
	2	新刊京本全像插增田虎王庆忠义水浒传	15，17，20	3
	3	新刻全像插增田虎王庆忠义水浒全传	18	1
	4	新刻京本全像插增田虎王庆忠义水浒全传	21	1
刘兴我本				

《水浒传》7 种上图下文简本各卷书名（续）

种类	卷名	卷	卷数
1	新刻全像水浒传	1，3，5，6，14—19，22—25	15
2	新刻全像水浒志传	4，7—13，20，21	10
黎光堂本			
1	新刻全像忠义水浒志传	1	1
2	新刻全像水浒传	2—4，6—8，11，13—17，19—25	19
3	新刻全像水浒忠义传	5，，12	2
4	新刻全像水浒志传	9，18	2
5	新刻全像忠义水浒传	10	1
郑乔林本			
1	新刻全像忠义水浒传	卷 1—13, 15—19, 21—24	22
2	新刻绘像忠义水浒全传	14	1
3	新刻全像忠义水浒全传	20，25	2
慕尼黑本（残本）			
1	新刻绘像忠义水浒全传	5	1

《水浒传》7 种上图下文简本各卷书名种类统计

版本	评林本	种德书堂	黎光堂	插增本	郑乔林	刘兴我	慕尼黑
各卷书名数量	7	6	5	4	3	2	1

书名用词

7 种版本书名用词统计如下：

- 全像、绘像： 7 种，全部都有
- 水浒传： 6 种，除慕尼黑本以外
- 忠义： 6 种，除刘兴我本以外
- 新刻、新刊： 6 种，除评林本以外
- 志传： 4 种，评林本、种德书堂本、刘兴我本、黎光堂本
- 京本： 3 种，评林本、种德书堂本、插增本
- 增补、插增： 3 种，评林本、种德书堂本、插增本
- 全传： 3 种，插增本、郑乔林本、慕尼黑本
- 校正： 1 种，评林本
- 评林： 1 种，评林本

- 演义：　　　　　1种，评林本

1) 评林本书名特点

- 京本：这是为区分福建建阳刻本和南京刻本，《水浒传》早期刻本中容与堂本等都是南京刻本，评林本等建阳刻本的底本是南京刻本，因此书名加"京本"字样。《三国演义》余评林本书名也有"京本"字样，因为目前看到最早的嘉靖元年本也是南京刻本。
- 增补：是指插增田虎、王庆故事，其中卷11改为"田虎王庆出身"。在种德书堂本和插增本书名中也有"插增田虎王庆"字样。
- 全像：是指上图下文的插图是每叶两幅插图，以便区别种德书堂本每叶一幅插图的"偏像"方式。
- 校正：是指此本文字经过校正，这是套话。实际评林本确实对原本文字做了大量删节。
- 演义：此原为《三国演义》书名，意指"演三国历史之义"。但在《水浒传》书名中很少使用"演义"，可能是来自此书坊刊刻的《三国演义》评林本。
- 忠义：这是《水浒传》的特点，目前看到最早的《水浒传》上海残叶书名即为《京本忠义传》，无"水浒"字样，因此有人认为此为《水浒传》最初的书名。
- 评林：此为此本的关键，因此放在最后。此本和其他上图下文本最大的区别和特点就是在页眉加一栏批语，成三栏：文字、插图、批语。此名应该来自《三国演义》余象斗评林本。

以上分析了评林本各卷的书名特点，此本各卷书名不断改变，也体现出评林本是个在编写中不断修订的版本，和其底本差异较大。

2) 种德书堂本书名特点

- 增演、插增田虎、增淮西王庆出身：都是指此本插增田虎、王庆故事。说明此本是简本的早期刊本，因此在书名中突出了田虎、王庆。相对评林本虽然也有"增补"字样，但远不如此本突出，因此评林本应该比种德书堂本晚出，因此就不再突出增补田王二传。
- 新刊、新刻：种德书堂本书末牌记有"重刊"字样，意思相同。此含义可能有二。一者可能是指此本之前就有插增田虎、王庆本，二者是否可能是种德书堂二次刊刻之意。因为种德堂曾刊刻过两次《三国演义》，因此不排除种德书堂也曾刊刻了两次《水浒传》。

3) 插增本书名特点

- 插增田虎王庆：种德书堂本也插增了田虎、王庆，但在书名中不突出。而此本书名中加"插增田虎王庆"，统一并明确。说明此本是早期刊本，并经过认真修订的。

- 全传：简本书名一般为《水浒传》，只有一百二十回本插入和简本不同的田虎、王庆故事后称"全传"。此本和郑乔林本、慕尼黑本在书名中加"全传"也是为突出此本故事的完整。

4）刘兴我本、藜光堂本、郑乔林本、慕尼黑本书名特点

- 简单：4本书名中刘兴我本最简单"新刻全像水浒（志）传"。
- 从简到繁：其他3本书名是在刘兴我本书名基础上增补。
- 藜光堂本：5种书名中有两种和刘兴我本相同，有三种多"忠义"二字。
- 郑乔林本：三种书名都比刘兴我本多"忠义"二字，有两种改为"全传"。
- 慕尼黑本：残本，只存卷5书名，和郑乔林本一种书名完全相同，比刘兴我本多"忠义"，改"全传"。

通过以上分析可以看出，7本书名还是各有特点的。基本是从繁到简，各种版本书名和其演化是一致的。从书名看大致看出版本之间的关系。

（2）《水浒传》余象斗本、种德堂本、插增本、刘兴我本研究史

《水浒传》简本中最主要的是早期上图下文的明刊本，这类版本现存主要有4本，即种德书堂本（李渔序本）、插增本、评林本和刘兴我本。4本中评林本刊刻于万历二十二年最早，种德书堂本也刊刻于万历年间，插增本刊刻时间不明，刘兴我本刊刻于崇祯元年，最晚。

对这4本的关系，马幼垣研究最早、最全面和深入[①]。他最早在欧洲各地图书馆发现了两种插增本，命名为"插增甲本"和"插增乙本"，他未注意到插增乙本的牌记表明此本是种德书堂刊刻，因此现在一般将"插增乙本"命名为种德书堂本，将插增甲本命名为插增本，本书也采用此命名。马幼垣将这两本和评林本做了仔细比对，但不是数字化后的逐字比对，而是一段一段文字比对，虽然不如逐字比对清楚，但也可揭示很多版本之间的文字差异，他将比对结果自印后送人。

根据他对这两本和评林本的比对结果，他的基本看法是：

- 三本同源，相互之间没有直接关系，而是都出自一个共同底本，但此底本是什么版本不明。
- 他认为种德书堂本是现存简本中最接近简本祖本的版本。
- 他根据余呈之死等线索，推测此共同祖本也可能是余氏家族某人刊刻，但未深入分析。
- 他认为评林本晚于两个插增本，删节很多，并修改了余呈之死，并将叶孔目改为余孔目。
- 他又比对分析了晚出的刘兴我本，认为刘兴我本虽然也有余呈之死，但没有修改叶孔目，因此刘兴我本不是出自评林本，而是出自评林本的底本。

---

① 马幼垣：《插增本简本水浒传存问辑校》（试行本），暨南大学中文系2004年12月版，香港。马幼垣：《水浒论衡》，生活·读书·新知三联书店，2007年8月第1版；马幼垣：《水浒二论》，生活·读书·新知 三联书店2007年8月第1版。

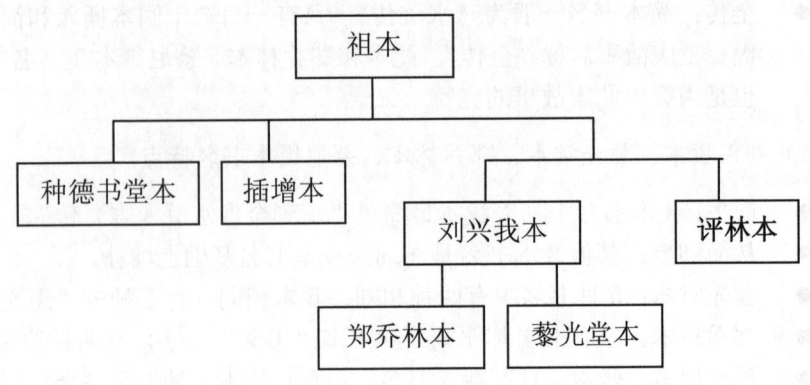

马幼垣先生看法示意图

此外，刘世德、涂秀虹、邓雷也对此有研究。①

日本氏冈真士先生对此也有研究，也发表了文章②，但我由于日文不熟悉，对其看法还不十分清楚。

种德书堂本、插增本、评林本和刘兴我本之间有各种文字差异，这些文字差异中最重要的是余呈之死和叶孔目改余孔目问题。这两个问题4个版本的描述完全不同，种德书堂本和插增本是原本文字未改，刘兴我本和以后的藜光堂本、郑乔林本等都只改了余呈之死，未改叶孔目为余孔目，而只有评林本两项都彻底做了修改。

余呈之死和叶孔目改余孔目文字差异是判断4个版本演化的主要依据。种德书堂本和插增本保持了原本文字，评林本和刘兴我本都改写了余呈之死，刘兴我本只修改了余呈之死，未改写叶孔目，而评林本彻底修改了两处。评林本和刘兴我本可能有共同祖本。

本文先分析种德书堂本、插增本、评林本和刘兴我本之间的文字差异，然后根据这些文字差异，特别是余呈之死和叶孔目改叶孔目，分析这些版本之间的关系。

(3)《三国演义》《水浒传》余象斗本和种德堂本

前面介绍，《三国演义》和《水浒传》是最流行的古代小说，因此有很多书坊同时刊刻这两本书，初步统计有以下9种版本：锺伯敬本、遗香堂本、种德堂（种德书堂）本、余象斗本（余评林本）、刘兴我本、刘荣吾本（藜光堂本）、郑乔林本（李渔序本）、宝翰楼本、英雄谱本（初刻本、二刻本）。

《三国演义》《水浒传》这9种版本中多数是不同时期、不同类型的版本，不同书坊之间没有市场竞争关系，只有种德堂（种德书堂）本、余象斗本（余评林本）基本同时出现，有相互竞争关系。

---

① 刘世德：《水浒论集》，社会科学文献出版社2014年7月第1版。涂秀虹：《明代建阳书坊小说刊刻》，人民出版社2017年第1版。邓雷：《水浒传版本知见录》，凤凰出版社2017年10月第1版。邓雷：《简本〈水浒传〉版本研究》，福建师范大学博士论文，2017年。

② 氏冈真士：《〈水浒传〉与余象斗》，日本信州大学《人文科学论集》第38号，2003年3月。

《三国演义》版本有两个余象斗本，即一个余象斗双峰堂本，一个余象斗评林本。而《三国演义》还有两个种德堂本，即种德堂甲本和乙本。这两个余象斗本和两个种德堂本《三国演义》是在相互竞争中先后刊刻的。

无独有偶，《水浒传》现存也有一个余象斗评林本，也有一个种德书堂本，这两个版本也可能是竞争的产物。余评林本《水浒传》经过前人的仔细研究，其特点已经十分清楚了，此本是个删节本，删节很厉害。但此本也有和其他《水浒传》简本不同之处，如前所述，主要是出现了余呈之死描述，并将叶孔目改为余孔目。这两点和其他《水浒传》简本的种德书堂本、插增本、刘兴我本等，有相同处，也有不同处。

《水浒传》的评林本和刘兴我本在余呈之死的描述上基本相同，而叶孔目改为余孔目则不同。为此我曾考虑是否可能，余象斗刊刻《水浒传》和《三国演义》一样，也刊刻了两种《水浒传》，这样就可以圆满解释上述矛盾。而第一种余象斗本失传了，只流传下来第二种评林本。马幼垣先生也曾提出这种看法，但未深入分析[①]。

但日本上原究一先生提醒，余象斗是万历十九年开始独立刻书，万历二十年刊刻《三国演义》余象斗本，2年后万历二十二年刊刻《水浒传》评林本，如果在此前还刊刻《水浒传》余象斗本，就在3年之中每年刊刻一部《三国演义》《水浒传》，时间有些紧迫，可能性不大。

我又仔细分析《水浒传》评林本的《水浒辨》，其中也未提及余象斗在此前曾刊刻过一本《水浒传》，因此这种可能性基本被否定了。

评林本前言《水浒辨》中称，在评林本之前只有一种全像本，即三槐堂本。因此三槐堂本应该就是评林本的底本。至于余呈之死是否是三槐堂本修改的，目前没有根据。刘兴我本是根据哪个版本修改了余呈之死，是否和评林本有共同祖本，也是根据三槐堂本修改了余呈之死，这些目前还不清楚。

以上简介《三国演义》《水浒传》中的余象斗本和种德（书）堂本，下面在详细分析这些版本之间关系之前，先对《水浒传》评林本、种德书堂本、插增本、刘兴我本做数字化字数和相似度分析，看看这些版本文字数量上的差异，这对以后的文本差异分析也有好处。

（4）字数统计

《水浒传》简本早期明刊本中最主要的是评林本、种德书堂本、插增本和刘兴我本，这4本都是上图下文明刊本，下面先对这几本文字字数、相似度做统计分析。

先统计分析评林本、种德书堂本、插增本、刘兴我本的字数。由于种德书堂本、插增本是残本，只能比较3本都完整的回目。3本的分回还有所不同，如插增本和种德书堂本有两个第八十五、九十一回，因此下面的回目是重新整理的回目，不是3本原有的回目。

[①] 马幼垣：《水浒二论》，生活·读书·新知 三联书店 2007年8月第1版，第186页注。

评林本、种德书堂本、插增本、刘兴我本其中 10 回文字字数比较表

回目	项目	84	85	89	90	91	102	103	104	105	106	平均
种德书堂本	字数	4119	4501	4044	2504	3900	3505	3541	4966	5962	3575	4061
	比例	100%	100%	100%	100%	100%	100%	100%	100%	100%	100%	100%
插增本	字数	3520	4182	2897	2107	3239	2756	2502	3735	4680	3151	3270
	比例	86%	93%	73%	84%	83%	79%	71%	75%	79%	88%	81%
评林本	字数	3681	4085	3453	1938	3102	2533	2601	3358	5116	3087	3313
	比例	89%	91%	85%	77%	80%	72%	73%	68%	86%	86%	82%
刘兴我本	字数	3766	4067	3683	2010	3189	2790	2760	3485	5200	3129	3407
	比例	91%	90%	91%	80%	82%	80%	78%	70%	87%	88%	84%

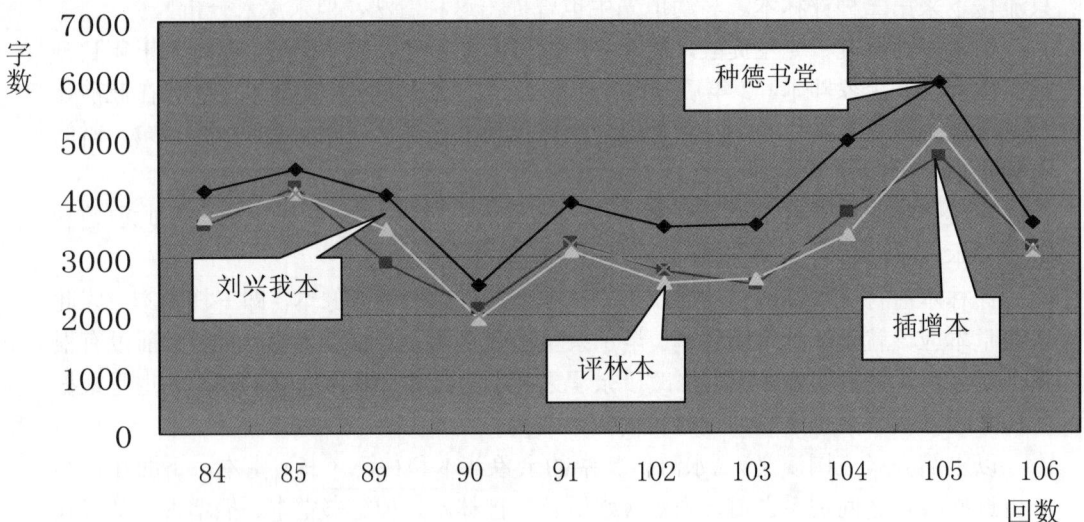

评林本、种德书堂本、插增本、刘兴我本其中 10 回文字字数变化表

根据以上对 4 版本中 10 回文数的统计，结果如下：

- 从字数变化曲线可看出，4 版本字数变化的整体趋势基本一致，说明文字基本相同。
- 种德书堂本 10 回中每回的字数都最多，说明此本文字最详细。
- 10 回中有 4 回评林本字数大于插增本字数，有 6 回插增本字数大于评林本。说明这两本文字有多有少。
- 平均评林本每回字数为 3313 字，插增本字数为 3270 字，评林本每回字数只比插增本多了 43 字，说明两本文字很接近。
- 平均每回字数，评林本为种德书堂本的 82%，插增本为 81%，字数极为接近。
- 刘兴我本字数比评林本、插增本都多，是因为刘兴我本文字有很多修改。

因此字数统计的结论是：种德书堂本字数最多，其次是刘兴我本，评林本、插增

本和种德书堂本相比,都删节了约 20％文字,两本字数极为接近。

(5) 相似度分析

以下从文字相似度分析评林本、刘兴我本、种德书堂本、插增本关系。由于种德书堂本、插增本是残本,只能比较 3 本都完整的回目。3 本的分回还有所不同,如插增本和种德书堂本有两个,即第八十五、九十一回,因此下面的回目是重新整理的,不是 3 本原有的回目。

由于版本文字录入有大量异体字、俗体字,可能文字原本是相同的,因为没有全部转为正体字,因此相似度就都有所下降,仅供参考。

从相似度比较可以看出,3 本之间相似度是变化的,统计 10 回分两部分。

第一部分是征辽第八十四至九十一回,合计 5 回,第二部分是征王庆开始第一百二回至一百六回合计 5 回。

- 征辽 5 回中最接近评林本的种德书堂本有 3 回,刘兴我本有 2 回。
- 征王庆 5 回中最接近评林本的全部是刘兴我本。
- 平均相似度最接近评林本的是刘兴我本,其次是种德书堂本,最差是插增本。
- 因此最接近评林本的是刘兴我本。

文本比对也是刘兴我本最接近评林本,和相似度分析结果一致。

评林本和种德书堂本、插增本、刘兴我本文字相似度比较表(％)

回目	84	85	89	90	91
刘兴我本、评林本	63.04	66.67	62.29	67.23	65.27
种德书堂本、评林本	65.16	70.67	66.55	62.07	63.72
插增本、评林本	59.01	63.44	47.89	56.81	55.12

回目	102	103	104	105	106	平均
刘兴我本、评林本	66.28	64.94	64.81	67.65	68.67	**65.69**
种德书堂本、评林本	51.61	52.42	46.12	65.23	62.33	**60.59**
插增本、评林本	49.93	46.14	47.46	59.63	65.37	**55.08**

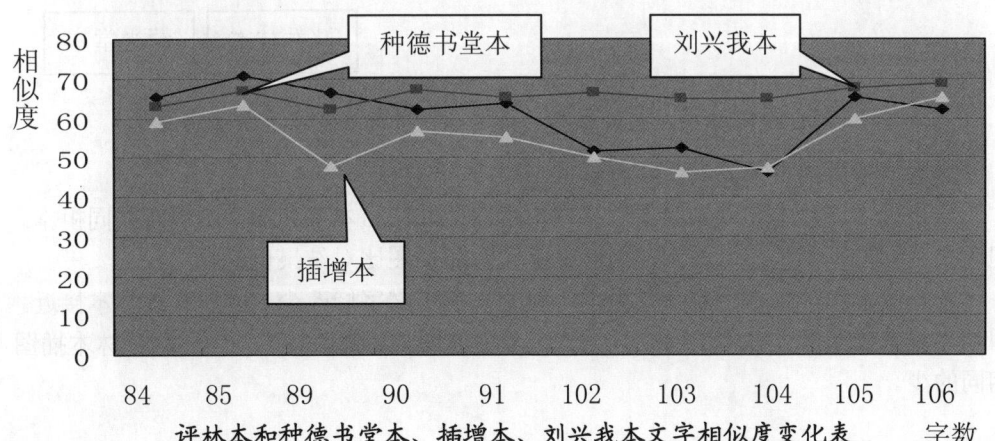

评林本和种德书堂本、插增本、刘兴我本文字相似度变化表

(6) 插图分析和文字分析

前面曾对 6 本上图下文本插图分析。

- 种德书堂本：此本是每叶一幅插图，即"偏像"，和其余版本每叶两幅插图"全像"本不同，因此可比性差。但仔细比对，此本和插增本关系比评林本更密切。
- 评林本：此本是 6 本中最关键版本，此本和其他 5 个版本都有联系。
- 插增本：此本和评林本关系最密切，虽然插增本是残本，只有 54 回，但有 59 对插图和评林本相同。如按照一百二十回算，和评林本估计会有 131 对插图相同，是刘兴我本 27 对的 4.8 倍。
- 刘兴我本：此本是全本，只有 27 对插图和评林本相同，是插增本 131 对的 21%，即五分之一。
- 藜光堂本、郑乔林本：都和刘兴我本关系密切。

插图分析结果和文字相似度分析结果有所不同。

- 插图分析：

和评林本最接近的是插增本，插图相同数是刘兴我本的 4.8 倍。

- 文字相似度分析：

和评林本最接近的是刘兴我本，相似度比种德书堂本高 5%，比插增本高 10%。这是因为刘兴我本和评林本有共同祖本，两本文字改动小，因此很接近。

插增本和评林本文字相似度比刘兴我本低 10%，比种德书堂本还低 5%。

因此，从插图看评林本接近插增本，但从文字看，评林本却最接近刘兴我本。

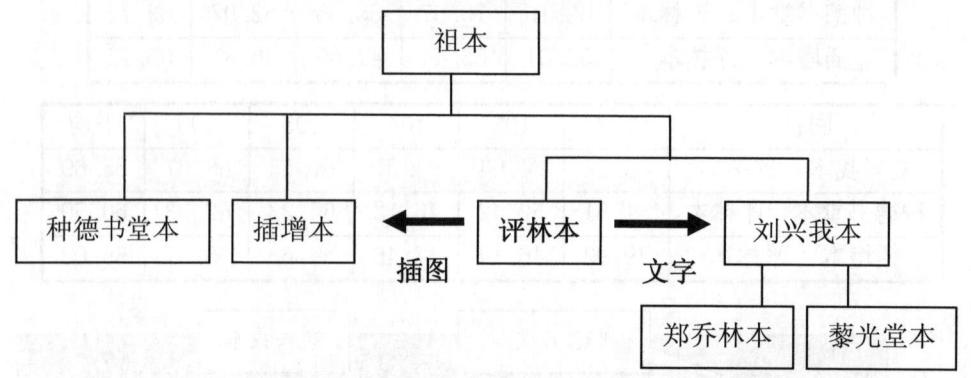

评林本、刘兴我本、插增本、种德书堂本关系示意图

这看似矛盾的现象其实很好解释。

这是因为评林本和刘兴我本有共同祖本，此共同祖本又和插增本也有共同祖本。但两个共同祖本不是一个祖本，因此文字比对和插图比对结果也就不同。

刘兴我本和评林本也有共同祖本，但刘兴我本文字修改少，因此和评林本接近。而刘兴我本插图从评林本的通栏插图式，改为嵌图式，修改较多，因此和评林本插图相同的少。

而评林本和刘兴我本的祖本又和插增本有共同祖本,评林本和插增本插图都是通栏式,可能共同祖本也是通栏式,因此评林本和插增本插图接近。

以上只是根据插图和文字相似度分析,后面将根据文字差异分析,结论是相同的。

(7)两种看法

《水浒传》简本早期明刊本中最主要的是评林本、种德书堂本、插增本和刘兴我本,这4本都是上图下文明刊本,它们之间是什么关系,一些学者做了研究[①]。

总结前人研究,对这些版本之间关系,主要有两种看法。

第一种看法认为:

- 插增本和种德书堂本有共同祖本。
- 评林本和刘兴我本中余呈之死等文字相同,而和插增本、种德书堂本不同,因此评林本和刘兴我本应该有共同祖本。
- 种德书堂本、插增本和评林本、刘兴我本的底本有共同祖本。

第二种看法认为:

- 评林本、插增本(或其底本)均出自种德书堂本(或其底本)。
- 评林本、插增本二本因为文字删节不同,是种德书堂本(或其底本)下面两个分支。
- 插增本和评林本插图是通栏全像式,没有继承种德书堂本的偏图式,并各自有创新和发挥。
- 插增本插图标题继承了种德书堂本的插图标题,而评林本的插图标题是重新设定的。
- 评林本文字做了一些改动,特别是余呈之死,并影响到以后的刘兴我本、藜光堂本、郑乔林本及以后的版本。

这两种看法的差别有两点。

第一,评林本的位置,它和插增本、种德书堂本及刘兴我本的关系。第一种看法是评林本和种德书堂本、刘兴我本有共同祖本,是兄弟关系,而第二种看法认为评林本、插增本出自种德书堂本,是父子关系。

第二,刘兴我本和评林本中余呈之死的文字相同问题。第一种看法认为是评林本和刘兴我本的共同祖本修改了余呈之死的文字,而种德书堂本等保留了共同祖本中余呈之死的文字。而第二种看法认为评林本是出自没有余呈之死的种德书堂本,和刘兴我本无关,因此刘兴我本是受评林本的影响而修改了余呈之死文字。

马幼垣先生整理了种德书堂本、插增本和评林本的比对本,采用一段一段文字比对,揭示了很多版本之间的文字差异,由此对这些版本之间关系做了详细分析,其看法和第一种看法基本相同。

[①] 马幼垣:《插增本简本水浒传存回辑校》(试行本),暨南大学中文系2004年12月,香港。马幼垣:《水浒论衡》,生活·读书·新知 三联书店2007年8月第1版。马幼垣:《水浒二论》,生活·读书·新知 三联书店2007年8月第1版。涂秀虹:《明代建阳书坊小说刊刻》,人民出版社2017年第1版。邓雷:《水浒传版本知见录》,凤凰出版社2017年10月第1版。

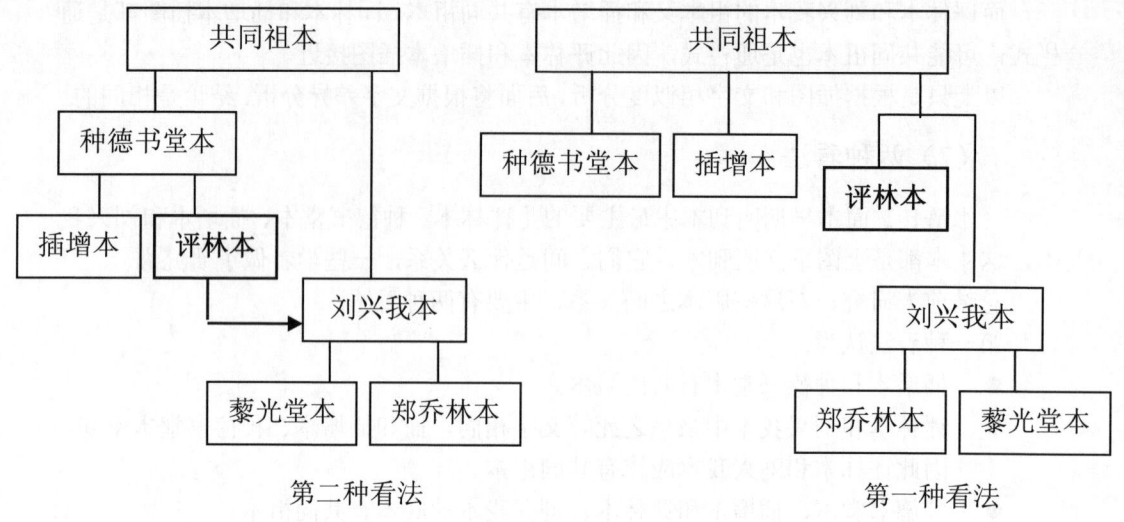

种德书堂本、插增本、评林本、刘兴我本演化两种说法示意图

下面介绍本人对以上四种版本数字化后逐字比对后，先找出各种文字差异，再进行分类统计和分析，以验证上述两种看法哪种更合理。

3. 《水浒传》上图下文简本文字差异研究

下面对种德书堂本、插增本、评林本、刘兴我本四种版本文字差异分类进行分析。文字差异分四类，一类是分组的文字差异，其他三类是某版本单独的文字差异。

第一类文字差异是4版本分两组，评林本、刘兴我本文字相同，插增本、种德书堂本文字相同。

第二类文字差异是评林本单独的文字缺失。

第三类文字差异是刘兴我本单独的文字缺失。

第四类文字差异是插增本单独的文字缺失。

下面逐一分析。

（1）评林本、刘兴我本文字相同，种德书堂本、插增本文字相同

4个版本文字之间比较，最多的文字差异是评林本和刘兴我本、黎光堂本为一组，文字相同；插增本、种德书堂本为一组，文字相同。

这种例证又分为评林本、刘兴我本、黎光堂本文字删节和增补两种情况。

1）评林本和刘兴我本文字删节

例1. 第八十三回"宋公明奉诏破大辽　陈桥驿泪滴斩小卒"

评：	至大寨　先使燕青入城报知宿太尉		宿太尉	入内奏
刘：	寨中先使燕青入城报知宿太尉		太尉	入内奏
藜：	寨中先使燕青入城报知宿太尉		太尉	入内奏
插：	接　大寨　先使燕青入城报知宿太尉			入内奏
种：	接至大寨　先使燕青入城报知宿太尉要辞天子		起程宿太尉	入内奏
容：	接至大寨　先使燕青入城报知宿太尉要辞天子引领大兵起程宿太尉见报入内奏			
评：	知天子次日引宋江于武英殿朝见天子			曰卿等
刘：	知天子次日　宋江于武英殿朝见天子			天子曰卿等
藜：	知天子次日　宋江于武英殿朝见天子			天子曰卿等
插：	知天子次日引宋江于武英殿朝见天子		玉音问道	卿等
种：	知天子次日引宋江于武英殿朝见天子		玉音问道	卿等
容：	知天子次日引宋江于武英殿朝见天子龙颜欣悦赐酒已罢玉音问道			卿等
评：	休辞劳苦		凯歌而回	朕当重加录
刘：	休辞劳苦		凯歌　回时	朕当重加录
藜：	休辞劳苦		凯歌　回时	朕当重加录
插：	休辞劳苦	与寡人征房　得胜	回　京	朕当加
种：	休辞劳苦	与寡人征房	早奏凯歌而回	朕当重加录
容：	休辞　道途跋涉军马驱驰与寡人征房破辽		早奏凯歌而回	朕当重加录
评：	用	宋江叩头	启奏曰臣乃鄙猥小吏误犯	
刘：	用	宋江叩	首启奏曰臣乃鄙猥小吏误犯	
藜：	用	宋江叩	首启奏曰臣乃猥鄙小吏误犯	
插：	封赏	宋江叩头谢恩端简	启奏	臣乃鄙猥小吏误
种：	用	宋江叩头谢恩端简	启奏	臣乃鄙猥小吏误
容：	用　其众将校量功加爵卿勿怠焉宋江扣头称谢端简		启奏	臣乃鄙猥小吏误

此例的文字差异很典型。

种德书堂本、插增本文字相同，属于一组，文字略详细，其中种德书堂本文字最详尽，插增本文字有删节。

评林本、刘兴我本、藜光堂本（刘荣吾本）文字基本相同，属于一组，文字较简略，有删节，删节比插增本还多。

这类评林本、刘兴我本文字删节的例证很多，以下各例都是如此。

例2. 第八十三回"宋公明奉诏破大辽　陈桥驿泪滴斩小卒"

评：	番将赶来张清　取个石子		却以流星飞去正中
刘：	番将赶来张清　取个石子		却似流星飞去正中
藜：	番将赶来张清　取个石子		却似流星飞去正中
种：	番将赶来张　青取个石子看着番将面门上只一石子却似流星飞去正中
插：	阿里奇　赶来张清　取　石子看　番将面门上只一石子却似流星飞去正中番将

评：	阿里奇左眼　　翻落于马下　身死		副将
刘：	阿里奇左眼撞　于马下而　死		副将
藜：	阿里奇左眼撞于　　马下而　死		副将
种：	阿里奇左眼　翻落拎马下　花荣秦明林冲索超四将齐出活捉阿里奇归寨副将
插：	左眼　翻落于马下　花荣秦明林冲索超四将齐出活捉阿里奇归寨副将

例3. 第一百十五回"宋公明神聚蓼儿洼　徽宗帝梦游梁山泊"

评：	却说皇上	把梦中之事
刘：	却说　上皇	把梦中之事
藜：	却说　上皇	把梦中之事
种：	上皇问曰寡人却才何处去来李师师奏道陛下适间伏枕而卧上皇却把梦中之事

例4. 第一百十五回"宋公明神聚蓼儿洼　徽宗帝梦游梁山泊"

评：	兄长宋江	请陛下车驾	皇上	曰卿请寡人车驾何往　宗曰
刘：	兄长宋江	请陛下车驾	皇上	曰卿请寡人车驾何往戴宗曰
藜：	兄长宋江	请陛下车驾	皇上	曰卿请寡人车驾何往戴宗曰
种：	兄长宋　公明只在左右愿请陛下车驾同行　上皇曰卿请寡人车驾何往戴宗　道

评：	游玩景致　上皇随	戴宗出宫	乘马而行但见
刘：	游玩景致　上皇	随戴宗出宫	乘马而行但见
藜：	游玩　致祥上皇	随戴宗出宫	乘马而行但见
种：	自有好处去游玩　　上皇　听罢便起身随戴宗出　院来请上皇乘马而行但见

例5. 第一百十二回"睦州城箭射邓元觉　乌龙岭神助宋公明"

评：	先来取乌　岭岭却遇	邓元觉当先出马搦战花荣	向宋江耳送	曰
刘：	先来取乌龙岭　却遇	邓元觉当先出马搦战花荣	向宋江耳边	曰
藜：	先来取乌龙岭　却遇	邓元觉当先出马搦战花荣	向宋江耳邊	曰
种：	先来取乌龙岭　却　好撞着邓元觉当先出马搦战花荣便向宋江耳边道此人则除

评：	如此如此　宋江令秦明　先出马	与邓元觉交战数合秦明便走邓元觉
刘：	如此如此　宋江令秦明　先出马	与邓元觉交战数合秦明便走邓元觉
藜：	如此如此　宋江令秦明　　出马	与邓元觉交战数合秦明便走邓元觉
种：	如此　可获宋江令秦明首先出马便和　邓元觉交战数合秦明便走邓元觉见秦明

评：	撤了	秦明径来捉	宋江花荣攀弓一箭	正	中面门	而死南	
刘：	撤	下秦明径来	赶宋江花荣攀弓一箭	正	中面门	而死南	
藜：	撤	下秦明径来	赶宋江花荣攀弓一箭射		中面门	而死南	
种：	输了倒搬误撤了	秦明径来捉	宋江花荣攀弓一箭	正邓元觉	面门坠马而死南		

2）评林本、刘兴我本文字增补

评林本和刘兴我本文字比种德书堂本、插增本文字增补的例子不多，下面是一例。

例6. 第八十三回"宋公明奉诏破大辽　陈桥驿泪滴斩小卒"

评：	军校叩首	曰小军伏死则不肯受	奸官欺辱宋江哭	曰我自从上梁山泊以来		
刘：	军校叩	道曰小军伏	死不肯受这奸官欺辱宋江哭	曰我自从上	山泊以来	
藜：	军校叩	道曰小军伏	死不肯受这奸官欺辱宋江哭	曰我自从上梁山泊以来		
插：	军校扣首	伏死		宋江哭道	我自	山泊以来
种：	军校扣首	伏死		宋江哭道	我自从上梁山泊以来	
容：	军校叩首	伏死		宋江哭道	我自从上梁山泊以来大小兄弟	

以上两种情况都是评林本、刘兴我本一组，和种德书堂本、插增本一组相比，文字有缺失、增补。这些文字差异是如何造成的，哪个版本在前，哪个版本在后，对于判别评林本和种德书堂本关系十分重要。

评林本和刘兴我本很多文字相同，而和种德书堂本、插增本不同，最大可能是评林本和刘兴我本共同祖本文字有修改，而种德书堂本、插增本文字没有修改。

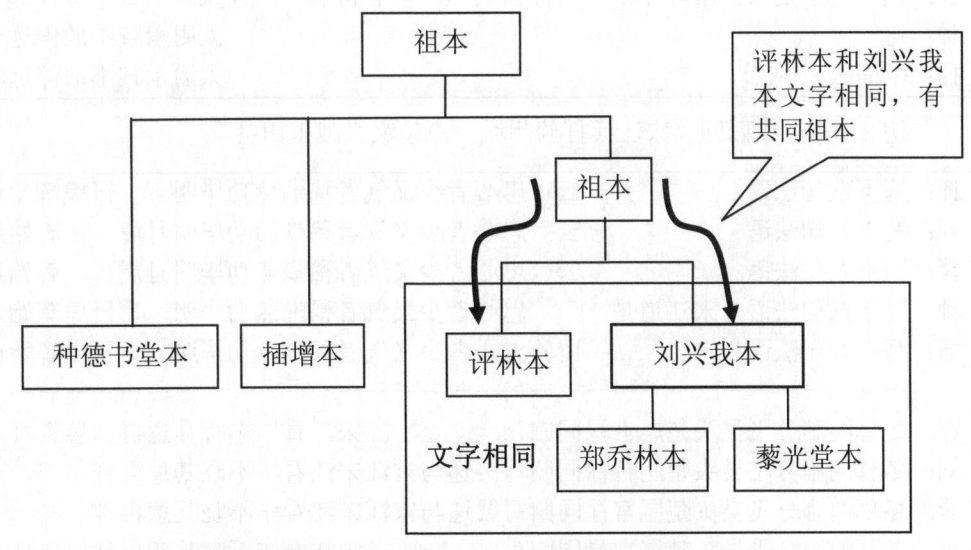

评林本和刘兴我本文字相同有共同祖本示意图

以上是两种组合的文字差异，下面是单独某个版本文字有缺失。主要是插增本、评林本、刘兴我本单独文字缺失。

（2）刘兴我本文字修改——评林本和插增本、种德书堂本文字相同

前例是评林本、刘兴我本文字相同，种德书堂本、插增本文字相同。也有评林本和插增本、种德书堂本文字相同，而和刘兴我本、藜光堂本等不同。这实际是刘兴我本文字修改。

例1. 第八十八回"宋公明破阵成功　宿太尉颁恩降诏"

评：	领了圣旨　　　准备轿马就同　　柴进等出京师望陈桥驲进发正值　严冬四野
刘：	领了圣旨便安排车　　马就同萧让柴进　出京师望陈桥驲进发正值年　冬四野
藜：	领了圣旨便安排车　　马就同萧让柴进　出京师望陈桥驲进发正值年　冬四野
种：	领了圣旨　　　准备轿马就同　　柴进等出京师望陈桥驲进发正值　严冬四野
插：	领　旨　　　　　　　同　　　柴进等　　望陈桥驲进发正值　严冬四野

评：	彤云密布纷纷　　雪坠　　　　　　　　　宿大尉一行人马冒雪冲风迤逦前
刘：	彤云密布　　分扬瑞雪　平铺粉塑千林银装万里宿太尉一行人马冒雪冲风迤逦前
藜：	彤云密布　　分扬瑞雪　平铺粉塑千林银装万里宿太尉一行人马冒雪冲风迤逦前
种：	彤云密布粉粉　　　雪坠　　　　　　　　宿太尉一行人马冒雪冲风迤逦前
插：	□云密布纷纷　　雪坠　　　　　　　　　宿太尉一行人马冒雪冲风

评：	进　　　　　　　　　　　　诗　云　　太尉承宣不敢停远赍恩
刘：	进　正是云横秦岭家何在雪拥篮关马不前有诗　为证太尉承宣不敢停远赍恩
藜：	进　正是云横秦岭家何在雪拥篮关马不前有诗居　证太尉承宣不敢停远赍恩
种：	进　　　　　　　　　　　　　　　　　　太尉承宣不敢停远赍恩
插：	而去　　　　　　　　　　　　　　　　　太尉承宣不敢停远赍恩

例2. 第八十四回"宋江兵打蓟州城　卢俊义大战玉田县"

评：	写下八句法语　　　云　忠心者少义气者稀幽燕功毕明　日虚辉始逢
刘：	写下八句法语　　　云　忠心者少义气者稀幽□功毕明月虚　辉始逢
藜：	写下八句法语　　　云　忠心者少义气者稀幽燕功毕明月虚　辉始逢
种：	写下八句法语与宋江道是　　忠心者少义气者稀幽燕功毕明　日虚辉始逢
插：	写下八句法语与宋江　留验忠心者少义气者稀幽燕功毕明　日虚辉始逢

评：	冬暮鸿雁分飞吴头楚尾官禄同归　　　　宋江看毕不晓其意再拜恳告真
刘：	冬暮鸿雁分飞吴头楚尾官禄同归写罢递与宋江宋江看毕不晓其意再拜
藜：	冬暮鸿雁分飞吴头楚尾官禄同归写罢递与宋江宋江看毕不晓其意再拜
种：	冬暮鸿雁分飞吴头楚尾官禄同归　　　　宋江看毕不晓其意再拜恳告真
插：	冬暮鸿雁分飞吴头楚尾官禄同归　　　　宋江看毕不晓其意再拜恳告真

评：	人曰　此乃天机不可泄露他日应时将军自知　　夜深待将

刘：	貌求解说真人曰	此乃天机不可泄露他日应时		自	悟其意夜深		了请
藜：	貌求解 真人曰	此乃天机不可泄露他日应时		自	悟其意夜深		了请
种：	人	道	此乃天机不可泄露他日应时将军自知		夜深		请
插：	人	到此乃天机不可泄露他日应时将军自知			夜深		请

例3. 第一百十五百回"宋公明神聚蓼儿洼 徽宗帝梦游梁山泊"

评：	一日因	疾而终李应在任半年闻知 柴进求闲去		亦自诈称疯
刘：	一日因	疾而		
藜：	一日因病	而		
种：	一日	无疾而终李应在任半年闻知乐误柴进求闲去了也惟误推		称疯误
评：	疾纳还官许复还故乡与杜兴俱得善终关胜在北京大名府总管兵马一日操练回			
刘：			终关胜在北京大名府总管兵马一日操练	
藜：			终关胜在北京大名府总管兵马一日操练	
种：	风疾纳还官许复还故乡与杜兴俱得关终关胜在北京大名府总管兵马一日操练回			

例4. 第八十四回"宋江兵打蓟州城 卢俊义大战玉田县"

评：	索超提担	出阵番将咬儿惟	康拍马使	枪出阵两个	斗到二十余合	
刘：	索超提	斧出阵番将咬儿	于康拍马	挺枪出阵两	人斗到二十余合	
藜：	索超提	斧出阵番将咬儿	于康拍马	挺枪出阵两	人斗到二十余合	
插：	索超提担	出阵			二十余合	
种：	索超提担	出阵番将咬儿惟	康拍马使	枪出阵两	个斗到二十余合	
评：		番将终是胆怯		拨回马望本阵便走索超		
刘：	咬儿 于康抵敌不住			拨 马	便走索超	拍
藜：	咬儿惟 康抵敌不住			拨 马	便走索超	拍
插：		番将	胆怯无心恋战拨回马望本阵便走索超纵			
种：		番将终是胆怯无心恋战拨回马望本阵便走索超				

以上几例都是评林本和种德书堂本、插增本文字相同，和刘兴我本、藜光堂本文字不同。这类例子很多，不再重复了。

评林本、插增本、种德书堂本文字相同，和刘兴我本文字不同，实际是刘兴我本文字有修改，而评林本等版本文字和共同祖本相同，没有修改。

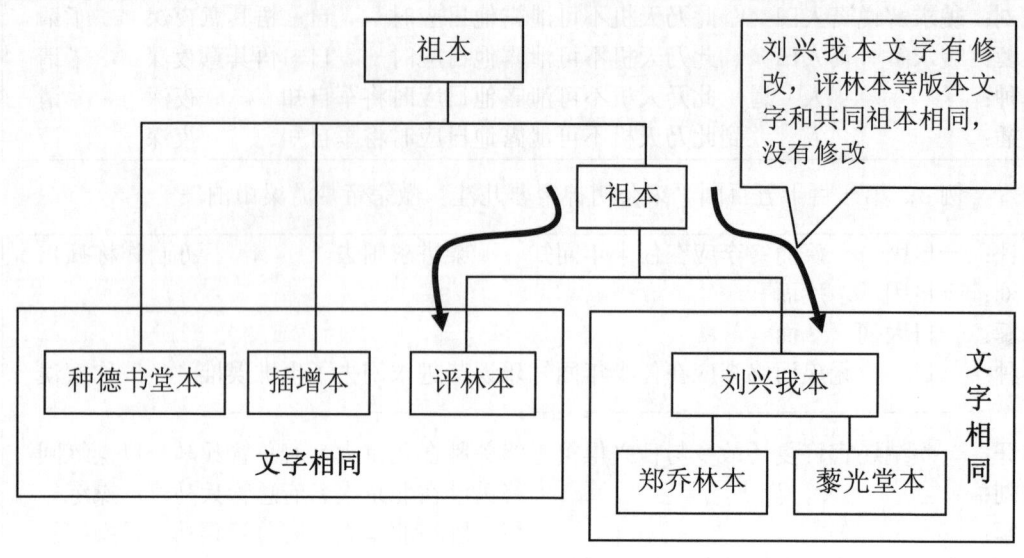

刘兴我本文字修改示意图

（3）两种文字差异组合混合出现

前述两种文字差异分别是：评林本、刘兴我本文字相同，种德书堂本、插增本文字相同；以及评林本、种德书堂本、插增本文字相同，和刘兴我本文字不同。但也有这两种组合混合出现的情况。

例，第八十四回"宋江兵打苏州城　俊义大战玉田县"

评：	出阵两个　斗到二十余合		番将终是胆怯		拨回马望本	
刘：	出阵两　人斗到二十余合咬儿	于康抵敌不住			拨　马	
藜：	出阵两　人斗到二十余合咬儿惟	康抵敌不住			拨　马	
种：	出阵两　个斗到二十余合		番将终是胆怯无心恋战拨回马望本			
插：	二十余合		番将　胆怯无心恋战拨回马望本			

评：	阵便走索超纵	马赶上	轮起大斧	把咬儿	惟康劈落	马下侍郎忙	交楚明玉	
刘：	便走索超	拍马赶上手	起　斧落把咬儿于	康劈	死马下侍郎忙令	楚明玉		
藜：	便走索超	拍马赶上手	起　斧落把咬儿于	康劈	死马下侍郎忙令	楚明玉		
种：	阵便走索超纵	马赶上	轮起大斧	把咬儿	惟康劈落	马下侍郎忙	交楚明玉	
插：	阵便走索超纵	马赶上	轮　斧	把咬儿	惟康劈落	马下侍郎忙	交楚明玉	

评：	曹名济急去策应		宋江	史进舞刀拍马	直取二将	
刘：	曹名济急去　迎敌		宋　军史进	拍马舞刀	直取二将	
藜：	曹名济急去　迎敌		宋　军史进	拍马舞刀	直取二将	
种：	曹名济急去策应	两将只得挺枪出阵宋江	史进	舞刀拍马直取二将		

插：	曹名济急去策应	两将只得挺枪出

评：	史进　　逞起英雄手起刀落先将楚明玉砍于马下这　曹名济急　待要走史进赶上
刘：	史进奋勇　　　　　　　　　先将楚明玉砍于马下　那曹名济　却待要走史进赶上
藜：	史进奋勇　　　　　　　　　先将楚明玉砍于马下　那曹名济　却待要走史进赶上
种：	史进　　逞起英雄手起刀落先将楚明玉砍于马下这　曹名济急　待要走史进赶上
插：	

此例中，两种不同的文字差异连续出现，都应该是某个版本文字删节所致，关键是哪个版本文字做了删节。

第一个文字差异是评林本和种德书堂本、插增本文字相同，和刘兴我本、藜光堂本文字不同。此句可能是刘兴我本、藜光堂本文字修改，而评林本和种德书堂本、插增本是原本文字。

第二个文字差异相反，是评林本文字和刘兴我本、藜光堂本文字相同，和种德书堂本、插增本文字不同。此句可能是评林本、刘兴我本、藜光堂本共同祖本文字修改，而种德书堂本、插增本未修改，是原本文字。

第三个文字差异又变成评林本和种德书堂本相同（插增本缺），和刘兴我本、藜光堂本文字不同。此句应该是刘兴我本、藜光堂本文字修改，而评林本和种德书堂本是原本文字。

总之，这3句都是评林本、刘兴我本、藜光堂本，或其共同祖本的文字有删节和修改。

这样两种文字差异混合出现的例证也很多，就不再一一举证了。

和前面例证一样，这两种随意出现的文字差异，其实都是评林本、刘兴我本、藜光堂本，或其共同祖本的文字修改而造成的，而种德书堂本文字应该是原本文字。这种修改在评林本、刘兴我本、藜光堂本，或其共同祖本中是很随意的，因此这两种版本文字出现差异也就很随意。

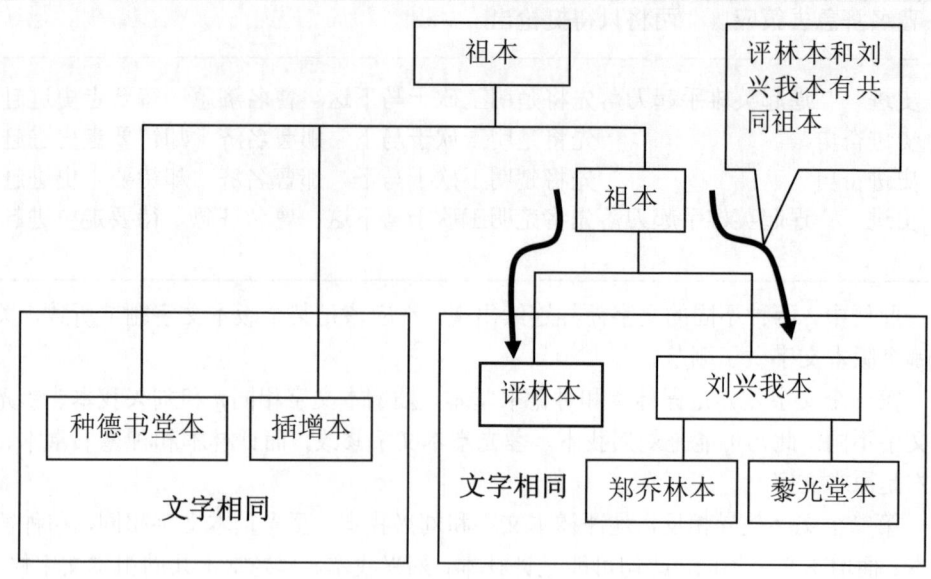

评林本和刘兴我本有共同祖本示意图

（4）评林本文字有缺失——评林本和其他版本是兄弟关系

上述例证是刘兴我本文字有缺失，还有例证是评林本文字有缺失，而刘兴我本、插增本、种德书堂本都没有缺失。

例1. 第七十八回"宋公明奉诏破大辽　陈桥驿泪滴斩小卒"

```
评：四个贼臣定计                奏将
刘：四个贼臣定计教枢密童贯启奏将  宋江等众要行陷害不期御屏后    太尉宿元景
藜：四个贼臣定计教枢密童贯启奏将  宋江等众要行陷害不期御屏后    太尉宿元景
插：四个贼臣定计            奏  陷宋江等                      殿前太尉宿元景
种：四个贼臣定计                奏将 宋江等众   陷害           殿前太尉宿元景
————————————————————————————————————————
评：                                        归降百单八人恩同手足死不相离
刘：喝住便向展前启奏道陛下宋江这伙好汉  始归降百单八人恩同手足死不相离
藜：喝住便向殿前启奏道陛下宋江这伙好汉方始归降百单八人恩同手足死不相离
插：            奏道    宋江        方始归降百单八人恩同手足死不相离
种：    向　前　奏道    宋江        方始归降百单八人恩同手足死不相离
```

此例中，评林本缺失了一段文字而文字不通了。而种德书堂本、插增本都不缺，刘兴我本和藜光堂本还有增补。此例可以肯定是评林本文字脱落，而且和种德书堂本相比，脱落了21字，这恰好是评林本一行的字数，因此可以肯定是评林本抄写时刚好遗漏了这一行字。

例2. 第八十九回"魏州城宋江祭诸将　石羊国孙安擒勇王"

评:	关胜大喜			即引兵自出战葛延开门引				
刘:	关胜大喜即亲自		引兵	出战葛延开门引冯大本袁恭沙仲义出城两军对阵众将厮				
藜:	关胜大喜即亲自		引兵	出战葛延开门引冯大本袁恭沙仲义出城两军对阵众将厮				
种:	关胜大喜			即引兵自出战葛延开门引冯大本袁恭沙仲义出城两军对阵众将厮				

评:						冯大本沙仲义 接住
刘:	杀不分胜败金真梅玉见关胜战葛延不下马麟便出				马相助冯大本沙仲义拨	
藜:	杀不分胜败金真梅玉见关胜战葛延不下马麟便出				马相助冯大本沙仲义拨	
种:	战 不分胜败金真梅玉见关胜战葛延不下马麟便出夹攻				冯大本沙仲义 接住	

例3. 第一百十回"卢俊义分兵歙州道　宋公明大战乌龙岭"

评:	点 兵取		乌尤岭关		报仇吴用谏曰 仁兄不可性急	
刘:	领兵	去	打乌龙岭关隘与四个兄弟报仇吴用谏曰		仁兄不可性急若	取此
藜:	领兵	去	打乌龙岭关隘与四个兄弟报仇吴用谏曰		仁兄不可性急若	取此
种:	点 兵	去取	乌龙岭关隘与四个兄弟报仇吴用谏		道仁兄不可性急若要	取

评:							
刘:	关必须用智宋江怒曰		深恨那贼把我兄弟风化在岭	上今夜必	要	提兵去	
藜:	关必须用智宋江怒曰		深恨那贼把我兄弟风化在岭下		今夜	定要	提兵去
种:	关	须用□取宋江	怒道深恨那贼把我兄弟风化在岭	上今夜必		须提兵去	

评:		诚恐贼兵有计宋江不听即领关胜花荣吕方郭盛
刘:	夺　骸骨回来埋葬吴用又谏曰	诚恐贼兵有计宋江不听即领关胜花荣吕方郭盛
藜:	夺　骸骨回来埋葬吴用又谏曰	诚恐贼兵有计宋江不听即领关胜花荣吕方郭盛
种:	夺死骸　回来埋葬吴用　谏	道诚恐贼兵有计宋江不听即领关胜花荣吕方郭盛

此两例和前例相同，也是评林本缺失了一段文字。而种德书堂本、插增本，刘兴我本、藜光堂本都不缺。此例也可以肯定是评林本文字脱落，而且和种德书堂本相比，2例分别脱落了40和42字，42字恰好是评林本两行的字数，因此可以肯定是评林本抄写时刚好遗漏了这两行字。

例4. 第82回"宋公明被阵成功　宿太尉颁恩降诏"

评:	案上学士高声宣读		曰				其余录于上	
刘:	案上学士高声宣读		降表曰辽		臣耶律得辉顿首	叩首百拜		上言
藜:	案上学士高声宣读		降表曰辽		臣耶律得辉顿首	叩首百拜		上言
种:	案上孛士高声宣读道大			辽国王臣耶律	辉顿首顿	首		上言
插:	学士高声宣读道大			辽国王臣	律	辉顿首顿	首	上言

评:	
刘:	臣先　居朔漠长在番邦不通圣贤之大经冈究纲常之大
藜:	臣先　居朔漠长在番邦不通圣贤之大经冈究纲常之大
种:	臣　生居朔漠长在番邦不通圣贤之大经冈究纲常之大礼诈文伪武左右多狼心狗

插：	臣　生居朔漠长在番邦不通圣贤之大经罔究纲常之大礼诈文伪武左右多狼心狗

评：	
刘：	理小臣昏昧冒犯　　　　　封　疆以致
藜：	理小臣昏昧冒犯　　　　　封　疆以致
种：	行之徒好赂贪贿前后悉鼠目獐头之辈　小臣昏昧　屯众猖狂侵犯封　疆以致
插：	行之徒好赂贪贿前后悉鼠目獐头之辈　小臣昏昧　屯众猖狂侵犯封强　以致

评：	
刘：	天兵　讨罪勤　　　劳王室
藜：	天兵　讨罪勤　　　劳王室
种：	天兵而讨罪　妄驱士马动劳王室以与师量蝼蚁安足以憾泰山想众水必朝归大海
插：	天兵而讨罪　妄驱士马动劳王室以与师量蝼蚁安足以憾泰山想众水必朝归大海

评：	
刘：	兴兵今特遣使臣褚坚冒　　干天威纳贡
藜：	兴兵今特遣使臣褚坚　国下　天威纳贡
种：	念臣等虽守数座之荒城应无半年之积蓄　今持使臣褚坚胃　干天威纳
插：	念臣等虽守数座之荒城应无半　之积蓄　今特遣使臣褚坚冒　千天威纳

评：	废　徽宗御
刘：	请罪倘蒙圣恩　　怜悯丛尔　之微生不废祖　宗　之遣拳　臣必　　铭
藜：	请罪倘蒙圣恩　　怜悯丛尔　之微生不废祖　宗　之遗　业臣必　　铭
种：	上请罪倘蒙圣　上怜　悯　蓦尔之微生不废祖　宗　之遗　业　　是以铭
插：	上请罪倘蒙圣　上怜　悯　　蓦尔之微生不废祖　宗　之遗　业　　是以

　　此例是辽国使臣给宋朝皇帝上表，表章文字很长，评林本删除了，但刘兴我本、藜光堂本、种德书堂本、插增本都保留了。类似例子还有。

　　此四例都说明种德书堂本、插增本、刘兴我本、藜光堂本都不可能出自评林本，否则种德书堂本、插增本、刘兴我本、藜光堂本还要根据其他版本再补写这段话，这几乎不可能。也就是说评林本和其他版本是兄弟关系。

　　这也证明，后面评林本和刘兴我本的余呈之死不可能是来自评林本，而是来自它们的共同祖本。

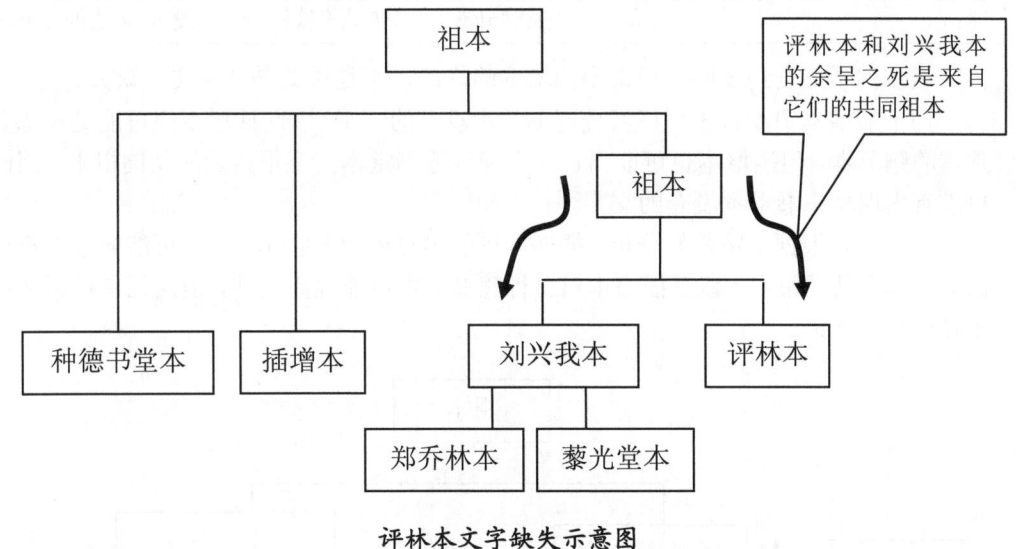

评林本文字缺失示意图

（5）插增本文字缺失——插增本修改，和种德书堂本有共同祖本

下面分析插增本和种德书堂本的关系，因为插增本是删节本，其底本可能是种德书堂本，也可能是其他版本。

如果插增本是种德书堂本的删节本，除了插增本自己增补的文字外，其中应该不会有其他版本的文字。

如果插增本是其他版本的删节本，插增本就可能有种德书堂本没有的文字。

虽然理论上，插增本中没有出现种德书堂本没有的文字，但也是种德书堂本的删节本。但这种可能性很小。

因此只要查找插增本是否有种德书堂本没有的文字即可。

由于插增本和种德书堂本都是残本，只能比较它们都有的回目，即第八十三回至九十一回，和第九十九回至第一百七回，合计 16 回。

结果虽然发现几例插增本中出现了种德书堂本没有的文字，但再和评林本比对，都是评林本文字和种德书堂本文字相同，因此都是插增本文字的修改。没有发现任何一例是真正插增本中种德书堂本没有的文字。

下例就是插增本文字有重复抄写，而种德书堂本、评林本都没有重复抄写。

例，第九十九回"王庆打死张太尉　夜走永州遇李杰"

```
插：太尉吃得大醉　　　　　缠　到三更两个夫人焦燥　　和养娘各自去睡了这张世开
种：太尉吃得大醉不肯去睡缠　到三更两个夫人焦燥起来和养娘各自去睡了
评：太尉吃浔大醉不肯去睡缠至　三更两　夫人焦燥　　　　各自去睡
————————————————————————————————
插：见夫人焦燥和养娘各自去睡了这张世开见　　夫人焦燥　却没　安身处便走出厅
种：　　　　　　　　　　　　　　这张世开见两个夫人焦燥了却　没安身处便走出厅
```

评: 张世开见　夫人焦燥　却　没安身处便走出厅

类似例子还查到3例,但都是插增本的修改,不是种德书堂本文字缺失。

由于插增本中没有出现任何种德书堂本没有的文字,因此插增本很可能是种德书堂本的删节本。但插增本也可能出自一个和种德书堂本文字很接近的共同祖本,因此也没有出现种德书堂本没有的文字。

因此只是根据文字差异分析,插增本可能出自种德书堂本,但也可能插增本和种德书堂本有共同祖本。似乎插增本出自种德书堂本可能性更大些,但这只是根据文字差异分析的结果。

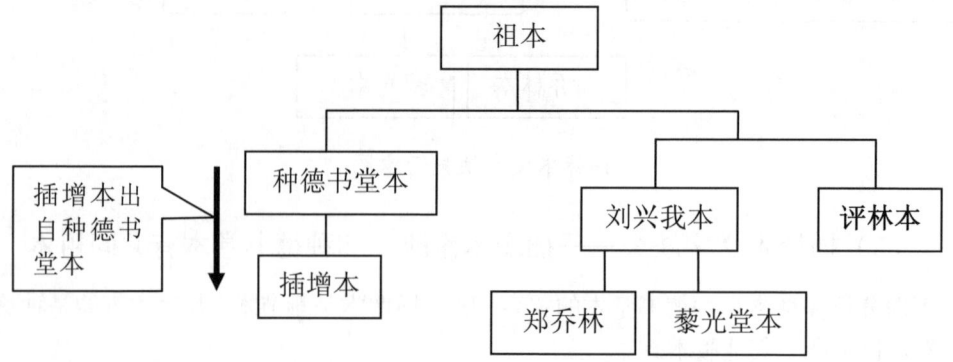

插增本出自种德书堂本示意图

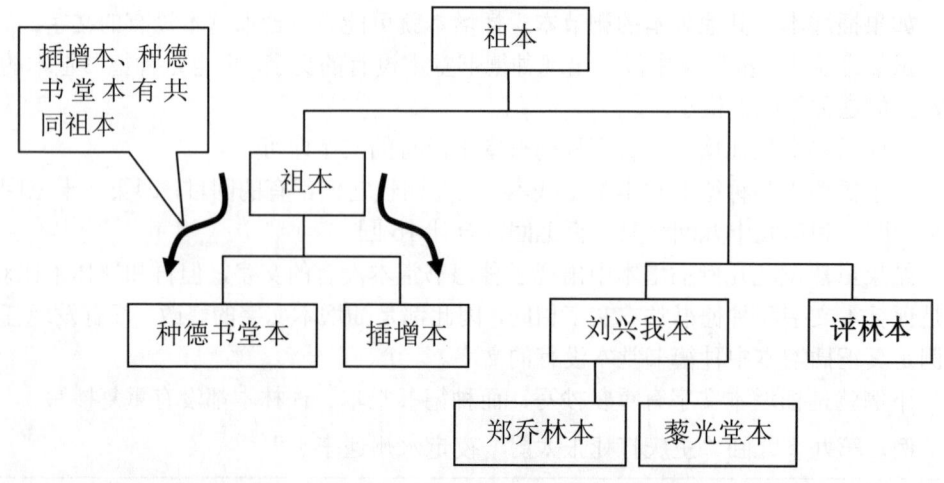

插增本、种德书堂本有共同祖本示意图

以上只根据文字差异分析结果,两种可能性很难分辨。

前面曾对两本插图做了比对分析,从中可再做分析。

第一,插增本是残本,只存51回,插增本和评林本插图相同有57组,平均每回约1幅插图相同。

第二，插增本和种德书堂本相同的16回中有10组插图相同，平均1.6回1幅插图相同。

因此虽然插增本中未出现种德书堂本没有的文字，但出现很多和评林本相同的插图。插增本中既有和种德书堂本相同的插图，也有和评林本相同的插图，而且数量都差不多。

关键是插增本有和评林本相同的插图，如果插增本出自种德书堂本，为何会每回都有和评林本相同插图？难道是巧合？后面分析余呈之死可知，插增本不可能来自评林本，只可能是评林本来自插增本，或插增本和评林本有共同祖本。因此，从插图分析，插增本和种德书堂本有共同祖本的可能性更大。插增本和评林本相同插图是来自它们共同祖本。

（6）评林本、插增本没有种德书堂本以外的文字

总体看，种德书堂本文字比较详细，而评林本、插增本有很多删节。

以上所举评林本、插增本、刘兴我本的例证，评林本、插增本和种德书堂本相比，都是文字缺失或删节，评林本、插增本基本没有出现种德书堂本以外的文字。偶尔有比种德书堂本多的文字，也是评林本和插增本各自单独的增补，而不是出自其他版本。

因此从表面看，评林本、插增本很像是种德书堂本的删节本。因为如果它们有共同祖本，评林本、插增本虽然有文字删节，但应该多少会保留一些种德书堂本没有的文字，而不会一例都没有。

但是，虽然从文字看，评林本、插增本都没有出现种德书堂本没有的文字，因此评林本、插增本很像是种德书堂本的删节本，这是认为评林本、插增本出自种德书堂本的重要根据。

但评林本、插增本都没有出现种德书堂本没有的文字，这也可能是它们有共同祖本，因此评林本、插增本就没有出现种德书堂本没有的文字。所以，插增本、评林本有很多文字和种德书堂本相同，这也不是铁证，它们有共同祖本也可能如此。

另外，根据后面的分析，评林本的底本肯定是三槐堂本，三槐堂曾刊刻上图下文《西厢记》，评林本的《水浒辨》称三槐堂本评林本之前唯一的全像本，因此偏像本肯定不是评林本的底本。种德书堂本是否可能是三槐堂本的底本，就没有根据了。

总之，从文字很难判断插增本、评林本和种德书堂本是父子关系，还是兄弟关系。以上通过文字差异分析可得出如下结论：

- 四种版本可分2组，种德书堂本、插增本为一组，评林本、刘兴我本为一组。
- 插增本是出自种德书堂本，还是它们有共同祖本，只根据文字差异难以判别。
- 评林本和刘兴我本各自都有文字脱落，因此它们也可能有共同祖本。

4.《水浒传》上图下文本中余呈之死和版本演化研究

（1）余呈之死和叶孔目改余孔目

以上分析了种德书堂本、插增本、评林本、刘兴我本的文字差异，4 个版本除这些文字上的差异外，还有故事描写的差异，其中最重要的是余呈之死和叶孔目改余孔目，这是分析评林本、刘兴我本、种德书堂本、插增本等版本关系的关键线索。

对此问题马幼垣先生、刘世德先生都对此做过仔细分析[①]，但是还有些问题值得再深入研究。

余呈是河北田虎手下总兵卞祥的部将，作战勇猛，后随卞祥投降宋江，又随宋江、孙安征王庆，但一直默默无闻。插增本、种德书堂本第一百一回"宋公明兵度吕梁关 公孙胜法取石祁城"中，余呈在进攻石祁城时，被守将谢英所杀，文字叙述很简略。

例1. 第一百一回"宋公明兵度吕梁关 公孙胜法取石祁城"

评：	谢英便举斧来	敌孙安		任光便来
刘：	谢英便举斧来	敌孙安		任光便来
藜：	谢英便举斧来战	孙安		任光便来
插：	谢英便举斧来	敌孙安余呈见了挺枪来战	斗上五合 谢英把余呈斩于马下	任光便来
种：	谢英 举斧来	敌孙安余呈见了挺枪来战谢英斗上五合	谢英把余呈斩于马下	任光便来

但在评林本、刘兴我本等版本中，在第一百一回中却没有这个余呈被杀情节，而是在此回末，随宋江进攻洮阳中余呈被上官仪俘虏。

例2. 第一百一回"宋公明兵度吕梁关 公孙胜法取石祁城"

评：	上官义大惊望洮阳而走余呈赶去冤家马失前蹄被上官义回马活捉去了原来萧引凤见上
刘：	上官义大惊望洮阳而走余皇赶去冤家马失前蹄被上官义回马活捉去了原来萧引凤见上
藜：	上官义大惊望洮阳而走余皇赶去冤家马失前蹄被上官义回马活捉去了原来萧引凤见上
插：	上官义大惊望洮阳而走 原来萧引凤见上
种：	上官义大惊望洮阳而走 原来萧引凤见上

余呈最后的结局是在后面第一百二回"李逵受困于骆谷 宋江智取洮阳城"中，

---

① 马幼垣：《插增本简本水浒传存问辑校》（试行本），暨南大学中文系 2004 年 12 月，香港。马幼垣：《水浒论衡》，生活·读书·新知三联书店 2007 年 8 月第 1 版。马幼垣：《水浒二论》，生活·读书·新知三联书店 2007 年 8 月第 1 版。刘世德：《水浒论集》，社会科学文献出版社 2014 年 7 月第 1 版。刘世德：《〈水浒传〉稀见版本汇编》序言，国家图书馆出版社 2019 年 9 月第 1 版。

他被俘后，拒不投降并骂不绝口，被洮阳守将刘守敬推出斩首。

评林本在此处还有一首赞诗纪念余呈，称"仰止余先生（即余象斗）观到此处有诗为证"。后评林本等版本还专门叙述，宋江得知余呈之死后"哭之不止"，上官仪自刎死后，宋江将其割心肝以祭余呈，并自作长篇祭文。

其他英雄谱（二刻英雄谱）、刘兴我本、藜光堂本、郑乔林本、十卷本、汉宋奇书、征四寇本、八卷本、一百二十四回本等，叙述于呈之死都和评林本基本相同，也有此诗，但此诗前未提及余象斗，而称"后人有诗为证"。

而插增本、种德书堂本中都没有以上余呈之死的描述文字，也没有这首赞诗。

例3. 第一百二回"李逵受困于骆谷　宋江智取洮阳城"

评：	捉得余呈		来见	二公计议再复州城之策	以敬唤	解进余呈
刘：	捉得余呈		来见	二公计议再复州	之策	以敬	教解进余呈
藜：	捉得余呈		来见	二公计议再复州	之策	以敬	教解进余呈
插：	只	得	引残兵		来	投二公计议	复州城之策刘以敬
种：	只	得	引残兵奔回洮阳与		二公计议再复州城之策刘以敬

评：	余呈不跪以敬曰		尔今被擒肯降否余呈曰
刘：	余呈不跪以敬曰		汝　今被擒肯降否余呈曰
藜：	余呈不跪以敬曰		汝　今被擒肯降否余呈曰
插：		曰　日前汪太史　有申文报说天象有兵戈
种：		道日前汪太史累有申文报说天象有兵戈

评：	悮遭异手　恨　食汝　肉何肯顺贼骂不绝口以敬命推出斩之年才二十八岁后
刘：	误遭　毒手恨不食你的肉何肯顺贼骂不绝口以敬命推出斩之年才二十八　后人
藜：	误遭　毒手恨不食你之肉何肯顺贼骂不绝口以敬命推出斩之年才二十八岁后人
插：	之
种：	之

评：	<u>仰止余先生</u>观到此处有诗为证诗曰一点忠贞死议心余呈不跪实堪钦口骂不移甘受
刘：	有诗为证　一点忠贞死义心余呈不跪实堪钦
藜：	有诗为证　一点忠贞死义心余呈不跪实堪钦
插：	
种：	

评：	戮万载闻声泪满襟　　　　　　　　却说以敬曰
刘：	万　　　古芳名　应不民至今青史定褒称却说以敬曰
藜：	万　　　古芳名　应不民至今青史定褒称却说以敬曰
插：	事正应　　　　　　　　本境可宜谨
种：	事正应　　　　　　　　本境可宜谨

余呈之死在种德书堂本、插增本中描述简略，且在评林本描述之前，因此只能是种德书堂本、插增本文字是原本，并未做修改。

而评林本和刘兴我本的描述基本相同，因此就应该是评林本和刘兴我本对余呈之死做了修改。

但到底是评林本先改，还是刘兴我本的底本先改，只根据文字还无法判断。

（2）叶孔目改余孔目

除余呈之死此例之外，评林本和刘兴我本还有一个叶孔目改为余孔目的例证。

评林本第二十九回（容与堂本第三十回）"施恩三进死囚牢　武松大闹飞云浦"中武松被张都监扣押在牢房，蒋门神要致其于死地，衙门一高管叶孔目为人忠直仗义，不肯加害武松。

在所有除评林本以外的其他各种《水浒传》版本中，包括插增本、刘兴我本、容与堂本等（种德书堂本缺此回），此人都名为"叶孔目"。只有评林本和二刻英雄谱，此人名字不是"叶孔目"，而是"余孔目"。其原因很简单，应该是余象斗把为人正直的"叶孔目"改为和其同姓的"余孔目"。

此处十分明显，只可能是其他版本的"叶孔目"是原文，而只是评林本改为"余孔目"。因为如果评林本的"余孔目"是原文，连容与堂本都做了修改是不可能的。

因此评林本和刘兴我本在余呈之死、叶孔目的描述上有所不同。

至于评林本、刘兴我本在余呈之死、叶孔目上是如何演变的下面接着分析。

（3）余呈之死和叶孔目修改的两种看法

余呈之死和叶孔目改余孔目是分析四种版本关系的一个重要标志，列表如下：

4种版本主要文字差异表

版本	种德书堂本	插增本	刘兴我本	评林本
余呈之死	未改	未改	改	改
叶孔目改余孔目	未改	未改	未改	改

评林本同时修改了余呈之死和叶孔目，刘兴我本只修改了余呈之死，未改叶孔目。评林本和刘兴我本这两种不同的叙述，是如何演化的，哪个在前，哪个在后，余呈之死是哪个版本开始修改的，以前学者们有两种看法。一种看法认为评林本是之前某个版本修改的，另一种看法认为就是评林本开始修改的。

第一种看法认为，评林本和刘兴我本有共同祖本，此祖本修改了余呈之死，增加后人题写赞诗，但未改叶孔目。评林本根据此共同祖本，修改了余呈之死，但将"后人"赞诗改为"仰止余先生"（余象斗）所编，又修改了后两句诗，并修改了叶孔目为余孔目。刘兴我本以此为底本，也修改了余呈之死，保留了"后人"赞诗，也未改叶孔目。

评林本和刘兴我本差异的关键是叶孔目的修改，这明显是评林本单独把叶孔目改为了余孔目,刘兴我本未修改余孔目应该是原本文字,是评林本单独的修改。

按照这种解释,则在评林本之前应该还有一个版本只改了余呈之死,未改叶孔目。评林本保留对于余呈之死的修改,又修改了叶孔目。但此本是什么版本呢?

第一,此本有可能是余象斗在刊刻评林本之前刊刻的一个《水浒传》版本修改的。因为余象斗曾刊刻了两次《三国演义》,因此也可能刊刻两次《水浒传》。但评林本的《水浒辨》中并未提及余象斗在评林本之前曾刊刻过一本《水浒传》。据考证,余象斗是万历十九年开始独自刻书,万历二十年刊刻《三国演义》余象斗本,万历二十二年刊刻《水浒传》评林本。如在此前再刊刻一部《水浒传》时间太紧张。

第二,此本是余象斗之前余氏家族某书坊所改,因此极力美化余呈之死。但此人是谁无法推测。马幼垣先生曾持此看法。但从评林本的《水浒辨》来看,余氏家族在此前并未刊刻过《水浒传》,因此这种可能性很小。

第三,此本是评林本之前的某个未知版本先修改的,但这个未知为何要修改余呈之死,就不清楚了。

总之,此说法最困难的是,如何解释评林本之前修改余呈之死的未知版本,为何此本要修改余呈之死。

第二种看法认为,余呈之死不是评林本的底本所改,而就是评林本所改,评林本也以余仰止为名写了赞诗,同时也修改了余孔目为叶孔目。而刘兴我本也修改了余呈之死,并把余象斗赞诗改为"后人"赞诗,把后两句也做了修改。刘兴我本的修改不是根据评林本,而是根据其他版本。因为评林本在万历二十二年(1594年)出版后,到刘兴我本崇祯元年(1628年)之间有34年,期间肯定有其他书商翻刻过简本,可能参考过评林本。因此刘兴我本刊刻时就保存了余呈之死。而叶孔目改余孔目可能是个细节问题,刘兴我本的底本未改,或刘兴我本未改。

这两种看法都各自假设一种未知的版本,第一种看法是假设在评林本之前,有个版本是评林本、刘兴我本的共同底本。而第二种看法是假设在评林本之后,有个版本是刘兴我本的底本。

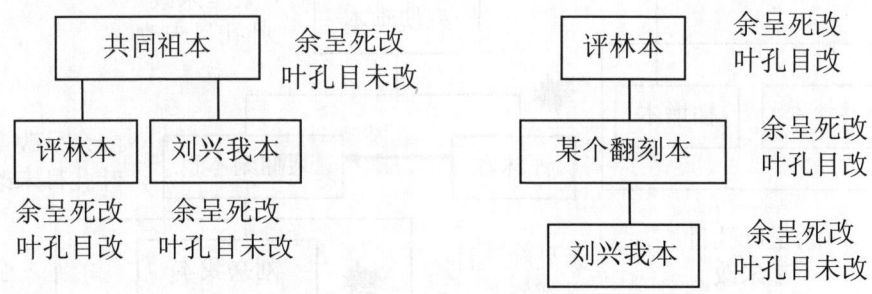

评林本、刘兴我本余呈之死和叶孔目修改两种解释示意图

比较两种看法,这两种看法有一定道理,也都有一些问题。

第一种看法认为评林本只改了叶孔目,余呈之死是其底本所改,但此本为何要改叶孔目，不好理解。

而第二种看法认为是余评林本同时修改了余呈之死等和叶孔目，解释就比第一种更简单。

因此，在评林本上，第二种看法似乎比第一种看法简单合理。

但在刘兴我本上，问题刚好相反。

第一种看法认为刘兴我本的底本也是评林本的底本，只改了余呈之死，未改叶孔目。这样解释看似很合理。

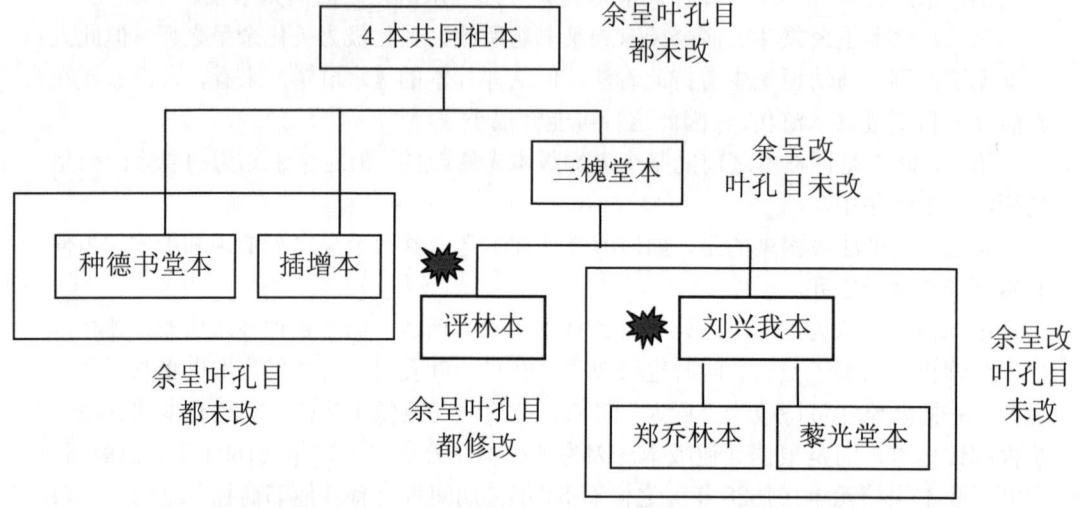

种德书堂本、插增本、评林本、刘兴我本演化示意图（一）

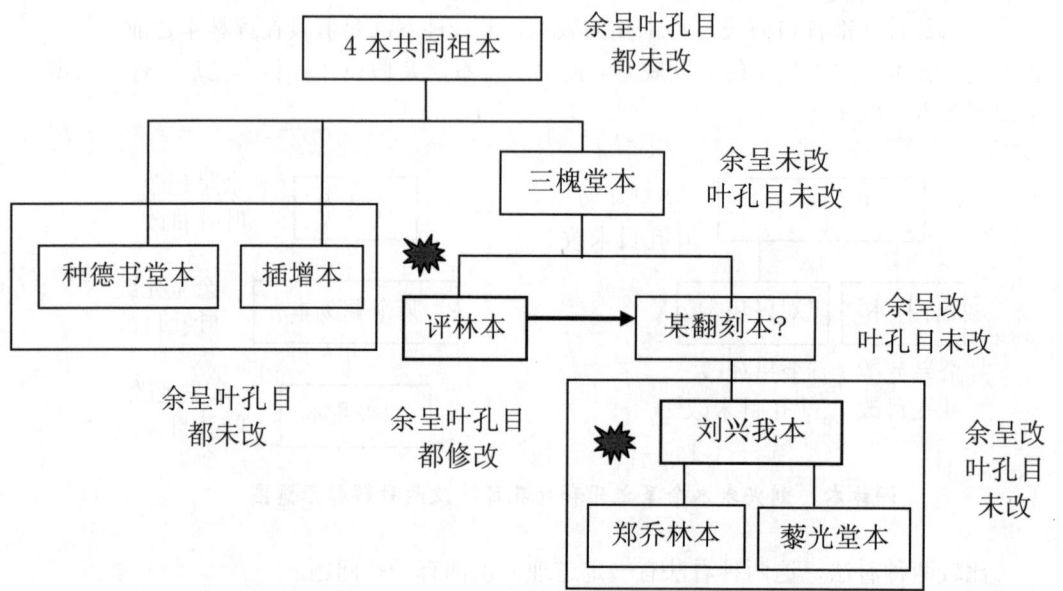

种德书堂本、插增本、评林本、刘兴我本演化示意图（二）

而第二种看法要解释刘兴我本就困难多了。因为这种看法认为，评林本的底本没有改余呈之死和叶孔目，是评林本一次修改的。因此刘兴我本修改了余呈之死就不可能来自评林本的底本。而这种看法认为余呈之死是余象斗评林本首次修改的，而评林本文字删节很多，也有很多脱文，刘兴我本不可能出自评林本。

这样有两种可能。一种可能是刘兴我本参照评林本修改了余呈之死，另一种可能是刘兴我本的底本参照评林本也修改了余呈之死，但未修改叶孔目，刘兴我本也就如此。

这种解释看似很合理，评林本万历二十二年出现后，到刘兴我本崇祯元年出版之间有 34 年，期间其他书坊翻刻评林本的可能性很大。但这种版本既要参照评林本修改余呈之死，还要修改评林本的很多文字脱落，十分复杂，这种可能性似乎也不大。

因此两种看法都有各自的合理性和各自的不足。

第一种看法解释刘兴我本很合理，其底本只改了余呈之死，未改叶孔目，因此刘兴我本和其底本相同。但此看法认为评林本的底本就改了余呈之死，似乎有问题。

第二种看法正好相反，解释评林本同时修改余呈之死和叶孔目很合理，但解释刘兴我本来历就很困难了。

总之，只根据这些材料，很难判断哪种可能性更大，下面根据余呈之死后的赞诗再分析哪种可能性更大些。

（4）"余仰止先生有诗为证"

在余呈之死中，评林本和刘兴我本还有一个区别是，在余呈死之后还有一首赞诗，评林本和刘兴我本不同。

第一，评林本为"仰止余先生（即余象斗）观到此处有诗为证"，说明此诗是余象斗所写。但刘兴我本中，不是"仰止余先生……有诗为证"，而是"后人有诗为证"。

第二，此诗后两句两本也不同，评林本"万载闻声泪满襟"比较悲愤，而刘兴我本"万古芳名……青史定褒称"只是颂扬。

查评林本以"仰止余先生"为名的题诗在评林本中有 6 首：

- 第十回"朱贵水亭施号箭　林冲雪夜上梁山"，只有评林本有，署名"仰止余先生"。这是评林本增补的诗，没有研究价值。
- 第七十九回"宋江兵打蓟州城　俊义大战玉田县"，只有评林本有，署名"仰止余先生"，刘兴我本、插增本、种德书堂本都没有。这也是评林本增补的诗，没有研究价值。
- 第八十七回"宋公明大战幽州　胡延灼力擒番将"，评林本有，署名"仰止余先生"，刘兴我本、插增本也有，无署名，插增本、刘兴我本诗相同，和评林本不同。此诗评林本和刘兴我本、插增本诗不同，可能是各自编写，也没有研究价值。
- 第三十九回"杨雄醉骂潘巧云　石秀智杀裴如海"，评林本有，署名"仰止余先生"，刘兴我本也有，署名"李卓吾先生"，诗基本相同。此诗因为种德书堂本缺，也无法判断是评林本所加，还是刘兴我本所加。
- 第一百二回"李逵受困于骆谷　宋江智取洮阳城"，即此处要研究的余呈之死赞诗，评林本有，署名"仰止余先生"，刘兴我本也有，署名"后人"，诗前二句相同，后二句不同。此诗和前一首一样，也无法判明来历。

- 第八十九回"魏州城宋江祭诸将　石羊国孙安擒勇王"，评林本有，署名"仰止余先生"，刘兴我本、种德书堂本也有，无署名，刘兴我本、种德书堂本诗相同，和评林本不同。

此诗是关键，评林本、刘兴我本和种德书堂本三本都有此诗，此诗就很有研究价值了。

- 评林本为：仰止余先生观到此有诗，<u>英雄到此实堪怜</u>，不由孙子不伤情。<u>功劳未遂身先丧</u>，铁石人闻也泪涟。
- 刘兴我本为：有诗叹曰，<u>竭力舒忠气势吞，英雄到此亦堪怜。功劳未遂身先丧，千古英雄泪满襟</u>。
- 种德书堂本为：<u>竭力舒忠气势吞，英雄到此亦堪怜。功劳未遂身先丧，千古英魂泪满巾</u>。

刘兴我本和种德书堂本诗文基本相同，只是二字不同，刘兴我本分别为"雄""襟"，种德书堂本为"魂""巾"。而评林本第一句、第三句和刘兴我本、种德书堂本基本相同，其他二句不同。

因为种德书堂本是偏像本，文字详尽，应该较早。而评林本文字有大量删节，因此较晚。因此不可能是种德书堂本参考评林本加上这首诗。而刘兴我本又晚于评林本34年，此诗却和种德书堂本几乎完全相同，刘兴我本肯定不可能再去参考种德书堂本而插入此诗。就只可能这三本都有共同祖本，此诗来源于此共同祖本，原诗无作者，只是评林本改为"仰止余先生观到此有诗"，并改了二句。

此诗和余呈之死诗非常相似，都是评林本为"余仰止"，刘兴我本无署名，评林本和刘兴我本都有两句不同。所不同处在于此本种德书堂本也有，而余呈之死赞诗种德书堂本没有。

既然此诗评林本、刘兴我本、种德书堂本都有，肯定是来自三本的共同祖本。由此也可以怀疑，余呈之死赞诗和此诗一样，也是来自评林本和刘兴我本共同祖本。和此诗一样，是评林本把余呈之死赞诗改为"余仰止"所写，也改写了二句。

而种德书堂本没有修改余呈之死，也就没有此诗了。种德书堂本应该是保留了简本底本的原貌。

此赞诗既然是针对余呈之死所写，而赞诗是来自评林本和刘兴我本的共同祖本，则余呈之死也可能来自它们的共同祖本。

因此从余呈之死的赞诗推论，余呈之死可能不是评林本所加，而是来自它们共同祖本。

当然这也只是推论，还不是铁证。理论上，还存在虽然此诗是原有的，但余呈之死和赞诗还是评林本所加，刘兴我本是后来参照评林本（或其他版本）也加入了余呈之死和赞诗。

下面再从刘兴我本分析这个问题。

（5）余呈之死刘兴我本和评林本有共同祖本

刘兴我本中的余呈之死，是来自评林本，还是来自评林本和刘兴我本的共同祖本，是个关键问题。这涉及余呈之死是评林本修改的，还是其他版本修改的。

下面梳理一下评林本和刘兴我本在余呈之死、叶孔目修改中的3处差异。

1）余呈之死人数统计

《水浒传》从征四寇开始，每回的回末都对此回损失的将领列出名单并统计人数。第一百一回"宋公明兵度吕梁关　公孙胜法取石祁城"中余呈被俘后，回末的人数统计评林本和刘兴我本不同。

评林本称此回折将6员，名单有余呈是6人，两者一致没有错。

但刘兴我本称此回折将5员，但名单有余呈却是6人。这明显是刘兴我本的底本人数是5人，刘兴我本未注意这是个错误，未修改人数，只修改了名单，加入了余呈。

由此来看，评林本和刘兴我本不是来自一个共同祖本，如果它们都来自一个修改余呈之死的共同祖本，则人数和名单都应该相同。但刘兴我本和评林本只是名单相同，但人数少一人，说明刘兴我本的祖本不是评林本的祖本。

2）赞诗编写者、后两句修改

余呈之死后有一首赞诗，评林本写是余仰止（余象斗）写，刘兴我本写是"后人"所写，后二句也不同。前面分析，由于另外有一首诗，评林本、刘兴我本和种德书堂本都有，而评林本改为"余仰止"所写，并修改了二句，所以此诗也可能一样，是原有的，是评林本改为余仰止所写。

3）叶孔目修改

评林本将叶孔目改为余孔目，但刘兴我本未改。

综合以上这3处差异分析，可以肯定，评林本的修改在后，刘兴我本的修改在前。因为如果评林本修改在前，则这三个问题就很难解释。

第一，评林本人数6人，名单有余呈，很合理。但刘兴我本人数为5人，名单有余呈，不合理。如评林本在前，人数、名单一致，为何刘兴我本要把人数改回错误的5人，这明显不合理。因此应该是刘兴我本文字是原本，评林本修改了。

第二，评林本赞诗为"余仰止"，而刘兴我本为"后人"。通过前面分析评林本"余仰止"题诗，都是评林本修改的，因此评林本赞诗肯定晚于刘兴我本，将"后人"改为"余仰止"，而刘兴我本"后人"赞诗是原本文字。不存在刘兴我本把评林本的"余仰止"改回"后人"的可能性。

第三，评林本修改了叶孔目为余孔目，而刘兴我本未修改，这肯定是评林本后出做了修改，而刘兴我本是原本。认为刘兴我本是根据评林本之前的版本保留了叶孔目，又根据评林本修改了余呈之死，这很不合理。刘兴我本也不会去再恢复叶孔目。

总之，以上三个证据都证明，评林本文字修改在后，刘兴我本文字是原本。

这样，刘兴我本的余呈之死就不可能来自评林本，而是来自它们共同底本，这就很好解释上述三个问题了。

第一，人数问题。最早修改余呈之死的版本未注意修改回末的人数，还保留原本的5人，刘兴我本也就保留下来未修改，是评林本发现人数统计错误，改为6人。

第二，赞诗作者问题。最早修改余呈之死的版本修改了余呈之死，但赞诗作者是"后人"，刘兴我本也保留了。是评林本将"后人"改为"余仰止"。

第三，叶孔目问题。最早修改余呈之死的版本修改了余呈之死，但未改叶孔目。刘兴我本也保留了。是评林本又改叶孔目为余孔目。

因此，由此分析余呈之死不是评林本首先修改的，而是评林本之前某个版本修改的。评林本在此本基础上又做了三处修改，改了人数，改了赞诗作者，改了余孔目。

而刘兴我本保留了此本的文字，未修改人数，未改赞诗作者，也未改叶孔目。

至于最先修改余呈之死的版本是三槐堂本，还是三槐堂本之前的某个版本，现在难以判别。

但评林本和刘兴我本有个共同祖本，此祖本修改了余呈之死是可以确定的。

（6）刘兴我本和评林本关系的两种看法

最后总结评林本和刘兴我本的关系，以及余呈之死的来历，理论上有两种看法。

第一种看法认为，是评林本先修改了余呈之死，刘兴我本后来参照评林本也修改了余呈之死。这种看法解释余呈之死很容易，是因为评林本是余象斗所编，因此他要修改同姓的余呈之死。

按照这种看法，万历二十二年的评林本是原本，34年后崇祯元年刘兴我本是修改本，从时间看比较合适。

但这种看法在解释后出的刘兴我本有问题。刘兴我本如是参考评林本修改了余呈之死，为何要把回末统计人数的6人改回错误的5人，并把"余仰止"改为"后人"，还要把余孔目恢复为叶孔目。而且如前所述，评林本还有很多文字删节，如评林本在前，刘兴我本参考了评林本，这样评林本很多删节文字，刘兴我本都要再参考其他版本恢复，这几乎不可能。

第二种看法刚好相反。此看法认为不是评林本先修改的余呈之死，而是评林本和刘兴我本的共同祖本修改的，这样解释后续演变就很容易了。评林本在此本修改基础上，又把赞诗作者从"后人"改为"余仰止"，把人数纠正为6人，又修改了叶孔目。至于评林本很多删节文字也很好解释了。

但这个看法的问题是，这个共同祖本是哪个版本，这个版本为何要改余呈之死，是否此书商也是余氏家族人，都不清楚。

按照这种看法，万历二十二年的评林本是后来修改本，而34年后崇祯元年刘兴我本是原本，这样时间看是相反的。晚出的刘兴我本保留了原本文字，而早出的评林本却是修改后的文字。当然这在古代小说版本演化中也有先例。

总之，两种看法，第一种看法解释评林本修改余呈之死很合理，但解释刘兴我本很困难，时间看似乎也不合理。相反，第二种看法解释刘兴我本很合理，时间上也合理，但解释其共同祖本有困难。

综合来看，我还是倾向第二种看法，余呈之死是评林本和刘兴我本共同祖本修改的。

关于刘兴我本还需要注意的是，《三国演义》也有一个刘兴我本，《三国演义》刘兴我本的书坊是忠贤堂，《三国演义》刘兴我本属于简本中的"英雄志传"系列，同组的还有刘荣吾本（《水浒传》为藜光堂）和杨美生本，文字都是先繁后简。《三国演义》刘兴我本肯定出自《三国演义》繁本，具体是哪个版本不清楚。《水浒传》刘兴我本也一样，其底本到底是哪个版本也不明。

以上分析了评林本和刘兴我本的关系，下面分析评林本的底本是三槐堂本问题。

（7）三槐堂本是评林本的底本

1）评林本《水浒辨》

余象斗评林本有一篇《水浒辨》，对于研究《水浒传》版本非常重要，为此再次全文抄录如下：

> 坊间梓者纷纷，偏像者十余副，全像者止一家。前像板字中差讹，其板象旧，惟三槐堂一副，省诗去词，不便馆诵。今双峰堂余子改正增评，有不便觉者芟之，有漏者删之。内有失韵诗词，欲削去，恐观者言其省漏，皆记上层。前后二十余卷，一画一句，并无差错。士子买者，可认双峰堂为记。

此文献是研究评林本、种德书堂本、插增本、刘兴我本4个版本关系的重要材料，其要点是：

- 偏像本：此文称当时《水浒传》"偏像"本有十余家，但未点名，其中应该也包括种德书堂本。
- 全像本：此文称当时"全像者止一家，前像板字中差讹，其板象旧，惟三槐堂一副，省诗去词，不便馆诵"，所以评林本之前只有一种全像本，应该就是三槐堂本。但三槐堂本现已失传。
- 评林本：此文称评林本增加批语，删去失韵的诗词，一画一句。

2）三槐堂和《水浒传》全像本

评林本《水浒辨》指出，在评林本之前只有一种全像本，即三槐堂本，称其"省诗去词，不便馆诵"。但此本从未引起学者的注意。

查三槐堂是建阳著名书坊，主人为王敬乔，号昆源，其刻书最有名的是《重校北西厢记》，内封镌"李卓吾先生/批评西厢记/三槐堂藏板（中行小字）"，二十出的图镌"次泉刻像"，此本一般认为刊刻于明万历时期。此本也是上图下文本，刊刻比较粗糙，现存日本天理图书馆。

三槐堂还曾刊刻《新刻明公神断明镜公案》《新镌玉铭堂批评按鉴参补出像南北宋志传》，及《新锲鳌头金丝万应膏徐氏针灸全书》《新锲鳌头加减十三方铜人针灸全书》《海上儒方徐氏针灸全书》三种书合刊，封面题"三槐堂王敬乔梓"，卷首题"豫章 古临 冲怀 朱鼎臣 编／闽建 书林 三槐 王 佑 发行"。此外还有《新锲梨园摘锦乐府菁华》（明万历二十八年）、《新镌徽版音释评林全像班超投笔记》（明万历二十八年）。

虽然至今没有看到三槐堂本《水浒传》，但《水浒辨》明言，在万历二十二年评林本之前，只有一本全像本，此本是三槐堂刊刻，因为"省诗去词，不便馆诵"。三槐堂《水浒传》虽然现在已经失传了，但三槐堂是万历年间著名书坊，他在万历年间刊刻了《西厢记》是学界的共识，因此他在评林本之前也刊刻了《水浒传》也就不奇怪了。

总结三槐堂本《水浒传》有如下特点：
- 刊刻于万历年间，比万历二十二年评林本早。
- 因为三槐堂《西厢记》是上图下文通栏全像本，其刊刻的《水浒传》也是此形式，是第一本全像本《水浒传》。
- 此本省略了一些诗词，可能和三槐堂《西厢记》一样刊刻比较粗糙。
- 余象斗评林本《水浒辨》中直接点明，评林本对三槐堂本做了很多修订，增加了评语。
- 此本未流传下来也很自然。三槐堂刊本《西厢记》比较粗糙，远远赶不上比他早很多著名的弘治本《西厢记》，三槐堂本《水浒传》根据评林本《水浒辨》所言，也是比较粗糙，因此未流传下来很自然。

按照这种看法，在万历二十二年评林本之前，有个三槐堂本，此本是当时唯一的全像本，也是评林本的底本。

3）三槐堂本和余呈之死

根据以上分析，三槐堂本是评林本的底本，而根据前面分析，余呈之死应该来自评林本和刘兴我本的共同祖本，其共同祖本有两种可能。

第一种可能是，三槐堂本就是评林本和刘兴我本的共同祖本，是三槐堂本修改了余呈之死。但三槐堂堂主为王敬乔，号昆源，他为何要修改一个根本不突出的余呈之死呢，很令人费解。

第二种可能是，三槐堂本并未修改余呈之死，余呈之死是三槐堂本的底本所改。按照评林本《水浒辨》所言，在评林本之前只有一个全像本，即三槐堂本，但有十几个偏像本，没有余呈之死的种德书堂本可能就是其中一种。因此有可能是十几个偏像本中的一个版本首先修改了余呈之死，而三槐堂本、评林本和刘兴我本随之也修改了余呈之死。

当然这只是推论，总之，由于历史上版本流失太多，要完整复员《水浒传》版本演化很困难。

（8）评林本和插增本、种德书堂本

1）评林本的底本不是插增本和种德书堂本

前述评林本底本是修改了余呈之死的三槐堂本，是评林本之前唯一的一本全像本。而插增本、种德书堂本都未改余呈之死，因此插增本、种德书堂本都不可能是评林本的底本。

插增本是全像本，评林本《水浒辨》称评林本之前只有一种全像本，是三槐堂本，那么如何看待插增本？根据以上推理，插增本就不是评林本的底本，也不是评林本之前的版本，就只可能是和评林本同期刊刻的另一种全像本。

评林本和插增本平均每回有一幅插图相同，评林本文字删节、脱落很多，不可能是插增本的底本，而插增本没有改余呈之死，也就不可能是评林本的底本。但它们有少量相同插图，因此它们最大可能是有共同底本。

评林本、插增本中基本没有种德书堂本以外的文字，虽然可能出自种德书堂本，但也可能是因为它们都来自一个共同祖本，评林本、插增本在此共同祖本文字基础上各自删节，因此评林本、插增本也就没有出现种德书堂本文字以外的文字。

因为评林本、插增本有插图相同，它们共同祖本应该是通栏全像本，而不会是种德书堂本这样的偏像本。评林本、插增本相同插图来自它们的共同祖本。

2）种德书堂本的多种可能性

种德书堂本是偏像本，就是评林本《水浒辨》中所说的十余家偏像本之一。

评林本、插增本中基本没有种德书堂本以外的文字，但这并不意味着插增本、评林本的底本一定就肯定是种德书堂本。它们有共同祖本也会如此。

因此，种德书堂本和插增本、评林本关系有多种可能。

一种可能是，种德书堂本是插增本的底本，虽然它不是评林本的直接底本，但它可能是评林本底本三槐堂本的底本。

另一种可能是，种德书堂本和插增本、三槐堂本（及评林本）有共同祖本，这几个版本都出自一个共同祖本，因此文字十分接近，所以插增本、评林本中就没有种德书堂本以外的文字。

哪种可能性更大？目前由于材料缺乏，难以判别。

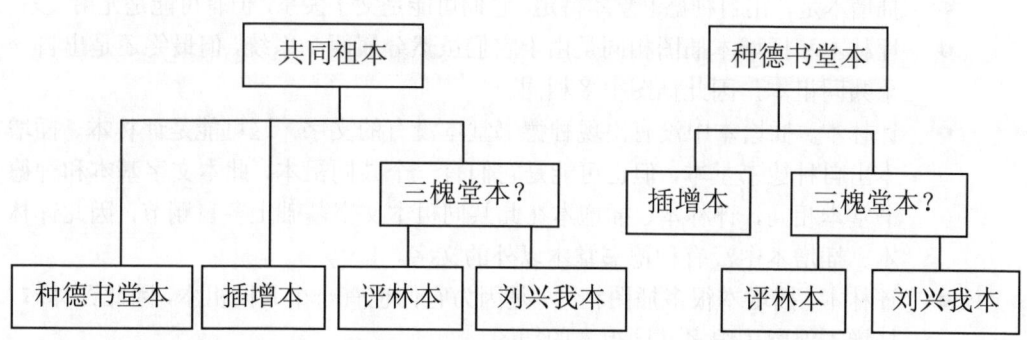

种德书堂本、插增本、评林本（三槐堂本）演化两种可能示意图

（9）总结

总之，只从任何单一角度很难判断种德书堂本、插增本、评林本（三槐堂本）、刘兴我本4个版本之间的关系，对这些版本关系的研究必须综合分析。

1) 评林本和刘兴我本

- 评林本之前只有一种全像本，即三槐堂本，三槐堂本是评林本的底本。
- 余呈之死不是评林本所改，而是其祖本所改。并以"后人"为名题写了赞诗。但此本未改叶孔目。回末损失名单中加入了余呈，但忘记修改人数为6人，还是5人。
- 刘兴我本也保留了余呈之死，赞诗作者也保留为"后人"，未修改赞诗。回末统计人中也加了余呈，但未注意到人数错误，仍为5人。也未修改叶孔目。
- 评林本保留了余呈之死修改，又将赞诗从"后人"改为"余仰止"，并修改了赞诗后二句。注意到人数5人是错误的，改为6人。还修改了叶孔目。
- 评林本有很多删节文字，而刘兴我本、插增本、种德书堂本都保留了，这说明刘兴我本不可能出自评林本。
- 评林本刊刻于万历二十二年，刘兴我本刊刻于崇祯元年，晚34年。但刘兴我本的底本肯定不是评林本，而是评林本的共同祖本。
- 总之，评林本和刘兴我本应该是兄弟关系，有共同祖本。

至此，刘兴我本和评林本关系就明确了，它们属于一组，关系密切，都有一个共同祖本，但此本是否就是评林本的底本三槐堂本，还无法确定。

2) 插增本和种德书堂本

- 种德书堂本为偏像本，一般偏像本在评林本全像本之前。偏像本先后有十几家书坊刊刻过，但目前只流传下种德书堂本一种。
- 种德书堂本、插增本有共同祖本，此本的余呈之死和叶孔目都未改。
- 插增本是否出自种德书堂本待定，它们可能是父子关系，但有可能是兄弟关系。
- 评林本和插增本插图相同是由于它们虽然分属两个系统，但最终还是出自一个共同祖本，因此插图很多相同。
- 评林本、插增本中没有出现种德书堂本没有的文字，这可能是评林本、插增本出自种德书堂本，但也可能是它们有一个共同祖本，此本文字基本和种德书堂本相同，评林本、插增本在此共同祖本文字基础上各自删节，因此评林本、插增本中没有种德书堂本以外的文字。
- 评林本、插增本很多插图相同，是因为它们也有一个共同祖本，因此评林本、插增本保留了很多共同祖本的插图。

3) 评林本、刘兴我本、插增本、种德书堂本演化过程

根据以上分析，种德书堂本、插增本、评林本、刘兴我本四种版本演化可分为以下几个过程：

第一，《水浒传》上图下文本最早是偏像本，种德书堂本是偏像本中一种。

第二，从偏像本演化出全像本，最早第一种全像本是万历年间的三槐堂本。

第三，万历二十二年从三槐堂本演化出余象斗评林本。

第四，在评林本和刘兴我本之前，有个版本修改了余呈之死，评林本和刘兴我本也保留余呈之死的修改。但此本是三槐堂本，还是其他版本，目前难以确定。

第五，崇祯元年刊刻的刘兴我本保留了余呈之死的修改，但未改叶孔目。

第六，种德书堂本和插增本都未改余呈之死、叶孔目，因此和评林本是两个系统。

种德书堂本、插增本、评林本、刘兴我本四种版本演化基本清楚了，但还有以下问题未解决。

- 种德书堂本和插增本、评林本到底是什么关系？
- 插增本和种德书堂本是父子关系，还是兄弟关系？
- 评林本的底本是否就是三槐堂本？
- 余呈之死、叶孔目是否是评林本和刘兴我本共同祖本修改的？
- 评林本和刘兴我本是否有个共同祖本，此本是什么版本？

总之，种德书堂本、插增本、评林本、刘兴我本四种版本中，种德书堂本、插增本为一组，评林本、刘兴我本、藜光堂本、郑乔林本为一组。评林本和刘兴我本有共同祖本，余呈之死等是其共同祖本所修改的。评林本的底本是三槐堂本。

至此，通过相同插图、文字差异和余呈之死等多角度分析，4种版本关系基本搞清楚了。但还有些问题不清楚，这四种上图下文本关系十分复杂，由于版本流失很多，根据现有资料只能研究到此了。

5. 《水浒传》上图下文四种嵌图本研究

（1）上图下文三种通栏本和四种嵌图本

《水浒传》上图下文本分通栏本和嵌图本，通栏本是指插图为通栏式，嵌图式是指插图不是通栏式，插图两侧还有几行文字。

上图下文通栏式有评林本、种德书堂本和插增本三种，都是明刊本。

上图下文嵌图式有四种，即刘兴我本和藜光堂（刘荣吾）本，为明刊本，和郑乔林本、慕尼黑本，为清刊本。

前面分析了通栏明刊本中的评林本、插增本、种德书堂本，下面分析另外四种嵌图本之间的关系。郑乔林本和慕尼黑本关系较简单，先分析，刘兴我本和藜光堂本较复杂，后分析。

(2) 郑乔林本和慕尼黑本

1) 郑乔林本和慕尼黑本

郑乔林本和慕尼黑本都是上图下文嵌图式清刊本,郑乔林本马幼垣先生称为"李渔序本",因为此本有一篇李渔序,但一般以刊刻书坊和堂主命名,因此还是应该称为郑乔林本为好。郑乔林本是全本,而慕尼黑本是残本,只有第十七回前半到第 24 回前半。

对这两本马幼垣先生和邓雷都有研究①,马幼垣先生研究比较简单,只比较了回目和插图标题,认为刘兴我本早于藜光堂本,慕尼黑本早于郑乔林本。邓雷研究比较仔细,最后结论相同。

《水浒传》《三国演义》的郑乔林本都藏于德国柏林国立普鲁士文化基金会图书馆,可能是某个德国人在中国看到这两本都是上图下文,觉得很新奇带回了德国,最后捐给了柏林州立图书馆。这两本都已经上网,我在邓雷和日本朋友上原究一先生帮助下,将这两本全部下载了。但由于退休后没有经费,《水浒传》郑乔林本没有数字化,因此无法比对。慕尼黑本至今我还有其图片,也无法分析。下面只能根据马幼垣先生和邓雷研究所举的例子,谈谈我的看法。

《水浒传》郑乔林本没有刊刻时间,但《三国演义》郑乔林本刊刻于康熙二十三年(1684 年),书坊为德馨堂。考虑一般书坊都是先刻《三国演义》,后刻《水浒传》,因此《水浒传》郑乔林本也可能刊刻于康熙二十三年之后。慕尼黑本是残本没有刊刻时间。

2) 郑乔林本和慕尼黑本相同的文字脱落

对于郑乔林本和慕尼黑本的关系,邓雷举出几例。

第一例是第二十三回"王婆贪贿说风情 郓哥不忿闹茶肆"中,在同词"有诗为证"之后郑乔林本脱落了 104 字,但慕尼黑本、郑乔林本没有脱落。

例 1. 第二十三回"王婆贪贿说风情 郓哥不忿闹茶肆"

刘:	安排酒肉饭食与武松吃有诗为证武松仪表甚温柔阿嫂淫心不可收笼络归他家里住
藜:	安排酒肉饭食与武松吃有诗为证武松仪表甚温柔阿嫂淫心不可收笼络归他家里住
郑:	安排酒肉饭食与武松吃有诗为证
慕:	安排酒肉饭食与武松吃有诗为证
刘:	要同云雨会风流自从武松到武大家数日取出一定彩色缎子与嫂代做衣裳那嫂笑曰
藜:	要同云雨会风流自从武松到武大家数日取出一定彩色缎子与嫂代做衣裳那嫂笑曰
郑:	
慕:	

---

① 马幼垣:《嵌图本〈水浒传〉四种简介》,《水浒论衡》,生活・读书・新知三联书店 2007 年第 1 版,第 118—133 页。邓雷:《建阳刊嵌图本〈水浒传〉四种研究》,载《中国典籍与文化》2007 年第 2 期。

刘：	叔叔既然把与奴家不敢推辞武松是个知礼好汉却不怪他又过月余时遇冬寒天气连
藜：	叔叔既然把与奴家不敢推辞武松是个知礼好汉却不怪他又过月余时遇冬寒天气连
郑：	
慕：	
刘：	日朔风四起大雷纷纷有诗为证尽道丰年瑞丰年瑞若何长安有贫者宜瑞不宜多当早
藜：	日朔风四起大雷纷纷有诗为证尽道丰年瑞丰年瑞若何长安有贫者宜瑞不宜多当早
郑：	尽道丰年瑞丰年瑞若何长安有贫者宜瑞不宜多当早
慕：	尽道丰年瑞丰年瑞若何长安有贫者宜瑞不宜多当早

此例郑乔林本和慕尼黑本都有文字脱落。因为两本都是清刊本，因此邓雷认为：

> 由此可知慕尼黑本刊刻当在李渔序本之前。至于此二本是否有直接的渊源关系则很难说，因为在两个本子的正文中，没有存在跳行的现象，所以李渔序本可能是直接翻刻慕尼黑本而成，也可能在李渔序本与慕尼黑本之间存在其他的过渡本。

但我查刘兴我本和藜光堂本在此也不脱落，因此虽然从此例看，郑乔林本似乎应该晚于慕尼黑本，似乎也可能出自慕尼黑本。但这不是铁证，也可能郑乔林本出自刘兴我本或藜光堂本，而其刊刻时间也可能晚于慕尼黑本。古代小说版本不能只根据文字脱落判断先后，晚出版本可能文字不脱，而早出的版本可能脱落。

邓雷还举出刘兴我本和慕尼黑本另外一例，和前例相同，也是第23回，慕尼黑本同词"武松曰"也脱落30字，因此邓雷认为刘兴我本早于慕尼黑本。

例2. 第十七回"美髯公智赚插翅虎　宋公明私放晁天王"

评：	我只推说知县睡着且　交　　　何观察在茶坊里等　我以此飞马来报你
插：	我　　　　　　　　叫何观察在茶坊里等　我以此飞马来报你知何可走
刘：	我只推说知县睡着且教　　何观察在茶坊里等候　以此飞马来报你
藜：	我只推说知县睡着且教　　何观察在茶坊里等候　以此飞马来报你
慕：	我只推说知县睡着且
郑：	我只推说知县睡着且
评：	我回去引他下了公文不移时便差人　捉你晁盖听罢大惊　贤弟之恩
插：	为上计　我回去引他下　公交不移时　差人　捉你晁盖听罢大惊　贤弟之恩
刘：	今我回去引他下了公文不移时　差人来捉你晁盖听罢大惊曰贤弟之恩
藜：	今我回去引他下了公文不移时　差人来捉你晁盖听罢大惊曰贤弟之恩
慕：	不移时　差人来捉你晁盖听罢大惊曰贤弟之恩
郑：	不移时　差人来捉你晁盖听罢大惊曰贤弟之恩

此例很明显，郑乔林本和慕尼黑本文字都比刘兴我本有相同的删节。由于两本不可能同时有相同删节，两本只可能有共同祖本，或一本来自另一本。由这两例还是无

法判断郑乔林本和慕尼黑本的关系是哪种情况。下一例可解决此问题。

3) 郑乔林本和慕尼黑本不同的文字脱落

例3. 第二十三回"王婆贪贿说风情　郓哥不忿闹茶肆"

评：	妇人　曰叔叔	向火武松　曰多蒙	顾念自近火边坐	妇人把门	关了搬酒食入
插：	妇人道　叔叔	向火武松道　多蒙	顾念自近火边坐	妇人把门	关了搬酒食入
刘：	妇人　曰叔叔里面向火武松	曰多蒙照顾	自近火边坐下那妇人把门闭	了搬酒食入
黎：	妇人　曰叔叔里面向火武松	曰多蒙照顾	自近火边坐下那妇人把门闭	了搬酒食入
郑：	妇人　曰叔叔里面向火武松	曰		
慕：	妇人　曰	武松　曰		
评：	房里摆在桌上武松问	曰哥哥那里去妇人曰	你哥哥去做买卖	我和	你自
插：	武松房里摆在桌上武松问道	哥哥那里去妇人	道你哥哥去做买卖	我和叔叔	自
刘：	房里摆在桌上武松	曰哥哥那里去妇人曰	你哥哥　做买卖去了我和	你自
黎：	房里摆在桌上武松	曰哥哥那里去妇人曰	你哥哥　做买卖去了我和	你自
郑：		哥哥那里去妇人	道你哥哥去做买卖去了我和	你自
慕：		哥哥那里去（以下文字未知）		

此例很有研究价值。

第一，很明显，评林本、插增本文字接近，属于一类。

第二，郑乔林本和慕尼黑本文字和刘兴我本、黎光堂本文字接近，属于另一类。郑乔林本、慕尼黑本文字都比刘兴我本有删节。但关键是——郑乔林本比慕尼黑本多了"叔叔里面向火"。

由于此例慕尼黑本文字比郑乔林本还有删节，可以肯定，郑乔林本不可能来自慕尼黑本。

但是还有两种可能性，一种是慕尼黑本来自郑乔林本，一种是两本有共同祖本，即刘兴我本，各自做了删节。根据现有材料还无法判断哪个可能性更大。

我个人倾向慕尼黑本来自刘兴我本。

还有一个问题是，郑乔林本和慕尼黑本的底本是刘兴我本，还是黎光堂本。

上述各例中，刘兴我本和黎光堂本文字相同，无法判断，后面分析刘兴我本和黎光堂本时可知，如两本文字不同时，慕尼黑本或郑乔林本都是和刘兴我本相同，而和黎光堂本不同。因此，慕尼黑本和郑乔林本的底本肯定是刘兴我本，而不是黎光堂本。

由于我没有慕尼黑本，郑乔林本也未数字化，无法和其他版本比对，只好利用邓雷所举的以上三例，估计如仔细比对慕尼黑本和郑乔林本，还会找出更多例证。

4) 郑乔林本和慕尼黑本个别的文字差异

邓雷除举出以上 3 例大段文字差异外，还仔细比对了慕尼黑本和郑乔林本的文字，找出两本5种56处的个别文字差异，最后他总结：

从总体上说，李渔序本修正了慕尼黑本文字出现的不少问题，有17处，但是相比于慕尼黑本文字而言，自身出现的问题更多，有39处之多，所以慕尼黑本文字要优于李渔序本。

由这56处文字差异不仅可以看出文字的优劣，还可分析版本的演化。

这56处文字差异和刘兴我本比对，无论是郑乔林本错误，还是慕尼黑本错误，刘兴我本文字全部正确。

但由于这些文字都是个别文字差异，很可能是抄写中疏忽，或有意修改。只根据文字对错，还是无法判别版本先后。

如郑乔林本修正慕尼黑本17处错误，可能是正确的郑乔林本在后，错误的慕尼黑本在前。但也完全可能是正确的郑乔林本在前，慕尼黑本在后，慕尼黑本在抄录中发生错误。

相反，郑乔林本文字出错39处，可能是错误的郑乔林本在后，正确的慕尼黑本在前。但也完全可能是错误的郑乔林本在前，慕尼黑本在后，慕尼黑本在抄录中发现郑乔林文字有错误，因此修正了郑乔林本的错误。

4）郑乔林本和慕尼黑本关系

总之，郑乔林本和慕尼黑本有很多相同的脱文（或删节），因此两本肯定有密切关系，可能有共同祖本，或有相互承继关系。

对于郑乔林本有以下看法。

- 郑乔林本文字有些比慕尼黑本多，因此郑乔林本肯定不是出自慕尼黑本。
- 郑乔林本既然不是出自慕尼黑本，最大可能是出自刘兴我本。
- 根据《三国演义》郑乔林本和刘兴我本的数字化比对，《三国演义》郑乔林本肯定出自刘兴我本。这也很好理解，郑乔林本翻刻《水浒传》《三国演义》一般都是找同一书坊的版本为底本的。

对于慕尼黑本也有如下看法。

- 慕尼黑本有些文字比郑乔林本少，这可能是慕尼黑本直接删节自刘兴我本。
- 我个人认为更大可能是慕尼黑本是删节自郑乔林本。

由于郑乔林本未数字化，无法比对，我也未获得慕尼黑本图片，因此目前暂时无法判断慕尼黑本哪个可能性更大。如果把两本数字化后比对，相信可以得出正确的结论。

以上介绍了郑乔林本和慕尼黑本的关系，下面分析刘兴我本和黎光堂本的关系，顺便分析郑乔林本的底本是刘兴我本，而不是黎光堂本。

（3）丸山浩明和刘世德先生对刘兴我本、黎光堂本的研究

1）刘兴我本与黎光堂本简介

刘世德先生先后在《文学遗产》2013年第1期和第3期连续发表两篇有关《水浒传》简本的论文，即2013年《文学遗产》第1期《〈水浒传〉黎光堂刊本与双峰堂刊本异同考》，和2013年《文学遗产》第3期《〈水浒传〉刘兴我刊本与黎光堂刊本异同考》。两文主要研究《水浒传》简本中的刘兴我本与黎光堂本，刘先生认为两本

关系是先有刘兴我刊本，后有藜光堂刊本；刘兴我和藜光堂主刘荣吾是同一人。

我查阅了国内有关《水浒传》版本研究的文章和著作，发现以前对这两种版本研究很少。我又查了日本中川谕先生整理的日本有关《水浒传》版本研究的文章，发现日本丸山浩明先生在 1988 年就曾发表过相关论文《〈水浒传〉简本浅探——刘兴我本·藜光堂本をめぐって》。我认识丸山先生，在日本中国小说研究会每年的研讨会上，曾多次见过丸山先生。我请中川发来丸山先生论文，看过后大吃一惊。丸山先生 25 年前发表的论文，不仅研究方法与刘先生研究方法类似，其研究结论也和刘先生相近，他也认为藜光堂本是刘兴我本的翻刻。只是他认为刘兴我和藜光堂主刘荣吾不太可能是同一人。因为此文未翻译成中文在国内发表，国内学者都没有看到。

看到中日两学者的研究，引起我很大兴趣，因为我已经完成了刘兴我本与藜光堂本的数字化，因此马上用数字化对这两个版本进行全文的彻底比对，结果发现了两位先生没有注意到的 12 处藜光堂本的"同词脱文"，这也证明了中日两位学者人工研究的结论是正确的。对于刘兴我和刘荣吾是否是同一人，我也做了初步研究。

《水浒传》版本的分类一般根据文字的繁简和故事的繁简，分为四类，即文简事繁的"简本"、文繁事简的"繁本"、文繁事繁的繁简综合"全传"本、金圣叹腰斩删改的"腰斩本"。

刘兴我本和藜光堂本两本都是福建建阳出版的《水浒传》简本，插图都采用了"嵌图式"，都是一百十五回。这两本书的保存在《水浒传》版本中很特殊。

第一，这两本书都是海外孤本，在大陆都没有保存，只保存在日本。这很容易理解，因为《水浒传》简本在中国是为大众阅读的，因此不被重视，也不注意保留。而日本人来到中国看到这种有插图的古代小说，很有兴趣，带回日本后都妥善保存，这样才得以流传下来。

第二，这两本书都被两位日本著名藏书家所收藏。

刘兴我本是被日本著名藏书家长泽规矩也（1902—1980）所收藏，长泽先生去世后，他的藏书全部捐献给了东京大学东洋文化研究所，为此建立了著名的"双红堂文库"，其中很多已经完成了数字化上网，全球读者可以免费上网下载，下载速度很快。

藜光堂本是另一位日本著名小说家欧外森林太郎（1862—1922）所收藏，他去世后，他的藏书 1.8 万余册全部捐献给东京大学附属图书馆，1926 年建立了"欧外文库"，分类排列供读者阅览。其中就有藜光堂本《水浒传》。但似乎没有像"双红堂文库"那样上网。

第三，巧合的是，这两本书被日本学者收藏后，都捐献给了日本东京大学，目前都保存在日本东京大学内。只是在两个不同单位里，刘兴我本在著名的东洋文化研究所，而藜光堂本则在东京大学附属图书馆。

这三点巧合也算是一段佳话了。

由于这两本书都保留在日本东京大学，因此日本学者自然研究的较早，也较深入。

2）丸山浩明先生《水浒传》刘兴我本、藜光堂本研究

日本学者丸山浩明先生在《日本中国学会报》1988 年第 40 期上发表论文《〈水浒传〉简本浅探——刘兴我本・藜光堂本をめぐって》，仔细分析了这两种版本。此文是刘世德先生 2013 年有关刘兴我本、藜光堂本研究文章发表前，对这两个版本最全面的研究。因为此文未翻译成中文在大陆发表，大陆学者都没有看到，因此先对此文做详细介绍。

丸山先生在此文中对刘兴我本和藜光堂本做了多角度的详细分析，文章开始介绍了这两本的来历和收藏情况，本文前面对这两本的介绍也主要根据丸山先生的文章。

文章从卷数、回目比较两个版本，这是此文的主要内容之一。文章列表逐回对照说明了五种版本每回的差异。五种版本，即一百回繁本、一百二十回插增本、一百四回的评林本、一百十五回的刘兴我本和藜光堂本。丸山先生编制的此表有很大特点，此表将五种版本的分卷和回目统一在一张表中显示，十分清楚，对版本研究非常有用。从表中可以看出，《水浒传》各种版本的回目差异还是很大的，非常复杂，这与《三国演义》等其他古代小说完全不同，也是《水浒传》版本之复杂所在。

通过对回目的分析，丸山先生对插增本、评林本、刘兴我本和藜光堂本的关系得出如下结论：

- 插增本是评林本、刘兴我本和藜光堂本的祖本。
- 评林本和刘兴我本、藜光堂本分别来自于插增本。
- 因为刘兴我本回目误刻较少，而藜光堂本回目误刻较多，因此藜光堂本应该出自于刘兴我本。

文章从正文分析版本之间关系，又分为叙述和诗词两部分分析。

第一，叙述部分，举出了三个例证。原例证无郑乔林本，为研究郑乔林本，这次比对也插入了郑乔林本。

例1. 第三十回 刘兴我本、郑乔林本、藜光堂本和评林本

评：被武松	随势抢入来把这后槽揪住		曰
刘：被武松黑影里		揪住后槽问曰	
郑：被武松黑影里		揪住	问曰
藜：被武松黑影里		揪住后槽问曰	
——————	——————	——————	——————
评：你认得我么后槽听	得声音是武松		
刘：你认得我么后槽听	得	是武松声音	
郑：你认得我么后槽听	得	是武松声音	
藜：你认得我么后槽	认得	是武松声音	

从此例中可以清楚看出，刘兴我本、郑乔林本、藜光堂本文字基本相同，而和评林本有很多不同之处。这说明刘兴我本、郑乔林本、藜光堂本有共同的祖本，和评林本是兄弟关系。从此可认为刘兴我本、郑乔林本、藜光堂本三本和评林本之间关系，

但还无法判断刘兴我本、郑乔林本、藜光堂本三本之间关系。

例2. 第六十七回　刘兴我本、藜光堂本和评林本

```
评：其余守寨　　　　　李逵曰我也同去宋江曰你去不许惹事教燕青和你
刘：其余守寨　　　　　李逵曰我也同去宋江曰你去不许惹事教燕青和你
郑：其余守寨　　　　　李逵曰我也同去宋江曰你去不许惹事教燕青和你
藜：　　　　次序分进李逵曰我也同去宋江曰你去不许惹事教燕青和你
─────────────────────────────
评：　　作伴宋江是个纹面　　的人如何去得京师却得安道全上
刘：　　作伴宋江是个纹面　　的人如何去得京师却得安道全上
郑：　　作伴宋江是个纹面　　的人如何去得京师却得安道全上
藜：同去但碍你　　　是　　黑面的人如何去得京师却得安道全上
─────────────────────────────
评：山把毒药与他点去了　　　　后用良金美玉碾末每日涂搽自然消了
刘：山把毒药与他点去了　　　　后用良金美玉碾末每日涂搽自然消了
郑：山把毒药与他点去了　　　　后用良金美玉碾末每日涂搽自然消了
藜：山把毒药与他点去了方可同行　　　美玉碾末每日涂搽自然消了
藜：山把毒药与他点去了方可同行　　　美玉碾末每日涂搽自然消了
```

从此例中可以清楚看出，刘兴我本和藜光堂本文字不同，而刘兴我本和郑乔林本、评林本基本相同。此例说明藜光堂本和刘兴我本文字不同，但理论上两本关系又有两种可能。一种可能是藜光堂本是在刘兴我本基础上做了修改，它们是父子关系。另一种可能是，它们有共同祖本，藜光堂本文字做了修改，而刘兴我本没有修改。仅从此例无法判断这两种可能性的大小。

由此例还可看出，郑乔林本文字和刘兴我本相同，而和藜光堂本不同，因此郑乔林本的底本是刘兴我本，而不是藜光堂本。

例3. 第一百回　刘兴我本、郑乔林本、藜光堂本、评林本和插增本

```
评：哥哥　　　如何不与我　　出战我要领兵打　　洮阳宋江曰　　　　淮西路
刘：哥哥　　　如何不与我　　去出战我要领兵　　攻取洮阳宋江曰　　淮西路
郑：哥哥　　　如何不与我　　去出战我要领兵　　攻取洮阳宋江曰　　淮西路
藜：哥哥　　　如何不与我　　去出战我要领兵　　攻取洮阳宋江曰　　淮西路
插：哥哥这番行兵如何不与我们　出战　　　　　　宋江曰此去须用你只是淮西路
─────────────────────────────
评：径　丛杂恐　　　　有疎　失因此不令汝　行　　　　　　只见项充
刘：径甚　杂恐　　　　有疎　失因此不令　你行　　　　　　只见项充
郑：径甚　杂恐　　　　有疎　失因此不令　你行　　　　　　只见项充
藜：径甚　杂恐　　　　有疎　失因此不令　你行　　　　　　只见项充
插：径　丛杂恐你杀入重地怕有　所失因此不令　你　去须得帮护之人我才放心只见项充
─────────────────────────────
评：李衮鲍旭　　　　　潘迅孙安栢森鄂全忠许宣沈安仁　　齐曰
刘：李衮鲍旭　　　　　潘迅孙安栢森鄂全忠许宣沈安仁　　齐曰
```

郑:	李衮鲍旭		潘迅孙安栢森鄂全忠许宣沈安仁	齐曰
黎:	李衮鲍旭		潘迅孙安栢森鄂全忠许宣沈安仁	齐曰
插:	李衮鲍旭道哥哥我等同去潘迅孙安栢森鄂全忠许宣沈安仁六人齐			道你三人也不识路

此例很明显，评林本、刘兴我本、郑乔林本、黎光堂本文字基本相同，而插增本文字完全不同。因此插增本和评林本、刘兴我本、黎光堂本应该属于两个系统，可能有共同的祖本，他们是兄弟关系。

丸山先生文章通过多角度详细的分析，由此得出《水浒传》版本演化图。

丸山先生在 1988 年所写的此文，是对刘兴我本和黎光堂本的全面研究，虽然其中对插增本和评林本的关系看法有疑问，研究深度还略显不足，但后来的研究证明，丸山先生对刘兴我本和黎光堂本关系的分析和结论基本是正确的。但可惜国内学者没有看到丸山先生的研究。

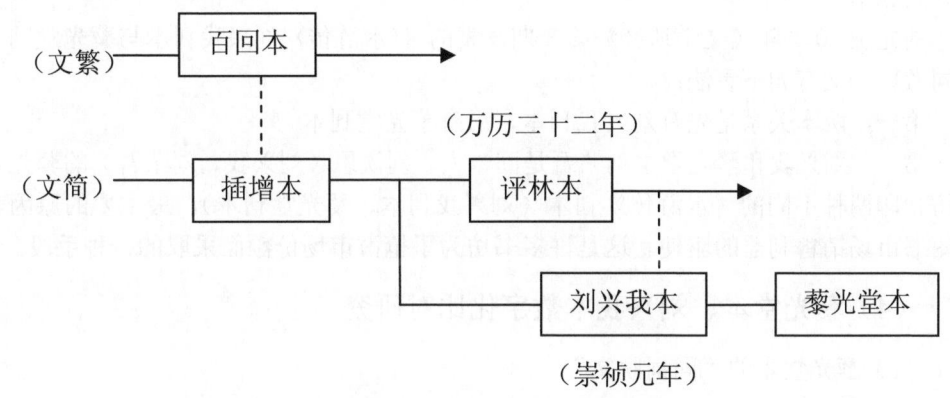

《水浒传》版本演化示意图

3) 刘世德先生对《水浒传》版本的研究

刘世德先生在《中华文史论丛》1986 年第 4 辑发表《谈〈水浒传〉刘兴我刊本——〈水浒传〉版本探索之一》，着重对刘兴我本的刊刻年代、性质及与其他简本的关系等方面进行了探讨。刘先生认为"戊辰"应是崇祯元年，其刊本也应刊刻于崇祯年间。随后通过将百回本、刘兴我本、评林本、英雄谱本等诸种本子回目的异同及删节情况进行比勘，得出刘兴我本是从百回本删节而来的简本，它与英雄谱本最接近，而与雄飞馆刊本关系最远。

2011 年刘先生在《菏泽学院学报》2011 年第 1 期发表论文《〈水浒传〉牛津残叶试论》，认为牛津大学藏《全像水浒》残叶属于《水浒传》简本系统，但与同为简本的余象斗评林本、刘兴我刊本、梵蒂冈藏本行款格式彼此全然不同，异文也比比皆是。四个版本虽有异文，却有着共同的底本（或底本的底本），它们之间为远近不同的兄弟关系。牛津残叶与余、刘二本疏远，牛、梵二本亲近。

刘世德先生在 2013 年《文学遗产》第 1 期发表的《〈水浒传〉黎光堂刊本与双峰堂刊本异同考》一文经过仔细的分析研究后认为：

第一，黎光堂刊本和双峰堂刊本（即评林本）都不是最早的插增征田虎、征王庆两部分内容的版本。

第二，两本的这两部分文字有许多歧异之处。

第三，双峰堂刊本的刊行年代早于黎光堂刊本。但一系列例证表明，黎光堂刊本的这两部分文字并非直接来自双峰堂刊本。

第四，如果黎光堂刊本这两部分文字的底本的刊行年代早于双峰堂刊本，那么，一系列例证也同样表明，双峰堂刊本并非自黎光堂刊本的底本抄袭或删节而来。

第五，黎光堂刊本和双峰堂刊本，或两本的底本，仍然有着共同的来源。也就是说，它们都来自一个共同的祖本——最早的插增征田虎、征王庆部分的版本。

这两本都不是最早插增征田虎、王庆的版本，双峰堂本早于黎光堂本，黎光堂本并非来自双峰堂本，黎光堂本底本早于双峰堂本，双峰堂本并非来自黎光堂本，两本有共同底本。

刘先生2013年《文学遗产》第3期发表的《〈水浒传〉刘兴我刊本与黎光堂刊本异同考》一文有如下看法：

第一，两本关系是先有刘兴我刊本，后有黎光堂刊本。

第二，刘兴我和黎光堂主刘荣吾是同一人。刘钦恩（刘兴我、刘荣吾）的黎光堂书坊刊印两种不同的《水浒传》刊本（刘兴我刊本、黎光堂刊本），最主要的原因就是图书市场销售利益的驱使。这是许多书坊为了抢占市场份额而采取的一种手段。

（4）黎光堂本、刘兴我本数字化比对研究

1）黎光堂本的"同词脱文"

黎光堂本和刘兴我本经过数字化比对，其文字差异有如下几类：同词脱文12例。一般脱文5例。文字修改9例。文字颠倒4例。文字增加3例。回末删节3例。

本节首先分析"同词脱文"。以下各例黎光堂本都出现了同词脱文。

以下各例中，也比较了郑乔林本，其文字都和刘兴我本相同，而和黎光堂本不同，因此郑乔林本的底本是刘兴我本，而不是黎光堂本。

例1. 第一百十二回　黎光堂本同词"诉说"脱48字，可能是脱了24字两行文字。

```
评：见宋江 诉说 折了项充李衮不见了鲁智深宋江见说痛哭不止忽报
刘：见宋江 诉说 折了项充李衮不见了鲁智深宋江见说痛哭不止忽报
郑：见宋江 诉说 折了项充李衮不见了鲁智深宋江见说痛哭不止忽报
黎：见宋江
　　――――――――――――――――――――
评：军师吴用和关胜等提一万军兵从水路来宋江迎见吴用等 诉说
刘：军师吴用和关胜等提一万军兵从水路来宋江迎见吴用等 诉说
郑：军师吴用和关胜等提一万军兵从水路来宋江迎见吴用等 诉说
黎：　　　　　　　　　　　　　　　　　　　　　　　　 诉说
```

例 2. 第一百十一回　黎光堂本同词 "柴进" 脱 37 字。

评：接取 柴进 至睦州相见各叙寒温柴进一段话耸动那四个坦然
刘：接取 柴进 至睦州相见各叙寒温柴进一段话耸动那四个坦然
郑：接取 柴进 至睦州相见各叙寒温柴进一段话耸动那四个坦然
黎：接取 柴进

评：　不疑祖士远大喜便交佥昼桓逸引 柴进 燕青到清溪洞
刘：无　疑祖士远大喜便教佥书桓逸引 柴进 燕青到清溪洞中来
郑：无　疑祖士远大喜便教佥书桓逸引 柴进 燕青到清溪洞中来
黎：　　　　　　　　　　　　　　　　燕青到清溪洞　来

例 3. 第一百十三回　黎光堂本同词 "杀死" 脱 29 字。

评：却被伏兵 杀死 芦先锋急令众军挑土填坑亲自杀入去
刘：却被伏兵 杀死 卢先锋急令众军挑土填坑亲自杀入去
郑：却被伏兵 杀死 卢先锋急令众军挑土填坑亲自杀入去
黎：却被伏兵

评：正迎着皇叔方垕被芦俊义 杀死 王尚书
刘：正迎着皇叔方垕被卢俊义 杀死 王尚书
郑：正迎着皇叔方垕被卢俊义 杀死 王尚书
黎：　　　　　　　　　　　　杀死 王尚书

例 4. 第八十回　黎光堂本同词 "解珍兄弟" 脱 24 字。

评：解珍解宝慌　　　忙下拜那两个答礼已罢　便问
刘：解珍　 兄弟 连忙下拜那两个答礼　了便问
郑：解珍　 兄弟 连忙下拜那两个答礼　了便问
黎：解珍　 兄弟

评：客人何处因甚到此　解珍解宝　说知前　情
刘：客人何处因甚到此　解珍　 兄弟 说知前事
郑：客人何处因甚到此珎　珍　 兄弟 说知前事
黎：　　　　　　　　　　　　　　说知前事

例 5. 第六十七回　黎光堂本同词 "虔婆" 脱 21 字。

评：今日方归 虔婆 曰你　不是太平桥下小张闲么燕青曰正是 虔婆 曰
刘：今日方归 虔婆 曰你莫不是太平桥下小张闲么燕青曰正是 虔婆 曰
郑：今日方归 虔婆 曰你莫不是太平桥下小张闲么燕青曰正是 虔婆 曰

| 藜: | 今日方归师 | 婆曰 |

例6. 第二回　同词"欲用此人"，藜光堂本脱文17字。

评:	这高俅踢得两脚好气球孤欲	素此人做亲随如何王都尉曰	殿下	既用此人
刘:	这高俅踢得两脚好气球孤|欲用|	此人做亲随如何王都尉曰既殿下|欲|	用此人
郑:	这高俅踢得两脚好气球孤|欲用|	此人做亲随如何王都尉曰既殿下|欲|	用此人
藜:	这高俅踢得两脚好气球孤		|欲|	用此人

例7. 第一百十五回　藜光堂本同词"李师师"脱17字。

评:	上皇因想	李师师	和两个小黄门来到后园拽动铃索	李师师	慌忙迎接圣驾
刘:	上皇　想	李师师	和两个小黄门来到后园拽动铃索	李师	师慌忙迎接圣驾
郑:	上皇　想	李师师	和两个小黄门来到后园拽动铃索	李师	师慌忙迎接圣驾
藜:	上皇　想	李师师	慌忙迎接圣驾

例8. 第六十七回　藜光堂本同词"赵元奴家"脱11字。

评:	赵元奴家走一会便去请　　赵婆出来　　说道
刘:	赵元奴家走一　　遭四人来到赵元奴家赵婆出来应曰
郑:	赵元奴家走一　　遭四人来到赵元奴家赵婆出来应曰
藜:	赵元奴家　　　　　　　　赵婆出来应曰

例9. 第93回　藜光堂本同词"卞祥"脱11字，此例刘世德先生也曾指出过。

评:	田虎即令	卞祥	引众将出阵宋江见了	卞祥	急令花荣与卞祥比手
刘:	田虎　令	卞祥	引众将出阵宋江见了	卞祥	便　令花荣与卞祥
郑:	田虎即令	卞祥	引众将出阵宋江见了	卞祥	便　令花荣与卞祥
藜:	田虎　令	卞祥	便　令花荣与卞祥

例10. 第十回　同词"柴大官"，藜光堂本脱文9字。

评:	横海郡故友	柴大官	荐　举　那汉曰	柴大官	
刘:	横海郡	柴大官	人举荐那汉曰	柴大官	
郑:	横海郡	柴大官	人举荐那汉曰	柴大官	
藜:	横海郡	柴大官	

例11. 第一百回　藜光堂本同词"首级"脱8字。

评:	怀英献　刘仲实	首级	孙安献　以敬	首级	
刘:	怀英献黄　仲实	首级	孙安　刘以敬	首级	
郑:	怀英献黄　仲实	首级	孙安　刘以敬	首级	
藜:	怀英献黄　仲实	首级	

例12. 第一百三回　藜光堂本同字"马"脱5字。

| 评: | 刘黑虎披挂上|马|引军　前进|马|摘铃军衔枚 |

刘：	刘黑虎披挂上 马引　兵前进 马 摘铃军衔枚
郑：	刘黑虎披挂上 马引　兵前进 马 摘铃军衔枚
藜：	刘黑虎披挂上　　　　　　 马 摘铃军衔枚

以上统计藜光堂本 12 处"同词脱文"。

2）藜光堂本的整行脱文

藜光堂本中除有"同词脱文"外，还有整行的脱文，即藜光堂本脱漏了刘兴我本完整的一行文字。

以下各例中，也比较了郑乔林本，郑乔林本文字都和刘兴我本相同，而和藜光堂本不同，因此郑乔林本的底本是刘兴我本，而不是藜光堂本。

例 1．第六十四回　藜光堂本正好漏抄脱文一整行，脱 28 字。

评：	顾大嫂便拜泪下如雨　　曰狱中史大郎是我十年前　旧主人
刘：	顾大嫂便拜泪　如雨下曰狱中史大郎是我十年前的旧主人
郑：	顾大嫂便拜泪　如雨下曰狱中史大郎是我十年前的旧主人
藜：	顾大嫂便拜泪　如雨下曰狱中
评：	在江湖作　买卖不知为　甚事陷在牢里无人看　今　　送
刘：	在江湖　上做买卖不知　因甚事陷在牢里无人看顾　我来送一口
郑：	在江湖　上做买卖不知　因甚事陷在牢里无人看顾　我来送一口
藜：	里无人看顾　我来送一口

例 2．第三回　藜光堂本正好漏抄脱文一整行，脱 27 字。

评：	听得间壁里有人啼哭鲁达焦燥便把　碟盏丢在楼板上酒保听得慌忙　上来曰
刘：	忽听得间壁　有人啼哭鲁达焦燥便把盏碟　丢在楼板上酒保听得慌忙走上楼曰
郑：	忽听得间壁　有人啼哭鲁达焦燥便把盏碟　丢在楼板上酒保听得慌忙走上楼曰
藜：	忽听得　　　　　　　　　　　　　　　　　　　　　　　　　　　　　楼曰

3）藜光堂本其他错误和修改

● 藜光堂本一般的脱文，就是一般的抄写遗漏。

例 1．第七十八回　藜光堂本回末删节了 16 字。

刘：	怎生奈何正是大罗密布难移步地纲高张怎脱身且听下回分解
郑：	怎生奈何正是大罗密布难移步地纲高张怎脱身且听下回分解
藜：	怎生奈何　　　　　　　　　　　　　　　　　且听下回分解

● 藜光堂本文字修改现象，多数是文字删节，也有少数是文字增加。

例 2．第一百七回　藜光堂本文字修改。

评：	宋万　死处　　搭起祭坛　生擒到统制官　卓万里和　　　　　　潼

```
刘：宋万等死处接    建      祭     台生擒到统制官军卓万里和                           潼
郑：宋万等死处接    建      祭     台生擒到统制官军卓万里和                           潼
黎：宋万等死处   设建      祭                                   梁山泊开创之初多亏此人
    ————————————————————————————
评：宋江亲自斩    沥血享祭四个英魂祭毕将尸塟于润州西门外却说
刘：宋江亲自斩首沥血享祭四个英魂祭毕将尸祭于润州西门外却说
郑：宋江亲自斩首沥血享祭四个英魂祭毕将尸祭于润州西门外却说
黎：宋江亲自斩首沥血享祭四个英魂祭毕将              统制官军卓万里和说
```

● 黎光堂本文字颠倒现象，也是抄写中出错所致。

例3．第七十一回   黎光堂本两组各8字官职次序修改，此例刘世德先生也曾指出。

```
评：许州兵马都监李明陈州兵马都监吴秉彝   邓州兵马都监王义
刘：许州兵马都监李明陈州兵马都监吴秉彝   邓州兵马都监王义
郑：许州兵马都监李明陈州兵马都监吴秉彝   邓州兵马都监王义
黎：              陈州兵马都监吴秉彝许   州兵马都监      李明
    ————————————————————————————
评：洳州兵马都监马万里
刘：洳州兵马都监马万里
郑：洳州兵马都监马万里
黎：洳州兵马都监马万里邓州兵马都监于义
```

● 黎光堂本回末文字有删节。

例4．第八十四回   黎光堂本回末删节了37字，此例刘世德先生也曾指出。

```
刘：有何妙策可取此关吴用附耳低言数句直教玉门关外变作尸山血海
郑：有何妙策可取此关吴用附耳低言数句直教玉门关外变作尸山血海
黎：有何妙策
    ————————————————————————————
刘：金岛领下番成剑树枪林毕竟如何且听下回分解全像水浒传卷之十八终
郑：金岛领下番成剑树枪林毕竟如何且听下回分解
黎：                               且听     分解                   终
```

例5．第一百十五回   黎光堂本回末删节了最后一首诗，此例刘世德先生也指出。

```
评：奸臣贼相尚    依然早知鸩毒埋黄圹辛取鸥夷泛钓船诗曰   生当庙
刘：奸臣贼相尚何    然早知鸩毒埋黄圹辛取鸥夷泛钓船       又生当庙
郑：奸臣贼相尚何    然早知鸩毒埋黄圹辛取鸥夷泛钓船        生当庙
黎：奸臣贼相尚何    然早知鸩毒埋黄圹辛取鸥夷泛钓
    ————————————————————————————
评：食死封侯男子平生志巳酬铁马夜嘶   山月暗玄猿秋啸暮云稠不须
```

```
刘：食死封侯男子平生志巳酬铁马夜嘶三　月暗玄猿秋啸暮云稠不须
郑：食死封侯男子平生志巳酬铁马夜嘶三　月暗玄猿秋啸暮云稠不须
黎：————————————————————————
评：出处求真迹却喜忠良作话头千古蓼洼埋玉地落花啼鸟总关秋
刘：出处求真迹却喜忠良作话头千古蓼洼埋玉地落花啼鸟总关　愁
郑：出处求真迹却喜忠良作话头千古蓼洼埋玉地落花啼鸟总关　愁
黎：
```

这些回末文字删节明显是为节省版面。这两处都是在卷十八和卷二十五末尾，一般卷开始都要换页，如照抄这些文字，势必要增加一页，为节省篇幅，就删去了这些文字。

4）刘兴我本文字出错的特例

以上所有例子全部都是黎光堂本文字有修改，数字化比对刘兴我本、黎光堂本全部文字，只发现有一处刘兴我本文字出错，这明显是刘兴我本抄写时重复抄写而出错的特例。可能是黎光堂本在此处发现刘兴我本文字有重复抄写，因此删除了刘兴我本重复的文字。

例，第六十一回　刘兴我本增文6字，但黎光堂本没有增文。

```
评：拨马便走孙立在后杀来　　　　　李成飞马奔走
刘：拨马便走孙立在后杀来孙立在后杀来李成飞马奔走
黎：拨马便走孙立在后杀来　　　　　李成飞马奔走
郑：拨马便走孙立在后杀来　　　　　李成飞马奔走
```

此例和前面多例不同，由于刘兴我本文字出错，因此郑乔林本文字不是和刘兴我本相同，而和黎光堂本相同了。此处郑乔林本和黎光堂本相同，可能是郑乔林本在此处也发现了刘兴我本有文字重复抄写，因此删除了刘兴我本重复的文字，因此和黎光堂本文字相同了。因此这也是郑乔林本的一个特例。

5）黎光堂本"同词脱文"研究

● 同词脱文分析

同词脱文是判断版本演化的重要手段，魏安用于分析《三国演义》版本演化很成功。
只有黎光堂本有同词脱文，而刘兴我本没有任何的同词脱文。
这是黎光堂本抄自刘兴我本的有力证据。

● 字数统计

黎光堂本的同词脱文共有12例。
脱文字数最多48字，最少5字，共计10种。

"同词脱文"按照脱文字数排列表

回	112	111	113	80	67	2	120	67	93	10	100	103
脱文字数	48	37	29	24	21	17	17	11	11	9	8	5

刘兴我本每行字数有两种，嵌图下面为 27 字，嵌图侧面为 35 字。

黎光堂本脱文字数 48 字，可能是脱了刘兴我本的 24 字两行文字。

黎光堂本脱文字数 37 字，与刘兴我本每行字数 35 字接近。

黎光堂本脱文字数 29、24 字，与刘兴我本每行字数 27 字接近。

黎光堂本其他脱文字数 17、11、9、8、5 字，与刘兴我本每行字数相差很大，这些脱文并非一定全是"串行脱文"，只要是文字相同，抄写者就可能抄错。

- 回目统计

黎光堂本同词脱文按照回目统计有规律。前面很少，只有第二、九回有 2 例，主要集中在第六十二回以后，有 10 例。

"同词脱文"按照回目排列表

卷	1	2	14		16	18	21	22	24	25		
回	2	9	62	62	75	87	96	101	109	111	113	115
脱文字数	17	9	21	11	24	11	8	5	37	48	29	17

这与抄手有很大关系，抄手认真，同词脱文就少，抄手不仔细，同词脱文就多。前十二卷是一个抄手，十二卷以后换了一个抄手。

同词脱文按照回目分布和文字差异的分布基本相同，都有明显规律。都是前 55 回（即前十二卷）中同词脱文不多，主要集中在 56 回（即 13 卷）以后。这再次说明，同词脱文和文字差异都是由于抄手抄写所造成的。

文字差异还有其他几种：一般脱文 5 例、文字修改 9 例、文字颠倒 4 例、文字增加 3 例、回末删节 3 例，和同词脱文一样，也是由于抄手抄写所造成的。

6）黎光堂本文字和刘兴我本、评林本文字差异分析和结论

以上对黎光堂本和刘兴我本文字差异进行了分类分析统计，可以注意到，所有文字差异都是黎光堂本文字和刘兴我本、评林本不同，而刘兴我本和评林本文字相同。而从未出现黎光堂本文字和评林本相同，而和刘兴我本不同的情况。

这个情况充分说明，这些文字差异都是黎光堂本对文字做了修改。

唯一有一个特例，是第六十一回中，刘兴我本重复多抄了 6 字"孙立在后杀来"，而黎光堂本和评林本一样，没有这 6 字。这可能是当黎光堂本抄自刘兴我本时，发现了刘兴我本这个明显的错误，删去了这重复的 6 字。

刘兴我本和黎光堂本之间的关系理论上有三种可能：

- 刘兴我本来自黎光堂本，是父子关系。

由于所有的文字差异都是黎光堂本对文字做了修改，这种可能基本不存在。
- 黎光堂本来自刘兴我本，是父子关系。

由于所有的文字差异都是黎光堂本对文字做了修改，这种可能最大。
- 黎光堂本和刘兴我本有共同的祖本，是兄弟关系。

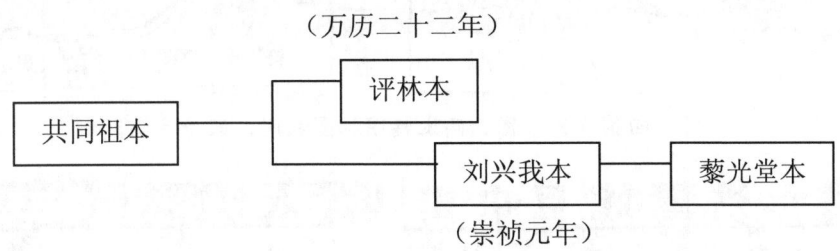

刘兴我本、黎光堂本演化示意图

假设如此，就应该出现黎光堂本和刘兴我本文字不同，而和评林本文字相同的情况。但数字化全文比对后，也没有发现这样的任何一个例证（除上述第 61 回刘兴我本重复抄写一例之外），因此这种可能性也不存在。

这样，根据对所有文字差异的分析，只有一种可能：黎光堂本来自刘兴我本，它们是父子关系。

7）刘兴我本、黎光堂本插图相近

刘兴我本和黎光堂本都属于"嵌图本"，即插图没有占满一页，这类"嵌图式"在《水浒传》版本中，除刘兴我本和黎光堂本外，还有慕尼黑本和郑乔林本两种。

只要看过这两个版本的插图，就可以明显看出，从整体构图看，它们之间还是有很明显的承继关系的。插图的标题更是基本都相同。再结合文字差异分析，可以得出结论：黎光堂本插图肯定是参考了刘兴我本的插图，当然也有细节上的修改。

刘兴我本　　　　　　　　　　　　　黎光堂本

第一回第 1 幅插图，两本插图几乎完全相同

第一回第 2 幅插图，两本插图构图相同，只是方向颠倒

第一回第 3 幅插图，两本插图构图相同，右边蛇相似，左面人物有差异

8）刘兴我和刘荣吾

刘兴我和刘荣吾都是建阳书商，都在崇祯时期刊行了《水浒传》简本，其生活时期基本相同，这没有疑问。因此刘兴我和刘荣吾两个人是同时、同地、同姓都刊行了《水浒传》简本。

对这两人的关系，很多学者都曾注意过，如马幼垣先生等人。但都是怀疑，没有肯定他们是同一人。官桂铨先生在《文献》1982 年第 1 期发表短文《〈水浒传〉的黎光堂本与刘兴我本及其他》，认为：富沙刘荣吾就是富沙刘兴我，名兴我、荣吾，亦可断为一人。所谓黎光堂刻《水浒传》和刘兴我刻《新刻全像水浒传》，实为一家。

刘世德先生在《〈水浒传〉刘兴我刊本与黎光堂刊本异同考》一文中认为刘兴我和黎光堂主刘荣吾是同一人。

前面在分析《三国演义》版本时，曾单独一节分析刘兴我和刘荣吾，根据多种资料，最后认为刘兴我和刘荣吾实际是两个人。刘佛旺为名，号兴我；刘钦恩为名，字荣吾，可参阅。

9）刘世德、丸山浩明人工研究和数字化研究比较

刘世德先生和日本丸山浩明先生都对刘兴我本和黎光堂本做了研究。丸山先生论文发表于 1988 年，刘世德先生文章发表于 2013 年，相距 25 年。我和两位先生都认识，我仔细研读了这两位先生的文章，并做了仔细比较。发现两篇文章各有特色。本人利用数字化，也对刘兴我本和黎光堂本做了研究。详细比较这三种研究方法很有意

思,也很有意义,对古代小说版本研究肯定很有益处。

对刘兴我本和藜光堂本的研究分几个方面:
- 回目:丸山和刘先生都做了研究,丸山先生研究较全面,刘先生研究较深入。
- 文字:丸山、刘先生和本人都做了研究,丸山先生研究较简略,刘先生研究较仔细,本人研究最彻底。
- 插图:丸山先生没有研究,刘先生研究仔细,本人对刘先生的研究有不同看法。

从以上分析可以看出,刘世德先生、日本丸山浩明先生和数字化这三种研究各有其重点和特点:
- 丸山先生研究:主要集中在回目研究,研究相对比较简略。
- 刘世德先生研究:对回目、文字差异和插图做了全面、细致的研究。
- 数字化研究:主要集中在文字差异研究。

三种研究的最后结论基本相同,即刘兴我本在前,藜光堂本在后;藜光堂本来自刘兴我本。

(5)从《水浒传》刘兴我本和藜光堂本看古代小说版本研究

目前古代小说版本研究中存在一些问题,必须引起学者们的重视,否则会妨碍古代小说版本研究进展。

1)资料和证据
- 研究必须尽可能占有充分资料和证据,进行细致深入研究后,再下结论。

在这方面《水浒传》研究史上有很多教训。早期鲁迅先生等没有仔细研究《水浒传》的各种版本,根据一般从简到繁的规律,就简单判定是《水浒传》简本在前,繁本在后。后经许多学者的仔细研究,证明这是一个完全错误的结论。类似问题在《水浒传》版本研究中屡见不鲜。这些事例说明,在版本研究方面,全面占有资料和证据、全面分析研究的重要性,根据部分材料和证据研究得出的结论有时是很危险的。在这方面日本学者研究的认真仔细很值得我们学习。

- 版本研究方法要重视原始材料。

版本研究中要特别重视原始资料,最好看原书,其次看微缩胶卷,再次看影印本。对于后人整理的间接资料一定不要过于依赖。

但古代小说版本研究最大难点是原版难见,因为某些古代小说的版本都存在国外,如果没有影印本,研究就非常困难。这在《水浒传》版本研究中尤为突出。

- 充分了解前人的研究成果。

《水浒传》版本研究已经过了几十年,期间发表了几百篇论文和多本专著。由于时间跨度大,论文散见于各种报刊,虽然现在有中国知网,可以上网查看以前的论文,但中国知网目前只收入国内的研究论文,而日本学者很多版本研究论文是在国外发表,没有翻译到国内,这样不容易被国内学者了解。不了解前人所做研究,很可能做重复研究,甚至还不如前人的研究。《水浒传》版本研究中,有关刘兴我本、藜光堂本和《京本忠义传》残叶等，日本学者丸山浩明和中川谕先生都做过深入研究，而国内学者却一无所知。这是很深刻的教训。

2）研究方法

- 先有结论，再找证据。

胡适先生研究有句名言"大胆的假设，小心的考证"，这个名言提倡解放思想，本身并不错，但如果使用不当，也容易走偏。古代小说版本演化是非常复杂的，充满各种矛盾，一个问题可能有多种可能性，如果只根据某个假设去寻找证据，最后的结论很可能不全面。胡适另一句名言应该引起我们注意，即"有一分证据，说一分话"。

- 对证据的研究要全面，要从正、反两方面进行分析，看哪种可能性更大。

古代小说版本演化研究的基础是证据，一般证据有两种，第一种是"铁证"，是反证不成立的证据；另一种是可逆的证据，即正反两方面都成立。目前很难找到无反证的"铁证"，证据中的大多数是正反都成立的，两种可能性都存在。在这种情况下，只有再仔细分析哪种可能性更大，但这又是仁者见仁、智者见智的问题，很难说清楚。

版本研究中最常出现的问题是，只要找到了符合自己看法的证据，马上就轻易下结论。而这个证据很可能是有反证的，可逆的，但一般不去、也不愿意去分析证据的可逆性，即反证。对于其他不符合自己结论的证据，即不愿意看到，也不愿意分析。这样研究得出的结论是十分危险的。

在几十万字小说中，某甲可以找到个别例证证明自己的结论，是很容易的；而某乙也可以找到个别相反例证，这是版本研究中常见的事情。以古代小说中常见的"对"和"错"问题为例，有的学者认为：是先有错误，后来改对了。但相反，也有的学者认为：原本是正确的，是后来版本改错了。这样成为：公说公有理，婆说婆有理。如何判断哪种说法是对的？

我认为，造成这种情况的根本原因是，古代小说版本演化是非常复杂的，充满各种矛盾。对这些矛盾的例证，必须再进行深入分析。在大多数情况下，只能分析哪种可能性更大，很难做出对错的判断。关键是找到反证不成立、不可逆的例证，即"铁证"。如《三国演义》嘉靖元年本在曹操烧"孟德新书"时有注："旧本'书'作'板'。"这个例证说明嘉靖元年本不是最早的版本，在它之前还有"旧本"，嘉靖元年本是参考"旧本"改编的。而各种"志传"系列版本恰是"板"，而不是"书"，这种例证就是铁证。因此在这一点上，"志传"系列本比嘉靖元年本更接近原本。但这个例证也只能说明在这一点上，嘉靖元年本更接近原本，而不能说明全书所有文字"志传"系列都比嘉靖元年本更接近原本。

- 版本研究要有严格的逻辑推理。

古代小说版本演化是非常复杂的，充满各种矛盾，需要进行深入研究。深入研究的关键是要经过严格的逻辑推理，经常有学者研究不够深入，不经过严密的逻辑推理，就轻易下结论，这样得出的研究结论也是非常危险的。

- 微观和宏观的结合问题。

版本研究可分为微观研究和宏观研究，微观和宏观研究必须相结合。微观为先、是基础,脱离微观研究,宏观研究就成为空洞的议论。但微观研究没有宏观研究指导,就可能会迷失方向。微观和宏观的关系就与树木和森林关系一样,因此,不能只见树木,不见森林;也不能只见森林,不见树木。

微观研究和宏观研究也就是局部和整体,个别和普遍的关系。无论采用哪种方法,应该先进行局部考察,再进行整体研究;先产生个别结论,再归结为普遍结论。无论是对上述哪种方法,这个思路都是正确的。

● 版本研究的两种方法——按版本研究和按问题研究。

版本研究有两种方法。一种方法是一个版本、一个版本地进行研究,这样容易逐个分析各种版本的特点。方法二是按照具体的问题和事例逐个进行分析,这样容易同时分析各个版本在某个问题上各自的特点。两种方法各有特点,方法一可以对每个版本进行深入研究,但如果多种版本特点相同,则分析就比较重复;而方法二可以集中对某个问题进行深入分析,但某个版本难以深入研究。

● 文字差异和情节差异。

古代小说版本的差异可分为两类:文字差异和情节差异。

版本研究步骤:从差异到问题两步走。

古代小说研究一般分为两步:第一步是研究版本的差异,包括文字差异和情节差异。第二步是在第一步差异研究基础上,研究创作和流传中的问题。这些问题包括普遍问题,以及作者问题等各种问题。

利用版本数字化和计算机自动比对,使得寻找版本的文字差异变得很容易,但又带来新的困难和风险。第一,如何从数量庞大的文字差异中,筛选出细节描写差异(内证)?这应该不难,但即便找到了,又如何分析版本的细节描写差异(内证)?这些细节差异(内证)在版本研究中是否真正有意义?这些细节差异(内证)往往有多种可能,哪种可能性更大?

上述每个环节都有风险,任何一个环节都有可能无结果,导致研究无果而终。即便找到合理的细节差异(内证),如何分析也可能出问题。在这方面目前问题很多,一些学者在研究中往往只认定对自己研究有利的可能,而对于不利的证据和可能性则视而不见。这些分析计算机是无能为力,也超出本文的研究范围。

由于上述的困难和风险,马幼垣先生曾慨叹:"对马上就要退休的人来说,这种费时费力而收获毫无把握的工作太不划算了。工作还是让志同道合的年轻接班人去做吧[1]。"

但由于这种研究"费时费力而收获毫无把握",年轻学者更不愿意去冒险。如果花费很多精力和时间,结果却一事无成,荒废了年轻人的宝贵时光,岂不竹篮打水一场空?这是目前小说版本研究的困难所在。

总之,古代小说版本研究的方法非常重要,好的方法可推进研究深入,而如果没有好方法,研究就会走偏。

---

[1] 马幼垣:《水浒论衡》《水浒二论》,生活·读书·新知三联书店2007年版,"三联版序"第4页。

(三)《水浒传》其他专题研究

1. 《水浒传》"京本忠义传"残叶[①]研究

1975年在上海图书馆发现了《水浒传》某个版本的两页残叶(两个半叶),它是被当作其他图书的衬纸使用的。由于其版心的名称为《京本忠义传》,与一般《水浒传》名称不同,因此上海图书馆的《水浒传》残叶也被称为《京本忠义传》。

本文利用数字化技术,对《京本忠义传》上海残叶进行了分析研究,包括以下几部分:

(1)《京本忠义传》研究历史和现状
(2)利用计算机进行三版本文字比对
(3)对文字差异进行统计分析
(4)《京本忠义传》是繁本删节本

(1)《京本忠义传》上海残叶研究历史和现状

自从发现《京本忠义传》残叶以来,争论非常激烈,到目前对《京本忠义传》有四种看法:

1) 早期的繁本

上海图书馆的顾廷龙、沈津在1975年第12期《学习与批判》上发表文章《关于新发现的〈京本忠义传〉残叶》,他们主要根据残叶的版式等信息,认为《京本忠义传》残叶可能是明代正德、嘉靖间书坊的刻本,比今天所见其他《水浒传》各本更近于原本面貌。其根据如下:

- 残叶题名为《京本忠义传》,而现存明嘉靖后刻本几乎都题名为《忠义水浒传》,说明残叶刊刻于明嘉靖以前。

---

② "残叶"也称"残页",都合理,本书《三国演义》《水浒传》都统称"残叶"。

- 残叶的每半页的边框上端都有一句话作标题。此特征为许多古本小说所有。而郭勋本(即郑振铎藏嘉靖残本)无此标题,因此残叶应早于郭勋本。

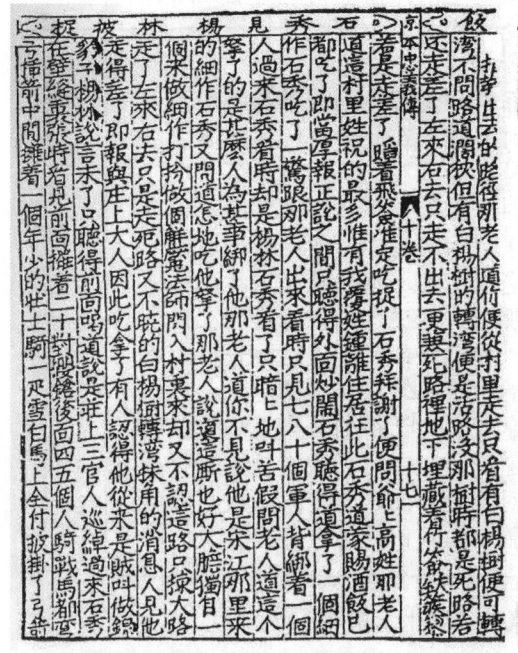 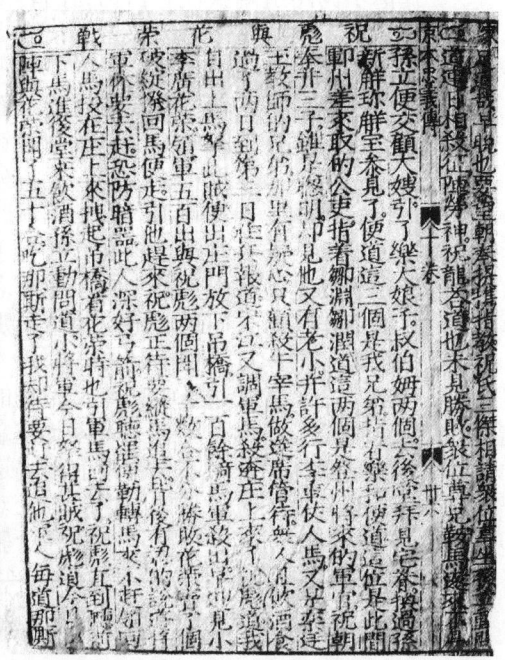

《京本忠义传》上海残叶第四十七回残叶　　《京本忠义传》上海残叶第五十回残叶

- 残叶版心标明为"十卷",内容是三打祝家庄,相当于明容与堂百回本的第四十七回和第五十回。以此可推知残叶应是二十卷的百回本,即《水浒传》的早期形式。
- 残叶既为百回本,应属《水浒传》的繁本系统。而且,其文字又比繁本略简,文言气息也较重,表明是繁本系统中较早的一个本子。

此后,也有学者根据残叶的某些原始特征,认为它"是现存百回繁本中最早的本子"[1],有的进一步认为"是现存所有《水浒传》版本中最早的一种刻本"[2],有的甚至还说,"它是一切《水浒传》版本的祖本,是作者编写《水浒传》的原始本"[3],等等。由此,部分研究者对残叶的评价急剧升高。

---

[1] 江苏省社会科学院明清小说研究中心:《中国通俗小说总目提要》,中国文联出版公司1990年版。
[2] 马蹄疾:《水浒书录》,上海古籍出版社1986年版。
[3] 李骞:《京本忠义传考释》,《明清小说研究》第1辑。

> 爷指教出去的路径那老人道你便从村里走去只看有白杨树便可转湾不问路道阔狭但有白杨树的转湾便是活路没那树时都是死路若还不走差了左来右去只走不出去更兼死路里下埋藏着竹签铁蒺藜
> 京本忠义传　　　十卷　　　　　　　　十七
> 若是走差了踏着飞签准定吃捉了石秀拜谢了便问爹爹高姓那老人道这村里姓祝的最多惟有我覆姓钟离住居在此石秀道蒙赐酒饭已都吃了即当厚报正说之间只听得外面炒闹石秀听得道拿了一个细作石秀吃了一惊跟那老人出来看时只见七八十个军人背绑着一个人过来石秀看时却是杨林石秀看了只暗暗地叫苦假问老人道这个拿了的是甚么人为甚事绑了他那老人道你不见说他是宋江那里来的细作石秀又问道怎地吃他拿了那老人道说这厮也好大胆独自一个来做细作打扮做个解魔法师闪入村里来却又不认这路只拣大路走了左来右去只是走死路又不晓的白杨树转湾抹角的消息人见他走得差了即报与庄上大人因此吃拿了有人认得他从来是贼叫做锦豹子杨林说言未了只听得前面喝道说是庄上三官人巡绰过来石秀在壁缝里张时看见前面摆着二十对缨枪后面四五个人骑战马都弯弓挿箭中间拥着一个年少的壮士骑一匹雪白马上全付披挂了弓箭

《京本忠义传》上海残叶第四十七回文字

> 足道哉早晚也要望朝奉提携指教祝氏三杰相请众位尊坐孙立动问道连日相杀征阵劳神祝龙答道也未见胜败众位尊兄鞍马远来不易
> 京本忠义传　　　十卷　　　　　　　　卅六
> 孙立便叫顾大嫂引了乐大娘子叔伯姆两个去后堂拜见宅眷换过孙新解珍解宝参见了便道这三个是我兄弟指着乐和便道这位是此间郓州差来取的公吏指着邹渊邹润道这两个是登州送来的军官祝朝奉并三子虽是聪明却见他又有老小并许多行李车仗人马又是栾廷玉教师的兄弟那里有疑心只顾杀牛宰马做筵席管待众人且饮酒食过了两日到第三日庄兵报道宋江又调军马杀遶庄上来了祝彪道我自出上马拿此贼便出庄门放下吊桥引一百余骑马军杀出来早迎小李广花荣领军五百出与祝彪两个鬬了十数合不分胜败花荣卖了个破绽拨回马便走引他赶来祝彪正待要纵马追去背后有认的说道将军休要去赶恐防暗器此人深好弓箭祝彪听罢便勒转马来不赶领回人马投在庄上来拽起吊桥看花荣时也引军马回去了祝彪直到厅前下马进后堂来饮酒孙立动问道小将军今日拿得甚贼祝彪道今日阵与花荣斗了五十合吃那厮走了我却待要赶去追他军人每道那厮

《京本忠义传》上海残叶第五十回文字

2）早期或晚期的简本

1983 年，日本的白木直也先生对残叶的性质进行了详细的论证①，他在论文中对顾、沈二氏推定残叶为正德、嘉靖间刻本的证据逐一予以反驳，结论是：残叶属于简本的一种，刊行于万历中后期。反驳的具体内容大体如下：

题名为《京本忠义传》的版本，虽不见于明代各公私藏家书目，但在现存《水浒传》版本中却可以找到相同或类似的题名。如巴黎国家图书馆藏明末四知馆刻本就有"水浒忠义传"的字样，该本大标题为"忠义水浒传"，但封面上则竖分两行大书"锺伯敬先生批评水浒忠义传"十二字。此外，东京大学图书馆藏黎光堂本也有类似情形，该本卷首大标题为"忠义水浒志传"，封面为"全像忠义水浒"，但序的题名为"水浒忠义传序"，目录的标题为"水浒忠义志传"。以上事实表明，"京本忠义传"这一题名不能说明"残叶"刊刻于明嘉靖前。

关于每半页的边框上端有内容提要似的一句话作为标题，这种体裁亦见于上述东京大学图书馆藏黎光堂本。所以，不能作为嘉靖以前古本小说的特征。

残叶属于简本，其证据是：

- 冠以"京本"二字的题名不见于现存的任何繁本，但现存简本中却至少有两种是题名冠以"京本"二字的，一种是巴黎国家图书馆藏《京本全像插增田虎王庆忠义水浒全传》；一种是日本日光慈眼堂藏《京本增补校正全像水浒志传评林》。
- 志传评林本和黎光堂本等简本与残叶相同，也是"三打祝家庄"的部分收在第十卷之中。
- 从残叶中查出了简本特有的压缩文字的方法，如容与堂本第五十回："早迎见一彪军马，约有五百来人，当先拥出那个头领，弯弓插箭，拍马输枪，乃是小李广花荣。"在残叶则压缩为"早迎见小李广花荣，领军五百"。12 字，其中除"领军"二字外，其余 10 字全都包含在容与堂本之中。

张国光先生同意白木直也先生的看法，认为上海残叶是经过删节的简本，不是繁本。②

10 年后，1993 年刘世德先生发表长篇论文③，对残叶进行了仔细分析，其结论概括为以下 10 点：

- 《京本忠义传》刊刻于正德、嘉靖年间。
- 它极可能是福建建阳刊本。
- 它不是繁本，而是简本。
- 它是早期的简本，正文的字数比其他简本多。
- 它不是"原本""原始本""祖本"，而是来源于繁本的删节本。
- 它再一次证明了简本出于繁本的结论。

---

① 白木直也：《关于新发现的〈京本忠义传〉残页批判》，日本中国学会报 26，1983。
② 张国光：《评〈忠义传〉残叶发现"意义非常重大"论——关于〈京本忠义传〉一文之商榷》，载武汉师范学院学报，1984 年第 3 期。
③ 刘世德：《论〈京本忠义传〉的时代、性质和地位》，载《明清小说研究》1993 年第 2 期。

- 作为早期的简本,它是从繁本向其他简本发展之间的过渡本。
- 作为标目本,它又是从白文本向上图下文本发展之间的过渡本。
- 它的底本是一种刊刻于南京的以"忠义"为书名的繁本。
- 这种南京刊本与郭勋刊本、新安刊本或天都外臣序本有别。

3) 繁本

刘冬和欧阳健 1985 年发表论文,他们将第四十七回残叶的文字和繁本的嘉靖刻本(郑振铎藏本)、简本的评林本做了比较,指出残叶不是简本而是繁本。①

1996 年,日本中川谕发表论文②,对上海残叶、繁本的容与堂本和简本的评林本进行了仔细的文本比对,特别是将《水浒传》版本和《西游记》版本进行了比较,他发现《水浒传》繁本的容与堂本、上海残叶和简本的评林本三种版本的文字差异,和《西游记》繁本世德堂本、杨闽斋本和简本杨致和本的文字差异,有惊人的相似处。因此,他认为:上海残叶属于繁本,它和繁本的容与堂本都来自一个繁本的祖本。

可惜,中日学者由于缺乏交流,彼此都没有看到对方观点,事后也未曾进行交流。

4) 繁简过渡性删节本

刘世德先生文章发表 16 年后的 2009 年,李永祜先生在杭州《水浒》研讨会上发表长篇论文③,对上海残叶再进行了仔细分析,他有些结论与刘世德先生相同,但对刘世德先生的某些结论也有不同看法。李永祜先生认为:
- 上海残叶并非成就于元末明初
- 它不是繁本的祖本
- 它刊刻于嘉靖初年的福建建阳书坊
- 它对繁本做了较少的删节,是介于繁、简本两个系统之间的过渡性删节本。

以上是对上海残叶研究历史的基本回顾,从 20 世纪 70 年代起,直到 21 世纪,经白木直也、刘冬和欧阳健、中川谕、刘世德、李永祜先生不断深入研究,其性质的认定,也经历了从"繁本—简本—繁本—简本—繁简过渡删节本"这多次反复,详见下表。

有关上海残叶论文的结论

作者	顾廷龙 沈津	白木直也	刘冬 欧阳健	刘世德	中川谕	李永祜
发表年代	1975	1983	1985	1993	1996	2009
结论	繁本	简本	繁本	简本	繁本	过渡删节本

---

① 刘冬、欧阳健:《〈京本忠义传〉评价商兑》,载《贵州文史丛刊》1985 年第 5 期。
② 中川谕:《上海图书馆藏《京本忠义传》について》,新大国语 22 号,1996。
③ 李永祜:《〈京本忠义传〉的断代断性与版本研究》,载《水浒争鸣》第十一辑,2009。

（2）《京本忠义传》上海残叶和其他版本文字比对

以下用版本比对软件进行分析统计，也是对上述学者的研究结论的检验。

首先用"版本比对"软件对第四十七回和第五十回三个版本（容与堂本、京本忠义传和评林本）进行比对，结果如下，版本文字之间差异十分清楚。中川谕先生论文中用人工方式得出了类似的结果。

1) 第四十七回

以下为第四十七回容与堂本、京本忠义传残叶和评林本，逐行比对的结果。

容：	爷指教出去的路径那老人　道你便从村里走去只看有白杨树便可转湾不问路
残：	爷指教出去的路径那老人　道你便从村里走去只看有白杨树便可转湾不问路
评：	爹爹指教出去　路径那老人曰　你便从村里走去　　　　　　　　　不问
容：	道　阔狭但有白杨树的转湾便是活路没那树时都是死路如有别的树木转湾也不
残：	道　阔狭但有白杨树的转湾便是活路没那树时都是死路
评：	道路阔狭但有白杨树的转湾便是活路没那树时都是死路
容：	是活路若还　走差了左来右去只走不出去更兼死路里地下埋藏着竹签铁蒺藜若
残：	若还不走差了左来右去只走不出去更兼死路里　下埋藏着竹签铁蒺藜若
评：	埋藏着竹签铁蒺藜若
容：	是走差了踏着飞签准定吃捉了待走那里去石秀拜谢　了便问爹爹高姓那老人
残：	是走差了踏着飞签准定吃捉了　　　　　　石秀拜谢　了便问爹爹高姓那老人
评：	着飞签准定　捉了　　　　　　　石秀拜谢敢　问　　高姓那老人曰
容：	道这村里姓祝的最多惟有我覆姓钟离　土居在此石秀道　　酒饭　小人都吃勾
残：	道这村里姓祝的最多惟有我覆姓钟离住　居在此石秀道蒙赐酒饭已　　都吃
评：	这村里姓祝　最多惟　我覆姓钟离住　居在此
容：	了即当厚报正说之间只听得外面炒闹石秀听得道拿了一个细作石秀　吃了一惊
残：	了即当厚报正说之间只听得外面炒闹石秀听得道拿了一个细作石秀　吃了一惊
评：	只听　外面炒闹　听得道拿了一个细作石秀大　　惊
容：	跟那老人出来看时只见七八十个军人背绑着一个人过来石秀看时却是杨林剥得
残：	跟那老人出来看时只见七八十个军人背绑着一个人过来石秀看时却是杨林
评：	跟那老人出来看时只见七八十个军人　绑　　　　　　　　　　　　　杨林
容：	赤条条的索子绑着　石秀看了只暗暗地叫苦悄悄假问老人道这个拿了的是甚
残：	石秀看了只暗暗地叫苦　　假问老人道这个拿了的是甚

评：	前走石秀看了　　　　　　　　假问老人　这个拿　的是甚
容：	么人为甚事绑了他那老人道你不见说　他是宋江　那里来的细作石秀又问道
残：	么人为甚事绑了他那老人道你不见说　他是宋江　那里来的细作石秀又问道
评：	么人　　　　　　老人　　　　　曰他是宋江差来
容：	怎地吃他拿了那老人道说这厮也好大胆独自一个来做细作打扮做个解魔法师闪
残：	怎地吃他拿了那老人道说这厮也好大胆独自一个来做细作打扮做个解魔法师闪
评：	细作
容：	入村里来却又不认这路　只拣大路走了左来右去只　走了死路又不晓的白杨树
残：	入村里来却又不认这路　只拣大路走了左来右去只是走　死路又不晓的白杨树
评：	他只拣大路走
容：	转湾抹角的消息人见　他走得差　了　来路　蹺蹊报与庄上大　官来捉他这厮
残：	转湾抹角的消息人见　他走得差　了即　　　　报与庄上大人
评：	人见了他走　差来　　　路众人
容：	方才又挈出刀来手起伤了四五个人当不住这里人多一发上去因此吃拿了有人认得
残：	因此吃拿了有人认得
评：	拿了有人认得
容：	他从来是贼叫做锦豹子杨林说言未了只听得前面喝道说是庄上三官人巡绰过来
残：	他从来是贼叫做锦豹子杨林说言未了只听得前面喝道说是庄上三官人巡绰过来
评：	他　　叫做锦豹子杨林说言未了
容：	石秀在壁缝里张时看见前面摆着二十对缨枪后面四五个人骑战马都弯弓插箭又
残：	石秀在壁缝里张时看见前面摆着二十对缨枪后面四五个人骑战马都弯弓插箭
评：	看见前面摆二十对缨枪后面四五个　骑战马　弯弓插箭
容：	有三五对青白哨马中间拥着一个年少的壮士坐在　一匹雪白马上全付披挂了弓箭
残：	中间拥着一个年少的壮士　　骑一匹雪白马上全付披挂了弓箭
评：	拥着一个年少　壮士　　骑　疋　白马

2）第五十回

以下为第五十回容与堂本、京本忠义传上海残叶和评林本，逐行比对的结果。

容：	足道哉早　望也要望朝奉提携指教祝氏　三杰相请众位尊坐　　孙立动问道连日
残：	足道哉早晚　也要望朝奉提携指教祝氏　三杰相请众位尊坐　　孙立动问道连日
评：	足道哉　　　　　　　　　　　　　　祝　家三杰相请众位尊坐祝龙　动问

容：	相杀征阵劳神祝龙答道也未见胜败众位尊兄鞍马　　劳神不易　　孙立便叫顾大
残：	相杀征阵劳神祝龙答道也未见胜败众位尊兄鞍马远来　不易　　孙立便叫顾大
评：	众位　　　　　　来历孙立

容：	嫂引了乐大娘子叔伯姆两个去后堂拜见宅眷唤过　孙新解珍解宝参见了　说道这
残：	嫂引了乐大娘子叔伯姆两个去后堂拜见宅眷换过　孙新解珍解宝参见了便　道这
评：	指孙新解珍解宝　　　　　这

容：	三个是我兄弟指着乐和　便道这位是此间郓州差来取的　公吏指着邹渊邹润　道
残：	三个是我兄弟指着乐和　便道这位是此间郓州差来取的　公吏指着邹渊邹润　道
评：	三个是我兄弟指　乐和曰　　这　是　郓州差　　来公吏指　邹渊邹润曰

容：	这两个是登州　送来的军官祝朝奉　并三子虽是聪明却见他又有老小并许多行李
残：	这两个是登州　送来的军官祝朝奉　并三子虽是聪明却见他又有老小并许多行李
评：	这　是登州将　来　军官祝朝奉虽　　是聪明　见他又有老小　许多

容：	车仗人马又是栾廷玉教师的兄弟那里有　　疑心只顾杀牛宰马做筵席　管待众人
残：	车仗人马又是栾廷玉教师的兄弟那里有　　疑心只顾杀牛宰马做筵席　管待众人
评：	车仗人马又是　廷玉教师　兄弟　　并无疑心只顾　　　　筵席款　待

容：	且饮酒食过了一两日到第三日庄兵报道　宋江又调军马杀过庄上来了祝彪道我自
残：	且饮酒食过了　两日到第三日庄兵报道　宋江又调军马杀过庄上来了祝彪道我自
评：	庄兵报　曰宋江又调军马杀过庄

容：	去上马拿此贼便出庄门放下吊桥引一百余骑马军杀将出来早迎见一彪军马约有
残：	出　上马拏此贼便出庄门放下吊桥引一百余骑马军杀　出来早迎
评：	

容：	五百来人当先拥出那个头领弯弓插箭拍马轮枪乃是小李广花荣　　　　　祝彪
残：	
评：	小李广花荣领军五百出与

容：	见了跃马挺枪向前来斗花荣也纵马来战祝彪两个在独龙岗前约斗了十数合不分胜
残：	
评：	祝彪两个　　　　　斗了十数合不分胜

容：	败花荣卖了个破绽拨回马便走引他赶来祝彪正待要纵马追去背后有认得的说道将
残：	败花荣卖了个破绽拨回马便走引他赶来祝彪正待要纵马追去背后有认　的说道将

```
评：————————————————————————————————————
容：军休要去赶恐防暗器此人深好弓箭祝彪听罢便勒转马来不赶领回人马投　庄上来
残：军休要去赶恐防暗器此人深好弓箭祝彪听罢便勒转马来不赶领回人马投在庄上来
评：————————————————————————————————————
容：拽起吊桥看花荣时也引军马回去了祝彪直到厅前下马进后堂来饮酒孙立动问道小
残：拽起吊桥看花荣时也引军马回去了祝彪直到厅前下马进后堂来饮酒孙立动问道小
评：————————————————————————————————————
容：将军今日拿得甚贼祝彪道　　　　这厮们伙里有个甚么小李广花荣枪法好生了得
残：将军今日拿得甚贼祝彪道今日阵与　　　　　　　　　　　　　　　　花荣
评：————————————————————————————————————
容：斗了五十余合　　那厮走了我却待要赶去追他军人　们道那厮
残：斗了五十　　合吃那厮走了我却待要赶去追他军人每　道那厮
评：————————————————————————————————————
```

（3）《京本忠义传》上海残叶文字差异的统计分析

《京本忠义传》上海残叶只有两页，字数只有几百字，本来很好分析，但学者分析结果却大相径庭。其原因何在？到底《京本忠义传》上海残叶属于什么性质的版本？在《水浒传》版本中应属于什么地位？

本来，《水浒传》的繁本、简本的分辨标准除了文字的繁简之外，最重要的是，是否有田虎王庆故事。但可惜残叶只有两页，没有田虎王庆故事部分，因此无法用田虎王庆故事判断，只好用文字繁简进行判断。

两页中每页约几百字，本来很好分析统计。但由于人工进行字数统计，结果还是出入很大，导致结论差异很大。对字数统计可以利用数字化进行，既可靠、准确，也迅速。具体实施有两种方法：

- 总字数统计：只计算字数，不管文字是否相同：这种方法只机械地统计字数，有可能字数相同，但文字却不同。因此只统计字数，可能不反映内容差异。
- 相同字数统计：考虑文字是否相同，计算相同的文字所占比例：这种统计考虑了文字的内容，应该比较可靠。但由于录入时保留了异体字和俗体字，这样统计结果与事实也会有差距。

综合两种方法是比较可靠的。举例：

例1. 容与堂本："人见他走得差了，来路蹊跷，报与庄上大官。"

例2. 上海残叶："人见他走得差了，即报与庄上大人。"

按照第一种方法只统计字数，则容与堂本为17字，上海残叶为14字，比例为82%。

按照第二种方法统计相同字数，则容与堂本为 17 字，上海残叶相同字数为 12 字，比例为 71%。

第一种方法总字数步骤如下：
- 将所有版本第四十七、五十回的文字全部数字化。
- 抽出各个版本与上海残叶对应的文字部分，形成 Word 文件。
- 利用 Word "字数统计" 功能，自动对每种版本的文字进行统计。
- 对字数统计数据列表。

第二种方法相同字数统计，步骤如下：
- 将所有版本第四十七、五十回的文字全部数字化。
- 用 "相似度" 分析软件，自动对每种版本相同的文字进行统计。
- 对统计结果列表。

这样得出的统计数据，比人工统计更快速和准确，再进行分析就轻而易举了，结论也是最可靠的。

1) 第四十七回文字分析统计

《水浒传》第四十七回对应 "上海残叶" 各版本字数统计（%）

序号	1	2	3	4	5	6	7	8	9	10
版本	刘兴我本	评林本	上海残叶	郑藏本	容与堂本	钟伯敬本	天都外臣本	遗香堂本	郁郁堂本	腰斩本
字数	202	224	448	520	521	522	522	523	523	523
总字数	39	43	86	100	100	100	100	100	100	100
相同字	28	34	79	84	100	91	82	84	85	81

对第四十七回文字统计的 10 个版本，发现如下特点：
- 10 个版本可分为三类。
- 简本的评林本、刘兴我本，总字数只有容与堂本的 43% 和 39%；相同字数比例只有 34% 和 28%。确实是简本。
- 繁本的容与堂本和郑藏本、锺伯敬本、天都外臣本、遗香堂本、郁郁堂本、金圣叹本总字数几乎完全相同；相同字数的比例在 81% 至 91% 之间。确实都是繁本。
- 上海残叶的字数在繁本和简本之间，总字数比容与堂本略少，为 86%，大大高于简本的 39% 和 43%。相同字数的比例为 79%，和其他繁本的 81%—91% 接近，也大大高于简本的 28% 和 34%。
- 总字数和相同字数的两种方法，统计结果一致。

第四十七回上海残叶和繁本、简本比较，没有情节差异，只有个别句子叙述有差异。

2）第五十回文字分析统计

第五十回文字统计了9个版本（郑振铎藏本缺第五十回），有如下特点：

- 9个版本和第四十七回一样，也可分为三类。
- 简本的评林本、刘兴我本，总字数都只有容与堂本的24%；相同字数比例只有19%和17%。和第四十七回一致。
- 第五十回容与堂本和其他5种版本（锺伯敬本、天都外臣本、遗香堂本、郁郁堂本、金圣叹本）（郑藏本缺第五十回）总字数几乎完全相同。相同字数比例在83%至93%之间，只有天都外臣本比例为45%，是特例。和第四十七回一致。
- 第五十回上海残叶和第四十七回一样，总字数也在繁本和简本之间。字数比容与堂本略少，只有其87%，和第四十七回的86%几乎完全相同。和第四十七回一致。
- 第五十回上海残叶和简本的文字差异很大，总字数上海残叶为容与堂本的87%，而简本只有24%。相同字数上海残叶为容与堂本的比例为73%，也大于简本的19%和17%，其他繁本的81%至93%差不多。这一点，第五十回和第四十七回差异很大。
- 和第四十七回一样，第五十回的总字数和相同字数的两种方法，统计结果一致。

《水浒传》第五十回对应"上海残叶"各版本字数统计

序号	1	2	3	4	5	6	7	8	9
版本	刘兴我本	评林本	上海残叶	容与堂本	钟伯敬本	天都外臣本	遗香堂本	郁郁堂本	腰斩本
字数	114	115	419	483	483	486	482	482	477
总字数%	24	24	87	100	100	100	100	100	99
相同字%	17	19	73	100	93	81	86	89	83

《京本忠义传》和容与堂本、评林本的文字差异，许多学者的论文都有所分析，其中以刘世德、中川谕和李永祜先生的分析最详尽，但他们的分析统计也有不同之处。

从以上对第四十七回和第五十回两处文字差异分析来看：第四十七回《京本忠义传》上海残叶和简本，只有个别文字差异，没有情节差异。第五十回《京本忠义传》和简本则不止在文字上有差异，在情节上更有极大差异。仔细分析，简本字数大大降低，是由于简本删除了祝彪和小李广花荣的交战的大段文字。而上海残叶和容与堂本一样，没有删除祝彪和小李广花荣的交战的大段文字，因此导致上海残叶和简本文字差异很大。

（4）《京本忠义传》是繁本，还是简本

对于《京本忠义传》在《水浒传》版本中的分类，学者们分歧很大。白木直也、刘世德先生认为是简本，中川谕先生认为是繁本，李永祜先生认为是繁简过渡删节本。造成他们结论不同的根本原因，是他们评判"繁本"和"简本"的标准完全不相同。

文字的繁简（即文字删节），有不同的程度。有的版本文字删节很多，属于简本毫无异议。但有的版本文字删节的少，是属于简本还是属于繁本，就各自会有不同看法了。这样产生多种看法。

1）简本

按照白木直也、刘世德先生看法，只要对繁本的文字有所删节，就属于简本。这样，上海残叶因为相对其他繁本，文字确实做了一些删节，因此按照上述标准，称其为"简本"。上海残叶出自繁本，它们之间是父子关系。而上海残叶和其他简本也是父子关系。

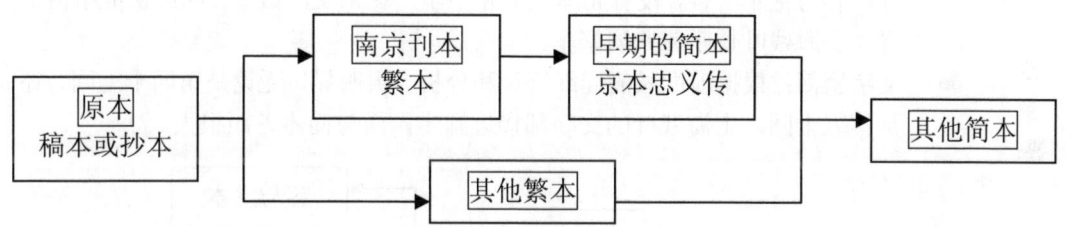

刘世德对上海残叶《京本忠义传》的看法

2）繁简删节过渡本

李永祜先生考虑到残叶文字和简本差异很大，不宜归入简本系统，但也不属于繁本，故称为"由繁到简过渡性删削本比较适当"，即上海残叶属于繁简本之间的过渡删节本。换句话说，上海残叶和繁本祖本是父子关系，而上海残叶和简本也是父子关系。

李永祜对上海残叶《京本忠义传》的看法

表面上，白木直也、刘世德先生和李永祜先生的观点有差异，但其本质是一样的，都认为上海残叶是繁本和简本之间的一种版本。刘世德先生在认为残叶属于简本的同时，也认为"它是从繁本向其他简本发展之间的过渡本"。因此在"过渡本"观点上，实际二人没有本质差异。只是白木直也、刘世德先生认为其属于简本，而李永祜先生认为是繁简过渡删节本而已。

3）繁本

第三种看法是认为，删节要看删节的程度，删节不多，仍可以归于繁本。因为上海残叶相对于简本，文字删节并不多，因此仍称其为"繁本"。刘冬和欧阳健先生1985年就指出，上海残叶是地地道道的繁本，而不是简本。中川谕先生也认为上海残叶的字数虽然比容与堂本略有删节，但和简本的字数差距更大。因此它不是简本，而应该是一种简略的繁本，本质还是属于繁本。它和容与堂本等繁本有共同的祖本，即上海残叶和容与堂本是兄弟关系，和评林本等简本不是父子关系，而是远房亲戚关系。

各自都有道理，到底应如何判断呢？

《水浒传》繁本、简本准确称呼是"文繁事简"和"文简事繁"。繁简本的分类标准公认有两条：故事情节和文字繁简。下面根据以上两个标准来分析上海残叶。

- 故事情节：一般是根据田虎王庆故事，但上海残叶没有田虎王庆部分，无法判别。但还可以根据其他小情节来判断。第四十七回故事情节各本没有很大差异。但第五十回中，简本删除了祝彪和小李广花荣的交战故事。而上海残叶和容与堂本一样，没有删除祝彪和小李广花荣交战故事。因此从故事情节看，上海残叶似乎应归属繁本。
- 文字繁简：根据前面做的详细统计和分析，很明显，无论是第四十七回，还是第五十回，上海残叶的文字都接近繁本，而与简本差距很大。

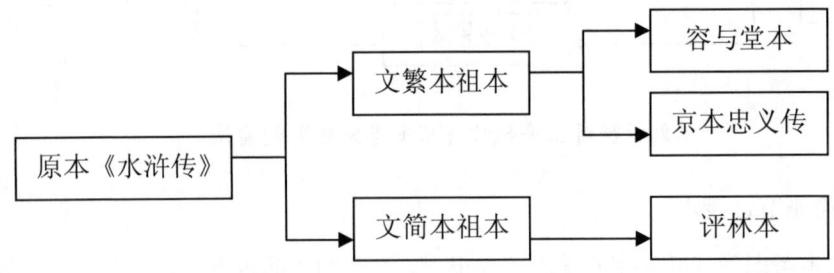

中川谕对上海残叶《京本忠义传》的看法

综合故事情节和文字繁简，《京本忠义传》都不属于简本。因为上海残叶在故事情节和文字繁简上，都接近繁本，因此，说《京本忠义传》上海残叶属于繁本也可以，但不十分准确，毕竟文字有所删节。

（5）《京本忠义传》是删节本

刘世德和李永祜先生对《京本忠义传》的地位有不同看法。刘世德先生虽然认为属于简本，但他也认为《京本忠义传》是"介于繁本和简本之间的一个简本"，"应是第一次删节本"。李永祜先生认为《京本忠义传》不属于简本，也不属于繁本，是繁简过渡删节本。他们的看法实际是一样的，即《京本忠义传》是介于繁本和简本之间的过渡本。

《京本忠义传》只是从形式上看，似乎是繁简本之间的过渡本。但本质上，《京本忠义传》并不是繁简本的过渡本,而是一种繁本的删节本,对繁本文字略加删节,但比简本文字还是详细一些。它属于一种后来消亡、被淘汰的版本。简本和删节本相比,简本比删节本对繁本文字做了更大的删节,简本是直接删除繁本产生的,简本并不来自《京本忠义传》,《京本忠义传》和简本也没有演化关系。

根据前述的情况,可以认为:《京本忠义传》的确是建阳《水浒传》刻本中的早期刻本之一,是从繁本略加删节而来的删节本,其文繁事简,可能没有田虎王庆故事。但书商推出后,效果并不好,由于删节字数不多,页数下降不多,成本下降也不多。因而这种删节本,很快就被文字更加简略,又插增了田虎王庆故事、上图下文的简本所取代。因此,《京本忠义传》不是繁简本的过渡本,而是建阳书商早期推出的一种删节本。但由于市场不好,很快就消亡了。后面出现的简本,不是来自《京本忠义传》,而是直接来自其他繁本,与《京本忠义传》无关。《京本忠义传》是一种被淘汰的删节本,不是繁简本的过渡,也和简本无关。

这种看法和李永祜先生看法相似,但也有不同,李永祜先生认为此本是"繁简过渡删节本",而本人认为它不是"过渡本",而是繁本、简本之外的第三种"删节本"。

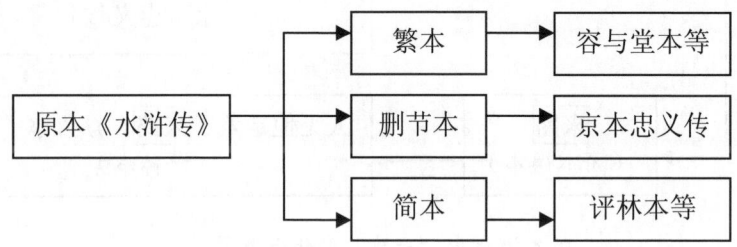

《京本忠义传》在《水浒传》版本演化中的地位示意图

《京本忠义传》只保存了两页,这也是《京本忠义传》是一种不成功的删节本的一个证据。《水浒传》繁本和简本流传至今的版本都很多,这些系列内的版本文字差异都很小。各种繁本基本都没有删节,简本则删节很多,而《京本忠义传》是一种少量删节的版本。

《京本忠义传》至今还没有发现任何完整的版本,保存下来的只有上海图书馆的两个残叶。这两页是做其他书籍的衬纸使用,这充分说明,这种版本在当时是价值不高的通俗读物,且印刷量肯定很少。刊刻这种版本的目的本来是为降低价格,它的文字是简略了,但价格降低不多,又没有插图和新故事情节,因此这种少量删节的版本,在和其他繁本、简本的竞争中,很快就被淘汰了,因此流传下来的极少。

证明简本绝不是来自《京本忠义传》,而是直接来自繁本,有一个有力的证据,即第四十七回中"来路"一词,中川谕先生早已注意到。①

容:人见 他走得差了 来路 蹊跷报与庄上大 官来捉他

---

① 中川谕:《上海图书馆藏〈京本忠义传〉について》,《新大国语》22号,1996年。

| 残 | 人见 | 他走得差了即 | | 报与庄上大人 |
| 评 | 人见了他走 | 差 | 来路众 | 人 |

三个版本文字仔细研究是有差异和来历的：
- 容与堂本为："人见他走得差了，来路蹊跷，报与庄上大官来捉他。"
- 评林本删节很多，变成为："人见他走了来路，众人拿了。"
- 《京本忠义传》删节较少，改为："人见他走得差了，即报与庄上大人。"

三个文本相比，很明显，评林本和容与堂本对容与堂本都做了删节，但删节后的意思发生了很大改变。容与堂本和评林本都有"来路"一词，虽然意思不同。而《京本忠义传》却完全没有"来路"一词，意思也不同。

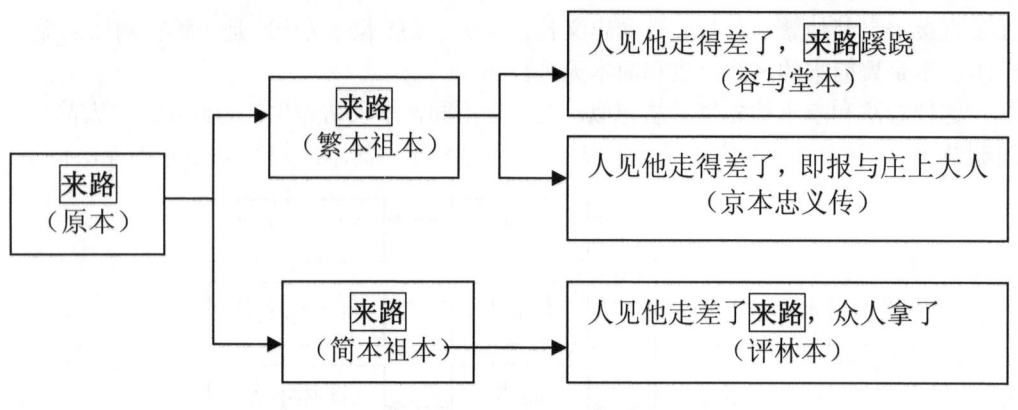

版本演化中"来路"变化示意图

中川先生认为，评林本和容与堂本有共同的祖本，评林本不可能来自《京本忠义传》。如果评林本来自《京本忠义传》，怎么会出现"来路"一词呢？因此，《京本忠义传》不可能是繁简本之间的过渡本，而是一个消亡了的版本，和简本无关。

这种分析有一定道理，其实对此还有更简单合理的分析。

容与堂本文字为"人见他走得差了，来路蹊跷"，意思是说：杨林不认识路，走错了，庄客看他"来路蹊跷"。评林本简化为：庄客看他走错了路，就拿下了。二本都有"来路"一词。而《京本忠义传》可能认为"来路蹊跷"不易理解，就改为"走得差了"。

所以此例实际是版本演化中常见的文字修改，修改者有各自的想法，因此修改文字也不同。从这些文字修改中要判别版本演化还是有很大难度的。对这些文字修改，各人会有各人不同看法，这也很正常。

（6）《京本忠义传》和《三国演义》夏振宇本版式相同

《京本忠义传》版式很有特点，每页都有一通栏的小标题，可称为"页标题"。这种版式在《水浒传》中似乎没有，和《三国演义》夏振宇本很相似。《三国演义》夏振宇本也是每页有一个通栏小标题，这种版式在《三国演义》版本中也没有第二种。

但两本的页标题也略有不同,《京本忠义传》页标题第四十七回为 7 字,第五十回为 6 字,而夏振宇本全部是 6 字。从整体看,《京本忠义传》和建阳刻本相似,刻印比较粗糙,为减小篇幅,字比较密集,读者群是下层文人。而夏振宇本则刻印比较精细,字间距大,阅读方便,读者群是上层文人。

每种版式都有其时期特点,因此《京本忠义传》和夏振宇本这种独特的版式可能属于同一个时期,夏振宇本一般认为刊刻于明万历年间,《京本忠义传》刊刻时间有争议,有人认为刊刻于嘉靖时期,也有人认为刊刻于万历时期。

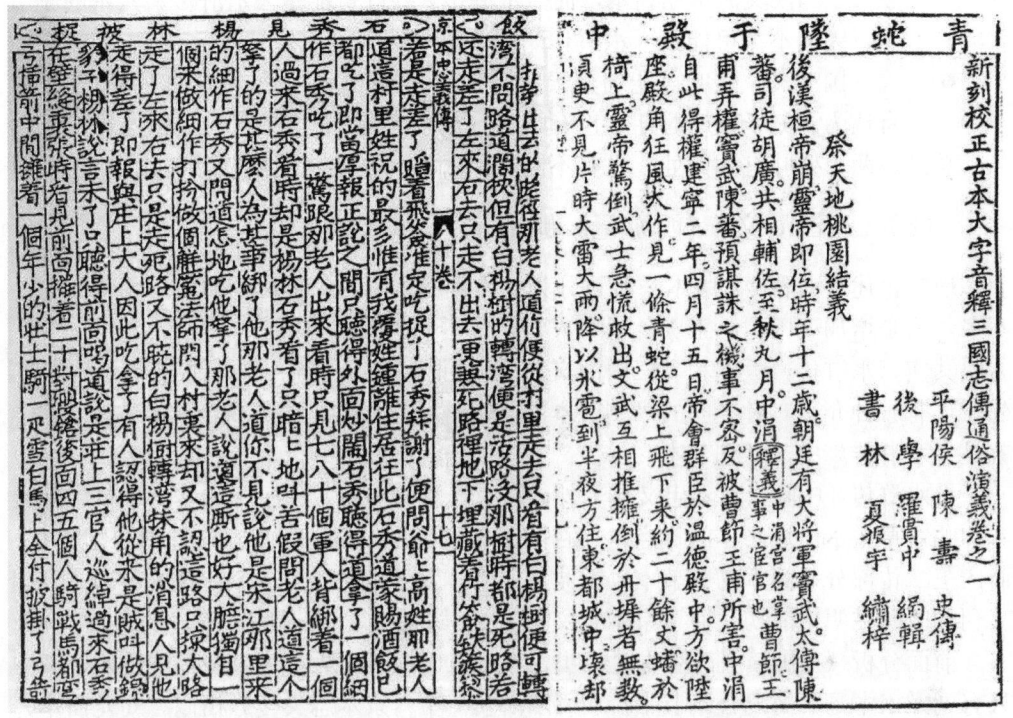

《京本忠义传》上海残叶第四十七回残叶　　《三国演义》夏振宇本第一回第 1 页

(7)《水浒传》上海残叶和《三国演义》上海残叶

《水浒传》版本有个上海残叶,很巧合《三国演义》版本也有个上海残叶,比较这两个残叶也很有趣。

两个残叶相同点:

- 现在都保存在上海图书馆,都是当作了其他图书的衬纸使用的。现存都是只有两个半页。
- 《三国演义》残叶和《水浒传》残叶都是两本书早期刊本,都被当作其他图书衬页使用,说明当时《三国演义》《水浒传》刊刻很多,但不被重视,而当作其他图书的衬页了。也说明《三国演义》和《水浒传》版本遗失很多。

两个残叶的不同点:

- 两个残叶版式不同,《水浒传》残叶每页上有一通栏标题,和《三国演义》

夏振宇本相同，而《三国演义》残叶每页没有标题。
- 《三国演义》残叶行款为12行22字，每页合计264字。《水浒传》残叶13行28字，每页合计364字，是《三国演义》字数的1.38倍。
- 《三国演义》残叶和《三国演义》早期版本周曰校甲本文字完全相同。而《水浒传》残叶和《水浒传》早期版本容与堂本等比，文字删节很多，和现存任何《水浒传》版本都不同，可能是一种晚于容与堂本的删节本。
- 这两个残叶都是早期刊本，但《三国演义》残叶和周曰校甲本文字相同，属于《三国演义》早期刊本，而《水浒传》残叶可能是《水浒传》繁本的删节本，因而不太可能是《水浒传》繁本的早期版本。
- 《三国演义》残叶可能刊刻于万历时期，《水浒传》残叶刊刻时间有争议，有认为刊刻于嘉靖时期，也有认为刊刻于万历时期。

总之，两个残叶有相同处，也有不同处，对比两个残叶也很有意义。

（8）《三国演义》《西游记》删节本

现在论述《水浒传》版本一般只分为繁本和简本两种，全传本和繁本相比文字差不多，只是增加灭田虎、王庆，也有人将全传本归入繁本范围。

其实《水浒传》版本和《三国演义》《西游记》版本一样，在上述繁本、简本之外，还有一种介于二者之间的"删节本"，或称"混合本"。本人认为《京本忠义传》就是《水浒传》中一种删节本。

《水浒传》中除《京本忠义传》外，还有一种删节本，即三十卷本，包括宝翰楼本和映雪草堂本。这两本的特点：一百回部分文字是一百回繁本容与堂本的删节本，而田王二传部分是简本的删节本，因此三十卷本是《水浒传》一个特殊的删节本。但其刊刻时间在明末清初，而《京本忠义传》是早期版本，都是删节本，但一晚一早。

前面分析《三国演义》版本时指出，在《三国演义》版本中有四种混合本，其中只有刘龙田本是繁简混合删节本，和《水浒传》中《京本忠义传》相似。刘龙田本开始是繁本，第一则后半部分改为简本，后面有时是繁本，有时是繁本简本混合本，直到第九十六则以后才彻底改为简本。所以刘龙田本可视为繁本的删节本，编者很明显是力图编写一本比繁本简略，比简本又详尽的版本。《三国演义》版本中删节本和《水浒传》中《京本忠义传》一样，只有刘龙田本一本。其三种混合本是繁简混合本，而不是繁本删节，和刘龙田本、《京本忠义传》略有不同。

《西游记》版本中也有删节本，但和《三国演义》《水浒传》只有一种不同，《西游记》有多种明代删节本，即唐僧西游记本、闽斋堂本和杨闽斋本，它们都是世德堂本（或李卓吾本）的删节本，文字比简本朱鼎臣本、杨致和本要详细得多。

从版本形式看，《三国演义》繁本从叶逢春本开始就是上图下文本，到刘龙田本也如此。《西游记》删节本中，唐僧西游记和繁本世德堂本一样，都是整页文字本，而杨闽斋本和闽斋堂本是上图下文本。《水浒传》中《京本忠义传》和繁本容与堂本一样，也是整页文字本。

总之，《京本忠义传》和《三国演义》《西游记》中的删节本一样，也是《水浒传》

版本中的删节本。但《京本忠义传》和《三国演义》《西游记》不同，《京本忠义传》是《水浒传》版本中的早期删节本，而《三国演义》《西游记》的删节本都是较晚的版本。《京本忠义传》只保存下了此一残叶，连残卷也没有。这说明这种删节本很快被各种价格更低的简本所淘汰了。

因此，古代小说中除繁本、简本之外，还有文字介于两者之间的删节本，这是古代小说版本发展的共同规律。

（9）《京本忠义传》研究结论

以上分析表明，前人对《京本忠义传》的研究很多是正确的，对《京本忠义传》可以得出如下结论：

- 《京本忠义传》不是简本。
- 《京本忠义传》是繁本的删节本。
- 《京本忠义传》可能是《水浒传》建阳早期刻本。
- 简本不太可能来自《京本忠义传》。
- 《京本忠义传》只是在形式上似乎是繁、简本之间的过渡本，但本质上并不是繁简过渡本，而是繁本的删节本。
- 《京本忠义传》是一种没有后续发展的消亡繁本删节本，其推出后，由于销路不好，很快就被淘汰，因此它是《水浒传》中昙花一现不太重要的版本。
- 古代小说中，介于繁本和简本之间的删节本很多，《水浒传》中除《京本忠义传》外，还有三十回本也是繁简混合删节本，在《三国演义》中有刘龙田本也是繁简混合删节本，在《西游记》中有唐僧西游记、杨闽斋本、闽斋堂本等，也是删节本。

《京本忠义传》只有两页，从 20 世纪 80 年代到新世纪，国内外很多知名学者都进行了仔细深入的研究，似乎再没有深入的可能。

但在前人研究的基础上，利用数字化方式对这只有两页的《京本忠义传》，再做了进一步仔细、深入的分析，基本验证前人人工研究的很多结论是可靠的，并且得出了一些新的看法。

从《京本忠义传》的数字化研究中可以看出，数字化对于版本研究还是很有帮助的。短短两页纸的版本都可以利用数字化进行再研究，并取得新成果，可是目前还有很多《水浒传》版本未数字化，因此《水浒传》版本研究肯定还有很大的提升空间。

2.《水浒传》三十卷本研究

《水浒传》版本一般分为繁本和简本两大类，此外还有一种奇特的繁本和简本混合删节本，即三十卷本，此类版本有宝翰楼本（亦称文杏堂本）和映雪草堂本两本。

一些学者对三十卷本做了仔细研究，对于此本的底本有不同看法。日本天理大学（后任教大阪大学）大内田三郎先生1979年发表论文，认为三十卷映雪草堂的底本是一百二十回的袁无涯本，此文1984年在中国翻译发表①。

刘世德先生对此有不同看法，他1984—1985年先后发表3篇文章谈映雪草堂本，他认为三十卷映雪草堂本的底本不是一百二十回本，而是一百回容与堂本。②日本氏冈真士先生2010年也发表文章③，基本同意刘世德先生看法，但有补充。邓雷对三十卷本做仔细研究后，2019年发表文章认为，映雪草堂本是宝翰楼本的翻刻本，但其正文部分是同版④。

对此我汇总以上各位先生及我个人的看法如下：

（1）书名

两本三十卷的书名很混乱，仔细梳理如下。

- 宝翰楼本、文杏堂本

此本封面中栏有色印章一枚"宝翰／楼章"，因此一般称为"宝翰楼"本。

注意：宝翰楼还刊刻了另一种一百二十回本，此本左栏也有一枚朱印，但书"宝翰楼／藏书记章"，两枚图章不同。

查宝翰楼除出版这两本《水浒传》外，还曾出版《四大奇书第一种》（即《三国志演义》）⑤。

此本总目首有"文杏堂评点水浒传全本标目"，因此也称"文杏堂"本。

- 映雪草堂本

此本封面左栏下角书"金映雪草堂藏版"，而宝翰楼本此处为"本衙藏"。

此本总目首为"金圣叹评水浒全传"，将宝翰楼本的"文杏堂"改为"金圣叹"。

根据邓雷分析，两本正文部分是出自同版，但正文之前的附件部分差异颇大，并非出自同版，明显是映雪草堂本对宝翰楼本做了修改。因此两本关系可能是映雪草堂本买了宝翰楼的刻板后，修改了前面的附件，重新以映雪草堂本刊印。这类情况在古代小说中常见，某书坊刊刻出版某版本后，不想再印，就干脆把书板卖给其他书坊，其他书坊修改扉页、序言等再印。所以此本肯定应该是宝翰楼本在前，映雪草堂本在后。

本文讨论这两本共同特点时称"三十卷本"，单独讨论某一版本时，按照现在习惯称"宝翰楼本"和"映雪草堂本"。

---

① 大内田三郎：《〈水浒传〉版本考——关于〈文杏堂批评水浒传三十卷本〉》，《水浒争鸣》（第三辑），1984年。
② 刘世德：《谈〈水浒传〉映雪草堂刊本的概况、序文和标目》，《水浒争鸣》1984年第3辑。《〈水浒传〉映雪草堂刊本——简本和删节本》，《水浒争鸣》1985年第4辑。《谈〈水浒传〉映雪草堂刊本的底本》，《明清小说研究》1985年第2期。后都收入刘世德《水浒论集》，社会科学文献出版社，2014年7月第1版。
③ 冈真士也：《三十卷本〈水浒伝〉について》，《日本中国学会报》第63集，2011年。
④ 邓雷：《三十卷本〈水浒传〉研究——以概况、插图、标目为中心》，《中国典籍与文化》2019年第2期。
⑤ 王清源等：《小说书坊录》，北京图书馆出版社2012年4月第1版，第76页。

（2）特点

三十卷本有如下特点：

- 三十卷本正文只分三十卷，不分回，是《水浒传》版本中的特例。《水浒传》版本一般即分卷又分回，也有只分回不分卷的，但只分卷不分回的这是唯一的一种版本。
- 宝翰楼曾刊刻过两种《水浒传》，一种是一百二十回本，一本是三十卷本，二者似乎没有直接的关系。
- 三十卷本标目（即总目录）很复杂，一百回部分的标目基本和一百二十回本接近，田王二传部分的标目曾参考简本评林本的插图标题。
- 三十卷本文字是简本，但插图没有采用简本的上图下文，而是仿照繁本的整页插图。但一幅插图是几幅插图组合而成的，每幅插图的构思和一百回容与堂本接近。
- 三十卷本一百回部分和繁本相比，文字有删节，田王二传部分主要依据简本评林本，也有删节。
- 在"倒置阎婆事"上三十卷本和一百二十回本相同，和一百回本不同。
- 对三十卷本的底本有不同看法，有人认为其底本是一百二十回本，有人认为是一百回容与堂本，有人认为是同时参考了两本。
- 三十卷本属于繁本和简本的混合删节本，一百回部分是繁本删节本，而田王二传部分是简本删节本，编者的主导思想是压缩文字，减小篇幅。
- 三十卷本刊刻时间不明，估计应该是在明末，最迟在清初。

（3）只分三十卷不分回

三十卷本很奇特是采用了三十卷，但在开始的总目录下分卷又分回（则），但实际正文中并不分回，只分卷，每卷内的文字全部是连续的。

《水浒传》版本一般分卷和回，基本有四种情况：繁本容与堂本等为一百卷一百回，简本评林本为二十五卷一百四回，繁本无穷会本、遗香堂本为不分卷一百回，全传本袁无涯本为不分卷一百二十回，而三十卷本是只分三十卷，正文内不再分回。

三十卷本分卷不分回只是正文，但总目录还是分卷又分回的，二者是矛盾的。

三十卷本正文前总目录题为"文杏堂评点水浒传全本标目"，其含义是"标题目录"，因此一般习惯称其为"标目"，不称"回目"，1个回目基本等于两个标目。

对于三十卷本的标目，刘世德先生和邓雷都有十分详细的分析，根据刘世德先生和邓雷的研究，三十卷本总目是参考袁无涯本，但其实只是前一百回基本抄一百二十回本目录，而田王二传部分又参考评林本的编目，但对田王二传目录做了很多修改。因为编者可能觉得一百二十回本田王二传故事不好，就改用简本故事。但在总目录中并未直接采用简本的目录，而是大量抄写了评林本插图标题，当作目录插入总目录。而实际编写田王二传时，并不分回，自然也就没有回目。

下表是三十卷本的分卷和一百二十回袁无涯本、一百四回评林本的回目比较表。

其中前 90 回和最后 10 回为一百二十回本回目，中间田王二传为一百四回评林本回目，两本回数不同。

三十卷本分卷与袁无涯本、评林本分回比较表

三十卷本	回目	袁无涯本、评林本	
1	1	张天师祈禳瘟疫	洪太尉误走妖魔
	2	王教头私走延安府	九纹龙大闹史家村
	3	史大郎夜走华阴县	鲁提辖拳打镇关西
2	4	赵员外重修文殊院	鲁智深大闹五台山
	5	小霸王醉入销金帐	花和尚大闹桃花村
	6	九纹龙剪径赤松林	鲁智深火烧瓦罐寺
3	7	花和尚倒拔垂杨柳	豹子头误入白虎堂
	8	林教头刺配沧州道	鲁智深大闹野猪林
	9	柴进门招天下客	林冲棒打洪教头
	10	林教头风雪山神庙	陆虞候火烧草料场
	11	朱贵水亭施号箭	林冲雪夜上梁山
4	12	梁山泊林冲落草	汴京城杨志卖刀
	13	急先锋东郭争功	青面兽北京斗武
	14	赤发鬼醉卧灵官殿	晁天王认义东溪村
	15	吴学究说三阮撞筹	公孙胜应七星聚义
	16	杨志押送金银担	吴用智取生辰纲
	17	花和尚单打二龙山	青面兽双夺宝珠寺
5	18	美髯公智稳插翅虎	宋公明私放晁天王
	19	林冲水寨大并火	晁盖梁山小夺泊
	20	梁山泊义士尊晁盖	郓城县月夜走刘唐
6	21	虔婆醉打唐牛儿	宋江怒杀阎婆惜
	22	阎婆大闹郓城县	朱仝义释宋公明
	23	横海郡柴进留宾	景阳冈武松打虎
7	24	王婆贪贿说风情	郓哥不忿闹茶肆
	25	王婆计啜西门庆	淫妇药鸩武大郎
	26	偷骨殖何九叔送丧	供人头武二郎设祭
	27	母夜叉孟州道卖人肉	武都头十字坡遇张青

三十卷本分卷与袁无涯本、评林本分回比较表（续1）

8	28	武松威镇安平寨	施恩义夺快活林
	29	施恩重霸孟州道	武松醉打蒋门神
	30	施恩三入死囚牢	武松大闹飞云浦
	31	张都监血溅鸳鸯楼	武行者夜走蜈蚣岭
9	32	武行者醉打孔亮	锦毛虎义释宋江
	33	宋江夜看小鳌山	花荣大闹清风寨
	34	镇三山大闹青州道	霹雳火夜走瓦砾场
	35	石将军村店寄书	小李广梁山射雁
	36	梁山泊吴用举戴宗	揭阳岭宋江逢李俊
	37	没遮拦追赶及时雨	船火儿大闹浔阳江
10	38	及时雨会神行太保	黑旋风斗浪里白跳
	39	浔阳楼宋江吟反诗	梁山泊戴宗传假信
	40	梁山泊好汉劫法场	白龙庙英雄小聚义
	41	宋江智取无为军	张顺活捉黄文炳
11	42	还道村受三卷天书	宋公明遇九天玄女
	43	假李逵剪径劫单人	黑旋风沂岭杀四虎
	44	锦豹子小径逢戴宗	病关索长街遇石秀
	45	杨雄醉骂潘巧云	石秀智杀裴如海
12	46	病关索大闹翠屏山	拚命三火烧祝家店
	47	扑天雕双修生死书	宋公明一打祝家庄
	48	一丈青单捉王矮虎	宋公明两打祝家庄
	49	解珍解宝双越狱	孙立孙新大劫牢
	50	吴学究双用连环计	宋公明三打祝家庄
13	51	插翅虎枷打白秀英	美髯公误失小衙内
	52	李逵打死殷天锡	柴进失陷高唐州
	53	戴宗智取公孙胜	李逵斧劈罗真人
	54	入云龙斗法破高廉	黑旋风探穴救柴进
14	55	高太尉大兴三路兵	呼延灼摆布连环马
	56	吴用使时迁盗甲	汤隆赚徐宁上山
	57	徐宁教使钩镰枪	宋江大破连环马
	58	三山聚义打青州	众虎同心归水泊

三十卷本分卷与袁无涯本、评林本分回比较表（续2）

15	59	吴用赚金铃吊挂	宋江闹西岳华山
	60	公孙胜芒砀山降魔	晁天王曾头市中箭
16	61	吴用智赚玉麒麟	张顺夜闹金沙渡
	62	放冷箭燕青救主	劫法场石秀跳楼
	63	宋江兵打北京城	关胜议取梁山泊
	64	呼延灼月夜赚关胜	宋公明雪天擒索超
	65	托塔天王梦中显圣	浪里白跳水上报冤
	66	时迁火烧翠云楼	吴用智取大名府
17	67	宋江赏马步三军	关胜降水火二将
	68	宋公明夜打曾头市	卢俊义活捉史文恭
	69	东平府误陷九纹龙	宋公明义释双枪将
	70	没羽箭飞石打英雄	宋公明弃粮擒壮士
18	71	忠义堂石碣受天文	梁山泊英雄排座次
	72	柴进簪花入禁苑	李逵元夜闹东京
	73	黑旋风乔捉鬼	梁山泊双献头
	74	燕青智扑擎天柱	李逵寿张乔坐衙
19	75	活阎罗倒船偷御酒	黑旋风扯诏骂钦差
	76	吴加亮布四斗五方旗	宋公明排九宫八卦阵
	77	梁山泊十面埋伏	宋公明两赢童贯
20	78	十节度议取梁山泊	宋公明一败高太尉
	79	刘唐放火烧战船	宋江两败高太尉
	80	张顺凿漏海鳅船	宋江三败高太尉
21	81	燕青月夜遇道君	戴宗定计出乐和
	82	梁山泊分金大买市	宋公明全伙受招安
	83	宋公明奉诏破大辽	陈桥驿滴泪斩小卒
22	84	宋公明兵打蓟州城	卢俊义大战玉田县
	85	宋公明夜度益津关	吴学究智取文安县
	86	宋公明大战独鹿山	卢俊义兵陷青石峪
	87	宋公明大战幽州	呼延灼力擒番将
	88	颜统军阵列混天象	宋公明梦授玄女法
	89	宋公明破阵成功	宿太尉颁恩降诏
	90	五台山宋江参禅	双林镇燕青遇故
23	78	宿太尉保举宋江	卢俊义分兵征讨
	79	盛提辖举义投降	元仲良愤激出家
	80	众英雄大会唐斌	琼郡主配合张清
	81	公孙胜再访罗真人	没羽箭智伏乔道清

三十卷本分卷与袁无涯本、评林本分回比较表（续3）

24	82	宋江兵会苏林岭	孙安大战白虎关
	83	魏州城宋江祭诸将	石羊关孙安擒勇士
25	84	卢俊义计破狮子关	段景柱暗认玉栏楼
	85	及时雨梦中朝大圣	黑旋风异境遇仙翁
	86	卞祥卖阵平河北	宋江得胜转东京
26	87	徽宗降敕安河北	宋江奉命讨淮西
	88	高俅恩报柳世雄	王庆被陷配淮西
	89	王庆打死张太尉	夜走永州遇李杰
	90	快活林王庆使枪棒	段三娘招赘王庆
27	91	宋公明兵度吕梁关	公孙胜法取石祁城
	92	李逵受困于骆谷	宋江智取洮阳城
	93	宋公明游夜玩景	吴学究帐帷谈兵
28	94	孙安病死九湾河	李俊雪天渡越水
	95	公孙胜马而山请神	宋公明东鹜岭灭妖
	96	公孙胜辞别归乡	宋江领敕征方腊
29	111	张顺夜伏金山寺	宋江智取润州城
	112	卢俊义分兵宣州道	宋公明大战毗陵郡
	113	混江龙太湖小结义	宋公明苏州大会垓
	114	宁海军宋江吊孝	涌金门张顺归神
	115	张顺魂捉方天定	宋江智取宁海军
	116	卢俊义分兵歙州道	宋公明大战乌龙岭
	117	睦州城箭射邓元觉	乌龙岭神助宋公明
	118	卢俊义大战昱岭关	宋公明智取清溪洞
30	119	鲁智深浙江坐化	宋公明衣锦还乡
	120	宋公明神聚蓼儿洼	徽宗帝梦游梁山泊

为何三十卷本总目录分回，但正文不分回，分析其原因如下：

三十卷本田王二传目录第二十三卷和第二十四卷开始和前2卷一样，还是一百二十回本的目录，但从二十四卷王庆后半部分，编目录者全部采用了评林本插图标题做标目，而田王二传实际正文全部是评林本，和一百二十回本毫无关系。分析可能是在编目录时，编写者犹豫不决，开始还想用一百二十回目录，后来又改评林本了，但已经抄写的一百二十回目录就没有改。但编者又没有直接用评林本目录，因为开始时还未决定如何分回，就暂时直接使用了评林本的插图标题做目录了。而实际编写正文时，又根本没有分回编目录。

总之，三十卷本目录分回，田王二传部分大量采用插图标题做回目，其根本原因还不十分清楚。这是本书的一个疑问。

三十卷本虽然总目录中分回，但实际正文为简略，就只分卷不分回，这样编者编写简单。正文编写时不分回，也就根本没有再考虑总目录的分回了。因此编总目录和正文完全是两回事。

（4）三十卷本分卷和其他版本分回

三十卷本正文分卷不分回，总目录中一百回部分的标目和一百二十回袁无涯本基本相同，而田王二传和一百四回评林本基本相同。三十卷本每卷对应袁无涯本和评林本的回数又不同。最少的15卷只对应2回，最多的30卷对应9回。

三十卷本分卷很多是在袁无涯本和评林本的 1 回的中间分开，主要是在前十二卷。三十卷本为何不按照袁无涯本和容与堂本整回分卷，而要在其 1 回之中分卷，可能是考虑故事的完整性。如第二卷是鲁智深故事，第三卷是林冲故事，因此分卷就选在第七回"花和尚倒拔垂杨柳　豹子头误入白虎堂"的中间，前半回是鲁智深故事，后半回是林冲故事。第三卷是林冲故事，第四卷是杨志故事，因此第四卷分卷也在第十二回"梁山泊林冲落草　汴京城杨志卖刀"。以后各卷也是如此，三十卷本如此分卷还是有其道理的。

（5）三十卷本是删节本

三十卷映雪草堂本装订时分12册30卷，每册、每卷的叶数和字数统计如下：

三十卷映雪草堂本分册分卷叶数字数（百字）统计表

故事	招安前														
册	1				2				3			4		5	
卷	1	2	3	4	5	6	7	8	9	10	11	12	13	14	15
叶	20	22	24	29	22	18	33	32	29	27	37	33	23	25	18
字数	80	88	96	116	88	72	132	128	116	108	148	132	92	100	72
评林	120	97	120	123	50	64	111	117	148	156	153	147	88	100	50
差距	-40	-17	-30	-7	+38	+8	+21	+11	-32	-48	-5	-15	+4	0	+22

故事	招安前						征辽			田虎			王庆			方腊	
册	7		8				9			10			11			12	
卷	16	17	18	19	20	21	22	23	24	25	26	27	28	29	30		
叶	39	23	32	18	24	22	40	16	22	23	24	25	23	64	20		
字数	156	92	128	72	96	88	160	64	88	92	96	100	92	256	80		
评林	141	99	126	50	75	121	222	94	45	88	149	122	141	209	79		
差距	+15	-7	+2	+22	+21	-33	-62	-30	+43	+4	-53	-22	-49	+47	+1		

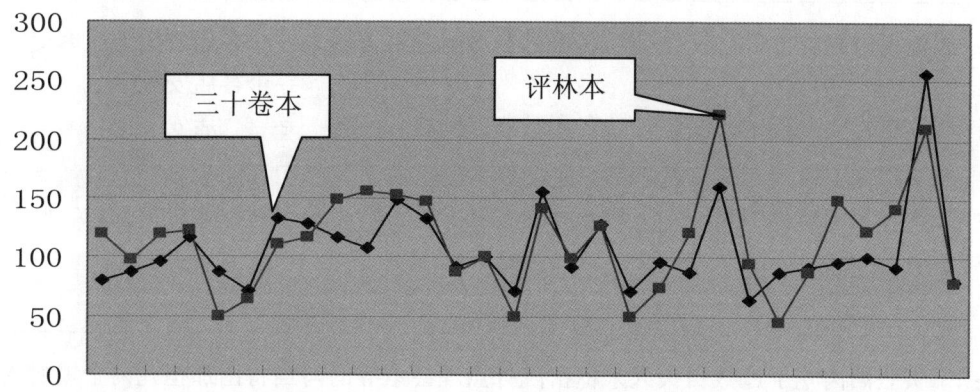

三十卷本、评林本分卷字数比较示意图

映雪草堂本和评林本、袁无涯本字数统计分析如下：
- 全书两本字数起伏基本相同。
- 有些卷三十卷本字数比评林本多，有些卷相反。
- 评林本前6则字数合计约11000字，映雪草堂本卷一（前6则）字数合计约8000字，约为评林本的71.5%。
- 映雪草堂本比评林本文字少，差距最大的是卷二十二征辽，少了6200字。
- 映雪草堂本比评林本文字多，差距最大的是卷二十九征方腊，多了4700字。
- 一百二十回袁无涯本田虎故事有55000字，评林本有28000字，映雪草堂本只有24000字，约占评林本的71.4%。
- 一百二十回袁无涯本王庆故事也有55000字，评林本有37000字，映雪草堂本有28000字，约占评林本的75.7%。
- 评林本总字数约352400字，映雪草堂本总字数约318800字，约为评林本的90.5%。

由此可以看出，映雪草堂本字数比评林本少，这是此本编写此书的主要目的，就是文字做了大量删节，尽量简略。

从以下例子文字可看出映雪草堂本和容与堂本、评林本文字差异。

例，第十二回，"梁山泊林冲落草　汴京城杨志卖刀"

```
容：杨志　　出了大路寻个庄家挑了担子发付小喽啰自回山寨杨志取路投东京来路上
映：杨志　　出了大路寻个庄家挑了担子　　　　　　　　　　　　　取路投东京来
评：杨志走出　大路
————————————————————————————————————
容：免不得饥食渴饮夜住晓行不数日来到东京有诗为证　　清白传家杨制使耻将身迹
映：
评：不　　　　　　　　　　　　　　数日　到东京有诗为证诗曰清白传家杨制使耻将身迹
```

容：	履危机岂知奸佞残忠义顿使功名事已非那杨志入得城来寻个客店安歇下庄客交还
映：	寻个客店安歇下
评：	履危机岂知奸佞残忠义顿使功名事已非那杨志入　城　寻　店安　下

容：	担儿与了些银两自回去了杨志到店中放下行李解了腰刀朴刀叫店小二将些碎银
映：	
评：	

容：	子买些酒肉吃了过数日央人来枢密院打点理会本等的勾当将出那担儿内金银财物
容：	将　那担儿内金银财物
评：	数日抉人　枢密院打点　　　　　　　　　　　　　　财物

容：	买上　告下再要补殿司府制使职役把许多东西都使尽了方才得申文书引去见殿帅
映：	买上　告下　　　　　　把许多东西都使尽了方才得申文书引去见殿帅
评：	买上贿　下　　　　　　　　　　　　　　才得申　引见

容：	高太尉来到厅前那高俅把从前历事文书都看了大怒道既是你等十个制使去　运花
容：	高太尉来到厅前那高俅把　　　文书　看了　道　　十个制使去　运花
评：	高太尉　　　那高俅把从前　文书　看了大怒　既是你等十个制使去搬运花

容：	石纲九个回到京师　交纳了偏你这厮把花石纲失陷了又不来首告到又在外许多时
映：	纲　　　　　　　偏你　　　失陷了又不来首告到　在外许多时
评：	石纲九个回　　来交纳了偏你这厮把花石碙失陷　　　　　　在外　多时

容：	捉拿不着今日再要勾当虽维赦宥所犯罪名难以委用把文书一笔都批倒了将杨志赶出
映：	捉拿不着今日　　　虽经赦宥　　　难以委用把文书一笔都批倒了将杨志赶出
评：	今日　　　虽经赦宥所犯罪名难以委用把文书一笔　批倒　将杨志赶出

容：	殿司府来杨志闷闷不已回到客店中思量王伦劝俺也见得是只为洒家清白姓字不肯
映：	殿司府来杨志闷闷不已回到客店中思量王伦劝俺也见得是只为洒家清白姓字不肯
评：	殿司府来杨志闷闷　　回到　店中思量王伦劝　　浔是只为洒家清白姓字不肯相

容：	将父母遗体来点污了指望　把一身本事边庭上一枪一刀博个封妻荫子也与祖
映：	点污了
评：	从今日　　　　　　　　指望有　　　　　　　　　　个

容：	宗争口气　　　　不想　　　　又吃这一闪高太尉你歹毒害恁地克剥心中烦恼了一回在客店
映：	不想　　　　又吃这一闪　　　　　　　　　　　　　　　　　　在客店
评：	好处不想被高　　　　　　　　尉　　毒害　　　　心中烦恼

容：	里又住几日盘缠都使尽了杨志寻思道却是怎地好只有祖上留下这口宝刀从来跟
容：	里又住几日盘缠都使尽了　　　　　　　　　　　只有　　　　一口宝刀
评：	盘缠　使尽　　　　　　　　　　只有祖上留下这口宝刀

容：	着洒家如今事急无措只得拿去街上货卖得千百贯钱钞好做盘缠投往他处安身当日将
容：	只得拿去街上货卖　　　　做盘缠投往他处安身当日将
评：	如今事急　只得拿去街　卖得　　钱钞　做盘缠投往他处安身

容：	将了宝刀插了草标儿上市去卖走到马行街内立了两个时辰并无一个人问时
映：	将了宝刀插了草标儿
评：	走到　街内立了两个时辰并无　人问

由此例可看出，容与堂本描写最详尽，评林本和三十卷本文字都很简略，三十卷本还删除了所有诗词。

（6）"阎婆事倒置"

"阎婆事倒置"是区分一百二十回本和一百回本的基本标志之一。三十卷本和一百二十回袁无涯本都是"阎婆事倒置"，因此单从"阎婆事倒置"这点上看，三十卷本和一百二十回本相同。

但仔细分析正文，三十卷本又和一百回容与堂本接近。因此在一百回部分，三十卷本同时参考了一百二十回本和一百回本。

（7）插图

三十卷本插图也很有特点，三十卷本文字是简本，但未采取一般简本的上图下文形式，而是采取了繁本的横幅插图形式，这是出于编者的整体考虑。编者编写此书的主要目的是尽量简略，不仅文字简略，插图也想简略。上图下文每页有插图，图文并茂，但插图也占据很大篇幅。为此三十卷本就没有用上图下文，而是采取了繁本的整幅插图。

三十卷本的插图共计 48 幅大图，其中宝翰楼本存 46 幅大图，缺第 7 叶插图，可能漏刊，也可能缺失。插图虽然都是整幅插图，但每幅插图中实际又是由几幅小图组合而成的，其目的还是尽量减少篇幅。插图的构图接近容与堂本。对此邓雷有详细分析。[①]

[①] 邓雷：《三十卷本〈水浒传〉研究——以概况、插图、标目为中心》，载《中国典籍与文化》2019年第 2 期。

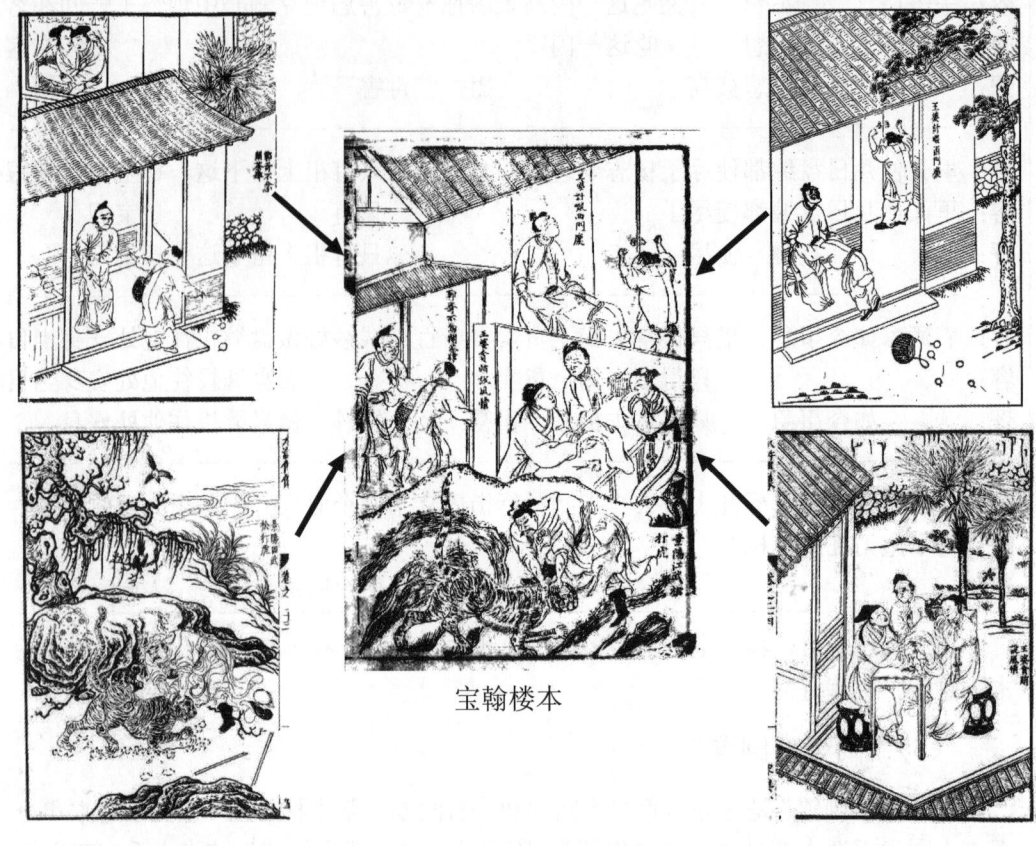

宝翰楼本第5叶上插图和容与堂本插图比较

邓雷文章举出宝翰楼本第5叶插图，此图实际是由4幅插图组成，而这4幅插图仔细分析，分别对应于容与堂本的4幅插图。由此可证明，三十卷本插图是来自容与堂本，这是毫无疑义的。

《三国演义》简本的致和堂本也是如此，虽然基本是简本，但也没有简本的上图下文，而是繁本的整幅插图，思路相同。

（8）一百回文字底本是容与堂本

如前所述，邓雷证实宝翰楼本插图是以容与堂本插图为底本，组合而成的。

刘世德先生仔细比对了三十卷映雪草堂本和一百回容与堂本、一百二十回袁无涯本的文字，找出很多映雪草堂本和一百回容与堂本文字相同，和一百二十回袁无涯本文字不同的例子，证明三十卷本的底本是一百回容与堂本。

因此三十卷本文字、插图都是以容与堂本为底本的。

日本氏冈真士先生还举出两例，都是一百二十回郁郁堂本和一百回无穷会本文字有脱落，而映雪草堂本和容与堂本文字没有脱落，这也证明映雪草堂本的底本是容与堂本。

例1. 第二十四回"王婆贪贿说风情 郓哥不忿闹茶肆"

映：武松是个直性的汉子只把　　嫂嫂相待　　　　不想那妇人是个使女出身
容：武松是个直性的汉子只把做亲嫂嫂相待谁知　　那妇人是个使女出身
郁：武松是个直性的汉子只把做亲嫂嫂相待谁知　　那妇人是个使女出身
无：武松是个直性的汉子只把做亲嫂嫂相待谁知　　那妇人是个使女出身
————————————————————————————
映：惯会小意儿亦不想那妇人一片引人的心　　　　　　　　酒罢送下楼来
容：惯会小意儿亦不想那妇人一片引人的心武大又是个善弱的人
郁：惯会小意儿　　　　　　　　　　　武大又是个善弱的人
无：惯会小意儿　　　　　　　　　　　武大又是个善弱的人

例2. 第八十回"张顺凿漏海鳅船 宋江三败高太尉"

映：　　　　　　　　　　　　　　　　　　　来当下三个先锋催动船只
容：　　　　　　　　　　　　　　　　　　　来当下三个先锋催动船只
无：宋江吴用已知备细预先布置已定单等官军船只到来当下三个先锋催动船只
郁：宋江吴用已知备细预先布置已定单等官军船只到来当下三个先锋催动船只
————————————————————————————
映：把小海鳅分在两边当住小港大海鳅船望中进发
容：把小海鳅分在两边当住小港大海鳅船望中进发众军诸将正如蟹眼鹤顶只望
无：把小海鳅分在两边当住小港大海鳅船望中进发众军诸将正如蟹眼鹤顶只望
郁：把小海鳅分在两边当住小港大海鳅船望中进发众军诸将正如蟹眼鹤顶只望
————————————————————————————
映：　　　　迤逦来到梁山泊深处宋江吴用　　　布置已定单等官军船
容：前面奔窜迤逦来到梁山泊深处宋江吴用已知备细预先布置已定单等官军船
无：前面奔窜迤逦来到梁山泊深处
郁：前面
————————————————————————————
映：只到来只见远远地早有一簇船来每只船上只十四五人身上都有衣甲当中坐着
容：只到来只见远远地早有一簇船来每只船上只十四五人身上都有衣甲当中坐着
无：只见　　远远地早有一簇船来每只船上只十四五人身上都有衣甲当中坐着
郁：　　　　　　　　　　　　　　每只船上只十四五人身上都有衣甲当中坐着

此例有4句话：
- 三个先锋催动船只把小海鳅分在两边挡住小港大海鳅船望中进发
- 众军诸将正如蟹眼鹤顶只望前面奔窜迤逦来到梁山泊深处
- 宋江吴用已知备细预先布置已定单等官军船只到来
- 只到来只见远远地早有一簇船来

4个版本3句话的顺序完全不同：
- 映雪草堂本：1—2—3—4
- 容与堂本：1—2—3—4
- 无穷会本：3—1—2—4
- 袁无涯本：3—1—2—（缺）

从以上顺序可看出：
- 映雪草堂本和容与堂本完全相同，只是映雪草堂本文字有删节。
- 无穷会本和袁无涯本前3句相同。
- 无穷会本和映雪草堂本、容与堂本相同，有第4句。
- 袁无涯本没有第4句。

总之，这两例都是映雪草堂本和容与堂本文字基本相同，和无穷会本和袁无涯本完全不同。因此容与堂本是映雪草堂本的底本之一是肯定的。

总体上，映雪草堂本的文字比容与堂本文字简略，有所删节。

但也有个别例子映雪草堂本文字和容与堂本不同。

下例是第1回开始部分文字，评林本比其他版本都多801字，其中下面有关陈搏处士的一段文字映雪草堂本也有，而容与堂本无此段文字。这有多种可能，可能是映雪草堂本文字参考了评林本，也可能是它们都来自另一个共同底本。

例3．第一回"张天师祈禳瘟疫　洪太尉误走妖魔"

评：	那时西岳华山有个陈搏处士一日骑驴下山向华阴道中正行间听得人说如今东京
映：	那时西岳华山有个陈搏处士　　　　　　　　　　听得人说　　东京
评：	柴荣让位与赵检点登基陈搏先生心中欢喜以手加额在驴背上大笑人问
映：	柴荣让位与赵检点　　　　　　　以手加额在驴背上大笑　颠下驴来
评：	其故那先生曰　庚申年间受禅开基即　位　十
映：	人问其故那先生道天下从此定矣　自庚申年间受禅开基　在位一十
评：	七年天下太平自此定矣传位与御弟太宗　在位二十二年传位与太子仁　宗
映：	七年　　　　　　　传位与御弟太宗太宗在位二十二年传位与太子　真宗

下例中，映雪草堂本和郁郁堂本、无穷会本都有朱贵的绰号"旱地忽律"，而容与堂本、锺伯敬本没有。

例4．第十一回"朱贵水亭施号箭　林冲雪夜上梁山"

映：	那汉　　　　道也不相瞒　　　　　　　小人姓朱名贵
无：	那汉慌忙答礼说道　小人是王头领手下耳目　姓朱名贵原是沂州沂
郁：	那汉慌忙答礼说道　小人是王头领手下耳目　姓朱名贵原是沂州沂
容：	那汉慌忙答礼说道　小人是王头领手下耳目小人姓朱名贵原是沂州沂

钟:	那汉慌忙答礼说道	小人是王头领手下耳目小人姓朱名贵原是沂州沂
映:		绰号旱地忽律山寨里教小弟在此间开酒店为名专
无:	水县人氏江湖上但叫小弟做	旱地忽律山寨里教小弟在此间开酒店为名专
郁:	水县人氏江湖上但叫小弟做	旱地忽律山寨里教小弟在此间开酒店为名专
容:	水县人氏	山寨里教小弟在此间开酒店为名专
钟:	水县人氏	山寨里教小弟在此间开酒店为名专

但这些都是个别例子，目前从整体看，映雪草堂本一百回本部分的文字应该是以容与堂本为底本的。但由于映雪草堂本未数字化，无法做全面比对，如彻底数字化后，就可看出两本的文字差异，再做研究就可靠了。

（9）田王二传底本是评林本

映雪草堂本一百回部分文字肯定是以容与堂本为底本，但映雪草堂本有田王二传，而容与堂本没有。而一百二十回袁无涯本也有田王二传，但映雪草堂本的田王二传和袁无涯本根本不同。经过文字比对，映雪草堂本田王二传部分的底本是简本的评林本。

第一，映雪草堂本总目录中田王二传的标目，很多是参考了简本评林本的插图标题。

第二，映雪草堂本的田王二传文字也是以简本评林本为底本，而不是一百二十回本。映雪草堂本文字和评林本相比，做了大量的删节，简略很多，这是映雪草堂本田王二传部分最大特点。

第三，一般映雪草堂本文字和评林本相比，只是个别文字删节修改，但也有大段文字改动的。最典型的是卷二十六"高俅恩报柳世雄　王庆被陷配淮西"一节中，讲述王庆被陷害后发配淮西，与家人告别，路上遇到龚瑞和卜卦李杰，映雪草堂本文字和评林本差异极大，评林本有1290字，而映雪草堂本只有830字，只有评林本的64%。直到后来王庆遇到龚十五郎以后，文字又和评林本基本相同了。

总体上，映雪草堂本田王二传部分文字还是和评林本相同的。

（10）田王二传三十卷本同种德书堂本

映雪草堂本田王二传总目录中标目基本和评林本插图标题相同，但也有个别标目和评林本不同，而和种德书堂本相同。

卷二十五映雪草堂本、评林本、种德书堂本标目比较表

映雪草堂本	评林本	种德书堂本
卢俊义计攻狮子岭	孙安呼延灼领兵前进	卢俊义计攻狮子岭
汝廷器战败逃回寨		
乔道清行雷破城池	乔道清计划用雷破城	
宋军入关设宴庆贺	吴用入关记乔道清头功	
吴用议计战取城内		
智深大战余呈先锋	何乐孙彦成报下祥	鲁智深大战余呈先锋

映雪草堂本中不仅总目录中有标目和评林本不同,却和种德书堂本相同,且还有个别文字和评林本不同,却和简本种德书堂本相同。以下为其中两例。

例1. 映雪草堂本卷二十 第九十六回"魏州城宋江祭诸将 石羊关孙安擒勇士"

映:	时关胜与唐斌	计曰前葛延出战意若令人
种:	却说 关胜与唐斌寨中商议攻魏州之计唐斌道曰	前葛延出战意若令人
评:	却说 关胜与唐斌寨中商议攻魏州之计	

映:	去求救兵	不意时风死乃回走入城至今坚壁耳	
种:	去求救兵被我这里	乃回走入城 坚	守不出虽则四面攻打其实
评:			

映:	乃	戴宗至
种:	没奈他何正说间戴宗	来到关胜接入
评:	正说间戴宗	来到关胜接入

此例是日本氏冈真士查到的例子,映雪草堂本和种德书堂本文字都比评林本文字多,也就是评林本文字有脱落。

例2. 映雪草堂本卷二十五 第九十五回"卢俊义计破狮子关 段景柱暗认玉栏楼" 评林本第八十四回、种德书堂本(无回目)

映:	力敌二将汝廷器见何常力怯拍马轮刀迎敌孙安二人正是对手张清忙取石子望汝廷器
评:	力敌二将 张清忙取石子望
种:	力敌二将汝挺器见何常力怯折马轮刀迎敌孙安二人正是对手张清忙取石子望汝廷器
刘:	力敌二将汝廷器见何常力怯拍马轮刀迎敌孙安二人正是对手张清忙取石子望汝廷器
藜:	力敌二将汝廷器见何常力怯拍马轮刀迎敌孙安二人正是对手张清忙取石子望汝廷器

映:	面门便打	汝廷器大	惊回身便走孙安	力追北将又把飞剑望空	
评:					
种:	面门便打早打在	顶上汝廷器	失惊回身便走孙安	力追将去	飞剑望空
刘:	面门便打	正中盔顶上汝廷器大	惊回身便走孙安拍马	追 去	飞剑望空
藜:	面门便打	正中盔顶上汝廷器大	惊回身便走孙安拍马	追 去	飞剑望空

映:	中掷 下正中汝廷器左臂谁知他空三重唐猊铠甲剑不能透逃回岭上去了何常	被
评:		何常面门
种:	中掷 下正中汝廷器左臂谁知他空三重唐猊铠甲剑不能透逃回岭上去了何常	被
刘:	中 撇下正中汝廷器左臂谁知他穿三重唐猊铠甲剑不能透逃回岭上去了何常	被
藜:	中 撇下正中汝廷器左臂谁知他穿三重唐猊铠甲剑不能透逃回岭上去了何常	被

映:	张清一石子打番 复被干茂一斧砍死何远见不是 头敌亦望岭上 去 了两边各自

评：	一石子打	烟复被于茂一斧砍死何远		望岭上是去	了两边各自
种：	张清一石子打番	复被干茂一斧砍死何远见不是	头敌亦望岭上	去	了两边各自
刘：	张清一石子打番	复被于茂一斧砍死何远见不是	头敌亦望岭上		走了两边各自
藜：	张清一石子打番	复被于茂一斧砍死何远见不是对头		望岭上	走了

此例明显评林本文字有脱落，而种德书堂本和刘兴我本、藜光堂本文字都没有脱落。

类似例子还有一些，都是映雪草堂本和种德书堂本文字相同，没有脱落，而评林本文字有脱落。由这些例证看，似乎映雪草堂本田王二传部分不可能以评林本为底本。

因此，映雪草堂本和评林本也可能有共同底本，映雪草堂本田王二传部分是根据此共同底本编写的。

由于映雪草堂本文字未数字化，只是初步大致比对查出几例，将来如可能把映雪草堂本数字化后，可再仔细比对深入分析。

（11）二部宝翰楼本

一百二十回本最主要的是袁无涯本，但一百二十回本还有一个宝翰楼本，和三十卷宝翰楼本是同一书坊所刊刻。

宝翰楼先后刊刻了两部《水浒传》，即一百二十回本和三十卷本，而三十卷本是后刻的删节修改本。按道理，同一书坊再次刊刻删节本，其底本就应该用自己的一百二十回为底本，而不是用一百二十回袁无涯本或一百回容与堂本为底本。

据学者研究，一百二十回宝翰楼本和袁无涯本基本相同，而三十卷宝翰楼本总目录和袁无涯本接近，经核对三十卷宝翰楼本的总目录确实来自袁无涯本正文（不是总目录），而不是同一书坊的一百二十回宝翰楼本。

三十卷宝翰楼本和映雪草堂本前都有五湖老人序一篇，映雪草堂本文字有删节。两本序言最后都说道："余近岁得《水浒传》正本一集，较旧刻颇精简可嗜。"说明此本可能并非宝翰楼书坊所编，而是某无名氏对旧刻精简而成。因此宝翰楼三十卷本和宝翰楼一百二十回本应该没有什么关系。

（12）三十卷本特征汇总

从以上分析可看出，三十卷本是个繁简混合本。
- 一百回标目——接近一百二十回袁无涯本
- 田王二传标目——大部分参考简本评林本的插图标题
- "阎婆事倒置"——同一百二十回袁无涯本
- 一百回部分正文——接近一百回容与堂本
- 田王二传部分文字——接近简本评林本
- 插图——没有用简本的上图下文，而参考一百回容与堂本，采用了整幅拼图形式。

总之，三十卷本的文字和插图有三大特征：
- 一百回本部分文字是容与堂本删节本。

- 田王二传部分文字是简本评林本删节本。
- 插图是一百回容与堂本插图组合。

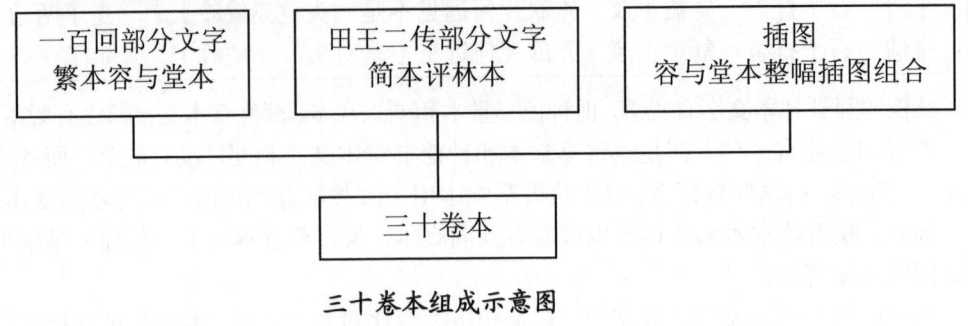

三十卷本组成示意图

（13）繁简混合删节本

根据以上分析，三十卷本是一百二十回繁本和简本的混合删节本。

宝翰楼之所以要编这种繁简混合删节本，是因为繁本一百回和一百二十回本中文字描写和诗词的篇幅巨大，成本太高，销售有限。各种简本文字虽然简略，但每页插图又占据不少篇幅，而文字其实还可更简略。

因此三十卷本书坊的主要编辑思路是：

第一，文字尽量简略，有些比简本更简略，一百回部分基本是一百回容与堂本的删节本，田王二传部分是评林本的删节本。

第二，插图不用上图下文，而是将容与堂本几幅插图合并为一幅插图。

这样一本文字尽量简略的删节本，提供给只关心故事，而对文字描写不感兴趣的读者。这样的读者还是很多的，三十卷本的编写思路是完全针对这部分市场的。

为保持故事完整，三十卷本收入了田王二传，但可能三十卷本编写者认为一百二十回本的田王二传部分不理想，因此主要采用了简本评林本，但文字做了删节。

对于三十卷本底本之争，是一百回容与堂本，还是一百二十回袁无涯本，我觉得没有意义。因为三十卷本是繁简混合本，有多种底本，很明显其标目和"移置阎婆事"肯定是出自一百二十回本，而一百回正文又肯定以一百回容与堂本为主，田王二传部分又是以简本评林本为底本，因此一定要争论其底本是哪个版本是毫无意义的。

按照上述论述，则三十卷本的演化示意图如下。

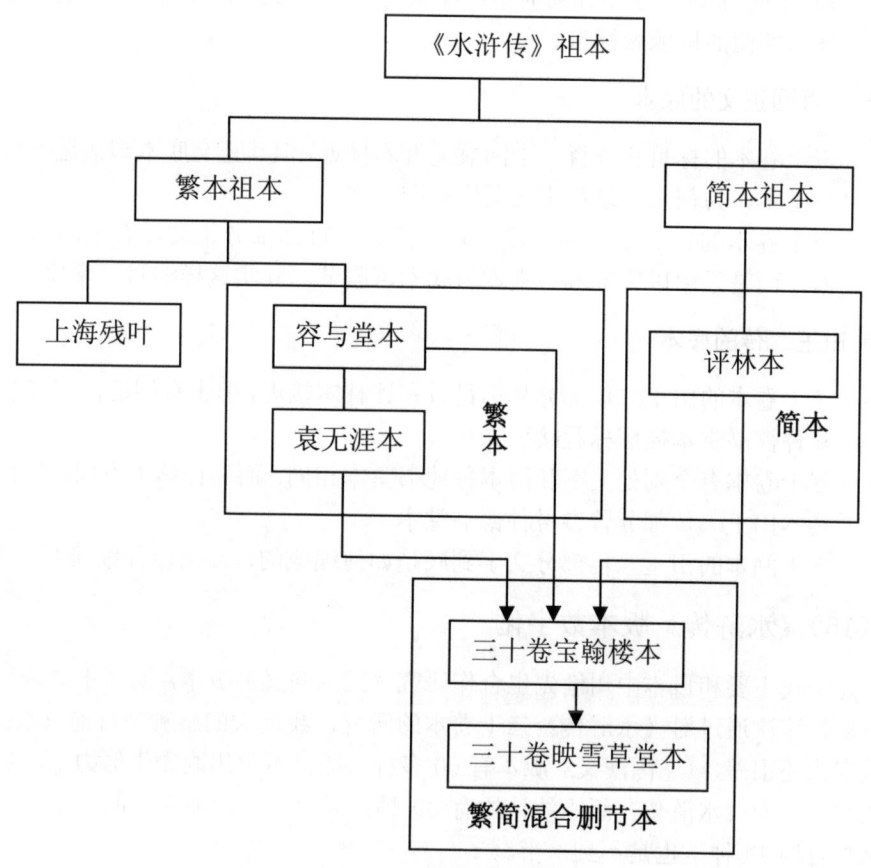

三十卷本演化示意图

（14）问题

三十卷本是繁简混合本，和多种版本有关，包括：总目录接近一百二十回袁无涯本，正文一百回部分接近容与堂本，田王二传部分接近简本评林本等。对于三十卷本还有一些问题未解决，主要是其总目录和一百回部分及田王二传部分的底本问题。

1）总目录

三十卷本总目录和后面正文有很大差距。

- 总目录分卷分则（回），而后面正文却只分卷，不再分回，其原因何在？为何总目录和正文完全不同，是否是编总目录时考虑仍分卷分回，但编写正文时，为节约篇幅而省略了回目。
- 据学者研究，总目录一百回部分和一百二十回袁无涯本基本相同，但正文却和一百回容与堂本相同，为何总目录和正文采用了不同的底本。
- 录田王二传中田虎和王庆前半部分目录基本采用简本的回目形式，即1回2

则。但后面的目录不知为何不继续采用了 1 回 2 则的形式,而大量采用了评林本插图的标题做标目。

2) 一百回正文的底本
- 三十卷本的标目和一百二十回袁无涯本接近,但其正文底本却接近一百回容与堂本,为何总目录和正文采用不同底本。
- 三十卷本的目的是文字尽量简略,但其一百回部分正文没有采用简本为底本,而是采用以繁本容与堂本为底本再删节,其实这样编写更麻烦。

3) 田王二传的底本
- 三十卷本的田王二传部分从标目看和评林本接近,但也有例证证明有些标目和种德书堂本插图标题接近。
- 三十卷本有个别处文字和简本种德书堂本相同,而和评林本不同,是否三十卷本田王二传部分曾参考种德书堂本。
- 三十回本的田王二传部分文字到底是如何编成的,还需要仔细研究。

(15)《水浒传》版本数字化

这几年我主要和日本中川谕先生合作研究《三国演义》版本,对《水浒传》版本研究不多。这次通过对《水浒传》三十卷本的研究,我最大的感触是目前《水浒传》版本数字化还很差,《三国演义》版本有 60 多种,在日本中川谕先生努力下,基本都已经数字化。而《水浒传》版本统计约有 30 种,只有《三国演义》的一半,但目前数字化只有约 14 种,也是不到一半。

因为《水浒传》版本数字化比较差,因此研究版本就很吃力,要人工比对,既费力又不彻底。所以《水浒传》版本研究要前进深入,必须进行数字化。

目前国内对数字化越来越重视了,但版本数字化还是不太重视。版本数字化需要先扫描再录入,目前人工费都很高,一个版本就要几万元,十几个版本数字化就要几十万元。而目前学术界对版本研究也不重视,国内目前专门研究《水浒传》版本的老先生几乎没有了,而年轻学者要申请版本数字化项目还比较难。因此看来短期内《水浒传》版本很难实现全部数字化,没有数字化,《水浒传》版本研究就很难向前推进。

3.《水浒传》繁本、简本演化研究

（1）《水浒传》版本演化问题

《水浒传》版本演化和《水浒传》版本的主要内容有关。众所周知，《水浒传》经过多次修订后，最后完整的故事包括以下几部分：

- 梁山聚义、全伙招安。
- 征辽。
- 征田虎、王庆，简称"田王二传"。
- 征方腊。

《水浒传》版本从故事内容上可概括分为四种，即：

- 繁本：招安后有征辽，无田王二传，征辽后就接征方腊，文字描述详尽，故称繁本。
- 简本：增加田王二传，但文字简略，故称为简本。
- 全传本：在繁本基础上，增加简本的田王二传，是文字、故事都完整的版本。
- 金圣叹腰斩本：删去招安后全部故事。

这些版本之间的演化关系，一般有两种看法。

第一种看法是认为简本在前，繁本是在简本基础上对文字做进一步加工后的版本。首先提出此看法是鲁迅先生。但目前多数学者认为这种看法是错误的，此处不再详细分析了。

第二种看法相反，认为是繁本在前，简本是把繁本文字删节后的后出版本。这是目前学术界的主流看法。

至于全传本，两种看法都认为是综合了繁本和简本而后出的版本，没有分歧。

这样目前《水浒传》版本演化的主流看法可以概括为：

　　　　繁本——简本——全传本。

（2）复杂的繁简交替演化论

《水浒传》版本演化除有上述从简到繁，和从繁到简的两种看法外，还有第三种看法，认为《水浒传》的版本是由简繁交替演化而成。即最早是简本，然后从简入繁，又从繁到简。

这种演化论的代表是欧阳健先生，他把《水浒传》版本演化分为三阶段，仔细分析欧阳先生的论述，他实际是分为五个阶段。[1]

---

[1] 欧阳健：《水浒解识》，上海三联书店出版社2014年7月第1版，第12—22页。欧阳健：《〈水

- 最初简本阶段，欧阳先生引用鲁迅的话说明，水浒最初是来自说书人的话本，因此水浒最初应该是话本式的简本。
- 草创初就阶段，或称原始简本阶段，欧阳认为这个阶段的标志是在最初简本中插入了田王二传，即形成了"有田、王而无辽国"的原始简本。
- 第三阶段（即欧阳先生认为的第一阶段），从"有田、王而无辽国"之简本，发展为"去田、王加辽国"之繁本。
- 第四阶段（即欧阳先生认为的第二阶段），从"有辽国而无田、王"之繁本，删节为"有辽国而无田、王"之简本。
- 第五阶段（即欧阳先生认为的第三阶段），第三阶段，在"添加改造后的田、王"之全传本产生的前后，又出现了"插增旧本田、王部分"之简本。

如此复杂的演化过程，如不仔细动脑筋琢磨的话，怕真是很难搞清楚的。

欧阳先生上述的演化过程，如果只从简本演化看，可分为四个阶段，其过程如下：
①无辽国无田、王，②有田、王而无辽国，③有辽国而无田、王，④有辽国也有田、王。

这和主流看法差异很大，下面再详细分析。

如果只从繁本演化看，则只分为两个阶段，其过程如下：
①去田、王加辽国，②添加改造后田、王的全传本。

繁本演化看似和主流看法一样，实际对繁本的来源还是根本不同的。欧阳先生认为第一阶段的繁本是从简本删除田王二传，增加辽国。而主流看法认为繁本不是来自简本，其中的辽国不是增加的，繁本中的田王二传也不是从简本删节的，而是本来就没有。

按照欧阳先生上述五阶段论，《水浒传》版本演化是：

最初简本—原始简本—繁本—简本—全传本、简本。

如按照三阶段论，简单说就是：

简本—繁本—简本—全传本、简本。

无论是五阶段还是三阶段，都构成了一种非常复杂的版本演化过程，欧阳先生称为"简本繁本递嬗演化论"，我通俗称为"简本繁本交替演化论"。

欧阳先生的交替演化论首先认为，《水浒传》是在说书人的基础上发展起来的，因此最初应该是简本，而不是一出现就是繁本。其次，欧阳先生的繁简交替演化，实际是前述"简本在前"和"繁本在前"这两种看法的综合。欧阳先生如此复杂的三阶段理论说穿了，可以简化描述为：把简本在前和繁本在前的两种看法融合在一起，把"简本在前"作为前一阶段，把"繁本在前"作为后一阶段。

下面逐一分析欧阳先生这复杂的繁简交替演化论的问题所在。

浒）简本繁本递嬗过程新证》，《明清小说新考》，中国文联出版公司1982年12月第1版，第43—80页。

（3）历史上曾存在过"由简到繁"？

首先要说的是，欧阳先生有一点看法和主流看法是一致的，就是认为现存的简本在前、繁本在后的看法是错误的。欧阳先生认为，从总体上讲，现存的简本是以繁本为底本删节而成的，基本上不存在"改作"的问题。

欧阳先生虽然认为，现存的简本是从繁本删节而来的，但他认为，历史上也曾经存在过"由简到繁"的发展过程，其根据是现存简本的田王二传虽然是后来加进去的，但它是原始简本的残留，而不是后期插入的。换句话说，《水浒传》最初简本是没有田王二传的，田王二传是后加进去的，但不是在后期版本时加进去的，而是在最初简本时加进去的，形成了原始简本，也就是欧阳先生所说的第一阶段的"有田王而无辽国"的简本。

欧阳先生为证明田王二传是原始简本中就有的，他举出了以下证据：
- 简本田王二传人物身份极为错杂，因此是缺乏政治生活经验的瓦舍艺人所为，是原始简本所加的，而不是后期简本所加。
- 简本田王二传政治倾向也十分混乱，这都是初期水浒的特色。

他认为这两条只能是《水浒传》原始简本就有的，但实际这些情况也可能是在后期简本的改编中出现，因为一般改编简本的书商水平也不高，出现上述问题也是很有可能的，不能因为这些错杂、混乱就认定这肯定是原始简本所有，而不是后期简本中出现的。实际，这两种可能都存在，我个人认为，后期简本的改编中出现这些错杂、混乱的可能性更大。

为证明田王二传不是简本作者所写，而是插增所产生的，欧阳先生又举出了4个证据：
- 宋江等人职官的矛盾。
- 徽宗、蔡京、高俅对宋江态度的矛盾。
- 高俅、童贯、梁中书等人性格的矛盾。
- 人物、年代的混乱错误。

欧阳先生认为，这些情况说明，简本中的田王二传确实是后加进去的，它是原始简本的残留。

和前述一样，欧阳这些看法只是认为田王二传是后插增的，是原始简本的残留。而主流看法也认为田王二传是后插增的，但是在后期版本演变中，从繁本到简本之中插增的，而不是原始简本时插增的。两者看法虽然都承认是插增的，但插增的时间不同。

欧阳先生在本文中，否定了后期的"由简到繁"，简本在前、繁本在后，但又认为在水浒初期存在"由简到繁"。而这初期由于没有任何文献支持，也就无法辩论了，只是一种想象和猜测而已了。

我个人觉得还是主流看法的可能性更大，不存在初期的"由简到繁"。

（4）《水浒传》初期版本的形态问题

上述讨论田王二传的问题，本质上是《水浒传》初期版本的形态问题，即初期《水浒传》的版本到底是什么样的？还是归结于《水浒传》原始版本到底是简本，还是繁本？

由于《水浒传》初期版本没有像《红楼梦》一样留下抄本，因此只能做理论上的探讨。从理论上看，有两种可能。

一种可能是欧阳先生所主张的，《水浒传》初期版本是话本式的简本，是由艺人说书逐步演化、丰富后衍生出来的，只是各种水浒故事的组合而已。而后不断被文人加工，最后先出现了初期的简本，最后发展成各种繁本和后期简本及全传本。这就是欧阳先生主张的早期版本由简到繁的过程。

这个理论基本和徐朔方的"世代累积"论相似。

另一种可能是，《水浒传》初期版本是施耐庵根据各种艺人的说书中的水浒故事，一次创作出的长篇文学作品。这样，《水浒传》的原本就是完整的故事，就是繁本，不存在所谓的初期简本阶段。后期简本是由繁本删节而来的。刘世德先生持此种看法，在其《水浒论集》中有详细论述。

从五部长篇小说看，《金瓶梅》《红楼梦》肯定是作家创作而成。而《三国演义》《水浒传》《西游记》由于早期版本没有发现，理论上两种可能都存在。但我个人认为，和《金瓶梅》《红楼梦》一样，《三国演义》《水浒传》《西游记》也是由文人一次创作而成的可能性更大。所谓"世代累积"论，只是小说《三国演义》《水浒传》《西游记》的素材有"世代累积"，但不存在小说本身也是"世代累积"，不断修订。《三国演义》《水浒传》《西游记》还是各由一位伟大的作家，根据这些"世代累积"的素材，一笔写成现在看到的长篇小说。这样就不存在初期版本，由简到繁的演化。上述欧阳先生的分析就根本不存在了。

（5）繁简交替演化论第一阶段问题

欧阳先生认为，《水浒传》原始版本是"有田、王而无辽国"的简本，而真正《水浒传》版本演化的第一阶段，就是从"有田、王而无辽国"之简本，发展为"去田、王加辽国"之繁本。

换句话说，在原始简本插入田王二传后，出现了"有田、王而无辽国"的简本，但这个简本和后期的"有辽国有田、王"的简本是有本质不同的。

我觉得欧阳先生对第一阶段的论述还是有可商榷之处的。

第一，这种原始简本只是一种想象，目前还没有看到任何材料，实际存在的可能性也极小。

第二，欧阳先生前面已经论述过，现存的简本文字肯定是从繁本删节而来。因此，原始简本的文字就应该和现存简本不同，否则原始简本文字就应该是从某个原始繁本删节而来，就要认定还有一个原始繁本，这是不太可能的。而原始简本文字要是和现存简本不同，也就和繁本的文字完全不同，这样如何会产生：从"有田、王而无辽国"之简本，发展为"去田、王加辽国"之繁本呢？

这里，欧阳先生认为后期简本不可能变成繁本，却认为早期简本可能会演变为繁本。这种推理实在难以令人理解和接受。

因此欧阳先生认为第一阶段是从"有田、王而无辽国"之简本开始，发展为"去田、王加辽国"之繁本,其论述中存在很大矛盾。这种可能性很小,几乎是不可能的。

欧阳先生认为第一阶段应该"有田、王而无辽国"是出于以下两点根据:

第一,他认为宋江招安后要立功,只有征方腊还是不够,应该"求多""求全",还应再增加故事情节。我认为这只是欧阳先生的想象而已,没有任何文献依据来证明,《水浒传》初稿就要"求多""求全",只有演化后期才会"求多""求全",这是古代小说版本演化的规律。因此第一阶段"求多""求全"不成立。

第二,欧阳认为要"求多""求全"就要增加田王二传,而不是加征辽,其根据是袁无涯的序,其中谈到"四大寇",就包括田王二人,因此第一阶段就应该增加了田王二传。但实际袁无涯所谈的"四大寇",以及"去田、王加辽国"都是指后人所为,而绝不是《水浒传》第一阶段的版本,因此这不能为据。

所以,《水浒传》第一阶段文本应该不是简本,也不会有田王二传,欧阳先生认为第一阶段是从"有田、王而无辽国"之简本开始,这一可能性很小。

需要说明的是,除鲁迅和欧阳先生把简本当作第一阶段外,还有何心(陆澹安)在《水浒研究》中也提出过类似看法,他也认为是简本在前,但他还认为简本之前,还有一个原本,这个原本可能是繁本。按照这种分析,则演化过程为:原本(繁本)—简本—繁本—简本。这和欧阳先生的看法略有不同,这也是理论上有这种可能性,但缺乏证据。

总之,在第一阶段论中,欧阳先生认为是从"有田、王而无辽国"之简本,发展为"去田、王加辽国"之繁本,这个繁本就是目前主流看法的一百回容与堂本,也就是目前看到的最早版本,这种可能性我觉得实在是很小的。

(6)繁简交替演化论第二阶段论问题

欧阳先生的第二阶段论,是从"有辽国而无田、王"之繁本,删节为"有辽国而无田、王"之简本。这是所有水浒版本演化说中都没有的一个阶段,而欧阳先生之所以主张有这样一个阶段,是出于以下考虑的:

目前一般看法认为,有征辽和征方腊的一百回繁本在前,而简本是从此有征辽和征方腊的繁本删节而来的。但现在看到的所有简本,都既有征辽,也同时有田王二传。而如果简本是从繁本删节而来,就应该先把繁本文字删节,故事不加,征辽后就立即去征方腊,不应该有田王二传。但这样的版本目前还没有发现。因此欧阳先生就认为应该有这样一个中间阶段,即先从有征辽而无田王二传的繁本,删节出"有辽国而无田、王"之简本来。因此他就增加了这样一个第二阶段。

这种看法似乎很有道理。但实际是经不起推敲的。

简本整理书商如果只是把繁本删节为简本,故事不变,固然可压缩成本,可招揽一部分顾客,但由于故事不变,可能还是不十分吸引人的。因此书商在删节文字的同时,又增加了田王二传,就又增加了卖点,更有市场,这肯定比只删节文字,不增加故事的版本好卖。

《三国演义》中就有类似的例子。《三国演义》的嘉靖元年本、叶逢春本都没有关索故事,而各种简本中,除文字简略外,都增加了关索故事。其道理很简单,《三国演义》原本没有关索故事是因为，虽然关索是出名的人物，有关关索的传说很多，云南也有关索岭，但正史中关羽并没有关索这样的儿子，关索很明显是个虚构人物，因此《三国演义》作者没有写关索。而简本的整理者觉得关索在民间传说很多，加入关索故事更吸引大众读者，因此在删节文字的同时，又增加了荆州认父的"花关索"故事。而周曰校本等演义系列版本，认为关索主要是参加南征，因此虽然也增加了关索故事，但和简本的花关索不同，没有荆州认父情节，而是突然出现在随诸葛亮南征中。这两种关索故事，和《水浒传》插增田王二传的动机是完全相同的，都是为了吸引读者，扩大销路。

因此，目前没有发现《水浒传》这种只删不加的简本就很自然了，因为即便有这样的版本，也无法和又删又加故事的版本竞争，所以即便曾经出现过，也会很快就被淘汰了。

所以，欧阳先生的第二阶段论也是理论上可能存在过，但即便有这种版本也必定会很快被淘汰，所以根本不可能构成为一个阶段。我觉得，欧阳先生所谓的第二阶段只是一种似乎合理的想象而已罢了，而实际上并未存在过。

（7）繁简交替演化论第三阶段论简本问题

欧阳先生的第三阶段论，是在"添加改造后的田、王"之繁本产生的前后，又出现了"插增旧本田、王部分"之简本。

第三阶段实际包括两部分内容。

第一部分是指，在有征辽和征方腊的一百回繁本基础上，插增田王二传，产生了一百二十回的全传本，即袁无涯本。这部分看法和主流看法是完全相同的，不用讨论。

第二部分是指，第二阶段的"有辽国而无田、王"之简本，看到全传本出现，故事更完整了，简本要和全传本竞争，只有在"有辽国而无田、王"基础上，再"插增旧本田、王部分"，构成一种新的简本，就是和全传本一样，即有征辽、田王二传、征方腊的全部故事的简本，这就是目前所看到的大量水浒简本。

欧阳先生的第三阶段论和主流看法是有差异的。根据前面欧阳先生的三阶段论，把简本分为三阶段：

第一阶段的简本是"有田、王而无辽国"的简本。

第二阶段的简本是"有辽国而无田、王"之简本，是从"有辽国而无田、王"之繁本删节而来的。

第三阶段的简本是再恢复"插增旧本田、王部分"之完整的简本。

因此欧阳认为简本的演化是：

有田、王而无辽国—有辽国而无田、王—有辽国也有田、王

这和主流看法是不同的，主流看法是，简本不存在这样复杂的三个阶段，所有简本都是从繁本一次删节文字、插增田王二传而生成的。

此外还要注意，全传本的田王二传和简本的田王二传有很大差异，如对王庆出身的描写就完全不同。欧阳先生也注意到这个差异，他认为简本再插增旧本田王二传，

是在全传本出现的前后，更大可能是在全传本出现之前，因为简本田王二传没有根据全传本做任何修改，因此应该是在没有看到全传本的情况下匆忙做完增补的。

如果欧阳先生的说法成立，则这里更严密的说法似乎是，简本看到全传本增加了和简本不同的田王二传，简本为了和全传本竞争，于是就把最早原始简本中的田王二传又增补回来了。

按照欧阳先生上述论述，简本中的田王二传是在第一阶段前原始简本中先插入的，在第二阶段的繁本没有田王二传，因此删节的简本中也没有，到第三阶段简本看到全传本增加了田王二传，因此又恢复了第一阶段简本中的田王二传。如此复杂的转换，实际是否发生过？我持极大的怀疑态度。

全传本和简本田王二传故事到底是怎样产生的？目前主流看法认为，全传本的田王二传故事是在简本田王二传故事基础上做了修订，而现在看到的田王二传就是简本的原貌。这种看法既简单又明确，我赞同这种看法。

（8）繁本中征辽是原有还是后加的？

《水浒传》版本演化中还有一个问题是，征辽是原本就有的，还是后加的？

目前看到的有征辽故事最早的版本是一百回繁本，在招安后立即征辽，征辽后立即征方腊，无田王二传。

对此有两种看法，一种看法认为征辽是原有的，一种看法是征辽为后加的。

根据前面的介绍，欧阳先生认为征辽是后加的，是在第一阶段，从"有田、王而无辽国"之简本，发展为"去田、王加辽国"之繁本。

和欧阳先生类似看法的学者很多，最早提出征辽是后加的是郑振铎先生。张锦池先生也曾发表文章，认为征辽是后加的。他的主要根据是，征辽故事中有很多与水浒其他故事矛盾之处，如蓟州在征辽中是在辽国控制之下，而在水浒其他故事中，蓟州是在北宋控制下。如征辽是原有的，作者应该不会发生如此明显的错误。

20世纪50年代，曾有学者仔细研究了征辽中新出现的地名，发现这些地名都是来自明中叶的一本地理书，因此征辽只可能是后期插入的，而不可能是原有的。我一时找不到此书和此文了。

但也有学者认为征辽是原有的。刘世德先生书中，举出很多例证，证明在一百回繁本中其他6处地方曾提到征辽。因此征辽应该是原本就有的。

有征辽的故事刚好是一百回，如果去掉8回征辽故事就只有92回。一般的小说回数都是整数，不太可能是92回。

张锦池对回数的解释是，他认为原本加征辽是95回，符合中国古代对皇帝有九五之尊的习俗。不过这种解释似乎有些牵强了。

这两种说法的例证都不是铁证，都有相反的解释存在。

认为征辽故事是原有的，对于征辽中有很多与水浒其他故事矛盾，可以解释为，这是作家创作中的疏忽所致。

认为征辽故事是后加的，对于繁本在其他地方却提到了征辽，也解释为，这可能是把征辽故事插入时，插入者为保持故事完整，就在其他地方故意做了补充，因此在其他地方也就提到了征辽。

因为两方例证都不是铁证,都可以解释,两种解释似乎都有一定的道理,因此很难判断哪种可能性更大。

(9) 简本繁本交替演化论总结

"简本繁本交替演化论"的基本思路:

原始简本中首先插入了田王二传,成了无征辽有田王二传的简本,然后演化为加征辽删田王二传的繁本,从繁本又删节出没有田王的简本,最后才出现完整的全传本和完整的简本。

总结以上简本繁本交替演化论的看法,我认为有四个问题:

其一,简本繁本交替演化论认为,虽然从文字看,后期简本是从繁本删节而来,但简本繁本交替演化论又认为曾经存在过早期"由简到繁",即存在过原始简本,存在过一种原始简本,繁本是从这原始简本发展而来的。因此简本繁本交替演化论认为,在水浒早期版本中,是先有简本,后有繁本,由简本发展为繁本。但这只是想象中的情况,没有任何文献支持,实际存在的可能性也很小。

我觉得并不存在这种原始简本,《水浒传》是一位伟大的作家根据各种素材一次创作产生的,一出现就是繁本。现存的简本应该是一次从繁本删节文字、增加田王二传而来的,绝不太可能是经过如此多阶段复杂的转换而生成的。因此有原始简本的可能性很小。

其二,简本繁本交替演化论认为田王二传是初始简本中就有的,而不是后期插入的。但这种说法和后面简本发展有很多矛盾,也没有任何文献支持这种说法,所举的例证并不是铁证。田王二传也完全可能是在后期版本插入时出现。因此田王二传在早期简本中就插入了,这种可能性也很小。

其三,简本繁本交替演化论认为存在过一种从繁本删节而来、只保留征辽而没有田王二传的简本,这种可能性也很小。后期简本在删节繁本文字的同时,完全可能同时插入了田王二传。

以上分析了《水浒传》演化中"繁简交替演化论"存在的问题,这种非常复杂的简本繁本交替演化的可能性很小,几乎是不可能的。

五、《金瓶梅》《西游记》版本研究

（一）《金瓶梅》版本研究

1. 《金瓶梅》和《水浒传》版本关系论

（1）武松打虎和武松见武大在《水浒传》《金瓶梅》版本中的差异

《金瓶梅》中很多故事来源于《水浒传》，其中最引人注目的是武松故事，武松故事中武松打虎和见武大二事，在各种《水浒传》《金瓶梅》版本的描写中又有所不同。对于《水浒传》《金瓶梅》故事相同部分的演变，包括武松打虎，很多学者做了仔细研究，但对于其中武松见武大的描写，在不同《水浒传》《金瓶梅》版本中的差异，至今似乎没有人仔细研究过。

本文首先集中研究武松打虎和见武大的故事描写，在各种《水浒传》《金瓶梅》版本中的差异，再分析这些差异是如何形成产生的，由此看出《水浒传》《金瓶梅》版本的演化。

本文研究的版本有4种。

- 《水浒传》繁本容与堂本

《水浒传》繁本有很多，包括容与堂本、天都外臣序本、袁无涯本等，这些版本在武松见武大故事描写上几乎没有差异，因此选容与堂本为代表。

容与堂本武松打虎和见武大故事是在《水浒传》第二十三回"横海郡柴进留宾　景阳冈武松打虎"，到第二十四回"王婆贪贿说风情　郓哥不忿闹茶肆"。

- 《水浒传》简本插增本、评林本、刘兴我本

《水浒传》早期简本中主要的是种德书堂本、插增本、评林本和刘兴我本，其后的藜光堂本、郑乔林本等都和刘兴我本基本相同。由于种德书堂本没有武松见武大部分，只好只比对其他三本。

三本简本武松打虎和见武大故事是在《水浒传》第廿二回"横海郡柴进留宾　景阳岗武松打虎"，到第廿三回"王婆贪贿说风情　郓哥不忿闹茶肆"。

- 《金瓶梅》词话本

武松见武大故事是在第一回"景阳冈武松打虎　潘金莲嫌夫卖风月"。

- 《金瓶梅》崇祯本

武松打虎和见武大故事是在第一回"西门庆热结十弟兄　武二郎冷遇亲哥嫂"中。

《金瓶梅》版本主要有三种，即词话本、崇祯本和张评本，张评本文字和崇祯本几乎相同，因此只比较词话本和崇祯本。

这些版本在武松见武大故事情节上差异主要有以下几点：

- 武松见武大和武大娶潘金莲搬家两个故事叙述的颠倒。

武松见武大故事有三部分：武松任都头、武松见武大、武大娶潘金莲搬家。其中后两个故事武松见武大、武大娶潘金莲搬家，在不同版本中叙述的顺序是颠倒的。

- 武松见武大的时间、地点。

武松见武大在不同版本中，时间地点略有不同。

- 武松见武大故事文字描写细节不同，这主要是指《水浒传》三个简本。

以下先分别介绍这三部分描写在各种不同版本中的差异，由此看出从《水浒传》繁本到《金瓶梅》词话本，再到崇祯本，以及从《水浒传》繁本到简本的演化。

至于武松打虎故事在以上版本中只是文字繁简不同，学术界一种看法认为《金瓶梅》词话本是来自《水浒传》繁本。但也有学者对此做了详细分析，认定《金瓶梅》词话本中武松打虎不是来自《水浒传》繁本，而是来自简本。本文对此也做了分析，认为这种看法根据不足。

（2）武松见武大《水浒传》《金瓶梅》文字比对

为说明武松见武大故事在《水浒传》容与堂本，《金瓶梅》词话本、崇祯本中的文字差异，下面列出这三本有关部分文字比对。因为是故事叙述不同，因此采取文字"段比对"方式，便于阅读比对。重要文字加下画线。

《水浒传》容与堂本《金瓶梅》词话本、崇祯本武松见武大文字比对

《水浒传》容与堂本	《金瓶梅》词话本	《金瓶梅》崇祯本
第二十三回	第一回	第一回
知县见他忠厚仁德，有心要抬举他，便道："虽你原是清河县人氏，与我这阳谷县只在咫尺。我今日就参你在本县做个都头，如何？"武松谢道："若蒙恩相抬举，小人终身受赐。"知县随即唤押司，立了文案，当日便参武松做了步兵都头。 　　众上户都来与武松作贺庆喜，<u>连连吃了三五日酒</u>。武松自心中想道："我本要回清河县去看望哥哥，谁想倒来做了阳谷县都头？"自此上官见爱，乡里闻名。 　　<u>又过了三二日，那一日，武松心闲，走出县前来闲玩。只听得背后一个人叫声："武都头，你今日发迹了，如何不看觑我则个？"武松回过头看了，叫声："阿也！你如何却在这里？"</u> 　　…… 　　话说当日武都头回转身来，看见那人，扑翻身便拜。<u>那人原来不是别人，正是武松的嫡亲哥哥武大郎。</u> 第24回 　　话说当日武都头回转身来，看见那人，扑翻身便拜。<u>那人原来不是别人，正是武松的嫡亲哥哥武大郎。</u> 　　武松拜罢，说道："一年有余，不见哥哥，如何却在这里？"武大道："二哥，你去了	知县见他仁德忠厚，又是一条好汉，有心要抬举他，便道："虽是阳谷县的人氏，与我这清河县只在咫尺。我今日就参你，在我这县里做个巡捕的都头，专一河东水西擒拿盗贼。你意下如何？"武松跪谢道："若蒙恩相抬举，小人终身受赐。"知县随即唤押司立了文案，当日便参武松做了巡捕都头。 　　众里正大户都来与武松作贺庆喜，连连夸官，<u>吃了三五日酒</u>。正要阳谷县抓寻哥哥，不料又在清河县做了都头。 　　<u>一日在街上闲游，喜不自胜</u>。传得东平一府两县，皆知武松之名。 　　…… 　　<u>按下武松，单表武大</u>，自从与兄弟分居之后，因时遭荒馑，搬移在清河县紫石街，赁房居住。人见他为人懦弱，模样猥衰，起了他个浑名，叫作"三寸丁、谷树皮"。 　　…………	知县见他仁德忠厚，又是一条好汉，有心要抬举他，便道："你虽是阳谷县人氏，与我这清河县只在咫尺。我今日就参你在我县里做个巡捕的都头，专在河东水西擒拿贼盗，你意下如何？"武松跪谢道："若蒙恩相抬举，小人终身受赐。"知县随即唤押司立了文案，当日便参武松做了巡捕都头。 　　众里长大户都来与武松作贺庆喜，<u>连连吃了数日酒。</u>正要回阳谷县去抓寻哥哥，不料又在清河县做了都头，却也欢喜。那时传得东平一府两县，皆知武松之名。 　　…… 　　<u>却说武松一日在街上闲行，只听背后一个人叫道："兄弟，知县相公抬举你做了巡捕都头，怎不看顾我！"武松回头见了这人，</u> 　　…… 　　这人不是别人，却是<u>武松日常间要去寻他的嫡亲哥哥武大。</u> 　　却说<u>武大自从兄弟分别之</u>后，因时遭饥馑，搬移在清河县紫石街赁房居住。 　　……

许多时，如何不寄封书来与我？我又怨你，又想你！"武松道："哥哥如何是怨我想我？"武大道："我怨你时，当初你在清河县里，要便吃酒醉了，和人相打，如常吃官司，教我要便随衙听候。不曾有一个月净办，常教我受苦。这个便是怨你处。想你时，我近来取得一个老小，清河县人，不怯气都来相欺负，没人做主。你在家时，谁敢来放个屁。我如今在那里安不得身，只得搬来这里赁房居住。因此便是想你处。"看官听说：原来武大与武松，是一母所生两个。武松身长八尺，一貌堂堂，浑身上下，有千百斤气力。不恁地如何打得那个猛虎。这武大郎身不满五尺，面目生得狰狞，头脑可笑。清河县人见他生得短矮，起他一个诨名，叫做"三寸丁谷树皮"。那清河县里有一个大户人家，有个使女，小名唤作潘金莲，年方二十余岁，颇有些颜色。因为那个大户要缠他，这女使只是去告主人婆，意下不肯依从。那个大户以此恨记于心，却倒赔些房奁，不要武大一文钱，白白地嫁与他。自从武大娶得那妇人之后，清河县里有几个奸诈的浮浪子弟们，却来他家里薅恼。原来这妇人见武大身材短矮，人物猥獕，不会风流，这婆娘倒诸般好，为头的爱偷汉子。

却说那潘金莲过门之后，武大是个懦弱依本分的人，被这一班人不时间在门前叫道："好一块羊肉，倒落在狗口里。"

因此武大在清河县住不牢，搬来这阳谷县紫石街赁房居住。每日仍旧挑卖炊饼。

武大每日自挑炊饼担儿出去，卖到晚方归。妇人在家别无事干，一日三餐吃了饭，打扮光鲜，只在门前帘儿下站着，常把眉目嘲人，双睛传意。左右街坊有几个奸诈浮浪子弟，睃见了武大这个老婆，打扮油样，沾风惹草。被这干人在街上撒谜语，往来嘲戏，唱叫："这一块好羊肉，如何落在狗口里！"人人自知武大是个懦弱之人，却不知他娶得这个婆娘在屋里，风流伶俐，诸般都好，为头的一件，好偷汉子。

......

这妇人每日打发武大出门，只在帘子下磕瓜子儿，一径把那一对小金莲做露出来，勾引的这伙人，日逐在门前弹胡博词，扠儿难，口里油似滑言语，无般不说出来。

因此，武大在紫石街住不牢，又要往别处搬移，与老婆商议。妇人道："贼混沌，不晓事的，你赁人家房住，浅房浅屋，可知有小人啰唣。不如凑几两银子，看相应的典上他两间住，却也气概些，免受人欺负。你是个男子汉，倒摆布不开，常交老娘受气。"武大道："我那里有钱典房？"妇人道："呸，浊才料！把奴的钗梳凑办了去，有何难处。过后有了，再治不迟。"

武大听了老婆这般说，当下凑了十数两银子，典得县门前楼，上下两层，四间房屋居住。第二层是楼，两个小小院落，甚是干净。

这武大自从娶了金莲，大户甚是看顾他。若武大没本钱做炊饼，大户私与他银两。武大若挑担儿出去，大户候无人，便踅入房中与金莲厮会。武大虽一时撞见，原是他的行货，不敢声言。朝来暮往，也有多时。忽一日大户得患阴寒病症，呜呼死了。主家婆察知其事，怒令家僮将金莲、武大即时赶出。武大故此遂寻了紫石街西王皇亲房子，赁内外两间居住，依旧卖炊饼。原来这金莲自嫁武大，见他一味老实，人物猥衰，甚是憎嫌，常与他合气。

......

武大每日自挑担儿出去卖炊饼，到晚方归。那妇人每日打发武大出门，只在帘子下嗑瓜子儿，一径把那一对小金莲故露出来，勾引浮浪子弟，日逐在门前弹胡博词，撒谜语，叫唱："一块好羊肉，如何落在狗嘴里？"油似滑的言语，无般不说出来。

因此武大在紫石街又住不牢，要往别处搬移，与老婆商议。妇人道："贼馄饨不晓事的，你赁人家房住，浅房浅屋，可知有小人罗唣！不如添几两银子，看相应的，典上他两间住，却也气概些，免受人欺侮。"武大道："我那里有钱典房？"妇人道："呸！浊材料，你是个男子汉，倒摆布不开，常交老娘受气。没有银子，把我的钗梳凑办了去，有何难处！过后有了再治不迟。"

武大听老婆这般说，当下凑了十数两银子，典得县门前楼上下两层四间房屋居住。第二层是楼，两个小小院落，甚是干净。

此日正在县前做买卖,当下见了武松。武大道:"兄弟,我前日在街上听得人沸沸地说道:'景阳冈上一个打虎的壮士,姓武,县里知县参他做个都头。'我也八分猜道是你。原来今日才得撞见。我且不做买卖,一同和你家去。"武松道:"哥哥家在那里?"武大用手指道:"只在前面紫石街便是。"	武大自从搬到县西街上来,照旧卖炊饼。一日,街上所过,见数队缨枪,锣鼓喧天,花红软轿,簇拥着一个人,却是他嫡亲兄弟武松。因在景阳冈打死了大虫,知县相公抬举他,新升做了巡捕都头。街上里老人等作贺他,送他下处去。却被武大撞见,一手扯住,叫道:"兄弟,你今日做了都头,怎不看顾我!"武松回头见是哥哥。二人相合,兄弟大喜。一面邀请到家中。	武大自从搬到县西街上来,照旧卖炊饼过活,不想这日撞见自己嫡亲兄弟。 当日兄弟相见,心中大喜。一面邀请到家中,让至楼上坐,房里唤出金莲来,与武松相见。

为了详细说明武松见武大故事在《水浒传》容与堂本,《金瓶梅》词话本、崇祯本中的文字差异,下面再仔细分析这三本有关部分的文字差异。

1) 武松任都头后和大户们吃了几天酒,三本叙述基本相同

- 《水浒传》容与堂本"吃了三五日酒"。

众上户都来与武松作贺庆喜,连连吃了<u>三五日酒</u>。武松自心中想道:"我本要回清河县去看望哥哥,谁想倒来做了阳谷县都头?"自此上官见爱,乡里闻名。

- 《金瓶梅》词话本:与《水浒传》容与堂本相同,为"吃了三五日酒"。

众里正大户都来与武松作贺庆喜,连连夸官,吃了<u>三五日酒</u>。正要阳谷县抓寻哥哥,不料又在清河县做了都头。

- 《金瓶梅》崇祯本:文字略有不同,将"三五日酒",改为"数日酒"。

众里长大户都来与武松作贺庆喜,连连吃了<u>数日酒</u>。正要回阳谷县去抓寻哥哥,不料又在清河县做了都头,却也欢喜。那时传得东平一府两县,皆知武松之名。

2) 武松见武大,三本描述有所不同

- 《水浒传》容与堂本:"又过了三二日,……武松心闲,走出县前来闲玩",武松见到武大。

又过了三二日,那一日,武松心闲,走出县前来闲玩。只听得背后一个人叫声:"武都头,你今日发迹了,如何不看觑我则个?"武松回过头看了,叫声:"阿也!你如何却在这里?"……话说当日武都头回转身来,看见那人,扑翻身便拜。那人原来不是别人,正是武松的嫡亲哥哥武大郎。

- 《金瓶梅》词话本:与《水浒传》容与堂本不同,只说武松"一日在街上闲

游",此处完全没有说道武松见了武大。

（武松）一日在街上闲游，喜不自胜。传得东平一府两县，皆知武松之名。

- 《金瓶梅》崇祯本：文字和词话本不同，和《水浒传》容与堂本基本相同，武松在街上闲走遇到武大。但删除了"又过了三二日"。

却说武松一日在街上闲行，只听背后一个人叫道："兄弟，知县相公抬举你做了巡捕都头，怎不看顾我！"武松回头见了这人，……这人不是别人，却是武松日常间要去寻他的嫡亲哥哥武大。

3）插叙武大娶潘金莲搬家阳谷县，三本描述有所不同

- 《水浒传》容与堂本：描述了武松见到武大后，再回头描述武大娶潘金莲搬家阳谷县。

武大道："我怨你时，当初你在清河县里，要便吃酒醉了，和人相打，如常吃官司，教我要便随衙听候。不曾有一个月净办，常教我受苦。这个便是怨你处。想你时，我近来取得一个老小，清河县人，不怯气都来相欺负，没人做主。你在家时，谁敢来放个屁。我如今在那瑞安不得身，只得搬来这里赁房居住。因此便是想你处。"
看官听说：原来武大与武松，是一母所生两个。武松身长八尺，一貌堂堂，浑身上下，有千百斤气力。

- 《金瓶梅》词话本：与《水浒传》容与堂本不同，武松任都头后，没有说武松见武大，就直接转入描述武大娶潘金莲搬家阳谷县。

（武松）一日在街上闲游，喜不自胜。传得东平一府两县，皆知武松之名。
有诗为证：
　　　　壮士英雄艺略芳，　挺身直上景阳冈。
　　　　醉来打死山中虎，　自此声名播四方。
按下武松，单表武大。自从与兄弟分居之后，因时遭荒馑，搬移在清河县紫石街，赁房居住。

- 《金瓶梅》崇祯本：文字又和词话本不同，和《水浒传》容与堂本基本相同，描述武松见到武大之后，再回头描述武大娶潘金莲搬家阳谷县。

却说武松一日在街上闲行，只听背后一个人叫道："兄弟，知县相公抬举你做了巡捕都头，怎不看顾我！"武松回头见了这人，不觉的——
　　　　欣从额角眉边出，喜逐欢容笑口开。
这人不是别人，却是武松日常间要去寻他的嫡亲哥哥武大。却说武大自从兄弟分别之后，因时遭饥馑，搬移在清河县紫石街赁房居住。

4）回头复述武松见武大，三本描述有所不同

在描述了武大娶潘金莲搬家阳谷县后，三本又回头复述武松见武大的经过，包括时间地点，各本复述不同。

- 《水浒传》容与堂本：武大说，他得知县里任命一姓武打虎壮士为都头，就猜是武松，一日在街上撞见。

（武大）此日正在县前做买卖，当下见了武松。武大道："兄弟，我前日在街上听得人沸沸地说道：'景阳冈上一个打虎的壮士，姓武，县里知县参他做个都头。'我也八分猜道是你。原来今日才得撞见。我且不做买卖，一同和你家去。"武松道："哥哥家在哪里？"武大用手指道："只在前面紫石街便是。"

- 《金瓶梅》词话本：与《水浒传》容与堂本完全不同，在叙述武松任都头后，并未说武松见武大，而立即转而叙述武大娶潘金莲搬家阳谷县，之后再叙述武松任都头，人们送他去住处，被武大撞见。

（武大）一日，街上所过，见数队缨枪，锣鼓喧天，花红软轿，簇拥着一个人，却是他嫡亲兄弟武松。因在景阳冈打死了大虫，知县相公抬举他，新升做了巡捕都头。街上里老人等作贺他，送他下处去。却被武大撞见，一手扯住，叫道："兄弟，你今日做了都头，怎不看顾我！"武松回头见是哥哥。二人相合，兄弟大喜。一面邀请到家中。

- 《金瓶梅》崇祯本：文字又和词话本不同，和《水浒传》容与堂本相似，因为前面已经描述了武松见武大，此处就简单再复述了武大撞见了武松。

武大自从搬到县西街上来，照旧卖炊饼过活，不想这日撞见自己嫡亲兄弟。当日兄弟相见，心中大喜。一面邀请到家中。

（3）武松见武大《水浒传》《金瓶梅》叙述倒置

武松见武大故事分三部分。

第一部分，武松要去清河县看望哥哥武大，路过阳谷县景阳冈，打死一只老虎，被阳谷县知县任命为巡捕都头。这部分各个版本描述基本相同。

第二部分，武松见武大，这部分各个版本描写有所不同。

第三部分，武大娶潘金莲后，从清河县搬到阳谷县居住。这部分各个版本描述也基本相同。

各个版本描写不同的第一个问题是，武松见武大和武大娶潘金莲搬家两个故事叙述的颠倒。

在《水浒传》容与堂本和简本，以及《金瓶梅》崇祯本中，叙述这两个故事都是先说武松任都头后，见到了武大，然后再回述武大娶潘金莲后从清河县搬到阳谷县。

而在《金瓶梅》词话本中这两个故事的叙述是颠倒的。词话本介绍了武松任都头后，就转去介绍武大如何娶了潘金莲，然后又从清河县搬到了阳谷县，最后再介绍武

松见到武大。

因此在《水浒传》《金瓶梅》词话本和《金瓶梅》崇祯本中，这两部分是颠倒的。

在中国古代小说中一般都是单线叙述，《水浒传》武松故事也是如此。武松出场是在柴进家宋江见到了武松，后武松要回清河县看望他哥哥武大，路过阳谷县景阳冈打死老虎，被阳谷县知县任命为都头，武松在阳谷县偶遇他哥哥武大。到此各版本都是单线叙述，但此处又必须交代武大在此前的经历，他在清河县娶了潘金莲，因为潘金莲美色总被人骚扰，武大迫不得已，只好从清河县搬到了阳谷县来居住。

这样有关武大娶潘金莲再搬家的经过，就必须插入武松故事中，插入有两个办法。

一个办法先描写武松见到武大，再返回头叙述武大娶潘金莲搬家，这种叙述是倒叙方式。《水浒传》就采取了这种方式，在第二十三回中先叙述武松在街上偶遇武大，然后在下一回第二十四回中，再详细叙述武大是如何从清河县搬到阳谷县的。《水浒传》《金瓶梅》崇祯本都采用了这种叙述方式。

另一个办法是，在叙述了武松任都头后，不讲武松见武大，而直接转入武大故事的叙述，讲述武大因为娶了潘金莲，不堪骚扰而被迫从清河县搬到阳谷县。然后再回头叙述武松在街上遇到武大。《金瓶梅》词话本采取了这种叙述方式。

从版本演化看，三本的顺序肯定是，《水浒传》——《金瓶梅》词话本——《金瓶梅》崇祯本。因此可以肯定是《金瓶梅》词话本修改了《水浒传》的叙述，而《金瓶梅》崇祯本又恢复了《水浒传》的叙述。

下面分析《金瓶梅》词话本和崇祯本的这两次修改。

第一次是《金瓶梅》词话本修改了《水浒传》，可能是词话本编写者觉得，先说武松见武大，然后再把武大故事插入，又回头返回武松随武大回家，就打断了武松见武大的故事，在武松见武大故事中间，插入武大故事就会割裂了武松见武大。不如改为先介绍武大故事，再介绍武松见武大，并随武大回家。这样武松见武大故事就完整了。《金瓶梅》词话本采取了这种叙述方式。

但词话本修改的《水浒传》文字上还有不顺的地方。

《水浒传》在此处的叙述如下，武松任都头后，"又过了三二日，那一日，<u>武松心闲，走出县前来闲玩</u>。只听得背后一个人叫声：'武都头，你今日发迹了，如何不看觑我则个？'武松回过头看了，叫声：'阿也！你如何却在这里？'此人正是武大。"《水浒传》中描写文字叙述很顺。

而《金瓶梅》词话本改写了《水浒传》的描述，在此硬插入武大故事，但又未改《水浒传》文字，变成："（武松）又在清河县做了都头。<u>一日在街上闲游，喜不自胜</u>。传得东平一府两县，皆知武松之名。有诗为证：壮士英雄艺略芳，挺身直上景阳冈。醉来打死山中虎，自此声名播四方。按下武松，单表武大……。"

其中"<u>一日在街上闲游，喜不自胜</u>"一句话本来在《水浒传》中是为下面武松见武大的铺垫。而《金瓶梅》词话本把武松见武大，改为任都头返回住处时路上就遇到了武大。因此"<u>一日在街上闲游，喜不自胜</u>"这句话在这里保留了，就很不通顺了。

既然《金瓶梅》词话本要在后面才插入武大故事，不如删除武松"<u>一日在街上闲游，喜不自胜</u>"这句话，变成"（武松）又在清河县做了都头。传得东平一府两县，皆知武松之名。按下武松,单表武大",后面再说武松任都头回住处就遇到武大,根本就没有"一日在街上闲游,喜不自胜",这样就完全通顺了。由此看出《金瓶梅》词话本修改《水浒传》疏忽而留下的文字痕迹。

第二次是《金瓶梅》崇祯本的修改。崇祯本可能觉得词话本的修改,虽然有一定道理,但《水浒传》先说武松见武大,然后再顺着介绍武大为何从阳谷县搬到清河县来,这样虽然打断了武松故事,但武大故事就比较顺了。因此崇祯本就改回了《水浒传》的叙述。

由此可以看出,武松见武大故事和武大娶潘金莲后搬家,这两个故事在《水浒传》和《金瓶梅》词话本、崇祯本中的演变,由此也看出这三个版本的演化过程。

(4) 武松见武大《水浒传》《金瓶梅》时间地点差异

武松见武大故事的时间、地点,在《水浒传》《金瓶梅》不同版本中也有所不同。

1)《水浒传》容与堂本

在《水浒传》容与堂本中,武松见武大的过程很简单。武松做了步兵都头后,众上户都来与武松作贺庆喜,连连吃了三五日酒。武松自心中想道:"我本要回清河县去看望哥哥,谁想倒来做了阳谷县都头?"自此上官见爱,乡里闻名。又过了三二日,那一日,武松心闲,走出县前来闲玩。只听得背后一个人叫声:"武都头,你今日发迹了,如何不看觑我则个?"武松回过头看了,叫声:"阿也!你如何却在这里?"他回转身来,看见那人,扑翻身便拜。那人原来不是别人,正是武松的哥哥武大。

接着《水浒传》再倒叙介绍武大如何娶潘金莲,又如何从清河县搬到阳谷县。武大见了武松。武大道:"兄弟,我前日在街上听得人沸沸地说道:'景阳冈上一个打虎的壮士,姓武,县里知县参他做个都头。'我也八分猜道是你。原来今日才得撞见。我且不做买卖,一同和你家去。"

请注意这里《水浒传》中武松见武大的时间地点。武松任都头后连连吃了三五日酒,又过了三二日,那一日,武松心闲,走出县前来闲玩,这才见到了武大。武松见武大是他在县前闲玩时,武松无意见到武大。而武大事先得知武松可能是景阳冈打虎后任阳谷县都头,这日也是无意中遇到了武松。

2)《金瓶梅》词话本

在《金瓶梅》词话本中武松见武大就和《水浒传》完全不同了。是武大自从搬到县西街上来,照旧卖炊饼。一日,街上所过,见数队缨枪,锣鼓喧天,花红软轿,簇拥着一个人,却是他嫡亲兄弟武松。因在景阳冈打死了大虫,知县相公抬举他,新升做了巡捕都头。街上里老人等作贺他,送他下处去。却被武大撞见,一手扯住,叫道:"兄弟,你今日做了都头,怎不看顾我!"武松回头见是哥哥。二人相合,兄弟大喜。

请注意这里武松见武大的时间地点。《水浒传》里武松见武大是他任都头后先过了三五日,又过了三二日,在县前才见到。而《金瓶梅》词话本是武松任都头后当日,街上人作贺,送他去住处,路上就被武大看见了。

总之,《水浒传》是武松任都头后,过了好几日,无意中在县前见到武大。而《金瓶梅》词话本改为,武松见武大不是任都头后又过好几日才见到,而是任都头后当日就在街上被武大看见了。

《金瓶梅》词话本的修改是很有心意的,是仔细考虑后修改的。

武松元来是要去清河县见武大,偶然在阳谷县打死老虎任了都头。按照《水浒传》描写,武松任都头后自心中也曾想道:"我本要回清河县去看望哥哥,谁想倒来做了阳谷县都头?"但他并未立即去清河县,而是"连连吃了三五日酒","又过了三二日",才偶然被武大遇到的。

《水浒传》这里似乎不十分合理,虽然武松不知武大已经搬到了清河县,他任阳谷县都头后,也应该立即去清河县找哥哥,而不是拖了三五日,再拖三二日,这有损武松形象。

因此《金瓶梅》词话本很细心,看到此处不太合理,就改为武松任都头当日,就在街人送他去住处路上,遇到了武大。这样明显比《水浒传》更合理些。

3)《金瓶梅》崇祯本

《金瓶梅》词话本的修改,可能崇祯本不是很满意,崇祯本编者也注意到《水浒传》中武松拖延多日才见到武大也不十分合理。因此崇祯本选择了一个折中写法。

按照崇祯本的描述,武松做了巡捕都头。众里长大户都来与武松作贺庆喜,连连吃了数日酒。正要回阳谷县去抓寻哥哥,不料又在清河县做了都头,却也欢喜。后来武松一日在街上闲行,只听背后一个人叫他,原来是他哥哥武大。武大遇到武松也是完全偶然。

崇祯本基本参照《水浒传》描写,但做了些修改。崇祯本写武松任都头后,众里长大户都来与武松作贺庆喜,连连吃了"数日酒",而不是词话本"连连吃了三五日酒","又过了三二日",然后和《水浒传》一样,"一日在街上闲行"和武大偶然遇到。可能是崇祯本改编者觉得这样更通情达理。

4)总结三本武松见武大时间、地点差异

总结以上武松见武大三版本在故事叙述和时间、地点的差异:

- 故事叙述顺序:

《水浒传》和《金瓶梅》崇祯本是:武松见武大——倒叙武大娶潘金莲搬家。

《金瓶梅》词话本是:插叙武大娶潘金莲搬家——武松见武大。

- 时间、地点:

《水浒传》是:武松连连吃了三五日酒,又过了三二日,县前闲玩见到武大。

《金瓶梅》崇祯本是:武松连连吃了数日酒,一日在街上闲行见到武大。

《金瓶梅》词话本是:街上老人送他下处去,被武大撞见。

由此看出,在武松见武大这一小事上,《水浒传》和《金瓶梅》词话本、崇祯本比较,词话本对《水浒传》修改较大,而崇祯本又恢复了一些《水浒传》的描写。

总之,三种版本各自有各自的考虑,都费了一番心思。三种写法也各有各的道理,

从中可以看出从《水浒传》到《金瓶梅》词话本，再到《金瓶梅》崇祯本的演化。这是一个典型从版本中的小事，可见版本演化的例证。

（5）武松见武大《水浒传》几种简本的文字差异

武松见武大不止在《水浒传》繁本和《金瓶梅》词话本、崇祯本中有差异，在《水浒传》简本中也有差异，当然这个差异和前面所介绍的三本描写差异完全不同，简本之间没有三本那样大的故事叙述差异，而只是个别文字差异。但从这些个别文字差异中可以看出《水浒传》简本的演化。

此外，对于《金瓶梅》和《水浒传》版本的关系，一般认为《金瓶梅》所依据的是《水浒传》繁本，但也有学者认为是依据《水浒传》简本[①]，本文对此也进行了分析。

为比对清楚，采用逐行比对方式，分4例说明《金瓶梅》词话本、崇祯本和《水浒传》繁本容与堂本，简本插增本、评林本、刘兴我本文字差异，并对这些差异进行简单的分析。黎光堂本、郑乔林本文字基本和刘兴我本相同，就不收入了，只对个别文字不同加以简单说明。

例1. 第二十二回"横海郡柴进留宾　景阳冈武松打虎"，武松任都头

```
词：知县见他　　仁德忠厚又是一条好汉有心要抬举他便　　道　虽　　　是
容：知县见他忠厚仁德　　　　　　　　有心要抬举他便　　道　虽　你原是清河
甲：知县见他忠厚　　　　　　　　　　　　　　　　　　道　你　　是清河
评：知县见他忠厚　　　　　　　　　　　　　　　　　　曰　你　既　是清河
刘：知县见他忠厚　　　　　　　　　　　　　　　　　　使曰　你　既　是清河
——————————————————————————————————
词：阳谷县的人氏与我这清河县　　　　　只在咫尺我今日就参你在我　这县里做
容：　　县　人氏与我这　　阳谷县　　只在咫尺我今日就参你在　本县　　做
甲：　　县　人　与　　　　阳谷县　隔邻　　　　今日就参你　　　　　　做
评：　　县　人　与　　　　阳谷县　隔邻　　　　今日就参你　　　　　　做
刘：　　县　人　与　　　　阳谷县近邻　　　　　今日就参你　　　　　　做
——————————————————————————————————
词：个巡捕的都头专一河东水西擒拿盗贼你意下如何武松　跪谢道若蒙恩相抬举
容：个　　　都头　　　　　　　　　　　　　如何武松　跪谢道若蒙恩相抬举
甲：个　　　都头　　　　　　　　　　　　　　　武松　道　　蒙恩　抬举
评：个　　　都头　　　　　　　　　　　　　如何武松曰　　　蒙恩　抬举
刘：个　　　都头　　　　　　　　　　　　　如何武松曰　　　蒙恩相抬举
——————————————————————————————————
词：小人终身受赐　　知县随即唤押司立了文案当日便参武松做了　　巡捕都头
容：小人终身受赐　　知县随即唤押司立了文案当日便条武松做了步兵　　都头
插：小人终身受赐　　知县　　唤押司立了文案当日便参武松做　步兵　　都头
```

[①] 谈蓓芳：《从〈金瓶梅词话〉与〈水浒〉版本的关系看其成书时间》，《复旦学报（社会科学版）》2009年第3期。邓雷《〈金瓶梅〉袭用〈水浒传〉部分版本考论》，《文学研究》，第6卷1期，2020年，南京大学出版社。

评：	小人终身受赐	知县	唤押司立了文案当日便参武松做了步兵	都头
刘：	愿随伏侍知县	即唤押司立了文案当日便参武松做了步兵	都头

此例《水浒传》插增本、评林本文字几乎完全相同。

《水浒传》刘兴我本文字有修改，将"小人终身受赐"，改为"愿随伏侍"。

此例明显看出，《金瓶梅》词话本文字"有心要抬举他便""只在咫尺""在本（我这）县"，都和《水浒传》繁本容与堂本相同，而和《水浒传》简本不同。此例中没有任何《金瓶梅》词话本文字和《水浒传》繁本容与堂本不同，而和《水浒传》简本是相同的。

注意，武松在《水浒传》中是清河县人，在阳谷县打死老虎做了都头，遇到武大。而《金瓶梅》改为武松是阳谷县人，在清河县打死老虎，遇到搬到清河县的武大。《金瓶梅》之所以要改变武松的籍贯，是因为此书把西门庆写成是清河县人，就只好把武松改为阳谷县人，刚好和《水浒传》相反了。

例2. 第二十二回"横海郡柴进留宾　景阳冈武松打虎"，武松见武大

词：	众里正大	户都来与武松作贺庆喜连连夸官吃了三五日酒
容：	众	上户都来与武松作贺庆喜连连　　吃了三五日酒武松自心中想道我
插：	众	上户都来　　作贺	武松　　　道
评：	众	上户都来　　作贺	武松自　想
刘：	各	上户都来　　作贺	武松自　想

词：	正　要	阳谷县	抓寻哥哥	不料又在清河县做了
容：	本要回清河	县去看望	哥哥谁想	倒来	做了阳谷县
插：	本要回	去看	哥哥谁想	到来	做
评：	曰本要回	去看望	哥哥谁想	到来	做了
刘：	曰本要回	去看望	哥哥谁想在此		做了

词：	都头	一日	在街上闲
容：	都头自此上官见爱乡里闻名又过了三二日那一日武松心闲走出县前来　闲
插：	都头		出县前　　闲
评：	都头	一日武松	出县前　　闲
刘：	都头	一日武松	出县前　　闲

词：	游				
容：	玩	只听得背后一个人叫声武都头	你今日发迹了如何不看武松回过头来看
插：	玩	只听得背后一　人叫声武	松	你今日发迹	武松回　头　看见
评：	玩	只听　背后一　人叫声武	松	你今日发迹	武松回　头　看见
刘：	玩	只听　背后一　人叫声武		二你今日发迹	武松回　头　看

此例《水浒传》插增本文字删节了"一日武松"。

请注意，此处《水浒传》武大对武松称呼，各个版本不同。

《水浒传》容与堂本武大尊称武松为"武都头"，似乎不妥。因此插增本、评林本改称"武松"。但兄弟之间一般不称呼大名，因此刘兴我本又改称"武二"，此称呼最合理。由此微小称呼改变，可看出各种版本的演化。

此例明显看出，《金瓶梅》词话本、崇祯本文字"与武松作贺，庆喜连连夸官吃了三五日酒"，和《水浒传》繁本容与堂本相同，而和《水浒传》简本不同。此例中也没有任何《金瓶梅》词话本、崇祯本文字和《水浒传》繁本容与堂本不同，而和《水浒传》简本相同的。

例3. 第二十四回"王婆贪贿说风情　郓哥不忿闹茶肆"，武大复述过去事

容：	话说当日	武都头回转身来看	见那人扑翻身便拜那人原来不是别				
插：	武松见兄武大		便拜				
评：	武松	转	头见那人	翻身便拜			
刘：	武松		回头见那人	便拜			

容：	人正是武松的嫡亲哥哥武大郎武松拜罢说道一年有余不见哥哥如何却在这里武大			
插：		武大		
评：	正是武松	哥	武大郎	
刘：	正是武松的	亲哥	武大郎	

容：	道二哥你去了许多时如何不寄封书来与我我又怨你又想　你武松　道哥哥						
插：	道	你去 许多时		我又怨你又想	你武松		道哥哥
评：	曰	你去了许多时		我又怨你又想	你武松	曰	哥哥
刘：	曰	你去 许多时		我又怨你又想着你武松便问曰			哥哥

容：	如何	是怨我	想我武大	道我怨你时当初你在清河县里要便吃酒醉		
插：	如向	怨我	想我武大	道	你在清河县	吃酒醉
评：	何如	怨我	想我武大	曰	你在清河县	吃酒醉
刘：		怎的又	怨我又想我	武松曰	你在清河县	吃　醉

容：	了	和人相打如常吃官司	教我要便随衙听候月净办常教我受苦这便是		
插：	了	打伤　人	官司	交我	随衙听候	受苦这　是
评：	了	和人相打	吃官司	交我	随衙听候	受苦这便是
刘：	了酒打伤了　人		吃官司拿	我	随衙听候	受苦这便是

此例《水浒传》插增本文字和前例一样，也有删节和修改。插增本是"见兄武大"，评林本是"转头见那人翻身"，刘兴我本是"回头见那人"，只有评林本保存了容与堂本的"翻身"二字。插增本还删除了"正是武松哥武大郎"一句话。

最后一句话，《水浒传》容与堂本和评林本是"和人相打"，而插增本和刘兴我本

是"打伤人"。刘兴我本个别文字有修改,把"何如"改为"怎的又"。但刘兴我本修改有错误,最后一个"武松曰"应该是"武大曰"。

后《水浒传》藜光堂本、郑乔林本(李渔序本)都改正为"武大曰"。

此例《金瓶梅》词话本文字和《水浒传》各版本差异很大,无法比较。

例 4. 第二十四回"王婆贪贿说风情 郓哥不忿闹茶肆",武大接武松回家

容:	和你　　家去武松道哥哥家在那里武大用手指道只在面前
插:	和你　　　　　　　在　　　　　　　　　我家饮酒叙兄弟之情
评:	和你　　　　　　　在　　　　　　　　　我家　叙兄弟之情
刘:	和你<u>在我家去</u>　　　　　　　　　　　　　　叙兄弟之情<u>武</u>
容:	紫石街便是武松替武大挑了担儿武大引着武松转湾抹角一径望紫石街
插:	来到紫石街　　　　武大
评:	来到紫石街
刘:	<u>松跟武大</u>来到紫石街

此例评林本文字删节"饮酒"。

此例刘兴我本文字有修改,增补"武松跟武大"。

此例《金瓶梅》词话本文字很简单,和《水浒传》各版本无法比较。

由这些例证可看出,三个简本文字和容与堂本相比,都有删节修改。

- 插增本:文字有多处删节,有个别文字修改。
- 评林本:只有删节,没有任何文字修改。
- 刘兴我本:文字有删节,三本中文字修改最多。

下面对这几本的字数进行统计。

《水浒传》版本字数比较表

版本	容与堂本	插增本	评林本	刘兴我本
字数	973	468	506	516
比例(%)	100	48.1	52.0	53.0

从字数比较可以看出,插增本删节最多,评林本居中,刘兴我本最少。数字分析和文字分析结果是相同的。

但这只是此处的文字比对结果,全书情况可能不同。如此处评林本只有删节,没有任何文字修改,但在其他地方评林本也有很多文字修改。

从《水浒传》简本演化看,插增本和评林本对繁本都有删节修改,它们可能有共同祖本。

刘兴我本刊刻于崇祯元年(1628年),比万历二十二年(1594年)的评林本晚34年,刘兴我本和评林本都修改了余呈之死,两本关系也比较密切,可能也有共同祖本。藜光堂本、郑乔林本(李渔序本)可能来自刘兴我本。

《水浒传》简本演化示意图如下。

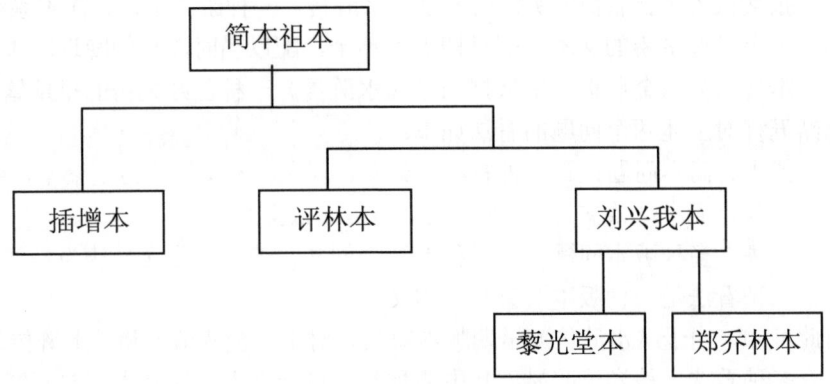

《水浒传》简本演化示意图

（6）《金瓶梅》和《水浒传》版本关系的6种看法

对《金瓶梅》和《水浒传》版本关系，至今有5种看法，按照时间顺序排列如下：
- 黄霖先生1982年文章《〈忠义水浒传〉与〈金瓶梅词话〉》（以下简称黄文）①。
- 刘世德先生2001年文章《〈金瓶梅〉与〈水浒传〉：文字的比勘》（以下简称刘文）。②
- 谈陪芳先生2009年文章《从〈金瓶梅词话〉与〈水浒〉版本的关系看其成书时间》（以下简称谈文）。③
- 张石川、刘玉2010年文章《从〈金瓶梅〉袭用部分推测〈水浒〉原本面貌》（以下简称张文）。④
- 本人此文《〈金瓶梅〉和〈水浒传〉版本关系论》（以下简称本文）。

《金瓶梅》和《水浒传》版本关系主要有两类问题。
- 1）《金瓶梅》所依据的是《水浒传》版本繁本还是简本。
- 2）《金瓶梅》所依据的《水浒传》版本是一种还是多种。

对这两个问题，这六篇文章基本看法如下：
- 黄文认为《金瓶梅》所依据的是《水浒传》繁本中的天都外臣序本。
- 刘文认为《金瓶梅》同时参考了《水浒传》繁本中的天都外臣序本和容与堂本。
- 谈文认为《金瓶梅》所依据的是《水浒传》残缺不全的繁本，其缺失的部分

---

① 黄霖：《〈忠义水浒传〉与〈金瓶梅词话〉》，《水浒争鸣》1982年第1辑，第222—237页。
② 刘世德：《〈金瓶梅〉与〈水浒传〉：文字的比勘》，《上海师范大学学报》（社会科学版）2001年第5期，第32—38页。
③ 谈蓓芳：《从〈金瓶梅词话〉与〈水浒〉版本的关系看其成书时间》，《复旦学报》（社会科学版）2009年第3期，第52—58页。
④ 张石川、刘玉：《从〈金瓶梅〉袭用部分推测〈水浒〉原本面貌》，《南京师范大学文学院学报》2010年第3期，第95—99页。

则依据简本《水浒传》改写。
- 张文认为《金瓶梅》所依据的是《水浒传》一种游离于繁、简本系统之外的一个经过拼凑的文本，因早期版本不全，配以当时流行的晚近版本补足。
- 本文认为《金瓶梅》所依据的是《水浒传》一种已经失传的早期繁本。

总结五种对上述两个问题的看法如下：
- 繁本、简本问题：有三种看法（黄文、刘文、本文）认为是繁本，两种看法认为是简本（谈文），一种看法不明确（张文）。
- 一种、多种版本问题：有三种看法（刘文、谈文、张文）认为是多种版本，三种看法是一种版本（黄文、本文）。

由此可知，由于《水浒传》早期版本缺失，对于《金瓶梅》和《水浒传》版本关系现在有多种看法，差异很明显，其中哪种看法可能性大，这是本文要研究的问题。

下面分别从文字差异和编写方法两方面，对此进行分析。

（7）从文字差异看《金瓶梅》底本是《水浒传》繁本还是简本

对于《金瓶梅》是出自《水浒传》繁本还是简本，有不同看法。上述 6 种看法中，早期的黄文和刘文两种看法都认为《金瓶梅》不可能出自《水浒传》简本，而肯定是繁本。

他们的理由很清楚，《水浒传》简本文字十分简略，而对应的《金瓶梅》文字却十分详细，很接近《水浒传》的繁本，与简本差距太大，一眼看去就十分明显，因此《金瓶梅》不可能是根据《水浒传》简本来编写。

这似乎是很可靠的结论，但后来的谈文和邓文，在《金瓶梅》中找到了和《水浒传》简本文字相同，而和繁本文字完全不同的例证。由此认为《金瓶梅》还是可能参考了《水浒传》的简本。

但很明显《水浒传》简本文字十分简略，《金瓶梅》又不可能以这样简略的简本为底本。因此谈文设想，《金瓶梅》的《水浒传》底本是残缺不全的繁本，其缺失的部分则依据简本《水浒传》改写。而邓文又设想，《金瓶梅》可能是以某种略微删节的繁本为底本。

谈文和邓文的核心思想都是《金瓶梅》中出现了《水浒传》繁本没有而只有简本才有的文字，因此他们认为这是《金瓶梅》以《水浒传》简本为底本的铁证。

但这种看法忽略了另外一种可能性，就是《金瓶梅》和《水浒传》简本相同的文字，不是出自《水浒传》简本，而是出自一个《水浒传》早期的繁本，《水浒传》简本和《金瓶梅》之间没有直接关系，它们有共同祖本。而《水浒传》繁本也出自《水浒传》早期繁本，但对早期繁本的文字做了修改，因此就和《水浒传》简本和《金瓶梅》文字不同。

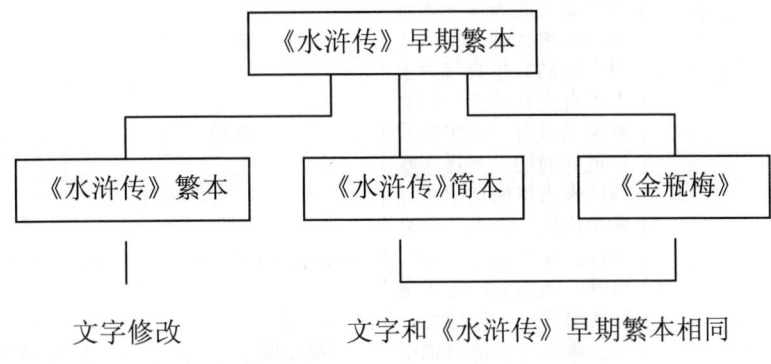

《水浒传》《金瓶梅》版本演化示意图

这种看法的理由如下：

第一，《水浒传》简本肯定是从某个早期繁本删节而来的，其中肯定会保留早期繁本的文字。

第二，《金瓶梅》文字也和《水浒传》早期繁本相同，因此和《水浒传》简本相同。

第三，现存《水浒传》繁本，如天都外臣本、容与堂本都是晚期的刊本，也肯定是从某个早期的繁本修改而来的。《水浒传》简本和《金瓶梅》文字与《水浒传》繁本文字不同，实际是《水浒传》繁本对这些文字做了修改。而《水浒传》简本和《金瓶梅》的文字没有改，因此两本文字和它们共同祖本，即《水浒传》早期繁本相同。

我认为这是对此最合理的解释。

下面分析谈文和邓文所举的，《金瓶梅》和《水浒传》简本文字相同，而和《水浒传》繁本文字不同的例子，看看这两种解释哪种更合理，可能性更大。

例1. 武松打虎前曾在一酒店饮酒，和店主关于老虎有番对话。《水浒传》繁本对武松在酒店和店主谈话最详细，其次是《水浒传》简本，比繁本文字稍微简略一些。文字最简略的是《金瓶梅》词话本，此本把全部对话都删除了，只是说武松看了（词话本错为"听了"）榜文，不以为然，"呵呵大笑，就在路旁酒店内，吃了几碗酒"。

例1. 武松上冈前在酒店饮酒

《金瓶梅》词话本	《水浒传》容与堂本	《水浒传》插增本	《水浒传》评林本
在路上行了几日来到　清河县地方那时山东界上有一座	武松在路上行了几日来到阳谷　县地面此去离　那县还远当日晌午时　　　分走得肚中饥渴望见前面有一个酒店挑着一面招旗在门前上头写着五个字道三碗不过　冈武松入到里面　　　坐下把梢棒倚了叫道主人家快把酒来吃只见店主人把三只碗一双箸一碟热菜放在	武松来到阳谷　县　　　　　　　见个酒店　　招旗写　　　道三碗不过岗　武松进店坐下叫　主人　　把酒来只见店主　把三个	说武松　行了几日来到阳谷　县　　　　　　　见　　一个酒店　　招旗上　写道三碗不过　冈武松入店坐下叫　主人家快把酒来吃只见店主　把三个

武松面前满满筛一碗酒		
来武松拿起碗一饮而尽	碗	碗
叫道这酒好生有气力主		
人家有饱肚的买些吃酒		
酒家道只有 熟牛肉武	并熟 肉	并熟 肉
松道好的切二三斤来吃		
酒店家去里面切出二斤	二斤	二斤
熟牛肉做一大盘子将来		
放在武松面前 随即	放在武松面前 连	放在武松面前速
再筛一碗酒武松吃了道		
好酒又筛下一碗恰好吃	筛	筛
了三碗 酒再也不	三碗都吃了	三碗都吃了
来筛武松 敲着桌子叫	武松又 叫	武松又 叫
道 主人家怎的 不来	怎地不来	曰主人 怎的 不来
筛酒酒家 道客官要肉	筛酒酒家 道客官	筛酒酒家曰
便添来武松道我也要酒		
也再切些肉来酒家道肉		
便切来添与客官吃酒却		
不添了武松道却又作怪		
便问主人家道你如何不		
肯卖酒与我吃酒家道客		客
官你须见我门前招旗上	招旗	官 招旗上
面明明写道三碗不过	写道三碗不过岗	写道三碗不过
冈武松 道怎地唤作三	武松道	冈武松曰
碗不过冈 酒	这说如何说酒	这 如何说酒
家 道 俺家的酒虽是	家 道这	家曰 这
村酒却比老酒的滋味但	酒 但	酒 但
凡客人来我店中吃了三	客人 吃了三	客人 吃了三
碗的便醉了过不得前面	碗 便醉了过不得	碗 便醉了过不得
的山冈去因此唤做三碗	山	山冈
不过冈若是过往客人到		
此只吃三碗更不再问	岗	
武松笑 道原来恁地我	武松笑 道 我	武松笑曰 我
却吃了三碗如何不醉酒	吃 三碗如何不醉	吃 三碗如何不醉
家 道我这酒叫 作透	家 道我这酒叫佐	家曰 我这酒叫
瓶香又唤作出门倒初入	出门倒初入	做出门倒初入
口时 醇醲好吃少刻	口时香美 好 少刻	口时香美 少刻
时便倒武松 道休要胡	时便倒武松 道休 胡	时便倒武松曰 休 胡
说没地不还你钱再筛三	说 你再筛三	说 你再筛三
碗来我吃酒家见武松全	碗来我吃酒家见武松全	碗来我吃酒家见武松全
然不动又筛三碗武松吃	然不动又筛三碗武松吃	然不动又筛三碗武松吃
道 端的好酒主人	道贯 的好酒	曰果 的好酒
家我吃一碗还你一碗钱		
只顾筛来酒家道客官休		
只管要饮这酒端的要醉		
倒人没药医武松道休得		
胡鸟说便是你使蒙汗药		
在里面我也有鼻子店家		
被他发话不过一连又筛		
了三碗武松道肉便再把		

	二斤来吃酒家又切了二		
	斤熟牛肉再筛了三碗酒		
	武松吃得口滑只顾要吃	吃得口滑	吃得口滑
	去身边取出些碎银子叫	取出 碎银 叫	取出 碎银
	道主人家你且来看我银	道主人 你 看我银	
	子还你 酒肉钱勾么酒	还你 酒肉 勾	还 他酒肉钱
	家看了道有余还有些贴		
	钱与你武松道不要你贴		
	钱只将酒来筛 酒家道	吗酒家道	
	客官你要吃酒时还有五		
	六碗酒里只怕你吃不的		
	了武松道就有五六碗多	有	
	时你尽数筛将来酒家道		
	你这条长汉倘或醉倒了		
	时怎扶的你住武松答道		
	要你扶的不算好汉酒家		
	那里肯将酒来筛武松焦		
	燥道我又不白吃你的休		
	要引老爹性发通教你屋		
	里粉碎把你这鸟店子倒		
	翻转来酒家道这厮醉了		
	休惹他 再筛了六碗酒	余再筛 六碗	
	与武松吃了前后共吃了	与武松吃了	
	十五碗绰了梢 棒	绰 起稍棒	绰 起稍哨棒
	立起身来道我却又不曾		
	醉走出门前来笑道却不	出门	出门
	说三碗不过冈手提梢棒		
	便走酒家赶出来叫 道	便走酒家赶 来叫 道	便走酒家赶 来叫曰
	客官那里去武松立住了	客官	客官
	问道叫我做甚么我又不		
	少你酒钱唤我怎地酒家		
	叫道我是好意你且回来	且	且
	我家看官司榜文武松道		
	甚么榜文酒家道如今	停	停
景阳 冈 山中有	前面景阳 冈上 有	前面景阳岗上 有	前面景阳 冈上 有
一只吊睛白额	只吊睛白额大虫 晚	白额大虫天晚	只吊睛白额大虫晚
虎食得路绝人	了出来伤 人	出来伤 人	出来伤 人
稀	坏了三二十条大汉性		
官司 杖限 猎	命官司 如今杖限打猎	官司傍	官司
户擒捉 此虎冈子	捕户擒捉发落 冈子		
路上两边 都有榜	路口 两边人民都有榜		榜
文可教过往经商	文可教 往 来客人	文 往 来客人	文 往 来客人
结伙 成群 于巳	结伙成队 于巳	结伙成 隧于已	结伙 成队 于巳
午未三个时辰过冈 其	午 三个时辰过 其	午未三 时 过岗其	午未三 时 过冈 其
余	余寅卯申酉戌亥六个时	余 时	余 时
不许过 冈	辰不许过 冈更兼单	辰不许过岗将	辰不许过
	身客人不许白日过冈务		冈
这	要等伴结伙而过这早晚	晚	
	正是未未申初时分我见	时分我见	
	你走都不问人枉 送了	你走 枉送	莫送了

	自家性命不　如就	性命不　如就店安	性命不知　就
	我此间歇了等明日慢慢	歇　等明日	我此间歇
	凑的三二十人一齐好	凑　　　　伙	
武松听了	过冈子　武松听了笑道	过　岗武松　笑道	武松　笑
	我是清河县人氏这条		曰
	景阳　冈上少也走过了	景阳岗　上　　走过	景阳　冈上　　走过
	一二十遭　几时见说	一二十遭何曾　见	一二十遭何曾　见说
	有大虫你休说这般鸟话	大虫你休	有大虫
	来吓我便有大虫我也不	吓我便	
	怕酒家道我是好意救你		
	你不信时进来看官司榜		
	文武松道你鸟子声便真		
	个有虎老爷也不怕你留	有虎老爷也不怕你留	你留
	我在家里歇莫不半夜三	我　歇　半夜	我在家里歇　半夜
呵呵大笑 就在	更要谋我财害我性命却	谋我财　却	要谋我财
	把鸟　大　虫唬	把　大　虫	
	吓　我酒　家道你看么	諕我　店家道	店家
	我是一片好心反　做	我是一片好心反佐	曰我是一片好心反　做
	恶意倒落得你怎地说你	恶意　　　你	恶意　　　你
	不信我时　　请尊便自	不信我时　请尊便	不信我时随你
	行正是前车倒了千千辆	行	
	后车过了亦如然分明指		
路旁	与平川路　却把忠言当		
酒店	内 恶言那酒店里主人摇		
吃了几碗酒壮着胆		着　头自	
	进店里去了这武松提了	武松	这武松

仔细比较《金瓶梅》词话本和《水浒传》繁本、简本的文字，《金瓶梅》词话本文字删节太多，没有任何与《水浒传》简本相同，而和繁本不同的文字。反倒有文字"岗子路口两边都有榜文"《金瓶梅》词话本和《水浒传》繁本相同，和简本不同。其次，"武松听了"《金瓶梅》词话本和《水浒传》繁本相同，而简本删除了"武松听了"。

因此从此例来看，应该是《金瓶梅》词话本删节自《水浒传》繁本，而绝对不是删节自《水浒传》简本。谈文认为《金瓶梅》词话本是来自简本，没有可靠的证据。

例2. 武松"浪浪沧沧"上冈。

谈文查出《金瓶梅》词话本简单描述武松"浪浪沧沧"上冈，《水浒传》简本也说武松"沧沧浪浪奔上冈来"，而《水浒传》繁本没说武松"浪浪沧沧"上冈，而是上冈过山神庙后，"浪浪跄跄直奔过乱树林"。

谈文由此认为《金瓶梅》词话本和《水浒传》简本都是武松"浪浪沧沧"上冈（《水浒传》简本是"沧沧浪浪"上冈，略有不同），而《水浒传》繁本没有"浪浪沧沧"上冈，因此《金瓶梅》词话本是出自《水浒传》简本，而不是繁本。

例2. 武松"浪浪沧沧"上冈

《金瓶梅》词话本	《水浒传》容与堂本	《水浒传》插增本	《水浒传》评林本
拖着 防身梢 棒浪浪沧沧大拔步	拖着 梢 棒 便上 冈子	拖着 梢 棒 上岗	拖着 梢哨棒 便
走上	来那时已有申牌时分这轮红日压压地相傍下山武松乘着酒兴只管走上		上
冈 来 不 半 里	冈子来走不到半里多路		冈子来
之地见一座 山	见一 个败落的山	见 个 山	见 个 山
神庙 门	神庙行到庙前见这庙门	神庙 门	神庙 门
首 贴着一张印信榜文	上贴着一张印信榜文	上贴着 印信榜文	上贴着 印信榜文
武松 看时上面	武松住了脚读 时上面	武松	武松
写道 景阳冈	写道阳谷县为这景阳冈		
上 有一只大虫近来伤	上新有一只大虫近来伤		
人甚多 见今立 限	害人 命见今 杖限		
各乡 并猎户人等打	各乡里正并猎户人等打		
捕住时官给赏银三十两	捕		
如有过往客商人等	未获如有过往客商人等		
可于巳午未三个时辰结	可于巳午未三个时辰结		
伙过冈其余时分及单	伴 过冈其余时分及单		
身客旅 白日不许过冈	身客 人白日不许过冈		
恐被伤害性命不便各宜	恐被伤害性命不便宜		
知悉武松	知悉武松读了印信榜文	读了	读了
	方知端的有虎欲待发去	方知端的有虎欲待	方知端的有虎欲待
	再回酒店里来寻思道我	回 店	回 店
	回去时须吃他	又怕 主	又怕店主
	耻笑不是好汉难以转	人耻笑	耻笑
喝道怕	去存想了一回说 道怕		
甚么鸟 且 只顾上冈	甚么 鸟且 只顾上	且 上	且奔 上
去看有甚大虫 武松	去看 怎地武松	去看 怎地武松	
将	正走看看酒涌上来便把毡笠儿背在脊梁上将梢	正走	
棒绾在胁 下一步步上	棒绾在 肋下一步步上		
那冈 来回 看那 日	那冈子来回头看 这日	日	冈子
色 渐渐 下 山	色时渐渐地坠下去了	色 坠	
此 正是十月间天气日	此时正是十月间天气日		
短夜长容易得晚武松	短夜长容易得晚武松自		
	言自说道那得甚么大虫		
	人自怕了不敢上山武松		
走了一会 酒力发	走了一 直酒力发作焦		
	热起来一只手提着梢棒		
	一只手把胸膛前袒开	沧	
远远望见乱	浪浪跄跄	沧浪浪	
树林子直奔过 树林子	直奔过乱树林	奔	
来见一块光挞挞地	来见一块光挞挞	上冈来见一块	来见一块
大青卧牛石把那	大青 石把那梢	青 石把 梢	青 石把 梢哨

粗看此分析很有道理,但仔细分析,谈文的论述中有很大问题。

三本的三个"浪浪沧沧"上冈，其实完全不同的。《金瓶梅》词话本所描述的武松"沧沧浪浪奔上冈来"，其实和《水浒传》简本《金瓶梅》词话本不在一处。

《金瓶梅》词话本描述武松先"浪浪沧沧"上冈，而后见了山神庙榜文，又继续上冈。

而《水浒传》简本的插增本中看似也是武松"沧沧浪浪奔上冈来"，但其实是和《金瓶梅》完全不同，而是和《水浒传》繁本一样，是武松上冈后，见了山神庙榜文，又继续"沧沧浪浪奔上冈来见一块青石"。

因此谈文说《金瓶梅》词话本"浪浪沧沧"上冈是出自《水浒传》简本，是没有仔细阅读原文，完全没有读懂《金瓶梅》和《水浒传》。

例3．武松打虎的描述。

《金瓶梅》《水浒传》各种版本描写老虎动作都是"一扑一掀一剪三般"。《水浒传》繁本对老虎的三个动作都有描述，《水浒传》简本只保留了老虎的第一个动作"一扑"，其他二动作都删除了。而《金瓶梅》词话本保留了前二个动作"一扑一掀"，删除了第三个动作"一剪"，但在一扑之前加了"将那条尾剪了又剪"。

例3．武松打虎"一扑一掀一剪"

《金瓶梅》词话本	《水浒传》容与堂本	《水浒传》插增本	《水浒传》评林本
大青卧牛石把那棒倚在一边 放翻身体却待要睡 但见青天忽然 起一阵狂风 看那风时但见无形无影透人怀四 季能吹万物开就地 撮将黄叶去入山推出白云来原来云生从龙风生从虎那一阵风过处只听得乱树皆落黄叶唰唰的响扑地一声 跳出一只 吊睛白额 斑斓猛虎来犹如牛来大武松见了叫声 阿呀时从青石上 翻 身下来便提梢 棒在手 闪在青石 背后那大虫又饥又渴把两只爪在地下 跑了一跑打了个欢翅 将那条尾剪了又剪 半空 中猛如一个焦霹雳满山满岭尽皆振响这 武松被那一惊把肚中酒都变做冷汗出了说时迟那时快武松见大虫扑来只一	大青 石把那梢棒倚在一边 放翻身体却待要睡只 见发起一阵狂风来看那风时但见无形无影透人怀四委 能吹万物开就树撮将黄叶去入山推出白云来原来但凡世上云生从龙风生从虎那一阵风过处只听得乱树背后 扑地一声响跳出一只 吊睛白额大虫 来 武松见了叫声呵 呀 从青石上 翻将 下来便 拿那条梢棒在手里闪在青石边 那个大虫又饥又渴把两只爪在地下 略按一按和身望上 一 扑从半空 里揎 将下来武松被那一惊 酒都做冷汗出了说时迟那时快武松见大虫扑来只一	青 石把 稍棒倚在一边番 身 要睡只 见 一阵狂风 过 树 后 一声响跳出一只金睛白额大虫 武松见了从青石上 拿起 稍 棒那 大虫 把两爪 按一按 扑从半空扑 将下来武松 见	青 石把 稍哨棒倚在一边 翻身 要睡只 见 一阵狂风 过 树 后 一声响跳出一只金睛白额大虫 武松见了从青石上翻将下来拿起稍哨 棒那 大虫 把两抓略按一按 从半空扑 将下来 武松见大虫扑来

闪闪　　在大虫背后 　　　　原来猛虎项短 回头看人教　难便把前 爪搭在地下把腰　跨一 伸　掀将起来武松只一 躲躲在　侧边大虫见掀 他不着吼了一声把 山冈也振动 武松却又闪　过一边原 来虎伤　　　　人只是 一扑一掀　　一剪三 般　捉不着时气力已 　自没了一半 　　　　武松见虎没力	闪闪　　在大虫背后那 大虫背后 　　看人　最难便把前 爪搭在地下把腰胯　一 　掀掀将起来武松只一 躲躲在一　边大虫见掀 他不着吼　一声　却似 半天里起个霹雳振得那 山冈也　动把这铁棒也 似虎尾倒竖起来只一剪 武松却又闪在　一边原 来　那大虫拿人只是 一　扑一掀　　一剪三 般提　不着时气　性 先自没了一半那大虫又 剪不着再吼了一声一兜 兜将回来武松见	了躲在大虫背后 大虫拿人只是 一朴　一望一剪三 般提　不着 　　　　　　那大虫 　　再吼一声 兜将回来武松	闪　　在大虫背后 大虫拿人只是 一扑一　望一剪三 般　不着时气　性 先自没了一半那大虫 再吼　一声 兜将回来武松

　　谈文认为《金瓶梅》词话本删除了"一剪"不可能是《金瓶梅》词话本作者擅自修改，而是依据《水浒传》某个简本所改，因为简本也删除了"一剪"，只保留了"一扑"。

　　但仔细分析，《金瓶梅》在老虎"一扑一掀"之前，加了"将那条尾剪了又剪"，对此有不同看法。谈文认为这不是"一扑一掀一剪"中的"一剪"。但也可认为《金瓶梅》觉得"将那条尾剪了又剪"就是"一扑一掀一剪"的"一剪"，本来顺序应该是"一剪一扑一掀"，但《金瓶梅》把"一剪"提前到"一扑一掀"之前了。

　　另外，也还存在另一种可能。《金瓶梅》"一扑一掀"之前所加"剪了又剪"，确实并不是"一扑一掀一剪"中的"一剪"。《金瓶梅》作者确实删除了"一剪"，可能是觉得"一剪"价值不大，而只保留了"一扑一掀"。《金瓶梅》的删除和《水浒传》简本为简化而删除"一掀一剪"，没有任何关系。

　　对《金瓶梅》和《水浒传》简本的这种文字描写修改，各人有各人看法。谈文认为《金瓶梅》删除"一剪"是来自《水浒传》简本。而我认为这是《金瓶梅》和《水浒传》简本各自独立的删节，相互没有任何关系。

　　总之，把《金瓶梅》描写的修改归结于《水浒传》简本，有些牵强附会。只根据这些文字修改，根本无法判别《金瓶梅》词话本的文字修改是来自《水浒传》简本。因此，此3例证文字修改，根本不能成为《金瓶梅》词话本的文字是来自《水浒传》简本的证据。

　　总结谈文所举出的三个例证全部不成立，所以谈文结论：《金瓶梅》词话本出自《水浒传》简本的结论自然也就不能成立了。

　　其实从以上《金瓶梅》词话本和《水浒传》繁本、简本的文字比对可以明显看出，《金瓶梅》词话本文字明显很详尽，绝对和文字也很详尽的《水浒传》繁本文字相近，而和文字十分简略的简本差距很大。因此，《金瓶梅》词话本只可能是根据文字更为详尽的《水浒传》繁本进行删节而成，根本不可能是出自文字更为简略的《水浒传》简本。这是很明显而简单的道理。

此外，此文对于《水浒传》简本的如下论述也有问题。

> 另一方面，目前虽还保存着为数不少的《水浒传》简本，但据马幼垣先生考证，现存的极大多数简本都后于万历二十二年所出的《忠义水浒志传评林》，大致在《评林》之前的只有两种简本（即他的所谓"插增甲本"和"插增乙本"），而这两种本子只能断定其出于万历时期，也即从万历元年到万历二十二年之间。
>
> 也正因此，现存的简本中出现于万历十七年之前的至多只有两种，也许连一种都没有。

显然作者对《水浒传》简本版本情况完全不了解，只是根据马幼垣先生的论述就轻易下此结论，马幼垣先生关于《水浒传》简本的研究也有不足处。

《水浒传》简本余象斗评林本前的《水浒辨》中说得很清楚，在此本之前"偏像者十余副，全像者止一家"。"偏像"即一叶一幅插图，"全像"即一叶二幅插图。即万历二十二年前已经有十几本简本《水浒传》了，而简本《水浒传》公认是繁本的删节本，因此在简本之前，繁本《水浒传》也肯定早就出现了。

谈文也注意到《金瓶梅》词话本很多文字和《水浒传》繁本相同，只是个别文字和简本相似。为解决这个矛盾，此文又进一步提出，《金瓶梅》词话本的底本《水浒传》繁本可能是缺页，因此只好用《水浒传》简本来补。

> 在论证了《金瓶梅》第一回所依据的《水浒传》乃是简本之后，就必须回答一个问题：《金瓶梅》第五回写潘金莲在王婆协助下毒杀武大的一段所依据的明明是繁本，那么，为什么《金瓶梅》作者写第一回时要以简本为依据呢？
>
> 对这个问题唯一合理的解释是：《金瓶梅》作者得到过《水浒传》繁本的一种残本，这种残本中虽有潘金莲与西门庆偷情及毒杀武大等事，但却没有武松打虎这一回，所以他在写《金瓶梅》第一回时只能以简本为依据了。
>
> 还应补充的是：《金瓶梅》作者所得到的繁本不仅是残本，而且中间还有缺页。

在《三国演义》中也确实出现了繁简混合本，如刘龙田本，也有学者认为是其底本不全，因此有时用繁本，有时用简本。此文认为《金瓶梅》词话本的底本也一样是不全的残本。但我认为这只是理论上的猜想而已。《三国演义》这种繁简混合本应该是编者编写时，在繁本简本之间摇摆。有时觉得繁本文字太烦琐，就用简本；有时又觉得简本过于简略，又返回繁本，绝对不是什么底本不全所致。

至于《金瓶梅》词话本，我觉得在明代《水浒传》繁本翻刻很多，说《金瓶梅》作者找不到《水浒传》繁本的全本，只好用一本缺页的残本为底本，这几乎是不可能的。

因此根据以上分析，《金瓶梅》应该是出自《水浒传》的早期繁本，而绝不可能是出自某个简本。

对于《金瓶梅》文字和简本相同，而和繁本不同的情况，有两种可能。一种可能是《金瓶梅》文字来自简本。但简本文字很简略，而此处出现《金瓶梅》和简本相同的文字都十分细微，《金瓶梅》为何要如此仔细地去核查简本文字，而做修改呢？这十分不合理。

另一种合理解释是，《金瓶梅》和简本文字相同，而和繁本文字不同，是由于它们有共同祖本，即《水浒传》早期繁本，因此文字相同。而繁本对此做了修改，因此导致繁本文字不同。此处不可能是《金瓶梅》去根据简本文字再做修改。

其实黄文和刘文早就指出，《金瓶梅》的底本是繁本，而不可能是文字简略的简本。但二位先生的结论和分析方法还略有不同。

黄文认为，繁本中的容与堂本比《金瓶梅》刊刻时间晚，因此《金瓶梅》只可能参考时间更早的天都外臣序本。

而刘文经过仔细比对，发现《金瓶梅》中不止有18例的文字同于天都外臣序本而异于容与堂本，还有20例《金瓶梅》的文字同于容与堂本而异于天都外臣序本。其中又存在容甲本、天都外臣序本同于《金瓶梅》，容乙本不同的情况，以及容乙本同于《金瓶梅》，容甲本、天都外臣序本不同的情况。这样就基本推翻了《金瓶梅》仅与天都外臣序本为底本的结论。

最终刘文为解释这复杂情况，只好认为《金瓶梅》既参考了天都外臣序本，又参考了容与堂本。

但其实天都外臣序本和容与堂本两本文字差异很小，《金瓶梅》要仔细比对才会发现这些差异，《金瓶梅》作者如采用繁本，只要采用其中一本即可，根本没有必要做这样细致的比对工作。

刘文中对这种情况提出了四种可能，刘文排除了第三、第四种可能性，而选择了第二种可能性。刘文认为："相比之下，第一种答案的可能性也很小。毕竟此本迄今尚未被我们发现。它实际上仅仅存在于我们的假想中。"

刘文只根据此本未被发现，就认为此本是"假想"，因此否定其存在，这是极为不合理的。此处的《水浒传》早期繁本是否是"假想"，关键是这种版本是否存在过。如这种版本未存在过，则此本确实是"假想"。但《水浒传》早期繁本肯定存在过，因此这种版本绝对不是"假想"。

古代小说早期很多版本都流失了，不能因为它们现在看不到了，就否定它们曾存在过，而只根据现存版本去研究早期版本演化，这肯定是错误的。

因此我认为，《金瓶梅》所依据的《水浒传》的版本应该是个早期的繁本，但此本因为早期刊刻数量不多，而被后来的繁本（天都外臣序本、容与堂本）所取代了。《金瓶梅》的底本不可能是《水浒传》删节的繁本，也不是删节的简本。

以上是根据文字差异对《金瓶梅》的《水浒传》底本的分析，下面再换一个角度，从《金瓶梅》的编写方法来看，其底本应该是《水浒传》的繁本，还是简本。

（8）从编写方法看《金瓶梅》底本是《水浒传》繁本还是简本

从编写方法角度分析《金瓶梅》的《水浒传》底本又有两个问题。

一个问题是《金瓶梅》的底本是《水浒传》的繁本，还是简本。另一个问题是，《金瓶梅》是根据《水浒传》一个底本，还是两个底本来编写的。

下面首先分析《水浒传》繁本和简本问题。

只要仔细比较《金瓶梅》和《水浒传》的文字描写，就可知《金瓶梅》是比《水浒传》更注重文字细微描写的。这是不可否认的事实。

由此出发，作为《金瓶梅》的作者，在选择哪种《水浒传》版本为底本时，肯定会选择一种文字描写也同样细致的繁本为底本，而绝对不会选择一个文字简略，只注重故事的简本，这是合理的分析。

在以上6个看法中，黄文、刘文和本文3个看法相同，都认为《金瓶梅》的底本是繁本，而不是简本。

但也有人会提出，《水浒传》对于《金瓶梅》来说只是参考而已，两本的侧重点完全不同，作为一个参考本，也可能会选择一个简本作为底本，这样更简单。

但我们只要仔细比对前面所举出和武松有关的三个例子，即武松上冈前在酒店饮酒、武松"浪浪沧沧"上冈、武松打虎"一扑一掀一剪"，就可清楚看出《金瓶梅》参考《水浒传》的编写思路。

这3个例子中，《金瓶梅》的文字和《水浒传》繁本、简本相比，《金瓶梅》如要参考《水浒传》，文字必定是接近描写同样也很细致的繁本，而不是简本。而《金瓶梅》如觉得《水浒传》文字没有参考价值，就根本不采纳。这在《金瓶梅》其他和《水浒传》相同的文字都是如此处理。除个别文字外，《金瓶梅》中基本没有大段文字接近简本，而和繁本不同的例子。

通过以上分析，从编写方法看，《金瓶梅》的《水浒传》底本应该是繁本，而不是简本。

《金瓶梅》的《水浒传》底本除繁本、简本外，还有一个问题是，《金瓶梅》的《水浒传》底本是一个底本，还是多个底本。

如前所述，在6种看法中，有三种看法（刘文、谈文、张文）认为是多种版本，3种看法是一种版本（黄文、邓文、本文）。

3个多种版本看法中，刘文认为是两种繁本，谈文认为删节繁本和简本，张文认为是早期和晚近版本两种拼凑本。

3个一种版本看法中，黄文认为是天都外臣本一种，邓文认为是一种略微删节的简本，本文认为是一种早期繁本。

从《金瓶梅》编写角度分析，如前所述，《水浒传》只是《金瓶梅》中武松、潘金莲几个故事的参考书。因此，《金瓶梅》作者最大可能是只找一本他最满意的版本参考即可，根本没有必要去找几个版本比对，再根据文字对此结果编写。这就太费事了。

在《三国演义》版本中也确实出现了繁简混合本，如刘龙田本，有些则是繁本，有些则是简本。有些学者对此认为是刘龙田本编写者底本不全，因此有时用繁本，有时用简本。我认为这是不可能的，《三国演义》翻刻很多，不可能出现底本不全问题。刘龙田本编者之所以繁简混合编写，是由于有时编者觉得繁本文字描写细微有价值，因此采用了繁本。有时又觉得繁描写过于烦琐，因此又采用了简本。

《三国演义》版本中还有一种以郑乔林本为首的"先繁后简"本，即前5则是以繁本李卓吾本为底本，而第6则以后全部改为简本。这是编者看到市场上李卓吾本销路好，因此打着李卓吾本旗号，前5则确实采用李卓吾本，但为节省成本，第6则以后全部转为简本。读者不仔细比对是不会发现的。

既然《三国演义》中出现繁简混合本，《金瓶梅》的《水浒传》底本是否也会是繁简混合本呢？我认为是没有必要的。因为《金瓶梅》参考《水浒传》只是参考其中部分情节，只要选一个文字描写详尽的繁本为底本即可，根本没有必要再找个简本做参考。

认为《金瓶梅》的《水浒传》底本是多种版本还有其他考虑。如谈文认为："《金瓶梅》作者得到过《水浒传》繁本的一种残本，这种残本中虽有潘金莲与西门庆偷情及毒杀武大等事，但却没有武松打虎这一回，所以他在写《金瓶梅》第一回时只能以简本为依据了。还应补充的是：《金瓶梅》作者所得到的繁本不仅是残本，而且中间还有缺页。"这和上述《三国演义》繁简混合本底本不全的分析基本相同。

持多种版本说的学者认为，《金瓶梅》刊刻时间较早，可能在万历十七年前，甚至到隆庆年间。那时《水浒传》繁本很少，因此只好用几种版本混编《金瓶梅》。

这些看法我认为猜测成分太多。由于《水浒传》和《金瓶梅》具体刊刻时间目前无定论，因此这些看法的根据是不足的，在此就不再仔细分析了。

总之，古代小说版本研究是十分复杂的，只根据个别文字相同就下结论是草率的。如前不久日本中川谕先生发现《三国演义》"志传"简本"英雄志传"小系列版本有个别文字和"演义"系列相同，和"志传"繁本文字不同，但不能因此就认为《三国演义》"英雄志传"就是出自"演义"系列。《三国演义》关索故事也类似，《三国演义》"志传"系列简本的关索故事，和"演义"系列关索故事相同，因此有学者就认为它们有共同祖本。

此二例和《金瓶梅》的《水浒传》底本问题相似，不能因为《金瓶梅》词话本有个别文字和《水浒传》简本文字相同，和繁本不同，就认为《金瓶梅》词话本是出自《水浒传》简本。其实它们有共同祖本的可能性更大，《金瓶梅》的《水浒传》底本是早期繁本的可能性最大。

古代小说版本演化十分复杂，历史上流失的版本很多，只根据流传下来的极少版本，就想复原出古代小说版本的演化过程，是十分困难的。当然，只要有线索和研究的空间，就应该继续探索，但分析研究一定要谨慎合理。

近来在古代小说版本研究中这样的错误还不止此一例。最近有学者认为《三国演义》简本上图下文九州本的插图是来自"演义"周曰校本的全幅插图，其实这两本插图根本没有可比性。对这些现象我很感慨，这些例证都说明目前在古代小说版本研究中还确实需要好好反省一下。

2. 论《新刻金瓶梅词话》新刻、序跋和避讳问题[①]

(1)《新刻金瓶梅词话》刊刻时间研究现状

现存世的《金瓶梅》版本有两种，一种是《新刻金瓶梅词话》（词话本），另一种是《新刻绣像批评金瓶梅》（崇祯本），而崇祯本又可分为北大本系列和内阁文库本系列两种系列，前文用数字化比对证明内阁文库本系列肯定来自北大本系列。

对于《新刻金瓶梅词话》版本还有很多问题至今还有争论，本文只讨论其中三个问题。

第一个问题是《新刻金瓶梅词话》的"新刻"问题。一种看法认为，由于很多古代小说版本的"新刻"就是"初刻"，因此词话本的"新刻"是"初刻"，而不是复刻。另一种看法认为"新刻"不是"初刻"，而是"复刻"，而对于"复刻"又有"二刻""三刻"和清初不同看法。本文认为《新刻金瓶梅词话》是初刻的可能性不大，有可能是复刻本，也可能是初刻本新增欣欣子序后的"新刻"本。

第二个问题是序跋问题。崇祯本的北大本只有一篇序言，内阁文库本增加一篇跋，而《新刻金瓶梅词话》有三篇序跋。因此有可能词话本的初刻本只有一篇或两篇序跋，而《新刻金瓶梅词话》增加了第三篇序。因此《新刻金瓶梅词话》是复刻，至于是第二次还是第三次复刻就不好判别了。

第三个问题是词话本中的避讳问题。一种看法认为，词话本的"花子由"在第六十二回以后改为"花子油"，这是因为词话本要避讳天启皇帝朱由校名讳，将"花子由"改为"花子油"，但不避讳崇祯皇帝朱由检，因此认为词话本刊刻于天启末年。并因此认为词话本是"初刻"，而不是"复刻"。

本文认为此分析漏洞很多，词话本的"花子由"改为"花子油"不是避讳。有人根据词话本全部不避讳天启和崇祯帝，因此认为此本不太可能刊刻于天启和崇祯年代，而刊刻于万历年间的可能性较大。本人觉得这个分析只是一种可能，由于明代避讳不严格，因此词话本就没有任何避讳，不能由此推断其刊刻时间，那样的结论不可靠。

(2) 分析问题方法

要分析这些问题，首先要从分析问题的方法入手。本文对新刻、避讳和序跋三个问题，主要是分析这些方法是否合理和可靠，分析这些看法有多种可能。

[①] 此文原题为《从新刻、避讳和序跋论〈新刻金瓶梅词话〉刊刻时间》，发表于第十一届国际《金瓶梅》学术讨论会（江苏徐州），2015 年 8 月，但未收入会议论文集。收入本书又有很多修改。

对此，本文采用如下分析方法：

1) 方法和论据

首先分析这些方法和论据是否合理。有些分析方法和论据本身就有问题，这样分析的结果自然就问题很大，甚至就不成立了。

2) 多种可能和反证

如果这些分析和证据本身没有问题，再分析这些问题的解释是否有多种可能，甚至是反证。因为某种看法的提出，一般都有其根据，都有一些材料和分析支撑，这些看法和论据有时本身确实并没有问题，是可以成立的。但是：

- 除了所举出的证据得出的可能性外，是否还有其他的可能性？
- 这些看法和论据是否有反证？

而这些往往是一般分析文章经常疏忽的。如果有其他可能性，就说明原来的证据不是铁证，还有其他可能存在的。如果反证，更说明原来的结论基本不成立。

3) 铁证

一般认为：如果没有其他可能性和反证，则此论证就是铁证，所得出的结论就完全成立。但根据本人对各种看法和根据的分析，这些论证虽然成立，但基本都有多种可能，甚至是反证，因此都不是铁证。所以所得出的结论都可能被人质疑，而不是最后的结论，值得再仔细深入研究。

4) 哪种可能性更大

既然有多种可能，甚至是反证，这样问题就转化为：哪种可能性更大？对此可再进一步分析。当然这种分析由于看问题的角度不同，结论很可能不同。某些人从某个角度看，认为某种可能性很大。而另外一些人，从另一个角度看，又可能认为另一种可能性更大。这就是"仁者见仁，智者见智"，最后可能还是无法达成一致意见。

5) 研究价值

我认为，虽然最终可能无法达成一致意见，但把问题分析透彻，把所有各种可能性都分析到，不留任何疑点，做彻底，那也是成功。小说版本问题非常复杂，由于材料缺乏，很多问题都没有办法彻底解决，这也很自然。因为没有达成一致意见，没有结果，就认为这些分析是没有价值的，也不合适。

本文采用上述方法，分析《新刻金瓶梅词话》的刊刻时间问题中的"新刻"、避讳等问题，首先分析"新刻"问题。

（3）《新刻金瓶梅词话》中"新刻"的三种解释

1)"新刻"是"初刻"的主要根据——很多古代小说版本"新刻"就是"初刻"

认为《新刻金瓶梅词话》"新刻"是"初刻"看法的主要根据有二。本节先分析第一个论据，即很多古代小说版本的"新刻"就是"初刻"，分析此论据是否可以成立。

认为《新刻金瓶梅词话》"新刻"是"初刻"的根据主要是，很多古代小说版本的"新刻"就是"初刻"，根据《中国古代小说总目》，这类版本有：
- 《新刊按鉴编纂开辟演绎通俗志传》
- 《新刊京本春秋五霸七雄全像列国志传》
- 《新镌全像孙庞斗志演义》
- 《新刻按鉴编集二十四帝通俗演义全汉志传》
- 《新刻续编三国志后传》
- 《新镌全像通俗演义隋炀帝艳史》
- 《新刻增异说唐后传》
- 《新镌出像小说五更风》
- 《新镌小说八段锦》
- 《新镌绣像小说贪欢误》
- 《新刻小说载花船》
- 《新刻全像海刚峰先生居官公案传》，等等

而复刻的版本都标明为"重刻"，有：
- 《重刻西汉通俗演义》
- 《重刻京本增评东汉十二帝通俗演义》

这种看法认为：这些"新刻"版本之前并没有看到"初刻"的版本，因此，这些"新刻"版本就是"初刻"。这种分析看似很合理，但其实仔细分析，其中似乎是有问题的。

这种看法认为：《中国通俗小说书目》中有大量冠以"新刻""新镌""新刊"的小说大都是初刊本。但为何把《中国通俗小说书目》中大量冠以"新刻""新镌""新刊"的小说大都认为是初刊本？其根据何在？我认为这种分析似乎是有问题的。

《中国通俗小说书目》在介绍这些小说的版本时，其书名中确实都有"新刻""新镌""新刊"字样，因此这种看法就认为，这些"新刻""新镌""新刊"小说就是初刊本。其实《中国通俗小说书目》介绍这些版本时，并没有看到这些版本的所有刻本，而只看到了冠以"新刻""新镌""新刊"的版本。实际在冠以"新刻""新镌""新刊"之前是有可能存在初刻本的。这些"新刻"版本中可能并没有任何文字说明这些"新刻"版本就是"初刻"，只是《中国通俗小说书目》没有发现这些"新刻"版本之前的"初刻"本而已。

因此，只根据《中国通俗小说书目》的记载，就认为这些"新刻"是"初刻"，似乎根据不足。

2) "新刻"是手抄本的新刻本

但"新刻"是否有可能就是初刻呢？我就此请教一位古代小说研究的资深学者，他提醒我："新刻"也有可能是初刻。他认为，如果《金瓶梅》开始是手抄本，并在朋友等小范围内传播，然后被某书商看到，认为此书有刊刻价值，于是请人抄写后刊

刻印刷出版了。由于此书手抄本已经流行开，因此书商就相对于手抄本，将此初刻本称为"新刻"，实际此"新刻"只是针对"手抄"而言，在此之前实际并没有人刊印过此书。

这种解释理论上也有可能，但严格从用词看这种解释是有问题的。名词"新刻"是指一种新的"刻本"。而手抄本绝对不是刻本。因此，手抄本改为刻本，不能称为"新刻本"，严格意义讲，这是第一个"刻本"，而不是"新刻本"。

当然仔细研究，还有多种情况可能会使书商把第一次刊刻称为"新刻"。因此，理论上并不排除"新刻"是第一次初刻的可能性。

3)"新刻"本实际多是"复刻"本

"新刻"是初刻看法的学者也认为：这种看法不是绝对的，因此也声明：仅以"新刻"两字是难以断为即是"重刻"的。"新刻"可能是指重新翻刻，但也有可能是指初次新刻。因此提出此看法的人也承认，"新刻"可能是"复刻"。

下面我们再仔细分析为何有这种可能性，以及这两种可能中，哪种可能性更大。

首先分析为何现在看到的大量"新刻"本，实际上是"复刻"，而不是初刻本，其中有三个原因。

- 因为中国古代小说在古代社会中，都是不登大雅之堂的通俗读物，因此一般读者阅读后并不特别注意保留，很可能在读后就丢弃了，因此这些初刻本几乎都未能保留下来。
- 一般初刻本的印数都不大，因此也很难保留。
- 一般书商一旦发现某本小说有市场，就会立即复刻再版，大量翻印，这也会导致初刻本很快就消失了。

后人看到的几乎都是"新刻"的复刻本，而不是初刻本。因此，后人看到的"新刻"是"复刻"可能性大，是"初刻"可能性小。

所以《中国通俗小说书目》中大量冠以"新刻""新镌""新刊"的小说大都不是初刊本，而是复刻本。

4)《三国演义》"新刻"本都是"复刻"本

证明这种看法的有力证据是《三国演义》版本。

《三国演义》版本是至今保留版本数量最大的版本，如残本，大约有50种版本。其中有大量书名前有"新刻"字样，如：

"演义"系列4种：
- 新刊校正古本大字音释三国志通俗演义（周曰校本）
- 新刻校正古本大字音释三国志传通俗演义（夏振宇本）
- 新镌通俗演义三国志传（夷白堂本）
- 新镌校正京本大字音释圈点三国志演义（郑以桢本）

"志传"系列24种：
- 新刊通俗演义三国志史传（叶逢春本）

- 新刻按鉴全像批评三国志传（余象斗本）
- 新刊京本校正演义全像三国志传评林（余象斗评林本）
- 新锲京本校正按鉴演义三国志传（种德堂本）
- 新锲京本校正通俗演义按鉴全像三国志传（郑少垣本）
- 新锲京本校正通俗演义按鉴全像三国志传（郑云林本）
- 新刻汤先生校正古本按鉴演义通俗三国志传（汤宾尹本）
- 新锲官板全像音释旁训演义三国志传（朱鼎臣本）
- 新锓全像大字通俗演义三国志传（笈邮斋本）
- 新镌全像大字通俗演义三国志传（刘龙田本）
- 新刻按鉴演义全像三国志传（刘荣吾本）
- 新刻京本按鉴演义合像三国志传（天理图本）
- 新刻京本补遗通俗演义三国全传（熊清波本）
- 新锓音释评林演义合相三国志史传（熊佛贵本）
- 新刻考订按鉴通俗演义全像三国志传（黄正甫本）
- 新刻按鉴演义全像三国志传（刘兴我本）
- 新刻按鉴演义全像三国英雄志传（杨美生本）
- 新刻三国英雄志传（魏某本）
- 新刻全像演义三国志传（北图藏本）
- 新刻按鉴演义三国英雄志传（哈佛大学藏本）
- 新刻按鉴演义京本三国英雄志传（松盛堂本）
- 新刻按鉴演义京本三国英雄志传（三余堂本）
- 新刻按鉴演义京本三国英雄志传（聚贤山房本）
- 新刻按鉴演义京本三国英雄志传（宝华楼本）

只有三种版本书名中不是"新刻"，而是"重刻""二刻"等：
- 重刻京本通俗演义按鉴三国志传（杨闽斋本）
- 二刻按鉴演义全像三国英雄志传（美玉堂本）
- 精镌合刻三国水浒全传（英雄谱本）

从以上对《三国演义》版本中"新刻"的统计，可以得出如下结论：

- 目前看到的最早版本嘉靖元年本书名为《三国志通俗演义》，而"演义"系列第二早的刊本周曰校本书名增加了"新刊"字样，说明周曰校本的"新刊"不是初刻本，而是复刻本。
- "志传"系列现存最早的叶逢春本序言名为《三国志传加像序》，其中明确说明，该本是在原本上"加以图像"，因此该本就是在初刻本基础上加插图的复刻本，而不是初刻本。所以叶逢春本书名中的"新刊"，和周曰校本一样，"新刊"不是初刻本，而是复刻本。
- 当然"志传"系列的初刻本目前没有发现，因此无法判别其初刻本是否也有"新刊"字样。但从"演义"系列来看，初刻本没有"新刊"的可能性极大。
- 无论是"演义"系列，还是"志传"系列，几乎所有"新刻"版本都是"复刻"本。因此"新刻"本是"复刻"的可能性很大。
- 也有个别复刻本没有用"新刻",而是"重刻""二刻"等,但这无法否认"新刻"本是"复刻"的可能性很大。

总结《三国演义》版本书名可以看出,现存"新刻"字样都是复刻本,而不是初刻本。至今没有找到"新刻"就是"初刻"的铁证。

既然这在万历年间的《三国演义》版本书名中,"新刻"基本都是"复刻",这已经成为规律,可以设想,在《三国演义》之后出版的《金瓶梅》的初刻本,根本没有必要再把初刻本书名中加上"新刻"字样。

5)《新刻绣像批评金瓶梅》也是复刻本

除《三国演义》中的新刻本是复刻本外,《新刻金瓶梅词话》的"新刻"不是"初刻",而是"复刻"的另一个证据是崇祯本。

崇祯本的书名为《新刻绣像批评金瓶梅》,其中和词话本《新刻金瓶梅词话》一样,也有"新刻"字样。而崇祯本被学术界一致认为肯定是复刻本,虽然崇祯本和词话本的先后关系目前尚有争论,但它们都是万历至崇祯时期的小说是毫无疑义的。

既然崇祯本冠以"新刻"之名表示其为复刻本,既然万历年间流行的《三国演义》版本中,"新刻"都是复刻,如果词话本把初刻本冠以"新刻"之名,但实际却是初刻本,就会产生混乱。

6)初刻本写为"新刻"会引起混乱

如把初刻本写为"新刻",会引起混乱,结果对读者和编者都会非常不利。

第一,误导读者。把初刻本书名中加上"新刻"字样,读者就会根据当时流行的《三国演义》等版本书名命名规律,而误以为此"新刻"不是初刻本,而是"复刻"。就会此误以为,在此复刻本之前,另有一种真正的"初刻本"。结果造成读者把本来是初刻本的《新刻金瓶梅词话》,误认为是复刻本。

第二,对书商不利。如果《新刻金瓶梅词话》本来就是从未有过的初刻本,但被称为"新刻",由于多数"新刻"是复刻本,这样,此初刻本就会被读者误以为是复刻本,在此本之前还有初刻本。读者这样的误读,对《新刻金瓶梅词话》初刻本的出版商也是极为不利的。我相信,词话本的编者一定见过市面上很多古代小说的"新刻"本实际是复刻本,因此他绝对不会犯这样的低级错误,其最后结果会导致混乱,误导读者,也大大降低自己新刻词话本的价值。

因此,在当时的情况下,《金瓶梅词话》的初刻者,应该不会把初刻本书名加以"新刻"字样,而是会直接使用《金瓶梅词话》做书名。

7)《新刻金瓶梅词话》"新刻"总结

总结以上分析,可得出如下看法:
- 根据很多小说名为"新刻",就认为《新刻金瓶梅词话》是初刻,根据不足。
- 一般古代小说中的"新刻本",多数都是复刻本,而不是初刻本。

- 古代小说的初刻本很难保留，因此现存在《中国通俗小说书目》中大量冠以"新刻"的小说可能并非是初刻本，而是复刻本。
- 《三国演义》版本书名中所有"新刻"字样都是复刻本，而不是初刻本。
- 不排除"新刻"是初刻，此"新刻"只是针对手抄而言，但这种可能性不大。
- 如果书商将初刻本刻为"新刻"，会造成混乱，使读者误认为此本并非是初刻，而是复刻，这对于读者和书商都很不利。
- 崇祯本也冠以"新刻"字样，而崇祯本肯定是复刻本，因此词话本的"新刻"也可能是复刻本，而不是初刻本。
- 词话本的"新刻"是第一次"初刻"的可能性较小，而"新刻"是"复刻"的可能性更大。

（4）序跋问题

1）三篇序跋

《新刻金瓶梅词话》是复刻本的另一个证据是序跋。

《金瓶梅》刻本上的序跋共有三篇：东吴弄珠客序、廿公跋、欣欣子序。这三篇序跋在《金瓶梅》刻本中的刻印情况为：

- 崇祯本北大本系列只收录了东吴弄珠客序一篇；
- 崇祯本内阁文库系列收录了东吴弄珠客序和廿公跋两篇；
- 词话本收录了欣欣子序、廿公跋、弄珠客序三篇（不同版本顺序不同）。

列表如下。

《金瓶梅》各版本序言、跋统计表

版本	东吴弄珠客序	廿公跋	欣欣子序
崇祯本北大本	有	无	无
崇祯本内阁文库	有	有	无
词话本	有	有	有

三篇序跋中东吴弄珠客序明确是万历四十五年，其余两篇都没有具体编写时间。

刘辉、魏子云、王汝梅、周钧韬和叶桂桐等学者都对此进行了研究，并由此分析词话本的刊刻时间和崇祯本的关系。

叶桂桐先生近年来多次发表文章[①]，主要从序跋的内容来分析其先后，最后认为词话本刊刻于清初，并认为这是"铁证"。

[①] 叶桂桐：《论〈金瓶梅〉"廿公跋"的作者当为鲁重民或其友人》，载《烟台师范学院学报（哲学社会科学版）》，1999年第4期。《中国文学史上的大骗局、大闹剧、大悲剧——〈金瓶梅〉版本作者研究质疑》，载《烟台师范学院学报（哲学社会科学版）》，2002年第1期。《〈新刻金瓶梅词话〉晚于"崇祯本"》，载《明清小说研究》，2015年第1期。

2）崇祯本序跋

先分析崇祯本。经本人数字化比对，内阁文库本肯定是北大本复刻本。从表面看，崇祯本的北大本只有东吴弄珠客序一篇，崇祯本的内阁文库本多了廿公跋，这肯定是在北大本基础上增加的。

因此，这两个版本的先后和序跋增加是一致的，早期版本只有一篇，复刻本增加了一篇。

3）词话本序跋

要注意的是，崇祯本只有一、两篇序跋，而《新刻金瓶梅词话》有三篇序跋，按照顺序是：欣欣子序、廿公跋、弄珠客序（日本慈眼堂藏词话本无廿公跋，可能是遗漏）。其中有准确时间、写于万历四十五年的是第三篇弄珠客序，前两篇都没写作时间。但编者既然把有准确时间的弄珠客序却放在最后，可以理解前两篇都是后补的。

一般图书的序跋都是新刻一次增加一篇。崇祯本的北大本只有东吴弄珠客序一篇，崇祯本的内阁文库本多了一篇廿公跋，而《新刻金瓶梅词话》再增加一篇欣欣子序，这很合理。

由于北大本有一篇序言，崇祯本有两篇序跋，而词话本比崇祯本又多一篇欣欣子序，则第三篇序就有可能是新刻词话本时最后加上去的，因为词话本增加了一篇序言，因此书商就冠以"新刻"字样。

由于资料缺乏，目前很难判断词话本的初刻本有几篇序跋。

理论上初刻本序跋有两种可能：

- 初刻本只有一篇弄珠客序，和崇祯本的北大本一样。这样就有可能是词话本二刻时增加一篇跋，三刻时再增加一篇序。这样《新刻金瓶梅词话》就是三刻。
- 初刻本和崇祯本的内阁文库本一样，有欣欣子序、廿公跋两篇序跋。则词话本就有可能是在二刻时增加了第三篇序，这样《新刻金瓶梅词话》就是二刻。

因为词话本的初刻本到底有几篇序跋很难判断，因此《新刻金瓶梅词话》是二刻，还是三刻也就不好判别了。

但不管词话本的初刻本有一篇或两篇序跋，《新刻金瓶梅词话》都是增加到了三篇序跋是很可能的。因此从序跋看，《新刻金瓶梅词话》应该是复刻本，而不是初刻本。

4）词话本第五十三至五十七回问题

此外，《新刻金瓶梅词话》除可能增加一篇欣欣子序外，很多学者指出其第五十三至五十七回文字问题，认为这几回文字和其他部分文字差异较大，是后改的。这样也就有可能是复刻时做了修改。

当然，第五十三至五十七回文字修改理论上也可能是初刻本对稿本做了修改，假设如此则《新刻金瓶梅词话》还是可能是初刻本。

对第五十三至五十七回文字修改，很多学者做了研究，此处不再复述了。

5)"新刻"是"复刻"的三个证据

总之"新刻"是复刻有三个证据：
- 古代小说"新刻"一般都是复刻，因此《新刻金瓶梅词话》应该也是复刻本，否则会引起读者误解。
- 其次，《新刻金瓶梅词话》现有三篇序跋，而崇祯本只有一、两篇序跋，因此初刻本也可能只有一、两篇序跋，而《新刻金瓶梅词话》增加了第三篇序。因此《新刻金瓶梅词话》是复刻，不是初刻。至于是二刻还是三刻，只根据序跋还无法判断。
- 最后，《新刻金瓶梅词话》第五十三至五十七回文字有明显修改痕迹，因此《新刻金瓶梅词话》是复刻本，而不是初刻本。

6) 序跋和词话本、崇祯本先后问题

有学者认为，新刻词话本比崇祯本的北大本增加了一篇或两篇序言，因此词话本就晚于有两篇序言的崇祯本。

但这个推理只是一种可能性。因为目前没有看到词话本的初刻本，词话本的初刻本可能和北大本一样，也只有一篇万历四十五年东吴弄珠客序。而东吴弄珠客序也可能是词话本的初刻本第一刊载的，而崇祯本的北大本东吴弄珠客序是来自词话本的初刻本。因此词话本还是可能在也只有一篇序言的北大本之前。

虽然《新刻金瓶梅词话》比初刻本可能增加了一篇或两篇序跋，但因为看不到词话本的初刻本，因此根据序跋的多少还是很难判断词话本和崇祯本的先后。

（5）词话本"花子由"改"花子油"不是避讳

1）利用避讳研究古代小说要十分小心

避讳是古代小说中常用的分析方法，避讳不止出现在《金瓶梅》版本研究中，在《红楼梦》版本研究中，也大量被使用。但要注意，古代小说是通俗读物，抄写时并不像诗文那样认真去避讳，很多古代小说，特别是明代小说，不像康熙乾隆时期那样严格避讳。因此要利用避讳来分析古代小说版本和成书一定要十分小心，要充分考虑各种可能性。只根据避讳分析版本成书时间，也不十分可靠。

分析避讳要注意：
- 文字是否真是避讳？有时看似是避讳，其实不是。
- 如果确认是避讳，对分析小说成书是有帮助的。
- 但如果反之，小说没有避讳某朝皇帝名讳，不一定就不是某朝代的小说，因为明代很多小说并不避讳。
- 因此分析避讳要十分小心。

2)"花子由"改为"花子油"不是为避讳天启皇帝朱由校

认为《新刻金瓶梅词话》是初刻本的另一个证据是书中"花子由"的避讳，此看

法的初衷实际是分析词话本的成书年代，初刻本只是这种分析的一个延伸推论而已。

此看法是马征和鲁歌先生首先提出的，他们在1986至1987年一起进行了一项烦琐而浩大的工程：把《金瓶梅》的各种版本汇校一遍，汇校中他们发现词话本为避皇帝名讳，改字的情况很突出。他们统计，从第十四回到第六十一回，刁徒泼皮"花子由"这个名字出现了4次，但第六十二、六十三、七十七、八十回中，却一连13次将这一名字改刻成了"花子油"。他们认为这个改名是为了避天启皇帝朱由校的名讳，因此把"由"改为"油"。因此他们认为，从第六十二回起，词话本必然刻于朱由校登基的1620年夏历九月初六日以后。①

这个分析看似天衣无缝，曾被很多文章引用，成为词话本成书年代的一个重要证据。由此根据这个证据推断出《金瓶梅词话》刊刻的过程是：

词话本是从万历四十五年（1617年）由东吴弄珠客作序而开雕，刻到第57回时泰昌帝朱常洛还未登基，因此还采用"花子由"的名字。而刻到第62回时，天启帝朱由校已经接位，故在以后的各回中均避"由"字讳，改"花子由"为"花子油"。由于第九十五、九十七回中的"吴巡检"尚未避崇祯帝朱由检的"检"字讳，因此确证这部《金瓶梅词话》刊印于天启年间。并由此推论，这部《新刻金瓶梅词话》即是初刊本，刊成于天启年间。

这种推理看似十分严密，但仔细分析就可以看出，其中的问题很多。

3）"花子由"改为"花子油"统计有错误

首先要说明，上述的统计有错误。

马征和鲁歌先生汇校结果是，从第十四回到第六十一回，"花子由"这个名字出现了4次，但第六十二、六十三、七十七、八十回中，却一连13次将这一名字改刻成了"花子油"。这实际是错误的。

逐一检查所有的"花子由"和"花子油"，可以看出：从第十四回到六十一回，"花子由"这个名字不是出现了4次，而是只出现了3次，即第十四回两次，第六十一回一次。第三十九回不是"花子由"，而是"花子油"。而第六十二、六十三、七十七、八十回中，一连13次将这一名字改刻成了"花子油"，这是对的。

这样就奇怪了，第三十九回的"花子油"是夹在第十四回和第六十一回的"花子油"之间的。换句话说，第十四回先写了两个"花子由"，第三十九回改为"花子油"，而第六十一回又改回"花子由"，到第六十二回以后就全部是"花子油"了。

因此变化过程是：花子由（第十四回）——花子油（第三十九回）——花子由（第六十一回）——花子油（第六十二回以后）。

由此可以看出，"花子由"——"花子油"出现了反复的变化。第十四回是"花子由"，到第三十九回变成"花子油"，到第六十一回又变成"花子由"，最后到第六十二回以后才彻底变成"花子油"。为何会出现这样奇怪的反复变化？其原因何在？

---

① 马征：《〈金瓶梅〉悬案解读》，四川人民出版社2004年版，第266—267页。

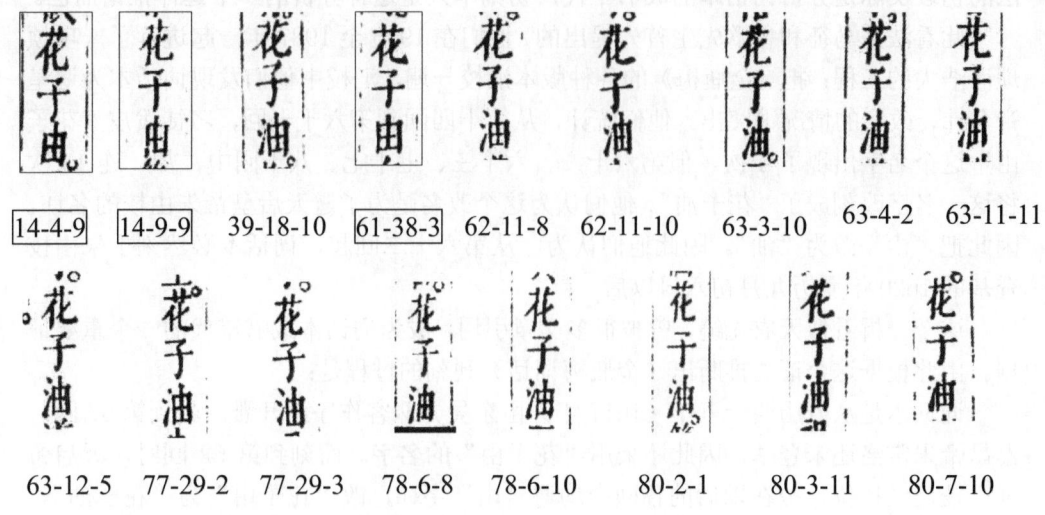

"花子由""花子油"统计

很明显,作者开始第十四回绝对是写成"花子由"的,但后来到第三十九回时又想改为"花子油",但到六十一回时又忘记了前面曾改为"花子油",结果又误写回了以前的"花子由",到第六十二回以后,才彻底改为"花子油"。这个过程是很明显的,但这种反复如何来解释呢?

4)"花子由"改为"花子油"不是不同抄写者所致

"花子由"改为"花子油"的原因有多种可能。

一种可能是,这是不同抄写者所抄,因此抄写的名字不同。但仔细检查前面"花子由"和"花子油"的字迹,以及每卷开始的"新刻金瓶梅词话"几个字,可以明显看出字形是完全一样,说明这全部是同一个人所抄,不存在不同人抄写名字不同的问题,见下页附图。

既然"花子由"和"花子油"都是同一人所抄写,这个改写就必然有其原因。马征和鲁歌先生首先提出,"花子由"改为"花子油",是为了避天启皇帝朱由校的名讳"由"字,并由此被很多学者引用,似乎已成定论。

但这种解释也有不合理之处。下面分两方面进行分析避讳说的不合理之处。首先从明代皇帝避讳规则分析,其次再从崇祯本的避讳看词话本的避讳。

《新刻金瓶梅词话》每卷书名

注：其中卷四误刻了两次，而缺了卷五。

5）从皇帝避讳规则看"花子由"改为"花子油"不是避讳

首先从明代皇帝避讳的规则分析，看看"花子由"改为"花子油"，是否是为了避天启皇帝朱由校的名讳"由"字。

对于避讳，至今最详细的论述还是著名学者陈垣（1880—1971）在1928年出版的《史讳举例》一书，此书对于避讳做了全面、详细的论述和举例，该书后来不断再版，2012年中华书局出版了最新的简体横排版，其中对明代的避讳也有分析和举例[①]：

> 万历之后，避讳之法稍密。故明季刻本书籍，"常"多作"尝"，"洛"多作"雒"，"校"多做"较"，"由"字亦有缺末笔者。

陈垣对历代避讳都有统计，其中明代十世以后的避讳列表如下：

明代皇帝年号名讳

明世代	帝号	所出	年号	名讳	举例
十	神宗	穆宗子	万历	翊钧	钧州改名禹州
十一	光宗	神宗子	泰昌	常洛	"常"作"尝"，"洛"作"雒"
十二	熹宗	光宗	天启	由校	"校"作"较"
十三	毅宗	光宗	崇祯	由检	"检"作"简"

---

① 陈垣：《史讳举例》，中华书局2012年版，第222—224页。

由此可以看出：

第一，避讳说认为，为避讳把"由"改为"油"其根据不足。

避讳说认为，因避讳天启帝朱由校，因此把"由"改为"油"。但陈垣先生《史讳举例》中明确指出，避讳"朱由校"的"由"字，一般采用缺末笔的方法，而不是把"由"改为"油"。因此把"由"字改为"油"可能并非是避讳。

第二，如避讳天启帝朱由校，则"校"字应改为"较"字。

根据陈垣先生《史讳举例》中明确指出，避讳天启皇帝名讳"由校"，不仅要避讳"由"字，还要避讳"校"字，要把"校"字改为"较"字。查《新刻金瓶梅词话》中带"校"字有："校椅""校尉""学校""校床""校太尉"，共计22处。这些"校"字全部没有因为避讳改字。这是避讳说很难解释的。

认为"花子油"是避讳的看法，还注意到词话本第95、97回中的"吴巡检"没有避崇祯帝朱由检的"检"字讳，因此认为词话本刊刻时间应在崇祯之前。

提出这种看法的人却没有注意，词话本不仅没有避讳崇祯帝朱由检的"检"字，也同样没有避讳天启皇帝朱由校的"校"字。因此从避讳角度看，词话本即不避讳崇祯帝朱由检的"检"字，又不避讳天启皇帝朱由校的"校"字。有学者就此认为：词话本既不可能刊刻于崇祯年间，也应该不会刊刻在天启年间，只会刊刻在这之前的万历时期，或是之后的清初。这种看法看似有道理，其实问题很大。不避讳也可能是由于当时避讳不严格。

6）"花子由"没有全部改为"花子油"，因此不是避讳

另外，如"由"改为"油"是避讳，则第62回前"由"都应改为"油"。

按照避讳说，第六十二回之前天启帝朱由校未做皇帝，因此不需要避讳。抄写到第六十二回天启帝朱由校已经接位，故在以后的各回中均避"由"字讳，改"花子由"为"花子油"。这种解释看似很合理，但还有一个漏洞。按照此说，此书印刷出版是在天启帝朱由校做皇帝之后，这样全书都应该避讳"由"，因此编写者就应该把62回以前的"由"都改为"油"。这在雕版印刷中也很简单，很常见。雕版印刷中经常有刻错字的情况，可以把错字挖去，另外刻一个正确的字补上，印刷成书后一点看不出。

对于第六十二回以前的"由"字没有改，也有两种可能。避讳说认为，这可能是编写者忘记修改第六十二回前的"由"字，这是编写者疏忽，忘记修改了。另一种可能是，"由"字根本不是为避讳，所以编写者根本没有必要再修改第六十二回以前的"由"字。我个人认为避讳可能性不大，因此也无必要再修改第六十二回前的"由"字。

（6）比较崇祯本和词话本避讳分析词话本的刊刻时间

1）崇祯本避讳而词话本不避讳

以上是从避讳规律来分析词话本的刊刻时间，下面比较词话本和崇祯本的避讳，来分析"花子由"改为"花子油"，是否是为了避天启皇帝朱由校的名讳"由"字，并进而分析词话本的刊刻时间。

在崇祯本中，"花子由"的"由"字、甚至连"由来"之义的"由"字都基本上

改刻为"繇"字，而不是"油"字，并将"巡检司""吴巡检"的"检"字都改刻为"简"。因此崇祯本同时避讳了崇祯皇帝名讳中的"由、检"两个字，因此崇祯本刊刻于崇祯年间，这已经成为共识。但崇祯本没有避讳天启皇帝朱由校的"校"字，因此从避讳角度看，崇祯本不可能刊刻于天启年间。

比对词话本，部分"花子由"的"由"字改为"油"字，似乎是避讳天启皇帝的"由"字。但要注意：崇祯本避讳"由"字不是用"油"字，而是"繇"字，当然这可能用避讳会采用不同字来解释。

比对崇祯本，"由"字改为"繇"字，"检"字都改刻为"简"，因此崇祯本同时避讳了崇祯皇帝名讳中的"由、检"两个字。这说明当时避讳是应该同时避讳皇帝名讳的两个字，而不是只避讳其中一个字。而词话本只是把部分"由"改为"油"，而没有避讳天启皇帝朱由校的"校"字和崇祯皇帝的"检"字。因此，词话本修改"由"为"油"字就不大可能是避讳。

总之，避讳天启帝朱由校、崇祯帝朱由检，应避讳"由、校、检"三字，崇祯本避讳了"由、检"二字，因此其刊刻在崇祯年间。而词话本只有部分回中把"由"改为"油"，而全部没有避讳"校、检"二字，因此词话本把"由"改为"油"认为是避讳可能性不大，而不是避讳可能性则很大。

避讳说只注意到，"由"改"油"有可能是避讳天启帝朱由校的"由"字，就认为词话本刊刻于天启年间。而没有注意，要避讳天启帝朱由校，也要同时避讳"校"字。这是只抓住一点就下结论，而不再考虑其他情况。这些分析往往只举出对自己看法有利的证据，而不提对自己看法不利的证据，这是考证中常出现的弊病。

2）词话本"由"改"油"的原因

根据以上分析，"花子由"改为"花子油"是为了避讳的根据不足，可能性不大，改字可能另有其他原因，作者改"花子由"为"花子油"到底是为何呢？

花子由是西门庆的第六个朋友花子虚的大哥，他们兄弟四人，即花子由、花子虚、花子光、花子华。比较"花子由"和"花子油"，很明显，"油、虚、光、华"四字，明显比"由、虚、光、华"更形象。因此作者最后决定把"花子由"改为"花子油"，但第62回以前的就不改了。

总之，我认为"花子由"改为"花子油"有两种可能。一种可能是为避讳，另一种是为使名字更形象。我认为因避讳改名的可能性不大，更大可能是作者认为"花子油"名字比"花子由"更形象而已。

因此今后不宜再引用这条避讳证据来分析《金瓶梅》的成书时间。

2016年10月第十二届国际《金瓶梅》学术研讨会暨版本展览在广州举行，会上最早提出"花子由"改为"花子油"的鲁歌先生在大会闭幕式上公开承认，过去他认为这是"避讳"崇祯皇帝朱由校是错误的。其实我早在2015年徐州研讨会上就指出"避讳"说不成立，但我的论文没有引起大家重视，也未收入大会最后出版的论文集。由于鲁歌只是在会议上发言认为"避讳"是错误的，并未写文章纠正，很多学者未注意到，后来还有一些学者仍把"避讳"当作版本研究的证据。

3)根据《新刻金瓶梅词话》不避讳,就认为其刊刻于万历和清初不可靠

总结以上分析,认为词话本避讳天启皇帝的"由"字,改"花子由"为"花子油",但未避讳崇祯帝朱由检的"检"字,因此认为这部《金瓶梅词话》刊印于天启年间,并由此推论,这部《新刻金瓶梅词话》即是初刊本——这种看法的可能性不大。

有人根据对《新刻金瓶梅词话》避讳的分析,进而分析《新刻金瓶梅词话》的刊刻时间。这种看法认为,《新刻金瓶梅词话》完全没有避讳天启帝朱由校、崇祯帝朱由检的"由、校、检"三字,所以如只根据避讳来看,《新刻金瓶梅词话》就只能刊刻于天启、崇祯之前,即万历年间;或在其后,就到了清初了。①

这个分析问题很大。

首先,如小说有确认的避讳,可用于判断其刊刻时间。但反之,如果小说没有避讳某个皇帝,就不能断定此小说肯定不是该朝代刊刻的。因为在明代避讳不是很严格,有些小说(如三言二拍)确实有避讳,但也很多小说,如《三国演义》等并不避讳。因此对没有避讳的小说要仔细研究,不要轻易下结论。

《新刻金瓶梅词话》确实完全没有避讳天启帝朱由校、崇祯帝朱由检的"由、校、检"三字,但不能因此就认为,《新刻金瓶梅词话》其刊刻时间不在天启和崇祯,而只能是在万历时期,或清初。但《新刻金瓶梅词话》虽然写作于天启、崇祯年间,但由于当时避讳不严格,因此作者本来就没有刻意去避讳,所以全书没有任何避讳。

假如《新刻金瓶梅词话》写作时确实注意了避讳,而又完全没有避讳天启、崇祯,由此推论,它不是刊刻于天启、崇祯年间,就只能刊刻于天启、崇祯之前,即万历年间;或在其后,就到了清初。但这只是一种可能性而已,这个结论还要靠其他证据来证明才行。词话本没有任何避讳,不是其刊刻时间的铁证。

假设词话本确实由于没有避讳,因此只有刊刻在万历或清初,哪种可能性更大呢?

第一,假设《新刻金瓶梅词话》刊刻时间在万历时期,它又不是初刻本,而是复刻本,则其初刻本必定在万历时期或万历之前。

第二,假设《新刻金瓶梅词话》刊刻时间在清初,它又不是初刻本,而是复刻本,则其初刻本只有两种可能。一种可能是,其初刻本也在清初,而崇祯本又确定是在崇祯年间刊刻的,这样词话本初刻本就肯定在崇祯本之后才出现。当然,词话本可能和崇祯本没有直接继承关系,而是有共同祖本而已。

另一种可能是《新刻金瓶梅词话》初刻本在万历时期,但其复刻本却在清初。但这样词话本在万历年间初刻,而在天启崇祯的24年中,词话本竟然没有复刻,过去几十年后,直到清初才再次复刻词话本,这似乎很不正常。

因此,只从避讳和复刻两个因素来看,《新刻金瓶梅词话》刊刻于万历年间可能性更大一些。即《新刻金瓶梅词话》是复刻本,刊刻于万历年间,而其初刻本也刊刻于万历年间,或万历之前。到崇祯年间出现了崇祯本后,词话本就消失了,因此词话本流传下来就很少了。

---

① 叶桂桐:《中国文学史上的大骗局、大闹剧、大悲剧——〈金瓶梅〉版本作者研究质疑》,载《烟台师范学院学报(哲学社会科学版)》,2002年第1期。

但这只是一种推论而已,没有铁证,词话本也完全可能刊刻于天启崇祯年间。

4)《三国演义》完全没有避讳

如前所述,利用避讳研究小说刊刻时间要极为慎重,为了进一步验证万历、天启、崇祯帝期间是否严格避讳,最好找到确认是这个时期的小说,再看看其文字是否避讳万历、天启、崇祯的"翊、钧、由、校、检"几字。

这时期最流行的是《三国演义》,《三国演义》从嘉靖元年,到崇祯年间刊刻次数极多,很多都有准确的刊刻年代。

万历年间典型刊本是刊刻于万历十九年的周曰校本,但全文检索此本,此本并不避讳万历帝的"翊、钧"二字。

天启年间典型刊本是有天启三年序的黄正甫本,但全文检索此本,此本并不避讳天启帝的"由、校"二字。

崇祯年间典型刊本是刘荣吾本,但全文检索此本,此本并不避讳崇祯帝的"由、检"二字。

因此,可以认为,《三国演义》明刊本全部不避讳皇帝的名讳。

但崇祯本《金瓶梅》避讳崇祯帝的"由、检"二字也是事实。

这样就出现了两种情况:《三国演义》明刊本全部不避讳皇帝的名讳是事实,而《金瓶梅》崇祯本避讳了崇祯帝的"由、检"二字也是事实。

因此,可以认为明代小说中对避讳并不严格,有的书商认真,就严格避讳,如《金瓶梅》崇祯本。但如《三国演义》这样广泛流传的小说,却完全不避讳。这样就说明,明代中晚期对避讳不严格。这样,根据避讳判断词话本的刊刻时间就有问题,也就是说,词话本就不一定是刊刻在万历年间了,也可能刊刻于天启崇祯年间。

但要特别注意:这里所谈的词话本,都是指《新刻金瓶梅词话》,而《新刻金瓶梅词话》很可能是复刻本,而不是初刻本。由于根本不知初刻本的情况,因此对初刻本也就无法进行分析和判断了。

5)从初刻、复刻和避讳分析词话本刊刻时间有多种可能

以上从《新刻金瓶梅词话》从初刻、复刻和避讳两方面分析了此本的刊刻时间,综合总结有两种不同的看法。

第一种看法认为,《新刻金瓶梅词话》的"新刻"是初刻,不是复刻;其中"由"改为"油"是避讳天启皇帝,因此词话本初刻本刊刻于天启年间。

第二种看法认为,《新刻金瓶梅词话》的"新刻"是复刻,不是初刻;其中"由"改为"油"不是避讳天启皇帝,词话本全书没有避讳天启和崇祯,因此词话本不可能刊刻于天启崇祯年间,就只能刊刻于万历或清初,刊刻于清初可能很小,因此最大可能是在万历年间。

实际这两种看法都有很大问题,根据初刻、复刻和避讳两种方法分析词话本刊刻时间,实际都存在多种可能。

第一,"新刻"是初刻,还是复刻,严格讲两种可能都存在。理论上不完全排除

"新刻"是初刻的可能性，但综合分析，一般"新刻"还是复刻，而不是初刻的可能性更大。《三国演义》中诸多版本"新刻"都是复刻，《新刻绣像批评金瓶梅》（崇祯本）也有"新刻"字样，但肯定是复刻，而不是初刻。所以只能说：词话本的"新刻"是初刻的可能性更大些。

第二，至于避讳，词话本的"由"改"油"，理论上也有多种可能。

"由"改"油"有可能是为避讳天启帝，而词话本没有避讳"校"，这也可能是不避讳，也可能是编写者疏忽了。结合崇祯本的避讳，以及避讳的规律综合分析看，词话本没有任何避讳也是一种可能性。

第三，综合比较词话本和崇祯本的避讳，因为崇祯本肯定是刊刻于崇祯年间，因此同时避讳了崇祯帝的"由、检"二字。而词话本全书没有避讳天启和崇祯，这又可能是当时避讳不严格，因此词话本根本没有注意去避讳。因此不能简单根据词话本没有避讳天启崇祯，就推论其不会刊刻于天启和崇祯年间。

总之，避讳是古代小说中常用的分析方法，避讳不止出现在《金瓶梅》版本研究中，在《红楼梦》版本研究中，也大量被使用。但要注意，古代小说是通俗读物，抄写时并不像诗文那样认真去避讳，《三国演义》多种明刊本就都没有避讳就是实例。因此要利用避讳来分析古代小说版本和成书一定要十分小心，要充分考虑各种可能性。所以，只根据避讳分析版本成书时间，也不十分可靠。

（7）总结

《金瓶梅》版本问题十分复杂，现存的版本又很少，因此对这复杂的版本现象进行分析就十分困难。除了内容文字外，很多是从一些细微之处进行分析，如本文从"新刻"、避讳和序跋三方面进行分析，这里就可能会存在很多问题。

第一，这些"新刻"、避讳和序跋都是细节，这些细节和版本演化是否有关？根据这些细节分析版本演化是否可靠？这首先就是问题。

第二，对这些细节的分析，又会有多种解释，多种可能性。分析一定要考虑多种可能性，必须逐一对多种可能进行分析，最终看哪种可能性更大。

总之，《金瓶梅》版本虽然很少，但仔细研究，其中问题极为复杂。各种复杂的问题，理论上又有多种可能，至于哪种可能性更大，还是难以判别。

由于版本问题过于复杂，资料又太少，这样的分析可能不能最后被所有人都认可，但只要把所有可能都彻底分析清楚，这也是进步。

3. 《金瓶梅》东大本研究

（1）崇祯本系统"北大本"和"东大本"

《金瓶梅》的版本分为"词话本""崇祯本""张评本"三个系统。现存的十几种崇祯本，根据版式的不同又分为两类。

崇祯本系统的第一类是以北京大学图书馆藏本（以下简称"北大本"）为代表，还包括日本天理大学图书馆藏本、上海图书馆藏甲乙两本、天津图书馆藏本、残存四十七回本等，其版式与北大藏本相近。北大本的版本特点是，每半叶10行，每行22字，每半叶合计220字，整叶为440字。

崇祯本系统的另一类是以日本内阁文库藏本（以下简称"内阁本"）为代表，还包括日本东京大学东洋文化研究所藏本（以下简称"东大本"）、北京首都图书馆藏本（以下简称"首图本"），版式特征与东大本相近或相同。东大本的版本特点是，每半叶11行（比北大本多一行），每行28字（比北大本多6字），每半叶合计308字，整叶为616字。东大本分10册，每册两卷10回。

崇祯系统"北大本"和"东大本"版式完全不同，而文字基本相同。将两种版本文字数字化后，再利用计算机仔细比较，可以发现两个版本的文字还是有一些差别的。

这些差别可分为以下四类：
- 整叶脱落：东大本第五十九回脱落一处，内阁文库本和首图本也都脱落。
- 整叶脱落：东大本第四十三回脱落一处，但内阁文库本和首图本并不脱落。
- 整行脱落：东大本有5处，内阁文库本和首图本也都脱落。
- 重复抄写：东大本有1处，内阁文库本和首图本也都重复抄写。

至于个别字的差异，是抄写中发生的细微差异，就没有再仔细统计。

以下详细分析这几类差异。

（2）整叶脱落第一处（第五十九回第42叶和43叶之间）

东大本和北大本文字的最大差异是，东大本与北大本比较，有两处明显的整叶脱落。但虽然这两处脱落的文字情况完全相同，但叶码不同，说明脱落的情况不同。一种第五十九回是东大本的底本就脱落，其他版本也脱落；另一种第四十三回只是东大本脱落，其他本不脱落。

东大本与北大本比较，第一处整叶脱落在第五十九回第42叶和43叶之间，两个版本文字比较如下：

北大本（第五十九回）	东大本（第五十九回）
鼓正打三更三点李瓶儿嗁的浑身冷汗毛发皆竖到次日西门庆进房来就把梦中之事告诉一遍西门庆道知道他死到那里去了此是你梦想旧境只把心来放正着休要理他如今我使小厮拏轿子接了吴银儿来与你做个伴儿再把老妈叫来伏侍两日玳安打院里接了吴银儿来那消到日西时分那官哥儿在奶子怀里只揣气儿了慌的奶子叫李瓶儿娘你来看哥哥这黑眼睛珠儿只往上翻口里气儿只有出来的没有进去的这李瓶儿走来抱到怀中一面哭起来叫丫头快请你爹去你说孩子待断气也可可常峙节又走来说话告诉房子儿　下了门面两间二层大小四间只要三十五两银子西门庆听见后边官哥儿重了就打发常峙节起身说我不送你罢改日我使人拿银子和你看去觅觅走到李瓶儿房中月娘众人都在房里瞧着那孩子在他娘怀里一口口揣气儿西门庆不忍看他走到明间椅子上坐着只长吁短叹那消半盏茶时官哥儿呜呼哀哉断气身亡时八月廿三日申时也只活了一年零两个月合家大小放声号哭那李瓶儿挝耳挠腮一头撞在地下哭的昏过去半日方才苏省搂着他大放声哭叫道我的没救星心疼杀我了宁可我同你一搭儿里死了罢我也不久活在世上了我的抛闷杀人的心肝撇的我好苦也那妳子如意儿和迎春在旁哭的言不得动不得西门庆卽令小厮收拾前厅西厢房干净放下两条宽凳要把孩子连枕席被褥抬出去那里挺放那李瓶儿倘在孩儿身上两手搂抱着那里肯放口口声声直教没救星的冤家娇娇的儿生揭了我的心肝去了撇的我枉费辛苦干生受一场再不得见你了我的心肝月娘众人哭了一回在旁劝他不住西门庆走来见他把脸抓破了滚的宝髻鬅松乌云散乱便道你看蛮的他旣然不是你我的儿女干	鼓正打三更三点李瓶儿嗁的浑身冷汗毛发皆竖到次日西门庆进房来就把梦中之事告诉一遍西门庆道知道他死到那里去了此是你梦想旧境只把心来放正着休要理他如今我使小厮拏轿子接了吴银儿来与你做个伴儿再把老妈叫来伏侍两日玳安打院里接了吴银儿来那消到日西时分 （东大本缺616字）

养活他一场他短命死了哭两声丢开罢了如何只顾哭了去又哭不活他你的身子也要紧如今抬出去好叫小厮请阴阳来看这是甚么时候月娘道这个也有申时前后玉楼道我头里怎么说来他管情还等他这个时候才去原是申时生还是申时死日子又相同都是二十三日只是月份差些圆圆的一年零两个月李瓶儿见小厮每伺候两旁要抬他又哭了说道慌抬他出去怎么的大妈妈你伸手摸摸他身上还热哩叫了一声我的儿嚛你教我怎生割舍的你去坑得我好苦也一头又撞倒在地下哭了一回众小厮才把官哥儿抬出停在西厢	是二十三日只是月份差些圆圆的一年零两个月李瓶儿见小厮每伺候两旁要抬他又哭了说道慌抬他出去怎么的大妈妈你伸手摸摸他身上还热哩叫了一声我的儿嚛你教我怎生割舍的你去坑得我好苦也一头又撞倒在地下哭了一回众小厮才把官哥儿抬出停在西厢

东大本与北大本相比，正好缺616字，这也正是东大本一叶的字数！仔细检查东大本的叶码，脱落部分的叶码却是连续的，即42叶和43叶。这样出现了奇怪现象，文字脱落而叶码却仍然连续。究其原因，可能是东大本翻刻时，抄写者的确是抄写了这一叶。但刻板时，刻印者疏忽，丢失了这一叶，结果导致了文字脱落，而叶码却连续。

再检查内阁文库本和首都图书馆藏本，第五十九回的脱落完全相同，说明其脱落是这些版本的底本就脱落了。

（3）整叶脱落第二处（第四十三回第18叶和20叶之间）

东大本和北大本文字比较，有两处明显的整叶脱落，第一处是前述第五十九回的文字脱落，但叶码连续，其他内阁文库本和首都图书馆藏本情况完全相同，说明第五十九回的脱落是东大本的底本就脱落。

第二处整叶脱落发生在第四十三回第18叶和20叶之间，东大本脱落了第19叶。

两个版本文字比较如下。

北大本（第四十三回）	东大本（第四十三回）
他裹着哩如意儿道汗巾子也落在地下了那里得那锭金子屋里就乱起来妳子问迎春迎春就问老冯老冯道耶嚛耶嚛我老身就瞎了眼也没看见老身在这里恁几年莫说折针断线我不敢动娘他老人家知道我就是金子我老身也不爱你每守着哥儿怎的冤枉起我来了李瓶儿笑道你看这妈妈子说混话这里不见的不是金子却是什么又骂迎春贼臭肉平白乱的是些甚么等你爹进来等我问他只怕	他裹着哩如意儿道汗巾子也落在地下了那里得那锭金子屋里就乱起来妳子问迎春迎春就问老冯老冯道耶嚛耶嚛我老身就瞎了眼也没看见老身在这里恁几年莫说折针断线我不敢动娘他老人家知道我就是金子我老身也不爱你每守着哥儿怎的冤枉起我来了李瓶儿笑

是你爹收了怎的只收一锭儿孟玉楼问道是那里金子李瓶儿道是他爹拏来的与孩子耍谁知道是那里的且说西门庆在门首看马众伙计家人都在跟前教小厮来回溜了两荡西门庆道虽是东路来的马鬃尾丑不十分会行论小行也罢了因问云伙计道此马你令兄那里要多少银子云离守道两疋只要七十两西门庆道也不多只是不会行你还纤了去另有好马骑来倒不说银子说毕西门庆进来只见琴童来说六娘房里请爹哩于是走入李瓶儿房里来李瓶儿问他金子你收了一锭去了如何只三锭在这里西门庆道我丢下就外边去看马谁收来李瓶儿道你没收却往那里去了寻了这一日没有妳子推老冯急的那老冯赌身罚咒只是哭西门庆道端的是谁拿了諕他慢慢儿寻罢李瓶儿道头里因大姊子女儿两个来乱着就忘记了我只说你收了出去谁知你也没收就两就了才寻起来諕的他们都走了于是把那三锭还交与西门庆收了正值贲四倾了一百两银子来交西门庆就往后边收兑银子去了且说潘金莲听见李瓶儿这边嚷不见了孩子耍的一锭金镯子得不的风儿就是雨儿就先走来房里告月娘说姐姐你看三寸货干的营生随你家怎的有钱也不该拏金子与孩子耍月娘道刚才他每告我说他房里不见了金镯子端的不知是那里的金莲道谁知他是那里的你还没见他头里从外边拏进来用袄子袖儿裹着恰似八蛮进宝的一般我问他是什么拏过来我瞧瞧头儿也不回一直奔命往屋里去了迟了一回反乱起来说不见了一锭金子干净就是他学三寸货说不见了諕他慢慢儿寻罢你家就是王十万也使不的一锭金子至少重十来两也值五六十两银子平白就罢了瓮里走了鳖左右是他家一窝子再有谁进他屋里去正说着只见西门庆进来兑收贲四倾的银子把剩的那三锭金子交与月娘收了因告诉月娘此是李智黄四还的四	（东大本缺616字） 你家就是王十万也使不的一锭金子至少重十来两也值五六十两银子平白就罢了瓮里走了鳖左右是他家一窝子再有谁进他屋里去正说着只见西门庆进来兑收贲四倾的银子把剩的那三锭金子交与月娘收了因告诉月娘此是李智黄四还的四

和上述第五十九回脱落一样,东大本第四十三回与北大本相比,正好缺616字,这也正是东大本一叶的字数,这也是由于东大本刚好脱漏了一整叶。另外,仔细检查东大本的叶码,脱落部分的叶码是不连续的,即第18叶完,没有第19叶,而是第20叶,因此肯定是东大本脱落了第19叶。而且其他内阁文库本和首都图书馆藏本此处都不脱落,因此东大本第四十三回的脱落只是东大本的脱落,可能是在装订时遗漏了一整叶。

总结以上,东大本有两处整叶脱漏,但表示了两种不同情况:

● 第五十九回:叶码连续,东大本和其他版本都缺失,说明其底本就遗漏;
● 第四十六回:叶码不连续,只有东大本缺失,其他版本不缺失,可能是东大本装订时遗漏了。

(4)整行缺失:5处

1)第四十三回:东大本缺失20字(第17叶左)

第二个也成不的两个说了一回西门庆要留伯爵吃饭(伯爵道我不吃饭去罢西门庆又问嫂子怎的不来)伯爵道房下轿子已叫下了便来也举手作辞出门一直赶黄

这个脱落处有相同的文字"伯爵道",很可能是"同词脱文",即"串行脱文"。东大本抄写时,遇到同样的"伯爵道",看串行,因此遗漏了中间20个字。查内阁文库本也脱落。

这类脱落在古代小说中很常见,《三国演义》版本中很多,魏安先生还以此来分析《三国演义》的版本演化,很有成绩。

2)第六十七回:东大本缺失16字(第13叶中间)

连玉箫道使着手不得闲誉教他明日(来与他就是了玳安道黄四等 着明日)早起身东昌府去不得来了

此处东大本的脱落和上述第四十三回的脱落很相似,前后都有"明日"两字,因此很可能也是"同词脱文",即"串行脱文"。但此处脱落也有其特殊处,即脱落在"明日"之后,这恰恰是东大本的一叶末尾,因此很可能是东大本抄写到此处时,因为要换到下一叶,看到下叶的"明日",因此造成了文字的脱落。但查内阁文库本并不脱落。

3)第七十七回:东大本缺失17字(第34叶右)

临民有方廉使赵讷纲纪肃清士民服习(提学副使陈正彙操砥砺之行严督率之条)兵备副使雷启元军民咸服

这部分脱落,可能是由于原文是公文,很难懂,因此导致东大本抄写中脱落了部分文字。查内阁文库本也脱落。

4)第七十九回:东大本缺失25字(第68叶左)

月娘和李桂姐吴银儿都在李瓶儿那边坐的伯爵(问道李桂姐与银姐来了怎的

不见西门庆道在那邊坐的伯爵）因令来安儿你请过来唱一套儿与你爹听

这个脱落又是一个典型的"同词脱文",即"串行脱文"。脱落处有相同的文字"伯爵",很可能是东大本抄写时,遇到同样的"伯爵",看串行,因此遗漏了中间25个字。查内阁文库本并不脱落。

5) 第八十五回:东大本缺失22字（第32叶左）

那薛嫂一闻其言拍手打掌笑起来说道谁家女婿戏丈母（世间那里有此事姑夫你实我说端的你怎么得手来）敬济道薛嫂禁声且休取笑我

这个脱落虽然没有相同的字,但刚好脱落一整行,因此很可能也是一个"串行脱文"。可能是东大本抄写时看串行,因此遗漏了中间一整行2两个字。查内阁文库本并不脱落。

（5）重抄:1处

第七十九回:东大本重抄21字（第66叶右）

来谁家一个拜年拜到那咱晚玳安又恐怕琴童说<u>出来</u>（谁家一个拜年拜到那咱晚玳安又恐怕琴童说<u>出来</u>）隐瞒不住

东大本在此出现了重复抄写,"谁家一个拜年拜到那咱晚玳安又恐怕琴童说出来"重复抄写了一遍。出现这个问题明显是东大本抄写者的疏忽大意。查内阁文库本并不重复。

此外,东大本还有很多缺字之处,所缺的字在3至8字不等,明显是抄写时遗漏,不再一一举例。

理论上,以上东大本的文字脱漏,也可能是北大本的文字"增加"所致。但仔细分析上下文,北大本文字增加的可能性很小,而东大本文字脱落的可能性比较大。

（6）总结

以上对《金瓶梅》崇祯本系列的东大本和北大本作了详细的文字比对,并和内阁文库本和首图本作了核对,两个版本的文字差别可分为以下四类:
- 整叶脱落:东大本第五十九回脱落一整叶,内阁文库本和首图本也都脱落,应该是其底本就脱落。
- 整叶脱落;东大本第四十三回脱落一整叶,但内阁文库本和首图本并不脱落,应该只是东大本装订时遗漏。
- 整行脱落:东大本5处,多处是"串行脱文",内阁文库本和首图本也都一样,应该是其底本就发生了。
- 重复抄写:东大本1处,明显是东大本重复抄写,内阁文库本和首图本也都一样,应该是其底本就发生了。

这种比对是用计算机自动完成的。先将两种版本的文字数字化,然后用计算机对两种版本的文字作自动比对,找出其中文字不同之处。由于是计算机自动比对,绝无任何遗漏。最后由人工对比对的结果再进行仔细分析。

（7）东大本和北大本的关系

根据以上分析，可以看出，东大本比北大本有很多脱落。仅从脱落情况来看，理论上有两种可能，首先是东大本脱落，另一种可能是北大本增补，但从上下文看，增补的可能性几乎没有。因此似乎应该是北大本在前，东大本脱落在后。

但实际仔细分析，还存在有两种可能性。

第一种可能是，北大本在前，东大本在后。东大本是北大本的翻刻本，翻刻时发生了脱落。这种可能很容易理解。这样北大本和东大本是"父子关系"，北大本是"父亲"，而东大本是"儿子"。

第二种可能是，北大本和东大本都来源于同一个"祖本"，北大本抄写、刻印时没有脱落，而东大本却发生了脱落。这样它们就不是"父子关系"，而是"兄弟关系"了。这样仅从文字的脱落，就无法判断两个版本的先后。还需要结合批语等其他因素进行分析。

至于东大本（崇祯本）和词话本文字的比较，上述所有脱落，在词话本中均没有发生。但仅根据这些脱落，还无法判定两种版本的关系。因为崇祯本和词话本之间文字差异极大，多数是崇祯本脱落。因此，两种版本的关系需要另外仔细比较、分析。

如前所言，北大本和东大本都来源于词话本，但这又有两种可能性。

一种可能是，它们都分别翻刻于词话本，但这种可能性极小，因为北大本、东大本和词话本的文字脱落很多，但脱落部分如此一致，几乎是不可能的。

另一种可能性是北大本来源于词话本，而东大本又来源于北大本，可能性最大。

各种版本文字的比较分析都可以利用数字化后进行，这样可以一字不落地发现所有差异，再由人工进行仔细分析。而这些差异要用人工去检查，是极其困难的。

由此可以看出古代小说版本数字化，在版本研究中可以发挥很大的作用。

（二）《西游记》版本研究

1. 唐僧西游记、杨闽斋本研究

（1）《西游记》版本概况和明代删节本

四大名著中，《西游记》版本相对于其他三部小说是比较简单的。

其一是版本数量较少。

其二是版本分类清楚，《西游记》版本现在一般分为四类：
- 繁本：世德堂本（简称"世本"）、李卓吾本等。
- 删节本：唐僧西游记（简称"唐僧本"）、杨闽斋本（简称"杨本"）、闽斋堂本（简称"闽本"）等。
- 简本：朱鼎臣本、杨致和本等。
- 清刊本：《西游证道书》《西游真诠》《西游原旨》《新说西游记》等。

其三是演化的过程基本清楚。

目前所见最早、最完整的版本是世德堂本，其后出现李卓吾评本，随后出现了文字有少量删节的明代删节本，包括唐僧本、杨本、闽本；还有文字大量删节的简本，即杨致和本和朱鼎臣本；最后是以《西游证道书》为代表的各种清代刊本，包括《西游真诠》《西游原旨》《新说西游记》等。

虽然《西游记》版本基本清楚，但仍有些问题目前还不清楚，其中之一就是明代删节本是如何产生的，这三种删节本和世本是什么关系？它们之间是什么关系？

在三种明代删节本中，对于唐僧西游记、杨本、闽本的关系，日本的太田辰夫、矶部彰和中国吴圣昔[①]、黄永年等都有所研究。

对明代删节本非常复杂的删节有两种方法解释。

按照吴圣昔的看法，唐僧本是以世本为底本，杨本是以世本、唐僧本为底本，闽

---
① 吴圣昔又名"吴圣燮"，本文引用其文署名为"吴圣燮"，但考虑他多数文章署名为"吴圣昔"，因此本文都统一采用"吴圣昔"，而未采用"吴圣燮"。

本是以世本、唐僧本、杨本和李评本四种版本为底本。

按照黄永年的看法，唐僧本和杨本有共同底本，唐僧本、杨本是在此共同底本基础上，再分别修订而成。由此延伸，闽本是以世本、唐僧本和杨本的共同底本，并又参考唐僧本和杨本及李评本而编辑的。

理论上两种看法都可以解释目前发现的所有现象。

唐僧本、杨本、闽本之间是什么关系，和世本是什么关系，还值得做深入研究。这就是本文研究的重点。

本文利用计算机数字化，对三种明代删节本做了全面、深入、彻底的比对和研究。发现唐僧本、杨本和闽本的文字差异非常明显，三种删节本有非常多、完全相同的删节，又有很多各自不同的删节。

下面分三方面论述。

- 分析唐僧本、杨本底本的两种看法。
- 分析唐僧本、杨本的五种删节。
- 分析闽本底本。

（2）唐僧本和杨本底本的两种看法

1）从字体、版式研究唐僧本

三种明代删节本版式的差异明显，唐僧本无图，而杨本和闽本上图下文，是典型的福建建阳刻本。从版式、插图可以明显看出，杨本和闽本之间肯定有非常密切的关系，现在一般认为，闽本是参考杨本刻印的。

黄永年从字体和版式对唐僧本做了深入分析。

在字体方面，黄先生认为：从字体来看，唐僧本的欧体字始于明代正德，盛行于嘉靖，到隆庆年间稍起变化，万历初年个别书刻还略存遗风。除建阳坊刻或边远地区有特殊性外，这已成为其时版刻字体演变的规律。唐僧本的字体和隆庆年间最接近，和隆庆元年刊刻的《文苑英华》尤其相似。

其次是版式，黄先生认为：唐僧本版心所题"西游记卷△"在鱼尾【之下，这也是隆庆及其前刻书的习惯，进入万历书名便一般都移到鱼尾【之上，万历时刊刻的闽斋本、朱本、杨本以及世本、李卓吾评本都是如此。因此，唐僧本的刊刻应该就在隆庆年间，早一点可上推到嘉靖末年，迟一点也绝不会晚于万历开头几年。

因此，黄先生认为：从唐僧本的字体和版式看应刊刻于隆庆年间，也可上推到嘉靖末年。而杨本应刊刻于万历三十一年，即在世本之后。

这样《西游记》版本演化如下图。

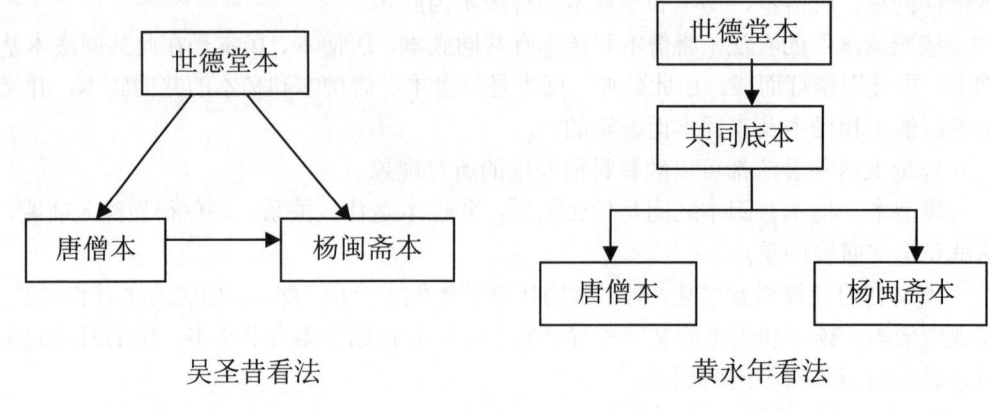

世德堂本、唐僧本和杨闽斋本关系两种看法示意图

2) 唐僧本、杨本演化的两种说法

唐僧本和杨本肯定在世本之后，但它们的具体关系如何，还是有两种看法。

唐僧本肯定在杨本之前，因此它肯定是对世本删节的版本，这是没有争议的。

关键是杨本和世本、唐僧本的关系，目前有两种看法。

其一是多数学者的看法，即杨本是以世本为底本，又参考了唐僧本。吴圣昔利用"特异文字"方法，认为唐僧本以世本为底本改编在先，而杨本以世本为底本的同时参考过唐僧本，也就是说杨本有两个底本，即世本和唐僧本。

另一种看法是黄永年的看法，虽然他认为唐僧本和杨本的底本在世本之前的看法是错误的，但他认为唐僧本和杨本有共同底本，这种看法也是有可能的。黄永年首先对唐僧本、杨本对世本的删节情况和世本做了详细的校勘，分三种情况进行了分析。

第一种情况是唐僧本、杨本删节相同。类似例子每回都有，多不胜数。这里只有三种可能，一个可能是唐僧本因袭杨本，一个可能是闽本因袭唐僧本，再一个可能是唐僧本、杨本两本同出于一个和世本相比较已经删节之本。因此，仅从这种情况，无法判别版本先后。

第二种情况正相反：唐僧本和世本相同，而仅杨本删除。这类例子也很多，足见绝无唐僧本因袭杨本的可能。

第三种情况正相反，是杨本和世本相同，而仅唐僧本删除。这类例子也很多，足见也无杨本因袭唐僧本的可能。只能是唐僧本和杨本两本都出于一个已删节过的旧本，而两本在因袭此删节本时，又各自再有所删节。

3) 杨本以世本为底本并参考唐僧本

对于唐僧本和杨本，吴圣昔、黄永年等都有所研究，由于研究方法不同，得出了完全不同的结论。

《西游记》版本研究专家吴圣昔采用"特异文字"研究方法，故而认为：唐僧本在前、杨本在后。

吴圣昔先生认为：世本最后四字"如倒塌寺"，为节省行数，因此刻成双行。唐僧本的行款本来有富余，可以刻成单行，但刻印者不清楚原诗的词义，结果仿照世本，也刻成双行。而杨本是按照单行刻印，也刻印不下，结果就省略了最后一个"寺"字。

按照吴圣昔先生的分析，唐僧本肯定是仿照世本无疑，而杨本遗漏了"寺"字，唐僧本没有遗漏，而且和世本刻印相同。如唐僧本在杨本之后，它也应仿照杨本，遗漏"寺"字。因此，唐僧本只可能在杨本之前，不可能在杨本之后。

吴圣昔先生的推理似乎没有漏洞，成为唐僧本在前的"铁证"。但这里吴先生只考虑了唐僧本和杨本是父子关系，而没有考虑到它们可能是兄弟关系。如是兄弟关系，它们都来自世本，或有共同的底本，而彼此之间并无先后的承继关系，也会出现上述情况。即唐僧本仿照世本（或共同底本），刻成双行。而杨本也参照世本（或共同底本），刻成单行，但脱漏最后一字。

而要分辨是父子关系，还是兄弟关系，必须再找其他例证。

4）唐僧本和杨本同出于一个删节本

《西游记》版本研究专家黄永年根据唐僧本、杨本对世本的删节情况，得出相反结论。他认为：唐僧本和杨本无因袭关系，而是同出于一个世本的删节本。

黄先生分析后也认为，没有杨本因袭唐僧本的可能。只能是唐僧本和杨本两本都出于一个已删节过的旧本，而两本在因袭此删节本时，又各自再有所删节。

黄先生也注意到：会不会是杨本因袭唐僧本时，又参考原本，把一部分为唐僧本所删除的重新补上，或是唐僧本因袭杨本，并据百回原本把一部分为杨本所删除的重新补上呢？《西游记》简本中出现朱鼎臣本因袭杨致和本，并用百回本做增补的情况。但简本是因为朱鼎臣本在杨致和本有漏洞处，才用百回本增补的。而杨本同百回本不同唐僧本和唐僧本同百回本不同杨本处，都不是有什么漏洞，因此上面所说既因袭又用百回本增补的情况不可能存在。

黄先生的分析是有道理的，类似的三种情况用计算机比对后，可以发现非常多的例证。

但他的分析也有局限：
- 他认为只有有漏洞才会增补，但事实未必如此，下面有详细的比对和分析。
- 他只分析了唐僧本和杨本，没有分析闽本。在闽本中，也出现很多杨本删除、而闽本没有删除的情况，只能用闽本增补来解释。既然闽本会增补，出于同一书坊的杨本也可能会增补。

由此说明，只根据个别例证想证明版本先后是困难的，必须：

第一，对版本差异进行彻底比对和分析。

第二，必须考虑，版本之间除有父子关系之外，还可能有兄弟关系。

第三，必须考虑有多种可能性，排除其他所有可能，才有最终定论。

5）版本的人工研究和数字化研究

在版本研究中，人工研究和计算机研究的方法完全不同。

古代白话长篇小说，都有几十万字，人工无法仔细核对多个版本几十万字，因此只有选择其中的部分文字差异进行分析。数字化研究与人工研究不同，它可以将全部文字做到全部逐字比对，因此数字化研究与人工研究有如下优点：

第一，可以显示所有的文字差异，而无一遗漏。

第二，既可以宏观检查文字差异，也可微观、细致地逐字检查和比对。

对唐僧本和杨本、闽本关系研究采用数字化研究，相对于人工研究，更为彻底、清楚，因此得出的结论也更为可信。其研究过程如下：

第一，首先将四种版本（世本、唐僧本、杨本、闽本）全部数字化。

第二，对四种版本全部一百回的文字，利用计算机进行全面、彻底的比对，主要采用分窗口显示方式，以判别其差异。

第三，根据比对结果，找出其文字差异。

第四，对文字差异进行分类、统计。

第五，利用上述文字差异的分类、统计，验证各种版本演化说法中哪种更合理。

这种方式虽然是计算机自动比对，但工作量还是极大的。四种版本文字的比对结果，有300万字之多！A4纸有1000页之多！

由于唐僧本的第十七回和第十八回没有分开，这样会导致比对无法正常进行。为此，参照其他版本，人工将《唐僧西游记》的第十七回分为两回，将其后半部独立为第十八回，以保证比对正常进行。

由于唐僧本缺第一至第五回和第五十六至六十回，这10回原书是用李卓吾评本抄补的，因此这部分没有进行比对。这样以下研究的唐僧本只有90回。

6)《西游记》和《三国演义》《水浒传》版本的文字差异

四大名著的版本都分为繁本和简本，但其文字差异有些不同。下面分别列出《西游记》四种版本，和《三国演义》《水浒传》三种版本文字计算机比对的结果。

从结果可以明显看出其差异。

《西游记》不同版本之间有大块的文字删节，而每个句子内的文字差异不大，修改很小。

《三国演义》和《水浒传》刚好相反，不同版本之间，一般并没有大块的文字删节现象（《三国演义》嘉靖元年本的"论、赞"除外），但每个句子内的文字多有修改。

《西游记》和《三国演义》《水浒传》不同版本之间的文字差异，反映出两种不同的改编思路。

《西游记》删节本的改编思路是，对句子的文字做少量修订，但对某些文字做大块的删节。而《三国演义》《水浒传》删节本（简本）的改编思路刚好相反，对句子的文字不是基本照抄，而是做修订和改写，文字尽量简略；而基本不对文字做大块的删节。

（3）唐僧本、杨本五种删节

1）唐僧本和杨本版本的文字同时删除

前面说明，《西游记》不同版本文字的最大差异是，出现很多大块文字的删节。
唐僧本和杨本文字删节可分为三类。
第一类是两种版本都删节，有 1240 次。
第二类是只有杨本删除，有 250 次。
第三类是只有唐僧本删除，有 150 次。
用示意图表示这三类删除更明显。

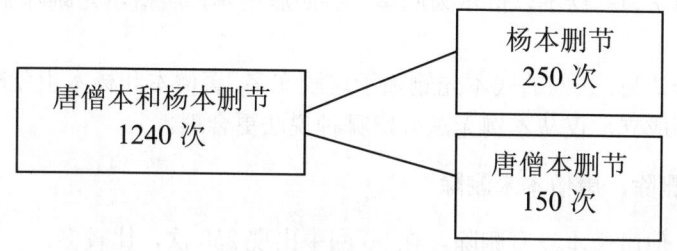

三类文字删除示意图

下面首先分析第一类，两种版本都删除。在 90 回中出现 1240 次之多。
例，第六回"观音赴会问原因　小圣施威降大圣"
此例中，孙悟空大闹天宫后，玉帝请来观世音，玉帝向观世音介绍孙悟空大闹天宫的经过：

> 菩萨引众同入里面，与玉帝礼毕，又与老君、王母相见，各坐下。便问："蟠桃盛会如何？"玉帝道："每年请会，喜喜欢欢，今年被妖猴作乱，<u>甚是虚邀也。</u>"<u>菩萨道："妖猴是何出处？"玉帝道："妖猴乃东胜神洲傲来国花果山石卵化生的。当时生出，即目运金光，射冲斗府。始不介意，继而成精，降龙伏虎，自削死籍。当有龙王、阎王启奏。朕欲擒拿，是长庚星启奏道：'三界之间，凡有九窍者，可以成仙。'朕即施教育贤，宣他上界，封为御马监弼马温官。那厮嫌恶官小，反了天宫。即差李天王与哪吒太子收降，又降诏抚安，宣至上界，就封他做个'齐天大圣'，只是有官无禄。他因没事干管理，东游西荡。朕又恐别生事端，着他代管蟠桃园。他又不遵法律，将老树大桃，尽行偷吃。及至设会，他乃无禄人员，不曾请他，他就设计赚哄赤脚大仙，却自变他相貌入会，将仙肴仙酒尽偷吃了，又偷老君仙丹，又偷御酒若干，去与本山众猴享乐。朕心为此烦恼，故调十万天兵，天罗地网收伏。</u>这一日不见回报，不知胜负如何。"

上述文字中有下画线的文字，两种版本刚好全部删除，一字不差。仔细分析，似乎是改编者觉得玉帝的介绍太烦琐，因此把中间段落大幅度删除了。类似例子极多，不再一一列举。

这种大块文字的删节有如下特点：

第一，这类大块文字的删除，在唐僧本和杨本全书中都非常多，据不完全统计，在90回中此类删节一共有1240处，平均每回有十几处。这样多的大块文字删节，必然有其原因。

第二，两种版本恰好都删除，几乎一字不差。理论上也可能纯属偶然。但这种可能性较小。

在上述两种说法，即杨本以世本为底本、参照唐僧本，和两本有共同底本中，都可能出现这种共同的删除。

第一种解释认为：杨本以世本为底本、参照唐僧本，唐僧本先删除了，杨本参照唐僧本也删除了。

第二种解释认为：共同的底本先删除了这段文字，唐僧本和杨本也就随之删除了。两种解释都成立，仅从本例无法分辨哪种说法更合理。

2）杨本删除，唐僧本未删除

杨本删除，但唐僧本没有删除。在90回中出现250次，比较多。

例1. 第十二回"玄奘秉诚建大回　观音显像化金蝉"

这段文字杨本删节如下：

> 有一件锦襕异宝袈裟、九环锡杖，还有那金紧禁三个箍儿，密密藏收，以俟后用，只将袈裟、锡杖出卖。长安城里，有那选不中的愚僧，倒有几贯村钞。见菩萨变化个疥癞形容，身穿破衲，赤脚光头，将袈裟捧定，艳艳生光，他上前问道："那癞和尚，你的袈裟要卖多少价钱？"菩萨道："袈裟价值五千两，锡杖价值二千两。"那愚僧笑道："这两个癞和尚是疯子！是傻子！这两件粗物，就卖得七千两银子？只是除非穿上身长生不老，就得成佛作祖，也值不得这许多！拿了去！卖不成！"那菩萨更不争吵，与木叉往前又走。行勾多时，来到东华门前，正撞着宰相萧瑀散朝而回，众头踏喝开街道。

文中是讲述观世音假扮僧侣，带袈裟和锡杖去长安，寻找取经僧人。中间下画线的一段，描写菩萨被愚僧嘲笑。杨本改编者可能认为此段描写有些多余，因此删去。但唐僧本却原样保留了。

例2. 第十四回"心猿归正　六贼无踪"

这段文字杨本和闽本删节如下：

> 悟空厉声高呼道："你这个老儿全没眼色！唐人是我师父，我是他徒弟！我也不是甚'糖人''蜜人'，我是齐天大圣。你们这里人家，也有认得我的，我也曾见你来。"那老者道："你在那里见我？"悟空道："你小时不曾在我面前扒柴？不曾在我脸上挑菜？"老者道："这厮胡说！你在那里住？我在那里住？我来你面前扒柴挑菜！"悟空道："我儿子便胡说！你是认不得我了，我本是这两界山石匣中的大圣。你再认认看。"老者方才省悟道："你倒有些象他，但你是怎么得出

来的？"悟空将菩萨劝善、令我等待唐僧揭贴脱身之事，对那老者细说了一遍。老者却才下拜。

文中讲述唐僧和孙悟空取经路过两界山，孙悟空与山中老人对话。杨本的改编者可能也是认为这段对话多余，因此删除了。

例3. 第十九回"云栈洞悟空收八戒　浮屠山玄奘受心经"
这段文字杨本删节如下：

　　高老闻言，不敢不与，随买一双新鞋，将一领褊衫，换下旧时衣物。<u>那八戒摇摇摆摆，对高老唱个喏道："上复丈母、大姨、二姨并姨夫、姑舅诸亲：我今日去做和尚了，不及面辞，休怪。丈人啊，你还好生看待我浑家，只怕我们取不成经时，好来还俗，照旧与你做女婿过活。"行者喝道："夯货，却莫胡说！"八戒道："哥呵，不是胡说，只恐一时间有些儿差池，却不是和尚误了做，老婆误了娶，两下里都耽搁了？"</u>三藏道："少题闲话，我们赶早儿去来。"遂此收拾了一担行李，八戒担着；背了白马，三藏骑着；行者肩担铁棒，前面引路。

此处讲述的是，唐僧收八戒为徒弟，八戒与老丈人告辞，其中杨本删除了八戒与丈人告辞的话语，但唐僧本没有删除。

以上是杨本删除的例子，90回中有250次，看似都是杨本的改编者认为这些描写多余，因此删除了。

在上述两种说法，即杨本以世本为底本、参照唐僧本，和两本有共同底本中，都可能出现这种杨本单独删除，而唐僧本未删除。

第一种解释认为：杨本以世本为底本、参照唐僧本，唐僧本虽没有删除，但杨本认为价值不大因此删除了。

第二种解释认为：共同的底本并未删除这段文字，因此唐僧本保留了，而杨本认为价值不大，因此删除了。

两种解释都成立，仅从本例无法分辨哪种说法更合理。

3）唐僧本删除，杨本未删除

唐僧本删节，但杨本不删除。在90回中出现150次，较少。

例1. 第十二回"玄奘秉诚建大会　观音显象化金蝉"
此例中，唐太宗见唐僧后，唐僧本和闽本删除了对唐僧的描写。

　　君臣个个欣然。诚为如来佛子，你看他：
　　　　<u>凛凛威颜多雅秀，佛衣可体如裁就。辉光艳艳满乾坤，结彩纷纷凝宇宙。
　　　　朗朗明珠上下排，层层金线穿前后。兜罗四面锦沿边，万样稀奇铺绮绣。
　　　　八宝妆花缚钮丝，金环束领攀绒扣。佛天大小列高低，星象尊卑分左右。
　　　　玄奘法师大有缘，现前此物堪承受。浑如极乐活阿罗，赛过西方真觉秀。
　　　　锡杖叮当斗九环，毗卢帽映多丰厚。诚为佛子不虚传，胜似菩提无诈谬。</u>
当时文武阶前喝采，太宗喜之不胜。

例 2. 第七回"八卦炉中逃大圣　五行山下定心猿"

此处，唐僧本删除了三处诗：

（孙悟空）即去耳中掣出如意棒，迎风幌一幌，碗来粗细，依然拿在手中，不分好歹，却又大乱天宫，打得那九曜星闭门闭户，四天王无影无形。好猴精！有诗为证。诗曰：

<u>混元体正合先天，万劫千番只自然。渺渺无为浑太乙，如如不动号初玄。</u>
<u>炉中久炼非铅汞，物外长生是本仙。变化无穷还变化，三皈五戒总休言。</u>

又诗：

<u>一点灵光彻太虚，那条拄杖亦如之：或长或短随人用，横竖横排任卷舒。</u>

又诗：

<u>猿猴道体配人心，心即猿猴意思深。大圣齐天非假论，官封弼马是知音。</u>
<u>马猿合作心和意，紧缚牢拴莫外寻。万相归真从一理，如来同契住双林。</u>

<u>这一番</u>，那猴王不分上下，使铁棒东打西敌，更无一神可挡。只打到通明殿里，灵霄殿外。幸有佑圣真君的佐使王灵官执殿。他见大圣纵横，掣金鞭近前挡住道："泼猴何往！有吾在此切莫猖狂！"这大圣不由分说，举棒就打。那灵官鞭起相迎。两个在灵霄殿前厮浑一处。好杀：

<u>赤胆忠良名誉大，欺天诳上声名坏。一低一好幸相持，豪杰英雄同赌赛。铁棒凶，金鞭快，正直无私怎忍耐？这个是太乙雷声应化尊，那个是齐天大圣猿猴怪。金鞭铁棒两家能，都是神宫仙器械。今日在灵霄宝殿弄威风，各展雄才真可爱。一个欺心要夺斗牛宫，一个竭力匡扶玄圣界。苦争不让显神通，鞭棒往来无胜败。</u>

这类文字差异在 90 回中有 150 处，删除的除诗以外，还有一些是与故事情节无关的描写性文字。

以上是唐僧本删除、而杨本未删除的例子，看似都是唐僧本的改编者认为这些描写多余，因此删除了。

在上述两种说法，即杨本以世本为底本、参照唐僧本，和两本有共同底本中，都可解释唐僧本删除，而杨本未删除现象。

第一种解释认为：杨本以世本为底本、参照唐僧本，唐僧本删除了，但杨本对照世本，觉得应予保留，因此没有删除。

第二种解释认为：两本的共同底本并未删除这段文字，杨本保留了，而唐僧本认为价值不大，因此删除了。

两种解释都成立，仅从本例是无法分辨哪种说法更合理。

4）两种解释比较

以上两种解释、三种删节，总结如下表。

唐僧本、杨本三种删节、两种解释比较表

解释	杨本以世本为底本、参照唐僧本	两本有共同底本
两本同时删除	唐僧本先删除了,杨本参照唐僧本也删除了	共同的底本先删除了这段文字,唐僧本和杨本也就随之删除了
杨本删除	唐僧本虽未删除,但杨本认为价值不大因此删除	共同的底本并未删除这段文字,因此唐僧本保留了,而杨本认为价值不大,因此删除了
唐僧本删除	唐僧本删除了,但杨本对照世本,觉得应予保留,因此没有删除	杨本保留了,但唐僧本认为价值不大,因此删除了

两种解释的编辑过程如下:

第一,杨本以世本为底本、参照唐僧本,其编辑过程如下:

- 看到唐僧本删除的文字,杨本如认为应该删除,就仿照唐僧本直接删除了——两本同时删除。
- 看到唐僧本删除的文字,杨本对照世本后,认为不应该删除,就再保留——只有唐僧本删除。
- 在世本中看到唐僧本未删除的文字,杨本认为价值不大,也会删除——只有杨本删除。

第二,唐僧本、杨本有共同底本:

- 共同底本删除的文字,唐僧本、杨本也同时删除了——两本同时删除。
- 共同底本中有些文字唐僧本删除了,而杨本保留了没有删除——只有唐僧本删除。
- 共同底本中有些文字唐僧本并未删除,而杨本认为价值不大因而删除了——只有杨本删除。

仔细分析两本的编辑:

第一,杨本以世本为底本、参照唐僧本说。

杨本要同时对照唐僧本和世本,再决定文字的取舍,有的删、有的不删,这样编辑起来比较复杂。在古代小说中,参考两种版本修订的情况是有的。《西游记》闽本肯定是以杨本为底本,但又肯定参照世德堂本做了修订。因此杨本以世德堂本为底本,同时参照唐僧本做修订也是可能的。唐僧本删除、而杨本未删除的150处,主要是诗和一些与故事无关的描写性文字,这可能是杨本特意要区别于唐僧本,因此不删除。但这样书商在编书时要同时仔细参考两个版本,非常麻烦。书商出书是谋利,为何要如此费力地修订这些意义不大的文字,很费解。

第二,共同底本说。

唐僧本和杨本只要针对共同底本一个版本,各自分别进行处理,决定是否删除,不需要参照多个版本,这样编辑相对比较简单。但需要增加一个共同底本,而此底本目前还未发现,但中国古代小说版本遗失未流传下来的很多,不能因为没有看到这种

版本就否定这种可能性。

5) 唐僧本初刻本是两本的共同底本

对于杨本和唐僧本的共同祖本,一种看法认为此本是世本的删节本。另一种看法认为可能是唐僧本的初刻本。

笔者注意到现存的唐僧本并非初刻本,而是"二刻本",见日本日光轮王寺保存的唐僧本封面。封面上还标明此版是"朱继源梓行",因此此本有可能是朱继源获得了唐僧本的版刻后,重新发行,因此题名《二刻官版唐三藏西游记》。

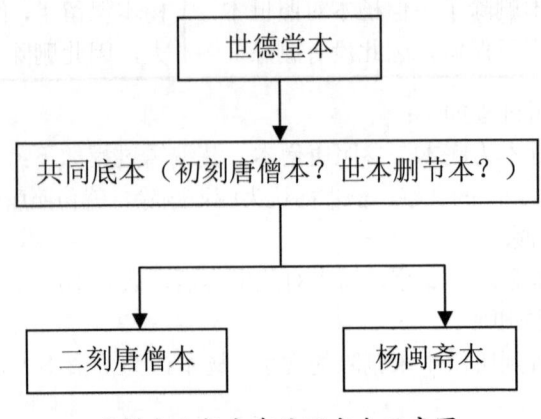

唐僧本和杨本有共同底本示意图

由于现在看到的唐僧本和世本有相同的陈元之序,因此唐僧本应该是世本的删节本。这样黄永年认为唐僧本和杨本有共同底本也是有可能的,这个共同底本可能就是唐僧本的初刻本,它也是二刻本唐僧本和杨本的共同底本。但如此,由于有杨本未删、而二刻唐僧本删除的文字,这样二刻本就要对初刻本的文字又做修订,这样是否合理?

还有一种可能是,唐僧本和杨本的共同底本是世本的一个删节本,这样就可解释杨本未删而二刻唐僧本删除的问题,这是二刻唐僧本做了删节。但此世本删节本目前还未发现。

总之,以上根据唐僧本、杨本的删节情况,主要分析了杨本的底本。杨本的底本有几种可能。第一种可能是杨本以世本为底本,参照了唐僧本。第二种可能是,它们有共同的底本,又各自分别对共同底本做了修订。而此共同底本又可能是唐僧本的初刻本,也可能是世本的一个删节本。

根据现有资料难以判断哪种可能性更大。

2. 闽斋堂本研究

（1）闽本、杨本插图比较——杨本是闽本主要底本

《西游记》删节本除唐僧本和杨本外，还有闽斋堂本（以下简称闽本），此本刊行于崇祯四年，刊行者名杨居谦，字懋卿，其父杨春元，即杨闽斋，子承父业，因此其书肆称为闽斋堂。

杨本的刊行者是闽本刊行者的父亲，因此杨本是闽本底本之一是肯定的。两本都是上图下文，而且从插图看，闽本插图肯定是仿照杨本翻刻的，因此闽本的主要底本肯定是杨本。

闽本的插图基本仿照杨本插图，但根据文本情况，又有调整。

第一回中，闽本调整了第9、10幅，都是由于文字做了增删，迫使插图做出了相应的调整。最后增加了第13幅，是由于闽本增加了杨本所删除的唐僧本的回末总评，因此就多出一页，所以闽本只好增加了一幅插图。

第二回：闽本增加第3幅。删除杨本第5幅，改画第8、10、11幅，增加第13幅。

第三回：闽本改画第7幅。

第四回：闽本增加第7幅。删除杨本第10幅。

第五回：闽本第一幅改画，增加第7幅，改画第9、10幅。

从插图和文字关系分析，闽本从杨本改编而来，首先改编文字，然后再根据文字调整插图。看来所有上图下文的编辑都是如此。

上图下文的插图和文字之间的关系是研究版本演化的重要依据，很多版本重刻时都会仿照其底本的插图。因此从插图可以看出其版本之间演化关系。

日本矶部彰先生和中国吴圣昔先生都研究过闽本，对杨本是闽本底本无争议，但和其他版本关系，则结论不同。

矶部彰先生将闽斋堂本与李评本和杨本中部分章节校勘后，认为闽本的祖本是这两本[1]。闽本和李评本很多文字相同，而崇祯年间市面流行的不是世本，而是李评本。李评本的文字基本和世本相同，因此矶部彰认为，闽本的底本之一是李评本。

吴圣昔对此提出异议[2]，后又发表长篇论文《论闽斋堂本〈西游记〉的底本》[3]，他经过仔细校勘后其结论为：闽本的底本有四种，即杨本、唐僧本、世本和李评本。

对此，笔者用计算机对5个版本（闽本、杨本、唐僧本、世本、李评本）做了逐

---

[1] 矶部彰：《关于闽斋堂刊〈西游记〉的版本》，中国社会科学院文学研究所中国古代小说研究中心《中国古代小说研究》第二辑，人民文学出版社2006年10月第1版，第93—103页。
[2] 吴圣昔（吴圣燮）：《关于闽斋堂本〈西游记〉的底本及其特征——与(日)矶部彰先生商榷》，载《南京师范大学文学院学报》，2008年第2期，第6—10页。
[3] 吴圣昔（吴圣燮）：《论闽斋堂本〈西游记〉的底本》，载《西游记文化论丛》（第一辑），2009年11月第1版，第105—113页。

字比较，总结出其文字差异有以下5种：
- 闽本和杨本、唐僧本有相同删节，　　1135次
- 杨本和闽本有相同删节，唐僧本不删，　215次
- 唐僧本和杨本删除，闽本不删，　　　　18次
- 唐僧本和闽本有相同删节，杨本不删，　105次
- 只有闽本删节　　　　　　　　　　　　99次。

用示意图表示更清楚。

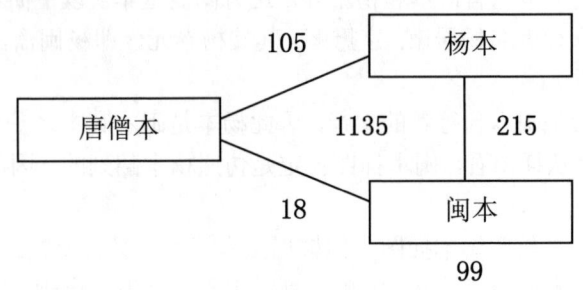

5种文字删除示意图

下面逐一分析介绍。

（2）闽本删节一：闽本等三版本都删除，其他本都不删——杨本是闽本底本

闽本和杨本、唐僧本三种版本都删除，世本、李评本不删。在90回中出现1135次，最多。

例，第六回"观音赴会问原因　小圣施威降大圣"

此例中，孙悟空大闹天宫后，玉帝请来观世音，玉帝向观世音介绍孙悟空大闹天宫的经过：

> 菩萨引众同入里面，与玉帝礼毕，又与老君、王母相见，各坐下。便问："蟠桃盛会如何？"玉帝道："每年请会，喜喜欢欢，今年被妖猴作乱，甚是虚邀也。"菩萨道："妖猴是何出处？"玉帝道："妖猴乃东胜神洲傲来国花果山石卵化生的。当时生出，即目运金光，射冲斗府。始不介意，继而成精，降龙伏虎，自削死籍。当有龙王、阎王启奏。朕欲擒拿，是长庚星启奏道：'三界之间，凡有九窍者，可以成仙。'朕即施教育贤，宣他上界，封为御马监弼马温官。那厮嫌恶官小，反了天宫。即差李天王与哪咤太子收降，又降诏抚安，宣至上界，就封他做个'齐天大圣'，只是有官无禄。他因没事干管理，东游西荡。朕又恐别生事端，着他代管蟠桃园。他又不遵法律，将老树大桃，尽行偷吃。及至设会，他乃无禄人员，不曾请他，他就设计赚哄赤脚大仙，却自变他相貌入会，将仙肴仙酒尽偷吃了，又偷老君仙丹，又偷御酒若干，去与本山众猴享乐。朕心为此烦恼，故调十万天兵，天罗地网收伏。这一日不见回报，不知胜负如何？"

上述文字中有下画线的文字，三种版本刚好全部删除，一字不差，而世本、李评本不删。前面有分析，似乎是改编者觉得玉帝的介绍太烦琐，因此把中间段落大幅度删除了。类似例子极多，不再一一列举。

闽本刊行者名杨居谦，其父即杨本刊行者杨闽斋，子承父业，因此其书肆称为闽斋堂。因此杨本肯定是闽本的底本之一。杨本删除后，闽本也随杨本删除了，这很自然。

（3）闽本删节二：杨本、闽本删节，唐僧本等都不删除——杨本是闽本底本

杨本和闽本都有删节，但唐僧本没有删节。在90回中出现215次，较多。

例，第二十二回"八戒大战流沙河　木叉奉法收悟净"。

唐僧本这段文字中杨本和闽本删节如下：

> 　　唐僧道："可曾捉得妖怪？"行者道："那妖怪不奈战败回，小人水去也。"三藏道："徒弟这怪久住于此，他知道浅深，似这般无边的弱水，又没了舟楫，须是得何知水性的引领引领，才好哩。"行者道："正是这等说，常言道：近朱者赤，近墨者黑。那怪在此断知□□，我们如今拿住他，且不要打杀，只教他送师父过河，再做理会。"八戒道："哥哥不必迟疑，让你先去拿他，等老猪看守师父。"行者笑道："贤弟哑这椿儿我不敢说嘴。"……

文中讲述唐僧和孙悟空取经路过流沙河，唐僧和孙悟空、猪八戒对话。杨本和闽本的改编者可能是认为这段对话有些多余，因此删除了其中一些对话。

以上是杨本和闽本都删除的例子。看似都是杨本和闽本的改编者认为这些描写多余，因此删除了。

此例解释和前例相同，闽本底本之一是杨本，杨本删除后，闽本自然也随之删除，这很自然。

（4）闽本删节三：唐僧本、闽本删节，杨本不删除——唐僧本是闽本底本

唐僧本和闽本删节，但杨本不删除。在90回中出现18次，较少。

例，第十二回"玄奘秉诚建大会　观音显象化金蝉"。

此例中，唐僧出行前到佛寺祈祷，唐僧本和闽本删除了对佛寺的描写，杨本保留。

> 诗曰
> 　　万象澄明才点埃，大兴玄奘坐高台。超生死魂暗中到，听法高流市上来。
> 　　施物应机心路远，出生随意藏门开。对看讲出无量法，老幼人人放喜怀。
> 又诗曰
> 　　因游法界讲中堂，逢见相知不俗同。说尽目前千万事，又谈尘劫许多功。
> 　　法云容曳舒群岳，设网张罗满太空。检点人生归善事，纷纷天雨落花红。

闽本底本之一是杨本，但杨本没有删除，唐僧本删除，闽本也删除，这种情况比较难解释。一种可能闽本以杨本为主要底本，但也同时参考了唐僧本。当然，因为这

种例子不多，90回中只有18处，都是诗词，因此闽本和唐僧本都认为这些文字较烦琐，因此同时删除，是偶然巧合也有可能。

（5）闽本删节四：唐僧本、杨本删节，闽本、世本、李评本等本都不删除——世本、李评本可能是闽本底本

唐僧本和杨本同时删节，但闽本和世本、李评本相同，都不删节。在90回中出现105次，也较多。

以第六回"观音赴会问原因　小圣施威降大圣"中的一段文字为例：

此例中，孙悟空和二郎神比变化，唐僧本和杨本删除了对孙悟空变化的鱼的描写。

> 等待片时，那大圣变鱼儿，顺水正游，忽见一只飞禽，<u>似青鹞，毛片不青；似鹭鸶，顶上无缨；似老鹳，腿又不红："想是二郎变化了等我哩！……"</u>急转头，打个花就走。二郎看见道："<u>打花的鱼儿，似鲤鱼，尾巴不红；似鳜鱼，花鳞不见；似黑鱼，头上无星；似鲂鱼，腮上无针。他怎么见了我就回去了？必然是那猴变的。</u>"赶上来，刷的啄一嘴。那大圣就窜出水中，一变，变作一条水蛇，游近岸，钻入草中。

杨本和唐僧本都删除，但闽本和世本、李评本一样却没有删除，这说明闽本可能曾参考世本、李评本，世本、李评本可能是闽本的底本之一。

（6）闽本删除五：只有闽本删除，杨本、唐僧本等本都不删除——闽本自己修订

只有闽本有删节，而唐僧本和杨本都没有删节。在90回中出现99次，较多。

例，第十七回"孙行者大闹黑风山　观世音收伏熊罴怪"

以下这段文字闽本删节如下：

> 随结束了，绰一杆黑缨枪，走出门来。<u>这行者闪在门外，执着铁棒，睁睛观看，只见那怪果生得凶险：碗子铁盔火漆光，乌金铠甲亮辉煌，皂罗袍罩凤兜袖，黑绿丝绦翦穗长。手执黑缨枪一杆，足踏乌皮靴一双。眼幌金睛如掣电，正是山中黑风王。行者暗笑道："这厮真个如烧窑的一般，筑煤的无二！想必是在此处刷炭为生，怎么这等一身乌黑？"那怪厉声高叫道："你是个甚么和尚，敢在我这里大胆？"</u>

闽本删除了对黑风怪的描写，而唐僧本和杨本都完整地保留了。

这是闽本单独删除的例子，这很好理解，是闽本修订时所特定的删除。

根据以上5种删除情况：

- 闽本和杨本、唐僧本有相同删节，1135次，最多——杨本是闽本主要底本。
- 杨本和闽本有相同删节，唐僧本不删，215次——杨本是闽本底本。
- 唐僧本和闽本有相同删节，杨本不删，18次——次数不多，闽本参考唐僧本删节，也可能两本同时删除是巧合。

- 唐僧本和杨本删除，闽本、世本、李评本不删，105次——世本、李评本可能是闽本底本。
- 只有闽本删节，99次——闽本自己修订。

以上各例说明，闽本可能是以杨本、世本和李评本为底本。

（7）闽本和世本

上述分析闽本的底本包括：杨本、唐僧本和世本。世本和唐僧本刊刻于万历二十年，杨本刊刻于万历三十一年。但闽本刊刻较晚，即崇祯四年。在此时期，《西游记》版本除杨本外，占据主流的版本是李卓吾评本（简称李评本）。因此，闽本的底本是世本，还是李评本，需要仔细研究。

以上对《西游记》版本的分析，主要是根据《西游记》版本文字差异的主要特点——文字删节。由于世本和李评本文字差异很小，要根据文字删节无法判别闽本的底本是世本，还是李评本。只有根据文字的细微差异来分析。为此，必须找到世本和李评本的文字差异，再检查闽本和哪个版本文字一样，从而判别闽本的底本是世本，还是李评本。

为此，吴圣昔举出一个他认为世本也是闽本底本"一锤定音"的铁证。

第三十八回乌鸡国太子和孙行者对话中有一句话，其中有个词在世本和李评本中是完全不同的。在世本中是"麦里"，在李评本中是"囹圄"，杨本是"更哩"，唐僧本是"更里"。闽本和世本一样是"麦里"。如不是闽本仔细和世本核对文字，闽本不可能与世本文字完全一样。

例1. 第三十八回"婴儿问母知邪正　金木添玄见假真"

闽：若问我个不才之罪监陷麦里	你明日进城却将何倚
世：若问我个不才之罪监陷麦里	你明日进城却将何倚
李：若问我个不才之罪监陷　　囹圄	你明日进城却将何倚
杨：若问我个不才之罪监陷　　更哩	你明日进城却将何倚
唐：若问我个不才之罪监陷　　更　里	你明日进城却将何倚

除此之外，笔者还找到一些同样例证，证明闽本的文字只和世本相同，而和李评本不同。

第二回中描述孙悟空和混世魔王大战，混世魔王本来应使"刀"，但其中一段在世本、杨本和闽本中却变成了"斧"。仔细分析，世本是错误的，杨本和闽本未发觉，沿袭了此错误。而唐僧本和李评本发现了这个错误，做了纠正。如闽本仔细核对李评本，会发现这个明显错误，从而修改。从此似乎证明闽本文字不可能来自李评本。

例2. 第二回"悟彻菩提真妙理　断魔归本合元神"

闽：他闪过拿起那板大的钢斧	望悟空劈头就砍
世：他闪过拿起那板大的钢斧	望悟空劈头就砍
李：他闪过拿起那板大的钢　刀	望悟空劈头就砍
杨：他闪过拿起那板大的钢斧	望悟空劈头就砍

> 唐：他闪过拿起那板大的钢　刀望悟空劈头就砍

这些例子证明闽本部分文字似乎不是根据李评本，而是根据世本。

（8）闽本和李评本

矶部彰认为，闽本刊行的崇祯年间，市场流行的不是世本，而是李评本。因此，闽本和世本相同的地方，实际不是来自世本，而是来自李评本。

吴圣昔也发现了李评本是闽本底本之一的一个证据。

第九十九回有关"八十难"的记述，闽本只和李评本一致，而和世本、杨本、唐僧本都不同。闽本、李评本和其他本（包括世本、杨本、唐僧本）很多难的次序颠倒。

如第九、十难，按照顺序，应该是先"被火烧"，后"失却袈裟"。但世本、杨本、唐僧本却颠倒了顺序，记为先"失却袈裟"，后"被火烧"。

李评本发现此错误，做了修改。闽本也和李评本一样，而和世本、杨本和唐僧本都不同。这成为闽本底本之一是李评本的一个铁证。

但要注意，闽本和李评本有相同文字，全书似乎只限于此一处。而闽本和杨本、唐僧本、世本等其他版本相同的删节等，都不止一处，且分布于各回中。

因此，可能闽本主要是以世本等版本为底本，只有在八十难中，闽本整理者发现世本等版本的错误，因此就以李评本为底本纠正其他版本的错误，全书估计仅此一次而已。

有人以此例及李卓吾本评语等，认为闽本主要参考了李评本。但从前面统计的文字差异看，并非如此。闽本和其他版本文字有相同删节，数量和比例如下：

- 杨本、唐僧本有相同删节：1135次，100%
- 杨本和闽本有相同删节，唐僧本不删，215次，18.94%
- 唐僧本和杨本删除，闽本不删，105次，9.3%
- 唐僧本和闽本有相同删节，杨本不删，18次，1.6%
- 李评本：1次，0.1%。

根据以上统计，除杨本外，和闽本最接近的当然是杨本，其次是唐僧本。当然不能只从数量看，但数量也是重要指标。

根据闽本和杨本上图下文形式，及对文字的分析可以看出，其编辑原则是：

- 对于杨本、唐僧本的删节，闽本有两种处理方法：

第一，闽本和杨本、唐僧本一样删除；

第二，闽本不删除，和世本一样。

- 对于杨本、唐僧本没有删节的文字，闽本有可能删节。
- 闽本在编辑中曾和世本仔细核对，有些文字和世本相同，而和唐僧本、杨本不同。
- 八十难部分，闽本和李评本相同，而和世本、杨本、唐僧本都不同。

根据以上分析，闽本是以杨本为主要底本，再参考唐僧本、世本和李评本修订而成，但如此闽本的编辑是非常复杂的，似乎可能性不大。

（9）闽本和"共同底本"

如前所述，黄永年先生曾提出：唐僧本和杨本有共同底本。但当时日本尚未公布闽本，他也无法研究闽本。

下面根据黄先生的唐僧本和杨本有"共同底本"的设想，来分析闽本的五种删除情况。

- 闽本和杨本、唐僧本有相同删节，1135次——共同底本删除。
- 杨本和闽本有相同删节，唐僧本不删，215次——共同底本其实没有删，因此闽本不删，而是杨本和闽本有删节。
- 唐僧本和闽本有相同删节，杨本不删，18次——闽本参考唐僧本删节，也可能两本同时删除是巧合。
- 唐僧本和杨本删除，闽本不删，105次——共同底本有删节，闽本参考世本不删。
- 只有闽本删节，99次——闽本自己修订。

因此，用共同底本的方法，理论上也可以解释上述五种删节情况，其中前三种情况解释还算合理，而对后两种情况的解释，闽本编写要再参考唐僧本、世本和李评本，这样编写还是非常复杂，只是理论上可能如此。

（10）明代删节本小结

对于三种删节本（唐僧本、杨本和闽本）的底本和演化，有两种解释。

1）唐僧本和杨本的底本

唐僧本和杨本的底本目前有两种解释。

第一种解释认为，唐僧本是以世本为底本，杨本是以世本、唐僧本两种版本为底本。

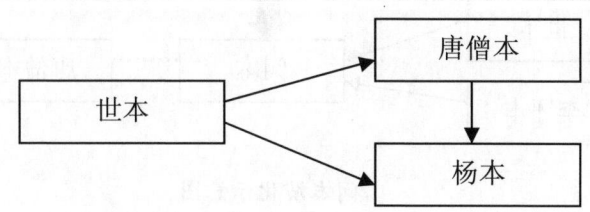

唐僧、杨本演化示意图（一）

第二种解释认为，唐僧本和杨本有共同底本，唐僧本、杨本是在此共同底本基础上，再分别修订而成。

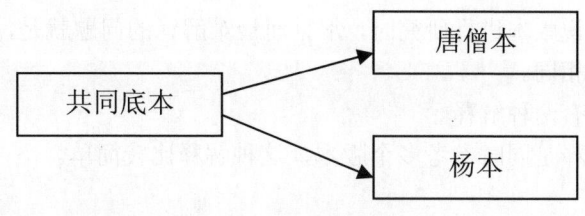

唐僧、杨本演化示意图（二）

本人利用数字化对世本、唐僧本、杨本做了详细的比对,得出的结论是:唐僧本和杨本中,完全相同删除的情况非常多,有 1240 处之多。只有共同底本的兄弟关系解释较为合理。因此两本有共同的底本的可能性更大。也就是说,唐僧本和杨本是兄弟关系。而各本的改编者又在这个共同底本的基础上,分别各自做了删除。这样可以较圆满解释为何两个版本有如此之多的、完全相同的删除,以及其他情况。这个共同的底本可能是对世本做了一些删节的版本,因此造成两本有共同的文字删节。

2) 闽本的底本

对于闽本的底本,目前一般认为:闽本是以杨本为主要底本,并又分别参考了唐僧本和世本及李评本编辑而成。

但这个解释还不十分圆满。闽本的编写者是杨本编写者的儿子,他并不简单以其父的杨本为基础编写,还要参考唐僧本、世本及李评本,做极为复杂的修订,而这些修订其实对全书并没有显着的提高,实在意义不大。

《西游记》明代删节本中,唐僧本和杨本的底本用共同底本解释基本合理,闽本底本问题我的看法是:

- 杨本:闽本的主要底本肯定是杨本,这毫无疑问。
- 世本、李评本:闽本中有很多文字只和世本、李评本相同,这可能是闽本又参考了世本、李评本。
- 唐僧本:闽本有少量诗词的删节和唐僧本相同(18 处),这不太可能是闽本又参考了唐僧本,这样编写太过于复杂,没有必要。所以它们的删节可能只是巧合而已,两本觉得这些诗词价值不大,因此不约而同都做了删节。

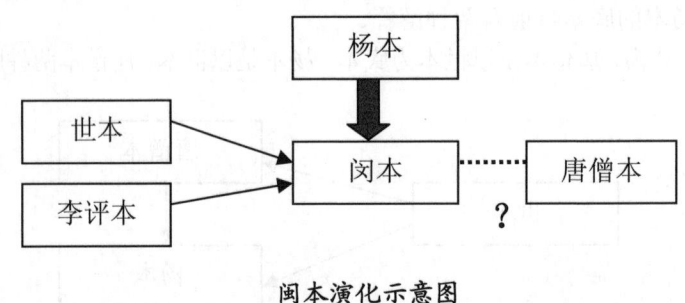

闽本演化示意图

《西游记》版本中大部分问题都很清楚,唯有唐僧本、杨本、闽本的底本问题,是《西游记》版本中目前最有争议的问题,还有待进一步深入研究。

3) 多本修订和共同祖本

对古代小说版本进行研究时,常见而最难解释的问题就是,一个版本同时和多个版本文字修订相同。

对此一般有两种解释。

第一种解释是同时参考多个版本,这种解释比较简单。

第二种解释是有个"共同祖本"。虽然这种共同祖本现在往往并不存在，但要注意，目前保存下来的古代小说只是古代曾流传过的很小一部分，因此不能排除历史上确实存在过这样一个共同祖本。

两种解释都有问题。

第一种解释，编写一个版本要参考多个版本，是十分费力的事情，书商刻书是牟利，如此费力校勘一个版本可能性不大。

第二种解释，比第一种解释简单，书商只要根据一个共同底本做修订，包括删节、增补和修改，对于书商来说很简单，也合理。但这种"共同祖本"也有问题。其一，共同祖本说法有时也会出现矛盾现象；其二，这种理论上的共同祖本往往现在已不存在，历史上是否存在过这样一个共同底本也是问题。

总之，古代小说版本演化理论上的两种方法都可以解释不同版本的复杂的文本现象，由于历史上遗失版本太多，哪种可能性更大有时难以判别。只根据现有版本分析版本演化是很困难的，各种可能都要考虑到。

六、《红楼梦》版本研究

（一）《红楼梦》版本研究专著前言、后记

1. 《一百二十回本〈红楼梦〉版本研究和数字化论文集》[①]前言、跋

前言

——中国古代小说版本数字化之路

中国古代小说版本数字化是从《三国演义》版本数字化开始的，1999年我参加了在太原清徐召开的第十二届《三国演义》学术研讨会。在会议上我第一次提出了古代小说版本数字化的设想，得到了与会学者的大力支持。此后我参加了从1999年第

[①] 曹立波、周文业主编：《一百二十回本〈红楼梦〉版本研究和数字化论文集》，首都师范大学出版社2011年3月第1版。

十二届到 2004 年四川绵阳第十七届《三国演义》研讨会的历届研讨会，几乎每次会议都在大会上介绍《三国演义》数字化研究的进展。

2001 年由我发起举办第一届"中国古代小说文献暨数字化国际研讨会"，到 2008 年已经举办了 7 届。2001、2003、2005、2007 年在我校先后召开了 4 届（第一、二、四、六届），2004 年由韩国中国小说学会组织在汉城召开第三届，2006 年在日本大东文化大学召开了第五届，2008 年在澳门举办第七届。7 届研讨会中，在国内举办了 4 届，在大陆以外举办了 3 次（韩国、日本、澳门特区），刚好是在中国大陆一届。在大陆以外一届，2009 年 8 月将在北京举办第八届研讨会。专题学术研讨会能够坚持十年、连续举办 7 届是很难得的。这几次专题研讨会大大促进了中国古代小说数字化的发展。

中国古代小说版本数字化在《三国演义》版本数字化取得突破，获得各方面认可后，我也开始考虑将版本数字化扩展到《红楼梦》《水浒传》《西游记》《金瓶梅》等其他名著。特别是《红楼梦》的版本数字化，因为相对于其他四部名著，《红楼梦》版本研究无论在哪方面，其影响都更大。我曾应邀参加在郑州召开的《红楼梦》研讨会，在会上介绍《红楼梦》版本数字化，但没有像《三国演义》版本数字化那样引起很大反响。我觉得这是因为，相比于《三国演义》版本研究，《红楼梦》版本的人工研究更为深入，因此数字化对于《红楼梦》版本研究，没有像《三国演义》版本研究那样有很大的提升空间。

虽然如此，近年来仍有一些学者在《红楼梦》版本研究中使用了《红楼梦》版本比对软件，对我的工作给予了积极的评价。众所周知，《红楼梦》版本主要分为八十回脂本和一百二十回的程本。在脂本方面，由于人工研究已经十分透彻，数字化没有太大作用。但在一百二十回程本研究方面，由于以前研究不如脂本深入，因此数字化就有了发展空间。在这方面使用数字化成果进行研究比较有成绩的有老一辈的刘世德先生，中年学者曹立波，和青年学者夏薇等。

在《红楼梦》版本数字化方面最积极的是中央民族大学曹立波教授，2001 年我举办第一届古代小说版本数字化国际研讨会时，她还是北师大张俊先生的博士生，当时她就参加了研讨会。2006 年在日本举办的第五届研讨会上，她介绍了如何在她的教学中利用版本数字化，给我留下深刻印象。近年来在推动《红楼梦》版本数字化研究方面，曹老师又做出了很大贡献。7 年过去了，她从当年的博士生，已经成长为中央民族大学教授。

2008 年在刘世德先生倡议下，经我和曹立波老师共同筹划，由我校和中央民族大学联合在我校召开了"一百二十回本《红楼梦》版本研讨会"。我和曹老师进行了分工，我负责会议的组织，曹老师负责联系学者、组织论文。会议上我全面介绍了《红楼梦》版本数字化研究进展，与会的许多学者在《红楼梦》版本研究中使用了我开发的《红楼梦》版本比对软件。看到我的工作促进了《红楼梦》版本研究，我非常欣慰。

会后我和曹老师又共同组织了论文集的出版，我主要负责论文集的整体策划，曹老师仍然负责论文的具体组织、审查和修改。一百二十回本《红楼梦》的版本研究还不足，还有很大研究空间，许多问题还需要深入。希望这本论文集对于一百二十回本《红楼梦》的版本研究有一定的促进作用，希望数字化能对这些研究有一定的帮助。

在古代小说版本数字化研究方面，《三国演义》版本数字化研究起步最早，成绩也最大，但成果多是由日本学者完成。其次就是《红楼梦》版本数字化研究，主要集中在一百二十回本《红楼梦》的版本研究。至于《水浒传》《西游记》《金瓶梅》版本数字化研究方面，至今还没有取得明显的成绩。

本书是古代小说版本数字化研究的第一部论文集，论文集采取了一本论文集加一张光盘的形式。

要开展古代小说的版本研究，需要两方面的资料，一是需要古代小说的各种版本资料，但《红楼梦》版本（包括脂本和一百二十回本）有几十种，要收集齐比较困难。而数字化可以很方便提供各种版本资料。二是需要了解前人的研究成果，如不了解前人的研究成果，就有可能进行重复研究。

为总结和促进一百二十回本《红楼梦》版本研究和数字化成果的利用，我们采取了版本研究论文和版本光盘二者结合的方式。版本研究论文集可以使读者了解一百二十回本《红楼梦》版本研究的情况，而版本数字化光盘提供了《红楼梦》主要版本的图像、文本和版本比对软件。一本论文集加一张光盘，即可以使读者了解一百二十回本《红楼梦》版本研究的历史、现状，还可以充分利用版本数字化的成果，这是一种非常好的组合方式。

由于一百二十回本《红楼梦》版本研究的论文非常多，一本论文集很难全部收入，因此本书是以一百二十回本《红楼梦》版本研究研讨会的论文为主，适当增加了一些未在会议上发表的论文。书后附录了一百二十回本《红楼梦》版本研究论文目录，以供学者参考。

《红楼梦》版本一般分为脂本和程高本两类；更为严格划分，应分为八十回的"脂评本"、一百二十回的混合本和一百二十回程高本三个系统。

八十回"脂评本"多题名《石头记》，带有"脂砚斋"等评语，现存十种：甲戌本（16回，1754年）、己卯本（41回+2半回，1759年）、庚辰本（78回，1760年）、甲辰本（八十回，1784年）、列藏本（78回）、戚序本（八十回）、舒序本（40回）、郑藏本（2回）、卞藏本（10回，2006年新发现）、北师大本。除戚序本为影印本外，其他都为手抄本，

一百二十回的混合本前八十回采用脂本，后四十回属于一百二十回的程高本，包括蒙府本（一百二十回）、梦稿本（一百二十回）两种。均为手抄本。

一百二十回程高本都是排印本，主要有两种，其一是程甲本，1791年由程伟元和高鹗采用活字排印出版；其二是程乙本，是程甲本出版第二年（1792年）由程、高两人对程甲本修订后出版。程本之后出现了大量的一百二十回本，包括东观阁本等。

以上15种版本都出版了影印本，多数版本都有排印本。

《红楼梦》版本数字化目前已经完成简体字排印修订版11种，即甲戌本、庚辰本、己卯本、列藏本、戚序本、梦稿本、蒙府本、甲辰本、舒序本、程甲本和程乙本。繁体字原貌版15种都已完成。全部15种版本需要两张光盘存纳。

由于本书是一百二十回本《红楼梦》版本研究论文集，作为附录的光盘一般也只有一张，不可能收入全部15种版本，因此光盘是以一百二十回本为主，选收其他版本。

中国古代小说版本数字化至今已经过去整整10年了。从10年前的一个设想，到今日已经初具规模，由《三国演义》扩展到《水浒传》《西游记》《金瓶梅》《红楼梦》五大名著，由简体字修订版发展到繁体字原貌版，古代小说版本数字化在不断前进。但数字化并没有走到终点，数字化是没有止境的，今后的路还很长，古代小说数字化还有很大发展空间，还有许多领域和课题可以利用数字化。今后数字化从五大名著扩展到其他各领域的小说，将数字化从版本研究扩展到其他研究领域，使得数字化更好地为古代小说研究服务。

2009年6月20日

跋

本书是我1999年开始古代小说版本数字化研究以来的第一部有关古代小说版本数字化的论文集，回顾古代小说版本数字化十年来的发展历程，我非常感谢诸多专家对古代小说数字化的大力支持和无私帮助，没有诸多专家的支持和帮助，古代小说版本数字化绝对不可能取得今日的成功。

中国三国演义学会常务副会长兼秘书长沈伯俊先生是国内最早支持古代小说数字化的学者。沈先生为人热情、坦诚，在各种场合大力宣传古代小说数字化。没有沈先生多年持之以恒的大力支持，古代小说数字化不可能取得今日的成绩。古代小说数字化国际研讨会自2001年到2008年召开了七届，沈伯俊先生应邀担任了历届研讨会的主持人，每次研讨会都当场对报告人的报告进行评议，并做详细记录，几乎每次研讨会后都撰写了会议综述，为研讨会保留了可贵的资料。

首都师范大学段启明老师多年来对于我的数字化一直给予了极大的支持和帮助，由于我们在一个学校，住得很近，我是学习计算机出身，对于古代小说并不熟悉，遇到问题经常首先向段先生请教，十年来段先生在各个方面都给予了我极大的帮助。

刘世德先生是中国三国演义学会会长、红楼梦学会顾问，对《红楼梦》《水浒传》《三国演义》等古代小说版本都有深入研究，是老一辈学者在研究中使用计算机最突出的学者。对于刘先生在这样大年纪还坚持学习使用计算机并进行研究，我非常钦佩。刘先生多年来在古代小说数字化方面一直给予我很大支持，我有问题请教，他总是认真给予答复。

北京大学周强先生是《三国演义》版本研究专家，周先生有关《三国演义》版本研究的专著，对于我开展《三国演义》版本数字化研究起了很大促进作用。当年我开始考虑古代小说版本数字化时，冒昧地给我所知道的一些古代小说版本研究专家去信征求意见。周先生第一个亲自打电话对我表示支持。《三国演义》版本数字化首先需要大量《三国演义》版本资料，只要周先生有的资料，他都非常爽快地借我使用。

陈翔华先生是古代小说版本研究的专家，对《三国演义》版本更有深入研究，他主编的《〈三国志演义〉古版丛刊》为《三国演义》版本研究提供了宝贵的资料，《三国演义》版本数字化也是从陈先生这套丛刊起步的。陈先生多年来对古代小说数字化也是给予了大力的支持。

欧阳健先生是著名古代小说版本研究专家，我1999年赴太原参加《三国演义》研讨会，当时第一次参加这类学术会议，一个人也不认识，在赴清徐的车上，欧阳健先生得知我想从事《三国演义》版本数字化，当即表示了大力支持，大大增强了我的信心。后来欧阳先生多次著文，高度评价了《三国演义》版本数字化。①

王汝梅先生是著名《金瓶梅》研究专家，2005年哈尔滨中国古代小说研究会上才结识，他对数字化非常支持，并提供了所有《金瓶梅》的版本资料，使得《金瓶梅》版本数字化得以顺利进行。2007年我参加香港中文大学举办的中国古代小说研讨会，在会上介绍数字化，王先生担任讲评人，对数字化给予了很高的评价。

李金泉先生在上海黄浦区国家税务局工作，和我是多年好朋友，他和我一样，都是古代小说的业余研究者，属于"外行"。但李金泉先生收集古代小说版本之多，研究之深入，水平之高，恐怕就是内行的专业学者也很难相比，欧阳健先生对李金泉先生评价很高。②他在版本资料方面给予我很大帮助，我有关《三国演义》版本研究的许多思路都受到他的启发，这恐怕是由于他非科班出身，因此思路开阔。

国学时代公司尹小林先生在古籍数字化方面做出了很大成绩，其主办的《国学网》和《国学宝典》在国内外都有很高的知名度。我和他是在1998年由于考证德国著名作曲家马勒以唐诗谱曲的合唱《大地之歌》中李白的诗歌而相识。多年来在古代小说版本数字化方面，他对我的帮助极大。

金文京先生是日本京都大学人文科学研究所前任所长，是日本研究中国古代小说和戏曲方面的著名学者，多年来对古代小说版本数字化给予了很大支持。自2003年参加第二届古代小说数字化国际研讨会以来，我们交往多年，我多次应他邀请访问京都。对于金先生的学识和为人，我是非常钦佩。金先生曾就《三国演义》研究和沈伯俊先生进行对话，其中对于古代小说数字化给予了很高评价，也提出一些宝贵意见，对数字化很有帮助。③

日本大东文化大学中川谕先生是海外最早支持古代小说数字化的学者，他参加了除韩国以外的历次数字化国际研讨会，在日本大力推广古代小说数字化，多次邀请我赴日，在各种研讨会上向日本学者介绍古代小说数字化。中川先生提供了很多藏在日本的中国古代小说版本资料，对发展古代小说数字化做出了很大贡献。

日本金泽大学上田望先生是我最早接触的日本学者，他对古代小说数字化也给予了极大的支持和帮助。我2007年出席日本中国古代小说研究会年会，受到上田望先

---

① 欧阳健：《数字化与〈三国演义〉版本研究论》，载《东南大学学报（哲学社会科学版）》2005年第3期。
② 欧阳健：《数字化与〈三国演义〉版本研究论》，载《东南大学学报（哲学社会科学版）》2005年第3期。
③ 沈伯俊、金文京：《中国和日本〈三国演义〉研究的回顾与展望》，载《文艺研究》2006年第4期。

生热情接待，并应上田先生邀请到金泽大学做报告，介绍古代小说数字化。

多年来在古代小说版本数字化方面，还得到许多学者的大力支持和帮助，包括齐裕焜、刘勇强、侯会、杜贵臣、陈文新、涂秀虹、刘海燕、夏薇等。没有这些学者的大力支持，古代小说版本数字化不可能取得今日的成绩。

古代小说数字化软件开发工作是由我以前的硕士研究生李东海完成的，多年来程序不断修改，不断完善，凡我提出的需求，李东海都非常认真研究，仔细地进行开发。没有李东海这样的可靠、得力的支持，古代小说版本数字化只能停留在设想，是不可能达到今日的水平的。

对以上这些同志多年来对古代小说数字化研究的大力帮助和支持，我由衷地深表谢意！

回想十年来古代小说版本数字化之所以取得了今日的成绩，这是和三方面的共同努力分不开的。第一是古代小说版本研究的海内外学者的大力支持。数字化最终是为古代小说版本研究服务，如果没有前述众多海内外学者的大力支持，数字化就没有动力，就不可能前进。第二是首都师范大学各级领导的大力支持。数字化文本录入、图像扫描、软件开发、网站建设等，都需要大量资金支持，没有学校各级领导多年来持续的支持，大笔的经费投入，要取得今日成绩是不可能的。最后，还离不开我坚持不懈的努力。学者和学校的支持是外部条件，即便有很好的外部条件，没有我十年如一日的坚持，联合海内外有关学者齐心协力，也绝不可能取得今日的成功。因此，古代小说数字化十年的成功，是内部和外部的相辅相成、客观和主观多方面共同努力的结果。在此对在中国古代小说版本数字化方面提供过各种帮助的领导和朋友们再次表示深深的谢意！

古代小说数字化十年来，从《三国演义》起步到五大名著，已经取得了很大成绩，在国内外也有一定影响。但数字化并没有走到终点，数字化是没有止境的，今后的路还很长，古代小说数字化还有很大发展空间，还有许多领域和课题可以利用数字化。希望今后能够得到各方面学者的大力支持，我有信心坚持下去，将数字化从五大名著扩展到其他各领域的小说，将数字化从版本研究扩展到其他研究领域，使得数字化更好地为古代小说研究服务。

2009年6月20日

2. 《〈红楼梦〉版本数字化研究》[①]前言、后记、目录

上册　前言

本书上册主要对《红楼梦》版本有关的五个问题进行了数字化研究。

第一个问题是最近出现的"庚寅本"《石头记》。目前对"庚寅本"的来历还有争议，一种看法认为"庚寅本"明显是现代抄本，因此认为此本是"造假"，没有研究价值；另一种完全相反的看法认为，此本从纸张、字迹和内容看，是抄写于晚清，甚至是时间更早的"古本"。我利用数字化比对后认为，这两种看法都不全面。此本抄写于20世纪50年代，其批语主要来自俞平伯《脂砚斋红楼梦辑评》1954年版，其正文来自庚辰本系列的某个版本，但不排除抄录者曾参考某个"古本"的可能性。"庚寅本"虽然抄写时间较晚，但不排除其有个"古本"为底本，因此是值得研究的一个版本。

第二个问题是甲戌本上一附条批语问题。"庚寅本"的一条批语，又以"附条"为名出现在周汝昌兄弟的甲戌本录副本中。经仔细检查甲戌本原本，发现了甲戌本上有此附条批语被撕掉后留下的痕迹，证明此附条批语确实曾出现在甲戌本上，但对此附条批语的来历还不清楚，还有不同看法。有人认为此事为周汝昌兄弟或陶洙所为，而我经过仔细分析，认为附条应该是甲戌本原有的，是某位收藏者所为。由于俞平伯1954年版《脂砚斋红楼梦辑评》上也有此"附条"批语，由此也再一次证明"庚寅本"批语是来自俞平伯1954年版《脂砚斋红楼梦辑评》。

第三个问题是戚序本和庚辰本关系问题。目前主流红学一般认为庚辰本是戚序本的祖本，戚序本是来自庚辰本。但我经过数字化全面、详细的文字比对，发现有100多例戚序本文字和庚辰本不同，却和甲戌本相同，这很难用戚序本来自庚辰本解释。而用庚辰本和戚序本有共同祖本，则很容易解释这种情况。因此我认为，戚序本和庚辰本有共同祖本的可能性更大。

第四个问题是周汝昌借给陶洙的是甲戌本原本，还是录副本。周汝昌本人说，他借给陶洙的是录副本，而梅节却认为周汝昌借给陶洙的就是甲戌本原本。我经过仔细分析，认为周汝昌借给陶洙的应该是他自己的甲戌本录副本，而不是甲戌本原本。

第五个问题是"程前脂后"问题。欧阳健提出"程前脂后"，受到主流红学的批判。现存脂本和程本是什么关系？我认为现存脂本基本都是过录本（除舒序本），因此理论上可能现存脂本中有版本在程本之后，即"程前脂后"。现存脂本和程本之间最大可能是，它们有共同的祖本，认为现存脂本都是程本之后造假产物的根据基本

[①] 周文业：《〈红楼梦〉版本数字化研究》，中州古籍出版社2015年第1版。

都不成立。虽然如此,"程前脂后"的讨论对于《红楼梦》版本和版本演化还是起了促进作用。

此外还讨论了《红楼梦》中的"移花接木"问题。

在以上问题的研究中,都大量使用了数字化比对方式,数字化比对可以快速、一字不漏地查出所有的文字差异,为后续的人工分析研究大大节省了时间,打下了很好的基础。对数字化研究方法也做了简单介绍。

上册 后记

本人从 1999 年开始中国古代小说版本数字化研究,十几年来,主要集中在《三国演义》版本的数字化研究,对《水浒传》《西游记》《金瓶梅》的部分版本问题也做了研究。但一直没有研究过《红楼梦》版本,主要是我担心《红楼梦》版本人工研究已经十分深入,数字化是否还有研究的余地。

2012 年法国华裔著名红学家陈庆浩来北京大学以《红楼梦》为主题讲学一周,我和陈先生很熟悉,几乎每次讲座我都参加了。我也给陈先生演示了《红楼梦》版本的数字化比对,以前陈先生也曾看到过我的版本数字化比对,但未注意。这次他仔细看了我的演示,表示这种方法对《红楼梦》研究很有用,应该试试。

在陈先生鼓励下,我先选了前几年发现的卞藏本,做比对试验研究。但比对结果很失望,此本文字几乎和哪个版本都不相同,只是和列藏本最接近。这和后来刘世德先生出版的《红楼梦眉本研究》一书的研究结果完全相同。在比对卞藏本正文和其他版本正文时,我发现,戚序本有很多文字和庚辰本不同,却和甲戌本相同。按照主流红学的看法,戚序本是来自庚辰本,那为何会出现戚序本文字和庚辰本不同,却和甲戌本相同呢?我因此对主流红学的看法有所怀疑。

正当我对此问题困惑不解时,2012 年 9 月,突然在网络上看到梁归智先生介绍,在天津出现一个新的手抄《红楼梦》"庚寅本",他认为是个很有价值的"古本"。但任晓辉告诉我,他已经看过此本,认为此本有大量各种版本的批语,不可能是个"古本",而肯定是个现代抄本,没有研究价值。但我觉得,此本刚出现,梁归智和任晓辉看法完全相反,这正好可以利用数字化比对,看看是谁的看法正确。为此,我 2012 年 10 月 1 日马上去天津亲自看了此本,藏者王超送我一本影印本,我马上把此本数字化,以便和其他版本比对。从 2012 年到 2014 年,我陆续在苗怀明主办的"古代小说网"上发表 20 多篇文章,介绍我的研究结果。

本人曾一再表示,虽然此本是个现代抄本,但其仍有研究价值,希望可以正式出版,供更多学者研究。天津百花文艺出版社 2014 年 10 月正式出版了此书,这是件好事,必将促进《红楼梦》版本的研究。

目前对"庚寅本"的来历还有很多争议。我仔细比对后认为,"庚寅本"是个现代抄本,其批语来自俞平伯 1954 年版《脂砚斋红楼梦辑评》,正文的底本可能是某个庚辰系列的版本,但不排除抄写者曾参考过某个"古本"的可能性。而梁归智、赵建忠、任少东根据文物鉴定专家意见，认为此本是晚清抄本，20世纪50年代不可能有人用清代老纸和毛笔来抄写。虽然赵建忠不同意我的看法，但他在2013年和2014年两次邀请我出席天津红楼梦文化研究会，请我在会上发表我的看法。我是红学圈外人物，从未参加任何《红楼梦》的研讨会，对赵建忠的盛情邀请和接待，使我有机会介绍我的看法，我十分感谢。

在古代小说版本和《红楼梦》数字化研究中，我和一些老一辈的红学家们经常交换意见，如段启明先生、刘世德先生和胡文彬先生等。作为一名初入《红楼梦》版本研究的人，从这些老先生处获益匪浅，我对他们做学问的认真、仔细印象深刻，很值得我们学习。

我从事古代小说版本数字化研究以来，得到了"古代小说网"主编苗怀明老师的大力帮助，我的文章一般都是在该网站上先发表，并得到苗老师的热心指点。他鼓励我将这些文章结集出版，他曾出版多部专著，对此书也提出一些具体建议，我对此非常感谢。

此书的出版得到中州古籍出版社张弦生先生的大力鼓励和帮助。我不是学习古典文学出身，写这方面的专著没有把握。张先生审阅我的初稿后，认为有出版价值，大力支持此书和丛书的出版，并对排版格式等提出很多建议，逐字审核了全部稿件，对此我也非常感谢。

从1999年开展古代小说版本数字化研究以来，我得到了海内外很多朋友的帮助，对此我也深表谢意。

2015年4月1日

下册　前言

本书是《〈红楼梦〉版本数字化研究》的下册，主要包括三部分内容，一是"庚寅本"整理本，二是"庚寅本"批语辑评，三是"庚寅本"和甲戌本、己卯本、庚辰本和戚序本比对本。整理这些资料的目的是为"庚寅本"等版本的研究，提供一套完整、全面的参考资料。

第一部分为"庚寅本"的整理本，包括正文和全部批语。"庚寅本"中所有批语都逐一插入正文，如此批语在其他版本中也有，则全部加以注明。"庚寅本"中独有批语也全部收入，并注明。"庚寅本"中没有的其他版本批语不收。

第二部分为《红楼梦》前13回半全部版本批语的辑评，并收入"庚寅本"中没有的其他版本的批语。因为"庚寅本"只有13回半，所以辑评也只整理前13回半的批语，由此可看出"庚寅本"收入和未收入的全部批语。

第三部分是《红楼梦》四版本正文比对本。由于"庚寅本"主要和甲戌本、庚辰本、戚序本有关，本书除研究"庚寅本"外，还研究了戚序本、庚辰本和甲戌本的关系，因此比对本也只收入这四种版本。由于"庚寅本"有13回半，甲戌本只16回，因此也只整理前28回中有"庚寅本"和甲戌本的20回。比对采取逐行逐字比较方式，这样文本差异很清楚。

三部分的编辑方式请见各部分的整理说明。

下册　后记

　　本书是《〈红楼梦〉版本数字化研究》的下册，主要包括三部分内容，一是"庚寅本"整理本，二是"庚寅本"批语辑评，三是"庚寅本"和甲戌本、己卯本、庚辰本和戚序本比对本。整理这些资料的目的是为"庚寅本"等版本的研究，提供一套完整、全面的参考资料。

　　整理这些资料看似简单，但实际操作是很烦琐的。我是利用数字化完成的，即先把"庚寅本"批语和正文全部数字化，然后再和其他版本的批语和正文进行数字化比对。利用数字化整理可大大减轻工作量。

　　由于《红楼梦》各种脂本都是手抄本，有大量异体字和俗体字，给数字化带来很大麻烦。现有字库只有 7 万汉字，而且又是简化字，因此数字化后的文本不十分可靠。但这对"庚寅本"的研究影响不大。

　　第一部分是"庚寅本"的整理本，其名称《"庚寅本"石头记整理本》也颇费了一番心思。天津百花文艺出版社出版的"庚寅本"书名为《脂砚斋重评石头记（庚寅本）》。这是由于本书目录前的书名为"脂砚斋重评石头记"，和庚辰本书名一样。现在出版社出版庚辰本，一般就采用《脂砚斋重评石头记》为书名。但甲戌本、己卯本和庚辰本书名都是《脂砚斋重评石头记》，为区分这三种版本，一般就在其书名后再加"甲戌本""己卯本""庚辰本"。

　　"庚寅本"因为其中多次出现了"庚寅"字样，因此目前多以庚寅本为其书名。天津百花文艺出版社正式出版时，就仿照甲戌本、己卯本和庚辰本，在《脂砚斋重评石头记》后加（庚寅本）。但此本是否真和"庚寅"有关，证据还不足，因此本书就在庚寅本上加了引号，变为"庚寅本"。

　　《红楼梦》的书名实际是个统称，若严格划分，各种脂本书名应该是《石头记》，只有晚期的一些版本书名才采用了《红楼梦》。"庚寅本"虽然有甲辰本的批语，但从文本看，十分接近庚辰本，因此它肯定属于《石头记》系列。所以本书正式书名还是采用了《石头记》，而不用《红楼梦》。

　　如前所述，一般《红楼梦》版本书名，表明版本性质的"甲戌本""己卯本""庚辰本"，都标在书名《脂砚斋重评石头记》之后，作为正式书名《脂砚斋重评石头记》的附注。整理本的名称根据中州古籍出版社编辑张弦生的意见，把"庚寅本"标在书名《石头记》之前，其含义是，此整理本为"庚寅本"的《石头记》，这样使得"庚寅本"更为突出，也是为更吸引读者注意。

　　第二部分"庚寅本"批语辑评主要参考了俞平伯先生的《脂砚斋红楼梦辑评》和陈庆浩先生的《新编石头记脂砚斋评语辑校》。

但我对这两本辑评书名中都冠以"脂砚斋"有不同看法。现在各种版本《红楼梦》中批语很多，但署名"脂砚斋"的实际很少。我刚接触《红楼梦》时，看到有关《红楼梦》批语书都有"脂砚斋"字样，也以为这些批语都是脂砚斋所写。后来仔细研究后才知道，真正脂砚斋的批语很少。我们先不论"程前脂后"说是否合理，但把《红楼梦》批语都冠以"脂砚斋"肯定是错误的。因此本书这部分就只题《红楼梦》批语辑评，而不提"脂砚斋"，这是要特别说明的。

第三部分是《红楼梦》几种版本的正文比对本。由于是为版本研究使用，不能像一般整理本那样做修订，即便是明显错误也要保留。这样已经出版的各种整理本都无法参考，只有根据原本逐字仔细整理，然后再用计算机比对。

比对本充分发挥了小说版本数字化比对功能，可以使读者清楚看出各种版本文字的差异，一目了然，这比冯其庸先生主编的《脂砚斋重评石头记汇校汇评》要清楚得多。但由于篇幅所限，不可能收入太多版本。考虑本书主要研究"庚寅本"，还研究了戚序本、庚辰本和甲戌本的关系，因此比对本也只收入这四种版本。

在古代小说版本数字化研究中，我得到了"古代小说网"主编苗怀明老师的大力帮助，我的文章一般都是在该网站上先发表，并得到苗老师的热心指点。他鼓励我将这些文章结集出版，他曾出版多部专著，对此书也提出一些具体建议，我对此非常感谢。

此书的出版还得到中州古籍出版社张弦生先生的大力鼓励和帮助。我不是学习古典文学出身，写这方面的专著没有把握。张先生审阅我的初稿后，认为有出版价值，大力支持此书和丛书的出版，逐字校对，并对排版格式等提出很多建议，对此我也非常感谢。

从1999年开展古代小说版本数字化研究以来，我得到了海内外很多朋友的帮助，对此我也深表谢意。

2015年3月22日

《〈红楼梦〉版本数字化研究》目录

上册 "庚寅本"《石头记》等版本数字化研究

前言……………………………………………………………………………………1
第一编 中国古代小说版本数字化………………………………………………1
  第一章 中国古代小说版本数字化概论…………………………………………3
  第二章 版本文字差异研究方法…………………………………………………9
第二编 "庚寅本"正文研究………………………………………………………31
  第一章 "庚寅本"研究概论………………………………………………………33
  第二章 "庚寅本""旨义"补字和诗移动…………………………………………55
  第三章 "庚寅本"正文同庚辰本…………………………………………………81
  第四章 "庚寅本"正文不同庚辰本………………………………………………99

第五章　独有文字、挖补和底本分析·················126
第三编　"庚寅本"批语研究·····························145
　　第一章　"庚寅本"批语整体分析·····················147
　　第二章　"庚寅本"批语和俞平伯《辑评》·············168
　　第三章　"庚寅本"批语来自《辑评》·················180
　　第四章　独有批语、松轩本、鹤轩本、"庚寅"研究·····235
　　第五章　"庚寅本"的来历和总结·····················273
第四编　甲戌本附条批语研究·····························291
　　第一章　甲戌本附条现存形态和研究历程·············293
　　第二章　甲戌本附条批语和俞平伯···················312
　　第三章　甲戌本附条批语和周汝昌、胡适·············342
第五编　庚辰本和戚序本关系研究·························371
　　第一章　戚序本和庚辰本的关系·····················373
　　第二章　戚序本和庚辰本关系研究方法···············382
　　第三章　"父子"和兄弟关系研究·····················392
　　第四章　批语研究和总结···························416
第六编　周汝昌借陶洙录副本研究·························431
　　第一章　周汝昌借陶洙录副本问题···················433
　　第二章　陶洙涂改录副本等问题·····················464
　　第三章　周汝昌出借录副本研究总结和意义···········492
第七编　"程前脂后"和"移花接木"·························501
　　第一章　谈《红楼梦》版本的"程前脂后"·············503
　　第二章　也谈《红楼梦》中的"移花接木"·············529
本书上册总结···543
后记···547

下册　"庚寅本"《石头记》等版本整理比对本

前言···1
"庚寅本"《石头记》整理本·································1
《红楼梦》前十四回辑评·································109
《石头记》四版本比对本·································231
后记···529

（二）《红楼梦》版本专题研究

1. 《红楼梦》版本整理出版简介

此节先介绍《红楼梦》版本整理出版情况，包括：
- 《红楼梦》版本整理出版情况介绍
- 《红楼梦》两种混合本整理出版介绍
- 人民文学出版社三种《红楼梦》整理本介绍

下节再分析《红楼梦》庚辰本和程乙本差异，及三类读者：
- 最接近曹雪芹原本的版本
- 《红楼梦》庚辰本和程乙本文字差异分析
- 适合三类读者的《红楼梦》整理本分析

（1）五大名著整理出版概况

五大名著版本都比较复杂，出版整理大体情况如下。

1)《三国演义》整理出版

《三国演义》整理出版最多的是目前最流行的毛宗岗本，其次是目前所知刊刻最早的嘉靖元年本，还有出版社曾出版周曰校本、李卓吾本、锺伯敬本、李渔本、黄正甫本等，叶逢春本曾出版日本井上泰山整理的影印本附排印文字，但未标点。

2)《水浒传》整理出版

《水浒传》整理出版最多是一百回的容与堂本，其次是一百二十回全传本和七十回金批本，还有繁本一百回李卓吾评本、无穷会本、锺伯敬本和简本余象斗评林本。

3)《西游记》整理出版

《西游记》整理出版最多的是世德堂本，其次是李卓吾评本，清刊本《西游证道书》《西游原旨》等，简本朱鼎臣本和杨致和本也曾出版。

4)《金瓶梅》整理出版

《金瓶梅》三种主要版本，词话本、崇祯本和张评本都有出版。《金瓶梅》出版要新闻出版署批准，比较难。

5)《红楼梦》整理出版

《红楼梦》版本数量虽然不是最多的，但出版整理最复杂。主要是程高本、混合本和脂本三种。程高本中程乙本整理出版最多，程甲本略少，混合本主要是庚辰本、戚序本和程高本的混合本，脂本中多数版本也曾整理出版。

五大名著版本整理出版情况统计表

版本	主要版本	次要版本	少量出版
三国演义	毛本	嘉靖元年本	周曰校本、李卓吾评本、锺伯敬本、李渔本、叶逢春本、黄正甫本
水浒传	容与堂本	一百二十回全传本、金批本	李卓吾评本、无穷会本、锺伯敬本、评林本
西游记	世德堂本	李卓吾评本、新说西游记、西游原旨	朱鼎臣本、杨致和本
金瓶梅	词话本、崇祯本、张评本		
红楼梦	程高本、戚序本混合本、庚辰本混合本	甲戌本、庚辰本、戚序本	甲辰本、列藏本

(2)《红楼梦》整理本出版历程

新中国成立前，《红楼梦》整理本主要是汪原放整理、上海亚东书局出版的程乙本。此本1921年初版是汪原放根据双清仙馆本（王希廉评本）排印出版的，1927年亚东书局推出以胡适所收藏的程乙本整理标点本。此书收入汪原放专门请胡适撰写的《红楼梦考证》为序。此本出版后即垄断了《红楼梦》出版界30余年，到1948年包括各次重印本先后出版了16版。亚东版《红楼梦》推出后，其他出版社也纷纷仿效推出一些程乙本的整理本。[①]

新中国成立后，各个出版社出版的《红楼梦》整理本非常多，根据所用的底本不同，大体可分为三阶段。

第一阶段 1953—1957 年：程高本为主

此阶段出版的整理本主要是作家出版社和人民文学出版社的两种程乙本。

- 1953 年作家出版社的程乙本

1953 年作家出版社出版《红楼梦》程乙本的整理本，这是新中国成立后第一次

---

① 苗怀明：《红楼梦研究史论集》，辽宁人民出版社 2019 年 1 月第 1 版，第 141 页。

出版的《红楼梦》整理本,其底本就是上述 1927 年上海亚东图书馆出版的排印本。这次作家出版社出版经俞平伯、华粹深、李鼎芳、启功四人合校,由启功注释。初印 9 万册。

- 1957 年人民文学出版社的程乙本

1957 年人民文学出版社出版《红楼梦》程乙本的整理本,由周汝昌、周绍良、李易校点,启功注释。启功先生是满族人,而且是清朝皇室后裔,他对满族的历史文化、风俗掌故比较熟悉,1953 年版《红楼梦》的注释启功先生主要是关于语言方面的,启功为 1957 版重新撰写注释考虑比 1953 版全面得多,他的注释是此本一大特色。此本 1959 年、1964 年出版第 2 版、第 3 版。在 1981 年之前,启功注释的《红楼梦》几乎是国内读者研读这部名著的通行读本,曾进入"世界文学名著文库"丛书、"语文新课标"丛书、"中国古代小说名著插图典藏"丛书等。20 世纪 80 年代初,台北桂冠图书公司以启功注释版《红楼梦》为底本,在中国台湾地区出版发行。1982 年,人民文学出版社开始发行由中国艺术研究院红楼梦研究所校注、以庚辰本为主要底本的《红楼梦》新校注本后,原启功注释的程乙本《红楼梦》就停止发行了,此本合计发行 111.5 万册(也有说印 250 万册以上)。

第二阶段 1958—1994 年:混合本为主

此阶段整理本主要是俞平伯和冯其庸牵头整理、人民文学出版社的两种混合本。

- 1958 年人民文学出版社的戚序本+程甲本

1958 年人民文学出版社出版《红楼梦八十回校本》,俞平伯校订,王惜时(署名,实为王佩璋)参校。本书是第一个前八十回以脂本为底本整理的本子,前八十回正文以有正书局的戚序本为底本,后四十回为程甲本为底本,并有详细的校字记。此本初版时把前八十回和后四十回分开,后四十回为附录,后 1993 年三印时后四十回不作为附录,而直接作为正文。由于人民文学出版社在此前一年 1957 年出版了程乙本的《红楼梦》,当年即印了 15 万余册,而俞平伯校本第一次只印 3 万册。后 1963 年增订,1993 年第 3 次印刷,总计 4 万册。

- 1982 年人民文学出版社的庚辰本+程甲本

人民文学出版社 1982 年出版由中国艺术研究院红楼梦研究所整理本,此本以庚辰本为底本,后四十回采用程甲本。此本的整理工作从 1975 年启动,由冯其庸任总负责人,先后参与校注工作的有冯其庸、李希凡等 20 余位学者,还有吴世昌、吴恩裕、吴组缃、周汝昌、启功等老红学家担任顾问,1982 年由人民文学出版社出版,校注者署名为"中国艺术研究院红楼梦研究所"。1996 年和 2008 年经过两次全面的修订再版,2008 年第三版由于有人对后四十回是否是高鹗编有疑问,遂署名从原来的"曹雪芹、高鹗著",改为"曹雪芹著,无名氏续,程伟元、高鹗整理"。在一段时间内此本全面替代 1957 年启功注释版《红楼梦》,成为新的通行读本,为市场发行量最大的《红楼梦》普及本,到 2008 年 26 年总印数 400 万册。②

除以上两种混合本外,还有一些由著名学者整理的混合本。

---

② 吕启祥:《〈红楼梦〉新校本校读记》,载《红楼梦学刊》1983 年第三辑。

- 1993年浙江文艺出版社的脂本＋程高本

此本由蔡义江校注，没有固定的底本，前八十回参照多种脂本，后四十回参照两种程高本，2002年作家出版社再版。

- 1994年江苏古籍出版社的甲戌本、庚辰本＋程甲本

此本由刘世德校注，前八十回以甲戌本、庚辰本为底本，后四十回以程甲本为底本，1994年第一版，2000年再版。

- 1994年齐鲁书社的庚辰本＋程甲本

此本由黄霖校理，前八十回以庚辰本为底本，后四十回以程甲本为底本，1994年由齐鲁书社出版。

- 2003年作家出版社的甲戌本、己卯本、庚辰本＋程甲本

此本由郑庆山校理，前八十回以甲戌本、己卯本、庚辰本为底本，后四十回作为附录，以程甲本为底本，1994年由作家出版社出版。

第三阶段 1987年至今：混合本、程高本并行

此阶段新出版的整理本主要是各种出版社新出版的程高本。

- 1987年北京师范大学出版社的程甲本

北京师范大学出版社1987年出版程甲本的整理本，由启功作序并担任顾问，校勘者为龚书铎、武静寰、聂石樵，注释者为张俊、聂石樵、周纪彬。这是第一本以程甲本为底本的整理本。该书1998年转中华书局重排出版。

- 1994年花城出版社的程甲本

花城出版社1994年出版由欧阳健、曲沐等校注的程甲本。欧阳先生以"程前脂后"闻名，自然他整理的版本肯定是以程甲本为底本。

- 1994年漓江出版社的王蒙评点本（程甲本）

漓江出版社1994年出版王蒙评点本，以程甲本为底本，2005年上海文艺出版社出版增补版。

- 2011年中央编译出版社的程乙本

中央编译出版社2011年出版由裴效维校注、以程乙本为底本的全解本。

- 2013年商务印书馆的程乙本

商务印书馆2013年出版张俊主持评批的《新批校注红楼梦》，此本以程乙本为底本，此书的特色在于其评批，评批包括前言、正文内夹批与回后总评，是张俊及其弟子多年研究成果的结晶。

- 2017年广西师范大学出版社的程乙本

广西师范大学出版社2017年推出了台北桂冠图书公司《红楼梦》程乙本校注版，是在著名作家白先勇推动下出版的，为此白先生还在大陆召开推介会。它实际是大陆现成校注本的一个拼合本，其拼合底本有两种：一是大陆人民文学出版社1972年程乙本《红楼梦》重印本，二是广西人民出版社1981年版《红楼梦注评》。

- 2018年人民文学出版社的程乙本纪念版

2018年人民文学出版社为纪念1953年《红楼梦》出版65周年（1953年人民文

学出版社以作家出版社名义第一次出版《红楼梦》程乙本),在 1957 年该社出版的程乙本基础上,又再次出版第四版,此为纪念版,只印了 5000 本。

此外,周汝昌和冯其庸两位红学权威也各自整理出版了两套《红楼梦》整理本。

- 2004 年周汝昌《石头记会真》

周汝昌(1918—2012),著名红学家,他对程高本后四十回持否定态度,他根据十几种八十回脂本整理《石头记会真》,2004 年由海燕出版社出版。

- 2005 年冯其庸《瓜饭楼重校评批红楼梦》

冯其庸(1924—2017),著名红学家,在《红楼梦》版本中他力推庚辰本,以庚辰本为前八十回底本,后四十回以程甲本为底本,参校其他十几种版本,2005 年由辽宁人民出版社出版。

- 2011 年北京大学出版社的程甲本、程乙本混合本

北京大学出版社 2011 年出版由刘勇强评注的程甲本和程乙本的混合本,将两种程高本混合出版这是第一次。

程甲本和程乙本是《红楼梦》版本中一个热门话题,程伟元在两个多月中先后推出两种程高本。由于排版限制,为不做大改动,程乙本基本在一页范围内调整文字,个别页超出了一页范围。对于程乙本对程甲本的修改,很多人做了研究。

刘勇强先生要整理程甲本和程乙本,必须仔细比对这两本和其他版本,为此他使用了我提供的版本比对软件,他在前言中还特地对此表示感谢,我能帮助刘先生整理出版这个混合本也很高兴。

但限于篇幅,本书就不再讨论两个程高本的差异问题了。

其他脂本的整理出版

除以上一些主要的整理本外,还有一些出版社曾单独出版过一些脂本的整理本。[①]

- 甲戌本:作家出版社 2000 年,邓遂夫整理、校注
- 庚辰本:作家出版社 2006 年,邓遂夫整理、校注
- 戚序本:河北大学出版社 2002 年,无校注
- 列藏本:浙江古籍出版社 2000 年,无校注
- 甲辰本:中国青年出版社 1998 年,无校注
- 梦稿本:岳麓书社 2004 年,无校注

至今还没有整理出版的脂本只有:蒙府本(混合本,前八十回和戚序本相近,后四十回为程甲本)、舒序本(前四十回残本)、郑藏本(2 回残本)、卞藏本(前 10 回残本)四种,这几本的版本价值都不高。

台湾:程乙本—混合本—程乙本

在台湾也经历过从程乙本到庚辰本混合本的过程。

- 程乙本

早年多家出版社印行的《红楼梦》都是亚东版程乙本《红楼梦》的翻版。1983 年桂冠图书公司出版《红楼梦》以大陆人民文学出版社 1972 年程乙本为底本,并有启

[①] 苗怀明:《红楼梦研究史论集》,辽宁人民出版社 2019 年 1 月第 1 版,第 198—200 页。

功、唐敏等人详细注解，是当时台湾最流行的版本。

- **庚辰本混合本**

20 世纪 80 年代，大陆红楼梦研究所的庚辰本混合本《红楼梦》以压倒性声势传入台湾，台湾各出版社亦多采用庚辰本混合本。

- **程乙本**

2004 年，桂冠版《红楼梦》程乙本断版，直到 2016 年再由时报出版社重新刊印，2017 年广西师范大学出版社在大陆出版桂冠版简体字版。

《红楼梦》整理出版总结

从以上介绍可以看出，新中国成立以来《红楼梦》整理出版很明显分为三个阶段。

第一个阶段是以程乙本为主，时间主要在 20 世纪 50 年代。

第二个阶段是以混合本为主，从 1958 年俞平伯的戚序本加程乙本，到 1982 年红楼梦研究所的庚辰本加程乙本，以后蔡义江 1993 年校注本、刘世德 1994 年校注本等，使得这类混合本成为市场主导，完全压倒了程高本。

第三阶段混合本和程高本并行，从 1982 年人民文学出版社出版庚辰本和程甲本混合本后，就集中精力推行这两种混合本，因此放弃了程乙本。于是其他出版社陆续出版各种程高本，形成两种混合本和各出版社的程乙本并行的局面。

台湾《红楼梦》整理出版和大陆基本相同，也是三阶段：程乙本—庚辰本混合本——程乙本。

总之，从 1953 年作家出版社的程乙本，到 1957 年人民文学出版社出版启功注释的程乙本，1958 年人民文学出版社出版俞平伯整理戚序本和程甲本混合本，再到 1982 年红楼梦研究所整理、人民文学出版社出版的庚辰本和程甲本混合本，到 1987 年之后各出版社出版各种程高本整理本，呈现混合本和程乙本并行的局面。期间还有一些出版社出版一些脂本的整理本。到目前为止，《红楼梦》几种主要版本都有名家出版了整理本，今后出版社只是重印，不会再有重量级的新整理本出版了。

以上介绍了各种《红楼梦》整理本的发展历史，这些整理本大体上可分为三类：

第一类是程高本，最多的是程乙本，其次是程甲本，还有所谓的程丙本。

第二类是混合本，脂本主要是庚辰本，也有戚序本，程高本主要是程乙本，也有程甲本。也曾出版程甲本、程乙本混合本，但发行量不大。

第三类是各种版本单独的整理出版，主要脂本和程高本都曾单独整理出版。

以上三类版本中，程高本的价值意义不用多说，这是最完整的版本，整理者程伟元、高鹗和曹雪芹基本是同时代人，熟悉当时的风土人情，应该是早期最完整的整理本。虽然历史上后来也冒出不少《红楼梦》八十回本的续书，但都是昙花一现就消失了，只有程高本流传至今，后来还有很多翻刻本，说明程高本价值是被后人所承认的。

至于其他脂本的整理也是必要的，尤其是对有些读者希望了解各种版本的差异，整理出这些脂本，并加注说明其差异是必要的。

在以上几种整理本中最受争议的是脂本和程高本的混合本，下面分析历史上早期的两种混合本，即蒙府本、杨藏本（梦稿本）和两种现代混合本，即 1958 年俞平伯主持校订的戚序本和程甲本的混合本，以及1982年冯其庸主持校订的庚辰本和程甲本的混合本。

（3）早期两种混合本

所谓"混合本"是指脂本和程高本的混合本，其实《红楼梦》的混合本不是现在才出现的，《红楼梦》版本中的蒙府本和梦稿本（杨藏本）都是混合本，都是在程高本出现后，前八十回采用脂本，后四十回采用程高本，组成一个混合本。因此这种混合本是有历史渊源的。

- 蒙府本

蒙府本是从蒙古王府流出来的一个混合本，此本前八十回是以戚序本为底本，版式、批语都和戚序本相近，两本应该同源，有共同祖本。此本后四十回是根据程甲本配抄的，因此是脂本和程高本的混合本。

此本很明显是某爱好者先根据某脂本抄写了前八十回（其中有几回缺失是后补的），但脂本不全，因此又根据程甲本补齐。所以此本是在程高本出现后抄写的。

- 杨藏本（梦稿本）

至于杨藏本也是个混合本，前八十回明显是以己卯本和庚辰本为底本，抄写者又做了修改，后四十回大体上和程乙本相同。由于此本上有"兰墅阅过"四字，"兰墅"是高鹗字。因此有人认为此本即为高鹗付印前的稿本，所以也曾称为"梦稿本"。我认为此本可能和蒙府本一样，是某个爱好者在程高本出现后，想自己抄写一个完整的抄本，因此前八十回选了己卯本、庚辰本，后四十回选了程乙本，在抄写过程中还不断修改。至于"兰墅阅过"可能是他认识高鹗，因此请高鹗看过而已。

早期混合本产生的原因可能有多种。

一种可能是抄写者手中原有八十回抄本，看到一百二十回程高本出现后，又补上了后四十回，成为完整的一百二十回本。

另一种可能是，抄写者看到了一百二十回的程高本，但对其前八十回不满意，觉得不如脂本，因此抄写了一本前八十回为脂本，后四十回为程高本的混合本。

总之，不管混合本出现是什么原因，肯定是在程高本出现后，有人前八十回采用脂本，后四十回采用程高本，抄写出这种混合本，因此混合本出现肯定是随着程高本出现而出现的。但这两本都是抄本，不是正式出版的刻本。

（4）俞平伯的戚序本和程甲本混合本——现代两种混合本之一

不仅在清代出现了两种混合本的抄本，现代也正式整理出版了两种脂本和程高本的混合本。

新中国成立后，第一个混合本是1958年，俞平伯将戚序本和程高本组合的混合本，此本影响很大，1963年增订，1993年三印，2000年再版，至今还在不断以各种形式重印。

俞平伯当年整理这种混合本的初衷有两个。第一，他认为程、高在补完后四十回的同时把前八十回也修改整理了，但这样就难以保存曹雪芹原本的本来面目了。第二，他觉得:"用八十回本正式流通,在清代可以说没有,……曹雪芹所著八十回从作者身后直到今天,始终没有经过好好的整理。"①

因此俞平伯想整理出一本他认为比较理想的八十回脂本。当时俞平伯看到的脂本只有甲戌本、己卯本、庚辰本、戚序本,汇校开始后又看到新发现的甲辰本。俞平伯编此书首先遇到的问题就是在上述四种版本中选择一种做底本。由于甲戌、己卯本都不全,完整的只有庚辰本和戚序本。俞平伯最后选定戚序本也有两个原因,第一是俞平伯只有庚辰本照片,字较小,不便抄写,这是实际困难。第二是俞平伯将戚序本、庚辰本和刚影印出版的甲戌本比对后发现,很多文字戚序本和甲戌本相同,而和庚辰本不同,而甲戌本认为是曹雪芹最早的抄本,因此俞平伯最后选定了1925年有正书局出版的戚序本为前八十回的底本。

俞平伯对程高本一直有看法,认为是程伟元、高鹗对曹雪芹原稿做了修订,和曹雪芹原稿有差距。但脂本的前八十回又不完整,为使读者知道后四十回的情况,他只好也收入了程甲本的后四十回,但只作为附录,不是正文。虽然此书也作为附录收入了程甲本的后四十回,但此书的书名没有用《红楼梦》,而为《红楼梦八十回校本》,以强调此本以曹雪芹八十回为底本,程高本后四十回不是曹雪芹原稿,只作为附录。

俞平伯整理此本等初衷是兼顾大众和研究读者。为辅助大众读者的阅读,俞平伯请启功在1953年程乙本基础上再次做详细注释。为面向研究读者,因此附录了700页50万字的校字记,记录了各种版本的文字差异,这对于版本研究很有用。在所有的整理本中,只有俞平伯此本有如此详细的校字记。校字记对大众读者肯定没有太大意义,但对研究读者还是很有价值的。可惜后来各种整理本都没有采用这种校字记,在我看来,对所有版本都应该出版有这样详细校字记的整理本。

俞平伯混合本校字记的工作是由其助手王佩璋完成的,她在校对各种版本文字时,对《红楼梦》版本也做了研究,这些年有人对王佩璋也做了研究,肯定了她对《红楼梦》研究的贡献。

俞平伯此混合本的整理工作从1953年开始,此本尚未整理完,人民文学出版社1957年就率先推出了周汝昌等校点、启功注释的程乙本,当年就两次印了15万册,基本占领了《红楼梦》整理本的市场,对第二年1958年俞平伯的混合本影响很大。

俞平伯整理此本原意是兼顾研究和大众读者,但事实证明这种兼顾方式是错误的,最后导致两者都无法兼顾。因此俞平伯混合本35年来重印3次,只印了4万册。

5年后的1963年,俞平伯的混合本出版第2版,25年后的1993年再出版第3版,将原版附录的后四十回和前八十回合并为正文。但书名仍保持为《红楼梦八十回校本》,作者也只署名曹雪芹,这就有些矛盾了。

俞平伯的混合本从1958年初印,到1993年35年间只印了3次合计4万余册,而1953年作家出版社程乙本初印9万册,人民文学出版社1957年版程乙本到1981年停止发行,合计印刷111.5万册,人民文学出版社1982年庚辰本和程甲本混合本到2016年发行量接近500万册。

---

① 俞平伯:《红楼梦八十回校本》,"序言",人民文学出版社1958年第1版,第11—12页。

1993年以后此本再未印刷，1999年，中国元首外访时往往赠送《大中华文库》给受访国，因此这套书在外交上属于"国礼"。《大中华文库》之中汉英对照的《红楼梦》也采用此本为底本，著名翻译家杨宪益和戴乃迭翻译。直到自2000年，人民文学出版社再以此本为底本，先后出版了《世界文学名著文库·红楼梦》《中国古代小说名著插图典藏系列·红楼梦》《语文新课标必读丛书·红楼梦》，此三套书还是将前八十回与附录的后四十回合为一百二十回，署名为"（清）曹雪芹、高鹗著，俞平伯校，启功注"，至2012年9月合计总印数已接近30万册，特别是作为教育部指定的《大学生必读》《中学生课外文学名著必读》《语文新课标必读》丛书之一，对青少年阅读经典起到了推动作用。

总之，从1958年正式出版，至今日此本仍在陆续发行，期间虽然人民文学出版社又推出了庚辰本和程甲本的混合本，但此本没有像人民文学出版社1957年版程乙本一样就停止发行，而是在1993年、2000年2次印刷。此本出版社是作为兼顾大众和研究读者，后因为销售不畅，将校字记删除，将此本作为只面向大众读者发行，直至今日还在发行。

（5）俞平伯晚年"腰斩"说和其"腰斩"一百二十回程高本

晚年的俞平伯曾提出著名的"腰斩有罪"说。俞平伯晚年曾说："将前八十回和后四十回分开，虽然这是应该做的，但也是腰斩《红楼梦》。后四十回的功绩也不应磨灭。"①俞平伯临终前不久，写下一纸："胡适、俞平伯是腰斩《红楼梦》的，有罪。程伟元、高鹗是保全《红楼梦》的，有功。大是大非！"②

对此"腰斩"众说纷纭，有各种解释，甚至有人认为这是俞平伯接受了"程前脂后"，有人联想到刘心武，等等，这些解释都没有很好理解俞平伯的原意。

俞平伯此处称胡适、俞平伯腰斩《红楼梦》，我看包括两方面含义。

第一，胡适1921年发表《红楼梦考证》，主要考证了两点，第一考证《红楼梦》的作者是曹雪芹，并考证出其家世，第二考证《红楼梦》后四十回为高鹗所补。俞平伯1923年发表《红楼梦辨》，认定《红楼梦》前八十回确实是曹雪芹所著，而后四十回是程伟元、高鹗整理，和曹雪芹无关，应该和前八十回分开。

胡适和俞平伯这样过度把《红楼梦》前八十回和后四十回割裂开了，基本否定了后四十回，俞平伯晚年所说的"腰斩有罪"，也可以认为是俞平伯仔细研究了程高本后，认为以前否定"腰斩"后四十回是"有罪"的，转而称："程伟元、高鹗是保全《红楼梦》的，有功。"

第二，我觉得，具体到俞平伯自己，"腰斩"还有一层含义，是指俞平伯整理的混合本。俞平伯从1923年发表《红楼梦辨》就坚持要把前八十回和后四十回分开，因此30年后在整理混合本仍采取此思路，在此混合本中将戚序本和后四十回分开，后四十回只是附录，而书名题为《红楼梦八十回校本》。这为俞平伯晚年反思自己"腰斩有罪"埋下了伏笔。俞平伯整理的混合本中把程甲本后四十回作为附录收入，这也

---

① 俞润民：《怀念父亲俞平伯》，载《文汇报》1991年4月9日。
② 韦奈：《我的外祖父俞平伯》，团结出版社2006年版，第43页。

就是"腰斩"了一百二十回程甲本。

俞平伯"腰斩"的意思其实很明白，其主要含义是指程高本一百二十回本本来是一个整体，而"腰斩"是指他整理《红楼梦》戚序本和程甲本混合本时，"腰斩"了一百二十回程高本，只把程甲本后四十回作为附录收入，这样就破坏了程高本的整体性。

如果俞平伯晚年认为"腰斩有罪"，则他当年整理《红楼梦》时，就应该按照他最后的书名《红楼梦八十回校本》一样，只收前八十回，至于后四十回就应该另外整理完整的一百二十回程高本出版，而不是做附录收入此书。假如俞平伯"腰斩"的含义是这样，他的意思就是说，他晚年认为当初整理这种"腰斩本"是不合理的。

请注意，此处俞平伯用了"腰斩"一词，而在《水浒传》版本中也有一种"腰斩本"，即金圣叹批本，此本把《水浒传》一百本"腰斩"为七十回本，止于梁山英雄排座次，以后回目全部删除。这和俞平伯《红楼梦八十回评本》中把一百二十回程甲本"腰斩"，只收入后四十回是一回事。由此看出俞平伯此处的"腰斩"也是指此，他认为这样"腰斩"一百二十回程高本是"有罪"的。

我认为这就是对俞平伯"腰斩有罪"的最合理解释。

而 1982 年人民文学出版社又再次推出了第二种类似的《红楼梦》混合本，也是"腰斩"了一百二十回程高本，只收后四十回，但前八十回从戚序本换成了庚辰本。

（6）冯其庸的庚辰本和程甲本混合本——现代两种混合本之二

在"文化大革命"还未结束的 1975 年，《红楼梦》新整理本的工作就启动了。此本的整理由红学家冯其庸先生任总负责人，集结了当时红学领域的主要专家，先后参与校注工作的有冯其庸、李希凡、刘梦溪、吕启祥、孙逊、沈天佑、沈彭年、应必诚、周雷、林冠夫、胡文彬、曾扬华、顾平旦、陶建基、徐贻庭、朱彤、张锦池、蔡义江、祝肇年、丁维忠等 20 余位学者，还有吴世昌、吴恩裕、吴组缃、周汝昌、启功等老红学家担任顾问。由于要整理出版《红楼梦》，为此还在中国艺术研究院下单独设立了红楼梦研究所，这是中国古代文学第一个国家级事业单位的研究所，可见对《红楼梦》版本整理的重视。

此本首先面临底本选择的问题，和俞平伯当年选本一样，只有庚辰本和戚序本两种可选，开始整理组内部意见不统一。

冯其庸在"文化大革命"期间曾手抄了一遍庚辰本，1978 年出版了《论庚辰本》一书，其核心看法是：庚辰本是曹雪芹生前最后一个改定本，也是仅次于其手稿的一个完整抄本。戚序本的祖本是出自某个传抄的庚辰本，文字做了大规模整理，且俞平伯已经出版了戚序本的混合本。其他各种版本都有其不足。因此最终确定此本前八十回以庚辰本为底本，后四十回以程甲本为底本，参校其他十余种脂本和程乙本。

整理出版此本的目的很明确，就是要整理一个面向广大读者的普及本。

1982 年，在冯其庸的领导下，以中国艺术研究院红楼梦研究所名义，由人民文学出版社推出庚辰本和程甲本的混合本，由于冯其庸的权威和各方面的大力宣传，使得此本成为至今最流行的《红楼梦》版本，发行量巨大，完全压倒了其他所有的版本，到 2016 年其发行量接近 500 万册。

这种整理本前八十回底本采用了号称最接近曹雪芹原著的庚辰本，又补上程甲本的后四十回，看似很合理，似乎是最完整的。仔细分析，此本之所以可以压倒一切版本，其主要理由其实和俞平伯的混合本相近。

第一，当年俞平伯认为戚序本比庚辰本更接近曹雪芹原稿，俞平伯当时只有庚辰本照片，对庚辰本研究也不够，因此选用了戚序本。而冯其庸曾亲自抄写过庚辰本，又对庚辰本有仔细研究，出版了专著，认为庚辰本是曹雪芹生前最后校订的版本，是最接近曹雪芹原稿的版本，很多学者还举出各种各样的例证，证明庚辰本文字比其他版本更合理。

第二，和俞平伯一样，由于庚辰本只有 78 回不完整，读者不知最后结局。因此整理者和俞平伯一样，又补上程甲本的后四十回。

此本校注工作的主要参与者之一吕启祥先生曾辑录了《〈红楼梦〉新校本和原通行本正文重要差异四百例》(《〈红楼梦〉开卷录》，陕西人民出版社 1987 年版)，并撰写了《〈红楼梦〉新校本校读记》长文(《红楼梦学刊》1983 年第三辑)，集中阐释了新整理本和程高本的文字差异。

对于这些文字差异后面再仔细分析。

（7）人民文学出版社《红楼梦》整理本历史：一种程乙本、两种混合本

以上介绍了人民文学出版社 1957 年出版的一种程乙本，该社后于 1958 年和 1982 年又出版了两种混合本，60 多年来该社实际先后出版了一种程乙本和两种混合本。

回顾人民文学出版社从 1957 年至今这 60 多年以来出版这三种整理本各有特点，三本的整理出版过程如下：

1957—2018 年人民文学出版社三种《红楼梦》出版历史统计表

年份	1957	1958	1963	1982	1993	1996	2000	2008	2018	2020
程乙	初版			停止					纪念	
戚序		初版	二印		三印		四印			再版
庚辰				初版		二版		三版		

- 1957 年首先推出周汝昌整理、启功注释的程乙本。此本到 1981 年前还曾几次再版，人民文学出版社 1982 年推出庚辰本和程甲本的混合本后停止发行。
- 1958 年只隔一年，人民文学出版社又推出第二种俞平伯整理的戚序本和程甲本的混合本，但印数不多。1963 年二印。
- 1982 年人民文学出版社又推出第三种由冯其庸牵头，红楼梦研究所整理的庚辰本和程甲本的混合本，至此 1957 年版程乙本也停止发行。
- 1993 年俞平伯整理戚序本和程甲本混合本三印。
- 1996 年红楼梦研究所整理的庚辰本和程甲本混合本第 2 版。

- 2000 年俞平伯整理戚序本和程甲本混合本四印。
- 2008 年红楼梦研究所整理的庚辰本和程甲本混合本第 3 版。
- 2018 年 1957 年版程乙本出版纪念版。

对人民文学出版社出版这三种版本总结如下，由此看出人民文学出版社对这三本的最新看法。

- 1957 年启功注释程乙本

1957 年出版初版后，到 1982 年庚辰本和程甲本混合本出版后停止。可能是人民文学出版社集中精力推行下面两种混合本，因此放弃了程乙本。

2018 年在停印 36 年后，人民文学出版社在 1957 年该社出版的程乙本基础上，又再次出版第四版，此为纪念版，没有大量发行，前言中称：

> 1953 年，新中国第一部《红楼梦》整理本面世，以程乙本《红楼梦》为底本，由俞平伯、华粹深、李鼎芳、启功注释，1957 年新版时，由周汝昌、周绍良、李易校点，启功重新注释。此后 1981 年，这个以程乙本为底本的《红楼梦》整理本，<u>是广大读者阅读欣赏这部伟大著作的直接途径</u>。今天，我们将其重新推出，既希望大家再次了解程乙本《红楼梦》独到的学术价值；也是对这个在近三十年时间里，沾溉了千万读者朋友的整理本的纪念。本书的底本<u>程乙本，经过清代学者、出版人高鹗、程伟元的整理，解决了前后文的一些矛盾之处，阅读更加顺畅</u>。本书由<u>国学大师启功先生注释</u>，启功先生是满清皇族后裔，他对满族的历史文化、风俗掌故十分熟悉，更有着深厚的艺术文化修养。《红楼梦》的作者曹雪芹出身于满清贵族家庭，书中体现的清朝皇家贵族礼制、文化，满族的语言、民俗等，正是启先生熟稔的内容，所以<u>启功先生的注释准确而不烦琐，很适合大众阅读</u>。

此推荐辞中特别强调了两点：第一，此本选用底本程乙本，解决了前后文的一些矛盾之处，阅读更加顺畅。第二，此本由国学大师启功先生注释，很适合大众阅读，这是此本的两个特点吧。

- 1958 年俞平伯主持戚序本和程甲本混合本

1958 年出版初版后，一直未停止出版，直到 1999 年三印。1999 年此本收入我国国家元首赠书、对外宣传的《大中华文库》，人民文学出版社大力推荐这本俞平伯整理、启功注释的混合本主要强调了两点：第一，称此本是"俞先生 20 世纪 50 年代就汇集《红楼梦》各种版本，校订整理出一个更适合大众阅读的本子"，但此处有意无意地没有说明此本为戚序本和程甲本的混合本。第二，推荐辞也强调"启功先生是清朝贵族后裔，很熟悉《红楼梦》描写的内容，他的注释简洁准确，文辞优美"，这也是此本的两个特点吧。请注意以前人民文学出版社一直极力推崇的是红楼梦研究所的庚辰本和程甲本混合本，但这次推荐的是俞平伯整理本了，对此人民文学出版社是如何考虑的不得而知。

但请注意，此次人民文学出版社再版的俞平伯整理本有几个问题。首先，此本实际是个混合本，正文是俞平伯 1958 年的整理本，但署名却改为"曹雪芹著，无名氏续"，和俞平伯 1958 年本只署名曹雪芹著不同。其次，新版把启功 1957 年在程乙本中的注释，挪到俞平伯本中，号称"校点和注释是由俞平伯和启功这两位大师级的红学专家完成的"。这种做法遭到一些学者的批评。

- 1982 年冯其庸主持庚辰本和程甲本混合本

1982 年出版初版后，一直未停止，成为至今印数最多的《红楼梦》整理本，到 2008 年 26 年总印数 400 万册。

对版本的选择，此本前言中有所论述。

> 在《红楼梦》这些抄本中，己卯本、庚辰本、甲戌本的底本是比较早的。其中己卯本已确知为怡亲王府抄本，其抄成年代约在公元一七六〇年即乾隆二十五年庚辰以后，现存庚辰本抄定的年代，大约是在公元一七六一年即乾隆二十六年以后，甲戌本底本的年代应是公元一七五四年，即乾隆十九年甲戌，但现在所传甲戌本的抄成年代，则是比较晚的。在上述这些抄本中，<u>庚辰本是抄得较早而又比较完整的唯一的一种，它虽然存在着少量的残缺，但却保存了原稿的面貌，未经后人修饰增补</u>（其六十四、六十七两回的残缺，各本皆然，现存各本的这两回或是据程本，或是经后人增补过的），因此本书在校勘过程中决定采用庚辰本为底本，以其他各种脂评抄本为主要参校本，以程本及其他早期刻本为参考本。凡底本文字可通而主要参校本虽有异文但并不见长者，仍依底本；凡底本明显错误而主要参校本不误者，即依主要参校本；凡底本脱漏之文字，有主要参校本可资校补者，即依主要参校本补齐。

此文中称："现在所传甲戌本的抄成年代，则是比较晚的"，"现存庚辰本抄定的年代，大约是在公元一七六一年即乾隆二十六年以后……庚辰本是抄得较早而又比较完整的唯一的一种，它虽然存在着少量的残缺，但却保存了原稿的面貌，未经后人修饰增补。"这完全不符合事实，现存的甲戌本和庚辰本都是后抄的，庚辰本中有很多同词脱文就是铁证，根本不可能是原本，现存的庚辰本肯定是"经后人修饰增补"，绝对不是庚辰本的原本。整理者如此说无非是为选择庚辰本做掩护而已，一般读者不知道现存庚辰本的底细，会信以为真，其实此言绝对是误导读者的。但也不可否认的是，在现存的各种脂本中，庚辰本确实是最接近曹雪芹原本的，这点也不可否认。

总结以上介绍，60 年来人民文学出版社出版了三种《红楼梦》整理本，1957 年版程乙本到 1982 年出版前，一直是市场最流行版本，但在红楼梦研究所的混合本出版后，程乙本就停止发行了。目前后两种混合本还都在不断发行，成为市场上主流的整理本。

人民文学出版社对这三本的态度从发行量也可看出差异。

- 1957 年版程乙本

此本推出后一度是市场上主流《红楼梦》版本，到 1982 年冯其庸主持的庚辰本和程乙本混合本出版后，出版社可能考虑要推广此新版混合本，因此停止了此本发行，市场就被这种新版的混合本占领了。在停止发行前此本印刷了 111.5 万（有说 250 万）册。2018 年推出纪念版时，出版社的推介辞称"这个以程乙本为底本的《红楼梦》

整理本，是广大读者阅读欣赏这部伟大著作的直接途径","解决了前后文的一些矛盾之处，阅读更加顺畅"，也承认了此本的价值。

● 1958 年俞平伯戚序本和程甲本混合本

此本推出只比程乙本晚一年，但近 60 年来一直在发行，并进入了教育部指定的语文新课标必读等多种丛书，认为此本是适合大众阅读的本子，注意此处强调是"大众阅读"。其发行量到 2012 年只 30 万册，不到 1982 年庚辰本混合本的十分之一。但近年来人民文学出版社对俞平伯整理的戚序本混合本的宣传力度似乎在加大。

● 1982 年版庚辰本和程甲本混合本

此本推出最晚，对象是兼顾大众读者和研究读者，但其发行量最大，到 2016 年其发行量接近 500 万册。可以说此本是给人民文学出版社带来最大收益的《红楼梦》版本。

以上介绍了新中国成立以来所整理出版的多种版本，主要是程高本和混合本。下面分析围绕这两种版本的一些争议。

2. 《红楼梦》庚辰本、程高本争议琐谈

上节介绍了《红楼梦》版本中的两种混合本以及人民文学出版社出版的三种《红楼梦》整理本。

此节介绍有关庚辰本和程高本的争议问题。

● 最接近曹雪芹原本的版本
● 《红楼梦》庚辰本和程乙本文字差异优劣分析
● 适合三类读者的《红楼梦》整理本分析

（1）最接近曹雪芹原本的版本

目前《红楼梦》各种整理本实际主要可分混合本和程高本两类。混合本中又主要有两种，即俞平伯 1958 年整理的戚序本和程甲本混合本，和冯其庸 1982 年主持整理的庚辰本和程甲本混合本。

混合本整理者的目的是努力接近曹雪芹原著的面貌，为广大读者提供一个比较接近曹雪芹原著面貌的经过整理的普及本。采用脂本的主要理由是，庚辰本或戚序本比程高本更接近曹雪芹原本，因此应该以脂本为底本，而不是以程高本为底本。但因为脂本没有后四十回，因此被迫采取程高本后四十回。

我觉得这种看法是有一定的道理，但这个看法也不全面，应该为读者提供哪个版本，应该综合分析才更合理。

第一，庚辰本是现存版本中最接近曹雪芹原本的版本。

红楼梦研究所整理的混合本的主要原因是，庚辰本题写"脂砚斋四评阅过"，应该就是最接近曹雪芹原著的版本。客观说，这种看法是有一定道理的。在现存的脂本中，甲戌本是"重评"本，一般认为应该早于"四评"本。其次应该是戚序本，有人认为戚序本是出自庚辰本，但这不是事实，通过仔细分析，两本应该是兄弟关系，它们有共同祖本，此祖本才是真正的四评本。因此庚辰本和戚序本哪个更接近四评本还要仔细研究。因此，现存的庚辰本并不一定是脂砚斋四评本的原本，而是四评本的一个过录本，是经过多次传抄的抄本，其中肯定有些文字是在传抄中被修改了。

另外，台湾学者白先勇认为："其实程高本前八十回也是程、高收集当时流行的各种抄本，'广集核勘，准情酌理，补遗订讹'而成，程、高时期流行的抄本，一定远不止我们当今发现的 12 种，而且比较完整，不似当今版本，多有残缺，没有一种是十足八十回的。程高本中的异文，很可能是根据当时一些没有流传下来的抄本勘订的，那些抄本与现今 12 种'脂本'，不一定完全相同。"①

我看白先生所言也有几分道理。即便庚辰本是四评本，现存的其他脂本可能都晚于庚辰本，但这些版本中也可能保留了曹雪芹原稿的文字。而庚辰本中有些文字不如其他脂本。如甄士隐女儿名字庚辰本是"英菊"，而其他版本是"英莲"，此是"应怜"的谐音，应该是曹雪芹原文。就是红楼梦研究所整理的混合本中，也结合其他版本，对庚辰本文字有修改，这就是事实。

因此客观讲，假如是从最接近曹雪芹原本出发，庚辰本确实可能是目前保存下来的版本中，最接近曹雪芹原本的，因此以庚辰本为底本，再参校其他版本，是目前整理《红楼梦》前八十回的一个可行的办法。为对曹雪芹原本有兴趣的读者和研究人员提供了一本有价值的整理本，这个成绩是值得肯定的。

（2）最接近曹雪芹原本的版本未必是最适合大众读者的版本

首先，即便庚辰本确实是现存版本中最接近曹雪芹原本的，但对读者而言，应该选择一个最合适他们阅读或研究的版本，而不是一定要最接近曹雪芹原本的版本。

虽然程高本晚出，但如果程高本修订得确实比曹雪芹原本更合理，对读者阅读有利，选择程高本也有道理。

如前面所分析的，对于前八十回，脂本和程本哪个更合理，在学术界也有不同看法。混合本整理者认为程高本对脂本的修订很多不如原本。但学界也有人认为程高本修改的多处是合理的，台湾白先勇就极力推崇程乙本。所以脂本和程本是各有千秋的。

而不可否认的是，程高本是一个经过程伟元、高鹗仔细整理后的统一的整体，学者一般承认程高本修订后，一百二十回整体上更合理了。当然也有人认为程高本曲解了曹雪芹原稿，甚至出现了一门学问"探佚学"，试图探索曹雪芹原稿的结局。87 版《红楼梦》电视剧也没有采用程高本的结局。这又是仁者见仁，智者见智了。

其次，即便是这些所谓庚辰本更合理的文字，如果仔细分析，这些文字修订虽然整理者不厌其烦地论述，这些文字修订如何有意义，但这实际都是文字学范畴内的问

---

① 白先勇：《正本清源：版本流变及后四十回作者问题》，载《曹雪芹研究》2018 年第 3 辑。

题,虽然个别处在故事、人物形象上庚辰本和程高本是有些差异,但仔细分析这些差异还是个别和微小的,对于《红楼梦》整体故事、人物的整体形象等,都没有很大的意义。

最后,再从广大的大众读者出发,这些个别的文字修订对他们阅读也没有太大的意义,他们如不仔细阅读,是根本不会发现这些文字差异的。大部分读者阅读中不在乎哪个版本最接近曹雪芹原著,他们只关心《红楼梦》整体故事和人物形象,而不在乎和纠结于这些个别文字的差异。

因此,《红楼梦》版本虽然多,但实际不同版本的文字差异不大。只要把《红楼梦》和《三国演义》《水浒传》《西游记》不同版本都做仔细比对,就可以看出,《三国演义》《水浒传》《西游记》不同版本文字差异很大。这三种名著都有繁本、简本之分,不止文字差异非常大,有时连故事也不同。即便同是繁本或简本,也还有很大差异。如《三国演义》繁本就分"演义"和"志传"两个系列。而在"演义"系列中,嘉靖元年本和周曰校本等版本又有很大差异,周曰校本插入了11个故事和关索故事,至于毛宗岗本文字差异就更大了。毛宗岗的修订本被后人认为比明代更接近罗贯中原本的嘉靖元年本等版本修订得更好,因此也成为最流行的版本,这也是事实。《红楼梦》无论是各种脂本还是程高本,在八十回中不仅故事上没有多大差异,就是文字差异也很小。

因此,所谓"最接近曹雪芹原本"的版本,未必是最适合大众读者的版本。

(3) 庚辰本和程高本文字差异举例

为说明以上分析的结论,下面对比分析红楼梦研究所庚辰本混合本和程高本的文字差异和优劣。

红楼梦研究所庚辰本混合本的分析主要根据此本校注工作的主要参与者之一吕启祥先生编写的《〈红楼梦〉新校本和原通行本正文重要差异四百例》,及《〈红楼梦〉新校本校读记》。①

程乙本的分析主要根据台湾学者白先勇先生编写的《〈红楼梦〉程乙本与庚辰本对照记》。②

两文例证数量差异较大,吕启祥文400例,其中有说明的211例,白先勇文178例,略少,都有说明。白先勇说明详细一些。

庚辰本和程高本的差异是多方面的,按照吕启祥先生的归纳,主要分语言文字、叙述描写、人物形象、思想意义几方面。由于差异巨大,下面只选择部分例证做概括介绍。

1) 最大差异——语言文字差异

---

① 吕启祥:《〈红楼梦〉新校本和原通行本正文重要差异四百例》,《红楼梦开卷录》,陕西人民出版社1987年9月第1版。吕启祥:《〈红楼梦〉新校本校读记》,载《红楼梦学刊》1983年第三辑。
② 白先勇:《〈红楼梦〉程乙本与庚辰本对照记》,载《正本清源说红楼》,广西师范大学出版社2019年4月第1版,第459—577页。有人认为白先勇编写的《对照记》中多有错误,并非是用程乙本独出的文字与庚辰本对比,本文所举程乙本例子都核对无误。

庚辰本和程高本最大差异是文字语言差异，吕启祥文承认："有的读者尤其是青年读者往往感到原通行本（指程乙本）顺畅通达，新校本（指庚辰本混合本）读去反而艰涩难懂。"

其实这就反映出《红楼梦》版本的创作和修订的思路过程。

《红楼梦》是曹雪芹创作的，曹雪芹是很有功底的文人，自然语言上偏向文人用语。而程伟元、高鹗修订的一个重要思路就是平民化、白话化、口语化，自然就把百姓很多难懂的语言做了修订。吕启祥自己也承认这一点。其中的例证举不胜举，以下举出几例。

例1. 第三回中对林黛玉眉毛和眼睛的描写，各种版本文字差异很大，这是《红楼梦》版本研究很典型的例子，也成为"程前脂后"的证据之一，本书第三编《红楼梦》版本研究"中分析"程前脂后"时对此有详细分析，可参看。此处林黛玉眉毛和眼睛的描写，吕启祥和白先勇文都各自认为所整理版本文字好。但对大众读者来说，似乎没有什么差异，也不会去注意。

例2. 第四十三回宝玉到郊外祭奠金钏，小厮茗烟代为祝告的一段话，庚辰本语言为半文半白，而程乙本全是白话口语。按照庚辰本整理者分析，庚辰本半文半俚的对话，比程乙本一律大白话更有趣、更够味。

其实此处庚辰本的半文半白符合庚辰本的整体语言风格，赞同的学者认为小厮茗烟长期在贾府生活，代为讲祭文采用半文半白也是有一定道理的。而程乙本的修改也是符合其修改的宗旨，语言平民化，程乙本可能觉得作为小厮，还是改为大白话更贴切，也很合理。

两本语言文字差异例证很多，限于篇幅不再举例。可以肯定的是，程高本语言文字肯定比庚辰本更通俗，这是事实，在我看来，这也是程伟元、高鹗整理程高本的初衷之一，也是两本的最大差异。

2) 重要差异——人物形象差异

人物形象的差异也是一个重要差异，其中最突出的是尤三姐形象。吕启祥文指出：尤三姐形象在庚辰本和程高本中判若两人这一点，早已为研究者所重视，并已有许多专文讨论。问题的核心在于，尤三姐是个庚辰本所描述的改过自重"淫奔女"，还是程高本所描述的白璧无瑕贞节女。庚辰本中凡有尤三姐同贾珍关系暧昧和举动出格之处，程乙本一概删除或以别的文字代替。相应的后文有关文字也作了改动。小说第六十五回中两本异文很多，不能一一举出，下面是一例。

例1. 第六十五回尤二姐、尤三姐见贾珍的描写，庚辰本和程高本不同。庚辰本描写尤二姐离席后，"贾珍便和三姐挨肩擦脸，百般轻薄起来"，而程高本改为："那三姐儿虽向来也和贾珍偶有戏言，但不似他姐姐那样随和儿，所以贾珍虽有垂涎之意，却也不肯造次了，自讨没趣。"

白先勇认为庚辰本前面对尤三姐和贾珍的轻浮描写，和后面描写尤三姐为柳湘莲而自杀的刚烈是矛盾的。因此程高本描写改为尤三姐冰清玉洁贞烈女是合理的。其实仔细分析，庚辰本描写尤三姐为失足改过的"淫奔女"也未必不合理，尤三姐开始确实有些轻浮，后见到柳湘莲一见钟情，但不为柳湘莲理解，为证实自己清白宁可自杀，这种改过自重"淫奔女"在当时也可能是存在的。因此对尤三姐的塑造我看两本是各有千秋。

例2．第七十七回晴雯之死，庚辰本和程高本也不同，庚辰本在描写晴雯凄惨情况后，宝玉有段暗想的话，程乙本删除了。白先勇认为这段话"根本不像宝玉的想法，看来倒像手抄本脂砚斋等人的评语，被抄书的人把这些眉批、夹批抄入正文中去了"。

例3．第十六回秦钟去世的描写。庚辰本秦钟临死前对贾宝玉说："以后还该立志功名，以荣耀显达为是。"程乙本删除了这段话。白先勇认为这段话完全不符合秦钟的人物性格，甚至可能是庚辰本抄手私自抄写进去的。

总之，在人物形象描写上，两本也有差异，但不仔细读也不会发现。

3）少数差异——故事情节差异

庚辰本和程高本故事情节差异不多，典型例证是秦可卿之死。

例1．第十三回秦可卿死后，庚辰本为"合家皆知，无不纳罕，都有些疑心"，戚序本为"合家皆知，无不纳叹，都有些伤心"，程甲本为"彼时合府皆知，无不纳闷，都有些疑心"，程乙本为"合家皆知，无不纳闷，都有些伤心"。庚辰本、程甲本为"疑心"，戚序本、程乙本为改为"伤心"，其实背后是有原因的。

据畸笏叟批语，曹雪芹原稿是秦可卿因为和公公贾珍有暧昧关系而自杀的，但后被删除，但庚辰本留下"疑心"二字，是暗示了秦可卿死亡背后的隐情。保留"疑心"可使对此有兴趣的读者去深究其背后的原因，也有一定意义。

而其他版本可能觉得书中并未提及秦可卿自杀之事，因此改为"伤心"。此处因为现存的所有版本都没有秦可卿自杀的情节，因此将"疑心"改为"伤心"，省得读者去猜测，也是合理的。

在故事情节上庚辰本和程乙本差异很少，读者也不会发现。

4）文字描写差异

庚辰本和程高本在文字描写中差异也很多，下面是几例。

例1．第八回描写林黛玉出来，庚辰本是"林黛玉已摇摇的走了进来"，戚序本为"林黛玉已走了进来"，程甲本是"林黛玉已摇摇摆摆的来了"，程乙本是"黛玉已摇摇摆摆的进来"。这里林黛玉走路姿态庚辰本是"摇摇"，戚序本可能觉得"摇摇"形容林黛玉走路姿态不好，因此删除了，而程高本改为"摇摇摆摆"。这里如仔细研究，似乎"摇摇"比"摇摇摆摆"更合适。

例2．第十三回贾珍为亡故的秦可卿寻觅棺木，庚辰本、戚序本是薛蟠说他店里有一副"没有人出价敢买"的板，意思是此板是义忠亲王老千岁要的，因此"没人敢买"。而程甲本、程乙本改为"也没有人买得起"，意思是此板价贵，因此无人买得起。

例3．第七十四回绣春囊事件引发了抄检大观园，凤姐率众抄到迎春处，在迎春的丫鬟司棋箱中查出一个"字帖儿"，庚辰本和程高本文字完全不同。白先勇认为庚辰本完全写反了，而程高本文字是对的。

对于脂本和程高本的文字差异，双方各自举例的类似例证还很多，其实各自都有各自道理，就不再一一举例分析了。

（4）庚辰本和程高本文字差异分析

总之，如何看待庚辰本和程高本的文字差异，主要有以下两点。

第一，所谓程高本的修订很多不合理，还不如原本，其实并非定论。这些修改其实都是文字学范畴内的修改，对于故事、人物都没有本质的修改，实际仔细分析都不是致命的问题，而是各有千秋的。各人有各自不同看法，程伟元、高鹗也是清代著名文人，程高本的修改肯定是有他们修改的道理，而庚辰本原文也有其道理。

第二，这些文字差异，对于大众读者更是几乎感觉不到的，是可改可不改的。庚辰本和程高本的文字差异，其实就和程甲本、程乙本的差异差不多。程甲本刊印不久，程伟元又刊刻了程乙本，对程甲本也做了修改，有些修改文字还较大，如贾府抄家清单变更就很大，很明显是程乙本修订者不满意程甲本的清单，因此做了仔细修订。但这对于今日我们不熟悉清代家庭的大众读者来说，这两份清单是感觉不出多大差异的。

从这些文字差异内容就可看出，这些仔细分析都是些文字细节差异，对于细读、精读的读者是可以仔细琢磨的，但对于大众读者似乎意义不大。

总之，仔细分析庚辰本、程高本的差异，作为一个局外人，我个人还是觉得这是仁者见仁、智者见智的问题。

（5）对出版混合本的看法

因此，整理这两种混合本是有利有弊的，应该给予客观公正的评价。

首先，出版庚辰本、戚序本的整理本肯定是有意义的，可以让读者看到更接近曹雪芹原本的版本，这毫无疑义是值得肯定的。

总结以上分析，混合本中前八十回文字和程高本比谁好谁差很难区分，而程高本是程伟元、高鹗前后统一修订的，因此整体性、前后一致性应该更好。这样就很明显有两个方案。

一个是混合本方案，就是把一个所谓文字更接近曹雪芹原本的八十回本，再配以一个后人所续、无法替代的程高本后四十回，组成一个前后出自两个作者的混合本。

而另一个方案是程高本方案，一百二十回全本文字被有些人认为不十分理想，但一百二十回全书比较完整统一。

哪个方案更好，哪个方案对读者阅读更通顺，显然会有不同看法。

强调要接近曹雪芹原本的人肯定会认为混合本好，而强调全书前后统一完整的人，肯定认为程高本好。角度不同，很难有标准答案。有关脂本和程高本的辩论，从程高本出现至今就没有停止过，也不可能达成统一意见，最后只能是由读者自己去选择了。

我个人认为，采取"腰斩"的方法，出版混合本不十分合适。俞平伯经过后半生仔细思索，去世前所言"腰斩有罪"是有道理的，一百二十回程高本是个整体，其中的修改也有意义。否定一百二十回程高本，腰斩程高本是不合适的。

这只是我作为一个对《红楼梦》不怎么感兴趣、至今还没有完整、仔细读过《红楼梦》的读者的看法而已。我虽然对《红楼梦》的内容文字兴趣不大，但对于《红楼梦》版本还是有兴趣，因此以上看法也多是从版本角度出发，提出来与大家探讨而已。

（6）《红楼梦》两类读者和版本

以上分析了《红楼梦》各种版本，特别是其中两种混合本。在分析中也提及，出版社在选择版本时要考虑不同版本的读者，否则会影响整理本的发行。典型案例就是1958年俞平伯混合本的出版。

前面曾介绍，俞平伯整理此本想兼顾大众和研究两类完全不同的读者，因此请启功做注释，但又收入篇幅极大的校字记。这样结果与初衷相反，虽然校字记对研究类读者有帮助，但大众读者对此不感兴趣，因此导致此本销路不畅。最后出版社重印时被迫取消了校字记。因此出版时必须考虑读者。

有学者将《红楼梦》读者分为两类，即大众普及读者和小众研究读者。[①]这种分类本不错，其实不止《红楼梦》如此，其他古代小说《三国演义》《水浒传》《西游记》《金瓶梅》等的读者都是如此。

但提出此看法学者又进一步提出以下两种看法，但我觉得都有些问题。

● 先有大众欣赏的普及，才有小众学术的可能

此看法者认为，两者是互动过程，只有大众欣赏得到普及，才会对小众学术激励推动；而小众学术贴向大众，小众研究才越有生命力。

根据我多年对中国古典小说的研究，我觉得大众欣赏和小众学术的先后没有固定的模式。确实先有大众欣赏普及，后有小众学术，中国古典小说如《三国演义》《水浒传》《西游记》《金瓶梅》，书坊出版后，受到读者欢迎，得到大众普及，引起小众研究。但只要读者欢迎，同时也就会有学者去研究，而不会等大众普及后才有小众去做研究。也有些古典小说因为故事性差，如《野叟曝言》《歧路灯》，刊刻后读者很少，但也有人去研究。因此，研究和普及肯定是相互促进的，不是固定一定是先有大众欣赏的普及，才有小众学术的可能。而具体到《红楼梦》，是哪种模式似乎关系不大。

● 程乙本是最适合广大民众阅读的普及本

此看法的根据有三。

第一，艺术的整体性。

这种说法有一定道理，也有些问题。确实一百二十回本是一个经过程伟元、高鹗统一整理的版本，整体性确实比只有八十回本的脂本强。而前八十回为脂本后四十回为程高本的混合本，仔细研究，整体性肯定略差一些，但实事求是说，也没有差得太多。对一般读者肯定是感觉不到的。只有细读才会有感觉。

第二，故事性强。

和第一个问题一样，确实一百二十回本是一个整体，故事性肯定比只有八十回本的脂本强。但同样，前八十回为脂本后四十回为程高本的混合本全本的整体性，实事

---

① 郑铁生：《先有大众欣赏的普及，才有小众学术的可能——论〈红楼梦〉程乙本的重要性》，载《正本清源说红楼》，广西师范大学出版社2019年4月第1版，第301—312页。

求是说，也同样没有差太多。

第三，语言通俗、简洁、明快。

这点和前两个问题不同，程伟元、高鹗修订程高本的目的就是口语化，确实一百二十回本经修订后，语言确实比脂本要通俗、简洁、明快一些，就是极力支持庚辰本的学者也承认这一点。但对一般大众读者来说，实事求是说，除非仔细阅读，也没有明显的感觉。

总之以上所举三方面，程高本可能比庚辰本略强，但一般大众读者是感觉不到的。只有细读才会有感觉。

因此，大众普及读者和小众研究读者说法不错，但如把某个特定版本（如程高本）就认定为大众普及读者本，而把其他版本（庚辰本）就认定是小众研究读者本，肯定是有问题的。很明显，相反情况肯定也有，即大众普及读者也会去阅读庚辰本，而小众研究读者也会去研究程高本。因此，把大众普及和小众研究与某个特定版本挂钩，肯定是不合适的。应该换个角度去分析大众普及读者和小众研究读者。

下面把《红楼梦》读者根据阅读版本的范围和数量，而不是根据版本的种类，将读者分为三类，即大众粗读者、大众细读者和研究精读者。

（7）针对《红楼梦》三类读者的不同整理本

《红楼梦》读者根据阅读版本的范围数量，可将读者分为三类：

- 大众粗读者：只选一种版本粗读即可。
- 大众细读者：可选几种版本比对细读。
- 研究精读者：要仔细精读和研究所有的版本。

下面逐一分析这三类读者。

第一类大众粗读者——只注重故事

绝大多数读者阅读《红楼梦》是看主要故事和主要人物，对其中的文字细节根本不会在意，对各种版本更是不关心的，可谓只是粗读而已的大众读者。

大众粗读者中，根据读者兴趣和现有整理本的特点，又可分为几种。

如希望语言简单通俗易懂的，可选语言更为口语化的程乙本。

如希望了解《红楼梦》原本的，可选目前为止最接近曹雪芹原著的庚辰本。

如希望加深了解小说故事背景的，可选人民文学出版社启功注释的戚序本和程甲本混合本。

第二类大众细读者——注重内容

这部分读者不止是要了解主要故事和主要人物就行了，还希望仔细阅读文本，注重内容、人物形象等，这些读者阅读十分仔细，可谓是大众读者中的细读者。但这部分读者对《红楼梦》版本演变可能只有一定兴趣，不会仔细认真地去研究版本。

这类读者虽然更注重其文字内容，对版本不十分在意，但还是应该让他们知道《红楼梦》版本的两大体系，即脂本和程高本，因此还是应该同时出版这几种版本的整理本供这类读者选择，包括脂本中的庚辰本、戚序本和程高本中的程甲本、程乙本。

人民文学出版社 1957 年出版了程乙本的整理本，采用了启功先生的注释，1958 年人民文学出版社又推出俞平伯校点、启功注释戚序本和程甲本混合本，1982 年又出版了庚辰本和程甲本的混合本，由冯其庸牵头做了校注。本来人民文学出版社应该同时推广这三种版本的，这是很理想的方式。但不知为何出版社在 1982 年推出庚辰本混合本后，就停止了程乙本的出版，而只推两种混合本，我认为人民文学出版社此决策有些欠考虑。

由于人民文学出版社主动放弃了程高本，就给其他出版社出版程高本带来了机会。其中整理最详尽的张俊先生整理的程甲本和程乙本。1987 年北京师范大学出版社出版了程甲本的整理本，由启功作序并担任顾问，校勘者为龚书铎、武静寰、聂石樵，注释者为张俊、聂石樵、周纪彬。这是第一本以程甲本为底本的整理本。2013 年商务印书馆又出版张俊主持评批的《新批校注红楼梦》，此本以程乙本为底本，此书的特色在于其大量的评批，是张俊及其弟子多年研究成果的结晶。

此外，2017 年广西师范大学出版社在台湾著名作家白先勇推动下推出程乙本，此本实际是台北桂冠图书公司《红楼梦》程乙本的校注版，其底本之一就是人民文学出版社 1972 年的程乙本。

对以上版本，读者可根据自己喜好选择，也可同时摆开几种版本比对阅读。

第三类研究精读者——注重版本

还有极少数读者不止是要细读文字，而且要仔细研究《红楼梦》各种不同版本之间的差异，想了解《红楼梦》各种版本是如何演化的，可谓是研究类的精读。

这是一大批的"红迷"，他们对《红楼梦》各种版本都有兴趣，而不止局限于戚序、庚辰和两种程高本。因此应该提供各种不同版本供他们去选择，以便他们各自去研究。

所以对第三类研究型的精读者，就应该把现有的所有各种《红楼梦》版本逐一整理后，分别出版。

不管哪个版本整理，不是只简单把文字整理完就完了，而是要像俞平伯整理戚序本的"校字记"一样，对各种版本的文字差异逐字加注。在此本文字和其他版本文字不同时，要注明其他各个版本文字是怎样的。这是整理本的关键，要告诉读者各个版本的文字差异，否则读者只看此本不知其他版本文字有何差异，而要读者自己分别去比对其他版本是非常困难的。

至于对各种版本的原文，整理有两个办法。

一个办法是原文不改动，即便是明显错误也不改，只加注。

另一个办法是改动原本，再同样加注。

两种办法各有利弊。

第一种办法不改原文，如原文有误，对读者阅读不利。

第二种版本改动原文，读者阅读方便，但读者不看注解可能不知原文的错误。

因此整理者选择哪个版本可自己决定。

我觉得《红楼梦》全部版本都应整理出来，再整理出比对本，对于《红楼梦》版本研究也绝对是好事。但看来似乎红楼梦研究所并没有这个计划，而只整理出版了现在的一种混合本就完结了。

冯其庸先生也曾两次整理出版了《红楼梦》各种版本的汇评、汇校本，但这种比对本只是段落比对，阅读比对十分困难。

据我所知，有些爱好者也有我这个想法，他们整理出了《红楼梦》各种版本的比对本，很受《红楼梦》爱好者的欢迎，看来我的想法还是符合广大爱好者的希望的。

但这种整理出版各种《红楼梦》版本的整理本最大问题是，工作量大，而读者群小。要逐字校理各种版本，尤其是各种抄本，工作量极大。如邓遂夫曾计划整理所有脂本，但因为工作量太大，最后也只整理了甲戌本和庚辰本。

另外，对版本有兴趣的读者还是少数，因此出版社投入大，效益差。因此唯一办法是由事业单位，如红楼梦研究所作为国家项目资助整理出版。

中国艺术研究院红楼梦研究所是国家公办的唯一古代小说研究所，我认为作为《红楼梦》的专业研究所，一个重要任务就应该遵循上述原则，将所有《红楼梦》版本全部整理出版。而不是现在这样，只整理出版一本八十回庚辰本和后四十回程高本的混合本就完事了。我认为这对于他们并非难事，前八十回已经整理了庚辰本，再整理其他版本是很容易的。对于程高本，既然整理了后四十回，再整理出前八十回也是应该的。

我曾录入了《红楼梦》的十几种排印本，然后用计算机自动比对，整理出各种版本的比对本，各种版本的文字差异一目了然。我曾在几次研讨会上介绍，受到好评。2011年刘勇强先生整理程甲本和程乙本混合本，我的比对大大提高了他的工作效率，他在此书前言中对此深表感谢。我做的《红楼梦》分逐行和分栏两种比对，我觉得我所做的比对本对《红楼梦》研究绝对是有用的，于是在2018年申请社科基金后期资助想出版这个比对本。但我做的《红楼梦》主要比对本每本五六百万字，规模极为庞大，最后没有通过评审，很遗憾。即便批准，以我个人之力去整理这么多版本也是十分困难的。

总之，我认为针对三类读者应该整理出版不同的《红楼梦》版本，而红楼梦研究所只整理出版一个混合本是不够的，他们应该全部整理出版《红楼梦》各种版本，供爱好者和研究人员参考，而不是过度宣传一个混合本。

三类读者总结

总之，《红楼梦》版本应该如何整理出版，会有各种不同看法，没有一种看法是绝对正确的，各自都有各自的道理。虽然不可能达成统一意见，但客观公正的看法是，应该根据不同读者，整理出版各种不同的整理本，各种整理本都有其特点，也各有一定道理，也都会有其各自的读者。总之，不应过度强调某一方面，而去误导读者。

最后，对以上三类读者选择版本，我个人的看法如下：

- **第一类粗读者**：可根据各人爱好选择版本，如注重语言通俗化的可选程乙本，如注重原本，可选庚辰本，如注重注释可选人民文学出版社启功注释本。

- 第二类细读者：可在程高本和混合本两类中仔细比较其文字和注释，选择一种或几种适合自己的版本。
- 第三类精读者：对各种版本肯定都要逐一仔细比对研究，深入去研究这些版本之间的差异和关系，这就要对所有版本都仔细阅读。

以上当然只是我一个爱好者的看法，我觉得目前《红楼梦》整理出版方面还有一些问题，在此只是谈谈个人看法而已。

3. 《红楼梦》庚辰本和戚序本关系论[①]

（1）戚序本简介

《红楼梦》版本中脂本很多，可分早期抄本和晚期抄本两类。早期抄本中最主要的是甲戌本、庚辰本和戚序本。戚序本，全名为"戚蓼生序本"，简称戚序本或戚本，戚序本又可分为几种。戚沪本于清末光绪年间为桐城人张开模获得（故又称戚张本）。后经俞明震赠给上海有正书局老板狄葆贤。1911年至1912年，狄葆贤对其进行照相石印，并予以出版，题《国初抄本原本红楼梦》，一般将其称之为"有正大字本"。这是第一种正式印刷出版的脂评本系统的《红楼梦》。1920年用大字本剪贴缩印了一种"小字本"。

戚沪本原传已毁于兵火，但1975年上海古籍书店发现了其上半部一至四十回。现存于上海，故称为"戚沪本"。后南京又发现一种带有戚蓼生序的古抄本，八十回全，称为"戚宁本"。现藏于南京图书馆，所以又称为"南图本"。

三种戚序本文字差异很小，本文所引戚序本都是有正大字本。

甲戌本、庚辰本和戚序本三本的关系有"父子"和"兄弟"几种看法。

红学界主流看法是，戚序本是参考甲戌本和庚辰本修订而成的，即戚序本和庚辰本是父子关系。

而我认为戚序本和庚辰本是兄弟关系，戚序本有些文字直接来自甲戌本，而庚辰本的文字做了修订，和甲戌本戚序本不同。

对戚序本和庚辰本关系的分析论证方法如下：
- 检查戚序本等5种版本的文字差异；
- 对5种版本的文字差异分类统计；
- 按照父子关系和兄弟关系分类解释这些文字差异；
- 最后判别戚序本和庚辰本之间的关系，"父子"兄弟关系哪个可能性大。

[①] 周文业：《〈红楼梦〉版本数字化研究》，中州古籍出版社2015年第1版，第371—430页。略有修改。

(2) 六种文字差异

甲戌本、蒙府本、戚序本、己卯本、庚辰本 5 种版本 16 回中的文字差异约有 500 多处。这些文字差异主要分为以下 7 类。

根据"父子"兄弟关系对文字差异分类

次序	文字差异	产生原因	次数	父子关系	兄弟关系
1	甲戌本独有异文，己卯本、庚辰本、蒙府本、戚序本有共同异文	己卯本、庚辰本、蒙府本、戚序祖本修改	164	可解释	可解释
2	己卯本独有异文，甲戌本、庚辰本、蒙府本、戚序本有共同异文	己卯本修改	20	可解释	可解释
3	蒙府本、戚序本独有异文，甲戌本、己卯本、庚辰本有共同异文	蒙府本、戚序祖本修改	170	可解释	可解释
4	庚辰本独有异文，甲戌本、己卯本、蒙府本、戚序本有共同异文	庚辰本修改	33	解释困难	可解释
5	己卯本、庚辰本独有异文 甲戌本、戚序本、庚辰本有共同异文	己卯本、庚辰祖本修改	111	解释困难	可解释
6	甲戌本、己卯本独有异文，蒙府本、戚序本和庚辰本有共同异文	蒙府本、戚序本、庚辰本修改	2	可解释	解释困难
合计			500	可解释 4 解释困难 2	可解释 5 解释困难 1

- 甲戌本独有异文，蒙府本、戚序本和己卯本、庚辰本有共同异文，约 164 处；
- 蒙府本、戚序本有共同异文，甲戌本和己卯本、庚辰本有共同异文，约 170 处；
- 己卯本、庚辰本有共同异文，甲戌本和蒙府本、戚序本有共同异文，约 111 处；
- 甲戌本、己卯本有共同异文，蒙府本、戚序本和庚辰本有共同异文，只有 2 处；
- 己卯本有独有异文，甲戌本、蒙府本、戚序本和庚辰本有共同异文，有 20 处；
- 庚辰本独有异文，甲戌本、蒙府本、戚序本和己卯本有共同异文，有 33 处；
- 各个版本独有异文，即各版本文字都不同，数量非常多。

以上 7 类文字差异中，第 7 类版本独有文字是各个版本独自修改，和其他版本无关，在研究版本关系中，没有深入研究的价值，就不加分析。

而对其他 6 类文字差异，分析其产生的原因，以及如何解释其产生的原因。无非是两种可能，即父子关系和兄弟关系。

再分别按照父子关系和兄弟关系，对这 6 类文字差异逐一进行分析，看这 6 类文字差异中，哪些是父子关系和兄弟关系都可以解释，哪些是父子关系可以解释，而兄弟关系解释困难。哪些相反，是父子关系解释困难，而兄弟关系可以解释。

根据父子关系和兄弟关系，将以上 6 类情况再分为 3 类。

第一类是父子关系和兄弟关系都可以解释，包括了 3 种情况，合计有 354 处。

第二类是父子关系解释困难，而兄弟关系可以解释，包括 2 种情况，合计有 144 处。

第三类是父子关系可以解释，而兄弟关系解释困难，只有一种情况，2 例。

根据以上分析，最终可以判别戚序本和庚辰本之间的关系，到底是父子关系可能性大，还是兄弟关系可能性大。

总结以上情况：
- 父子关系可以解释的有 356 处，占总数 500 处的 67.2%，解释困难的 144 处，占总数 500 处的 28.8%。
- 兄弟关系可以解释的有 498 处，占总数 500 处的 99.6%，而解释困难的只有 2 处，只占总数 500 处的 0.2%。

因此，戚序本和庚辰本之间的关系，应该是兄弟关系比父子关系可能性更大。

下面分别详细分析父子关系难以解释，和兄弟关系难以解释的情况。

（3）甲戌本、蒙戚本共同异文，己卯本、庚辰本改——父子关系难解释异文之一

第一类是父子关系难以解释，而兄弟关系容易解释的。这又有两种情况。

第一种情况——己卯本、庚辰本共同异文，就是甲戌本和蒙府本、戚序本有相同的共同异文，而和己卯本、庚辰本不同，这类共同异文约有 111 处。

第二种情况——庚辰本有独有异文，就是庚辰本和其他所有版本都不同，这类共同异文约有 33 处。

先分析第一种情况，即己卯本、庚辰本有共同异文，而甲戌本和蒙府本、戚序本和己卯本、庚辰本不同，并将这类共同异文扩展到其他版本，如舒序本、甲辰本、列藏本、卞藏本、杨本等，可以发现其他版本的文字都同于甲戌本、蒙府本、戚序本，而不同于己卯本、庚辰本。

这种情况根据文字的缺失，又可再分为三种情况。

第一种情况是己卯本、庚辰本文字有缺失。

第二种情况相反，己卯本、庚辰本文字完整，而甲戌本和蒙府本、戚序本等所有版本文字有缺失。

第三种情况是个别词语的改变。

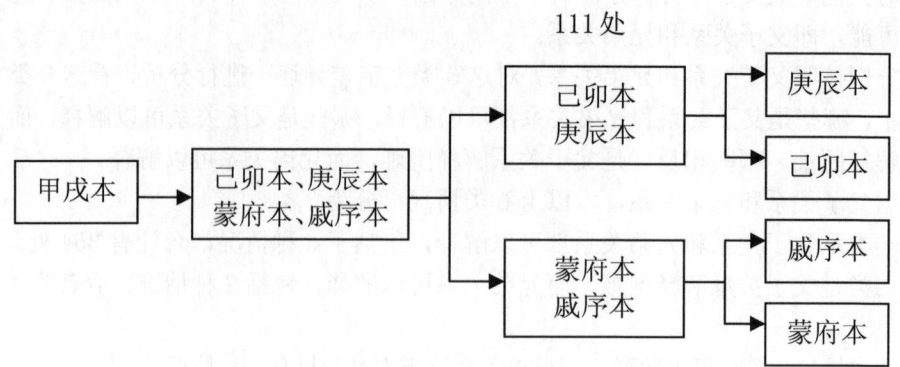

甲戌本和戚序本、蒙府本文字相同，有共同异文 111 处示意图

先分析第一种己卯本、庚辰本文字有缺失的情况。

例 1. 第六回，甲戌本和蒙府本、戚序本文字相同，而己卯本、庚辰本、杨藏本有共同缺失的异文（《〈红楼梦〉版本数字化研究》下册第 336 页）。

己：一二十	妇人
庚：一二十	妇人
杨：一二十个	妇人
戌：一二十　妇人衣裙悉率渐入堂屋往那边屋　内去了又见　两三　个　妇人	
蒙：一二十　妇人衣裙悉牵渐入堂屋　内　　　去了又见　两三　个　妇人	
戚：一二十　妇人衣裙悉率渐入堂　　屋　内去了又见　两三　个	
卞：一二十　妇人衣裙悉率渐入堂屋往那边屋里　去了又见　　　三四个　妇人	
舒：一二十　妇人衣裙悉率渐入堂屋往那边屋　内去了又见　　三　两妇人	
辰：一二十个妇人衣裙悉率渐入堂屋往那边屋　内去了又见三两　个　妇人	

上述例子中，甲戌本文字和蒙府本、戚序本等所有版本文字都相同，而独有己卯本、庚辰本文字似乎有缺失。这似乎是由于己卯本、庚辰本文字有了遗漏，或对甲戌本的文字做了删节。目前看到的己卯本、庚辰本是过录本，在过录中抄写者对原文字做了修订，因此出现了己卯本、庚辰本的文字和蒙府本、戚序本不同了。一些主张父子关系的学者都是如此解释。因此在这种情况里，似乎甲戌本和蒙府本、戚序本文字保持了原本的形态。

上述是己卯本、庚辰本文字有缺失，而第二种情况相反，己卯本、庚辰本文字完整，而甲戌本和蒙府本、戚序本等所有版本文字有缺失。

例 2. 第七回，甲戌本和蒙府本、戚序本文字有相同的缺失，而己卯本、庚辰本、杨藏本有共同异文（《〈红楼梦〉版本数字化研究》下册第 350 页）。

己：窗下过　隔着玻璃窗户见李纨在炕上歪着睡觉呢遂越过西　苑墙出西角门

庚：	窗下过	隔着玻璃窗户见李纨在炕上歪着睡觉呢遂越过西花		墙出西角门	
杨：	下来隔着玻璃窗户见李纨在炕上歪着睡觉呢遂越过西花			墙出西角门	
戌：	窗下过		越	西花	墙出西角门
戚：	窗下过		越	西花	墙出西角门
蒙：	窗下过		越	西花	墙出西角门
卞：	窗下过去		越	西花	墙出西角门
舒：	窗下过去		越	西花	墙出角 门
列：	去		越	西花	墙出角 门
辰：	窗下过		越	西花	墙出西角门

这是个奇怪的例子，从文字看，如认为己卯本、庚辰本文字有补充，但似乎可能性很小。因此似乎是己卯本、庚辰本是原本面貌，甲戌本由于是过录本，遗漏了这段文字，而蒙府本、戚序本等版本都和甲戌本一样，都遗漏了这段文字。这种解释较为合理。但假设如此，则蒙府本、戚序本等版本就不可能来自己卯本、庚辰本，而是来自甲戌本。

在这种情况里，似乎是现存的己卯本、庚辰本保持了原本的形态。

例3. 第七回，有关秦钟的介绍，甲戌本、己卯本、庚辰本、杨藏本文字相同（《〈红楼梦〉版本数字化研究》下册第355页）。

戌：	问他年纪	读	书等事方知他学	名唤	秦钟
己：	问他	几岁了读什么书		弟兄几个学名唤什么	秦钟
庚：	问他	几岁了读什么书		弟兄几个学名唤什么	秦钟
戚：	问他年纪	读	书等事方知他学	名	叫秦钟
蒙：	问他年纪	读	书等事方知他学	名	叫秦钟
卞：	问他年纪	读	书等事方知他学	名	秦钟
舒：	问他年纪	读	书等事方知他学	名唤	秦钟
列：	问他年纪	读	书等事方知 学	名唤	秦钟
辰：	问他年纪	读	书等事方知他学	名	叫秦钟
杨：	问他	几岁了读什么书		弟兄几个学名唤什么	秦钟

第三种情况是个别词语的改变，这类例子很多，只举3例如下。

例4. 第一回，己卯本、庚辰本有共同异文（《〈红楼梦〉版本数字化研究》下册第244页）。

戌：	只有一女乳名　　英莲
己：	只有一女乳名　　英菊
庚：	只有一女乳名唤作英菊
蒙：	只有一女乳名　　英莲
戚：	只有一女乳名　　英莲

卞:	只有一女乳名	英	莲	
舒:	只有一女乳名	英	莲	
辰:	只有一女乳名	英	莲	
列:	只有一女乳名	英	莲	
杨:	只有一女乳名	英	莲	

例5. 第三回：己卯本、庚辰本有共同异文（《〈红楼梦〉版本数字化研究》下册第282页）。

戌:	插着时鲜	花卉	并茗碗	痰	壶	等物
己:	插着时鲜	花卉	并茗碗	痰	盆	等物
庚:	插着时鲜	花草	并茗碗	痰	盒	等物
杨:	插着时鲜	花卉	并茗	盘	唾盒	等物
蒙:	插着时鲜	花卉	并茗	盘	唾壶	等物
戚:	插着时鲜	花卉	并茗碗		唾壶	等物
卞:	插着时	样花卉	并茗	盘	唾壶	等物
舒:	插着时鲜	花	草并茗碗		唾壶	等物
列:	插着时新	花卉	并茗碗		唾壶	等物
辰:	插着时鲜	花卉	茗	盘		茶具等物

例6. 第七回：己卯本、庚辰本、杨藏本有共同异文（《〈红楼梦〉版本数字化研究》下册第349页）。

己:	丫	头们道		那屋里不是四姑娘周瑞家的听了	
庚:	丫环	们道		那屋里不是四姑娘周瑞家的听了	
杨:	丫	头们道那		屋里不是四姑娘周瑞家的听了	
戌:	丫环	们道	在这	屋里不是	周瑞家的听了
戚:	丫环	们道	在	那屋里不是	周瑞家的听了
蒙:	丫环	们道	在	那屋里不是	周瑞家的听了
卞:	丫环			说那屋里不是	周瑞家的听了
舒:	丫环	们道	在	那屋里不是	周瑞家的听了
列:	了环	们道	在	那屋里不是	周瑞家 听了
辰:	丫环	们道	在	那屋里不是	周瑞家的听了

以上这些例子都是甲戌本和蒙府本、戚序本等版本文字有相同的共同异文，而和己卯本、庚辰本文字不同。这种文字差异是如何产生的？各个版本文字是如何修改的？

"英莲"和"英菊"名字在所有脂本中，只有庚辰本、己卯本为"英菊"，而"庚寅本"、甲戌本、戚序本、甲辰本等其他版本都为"英莲"。这绝非随意出错，也肯定不是随意修改，而是有意改动，但修改过程有多种看法。第一种看法认为，庚辰本、己卯本的"英菊"是原本，而甲戌本、戚序本等改为"英莲"。第二种看法相反，认为甲戌本的"英莲"是原本，后庚辰本、己卯本改为"英菊"。第三种看法认为，原本是甲戌本的"英莲",后庚辰本、己卯本改为"英菊",最后戚序本等其他版本又改回为"英莲"。第四种看法较复杂,认为曹雪芹初稿是"英菊",定稿改为"英莲",其他版本也为"英莲"。①这些看法都有一定道理,但都有疑问。

再以第三回的"唾壶""痰盒"为例,刘世德先生就做了仔细分析②,认为应该是"唾壶"(甲戌本、蒙府本、戚序本、舒序本、列藏本)文字在前,而"痰(盆)盒"(己卯本、庚辰本)文字在后,是后修订的。但刘先生分析只到此为止,没有把这文字差异的共同异文和版本演化联系起来。按照刘先生的分析,则应是甲戌本、蒙府本、戚序本、舒序本、列藏本文字在前,而己卯本、庚辰本文字在后。

对前几节文字差异的共同异文,父子关系和兄弟关系都可以解释,无法判别哪种可能性更大。但对于本节的第三类文字差异,即己卯本、庚辰本有共同异文,甲戌本和蒙府本、戚序本有相同的共同异文,而和己卯本、庚辰本不同,父子关系和兄弟关系解释就完全不同了。

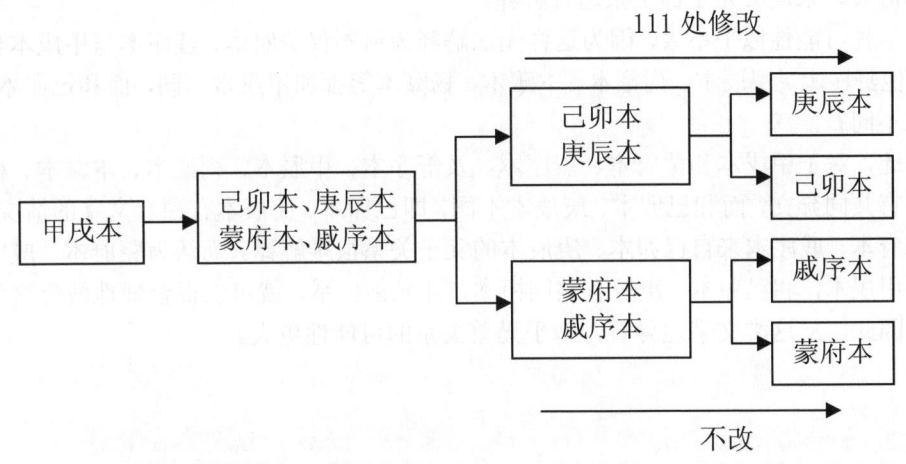

甲戌本和戚序本、蒙府本文字相同,有共同异文 111 处示意图

认为是兄弟关系的说法认为:蒙府本、戚序本和己卯本、庚辰本有共同的祖本,蒙府本、戚序本对甲戌本文字没有修改,因此蒙府本、戚序本和甲戌本文字相同,如"英莲""唾壶"等。而己卯本、庚辰本对祖本的文字做了修改,将"英莲"改为"英菊",将"唾壶"改为"痰盒",因此己卯本、庚辰本和甲戌本的文字不同。这种解释仍然非常合理。

因此,"兄弟"说在这种情况下,完全可以解释。

而认为是父子关系的说法认为:蒙府本、戚序本是来自庚辰本,这样蒙府本、戚序本的文字应与庚辰本相同。但上述情况中,蒙府本、戚序本都不同于庚辰本,而同

---

① 刘世德:《"莲菊两歧"与甲戌、己卯、庚辰三本成立的序次》,载《红楼梦学刊》2019 年第 4 辑,第 77—96 页。
② 刘世德:《〈红楼梦〉版本探微》,华东师范大学出版社 2003 年 3 月第 1 版,第 241 页。

于甲戌本。对这种文字差异父子关系就很难解释了,为何晚出的蒙府本、戚序本文字却和祖本甲戌本文字相同,而不同于其底本庚辰本呢?

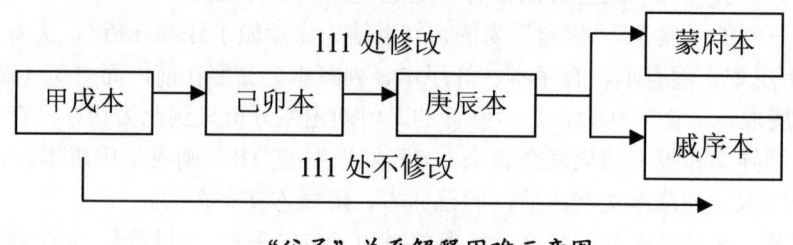

"父子"关系解释困难示意图

因此要从父子关系解释这类文字差异,一种解释是:蒙府本、戚序本虽然来自庚辰本,但又根据甲戌本做了修订。因此出现蒙府本、戚序本文字同于甲戌本,而不同于庚辰本。林冠夫、朱淡文先生都主张这种解释。①

但这种可能性似乎不大,因为这样无法解释为何不仅蒙府本、戚序本与甲戌本相同,其他舒序本、甲辰本、列藏本、卞藏本、杨藏本等都和甲戌本相同,而和己卯本、庚辰本不同?

因此,对于甲戌本和蒙府本、戚序本,及舒序本、甲辰本、列藏本、卞藏本、杨藏本等有共同异文,而和己卯本、庚辰本不同,即己卯本、庚辰本有独有文字的情况,认为蒙府本、戚序本来自己卯本、庚辰本的父子关系很难解释。而认为蒙府本、戚序本来自甲戌本,和己卯本、庚辰有共同祖本,即兄弟关系,就可以很合理地解释这种情况。因此,从这类文字差异看,似乎兄弟关系的可能性更大。

---

① 林冠夫:《红楼梦版本论》,文化艺术出版社2007年版第251页。
朱淡文:《红楼梦论源》,江苏古籍出版社1992年版,第325—330,402—407页。
朱淡文:《〈红楼梦〉版本源流总论》,载《红楼梦学刊》1988年第4期。

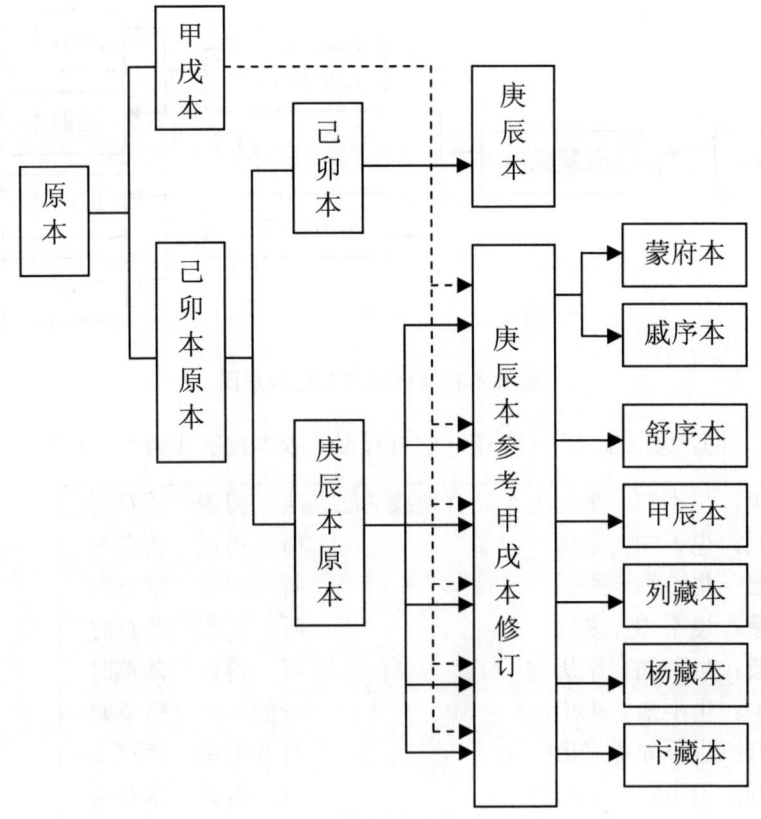

"父子"关系演化示意图

（4）庚辰本独有异文和修改——父子关系难解释异文之二

父子关系难解释，而兄弟关系容易解释的，有两种情况。第一种是己卯本、庚辰本共同异文，就是甲戌本和蒙府本、戚序本有相同的共同异文，而和己卯本、庚辰本不同。第二种是庚辰本有独有异文，就是庚辰本和其他所有版本都不同，这也成为认为庚辰本不是蒙府本、戚序本的底本，而是以甲戌本为底本的重要依据。

考虑到有些词语可能是抄录时偶尔发生的错误，因此不考虑这类异文。而只考虑长句子发生的异文，这些长异文一般不容易发生错误。这种庚辰本独有的长句子异文，在甲戌本所有的 16 回中，共有 33 处。

根据异文的增删，33 处可分为两种。第一种异文是庚辰本有增文，第二种异文是庚辰本文字有删节。

先分析第一种异文是庚辰本的文字有补充。

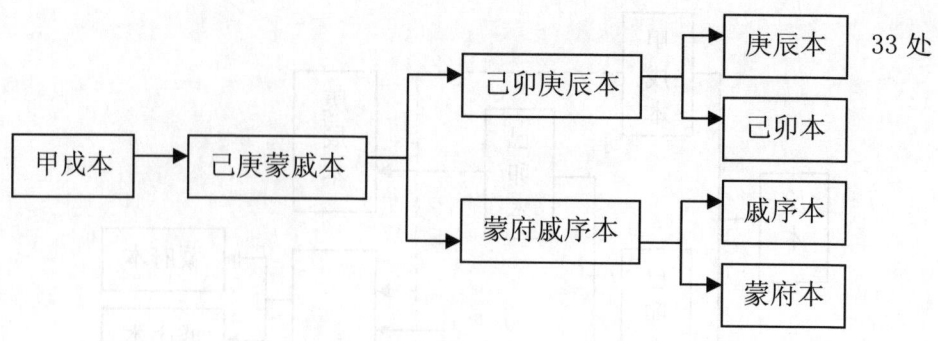

庚辰本独有异文 33 处示意图

例 1. 第三回,庚辰本文字有补充(《〈红楼梦〉版本数字化研究》下册第 292 页)。

庚:	也不知	来历上头还有现成的眼儿听	得说	落草时
戌:	也不知	来历	听	得说	落草时
己:	也不知	来历	听	得说	落草时
蒙:	也不知	来历	听	得说	落草时
戚:	也不知	来历	听	得说	落草时
卞:	也不知	来历	听的		落草时
舒:	也不知道来历		听的得说		落草
列:	也不知	历	听	得说	落草时
杨:	也不知	来历	听	得说是落草时

产生这种异文的原因很可能是庚辰本修订或过录时产生的补充,因此甲戌本和其他版本是原貌。所以,庚辰本的异文说明庚辰本绝不会是蒙府本、戚序本的底本。

第二种异文是庚辰本文字有删节。

例 2. 第三回,庚辰本文字有删节(《〈红楼梦〉版本数字化研究》下册第 280 页)。

庚:	笑	道		
戌:		道我带了外甥女过去到	也便宜	贾母笑道
己:		道我代了外甥女过去到	也便宜	贾母笑道
蒙:	笑回	道我带了外甥女过去到	也便宜	贾母笑道
戚:	回	道我带了外甥女过去到	也便宜	贾母笑道
卞:	回	道我带了外甥女过去到	也便宜	贾母笑道
舒:	回	道我带了外甥女过去到	也便宜	贾母笑道
辰:	笑回	道我带了外甥女过去到底	便宜些	贾母笑道
列:	回是	我带了外甥女过去到	也便宜	贾母笑道
杨:	回	道我带了外甥女过去倒	也便	易贾母笑道

例 3. 第三回,庚辰本文字有删节(《〈红楼梦〉版本数字化研究》下册第 288 页)。

庚:	贾母笑道	好的			坐下
戌:	贾母笑道更好	若如此更	相和睦了宝玉便走近	黛玉身边坐下
己:	贾母笑道更好	若如此更	相和睦了宝玉便走近	黛玉身边坐下
蒙:	贾母笑道	若如此更	相和睦了宝玉便走近	黛玉身边坐下
戚:	贾母笑道更好	若如此更	相和睦了宝玉便走近	黛玉身边坐下
卞:	贾母笑道更好	若如此更	相和睦了宝玉便走近	黛玉身边坐下
舒:	贾母笑道更好	若如此更	相和睦了宝玉便走近	黛玉身边坐下
辰:	贾母 道 好	若如此更	相和睦了宝玉便走	向黛玉身边坐下
列:	贾母笑道更好	若如此更	相和睦了宝玉便走近	黛玉身边坐下
杨:	贾母笑道更好	若如此	便相和睦了宝玉便走近	黛玉身边坐下

产生这种异文的原因,明显是庚辰本过录时有删节或遗漏了文字,而其他版本都和甲戌本一样,因此甲戌本和其他版本是原本。

例4. 第四回,庚辰本和舒序本文字有删节。

这是庚辰本"同词脱文"的典型例子。庚辰本前后出现"母舅",因此遗漏了中间一大段文字。而且舒序本也随之遗漏此段文字(《〈红楼梦〉版本数字化研究》下册第303页)。

庚:	闻得母舅
舒:	闻
戌:	闻得母舅王子腾升了九省统制奉旨出都查边薛蟠
己:	闻得母舅王子腾升了九省统制奉旨出都查边薛蟠
蒙:	闻得母舅王子腾升了九省统制奉旨出都查边薛蟠
戚:	闻得母舅王子腾升了九省统制奉旨出都查边薛蟠
卞:	闻得母舅王子腾升了九省统制奉旨出都查边薛蟠
辰:	闻得母舅王子腾升了九省统制奉旨出都查边薛蟠
列:	阅得母舅王子腾升了九省统制奉旨出都查边薛蟠
杨:	闻得母舅王子腾升了九省总制奉旨出都查边薛蟠
庚:	管辖
舒:	的母舅管辖
戌:	心中暗喜道我正 愁进京去有个嫡亲的母舅管辖
己:	心中暗喜道我正 愁进京去有个嫡亲的母舅管辖
蒙:	心中暗喜道我正想 进京去有个嫡亲 母舅管辖
戚:	心中暗喜道我正想 进京去有个嫡亲 母舅管辖
卞:	心中暗喜道我正 愁进京去有个嫡亲 母舅管辖
辰:	心中暗喜道我正 愁进京去有 母舅管辖
列:	心中暗喜道我正 愁进京去有个嫡亲的母舅管辖

> 杨：心中暗喜道我正　愁进京去有个嫡亲的母舅管辖

对于庚辰本有独有异文，和其他版本都不同的情况，认为蒙府本、戚序本来自己卯本、庚辰本的父子关系很难解释，为何庚辰本作了修改，蒙府本、戚序本是以庚辰本为底本，为何没有修改，反而和甲戌本相同？当然由于现存庚辰本是过录本，因此也可能是此过录本有错误和修改，而庚辰本的原本并没有错误和修改。

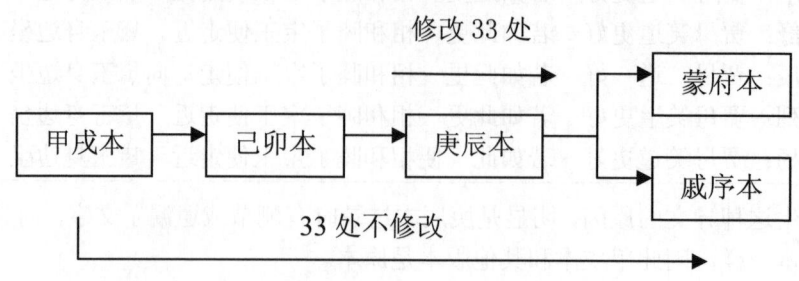

"父子"关系难以解释庚辰本文字修改示意图

而兄弟关系认为，蒙府本、戚序本来自甲戌本，和己卯、庚辰有共同祖本，庚辰本做了修改，而蒙府本、戚序本没有修改，就可以很合理地解释这种情况。

因此，从这类庚辰本有独有异文情况来看，兄弟关系的解释比父子关系更合理，可能性也更大。

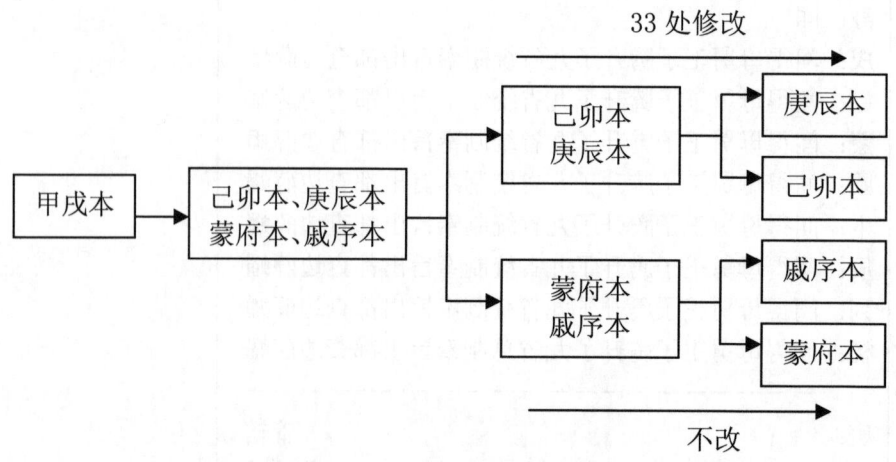

兄弟关系解释，33处庚辰本文字做了修改示意图

（5）庚辰、蒙戚本有共同异文——兄弟关系唯一难解释异文

以上是兄弟关系可以解释，而父子关系难以解释的情况。但也有兄弟关系难解释，而父子关系容易解释的情况。这就是庚辰本和蒙府本、戚序本文字相同，而和甲戌本、己卯本不同，即甲戌本和己卯本文字相同。这种情况只有2例。

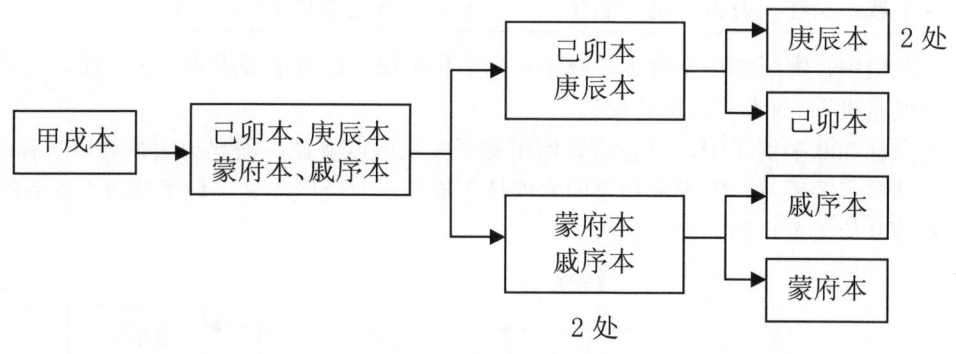

甲戌本和己卯本，庚辰、蒙戚本有共同异文 2 例示意图

例1. 第一回，甲戌本、己卯本和杨藏本文字相同，庚辰本和蒙府本、戚序本等文字相同。

此例中，其他版本和甲戌、己卯和杨藏本相比，只是文字少了三个字"那牌坊"（《〈红楼梦〉版本数字化研究》下册第246页）。

戌：竟过一大石牌坊那牌坊上大书四	字乃是太虚幻境
己：竟过一大石牌坊那牌坊上大书四	字乃是太虚幻境
杨：竟过一大石牌坊那牌坊上大书四	字乃是太虚幻境
庚：竟过一大石牌坊　　　　上　书四个大字乃是太虚幻境	
蒙：竟过一大石牌坊　　　　上　书四	字乃是太虚幻境
戚：竟过一大石牌坊　　　　上　书四	字乃是太虚幻境
卞：竟过一大石牌坊　　　　上大书四	字乃是太虚幻境
舒：竟过一大石牌坊　　　　上大书四	字乃是太虚幻境
辰：竟过一大石牌坊　　　　上大书四	字乃是太虚幻境
列：竟过一大石牌坊　　　　上大书四	字乃是太虚幻境

例2. 第二回，甲戌本、己卯本等版本文字相同，庚辰本和蒙府本、戚序本文字相同（《〈红楼梦〉版本数字化研究》下册第266页）。

戌：又在　万万人之下若生于公侯富贵	之家则为情痴
己：又在　万万人之下若生于公侯富贵	之家则为情痴
舒：又在　万万人之下若生于公侯富贵	之家则为情痴
辰：又在千　万万人之下若生于公侯富贵	之家则为情痴
列：又在　万万人之下若生于公侯富贵	之家则为情痴
杨：又在　万万人之下若生于公侯富贵	之家则为情痴
卞：又在　　万人之下若生　　富贵	之家则为情痴
庚：又在　万万人之下若生于　富贵公侯	之家则为情痴
蒙：又在　万万人之下若生于　富贵公侯	之家则为情痴

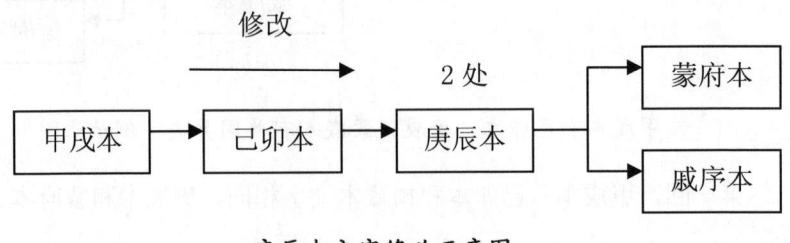

此例中，庚辰本和蒙府本、戚序本文字和甲戌、己卯本等版本文字相比，只是把"公侯富贵"，改为"富贵公侯"。

全部 500 多例子中，只有这 2 例用父子关系可以解释，而兄弟关系难以解释。

从父子关系看，甲戌本和己卯本保持了原貌。而庚辰本文字做了修改，以后的戚序本等其他版本也随之做了修改。

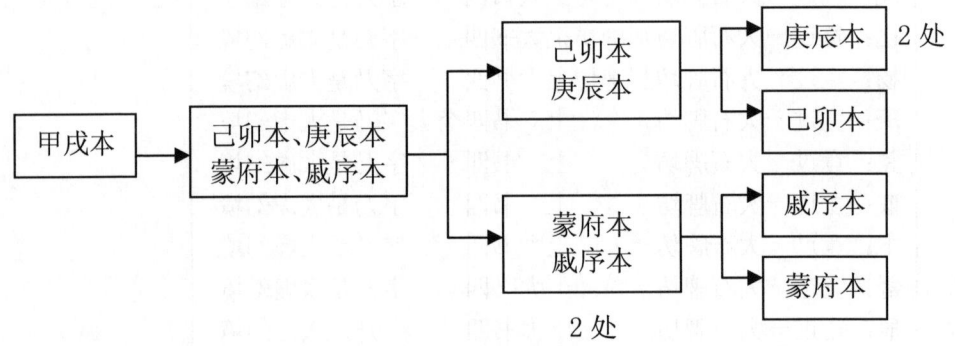

庚辰本文字修改示意图

但"兄弟说"要解释就有些困难了，为何甲戌本、己卯本未改，庚辰本做了修改，而戚序本和其他版本的修改却和庚辰本完全相同？

己卯本和甲戌本文字相同，不改示意图

"兄弟说"对这种情况，只有两种解释。

第一种可能是，在己卯本之后，有一个庚辰本和戚序、蒙府本等版本共同的祖本。己卯本文字和甲戌本一样没有改，而这个祖本文字做了修改，因此导致庚辰本和其他版本文字都相同了。

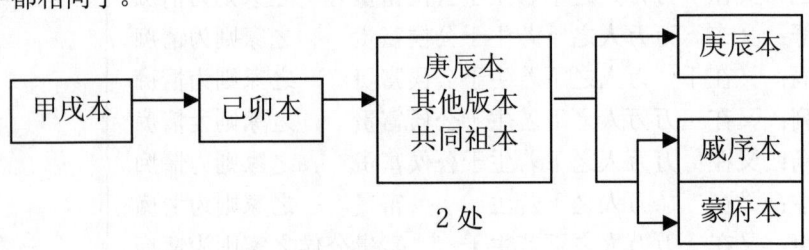

共同祖本修改示意图

第二种可能是，甲戌本是原本，己卯本未改动，而庚辰本和蒙府本、戚序本都做了相同的修改，因此出现了庚辰本和蒙府本、戚序本文字相同的现象，这只是巧合而已。

严格讲，庚辰本和蒙府本、戚序本都做了相同修改的概率不大，这种解释有些牵强。但这类例子在全部 16 回中也确实很少，目前只找到上述 2 例，因此有巧合的可能，即庚辰本和蒙府本、戚序本各自做了修改，它们之间并没有直接的关系。

总之，这 2 例"父子说"比"兄弟说"更容易解释，但由于数量太少只有 2 例，也可能是巧合而已，因此尚不能由此就认定父子关系肯定成立，即蒙府本、戚序本以庚辰本为底本的父子关系说还是有疑问的。

总结，甲戌本、蒙府本、戚序本、己卯本、庚辰本 5 种版本 16 回中的文字差异约有 500 多处。

父子关系可以解释的占 67.2%，解释困难占 28.8%。

兄弟关系可以解释的占 99.6%，而解释困难的只有 2 处，只占 0.2%。

通过以上对各种情况的分析，父子关系对有些情况（戚序本和甲戌本文字相同，而和庚辰本不同）解释困难，而兄弟关系对绝大多数情况都可解释。

因此，戚序本和庚辰本之间的关系，应该是兄弟关系比父子关系可能性更大。即《红楼梦》的原稿演化出两个系统，一个是己卯庚辰系统，一个是戚序蒙府系统。戚序本不是来自庚辰本，而是来自它们共同的底本。

4. 《红楼梦》"庚寅本"研究

本文利用文字数字化比对，研究了最近 2011 年出现的《红楼梦》"庚寅本"，认为此本抄写于 20 世纪 50 年代，其批语主要来自俞平伯《脂砚斋红楼梦辑评》1954 年版，其正文来自庚辰本系列的某个版本，不排除抄录者曾参考某个"古本"的可能性。目前对此本还有争议，一种看法认为"庚寅本"明显是现代抄本，因此认为此本是"造假"，没有研究价值。另一种完全相反的看法认为，此本从纸张、字迹和内容看，是抄写于晚清，甚至是时间更早的"古本"。这两种看法都不全面，是错误的。"庚寅本"虽然抄写时间较晚，但不排除其有个"古本"为底本，因此是值得研究的一个版本。

（1）"庚寅本"来历的四种看法

2011 年在天津出现一本《红楼梦》手抄本，因为其中有"乾隆庚寅"字样，现一般称为"庚寅本"，也有学者称之为"王超藏本"。

对此本目前还有不同看法，本人从 2012 年 10 月开始，对此本做了深入的研究。

对"庚寅本"的来历，仔细分析有四种看法，按照来历的时间顺序先后，简介如下：

第一种看法认为此本为早期的古本。主要根据对此本的内容分析后认为，此本是一个可与甲戌本、庚辰本等抄本相媲美的《石头记》"脂本"；认为此抄本是一个百衲本，其中正文来自两个不同时期的祖本，批语至少由三部分组成；其底本抄藏及批语最初过录时间，至迟在清乾隆庚寅年秋。①

第二种看法认为此本为晚清抄本，主要是根据文物鉴定专家的鉴定。天津文物鉴定家、国家文物鉴定委员会委员刘光启先生曾对此本做过鉴定。刘先生认为此本是光绪时的抄本，纸张是那个年代的，从抄写字体看，是典型的翰林体，是模仿晚清状元刘春霖的书法。据此有些学者认为"该抄本系清末旧物"。②

第三种看法认为此本是现代抄本。本人对此本正文、批语两方面众多线索的仔细分析和研究，认为此本的批语肯定来自俞平伯1954年出版的《脂砚斋红楼梦辑评》，其正文的底本应该属于庚辰本系列。抄写时间应该在1954年以后。但此本是否曾参考过其他"古本"，目前还难以判别。

第四种看法认为此本完全是现代抄本，主要根据此本"红楼梦旨义"中改字和胡适改字完全相同，此本有大量现有"脂本"的批语，还出现了批语题记"丁亥春脂砚"等，因此认定此本是现代抄本，研究价值不大。还有人认为此本可能是书商牟利作假而为。对此本的来历，这种看法认为最大可能是根据某本《红楼梦批语辑校》整理而成，这一点和第三种看法相近。对于具体抄写时间，有人认为有可能比1954年更晚。

总结以上四种看法，可分为三类。

第一类看法认为此本为古本，即上述第一种和第二种看法，第一种看法认为是早期古本，第二种看法认为是晚清古本。

第二类看法认为此本是现代抄本，是完全根据现代整理本而抄写的，即上述第四种看法。

第三类看法折中，认为此本为现代抄本，但不排除此本曾另有某个古本为参考。

一般习惯用"真假"来区分《红楼梦》的版本。按照"真假"来分，则前两种看法认为此本为"真"；第四种看法认为此本完全为"假"。而第三种看法折中，认为此本是"真假混杂"，基本是"假"，但也可能参考过某个"真本"，即多半是"假"，少量为"真"。

《红楼梦》版本非常复杂，历来争论极大，对此本来历有争论是正常现象。要达到完全统一的看法也很困难。

（2）《红楼梦》版本的"真假"

对于《红楼梦》版本的"真假"，有不同的标准，就会有不同的评判结果。

第一，如果以曹雪芹的原著为真本，因为现有的所有版本肯定都不是曹雪芹的原著，那么也就都不是"真本"，而是"假本"。这种标准看似很合理，但没有任何意义，

---

① 乔福锦：《〈石头记〉庚寅本考辨》，《辽东学院学报（社会科学版）》2013年第1期。
② 赵建忠：《新发现的〈石头记〉"庚寅"本》，《河北学刊》2014年第2期。

所以不值得研究。

按照这个标准,"庚寅本"肯定是"假本"。

第二,《红楼梦》版本有原抄本和过录本两种。所谓原抄本是指第一次抄录的版本,而过录本是以某一个版本(不是多个版本)为底本,重新再抄写一次的版本。如果不是完全照抄某个版本,而是文字有所修订,批语有所增删,那就是一个全新的版本了,就不能称为过录本了。

如现存的甲戌本、己卯本和庚辰本等,虽然有"甲戌""己卯""庚辰"字样,但肯定都是过录本,而且很可能是多次过录本,肯定不是甲戌、己卯和庚辰年的原抄本。

在现存的所有手抄本中,只有舒序本确实是乾隆五十四年(1789 年)的抄本,是唯一的原抄本,即"真本"。

这种分类"真假"也可以接受,但在一般研究中并不以这样的标准来分类。

按照这个标准,"庚寅本"因为肯定是过录本,就肯定是"假本"。

第三,有时把在古代所抄的抄本都称为"真本",而把所有现代抄本都认为是"假本"。这样绝大多数的抄本虽然多数都是过录本,但都可以认为是"真本"。

而所谓"古代"和"现代"的划分,又会有不同的标准。

最典型的是北师大本。北师大本是陶洙在 1949—1953 年所抄写,后陶洙卖给琉璃厂书店,1957 年琉璃厂书店再卖给北师大。其抄写时间绝对是现代,但目前红学界一般还是认为此本是"真本",而并不认为北师大本是"假本"。

按照这个标准,"庚寅本"和北师大本很相似,也是现代抄本。既然北师大本可以认为是"真本","庚寅本"是否也可以认定为"真本",而不是"假本"呢?

第四,根据其抄写动机和目的来划分"真假"。如果是自己有兴趣而抄写,只是自己阅读欣赏,就可认为是"真本"。而抄写目的就是为卖钱,牟利,就认为是"假本"。

按照此标准判别看似很容易,但某个版本的抄写是否为牟利,这很难判断。古代抄本中的抄写过程都不清楚,这样就难以判别。按照这个标准,北师大本又是一个难题,此本是陶洙出售给琉璃厂,明显是以牟利为目的,但目前红学界似乎并不因此而将其视为"假本"。

按照这个标准,"庚寅本"虽然不清楚抄写者的目的,但从目前情况看,丝毫看不出有抄写去牟利的目的,我看应该属于真本。但因为此本并未抄完,所以也不能完全就肯定不是为牟利。

根据以上对"真假"的各种不同标准来分析,标准不同,结果不同。

"庚寅本"根据上述不同标准,可以认为是"真本",也可认为是"假本"。

本人对"庚寅本"的看法是:

第一,"庚寅本"肯定是抄写于 1954 年之后,是现代抄本。但一些人由此认为其为彻底的"假本",我不赞同。

第二,"庚寅本"批语肯定来自俞平伯 1954 年版《脂砚斋红楼梦辑评》,但有些正文和批语来源不明,其是否有个"古本"为底本,还难以确定。因此至少是"半真半假"。

第三,"庚寅本"和北师大本在很多地方很相似,都是抄写于20世纪50年代,都是以庚辰本系列版本为底本。如果北师大本可以认为是"真本",则"庚寅本"也可认为是"真本"。

其实,对于"庚寅本"真假的争论意义并不大,关键还是对此本的深入研究。目前"庚寅本"中还有一些问题不清楚,如在这些问题的研究中有所进展,对判别其"真假"会有很大帮助。

(3)"庚寅本"是现代抄本

经本人的研究,对此本有如下结论:

1) 此本的底本主要有两本

- 批语部分主要来自1954年上海文艺联合出版社出版俞平伯《脂砚斋红楼梦辑评》。
- 正文部分主要来自庚辰本系列的某个版本。
- 不排除抄写者手中有某个古本为参考本的可能性。

2) 批语和正文来源

- 此本有五种脂本批语,即甲戌本、己卯本、庚辰本、戚序本和甲辰本,其中绝大部分批语来自1954年上海文艺联合出版社出版俞平伯《脂砚斋红楼梦辑评》。以甲戌本为例,其来源如下:甲戌本原本——周汝昌录副本——陶洙过录己卯本——俞平伯《脂砚斋红楼梦辑评》1954年版——"庚寅本"。
- 正文基本和庚辰本相近,所以此本可能是来自某个庚辰系列版本,可能就是1955年文学古籍刊印社出版的庚辰本影印本。但有些文字和庚辰本不同,而和戚序本相同。这是抄录者又参考了戚序本做了修改,还是抄录者手中还有个"古本",目前还无法最后下定论。
- 有少量批语前的正文与庚辰本不同,而是来自俞平伯《脂砚斋红楼梦辑评》1954年版中批语的正文,即戚序本、己卯本、甲辰本等。
- 此本有60多条独有批语来源不明,有几种可能。第一,这些独有批语抄写者自行编写,这种可能性很大,几乎每种脂本都有新增批语,并不奇怪。第二,这些独有批语来自某个"古本",如"松轩本"或"鹤轩本"等本。

所以,虽然此本肯定是个现代抄本,但其中还有很多问题无法解释,不排除此本有个"古本"为参考本的可能,因此"庚寅本"对于研究《红楼梦》版本的演变,还是有一定价值的。

3) 抄录时间和抄写人

对于此本抄写时间上限,考虑到"庚寅本"中绝大部分批语肯定来自俞平伯《脂砚斋红楼梦辑评》1954年版,因此其抄写时间的上限应该在1954年,不太可能更早了。

对于此本抄写时间下限，要考虑到，1961年、1962年台湾和大陆相继影印甲戌本，俞平伯遂根据影印甲戌本，对1954年上海文艺联合出版社《脂砚斋红楼梦辑评》中批语做了大量修改，中华书局1963年《脂砚斋红楼梦辑评》出版新1版第2次印刷，新版中很多批语就和"庚寅本"批语完全不同了。如果"庚寅本"抄写于1963年以后，抄写者应该看到新版《脂砚斋红楼梦辑评》，不会再发生如此之多的错误。

所以此本的抄录时间应该在1954年以后，1963年之前的约十年之中。

4）此本整理过程和目的

由于资料缺乏，对此本的抄写人和动机，有不同的分析和猜测。

我认为，此本可能是天津某个晚清遗老，他出于对《红楼梦》的热爱，看到俞平伯1954年出版的《脂砚斋红楼梦辑评》中汇集了很多版本的批语，1955年又出版了庚辰本的影印本，但庚辰本前11回无任何批语。因此他想把俞平伯《脂砚斋红楼梦辑评》1954年版中的批语汇集，抄写在《红楼梦》的正文中，从而整理出一本有完整批语的《红楼梦》。出于习惯，他利用了散页的晚清老纸，用翰林体字抄写而成。"庚寅本"整理的目的和动机与现在很多出版社整理出版带所有批语的《红楼梦》的编辑思路，实际是完全相似的。

此本只抄写13回半的原因，目前难以判别，有多种可能性。

- 由于特殊原因终止，如抄写者死亡、兴趣转移、无时间精力等。
- 1962年大陆甲戌本影印本出版，1963年俞平伯新版《脂砚斋红楼梦辑评》出版，抄录者发现他以前所抄录的甲戌本批语错误很多，因此放弃了继续抄录。

由于资料缺乏，此本未抄写完的根本原因目前很难判断。

还有学者认为此本可能是书商所为。根据本人分析，此本应该在俞平伯《脂砚斋红楼梦辑评》1954年版之后抄写，当时《红楼梦》逐步热起来了，对《红楼梦》有兴趣的读者也多了。而《脂砚斋红楼梦辑评》只有批语，没有正文，虽然对研究《红楼梦》很有帮助，但对一般读者阅读《红楼梦》却很不利。因此很可能有出版社萌发出版一本带批语的《红楼梦》的想法，此本是否就是整理的初稿呢？此本为繁体竖排，是因为当时还未改为简体字横排，俞平伯的《脂砚斋红楼梦辑评》直到1966年再版都是繁体竖排，与此本格式相同。

虽然根据当时的环境，有书商所为的可能性，但我更倾向是个人所为。由于资料缺乏，对此很难判断。

（4）"庚寅本"附条批语——现代抄本的有力证据

在研究"庚寅本"的过程中，附条批语是一直困扰研究的一个大问题。

"庚寅本"第一回第15页A面有一眉批"写士隐如此豪爽，又全无一此粘皮带骨之气相，愧杀近之读书假道学矣"，后面还有一句批语：

予若能遇士翁这样的朋友，也不至于如此矣，亦不至似雨村之负义也。

但现有所有甲戌本的影印本都只有前面一句批语，都没有后面这条批语。而在俞平伯《脂砚斋红楼梦辑评》1954年版和陶洙己卯本上都有此批语。

周汝昌女儿周伦玲女士证实，此批语乃周汝昌兄弟从甲戌本过录时所抄写的，此批语在周汝昌录副本上记载如下（原文繁体字从右往左竖写，无标点，现加标点）：

写士隐如此豪爽，又全无一此粘皮带骨之气相，愧杀近之读书假道学矣。
（附条）
予若能遇士翁这样的朋友，也不至于如此矣，亦不至似雨村之负义也。
此后人笔墨不必存玉言。

根据周伦玲女士对此的说明，（附条）后的批语"予若能遇……"是周祐昌所抄，（附条）之后是周汝昌写的注，"此后人笔墨不必存。玉言"，玉言是周汝昌的字号。

这样记载此"附条"批语的情况如下：

- 俞平伯《脂砚斋红楼梦辑评》1954年版（1960年删除）；
- 陶洙抄在己卯本上；
- 周汝昌兄弟甲戌本录副本中有；
- 现存所有影印的甲戌本都没有。

但此批语最终来源仍不明。

经我与上海博物馆联系，最终终于在所藏甲戌本原本上发现附条批语痕迹，即此批语撕掉后留下的一角，这证明此批语肯定是来自甲戌本一被撕掉的"附条"。

为何甲戌本被撕掉的附条批语却出现在"庚寅本"上？只有三种可能：

第一种可能，此批语的来历是：甲戌本—周汝昌录副本—陶洙己卯本—俞平伯《脂砚斋红楼梦辑评》—"庚寅本"。

第二种可能是，"庚寅本"此附条直接出自周汝昌录副本，或陶洙己卯本，但"庚寅本"抄写者要借到周汝昌录副本，或陶洙己卯本的可能性很小。

第三种可能是，"庚寅本"此附条批语直接来自附条批语没有被撕掉前甲戌本。但这种可能性同样很小。

因此附条批语是证明"庚寅本"批语是来自俞平伯《脂砚斋红楼梦辑评》1954年版的有力证据。

至于甲戌本上此批语的来历，目前还有两种看法。

有人认为此批语是周汝昌所写，贴到甲戌本上的。这样此附条就很可能是在周汝昌归还甲戌本前，被周汝昌本人撕掉了。有学者又指出，此批语口气和周汝昌的口气很相似。但我觉得这种可能性不大。因为周汝昌当初从胡适处借来甲戌本原本时，只是个大学生，他知道此本很珍贵，怎么会随便在上面贴附条批语？虽然后来周汝昌确实出过很多造假的事情，但不能由此就认为此附条批语也是周汝昌造假。

我更倾向此附条批语在胡适收入前就存在了，在胡适、俞平伯、浦江清等人的记述中都未提及此批语，是由于此附条批语明显是后人所贴，因此就没有提及。而在甲戌本影印前，胡适认为此批语肯定为后人所加，所以就撕掉了。

(5)"庚寅本"批语和俞平伯《脂砚斋红楼梦辑评》1954 年版相同

总结"庚寅本"的批语有如下特点:

1)"庚寅本"中有其他五种版本的批语

- 此本有五种脂本批语,即甲戌本、己卯本、庚辰本、戚序本和甲辰本。
- 五种版本都是 20 世纪 50 年代前就出现的版本。
- 20 世纪 60 年代出现的列藏本和蒙府本的批语(指独有批语)一条都没有。
- 同时有《红楼梦》五种版本批语,在《红楼梦》版本中前所未有,某个"古本"要同时有这五种版本批语几乎不太可能。
- 五种脂本批语刚好和俞平伯《脂砚斋红楼梦辑评》1954 年版相同。

2)和俞平伯《脂砚斋红楼梦辑评》1954 年版错误相同的批语

- 俞平伯《脂砚斋红楼梦辑评》1954 年版中很多批语有错误。
- 此本批语和俞平伯《脂砚斋红楼梦辑评》1954 年版批语错误完全相同。
- 两本同时出现完全相同错误概率很小。

3)甲戌本后人所加墨笔批语

- 甲戌本中有很多后人所加墨笔批语。
- 俞平伯《脂砚斋红楼梦辑评》1954 年版中收入部分墨笔批语。
- 俞平伯《脂砚斋红楼梦辑评》1954 年版这些墨笔批语全部收入此本。
- 两本同时出现甲戌本完全相同的墨笔批语概率很小。

4)双行批语插入正文位置和俞平伯《脂砚斋红楼梦辑评》1954 年版相同

- 俞平伯《脂砚斋红楼梦辑评》1954 年版中很多双行批语插入正文的位置和甲戌本不同。
- 这些双行批语插入正文位置和甲戌本不同,却和俞平伯《脂砚斋红楼梦辑评》1954 年版完全相同。
- 两本同时出现双行批语插入正文的位置不同的概率很小。

"庚寅本"的批语多处惊人地和俞平伯《脂砚斋红楼梦辑评》1954 年版相同,只有两种可能。要么完全是巧合而已,但如此多的巧合的概率实在太小了。

因此最大可能是,"庚寅本"的批语是来自俞平伯《脂砚斋红楼梦辑评》1954 年版。

(6)"庚寅本"独有批语

1)独有批语很常见

有人认为,如果"庚寅本"是抄录自俞平伯的《脂砚斋红楼梦辑评》1954 年版,就应该完全照抄《脂砚斋红楼梦辑评》1954 年版中的批语,就不应该有很多独有批语,有如此之多的独有批语肯定抄录者另有所本。

持这种看法的人是完全不了解《红楼梦》版本中的批语情况。

《红楼梦》各种版本批语常被统称为"脂批",意思是"脂砚斋批语",包括俞平伯、陈庆浩等人的批语汇集,书名都有"脂砚斋"字样。实际严格讲,这是完全错误的。《红楼梦》各种版本的几千条批语中,只有极少数批语可能是所谓的"脂砚斋"批语,而绝大部分批语是后人随意所加的即兴评论,和脂砚斋完全无关。

换句话说,每种《红楼梦》版本中,都有一些抄录者自己随意所加的独有批语,各种版本中出现了独有批语并不奇怪。这些批语和其他版本的独有批语一样,大部分是随意性的评论批语,和版本研究关系不大,没有多大价值。"庚寅本"的抄录者在抄录过程中,有感而发,随意写一些批语是很自然的。

2)有版本研究价值的独有批语来源不明

当然,这些批语中也有一些和版本有关有价值的批语,如史湘云出场、松轩本、鹤轩本、庚寅、乾隆庚寅等。但这些批语的来源不明,有两种可能。

第一种可能是,此本确实参考某个未知的"庚寅本""松轩本""鹤轩本"。

第二种可能是,所谓"庚寅本""松轩本""鹤轩本",都是抄录者故弄玄虚。

本人也曾对"史湘云出场、松轩本、鹤轩本、庚寅、乾隆庚寅"等,做了仔细的分析,但本文限于篇幅,对上述分析无法详细论述,实际这些分析最终也没有肯定的结论。

所以本人认为,仅根据这些独有批语的文字本身,暂时还难以判别其来源。

(7)"庚寅本""凡例"问题

"庚寅本"是除甲戌本外,唯一出现了"凡例"的版本。"庚寅本"的文字最接近庚辰本,但又出现了只有甲戌本才有的"凡例",有人据此简单地认为,在庚辰本之后的版本中,不可能出现"凡例",因此这种在庚辰本文字中出现"凡例",就证明此本肯定是假的。

这种分析看似很有道理,但也不是无懈可击。

到目前为止,确实没有任何后期版本中出现过"凡例",但这不能简单地认为,在其他版本中就不可能出现"凡例"。

第一,对"凡例"来源还有争论,有些学者(如冯其庸),认为"凡例"是后出的,假设如此,就有可能在后出的其他版本中出现"凡例",尽管目前尚未发现。

第二,即便"凡例"确实是早期版本中就出现了,那也不能排除有人把其抄入到后期版本中。要知道《红楼梦》抄本流行,很多都遗失了,各种可能都存在。

关键还是要对"庚寅本"中的"凡例"做深入分析,再下结论。

(8)"庚寅本""旨义"补字问题

"庚寅本""旨义"(即"凡例")中"是书题名极多",和胡适补"多"字完全相同,这是认为此本为"古本"和晚清抄本最难解释之处。也是怀疑此本抄自胡适补字后的甲戌本的最大依据。

对此有人认为,甲戌本"题名极多"之"多"字,除可能是胡适添笔外,还有三种可能。

第一种可能是，甲戌原本就有此"多"字，誊抄过录时丢落，但"庚寅本"抄手恰据有此古本作参照，因此就不一定就是据胡适后来的添笔。

按照这种说法，曾存在一种古本，此处就是"是书题名极多"，而"庚寅本"就是根据此古本所抄写的，而不是来自胡适补字的甲戌本。

根据对"庚寅本"正文的分析，"庚寅本"的文字最接近庚辰本，而与甲戌本差异很大。要按照上述解释，就存在一种正文接近庚辰本版本，此本又有"是书题名极多"的"凡例"。

也有人认为"凡例"只有早期甲戌本有，庚辰本等后期版本都没有。而此本文字接近庚辰本，却又有"凡例"，这种情况不可能出现，因此此本肯定是假本。

本人认为这种分析有一定道理，但这种版本至今并没有发现，这只是一种理论上存在的可能性。

第二种可能是，"庚寅本"原本并无此"多"字，乃该本流藏过程中阅者参校甲戌影印本后添。提出此看法的学者注意到，"庚寅本"首页墨迹较新，首页字体尤其是那个"多"字与其他诸页迥异，似为后人抄配（此抄本连带保存有清代空白竹纸达150多张，亦具备抄配的物质条件），且首页装订线眼与其他诸页也不同。

按照这种说法，"庚寅本"底本并无此"多"字，但"是书题名极"之后应该补什么字，并没有说明。但这种解释也很牵强。至于对"多"字是后补，及装订线问题，经我仔细检查并不存在这种情况，此处就不再介绍了，此本已经出版了，读者可自己仔细分辨。

第三种可能是，由于"题名极"三字后的空格所要填充的字选择面很窄，一般人极容易据想象拟补出"多"字，如果这个字恰好都补成"多"，应属于不谋而合，未必就一定是抄自胡适添笔。

这种说法还是认为甲戌本和"庚寅本"此处都是"多"字是不谋而合，换句话说，还是认为"庚寅本"的"多"字并非来自胡适补字，而是另有"古本"为据。按照这种解释，就存在过一种文字刚好和胡适补字完全相同的版本，而"庚寅本"就是根据此本过录的，因此就出现了和胡适补字完全相同的现象。但这种只是理论上的一种可能，其发生的几率可能极为微小。

总之，对于"庚寅本"与胡适所补字完全相同，可以找出很多可能性解释，这些解释实际只是理论上的可能性而已，实际可能性很低。本人觉得，"庚寅本"此处和胡适补字完全相同，仍然是认为此本为后人根据胡适补字所抄的一个重要证据。

（9）"庚寅本""旨义"诗移动问题

《红楼梦》"庚寅本""旨义"除胡适补字外，还有一个很奇怪的问题是，甲戌本"凡例"中的一首诗，在"庚寅本"中却被移到第一回的文本之中，这是所有《红楼梦》版本中所没有的，为何会产生这种情况？

有人就此认为，这种情况可能是某个我们未知古本的原貌。前面分析过，虽然"凡例"只出现在甲戌本中，其他版本中都没有"凡例"。但理论上仍可能会存在另一种有"凡例"的版本。

我觉得问题不是去辩论是否会出现过有"凡例"的版本，而是如何解释"庚寅本"中"凡例"的奇怪情况，如何解释甲戌本"凡例"中的诗在"庚寅本"中却移到第一回中去了。

由于"庚寅本"中大部分批语来自俞平伯《脂砚斋红楼梦辑评》1954年版，"凡例"诗的移动也就可能与俞平伯《脂砚斋红楼梦辑评》1954年版有关。

俞平伯《脂砚斋红楼梦辑评》1954年版在转抄"凡例"时，删除了"凡例"中372字，并做了说明，但保留了"凡例"最后的一首诗。"庚寅本"本应照此在"旨义"中也删除这些文字，但保留这首诗。但抄写者在此对"372字"产生了错误的理解，他在删除了"旨义"中的这些文字的同时，把本不该改动的这首诗，也随着被删除，而移到第一回中的文字中去了，即从"旨义"中移动到庚辰本第一回正文中"贾雨村云云"之后。

这个错误产生的根本原因，是由于"庚寅本"整理者理解错了《脂砚斋红楼梦辑评》1954年版的说明，又不清楚甲戌本、庚辰本的文字差异，最终导致了"庚寅本"把甲戌本"凡例"中的这首诗，移错了位置，移到第一回中去了。

我认为，这样就圆满解释了"庚寅本"的错误原因，这也是"庚寅本"是根据俞平伯《脂砚斋红楼梦辑评》1954年版来整理的一个重要证据。

也有人认为"庚寅本"这首诗移到第一回中，是依据某个"古本"，在此"古本"中，这首诗确实是在第一回中的，但目前为止所有脂本中都没有这种情况。当然不排除理论上确实曾存在这样一种版本的可能性，但这种可能性我觉得，和上述胡适补字一样，实在是太低了。

（10）"庚寅本"正文的底本

"庚寅本"的批语来自俞平伯《脂砚斋红楼梦辑评》1954年版，而其正文来自何处？只要仔细比对其正文，就可以看出，其正文基本和庚辰本相同，这是不争的事实。因此其正文的底本肯定是庚辰本系列的版本，这点应该是毫无疑义的。

但"庚寅本"中还有少量文字不同于庚辰本，而和其他版本文字相同。通过分析，发现"庚寅本"文字和庚辰本不同，而和其他版本相同的情况，又可分为两类。

第一类文字差异是由于批语所造成的。

通过对批语的分析注意到，这些"庚寅本"和庚辰本文字不同之处，"庚寅本"很多处都有批语。由于"庚寅本"的批语是抄自俞平伯《脂砚斋红楼梦辑评》1954年版，而俞平伯《脂砚斋红楼梦辑评》1954年版批语所引的正文，不是庚辰本，而主要是戚序本（俞平伯依据的是戚序本中的有正本）。只有少数戚序本没有的正文，是来自甲戌本、己卯本、戚序本、甲辰等本。而"庚寅本"整理者在抄写批语时，有时是直接抄录了俞平伯《脂砚斋红楼梦辑评》1954年版的正文，而不是抄录其正文底本庚辰本的正文。这样就导致了这些"庚寅本"的正文和庚辰本正文不同。

所以，"庚寅本"与庚辰本文字不同之处的原因之一，是由于在这些正文之后有批语。而此处"庚寅本"批语是以俞平伯《脂砚斋红楼梦辑评》1954年版为底本，并采用了俞平伯《脂砚斋红楼梦辑评》1954 年版中的正文。因为俞平伯《脂砚斋红楼梦辑评》1954 年版中的正文与庚辰本文字不同，因此导致了"庚寅本"正文就和庚辰本文字不同。

这些例子再一次证明，"庚寅本"的批语是以俞平伯《脂砚斋红楼梦辑评》1954 年版为底本的。

第二类文字差异是和批语无关的。

"庚寅本"正文和庚辰本不同，而和其他版本相同之处，也有些后面并没有批语。这种例子中最多的是和戚序本相同。经初步统计，这种"庚寅本"正文和庚辰本不同，和戚序本相同的情况约有 17 处。

有人看到"庚寅本"中有文字和庚辰本不同，和戚序本等版本相同，就简单地认为，这是抄写者又根据戚序本做了修订。这是没有深入分析的看法，如果仔细分析就可看出，问题并不这样简单。

"庚寅本"正文和庚辰本不同，和戚序本相同的情况中，根据"庚寅本"和其他版本文字异同，又可分为三种情况。

第一种情况是，"庚寅本"和戚序本、甲戌本等相同，而只和庚辰本不同，庚辰本文字有缺漏。第二种情况也是"庚寅本"和戚序本、甲戌本等相同，只和庚辰本不同，但庚辰本文字不是有缺漏，而是有补充或修改。第三种情况是"庚寅本"只和戚序本相同，而和甲戌本、庚辰本等不同。

"庚寅本"文字不同于庚辰本，而和戚序本的文字相同，可能有三种原因。

第一种原因是文字巧合所造成的，可称为"巧合"。

第二种原因是"庚寅本"的整理者又根据戚序本做了修订，简称"修订"。

第三种原因是"庚寅本"和戚序本有共同祖本，简称"共同祖本"。

应该针对上述三种情况，再仔细分析这三种情况，分别是三种原因中的哪种原因所造成的。

第一种情况，庚辰本文字有缺漏，"庚寅本"和戚序本、甲戌本等相同，而只和庚辰本不同。有些文字缺漏很长，不可能是"巧合"。而"修订"和"共同祖本"都有可能。首先，"庚寅本"是根据庚辰本整理，但到此处庚辰本的文本明显不通，因此"庚寅本"就根据戚序本文字做了修订，因此"修订"是可能的。

其次，"庚寅本"和戚序本、甲戌本的文字基本相同，也可能是它们有共同的来源，即"庚寅本"和戚序本的文本可能都来自甲戌本，因此造成三种版本的文字基本相同，因此"共同祖本"也有可能。

总之，庚辰本文字有缺漏，而"庚寅本"文字不缺漏，和戚序本、甲戌本文字相同，而只和庚辰本不同，可能是"庚寅本"根据戚序本做了修订，但也可能是"庚寅本"和戚序本有共同祖本。

第二种情况是庚辰本文字不缺漏，而是有补充或修改，"庚寅本"和戚序本、甲戌本等相同，文字有缺漏，和庚辰本不同。

这种"庚寅本"和戚序本、甲戌本的文字基本相同不太可能是"巧合"。

"庚寅本"是根据庚辰本整理，但此处庚辰本的文本，并没有像第一种情况那样有明显的不通，因此"庚寅本"应该照抄庚辰本，而没有必要再去根据戚序本做不合理的修订。因此在此例中，"修订"说根据不足。

当然不排除"庚寅本"抄录时，比对庚辰本和戚序本（不是甲戌本，抄录者看到甲戌本的可能性很小）的文字，觉得庚辰本的文字显得多余而根据戚序本做了删节。但这种可能性似乎比较小。

既然"巧合"和"修订"两说都难成立，就只有"共同祖本"说了。也就是说，"庚寅本"和戚序本、甲戌本的文字基本相同，就只可能是它们有共同的来源，即"庚寅本"和戚序本的文本都来自甲戌本，因此造成三种版本的文字基本相同。而庚辰本此处做了修订，因此和其他版本文字不同。所以"共同祖本"是唯一可能。

第三种情况是"庚寅本"只和戚序本相同，而和甲戌本、庚辰本等不同。

很明显，甲戌本、己卯本、庚辰本是原本，而"庚寅本"文字和戚序本相同，可能是"庚寅本"根据戚序本做的修改，也可能是由于"庚寅本"和戚序本有共同祖本造成的。到底是哪种，目前难以判别。

分析这三种情况产生的原因。首先这三种情况都不可能是"巧合"造成的。第一、三种情况"修订"和"共同祖本"都有可能。而第二种情况，庚辰本文字较合理，而戚序本文字不合理，因此"庚寅本"把合理文字改为不合理可能性很小。只可能是"庚寅本"、戚序本和庚辰本有"共同祖本"，而庚辰本文字有缺漏，导致"庚寅本"和戚序本文字一样。这是比较合理的解释。

按照这样的分析，"庚寅本"正文的底本不可能是现在看到的庚辰本，也不可能根据戚序本做修订，而很可能是另一个庚辰本系列中我们未知的版本。

换句话说，不能排除"庚寅本"抄写者曾参考某个我们未知的"古本"的可能性。

（11）"庚寅本"是现代抄本，但可能参考某个古本

由于"庚寅本"的批语基本来自俞平伯《脂砚斋红楼梦辑评》1954 年版，因此"庚寅本"肯定是个现代抄本是没有太大问题的。

如只简单根据胡适补字，正文基本同庚辰本，少量和戚序本相同，就很容易下结论：正文是以庚辰本为主要底本，又参考戚序本做了修订。因此，有人就认为，此本完全是个现代抄本，主要是以庚辰本为底本，又参考戚序本做了修订，并没有参考过任何"古本"。

但这种说法还有很多问题。

首先，有些文字在庚辰本并不缺漏，戚序本等版本文字有缺漏。而"庚寅本"却和通顺的庚辰本不同，而和不通顺的戚序本却相同。很难想象，抄写者不去照抄文字通顺的庚辰本，却去抄写文字不通顺的戚序本。因此出现这种情况，就无法以庚辰本为主要底本、参照戚序本修改来解释了。

其次，"庚寅本"中仍有部分独有批语，和部分正文来源不明，因此不能就排除抄写者曾参考某个"古本"的可能性。此古本可能就是"庚寅本"，也可能是"松轩本"或"鹤轩本"。

总之，虽然"庚寅本"抄写时间很晚，但不能完全排除抄写者曾参考某个"古本"的可能性。

所以，在《红楼梦》版本研究中，因为情况非常复杂，在对所有问题都解释清楚之前，我们不应该排除各种可能性，不应轻易就下结论。

（12）20世纪50年代抄写的可能性

有人认为，在20世纪50年代，不可能有人会用这种旧纸、毛笔、旧体字去如此费力地抄写《红楼梦》，因此"庚寅本"不可能是现代抄本，只可能是晚清的抄本。持这种看法的人完全不了解20世纪50年代的情况。

新中国成立后，虽然开展了新文化运动，使用毛笔和旧体字来写字的人少了。但不可否认，到20世纪50年代，仍有很多老人是从旧社会过来的，他们从小接受中国传统文化教育，还是习惯用毛笔写旧体字，这种情况在当时很常见。因此，在20世纪50年代，有某个晚清遗老用毛笔和旧体字抄写《红楼梦》是完全有可能的。

此处最有力的证据就是陶洙在20世纪50年代抄写的北师大本。据张俊和曹立波对北师大的研究，北师大本是陶洙1949年至1953年间抄写整理的，也是以庚辰本为底本，大约在1955年至1958年期间卖给了中国书店，中国书店1957年又卖给了北师大，其过程已经很清楚了。

既然陶洙在20世纪50年代抄写了北师大本，也就有可能还有人像陶洙一样去抄写《红楼梦》，他们抄写《红楼梦》可能是自娱其乐，也可能抄写后是为了卖钱。总之，20世纪50年代陶洙抄写北师大本就是铁证，不能排除这种可能性。

当然从字迹上看，"庚寅本"绝对不可能是陶洙所为。

（13）文物鉴定和文本研究

对"庚寅本"有两种看法，一种看法认为是晚清抄本，根据主要是文物鉴定；一种看法认为是现代抄本，根据主要是内容和文字。

由于两种方法得出完全相反的结论，哪种说法更可靠？是文物鉴定更可靠，还是内容文字分析更可靠？

下面仔细分析文物鉴定在版本研究中的问题。

1）根据文物鉴定判断抄写时间不可靠

根据文物鉴定判断"庚寅本"的抄写时间有三个要素：

一是纸张，但根据纸张很难判断抄写时间，因为到新中国成立初期也可能用晚清的纸抄写，这是很简单的道理。

二是笔迹、字体，到新中国成立初期，某个晚清遗老也可能抄写此本，笔迹、字体都是清代流行的，很难判断具体抄写时间，这也很明显。

三是墨迹，这是判断抄写时间的要素。目前认为此本抄写时间肯定是在晚清到新中国成立初期，晚清至今约百年，新中国成立初期至今71年。但目前根据墨迹用碳十四进行分析，其误差为200年，因此无法判断此本抄写是在晚清还是在20世纪50

年代。

所以我觉得，文物鉴定可供参考，但不可盲目相信文物鉴定结论。

2）文物鉴定是经验判断，不同人有不同看法，因人而异

文物鉴定一个更大问题是受主观看法影响极大，不同鉴定家经验不同，看法很多不同，这很普遍和自然。

对"庚寅本"除天津做了鉴定外，本人联系了国家图书馆古籍部的专家，2012年10月24日对此本进行了目验。两位专家目验后的初步意见和天津文物鉴定有所不同。

- 对此纸是晚清到民国的竹纸，他们无异议。
- 一位专家认为抄写时间为晚清到民国。
- 另一位专家认为有可能到新中国成立初期20世纪50年代。
- 他们共同的依据是认为此本抄写文字痕迹明显较新。
- 他们两位都曾参加卞藏本的检验，他们一致认为，此本和卞藏本相比，字迹明显偏新，而卞藏本明显抄写时间较早。
- 他们虽然不是红学家，但他们指出，此本的抄写款式和庚辰本等已知版本过于接近。而此前的各种《红楼梦》抄本，没有任何两种抄本的款式是如此相近的，他们提醒我们研究人员注意。

他们表示，虽然这只是他们的目验意见，但他们认为，根据他们多年从事古籍研究的经验，目验结果已经很明显了，此本绝非古本，没有必要再做高倍显微镜检测。最后，他们一再表示，这只是他们个人看法，仅供我们参考。

国家图书馆古籍部的鉴定意见，和天津的鉴定意见相比，上限相同，都认为上限可到晚清。但他们认为下限可能到新中国成立初期，而天津鉴定意见认为下限是民国初年，意见不完全相同。

本人感觉，古籍鉴定完全是经验，不能作为最后判定抄写时间的依据，但他们的鉴定意见很值得我们参考。

3）文物鉴定和文本分析的矛盾

"庚寅本"文物鉴定和内容文字分析，存在巨大矛盾，结论完全相反。

如果按照天津文物鉴定意见，抄写时间是在晚清，这又如何去解释此本批语和文本中的诸多问题？如果是在晚清抄写，在晚清就出现了五种版本的批语，这种可能性很小；此本诸多批语和俞平伯《脂砚斋红楼梦辑评》1954年版完全相同，就只有是巧合；此本中出现了甲戌本被撕掉的"附条"批语，是由于抄写者看到了"附条"批语还未被撕掉前的甲戌本。这些情况只是理论上的可能，其概率是极低的。

因此，根据文物鉴定判断其抄写于晚清，和根据内容文字的分析判断抄写于现代，两个结果存在极大的矛盾，这很难统一。

4）文物鉴定和文字分析哪种更可靠

文字分析确实也有多种可能性，如前所述，理论上可能在晚清就出现了五种版本

的批语，此本诸多批语和俞平伯《脂砚斋红楼梦辑评》1954年版完全相同，可能是巧合，此本中出现甲戌本"附条"批语是由于抄写者看到了"附条"批语还未被撕掉前的甲戌本。但这种可能实在太小了。

因此，我认为，和文物鉴定相比，内容文字比对结果更为可靠。当然主张此本抄写于晚清的学者，可能还会继续坚持文物鉴定比内容文字分析更可靠，这种不同看法要完全统一怕还很难。

（14）"庚寅本"和卞藏本

卞藏本和"庚寅本"都是近期新出现的版本，卞藏本出现后也出现真伪争论，但卞藏本真伪争论和"庚寅本"的真伪争论完全不同。

第一，卞藏本的争论主要集中在此本前的收藏者刘文介的题记真伪，而不是卞藏本的真伪。最后是王鹏找到刘文介收藏此本的证据，证明刘文介确实收藏过此本，从而证实此本为真。对卞藏本不是根据对此本的纸张、笔迹、墨色鉴定来判断其真伪。而"庚寅本"原是由天津版画家江泽收藏，但江泽又是从何处获得此本，至今没有任何线索。因此，经过研究卞藏本的来历很清楚，而"庚寅本"的来历不明。两者完全不同。

第二，卞藏本和"庚寅本"本身也确实都做过鉴定，但鉴定情况刚好相反。

卞藏本的鉴定确实认为此本是古本，而不是现代抄本。而对卞藏本内容文字分析，和"庚寅本"完全不同。卞藏本的正文几乎和任何版本文字都不同，最接近的只有列藏本。卞藏本没有批语，只有正文，完全没有"庚寅本"批语中出现那样多的问题。因此可以说，卞藏本的文字分析和文物鉴定是一致的，之间没有矛盾。所以卞藏本的文物鉴定，实际是更支持了其是古本的结论。

而"庚寅本"则完全不同，其文字分析，和文物鉴定之间存在巨大矛盾。在"庚寅本"中，特别是其批语中有大量证据，证明批语是来自俞平伯《脂砚斋红楼梦辑评》1954年版，这是此本为现代抄本的重要证据，而文物鉴定却对此很难解释。

所以，卞藏本和"庚寅本"的情况完全不同。卞藏本对刘文介题记的鉴定，和"庚寅本"的鉴定是根本不同的。卞藏本的鉴定和"庚寅本"的鉴定完全不同，无法相比。

（15）晚清真本和现代假本的问题所在

总结以上有关"庚寅本"来历的四种说法。

认为此本是"古本"的根据最不可靠，几乎没有人支持，天津出版的《脂砚斋重评石头记（庚寅本）》一书中的序言，也不支持这种说法。

认为此本为晚清抄本和认为现代假本的问题主要是，两种看法的问题在于，都过于片面和简单，没有进行深入的综合分析。

认为此本为晚清抄本的主要根据是文物鉴定，这很不可靠。只根据文物鉴定就做判断，而根本不顾其文字，是肯定有问题的，肯定是不可靠的。何况对于此本的多次鉴定也还有不同看法。根据文字比对，固然也会有多种可能。如胡适补字，就有可能就确实存在过和胡适补字一样的"古本"，而附条批语也可能抄写者确实见过带此附条的甲戌本，至于此本和俞平伯《脂砚斋红楼梦辑评》1954 年版评语文字相同，也可能是巧合，其他内容文字上的分析，理论上也都可能是巧合。但这么多巧合集中在一个版本上，这种概率是极低的。

而认为此本为彻底的现代抄本，主要是简单地根据其内容，如胡适补字、凡例、大量多版本批语等，就轻易下结论认为此本为假，而并未对文字进行仔细深入的分析。如仔细分析其文字，就会发现其中还是有些文字难以解释的。

因此本人经过仔细深入的分析后认为，"庚寅本"肯定是抄录于 1954 年之后，其批语主要来自俞平伯《脂砚斋红楼梦辑评》1954 年版，因此"庚寅本"肯定是个现代抄本。其正文很可能来自某个庚辰系列的版本，但由于还有些文字来源难以解释，因此不排除抄写者手中有个"古本"的可能性。

《红楼梦》版本极其复杂，主要有两个问题。

第一是其文本非常复杂，你中有我，我中有你，很难厘清其演变脉络。

第二是现有版本多数是过录本，其文字就有真有假，真假难辨。如果是假的，费很大力气去研究，岂不白费时间和精力？

因此有些专门研究小说文献版本的学者就不研究《红楼梦》的版本，这完全是可以理解的。

但从另一个角度看，越是有问题的版本，也越值得去研究。即便是假本，揭露其如何造假，对于以后判别真假也是有益的。如果是真本，虽然这些研究会有不同看法，最终肯定无法得出大家都承认的结果，但只要是科学合理的探索，肯定还是有意义的。

我觉得，对"庚寅本"研究的意义也就在于此。

（16）"庚寅本"和"程前脂后"

从"庚寅本"研究，又可引申到《红楼梦》研究中的"程前脂后"说。

20 世纪 90 年代欧阳健先生曾提出"程前脂后"说，认为部分脂本（主要是甲戌本、庚辰本和己卯本）出现在程本之后，是故意造假的产物。其主要根据有：甲戌本中不避康熙皇帝名讳玄烨中的"玄"字，在甲戌本、庚辰本和己卯本中有大量的"同词脱文"，而在程本中却并不脱，以及对署名"脂砚斋"的批语的分析等。

对此，主流红学进行了反驳，双方进行了激烈的辩论，至今尚未完全平息。

在我看来，其实双方都有对，也有错。

主流红学认为脂本不可能在程本之后，并以"汉书抄袭史记"来嘲讽"程前脂后"。还有学者仔细研究甲戌本中的"玄"字，认为那一点是后加的，以此为脂本在前辩护。其实，他们都忽略了一个重要事实：现在看到的甲戌本、庚辰本和己卯本，都不是原本，而是过录本，是何时过录的，已经无法判别了。

因此，现在看到的甲戌本、庚辰本和己卯本，很可能确实抄写在程本之后。这样其不避康熙皇帝名讳玄烨中的"玄"字，及大量的"同词脱文"，就很容易解释了。本来在其原本中，可能确实避开康熙皇帝名讳玄烨中的"玄"字，"玄"字是少一点的。但现在看到的甲戌本实际抄写时间很晚，甚至有可能到民国时期，在那个时期就完全不需要避讳"玄"字了。而庚辰本和己卯本中有大量的"同词脱文"，在程本中并不脱,也是这些版本在过录中删节脱落的,其原本可能并不脱。因此现存版本中不避讳及大量脱文都很容易理解了。

所以,由于现存的甲戌本、庚辰本、己卯本等,从抄写时间来说,都是过录本,过录时间可能很晚,完全可能晚于程本,因此欧阳健先生的"程前脂后"是完全可能的。所以从过录本角度看,"程前脂后"并不错。对此的争论实际是毫无意义的。

但欧阳健先生"程前脂后"说,进一步延伸出去,认为这些脂本都是今人故意伪造出来的,证据就不足了。

所以,"程前脂后"说有其合理成分,无须辩论,辩论毫无意义。但"程前脂后"的故意造假说是完全没有根据的。

"程前脂后"的关键是过录本,由此联想到"庚寅本"是否也有类似"程前脂后"的过录问题。

由于此本中还有一些问题无法解释,因此和其他脂本一样,此本也可能是个过录本。此本虽然抄写时间可能很晚,其正文可能直接来自庚辰本,但也可能来自某个我们未知的庚辰本系列版本。因此,虽然此本抄写时间很晚,但不排除抄写者手中确实有某个"古本"的可能性,甚至其底本就是早期庚寅本的过录本。这样抄写者是根据此"古本"的正文,再插入俞平伯《脂砚斋红楼梦辑评》1954年版批语,编成此本。理论上也不能排除这种可能性。

(17)《〈红楼梦〉版本数字化研究》

在研究"庚寅本"版本之后,我觉得值得对此做个总结,于是 2015 年由中州古籍出版社出版了一本研究专著《〈红楼梦〉版本数字化研究》,其中对"庚寅本"做了深入细致的研究,此书篇幅庞大,分为上下两册,每册都有 600 多页。

上册主要内容是对"庚寅本"的研究。首先对"庚寅本"做了简介,并介绍目前对"庚寅本"研究的概况。然后介绍了对"庚寅本"正文的研究,认为此本的底本应该属于庚辰本系列的某个版本。其后是对"庚寅本"批语的研究,通过多角度分析,认为此本批语肯定是根据俞平伯《脂砚斋红楼梦辑评》1954 年版整理而成。对"庚寅本"中出现的"附条"批语又单独进行了分析,此"附条"批语的出现,再次证明"庚寅本"的批语是来自俞平伯《脂砚斋红楼梦辑评》1954 年版。然后介绍了"庚寅本"来历的几种看法,以及"庚寅本"目前存在的疑问,最后介绍研究"庚寅本"的意义。另外,本书还研究了庚辰本和戚序本关系问题,认为戚序本并非来自庚辰本,而是和庚辰本有共同祖本。本书还研究了周汝昌借陶洙甲戌本录副本问题,认为周汝昌借给陶洙的不是甲戌本原本,而是录副本。

下册是和"庚寅本"及相关资料的整理,又分为三部分。

第一部分为"庚寅本"的整理本,包括正文和全部批语。对"庚寅本"中所有批语不仅逐一插入正文,而且全部注明其来源,包括其独有批语。

第二部分为《红楼梦》前 14 回全部版本批语的辑评,因为"庚寅本"只有 13 回半,所以辑评也只整理前 14 回的批语,由此可看出"庚寅本"收入和未收入的批语。

第三部分是《红楼梦》四版本正文比对本,即甲戌本、庚辰本、戚序本和"庚寅本"正文的逐行逐字比较结果。由于"庚寅本"主要和甲戌本、庚辰本、戚序本有关，本书除研究"庚寅本"外，还研究了戚序本、庚辰本和甲戌本的关系，因此比对本也只收入这四种版本。由于"庚寅本"有 13 回半，甲戌本只 16 回，因此也只整理前 28 回中有"庚寅本"和甲戌本的 20 回。比对采取逐行逐字比较方式，这样文本差异很清楚。

从对"庚寅本"的研究过程，可以看出如何利用数字化对古代小说版本进行研究，由于"庚寅本"已经正式出版，希望此研究专著的出版不仅可以促进对"庚寅本"的研究，对《红楼梦》其他版本的研究也有所帮助。

5．《红楼梦》甲戌本"附条"批语争论

背景简介

2012 年在天津突然出现一本手抄本《红楼梦》"庚寅本"，对此本很有争议，天津学者认为是"古本"，有些学者认为是现代抄本，是根据脂批汇校本抄写的。我对此很有兴趣，就专门去天津，从收藏者王超处得到复印本，马上请公司扫描录入，再用计算机和其他版本比对，很快发现此本批语几乎全部来自 1954 年版俞平伯编《脂砚斋红楼梦辑评》。为此我编写了《《红楼梦》版本数字化研究》（上下册），上册是版本研究，下册是版本比对。虽然一些学者对此有异议，但我认为我的分析还是正确的。天津红楼梦研究会会长赵建忠虽然和我看法不同，但也几次邀请我到天津出席天津红学会，介绍我的看法，对此我十分感谢。

在"庚寅本"研究中也出现一些不和谐的声音，主要是针对甲戌本"附条"问题。我在"庚寅本"中发现一批语在俞平伯《脂砚斋红楼梦辑评》中没有，此批语也出现在陶洙抄写的己卯本上，而现在影印的各种甲戌本上都没有此批语，那么此批语来自何处，谁也不知道。周汝昌女儿周伦玲看到此批语，立即指出在周汝昌、周祜昌抄写的甲戌本录副本上也有此批语，但周汝昌说此批语是"附条"，周祜昌本不应抄录。但为何现在甲戌本影印本上却没有此批语呢？我请上海博物馆朋友查现存上博的甲戌本原本，终于看到了此附条批语被撕掉后留下的一角。由此证明甲戌本上确实曾有此批语，但后来被撕去，所留痕迹影印时也被抹去。

至此"附条"批语似乎有定论了，但此批语是谁所写、所贴？又发生严重争论。我认为此"附条"批语是胡适买来就有的，因此周祜昌就如实抄录在录副本上，周汝昌还加注，称此批语是附条，不应抄写。

但沈治钧却连续发文认为，此"附条"批语是周汝昌、周祜昌所为，而不是甲戌本原本所有。我认为这种可能性几乎不存在，周汝昌从胡适处借来珍贵的甲戌本，抄录一个录副本，并计划请胡适写序言，他怎么会胆大到私自在如此珍贵的甲戌本上擅

自贴"附条"批语呢？但沈治钧一口咬定是周汝昌兄弟所为，我也拿不出证据证明甲戌本上没有"附条"批语。

　　2016年《红楼梦学刊》第三辑刊载项旋一文《美国国会图书馆摄甲戌本胶卷所见附条批语考论》，并作为第一篇文章，以示对此文的重视。此文披露了"附条"批语来历中的部分事实。原来胡适1948年携带甲戌本到美国后，1950年曾拍摄了甲戌本的微缩胶卷。项旋在美国查到了此胶卷，在胶卷上赫然发现了"附条"批语，大家这才第一次看到"附条"批语的原貌，也证明1950年时甲戌本上确实有此批语。这似乎解决了此批语问题，但实际还是没有彻底解决，因为胶卷只能证明1950年胡适拍摄甲戌本时有此批语，并不能证明此批语是甲戌本原有的，还是1948年周汝昌兄弟所为。

　　为此沈治钧马上在2016年第三辑《红楼梦学刊》上发表反驳项旋的文章《由微缩胶卷看甲戌本附条》，因为《红楼梦学刊》曾刊载项旋文章是第一篇，因此也再次把沈治钧文章列为第一篇。沈治钧坚持认为，虽然胶卷证明1950年拍摄胶卷中有"附条"，但仍无法证明甲戌本原本没有附条，附条仍可能是1948年以后贴上去的，而最大可能是周汝昌兄弟所为。他举出一个证据：看过录副本的人说，录副本附条字迹和甲戌本附条字迹很相似，因此他信誓旦旦地表示：这就是铁证，证明附条就是周祜昌所写。

　　由于录副本一直没有公开，为说清楚这个问题，我联系到周伦玲，希望她公布录副本附条原件。但周伦玲认为这些争论毫无意义，周祜昌根本不可能自作主张在珍贵的甲戌本上贴附条，她也不愿意卷入这场毫无意义的争论。她与周祜昌后人商议后，她们只公布了其中几个字。从这几个字看，有些字确实和甲戌本胶卷上字迹相似。但周伦玲认为：周祜昌抄书有个习惯，尽量模仿原书字迹，因此录副本字迹和甲戌本附条字迹相似并不奇怪，这不能成为附条是周祜昌所为的证据。我觉得周伦玲的意见很有道理。

　　为此我写了长文反驳沈治钧，有些朋友看到认为我反驳很有道理，建议我投给《红楼梦学刊》，既然他们把项旋、沈治钧文章作为第一篇发表，我反驳沈治钧文章他们也应发表，而且也应作为第一篇发表。但我从未在《红楼梦学刊》上发文章，沈治钧本人还是《红楼梦学刊》编委，也是青年红学家中的佼佼者，其他编委估计和他关系都不错，因此我的文章在《红楼梦学刊》评审怕很难通过，而且我又很想让读者尽早看到这些证据，因此考虑再三，还是先在苗怀明小说网上发表了。

　　后来在某个会议上我见到《红楼梦学刊》编辑，提及我对沈治钧文章的不同看法，她表示很欢迎我写文章。我就把我的想法说出来了，编辑表示欢迎我写文章，我把文章发给《红楼梦学刊》，没想到竟然终审通过了，已经在《红楼梦学刊》2018年第一辑刊出。

　　此事出来后我一直在反思：沈治钧是很有水平的红学家了，他和张俊老师整理出版的《红楼梦》程乙本新批校注本十分详细，应该是对《红楼梦》至今最详细的校注本，为何在甲戌本附条上会犯如此明显的错误？而且在有明显证据证明此事不可能是周汝昌兄弟所为的情况下,依然一口咬定是周汝昌兄弟所为?这实在令我百思不得其解。

我最后的看法:这还是有色眼镜所致。这几年批判周汝昌的文章很多,在我看来,周汝昌确实有些看法值得商榷,如支持刘心武的奇谈怪论等。但任何事情都要就事论事,不能因为周汝昌曾出过一些问题,就因此认为附条肯定就是周汝昌兄弟所为。这种戴有色眼镜看问题的情况很多,包括"程前脂后",看到脂本一些疑点,就认为是"程前脂后",所有脂本都是在程本之后故意造假造出来的。这是一种很值得我们警惕的不良学风。

当然如果只是戴有色眼镜看问题,那还是学术看法问题,有时候我觉得有些学者是故意带偏见看问题,而且明明自己看法毫无道理,仍然就是不改。和这些人就无法讨论学术问题了,这种学风我认为实在是不可取。在我看来,甲戌本"附条"问题就是这种不正之风的又一例证,我衷心希望今后不要再看到这种毫无意义的辩论,我也不想再次卷入这种毫无意义的辩论中去了。

甲戌本附条是周祜昌贴的吗?
——与沈治钧先生商榷[①]

自甲戌本 1927 年胡适从胡星垣手中买下之后,经历复杂,谜团不断。最新谜团是甲戌本附条,其来源的争论又成为《红楼梦》研究的热点。

此批语最早是由梅节先生发现。他在陶洙己卯本上发现了此批语,但不知其来历,也不知此批语实际是甲戌本的"附条批语"。2012 年此批语在天津出现的"庚寅本"上又出现,但大家仍不知其来历。周伦玲女士看到后,告知梁归智先生此批语在周汝昌、周祜昌兄弟抄写的录副本上也有,并注明是"附条"。但奇怪的是,自 1961 年甲戌本影印以来,从未有此批语痕迹。录副本上的附条批语又来自何处仍然是个谜。本人两次委托上海博物馆陶喻之先生查阅馆内的甲戌本原本,终于发现现存甲戌本上确实存在此附条批语残留的痕迹,因此证明在甲戌本上确实曾有过此附条批语。但此批语是谁、在何时所贴,又成谜团。本人认为此附条批语胡适买来时就有,是甲戌本最后一位收藏者所写、所贴。1961 年台湾第一次影印前被撕掉(或脱落),痕迹被抹去了。但我没有证据。

《红楼梦学刊》2016 年第三辑刊登了项旋文章《美国国会图书馆摄甲戌本缩微胶卷所见附条批语考论》,被列为该辑第一篇文章,可见编辑部很重视。

项旋第一次发现 1950 年胡适托人所拍摄的甲戌本微缩胶卷上有附条批语真迹,这是一个重大发现,人们第一次真正看到了附条的原貌,但附条的来源仍没有彻底解

[①] 原载《红楼梦学刊》2018 年第一辑,第 121—158 页。

决。微缩胶卷只证明 1950 年时甲戌本上还保留此批语，但批语是何时、何人所贴仍不明朗。项旋对比附条和刘铨福的字迹，认为附条批语可能是刘铨福所写、所贴。

我阅读项旋文章后，2016 年 6 月先后写了两篇回应文章，发表于中国古代小说网（此网目前已经关闭）。

我在文章中对此留有余地：

> 附条作者是否属于刘铨福也只是初步推定，而笔迹的鉴定较为复杂，还有待于相关专家结合更多证据进一步研考。

4 个月后，《红楼梦学刊》2016 年第五辑又刊登了沈治钧先生回应项旋的文章《由缩微胶卷看甲戌本附条》（以下简称"沈文"），反驳项旋。在此之前，沈治钧先生曾连续发表文章，认为甲戌本附条是周氏兄弟所为。此文沈先生认为附条不可能是刘铨福所写，并再次坚持他的看法，称根据附条和周祜昌笔迹的比对，认为证据链完整，有 99% 的把握是周祜昌私自在甲戌本上贴附条批语。此文又被《红楼梦学刊》列为该辑第一篇文章，可见编辑部也很重视此讨论。

两篇文章针锋相对，由于周氏后人一直没有公布录副本附条批语原件，沈先生也是根据他人对字迹的描述，推断是周祜昌所为。

我对沈文有不同看法。在沈文出现后，我联系了周伦玲女士，希望她提供录副本中附条批语原件，以便和甲戌本比较。她们家属研究后回信：

> 我们决定暂不发表周祜昌附条手迹原件，但可以为您提供其中两个字做参考：负、样。周祜昌模拟了甲戌本附条字迹有人则大惊小怪，以为有了把柄，这种识见实在可笑。

很遗憾由于目前只看到录副本附条的两个字，无法看到录副本附条的全貌。但由这两字也可推测附条的字迹来。经过本人仔细比对甲戌本附条笔迹和周祜昌录副本附条两字笔迹，以及周祜昌录副本和《红夏钞书记》字迹，我认为沈文说附条是周祜昌所写的根据不足。我仍认为附条批语是原有的，是胡适之前最后一位收藏者所写、所贴。但录副本批语原件只公布了两字，没有全部公布，分析还是有遗憾之处。

本文分两部分针对沈文谈谈自己的看法。先从笔迹分析入手，重点分析沈文的问题和不成立的原因。然后再分析沈先生所言"附条产生于 1931 年之后"说法存在的问题。

为使读者更清楚分析论述的内容，本文采用了问答方式，一共有十八问。

一问：甲戌本附条是梅节先生先"拈出"吗？

首先要指出的是：沈文开始说"梅节 2011 年夏拈出附条疑团"，此言不实。

梅节先生确实是早在 2011 年 7 月 15 日在香港《城市文艺》第 54 期发表文章《周汝昌、胡适"师友交谊"抉隐——以甲戌本的借阅、录副和归还为中心》（又收入《海角红楼——梅节红学文存》，国家图书馆出版社，2013 年版第 395 页），首先指出此批语是陶洙用蓝笔抄在己卯本上的，现摘录如下：

陶洙在原甲戌本上留下"雪鸿之迹"。现在有的研究者指几个脂本为陶洙所造，这是高估了他；但是己卯本、庚辰本、甲戌三本都受到他的涂毒，却完全被低估。庚辰、己卯本他接触很早，可推至抗战前。庚辰本晒蓝，应是其所为（赵万里本则为其所赠）。己卯本第一回甄士隐欲为雨村写荐书，上竟有陶洙校改的蓝笔眉批："予若能遇士翁这样的朋友，亦不至于如此矣。亦不至似雨村之负义也。"这使人怀疑现存己、庚本脂批，是否有陶某借汁下面的私货。

此处梅节先生认为此批语是己卯本上"陶洙校改的蓝笔眉批"，但梅节当时根本不知此批语来历，也并未说此批语是甲戌本"附条"批语。所以沈文说"梅节 2011 年夏拈出附条疑团"不准确。如果一定要扯上梅节，可以说他"拈出此批语疑团"，而不能说他"拈出附条疑团"，因为他当时根本不知道此批语实际是在甲戌本的附条上。所以沈文所写不实。我之所以在此较真，是因为"附条"是本文讨论的关键问题，因此用词一定要十分准确。

真正第一次指出此批语是"附条"批语的不是梅节，而是周伦玲女士。她在得知大家不知此批语来历后，告知梁归智先生录副本上有此附条，梁归智随之立即公布此批语出自周汝昌的甲戌本的录副本。周先生对录副本上批语的描述如下（原文繁体字从右往左竖写，无标点，现加标点）：

写士隐如此豪爽，又全无一此粘皮带骨之气相，愧杀近之读书假道学矣。
（附条）
予若能遇士翁这样的朋友，也不至于如此矣，亦不至似雨村之负义也。
此后人笔墨不必存。玉言。

根据周伦玲女士介绍，此两批语都是周祜昌所抄，前一批语为甲戌本原有批语，（附条）后的批语即为后人所批的"附条批语"。因为此批语是抄在附条上，而录副本不宜再做附条，只好加括号（附条）注明此批语是附条批语。此后的批注"此后人笔墨不必存。玉言"，是周汝昌所写，玉言是周汝昌的字。

周女士本想说明此批语来历，但她没有想到梁归智先生立即就把附条公布出去了。因为甲戌本影印本上，此附条已经彻底被抹去了，如果她不披露此附条批语来历，至今怕谁也不知道此批语是来自周汝昌的录副本，更不会有人由此指责此附条是周祜昌所贴的。

二问：甲戌本写附条者是刘铨福吗？

项旋怀疑是刘铨福所写所贴，并仔细核对刘铨福的笔迹，觉得很接近。

由于项旋文章中刊载的甲戌本附条字迹不清，不好比对。我重新处理了甲戌本附条的字迹，再和刘铨福字迹比对，可以明显看出，刘铨福本人的两个字迹十分接近，但和甲戌本附条字迹绝对不同。因此项旋认为附条是刘铨福所写的分析基本不成立。

沈文对笔迹也进行了详细分析，论述此附条不可能是刘铨福所为。本人基本赞同沈文的分析。所以，此附条不太可能是刘铨福所为。

沈先生很认真仔细地根据刘铨福笔迹，否定了附条为刘铨福所写。但后面对周祜昌的笔迹，沈先生却没有如此仔细地去比对，而是相信其他人的分析判断，认为附条批语笔迹和周祜昌笔迹"很像"，从而就简单地肯定附条是周祜昌所抄。这种对自己看法有利的证据（刘铨福笔迹）就仔细分析论证，而对自己不利的证据（周祜昌笔迹），就不去仔细分析，是没有条件吗？项旋公布了甲戌本附条笔迹，周祜昌笔迹也不难找。如果沈文直接仔细比对周祜昌笔迹，就如本人后面仔细比对周祜昌笔迹一样，马上可以看出附条不可能是周祜昌所写的。

甲戌本附条和刘铨福字迹比较

甲戌本附条批语	刘铨福至孙桐生笔迹	刘铨福甲戌本题记
能	能	
此	此	此
也	也	也
前	前	前
不	不	不

三问：沈文是如何论述"甲戌本贴附条者是周祜昌"的？

沈文认为附条可能是周祜昌所为，其论述如下：

> 此篇陋文属被迫回应，因项旋拿出了新材料，推出了新观点，梁归智又作出了明确的权威判断。刻下，除驳议外，我补充加强了若干论证，主要是胡适自己（或同意他人）撕扯掉附条之后绝口不予提及，跋文五条与附条一纸可存均存，应删均删，确证两者性质同一，俱非甲戌本原貌；以孙桐生为参照，可知明文证据、版本证据、实物证据即经眼人亲笔证言"此后人批不必存玉言"中之"后人"特指清季以后即民国年间之今人。无因必无果，有果必有因。凭空识得"后人"殊非易事，只缘"后人"实即"时人"。凡此，已组成非常完整的证据链，接近绝对完整，豁然指向一个结论，即甲戌本附条产生于1948年夏秋冬。
>
> 由于新材料突然爆出，情势急转直下。连项旋的老师们都说"很像"，即缩微胶卷附条与《红夏钞书记》笔迹"很像"。在此节骨眼上，梁归智明确作出关键性的权威判断——副本与原本附条"字迹非常接近，也就是说很像"。证据链至此99%灿然完整。另一谜底自动揭开。甲戌原本附条的书写者是周祜昌(1913—1993)，其号缉堂，别署君度。水落石出，真相大白。其实此非秘密，学界同仁多已先期测定，兹仅顺手捅破窗户上这层薄纸而已。
>
> 然严格讲，此又非红学定谳。异日获睹周氏副本真实原物及其影印件，经

第三方权威专业裁鉴，确认副本与原本附条果然"字迹非常接近，也就是说很像"，才能下最终结论。

沈文这里主要是通过比对附条笔迹和周祜昌的笔迹，因此很有把握地说："已组成非常完整的证据链，接近绝对完整"，其实仔细分析，这些证据链根本经不起推敲，根本不完整。

结合沈先生以前几篇文章对附条批语的论述，总结其看法如下：
- 胡适 1928 年买到甲戌本，和俞平伯 1931 年看到甲戌本，都曾写长篇跋语，但都从未谈及甲戌本有附条。因此附条出现在 1931 年以后。
- 俞平伯 1954 年把附条批语抄入《脂砚斋红楼梦辑评》（以下简称《辑评》）是根据陶洙己卯本，是犯了个"低级错误"。
- 微缩胶卷上附条笔迹和周祜昌《红夏钞书记》笔迹"很像"。
- 微缩胶卷上附条批语字迹和录副本周祜昌抄写的字迹"字迹非常接近，也就是说很像"。

因此沈文结论是："证据链至此 99% 灿然完整"，"兹仅顺手捅破窗户上这层薄纸而已"，"甲戌原本附条的书写者是周祜昌"，"异日获睹周氏副本真实原物及其影印件，经第三方权威专业裁鉴，确认副本与原本附条果然'字迹非常接近，也就是说很像'，才能下最终结论"。

下面分两个层次论述沈文的不可靠。由于沈先生最新文章是从笔迹研究入手，因此本文也就先研究笔迹，再回头论述 1931 年之事。

四问：沈文是如何根据笔迹判断是周祜昌所为？

沈文这次判断附条是周祜昌所为的关键是笔迹，沈文根据比对周祜昌的笔迹和附条笔迹"很像"，分析判断如下：

第一，录副本字迹不是完全照抄甲戌本的字迹。

据沈先生仔细统计，录副本并未严格照甲戌本字迹抄写，他找出第一页中 18 个例子证明录副本抄字和甲戌本不同。这说明周祜昌并未严格按照甲戌本字迹抄写录副本。

第二，录副本字迹就是周祜昌字迹。

周祜昌抄录附条批语时，未必严格照甲戌本附条字迹抄写。换句话说，周祜昌抄录副本时，是完全按照自己写字习惯来写的，而不是仿照甲戌本批语字迹来写。

第三，录副本附条字迹就是周祜昌字迹。

既然周祜昌抄录副本不是根据甲戌本字迹来抄，那么录副本附条批语字迹应该也不是周祜昌仿照甲戌本附条字迹来写，而就是周祜昌本人字迹。

第四，甲戌本附条字迹和周祜昌字迹"很像"。

沈先生声称：连项旋的老师们都说，缩微胶卷附条与周祜昌的《红夏钞书记》笔迹"很像"。这附条是周祜昌所写的证据之一。

第五，附条批语字迹和周祜昌字迹"很像"。

沈先生又声称：根据梁归智所言，附条批语字迹和录副本附条批语字迹"很像"。

而如前所述，录副本应该就是周祜昌自己的字迹，而两者字迹又很像，因此这就是说：录副本附条就是周祜昌所写。

这就是沈文的复杂的逻辑推论过程，这看似十分严密，无任何瑕疵。因此沈文自称："已组成非常完整的证据链，接近绝对完整"，"证据链至此99%灿然完整"。

但事实真是如此吗？仔细分析可以看出，这个推理实际有多处破绽。

五问：周祜昌《红夏钞书记》是什么文章？

沈文的一个重要依据是周祜昌的《红夏钞书记》。这是一篇什么文章呢？

此文是周祜昌1948年8月24日，在抄写完录副本后写的一篇两页感言，附录在录副本之后，项旋提供了原件原照，网络上也有照片。因为此文对于判断附条是否可能是周祜昌所写，有极大帮助，为帮助读者了解其内容，现把其中有关文字抄录如下。

附录一　　红夏钞书记　　　　　君度（注：即周祜昌）

（民国）卅七年暑假，雁黼于六月廿七日自燕园抵家。即晚抱来一大堆书，……最出乎意料的是20年前在《新月月刊》上开始闻名的《脂砚斋重评石头记》也从适之先生借了来，而且带到这穷乡僻壤的咸水沽来，这真是一件奇迹。当晚在油灯底下，看到这最早的手钞本《石头记》的面目：薄薄的仿纸（小学生描红写仿用的），初学写小楷生涩孩气的字体，纸黄脆了，每页当中折叠的痕迹都撕开来，下面衬上纸，沿边都粘过，显然是早年整理重装过的，保存的相当好。（经手整理的可能是刘铨福，有他的图章打在残页和衬纸的骑马缝上。）最引人注目的是行间和眉上的朱批，惊心骇目。都是从来读书者批者所没说过的话。乍一看仿佛似通非通，不着边际，实则自成风格，"似典题不切，然正是极贴切语"言无虚发，语多慨叹，意味深长，难兄难弟，大小衣着，都差不多一样，只是这个的篇幅又多了一倍。雁黼预备暑假后把他的新书和这本一并献给适之先生，请求指正。新着胡先生心目中早有了，这钞本却是他意料之外的。……如今胡先生这部宝藏却有了副本，我想他不怪罪我们的冒昧，还要嘉许我们这番苦心的。

我这样娓娓不倦，如数家珍的聒絮不了，也不过，因为原书实在太好了，不由得连自行抄写的原委也觉得津津有味起来，在卷首的题词序文以外，很值得再加一记，遂将整个经过，写在后面作为附录。诗云：

　　红夏钞书罢，清秋送爽来。
　　还君真面目，莫使有尘埃。

　　　　　　　　　　卅七，八，廿四

阅读周祜昌的后记，任何人都会被他的真挚所感动，他对甲戌本的深厚感情，对胡适的尊重很真诚，只有内心冷漠，或别有用心的人，才会认为这些都是假话。

《红夏钞书记》图片刊载在周汝昌所著《周汝昌与胡适》（百花文艺出版社，2013年第1版，第82页），网络上也有人已经公布了：

http://tieba.baidu.com/p/2106050722

现转载如下。

周祜昌《红夏钞书记》首页（一九四八年八月二十四日）

周祜昌《红夏钞书记》末页

周祜昌《红夏钞书记》

六问：周祜昌贴甲戌本附条可能吗？

沈文认为附条是周祜昌所抄，根据他的说法：周祜昌在抄写录副本时很有感慨，就顺势贴了附条谈了自己的感想。周汝昌发现后，写了附言，说此附条为"后人"所为，不必抄。

我觉得，说附条是周祜昌所为，根据完全不可靠。

第一，周祜昌很珍惜甲戌本绝不敢贴条。

周祜昌只是根据周汝昌的委托来抄写，他也知道甲戌本是胡适很珍贵的本子，如前述他的感言《红夏钞书记》，文中称甲戌本是"宝藏"，是十分珍贵的文献，他抄写时也极为小心，在《红夏钞书记》末尾他还写到"还君真面目，莫使有尘埃"，由此看出他抄书时对此书的爱护。在他抄录如此珍贵的甲戌本时，即便他有感言，顶多写在自己所抄的录副本上，也绝对不会去在甲戌本原本上随便去贴个附条，这完全不合情理。

周祜昌是受过中国传统教育切很老实的文人，他也知道甲戌本和录副本都会送胡适本人审阅的，如他随便在甲戌本上贴附条，肯定会被胡适发现的，是会遭到胡适斥责的。这点基本道理他还是懂得的，妄言周祜昌在甲戌本上贴附条，是根本不可能想象的。

第二，周汝昌不会把周祜昌贴附条的甲戌本送还胡适。

录副本周汝昌原计划就是要送胡适看的，周汝昌在给胡适信中也告知胡适，他们未得到胡适同意，就抄录了一部录副本，并称：

> 这副本将来是要和原本一同送去，请先生审验题记，以志流传授受，渊源踪迹。如果先生不愿意不同意我们的擅自录副，也不要紧，我们也准备着把副本一并送给先生，反正先生的书也肯借我用的。总之，这一点宝爱珍本的原意 如愿以偿了。

胡适回信称：

> 这是一件大功劳！将来你把这副本给我看时，我一定要写一篇题记。

附条如果是周祜昌所贴，并抄录到录副本上，周汝昌肯定会发现附条是周祜昌所贴，他在把甲戌本还给胡适时，肯定会撕去附条的。因为如果甲戌本借来时本来没有附条，还给胡适增加了附条，胡适一眼就可看出是周氏兄弟所贴的，会归罪他们。周汝昌应该会想到这一点的。所以，即便是周祜昌贴了，周汝昌归还胡适前也会把此附条撕掉，附条就根本不会出现在1950年的胶卷上。

这是很简单的道理，根本不需要解释。

第三，口气完全不对。

甲戌本附条批语原文如下：

> 予若能遇士翁这样的朋友，也不至于如此矣，亦不至似雨村之负义也。

这里写批语人的意思是：他如果遇到甄士隐这样慷慨解囊资助的朋友，绝不会像贾雨村这样负义。写批语者看来近况不佳，因此很感叹贾雨村遇到了甄士隐这样的贵人，资助自己得以中举升官。此批语颇有些怀才不遇的慨叹。

而从周祜昌的经历来看，他1926年考入南开中学，后因大雨误了投考北大的考试，无奈入读天津南开大学国文系。毕业前夕，他忽然坚决退学，转而到天津浙江兴业银行任职员。1947年前，曾在天津塘沽新港做过小职员，后辞职归家。1948年夏，和弟周汝昌一起抄录甲戌本副本，并作《红夏钞书记》一文。新中国成立后在咸水沽供销社工作，后担任南郊业余中学教师。周祜昌研究《红楼梦》如醉如痴，别的事一概不放心上。从周祜昌上述很平凡经历来看，他一生无所求，全部身心都在《红楼梦》研究中了，从未有什么远大抱负，因此他根本不会有这样怀才不遇的慨叹。

第四，周汝昌提及附条。

项旋指出，周汝昌后来曾多次在《红楼梦新证》等其他文章中提及附条，如果附条是周祜昌有感而发，按道理周汝昌应该不会在自己文章中再提及此事的。

总之，从多方面分析，附条是周祜昌所为的可能性不大。

下面针对沈文，主要从笔迹角度分析，看看附条是否可能是周祜昌所写。

七问：附条笔迹和周祜昌笔迹"很像"吗？

目前已经公布和附条有关的资料有四种。

第一是项旋公布的甲戌本微缩胶卷上附条真迹。

第二是周祜昌所抄甲戌本录副本的第一页。

第三是周祜昌抄完录副本后所写的《红夏钞书记》。

第四是周氏后人提供的录副本附条中"负"和"样"二字。

项旋公布的甲戌本微缩胶卷上附条真迹不清楚，我做图像处理后清晰度提高，连同经处理的录副本第一页附录如下页图。

沈文转述其他人（包括项旋老师们）的看法，认为微缩胶卷附条字迹和《红夏钞书记》字迹"很像"。又转述了梁归智有关录副本附条和微缩胶卷附条字迹比较结果，也是"很像"。因此，沈文认为微缩胶卷附条字迹和周祜昌字迹"很像"。

这种推论有几个问题。

第一，沈文称附条字迹和周祜昌《红夏钞书记》"很像"，但录副本附条一直没有公布，事实两个字迹真是"很像"吗？

第二，沈文没有比较更关键的字迹——录副本字迹和附条的字迹，不知这是无意疏忽？还是认为一个是正楷，一个是草书，无法比较？

虽然两者写法不同，但比较一下也是有益的。

下面将甲戌本附条和周祜昌录副本附条、周祜昌录副本第一页、周祜昌《红夏钞书记》四种字迹做逐字比对。由于录副本附条家属只提供了"负""样"两字，因此只能比对这两字。而周祜昌录副本第一页、周祜昌《红夏钞书记》中和甲戌本附条所有相同字，都逐一列出比较。由此可以看看这到底是否是如沈文所言的"很像"？

由于网络公布的录副本清晰度不好，无法仔细比较字迹。而录副本第一页和《红夏钞书记》的清晰度较好，因此只比较录副本第一页和《红夏钞书记》的字迹。

甲戌本附条（左）、周祜昌抄录副本第一页（右）

现转载周祜昌《甲戌本》录副本部分图片如下。

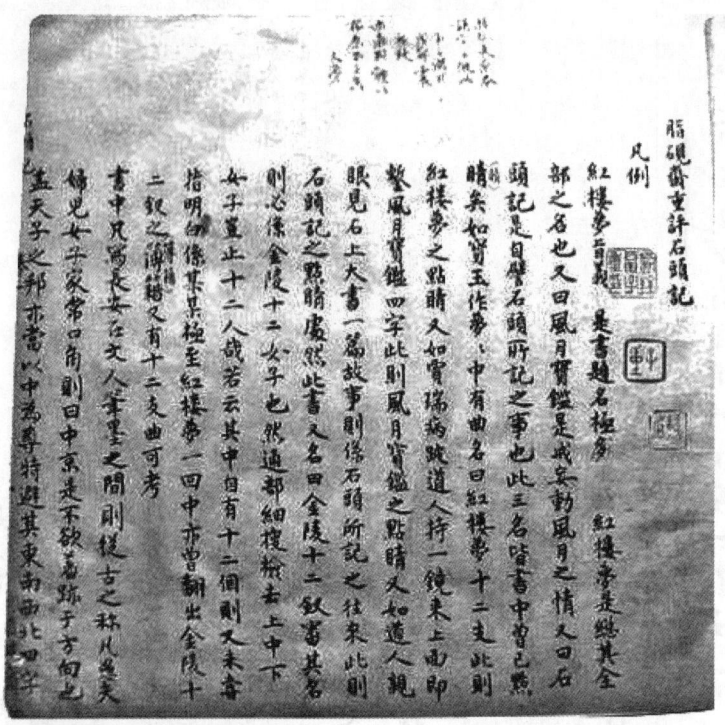

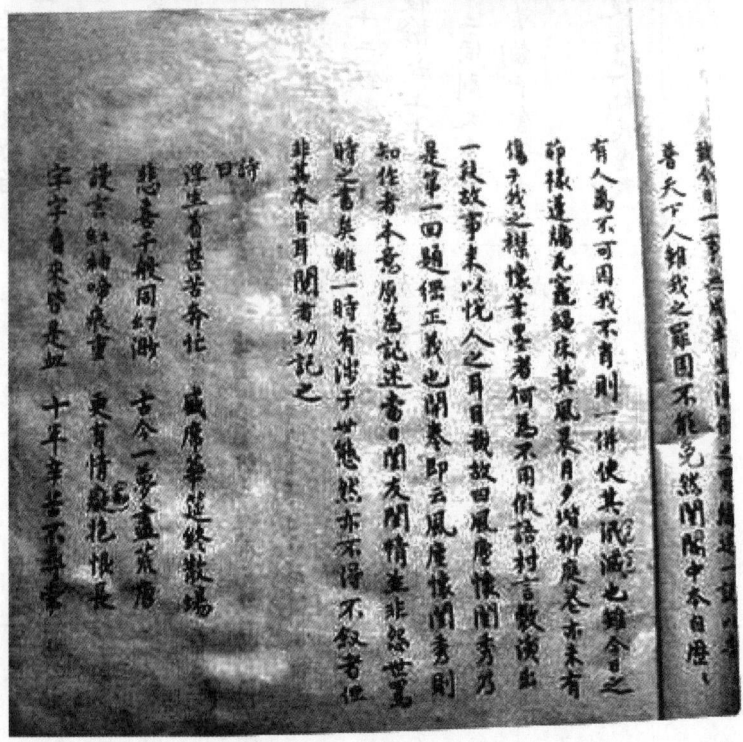

周汝昌、周祜昌甲戌录副本《石头记》之"凡例"诗

甲戌本附条、周祜昌录副本附条、周祜昌录副本第一页、
周祜昌《红夏钞书记》相同字比较

甲戌本附条	周祜昌录副本附条	周祜昌录副本第一页	周祜昌《红夏钞书记》
様	様		様
員	員		
之		之之之之之之之之	之之之之
此		此此此此此	
也		也也也	也也
如		如如如	
若		若	

甲戌本附条、周祐昌录副本附条、周祐昌录副本第一页、周祐昌《红夏钞书记》相同字比较

甲戌本附条	周祐昌录副本附条	周祐昌录副本第一页	周祐昌《红夏钞书记》
様			
负		矣	
至		亦	
能		至	
這			能
的			這
不			的
于			不不不不不不不不
如			于
似			如如
			似似

四本中可比较的字情况如下：

- 甲戌本附条的"样"字和录副本附条的"样"字，最后一笔"捺"有明显不同。甲戌本附条和录副本附条及《红夏钞书记》，三字整体比较，还是周祐昌的两个笔迹更接近，而和甲戌本附条笔迹差异较大。
- 甲戌本附条的"负"字和录副本附条的"负"字，上面"刀"一笔"撇"，及下面"贝"字也明显不同。
- 8个"之"字上面一点，甲戌本附条"之"字上面一点是向左点的，而录副本8个却全部是向右画的。《红夏钞书记》和录副本一致。虽然字体不同，但"点"的习惯应该是一样的。
- 5个"此"字，甲戌本附条是草书，录副本是正楷，写法完全不同，不好比较。
- 3个"也"：甲戌本附条末笔是略向下撇，而录副本末笔却是向上翘的，完全不同。《红夏钞书记》两个"也"中1个和录副本一致，1个和附条接近，说明笔迹相似也有可能。
- 3个"如"字：甲戌本附条是草书，录副本是正楷，写法完全不同，不好比较。
- 8个"不"字：甲戌本附条左撇带钩，《红夏钞书记》8个字都没有钩，差异很大。
- 其他字"若""亦""矣""至""能""这""样""的""于""如""似"，由

于两个笔迹一个是正楷，一个是草书，写法差异很大，比较很困难。

总之，就是我这不懂书法的人，还是可以看出一些差异。其他差异相信如是懂书法的人还会找出很多的。

因此，甲戌本附条和录副本附条、录副本、《红夏钞书记》字迹绝对不是"很像"。沈文说"很像"其实也是转述梁归智和项旋的老师们的说法，实际他自己并未去仔细比对。这是沈文的问题之一。

另外，要注意：附条自称"我"为"予"，也不是"余"，这是个现在很少用的自称。据周伦玲说，周汝昌和周祜昌从不用"予"，在周祜昌的《红夏钞书记》，他都是自称"我"，从未用"予"。甲戌本中只有孙桐生的几条批语曾用"予"。但孙桐生的笔迹绝对和附条批语不同，他曾在甲戌本上写批语，就不会再贴附条了。从这口气看，似乎不是周祜昌这样现代人的自称，而更像是个清代人的自称。

所以，此附条是甲戌本最后收藏者所为的可能性最大。

八问：四种笔迹比较的结论是什么？

根据以上四份字迹材料比较下来，可以得出如下结论。

第一、三份周祜昌所写的资料：甲戌本录副本附条两字、甲戌本录副本和《红夏钞书记》的字迹都十分一致，说明周祜昌平时写字有他自己的固定写法。

第二、三份周祜昌资料的笔迹，和甲戌本附条笔迹差异很大，很明显。虽然有草书和正楷的差异。但要注意：周祜昌在抄书时是很认真的，即便假设附条是他所写，因为附条是他自己的感受，他也会很认真地写，字体应该不会有很大差异。

从周氏后人公布的录副本附条批语的两个字迹来看，周祜昌抄录副本批语的字迹和抄正文字迹基本相同，都是正楷，而不是草书。看周祜昌所抄录副本其他批语字迹也是正楷。因此我个人觉得，录副本附条批语的字迹应该不会像甲戌本附条那样的草书，而是正楷。因此周祜昌所抄附条批语的字迹，和录副本正文字迹，以及《红夏钞书记》的字迹应该都是差不多的。

因此，从甲戌本附条字迹看，就不像是周祜昌所抄。

虽然周氏后人只提供了录副本附条的两个字，没有提供全部文字，无法和甲戌本附条字迹逐字比较。虽然梁归智先生说"很像"，但这只是梁归智个人看法，从周氏后人公布的两个字来看，录副本附条字迹和甲戌本附条字迹应该不是"很像"，为何梁归智说"很像"，就不得而知了。

可惜录副本附条家属只提供了两字，我估计这是差异最大的两字。而其他字，由于家属没有提供，无法仔细分析，是否这些字如梁归智所言和甲戌本附条"很像"，我们就不得而知了。

根据以上分析，我认为从目前掌握的字迹来看，说附条是周祜昌的笔迹根据显然不足。

因此我觉得，根据字迹去判断是很困难的。沈先生只根据他人说两者"很像"，而自己并未看到原件（当然如沈先生看到原件，也可能仍然坚持说"更像"），就断定附条是周祜昌所写，这肯定是依据不足，不可信的。

九问：即便字迹"很像"就是周祜昌所抄吗？

沈文称：

> 笔迹鉴定非常专业，已有不少专家（如项旋的老师们）比对过缩微胶卷附条笔迹与《红夏钞书记》笔迹，判断两者"很像"。
>
> 梁归智更比对过缩微胶卷附条笔迹与副本周祜昌所写附条笔迹，明确判断两者"字迹非常接近，也就是说很像"。

前一节我已经仔细比对甲戌本附条和周祜昌录副本附条的两字，以及录副本第一页、《红夏钞书记》的笔迹，绝对不是"很像"，而是完全不像！沈文所言不实。

可惜周氏后人没有公布录副本附条全部字迹，只是梁归智自称甲戌本附条字迹和录副本字迹"很像"，退一步说，如其他字"很像"，也无法由此确定附条就是周祜昌所写。

因为这只是梁归智所言，由于周氏后人至今没有公布录副本附条批语全貌，谁也没有看到甲戌本附条全貌，我们不知道录副本上附条批语的真实字迹，是不是真的"很像"呢，梁归智所言是否可靠。

而沈文只是根据梁归智说和甲戌本附条批语字迹"很像"，就一口认定：既然梁归智都认为二者字迹"很像"，就有99%的把握肯定附条批语是周祜昌所写。这看似很合理的推理，实际仔细分析是根本站不住脚的。

第一，我前面已经仔细比对过甲戌本附条和周祜昌录副本附条中的两字，笔迹是完全不同的。

第二，我又比较了周祜昌《红夏钞书记》的笔迹和录副本完全一致，而和甲戌本附条完全不同。

第三，从已经公布的周祜昌所抄写录副本图片看，他抄写录副本一直保持一种相同的笔迹，不只是正文，就是抄其他各种眉批、夹批字迹都相同。

第四，如附条批语是周祜昌所写，他应该保持自己的笔迹，用正楷字抄写，因为这是他在抄书时所写，而且是贴在胡适的书上，他不会改变笔迹，从正楷改为草书。

第五，周伦玲未公布录副本附条全部字迹，但她来信称"周祜昌模拟了甲戌本附条字迹"，所以梁归智说"很像"。由此看来周祜昌为真实记录附条批语原貌，在抄录附条批语时，确实可能故意模仿了附条批语的字迹。

综上所述，即便是附条字迹和周祜昌字迹相似，但周祜昌在抄写附条时，也有可能为尽量保持原貌，而仿照了附条笔迹。所以，即便甲戌本和录副本附条未公布的其他字迹相同，也还是无法证明附条是周祜昌所写，而可能是周祜昌仿照附条字迹抄写而已。

因此，要根据笔迹进行判断附条批语是谁人所写是很困难的。沈文对比附条笔迹和刘铨福笔迹就是一例。他认为根据笔迹判断，附条不是刘铨福所写。但他又根据周祜昌笔迹，却认为附条是周祜昌所写。这充分说明，依据笔迹判断"不是"很容易，但根据笔迹判断"是"很难。

由此看出，根据笔迹判断方法不可取。沈文认为："就文字讲，若字体是血型，笔迹便是DNA，相关鉴定精准度极高，几乎万无一失。"我认为这完全是言过其实的说法。

本人认为：根据以上分析，沈文的推论不能成立。

十问："很像"等于"就是"吗？

沈文声称：附条字迹和《红夏钞书记》、录副本字迹都"很像"，因此认为甲戌本附条就是周祜昌所抄。我前面已经分析了，实际并不像，但如果退一步说，"很像"就等于"就是"吗？

第一，附条字迹和《红夏钞书记》、录副本字迹都"很像"，实际这两个证据沈先生自己并未仔细去比较，一是听项旋的老师们等人所言，二是梁归智先生所言。而梁先生是沈文看法的否定者，连反方都认为"很像"，沈先生自然认为不仅"很像"，而且进一步断言"就是"了。

第二，根据上节的仔细逐字比较可以看出，事实是完全相反的，实际字迹是完全不像的！甲戌本附条与录副本附条、录副本及《红夏钞书记》笔迹不是沈文所说的"很像"，而是"很不像"，事实胜于雄辩。

第三，即便退一步，就是沈先生说"很像"，但是"很像"和"就是"绝对不是一回事，不能根据"很像"就断案，这是很简单的道理。如果如此断案，会冤屈不知多少人。

根据旁人说"很像"就下结论，如此的推理能说是"组成非常完整的证据链，接近绝对完整"吗？能说是"证据链至此99%灿然完整"吗？如此论证，如此找证据，这不是认真的论证。

十一问：笔迹就是DNA吗？根据笔迹能断案吗？

沈文论证周祜昌贴附条的主要根据是笔迹极为相仿，并提出：笔迹是DNA，如将来可获得录副本，再请第三方权威专业鉴定，确认录副本和附条笔迹"非常接近"，就可下最终结论：

> 字体相同已非偶然，笔迹也"非常接近"，也"很像"，便绝非偶然了。英吉利人所谓 *by no means coincidental*，意思是绝非巧合，绝非误会，必有特殊因缘。此非茫茫人海中邂逅，而是重点怀疑对象极狭范围内的比对结果。就文字讲，若字体是血型，笔迹便是DNA，相关鉴定精准度极高，几乎万无一失。考虑到世上没有完全相同的两片树叶，现能获悉"字迹非常接近，也就是说很像"，洵属天大不易。这等于最高级别的相似度。碧水粼粼，白石磷磷。放眼全案，再难找出比这更确凿、更爽练、更直截、更过硬的实证实据了。

DNA是断案的依据这已是不争的事实，但笔迹是否能和DNA一样成为断案的铁证呢？答案肯定是否定的！

第一，笔迹只能做断案的参考，绝对不是铁证。每个人笔迹确实不同，但要根据笔迹就下结论，怕也要冤屈不知多少人。

第二，笔迹说"不是"容易，说"是"难。说某个笔迹不是某人所写，不难，这也是法院断案的一个依据了。但要根据某个笔迹就断言是某人所写，这十分困难，因为笔迹是可以模仿的，要只根据笔迹就断案肯定是不行的，必须辅以其他证据才行。

因此沈先生认为笔迹就是 DNA，只是根据附条笔迹就断定是周祜昌所写，肯定是不可靠的。

对于甲戌本附条笔迹问题，我的基本看法是：

第一，周祜昌《红夏钞书记》的笔迹和录副本完全一致，说明这是周祜昌的习惯笔迹。

第二，周祜昌录副本附条笔迹没有全部公布，从已经公布的两个字看，和甲戌本附条笔迹不相同。

第三．即便周祜昌录副本附条笔迹和甲戌本附条笔迹相同，而和周祜昌《红夏钞书记》及录副本的笔迹不同，这也可能是周祜昌模仿甲戌本附条笔迹抄写，因此出现两种笔迹。

总结以上分析，我认为：

周祜昌用他自己习惯笔迹抄写了录副本，而甲戌本附条在甲戌本中是唯一的附条，字迹也是比较特殊的草书，因此周祜昌就模仿甲戌本附条笔迹抄写在录副本上了。

因此，甲戌本附条不太可能是周祜昌所为。

十二问：胡适 1961 年影印甲戌本抹去附条意味什么？

胡适 1950 年制作甲戌本微缩胶卷时，保留了附条，并拍摄了附条遮盖正文和掀起附条两张照片，说明他很注意地保留了附条。

但 1961 年胡适在台湾影印甲戌本时，不仅撕去了附条，而且故意抹去附条的残存痕迹。

这两种处理意味着什么？对此也有两种不同的解释。

第一，沈文认为：胡适 1961 年正式影印出版甲戌本，不仅撕去附条和抹去痕迹，而且也没有影印他自己、俞平伯和周汝昌所写的跋语。因此胡适这是把他买下甲戌本后增加的文字全部消除了。所以，附条和这三篇跋语一样，都是胡适买下甲戌本以后增加的。

第二，我认为：胡适 1950 年制作微缩胶卷时保留附条，就说明他并不认为附条是他买下以后贴的，如果是他买下以后才贴的，他做微缩胶卷时就应该撕去。至于为何 1961 年又撕去了，我认为胡适认为附条虽然是他买下甲戌本时就存在，但明显不是原有的，而是后人所贴，如影印时保留附条，会给读者带来错误印象，以为此附条是甲戌本原有的。因此胡适 1961 年影印时就故意抹去了。这就和大陆开始影印己卯本时，故意抹去陶洙所抄的甲戌本批语的想法是一样的。因此，不能根据胡适 1961 年抹去附条批语，就认为附条批语是胡适买下以后出现的。完全可能是胡适买下甲戌本时就有的。

这两种解释哪种更合理呢？我认为我的解释更合理，而沈先生肯定认为他的解释更合理。有没有办法核实此事呢？

我又想到 1961 年台湾影印甲戌本时另外一件事。

甲戌本第一页正文第一行在"是书提名极多"后有四字空白，1961 年台湾影印时，补上"红楼"二字，但前面仍有两个空格。最早关注影印甲戌本首页文字缺失的是台湾红学家潘重规教授。1975 年夏天，他曾托毛子水先生查询原本情况，后来证实这三个字确是胡适先生所补。1975 年 12 月，台湾胡适纪念馆重印甲戌本，精装一册，毛子水先生在为重印本写的《脂砚斋重评石头记影印本第二次重印跋》中，专门记录了此事。毛先生在跋文中说：

> 我现在要借这个重印的机会把一件和这个复印件有关的事情告诉读者。影印本的第一页第一行的"多"和"红楼"三字，潘石禅教授疑为胡先生所补写的，曾于今年夏间写信嘱我代为查询。我函商胡先生哲嗣祖望兄，祖望兄即转请蒋硕杰教授代为校对。上月中，蒋教授给祖望兄的信有下面一段：
>
> > 潘重规先生之推测，完全正确。原书是页表纸破损一角，自"极"字以下第一行之原文尽失，"多"及"红楼"三字，显是适之先生补写于里纸上者。自原书上犹可辨纸色略有不同，但自影印本中则不易辨矣。唯字体与原书其他各字显然不同，且"多"及"红楼"三字上均盖有"胡适"图章，显系适之先生指示后人此三字乃其补写也。
>
> 在这里，我可以说，由于潘教授读书的仔细，蒋教授考订的精审，这个影印本仅有的疑点实已涣然冰释。
>
> 这两位学者，都是这个影印本的读者所应深深感谢的。

此文说明甲戌本第一页缺字是胡适亲自补写的，那么附条撕掉和抹去所有痕迹的来由，台湾学者们是否也知道其缘由呢？

但查毛子水先生 1988 年去世了，蒋硕杰先生也于 1993 年去世了。1961 年影印甲戌本至今已经过去 55 年了，不知台湾当时接触到此事的人是否还有人在世？可否提供线索？

当然即便查到当时的经手人，也未必可问出结果。因为可能胡适只是告知出版社把附条痕迹抹去，而未必会告知附条的由来。附条批语是原有的还是后人贴的，是谁贴的，估计胡适也不会说。但我想只要有线索就可以追查下去。

如哪位朋友和台湾学者有联系，可否代为查找当时的当事人问一问。实在查不到也只好作罢了。

十三问：录副本还可能公布出版吗？

这次沈先生表示"异日获睹周氏副本真实原物及其影印件，经第三方权威专业裁鉴，确认副本与原本附条果然'字迹非常接近，也就是说很像'，才能下最终结论"。

我觉得这种做法是可取的，如能将录副本和附条笔迹请专业鉴定，肯定可推进此事的进展。但我仍然认为：笔迹不是 DNA，笔迹说"不是"容易，说"是"很难。因此不能只根据笔迹就下结论。因此即便拿到录副本附条批语原件，找笔迹鉴定专家是否就可得出可靠结论，我觉得也很难说。

我联系了周伦玲女士，希望她们公布录副本附条的原貌。但由于这次沈先生又再次把矛头对准了周祜昌先生，周女士看了沈文后很气愤，她们研究后不想让人再度炒作此事，因此决定不公布录副本附条批语。

我觉得这很可惜，因为在我看来，公布了是有好处的，我相信不是周祜昌所为，公布出来大家可以看看，从笔迹看是否是周祜昌所为。

但不是人人都很公允的，对于笔迹也会有不同看法，有人认为"不像"，也有人会认为"像"，更有人会认为"就是"！因此公布录副本附条会把此事推进一步，但我估计仍然不会有最终结果。周女士可能是考虑到这一点，因此她们最后决定还是不公布录副本附条，防止继续炒作此事。对此我很理解，对于她们提供了其中两字，我也深表感谢。

所以，虽然沈先生希望比较周祜昌抄写甲戌本的笔迹和附条笔迹比对，但他实际已经认定：附条是周祜昌所抄，在这种情况下，周伦玲女士决定不公布和出版录副本了。确实，今日沈先生称附条是周祜昌所为，如周氏后人们公布录副本，不知还会引起哪些对周氏兄弟不利的风暴来。

因此，我觉得录副本今后怕是永远不会公布了，只是周氏后人作为文物在自己家里继续保存下去吧。对学术研究而言，无法看到录副本全部真颜，真是件遗憾的事情。但在如今这样的学术环境下，这也是无奈，真是太可惜了！

十四问：胡适、俞平伯为何不提甲戌本贴附条？

沈文有关附条批语的另一个推论是，他认为附条出现的时间上限是在 1931 年，这是因为胡适 1928 年买到甲戌本，1931 年胡适又送给俞平伯看，他们两人都曾写了长篇跋语，但都从未谈及甲戌本有附条，因此沈文断定 1931 年以前甲戌本上不会有附条。直到胡适在 1961 年影印时才抹去附条的一切痕迹。沈文认为这是附条后贴的证据。

但胡适、俞平伯从未提及附条是事实，但这绝不能成为附条是 1931 年以后才出现的证据，也不能否认胡适买来的甲戌本上就有此附条批语的可能性，沈文的论证很容易反驳。

因为附条明显是后人所贴，其价值肯定还不如刘铨福和孙桐生在甲戌本上直接书写的跋和批语，因此胡适和俞平伯都认为此附条毫无价值可言，因此就根本不提，这很自然。

所以在 1931 年以前，胡适买来甲戌本时，甲戌本上就有附条是完全可能的。而沈文认为 1931 年以后才出现的判断没有任何铁证，只是推测而已。

胡适能长期保留附条批语，而并不是在周汝昌 1948 年归还后立即就撕去此批语，这也从一个侧面说明，胡适并不认为此附条批语是周氏兄弟所为。因为如果胡适一眼看出原本没有附条，而周汝昌归还后，突然出现了此附条批语，胡适会立即撕去此批语，而不会保留到 1950 年制作微缩胶卷时还留下来。前面已经做过详细分析了。

十五问：俞平伯为何把附条批语收入《辑评》？

俞平伯为何 1954 年把附条批语收入《辑评》？沈文只是简单认为这是个"低级错误"。但事情并不这样简单。我认为俞平伯把附条批语收入《辑评》绝对是有他自己的道理的，而不是个简单地用"低级错误"可解释的。

俞平伯 1931 年从胡适处借到甲戌本后，曾把甲戌本批语过录到他的《红楼梦》戚序本（即有正大字本）上。

俞平伯的《秋荔亭日记》记载，1931 年 3 月 26 日的日记上记载：

> 是晚始节抄脂砚斋评在我的《红楼梦》上（第一卷毕）。

仅两天后就抄完 3 回（甲戌本上"回"称为"卷"），3 月 28 日记载：

> 抄《石头记》凡三卷毕。

这说明，俞平伯确实在 1931 年曾把甲戌本批语过录到他自己的戚序本上。但后来再未见到俞平伯先生有关抄录甲戌本批语的记载了。俞平伯是否继续抄了，抄到哪回为止，都再无记录了。俞平伯可能确实只抄录了甲戌本前 3 回的批语。

俞平伯整理 1954 年版《辑评》时，由于手边没有甲戌本，甲戌本批语应该有两个依据，一个是陶洙过录到己卯本上的甲戌本批语，一个就是 1931 年俞平伯抄写的甲戌本前 3 回批语。俞平伯整理《辑评》，肯定应该是这两个本子都有的批语，俞平伯才会把批语收入《辑评》。

如果如沈文所言，附条批语是 1931 年以后才抄入的，这样俞平伯 1931 年的抄本上就不会有此附条批语。而俞平伯 1954 年比对两个本子，就会发现，自己 1931 年抄录的批语中没有此批语，而己卯本上冒出了此批语，他也知道己卯本上的甲戌本批语是陶洙所为。因此他会更相信自己的抄本，而不会相信陶洙在己卯本上所附录的甲戌本批语。因此，如果俞平伯在戚序本上所抄的批语中没有此附条批语，1954 年俞平伯不会轻易犯这样的"简单错误"，而把己卯本上的附条批语抄入《辑评》。这是很简单的道理。

因此，1954 年版《辑评》收入附条批语，不是俞平伯的"低级错误"，而是有根据的。根据上述推理，1931 年俞平伯应该是把附条批语也抄到自己的戚序本上了，1954 年俞平伯整理《辑评》时，同时在自己抄本和己卯本上都看到了此批语，因此才会最终把附条批语收入了《辑评》。

这也从侧面证明 1931 年俞平伯应该看到了附条批语。

十六问：俞平伯生前使用的戚序本在何处？

虽然根据 1954 年版《辑评》可以认为，俞平伯 1931 年可能看到了附条批语，并抄入了自己的戚序本。但这仍是推论，而不是铁证。要判别附条的来历，找到俞平伯生前所使用的戚序本是关键。

我和王湜华先生联系，他告知：俞平伯的图书资料主要保存在他外孙韦奈处，据说韦奈后来把所有图书资料都赠送给俞平伯故里的浙江省德清博物馆。

我与德清博物馆电话联系，管资料的人检查后告知，他们博物馆没有俞平伯的20册戚序本。当然，即便查到俞平伯生前使用的戚序本，也有两种可能：

第一种可能：俞平伯戚序本上也有此附条批语，和录副本一样，注明是附条批语。这样就说明1931年时甲戌本上确实就有此附条。这样附条要么是原有的，要么是1927年胡适买到后，直到1931年之间贴上去的。

第二种可能：俞平伯戚序本上没有此附条批语。但这还不能肯定甲戌本上就没有附条，因为也可能甲戌本上确实有附条批语，但俞平伯认为，这附条明显是后人所为，不值得收入。1931年就没有抄入自己的戚序本。而1954年俞平伯整理《辑评》时，错误地根据己卯本录入了附条批语。

因此，如果查到俞平伯1931年在自己戚序本上确实抄录了附条批语，就可证明1931年时就有批语。但此批语是胡适1927年买来甲戌本就有，还是在1927年至1931年之间出现，仍无法肯定。如俞平伯是1931年在自己戚序本上没有抄录附条批语，还是无法肯定此附条批语的来历。但不管结果如何，如查到俞平伯戚序本，就和查到胶卷一样，还是会把对附条研究向前推进一步。

但据王湜华先生分析，在"文化大革命"中，俞平伯很多手稿、资料等都被红卫兵烧毁了。而韦奈已经把他所存的俞平伯资料全部捐赠给了德清博物馆，如果德清博物馆没有此戚序本，则此戚序本很可能也被红卫兵烧毁了。因此这条线索很可能就此中断了。

十七问：甲戌本贴附条者到底是谁？

综上所述，根据胡适1950年制作微缩胶卷时仍保留附条，而没有撕掉，我觉得附条不太会是胡适买到甲戌本后，被后人所贴。

第一，胡适1927年买到甲戌本后，1928年就立即写了跋语，对甲戌本评价极高。这以后即便有人看到甲戌本，由于胡适的声望，绝对不敢在甲戌本上再随便贴条。

第二，如是后人所贴，胡适肯定知道是他出借甲戌本后被人贴了附条，这样胡适1950年制作胶卷时就应该撕掉了。

此外，我也同意沈文的看法，贴条的人也不一定是刘铨福，但我也认为不是沈文所主张的周祜昌，而是甲戌本最后收藏者，也就是甲戌本被撕掉一角的、盖图章的人。我觉得此人嫌疑最大。因为他是胡适之前最后一个保存此本的人，他因此最有可能在甲戌本上贴条。

如果是此人之前的人所贴，甲戌本到了这个最后收藏人手中，他也会把附条撕掉的。

至于此人为何要贴此附条，在前面分析不可能是周祜昌时涉及这个问题。

仔细读附条批语内容，可以看出这是个境遇不佳而怀才不遇的人的人，他对自己的现状很不满，当他看到贾雨村遇到甄士隐慷慨解囊资助，从而得以中举升官，而自己一直未遇到甄士隐这样的贵人，很觉得遗憾。他慨叹道："如我遇到甄士隐这样的贵人，能就此发达，绝不会像贾雨村这样负义。"此批语完全是怀才不遇的慨叹。

附条批语字迹潦草，不像其他批语字体工整，说明写批语之人写批语很随便。

作者为何不像其他批语那样，直接写在书眉上呢？我个人觉得可能有三个原因：

第一，批语字迹潦草说明写批语很随便，因此批语也就随便写在附条上，而不是写在页眉上。如写在页眉上，肯定会很认真，而不会如此随便。

第二，作者只是个普通人，他有自知之明，可能觉得自己和那些在甲戌本上写批语的刘铨福、孙桐生相比，自己还不够格直接在书上写批语。

第三，作者可能并不想把此批语永远保留在甲戌本上，因为如直接写在书上，那就永远无法抹去了，而写个附条，随时可撕去。

而甲戌本上为何只有此唯一附条批语呢？我分析这是由于附条出现在第一回，此处引起批者共鸣，因此写下批语。而《红楼梦》后面写的都是儿女情长，没有再引起作者的共鸣，因此就没有再写了。当然也可能由于其他原因，使他没有机会再写了，如他去世了等。

甲戌本附条到底是谁、何时贴的，至今学术界没有定论。

1927年胡适是从胡星垣手中买到此书。胡星垣称此书是"敝处有旧藏"，但未说明是他自己的"旧藏"还是别人的"旧藏"。有两种可能：

首先，此书就是胡星垣的旧藏，则胡星垣是贴附条者可能性很大。

其次，此书也可能是胡星垣转卖给胡适，则附条不是他所贴。

由于资料缺乏，此事怕难以确定。

另外，根据胡适介绍，他买到甲戌本时，就发现首页被撕去一角，这一角到底是什么内容，历来争论很大。胡适自己认为撕掉的是甲戌本最后收藏者的图章，因为怕被人所知，因此在卖书前最后收藏者故意撕掉了。此人极可能就是贴附条者。

目前一般都认可胡适说法，就是说，在刘铨福收藏甲戌本后，还有多人先后曾收藏了此书，此书在卖给胡适前，收藏人撕去带有他自己图章的一角，怕人知道他是何人。如此推理，既然此人可以在甲戌本上盖图章，就完全可能在甲戌本上贴条。

但如此为何此人撕掉自己的图章，却没有撕去附条呢？可能是作者觉得附条没有留名，留下来也无妨，因此就没有撕去。

如胡适买到此书时就有此附条，明眼人一看便知此乃后人所为，因此胡适也不在意，所以在1928年和1961年的两次跋语及校对记中都没有提及。俞平伯也看到了附条，也认为这明显是后人所为，不值得一提，在跋语中也就没有提及此事。

我认为甲戌本附条最大可能是：胡适买到甲戌本就有此附条，周汝昌借来甲戌本也有，周祜昌如实抄写的录副本上，周汝昌附言指出此乃后人所为不该抄写，但周祜昌已经抄录了，周汝昌不好再涂抹掉。

此附条在周汝昌把甲戌本还给胡适时也还存在，到1950年胡适制作微缩胶卷时也存在。胡适之所以没有撕掉，是因为他买来此书时就有，他要保持原本原貌，因此就不撕而如实地拍摄了胶卷。

至于1961年胡适在影印前撕去附条，这是因为胡适认为这是后来收藏者所贴，不是原有的，因此就撕掉了，并抹去所有痕迹。

这就是我所设想的附条的来历。

我觉得这个假设圆满解释了各种疑点,我认为这是目前为止最好的解释。但可惜,对此我还没有绝对可靠的证据。

甲戌本附条批语是谁、在何时所贴?由于当事人都已作古,相关资料(如俞平伯的戚序本等)也缺乏,估计这个问题短期内也难有肯定的结果。但只要有线索,就应该继续研究下去。

十八问:沈先生论证出错的根源在何处?

以上详细分析了沈先生论证附条来源的错误,沈先生根据笔迹等方面分析附条不是刘铨福所写,是合理的。

但沈先生认为附条是周祜昌所写,分析就很牵强了。他只是根据他人的分析,认为微缩胶卷附条字迹和周祜昌的字迹"很像"。而胡适和俞平伯都从未提及此附条。因此他认为至此证据链十分完整,有99%的把握是周祜昌。可惜沈先生的分析实际十分片面,一方面根据不足,没有像对刘铨福那样举出任何实例,一方面他没有考虑有其他的任何可能性。

这就是沈先生的错误所在和缘由。

但为何沈先生在论证这些问题时会出现如此明显的错误?有些是很明显不合理的错误,但他为什么仍是坚持不改呢?我认为这里主要是沈先生的论证方法有根本问题,这个问题在文献考证中经常出现而被人所忽视。

世间任何事物都是很复杂的,都有很多可能性。虽然有人经常嘲笑我常说"可能性",曾有人统计我在某篇文章中说了16个"可能性",以此来讥讽我的分析。但我还是要坚持说:对任何事物都要尽可能多地分析各种可能性,及哪种可能性更大。这可能是和我学理工出身有关。在理工问题上,如果不对各种可能性分析透彻,就贸然只根据一种可能去实施,最后可能会出大问题。

而一些学习文科的学者往往不愿意分析各种可能性,看到一种对自己最有利的可能性,就死认定这一种可能性;对其他可能或是根本不去考虑,或是视而不见,或是轻描淡写而过。这是两种完全不同的思维方式,带来的结果往往也是截然不同的。

沈先生论证附条出现在1931年之后,是因为胡适和俞平伯都从未提及附条,因此沈先生就认为附条出现在1931年之后。而实际附条完全可能在1931年前就出现了,只是胡适和俞平伯认为不值得一提,就没有提。

问题的根源在于,世上各种事物都会有多种可能性,而不顾其他可能性,一味只认定对自己有利的可能性,而不是认真分析哪种可能性更大,这样的研究方法是有根本性问题的。

很可惜,在甲戌本附条问题上就是如此。沈先生一味强调周祜昌贴附条的可能性,认为证据链完整,有99%的把握。而根本不去考虑有其他的可能性,更不去比较各种可能性中哪种可能性更大。这绝对不是科学的研究方法,如果学术研究都是如此论证的话,学术研究就会走入死胡同,这样的研究就肯定是没有前途的。

6. 也谈"莲菊两歧"与甲戌本、己卯本、庚辰本三本成立的序次

《红楼梦》中一个困惑不好解释的问题是甄士隐女儿名字,应该是"英莲"还是"英菊"?很多人早就注意到这个问题,也提出各种解释。

刘世德先生在《红楼梦学刊》2019年第四辑上发表文章《"莲菊两歧"与甲戌、己卯、庚辰三本成立的序次》[①],谈及此问题,并引申到甲戌本、己卯本、庚辰本三本成立的序次。此文很有新意,值得仔细研究探讨。

(1) 英莲、英菊问题

《红楼梦》中甄士隐有个苦命的女儿,此人在不同版本中名字不同。在甲戌本和其他所有版本中都为"英莲",但在己卯本、庚辰本却为"英菊"。《红楼梦》中人物姓名常用"谐音",如甄士隐就是"真事隐"的谐音。由此出发,其女儿名字"英莲"也是"应怜"的谐音,这在脂砚斋评语中也指出了。但奇怪的是,只有己卯本、庚辰本为"英菊",这又该如何解释呢?

从表面看,既然"英莲"合理,"英菊"不合理,从合理变成不合理,这种可能性似乎很小,刘先生也持这种看法。既然从"英莲"改为"英菊"几乎不可能,那就只剩下一种可能:英菊在前,英莲在后。

沿着这个思路,刘先生就设想:英菊是曹雪芹的初稿,而英莲是改稿。

这看似很合理地解释了英菊、英莲问题,其实也带来了不合理之处。

既然曹雪芹给甄士隐起名就带"谐音",在几乎同时给其女儿起名时,也肯定会从开始就考虑谐音,因此开始初稿就是"英莲"的可能性更大。而不会先给父亲起了谐音的姓名,在初稿中并未考虑女儿姓名的谐音,起了"英菊";而要到改稿中再去改名为"英莲"。这是十分不合理的。

如前所述,一般人(包括刘先生)会认为:既然"英莲"是很合理的名字,曹雪芹就不会再改为毫无意义的"英菊",因此英莲改英菊是不可能的。这看似很合理,但他们疏忽了一点:现在我们看到的己卯本、庚辰本并不是原抄本,而是过录本,是不知经过多少人过录、抄写而流传下来的。现存的己卯本、庚辰本抄录时间也不清楚。因此绝对不能把现存的己卯本、庚辰本,等同于曹雪芹原稿的己卯本、庚辰本。这个道理很简单,大家一致公认,现存己卯本、庚辰本由于抄手疏忽等原因,错误极多。从《红楼梦》研究所整理的《红楼梦》中就可以看出,有很多文字很明显是己卯本、

---

① 刘世德:《"莲菊两歧"与甲戌、己卯、庚辰三本成立的序次》,载《红楼梦学刊》2019年第四辑,第77—96页。

庚辰本抄写错误的，出版整理时参考其他版本做了修改。

既然己卯本、庚辰本中肯定有后人修改的文字，那么"英莲、英菊"也很有可能是后人修改的。也就是说，己卯本、庚辰本共同祖本的抄写人将"英莲"改为"英菊"。

至于为何要改，就不好分析了。一种原因可能是抄手没有搞清楚曹雪芹起名的谐音含义，可能抄写人喜欢菊花，而不喜欢莲花，因此就把"英莲"改为"英菊"。也可能是抄手知道"英莲"的谐音，但认为她一生虽坎坷但并不可怜，因此改为"英菊"。

总之，是己卯本、庚辰本的共同祖本的抄手改"英莲"为"英菊"，而其他版本保留了曹雪芹的原稿"英莲"未改。这不能不说也是一种可能性。

因此，对"英莲"和"英菊"就有两种解释。

一种解释认为，曹雪芹初稿未考虑谐音，因此起名为"英菊"；改稿时觉得"英莲"谐音"应可怜"更合理，就改为"英莲"。这种解释的问题是：曹雪芹既然考虑给甄士隐起了谐音姓名，为何就没有在初稿中就考虑给他命运凄惨的女儿也起个谐音姓名？而非要到改稿中采取修改？这似乎不合理。

至于认为"英莲"改为"英菊"是己卯本、庚辰本抄手所改，因为己卯本、庚辰本中有很多文字有抄手修改痕迹，有合理一面，但也缺乏可靠的证据。

因此，这两种看法都各自有各自道理，在没有更可靠证据前，哪个可能性更大，也是仁者见仁、智者见智的了。

（2）甲戌本、己卯本、庚辰本成立序次

刘先生提出"英菊"在前，"英莲"在后，但采用"英莲"的甲戌本抄写于干陵甲戌年，即乾隆十九年（1754年）；而采用"英菊"的己卯本、庚辰本抄写于乾隆己卯、庚辰年，即乾隆二十四（1759年）、二十五年（1760年），比甲戌本迟五六年。

为解释这个问题，刘先生又提出一个新看法：甲戌本在己卯本、庚辰本之后。但甲戌本中明明写着"至脂砚斋甲戌抄阅再评"，这又如何解释呢？

对此刘先生提出一个新看法：甲戌年只是脂砚斋开始抄阅的时间，不是他最后抄写完毕的时间，至于他到底何时抄完甲戌本不知。刘先生认为完成时间应该在开始时间的 n 年以后。刘先生提出两种可能：其一是在己卯、庚辰之后，即乾隆二十五年之后，其二在己卯、庚辰之前，即乾隆十九年至乾隆二十四、二十五年之间。刘先生倾向前者，即在己卯、庚辰之后，这样按照刘先生的解释，三本的次序就变成：

己卯本→庚辰本→甲戌本

即乾隆二十四、二十五年的己卯本、庚辰本是初稿，因此采用了"英菊"。而在其后不知何年才抄写完成的甲戌本是改稿，将己卯本、庚辰本中的"英菊"改为了"英莲"。

这里关键是：刘先生认为甲戌年不是甲戌本的抄写完成时间，而只是开始时间。甲戌本完成时间实际在 n 年以后，即乾隆二十四、二十五年之后。

按照刘先生的解释，三本的抄写时间和过程如下：

- 乾隆十九年，脂砚斋拿到曹雪芹的初稿，开始抄写甲戌本，题写"甲戌抄阅

再评"。此时甄士隐女儿名字为"英菊",而不是"英莲"。
- 乾隆二十四、二十五年,己卯本、庚辰本抄写者拿到曹雪芹的另一初稿,抄写出己卯本、庚辰本,并题写"四阅评过"。这时"英菊"还未改为"英莲"。
- 乾隆二十四、二十五年之后的某年,脂砚斋拿到曹雪芹的改稿,发现曹雪芹把"英菊"改为"英莲",脂砚斋据此重抄一遍,但抄写时间未改,还写成"甲戌抄阅再评",而实际甲戌本抄写完时间是在乾隆二十五年之后了。

仔细梳理刘先生这种解释,就和前面刘先生对"英莲"和"英菊"的解释一样,看似很合理,但实际里面问题更大。

首先,按照此说法,甲戌本抄写就要历时6年以上,这就很不合理。我们要注意到:甄士隐女儿出现是在《红楼梦》第一回,刘先生承认甲戌本在乾隆十九年就开始抄写了,但认为抄写完的时间是乾隆二十四、二十五年之后。这样,脂砚斋从乾隆十九年拿到曹雪芹初稿,开始抄写甲戌本,此时甄士隐女儿是"英菊"。由于曹雪芹不断修改,直到乾隆二十五年,即6年之后,脂砚斋才拿到曹雪芹的改稿,这时曹雪芹把"英菊"改为"英莲",脂砚斋也必须要重抄一遍。从时间看,甲戌本抄写历时6年以上,最后抄写完成早已远离"甲戌"多年了。但脂砚斋却仍保留至少6年前"甲戌抄阅再评"字样,这种认为"甲戌"只是甲戌本开始抄写时间的解释不太合理。

其次,更不合理的是"再评"的甲戌本和"四评"己卯本、庚辰本的关系。刘先生为解释"英菊、英莲",把甲戌本"开始抄写时间"定为乾隆十九年,此时脂砚斋开始"抄阅再评"曹雪芹初稿,但此稿一直未流传出去。

到乾隆二十四、二十五年,脂砚斋已经是"四阅评过",并流传出去,成为"己卯本、庚辰本",但按照刘先生的看法,这个"英菊"本还是"初稿",而不是定稿。

这样又过了几年之后,脂砚斋又拿到曹雪芹"改稿",此稿曹雪芹把"英菊"改为"英莲",于是脂砚斋仍保留"甲戌抄阅再评"字样,照抄曹雪芹此改稿,成了"甲戌本"。

这样脂砚斋抄写《红楼梦》的过程就极其复杂了,按照刘先生的看法,甲戌本和己卯本、庚辰本是穿插进行的,乾隆十九年开始抄写甲戌本"抄阅再评",但未流传出去。到乾隆二十四、二十五年又抄写出了"四阅评过"的己卯本、庚辰本,并流传出去了。过了几年,脂砚斋又得到曹雪芹新的"改稿",将"英菊"改为"英莲",脂砚斋在保留"甲戌抄阅再评"的字样不改的情况下,又抄写了一本甲戌本。

这种解释还带来如何解释乾隆十九年"再评",和乾隆二十四、二十五年"四评"?这样就出现了奇怪的现象:乾隆十九年,脂砚斋开始"再评",到乾隆二十五年做了"四评"。过几年,脂砚斋又再次根据曹雪芹最新改稿做修改,但未用"五评",而仍保留了至少6年前的"甲戌再评"。

对此问题可能有多种解释。如认为"再评"不是二次评,也可能是"五评"。对于"甲戌抄阅再评",刘先生也可能认为是指甲戌年开始抄写,6年后根据曹雪芹改稿又重抄,可能曹雪芹此稿只改了第一回"英菊"为"英莲",其他文字未改,脂砚斋于是就保留了甲戌年开始的"甲戌抄阅再评",未改为真正修改的年份"再评"。

这种解释表面看把"甲戌"定为开始抄写时间，多年后定稿未改"甲戌抄阅再评"，似乎还可以说得过去，但脂砚斋已经出了"四评"，还保留"再评"，就会在读者中造成"再评"和"四评"的混乱，这很奇怪，脂砚斋当初就没有想到吗？

总之，刘先生为解释"英菊"在前"英莲"在后，延伸出己卯本、庚辰本在前，甲戌本在后的新设想。这个设想看似合理，本来是想改变三本序次来解决"英菊、英莲"问题，但实际造成了更多的问题出现。"英菊、英莲"是《红楼梦》版本中一个难以解释的问题，这次刘先生提出一个全新的看法，很值得再仔细深入分析研究。

总之，《红楼梦》版本复杂，尤其是抄本，抄写者在抄写时很随意，肯定会有文字修改，这给版本研究带来极大困难。因此，各种版本研究最终恐怕很难得到可靠的、被大家都认可的结论。这就是《红楼梦》版本研究的无奈之处吧。

7. 再谈《红楼梦》中的"移花接木"

（1）关于刘世德"移花接木"一文的讨论

刘世德先生在《文学遗产》2014 年第 4 期上发表文章《移花接木：从柳湘莲上坟说起——〈红楼梦〉创作过程研究一例》，此文是很有意思的一篇文章，从柳湘莲上坟、贾政出差、二尤故事、"上回"批语的本意等 4 个"疑窦"，通过引申、解释和分析，认为现在第六十三回和第六十五回尤二姐、尤三姐、柳湘莲故事，在曹雪芹的初稿中，应位于现今的第十四与第十六回之间，后被"移花接木"向后挪移了 50 回。

此文继承了刘先生通过"探微"来研究《红楼梦》的一贯思路。早在十多年前的 2003 年，刘先生就出版了《红楼梦版本探微》一书，此书通过对秦钟之死、薛蟠之闹、彩霞与彩云齐飞、迎春是谁的女儿、黑眉乌鸦的活猴儿、一个多余的安分守己的好人、贾兰＝贾兰Ａ＋贾兰Ｂ、三春的住处等"微小细节"，来研究《红楼梦》的版本和创作过程。多年来刘先生一直坚持这个思路，这次又从尤二姐、尤三姐、柳湘莲故事新的微小细节，来分析《红楼梦》的创作过程。通过解剖"移花接木"，证明了曹雪芹从《风月宝鉴》到《红楼梦》的创作过程。刘先生的研究方法很新颖，研究结论也很值得进一步思考。

《红楼梦》是一部故事复杂、人物众多的长篇巨著，曹雪芹自己说是"批阅十载，增删五次"，说明《风月宝鉴》到《红楼梦》的创作过程肯定是极为复杂的，对此学术界也有"一稿多改"和"两书合成"等多种看法。由于《红楼梦》创作过程留下的相关资料过于缺乏，如何分析"批阅十载，增删五次"、从《风月宝鉴》到《红楼梦》的创作过程，就成为一个难题。这就和所有案件侦破一样，只能从案件本身去寻找蛛丝马迹，寻找证据。在侦破案件中，有时一些细微的证据有可能成为案件的侦破突破口，与《红楼梦》创作过程也很类似。因此，刘先生的"探微"研究方法是可取的。

但《红楼梦》研究又和案件侦破有本质的不同，"探微"所找到的各种"证据"，都不是"铁证",都有多种解释,即多种可能。当然,多种解释的可能性有大有小。但对于可能性的大小,又是仁者见仁,智者见智,红学界恐怕永远也无法取得一致意见。虽然如此,但每提出一个新思路、新看法,还都是值得称赞的,我觉得刘先生此文的意义也就在此。

我看到此文后很有兴趣,于是也写了一文,收入了2015年出版的《〈红楼梦〉版本数字化研究》一书①。

刘世德先生看到后,也马上写一文"答周文业先生对'50回'之说的批评"答复并收入刘先生专著《古代小说论集》②,主要指出我完全误解多了"50回的含义"。

我看到后仔细阅读,发现我确实在"50回"上有所误解。刘先生本来说的挪移"50回",只是指第六十三回和第六十五回尤二姐、尤三姐、柳湘莲故事挪移了50回,而我误解为除第六十三回和第六十五回尤二姐、尤三姐、柳湘莲故事之外,还包括第四十七回柳湘莲上坟、第六十四回贾政出差故事也挪移了50回。这是对刘先生的论述没有仔细读透的缘故。对此向刘先生深表歉意。

但我回头再仔细分析,即便只是第六十三回和第六十五回尤二姐、尤三姐、柳湘莲故事挪移了50回,是否合理,似乎也还是有问题,因此特地再写一文探讨。

(2) 刘世德先生的"移花接木"

刘世德先生解剖"移花接木"的论证主要从以下几方面出发:

- 三个故事:第四十七回柳湘莲上坟,第六十四回贾政出差,第63和65回二尤故事;
- 两个出场:第十三回二尤姊妹出场,第十四至十六回柳湘莲会秦钟;
- 两个批语:第十三回"伏后文"和第六十四回"上回"批语。

刘先生对上述"疑窦"的解释认为:

- 第六十三回和第六十五回尤二姐、尤三姐、柳湘莲故事被"挪移"了50回,尤二姐、尤三姐、柳湘莲故事本应在第十四至第十六回之间。
- 柳湘莲会秦钟和二尤姊妹分别在第十三回和第十四至十六回之间出场,上述三个故事本应由此开始展开。
- 第十三回"伏后文"批语和第六十四回"上回"批语相呼应,证明第十三回与第六十四回本来是相连的。

刘先生上述论述似乎非常严密和合理,但这是不是唯一的合理解释呢?是否还有其他的解释?哪种解释可能性更大?这就是本文针对刘先生上述分析,要进一步研究的问题。下面逐一进行分析。

(3) 尤二姐、尤三姐出嫁问题

《红楼梦》中由于人物众多,情节复杂,类似柳湘莲上坟这类人物出场和故事展

---

① 周文业:《〈红楼梦〉版本数字化研究》,中州古籍出版社2015年4月第1版,第529—542页。
② 刘世德:《古代小说论集》,国家图书馆出版社2017年11月第1版,第234—25页。

开,时间相隔太远的情况,还有一例是尤二姐、尤三姐出嫁问题。

刘先生文章中指出了尤二姐、尤三姐的出场和出嫁之间相隔时间也太远了。尤二姐、尤三姐第一次出场是在第十三回秦可卿的葬礼之后,《红楼梦》原文是:"只见秦叶(业)、秦钟并尤氏的几个眷属、尤氏姊妹也都来了。"这里的"尤氏姊妹"就是尤二姐和尤三姐。但此后直到尤氏姊妹再次出现,只是到了第六十三回尤二姐嫁给贾琏,第六十五回尤三姐要嫁柳湘莲,从第十三回到第六十三、六十五回,这中间确实相隔有50回(此处确实是50回,而不是柳湘莲上坟的30回),这50回中尤氏姊妹再没有出现。为何中间出现50回空白?刘先生认为这又是一个"疑窦"。

由于尤三姐是想嫁给柳湘莲,而柳湘莲给秦钟上坟是在第四十七回,刘先生把这一系列故事联系起来,认为《红楼梦》原稿上述故事的顺序似乎应该都安排在第十四回到第十六回之间,这样上述的"疑窦"都可解释。

按照刘先生对《红楼梦》原稿中柳湘莲、尤氏姊妹故事的设想,似乎应该是这样:第十三回秦可卿去世,尤氏姊妹出现。第十四回到第十六回之间,柳湘莲与秦锺会面。第十六回秦钟去世,随后尤二姐暗嫁贾琏,尤三姐要嫁柳湘莲。然后是柳湘莲给秦钟上坟(具体回目不详)。这样故事十分通顺,也十分合理。

在刘先生看来,尤氏姊妹的问题是,第十三回出现后,为何要到第六十三、六十五回中再出现?这是一个"疑窦"。但实际《红楼梦》中对人物出场有时是很不重视的,不仅尤氏姊妹出场未重视,就是上述的史湘云出场也有类似问题。

如前所述,史湘云出场是在第十三回随姑母史鼎夫人参加秦可卿葬礼,但未加描述,而直到第二十回中又突然出现。因此在《红楼梦》中这类从出场到有详细描述之间常会相隔一段时间,并非都是"疑窦"。当然,史湘云这里只有7回,而没有尤二姐、尤三姐、柳湘莲故事的相隔50回。

在第十三回秦可卿去世,安排尤氏姊妹出场,但随后并没有马上展开她们的故事,而直到50回后的第六十三、六十五回才安排她们出场,我认为二尤出场和展开二尤和柳湘莲故事之间,不一定必须要有紧密的联系。人物出场可能有外部环境的需要。如史湘云和二尤的出场,都是因为秦可卿之死。第十三回二尤出场时,大观园还在兴旺时期,而尤氏姊妹故事所描写的贾琏暗娶尤二姐,是大观园内部矛盾冲突逐渐激烈,走向衰败,因此就应该安排在尤氏姊妹出场50回以后了。从《红楼梦》八十回故事整体而言,这种"挪移"50回并非"大师的败笔",也并非不合理,而相反是十分合理的。反而挪移50回到第十四至第十六回是完全不合理的。再说第十三回秦可卿葬礼上出现二尤只是个陪衬人物而已,完全没有必要立即在第十四至第十六回就非要插入二尤和柳湘莲故事。是否插入二尤和柳湘莲故事完全取决于全书的整体安排。

当然刘先生认为,在《红楼梦》原稿《风月宝鉴》中,尤氏姊妹故事是紧接第十三回她们出场之后,在第十四至第十六回,并和柳湘莲上坟相接,这样尤氏姊妹和柳湘莲故事就很紧凑。这理论上有可能《风月宝鉴》确实是初稿,而不是《红楼梦》的初稿。换句话说,如果《风月宝鉴》确实是把二尤和柳湘莲故事安排在第十四至十六回,就预示这时贾府开始走向衰败了,那《风月宝鉴》绝对没有八十回了。

关于二尤故事中的矛盾,很早就有人做过研究。从对这段故事相关时间的仔细分析，可看出这段时间内有关二尤、湘莲、薛蟠和贾琏等人的活动情节中，出现了大量时间、空间背景不一致的矛盾。因此早有人怀疑二尤故事是经过作者多次修改、剪接而成的，否则不会出现这么多时间矛盾。因此很多学者认为，二尤姊妹故事是从《风月宝鉴》旧稿中插入《红楼梦》以后，未修改或者是未完成修改的遗留。对此，戴不凡、朱淡文等很多先生都早有分析，可以参看。

但刘先生认为二尤故事原稿是在第十四至十六回之间，这还是第一次。

有关尤氏姊妹故事，在今本《红楼梦》中的安排是否合理，是由于什么原因造成的，是否是被"挪移"了 50 回，由于缺乏曹雪芹《风月宝鉴》的原稿，只是各种推测而已，这就又演变成仁者见仁，智者见智的问题了。

（4）贾政出差和参加贾敬葬礼问题

刘世德先生指出《红楼梦》中"挪移"故事，而导致"移花接木"的证据，除尤氏姊妹出嫁外，还有一个是贾政出差后，又回来参加贾敬葬礼问题，刘先生认为这是也是"移花接木"的又一个证据。

此事在《红楼梦》各回中叙述如下：

第三十七回记述贾政出差去了，直到第七十一回才记述他回京，中间有 34 回贾政不在家中。

但奇怪的是，第六十四回贾敬去世，贾政竟然又出现在参加葬礼的名单中。但各本记述不同，庚辰本缺此回，己卯本没有贾政出现，其他列藏本、蒙府本、杨藏本、甲辰本都有三处贾政出场，戚序本只有一处，其他三处是他人名字。

对贾政出差又返回参加葬礼，似乎不合理，很多学者都注意到了，对此也有各种分析和看法。

刘先生对此的看法是：己卯本和戚序本改掉了贾政的名字。换句话说，刘先生认为《红楼梦》原稿中是有贾政出席的，己卯本和戚序本做了修改。这在理论上是完全可能的，虽然贾政出差在外，但他听到贾敬去世，他是完全可能返回参加葬礼，然后再返回出差地，这也完全合理。

但仔细分析，贾政是否出席葬礼又有多种可能，刘先生所说他参加了葬礼，只是一种可能而已。实际还有其他多种可能，理论上也可能是：《红楼梦》原稿本来贾政就没有参加葬礼，就没有贾政的名字，己卯本是原稿的原貌。戚序本和其他版本没有注意到第三十七回贾政已经出差了，或觉得贾政应该返回参加葬礼，因此又加上了贾政的名字，戚序本只加了一处，其他版本加了三处。

这两种可能性中，哪种可能性更大？又是仁者见仁，智者见智的问题了。

刘先生肯定认为原稿是有贾政的名字的，是己卯本删除了，戚序本修改了可能性大。但我认为，原稿作者记得贾政出差了，因此没有安排他参加葬礼，是完全可能的。其他版本是后改的，不是原稿。

按照刘先生的分析，《红楼梦》原稿贾政在第三十七回出差了，第七十一回才返回，而第六十四回却又返回参加贾敬葬礼，两个情节抵牾，很不合理。因此刘先生认为，贾政参加葬礼应在第三十七回出差之前。

但刘先生的分析似乎也有不足，还存在另外的可能。

首先，贾政没有参加贾敬葬礼是完全可能的，而且似乎更合理，其他版本中出现贾政名字是后补的。假设如此，则就不存在贾政故事被"挪移"，此事也就不能成为"移花接木"的证据。

其次，假设贾政即便确实参加了葬礼，也不存在刘先生所认为的，和第三十七回出差、第七十一回返回相矛盾。因为贾政虽然出差了，但完全可以请假返回参加葬礼。

综合以上分析，《红楼梦》原稿中，很可能贾政并未参加贾敬葬礼，这样就不存在贾政故事被"挪移"，也不存在"疑窦"，更不存在"移花接木"问题了。

（5）"伏后文"和"上回"两个批语

刘世德先生指出《红楼梦》中第六十三、六十五回的尤二姐、尤三姐、柳湘莲故事是被"挪移"了，这两个故事本来都应该是在第十四至十六回之间的，那样故事就紧凑和合理了。因此这是"移花接木"的有力证据。

此外，刘先生还找到两条批语支持上述论证。

这两条批语分别是：

第一条批语是在第十三回中，在参加秦可卿葬礼的尤氏眷属名字之下，甲戌本、己卯本、庚辰本、蒙府本、戚序本和甲辰本在此都有"伏后文"的夹批。

此"伏后文"是哪回的后文呢？刘先生分析有两种解释：

第一种解释是指第六十三、六十五回的尤氏姊妹的故事，但刘先生自己也认为，第十三回到第六十三回相距太远，在第十三回读者未必会想到第六十三回故事。到第六十三回时，读者未必会想到第十三回尤氏姊妹的出场。因此，说第十三回批语是指第六十三回故事有些牵强。

第二种解释是指第十六回秦钟去世时，曾提到秦钟的远房婶母和几个兄弟。这相距不远，似乎比第六十三回更合理些。但第十六回所提到的秦钟的远房婶母和几个兄弟根本不是什么重要人物，毫无必要在第十三回加批注"伏后文"。

因此，第十三回"伏后文"批语含义很不清楚。

如只有一条批语，并不能说明什么问题。刘先生又在第六十四回中发现另一条可以和第一条批语呼应的第二条批语，成为刘先生"挪移"故事的又一个证据。

在列藏本第六十四回的回前诗之后，有一段批语，其中提到"上回秦氏病故、凤姐理丧"，这明显是指第十三、十四回中"秦氏病故、凤姐理丧"之事。但第六十四回与第十三、十四回，相隔50回（又是50回），怎么说是"上回"？刘先生认为此为第四个疑窦。

因此，如何解释第十三回的"伏后文"和第六十四回的"上回"两个批语，就是刘先生此文的又一个核心问题。对此刘先生认为，这又是一个"挪移"的证据！他认为：第十三回的"伏后文"是指第六十三、六十五回的尤氏姊妹故事，即上述第一种解释。和此对应，第六十四回批语"上回"就是指第十三、十四回的"秦氏病故、凤姐理丧"。这样，尤氏姊妹故事就在第十四至十六回之间，这样不止这两个批语可以圆满解释，其他四个"疑窦"均可"焕然冰释"！这真是个奇妙而圆满的解释！

这种解释中是否有疑问呢？对"伏后文"和"上回"批语是否还有别的解释？既然刘先生把问题提出，我们不妨钻牛角尖，把这两个问题再深入分析一下。

（6）"伏后文"批语分析

"伏后文"是《红楼梦》中常用的批语，据统计《红楼梦》全部批语中，出现"伏后文"批语共计 8 次。这 8 处批语可分两类：

第一类批语是"伏后文"确有所指。

第二类批语是"伏后文"没有找到合适的所指内容。

分别介绍如下。

第一类批语：8 条中有 6 条"伏后文"是确有所指。

例1. 第一回"甄士隐梦幻识通灵　贾雨村风尘怀闺秀"：

　　[正文] 好防佳节元宵后，便是烟消火灭时。

　　甲戌夹：伏后文。（甲辰同）

分析：此"伏后文"是指本回中甄士隐女儿丢失一事，所指很明显，所以此处确是"伏后文"。

例2. 第二回"贾夫人仙逝扬州城　冷子兴演说荣国府"：

　　[正文] 这珍爷那里肯读书，只一味高乐不了，把宁国府竟翻了过来，也没有人敢来管他。

　　甲戌夹：伏后文。（甲辰同）

分析：此处说贾珍在宁国府的混乱，所指很明显，所以此处确是"伏后文"。

例3. 第七回"送宫花贾琏戏熙凤　宴宁府宝玉会秦钟"：

　　[正文] 他虽腼腆，却性子左强，不大随和，此是有的。

　　蒙府：伏后文。

分析：此批语是秦可卿对宝玉说秦钟的性格，后面秦钟和宝玉一同去读书验证了秦可卿的说法，所以此处确是"伏后文"。

例4. 第八回"拦酒兴李奶母讨厌　掷茶杯贾公子生嗔"：

　　[正文] 别跟着那些不长进的东西们学。

　　甲戌夹：总伏后文。

分析：此处是贾母叮嘱宝玉，不要出去胡闹。但后来果然不幸被贾母言中，在学堂里宝玉、秦钟和金荣大闹一番，所以此处确是"伏后文"。

例5. 第十九回"情切切良宵花解语　意绵绵静日玉生香"：

　　[正文] 又当奇事新鲜话儿去学舌讨好儿。

　　己卯夹：补前文之未到，伏后文之线脉。（庚辰夹同）

分析：这是黛玉对宝玉劝解之话语，"补前文"和"伏后文"都有所指，所以此处确是"伏后文"。

例6. 第二十回"王熙凤正言弹妒意 林黛玉俏语谑娇音":

[正文] 李嬷嬷骂袭人一段。

庚辰眉：特为乳母传照，暗伏后文倚势奶娘线脉，《石头记》无闲文并虚字在此。壬午孟夏，畸笏老人。

分析：此处李嬷嬷先骂袭人，"伏后文"是指后文宝玉为袭人辩护几句，奶娘李嬷嬷倚势连宝玉也骂起来，最后是被凤姐劝走了。所以此处确是"伏后文"。

第二类批语：8条中有2条，"伏后文"没有找到合适的所指内容。

例1. 第七回"送宫花贾琏戏熙凤 宴宁府宝玉会秦钟":

[正文] 只见惜春正同水月庵的小姑子智能儿一处顽耍呢。

甲戌夹：总是得空便入。百忙又带出王夫人喜施舍等事，可知一支笔作千百支用。又伏后文。

分析：此"伏后文"批语和第十三回批语"伏后文"很类似，批语说"百忙又带出王夫人喜施舍等事"，但查遍前后几回，都无此事。很奇怪。

例2. 第十三回"秦可卿死封龙禁尉 王熙凤协理宁国府":

[正文] 并尤氏的几个眷属尤氏姊妹。

甲戌夹：伏后文。（己卯夹、庚辰夹、戚序、甲辰同）

分析：此例即本文所分析的例证，没有找到"伏后文"所指的到底是何事。

根据以上分析，"伏后文"没有找到所指的到底是何事，有两处，因此第十三回"伏后文"之后，找不到与尤氏姊妹有关的事情，并不是唯一的一例。

至于没有找到与"伏后文"对应的事情，其原因又有多种可能。如可能"伏后文"与尤氏姊妹有关的事情，后来被删除了。这种情况在《红楼梦》中很常见，最出名的是秦可卿与贾珍偷情被删除。另外甲戌本第二十六回总批中谈及的"前回倪二、紫英、湘莲、玉茵四样侠文皆得传真写照之笔"，在今本并没有，因此也肯定是被删去了。

所以，第十三回"伏后文"之后却找不到合适的与尤氏姊妹有关的"后文"，完全是可能的。而要把此"伏后文"和50回后的第六十四回尤氏姊妹出嫁故事联系起来，只是理论上的一种可能而已。这多种可能中，哪种可能最大也很难说了。

（7）"上回"批语分析

刘先生找到两条批语支持故事"挪移"进而"移花接木"的看法，第一条批语是上述在第十三回中"伏后文"的夹批，第二条是第六十四回中的"上回"批语。

刘先生认为第六十四回的回前诗之后批语中提到"上回秦氏病故、凤姐理丧"，就是指第十三、十四回中"秦氏病故、凤姐理丧"之事。因此，尤氏姊妹故事在《红楼梦》原稿《风月宝鉴》中，不是在现在的第六十三、六十五回，而是就在第14至16回之间。这样现在第六十三、六十五回尤氏姊妹故事也是被"挪移"了50回。

刘先生对"上回"批语的解释似乎无懈可击，但仔细分析，其中还是有些疑问。

首先，此批语是否可能反映了刘先生所说的《红楼梦》原型《风月宝鉴》的面貌？

此批语出现在戚序本第六十四回的回前诗之后，蒙府本也有，列藏本也有。戚序本除第一回外，全部79回中每回在正文前都有这种批语，蒙府本也完全相同。而列藏本刚好只有本文研究的第六十四回有此批语，而其他所有各回中都没有此类批语。

这类批语一般认为不是《红楼梦》原本就有的，一者是其他脂本都没有这类批语，更明显的是第四十一回批语之后有"立松轩"字样，因此很多认为这是"立松轩本"所加的批语，是后加的。

如果这个分析是正确的，这些批语是后加的，则编写批语的人几乎肯定不会看到早期的《风月宝鉴》，也就不可能见到刘先生所说的，第六十三、六十五回尤氏姊妹故事插在第十四至十六回之间的早期《风月宝鉴》本。这样，刘先生根据此后期的批语，认为早期《风月宝鉴》中第六十三、六十五回尤氏姊妹故事插在第十四至十六回，就不可能存在了。

支持这个结论的另一个证据是，戚序本这类批语从第二回到第八十回都有，如果现在第六十四回中的"上回"是指第十三、十四回，则现在第六十四回批语就应该是《风月宝鉴》第十四或十五回的批语，但现在第十四、十五回已经有了批语，因此第六十四回批语不太可能是《风月宝鉴》第十四或十五回的批语。

根据以上两个证据，第六十四回批语中的"上回"确实是指第十三、十四回的"秦氏病故、凤姐理丧"故事，但"上回"并不是意味第六十四回就应该接第十三、十四回。

这样问题就变成：如何理解第六十四回的"上回"？

刘先生也认为，"上回"有多种解释。

刘先生认可的解释是指"上一回"，即前一回。因为此批语开始说道"此一回"很明显是指本回，这样紧接着说"上回"，就应该是本回的前一回。而"上回"所提到的"秦氏病故、凤姐理丧"是在第十三、十四回，这样本回（即第六十四回）就应该接着第十三、十四回，这样第六十三、六十五回中尤氏姊妹出嫁的事情就应该在第十四至第十六回之间了。这也就完全符合刘先生前面对尤氏姊妹故事被"挪移"的分析。这种对"上回"的分析似乎很合理，我初看也觉得刘先生此处对"上回"的分析没有任何问题。

但为保险起见，我还是继续深入检查研究"上回"的含义。

首先，我仔细检查了戚序本中第二回到第八十回全部批语。批语中谈及本回时，都一致写成"此回"，和第六十四回的"此一回"是一致的，没有问题。如说道下一回时，都称为"下回"（第三十八回）和"后回"（第二十一回）。而如说道前一回时，在第三十八、六十回都称为"前回"，而只有第六十四回中唯一的一次出现了"上回"。

根据这个情况，我觉得第六十四回中的"上回"不是指前一回，而是指以前的某回，即第十三、十四回。这样就不存在第六十四回是紧接着第十三、十四回的问题了。第六十三、六十五回中的尤氏姊妹故事就不会在第十四至第十六回之间，而是仍然就在现在的第六十四回。

因此，刘先生认为"上回"就是本回的前面一回的看法，只是一种解释而已。其实刘先生自己也提出"上回"还有一种解释是"指事情的次数",虽然这和本人的分析略有出入,但说明"上回"的确是有多种解释的。

其次,如果从语言学角度分析"上回",则"上回"还有一种解释是泛指,即前面的某一回,而不是指具体的前一回。我们平时说话时,有时说"我上回做什么事情了",是说我以前曾做了什么事情,为简略,具体时间就不说得太清楚了。此处的"上回"也可能有类似的含义,"上回秦氏病故、凤姐理丧"是指本书前面曾讲到过"秦氏病故、凤姐理丧"故事,而不是具体指前一回。

因此,"上回"有专指和泛指两种含义,专指是指前一回,而泛指是前面的某件事。这就要看用在何处。此处是出现在第六十四回批语中,却谈到第十三、十四回的事情,则"上回"就可能是泛指前面曾发生的事情,而不是具体指"前一回"。

综合以上对全部79回批语的整体情况看,此批语是79条回批语中第六十四回的回前批;再结合对"上回"具体内容的分析,刘先生认为此批语是暗指《风月宝鉴》中,现在的第六十四回实际是紧接第十三、十四回,这种解释的可能性似乎并不大。而"上回"是个泛指前面某回的"秦氏病故、凤姐理丧"故事,这种解释可能性更大。

因此,从字面上看,虽然"上回"是指前一回较合理,从而应该可能性更大。但从深层分析可以看出,"上回"是前面的某一回,而不是指具体前一回的可能性也存在。这又是哪种可能性更大,哪种解释更合理的问题,又是仁者见仁,智者见智的问题了。

"上回"如何解释是小事,但在此处是涉及刘先生的推论是否成立的关键问题。要说清此问题也很费力,但又不得不说。

(8)小结

以上对刘先生论证"移花接木"逐一做了仔细分析,即:
- 两个故事:第六十三和六十五回二尤和柳湘莲故事,和第六十四回贾政出差后回京参加贾敬葬礼。
- 两个批语:第十三回"伏后文"和第六十四回"上回"批语。

总结以上分析,上述问题实际都有多种解释,分别总结如下:

第一,两个故事。
- 第六十三和六十五回二尤和柳湘莲故事。

二尤从第十三回出现,但直到第六十三回才再次出现,之间50回没有任何二尤故事。刘先生因此认为,这很不合情理。刘先生由此认为,二尤和柳湘莲故事本应在第十四至十六回之间。但刘先生并未提出任何令人信服的证据,因此这个论据似乎也不够充分。

实际仔细分析二尤故事,如安排在秦可卿死后的第十四至十六回之间反而并不合理了。因为贾琏暗娶尤二姐,导致了贾琏和凤姐矛盾公开,走向决裂,荣府也因此走向衰败,因此要提前到第十四至十六回回,从全书故事发展来看,等于是把贾府矛盾提前到第十四至十五回就出现了,这明显是不合理的。而现在到第六十三、六十四回才出现二尤和柳湘莲故事,从全书来看肯定是很合理的。

● 第六十四回贾政出差后回京参加贾敬葬礼。

第三十七回贾政出差到外地，第六十四回却又回来参加了贾敬葬礼，刘先生认为这很不合理，也是被"挪移"了，他认为此事应该发生在第三十七回贾政出差之前。

这种分析问题很大。贾政出差后，又参加了贾敬葬礼，有多种解释。可能是贾政从出差地请假回来参加葬礼，也可能是贾政根本就没有参加葬礼，这是后期版本增添的。因此，贾政参加葬礼一事实际并无矛盾，也就根本不需要向前移动了，也就不能成为"移花接木"的证据。

第二，两个批语。

批语一，第十三回"伏后文"批语。

在此回"伏后文"批语之后，确实找不到对应的"后文"。似乎就如刘先生的分析，"伏后文"只能和第六十三、六十五回二尤故事对应，而这之间相隔又太长，很不合理。因此刘先生认为第六十三、六十五回二尤故事应提前到第14至16回之间，这样就可解决这个矛盾。

但仔细分析全部"伏后文"批语，还有一例"伏后文"批语也是没有"后文"对应，因此不排除"伏后文"的故事被删除了的可能性。第26回总批中提到一些情节，在后文中都没有，因此不排除"伏后文"故事是被删除了的可能性。

批语二，第六十四回"上回"批语。

刘先生认为第六十四回"上回"批语是指第十三、十四回，因此第六十四回二尤故事就应该在第十四至十六回之间。这表面看来是很可靠的证据。

但实际"上回"也有两种解释。字面上"上回"可理解为前一回，但实际上"上回"也可能是泛指，是前面某些故事，即秦氏病故、凤姐理丧。这样第六十四回就与第十四、十六回无关了。

（9）余论

总而言之，通过以上分析，上述这些问题，刘先生的解释实际只是一种可能性。而这种可能性的分析论证中，似乎都存在一些不足和疑点，并不是"铁证"。对以上所有问题，除刘先生的解释外，还都存在其他的解释，即存在其他可能性。

刘先生提出了一系列很有趣的问题，这些问题一般人都没有看到，而刘先生从这些细微问题中，看出差异，并进行深入的分析，最后对《红楼梦》的创作过程得出了一个结论。虽然刘先生的看法只是一种解释，还存在其他解释。但刘先生的文章推动了对《红楼梦》文本的仔细认真的研究，还是有很大意义的，也是非常难得的。

从刘先生"移花接木"的论证中可以再次看出《红楼梦》研究的复杂性。《红楼梦》中的矛盾非常多，这些矛盾是如何产生的，又有多种解释。

这次刘先生沿袭了一贯的"探微"模式，把一些几乎无关的事情和批语全部串起来，并做了极为细致和深入的分析，对《红楼梦》创作过程，提出一个"移花接木"的崭新看法。不管这个看法是否正确，是否会被红学界所承认，单对刘先生的研究思路和论述方法，就值得我们敬佩。

虽然我很多地方与刘先生的看法不同，但我很敬佩刘先生的研究，在此再次对刘先生孜孜不倦的研究精神表示深深的敬意。

8. 论《红楼梦》版本"程前脂后"说[①]

(1) 关于欧阳健先生

谈到"程前脂后",就离不开这个看法的提出者欧阳健先生,我和欧阳先生也是多年的好友。

欧阳健先生是著名古代小说版本研究专家,我 1999 年赴太原参加《三国演义》研讨会,当时我是第一次参加这类学术会议,一个人也不认识。在赴清徐的车上,欧阳先生问我研究什么,我回答道,我想从事《三国演义》版本数字化,他马上说,这很有前途。我当时根本不认识欧阳先生,感觉很奇怪,没想到研究古代小说的学者中还有人知道数字化。后来才知道欧阳先生多年来一直使用计算机,因此对数字化很熟悉,知道数字化对古代小说研究很有用处。从那时至今十几年了,我的数字化研究得到欧阳先生一贯的支持,后来欧阳先生多次著文,高度评价了《三国演义》版本数字化[②],并在多次研讨会中大力支持数字化,这也大大增强了我的信心,成为我坚持走下来的动力。由此我们也成为好友。

我对《三国演义》版本虽然"边缘化"却不曾完全"陌生化",主要是李金泉先生和周文业先生两位朋友的缘故。

周文业先生是在 1999 年 9 月山西清徐第十二届《三国演义》学术讨论会上结识的。初次见面,就向我介绍《三国演义》数字化的设想,引起了我浓厚兴趣。2001 年 9 月,我出席"首届中国古典小说数字化国际研讨会",观看了他的"三国演义电子史料库"的演示。……

数字化带给古代小说版本研究的是革命性贡献。以往的版本比对,靠的是逐行、逐页、逐本翻检的手工操作,辛辛苦苦寻出来的例证,往往带有偶然性、片面性、不确定性甚至主观随意性。有了版本资料多、检索速度快、使用功能新的电子史料库,情况就大为改观了。……检索一个字词,转瞬即得,排比"窜行脱文",随手便有,研究者不仅从烦琐的手工劳动中解放出来,还能做出前人难以想象的数字统计及量化分析,增强研究成果的科学性,提高研究成果的说服力。

对欧阳先生对数字化的大力支持我一直十分感谢。

欧阳先生几年前联合诸多学者,合编了全套《全清文言小说》,收入清代文言小

[①] 周文业:《〈红楼梦〉版本数字化研究》,中州古籍出版社 2015 年 4 月第 1 版,第 504—528 页。文字有修改。
[②] 欧阳健:《数字化与〈三国演义〉版本研究论》,载《东南大学学报(哲学社会科学版)》2005 年第 3 期。

说 275 种,约上千万字。他希望我帮助他录入后以便正式出版,他把装书稿的几个纸箱从福州运来。我当时尚未退休,就用我的经费,帮助他完成了庞大的文字录入工作。但由于这套书规模庞大,需要出版资金很多,而市场又不大,因此多年来一直找不到出版社愿意出版。最后只好把几箱书稿原物发回福州,没有帮成欧阳先生也是一件憾事。

根据我多年和欧阳先生的接触及对他的了解,我觉得欧阳先生有几个特点。

首先,欧阳先生做学问很执着、认真,有很深的功底。欧阳先生1990年主编《中国通俗小说总目提要》,收录古代白话小说1164种,被称为中国古典小说研究的巨大成果,很有参考价值。

其次,欧阳先生经常有与别人不同的独特视角和看法,他看问题的思路和角度经常与众不同,这在《红楼梦》"程前脂后"中最为突出。

但我觉得欧阳先生的研究虽有时独辟蹊径,但有时看问题不够全面而有些偏激,这不仅在《红楼梦》"程前脂后"中最突出,在其他小说研究,如《水浒传》中也有类似问题。实际欧阳先生《红楼梦》的"程前脂后",和他有关《水浒传》版本演化的思路是一脉相承的。

欧阳先生有关《水浒传》版本研究主要有两篇文章,一篇谈《水浒传》早期版本《京本忠义传》残叶,一篇谈《水浒传》的繁简交替演化。我曾有长文对这两个问题进行了详细分析,在几个研讨会上报告过。欧阳先生在《水浒传》版本研究中的第一个问题是《水浒传》版本繁简交替演化问题,欧阳先生是综合原有的繁简演化看法,提出一个新思路,认为《水浒传》版本是先有简本,然后出现繁本,最后再删节为简本,但这种三阶段论缺乏根据。第二个问题是《京本忠义传》残叶问题,欧阳先生只是根据其中一些现象,就认为残叶不是简本而是繁本,甚至支持上海残叶就是《水浒传》唯一的祖本的看法。我觉得欧阳先生的研究确实有新思路,但其根据往往不足,其结论就值得商榷了。

欧阳先生在《水浒传》版本分析方法的问题,也同样体现在《红楼梦》版本研究中。他在《红楼梦》版本研究中发现了一些问题,就立即萌发了"程前脂后"的想法,并顺着这个思路去寻找证据,解释脂本中的各种问题,一发而不可收。

欧阳先生的《红楼梦》和《水浒传》版本研究,在方法和结论上都很类似,其结果恐怕也是一样的。

(2) 欧阳先生"程前脂后"的产生

欧阳先生一直研究明清小说,起初并未研究《红楼梦》,他转入《红楼梦》研究纯属偶然。对此欧阳先生在他的回忆录《稗海潮》(人生磨难系列之二)的第十五章"误入白虎堂"中有所介绍。根据他的介绍,我们得知他是如何怀疑现有的红学研究,如何提出"程前脂后"的看法。

1990年夏,侯忠义主编《古代小说评介丛书》。该丛书规模庞大,分9个专辑,最后出版合计76本。其中第三辑为"小说知识类",即"小说漫话",原计划下分8本,欧阳先生编写了《古代小说禁书漫话》和《古代小说作家漫话》两本。后来欧阳先生又主动要求增加《古代小说版本漫话》一书,由此引起《红楼梦》版本的"程前脂后"说。对此《稗海潮》中有详细叙述,抄录如下。

《古代小说评介丛书》第一次编委会上,最受热议的一辑是"小说知识类"。确定《书目漫话》《史料漫话》等选题后,欧阳健又提出《版本漫话》,众皆称善;由谁来承担,一时落实不了。有人要欧阳健写,然已认领《晚清小说简史》《古代小说与历史》,又加上《作家漫话》《曾朴与孽海花》,故再三推辞。安平秋发话道:我看,谁出主意谁出力,只好应承下来。

欧阳健对小说版本向有兴趣,为编纂《中国通俗小说总目提要》,遍访北至哈尔滨、南至昆明、西至兰州的五十多家图书馆,接触到大量古代小说的版本(包括稿本和抄本);写过《〈水浒〉简本繁本递嬗过程新证》《〈京本忠义传〉残页评价商兑》《〈三遂平妖传〉原本考辨》《〈野叟曝言〉版本辨析》《〈隋唐演义〉"联缀成帙"考》诸文,这是他敢于承担这个选题的底气。

1991年2月2日,《版本漫话》动笔。前三章"版本和版本学""古代小说版本的特点""研究古代小说版本的意义和方法",从理论上概出古代小说版本的十大特点:改动、增删、补削、联缀、续作、重作、作伪、分割、归并、改名,及用文学特殊方法来研究小说版本的尝试,拟以若干"古代小说版本研究例案"以证明之,中有"《水浒传》的简本与繁本""《平妖传》的原本与补本""《孽海花》的'金本'与'曾本'",一切顺利,眼看就可煞尾,忽然一个意念冒了出来:谈不谈《红楼梦》的版本?——研究古代小说多年,却从不写有关《红楼梦》的文章。理由很简单:1.《红楼梦》实在博大精深,一时恐难穷其底蕴;2.红学界早已众说纷纭,不欲再去凑一份"热闹"。面对《版本漫话》的撰写,该怎么办呢?《红楼梦》是古代小说名著,版本情况最为复杂,若绕道而行,"古代小说版本漫话"云云,就不算名副其实。

在躲不过去的情况下,找来了胡适、俞平伯及周汝昌、冯其庸、应必诚等人的著述,拟以"脂本是原本、程本是改续本"的红学ABC入书,一一注明出处,既可偷懒交卷,又没有什么风险。

不想乍步入此境,就发现红学家们不仅相互抵牾,同一论者也前后不能一贯,许多判断缺乏实证,甚至与版本学的常识相悖。无奈,只好找来甲戌本、己卯本、庚辰本,及梦稿本、列藏本、有正本、舒序本等影印本来读。甲戌本最强烈的印象是错字太多,如"杜撰"误作"肚撰";又多缺字,如"诗礼簪□之族",空缺"缨"字,分明是底本漫漶蠹蚀,抄写者空格待考。这就表明甲戌本不是曹雪芹的精稿本,甚至不是接近原稿的过录本。当他发现几处最关键的部位被有意撕毁,且通篇不避康熙的讳,一个怀疑涌上心头:"脂本"可能是后出的伪本,脂砚斋有关于作者家世生平和素材来源的批语,可能是不可靠的!重新梳理胡适考证的逻辑顺序,他1921年说过有正本(戚本)"已有总评、有夹评,可见已是很晚的钞本、绝不是原本",1927年得到甲戌本后却改口说唯有题署了"重评"的脂本才是"真本",其间的矛盾态度,只能以实用主义加以说明。胡适说过"不用坐待证据的出现,也不仅仅寻求证据",他"可以根据种种假设的理论造出种种条件,把证据逼出来",甲戌本就很可能是被"逼出来"的。当注意到第一个说"脂砚与雪芹同时人"的刘诠福,甲戌本跋语"昔人文字有翻新法,学梵夹书,今则写西法轮齿,仿《考工记》"的话,对于脂砚斋之出于伪托,就深信不疑了。

但脂本之出于后人传抄,脂斋之出于后人伪托,并不等于其底本不是原本;通过大量异文的对勘,证明脂本与程本的异文相当一部分不存在可逆性。如绛珠仙草修成女体,吃的应是程本所说的"秘情果",而非脂本所说的"蜜青果"。可见程本不仅优于脂本,而且早于脂本。这一结论和他三十三年前看《红楼梦》,对"高鹗续得很好"的赞扬呼应起来:"看完第一百回《红楼梦》。林黛玉死了,向封建制度喊出了她最后一声抗议。高鹗写的这几回:《蛇影杯弓颦儿绝粒》《泄机关颦儿迷本性》《林黛玉焚稿断痴情》《苦绛珠魂归离恨天》,特别感动人。"(1958年1月14日日记)解释了久蓄于心的疑团。

2月7日萧相恺来,与谈对脂本的怀疑,预期中的热烈反响没有出现,只是提醒要"慎重"——这是1979年开始合作研讨《水浒传》以来不曾有过的。他意识到问题的严重性,红学界尽管门户林立,歧见迭出,各家各派几乎都是以"脂批"为立论的基础,对脂本脂批提出质疑,无异于将一切派别驱赶到一个营垒,而使自己居于"社会公敌"的地位。不敢自是,便向侯忠义求教,问可否将新观点写进书中,得到的回答是:"学问无禁区,观点无忌讳,只要持之以故,言之成理,尽可公之于众,以求学人共识。我既为丛书之主编,诚愿与你共担责任。"这一博大气度,给了他极大勇气,遂写好《〈红楼梦〉的'脂本'与'程本'——版本研究例案之三》,《古代小说版本漫话》得以完成交稿。又觉得此节所论尚有探讨的价值,以《〈红楼梦〉"两大版本系统"说辨疑》为题,在张兵的支持下,由《复旦学报》1991年第5期发表。

在欧阳健的意向中,这本小说版本的普及读物写完后,他和《红楼梦》版本的邂逅也就结束了。怎么也不会料到,这是误入白虎堂的第一步呢?[①]

总结欧阳先生的叙述,当年欧阳先生自荐撰述《古代小说版本漫话》,迫于论题的需要,始不得不染指《红楼梦》的版本。在他之初衷,不拟参照综合诸家成说以成文,不意稍一涉足,即感诸说凿枘,于理不合,遂发愿细读原典,辨其真伪,考其流变,径得出"脂本乃后出之伪本,而程本方为《红楼梦》之真本"的结论。

1991年他第一篇相关论文发表,以后便一发不可收,三大红学辩伪名著《红楼新辨》(1994年)、《红学辨伪论》(1996年)、《还原脂砚斋》(2003年第1版,2007年再版)开创了红学辨伪派。著名学者侯忠义、曲沐、吴国柱,著名作家克非等与他志同道合,相互唱和。欧阳先生提出"程前脂后"基本过程如此。《还原脂砚斋》出版后,欧阳先生曾一度声明,以后不再谈"程前脂后"。但实际他并未做到,2014、2015年又陆续出版了《红楼诠释》《红谭2014》,仍然是坚持"程前脂后"的看法不变。

仔细分析,欧阳先生对脂本的怀疑是有道理的,脂本中确实存在很多问题无法解释。这些疑问的产生有多种可能,可能是由于多次传抄中出现的问题,也可能是脂本

[①] 欧阳健:《稗海潮》,中国文献出版社2013年8月第1版,第252—253页。

的原本就有问题。欧阳先生没有做全面分析，就认定肯定是原本的问题，并进一步怀疑其中有假，于是就按照他的设想去寻找根据。

从"程前脂后"的产生过程可以看出，"程前脂后"的提出，和胡适先生的"大胆假设，小心求证"何其相似耳。都是先有怀疑，然后大胆假设，最后多方寻找证据来证明假设的合理性。这种分析问题的思路有时可能有很大的问题，先有假设再找证据，如不能全面看问题，很可能是只找对假设有利的证据，而对假设不利的证据，要么是不注意，要么是故意不提，这样研究的结论就会出问题。欧阳先生"程前脂后"的根本问题就在于此。《红楼梦》版本中问题是确实存在的，问题出现的原因有多种，"程前脂后"只抓住其中一种可能"造假"，而没有分析还有其他多种可能，如传抄中也会出现这些问题。这是"程前脂后"错误的根本原因。

但不管"程前脂后"有多大错误，它提出了《红楼梦》中很多尖锐的问题，逼得主流红学去研究，去回答，这就促进了红学研究的进一步深入。从这点来看，"程前脂后"也有其积极的一面。

（3）对"程前脂后"辩论的看法

从 1991 年欧阳先生提出"程前脂后"之后，主流红学就对此展开激烈反击，老红学家蔡义江连续发出三篇"《史记》抄《汉书》"反驳欧阳先生的文章，1993 年到 1995 年发表的反驳文章有十几篇，这是反驳"程前脂后"的第一阶段。1995 年后主流红学觉得再和欧阳先生辩论没有意义，不愿意继续辩论了，《红楼梦学刊》也不再发表欧阳先生文章，有关"程前脂后"的辩论略有平息。到 2005、2006 年，反驳欧阳先生的文章又起，据我不完全统计有 6 篇之多。我从期刊网上统计，从 1991 年以来有关文章总计 50 多篇，实际肯定不止这些。

"程前脂后"的争论是脂本和程本之间的关系，它们最原始的共同祖本肯定是曹雪芹的原本。但具体到脂本和程本的关系，广义上讲，有三种看法：

第一种看法认为，脂本在前，程本在后，两者没有直接承继关系，这是目前主流红学的看法。

第二种看法认为，程本在前，脂本在后，脂本来自程本，是故意造假的产物，这是"程前脂后"的看法。

第三种看法认为，现存脂本的祖本肯定在程本之前，但现存脂本确实可能有些出现在程本之后。脂本和程本是两个体系，现存脂本并不是来自程本，更不是故意造假的产物。这是本人的看法。

如前所述，"程前脂后"反对者们认为，脂本造假的看法是错误的，"程前脂后"没有可靠的根据，反驳"程前脂后"的文章有些分析是有道理的。但反驳"程前脂后"的有些文章也有问题。

第一，过录本问题。虽然大家都知道现存的脂本（除舒序本外）都是过录本，这些脂本的祖本肯定是早于程本的，但现存的绝大多数过录本的具体过录时间不详。因此理论上存在现存的各种脂本过录本，有可能有的抄录时间是在程本之后。换句话说，"程前脂后"理论上是有可能的。虽然现存脂本有可能晚于程本，但这并非就承认这些过录本是故意造假的产物，就是抄自程本，这个看法是错误的，因此不存在"《史记》抄《汉书》"问题。

第二，批语并非都是脂批。现存各种脂本中的批语总数有 8000 多条，一般把这些所有批语都称为"脂砚斋批语"，所以各种批语辑评都冠以"脂砚斋批语"，或简称"脂评"。其含义就是这些批语都是脂砚斋批语，虽然"脂评"只是一个代名词，辑评者本身可能并不认为这些评语全部是脂砚斋所写。实际上这些批语绝非全是脂砚斋的批语，真正署名脂砚斋等人的批语，据统计实际只有 174 条，再考虑有些没有署名的批语也可能出自脂砚斋之手，最多不过 200 多条吧。还要考虑现存脂本都是过录本，过录时间可能在程本之后，因此这些批语就肯定有很多并非来自脂本的祖本，而是后加的。有些批语出现时间就可能在程本之后了。所以根据这些后人批语是无法分辨"程前脂后"的。

综合以上分析，我对"程前脂后"的基本看法是：
- 由于现存的脂本都是过录本，不是脂本的原本，因此"程前脂后"认为现存脂本晚于程本，是有可能的。
- 由于现存的脂本都是过录本，不是脂本的原本，其中只有极少数批语为脂砚斋等人所写，绝大多数批语都是晚期过录时所加的，因此"程前脂后"认为现存脂本晚于程本，也是有可能的。
- 对"程前脂后"的批判多数是有道理的，但也有些没有注意现存的脂本都是过录本，现有批语绝大多数是后人的批语，因此有些批判没有批到"程前脂后"的要害问题。
- 虽然理论上现存脂本有可能晚于程本，但"程前脂后"认为现存脂本都是在程本之后故意造假的，还是没有可靠的根据。

以上就是本人对"程前脂后"辩论的基本看法，可以认为是折中的看法，即承认现存脂本中有的可能确实晚于程本，但又不认为现存脂本是程本之后的故意造假的产物。

下面对上述看法，从几个方面进行分析。

欧阳先生"程前脂后"的论述主要集中在三个方面：

第一是文本，包括同词脱文、避讳和一些文字差异等。

第二是脂砚斋批语，这是脂本的核心，也是欧阳先生"程前脂后"的核心。

第三是史料，包括有关脂砚斋、《春柳堂诗稿》、《枣窗闲笔》等材料的辨析。

本书也针对这三方面进行分析，重点在文本方面。由于问题十分复杂，发表的文章非常多，要在一章内把问题论述清楚很困难，因此本文只是论述一些基本看法，不加以详细举例分析。

（4）过录本

"程前脂后"认为脂本（主要是甲戌本、庚辰本和己卯本）出现在程本之后，是故意造假的产物。

现在看到的各种脂本，除舒序本外，其实并非是其原本。如庚辰本，并不是乾隆二十五年（1760 年）庚辰本的原本，实际是多次过录后的过录本。

现存《红楼梦》版本中有 8 个版本有抄录时间,按照其祖本(不是现存版本)的抄录、刊刻时间排序如下:

- 甲戌本:乾隆十九年(1754 年),最早。
- 己卯本:乾隆二十四年(1759 年),甲戌本之后 5 年。
- 庚辰本:乾隆二十五年(1760 年),己卯本之后 1 年。
- 戚序本:乾隆三十四年(1769 年)至乾隆四十七年(1782 年),庚辰本后 9 到 22 年。
- 甲辰本:乾隆四十九年(1784 年),庚辰本之后 24 年,程甲本之前 7 年。
- 舒序本:乾隆五十四年(1789 年),庚辰本之后 29 年,程甲本之前 2 年。
- 程甲本:乾隆五十六年(1791 年),庚辰本之后 31 年。
- 程乙本:乾隆五十七年(1792 年),庚辰本之后 32 年,程甲本之后 1 年。

下面再逐一介绍其中各个抄本的情况。

- 甲戌本:目前看到有抄写时间最早的版本。
- 己卯本:早期脂本,和庚辰本关系密切。
- 庚辰本:和己卯本关系密切,晚于己卯本,但和己卯本关系不明,有人认为庚辰本就是抄自己卯本,有人认为它们有共同祖本,两者并没有直接关系。
- 戚序本:有戚蓼生序言,戚蓼生是乾隆三十四年(1769 年)进士,在京任职到四十七年(1782 年),后任职江西、福建,五十七年(1792 年)卒于任上。此书是戚蓼生何时编写不明。有正书局 1911 年石印刊行,其底本即戚沪本为张开模抄本,1975 年发现,但其抄写时间不明。
- 甲辰本:书前有梦觉主人序言,因此又称梦序本,序言末尾有甲辰年号,所以此本的祖本应该抄于甲辰年,即乾隆四十九年(1784 年)。
- 舒序本:书前有舒元炜序言,因此称舒序本,序言末尾有甲辰年号,所以此本应该抄于甲辰年,即乾隆四十九年(1784 年)。序言后有舒元炜题"沁园春"词一首,并有舒元炜图章。舒元炜生卒年不详,兄弟二人在乾隆五十四年应试不中,客居著名藏书家玉栋家待来年再考。此书为舒元炜兄弟客居玉栋家中时,为其所抄写。玉栋生于乾隆十年(1745 年),卒于嘉庆四年(1799 年),乾隆三十五年(1799 年)举人,他藏书甚丰,闻名京师。此本由于有舒元炜亲笔序言,又有舒元炜图章,舒元炜生平可考,因此这是目前为止唯一的一部有准确抄写时间的脂本。

以上是祖本有准确抄写、刊刻时间的版本,还有几部不知道准确时间的脂本:

- 蒙府本:由于其第七十一回末有"柒爷王爷"字样,推断其为清代某王府旧藏,是中国书店购自某蒙古王府,抄写时间不详。
- 列藏本:此本是道光十二年(1832 年)传入俄京彼得堡,抄写时间不详。
- 杨藏本:即杨继振收藏本,原本抄写时间不详,据说其底本是高鹗刊刻程本前的底本,故曾称为梦稿本。

需要特别再次强调的是,现存的各种脂本都没有准确的抄写时间,只有比庚辰本晚 29 年的舒序本有可靠的抄写时间①，其他版本的抄写时间可以根据其文字推断，但没有十分可靠的铁证。

这些脂本在多次过录后，其中很多文字可能都发生了变化，已经不是其祖本的原貌了。虽然现存脂本和其原本文字差异可能不大，但由于原本不存，其原貌不知，因此在版本研究中，绝对不能把现存脂本当作原本来研究。

所以从过录本角度看，欧阳健先生的"程前脂后"是完全可能的，"程前脂后"说有其合理成分。

有些学者以"《史记》抄《汉书》"来讽刺"程前脂后"，其意思是很多脂本都有明确抄写时间，早于程本，就如《史记》一样；而程本刊刻时间也有明确记载，是晚于脂本的，是《汉书》。怎么会出现"程前脂后"，岂不是"《史记》抄《汉书》"吗？

这样的推论如果对于脂本的原本来说确实是"《史记》抄《汉书》"的笑话，因此这种看法似乎是合理的。但这里"史记抄汉书"疏忽了现存脂本（除舒序本外）都是过录本，对于现存脂本，就未必是"《史记》抄《汉书》"了。由于现存脂本的抄录时间不详，因此完全可能出现"《史记》抄《汉书》"的现象，"程前脂后"在这一点上，不是没有可能的。

总结以上分析，可以看出：

第一，由于现存的脂本都是过录本，因此现存的脂本确实有可能在程本之后，这就可以解释很多现存脂本中的问题。

第二，对于现存脂本和程本的关系，还要注意到，由于现存的脂本基本都是过录本，单从文字来看，与程本相比差异不是很大。因此现存脂本基本反映了其原本的本来面貌，所以现存脂本即便是抄写时间晚于程本，但说现存脂本是来自程本，根据还不足。

第三，虽然现存脂本不太可能是来自程本，但由于现存脂本晚于程本，因此不排除现存脂本中个别情节和文字可能参考程本。但这也只是理论上的可能性，要确认这一点还很困难。

现存脂本和程本在很多情节文字上差异很大，"程前脂后"认为其中有些文字差异是来自程本，并声称这些文字差异是"不可逆"的，意思是只可能是脂本来自程本，而不可能是程本来自脂本。如甲戌本第一回中有 400 多字，在其他的脂本中并没有。"程前脂后"因此认为，这是甲戌本在程本基础上增加的。而主流红学认为这是原本就有的。但要分清这些文字差异的来源和先后是很困难的，后面有一节专门讨论文字差异（对错、多少）和版本演化的关系。

因此，虽然现存脂本有可能晚于程本，但"程前脂后"认为现存的脂本都是程本出现后故意造假的产物，则根据不足。

---

① 刘世德：《解破了〈红楼梦〉的一个谜——初谈舒本的重要价值》，载《红楼梦学刊》1990 年第 2 期，第 271—282 页；林冠夫：《红楼梦版本论》，文化艺术出版社 2007 年 1 月第 1 版，第 309—359 页；朱淡文：《红楼梦探源》，江苏古籍出版社 1992 年版，第 325—330，402—407 页；刘世德：《红楼梦舒本研究》，社会科学文献出版社 2018 年 10 月第 1 版。

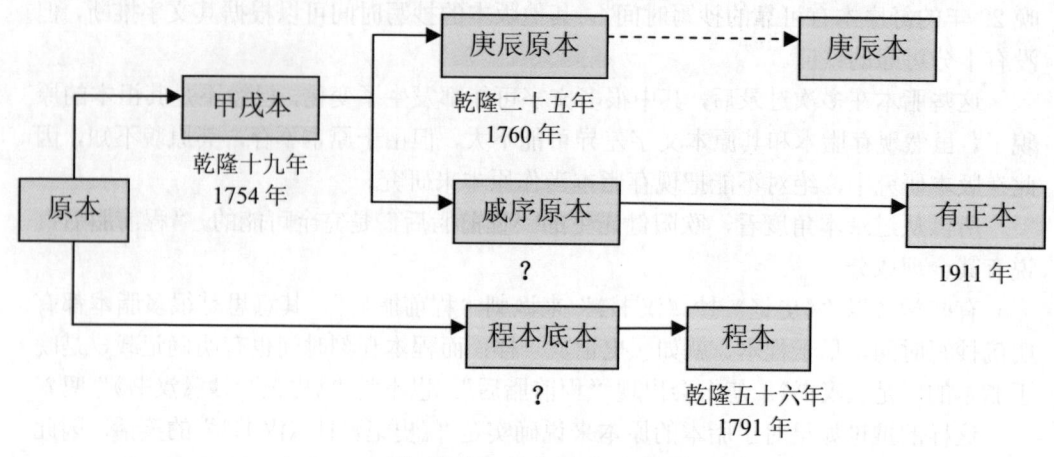

《红楼梦》版本演化示意图

"程前脂后"问题的一个关键是过录本,由此联想到"庚寅本"是否也有过录问题。

由于"庚寅本"中还有一些问题无法解释,因此和其他脂本一样,此本也可能是个过录本。此本虽然抄写时间可能很晚,其正文可能直接来自庚辰本,但也可能来自某个我们未知的庚辰本系列版本。因此,不排除其抄写者手中确实有某个"古本"的可能性,甚至其底本就是早期庚寅本的过录本。抄写者根据此"古本"的正文,再插入俞平伯1954年版《脂砚斋红楼梦辑评》,编成此本。理论上也不能排除这种可能性。

由于现存脂本都是过录本,因此现存脂本中的很多问题,如同词脱文、避讳等,都可以解释,下面逐一通过过录本来解释这些问题。

(5) 同词脱文

"程前脂后"的主要根据之一就是庚辰本中有大量同词脱文,而庚辰本这些同词脱文在程本中都不存在。① 因此"程前脂后"论者认为这是"铁证"。如何解释这种情况?

如果从过录本来看,这个问题就很容易解释了。

由于现在看到的庚辰本是多次过录本,抄写过程中,由于抄手疏忽,很可能出现漏抄的情况,所以现在看到的庚辰本中就会出现程本中所没有的"同词脱文",也出现很多和甲戌本、戚序本不同的文字。

现在看到的庚辰本是何时过录的,已经无法判别了。这样,现在看到的庚辰本过录时间可能很晚,就有可能确实是抄写在程本之后,这样庚辰本中大量的同词脱文,就很容易解释。本来在庚辰本原本中,可能并没有这些同词脱文。现在看到的庚辰本中有大量的同词脱文,而在程本中却并不脱,实际是庚辰本过录中脱落的,庚辰本原本可能并不脱,即这种同词脱文可能就根本不存在。因此庚辰本的同词脱文不是来自

---

① 曲沐:《庚辰本〈石头记〉抄自程甲本〈红楼梦〉实证录》,载《贵州大学学报》1995年第2期。

程本，而是来自其祖本。

总之，因为现在看到的庚辰本是后期过录本，这样就可圆满解释庚辰本的同词脱文现象。

另外，很多学者也指出，程本中也有一些同词脱文，这很明显是程本抄写中发生的，在程本的底本中应该不存在这样的同词脱文。

因此，在庚辰本等其他现存脂本中出现同词脱文并不奇怪，利用过录本可以很好地解释。

（6）避讳

"程前脂后"说，认为部分脂本（主要是甲戌本、庚辰本和己卯本）出现在程本之后，是故意造假的产物的另一个主要根据是：甲戌本中不避康熙皇帝名讳玄烨中的"玄"字。因此不可能是乾隆时期的抄本，而是民国时期的造假产品，因为只有到民国时期才不避讳皇帝的名号。

对此，主流红学进行了反驳，认为脂本这样的抄本都是民间自己抄，自己阅读，因此可能完全不注意避讳。还有学者仔细研究甲戌本中的"玄"字，认为那一点是后加的，以此为脂本在前辩护。

在我看来，双方都有对，也有错。其实，他们都忽略了一个重要事实：现在看到的甲戌本、庚辰本和己卯本，都不是原本，而是过录本，是何时过录的，已经无法判别了。

因此，现在看到的甲戌本、庚辰本和己卯本，很可能确实抄写在程本之后，甚至到民国时期。这样其不避康熙皇帝名讳玄烨中的"玄"字，就很容易解释了。本来在其原本中，可能确实避开了康熙皇帝名讳玄烨中的"玄"字，"玄"字是少一点的。但现在看到的甲戌本实际抄写时间很晚，甚至有可能到民国时期，在那个时期就完全不需要避讳"玄"字了。因此现存版本中不避讳就很容易理解了。

还有学者仔细检查了己卯本，发现己卯本遇到道光皇帝的名字"旻宁"的"宁"字，都做了避讳，因此认为己卯本肯定抄写在道光年间，而不是乾隆年间，这样己卯本就在程本之后了。

所以，由于现存的甲戌本、庚辰本、己卯本等，从抄写时间来说，都是过录本，过录时间不知道，有可能很晚，完全可能晚于程本，因此"程前脂后"是完全可能的。所以从过录本角度看，"程前脂后"并不错。

但欧阳健先生"程前脂后"说，进一步延伸出去，认为这些脂本都是今人故意伪造出来的，证据就不足了。

（7）甲辰本、列藏本

"程前脂后"说主要集中在脂本的甲戌本、庚辰本和己卯本，而对其他脂本没有仔细分析。

有反对"程前脂后"的学者举出甲辰本来反驳"程前脂后"。甲辰本的原本抄写于乾隆四十九年（1784年），是在程甲本之前7年，文字上是最接近程甲本的版本，学者一致公认此本肯定和程本有密切关系，虽然它不一定是程本的祖本，但它们可能同源。因此有学者就依据甲辰本来分析"程前脂后"，认为由此可以否定"程前脂后"。

但以甲辰本来否定"程前脂后"的人可能没有考虑到，甲辰本和甲戌本、庚辰本和己卯本等版本一样，也是过录本，其原本抄写时间确实在程本之前，但现在看到的甲辰本是何时抄写的，无法确定。这样甲辰本就有可能是在程本之后才抄录的，因此，理论上就存在抄写甲辰本时曾参考过程本的可能性。

也就是说，甲辰本和程本的文字差异，即可能是甲辰本（指现存过录本）文字来自程本，也可能是程本参考了甲辰本（或其相关版本）。虽然可以分析哪种可能性更大，限于篇幅无法展开，但理论上，这两种可能性都存在。反对"程前脂后"的人认为程本参考了甲辰本（或其相关版本）可能性大，而支持"程前脂后"的人同样可以认为，甲辰本（指现存过录本）文字来自程本的可能性更大。这就无法辩论了。

因此根据现存的甲辰本，是不能根本上否定"程前脂后"的。

至于列藏本，虽然不知其具体抄写时间，但上面有明确的记载带入俄罗斯的时间。"程前脂后"企图否定这个时间，认为记载不可靠，不是道光十二年（1832年）传入俄京彼得堡，而是20世纪30年代才传入的。这种说法根据似乎还是不足。

至于分析列藏本和程本的文字差异，和甲辰本一样，由于列藏本也是过录本，过录时间不详，因此还是两种可能性都存在，无法判定先后。

（8）关键的舒序本

对"程前脂后"最不利的证据不是甲辰本，而是舒序本。前面反复说明，现存的脂本中，只有舒序本是唯一知道准确抄写时间的脂本，此本抄写于乾隆五十四年（1789年），即程甲本之前2年，比甲辰本抄写时间（1784年）还晚5年，是目前抄写时间早于程本、最接近程本的脂本。

"程前脂后"认为脂本都是程本之后造假的，那如何解释程本之前的舒序本？这就是"程前脂后"的一个难题了。

为彻底查清楚舒序本、各种脂本和程本的文字差异，我把舒序本、程甲本和庚辰本、戚序本文字做了数字化的逐字比对。结果发现几个版本文字有如下差异：

第一，程本。有很多程本文字和其他三个脂本不同，这很明显是程本做了修订，没有可讨论的。

第二，庚辰本。也有很多庚辰本和舒序本、戚序本、程本文字不同的例子。这些例子明显是庚辰本漏抄了（或修改了）。这再次说明，现存的庚辰本是个过录本，而且是过录时错误很多的版本。

第三，戚序本。也有戚序本文字和其他版本文字都不同的例子，这也是由于戚序本做了修改。

第四，舒序本。有三种情况。
- 舒序本中有文字和其他版本文字都不同的例子，这也是由于舒序本做了修改。
- 舒序本中还有少量文字只和戚序本相同，而和其他版本不同。
- 舒序本中还有少量文字只和庚辰本相同，而和其他版本不同。

以上三种脂本文字有差异,说明脂本(庚辰本、戚序本和舒序本)是有共同祖本。演化中有的版本文字改了,有的没有改,因此才会出现上述情况。

以上四种情况都有很合理的解释,和"程前脂后"也无关。

和"程前脂后"关系最大、最关键处的证据是,在比对了舒序本所有的40回中,舒序本存在很多和其他两种脂本(庚辰本、戚序本)文字相同的情况,但没有发现一个是舒序本和程本文字相同,而和庚辰本、戚序本文字不同的例子。

根据以上情况,主流红学的看法是,舒序本和庚辰本、戚序本一样,都是脂本,和程本无关,而舒序本又在程本之前,因此即便其他版本是过录本不足为据,由于舒序本肯定是在程本之前的,这就表示根本不存在"程前脂后"问题。

因为舒序本抄写时间肯定是在程本之前,舒序本又没有任何文字和脂本不同,而和程本相同,所以舒序本肯定是来自脂本,而不可能是来自程本,"程前脂后"说法在舒序本这里就无法解释了。

所以,舒序本是"程前脂后"一个跨不过去的版本。它在程本之前,而文字又和脂本相同,和程本无一处相同,"程前脂后"对此就无法解释了。舒序本的出现证明,在程本之前肯定有和程本不同的脂本,程本肯定是来自某个(或某些)脂本。其实本来程伟元对此也说得很清楚,程本是他们收集了市面很多版本后重新整理的版本。因此就不存在"程前脂后"问题。

以上有关舒序本的论述是摘录我2015年出版的专著《〈红楼梦〉版本数字化研究》中的一章。此书出版后引起欧阳健先生的注意,他在2017年出版的《红楼犀照录》[①]一书中,对我有关"程前脂后"的看法,谈了他自己的意见,对此我很感谢。

但我在此不得不指出,欧阳先生在此书中有关舒序本的分析完全是对我看法的误解。我前面说得很清楚,我认为:舒序本和其他抄本一样,肯定是过录本,并不是根据曹雪芹原稿的"原抄本"。此本和其他抄本的差异,不是在于它是"过录本",还是"原抄本",而是在于:舒序本是目前唯一有准确过录时间的过录本,此本过录于乾隆五十四年(1789年),即程甲本之前2年。因此欧阳先生认为所有抄本都是造假的,都是出自程本之后的看法,由于舒序本的存在就有问题了。

而欧阳先生的论述却避开舒序本是在程本之前的抄本这样的事实,而是一再去分析舒序本到底是"过录本",还是"原抄本"。舒序本当然是一个过录本,这本不是问题,我也从未说过舒序本是"原抄本",我一再强调的只是,舒序本是个有准确抄录时间、在程本之前的"过录本",绝非"原抄本"。

但为何欧阳先生反复论述舒序本是过录本,不是原抄本?我反复看欧阳先生的论述,最后终于明白了欧阳先生的推理。

欧阳先生之所以一再强调舒序本不是"原抄本",而是"过录本",其含义实际是:只要是过录本就可能造假,即便是在程本之前,也可能是造假的。所以舒序本也可能是假的。

回看欧阳先生这么多年的"程前脂后",我看可分三个阶段。第一阶段他只是认

[①] 欧阳健:《红楼犀照录》,山西人民出版社2017年第1版,第273—280页。

为甲戌本、庚辰本等少数脂本是造假的,第二阶段他扩展到所有脂本都是造假的,现在第三阶段甚至扩展到舒序本这样在程本之前的版本也是造假的,只有"原抄本"是真本。但实际根本不可能找到曹雪芹的原本,这样当然所有过录本都可能是假的。

我这样理解欧阳先生的"程前脂后"不知对否?如果我理解有误,请欧阳先生谅解吧。我看"程前脂后"辩论没有结果,欧阳先生绝对不会改变他的看法,而其他学者也绝对不会认同他的看法,这也是无奈吧。

(9) 从史湘云出场描写看"程前脂后"

1) 各种版本的史湘云出场描写

"程前脂后"一个论据是脂本正文中有很多错误,而程本中都不错,因此这些错误是造假的产物。下面以史湘云出场为例,看"程前脂后"的说法是否合理。

在分析"庚寅本"批语中曾谈及史湘云出场问题,但只分析了和"庚寅本"有关的四个版本,即甲戌本、己卯本、庚辰本和戚序本,没有分析其他版本。史湘云出场问题,是《红楼梦》中一个很值得探讨的问题,不止对"庚寅本"研究有意义,对其他版本,从脂本到程本的研究,甚至对《红楼梦》的写作都值得研究,很值得深入去研究。

史湘云出场主要有三方面问题值得研究。

- 《红楼梦》文本中史湘云出场和批语在各种版本中情况;
- 从史湘云出场批语情况看《红楼梦》各种版本的演化过程;
- 从史湘云出场看"程前脂后"。

下面逐一进行分析,因为"庚寅本"中的情况前面已经分析过,下面就不再分析了。

首先分析史湘云出场和批语在各种版本中的情况。

大家知道,史湘云是《红楼梦》中的主要人物之一,是仅次于林黛玉、薛宝钗的第三号女主人公,周汝昌先生甚至认为她就是脂砚斋。因此她的出场虽然不会像林黛玉出场那样隆重,也应该是很重要的情节,作者应该非常认真地设计她的出场。

但很遗憾,在所有脂本和程甲、程乙本正文中,她的正式出场都没有认真描写,而且各种版本还有所不同。在所有脂本正文中,她的正式出场是在第二十回。按照小说描述,史湘云是在毫无预兆、毫无出场介绍的情况下突然出现的,也未做任何介绍,她是谁家女儿,什么出身。读者如不了解,根本不知道她的来历。按照第二十回她第一次出场的描写,她是先来到了贾母处,贾宝玉和薛宝钗听人来报后,才一同来贾母处看望她,林黛玉也在此,见贾宝玉和薛宝钗一起来,还因此生气。史湘云这样的出场似乎很不合理,似乎是作者的疏忽,在此之前应该单独安排史湘云出场的描写。

目前看到第二十回史湘云的描写应该是《红楼梦》原本的描述,而后来的批评者(不一定是脂砚斋),发现了这个问题,于是在第十三回中忠靖侯史鼎夫人出场时,加了批语,以便对史湘云做个铺垫。

但如仔细比较所有脂本和程本,就可以看出,第十三回有关史湘云的批语都是十分含糊和混乱的,导致一般读者如不注意,往往会忽略了其中的差异和演变。

第十三回主要脂本和程本对此描写的文字对比如下,"( )"内为双行批语:

```
戌: 原来是忠靖侯史鼎的夫人来了
舒: 原来是忠靖侯史鼎的夫人来了
列: 原来是忠靖侯史鼎的夫人来了
己: 原来是忠靖侯史鼎的夫人来了   伏史湘云
戚: 原来  忠靖侯史鼎的夫人来了(伏史湘云一笔)那
蒙: 原来  忠靖侯史鼎的夫人来了(伏史湘云一笔)那
辰: 原来是忠靖侯史鼎的夫人来了(伏下文)史湘云
甲: 原来是忠靖侯史鼎的夫人来了           史湘云
乙: 原来是忠靖侯史鼎的夫人     带着侄女史湘云来了
————————————————————
戌: 王夫人邢夫人凤姐等刚迎至   上 房
舒: 王夫人邢夫人凤姐等刚迎   入上 房
列: 王夫人邢夫人凤姐等刚迎   入上 房
己: 王夫人邢夫人凤姐等刚迎   入上 房
庚: 王夫人邢夫人凤姐等刚迎   入 房
戚: 王夫人邢夫人凤姐等刚迎   入上 房
蒙: 王夫人邢夫人凤姐等刚迎   入上 房
辰: 王夫人邢夫人凤姐等刚迎   入上 房
甲: 王夫人邢夫人凤姐等刚迎   入 正房
乙: 王夫人邢夫人凤姐等刚迎   入 正房
```

有些版本上还有眉批和夹批:

甲戌本夹批:史小姐湘云,消息也。

己卯本眉批:伏史湘云,系小注。

庚辰本眉批:伏史湘云,应系注解。

戚序本眉批:伏史湘云一笔六字乃小注,今本仍误,将史湘云三字列入王夫人、邢夫人之上谬甚。

2)从史湘云出场看"程前脂后"

史湘云是忠靖侯史鼎的侄女,第十三回写秦可卿去世,忠靖侯史鼎夫人来吊唁,但史湘云却并未出现,批者就借此以批语形式来介绍史湘云。但各种版本的批语不同,从中可以看出各种版本中此批语的演化过程。

各种版本对此描述可分为以下几类:

第一类,没有提史湘云,包括甲戌本、列藏本和舒序本。

● 甲戌本

这是目前看到的最早版本,在正文中并没有记述史湘云,也没有双行批,只有一夹批"史小姐湘云消息也"。其含义是指,此处虽然史湘云没有出场,但内含史湘云的消息。
- 舒序本和列藏本

在此处没有提及史湘云，也没有任何批注。

第二类，正文无"史湘云"，加双行批"伏史湘云一笔"，包括戚序本、蒙府本。

这些版本的编写者觉得此处应有史湘云，因此在抄写正文时，加入了双行批，说明此处本来应该有史湘云的一笔介绍。戚序本的刊刻者还再加眉批，对双行批再说明："伏史湘云一笔六字乃小注，今本仍误，将史湘云三字列入王夫人、邢夫人之上谬甚。"此处"今本"明显是指程甲本（可能还有甲辰本等）把"将史湘云三字列入王夫人、邢夫人之上"的版本。

第三类，正文中有"伏史湘云"，包括己卯本、庚辰本。

在正文中出现了"伏史湘云"四字。很明显，这四字不应该是正文，而是把批语误为正文。因此说明己卯本和庚辰本共同祖本的编者发现此错误，加注"伏史湘云"。但被己卯本和庚辰本过录者误抄为正文了。对此后人发现问题，把此四字勾出，又都分别再加入了眉批"伏史湘云系小注"（己卯本）和"伏史湘云应系注解"（庚辰本）。

第四类，正文中就有史湘云出场，包括甲辰本、程甲本和程乙本。

- 甲辰本

在正文"原来是忠靖侯史鼎的夫人来了"之后，加双行批"伏下文"，之后再加"史湘云"。很明显，甲辰本抄写者也注意到此处应有史湘云，不仅加双行注"伏下文"，加以说明，还直接点名史湘云也一同来参加吊唁，因此把史湘云名字也列入出迎者之列。但这样结果"史湘云"名字就在"王夫人、邢夫人、凤姐"之前了，这就明显不合理了。所以戚序本眉批中称之为"谬甚"。

- 程甲本

到程甲本整理时，整理者肯定是仔细审查各种脂本，发现以前各种脂本虽然都注意到此处应有史湘云，但解决方法都有不合理之处，都没有彻底解决这个问题。因此程甲本和甲辰本一样，修改为："原来是忠靖侯史鼎的夫人来了，史湘云、王夫人、邢夫人、凤姐等刚迎入正房。"但这样仍把"史湘云"名字列在"王夫人、邢夫人、凤姐"之前，明显不合理。所以戚序本眉批中称之为"谬甚"。姚燮注意到此处不合理，加批语"当是衍文"。所以程甲本此处修改还是不彻底。

- 程乙本

程甲本的修改很明显不合理，这很快就被程乙本发现了，对此程乙本做了最彻底的修改，改为"原来是忠靖侯史鼎的夫人带着侄女史湘云来了"，这样修改最为合理。这样史湘云就在此处第一次正式出场，并对史湘云的身份做了清楚的说明，后面第二十回史湘云再出场就很合理，而不突兀了。但王希廉在《红楼梦总评》中仍认为此处"恐系翻刻误填，非作者原本"。其含义是说，程乙本的添加并非是作者原本，而作者原本在此却未有任何描写。

以上四种情况列表表示如下。

各种版本中史湘云出场

分类	版本	正文	批语
一	甲戌本、列藏本、舒序本	（无）	（无）
二	戚序本、蒙府本	（无）	伏史湘云一笔
三	己卯本、庚辰本	伏史湘云	（无）
四	甲辰本	史湘云	伏下文
四	程甲本、程乙本	史湘云	（无）

从上表可以清楚看出，"伏史湘云"文字的修改和《红楼梦》版本演化基本一致，其演化过程是：没有正文——批语注解——误入正文——正文。

- 甲戌本——没有正文：一般认为是现在看到最早的版本，此处没有任何有关史湘云出场的描写。
- 列藏本、舒序本——也没有正文：也没有史湘云的描写，说明这两个版本是独立从甲戌本等原始版本直接演化而来的，因此也没有史湘云的描写。
- 戚序本、蒙府本——加批语：批语中加"伏史湘云"，但正文中没有。
- 己卯本、庚辰本——批语误入正文：在正文中出现了"伏史湘云"，明显是把注解误抄入了正文。
- 甲辰本、程本——改到正文：都是晚期版本，做了彻底修改，把史湘云列入正文。

（10）从林黛玉眉毛、眼睛描写看"程前脂后"

1）各种版本对林黛玉眉毛、眼睛描写

从史湘云出场描写可以看出"程前脂后"的问题，另外的例子还很多，《红楼梦》第三回中对林黛玉眉毛和眼睛的描写，各种版本文字差异也很大，这是《红楼梦》版本研究很典型的例子，对于分析"程前脂后"也有意义。

《红楼梦》第三回中各版本原文文字比对如下，其中甲戌本、己卯本、杨藏本文字有修改，分别刊出未修改和修改后的文字（《〈红楼梦〉版本数字化研究》下册第287页）。

> 甲戌原：两湾似蹙非蹙龙烟眉，一双似□非□□□。
> 甲戌本：两湾似蹙非蹙笼烟眉，一双似喜非喜含情目。
> 己卯原：两湾似蹙非蹙胃烟眉，一双似目。
> 己卯本：两湾似蹙非蹙胃烟眉，一双似笑非笑含露目。
> 庚辰本：两湾半蹙鹅眉，　　　　一对多情杏眼。
> 舒序本：眉湾似蹙而非蹙，　　　目彩欲动。
> 戚序本：两湾似蹙非蹙罩烟眉，一双俊目。

杨藏原：	两弯似蹙非蹙冒烟眉，一双似目。
杨藏本：	两弯似蹙非蹙冒烟眉，一双似喜非喜含情目。
列藏本：	两弯似蹙非蹙冒烟眉，一双似泣非泣含露目。
卞藏本：	两湾似蹙非蹙冒烟眉，一双似飘非飘含露目。
甲辰本：	两弯似感非感笼烟眉，一双似喜非喜含情目。
程甲本：	两弯似感非戚笼烟眉，一双似喜非喜含情目。
程乙本：	两弯似感非戚笼烟眉，一双似喜非喜含情目。

2）从林黛玉眉毛、眼睛描写看"程前脂后"

下面仔细分析各种版本文字和演化。

● 甲戌本

甲戌本底本此处文字不清，原文只有"一双似□非"，后面加了很多空格。而后人又在空格上加了补字。下面以"□"符号表示底本原来的空格，以"（）"表示补字。

甲戌本底本：两湾似蹙非蹙龙烟眉，一双似□非□□□。

甲戌本改写：两湾似蹙非蹙（笼）烟眉，一双似（喜）非（喜）（含情目）。

由于甲戌本底本不清，导致其他版本文字也非常混乱。

其他版本第一句除庚辰本外，基本没有太大差异，主要是第二句差异较大。

● 己卯本

己卯本情况比较复杂，其文字明显曾多次修改。第一句把甲戌本底本"龙"字改为很少见的"冒"字，第二句己卯本原文"一双似目"与甲戌本原文"一双似□非"很接近，文字都不清楚。己卯本文字可能来自甲戌本，或两本有共同祖本。此后第一次修改，有人用墨笔补上"笑非笑含露"，第二句变成"一双似笑非笑含露目"，这样就比较完整了。第二次又有人用朱笔在旁侧加"对多情杏眼"，这样第二句变成"一对多情杏眼"，这明显是来自庚辰本，从笔迹看，有可能是陶洙所补。关键是第一次的修补。是何人修补？是抄写者本人发现抄写错误而修补，还是后人所补？这些问题目前难以判别。

● 庚辰本

可能因为庚辰本底本原文不清，庚辰本抄写者干脆简化缩写为"两湾半蹙鹅眉，一对多情杏眼"。

● 舒序本

和其他任何版本都不同，文字有较大改动。第一句还有痕迹，第二句完全改写。可能是抄录者觉得原文不清，因此完全重写。

● 戚序本、蒙府本

戚序本前一句基本保留甲戌本文字，为"两湾似蹙非蹙罩烟眉"，而后一句可能因为其底本和甲戌本类似，原文都不明，因此和庚辰本相似，就简化为"一双俊目"。

● 杨藏本

杨藏本和甲戌本、己卯本一样，原文较简单，为"一双似目"，和己卯本基本相同。后文字有修改，修改后和甲辰本相同。

- 列藏本

列藏本把己卯本"一双似笑非笑含露目",改为"一双似泣非泣含露目",把"笑"改为"泣",意思完全相反了,可能修改者觉得林黛玉是个忧郁女子,不宜用"笑",因此改为"泣"。而"含露目"没有改。

- 卞藏本

最接近列藏本,但把列藏本"似泣非泣"改为"似飘非飘","含露目"相同。

- 甲辰本

甲辰本第二句把甲戌本"似笑非笑含露目",改为"似喜非喜含情目",即把"笑"改为"喜",把"露"改为"情",整体更加含蓄。

- 程甲本、程乙本

程甲本、程乙本两句都基本和甲辰本相同。但其他版本第一句"似蹙非蹙",程甲本、程乙本改为"似戚非戚"。

查"蹙",含义为紧迫:穷蹙,皱,收缩。蹙眉、蹙额、蹙皱、蹙缩、蹙金,局促不安:蹙蹙。

查"戚":忧愁,悲伤。慽,忧也。从心,从戚。今字作戚。如:戚貌(忧伤的面色),戚恨(又忧又恨),戚忧(忧伤)。

因此应该是程本的描写最合理。

统计各种版本中对林黛玉研究描述(指未修改原本)如下表。

总结各版本的文字差异和演化,除舒序本文字有较大改动外,其他版本文字比较接近,根据原文及修改,可分为四类。

- 文字有明显空缺"□",只有甲戌本一种,似乎是早期版本形态。
- 原文简略,后人有明显修改,有己卯本、杨藏本。
- 原文简略,且没有修改痕迹,有庚辰本、戚序本、蒙府本。
- 文字比较完整,有列藏本、卞藏本、甲辰本、程甲本和程乙本。

林黛玉眼睛描写第二句比较(原文)

分类	1	\	2			3		4		
版本	甲戌	己卯	庚辰	戚序	杨藏	列藏	卞藏	甲辰	程甲	程乙
似喜非喜	◎							◎	◎	◎
似笑非笑		×	×	×	×					
似泣非泣						◎				
似飘非飘							◎			
含情目	◎	似目	多情杏眼	俊目	似目			◎	◎	◎
含露目						◎	◎			
似蹙非蹙	□	蹙	蹙	蹙	蹙	蹙	蹙	蹙	戚	戚

根据文字内容,除舒序本外,又可分为5类。

- 甲戌本:原文不清。

原本文字有遗漏，因此有空格，是原始面貌，而现有文字应该是后补的。

● 庚辰本、戚序本、蒙府本：原文未修改补字。

原文很简单，可能是不知该补何字，因此都做了简化，且没有修改痕迹。

● 己卯本、杨藏本：原文有修改痕迹。

原文也很简单，但后人可能根据其他版本，对原文又做了修改补充。

● 列藏本、卞藏本：文字较合理。

文字做了修改，较合理。

列藏本改己卯本"似笑非笑"为"似泣非泣"更合理，"含露目"和己卯本相同。

卞藏本最接近列藏本，但把"似泣非泣"改为"似飘非飘"，"含露目"相同。

● 甲辰本、程甲本、程乙本：后期版本。

三本都是后期版本。甲辰本和甲戌本补字后文字相同，程甲本、程乙本和甲辰本基本相同。

从此例还可以进一步分析"程前脂后"说是否合理。按照"程前脂后"说，甲戌本、己卯本和庚辰本是在程本之后故意造假编出来的。

但从前面分析可以看出，甲戌本、己卯本和庚辰本在此例中的文字都有缺漏。甲戌本和己卯本有明显补字痕迹，而庚辰本文字很简略，可能是抄录者不知该如何补字合适。

而程本的文字和甲辰本很接近，十分完整合理。

如果甲戌本、己卯本和庚辰本是在程本之后编造出来的，程本文字很完整，而甲戌本、己卯本和庚辰本文字不完整。则只能解释为，甲戌本、己卯本和庚辰本在此处故意把本来很完整的文字搅浑，故意有遗漏，又有补字，又有删节。如此复杂的造假可能性很小。

而甲戌本文字的遗漏，和己卯本文字遗漏几乎相同，庚辰本的文字简略很可能是抄写者不知该如何补字，只好做简略的描述了事。这种解释非常合理。

从这段文字描写看，从甲戌本到己卯本、庚辰本的演变很合理，而相反，如是"程前脂后"，则解释很勉强。

总之，此例为《红楼梦》版本文字中比较复杂的一个例子，但十分典型，显示了各种版本文字的修改过程，很值得仔细研究。

附记：此文原载本人专著《〈红楼梦〉版本数字化研究》一书第520—524页。欧阳先生看到后，在其著作《红楼犀照录》中指出我抄写的程甲本和程乙本文字有误[①]，本应是"似蹙非蹙"，我误认为和其他版本一样的似"似蹙非蹙"，这确实是个错误。

欧阳先生对此还发表一番议论，认为只有程本的"似蹙非蹙"是正确的，其他版本都是"抄手水平太低，而又不负责任"。其含义无非还是这些版本都是"假的"。

此例和其他欧阳先生"程前脂后"说法所举出的例子一样，都是程本文字合理，而其他版本文字有误。由此欧阳先生认为其他版本都抄自程本，抄手水平很低，看不懂程本的含义而妄改，越改越乱。欧阳先生以此认为是"程前脂后"的一个例证。

---

① 欧阳健：《红楼犀照录》，山西人民出版社2017年第1版，第278—280页。

但实际这个错误并不影响上述对林黛玉眉毛的分析,也不能成为"程前脂后"的证据。

对此可以有两种解释。一种解释是各种抄本后出,抄手水平低,因此错误很多。另一种解释是,各种抄本是原文,文字有误,而是程本改正了这些抄本的错误。

因此此例不能成为"程前脂后"的证据,而仍然可能是"脂前程后"。

当然,要让欧阳先生等承认上述事实估计是不可能的,学术争论就是如此,要承认错误是很难的。而像我这样"介入红学又较晚,所以较少先人之见"(欧阳先生评语①),因此也容易犯错误,但自认为倒是也勇于承认错误,当然必须是我自己认为确实是我错了。

从前面对舒序本和林黛玉眉毛描写看,我并不认为我有错误。反而在我看来,欧阳先生的"程前脂后"在这两处还是有问题的。当然要欧阳先生改变"程前脂后"也是不可能的。

3)文字对错、版本先后和共同祖本

从以上对史湘云出场和林黛玉眉毛眼睛描写的分析可以看出,脂本的描写中确实有很多错误,应该是原始的描写。而甲辰本和程本的描写则是做了彻底修改,把史湘云正式列入正文,应该是晚期的描写。换句话说,从史湘云出场描写看,应该是脂本在前,程本在后的。

但假如按照"程前脂后"的说法,则史湘云一出场的描写按照程本就是在正文中的,而各种脂本却一再出错,把本来正文中的史湘云出场改为批语,又混入正文。这种演变明显是不合理的。

此例和很多脂本、程本的文字差异是相似的,都是程本合理,而脂本不合理。

按照"程前脂后"的说法,这是程本不错,但是各种抄本在抄写过程中出错,结果就把原来正文中的史湘云出场搞错了。

而按照主流红学的说法,是《红楼梦》原本未注意描写史湘云的出场,抄本发现此漏洞后,以批语等各种方式进行说明,搞得很混乱。

这两种解释刚好相反,"程前脂后"的看法是从合理到不合理,而主流红学的看法是从不合理到合理。

这种情况在《红楼梦》脂本和程本中还有很多例子,这也是欧阳先生产生"程前脂后"的初衷。

这个问题是双方各有各的看法,各自都认为自己更合理。这里涉及一个版本演化的基本问题——如何根据文字的对错、有无来判断版本的先后关系。

理论上文字出现了对错、有无,有三种可能:

第一种可能是改错,即文字正确或不缺的版本在前,而文字错误或缺失的版本在后。这是由于原本文字不错、不缺,而后出的版本在抄写中抄错,或遗漏。这种可能性确实很大,也很常见。

---

① 欧阳健:《红楼犀照录》,山西人民出版社2017年第1版,第274页。

第二种可能是改对，即文字错误或缺失的版本在前，文字正确或不缺的版本在后。这是由于先出的版本文字有错、有缺，而后出的版本发现先出的版本在抄写中抄错，或遗漏，因此做了修改，改对了。这种可能性也有，也不可否认。

实际还存在第三种可能无所谓先后，即两本之间没有任何先后关系，两本都是来自某个祖本。至于祖本是抄错，还是没有抄错都有可能。可能共同祖本就有错，某本继承下来未改，而另一本改正了。也可能共同祖本没有错，某本继承下来没错，而另一本却抄错了。

总之，要根据文字的对错、有无判断版本先后，要极为慎重。不能简单根据对错来判断。

因此，"程前脂后"根据脂本有错、程本不错，就认为脂本抄错了，是晚出的，其根据不足。完全可能是，脂本本来就是过录本，抄写中出错，而程本把错误改正了。所以，只根据文字对错，有时很难判断版本的先后。

（11）脂砚斋批语和相关史料

1）脂砚斋批语

现存脂本中有大量批语，根据欧阳健先生对甲戌本、己卯本和庚辰本的统计，甲戌本批语1587条，己卯本批语754条，庚辰本批语2318条，合计4659条；扣除内容重复或基本重复的批语，三本批语的总数实为3610条。再加上其他版本的批语，总数8000多条，也有人认为有近1万条之多。

对于这些批语一般都称为"脂砚斋批语"，简称"脂批""脂评"。各种《红楼梦》批语辑校的书名也都冠以"脂砚斋"或"脂评"字样：

- 俞平伯《脂砚斋红楼梦辑评》，1954年、1963年版
- 陈庆浩《新编石头记脂砚斋批语辑校》，1979年版
- 朱一玄《红楼梦脂评校录》，1986年版
- 郑庆山《红楼梦脂评辑校》，2006年版

最权威的《红楼梦大辞典》（2010年版）中"脂砚斋"词条的表述如下：

> 脂砚斋及在早期抄本中包括畸笏叟、梅溪、松斋、棠村等的批语，简称"脂评"，批语分眉批、行间批、双行夹批等，数量达8000条之多。脂评对曹雪芹和《红楼梦》有着重要的作用。脂评是继李（卓吾）评、金（圣叹）评、张（竹坡）评之后，关于中国古典小说最有影响的文艺批评。

此词条说明有很大问题。

第一，词条称《红楼梦》中脂砚斋批语有8000多条。

第二，词条把脂砚斋批语和李卓吾评《水浒传》、金圣叹评《三国演义》和张竹坡评《金瓶梅》相提并论。

按照词条说法，现存脂本中8000多条批语都是脂砚斋批语，这肯定是错误的。据统计，现存脂本中真正署名为脂砚斋、畸笏叟、梅溪、松斋、棠村等的批语，只有174条，即只占8000多条的2%。其余98%批语都没有署名，基本都是后人所批，

很多都是抄书人自己有感而发所写。即便是正文之中的双行夹批，也可能是抄书人抄到此处有感而插入，而不是原本所有，更不是脂砚斋、畸笏叟、梅溪、松斋、棠村所批。

词条把脂砚斋和李卓吾、金圣叹、张竹坡并列，因为李卓吾评《水浒传》、金圣叹评《三国演义》和张竹坡评《金瓶梅》，都是本人所批，这样会给读者一个错误印象，似乎脂批全是脂砚斋等人的批语。但实际如上所述，现存脂本中98%的批语都不是脂砚斋等人的批语，而是后人的批语。

由于现存脂本中98%的批语并非是脂砚斋批语，而是后人所批，至于到底是何时、何人所批，目前已经无从考证。虽然有人力图从多个角度去分析研究哪些是脂砚斋的批语，但非常费力。

由于98%的批语是后人所批，所批的时间又无法确定，因此要根据这些批语去判断版本的先后，就会有很大问题。

欧阳先生提出"程前脂后"，其主要著作《还原脂砚斋》也是以脂砚斋批语为核心。批判"程前脂后"的论者也都没有仔细分辨哪些是脂砚斋等人的批语，哪些是后人的批语。如果不分辨清楚这个问题，就无法判断其版本的先后，这是很明显的道理。

因此，由于现存脂本中98%的批语都是后人的批语，批语的时间都无法确定，这就和现存的脂本都是过录本一样，在无法确定过录时间，无法确定批语的时间，要根据批语去分辨版本的先后，是非常困难的，有时是毫无意义的。

至于脂砚斋署名的批语，真是脂砚斋所批，还是假托，就比较复杂了。按照"程前脂后"的说法，脂砚斋都是假托的，自然批语就是假的。而主流红学认为脂砚斋是确有其人，脂砚斋批语自然就是真的了。限于篇幅，此处无法展开讨论了。

另外，就程本而言，有两点是公认的。

第一，程本的底本肯定是有批语的，这在程伟元的序言中说得很清楚。

第二，程本中出现了把批语混入正文的现象，这也说明程本的底本是有批语的。

这样问题就转化为：程本的底本和现存脂本的原本是什么关系？根据程伟元的自述，程本是他们参考诸多版本整理而成。如属实，则程本没有某个固定的底本，程本和现有脂本的关系就十分复杂。它们最终的祖本肯定是曹雪芹的原本，但其后可能经过了及其复杂的演变，要还原这些演变过程，由于资料缺乏是极为困难的。各人有各人不同看法也很正常。

2）甲戌本附条

甲戌本中新发现一条附条批语，此附条批语对"程前脂后"造假说也有意义。

"程前脂后"造假说的一个重要出发点和根据，就是认为甲戌本是造假的。

"程前脂后"造假说认为，胡适发表有关《红楼梦》考证文章后，造假者（后来更有人指认就是陶洙）就迎合胡适的考证，伪造了甲戌本卖给胡适。胡适得到如获至宝，还故意隐瞒卖书人的姓名，怕人去核实。而其他己卯本、庚辰本，甚至王府本等，都是陶洙以后一手炮制，陆续卖出的。陶洙最后炮制了北师大本，先卖给中国书店，后又转给北师大。炮制完北师大本陶洙就去世了。如此编造真如同侦探小说一般。"程前脂后"造假说一出，就引起巨大争议，至今欧阳健先生还在不断著文论述"程前脂后"。

甲戌本上发现附条批语,从一个侧面说明,"程前脂后"造假说的合理性是可能有问题的。

对于此附条的来历,目前还有争论。2016 年《红楼梦学刊》第三辑刊载项旋一文《美国国会图书馆摄甲戌本胶卷所见附条批语考论》,披露了"附条"批语来历中的部分事实。原来胡适 1948 年携带甲戌本到美国后,1950 年曾拍摄了甲戌本的微缩胶卷。项旋在美国查到了此胶卷,在胶卷上赫然发现了"附条"批语,大家这才第一次看到"附条"批语的原貌,也证明 1950 年时甲戌本上确实有此批语。这似乎解决此批语问题,但实际还是没有彻底解决,因为胶卷只能证明 1950 年胡适拍摄甲戌本时有此批语,并不能证明此批语是甲戌本原有的,还是 1948 年周汝昌兄弟所为。

所以至今还有人认为是周汝昌兄弟所为,但我认为这种可能性很小,周汝昌当时只是个学生,他从胡适处借来珍贵的甲戌本,怎么会随便贴条加批语。所以我认为附条最大可能是甲戌本最后一位收藏者所为,因为如果是前期收藏者所为,后来的收藏者会撕掉此条。

可以设想,如果甲戌本是故意伪造的卖给胡适,那就应该尽量做旧。但此附条批语明眼人一看就知道是后人所贴的,这对于造假人来说岂不是很不利吗?如是造假,为何造假人还要故意加一个附条批语,然后撕掉,这很不合理。因此从这附条批语看,"程前脂后"造假说的合理性就很值得怀疑了。

当然这附条批语不是"铁证",造假者也可能故意造个贴条批语。由此也可看出,小小一个附条批语可以延伸出很多问题进行研究。

在甲戌本上,除新发现的附条批语外,还有多种批语,如墨笔眉批、夹批,还有多处改字,本书在分析"庚寅本"时都有介绍和分析。从这些批语看,甲戌本是经过多人批阅的,而绝非某个人的作伪。因此"程前脂后"造假说认为甲戌本是故意造假的产物可能性很小。

3) 相关史料

前面分析了文本和脂评,对于史料主要分两方面,一是有关曹雪芹的史料,二是有关脂砚斋的史料。

在有关曹雪芹的史料中,争论集中在《春柳堂诗稿》。欧阳先生认为《春柳堂诗稿》是伪作,是为适应胡适考证而编造出来的。但我仔细阅读《春柳堂诗稿》后,觉得欧阳先生的论述是有问题的。

在有关脂砚斋的史料中,最主要的是《枣窗闲笔》,欧阳认为此书也是伪造,很多学者对此进行了详细分析,限于篇幅,此处无法展开论述。和《春柳堂诗稿》一样,我觉得欧阳先生的论述也是有问题的。

总之,欧阳先生的"程前脂后"是先入为主,先认为脂本是造假的,随之相关文献自然都是故意造假的产物。历史文献由于各种原因,有些是不可靠,如著名学者袁枚认为曹雪芹是曹寅的儿子就是明显的错误。如何正确地分析史料是非常认真的事情,如对史料有怀疑,一定要不带任何倾向去论证。这就和西方法制一样,法庭要从无罪开始,而不是先认定有罪,再去找证据,那是完全错误的,很可能会得出错误结论。"程前脂后"的根本问题就在于此,先下结论,再找证据,任何可能拉上关系的"证据"都算上,这样论证出的结果自然无法服人。

但"程前脂后"对这些历史文献提出质疑,迫使主流红学被迫去查找各种新的历史文献,验证有关曹雪芹和脂砚斋的文献的可靠性,这也可以说是"程前脂后"对红学研究的贡献吧。

总结"程前脂后",应该从两方面看:

第一,严格讲,程本肯定不是曹雪芹的原本,而是根据某个或某几个抄本整理的,因此从这个角度看,是"脂前程后",而不存在"程前脂后"。

第二,现存脂本由于基本都是过录本,因此抄写时间确实又有可能是在程本之后。因此从时间(不是版本演化)角度看,又有可能存在过所谓的"程前脂后"。

我觉得这才是对"程前脂后"的正确、全面的表述。

后记

收入本书的随笔和综述是1999年至今20年来自己从事中国古代小说数字化研究中有感而发所写的,很随意。开始是在苗怀明主办的"古代小说网"发表,不料很受欢迎,在各种研讨会上我不时会遇到一些学者提及这些随笔,都表示我写得很客观,说出了他们圈内人士不好说的一些话。

我这些年从事中国古代小说数字化研究,得到很多学者的大力支持和帮助,我就想把这些年来和他们的接触,开辟一个栏目"学人印象"(本书正式出版改为"学人风采"),记录下来,写成了几十篇,发给中州古籍出版社的张弦生编审,他提了一些中肯的意见,他觉得:"其中有些篇写得好,有些写得有些浅,有些泛,不甚了解的可不写,大家都知道的要少写,客套恭维话少写,用事例说话。"我也感到,评判一个学者很难,全说好话似乎不好,但其他话说多了会得罪人。因此我犹豫再三,还是如实写吧,虽然这是我个人看法,肯定有偏颇,但还是心里有想法就实话实说吧。

随笔主要是参加各种研讨会的感受,比较零散,对参加的历次研讨会情况我并未全面整理。网上有朋友建议我把历次研讨会的论文目录整理出来,我开始觉得工作量太大,没有考虑。后来觉得这件事还是有意义,而且参加的研讨会论文集我一般都保留了,因此就再增加一部分历次研讨会简介。我翻箱倒柜,找出1999年以来所参加的历次研讨会论文集,整理编目,把所有与古代小说文献有关的论文都列出目录。

可惜的是,我近年多次去日本参加日本中国古典小说研究会年会,由于日本研讨会不编论文集,学者论文都是自己打印,我也没有仔细整理成册,找起来很不容易,这部分论文目录就没有收入,以后如有机会找出来整理吧。

这次出书,我又增加了有关中国三国演义学会的内容。我一直想把我所了解的情况如实写下来,但又怕得罪人,一直不敢写。这次我想,我不说,不会有人说了。因为我觉得他们都不如我了解事件的经过,因此最后决定还是如实写出,也好征求大家意见。如有不实之处,我随时愿意修正。

开始我只限于对古代小说研究的随笔,后来觉得既然写还是把这几十年的研究做个整体的回顾,对在古代小说版本上所做的研究做个全面的介绍和总结,对今后研究也有好处。

这样，本书从内容看，就包括了三部分：随笔、综述和研究。

此书初稿编成后送一些朋友提意见。有些人觉得随笔很有出版价值，值得正式出版。但也有学者看后认为，这些随笔虽然都是大实话，但只适合在网上发布，大家了解就可以了，不宜正式出版。对于本书的其余两部分内容，也有不同看法，有人认为随笔有出版价值，而综述和一些表格价值不大，建议删去。但我考虑，这些综述也是我这些年研究的历史记录，还是有价值的，如再删去，对我来说是很可惜的。

2016年在日本横滨神奈川大学举办"中国古典小说研究三十年回顾与展望国际学术研讨会"，此会主题是30年来对中国古典小说研究的回顾和展望。我从1999年正式开始从事中国古代小说数字化研究，这些随笔也是这几十年来的历史记录，完全符合横滨研讨会的主题。在此会前，复旦大学出版社张蕊青邮寄给我一本黄霖主编的《我们起跑在20世纪80年代》，此书记录了国内13位古代小说研究著名学者写的随笔，回忆各自从事古代小说研究的感受。文笔十分生动，我读后也很受感动。因为我也受邀参加横滨此次盛会，而我这些随笔和综述也是我十几年来从事中国古代小说研究的感受，这些文章也是历史的记录，因此我在会前把这些短文汇集成册，研讨会上赠送给了一些与会学者。2017年以后，每次研讨会我都打印一批，带去送给对此有兴趣的学者。

在我送出一批书后，苗怀明老师把"学人印象"中的几篇文章（周强、陈翔华、金文京、刘世德）放到他的"古代小说网"微信公众号上——据说现在这个微信公众号上有7万读者。我在德国参加国际汉学会，遇到香港大学郑炜明老师，他在微信公众号中看到我写的周强老师，说写得很生动，因为周强曾去澳门大学讲学，郑老师认识他。刘世德先生看到我写他的随笔，来电话希望把此文收入他将出版的专著中，问我是否可以。这说明他也认可我的文章，我当然很高兴了。苗老师为这些随笔还都逐一配了很多照片，除有个人照片外，还有一些手迹，甚至苗老师还在网上找到了周老师的墓碑照片，真令人吃惊。我当时因为嫌麻烦还没有上微信，也就没有看到这些文章。对苗老师多年来的支持，我十分感谢！

中州古籍出版社马达和张弦生曾在2015年汉中《三国演义》研讨会上发表一篇介绍我对《三国演义》版本数字化研究的文章，征得他们同意我收入本书。2017年9月我去沈阳查《三国演义》松盛堂本，赵旭老师全程陪同，后来他写了一篇短文《初见周文业先生》，把我这次看书写得很有趣，我也收入了本书。

这几年我几乎没有在正式期刊上发表过文章，主要是嫌麻烦，一般只在网络上写文章和随笔。因为有关《红楼梦》甲戌本附条问题，《红楼梦学刊》连续发表了项旋和沈治钧两篇文章。在此前沈治钧也曾就"庚寅本"发表过几篇文章。我对沈治钧的文章有不同看法，但一直也只是在网络上发表。后来偶遇《红楼梦学刊》编辑，提及我对沈治钧的不同看法，她欢迎我写文章讨论，我就把在网络上发表的相关文章修改后发给《红楼梦学刊》。我本来以为沈治钧是《红楼梦学刊》编委，还是中国红楼梦学会副会长，我的文章审查不会通过的，因此并不抱什么希望。不料我的文章最后终审竟然通过了，我再做修改，在《红楼梦学刊》2018年第一辑刊出了。此文《甲戌本附条是周祜昌贴的吗？——与沈治钧先生商榷》，也收入了本书，并在此文之前先对此文的背景做了简介。

2017年我都是自己找复印社打印装订后送书。2018年我要参加多个研讨会，其中最主要是参加马来西亚、德国和奥地利的中国小说戏曲暨数字化国际研讨会，我希望在会上介绍此书。因为是国际研讨会，因此不想自己打印送出，而想正式一些。因此经联系，决定2018年先利用国学网尹小林在香港的中国国学出版社出版本书初稿，用来每次研讨会上送人。

此书在2019年已经基本完成了，这一年是我从事小说数字化研究20周年，此时出版也很合适。但我后来又补充历次参会和研究情况，还补充一些新的研究，主要是《三国演义》版本中新出现的一些版本、对《水浒传》版本中上图下文本的研究、《金瓶梅》版本和《水浒传》版本的关系，以及对《红楼梦》版本的整理出版的一些看法。

近年来我在中州古籍出版社出版了好几本书，包括《〈三国志通俗演义〉文史比对本》、《〈三国志演义〉文史比对本》、《〈红楼梦〉版本数字化研究》、《中国近代心理学家传略及研究》、《清华名师风采》丛书（增补卷）、《中国近代物理学家传略及研究》等。责任编辑是张弦生、王建新、刘晓等几位先生，我们合作得很愉快，因此本书仍由中州古籍出版社出版。在目前出版社经营十分紧张的情况下，副总编马达大力支持出版此书，对马达多年的帮助我十分感谢。编辑此书过程中，责任编辑张弦生已经退休十几年，但仍坚持编辑此书。此书篇幅巨大，他和刘晓等为此付出了辛勤的劳动，经过多轮编校，提出很多修改意见，查出和纠正很多错误，对此我再次表示感谢！

由于我不是学古代文学出身，属于圈外人士，因此书中有的话肯定不够专业，不一定合适，希望读者看到后直接给我指出，不胜感谢！

联系方式：
电子邮件：zhouwy1945@126.com
电话：010-68903205，13693141064
地址：北京首都师范大学15号楼3门57号，邮编100048

周文业

2017年 7月13日初稿
2018年 3月13日修订
2019年12月 6日修订完